本書爲
國家社科基金東亞楚辭文獻研究重點課題
浙江師範大學中國語言文學一流學科建設
成果

楚辭章句疏證

增訂本

黄靈庚 疏證

【第一册】

圖書在版編目(CIP)數據

楚辭章句疏證 / 黄靈庚疏證. —增訂本. —上海：上海古籍出版社，2018.11(2019.8 重印)
ISBN 978-7-5325-8943-2

Ⅰ. ①楚… Ⅱ. ①黄… Ⅲ. ①楚辭研究 Ⅳ. ①I207.223

中國版本圖書館 CIP 數據核字(2018)第 153445 號

楚辭章句疏證(增訂本)

(全六册)

黄靈庚　疏證

上海古籍出版社出版發行

(上海瑞金二路 272 號　郵政編碼 200020)

(1) 網址：www.guji.com.cn

(2) E-mail：guji1@guji.com.cn

(3) 易文網網址：www.ewen.co

蘇州市越洋印刷有限公司印刷

開本 850×1168　1/32　印張 112.25　插頁 39　字數 2,270,000

2018 年 11 月第 1 版　2019 年 8 月第 2 次印刷

印數：1,501—2,550

ISBN 978-7-5325-8943-2

I・3305　定價：580.00 元

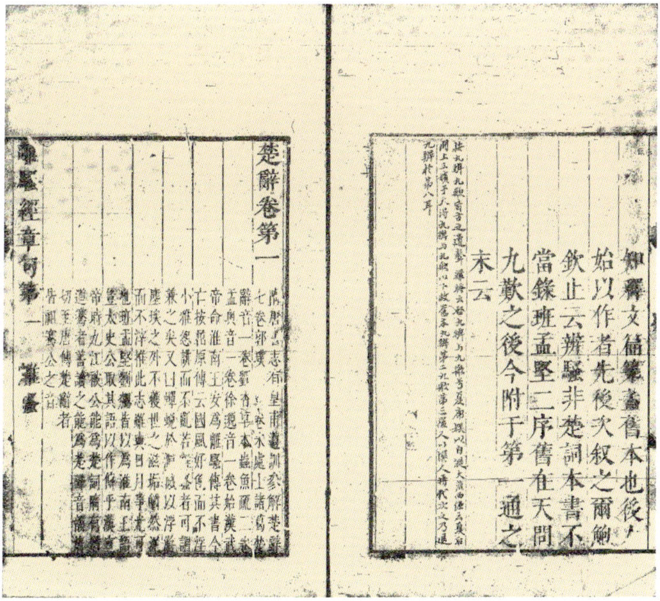

清汲古閣毛表校刻洪興祖《楚辭補注》書影

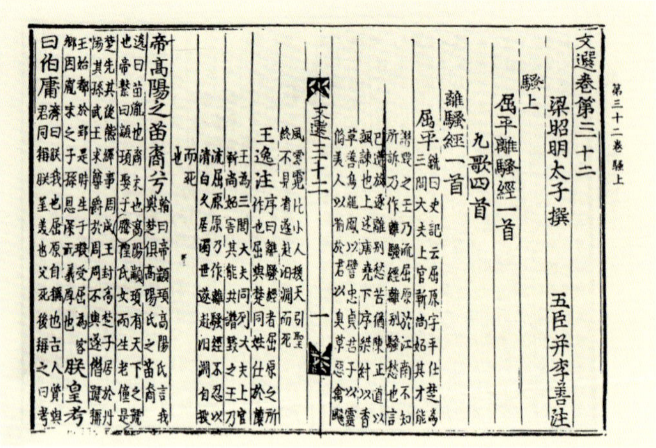

韓國奎章閣藏繙刻宋秀州六臣注本《文選》書影

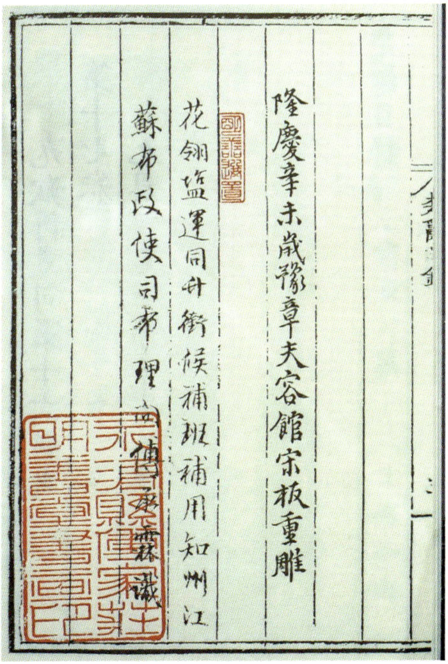

明隆慶五年豫章朱多煃大容館繙刻宋本《楚辭章句》書影

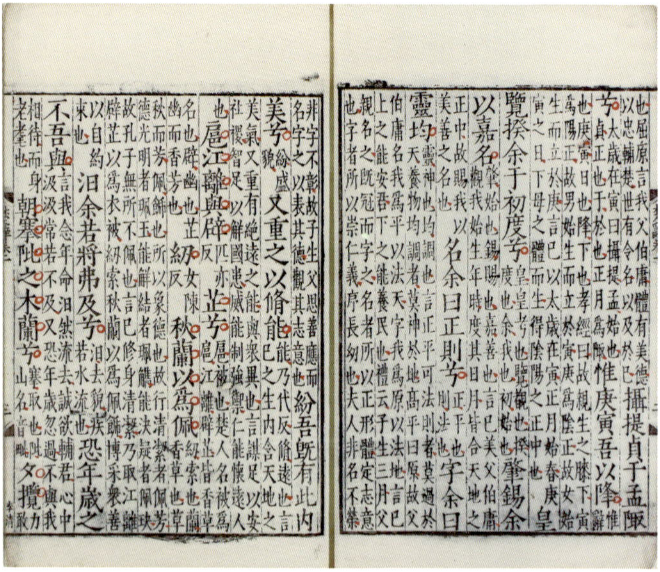
也屈原言我父伯庸體有美德以忠輔楚世有令名以及於己攝提貞于孟陬兮太歲在寅曰攝提孟始也貞正也于於也正月爲陬惟庚寅吾以降惟辭也庚寅日也降下也孝經曰故親生之膝下寅爲陽正故男始生而立於寅庚爲陰正故女始生而立於庚言已以太歲在寅正月始春庚寅之日下母之體而生得陰陽之正中也皇覽揆余于初度兮皇皇考也覽觀也揆度也余我也初始也肇錫余以嘉名肇始也錫賜也嘉善也言已美父伯庸觀我始生年時度其日月皆合天地之正中故賜我以美善之名也名余曰正則兮正平也則法也字余曰靈均靈神也均調也言正平可法則者莫過於天養物均調者莫神於地高平曰原故父伯庸名我爲平以法天字我爲原以法地言已上之能安君下之能養民也禮云子生三月父親名之既冠而字之名者所以正形體定志意也字者所以崇仁義序長幼也夫人非名不榮

非字不彰故子生父思善應而名字之以表其德觀其志意也紛吾既有此内美兮紛盛貌又重之以脩能能乃代反脩遠也言己之生内含天地之美氣又重有絕遠之能與衆異也言謀足以安社稷智足以解國患威能制强禦仁能懷遠人也扈江離與辟匹亦反芷兮扈被也楚人名被爲扈江離辟芷皆香草名也辟幽也芷幽而香芳也紉女陳反秋蘭以爲佩紉索也蘭香草也草秋而芳佩飾也所以象德也故行清潔者佩芳德光明者佩玉能解結者佩觿能決疑者佩玦故孔子無所不佩也言已修身清潔乃取江離辟芷以爲衣被紉索秋蘭以爲佩飾博采衆善以自約束也汩余若將弗及兮汩去貌疾若水流也恐年歲之不吾與言我念年命汩然流去誠欲輔君心中汲汲常若不及又恐年歲忽過不與我相待而身老耄也朝搴阰之木蘭兮搴取也阰山名音毗夕攬力敢

明正德十三年高第、黄省曾繙宋本《楚辭章句》書影

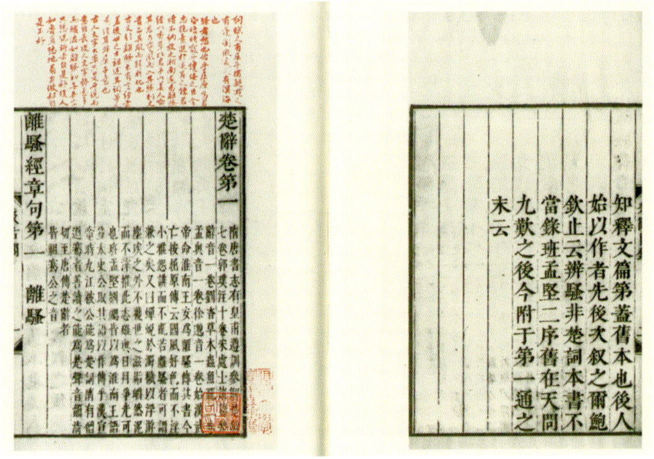

清乾隆吳郡陳枚寶翰樓繙刻汲古閣本《楚辭補注》書影

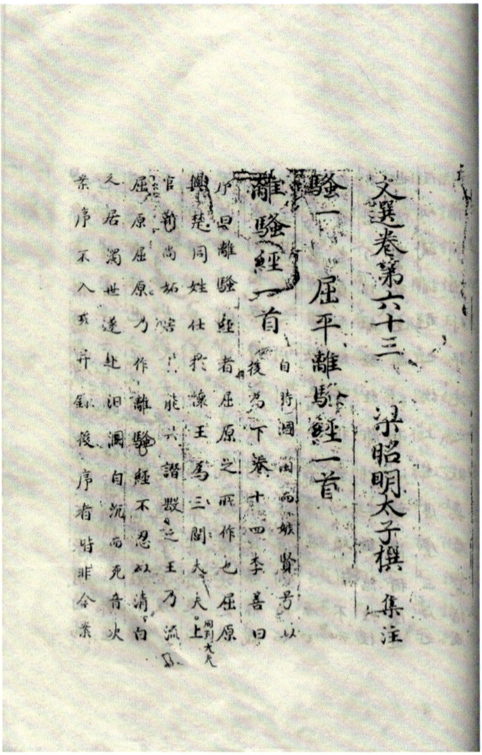

日本國金澤文庫藏唐寫本《文選集注》殘卷書影

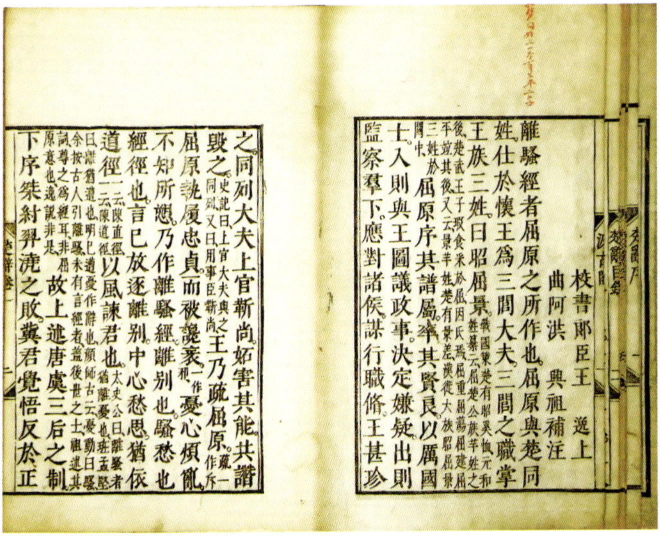

日本國寬延二年皇都書林繙刻寶翰樓本《楚辭箋注》書影

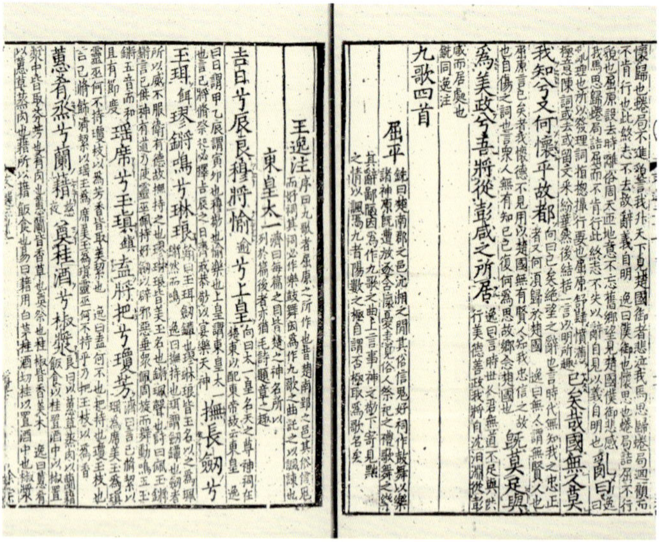

日本國足利學校藏宋紹興明州州學繙刻六臣注本《文選》書影

目録

卷一三　九歎……劉向　二六六一

洪興祖楚辭補注：「按九章第四、九辯第八，而王逸九章注云：『皆解於九辯中。』知釋文篇第蓋舊本也，後人始以作者先後次叙之爾。」案：本書篇第依楚辭釋文，以存其舊。隋書卷三五經籍志：「楚有賢臣屈原，被讒放逐，乃著離騷八篇。」八篇，蓋釋文目録前離騷、九辯、九歌、天問、九章、遠遊、卜居、漁父八卷。三國志卷一九魏書陳思王植傳引屈平曰：「國有驥而不知乘，焉皇皇而更索。」乃九辯文，非屈子所作。後或據此以九辯亦屈子作，故有「八篇」説。與班志「屈原賦二十五篇」別。志又曰：「梁有楚辭十一卷，宋何偃删王逸注。楚辭十二卷，并目録，後漢校書郎王逸注。」十二卷，雖未知所列篇目，據楚辭釋文，自離騷至九懷爲十一卷。合目録，則爲十二卷。則梁代十一卷本、十二卷本實同。又，劉勰辯騷「故騷經、九章，朗麗以哀志；九歌、九辯，綺靡以傷情；遠遊、天問，瓌詭而惠巧；招魂、招隱，耀艷而深華。卜居標放言之致，漁父寄獨任之才。故能氣往轢古，辭來切今，驚采絶焰，難與並能矣。自九懷已下，遽躡其跡，而屈、宋逸步，莫之能追」云云，蓋梁代楚辭章句十一卷本祇止九懷，其篇次爲：離騷、九辯、九歌、天問、九章、遠遊、卜居、漁父、招魂、招隱、九懷。九懷以下蓋爲别一本。梁本篇次與釋文目録亦多合。釋文雖五代王勉所作，而其篇次則在梁之前矣。舊唐書卷四七經籍志下、新唐書卷六〇藝文志四：「王逸注楚辭十六卷。」唐時舊本，九思猶未在其内。宋史卷二八〇藝文志七：「楚辭十七卷，後漢王逸章句。」録九思於唐本末，則見於五代、宋之後。詳參拙著楚辭章句十七卷成書考辯。湯炳正據楚辭釋文目録推論之，謂先秦，楚辭但離騷、九辯二卷，漢淮南王劉安增補爲九卷，至招隱士止；劉向輯爲十二卷，止七諫；劉歆益九歎、哀時命、惜誓、大招四篇，爲十六卷；叔師之子延壽之徒又益九思一篇於其後。謂楚辭章句十七卷本，在漢已備。蓋非其實。朱子集注曰：「後人始以作者先後次序之，然不言其何時人也。今按天聖十年陳説之序，以爲舊本篇第混并，首尾差互，乃考其人之先後，重定其篇。然則今本説之所定也歟？」陳序今佚。説之，仁宗時莆田人。福建通志卷三三選舉「天聖八年王拱辰榜」：「莆田縣陳説之。」注：「絳子，本第一人。夏竦與絳有宿憾，奏降第六人。終秘書丞。」又，補注謂「一本九歌至九思下皆有『傳』字」，晁補之謂章句本前「八卷皆屈原遭憂所作，故首篇曰離騷經，後篇皆曰離騷，餘皆曰楚辭」者。皆後强爲分別。

增訂版前言

黄靈庚

楚辭章句疏證自中華書局梓印以來，流播海内外，已爲當下研習楚辭者所必選之書。然則已歷十載，時見疏謬，有待修訂完善；且余研習楚辭亦從未輟止，十載之所積蓄，偶有所得，陸續紀述於册，故而深感有增補必要。在付梓新版之際，特作弁言如左。

一

楚辭自漢孝武帝以來，一度成爲「顯學」，著述紛如，如前有西漢淮南王安離騷傳（或稱離騷經章句）、揚雄、劉向各作天問解；後有東漢班固、賈逵各自所作離騷經章句，馬融離騷注等，不幸皆已放失，惟王逸楚辭章句巋然獨傳，蓋必有其故。王逸裒輯兩漢楚辭注家成果，其楚辭章句遂成爲兩漢研究楚辭「集成性」之巨製，爲歷代學者研究楚辭基礎文獻。是故從事楚辭研究，楚辭章句至今仍是必讀之書，無以迴避，亦無可替代。

王逸字叔師，南郡宜城人，生卒不詳。後漢書文苑傳有其傳，至爲簡略。稱是漢安帝元初時人，「舉上計吏，爲校書郎。順帝時，爲侍中。著楚辭章句行於世。其賦、誄、書、論及雜文凡二十一篇。

又作漢書(原訛作漢詩，據魏晉遺物「王逸集書籤」改)百二十三篇」。又，唐文選集注引陸善經說，王逸「後爲豫章太守」。余嘉錫以爲「疑出謝承、司馬彪諸家書」。此可補後漢書之闕(見其四庫提要辨證)。

四庫提要稱，「初，劉向裒集屈原離騷、九歌、天問、九章、遠遊、卜居、漁父，宋玉九辨、招魂，景差大招，而以賈誼惜誓、淮南小山招隱士、東方朔七諫、嚴忌哀時命、王褒九懷及向所作九歎，共爲楚辭十六篇。是爲總集之祖。逸又益以己作九思與班固二叙，爲十七卷，而各爲之注。其九思之注，洪興祖疑其子延壽所爲。然漢書地理志、藝文志即有自注，事在逸前。謝靈運作山居賦亦自注之，安知非用逸例耶？舊説無文，未可遽疑爲延壽作也」。館臣以集楚辭十六卷者劉向，而注楚辭十七卷者王逸。此乃自古至今通論。非也。漢書藝文志中有詩賦志，原本出於劉向、劉歆父子七略詩賦略。劉向父子所集楚辭，衹以「賦」見稱，一概以「篇」總其數。如除「屈原賦二十五篇」外，別有「唐勒賦四篇」、「宋玉賦十六篇」、「趙幽王賦一篇」、「莊夫子賦二十四篇」、「賈誼賦七篇」等，皆不以「卷」爲稱。王逸離騷後叙、天問後叙亦皆稱「屈原賦二十五篇」，與劉氏七略、班固藝文志相同。若劉向果有集楚辭十六卷，詩賦志必見著録，而王逸必稱屈原賦七卷，後敘豈得別稱爲「屈原賦二十五篇」？

劉向集楚辭十六卷之説，係誤解王逸離騷後敘。後叙云：「楚人高其行義，瑋其文采，以相教傳，至於孝武帝，恢廓道訓，使淮南王安作離騷經章句，則大義粲然。後世雄俊，莫不瞻慕，舒肆妙慮，纘述其詞。逮至劉向，典校經書，分爲十六卷。孝章即位，深弘道藝，而班固、賈逵復以所見，改易前疑，各作離騷經章句。其餘十五卷，闕而不說。又以壯爲狀，義多乖異，事不要括，今臣復以所識所知，稽之舊章，合之經傳，作十六卷章句。」詳審後叙原意，其前後衹是説離騷一篇，未涉及離騷以外之作。謂劉安所作離騷經章句「大義粲然」，惟未分卷，至向「分爲十六卷」。所謂「分爲十六卷」者，乃於離騷一篇之中「分爲十六章」也。宋趙希弁讀書附志卷下楚辭類録「呂祖謙離騷章句一卷」說：「左呂成公所分也。以離騷經一篇爲十六章。公謂王逸嘗言劉向典校，分離騷爲十六卷。班固、賈逵各爲離騷章句，惟一卷傳焉，餘十五卷闕而不録。今觀屈平所作凡二十有五，各有篇目，獨此一篇謂之離騷。竊意劉向所分此篇，猶一篇之中有數章焉。故嘗因逸之言，即離騷之一篇。反復求之，考其文之起伏、意之先後，固有十六章次第矣。因而分之爲十六章。」呂氏以「離騷經章句十六卷」爲「十六章」，確是後敘本意。隋書經籍志云：「後漢校書郎王逸集屈原已下迄於劉向，逸又自爲一篇，并敘而注之。今行於世。」魏徵固以集楚辭十六卷者爲王逸而非劉向。後敘又云：「班固、賈逵復以所見，改易前疑，各作離騷經章句。其餘十五卷，闕而不說。」所謂「其餘十五卷，闕而不說」，即九歌至九歎十五卷。即使如此，也不得據以爲劉向曾輯楚辭十六卷。洪興祖補注於後敘「十五卷」下別出異文：「卷，一作篇。」據漢志「詩賦類」用「篇」不用「卷」通例，後敘「其餘十五卷」，原本應作「其餘十五篇」，指離騷外九歌至九歎十五篇。此異文存王逸後敘舊貌。不知何時訛改「篇」爲

「卷」，因以混淆離騷十六卷與楚辭十六篇。後叙又云：「今臣復以所識所知，稽之舊章，合之經傳，作十六卷章句」，是承劉向「分爲十六卷」來，其所舉例「以壯爲狀」，亦祇見於離騷，與離騷以外他篇無關。王逸「作十六卷章句」，以離騷一篇，細分爲十六章。後敘絶無劉向集楚辭十六卷之意。蓋在劉宋之世，若果有楚辭章句十六卷本或者十七卷本，范曄亦必於王逸傳載言「著楚辭章句十六篇」或「著楚辭章句十七篇」也。

王逸所著賦、誄、書、論、雜文及漢書都有篇數，獨章句未著篇數，甚爲可疑。今幸見出土六朝遺物王逸集「象牙書籤」，其所載逸所著述，可以與范書相互參證。「象牙書籤」有文字記云：「元初中，王公逸爲校書郎，著楚辭章句及誄、書、雜文二十一篇。」此「象牙書籤」，屬魏晉或北朝遺物，雖不得早至漢代，而在范曄作後漢書以前，則確切無疑。其文字古樸，在隸、楷之間，内容真實可信。所謂「二十一篇」，以章句在其内。范氏王逸傳乃奪一「及」字，令章句篇數撲朔迷離，幾成懸案。隋志載：「梁有王逸正部論八卷，後漢侍中王逸撰。亡。」又有「王逸集二卷」。舊唐書經籍志有「王逸集二卷」。王逸集二卷在五代猶存。正部論八卷本，在隋、唐已失佚，在今猶見其遺文殘簡。藝文類聚寶玉部上「玉」條引王逸正部論：「或問玉符，曰：『赤如雞冠，黄如蒸栗，白如豬肪，黑如純漆。玉之符也。』」據此，正部論八卷（即八篇）類似雜論。王逸集二卷（即二篇）當爲逸之誄書賦論等詩文總集。在「二十一篇」中去正部論八卷，復去王逸集二卷，六朝時所傳章句應爲「十一卷」（即十一篇）

本。隋志著録六朝章句既有「十一卷」本、又有「十二卷」本，説：「楚辭十二卷，并目録，後漢校書郎王逸注。梁有楚辭十一卷，宋何偃删王逸注。亡。」清嚴可均全後漢文卷五十七「王逸」條下謂「有楚辭章句十二卷」。均據隋志。則「十二卷」，以目録一卷在内，實同宋何偃删王逸注十一卷本。王逸集「象牙書籤」所載與隋志所著録，合契如符。劉勰文心雕龍辯騷説：「故騷經、九章，朗麗以哀志；九歌、九辯，綺靡以傷情；遠遊、天問，瓌詭而惠巧；招魂、招隱，耀艶而深華。卜居標放言之致，漁父寄獨任之才。故能氣往轢古，辭來切今，驚采絶焰，難與並能矣。自九懷已下，遽躡其跡，而屈、宋逸步，莫之能追。」自騷經至九懷凡十一篇，蓋係彦和所據楚辭篇目。「自九懷以下」云云，指七諫、九歎、哀時命、惜誓及大招以下楚辭之作，九懷未在其内。劉勰所據楚辭本九懷殿其末，與釋文目録（見附洪興祖楚辭補注目録）前十一卷篇次相合。其十一篇次序爲：離騷、九辯、九歌、天問、九章、遠遊、卜居、漁父、招魂、招隱士、九懷。釋文雖是五代王勉所作，而其篇次則存南朝蕭梁前王逸楚辭章句舊觀，較以作時先後爲次之今本目録次第，更爲古奥矣。

隋志又云：「楚有賢臣屈原，被讒放逐，乃著離騷八篇。」則與漢代稱「屈原賦二十五篇」之説又異。據釋文目録，則亦涣然可釋。漢人尊離騷爲「經」，居於篇首，故六朝以後凡屈原離騷以外之作，皆以「離騷」稱之。釋文目録自離騷至漁父爲八篇。隋志所謂「乃著離騷八篇」，即離騷、九辯、九歌、天問、九章、遠遊、卜居、漁父八篇。九辯本宋玉之作，以其次於離騷後，乃據離騷：「啓九辯與九歌兮，夏康娛以自縱。」天問也説：「啓棘賓商，九辯、九歌。」九辯皆在九歌之前。雖宋玉所作，王逸猶據此排列，置於九歌之前。王國維手校汲古閣楚辭補注，在目録之下批云：「按九辯、九歌，皆古之遺聲。離騷云：『啓九辯與九歌兮，夏康娛以自縱。』大荒西經云：『夏后開上三嬪於天，得九辯與九歌以下。』故舊本九辯第二、九歌第三。後人以撰人時代次之乃退九辯於第八耳。」釋文目録篇次，存王逸章句舊貌。六朝人或目九辯爲屈原所作，正由此原因。三國志陳思王植傳引屈平：「國有驥而不知乘，焉皇皇而更索。」二句出於九辯，非屈子所作，而定爲「屈平曰」，是其明證。隋志「八篇」云云，九辯不次漁父後，在離騷後，雜於屈原辭賦中。六朝傳王逸章句十一卷本，與釋文目録篇次亦大略相同。

二

七諫、九歎、哀時命、惜誓、大招、九思諸篇，其序文及章句是否王逸所作？楚辭十七卷本始於何時、究竟從何而來？乃是研究楚辭文獻史所必須思考者。

九思序與九思注，體式與前十六卷迥異，況且出現「譜録」、「通夜」、「停止」、「攝斥」、「山嶺」、「荒阻」、「又還」等十餘例屬六朝以後習語，斷非王逸或其子王延壽所作。館臣疏於詳考。蓋係南朝或隋唐間好事者所作。且釋義錯雜，前後矛盾，恐是陸續累綴而成，出於多人補綴。筆者已有專文考論，故於此置之不論。

七諫以下五篇，王逸皆闕然未注。今本七諫以下五篇注，非出王逸，抑王逸之後東漢一無名氏託名「校書郎中王逸作」。其子王延壽死於王逸前，故亦非爲王延壽所補作。王逸章句十一卷與此五篇，在魏晉六朝以前蓋並存，各自獨立。其根據是：王逸作章句，重點注離騷，故離騷章句最爲詳賅，始釋字義，次釋句意，終講明章旨，乃規規矩矩「章句」體。九歌、天問、招魂等内容比較離騷，相對簡單，但比九章等篇龐雜，故亦是以「章句」體注其義，惟其不若離騷章句詳盡。九辯、九章（惜誦一篇除外）、遠遊、卜居、漁父、招隱士、九懷諸篇内容相對簡單，都改用韻文形式釋義，極少單獨釋字義。此乃王逸所創注書體例，或三言，或四言，或七言，言簡意賅，錯落有致。七諫以下五篇，其内容比較九辯、九章等篇更單純、明白，果是王逸所注，則必用韻文體。恰恰相反，七諫以下注文皆「章句」體，至乃詳於離騷章句。且注文風格、用語與前十一卷差異明顯，截然是出於不同人之書。對於文字訓釋，多與前十一卷重複。如以「靈」字爲例，離騷「字余曰靈均」，注：「靈，神也。」又：「夫唯靈修之故也」，注：「靈，神也。能神明遠見者，君德也，故以諭君。」又「欲少留此靈瑣兮」，注：「靈以喻君。一云：靈，神之所在也。」離騷三例「靈」字，於「神」義同，但首例用於屈原名字，次例喻君王，三例指神靈。各有所指，故王逸不嫌重複爲注。而七諫五篇釋義重複，則不在此例。如離騷「唯昭質其猶未虧」，注：「昭，明也。」大招「白日昭只」，注：「昭，明也。」天問「何馮弓挾矢」，王逸祇於章句以

「挾箭矢」注明，未單獨爲「矢」字作注。七諫謬諫「機蓬矢以射革」，注：「矢，箭也。」大招「執弓挾矢」，注：「矢，箭也。」類此重複，絶無必要。若出一人，絶無可能。又如，七諫初放：「平生於國兮，長於原野。」注：「平，屈原名也。高平曰原，坰外曰野。言屈原少生於楚國，與君同朝，長大見遠棄於山野，傷有始而無終也。」九歎離世：「兆出名曰正則兮，卦發字曰靈均。」注：「言己生有形兆，伯庸名我爲正則以法天；筮而卜之，卦得坤，字我曰靈均以法地也。」據前十一卷例，必皆省略，但注「皆解於離騷經」可也。

再者，七諫章句以下五篇於體例或者行文習慣、用語風格等，見其差異，體現其前後不同注者於學術作風差别。如，七諫初放：「往者不可及兮，來者不可待。」注：「謂聖明之王堯、舜、禹、湯、文、武也。欲須賢君，年齒已老，命不可待也。」以「往者」爲「聖明之王堯、舜、禹、湯、文、武」六人。類此詩句又見前十一篇，遠遊：「往者弗及兮，來者吾弗聞。」注：「三皇、五帝，不可逮也。後雖有聖，我身不見也。」以「往者」爲「三皇、五帝」。若出一人，則百思未得其解。「鬱鬱」之詞於九懷前十一篇凡四見：或解「憂滿」，如哀郢「慘鬱鬱而不通兮」，注：「中心憂滿，慮閉塞也。」或解「煩冤」，抽思「心鬱鬱之憂思兮」，注：「哀憤結縎，慮煩冤也。」悲回風「愁鬱鬱之無快兮」，注：「中心煩冤，常懷忿也。」或解「憤懣」，九辯「馮鬱鬱其何極」，注：「憤懣盈胷，終年歲也。」七諫以下五篇凡三見，皆解爲「憂毒」、「愁毒」。七諫謬諫「愁鬱鬱之焉極」，注：「言憂毒之無窮。」九歎怨思：「惟鬱鬱之憂毒兮，志坎壈而不違。」注：「言己放逐，心中鬱鬱，憂而愁毒，雖坎壈不遇，志不離於忠信也。」哀時命：「心鬱鬱而無告兮，衆孰可與深謀？」注：「言己心中憂毒而無所告語，衆皆諂諛，無可與議忠信也。」其義雖是相近，而釋語差別。見彼此行文遣詞，各有風格、習慣，知其出不同人之故也。

據現存文獻所載，章句十一卷與五篇始合爲一體，蓋在隋以後。隋志云：「後漢校書郎王逸集屈原已下，迄於劉向。逸又自爲一篇，并敘而注之。今行於世。」魏徵既稱「集屈原已下」至劉向者是王逸，非劉向。又稱「今行於世」，「今」者，指在初唐。其所見者，乃二書相合十六卷本。在此以前絶無此本。隋志「楚辭類」下也未見著録王逸楚辭章句十六卷本。舊唐書經籍志、新唐書藝文志始著録王逸楚辭章句十六卷。九思一篇還未收入。五代王勉所作釋文，其目録之末爲九思。乃是王逸楚辭章句十七卷本現存文獻中的最早記載。南宋晁公武郡齋讀書志、陳振孫直齋書録解題以及宋史藝文志等所著録者皆爲十七卷本，九思一篇殿其末。王逸章句十七卷本始見五代、北宋初。及至北宋仁宗天聖時，閩人陳説之以楚辭章句十七卷篇次，依據作者先後重爲次編纂。這便是現存王逸楚辭章句十七卷本來歷。

釋文篇第次序，以東方曼倩七諫爲卷十二，劉向九歎卷十三，嚴忌哀時命卷十四，其著者犖犖，皆可考證，無所疑慮。且以「體」定其次。首者爲「七體」，次者爲「九體」，後者但賦也。而未以著者先後之時爲次。賈誼惜誓爲卷十五者，雖以「疑不能明」，然在「然疑」之間，從其造詞遣句，與鵬賦、弔屈，有相契處，似定爲賈生。唯大招一篇，或曰屈原，或曰景差，絶無據依，悉屬存疑，故殿於「然疑」之後。而後至五代，附以王叔師九思。疏證篇次所以未從陳説之所定，未依著者作時先後，而從釋文者，亦職是也。

三

王逸是今文學家，以漢代儒師解詩之法注釋楚辭，因而仿毛詩序宜有「大叙」、「小叙」。「大叙」，即離騷經後叙，原本宜置於離騷經之首。以離騷經别有「小叙」，後人恐二者淆亂，所以别置於末後。「小叙」凡十一篇（七諫以下六篇「小叙」仿此）。「大叙」略説屈原承孔子之後，「獨依詩人之義而作離騷，上以諷諫，下以自慰，遭時暗亂，不見省納，不勝憤懣，遂復作九歌以下凡二十五篇。楚人高其行義，瑋其文采，以相教傳」。王逸復盛稱，「夫離騷之文依託五經以立義」，「故智彌盛者其言博，才益劭者其識遠。屈原之詞誠博遠矣，自孔丘終没以來，名儒博達之士著造詞賦，莫不擬則其儀表，祖式其模範，取其要妙，竊其華藻，所謂金相玉質，百歲無匹，名垂罔極，永不刊滅者」云。「大叙」蓋其「總説」或是「通論」，「小叙」皆爲各篇專叙，略説作賦始末、意旨、興諭及託寓等。雖多寥寥數語，若無新文獻、新發現，則爲後世學人研討各篇所必須稽考者，其權威性、可靠性，自是無可替代。稱離騷作於見斥懷王以後，稱九歌、九章作於見放江南以後，稱天問作於呵問宗廟壁畫云，至今猶未足以改易其説。然則見王逸比附太過，不無可商之處。如論九歌「上陳事神之敬，下見己之冤結，託之以風諫，故其文意不同，章句雜錯而廣異義」云云，字字句句比附君臣時世，未免流於牽合。論招隱士以淮南有大山、小山，類比「猶詩有小雅、大雅」云者，亦屬不倫。

王逸注楚辭既秉承漢師家法，存漢世古義，後世尊之爲訓詁「淵藪」，禮儀文獻「典型」，爲二千年以來解讀楚辭依據，亦是後出注本無所逾越者。疏證章句，亟需明其體例。王逸考據經義，至爲精密，概其要義，蓋有十端：一、據漢師五經詁義爲解。其引詩是依據韓詩。如離騷「忽奔走以先後兮」，注：「奔走先後，四輔之職也。詩曰：『予聿有奔走，予聿有先後。』」所謂「四輔」者，疑、丞、輔、弼四職。引詩見大雅緜。毛詩作「予曰有奔奏」，釋文引韓詩「曰」作「聿」，又曰：「奏，本亦作走。」其所據依者即是韓詩。招魂「朱塵筵些」，注：「筵，席也。詩云：『肆筵設机。』」文選本引詩作「設筵設机」。王逸引詩在大雅行葦篇，毛詩作「肆筵設席」，四庫章句本據毛詩改作「肆筵設席」。毛詩無「設机」例，篤公劉有「俾筵俾几」。「設筵設机」，抑是此詩異文。王逸注引詩，是宗韓詩，與毛詩異。其引書據今文尚書。如離騷「五子用失乎家巷」，注：「尚書序曰：『太康失國，昆弟五人，須于洛汭，作五子之歌。』此佚篇也。」王逸注引書，乃漢伏生所傳今文尚書二十九篇本。孔壁所出古文尚書二十五篇本，雖有孔安國傳，而其時皆未在其内。五子之歌，古文尚書所存，王逸所以説是「佚篇」，非「未見全書」。他者引左氏春秋、周禮、論語、爾雅、淮南子等，皆依漢師舊説。二、以漢世今語釋先秦古語。如離騷「芳菲菲其彌章」，注：「菲菲，猶勃勃，芬香貌也。」王逸以「勃勃」釋「菲菲」，「勃勃」，漢世語；「菲菲」，先秦古語；所謂「猶」者，所用疏通古今別語專用詞。「芬香貌」，是解釋其義。類此訓詁條例，不可勝舉。三、以通語釋楚語。如離騷「羌內恕己以量人兮」，注：「羌，楚人語詞也，猶言『卿』，何爲也。」王逸以「羌」爲楚語。「猶言卿」，比況之詞，謂漢人語「羌」讀如「卿」。卿，漢世通語，所以別異方代語。「何爲」，釋其詞義。四、辨析詞義，區分用法。如離騷「各興心而嫉妬」，注：「害賢爲嫉，害色爲妬。」九歌東皇太一「吉日兮辰良」，注：「日謂甲乙，辰謂寅卯。」九章惜誦「言與行其可迹兮」，注：「出口爲言，所履爲迹。」五、發明比喻義奥。如離騷「荃不察余之中情兮」，注：「荃，香草，以諭君也。人君被服芬香，故以香草爲諭。惡數指斥尊者，故變言荃也。」九歌山鬼：「靁填填兮雨冥冥，猨啾啾兮又夜鳴。風颯颯兮木蕭蕭。」注：「雷爲諸侯，以興於君。雲雨冥昧，以興佞臣。猨猴善鳴，以興讒言。風以喻政，木以喻民。雷填填者，君妄怒也。雨冥冥者，羣佞聚也。猨啾啾者，讒夫弄口也。風颯颯者，政煩擾也。木蕭蕭者，民驚駭也。」六、闡發詩旨義理。如離騷：「紉秋蘭以爲佩。」注：「佩，飾也，所以象德。故行清潔者佩芳；德仁明者佩玉；能解結者佩觿；能決疑者佩玦。故孔子無所不佩也。」據此，知其所「佩」者在於明德，是「德佩」。九歌湘夫人「麋何食兮庭中，蛟何爲兮水裔」。注：「麋當在山林而在庭中，蛟當在深淵而在水涯，以言小人宜在山野而陞朝庭，賢者當居尊官而爲僕隸也。」據此，知其所爲乃反物理，所處皆未當其所。七、存漢世異說。如招魂「砥室翠翹」，注：「砥，石名也。詩曰：『其平如砥。』或曰：儃室，謂儃佪曲房也。」若從或説，「砥」讀如「儃」，即「低佪」作「儃佪」之比。儃，猶儃佪，回曲貌。存漢代異説。對於王逸注中「或曰」、「一説」之類，則當詳審，確有或爲後所羼入。八、或者雖以韻語爲注，而未失其詞義之對應之義。如遠遊「於中夜存」，注：「恆在身也。」所謂「恆在身」，解「中」爲「身」。國語楚語：「余左執鬼中，右執殤宫。」韋昭注：「中，身也。」「夜」，通作「亦」。而以「恆」釋其義，讀「夜」作「亦」。新蔡葛陵楚墓銘器「平夜君」皆作「平亦君」。上博簡容城氏：「既爲金桎，或（又）爲酒池，厚樂於酒。溥亦（夜）以爲槿（淫），不聖（聽）丌邦之正（政）。」楚簡有「窈」，謂夜祭也，亦聲。或作「窔」，夜聲。亦、夜通假。亦，猶「常」也。洪氏補注引孟子「梏之反覆，則其夜氣不足以存；夜氣不足以存，則其違禽獸不遠矣」説解其意，當非其旨。九、疏解楚國名物制度。如離騷「哀高丘之無女」，注：「楚有高丘之山。或云：高丘，閬風山上也。舊説：高丘，楚地名也。」高丘，楚人神山，係楚人先祖栖居地，是一國祖廟所在也。屈子上征飛行於帝丘，寄意於反本歸宗，不忘故國也。九章涉江：「朝發枉陼兮，夕宿辰陽。」注：「枉陼，地名。辰陽，亦地名也。言己將從枉陼，宿辰陽，自傷去國日已遠也。」枉陼、辰陽，皆南楚地名。招魂「涉江、采菱，發揚荷些」，注：「楚人歌曲也。」洪氏補注：「揚荷，文選作陽荷。注云：荷當作阿。涉江、采菱、陽阿，皆楚歌名。」是楚樂遺制。又，「秦篝齊縷鄭綿絡些」，注：「篝，絡。縷，綫也。綿，纏也。絡，縛也。言爲君魂作衣，乃使秦人職其篝絡，齊人作綵縷，鄭國之工纏而縛之，堅而且好也。」

招魂乃雜用秦式之篝、齊式之縷、鄭式之綿，實皆産於楚地。猶國殤「吳戈」、「秦弓」，指吳式之戈、秦式之弓，皆楚所製造。以見楚人博取諸國之長，開放大氣之態度。十、疏證三代遺事。如天問一篇猶楚國史書檮杌，「多奇怪之事，自太史公口論道之，多所不逮，至於劉向、揚雄，援引傳、記以解説之，亦不能詳悉」。若無王逸章句，後幾不可讀。如「胡射夫河伯，而妻彼雒嬪」，注：「胡，何也。雒嬪，水神，謂宓妃也。傳曰：『河伯化爲白龍，遊于水旁，羿見，射之，眇其左目。河伯上訴天帝曰：「爲我殺羿。」天帝曰：「爾何故得見射？」河伯曰：「我時化爲白龍出遊。」天帝曰：「使汝深守神靈，羿何從得犯？汝今爲虫獸，當爲人所射，固其宜也。羿何罪歟？」』羿又夢與雒水神宓妃交接也。」王逸引「傳曰」，已不可詳考，羿射河神及妻雒嬪宓妃遺説，爲楚地所獨傳，賴此得以傳世。上述十端，見其文獻價值之高，固不待詳説，故古今凡研治楚辭者，莫不奉王逸章句爲龜鑑矣。

智者千慮，必有一失。其爲悠謬之説，王逸也難以避免。如離騷「恐皇輿之敗績」，注：「績，功也。言我欲諫争者，非難身之被殃咎也，但恐君國傾危，以敗先王之功。」屈原以行輿爲喻，皇輿敗績，是説車輿毁敗。非「以敗先王之功」之意。戴震屈原賦注：「車覆曰敗績。禮記檀弓篇『馬驚敗績』，春秋傳『敗績厭覆是懼』。是其證。」則糾正其誤。天問「該秉季德」至「後嗣而逢長」一段，詳載殷先王該、冥、恒、微與有易國交往歷史，王静安先生據甲骨卜辭既已發明之，而王逸解以夏啓、殷湯及解居父之事，致令天問此文不得發蒙者達二千餘載。雖然，類此疏誤猶大醇小疵，未足以掩其不朽功績。後世淺薄者解讀楚辭，動輒斥章句之非，往往以是爲非，實不足取信。如離騷「固前聖之所厚」，章句：「言士有伏清白之志，以死忠直之節者，固乃前世聖王之所厚哀也。」王逸注以「厚」解「厚哀」，學者紛然訾之。實不可移易。哀，猶「愛」之意。厚，亦爲「愛」義。厚哀，乃平列同義。古有其例。如太平經大功益年書出歲月戒引大神言：「所誡衆多，所諫亦非一人所問。持是久遠相語者，誠重生耳，言特見厚哀尤深。」若此，學者尤宜謹慎行事，不可魯莽，而率意推翻舊説。

四

叔師章句今所見傳世者，有三大系統：一是合刻於宋洪興祖楚辭補注本，有明繙宋本、清汲古閣毛表校刻本、寶翰本、惜陰本、皇都本、同治本等。二是單行楚辭章句本，如明正德十三年高第、黄省曾刊刻本、隆慶五年朱多煃夫容館刊刻本等，皆爲明刻繙宋本。三是見收録於梁蕭統文選，楚辭凡十三題：離騷、東皇太一、雲中君、湘君、湘夫人、少司命、山鬼、涉江、卜居、漁父、九辯五首、招魂、招隱士，李善注稱全録王逸章句。文選雖有唐鈔殘卷本及宋刻諸本，惟其非楚辭足本。比勘三大系統諸刻本，彼此歧異良多，各類異文達六千餘條，以至竟不能裁定孰爲章句舊文。三大系列所依據章句本子，並非同祖本。而學者多未詳考，因其所讀本子，各取所需，以訛傳訛，而終不自知。特舉一二例以説明之。如東皇太一「君欣欣兮樂康」，文選本王逸注：「言已重作衆樂，合會五音，紛然盛美，神以歡欣。」補注本、單行本「重作」作「動作」。重作，猶説「又作」、「再作」。據義，文選本當存舊貌。又，雲中君「聊翱遊兮周章」，補注本王逸注：「言雲神居無常處，動則翱翔，周流往來，且遊戲也。」文選本「且遊戲」作「且遊且翔」。其義無殊，而若作「且遊且翔」，與「動則翱翔」重複，舊本應作「且遊戲」。又，大司命「羌愈思兮愁人」，單行本王逸注：「言己乘龍冲天，非心所樂，猶結木爲誓，長立而望，愈念楚國，愁且思也。」文選本、補注本「愈念」作「想念」。雖無異義，然正文作「愈思」，注文當以單行本作「愈念」爲存真。九辯「廓落兮」，補注本王逸注：「喪妃失耦，塊獨立也。」文選本、單行本「喪妃」作「喪志」。「喪志」，是説「失志」；「喪妃」，是説「失耦」。以釋原文「廓落」，謂孤寂貌。據此，補注本作「喪妃失耦」爲存真。招魂「往來倏忽，吞人以益其心些」，文選本王逸注云：「言復有雄虺，一身九頭，往來倏忽，常喜吞人魂魄，以益其賊害之心也。」單行本及補注本「以益其賊害之心也」作「以益其心，賊害之甚也」。文選本依正文詞序釋義，當存舊本原貌。據此，三大系列章句本，各有優劣，彼此參驗、互校，而求其舊貌，切未可偏頗，以執一而不顧其餘也。

若疏證叔師章句，首要之事在於選定何者爲底本。綜觀章句三大系列，存世版本相當繁複，尤待辨章、考鏡，絲毫疏忽不得。據陳振孫直齋書録解題，著録洪興祖撰楚辭考異一卷，稱「興祖少時，從柳展如得東坡手校楚辭十卷，凡諸本異同，皆兩出之。後又得洪玉父而下本十四五家參校，遂爲定本。始補王逸章句之未備者。書成，又得姚廷輝本作考異，附古本釋文之後。其末又得歐陽永叔、孫莘老、蘇子容本於關子東、葉少協，校正以補考異之遺。洪於是書用力亦以勤矣」。則洪氏補注，蓋在「少時」已啓其端，大略徽宗崇寧、大觀年間。既得東坡手校本，又得洪玉父以下十四五家校本，又得北宋歐陽修、孫莘老、蘇子容本於關子東、葉少協。參校版本之富贍，至今無出其右。宋時單行本及文選諸鈔、刻本，盡入其彀中矣。故今傳章句，當必以洪氏補注本爲最善。本書所以選補注爲底本，亦緣乎此。然補注傳本，宋槧放失，即明刻亦僅存一種。雖係據宋本繙刻，而未知所據底本，刻於何時。稱明繙宋本或景宋本，已輯於張元濟四部叢刊初編，於今甚易見也。其訛誤疊見，如「劉杳」誤作「劉香」、「紉秋蘭」誤作「紛秋蘭」、「本草注云」誤作「水草注云」、「其否藹然」誤作「其杳藹然」、「光風轉蕙」誤作「先風轉蕙」、「曠九州」誤作「曠」、「埃」誤作「竢」、「毛澀」誤作「毛歷」、「埞樹」誤作「琁樹」，等等，則不勝其舉。此本當非佳槧。再次，常熟汲古後人毛表校刻於明末清初，稱汲古閣本，雖有訛誤，較之他本爲少，向稱善本。疏證修訂，其底本改易同治本爲汲古閣本，乃經反復權衡，比勘諸本而後所作選擇，乃修訂是書最大變動。汲古閣本存世者，僅見兩部足本：一是藏於國家圖書館者，係王静安先生舊藏，有静安先生批校。一是藏於南京圖書館者，屬杭城丁丙舊藏。他者所藏，悉爲殘本。汲古閣本初版，迄今僅三百餘年，不意零落殆盡，書之傳何其艱哉！學者欲一覩汲古閣原刻足本，誠非易事。嗣後，於康熙間，吳郡陳枚寶翰樓繙刻汲古閣本，雖易名爲楚辭箋注，猶是汲古閣補注版式，二者彼此無異，稱寶翰本。寶翰本時或校正汲古閣本訛誤，如離騷「惟庚寅吾以降」，章句「庚寅之日下母之體」，汲古閣本「下」訛作「卜」，寶翰本改作「下」。類此似僅此一例，他者皆因襲汲古閣本，雖訛誤猶依舊不改，校刻未可稱精。如，離騷「願竢時乎吾將刈」，補注引文選「竢」作「俟」，汲古閣本「俟」訛作「俊」，寶翰本亦訛作「俊」。又，「喟憑心而歷茲」，補注：「方言云：『憑，怒也，楚曰憑。』注云：『恚盛貌。』引楚詞『康回憑怒』。皮冰切。」汲古閣本「冰」訛作「水」，寶翰本亦訛作「水」。又，「求宓妃之所在」，補注引顏氏家訓云：「虙字从虍，宓字从宀，下俱爲必。」汲古閣本「虍」訛作「它」，寶翰本亦訛作「它」。天問：「羿焉彃日，烏焉解羽？」補注引穆天子傳曰：「北至曠原之野，飛鳥之所解其羽。」汲古閣本「北」訛作「比」，寶翰本亦訛作「比」。又，「有扈牧豎」，補注：「豎，臣庾切。」汲古閣本「臣」訛作「巨」，寶翰本亦訛作「巨」。湘君「搴芙蓉兮木末」，明繙宋本章句：「搴，采取也。」汲古閣本據單行本改爲「手取」。乃妄改也，寶翰本亦沿其訛作「手取」。不衹於此，寶翰本乃新增訛誤。如，惜誦「鮌以婞直忘身」，補注：「知剛而不知義，亦君子之所戒也。」寶翰本「亡」訛作「忘」，汲古閣本亦作「忘」。涉江：「船容與而不進兮，淹回水而疑滯。」補注：「江淹賦云：『舟凝滯於水濱。』杜子美詩云：『舊客舟凝滯。』皆用此語。其作『疑』者，傳寫之誤耳。」寶翰本「其作『疑』者」之「疑」，訛作「凝」，汲古閣本亦作「凝」。懷沙：「知死不可讓，願勿愛兮。」章句：「言人知命將終，可以建忠伏節死義。」寶翰本「伏」字訛作「仗」，汲古閣本亦作「伏」。思美人「憚蹇裳而濡足」，章句：「又恐汙泥，被垢濁也。」寶翰本「汙」訛作「汗」，汲古閣本亦作「汙」。漁父「何不餔其糟」，補注：「餔，布乎切。」寶翰本「切」訛作「初」，汲古閣本亦作「切」。七諫初放：「數言便事兮，見怨門下。」洪氏考異：「一作『數諫便事』。」寶翰本脱「一」字，汲古閣本亦有「一」字。又，沉江「將方舟而下流」，章句：「大夫方舟，士特舟。」寶翰本訛「特」作「持」，汲古閣本亦作「特」。又，「赴湘沅之流澌兮」，補注：「澌，流冰也。此當從仌。」寶翰本「冰」訛作「水」，汲古閣本亦作「冰」。九懷陶壅「吾乃逝兮南娭」，章句：「往之太陽，遊九野也。」寶翰本「野」訛作「予」。汲古閣本亦作「野」。寶翰本不若汲古閣本矣。再次，爲日本國皇都書林於寬延二年繙刻本，稱皇都本。皇都本稱「楚辭箋注」，蓋因襲寶翰本重鐫。日本國未見藏汲古閣本，未傳其境故也。皇都本頗精，校改寶翰本訛誤頗多。如，河伯「與女遊兮九河」，補注：「漢許商上書云。」寶翰本「商」訛作「啇」，皇都本改作「商」。天問「悟過改更我又何言」，補注：「更音庚。」寶翰本「庚」訛作「庾」，皇都本改作「庚」。惜誦「懲於羹者而吹韲兮」，補注：「韲臼，受辛也。」寶翰本「臼」訛作「曰」，皇都本改作「臼」。遠遊「逴絶垠乎寒門」，洪氏考異：「逴，釋文作踔。」寶翰本「逴」訛作「連」，皇都本改作「逴」。漁父「何不餔其糟」，補注：「餔，布乎切。」寶翰本「切」訛作「初」，此本改作「切」。九辯「然雾曀而莫達」，洪氏考異：「雾，一作雺。」寶翰本「雾」訛作「露」，皇都本改作「雾」。七諫怨世「驥躊躇於弊輂兮」，補注：「輂，拘下切。大車駕馬。」寶翰本「輂」訛作「輦」，皇都本改作「輂」。七諫亂曰「鉛刀進御兮」，補注：「賈誼云：『莫邪爲鈍兮，鉛刀爲銛。』」寶翰本「銛」訛作「鋸」，皇都本改作「銛」。哀時命「璋珪雜於甑窐兮」，章句：「窐，甑土孔。」寶翰本「土」訛作「上」，皇都本改作「土」。然此本亦有新增訛字。如，離騷「吾以降」，補注「降乎攻切」，皇都本「乎」訛作「平」。又，「辟芷」，補注「辟匹亦切」，皇都本「匹」訛作「四」。又，「葉相對婆娑」，皇都本「婆」訛作「娑」。又，「佩繽紛」，補注「繽匹賓切」，皇都本「匹」亦訛作「四」。又，「折瓊枝」，補注「高萬仞」，皇都本「仞」訛作「初」。然類此瑕疵，不多見也，當稱善本。再次，金陵書局於清同治十一年據汲古閣本重刊，扉頁題「湘鄉曾國藩署檢」，款式及每半頁行數、字數悉同毛氏汲古閣本。稱同治本，亦爲今世通行本。同治本於汲古閣本文字訛誤，有所校正。如，離騷「豈維紉夫蕙茝」，章句：「故堯有禹、咎繇、伯夷、朱虎、伯益、夔；殷有伊尹、傅說；周有吕、旦、散宜、召、畢，是雜用衆芳之效也。」汲古閣本脱「伯益」之「伯」，同治本補之。又，「延佇乎吾將反」，章句：「言己自悔恨，相視事君之道不明審，當若比干伏節死義，故長立而望將欲還反，終己之志也。」汲古閣本「明審」下衍「察」字，同治本删「察」字。又，「後飛廉使奔屬」，章句：「飛廉，風伯也。風爲號令，以喻君命。」汲古閣本脱「飛廉風伯也」五字，同治本補之。九歌河伯「心飛揚兮浩蕩」，章句：「浩蕩，志放貌。」汲古閣本「志」訛作「忠」，同治本改之。山鬼「猨啾啾兮又夜鳴」，章句「猨狖號呼」云云，汲古閣本「狖」訛作「猴」。同治本改之。天問：「女岐無合，夫焉取九子？」汲古閣本「岐」作「歧」。神女曰女岐，澆嫂曰女歧，舊宜作「岐」，同治本改作「岐」。又，「白蜺嬰茀，胡爲此堂」，章句「言此有蜺茀，氣逶移相嬰」云云，汲古閣本「此有」訛作「北有」。同治本改之。哀時命「隴廉與孟娵同宮」，章句：「言世人不識善惡，乃以甑窒之土雜厠圭玉，又使醜婦與好女同室也。以言君闇惑不別賢愚也。」明繙宋本「甑窒之土」訛作「甑窒之二」，汲古閣本訛作「甑窒之上」，惟同治本作「甑窒之十」，是存原本之舊。學術之事，往往前修未密，後出轉精。然同治本雖後出，其校勘未可稱善，新增訛誤多於校改舊誤，僅以離騷爲例，條舉其犖犖者。如，「名余曰正則」，章句「言正平可法則」云云，同治本「言」訛作「右」。又，「未改此度」，章句「脩明政教」云云，同治本「明」訛作「改」。又，「乘騏驥」，章句「可致千里」云云，同治本「里」訛作「旦」。又，「夫唯捷徑」，章句：「徑，邪道也。」同治本「道」訛作「迫」。又，「畦留夷」，補注：「藒、藹並丘謁切。」同治本「丘」訛作「王」。又，「畦留夷」，補注：「藒、藹並丘謁切。」同治本「丘」訛作「王」。又，「長顑頷」，補注：「頷，户感切。」同治本「頷」訛作「領」。又，「矯菌桂」，補注：「九章云：『擣木蘭以矯蕙。』」同治本「章」訛作「草」。又，「願依彭咸」，章句：「以自率厲也。」同治本「率」訛作「主」。又，「馳椒丘」，補注引如淳曰：「丘多椒也。」同治本「多」訛作「安」。又，「五子用」，章句：「兄弟五人須于洛汭。」同治本「汭」訛作「月」。又，「夫維聖哲」，章句：「茂，盛也。」同治本「盛」訛作「里」。又，「夫孰非義」，補注：「五臣云：『服，用也。』」同治本「云」訛作「去」。又，「命靈氛」，章句：「以卜去留，使明智靈氛占其吉凶也。」同治本「卜」訛作「十」、「占」訛作「古」。又，「蘇糞壤」，章句：「幐，香囊也。」同治本「囊」訛作「之」。又，「求榘矱」，章句：「因與同志共爲治也。」同治本「共」訛作「其」。又，「武丁用」，補注：「傅説舉於版築之間。」同治本「版」訛作「販」。又，「恐鵜鴂」，補

注：「陸佃埤雅云：『陰氣至鶗鳴。』」同治本「鳴」訛作「勞」。又，「蘭芷變」，章句「言蘭芷之草」，同治本「芷」訛作「已」。又，「今直爲」，補注：「淮南曰：『膏夏紫芝，與蕭艾俱死。』」同治本「芝」訛作「艾」。又，「委厥美」，章句：「不意明君弃其至美。」同治本「美」訛作「关」。又，「虬蛟龍」，章句：「大曰龍。」同治本「大」訛作「夫」。於此見其一斑，他卷亦可推知。同治本斷非善本，不得選作整理底本。惟於今所見整理、點校補注，皆陽稱用「汲古閣本作底本」，如中華書局者，實同治本。其選本不精，抑汲古閣本不易見耶？

若夫章句單行本，以明正德十三年戊寅高第、黄省曾據宋槧重刊、明隆慶五年辛未豫章朱多煃夫容館繙刻宋本爲最著，以其存世爲最早者。前者稱正德本或黄本，後者稱隆慶本或夫容館本。嗣後又有明馮紹祖萬曆十四年觀妙齋校刻本，稱馮本；明俞初萬曆十四年吴琯校刻本，稱俞本；明朱燮元、朱一龍萬曆二十七年校刻本，稱朱本；明劉廣萬曆四十七年校刻本，稱劉本。以上皆爲明刻。至清，有四庫全書鈔本、清光緒十七年湖北叢書本。海外有日本莊允益寛延三年校刻本，稱莊本。疏證皆用以爲參校，凡諸本異文，皆一一羅列之，雖一本而見諸本在也，爲便學者參證。正德本、隆慶本當係同祖本，而各有少許歧異。如九辯「而志不平」，章句「意未服」，隆慶本「服」作「明」，蓋據文選本校改。然則若作「明」，則出韻也。涉江「日以遠兮」，章句：「以興賢臣難進易退也。」正德本「易」訛作「異」。蓋其所據宋本已訛，正德本未校改而仍其舊，隆慶本因補注本而校改之。類此差異，祇十數事，故不足定其非出一源。余疏理章句單行諸本源流，大抵俞本出於正德本，朱本出於隆慶本，劉本出於俞本。馮本亦出於隆慶本，而參校補注、集注，改易頗多，全失底本舊貌。四庫章句本，館臣稱「兵部侍郎紀昀家藏本」，與馮本多同，出於馮本。湖北叢書本出於朱本，莊本出於俞本，皆以其相同故也。正德本、隆慶本未傳海東，莊氏校刻章句，所用底本即俞本，多與俞本同，而與他本異。如離騷序「屈原與楚同姓」，俞本「與楚」上有「名平」二字，因集注妄增，莊氏因其誤，亦有「名平」二字。疏證所列異文，以「俞本、莊本」爲次，亦職是故。莊氏凡章句「或曰」、「一云」之説，未加詳審，悉視如後所竄亂而妄加删芟，且無文獻據依，武斷甚矣，非原本舊貌。國内學者或媚諂莊氏者，於莊本揄揚之不置，不亦過乎！所據文選版本有五：一爲唐鈔文選集注本，稱唐寫本；二爲韓國奎章閣藏繙刻宋秀州六臣注本，稱秀州本；三爲日本國足利學校藏宋刻明州六臣注本，稱明州本；四爲宋刻建州六臣注本（即四部叢刊初編本），稱建州本；五爲國家圖書館藏宋尤袤刻李善注本，稱尤袤本。而元、明以下諸本，皆未列入參校。文選諸宋刻本，各有優劣，於章句是非，誠有參證之助，其於疏證之中，言之鑿鑿，固有佳例，讀者當明之，毋須贅言矣。

五

舊版疏證於諸本異文，多所失校或漏校，貽誤後學，媿慚何似！念往昔之作疏證，悉據圖書館所鈔録卡片，並無原書再加覆覈，且條件亦不許可，未免掛一漏萬，張冠李戴。經多年訪求、蒐討，余於上述諸種版刻之書，已一一羅致於彀，遂得從容委曲，斟酌消息之，逐本重作檢討，謬者正之，闕者補之。　疏證於其釋義，參證新出土文獻甚夥，雅以静安先生「二重證據」治楚辭爲志，而新出土簡帛文獻層疊不窮，若清華簡、嶽麓簡、北大簡、安大簡等，則不遺餘力，務求材料詳悉、窮盡，其可資參證者亦衆。往往於不經意間，猝爾啓悟，發曩時所未逮，其樂又當何似？如，離騷「説操築於傅巖」，章句但云：「説，傅説也。傅巖，地名。」於傅説其人事，皆語焉不詳。清華簡有敚（説）命三篇，狀其貌曰「鵑肩如惟」，或者解爲「腕肩如惟（椎）」，不成其義，遂成難以覆射之啞謎。清華簡復有良臣篇，傅敚之「敚」作「⿰兑鳥」，从兑、从鳥。其人蓋出於崇鳥之東夷也。殷商族之先亦崇鳥，如殷先王有亥者，甲文作「⿱隹亥」（殷契佚存八八八）或「⿱隹亥」（殷契拾掇四五五），皆从隹，短尾鳥。⿰兑鳥亦殷族之裔乎？敚（説）命「鵑肩」，猶北大簡妄稽之「鳶肩」。國語卷一四晉語「鳶肩而牛腹」，韋昭注：「鳶肩，肩并斗出。」鵑、鳶音異不通，字亦未見説文。楚人稱杜鵑爲鵜鴂，中土稱鵙、買鶬，離騷「恐鵜鴂之先鳴」，既可知矣。鵑字於此始出，固非後之杜鵑。鵑，讀如鳱。鳱，古寒反；鵑，古玄反。音近通用。周禮第一天官卷七司裘「設其鵠」，鄭玄注引淮南子曰：「鳱鵠知來。」孫詒讓正義曰：「釋文引劉宗昌：鳱音鴈。金鶚亦謂：鳱與鴈通，鵠與鶴通。鳱鵠，猶鴻鵠，非小鳥也。」鳶即鵰鷹，亦大鳥。爾雅釋鳥：「鳶，鳥醜，其飛也翔。」郝懿行義疏：「鳶，鴟之類，鷂鷹也。」是以「鳶肩」即同「鵑肩」。簡文「鵑肩如惟」之「惟」，讀如隼，以同隹聲也。易解「射隼于高墉之上」，陸德明釋文引毛詩草木鳥獸疏：「隼，鷂。」「鵑肩如隼」，謂傅説其狀，鳫肩如鷂鷹。又，荀子卷三非相狀説「身如植鰭」。王先謙集解云：「鰭在魚之背，立而上見，駝背人似之。然則傅説亦背僂歟？」謂其背弓曲如魚鰭。非是。鰭，讀如翅。古从支聲與从耆聲之字通用。離騷「朝發軔於蒼梧兮」，章句：「軔，搘輪木也。」文選本「搘」作「支」，補注引「搘」一作「支」。詩小旻「是用不潰于成」，正義引王逸注作「支輪木」。文選卷九長楊賦「是以車不安軔」李善注、卷一六懷舊賦「水漸軔以凝沍」，李善注、詩雨無正孔疏并引王逸注：「軔，支輪木。」慧琳音義卷七四「爲軔」條：「楚辭：『朝發軔』，王逸曰：『軔，支輪木也。』」卷八八「復軔」條王逸注楚辭：「軔，支輪木也。」卷九二「發軔」條引王逸注楚辭：「枝輪木也。」騫公楚辭音殘卷引王逸注：「軔，枝輪木也。」黎本玉篇殘卷車部「軔」字：「楚辭『朝發軔於蒼梧』，王逸云：『枝輪木也。』」支、枝雜出，是古今字。搘，耆聲；枝、支，支聲。據例，鰭亦通翅。植翅，謂翅直立亦若鳶肩聳立者也。若是，則名「鵑」而字之所以从鳥、「鵑肩如惟」、「植鰭」之謎，涣然若冰釋矣。他若「顓頊」、「屈氏」、「楚」、「郢」、「三后」、「九天」、「鼂」等等，皆取證於出土文獻以發明新義。則其補罅、修訂亦夥頤。幸此再梓，欲求其完美、至善，雖知戛戛乎難成，猶不辭勉力爲之，雖一字一句，必求其安於心而後止，豈敢苟且？余以飣餖楚辭文獻爲能事，矻矻焉疲於此，亦津津乎樂於此，焚膏繼晷，不知老之將至。然余垂垂老矣，精力日衰，性又鄙陋鈍魯，智固難周，心有餘而力所不逮，已無能爲矣。惟其魯魚帝虎之訛，舉燭颾段之謬，庶幾在在有之。幸博雅君子正其謬訛，錫以昌言，余當三拜而感銘不已。維丙申之歲孟冬之月，記於婺州麗澤寓舍，時值本命且年七十有三之翁也。

自叙

屈、宋辭賦所以傳於今而不絶如縷者，蓋有後漢王逸楚辭章句也。兩漢之世，屈、宋辭賦備受推崇，是以研治楚辭而聞達於漢世者夥頤，若朱買臣、嚴助輩以言楚辭俱見幸於武帝朝，九江被公以誦楚辭而顯貴於宣帝朝。爲楚辭作注者，更不乏人。若淮南王劉安奉詔作離騷傳，則導夫先路，而後繼踵者有劉向天問解、揚雄天問解、賈逵離騷章句、班固離騷章句、馬融離騷注等，惜乎其書皆佚，唯王逸楚辭章句巋然獨存。

王逸，字叔師，南陽宜城人。生卒莫考，歷漢安帝、順帝、桓帝三朝，蓋與馬融、班固相後先。時圖緯之説倡盛，而古文學亦復興。叔師以鴻通博學之才，入東觀校書，親覩蘭臺秘籍，遂因儒家義理，以經師之法詮解楚辭，以爲屈原其人「危言以存國，殺身以成仁」，「此誠絶世之行，俊賢之英」；離騷之文「依五經以立義」，「金相玉質，百世無匹」也。蓋以批駁班固離騷序貶斥屈原之辭，以正視聽焉。而乃博采異聞，斟酌是非，融會諸家，誠集漢世研習楚辭之大成也。故是書出而衆書佚，楚辭章句遂傳於今而獨擅其美，夫豈偶然哉！其澤被學林，沾溉後人，研習楚辭者莫不奉之若圭臬。

世稱叔師楚辭章句殊多善本，其實不然。章句舊本原貌，湮然莫考。今所見傳本有三：一是單刻王逸楚辭章句本，若明正德黃省曾、高第刊刻本、隆慶五年朱多煃夫容館刊刻本等，皆爲明刻翻宋本。二是合刻於宋洪興祖楚辭補注者，有清汲古閣毛表校刻本、四部叢刊翻宋本。三是收録於梁蕭統昭明文選者，楚辭凡十三篇：離騷、東皇太一、雲中君、湘君、湘夫人、少司命、山鬼、涉江、卜居、漁父、九辯五首、招魂、招隱士是也，李善稱全録王逸章句。文選雖有唐鈔殘卷本及宋刻諸本，惟惜其非楚辭足本。比較上列諸種刻本，彼此歧異甚多，以至竟不能裁定孰爲章句舊文，蓋其所據者非出一源也。如文選本章句多所删節，其所據本，抑宋何偃楚辭十一卷删注本乎？學者多未詳考，因其所據本，各取所需，以訛傳訛，而終不自知。離騷「欲少留此靈瑣兮」，章句：「一云，言未得入門，故小住門外。」小住，晉、宋恆語，叔師斷無操習晉、宋語之理。搜神記卷二「薊子訓」條：「見者呼之曰：『薊先生小住。』並行應之，視若遲徐，而走馬不及。」卷二「吳孫峻」條：「小住須臾，更進一冢上便止，徘徊良久。」類聚卷七〇服飾部下胡牀引世説：「亮徐曰：『諸君少住，老子於此處，興復不淺。』因便據胡牀，與諸賢士談詠竟夕。」則此「一云」者，爲晉、宋間遺説，極有可能爲郭璞離騷注佚文。後録之以附章句下，非章句所存漢師舊説。九章惜誦「又衆兆之所讎」，章句：「交怨爲讎。」景宋本、汲古閣本「交怨」作「父怨」。怨曰仇，報曰讎，古訓有之。怨之甚者莫過於父怨。父怨必報，合乎禮義。據此，舊本作「父怨曰讎」。交，當爲「父」之訛。慧琳音義卷九「怨讎」條引王逸注楚辭：「父怨曰讎。」唐人所據本猶作「父」。學者多據誤本强爲説之。湯炳正氏嘗著文疾呼，謂「王逸楚辭章句本亟待整理」。蓋有以識之，然終無所成。抑此事體大，以造次不易爲之故與？鄙意不論其難易與否，學者翹首企望，冀得一近真之本日迫，董理章句之事，塙乎在眉睫之間也。

叔師去古未遠，與屈、宋同國共土，其詮釋楚辭詞語，理當可信。然今距叔師之世，已近二千祀，其爲章句，則亦古文。後人讀之，容有未愜於心。輕薄妄人，無端攻擊，每每以足爲非。如離騷「固前聖之所厚」，章句：「言士有伏清白之志，以死忠直之節者，固乃前世聖王之所厚哀也。」學者多謂「厚是動詞，即贊許。章句添一『哀』字，把『厚』變成副詞」。未審「哀」爲漢之恆語，猶愛憐之意。厚哀，平列複語。叔師未誤。余觀後之所斥逸説者，若執漢世文獻詳覆之，則十九爲悠繆之譚。宋洪興祖作補注，於叔師雖多有補闕、辯正之事，而未可稱完善；於典章儀禮，尤多疏略。明、清以下，注家蠭起，不乏精敏之作，然亦多逞私臆，或借題發揮，藉屈子之酒杯，以澆己心之塊壘。其去屈子本意，何止百千萬里！其貽誤初學，鮮有可采。誠有正本清源、疏證章句之必要。再者，自民初以來，考古學之業績，舉世矚目。近二三十年間，在湖北、湖南、河南、山東等地先後出土大批周、秦、西漢之簡帛典籍，舉其大較者，有湖北荆州市江陵包山楚墓竹簡、望山楚墓竹簡、天星觀楚墓竹簡、九店楚墓竹簡，荆門市郭店楚墓竹簡、睡虎地秦墓竹簡、張家山漢墓竹簡，隨州孔家坡漢墓簡牘，河南信陽楚墓竹簡、新蔡葛陵平夜君墓楚簡，湖南長沙市子彈庫戰國楚帛書、馬王堆漢墓帛書，有安徽阜陽市雙古堆漢墓竹簡，有山東銀雀山漢墓竹簡，有上海博物館藏戰國楚竹書等，無慮數十萬言。簡帛文獻多與楚辭無直接關係，惟雙古堆漢簡存屈賦殘簡十字。雖然，於文字、言語、文物多可參證，庶幾能發明前賢臆義矣。如懷沙「易初本迪兮」，章句以「本迪」爲「違離常道」，學者百思未得其解。郭店楚墓竹簡凡「倍離」字皆作「伓」，或省作「不」。則今本「本迪」之「本」，即「不」之訛，通作「伓」。章句「違離」云云，則舊本未訛。千古疑獄，於此定讞。以出土文獻疏證楚辭，庶幾可補闕章句遺説，發明新義，爲當世楚辭研究方嚮，且所以越度前賢也。

余研習楚辭有年，終身是業。乃訪版本，覈源流，立凡例，設條目。自壬子之歲以來，閱今四十餘載，伴青燈於几案，誦屈騷以明志；恬寂寞於陋室，刊聲華其獨居。上下求索，矻矻焉力罄而未敢怠；窮極研幾，纍纍乎精疲其毋得止。嗚呼！思昔發軔著述之日，風采俊發，乃翩翩一少年；及至束筆完稾之時，鬢髮斑白，若垂垂之老翁矣。掩卷長思，何可勝言哉！是書之作，初意欲踵武清王懷祖之廣雅疏證，疑於義者求之以聲，疑於聲者徵之以義。故凡辨字形，審字義，溯語源，通流變，總以聲音、訓詁爲管鑰。綜其大要，約爲六事：一曰校正章句文字，以定諸本是非。余既爲楚辭異文辯證之作，專校楚辭正文，此書則以校章句注文。若因章句注文而關乎楚辭正文是非，亦偶連及之。二書蓋互補也。二曰疏證章句字義訓詁。審叔師訓詁，前後一貫，體例精密，或援引古書，或徑陳遺訓，或析言其異，或統言不別，或説以假借，或明其方言，或執今言以比況古義，不一而足。觀夫訓詁之事，既忌以今律古，亦戒以古限今。執今言以比况古義者，尤爲重要。屈宋辭賦，用周秦古義，而叔師以漢世曉習之語釋之。其間差異，因時而變。若周秦曰首、兩漢曰頭，周秦曰舟、兩漢曰船之類是也。余皆出而疏之，所以別古今之異。非惟有益於楚辭字義訓詁，且爲構建漢語詞彙史以增益基址也。又九思一篇小序及注，與章句用語、體式迥然不類，且雜見魏晉齊梁間俗語，則斷定是篇之小序及注出於魏晉以後之好事者，而託名章句也。三曰考覈章句用韻。章句注文，有十數篇用韻語，或七字句韻語，或三字句韻語，至爲奇特，蓋叔師所獨創。其所用之韻，與詩三百篇、屈宋辭賦，多所異同。蓋周秦古音，至東漢之世，則又一變。四曰辯證章句之典章、文物及制度。屈宋辭賦，凡祭祀、服飾、人物、歷史、地理、禮俗、宗教等，叔師皆有釋焉，然多簡略，且未明所因。余乃廣徵博引，比綜異聞，疏理其所據之典，且辯其得失異同。五曰補章句闕漏，正其訛誤。叔師雖博學通人，然智者千慮，必有一失，偶有麤疏失實，勢所不免。余乃沈吟反覆，從容消息，參稽前賢，折中是非，别求其文詞指意所在。每下己意，必臚列書證，務求審慎有據，忌作嚮壁鑿空虛説。審其所徵者，尤注重於出土文獻，以地下出土之文物與傳世文獻相互印證。此静安先生所倡導「二重證據法」也。知之者，據包山楚簡「杙」字，以定離騷「齊玉軑」之「軑」，讀如紲。據郭店楚墓竹簡「浧（盈）」字，以定九歌湘夫人「成堂」爲「浧（盈）堂」。據包山楚墓棺蓋九層飾物，以證屈賦「九天」爲「九重天」也。據九店楚簡日書，以定屈賦「吉日」因四時而定。六曰以楚之禮俗以及生命哲學，説解屈賦飛陞上征之真諦，乃謂離騷下篇非託寓時世君臣之言，乃求反本於楚先也。余未敢曰得古人之真，惟較之恣意放言、不著際涯者，自信幾也。

屈宋辭賦，指趣幽邃，古來難讀；章句訓詁，詳密精微，爲之疏證，益非易事。余以末學之徒，稟性鈍魯之人，妄欲踵武前脩，爲斯先賢欲爲而終未遂之業，亦戛戛乎難也夫！況夫學海無涯，而智固難密，其於郢書燕説、帝虎餘存者，則焉得逃責？幸博雅君子正其疏誤，錫以昌言，余當拜而受之矣。

時維柔兆閹茂之歲，十月爲陽，浦江黄靈庚叙於婺州芙蓉峰下寄廬。

凡例

一　本書斠酌楚辭章句諸本，卒選清汲古閣毛表校刻洪興祖楚辭補注（簡稱補注）爲底本。其雖非宋槧，以其訛誤最少故也。劉申叔云：「毛刊洪氏補注本，出自宋槧，尤爲近古。」當是確論。補注本，雖有明繙宋本（即爲四部叢刊初編所輯者）及清乾隆間吳郡陳枚寶翰樓繙刻本、清道光二十六年長沙惜陰軒叢書繙刻本、清同治十一年金陵書局繙刻本及日本國寬延二年皇都書林繙刻本，皆不及汲古閣本精善也。然後與敦煌舊鈔本隋僧智騫楚辭音殘卷（簡稱楚辭音殘卷）、日本國金澤文庫藏唐寫本文選集注殘卷（簡稱唐寫本）、韓國奎章閣藏繙刻宋秀州文選六臣注本（簡稱秀州本）、日本國藏宋紹興間明州州學繙刻文選六臣注本（簡稱明州本）、宋理宗間建陽繙刻贛州文選六臣注本（簡稱建州本）、宋淳熙尤袤校刻文選李善注本（簡稱尤袤本）、清胡克家覆刻宋尤袤文選李善注本（簡稱胡本）、明正德十三年高第、黄省曾繙宋楚辭章句本（簡稱正德本）、明隆慶五年朱多煃夫容館繙宋楚辭章句本（簡稱隆慶本）、明萬曆十四年俞初校刻楚辭章句本（簡稱俞本）、明萬曆十四年馮紹祖觀妙齋校刻楚辭章句本（簡稱馮本）、明隆慶間朱燮元、朱一龍校刻楚辭章句本（簡稱朱本）、明萬曆四十七年劉廣校刻楚辭章句本（簡稱劉本）、清文淵閣、文津閣、文瀾閣所藏四庫全書楚辭章句鈔本(簡稱文淵本、文津本或文瀾本四庫章句)、清光緒間湖北叢書繙刻楚辭章句本、日本國寬延三年莊允益校刻王注楚辭本(簡稱莊本)等多種刻、鈔本(其他未盡版本,詳後附録)對校。若底本有敚訛,則據他本補之。其所補之文用()號以示區别。其底本訛字用[]號,所正之字用()號,如「木蘭[川](州)在尋陽江」是也。其體例:以章句釋詞爲目,始爲楚辭正文,次爲章句注文,次爲諸版本及魏晉以下至唐宋援引章句異文。每條之下,先校讎章句舊文,而後疏證其義。

一　本書雖以宋洪興祖補注本爲底本,而十七卷次第不用洪本及明版章句本以時之先後者,乃因無名氏之楚辭釋文:離騷第一,九辯第二,九歌第三,天問第四,九章第五,遠遊第六,卜居第七,漁父第八,招隱士第九,招魂第一〇,九懷第一一,七諫第一二,九歎第一三,哀時命第一四,惜誓第一五,大招第一六,九思第一七。惟其如此,則庶幾存章句之舊。本書於諸本異文或殘簡零句,不論巨細、重複、正訛,一概收録之,非有意逞其炫博,一則可免讀者檢索之勞,二則執一本以見諸本所在也。且於考證諸本因襲亦大有資助,如俞本、莊本多同而異於他本,馮本、四庫章句本多同而别於他本,則知莊氏據俞本繙刻、四庫依馮本鈔寫也。

一　本書校勘,但校章句注文,而於楚辭正文多闕而不論,以余有楚辭集校之書也。集校一書,雖校楚辭正文及章句是非,然重在校正文。本書之與集校,爲相互補充。若校章句注文,而涉乎楚辭正文者,則亦及之。若本書所論,有與集校相抵觸,是余於舊説有所修訂者,故當以本書爲正。於

「案語」之下，皆爲己所偶得。若不能斷者，則不勉强從事，但臚列異文，以俟達者參驗、是正。每立一義，必旁徵博引，惟恐失之無據、或證據之不足。徵引古書，必詳明其卷次、篇第，以便於覆核也。其所據版本，則見附於書末之楚辭章句疏證引用書目。

一　章句釋義，偶用韻語，爲其所創製。四庫館臣「蓋仿周易象傳之體」云云，未必可信。計其用韻語者，有九辯、抽思、思美人、惜往日、悲回風、遠遊、卜居、漁父、招隱士、九懷等十篇。據其用韻，不啻可以校章句之訛誤、羨脱，又爲考證音韻流變之佐證。審其用韻，皆後漢時世之音，不盡與三百篇、楚辭同也。自周秦至後漢，越歷數百年，則其音又爲一變。如陽韻之明、行、英等字，章句用韻多與耕、青韻相協，支、歌、脂、微四韻，侯、魚、幽三韻，其畛域亦不甚密。是書皆據例詳説之。惟其韻目，復因曾運乾周秦古韻三十部説。於入韻之字分合之間，比較折中，則可以推知其音變消息也。

一　一代有一代之文物，一時有一時之語言。叔師章句，以漢世恆語詮解楚辭，故欲定章句之是非，於兩漢之世通習之詞，必作系統調查，而後知其釋義，前有所承襲，後見其語言流變有其時代之特徵。如，九辯「忼慨絶兮不得」，章句云：「中情恚恨，心剥切也。」慧琳音義卷四九「忼慨」條、卷五五「慷慨」同引章句「剥切」作「切剥」。九懷匡機「余深愍兮慘怛」，章句：「我内憤傷，心切剥也。」九思疾世「思怫鬱兮肝切剥」，隸釋卷八引漢無名氏金鄉長侯成碑「昆嗣切剥，哀慟感情」，卷一二漢無名氏李翊夫人碑「慟切剥兮年不榮」，全晉文卷一〇三陸雲與戴季甫書七首：「追慕切剥，不能自勝。」則定「切剥」爲漢世恆語，遂乙章句作「切剥」。據漢世恆語、習語，以校正章句舊本之當否，爲本書之重要特色。此與學者所稱「本校」者微有區別。蓋「本校」者，但取一書之例；而「詞例」者，則通一代之語言。

一　本書疏義，即以章句詮解爲基址，於楚辭正文及章句注文，皆詳爲疏證。一是疏通叔師故訓及其用典之來歷，二是印證楚辭正文舊義。前者多據周、秦文獻及兩漢經師遺義以說之，以明叔師説義，皆有所本。本書徵引周秦古書及前賢遺義，皆詳明其篇名、卷次。若非親查所得而轉引於他書者，亦必詳明之。後者以出土文獻發明楚辭新義，或發明章句賸義。近年於兩湖及河南、安徽等地之先秦楚墓中，先後出土大批周秦兩漢簡牘帛書，與楚辭雖無直接聯係，然其時書寫之文字及相關之内容，皆得參徵之。執出土文獻以詮解傳世楚辭，多能發前人所未及者。余幸生於是世，親睹數以萬計簡帛文字，且從容消息之，以爲治學之助。當世治楚辭者所以能越度前人者，必藉於此也。故是書尤致意於出土文獻，凡説字義，若有出土文獻可以援證者，則必先用之，而後復驗之於傳世典籍。執静安先生之「二重證據」之法以疏證楚辭者也。

一　讀古書至難者，莫如古史、古地理等問題。三代以往古史，多爲神話傳説，茫然無稽；地名因時變改，遷移，幾不可董理。如，離騷首稱帝顓頊高陽氏爲楚人始祖，然考高陽之地，不啻北土有多處，南楚亦有數處。則高陽氏始居之地、楚先所自及其遷徙之先後塗徑諸問題，終不易瞭然於心，爲古來治騷所難言。本書依據離騷三度飛陞遠遊之文，會通考古學、歷史學、宗教學、哲學、生命學、神話學、地理學、語言學諸科作綜合考證，乃別開生面，發明隱奥，圖求得楚族及楚文化之本源、發展及演變之進程。則視「求帝」、「三求女」、「西行求女」爲屈子冥冥之中追遡本源、生命回歸，與漢師比附君臣之説，大異其趣。

一　綜觀叔師章句，執經義以注釋楚辭，謂離騷之義必與六經合者，則比附拘牽，往往差之毫釐，繆以千里。如以離騷求帝比求賢君，以三求女比爲求賢臣者，令前後文義支離齟齬，不相調遂，蓋未深究於楚俗治喪之遺習。其於訓故之事，亦時見重紕貤繆之説。如以離騷「三后」爲禹、湯、文王三代，以抽思「三五」爲三王、五帝，則未審屈賦言三后指楚熊渠始封三王，後世所稱三户也。三五，亦三王，五，王之訛。凡此訛誤，正不必爲叔師諱。本書乃參稽後世注家或時賢新説，皆爲之折衷考辨，以理章句之當否。是與唐人唯漢師是從之正義，亦不可同日語。

一　自叔師章句以來，歷代皆有著述，本書於其精當者多所參徵。凡前賢或時人之説，有起余之功者，多所甄録，且皆註明出處，未敢掩人之美。本書於古今是非，亦多所論列。梁任公云：「學術者，天下之公器也。」本書所論者，凡關乎學術之是非，於古今名家碩師，不敢有所避諱。若存而弗論，或者唯名家之依違，或者持門户之見爲是非，乃至踵跡其訛而不自知者，既無益於學術，又貽誤後學，有悖於實事求是之古訓。余非有意藉詆排名家以邀聲譽者，幸讀者知余之心。

楚辭章句疏證卷一　離騷

離騷經者，屈原之所作也。屈原與楚同姓，仕於懷王，爲三閭大夫。

文選本離騷序「與」上無「原」字。俞本、莊本「與楚」上有「名平」二字。案：李善引序，節約其要，非其全文。文選唐寫本陸善經引序爲全帙，則亦有「原」字。且於末云：「此序及九歌、九章等序，並王逸所作。」知其所引未經善删也。又，卷三〇陸機擬東城一何高「三閭結飛轡」，李善注引離騷序：「屈原者爲三閭大夫。」（六臣本李注無此引文）。古人引書固不甚縝密，未可執一本爲依據，宜乎求其同、存其異。有「名平」二字，依朱子集注妄增也。屈氏，楚武王後。詳參離騷「朕皇考曰伯庸」注。黄伯思東觀餘論卷下校定楚詞序：「王逸諸序竝載于書末，猶古文尚書漢本、法言及史記自序、漢書叙傳之體，駢列于卷尾，不冠于篇首也。」離騷所以爲前後二叙者，前叙爲正論，後叙爲駁論，故兩置之。未必與「古文尚書漢本、法言及史記自序、漢書叙傳」者同。

三閭之職，掌王族三姓，曰：昭、屈、景。

史記卷八四屈原列傳集解引離騷序同。案：後漢書卷七〇孔融傳「忠非三閭」，李賢注：「即屈原也。掌王族三姓，曰：昭、屈、景，故曰三閭。」因叔師章句。昭氏，楚昭王後，楚簡作「邵」，或省作「召」。景氏先世無考。莊子卷六庚桑楚第二三：「是三者雖異，公族也。昭、景也，著戴也。甲氏也，著封也。非一也。」説者多以甲氏爲屈氏，未知所據。又，鄭文離騷槩詁、趙逵夫屈原和他的時代乃謂屈氏始封之祖爲楚熊渠長子句亶王伯庸。有待新出土文獻證明之。然楚之稱王始此，爲屈子所樂於稱道。三閭，蓋句亶、鄂、越章三族也。史遷稱「楚雖三户，亡秦必楚」。三户，三閭也。詳離騷「昔三后之純粹兮」注。文選本離騷序及五百家注柳先生集卷二爲裴令公舉裴冕表「楚任靳尚而屈平放逐」韓注引離騷序無「三閭之職掌王族三姓曰昭屈景」十三字。

屈原序其譜屬，

文選唐寫本陸善經引序無「屈原」二字、「譜」作「諸」。案：諸，訛也。史記卷八四屈原列傳裴駰集解引離騷序、史通第三書志及春秋戰國異辭卷三一引離騷序作「譜」。譜，猶後之「譜録」。屬，繫屬。又，史記卷八四屈原列傳裴駰集解引離騷序無「屈原」二字。

率其賢良，以厲國士。入則與王圖議政事，決定嫌疑；出則監察羣下，應對諸侯，謀行職修，王甚珍之。

文選本離騷序無「率其賢良」至「王甚珍之」三十八字。唐寫本陸善經引序「圖」作「啚」，「修」

作「脩」。

案：無「率其賢良」以下三十八字，删之也。啚，圖之省也。脩、修古通用。史記卷八四屈原列傳：「入則與王圖議國事，以出號令；出則接遇賓客，應對諸侯。王甚任之。」章句因史記。

同列大夫上官靳尚妬害其能，共譖毁之。

文選唐寫本離騷序、正德本、隆慶本、朱本、劉本、俞本、湖北本、莊本、馮本、四庫章句本亦作「妬」，同治本作「妒」。唐寫本陸善經引序「妬害」作「妬宕」。案：妬、妒同。宕，訛也。清華簡（六）鄭夫人規孺子「㛕妬之臣恭其顏色」，則「妬」字已見戰國。漢簡亦屢見，惟「妒」字未見出土簡帛。春秋戰國異辭卷三二王逸離騷序、漢魏六朝百三家集卷二〇漢王逸集題詞、羣書考索卷二〇文章門引離騷序作「妬」，東漢文紀卷一四引離騷序作「妒」。又，文選唐寫本、文選卷六〇顏延年祭屈原文「謀折儀、尚」，李善注引楚辭序作「妬」。章句「妬害」云云，平列同義，謂嫉妬。害，讀如「妎」。説文女部：「妎，妬也。从女、介聲。」害、妎音近義通，别作「嫸」。妬害，漢世恆語。班固離騷贊序：「同列上官大夫妬害其寵。」後漢書卷一〇下皇后紀伏皇后：「而陰懷妒害，包藏禍心。」三國志卷一四魏書劉放傳注引資别傳：「鄉人司空掾田豫、梁相宗艷皆妒害之。」又，屈原列傳張守節正義引王逸云：「上官靳尚。」則以上官靳尚爲一人。湯炳正楚辭類稿有詳考，謂戰國銅器及陶文有「上官」，官名；靳尚，人名。襄王時亦有上官大夫，與懷王世靳尚，非一人。漢書卷二〇古今人表上官大夫列中中（第五等），靳尚列下上（七等），則以上官、靳尚爲二人。

王乃疏屈原。

文選本離騷經序、唐寫本陸善經引序「疏」作「流」。補注引「疏」一作「逐」，皇都本作「斥」。劉師培楚辭考異：「據新序節士篇云：『復放屈原。』自作『流』爲長。」案：此説失之。史記卷八四屈原列傳：「王怒而疏屈平。」班固離騷贊序：「王怒而疏屈原。」章句所因。則舊作「疏」。章句或言「放流」。離騷「又樹蕙之百畝」，章句：「言己雖見放流，猶種蒔衆香，修行仁義，勤身自勉，朝暮不倦也。」又，「申申其詈予」，章句：「言女嬃見己施行不與衆合，以見放流，故來牽引數怒，重詈我也。」懷沙「汩徂南土」，章句：「言己見草木盛長，而己獨汩然放流，往居江南之土，僻遠之處，故心傷而長悲思也。」大招序：「屈原放流九年，憂恖煩亂，精神越散，與形離別。」或爲「流放」。九懷序「言屈原雖見放逐」，補注引「放逐」一作「流放」。通路「悲命兮相當」，章句：「不獲富貴，值流放也。」未見單作「流」者。東漢文紀卷一四引離騷序、漢魏六朝百三家集卷二〇漢王逸集題詞、春秋戰國異辭卷三一王逸離騷序、羣書考索卷二〇文章門引離騷序亦作「疏」。別本作「逐」，因義改也。

屈原執履忠貞，而被讒衺，

文選唐寫本陸善經引序「衺」作「邪」，補注引「衺」一作「邪」。案：邪、衺同。漢魏六朝百三家集卷二〇漢王逸集題詞引亦作衺，東漢文紀卷一四引離騷序訛作「衺」。羣書考索卷二〇文章門引離騷序刪「執履忠貞而」五字，又刪「衺」字。文選本離騷序刪「屈原執履」至「不知所愬」十八字。

憂心煩亂，不知所愬，乃作離騷經。離，別也；騷，愁也；

文選唐寫本陸善經引序「亂」作「乱」，「愁」下無「也」字。案：乱，俗亂字。無「也」，敓也。類聚卷二九人部一三「別上」條、御覽卷四八九人事部一三〇別離：「楚辭序曰：『離，別也。騷，愁也。言己放逐離別，中心愁思。』」則「愁」下亦有「也」字。又，離、別，散文不別，對文生曰離、死曰別；近曰離，遠曰別。觀離騷之作，要在決於生死之間，其題意曰「死別之愁」。騷、愁，聲之轉。文選卷一五思玄賦「拂穹岫之騷騷」，李善注引王逸曰：「騷，愁也。」（六臣本無此注）文選本離騷序刪「離別也」至「終不見省」一百三十三字。

經，徑也。

補注引釋文目録「離騷」下無「經」字，曰：「余按：古人引離騷，未有言『經』者。蓋後世之士祖述其詞，尊之爲經耳。非屈原意也。逸說非是。」鄭知同離騷注叙云：「其離騷題爲經者，係漢人尊加之名，以爲羣賦之祖，推之同于經耳。屈子肯自號其文爲『經』乎？」案：此一端也。別一端者，漢人因經義以解離騷也，故尊之爲「經」爾。周易音義：「經者，常也，法也，徑也，由也。」經之爲徑，聲訓也，古字通用。吳玉搢別雅卷二「徑管經管」條：「楚辭宋玉招魂『經堂入奧，朱塵筵些。』注：『經，一作徑。』左傳：『昔趙衰以壺餐從，徑餒而弗食。』僖二十五年。正義曰：『劉炫改徑爲經，謂經歷飢餒。』史記高祖本紀：『夜徑澤中。』索隱曰：『徑，舊音經。』」

言己放逐離別，

正德本、隆慶本、湖北本、劉本、朱本、馮本、俞本、莊本「己」作「以」。案：以，古作「已」，與「己」字形似相訛。四庫章句本作「已」，亦訛也。春秋戰國異辭卷三一王逸離騷序、東漢文紀卷一四引離騷序、漢魏六朝百三家集卷二〇漢王逸集題詞引離騷序作「以」。類聚卷二九人部一三「別上」條、御覽卷四八九人事部一三〇別離引王逸楚辭序亦作「己」。

中心愁思，猶依道徑以風諫君也。

文選唐寫本陸善經引序「依」作「陳」，「風」作「諷」，「諫」作「誦」。正德本、隆慶本、湖北本、朱本、劉本、馮本、俞本、莊本、四庫章句本「依道徑」作「陳直徑」。補注引一作「陳直徑」，一作「陳道徑」。案：章句有「道徑」，無「直徑」。涉江「猨狖之所居」，章句：「非賢士之道徑。」思美人「羌宿高而難當」，章句：「飛集山林，道徑異也。」九歎思古「錯權衡而任意」，章句：「言君棄先王之法度而不奉循，猶置衡稱不以量物，更任其意而商輕重，必失道徑、違人情也。」則舊作「道徑」。直，舊作直，與道字形似相訛。爾雅釋天邢疏、御覽卷四八九人事部一三〇別離引王逸楚辭序亦作

「陳道徑」。東漢文紀卷一四引離騷序、漢魏六朝百三家集卷二〇漢王逸集題詞、春秋戰國異辭卷三一、羣書考索卷二〇文章門引離騷序作「陳直徑」。章句但作「風諫」，無作「風誦」。離騷後叙：「風諫之語，於斯爲切。」九歌叙：「上陳事神之敬，下見己之冤結，託之以風諫。」則舊作「風諫」。又，章句「中心愁思」云云，愁思，平列同義，思亦愁也。

故上述唐、虞、三后之制，下序桀、紂、羿、澆之敗。冀君覺悟，反於正道而還己也。

漢魏六朝百三家集卷二〇漢王逸集題詞引離騷序「反」作「及」。案：及，反之訛。離騷「敶詞重華」之後多叙三代興亡事。

是時，秦昭王使張儀譎詐懷王，令絕齊交。又使誘楚，請與俱會武關。

文選唐寫本陸善經引序無「楚」字。文選卷六〇祭屈原文「昭懷不端」，李善注引楚辭序「誘楚」作「誘懷王」。案：劉師培楚辭考異云：「作『誘懷王』，義較長。」春秋戰國異辭卷三一、漢魏六朝百三家集卷二〇漢王逸集題詞引離騷序亦作「誘楚」。

遂脅與俱歸，拘留不遣，卒客死於秦。

補注引「脅」一作「脇」。案：脅、脇同。東漢文紀卷一四引離騷序、漢魏六朝百三家集卷二〇漢王逸集題詞、羣書考索卷二〇文章門「賦類」引離騷序作「脇」。文選卷六〇顏延年祭屈原文「昭懷不端」，李善注引王逸楚辭序：「是時，秦昭王使張儀譎詐懷王，令絶齊交。又使誘懷王，請與俱會武關，遂脅與俱歸，拘留不遣，卒客死於秦。」其引文皆未見李氏所録離騷序。李善非未見，據其删本耳。史記卷八四屈原列傳，屈平既絀，其後秦欲伐齊，齊與楚從親，惠王患之，乃令張儀詳去秦，厚幣委質事楚。又，卷四〇楚世家，懷王三十年，往武關會秦昭王，「秦因留楚王，要以割巫、黔中之郡」，不許。楚頃襄王三年，「懷王卒于秦，秦歸其喪于楚。」洪氏補注云：「然則使張儀譎詐懷王，令絶齊者，乃惠王，非昭王也。」章句誤爲一事爾。

其子襄王復用讒言，

四庫章句本「子」下有「頃」字。案：史記卷八四屈原列傳：「卒使上官大夫短屈原於頃襄王。」有「頃」字，蓋因史記增益之。

遷屈原於江南，屈原放在草野，

文選唐寫本陸善經引序「草野」作「艸楚」，正德本、隆慶本、湖北本、朱本、劉本、馮本、俞本、莊本、四庫章句本「南」下有「而」字，「草」作「山」。補注引「草」一作「山」。案：艸，古草字。楚，埜之訛。埜，古野字。春秋戰國異辭卷三一王逸離騷序、東漢文紀卷一四引離騷序、漢魏六朝百三家集卷二〇漢王逸集題詞引離騷序「草」亦作「山」。草野、山野，章句並見，其所據本別。史記卷八四屈原列傳：「令尹子蘭聞之大怒，卒使上官大夫短屈原於頃襄王，頃襄王怒而遷之。」

復作九章。

案：九章，即惜誦、涉江、哀郢、抽思、懷沙、思美人、惜往日、橘頌、悲回風也。

援天引聖，以自證明，終不見省。不忍以清白久居濁世，

文選卷四七夏侯孝若東方朔畫贊「以爲濁世不可以富貴也」，李善注引王逸楚辭序同。

遂赴汨淵，自沈而死。離騷之文，依詩取興，

文選尤袤本、胡本「沈」作「投」。唐寫本「沈」作「沉」。案：沈、投皆通，史記卷八四屈原列傳作「自投」。汨淵，汨羅之淵。詳參懷沙解題。文選本離騷序删「離騷之文」至「而愍其志焉」九十四字。

引類譬諭。故善鳥香草以配忠貞；惡禽臭物以比讒佞；

文選卷二五劉琨答盧諶「英蘂夏落」，李善注引王逸離騷序：「善〔馬〕（鳥）香草，以配忠貞。惡禽醜物，以比讒佞也。」卷六〇顔延年祭屈原文「比物荃蓀」，李善注引王逸楚辭序：「善鳥香草，以配忠貞。」四庫本文選「貞」作「真」，避清雍正帝諱也。李善注引離騷序，未見文選本離騷序。知選本騷序非足文。

靈脩美人以媲於君；宓妃佚女以譬賢臣；虬龍鸞鳳以託君子；

文選唐寫本陸善經引序「譬」作「辟」。正德本、隆慶本、湖北本、朱本、馮本、俞本、四庫章句本「脩」作「修」。案：辟、譬古今字。脩、修，楚辭通用。文選卷二四潘岳爲賈謐作贈陸機「英英

朱鸞」，李善注引王逸楚辭序：「虬龍鸞鳳，以託君子。」又，唐寫本卷四八潘岳爲賈謐作贈陸機一首「英英朱鸞」，李善注引楚辭序亦云：「虬龍鸞鳳，以託君子。」卷六〇顔延年祭屈原文「連類龍鸞」，李善注引王逸楚辭序：「善鳥香草，以配忠貞；虯龍鸞鳳，以託君子。」又，卷二五傅咸贈何劭王濟「雙鸞遊蘭渚」，李善注引王逸楚詞序：「虯龍鸞鳳，以託君子。」以上李善注引離騷序，皆未見文選卷三二離騷序。證選本騷序非足文。虬，俗虯字。文選唐寫本注：「媲，匹也。普計反。」

飄風雲霓以爲小人。

文選唐寫本陸善經引序「飄」作「颷」。補注引「飄」一作「颷」。案：東漢文紀卷一四引離騷序亦作「飄」。離騷「飄風屯其相離兮」，則舊作「飄」。

其詞温而雅，其義皎而朗。

文選唐寫本陸善經引序「詞」作「辞」，「皎而朗」作「皦而明」。補注引朗一作明。案：東漢文紀卷一四離騷序引亦作「朗」。辞，俗辭字，古通作詞。皦、皎，古字通用。

凡百君子，莫不慕其清高，嘉其文采，哀其不遇，而愍其志焉。

文選唐寫本陸善經引序「志」下無「焉」字。寶翰本、惜陰本、皇都本「愍」作「愍」。正德本、隆慶本、湖北本、朱本、劉本、馮本、俞本、莊本、四庫章句本「愍」作「閔」。案：愍，避唐諱也。愍、閔，古字通用。無「焉」，歍也。漢魏六朝百三家集卷二〇漢王逸集題詞、東漢文紀卷一四引離騷序、春秋戰國異辭卷三一引離騷序作「閔」。李善云：「此序及九歌、九章等序，並王逸所作。」文選李善注載離騷序，多所刪節。而文選他篇李善注所引離騷序，多爲文選本離騷序所未見者，則亦知其消息。唐寫本音決（公孫羅作）曰：「今案此篇（離騷序）至招隱篇，鈔，脱也。」唐人固知其刪之。頊者或以文選本離騷序爲舊序，反謂今本之序乃後所累增者，何其瞀亂也夫！

帝高陽之苗裔兮，

德合天地稱帝。苗，胤也。裔，末也。高陽，顓頊有天下之號也。帝繫曰：「顓頊娶于騰隍氏女而生老僮，是爲楚先。」其後，熊繹事周成王，封爲楚子，居于丹陽。周幽王時生若敖，奄征南海，北至江、漢。其孫武王求尊爵於周，周不與。遂僭號稱王，始都於郢。是時生子瑕，受屈爲客卿，因以爲氏。屈原自道本與君共祖，俱出顓頊胤末之子孫，是恩深而義厚也。

【疏證】

德合天地稱帝。◎文選本無注。案：刪之也。李善標言「王逸注」，然多所刪芟。隋書卷三五經籍志四云：「梁有楚辭十一卷，宋何偃刪王逸注。」何本已佚，未詳舊貌。蓋以章句繁蕪，故刪而約之。李善所稱「王逸注」，抑何氏刪本也歟？逸周書卷六謚法第五四：「德象天地曰帝。」

公羊傳成公八年何休注引孔子曰：「德合天者稱帝。」皆章句所因。又，易坤靈圖：「德配天地在正不在私爲帝。」類聚卷一一帝王部一總載帝王引白虎通、帝王世紀並云：「德合天地者稱帝，仁義合者稱王。」史記卷一五帝本紀正義引坤靈圖：「德配天地，在正不在私曰帝。」又引鄭玄注中候勑省圖：「德合五帝坐星者稱帝。」文選卷一西都賦「三成帝畿」，李善注引樂稽嘉耀曰：「德象天地爲帝。」初學記卷九帝王部、御覽卷七六皇王部一敍皇王上引易緯：「帝者，天號也。德配天地，不私公位，稱之曰帝。」言「合」、「象」、「配」，字別義同。周、秦稱「德合天地」，直以順乎自然者。易乾九四文言：「夫大人者，與天地合其德，與日月合其明。」德，道也，自然也。銀雀山漢簡孫臏兵法田忌問壘篇：「曰知孫氏之道者，必合於天地。」馬王堆漢帛書經法論約：「始於文而卒於武，天地之道也。四時有度，天地之李（理）也。日月星辰有數，天地之紀也。三時成功，一時刑殺，天地之道也。」前道：「聖人舉事也，闔（合）於天地，順於民，羊（祥）於鬼神。」十問：「君若欲壽，則順察天地之道。」漢簡遺篇雖出漢初之墓，然皆周、秦遺策。莊子卷四天道第一三：「故曰莫神於天，莫富於地，莫大於帝王。故曰帝王之德配天地。」晏子春秋卷一景公欲使楚巫致五帝以明德晏子諫第十四：「德厚行廣，配天象時，然後爲帝王之君，神明之主。」由此可知，逸周書「德象天地」云云，猶合乎自然、合乎本始。故帝之爲上帝、天帝者外，復爲終極、祖宗之義。禮記卷四曲禮下第二：「告喪，曰：『天王登假。』措之廟，立之主曰帝。」鄭注：「同之天神。」孔疏：

「天神曰帝，今號此主，同於天神，故題稱帝，云文帝、武帝之類也。」則死稱帝，生則不稱。趙彥衛雲麓漫鈔卷二：「禮記：『措之廟，立之主曰帝。』則自商以前，生曰王，立之主曰帝，非是生稱帝也。如李唐生曰帝，措之廟曰宗，後人追記前事亦曰某宗，非生稱宗也。虞書稱堯曰：『惟帝其難之。』亦此類。」古之王者及諸侯死後皆稱帝。左傳襄公四年：「在帝夷羿。」羿，古之諸侯。帝，猶宗、祖也。淮南子卷一三氾論訓：「羿除天下之害，而死爲宗布。」其稱帝、稱宗皆爲根基、本始之義。御覽卷七七皇王部二叙皇王下引淮南子：「帝者，體太一。」太一，本始也。逸周書卷三武順解第三二：「危言不干德曰正，正及神人曰極，世世能極曰帝。」淮南子卷一四詮言訓：「四海之内，莫不繫統，故能帝也。」屈子首稱帝高陽，帝猶始祖也。又，上博簡(二)子羔篇引孔子乃謂「善與善相受也，故能治天下，平萬邦」，故以能禪讓者稱帝。儒家説也。漢世遂屬之以政治道德，參之以陰陽感應，以神化君王。則神人雜糅，統天地稱之，與屈子稱「帝」之旨大相逕庭。

苗，胤也。裔，末也。◎案：章句以「苗」訓「胤」，説文艸部：「苗，艸生於田者，从艸、从田。」生於田者之艸，必爲所植嘉穀之苗也，故喻爲遠孫。太玄卷五積：「至于苗裔。」范望注：「玄孫之後稱苗裔。」又，肉部：「胤，子孫相承續也。从肉、从八，象其長也。幺，亦象重累也。」段注：「釋詁：『胤、嗣，繼也。』大雅毛傳：『胤，嗣也。』」漢書卷八七上揚雄傳「卹胤錫羨」，應劭曰：「胤，續也。」胤爲子孫承繼不絶之意，是以苗、胤互訓矣。章句以「裔」爲「末」，衣部：「裔，衣裾也。从衣、冏聲。」冏，非諧聲。裔、冏聲韻俱殊。裔，餘制反，古屬喻四、月部。冏，古螢反，古屬見紐、耕部。冏，通作坰。爾雅釋地：「邑外謂之郊，郊外謂之牧，牧外謂之野，野外謂之林，林外謂之坰。」裔之「从冏」，冏在林外，地之終極至遠處，衣邊爲衣至遠者是爲裔，會意字。故引申之爲遠、爲末。左傳文公一八年「投諸四裔」，杜注：「裔，遠也。」書微子之命「德垂後裔」，孔傳：「裔，末也。」然則裔亦非衣邊統名，本指衣邊至遠之處。何者衣邊之至遠處？許氏解「曲裾」，爾雅釋器：「衱謂之裾。」郭注：「裾，衣後襟也。」禮記卷五八深衣第三九「續衽鉤邊」，鄭注：「鉤邊，若今曲裾也。」鉤，折曲，「鉤邊」云者，指衣之左幅曲折於背後若燕尾是也。古之深衣無繫結鈕扣，左幅上連於襟，下屬於衽，包裹於身後，繫結於帶下，其形制若燕尾，惟「曲裾」燕尾末梢爲衣之至末處，是以稱曰裔也。段君據玄應音義引説文改「衣裾」爲「衣裙」，非也。又，木部：「木上曰末。从木、从丄。」六書故卷二一植物：「末，木之窮也。」引申之爲末尾、末後。苗、胤、裔、末，四字皆稱遠末子孫。苗裔，始出於此，屈子所創。又，羅、黎二本玉篇殘卷兮部「兮」字：「野王案：説文：『語所稽也。』楚辭『帝高陽之苗（裔）兮』是也。方言：『凡相憐哀相見懽憙有得亡之意，九疑湘潭之間謂之兮也。』」兮，楚語。清孔廣森詩聲類曰：「兮，唐韻在十二齊，古音未有確證。然秦誓『斷斷猗』，大學引作『斷斷兮』。似兮、猗音義相同。猗古讀阿，則兮字亦當讀阿。嘗考詩例，助字在韻句下者必自相協。若墓門之、止同用，北門之、哉同用，采菽之、矣同用，皆之、咍部字也。兮字則旄丘、君子偕老、氓、遵大路皆與也同用。今讀兮爲阿，於也聲正相類。又，九歌：『愁人兮奈何，願若今兮無虧。』天問：『斡維焉繫？天極焉加？八柱何當？東南何虧？』虧字亦五支之當改入歌、戈者，説文本从亏，或从兮，未必非兮聲也。」其説是也。兮，歌部。先秦文獻虧字用韻，皆在歌部，非讀「亏」聲歸魚部。虧，虧之別文。虧，从虍、亏，會意。虧，从虍，兮聲，形聲。郭沫若氏謂「兮」字讀如「呵」。郭店楚墓竹簡老子「兮」作「可」。馬王堆漢帛書老子甲本「兮」作「呵」，老子（甲本）是周、秦古本，存其楚音。清華簡（六）子儀，「遲遲可（兮），委委可（兮）」；「洄水可（兮），遠望可（兮）」；「汧可（兮）霏霏，渭可（兮）滔滔，楊柳可（兮）依依。」兮，皆作可。楚辭本書蓋作「可」，其分別文作「呵」。漢改用「兮」。江西南昌海昏侯劉賀墓所出悼亡賦，則用「兮」字也。然令九江被公讀之，猶音「呵」也。兮，語止之詞，以行於楚，漢人謂之「楚詞」，則因用「兮」。辭、詞，古字通用。又，隋書卷三五經籍志四：「蓋以原楚人也，謂之楚辭。」黃伯思東觀餘論卷下校定楚詞序：「蓋屈、宋諸騷，皆書楚語，作楚聲，紀楚地，名楚物，故可謂之楚詞。若些、只、羌、誶、蹇、紛、侘傺者，楚語也。頓挫悲壯，或韻或否者，楚聲也。沅、湘、江、澧、脩門、夏首者，楚地也。蘭、茝、荃、葯、蕙、若、蘋、蘅者，楚物也。他皆率若此，故以楚名之。」若此以言，但目之曰「楚」可也，未得所以稱「詞」者。

高陽，顓頊有天下之號也。◎文選唐寫本「號」作「号」。案：号、號古字通。西清古鑒卷三有▼高羊鼎。▼，古丁字，借爲帝。高羊，即高陽。上博簡（五）三德篇作「高昜」。昜、陽古字通。高陽本地名，帝顓頊之所興，因以爲帝號。其地有二：一在濮陽。左傳昭公一五年：「衛，顓頊之虚，故爲帝丘。」杜注：「衛，今濮陽縣，昔帝顓頊居之，其城内有顓頊冢。」史記卷一五帝本紀「帝顓頊高陽者」，集解引皇甫謐云：「都帝丘，今東郡濮陽是也。」索隱：「宋衷云：『顓頊，名；高陽，有天下號也。』張晏云：『高陽者，所興地名也。』」楚氏出于高陽，故又稱楚丘。左傳隱公七年「戎伐凡伯于楚丘以歸」，杜注：「楚丘，衛地。在濟陰城武縣西南。」其地本在衛之濮陽。後或徙「濟陰城武縣西南」，即今山東曹縣。二在陳留。史記卷八高祖本紀「西過高陽」，集解：「文穎曰：『聚邑名也，屬陳留圉縣。』瓚曰：『陳留，傳曰，在雍丘西南。』」卷五八梁孝王世家「西至高陽」，集解：「徐廣曰：『在陳留圉縣。』駰案：司馬彪曰『圉有高陽亭』也。」索隱：「圉縣屬陳留。高陽，鄉名也。」卷九七酈食其傳「酈生食其者，陳留高陽人也」，正義：「陳留風俗傳云：『高陽在雍丘西南。』括地志云：『圉城在汴州雍丘縣西南，食其墓在雍丘西南二十八里。』蓋謂此也。」陳留之高陽遷自濮陽，即老童所居老丘。漢世以下皆以高陽、顓頊爲一人。張正明楚史乃判高陽、顓頊爲二人。帝高陽，猶楚之太一神。高陽爲火正，其神鳳鳥；顓頊爲水正，其神玄冥。其所以別者，緣於楚人「太一生水」而「藏于水」之哲學基址（詳參郭店楚墓竹簡太一生水）。太一，水之神魂，水，太一之形魄。帝高陽所任之火、水雙重「民事」以及鳥、魚雙重之神象，乃神格化之太一與水。顓頊、高陽固爲一人，而後分化爲「火正」象鳳鳥之高陽與「水正」象玄武之顓頊。上博簡（七）武王踐阼：「王問於市（師）上（尚）父曰：不智（知）黄帝、耑（顓）瑞（頊）、堯、舜之道在（存）乎？」耑瑞，顓頊也。新蔡葛陵楚墓甲三（第一一）、甲三（第二四）「昔我先出自𠯑道，宅兹沮（沮）、章（漳），台（以）選遷処（處）。」𠯑道，即顓頊也。係疊韻聯緜字，與「㕒礒」、「嵳峩」、「嵯峨」、「巑岏」、「嵔崔」、「崔嵬」、「岹嵺」、「蒼梧」、「峭嶒」、「崱嶷」屬聲之轉，謂「高遠」之義。其名喘瑞，猶始祖之高遠者也。𠯑，通作顓；道，通作頊，猶瑞之通頊也。又，長沙子彈庫戰國楚帛書：「曰故□能（熊）雹虘（祖）出自喘霆，居於叡。」行文與楚簡同。姜亮夫氏屈原賦校注釋「喘霆」爲「顓頊」者，是也。霆，從走、雨聲，與「頊」音近。長沙馬王堆漢墓刑德乙本九宫圖，北方曰水位，其神曰湍玉。饒宗頤氏以「湍玉」即「顓頊」異文。是也。則顓頊之字於周、秦之世，蓋未定也。

帝繫曰：「顓頊娶于騰隍氏女而生老僮，是爲楚先。」◎文選本「騰」作「滕」，無「爲」字。正德本、隆慶本、馮本、劉本、朱本、俞本、莊本、湖北本、四庫章句本「隍」下有「墳」字。案：後漢書卷八〇下文苑傳邊讓「胄高陽之苗胤兮」，李賢注引帝繫作「滕隍氏」。章句引帝繫，見大戴禮記卷七第六三篇，其作「顓頊娶于滕氏，滕氏奔之子謂之女禄氏，産老童」。騰、滕、奔、墳，古字皆通。則無「隍」字。山海經卷一六大荒西經郭注引世本：「顓頊娶于滕墳氏」，宋衷曰：「滕墳，國名。」吳任臣山海經廣注卷一六：「國名記：『滕墳作勝濆。』注云：『勝奔也。高陽妃勝奔氏國。』或作騰隍。誤。」御覽卷七九皇王部四顓頊高陽氏引帝王世紀、卷一三五皇親部一顓頊妃引世本作「勝墳氏」。路史卷一七後紀八高陽「勝奔氏曰娽」條：「奔，即勝濆也。埤蒼云：『娽，顓帝之妻名。』世本、人表皆作女祿。大戴禮：『勝奔氏之子謂之女祿。生老童。』」又，國名紀卷己上世妃后之國「勝濆」條曰：「高陽妃勝奔氏國，或作騰隍。誤。」濆、墳、奔古字皆通，勝、滕、騰亦通。據此，滕墳氏，非其氏之複名，即戴記「滕氏奔」之乙。隍，羨也。滕，氏名。奔，人名。上博簡（二）訟城是（容成氏）：「武王是虖（乎）爲革車千乘，帶甲萬人，戊午之日，涉於孟津，至於共、緞之閒，三軍大軛。」緞，即滕。左傳閔公二年「益之以共、滕之民爲五千人」，杜注：「共及滕，衛別邑。」清高士奇春秋地名考略卷七衛「共」條：「蓋其地逼近衛都，故先爲國而後并于衛也。」滕，近衛之濮陽。滕氏奔之國，非兖之滕。又，定公一五年「鄭罕達敗宋師于老丘」，杜注：「老丘，宋也。」在開封市陳留鎮東北四十五里。陳留之有高陽，蓋老僮所居，故又稱老丘。據帝繫，老童生重黎，吳回，吳回生陸終，陸終生六子，其六曰季連，爲芈姓，即楚氏之先。包山楚簡、望山楚簡、新蔡葛陵楚墓並載楚人先祖有老僮、祝蝳（融）、鬻酓、酓鹿、武王等，多與周、秦典籍合。安大簡亦以老童爲顓頊所生，然老童生重、黎、吳、回四人，黎即祝融，無陸終，生六子者祝融也。詩檜風檜譜：「檜者，古高辛氏火正祝融之墟。」檜，本作鄶。釋文云：「妘姓之國也，其封域在古豫州外方之北、滎波之南，居溱、洧之間，祝融之故墟，是子男之國。後爲鄭武所并焉。」祝融之族，是老童氏由陳留遷至鄭之鄀者。而後又有徙西南者，居於漢上鮒魚山。山海經卷一三海内東經：「漢水出鮒魚之山，帝顓頊葬於陽，九嬪葬於陰。」鮒魚或作務隅、附隅、鮒鰅。史記卷四〇楚世家：「季連生附沮，附沮生穴熊。其後中微，或在中國，或在蠻夷，弗能紀其世。」集解引孫檢：「一作祖。」附祖，季連之後，因居鮒魚以爲氏。又，清華簡（一）楚居，季䜌（連）「見盤庚之子，凥（處）于方山。女曰比（妣）隹，秉茲銜（率）相，詈冑（歷游）四方。季䜌（連）䎽（聞）亓（其）又（有）甹（聘），從，及之盤，爰生緹白（伯）、遠中（仲）。㛤（毓）㦰羊，先凥（處）于京宗」。季連當殷盤庚之世。而緹白（伯）、遠中二人居於附魚，爲其時楚人之祖，故曰「附祖」也。又云「穴酓（熊）遟遷（徙）於京宗，爰旻（得）妣𢦏（湛）」，「乃妻之，生侸吕（叔）、麗季。麗不從行，渭（潰）自臘（脅）出，妣𢦏（湛）賓于天，晉（巫）戕（刑）該（刻）亓（其）臘（脅）以楚，氏今曰楚人」。則謂稱「楚」，始自穴酓（熊）也。

其後，熊繹事周成王，封爲楚子，居于丹陽。◎文選本「于」作「於」，唐寫本「陽」作「楊」。案：古字通用。左傳昭公十二年「昔我先王熊繹與吕伋、王孫牟、燮父、禽父並事康王」，杜注：「熊繹，楚始封君。」史記卷四〇楚世家：「熊繹當周成王之時，舉文、武勤勞之後嗣，而封熊繹於楚蠻，封以子男之田，姓芈氏，居丹陽。」丹陽，古之有三：一在南郡枝江。集解：「徐廣曰：『在南郡枝江縣。』」孔疏引潁容傳例：「楚居丹陽，今枝江縣故城是也。」二在秭歸。正義引括地志：「歸州巴東縣東南四里歸故城，楚子熊繹之始國也。又熊繹墓在歸州秭歸縣。輿地志云秭歸縣東有丹陽城，周回八里，熊繹始封也。」三在丹、淅之間。史記卷四五韓世家「斬首八萬於丹陽」，司馬貞索隱：「丹陽，故楚都，在今均州。」均州，在河南省淅川縣。宋翔鳳過庭録卷九楚鬻熊居丹陽武王徙郢考：「是戰國丹陽，在商州之東，南陽之西，當丹水、析水入漢之處，故亦名丹析。鬻子所封，正在於此。」析、淅古字通。丹、淅間之丹陽，即楚始封之居。一九七九年於河南省淅川縣下寺以東發現古城遺址，俗稱龍城。又發現春秋古楚墓羣，出土子午鼎及戈。午，莊王子，康王令尹子庚。淅川下寺龍城遺址，正合宋翔鳳云「丹水、析水入漢之處」，即熊繹所居丹陽。楚世家：「十七年春，與秦戰丹陽。」索隱：「此丹陽在漢中。」徐文靖管城碩記卷一六引「丹陽」作「丹淅」，以爲丹陽在漢中。又，新蔡葛陵楚墓甲三（第一一）、甲三（第二四）：「昔我先出自⿰邑川道，宅茲⿰氵疋（沮）、章（漳），以選遷処。」説者遂謂楚始都之丹陽在沮、漳之地南郡枝江。此即楚遷都郢後之丹陽。清華簡（一）楚居，「酓（熊）繹自若（鄀）卜遟（徙）於臺（夷）窀（屯）」。鄀在漢北襄陽之北，夷屯即楚世家昭王「二十年，楚滅頓」也。故頓子國，在汝南頓縣，以其屬淮上之夷，故曰夷頓。包山楚簡有窀州、窀市、窀人，即此夷頓也。熊繹與周公同時，周公居攝，避管、蔡流言而「居東」，清華簡（一）金縢作「宅東」，史記卷三三魯周公世家作「奔楚」，以楚之夷頓在成周之東也。蓋熊繹遷丹陽前居於夷頓，後徙丹陽也。若丹陽有臺窀，亦熊繹遷居丹陽後，擇新地以名之，非汝南淮上之夷頓也。而熊繹始封在丹陽，在今丹、淅之間，不在夷頓。其始封丹陽之時，蓋在周公復位之後，以護周公有功故也。

周幽王時生若敖，奄征南海，北至江、漢。◎文選本無注。案：删之也。史記卷四○楚世家，楚若敖在位二十七年，無甚作爲。「奄征南海，北至江、漢」，至於拓疆五千里者，則在楚莊王後。

其孫武王求尊爵於周，周不與。遂僭號稱王，始都於郢。◎文選唐寫本「號」作「号」。案：楚世家：「熊渠曰：『我，蠻夷也，不與中國之號謚。』乃立其長子康爲句亶王，中子紅爲鄂王，少子執疵爲越章王。皆在江上楚蠻之地。及周厲王之時，暴虐，熊渠畏其伐楚，亦去其王。」楚之僭號稱王始於熊渠。左傳僖公二十八年「唯西廣、東宫與若敖之六卒實從之」，杜注：「若敖，楚武王之祖父。」楚世家云，若敖卒，子熊坎立，是爲霄敖；霄敖卒，子熊眴立，是爲蚡冒。蚡冒弟熊通弑蚡冒子而自立，是爲楚武王。又云：「武王卒師中而兵罷。」集解：「皇覽曰：『楚武王冢在汝南郡鮦陽縣葛陂鄉城東北，民謂之楚王岑。漢永平中，葛陵城北祝里社下於土中得銅鼎，而名曰楚武王，由是知楚武王之冢。』」正義：「有本注『葛陂鄉』作『葛陵鄉』者，誤也。地理志云，新蔡縣西北六十里有葛陂鄉，即費長房投竹成龍之陂，因爲鄉名也。」楚武王鼎爲楚禮器最早記載。此冢爲楚武王冢，蓋楚未遷郢前公室宅墓所在（新蔡葛陵有文坪夜君墓，昭王之子也）。其所出銅鼎，即武王遺器。新蔡在河南上蔡縣，居丹、淅之東。據此，武王所都，猶在丹、淅之龍城。又云：「子文王熊貲立，始都郢。」正義引括地志：「紀南故城在荆州江陵縣北五十里。杜預云國都於郢，今南郡江陵縣北紀南城是也。」又，清華簡（一）楚居，「至武王酓䵣自宵徙居免，焉始……福。衆不容於免，乃爲疆涅之陂而宇人焉，氐今曰郢」。酓䵣，即熊徹。上博簡姑成家父「徹」作「遉」，並同「靑」聲。史記楚武王名通者，避漢武帝諱也。則遷郢者乃武王，非文王也。免，沔也。武王自宵（在今荆門間）徙居沔，以其地狹「不容」衆，故築疆涅之陂而居之，是爲郢也。參以楚簡及世本等周、秦、兩漢文獻，楚族先公至武王世系爲：高陽、老僮、祝融、吳回、季連、附沮、䍜酓（熊）、穴熊、鬻熊、熊鹿、熊狂、熊繹、熊艾、熊䵣、熊勝、熊楊、熊渠、熊康、熊摯、熊延、熊勇、熊嚴、熊霜、熊徇、熊儀（若敖）、熊坎（霄敖）、熊眴、武王。

是時生子瑕，受屈爲客卿，因以爲氏。◎文選本無「以爲氏」至下「俱出顓頊」十六字，唐寫本「客」上無「爲」字。案：無「以爲氏」至下「俱出顓頊」十六字，删之也。「客卿」之稱，始於戰國，與諸侯宗族爲別姓者。史記卷六九蘇秦列傳：「於是蘇秦詳爲得罪於燕而亡走齊，齊宣王以爲客卿。」卷七〇張儀列傳：「張儀遂得以見秦惠王，惠王以爲客卿。」諸侯王子及其同姓宗族稱公卿、卿士等，而無稱「客卿」。朱子集注云：「客卿，戰國時官，爲他國之人遊宦者設。春秋初年，未有此事，亦無此官。況瑕又本國王子乎？」蓋以「客」字爲羨。史記卷八四屈原列傳張守節正義引王逸注：「楚王始都是，生子瑕，受屈爲卿，因以爲氏。」則無「客」字，猶存其舊。左傳桓公十一年：「楚屈瑕將盟貳、軫，鄖人軍於蒲騷，將與隨、絞、州、蓼伐楚師，莫敖患之。」杜注：「屈，楚大夫氏。莫敖，楚官名，即屈瑕。」楊伯峻注：「此時之莫敖，蓋相當大司馬之官，但以後楚又另設大司馬、右司馬、左司馬，莫敖則位降至左司馬之下，於襄十五年傳可以證之。」然楚人尚左，則左司馬在右司馬之上，莫敖亦降在右司馬下。莫，猶廣漠之漠，大也。敖之言豪也。書旅獒「西旅獻獒」，釋文：「獒，馬云：『作豪，酋豪也。』」莫敖，猶大帥。未聞莫敖瑕爲楚武王子。鄭知同屈原傳注云：「依左氏所載屈瑕事，於武王有君臣之義，無父子之親。瑕恐非武王子。王氏不知何據。疑楚公子受屈爲卿因氏之者，尚在其前。瑕乃其子孫也。」據秦、漢文獻所載，自屈瑕以後，屈氏多職莫敖，是其所世襲。自屈瑕以來歷歷可考者有：莫敖屈重（左傳莊公四年）、屈御寇（左傳僖公二十五年）、大夫屈完（左傳僖公四年）、屈蕩（左傳宣公十二年）、莫敖屈到（左傳襄公十五年）、莫敖屈建（左傳襄公二十二年）、屈申（左傳昭公四年）、莫敖屈生（左傳昭公五年）、屈廬（新序卷八義勇）、大夫屈宜臼（史記卷四五韓世家）、屈固（史記卷四〇楚世家）、屈春（説苑卷二臣術）、屈到（國語卷一七楚語上）、屈蓋（戰國策卷四秦策二）、伯庸、左徒屈原、屈署（戰國策卷一七楚策四）等。楚銅器所載人名未見周、秦古籍者，於屈氏有楚屈沱戈、楚屈了赤角簠、（或謂屈沱即屈蕩字，屈子赤角即楚公子子朱名，屈蕩父也）。包山楚簡復有大莫囂（敖）屈昜，邚攻尹屈惕，大歛尹屈遡，沈母邑人屈庚，⿰冬阝却大邑人屈舵，東反人屈貯，安陸下隵人屈人等，則巋然一巨族也。清華簡（一）楚居載「至酓罷與屈紈」云云，則屈氏在周初已錫氏也。鄭文離騷棨詁、趙逵夫屈氏先世與句亶王熊伯庸謂屈瑕非屈氏始祖；乃以熊渠長子句亶王伯庸，爲屈氏始受姓之祖。此事關係重大，未可魯莽，猶待異日出土文物驗證之。

屈原自道本與君共祖，俱出顓頊胤末之子孫，是恩深而義厚也。◎文選本無「是」字。六臣本、尤袤本無「以爲氏」及「屈原自道本與共祖俱出顓頊」十五字，「胤末」上有「因」字。案：删之也。禮記卷八檀弓上第三：「夫子曰：『生於我乎館，死於我乎殯。』」莊子卷三在宥篇第一一：「今夫百昌，皆生於土而反於土。」皆以爲反樸歸真之義。屈子自叙出生世系，非唯同姓不可去，言其所生，實隱括其死所歸。屈子首稱「帝高陽」，於周禮「不王不禘」、「諸侯不敢祖天子，大夫不敢祖諸侯」，可謂之「僭」。楚禮則不然，庶不别宗，卑不别尊，皆可祖其始祖高陽也。生自高陽，死亦歸於高陽，爲下篇魂遊帝丘、三度求女及西行求女作鋪墊也。

朕皇考曰伯庸。

朕，我也。皇，美也。父死稱考。詩曰：「既右烈考。」伯庸，字也。屈原言我父伯庸，體有美德，以忠輔楚，世有令名，以及於己。

【疏證】

朕，我也。◎補注：「蔡邕云：『朕，我也。古者上下共之，咎繇與帝舜言稱「朕」，屈原曰「朕皇考」，至秦獨以爲尊稱，漢遂因之。』」黎本玉篇殘卷舟部「朕」字：「野王案：自稱我也。蔡〔雍〕（邕）獨斷曰：『古者上下共之，貴賤不嫌，則可以同號，臯陶與舜言「朕」，屈原「朕皇考曰伯庸」，秦獨天子以爲稱，漢因不改。』」案：其引文有別，玉篇殘卷本當存舊。王觀國學林卷五「朕」條：「尚書伊訓曰：『朕載自亳。』此伊尹自稱朕也。洛誥曰：『朕復子明辟。』此周公自稱朕也。離騷曰：『帝高陽之苗裔兮，朕皇考曰伯庸。』此屈原自稱朕也。招魂曰：『朕幼清以廉潔兮，身服義而未沬。』此宋玉自稱朕也。秦始皇初并天下，以命爲制，令爲詔，自稱曰朕。自是惟人君稱朕，臣下不敢稱也。」戰國以往，上下共稱「朕」。劉永濟屈賦音注詳解、姜亮夫屈原賦校注皆以推求「朕」之語根。劉氏云：「蓋朕乃發聲之詞，凡自稱、稱人之代名詞，最初皆由丁發聲。今北人自稱爲喒，字或作咱，亦發聲之詞，章炳麟謂即朕之聲變。是也。」姜説同劉，以「朕我」之「朕」與秦獨尊之「朕」爲一詞。皆未詳審。清華簡（一）顧命「朕」作「滕」，以同聲故也。章句朕釋我，因爾雅釋詁，與秦獨尊稱「朕」同字，其義各有所因，本非一語。史記卷八七李斯列傳：「天子所以貴者，但以聞聲，羣臣莫得見其面，故號曰『朕』。」則取義于「深」。潛夫論第六明闇篇：「秦之二世，務隱藏己，而斷百僚。」又曰：「趙高亂政，恐惡聞上，乃豫要二世曰：『屢見羣臣衆議政事，則黷黷且示短，不若藏己獨斷，神且尊嚴，天子稱朕，固但聞名。』二世於是乃深自幽隱，獨進趙高。」據此，肇自秦始皇帝稱「朕」，義取之於「幽深」、「隱藏」之「深」。老子四十五章「躁勝寒」、六十一章

「牝常以静勝牡」、六十九章「哀者勝」、七十三章「不争而善勝」、七十八章「弱之勝强」、三十三章「勝人者有力」，馬王堆漢帛書老子甲、乙二本「勝」字皆作「朕」。十六經順道：「若此者，單朕不報，取地不反。單朕於外，福生於内。」單朕，即戰勝。列子卷二黄帝篇「向吾示之以太沖莫朕」，莊子卷二應帝王篇第七作「莫勝」。又，逸周書卷三柔武解第二六：「以信爲動，以成爲心；以決爲計，以節爲勝。」勝、心協韻，朱駿聲説文通訓定聲：「周書柔武叶心、勝。按：讀如深也。」朕、深亦音近義通。戰國以往「朕我」之「朕」，台之聲轉。爾雅釋詁：「台，我也。」台、朕爲之、蒸陰陽對轉，定、審旁紐雙聲。台，以聲。以，己也。説文「己」字段注：「釋名曰：『己，皆有定形可紀識也。』引申之義爲人己。言己以别於人者，己在中，人在外，可紀識也。論語『克己復禮爲仁』，克己，言自勝也。」人己、我己，其義皆通。己，我也。「朕深」之朕、「朕我」之朕，同字别義。

皇，美也。詩曰：「既右烈考。」◎案：章句引詩見周頌雝，序云：「禘大祖也。」魯詩、韓詩説並同。雝又云：「假哉皇考。」烈考、皇考，變文見義，皆稱太祖。與章句稱「父死曰考」者别。章句引「烈考」，以訓皇義。烈，光也。光謂之皇，亦謂之烈；美謂之皇，亦謂之烈。詩賓之初筵「烝衎烈祖」，鄭箋：「烈，美。」皇、烈以同義互訓之。不可據以「皇考」爲稱太祖。金文「皇」作「」，吴大澂説文古籀補謂象「日出土」，林義光文源謂「象日光芒出地形」。非是。郭沫若卜辭通纂謂皇指五彩羽之冠，或作翌；引申爲輝煌、壯美、崇高。陸宗達説文解字通論謂皇爲「五色鳥羽作裝飾」之冠冕，亦以皇、翌爲一字。其説有賸義。山海經卷一六大荒西經：「有五彩鳥三名：一曰皇鳥，一曰鸞鳥，一曰鳳鳥。」又曰：「有五彩之鳥，有冠，名曰狂鳥。」郭璞注：「爾雅云：『狂，夢(鳳)鳥。』即此也。」狂，通作皇；郭店楚墓竹簡忠信之道：「古(故)不皇(誑)生。」書益稷「鳳皇來儀」，孔傳：「雄曰鳳，雌曰皇。」對文別名。禮記卷一三王制第五「有虞氏皇而祭」，釋文：「翌音皇，本又作皇。」袁珂山海經校注謂有虞帝舜，同山海經之帝俊、帝嚳，其精爲載日之烏，即皇鳥。有虞氏郊禘帝舜爲皇舞。周禮卷二三春官第三樂師「有羽舞、有皇舞」，鄭司農注：「皇舞者，以羽冒覆頭上，衣飾翡翠之羽。」鄭玄注：「皇，雜五采羽如鳳皇色，持以舞。」祭其先神，或以羽覆首，或以飾衣，或以執持者，皆有虞氏之遺習。皇，上從形，象鳥羽。下從，非土字，即字，鉞也。，象人主執稱王。江浙崧澤、良渚文化遺存之大酋墓葬中時見製作精美之玉鉞。皆明器，象徵王權，雕有饕餮紋，當爲王者所有，此「王」字所以象斧而從「」者也。王者爲萬兆所依歸，其字孳乳爲往。其先民尊祖崇鳥，於「」字之上飾以鳥羽，則製字作皇。翌，別文也。包山楚墓兵器或飾之以鳥羽，蓋其遺制。引申爲煌煌光明。皇字訓母，俗別作媓；鳥之雌者亦稱皇。皆母權之遺制存於文字者。

父死稱考。◎正德本、隆慶本、劉本、湖北本、朱本、俞本、莊本「考」下有「也」字。案：因爾雅釋親云：「父爲考，母爲妣。」郭注引禮記：「生曰父、母、妻，死曰考、妣、嬪。」又，易蠱初六象上

「意承考也」，孔疏：「對文父没稱考，若散而言之，生亦稱考。」又，朕皇考，金文習見，三代恆語，魯士商𠭯毁：「魯士商𠭯肇作朕皇考叔猷父𨽍毁。」

伯庸，字也。◎案：文選呂延濟注：「伯庸，原父名也。」補注斥之，曰：「又以伯庸爲屈原父名，皆非也。原爲人子，忍斥其父名乎？」洪意不論謂字、謂名，則概章句。姜亮夫屈原賦校注：「此序先世，非同指斥。司馬遷稱父談，班固號父彪。皆在自序，何諱之有！」姜説似是而非。夫史遷、班書皆史筆，求其真實。離騷賦體，假象盡辭，故率多寓言。二者未可同日語。下文屈子自表名字，則變曰正則、靈均，奚以直呼其父名、父字？惜洪氏未推究所以稱「伯庸」者。饒宗頤楚辭地理考、譚介甫屈賦新編皆以伯庸爲楚先公熊繹、熊通或祝融，聞一多楚辭校補以伯庸爲屈瑕公，鄭文、趙逵夫並以伯庸爲句亶王。皆未精審。郭沫若屈原研究謂伯庸爲屈子父考之號。至確。帝高陽、伯庸，儷偶對舉，帝，顓頊之號；伯，非伯仲之伯，乃侯伯之伯。高陽，地名。庸，屈子父考封邑。伯庸，雖與句亶王伯庸同名號，然非一人。庸在房州竹山縣，當熊渠之世，居於楚都丹陽（丹、淅之陽）之西南，爲楚人南下開拓疆場之障礙。熊渠伐庸，封其長子句亶王，賜名伯庸以鎮厭之。楚莊王三年滅庸，則庸已入楚。蓋屈子父考爲庸之封君，故號伯庸。

屈原言我父伯庸，體有美德，以忠輔楚，世有令名，以及於己。◎文選唐寫本「世」作「葉」。案：作「葉」，避唐諱也。章句「世有令名，以及於己」云云，因左傳閔公元年：「猶有令名，與其及也。」

攝提貞于孟陬兮，

太歲在寅曰攝提格。孟，始也。貞，正也。于，於也。正月爲陬。

【疏證】

太歲在寅曰攝提格。◎文選本、正德本、隆慶本、劉本、俞本、朱本、莊本、湖北本「提」下無「格」字。案：章句因爾雅釋天，則舊有「格」字。郝氏義疏：「寅者，説文云：『髕也。正月陽氣動，去黄泉，欲上出，陰尚彊。象宀不達，髕寅于下也。』釋名云：『寅，演也。演生物也。』攝提格者，史記天官書索隱引李巡云：『言萬物承陽起，故曰攝提格。格，起也。』開元占經廿三引孫炎云：『陽攝持攜萬物，使之至上。』按：攝提，星名，屬東方亢宿，分指四時，從寅起也。故鄭注『是類謀』云：『攝提招紀天元甲寅之歲。』」太歲，歲陰別名；攝提，太歲所次名。隨州武家坡漢墓簡牘司歲作「聶氏挌」，馬王堆漢墓帛書刑德乙本九宮圖西南隅星神名亦作「聶氏」，皆借字。周禮卷二六春官第三馮相氏「馮相氏掌十有二歲」，鄭注：「歲，謂太歲。」賈疏：「歲，左行於地，行有十二辰，一歲移一辰者也。此太歲在地，與天上歲星相應而行。歲星爲陽，右行於天，一歲移一辰。」又云：「以歲星爲陽，人之所見；太歲在陰，人所不睹。既歲星與太歲雖右行、左行不同，要行度不異，故舉歲星以表太歲。」歲星、太歲行度相背，歲星所次曰星紀、玄枵、諏訾、降婁、大梁、實沈、鶉首、鶉火、鶉尾、壽星、大火、析木，乃因太歲所次曰攝提格、單閼、執徐、大荒落、敦牂、協洽、涒灘、作噩、閹茂、大淵獻、困敦、赤奮若。因斗之建以推太歲所在。賈疏云：「言歲星與日同次之月，一年之中惟於一辰之上爲法。若元年甲子朔旦冬至，日月五星俱赴於牽牛之初，是歲星與日同次之月，十一月斗建子，子有太歲。至後年，歲星移向子上，十二月日月會於玄枵，十二月斗建丑，丑有太歲。自此已後皆然。」謂甲子歲朔旦冬至，即夏正十一月朔旦，歲星與日並見東方，同次星紀，歷斗牛女之宿，斗柄建子，太歲在子，曰太歲在子爲困敦。次歲，歲星歷一次至玄枵，夏正十二月朔旦，與日並見東方，斗柄建丑，太歲在丑，曰太歲在丑曰赤奮若。又次歲，歲星歷一次至諏訾，夏正正月朔旦，與日同見東方，斗柄建寅，則太歲在寅，曰太歲在寅曰攝提格。依次類推，歷二十八宿十二次爲十二歲。欲推太歲所在，惟觀斗柄所建之辰及歲星與日所同之次，或者觀昏暮之時斗柄所建之辰及歲星與日所同之次。晝日觀之不得，故復有歲星與日隔次之說。屈子用夏正建寅。史記卷二七天官書：「以攝提格歲：歲陰左行在寅，歲星右轉居丑。正月，與斗、牽牛晨出東方。」歲星之右行自星紀始，星紀爲斗、牛、女宿，故歲星與日「以正月與斗、牽牛晨出東方」。太歲左行自寅位始，在攝提之次，則是歲爲攝提格。浦江清屈原生年月日的推算問題以歲星在諏訾之次爲攝提格，在危、壁、奎之宿。此周正建子。夏正不以歲星次諏訾之宫爲攝提格。漢書卷二六天文志「太歲在寅曰攝提格」，顔師古注引石氏云：「在斗、牽牛」。斗、牽牛爲星紀之次。顔又引甘氏：「在建星、婺女。」建星、婺女亦在星紀之次。又，天官書「在齊，甘公」，正義引七録：「楚人，戰國時作天文星占八卷。」此楚人歲星次星紀爲寅年之確證。石氏，魏人，三晉亦宗夏正。天官書又云：「歲星，一曰攝提，曰重華，曰應星，曰紀星。」石氏星紀：「歲星，他名攝提。」鄭樵通志卷三九天文略第二：「張衡云：『歲星者，東方之精，蒼帝之子。一名攝提。』」淮南子卷一九脩務訓：「攝提鎮星，日月東行。」皆以攝提爲歲星之別名。重華，帝舜名，其精日神，故亦以歲星稱。浦氏又云，恆星與行星皆有「攝提」之名，同見於史記天官書，皆古天文占星家所習用。然「歲星地位更其重要，在屈原時代已經有歲星紀年的習慣，所以離騷詩句中的攝提，應該主要指歲星，不指大角」。又謂公元前三三九年正月十四日庚寅，以斗建於大角，攝提正之。此年歲星次諏（娵）訾，適在正月中合日，年名攝提，太歲在寅。千古疑讞，於此決矣。

孟，始也。◎案：孟，長子之稱。詩有女同車「彼美孟姜」，毛傳：「孟姜，齊之長女。」左傳隱公元年「惠公元妃孟子」，孔疏：「孟、仲、叔、季，兄弟姊妹長幼之別字也。」引申爲初、始。廣雅釋詁：「孟，始也。」

貞，正也。◎案：貞、正古字通。郭店楚墓竹簡緇衣篇：「寺員（云）：『情（靖）共尔立（位），好氏（是）貞（正）植（直）。』」貞，讀爲定。老子（甲）：「晒（將）貞（定）之以亡名之蒈（樸）。」詩燕燕「胡能有定」，毛傳：「定，止也。」言歲星攝提止於陬訾宮。又，陳直拾遺曰：「貞，當作卜。劉向九歎云：『兆出名曰正則兮，卦發字曰靈均。』可證屈子之名因卜兆而得也。」亦可備爲一說。

于，於也。◎文選秀州本「於」上有「猶」字。明州本作「于與於同。」案：于、於古今字，章句以今字釋古字。說文亏部：「亏，於也。」亏，于字別文。段注：「釋詁、毛傳皆曰：『亏，於也。』凡詩、書用『亏』字，凡論語用『於』字。蓋于、於二字在周時爲古今字，故釋詁、毛傳以今字釋古字也。」亏、于古字通。離騷多用於，唯首八句用于。此及下文「皇覽揆余于初度」是也。此叙世系、生辰，用典誥文法，其文用古字。姬周吉金銘文但用「于」。

正月爲陬。◎玉燭寶典卷一引王逸注「陬」字下有「也」字，天中記卷六歲陽引無「也」字。案：陸善經注：「正月爲孟陬也。」蓋因陸注衍「也」字。章句因爾雅釋天，則舊無「也」字。黎本玉篇殘卷阜部「陬」字：「爾雅：『正月爲陬。』郭璞曰：『攝提貞于孟陬』，曰：『（庚案：當補「正月」二字）之別名也。』」其所據本別。郝氏義疏：「陬者，虞喜以爲陬訾是也。按：陬訾，星名，即營室東壁。正月日在營室，日月會於陬訾，故以孟陬爲名。說文叙云『孟陬之月』，漢書劉向傳云『攝提失方，孟陬無紀』。史記曆書月名『畢聚』。聚與陬同。」楚帛書丙篇：「曰取：乙（鳦）則至。」取，即「孟陬」之陬。包山楚簡十二月別有名，正月曰型层，楚曆也。睡虎地秦簡日書（乙）正月：「營室：利祠，不可以爲室及入之。以取妻，不寧，生子爲吏。東臂（壁）：不可行，百事凶。以生子不完，不可爲它事。」日書（甲）建除「正月建寅」，「建日，良日也」。古之生子，日有禁忌。

惟庚寅吾以降。

（惟，辭也。）庚寅，日也。降，下也。孝經曰：「故親生之膝下。」寅爲陽正，故男始生而立於寅。庚爲陰正，故女始生而立於庚。言己以太歲在寅、正月始春、庚寅之日下母之體而生，得陰陽之正中也。

【疏證】

惟，辭也。◎補注本無注。案：敓也，據文選本、正德本、隆慶本、湖北本、朱本、馮本、劉本、俞本、莊本、四庫章句本補。唐寫本、秀州本、尤袤本「辭」作「詞」。詞、辭，古字通用。語詞古作詞，辭則訟辭。惟之爲思，虛化爲專詞。楚辭用作語詞，惟、唯、維雜用不別。楚簡同金文，但省作「隹」。郭店楚墓竹簡緇衣篇：「尹誥員（云）：『隹（惟）尹（伊）尹及湯，咸又（有）德。』」又：「君牙員（云）：『日俗雨，少（小）民隹（唯）日悁；晉冬旨（耆）滄，少（小）民亦隹（唯）日悁。』」

庚寅，日也。◎文選本無「也」字。案：唐寫本亦有「也」字。聞一多離騷解詁：「楚世家曰：『帝乃以庚寅日誅重黎，而以其弟吳回爲重黎後，復居火正，爲祝融。』案：吳回，一曰回祿，火神也。楚世家以爲高陽之後，楚之先祖。吳回以庚寅日始居火正爲祝融，則庚寅宜爲楚俗最吉之日。」逯欽立楚辭簡注謂「庚寅日爲楚族敗而復興之日」。姜亮夫楚辭通故博考戰國楚器金文，日載「庚寅」至夥，僅次「丁亥」，則謂庚寅日爲「戰國時楚民間習用之吉宜日」，「屈子所以言庚寅日降爲內美者，吉宜之日生，與周金所傳全可調遂，故離騷此語，非泛泛之言生之日也」。路百占楚辭發微據庚寅誅重黎，謂庚寅日爲「凶日」。左傳哀公六年：「秋七月，楚子在城父，將救陳，卜戰不吉，卜退不吉。王曰：『然則死也，再敗楚師，不如死。棄盟、逃讎，亦不如死。死一也，其死讎乎？』將戰，王有疾，庚寅，昭王攻大冥，卒于城父。初，昭王有疾。卜曰：『河爲祟。』王弗祭。」據此，昭王不祭河，忌其日爲庚寅，是楚以爲「凶日」。又，史記卷五秦本紀：「四年正月庚寅，孝公生。十一年，周太史儋見獻公曰：『周故與秦國合而別，別五百歲復合，合(七)十七歲則霸王出。』」周君文康謂「『正月庚寅』生主其必霸。乃至欲取周而代之。就秦孝公言，是可謂之吉」。在六國言，謂之「凶日」，預示「異姓之變」。屈子生同孝公之辰，有「易主」嫌疑，是爲「凶日」。（詳參屈原生辰非吉辨，江漢論壇一九八六年第十期）人之吉凶，未必在日。論衡卷二四譏日篇第七〇：「人殺傷不在擇日，繕治室宅，何故有忌？又，學書諱丙日，云倉頡以丙日死。禮不以子卯舉樂，殷、夏以子卯日亡也。如以丙日書，子卯日舉樂，未必有禍。重先王之亡日，悽愴感動，不忍以舉事也。」簠室殷契類纂帝繫六十之二云：「丁亥，卜，於翊戊子酒三豕且乙？庚寅用。三月。」據此卜辭，先貞於戊子日，得兆不吉，後貞於戊子後二日庚寅，吉而行之。殷以「庚寅」爲吉日。又，睡虎地秦簡日書(甲)生子：「庚寅生子，女爲賈(巫)，男好衣佩而貴。」屈子好服芳潔，豈以庚寅日生故耶？篇內以女子自比，有靈巫之質。其爲日者所言中，蓋未能離俗。

降，下也。孝經曰：「故親生之膝下。」◎文選本無「孝經曰故親生之膝下」十字。案：删之也。章句引據經典，文選本多所删芟。章句引孝經見卷五聖治章第九，唐玄宗注：「膝下，謂孩幼之時也。言親愛之心，生於孩幼。」則「膝下」非「降下」義。姜亮夫屈原賦校注綜合古籍言「降」字例，謂「降字用爲降生義，猶自天而降也」，「不易爲一般人所使用」，「含有豐厚之宗教性」。案：其説得之。李陳玉楚辭箋注：「降，舊解從母腹墮地，非也。乃『惟嶽降神』之降，此乃屈原自負不淺處，亦高岸不合時人處。」明人爲此説，則在姜氏先。説文𨸏部：「降，下也。从𨸏、夅聲。」段注：「此『下』爲自上而下，故廁於『隊』、『隕』之間。釋詁曰：『降，落也。』」阜，大陵。夅，象舉趾下降，自高而下。降之對爲陟，象舉趾升阜，故爲登、高。凡降、陟，多爲神靈、偉人之上下，俗人之上下則毋得侈曰陟降。觀屈子所生，當高陽之精「攝提」合會於「陬（娵）訾」之室，生辰三寅之正，乃神靈降生之象。屈子以高陽胄子自負，其生曰「降」，其死曰「陟陞皇」，昭示其日月交合而生之神格。人神雙重之血脈，凡楚宗室胄子出於帝高陽者，不論貴賤賢愚，人皆共之，唯此生辰得三寅之正者，爲其獨有，是異於常人而自命不凡處。聞一多離騷解詁謂屈子「託爲真人」，視離騷類遊仙詩者，則疏於宗教。

寅爲陽正，故男始生而立於寅。庚爲陰正，故女始生而立於庚。言己以太歲在寅、正月始春、庚寅之日下母之體，而生得陰陽之正中也。◎文選本無「故男始生而立於寅」、「故女始生而立於庚」十六字，尤袤本、六臣本復無「而生得陰陽之正中」八字。案：删之也。唐寫本陸善經引章句有「而生得陰陽之正中」八字。今點校本皆以「而生」二字屬上。非也。王觀國學林卷七「攝提」條引王逸注：「言我攝提歲正月庚寅日下母之體。」爾雅釋天邢昺疏引王逸注：「言已生得陰陽之正中。」非其足文，皆以「而生」二字屬下。「下母」之下，原作「卜」，據景宋本、寶翰本、皇都本、四庫補注本改。太平廣記卷五天門子（出神仙傳）：「陽生立於寅，純木之精；陰生立於申，純金之精。」補注引説文云：「元氣起於子，男左行三十，女右行二十，俱立於巳爲夫婦。〔裹〕（裹）妊於巳，巳爲子，十月而生。男起巳至寅，女起巳至申，故男年始寅，女年始申也。」段注説文謂「此古法」。王楙野客叢書卷二六謂此「即陰陽家『五星三命』之説」。「五星三命」之遺義，未詳，蓋出陰陽家。馬王堆漢帛書有五星占，即陰陽家之星命遺説。郭店楚墓竹簡性自命出：「眚（性）自命出，命自天降。」詩小弁：「天之生我，我辰安在。」鄭箋：「此言我生所值之辰，安所在乎？謂六物之吉凶。」六物，左傳昭公七年謂歲、時、日、月、星、辰也，抑「五星」遺義。書召誥：「若生子，罔不在厥初生，自貽哲命。今天其命哲，命吉凶，命歷年。」孔傳：「今天制此三命，惟人所修。修敬德則有智，則常吉，則歷年。爲不敬德，則愚凶不長。雖説之，其實在人。」孟子卷一三盡心上：「莫非命也，順受其正。」趙岐注：「命有三名：行善得善曰受命，行善得惡曰遭命，行惡得惡曰隨命。」音義：「三命事出孝經援神契。」孫疏：「行善得善曰受命者，如舜聞一善言、見一善行，沛然若決江河而莫之禦，而終得升于帝而崩是也。行善得惡曰遭命，如淮南子『伯牛有癩』。論語云『伯牛有疾』，孔子自牖執其手曰：『亡之命矣夫，斯人也而有斯疾也，斯人也而有斯疾也！』包曰『伯牛有惡疾』是也。行惡得惡曰隨命，如舜之四凶之類是也。」清惠棟九曜齋筆記卷一「三命」條：「仲秋下旬碑云：『三命贏縮。』嚴訢碑云：『經説三命，君獲其央。』經説者，孝經説也。案：孝經援神契曰：『命有三科：有受命以保慶，有遭命以謫暴，有隨命以督行。受命，謂軍籌也。遭命，謂行善而遇凶也。隨命，謂隨其善惡而報之。』鄭康成祭法注云：『司命主督察三命。』洪氏跋下旬云：『三命，嘗選貢也。』王楙以爲即『陰陽家五星三命』之説。皆誤。央，中也。君獲其中，謂遭命也。」惠氏未必確。又，論衡卷二命義第六：「傳曰：『説命有三：一曰正命，二曰隨命，三曰遭命。』正命謂本稟之自得吉也。性然骨善，故不假操行以求福而吉自至，故曰正命。隨命者，戮力操行而吉福至，縱情施欲而凶禍到，故曰隨命。遭命者，行善得惡，非所冀望，逢遭於外，而得凶禍，故曰遭命。凡人受命，在父母施氣之時，已得吉凶矣。」則説「三命」，古今自別。於今觀之，在天之星象與人始生所稟之氣風馬牛不相及，古人篤信不疑。是以始生之子，其父必觀其所直之日月星辰以豫其富貴與否。章句下文「觀我始生年時，度其日月皆合天地之正中，故賜我以美善之名」云云，言屈子父考當其始生子之時，度其日月星辰之運行。即「六物」及「五星三命」遺法。攝提貞于孟陬，因歲行之次爲紀屈子生年、生月。據其歲星所次之象，以推究屈子星命之泰否。

皇覽揆余初度兮，

皇，皇考也。覽，觀也。揆，度也。（余，我也。）初，始也。

【疏證】

皇，皇考也。◎案：皇，即「皇考」省。揣摹文意，上爲記叙語，其時父已没，則稱曰「皇考」。此爲追憶文，當日慈親命名情狀恍如目前，未覺爲冥塗之鬼，則變稱「皇」，所以親之慕之。

覽，觀也。◎文選唐寫本敚此注。明州本、建州本、秀州本、尤袤本、正德本、隆慶本、湖北本、朱本、俞本、劉本、莊本「觀」作「覩」，胡本作「睹」。案：睹、覩同。覽，古但訓「觀」，無訓「睹」。説文見部：「覽，觀也。从見、監，監亦聲。」文選卷一五張衡思玄賦「覽蒸民之多僻兮」，舊注：「覽，觀也。」呂氏春秋卷一八審應覽第六重言篇「將以覽民則也」，高注：「覽，觀也。」則舊作「觀」。周秦稱「覽觀」，非泛言。覽，類上「降」字，昭顯王公貴族身世，神靈神格，猶王觀也，神觀也。屈子，帝高陽氏胄子，神也。其視父亦如神，而美曰「皇覽」。下「覽民德焉錯輔」，言皇天大帝之觀。又，「覽余初其猶未悔」、「覽相觀於四極」、「覽椒蘭其若茲」，九章抽思「覽民尤以自鎮」、「覽余以其脩姱」，皆屈子自覽。又云「覽察草木其猶未得」，言靈修之覽。靈修，懷王。九歌雲中君「覽冀州兮有餘」，言雲神之覽。遠遊「覽方外之荒忽兮」，爲叙神遊方外，言神靈之觀視。信陽楚簡「神以鑑」，言神之觀覽。鑑，「覽」之省。神居九天之上，其下謂之「降」，其下視謂之「覽」。戰國策卷八齊策一「不可不日聽也而數覽」，又云「大王覽其説」，卷二二魏策一「人主覽其辭」，卷三三中山策「然惟願大王覽臣愚計」，皆屬王者、諸侯之觀視。朱季海楚辭解故以楚語説之，云：「王注屈賦『覽』有二義，其一訓望，九歌雲中君『覽冀州兮有餘』是也。此自常語。其一訓『觀』，與『察』訓『視』者，義實相近。蓋楚之代語，覽亦察也，故離騷又言『覽察』矣。老子語楚，其云『滌除玄覽，能無疵乎』，正與離騷相應，明乎是，則知『覽揆』、『覽余』一本作『鑒』者，後人不諳楚故，遂循時俗，改舊文耳。」國策、吕覽之書，豈亦語楚？其説濫也。

揆，度也。◎文選唐寫本無注。案：敓也。章句因爾雅釋言。銀雀山漢簡孫臏兵法官一殘簡：「揆斷藩薄，所以眩疑也。」揆斷，決斷。揆，謂計度。

余，我也。◎文選本、補注本無注。案：删之也。據正德本、隆慶本、劉本、湖北本、朱本、俞本、莊本、四庫章句本補。余之爲我，因爾雅釋詁。又，永樂大典卷一四七〇七「初度」條引正文「余」作「予」。

初，始也。◎文選本無注。案：删之也。章句因爾雅釋詁，邢昺疏：「説文云：『從衣、從刀，裁衣之始也。』」又，「初度」之語，始於此，屈賦所創，謂初生之容態。唐、宋而下遂以「初度」爲生日之通稱爾。

肇錫余以嘉名。

肇，始也。錫，賜也。嘉，善也。言父伯庸觀我始生年時，度其日月，皆合天地之正中，故賜我以美善之名也。

【疏證】

肇，始也。◎案：因爾雅釋詁。陳直據劉向九歎「兆出名曰正則兮卦發字曰靈均」，謂肇借作兆，「於祖廟」兆卜其名。案：非也。肇，語詞，乃也。言父覽觀揆度余於初度，乃錫余嘉名。肇之爲始、兆，於辭氣不暢。劉永濟屈賦音注詳解謂「劉向之言乃文人增飾之詞」，「屈子本文無此意也，不可以劉易屈，將飾詞作真語」。其說得之。惟劉氏復因章句，訓肇爲始。失之。楊遇夫積微居小學述林卷六肇爲語首詞證：「余頃重理周金文，見文中多用『肈』字，位於語首，往往無義可求。如，陳𡕀簋云：『齊陳𡕀不敢逸康，肈堇經德。』按：堇，假爲勤。經德者，書酒誥云：『經德秉哲。』肈字無義可說。其一事也。他如彔伯㦰毁云：『王若曰：彔伯㦰，繇！自乃祖考有捪于周邦，右闢四方，惠弘天命，女肈不彖。』師毁云：『今余肈命女率齊帀贅僰及左右虎臣征淮夷。』善鼎云：『余惟肈𤔲先王命，命女左世𩫖侯。』𧽊鼎云：『𧽊肈從𧽊征。』叔向父毁云：『余小子嗣朕皇考，肈帥井先文祖共明德。』師望鼎云：『望肈帥井皇考，虔夙夕，出内王命。』魯士商𠭯毁云：『魯士商𠭯肈作朕皇考叔猒父隮毁。』交君簠云：『交君子△肈作寶簠。』鑄子鼎云：『鑄子叔黑頤肈作寶鼎。』諶鼎云：『諶肈作其皇考皇母者比君鼒。』諸『肈』字皆無義。或有釋肈爲始、爲敏者，非也。」楊氏以諸「肈」字「無義」者，謂無實義。離騷首八句自叙世系，因三代典謨句法，故肈字與金文同。信陽楚簡字作「庫」，從户、聿。又，陳直拾遺曰：「肇即兆字之假借。虞書『肇十有二州』，尚書大傳作『兆』是也。屈子蓋本名平字原，因在伯庸祖廟卜名，得名曰正則、字曰靈均也。」其説亦通，可備爲一解。

錫，賜也。◎案：錫、賜古今字。三代金文「錫予」字多作「錫」，或省作「易」。章句以今字釋古字。詛楚文及戰國中山王譽鼎始作「賜」。自殷商至周初，但借易爲錫，借用既久，約定俗成，易爲錫予。春秋以下爲分别蜥易、錫予義，因其借聲而益其金旁字作「錫」。後以分别金錫字，又易「金」旁從「貝」旁。形聲字之借聲，初爲用字之假借。而後因借字爲聲，增益義符以製字。此吾國文字所以兹生繁衍之塗徑。史記卷一二七日者列傳載司馬季主：「産子，必先占吉凶，後乃有之。」司馬季主，楚人也。季主所言，楚之遺俗。白虎通義卷八姓名篇：「故禮服傳曰：『子生三月，則父名之於祖廟。』『於祖廟』者，謂子之親廟也，明當爲宗祖主也。」禮記卷一八曾子問第七：「曾子問曰：『如已葬而世子生，則如之何？』孔子曰：『大宰大宗從大祝而告于禰。三月，乃名于禰，以名徧告及社稷宗廟山川。』」伯庸爲屈子命名雖未言在宗廟，據禮自可想見，其託言先祖惠予，故謂之「賜名」。

嘉，善也。◎案：因爾雅釋詁，邢疏：「嘉者，美之善也。」漢書卷二五郊祀志「故神降之嘉生」，應劭曰：「嘉，穀也。」顔師古注：「嘉生，謂衆瑞。」嘉，生子之善。

言父伯庸觀我始生年時，度其日月，皆合天地之正中，故賜我以美善之名也。◎文選本、正德本、隆慶本、湖北本、劉本、朱本、馮本、四庫章句本、莊本、俞本「父」上有「己美」二字。文選本「賜」作「錫」，「錫我」上有「始」字，「名」下無「也」字。案：美父，章句恆語。九歎遠逝「承皇考之妙儀」，章句：「上以承美先父高妙之法，不敢解也。」愍命「昔皇考之嘉志兮」，章句：「言昔我美父伯庸體有嘉善之德，喜升進賢能，信愛仁智以爲行也。」則舊有「己美」二字。馮本「己美」作「我美」。錫、賜古今字。又，章句肇之爲始，則舊有「始」字。又，章句謂伯庸仰觀屈子生時之歲星纏度，而後錫以嘉名。此未見三禮所載，當係楚之遺俗。

名余曰正則兮，字余曰靈均。

正，平也。則，法也。靈，神也。均，調也。言正平可法則者，莫過於天。養物均調者，莫神於地。高平曰原，故父伯庸名我爲平，以法天；字我爲原，以法地。言己上能安君，下能養民也。

禮曰：「子生三月，父親名之，既冠而字之。」名，所以正形體，定心意也。字者，所以崇仁義，序長幼也。夫人非名不榮，非字不彰。故子生，父思善應而名字之，以表其德，觀其志也。

【疏證】

正，平也。◎案：正之爲平，謂正方、正直。禮記卷三〇玉藻第一三「士前後正」，鄭注：「正，直、方之間語也。」

則，法也。◎案：因爾雅釋詁。則、法散則不別，對文別義。周禮卷二天官第一大宰「二曰灋則」，鄭注：「則，亦法也。典、法、則，所用異，異其名也。」賈疏：「謂典、法、則三者相訓，其義既同，但邦國言典，官府言法，都鄙言則，是所用處異，故別言之，其實義通也。」又，章句以「正則」寓名「平」，又「正平可法則者莫過於天」云云，即因屈子出生天象説之。屈子所以名正則者，總世系、生辰、初度三事而言，以三事皆在「正」之陶鈞之中。正謂之平，平亦謂之正。正平，平列同義。呂氏春秋卷七孟秋紀第一孟秋篇：「決獄訟，必正平。」管子卷一三心術下第三七：「凡民之生也，必以正平。」尹注：「正平則能保全其生。」隸釋卷八漢金鄉長侯成碑：「於穆君德，姿履正平。」後漢書卷八〇下文苑傳禰衡：「禰衡字正平，平原般人也。」類聚卷六九服飾部「簟」條引釋名：「簟也，布之覃然正平也。」

靈，神也。◎案：説文玉部：「𤫊，巫也，以玉事神。从玉，霝聲。靈，𤫊或从巫。」段注：「屈賦九歌「靈偃蹇兮皎服」、又「靈連蜷兮既留」、又「思靈保兮賢姱」，王注皆云：「靈，巫也。楚人名巫爲靈。」引申之義，如謚法曰：「極知鬼事曰靈。」「好祭鬼神曰靈。」曾子曰：「陽之精氣曰神，陰之精氣曰靈。」毛公曰：「神之精明者稱靈。」皆是也。」巫能通神，則神亦謂之靈。

均，調也。◎案：文選卷一八嘯賦「音均不恆」，李善注：「均，古韻字也。」又引晉灼子虛賦注：「均與韻同。」均，調和音樂之器。信陽楚簡「乃教均」，言教以和調音樂之器。國語卷三周語下，王將鑄無射，問律於伶州鳩。對曰：「律，所以立均出度也。」韋注：「均者，均鍾，木長七尺，有弦繫之以均鍾者，度鍾大小清濁也。」引申爲調、和。賈生惜誓「二子擁瑟而調均兮」，章句：「均亦調也。」古之音樂具宗教情愫，有交通先神、上帝之特殊功用。山海經卷一六大荒西經謂「夏后開上三嬪於天，得九辯與九歌以下」。呂氏春秋卷五仲夏紀第五古樂篇謂帝堯「乃命質爲樂，質乃效山林谿谷之音以歌，乃以麋輅置缶而鼓之，乃拊石擊石，以象上帝玉磬之音，以致舞百獸」。又，周禮卷二二春官第三大司樂：「掌成均之灋，以治建國之學政，而合國之子弟焉。凡有道者有德者使教焉；死則以爲樂祖，祭於瞽宗。以樂德教國子：中、和、祗、庸、孝、友。以樂語教國子：興、道、諷、誦、言、語。以樂舞教國子：舞雲門、大卷、大咸、大磬、大夏、大濩、大武。」古之樂教也。成均，即成調，樂之所以成調者，以「中正」爲極致。周語下：「道之以中德，詠之以中音。」調和音樂使之成均者，必出於「中正」之非常人。屈子名曰「正則」、「靈均」，以其出生世系、生辰及初度，皆合之於「中正」，象其能平正、均調萬物。

言正平可法則者，莫過於天。養物均調者，莫神於地。故父伯庸名我爲平，以法天；字我爲原，以法地。◎文選本「正平」作「平正」，「故」下無「父」字，「爲原」作「曰原」。案：無「父」字，敚也。正平、平正，章句皆有其例。漢書卷八七上揚雄傳「正皇天之清則兮」，應劭曰：「平正司法者莫過於天，養物均調者莫過於地也。父伯庸名我爲平以法天，字我爲原以法地也。」應氏因章句，其所據本作「平正」。然「可法」作「司法」，其所據本別。正則，平列同義，以寓名「平」。靈均，以寓字「原」。章句「養物均調，莫神於地」云云，即「法地」也。

高平曰原。◎案：因爾雅釋地：「大野曰平，廣平曰原，高平曰陸。」散則原、陸不別。文選卷三東京賦「勸稼穡於原陸」，宋書卷八二周朗傳「令堤湖盡修，原陸並起。」原陸，平列同義。對文則有「高平」、「廣平」之別。說文「平原」字作「邍」，謂「高平」。段注：「謂人野廣平偁原，高而廣平亦偁原。」散文也。其字作「邍」，所以別水原。上博簡（三）周易、清華簡（七）越公其事「平原」字作「备」，「水原」字作「湶」。备，邍之省也。北大簡反淫有「屈原」之人，與張儀、蘇秦、孟軻、淳于髡、楊朱、墨翟、子貢、孔穿、唐勒、宋玉、景差並列，蓋以爲戰國策士也。當是漢初時之論。

言己上能安君，下能養民也。◎文選本無注。正德本、隆慶本、湖北本、朱本、馮本、俞本、莊本、四庫章句本「上」、「下」二字下皆有「之」字。案：文選本删之也。章句「上能安君，下能養民」

云云，貞臣賢士之質。全三國文卷四二杜恕體論臣第二：「上能尊主，下能壹民，物至能應，事起能辨，教化流于下，如影響之應形聲。此賢主之臣也。」

禮曰：「子生三月，父親名之。既冠而字之。」◎文選本無注。正德本、隆慶本、湖北本、朱本、劉本、馮本、俞本、莊本、四庫章句本「曰」作「云」。案：文選本刪之也。章句引禮見卷二八內則第一二。子生三月之末，「父執子之右手，咳而名之」。又曰：「適子、庶子見於外寢，撫其首，咳而名子。」又曰：「凡名子，不以日月，不以國，不以隱疾。大夫士之子，不敢與世子同名。」又曰：「姆先相曰：『母某敢用時日，祇見孺子。』夫對曰：『欽有帥。』父執子之右手，咳而名之。妻對曰：『記有成。』遂左還授師。子師辯告諸婦諸母名，妻遂適寢。夫告宰名，宰辯告諸男名，書曰：『某年某月某日生而藏之。』宰告閭史，閭史書爲二，其一藏諸閭府，其一獻諸州史，州史獻諸州伯，州伯命藏諸州府。」「冠而字之」，見儀禮卷三士冠禮第一。男子二十而冠，字之；女子十五而笄，字之。皆成年禮也。古之取名字也如此。包山楚簡集箸：「㓞令壴宜命之於王大子而以陞㓞人，所幼未陞。㓞之玉府之典，㓞戲之少僮酟族一夫、㾜一夫，凥於王洛區湯邑，凡君子二夫，𢿘是，其箸之。」即謂「獻諸州史，州史獻諸州伯，州伯命藏諸州府」也。

名，所以正形體，定心意也。字者，所以崇仁義，序長幼也。夫人非名不榮，非字不彰。故子生，父思善應而名字之，以表其德，觀其志也。◎文選本無「名所以正形體定心意也字者所以崇仁義序長幼也」二十一字。唐寫本「名字」下復有「字」字。正德本、隆慶本、湖北本、朱本、馮本、劉本、俞本、莊本、四庫章句本「名」下有「者」字，「心意」作「志意」，「其志」下有「意」字。案：文選本删之也。唐寫本羡一「字」字。又，據義，則舊作「其志意」。又，名者、字者，儷偶對舉，則「名」下舊有「者」字。荀子卷一六正名篇第二二：「名聞而實喻，名之用也。累而成文，名之麗也。用、麗俱得，謂之知名。名也者，所以期累實也。」周禮卷二六春官宗伯第三外史「掌達書名于四方」，鄭注：「古曰名，今曰字，使四方知書之文字，得能讀之。」賈疏：「古者之文字少，直曰名；後代文字多，則曰字。字者滋也。」卷三七秋官司寇第五大行人：「九歲屬瞽史，諭書名。」鄭注：「書名，書之字也，古曰名。」名、字，即文、字之稱。名，物象之本，文也。字，因文孳生，比之六書之會意、形聲。文，憑形體解説之。名聞文彰，文彰實喻。訓詁家所謂形、音、義參互而用之。方之於人之命名亦然。父爲子名，因其世系、生辰及「初度」，猶總合星象及申（順）生、寤生等，皆有象可憑可據。顔師古匡謬正俗卷六「名字」條：「名以正體，字以表德。」正體，正初生之象。劉向九歎離世：「兆出名曰正則兮，卦發字曰靈均。」言「兆出」，其有象所憑、有事可據。左傳桓公六年：古人命名「有五：有信，有義，有象，有假，有類。以類命爲象，取於物爲假，取於父爲類」。聞一多正則之名，其所憑之象，生辰及初度，象名，説文所謂「依類象形」，即章句所謂「正形體」。離騷解詁、湯炳正屈賦新探並謂「正則」之名，因屈子「生於歲星在正月晨出東方之年」；字「靈均」，與「令月吉日」相關，猶儀禮卷三士冠禮第一「以歲之正，以月之令」，指星之纏度。其説得之。洪補謂屈子「以德命」，似是而非。觀屈子出生之象，蓋一「正」字可以蔽之：生爲楚之始祖帝高陽之冑，父考伯庸爲楚方伯，得其世系之正；生之年月日皆寅，得其生辰之正；順降母體，上合星命，得其初度之正；故名之曰正則，謂有中正之法則。字者，名之附。名之與字，相承詁言。故字之曰靈均，謂能均調若神明。補注引禮記云：「既冠以字之，成人之道也。」洪又云：「士冠禮云：『賓字之（辭）曰：昭告爾字，爰字孔嘉。』字雖朋友之職，亦父命也。」字之言子也。男子既冠，女子及笄，明其已成人，能育子，而行冠字禮。以上八句爲讀離騷之綱領。屈子自言出生世系、年月日、初度及其名字等，無不俱在「中正」者，其所謂「内美」也。又，反淫作於漢初高祖之世，其末段曰：「族天下博徹閒夏（雅）之士若張義（儀）、薛（蘇）秦、孟柯（軻）、敦（淳）于髡、陽（楊）朱、墨翟、子贑（貢）、孔穿、屈原、唐革（勒）、宋玉、景瑣（差）之倫，觀五帝之遺道，明三王之法，藉以下巧（考）諸衰世之成敗，論天下之精微，理萬物是非。」則以屈原與蘇張、孔孟、墨楊並列，蓋亦得道之賢也，而謂「屈原無其人」者，可以息喙矣。

紛吾既有此内美兮，

紛，盛貌。

【疏證】

紛，盛貌。◎文選唐寫本、明州本「貌」下有「也」字。唐寫本「貌」作「皃」。明州本無「貌」字。案：皃，古貌字。羅本玉篇殘卷糸部「紛」字：「楚辭『紛吾既有此内美』，王逸曰：『紛，盛皃也。』」慧琳音義卷二八、卷六二「繽紛」條同引王逸注楚辭：「紛，盛皃也。」卷六三「紛擾」條引王逸注楚辭：「芬，盛皃也。」紛與芬通。皃，古貌字。文選卷一西都賦「桑麻鋪棻」，李善注：「王逸楚辭注曰：『紛，盛皃也。』棻與紛，古字通。」據此，則「貌」下當補「也」字。紛字爲「内美」飾語，而「内美」但二「正」字可蔽之，似不當訓盛、衆。方言卷一〇：「紛怡，喜也。湘潭之間曰紛怡，或曰巸已。」紛之訓喜，楚語。九章橘頌：「緑葉素榮，紛其可喜兮。」紛其，喜貌。後漢書卷六四延篤傳：「紛紛欣欣兮，其獨樂也。」紛紛、欣欣，平列同義，喜也。紛，本爲「馬尾韜」，無盛多、喜悦義。紛盛之字爲份，紛喜之字爲芬。説文艸部：「芬，艸初生，其香分布也。从中、分聲。」引申爲和調、和適。方言卷一三：「芬，和也。」郭璞注：「芬香和調。」周禮卷一七春官第三叙官「鬯人，下士二人」，鄭注：「鬯，釀秬爲酒，芬香條暢於上下也。」錢繹方言箋：「和，謂之芬，與人相和亦謂之芬。」和適之則爲喜悦。荀子卷一〇議兵篇第一五：「其民之親我，歡若父母；其好我，芬若椒蘭。」歡、芬對舉，芬亦歡也。卷三非相篇第五「欣驩芬薌以送之」，欣、驩、芬、香四字平列。芬、紛古字通用。老子四章「解其紛」，釋文：「紛，河上音芬。」或作苾字，大戴禮記卷五曾子疾病第五七：「與君子游，苾乎如入蘭芷之室。」

又重之以脩能。

脩，遠也。言己之生，內含天地之美氣，又重有絶遠之能，與衆異也。言謀足以安社稷，智足以解國患，威能制强禦，仁能懷遠人也。

【疏證】

脩，遠也。◎案：楚辭「脩」字四十三見，離騷十八，曰「脩能」、「脩名」、「好脩姱」、「復脩」、「信脩」、「蹇脩」各一，「前脩」二，「靈脩」三，「好脩」四，脩飾、脩遠、美善意皆備。其訓「脩遠」者，下「路曼曼其脩遠兮」、「路脩遠以周流」。天問「東西南北，其脩孰多」。九章懷沙「脩路幽蔽，道遠忽兮」。招魂「離榭脩幕，侍君之閒些」。其言美善者，下「恐脩名之不立」，脩名，美名。「余雖好脩姱以鞿羈兮」，好脩姱，言好美、喜美。脩姱，平列同義。又，「余獨好脩以爲常」、「莫好脩之害也」、「苟中情其好脩兮」、「汝何博謇而好脩兮」，好脩，言好美。又，「固前脩以菹醢」、「謇吾法夫前脩兮」，前脩，前世聖賢。脩，猶賢，亦美也。又，「孰信脩而慕之」，信脩，言信美。九歌湘君「美要眇兮宜修」，宜，儀也。儀修，言容儀美。九章橘頌「紛緼宜脩」，亦同。哀郢「憎愠惀之脩美兮」，脩美，平列同義，脩亦美也。脩解脩飾、脩治，離騷惟「退將復脩吾初服」一例，別一字也。楚簡則字作「坙」，上博簡（八）李賦「備坙庶戒」是也。長謂之脩，美亦謂之脩，其義相通。方言卷一：「脩，長也。陳楚之間曰脩。」脩長、修美，皆楚語。

言己之生，内含天地之美氣，又重有絶遠之能，與衆異也。言謀足以安社稷，智足以解國患，威能制强禦，仁能懷遠人也。◎文選本無「言謀足以安社稷智足以解國患威能制强禦仁能懷遠人也」二十四字。案：删之也。脩能、内美相對，内美，謂質之美。章句「内含天地之美氣」云云，統括上八語，猶儒者言「尊德性」也。脩能，外美，謂文之美。猶「道問學」也。能，古態字。屈賦錯雜皆出。九章懷沙「固庸態也」，論衡卷一累害篇第二引作「固庸能也」。王充所據本作「能」字。荀子卷一六正名篇第二二：「智所以能之在人者謂之能，能有所合謂之能。」後「謂之能」，猶容態。書舜典「柔遠能邇」，釋文引鄭玄尚書注：「能，姿也。」亦姿態字。兩周金文及秦漢簡帛文字有「能」無「態」。上博簡（二）訟城是（容成氏）：「喬（驕）能（態）始作，乃立咎繇以爲李（理）。」銀雀山漢簡守法篇：「以視適（敵）進芮（退）變能（態）請而爲長耳目城中，以觀姦邪事變。」文選集注殘卷引音決：「能，奴代反。」即能耐也。招魂「姱容修態」，文選卷二張衡西京賦「要紹修態」。修態，古恆語，喻賢能。章句以謀、智、威、仁四事解之，謂其材德兼備，即思、孟五行遺義。郭店楚墓竹簡言「謀」者，叢説四：「金玉涅（盈）室不如謀，衆强甚多不如時，故謀爲可貴。」謀之所以安社稷。言「智」者，五行：「見而智（知）之，智也；聞而智（知）之，聖也。明明，智也。虖虖

（虢虢），聖也。」又曰：「見而知之，智也；知而安之，仁也。」六德：「知可爲者，知不可爲者，知行者，知不行者，謂之夫以智率人多。智也者，夫德也。」則以材能爲說。言「威」者，唐虞之道：「咎繇（采）内用五刑，出弋兵革，罪涇枯□□用威，夏用戈，征不備（服）也。」則以武略爲說。言「仁」者，五行：「仁，思不能清。」又曰：「仁之思也清，清則察，察則安，安則温，温則兑（悦），兑（悦）則戚，戚則親，親則愛，愛則玉色，玉色則形，形則仁。」又曰：「知而安之，仁也。安而行之，義也；行而敬之，禮也。仁，禮義所由生也，四時之所和也。」則以德義爲說。皆與章句可參證之。又，章句「又重有」云云，則以「又重」爲平列同義，重亦又也。正文當作「又重有之以修能」，因上句「既有」省。文選卷一〇潘岳西征賦：「紛吾既邁此全節，又繼之以盤桓。」類聚卷二一人部五「交友」條引丘遲思賢賦：「紛吾既有此固陋，荷君子之渥惠。」後之「紛吾」句法，皆衣被於此。

扈江離與辟芷兮，

扈，被也。楚人名被爲扈。江離、芷，皆香草名。辟，幽也，芷幽而香。

【疏證】

扈，被也。楚人名被爲扈。◎文選本「被」作「披」。説文繫傳卷一二邑部「扈」字、戴侗六書故「扈」字引王逸注「被」作「披」。案：被、披古今字。文選卷五吳都賦「扈帶鮫函」，劉淵林注：

「離騷曰『扈江離』，楚人謂被爲扈。」其因章句，無「扈被也」之解。御覽卷六九一服章部九珮引王逸注：「扈，被也。」則無「楚人名被爲扈」六字。皆約言之。文選唐寫本陸善經注：「扈，帶也。」陸氏疏證章句，謂扈訓被，非被覆，猶佩帶。至確。吳都賦「扈帶鮫函」，扈帶，平列同義，扈亦帶也。扈江離，佩帶江離也。方言卷四：「帍裱謂之被巾。」郭璞注：「婦人領巾也。」廣雅釋器：「帍裱，被巾也。」裱，表也，上衣之稱（詳說文衣部）。帍，被帶也。扈、帍音同義通。扈，護也。史記卷一一七司馬相如列傳：「扈從横行，出乎四校之中。」扈從，平列同義，扈亦從也。北大藏漢簡妄稽「户佩淮珠」，户即扈，亦言佩帶而非披覆。九辯「扈屯騎之容容」，章句：「羣馬分布，列前後也。」扈，隨從也。言隨從，扈帶，其義貫通。楚人因之，則佩帶亦謂之扈帶。

江離、芷，皆香草名。◎文選本「名」作「也」。正德本、隆慶本、俞本、莊本、湖北本「芷」上有「辟」字。正德本、隆慶本、劉本、朱本、湖北本、馮本、俞本、莊本、四庫章句本「名」下有「也」字。案：「辟」爲「芷」之飾語，羨也。辟、僻古今字。又，集百家注分類東坡先生詩卷一和子由記園中草木十一首「秋風詠江蘺」，王十朋引王逸注：「香草生於江中，故曰江蘺。」未知所據，附會之說。北大簡反淫字作「江羅」，借字也。離、蘺古今字。章句以「江離」爲香草，未詳何草。說文艸部：「蘺，江蘺，蘪蕪。」又：「茝，虈也。」又：「虈，楚謂之蘺，晉謂之虈，齊謂之茝。」而「蘺」字但云「江蘺，蘪蕪」，未謂又名「虈」、名「茝」，承「虈」字說解省。許氏以江蘺、蘼蕪、茝、虈皆爲一草。郭注山海經：「芎藭，一名江蘺。」爾雅釋艸：「蘄茝，蘪蕪。」邢疏：「芎藭苗也。本草：一名薇蕪。」後漢書卷五九張衡傳「又綴之以江蘺」，李賢注：「江蘺，香草也。本草經曰：『蘪蕪，一名江蘺。』即芎藭苗也。楚辭曰：『扈江蘺與辟芷兮，紉秋蘭以爲佩。』皆取芬芳以象德也。」廣韻上平聲第五支韻：「江蘺，蘪蕪別名。」徐之才藥對：「蘼蕪，一名江蘺。」皆以芎藭、江蘺爲一草別名。山海經卷五中山經謂洞庭之山，「其草多葌、蘪蕪、芍葯、芎藭」。文選卷七司馬相如子虛賦云「芷若射干，穹窮昌蒲，江離蘪蕪」，又云「被以江離，糅以蘪蕪」。蘼、蘪、麋古字通。別以江蘺、蘼蕪、芎藭爲三草。索隱引郭璞云，芎藭「今歷陽呼爲江離」，猶以爲一草。補注：「本草，蘼蕪，一名江離。江離非蘼蕪也，猶杜若一名杜衡，杜衡非杜若也。」以江蘺、蘼蕪爲二草。段氏注說文「蘺」字云：「不云謂『茝』爲江蘺也，蓋因釋艸有『蘄茝蘼蕪』之文而合之，茝與蘄茝又未必爲一物也。」程瑶田釋艸小記「蘺苻蘺江蘺命名同異記」條曰：「以文求之，蘠蘺茝一事，江蘺蘪蕪又一事，並香草，而又同名異事之義藏其中。蓋江蘺之蘺與蘺茝之蘺及夫蘺之蘺宜分三事。」皆別以爲二草。夫異物同名，或同物異名，古之習見。賦家因之麗文，唯弘博是務，蔚麗其辭，雖一草而異名分別用之。概之曰「一物異名分用例」，可補俞氏古書疑義舉例所未備。說者若泥之以爲二草，病也。張華博物志卷四藥物云：「芎藭苗曰江蘺，根曰芎藭。」李時珍本草綱目卷一四「蘼蕪」條曰：「蓋嫩苗未結根時則爲蘼蕪，既結根後，乃爲芎藭；大葉似芹者爲江蘺，細葉似蛇牀者爲蘼蕪。如此分別，自明白矣。淮南子云：『亂人者若芎藭之與藁本，蛇牀之與蘼蕪。』亦指細葉者言也。」桂馥札樸卷五「水芹」條云：「舟過湖南，食水菜極香美，問其人，曰水芹。案：楚辭江蘺也。玉篇：『蘺，芎藭苗。』芎藭有山生水生二種，此水芎藭也。」其説是也。芹之言蘄也。釋艸釋文：「蘄，古芹字。」言「似蘄者爲江蘺」，故又謂「蘄茝」。後人以其苗、根而分析言之，苗謂之蘺、根謂之芎藭。促曰江，緩曰芎藭，合「芎藭蘺」之名，則謂之「江蘺」。又，古之名芳草，多取義於離析、分散。香氣溢散者名曰離，訓詁字作蘺。

辟，幽也，芷幽而香。◎文選六臣本、尤袤本「幽」字上有「爲」字。唐寫本、胡本「香」下有「也」字。正德本、隆慶本、劉本、湖北本、朱本、馮本、俞本、莊本、四庫章句卟「香」下有「芳也」二字。案：黎本玉篇殘卷厂部「廦」字：「楚辭『扈江離與廦芷』，王逸曰：『廦，幽也。』」其所據本「辟」作「廦」，亦無「爲」字。章句「芷幽而香」云云，因荀子卷二〇宥坐篇第二八「且夫芷蘭生於深林，非以無人而不芳」也。後附會之，易「辟」作「廦」，或作「廦」。七諫初放：「聯蕙芷以爲佩兮，過鮑肆而失香。」文選卷一五思玄賦：「纗幽蘭之秋華兮，又綴之以江蘺。」聯蕙芷、纗幽蘭，並祖構「辟芷」之文，例「扈江離」句法。辟，猶聯也，纗也。孟子卷六滕文公下「妻辟纑」，趙注：「緝績其麻曰辟。」緝績，繫結也。文選卷二九張景陽雜詩「取志於陵子」，李善注引劉熙孟子注「緝績」作「緝續」。則亦通。或借作擗。九歌湘夫人：「罔薜荔兮爲帷，擗蕙櫋兮既張。」罔、擗對文，擗，罔結也。王夫之楚辭通釋：「辟，辟績爲裳。」或作襞積。文選卷一五思玄賦「美襞積以酷烈兮」，舊注：「襞積，衣縫也。」後漢書卷五九張衡傳「美襞積以酷裂兮」，李賢注：「襞積，衣襵也。」襞亦縫也，綴也。方言卷六：「擘，楚謂之紉。」擘、擗同。或通作劈。錢繹方言箋疏以爲劈分義。失之。辟、擗、襞、劈諸字本無「緝續」、「縫紉」義。辟之言絣也。辟、絣爲支、耕平入對轉，並紐雙聲。後漢書卷四〇下班彪傳「將絣萬嗣」，李賢注引廣雅：「絣，續也。」今本廣雅釋詁：「幽，絣也。」王念孫曰：「幽、絣聲義竝同，絣亦縫也，語之轉耳。燕策云『王身自削甲札，妻自組甲絣』，蓋絣訓爲縫，因謂縫甲之組爲絣也。」古之從并聲之字爲并合義，并脅謂之骿，調麪使合謂之餅，椶櫚謂之栟，聚合謂之併，駕二馬謂之駢，男女私合謂之姘，以縫之使合謂之絣。方言：「擘，楚謂之紉。」是借擘爲絣。又，朱季海楚辭解故：「凡楚辭言茝，俱謂芷耳。離騷云『芳芷』，九章作『芳茝』；離騷之『蘭芷』，九章作『蘭茝』；內則亦云『茝蘭』矣。是芷謂之茝，亦齊楚間通語矣。」説文艸部有「茝」無「芷」，許氏以茝爲齊語，楚謂之蘺，未言芷爲楚語。廣韻上聲第十五海韻，「茝，音昌紿切」。二等開口（詳江永四聲切韻表）。上聲第六止韻，「芷，諸市切」。三等合口。茝、芷音分洪細，別以方言。齊人侈口爲茝，楚語斂口爲芷。信陽楚簡芷作芑，芷之古文，亦不作茝。楚辭芷、茝雜用，則後人所改。説文，茝，從艸、𦣞聲。字説云：「茝香可以養鼻，又可養體，故茝字從𦣞。𦣞音怡，養也。」（見李時珍本草綱目卷一四「白芷」所引）古之名芳草之術，於心理感受言之，謂草香爲人所怡，則名之曰茝。借㠯爲怡。又，或引荀子卷一勸學篇第一「蘭槐之根是爲芷」，謂芷爲「蘭槐之根」。大戴禮記卷七勸學篇第六四作「蘭氏之根，懷氏之苞」，注云：「蘭槐，香草名，槐，又作懷。本草云：『懷者，即杜蘅也，又名衡薇香。』唐詩『情人一去無窮已，欲贈懷香恨不逢。』即此也。」（見明楊慎丹鉛續録卷六雜識「蘭槐」條引）亦未以「芷」爲「蘭槐」。槐、褢、懷，古字通用。史記卷六〇三王世家：「傳曰『蘭根與白芷，漸之滫中，君子不近，庶人不服』者，所漸者然也。」則以蘭根、白芷爲二草名。廣雅釋艸：「白芷，其葉謂之葯。」王念孫疏證：「白芷，以根白得名也。蘇頌本草圖經云：『白芷根長尺餘，白色，粗細不等，枝幹去地五寸已上，春生葉，相對婆娑，紫色，濶三指許。』是白芷根與葉殊色，故以白芷名其根，又別以葯名其葉也。若然，則九歌云『辛夷楣兮葯房』，『芷葺兮荷屋』，七諫云『捐葯芷與杜衡兮』。九懷云『芷閭兮葯房』。當竝是根、葉分舉矣。但芷、葯雖根、葉殊稱，究爲一草，故王逸九歌注云：『葯，白芷也。』」其説碻也。芷，蘭之醜，故荀子謂之「蘭槐之根」。戴記訛「蘭氏」、「懷氏」爲二物，史公相承，則別爲「蘭根與白芷」。後據以解騷，則治絲益棼，終未識「芷」爲何物。辟芷，蓋用其葉。名醫別録謂之白芷葉，又名蒚麻。

紉秋蘭以爲佩。

紉，索也。蘭，香草也，秋而芳。佩，飾也，所以象德。故行清潔者佩芳；德仁明者佩玉；能解結者佩觿；能決疑者佩玦。故孔子無所不佩也。言己脩身清潔，乃取江離、辟芷以爲衣被，紉索秋蘭以爲佩飾，博采衆善以自約束也。

【疏證】

紉，索也。◎案：羅本玉篇殘卷糸部「紉」字：「楚辭『紉秋蘭以爲佩』，王逸曰：『紉，索也。展而續之也。』」宋本玉篇糸部亦有「展而續之」四字。「展而續之」，野王所以疏證章句者，非章句舊文。初學記卷二六佩第六連若、御覽卷六九二服章部九珮同引王逸注：「紉，索也。」亦皆無「展而續之」四字。又，錦繡萬花谷後集卷三六冠冕「紉蘭」條引王逸注：「紉，結也。」以同義改也。補注：「方言曰：『續，楚謂之紉』。說文云：『繟繩也。』」對文紉、索別義。惜誓「并紉茅絲以爲索」，章句：「單爲紉，合爲索。」段氏說文注「紉」字：「太平御覽引通俗文曰：『合繩曰糾，單展曰紉，織繩曰辮，大繩曰絚。』方言曰：『繝、剿、續也，楚謂之紉。』蓋單股必以他股連接而成。離騷曰『紉秋蘭以爲佩』，注：『紉，索也。』內則『紉鍼請補綴』，亦謂綫接於鍼曰紉。」方言紉謂之續，或謂之擘。散則不別。紉，刃聲，刃，刀刃，許氏云「刀堅」。引申爲堅止、礙止。故止車木謂之軔，中心堅止謂之忍，滿塞謂之牣，言語頓滯謂之訒。以繩縷展而續之使物堅不釋者則爲紉。紉及訒、牣、忍、軔，皆聲之兼義。

蘭，香草也，秋而芳。◎文選唐寫本「草」作「艸」。正德本、隆慶本、湖北本、朱本、俞本、劉本、莊本「秋而」上有「草」字。文淵四庫章句本「秋而芳」作「秋蘭芳」，文津本亦作「秋而芳」。案：初學記卷二六佩第六連若引王逸注：「蘭，香草也，秋而芳，所以爲佩飾也。」錦繡萬花谷後集卷三六冠冕「紉蘭」條引王逸注：「蘭，香草也，秋而芳，所以佩飾也。」據此，草，羨也，且皆有「所以爲佩飾也」或「所以佩飾也」者，蓋據別本。作「秋蘭芳」，訛也。御覽卷六九二服章部九珮同引王逸注引無「秋而芳」三字。上博簡（八）李賦稱「萰（蘭）有異物」，謂奇異之草也。補注：「古者男女皆佩容臭。臭，香物也。又曰：『佩帨茝蘭。』則蘭芷之類，古人皆以爲佩也。（庚案：古之男女未冠笄者「皆佩容臭」、「佩帨茝蘭」，出禮記第一二內則篇。故「古者」上當補「記曰」二字。鄭注：「容臭，香物也。」洪氏「臭，香物也」，因鄭注，脱「容臭」之容字。）相如賦云『蕙圃衡蘭』，顏師古云：『蘭，即今澤蘭也。』本草注云：『蘭草、澤蘭，二物同名。蘭草，一名水香，李云都梁是也。』水經云：『零陵郡都梁縣西小山上有渟水，其中悉生蘭草，緑葉紫莖。澤蘭如薄荷，微香，荆、湘、嶺南人家多種之。』此與蘭草大抵相類。但蘭草生水傍，葉光潤尖長，有岐，陰小紫，花紅白色而香，五、六月盛。而澤蘭生水澤中及下溼地，苗高二、三尺，葉尖，微有毛，不光潤，方莖紫節，七月八月開花，帶紫白色，此爲異耳。詩云『士與女，方秉蕳兮』，陸機（璣）云：『蕳即蘭也。其莖葉似藥草。澤蘭廣而長節，節中「亦」（赤），高四、五尺，漢諸池苑及許昌宮中皆種之。』文選云『秋蘭被涯』，注云：『秋蘭，香草，生水邊，秋時盛也。』荀子云：『蘭生深林。』本草亦云：『一種山蘭，生山側，似劉寄奴，葉無椏，不對生，花心微黄赤。楚詞有秋蘭、春蘭、石蘭，王逸皆曰香草，不分别也。』近時劉次莊樂府集云：『離騷曰「紉秋蘭以爲佩」，又曰「秋蘭兮青青，緑葉兮紫莖」。今沅、澧所生，花在春則黄，在秋則紫，然而春黄不若秋紫之芬馥也。由是知屈原真所謂多識草木鳥獸，而能盡究其所以情狀者歟？』黄魯直蘭説云：『蘭生深山叢薄之中，不爲無人而不芳，含香體潔，平居與蕭艾同生而不殊。清風過之，其香藹然，在室滿室，在堂滿堂，所謂含章以時發者也。然蘭蕙之才德不同，蘭似君子，蕙似士夫。槩山林中十蕙而一蘭也。離騷曰：「予既滋蘭之九畹，又樹蕙之百畝。」招魂：「光風轉蕙汜崇蘭。」以是知楚人賤蕙而貴蘭矣。蘭蕙叢出，蒔以沙石則茂，沃以湯茗則芳，是所同也。至其發華，一榦一華而香有餘者，蘭；一榦五、七華，而香不足者，蕙也。蕙雖不若蘭，其視椒、榝則遠矣。』其言蘭蕙如此，當俟博物者。」洪氏雜引衆説而未能斷，蓋多聞闕疑。李時珍本草綱目卷一四「蘭草」條考之詳審，曰：「蘭有數種，蘭草、澤蘭生水旁；山蘭，即蘭草之生山中者。蘭花亦生山中，與三蘭迥别。蘭花生近處者，葉如麥虋冬而春花，生福建者，葉如菅茅而秋花。黄山谷所謂一榦一花爲蘭，一榦數花爲蕙者，蓋因不識蘭草、蕙草，遂以蘭花强生分别也。蘭草與澤蘭同類，故陸機(璣)言蘭似澤蘭，但廣而長節。離騷言其『緑葉』、『紫莖』、『素枝』，可紉、可佩、可藉、可膏、可浴，鄭詩言『士女秉蕑』，應劭風俗通言『尚書奏事，懷香握蘭』，禮記言『諸侯贄薰，大夫贄蘭』，漢書言『蘭以香自燒』也。若夫蘭花有葉無枝，可玩而不可紉、佩、藉、浴、秉、握、膏、焚，故朱子離騷辨證言古之香草必花葉俱香，而燥溼不變，故可刈、佩。今之蘭蕙，但花香而葉乃無氣，質弱易萎，不可刈、佩，必非古人所指甚明。古之蘭似澤蘭，而蕙即今之零陵香，今之似茅而花有兩種者。不知何時誤也。熊太古冀越集言世俗之蘭，生于深山窮谷，決非古時水澤之蘭也。陳遯齋閑覽言楚騷之蘭，或以爲都梁香，或以爲澤蘭，或以爲猗蘭，當以澤蘭爲正。今人所種如麥虋冬者名幽蘭，非真蘭也。故陳止齋著盜蘭說以譏之。方虛谷訂蘭說言古之蘭草，即今之千金香，俗名孩兒菊者。今之所謂蘭，其葉如茅而嫩者，根名土續斷，因花馥郁，故得蘭名也。楊升菴云：『世以如蒲萱者爲蘭，九畹之受誣久矣。』又，吳草廬有蘭說甚詳，云：蘭爲醫經上品之藥，有枝有莖，草之植者也。今所謂蘭，無枝無莖。因黄山谷稱之，世遂謬指爲離騷之蘭。寇氏本草亦溺于俗，反疑舊說爲非。夫醫經爲實用，豈可誤哉！今之蘭果可利水殺蟲而除痰癖乎！其種盛于閩，朱子乃閩人，豈不識其土産，而反辨析如此？世俗至今猶以非蘭爲蘭，何其惑之難解也。嗚呼，觀諸儒之明析如此，則寇、朱二氏之誤可知，而醫家用蘭草者，當不復疑矣。」其格物極精。屈賦之蘭於此定讞。惟李氏以幽蘭爲蘭花草，則未之詳審。詳參下「幽蘭」注。說文艸部「蘭」下復有「葌」字，云：「香艸也。出吳林山。」廣韻上平聲第二七删韻：葌音古顏切。葌，同鄭詩「士女秉蕑」之蕑，在上平聲第二八山韻，音古閑切。慧琳音義卷二六「菅草」條引字書：「葌與蕑同。葌，蘭也。」又卷五五「草葌」條引聲類：「葌，蘭也。」蘭、蕑、葌，皆一字。山海經卷五中山經云：「又東百二十里曰吳林之山，其中多葌草。」郭璞注：「葌，亦菅字。」葌、菅古字通。蕑，從艸、從閒。閒，分、析也。莊子卷一齊物論第二「小知閒閒」，釋文：「閒閒，有所閒別也。」蘭，從艸、闌聲。闌之言離也。闌、離爲歌、元陰陽對轉，並來紐雙聲。離，分、析也。草之芳香離分布散名之曰蘭。上博簡（八）李賦、信陽楚簡省作「柬」。蕑、葌，皆會意字，音同蘭，不從閒聲或姦聲而讀「古顏切」者。葌之從姦，借姦爲閒。詩溱洧「方秉蕑」，毛傳：「蕑，蘭也。」陸疏：「蕑即蘭，香草也。」釋文引韓詩：「蕑，蓮也。」詩澤陂鄭箋：『蕑，當作蓮。』」蓮、蘭古字通。然非蓮藕之蓮。姜亮夫楚辭通故以蕑爲「古複音字」，謂「疑蕑者，古讀[Lkian]，後脱[L]音，或與[K]音而分化成爲蕑、蘭二音。本義遂不易明。南楚之獨存蘭音，故戰國以後，蘭之用遂顯，與蕑義多不相屬矣」。余謂上古決無複音字。今但據許書諧聲爲説，學者未審其所析者允當與否，而用歸納諧聲法爲之，則未可信據。詳參拙文説文轉注假借條例考釋。

佩，飾也，所以象德。◎正德本、隆慶本、劉本、湖北本、朱本、俞本、莊本「德」下有「也」字。文選卷三四曹植七啓「佩蘭蕙兮爲誰脩」，李善注引王逸曰：「脩，飾也。」案：脩，佩之訛。説文人部：「佩，大帶佩也。从人、凡、巾。佩必有巾，故从巾，巾謂之飾。」段注：「大帶佩者，謂佩必繫於大帶也。古者大帶、有革帶，佩繫於革帶，不在大帶。何以言『大帶佩』也？革帶統於大帶也。」佩，飾物總名。凡，皆、都也。釋名釋衣服：「佩，倍也。言其非一物而倍貳也，有珠、有玉、有容刀、有帨巾、有觿之屬也。」則「其非一物」，即「从凡」之義。巾謂之飾，故佩字从巾。九店楚簡日書、包山楚簡皆作瓓，從玉、葡聲。葡，備也。備有皆、都、凡之義。玉，飾物。瓓、佩一字，後作珮。

故行清潔者佩芳；德仁明者佩玉；能解結者佩觿；能決疑者佩玦。故孔子無所不佩也。言己脩身清潔，乃取江離、辟芷以爲衣被，紉索秋蘭以爲佩飾，博采衆善以自約束也。◎文選本無「故行清潔者佩芳德仁明者佩玉能解結者佩觿能決疑者佩玦故孔子無所不佩也」三十三字。尤袤本、六臣本「紉」作「紐」，「約束」下無「也」字。唐寫本「飾」作「飭」。正德本、隆慶本、湖北本、朱本、馮本、俞本、莊本、劉本、四庫章句本「脩」作「修」，「仁明」作「光明」。案：無「故行清潔」以下三十三字，删之也。唐寫本陸善經引章句：「佩者所以象德，故仁明者佩玉；能解結者佩觿；能決疑者佩玦，孔子無所不佩。屈原自以行清貞，故佩芳蘭以爲興也。」則陸氏所據本亦有「故行清潔」三十三字，然與今本多別。喻林卷八一自脩引王逸注删「故行清潔」以下三十三字。紐，紉之訛。飭，俗飾字。文選卷三四曹植七啓「佩蘭蕙兮爲誰脩」，李善注：「楚辭曰：『紉秋蘭爲佩。』王逸注曰：『脩飾也。』」六臣本作「楚辭曰：『組（紉）秋蘭兮爲佩。』王逸注曰：『脩飾也。』」

李善所據唐本「佩飾」作「佩倏飾」，以「倏飾」二字屬下。又，左傳閔公二年：「時，事之徵也；衣，身之章也；佩，衷之旗也。故敬其事則命以始，服其身則衣之純，用其衷則佩之度。」詩芄蘭「童子佩觿」，毛傳：「觿，所以解結，成人之佩也。」莊子卷五田子方篇第二一：「緩佩玦者，事至而斷。」成疏：「玦，決也。」論語卷一〇鄉黨：「去喪，無所不佩。」孔注：「去，除也。非喪，則備佩所宜佩也。」古之人重佩也如此。姜亮夫楚辭通故謂古之佩制，「一則所謂事佩，一則所謂德佩。事佩者，工具之尚存其用者也；德佩者，其使用價值已不復存在，僅作爲一種禮制，或變而附以一種新的使用意義，古之所謂佩玉一制，大體即此一事也。」所謂「事佩」，猶白虎通義卷八「衣裳」：「佩即象其事，若農夫佩其耒耜，工匠佩其斧斤，婦人佩其鍼縷。」章句「所以象德」云云，則德佩。事佩先於德佩，德佩屬審美範疇，於事佩中出。屈子援引衆芳之草以爲佩，已無事佩即實用工具性質，而寓其道德、宗教意義之德佩。今之學者或於江蘺、白芷、秋蘭之藥性，而謂屈子佩芳在於「延年益壽」、在於「禦災」，或謂服蘭能得子，在於「男女性欲」，其種種無根虛妄之説，悉無可取。屈子德佩之意深矣，約之爲二：一以芳潔以自勵，是所謂寄寓道德者。論衡卷一四譴告篇第四二：「屈原疾楚之臯洿，故稱香潔之辭。」香潔二字，蓋其佩飾之精髓。陶潛飲酒之十七云：「幽蘭生前庭，含薰待清風；清風脱然至，見别蕭艾中。」當屈子之時，楚國上下，溷濁不分，唯污垢穢惡之氣充盈其間，欲以馡馡之芳香别見於蕪穢，以其獨立之人格行於世，則戛戛乎難哉！二則佩飾衆芳，頗具宗教民俗性質。古者神靈莫不食以香潔，飾以芬芳，而徵神之巫亦復如是矣。以九歌十一篇諸神及徵神之巫覡言之，概莫例外。若雲中君帝服駕龍，爛昭昭而未央，其迎神之巫皆華采衣，浴蘭湯，相應若契也。屈子爲帝高陽後裔，字曰靈均，「其智能上卜比義，其聖能光遠宣朗，其明能光照之，其聰能聽徹之」（國語卷一八楚語下）者，具有神巫之質。其孜孜不倦，采擷衆芳以爲佩者，乃自我神化之所需，示其與生俱來非同凡俗之神靈身份，昭示其出自帝高陽、生得三寅之正之奇氣異質也。故屈子佩飾衆芳，於精神狀態，則以張揚其神靈之質，而「與日月兮齊光」之境界亦日近矣。故其用非唯道德之喻詞，復爲娛神宗教之所需，爲下文上征求帝張本。

汨余若將不及兮，

汨，去貌，疾若水流也。

【疏證】

汨，去貌，疾若水流也。◎文選唐寫本「貌」作「皃」。慧琳音義卷八八「而汨」條引王逸注楚辭「貌」作「也」。案：文選卷四南都賦「滲淚減汨」，李善注引王逸楚辭注：「汨，去貌。」五百家注昌黎文集卷一感二鳥賦祝氏引王逸注：「汨，去貌，疾若流水。」則皆有「貌」字。説文水部：「汨，治水也。从水，曰聲。」川部復有「𡿧」字，云：「𡿧，水流也。从巛，曰聲。」廣韻入聲第五質韻以汩、𣶒一字，同于筆切。廣雅釋訓：「𣶒𣶒，流也。」九章懷沙「浩浩沅、湘，分流汩兮」。包山楚簡水旁之字或移水於下，如「漸」字作「𣹼」，「泊」字作「泉」之類。𣶒，即汩字。汩爲「治水」，治水有壅、泄之別。疏泄之法，楚人謂之汩。訓「水流」者，許氏以「𣶒」字別之。段注謂「𣶒與水部『汩』義異」，則因許氏。引申爲疾、亂。書洪範「汩陳其五行」孔傳、小爾雅廣言：「汩，亂也。」漢書卷二七五行志上「汩陳其五行」，應劭：「汩，亂也。」顏師古曰：「汩音骨。」莊子卷六徐無鬼篇第二四「遊於天地」，陸德明釋文：「司馬本地作汩，云亂也。」治、亂相反爲義。治亦謂之汩。天問「不任汩鴻」，章句：「汩，治也。」汩鴻，猶泄鴻也。汩、淈古字通用。治謂之汩，亦謂之淈；爾雅釋詁：「淈，治也。」亂謂之汩，亦謂之淈。後漢書卷五九張衡傳「涉冬則淈泥而潛蟠」，李賢注：「淈，亂也。」此訓詁反覆旁通之也。

恐年歲之不吾與。

言我念年命汩然流去，誠欲輔君，心中汲汲，常若不及。又恐年歲忽過，不與我相待，而身老耄也。

【疏證】

言我念年命汩然流去，誠欲輔君，心中汲汲，常若不及。又恐年歲忽過，不與我相待，而身老耄也。◎文選本無「中」字，無「歲」字，無「耄」字，無「也」字。唐寫本「又」作「惟」，亦有「中」、「歲」、「也」字。案：無「中」、「歲」者，皆敓也。惟，亦又也，以同義易之。漢書卷八七上揚雄傳「不汲汲於富貴」，顔師古注：「汲汲，欲速之義，如井汲之爲也。」又，章句「心中汲汲，常若不及」云云，以「若將」爲「常若」。若將，平列同義，將亦若也。韓非子卷一二外儲説左下第三三：「治齊，此五子足矣，將欲霸王，夷吾在此。」管子卷八小匡篇第二〇：「若欲霸王，夷吾在此。」將即欲也。國語卷一〇晉語四：「質將善而賢良贊之，則濟可竢；若有違質，教將不入，其何善之爲。」左傳隱公三年：「將立州吁，乃定之矣；若猶未也，階之爲禍。」公羊傳襄公二十九年：「將從先君之命與，則國宜之季子者也；如不從先君之命與，則我宜立者也。」史記卷七八春申君列傳「王將借路於仇讎之韓、魏乎」，又曰「王若不借路於仇讎之韓、魏」。將與欲、若、如，相對爲文，將亦欲也，若也，如也。將若字後作倘。將、倘聲之轉。又，章句「不與我相待」云云，以待解與。論語卷一七陽貨「歲不我與」，邢疏：「言孔子年老，歲月已往，不復留待我也。」與，謂留、待也。後漢書卷二八下馮衍傳「歲忽忽而日邁兮，壽冉冉其不與」，李賢注：「與，猶待也。」歲不我與、時不我與，皆古恆語。晉書卷四九嵇康傳：「實恥訟冤，時不我與。」卷五一束皙傳：「且歲不我與，時若奔駟。」類聚卷二六人部十「言志」引曹植與吳質書：「然日不我與，曜靈急節。」卷五四刑法部「刑法」引晉傳咸明意賦：「春秋既不吾與，日月忽其不屈。」又，補注曰：「恐，區用切，疑也。」失之。

荀子卷一一天論第一七：「國人皆恐。」恐，謂大懼，甚於畏、懼。又，章句「常若不及」云云，常，甚也。東漢習語。孔雀東南飞：「十七爲君婦，心中常苦悲。」甄皇后塘上行五解：「念君去我時，獨愁常苦悲。」常苦悲，甚苦悲也。

朝搴阰之木蘭兮，

搴，取也。阰，山名。

【疏證】

搴，取也。◎明州本以注屬李周翰。案：竄亂之也。文選卷二六謝靈運初去郡「攀林搴落英」李善注、李太白集分類補注卷一九答長安崔少府叔封「涉雪搴紫芳」楊齊賢注同引王逸注「取」作「採取」。其所據本別。類聚卷八九木部下「木蘭」條引王逸注亦作「取」。又，史記卷九九叔孫通列傳「故先言斬將搴旗之士」，集解：「瓚曰：『拔取曰搴。（楚辭）曰「朝搴阰之木蘭」。』」索隱：「方言云：『南方取物云搴。』」則以「搴」爲楚語。上博簡（二）子羔「搴」字作「敁」，古文也。補注：「説文：『攐，拔取也。南楚語。』引『朝攐阰之木蘭』。」段注：「莊子至樂篇『攓蓬而取之』，司馬注曰：『攓，拔也。』方言曰：『攓，取也。南楚曰攓。』」段氏以「攐」爲「拔取」，引申爲取、采。非許氏之旨，與「搴木蘭」義乖繆，屈子遣詞，木曰搴，草曰攬，非泛言「取」、「采」所盡之。若攬草易曰「搴草」，則譏爲悖於事理。九歌湘夫人「搴芙蓉兮木末」。言芙蓉爲生水中之草，宜於水中攬之，而云「搴芙蓉兮木末」，則悖於事理。許氏釋「拔取」，拔，讀如披。歌、月平入對轉，滂並旁紐雙聲。蓐部：「薅，披田艸也。」詩良耜「以薅荼蓼」釋文、宋本玉篇艸部、五經文字引作「拔田草」。手部：「從旁持曰披。」引申爲披折、旁折。左傳昭公五年「又披其邑」，杜注：「披，析也。」史記卷一〇七魏其武安侯列傳「不折必披」，正義：「披，分析也。」元、月對轉，拔或作「𠬞」，古攀字。或作扳。「攀援」之別文作「扳援」。拔取，猶披取、攀取、扳取，攀折也。錢起江行無題詩一百首：「涉江雖已晚，高樹搴芙蓉。」校云：「搴，一作攀。」（全唐詩卷七一一）戴侗六書故「搴」字曰：「丘虔切，引取也。」楚人語攀折、折取則爲搴。

阰，山名。◎文選唐寫本、莊本「名」下有「也」字。明州本以注屬李周翰。案：竄亂之也。類聚卷八九木部下「木蘭」條引王逸注：「阰，山名也。」或本有「也」字。史記卷九九叔孫通列傳「故先言斬將搴旗之士」，索隱：「王逸云：『阰，山名。』又案：埤蒼云：『山在楚，音毗。』」則無「也」字。戴侗六書故「阰」字：「步彌切。小阜之毗于大阜者也。」陳直楚辭拾遺：「魏孝文帝弔比干墓碑曰：『登㠘巖而悵望兮，眺扶桑以停佇。』知北魏時㠘字從山，其埋較長。」阰、㠘，皆未見説文。饒宗頤楚辭地理考謂阰山在今「廬江沘山」。叔師注離騷，於人物、山川地理，率多簡略，未盡可信。宋本玉篇卷二二阜部「阰」字謂「山在楚」，據章句附會之。阰、洲，對舉爲文。洲爲水洲；阯，山阜。周孟侯離騷草木史：「阯與洲同，水中之土曰洲，邱阜之阿曰阯。」其説得之。阯，猶上也。洲，猶下也。搴於阯而攬於洲，即上下求索也。屈子放流未至廬江之遠。（詳參招魂「路貫廬江」注）又，後漢書卷二八下馮衍傳「搆木蘭與新夷」，李賢注：「木蘭，樹也。香味俱似桂而皮薄。」補注：「本草云：『木蘭皮似桂而香，狀如楠樹，高數仞。』任昉述異記云：『木蘭［川］（州）在尋陽江，地多木蘭。』」詩澤陂「有蒲與蕳」，鄭箋：「蕳，當作蓮，芙蕖實也。」北大簡反淫「木蘭之牀」，字固作「蘭」。本艸木蘭或名木蓮，俗呼玉蘭、廣玉蘭。李時珍本草綱目卷三四「木蘭」條：「其香如蘭，其花如蓮，故名。」又引白樂天集：「木蓮生巴、峽山谷閒，民呼爲黄心樹。大者高五六丈，涉冬不凋，身如青楊，有白紋，葉如桂而厚大，無脊。花如蓮花，香色艷膩皆同，獨房蕊有異。四月初始開，二十日即謝，不結實。」李氏又云：「此説乃真木蘭也。其花有紅、黄、白數色，其木肌細而心黄，梓人所重。」日人安積艮齋云：「大谷士由，仙臺人，所著花徑樵話三百卷，其中有一條云：『楚辭無梅。』是詞客之常談。然楚辭實有梅，後人未深考耳。離騷『朝飲木蘭之墜露』，木蘭即梅也。何以言之？文選蜀都賦云：『其樹則有木蘭。』注云：『劉曰：木蘭，大樹也。葉似長生，冬夏榮，常以冬華，其實如小柿，甘美，南人以爲梅。』史記司馬相如傳子虛賦曰：『其木則桂、椒、木蘭。』正義曰：『廣雅云：木蘭似桂，皮辛，可食。其實如小柿，辛美，南人以爲梅也。』據此，則木蘭之爲梅，確有明證矣。」然則梅之皮不可食，非木蘭也。馬王堆漢墓遺策有

「脯梅（梅）笥」、「脯梅（梅）笥四」、「梅（梅）十㛨」、「元（杬）梅（梅）二資」。則楚人非不識梅也，惟未見騷人所詠耳。

夕攬洲之宿莽。

攬，采也。水中可居者曰洲。草冬生不死者，楚人名曰宿莽。言己旦起陞山采木蘭，上事太陽，承天度也；夕入洲澤采取宿莽，下奉太陰，順地數也。動以神祇自敕誨也。木蘭去皮不死，宿莽遇冬不枯。以喻讒人雖欲困己，己受天性，終不可變易也。

【疏證】

攬，采也。◎文選唐寫本「攬」作「擥」，明州本、秀州本作「擥」。洪補引「攬」一作「擥」，一作「擥」。案：攬、擥，擥之別文。釋名稱姿容：「攬，斂也。斂置手中也。」斂取之於手曰攬，即捋取也。説文手部：「擥，撮持也。从手，監聲。」撮，當作聚。最、聚古多相亂。莊子卷七則陽篇第二五「聚散以成」，荀子卷一一彊國篇第一六：「執拘則最，得間則散。」楊注：「最，聚也。」楊氏知爲訛字。最散，即聚散。戰國策卷三〇燕策二「驟勝之遺事」，史記卷八〇樂毅列傳作「最勝之遺事」。史記卷三殷本紀「大最樂戲於沙丘」之「最」，卷六秦始皇本紀「周最」，皆聚之訛。聚持，斂聚也。攬，談韻，轉尤、幽部讀作流。詩關雎「左右流之」，毛傳：「流，求也。」流，猶攬也。幽、冬陰陽對轉，則通作攏。文選卷一二江賦「攏萬川乎巴、梁」，李善注：「攏，猶括束也。」謂水中采物者爲捞，即其遺義。

水中可居者曰洲。◎正德本「水中可居者」作「水可居中者」。案：訛也。爾雅翼卷二「卷施」條引章句無「者」字。章句因爾雅釋水。説文字作州，川部：「州，水中可凥者曰州。水匊繞其旁，从重川。昔堯遭洪水，民凥水中高土，故曰九州。詩曰『在河之州』。」包山楚簡州字凡三十三見，悉作「[illegible]」，象水中有土可居。州、洲古今字。引申爲九州、州府。後別製「洲」字。許云「水匊繞其旁」曰「州」，以事釋名，謂州之名受義於匊。匊、州音同義通。御覽卷一五七州郡部三叙州引風俗通義：「州，疇也。州有長，使之相周足也。」許氏又云：「一曰州，疇也。各疇其土而生也。」則謂九州之名取於疇。爲別一説。類聚卷六地部「州部」條引春秋説題辭：「州之言殊也。」漢世侯、幽不別，非其古義。

草冬生不死者，楚人名曰宿莽。◎文選唐寫本「草冬」上羨「草」字。正德本、隆慶本、湖北本、朱本、馮本、俞本、莊本、四庫章句本、爾雅釋草邢昺疏引章句「名」下有「之」字。案：東雅堂昌黎集注卷四送區弘南歸詩注引王逸注：「草經冬不死者名曰宿莽。」亦無「之」字。又，文選唐寫本卷九吳都賦李周翰注引離騷注：「宿，宿草；莽，莽長草也。」建州本卷五吳都賦李周翰注：「離騷云『宿莽』，宿，短草；莽，莽長草。」未云離騷注。補注：「爾雅云：『卷施草拔心不死。』即宿莽也。」洪因郭璞。爾雅釋草：「卷施草拔心不死。」郭注「宿莽」也。郭氏離騷注亦用此說。然與「冬生不死」者別。文選卷五吳都賦「離騷詠其宿莽」，劉淵林注：「爾雅曰：『卷葹草拔其心不死，江淮間謂之宿莽。』」晉人則因是說。卷葹草，詩曰「卷耳」，爾雅別名「蒼耳」，惡草也。即下「薋菉葹以盈室」之葹。屈子采此草以喻芳潔之性，則辭以害義。錢杲之離騷集傳：「莽，衆草也。宿莽，衆草之既枯者。」戴震屈原賦注：「宿莽，猶禮記之稱宿草，謂陳根始復萌芽者。」望文生義，與屈子采芳物以自勗之旨異乎逕庭。木蘭、宿莽，儷偶對舉。木蘭，香木；宿莽，芳草。宿之言脩也。釋名釋飲食：「脯又曰脩。脩，縮也，乾燥而縮也。」縮，宿聲。脩，美、善也。詳參上「又重之以脩能」注。莽，草之通名。方言卷三：「蘇，草也。南楚江湘之閒謂之莽。」卷一〇：「莽，草也。南楚曰莽。」脩莽，猶芳草也，即「蘭茝」、「杜若」之屬。湘君「采芳洲兮杜若」，湘夫人「搴汀洲兮杜若」，又曰「沅有茝兮醴有蘭」。蘭茝、杜若，皆生於水洲。

言己旦起陞山采木蘭，上事太陽，承天度也；夕入洲澤采取宿莽，下奉太陰，順地數也。動以神祇自勑誨也。木蘭去皮不死，宿莽遇冬不枯。以喻讒人雖欲困己，己受天性，終不可變易也。◎文選本「陞」作「升」，「枯」下有「屈原」二字，「變易」下無「也」字。正德本、隆慶本、朱本、劉本、湖北本、俞本、莊本「以喻」上有「屈原」二字。朱本、俞本、劉本、莊本「祇」作「祗」，「勑」作「敕」。案：陞本字，升借字。敕、勑同。「神祇」字作「祇」；祗，訛也。據義，「枯」下當補「屈原」

二字。袁校「遇冬」作「過冬」。未審所據本。爾雅翼卷二引章句「度」訛作「慶」。章句「上事太陽，承天度也；下奉太陰，順地數」云云，謂順承天地，漢世所習。漢書卷八宣帝紀：「承天順地，調序四時。」卷四九鼂錯傳：「動静上配天，下順地，中得人。」卷六五東方朔傳：「遵天之道，順地之理，物無不得其所。」後漢書卷四孝和帝紀：「三公，朕之腹心，而未獲承天安民之策。」卷五孝安帝紀：「昔在帝王，承天理民。」卷一〇下皇后紀伏皇后：「弗可以承天命，奉祖宗。」卷一三隗囂傳：「足下欲承天順民，輔漢而起。」卷二九申屠剛傳：「王者承天順地，典爵主刑。」卷三〇下郎顗傳：「上以承天，下以爲人。」卷四四張敏傳：「王者承天地，順四時，法聖人，從經律。」卷五六張綱傳：「非愛人重器，承天順道者也。」章句以其時陰陽五行倫理説之。然漢人説「太陽」、「太陰」，因周易同人九三：「伏戎于莽，升其高陵，三歲不興。」惠氏易説卷二：「陰爲宿莽，坤伏乾中，是謂太陰。太陰指二陽爲高陵。乾位天德是謂太陽。太陽指五伏于宿莽以窺二，升其高陵以窺五。」猶「上事太陽」、「下奉太陰」也。又，北大簡反淫「於是攬芳莽」，即此「攬洲宿莽」也。

日月忽其不淹兮，

淹，久也。

【疏證】

淹，久也。◎明州本無注。案：敓之也。説文水部：「淹水，出越巂徼外，東入若水。」淹字本無「久」義。禮記卷五九儒行第四一「淹之以樂好」，鄭注：「淹，謂浸漬之。」九歎離世「淹芳芷於腐井兮」，章句：「淹，謂漬也。」淮南子卷一九脩務訓：「淹浸漬漸，靡使然也。」高注：「淹，久也。浸、漬、漸于教久，使之柔縱眇勁，靡教化使之然也。」高注訓淹爲久。失旨。淹、浸、漬、漸平列，淹，亦浸、漬、漸也。釋名釋言語：「淫，浸也。浸淫旁入之言也。」書無逸「繼自今嗣王則其無淫于觀于逸于遊于田」，孔疏：「淫者，侵淫不止。」引申爲氾濫。方言卷一三：「漫、淹，敗也。」水敝爲淹。」郭璞注：「皆謂水潦漫澇壞物也。」廣雅釋詁：「淹，敗也。」王念孫云：「儒行『淹之以樂好』，鄭注云：『淹，謂浸漬之。』今俗語猶謂水漬物爲淹，又謂以鹽漬魚肉爲醃，義竝相近也。」濫亦謂之淫。國語卷三周語下「聽淫，日離其名」，韋注：「淫，濫也。」浸漬謂之淹，亦謂之淫；氾濫謂之淹，亦謂之淫。説文雨部有「䨴」字，云：「久雨也。从雨，兼聲。」段注：「䨴之言連也。」兼，古恬切，談韻，見紐。淹、䨴音近。引申爲久、留；又引申爲浸漬、氾濫。古借「淹」爲之，則「䨴」遂廢弃不用。朱駿聲離騷補注謂淹留字本爲延。姜亮夫屈原賦校注謂淹、延雙聲通用。延，以然反，元部，喻紐四等。淹，央炎反，談部，影紐三等。淹、延聲韻殊别，不得通用。

春與秋其代序。

代，更也。序，次也。言日月晝夜常行，忽然不久，春往秋來，以次相代。言天時易過，人年易老也。

【疏證】

代，更也。◎正德本、隆慶本、劉本、朱本、俞本、莊本、湖北本「代」下有「者」字。案：對文彼此相替謂之代，續而繼之謂之更。詳參下「改更也」注。

序，次也。◎案：淮南子卷一五兵略訓：「象日月之運行，若春秋有代謝。」全晉文卷一〇〇陸雲歲暮賦：「寒與暑其代謝兮，年冉冉其將老。」皆因於此，其所據本作「代謝」。文選卷一三潘岳秋興賦「四時忽其代序兮」，潘氏祖構於此，其所據本作「代序」。日月不淹、春秋代序，儷偶對舉，序，淹之反，猶不久、不留。則舊作「謝」。序、謝古字通用。游國恩離騷纂義：「代序，即代謝。序與謝古通用。詩崧高『于邑于謝』，潛夫論引作『于邑于序』。」大招「青春受謝」，謝，古謝字。受謝，當作「爰謝」，乃去也。淮南子卷二俶真訓「二者代謝舛馳，各樂其成形」，高注：「代，更也。謝，叙也。」叙、序古亦通用。上博簡（六）用曰「春秋還遉（轉）」。還轉，亦猶代序也。又，何劍薰楚辭拾瀋謂序借爲御，進也；代御，遞進。序音徐預切，御音魚據切。序、御同部異聲，不得通用。

言日月晝夜常行，忽然不久，春往秋來，以次相代。言天時易過，人年易老也。◎文選六臣本、尤袤本無「也」字。馮本「過」作「遇」，四庫章句本作「邁」。莊本「易」作「昜」。案：唐寫本、胡本有「也」字。別作「遇」、「昜」者，非是。作「邁」，據義改也。明邊貢賦得將有事於西疇送王中丞致仕：「穡事依東作，天時易流愆。」即同此意。

惟草木之零落兮，

零、落，皆墮也。草曰零，木曰落。

【疏證】

零、落，皆墮也。草曰零，木曰落。◎正德本、隆慶本、劉本、湖北本、朱本、俞本、莊本「曰落」下有「也」字。案：庾子山集卷一五周大將軍義興公蕭公墓誌銘「零落山丘」注、李太白集分類補注卷二古風五十二「草木日零落」注引亦無「也」字。清華簡（六）管仲「零落」作「靁茖」，通假字也。說文艸部：「落，凡艸曰零，木曰落。」繫傳：「木曰落而從艸者，木但葉落耳，其枝榦勁，與草零無異，故從艸。」章句「零、落，皆墮也」云云，散文也。對文草曰零，木曰落。淮南子卷一六說山訓：「以小明大，見一葉落而知歲之將暮。」又曰：「故桑葉落而長年悲也。」言木者用落。文選卷三〇盧子諒時興詩「摵摵芳葉零」。言草用零。皆對文。

恐美人之遟暮。

遟，晚也。美人，謂懷王也。人君服飾美好，故言美人也。言天時運轉，春生秋殺，草木零落，歲復盡矣。而君不建立道德，舉賢用能，則年老耄晚暮，而功不成，事不遂也。

【疏證】

美人，謂懷王也。人君服飾美好，故言美人也。◎文選本無「人君服飾美好故言美人也」十一字。案：日人西村時彦云：「王逸序説曰『依詩取興，引類譬諭』，『靈脩美人以媲於君』云云。然則美人與詩邶風四章『西方美人』同。是比也，非以服飾美好故稱君言美人也。此注與序説矛盾，疑是後人竄入。文選不録者，非删節，而唐世猶無此文也。」其識卓也。美人，非謂懷王，屈子自喻。下「好蔽美而稱惡」、「好蔽美而嫉妒」、「兩美其必合」、「孰求美而釋女」，美，皆美人之省。離騷本篇稱君曰靈修、曰荃，無稱美人。屈子生爲帝高陽之胄，楚封君伯庸之子，得其世系之美；時逢三寅，得其生辰之美；順母體而下，得「初度」之美；名曰正則，字曰靈均，得名字之美；四者統謂之「内美」，扈帶江離，綴辟芳芷，紉佩秋蘭，又上攀木蘭，下攬宿莽，朝夕采擷，集衆芳於己身，儀容修態，成其外美。既有内美，兼以外脩，稱之曰「美人」，當之無愧。

遟，晚也。言天時運轉，春生秋殺，草木零落，歲復盡矣。而君不建立道德，舉賢用能，則年老耄晚暮，而功不成，事不遂也。◎同治本「遟」作「遲」。文選本「用能」作「用士」，無「耄」字，「晚暮」作「暮晚」，無「事不遂」三字。唐寫本「遟」作「遲」。正德本、隆慶本、朱本、俞本、劉本、馮本、莊本、湖北本、四庫章句本作「舉用賢能」。案：遟，古遲字。楚簡又作「𡰥」，見上博簡（三）中弓「妥𡰥有成」。遟，俗字。建立道德、舉用賢能，相對爲文，則舊作「舉用賢能」。文選卷一四舞鶴賦「遷延遲暮」，李善注：「楚詞曰：『恐美人之遲暮。』王逸曰：『暮，晚也。』」章句佚義。有「耄」字，羨也。晚暮，章句恆語，無乙作「暮晚」者。山鬼「歲既晏兮孰華予」，章句：「年歲晚暮，將欲罷老，誰復當令我榮華也。」九辯「春秋逴逴而日高兮」，章句：「年齒已老，將晚暮也。」事不遂，與「功不成」複，蓋後所竄亂。又，遲暮，始見於此。漢世未見有所承因，惟類聚卷六四居處部四「庭」條引陳沈炯幽庭賦「嗟光景之遲暮」，方旁摭於此。遲暮，寂寞也。遲，通作夷，與「尗」字形似相訛。詳拙著離騷校詁「遲暮」條。淮南子卷一一齊俗訓：「故蕭條者形之君，而寂寞者音之主也。」高注：「蕭條，深静也。微音生於寂寞。」寂寞，無聲貌。説文口部作㖢嗼，段注引「寂」字：「無人聲也。」歺部有「宗䆮」，曰：「死，宗䆮也。」皆其别文。名不彰、身不顯謂之寂寞。文選卷三〇謝靈運齋中讀書：「心跡雙寂漠。」李白將進酒：「古來聖賢皆寂寞，惟有飲者留其名。」漢書卷八七下揚雄傳：「惟寂寞，自投閣。」文選卷二一鮑照詠史詩：「君平獨寂漠，身世兩相棄。」美人寂寞，猶卜居「賢士無名」。屈平所恐，莫過於美名不揚、才不世用。其汲汲進取立名立功之志則見於此。下承之言「撫壯棄穢」，以壯美自許，委身於君國，其不甘沈寂銷聲，默默終身者，躍然紙上。又，上博簡（五）弟子問：「春秋不恆至，耇老不復壯，賢者伋（及）焉。」亦即此意。

不撫壯而棄穢兮，

年德盛曰壯。棄，去也。穢，行之惡也，以喻讒邪。百草爲稼穡之穢，讒佞亦爲忠直之害也。

【疏證】

年德盛曰壯。◎案：撫壯、棄穢，皆喻詞，承上「草木」。聞一多離騷解詁：「本書『壯』字多訓美，此以撫壯與棄穢爲對文，壯猶美也；穢猶惡也。」其説是也。壯，讀如莊。詩君子偕老「胡然而帝也」，鄭箋：「顏色之莊與」，莊子卷八天下篇第三三「不可與莊語」，釋文並曰：「莊，一本作壯。」禮記卷一〇檀弓下第四衛大史柳莊，漢書卷二〇古今人表作柳壯。説文艸部收「莊」字，以「上諱」而闕之。段注：「其説解當曰『艸大也。从艸，壯聲。』其次當在『菿』、『蔪』二字之間，壯訓大，故莊訓艸大。」段君拘形釋義，失之鑿。莊之義爲正。逸周書卷八祭公解第六〇「汝無以嬖御固莊后」，孔晁注：「莊，正也。」艸之正者，稼穡也。故稱稼穡爲「莊」。莊，猶芳草。撫莊，謂佩帶芳香，喻君之舉賢任能。王樹枏離騷注：「撫壯而棄穢者，持正而斥邪也。」可謂知言君子。

棄，去也。◎文選唐寫本「棄」作「弃」。明州本正文作「弃」，注文亦作「棄」。案：説文𠦒部：「棄，捐也。从廾，推𠦒棄也。从㐬，㐬，逆子也。」棄爲捐棄不孝子。戰國策卷四秦策二「故子棄寡人」。引申爲捐棄。信陽楚簡、包山楚簡皆作弃，古棄字。

穢，行之惡也，以喻讒邪。百草爲稼穡之穢，讒佞亦爲忠直之害也。◎文選本「邪」作「佞」。唐寫本「佞」作「倿」。案：以下「讒佞亦爲忠直之害」斷之，則舊作「讒佞」。喻林卷五二引作「讒佞」。倿，俗字。又，慧琳音義卷三二「瑕薉」條引王逸注楚辭：「薉，惡也。」無「行之」二字。薉、穢同。壯、穢，相對爲文，穢爲惡也。則舊無「行之」二字。君以比穡夫，莊以喻賢良，穢以喻讒佞。書大誥：「若穡夫，予曷敢不終朕畝？」孔傳：「稼穡之夫，除草養苗。」即章句所謂「百草爲稼穡之穢，讒佞亦爲忠直之害」也。古之通喻也。

何不改此度？

改，更也。言願令君甫及年德盛壯之時脩明政教，棄去讒佞，無令害賢。改此惑誤之度，脩先王之法也。

【疏證】

改，更也。◎案：散則改、更不別，對文自改曰改、相續曰更。了一先生因改、更並見紐雙聲，視爲同源字（詳王氏同源字典）。失旨。凡同源之字，聲、韻相近，其義相通而別。改，之部；更，陽部。改、更不同部，各有所本。改，自改。儀禮卷七士相見禮第三「毋改」，鄭玄注：「毋自變動。」又，「改居」，鄭玄注：「謂自變動也。」改過、改錯，皆用改，言知錯而自改。左傳宣公二年：「過而能改，善莫大焉。」論語卷一學而篇「過則勿憚改」，卷一五衛靈公篇「過而不改，是謂過矣」。說文攴部：「改，更也。从攴、己聲。」己，謂自己。自咎之爲改。改、革同根。革部：「獸皮治去其毛曰革。革，更也。」詩載驅「簟茀朱鞹」，毛傳：「有朱革之質而羽飾」，孔疏：「獸皮治去毛曰革。」毛之有無，終皮之改。對文改、革亦別。自改而不因他力；治革雖於一皮，必藉他力爲之，皮不得自改。故「革命」不得言「改命」。又，改於心者謂之悔，曉之以理，去其晦，則謂之誨。悔、誨同之韻，匣紐，與改、革之字，異乎喉之深淺。悔、誨亦同根。更，續也。左傳昭公十二年「子更其位」，杜注：「更，代也。」史記卷一二三大宛列傳「道必更匈奴中」，索隱：「更，經也。」文選卷二西京賦「祕舞更奏」，薛綜注：「更，遞也。」國語卷一〇晉語四「姓利相更」，韋昭注：「更，續也。」漢書卷七七蓋寬饒傳「願復留共更一年」，顏師古注：「更，猶今言上番也。」更、庚同陽部，見紐雙聲，屬同根字。禮記卷一六月令第六「其日庚辛」，鄭注：「庚之言更也。」古微書引詩推度災：「庚者，更也。」史記卷一〇孝文帝紀「大橫庚庚」，索隱：「庚庚，猶更更。」庚，續、繼也。彼此相續謂之更。凡更番、更代、更加，皆不言改。君自改其度，則用改之本義。

言願令君甫及年德盛壯之時脩明政教，棄去讒佞，無令害賢，改此惑誤之度，脩先王之法也。

◎文選本「願」下無「令」字，「甫」作「務」，「去」作「遠」。唐寫本「願」下有「令」字，無「此」字。明州本、秀州本「脩」作「修」。同治本「脩明」作「脩改」。補注引一作「撫及」，一作「務及」。正德本、隆慶本、朱本、湖北本、馮本、俞本、莊本、劉本、四庫章句本「願」下無「令」字，「甫」作「務」，「去」作「遠」，「誤」作「讒」，「法」上有「德」字。案：據義，「願」下舊無「令」字。修、脩古字通。作「脩改」。訛也。章句以「撫」爲「甫」，謂始。甫及，始及。撫壯、棄穢，相對爲文，撫，非甫及、撫及、務及，謂帶、佩也。九章涉江「帶長鋏之陸離兮」，九歌東皇太一「撫長劍兮玉珥」。帶長鋏、撫長劍並同，撫亦帶也。黄侃文選平點：「扈，即『撫』也。」説文手部撫字从手、無聲，芳武切，魚韻，明紐三等。扈字从邑、户聲，胡古切，魚韻，匣紐一等。從無聲之字或轉喉音。邑部：「鄦，炎帝大嶽之胤，甫侯所封，在潁川。从邑、無聲，讀若許。」包山楚簡許字皆作鄦。許，曉紐屬喉。此其一事。巾部有幠字，从巾、無聲。詩斯干篇幠作芋，芋諧于聲，屬喉音。此其二事。糸部：「⿱户糸，履也。一曰：青絲頭履也。讀若阡陌之陌。从糸，户聲。」⿱户糸，喉音；陌，明紐唇音。此其三事。扈，佩也。詳參上「扈江離」注。楚人謂佩帶爲扈，或借作撫。又，度之爲法度，則「法德」之德，羨也。又，古無作「惑讒」，但作「惑誤」。漢書卷八一馬宮傳：「詭經辟説，以惑誤上。」章句但有「惑誤」，無作「惑讒」。天問「殷有惑婦何所譏」，章句：「言妲己惑誤於紂，不可復譏諫也。」悲回風「介眇志之所惑兮」，章句：「言己能守耿介之眇節，以自惑誤，不用於世也。」則舊作「惑誤」。

乘騏驥以馳騁兮，

騏驥，駿馬也。以喻賢智。言乘駿馬，一日可致千里，以言任賢智，則可成於治也。

【疏證】

騏驥，駿馬也，以喻賢智。◎文選唐寫本「駿」作「俊」，「喻」作「諭」。案：有千人才曰俊，有千里力曰駿，各以訓詁字也。喻、諭同。説文馬部：「騏，馬青驪文如綦也。从馬，其聲。」段注：「此云『青驪文如綦』，謂白馬而有青黑紋路相交如綦也。綦者，青而近黑。秦風傳曰：『騏，綦文也。』魯頌傳曰：『蒼騏曰騏。』蒼騏，即蒼綦。謂蒼文如綦也。曹風『其弁伊騏』，傳曰：『騏，騏文也。』正義作『綦文』。顧命『騏弁』，鄭注曰：『青黑曰騏。本作綦弁。』古多叚騏爲綦。」又曰：「驥，千里馬也。孫陽所相者。从馬，冀聲。」則「騏驥」連文，騏，祇言馬之紋色。驥，千里馬之通名。冀，冀州，在中土，爲中國之稱，故有大義。淮南子卷四墜形訓「正中冀州曰中土」，高誘注：「冀，大也。」史記卷六八商君列傳「築冀闕」，索隱：「冀闕，即魏闕也。」魏，高大。馬之絶異者謂之驥。韓非子卷一三外儲説右下第三五：「如國者，君之車也。勢者，君之馬也。」淮南子卷九主術訓：「權勢者，人主之車輿；爵禄者，人臣之轡銜也；是故人主處權勢之要，而持爵禄之柄。」又曰：「是故權勢者，人主之車輿也；大臣者，人主之駟馬也。體離車輿之安，而手失駟馬之心，而能不危者，古今未有也。」則是戰國通喻。清華簡（三）芮良夫毖：「君子而受柬萬民之咨，所而弗敬，譬之若重載以行巇險，莫之扶道，其由不邋丁（正）。」亦以車喻。又，郭店楚墓竹簡窮達以時：「子胥前多社（功），後翏（戮）死，非其智衰也。驥馰張山騹空於邵棽，非亡體壯也。窮四海，至千里，遇告（造）古（故）也。」以驥喻子胥。呂氏春秋卷一四孝行覽第二本味篇：「雖有賢者而無禮以接之，賢奚由盡忠？猶御之不善，驥不自千里也。」卷一七審分覽第五知度篇：「絶江者託於船，致遠者託於驥，霸王者託於賢，伊尹、呂尚、管夷吾、百里奚，此霸王者之船、驥也。」皆以驥喻賢能。

言乘駿馬，一日可致千里，以言任賢智，則可成於治也。◎文選本「可成於治」作「即可至於治」。唐寫本「駿」作「俊」。同治本「里」訛作「旦」。案：喻林卷六六君道門二九用賢引亦作「可成於治」。古無作「成於治」，有作「至於治」。三國志卷二一魏書傅嘏傳：「故歷代不至於治者，蓋由是也。」則舊作「至於治」。

來吾道夫先路。

路，道也。言己如得任用，將驅先行，願來隨我，遂爲君導入聖王之道也。

【疏證】

路，道也。◎文選本無注。案：章句爲此解，以別於禮記卷二五郊特牲第一一「車路」之名

「先路」也。唐人以訓義習常，乃删之也。路之爲道者，因爾雅釋宮也。

言己如得任用，將驅先行，願來隨我，遂爲君導入聖王之道也。◎文選唐寫本「遂爲」下有「化」字，「驅」作「駈」。案：化，羨也。駈，俗驅字。來吾道，言吾來導。離騷句法，有述語置於主語前者，「汩余若將不及」、「步余馬」、「回朕車」、「邅吾道」、「屯余車」、「總余轡」，皆其類也。

昔三后之純粹兮，

（昔，往也。）后，君也，謂禹、湯、文王也。至美曰純，齊同曰粹。

【疏證】

昔，往也。◎補注本無注。案：昔字始見於此，舊當有注。據文選本、正德本、隆慶本、湖北本、朱本、馮本、俞本、劉本、莊本、四庫章句本補。老子三十九章「昔之得一者」，河上公注：「昔，往也。」王弼注：「昔，始也。」

后，君也，謂禹、湯、文王也。◎文選本「禹湯」作「湯禹」。案：據例，則舊作「湯禹」。詳參下「湯禹儼而祇敬」注。今乙作「禹湯」者，後以時世先後乙之。北大簡反淫：「觀五帝之遺道，明三王之法。」即史記「五帝」、「三王」也。此三后，非夏、殷、周三代。三后，固無專指，因文、因時、因地而異。如清華簡（五）厚父「或肆祀三后」，「作辟事三后」，是指夏之三后也。聞一多楚辭解詁：「左傳成十三年曰：『楚人惡君之二三其德也，亦來告我曰：「秦背令狐之盟，而求盟於我，昭告昊天上帝，秦三公，楚三王。」』案：楚世家『熊渠立其長子康爲句亶王，中子紅爲鄂王，少子執疵爲越章王』。是爲楚稱王之始。楚三王或即指此。三后，不知即三王否？」其說是也。戴震屈原賦注以「三后」爲「楚之先君賢而昭顯者」。若從其說，則王不啻三。包山楚簡紀禱卜之辭謂：「舉禱荆王自酓繹以庚武王五牛、五豕。」自熊繹至武王有十餘君，不得以三后概之。楚簡列武王屬開國之君，頗有深意。散則后、君不别，對文后爲繼體君，次於君者。三后，熊渠所封三王。屈子稱三王之世，爲楚國理想政治，以諷諭時政。荀子卷一一强國篇第一六：「今楚父死焉，國舉焉，負三王之廟而辟於陳、蔡之間。」三王，即三后，楚著姓三族之始祖。稱三王之族，足以概楚。句亶王伯庸，鎮居於庸，屈子父考伯庸襲封之。中子紅爲鄂王，封於鄂。九州紀要：「鄂，今武昌也。鄂王城在武昌縣西南二里。」水經注卷三五江水下：「江之右岸，有鄂縣故城，舊樊楚地。世本稱熊渠封其中子紅爲鄂王。晉太康地記以爲東鄂矣。九州記曰：『鄂，今武昌也，孫權以魏黄初元年自公安徙此，改曰武昌縣，鄂縣徙治于袁山東。』」史記卷四〇楚世家「至于鄂」，正義：「劉伯莊云：『地名，在楚之西，後徙楚，今東鄂州是也。』括地志云：『鄧州向城縣南二十里西鄂故城是楚西鄂。』」又：「中子紅爲鄂王」，正義引括地志：「武昌縣，鄂王舊都，今鄂王神即熊渠子之神也。」舊鄂在楚西，後徙于武昌。宋政和三年在鄂州武昌、嘉魚之間出土楚公鐘：「隹八月甲申楚公逆自作夜雨雷鎛。」静安先生謂楚公逆，即熊咢。後爲楚公族著姓。楚懷王世鄂王裔孫有名啓者，襲稱鄂君，且有舟節、車節傳世。越章王之封，在漳水下游。越章之越，大戴禮記卷七帝繫第六三作「戚」，形訛字。世本又因戚而音訛爲「就」。漳水之南，屬楊越。越章者，合楊越、漳水稱之。楚宗室或姓陽氏，是其裔也。左傳昭公十七年「陽匄爲令尹」，杜注：「陽匄，穆王曾孫令尹子瑕。」以陽氏爲穆王後，未知所據。太平寰宇記卷一四三「房陵縣」條：「三王冢其縣南。有大墳三所，號三王冢。」房陵，在庸東。湖北通志引荆門州志，當陽縣，「楚三王墓在湮沈湖側」。此越章王始封之地。當三王之世，楚方鼎盛，三王拓疆之功，蓋亦甚偉，遂賜封三族，而後繁衍爲楚之著姓。左傳哀公四年載晉士蔑執蠻王子與其五大夫，「以畀楚師于三户」，杜注：「今丹水縣北三户亭。」水經注卷二〇丹水：「丹水又逕丹水縣故城西南，縣有密陽鄉，古商密之地，昔楚申息之師所戍也，春秋之三户矣。杜預曰：『縣北有三户亭。』竹書紀年曰『壬寅，孫何侵楚，入三户郛』者是也。」又，春秋戰國異辭卷五二引吳越春秋謂文種荆平王時「爲宛令，之三户之里，范蠡從犬竇蹲而吠之」。史記卷四一越王勾踐世家「越王謂范蠡曰」，正義引會稽典録謂范蠡「本是楚宛三户人」，「文種爲宛令，遣吏謁奉」。卷七項羽本紀「楚雖三户，亡秦必楚」，索隱：「按：左氏『以畀楚師于三户』，杜預注云：『今丹水縣北三户亭』。」三户在丹水北丹陽。丹陽，楚始封都。熊渠及句亶、鄂、越章三氏之宗廟在，後世謂之三户。六國末，楚南公曰：「楚雖三户，亡秦必楚。」三户，是楚宗室王族代稱。屈子爲三閭大夫，掌王族三姓。王逸謂三姓爲屈、景、昭。三姓之中屈氏最著。昭氏係楚昭王之胄，景氏是否楚族，尚有異議。潛夫論第三五志氏姓謂芈姓楚族四十又四氏，未見屈氏、鄂氏，唯見陽氏，未審其故。包山楚簡屈、鄂、陽三姓皆見著録，屈氏多任莫敖，鄂氏、陽氏皆稱君，世襲其封。昭氏後顯於楚。昭、景二氏不足以概楚族。三閭大夫所司掌，蓋三王之族。三王偉業，屈子耿耿於懷，視爲宗族榮耀。抽思：「望三五以爲像兮，指彭咸以爲儀。」三五，三王之訛。又，賦體之文，異於正史，其叙事連類麗文，未拘其時之先後。先楚之「三后」而後「堯舜」者，是因事綴連。三后純粹，承上「先路」。所謂「先路」者，曰：「昔三后之純粹兮，固衆芳之所在；雜申椒與菌桂兮，豈維紉夫蕙茝。」自「昔三后」以下以自注「先路」。楊樹達云：「古人行文，中有自注，不善讀書者，疑其文氣不貫，而實非也。」今謂之「插叙」。而「彼堯舜之耿介兮」以下四言，但申之以言何以得路，又何以失路。「惟夫黨人之偷樂兮」以下則轉叙世路險隘，其行文縝密若天衣密縫，未可以拘時之先後强説之。聞一多楚辭校補謂此四言本在「紉秋蘭以爲佩」後，錯亂於此。則未諦審。依楊氏條例，以新式標點志之，則爲：

乘騏驥以馳騁兮，來吾道夫先路：

昔三后之純粹兮，固衆芳之所在；

雜申椒與菌桂兮，豈維紉夫蕙茝？

彼堯舜之耿介兮，既遵道而得路；
何桀紂之猖披兮，夫唯捷徑以窘步。

或曰：三后，三楚先也。楚人列舉其先老祖，必以老僮、祝融、穴熊三人，或老僮、祝融、媸(鬻)熊三人爲代表。又，此三人楚國宗族皆曉習之，故或徑以三楚先稱之。新蔡葛陵楚墓甲三第一〇五簡：「廌(薦)三楚先，客(各)□。」甲三第二一四簡：「就禱三楚先屯一痒(牂)。」乙一第一七簡：「就禱三楚先屯一痒(牂)。」乙三第三一簡：「就禱三楚□(先)。」乙三第四一簡：「舉禱三楚先各一痒(牂)。」乙四第二六簡：「□三楚先、地主，二天子。」零第三一四簡：「就禱三楚□(先)。」或者徑省稱「楚先」。新蔡葛陵楚墓甲三第一三四、一〇八簡：「乙亥禱楚先與五山。」零第九九簡：「□於楚先與五山□。」則離騷三后，猶楚簡三楚先、楚先也。楚簡則顯指老僮、祝轤(融)、穴熊，或老僮、祝轤(融)、媸(鬻)熊。包山楚簡第二三八簡：「舉禱楚先老僮、祝轤(融)、媸(鬻)酓(熊)各兩羖，亯祭，筥之高埅(丘)、下埅(丘)各一全豢。」則舉楚先爲老僮、祝轤(融)、媸酓三人也。江陵望山沙冢楚墓第一一九、一二〇、一二一簡：「□(楚)先老僮、祝轤(融)、媸(鬻)酓(熊)各一痒(牂)。」朱德熙、裘錫圭、李家浩云：「簡文媸酓是指山海經的長琴，還是指史記的穴熊或鬻熊，待考。」審矣。第一二二、一二三簡：「□先老僮、□□、媸(鬻)□各一豢。」參照上條簡文，補其缺字，則蓋作：「楚先老僮、祝轤(融)、媸(鬻)熊各一豢。」新蔡葛陵楚墓甲三第一八

七、一九七簡：「㲋禱楚先老童、祝䗹(融)、嬭(鬻)酓(熊)各二痒(牂)。」甲三第一八七、一九七簡：「㲋禱楚先老童、祝䗹(融)、嬭(鬻)酓(熊)各二痒(牂)。」則楚禮稱楚先者，爲老僮、祝䗹(融)、嬭酓，或老僮、祝䗹(融)、鬻熊。新蔡葛陵楚墓所禱楚先，更多者爲老僮、祝融、穴酓。甲三第三五簡：「□(老)童、祝䗹(融)、穴熊芳屯一□。」甲三第八三：「□□(老童)、祝䗹(融)、穴熊、邵王、獻惠王。」甲三二六八簡：「是日就禱楚先：老童、祝□(融)、□□。」乙一第二二簡：「又(有)敚(祟)見於司命、老童、祝䗹(融)、穴酓(熊)。」零第二五四、一二六簡：「□□(老童)、□祝䗹(融)、穴酓(熊)，就禱北□。」零第二八八簡：「□□(老童)、□(祝)䗹(融)、穴酓(熊)，各□。」零第五六〇、五二二、五五四簡：「□□(老童)、□(祝)䗹(融)、穴熊、邵王□。」老童、祝融皆遠古之世所傳。或省作「融」，上博簡(五)有融師有成氏篇，融即祝融也。安大簡曰：「(祝)融乃使人下請季連，求之弗得。見人在穴中，問之不言，以火爨其穴，乃懼，告曰：酓(熊)。」又曰：「是穴之熊也。乃遂名之曰穴酓(熊)，是爲荆王。」季連即穴熊、鬻熊也，於楚之開國甚有功者。三楚先，楚人皆曉知之，故屈子徑以三后稱之。則亦通。兩存其說，以俟達者。

至美曰純，齊同曰粹。◎案：慧琳音義卷三二「精粹」條引王注楚辭云：「粹，精粹也。」其所據本別。又，文選卷六魏都賦「非醇粹之方壯」，劉淵林注引班固云：「不變曰醇，不雜曰粹。」即班氏離騷經章句遺義，其書當魏、晉猶存，而字作「醇粹」。卷一五張衡思玄賦舊注：「不澆曰淳，不雜曰粹。」純與醇、淳並通。純，不雜也，謂之「至美」。淳、醇，酒之厚，爲「不變」、「不澆」。粹之訓「齊同」、「精粹」、「不雜」，其義皆同。散則純、粹不别。上博簡（二）民之父母篇孔子爲「亡聲之樂，亡體之禮，亡備（服）之喪」之「三亡」説，曰：「亡聲之樂，既氣志不違；亡體之禮，威儀遲遲；亡備（服）之喪，内恕巽悲。亡聲之樂，塞于四方；亡體之禮，日逑月相；亡備（服）之喪，屯（純）德同明。亡聲之樂，施迖（及）孫子；亡體之禮，塞于四海；亡備（服）之喪，爲民父母。亡聲之樂，氣志既得；亡體之禮，威儀翼翼；亡備（服）之喪，施迖（及）四國。亡聲之樂，氣志既從；亡體之禮，上下和同；亡備（服）之喪，以畜萬邦。」即君子「純粹」之注脚。

固衆芳之所在。

衆芳，諭羣賢。言往古夏禹、殷湯、周之文王，所以能純美其德而有聖明之稱者，皆舉用衆賢，使居顯職，故道化興而萬國寧也。

【疏證】

衆芳，諭羣賢。◎文選本、正德本、隆慶本、湖北本、朱本、劉本、馮本、俞本、莊本、四庫章句本「諭」作「喻」，「羣賢」下有「也」字。正德本、隆慶本、朱本、劉本、馮本、莊本「羣」作「群」。案：古文苑卷八李陵録别詩注引王逸注亦無「也」字。羣、群同。上文諸芳草，喻己才德之美。此芳草以喻賢臣，唯始於此。後之詞家蹈襲之，成「芳草美人」習藻。全晉文卷一〇一陸雲九愍修身：「仰衆芳之遺情，希絶風之延佇。」屈子之衣被於後世，不亦夥頤。

言往古夏禹、殷湯、周之文王，所以能純美其德而有聖明之稱者，皆舉用衆賢，使居顯職，故道化興而萬國寧也。◎文選本「周」下無「之」字，「居」作「在」。秀州本、明州本、尤袤本無「之文」二字。六臣本「聖」作「聲」。正德本、隆慶本、湖北本、朱本、馮本、俞本、莊本、四庫章句本「周」下無「之」字，「文王」下有「之」字，「居」作「在」。案：聲、聖古字通用。又，章句「皆舉用衆賢」云云，則以「固」爲「皆」。左傳僖公二十三年：「晉、鄭同儕，其過子弟，固將禮焉。」言皆將禮焉。或通作故。馬王堆漢墓帛書戰國縱横家書蘇秦自梁獻書燕王章（二）：「齊先鬻趙以取秦，後賣秦以取趙而攻宋，今又鬻天下以取秦，如是而薛公、徐公爲不能以天下爲其所欲，則天下故不能謀齊矣。」故，猶皆也。言天下皆不能謀齊也。史記卷四周本紀：「褒姒不好笑，幽王欲其笑，萬方，故不笑。」故不笑，皆不笑。

雜申椒與菌桂兮，

申，重也。椒，香木也。其芳小，重之乃香。菌，薰也。葉曰蕙，根曰薰。

【疏證】

申，重也。◎案：因爾雅釋詁。清華簡（五）命訓「申」字作「緟」，蓋楚字也。

椒，香木也。其芳小，重之乃香。◎文選本無「也」字，唐寫本亦有「也」字。四庫章句本「乃」作「以」。案：以，古作㠯，與乃字形似相訛。章句説「申椒」，多所牽合。申椒，即新夷。漢書卷八七下揚雄傳「是以士頗得信其舌而奮其筆」，顏師古注：「信，讀曰申。」又，王子侯表「新鄉侯」，卷九九王莽傳作「信鄉侯」，顏師古注：「古者新、信同音故耳。」申、新亦通用。吳王鐘銘：「疋（楚）之客畬辛欲聖（聲）禾。」曾憲通氏以「畬辛」爲楚王子「熊申」。新，辛聲。故申、新亦通。椒，夷之訛，類「寂寞」之寂，訛作「夷（遲）暮」之夷。北大簡（四）反淫「辛夷」作「新雉」。新夷，或亦作新雉、辛夷，香木名。卷八七揚雄傳上「列新雉於林薄」，服虔：「雉、夷聲相近。」顏師古注：「新雉即辛夷耳，爲樹甚大，非香草也。其木枝葉皆芳，一名新矧。」後漢書卷二八下馮衍傳「搆木蘭與新夷」，李賢注：「新夷，亦樹也，其花甚香。」九歌湘夫人「辛夷楣兮葯房」，補注：「本草曰：『辛夷樹，大連合抱，高數仞，此花初發如筆，北人呼爲木筆，其花最早，南人呼爲迎春。』」李時珍本草綱目卷三四木部「辛夷」條，謂辛夷，或名辛雉、侯桃、房木、木筆、迎春。又，集解曰：「別録曰：『辛夷生漢中、魏興、梁州川谷，其樹似杜仲，高丈餘，子似冬桃而小，九月采實。暴乾去心及外毛，毛射人肺，令人欬。』弘景曰：『今出丹陽，近道，形如桃子小時，氣味辛香。』恭曰：『此是樹。花未開時收之，正月、二月好采。云九月采實者，恐誤也。』保昇曰：『其樹大，連合抱，高數仞，葉似柿葉而狹長，正月、二月花，似有毛小桃，色白而帶紫，花落而無子。夏杪復著花如小筆。又有一種，花葉皆同，但三月花開，四月花落，子赤，似相思子。二種所在山谷皆有。』禹錫曰：『今苑中有樹，高三、四丈，其枝繁茂，正、二月花開，紫白色，花落乃生葉。夏初復生花，經伏歷冬，茁花漸大，如有毛小桃，至來年正、二月始開。初是興元府進來，樹纔三、四尺，有花無子，經二十餘年方結實。蓋年淺者無子，非有二種也。其花開早晚各隨方土節氣爾。』宗奭曰：『辛夷處處有之，人家園亭亦多種植，先花後葉，即木筆花也。其花未開時，苞上有毛，尖長如筆，故取象而名。花有桃紅紫色二種，入藥當用紫者，須未開時收之，已開者不佳。』時珍曰：『辛夷花初出枝頭，苞長半寸而尖鋭，儼如筆頭，重重有青黄茸毛順鋪。長半分許，及開則似蓮花而小如盞，紫苞紅焰，作蓮及蘭花香。亦有白色者，人呼爲玉蘭。又有千葉者。諸家言苞似小桃者，比類欠當。』」朱駿聲説文通訓定聲亦謂「樹如杜仲，花如小蓮，本草又名木筆」。又，淮南子卷一八人間訓「申菽杜茝，美人之所懷服也」，高注：「申菽、杜茝，皆香草也。」漢人已誤「辛夷」爲香草。

菌，薰也。葉曰蕙，根曰薰。◎文選本、正德本、隆慶本、劉本、湖北本、朱本、俞本、莊本「曰薰」下有「也」字。唐寫本亦無「也」字。案：章句菌之爲薰，所以通古今別語。屈賦無「薰」，但作「菌」。菌，楚語；薰，漢世語。朱季海楚辭解故：「淮南説林『腐鼠在壇，燒薰於宮』，漢書龔勝傳

『薰以香自燒』是也。凡此諸文都不言蕙。淮南語楚語，亦但云『燒薰』而已。」則以薰爲楚語。非也。左傳僖公四年「一薰一蕕」，杜注：「薰，香草。」豈左氏公亦語楚？楚人葉謂之蕙，根謂之菌，漢人謂之薰。菌桂，非蕙、桂二物。下「矯菌桂以紉蕙」，菌，非蕙根。七諫自悲「飲菌若之朝露兮」，九歎怨思「菀蘼蕪與菌若兮」，「菌若」連文，菌，「若」之疏狀字，非謂蕙根。九懷匡機「菌閣兮蕙樓」，菌、蕙相對，皆狀字，菌桂，猶芳芷、芳茝、芳椒、幽蘭、石蘭之辭例。清胡紹瑛箋證云：「南都賦『芝房菌蠢生其隈』，注：『菌蠢，是芝貌。』此云『菌』，當是桂貌。桂之鬱結輪輑，謂之菌桂，猶山之鬱結輪輑謂之菌山。西山經『南海之内有菌山』是也。蜀本圖經云：『木蘭樹高數仞，葉似菌桂。』則亦以菌桂爲名矣。」其説是也。補注據本草以爲「正圓如竹」之菌桂，失旨。桂，香木也。爾雅釋木「梫，木桂」，郭璞注：「今南人呼桂厚皮者爲木桂。桂樹葉似枇杷而大，白華，華而不著子，叢生巖嶺，枝葉冬夏常青，間無雜木。」詳參九歌東皇太一「奠桂酒兮椒漿」注。

豈維紉夫蕙茝。

紉，索也。蕙、茝，皆香草，以諭賢者。言禹、湯、文王雖有聖德，猶雜用衆賢，以致於治，非獨索蕙茝，任一人也。故堯有禹、咎繇、伯夷、朱虎、伯益、夔；殷有伊尹、傅説；周有呂、旦、散宜、召、畢，是雜用衆芳之効也。

【疏證】

紉，索也。◎文選六臣本「紉」作「紐」。案：訛也。詳參上「紉秋蘭以爲佩」注。

蕙、茝，皆香草，以諭賢者。◎文選本「草」下有「也」字，「諭」作「喻」。正德本、隆慶本、湖北本、朱本、俞本、馮本、莊本、四庫章句本「草」下有「也」字，「諭」作「喻」。案：慧琳音義卷九二「馥蕙」條引王逸注楚辭：「蕙，香草也。」亦有「也」字。諭、喻同。山海經卷二西山經「其葉如蕙」，郭璞注：「蕙，香草，蘭屬也。或以蕙爲薰葉，失之。」郭璞離騷注遺義，別於章句者。史記卷一一七司馬相如列傳「其東則有蕙圃」，索隱：「司馬彪云：『蕙，香草也。』本草云：『薰草一名蕙。』廣志云：『蕙草緑葉紫莖，魏武帝以此燒香，今東下田有此草，莖葉似麻，其華正紫也。』」文選卷四南都賦「其香草則有薜荔蕙若」，李善引陶隱居云：「蕙葉似蛇牀而香。」馬王堆漢墓遺策有「蕙一笥」，亦以爲香物而藏之。茝，詳參上「扈江離與辟芷」注。

言禹、湯、文王雖有聖德，猶雜用衆賢，以致于治，非獨索蕙茝，任一人也。故堯有禹、咎繇、伯夷、朱虎、伯益、夔；殷有伊尹、傅説；周有吕、旦、散宜、召、畢，是雜用衆芳之効也。◎文選本「治」作「化」，删「故堯有」以下三十五字。正德本、隆慶本、劉本、湖北本、朱本、馮本、俞本、莊本、四庫章句本「伯夷」下有「夏有」二字，「宜」下有「生」字。正德本、隆慶本、朱本、劉本、俞本、莊本「吕」下有「望」字。正德本、隆慶本、朱本、劉本、湖北本「召」作「邵」。莊本「蕙」作「蕁」。同治本

「効」作「效」。案：據例，則舊有「夏有」二字。「治」作「化」，避唐諱也。邵，專字。尃，訛也。効、效同。朱虎，見虞書，孔傳：「朱虎，臣名。」即禹臣。呂，呂尚也，文王師。旦，周公旦也，武王弟。散宜，散宜生也，武王臣。召，太保召公奭也；畢，畢公也。皆康王相。清華簡（三）良臣：「堯之相舜。舜又（有）禹。禹又（有）伯尸（夷），又（有）益，又（有）史皇，又（有）咎囡（囚）。康（湯）又（有）伊尹，又（有）伊陟，又有臣⿸户瓜（扈）。文王有忞（閎）夭、又（有）泰顛，又（有）柬（散）宜生，又（有）南宮适，又（有）南宮夭，又（有）芮伯，又（有）伯适，又（有）師上（尚）父，又（有）虢弔（叔）。武王又（有）君奭，又（有）君陴（陳），又（有）君牙，又（有）周公旦，又（有）邵（召）公，述（遂）差（佐）成王。」則伯夷、益、咎囚（繇）爲禹臣，非堯臣，周家亦不止呂、旦、散宜、召、畢也。章句「雜用衆賢」云者，雜，非溷雜、錯雜，即合、集也。説文衣部雜爲「五采相合」，文心雕龍卷七情采篇第三一「五色雜而成黼黻」是也。引申爲集會、和合。國語卷一六鄭語「故先王以土與金、木、水、火雜」，韋注：「雜，合也。」卷一八楚語「古者民神不雜」，韋注：「雜，會也。」漢書卷七一雋不疑傳「詔使公卿將軍中二千石雜識視」，顔師古注：「雜，共也。」酉部：「醇，雜味也。」雜味，即和味。列子卷五湯問「雜然相許」，張注：「雜，猶僉也。」屈子雜用申椒、菌桂，喻合用衆賢。

彼堯舜之耿介兮，

堯、舜，聖德之王也。耿，光也。介，大也。

【疏證】

堯、舜，聖德之王也。◎文選本、正德本、隆慶本、劉本、湖北本、朱本、馮本、俞本、莊本、四庫章句本無注。案：蓋據別本。章句以「聖德」稱美君王，始見於漢。史記卷一五帝本紀：「高陽有聖德焉。」卷六秦始皇本紀：「聖德廣密，六合之中，被澤無疆。」卷六〇三王世家：「體行聖德，表裏文武。」漢書卷四七文三王傳梁懷王揖：「增朝廷之榮華，昭聖德之風化也。」卷八四翟方進傳：「虧損聖德之聰明。」後漢書卷一下光武帝紀：「高祖聖德，光有天下。」卷二孝明帝紀：「光武聖德所被，不敢有辭。」論衡卷七道虛篇第二四：「五帝、三王，皆有聖德之優者。」卷二四卜筮第七一：「治遇符瑞，聖德之驗也。」章句因其時習說。堯舜之「聖德」所在者，上博簡（二）子羔篇：「堯之取夋（舜）也，從諸艸茅之中，與之言禮，敓（說）得丌社稷百眚而奉守之。堯見夋（舜）之德臤（賢），古（故）讓之。」郭店楚墓竹簡唐虞之道：「湯（唐）吳（虞）之道，⿰彳亶而不⿺辶叀（傳）。堯舜之王，利天下而弗利也。⿰彳亶而不⿺辶叀（傳），聖之盛也。利天下而弗利也，仁之至也。」又曰：「堯舜之行，愛親尊賢。愛親故孝，尊賢故⿰彳亶。孝之方，愛天下之民。⿰彳亶之法，世亡⿰忄乚惪。孝，仁之冕也。⿺辶叀，義之至也。六帝興於古，咸由此也。愛親忘賢，仁而未義也。尊賢遺親，義而未仁也。古者吳（虞）舜篤事瞽寞，乃式其孝；忠事帝堯，乃式其臣。愛親尊賢，吳（虞）舜其人也。」謂堯之聖德在於禪位，尊賢能；舜之聖德在於親愛父母，仁而孝。

耿，光也。介，大也。◎文選卷二七顏延年始安郡還都與張湘州登巴陵城樓作「炯介在明淑」，李善注：「楚辭曰：『彼堯舜之耿介。』王逸曰：『耿，光也。介，大也。』耿與炯同。」案：「彼堯舜之耿介」以下四句，承上「先路」，以駕車行路爲喻。耿介，猶堅確不跛之貌。九辯「獨耿介而不隨」，章句：「執節守度，不枉傾也。」不隨，即章句「不枉傾」云云，讀隨爲墮，躓仆也。耿介、不墮，對舉爲文，耿介，猶不墮貌。引申爲專一、守信、忠貞。九辯「負左右之耿介」，言君背左右賢臣之忠貞也。章句：「恃怙衆士被甲兵也。」以「耿介」爲甲胄，非也。七諫哀命「惡耿介之直行兮，世溷濁而不知」。言惡忠貞專一之直行。文選卷九射雉賦「厲耿介之專心兮」，徐爰注：「耿介，專一也。」或作悃款，卜居「吾寧悃悃款款朴以忠乎」，章句：「竭誠信也。」或作悾款。晉書卷四七傅咸傳：「荀明公有以察其悾款，言豈在多。」悾款，忠信貌。婞直剛愎亦謂之耿介，美惡同辭。公羊傳僖公十六年何休注「五石」、「六鷁」曰：「石者，陰德之專者也；鷁者，鳥中之耿介者。皆有似宋襄公之行。襄欲行霸事，不納公子目夷之謀，事事耿介自用，卒以五年見執，六年終敗，如五石、六鷁之數。」焦循易餘籥録卷三引此，謂「古人不重耿介如此，耿介猶云婞直」，即很戾剛愎之意。或作忼慨，哀郢「好夫人之忼慨」，章句「激昂」是也。或作慷慨，後漢書卷一四宗室四王三侯傳齊武王縯：「性剛毅，慷慨有大節。」或作忼愾，晉書卷九四隱逸傳夏統：「憤恚而忼愾。」

狀水流之激越字作沆漑，漢書卷五七司馬相如傳「滂濞沆漑」，郭璞曰：「沆漑，皆水流聲貌。」謂倔彊不撓而訓詁字作强項。後漢書卷五四楊震傳附楊奇「卿强項」，李賢注：「强項，言不低屈也。」皆未可拘其形體。

既遵道而得路。

遵，循也。路，正也。堯、舜所以有光大聖明之稱者，以循用天地之道，舉賢任能，使得萬事之正也。夫先三后者，據近以及遠，明道德同也。

【疏證】

遵，循也。◎案：因爾雅釋詁。遵、循義同，其音有開、合之别。遵，開口；循，合口。兩漢以下，遵、循遂判爲二字。遵，施於倫理、道德，其義抽象。循，循行，其義具體。周、秦不别。章句此訓，所以通古今别語。詩汝墳「遵彼汝墳」，騷下「遵赤水而容與」。屈賦用遵字凡四，皆謂循行。

路，正也。◎案：正，讀如征。正、征古字通用，章句以借字爲之。易小畜上九「君子征凶」，馬王堆漢帛書本征作正。征，行也。則「路正也」之解，正，謂征也。得路，窘步，對舉爲文，窘步，不得行；路亦行也。又，章句「使得萬事之正」云云，以爲方正。非也。補注：「路，大道也。」失之句法。

堯、舜所以有光大聖明之稱者，以循用天地之道，舉賢任能，使得萬事之正也。夫先三后者，據近以及遠，明道德同也。◎文選本「堯」上有「言」字，「以」下有「能」字，「光大聖明」作「光明大德」，無「夫先三后者」以下十五字。唐寫本「萬」作「万」，「稱者」下復羨「稱者」二字。尤袤本、明州本「循」訛作「脩」。正德本、隆慶本、劉本、湖北本、朱本、馮本、俞本、莊本、四庫章句本「堯」上有「言」字，「所以」下有「能」字，「據」作「稱」。案：章句：「耿，光也；介，大也。」則舊作「光明大德」。又，「夫先三后者」十五字，後所竄亂。万，俗萬字。荀子卷四儒效篇第八「遵道則積」，「而處之以遵道」；禮記卷五二中庸第三一「君子遵道而行」，淮南子卷二〇泰族訓「有其性，無其養，不能遵道」，類聚卷二四人部八「諷」條引漢韋孟諷諫詩序「又傅子夷王及孫王戊，荒淫不遵道」。遵道，古之恆語。得路，未見周、秦古書，但始於此。後多蹈襲之。類聚卷六五產業部上「園」條引庾信小園賦「行敧側兮得路」，陶淵明集卷五桃花源記「遂迷不復得路」。

何桀紂之猖披兮，

桀、紂，夏、殷失位之君。猖披，衣不帶之貌。

【疏證】

桀、紂，夏、殷失位之君。◎文選本、正德本、隆慶本、湖北本、朱本、馮本、俞本、莊本無注。案：蓋據別本。郭店楚墓竹簡尊德義：「墕（禹）以人道治其民，桀以人道亂其民，桀不易墕（禹）

民而後亂之，湯不易桀民而後治之。」又曰：「民可道也，而不可强也。桀不謂其民必亂，而民有爲亂矣。爰不若也，可從也而不可及也。」上博簡（二）訟城是（容成氏）：「湯王天下卅有一世而受作。」楚簡紂作受。漢銀雀山孫臏兵法見威王：「湯放桀，武王伐紂。」則漢簡作紂。

猖披，衣不帶之貌。◎文選本、永樂大典卷二八〇七「被」條引楚詞注作「昌披」，「帶」下無「之」字。唐寫本「貌」作「皃」，下有「也」字。正德本、隆慶本、湖北本、朱本、馮本、劉本、俞本、莊本正文作「昌被」，章句作「昌披」，「不帶」下無「之」字。四庫章句本作「昌被」，「不帶」下無「之」字。案：五百家注昌黎文集卷二此日足可惜一首贈張籍「詭怪相披猖」，唐注：「楚辭云『何桀紂之披猖』，王逸云：『衣不帶之貌。』」亦有「衣」、「之」字。猖被、昌披、披猖皆同。此以駕馭爲喻。猖披、耿介，相對爲文。猖披，蹌踉貌。錢杲之離騷集傳：「猖披，行不正貌。桀紂失道，彼唯捷行邪路，而自窘急其步。」錢澄之屈詁：「耿介，言不爲捷徑所惑；昌披，言不由道路以行。得路者安坐而至，窘步者覆轍以亡。」二錢頗得屈子本心。或爲傷破，易林大畜之睽：「心志無良，傷破而行。」倒乙作「披猖」，謂倒仆潰敗。北齊書卷三一王昕傳附晞：「萬一披猖，求退無地。」聲之轉或作崩倀。廣韻去聲第四三映韻：「崩倀，失道皃。」言水波動蕩不定作磅唐，文選卷一八長笛賦「騈田磅唐」是也。或作播蕩，言遷徙流離無所止。左傳襄公二十五年「成公播蕩」，杜注：「播蕩，流移失所。」或作波盪，文選卷二西京賦「河渭爲之波盪」，李善注：「波盪，摇動也。」或作波蕩，後漢書卷一三公孫述傳「方今四海波蕩」是也。或作簸揚，詩大東「不可以簸揚」是也。披猖亦爲流宕，李山甫寒食詩二首「風烟放蕩花披猖」是也。歌、月對轉爲滯沛，文選卷八上林賦「奔揚滯沛」，李善注：「滯沛，奔揚之貌也。」蹌踉倒仆則作顛波，文選卷一八琴賦「爾乃顛波奔突」是也。或作顛沛，論語卷四里仁「顛沛必於是」，馬融注：「顛沛，偃仆也。」或作顛狽，後漢書卷六〇上馬融傳「顛狽頓躓」是也。或作猖敗，全後魏文卷七魏孝文帝弔殷比干墓文：「咨堯舜之耿介兮，何桀紂之猖敗。」其隨文所施，各書以訓詁字，則其别文錯雜，宜乎因聲以求之。

夫唯捷徑以窘步。

捷，疾也。徑，邪道也。窘，急也，言桀、紂愚惑，違背天道，施行惶遽，衣不及帶，欲涉邪徑，急疾爲治，故身觸陷阱，至于滅亡，以法戒君也。

【疏證】

捷，疾也。◎慧琳音義卷二九「捷利」條引王逸注楚辭：「捷，速也，疾也。」案：文選卷三東京賦「邪徑捷乎轘轅」，李善引王逸注、慧琳音義卷二三「飛則勁捷」條、卷三三「捷疾」條、卷六八「捷利」條同引王逸注楚辭：「捷，疾也。」皆無「速也」二字。捷之言插也。儀禮卷二士冠禮第一「建柶」，鄭注：「扱柶於醴中」，釋文扱作捷，云：「初洽反，本又作插。」釋名釋形體：「睫，插也，接也。插於眼匡而相接也。」國語卷一一晉語五「不如捷而行」，韋注：「旁出爲捷。」或作接徑。大招：「接徑千里，出若雲只。」章句：「言楚國境界，徑路交接，方千餘里，中有隱士，慕己徠出，集聚若雲也。」淮南子卷八本經訓：「接徑歷遠，直道夷險。」高注曰：「接，疾也。徑，行也，道之阨者。」捷徑，穿行小徑。例同「遵道」，捷，非飾語，不解「旁邪」。左傳成公五年「不如捷之速也」，孔疏：「捷，亦速也。方行則遲，邪出則速。楚辭謂邪行小道爲捷徑，是捷爲邪出。」

徑，邪道也。◎同治本「邪道」作「邪迫」。文選本無「也」字，唐寫本「邪」作「耶」。案：迫，訛也。文選卷九東征賦「求捷徑欲從誰」，李善注引王逸云：「徑，邪道也。」新刊校定集注杜詩卷一二贈鄭十八「捷徑應未忍」，注：「楚辭『夫惟捷徑以窘步』，王逸曰：『徑，邪道也。』」亦皆有「也」字。耶，訛也。對文車道曰路，步道曰徑。散則徑爲小路、旁道。後漢書卷五九張衡傳：「捷徑邪至，我不忍以投步。」李賢注：「捷，疾也。」宋書卷一四禮志：「學業致苦，而禄答未厚，由捷徑者多，故莫肯用心。」文選卷九曹大家東征賦：「遵通衢之大道兮，求捷徑欲從誰。」卷二三阮籍詠懷詩：「捷徑從狹路，僶俛趣荒淫。」文心雕龍卷五奏啓第二三：「然後踰垣者折肱，捷徑者滅趾。」卷六定勢第三〇：「夫通衢夷坦而多行捷徑者，趨近故也。」捷徑之反對曰正道。上博簡（八）成王既邦：「天子之正道，弗朝而自至，弗審而自周，弗會而自團。」即所謂耿介專一，得其通達也。

窘，急也。◎案：説文穴部：「窘，迫也。从穴、君聲。」訓迫、訓急，其義皆通。史記卷一〇

○季布欒布列傳「數窘漢王」，集解引如淳：「窘，困也。」孫子第九行軍篇「屢賞者，窘也；數罰者，困也。」論語卷一六季氏「困而不學」，孔安國曰：「困，謂有所不通。」困於穴者謂之窘。招魂「步騎羅些」，章句：「徒行爲步。」窘步，古恆語。淮南子卷一五兵略訓：「勞倦怠亂，恐懼窘步。」全宋文卷四二顧愿定命論：「爾乃蹻跖横行，曾原窘步。」宋書卷二一樂志三棄故鄉：「側足獨窘步，路局笮。」

言桀紂愚惑，違背天道，施行惶遽，衣不及帶，欲涉邪徑，急疾爲治，故身觸陷阱，至于滅亡，以法戒君也。◎文選本「惑」作「或」，删「以法戒君也」五字。唐寫本「惑」作「或」，「亡」下有「也」字。正德本、隆慶本、劉本、湖北本、朱本、馮本、俞本、莊本、四庫章句本「衣不」下有「暇」字。四庫章句本「觸」作「著」。案：「治」作「化」，避唐諱。著，觸也，魏、晉俗語。太平廣記卷一一六衛元宗（出辨正論）：「衛元宗毁法之後，身著熱風，委頓而死。」則舊作「身觸」。又，上博簡（二）訟城是（容成氏）：「受不述丌先王之道，自爲芑爲於，丌政治而不賞，官而不爵，無萬（勵）於民，而治亂不常。」荀子卷一一彊國篇第一六：「俄而天下倜然舉去桀紂而犇湯武，反然舉惡桀紂而貴湯武，是何也？夫桀紂何失而湯武何得也？曰：是無他故焉，桀紂者善爲人所惡也，而湯武者善爲人所好也。人之所惡何也？曰：汙漫、争奪、貪利是也。人之所好者何也？曰：禮義、辭讓、忠信是也。」漢書卷五六董仲舒傳：「故堯舜行德則民仁壽，桀紂行暴則民鄙夭。」又曰：「故桀紂暴謾，讒賊並進，賢知隱伏，惡日顯，國日亂，晏然自以如日在天，終陵夷而大壞。夫暴逆不仁者，非一日而亡也，亦以漸至，故桀紂雖亡道，然猶享國十餘年，此其寖微寖滅之道也。」其「捷徑窘步」之謂也。

惟夫黨人之偷樂兮，

黨，朋也。論語曰：「朋而不黨。」偷，苟且也。

【疏證】

黨，朋也。論語曰：「朋而不黨。」◎文選本、正德本、隆慶本、湖北本、朱本、劉本、「朋而」作「群而」。唐寫本、六臣本、馮本、四庫章句本、俞本、莊本「群」作「羣」。案：章句引論語在卷一五衛靈公篇，其作「羣而不黨」。古無作「朋而不黨」，祇有「羣而不黨」。說苑卷一九修文：「羔者，羊也。羊羣而不黨，故卿以爲贄。」類聚卷九四獸部中「羊」條引鄭氏婚禮謁文贊：「羣而不黨，跪乳有家。」御覽卷四四五人事部八六品藻上引吳志：「君子矜而不争，羣而不黨。」世說新語卷下排調第二五：「君子周而不比，羣而不黨。」則舊作「羣而不黨」。羣、群同。散則羣、黨皆言衆。對文亦别。銀雀山漢簡六韜：「以禄取人胃（謂）之交，以義取人胃（謂）之友。友之友胃（謂）崩（朋），崩（朋）之崩（朋）胃（謂）黨，黨之黨胃（謂）羣。」羣，獸之衆。國語卷一周語上：「夫獸三爲羣，人三爲衆，女三爲粲。」聚以非義曰黨。郭店楚墓竹簡尊德義：「戳辶則亡避，不黨則亡惃(怨)。」不黨，不羣也。馬王堆帛書九主篇：「得道之君，邦出乎一道，制命在主，下不別黨，邦無私門，諍(争)李(理)皆塞。」又曰：「賤不事[貴]，袁(遠)不事近，則法君之佐何道別主之臣以爲其黨，空主之廷朝之其門。」經法國次篇：「毋陽竊，毋陰竊，毋土敝，毋故埶(設)，毋黨別。」論語卷七述而「吾聞君子不黨」，集解引孔安國、皇疏並云：「相助匿非曰黨。」國語卷一一晉語五「吾聞事君者比而不黨」，韋昭注：「阿私曰黨。」説文朋黨字作攩，曰：「朋羣也。从手、黨聲。」黑部：「黨，不鮮也，从黑、尚聲。」姜亮夫楚辭通故：「黨訓不鮮，凡陰暗、陳腐、隱密之物，皆不鮮，而人之陰謀，詭詐，自私，謬妄，乃至相結爲私，凡不能正大光明者，皆可曰不鮮。」其析字義，則類荆公字説。易説卦「爲蕃鮮」，孔疏：「鮮，明也。」淮南子卷二俶真訓「華藻鎛鮮」，高注：「鮮，明好也。」不鮮，不明。黨字從黑。後以「曭」字專此義，楚辭遠遊補注：「曭，日不明也。」黨之古義遂泯。又，方言卷一〇：「鮮，好也。南楚之外通語也。」不明曰黨，不好亦曰黨。物好者稀，則鮮爲稀少。尚書無逸篇「惠鮮鰥寡」，孔疏：「鮮，少乏。」易繫辭「故君子之道鮮矣」，釋文：「師説云：盡也。鄭作尠。馬、鄭、王肅云：少也。」少、盡謂之鮮，不鮮，猶不少，亦衆多。故羣聚者謂之黨。又，郭店楚墓竹簡尊德義、上博簡(七)君人者何必安哉皆有「所人」合文，何琳儀氏讀作「黨人」，恆語。凡言「朋黨」之禍，必稱漢之「黨錮」或者唐之牛李，屈子固曰「黨人偷樂」，則其時楚國業已有之矣。蓋君子之與小人，雖不相容之若冰炭，其相附麗而須臾不離也，故有君子者則必有小人，有小人必有朋黨。夫君子與君子友，同氣相求也，處事以公以善，則未爲「黨」；小人與小人比，同惡相濟也，行事以私以曲，則稱曰「黨」。忠賢在位則讒佞斥，讒佞得勢則忠賢退，惟在君主之察審與否爾。下文承之曰「荃不察余之中情」，故指斥黨人，實以斥楚懷昏亂矣。

偷，苟且也。◎文選尤袤本、胡本、六臣本無「且」字。案：無「且」，敚也。左傳文公十七年「齊君之語偷」，杜注：「偷，猶苟且。」説文作愉，心部：「薄也。从心，俞聲。論語曰：『私覿愉愉如也。』」段注：「此『薄也』，當作『薄樂』也，轉寫奪『樂』字，謂淺薄之樂也。引申之凡薄皆云愉。唐風『他人是愉』，傳曰：『愉，樂也。』禮記曰：『有和氣者，必有愉色。』此愉之本義也。毛不言『薄』者，重樂不重薄也。鹿鳴『視民不恌』，傳曰：『恌，愉也。』許書人部作『佻，愉也。』周禮『以俗教安，則民不愉』，鄭注：『愉，謂朝不謀夕。』此引申之義也。淺人分別之，別製偷字，从人，訓爲偷薄，訓爲苟且。訓爲偷盜，絕非古字，許書所無。然自山有樞鄭箋云：『愉讀曰偷，偷，取也。』則不可謂其字不古矣。」其説是也。顏師古匡謬正俗卷八「苟」條：「苟者，婾合之稱，所以行無廉隅，不存德義謂之苟且。」偷、婾古今字。愉之言逾也。廣雅釋詁：「踰，遠也。」漢書卷一〇〇叙傳「福逾刺鳳」，顏師古注：「逾，遠也。」遠則薄，近則厚，樂之逾遠是爲愉。

路幽昧以險隘。

路，道也。幽昧，不明也。險隘，諭傾危。言己念彼讒人相與朋黨，嫉妒忠直，苟且偷樂，不知君道不明，國將傾危，以及其身也。

【疏證】

路，道也。◎文選本無注。案：删之也。詳參上「來吾導夫先路」注。又，上「既遵道而得路」，章句：「路，正也。」言征行，事也。此爲道路，名也。章句爲注，所以别其名與事。

幽昧，不明也。◎案：幽昧，或作暗漠，九辯「下暗漠而無光」是也。或作晻昧，漢書卷九元帝紀「三光晻昧」是也。或作扼昧，是韓非子第一七備内篇。或作翳没，見文選卷六〇弔魏武帝文。或作鬱没，見漢書卷五七司馬相如傳。皆謂不明貌。所以不明者，有所蔽障，訓詁字或作幽蔽，九章懷沙「脩路幽蔽」是也。或作廱蔽，九辯「猋壅蔽此明月」是也。倒乙作蔽廱，惜往日「諒聰不明而蔽壅」是也。或爲蔽隱，惜往日「獨鄣壅而蔽隱」是也。名事相因爲隱伏，悲回風「獨隱伏而思慮」是也。或作陰伏，漢書卷五二韓安國傳「陰伏而處以爲之備」是也。或作隱閔，思美人「然隱閔而壽考」是也。隱於中心而澀於宣泄，訓詁字又作隱憫，哀時命「寧隱憫而不達」是也。溷而不分則爲瞢暗，天問「冥昭瞢闇」是也。目視之朦朧迷離者則爲美好之色，其字作嬰茀，天問「白蜺嬰茀」是也。或作幼眇、要眇、窈妙、杳冥、窈杳等。循聲疏理，與佛鬱、紛蘊爲語之轉。九歎離世：「羣阿容以晦光兮，皇輿覆以幽辟。」章句：「幽辟，闇昧也。」幽辟、幽昧、闇昧，皆聲之轉，不明貌。又，古文苑卷三董仲舒士不遇賦「遵幽昧於默足兮」，哀時命「路幽昧而甚難」，淮南子卷二〇泰族訓：「故雖出邪辟之道，行幽昧之塗。」幽昧，皆狀時世昏亂不明，古恆語也。

險隘，諭傾危。◎文選本、正德本、隆慶本、湖北本、俞本、劉本、朱本、莊本「危」下有「也」字。正德本、隆慶本、湖北本、朱本、劉本、俞本、馮本、莊本、四庫章句本「諭」作「喻」。案：諭、喻同。黎本玉篇殘卷阜部「阸」字：「楚辭『路幽昧以險阸』，王逸曰：『險阸，似危。』」似，傾之訛字。黎本玉篇殘卷阜部「隘」字引王逸注：「隘，猶迫伌（俗阸字）也。」慧琳音義卷四一「隘陋」條引王逸注楚辭：「險阸，傾危也。」又，卷八〇「穹隘」條、卷九二「迮隘」條同引王逸注楚辭：「險，傾危也。」卷六九「守阸」條引王逸注楚辭：「阸，傾危也。」續音義卷一「隘陋」條引王逸注楚辭：「隘，險阸也。」其所據非一本。隘、阸同。文選卷九北征賦「罹填塞之阸災」，李善注引王逸曰：「險阸，傾危也。」皆無「諭」字。說文𨸏部：「險，阻難也。从𨸏、僉聲。」古從僉聲之字有收束義。攴部：「斂，收也。从攴、僉聲。」人部：「儉，約也。从人、僉聲。」約，收束也。手部：「撿，拱也。从手、僉聲。」段注：「凡斂手宜作此字。」山阜狹如收束者則爲險，引申爲傾危。新書卷八道術篇：「據當不傾謂之平，反平爲險。」說文又曰：「隘，陋也。从𨸏、益。」陋之猶攏也，亦有收束義。陋、攏爲侯、東陰陽對轉，同來紐雙聲。險隘，平列同義。大招：「山林險隘，虎豹蜿只。」淮南子卷一五兵略訓：「知土地之宜，習險隘之利。」御覽卷二七〇兵部一叙兵上引漢書刑法志：「穹崇險隘，阻阨相視，此刀楯之地，弓弩二不當一。」以狀世路傾危，故曰「諭」，則不可省。唐人省之，蓋不以爲比喻，逕以險隘爲傾危也。又喻人心險惡難測。荀子卷一八賦篇第二六知「此夫安寬平而危險隘者」是也。

言己念彼讒人相與朋黨，嫉妬忠直，苟且偷樂，不知君道不明，國將傾危，以及其身也。◎文選秀州本、尤袤本、明州本、胡本「身」下無「也」字，建州本「也」作「矣」。正德本、隆慶本、湖北本、劉本、朱本、馮本、俞本、四庫章句本、莊本「妬」作「怨」。文淵本作「忌」。同治本「妬」作「妒」。案：嫉妬，屈賦及章句恆語，而無作「嫉怨」、「嫉忌」。又，章句「言己念彼讒人相與朋黨」云云，以「惟」爲「念」，以「夫」爲「彼」。非也。惟夫，因爲也。韓非子卷六解老第二〇：「唯夫能令人不見其事極，不見其事極者爲保其身、有其國，故曰：莫知其極。莫知其極，則可以有國。」唯夫、故，相對爲文，猶因爲也。惟與唯同。倒乙曰「夫唯」。上「夫唯捷徑以窘步」，章句：「故身觸陷阱，至于滅亡，以法戒君也。」夫唯，猶故也。老子二章：「夫唯弗居，是以不去。」八章：「夫唯不爭，故無尤。」十五章：「夫唯不可識，故强爲之容。」又：「夫唯不盈，故能蔽不新成。」二十二章：「夫唯不爭，故天下莫能與之爭。」四十一章：「夫唯道，善貸且成。」五十九章：「夫唯嗇，是謂早服。」六十七章：「夫唯大，故似不肖。」夫唯、故、是以，相對爲文，皆因爲也。

豈余身之憚殃兮，

憚，難也。殃，咎也。

【疏證】

憚，難也。◎案：說文心部：「憚，忌難也。从心、單聲。一曰：難也。」段注：「凡畏難曰憚，以難相恐嚇亦曰憚。」則憚訓忌難、訓畏、訓驚，其義相通。章句解「難」，去聲，忌難也。韓非子卷一六難三篇第三八：「人有設桓公隱者，曰：『一難，二難，三難，何也？』桓公不能射，以告管仲。管仲對曰：『一難也，近優而遠士。二難也，去其國而數之海。三難也，君老而晚置太子。』」三「難」字，皆去聲，訓畏怖。又，卷一七說疑篇第四四「有成功立事，而不敢伐其勞，不難破家以便國」。不難，不畏也。亦作述語。皆可爲章句旁證。

殃，咎也。◎案：說文歺部：「殃，凶也。从歺、央聲。」又：「凶，惡也。」凶惡之事莫甚於凶喪。書洪範「凶短折」，釋文引馬云：「凶，終也。」命終謂之殃，引申爲咎、禍、敗。殃字諧「央聲」者，殃、央古字通。馬王堆帛書國次篇：「功成而不止，身危又（有）央（殃）。」又曰：「變故亂常，擅制更爽（創），心欲是行，身危有央（殃）。」名理篇：「守道是行，國有危央（殃）。兩逆相功（攻），交相爲央（殃），國皆危亡。」冂部：「央，中也。」引申言終、止。春秋繁露卷一六循天之道篇第七七：「中者，天下之所終始也。」九歌雲中君「爛昭昭兮未央」，章句：「央，已也。見其光容爛然昭明，無極已也。」下「時亦猶其未央」，章句：「央，盡也。」殃之爲命終，取終止義。又，余身，平列同義，我也。七諫自悲「憐余身不足以卒意兮」，全後漢文卷九〇王粲出婦賦「竦余身兮敬事」，類聚卷九一鳥部中「鸚鵡」條曹子建鸚鵡賦「豈余身之足惜」，文選卷一四班固幽通賦「豈余身之足殉兮」，卷一五張衡思玄賦「竦余身而順止兮」。章句「言我欲諫争者非難身之被殃咎」云云，以「余身」爲「我之身」者。非也。

恐皇輿之敗績。

皇，君也。輿，君之所乘，以喻國也。績，功也。言我欲諫争者，非難身之被殃咎也，但恐君國傾危，以敗先王之功。

【疏證】

皇，君也。◎正德本、隆慶本、劉本、湖北本、朱本、俞本、馮本、四庫章句本「君」作「后」。案：君、后同義。章句及兩漢遺詁「皇」無釋「后」。九歎愍命「嘉皇既殁終不返兮」，章句：「皇，君也。」書五子之歌「皇祖有訓」，孔傳：「皇，君也。」詩正月「有皇上帝」，毛傳：「皇，君也。」則舊作「君」。

輿，君之所乘，以喻國也。◎文選本「乘」下有「也」字。唐寫本「輿」作「與」，「喻」作「諭」，尤袤本「喻」作「諭」。案：與，訛也，皇輿，大輿也。荀子卷五王制篇第九：「馬駭輿，則君子不安輿；庶人駭政，則君子不安位。馬駭輿，則莫若静之；庶人駭政，則莫若惠之。」韓非子卷一四外儲説右下第三五：「故國者，君之車也，勢者，君之馬也。無術以御之，身雖勞，猶不免亂；有術以御之，身處佚樂之地，又致帝王之功也。」又，類聚卷五二治政部上「善政」條引韓子：「勢者，君之馬也；威者，君之輪也；勢固則輿安，威定則策勁，臣從則馬良，民和則輪利，爲國者有失於此，覆輿奔馬，折策敗輪矣；輿覆馬奔，策折輪敗，載者安得不危？」（此韓非子佚文）九歎離世「述皇輿之踵跡」，「皇輿覆以幽辟」，「惜皇輿之不興」，晉書卷五〇庾峻傳：「始於匹夫行義不敦，終於皇輿爲之敗績，固不可不慎也。」輿以喻國，古之通喻。

績，功也。◎案：書堯典「庶績咸熙」，孔傳：「績，功。」即章句所因。

言我欲諫争者，非難身之被殃咎也，但恐君國傾危，以敗先王之功。◎文選唐寫本、正德本、隆慶本、湖北本、朱本、劉本、馮本、俞本、莊本、四庫章句本「功」下有「也」字。俞本、莊本「争」作「諍」。案：争、諍古今字。章句以「敗績」爲「敗先王之功」，「先王」云云，乃增字解經。補注引左傳：「大崩曰敗績。」洪引左氏見莊公十一年，杜注：「師徒撓敗，若沮岸崩山，喪其功績，故曰敗績。」望文生義，未諦「崩曰敗績」義。戴震屈原賦注：「車覆曰敗績。禮記檀弓篇『馬驚敗績』，春秋傳『敗績厭覆是懼』。是其證。」其説得旨。然此説見趙一清離騷札記，引證悉同。戴君掩其説而竊爲己有矣。九歎離世「羣阿容以晦光兮，皇輿覆以幽辟」。皇輿覆，襲此「皇輿敗績」，劉向以敗績訓車覆。左傳「大崩」，猶大覆。崩、覆，聲之轉，古字通用。敗績，即顛狽之乙，與猖披、猖敗爲語之轉。車覆謂之敗績，又謂之顛狽、猖披，未可據其訓詁字爲説。

忽奔走以先後兮，及前王之踵武。

踵，繼也。武，跡也。詩曰：「履帝武敏歆」，言己急欲奔走先後，以輔翼君者，冀及先王之德，繼續其跡，而廣其基也。奔走先後，四輔之職也。詩曰：「予聿有奔走，予聿有先後。」是之謂也。

【疏證】

踵，繼也。◎案：上博簡（九）陳公治兵：「童之於後。」童即踵也。此以車駕爲喻。踵武之踵，即周禮卷四○冬官考工記第六輈人「去一以爲踵圍」之踵，鄭注：「踵，後承軫者也。」賈疏：「踵，後承軫之處，似人之足跗在後名爲踵，故名承軫處爲踵也。」陞車先蹈踵而後升輿，則亦謂之車踵。戰國策卷二一趙策四「持其踵爲之泣」，言攀持車踵，止車啓行而爲之泣。或謂太后持燕后足踵云云，其時燕后已登踵入輿，焉得持其足踵？馬王堆漢帛書戰國縱横家書作「攀其踵」。攀，引也。若言引足踵，無理之甚。踵武，謂車跡。俞樾曰：「又有舉小名以代大名者。詩采葛篇：『一日不見，如三秋兮。』三秋，即三歲也。歲有四時而獨言秋，是舉小名以代大名也。」（詳古書疑義舉例卷三第三十三條「以小名以代大名例」）車，大名；蹕，小名。舉車蹕以概車。

武，跡也。詩曰：「履帝武敏歆。」◎文選唐寫本無「歆」字。俞本、莊本「曰」作「云」。案：無「歆」，敓也。章句引詩見大雅生民，毛傳：「武，迹。」蓋其所因。跡、迹同。姜亮夫楚辭通故：「武字從止，止本足趾本字，則履帝武，即履帝足迹矣，故可用作迹字解也。」非也。「止戈爲武」之「止戈」，謂以戈弭止暴亂。止，弭止，非言足趾。武之訓步，與其字本義無涉。武之言步也。卜辭「余武從侯喜征夷方」（前編一八・一），武從，即步從，借武爲步。武、步古同魚部、同明紐雙聲。步武，平列同義，武亦步也。全三國文卷三〇吳質答東阿王書：「然一旅之衆，不足㠯揚名步武之閒。」文選卷二五謝宣遠於安城答靈運：「跬行安步武。」李善注引鄭玄、後漢書卷五八臧洪傳「相去步武」李賢注引爾雅皆曰：「武，迹也。」對文亦別。國語卷三周語下「夫目之察度也，不過步武尺寸之閒」，韋注：「六尺爲步，賈君以半步爲武。」此「蹕武」，武猶行也。名事相通，行跡亦謂之武。

奔走先後，四輔之職也。詩曰：「予聿有奔走，予聿有先後。」是之謂也。◎正德本、隆慶本、湖北本、朱本、馮本、俞本、劉本、莊本、四庫章句本「聿」作「曰」。案：曰、聿，古字通用。章句引詩見大雅緜。毛詩作「予曰有奔奏」，傳云「喻德宣譽曰奔奏」，借奏爲走。釋文引韓詩「曰」作

「聿」，又曰：「奏，本亦作走。」章句因韓詩。文選本存其舊，他本據毛詩改。鄭箋：「奔奏，使人歸趨之。」孔疏：「此臣能曉喻天下之人，以王德宣揚王之聲譽，使人知，令天下皆奔走而歸趍之，故曰奔走也。」奔走，使之疾附也。書多方：「今爾奔走臣我，監五祀。」孔傳：「監，謂成周之監。此指謂所遷頑民殷衆士，今汝奔走來徙臣我，我監五年無過，則是還本土。」多士：「亦惟爾多士，攸服奔走，臣我，多遜。」孔傳：「亦惟汝衆士，所當服行，奔走臣我，多爲順事。」酒誥：「奔走事厥考厥長。」孔傳：「今往當使妹土之人，繼汝股肱之教，爲純一之行，其當勤種黍稷，奔走事其父兄。」武成：「駿奔走，執豆籩。」孔傳：「邦國甸侯衛服諸侯皆大奔走於廟執事。」單言之曰走。文選卷四一報任少卿書「太史公牛馬走司馬遷再拜言」，走，猶奔走，謂司掌牛馬之官。名事相因，走猶臣僕。此言我歸附皇輿以供王役也。漢以「奔走」爲官職名。漢書卷九九王莽傳：「博士李充爲犇走，諫大夫趙襄爲先後。」補注：「相導前後曰先後。」言四輔職事，因毛詩也。周禮卷三五秋官第五士師「以五戒先後刑罰，毋使罪麗于民」，鄭注：「先後，猶左右也。」賈疏：「皆是相助之義，異其名而已。」前後謂之先後，左右亦謂之先後，皆四輔職。聞一多離騷解詁：「詩小雅正月篇曰『其事既載，乃棄爾輔』，又曰『無棄爾輔，員于爾輻』。黄山曰：『毛、鄭不爲輔作訓，必當時所共知。釋詁：「輔，俌也。」俌從人，猶僕從人，本以人爲輔。大車載物，以僕御車，必以俌輔行而護持其事，蓋古法自如此。……載重踰險，下有折輻之患，即上有輸載之虞，爲之輔者或挽或推，所以助其車。兵車有右。右，助也。輔，俌也，亦助也。』黄説至確。本篇自『乘騏驥以馳騁』至此一段，以行路爲喻。『忽奔走以先後』，承上『皇輿』言，謂奔走於皇輿之先後也。注曰『奔走先後，四輔之職也』者，四輔，尚書大傳謂之『四鄰』，曰：『前曰疑，後曰丞，左曰輔，右曰弼。』案疑之言礙也，礙，止也。丞、承古通。車前覆則礙止之，後傾則承持之，輔弼之義亦然。四輔之名蓋亦起於車輔，故王引以説奔走先後之義。」發所未發，然猶有剩義。章句「四輔之職」云云，比尚書大傳之「先後左右」，不概奔走。奔走，則非四輔事。先後，猶謂前後左右，曰礙、曰丞、曰輔、曰弼。奔走、先後，則别義。章句以「奔走先後」連文，因「先後」及「奔走」。詳俞樾古書疑義舉例卷二第二十六條「因此以及彼例」。漢人以先後言輔弼，不專輔車。史記卷三四燕召公世家「寡人之國小，不足以爲先後」，正義：「先後，並去聲。」猶輔助、輔佐也。後漢書卷二六伏湛傳「實足以先後王室」，李賢注：「先後，相導也。」又，漢書卷八五杜鄴傳「分職於陝，並爲弼疑」。顔師古注：「弼疑，謂左輔、右弼、前疑、後承也。」卷九九王莽傳有「師疑」、「傅丞」之職，皆因車輿四輔爲名。

言己急欲奔走先後，以輔翼君者，翼及先王之德，繼續其跡，而廣其基也。◎文選本、正德本、隆慶本、朱本、馮本、劉本、俞本、莊本、四庫章句本、湖北本「跡」作「迹」。唐寫本亦作「跡」。案：跡、迹同。章句「急欲奔走先後」云云，忽，急疾貌。又，九歎離世「述皇輿之踵跡」，章句：「以承述先王正治之法，繼續其業而大之也。」即同此意。

荃不察余之中情兮，

荃，香草，以諭君也。人君被服芬香，故以香草爲諭。惡數指斥尊者，故變言荃也。

【疏證】

荃，香草，以諭君也。人君被服芬香，故以香草爲諭。惡數指斥尊者，故變言荃也。◎文選本「香草」下有「也」字，「爲諭」上無「草」字。唐寫本「諭」作「論」。莊本「草」作「艸」。文淵四庫章句本「芬」作「芳」，文津本亦作「芬」。案：「爲諭」上無「草」，敚也。論，訛也。慧琳音義卷八四「落荃」條引王逸注楚辭：「荃，香草也。離騷曰『荃蕙化爲茅』。」有「也」字。文選卷二七沈約早發定山「懷祿寄芳荃」，李善注：「楚辭曰：『荃不察余之中情。』王逸曰：『荃，香草，以喻君子。』」卷三六任昉宣德皇后令「使荃宰有寄」，李善注：「楚辭曰：『荃不察余之中情。』王逸曰：『荃，香草，以喻君「子」也。』」則「香草」下無「也」字。御覽卷九八三香部三荃香引王逸注：「荃，香草，以喻君，被分香，故以香草爲喻。」雖「芬」訛作「分」，唯其所據本作「芬香」。朱子集注：「（荃）亦香草，故時人以爲彼此相謂之通稱，此又借以寓意於君也。」又，辯證：「荃以喻君，疑當時之俗，或以香草更相稱之詞，非君臣之君也。此又借以寄意於君，非直以小草喻至尊也。舊注云人君被服芳香，故以香草爲喻，尤爲謬説。」游國恩離騷纂義：「離騷往往以夫婦比君臣，荃、蓀者，亦以婦對其夫之美稱爲喻耳。」荃、蓀以比君，本書極明。章句「人君被服芳香故以香草爲喻」云云，屈子何不言蘭芷而用荃、蓀耶？·譔也。蓀、荃音同通用，皆一艸名。古之從全聲與從夋聲之字相通。左傳哀公三年「外内以悛」，杜注：「悛，次也。」悛字無次義，讀爲「銓稱」之銓。文選卷六魏都賦「闡鈎繩之筌緒」，李善注引左傳杜注筌作銓。廣韻下平聲第二仙韻銓、悛同音此緣切。銓、全聲；悛，夋聲。比例推之，荃、峻亦通。老子五十五章：「未知牝牡之合而全作，精之至也。」釋文：「河上作峻字，子和反，本一作朘。赤子陰也。」郭店楚墓竹簡老子（甲本）作「未智（知）牝戊（牡）之合全怒，精之至也」。峻夋聲，荃全聲。荃、俊亦通。懷沙「非俊疑傑兮」，章句：「千人才爲俊。」君在萬人上謂之俊，諧音荃或蓀。今稱英偉小子曰「帥」，蓋其遺義。又，補注：「陶隱居云：『東間（澗）溪側有名溪蓀者，根形氣色極似石上菖蒲，而葉正如蒲，無脊，詩詠多云蘭蓀，正謂此也。』」沈存中夢溪筆談卷三辨證一：「香草之類，大率多異名，所謂蘭蓀、蓀，即今菖蒲是也。」李時珍本草綱目卷一九「白菖」條曰：「此有二種，一種根大而肥白、節疎者，白菖也，俗謂之泥菖蒲。一種根瘦而赤、節稍密者，溪蓀也，俗謂之石菖蒲。葉俱無劍脊，溪蓀氣味勝似白菖。並可殺蟲，不堪服食。」

反信讒而齌怒。

齌，疾也。言懷王不徐徐察我忠信之情，反信讒言，而疾怒己也。

【疏證】

齎，疾也。◎文選本「齎」作「齊」。案：齊、齎古今字。説文火部齎字解「炊餔疾也」，从火、齊聲。段注：「餔，日加申時食也，晚飯恐遲，炊之疾速，故字从火，引申爲凡疾之用。」胡韞玉引義證云：「『餔當作釜。玉篇作釜。』炊釜疾，言氣不可遏而發洩疾也。齎怒，言怒之蓄于心者深，故發于外者疾。」其説優於段注也。

言懷王不徐徐察我忠信之情，反信讒言，而疾怒己也。◎文選本「徐徐」作「徐」，「怒」下無「己也」二字。唐寫本有「己」字，無「也」字。秀州本敚「讒言」之「言」字。正德本、隆慶本、湖北本、朱本、馮本、劉本、俞本、莊本、四庫章句本「己」作「我」，正文「察」作「揆」。案：據義，則舊作「徐察」。揆亦察也，以同義互易。清華簡（一）皇門「讒」通作「訡」，以音近通用也。清華簡（二）繫年「讒」字作「⿰言䖝」，从言、䖝聲。䖝音中，冬部，與讒之談部通轉，蓋楚音如此。讒，賊也，散則不別。對文別義。荀子卷一脩身篇第二：「傷良曰讒，害良曰賊。」莊子卷八漁父篇第三一：「好言人之惡謂之讒，析交離親謂之賊。」屈子狀君之怒者凡四，皆謂疾怒、暴怒。天問「康回馮怒」，憑讀爲愊、逼，謂迫也。愊怒，急怒、暴怒也。抽思「數惟蓀之多怒」，多，朋之訛。朋怒，即憑怒。朋、憑古字通。又「蓋爲余而造怒」，造，借爲驟。驟怒，暴怒。唯其疾怒，妙肖楚懷王之喜怒無常、反復不定之性。史記卷八四屈原列傳：「懷王使屈原造爲憲令，屈平屬草稾未定。上官大夫見而欲奪之，屈平不與。因讒之曰：『王使屈平爲令，衆莫不知，每一令出，平伐其功，以爲「非我莫能爲」也。』王怒而疏屈平。」又曰：「楚懷王貪而信張儀，遂絶齊，使使如秦受地。張儀詐之曰『儀與王約六里，不聞六百里。』楚使怒去，歸告懷王。懷王怒，大興師伐秦。」其二「怒」，則賢臣見斥；又二「怒」，則興師發衆。韓非子卷一〇内儲説下六微第三一：「荆王所愛妾有鄭袖者，荆王新得美女，鄭袖因教之曰：『王甚喜人之掩口也，爲近王，必掩口。』美女入見，近王，因掩口。王問其故，鄭袖曰：『此固言惡王之臭。』及王與鄭袖、美女三人坐，袖因先誡御者曰：『王適有言，必亟聽從。』王言美女前。近王甚，數掩口，王悖然怒曰：『劓之。』御因揄刀而劓美人。」此其一「怒」，則美女無辜受刑。楚懷王性好猜忌，喜怒妄作，屈子斥之「齋怒」，當也。楚之羣臣多以此爲憂。包山楚簡卜筮祭禱記録數言「出内事王盡卒歲，窮身尚毋有咎」。左尹邵䏴事懷王有「齋怒」之虞，於是得見消息。北大簡周馴（訓）：「爲人君者，不可以信讒，信讒則苛民，苛民則政亂，政亂則民移，民移則國空虚，國空虚而城不守。主欲毋危，其得已乎？故書曰：『失之於本，不可反於末。』此之謂乎！」則「信讒」之憂，非在予一人，而爲君國之存亡也。又，章句「不徐徐察我忠信之情」云云，以「中情」爲「忠信之情」，非也。中，内也。上博簡（一）性情論：「教所以生悳於中者也。」又曰：「情生於眚（性）。司（始）者近情，冬（終）者近義。智（知）情者能出之，智（知）義者能内（入）之。」不察，謂不能詳審其内情也。

余固知謇謇之爲患兮，

謇謇，忠貞貌也。易曰：「王臣謇謇，匪躬之故。」

【疏證】

謇謇，忠貞貌也。易曰：「王臣謇謇，匪躬之故。」◎文選本「貞」作「言」。唐寫本「貌」作「皃」。案：忠貞、忠言同義。唐寫本卷九四袁彦伯三國名臣序贊一首李善引王逸注：「謇謇，思忠信行艱也。」慧琳音義卷八五「謇謇」條引王逸注楚辭：「謇謇，威儀貌也。」東雅堂昌黎集注卷六贈別元十八協律六首注引王逸注：「謇謇，忠正貌。」其所據本別。章句引易見咸六二。慧琳音義卷八五「謇謇」條又引考聲云：「謇謇，詞無避也。」朱熹集注：「謇謇，難於言也。直詞進諫，己所難言，而君亦難聽，故其言之出有不易者，如謇吃然也。」朱氏之解，多爲後人所因，以「忠貞」之謇，因於「謇難」義。章句誠未易，朱說失旨。馬王堆漢帛書本易作「王僕蹇蹇」，蹇，謇之別文。上博簡（三）周易作「訐訐」，清華簡（七）子軛子餘「蹇」作「邗」，則字無定形。又，郭店楚墓竹簡性自命出篇：「有其爲人之遝遝如也，不有夫柬柬之心則采；有其爲人之柬柬如也，不有夫恆怡之志則縵。」又曰：「君子執志必有夫生生（惶惶）之心，出言必有夫柬柬之信，賓客之禮必有夫齊齊之容，祭祀之禮必有夫齊齊之敬。」柬柬，猶訐訐、謇謇，忠慤貌。謇、柬同元部，並見紐雙聲。其義與「謇難」字無涉。或作拳拳，三國志卷八魏書公孫淵傳裴注引魏名臣奏：「乃心於國，夙夜拳拳，念自竭効。」漢書卷六二司馬遷傳：「拳拳之忠，終不能自列。」顔師古注：「忠謹之貌。」劉向傳作『惓惓』字，音義同耳。」文選李善注引禮記鄭玄注：「拳拳，奉持之貌。」亦忠誠懇切。或作悢悢，文選卷二九李陵與蘇武詩「悢悢不得辭」，五臣本呂向注：「悢悢，相戀之情。」桂馥札樸卷五「悢悢」條：「悢悢即懇懇，言誠款也。慕容翰謂逸豆歸追騎曰：『吾居汝國久，悢悢不欲殺汝。』」或作款款，卜居「吾寧悃悃款款朴以忠乎」，章句：「竭誠信也。」款款，忠愨貌。漢書卷六二司馬遷傳：「見主上慘悽怛悼，誠欲効其款款之愚。」三國志卷六二吳書胡綜傳：「今臣款款，遠授其命。」後漢書卷一三隗囂傳：「將軍操執款款，扶傾救危。」卷二三竇融傳：「悃悃安豐，亦稱才雄。」李賢注：「楚辭曰『悃悃款款』也，王逸注曰『志純一也』。亦猶實也。」悃悃，聲之轉。論語卷九子罕篇「有鄙夫問於我，空空如也」，邢昺疏：「空空，虚心也。」即竭誠之意。東、侯對轉作區區。三國志卷九魏書曹真傳注引魏末傳：「令師、昭兄弟結君爲友，不可相舍去，副懿區區之心。」卷二一劉廙傳：「是以貪守區區之節，不敢修草。」卷三七蜀書法正傳：「明將軍本心，正之所知也，實爲區區不欲失左將軍之意。」後漢書卷二六伏湛傳：「竊懷區區，敢不自竭。」卷七〇孔融傳：「然願人之相美，不樂人之相傷，是以區區思協歡好。」或作叩叩，類聚卷七〇服飾部下囊引繁欽定情詩：「何以致叩叩，香囊繫肘後。」廣雅釋訓：「悾悾、愨愨、懇懇、叩叩，誠也。」又曰：「拳拳、區區、款款，愛也。」謇謇、蹇蹇、柬柬、拳拳、款款、空空、愨愨、懇懇、區區、悃悃、叩叩，皆聲之轉。前修有言，連語之字義存乎聲，不在其形，宜因聲求義，未可拘其形體。湯炳正楚辭今注謂蹇蹇作乾乾，自强不息之意。趙逵夫屈騷探幽謂謇、鯁、骾聲之轉。皆非也。

忍而不能舍也。

舍，止也。言己知忠言謇謇諫君之過，必爲身患，然中心不能自止而不言也。

【疏證】

舍，止也。◎案：留止謂之舍，廢棄亦謂之舍，此訓詁反覆旁通之也。左傳僖公十五年「晉大夫反首拔舍從之」，杜注：「舍，止。」書湯誓「舍我穡事」，釋文：「舍音捨，廢也。」

言己知忠言謇謇諫君之過，必爲身患，然中心不能自止而不言也。◎文選本「言己」下無「知」字。正德本、隆慶本、劉本、湖北本、朱本、馮本、俞本、莊本、四庫章句本「諫」作「刺」。案：據義，舊宜作「諫君」。無「知」，敓也。又，類聚卷二八人部一二「遊覽」條引梁王僧孺落日登高詩：「憑高且一望，目極不能捨。」梁書卷一三沈約傳：「實情性之所留滯，亦志之而不能舍也。」不能舍，古之恒語。

指九天以爲正兮，

指，語也。九天，謂中央八方也。正，平也。

【疏證】

指，語也。◎案：九章惜誦：「所作忠而言之兮，指蒼天以爲正。令五帝以枏中兮，戒六神與嚮服。俾山川以備御兮，命咎繇使聽直。」指、令、戒、俾、命，爲儷偶語，皆驅役神靈之詞。指，役使之意。指九天，猶令九天。指之言致也。王引之曰：「尚書盤庚云：『今爾無指告。』指告者，致告也，盤庚篇曰『凡爾衆其爲致告』是也。說苑有指武篇，謂致武也。」（詳經義述聞卷三尚書上篇）又，左傳宣公三年「有所厎止」，杜注：「厎，致也。」釋文：「厎音旨。」指，旨聲。指、致古字通。自至曰至，使至曰致。漢書卷五八公孫弘傳「致利除害」，顏師古注：「致，謂引而至也。」

九天，謂中央八方也。◎案：章句「中央八方」云云，以天之縱橫爲說。聞一多離騷解詁：「九天，中央八方，各有神。此謂之九天之神也。」說同章句。朱子集注：「九大，天有九重也。」以高下說之。游國恩離騷纂義謂「此處九字，並非實指，與下文九畹、九死之九相類，皆取虛義。九天者，猶言至高之天，與孫子形篇所言『善守者藏於九地之下，善攻者動於九天之上』，其義無別」。其說是也。九天，極言其高，不言其廣。包山楚懷王左尹邵𣄰大夫墓，其中棺棺上飾物有九層，皆用絲織之物。一、二兩層皆爲錦夾衾，三層爲錦帶，四層爲帛類綢狀物，五層爲鳳鳥紋繡絹面綺裏夾衾，六層爲二小衾二中衾，七層爲一小衾二中衾，八層爲一中衾一小衾，九層爲鳳鳥紋絹面素絹裹夾衾。九層飾物，蓋象九重天。五、九之層，一處中位，一處極位，皆繡以鳳鳥，有導引亡魂來至之意。以地下實物徵之，朱子以九天爲九重天者最切楚人天體宇宙觀。「中央八方」之説出於齊稷下學人，非楚人舊説。此「指九天以爲正」，謂九天以能平正人間曲直，同下之「皇天」，天之神靈。九歌少司命「登九天兮撫彗星」，又曰「蓀獨宜兮爲民正」。注：「言司命執心公方，無所阿私，善者佑之，惡者誅之，故宜爲萬民之平正也。」九天之神，抑「登九天」之少司命。司命備受楚人膜拜，江陵天星觀楚墓、包山楚左尹邵䏍墓，其簡所載祭禱天神，見於九歌者，惟一司命而已。其唯主知生死，又輔天行化，誅惡護善，宜爲屈子平正之。

正，平也。◎文淵四庫章句本「平」作「證」。案：非也。文津本亦作「平」。詳參上「名余曰正則」注。章句「使平正之」云云，以正爲事，非也。屈賦「以爲」句法，「以爲」之「爲」，事也；「爲」下之字，名也。「爲某」，述賓句法。上「紉秋蘭以爲佩」、下「競周容以爲度」、「製芰荷以爲衣」、「雧芙蓉以爲裳」、「余獨好修以爲常」、「折瓊枝以爲羞」、「精瓊爢以爲粻」、「雜瑶象以爲車」、「指西海以爲期」，九章抽思「望三五(王)以爲像」、「指彭咸以爲儀」等，佩、度、衣、裳、常、羞、重、車、期、像、儀，皆名也。「爲正」之正，指平正之人。此言令九天司命神，使爲平正者。郭店楚墓竹簡尊德義：「善者民必衆，衆未必治，不治不川(順)，不川(順)不坪(平)。是以爲正者，教道之取先。」以爲正者，亦以正爲平正者。新書卷七耳痺篇：「割白馬而爲犧，指九天而爲證。」承襲於此，而以正爲證。出於漢世。

夫唯靈脩之故也。

靈，神也。脩，遠也。能神明遠見者，君德也，故以諭君。言己將陳忠策，内慮之心，上指九天，告語神明，使平正之；唯用懷王之故，欲自盡也。

【疏證】

靈，神也；脩，遠也；能神明遠見者，君德也，故以諭君。◎文選本「諭」作「喻」，「君德」下無「也」字，唐寫本亦作「諭」，有「也」字。正德本、隆慶本、朱本、俞本、劉本、莊本、馮本、湖北本、四庫章句本「神也」上有「謂」字，「脩」作「修」。案：無「也」，則傷於語氣。靈之爲神者，詳參上「字余曰靈均」注。脩、修通用。脩之爲遠，詳參上「又重之以脩能」注。漢書卷八七上揚雄傳「靈修既信椒、蘭之唼佞兮」，服虔曰：「靈修，楚王也。」靈脩以爲稱君，漢世舊説。方言卷一：「脩，長也。陳楚之間曰脩。」遠謂之長，君亦謂之長。靈脩，猶後之聖主、聖君。論衡卷二六知實篇第七九：「使聖人達視遠見，洞聽潛聞，與天地談，與鬼神言，知天上、地下之事，乃可謂神而先知，與人卓異。」其「君德」之謂也。

言己將陳忠策，内慮之心，上指九天，告語神明，使平正之；唯用懷王之故，欲自盡也。◎文選六臣無「也」字。正德本、隆慶本、湖北本、朱本、馮本、俞本、莊本、四庫章句本「九天」下有「以」字，「自盡」下有「者」字。朱本「用」作「因」。莊本「策」作「筞」。案：筞，俗策字。章句「唯用懷王之故」云云，以「唯用」釋「夫唯」，猶唯以、因爲。以、用，聲之轉。詳參王引之經傳釋詞卷一「以」條。又，章句「欲自盡」云云，謂欲自竭盡其忠情也。

曰黄昏以爲期兮，羌中道而改路。

【疏證】

補注：「一本有此二句，王逸無注。至下文『羌内恕己以量人』始釋羌義。疑此二句後人所增耳。五臣説誤。」案：文選本無此二句，未見闌入。五臣於此二句有注，則已竄亂。又，唐初歐陽詢書帖離騷亦有此二句，蓋隋唐之世已竄亂之矣。

初既與余成言兮，

初，始也。成，平也。言，猶議也。

【疏證】

初，始也。◎文選本無注。正德本、隆慶本、湖北本、劉本、朱本、馮本、俞本、莊本「始」下有

「生」字。文淵四庫章句本「生」作「初」，文津本亦作「生」。案：文選本刪之也。有「生」，羨也。初之爲始，詳參上「皇覽揆余初度兮」注。

成，平也。◎文選六臣本無注。尤袤本有注，無「也」字。案：敚也。唐寫本亦有注，有「也」字。章句「成」訓「平」，讀作訂。說文言部：「訂，平議也。从言、丁聲。」成、訂同丁聲，例得通用。訂之爲平義，古多假成字爲之。左傳隱公六年「鄭伯請成於陳」，杜注：「成，猶平也。」謂要約於陳。九店楚簡日書：「凡城日，內人，城(成)言。」左傳襄公二十七年：「壬戌，楚公子黑肱先至，成言於晉。丁卯，宋戌如陳，從子木成言於楚。」鄭玄皇后敬父母議：「嫁於王子者，此雖己女，成言曰王后。」成言，古之辭令。屈子屢爲楚使，諳習外交言辭。施於君臣之間，指己與蓀初成「導大先路」之約言。潛夫論第三〇交際篇：「或中路而相捐，典戒悟先聖之負久要之誓言。」屈子與懷王相交亦猶是也。朱子集注比之以婚姻，囿於成見。補注以「成言」爲「誠言」，謂君王「初既與余誠言」，則非其義。

言，猶議也。◎文選六臣本無注。尤袤本有注，無「也」字，唐寫本亦有注，有「也」字。案：敚之也。議，語也。言、語相對。說文言部：「直言曰言，論難曰語。」直言，發口。論難，論議釋解。段注：「鄭注大司樂曰：『發端曰言，答難曰語。』注雜記曰：『言，言己事；爲人說爲語。』」散則不別。又，禮記卷五七間傳第三七「小功、緦麻議而不及樂」，鄭注：「議，謂陳說非時事也。」段注「議」字：「上文云『論難曰語』，又云『語，論也』。是論、議、語三字，爲與人言之稱。議者，誼也。誼者，人所宜也，言得其宜之謂議。」對文議、語亦別。

後悔遁而有他。

遁，隱也。言懷王始信任己，與我平議國政，後用讒言，中道悔恨，隱匿其情，而有他志也。

【疏證】

遁，隱也。◎慧琳音義卷八六、卷八八同王逸注楚辭：「遯，隱也。」卷九五「遯世」條引王逸云「遯，隱也」。卷八七「肥遁」條引王逸注楚辭：「遁，隱也。」文選卷五五陸機演連珠「臣聞遯世之士」，劉孝標注引王逸曰：「遯，隱也。」案：則唐本遯、遁雜出。卷八八「隱遯」條、續音義卷一〇「隱遁」條同引王逸注楚辭：「遁，潛隱也。」潛，羨也。説文辵部：「遯，逃也。从辵、豚聲。」遁，許氏釋遷、改，从辵、盾聲。許氏又云：「遁，一曰逃也。」則借作遯。遯、遁古字通。許氏合而存於「遁」字者，以其時多以遁爲遯。對文隱曰遯，不隱曰逃；逃曰遯，不逃曰隱。宵遁、夜遁皆不得言逃；逃刑、逃罪不得言遯。此悔遯，施於靈脩，不宜有逃臣之理。悔遁之遁，遷也。悔遁，平列同義，改也。弘明集卷一一孔德璋答蕭司徒：「心世有源，不欲終朝悔遁。」

言懷王始信任己，與我平議國政，後用讒言，中道悔恨，隱匿其情，而有他志也。◎文選本「匿」作「遁」，「志」下無「也」字。案：唐寫本亦作「匿」，「志」下有「也」字。又，章句「有他志」云云，以「他」解「他志」。他，猶上「信讒」之讒佞。有他，謂任用讒佞。孟子卷一一告子上：「所以考其善不善者，豈有他哉？」春秋繁露卷九身之養重於義第三一：「聖人天地動四時化者，非有他也。」上博簡（三）周易：「有孚海缶，冬（終）逨有他。」（五）苦成家父：「吾毋有他，正公事，唯死。」信陽楚墓墨子殘簡：「附如翥，相保如芥，毋（無）偒（它）。」有他、無他，皆古恆語。

余既不難夫離別兮，

近曰離，遠曰別。

【疏證】

近曰離，遠曰別。◎案：國語卷一七楚語上：「伍舉曰：『德義不行，則邇者騷離，而遠者距違。』」此「近曰離」之證。兵家言離間，不言別間。説文八部有「仌」字，曰：「仌，分也。从重八。孝經説曰『故上下有別』。」仌，古別字。「从重八」者，分之又分，遠別之象。別等級、別親疏、別內外、別賢愚，皆不用離。離輕別重，故近曰離，遠曰別；生曰離，死曰別。散則不別。離別，別也，章句「非難與君離別」云云，未涉「離」字，與君死別也。下文屢言死志，本此「離別」來。

傷靈脩之數化。

化，變也。言我竭忠見過，非難與君離別也，傷念君信用讒言，志數變易，無常操也。

【疏證】

化，變也。◎案：變、化散則同，對文亦别。下「固時俗之流從兮，又孰能無變化」。天問「伯禹愎鯀，夫何吕變化」。變化，平列同義。下「蘭芷變而不芳兮，荃蕙化而爲茅」。變、化相對爲文，則未可溷。異物感生謂之化。周禮卷一八春官第三大宗伯「以禮樂合天地之化」，鄭注：「能生非類曰化。」莊子謂鯤「化」而爲鵬、莊生夢而「化」爲蝶及雀入水而「化」爲蛤。又，荀子卷一六正名篇第二二：「狀變而實無别，而爲異者謂之化。」楊倞注：「化者，改舊形之名。」猶下「荃蕙化而爲茅」，言改其荃蕙之形。變，形有所改也，猶存故態。化深變淺。易繫辭上：「知變化之道者。」李鼎祚集解引虞翻：「在陽稱變，在陰稱化。」陽變，但有所滋生。陰化，彼此相感化。又：「變化者進退之象也。」李鼎祚集解引荀爽：「春夏爲變，秋冬爲化。」春夏之時，萬物滋生，猶存故態，是謂之變；秋冬之時，或實或萎，形質皆變，是謂之化。化生、造化、政化、教化、坐化、物化，皆不言變；而變易、變輪、變故，皆不言化。則章句「數變」云云，未足以當靈脩之「數化」。

言我竭忠見過，非難與君離别也，傷念君信用讒言，志數變易，無常操也。◎文淵四庫章句本無「離」字，文津本作「别離」。正德本、隆慶本、俞本、馮本、莊本、劉本、湖北本「離别」亦作「别離」。案：靈修其人，不復「成言」之初，本質已改，無可振救。若言「數變」，本質如故，不至於「不離」。

察」、「齎怒」而「有他」。屈子於君王絶望之至，則不勝其傷。章句「常操」云云，操，謂節操、志操也。漢書卷五九張湯傳「有賢操」，顔師古注：「操，謂所執持之志行也。操音千到反。」孟子卷六滕文公下「充仲子之操」，趙注「充滿其操行」云云，操亦謂志行也。揚雄法言卷五問神：「人心其神矣乎？操則存，舍則亡。能常操而存者，其惟聖人乎！」

余既滋蘭之九畹兮，

滋，蒔也。十二畝曰畹。或曰：田之長爲畹也。

【疏證】

滋，蒔也。◎案：滋，蒔之借字，章句以本字釋借字。説文艸部：「蒔，更別種。从艸、時聲。」段注：「今江蘇人移秧插田中曰蒔秧。」滋蘭，即蒔蘭。蒔之從時聲，時爲更替、更別。莊子卷六徐無鬼篇第二四：「堇也，桔梗也，雞廱也，豕零也，是時爲帝者也。」淮南子卷一七説林訓：「譬若旱歲之土龍，疾疫之芻狗，是時爲帝者也。」卷一一齊俗訓：「見雨則裘不用，升堂則蓑不御，此代爲帝者也。」三例句法結構相同，以類證之，時，代也。故蒔字解「更別種」。

十二畝曰畹。或曰：田之長爲畹也。◎文選本、正德本、隆慶本、湖北本、朱本、劉本、馮本、俞本、莊本、四庫章句本「曰」作「爲」。文選本無「或曰田之長爲畹也」八字。莊氏謂「凡或説恐後人所贅」。案：似朱可一概而論，須實事求是也。類聚卷八一藥香草部上「蘭」條引王逸注：「畹，畦也。」其所據本別。慧琳音義卷九八「蘭畹」條：「楚辭云：『滋蘭之九畹。』王注云：『十二畒爲畹。』」畒，俗畝字。集百家注分類東坡先生詩卷一和子由記園中草木十一首「藝蘭那計畹」王十朋注、山谷内集詩注卷一四次韻答黄與迪「蘭芳深九畹」任注並引王逸注：「十二畝爲畹。」則其所據本作「爲」字，皆無「或曰」八字。後所增益。文選卷六魏都賦「下畹高堂」，劉淵林注：「班固曰：『畹，三十畝也。』離騷曰『既滋蘭之九畹』。」即班氏離騷章句遺義。説文田部：「二十畝曰畹。」小徐本作「三十畝曰畹」。蓋因班説改。畹，通作頃。公羊傳宣公十五年：「什一者，天下之中正也。」何休注：「凡爲田一頃十二畝半，八家而九頃，共爲一井，故曰井田。」許云「二十畝」，即「十二畝」之乙。三十畝，即「二十畝」之訛。畹，於遠反，元部，匣紐三等合口呼。頃，去潁反，耕部，見紐四等合口呼。畹、頃，聲别深淺，並喉音。頁部：「潁，从水，頃聲。」潁音庚頃反，匣紐三等。潁、頃爲見匣旁紐雙聲。耕、元旁轉，古字或通。尚書呂刑「苗民弗用靈」，墨子卷三尚同篇中第一二引書靈作練。靈，耕部；練，元部。詩東門之墠「有踐家室」，韓詩踐作静。踐，元部；静，耕部。齊風還「子之還兮」，齊詩還作營。還，元部；營，耕部。大雅大明篇「俔天之妹」，韓詩俔作磬。磬，耕部；俔，元部。周禮卷四一冬官考工記第六梓人「數目顅脰」，鄭注：「故書顅或作爲牼。」鄭司農云：「牼，讀爲鬜。」牼，耕部；顅、鬜，元部。禮記卷三曲禮上：「急繕其怒。」鄭注：「繕，讀爲勁。」繕，元部；勁，耕部。左傳僖公元年「公敗邾師于偃」，公羊傳偃作纓。纓，耕部；偃，元部。戰國策卷三秦策一「菹政有頃」，高注：「有頃，言未久。」或作「有間」。頃，耕部；間，元部。畹、頃例得通用。一畹，即一頃，田十二畝半，故章句以「十二畝」解之。張家山漢墓竹簡田律：「田廣一步，袤二百四十步爲畛，畮二畛，一陌道；百畮爲頃，十頃一阡道，道廣二丈。」則別於此。宋本玉篇田部：「三十步曰畹。」山東銀雀山漢簡孫子兵法吳王問篇：「孫子曰：『范、中行氏制田，以八十步爲婉，以百六十步爲⿰田勿，而伍稅之。智氏制田，以九十步爲婉，以百八十步爲⿰田勿。韓、魏制田，以百步爲婉，以二百步爲⿰田勿。趙氏制田，以百二十步爲婉，以二百四十步爲⿰田勿。』」⿰田勿，古畛字。不論范、中行、智、韓、魏、趙，畹皆爲畝之半，蓋別一字。步畹之畹與頃畹之畹，名同義別。六卿步畹之畹，畎字之借。畎，古作く，音姑泫切，元部，見紐。畹、畎同元部，見、匣旁紐雙聲。く部：「く，水小流也。周禮：匠人爲溝洫，枱廣五寸，二枱爲耦；一耦之伐，廣尺深尺謂之く。倍く謂之遂，倍遂曰溝，倍溝曰洫，倍洫曰巜。甽，古文く。从田、川。田之川也。」又曰：「畎，篆文く，从田，犬聲。六畎爲一畮。」段注：「漢食貨志曰：『趙過能爲代田，一畮三甽，古法也。后稷始甽田，以二耜爲耦，廣尺深尺曰甽，長終畮，畮三甽，一夫三百甽，而播種於甽中。』按：長終畮者，長百步也。六尺爲步，步百爲畮，亦長六百尺，故一夫百畮。其體正方，許云『六畎爲一畮』者，謂其地容六畎耳。與一畮三甽之制，非有二也。」段氏精周禮，格物得其義。百畮，田之方而正，廣、縱皆百步。一畝廣六步，長百步。甽，田之方而長，章句「或曰田之長爲畹也」云云，則爲甽也。甽，參畮之一，步三十又三之奇，即玉篇「三十步」，取其整數也。秦制尚六，謂「六甽一畝」，非姬周田制。合廣、縱則一畮三等分，凡爲三甽，漢書卷二九溝洫志謂「一畮三甽」是也。散則不別，古以「畎畮」連文，平列同義。莊子卷八讓王篇第二八「居於畎畮之中」，韓非子卷一七説疑篇第四四「親操耒耨，以修畎畝」，荀子卷一八成相篇第二五「舉舜甽畝」，文選卷一西都賦「農服先疇之畎畝」，呂氏春秋卷一九離俗覽第一離俗篇「居於畎畝之中而游入於堯之門」。晉六卿之田制，一畝二甽，非説文所稱者。九畹、百畮，對舉爲文，畹，猶畎畮也。蒔蘭、樹蕙於畎畮之中。九、百，極言多，非實數。

又樹蕙之百畝。

樹，種也。二百四十步爲畝。言己雖見放流，猶種蒔衆香，修行仁義，勤身自勉，朝暮不倦也。

【疏證】

樹，種也。◎案：散則樹、種不別。説文木部：「樹，木生植之總名也。从木、尌聲。」禾部：「穜，埶也。从禾，童聲。」穜、種同。對文植木曰樹，藝五穀曰種。壴部：「尌，立也。从壴、从寸，

持之也。讀若駐。」持，猶扶，扶之使立是爲壴。人部：「侸，立也。从人，豆聲。讀若樹。」又，豆部：「豆，古食肉器也。从口，象形。」段君謂豆之篆文從||，「象骹也。祭統曰『夫人薦豆執校』，校者，骹之假借字。注云『豆中央直者』是也。豆柄一而已，兩之者，望之則兩也，畫繪之法也。豆柄直立，故豎、侸、尌字皆從豆」。樹、侸、尌，並根於豆。又，首謂之頭，項謂之脰，皆同族之語。倒者死，立者生，草木之立曰樹。招隱士「青莎雜樹」，九歎愍命「樹枳棘」、思古「樹於中庭」、初放「列樹苦桃」。引申之樹爲木名，種爲五穀名。周、秦無此說。

二百四十步爲畝。◎文選唐寫本「四十」作「卌」。俞本「二」作「三」。案：訛也。說文田部：「六尺爲步，步百爲晦。秦田二百四十步爲晦。」晦，古畝字。章句因秦制，秦制因趙制。銀雀山漢簡孫子兵法吳王問篇言晉六卿田制各别。范、中行氏百六十步爲晦，智氏百八十步爲晦，韓、魏二氏百步爲晦，趙氏二百四十步爲晦。六卿分晉在晉昭公十二年，孝公任衛鞅行新法，在孝公十二年後，去六卿分晉有百五十餘載，趙氏「二百四十步爲晦」之制先於秦。許氏謂「秦田」，未見吳王問故。鞅，衛人。衛亡屬趙，鞅諳趙氏田制；相秦則推行之，亦以「二百四十步爲晦」。四川青川秦墓竹簡爲田律：「田廣一步，袤八則爲畛。畝二畛，一百（陌）道。百畝爲頃，一千（阡）道，道廣三步。」胡平生據安徽阜陽漢簡，謂「三十步曰則」。八則，即二百四十步。（見青川秦墓木牘爲田律所反映的田畝制度，載文史第十九輯）許云「步百爲晦」，又少范、中行百六十步，周之舊制。戰國諸侯力政，晦制增益，終至「二百四十步」。公、私益田以傾民力。私家增益田晦，猶陳成子「其於民也，上之請爵禄行諸大臣，下之私大斗斛區釜以出貸，小斗斛區釜以收之」（見韓非子卷一三外儲説右上第三四），以從民欲、收民心也。張家山漢墓竹簡算數書啓廣：「田從卅步爲啓廣，幾何而爲田一畝？曰：『啓八步。』術曰：『以卅步爲法，以二百四十步爲實。啓從亦如此。』」又，少廣大廣里田亦皆以二百四十步爲畝。漢亦因趙、秦田制。

言己雖見放流，猶種蒔衆香，修行仁義，勤身自勉，朝暮不倦也。◎文選本「修」作「脩」，「倦」下無「也」字。正德本、隆慶本、劉本、湖北本、朱本、馮本、俞本、莊本、四庫章句本「修」作「循」，「自勉」作「勉力」。案：循，脩之訛。脩、修通用。勤身、勉力，相對爲文，則舊作「勉力」。章句「種蒔衆香，循行仁義，勤身勉力朝暮不倦」云云，以衆芳喻仁德。失之。趙南星離騷經訂注：「言己平日培植羣賢，序所謂『率其賢良，以厲國士』者也。」李陳玉楚辭箋注：「樹衆芳者，樹衆賢之譬也。」錢澄之屈詁：「從上所稱蘭茝，言己之懷芳以爲德也；此則廣集衆芳，以人事君之義也。屈原序其譜屬，率其賢良，以勵國士，固有進賢之職。」蔣驥山帶閣注楚辭：「以香草喻己所薦拔之士。」皆得之旨。屈子罷職左徒，左遷三閭大夫，「掌公卿及卿大夫子弟之官」，「專主教誨」，猶離騷序所謂「序其譜屬，率其賢良，以厲國士」（詳宋程公説春秋分記第四十二「公族大夫」條）。蘭、蕙，喻屈子所植子弟，非自喻修潔。則二句通體爲比喻。又，淮南子卷一〇繆稱訓「男子樹蘭，美而不芳」。高注：「蘭，芳草。女藝之，美而芳也；男子樹之蓋不芳。」（今本「女藝之美而芳也」訛爲「艾之美芳也」，據御覽卷九八三香部三「蘭香」條引注改。）陸佃埤雅云：「説者以爲蘭，女類也，故男子樹之不芳。夫草木之性，蘭宜女子樹之而靈。」則「余滋蘭」之余，猶女也。臣以喻女，君以喻夫，離騷通喻。

畦留夷與揭車兮，

畦，共呼種之名。留夷，香草也。揭車，亦芳草，一名芞輿。五十畝爲畦也。

【疏證】

畦，共呼種之名。五十畝爲畦也。◎文選本無「畦共呼種之名」六字，「畦」下無「也」字。正德本、隆慶本、俞本、劉本、朱本、湖北本、馮本、四庫章句本、莊本「畦」下無「也」字。案：既云「五十畝爲畦」，則「畦共呼種之名」六字，爲後所增益。章句列二訓，一爲「共呼種」，一爲古畝制。畦，與下「雜杜衡」之「雜」相對，用作動詞。説文衣部：「雜，五采相會也。从衣，集聲。」指赤黃黑白紫五采相配稱爲「雜」，文心雕龍情采「五色雜而成黼黻」是也。引申爲相配、合共。漢書卷八五谷永傳「雜焉同會」，顏師古注：「雜，謂相參也。」皆非「混雜」。「雜杜衡與芳芷」，謂既於留夷、揭車間，又套種杜衡、芳芷。田部及蒼頡篇並云：「五十晦爲畦。」段注：「離騷『畦留夷與揭車兮』，王逸注：『五十畝爲畦。』蜀都賦劉注曰：『楚辭「倚沼畦瀛」，王逸曰：「瀛，澤中也。」班固以爲畦，田五十畝也。』此蓋班固釋『畦留夷』之語，今俗本文選佚之。按：孟子曰：『圭田五十畝。』然則畦从圭、田，會意兼形聲。又用爲畦畛，史記『千畦薑韭』，韋昭曰：『畦，猶壟也。』段氏以「五十畝爲畦」者，爲班氏離騷章句遺義，是也。王逸輯録之，以存舊説。而段氏以「五十畝」之「畦」，與「畛畦」爲一字。亦非也。沈祖緜云：「畦、圭一字。孟子滕文公篇云：『卿以下必有圭田，圭田五十畝。』趙岐注：『圭，潔也。』圭田即畦田，以植薑韭（見史記貨殖傳）菜茹者。（見漢書食貨志）同篇：『病於夏畦。』趙注：『病，極也。言其意苦勞極，甚於仲夏之月治畦灌溉之勤也。』得其義。」沈氏以「圭、畦一字」，畦田，即孟子「圭田五十畝」者，是也。又，「治畦灌溉」云云，亦誤以「畦」爲「菜畦」、「田壟」。清李鄦齋炳燭篇卷一「圭田」條云：「説文：『畦，田五十畝也。』圭，即畦之省。」以「圭田」即「畦田」。孟子卷五滕文公上：「卿以下必有圭田，圭田五十畝，餘夫二十五畝。」趙注：「古者卿以下至於士皆受圭田五十畝，所以供祭祀也。圭，潔也。上田故謂之圭田。所謂惟士無田，則亦不祭，言絀士無潔田也。井田之民養公田者受百畝，圭田半之，故五十畝。餘夫者，一家一人受田，其餘老小尚有餘力者，受二十五畝，半於圭田，謂之餘夫也。」又曰：「方里而井，井九百畝，其中爲公田。八家皆私百畝，同養公田；公事畢，然後敢治私事，所以別野人也。」趙注：「方一里者，九百畝之地也，地爲一井八家，各私得百畝，同共養其公田之苗稼。公田八十畝，其餘二十畝，以爲廬井宅園圃，家一畝半也。先公後私，『遂及我私』之義也。則是野人之事，所以別於士伍者也。」是乃孟子理想中田制，非實有其事。畦田，乃獨立於公田以外之私田，爲公室卿大夫及士私家所劈墾者，蓋起於春秋，而盛行於戰國。畦田不爲公室所制，公室不得征稅。禮記卷一二王制：「夫圭田無征。」鄭注：「夫，猶治也。征，稅也。孟子曰：『卿以下必有圭田。』治圭田者不稅，所以厚賢也。」孔疏：「圭，絜白也。言卿大夫德行絜白乃與之田，此殷禮也。殷政寬緩，厚重賢人，故不稅之。周則兼通。士稅之，故注云『周官之士，田以任近郊之地，稅什一』。」田之不征，非「厚重賢人」，公室不得已而爲之。明孫蘭云：「九章方田有『圭田求廣從法』、有『直田截圭田法』、有『圭田截小截大法』，凡零星不成井之田，一以圭法量之。圭者，合兩句股之形。井田之外有圭田，明係零星不整者也。」春秋末世，公室卑微，權移卿大夫，而卿大夫徵民力以開劈私田，獲取財富厚公室，以至危公室。「畦田」之制，乃春秋社會制度之變革，公室權力已爲卿士替代矣。若魯之季氏即以積蓄財富，終以傾覆魯公室，所謂季孫、孟孫、叔孫三家行魯政者矣。其時「民患上力役，解於公田」，「民不肯盡力於公田」，而競耕於卿士私田，致「公田稼不善」。公室則盡力抑卿士，强征圭田，是以魯有「初稅畝」，秦簡公七年有「初租禾」，皆出一時之權宜。其初定田制，以一畦爲「五十畝」，禁卿士不得踰侈擴殖；必不得已，則「餘夫二十五畝」矣。卿士則據「夫圭田不征」之法以拒公室。「五十畝」之圭田，絕非「厚賢」也。「圭田」

之「圭」，取之於「趌」。説文走部：「趌，半步也。从走、圭聲。」包山楚簡字作「⿺辶圭」，或作「跬」。小爾雅度：「跬，一舉足也。」詩小旻「是用不得於道」，鄭箋「是於道路無進於跬步」，釋文：「舉足曰跬。」引申之爲踰越、越度。越侈於井田而不成井者稱之「圭田」，故益从「田」旁而字作「畦」。而「畛畦」之「畦」，取法「圭」形。雖然同一字，而其義有别，未可溷淆。又，招魂「倚沼畦瀛」，倚，通作倚，越度也。倚、畦相對，畦，通作趌，亦越過之意。招魂是謂越度沼池，非「田五十畝」之稱，段氏引以爲例，大誤。南楚田制嘗行「畦田」，楚亦遭田制變革。清華簡（七）越公其事第五章：「王好蓐（農）工（功），王親自耕，又（有）厶（私）嗇（畦）。」整理者云：「私畦，親耕之私田。古書又稱籍田。」以「私畦」即「私田」者是也，然又以爲天子所耕「籍田」，非也。籍田者，公田也，非私田。越王勾踐兵敗之後，淪爲比賤民益賤之民，一無所有，苟延於殘山剩水之間。越國公田、城邑既已爲吳國所有，勾踐開墾土地，親耕「私畦」，其不在公田範圍之内明矣。勾踐躬行表率，勤於耕殖，「故王左右大臣乃莫不耕，人又（有）厶（私）嗇（畦）。舉越庶民，乃夫婦皆耕，至於邊縣大小遠近，亦夫婦皆「耕」，越邦乃大多飤（食）」。其「人又（有）厶（私）嗇（畦）」云云，蓋越國公田雖爲吳國所有，而越國家家户户皆有「私畦」，其已行於勾踐之世矣。嗣後，越爲楚所亡，楚因越制行「私畦」，則無可疑慮，惟名稱有異。包山楚簡載田土繼承權訟獄案，如第一五一簡至一五四簡曰：「左馭番戌飤田於邔域歡邑城田一素畔蓄。戌死，其子番步後之；步死，無子，其弟番點後之；

黜死，無子，左尹命其從父之弟番款後之。款飤田疠於責，骨得之。左馭遊，昬骨貯之有五段，王士之後王賞閑之，言謂番戌無後。左司馬旨命左令𣪠定之，言謂戌有後。□□(啻蘆)之田，南與郘君佢疆，東與蔆君佢疆，北與鄝昜佢疆，西與鄱君佢疆。」「飤田」即「食田」，蓋番氏所有土田，其名本爲公室所賜。國語卷一〇晉語「公食貢，大夫食邑，士食田」，韋昭注：「受公田也。」戰國策卷一四楚策：「葉公子高食田六百畛，故彼崇其爵，豐其禄，以憂社稷者，葉公子高是也。」鮑彪注：「畛，井上有陌。」吳師道注：「周禮：『十夫有溝，溝下有畛。』朱子曰：『溝間千畝，畛爲阡。』」楚賜葉公子高「食田」至「六百畛」，則六千畝矣。惟公田無承襲，臣去職或者死後，皆還歸公室。惟包山楚簡番氏「飤田」可承襲，則與國語、戰國策所載「食田」，名同實異。父死子襲，兄死弟襲，弟無子由從父弟襲。若從父子弟亦無後，則爲無主，則無所歸矣。後之有無，爲判定「飤田」所屬關鍵。而「左司馬旨命左令𣪠定之，言謂戌有後」。屬番家私田，已成定讞矣。簡又云「王所舍新大廄以啻蘆之田，南與郘君佢疆，東與蔆君佢疆，北與鄝昜佢疆，西與鄱君佢疆」。番家之「啻蘆之田」，已爲王氏侵吞改造成「大廄」，東南西北四邊各與郘、蔆、鄝、鄱四家爲界，爰狀告左尹。番之「啻蘆之田」，雖稱「飤田」，實爲私田，爲楚法律所保護，不可任意侵佔矣。九店楚簡云：「𤰞秷又五來，敔稱之三簷(擔)。𤰞二秷，敔稱之四簷(擔)。𤰞二秷又五來，敔稱之五簷(擔)。𤰞三稯，敔稱之六簷(擔)。」李家浩以「𤰞」爲「畦」，甚是。李氏又以離騷訓「共呼種」、「五十畝」，「皆與簡文『畺』不合。從一號簡以『擔』、『秷』、『秩』、『來』等爲『畺』的量詞來看，『畺』似是指某種農作物」。其説非也。畺，即「五十畝」之「畦田」。「秷」、「秵」、「秩」、「來」、「擔」，皆稼穡之量詞。敔，非樂器名，通作御，謂相值、相當。畦田收一秷又五來，相當於秵三簷（擔）。畦田收二秷，敔（相當）於秵四簷（擔）。畦田收二秷又五來，敔（相當）於秵五簷（擔）。簡文其下計量，皆可依次類推。包山楚簡第一五七號簡有「職畺」，指職主畦田之吏。又有「畺貸」，似指畦田借貸。則楚行畦田，不啻有司職之吏，且可計量征税或者借貨買賣。又，畦，本無「共呼種」之意。王逸以離騷「畦留夷」與下「雜杜衡」爲對舉，畦、雜皆用作動詞。畦，種植留夷揭車於私畦，而據「雜」爲「共種」而互言之，是以云「共呼種」。離此語境，則無是義。蓋「畦留夷」四句，謂在私畦共種留夷、揭車、杜衡、芳芷，喻其於私家塾室所培育子弟。上文滋蘭九畹、樹蕙百畝，九畹、百畝，喻楚公室學宮。屈原任三閭之職，顓以培植王室弟子，稱之曰三閭大夫，故滋蘭樹蕙於畹畝；又於私家設壇開塾，故於私畦中共植留夷、揭車、杜衡、芳芷。無論於公抑或於私，皆以培植國家所需人材爲己任，唯薦賢進能爲務，而不爲己身圖謀。蓋於春秋戰國田畝制度中探求，方得其驪珠矣。

留夷，香草也。◎文選六臣本「留夷」作「藰荑」。案：訓詁字也。文選卷八上林賦「雜以留夷」，李善注引王逸曰：「留夷，香草。」卷二六顏延年和謝監靈運「攀林結留荑」，李善注：「楚辭曰『畦留荑與揭車』，王逸曰：『留荑，香草也。』」其所據本「留夷」、「留荑」雜出。古今分別文。古本質樸，則舊作「留夷」。補注：「相如賦云『雜以留夷』，張揖曰：『留夷，新夷。』顏師古曰：『留夷，香草，非新夷。新夷乃樹耳。』一云留夷，藥名。」未之能斷。廣雅：「攣夷，芍葯也。」王念孫云：「攣夷，即留夷。留、攣聲之轉也。張注上林賦云：『留夷，新夷也。』新與辛同。王逸注楚詞九歌云：『辛夷，香草也。』郭璞注西山經云：『芍葯，一名辛夷。亦香草屬。』然則鄭風之芍葯，離騷之留夷，九歌之辛夷一物耳。」朱季海楚辭解故承其説，云：「留、攣聲轉者，爾雅釋器『衣裗謂之裞』，郭注：『齊人謂之攣。』陸德明音義：『裗，本又作流。』留與流、裗雙聲，古韻同幽部，是留謂之攣，猶裗、流謂之攣矣。大氐楚曰留夷者，齊語正謂之攣夷耳。」今考上博簡（八）鶹鷅，「鶹」字作「孌」，可爲懷祖先生留、攣相通佐助一證。然則留夷，非辛夷。誠顏注漢書所辯，辛夷乃樹，非香草。朱君因之謂攣爲齊語，是曲解郭注。釋器：「衣裗謂之裞。」郭注齊人語裞爲攣，非謂齊人語裗爲攣。裞，月部，日紐；攣，元部，來紐。裞、攣爲元、月平入對轉，日、來旁紐雙聲。庚案：留夷，舊作芍葯，字之訛。或作勺樂。樂字之聲：或喻紐四等，或來紐。流、樂爲幽、宵旁紐，同來紐雙聲。孟子卷一四盡心篇下「般樂飲酒」，文選卷二西京賦「盤樂極」，李善注引孟子作「盤游飲酒」。游，流也。漢書卷三一項籍傳「必居上游」，文穎：「游，或作流。」顏師古注：「游即流也。」流、樂古字通用。夷，當作叔，古多相亂。勺、叔音近。勺樂乙作流叔，誤作流夷。又，樂、攣形似，訛作攣夷。焦循云：「古之勺藥，即醫家之藥草勺藥也，今人畦種之。離騷所謂『畦留夷』

者矣。其根莖及葉無香氣，而花則香，故毛詩傳謂之『香草』，猶蘭爲香草，亦是花香莖葉不香也。至司馬相如子虛賦『勺葯之和』，揚雄蜀都賦『甘甛之和，勺藥之羹』，皆是調和之名，陸氏引以證勺藥之草，誤也。」本草云：「芍葯，白芍，餘容，白者名金芍葯，赤者名木芍葯。」李時珍本草綱目卷一四「芍葯」條：「芍葯，猶婥約也。婥約，美好貌。此草花容婥約，故以爲名。鄭風詩云：『伊其相謔，贈之以芍葯。』韓詩外傳云：『勺葯，離草也。』董子云：『勺葯一名可離，故將別贈之。』俗呼其花之千葉者爲小牡丹，赤者爲木芍葯，與牡丹同名也。」又曰：「宏景曰：『出白山、蔣山、茅山最好，白而長尺許，餘處亦有，而多赤。』昔人言洛陽牡丹、揚州芍葯甲天下。今藥中所用，亦多取揚州者。」

揭車，亦芳草，一名芞輿。◎文選六臣本、胡本「揭」作「藒」。唐寫本「輿」作「與」。正德本、隆慶本、俞本、莊本、湖北本「芞」作「䒗」，劉本、朱本、四庫章句本作「⿱竹气」。說文繫傳第二艸部「藒」字引王逸注：「藒車，䒗輿，芳艸也。」案：揭車、⿱艹揭車、藒車皆同。芞、䒗亦同。⿱竹气，非也。章句因爾雅釋草。臧氏經義雜記卷一三曰：「車，即『輿』之駁文。藒車，即䒗輿，聲之轉也。」揭，月韻；䒗，物韻。周、秦曰揭車，兩漢曰䒗輿，古今別語。芞，俗䒗字。揭車之名，蓋義得於權輿。太玄經卷一〇玄圖篇：「百卉權輿。」范望注：「權輿，始也。」爾雅釋詁：「權輿，始也。」郭璞注：「詩曰『胡不承權輿』，權輿，亦物之始也。此所以釋古今之異言，通方俗之殊語。」名事相因爲表識之義，訓詁字作「楬櫫」。周禮卷三六秋官第五職金「辨其物之㜸惡，與其數量，楬而璽之」。鄭注：「既揭書，揃其數量，又以印封之，今時之書，有所表識，謂之楬櫫。」或作傑著。墨子卷一五號令篇第七〇：「吏卒民各自大書於傑著之。」或作楬著。漢書九〇酷吏傳尹賞：「楬著其姓名。」其艸之香特識於衆，名之曰揭車。李時珍本草綱目卷一四「藒車香」條：「藏器曰：『廣志：藒車香生徐州，高數尺，黄葉白花。』齊民要術云：『凡諸樹木蟲蛀者，煮此香冷淋之，即辟也。』昔人常栽蒔之，與今蘭香、零陵相類也。」

雜杜衡與芳芷。

杜衡、芳芷，皆香草也。言己積累衆善以自潔飾，復植留夷、杜衡，雜以芳芷，芬香益暢，德行彌盛也。

【疏證】

杜衡、芳芷，皆香草也。◎文選本、正德本、隆慶本、劉本、朱本、馮本、俞本、莊本、湖北本、四庫章句本「香草」下有「名」字。六臣本「衡」作「蘅」。朱本、湖北本「杜衡」上有「留夷」二字。案：衡、蘅古今字。有「留夷」者，羡也。補注：「爾雅：『杜，土鹵。』注云：『杜衡也，似葵而香。』山海經云：『天帝山有草，狀似葵，其臭如蘼蕪，名曰杜衡。』本草〔唐本注〕云：『葉似葵，形如馬蹄，故俗云馬蹄香。』」或説以土鹵同杜若。湘夫人「繚之兮杜衡」，又云「搴汀洲兮杜若。」杜衡、杜若，非一草。本草謂杜若一名杜衡，因爾雅釋草「杜土鹵」。爾雅之鹵，非若字，古衡字。郝氏義疏：「衡，古文作奧，與鹵字形近，疑『土奧』缺脱其下，因誤爲土鹵耳。」書舜典「玉衡」，古文尚書字作「玉奧」，爾雅土鹵，即土奧之訛。上博簡（七）凡物流型「衡」字作「奐」，亦古文。玉篇因爾雅之誤又作杜蘅。史記卷一一七司馬相如列傳「衡蘭芷若」，索隱引博物志：「一名土杏。其根一似細辛，葉似葵。」廣雅釋草：「楚蘅，杜衡也。」王引之云：「杜衡與土杏古同聲，杜衡之杜爲土，猶毛詩『自土沮漆』，齊詩作杜也。衡從行聲，而通作杏，猶詩荇菜字從行聲，而爾雅、説文作莕也。」楚、杜，聲之轉，南土又稱南楚。李時珍本草綱目卷一三「杜衡」條引蘇頌：「今江、淮間皆有之。春初於宿根上生苗，葉似馬蹄形狀，高二、三寸，莖如麥藁粗細，每窠上有五七葉，或八九葉，別無枝蔓。又於莖葉間罅内蘆頭上貼地生紫花，其花似見不見，暗結實如豆大，窠内有碎子，似天仙子。苗葉俱青，經霜即枯，其根成空，有似飯帚密鬧，細長四五寸，粗於細辛，微黄白色，味辛，江、淮俗呼爲馬蹄香。謹按：山海經云：『天帝之山有草焉，其狀如葵，其臭如蘼蕪，名曰杜衡，可以走馬，食之已癭。』郭璞注云：『帶之可以走馬。』或曰馬得之而健走也。」馬王堆漢墓竹簡遣策有「土（杜）衡、蕡三笥」。芷，詳參上文「扈江離與辟芷」注。

言己積累衆善以自潔飾，復植留夷、杜衡，雜以芳芷，芬香益暢，德行彌盛也。◎文選六臣本

「留夷」作「蕾荑」，秀州本「杜」作「社」。六臣本「衡」作「蘅」。正德本、隆慶本、朱本、劉本、俞本、莊本、湖北本「芬」作「芳」。案：留夷、蕾荑同。社，訛也。作「蘅」，亦訓詁字。此通體爲諭詞，植留夷、杜衡，芳芷等衆草於私田，以比己爲楚國所培植之私淑弟子也。章句「言己積累衆善以自潔飾」云云，當非。雜，王逸未注，非雜亂之義，猶皆也，合也，俱也，同也。相反爲義。睡虎地秦墓竹簡秦律十八種廄苑律：「其乘服公馬牛亡馬者而死縣，縣診而雜買（賣）其肉。」雜賣，俱賣也。倉：「入禾倉，萬石一積而比黎之爲户。縣嗇夫若丞及倉、鄉相雜以印之。」又曰：「長吏相雜以入禾倉及發，見屡之積粟，義（宜）積之，勿令敗。」效：「縣嗇夫若丞及倉、鄉相雜以封印之。」又曰：「至計而上廥籍内史。入禾、發漏倉，必令度吏相雜以見之。」效律：「是縣之入，縣嗇夫若丞及倉、鄉相雜以封印之。」相雜，相共也。又曰：「嗇夫免，效者發，見雜封者，以隄（題）效之，而復雜封之，勿度縣，唯倉自封印者是度縣。」又曰：「出之未索（索）而已備者，言縣廷，廷令長吏雜封其廥，與出之，輒上數廷。」雜封，皆封也。又曰：「雜出禾者勿更。」效：「其有所疑，謁縣嗇夫，縣嗇夫令人復度及與雜出之。」雜出，共出也。又曰：「令其故吏與新吏雜先索（索）出之。」雜先，謂共先也。金布：「錢善不善，雜實之。」言共實之也。法律答問：「律所謂者，以絲雜織履，履有文，乃爲『錦履』。」以絲雜織履，謂以絲合織履也。馬王堆漢墓帛書五行：「君子雜泰（大）成，通進之爲君子，不能進，客（各）止其里。」雜大成，謂集大成也。

冀枝葉之峻茂兮，

冀，幸也。峻，長也。

【疏證】

冀，幸也。◎案：九章哀郢「冀一壹之何時」，抽思「悲夷猶而冀進兮」，悲回風「吾怨往昔之所冀兮」，章句皆爲「冀幸」義。說文冀望字作覬、饮，見部：「覬，饮幸也。」欠部：「饮，幸也。」段注曰：「古多作幾，漢人或作⿰馬豈，亦作冀，於从豈取意。『豈』下曰：『欲也。』」周、秦幸望字作冀；覬，兩漢以後分別文。又，許氏謂冀「異聲」。異，職部；覬、幾、⿰馬豈，微部。冀字用韻，但見九辯一例，曰：「心摇悅而日幸兮，然怊悵而無冀；中憯惻之悽愴兮，長太息而增欷。」冀、欷協韻。欷，微部。慧琳音義卷二二「冀望」條引珠叢：「冀，謂心有所希求。」希，微部。爾雅釋地李巡注：「兩河閒其氣清，厥性相近，故曰冀。」近，文部，微之陽。史記卷六八商君列傳「作爲築冀闕」，索隱：「冀闕，即魏闕也。」魏，微部。冀，物部，非職部。許以冀字「異聲」，非也。

峻，長也。◎案：說文無「峻」字，𨸏部：「陖，陗高也。从𨸏、夋聲。」段注：「謂斗(陡)直而高也。」山部：「⿰阝⿱山夋，高也。从山、陖聲。」音義並同。峻，陖之別文。西周時器克鼎有「⿱畯山」字，从山、畯聲，古峻字。峻之言允也。清華簡(六)子産借作「⿰田允」，以其同允聲也。儿部：「允，信也。」信，引也。引申爲長、高。山高爲峻、陖、⿱畯山，人有絕異之才曰俊，草之盛茂曰葰，音義皆通。

願竢時乎吾將刈。

刈，穫也，草曰刈，穀曰穫。言己種植衆芳，幸其枝葉茂長，實核成熟，願待天時，吾將穫取收藏而饗其功也。以言君亦宜蓄養衆賢，以時進用，而待仰其治也。

【疏證】

刈，穫也。草曰刈，穀曰穫。◎文選本無「草曰刈穀曰穫」六字，建州本「穫」作「獲」。案：無「草曰」六字，删之也。慧琳音義卷三八「刈穫」條、卷四六「秋穫」條、卷四七「刈者」條同引王逸注楚辭：「草曰刈，穀曰穫。」唐本猶有「草曰刈穀曰穫」六字。獲，訛也。刈、穫，對文別義。國語卷一九吳語：「而又刈亡之。」韋昭注：「芟草曰刈。」詩葛覃：「是刈是濩，爲絺爲綌。」孔疏引爾雅郭舍人注：「是刈，刈取之。」漢廣：「言刈其楚」，鄭箋：「楚雜薪之中尤翹翹者，我欲刈取之。」左傳宣公三年：「穆公有疾，曰：『蘭死，吾其死乎，吾所以生也。』刈蘭而卒。」管子卷二三地數篇第七七：「請刈其莞而樹之。」呂氏春秋卷五仲夏紀第一仲夏篇：「令民無刈藍以染。」刈，皆刈草。引申爲殘害。卷一五慎大覽第五順説篇：「甲之事、兵之事也，刈人之頸，刳人之腹。」卷二一開春論第四審爲篇：「刈頸斷頭以徇利。」晏子春秋卷七景公有疾梁丘據裔款請誅祝史晏子諫第七：「斬刈民力，輸掠其聚。」則不可易之以穫。散則穫穀亦用刈，商君書第一五徠民篇：「秋取其刈，冬陳其寶。」類聚卷二一人部五「讓」條引東觀漢記：「人有盜刈恭禾者，恭見之，念其愧，因伏草中，至去乃起。」

言己種植衆芳，幸其枝葉茂長，實核成熟，願待天時，吾將穫取收藏而饗其功也。以言君亦宜蓄養衆賢，以時進用，而待仰其治也。◎文選本「茂」作「盛」，「饗」作「成」，「蓄」作「畜」。唐寫本仍作「饗」，「待仰其治」作「恃仰其化」。建州本「穫」作「獲」。正德本、隆慶本、湖北本、朱本、劉本、馮本、俞本、莊本、四庫章句本「蓄」作「畜」。案：對文草木曰蓄，人獸曰畜。易師卦象：「君子以容民畜衆。」離卦：「畜牝牛，吉。」遯九三：「畜臣妾，吉。」書盤庚中：「用奉畜汝衆。」又曰：「汝共作我畜民。」旅獒：「犬馬非其土性不畜。」孔傳三「畜」字皆訓「養」。詩邶風日月：「父兮母兮，畜我不卒。」鄭箋：「畜，養。」谷風：「不我能慉，反以我爲讎。」毛傳：「慉，養也。」慉、畜同。則舊作「蓄」。用「積畜」義，則蓄、畜不別。禮記卷一二王制第五：「國無九年之蓄曰不足，無六年之蓄曰急，無三年之蓄曰國非其國也。」左傳文公十四年：「爾不可使多蓄憾。」襄公九年：「量輕重，蓄水潦，積土塗。」昭公二十五年：「衆怒不可蓄也，蓄而弗治，將藴。」又，「治」作「化」，避唐諱。恃，「待」之訛。章句「待仰其治」云云，仰，謂望也。慧琳音義卷二六「唯仰」條：「韻集云：謂取資於人曰仰，亦望。」又，説文頁部：「願，大頭也。从頁、原聲。」段注：「本義如此，故从頁，今則本義廢矣。」然則「思願」者何字？皆未言之。清華簡（七）越公其事「思願」字皆作「忎」。如「孤用忎（願）見越公」，「孤之忎（願）也」，从心、元聲。蓋本字如此。又，心部「忨，貪也。从心、元聲。」段注：「貪者欲物也。」有思念、冀欲之義。忎、忨同也。則離騷古本，凡思願字本皆作「忎」也。

雖萎絶其亦何傷兮，

萎，病也。絶，落也。

【疏證】

萎，病也。◎補注：「萎，草木枯死也。」汪瑗楚辭集解：「或曰，萎當作委。委絶，謂人委棄而不知刈以爲用也。」于惺介文選集林：「萎絶，委棄不用也。」萎之訓病、棄，其義皆通。九章思美人「遂萎絶而離異」，章句：「終以放斥，而見疑也。」萎絶亦委棄。萎，從艸、委聲。説文女部：「委，隨也。从女、禾聲。」隨，猶隋也，或作墮。馬王堆帛書春秋事語吳人會諸侯章：「是隨（墮）黨而崇壽（讎）也。」物之垂下爲委，隕之於地曰委積、曰委棄。淮南子卷七精神訓「委萬物而不利」，高注：「委，棄也。」後漢書卷一下光武帝紀「又以畏愞捐城委守者」，李賢注：「委守，謂棄其所守也。」草之枯病字作萎。

絶，落也。◎案：左傳哀公十五年「絶世於良」，杜注：「絶世，猶言棄世。」九歌湘君「恩不甚兮輕絶」，輕絶，輕棄也。九章惜往日「卒没身而絶名兮」，言身没名棄也。萎絶，平列同義。文選卷一五張衡思玄賦「彼無合其何傷兮」，祖構於此。又，類聚卷八一草部上「草」條引蕭子暉冬草賦：「衆芳摧而萎絶，百卉颯以徂盡。」卷一六儲宮部「儲宮」條引梁王筠昭明太子哀策文「菁華萎絶，書幌空張。」卷四三樂部三「歌」條引齊陸厥李夫人及貴人歌：「彤殿向蘼蕪，青蒲復萎絶；坐萎絶，對蘼蕪。」萎絶，皆言枯死。此言衆芳遭萎棄不服用，則未足哀，傷其蕪穢變質也。朱季海楚辭解故：「萎絶，猶玉賦『萎約』、『萎黄』，蓋楚語如是。」其説無據。九辯「余萎約而悲愁」，章句：「身體疲病，而憂貧也。」以萎爲疲病、約爲困阨。約，有困窘義。後漢書卷三九劉愷傳：「側身里巷，處約思純。」卷五四楊震傳附賜：「常退居隱約，教授門徒，不答州郡禮命。」卷六一黄琬傳：「時權富子弟多以人事得舉，而貧約守志者以窮退見遺。」卷八三逸民傳矯慎：「仲彦足下，勤處隱約，雖乘雲行泥，棲宿不同。」宋書卷六孝武帝紀：「或隱約潔立，負擯州里。」卷五三謝方明傳：「而貞立之操，在約無改。」卷五五臧燾傳：「貧約自立，操行爲鄉里所稱。」卷七八劉延孫傳：「居身寡約，家素貧虚。」卷九三隱逸傳王弘之：「孔淳之隱約窮岫，自始迄今。」萎絶、萎約，別義也。

哀衆芳之蕪穢。

言己所種芳草，當刈未刈，蚤有霜雪，枝葉雖蚤萎病絶落，何能傷於我乎？哀惜衆芳摧折，枝葉蕪穢而不成也。以言己脩行忠信，冀君任用，而遂斥棄，則使衆賢志士失其所也。

【疏證】

言己所種芳草，當刈未刈，蚤有霜雪，枝葉雖蚤萎病絶落，何能傷於我乎？哀惜衆芳摧折，枝葉蕪穢而不成也。◎文選本「能傷」下無「於」字，「蚤有」作「蚤逢」。唐寫本亦有「於」字，「有」作「逄」。正德本、隆慶本、湖北本、劉本、朱本、馮本、俞本、莊本、四庫章句本「所種」下有「衆」字。文淵四庫補注本「雪」作「露」，文津本亦作「雪」。案：據義，則舊作「蚤逄」。逄、逢同。文選卷二五謝宣遠於安城答靈運「萎葉愛榮條」，李善注引王逸注：「枝葉早萎，痛絶落。」節約章句。

以言己脩行忠信，冀君任用，而遂斥棄，則使衆賢志士失其所也。◎文選本「其所」作「其行」。唐寫本「棄」作「弃」。秀州本「脩」作「修」。正德本、隆慶本、劉本、湖北本、朱本、馮本、俞本、莊本、四庫章句本「脩」作「循」。景宋本「失」訛作「夫」。案：循，訛也。棄、弃同。行，德行。以衆芳蕪穢，喻賢士失節易行，猶下「蘭芷變而不芳兮，荃蕙化而爲茅」、「委厥美以從俗兮，苟得列乎衆芳」也。若作「失其所」，則失之。言己所植之衆芳，遭逢霜雪，不見録用，未足傷；見其隨君「數化」，改志易行，深以爲哀。屈子非自哀，哀衆芳。章句「己脩行忠信，冀君任用，而遂斥棄，則使衆賢志士失其所」云云，則非也。

衆皆競進以貪婪兮，

競，並也。愛財曰貪，愛食曰婪。

【疏證】

競，並也。◎文淵四庫文選本「並」作「竝」，景宋本作「泣」，文津本亦作「並」。案：竝，古並字。泣，訛也。説文誩部：「競，彊語也，从誩、二人。一曰：逐也。」甲文競字作「」（戩三三・三），金文作「」（乙父卣），象二人並逐。許解「彊語」，是其引申也。包山楚簡亦作「」，上從一或二，川字之省。川，順也，循也。下從兕，猶彊也。競，象竝逐趨於一。文選卷一五思玄賦「雕鶚競於貪婪兮」，舊注：「競，逐也。」章句解「竝」，即「竝逐」也。莊子卷一齊物論第二「有競有爭」，郭象注：「並逐曰競。」又，逸周書卷八史記解第六一：「昔有南氏有二臣，貴寵，力鈞勢敵，競進爭權。」劉向戰國策書録：「貪饕無耻，競進無厭。」論衡卷一二程材篇第三四：「競進不案禮，廢經不念學。」後漢書卷三六范升傳：「情存博聞，故異端競進。」卷五七劉陶傳：「羣小競進，秉國之位，鷹揚天下。」競進，古恆語，謂並逐爭進。

愛財曰貪，愛食曰婪。◎慧琳音義卷三〇「食婪」條引楚辭云：「愛財曰貪，愛食曰婪。」案：卷四二「貪惏」條、卷四八「貪婪」條云：「楚辭『衆皆競進而貪惏』，王逸曰：『愛財曰貪，愛食曰惏也。』」以婪爲惏，其所據本別。説文貝部：「貪，欲物也。从貝、今聲。」清華簡（五）湯處於湯丘字作「衾」，从衣、今。亦古文也。又，芮良夫毖「貪婪」作「惏〓」，〓，亦貪字。欲物，猶愛財也。方言卷一：「虔、劉、慘、㨆，殺也。晉魏河内之北謂㨆曰殘，楚謂之貪，南楚江湘之間謂之歁。」卷二：「惏，殘也，陳楚曰惏。」錢繹引離騷謂「㨆字即惏」，貪惏同貪婪。非也。方言「楚謂之貪」云云，以解殺伐之㨆，非謂貪財。貪通作撢，謂摻撻。楚人殺謂之撢，借貪爲之。錢氏謂歁、欿一字。亦失之。歁，苦感反。欿音貪，他貪反。同部異聲，不得通用。歁通作𢦔。戈部：「𢦔，殺也。从戈，今聲。」廣韻下平聲第二二覃韻：「𢦔，口含切。」𢦔、歁，浸韻、溪紐雙聲。南楚、江湘之間又謂殺爲𢦔，借歁爲之。又，女部：「婪，貪也。从女，林聲。杜林說，卜者攩相詐譣爲婪，讀若潭。」段注：「此與心部之惏音義皆同。」以「貪婪」之婪與「㨆殺」之㨆相溷。心部：「河内之北謂貪曰惏。」方言卷二：「惏，殘也。陳楚曰惏。」卷一又曰：「晉魏河内之北謂㨆曰殘。」則借爲「㨆殺」之「㨆」。郭注：「今關西人呼打爲㨆。」後之未諦，訛以惏訓殘，雖少餘猶欲食，誤謂貪食。（詳參説文段注「惏」字）或改方言：「殺人而取其財曰惏。」以婪、㨆爲一字。惏，或訓畏懼，殘殺之引申。許氏引杜林説，是别一字也。婪，或借作喃。喃喃，語聲。杜林謂卜者攩相詐驗爲喃。許氏「讀若潭」，借潭爲譚。淮南子卷四墬形訓「介潭生先龍」，高注：「潭，讀譚國之譚。」説文「婪」字涵三義，類爾雅「同條異訓」。朱駿聲離騷補注：「愛女曰婪。」婪，从女，林聲。林之言霖也。爾雅釋天：「淫謂之霖。」禮記卷一五月令第六「淫雨早降」，鄭注：「淫，霖也。」雨部：「凡雨三日以往爲霖。」引申爲淫佚、越度。越度於色欲是爲婪。古謂色欲滿足爲食飽，謂色欲不足爲食飢。食猶色也。詩汝墳「惄如調飢」，毛傳：「調，朝也。」鄭箋：「未見君子之時，如朝飢之思食。」衡門「可以樂飢」，毛傳：「樂飢，可以樂道忘飢。」鄭箋：「飢者，不足於食也。泌水之流洋洋然，飢者見之，可飲以療飢，以喻人君愨願，任用賢臣，則政教成，亦猶是也。」章句「愛食曰婪」，愛食，即愛色。毋用改也。

憑不猒乎求索。

憑，滿也。楚人名滿曰憑。言在位之人無有清潔之志，皆並進取，貪婪於財利，中心雖滿，猶復求索，不知猒飽也。

【疏證】

憑，滿也。楚人名滿曰憑。◎文選本「曰憑」作「爲憑」。案：説文段注「馮」字曰：「馮者，馬蹏箸地堅實之皃。因之引申，其義爲盛也，大也，滿也，懣也。如左傳之『馮怒』，離騷之『馮心』以及天問之『馮翼惟象』，淮南書之『馮馮翼翼』，地理志之『左馮翊』，皆謂充盛，皆『畐』字之合音叚借。畐者，滿也。」朱駿聲離騷補注云：「憑當作馮，讀爲畐，下文『喟憑心』同。」憑之訓滿、怒，其義皆通。又，游國恩離騷纂義：「憑，於此文爲離騷中習見之句前狀語，其含義近似于今人口語所謂滿不在乎之滿，以狀黨人之不猒求索，意氣彌盛也。」非也。憑，滿也。口語「滿不在乎」之滿，不經意之謂，俗作漫。未可溷。憑，承上之競進貪婪，讀如每。漢書卷四八賈誼傳「品庶每生」，孟康曰：「每，貪也。」史記卷八四賈生列傳作「品庶馮生」，集解引孟康注：「馮，貪也。」憑、每，之、蒸陰陽對轉，並、明旁紐雙聲。天問：「穆王巧梅，夫何爲周流？」章句：「梅，貪也。」

言在位之人，無有清潔之志，皆並進取，貪婪於財利，中心雖滿，猶復求索，不知猒飽也。◎文選六臣本「猒飽」下無「也」字。建州本「清潔」作「潔清」。明州本「潔」作「絜」。唐寫本「位之」下無「人」字。正德本、隆慶本、湖北本、朱本、劉本、馮本、四庫章句本「取」作「趣」，「猒飽」下有「者」字。俞本、莊本「趣」作「趨」，「猒飽」下有「者」字。文淵四庫章句本「猒」作「厭」，文津本亦作「猒」。案：趣，促也。趨，走也。皆非其義。舊作「進取」爲允。絜，古潔字。猒、厭，古字通用。清華簡（五）殷高宗問於三壽「猒」作「肙」，曰：「肙（厭）必藏，惡必芒（喪）。」猒，猶知足，知足必蓄藏不貪也。上博簡（二）從政：「敦行不倦，持善不猒。」不猒，蓋恆語也。憑不猒，謂貪不知足。章句「中心雖滿，猶復求索，不知猒飽」云云，其意雖是，然增字以解經也。衆，承上衆芳。

羌內恕己以量人兮，

羌，楚人語詞也，猶言卿，何爲也。以心揆心爲恕。量，度也。

【疏證】

羌，楚人語詞也，猶言卿，何爲也。◎文選本删「猶言卿何爲也」六字。慧琳音義卷九四「[差]（羌）難」條：「楚辭『羌内恕己而量人也』，王逸曰：『亦楚人語詞也。』」案：其所據本別。章句以羌爲楚語。「猶言卿」，比况之詞，謂漢人語羌如卿，所以通古今別語。廣雅釋詁：「羌，卿也。」蓋因章句，以今語釋古語。或讀如慶。漢書卷八七上揚雄傳「厥高慶而不可虖疆度」，顔師古注：「慶，發語辭也。慶，讀曰羌。」又，「竢慶雲而將舉」、「慶夭顇而喪榮」，張晏曰：「慶，辭也。」顔師古注：「慶，讀與羌同。」後漢書卷四〇下班固傳「永延長兮膺天慶」，李賢注：「慶，讀曰卿。」何爲，釋「羌」字義。九歌山鬼「杳冥冥兮羌晝晦」，章句：「羌，語詞也。」因離騷注省。補注：「羌，楚人發語端也。」未之詳考。文選集注陸善經：「乃内恕諸己以度人。」呂延濟注：「羌，乃也。」唐以羌爲乃之詞，因廣雅釋詁：「羌，乃也。」徐仁甫古詩別解據章句「何爲」之義，謂楚辭之羌，「乃反詰副詞，用與『何』同」。姜亮夫楚辭通故推演其説，然其於詮釋例句，不盡同徐説。姜曰：「羌，此南楚獨用之語助詞或反詰副詞也。凡言羌處，多轉上下文義而爲之辭，故多逆轉之義。惟逆轉之義有强弱，强者羌義近乃，弱則以發端詞釋之亦可。然非泛泛發聲之詞，如維、夫等字可比。」其説空疏，未審何以別其語之强弱。羌之解何爲、乃、然、何，其義皆通。屈賦羌字若施於逆句，爲逆轉之詞。宋本玉篇：「羌，反也。」猶「反而」也。言衆皆競逐争進，貪婪求索，反而恕己量人，興生嫉妒之心。下「余以蘭爲可恃兮，羌無實而容長」。言我本以爲子蘭可怙恃，反無實容長而不可恃。大司命：「結桂枝兮延竚，羌愈思兮愁人。」言我結言桂枝，延佇而立，乃愈思使人愁。東君：「長太息兮將上，心低佪兮顧懷；羌聲色兮娛人，觀者憺兮忘歸」。言我太息低佪，不忍去扶桑故居而上行，然則聲色娛人，令我憺然忘歸也。山鬼：「表獨立兮山之上，雲容容兮而在下；杳冥冥兮羌晝晦，東風飄兮神靈雨。」言我在山之上，雲蒸霧障，雖晝猶晦。惜誦：「吾誼先君而後身兮，羌衆人之所仇。」又：「壹心而不豫兮，羌不可保也。」抽思：「昔君與我誠言兮，曰『黃昏以爲期』。羌中道而回畔兮，反既有此他志。」思美人：「因歸鳥而致辭兮，羌宿高而難當。」又：「獨歷年而離愍兮，羌馮心猶未化。」皆爲逆轉語詞。對文羌爲意料不及之意，而、乃則無此意。徐氏但以「何爲」概之，疏矣。羌之言卻也。羌、卻陽、鐸平入對轉，同溪紐雙聲。說文虫部：「⿰虫卻，渠⿰虫卻，一曰：天社。从虫、卻聲。」爾雅釋蟲：「蛣蜣，蜣蜋。」玉篇虫部以「⿰虫卻」、「蜣」同字。蜣，羌聲。羌、卻古字通用。卩部：「卻，卪卻也。」段君注：「卪卻者，節制而卻退之也。」引申爲斥棄。九歎愍命「卻騏驥以轉運兮」，言斥棄騏驥而轉行也。老子四十六章「卻走馬以糞」，釋文：「卻，除也。」虛化爲逆轉之詞。而楚人語卻爲羌，漢世爲卿、慶，類今「竟然」。魚、陽對轉或作詎。廣韻上聲第八語韻：「詎，豈也。」或作距。韓非子卷一六難四第三九：「衛奚距然哉？」或作鉅。荀子卷一二正論篇第一八：「是豈鉅知見侮之爲不辱哉？」或作渠。卷五王制篇第九：「豈渠得免夫累乎！」或作巨。漢書卷一高帝紀：「公巨能入乎？」顏師古注：「巨，讀曰詎。詎猶豈也。」楊遇夫詞詮引清人劉琪助字辨略：「遽，遂也。」謂「何遽、奚遽之文，『豈』義頗不可通」。新舊辭海、辭源皆用劉說，以遽、距、詎等字爲遂之詞。姜氏云：「細繹古籍，凡言巨、詎、鉅、渠諸字，其義皆等於今天言就。就、詎雙聲。尤韻字古一部入支，則今讀就音，古讀距，古今音之變也。」皆失之。遽，去倨反，魚部，溪紐。就，疾僦反，幽部，從紐。聲韻皆殊，不得通轉。先秦、兩漢及六朝韻文用例，就字不與支部字協韻，不得讀距。廣韻之尤韻有尤郵牛丘紑裘謀等字，之部。後於之部分出，與幽部三、四等字合爲尤韻。之、支合韻在隋、唐之後。六朝之、支畛域猶密。姜氏因顧炎武十部説，以之、支爲一部，乃謂「尤韻字古一部入支」爾。其未審就字本不在切韻之尤韻，在去聲第四十九宥韻。詎、遽等，卻之音轉。口部：「噱，大笑也。從口、豦聲。」廣雅釋詁：「㑛，笑也。」㑛，從人、卻聲。比例卻、遽可通。此一證。史記卷一一七司馬相如列傳「徼谻受詘」，集解引徐廣：「谻音劇。」谻即㑛字。劇，豦聲。却、遽亦例得通用。此二證。羌及詎、鉅、渠、巨、距、遽等並卻字虛化，用爲逆轉語詞。施於問句，羌之解何、豈、何爲。而詎、渠、巨、鉅、距、遽諸字但施於問句。施於非問句者，羌之解乃、反、却。九章惜誦「羌衆人之所仇」，章句：「羌，然辭也。」然，讀如難。洪引一云訓「歎聲」，歎，亦作難，字之訛。難，那也，奈何也。其義皆通。

以心揆心爲恕。◎文選六臣本「揆」下無「心」字。案：敓也。以心揆心，謂以己之心度彼之心。錢杲之離騷集傳：「恕己，不責己也。」張鳳翼文選纂注：「恕，乃責己則昏之謂恕。言責己則恕，度人則刻，各生妒心也。」李陳玉楚辭箋注：「自己本可做好人，而曰我不能，謂之恕己。」皆以爲「寬恕」義。非是。説文心部：「恕，仁也。从心，如聲。」段注：「孔子曰：『能近取譬，可謂仁之方也矣。』孟子曰：『彊恕而行，求仁莫近焉。』是則爲仁不外於恕。」仁從二人，親也。二人相親，莫甚於兩心相知，許云「恕」訓「仁」，即以己度人。新書卷八道術篇：「以己量人謂之恕，反恕爲荒。」淮南子卷九主術訓：「内恕反情，心之所欲，其不加諸人；由近知遠，由己知人。此仁智之所合而行也。」論語卷四里仁「忠恕而已」，皇疏：「恕，謂忖己度物也。」禮記卷五二中庸第三一「忠恕違道不遠」，孔疏：「忠者，内盡於心；恕者，外不欺物。恕，忖也。忖度其義於人。」人心如己亦曰恕。忠、恕亦相對。左傳昭公六年「誨之以忠」，孔疏：「中心爲忠，如心爲恕，謂如其己心也。」引申爲寬恕。清王萌楚辭評注：「魏晉以來，始有此説，古無是也。」漢書卷二三刑法志：「於是選于定國爲廷尉，求明察寬恕黄霸等以爲廷平，季秋後請讞。」卷九〇酷吏傳嚴延年：「時黄霸在潁川以寬恕爲治，郡中亦平。」寬恕之義始於後漢。

量，度也。◎案：因爾雅釋詁，散文也。對文亦別。量，所以計輕重、多少。説文重部：「量，稱輕重也。」段注：「漢志曰：『量者，所以量多少也。』此訓『量』爲『稱輕重』者，有多少斯有輕重，視其多少可亭權其重輕也。引伸之凡料理曰量，凡所容受曰量。」又，周禮卷四〇冬官考工記第六衡氏「權之然後準之，準之然後量之」，鄭注：「量，讀如『量人』之量。」即料理也。度，所以計修短也。又部：「度，法制也。」法制，言據法而制之。段注：「周制寸、尺、咫、尋、常、仞，皆以人之體爲法。寸，法人手之寸口；咫，法中婦人手長八寸；仞，法伸臂一尋。皆於手取法。」

各興心而嫉妬。

興，生也。害賢爲嫉，害色爲妬。言在位之臣，心皆貪婪，内以其志恕度他人，謂與己不同，則各生嫉妬之心。推棄清潔，使不得用也。故外傳曰：「太山之鴟，嚇鵷雛。」此之謂也。

【疏證】

興，生也。◎文選本無注。案：刪之也。書鈔卷三〇佞邪引亦有注，其所據唐本未刪。説文舁部：「興，起也。从舁，同。同，同力也。」興，虛陵反；起，墟里反。興、起，之、蒸陰陽對轉，同曉紐雙聲。走部：「起，能立也。」段注：「起，本發步之稱，引申之訓爲立。」起立則生，蹎跋則死。生亦謂之興。大戴禮記卷二夏小正第四七「匽之興」，傳云：「其不言生而稱興，何也？不知其生之時，故曰興。以其興也，故言之興。」則生、興亦别。

害賢爲嫉，害色爲妬。◎同治本「妬」作「妒」。文選本、正德本、隆慶本、朱本、俞本、莊本、湖北本、劉本、馮本、景宋本、寶翰本、皇都本、四庫章句本亦作「妬」。案：妒與妬同。清華簡（六）鄭武夫人規孺子「媺（媚）妬之臣」云云，始見「妬」字。（五）殷高宗問於三壽又借作「土」，以同音也。馬王堆漢墓帛書稱：「隱忌妬妹（昧）賊妾如此者，下其等而遠其身。」亦見「妬」字。妒，出土秦漢簡帛皆未見也。慧琳音義卷一二「嫉慳」條、卷三二「慳嫉」條、卷五一、卷六九「嫉嫛」條、卷七六「嫌嫉」條、卷九四「怨嫉」條同引王逸注楚辭：「害賢曰嫉。」卷八「嫉妬」條、卷一四「妬嫉」條、卷一六、卷二七、卷三〇「嫉妬」條、卷一七、卷三二「嫉妬」條、卷六七「嫉結」條、卷七二「爲嫉」條同引王逸注楚辭：「害賢曰嫉，害色曰妬。」則「爲嫉」作「曰嫉」，「爲妬」作「曰妬」。卷八六「嫉妬」條引王逸注楚辭：「嫉，害也。」其所據本非一也。書鈔卷三〇佞邪引作「爲嫉」、「爲妬」。嫉、妬對文有害賢、害色之别。賢，指女德。引申爲害賢。惜往日「遭讒人而嫉之」是也。色，謂女容。史記卷四九外戚世家引褚先生曰：「女無美惡，入室見妒。」散文不別。荀子卷一九大略篇第二七：「蔽公者謂之昧，隱良者謂之妒。」七諫沈江「苦衆人之妬予兮」。皆以妒爲「害賢」。説文人部：「㑌，妎也。从人，疾聲。一曰：毒也。㑌，或从女。」嫉之言嫉害婦德，引申爲疾害。許氏訓妎，即害也。叔多父盤：「用錫屯録，受害福。」害福，猶易晉六二「受茲介福」之介福。又，女部：「妒，婦妒夫也。从女，户聲。或作妬，从女、石聲。」妒，从女、户，會意，非户聲。户，有閉止義。釋名釋宫室：「户，護也。所以謹護閉塞也。」小爾雅廣詁：「户，止也。」掩蔽美色謂之妒。妬，从女、石聲。妬之言瘏也。猶瘏害人之美。釋名釋疾病：「乳癰曰妬。妬，褚也。氣積褚不通至腫潰也。」借妬爲瘏，説文疒部訓「病」，實謂「氣積不通」。妒、忌，漢相對爲文。詩小星序「夫人無妬忌之行」，毛傳：「以色曰妒，以行曰忌。」又，信陽楚簡墨子殘篇：「戔人剛恃，天於这刑者，有走堅」。走堅，即障賢，妬賢也。障、妬，鐸、陽平入對轉，定照旁紐雙聲。

言在位之臣，心皆貪婪，内以其志，恕度他人，謂與己不同，則各生嫉妬之心。推棄清潔，使不得用也。故外傳曰：「太山之鴟，鳴嚇鴛鶵。」此之謂也。◎文選六臣本「與己」作「己用」，唐寫本作「與己用」，「棄」作「弃」。同治本「妬」作「妒」，景宋本、寶翰本、惜陰本、皇都本、亦作「妬」。文選本、正德本、隆慶本、湖北本、劉本、朱本、馮本、俞本、莊本、四庫章句本無「故外傳曰太山之鴟鳴嚇鴛鶵此之謂也」十六字。案：用，猶以也。據義，則唐寫本存其舊。無引外傳文者，删也。章句謂「外傳」，即韓詩外傳。今本未見，佚篇也。莊子卷四秋水篇第一七：「南方有鳥，其名曰鵷鶵，子知之乎？夫鵷鶵發於南海而飛於北海，非梧桐不止，非練實不食，非醴泉不飲，於是鴟得腐鼠，鵷鶵過之，仰而視之，曰：『嚇！』」蓋因於此。鹽鐵論卷四毁學篇第一八：「南方有鳥名鵷鶵，非竹實不食，非醴泉不飲，飛過泰山。泰山之鴟，俛啄腐鼠，仰見鵷鶵而嚇。」與此章句引外傳同。又，類聚卷三五人部一九「婢」條引張超誚青衣賦：「鴛鶵啄鼠，何異乎鴟。」亦以斥「恕己量人」、「興心嫉妬」。清初呂留良云：「自貪污成風，相習不以爲怪，而遂有一二矯之者，爲不近人情之行，所謂違道干譽而欲以冀格外之遷擢，是與于貪婪之甚者也。而自張其行，攘臂大呼，詆訐他人，以炫己長，若以爲奇怪驚人莫踰此者。」庶幾與此相參。

忽馳騖以追逐兮，非余心之所急。

言衆人所以馳騖惶遽者，争追逐權貴，求財利也，故非我心之所急。衆人急於財利，我獨急於仁義也。

【疏證】

言衆人所以馳騖惶遽者，争追逐權貴，求財利也，故非我心之所急。◎文選本「急」下有「務」字。六臣本、尤袤本無「争」字。正德本、隆慶本、湖北本、劉本、朱本、馮本、俞本、莊本、四庫章句本「馳騖」作「駝騖」，無「争」字，「急」下有「務」字。案：有「争」，羨也。據義，則舊有「務」字。急務，漢之恒語。史記卷一一七司馬相如列傳：「斯乃天子之急務也。」漢書卷四九晁錯傳：「錯復言守邊備塞、勸農力本，當世急務二事。」卷八五谷永傳：「南面之急務，唯陛下留神。」駝、馳，隸變字，騖，鶩之訛也。又，惶，當作「遑」，遑遽，平列同義。

衆人急於財利，我獨急於仁義也。◎文選本「義」下有「者」字，唐寫本亦無「者」字。唐寫本、六臣本無「財」字、「仁」字。尤袤本無「仁」字。尤袤本、胡本、六臣本「衆」下無「人」字。正德本、隆慶本、湖北本、劉本、朱本、馮本、四庫章句本、俞本、莊本無「利」字。案：財利、仁義，相爲對文，則舊有「財」、「利」、「仁」字。下文「長顑頷亦何傷」，章句「衆人苟欲飽於財利，己獨欲飽於仁義」云云，亦以財利、仁義相對。馬王堆漢墓帛書五行解：「故目人體（體）而知其莫貴於仁義也，進耳。」銀雀山漢墓孫臏兵法見威王篇：「故曰，德不若五帝，而能不及三王，智不若周公，曰我將欲責（積）仁義，式禮樂，垂衣裳，以禁爭奪。」莊子卷三駢拇篇第八：「自虞氏招仁義以撓天下也，天下莫不奔命於仁義。」後漢書卷六〇上馬融傳：「方今大漢收功於道德之林，致獲於仁義之淵。」卷六二荀淑傳史論：「故古之聖王，其於仁義也，申重而已。」仁義，恆語。文選唐寫本、六臣本、尤袤本皆爛敚「仁」字。又，九辯「非余心之所樂」，文選卷一五張衡思玄賦「非余心之所嘗」，皆祖構於此，可資參證。章句因論語卷四里仁：「君子喻於義，小人喻於利。」邢疏：「君子則曉於仁義，小人則曉於財利。」

老冉冉其將至兮，

七十曰老。冉冉，行貌。

【疏證】

七十曰老。◎文選本無注。案：删之也。禮記卷一曲禮上第一：「五十曰艾，六十曰耆，七十曰老，八十、九十曰耄。」管子卷一八入國篇第五四：「所謂老老者，凡國、都皆有掌老，年七十已上，一子無征，三月有酒肉；八十已上，二子無征，月有饋肉；九十已上，盡家無征，日有饋肉。」則古以七十爲稱老之下限。離騷之作，在屈子放逐江南之後，非作於懷王世。

冉冉，行貌。◎文選唐寫本「貌」作「皃」，下有「也」字。案：九歌大司命「老冉冉兮既極」，九章悲回風：「歲曶曶其若頽兮，旹亦冉冉而將至。」九辯：「歲忽忽而遒盡兮，老冉冉而愈弛。」哀時命：「飲愁悴而委惰兮，老冉冉而逮之。」冉冉，猶漸漸。楚辭恒語，後多承襲之。後漢書卷二八下馮衍傳：「壽冉冉其不與。」晉書卷一一天文志上：「今日出於東，冉冉轉上；及其入西，亦復漸漸稍下。」卷二三樂志下引濟時篇：「時冉冉，近桑榆。」論衡卷三〇自紀篇第八五：「曆數冉冉，庚辛域際。」搜神記卷二：「娜娜何冉冉其來遲！」類聚卷二天部下「霽」條引陸雲喜霽賦：「年冉冉其易頽，時靡靡而難留。」冉冉以狀年命之蹉跎，蓋始於此。冉，古作，説文訓「毛冉冉」，無漸行義。冉，讀如冘。冂部：「冘冘，行皃。从儿出冂。」段注：「儿者，古文奇字人也。冘者，遠望人行若行若不行之皃。」甲文作，楊樹達積微居小學金石論叢卷一釋冘識爲「儋」之初文，「象人荷擔，以手持擔木之形」。人之擔荷，行步遲緩，望之若行未行也。

恐脩名之不立。

立，成也。言人年命冉冉而行，我之衰老，將以來至，恐脩身建德，而功不成、名不立也。論語曰：「君子疾没世而名不稱焉。」屈原建志清白，貪流名於後世也。

【疏證】

立，成也。◎案：説文立部：「立，位也。从大在一之上。」引申爲成。吕氏春秋卷一九離俗覽第四用民篇「功名猶可立」，高注：「立，成也。」

言人年命冉冉而行，我之衰老，將以來至。恐脩身建德，而功不成、名不立也。論語曰：「君子疾没世而名不稱焉。」屈原建志清白，貪流名於後世也。◎文選本、正德本、隆慶本、劉本、湖北本、朱本、馮本、俞本、莊本、四庫章句本「來」作「速」。唐寫本「脩身建德」作「脩名建德」。秀州本「脩」作「修」。隆慶本、湖北本、朱本、馮本、莊本、俞本、劉本、四庫章句本「脩」作「修」，「身」作「行」。又，文選本删「論語曰君子疾没世而名不稱焉屈原建志清白貪流名於後世也」二十六字。案：脩、修古字通。據章句「七十曰老」云云，則舊作「速至」。作「脩名」，與「名不立」複。則舊作「脩身」。又，身、行古字互用。史記卷一二八龜策列傳「行一良貞」，集解引徐廣曰：「行，一作身。」荀子卷三非相篇第五「行若將不勝其衣」，淮南子卷一三氾論訓「身若不勝衣」。句式悉同，行，别作身。章句引論語見卷一五衛靈公篇，其意甚善。此儒家人生理念，屈、宋慕行之。九辯：「生天地之若過兮，功不成而無效。」國語卷一五晉語九：「哀名之不令，不哀年之不登。」史記卷八三魯仲連列傳：「絶世滅後，功名不立，非智也。」漢書卷七五京房傳：「恐必爲用事所蔽，身死而功不成。」論衡卷二七定賢篇第八〇：「人之舉事，或意至而功不成，事不立而勢貫山，荆軻、醫夏無且是矣。」三國志卷一五魏書賈逵傳：「古人有言，患名之不立，不患年之不長。」類聚卷六四宅舍引陸雲國起西園第宜遵節儉之制表：「患在令名之不立。」卷七四巧藝部「畫」條引晉傅咸畫像賦：「疾没世而不稱，貴立身而揚名。」華陽國志卷一〇下載陳惠謙戒兄子伯思：「君子疾没世而名不稱，不患年而不長也。」晉書卷六二祖逖傳：「僕雖無才，非志不立，故疾没世而無聞焉，所以自强不息也。」皆同此意。古之有志之士，皆以立名立功爲本，不以獲年壽爲榮。章句引論語以説之，可謂知人。則不當删。又，章句「貪流名於後世」云云，貪，勝詁，猶愛也。

朝飲木蘭之墜露兮，

墜，墮也。

【疏證】

墜，墮也。◎案：散則墜、墮並爲隕落；對文亦别。墜，隕落也。墮，毁壞也，俗作隳。九歌國殤「天時墜兮威靈怒」，章句：「墜，落也。」淮南子卷三天文訓「賁星墜而勃海決」，高誘注：「墜，隕也。」左傳定公十二年「叔孫州仇帥師墮郈」，杜注：「墮，毁也。」穀梁傳隱公六年

「輸者墮也」，釋文：「墮，毀壞之也。」墮廢、墮壞、墮軍、墮城、墮幣等，皆不言墜；而墜落、墜失、墜命、墜車、墜地、墜星、墜淵等，皆不用墮。

夕餐秋菊之落英。

英，華也。言己旦飲香木之墜露，吸正陽之津液，暮食芳菊之落華，吞正陰之精蘂，動以香浄，自潤澤也。

【疏證】

英，華也。◎文選本無注。案：删之也。宋姚寬西溪叢語卷下引章句亦有注。散則英、華不別，對文別義。説文艸部：「英，艸榮而不實者。从艸、央聲。」爾雅釋艸：「華，荂也。木謂之華，草謂之榮；不榮而實者謂之秀，榮而不實者謂之英。」菊之榮不實則謂之英。章句因爾雅。又，菊華無隕落者，落猶絫也。落英，謂重絫之華。詳參拙著離騷校詁。

言己旦飲香木之墜露，吸正陽之津液，暮食芳菊之落華，吞正陰之精蘂。動以香浄，自潤澤也。◎文選本「落華」作「落英」，「吞」上有「言」字，「正陰」作「陰陽」。唐寫本「墜」作「隨」，六臣本、尤袤本作「墮」。六臣本無「也」字。正德本、隆慶本、朱本、劉本、俞本、湖北本「正陰」作「陰陽」。俞本、莊本「浄」作「潔」。同治本「蘂」作「蕊」。案：莊氏因俞本繙刻也。蕊、蘂同。喻林卷八一自脩引作「墜露」、「陰陽」。吸正陽、食芳菊、吞正陰，皆儷偶相對，則「吞正陰」上不當有「言」字。正陽、正陰，相對爲文。則舊作「正陰」。正陽，夏曆四月。漢書卷二七五行志下：「夏四月，正陽純乾之月也。」古文苑卷一一董仲舒雨雹對：「陽德用事，則和氣皆陽，建巳之月是也，故謂之正陽之月。」杜預春秋左氏傳後序長歷：「周之六月，夏之四月，所謂正陽之月也。」類聚卷三歲時部上「夏」條載晉傅玄述夏賦：「四月惟夏，運臻正陽。」正陰，夏曆十月。董仲舒雨雹對又曰：「陰德用事，則和氣皆陰，建亥之月是也，故謂之正陰之月。」類聚卷一天部「雲」條引易通卦驗：「寒露正陰，雲如冠纓。」則不當作「陰陽」。

苟余情其信姱以練要兮，

苟，誠也。練，簡也。

【疏證】

苟，誠也。◎案：其説不易。「苟誠」之苟、「苟且」之苟，固爲二字，未可溷也。説文苟部：「苟，自急敕也。从羊省、从勹、口。勹口，猶慎言也。」急敕，即戒敕，有肅敬義。急、戒通用。詩六月「我是用急」，鹽鐵論卷九繇役篇第四九引詩作「我是用戒」。爾雅釋詁：「亟，速也。」釋文：「亟，居力反。」宋本玉篇卷二八苟部：「苟，居力切，急也，自急敕也。亦作亟。」則苟、亟亦通，皆職部。廣雅釋詁：「亟，敬也。」敬字从苟，則猶从「亟」，借聲字。虛化爲亟誠之詞，言誠、信也。又爲假設之詞，言若、如也。「苟且」之苟，从艸、句聲。音古厚反，侯部。顏師古匡謬正俗卷八「苟」條：「苟者，媮合之稱，所以行無廉隅，不存德義謂之苟且。」則「苟且」字與通「亟」字之「苟」別。段注「苟」字既引論語孔注：「苟，誠也。」又引燕禮鄭注：「苟，且也，假也。」以亟誠、苟且爲一字，未之詳審。

練，簡也。◎案：簡，果斷、精練。練、簡古字通用。楚簡通作「柬」。上博簡（二）訟城是（容成氏）：「與之言正（政），説柬（簡）以行。」清華簡（六）管仲：「少（小）䠨（逸）以惕，大事柬（簡）以成（誠）。」郭店楚墓竹簡五行篇：「不直不遙，不遙不果，不果不柬（簡），不柬（簡）不行，不行不義。」又曰：「遙而不畏强御，果也。不以少（小）道夌大道，柬（簡）也。又（有）大罪而大豉（誅）之，行也。貴貴，其止（等）尊賢，義也。」又：「又（有）大罪而大豉（誅）之，柬（簡）也。又（有）少（小）罪而赦之，匿也。又（有）大罪而弗大豉（誅）之，不行也。又（有）少（小）罪而弗赦也，不察於道也。柬（簡）之爲言猷（猶）練也，大而罕者也。匿之爲言也猷（猶）匿匿也，少（小）而軫者也。柬，義之方也。匿，仁之方也。」六德篇：「仁藹（折）而啟（更），義强而柬。」仁、義對舉，柬、匿對舉。匿，猶寬容、仁慈。柬，猶嚴毅、果敢。呂氏春秋卷八仲秋紀第三簡選篇「可以勝人之精士練材」，高誘注：「練材，拳勇有力之材。」其義與楚簡合。簡潔果敢謂之柬，美麗芬芳亦謂之柬，其義通也。北大簡(四)反淫：「練色淫目。」枚乘七發：「練色娛目。」練色，美色也。字亦作閒，猶閒雅也。故練要，謂(閒)美要約也。

長顑頷亦何傷。

顑頷，不飽貌。言己飲食清潔，誠欲使我形貌信而美好，中心簡練，而合於道要。雖長顑頷飢而不飽，亦何所傷病也。何者？衆人苟欲飽於財利，己獨欲飽於仁義也。

【疏證】

顑頷，不飽貌。◎文選本「貌」下有「也」字。唐寫本「顑頷」作「減淫」，「貌」作「皃」。陸善經注：「顑頷，亦爲減淫。」案：東雅堂昌黎集注卷五送無本師歸范陽注引王逸注亦無「也」字。顑頷，根於不足、不飽、不滿。楚簡作「𧜭衾」，落拓不偶貌。上博簡(五)苦成家父：「於言有之：『𧜭衾(顑頷)以至於今才(哉)！無道，正(征)也，伐厇(度)逌(徹)适，吾子圖之。』苦成家父曰：『吾敢欲𧜭衾(顑頷)以事世才(哉)？』」𧜭衾，猶力不勝、不盡力也。聲之轉作坎窞。易習坎初六「習坎，入於坎窞。」坎窞，猶窞井，言不足於地者。或作埳窞。文選卷一八馬融長笛賦「埳窞巖覆」，李善注：「埳，即坎也；窞，坎中小坎也。」析之以二義。失之。或作歛陷。呂氏春秋卷一八審應覽第六不屈篇：「入於門，門中有歛陷。新婦曰：『塞之，將傷人之足。』」高注：「歛，讀曰脅。」畢沅云：「歙從欠，呼濫切，疑即坎窞。」高下不平謂之坎坷。漢書卷八七上揚雄傳「瀐南巢之坎坷兮」，顔師古注：「坎坷，不平貌。」或作頪顩，玉篇卷四頁部「頪」字、廣韻去聲第二九換韻並曰：「頪顩，不平也。」山之嵯峨字作嵁巖，廣韻下平聲第二十六咸韻：「嵁巖，不平正皃。」莊子卷三在宥篇第一一字作嵁巖，釋文：「嵁，苦巖反。巖音嚴，語銜反。」皆以訓詁字爲之。仕途不達謂之埳軻。後漢書卷二八下馮衍傳「非惜身之埳軻」，李賢注：「楚詞曰：『然埳軻而留滯。』王逸曰：『埳軻，不遇也。』」心志不平謂之欿憾。哀時命「志欿憾而不憺」是也。相反爲訓則作耿介、慷慨（詳上文「耿介」注）。華之事未足期者名曰菡萏，艸部：「芙蓉華未發爲菡萏。」或作萏蓞，慧琳音義卷七三「花萏」條：「又作菡，同胡感反，謂花之未發者也。」食之不飽曰顑頷。各書以訓詁字。聲音之激切不平者「含可」。上博簡佚篇楚辭有皇將起、鷗鶇二篇句末「可（兮）」悉作複語詞「含可（兮）」，坎坷之聲轉也。屈子設喻奔走前驅，不遇於世，爲衆所斥，道路坎坷蹇難，不得於志。則顑頷，猶不遇皃。不必拘其訓詁字義解「食不飽」。上飲露餐菊，自況清潔芳香之性而非實有其事。章句云「不飽」，猶不得於志，與坎坷不遇者通。又，金開誠屈原集校注謂「減淫、咸淫皆顑頷之假借」。非是。頷、顩同音魚檢反，疑紐；淫，喻紐四等，屬定紐。頷、顩與淫不同聲，不得通用。頁部：「顑，顑顲，飯不飽，面黃起行也。从頁、咸聲，讀若贛。」又：「顲，顑顲也。从頁、㐭聲」。炎部：「㷠，侵火也。从炎、㐭聲。讀若桑葚之葚。」㷠，力荏反；葚，常衽反。文選唐寫本，公孫羅、陸善經並作「顑頷」。其作「減淫、咸淫」者，襲曹氏音注闌入爾。説文顲頷、顑頷同義，然非一詞。顑顲，或作坎廩，困蹙皃。九辯「坎廩兮貧士失職而志不平」，文選李周翰注：「坎廩，數遭患禍，身困窮也。」或作坎壈，九歎怨思「志坎壈而不違」，章句：「不遇貌。」宋本玉篇卷一八車部「轗」字、廣韻上聲第四八感韻「轗」字皆作轗軻，訓「車行不平」。隨文所用，其訓詁字雜出，則未可勝舉。

言己飲食清潔，誠欲使我形貌信而美好，中心簡練，而合於道要。雖長顑頷飢而不飽，亦何所傷病也。何者？衆人苟欲飽於財利，己獨欲飽於仁義也。◎文選本「亦何」作「亦無」。唐寫本「貌」作「皃」，「美好」作「好美」，「顑頷」作「減淫」，删「何者」以下十八字。尤袤本、六臣本「言己飲食清潔誠欲使我形貌信而美好中心簡練而合於道要」作「言己飲食好美中心簡練而合道要」。文淵四庫章句本「雖長」作「雖常」，「何所」作「無所」，文津本亦作「雖長」。文選本、正德本、隆慶本、湖北本、朱本、馮本、俞本、劉本、莊本「何所」作「無所」。案：喻林卷七九引章句作「無所」。六臣本節約章句，非其足文。長、常古字通用。美好，「好美」之乙。招魂：「容態好比，順彌代些。」章句：「言美女衆多，其貌齊同，姿態好美，自相親比。」

擥木根以結茝兮，

擥，持也。根以喻本。

【疏證】

擥，持也。◎補注引文選及永樂大典卷一一〇七七「落蘂」條引楚辭「擥」作「掔」。正德本、隆慶本、俞本「也」作「已」。案：洪氏引見五臣本。唐寫本、六臣本亦作「擥」。慧琳音義卷四四「承攬」條、卷七二「不攬」條同引王逸注楚辭：「攬，持也。」其所據本「擥」作「攬」。御覽卷九八三香部三白芷引楚辭王逸注：「掔，持也。」則別作掔。對文木曰搴，草曰擥。舊作「搴」爲允。掔，搴之訛。搴、矯，對舉，矯之爲舉持，搴之爲攀引。詳參上「朝搴阰之木蘭兮」注。已，訛也。

根以喻本。◎文選本無注。唐寫本亦有注，「本」下有「也」字。正德本、隆慶本、劉本、湖北本、朱本、馮本、俞本、莊本、四庫章句本「喻本」下有「也」字。正德本、劉本、馮本、四庫章句本「喻」作「諭」。案：馮氏因正德本繙刻，館臣據馮本鈔寫也。無注，删之也。木根、菌桂，儷偶爲文，皆香木也。劉夢鵬屈子章句：「木根，當作木菌。凡香木之名皆曰菌。」其説得旨。葉曰蕙，根曰薰，楚曰菌。詳參上「菌桂」注。木根，即木菌，木香也。本草木香，又名青木香，五木香，南木香。香譜謂青木香亦即沈香，「其木類椿櫸，多節，取之先斷其木根，積年皮榦俱朽，心與節不壞者香也」（見古文事文類聚續集卷一二香茶部「香譜」條引）。宋寇宗奭本草衍義：「常自岷州出塞，得生青木香，持歸西洛。葉如牛蒡，但狹長，莖高三、四尺，花黄一如金錢，其根則青木香也。生嚼之極辛香，尤行氣。」李時珍釋名：「昔人謂之青木香。後人因呼馬兜鈴，根爲青木香，乃呼此爲南木香、廣木香以別之。三洞珠囊云：『五香者，即青木香也。株五根，一莖五枝，一枝五葉，葉間五節，故名五香。燒之能上徹九天也。』古方治癰疽有五香連翹湯，内用青木香。」又云：「木香，南番諸國皆有。一統志云：『葉類絲瓜，冬月取根，曬乾。』」（詳本草綱目卷一四「木香」條）

貫薜荔之落蕊。

貫，累也。薜荔，香草也，緣木而生。（落，墮也。）蕊，實也。累香草之實，執持忠信貌也。言己施行，常擥木引堅，據持根本，又貫累香草之實，執持忠信，不爲華飾之行也。

【疏證】

貫，累也。◎御覽卷九八三香部三白芷王逸注：「貫，拾也。」案：貫拾之訓，見文選五臣呂延濟注，後竄入章句。累，説文作絫，訓「綴得理」，謂綴連比次、得其事理。毌部：「貫，錢貝之毌也。从毌、貝。」謂以緍穿錢，有相續不絶之意。對文別義，散則不別。又：「毌，穿物持之也。从一横毌。毌，象寶貨之形。」段注：「毌者，寶貨之形，獨言『寶貨』者，例其餘。一者，所以穿而持之也。古貫穿用此字。今貫行而毌廢矣。後有串字、有丳字，皆毌之變也。」史記卷四六田敬仲完世家「取毌丘」，索隱：「毌音貫。」朱駿聲説文通訓定聲：「小篆亦作串，縱書之，與目、皿縱横任作同也。又變作弗，字苑『弗以籤』，貫肉炙之者也。通俗文『弗，門楗也』。又：『串，門串也。』按：此字實即貫之古文。」上博簡命、包山楚簡「貫」作「⿰耳串」，從耳、串，象耳飾，亦古文。

薜荔，香草也，緣木而生。◎文選唐寫本無「而生」二字。案：删之也。柳河東集卷四二登柳州城樓寄漳汀封連四州「密雨斜侵薜荔牆」韓注引王逸注、山谷别集詩注卷下怪石「山阿有人著薜荔」，史季温注引章句亦有「緣木而生」四字。北大簡（四）反淫「薜荔」作「卑離」，記音字也。補注：「山海經：小華之山，其草多薜荔，狀如烏韭，而生於石上。注云，亦緣木生。管子云『薜荔白芷，蘼蕪椒連，五臭所校』。校，謂馨烈之鋭。前漢樂章云『都荔遂芳』，謂都良、薜荔俱有芬芳也。」今本山海經卷二西山經作「萆荔」，而「亦緣木而生」五字，是經文，非注文。説文作「萆歷」，謂「似烏韭」。吴仁傑離騷草木疏：「本艸有絡石，嘉祐圖經云：『今在處有之，宫寺及人家亭圃山石間種以爲飾，葉圓細如橘，正青，冬夏不凋。其莖蔓延，節著處即生根，須包絡石上，以此得名。華白子黑。薜荔、木蓮、地錦、石血，皆其類也。』薜荔與此絶相類，但莖葉麤大如藤狀。或以揚雄反騷言『卷薜芷與若蕙』，漢書房中歌言『都荔遂芳』，疑薜與荔本二物，故爾雅有『薜，山蘄』，而山海經有萆荔，萆字與薜音義不同。按，離騷云『令薜荔以爲理兮，憚舉趾而緣木』。則薜荔固一物耳。廣雅以山蘄爲當歸，非緣木而生者也。」王夫之楚辭通繹：「薜荔，蔓生，緣古木，葉如碧鱗，結實如瓜，俗謂之木饅頭。」胡文英屈騷指掌：「薜荔，藤生，葉圓長，開小黃花，好緣壁而生，楚地俱産。」以今之蓮藤爲薜荔，俱非格物之精。木蓮藤，江南在處可見，或緣牆、或緣木，非香草，木也。其華無芳香，尤不足觀。屈賦稱薜荔，香草名，而非木也。洪氏引管子，見卷一九地員篇第五八：「薜荔白芷，蘼蕪椒連，五臭所校。」薜荔白芷，連類爲文，薜荔，類白芷。又，思美人：「令薜荔以爲理兮，憚舉趾而緣木。」言薜荔之草緣木蔓引而生，後遂誤爲木蓮之藤。

落，墮也。◎文選唐寫本、尤袤本、補注本皆無注。案：删之也。據文選六臣本、正德本、隆慶本、馮本、朱本、俞本、莊本、劉本、四庫章句本補。落之爲墮，詳參上「惟草木之零落」注。

蘂，實也。累香草之實，執持忠信貌也。◎文選本删「累香草之實執持忠信貌也」十一字。尤袤本、六臣本「實也」作「實貌」。同治本「蘂」作「蕊」，景宋本、寶翰本、皇都本、正德本、隆慶本、劉本、湖北本、朱本、馮本、俞本、莊本、四庫章句本亦作「蘂」。案：蕊、蘂古今字。文選卷四南都賦「敷華蘂之蓑蓑」，李善注引王逸曰：「蕊，實貌也。」慧琳音義卷三四「須蘂」條引王注楚辭：「蘂，花實皃也。」花，羡也。又，劉淵林蜀都賦注：「蘂，一曰花頭點也。」此六朝遺義。御覽卷九八三香部三白芷引王逸注：「薜荔草蘂，佩結香草，拾其花心，次表己之忠信也。」此説見於文選呂延濟注，其引誤爲章句。貫薜荔之落蘂，索胡繩之纚纚，儷偶爲文，落蘂、纚纚，儷偶語，皆狀薜荔美好貌。下「駕八龍之蜿蜿兮，載雲旗之委蛇」。又，「神高馳之邈邈」。抽思「傷余心之憂憂」。悲回風「漱凝霜之雰雰」、「憚涌湍之礚礚兮，聽波聲之洶洶」、「悼來者之悐悐」。遠遊「覽方外之荒忽」。九辯「襲長夜之悠悠」、「扈屯騎之容容」等，其爲「動—名—之—疏狀形容詞（連語或疊字）」句法，「之」下必用疏狀形容詞，而非名詞。疏狀形容詞以狀言「之」字上之名物，類今定語倒置。貫薜荔之落蘂，猶貫落蘂之薜荔。荀子卷一勸學篇第一：「螾無爪牙之利，筋骨之强。」言螾無鋒利之爪牙，剛强之筋骨也。落蘂，猶委垂貌。以狀疲僨不振，歌、元對轉字作路亶。荀子卷一〇議兵篇第一五：「仁人之兵，不可詐也；彼可詐者，怠慢者也，路亶者也。」楊倞注：「路，暴露也。亶，讀爲袒。露袒，謂上下不相覆蓋。」王念孫讀書雜志荀子第五「路亶」條謂路、露、潞通，皆爲羸僨之意。亶、癉通用，病也。其分析爲二字。失之泥。路亶，羸僨不振貌。新序卷三雜事作「落單」，與「路亶」同。或作鹿埵、隴種、東籠。議兵篇又曰：「圜居而方止，則若盤石然，觸之者角摧，案角鹿埵、隴種、東籠而退耳。」楊倞注：「其義未詳，蓋皆摧敗披靡之貌。或曰鹿埵，垂下之貌，如禾實垂下然。隴種，遺失貌，如隴之種物然。或曰即龍鍾也。東籠與涷瀧同，沾溼貌，如衣服之沾溼然。」楊氏既謂「皆摧敗披靡之貌」，其與訓委垂不振者相因，而求以訓詁字。泥也。顧炎武日知録卷二七引舊唐書竇軌傳：「我隴種車騎，未足給公。」北史卷五九李穆傳：「籠凍軍士，爾曹主何在。」謂周、隋尚有此語。皆始於荀子。或作羸垂。白居易畫竹歌：「人畫竹梢死羸垂，蕭畫枝活葉葉動。」（白氏長慶集卷一二）胡文英吳下方言考：「按，死羸垂，疲塌不振之貌。吳人謂人之不振者曰死羸垂。」或作落籜。敦煌掇瑣一〇三字寶碎金「人落籜」。或作落度。三國志卷四〇蜀書楊儀傳：「吾若舉軍以就魏氏，處世寧當落度如此邪？令人追悔不可復及。」皆落泊不振之意。或作落拓、落託，慧琳音義卷九四「落拓」條引考聲云：「落袥，失節貌。」拓、袥古字通。委靡不振之意。魚、陽對轉，或作郎當。張邦伸雲棧紀程卷六：「明皇入蜀，雨中於此聞鈴聲，問黄繚綽：「鈴聲云何？」對曰：『似謂三郎郎當。』」言三郎疲惫不振之意。其文或作潦倒、獨漉、藍攙、龍鍾、蘭單、蘭殫、拉搭、邋遢等，雖或書以訓詁字，而不可限於形體求之。又，委垂義之引申，又有委長而不絶之意，字作落索。顔氏家訓卷一治家篇第五：「有諺云：『落索阿姑飡。』」郝懿行謂「聯緜不斷之意」。愁思不繹曰牢愁，言語煩擾曰羅數，鬱結無極曰遼巢。因聲以求之，則未可勝記。

言已施行，常擥木引堅，據持根本，又貫累香草之實，執持忠信，不爲華飾之行也。◎文選唐寫本敚「言已施行常擥木」七字。秀州本「施」作「修」。劉本「已」下無「施」字。案：章句「據持根本」、「執持忠信」云云，持，猶守也。王引之經義述聞卷三一通説上「持」條：「持訓爲執，常訓也。又訓爲守、爲保。越語『夫國家之事有持，盈有定傾』。呂氏春秋慎大篇『勝非其難者也，持之其難者也』。韋、高注並云：『持，守也。』周語『膺保明德』，韋注云：『保，持也。』保可訓爲持，持亦可訓爲保。昭十九年左傳『楚不在諸侯矣，其僅自完也，以持其世而已』。謂保守其世也。孟子公孫丑篇『持其志，無暴其氣』。謂保守其志也。故保養謂之持養。荀子勸學篇『除其害者以持養之』。榮辱篇『今以夫先王之道，仁義之統，以相羣居，以相持養』。楊注云：『持養，保養也。』議兵篇『高爵豐禄以持養之』，墨子天志篇『内有以食飢息勞，持養其萬民』，呂氏春秋長見篇『申侯伯善持養吾意』是也。」可引爲章句「據持」、「執持」旁證。

矯菌桂以紉蕙兮，

矯，直也。

【疏證】

矯，直也。◎案：矯菌桂、擥木根，相對爲文，擥之爲持，則撟之爲舉。説文手部：「撟，舉手也。从手、喬聲。一曰撟，擅也。」矯、撟，古字通用。易説卦：「坎爲矯輮。」釋文：「矯，一本作撟。」書呂刑「姦宄奪攘矯虔」，劉逢禄今古文集解：「矯，周官司刑鄭注作撟。」漢書卷六武帝紀「而撟虔吏」，卷八七上揚雄傳「仰撟首以高視兮」，顔師古注並云：「撟，舉也。撟與矯同，其字從手。」章句「矯直菌桂芳香之性」云云，則失之旨。

索胡繩之纚纚。

胡繩，香草也。纚纚，索好貌。言己行雖據履根本，猶復矯直菌桂芬香之性，紉索胡繩，令之澤好，以善自約束，終無懈倦也。

【疏證】

胡繩，香草也。◎明州本以注屬劉良。案：竄入五臣也。未詳爲何草。吳仁傑離騷草木疏以胡、繩爲二草名，謂胡即說文之「葷菜」，今之大蒜。以繩爲繩毒，即本草蛇粟。胡繩、薜荔，儷偶爲文，必皆各爲一物，不宜判分胡繩爲二草。汪瑗楚辭集解曰：「胡繩，謂延胡索，亦香草名也。」胡文英屈騷指掌曰：「胡繩，疑即今郢中所產之延胡索也。」方以智通雅：「結縷，胡繩也。遊獵賦云『布結縷』。爾雅『傅橫目』，注：『一名結縷，俗曰鼓箏草。』師古曰：『結縷蔓生，著地之處皆生細根。』離騷『索胡繩之纚纚』，胡繩，蓋結縷也。」王樹枏離騷注：「胡繩與鼓箏音近相借，蓋即是草也。」聞一多離騷解詁謂胡即蚡胡，「胡子之國，在楚旁」，「胡繩，疑亦因產地而得名」。皆非格物之選。繩，包山楚簡字作⿲糸乘力，從糸、從力、乘聲，蒸部；箏，耕部，其音別也。胡繩，謂烏藤。胡、烏同魚部，影匣旁紐雙聲。大雅生民「胡臭亶時」，鄭箋：「胡之言何也。」或謂之烏。漢書卷五二竇嬰傳「惡能救斯敗哉」，顏師古注：「惡音烏，謂於何也。」是其相通之證。繩、藤同蒸部，定牀旁紐雙聲。詩閟宮「朱英綠縢」，毛傳：「縢，繩也。」莊子卷三胠篋篇第一〇「必攝緘縢」，釋文引廣雅：「緘縢，皆繩也。」藤、縢一字。烏藤，本草謂之烏藤菜。或名劉寄奴草、金寄奴草。李時珍本草綱目卷一五「劉寄奴草」條：「南史云：『宋高祖劉裕，小字寄奴。微時伐荻新洲，遇一大蛇，射之。明日往，聞杵臼聲。尋之，見童子數人皆青衣，于榛林中擣藥。問其故，答曰：「我主爲劉寄奴所射，今合藥傅之。」裕曰：「神何不殺之？」曰：「寄奴，王者，不可殺也。」裕叱之，童子皆散，乃收藥而反。每遇金瘡傅之即愈。人因稱此草爲劉寄奴草。』鄭樵通志：『江南人因漢時謂劉爲卯金刀，乃呼劉爲金。是以又有金寄奴之名。江東人謂之烏藤菜云。』」又曰：「劉寄奴一莖直上，葉似蒼朮，尖長糙澀，面深背淡。九月莖端分開數枝，一枝攢簇十朵小花，白瓣黄蕊，如小菊花狀。花罷有白絮，如苦蕒花之絮。其子細長，亦如苦蕒子。所云實如黍稗者，似與此不同，其葉亦非蒿類。」

纚纚，索好貌。◎文選唐寫本、建州本、尤袤本「索好貌」作「好貌也」，秀州本無「索」字。唐寫本「貌」作「皃」。馮本「好」作「如」。明州本以此注竄入五臣劉良。案：羅本玉篇殘卷糸部「纚」字：「楚辭『索胡繩之纚纚』，王逸曰：『索好皃也。』」據此，則舊作「索好貌也」。唐本敚「索」字，宋以還敚「也」字。如，訛字。纚，說文糸部解「冠織」，名事相因，言緌垂長好。纚，从糸、麗聲。說文麗訓「旅行」，即侶行。侶、旅，古字通用。引申爲係聯，則縚髮之索謂之纚。重言之以狀物之聯續委長，則作纚纚。

言己行雖據履根本，猶復矯直菌桂芬香之性，紉索胡繩，令之澤好，以善自約束，終無懈倦也。◎文選本無「履」字，「芬香」作「芬芳」。尤袤本、六臣本、正德本、隆慶本、湖北本、劉本、朱本、俞本、莊本「懈倦」作「懈已」。湖北本「倦」下無「也」字。唐寫本作「解已」。馮本「束」訛作「東」。景宋本、皇都本「根本」作「根木」。案：章句上云「據持根本」，此云「據履根本」，則舊有「履」字。又，據下「唯昭質其猶未虧」，章句「言我外有芬芳之德」云云，則舊作「芬芳」。九懷陶壅「衰色罔兮中怠」，章句「志欲懈倦身罷勞」云云，則舊作「懈倦」。木，本之訛。胡繩纚纚，謂烏縢之草委長美好。

謇吾法夫前脩兮，非世俗之所服。

言我忠信謇謇者，乃上法前世遠賢，固非今時俗人之所服行也。一云：謇，難也。言己服飾雖爲難法，我倣前賢以自脩潔，非本今世俗人之所服佩。

【疏證】

言我忠信謇謇者，乃上法前世遠賢，固非今時俗人之所服行也。◎文選本「世」作「代」。尤袤本、六臣本「俗人之所服」作「俗之人所可服」，唐寫本作「俗人所服」。案：作「代」，避唐諱。文選卷六魏都賦「本前脩以作系」，劉淵林注：「前脩，謂前賢也。離騷『攓吾法夫前脩』。」即章句遺義。後漢書卷二八下馮衍傳「纂前修之夸節兮」，卷三九劉愷傳「今愷景仰前脩」，李賢注並曰：「前修，前賢也。」皆因章句，則其所據本猶未佚。錦繡萬花谷前集卷三八相貌部「前修」條引王逸

注：「前修，謂前代脩習道德之人。」此義出文選六臣呂向注，而竄亂於章句者。

一云：謇，難也，言己服飾雖爲難法，我倣前賢以自脩潔，非本今世俗人之所服佩。◎文選本無注。正德本、隆慶本、俞本、朱本、劉本「服飾」之「飾」作「然」。正德本、隆慶本、湖北本、朱本、馮本、四庫章句本、劉本、莊本、俞本無「一云」二字，「脩」作「修」，「人」下無「之」字。莊本「一云」作「或曰」。文選六臣云：「謇，五臣本作蹇。」唐寫本亦作「謇」。案：西村時彥云：「六臣本向曰『謇難也』云云，似後人取呂向注竄入王注矣。」其説是也。用作語詞，謇、蹇通用不別，皆難之詞，其用法同羌，施於非問句，訓乃、訓然、訓反、訓竟。下「余雖好脩姱以鞿羈兮，謇朝誶而夕替」。九歌雲中君：「蹇將憺兮壽宮，與日月兮齊光。」湘君：「君不行兮夷猶，蹇誰留兮中洲。」九章哀郢：「慘鬱鬱而不通兮，蹇侘傺而含慼。」抽思：「軫石崴嵬，蹇吾願兮。」九辯：「事亹亹而覬進兮，蹇淹留而躊躇。」哀時命：「車既弊而馬罷兮，蹇邅徊而不能行。」謇之訓難，非難易之難，猶那也，奈何也。朱子集注：「謇，難詞。」難，那歌、元陰陽對轉，同泥紐雙聲。詩桑扈「受福不那」，説文鬼部引詩則作「受福不儺」。儺猶難也。周禮卷二五春官第三占夢「遂令始難毆疫」，鄭注：「故書難或爲儺，杜子春難，讀爲難問之難。」禮記卷一五月令第六「命國難」，論語卷一〇鄉黨篇、呂氏春秋卷三季春紀第一盡數季春紀、淮南子卷五時則訓皆作儺。難亦那也。王引之曰：「那者，柰之轉也。」（訓見經傳釋詞）吳昌瑩云：「那者，柰何之合聲也。直言之曰那，長言之曰柰何也。」（訓見經詞衍釋）左傳昭公十年：「忠爲令德，其子弗能任，罪猶及之，難不慎也？」言何不慎也。施於問句，謇爲問辭，訓豈、訓何、訓奚也。思美人：「車既覆而馬顛兮，蹇獨懷此異路。」言何獨懷此異路也。九辯：「竊慕詩人之遺風兮，願託志乎素餐；蹇充倔而無端兮，泊莽莽而無垠。」言何失節充倔而無端直之行也。招魂：「弱顔固植，謇其有意些。」言弱顔而固持，豈其有意於此哉？元、月對轉，謇，或作盍。東皇太一「盍將把兮瓊芳」，章句：「盍，何不也。」盍將把，比雲中君「蹇將憺」，盍亦謇也。盍訓「何不」，問難之詞；而謇訓「乃」，逆轉之詞。或作蓋。抽思：「與余言而不信兮，蓋爲余而造怒。」補注、朱子集注同引蓋一作盍，言乃爲余而造怒也。難、然古字通。墨子卷五非攻中：「今攻三里之城，七里之郭，攻此不用鋭，且無殺而徒得，此然也。」借然爲難。説文然，或作𤏸。漢書卷二八下地理志「高奴有洧水，可𤏸」。顔師古注：「𤏸，古然字。」然，逆轉之詞。（訓見經傳釋詞卷七）難之訓然，猶謇之訓然，其義皆通。

雖不周於今之人兮，

周，合也。

【疏證】

周，合也。◎案：説文勹部：「𠣘，帀徧也。从勹、舟聲。」又，口部：「周，密也。从用、口。」

匔、周引申皆言合，而其用則別。段注：「周自其中之密言之，匔自其外之極復言之。凡圜周、方周、周而復始，其字當作匔，謂其極而復也。凡圜冪、方冪、冪積謂之周，謂其至密無疏罅也。左傳以周、疏對文，是其義。今字周行而匔廢，槩用周字。」屈賦周、匔通用不別。此「不周於今之人」，言其爲時世所疏，字當用周。甲文作囲，上非從用，下不從口。象田畮縱横、禾苗繁密之形，而後形變爲周。郭店、包山、信陽楚簡皆作周，則戰國已變。引申爲親愛、比合。詩皇皇者華「周爰咨諏」，毛傳：「忠信爲周。」周、比對文，合於義謂之周，合於非義謂之比。論語卷二爲政篇：「君子周而不比，小人比而不周。」散則不別。匔合之匔，匔帀之引申，無親比之意。凡周偏、周繞字當爲匔。

願依彭咸之遺則。

彭咸，殷賢大夫，諫其君不聽，自投水而死。遺，餘也。則，法也。言己所行忠信，雖不合於今之世，願依古之賢者彭咸餘法，以自率厲也。

【疏證】

彭咸，殷賢大夫，諫其君不聽，自投水而死。◎文選唐寫本無「而」字。正德本、隆慶本、劉本、湖北本、朱本、馮本、俞本、四庫章句本「大夫」下有「也」字。案：文選卷八羽獵賦「餉屈原與彭、胥」，李善注：「楚辭曰『願依彭咸之遺［制］（則）』。王逸曰：『殷賢大夫，自投水而死。』」則舊有「而」字。彭咸其人，湮没莫考，然爲屈子素所敬慕之死亡偶像，凡不與世俗合者，其必舉彭咸以自明志。其事可徵者三：一是「依彭咸之遺則」，即上文「謇吾法夫前脩」，彭咸，前賢也。彭者姓而咸者名，彭祖鏗之裔。史記卷四〇楚世家載，彭祖乃帝高陽顓頊氏玄孫，陸終第三子。集解引虞翻云：「名翦，爲彭姓，封於大彭。」又，卷七項羽本紀「項王自立爲西楚霸王」，正義：「貨殖傳云：『淮以北，沛、陳、汝南、南郡爲西楚也。彭城以東，東海、吴、廣陵爲東楚也。衡山、九江、江南、豫章、長沙爲南楚。』孟康云：『舊名江陵爲南楚，吴爲東楚，彭城爲西楚。』」潛夫論第一讚學篇：「顓頊師老彭，帝嚳師祝融。」顓頊、帝嚳，東夷之先，老彭、祝融蓋一人，爲顓頊師。據此，彭氏、楚芈氏同宗共祖，屈子屢稱彭咸，不無宗親之情愫。彭咸非彭祖，自虞至商，達八百餘祀，其年壽近千歲。於事理言之，決無其人。八百歲者，彭姓之所歷年。彭氏在殷商爲一著姓之族，世稱大夫，供職王事，司掌貞卜。殷墟書契前編卷五卜辭載，「亡𡆥，卜，彭」，又云「亡𡆥，彭，已卜」（三四·四）。彭，彭氏，所以貞卜者。彭氏，商之太卜，巫史之屬。山海經卷一六大荒西經有巫彭，又有巫咸。巫彭，彭氏共稱，巫咸，是其一也。墨子卷一二貴義篇第四七：「昔者，湯將往見伊尹，令彭氏之子御。彭氏之子半道而問曰：『君將何之？』湯曰：『將往見伊尹。』彭氏之子曰：『伊尹，天下之賤人也。若君欲見之，亦令召問焉，彼受賜矣。』湯曰：『非女所知也。今有藥此，食之則耳加聰，目加明，則吾必説而强食之。今夫伊尹之於我國也，譬之良醫善藥也。而子不欲我見伊尹，是子不欲吾善也。』因下彭氏之子，不使御。」此彭祖子孫之不肖者。殷墟書契前編卷一言「出於咸」（四・三），「貞出於咸戊」（四三・五），後編言「貞㞢𡿧自咸」（上卷，九・九），羅振玉、郭鼎堂並謂咸、咸戊即巫咸。「出於咸」一條與「出於大甲、出於大丁」契於同一甲骨。大甲、大丁皆殷族先公，巫咸生當其時。大甲、大丁並祭，云：「丁亥卜，口，貞昔乙酉，服⿰句刂御大丁、大甲、祖乙百鬯百羊卯三百牛。」（後編上卷・二八）大甲，殷大宗也（詳史記卷三殷本記）。巫咸，大宗之巫。章句謂巫咸當中宗大戊之世，未知其據。此其一事。抽思：「望三五（三王）以爲像兮，指彭咸以爲儀。」儀，容態、儀表。漢書卷八七上揚雄傳載反離騷曰「蹠彭咸之所遺」。所遺，遺則也。撫，猶扈也，楚人語被帶曰扈。蕭該漢書音義：「雄往往摭離騷文而反之，蹠，應作手旁庶，説文：『摭，拾也。』」言拾取衣佩彭咸之遺法。彭咸古之好脩之賢，引芳草以自飾，貌若神靈，屈子畢身所師法。聞一多離騷解詁：「木根薜荔，菌桂胡繩，並茝蕙之屬，皆養生之靈藥，彭咸佩之，以致壽考，故欲依其遺則焉。」以爲效彭咸求壽不死。誣也。屈子「九死不悔」、「體解不變」，其視死如歸，非唯求長生不死。效法彭咸好脩之則，以興其正直、清潔之性，以寓其異乎凡俗之高陽胄子之質性。此其二事。下文「既莫足與爲美政兮，吾將從彭咸之所居」，言不爲時世所知，寧與彭咸爲匹。悲回風：「淩大波而流風兮，託彭咸之所居」。彭咸確爲水死，從彭咸所居，猶淩大波而没水也。劉向九歎離世：「九年之中不吾反兮，思彭咸之水遊。」水遊，没水死也。章句或本此。劉向去古不遠，當有所本。御覽卷七九〇四夷部一一巫咸國引外國圖：「昔殷帝大戊（庚案：當大甲之訛）使巫咸禱於山河（庚案：山字當衍文），巫咸居於此，是爲巫咸民，去南海萬千里。」此後人據彭咸投水死而敷演之。此其三事。又，彭姓之族宗水畜。豕韋氏出彭姓，以豕爲其圖騰之神獸。禮記卷一七月令第六「食黍與彘」，鄭注：「彘，水畜也。」易説卦：「坎爲豕。」孔疏：「坎主水瀆，豕處汙濕，故爲豕也。」周禮卷三天官第一小宰「凡小事皆有聯」，鄭注：「奉牲者其司空奉豕與」，賈疏：「説卦云『坎爲豕』。是豕屬水。」埤雅卷五「豕」條：「坎性趨下，豕能俯其首，又喜卑穢，亦水畜也。故坎爲豕。」彭咸水死，緣乎血親認同之宗教情愫。屈子於死亡形態，其認知程度尚未脱盡人類童年期之意識，謂人死必終歸於故居。故居，其族「泰始」之宅、始祖所居。彭氏出於「化爲魚婦」之帝顓頊，其故居則在水中幽宮。人死歸祖，乃求與其族人圖騰神重合。是以其民好輕生，視死真若歸爾。彭咸投水，求與猪龍重合，歸於其族之根，與之共游江河。屈子效法彭咸水死，既爲「伏清白以死直」之理性選擇，又不無反本族根之原始情愫。

遺，餘也。則，法也。◎案：慧琳音義卷八五「孑遺」條引王注楚辭：「遺，餘也。」文選卷一六歎逝賦「草無朝而遺露」，李善注引王逸曰：「遺，餘也。」皆未引「則法也」之義。上文「正則」既有此義，故删之。又，遠遊「願承風乎遺則」。後漢書卷四四胡廣傳：「遺則百王，施之萬世。」全後漢文卷七六蔡邕太傅胡廣碑：「既明且哲，保身遺則。」卷一〇〇無名氏泰山都尉孔宙碑：「貴速朽之反真，慕寧儉之遺則。」卷一〇四無名氏無極山碑：「欽案禮萛，咨古遺則。」遺則，古之恆語。

言己所行忠信，雖不合於今之世，願依古之賢者彭咸餘法，以自率厲也。◎文選唐寫本「世」作「俗」。文選本「世」作「人」，「願依」作「欲願依」。正德本、隆慶本、湖北本、朱本、馮本、俞本、莊本、劉本、四庫章句本「世」下有「人」字。案：文選本皆避太宗諱。願、欲同義，章句未注「願」字。則舊作「願依」。秀州本羨「欲」字。章句「以自率厲」云云，率厲，猶鼓厲，後漢恆語。後漢書卷一六寇恂傳：「率厲士馬，防遏它兵。」又，清華簡（六）管仲「願」字作「忨」，从心、元聲。元、原同韻也。

長太息以掩涕兮，哀民生之多艱。

艱，難也，言己自傷所行不合於世，將効彭咸沈身於淵，乃太息長悲，哀念萬民受命而生，遭遇多難，以隕其身。申生雉經，子胥沈江，是謂多難也。

【疏證】

艱，難也。◎文選本無注。案：李周翰有注。艱，始於此，舊當有注。唐本竄入於五臣。

又，艱之訓難，因爾雅釋詁，郭璞注：「皆險難。」

言己自傷所行不合於世，將効彭咸沈身於淵，乃太息長悲，哀念萬民受命而生，遭遇多難，以隕其身。中生雉經，子胥沈江，是謂多難也。◎文選本、正德本、隆慶本、朱本、俞本、莊本、馮本、劉本、四庫章句本「所」作「施」。文選本「世」作「俗」，「民」作「人」，「難」作「艱」，「其身」下有「也」字，無「中生雉經子胥沈江是謂多難也」十三字。唐寫本亦作「難」，「沈」作「沉」。正德本、隆慶本、湖北本、朱本、馮本、俞本、劉本、莊本、四庫章句本「沈身」作「自沈」，「其身」下有「也」字。同治本「効」作「效」。案：文選本無「中生雉經」以下十三字，删之也。施行，章句恆語，上文「夫唯捷徑以窘步」，章句：「言桀、紂愚惑，違背天道，施行惶遽。」下文「申申其詈予」，章句：「言女嬃見己施行不與衆合，以見流放，故來牽引，數怒重駡我也。」九歌大司命「何壽夭兮在予」，章句：「其壽考夭折，皆自施行所致，天誅加之，不在於我也。」招魂「主此盛德兮，牽於俗而蕪穢」，章句：「言己施行常以道德爲主，以忠事君，以信結交，而爲俗人所推引。」七諫沈江「業失之而不救兮」，章句：「言君施行，業已失道，身將危殆。」九歎逢紛「垂文揚采遺將來兮」，章句：「言己雖不得施行道德，將垂典雅之文。」又，章句以「艱」爲「難」，則舊作「多難」。作「俗」、「人」，避唐諱也。沉、沈同。効、效亦同。正文「掩涕」之掩，宜作淹，二字同奄聲，例得通用。詩大田「有渰萋萋」，渰、淹同。鹽鐵論卷八水旱篇第三六引詩「有渰萋萋」，張之象注：「渰音掩。」淹，長、久也。淹涕，謂久久悲泣。章句「長悲」云云，以長釋掩，則以掩爲淹。北大簡（三）趙正書：「㥜然流涕長太息。」亦未嘗言「掩涕」。清華簡（六）鄭武夫人規孺子「掩」字作「盧」，假借字也。又，「申生雉經」云云，見惜誦「申生之孝子兮」注。「子胥沈江」云云，見涉江「伍子逢殃」注。清華簡（三）芮良夫毖：「民多艱難，我心不快。」是之謂也。又，周密齊東野語「協韻牽强」條曰：「離騷一經，惟『多艱』、『多替』之句，最爲不協。孫莘老、蘇子容本云：『古亦應協。』未必然也。以余觀之，若移『長太息以掩涕』一句在『哀民生之多艱』下，則涕與替正協，不勞牽强也。」宋人固已知之。

余雖好脩姱以鞿羈兮，

鞿羈，以馬自喻。韁在口曰鞿，革絡頭曰羈，言爲人所係累也。

【疏證】

鞿羈，以馬自喻。韁在口曰鞿，革絡頭曰羈，言爲人所係累也。◎文選本、正德本、隆慶本、劉本、湖北本、朱本、馮本、俞本、莊本、四庫章句本「自喻」下有「也」字。唐寫本、尤袤本、六臣本「累」作「纍」。正德本、隆慶本、湖北本、劉本、朱本、馮本、俞本、莊本、四庫章句本「累」下有「之」字。案：纍，古累字。「所」字結構，動詞後不當有「之」字。文選卷一四赭白馬賦「服鞿羈兮」，李善注：「楚辭曰：『余雖好脩姱以鞿羈兮。』王逸曰：『韁在口曰鞿，絡在頭曰羈。』」東雅堂昌黎集注卷三山石注引王逸曰：「繮在口曰鞿。」韁與繮同。又，慧琳音義卷一五「羈羅」條引王逸注楚辭：「革絡馬頭。」卷二二「羈縶」條王逸注楚辭：「羈，謂絡馬頭也。」卷二三「羇鞅」條同引王逸注楚辭：「羈，謂絡馬頭。」羇、羈同。卷四一「羈鎖」條、續音義卷二「羈鞅」條同引王逸注：「以革絡馬頭也。」卷三二「羇籠」條引王逸注楚辭：「革絡馬頭曰羇。」卷七四「羈勒」條引王逸注：「以華（革）絡馬頭曰羈。」卷八〇「羈縻」條引王逸注楚辭：「革絡馬頭曰羈。」皆有「馬」字。其所據本別。朱子集注：「鞿羈，言自繩束，不放縱也。」錢澄之屈詁：「脩姱鞿羈，蓋居身芳潔而動循禮法者，雖自知不能見容，亦不意朝誶而夕廢，如此其速也。」游澤承居學偶記：「此文好脩姱以鞿羈者，及因好脩而自爲繩檢之謂，非自脩而爲讒人所係累之謂也。其詞則平舉，其義則相承。詞義文勢，均極顯然。章句之誤，讀者多未之察，故王氏雜志而尚從其誤也。」（文史第五輯）其説皆得旨。此承上以車右自喻。鞿羈，車右恆語。九章惜往日：「乘騏驥而馳騁兮，無轡銜而自載。」轡銜，同此「鞿羈」，以喻自約束也。惟彼「無轡銜」以斥君王行無檢束，與此相反。悲回風「心鞿羈而不形兮」，與此文同，喻自我約束。若「言爲人所係累」，則下「謇朝誶而夕替」之謇，不得相承爲逆轉之意。鞿，説文未收。章句「韁在口曰鞿」云云，謂機約。木部：「機，主發謂之機。」段注：「下文云『機持經者』、『機持緯者』，則機謂織具也。機之用主於發，故凡主發者皆謂之機。」發户者謂之機樞，發弩者謂之機弩，發物理者謂之機關、機巧，發於兵戎者謂之兵機、軍機，御馬之韁謂之鞿，則其義皆通。訓詁字别作羈，韁繩之别名。漢書卷二三刑法志「是猶以鞿而御駻突」，孟康曰：「以繩縛馬口謂之鞿。」晉灼曰：「鞿，古羈字。」則鞿、羈同。説文羈字作𦋇，云：「𦋇，馬落頭也。从网、馽。馽，絆也。」段注：「既絆其足，又网其頭。」包山楚懷王左尹邵㫙墓出土車馬之器，有銅質馬銜二十件、馬鑣五十件、絲絡頭一件。馬銜爲杆狀，中二環相扣，兩端有二大環，貫以鑣杆。韁，繫於鑣以控御也；鞿，兼馬銜、馬鑣。而絡頭狀如網，織之以繩也。

謇朝誶而夕替。

誶，諫也，詩曰：「誶予不顧」。替，廢也。言己雖有絶遠之智，姱好之姿，然以爲讒人所鞿羈而係累矣，故朝諫謇謇於君，夕暮而身廢弃也。

【疏證】

誶，諫也，詩曰：「誶予不顧」。◎文選本、正德本、隆慶本、劉本、湖北本、朱本、馮本、俞本、莊本、四庫章句本「曰」作「云」。案：章句引詩見陳風墓門，毛詩作「訊予不顧」。傳：「訊，告也。」鄭箋：「歌，謂作此詩也，既作，又使工歌之，是謂之告。」釋文：「本作誶，音信。徐息悴反，告也。韓詩：『訊，諫也。』」章句因韓詩。詩之誶、訊皆爲責誚、詬詈。誶、訊一字。説文言部：「誶，讓也。从言、卒聲。國語曰：『誶申胥。』」卒猶猝也。訊，從言、卂聲。卂，鳥之疾飛，有急疾義。言之急迫爲誶。左傳文公十七年「執訊而與之書」，杜注：「執訊，通問訊之官。」漢書卷二三王子侯年表安檀侯福表「訊羣臣」，顏師古注：「訊，問也。音信。」卷四八賈誼傳「立而誶語」，服虔云：「誶，猶罵也。」又引張晏曰：「誶，責讓也。」卷五一鄒陽傳「卒從吏訊」，顏師古注：「訊，謂鞫問也，音信。」文選卷一五思玄賦「占水火而妄訊」，舊注：「訊，告也。」國語卷一九吳語「乃訊申胥」，韋注：「訊，告讓也。」荀子卷一八賦第二六雲「行遠疾速而不可以託訊者與」，楊倞注：「訊，書問也。」尚書多士：「乃命爾先祖成湯，革夏俊民。」言鞫考夏民。周穆王時器牆盤：「達殷畯民」。達，撻也。畯，訊也。大盂鼎「畯正氒民」，畯，讀如訊，讓也。俗語「訓斥」，訊之遺義。朝誶，旦朝見斥讓也。章句以誶解諫，「朝諫謇謇於君」云云，非也。諫，讕也。漢書卷三〇藝文志「讕言十篇」，顏師古注：「陳人君法度。」蓋借讕爲諫。言部：「讕，抵讕也。」抵，讀如詆，訶斥也。詆讕，以罪責讓人而毀之。

替，廢也。◎唐寫本「廢」作「癈」。案：俗字。正文艱、替出韻。替，舊作㚘，訛爲替。説文㚘部：「㚘，竝行也。从二夫。讀若『伴侶』之伴。」音薄旱反。㚘，侶伴之別义，通作拌。方言卷一〇：「拌，棄也。楚凡揮棄物謂之拌。」郭璞音義：「拌音伴。」廣雅釋詁：「拌，棄也。」王念孫云：「拌之言播棄也。吳語云『播棄黎老』是也。播與拌古聲相近。士虞禮『尸飯，播餘於篚』，古文播爲半，半，即古拌字。謂棄餘飯于篚也。」拌，楚語。夕拌，夕見放棄也。

言己雖有絶遠之智，姱好之姿，然以爲讒人所譏羈而係累矣，故朝諫謇謇於君，夕暮而身廢弃也。◎文選本「累」作「纍」。唐寫本「廢」作「癈」。秀州本「然」下無「以」字，「弃」作「棄」。建州本「弃」下無「也」字。案：無「以」，敚也。王懷祖讀書雜志餘編下「余雖脩姱」條云：「雖與唯同。言余唯有此脩姱之行，以致爲人所係累也。唯字古或借作雖。」案：其説是也。上博簡（九）卜書「三末唯（雖）吉」、「兆唯（雖）起鉤」、「三末唯（雖）敗」。知楚簡亦通用也。章句「故朝諫謇謇於君」云云，以「謇」爲「謇謇」忠言之意，非也。謇，猶乃也，難詞。

既替余以蕙纕兮，

纕，佩帶也。

【疏證】

纕，佩帶也。◎案：章句「佩帶」云云，猶所佩、所帶。下「樧又欲充夫佩幃」，章句：「幃，盛香之囊。」佩纕、佩幃同。纕，幃之屬，借爲囊，二字同襄聲，例得通用。楚簡遺策「囊」皆作「襄」。莊子卷三在宥篇第一一「乃始臠卷獊囊」，釋文曰：「崔本獊作戕囊，云：戕囊，猶搶攘。」朱駿聲離騷補注：「纕，讀爲囊，香囊也。」蕙囊，言囊以蕙飾之。

又申之㠯攬茝。

又，復也。言君所以廢弃己者，以余帶佩衆香，行以忠正之故也，然猶復重引芳茝，以自結束，執志彌篤也。

【疏證】

又，復也。◎案：詩小宛「天命不又」，毛傳：「又，復也。」

言君所以廢弃己者，以余帶佩衆香，行以忠正之故也，然猶復重引芳茝，以自結束，執志彌篤也。◎文選唐寫本「廢」作「癈」，「彌篤」下無「也」字。六臣本無「重」字。秀州本「弃」作「棄」。正德本、隆慶本、劉本、朱本、俞本、莊本、湖北本、馮本、四庫章句本「志」作「意」。案：重，羨也。志、意同義，章句但有「執志」，無作「執意」。下文「自前世而固然」，章句：「言鷙鳥執志剛厲，特處不群。」大司命「高駝兮沖天」，章句：「言己雖見疏遠，執志彌堅。」九歎愍命：「回邪辟而不能入兮，誠願藏而不可遷。」章句：「言己執志清白淵靜，回邪之言，淫辟之人，不能自入於己，誠願執藏此行，以承事君，心終不移也。」皆可本校。則舊作「志」字。章句「引芳茝以自結束」云云，攬茝，猶上「擥木根以結茝」也。補注引一云「又申之擥茝」。又申之以攬茝，同上「又重之以脩能」句法。楚簡亦有此句法，如清華簡（六）鄭武夫人規孺子：「慁（圖）所賢者焉，繡（申）之㠯龜筶（筮）。」文選卷一〇潘岳西征賦：「紛吾既邁此全節，又繼之以盤桓。」卷一四班固幽通賦：「既訊爾以吉象兮，又申之以炯戒。」全晉文卷三六庾亮讓中書監表：「既眷同國士，又申之婚姻。」晉書卷九三桓玄傳：「既惠之以首領，又申之以縶維」。宋書卷八二周朗傳：「然陛下既基之以孝，又申之以仁。」」。則「以」字不可省。章句「然猶復重引芳茝以自結束」云云，則舊有「以」字。

亦余心之所善兮，雖九死其猶未悔。

悔，恨也，言己履行忠信，執守清白，亦我中心之所美善也。雖以見過，支解九死，終不悔恨。

【疏證】

悔，恨也。◎案：說文心部：「悔，悔恨也。从心，每聲。」悔，改也。悔、改同之部，見匣旁紐雙聲，音近義通。詩皇矣「其德靡悔」，言其德不改。中心曉寤而思改謂之悔。悔、恨，散文不別。後漢書卷一六寇恂傳「九死而未悔」，卷六四史弼傳「昔人刎頸，九死不恨」，則以同義易之。對文改曰悔，憾曰恨。

言己履行忠信，執守清白，亦我中心之所美善也，雖以見過，支解九死，終不悔恨。◎正德本、隆慶本、劉本、湖北本、朱本、馮本、俞本、莊本、四庫章句本「中心」作「心中」。馮本、四庫章句本「以」作「已」。文選本「中心」作「心中」，「恨」下有「也」字。案：離騷序：「言己放逐離別，中心愁思，猶依道徑，以風諫君也。」上文「忍而不能舍也」，章句：「言己知忠言謇謇諫君之過，必爲身患，然中心不能自止而不言也。」據例，則舊作「中心」。章句探下「雖體解其猶未變」，而以「九死」爲「支解」。九，極詞。九死，猶漢書卷六五東方朔傳「罪當萬死」，謂死之必也。上蕙纕、攬茝，皆其中正人格之喻詞。此乃己之中心所好，若必以生命爲代價，則義無反顧，一死以成其志。文選卷一〇潘岳西征賦「亦余心之所惡」，宋書卷五三庾炳之傳「所謂『雖九死而不悔』者也」，後漢書卷二八下馮衍傳「雖九死而不眠兮」。皆衣被於此。王邦采離騷彙訂云：「『九死未悔』，在『既替』、『又申』上，見得大夫以蕙茝喻忠言，攬則有持而進之之意。若曰君既替余以蕙纕，余心宜知自悔矣。而『余又申之攬茝』，終不以王之怒而變塞者，亦以蕙茝之芬芳，余心之所善在此，故雖九死而不悔也。篇中惟此處爲既疏猶諫之。正文諸解俱走入拙路，愈求愈晦矣。」其眼界獨到。若此爲「既疏猶諫之」者，則屈子作騷之年，非在「見疏」之時，宜在見斥棄之後之確證矣。王邦采固以離騷爲「大夫致命之詞」，稱「洪氏謂作于懷王之世者，由于讀遷史本傳而未深究之耳。本傳『王怒而疏屈平』，叙所以見疏之由，『憂愁幽思而作離騷』，叙所以作騷之故。乃一篇之總冒，非謂懷王怒而疏之，即作如許哀慘之音也。果爾，與遠之則怨者何以異？且離騷爲屈辭之總名，非專指此辭也。天問、遠遊皆是也。所謂『一篇之中三致志焉，令尹子蘭聞之大怒』者，又安知非作于頃襄既立，借鑒前車以屬望後王歟？史之文疏而不密，吾于屈子之傳而益見云」。則足掃盡千古之迷霧矣。

怨靈脩之浩蕩兮，

上政迷亂則下怨，父行悖惑則子恨。靈脩，謂懷王也，浩猶浩浩，蕩猶蕩蕩，無思慮貌也，詩曰：「子之蕩兮」。

【疏證】

上政迷亂則下怨，父行悖惑則子恨。◎文選本無注。案：删之也。怨、恨，散文不別。對文怒之既發而外見爲恚，未發而蘊於内爲怨。説文心部：「怨，恚也。从心、夗聲。」又：「恚，怒也。从心、圭聲。」國語卷一周語上「怨而不怒」，韋注：「怨，心望也。怒，作氣也。」荀子卷一九大略篇第二七「有怨而無怒」。古之從夗聲字含蘊積義。荀子卷六富國篇第一〇「使民夏不宛暍」，楊倞注：「宛，讀爲蘊，暑氣也。」卷二〇哀公篇第三一「富有天下而無怨財」，怨財，即蘊財。晏子春秋卷六田無宇勝欒氏高氏欲分其家晏子使致之公第十四章「怨利生孽」，左傳昭公十年作「蘊利生孽」。恨，憾也。恨之言限也。漢書卷一〇〇上叙傳「漢良受書于邳、沂」，蕭該音義引韋昭：「垠，限也。」限，謂阻也，難也。中心阻隔，情不得渲泄謂之恨。怨重恨輕，怒曰怨，悔曰恨。周、秦未嘗相溷。兩漢以還，怨、恨皆訓怒。心部：「恨，怨也。」漢書卷六八霍光傳「欲爲子弟得官，亦怨恨光」。怨恨，平列同義。今以恨爲怨怒，怨爲埋怨、怨愁，恨甚於怨。補注：「孔子曰：『詩可以怨。』孟子曰：『小弁之怨，親親也；親之過大而不怨，是愈疏也。』屈原於懷王，其猶小弁之怨乎？」洪氏可謂知言。史記卷八四屈原列傳：「信而見疑，忠而被謗，能無怨乎？屈平之作離騷，蓋自怨生也。」史遷固知之。淮南王劉安云：「國風好色而不淫，小雅怨誹而不亂，若離騷者，可謂兼之也。」庶幾得其「中正」之理。

靈脩，謂懷王也。◎正德本、隆慶本、朱本、劉本、馮本、俞本、莊本、四庫章句本、湖北本「脩」作「修」。案：詳參上「夫唯靈脩之故也」注。

浩猶浩浩，蕩猶蕩蕩，無思慮貌也，詩曰：「子之蕩兮」。◎文選本無「詩曰子之蕩兮」六字。唐寫本「貌」作「皃」。文淵四庫章句本「曰」作「云」，文津本亦作「曰」。案：文選本删之也。章句引詩，見陳風宛丘。毛詩作「子之湯兮」，傳：「湯，蕩也。」孔疏：「序云『游蕩』，經言『湯兮』，知湯爲蕩也。」湯、蕩古字通用。詩言放蕩。章句以「浩蕩」爲「無思慮貌」，與詩義同，且甚得屈子本心。又解「驕傲放恣」，其義相仍。九歌河伯「心飛揚兮浩蕩」，哀時命「志浩蕩而傷懷」，章句並解「志放貌」，謂曠放達觀、無所韁羈，與解「無思慮」者不別。後漢書卷五九張衡傳「志浩蕩而不嘉」，李賢注：「浩蕩，廣大也。楚辭曰：『怨靈修之浩蕩。』」因離騷也。游澤承離騷纂義斥之爲「常據上下詞義以求合」。信非知言。浩蕩，不分貌，訓詁字或作溷沌（見莊子卷二應帝王篇第七），離騷作溷濁。或作鴻洞，淮南子卷七精神訓「澒濛鴻洞」，高注：「皆無形之象。」或作澒洞（孟子趙岐注）、港洞（文選卷一八長笛賦）、虹洞（後漢書卷六〇上馬融傳）等，皆廣大無際極之貌。聲轉或作恢炱，九辯「收恢台之孟夏」，洪氏引文選舞賦注：「恢炱，廣大之貌。」後漢書卷六〇上馬融傳字作恢胎。或作浩盪（後漢書卷五九張衡傳），或乙作圖傲，莊子卷八天下篇第三三「圖傲乎救世之士哉」，郭象注：「揮斥高大之貌。」圖傲，同廣雅釋詁之「鰖𩣡」，大貌。或作陶傲。九思守志「遊陶遨兮養神」，章句：「陶遨，心無所繫。」與「浩蕩」之訓「無思慮」者通。或作豁達，通暢無礙貌（見文選卷一一何晏景福樓殿賦），其義相仍。水之迷茫無涯曰泓澄（文選卷五左思吳都賦）、浩洋（淮南子卷六覽冥訓）、瀇洋（論衡卷二九案書篇第八三）、洸洋（史記卷六三老子韓非列傳），月色朦朧不明曰朦朧，耳不聰曰惝怳，日不明曰埃𣇻（說文日部），雲覆蔽日曰靉靆（通俗文）、曖𣋽（文選卷三四七啓），思慮不清曰貸駭，駢雅釋訓：「貸駭，不解事也。」或作懛獃，集韻平聲第一六咍韻「懛」字：「懛獃，懒怳也。」或作懛𣢾、懛儗，廣韻平聲第一六咍韻「懛」字：「懛𣢾，失志皃。」去聲第一九代韻「儗」字：「懛儗，癡也。」莊子卷五山木篇第二〇作怠疑，倒文曰癡騃（周禮卷三六秋官第五司刑鄭注：「生而癡騃童昏者。」）。魚、陽對轉，浩蕩或作糊塗。孫奕示兒編卷二二字説引呂氏家塾記：「呂端之爲人糊塗。」注：「讀爲鶻突。」章句「無思慮」云云，糊塗也，與下「不察」接榫。説者宜因聲抽繹，則會心非遠；若拘形强解，則生扞格。

終不察夫民心。

言己所以怨恨於懷王者，以其用心浩蕩，驕敖放恣，無有思慮，終不省察萬民善惡之心，故朱紫相亂，國將傾危也。夫君不思慮，則忠臣被誅；忠臣被誅，則風俗怨而生逆暴，故民心不可不熟察之也。

【疏證】

言己所以怨恨於懷王者，以其用心浩蕩，驕敖放恣，無有思慮，終不省察萬民善惡之心，故朱紫相亂，國將傾危也。夫君不思慮，則忠臣被誅；忠臣被誅，則風俗怨而生逆暴，故民心不可不熟察之也。◎文選本「民」作「人」，「省察」作「察省」，刪「夫君不思慮」以下二十八字。唐寫本「驕敖」作「教驕」，「紫」作「柴」。六臣本「察省」上有「見」字。正德本、隆慶本、湖北本、俞本、馮本、四庫章句本無「以其」之「其」字，「省察」作「察省」，「思慮」作「思古」。朱本、劉本、莊本無「以其」之「其」字，「省察」作「察省」。案：作「教驕」、柴，皆訛也。作「人」，避唐諱。省察，章句恆語。惜往日「不清澈其然否」，注曰：「内弗省察，其侵冤也。」據義，則舊作「省察」。莊本文義完整，蓋得其舊。章句「朱紫相亂」云云，論語卷一七陽貨篇「惡紫之奪朱也」，孔注：「朱，正色。紫，間色之好者。惡其邪好而奪正色。」孟子卷一四盡心下「惡紫，恐其亂朱也」，趙注：「紫色似朱。朱，赤也。」及至東漢，朱紫，猶善惡、清濁也。後漢書卷三六陳元傳：「夫明者獨見，不惑於朱紫；聽者獨聞，不謬於清濁。」卷五九張衡傳：「宜收藏圖讖，一禁絕之，則朱紫無所眩，典籍無瑕玷矣。」卷六一左雄傳：「朱紫同色，清濁不分。」同卷黄瓊傳：「使朱紫共色，粉墨雜蹂。」三國志卷三九蜀書董允傳：「慮後主富於春秋，朱紫難別。」續漢書百官志一注引漢官儀載世祖詔：「方今選舉，賢佞朱紫錯用。」九思怨上「朱紫分雜亂」，章句：「君不識賢，使紫奪朱，世無別知之者。」皆爲此「朱紫相亂」之注脚。又，清華簡（五）厚父曰：「民心惟本，氒作惟葉，矧某能丁良于友人，廼宣弔（淑）氒心。」民心，亦此意也。

衆女嫉余之蛾眉兮，

衆女，謂衆臣，女，陰也，無專擅之義，猶君動而臣隨也，故以喻臣。蛾眉，好貌。

【疏證】

衆女，謂衆臣。女，陰也，無專擅之義，猶君動而臣隨也，故以喻臣。◎文選本無「女陰也」以下二十字，末有「也」字。明州本、建州本「衆臣」乙作「臣衆」。正德本、隆慶本、湖北本、劉本、朱本、馮本、俞本、莊本、四庫章句本「衆臣」、「喻臣」下有「也」字。案：文選本删之也。漢帛書十六經稱：「主陽臣陰。男陽女陰。」章句「君動而臣隨」云云，皆漢世習説。史記卷一三〇太史公自序：「儒者則不然，以爲人主天下之儀表也，主倡而臣和，主先而臣隨。」全晉文卷五五袁准袁子正書治亂篇：「君制而臣從，令行而禁止。」則選注不宜删。

蛾眉，好貌。◎文選唐寫本「貌」作「皃」，下有「也」字。案：補注引「蛾」作「娥」，又引顏師古曰：「蛾眉，形若蠶蛾眉也。」洪引顏說，見漢書卷八七上揚雄傳「何必颺纍之蛾眉」注。蛾眉，出詩衛風碩人「螓首蛾眉」，毛、鄭皆無說。楚辭言蛾眉者三：招魂「蛾眉曼睩」，蛾、曼對文。曼，同文選卷四一報任少卿書「曼辭以自飾」之曼，李善注引如淳云：「曼，美也。」蛾亦美也。大招：「嫮目宜笑，蛾眉曼只。」嫮、蛾對文。嫮同姱。姱，美也。蛾亦美也。廣雅釋詁：「娥，美也。」説文女部：「娥，帝堯之女，舜妻娥皇字也。秦、晉謂好曰娙娥。从女，我聲。」娥之言峨也。古以高、大爲美，堯女舜妻因以娥皇爲名。故許氏二訓皆通。蛾眉，謂眉之美者。類聚卷一八人部二「美婦人」條引司馬相如美人賦：「臣之東鄰有一女子，玄髮豐豔，蛾眉皓齒。」文選卷一五思玄賦：「咸姣麗以蠱媚兮，增嫮眼而蛾眉。」卷七甘泉賦：「玉女亡所眺其清矑兮，宓妃曾不得施其蛾眉。」古之眉以曲長爲美。文選卷八司馬相如上林賦「長眉連娟」，類聚卷一天部上「月」條引梁虞騫視月詩：「泠泠玉潭水，映見蛾眉月。」又引周王褒詠月贈人詩：「上弦如半璧，初魄似蛾眉。」卷一八人部二「美婦人」條引晉傅玄詩：「蛾眉若雙翠，明眸發清陽。」文選卷一九登徒子好色賦「眉如翠羽」。蠶之鬚，修長纖細如弦月，故與美眉相屬。此解始於郭璞，文選卷四南都賦「蛾眉連卷」，李善引郭璞爾雅注：「蠶蛾也。」顏氏因之，非漢師舊説。章句訓「好貌」，最爲達詁。漢世舊本蛾作娥，後人因郭璞易娥作蛾。娥眉，美女之代稱，古之恆語。文選卷二八樂府下日出東南隅行：「美目揚玉澤，蛾眉象翠翰。」李善注：「蛾眉，玉貌。」不專爲美眉。又，卷三四七發：「皓齒蛾眉，命曰伐性之斧。」卷三〇鮑照翫月城西門廨中：「末映東北墀，娟娟似蛾眉。」又曰：「蛾眉蔽珠櫳，玉鈎隔瑣窗。」全漢文卷三〇劉歆遂初賦：「揚蛾眉而見妒兮，固醜女之情也。」卷一一班婕妤擣素賦：「勳陋製之無韻，慮蛾眉之爲愧。」類聚卷三〇別部下「怨」條引梁施榮泰王昭君詩：「即即撫心歎，蛾眉誤殺人。」卷六二居處部二「臺」條引孫楚韓王臺賦：「優倡角烏烏之聲，蛾眉戲白雪之舞。」後漢書卷五二崔駰傳附篆：「揚蛾眉於復關兮，犯孔戒之冶容。」則未可勝舉。

謠諑謂余以善淫。

謠，謂毁也。諑，猶譖也。（謂，説也。）淫，邪也，言衆女嫉妒蛾眉美好之人，譖而毁之，謂之美而淫，不可信也，猶衆臣嫉妒忠正，言己淫邪不可任也。

【疏證】

謠，謂毁也。◎案：謠無毁義。劉永濟屈賦音注詳解校謠爲譭，古毁字。非也。䍃、詹古書相亂，周禮卷四一冬官考工記第六矢人「是故夾而搖之」，釋文：「搖，本又作揺」揺，搖之別文。漢隸從䍃之字或變從詹。漢書卷二六天文志「元光中天星盡揺。」揺、擔形近相訛。史記卷二一建元以來王子侯表「千鍾侯劉搖」，漢書卷一五王子侯表作劉擔。墨子卷一〇經下第四一「而不可擔」，擔，搖之形訛。謡、譫古亦相訛。舊本作譫，通作譖。侵、談旁轉，照、穿旁紐雙聲。譖，毀也。九思逢尤「被諑譖兮虛獲尤」，諑譖，「譖諑」之乙，蓋因於此。御覽卷四八三人事部一二四怨引楚辭作「譖諑謂余善淫」，引王逸注：「譖，毀也。諑，譖也。」則其所據本作「譖諑」。

諑，猶譖也。◎文選秀州本作「諑音啄猶譖也」。廣韻入聲第四覺韻引王逸注：「諑，猶僭也。」案：章句不注音，「音啄」二字，後所增益。讒、譖義同，諑害之字當作譖。僭，譖之訛。羅本玉篇殘卷言部「諑」字：「楚辭『謡諑謂余（以）善淫』，王逸曰：『諑，譖也。』」五百家注昌黎文集卷八納涼聯句「拙謀傷巧諑」，韓引王逸注：「諑，猶譖也。」亦作「譖」。唐寫本文選集注、補注同引方言：「諑，愬也。楚以南謂之諑。」説文言部：「訴，告也。从言，㡿聲。愬，訴或從朔、心。」愬、訴一字。又：「譖，愬也。」諑之訓譖、訓訴，其義皆通。譖之言兓也，根於鋭刺義，以言刺傷之謂譖。广部：「㡿，卻屋也。」段注：「卻屋者，謂開拓其屋使廣也。引伸㡿逐、爲充㡿。」㡿，俗作斥，棄也。漢書卷六武帝紀「無益於民者斥」，顔師古注：「斥，謂棄逐之。」廣雅釋詁：「斥，推也。」裂土謂之坼，守夜者所擊木謂之柝，以言斥擊之謂之訴。訴之義根於斥擊。引申爲告語。諑，豖聲。豖聲之字有刺劃義。爾雅釋器「雕謂之琢」。招魂「啄害下人些」，注：「啄，齧也。」廣雅釋詁：「椓，椎也。」椎，今錐字。琢、啄、椓皆從豖聲，以言刺劃傷人則謂之諑。

謂，説也。◎諸本皆無注。案：文選卷二西京賦「忘蟋蟀之謂何」、卷五三嵇康養生論「世或有謂神仙可以學得」、卷五九王簡栖頭陀寺碑文「則稱謂所」，李善注並引王逸注楚辭：「謂，説也。」章句遺義，據補。六臣本王簡栖頭陀寺碑文李善引王逸注楚辭：「説，謂也。」則乙也。

淫，邪也。◎文選唐寫本「邪」作「耶」。案：「邪惡」字不當作「耶」。屈子以蛾眉美女自喻，淫之爲邪者，猶淫亂，中冓穢行也。詩雄雉序「淫亂不恤國事」，鄭箋「淫亂者，荒放於妻妾、烝於夷姜之等」，孔疏：「淫，謂色欲過度。」左傳成公二年、列女傳孽嬖皆云：「貪色爲淫。」小爾雅廣義：「男女不以禮交謂之淫。」説文水部，淫訓「浸淫隨理」，引申爲越度、氾濫。縱情欲色謂之淫，其分別字作婬。

言衆女嫉妬蛾眉美好之人，譖而毀之，謂之美而淫，不可信也，猶衆臣嫉妬忠正，言己淫邪不可任也。◎文選本「臣嫉妬」乙作「臣妬嫉」，「美而淫」作「善淫」。同治本「妬」作「妒」。唐寫本「邪」作「耶」。尤袤本「忠」作「中」。景宋本、寶翰本、皇都本、惜陰本、正德本、隆慶本、湖北本、劉本、朱本、馮本、俞本、莊本、四庫章句本亦作「妬」。又，正德本、隆慶本、馮本、俞本、莊本、朱本、四庫章句本、劉本、湖北本「任」下有「用」字。案：妒、妬同。上文「哀衆芳之蕪穢」，章句：「以言己脩行忠信，冀君任用，而遂斥棄，則使衆賢志士失其所也。」九章涉江「邸余車兮方林」，章句：「以言己才德方壯，誠可任用，棄在山野，亦無所施也。」據例，則舊有「用」字。章句「美而淫」云云，頗傳屈子心事。管子卷一五任法篇第四五：「美者以巧言令色請其主，主因離法而聽之，此所謂美而淫之也。」尹注：「言美者能以言色淫動於君，故君亦聽之。」則不當易作「善淫」。古者重女德，謂女子有容冶者必無德，而有德者未必有容冶之色。女之才貌、德行，蓋不可兼之。錢鍾書謂此同古希臘詩云「美麗之禍殃」，視一切佳麗爲「尤物」（詳管錐編楚辭洪興祖補注）。左傳昭公二十八年，叔向欲以申公巫民氏爲妻，其母止之，曰：「吾聞之，甚美必有甚惡。」論衡卷二三言毒篇第六六載叔向母言：「美色之人懷毒螫也。」又云：「生妖怪者常由好色。」又云：「好女說心，好女難畜。」國語卷七晉語一史蘇論女色云：「雖好色，必惡心，不可謂好。」魏書卷一六道武七王傳言清河王紹母「美而麗」，太祖見而悅之，告獻明后，請納；后曰：「不可，此過美不善。」白樂天新樂府詩目李夫人、楊貴妃等千古麗人爲禍國亂政之「尤物」。皆謂「美而淫」也。

固時俗之工巧兮，偭規矩而改錯。

偭，背也。圓曰規，方曰矩。改，更也。錯，置也。言今世之工才知强巧，背去規矩，更造方圓，必失堅固，敗材木也，以言佞臣巧於言語，背違先聖之法，以意妄造，必亂政治，危君國也。

【疏證】

偭，背也。◎案：偭，古作面，背也。左傳僖公四十六年「許男面縛銜璧」，杜注：「縛手於後，唯見其面。」史記卷七項羽本紀：「顧見漢騎司馬呂馬童，曰：『若非吾故人乎？』馬童面之，指王翳曰：『此項王也。』」集解引張晏：「以故人故，難視斫之，故背之。」又引如淳：「面，不正視也。」卷三八宋微子世家「肉袒面縛」，索隱：「面縛者，縛手于背而面向前也。」後漢書卷一上光武帝紀「丙午，赤眉君臣面縛，奉高皇帝璽綬」，李賢注：「面，偝也。謂反偝而縛之。」卷五九張衡傳「故智者面而不思」，李賢注：「面，偝也。」明焦竑焦氏筆乘云：「古文多倒語。面規榘而改錯，以面訓背也。」後以别於正面，以偭字别之。

圓曰規，方曰矩。◎案：對文也，散文不别。説文夫部：「規，規巨，有灋度也。从夫、見。」段注：「圜出於方，方出於矩。古『規矩』二字不分用，猶『威儀』二字不分用也。凡規巨、威儀有分用者，皆互文見意，非圜不必矩，方不必規也。規矩者，有灋度之謂也。」墨子卷七天志上第二六：「我有天志，譬若輪人之有規，匠人之有矩。輪、匠執其規矩，以度天下之方圜。」周禮卷三九冬官考工記第六輿人：「圜者中規，方者中矩。」詩沔水序「規宣王也」，鄭箋：「規者，正圓之器也。」管子卷四宙合篇第一一「多備規軸者」，尹注：「規，正圓器。」淮南子卷一九脩務訓：「員之中規，方之中矩。」卷九主術訓：「旋曲中規。」高注「規，圓。」則舉規皆亦無概矩之意，對文也。規矩之爲法度，類今云借喻。章句「言今世之工，才知强巧，皆去規矩，更造方圓，必失堅固，敗材木也。以言佞臣巧於言語，背違先聖之法，以意妄造，必亂政治，危君國也」云云，以爲喻詞。自魏晉以下，規矩則爲一切法則之通稱。規，從夫。夫，工匠。姜亮夫楚辭通故謂「從夫無義藴」，遂改夫爲矢。非也。從見，猶謂刓。見、刓古字通。易夬九五「莧陸夬夬」，李鼎祚集解引虞翻：「莧，讀『夫子莞爾而笑』之莧。」論語卷一七陽貨篇「夫子莞爾而笑」，釋文：「莞，一作莧。」楚辭漁父「漁父莞爾而笑」，補注引莞一作莧。六臣本文選卷五三辨亡論「莞然坐乘其敝」，李善注胡本作「莧然」。莧，見聲；莞，完聲，亦元聲。刓，元聲。見、刓則通。刀部：「刓，剸也。」段注：「剸，當作團，團，圜也。」猶懷沙「刓方以爲圜」。工部：「巨，規巨也。从工，象手持之。榘，巨或從木、矢。矢者，其中正也。」許説緻繞。孔廣居説文疑疑：「巨，爲方之器也。從工，中象方形。榘，從矢，取其直也。唯直然後能方也。」孔氏「巨爲方之器」云云，是也。金文矩字從夫、從巨。猶規字從夫，夫爲工匠，非從矢。工，匚之形變，正方之字，古借方字爲之。屈子以丅匠自喻，規矩之字，即所以正方圓之器。

改，更也。◎文選本無注。案：因其重複删之。改之爲更，詳參上「何不改此度」注。

錯，置也。◎案：章句「錯」既釋「置」，又「更造方圓」云云，則復爲「造」。未之能定。錯，昔聲；作，乍聲。從昔聲與從乍聲之字，古字通用。老子二章「萬物作焉而不辭」，漢帛書乙種本「作焉」作「昔焉」。易繫辭上「可與酬酢」，釋文：「酢，京作醋。」儀禮卷一四燕禮第六「以酢主人于西階上」，釋文酢作醋，云：「本亦作酢。」卷四五特牲饋食禮第一五「尸以醋主人」，鄭注：「古文醋作酢。」戰國策卷一八趙策一「屬之讎柞」，漢帛書本戰國策縱横家書「讎柞」作「杞譗」，呂氏春秋卷九季秋紀第五精通篇「昔爲舍氏覩臣之母」，新序卷四雜事昔作昨日。史記卷三四燕召公世家「内措齊、晉」，索隱：「措，交雜也。」即借作交錯。風俗通義卷一皇霸作「内笮齊、晉」。作，造也。叔師心雖知之，而未之詳考已。

言今世之工才知强巧，背去規矩，更造方圓，必失堅固，敗材木也，以言佞臣巧於言語，背違先聖之法，以意妄造，必亂政治，危君國也。◎文選本「世」作「時」，「治」作「化」。唐寫本「必失」作「必不」，「工才」作「工干」，「亂」作「乱」，「君國」乙作「國君」。正德本、隆慶本、湖北本、朱本、劉本、馮本、俞本、莊本、四庫章句本「工」作「士」，「必失」作「必不」。湖北本、四庫章句本「知」作「智」。案：作時、作化，皆避唐諱。作「干」，訛也。乱，俗亂字。知、智古今字。智慧字當作智。君國，平列同義。國君，國之君也。當非。章句凡「必失」三例，「必不」一例。則舊作「必失」。章句以「工巧」爲「工才智强巧」。非也。工巧，平列同義。巧，謂工師、工匠。墨子卷九非儒下第三九「巧垂作舟」，書鈔卷一三七舟部「舟總篇」條引墨子作「工倕」。莊子卷三胠篋篇第一〇曰「攦工倕之指」，釋文：「倕，堯時巧者也。」巧，工也。工巧，工匠之通稱。韓詩外傳卷三：「賢人易爲民，工巧易爲材。」賢人、工巧，儷偶相對。工巧，工匠也。漢書卷二四食貨志上：「過使教田太常、三輔，大農置工巧奴與從事，爲作田器。」言工匠之奴作田器。工巧亦工匠。顏氏家訓卷三勉學篇第八：「人生在世，會當有業。農民則計量耕稼，商賈則討論貨賄，工巧則致精器用。」農民、商賈、工巧，相對爲文，工巧，工匠也。卷七雜藝篇第一九：「下牢之敗，遂爲陸護軍畫支江寺壁，與諸工巧雜處。」言與衆工匠雜居也。果以工巧爲工師巧詐，工巧之上不當冠以「諸」字。太平廣記卷二二五「淫淵浦」條（出拾遺録）：「皆生埋巧匠於塚裏，又列燈燭如皎日焉。先所埋工匠於塚内，至被開時皆不死。巧人於塚裏，琢石爲龍鳳仙人之像及作碑辭贊。」巧匠、工匠、巧人皆同，謂工匠。巧猶工也。又，卷三七一「曹惠」條（出玄怪録）：「當時天下工巧，皆不及沈隱侯家老蒼頭孝忠也。」卷四六三「仙居山異鳥」條（出録異記）：「是日，將架巨梁，工巧丁役三百餘人縛拽鼓噪，震動遠近。」工巧亦工匠也。資治通鑑卷一二四宋紀六：「魏主徙長安工巧二千家於平城。」言遷徙工匠二千家於平城也。文獻通考卷三五選舉考八：「唐制：凡醫術不過尚藥奉御，陰陽、卜筮、圖書、工巧、造食、音聲及天文，不過本色局署令。」工巧與陰陽、卜筮、圖書、造食、音聲、天文，對舉爲文，工巧，即工匠。言時世工匠背去規矩而改作也。

背繩墨以追曲兮，

追，猶隨也。繩墨，所以正曲直。

【疏證】

追，猶隨也。◎文選本無「猶」字。案：説文辵部：「追，逐也。」又曰：「逐，追也。」散文互訓，對文別義。方言卷一二：「追，末隨也。」廣雅釋詁三：「追，末隨，逐也。」末隨，謂尾隨於後。追蹤、追擊、追溯、追憶，來者猶可追，蕭何月下追韓信，皆尾隨、末隨也，不可易之以逐。歧途亡羊，楊朱問：「亡一羊何追者之衆？」（見列子卷八説符）言人隨亡羊之後比次追行，亦不得易之言逐羊。逐，驅逐、棄斥也。秦李斯作諫逐客令，逐客，謂驅客，不得易言追客。追、隨，對文亦別。孟子卷八離婁篇下：「鄭人使子濯孺子侵衛。衛使庾公之斯追之。子濯孺子曰：『今日我疾作，不可以執弓，吾死矣夫！』問其僕曰：『追我者誰也？』其僕曰：『庾公之斯也。』曰：『吾生矣。』其僕曰：『庾公之斯，衛之善射者也。夫子曰吾生，何謂也？』曰：『庾公之斯學射於尹公之他，尹公之他學射於我。夫尹公之他，端人也，其取友必端矣。』庾公之斯至，曰：『夫子何爲不執弓？』曰：『今日我疾作，不可以執弓。』曰：『小人學射於尹公之他，尹公之他學射於夫子，我不忍以夫子之道反害夫子。雖然，今日之事，君事也，我不敢廢。』抽矢叩輪，去其金，發乘矢而後反。」庾公之斯，子濯孺子再傳弟子，於衛當逐之；於師，則謂逐者非禮，而用隨者又不忠於衛，故言「追」。追，兼逐與隨。韓非子卷一二外儲説左下第三三：「候吏者追臣至境上，不及而止。」言既逐且隨於陽虎之末，將出之境而止。左傳莊公十八年：「公追戎於濟西。」言逐且隨戎於濟水西。隨，尾行於後。故隨謂之追，而不隨謂之逐；追謂之逐，而不逐謂之隨。

繩墨，所以正曲直。◎文選唐寫本「曲直」作「曲者」，尤袤本、六臣本作「曲直者」。正德本、隆慶本、劉本、湖北本、朱本、馮本、俞本、莊本、四庫章句本「正曲直」作「正其曲直也」。案：繩墨、曲直，相對爲文，古之恆語。淮南子卷一七説林訓：「非規矩不能定方圓，非準繩不能正曲直。」左傳襄公七年：「正直爲正，正曲爲直。」杜注：「正直爲正，正己心。正曲爲直，正人曲。」所以「正曲直」也。曲者，當「曲直者」之爛敚。有「者」，暢於詞氣。朱子集注：「繩墨，引繩彈墨，以取直者，今墨斗繩是也。」規矩正方圓，繩墨正曲直。規矩比法度，繩墨喻直道。禮記卷五〇經解第二六：「繩墨誠陳，不可欺以曲直；規矩誠設，不可欺以方圜。」荀子第一勸學篇第一「木直中繩」，又云「木受繩則直」。下文「遵繩墨而不頗」，九歎離世「不枉繩以追曲兮」。直謂之繩墨，周、秦通喻。繩所以正直，義取於直。繩、直爲蒸、職平入對轉，審、定準旁紐雙聲。呂氏春秋卷二四不苟論第三自知篇「欲知平直則必準繩」，高誘注：「繩，直也。」史記卷二三禮書：「故繩者，直之至也。」漢書卷二一律曆志：「繩者，上下端直，經緯四通也。」繩墨、曲，相對爲文，繩墨，直之通稱。清華簡（六）管仲「繩」作「䋲」，「墨」作「⿰言墨」，皆古文也。又，後漢書卷五九張衡傳「遵繩墨而不跌」，李賢注：「繩墨，諭禮法也。楚辭曰：『遵繩墨而不頗。』」散則不別。

競周容以爲度。

周，合也。度，法也。言百工不循繩墨之直道，隨從曲木，屋必傾危而不可居也，以言人臣不脩仁義之道，背弃忠直，隨從枉佞，苟合於世，以求容媚，以爲常法，身必傾危，而被刑戮也。

【疏證】

周，合也。◎案：詳參上「雖不周於今之人兮」注。

度，法也。◎正德本「度法也」作「法度也」。案：乙也。上文「何不改此度」，章句：「改此惑誤之度，脩先王之法也。」亦以「度」爲「法」。

言百工不循繩墨之直道，隨從曲木，屋必傾危而不可居也，以言人臣不脩仁義之道，背弃忠直，隨從枉佞，苟合於世，以求容媚，以爲常法，身必傾危，而被刑戮也。◎文選尤袤本、六臣本「不循」作「不隨」，唐寫本作「不脩」。六臣本、尤袤本「刑戮」下無「也」字。正德本、隆慶本、湖北本、朱本、馮本、俞本、劉本、莊本、四庫章句本「脩」作「修」。文淵四庫章句本「枉佞」作「妄佞」，文津本亦作「枉佞」。景宋本「百工」作「百上」。案：「循」作「脩」或「隨」、「枉佞」作「妄佞」、「工」作「上」，皆訛也。脩、修古字通用。章句以「容」爲「容媚」，最爲達詁。容，謂容禮。史記卷一二一儒林列傳：「而魯徐生善爲容，孝文帝時，徐生以容爲禮官大夫，傳子至孫徐延、徐襄。襄其天姿善爲容，不能通禮經。」漢書卷八八儒林傳顏師古注：「蘇林曰：『漢舊儀有二郎爲此頌貌威儀事。有徐氏，徐氏後有張氏，不知經，但能盤辟爲禮容。天下郡國有容史，皆詣魯學之。』頌讀與容同。」沈文倬曰：「容貌威儀本是各種古禮典的重要組成部分，其特著之節，需要善容者才能勝任其事，因此禮典參加者心須講究容貌威儀。從原來的意義上理解，不應該也不可能把禮與容截然分割開來。但是，秦、漢以來，古禮典已不再舉行，殘存的禮經書本在漢初衹當作經書供學者們講説研討之用；而新創的漢儀尚未具完備的規模，所用容貌威儀往往從古禮典裏移植，善容成了個人的特長，可以不知經而在朝廷任禮官大夫、在郡國任容史。其妙達容禮變革之奥義。郭店楚墓竹簡性自命出：「君子執志必又（有）夫生生之心，出言必又（有）夫柬柬之信，賓客之豊（禮）必又（有）夫齊齊之頌（容），祭祀之豊（禮）必有夫齊齊之敬。」此「容」與「禮」猶合爲一體而未分割者也。蓋「容」、「禮」之分割，在戰國中世已然，則「容」非爲君子、直士所容納，成爲「謟媚」、「阿諛」、「投人所好」代名。馬王堆漢墓帛書春秋語事長萬章：「夫君者，臣之所爲容也。朝夕自孱，日以有幾也。是故君人者，刑之所不及，弗昔（措）於心；伐之所未加，弗見於色；故刑伐已加而亂心不生。」容，謂容禮。魯桓公與文姜會齊侯於樂章：「今彭生近君，口無盡言，容行阿君，使吾失親戚之，有（又）勒（力）成吾君之過，以口邦之惡，彭生其不免乎，禍李（理）屬焉。」容行阿君，謂爲容禮以阿君也。皆以容禮爲惡行。故屈子以「周旋容媚」爲小人之態，以取説於君上者也。

忳鬱邑余侘傺兮，

忳，憂貌。（鬱邑，憂貌也。）侘傺，失志貌。侘，猶堂堂立貌也。傺，住也，楚人名住曰傺。

【疏證】

忳，憂貌。◎文選本「憂貌」下有「也」字。唐寫本「貌」作「皃」。補注引一本注云：「忳，自念貌。」正德本、隆慶本、湖北本、劉本、朱本、馮本、俞本、莊本、四庫章句本作「忳，自念貌」。案：忳之爲憂、爲「自念」者，其義通也。洪氏未之能決，故兩存之。洪又云：「忳，徒渾切，悶也。」悶，古作懣。方言卷一〇：「頓、愍，惛也。江湘之間謂之頓愍，南楚飲毒藥懣亦謂之頓愍。」郭注：「惛，謂迷昏也。頓愍，猶頓悶也。」頓悶，平列同義，單曰頓、曰悶。頓、忳同。説文忳字未録。忳，從心，屯聲。屯，猶屯難不暢。廣雅釋詁：「屯，難也。」憂思屯積不發則爲忳。重言曰忳忳。惜誦「中悶瞀之忳忳」，章句：「忳忳，憂貌也。」俗語「渾忳忳」，蓋其遺義。或作鈍聞。淮南子卷一九脩務訓「精神曉泠，鈍聞條達」，高注：「鈍聞，猶鈍惛也。」

鬱邑，憂貌也。◎諸本無注。案：九章惜誦「心鬱邑余侘傺兮」，章句：「鬱邑，愁貌也。」則不宜見於後。慧琳音義卷四五「悒慼」條引王逸注楚詞：「悒，憂也。」卷五七「悒遽」條引王逸注楚辭：「悒，憂也，歎息也。」據此，當補。悒，訓詁字。文選六臣本竄入五臣「向曰」。鬱邑，根於瘀積不暢。文選卷四一報任少卿書「是以獨鬱悒而誰與語」，李善注：「鬱悒，不通也。」或作於邑。九章悲囘風「氣於邑而不可止」，補注引顏師古云：「於邑，短氣。」或作嗚咽，後漢書卷一〇下靈思何皇后紀「因泣下嗚咽」是也。或作歔唈，淮南子卷六覽冥訓「孟嘗君爲之增欷歔唈」，高注：「歔唈，失聲也。」或作哽噎，三國志卷一五魏書張既傳注引魏略：「遂流涕哽噎。」或作哽咽，後漢書卷五八傅燮傳：「幹哽咽不能復言，左右皆泣下。」訓憂、訓悲，皆一義相仍。鬱邑，猶於邑、嗚咽，悲泣貌。倒乙作噫嗚。後漢書卷四五袁安傳「未嘗不噫嗚流涕」，李賢注：「噫嗚，歎傷之貌也。」恚怒作意烏。漢書卷三四韓信傳「項王意烏猝嗟」，晉灼曰：「意烏，恚怒聲也。」史記卷九二淮陰侯列傳作喑噁，漢書卷一高帝紀作喑嗚，皆爲一字。或作湮鬱（五百家注昌黎文集卷一一雜文原道）、抑鬱（漢書卷六二司馬遷傳）、壹鬱（漢書卷四八賈誼傳）、堙鬱（史記卷八四賈生列傳）、伊鬱（文選卷九班彪北征賦）、鬱閼（呂氏春秋卷五仲夏紀第五古樂篇）、鬱殪（淮南子卷七精神訓）等，則未可勝計。因聲求之，與夭遏、夭閼、晻藹、夭隱等爲語之轉。

侘傺，失志貌。侘，猶堂堂立貌也。傺，住也，楚人名住曰傺。◎文選本「貌」下有「也」字，建州本亦無「也」字。唐寫本「貌」作「皃」，「曰傺」下有「也」字。正德本、隆慶本、湖北本、劉本、朱本、馮本、俞本、莊本、四庫章句本「住」上有「猶」字。案：慧琳音義卷八三「侘傺」條引王注楚辭：「侘傺，失志皃也。」補注：「方言云：『傺，逗也。南楚謂之傺。』郭璞云：『逗，即今住字。』」章句「堂堂立貌」之堂，借作瞠，謂直視貌（詳參慧琳音義卷七三「瞠爾」條引蒼頡篇及莊子卷五田子方第二一陸氏釋文引字林）。瞠、侘，陽、鐸平入對轉，同透紐雙聲。洪引方言見卷七，云：

「傺，眙，逗也。南楚謂之傺，西秦謂之眙。逗，其通語也。」傺，説文辵部作遰，云：「不行也。讀若住。」許慎，楚人，其書存楚語。楚人謂住曰傺，秦人謂竢立曰眙。方以智通雅卷七「智謂當以聲取之，狀其咄怪爾。趙凡夫曰：『侘傺，本又作諸懘，吴氏言當用吒憻。』」侘傺，叱咤之乙，鬱邑侘傺，猶嗚咽叱咤，悲憤不平貌。史記卷九二淮陰侯列傳「項王暗噁叱咤，千人皆廢」，索隱：「叱，昌栗反；咤，卓嫁反，或作吒。叱吒，發怒聲。」暗噁叱咤，同此「鬱邑侘傺」。叱吒，漢書作「猝嗟」，列子第五湯問篇作「肆咤」，後漢書卷一上光武帝紀作「嘯咤」，卷八四列女傳作「怛恲」，韓非子卷八守道篇第二六作「嗟唶」，史記卷八三魯仲連列傳作「叱嗟」。皆語之轉，根於抑屈不申。

吾獨窮困乎此時也？

言我所以忳忳而憂，中心鬱邑，悵然住立而失志者，以不能隨從世俗，屈求容媚，故獨爲時人所窮困。

【疏證】

言我所以忳忳而憂，中心鬱邑，悵然住立而失志者，以不能隨從世俗，屈求容媚，故獨爲時人所窮困。◎文選本「鬱」作「欝」，「世」作「時」，「窮困」下有「也」字。尤袤本、明州本、建州本無「所以」之「以」字。洪氏引「而憂」一作「而自念」，正文「時」下一無「也」字。正德本、隆慶本、湖北本、劉本、朱本、馮本、俞本、莊本、四庫章句本「憂」作「自念」，「邑」作「悒」，「困」下有「也」字。案：欝，俗鬱字。無「所以」之「以」，敓也。又，七諫沈江「彼離畔而朋黨兮，獨行之士其何望」，章句：「言彼讒佞相與朋黨，並食重禄，獨行忠直之士當復何望？宜窮困也。」其是之謂也。獨，豈也，何也。章句「獨爲」云云，何爲也。詳參王引之經傳釋詞卷六「獨」條。也，即邪。則正文「窮困」下宜有「也」字。章句「屈求容媚」云云，容媚，投人所好也。後漢書卷一六寇榮傳：「今殘酷容媚之吏，無折中處平之心。」

寧溘死以流亡兮，

溘，猶奄也。

【疏證】

溘，猶奄也。◎慧琳音義卷三四「溘然」引楚辭云：「溘，奄忽而之，亦至也。」卷八一「溘然」條引：「楚辭曰：『寧溘死以流亡。』王逸注云：『溘者，奄忽而至。』」卷九一「溘然」條引王逸注楚辭：「奄忽而至，不期而忽有曰溘然。」卷九八「溘死」二條：「楚辭云：『寧溘死以流亡。』王注云：『溘，猶忽也。』」案：其所據本或非一，則未能斷。溘之爲奄，猶急疾也。溘、奄，爲葉、談平入對轉，溪、影旁紐雙聲。韓非子卷七說林上第二二「周公旦已勝殷，將攻商蓋」，江聲曰：「商蓋，商奄也。」左傳昭公二十七年「吳公子掩餘」，史記卷八六刺客列傳作「蓋餘」。

余不忍爲此態也。

言我寧奄然而死，形體流亡，不忍以中正之性，爲邪淫之態。

【疏證】

言我寧奄然而死，形體流亡，不忍以中正之性，爲邪淫之態。◎文選本「中正」作「忠正」，「態」下有「也」字。唐寫本「奄然」作「晻然」，「邪」作「耶」。正德本、隆慶本、湖北本、劉本、朱本、馮本、俞本、莊本、四庫章句本「之態」下有「也」字。邪、耶古通用，「正邪」字不作「耶」。案：晻，日不明貌。則非其義。「中正」以言性，「忠正」以言行。則舊作「中正」。中正，章句恆語。下文「耿吾既得此中正」，章句：「則中心曉明，得此中正之道。」九辯「心怦怦兮諒直」，章句：「志行中正，無所告也。」九歎惜賢「心隱惻而不置」，章句：「不能置中正而行佞諛也。」憂苦「好遺風之激楚」，章句：「猶言惡典、謨中正之言，而好諂諛之說也。」

鷙鳥之不羣兮，

鷙，執也，謂能執伏衆鳥，鷹鸇之類也，以喻中正。

【疏證】

鷙，執也，謂能執伏衆鳥，鷹鸇之類也，以喻中正。◎文選本「中」作「忠」。唐寫本、尤袤本「喻」作「諭」。正德本、隆慶本、湖北本、劉本、朱本、俞本、莊本「謂能」上有「此」字，「伏」作「服」，「之類」下無「也」字，「中」作「忠」，「正」下有「也」字。案：伏、服，古字通用。鷙鳥，喻人之品性，則舊作「中正」。慧琳音義卷九四「鷙鳥」條：「楚辭云：『鷙鳥不羣。』若鷹鸇之屬也。」則類作屬，其所據本或别。詩關雎「關關雎鳩」，毛傳：「雎鳩，王雎也，鳥摯而有别。」鄭箋：「摯之言至也。謂王雎之鳥，雌雄情意至，然而有别。」鳲鳩「鳲鳩在桑」，毛傳：「鳲鳩，秸鞠也。鳲鳩之養子朝從上下，莫從下上，平均如一。言執義一，則用心固。」聞一多詩經通義：「案本篇（庚案：指關雎篇）傳云『摯而有别』者，雌雄情意專一，不貳其操之謂。淮南子泰族篇曰：『關雎興於鳥，而君子美之，爲其雌雄不乖居也。』不乖居，猶言不亂居。後漢書明帝紀注引薛君韓詩章句曰：『雎鳩貞絜慎匹。』慎匹，即不亂其匹，亦猶素問陰陽自然變化論曰『雎鳩不再匹』。張超誚青衣賦曰，『感彼關雎，性不雙侣』也。凡此並即專一之義。而易林晉之同人曰：『貞鳥雎鳩，執一無尤。』義尤顯白。此皆『有别』二字之碻解也。鳲鳩篇一章曰：『鳲鳩在桑，其子七兮，淑人君子，其儀一兮；其儀一兮，心如結兮。』儀當訓匹，一謂專一。三章曰『其儀不忒』，釋文：『忒，本或作貳。』

『其儀不貳』，正猶上揭諸書言『不乖居』、『不再匹』、『不雙侶』也。荀子勸學篇曰：『行衢道者不至，事兩君者不容。目不能兩視而明，耳不能兩聽而聰，螣蛇無足而蜚，梧鼠五技而窮。詩曰：「尸鳩在桑，其子七兮；淑人君子，其儀一兮；其儀一兮，心如結兮。」故君子結於一也。』淮南子詮言篇曰：『賈多端則貧，工多技則窮，心不一也。有百技而無一道，雖得之，弗能守。故詩曰：「淑人君子，其儀一也；其儀一也，心如結也。」君子其結於一乎？』二書均言『結於一』，是訓一爲專一。此魯説也。易林乾之蒙曰：『鴶鵴鳲鳩，專一無尤；君子是則，長受嘉福。』隨之小過曰：『慈烏鳲鳩，執一無尤，寢門内治，君子悦喜。』以『專一』、『執一』釋詩『一』字，此齊説也。又曰『寢門内治』，則所謂『執一』者，明指夫婦之情。執一不渝，是其訓儀爲匹，抑又可知。毛讀儀爲義，因不得不訓一爲均一，而釋爲父母對七子之情『平均如一』，失之遠矣。鵲巢之鳩，亦以比婦人專一之德。鳩之爲鳥，性至謹慤，而尤篤於伉儷之情，説者謂其一或死，其一亦憂思不食，憔悴而死。封建社會所加於婦女之道德責任，莫要於專貞，故國風四言鳩，皆以喻女子。雎鳩既稱鳩，又爲女子之象徵，則必與鳲鳩、鶻鳩同類。乃自來説雎鳩者，咸以爲鷹鷲雕鶚之類，此蓋因左傳昭十七年『雎鳩氏司馬也』而誤。不知詩之雎鳩，與左傳之雎鳩，名雖同物而實則異指。舊傳鷹與鳩轉相嬗化，左傳五鳩之雎鳩司馬，爽鳩司寇，皆神話中與鷹相化之鳩。詩之雎鳩，以興女子，乃真生物界之鳩。學者不察，混爲一談，過矣。」千古疑讞決於此。鷙鳥，屈子因詩義，雎鳩之屬。

其性耿介專一，詩車舝鄭箋稱爲「耿介之鳥」，以「喻王若有茂美之德」。上博簡（一）孔子詩論：「鳲鳩曰：『丌義一氏，心女（如）結也。』吾信之。」毛、鄭因孔子。章句以擊殺鳥之鷙與摯一之鳲鳩溷爲一鳥，是因左傳。鷙，讀如摯，古字通用。爾雅釋鳥注「鳥鷙而有別」，左傳昭公十七年「鷙而有別」，釋文並云：「鷙，本亦作摯。」禮記卷五九儒行第四一「鷙蟲」，釋文：「摯與鷙同音至。」左傳僖公二十六年「熊摯」，世表作「熊鷙」。姜亮夫楚辭通故：「鷙，當爲執之譌。執與鷙爲古今字，摯者，誠信〔悉〕（忠）貞之義。」執，之入反，緝韻；鷙、摯同脂利反，質韻。鷙、執非一字。釋名釋姿容：「執，攝也，使畏攝己也。」執之義根於攝，摯之義根於至。書西伯戡黎孔疏：「摯、至同音，故摯爲至也。」至，猶極至、不變。荀子卷一〇議兵篇第一五「夫是之謂一至」，楊注：「至，謂一守而不變。」章句以執釋摯，以其皆有執一、守一義，其語根別。周祖謨審母古音考：「執聲兼收質部。」當非知音之選。擊殺鳥之鷙根於疾義。疾、摯同質部，從、照旁紐雙聲。「雎鳩」之摯、「擊殺鳥」之鷙、「執守」之執，遂別爲三字。

自前世而固然。

言鷙鳥執志剛厲，特處不羣，以言忠正之士亦執分守節，不隨俗人，自前世固然，非獨於今，比干、伯夷是也。

【疏證】

言鷙鳥執志剛厲，特處不羣，以言忠正之士亦執分守節，不隨俗人，自前世固然，非獨於今，比干、伯夷是也。◎文選「世」作「代」，「今」下有「也」字，無「比干伯夷是也」六字。明州本「俗人」作「從人」。馮本「自」訛作「目」。文淵四庫章句本「不隨」作「不同」，文津本作「不入」。皇都本「羣」作「群」。案：蓋舊本作「世人」，避唐諱或改作「俗人」，或改作「從人」。喻林卷八二德行門「特立」條引亦作「執分守節」。羣、群同。又據章句下言「封比干之墓表商容之閭」，則舊有此語，唐人删之。史記卷三殷本紀：「紂愈淫亂不止，微子數諫不聽，乃與太師、少師謀，遂去。比干曰：『爲人臣者，不得不以死争。』迺强諫紂。紂怒曰：『吾聞聖人心有七竅。』剖比干，觀其心。」正義：「括地志云：『比干見微子去，箕子狂，乃歎曰：「主過不諫，非忠也；畏死不言，非勇也；過則諫，不用則死，忠之至也。」進諫不去者三日。紂問：「何以自持？」比干曰：「修善行仁，以義自持。」紂怒，曰：「吾聞聖人心有七竅，信諸？」遂殺比干，刳視其心也。』」卷六一伯夷傳：「伯夷、叔齊，孤竹君之二子也。聞西伯昌善養老，盍往歸焉。及至，西伯卒，武王載木主，號爲文王，東伐紂。伯夷、叔齊叩馬而諫曰：『父死不葬，爰及干戈，可謂孝乎？以臣弑君，可謂仁乎？』左右欲兵之。太公曰：『此義人也。』扶而去之。武王已平殷亂，天下宗周，而伯夷、叔齊耻之，義不食周粟，隱於首陽山，采薇而食之。及餓且死，作歌。遂餓死於首陽山。」比干「以義自持」，伯夷爲「義人」，以「義不食周粟」，章句引之，視以爲「執分守節」之「忠正之士」，當也。章句「特處不羣」云云，同淮南子卷二〇泰族訓「爲其雌雄之不乖居」、張超誚青衣賦之「性不雙侶」。後漢書卷二明帝紀「關雎刺世」，李賢注引薛君韓詩章句：「詩人言雎鳩貞絜慎匹。」皆謂不亂其匹。又，淮南子卷一七説林訓：「鶩鳥不雙。」即祖構於此。

何方圜之能周兮，夫孰異道而相安？

言何所有圜鑿受方枘而能合者，誰有異道而相安耶？言忠佞不相爲謀也。

【疏證】

言何所有圜鑿受方枘而能合者，誰有異道而相安耶？言忠佞不相爲謀也。◎文選尤袤本、胡本、正德本、隆慶本、湖北本、劉本、朱本、馮本、俞本、莊本、四庫章句本「圜鑿受方枘」作「方鑿受圓枘」，「謀」作「用」。唐寫本作「方鑿受圜柄」。補注引一作「方鑿受圓枘」。尤袤本、六臣本「圜」作「圓」。案：九辯：「圜鑿而方枘兮，吾固知其鉏鋙而難入。」章句：「正直邪枉，行殊則也。」則作「圜鑿方枘」，因九辯也。史記卷七四孟子列傳：「持方枘欲内圜鑿，其能入乎！」索隱：「按：方枘，是筍也；圜鑿，是孔也。謂工人斲木，以方筍而内之圜孔，不可入也。故楚詞云：『以方枘而内圜鑿，吾固知其鉏鋙而不入』是也。謂戰國之時，仲尼、孟軻以仁義干世主，猶方枘圜鑿然。」淮南子卷一三氾論訓：「據籍守舊教，以爲非此不治，是猶持方枘而周員鑿也。」爲其時喻語，無作「圜枘方鑿」。則唐本非也。對文合謂之周，一謂之同。後漢書卷八〇下文苑傳附劉梁：「得由和興，失由同起，故以可濟否謂之和，好惡不殊謂之同。春秋傳曰：『和如羹焉，酸苦以劑其味，君子食之以平其心。同如水焉，若以水濟水，誰能食之？琴瑟之專一，誰能聽之？』是以君子之行，周而不比，和而不同。」據此，舊本作「能周」而不作「能同」。散則不别。

屈心而抑志兮，

抑，案也。

【疏證】

抑，案也。◎案：説文印部抑字作𢑏，云：「按也。从反印。抑，俗从手。」段注：「按者，下也。用印必向下按之，故字從反印。」淮南齊俗訓曰：『若璽之抑埴，正與之正，傾與之傾。』璽之抑埴，即今俗云以印印泥也。此抑之本義也。引申爲按之稱。内則『而敬抑搔之』，注曰：『抑，按也。』又引申之爲凡謙下之稱。」又引申爲枉屈。國語卷一五晉語九「叔魚抑邢侯」，韋注：「抑，枉也。」清華簡（五）殷高宗問於三壽字正作「印」。或借作「鼊」，壹之古字。上博簡（九）邦人不稱「鼊瞿（懼）君之不冬（終）」是也。屈心抑志，交錯爲文，謂心志枉屈也。夫屈子正道直行，竭忠盡智，以事靈脩，而遭衆人讒詠，卒見替拌，其心其志，是不可謂不枉屈。段汗又云：「用印者必下向，故緩言之曰印，急言之曰归。詩賓筵抑與怭韵，假樂與秩韵，古音在十一部。归即印之入聲也。」名事相因，印、归遂判爲二字，因乎語之聲轉。

忍尤而攘詬。

尤，過也。攘，除也。詬，恥也。言己所以能屈案心志、含忍罪過而不去者，欲以除去恥辱，誅讒佞之人，如孔子誅少正卯也。

【疏證】

尤，過也。◎案：説文乙部：「尤，異也。从乙、又聲。」徐鍇曰：「乙者欲出而見閡，見閡則顯其尤異也。」左傳襄公二十六年「而視之尤」，杜注：「尤，甚也。」管子卷一一侈靡篇第三五「然有知强弱之所尤」，尹注：「尤，殊絶也。」引申爲過度、罪過。文選卷二五盧子諒贈劉琨詩并書「尤彼意氣」，李善注引韓詩章句：「尤，非也。」論語卷一四憲問「不尤人」，集解引釋文引鄭注：「尤，非也。」皇疏：「尤，責也。」後起分别字作訧。詩緑衣「俾無訧兮」，毛傳：「訧，過也。」釋文：「訧，本或作尤。」含尤、攘詬，儷偶相對。尤亦詬也。

攘，除也。◎馮本、四庫章句本「除」作「陰」。案：訛也。蔣驥山帶閣注楚辭：「攘詬，即忍尤意。凡非其所有之物，因其自來而取之之謂攘。尤、詬，並謂予善淫言。世方嫉惡好脩，而吾欲去其詬，則必亦競爲周容而後可，故尤、詬之來，直受而不却也。」蔣氏知攘詬、忍尤同義，然以攘爲取之於外，增字以牽就之。攘詬，古或作忍詬。莊子卷八讓王篇第二八：「湯曰：『伊尹何如？』曰：『强力忍垢。』」司馬彪注：「垢，辱也。」垢、詬古字通用。呂氏春秋一九離俗覽第一離俗篇作「忍詢」。又，荀子卷一五解蔽篇第二一「厚顔而忍詬」，史記卷六六伍子胥列傳「員爲人剛戾忍詢」，索隱：「鄒氏云：『一作詬，駡也。』」卷一三〇太史公自序「能忍詬於魏齊」，後漢書卷八四列女傳「忍辱含垢」。攘亦忍也，含也。戴東原屈原賦注：「攘，讀爲讓。言不忍爲時俗工巧，誠如鷙鳥不羣，方圜異道，寧受一時之尤詬，而爲前聖所取也。」朱駿聲離騷補注：「攘，讀如囊。囊詬，猶包羞也。」攘、囊古字通用。漢書卷四八賈誼傳「國制搶攘」，莊子卷三在宥篇第一一「搶攘」作「戕囊」，釋文：「崔云：『戕囊，猶搶攘。』」説文衣部：「囊，槖也。」名事相因，囊言包懷、懷藏。淮南子卷一原道訓：「懷囊天地，爲道關門。」卷五時則訓：「包裹覆露，無不囊懷。」囊懷、懷囊，平列同義，囊亦懷也。俞蔭甫讀楚辭：「攘之言藏也。管子任法篇曰：『皆囊於法，以事其主。』尹注曰：『囊者，所以斂藏也。』以藏釋囊，義存乎聲，攘與囊聲同，亦得存藏義。」戴、朱、俞皆説之以假借，未審攘有包藏義。焦循易餘籥録卷四：「肴饌中有以讓爲名者，皆以他物實之於此物之中。如以肉入海參中則名讓海參。凡讓雞、讓鴨、讓藕，無非以物實其中。或笑曰，讓當與瓤通，謂以物入其中，如瓜之有瓤也。說者固以爲戲名，而不知古者聲音假借之義如此也。瓜之内何以稱瓤？瓤從襄者也。瓤從襄猶釀。說文：『釀，醞也。』醞與緼通。穀梁傳『緼地於晉』，謂地入於晉也。論語『衣敝緼袍』，謂絮入於袍也。醞爲包裹於内之義，而釀同之，此所以名瓤名釀也。說文：『鑲，作型中腸也。』釋名云：『中央曰鑲。』皆以在中者爲義。囊，裹物者也，從襄省聲，即亦與讓同聲。然則讓取、包裹、緼入明矣。夫讓猶容也，容即包也。争則分，讓則合矣，故四馬駕車兩服在兩驂之中而詩曰『上襄』。水圍於陵，而書曰『懷山襄陵』。俱包裹之義也。不争則退遜，退遜則却，故讓有却義。能讓則附合者衆，故穰之訓衆，讓之訓盛，衆則盛也。」焦氏執從襄聲諸字之根，以會通諸字之義，其啓人思者夥頤。說文襄字訓「解衣耕」。蓋北土乾燥，下種必啓表土，而後覆之，是謂之襄。左傳定公十年：「葬定公，雨，不克襄事。」杜注：「襄，成也。」襄事，謂下柩反土以葬之事。引申爲入、藏、包、反。攘從襄聲，取入謂之攘，包容、包忍亦謂之攘，則不必改字。漢帛書五行篇：「不莊尤害人，仁之理也。」莊尤，即攘尤。莊，通作藏。

詬，恥也。◎唐寫本、明州本、建州本、正德本、隆慶本、俞本、馮本、莊本、四庫章句本「恥」作「耻」。案：恥、耻同。又，詬、訽同。清華簡（一）皇門「詬」借作「區」，音近通用也。說文言部：「詬，謑詬，耻也。从言、后聲。訽，詬或从句。」又云：「謑，耻也。从言，奚聲。」謑、詬，皆耻辱也。緩言曰奊詬、奊訽。敦煌懸泉漢簡〇一一五簡：「其奊訽詈之，罰金一斤。」漢書卷四八賈誼傳

「奊詬亡節」，顔師古注：「奊詬，謂無志分也。」單言曰詬。墨子卷一法儀篇第四「率以詬天侮鬼」，孫注引廣雅釋詁：「詬，駡也。」詬天，辱天也。左傳昭公十三年「楚靈王投龜詬天而呼」，釋文：「詬，本又作詢。」襄公十七年「重丘人閉門而詢之」，杜注：「詢，駡也。」

言己所以能屈案心志，含忍罪過而不去者，欲以除去恥辱，誅讒佞之人，如孔子誅少正卯也。

◎唐寫本、明州本、建州本、正德本、隆慶本、俞本、馮本、劉本、莊本、四庫章句本「恥」作「耻」。案：章句「如孔子誅少正卯」云云，事見荀子卷二〇宥坐篇第二八：「孔子爲魯攝相，朝七日而誅少正卯。門人進問曰：『夫少正卯，魯之聞人也。夫子爲政而始誅之，得無失乎？』孔子曰：『居！吾語女其故。人有惡者五，而盜竊不與焉：一曰心達而險，二曰行辟而堅，三曰言僞而辯，四曰記醜而博，五曰順非而澤。此五者，有一於人則不得免於君子之誅，而少正卯兼有之。故居處足以聚徒成羣，言談足以飾邪營衆，强足以反是獨立。此小人之桀雄也，不可不誅也。』」説苑卷一五指武篇：「孔子爲魯司寇，七日而誅少正卯於東觀之下。門人聞之，趨而進至者，不言其意皆一也。子貢後至，趨而進，曰：『夫少正卯者，魯國之聞人矣。夫子始爲政，何以先誅之？』孔子曰：『賜也，非爾所及也。夫王者之誅有五，而盜竊不與焉。一曰心辯而險，二曰言僞而辯，三曰行辟而堅，四曰志愚而博，五曰順非而澤。此五者皆有辨知聰達之名而非其真也。苟行以僞，則其智足以移衆，强足以獨立，此姦人之雄也，不可不誅。夫五者之一，則不得免於誅，今少正卯兼之，是以先誅之也。』」皆謂孔子以「五惡」之罪誅少正卯。論衡卷一六講瑞篇第五〇：「少正卯在魯與孔子並。孔子之門，三盈三虛，唯顏淵不去。顏淵獨知孔子聖也。夫門人去孔子歸少正卯，不徒不能知孔子之聖，又不能知少正卯，門人皆惑。子貢曰：『夫少正卯，魯之聞人也，子爲政，何以先知？』孔子曰：『賜退，非爾所及。』」孔子、少正卯爲其時兩雄，勢不可竝。別爲一說。

伏清白以死直兮，固前聖之所厚。

言士有伏清白之志，以死忠直之節者，固乃前世聖王之所厚哀也。故武王伐紂，封比干之墓，表商容之閭也。

【疏證】

言士有伏清白之志，以死忠直之節者，固乃前世聖王之所厚哀也。故武王伐紂，封比干之墓，表商容之閭也。◎文選本「世」作「代」。尤袤本、胡本、六臣本「所厚」下無「之」字。唐寫本、秀州本「閭」下無「也」字。俞本、莊本「固」下無「乃」字。案：無「之」、「乃」、「也」，皆敓也。又證莊氏據俞初本繙刻也。章句以固爲乃，讀如故，乃也，特也，則也。詳參王引之經傳釋詞卷五「故」條。新書卷一數寧篇：「夫曰『天下安且治』者，非至愚無知，固諛者耳。」說苑卷一七雜言篇：「使舜居桀、紂之世，能自免刑戮，固可也」，韓詩外傳卷七作「能自免於刑戮之中，則爲善矣」。則「固乃」云云，平列同義。風俗通義卷四過譽：「力不能止，固乃聽之。」又，章句以「厚」解「厚哀」，有清以前皆未置一詞。今世學者紛然詆訾叔師之非。游國恩離騷纂義：「厚，重也。章句以爲『厚哀』。非也。」徐仁甫古詩別解：「王逸章句添一『哀』字，把『厚』變成副詞。」章句「厚哀」云云，未可移易，今人則誤解其意爾。周、秦、兩漢之世，哀猶愛也、憐也。呂氏春秋卷一五慎大覽第四報更篇「人主胡可以不務哀士」，淮南子卷一七説林訓「各哀其所生」，高誘並云：「哀，猶愛也。」釋名釋言語：「哀，愛也。愛乃思念之也。」哀、愛古多以同義互易之。禮記卷三九樂記第一九「肆直而慈愛者」，鄭注：「愛，或爲哀。」管子卷二〇形勢解第六四「見愛之交」，卷一形勢篇第二作「見哀之役」。後漢書卷一〇上皇后紀序：「進賢才以輔佐君子，哀窈窕而不淫其色。」同卷和熹鄧皇后：「太夫人哀憐爲斷髮，難傷老人意，故忍之耳。」卷二〇祭彤傳：「見其尚幼而有志節，皆奇而哀之。」卷二三竇融傳：「臣竊憂之。惟陛下哀憐！」卷二四馬援傳：「頗哀老子，使得遨遊。」又：「吾從弟少遊，常哀吾慷慨多大志。」三國志卷二四魏書高柔傳：「又哀兒女，撫視不離。」詩關雎序：「哀窈窕，思賢士。」哀，皆愛憐也。郭店楚墓竹簡性自命出：「哀、樂，其性相近也，是故其心不遠。」又曰：「用情者哀樂爲甚。」語叢（二）：「憂生于思，哀生于憂。」哀、樂一事；憂極則見愛憐，思極則生憂愁，詞義所以反覆旁通之。厚哀，平列同義。厚，非副詞。太平經卷一一〇大功益年書出歲月戒第一七九：「大神言：『所誡衆多，所諫亦非一人所問。持是久遠相語者，誠重生耳，言特見厚哀尤深。』」全漢文卷三三徐福上疏言霍氏：「霍氏太盛，陛下即厚愛之，宜以時抑制，無使至亡。」全晉文卷六八夏侯湛昆弟誥：「厚愛平恕，以濟其寬裕。」據此，厚哀、厚愛，皆古恆語。又，荀子卷一九大略篇第二七：「武王始入殷，表商容之閭，釋箕子之囚，哭比干之墓，天下鄉善矣。」尚書大傳卷二牧誓傳：「武王入殷，表商容之閭，歸傾宮之女。」韓詩外傳卷三：「封比干之墓，釋箕子之囚，表商容之閭。」皆章句所因。

悔相道之不察兮，

悔，恨也。相，視也。察，審也。

【疏證】

悔，恨也。◎明州本、建州本無注。案：敓也。詳參上「雖九死其猶未悔」注。

相，視也。◎明州本、建州本以此爲張銑注。案：竄亂之也。唐寫本、秀州本亦爲章句。李陳玉楚辭箋注：「相道，即前所云『來吾道夫先路』也。苦心佐助而不蒙察，使當告退，然猶延佇不去，但曰『吾將反』而已。」其說得旨。屈子猶以王之車右自喻。道，同上「來吾道」之道，導引也。相亦導也。爾雅釋詁：「相，導也。」國語卷一七楚語上「問誰相禮」，韋注：「相，相導也。」說文木部相字訓視，从木、目。相之初義爲瞽者所持之木，以佐瞽者之視，引申爲導、擇。論語卷一六季氏「則將焉用彼相矣」，劉寶楠正義引集注：「相，瞽者之相也。此言瞽者將有危顛，則須相者扶持之。」相道，導引也。章句以「相道」爲「相視事君之道」，非也。

察，審也。◎文選明州本、建州本以此注屬張銑。案：竄亂之也。唐寫本、秀州本此注皆屬章句。又，察之爲審，因爾雅釋詁。郭璞注：「覆，校；察，視。皆所爲審諦。」

延佇乎吾將反。

延，長也。佇，立貌。詩曰：「佇立以泣。」言己自悔恨相視事君之道不明審，當若比干伏節死義，故長立而望，將欲還反，終己之志也。

【疏證】

延，長也。佇，立貌。詩曰：「佇立以泣。」◎文選本「立貌」下有「也」字，「曰」作「云」。建州本「長」下無「也」字。唐寫本「貌」作「皃」。胡本「佇」作「伫」。正德本、隆慶本、湖北本、劉本、朱本、馮本、俞本、莊本、四庫章句本「曰」作「云」。案：佇、伫同。章句引詩見邶風燕燕。延之爲長，因爾雅釋詁。延佇，猶徘徊不進貌，不必求其字義訓詁。王夫之楚辭通釋：「延佇，遲回也。」最爲達詁。下「結幽蘭而延佇」，大司命「結桂枝兮延竚」，文選卷一九洛神賦「翳脩袖以延佇」，卷一三鸚鵡賦「望故鄉而延佇」，卷三六王融永明九年策秀才文「延佇忠實」，全梁文卷二五沈約麗人賦「薄暮延佇，宵分乃至」。延佇，皆爲遲疑不進。或作施佇。詩大雅旱麓「施於條枚」，呂氏春秋卷二〇恃君覽第三知分篇、韓詩外傳卷二引詩、後漢書卷六一黄琬傳李賢注引詩「施」皆作「延」。詩邱中有麻「將其來施施」，毛傳：「施施，難進之意。」聲轉或作蹉跎。廣雅釋訓：「蹉跎，失足也。」或作趑趄、峙躇。廣韻上聲第八語韻以佇、賭爲一字。周禮卷一五地官第二廛人「凡珍異之有滯者」，鄭注：「謂貨物賭藏於市中而不租稅也。」釋文：「賭，或本作貯，又作緒，皆同。」説文木部：「楮，穀也。从木、者聲。柠，楮或从宁。」燕燕「佇立以泣」，齊詩佇作著。賭、楮、著皆從者聲，佇、柠、貯皆從宁聲。佇、躇亦通用。足部：「躇，峙躇也，不前也。」或作蹢躅，後漢書卷二八下馮衍傳「淹躊躇而弗去」，李賢注：「躊躇，猶蹢躅也。」或作躑躅，文選卷一八琴賦「或怨嬌而躊躇」，李善注：「躊躇，猶躑躅也。」或作跢跦，廣雅釋言：「蹢躅，跢跦也。」詩靜女「搔首踟蹰」，陶淵明停雲詩作「搔首延佇」。以延佇爲踟蹰，行不進貌。

言己自悔恨相視事君之道不明審，當若比干伏節死義，故長立而望將欲還反，終己之志也。

◎文選本無「悔」字，無「相」字，「審」作「察」。正德本、隆慶本、劉本、湖北本、朱本、馮本、俞本、莊本、四庫章句本「言」下無「己」字，「審」下有「察」字，「若」上無「當」字，「死」下有「於」字，「義」下有「我」字。案：於，羨也。章句以悔爲恨，以相爲視，徑用釋語。則舊無「悔」字、「相」字也。無「己」字，因羨「悔」字删之。據例，不明審，不當作「不相審察」或「不明察」。有「我」字，羨也。又，章句「將欲還反終己之志」云云，非其義也。史記卷八四屈原列傳：「屈平疾王聽之不聰也，讒諂之蔽明也，邪曲之害公也，方正之不容也，故憂愁幽思而作離騷。」又曰：「夫天者，人之始也；父母者，人之本也。人窮則反本，故勞苦倦極，未嘗不呼天也；疾痛慘怛，未嘗不呼父母也。」史公之「天」，猶楚之帝高陽。而「父母者人之本」，屈子父考伯庸也。「人窮則反本」，言屈子生當溷濁之世，窮困其時，不忍苟活，寧死直而反。反，反本也。哀郢：「羌靈魂之欲歸兮，何須臾而忘反。」又云：「鳥飛反故鄉兮，狐死必首丘。」反故鄉、死首丘，皆反本。古之謂人死必歸反於其列祖之居，俗稱「回老家」，其葬則必擇列宗所在。周禮卷二二春官第三冢人：「冢人掌公墓之地，辨其兆域而爲之圖。先王之葬居中，以昭穆爲左右。凡諸侯居左右以前，卿大夫、士居後，各以其族。」鄭注：「公，君也；圖謂畫其地形及丘壟所處而藏之。先王造塋者，昭居左穆居右，夾處東西。」古之凡王族之血脈，不論貴賤，其死皆葬一處，因其昭穆而各處其位。故公墓之地又謂之宅。儀禮卷三七士喪禮第一二：「筮宅，冢人營之。」鄭注：「宅，葬居也。」包山楚簡有宣王之垞、王士之垞、畏(威)王垞，皆其氏族死葬之所。屈子反本、反故鄉，魂歸其族之垞。下篇往觀四方，上下求索，以歸於西海爲期，皆寓死歸祖居，而非託意反歸君朝。

回朕車以復路兮，

回，旋也。路，道也。

【疏證】

回，旋也。◎文選尤袤本、六臣本「回」作「迴」。案：古今字也。説文囗部：「回，轉也。从口，中象回轉之形。」段注：「淵，回水也。故顔回字子淵。」回、淵一字。回，事也，言水旋；淵，名也，言回水。而後判爲二也。引申爲旋、轉。水部有「洄」字，云：「洄，淓洄也。从水、回聲。」慧琳音義卷二三「湍激洄澓」條引三蒼：「水轉曰洄。」水部又有「湋」字，曰：「湋，回也。从水、韋聲。」廣雅釋水：「湋，淵也。」洄、湋亦一字。後以回爲回轉，而别制洄、湋爲言水之回旋或回水，則回之義遂晦。

路，道也。◎文選本無注。案：唐人因其重複删之。路之爲道，詳參上「來吾導夫先路」注。章句釋此「路」爲「故道」，甚得其旨。路，謂通帝高陽之路。復路，開啓下篇上征飛陞，復反列宗故居之行。雖二「路」字，其前後所寓，異乎其旨。北大簡（四）反淫：「中有州堆，往來復路。」拾此詞藻。

及行迷之未遠。

迷，誤也。言乃旋我之車，以反故道，及己迷誤欲去之路，尚未甚遠也。同姓無相去之義，故屈原遵道行義，欲還歸也。

【疏證】

迷，誤也。◎案：説文辵部：「迷，惑也。从辵、米聲。」郭店楚墓竹簡語叢（四）：「賢人不才（在）昃（側），是胃（謂）迷惑。」迷惑，平列同義。米聲之字多爲不明義。淮南子卷七精神訓「覺而若昧」，高誘注：「昧，暗也。楚人謂厭爲昧。」厭，暗也。楚人謂暗不明爲昧。或通作迷。老子道經二十七章「雖智大迷」，漢帛書老子乙種本迷作眯。涉江「迷不知寵之門」，即同此意。漢帛書經法大分：「主兩，男女分威，命曰大麋（迷）。」十六經稱：「上用□□而民不麋（迷）惑。」借麋爲迷。

言乃旋我之車以反故道，及已迷誤欲去之路，尚未甚遠也。同姓無相去之義，故屈原遵道行義，欲還歸也。◎文選本「及已迷誤」作「反迷已誤」，無「屈原遵道行義」六字，無「歸」字。唐寫本亦作「及已迷誤」。尤袤本、建州本、明州本、秀州本「乃旋」作「及旋」。正德本、隆慶本、劉本、湖北本、朱本、馮本、俞本、莊本、四庫章句本「還歸」下有「之」字。文淵四庫章句本「乃旋」作「回旋」，「以反故道」作「以反路道也」。文津本亦作「乃旋」、「以反故道」。案：據義，舊作「及迷已誤」也。反，乃之訛。又，文選本以「我」字領下，語意貫通，若有「屈原遵道行義」六字，則文意斷。後所增益。還歸，章句習語。湘君「駕飛龍兮北征」，章句：「願駕飛龍，亟還歸故居也。」文選本敚也。七諫序：「屈原與楚同姓，無相去之義。」又，漢帛書經法稱：「惑而極（亟）反，迷道不遠。」其「行迷之不遠」之謂也。

步余馬於蘭皋兮，

步，徐行也。澤曲曰皋。詩云：「鶴鳴于九皋」。

【疏證】

步，徐行也。◎俞樾讀楚辭：「襄二十六年左傳『左師見夫人之步馬者』，杜注曰：『步馬，習馬。』步余馬於蘭皋，當從此解。字亦作䮍，玉篇馬部：『䮍，盆故切，習馬。今作步。』」案：習，舒徐也。詩谷風「習習谷風」，毛傳：「習習，和舒貌。」步余馬，又見涉江。步馬，習馬徐行也。淮南子卷一八人間訓：「徐行而出門，上車而步馬，顏色不變。」又曰：「夫走者，人之所以爲疾也；步者，人之所以爲遲也。」説苑卷九正諫：「步馬十里，引轡而止。」全後漢文卷五四張衡髑髏賦：「步馬于疇皋，逍遥乎陵崗。」又，睡虎地秦簡爲吏之道：「安騶而步，毋使民懼。」步，亦步馬也。

澤曲曰皋。詩云：「鶴鳴于九皋」。◎文選本無「詩云鶴鳴于九皋」七字。案：唐寫本文選卷五九謝朓和伏武昌登孫權故城一首「幽客滯江皋」，李善注引王逸曰：「澤曲曰皋。」亦未引詩。皆删之也。章句引詩見小雅鶴鳴篇。補注：「皋，九折澤也。一云，澤中水溢出所爲坎。招魂曰

『皋蘭被徑』。」説文夲部：「皋，氣皋白之進也。从白、夲。禮：『祝曰皋，登謌曰奏。』故皋、奏皆從夲。周禮曰：『詔來鼓皋舞。』」夲，亦聲。皋，無曲澤之義。段注：「皋有訓澤者，小雅鶴鳴傳曰：『皋，澤也。』澤與皋析言則二，統言則一，如左傳『鳩藪澤』、『牧隰皋』並舉，析言也。鶴鳴傳則皋即澤。澤藪之地，極望數百，沆瀁皛溔，皆白氣也，故曰皋。」朱駿聲説文通訓定聲：「此字當訓澤邊地也，从白。白者，日未出時，初生微光也。壙野得日光最早，故從白從夲聲。」皆遊説無根。王筠説文句讀：「此以字形説字義也。白解上半，進解下半之夲。而如此立文者，『九皋』、『皐門』之類皆不解於字形中得其義，故以下文所引二禮爲主。」許氏引二禮，「祝曰皐」，借皐爲嘷，不足以證「九皋」義。左傳言皐、澤並通。朱季海楚辭解故：「皐，本水邊淤地，或漸之水，即成澤坎，鄭箋所云是也。當其無水，又近類隰，故左氏云『隰皐』。漢書司馬相如傳『亭皐千里』，顔注亦云：『爲亭候於皐隰之中，千里相接也。』」其説得之。大部：「臭，大白澤也。从大、白。古文以爲澤字。」廣韻入聲第二一麥韻「臭」訓「白澤」，其爲二音。上聲第三二皓韻臭音古老切，入聲第二二昔韻臭音昌石切。臭音「古老」，即臯字。臭音「昌石」，即睪字。睪，古澤字。顔元孫干禄字書：「臯，俗作睾，通作皐。」睾、睪形似相訛，臯、澤亦相溷。左傳襄公十七年「澤門」，釋文：「澤門，本或作臯門。」史記卷二八封禪書「澤山君地長用牛」，集解：「徐廣曰：『澤，一作皋。』」蘭皋，「蘭澤」之訛，謂澤中有蘭。文選卷三四七發：「游涉乎雲林，周馳乎蘭澤。」蘭澤，古之恆語。九歌之「江皋」，招魂之「皋蘭」，皆澤之訛。章句引詩「九皋」，九澤之訛。禹貢「九澤既陂」。九澤，恆語也。

馳椒丘且焉止息。

土高四墮曰椒丘。言己欲還，則徐步我之馬於芳澤之中，以觀聽懷王，遂馳高丘而止息，以須君命也。

【疏證】

土高四墮曰椒丘。◎文選尤袤本、六臣本「土高四墮曰椒丘」作「土高曰丘四墮曰椒丘」。案：文選卷一三月賦「菊散芳於山椒」，李善注：「王逸楚辭注：『土高四墮曰椒。』山椒，山頂也。」其敓「丘」字，然未訛也。六臣本無此引文，但曰：「漢書武帝傷李夫人賦曰『釋予馬於山椒』（案：今本漢書卷九七外戚傳上「予馬」作「輿馬」），山椒，山頂也。」卷二二謝惠連泛湖歸出樓中翫月「悲猨響山椒」，李善注：「漢書武帝李夫人賦曰『釋予馬於山椒』，孟康曰：『山椒，山陵名。』廣雅曰：『土高四墮曰椒丘。』」史記卷一一七司馬相如列傳「出乎椒丘之闕，行乎洲淤之浦」，集解：「郭璞曰：『椒丘，丘名，言有巖闕也。見楚辭。』」索隱：「兩山俱起，象雙闕。」九家集注杜詩卷六桔柏渡「前登但山椒」，郭注：「廣雅曰：『土高四墮曰山椒。』廣韻曰：『山頂也。』」則漢、魏有此義。晉書卷五一摯虞傳："譏淪陰於危山兮，問王母於椒丘。"危山、椒丘，相對爲文，危、椒同義。椒丘，高丘也。又，吕延濟注："椒丘，丘上有椒也。"補注："司馬相如賦云：『椒丘之闕。』服虔云：『丘名。』如淳云：『丘多椒也。』按：椒，山巔也。此以椒丘對蘭皐，則宜從如淳、五臣之説。"以下登高"反顧"斷之，椒丘即高丘。

言己欲還，則徐步我之馬於芳澤之中，以觀聽懷王，遂馳高丘而止息，以須君命也。◎文選唐寫本"徐步"作"徐行步"，尤袤本、六臣本作"徐徐行步"。案：據義，則舊作"徐行步"。又，屈子止息椒丘之上，往觀反本之志，猶遲疑未決。章句"以觀聽懷王，遂馳高丘而止息，以須君命"云云，則失之。

進不入以離尤兮，退將復脩吾初服。

退，去也。言己誠欲遂進，竭其忠誠，君不肯納，恐重遇禍，故將復去，脩吾初始清潔之服也。

【疏證】

退，去也。◎案：説文彳部："復，卻也。退，古文从辵。"復即退。退，歸反也。儀禮卷一九聘禮第八"乃退"，鄭注："退，反位也。"

言己誠欲遂進，竭其忠誠，君不肯納，恐重遇禍，故將復去，脩吾初始清潔之服也。◎文選唐寫本無「遇」字，「禍」作「過」。尤袤本、六臣本無「故」字，「服」下無「也」字。秀州本「脩」作「修」。正德本、隆慶本、湖北本、劉本、朱本、馮本、俞本、莊本、四庫章句本「脩」作「修」，「恐」下有「歸」字。補注引正文一無「復脩」之「復」字。案：無「故」字，敚也。作「過」，訛也。有「歸」及正文「復」，皆羨。章句「復去」云云，復，退之訛。退，古作復，與「復」形似。後漢書五九張衡傳「脩初服之娑娑兮」，李賢注：「楚辭曰：『退將復修吾初服。』王逸注云：『修吾初始清絜之服也。』」亦羨「復」字。六臣本文選卷一五思玄賦「修初服之娑娑兮」，李善注引離騷無「復」字，存其舊也。上博簡（一）性情論：「昏（聞）道反己，攸（脩）身者也。」又：「攸（脩）身近至仁。」脩初服，即下衣芰荷、裳芙蓉也，謂反躬自求也。

製芰荷以爲衣兮，

製，裁也。芰，蔆也。秦人曰薢茩。荷，芙蕖也。

【疏證】

製，裁也。◎案：説文衣部：「製，裁也。从衣、制聲。」九店楚簡日書製衣字作「折」，上博簡（一）性情論、睡虎地秦簡日書作「裚」，从衣，折聲。皆古文也。

芰，蔆也，秦人曰薢茩。◎文選本「蔆」作「菱」（建州本亦作「蔆」），删「秦人曰薢茩」五字。

案：菱、蔆同。馮本省作「陵」。示兒編卷二三字説三引作「菱」。爾雅釋草：「薢茩，芵光。」郭注：「芵明也。葉鋭黄，赤華，實如山茱萸。或曰蔆也，關西謂之薢茩。」邢昺疏：「藥草芵明也。一名芵光，一名決明。陶注本草云：『葉如茳豆，子形似馬蹄，呼爲馬蹄決明。』廣雅謂之羊躑躅也。」馬永卿嬾真子卷四：「僕仕於關、陝之間，不聞此呼，正恐王逸別有義爾。後又讀爾雅薢茩、英（英，當芵字之形誤，史繩祖已正之）光，注云：『芵明也，或云蔆也，關西謂之薢茩。』以僕所見，芵光者，即今之草決明也。其葉初出，可以爲茹，其子可以治目疾。蓋謂可以解去垢穢，或恐以此得名。又爾雅云：『蔆，蕨攈。』注云：『蔆也，今水中芰。』然則蔆自有正名，不謂之薢茩明矣。或曰，然則王逸、郭璞皆誤乎？僕曰，古者信以傳信，疑以傳疑。郭璞多引用離騷注，故承王逸之疑，而多出此注，所以廣異聞也。學者幸再考之。」史繩祖、楊升庵皆從其説，以斥章句之非，乃謂芰爲芵明草。説文艸部：「蔆，芰也。从艸，淩聲。楚謂之芰，秦謂之薢茩。」段注：「周禮『加籩之實有蔆』，注：『蔆，芰也。』子虚賦應劭注同。楚語『屈到嗜芰』，韋曰：『芰，蔆也。』釋艸曰：『薢茩，芵光。』郭云：『芵明也，或曰蔆也。關西謂之薢茩。』按：景純兩解，後解與説文、字林合。釋艸又曰：『蔆，蕨攈。』郭云：『今水中芰。』按：蕨攈、芵光皆雙聲，爾雅『薢茩、芵光』，或可以決明子釋之，不嫌異物同名也。而説文之『芰、薢茩』，即今蔆角。」段説是也。爾雅異物同名，猶「同條二訓」。芰曰薢茩，決明草亦曰薢茩。二物而一名，是以相亂不別。此用「芰薢茩」之説，章句不從爾雅，未與「決明」溷也。許書亦然。叔師、許君皆楚人，閑習楚語，説同一轍。未溷芰、英明爲一物。薢茩之促讀爲角，猶秦人語筆爲不律、簿爲不來之類。漢人謂薢茩爲關西代語，信而有據。馬氏，宋人，上距許、王則千百餘載，又非秦種，安得妄下雌黄，謂薢茩非關西語耶？其引爾雅以亂之，誠非格物之選。馬王堆漢墓遣策有「芰卷一笥」，芰卷，蔆角也，亦不言英明。

荷，芙蕖也。◎案：因爾雅釋草，郭璞注：「別名芙蓉，江東呼荷。」然章句以「芰荷」爲二草名。非也。漢書卷八七上揚雄傳：「衿芰茄之緑衣兮，被夫容之朱裳。」顔師古注：「茄，亦荷字也。見張揖古今字譜。」茄、荷一字。芰荷、芙蓉，對舉爲文，芰荷，一草名。補注：「芰荷，葉也。故以爲衣。芙蓉，華也。故以爲裳。」本草云：「嫩者荷錢，貼水者藕荷，出水者芰荷。」埤雅云：「芰荷，乃藕上出水生花之莖。」（見本草綱目卷三三果五「芰實」條引）芰，枝也。因言荷，而易字從艸，是以與「芰蔆」字相亂。包山楚簡遣策有「藕菹一缶」。藕，下從禺，古藕字，楚人所食用。

雧芙蓉以爲裳。

芙蓉，蓮華也。上曰衣，下曰裳。言己進不見納，猶復裁製芰荷，集合芙蓉，以爲衣裳，被服愈潔，脩善益明。

【疏證】

芙蓉，蓮華也。◎文選唐寫本「芙蓉」作「扶容」。正德本、隆慶本、劉本、朱本、莊本「華」作「荂」，馮本、俞本作「蕚」。案：扶容，即芙蓉，古字通用。又，荂，古華字。蕚，譌也。五百家注昌黎文集卷五寄二十六立之「四隅芙蓉樹」，樊注引王逸注亦作「華」。補注引本草：「其葉名荷，其華未發爲菡萏，已發爲芙蓉。」以「已發」、「未發」而別名之。招魂：「芙蓉始發，雜芰荷些。」菡萏，猶坎陷、頷顑，根於不足，不飽。（詳上文「頷顑」注）芙蓉，猶豐融、布濩，其名因於布露、盛滿。文選卷一八嵇康琴賦「豐融披離」，李善注：「豐融，盛貌。」或作布濩，卷五左思吴都賦「布濩皐澤」，劉淵林注：「布濩，遍滿貌。」倒乙曰鴻濛，卷八揚雄羽獵賦「鴻濛沆茫」，李善注引韋昭曰：「鴻濛、沆茫，水草廣大貌也。」沆茫，亦其音變字。或作弘敷，文選卷二張衡西京賦「乃隆崇而弘敷」，薛綜注：「弘敷，猶延蔓也。」因聲以求，或作怫鬱、紛緼、馮翼等。以事爲名，稱已發之蓮華，訓詁字作芙蓉。

上曰衣，下曰裳。◎案：詩東方未明「顛倒衣裳」，毛傳：「上曰衣，下曰裳。」章句所因。孔疏：「此其相對定稱，散則通名曰衣。」説文巾部：「常，下帬也。从巾，尚聲。常，或从衣。」常、裳同，古多作常。北大漢簡（四）妄稽「衣裳」字皆作「常」。九店楚簡日書：「凡盍日，利以折（製）衣⿱尚示。」⿱尚示，亦古文。周禮卷三七秋官第五大行人「建常九斿」，鄭注：「常，旌旗也。」卷一七春官第三序官「司常，中士二人」，鄭注：「司常，主王旌旗。」又，司常：「掌九旗之物名，务有屬以待國事。」鄭注：「物名者，所畫異物則異名也，屬，謂徽識也。」言部：「識，常也。」卷二天官第一大宰「四曰官常，以聽官治」，卷三宰夫「四曰旅，掌官常以治數」，官常，官職也。爾雅釋詁：「職，常也。」職之言幟也。耳部：「職，記微也。」微，徽也。古之畫鳥獸之物於旗幟以爲徽記，龍旗、虎旌、鳳旗是也。旗亦謂之曰常。御覽卷三四〇兵部七一常引釋名：「九旗之名，日月爲常，畫日月於其端。天子所建，言常名也。」官以徽幟爲標記，畫於下裙，以明尊卑、等級、秩録；天子之裙爲龍衮，則畫龍、日。臣下之裙或虎、或鹿、或飛禽走獸，爲官階之識，故下裙亦曰常。後以常爲官職名，則以裳字別之。

言己進不見納，猶復裁製芰荷，集合芙蓉，以爲衣裳，被服愈潔，脩善益明。◎文選本「裁製」作「製裁」。唐寫本「芙蓉」作「扶蓉」。唐寫本、正德本、隆慶本、劉本、朱本、湖北本、莊本、俞本、四庫章句本「益明」下有「也」字。正德本、隆慶本、湖北本、朱本、馮本、俞本、莊本、四庫章句本「裁製」作「製裁」。案：裁製，謂製衣。後漢書卷三四梁統傳：「斂以時服，皆以故衣，無更裁制。」裁制即製裁，謂控制。晉書卷四七傅玄傳：「而主者率以常制裁之，豈得不使發憤耶！」制裁、製裁同。則舊作「裁製」。

不吾知其亦已兮，苟余情其信芳。高余冠之岌岌兮，

岌岌，高貌。

【疏證】

岌岌，高貌。◎文選唐寫本「貌」作「皃」，下有「也」字。案：黎本玉篇殘卷山部「岌」字：「楚辭『高余冠之岌岌』，王逸曰：『岌岌，高皃也。』」則舊本有「也」字。文選卷一八嵇康琴賦「粲奕奕而高逝，馳岌岌以相屬」，李善引王逸注：「岌岌，高貌。」亦無「也」字。説文無「岌」字，説文新坿：「岌，山高貌。从山，及聲。」蓋據爾雅釋山「小山岌大山峘」以補之。岌，及聲。及，言極至也。呂氏春秋卷六季夏紀第五明理篇「其福無不及也」，高注：「及，至也。」山高極至者謂之岌。爾雅釋山「小山岌大山，峘」，郭注：「岌謂高過。」邢昺疏：「言小山與大山相並，而小山高過於大山者名峘。」亦言至高義。又，後漢書卷二八下馮衍傳：「高吾冠之岌岌兮，長吾佩之洋洋。」李賢注：「岌岌，高貌。」文選卷六魏都賦：「岌岌冠縰，纍纍辮髮。」全晉文卷一〇七曹攄述志賦：「飾吾冠之岌岌，美吾佩之玲玲。」冠岌岌，皆祖構於此，可資參證。孟子卷九萬章上「天下殆哉，岌岌乎」，趙注：「岌岌乎，不安貌也。」漢書卷七三韋賢傳「岌岌其國」，應劭曰：「岌岌，欲毁壞也。」顔師古注：「岌岌，危動貌。」類聚卷七山部上「總載山」條引宋宗炳白鳥山詩：「杲杲羣木分，岌岌衆巒起。」卷二八人部一二「遊覽」條引晉張載登成都白菟樓詩：「鬱鬱小城中，岌岌百族居。」卷

四五職官部一「諸王」條引曹植皇太子頌：「喁喁萬國，岌岌群生。」卷六三居處部三「堂」條引晉庾闡樂賢堂頌：「峩峩隆構，岌岌其峻。」王羲之書論：「若作波，如崩浪雷奔；若作鈎，如山將岌岌然。」岌岌，皆危殆也，與訓高峻者亦通。

長余佩之陸離。

陸離，猶嵾嵯，衆貌也。言己懷德不用，復高我之冠，長我之佩，尊其威儀，整其服飾，以異於衆也。

【疏證】

陸離，猶嵾嵯，衆貌也。◎文選本無「猶」字。尤袤本、六臣本「嵾嵯」作「參差」。唐寫本「貌」作「皃」。正德本、隆慶本、湖北本、劉本、朱本、馮本、俞本、莊本、四庫章句本作「參差」。案：嵾嵯、參差同。章句用「猶」，所以通古今別語。先秦曰陸離，漢曰參差。則舊有「猶」字。黎本玉篇殘卷阜部「陸」字：「楚辭『長余佩之陸離』，王逸曰：『陸離，亂皃也。』又曰：『陸離，分離也。』」其所據本別。陸離之爲參差、衆盛、亂、分散，其義皆通，因其傳注所施而別也。王念孫讀書雜志餘編下：「念孫案：陸離有二義：一爲參差貌；一爲長貌。下文云『紛總總其離合兮，斑陸離其上下。』司馬相如大人賦云『攢羅列聚，叢以蘢茸兮；衍曼流爛，痑以陸離』。皆參差之貌也。此云

『高余冠之岌岌兮，長余佩之陸離』。岌岌爲高貌，則陸離爲長貌，非謂參差也。九章云：『帶長鋏之陸離兮，冠切雲之崔嵬。』義與此同。」其說得旨。朱季海楚辭解故：「然物有長短而參差見，凡言參差則長在其中。」則未可一概以「參差」説之。聲之轉或作淋灕，哀時命：「冠崔嵬而切雲兮，劍淋漓而從横。」章句：「淋漓，長貌也。」或作緋纚（詳九懷通路）、淋灑（文選卷一七洞簫賦「被淋灑其靡靡兮」，李善注：「淋灑，不絶貌。」）宜乎因聲以求，不當爲其字所蔽也。

言己懷德不用，復高我之冠，長我之佩，尊其威儀，整其服飾，以異於衆也。◎文選唐寫本「整」作「𣦡」。正德本、隆慶本、劉本、湖北本、朱本、馮本、俞本、莊本、四庫章句本「衆也」作「衆人之服」。案：𣦡，俗整字。喻林卷八二德行門「特立」條引作「衆人之服」。後漢書卷二八下馮衍傳「高吾冠之岌岌兮」，李賢注引王逸曰：「傷己懷德不用，故高冠長佩，尊其威儀，整斯服飾，以異於衆也。」李引非足文，則作「衆也」。作「衆人之服」，後所增改。九店楚簡日書：「凡建日，大吉，帶鐱（劍）、完（冠）。」即楚俗也。睡虎地秦簡日書乙種本：「復秀之日，利以乘車，冠、帶劍，裚衣常，祭、作大事，家子，皆可吉。」此秦俗也。不論秦、楚，其製衣必擇吉日。

芳與澤其雜糅兮，

芳，德之臭也。易曰：「其臭如蘭。」澤，質之潤也，玉堅而有潤澤。糅，雜也。

【疏證】

芳，德之臭也。易曰：「其臭如蘭。」◎文選本、正德本、隆慶本、劉本、湖北本、朱本、馮本、俞本、莊本、四庫章句本無「易曰其臭如蘭」六字。文選六臣本、正德本、隆慶本、劉本、湖北本、朱本、俞本「臭」作「貌」。案：皃，古貌字，即臭之訛。章句引易見繫辭上：「二人同心，其利斷金；同心之言，其臭如蘭。」孔疏：「言二人同齊其心，吐發言語，氤氳臭氣，香馥如蘭也。」易之旨，言情深義厚者，德之和，故類聚卷二一人部五以易此文列置於「交友」條下。後漢書卷八四列女傳附班昭：「是故室人和則謗掩，外内離則惡揚，此必然之勢也。易曰：『二人同心，其利斷金；同心之言，其臭如蘭。』此之謂也。」晉傅咸感別賦：「同心厥職，其臭如蘭。」(見類聚卷三〇人部一四「別下」條引)皆同此意。文選卷二四嵇康贈秀才入軍五首：「仰慕同趣，其馨若蘭。」卷三八傅亮爲宋公求加贈劉前軍表：「金蘭之分，義深情感。」卷四六任昉王文憲集序：「師友之義，穆若金蘭。」李善注引易此文爲證，漢、魏以還爲交情篤深之語。章句「德之臭」云云，引易爲據，謂篤厚之情發揚在外。則不當删。

澤，質之潤也，玉堅而有潤澤。◎文選本無「潤澤」之「潤」字，唐寫本「潤」作「閏」，「閏」下無「也」字。案：閏，潤之爛敚。玉以喻在内之德，古所習知。郭店楚墓竹簡五行篇：「不忘則明，明則見賢人，見賢人則玉色，玉色則形，形則智。聖之思也輕，輕則形，形則不忘，不忘則聰，聰則聞君子道，聞君子道則玉音，玉音則形，形則聖。」又云：「金聲而玉振之，有德者也。金聲，善也；玉音，聖也。善，人道也；德，天道也。有德者然後能金聲而玉振之。」質，性也，藴積於内。性之善如玉，是象君子之德。而質之潤，猶德之潤，善之外揚，故以「金聲」喻之。易説卦「乾，爲玉爲金」，孔疏：「爲玉爲金，取其剛之清明也。」詩野有死麕「有女如玉」，毛傳：「德如玉也。」鄭箋：「如玉者，取其堅而絜白。」秦風小戎「温其如玉」，鄭箋：「念君子之性，温然如玉。玉有五德。」孔疏：「聘義云：『君子比德於玉焉，温潤而澤，仁也；縝密以栗，知也；廉而不劌，義也；垂之如墜，禮也。孚尹旁達，信也。』即引詩云『言念君子温其如玉，玉有五德也。』彼文又云：『叩之其聲清越以長，其終詘然，樂也；瑕不揜瑜，瑜不揜瑕，忠也；氣如白虹，天也；精神見於山川，地也；圭璋特達，德也。』凡十德。唯言五德者，以仁義禮智信五者，人之常。」荀子卷二〇法行篇第三〇：「子貢問於孔子曰：『君子之所以貴玉而賤珉者，何也？爲夫玉之少而珉之多邪？』孔子曰：『惡！賜，是何言也！夫君子豈多而賤之、少而貴之哉！夫玉者，君子比德焉。温潤而澤，仁也；栗而理，知也；堅剛而不屈，義也；廉而不劌，行也；折而不橈，勇也；瑕適竝見，情也；扣之，其聲清揚而遠聞，其止輟然，辭也。故雖有珉之雕雕，不若玉之章章。詩曰：「言念君子，温其如玉。」此之謂也。』」章句「玉堅而潤澤」云云，仁德之象。王夫之楚辭通繹讀澤爲襗，謂垢衣。非也。

粸，雜也。◎正德本、隆慶本、俞本、劉本、湖北本、四庫章句本乙作「雜粸也」。案：馮本、莊本皆未乙。粸，古作粈，合飯也，引申爲合、會。羅、黎二本玉篇殘卷食部「𩚵」字：「楚辭『芳與澤其雜𩚵』，王逸曰：『𩚵，雜也。』」𩚵，亦古文。雜，猶合也。雜粸，平列同義，章句「雜會」云云，是也。芳澤雜粸，謂情質相副，内外一致，猶後序「金相玉質」也。

唯昭質其猶未虧。

唯，獨也。昭，明也。虧，歇也。言我外有芬芳之德，内有玉澤之質，二美雜會，兼在於己，而不得施用，故獨保明其身，無有虧歇而已，所謂道行則兼善天下，不用則獨善其身。

【疏證】

唯，獨也。◎案：上「惟庚寅吾以降」，章句：「惟，辭也。」此云：「唯，獨也。」參互見義。獨，猶乃也，羌也。思美人：「芳與澤其雜粸兮，羌芳華自中出。」句式相同，比例可推。

昭，明也。◎案：說文日部：「昭，日明也。从日、召聲。」引申爲道德弘美。逸周書卷六謚法解第五四：「昭德有勞曰昭，聖文周達曰昭。」又，卷四大匡解第三七：「昭質非樸，樸有不明。」潘振、朱右曾注並云：「質，性也。」文苑英華卷二四七寄贈一梁陸倕以詩代書別後寄贈：「玉躬子加護，昭質余未虧。」皆與此同，言性質美好。

虧，歔也。◎案：説文亏部：「虧，气損也。从亏、虘聲。虧，虧或从兮。」虧，歌部。詳參上「帝高陽之苗裔兮」注。虧，从亏、从虘。亏，謂舒氣。虘，謂止。氣止而不舒是爲虧。虧，會意。虘，魚部，非諧聲字。虧从兮聲。兮亦舒氣，歌部。虧，形聲字。引申爲毀、損。

言我外有芬芳之德，内有玉澤之質，二美雜會，兼在於己，而不得施用，故獨保明其身，無有虧歔而已，所謂道行則兼善天下，不用則獨善其身。◎文選本「保明」下無「其」字，「歔」作「失」。唐寫本「施」下無「用」字，無「歔」字，「善其身」下有「者也」二字。秀州本「明其身」作「明吾身」，「善其身」下有「也」字。明州本、建州本無「明其身」之「其」字。正德本、隆慶本、劉本、湖北本、朱本、馮本、俞本、莊本、四庫章句本「善其身」下有「也」字。案：喻林卷三一人事門二九不遇引删「所謂道行」以下十六字。虧歔，章句習見。下文「芬至今猶未沫」，章句：「芬芳勃勃，誠難虧歔，久而彌盛，至今尚未已也。」虧失，唐人習語。北齊書卷三〇崔暹傳：「言談進止，或有虧失。」舊五代史卷一四六食貨志：「既場務以隳殘，致課程之虧失。」則舊作「虧歔」。章句「外有芬芳之德，内有玉澤之質」云云，猶楚簡「金聲而玉振」也。章句「道行則兼善天下，不用則獨善其身」云云，孟子卷一三盡心上：「窮則獨善其身，達則兼善天下。」趙注：「古之人得志君國，則德澤加於民人；不得志，獨治其身以立於世間，不失其操也。」儒者以此爲立身之本。桓譚新論卷一六琴道：「夫遭遇異時，窮則獨善其身而不失其操，故謂之操，操侶鴻雁之音；達則兼善天下，無不通暢，故謂之暢。」文選卷四三嵇康與山巨源絶交書：「所謂達能兼善而不渝，窮則自得而無悶。」所謂「獨善」，「獨保明其身」，非「保身延命」者。後漢書卷三七桓榮丁鴻傳：「君子立言，非苟顯其理，將以啓天下之方悟者；立行，非獨善其身，將以訓天下之方動者。」其是之謂也。

忽反顧以遊目兮，

忽，疾貌。

【疏證】

忽，疾貌。◎文選本無注。案：「忽疾」之義，詳參上「忽奔走以先後兮」注。呂延濟注：「忽，疾。」若舊有注，五臣不當重出。蓋因呂延濟注闌入。遊目，謂縱目眺望。清華簡（六）子儀：「尚端項瞻遊目以⿱⿰子干目我秦邦。」史記卷四〇楚世家：「北遊目於燕之遼東而南登望於越之會稽。」漢書卷八七上揚雄傳：「攀璇璣而下視兮，行遊目虖三危。」全晉文卷六八張湛浮萍賦：「步長渠以遊目兮。」全梁文卷六四梁張纘南征賦：「乍升高以遊目。」遊目，恆語。

將往觀乎四荒。

荒，遠也。言己欲進忠信以輔事君，而不見省，故忽然反顧而去，將遂游目，往觀四荒之外，以求賢君也。

【疏證】

荒，遠也。◎案：爾雅釋言：「荒，奄也。」孫炎注：「荒大之奄。」詩公劉「豳居允荒」，毛傳：「荒，大也。」大謂之荒，遠亦謂之荒，其義相通。

言己欲進忠信以輔事君，而不見省，故忽然反顧而去，將遂游目，往觀四荒之外，以求賢君也。◎文選本「荒」作「遠」。唐寫本「求賢君」乙作「賢求君」。胡本「將」下無「遂」字。正德本、隆慶本、馮本、湖北本、劉本、朱本、俞本、莊本、四庫章句本「荒」作「遠」。案：據義，則舊宜作「四荒」。上博簡（五）三德：「四巟（荒）之內，是帝之□。」四荒，恆語。補注：「爾雅：『觚竹、北户、西王母、日下謂之四荒。』皆四方昏荒之國。禮失而求諸野，當是時國無人，莫我知者，故欲觀乎四荒以求同志。此孔子浮海居夷之意。然原初未嘗去楚者，同姓無可去之義故也。」屈子往觀四荒之外，非「求君」、「求賢」，承上「反」、「退」於初始，以開啓下篇「上征」縣圃。屈子決意反歸本初，乃復脩儆神服飾。祭服既具，將啓程也。而冥界之路何在？其於椒丘之上，登臨四顧，歷徧天下，以求列祖所在。往，言去離椒丘而往行也。觀，察也。下見詈女嬃、折中重華、求帝、求女、卜氛問咸，乃至登遐天國，種種曲折，皆因「往觀四荒」敷演之。是讀騷之關鑰。林雲銘楚辭燈：此二句「伏下周流上下數段。」。朱冀離騷辯：「『往觀』句伏上下求索數段。」林仲懿離騷中正：

「一句中有牽上搭下之法。」蔣驥山帶閣注楚辭：「離騷下半篇，俱自『往觀四荒』句生出。祇是一意，却翻出無限煙波。」又曰：「楚辭章法絶奇處，如離騷本意，只注『從彭咸之所居』句，却用『將往觀乎四荒』開下半篇之局，臨末以『蜷局顧而不行』跌轉。」葉星衛亦曰：「『忽反顧以遊目』二語，開出下半篇，爲通篇之一大關捩。」（見山帶閣注楚辭所引）皆是知言君子。自此以下，屈子折衷於生死、去留之間。若藉海寧静安先生人間詞話「三種境界」，以説離騷段落結構，庶幾愜於意。屈子在椒丘之上反顧遊目，將往隨列祖，是「昨夜西風凋碧樹，獨上高樓，望盡天涯路」之第一種境界。下求帝、求女、卜氛、問咸、西行等相次叙寫反本歸宗、求合祖神之種種經歷，是「衣帶漸寬終不悔，爲伊消得人憔悴」之第二種境界。「亂曰」以下二韻則不意「從彭咸之所居」，以揭櫫求女之歸宿，是「衆裏尋他千百度。回頭驀見，那人却在，灯火闌珊處」之第三種境界。一波三折，極盡委曲，備盡求合列祖之艱難。若據其事，則分三段：媭詈、陳辭重華二章叙言反歸求祖之始，是時未遑發軔起程也。求帝、求女、卜氛、問咸、西行五章詳叙反本始末。亂辭以下，是反歸之終。離騷整體結構宜分三段：自篇首至「雖體解吾猶未變兮，豈余心之可懲」，是第一大段，詳叙由被拌斥以至不忍苟活而志欲反本歸宗之情狀。「女媭之嬋媛兮」至「僕夫悲余馬懷兮，蜷局顧而不行」，爲第二大段，詳叙反歸求帝之行。篇末四句爲第三段，結言反本之終。

佩繽紛其繁飾兮，

繽紛，盛貌。繁，衆也。

【疏證】

繽紛，盛貌。◎文選唐寫本「盛貌」作「盛皃」，下有「也」字。案：羅、黎二本玉篇殘卷糸部「繽」字：「楚辭『佩繽紛其繁餝』，王逸曰：『繽紛，盛皃也。』」文選卷一班固西都賦「綺組繽紛」，李善注引王逸云：「繽紛，盛貌也。」慧琳音義卷三二王逸注楚辭云：「繽紛，亦盛皃也。」卷四二、卷六二同引王逸注楚辭云：「繽紛，盛皃也。」唐本有「也」字。卷九四「繽紛」條引王逸注楚辭云：「繽，盛貌也。」則敚「紛」字。卷二九「繽紛」條引王逸注楚辭云：「繽紛，盛貌。衆，繁。」則竄入「繁衆」之注。繽紛，根於纏結不解。淮南子卷二俶真訓「被德含和，繽紛蘢蓯」，高注：「繽紛，雜糅也。」漢書卷八七上揚雄傳「暗纍以其繽紛」，顔師古注：「繽紛，交雜也。」訓詁字則作闤闠，説文門部：「闤闠，連結繽紛相牽也。」和合謂之雜糅，或謂之繽紛，繽紛亦爲殽亂義。文選卷一五思玄賦「思繽紛而不理」，舊注：「繽紛，亂貌。」或作泯棼（詳參尚書呂刑）、湎紛（詳參論衡卷一四寒温篇第四一）、泯芬（逸周書卷八祭公篇第六〇孔晁注：「泯芬，亂也。」）或移言以狀舞容紛沓者，故爲舞好貌。文選卷八上林賦「鄢郢繽紛」，李善注引李奇曰：「繽紛，舞也。」或以狀旌旗偃蹇婀娜，訓詁字作翩翻，説苑卷一五指武篇「旌旗翩翻」是也。飛升謂之繽翻，古詩紀卷五八謝靈運王子晉贊：「與爾共繽翻。」文選卷五左思吳都賦：「大鵬繽翻。」漢書卷八七上揚雄傳「繽紛往來」，顏師古注：「繽紛，衆疾也。」或作翩幡，史記卷一一七司馬相如列傳：「翩幡互經。」或作噴勃（詳文選卷一八長笛賦）、蓬孛（詳魏書卷一〇五志三天象）等，則未可勝計。

繁，衆也。◎文選本無注。案：刪之也。慧琳音義卷二九「繽紛」條引王逸注楚辭云：「繽紛，盛貌。衆，繁。」此雖竄亂之文，然「衆繁」必因此。則唐本有注。詩正月「正月繁霜」，毛傳：「繁，多也。」禮記卷六一鄉飲酒義第四五「獻酬辭讓之節繁」，鄭注：「繁，猶盛也。」繁飾，盛飾也。

芳菲菲其彌章。

菲菲，猶勃勃，芬香貌也。章，明也。言己雖欲之四方荒遠，猶整飾儀容，佩玉繽紛而衆盛，忠信勃勃而愈明，終不以遠故改其行。

【疏證】

菲菲，猶勃勃，芬香貌也。◎文選六臣本、尤袤本「勃勃」下有「也」字，「芬」作「芳」。唐寫本「貌」作「皃」。正德本、隆慶本、劉本、湖北本、朱本、馮本、俞本、莊本、四庫章句本「芬」作「芳」。案：作「芳」，以同義易之也。章句以「勃勃」釋「菲菲」，猶以「卿」釋「羌」之類，所以通古今別語。芬香貌，則釋其義。九歌東皇太一「芳菲菲兮滿堂」，章句：「菲菲，芳貌也。」同此「芬香貌」。少司命「緑葉兮素枝，芳菲菲兮襲予」，章句：「言芳草茂盛，吐葉垂華，芳香菲菲，上及我也。」九歎愍命「誠惜芳之菲菲兮，反以兹爲腐也」，章句：「言己自惜被服芳香菲菲而盛，君反以此爲腐臭不可用。」並「芳香菲菲」連文，菲菲，芳香貌。芬香、芳香，並見章句。朱季海楚辭解故：「惟離騷曰『菲菲』，章句云『勃勃』者，與今人以白話注文言無異。菲、勃同部，勃即菲之入聲。王援當時語作注，必人所共曉，知漢世楚言，芳菲字正讀入聲也。雅言作菲，轉入他聲者，此書語耳。口語未變，即古楚語之遺。釋草：『菲，芴。』谷風毛傳、説文艸部同。陸氏爾雅音義：『菲，芳尾反。芴音物。』菲謂之芴，猶菲菲謂之勃勃矣。然邶風與上聲字韻，是菲、芴字雅言不讀入聲，芬芳字作菲，本是假借。依説文正篆，字當作苾。許云：『馨香也。從艸、必聲。』唐韻『毗必切』。是其義。小雅楚茨『苾芳孝祀』，箋云：『苾苾芬芬，有馨香矣。』苾苾猶勃勃，楚音同耳。字又作飶。周頌載芟『有飶其香』，毛傳：『飶，芬香也。』陸氏音義『字又作苾』是也。是西周雅言，芳菲字當讀入聲，依王注、鄭箋，則季漢齊、楚猶存此語矣。以是推之，屈賦『芳菲』字，或漢人依師讀改字，猶拂之爲蔽矣。故書今不可見，未知爲苾、爲勃，要當入聲字耳。」其説可參。

章，明也。◎案：彌，讀作靡，古字通用。全漢文卷五三揚雄解難「蓋胥靡爲宰」，唐王勃文「胥靡」作「須彌」。漢書卷二八地理志「故其俗彌侈」，韓詩外傳卷三「彌侈」作「侈靡」。詩泉水篇「靡日不思」鄭箋、采薇篇「靡室靡家」鄭箋、柏舟篇「之死矢靡他」毛傳：「靡，無也。」章，著也，明也。然不得言芳香勃勃愈明。說文音部：「章，樂竟爲一章。从音、十。十，數之終也。」段注：「歌所止曰章。」又曰：「竟，樂曲盡爲竟。从音、儿。」段注：「曲之所止也。引申之凡事之所止。」章、竟散則皆爲終止。靡章，同下「芬至今猶未沬」之「未沬」，謂無虧歇。

言己雖欲之四方荒遠，猶整飾儀容，佩玉繽紛而衆盛，忠信勃勃而愈明，終不以遠故改其行。◎文選本「四方荒遠」作「四荒」，無「終不」之「終」字。唐寫本「整」作「⿱敕正」，「行」下有「也」字。案：據義，則舊作「四荒」。終不，章句恆語。離騷序：「終不見省，不忍以清白久居濁世。」上「夕攬洲之宿莽」，章句：「屈原以喻讒人雖欲困己，己受天命，終不可變易也。」無「終」字，爛敓之也。

民生各有所樂兮，余獨好脩以爲常。

言萬民稟天命而生，各有所樂，或樂諂佞，或樂貪淫，我獨好脩正直，以爲常行也。

【疏證】

言萬民稟天命而生，各有所樂，或樂諂佞，或樂貪淫，我獨好脩正直，以爲常行也。◎文選本「民」作「人」，尤袤本、六臣本「常行」下無「也」字。秀州本「脩」作「修」。朱本、俞本、馮本、莊本、四庫章句本「脩」作「修」。然俞本、劉本、莊本正文別作「脩」。案：作「人」，避唐諱。又，是莊氏因俞本之故也。民生，民性也。生、性古字通用。章句「萬民稟天命而生」云云，非也。上博簡

（一）性情論：「凡眚（性），或動之，或逆之，或交之，或厲之，或出之，或羕（養）之。凡動眚（性）者，勿（物）也；逆眚（性）者，兑（悦）也；交眚（性）者，古（故）也；厲眚（性）者，宜也；出眚（性）者，勢也。羕（養）眚（性）者，習也；長眚（性）者，道也。」是所謂「民性各有所樂」也。三國志卷一九魏書陳思王傳注引典略：「人各有所好尚。蘭茝蓀蕙之芳，衆人之所好，而海畔有逐臭之夫；咸池、六英之發，衆人所樂，而墨翟有非之之論：豈可同哉？」即同此意。又，以上四句常、懲爲韻。常，陽部；懲，蒸部。出韻。戴震屈原賦注：「懲，讀如長，蓋方音。」江有誥楚辭韻讀：「常、懲謂陽、蒸合韻。」聞一多楚辭校補：「常、懲元音近，韻尾同，例可通叶。」其説皆不可信。孔廣森詩聲類：「若離騷『余獨好脩以爲常』、『豈余心之可懲』，則本『恆』字，漢人避諱改爲常耳。慎勿又據爲陽可通蒸也。」梁章鉅文選旁證：「常，當作恆，與懲爲韻。此避漢諱改。」其説得之。郭店楚墓竹簡凡恆常義皆作恆。老子（甲本）「知足之爲足，此恆足矣」；「是故聖人能輔萬物之自然，而弗能爲，道恆亡爲也」；「道恆亡名，朴雖微，天地不敢臣」。恆，長沙馬王堆漢墓帛書甲、乙二本老子亦同，其爲漢初本，在文帝前，今諸通行本老子皆改作「常」。又，郭店楚墓竹簡唐虞之道篇：「□而不傳，義恆□□。」魯穆公問子思篇：「子思曰：『恆稱其君之亞（惡）者，可謂忠臣矣。』」成之聞之篇：「古之用民者，求之於己爲恆。」尊德義篇：「因恆則固。」又：「凡動民必順民心，民心有恆。」皆用恆不用常，楚語也。又，清華簡（七）越公其事：「民生之不長而自不終其命。」借長爲常，不常，不恒也。意與此同。

雖體解吾猶未變兮，豈余心之可懲。

懲，艾也。言己好脩忠信，以爲常行，雖獲罪支解，志猶不艾也。

【疏證】

懲，艾也。◎案：王夫之楚辭通釋：「懲，改也。」至確。變、懲對舉儷偶，懲亦變也。九章懷沙「懲違改忿」，懲、改對舉，懲亦改也。九歌國殤「首身離兮心不懲」，不懲，猶不變、不改。哀時命：「雖體解其不變兮，豈忠信之可化？」莊忌因襲於此，易懲爲化。懲猶化也。説文心部：「懲，㣻也。从心，徵聲。」又曰：「㣻，懲也。从心，乂聲。」懲、㣻，散則不别，對文别義。㣻，乂聲，乂，芟艸，引申爲創殘。漢書卷八〇淮陽憲王傳「太皇太后懲艾悼懼」，顔師古曰：「艾讀曰乂。乂，創也。」創於心謂之㣻。懲，徵聲；徵，召也。壬部：「徵，召也。从壬、从微省。行於微而聞達者，即徵也。」段注：「按：徵者，證也，驗也。有證驗斯有感召。」淮南子卷一九脩務訓：「夫謌者，樂之徵也。」高注：「徵，應也。」漢書卷二七五行志「次八曰念用庶徵」，顔師古注：「徵，應也。」創於心而有所應謂之懲，則爲悔改也。易損象「君子以懲忿窒欲」，孔疏：「懲者，息其既往。」是爲「改悔」也。

言己好脩忠信，以爲常行，雖獲罪支解，志猶不艾也。◎文選秀州本「脩」作「修」。正德本、隆慶本、朱本、俞本、馮本、湖北本、劉本、莊本、四庫章句本「脩」作「循」，「罪」作「辠」。案：辠，古罪字。循，脩之訛。章句以「支解」解「體解」，甚得屈子本心。説文骨部：「體，緫十二屬也。从骨、豊聲。」段注：「十二屬，許未詳言。今以人體及許書覈之，首之屬有三：曰頂，曰面，曰頤。身之屬三：曰肩，曰脊，曰尻。手之屬三：曰厷，曰臂，曰手。足之屬三：曰股，曰脛，曰足。合説文全書求之，以十二者統之，皆此十二者所分屬也。」引申爲支體。國語卷七晉語一「貳若體焉」，韋注：「體，四支也。」孟子卷三公孫丑上「皆有聖人之一體」，趙注：「體者，四肢股肱也。一體者，得一肢也。」以事爲名，支分謂之體，支解謂之體解。史記卷六秦始皇本紀：「秦王覺之，體解軻以徇。」後漢書卷三〇上蘇竟傳：「支分體解，宗氏屠滅。」又，章句未解正文「吾」字之義。吾，當作其，訛也。其猶，屈賦恆語。上「雖九死其猶未悔」、「唯昭質其猶未虧」、下「覽余初其猶未悔」、「覽察草木其猶未得兮」，九歎遠遊「時溷濁其猶未央」。

女嬃之嬋媛兮，

女嬃，屈原姊也。嬋媛，猶牽引也。

【疏證】

女嬃，屈原姊也。◎案：章句以「女嬃」爲「屈原姊」，未知其據。補注：「説文云：『嬃，女字也。音須。賈侍中説，楚人謂女曰嬃。』前漢有呂須，取此爲名。水經引袁崧云：『屈原有賢姊，聞原放逐，亦來歸，喻令自寬全；鄉人冀其見從，因名曰秭歸。縣北有原故宅，宅之東北有女須廟，擣衣石猶存。』秭與姊同。」後漢書卷四孝和殤帝紀「秭歸山崩」，李賢注：「袁山松曰：『屈原此縣人，既被流放，忽然蹔歸，其姊亦來，因名其地爲秭歸。』秭亦姊也。」御覽卷一六七州郡部一三歸州引亦同。非袁氏所杜撰，舊有此説，叔師采之以解騷。然秭歸之名，因夔子國。春秋經僖公二十六年：「秋，楚人滅夔，以夔子歸。」杜注：「夔，楚同姓國，今建平秭歸縣。」夔、歸古字通用。其地名秭歸，非因女嬃之歸。新蔡葛陵楚墓甲三第二六八簡：「及江、漢、沮、漳，延至於瀤。」瀤即歸也。漢書卷六三武五子附胥傳：「始，昭帝時，胥見上年少無子，有覬欲之心。而楚地巫鬼，胥迎女巫李女須，使下神祝詛。女須泣曰：『孝武帝下我。』左右皆伏。言『吾必令胥爲天子』。胥多賜女須錢，使禱巫山。會昭帝崩，胥曰：『女須，良巫也。』殺牛塞禱。及昌邑王徵，復使巫祝詛之。後王廢，胥浸信女須等，數賜予錢物。宣帝即位，胥曰：『太子孫何以反得立？』復令女須祝詛如前。」顏師古注：「女須者，巫之名也。」段注説文「嬃」字：「周易『歸妹以須』，鄭云：『須，有才智之稱。天文有須女。』按：鄭意須與諝、胥同音通用，諝者，有才智也。」劉師培楚辭考異：「須，有才智之名。」女巫之有才智者通稱女嬃。原之姊，蓋有才智之女巫。

嬋媛，猶牽引也。◎案：至塙。嬋媛，根於纏繳不解，其字無定，隨文所施，則別體紛雜。或作低佪、邅迴、儃佪、嬋娟等，則未可泥。聞一多楚辭校補據方言：「凡恐而噎噫，南楚、江湘之間曰嘽咺。」謂訓詁字皆從口，喘息貌。又曰：「學者徒以離騷、九歌之撣援者，其人皆女性，遂改從女，乃至他篇言撣援之不指女性者，字亦變從女，不經甚矣。」嘽咺，亦語之轉，釋「喘息」、「牽引」者，其義皆通。

申申其詈予。

申申，重也。（予，我也。）言女嬃見己施行不與衆合，以見放流，故來牽引，數怒重詈我也。

【疏證】

申申，重也。◎文選本「申申」作「申」。案：申申，疊字。據例，當作「申申重貌也」。單用「申」，爲重義，故章句云：「申，重也。」唐本存其舊。申申，猶陳陳，言反復也。漢書卷二二禮樂志載安世房中歌：「敕身齊戒，施教申申。」宋書卷二〇樂志二永至樂：「申申嘉夜，翊翊休朝。」全後漢文卷四五崔瑗尚書箴：「書稱其明，申申其鄰。」章句「數怒」云云，言反復不已也。呂氏春秋卷一四孝行覽第六慎人篇「丈夫女子，振振殷殷」，高注：「振振殷殷，衆友之盛也。」振振、申申，聲之轉，皆重複也。

予，我也。◎補注本無注。案：敚之也。據單行章句本補。正德本、隆慶本、湖北本、劉本、朱本、馮本、俞本、莊本、四庫章句本正文「詈予」作「罵余」，章句作「余我也」。楚辭領格用余，賓格用予。正文舊當作「詈予」。予之爲我，因爾雅釋詁。

言女嬃見己施行不與衆合，以見放流，故來牽引，數怒重詈我也。◎文選唐寫本無「不與」之「與」字。正德本、隆慶本、劉本、湖北本、朱本、馮本、俞本、莊本、四庫章句本「放流」作「流放」，「詈」作「罵」。白帖卷一九姊妹「賢姊詈」條引王逸注「以見」作「乃見」，「放流」作「流」。案：章句作「放流」，罕爲「流放」，上文「又樹蕙之百畝」，章句：「言己雖見放流，猶種蒔衆香。」懷沙「汨徂南土」，章句：「而已獨汨然放流，往居江南之土。」大招序：「屈原放流九年。」作「流」，敚也。邵博聞見後録卷二六引王逸注作「流放」。又，散則罵、詈不別。對文別義。罵之言武也，詈之言歷也。怒謂之罵，以言語歷數之爲詈。下牽引鮌之事數詈之，則舊作「詈」。戴震屈原賦注：「罵，俗本作詈，非。」未之詳審。方言卷一〇：「㦒、㤜，皆欺謾之語也。楚郢以南、東揚之郊通語也。」㦒、詈同，楚語。羅本玉篇殘卷言部或作「讁」，亦其別文。

曰：鮌婞直以亡身兮，

曰，女嬃詞也。鮌，堯臣也。帝繫曰：「顓頊後五世而生鮌。」婞，很也。

【疏證】

曰，女嬃詞也。◎案：論語卷一學而篇「子曰」，邢疏：「曰，發語詞也。」

鮌，堯臣也。帝繫曰：「顓頊後五世而生鮌。」◎文選本「世」作「葉」。案：避唐諱也。章句引帝繫見大戴禮記卷七第六三篇，曰：「黄帝産昌意，昌意産高陽，是爲帝顓頊。」又曰：「顓頊産鯀，鯀産文命，是爲禹。」則以鯀爲顓頊子、黄帝四世孫，未見「顓頊後五世而生鮌」云。漢書卷二一下律曆志引帝繫：「顓頊五世而生鯀。」與章句同。其時所見帝繫本與今本別也。史記卷二夏本紀：「禹之父曰鯀，鯀之父曰帝顓頊。」索隱：「皇甫謐云：『鯀，帝顓頊之子，字熙。』又連山易云：『鯀封於崇。』故國語謂之『崇伯鯀』。系本亦以鯀爲顓頊子。漢書律曆志云：『顓頊五代而生鯀。』按：鯀既仕堯，與舜代系殊懸，舜即顓頊六代孫，則鯀非是顓頊之子。蓋班氏之言近得其實。」司馬貞從班氏説，以鯀爲顓頊五世孫。山海經卷一六大荒西經：「此大穆之野，高二千仞。」郭璞注引紀年：「顓頊産伯鮌，是維居陽，居天穆之陽也。」亦以鮌爲顓頊子。又，卷一八海内經：「黄帝生駱明，駱明生白馬，白馬是爲鮌。」則以鯀爲黄帝孫，其傳聞又別。補注曰：「鮌亦作鯀，一作䯯。」王觀國學林卷二「鮌」條：「䯯音衮，亦作䯯，其字皆從骨。諸字書皆曰『禹父名也』。鯀音衮，亦作鮌，其字皆從魚，諸字書皆曰『魚也』。古人多借用字，故尚書禹父名用鯀字，其實當用[骨系]字也。」非也。俞樾讀王觀國學林（俞樓雜纂卷二七）云：「然說文有鮌無[骨系]，終疑[骨系]爲俗字。廣韻於『[骨系]』字下曰：『尚書本作[角系]。』乃悟[骨系]者，[角系]之變也；[角系]者，鮌之變也。漢人作隸，往往以角爲魚，北海景君碑：『元元[角眔]寡。』曹全碑：『撫育[角眔]寡。』[角眔]字左旁之魚，並變從角，此鯀之所以誤爲[角系]也。賴廣韻『尚書本作[角系]』一語，而知其致誤之由，然則仍當作鯀爲正。」其說是也。鯀正字，鮌俗字。孔家坡漢簡日書「緰以壬戌北不反，禹以丙戌南部反」云云，緰即綸之訛，讀若鯀也。郭店楚墓竹簡語叢（一）「天生鯀」，是其證。鮌爲帝堯諸侯，居崇山，號崇伯，以治水無功績，殛於羽山。竹書紀年帝堯六十一年，「命崇伯鯀治河」。六十九年，「黜崇伯鯀」。國語卷三周語下「有崇伯鮌」，韋注：「鮌，禹父；崇，鮌國；伯，爵也。」御覽卷三九地部四嵩山引韋昭注：「崇、嵩字古通用，夏都陽城，嵩山在焉。」即今登封縣，古之夏虛所在。書堯典：「帝曰：『咨四岳，湯湯洪水方割，蕩蕩懷山襄陵，浩浩滔天，下民其咨，有能俾乂。』僉曰：『於，鯀哉。』帝曰：『吁，咈哉！方命圮族。』岳曰：『异哉，試可乃已。』帝曰：『往，欽哉。』九載，績用弗成。」孔傳：「鯀，崇伯之名。」釋文：「鯀，故本反，馬云：『禹父也。』」孔疏：「鯀是崇君，伯，爵。」舜典：「流共工于幽州，放驩兜于崇山，竄三苗于三危，殛鯀于羽山。」孔傳：「崇山，南裔。」則以崇山爲放驩兜之地。夏文化因夏桀南竄於蒼梧而遷徙之。詳參拙作九歌源流叢考。章句同此說。左傳文公十八年，「顓頊有不才子，天下之民謂之檮杌」，杜注：「謂鯀，檮杌，頑凶無儔匹之貌。」又，山海經卷一八海内經：「洪水滔天。鯀竊帝之息壤以堙洪水，不待帝命，帝令祝融殺鯀於羽郊。鯀復生禹。帝乃命禹卒布土以定九州。」以殺鯀者爲祝融。是傳聞或別。韓非子卷一三外儲説右上説三第三四：「堯欲傳天下於舜，鯀諫曰：『不祥哉！孰以天下而傳之於匹夫乎！』堯不聽，舉兵而誅殺鯀於羽山之郊。」呂氏春秋卷二〇恃君覽第六行論篇：「堯以天下讓舜。鮌爲諸侯，怒於堯，曰：『得天之道者爲帝，得地之道者爲三公，今我得地之道，而不以我爲三公。』以堯爲失論。欲得三公，怒甚猛獸，欲以爲亂。比獸之角，能以爲城；舉其尾，能以爲旌。召之不來，仿佯於野以患帝舜。」以鮌爲争帝不遂而見誅，合共工與顓頊争帝爲一事。戰國季世説鮌之事者，非惟一家。又，淮南子卷一原道訓：「昔者夏鯀作三仞之城。」以鯀爲始作城郭，其功亦巨。

婞，很也。◎文選六臣本、尤袤本「婞」下有「音脛」二字，尤袤本、秀州本「很」作「狠」。正德本、隆慶本、湖北本、俞本「很」作「佷」，劉本、朱本、馮本、莊本、四庫章句本作「狠」。慧琳音義卷九七「佞倖」條引王逸注楚辭云：「婞，狠也。」卷九三「咸悻」條引王逸注楚辭：「悻，恨也。」案：章句不注音，「音脛」二字後所增益。婞、悻古字通，很、佷、恨、狠皆一字。婞字未見説文。糸部：「緈，直也。从糸、幸聲。讀若陘。」婞即緈字。婞直，美言之，猶耿直。惡言之，謂傲很。正反同辭。狠，俗很字。彳部：「很，不聽從也。一曰：行難也。一曰：盭也。从彳、艮聲。」謂「不聽從」、「盭」，其義皆通。謂「行難」，則艱字之義。莊子卷八漁父篇第三一：「見過不更、聞諫愈甚謂之很。」婞、很對文別義。散則皆謂誠信，字別作悻。補注引文選「亡身」作「方身」，五臣本也。唐寫本、六臣本作「亡身」。聞一多楚辭校補：「古字亡忘互通。亡身即忘身，言鮌行婞直，不顧己身之安危也。」得其旨。三國志卷二八鄧艾傳「艾受命忘身」。忘身，恆語。焦循易餘籥録卷二：「女嬃以鮌之婞直比屈原。大抵婞直之人自命爲方正，多絶物違衆。聖人之道，善與人同，爲國之要，在乎禮讓。觀禹、垂、益、伯夷之讓，殳斨、朱虎、熊羆之諧，正與『方命圮族』相反，可知鮌之所以得罪，惟其婞直，故當時在廷諸臣皆信其爲賢而羣相推服，惟帝堯能知人，知其『方命圮族』，必不可以有功。」其論伯鮌誠是，而論屈子則非矣。懷、襄父子固非帝堯可況，上官、靳尚、子蘭豈禹、垂、益、伯夷之讓？屈子之婞直，未可與鮌「婞直」同日語矣。

終然殀乎羽之野。

蚤死曰殀。言堯使鮌治洪水，婞很自用，不順堯命，乃殛之羽山，死於中野。女嬃比屈原於鮌，不順君意，亦將遇害也。

【疏證】

蚤死曰殀。◎文選本「殀」作「夭」。案：夭，古殀字。清華簡（七）越公其事「野」作「圣」，亦古字也。聞一多楚辭校補、姜亮夫屈原賦校注並以「夭」爲「夭遏」，非謂殀死。夭，讀爲壅，古字通用。左傳宣公十二年：「盈而以竭，夭且不整。」杜注：「水遇夭塞，不得整流，則竭涸也。」夭，壅也。漢世以「夭遏」連文，淮南子卷二俶真訓：「四達無境，通于無圻，而莫之要御夭遏。」又曰：「陶冶萬物，與造化者爲人，天地之間、宇宙之内，莫能夭遏。」新書卷九修政語下：「則刑罰廢矣，而民無夭遏之誅。」夭遏，平列同義，夭亦遏也。夭，通作壅。夭，宵部，壅，蒸部。孔廣森詩聲類：「蒸、侵又之、宵之陽聲。」論語卷七述而篇：「申申如也，夭夭如也。」集解引馬注：「申申、夭夭，和舒之貌。」和舒亦謂之廱。爾雅釋訓：「廱廱，和也。」廱、壅，同邕聲。夭、邕例得通用。故「夭遏」或作「壅遏」。淮南子卷二一要略訓：「説山、説林者，所以竅窕穿鑿百事之壅遏，而通行貫扃萬物之窒塞者也。」説文川部：「邕，邑四方有水，自邕成池者是也。从巛、邑。讀若雝。巛〇〇，籀文邕如此。」段注：「池沼多由人工所爲。惟邑之四旁有水來自擁抱旋繞成池者是爲邕。引申之，凡四面有水皆曰邕。」劉心源奇觚室吉金文述盂鼎云：「案：巛〇〇即雍之正字，吕象池形，巛即川，古刻從水，與川同意。此銘省水，仍是雝字。」（見劉心源先生奇觚室瓿餘集）詩有「辟廱」，見大雅文王有聲及魯頌泮水，鄭箋：「辟廱者，築土雝水之外圓如璧。」羅振玉殷契書例考釋卷中文字第五「曰雝」條：「𡿧，從巛、從口，古辟雍字如此。辟雍有環流，故從巛。口象圜土形，外爲環流，中斯爲圜土矣。金文或增『口』作『吕』。」蕭兵謂「辟雍」類「夏臺」，亦作均臺、「圜土」、「重泉」、「泮宫」、「靈沼」，皆起於古之環水之牢。（詳參蕭氏論璧雍泮宫靈臺起源於水牢，載上海師範大學學報八四年第四期）其説可參。章句未之詳審，以夭作殀而解早死。天問「永遏在羽山」。永遏，即同此義。

言堯使鮌治洪水，婞很自用，不順堯命，乃殛之羽山，死於中野。女嬃比屈原於鮌，不順君意，亦將遇害也。◎文選本「殛之」下有「於」字，「不順君」作「不承君」。六臣本、尤袤本「害」下無「也」字。六臣本「很」作「狠」。唐寫本、六臣本「鮌」作「鯀」。唐寫本「治」作「修」，「害」下亦有「也」字。正德本、隆慶本、湖北本、劉本、朱本、俞本、馮本、四庫章句本、莊本後一「不順」作「不承」。正德本、湖北本、莊本、朱本、俞本、馮本、劉本、四庫章句本「很」作「狠」，隆慶本作「佷」。案：作「修」，避唐諱。「不承堯」、「不順君」，對舉避複。舊宜作「不承」。佷、很、狠同。鯀，俗鮌字。章句「乃殛之羽山」云云，因舜典及史記卷二夏本紀「乃殛鯀於羽山以死」。殛，通作極。左傳僖公二十八年「明神殛之」，釋文云：「殛，本亦作極。」昭公七年「昔堯殛鯀於羽山」，釋文云：「殛，本又作極。」儀禮卷一八大射第七「朱極三」，鄭注：「極，猶放也。」後漢書卷六〇下蔡邕傳「流極之運」，李賢注：「流、極，皆放也。」周禮卷二天官冢宰第一太宰「以八柄詔王馭羣臣」，而「七曰廢」，鄭注：「廢，猶放也，舜殛鯀於羽山是也。」以殛爲極，謂放逐。黄生義府「流放竄殛」條：「孔傳總訓流放竄殛爲誅，則是誅罰之意，非死刑也。」其説得之。後改極爲殛，附會離騷，謂鮌誅死。蘇軾文集卷六五史評堯不誅四凶：「史記舜本紀：『舜歸而言於帝，請流共工於幽陵，以變北狄；放驩兜於崇山，以變南蠻；遷三苗於三危，以變西戎；殛鯀於羽山，以變東夷。』太史公多見先秦古書，故其言時有可考，以正自漢以來儒者之失。四族者，若皆窮姦極惡，則必見誅於堯之世，不待舜而後誅明矣。屈原有云：『鯀婞直以亡身。』則鯀蓋剛而犯上者耳。若四族者，誠皆小人也，則安能用之以變四夷之俗哉！由此觀之，則四族之誅，皆非誅死，亦不廢棄，但遷之遠方爲要荒之君耳。如左氏之所言，皆後世流傳之過。」蘇子之説雖得之，然謂「如左氏之所言皆後世流傳之過」云云，蓋未識左氏之殛即極之借。國語卷一四晉語八「昔者鮌違帝命，殛之于羽山」，韋注：「殛，放而殺也。」調停之説。水經注卷四〇禹貢山水澤地在所：「羽山，在東海祝其縣南也。縣即王莽之猶亭也。尚書『殛鯀于羽山』，謂是山也。山西有羽淵，禹父之所化，其神爲黄能以入淵矣。」杜預釋例：「羽淵，東海祝其縣西，羽山西南也。」續漢志第二一郡國三「祝其有羽山」下注引博物志：「東北獨居山，西南有淵水，即羽泉也。俗謂此山爲懲父山。」羽淵，囚鮌之獄。古之傳羽山，蓋有數説，未得其詳。舜典孔傳：「羽山，東裔，在海中。」禹貢以羽山在徐州。徐州雖在東裔，然不在海中。孔穎達正義據地理志上羽山在東海郡祝其縣西南，謂「海水漸及，故言『在海中』也」。是調停之説。隋書卷三一地理志下謂朐山縣有羽山，元和郡縣志卷一三河南道八謂在縣西北一百里，明一統志卷一三淮安府謂在贛榆縣西北八十里，在今海州西北。太平寰宇記卷二〇河南道二〇謂在今山東蓬萊縣東南三十里。江永春秋地理考實卷三「此山在沂州之東南，海州之西北，贛榆之西南，郯城之東北，實一山跨四州縣之境也。」高士奇春秋地名考略卷三：「謹按禹貢『羽畎夏翟』，孔傳云：『夏翟，雉名，羽中旌旄，羽山之谷有之。』曾氏注云：『羽山之谷，雉具五色，因以羽名，即殛鯀處也。』祝其，漢縣，屬東海郡，晉因之，唐廢，地在今海州贛榆縣西五十里，縣西北八十里即羽山，高四里，周圍八里，西距沂州七十里，山下有潭曰羽潭，亦曰羽池，即羽淵也。寰宇記曰：『羽山在朐山縣西北九十里。』漢朐山縣即今海州治，蓋地相接也。再按：孔氏孟子疏：『羽山在東齊海中，今登州東南三十里亦云有羽山。』與杜異，不取齊乘曰：近羽山有鯀城，相傳魏將田預所築，因羽山爲名。又劉昭云：鍾離城南有羽泉，皆謂舜殛鯀處。齊乘云：鍾離在沂州西南百餘里，楚將鍾離昧所築，與杜氏之説亦相近。」皆調停之説。庚案：以夏之地望考之，極鮌之羽，似皆不得在東裔。山海經卷五中山經，萯山「又東十里曰青要之山，實惟帝之密都，北望河曲，是多駕鳥。南望禪堵，禹父之所化，是多僕纍、蒲盧」。郝懿行注謂青要之山在今河南新安縣西北二十里。水經注卷一五伊水墠渚作禪渚，謂「上承陸渾縣東禪渚，渚在原上，陂方十里，佳饒魚葦，即山海經所謂『南望墠渚，禹父之所化』」，郭景純注云：『鯀化羽淵，而復在此，然已變怪，亦無往而不化矣。』」郭説未可全信，然謂在伊水，則幾已。

汝何博謇而好脩兮，紛獨有此姱節。

女嬃數諫屈原，言汝何爲獨博采往古，好脩謇謇，有此姱異之節，不與衆同，而見憎惡於世也。

【疏證】

女嬃數諫屈原，言汝何爲獨博采往古，好脩謇謇，有此姱異之節，不與衆同，而見憎惡於世也。◎文選本無「有此」二字，「世」作「俗」。唐寫本敚「諫」、「言」二字。尤袤本、六臣本「於世」下無「也」字。秀州本、正德本、隆慶本、朱本、馮本、俞本、劉本、莊本、四庫章句本「脩」作「修」。案：無「有此」，刪之也。章句以「博謇」釋「博采」，至確。謇，搴之借。九章思美人「搴長洲之宿莽」，朱子集注本「搴」作「蹇」。管子卷一四四時篇第四〇「毋蹇華絶芋」，尹注：「蹇，拔也。」亦搴之義。王念孫讀書雜志管子第七「絶芋」條謂「攓、搴、蹇，皆拔之或字」。爾雅釋言陸氏釋文：「搴與攓同，又作蹇。」「博搴，博采也。」女嬃承上繁飾菲菲，反其意而詈之也。慧琳音義卷八八「姱節」條引王逸注楚辭：「姱，好也。」章句遺義。柳河東集卷二懲咎賦韓注引王逸注：「好脩謇謇，夸異之節。」夸，姱之爛敚。正文「姱節」，宜從朱駿聲離騷補注作「姱飾」。節，飾之訛。上文「貫薜荔之落蘂」，章句「不爲華飾之行」，文選洪楩本「飾」訛作「節」。是其例也。姱飾，總上衣芰荷、裳芙蓉、高余冠、長余佩諸事。若作「姱節」，節字出韻。

薋菉葹以盈室兮，

薋，蒺藜也。菉，王芻也。葹，枲耳也。詩曰：「楚楚者薋。」又曰：「終朝采菉。」三者皆惡草，以喻讒佞盈滿于側者也。

【疏證】

薋，蒺藜也。詩曰：「楚楚者薋。」◎文選唐寫本「藜」作「蔾」。景宋本「䔧」作「蔾」。正德本、隆慶本、朱本、馮本、四庫章句本「藜」作「蔾」。毛祥麟楚辭校文曰：「仿宋本、毛本並作『蒺蔾』，字從木，與相臺本周易困六三『據于蒺蔾』合。説文作疾黎。」案：藜、蔾、蔾皆同。東雅堂昌黎集注卷五寄崔二十六立之「不辨薋菉葹」，注引王逸注：「資音咨，蒺藜也。」章句不注音，音咨，後所增益。其引詩在小雅楚茨，毛詩「薋」作「茨」。説文艸部蒺藜艸作薺，古字通用。鄭箋：「茨，蒺藜也。」孔疏：「茨，蒺藜，釋草文也。郭璞曰『布地蔓生，細葉，子有三角刺』是也。」則章句因爾雅釋草。

菉，王芻也。詩又曰：「終朝采菉。」◎文選唐寫本「芻」作「蒭」，尤袤本、六臣本亦作「芻」。案：芻、蒭同。東雅堂昌黎集注卷五寄崔二十六立之「不辨薋菉葹」，注引王逸注：「菉音綠，王芻也。」章句不註音。音綠，後所增益。章句因爾雅釋草。其引詩在小雅采綠，毛詩「菉」作「綠」，古字通用。鄭箋：「綠，王芻也，易得之菜也。」補注：「爾雅云：『菉，王芻。』（注）：『菉，蓐也。』

本草云：『蓋草，葉似竹而細薄，莖亦圓小，生平澤溪澗之側，俗名菉蓐草。』」蘇恭本草：「葉似竹而細薄，莖亦圓小，荆襄人此草煮以染黄色，極鮮好，俗名菉蓐草。」（見本草綱目卷一六草五「蓋草」條引）

葹，枲耳也。三者皆惡草，以喻讒佞盈滿于側者也。◎文選本無「于側者」三字，「盈滿也」爲一解。六臣本、尤袤本「草」下有「也」字。正德本、隆慶本、湖北本、劉本、朱本、俞本、馮本、莊本、四庫章句本「于」作「於」。案：于、於古今字。東雅堂昌黎集注卷五寄崔二十六立之「不辨賫菉葹」，注引王逸云：「葹音施，枲耳也。」章句不注音。音施，後所增益。補注：「形似鼠耳，詩人謂之卷耳，爾雅謂之苓耳，廣雅謂之枲耳，皆以實得名。本草：枲耳，一名葹。」吴仁傑離騷草木疏：「葹，爾雅：卷耳，一名苓耳。郭璞注引廣雅云：『枲耳也。』亦云胡枲，江東呼爲常枲，形似鼠耳，叢生如盤。陸璣詩疏云：『葉青白色，似胡荽，白華細莖，蔓生，四月中生子，如婦人耳璫，幽州人謂之爵耳。』本艸：『枲耳，一名葹，一名地葵，一名蒼耳，一名常思菜。』陶隱居云：『一名羊負來，昔中國無此，從外國逐羊毛中來。』圖經云：『其實多刺，俗呼道人頭。』仁傑按：沈約郊居賦云：『陸卉則紫鼈緑葹』是也。永嘉志：一名葈絲。」李時珍本草綱目卷一五「枲耳」條：「葹，其葉形如枲麻，又如茄，故有枲耳及野茄諸名。其味滑如葵，故名地葵，與地膚同名。詩人思夫，賦卷耳之章，故名常思菜。張揖廣雅作常枲，亦通。」又，章句以「盈室」爲「滿于朝廷」者，古義也。卜辭、金文所以祭祀或治事者多稱「室」：曰「東室」、「中室」、「南室」、「血室」、「大室」、「小室」、「公室」、「司室」等，清華簡（一）楚居：「至畲繹與屈約思（使）若（鄀）嗌卜徙於夷宅，爲便室。便室既成，無以内之，乃竊若（鄀）人之犝以祭。」室，皆治事之所，猶宗廟、朝廷也。

判獨離而不服。

判，別也。女嬃言衆人皆佩薋、菉、枲耳，爲讒佞之行，滿于朝廷而獲富貴，汝獨服蘭蕙，守忠直，判然離別，不與衆同，故斥弃也。

【疏證】

判，別也。◎文選本「別」下有「貌」字，唐寫本作「皃」。案：據「判獨離」三字狀語句法，舊有「貌」字。詩訪落「繼猶判渙」，毛傳：「判，分。」

女嬃言衆人皆佩薋、菉、枲耳，爲讒佞之行，滿於朝廷而獲富貴，汝獨服蘭蕙，守忠直，判然離別，不與衆同，故斥弃也。◎同治本「於」作「于」。唐寫本、馮本、四庫章句本「弃」作「棄」。正德本、隆慶本、馮本、朱本、俞本、莊本、劉本、四庫章句本「廷」作「庭」。案：弃、棄同。廷、庭，古字通用。章句以「判獨離」爲「獨服蘭蕙判然離別」，增字解經。獨離，疲頓不振之貌。因聲以求，其字或作獨漉、漉獨、東籠，倒乙又作鹿獨、羸陲、龍鍾、隴種、潦倒、落籜、郎當、闌單、藍攙、闌彈、闌殫、拉搭、邋遢等，與上「落蘂」之語皆通。女嬃謂汝判然潦倒不振，以不服賫菉葹也。清華簡(一)顧命「服」通「伓」，以同音故也。

衆不可户説兮，孰云察余之中情？

屈原外困羣佞，内被姊詈，知世莫識。言己之心志所執，不可户説人告，誰當察我中情之善否也。

【疏證】屈原外困羣佞，内被姊詈，知世莫識。言己之心志所執，不可户説人告，誰當察我中情之善否也。◎文選本「世」作「時」，「己」下無「之」字。六臣本、尤袤本「否」下無「也」字。六臣本「詈」作「罵」。正德本、隆慶本、劉本、朱本、馮本、莊本「羣」作「群」。文淵四庫章句本「察我」作「識我」，文津本亦作「察我」。馮本「外困」訛作「外因」。案：「世」作「時」，避唐諱也。羣、群同。章句「察」、「識」對舉爲文，則舊作「察我」。又，章句單用多爲「察」。下文「求榘矱之所同」，章句：「言當自勉强，上求明君，下察賢臣。」九辯「背繩墨而改錯」，章句：「二者殊義，不可不察也。」九章惜誦「願曾思而遠身」，章句：「言己舉此衆善，可以事君，則願私居遠處，唯重思而察之。」管子卷一四水地篇第三九：「不人告也，不户説也，其樞在水。」尹文子大道上：「出羣之辯，不可爲户説。」韓非子卷一七難勢篇第四〇：「堯、舜戶説而人辯之，不能治三家。」淮南子卷一原道訓：「雖口辯而戶説之，不能化一人。」説苑卷七政理：「衆不可戶説也，可舉而示也。」史記卷一二九貨殖列傳：「雖戶説以眇論，終不能化。」三國志卷三七蜀書法正傳：「天下之人不可戶説。」戶説，恒語。又，卷六魏書董卓傳注引獻帝起居注：「天下不可家見而戶釋也。」戶釋、戶説，對舉見義。説，謂解釋。云，又也。孰云，誰又也。詳參拙著離騷校詁「孰云」條。

世並舉而好朋兮，

朋，黨也。

【疏證】

朋，黨也。◎文選本無注。案：删之也。上「惟夫黨人之偷樂兮」，章句：「黨，朋也。」散文也。對文則别。銀雀山漢簡六韜：「友之友胃（謂）崩（朋），崩（朋）之崩（朋）胃（謂）黨。」説文鳥部：「鳳飛羣鳥從㠯萬數，故㠯爲朋黨字。」論語卷一學而「有朋自遠方來」，集解引包注：「同門曰朋。」邢疏：「同門者，同在師門以授學者也。」猶後之同窗、同學云爾。

夫何煢獨而不予聽？

焭，孤也。詩曰：「哀此焭獨。」（予，我也。）言世俗之人，皆行佞僞，相與朋黨，並相薦舉。忠直之士，孤焭特獨，何肯聽用我言，而納受之也。

【疏證】

焭，孤也。詩曰：「哀此焭獨。」◎文選六臣本、正德本、隆慶本、劉本、朱本、俞本、湖北本、馮本、莊本、四庫章句本「焭」作「煢」。案：焭，俗煢字。章句引詩見小雅正月，毛詩「煢獨」作「惸獨」，煢與惸同。傳：「獨，單也。」書洪範「無虐煢獨而畏高明」，孔傳：「煢，單，無兄弟也。無子曰獨。」對文無父曰孤，散則煢、孤、獨皆謂孤單。說文卂部：「煢，回疾也。从卂，營省聲。」段注：「回轉之疾飛也，引申爲煢獨，取徘徊無所依之意。」小爾雅廣義：「寡夫曰煢。」鰥字假借。書堯典「有鰥在下」，孔傳：「無妻曰鰥。」通作睘，詩杕杜「獨行睘睘」，毛傳：「睘睘，無所依也。」釋文：「睘，本亦作煢，又作焭。求營反。」或作嬛，閔予小子「嬛嬛在疚」，釋文：「嬛，崔本作焭。」漢書卷八一匡衡傳引作「焭焭在疚」，顏師古注：「焭焭，憂貌也。」訓憂、獨，其義皆通。方言卷六：「介，特也。楚曰僥，晉曰絓，秦曰挈。物無耦曰特，獸無耦曰介。」僥、焭同。焭、絓、挈、介、鰥，皆聲之轉，因方俗而別。章句「孤煢特獨」云云，四字平列，散文不別。女嬃責大夫以「焭獨」，屈子固不諱其「獨」，而曰「莫余知」，雖責猶深痛之矣。

予，我也。◎補注本無注。案：敚之也。據文選本補。正德本、隆慶本、湖北本、劉本、朱本、四庫章句本、馮本、俞本「予」作「余」。予，猶我輩，女嬃自稱，亦以代屈原。賓格屈賦作「予」。作「余」，非也。

言世俗之人，皆行佞僞，相與朋黨，並相薦舉。忠直之士，孤㷀特獨，何肯聽用我言，而納受之也。◎文選本「世」作「時」，無「受」字。唐寫本「佞」作「倿」。正德本、隆慶本、劉本、莊本「世」作「此」，「孤㷀」作「孤煢」。朱本、俞本、莊本、馮本、湖北本、四庫章句本「㷀」作「煢」。案：此俗，「世俗」之訛。作「時」，避唐諱。納受，平列同義。章句單用但有「受」。大招「青春受謝」，章句：「盛陰已去，少陽受之。」哀時命「願陳列而無正」，章句：「無有明正之君聽而受之也。」無作「納」。據此，納，當作「受」。倿，佞之訛。

依前聖以節中兮，

節，度。

【疏證】

節，度。◎文選本、俞本、莊本「度」下有「也」字。案：清華簡（七）了軛子餘：「即中于天。」「即中」，即「節中」，古本有此語。度，量、斷也。周禮卷三三夏官第四趣馬「簡其六節」，鄭注：「節，猶量也。」左傳成公十八年「節器用」，杜注：「節，省也。」節中，僅此一見。别有「制中」，用於古之治獄。淮南子卷一四詮言訓：「聽獄制中者，皋陶也。」禮記卷五〇仲尼燕居第二八「樂也者，節也」，孔疏：「節，制也。」卷九檀弓下第四「品節斯」，孔疏：「節，制斷也。」節中、制中並同。古多言「折中」。管子卷八小匡篇第二〇：「決獄折中，不殺不辜。」韓詩外傳卷一〇：「決獄折中，臣弗如也。」新序卷四雜事第四：「決獄折中，不誣無罪，不殺無辜。」史記卷四七孔子世家「中國言六藝者折中於夫子，可謂至聖矣」，索隱：「離騷云『明五帝以折中』，王師叔云：『折中，正也。』宋均云：『折，斷也。中，當也。』按：言欲折斷其物而用之，與度相中當，故以言其折中也。」宋均以「中」爲「當」，即張家山竹簡奏讞書「吏當：毋憂當要斬，或曰不當論。廷報：當要斬」之當，謂決獄。鹽鐵論卷五相刺篇第二〇：「然後退而修王道，作春秋，垂之萬載之後，天下折中焉。」漢書卷三〇藝文志：「使其人遭明王聖主，得其所折中，皆股肱之材已。」卷三六楚元王傳：「覽往事之戒，以折中取信。」卷七二貢禹傳：「微孔子之言，亡所折中。」顏師古曰：「折，斷也。非孔子之言則無以爲中也。」卷八六師丹傳「上所折中定疑」，顏師古曰：「折，斷也。取其言以斷事之中而定所疑。」後漢書卷一六寇恂傳附榮：「今殘酷容媚之吏，無折中處平之心。」卷二八下馮衍傳：「就伯夷而折中兮，得務光而愈明。」卷三〇下郎顗傳：「臣誠愚戇，不知折中，斯固遠近之論，當今之宜。」卷六四延篤傳：「篤論解經、傳，多所駁正，後儒服虔等以爲折中。」文選卷六左思魏都賦：「商豐約而折中，准當年而爲量。」三國志卷四魏書三少帝紀高鄉貴公：「臣奉遵師説，未喻大義，至于折中，裁之聖思。」類聚卷二二人部六「公平」條魏曹羲至公論：「蓋閭閻之日談，所以救愛憎之相謗，崇居厚之大分耳，非篤正文至理，折中之公議也。」九歎遠逝：「北斗爲我折中兮，太一爲余聽之。」折、制，古字通用。上博簡（九）堯王天下：「大割（害）既折（制）。」又，邦人不稱：「不攼（救）亓折（制），而邦人不稱還。」九店楚簡日書「製衣」作「折衣」。文選卷八揚雄羽獵賦：「又恐後世復脩前好，不折中以泉臺，故聊因校獵賦以風之。」李善注引韋昭云：「制，或爲折也。」韋氏所據本作「制中」。後漢書卷二八下馮衍傳：「援前聖以制中兮，矯二主之驕奢。」則節中、制中、折中皆同。

喟憑心而歷兹。

喟，歎也。歷，數也。（兹，此也。）言己所言皆依前世聖人之法，節其中和，喟然舒憤懣之心，歷數前世成敗之道而爲此詞也。

【疏證】

喟，歎也。◎文選本無注。正德本、隆慶本、湖北本、劉本、朱本、馮本、俞本、莊本、四庫章句本「歎」作「嘆貌」。案：歎、嘆同。劉良注：「喟，歎。」文選本無注，蓋竄亂於五臣。北大簡（三）趙正書「喟」作「□」，云「□然流涕長太息。」漢書卷一高帝紀上「喟然大息」，顔師古注：「喟，歎息貌。」卷八七上揚雄傳「喟然稱曰」，顔師古注：「喟，歎息也。」説文口部：「喟，太息也。从口、胃聲。嘳，喟或从貴。」太、歎，聲之轉。

歷，數也。◎案：説文止部：「歷，過也。从止、厤聲。」引申爲陳訴、陳説。禮記卷五九儒行第四一「遽數之不能終其物」，孔疏：「數，説也。」

茲，此也。◎文選本、補注本無注。案：茲，始見於此，舊當有注。據正德本、隆慶本、湖北本、朱本、馮本、俞本、劉本、莊本、四庫章句本補。茲之爲此，因爾雅釋詁。指下所陳詞，即章句「前世成敗之道而爲此詞」也。歷茲，楚辭恆語，下「委厥美而歷茲」，哀時命「懷隱憂而歷茲」。

言己所言皆依前世聖人之法，節其中和，喟然舒憤懣之心，歷數前世成敗之道而爲此詞也。

◎文選本二「世」字作「代」，「人」作「王」，「爲」作「作」。唐寫本「懣」作「滿」。明州本、建州本「詞」下有「者」字。文淵四庫章句本「其」爲「氣」，「心」作「言」。文津本亦作「其」、「心」。正德本、隆慶本、湖北本、劉本、朱本、馮本、俞本、莊本、四庫章句本「世」作「代」，「人」作「王」，「而爲」下有「作」字。案：作「代」，避唐諱。氣，訛也。懣、滿古字通。據義，舊作「心」字爲允。爲、作，以同義易之。

濟沅湘以南征兮，

濟，渡也。沅、湘，水名。征，行也。

【疏證】

濟，渡也。◎文選本無注。案：删之也。濟，本水名，無渡水義，借字也。馬王堆帛書春秋事語第十三宋荆戰泓水之上章：「宋荆戰弘（泓）水之上，宋人□□陳矣，荆人未濟。」又云：「宋人寡而荆人衆，及未濟，擊之，可破也。」濟水之字，見諸簡帛者，唯此二事。楚簡皆借作「淒」。清華簡（一）皇門：「卑（譬）女（如）䑰舟，輔余於險，⿱賏畐余於淒（濟）。」郭店楚墓竹簡成之聞之篇：「韶命曰：『允師淒（濟）悳（德）。』此言也，言信於衆之可以淒（濟）悳（德）也。」

沅，湘，水名。◎文選明州本、建州本無注。唐寫本、秀州本、尤袤本、正德本、隆慶本、湖北本、劉本、朱本、馮本、俞本、莊本、四庫章句本「名」下有「也」字。案：無注，爛敚之也。沅、湘二水，補注言之甚悉，云：「山海經云：『湘水出帝舜葬東，入洞庭下；沅水出象郡鐔城西，東注江，合洞庭中。』後漢志：『武陵郡有臨沅縣，南臨沅水，水源出牂牁且蘭縣，至郡界分爲五谿。』又：『零陵郡陽朔山，湘水出。』水經云：『沅水下注洞庭，方會於江。』湘中記云：『湘水之出於陽朔，則觴爲之舟，至洞庭，則日月若出入於其中。』」蔣驥山帶閣注楚辭：「沅水出今思州府施溪長官司，東北至常德沅江縣入洞庭。湘水出今廣西興安縣，北至長沙湘陰縣，入洞庭。舜葬九嶷山，今跨衡、永二府之界，在沅、湘南。」稽之圖牒，沅水出貴州省苗嶺雷公山，東北流，經漵浦，折西北流；至武溪，又折東北流，經元陵、桃源，折東，經常德，而入洞庭。湘水出廣西靈川之海洋山，東北流，經零陵；東北流，至衡陽；直北流，踰長沙；折西北流，越湘陰，而入洞庭。沅、湘皆在楚南，在今湖南境内。屈子「沅湘」連文，連類而及。此特指湘水，未涉沅水。

征，行也。◎文選本無注。案：删之也。征之爲行，因爾雅釋言。散則征、行不别，對文别義。書胤征「胤往征之」，孔疏：「奉責讓之辭，伐不恭之罪，名之曰征。征者，正也。」國語卷一周語上「穆王將征犬戎」，韋注：「征，正也，上討下之稱。」引申爲行也。行，無征伐義。

就重華而敶詞：

重華，舜名也。帝繫曰：「瞽叟生重華，是爲帝舜。葬於九疑山，在沅、湘之南。」言己依聖王法，而行不容於世，故欲渡沅、湘之水，南行就舜，敶詞自説，稽疑聖帝，冀聞祕要，以自開悟也。

【疏證】

重華，舜名也。帝繫曰：「瞽叟生重華，是爲帝舜。葬於九疑山，在沅、湘之南。」◎文選明州本、建州本無「重華舜名也」五字。唐寫本「重」下羨「曰」字。正德本、隆慶本、劉本、湖北本、朱本、馮本、俞本、莊本、四庫章句本「在」下有「於」字，「疑」作「嶷」。案：無「重華舜名也」五字，删之也。疑、嶷古今字。章句引帝繫見大戴禮記卷七五帝篇第六三篇，「生」作「産」。謂瞽叟父蟜牛，蟜牛父句芒，句芒父敬康，敬康父窮蟬，窮蟬父顓頊。帝舜，帝高陽六世孫。書堯典孔疏：

「案：鄭於下亦云：『虞，氏；舜，名。』與孔傳不殊。及鄭注中侯云：『重華，舜名。』則舜不得有二名。鄭注禮記云：『舜之言允。』是以舜爲號謚之名，則下注云『舜，名』，小號謚之名也。」漢書卷八七上揚雄傳「恐重華之不纍與」，應劭曰：「舜葬蒼梧，在江、湘之南，屈原欲啓質聖人，陳己情要也。」顏師古注：「重華，舜名也。」漢、唐皆以重華爲舜名。邱光庭兼明書卷一「放勳重華文命非名」條：「按：舜典云『若稽古帝舜曰重華，叶於帝』，孔安國曰：『華謂文德。言其文德光華，重合於堯，俱聖明也。』據安國所言，當以放勳、重華、文命，皆謂功業德化，不言是其名也。」補注：「先儒以重華爲舜名。按：書云『有鰥在下曰虞舜』，與帝之咨禹一也，則舜非謚也，名也。又曰『若稽古帝舜曰重華』，與堯爲放勳一也。則重華非名也，號也。羣臣稱帝不稱堯，則堯爲名；帝稱禹不稱文命，則文命爲號。伊尹稱尹躬暨湯，則湯號也。湯自稱『予小子履』，則履，名也。楚詞屢言堯、舜、禹、湯，今辨于此。」則宋人以重華爲舜號也。又，史記卷七項羽本紀「舜目蓋重瞳子」，集解引尸子：「舜兩眸子，是謂重瞳。」正義：「目重瞳子，故曰重華。」若據「名以正體字以表德」、名有「物象可憑」之法，重華，象其「重瞳」，宜乎爲名。楚人郊禘高陽，高陽氏東夷之先，帝舜亦東夷之先。孟子卷八離婁下：「舜生於諸馮，遷於負夏，卒於鳴條，東夷之人也。」趙注：「在東方夷服之地，故曰東夷之人也。」帝舜，則亦楚先。帝高陽、帝舜故事，交錯融合，多所雜糅。墨子卷五非攻下第一九：「高陽乃命禹于玄宮，禹親把天之瑞令，以征有苗。」竹書紀年：

帝舜「三十五年，帝命夏后征有苗，有苗氏來朝」，則合高陽、舜爲一人之事。卷一四大荒東經謂「帝俊生中容」，左傳文公十八年，高陽有才子八人，中容爲其一。帝俊即帝舜，則帝舜、高陽亦合會爲一人之事。卷一七大荒北經：「附禺之山，帝顓頊與九嬪葬焉。丘方員三百里，丘南帝俊，竹林在焉，大可爲舟。竹南有赤澤水，名曰封淵。有三桑無枝。丘西有沈淵，顓頊所浴。」附禺之山所記，皆帝顓頊之事，而間雜「丘南帝俊（舜），竹林在焉」，帝顓頊、帝舜亦雜糅爲一。楚人禘舜如禘高陽，宗親之情至篤。沅、湘之地廣布帝舜巡狩而死於九疑之迹。卷一〇海內南經：「蒼梧之山，帝舜葬於陽，帝丹朱葬于陰。」郭璞注：「即九疑山也。禮記亦曰，舜葬蒼梧之野。」卷一五大荒南經：「赤水之東，有蒼梧之野，舜與叔均之所葬也。」郭璞注：「叔均，商均也。舜巡狩，死於蒼梧而葬之，商均因留，死亦葬焉，墓今在九疑之中。」長沙馬王堆三號漢墓古地圖，於九疑山繪有九條柱狀之物，其西有「帝舜」二字，譚其驤謂在九條柱狀後之「建築物即舜廟」，「九條柱狀物當係舜廟前九块石碑」（二千一百多年前的一幅地圖，載文物一九七五年第二期）。以水經注卷三八湘水「山南有舜廟，前有石碑，文字缺落，不可復識」爲證。其說確乎不跋。皆楚人祀舜遺存。屈原於萬般無奈之際，敶詞重華，令其節中生死去留，蓋亦出乎宗親情愫。

言己依聖王法，而行不容於世，故欲渡沅、湘之水，南行就舜，敶詞自說，稽疑聖帝，冀聞祕要，以自開悟也。◎文選本「世」作「俗」，「渡」作「度」，「敶」作「陳」，「悟」下無「也」字。唐寫本

「悟」作「寤」。正德本、隆慶本、劉本、湖北本、朱本、馮本、俞本、莊本、四庫章句本「祕要」作「要説」。案：作「俗」，避唐諱。度、渡古今字。嗽、陳古字通。寤、悟同。又，祕要，章句恆語。遠遊「審壹氣之和德」，章句：「究問元精之祕要也。」祕、秘同。祕要，始於後漢，因乎讖緯。後漢書卷八二上方術傳附任文公：「父文孫，明曉天官風角祕要。」三國志卷三五蜀書諸葛亮傳注引蜀記「千井齊甃，又何祕要。」則舊作「祕要」。

啓九辯與九歌兮，

啓，禹子也。九辯、九歌，禹樂也。言禹平治水土，以有天下，啓能承先志，纘敘其業，育養品類，故九州之物，皆可辯數，九功之德，皆有次序而可歌也。左氏傳曰：「六府三事，謂之九功，九功之德皆可歌也，謂之九歌。水、火、金、木、土、穀，謂之六府；正德、利用、厚生，謂之三事。」

【疏證】

啓，禹子也。◎案：書益稷「啓呱呱而泣」，孔傳：「啓，禹子也。禹治水，過門不入，聞啓泣聲，不暇子名之，以大治度水土之功故。」世本：「啓，禹子。」離騷言啓，唯此一事。天問載之詳矣，云：「啓棘賓商，九辯九歌。」則與此同，皆言啓淫樂以失國。又云：「啓代益作后，卒然離蠥，何啓惟憂，而能拘是達？」又云：「皆歸䠶籟，而無害厥躬，何后益作革，而禹播降？」竹書紀年及山海經載，益干啓位，啓殺益自立，立則樂天樂。夏后氏崇龍，禹爲句龍。益，翳也，鳳皇之屬，東夷殷族之先。益、啓争位，古之氏族之争。益因夏政，曰「后益作革」。後啓滅益，得有天下，曰「而禹播降（隆）」。山海經卷七海外西經：「大樂之野，夏后啓於此儛九代，乘兩龍，雲蓋三層。左手操翳，右手操環。」啓「操翳」，象徵降伏翳（益）。天問又云：「何勤子屠母，而死分竟地？」繹史卷一二引隨巢子：「禹娶塗山，治鴻水，通轘轅山，化爲熊。塗山氏見之，慚而去，至嵩高山下，化爲石。禹曰：『歸我子！』石破北方而生啓。」是神話虚誕事，未足信據。啓，開天下世及之權輿，家天下之作俑者，後名之曰啓。漢易名開，避景帝諱。

九辯、九歌，禹樂也。言禹平治水土，以有天下，啓能承先志，纘敘其業，育養品類，故九州之物，皆可辯數，九功之德，皆有次序而可歌也。左氏傳曰：「六府三事，謂之九功，九功之德皆可歌也，謂之九歌。水、火、金、木、土、穀，謂之六府；正德、利用、厚生，謂之三事。」◎文選本無「承先」之「先」字，「纘」作「續」。唐寫本「九州」下無「之」字，「可辯」作「可辨」，「平治」作「平理」，無「而可」之「可」字。尤袤本、六臣本「次序」作「次敘」，「左氏傳」作「左傳」。正德本、隆慶本、湖北本、劉本、朱本、馮本、俞本、莊本、四庫章句本「皆可歌也」下無「謂之九歌」四字。景宋本「次序」作「大序」。案：作「大序」，訛也。章句引左傳見文公七年，文略與今本別，曰：「夏書曰：『戒之用休，董之用威，勸之以九歌，勿使壞。』九功之德，皆可歌也，謂之九歌。六府、三事，謂之九功。

水、火、金、木、土、穀，謂之六府；正德、利用、厚生，謂之三事。」孔疏：「此虞書大禹謨之文也。以其夏禹之言，故傳謂之夏書。」書大禹謨曰：「水、火、金、木、土、穀，惟修；正德、利用、厚生，惟和。九功惟叙，九叙惟歌，戒之用休，董之用威，勸之以九歌，俾勿壞。」此所謂書再傳而亂者。則「皆可歌也」下舊有「謂之九歌」四字。辯、辨，叙、序，皆古字通。「治」作「理」，避唐諱。纘、續，以同義易之。章句引此説不足以解離騷。補注：「山海經云：『夏后上三嬪於天，得九辯與九歌以下。』注云：『皆天帝樂名，啓登天而竊以下，用之。』天問亦云：『啓棘賓商，九辯、九歌。』王逸不見山海經，故以爲禹樂。騷經、天問多用山海經，而劉勰辯騷以康回傾地，夷羿彃日爲『譎怪之談，異乎經典』。」王家臺秦簡歸藏明夷：「昔者夏后啓卜乘飛龍以登于天而枚占。」又曰：「昔者夏后啓是以登天，啻弗良而投之淵，寅共工以……」與山海經同。九歌，龍歌。九之言丩也。丩即虯，龍也。易乾初九李鼎祚集解引崔憬：「九者，老陽之數。」引子夏傳：「龍，所以象陽也。」引馬融：「物莫大於龍，故借龍以喻天之陽氣也。」古之稱九爲龍之證。又，左傳昭公二十九年：「共工氏有子曰句龍，爲后土。」杜注：「共工在太皡之後、神農前，以水名官。其子句龍，能平水土，故死而見祀。」共工，鮌也（詳參楊寬鯀與共工）；句龍，禹也。句龍即丩龍，夏后氏之精靈。禹字古文從虫、九，九亦聲。禹猶龍也。夏后氏視禹猶天帝，啓有天下歌以頌禹之德，以九歌、九辯爲禹樂、天帝樂也。故之謂禹樂、啓所造作。詳參拙作九歌源流叢考。

夏康娛以自縱。

夏康，啓子太康也。娛，樂也。縱，放也。

【疏證】

夏康，啓子太康也。娛，樂也。◎案：非也。汪瑗楚辭集解：「夏，禹有天下之號。而此曰『夏』者，猶曰夏之子孫，指太康而言也。康娛，猶言逸豫也。」以「康娛」平列同義。戴震屈原賦注亦云：「『康娛』二字連文，篇内凡三見。」其説皆塙。後多委之戴震，則未公允。康娛，樂也。倒乙曰樂康。東皇太一「君欣欣兮樂康」是也。王念孫云：「今案：夏當讀爲下，左氏春秋傳僖二年『虞師晉師滅下陽』，公羊、穀梁皆作『夏陽』。即大荒西經所謂『夏后開上三嬪於天，得九辯與九歌以下。此大穆之野，高二千仞，開焉始得九招者也。』郭璞注引開筮曰：『不得竊辯與九歌，以國於下。』亦其證也。自『啓九辯與九歌』以下，皆謂啓之失德耳。」（讀書雜志餘編下）王説有據，若從其説，「夏」字上讀，失其句法。夏，夏后氏之夏，不煩改字。游國恩離騷纂義：「上言啓而下言夏，變詞以避複耳。況互文見義之例，古人正復不少。」夏，夏啓。屈賦句法，凡上下二句同叙一事，主語相同而不省者，則上句與下句之句首主語，雖異詞而同稱。下「后辛之菹醢兮，殷宗用而不長」。后辛、殷宗同稱，殷宗，后辛也。（詳俞樾古書疑義舉例卷一「參互見義」條）墨子卷八非樂上第三二引武觀云：「啓乃淫溢康樂，野于飲食，將將銘莧磬以力，湛濁于酒，渝食于野，萬舞翼翼，章聞于天，天用弗式。」即夏啓「康娱」失德本事。墨經「于野」云云，即山海經卷七海外西經謂「大樂之野」。竹書紀年云：「帝啓十年，帝巡守舞九韶（九韶當作九辯。九韶，舜樂）於大穆之野。」大穆、大樂，一地別名。

縱，放也。◎案：説文糸部：「縱，緩也。一曰：捨也。从糸，從聲。」朱駿聲説文通訓定聲：「凡絲持則緊，舍則緩；緊則理，緩則亂，一意之引申也。」又引申爲放縱情欲。書太甲下「欲敗度，縱敗禮」，孔傳：「言己放縱情欲，毁敗禮儀法度，以召罪於其身。」秦詛楚文云：「今楚王熊相（即楚懷王也），康回無道，淫佚甚亂，宣侈競縱，變輸盟刺。」戰國策卷一七楚策四：「莊辛謂楚襄王曰：『君王左州侯，右夏侯，輦從鄢陵君與壽陵君，專淫逸侈靡，不顧國政，郢都必危矣。』」又云：「君王之事因是以，左州侯，右夏侯，輦從鄢陵君與壽陵君，飯封祿之粟，而載方府之金，與之馳騁乎雲夢之中，而不以天下國家爲事。」淮南子卷九主術訓：「頃襄好色，不使風議，而民多昏亂，其積至昭奇之難。」則楚之懷、襄二君康娱自縱以失國，屈子援引夏啓，有以諷諫之。

不顧難以圖後兮，五子用失乎家巷。

圖，謀也。言太康不遵禹、啓之樂，而更作淫聲，放縱情慾，以自娱樂，不顧患難，不謀後世，卒以失國，兄弟五人，家居閭巷，失尊位也。尚書序曰：「太康失國，昆弟五人，須于洛汭，作五子之歌。」此佚篇也。

【疏證】

圖，謀也。◎案：説文口部：「圖，畫計難也。从口、从啚。啚，難意也。」段注：「啚者，嗇也。嗇者，愛濇也，慎難之意。」又，言部：「慮難曰謀。从言、某聲。」左傳襄公四年：「臣聞之，訪問於善爲咨，咨親爲詢，咨禮爲度，咨事爲諏，咨難爲謀。」杜注：「問患難。」圖、謀同義。上博簡（二）魯邦大旱圖作圈，清華簡（一）顧命作「⿱者心」，亦古字。又，清華簡（三）芮良夫毖：「不⿱者心（圖）難。」上博簡（五）苦成家父：「遠慮圖後。」圖難、圖後，其時習語。

言太康不遵禹、啓之樂，而更作淫聲，放縱情慾，以自娱樂，不顧患難，不謀後世，卒以失國，兄弟五人，家居閭巷，失尊位也。尚書序曰：「太康失國，昆弟五人，須于洛汭，作五子之歌。」此佚篇也。◎文選本「太康」上有「夏」字，「世」作「葉」，無「尚」字。尤袤本、明州本、建州本、秀州本「佚」作「逸」。正德本、隆慶本、湖北本、朱本、馮本、劉本、俞本、莊本、四庫章句本前一「太康」上有「夏王」二字，「家」上有「皆」字，「家居」作「居於」，「佚」作「逸」。同治本「汭」訛作「月」。案：作「葉」，避唐諱。佚、逸古字通用。又，章句釋正文「用失乎」，説多牽合。王念孫謂「用失乎」當作「用乎」，失，羨文。又謂「『用乎』之文，與『用夫』、『用之』同」（讀書雜志餘編下）。其説猶有剩義。用乎，與「用夫」、「用之」者别，乎非夫、之。用失乎，宜校爲「用夫」，一本「夫」字訛作「失」，以其不暢，於「失」下增「乎」字。黄侃文選平點：「乎，言之間也。紛紛妄説，皆緣不了此耳。」誠非篤論。

補注：「書云：『太康尸位，以逸豫滅厥德，黎民咸貳，乃盤游無度，畋于有洛之表，十旬弗反。有窮后羿，因民弗忍，距于河。厥弟五人，御其母以從，徯于洛之汭；五了咸怨，述大禹之戒以作歌。』逸不見全書，故以爲佚篇。他皆放此。」章句「佚篇」云云，洪氏所引書五子之歌篇補之。是也。洪氏引書，即唐、宋以來雜合古、今文尚書五十八篇本也。逸引書，乃漢伏生所傳今文尚書二十九篇本也。孔壁所出古文尚書二十五篇，雖有孔安國傳，然其時皆未在內。五子之歌，古文尚書所存，逸從今文尚書，故云「佚篇」，非「未見全書」也。鄧廷楨雙齋筆記卷一：「今夏書五子之歌，雖爲僞古文，然其用韻皆與三百篇合，不雜魏、晉以後之音。」可謂審矣。又，今本序「失國」作「失邦」。説者或謂五子，同墨子卷八非樂上第三二之武觀、國語卷一七楚語上之五觀。韋注：「五觀，啓子，太康昆弟也。」皆非。上博簡（二）訟城是（容成氏）：「禹又（有）子五人，不以丌子爲後，見咎咎（咎繇）之賢也，而欲以爲後。咎咎（咎繇）乃五壤（讓）以天下之賢者，述（遂）倂疾不出而死。禹於是虖（乎）壤（讓）益，啓於是虖（乎）攻益自取。」五子，禹子夏啓昆弟五人，非五觀一人或啓子太康五人也。逸周書卷六嘗麥解第五六：「其在殷之五子，往（忘）伯禹之命，假國無正，用胥興作亂，遂凶厥國，皇天哀禹，賜以彭壽，思正夏略。」殷，當作「夏」。五子，即禹五子、啓兄弟五人。竹書紀年：「帝啓十一年，放王季子武觀於西河，十五年武觀以西河叛，彭伯壽帥師征西河，武觀來歸。」沈約云：「武觀即五觀。」武觀，禹季子，非啓季子。又，章句解「家巷」爲「家居閭巷」，失之。王念孫云：「揚雄宗正箴曰：『昔在夏時，太康不恭。有仍二女，五子家降。』降與巷古同聲而通用。亦足證『家巷』之文爲實義。巷，讀孟子『鄒與魯鬨』之鬨，劉熙曰：『鬨，構也。構兵以鬭也。』五子作亂，故云『家鬨』。家，猶内也。若詩云『蟊賊内訌』矣。鬨字亦作鬮。呂氏春秋慎行篇『崔杼之子，相與私鬮』，高誘曰：『鬮，鬭也。』私鬮，猶言家鬮。鬨之爲鬮，猶鬨之爲巷也。宗正箴『五子家降』，降亦鬨也。呂氏春秋察微篇『楚卑梁公，舉兵攻吳之邊邑，吳王怒，使人舉兵侵楚之邊邑，吳楚以此大隆。』大隆，謂大鬭也。降與隆通。五觀之作亂，實啓之康娛自縱，有以開之，故云『啓九辯與九歌兮，夏康娛以自縱；不顧難以圖後兮，五子用失乎家巷』也。王注以家巷爲家居閭巷，失之矣。五子家巷，即當啓之世。揚雄宗正箴及王注以爲太康時，亦失之矣。」（讀書雜志餘編下）其説泰山不移。

羿淫遊以佚畋兮，

羿，諸侯也。畋，獵也。

【疏證】

羿，諸侯也。◎案：文選集注陸善經：「羿，夏諸侯。左傳云『羿因夏人以代夏政』。」補注：

「羿，說文云『帝嚳射官也，夏少康滅之。賈逵云：羿之先祖也，爲先王射官。』帝嚳時有羿，堯時亦有羿，羿是善射之號。此羿，商時諸侯，有窮后也。天問曰：『帝降夷羿，革孽夏民。馮珧利決，封豨是射。』」羿，帝嚳之後，在東夷，善射，故以爲號。書五子之歌「有窮后羿，因民弗忍，距于河」，孔疏：「要言帝嚳時有羿，堯時亦有羿，則羿是善射之號，非復人之名字。」羿是射官，世有其人，則非一世一人之名。淮南子卷八本經訓：「逮至堯之時，十日竝出，焦禾稼，殺草木，而民無所食，猰貐、鑿齒、九嬰、大風、封豨、脩蛇皆爲民害。堯乃使羿誅鑿齒於疇華之野，殺九嬰於凶水之上，繳大風於青邱之澤，上射十日而下殺猰貐，斷脩蛇於洞庭，禽封豨於桑林。萬民皆喜，置堯以爲天子。」猰貐氏、鑿齒氏、九嬰氏、大風氏、封豨氏、蛇氏及東夷之九日，皆帝堯敵國，羿並滅之，是有功於堯。禹代帝舜而王天下，夷羿佐夏復有功，爲夏后氏諸侯，封有窮。有窮，窮桑也，在魯北。（詳左傳昭公二十九年杜注）夏啓殺益自立、五子家鬨，夷羿因亂以謀夏。

畋，獵也。◎文選本、正德本、隆慶本、劉本、湖北本、朱本、馮本、俞本、莊本、四庫章句本「畋」作「田」。案：田，古畋字。田獵之田與土田之田，說文以爲一字，皆未置疑。蔣禮鴻義府續貂謂田獵之田，象网形，與土田之田，固是二字。其說是也。

又好射夫封狐。

封狐，大狐也。言羿爲諸侯，荒淫游戲，以佚畋獵，又射殺大狐，犯天之孽，以亡其國也。

【疏證】

封狐，大狐也。◎山谷外集詩注卷一一和答魏道輔寄懷十首「封狐託脂澤」，史容注引章句：「封，大也。」案：其所據本以單字釋之。則存其舊。聞一多楚辭校補：「狐，疑當爲豬。天問説羿事曰：『馮珧利決，封豬是射。』淮南子本經篇曰：『堯乃使羿禽封豨於桑林。』封豨，即封豬也。左昭二十八年稱樂正后夔之子伯封『謂之封豕，有窮后羿滅之』。封豕，亦即封猪也。古文苑揚雄上林苑箴曰：『昔在帝羿失田淫遊，弧矢是尚，而射夫封豬，不顧於愆，卒遇後憂。』揚文語意全襲離騷，『封豬』之詞，或即依本篇原文。若然則漢世所傳離騷猶有作豬之本。」豬，未見周、秦。爾雅釋獸：「豕子，猪。」猪非豕之通稱。狐、猪，同部異聲，不得通用。狐，豭之訛。狐、豭同魚部，牙匣旁紐雙聲。封狐，封豭也。説文豕部：「豭，牡豕也。从豕，叚聲。」左傳哀公十五年「輿豭從之」，孔疏：「豭，是豕之牡者。」昭公四年「深目而豭喙」，釋文：「豭，猪也。」詩何人斯「出此三物」，毛傳：「三物：豕、犬、雞也。」孔疏：「豭，即豕也。」包山楚簡、新蔡葛陵楚墓皆作⿰豸古，從豕、古聲。古豭字。湯炳正楚辭新探云：「由『豨』、『豕』、『猪』演化而爲『狐』，如果從古代神話慣例來看，則語言因素所起的媒介作用，還是有痕蹟可尋的。例如，方言八云：『猪，北燕、朝鮮之間謂之豭，關東、西或謂之彘，或謂之豕，南楚謂之豨。』由此可見，天問所謂『封豨是射』，或係后羿神話流傳於南楚者，故據方言稱『封豨』，淮南子本經也謂羿射『封豨』，當顯係南楚之傳説，至於左傳昭公二十八年，晉人又稱后羿滅『封豕』，則或係神話之流行於北方者，已向歷史化發展，故方言稱爲『封豕』。至於揚雄上林苑箴謂羿射『封豬』，則係用通語，故稱豬。但根據方言所記，又謂『豬，北燕、朝鮮之間謂之豭』，而且現在看來，春秋時稱豬爲『豭』者，也並不限於『北燕、朝鮮之間』，如左傳昭公四年謂穆子夢見一人『深目而豭喙』，哀公十五年亦有『輿豭從之』之語，可見齊、魯之間當時亦稱豬爲『豭』，因此，很可能后羿射『封豭』的神話流傳於齊、魯之間者，或據方言稱『封豨』爲『封豭』。而『豭』與『狐』古係同音字，皆屬喉紐，魚部。由於『豭』，『狐』同音無別，故后羿射『封豨』的神話，以語言爲媒介，從『封豨』轉爲『封豭』，又由『封豭』演化爲『封狐』。屈原在天問裏稱『封豨』，可能是用南楚傳説；而在離騷裏又稱『封狐』，或齊、魯傳説之流入楚地者。」湯氏與鄙説不謀而合。其進以神話演化之蹟説之，發前人所未達，勝吾夥頤。雖然，周、秦曰豕，兩漢曰豬，古今別語。豬，非周、秦通稱。湯氏亦未詳諦。

言羿爲諸侯，荒淫游戲，以佚畋獵，又射殺大狐，犯天之孽，以亡其國也。◎文選本「畋」作「田」，刪「犯天之孽」以下九字。唐寫本「殺」作「煞」。正德本、隆慶本、湖北本、劉本、朱本、馮本、俞本、莊本、四庫章句本「畋」作「田」。案：若無「犯天之孽以亡其國也」，文義隔也。呂延濟注有「犯天之孽以亡其國」八字，舊本有此八字，後竄亂於五臣。煞，俗殺字。游，遊同。田、畋古今字。書太甲中：「天作孽，猶可違；自作孽，不可逭。」孔傳：「孽，災。言天災可避，自作災不可逃。」章句「犯天之孽」云云，猶「自作孽不可逭」也。則此九字不當删。

固亂流其鮮終兮，

鮮，少也。

【疏證】

鮮，少也。◎俞本、莊本無注。正德本、隆慶本、湖北本、劉本、馮本、朱本、四庫章句本無「也」字。案：無注，敚訛也。鮮少之義因爾雅釋詁。古字作尟，通作鮮。袁校作尟。后羿、寒浞及澆諸人，首身異處，絕而無終。皆不得爲「鮮終」。聞一多離騷解詁：「左傳昭五年『葬鮮者自西門』，杜注曰：『不以壽死曰鮮。』列子湯問篇『其長子生，則鮮而食之』，張注曰：『人不以壽死曰鮮。』然則此言羿『鮮終』，蓋即指左傳『殺而亨之』及天問『交吞揆之』之事。」何劍薰楚辭拾瀋：「鮮終，古語，與『令終』爲對文。令終者，善終也。史政父爵：『用祈介眉壽永令靈終。』即用祈求長命令終。鮮終，即論語所謂『不得其死』。王逸訓鮮爲少，即使解少爲年少之少，亦不明確。因年少而死謂之夭。鮮終，則爲死於非命，不論老少皆然。杜預左傳注：『人不以壽死曰鮮終。』亦不明確。因不以壽死，亦可謂夭，不當言鮮。故鮮當訓爲殺。或徑讀爲殺。因鮮、殺同屬心母，爲雙聲，故可通用。故書中有假鮮爲殺者。墨子魯問篇：「楚之南有啖人之國者橋，其國之長子生，則鮮而食之，謂之宜弟。」又節葬篇：「越之東有亥沐之國者，其長子生，則鮮而食之。」兩「鮮」字皆當訓殺或讀爲殺。」其説是也。又，章句「羿以亂得政，身即滅亡，故言鮮終」云云，逸固以鮮爲殺。文選卷四蜀都賦「割芳鮮」，劉淵林注：「鮮，新殺者也。」

浞又貪夫厥家。

浞，寒浞，羿相也。（厥，其也。）婦謂之家。言羿因夏衰亂，代之爲政，娛樂畋獵，不恤民事，信任寒浞，使爲國相。浞行媚於内，施賂於外，樹之詐慝，而專其權勢，羿畋將歸，使家臣逢蒙射而殺之，貪取其家，以爲己妻。羿以亂得政，身即滅亡，故言鮮終。

【疏證】

浞，寒浞，羿相也。◎明州本無注，見五臣劉良。案：竄亂之也。左傳襄公四年魏絳對晉侯曰：「寒浞，伯明氏之讒子弟也。伯明后寒棄之，夷羿收之，信而使之，以爲己相。浞行媚于内，而施賂于外，愚弄其民，而虞羿于田。樹之詐慝，以取其國家，外内咸服。羿猶不悛，將歸自田，家衆殺而亨之，以食其子。其子不忍食諸，死于窮門。」章句因左傳。杜注：「寒國。北海平壽縣東有寒亭。」楊伯峻云：「今山東濰縣治即寒亭。」漢書卷二〇古今人表作韓浞。寒、韓音同通用。

浞，出東夷。遠遊：「奇傅説之託辰星兮，羨韓衆之得一。」補注引列仙傳：「齊人韓終，爲王採藥，王不肯服。終自服之，遂得仙也。」韓終，抑韓浞歟？浞、終爲覺、冬平入對轉，照牀旁紐雙聲。齊人稱韓終，楚人稱寒浞。浞殺后羿，屬同室操戈，亦家鬩也。遠古氏族相亂多因婦人，「浞因羿室」，即其類也。

厥，其也。◎補注本無注。案：敓也。據文選本、正德本、隆慶本、湖北本、劉本、朱本、馮本、俞本、莊本補。明州本以此注竄入五臣劉良。厥、其，古今別語。金文厥字作，隸定作氒。本篇用「厥」凡四，皆彝器金文用法。天問用「厥」至夥，曰「厥利」、「厥謀」、「厥大」、「厥首」、「厥萌」、「厥弟」、「厥兄」、「厥嚴」。厥先於其，尚書多用「厥」，詩用「厥」者存雅、頌而未見國風。厥，三代古語。此噭詞及天問所載皆三代以往事，是以用厥而不用其。厥、其，聲之轉。

婦謂之家。◎文選建州本無「之」字。案：敓也。爾雅釋宮：「其内謂之家。」郭注：「今人稱家義出於此。」邢疏：「云『其内』者，其宸内也。自此宸内即謂之家。説文云：『家，居也。』禮記云：『已受命君，言不宿於家。』」婦主室内，亦謂之家。

言羿因夏衰亂，代之爲政，娛樂畋獵，不恤民事，信任寒浞，使爲國相。浞行媚於内，施賂於外，樹之詐慝，而專其權勢，羿畋將歸，使家臣逢蒙射而殺之，貪取其家，以爲己妻。羿以亂得政，身即滅亡，故言鮮終。◎文選本「田」作「畋」，「民」作「人」，「家臣」作「家臣衆」，「以爲」下無「己」

字，「妻」下、「終」下皆有「也」字。唐寫本「慝」作「匿」，「畋」下無「將」字，「家」下無「臣」字。秀州本「代之爲政」作「伐而取其政」。正德本、隆慶本、湖北本、朱本、劉本、馮本、俞本、莊本、四庫章句本「畋」作「田」，「以爲」下無「已」字，「家臣」作「家衆」，「妻」下有「也」字。景宋本「浞行」作「足行」。同治本「逢」作「逄」。案：田、畋古今字。足，浞之訛。逢、逄同。左傳襄公四年云：「家衆殺而亨之。」昭公五年曰：「昭子即位，朝其家衆。」家衆，謂家臣。則舊作「家衆」爲允。後未審衆、臣同義妄改。作「家衆臣」，羡「臣」字。聞一多楚辭校補：「家謂妻室。浞貪厥家，即左傳浞因羿室，天問浞娶純狐事。」朱季海楚辭解故：「玉燭寶典正月孟春第一：歸藏鄭母經云：『昔者浞射羿而賊其家，久有其奴。』注：『浞，羿臣之名。奴，子也。』是據歸藏，浞不惟『貪夫厥家』，又並『有其奴』也。王注略本左襄四年傳，唯傳不云逢蒙殺之耳。傳言『羿猶不悛，將歸自田，家衆殺而亨之，以食其子，其子不忍食諸，死于窮門。』是羿子死於難，而云『久有其奴』者，蓋魏絳所聞夏訓與歸藏異辭也。傳又曰：『浞因羿室，生澆及豷。』或謂之家，或謂之室，其實則一，方言殊矣。觀魏絳所云，先澆後豷，則澆自居長。更有嫂者，天問有云：『浞娶純狐，眩妻爰謀。』王注：『言浞娶於純狐氏女，眩惑愛之，遂與浞謀殺羿也。』是浞賊羿家之前，已娶純狐，其兄蓋即純狐之子。又浞既有羿奴，即羿子於澆，亦爲同母兄弟，故澆得往至女歧之户矣。」厥家，三代恒語，謂其國。書畢命：「惟周公左右先王，綏定厥家。」詩周頌訪落：「紹庭上下，陟降厥家。」桓：「于以四方，克定厥家。」此「厥家」，指后羿有窮之國，不專言羿妻子。

澆身被服强圉兮，

澆，寒浞子也。强圉，多力也。

【疏證】

澆，寒浞子也。◎補注：「論語曰：『羿善射，奡盪舟，俱不得其死然。』奡，即澆也。」案：趙翼陔餘叢考卷五「羿奡非夏時人」條云：「澆之盪舟，不見所出。正義云：『孔注謂陸地行舟者，以此文云奡盪舟，盪，推也。以此知其多力，能陸地推舟。』然則孔注以澆能盪舟，不過就論語本文，而別無所據依也。而陸德明音義於『丹朱傲』云：『字又作奡。』蓋古字少，傲、奡通用。宋人吴斗南因悟即此『盪舟』之奡，與丹朱爲兩人也。蓋禹之規戒，若但作『傲慢』之傲，則既云『無若丹朱傲矣』下文何必又曰『傲虐作』乎？以此知丹朱與傲爲兩人也。曰『罔水行舟』，正此『陸地行舟』之明證也。曰『朋淫于家』，則丹朱與奡二人同淫樂也。吴氏之説，真可謂鐵板注脚矣。傲之不得其死，雖無可考，然傲與奡之音相同，既不比澆與奡之但音相近，且罔水行舟之與盪舟，尤針孔相對。則南宫适所引『奡盪舟』，實指丹朱所與朋淫之人，而非寒浞子，斷可識也。」其説韙矣。論語之奡與離騷之澆，固非一人，洪氏非也。此澆，浞子也。歸藏鄭母經：「昔者浞射羿而賊其家，久有其奴。」注：「奴，子也。」左傳襄公四年謂「浞因羿室，生澆及豷」。澆，羿遺腹子，豷，浞所生子。天問：「女歧縫裳，而館同爰止。」浞與女歧私通而生者。澆與豷，同母異父也。

强圉，多力也。◎案：上博簡（九）史蒥問於夫子「强」字作「畺」，蓋古文。爾雅釋天「太歲在丁曰强圉」，郝疏引李巡曰：「言萬物皆剛盛未通故曰强圉。」故爲多力義。漢書卷九九上王莽傳「不畏强圉」，顔師古注：「强圉，强梁圉扞也。」郭店楚墓竹簡五行篇：「遙而不畏强語（御），果也。」以「强圉」爲「强語」，古字通用。或作强禦、强衙。别雅卷三：「强圉，强禦也。」又曰：「强衙，强禦也。」正文「被服」云云，謂習行，古之恆語。呂氏春秋卷二六士容論第一士容論篇：「客有見田駢者，被服中法，進退中度，趨翔閑雅，辭令遜敏。」淮南子卷一三氾論訓：「徐偃王被服慈惠，身行仁義。」卷二一要略訓：「被服法則，而與之終身。」史記卷二三禮書：「而況中庸以下，漸漬於失教，被服於成俗乎。」卷五九五宗世家：「好儒學，被服造次必於儒者。」索隱：「小顔云：『被服，言常居處其中也。』」論衡卷二率性篇第八：「孔門弟子七十之徒，皆任卿相之用，被服聖教，文才雕琢，知能十倍，教訓之功而漸漬之力也。」卷一二程材篇第三四：「被服聖教，日夜諷誦，得聖人之操矣。」被服强圉，謂習行强梁多力。

縱欲而不忍。

縱，放也。言浞取羿妻而生澆，彊梁多力，縱放其情，不忍其慾，以殺夏后相也。

【疏證】

縱，放也。◎案：縱之爲放，詳參上「夏康娱以自縱」注，章句「縱放其情」云云，是得其義。縱欲，古之恆語，與守度、行禮反對。左傳昭公十年：「夫子知度與禮矣，我實縱欲，而不能自克也。」荀子卷六富國篇第一〇：「行私而無禍，縱欲而不窮。」淮南子卷一一齊俗訓：「夫縱欲而失性，動未嘗正也。」卷一五兵略訓：「其後驕溢縱欲，拒諫喜諛。」卷二一要略訓：「縱欲適情，欲以偷自佚。」説苑卷一七雜言：「無度則失，縱欲則敗。」史記卷六秦始皇本紀：「極情縱欲，養育宗親。」漢書卷四〇王陵傳：「太后女主，欲王呂氏，諸君縱欲阿意背約，何面目見高帝於地下乎。」卷五一賈山傳：「乃況於縱欲恣行暴虐，惡聞其過乎！」

言浞取羿妻而生澆，彊梁多力，縱放其情，不忍其慾，以殺夏后相也。◎文選本「慾」作「欲」。唐寫本「羿」下敚「妻」字，「殺」作「煞」。秀州本「梁」作「圞」。正德本、隆慶本、湖北本、劉本、朱本、馮本、俞本、莊本、四庫章句本「彊」作「强」。馮本「妻」訛作「是」。案：欲與慾，彊與强，皆古今字。又，縱欲，楚簡作「從谷」。上博簡（七）武王踐阼：「帀（師）上（尚）父奉箸（書），逋（傳）箸（書）之言曰：『志勳谷（欲）則昌，谷（欲）勳志則喪，志勳谷（欲）則從，谷（欲）勳志則凶。』」亦是之謂也。又，夏后相，啓子中康之子，少康父也。

日康娱而自忘兮，

康，安也。

【疏證】

康，安也。◎馮本、四庫章句本「安」作「晏」。案：晏，訛也。因爾雅釋詁，邢疏：「康者，安樂也。唐風蟋蟀云：『無以大康。』」康娱，散文不別，皆樂也，屈子恆語。

厥首用夫顛隕。

首，頭也。自上下曰顛。隕，墜也。言澆既滅殺夏后相，安居無憂，日作淫樂，忘其過惡，卒爲相子少康所誅，其頭顛隕而墜地。自此以上羿、澆、寒浞之事，皆見於左氏傳。

【疏證】

首，頭也。◎案：周、秦曰首，兩漢曰頭。所以通古今別語也。

自上下曰顛。隕，墜也。◎文選本「墜」作「墮」，秀州本作「隨」。案：墜，落也。墮，毁也。隨，訛也。舊作「墜」爲允。洪補：「顛，倒也。隕，從高下也。」説文頁部：「顛，頂也。从頁，真聲。」與顛倒者相對。顛、天古一字。古文天字象人之頂。易睽六三「其人天且劓」，釋文引馬融：「剠鑿其額曰天。」引申爲蒼蒼之天。後以頭額作顛，則天、顛遂判爲二字。楚簡或通作「真」，清華簡（五）厚父「顛覆」作「真傛」。真亦天也。頂巔曰顛，懸下亦曰顛。此訓詁相反旁通之。顛隕，平列同義。厥首顛隕，謂其頭首隕落。溯其語源，顛之義由「丨」字孳生。丨部：「丨，下上通也。引而上行讀若囟，引而下行讀若退。」楊樹達積微居小學金石論叢：「此字爲囟、退二字初文。其以『引而上行讀若囟』孳乳者皆有上義，以『引而下行讀若退』孳乳者皆有下義。」引而上行者則孳乳字爲卷、遷、僊、真、顛、槙等，引而下行者則孳乳字爲復、隊、隧、隤、鐆、脽、頓等。其説是也。然楊氏又謂隕、磒二文亦受義於「丨」字。則非也。隕、磒同從員聲，於敏反，匣紐三等，與囟、退皆異聲。員，玄也。員、玄音近通用。玄，懸下也。釋名釋天：「天又謂之玄。玄，縣也，如縣物在上也。」釋親屬：「玄孫，玄，縣也，上縣於高祖，最在下也。」釋疾病：「眩，縣也。目視動亂如縣物，摇摇然不定也。」東漢以顛隕爲敗亡。後漢書卷二八上馮衍傳：「社稷顛隕。」潛夫論第八思賢篇：「豈有不顛隕者哉。」第一一忠貴篇：「思登顛隕之臺。」第二九釋難篇：「父母將臨顛隕之患。」或作顛殞。後漢書卷一三隗囂傳：「妻子顛殞。」鄧析子轉辭：「終顛殞乎混冥之中。」

言澆既滅殺夏后相，安居無憂，日作淫樂，忘其過惡，卒爲相子少康所誅，其頭顛隕而墜地。自此以上羿、澆、寒浞之事，皆見於左氏傳。◎文選本「頭」作「首」，「左」下無作「氏」字，「墜」作「墮」，「地」作「也」，下有「論語曰羿善射奡湯舟俱不得其死然」十五字。唐寫本「滅殺」作「煞」，

「奡盪」作「澆湯」，「也」作「地」。秀州本無「滅」字。建州本引左傳曰：「昔有夏之方衰也，后羿自鉏遷于窮石，因夏民以代夏政。恃其射也，不脩民事，而淫于原獸。弃武羅伯，因熊、髡、尨、圉而用寒浞。寒浞，伯明氏之讒子弟也，伯明后寒棄之。夷羿收之，信而使之，以爲己相。浞行媚于内，而施賂于外，愚弄其民，而虞羿于田。樹之詐慝，以取其國家，外内咸服，羿猶不悛。將歸自田，家衆殺而烹之，以食其子。其子不忍食諸，死于窮門。靡奔有鬲氏。浞因羿室生澆及殪，恃其讒慝詐僞，而不德于民，使澆用師，滅斟灌及斟尋氏。處澆于過，處豷于戈。靡自有鬲氏收三國之燼，以滅浞，而立少康。少康滅澆于過，后杼滅豷于戈。有窮由是遂亡，失人故也。」是後所補輯者也，非原本所有。莊本「安居」上有「而」字。正德本、隆慶本、劉本、湖北本、朱本、俞本「地」下有「論語曰羿善射奡湯舟俱不得其死然」十五字，「滅殺」下有「弑」字。正德本、隆慶本、朱本、俞本、劉本、莊本「墜」作「墮」。馮本、四庫章句本「地」下有「論語曰羿善射奡湯舟俱不得其死然」十五字。案：據義，「地」下舊有「論語曰羿善射奡湯舟俱不得其死」也。墜、墮以同義易之。補注於上「澆身被服强圉兮」句下引論語此文。後因洪氏删之。左傳襄公四年：「浞因羿室，生澆及豷，恃其讒慝詐僞，而不德于民，使澆用師，滅斟灌及斟尋氏。處澆于過，處豷于戈。靡自有鬲氏收二國之燼，以滅浞，而立少康。少康滅澆于過，后杼滅豷于戈，有窮由是遂亡。」洪氏引論語兼義：「羿逐后相自立，相依二斟，夏祚猶尚未滅。及寒浞殺羿，因羿室而生澆，澆長大，自能用師，始滅后相。相死之後，始生少康，少康生杼，杼又年長，始堪誘豷，方始滅浞而立少康。計太康失邦，及少康紹國，向有百載，乃滅有窮。」少康滅澆，因女歧、女艾之力。天問至爲詳悉，云：「惟澆在户，何求于嫂？何少康逐犬，而顛隕厥首？女歧縫裳，而館同爰止。何顛易厥首，而親以逢殆？」左傳哀公元年：「使女艾諜澆。」竹書紀年帝相二十八年：「浞恃澆皆康娱，日忘其惡而不爲備。少康使汝艾諜澆。初，浞娶純狐氏，有子早死，其婦曰女歧，寡居。澆强圉，往至其户，陽有所求。女歧爲之縫裳，共舍而宿。女艾夜使人襲斷其首，乃女歧也。澆既多力，又善走，艾乃畋獵，放犬逐獸，因嗾澆顛隕，乃斬澆以歸于少康。」與天問同。女歧、女艾非一人。杜注：「女艾，少康臣。」蓋類越之西施也。少康間諜，以色誘澆也。

夏桀之常違兮，乃遂焉而逢殃。

桀，夏之亡王也。殃，咎也。言夏桀上倩哀天道，下逆於人理，乃遂以逢殃咎，終爲殷湯所誅滅。

【疏證】

桀，夏之亡王也。◎文選本、正德本、隆慶本、劉本、湖北本、朱本、馮本、俞本、莊本、四庫章句本無注。案：已見上「何桀紂之猖披」注，此爲後所增益。上博簡（二）訟城是（容成氏）「桀」字作「傑」，(五)鬼神之明亦作「桀」。

殃，咎也。◎文選唐寫本「咎」訛爲「各」。案：詳參上「豈余身之憚殃兮」注。

言夏桀上偝於天道，下逆於人理，乃遂以逢殃咎，終爲殷湯所誅滅。◎文選本、正德本、隆慶本、湖北本、劉本、朱本、馮本、俞本、莊本、四庫章句本「偝」作「背」。文選本無「終」字，唐寫本「滅」下有「也」字。案：偝，俗背字。正文「常違」，舊當乙作「違常」。上博簡(五)三德：「衣備(服)過制，失之於嬂，是謂違章，上帝弗京(諒)。」違章，即違常。清華簡(五)厚父：「顛覆厥德，沉緬于非彝」。「非彝」，亦猶違常也。又，湯在啻門：「正(政)柬(簡)以成，此謂㞷(美)政；政禍亂以亡常，民咸解體自恤，此謂惡政。」「亡常」，亦違常，指惡政也。訟城是(容成氏)謂「王天下十又(有)六年而傑(桀)作。傑(桀)不述丌先王之道，自爲芑爲於。」郭店楚墓竹簡尊德義篇：「禹以人道治其民，桀以人道亂其民。桀不易禹民而後亂之，湯不易桀民而後治之。聖人之治民，民之道也。」又云：「民可道也，不可强也；桀不謂其民必亂，而民有爲亂矣。」何謂「人道」？五行篇：「善，人道也；德，天道也。」性自命出：「凡道，心術爲主。道四術，唯人道爲可道也。其三者，道之而已。詩、書、禮、樂，其始出皆生於人。詩，有爲爲之也。書，有爲言之也。禮、樂，有爲舉之也。」皆可爲「人道」注脚。楚人以行善爲「人道」，行惡爲非「人道」，行「人道」者必以「心術爲主」，即詩、書、禮、樂亦可知。行善行惡，在乎「導」與「强」，導之爲治，强之爲亂。夏桀亂以「人道」，强以民意。是其「違常」之謂。又，成之聞之篇：「天降大常，以理人倫。制爲君臣之義，著爲父子之新（親），分爲夫婦之辨。是故小人亂天常以逆大道，君子治人倫以順天德。」亂天常，亦「違常」注脚。淮南子卷一三氾論訓：「且湯武之所以處小弱而能以王者，以其有道也；桀、紂之所以處彊大而見奪者，以其無道也。」蓋亦「常違」也。「遂焉」之遂，地名，在鳴條。朱駿聲離騷補注：「遂，聆遂也，地名。周語：『其亡也，回禄信於聆遂』，竹書紀年『降隧災』，聆作聆，誤。隧即遂之俗。」省作遂，通作述。訟城是（容成氏）又謂湯「陞（升）自戎述（遂），内（入）自北門，立於中□。傑（桀）乃逃之鬲山是（氏）。湯或（又）從而攻之，降自鳴攸（條）之述（遂），以伐高神之門。」戎遂，疑是書序之陑遂。鳴條之遂，有娀之墟。焉，讀作夷，古字通用。周禮卷三八秋官第五行夫「焉使則介之」，鄭注，焉使，「古書曰夷使」。遂夷，九夷之一。爾雅釋地：「九夷、八狄、七戎、六蠻，謂之四海。」郭璞注：「九夷在東。」邢昺疏：「依東夷傳，夷有九種：曰畎夷、于夷、方夷、黄夷、白夷、赤夷、玄夷、風夷、陽夷。」竹書紀年帝相征淮夷、畎夷、風夷、黄夷、于夷。又，后芬三年，「九夷來御」。説苑一三權謀：「湯欲伐桀。伊尹曰：『請阻乏貢職，以觀夏動。』桀怒，起九夷之師以伐之。伊尹曰：『未可。彼尚猶能起九夷之師，是罪在我也。』湯乃謝罪請服，復入貢職。明年，又不供貢職。桀怒，起九夷之師。九夷之師不起。伊尹曰：『可矣。』湯乃興師。伐而殘之，遷桀南巢氏焉。」楚夷，亦九夷。訟城是（容成氏）：「湯於是虐（乎）徵九州之師，以批四海之內，於是虖（乎）天下之兵大起，於是虖（乎）亡宗鹿（戮）族戔（殘）羣焉備（服）。」九州之師，即九夷也。

后辛之菹醢兮，殷宗用而不長。

后，君也。辛，殷之亡王紂名也。藏菜曰菹，肉醬曰醢。言紂爲無道，殺比干，醢梅伯，武王杖黄鉞，行天罰，殷宗遂絶，不得長久也。

【疏證】

后，君也。◎文選本無注。案：删之也。詳參上「昔三后之純粹兮」注。

辛，殷之亡王紂名也。◎正德本、湖北本、劉本、朱本、馮本、俞本、莊本、四庫章句本「紂名也」下有「爲武王所誅滅」六字。隆慶本無「武」字。案：後所增益。史記卷三殷本紀：「帝乙崩，子辛立，是爲帝辛，天下謂之紂。」集解：「謚法曰：『殘義損善曰紂。』」殷商之王皆以十干爲名，若曰上甲、曰大乙、曰祖丁、曰武丁、曰康丁、曰祖辛是也。王國維觀堂集林卷九：「疑商人以日爲名號，乃成湯以後之事，其先世諸公生卒之日，至湯有天下後定祀典名號時，已不可知，乃即用十日之次序以追名之，故先公之次乃適與十日之次同，否則不應如此巧合也。」（詳殷卜辭中所見先公先王續考）

藏菜曰菹，肉醬曰醢。◎文選六臣本、尤袤本、正德本、隆慶本、湖北本、劉本、朱本、馮本、俞本、莊本、四庫章句本「菹」作「葅」。四庫補注本「藏」作「醎」。案：菹、葅古今字。毛祥麟楚辭校文曰：「藏與醎文義互證。」文義互證，以同義互易之。章句對文別義。補注：「菹，説文：『酢菜也。』一曰：麋鹿爲菹。虀菹之稱，菜肉通。爾雅曰：『肉謂之醢。』」叔師訓「藏菜」、許氏釋「酢菜」，其實通也。詩信南山「是剥是菹」，毛傳：「剥瓜爲菹也。」鄭箋：「剥削淹漬以爲菹，貴四時之異物。」釋名釋飲食：「菹，阻也。生釀之，遂使阻於寒温之間，不得爛也。」散則菹、醢皆稱肉醬，非謂菜與肉。周禮卷六天官第一醢人「醢人掌四豆之實」，鄭司農曰：「有骨爲臡，無骨爲醢。」鄭玄曰：「作醢及臡者，必先膊乾其肉，乃後莝之，雜以粱麴及鹽，漬以美酒，塗置瓶中，百日則成矣。」包山楚簡遣策有「蒚菹一缶」，又有「魦酭」、「箠肉酭」，酭、醢同，皆楚物。酢菜、醬肉之法皆同。屈子此「菹醢」，謂戕殘忠賢。下「固前修以菹醢」同。

言紂爲無道，殺比干，醢梅伯，武王杖黃鉞，行天罰，殷宗遂絶，不得長久也。◎文選本「杖」作「把」，「長久」作「久長」。建州本「把」作「祀」。唐寫本「殺」作「煞」，「行天」上羡「行」字。六臣本「遂」下無「絶」字。馮本、四庫章句本「杖」作「仗」。案：書鈔卷一二四武功部「斧鉞」條引王逸注「武王杖黃鉞行天罰」作「武王把黃鉞行天罰者也」。據此，唐本作「把」。祀、仗，皆訛。天問「梅伯受醢」、「受賜茲醢」，涉江「比干菹醢」，惜誓「梅伯數諫而至醢」，九歎怨思「王子比干之逢醢」。則紂所醢者，有梅伯、比干。又，禮記卷三一明堂位第三一「昔殷紂亂天下，脯鬼侯以饗諸侯」，鄭注：「以人肉爲薦羞，惡之甚也。」晏子春秋卷三景公問古者君民用國不危弱晏子對以文王第一三：「古者文王修德不以要利，滅暴不以順紂，干崇侯之暴，而禮梅伯之醢。」戰國策卷二○趙策三：「昔者鬼侯、鄂侯、文王，紂之三公也。鬼侯有子而好，故入之於紂，紂以爲惡，醢鬼侯。鄂侯争之急，辯之疾，故脯鄂侯。」呂氏春秋卷二○恃君覽第五六行論篇：「昔者紂爲無道，殺梅伯而醢之，殺鬼侯而脯之。」卷二三貴直論第四過理篇：「刑鬼侯之女而取其環，戮涉者脛而視其髓，殺梅伯而遺文王其醢。」韓非子卷一難言篇第三：「故文王説紂，而紂囚之，翼侯炙，鬼侯腊，比干剖心，梅伯醢。」史記卷三殷本紀「紂囚西伯羑里」，正義引帝王世紀：「囚文王，文王之長子曰伯邑考質於殷，爲紂御，紂烹爲羹，賜文王。曰：『聖人當不食其子羹。』文王食之，紂曰：『誰謂西伯聖者？食其子羹，尚不知也。』」韓詩外傳卷一○：「昔殷王紂殘賊百姓，絶逆天道，至斮朝涉，刳孕婦，脯鬼侯，醢梅伯。」春秋繁露卷四王道篇第六，桀紂「殺聖賢而剖其心，生燔人聞其臭，剔孕婦見其化，斮朝涉之足察其拇，殺梅伯以爲醢，刑鬼侯之女取其環。」墨子卷八明鬼篇下第三一：「昔者殷王紂，貴爲天子，富有天下，上詬天侮鬼，下殃傲天下之萬民，播棄黎老，賊誅孩子，楚毒無罪，刳剔孕婦，庶舊鰥寡，號咷無告也。」淮南子卷二俶真訓：「逮至夏桀、殷紂，燔生人，辜諫者，爲炮烙，鑄金柱，剖賢人之心，析才士之脛，醢鬼侯之女，葅梅伯之骸。」高注：「賢人，比干也。鬼侯、梅伯，紂時諸侯。梅伯説鬼侯之女美好，令紂妻之。女至，紂以爲不好，故醢鬼侯之女，菹梅伯之骸也。一曰：紂爲無道，梅伯數諫，故菹其骸也。」又卷一七説林訓：「紂醢梅伯，文王與諸侯構之。」則知紂殺人雖衆，而見醢者唯梅伯而已。醢人無道，始興於紂，故後世反復斥言之。上博簡（二）訟城是（容成氏）：「是乎受作爲九城（成）之臺，視（寘）盂炭亓下，加圜木於亓上，思民道（蹈）之，能述（遂）者述（遂），不能述（遂）者内（入）而死，不從命者從而桎梏之，於是虖（乎）作爲金桎三千。」則遭紂繫械者衆也。又，上博簡（五）鬼神之明：「及桀、受、幽、厲，焚聖人，殺訐（諫）者，賊百姓，亂邦家。」焚聖人，則未之聞也。清華簡（六）管仲：「及句（后）辛之身，亓動亡禮，亓言亡宜，乘亓欲而緪亓過，既怠於政，又以民戲（害）。凡亓民人，老者忎（願）死，壯者忎（願）行，志臯之不竭，而刑之方（放），怨亦未凄（濟），邦以卒喪。若句（后）辛者，不可以爲君哉。」亦未及菹醢事也。又，不長，猶天問「吾告堵敖以不長」也。

湯禹儼而祗敬兮，

儼，畏也。祗，敬也。

【疏證】

儼，畏也。◎文選本、正德本、隆慶本、朱本、四庫章句本、馮本、俞本、莊本「儼」作「嚴」，六臣謂「五臣本作儼」。案：嚴、儼古今字。定州漢墓論語「嚴然人望而畏之」，今本「嚴」作「儼」。對文肅曰敬，畏曰儼；敬曰儼，懼曰畏。禮記卷六〇大學第四二「其嚴乎」，鄭注：「嚴乎，言可畏敬也。」左傳昭公六年孔疏：「嚴，謂威可畏。」文選卷八揚雄羽獵賦「犯嚴淵」，李善注：「嚴，言可畏也。」史記卷一一七司馬相如列傳載封禪文：「湯武至尊嚴不失肅祗。」以嚴爲尊嚴，猶敬而可畏也。

祗，敬也。◎清華簡（一）保訓「祗」作「甾」，古文也。或「甾敬」連文。封許之命：「甾（祗）敬尔猷，以永厚周邦。」祗之言低也。低首俯身所以敬者謂之祗。祗之解俯首，與儼之解仰頭相對。上博簡（一）性情論：「君子美丌情，貴丌義，善丌節，好丌頌（容），樂丌道，兑（悦）丌教，是以敬焉。」又曰：「義，敬之方也；敬，物之則也。」又，鄘侯蚉：「祗敬橋祀。」書皋陶謨：「日嚴祗敬六德。」祗敬，古恆語。訟城是（容成氏）：「湯聞之，於是虗（乎）慎戒陞（登）賢。悳惠而不展，秕十层而能之。」又云：「禹乃建鼓於廷，以爲民之有詓（訟）告者鼓焉。撞鼓，禹必速出，冬不敢以蒼辭，夏不敢以暑辭。」又云：「禹又（有）子五人，不以丌子爲後，見叴咎（咎繇）之賢也，而欲以爲後。叴秀（咎繇）乃五讓以天下之賢者，述（遂）俑疾不出而死。禹於是虗（乎）讓益。」清華簡（六）管仲：「湯之行正，而勤事也，必哉於宜，而成於度，小大之事，必知亓（其）故。和民以德，執事有餘，既惠於民，聽以行武，哉於亓（其）身，以正天下。若夫湯者，可以爲君哉！」皆湯、禹祗敬求賢圖治事也。

周論道而莫差。

周，周家也。差，過也。言殷湯、夏禹、周之文王，受命之君，皆畏天敬賢，論議道德，無有過差，故能獲夫神人之助，子孫蒙其福祐也。

【疏證】

周，周家也。◎案：史記卷四周本紀「周后稷」，正義：「因太王所居周原，因號曰周。地理志云：『右扶風美陽縣岐山在西北中水鄉，周太王所邑。』括地志云：『故周城一名美陽城，在雍州武功縣西北二十五里，即太王城也。』」錢穆地名考：「就岐山地望言之，則岐周在咸陽渭北，不在武功。」

差，過也。◎案：補注：「差，舊讀作蹉。」差、蹉，古字通用。禮記卷二曲禮上第一「連步以上」，鄭注：「重蹉跌也。」釋文：「蹉，本亦作『差』，同。」短言之曰蹉，長言之曰蹉跌。漢書卷八三朱博傳：「不敢蹉跌。」或作蹉跎，文選卷二西京賦「鯨魚失流而蹉跎」，李善注：「楚辭曰：『驥垂兩耳，中坂蹉跎。』廣雅曰：『蹉跎，失足也。』」失氣曰咨嗟，不齊曰差池、參差，皆其別文。

言殷湯、夏禹、周之文王，受命之君，皆畏天敬賢，論議道德，無有過差，故能獲夫神人之助，子孫蒙其福祐也。◎文選本無「夫」、「其」、「祐」字。案：過差，後漢恆語。惜往日「雖過失猶弗治」，章句：「臣有過差，赦貰寬也。」哀時命：「執權衡而無私兮，稱輕重而不差。」章句：「稱量賢愚，必不過差，各如其理也。」漢書卷二二禮樂志：「禮以養人爲本，如有過差，是過而養人也。」顏師古曰：「過差，猶失錯也。」卷二七五行志中：「則不能治海内，失在過差。」卷八五谷永傳：「此欲以政事過差丞相父子。」卷八六王嘉傳：「人情不能不有過差，宜可闊略。」後漢書卷二九郅壽傳：「書論擊匈奴，言議過差。」卷六三李固傳：「賓客縱横，多有過差。」章句以下皆以「湯禹」爲殷湯與夏禹。姜亮夫重訂屈原賦校注謂「古書皆言禹湯，已成通例。如墨子公孟篇：『魚聞熱旱之憂則下，當此雖禹湯爲之謀，必不能易矣，鳥魚可謂愚矣，禹湯猶云因焉。』他如左氏傳、荀子、吕覽諸書皆然，而決無倒言湯禹者。則此湯必不指商湯言，明矣。」釋湯爲人，以湯禹爲大禹。非也。湯禹、禹湯同，皆言商湯與夏禹。古文苑卷二宋玉釣賦：「宋玉對曰：『昔堯舜、湯禹之釣也，以賢聖爲竿，道德爲綸，仁義爲鉤，禄利爲餌，四海爲池，萬民爲魚，釣道微矣。』」吕氏春秋卷一七審分覽第一審分篇：「堯舜之臣不獨義，湯禹之臣不獨忠。」韓非子卷一九五蠹篇第四九：「然則今有美堯舜湯武禹之道於當今之世者，必爲新聖笑矣。」漢書卷八〇宣元六王傳：「大王誠賜咳唾，使得盡死，湯禹所以成大功也。」卷二四食貨志：「土地人民之衆不避湯禹，加以亡天災數年之水旱，而畜積未及者，何也？」論衡卷二六知實篇第七九：「雖湯禹之察，不能過也。」御覽卷二〇三職官部一總叙官引尚書舜典「夏商官倍」，注云：「湯禹建官二百。」卷三八一人事部二二美婦人下引淮南子：「湯禹之智不能逮也。」卷四四七人事部八八品藻下引曹植成王論：「若以堯舜爲成王，湯禹作管蔡，邵公、周公之不見疑，必也。」卷七一七服用部一九鏡引荀悦申鑒：「商德之衰，不鑒於湯禹也。」全陳文卷三陳宣帝尚儉詔：「昔堯舜在上，茅屋土階，湯禹爲君，藜杖韋帶。」舊唐書卷二二志二儀禮引武則天蔡州鼎銘：「唐虞繼踵，湯禹乘時。」皆以湯禹爲商湯、夏禹，則不可謂「古書決無倒言」也。世説新語卷下排調第二五云：「諸葛令、王丞相共争姓族先後，王曰：『何不言葛王，而云王葛？』令曰：『譬言驢馬，不言馬驢，驢寧勝馬邪？』」余嘉錫云：「凡以二名同言者，如其字平仄不同，而非有一定之先後，如夏商、孔顔之類，則必以平聲居先，仄聲居後，此乃順乎聲音之自然，在未有四聲之前，固已如此，故言王葛、驢馬，不言葛王、馬驢，本不以先後爲勝負也。如公穀、蘇李、嵇阮、潘陸、邢魏、徐庾、燕許、王孟、韓柳、元白、温李之類。」其説是也。即有一定之先後者，亦或以平仄排列之。湯禹，是其類。湯，吐郎反，平聲；禹，王矩反，上聲；平聲湯字居先，上聲禹字在後。九思逢尤：「呂傅舉兮殷周興。」注：「呂，呂望；傅，傅説。兩賢舉用而二代以興盛也。」聞一多楚辭校補云：「呂傅疑當作傅呂，傳寫誤倒也。上云『思丁文兮聖明哲』，先武丁，後文王，此云『傅呂舉而殷周興』，先傅説，後呂望，二句相承爲之也。」非也。呂，力舉反，上聲；傅，方遇反，去聲。上聲呂字居先，去聲傅字在後。又，莊子卷二人間世第四：「禹舜之所紐也。」荀子卷一八賦篇第二六知：「法禹舜而能弇迹者邪？」賈誼新書卷一數寧：「雖使禹舜生而爲陛下計，何以易此？」鹽鐵論卷八誅秦篇第四四「禹舜，堯之佐也。湯文，夏商之臣也。」禹舜，禹上聲；舜，舒閏反，去聲。上聲禹字居前，去聲舜字屬後，未較其時先後。屈賦之蘭蕙、蘭芷、荃蕙、草木、雲霓、霰雪、鸞皇、雞鶩、燕雀、鳧鴈、鳥獸、時世、關梁、媒理、江夏、幼艾、聲色等，皆是也。又，張家山漢墓竹簡蓋廬：「凡有天下，無道則毀，有道則舉。」亦同此意。

舉賢而授能兮，循繩墨而不頗。

頗，傾也。言三王選士，不遺幽陋，舉賢用能，不顧左右，行用先聖法度，無有傾失，故能綏萬國，安天下也。易曰「無平不頗」也。

【疏證】

頗，傾也。易曰「無平不頗」也。◎文選本無「易曰無平不頗也」七字。正德本、隆慶本、劉本、湖北本、朱本、馮本、俞本、莊本、四庫章句本「不頗」下無「也」字。尤袤本「頗」作「陂」。案：章句引易見泰九三，以證「頗傾」之義，則舊當在「傾也」下，後錯亂於末。今本易頗作陂。姜亮夫屈原賦校注：「頗、陂實後起分別專字，王逸訓偏，則兩字皆可用，頭偏曰頗，與陂偏曰陂蓋同。

然經典多用頗，少用陂。」非也。方言卷六：「陂，衺也。陳、楚、荆、揚曰陂。」陂，楚語，舊當作陂。後以今音易陂爲頗。禮記卷三七樂記第一九：「商亂則陂，其官壞。」鄭注：「陂，傾也。」哀時命：「志怦怦而内直兮，履繩墨而不頗。」荀子卷九臣道篇第一三：「故正義之臣設，則朝廷不頗。」管子卷一〇君臣篇上第三〇：「刑罰不頗，則下無怨心。」史記卷一一〇匈奴列傳：「朕聞天不頗覆，地不偏載。」傾謂之頗，亦謂之陂；邪謂之陂，亦謂之頗。其義皆通。上博簡（六）慎子曰恭儉：「中処而不茇」。則「頗」作「茇」。又，文選卷一五思玄賦「遵繩墨而不跌」，易頗爲跌，李善注引廣雅：「跌，差也。」張衡所據本頗作跛。頗、跛，古字通用。公羊傳襄三十年「楚子使薳頗來聘」，釋文：「頗，一本作跛。」慧琳音義卷一七「跛蹇」條引字林：「跛蹇，行不正也。」此别一説，録以存參。

言三王選士，不遺幽陋，舉賢用能，不顧左右，行用先聖法度，無有傾失，故能綏萬國，安天下也。◎文選唐寫本、正德本、隆慶本、湖北本、朱本、馮本、俞本、劉本、莊本、四庫章句本「行用」作「修用」，「天下」下無「也」字。六臣本作「循用」。唐寫本「萬」作「万」，「天下」作「天地」。案：作「修用」者，因或本「循繩墨」作「脩繩墨」訛。脩，循之訛。作「天地」，不辭。万，俗萬字。郭店楚墓竹簡五行：「疋膚膚達者（諸）君子之道，謂之賢；君子知而舉之，謂之尊賢。」上博簡（三）仲弓：「先又（有）司，舉臤（賢）才。」漢帛書五行：「舉也者，誠舉之也。知而弗舉，未可謂尊賢。」舉賢，恆語。（一）緇衣：「大人不新（親）亓臤（賢），而信亓所戔（賤）。」昔者君老：「內言不以出，外言不以內（入），舉嬍瀍（廢）惡。」（二）訟城是：「皆不受（授）亓子而受（授）亓賢，亓悳酋清。」（九）舜王天下：「明則保國，知賢政治，教娧民服。」親賢、舉嬍、知賢、受賢，皆猶舉賢。章句「故能綏萬國，安天下」云云，因詩酌「綏萬邦，屢豐年」，鄭箋：「綏，安也。」張家山漢墓竹簡蓋廬：「使民之方，安之則昌，危之則亡，利之則富，害之有殃。」

皇天無私阿兮，

竊愛爲私，所私爲阿。一云：所祐爲阿。

【疏證】

竊愛爲私，所私爲阿。一云：所祐爲阿。◎文選本「所私」作「所祐」。文選本、正德本、隆慶本、湖北本、劉本、朱本、馮本、俞本、莊本、四庫章句本無「一云所祐爲阿」六字。案：有「一云所祐爲阿」者，後所增益。黎本玉篇殘卷阜部「阿」字：「楚辭『皇天無私阿』，王逸曰：『竊愛曰秋（當作私），所（敚「私」字）曰阿。』」慧琳音義卷二二「普照無私」條引王逸注楚辭：「竊愛爲私也。」對文阿甚於私，散則不別。說文厶部：「厶，姦衺也。韓非曰：『倉頡作字，自營爲厶。』」今本韓非子卷一九五蠹篇第四九作「自環者謂之私，背私謂之公」。厶、私古今字。楚簡皆作「厶」。郭店楚墓竹簡老子(甲):「視索(素)保菐(樸),少厶(私)須(寡)欲。」上博簡(四)昭王毀室:「以僕之辱,并僕之父母骨厶(私)自塼(敷)。」曹沫之陳:「兼悉(愛)萬民而亡又(有)厶(私)也。」柬大王泊旱:「厶(私)辯,人將笑君。」内禮:「君子事父母,亡厶(私)樂,亡厶(私)憂。」上博簡(六)競(景)公虐:「夫口吏(使)亓(其)厶(私),吏(使)聽獄於邦,塼(溥)情而不愈吏(使)亓(其)厶(私)。」據此,離騷舊本亦作「厶」。自營、自環同,營、環,皆爲周匝。厶之言自也。厶,疾二反;自,息夷反。同脂部,心從旁紐雙聲,音近義通。自營謂之厶,施於我也,故云「自私」、「私己」、「私獨」。章句「竊愛」云云,猶自愛、自私。私人曰阿。淮南子卷九主術訓「是以執政阿主」,高注:「阿,曲從也。」管子卷五重令篇第一五「不阿黨」,尹注:「撓法從私謂之阿黨。」禮記卷一七月令第六「是察阿黨」,鄭注:「阿黨,謂治獄吏以私恩曲橈相爲也。」或借作何。天問「雷開何順,而賜封之」。何順,即阿順。阿之言和也。和、阿,歌部,同匣紐雙聲。和,附和。附和曲邪爲阿。又,皇天,猶上帝也。上博簡(五)三德:「喜樂無限厇(度),是謂大巟(荒),皇天弗京(諒),必復之以憂喪。凡飤(食)歓(飲)無量計,是謂滔皇,上帝弗京(諒),必復之以康。上帝弗京(諒),以祀不啻(享)。」又:「宫室過厇(度),皇天之所惡,雖成弗居。衣備(服)過折(制),失之於孅,是謂違章,上帝弗京(諒)。」皇天、上帝對舉,皇天即上帝。清華簡(一)程寤:「王及太子發並拜吉夢,受商命於皇天上帝。」「皇天上帝」連文,皇天即上帝也。祭公之顧命:「皇天改大邦殷之命。」言上帝改命也。

覽民德焉錯輔。

錯，置也。輔，佐也。言皇天神明，無所私阿，觀萬民之中有道德者，因置以爲君，使賢能輔佐，以成其志。故桀爲無道傳與湯，紂爲淫虐傳與文王。

【疏證】

錯，置也。◎案：錯置之字讀作措，古字通用。禮記卷二三禮器第一〇「措則正」，釋文：「錯，本又作措。」卷三九樂記第一九「舉而錯之」，釋文：「錯，本作措。」説文手部：「措，置也。从手，昔聲。」

輔，佐也。◎案：輔，四鄰職事也。尚書大傳卷一夏書：「前曰疑，後曰丞，左曰輔，右曰弼。」國語卷二一越語下「憎輔遠弼」，韋注：「相導爲輔，矯過爲弼。」散則皆爲輔佐。爾雅釋詁：「輔，俌也。」輔、俌古今字。

言皇天神明，無所私阿，觀萬民之中有道德者，因置以爲君，使賢能輔佐，以成其志。故桀爲無道傳與湯，紂爲淫虐傳與文王。◎文選本無「能」字，「佐」下無「以」字。唐寫本、六臣本「民」作「人」。唐寫本、尤袤本「道德」下有「之」字。六臣本「之」作「人」，「神明」作「明神」。唐寫本「萬」

作「万」。正德本、隆慶本、湖北本、朱本、馮本、俞本、劉本、莊本、四庫章句本「其志」下、「文王」下有「也」字。案：「道德」下有「之」字或「人」字，皆不辭。「民」作「人」，避唐諱。又，章句以「措」謂「置君」，以「輔」謂「使賢能輔佐」，皆增字爲説。補注：「上天佑之，爲生賢佐，故曰錯輔。」朱子辯證：「『覽民德焉錯輔』，但謂求有德者，而置其輔相之力，使之王天下耳。注謂『置以爲君』，又生賢佐以輔之，恐不應如此重複之甚也。」以「錯輔」謂「置賢」。皆得其旨。張鳳翼文選纂注：「二語即后天無私，惟德是輔。」其説尤暢快無滯礙。清華簡（五）厚父：「天禽（覽）司民，𢘫𢓊（徵）如左右之服人。」即「覽民德焉錯輔」意也。

夫維聖哲以茂行兮，

哲，智也。茂，盛也。

【疏證】

哲，智也。◎文選唐寫本無注。案：爛敚也。哲之爲智，因爾雅釋詁。又，補注：「睿作聖，明作哲。」清華簡（五）殷高宗問於三壽：「龏（恭）神以敬，和民用正，留邦偃兵，四方達寧，元哲並進，讒謡則屏，是名曰聖。觀覺聰明，音色柔巧而叡武不罔，夭純宣猷，牧民而御王，天下甄稱，以告四方，是名曰叡信之行。」郭店楚墓竹簡五行篇：「不忘則明，明則見賢人，見賢人則玉色，玉色則型（形），型（形）則智。聖之思也輕，輕則型（形），型（形）則不亡（忘），不忘則聰，聰則聞君子道，聞君子道則玉音，玉音則型（形），型（形）則聖。」是楚簡所稱「聖」、「哲」之名也。對文聖在于聰，智在于識，哲在于明，叡信則聖也。散文亦不別。

茂，盛也。◎同治本「盛」訛作「里」。案：說文艸部：「茂，艸木盛皃。从艸，戊聲。」引申爲豐盛、盛美。此「茂行」，茂讀如懋。爾雅釋詁：「茂，勉也。」釋文：「茂字又作懋。」釋訓：「懋懋、漠漠，勉也。」釋文：「懋，古茂字。」懋行，勉其行。章句「盛德之行」云云，非也。

苟得用此下土。

苟，誠也。下土，謂天下也。言天下之所立者，獨有聖明之智，盛德之行，故得用事天下，而爲萬民之主。

【疏證】

苟，誠也。◎案：詳參上「苟余情其信姱以練要兮」注。

下土，謂天下也。◎案：下土，古恆語。天問：「禹之力獻功，降省下土四方。」書舜典序：「帝釐下土，方設居方，別生分類。」詩日月：「日居月諸，照臨下土。」又云：「日居月諸，下土是冒。」小雅小旻：「旻天疾威，敷于下土。」小明：「明明上天，照臨下土。」大雅下武：「成王之孚，下土之式。」雲漢：「耗斁下土，寧丁我躬。」魯頌閟宮：「奄有下土，纘禹之緒。」商頌長發：「洪水芒芒，禹敷下土方。」莊子卷四天運篇第一四：「九洛之事，治成德備，監照下土，天下戴之，此謂上皇。」荀子卷一九大略篇第二七：「配天而有下土者，先事慮事，先患慮患。」又，管子卷一九地員篇第五八：「中土曰五态，下土曰五猶。」則別一義也。

言天下之所立者，獨有聖明之智，盛德之行，故得用事天下，而爲萬民之主。◎文選本「民」作「人」。唐寫本無「天下之所立」之「之」字。六臣本「智」作「知」，文淵四庫章句本作「志」，文津本亦作「智」。案：「民」作「人」，避唐諱。智、行，相對爲文，則舊宜作「智」。

瞻前而顧後兮，

瞻，觀也。顧，視也。前謂禹、湯，後謂桀、紂。

【疏證】

瞻，觀也。◎文選本無注。案：删之也。説文目部：「瞻，臨視也。从目，詹聲。」段注：「許別之云『臨視』，今人謂仰視曰瞻，此古今義不同也。」詩燕燕「瞻望弗及」、雄雉「瞻彼日月」，瞻，皆仰視，非臨視。禮記卷四六祭法第二三：「及夫日月星辰，民所瞻仰也。」漢書卷六七朱雲傳：「萬姓所瞻仰。」卷八六師丹傳「四方所瞻卬也」，顏師古曰：「卬讀曰仰。」後漢書卷三四梁統傳：

「瞻望車騎。」瞻仰，平列同義，瞻亦仰也。許氏「臨視」，臨，通作隆。詩皇矣「與爾臨衝」，釋文：「臨，韓詩作隆。」小爾雅廣詁：「隆，高也。」戰國策卷八齊策一「雖隆薛之城」，高注：「隆，高也。」易大過九四「棟隆」，李鼎祚集解引虞翻：「隆，上也。」隆視，猶高視、上視，與訓「仰視」者通。

顧，視也。◎唐寫本「顧」作「頋」。案：俗字。補注引説文：「顧，還視也。」引申爲反顧。詩匪風「顧瞻周道」，鄭箋：「迴首曰顧。」禮記卷三曲禮上第一「而顧命車右就車」，孔疏：「顧，回頭也。」又，上博簡（五）鮑叔牙與隰朋之諫：「日城（盛）于從（縱），弗顧前後。」（六）用曰：「視前寡（顧）後九惠是貞。」（七）武王踐阼：「檻（鑒）銘曰：見亓前，必慮亓後。」論語卷九子罕：「瞻之在前，忽焉在後。」詩小雅角弓「不顧其後」。漢書卷一〇〇下叙傳：「瞻前顧後，正其終始。」後漢書卷四〇上班彪傳：「先帝聖德遠覽，瞻前顧後。」又：「瞻前顧後，豈蔑清廟憚敕天乎。」卷五九張衡傳：「向使能瞻前顧後，援鏡自戒。」卷六二荀悦傳：「瞻前顧後，是紹是繼。」類聚卷九三獸部上「馬」條引應璩德憋驥賦：「瞻前軌而促節兮，顧後乘而踟躕。」瞻前、顧後，皆隨文有義，古恒語也。

前謂禹、湯，後謂桀、紂。◎文選本無注。案：删之也。聞一多離騷解詁引錢杲之説：「前後猶古今也。」其説融通。然錢氏離騷傳作：「前謂古也，後謂今也。」瞻前，結上文啓、羿、浞、澆、紂之所以亡，禹、湯之所以興也，皆三代故事。顧後，反顧當今之楚國。於三代，時世在後，故謂之「顧後」。韓詩外傳卷七：「明鏡者所以照形也；脩往古者所以知今也。」

相觀民之計極。

相，視也。計，謀也。極，窮也。言前觀湯、武之所以興，顧視桀、紂之所以亡，足以觀察萬民忠佞之謀，窮其真僞也。

【疏證】

相，視也。◎案：詳參上「悔相道之不察兮」注。

計，謀也。極，窮也。◎案：湯炳正屈賦新探謂「計極」即「所極」，計爲「許」字形訛。許、所通用。所極，所敬也。其說至確。論衡卷四變虛篇第一七：「設國君計其言，令其臣歸罪於國人。」劉盼遂云：「計爲許之壞字。」太平廣記卷一七七器量二「董晉」條：「晉乃且罷，又委錢穀支計於判官孟叔度。」注：「計，原作許，據唐書一五五董晉傳改。」杜甫義鶻：「人生許與分，只在顧盼間。」注：「『許與』，一作『計有』。」韓翃別緒：「月好知何計？歌闌歎不禁。」何計，不辭。計，當作許；何許，何時也。凡皆計、許相訛之證，可佐湯說。清華簡（五）湯處於湯丘：「遠又（有）所亟，勞又（有）所思，饑又（有）所食，深淵是濟，高山是⿱僉止，遠民皆亟。」亟，愛也，敬也。招魂：「人有所極，同心賦些。」所極，所敬也。屈賦恆語。

言前觀湯、武之所以興，顧視桀、紂之所以亡，足以觀察萬民忠佞之謀，窮其真僞也。◎文選本「湯武」作「禹湯」。唐寫本、六臣本「民」作「人」。唐寫本「顧」作「頋」，「萬」作「万」。尤袤本、六臣本「僞」下無「也」字。文淵四庫章句本「湯武」作「湯禹」，文津本亦作「湯武」。景宋本「僞」作「爲」。案：據例，舊作「湯禹」。章句既曰「前曰禹、湯」，則不得於此別爲「湯、武」。章句以「禹湯」、「桀紂」相對並舉。七諫沈江「惟往古之得失兮」，章句：「禹、湯以王，桀、紂以亡。」爲「僞」之訛。

夫孰非義而可用兮，孰非善而可服？

服，服事也。言世之人臣，誰有不行仁義而可任用，誰有不行信善而可服事者乎？言人非義則德不立，非善則行不成也。

【疏證】

服，服事也。◎文選唐寫本無「服事」之「服」字。案：爾雅釋詁：「服，事也。」即章句所因。服，羡也。唐寫本猶存其舊。

言世之人臣，誰有不行仁義而可任用，誰有不行信善而可服事者乎？言人非義則德不立，非善則行不成也。◎文選本無「世之」二字，「誰有不行仁義而可任用」作「誰有行義而不可任用」，

「信善」作「信義」，「不成」下無「也」字。正德本、隆慶本、劉本、湖北本、俞本、朱本、馮本、莊本、四庫章句本「不成」下無「也」字。馮本「世」作「悲」。案：義、善爲對文，則舊不當作「信義」。九章懷沙：「重仁襲義兮，謹厚以爲豐。」章句：「言衆人雖不知己，猶復重累仁德，及與禮義，修行謹善，以自廣大也。」叔師注騷，以義爲「仁義」，又注懷沙，以義爲「禮義」，隨文所施，亦不盡同。此謂任賢，義、善，皆指賢智之人。謂有道之君，義者當用之，善者使之事，非謂人臣有仁義。懷沙仁、義相對，義，非禮義。禮義字今作儀。郭店楚墓竹簡尊德義篇：「仁爲可親也，義爲可眷也，忠爲可信也，學爲可益也，教爲可類也。」唐虞之道篇：「堯舜之行，愛親尊賢，愛親故孝，尊賢故禪。孝之方，愛天下之民。禪之法，世亡忆直。孝，仁之冕也；禪，義之至也。六帝興於古，咸由此也。愛親忘賢，仁而未義也。尊賢遺親，義而未仁也。」六德篇：「仁，内也；義，外也。禮樂，共也。内立父、子、夫也，外立君、臣、婦也。」據此，義，於君爲尊賢，於臣爲忠信；仁，於父爲慈，於子爲孝。仁、孝相屬，義、禪相類。禪，讓賢。仁而無義，則偏私；義而無仁，則傷親。新書卷八道術篇：「行充其宜謂之義，反義爲懵。心兼愛人謂之仁，反仁爲戾。」與漢以後言仁、義者别。又，上博簡（一）性情論：「好惡，眚（性）也。所好惡，物也。善不善，眚（性）也。所善所不善，勢也。」則以天性之行爲言之，好、善同出於性。若以所好、所善者言之，好出於物，善出於勢，所説之角度别，則其旨亦别。此猶禮記卷一九大學引楚書「楚國無以爲寶，惟善以爲寶」也。

阽余身而危死兮，覽余初其猶未悔。

阽，猶危也。或云：阽，近也。言己盡忠，近於危殆。言己正言危行，身將死亡，上觀初世伏節之賢士，我志所樂，終不悔恨也。

【疏證】

阽，猶危也。或云：阽，近也。言己盡忠，近於危殆。◎文選本、正德本、隆慶本、劉本、湖北本、朱本、馮本、俞本、莊本、四庫章句本無「猶危也」以下十三字。案：慧琳音義卷九八「阽危」條：「楚辭云：『阽余身以危死。』王注云：『亦危也。』」黎本玉篇殘卷阜部「阽」字：「楚辭『阽余身以危死』，王逸曰：『阽，勉世（危也）。』説文：『壁危。』」皆無「或云」以下十三字。後所增益也。阽，與下「覽」相對爲文，宜讀作䀡或占。方言卷一〇：「䀡、占，視也。凡相竊視南楚或謂之䀡，或謂之占。自江而北謂之䀡。」䀡，楚語。䀡、阽皆占聲，例得通用。説文見部：「覘，闚視也。」淮南子卷二俶真訓：「其兄掩户而入覘之。」高注：「覘，視也。」䀡、覘同。淮南、説文皆語楚。或借作佔。禮記卷三六學記第一八「呻其佔畢」，鄭注：「佔，視也。」

言己正言危行，身將死亡，上觀初世伏節之賢士，我志所樂，終不悔恨也。◎文選本「死亡」作「危亡」，「世」作「代」，無「賢」字。唐寫本「悔」作「慎」。尤袤本、六臣本「恨」下無「也」字。六臣本「伏」作「仗」。正德本、隆慶本、湖北本、劉本、朱本、俞本、馮本、莊本、四庫章句本「上」作「尚」。

案：若作「危亡」，與「危行」複。作「代」，避唐諱。慎、仗，皆訛。若作「上觀」，必與「下視」相對。下文「耿吾既得此中正」，章句：「言己上觀禹、湯、文王脩德以興，下見羿、澆、桀、紂行惡以亡。」悲回風「聽潮聲之相擊」，章句：「言己上觀炎陽煙液之氣，下視霜雪江潮之流。」則舊作「尚觀」爲允。尚，猶也，釋正文「其猶」也。

不量鑿而正枘兮，

量，度也。正，方也。枘，所以充鑿。

【疏證】

量，度也。◎案：詳參上「羌内恕己以量人」注。

正，方也。枘，所以充鑿。◎文選本無「枘所以充鑿」五字。正德本、隆慶本、劉本、湖北本、朱本、俞本「充鑿」作「鑿孔也」。馮本、四庫章句本「鑿」下有「也」字。案：據義，則舊作：「枘，所以充鑿；鑿，孔也。」正枘、量鑿，驪偶對舉。章句「正方」之訓，因九辯「圜鑿而方枘」。失之。説文正部：「正，是也。从一、从止。𤴓，古文正，从一、足，足亦止也。」朱駿聲説文通訓定聲：「此字本訓當爲侯中也，象方形，即曰從止，亦矢所止也。其實形體似止，因又誤製從足之字，所謂説誤於前，形變於後也。受矢者曰正，拒矢者曰乏，故文反正爲乏。小爾雅廣器：『鵠中者謂之正，正方二尺。』周禮司裘司農注：『方十尺曰侯，四尺曰鵠，二尺曰正，四寸曰質。』毛詩猗嗟傳同。後鄭謂鵠與正乃皮布之異名，皆居侯三分之一，其制同四尺，故周禮射人注不從舊説。按：後鄭是也。又注儀禮大射儀正亦鳥名，齊、魯之間名題肩爲正，正鵠皆鳥之捷黠者。則非也。禮記中庸『失諸正鵠』，注：『畫布曰正，棲皮曰鵠。』疏：『正謂賓射之侯，鵠謂大射之侯。』則正爲侯中，引申爲方正。朱氏謂正「象方形」。失之。甲、金文正字作「[glyph]」，上從■或從▼，丁之古文，非從一。正，讀如丁，謂鐕也。木爲之者爲朾，金爲之者爲釘，所以固木。名事相因，丁有入義，而受矢之侯謂之正。木部：「朾，撞也。」慧琳音義卷九「牢敯」條引通俗文曰：「撞出曰朾。」俗作打。廣雅釋詁：「打，擊也。」釋言：「打，棓也。」正枘，即打枘。朾、打，皆俗字，周、秦以正字爲之。或作掙，擊之使入也。掙枘，今謂掙筍頭。朱子集注引正一作進。進，入也。正、進以同義易之。雖非古本之舊，猶存「正」古義。

固前脩以菹醢。

言工不度其鑿，而方正其枘，則物不固而木破矣。臣不度君賢愚，竭其忠信，則被罪過，而身殆也。自前世脩名之人，以獲菹醢，龍逢、梅伯是也。

言工不度其鑿，而方正其枘，則物不固而木破矣。臣不度君賢愚，竭其忠信，則被罪過，而身殆也。自前世脩名之人，以獲葅醢，龍逢、梅伯是也。◎文選本「度君」作「量君」，「世」作「代」。唐寫本「枘」作「柄」。六臣本、尤袤本「葅」作「葅」。正德本、隆慶本、湖北本、劉本、朱本、馮本、俞本、莊本、四庫章句本「不」下有「量」字，「罪」作「辠」，「殆也」作「殆矣」，「脩」作「修」，「伯」下有「等人」二字。秀州本、明州本、同治本「逢」作「逄」。案：度、量以同義易之。作「代」，避唐諱。柄，譌字。前既曰「破矣」，則後宜曰「殆矣」。逢、逄同。有「量」，羨也。龍逢，名也，姓關，夏桀忠臣。

【疏證】

莊子卷二人間世第四：「且昔者桀殺關龍逢，紂殺王子比干，是皆修其身以下傴拊人之民，以下拂其上者也。」荀子卷一五解蔽篇第二一：「桀蔽於末喜、斯觀，而不知關龍逢。」韓詩外傳卷四：「桀爲酒池，可以運舟；糟丘，足以望十里，而牛飲者三千人。關龍逢進諫曰：『古之人君，身行禮義，愛民節財，故國安而身壽。今君用財若無窮，殺人若恐弗勝，君若弗革，天殃必降，而誅必至矣。君其革之。』立而不去朝，桀囚而殺之。」逢，或作逄。九歎怨思：「若龍逢之沈首兮，王子比干之逢醢。」梅伯，詳參上「后辛之葅醢兮」注。淮南子卷一八人間訓：「故聖人量鑿而正枘。」祖構於此。

曾歔欷余鬱邑兮，

曾，累也。歔欷，懼貌。或曰，哀泣之聲也。鬱邑，憂也。

【疏證】

曾，累也。◎慧琳音義卷四七「層級」條引王逸注楚辭：「層，重累也。」卷九二「層巘」條同引王逸注楚辭：「層，累也。」亦無「重」字。曾、層，古字通用。

歔欷，懼貌。或曰，哀泣之聲也。◎文選本作「歔欷懼貌也」，無「或曰」以下七字。唐寫本「貌」作「皃」。正德本、隆慶本、劉本、俞本、湖北本作「或曰當重歔欷哀泣之聲也」。朱本、馮本、莊本、四庫章句本「當」作「曾」。四庫補注本「泣」作「戚」。案：當，訛也。泣、戚，以同義易之。唐寫本文選陸善經注：「曾，重也。歔欷，悲泣之聲也。」則「或曰」之説，因陸注闌入也。文選卷三四七發「噓唏煩酲」，李善注：「王逸楚辭注曰：『歔欷，啼皃。』」未知所據。李氏以噓唏、歔欷爲一字。是也。歔欷，本爲歎息聲，與解哀泣、悲戚實通。倒乙作唏於，方言卷一：「哀而不泣曰唏於。」或作於戲，文選卷五一東方朔非有先生論「於戲可乎哉」，李善注：「於戲，歎辭也。於音烏，戲音呼。」顔師古匡謬正俗卷二「烏呼」條云：「歎辭也。古文尚書悉爲『於戲』字，今文尚書悉爲『嗚呼』字，而詩皆云『於乎』字。中古以來文籍皆爲『嗚呼』字。」嗚呼、於乎，皆其別文。或作呼豨，漢樂府有所思「妃呼豨」，注云：「妃呼豨，即嘻噓巇也。」或作嗚謣（見漢樊敏碑），韓詩外傳卷二作「惡乎」，漢書卷二七五行志作「烏嘑」。

鬱邑，憂也。◎文選無此注。案：鬱邑，詳參上「忳鬱邑余侘傺兮」注。唐寫本文選陸善經注：「鬱悒，憂愁之貌。」則有注者，因陸注竄亂之。

哀朕時之不當。

言我累息而懼，鬱邑而憂者，自哀生不當舉賢之時而值菹醢之世也。

【疏證】

言我累息而懼，鬱邑而憂者，自哀生不當舉賢之時而值菹醢之世也。◎文選本「鬱」作「欝」，「世」作「日」。六臣本、尤袤本「菹」作「葅」，「日」下無「也」字。六臣本「邑」作「悒」。正德本、隆慶本、劉本、湖北本、朱本、俞本、莊本、馮本、四庫章句本「菹」作「葅」，「之世」下無「也」字。案：欝，俗鬱字。作「日」，避唐諱。菹醢，古恆語，單用「菹」，爛敚之也。慧琳音義卷二〇「悒恨」條引王逸注楚辭、文選卷一三風賦「直憿溷鬱邑」，李善注引王逸楚辭注皆曰：「鬱邑而憂也。」非章句足文，然「者」作「也」。又，章句「自哀生不當舉賢之時」云云，以「哀朕時」爲「朕哀時」之倒句。又，當，讀如張家山竹簡奏讞書「吏當：毋憂當要斬，或曰不當論。廷報：當要斬」之當，謂決罪。

攬茹蕙以掩涕兮，

茹，柔耎也。

【疏證】

茹，柔耎也。◎正德本、隆慶本、朱本、馮本、劉本、俞本、莊本、四庫章句本「耎」作「愞」。案：黄生字詁「耎偄媆懦」條云：「説文：『耎，稍前大也。讀若畏偄。』而沇切。『偄，弱也。』奴亂切。『媆，好皃。』而沇切。鉉等按：『切韻又音奴困切，今俗作嫩。非是。』『需，䇓也。遇雨不進，止䇓也。』相俞切。『輭，轢也。』泥展切。俗書偄作輭，又作軟。輭字合取耎，報而成，軟字則報之譌省也。報本訓轢，即今俗書碾字，音訓並不同。誤偄爲軟，自玉篇始。今按説文之訓，則物之弱者曰耎，人之弱者爲偄。此其分兩字意也。然史、漢諸書於前數字，又多借用，是以後人反切亦從而互譌。如史記之言『選蠕觀望』，後漢清河王傳『選懦之恩』，又西羌傳『公卿選懦』，此借蠕、懦爲偄字也。如考工記鮑人『腥脂之則需』，又弓人『薄其帑則需』，此以需爲耎字也。如莊子之言『以濡弱謙下爲表』，此以濡爲懦字也。如考工記輈人言『馬不契需』，此以需爲懦字也。漢書武帝紀『坐畏愞棄市』，此以愞爲偄字也。説文偄本而沇切，孫氏乃音奴亂切。媆本奴困切，孫氏乃音而沇切。懦本音奴卧切，孫氏乃音人朱切。諸字既以溷借亂形，復以誤音溷聲。造次尋之，正未易辨。」據此，「柔耎」字本作偄。愞，懦之别文，通作偄。攬茹蕙以掩涕，緣上「哀朕時之不當」，茹蕙，指當刈未刈之芳草，喻己當任不任，失其時也。攬茹蕙，同上「冀枝葉之峻茂兮，願竢時乎吾將刈；雖萎絶其亦何傷兮，哀衆芳之蕪穢」也。茹蕙，謂萎絶之芳草。茹，猶萎棄、斥廢。文選卷六左思魏都賦「神蘂形茹」，呂向注：「物之自死曰茹。」又，掩涕，同上「長太息以掩涕」，謂久涕。章句「取柔耎香草以自掩拭」云云，非也。

霑余襟之浪浪。

霑，濡也。衣眥謂之襟。浪浪，流貌也。言己自傷放在草澤，心悲泣下，霑濡我衣，浪浪而流，猶引取柔耎香草，以自掩拭，不以悲放，失仁義之則也。

【疏證】

霑，濡也。◎文選秀州本「霑」作「沾」。案：霑、沾，古字通用。正文作「霑」，注文不宜作「沾」。九歎思古：「冤佂佂而南行兮，泣霑襟而濡袂。」霑、濡，相對並舉，潤澤曰濡，漬下曰霑。散則不別。

衣眥謂之襟。◎正德本、劉本、俞本「眥」作「貲」，尤袤本、明州本、建州本、隆慶本、馮本、湖北本、莊本「眥」作「皆」，四庫章句本作「背」。案：背、貲、皆，眥之訛。章句因爾雅釋器，李巡云：「衣眥，衣領之襟也。」洪頤煊謂「衣眥」爲「衣前」之訛。非也。眥，目之匡。素問卷二〇氣交變大論「目赤痛眥瘍」，王冰注：「眥，謂四際瞼睫之本。」古之方領如眥，故謂之衣眥。說文衣部但作裣，云：「交衽也。从衣、金聲。」段注：「釋器曰：『衣[皆](眥)謂之襟。』孫、郭皆曰：『襟，交領也。』鄭風『青青子衿』，毛曰：『青衿，青領也。』方言：『衿謂之交。』按：裣之字一變爲衿，再變爲襟，字一耳。而爾雅之襟，毛傳、方言之衿，皆非許所謂裣也。爾雅、詩傳、方言皆自領言之。深衣：『曲袷如矩以應方。』注：『袷，交領也。』古者方領，如今小兒衣領。玉藻：『袷二寸。』注：『曲領也。』曲禮：『天子視不上於袷。』玉藻：『侍於君，視帶以及袷。』注皆云『交領也』。袷者，交領之正字，其字從合。左傳作襘，從會與從合一也。交領宜作袷，而毛詩、爾雅、方言作衿，殆以衿、袷爲古今字與？若許云：『裣，交衽也。』此則謂掩裳際之幅，當前幅、後幅相交之處，故曰『交衽』。裣，本衽之偁。因以爲正幅之偁；正幅統於領，因以爲領之偁。此其推移之漸，許必原其本義爲言。凡金聲、今聲之字皆有禁制之義，禁制於領與禁制前後之不相屬，不妨同用一字。」其說是也。殷、周甲文、金文及包山楚簡皆作裣，無衿、襟。裣、襟古今字。衿，借字。裣，金聲。金之言禁也。釋名釋天：「金，禁也。」交領以禁制衣之前、後兩幅，故衣衽謂之襟。霑襟，恆語。孫子第一一九地篇：「令發之日，士卒坐者涕霑襟，偃臥者涕交頤。」莊子卷一齊物論第二：「麗之姬，艾封人之子也，晉國之始得之，涕泣沾襟。」卷三應帝王第七：「列子入，泣涕沾襟以告壺子。」晏子春秋卷七景公築長庲臺晏子舞而諫第十二：「舞三，而涕下沾襟。」卷八晏子死景公哭之稱莫復陳告吾過第十七：「晏子死，景公操玉加於晏子屍上而哭之，涕沾襟。」淮南子卷一二道應訓：「王俛而泣，涕沾襟，起而拜羣大夫。」論衡卷一一答佞篇第三三：「蘇秦下，說鬼谷先生泣下沾襟，張儀不若。」卷一五明雩篇第四五：「蘇秦、張儀悲說坑中，鬼谷先生泣下沾襟。」或作沾袍，公羊傳哀公十四年：「反袂拭面，涕沾袍。」何休注：「袍，衣前襟也。」或作沾纓，淮南子卷一〇繆稱訓：「雍門子以哭見孟嘗君，涕流沾纓。」屈子所以久涕霑襟，悲生不遇時，將作死別之行也。

浪浪，流貌也。◎文選唐寫本「貌」作「皃」。案：文選卷一九洛神賦「淚流襟之浪浪」，李善注：「浪浪，淚下貌。」

言己自傷放在草澤，心悲泣下，霑濡我衣，浪浪而流，猶引取柔耎香草，以自掩拭，不以悲放，失仁義之則也。◎文選本「草」作「山」，無「之則」二字，「悲放」作「悲故」。六臣本「而」下無「流」字，秀州本無「己」字。正德本、隆慶本、劉本、湖北本、朱本、俞本、莊本、四庫章句本「耎」作「㬉」，「泣」下有「涕」字，「悲放」作「悲故」。案：草字古作「中」，因與「山」相訛。據義，則舊作「放故」。後羨「悲」字，則作「悲故」，或作「悲放」。皆訛也。無「己」、「流」，皆爛敚之也。

跪敷衽以陳辭兮，

敷，布也。衽，衣前也。陳辭於重華，道羿、澆以下也，故下句云「發軔於蒼梧」也。

【疏證】

敷，布也。◎案：敷、布，古字通用。史記卷二夏本紀引禹貢「篠蕩既敷」作「竹箭既布」，引皋陶謨「敷同日奏罔功」作「布同善惡則毋功」。卷三九晉世家引文侯之命「敷聞在下」作「布聞在下」。説文巾部：「布，枲織也。」以枲麻所織布。攴部：「敷，岐也。」敷本字，布借字。章句以借字解本字。漢世以下敷易以布，敷之本義遂泯矣。

衽，衣前也。◎文選本無注。案：删之也。章句「衣前」云云，謂裳衽也。衽有上衽、下衽。上衽屬衣，稱「衣衽」；下衽屬裳，稱「裳衽」。然則衽之義博且雜也，宜逐一考辯之。蓋衽本爲斜裁總名，説文衽與裣（襟）、褸、褽三字互訓。衣部：「裣，交衽也。从衣，金声。」顔氏家訓書證篇：「古者，斜領下連於衿，故謂領爲衿。」又：「褸，衽也。从衣，婁聲。」段注：「衽者，殺而下者也。故引伸之衣被醜弊。或謂之褸裂、或謂之襤褸、或謂之致。」衽以斜裁止幅，割裂爲上狹下寬之斜幅，故引申爲弊壞之義，而字作襤褸。又：「褽，衽也。从衣，叞声。」褽之訓衽，謂斜裁之也，秦簡制衣作「尉」，通用字。斜領曰襟，衣弊襤褸曰褸，斜裁曰褽，皆取義旁斜。衽之形制曰「交輸」，交輸者，裁剪正幅爲斜幅，即一端寬、一端狹之謂者。漢書卷四五蒯伍江息夫傳：「充衣紗縠禪衣，曲裾後垂交輸。」顔師古注引如淳云：「交輸，割正幅，使一頭狹若燕尾，垂之兩旁，見於後，是禮深衣『續衽鉤邊』。」秦簡制衣作「交窬」，其字通用。裳衽之斜幅，上狹下寬，若折疊褰襬云，長曳於地，故又稱底衽。行則「扱衽」、「持衽」，跪則「斂衽」、「敷衽」。禮記卷五六問喪篇第三五，「扱上衽，交手哭」，鄭注：「上衽，深衣之裳前。」孔疏：「上衽，謂深衣前衽，扱之於帶，以號踴履踐爲妨，故扱之。」上衽，猶今云提裠，裠襬提起來再扱（插）於要帶，以便於行走。故登高亦必「扱衽」，文選卷五三李康運命論：「扱衽而登鍾山藍田之上。」跪拜則「斂衽」，戰國策卷一四楚策：「見君莫不斂衽而拜，撫委而服。」斂，謂束也。人之跪拜之前，手斂其衽，下跪則布衽於前。是皆指裳衽也。又，詩芣苢「薄言袺之」，毛傳：「袺，執衽也。」又，「薄言襭之」，毛傳：「扱衽曰襭。」孔疏：「釋器云：『執衽謂之袺。』孫炎曰：『持衣上衽。』又云：『扱衽謂之襭。』李巡曰：『扱衣上衽於帶。』衽者，裳之下也。置袺，謂手執之而不扱，襭則扱於帶中矣。」公羊傳昭公二五年「以衽受」，何休注：「衽，衣下裳當前者。」謂手持裳之前衽，使成包囊形，可以置物也。列女傳卷一母儀傳魯季敬姜「文伯引衽攘捲而親饋之」，引衽，謂引下裳之衽以包裹物也，故云「攘捲」。離騷「跪敷衽」，亦「衣下裳當前者」，而非洪氏補注引爾雅「裳際」也。「掩裳際」之衽，指衣衽，在衣之左右兩側，下垂於裳際，其不可以「袺」、「襭」也。衣衽，平居屈於身後，狀若燕尾，且扱於要帶，所以使衣裳束於身而不致散亂也。方言卷四：「褸謂之衽。」郭注：「或曰裳際也。」錢繹云：「喪服記曰：『衽二尺有五寸。』注云：『衽，所以掩裳際也。上正一尺，燕尾一尺五寸，凡用布三尺五寸。』深衣篇云：『續衽鉤邊。』注云：『續，猶屬也，衽在旁者也，屬連不殊裳前後也。』玉藻云：

『深衣袵當旁。』鄭注：『袵謂裳幅所交裂也。』凡袵者，或殺而下，或殺而上，是以『小要』取名焉。袵屬衣，則垂而放之，屬裳，則縫之以合前後，上下相變。江氏永曰：『以布四幅，正裁爲八幅，上下各廣一尺一寸，各邊削幅一寸，得七尺二寸，既足要中之數矣。下齊倍於要，又以布二幅斜裁爲四幅，狹頭二寸，在上寬頭二尺，在下各邊削幅一寸，亦得七尺二寸，共得一丈四尺四寸。』此四幅連屬於裳之兩旁，所謂袵當旁也。是凡言袵者，皆謂裳之兩旁也。」又，袪或謂之袂、謂之袖。廣雅釋器：「袵，袖也。」又云：「袵，袂也。」列女傳卷一母儀傳魯季敬姜「文伯引袵攘捲而親饋之，引袵，謂引袂。」哀時命：「衣攝葉以儲與兮，在袪挂於榑桑；右袵拂於不周兮，六合不足以肆行。」袪、袵對文，袵亦袂也。衣之袵左右連袂而下，故袂袖亦謂之袵也。釋名釋喪制：「旁際曰小要，其要約小也。小要又謂之袵。袵，任也。任制際會，使不解也。」袵、衽同。蓋因袵「或殺而下或殺而上」之形，狀若「束腰」者，故連接棺板際之楔亦謂之袵，或謂之「小腰」也。又，釋衣服：「袵，襜也，在旁襜襜然也。」襜襜，猶冉冉。謂袵之在裳兩旁，冉冉然掉搖也。劉氏以形況字釋其名也。袵，冉，亦聲之轉。又，沈從文氏中國古代服飾研究，謂「裁兩塊相同大小的矩形衣料作『嵌片』（長三七厘米，寬二四厘米左右）。然後，將其分别和四周的縫接關繫處理得非常巧妙，縫合兩短邊作反方嚮扭轉，『嵌片』横置腋下，遂把上衣兩胸襟的下部各推移嚮中軸約十厘米，從而擴大了胸圍尺寸」。「衣片的平面縫合却因兩『嵌片』的插入而立體化」，「便是古深衣制度中百注難得其解的『衽』。衽，通常所指爲交領下方的衣襟，故左襟叫『左衽』，右襟爲『右衽』。果若其解，衽既已藏之於衣内，不得外見，招魂「衽若交竿」，狀其「舞者回旋，衣衽掉摇」，則何以爲説耶？蓋不可通。吾博士生李鳳立謂沈氏所云「嵌片」，即「袼」也。袼，非「衽」之别名。其云：「且説文肉部『胳，亦下也。』段玉裁注：『衣袂當胳之縫，亦謂之胳，俗謂之袼。』胳指腋下，袼指腋下衣袂當胳之縫。鄭玄深衣注亦云：『袼，衣袂當腋之縫也。』又，沈先生認爲嵌片與棺衽形似用同，但從形制來看，衣服上的嵌片『正視形狀近似三角形』，而合棺縫的木榫爲一端窄一端寬的梯形；就功能而言，嵌片是爲了『便於上下活動』，而木榫是爲了固定棺木，二者並不全然相同。」其説甚確，沈氏未及深考矣。

陳辭於重華，道羿、澆以下也，故下句云「發軔於蒼梧」也。◎文選本無注。案：此説上下文關棙，不類章句體例，當爲後所增益。删之可也。

耿吾既得此中正。

耿，明也。言己上睹禹、湯、文王脩德以興，下見羿、澆、桀、紂行惡以亡，中知龍逢、比干執履忠直，身以菹醢，乃長跪布衽，俛首自念，仰訴於天，則中心曉明，得此中正之道，精合真人，神與化游。故設乘雲駕龍，周歷天下，以慰己情，緩幽思也。

【疏證】

耿，明也。◎案：説文耳部：「耿，耳箸頰也。从耳，烓省聲。杜林説，耿，光也，从火，聖省聲。」耿光之耿讀作炯，古字通用。哀時命「夜炯炯而不寐」，遠遊作「夜耿耿而不寐」。文選卷二七顔延年始安郡還都與張湘州登巴陵城樓作「炯介在明淑」，李善注：「耿與炯同，古迥切。」炯，明也。

言己上睹禹、湯、文王脩德以興，下見羿、澆、桀、紂行惡以亡，中知龍逢、比干執履忠直，身以菹醢，乃長跪布衽，俛首自念，仰訴於天，則中心曉明，得此中正之道，精合真人，神與化游。故設乘雲駕龍，周歷天下，以慰己情，緩幽思也。◎文選本「己」下無「上」字，「睹」作「覩」，「自」下有「省」字，「幽」作「憂」。尤袤本、秀州本、唐寫本「精」作「情」。唐寫本「訴」作「愬」。秀州本、明州本、同治本「逢」作「逄」。六臣本「以興」下有「天」字，「中知」作「下知」，尤袤本、明州本、建州本「設」作「得」，「菹」作「葅」。正德本、隆慶本、劉本、湖北本、朱本、俞本、莊本、四庫章句本「睹」作「覩」，「脩」作「修」，「菹」作「葅」，「跪」下有「而」字，「自念」作「省念」，「幽」作「憂」。朱本「忠」作「忠心」。案：睹、覩同。脩、修通。菹、葅古今字。訴、愬，幽、憂，古字皆通用。情、得，皆訛也。九店楚簡日書：「君子尻之，幽思不出。」幽思，楚之恒語，後易作「憂思」。自念，當作「省念」，字之訛。章句以上、中、下，對舉爲文。則秀州本爲存其舊。又，章句「得此中正之道，精合真人，神與化游」云云，以精氣爲説「中正」，甚得屈原本心。中正，道也。道，精氣也，即遠遊「求正氣之所由」之正氣，謂精魂。得此正氣，則精魂庶幾乘雲上征。清華簡（一）保訓：「昔舜舊作小人，親耕於歷丘，恐求中，自稽厥志，不違於庶萬姓之多欲。厥有施於上下遠邇，迺易位邇稽，測陰陽之物，咸順不擾。舜既得中，言不易實變名，身滋備惟允，翼翼不解，用作三降之德。帝堯嘉之，用受厥緒。」始曰「求中」，終曰「得中」，中也者，中正也，道也。中正，貞卜之詞。易需九五象：「酒食貞吉，以中正也。」訟象：「利見大人，尚中正也。」九五象：「訟元吉，以中正也。」豫六二象：「不終日貞吉，以中正也。」艮六五象：「艮其輔，以中正也。」中正，蓋占卜而獲朕兆之詞。「得此中正」，承上「節中」，謂貞之舜祠，而「得此中正」之兆。易姤九五：「以杞包瓜，含章，有隕自天。」象曰：「九五、含章，中正也；有隕自天，志不舍命也。」高亨謂「不」通作「否」，言「閉塞不通」，「含章者，有正中之德也。文章以正中之德爲質，人有正中之德而後成文章之美。有隕自天者，事昏暴之君，正中之志閉塞不得行，故舍棄生命而隕亡也」。象及高氏釋此卦爻辭，皆可爲「得此中正」注脚。屈子貞得「中正」之兆，託以重華告諭，曰：「身逢濁世，遭遇昏君而行『中正』之道，必壅塞不通，唯有隕身葅醢也。」楚人貞卜多用易。楚懷王左尹邵𬀩大夫墓簡策有貞卜祭禱之詞，其貞問出入事王盡卒歲及躳身尚毋有咎、心疾尚毋有恙等，先後得易之豫、兑、損、臨、蠱、剥、隨、離、恆、需，易之行於楚亦久矣。屈子貞卜得易「中正」之兆，而不當其時，則回車將反，唯作死別而已。故下文轉承乘鷖飛陞，上征求帝，將爲死亡之行。

有角曰龍，無角曰虬。鷖，鳳皇别名也。山海經云：「鷖身有五采，而文如鳳。」鳳類也，以爲車飾。

駟玉虬以椉鷖兮，

【疏證】

有角曰龍，無角曰虬。◎文選六臣本、尤袤本、湖北本、文淵四庫章句本「虬」作「虯」，文津本亦作「虬」。案：虬，俗虯字，古作丩。章句别以對文。淮南子卷六覽冥訓「駿青虬」，高誘注：「有角爲龍，無角爲虬。」後漢書卷二八下馮衍傳「駟素虯而馳騁兮」，李賢注：「四馬曰駟。虯，龍之無角者也。」皆同章句。補注引説文：「龍子有角者。」廣雅釋魚：「有鱗曰蛟龍，有翼曰應龍，有角曰黽龍，無角曰⿰多它龍。」黽，古虬字。又，朱駿聲説雅：「龍雄有角，雌無角。龍子一角者蛟，兩角者虯，無角者螭也。」皆與章句别。文選卷七揚雄甘泉賦「駟蒼螭兮六素虯」，李善注引説文「龍子有角者」作「龍無角者」。慧琳音義卷一九「蛟龍」條引抱朴子：「母龍曰蛟，龍子曰虬，龍其狀似魚，其身如鼉，皮有珠。」卷五六「大虬」條引熊氏瑞應圖：「虬龍，黑身無鱗甲也。」段注據韻會引説文「龍子有角者」作「龍子無角者」，乃謂「他家所引作『有角者』皆誤也」，斥廣雅「有角曰虬龍」之説爲「乖異不爲典要」。然文選卷二二謝靈運登池上樓「潛虯媚幽姿」，李善注引説文作「虯龍有角者」，沈濤説文古本考則謂甘泉賦注引説文「無角」當作「有角」。漢書卷五七司馬相如傳「六玉虯」，張揖曰：「龍子有角曰虯。」慧琳音義卷五三「虬螭」條、卷五六「大虯」條、卷四二「鼃虯」條、卷四九「蛟虬」條引皆同廣雅。段氏顧此失彼，斷也。散則不別，虬亦龍也。

鷖，鳳皇別名也。山海經云：「鷖身有五采，而文如鳳。」鳳類也，以爲車飾。◎文選本無「而文如鳳」以下十一字。唐寫本「鷖」作「翳」，「身」作「鳥」。四庫章句本「皇」作「凰」。莊本「鳳類」作「凰類」。案：皇、凰古今字。凰類，即「鳳類」之訛。文選本删之。章句引山海經見卷一八海内經：「有五彩之鳥，飛蔽一鄉，名曰翳鳥。」翳、鷖同。「而文如鳳」四字，後所竄亂。洪氏「逸不見山海經」云云，非也。叔師以儒者不語怪力亂神，未以山海經爲典雅，故多棄之弗用。説文鳥部：「鷖，鳧屬也。从鳥、殹聲。詩曰：『鳧鷖在梁。』」段注：「鳧屬者，似鳧而別。」則鷖本非鳳凰別名。朱季海楚辭解故：「離騷有云：『百神翳其備降兮，九疑繽其並迎。』王注：『翳，蔽也。』是蔽謂之翳，故楚語矣。尋釋木曰：『蔽者翳。』郭注引詩云『其椔其翳』，見大雅皇矣，依平聲呼之，蓋古之遺語矣。據洪引經本，或云『飛蔽一鄉』，或云『飛蔽日』，此正翳鳥之所以得名。」其説可參。又，駟龍乘鷖，爲下之求帝張本，無意託寓君臣。然非一意爲侈誇之語。據楚俗之宗教，龍舟所以超渡登陞之憑藉。長沙戰國楚墓出土帛畫有引渡飛陞之龍舟，畫作「乙」字形（詳參出土於長沙子彈庫一號墓人物御龍帛畫）。鷺鳥，導引精魂登陞之使。楚人歸本，以鳥爲先導，屢見於楚墓帛畫（詳參出土於長沙陳家大山楚墓人物龍鳳帛畫）。楚人所制棺柩，象舟船之形。棺之外壁，多畫以龍、鳳，以象龍舟。載之以飛陞反本，而鳳爲其導引之使。包山楚懷王左尹邵旎墓内棺側板，繪以龍鳳紡紋，以四龍四鳳爲組合單元，象一乘四馬之祥車。靚鳳之形，昂首展翅，居於龍之上，因其尊鳳崇祖之禮俗。以地下之楚物與屈子飛陞反本相印證，毋庸於君臣大義求之。

溘埃風余上征。

溘，猶掩也。竢，塵也。言我設往行游，將乘玉虬，駕鳳車，掩塵埃而上征，去離世俗，遠羣小也。

【疏證】

溘，猶掩也。◎文選本「掩」作「奄」。案：敻公楚辭音殘卷引王逸注：「溘，猶掩也。」亦作掩字。掩，讀如奄，古字通用，急疾貌。補注：「遠遊云『掩浮雲而上征』，故逸云：『溘猶掩也。』按：溘，奄忽也。言忽然風起，而余上征，猶所謂『忽乎吾將行』耳。」

竢，塵也。◎惜蔭軒本、同治本「竢」作「埃」，正德本、隆慶本、俞本、朱本、馮本、四庫章句本、惜陰本、同治本、四庫補注本、文選本皆作「埃」，景宋本、皇都本訛作「竢」。慧琳音義卷一五「塵埃」條引王逸注楚辭：「埃，亦塵也。」案：作「埃」者，因章句改。竢、埃通用字，然宋本、明本補注正文、注文宜作「竢」也。其所據本別。沈德鴻楚辭注釋：「埃，疑『培』之譌。培，讀爲馮。馮，乘也。溘培風上征，謂忽然乘風而上也。」其義無滯，唯謂埃、培相訛，無徵不信。説文口部：「唉，膺也。从口，矣聲。讀若埃。」唉、埃古字通用。膺、應一字。唉即應也。爾雅釋樂：「大鼓謂之鼖，小者謂之應。」李巡注：「小者音聲相承，故曰應。應，承也。」引申爲承、迎。唉風，猶應風、承風。史記卷一一七司馬相如列傳：「應風披靡，吐芳揚烈。」遠遊：「聞赤松之清塵兮，願承風乎遺則。」應風、承風同。溘埃風，忽然承風也。又，文選卷五左思吳都賦「翼颸風之颲颲」，劉逵注：「離騷曰『溘颸風兮上征』，班固曰：『颸，疾也。』」此班固離騷章句遺義，以「埃風」爲「颸風」。其所據本埃字作俟。或作竢，通作颸。俟風，猶待風，亦承風也，非疾颸之風。

言我設往行游，將乘玉虬，駕鳳車，掩塵埃而上征，去離世俗，遠羣小也。◎文選本「世」作「時」，唐寫本無「玉」字。尤袤本、六臣本「虬」作「虯」。俞本、莊本「羣小也」下有「然此以下多寓言」七字。案：有「然此以下多寓言」七字，後所增益也。作「時」，避唐諱。無「玉」，敚也。上征，謂歸於先帝之居。章句「去離世俗，遠羣小」云云，牽合君臣，則失旨。

朝發軔於蒼梧兮，

軔，搘輪木也。蒼梧，舜所葬也。

軔，搘輪木也。◎文選本「搘」作「支」。洪補引「搘」一作「支」。案：詩小旻「是用不潰于

【疏證】

成」，正義引王逸注作「支輪木」。說文木部：「榰，柱氐也。古用木，今以石。从木、耆聲。易曰『榰恆凶是』。」段注：「引伸爲凡支拄、拄塞之偁。」爾雅釋言：「榰，柱也。」郭注：「相榰柱。」榰輪，同支輪，皆謂止輪也。騫公楚辭音殘卷引王逸注：「軔，枝輪木也。」黎本玉篇殘卷車部「軔」字：「楚辭『朝發軔於蒼梧』，王逸云：『枝輪木也。』」文選卷九長楊賦「是以車不安軔」李善注、卷一六懷舊賦「水漸軔以凝沍」，李善注、詩雨無正孔疏並引王逸注：「軔，支輪木。」慧琳音義卷五〇「轂輞」條引王注楚辭：「輞，枝輪木也。」輞，軔之訛。卷七四「爲軔」條：「楚辭：『朝發軔』，王逸曰：『軔，支輪木也。』」卷八八「復軔」條引王逸注楚辭：「軔，支輪木也。」卷九一「發軔」條引王逸注楚辭：「枝輪木也。」支、枝古今字。則舊作「支輪木」。後漢書卷二九申屠剛傳「遂以頭軔乘輿輪」，李賢注：「軔，謂以頭枝車輪也。王逸注楚詞曰：『軔，止輪木也。』」卷二八馮衍傳「發軔新豐兮」，李賢注：「軔，止車木也，將行，故發之。」漢書卷八七上揚雄傳「既發軔於平盈兮」，服虔注：「軔，止車之木，將行，故發去。」李賢因服虔，而誤爲王逸章句。說文車部：「軔，所以礙車也。从車、刃聲。」徐鍇曰：「止輪之轉，其物名軔。」六朝俗字作杒。刃，有堅止義，管子卷一〇制

分篇第二九：「凡用兵者攻堅則軔」，尹注：「軔，牢固之名也，所攻既堅，則軔而難入。」故止車木謂之軔。呂向注：「軔，車輪也。」文選卷一六潘岳懷舊賦「水漸軔以凝沍」，李善注引顏延年纂要解：「車輪謂之軔。」尤袤本因顏説。車部：「輮，車网也。」段注：「今本作車軔。車网者，輪邊圍繞如网然。」故亦謂之車軔。荀子卷一勸學篇第一：「輮以爲輪。」軔、輪，文部，日來旁紐雙聲。軔之訓輪，借字也。屈子發軔，去止輪之軔，非車輪。

蒼梧，舜所葬也。◎文選本「葬」作「居」。尤袤本、六臣本「居」下無「也」字。唐寫本「蒼」上羨「茶」字。正德本、隆慶本、湖北本、朱本、馮本、俞本、劉本、莊本、四庫章句本「舜」下有「之」字。案：據義，則舊作「所居」。文選集注陸善經：「蒼梧，舜所葬也。」後據陸注改之。下「九疑繽其並迎」，章句：「九嶷，舜所葬也。」此作「所居」，彼作「所葬」，文互相備。補注：「禮記曰『舜葬于蒼梧之野』，注云：『舜征有苗而死，因葬焉。』蒼梧於周，南越之地，今爲郡。如淳曰：『舜葬九嶷。』九嶷在蒼梧馮乘縣，故或曰舜葬蒼梧也。」吴仁傑離騷草木疏引相如上林賦「左蒼梧右西極」，乃謂「零陵在長沙南，不得云左」，以蒼梧在郁州臨朐縣東云。饒宗頤楚辭地理考據吴説而推演之，云：「朝發蒼梧，及假設馳騁之辭，與濟沅、湘事無涉；蓋即所謂『將往觀乎四荒』之一事也。發軔蒼梧之上文，爲『駟玉虬以乘鷖兮，溘埃風余上征』，是其明證。觀其對文縣圃爲西方地名，誠以『朝發軔於天津兮，夕余至乎西極』句例之，蒼梧殆如天津屬東方，當即指郁州之蒼梧山也。」古之東西之限，因列國而別，於楚，則西極、縣圃皆在西，故曰右，而蒼梧在東，故曰左。此朝發蒼梧，承上陳詞舜廟。屈子往觀上征，自舜廟起程。舜廟在九疑山，或名蒼梧，故云發軔蒼梧，其文上下接榫如此。自蒼梧至縣圃，則由生界而入冥居。蒼梧，上博簡（二）訟城是（容成氏）作桑虛，曰「湯又從而攻之，遂逃，迲（去）之桑（蒼）虛（吾）之埜（野）」是也。安人簡有重華、蒼梧、二配（妃）及沅、湘、澧之名，亦證離騷、蒼梧非在郁州，而在九疑也。或作倉吾，逸周書卷七王會解第五九：「倉吾翡翠。」或作蒼吾，漢書卷八七揚雄傳：「橫江湘以南淮兮，云走乎彼蒼吾。」蒼梧之名取義於岝崿。淮南子卷一三氾論訓「昔蒼吾繞娶妻而美」，高誘注：「蒼吾繞，孔子時人。」蒼吾，名；繞，其字。繞之言嶢也，魏磊不平之貌。或作岝崿，文選卷五左思吳都賦：「雖有石林之岝崿。」或作岝峉，卷四張衡南都賦「岝峉嶊嵬」，李善注：「埤蒼曰：『岝峉，山不齊也。』」歌、魚旁轉作嵯峨，厜㕒、巏隗、陮隗、嶊嵬、崔嵬等，皆語之轉。山之峻而繞者名曰「蒼梧」，高山峻阜之通稱，故北土、東土、南土之山皆有名蒼梧者。

夕余至乎縣圃。

縣圃，神山，在崑崙之上。淮南子曰：「崑崙、縣圃，維絕，乃通天。」言已朝發帝舜之居，夕至縣圃之上，受道聖王，而登神明之山。

【疏證】

縣圃，神山，在崑崙之上。淮南子曰：「崑崙、縣圃，維絶，乃通天。」◎文選本、正德本、隆慶本、劉本、俞本、湖北本、莊本、朱本、四庫章句本「神山」下有「也」字。文選本「維」下無「絶」字，唐寫本、六臣本「崑崙」作「崐崘」。秀州本「淮南子曰」作「淮南子言」，唐寫本、明州本、建州本作「淮南言」。六臣本、正德本、俞本「維」作「雖」。秀州本「通」作「遖」。唐寫本「縣圃」作「縣團」。六臣本「縣」作「懸」。正德本、隆慶本、馮本、朱本、莊本、湖北本、劉本、四庫章句本無「絶」字。補注引一無「絶」字，又引「乃」一作「絶」。尤袤本「神山」下無「也」字，無「在崑崙之上」五字，「崑崙縣圃維絶乃通天」作「縣圃在崑崙之中乃維上天」。最爲歧異。案：團、雖、遖，皆訛。章句引淮南子，今本未見，卷四墬形訓：「昆侖之丘，或上倍之，是謂涼風之山，登之而不死。或上倍之，是謂懸圃，登之乃靈，能使風雨。或上倍之，乃維上天，登之乃神，是謂太帝之居。」則其所據本别。有「絶」，不辭。縣、懸古今字。縣圃，帝高陽之所居。洪氏云：「山海經云：『槐江之山，上多琅玕金玉，其陽多丹粟，陰多金銀，實惟帝之平圃。南望崑崙，其光熊熊，其氣魂魂，西望大澤，后稷所潛。』平圃，即懸圃也。穆天子傳云：『春山之澤，清水出泉，温和無風，飛鳥百獸之所飲食，先王之所謂縣圃。』水經云：『崑崙説曰：「崑崙之山三級：下曰樊桐，一名板松；二曰玄圃，一名閬風；上曰層城，一名天庭。」』層音增。淮南子言『傾宫、旋室、懸圃、閬風、樊桐，在崑崙閶闔之中』。樊音飯。又曰：『崑崙之丘，或上倍之，是謂涼風之山，登之而不死；或上倍之，是謂懸圃之山，登之乃靈，能使風雨；或上倍之，乃維上天，登之乃神，是謂太帝之居。』東方朔十洲記曰：『崑崙山有三角，一角正北，上干北辰星之燿，名閬風巔；其一角正西，名曰玄圃臺；其一角正東，名曰崑崙宮。』玄與縣古字通。天問曰：『崑崙縣圃，其居安在？』古之縣圃傳説略備於此。又，道騫楚辭音殘卷：「廣雅曰：『崑崙虛有三山，閬風、板桐、縣圃。其高萬一千里百一十四步一尺六寸。』總曰崑崙，別則三山之殊，而縣圃最在其上也。」

言己朝發帝舜之居，夕至縣圃之上，受道聖王，而登神明之山。◎文選本「之上」作「之山」。唐寫本「居」作「君」，「之山」下有「也」字。秀州本「聖王」作「聖正」。正德本、隆慶本、湖北本、劉本、朱本、馮本、俞本、莊本、四庫章句本「之上」作「之山」。案：若作「之山」，與下「神明之山」複。君、正，皆訛。屈子魂登縣圃，皈依高陽之居。章句「受道聖王」云云，則失旨。

欲少留此靈瑣兮，日忽忽其將暮。

靈以喻君。瑣，門鏤也，文如連瑣，楚王之省閤也。一云，靈，神之所在也。瑣，門有青瑣也。言未得入門，故欲小住門外。言己誠欲少留於君之省閤，以須政教。日又忽去，時將欲暮，年歲且盡，言己衰老也。

【疏證】

靈以喻君。瑣，門鏤也，文如連瑣，楚王之省閤也。◎秀州本、四庫補注本「閤」作「閣」。同治本「瑣」作「瑣」。案：瑣、瑣同。説文門部：「閤，門旁户也。从門，合聲。」又：「閣，所以止扉者。从門，各聲。」舊宜作「閤」。文選卷二西京賦「青瑣丹墀」，李善注引王逸曰：「文如連瑣。」非其足文。章句此説，蓋失旨。瑣，宜從五臣本作「璅」，實作「巢」。靈巢，神靈之所居。古之神靈，皆遠古先帝之原型，其傳説之居雖已神化，陞至天界靈山，然未脱盡其鴻荒蒙昧遺跡。大抵北土之民多穴居，以其地寒；南土之民皆巢居，以其地熱。靈巢，因有巢氏、大巢氏之傳説。莊子卷八盜跖第二九：「古者禽獸多而人少，於是民皆巢居以避之，晝拾橡栗，暮栖木上，故命之曰有巢氏之民。」浙江餘姚河姆渡遺址（距今七千餘載）有檻欄居室，是巢居之遺存。東君以扶桑爲檻，爲巢居遺制，與靈巢同。靈巢，猶神居也。後以爲神靈所居少以玉爲之，則益玉旁而作璅，故與瑣字相亂。

一云，靈，神之所在也。瑣，門有青瑣也。言未得入門，故欲小住門外。◎文選本無注。正德本、隆慶本、俞本、湖北本無「一云」二字。莊本「一云」作「或曰」。正德本、隆慶本、湖北本、劉本、朱本、馮本、俞本、莊本、四庫章句本「小」作「少」，「門外」下有「也」字。案：小住，六朝恆語。搜神記卷一「薊子訓」條：「見者呼之曰：『薊先生小住。』並行應之，視若遲徐，而走馬不及。」卷二「吳孫峻」條：「小住須臾，更進一家上便止，徘徊良久。」類聚卷七〇服飾部下胡牀引世說：「公曰：『小住，老子於此處，亦復不淺。』因便據胡牀，與諸賢士談謔竟坐。」則舊作「小」。又，「一云」者，魏、晉遺說，或出郭璞離騷注佚義。後闌入章句下，非叔師所存漢世舊說。文選本無此注，則存其舊。

言己誠欲少留於君之省閤，以須政教。日又忽去，時將欲暮，年歲且盡，言己衰老也。◎文選唐寫本敚「少」字。秀州本「閤」作「閣」。正德本、隆慶本、湖北本、朱本、馮本、俞本、劉本、莊本、四庫章句本「忽去」作「忽忽去」，「衰老」下無「也」字。案：據義，則舊作「日又忽忽去」。少留，讀如周流。少，小也，古字通用。小，讀作叔。爾雅釋親「父之晜弟先生爲世父，後生爲叔父」，王引之經義述聞卷二二春秋名字解詁「鄭游吉字子大叔」條云：「叔小雙聲，世大疊韵，世父、叔父相對成文，則叔爲小、世爲大也。」叔、小爲宵、覺旁對轉，並心紐雙聲。則少、叔亦通。俶儻或作倜儻，少、周，聲之轉。留、流古字通用。易繫辭上「旁行而不流」，釋文：「流，京作留。」荀子卷五王制第九「無有滯留」，韓詩外傳卷三作「無有流滯」。卷一七君子第二四「貴賤有等，則令行而不流」，羣書治要作「令行而不留」。詩旄丘「流離之子」，爾雅釋鳥郭注引作「留離之子」，釋文：「流音留，本又作鶹。」莊子卷三天地第一二「留動而生物」，釋文：「留，或作流。」文選卷八司馬相如上林賦「步櫚周流」，李善注：「周流，周遍流行也。」卷七揚雄甘泉賦「據軨軒而周流兮」，李善注："周流，流行周徧也。"漢書二二禮樂志"周流常羊思所并"，顔師古注："周流，猶周行也。"周流、常羊、章皇，對舉爲文，周流，亦常羊、章皇。禮記卷五〇仲尼燕居第二八"使女以禮，周流無不徧也"，孔疏："周流，謂周旋流轉。"或作舟流，詩小弁："譬彼舟流，不知所屆。"屈子謂余欲周流於神靈之居。

吾令羲和弭節兮，

羲和，日御也。弭，按也。按節，徐步也。

【疏證】

羲和，日御也。◎文選明州本以此注爲五臣李周翰。案：竄亂之也。補注："山海經『東南海外，有羲和之國，有女子名曰羲和，是生十日，常浴日於甘淵』，注云：『羲和，天地始生，主日月者也。故堯因是立羲和之官，以主四時。』虞世南引淮南子云：『爰止羲和，爰息六螭，是謂懸車。』注云：『日乘車，駕以六龍，羲和御之，日至此而薄於虞淵，羲和至此而迴。』"洪氏以羲和爲三：有生十日羲和，有堯時司四時天官羲和，有日御之羲和。屈賦稱羲和亦三：一爲日神。九歌東君爲祭日之歌，東君，羲和也。一爲日之名。天問："羲和之未揚，若華何光？"言日未揚其光，若華何照也。章句因離騷訓日御，非也。三爲日御。此弭節之羲和也。洪氏謂主四時羲和，因書堯典：「乃命羲和，欽若昊天，厤象日月星辰，敬授人時。」然書以羲和爲羲仲、羲叔、和仲、和叔四人，宅東、西、南、北四土。儒者所習。淮南子「爰止羲和」，亦與此同，劉安生於楚望，嫺其舊聞。汪瑗楚辭集解：「羲、和二字，亦日羲以命名。」惟未委其所由。姜亮夫楚辭通故以羲和爲「伏羲、女媧傳説之混合，與日同生成人類始祖皆相關涉之一故事中派生成分也。最早爲生日、生月之人先帝俊之妻，因生日月而主日月。進入男性社會，爲人羣大酋者，已變爲男子，斯帝俊妻之説，只見南土，尤爲北土儒者所不言。於是屈子筆下之羲和爲日御。儒者以政治爲學説之中心，羲和遂又由天神變爲人間之官司，原本二姓之合，至此又反復其二姓之本，而爲尚書之羲氏、和氏矣」。又曰：「羲和之音變，則爲常娥，爲常儀，爲纖阿，爲西王母，乃至爲無夫生九子之女歧，亦即爲九子母也。」其説瀇瀁無際，精粗雜陳。謂羲和爲帝俊生十日事嬗變，是得之。帝俊，生十日之俊，烏也。十日，烏之十子。帝俊生十日，因於東夷先民神秘聯想。其謂日陽狀如雞子，爲一碩大之烏所産。雞鳴卵産，雞鳴日出，二者神祕互滲，乃以日精之象爲烏，而後神化爲鳳皇之鳥。浙江余姚市河姆渡文化遺址，骨匕雕有兩鳥交媾生日之圖，是神鳥生日之遺存。姜氏謂羲和爲伏羲、女媧之混合，音變爲常儀、嫦娥云云，則大言無當。伏羲，祼曦也，東夷之高禖神。女媧，人首蛇身，夏后氏之高禖神。伏羲、女媧成夫婦，始於東漢。天問：「登立爲帝，孰道尚之？女媧有體，孰制匠之？」屈子未以女媧爲帝，尤疑其爲伏羲之婦。周、秦之書，女媧見於山海經卷一六大荒西經，禮記卷三一明堂位第一四，莊子卷一人間世第四、卷二大宗師第六、卷三胠篋第一〇、卷四繕性第一六、卷五田子方第二一，荀子卷一八成相二五，大招各一例；而伏羲，見於戰國策卷一八趙策一，管子卷一六封禪第五〇、卷二四輕重戊第八四，商君書第一更法各一例，易繫辭二例。皆未嘗與女媧並見且爲夫妻者。東夷之伏羲、夏后氏之女媧，本二族之先。羲和，日神之號，義取光盛。歌、魚旁轉作赫羲。文選卷二六潘岳在懷縣作二首「隆暑方赫羲」，李善注引思玄賦注：「赫羲，盛也。」和之通赫，猶和之通猳。史記卷一四十二諸侯表秦共公和，卷五秦本紀「子共公立」，索隱：「名猳。」或作赫戲，下「陟陞皇之赫戲兮」，章句：「赫戲，光明貌。」歌、元對轉，或作赫宣。韓詩淇奥「赫兮宣兮」，毛詩作赫咺，曰：「威儀容止宣著也。」倒乙爲諠赫，後漢書卷七七酷吏傳論「威譽諠赫」是也。或作輝赫，顏氏家訓卷五省事第一二「車騎輝赫」是也。或作顯赫，三國志文類卷一二魏三公陳孫權罪惡請免官削土奏「光寵顯赫」是也。或作烜赫，莊子卷七外物第二六「烜赫千里」是也（或本訛作「憚赫」）。或作翕赫，文選卷七甘泉賦「翕赫曶霍」，李善注：「翕赫，盛貌。」卷一八琴賦字作翕赩，李善注：「翕赩，盛貌。」卷一一王延壽魯靈光殿賦字作歙赩，全晉文卷九四潘尼瑇瑁椀賦作熻赩。或作於赫，漢書卷七三韋賢傳「於赫有聲」是也。鐸、陽對轉，訓詁字作輝煌。羲和主日，日月陰陽相配，故月神名曰常羲。常，尚也。史記卷一〇三萬石君列傳「劍尚盛」，漢書尚作常。漢書卷四八賈誼傳「尚憚以危爲安」，新書卷一宗首篇尚作常。易泰九二「得尚于中行」，王弼注：「尚猶配也。」漢書卷三二張耳傳「尚魯元公主如故」，顔師古注：「尚猶配也。」史記卷一一七司馬相如列傳「自以得使女尚司馬長卿晚」，索隱：「尚猶配也。」所以名常羲者，謂羲和之配偶。

弭，按也。◎文選胡本「弭」作「彌」。明州本以此注爲五臣李周翰。案：竄亂之也。文選卷七司馬相如子虚賦「於是楚王乃弭節徘徊」，李善注引王逸曰：「弭，案也。」卷一三謝莊月賦「弭蓋秋阪」，李善注：「王逸楚辭注：『弭，按也。』」卷二一顔延年秋胡詩「弭節停中阿」，李善注：「楚辭曰：『吾令羲和弭節兮。』王逸曰：『弭，安也。』」按與案同。安，借字。又，弭、彌古字通用。周禮卷二六春官第三男巫「春招弭以除疾病」，鄭注：「杜子春讀弭如『彌兵』之彌。」漢書卷九九上王莽傳「彌躬執平」，顔師古注：「彌，讀與弭同。」又，「以彌亂發姦」，顔師古注：「彌，讀曰弭。」文選卷八揚雄羽獵賦「望舒彌轡」，李善注：「彌與弭古字通。」説文弓部：「弭，弓無緣可以解轡紛者，从弓，耳聲。𢐀，弭，或从兒。」段注：「弭可以解紛，故引申之訓止，凡云弭兵、弭亂者是也。」段説未密。弭字耳聲者，耳之言已也。已，止也。弓可解轡止亂者謂之弭。引申爲按、止。

按節，徐步也。◎文選本無注。案：删之也。文選卷三東京賦「大丙弭節」，李善注引王逸曰：「弭，按節徐行也。」則亦有注。然「徐步」作「徐行」。又，卷三四枚乘七發「弭節乎江潯」，劉良曰：「弭，按節徐行也。」作「徐行」，因五臣注改。漢書卷二七五行志下：「至天市而按節徐行。」服虔曰：「謂行遲。」猶緩行也。類聚卷五九武部「戰伐」條引魏陳琳武軍賦：「若乃清道整列，按節徐行。」東漢以「徐行」爲「按節」。則舊作「按節徐行」。

望崦嵫而勿迫。

崦嵫，日所入山也。下有蒙水，水中有虞淵。迫，附也。言我恐日暮年老，道德不施，欲令日御按節徐行，望日所入之山，且勿附近，冀及盛時，遇賢君也。

【疏證】

崦嵫，日所入山也。下有蒙水，水中有虞淵。◎文選明州本無注。唐寫本、尤袤本、秀州本、明州本無「下有蒙水水中有虞淵」九字，「入」下有「之」字，唐寫本亦無「之」字。案：黎本玉篇殘卷山部「崦」字：「楚辭『望崦嵫而勿迫』，王逸曰：『山名，下有[豪]（蒙）水，中虞淵，日所入也。』」則顧野王所據梁本有「下有蒙水水中有虞淵」九字也。慧琳音義卷七四「崦嵫」條：「楚辭『望崦嵫而勿迫』，王逸曰：『山名。下有豪（蒙）水，中虞淵，日所入也。』」卷九六「崦嵫」條引王逸注楚辭：「下有蒙水，中虞淵，日所入也。」慧琳所見舊本亦有「下有蒙水水中有虞淵」九字。又，文選集注陸善經：「崦嵫山下有濛水，濛水有虞淵。」後因陸注删之。文選卷三一江淹雜體詩郭弘農璞「崦山多靈草」，李善注：「楚詞曰：『吾令羲和弭節兮，望崦嵫而勿迫。』王逸曰：『崦嵫，山也。』」敚「日所入」三字。　騫公楚辭音作「奄茲」，謂「宜作崦嵫」，又曰：「山海經云：『西南三百六十里曰⿰山弇嵫之山，上多丹木，其葉如穀，其實如瓜，赤華而黑理，食之已癉，可以御火。』注云：『日没所入山也。』禹大傳云：『洧盤水出⿰山弇嵫山也。』穆天子傳云：『遂驅陞于弇山，乃紀其迹于弇山之石而樹之。』案此弇山，即⿰山弇嵫山也。　大荒西經云：『西海陼中有神，人面鳥身，珥兩青蛇，踐兩赤蛇，名曰弇茲。』騫案：弇茲之神居此山，因以名焉，而加山旁。」⿰山弇、崦同。　補注：「山海經曰：『鳥鼠同穴山西南曰崦嵫。』又云：『西曰⿰山弇嵫之山。』淮南子云：『日入崦嵫，經細柳，入虞淵之汜。』」崦嵫，日所入山；崦茲之神，司日之降，故同日神帝俊，人面鳥身。　穆天子傳卷三「天子遂驅升于弇山」，郭璞注：「弇，弇茲山，日入所也。」楚簡無「崦」、「⿰山弇」字，但作「弇」。　上博簡（六）競（景）公虐：「女川（順）弇（掩）亞（惡）。」曾侯乙墓簡三一：「二⿰衤壽弇⿸戶酉。」一二二：「二鞥。」弇、鞥，皆古⿰革奄字，謂車具也。「崦嵫」，古但作「弇茲」，以言山，故益山旁也。　山海經卷二西山經謂之玉山。說文大部：「奄，覆也，大有餘也。从大、申。申，展也。」引申爲覆、蓋。　淮南子卷一九脩務訓「而知不足以奄之」，高注：「奄，蓋之也。」奄覆之則闇昧，故奄亦闇也。　文選卷一七傅毅舞賦「闇復輟已」，李善注：「闇，猶奄也，古人呼闇殆與奄同。」日不明謂之晻。　日部：「晻，不明也。从日、奄聲。」蔽日之山謂之崦，或作弇、⿰山弇，皆諧聲兼義。　左傳哀公八年「何故使吾水滋」，釋文：「滋，本又作茲。字林云：『黑也。』」奄茲之義取於闇黑。　居是山之神亦名奄茲，訓詁字作崦嵫。　騫公顛倒本末。

迫，附也。◎案：説文辵部：「迫，近也。从辵，白聲。」又曰：「近，附也。」迫之訓近、附、急，其義皆通。古之從白聲字有依附義。舟附岸曰泊，神附形爲魄，使人附爲伯，撫手曰拍。或通作薄。涉江「芳不得薄兮」，章句：「薄，附也。」易説卦「雷風相薄」，釋文引陸注：「薄，相附薄也。」

言我恐日暮年老，道德不施，欲令日御按節徐行，望日所入之山，且勿附近，冀及盛時，遇賢君也。◎正德本、隆慶本、湖北本、朱本、俞本、莊本、四庫章句本、馮本「不施」下有「不用」二字，「按」作「案」，「附近」作「附迫近」。案：有「不用」二字，羨也。按从手，不當从木。言我令羲和徐行，望崦嵫勿入者，以未及高陽之丘也。章句「冀盛時遇賢君」云云，鑿也。

路曼曼其脩遠兮，吾將上下而求索。

（曼曼，長也。）脩，長也。言天地廣大，其路曼曼，遠而且長，不可卒至，吾方上下左右，以求索賢人，與己合志者也。

【疏證】

曼曼，長也。◎諸本皆無此注。案：慧琳音義卷五一「流漫」條引王逸注楚辭云：「漫漫，長也。」卷九〇「淼漫」條引楚辭：「漫，長也。」曼、漫古今字。即章句遺義。上博簡（六）用曰：「曼曼柬柬（簡簡）亓頌（容）之作。」又，哀郢「曼余目以流觀兮」，章句：「曼，猶曼曼，遠貌。」悲回風「終長夜之曼曼兮」，章句：「曼曼，長貌。」曼長之義始於此，其注不當出於九章之後，故據慧琳音義補之。

脩，長也。◎正德本、隆慶本、劉本、湖北本、朱本、馮本、俞本、莊本、四庫章句本「脩」作「修」，無「也」字。案：修、脩古字通。方言卷一：「脩，長也。陳、楚之間曰脩。」脩遠，平列同義。

言天地廣大，其路曼曼，遠而且長，不可卒至，吾方上下左右，以求索賢人，與己合志者也。◎文選本「至」作「偏」，秀州本作「遍」。正德本、隆慶本、湖北本、劉本、朱本、馮本、俞本、莊本、四庫章句本「至」作「遍」，「志」下無「者」字。唐寫本「曼」作「㬅」。六臣本「曼」作「漫」。案：偏、遍同。騫公楚辭音殘卷爲「卒偏」注音，則其所據本作「偏」。㬅，俗「曼」字。曼、漫古今字。又，章句比附時世，失旨。屈子上征之行，寓歸反本居。據湖南僮族、苗族、雲南納西族葬俗之送魂儀式，人死反歸於先祖之居，巫師誦開路經以導引。開路經以勸勉亡靈往先祖所由來，詳敘送魂之路程，乃其族遷徙之歷史，神魂必循其路回歸於其先祖之居。觀楚自開國至屈原之世已久矣，在殷商，甲骨卜辭已有載，若武丁世之卜骨有「舞于楚京」、「于楚又雨」，陳夢家殷墟卜辭綜述云，楚、京，即是鄘風定之方中「升彼虛矣，以望楚矣，望楚與堂，景山與京」之楚與京，在衛之濮上。楚族先人由衛之楚丘西遷，經陳留雍丘縣之老丘，再經鄭之祝融之墟，再經漢之附禺之山而後南征；至周，其「先王熊繹，辟在荆山，篳路藍縷，以處草莽，跋涉山林，以事天子」（見左傳昭公十二年），據有丹、淅之地，備歷開創之艱辛。又，清華簡（一）楚居，叙楚之季連自中土之鄗山、穴窮，再至洹水、般河，而後至楚京，至熊繹始遷至夷屯，熊渠徙發漸，熊摯徙房陵，武王徙免，乃都郢。歷春秋至戰國，開拓疆土，富國强兵，遂崛起南國，與中原諸侯抗衡。此諒爲漫長且艱難之路。楚之始祖在濮陽之帝高陽。屈原魂歸先居之冥途，乃循其先人南遷之歷程而一路上行，令羲和，望崦嵫，經咸池，拂扶桑，皆日神所經所止，然其跋山涉水，則可謂脩遠且多艱也。皆不關「求賢」或「求君」。

飲余馬於咸池兮，

咸池，日浴處也。

【疏證】

咸池，日浴處也。◎文選本「浴處」作「所浴」。案：據下文「扶桑日所拂木也」，則舊作「日所浴」。楚辭言咸池者有四：一曰日所浴。二曰星名，九歌少司命云：「與女沐兮咸池，晞女髮兮陽之阿。」章句：「咸池，星名，蓋天池也。」三曰神名，七諫自悲：「哀人事之不幸兮，屬天命而委之咸池。」章句：「咸池，天神也。」四曰堯樂名，遠遊「張咸池奏承雲兮」，章句：「思樂黄帝與唐堯也。咸池，堯樂也。承雲，即雲門，黄帝樂也。」莊子卷四天運篇第一四：「帝張咸池之樂於洞庭之野。」卷五至樂篇第一八：「咸池、九韶之樂，張之洞庭之野。」帝，帝高陽或帝舜，皆楚之先祖，日神也。咸池爲日浴處，其以咸池爲樂者，高陽或帝舜之樂。東方朔海内十洲記：「扶桑在東海之東岸，岸直陸行，登岸一萬里東復有碧海。海廣狹浩汗與東海等。水既不鹹苦，正作碧色，甘香味美。」（説郛卷六六下）此咸池所以名。別名甘淵、甘水、天池。開元占經卷六九咸池星占七三引石氏星紀：「咸池三星，在天潢西北。」史記卷二七天官書：「西宫咸池，曰天五潢。」正義：「咸池，三星，在五車中，天潢南，魚鳥之所託也。」晉書卷一一天文志上：「天潢南三星曰咸池，魚囿也。」天潢，即天池。咸池初無東西之别，後以傅會日之陞降，則分咸池、昜谷爲二，昜谷在東，咸池爲西。章句「我乃往至東極之野，飲馬於咸池，與日俱浴」云云，以咸池在東，則存古義。

總余轡乎扶桑。

總，結也。扶桑，日所拂木也。淮南子曰：「日出湯谷，浴乎咸池，拂于扶桑，是謂晨明。登于扶桑，爰始將行，是謂朏明。」言我乃往至東極之野，飲馬於咸池，與日俱浴，以潔己身。結我車轡于扶桑，以留日行，幸得不老，延年壽也。

【疏證】

總，結也。◎文選唐寫本「總」作「揔」。六臣本、尤袤本、景宋本、正德本、隆慶本、劉本、湖北本、朱本、馮本、莊本、俞本「總」作「摠」。案：總、摠同。唐寫本文選卷五六陸士衡挽歌詩三首「揔轡頓重基」，李善注引王逸曰：「揔，繫也。」（今本文選卷二八陸士衡挽歌詩「揔轡」作「結轡」，且無引王逸注）漢書卷八七揚雄傳上「解扶桑之總轡兮」，應劭曰：「總，結也。」揔，俗總字。總、總亦同。說文糸部：「總，聚束也。从糸，悤聲。」段注：「謂聚而縛之也。」引申爲繫、結。

扶桑，日所拂木也。淮南子曰：「日出湯谷，浴乎咸池，拂于扶桑，是謂晨明。登于扶桑，爰始將行，是謂朏明。」◎文選本「乎」作「於」，無「是謂晨明登于扶桑」八字。唐寫本、明州本、建州本「淮南子曰」作「淮南言」，秀州本作「淮南子言」。六臣本、尤袤本「湯」作「暘」。正德本、隆慶本、劉本、湖北本、朱本、馮本、俞本、莊本、四庫章句本「湯」作「暘」，無「是謂晨明登于扶桑」八字。案：高誘淮南序：「光祿大夫劉向校定撰具，名之淮南。」班氏藝文志因向、歆父子七略，但題淮南，皆無「子」字，志又論儒家至小說，名曰諸子十家，後遂因之加「子」字。無「子」字，則存向之舊。又，章句引淮南見卷三天文訓，有「是謂晨明登于扶桑」八字。湯、暘，古字通用。漢書卷八七上揚雄傳「解扶桑之總轡兮」，應劭曰：「扶桑，日所拂木也。」則因章句。補注：「山海經云：『黑齒之北曰湯谷，有扶木，九日居下枝，一日居上枝，皆戴烏。』郭璞云：『扶木，扶桑也。』天有十日，迭出運照。』東方朔十洲記曰：『扶桑在碧海中，葉似桑樹，長數千丈，大二千圍，兩兩同根，更相依倚，是名扶桑。』説文云：『榑桑，神木，日所出。』」榑、扶通用。扶桑，即空桑。山海經卷一五大荒南經「有羲和之國」，郭注引歸藏啓筮：「空桑之蒼蒼，八極之既張。乃有夫羲和，是主日月，職出入，以爲晦明。」呂氏春秋卷五仲夏紀第五古樂：「帝顓頊生自若水，實處空桑，乃登爲帝。」空桑，帝顓頊所居。其裔孫生自空桑，死歸空桑。楚人以空桑爲其所歸之居。九歌大司命：「君回翔兮以下，逾空桑兮從女。」或名蟠木。大戴禮記第六二五帝德帝顓頊「東至于蟠木」。蟠、扶，聲之轉。秦、漢以後又敷演爲桃都樹。古玉圖譜卷二四引玄中記：「蓬萊之東，岱嶽之間，有扶桑之樹，樹高萬丈，樹巔常有天雞，爲巢於上。每夜半時則天雞鳴，而日中陽烏皆應之。陽烏鳴，則天下之雞皆鳴。」（見古小説鉤沈）類聚卷九一鳥部中「雞」條引玄中記：「東南有桃都山，上有大樹，名曰桃都，枝相去三千里。上有天雞，日初出，照此木，天雞即鳴，天下之雞皆隨之。」天雞，日烏所化。玄中記又云：「天下之高者，有扶桑無枝木焉；上至於天，下通三泉。」（見事類賦注卷二五引）齊民要術卷一〇、御覽卷九五五木部四桑引玄中記並云：「上至天，盤蜿而下，屈通三泉。」皆以扶桑爲頂天立地之木。四川廣安三星堆遺址出土銅器有「扶桑樹」，十鳥棲其上。長沙馬王堆漢墓帛畫天部右側有扶桑之木，上有九日，一日居上枝，載烏，八日居下枝。扶桑自下而上，塙乎「上至於天」，唯其爲畫面所限，無以畫「下通三泉」之形，然據其勢，通於天地。河南濟源縣軹成鄉漢墓有陶樹，通體施釉，上呈暗緑色，下呈黄色。樹顛有一鳥，首著淺冠，長頸。枝九出，上三枝亦皆有一鳥。其下有錐形之居，三裸人在焉，象鴻荒之世之先民生於此木者。桑，本作叒，叒部：「叒，日初出東方湯谷，所登榑桑。叒，木也。象形。」叒，從三又。又，手也。桑之葉狀人掌。叒，象衆掌之形。掌者，撐也，扶也。撐扶日陽之木謂之榑叒。包山楚左尹邵𬀩墓有子母口奩器，其蓋外壁畫木五，葉兩兩相對，委垂皆象人之掌，楚人所繪畫之榑叒也。山東大汶口文化遺址（距今五千餘載），是東夷先民文化遺存，出土陶罐刻畫有「」文，于省吾釋旦，唐蘭釋昃，皆非。是爲魯南大汶口先民之族徽。中從，象載日之烏。下從，象人之掌。掌伸五指，上以託日，爲榑叒之原始。淮南「拂于扶桑」云云，拂，通作曊，日所照也。卷四墬形訓：「扶木在陽州，日之所曊。」高注：「曊，猶照也。」

言我乃往至東極之野，飲馬於咸池，與日俱浴，以潔己身。結我車轡于扶桑，以留日行，幸得不老，延年壽也。◎文選六臣本、尤袤本「我」上無「言」字。秀州本「年壽也」作「年益壽」。正德本、隆慶本、湖北本、朱本、馮本、俞本、莊本、劉本、四庫章句本「年壽」下有「高大」二字。案：無「言」，敓也。有「益」、「高大」，皆羨也。文選卷二一郭璞游仙詩「六龍安可頓」，李善注：「楚辭曰：『貫鴻濛以東揭兮，維六龍於扶桑。』王逸曰：『結我車轡於扶桑以留日，幸得延年壽也。』」離騷「總余轡乎扶桑」句下注文，而竄於九歎遠遊注，無「高大」二字。卷五九沈約齊故安陸昭王碑文「六龍頓轡」，李善注引「留日」下有「行」字。漢書卷八七上揚雄傳「解扶桑之總轡兮」，晉灼云：「屈原言結我車轡於扶桑，以留日之入，人年得不老。日以喻君，而反離朝自沈，解轡縱君，使遂奔馳也。」晉氏因章句爲説。總轡扶桑，猶戲遊高陽所居，非「以留日行辛得不老延年壽」也。

折若木以拂日兮，

若木，在崑崙西極，其華照下地。拂，擊也。一云：蔽也。

【疏證】

若木，在崑崙西極，其華照下地。◎文選唐寫本、明州本、建州本「崑崙」作「崐崘」，馮本訛作「崙崙」。案：淮南子卷四墬形訓：「若木在建木西，末有十日，其華照下地。」即章句所因。補注：「山海經：『南海之內、黑水之閒，有木名曰若木，若水出焉。』又曰：『灰野之山，有樹青葉赤華，名曰若木。』日所入處，生崑崙西，附西極也。然則若木有二，而此乃灰野之若木歟？」洪引山海經，前者見卷一八海內經，「黑水」下有「青水」二字；後者見大荒北經，「灰野」作「洞野」，下云：「上有赤樹，青葉赤華，名曰若木。」而「生崑崙西，附西極也」，因郭璞注竄亂之。郝注云：「文選月賦注引此經，『若木』下有『日之所入處』五字，曰：離騷云：『折若木以拂日。』王逸注云：『若木，在崑崙西極，其華照下地。』疑郭注當在經中。」其説是也。若木，即扶桑，本在日出之居，非在崑崙西極。天問：「羲和之未揚，若華何光？」章句：「言日未出之時，若木何能有明赤之光華乎？」末以若木居西極。說文：「叒，日初出東方湯谷，所登榑桑，叒木也。桑，蠶所食葉木，从叒、木。」段注：「離騷『總余轡乎扶桑』、『折若木以拂日』二語相聯，蓋若木即謂扶桑，扶若字，即榑叒也。」山海經卷九海外東經：「湯谷上有扶桑，十日所浴，在黑齒北。居水中，有大木。九日居下枝，一日居上枝。」注云：「大荒經又云：一日方至，一日方出。明天地雖有十日，自此以次第迭出運照，而今俱見，爲天下妖災，故羿稟堯之命，洞其靈誠，仰天控弦，而九日潛退也。」若水，即桑水。卷一八海内經：「昌意降處若水，生韓流。取淖子，曰阿女，生帝顓頊。」郭注引竹書：「昌意降居若水，産帝乾荒。乾荒即韓流也，生帝顓頊。」又引世本：「顓頊母，濁山氏之子，名昌僕。」郝注曰：「大戴禮帝繫篇云，昌意取蜀山氏之子，謂之昌僕氏，産顓頊。郭引世本作濁山氏，濁、蜀古字通，濁又通淖，是淖子即蜀山氏也。」呂思勉讀史札記：「蜀山氏之蜀，乃涿鹿、獨鹿之單呼；其字可作濁，亦可作淖。乃望文生義，附會爲後世之蜀地，豈不謬哉？」（見少昊考）則山海經若水，不當附會爲「在崑崙西極」之若水。若木在東裔。

拂，擊也。一云：蔽也。◎文選本、莊本無「一云蔽也」四字。案：下文注云：「或謂：拂，蔽也。」與「一云蔽也」複。舊無「一云蔽也」四字。拂、蔽，古字通用。九章懷沙「脩路幽蔽」，史記卷八四屈原列傳引作「幽拂」。說文手部：「拂，過擊也。从手、弗聲。」徐鍇云：「擊而過之也。」

朱駿聲說文通訓定聲：「隨擊隨過，蘇俗語謂之拍也，與拭略同。」引申爲擊。蔽，從艸、敝聲。㡀部：「敝，帗也，一曰敗衣。从㡀、从攴，㡀亦聲。」詩鴻雁序鄭箋「宣王承厲王衰亂之敝而起」，孔疏：「衣服破壞謂之弊。」甲文敝字象擊巾除塵。衣破敗者多塵垢，引申爲敗衣、擊拭。或作撆。手部：「撆，飾（拭）也。一曰擊也。」或作撇。文選卷五一王褒四子講德論「故膺騰撇波而濟水」，李善注：「撆與撇同也。」卷七甘泉賦「浮蠛蠓而撇天」，李善注引張揖三蒼注：「撇，拂也。」水部：「潎，於水中擊絮也。从水、敝聲。」撇之別字。拂之言擊、蔽，則皆通也。

聊逍遥以相羊。

聊，且也。逍遥、相羊，皆遊也。言己總結日轡，恐不能制，年時卒過，故復轉之西極，折取若木，以拂擊日，使之還去，且相羊而遊，以俟君命也。或謂：拂，蔽也。以若木鄣蔽日，使不得過也。

【疏證】

聊，且也。◎案：聊之爲且，猶略且、權且。詩泉水「聊與之謀」，毛傳：「聊，願也。」願，冀欲也。鄭箋：「聊，且略之辭。」說文耳部：「聊，耳鳴也。从耳、卯聲。」無聊賴義。段君以聊賴之字爲憀，曰：「憀，憀賴也。」心部：「憀，憀然也。」憀然，即懰然。朱駿聲說文通訓定聲謂作「憭然」，哀慼貌。漢書卷九七外戚傳「懰慄不言」，顔師古注：「懰慄，哀愴之意也。」憀，非聊賴字。聊，留也。田部：「留，止也。」引申爲賴、恃，古以聊字爲之。九章惜往日：「焉舒情而抽信兮，恬死亡而不聊。」言恬於死亡而不賴生。悲回風：「憐思心之不可懲兮，證此言之不可聊。」言此言不足賴恃。招隱士「歲暮兮不自聊」，言歲晚暮不可待。虚化之爲姑且、且略之詞。或借作俚。方言卷三：「俚，聊也。」郭璞注：「謂苟且也。」莊子卷三天地第一二「執留之狗成思」，釋文：「留，一本作狸。」聊之爲俚，猶狸之爲留。

逍遥、相羊，皆遊也。◎文選本「逍遥」作「須臾」。唐寫本「遊」作「游」。案：騫公楚辭音殘卷：「嬃臾，本或作消摇二字，非也。嬃臾者，謂待卜日也。」其所據本作「嬃臾」。嬃臾、須臾、逍遥、消摇皆同，古本文質，舊作「須臾」。文選卷九班彪北征賦「聊須臾以婆娑」祖構於此，則其所據本作「須臾」。補注據五臣作「逍遥」。游、遊同。章句解逍遥、相羊爲戲遊，未可移易。騫公以「嬃臾」解「待卜日」，非也。逍遥，北大簡（五）反淫作「埍垗」，音同。或作招摇（史記卷四七孔子世家「招摇市過之」，集解：「徐廣曰：『招摇，翺翔也。』」）或作須摇（漢書卷二五下郊祀志）、摇捎（淮南子卷二俶真訓）等。相羊，或作相佯（九懷危俊）、翔佯（莊子卷五山木第二〇）、相翔（周官禁暴）、儴佯（後漢書卷五九張衡傳）、襄羊（史記卷一一七司馬相如列傳）、尚羊（楚辭惜誓）、倘佯（淮南子卷六覽冥訓）、儴徉（集韻下平聲第十陽韻）、倡佯（唐郭遐周詩）、猖佯（柳宗元天對）、尚陽（古文苑卷六黄香九宫賦）、當羊（今本文選卷一九高唐賦皆作「當年」，誤也）、周章（九歌雲中君）、舟張（虞書大傳）等，則未可勝計。今俗語曰遊蕩，則其遺義。

言己總結日轡，恐不能制，年時卒過，故復轉之西極，折取若木，以拂擊日，使之還去，且相羊而遊，以俟君命也。或謂：拂，蔽也。以若木鄣蔽日，使不得過也。◎文選唐寫本、尤袤本「遊」作「游」，無「鄣」字。六臣本、尤袤本「過」下無「也」字。唐寫本「總」作「惚」，秀州本、明州本、建州本作「揔」。正德本、隆慶本、劉本、湖北本、朱本、俞本、莊本、馮本、四庫章句本「不能制」下有「也」字，「俟」作「待」。案：「或謂」云云，漢世舊説，叔師存之以廣博聞。鄣，蔽也。又，文選卷四二曹植與吳季重書「折若木之華」，李善注：「楚辭曰：『折若木以拂日兮，聊逍遥以相佯。』王逸曰：『若木在崑崙，言折取若木以拂擊蔽日，使之還却也。』」以「去」作「却」。却，復也，還也。據義，則舊作「還却」。

前望舒使先驅兮，

望舒，月御也，月體光明，以喻臣清白也。

【疏證】

望舒，月御也，月體光明，以喻臣清白也。◎文選尤袤本、明州本、建州本、秀州本「清白」下無「也」字。案：文選卷八羽獵賦「望舒彌轡」、卷一五歸田賦「係以望舒」、卷二四陸機贈尚書郎顧彦先二首「望舒離金虎」、卷二九張協雜詩十首「望舒四五圓」、卷三五張協七命「悼望舒之夕缺」、卷五八謝玄暉齊敬皇后哀策文「素舒佇德」，李善注並引王逸曰：「望舒，月御也。」無「月體光明以喻臣清白也」十字。書鈔卷一五〇天部二月四「月馭」條引「御」作「馭」。楚辭及漢世紹騷之作，凡神遊役使神怪靈獸，皆以風、雨、雲、雷連類並舉。九歎遠遊：「淩驚雷以軼駭電兮，綴鬼谷於北辰。鞭風伯使先驅兮，囚靈玄於虞淵。」文選卷八揚雄羽獵賦：「飛廉雲師，吸嚊潚率。」卷一五張衡思玄賦：「豐隆軯其震霆兮，列缺曄其照夜。雲師䨺以交集兮，凍雨沛其灑途。」類聚卷二天部下「雨」條引楚辭：「令飄風兮先駈，使凍雨兮灑塵。」淮南子卷一原道訓：「令雨師灑道，使風伯掃塵，電以爲鞭策，雷以爲車輪。」其「先驅」者，非風伯必雨師，無爲月御望舒者。望舒爲月御，與飛廉並舉不相類。漢書卷八七上揚雄傳：「鸞皇騰而不屬兮，豈獨飛廉與雲師？」因此而反其事，揚雄固未以望舒爲月御而爲雲師。風興雲起，其義相屬。九歌雲中君洪氏補注引文選注：「雲師，屏翳。」望舒，屏翳之訛。望，方也，古字通用。方，并也。説文方部：「方，併船也。」方、併亦通。爾雅釋言孫炎注：「方，水中爲泭筏也。」方即舫，并木爲舟。文選卷二八陸雲日出東南隅行「方駕揚清塵」，李善注引鄭玄儀禮注：「方，併也。」并、併通。鮑照結客少年場行「方駕自相求」，方駕，併駕。糸部：「縑，并絲繒也。」段注：「謂駢絲爲之，雙絲繒也。」呂氏春秋

『昔吾所亡者，紡緇也；今子之衣，禪緇也。以禪緇當紡緇，子豈有不得哉？』任氏大椿曰：『禪緇即單緇也。』余謂此紡即方也。并絲曰方，猶併船曰方。」管子卷九霸言第二三：「夫先王之争天下也，以方心；其立之也，以整齊。」方心，猶後漢書卷六四趙岐傳「并心」。尹注「心方而最」云云，非是。淮南子卷一三氾論訓：「乃爲窬木方版，以爲舟航。」高注：「方，竝也。」并、竝古字通。書微子：「小民方興，相爲敵讎。」史記卷三八宋微子世家作「小民乃并興」。荀子卷一二正論第一八：「故象刑殆非生於治古，並起於亂今也。」漢書卷二三刑法志并作方。書呂刑：「方告無辜于上。」孔傳：「方方各告無罪於天。」孔疏：「言其處處告也。」以「方」爲「并」。儀禮卷一二鄉射禮第五「不方足」，鄭注：「方，猶併也。」望、屏例得通用。舒、羽古字通。詩鴇羽「集于苞栩」，毛傳：「栩，杼也。」栩，從羽聲，杼、舒皆從予聲；舒之通羽，例杼之通栩。羽，本作翳，爛敚上「殹」訛作「羽」，音變又爲「舒」。屏翳，雨師名，或作蓱翳。天問：「蓱號起雨，何以興之？」章句：「蓱，蓱翳，雨師名也。」短言之曰畢，長言之曰屏翳。風俗通義卷八風伯：「雨師者，畢星也。」周禮卷一八春官第三大宗伯：「以槱燎祀司中、司命、飌師、雨師。」鄭注：「雨師，畢也。」蔡邕獨斷：「雨師神，畢星也。其象在天能興雨。」詩漸漸之石「月離于畢，俾滂沱矣」。平入對轉或作媚。殷商卜辭有「多媚從雨」之占。媚，雨師。風俗通義卷八雨師：「玄冥，雨師也。」玄冥，水神，帝顓頊之精。

後飛廉使奔屬。

飛廉，風伯也，風爲號令，以喻君命。言己使清白之臣如望舒，先驅求賢，使風伯奉君命於後，以告百姓。或曰：駕乘龍雲，必假疾風之力，使奔屬於後。

【疏證】

飛廉，風伯也，風爲號令，以喻君命。◎文選唐寫本「號」作「号」。唐寫本、明州本、建州本、尤袤本「喻」作「諭」。莊氏以「風伯也」三字爲「誤入」。案：喻、諭同。号、號古字通。風俗通義卷八風伯「飛廉，風伯也」即因章句。知漢本有此三字也。文選卷八司馬長卿上林賦「椎蜚廉」、卷一八成公綏嘯賦「飛廉鼓於幽隧」、卷二九張協雜詩「飛廉應南箕」、卷三五張協七命「飛廉扇炭」李善注、卷五五陸機演連珠「而繼飛廉之功」，劉孝標注並引王逸曰：「飛廉，風伯也。」魏晉以下所據本皆無「神名」二字。又，九辯「從風雨而飛颺」，章句：「夫風爲號令，雨爲德惠，故風動而草木摇，雨降而萬物殖。故以風雨喻君。」七諫自悲「疾風過之湯湯」，章句：「風爲號令。」據此，則舊有「風爲號令以喻君命」。詩卷阿「飄風自南」，毛傳：「飄風，迴風也。惡人被德化而消，猶飄風之入曲阿也。」蘀兮「風其吹女」，鄭箋：「風喻號令也。喻君有政教，臣乃行之。」章句「風爲號令」云云，因詩義爲説。姜亮夫屈原賦校注：「飛廉合音即『風』字。風，今讀東韻者，古讀從凡聲，在咸韻，與廉聲爲古疊韻，故得相變也。風神之名由此起。」其説是也。聲之轉或作孛纜。説郛卷五五引雞林類事：「風曰孛纜。」宋孫穆以「孛纜」爲朝鮮語。李朝黄胤錫頤齋遺稿：「風曰波嵐，古曰勃嵐。此則西域所呼迅猛風爲毗嵐，亦爲毗藍之轉音也。」波嵐、勃嵐、毗嵐、毗藍，皆語之轉。黄氏「西域」云云，於朝鮮，猶稱中國，非漢人所稱西域。孛纜，因中土傳入朝鮮之語。或作焚輪。爾雅釋天郭注「焚輪」云：「暴風從上下。」詩谷風「習習谷風，維風及頽」，毛傳：「頽，風之焚輪者也，風薄相扶而上。」或作毗劉。釋詁：「毗劉，暴樂也。」桑柔作爆爍，訓飛散貌。原其語根，與披離、爛漫等爲語之轉。雹曰霹靂、潎裂，雷曰豐隆，皆取義於散飛。補注：「呂氏春秋曰：『風師曰飛廉。』應劭曰：『飛廉，神禽，能致風氣。』晉灼曰：『飛廉，鹿身，頭如雀，有角，而蛇尾豹文。』」淮南子卷二俶真訓「騎蜚廉而從敦圄」，高注：「蜚廉，獸名，長毛有翼。」文選卷三東京賦「龍雀蟠蜿」，薛綜注：「龍雀，飛廉也。」沈括夢溪筆談卷一九器用「古器」條：「予昔年在姑熟王敦城下土中得銅鉦。其鉦中間鑄一物，有角，羊頭。其身亦如篆文，如今時術士所畫符。傍有兩字，乃大篆『飛廉』字。篆文亦古怪。則鉦間所圖蓋飛廉也。飛廉，神獸之名。」飛廉，神鳥。洛陽有漢世石獸，頭有角，如雀，身有翅，似鹿，爲奔騰狀，即飛廉也。長沙馬王堆漢墓「丁」形帛畫，於上部日月之下、二龍之間各有著衣神獸，頭有角，似鹿，作飛行狀，亦飛廉也。清華簡（二）繫年「飛廉」作「飛曆」，商之舊臣，秦之先祖也。此歷史人物，非神名也。

言己使清白之臣如望舒，先驅求賢，使風伯奉君命於後，以告百姓。或曰：駕乘龍雲，必假疾風之力，使奔屬於後。◎文選本無「或曰」以下十七字。唐寫本「百姓」下有「也」字。正德本、隆慶本、劉本、湖北本、朱本、馮本、莊本、四庫章句本「以告百姓」下有「飛廉風伯神名也」七字，「屬於後」下有「也」字。案：「或曰」者，漢世舊説，章句存以備考。或本删之。「以告百姓」下有「飛廉風伯神名也」七字，竄亂之文。又，奔屬，章句未解其義。奔，謂奔走，四輔職事。屬，係屬也。又，章句「必假疾風之力」云云，疾，大也。爾雅釋言：「疾，壯也。」釋詁：「壯，大也。」山海經卷一六大荒西經「疾呼無響」，言大呼無響。荀子卷一勸學第一：「聲非加疾也，而聞者彰。」加疾，謂加大也。疾風，謂大風、飇風也。

鸞皇爲余先戒兮，

鸞，俊鳥也。皇，雌鳳也。以喻仁智之士。

【疏證】

鸞，俊鳥也。皇，雌鳳也。以喻仁智之士。◎文選本「仁智」作「明知」。尤袤本、六臣本「之士」下有「也」字。唐寫本「雌鳳」作「鳳雌」。尤袤本、六臣本「雌鳳」下無「也」字。正德本、隆慶本、劉本、湖北本、朱本、俞本、莊本「雌鳳」作「鳳雌」。正德本、隆慶本、劉本、湖北本、朱本、馮本、俞本、莊本、四庫章句本「之士」下有「也」字。案：鳳雌，「雌鳳」之乙。據義，舊作「仁智」。作「明知」，蓋因下作「我使鳳鳥明智之士」改也。書益稷「鳳皇來儀」，孔傳：「雄曰鳳，雌曰皇。」是章句所因。補注：「山海經：『女牀山有鳥，狀如翟而五采畢備，聲似雉而尾長，名曰鸞。見則天下安寧。』瑞應圖曰：『鸞者，赤神之精，鳳皇之佐也。』爾雅曰：『鶠鳳，其雌皇。』」皆以鸞、皇爲二鳥名。鸞皇、屏翳、飛廉、雷師，儷偶並舉，鸞皇，一鳥名。漢書卷八七上揚雄傳「鸞皇騰而不屬兮」，應劭曰：「鸞皇，俊鳥也。」鸞皇，屈原魂遊帝居導引之使，無寓意君臣。章句「以喻仁智之士」云云，誣也。

雷師告余以未具。

雷爲諸侯，以興於君。言己使仁智之士如鸞皇，先戒百官，將往適道，而君怠墮，告我嚴裝未具。

【疏證】

雷爲諸侯，以興於君。◎文選尤袤本、六臣本無「於」字。案：補注：「春秋合誠圖云：『軒轅主雷雨之神。』一曰，雷師，豐隆也。」古微書引河圖帝紀通：「雷者，天地之鼓也。」又云：「黄帝以雷精起。」史記卷二七天官書「軒轅黄龍體」，正義：「陰陽交感，激爲雷電，和爲雨，怒爲風，亂爲霧，凝爲霜，散爲露，聚爲雲氣，立爲虹蜺，離爲背璚，分爲抱珥。二十四變，皆軒轅主之。」以雷師爲司風雨雲霧之神，帝軒轅氏主之。又，天官書：「權，軒轅。」緩言爲軒轅，促言爲權。權司天地，至高無上者則名軒轅。雷象君威，故軒轅氏爲雷師。此北方宗教。南土酷熱，山林險隘，多迅雷急雹，飄風暴雨，山鬼：「雷填填兮雨冥冥。」楚俗敬雷、畏雷，隆祀雷神，然其位猶在高陽氏下。楚之雷神，象火，其先祝融庶幾當之。左傳昭公二十九年：「火正曰祝融。」國語卷一六鄭語：「以淳燿惇大天明地德，光照四海，故命之曰祝融。」祝融，豐隆之聲轉，所以象雷聲。楚公逆鐘有「吳雷」，楚世家作吳回。吳回謂之祝融。論衡卷六雷虛篇第二三：「圖畫之工，圖雷之狀，纍纍如連鼓之形，又圖一人若力士之容，謂之雷公。使之左手引連鼓，右手推椎，若擊之狀。其意以爲雷聲隆隆者，連鼓相扣擊之意也。其魄然若敝裂者，椎所擊之聲也。」是漢之舊説。包山楚簡雷作靁，象衆輪之形。又，山海經卷一四大荒東經「橛以雷獸之骨」，郭注：「雷獸，即雷神也。」卷一三海内東經：「雷澤中有雷神，龍身而人頭，鼓其腹，在吳西。」淮南子卷四墬形訓：「雷澤有神，龍身人頭，鼓其腹而熙。」然楚人雷神祝融，炎帝之精，其神爲赤離，鳳之屬。俗圖畫雷公之神，鳥喙，身有雙翼，存其遺義。又，雷師，無所寄寓。章句「以興於君」云云，誣也。

言己使仁智之士如鸞皇，先戒百官，將往適道，而君怠墮，告我嚴裝未具。◎文選本「智」作「知」。唐寫本「未具」下有「也」字。案：知、智，古今字。又，章句「而君怠墮」云云，墮，讀如惰，古字通用。論語卷九子罕「語之而不惰者」，邢疏：「惰，謂懈惰也。」

吾令鳳鳥飛騰兮，繼之以日夜。

言我使鳳鳥明智之士飛行天下，以求同志，續以日夜，冀相逢遇也。

【疏證】

言我使鳳鳥明智之士飛行天下，以求同志，續以日夜，冀相逢遇也。◎文選本「鳥」作「皇」，「智」作「知」，「相逢遇」作「逢遇之」。秀州本無「我」字。俞本「遇」作「偶」。案：據義，舊作「智」。偶，譌也。無「我」，敓之也。章句説以時世君臣，「求同志」云云，非也。大招：「魂乎歸徠，鳳皇翔只。」鳳鳥，楚之精靈，爲楚族之保護神。北大簡（四）荆決：「鳳鳥不處，羊羊四國。我欲見之，多害不得。」又云：「玄鳥朝飛，羊羊翠羽，與人偕行，其身獨處。」而楚人反本，必引鳳皇爲其前導之使。清陳元龍格致鏡原卷八一諸鳥引崔豹古今注（今本無此文）：「楚魂鳥，一曰亡魂。或云楚懷王與秦昭王會於武關，爲秦所執，因咸陽不得歸，卒死於秦，後於寒食月夜，入見於楚，化而爲鳥，名楚魂。」懷王死，化爲鳥，寓其精魂歸反先祖，非謂「楚魂」之鳥由懷丅出。楚俗招魂有秦篝之具，鳥之所棲。長沙陳家大山楚墓人物龍鳳帛畫前有導引之神鳥，包山邵𰿫墓棺蓋以繡有鳳紋之衾，内壁畫以鳳皇之飾，寓其導引死者魂魄反本先祖。鳳鳥日夜飛騰，以導引屈子魂魄反歸先祖之居。包山楚左尹邵𰿫墓出土之器子母口奩，其蓋外壁畫以人物車馬禽獸。胡雅麗氏謂分五組，目之以先秦古世「聘禮」圖，類出行、迎賓。其説似是而非。覽觀其畫，本一長軸，所言之事一以貫之，不當割分爲五。據畫所敘，蓋邵㐌歸本先祖之喪葬圖。自右嚮左行者有三輿，首一輿有三人，著黄衣，手軾於欄者，邵㐌也。車右亦著黄衣，侍於邵㐌側。御者著青衣，執策控轡作御狀，三馬馳驅安行。車前有一人在扶桑下，作拜迎狀，先驅之使。輿後一人持殳隨行，先戒之屬。先戒之後有三人作奔走狀，奔屬之列。輿上有一青黄之旌，以爲導魂之幡。則此輿猶遺策「羊車」。羊車即祥車，喪車也。奔屬後有一車，三人，駕二馬，有幡旌。幐車也。其主較邵㐌小，狀婦人，邵㐌侍從。輿後有扶桑之木，作冥間之界。其後尾隨一車，三人，駕三馬，而無幡旌。送喪之車也。邵氏所乘之前有十一人，五人側立，屬冥間之侍者，二人右嚮行，冥間出迎之使。有一車右嚮止息，御者在上，二人下車左嚮行，亦先驅，其前一人爲主使，後一人屬參乘。一人與主使相對而行，冥間出行主使也。八鳥左嚮飛行，一鳥右嚮欲止扶桑，可謂「鳳鳥之飛騰兮繼之以日夜」，皆導引之使。執屈子上征求帝之文以釋子母口奩畫，則無不吻合。二者可得參證，能發千年之秘。惟畫以寫實，而屈子説以神話。

飄風屯其相離兮，

回風爲飄。飄風，無常之風，以興邪惡之衆。屯其相離，言不與己和合也。

【疏證】

回風爲飄。飄風，無常之風，以興邪惡之衆。◎文選本「爲」作「曰」，無「之衆」二字。唐寫本「邪」作「耶」。正德本、隆慶本、劉本、湖北本、朱本、馮本、俞本、莊本、四庫章句本「衆」下有「也」字。案：作「耶」，訛也。回風爲飄，因爾雅釋天，郭注：「旋風也。」李巡云：「一曰飄風，別二名也。」説文風部有飄、飆二字，曰：「飄，回風也。从風、票聲。」又曰：「飆，扶搖風也。从風、猋聲。」段注：「回者，般旋而起之風，莊子所謂『羊角』，司馬云：『風曲上行若羊角也。』釋天云：『迴風爲飄。』匪風毛傳同。按：何人斯傳曰：『飄風，暴起之風。』依文爲義，故不云回風。」又注「飆」曰：「司馬注莊子云：『上行風謂之扶搖。』釋天曰：『扶搖謂之猋。』郭云：『暴風從下上。』按：爾雅、月令用古字，陸云：『字林作飆。』不言説文，此等舉一以包二耳。」詩匪風「匪風飄兮，匪車嘌兮」，毛傳：「回風爲飄。嘌嘌，無節度也。」章句「以興邪惡之衆」云云，則因毛詩。

屯其相離，言不與己和合也。◎文選本無注。案：刪之也。屯其，猶「紛其」、「忽其」句法，飄風急遽無常貌。屯，頓之省，猶俄頃也。漢書卷四八賈誼傳：「賤人安宜得如此而頓辱之哉。」章句以「屯」爲「積聚」，非也。

帥雲霓而來御。

雲霓，惡氣，以喻佞人。御，迎也。言己使鳳鳥往求同志之士，欲與俱共事君，反見邪惡之人相與屯聚，謀欲離己。又遇佞人相帥來迎，欲使我變節以隨之也。

【疏證】

雲霓，惡氣，以喻佞人。◎文選唐寫本「佞」作「倿」。正德本、隆慶本、劉本、湖北本、朱本、馮本、俞本、莊本、四庫章句本「惡氣」下有「也」字。案：作「倿」，訛也。雲霓，無所興寄，章句「喻佞人」云云，誣也。補注：「霓，通作蜺。文選云『雲旗拂霓』，又云『俯而觀乎雲霓』。沈約郊居賦云『雌霓連蜷』。並讀作側聲。司馬温公云：『約賦但取聲律便美，非霓不可讀爲平聲也。』爾雅『蜺爲挈貳』。說文：『霓，屈虹，青赤或白色，陰氣也。』郭氏云：『雄曰虹，謂明盛者；雌曰蜺，謂暗微者。』虹者，陰陽交會之氣，雲薄漏日，日照雨滴，則虹生也。」霓分平、入，非古音。古但讀入聲，不關沈約製律。宋玉舞賦協絶、蜺、列、悦。霓，許氏爲「屈虹」。屈，短也，小也。字从兒聲，兒，小兒也，引申爲小、弱。雄爲大，雌爲小。鯨之雌謂之鯢，蟲似蟬而小青赤者謂之蜺，鹿子曰麑，則虹之雌而色暗弱者則爲霓，皆通也。爾雅釋天：「蜺爲挈貳。」郭注：「蜺，雌虹也。挈貳，其别名。」挈貳，貳匹也。貳、兒，聲之轉。月令章句謂虹霓爲陰陽交接之氣，若陰陽不調、婚姻失序，生虹霓之象。古人視爲惡氣，故「以喻佞人」。又，此雲霓，連類及之，非謂雲、霓二物，雲也。孟子卷二梁惠王下：「民望之，若大旱之望雲霓也。」言民望君若望雲也。淮南子卷一原道訓：「昔者馮夷、大丙之御也，乘雲車，入雲蜺，游微霧，騖怳忽，歷遠彌高以極往。」言乘雲車以入雲也。下「揚雲霓之晻藹兮」同。

御，迎也。◎案：補注：「御，讀若迓。」包山楚簡迎迓字皆作「御」。朱季海楚辭解故：「離騷下云：『百神翳其備降兮，九疑繽其並迎。皇剡剡其揚靈兮，告余以吉故。』洪氏補注：『迎，魚慶切，迓也。』此今音也。屈賦迎與故叶，即讀如御。此七國楚音。『來御』依章句即謂『來迎』，疑故書止作『迎』，與下文同。」楚語多陰聲，陽聲之迎讀如陰聲之御。御，抵御，無迎義。迓，未見説文，或作訝。左傳成公十三年「迓晉侯于新楚」，公羊傳成公二年「使眇者迓眇者」，何休注：「迓，迎也。」釋文並云：「迓，本又作訝。」言部：「訝，相迎也。从言、牙聲。」魚、鐸對轉則作逆。辵部：「逆，迎也。關東曰逆，關西曰迎。」楚音爲御。

言己使鳳鳥往求同志之士，欲與俱共事君，反見邪惡之人相與屯聚，謀欲離己。又遇佞人相帥來迎，欲使我變節以隨之也。◎文選本「鳥」作「皇」。唐寫本「俱」下無「共」字，「邪」作「耶」，「佞」作「倿」。六臣本、尤袤本「隨之」下無「也」字。案：雲霓來御，敷張其行遊之威儀，絕無託寓。章句「遇佞人相帥來迎，欲使我變節以隨之」云云，妄相比附。非也。

紛總總其離合兮，

紛，盛多貌。總總，猶僔僔，聚貌。

【疏證】

紛，盛多貌。◎文選本無注。案：紛之爲「盛多」，詳參上「紛吾既有此内美兮」注。文選集注陸善經：「紛，衆多貌。」則有注者，因陸注竄入。

總總，猶僔僔，聚貌。◎文選本、正德本、隆慶本、湖北本、劉本、朱本、馮本、俞本、莊本、四庫章句本「聚貌」下有「也」字。唐寫本「貌」作「皃」。案：皃，古貌字。文選卷七甘泉賦「齊總總以撙撙」，李善注引王逸曰：「總總，撙撙，束聚貌也。」有「束」字。僔、撙同。唐寫本作「緫緫聚皃也」，無「僔僔」、「束」三字。漢書卷八七上揚雄傳「齊總總撙撙」，顔師古注：「總總撙撙，聚貌也。」顔氏因章句，無「束」字。羅本玉篇殘卷系部「緫」字：「楚辭『紛緫緫其離合』，王逸曰：『緫緫，猶噂噂，聚皃也。』」僔、噂同，亦無「束」字，皆有「也」字。總、緫同。緫，俗字。説文糸部：「總，聚束也。从糸、悤聲。」有「束」者因説文增益之。人部：「僔，聚也。从人、尊聲。詩曰：『僔沓背憎。』」舊無「束」字。段注：「小雅十月之交曰：『噂沓背憎。』傳曰：『噂猶噂噂，沓猶沓沓。』箋云：『噂噂沓沓，相對談語。』許於口部既引之云『聚語』矣，此復引詩，字從人，云『聚也』。謂聚人非聚語，蓋三家詩駁文，兼引之耳。」廣雅：「『僔僔，衆也。』」總、僔，聲之轉。總總，周、秦語；僔僔，漢世語。或作蕁蕁，廣雅釋詁：「蕁蕁，聚也。」文選卷六魏都賦「嘉穎離合以蕁蕁」，劉逵注：

「説文曰：蕁，茂盛貌。」章句以「僔僔」解「總總」，所以通古今别語。則舊有「僔僔」二字。

斑陸離其上下。

斑，亂貌。陸離，分散也。言己游觀天下，但見俗人競爲讒佞，僔僔相聚，乍離乍合，上下之義，斑然散亂，而不可知也。

【疏證】

斑，亂貌。◎文選本「斑」作「班」，「貌」下有「也」字。唐寫本「貌」作「皃」。案：皃，古貌字。補注：「斑，駁文也。」説文作「辬」，文部：「駁文也。从文、辡聲。」段注：「謂駁雜之文曰辬也。引申爲凡不純之稱。辬之字多或體。易卦之賁字，上林賦之斒字，史記璸斒，漢書、文選玢豳，俗用之斑字，皆是。斑者，辬之俗。今乃斑行而辬廢矣。從文、辡聲。此舉形聲包會意。」辬之从辡，辡，辠人相與争訟，引申爲紛拏糾錯。文章駁雜字作辬。據義，斑，同易屯六二「乘馬班如」之班，孔疏引子夏傳：「班如者，謂相牽不進也。」釋文：「班，鄭本作般。」文選卷七甘泉賦「般倕棄其剞劂兮」，李善注：「般與班同。」卷二西京賦「奮鬣被般」，李善注：「般與班古字通。」史記卷八四賈生列傳：「般紛紛其離此尤兮，亦夫子之辜也。」集解：「孟康曰：『般音班。』或曰：盤桓不去。」索隱：「般音班，又音盤。槃桓也。」促言之曰般，緩言之曰盤桓，聲之轉爲俳徊、俳回、裴回、方皇、仿偟。又，遠遊「漫衍」，章句解「容裔」，亦其別文。

陸離，分散也。◎正德本、隆慶本、劉本、湖北本、朱本、馮本、俞本、莊本、四庫章句本「分」作「紛」。案：分散，分也。紛散，亂也。章句「上下之義斑然散亂」云云，則舊作「紛散」。陸離，隨文所施，訓散亂、訓參差、訓修長、訓光耀者，其義皆通。此「陸離」，同遠遊之「漫衍」，謂相屬貌。漢書卷四九鼂錯傳「曼衍相屬」，顏師古曰：「曼衍，猶聯延也。」斑陸離，盤桓往來，不絕於道也，章句「紛散」云云，其牽合於「俗人競爲讒佞，儔儔相聚，乍離乍合」，則失旨。

言己游觀天下，但見俗人競爲讒佞，儔儔相聚，乍離乍合，上下之義，斑然散亂，而不可知也。◎文選六臣本、尤袤本「斑」作「班」，「知」下有「之」字。唐寫本「斑」作「班」，「亂」作「乱」，「知」下無「也」字。秀州本「游」作「遊」。正德本、隆慶本、劉本、湖北本、朱本、莊本、馮本、俞本、四庫章句本「儔儔」下有「沓沓」二字。案：斑、班古字通。乱，俗亂字。有「沓沓」，羨也。章句「乍離乍合」云云，孟子卷三公孫丑上「今人乍見孺子將入於井」，趙注：「乍，暫也。」

吾令帝閽開關兮，

帝，謂天帝。閽，主門者也。

【疏證】

帝，謂天帝。◎文選本、正德本、隆慶本、劉本、湖北本、朱本、馮本、俞本、莊本、四庫章句本「天帝」下有「也」字。案：帝，即篇首帝高陽，楚之先、楚之上帝、天帝，類九歌之東皇太一。屈子自稱帝高陽之苗裔，其故居即在高陽之丘。

閽，主門者也。◎文選六臣本「者」下無「也」字。惜陰本、同治本「閽」作「閽」。案：閽、閽同。補注引說文：「閽，常以昏閉門隸也。」周禮卷一天官冢宰第一序官「閽人」，鄭注：「閽人，司昏晨，以啓閉者，刑人墨者使守門。」穀梁傳襄公二十九年「閽弒吳子餘祭」，閽，門者也，寺人也。」釋文：「閽音昬，守門人也。」楊疏：「以主門晨昏開閉謂之閽，以是奄豎之屬，故又謂之寺人也。」公羊傳襄公二十九年：「閽者何？門人也，刑人也。」何休注：「以刑爲閽。」孔子家語卷二致思篇第八：「刖者守門焉。」說苑卷一四至公：「刖者守門。」左傳莊公十九年：「鬻拳强諫楚子，楚子弗從，臨之以兵，懼而從之。鬻拳曰：『吾懼君以兵，罪莫大焉。』遂自刖，楚人以爲大閽。」刖，謂斷趾。閽人之足無趾，則無憑不立，是以曰「倚閶闔」。說文有「閹」字，曰：「門豎也。宮中奄昏閉門者。」奄昏，猶晻閽。閹，始於秦，未見三代所載。秦時宮人、侍人皆毀其陰，閽人亦未免，故司門者謂之閹人。帝閽主司通帝丘之門，司生死之塗，類司命之屬下。馬王堆漢墓帛畫上部天門，左右各有一人，皆無足趾，倚門而立，即帝閽也。

倚閶闔而望予。

閶闔，天門也。言己求賢不得，疾讒惡佞，將上訴天帝，使閽人開關，又倚天門，望而距我，使我不得入也。

【疏證】

閶闔，天門也。◎案：文選卷一六寡婦賦「閶闔兮洞開」，李善注：「楚辭曰：『倚閶闔而望兮。』王逸曰：『閶闔，天門。』」則「門」下無「也」字。慧琳音義卷八五「閶闔」條引王逸注楚辭：「天門也。」亦有「也」字。漢書卷八七上揚雄傳「西馳闛闔」，顏師古注：「闛闔，門名也。闛讀與閶同也。」補注：「説文云：『閶，天門也。闔，門扇也。楚人名門曰閶闔。』文選注云：『閶闔，天門也。』王者因以爲門，屈原亦以閶闔喻君門也。」朱駿聲離騷補注：「閶，亦門也。騷言『帝閽』，漢人因有『閶，天門』之訓，望文生義耳。」門部：「閶，閶闔，天門也。从門，昌聲。楚人名門皆曰閶闔。」宋本玉篇門部「閶」字：「閶闔，天門也。説文云：『楚人名門曰閶闔。』」皆同説文。許氏列二義，前者爲漢世通義，因離騷也。後者爲楚之通語。吴越春秋卷二載伍子胥造城，謂「立閶門者，以象天門，通閶闔風也」。吴郡志卷三：「昌門者，吴王闔閭所作也，名曰閶闔門。孫權記注：『閶門，吴西郭門，夫差作，以天門通閶闔，故名之。』」子胥，楚人，其所營造者皆因楚制。吴人名門爲閶闔，從楚俗也。姜亮夫楚辭通故：「以音義求之，閶闔即開合。閶從昌聲，有開義。

闔則古書多訓閉也。」其說得之。閶，昌聲。昌，古文作昌，俞樾曰：「古字蓋止作『昌』，從日、從口，會意。夜蓋羣動俱息，寂然無聲，至日出而人聲作矣，故其字從日從口，而其義則爲導矣。」王獻唐那羅延室稽古文字云：「歌唱以口，故昌字從口。其上作日者，原始人羣，衣褐難給，多取暖于日。黑夜伏處，苦乏燈燭。曉起見日初升，陽和被體，出幽暗之中，頓啓光明，不覺鼓舞歡呼，引其呼聲，而歌唱生焉。」又曰：「原人曉起見日而喜，喜而發唱，同類聞聲知曉，相率興作。習久成俗，遂以人司之，當曉日初出，即唱而報曉，呼醒衆人。其制沿爲周代雞人，周禮春官鷄人『夜呼旦以口嘂百官』是也。報曉原于歌唱，因曼引其聲，使人易于聽覺。後代唱名唱禮，亦曼聲张辭，名之爲唱。」又曰：「人豫知爲明發呼號，循聲而起，若由唱以引之。故引申字有導意。」(見周昌鉨考)皆得「昌」之原始。楚有摹擬雞鳴之聲以迎日之禮俗，漢初猶行此風。史記卷七項羽本紀「四面皆楚歌」，集解引應劭：「楚歌者，謂鷄鳴歌也。」漢已略得其地，故楚歌者多鷄鳴時歌也。」鷄鳴歌，類呼日所昌(唱)。閶，因於呼日之昌，開户以禮日。引申爲日出之門。闔，盍聲。盍，合也。門户合則作闔。天問「何闔而晦」，日落則闔，闔爲日入之門。閶闔，日神陟降之門。閶開則日升而明，闔合則日降而晦。省作昌盍。白虎通義卷六八風篇：「昌盍風至，戒收藏也。」或作當寒。御覽卷九天部九風引春秋考異郵：「閶闔者，當寒，天收也。」闔，寒之聲轉。或作闉闔。漢帝堯碑：「排啓闉闔。」乙爲闉闔，說文解「城曲重門」也。

言己求賢不得，疾讒惡佞，將上訴天帝，使閽人開關，又倚天門，望而距我，使我不得入也。◎文選本「疾讒惡佞」作「疾惡讒佞」，「訴」作「愬」。唐寫本「佞」作「倿」。六臣本、尤袤本「疾」作「嫉」。案：疾、嫉，訴、愬，古書皆通。惜誦「有招禍之道也」，章句：「言己疾惡讒佞，欲親近君側，衆人悉欲來害己，有招禍之道，將遇咎也。」則舊作「疾惡讒佞」。又，倚，依也，散則不別。對文因物曰倚，因事曰依。章句「倚天門」云云，所憑之物爲門。又，全後魏文卷七魏孝文帝弔殷比干墓文：「仰徒倚于閶闔兮，請帝閽而啓關。」祖構於此，則亦用「倚」。

時曖曖其將罷兮，結幽蘭而延佇。

曖曖，昏昧貌；罷，極也。言時世昏昧，無有明君，周行罷極，不遇賢士，故結芳草，長立有還意也。

【疏證】

曖曖，昏昧貌。◎文選唐寫本「貌」作「皃」，下有「也」字，尤袤本、六臣本作「昏貌」。正德本、隆慶本、劉本、湖北本、朱本、馮本、俞本、莊本、四庫章句本「昏」作「闇」。案：昏昧、闇昧義同。唐寫本文選卷五九陶潛詠貧士「曖曖虛中滅」、卷一六寡婦賦「時曖曖而向昏兮」，李善注引王逸曰：「曖曖，昏昧皃也。」慧琳音義卷九五「奄曖」條引王逸注楚辭：「曖，闇昧也。」文選卷四南都賦「晻曖蓊蔚」、卷二八謝靈運會吟行「輕雲曖松杞」，李善注引王逸注：「曖，闇昧貌。」敓一「曖」字。卷二三謝惠連秋懷詩「孤燈曖幽幔」，李善注引王逸注：「曖曖，闇昧貌。」卷三〇沈約學省愁臥一首「神宇曖微微」，李善引王逸楚辭注：「曖曖，暗昧貌。」暗、闇同。則唐本昏昧、闇昧並見。其作「昏貌」，爛敓之也。説文作䈇，竹部：「蔽不見也。从竹、愛聲。」段注：「竹善蔽，九歌曰『余處幽篁兮終不見天』是也。」愛，影母字，有蔽隱義。愛之言隱也。詩烝民「愛莫助之」，毛傳：「愛，隱也。」爾雅釋言：「薆，隱也。」薆、愛通用。詩静女「愛而不見」，方言卷六郭注引作「薆而不見」。史記卷一一七司馬相如列傳「觀衆樹之蓊薆兮」，索隱：「薆，謂隱也。」漢書卷五七下司馬相如傳「晻薆咇茀」，顔師古注：「薆字或作隱也。」愛、隱爲文、物對轉，同影紐雙聲。叢竹隱日爲䈇，日不明爲曖，皆訓詁字。重言之曰曖曖，訓昏昧、訓光微、訓日不明，其義皆通。或作藹藹。文選卷一六司馬相如長門賦「望中庭之藹藹兮」，李善注：「藹藹，月光微闇之貌。」或作晻曖，方言：「掩，薆也。」掩通作晻。晻、掩皆影母字。宋本玉篇日部：「晻曖，暗皃。」或作暗藹，後漢書卷五九張衡傳「臨舊鄉之暗藹」，李賢注：「暗藹，遠貌也。」或作蓊鬱。下「揚雲霓之晻藹」，章句：「晻藹，猶蓊鬱，蔭貌。」或作翳薈，廣雅釋詁：「晻䈇，翳薈，壅蔽障也。」因聲以求，則與夭閼、夭遏、雍害、廱偃等皆語之轉。

罷，極也。◎文選明州本、秀州本正文「罷」作「疲」，謂「逸本作『罷』」，注文亦作「疲」。建州本正文、注文皆作「罷」，謂「五臣作『疲』」。案：據此，明州本、秀州本皆以五臣注爲底本。疲本字，罷借字。周禮卷三四秋官司寇第五大司寇「以嘉石平罷民」，文選卷二西京賦注引罷作疲。左傳成公十六年「而疲民以逞」，釋文作罷，云：「本亦作疲。」周、秦曰疲，兩漢曰極。章句以「疲」解「極」，所以分别古今。極亦疲也。史記卷八四屈原列傳：「人窮則反本，故勞苦倦極，未嘗不呼天也。」倦極，平列同義。後漢書卷一一劉玄傳：「臣誠力極，請得先死。」力極，力疲也。卷八二下華佗傳：「人體欲得勞動，但不當使極耳。」世説新語卷上言語第二：「丞相小極，對之疲睡。」文學第四：「值王昨已語多，小極，不復相酬答，乃謂客曰：『身今少惡，裴逸民亦近在此，君可往問。』」又，章句「周行罷極」云云，罷極，平列同義，漢世習語。史記卷五秦本紀：「下罷極則以仁義怨望於上。」卷九二淮陰侯列傳：「能千里而襲我，亦以罷極。」卷一〇六吳王濞傳：「乃以全彊制其罷極，破吳必矣。」漢書卷一〇成帝紀：「百姓罷極，天下匱竭。」卷四五蒯通傳：「百姓罷極，無所歸命。」卷七〇陳湯傳：「兵來道遠，人畜罷極。」卷九四匈奴傳：「匈奴孕重墯殰，罷極苦之。」卷九九王莽傳下：「王邑晝夜戰，罷極，士死傷略盡。」

言時世昏昧，無有明君。周行罷極，不遇賢士，故結芳草，長立有還意也。◎文選唐寫本「世」作「俗」，秀州本、明州本作「代」。六臣本、尤袤本「草」下有「而」字。正德本、隆慶本、劉本、湖北本、朱本、馮本、俞本、莊本、四庫章句本「昏」作「闇」，「還意」下無「也」字。案：作「俗」，作

「代」，避唐諱。延佇，猶躊躇也，行不進貌。不當以訓詁字解之。詳參上「延佇乎吾將反」注。

世溷濁而不分兮，好蔽美而嫉妬。

溷，亂也。濁，貪也。言時世君亂臣貪，不別善惡，好蔽美德，而嫉妬忠信也。

【疏證】

溷，亂也。濁，貪也。◎文選唐寫本「亂」作「乱」，下有「皃」字。案：文選卷四七王襃聖主得賢臣頌「而不溷者」，李善注引王逸曰：「溷，亂也。」無「皃」字。宋本玉篇水部「溷」字：「楚辭云『溷濁而不分兮』，溷，亂也。」蓋因章句，亦無「皃」字。溷濁，亂不分貌。或作混濁，漁父：「舉世皆濁我獨清。」或作混沌，鶡冠子卷中泰鴻第一〇：「兩儀未分，其氣混沌。」或作渾沌，太玄經卷六馴：「渾沌無端，莫見其根。」或作困敦，爾雅釋天：「太歲在子曰困敦。」孫炎注：「困敦，混沌也。」無德行者名曰渾敦，左傳文公十六年：「帝鴻氏有不才子，掩義隱賊，好行凶德，天下之民謂之渾敦。」杜注：「謂驩兜。」孔疏：「混沌與渾敦，字之異耳。」渾沌、驩兜，聲之轉。倒乙曰濁穢，後漢書卷七四袁紹傳李賢注引獻帝春秋：「過惡烝皇天，濁穢薰后土。」因聲以求，隨文所施，別文有浩蕩、荒唐、糊塗、崑崙、囫圇等，則未可勝計。

言時世君亂臣貪，不別善惡，好蔽美德，而嫉妬忠信也。◎文選唐寫本「世」作「俗」，秀州本、明州本作「代」。六臣本、尤袤本「忠信」下無「也」字。同治本「妬」作「妒」。唐寫本「妬」作「姤」。案：作「俗」，避唐諱。妬、妒同。姤，俗妬字。章句「好蔽美德」云云，蔽，猶惡也。管子卷五法禁篇第一四：「以朋黨爲友，以蔽惡爲仁。」朋黨、蔽惡爲對文，皆平列同義，蔽亦惡也。清華簡（六）子產：「肆參邦之刑，以爲鄭刑、埜刑，行以恣（騰）令裕義，以釋亡教不姑（辜），此謂張屶（美）弃亞（惡）。」而楚國反是，溷濁不分，張惡弃美也。哀哉！

朝吾將濟於白水兮，

濟，渡也。淮南子言，白水出崑崙之山，飲之不死。

【疏證】

濟，渡也。◎文選本「渡」作「度」。案：度、渡古今字。詳參上「濟沅湘以南征」注。

淮南子言，白水出崑崙之山，飲之不死。◎文選本「山」作「源」。唐寫本「淮南子言」作「淮南言」，六臣本、尤袤本作「淮南子曰」。文選尤袤本、明州本、唐寫本「崑崙」作「崐崘」，秀州本「崙」作「崘」。正德本、隆慶本、劉本、湖北本、朱本、馮本、俞本、莊本、四庫章句本「不死」上有「則」字。案：章句引淮南，皆無「子」字。今本淮南子無此文，見御覽卷五八地部二三水上所引。佚篇也，然「山」作「原」。原、源古今字。卷四墜形訓謂有六水，曰河水、赤水、遼水、黑水、江水、淮水，而無白水，但謂丹水「飲之不死」。文選卷一五思玄賦「白水以爲漿」，李善注：「楚辭曰『朝吾將濟於白水兮』。王逸曰：『淮南子曰，白水在崑崙之源也。』」據此，則舊作「之原」。又，山海經卷一三海内東經：「白水出蜀，而東南注江，入江州城下。」卷一五大荒南經：「又有白水山，白水出焉，而生白淵，昆吾之師所浴也。」皆未言出崑崙。補注：「河圖曰：『崑山出五色流水，其白水入中國，名爲河也。』」戴震屈原賦注：「白水，謂河源。爾雅『河出崑崙虛，色白』是也。」朱珔文選集釋：「然則白水即河水，故左傳晉文投璧於河，而曰『有如白水』，晉語即作『有如河水』，是其證也。」皆謂白水爲河之源。又，汪瑗楚辭集解：「白者，西方之色也，與下春宮皆泛言無所指。」汪説得之。白水，神水，未必坐實。水所以名「白」，即章句「白水潔淨，閬風清明，言己脩清白之行不懈」之謂，以反對上之「世溷濁」。

登閬風而緤馬。

閬風，山名，在崑崙之上。緤，繫也。言己見中國溷濁，則欲渡白水，登神山，屯車繫馬而留止也。白水潔淨，閬風清明，言己脩清白之行，不懈怠也。

【疏證】

閬風，山名，在崑崙之上。◎文選本「崑崙」下無「之」字，唐寫本「崑崙」作「崐崘」。正德本、隆慶本、劉本、湖北本、朱本、馮本、俞本、莊本、四庫章句本「山名」下有「也」字。案：文選卷一五張衡思玄賦「登閬風之層城兮」，舊注：「閬風，崑崙山名也。」漢書卷八七上揚雄傳「奚必云女彼高丘」，顏師古注：「閬風在昆侖山上。」皆因章句。或作涼風。淮南子卷四墬形訓：「縣圃、涼風、樊桐在昆侖閶闔之中，是其疏圃。」高注：「涼風、樊桐，皆昆侖之山名也。」又云：「昆侖之丘，或上倍之，是謂涼風之山，登之而不死；或上倍之，是謂懸圃，登之乃靈，能使風雨。」漢人以閬風、縣圃爲山名，皆在崑崙之墟，閬風在縣圃之下。其説與屈子別。斷以此篇，始登縣圃，由此而上則登閬風。閬風，宜在縣圃之上。縣圃，天圃，非山名。閬風，山名，在天圃之中，故言「至縣圃」，而後「登閬風」。全三國文卷四五阮籍達莊論作「閬峰」。山之所以名「閬風」，非以多清涼之風，義取於廣衍。倒乙之曰「罔㝗」，淮南子卷一二道應訓：「若我南遊乎罔㝗之野。」論衡卷七道虛篇第二四作「罔浪」，文選卷五左思吳都賦作「莽罠」，李善注：「莽罠，廣大貌。」廣韻去聲第四二宕韻作「漭浪」，皆廣蕩無垠之貌。今俗語「荒涼」，即其遺義。或作「漭瀁」，孔子家語卷二觀思第八：「賜願使齊、楚合戰於漭瀁之野。」王肅注：「廣大之類。」或作「罔象」，文選卷一七洞簫賦「罔象相求」，李善注：「虛無罔象然也。」思慮廣蕩不精謂之「孟浪」，莊子卷一齊物論第二「夫子以爲孟浪之言」，李頤注：「孟浪猶較略也。」崔注：「不精要之貌。」倒乙曰「浪孟」，文選卷一八潘岳笙賦「罔浪孟以惆悵」，李善注：「罔及浪孟，皆失志之貌。」或作摹略、莫絡、勿慮、無慮，因聲以求，與披離、爛漫等，皆語之轉。荒誕無稽之精怪曰「方良」，周禮卷三一夏官司馬第四方相氏「毆方良」，鄭注：「方良，罔兩也。」「罔兩」，亦别文。宋本玉篇鬼部訓詁字作「魍魎」，廣韻上聲第三六養韻作「蝄蜽」，史記卷四七孔子世家作「罔閬」，言恍惚迷茫、無所憑依貌。七諫哀命：「哀形體之離解兮，神罔兩而無舍。」章句：「罔兩，無所據依貌也。」山之廣瀁無際涯者名之曰閬風。

緤，繫也。◎正德本、隆慶本、湖北本、朱本、馮本、俞本、莊本四庫章句本「緤」下、「繫」下皆有「馬」字。案：羅本玉篇殘卷糸部「紲」字：「楚辭『登浪風而紲馬』，王逸曰：『紲，繫也。』」慧琳音義卷三一、卷八四「纍紲」條引王逸注楚辭：「紲，繫也。」文選卷一三鸚鵡賦「蒼鷹摯而受緤」、卷一五思玄賦「縱余緤乎不周」、卷一九謝靈運述祖德詩二首「臨組乍不緤」、卷二一左思詠史詩八首「臨組不肯緤」李善注並引王逸楚詞注：「緤，繫也。」皆無兩「馬」字。則舊作「緤繫也」。又，野王曰：「緤，説文亦紲字也。」説文糸部：「紲，犬系也。从糸、世聲。緤，紲或从枼。」則紲、緤同。段注：「緤本犬系，引申之，馬亦曰紲，故上文『韁』下曰『馬紲也』。」

言己見中國溷濁，則欲渡白水，登神山，屯車繫馬而留止也。白水潔淨，閬風清明，言己脩清白之行，不懈怠也。◎文選本「己」作「我」，「清」作「潔」，尤袤本「潔」作「絜」。唐寫本「淨」作「清」。六臣本、尤袤本「渡」作「度」，「留止」下無「也」字。秀州本「脩」作「修」。尤袤本「潔」作「絜」。正德本、隆慶本、劉本、湖北本、俞本、莊本、馮本、朱本、四庫章句本「不懈」下無「怠」字。

案：度、渡古今字。據義，則作「潔淨」、「潔白」爲允。章句無作「懈怠」，怠，羨也。又，章句「屯車繫馬而留止」云云，文選卷一五張衡思玄賦「屯騎羅而星布」，舊注：「屯，聚也。」

忽反顧以流涕兮，哀高丘之無女。

楚有高丘之山。女以喻臣。言己雖去，意不能已，猶復顧念楚國無有賢臣，心爲之悲而流涕也。或云：高丘，閬風山上也。無女，喻無與己同心也。舊説：高丘，楚地名也。

【疏證】

楚有高丘之山。或云：高丘，閬風山上也。舊説：高丘，楚地名也。◎文選本無「或云高丘」以下十七字。案：删之也。漢書卷八七上揚雄傳「奚必云女彼高丘」，蘇林注：「高丘，謂楚也。」蓋因章句。九歎逢紛：「懷蘭蕙與蘅芷兮，行中壄而散之。聲哀哀而懷高丘兮，心愁愁而思舊邦。」章句：「言己放斥山野，發聲而唫，其音哀哀，心愁思者，念高丘之山，想歸故國也。」惜賢：「望高丘而歎涕兮，悲吸吸而長懷。」章句：「言己遥望楚國而不得歸，心爲悲歎，涕出長思也。」思古：「還顧高丘，泣如灑兮。」章句：「顧視楚國，悲感泣下，如以水灑地也。」高丘皆釋楚國。則所謂「舊説」，蓋因劉向。聞一多離騷解詁據「或云」，謂「閬風之上即帝宫，是高丘即帝宫所在，以其崑崙最上層，故謂高丘也」。屈子凡言「反顧」，皆登高所以臨下。上「忽反顧以遊目兮，將往觀乎四荒」，言登陞椒丘之上，反顧四荒也。九章涉江：「乘鄂渚而反顧兮，欸秋冬之緒風。」言登陟鄂渚之上，環顧下視也。登閬風而後顧視高丘，高丘非閬風，宜在閬風下。汪瑗楚辭集解：「丘，土之高者，故高丘。故曰，高丘即高唐，楚之地名。」其説得之。高唐，即高陽，唐、陽，古字通用。丘，墓也。高丘，帝高陽之陵。楚之高丘非唯一處，漢北有附禺之山，顓頊居於此。鄂君啓節車節：「自郢往，適陽丘，適方城，適象禾，適畐焚，適繇陽，適高丘，適下蔡，適居巢，適郢。」高丘，譚其驤謂即漢之堵陽，在今河南方城東六里，即水經注卷三〇淮水之高塘陂，在今安徽臨泉縣北（見長水集）。于省吾澤螺居楚辭新證謂高丘在今安徽西北、河南東南之間。此頃襄王遷陳之高丘，非楚懷王之高丘。高丘，即帝丘，本在衛之濮陽。左傳昭公十七年：「衛，顓頊之虛，故爲帝丘。」杜注：「衛，今濮陽縣，昔帝顓頊居之，其城内有顓頊冢。」水經注卷二四瓠子河：「河水舊東流，逕濮陽城東北，故衛也，帝顓頊之虛，昔顓頊自窮桑徙此，號曰商丘，或謂之帝丘。」楚出乎此，故又謂之楚丘。左傳隱公七年「戎伐凡伯于楚丘以歸」，杜注：「楚丘，衛地。」亦在濮陽。楚先自此南遷，經陳留之老丘，再經鄭之祝融之墟，再經漢北丹、淅，而後終於郢。文王遷郢前，楚都丹陽，在丹、淅之間，故漢北附禺之山，有顓頊之墟，高丘宜在漢北。文王遷都於紀南後，高丘之祀宜遷於近郢之地，不當遠在漢北方城。懷王之世，楚之高丘，蓋鄂君啓節之陽丘。左傳文公十六年「至于陽丘」，杜注：「陽丘，楚邑。」沈欽韓地名補注謂在今枝江縣，即其地也。屈子反本亦至乎此。大凡先民遷徙，將其文化習俗、宗教祖廟，重建於新開辟之地，且擇境内名山大川而建觀立廟，而其名猶仍其舊，以示不忘其所出。楚人出於高丘，終當歸於高丘。包山楚簡記貞卜禱祀之辭有云：「㽞禱楚先老僮、祝融、媸酓各兩羖，亯祭，篙之高丠（丘）、下丠（丘）各一全豵。」高丘，楚之大宗廟，高陽、老僮以下先祖皆在焉，祭老僮用兩羖，而祭高丠用全豵，其禮優於老僮。其不言禱楚先高陽，而言高丠，則已概高陽。據此，楚祀遠祖，宜自高陽始。安大簡已有高陽顓頊也。其禱辭又曰：「㽞酤吉之祟，亯祭，篙之高丠（丘）、下丠（丘）各一全豵。」而省老僮等楚先，以「之高丠（丘）、下丠（丘）」概言之。章句拘其時世君臣，謂高丘喻楚國朝廷，求帝以喻求君，殊失其旨。

女以喻臣。（或云）：無女，喻無與己同心也。◎文選本無「無女喻無與己同心也」九字。唐寫本「喻」作「諭」。案：删之也。竇公楚辭音殘卷引王逸注：「女以喻臣也。」則「臣」下有「也」字。又，漢書卷八七上揚雄傳「奚必云女彼高丘」，蘇林注：「女以喻士。」因章句也。又，章句「女以喻臣」云云，非也。女，謂女先也，即山海經卷一六大荒西經「有魚偏枯，名曰魚婦，顓頊死即復蘇」之「魚婦」，帝高陽也。哀高丘無女，反顧空桑之居，未見高陽之所在。

言己雖去，意不能已，猶復顧念楚國無有賢臣，心爲之悲而流涕也。◎文選六臣本「涕」下無「也」字。案：求帝以哀高丘無女終，開下篇三求女也。一波三折，在生死之間猶未之能決。是以知屈子之沈湘，固非出於一時之憤懣。

溘吾遊此春宮兮，

溘，奄也。春宫，東方青帝舍也。

【疏證】

溘，奄也。◎正德本、隆慶本、劉本、俞本「溘」作「𡏖」。案：𡏖，溘字之訛。詳參上「寧溘死以流亡兮」注。鶩公楚辭音殘卷：「王逸曰：『溘，奄也。』案『奄』並作『晻』字，於感反。廣雅：『晻晻，暗也。』字詁云亦『陪』字也。王逸又詁爲『掩』，凡作三形也。」上「寧溘死以流亡兮」，章句：「溘，猶奄也。」補注引奄一作晻。文選唐寫本引作「晻然而死」。則知「奄」作「晻」。又，上「溘埃風余上征」，章句：「溘，猶掩也。」則用「掩」字。而用「奄」，雖字别而其義不别。離騷三例「溘」字皆奄忽也。毋庸别爲三也。

春宫，東方青帝舍也。◎文選尤袤本、六臣本、正德本、隆慶本、劉本、湖北本、朱本、俞本、莊本、馮本、四庫章句本「帝舍」下無「也」字。案：御覽卷六九二服章部九珮引王逸注：「春宫，東方青帝宫。」亦無「也」字，然「舍」作「宫」。鶩公楚辭音殘卷：「舍，尸夜反。」其所據本作「舍」。章句宫之爲舍，散文也。對文有垣曰宫，無曰室。舍，所以宿止，引申爲室舍。聞一多離騷解詁：「春宫蓋亦在崑崙墟中。宫者，苑囿之名。謂之春者，蓋以其四時温和，百卉不彫乎？」楚俗尚東，天帝太一神謂之東皇太一，日神謂之東君。新序卷一雜事第一：「昭奚恤發精兵三百人，陳於西門之内。爲東面之壇一，爲南面之壇四，爲西面之壇一。秦使者至，昭奚恤曰：『君，客也。請就上位東面。』」楚以東爲貴。戰國之楚墓不論貴賤者皆東嚮之。楚俗又尚左。左，東也。因於楚人崇祖之俗。春宫，青帝之宫。青帝，東皇太一也。楚先帝高陽所居，類同高丘、陽丘、空桑，皆楚之精神故居。又，隨州孔家坡漢墓簡牘歲：「於是名東方而封（樹）之木胃（謂）之青，名南方而封（樹）之火胃（謂）之赤，名西方而封（樹）之金胃（謂）之白，名北方而封（樹）之水胃（謂）之黑，名中央而封（樹）之土胃（謂）之黄。」是以五行説五色也。

折瓊枝以繼佩。

繼，續也。言己行游，奄然至於青帝之舍，觀萬物始生，皆出於仁義，復折瓊枝以續佩，守仁行義，志彌固也。

【疏證】

繼，續也。◎案：説文糸部：「繼，續也。从糸、𢇍。繼，或作㡭。反𢇍爲㡭。」段注：「从糸、𢇍者，謂以系聯其絶也。」𢇍，古絶字，許云：「象不連體絶二絲。」㡭，繼古文。包山楚簡亦作㡭。「反𢇍爲㡭」，謂絶之反。墨子卷九非命上第三五：「絶長繼短。」散則繼、續不別，對文絶而後續之曰繼。言繼，必二者不共時。繼之日夜，日既已盡，而後續以夜，不得謂「日以續夜」。引申爲繼絶、過繼。彼此相連曰續，言續，必二物並時，無其後先。引申爲補綴、延續、陳遞。而續紹、續弦、續命，皆不可言繼也。

言己行游，奄然至於青帝之舍，觀萬物始生皆出於仁義，復折瓊枝以續佩，守仁行義，志彌固也。◎文選本「己」作「我」，「青帝之舍」作「青帝宮」，「守仁行義」作「守行仁義」。六臣本、尤袤本「己」下無「行」字，「游」作「遊」。六臣本、景宋本「於仁」下無「義」字。唐寫本「萬」作「万」，「於仁」作「於人」，下無「義」字。正德本、隆慶本、劉本、湖北本、朱本、莊本、俞本「至於」作「在於」。案：「己」下無「行」、「於仁」下無「義」，皆敓也。據義，舊作「至於」爲允。又，文選集注陸善經引王逸注：「言我遊行，奄然至青帝之舍，觀發生之德，復折瓊枝以續佩，申己之所守也。」其所據本雖別，則亦作「青帝之舍」。詩木瓜「報之以瓊琚」，毛傳：「瓊，玉之美者。」瓊枝，玉枝，求女信物，以喻心之固潔。後漢書卷五九張衡傳「佩夜光與瓊枝」，李賢注：「瓊枝，玉樹。以諭堅貞也。楚辭曰『折瓊枝以繼佩』也。」

及榮華之未落兮，

榮華，喻顏色。落，墮也。

【疏證】

榮華，喻顏色。◎文選唐寫本「喻」作「諭」。六臣本、尤袤本、正德本、隆慶本、劉本、湖北本、朱本、馮本、俞本、莊本、四庫章句本「顏色」下有「也」字。案：文選卷一六寡婦賦「榮華爗其始茂兮」，李善注：「楚辭曰：『及榮華之未落。』王逸曰：『榮華，喻顏色也。』」舊有「也」字。榮華，瓊玉之華，無所興寓。說文華部：「華，榮也。」段注：「按：釋艸曰：『蘠、荂、蕫、華，榮。』渾言之也。又曰：『木謂之華，艸謂之榮，榮而實者謂之秀，榮而不實者謂之英。』析言之也。俗作花，其字起於北朝。」

落，墮也。◎案：墮，當作墜。詳參上「貫薜荔之落蘂」注。

相下女之可詒。

相，視也。詒，遺也。言己既脩行仁義，冀得同志，願及年德盛時，顏貌未老，視天下賢人，將持玉帛而聘遺之，與俱事君也。

【疏證】

相，視也。◎明州本以此注竄入五臣李周翰。案：詳參上「悔相道之不察兮」注。相，擇也。周禮卷二四春官宗伯第三簭人「上春相簭」，鄭注：「相，謂更選擇其蓍也。」卷三六秋官司寇第五犬人「凡相犬牽犬者屬焉」，鄭注：「相，謂視擇知其善惡。」卷四一冬官考工記第六矢人「凡相笴」，鄭注：「相，猶擇也。」相下女，謂擇下女，猶「相親」云爾。

詒，遺也。◎文選本「詒」作「貽」。明州本以此注竄入五臣李周翰。案：詒、貽古今字。唐寫本引章句亦作「詒」。説文言部：「詒，相欺詒也。一曰，遺也。从言，台聲。」訓「欺詒」、訓「遺與」，二字也。詒之言贈也。詒，贈之、蒸陰陽對轉，喻四、從紐雙聲。屈賦饋與字皆作詒，通作貽。天問「玄鳥致貽」，惜誦「固煩言不可結詒」，思美人「言不可結而詒」，又云「遭玄鳥而致詒」。詒，古語；贈，今言。朱駿聲説文通訓定聲謂詒與字作饋。詒，之部；饋，物部，微之入。之、微古音別。其非知音之選。

言己既脩行仁義，冀得同志，願及年德盛時，顔貌未老，視天下賢人，將持玉帛而聘遺之，與俱事君也。◎文選本「冀」作「思」，「而聘」作「聘而」。唐寫本無「得」字，「貌」作「皃」。秀州本「脩」作「修」。正德本、隆慶本、朱本、馮本、劉本、俞本、莊本、四庫章句本、湖北本「脩」作「修」。案：據義，則舊作「聘而遺之」也。無「得」，敚也。皃，古貌字。文選卷二九棗據雜詩「玉帛聘賢良」，李善注引王逸注作「聘而遺之」。又，蔣驥山帶閣注楚辭：「下女，指下虙妃諸人；對高丘言，故曰下。」下女，承上高丘無女，指下丘之女，帝高陽以下之楚先。不關時世君臣。下，猶包山楚簡禱祠「下坒（丘）」。高坒（丘），帝高陽之居；下（丘），高陽以下女先所居。高丘，楚之百世不遷之大宗；下丘，類楚之亞祖、別宗。

吾令豐隆乘雲兮，

豐隆，雲師。一曰雷師。

【疏證】

豐隆，雲師。一曰雷師。◎文選本無「一曰雷師」四字。唐寫本「師」下有「也」字。正德本、隆慶本、劉本、湖北本、朱本、馮本、俞本、莊本、四庫章句本作「豐隆雷師」。案：補注：「九歌雲中君注云：『雲神，豐隆。』五臣曰：『雲神，屏翳。』按：豐隆，或曰雲師，或曰雷師。屏翳，或曰雲師，或曰雨師，或曰風師。歸藏云：『豐隆筮雲氣而告之。』則雲師也。穆天子傳云：『天子升崑崙，封豐隆之葬。』郭璞云：『豐隆，筮師，御雲得大壯卦，遂爲雷師。』淮南子曰：『季春三月，豐隆乃出，以將其雨。』張衡思玄賦云：『豐隆軯其震霆，雲師黮以交集。』則豐隆，雷(師)也。雲師，屏翳也。天問曰：『萍號起雨。』則屏翳，雨師也。洛神賦云『屏翳收風』。則風師也。又，周官有飌師、雨師。淮南子云『雨師灑道，風伯掃塵』，說者以爲箕、畢二星。列仙傳云：『赤松子，神農時爲雨師。』風俗通云：『玄冥爲雨師。』其說不同。據楚詞，則以豐隆爲雲師，飛廉爲風伯，屏翳爲雨師耳。」文選卷一五思玄賦「豐隆軯其震霆兮」，舊注：「豐隆，雷公也。」李善注：「諸家之說豐隆，皆曰雲師，此賦別言雲師，明豐隆爲雷也。故留舊説以廣異聞。」漢、魏舊説紛拏如此。正德本、隆慶本則存其舊。又，卷五吳都賦「思假道於豐隆」、卷二九張協雜詩十首「豐隆迎號屏」，李善注引王逸注：「豐隆，雲師也。」則唐時已不辨。又，文選集注陸善經：「豐隆，雷師也。」則「一曰雷師」，非章句舊説，因陸注竄亂之。

求宓妃之所在。

宓妃，神女，以喻隱士。言我令雲師豐隆，乘雲周行，求隱士清潔若宓妃者，欲與并心力也。

【疏證】

宓妃，神女，以喻隱士。◎文選本、正德本、隆慶本、劉本、湖北本、朱本、馮本、俞本、莊本、四庫章句本「神女」下有「也」字。六臣本「宓」作「虙」。案：補注引洛神賦注：「宓妃，伏犧氏女，溺洛水而死，遂爲河神。」屈復楚辭新注：「下文佚女爲高辛妃，二姚爲少康妃，若以此意例之，則宓妃當是伏羲之妃，非女也。」游國恩離騷纂義：「後人乃以爲宓羲氏女，然既云宓妃，必宓羲氏之妃無疑。若云女也，則措詞之例，不當以妃稱之，後人自妄耳。屈氏説甚有埋。」漢書卷八七上揚雄傳「初纍棄彼虙妃兮」，顏師古注：「虙妃，古神女。」漢書音義引如淳云：「宓妃，伏羲氏之女，溺死洛，遂爲洛水之神。」其説有因，非漢人所杜撰。潛夫論第三五志氏姓：「伏羲，姓風。」風，鳳也。伏羲氏以鳳鳥爲其族之精靈。御覽卷七八皇王部三太昊庖犧氏引遁甲開山圖：「仇夷山，四絶孤立，太昊之治，伏犧生處。」伏羲，太皡後也。水經注卷一七渭水引榮氏開山圖注：「伏犧生成紀，徙治陳倉。」又云，成紀水故瀆，「東逕成紀縣，故帝太皡庖犧所生處也」。謂伏羲故迹在秦、隴間。左傳昭公十七年：「陳，太皡之虚也。」水經注卷二二渠水：「又東南逕陳城北，故陳國也。伏羲、神農並都之，城東北三十許里，猶有羲城實中。」王國維殷周制度論：「自上古以來，帝王之都皆在東方，太皡之墟在陳，大庭氏之庫在魯，黄帝邑於涿鹿之阿，少皡與顓頊之虚皆在魯、衛，帝嚳居亳。」（見觀堂集林卷一〇史林二）呂思勉讀史札記：「古代帝王，蹤跡多在東方，而其後率傳之於西，蓋因今所傳者，多漢人之説。漢世帝都在西，因生傅會也。而伏犧之都邑，亦不能外此。」（見伏羲考）其説皆是也。秦、隴之伏犧，蓋由陳所西遷者。太皡伏羲，與少皡對舉。禮記卷一四月令第六「其帝太皡」，鄭注：「太皡，宓戲氏。」孔疏：「東方生養，元氣盛大；西方收斂，元氣便小。故東方之帝，謂之太皡；西方之帝，謂之少皡。」左傳文公十八年疏引譙周古史考：「金天氏能脩太皡之法，故曰少昊也。」昊、皡一字，日神號也，居東土。其分太、少者，猶大宗、小宗之類。於民族心理，緣乎東土先民對生死陰陽之神秘聯想，出於日陽升降出没與萬物生死之神秘互滲。日出東方，象徵誕育；日降西方，象徵滅寂。處東之神曰太皡，爲青帝，居春宫，司生育；處西之神曰少皡，爲白帝，居西海，司刑殺。伏之言禖也。伏、禖同之部、明紐雙聲。

禖，媒也，主司男女之神。羲、犧一字，猶曦也，日神之號。伏羲，東土高禖之神。宓妃，楚先之女，以其在帝高陽之下，居下丘，故謂之「下女」。求宓妃，求歸其本。章句「喻隱士」云云，非也。

言我令雲師豐隆，乘雲周行，求隱士清潔若宓妃者，欲與并心力也。◎文選唐寫本「宓」作「密」，「并心力」作「并心」。尤袤本、六臣本作「并力」。六臣本「宓」作「虙」。尤袤本「潔」作「絜」。正德本、隆慶本、劉本、湖北本、朱本、馮本、俞本、莊本、四庫章句本「雲師豐隆」作「雷師豐隆」。案：密、宓、虙，古字皆通。唐本有「并心」、「并力」之別，後糅合之作「并心力」也。

解佩纕以結言兮，

纕，佩帶也。

【疏證】

纕，佩帶也。◎案：詳參上「既替余以蕙纕兮」注。然據章句「則解我佩帶之玉」云云，佩，猶玉珮，類上「折瓊枝以繼佩」之瓊佩。纕，讀如囊，香囊也。佩纕，飾以瓊玉之香囊，所以聘女也。章句「佩帶」云云，言所以佩帶，用作述語。馬茂元楚辭注釋：「佩纕，佩用的絲帶。」非是。九店楚簡日書：「凡城日，大吉，利以結言、取妻、嫁子。」睡虎地秦簡日書乙種本：「窓結之日，利以結言。」九歎逢紛「始結言於廟堂兮」，公羊傳桓公三年：「古者不盟，結言而退。」淮南子卷二〇泰族訓：「待媒而結言，聘納而取婦。」史記卷一三〇太史公自序：「結言通使，約懷諸侯。」論衡卷六福虚篇第二〇：「今宋、楚相攻，兩軍未合，華元、子反結言而退。」結言，要約之言，古者施於外交、婚姻。

吾令蹇脩以爲理。

蹇脩，伏羲氏之臣也。理，分理也，述禮意也。言己既見宓妃，則解我佩帶之玉以結言語，使古賢蹇脩而爲媒理也。伏羲時敦朴，故使其臣也。

【疏證】

蹇脩，伏羲氏之臣也。◎案：御覽卷五四一禮儀部二〇婚姻下引王逸注：「蹇脩，伏羲氏之臣。」則「臣」下無「也」字。蹇脩以爲伏羲臣，因此附會。三求女所遺媒理，非人，皆鳥也。下求簡狄、二姚，所遺者鴆、鳩、鳳鳥。蹇脩，亦宜鳥，即「巂周」之聲轉。爾雅釋鳥：「巂周，燕燕，鳦。」孫炎曰：「巂周、燕燕、鳦，爲一物三名。」文選卷一九高唐賦「姊歸思婦」，李善注：「廣雅曰：『楚鳩，一名嗶啁。』爾雅曰：『巂周。』郭璞曰：『子巂也，出蜀中。』或曰：即子規，一名姊歸。」姊、姊同。子規、姊歸，皆「巂周」之乙。據爾雅釋鳥，巂周，燕鳳之屬，類詩之「玄鳥」。楚俗以鳥爲招魂之使，故屈子反歸宓妃之居，以巂周爲其魂使，先通情于女。

理，分理也，述禮意也。◎文選本、正德本、隆慶本、劉本、湖北本、朱本、馮本、俞本、莊本、四庫章句本「分理」下無「也」字。袁校作：「理，述分理，禮意也。」案：章句不可移易。孫詒讓札迻：「理即行理之理，猶言使也。與媒義略同。廣雅釋言云：『理，媒也。』理，詳言之則曰行理，猶媒亦曰行媒，下文云『又何必用夫行媒』。」散則理、媒不別；對文別義。理，通、達也。通彼此之國曰行理，通男女之情亦曰行理。弱曰理而拙曰媒，行理在行媒先，媒繼理而後行之。郭沫若屈原研究謂蓋古之提婚人與媒介人有別，提婚人謂之「理」。其説有致。理之所以爲「述禮意」，前脩多以爲「治玉」之引申，非也。理，讀作李。「行理」多作「行李」。説文木部：「李，果也。从木，子聲。杍，古文。」李子成熟之日，其在仲春二月，令男女合會高禖之時。提婚人謂之「李氏」，借爲理人。媒之名，取義於梅。李實先於梅，行理宜在行媒先也。

言己既見宓妃，則解我佩帶之玉，以結言語，使古賢蹇脩，而爲媒理也。伏羲時敦朴，故使其臣也。◎文選本無「己」字。唐寫本「宓」作「密」，「媒」作「媅」，「羲」作「戲」。六臣本、尤袤本「敦」作「淳」，「其臣」下無「也」字。六臣本「宓」作「虙」。正德本、隆慶本、劉本、湖北本、朱本、馮本、俞本、莊本、四庫章句本無「以」字。朱本、馮本「媒」作「謀」。案：敦、淳古字通。媅，訛字也。文選卷二一郭璞游仙詩七首「蹇脩時不存」，李善注：「楚辭曰：『吾令蹇脩以爲理。』王逸曰：『古賢蹇脩而媒理也。』」則節其要。又，御覽卷五四一禮儀部二〇婚姻下引王逸注：「言我既見密妃，解佩帶，取玉結言契，令蹇脩爲媒，以通辭理也。」其所據本別。屈子三求神女，乃求反歸於女先，所以遺媒役理、通彼男女情思，以必成婚姻而後止者，因乎楚俗。盛傳於楚國朝野之巫山神女薦枕頃襄王此類神話、充斥原始性愛之雲夢祠高禖之禮俗，皆可以説明楚人與鬼神交往之宗教儀禮，男女交合之「淫祀」即爲風行一國上下之祭典禮目，楚人與司掌生死之神交往亦不例外，以男女交合之事而貫乎始終。據九歌，鍾情於司掌壽夭之神大司命之巫，與司命期約空桑之居。巫乃「折疏麻兮瑤華，將以遺兮離居」，通其情思。然兩情不偶、交合無緣，令巫怨嗟傷懷，曰：「結桂枝兮延佇，羌愈思兮愁人。」此與「結幽蘭而延佇」之屈子，如同一轍。屈子與其女先交往，似不得游離於「淫祀」之外，使反本空桑之居充牣於男歡女愛之情調，而以通情先女之「淫祀」之禮替而代之。若必欲以儒家之禮以及文章尋常開合承接之法説其求女之意，則未可得。

紛總總其離合兮，忽緯繣其難遷。

緯繣，乖戾也。遷，徙也。言蹇脩既持其佩帶通言，而讒人復相聚毀敗，令其意一合一離，遂以乖戾而見距絶。言所居深僻，難遷徙也。

【疏證】

緯繣，乖戾也。◎案：騫公楚辭音殘卷：「緯，宜作𢿱，同許韋反。繣宜作㦎，同大麥反。王逸云：『乖戾也。』」廣雅：『歊懤，乖刺也。』」大麥，當作「夭麥」，字之訛。補注引廣韻作徽纏。皆其別文。或作微嫿，後漢書卷六〇上馬融傳「徽嫿霍奕」，李賢注：「並奔馳貌。」霍奕，聲之轉。或作潏湟（案：周禮卷二五春官宗伯第三眡祲「三曰鐫」，鄭注：「謂日旁氣四面反鄉如暈狀也。」朱駿聲說文通訓定聲第十一解部「鑴」字：「司農注謂『四面反鄉如暈狀』，則謂借爲規，或爲觼，或爲遹。」鐫，鑴也。潏、纏例亦通用），文選卷一二江賦「潏湟淴泱」，李善注：「皆水流漂疾之貌。」或作惐汩，卷一五思玄賦「惐汩飂淚」，李善注：「皆疾貌。」或作聿越，卷五吳都賦「嶚嶕聿越」，劉淵林注：「聿越，豹走貌。」緯繣之爲疾、乖戾，其義皆通。忽緯繣，三狀字句法。忽，疾也。緯繣，疾貌。狀人忿恚疾怒作嫛盈。方言卷七：「嫛盈，怒也。燕之外郊，朝鮮、洌水之間凡言呵叱者謂之嫛盈。」或作回遹，詩小旻「謀猶回遹」，毛傳：「回，邪；遹，辟。」毛氏解以訓詁字，雖無礙於義，然亦失之。韓詩作回穴（見文選卷一四幽通賦李善注引），文選卷一〇西征賦作回泬，李善注引薛綜韓詩注：「邪僻也。」即疾捷義。狀淑女體態輕盈捷疾謂之婠嫿，卷一九神女賦「既婠嫿於幽靜兮」，李善注：「說文曰：『婠，靖好貌。』廣雅曰：『嫿，好也。』」或作爲嫿，卷六魏都賦「風俗以韰惈爲嫿」是也。或作瑰瑋，後漢書卷四〇上班彪傳「因瑰材而究奇」，李賢注引埤蒼云：「瑰瑋，珍奇也。」或作傀偉、譎詭，皆語之轉。因聲以求，未可勝計。

遷，徙也。◎莊本「徙」作「徒」。案：訛也。遷，借作選，古字通用。逸周書卷二允文解第七

「遷同氏姓」，玉海卷五〇引作「選同氏姓」。選，擇，求也。荀子卷四儒效篇第八「遂選馬而進」，楊倞注：「選，簡擇也。」難選，謂不可求。

言蹇脩既持其佩帶通言，而讒人復相聚毀敗，令其意一合一離，遂以乖戾而見距絶。言所居深僻，難遷徙也。◎文選唐寫本「遂」作「逐」，「難」下有「以」字。文淵四庫章句本「毀敗」作「而敗之」，文津本作「也敗」。正德本、隆慶本、朱本、俞本、劉本、馮本「毀敗」作「也敗」。正德本、隆慶本、朱本、俞本、馮本、四庫章句本、莊本、劉本、湖北本「脩」作「修」。案：作「也敗」，不辭。逐，遂之訛。屈子謂宓妃乖戾難求，蓋在生死間未之決。章句「讒人復相聚毀敗，令其意一合一離」云云，牽合比附之説。

夕歸次於窮石兮，

次，舍也。再宿爲信，過信爲次。淮南子言弱水出於窮石，入於流沙也。

【疏證】

次，舍也。再宿爲信，過信爲次。◎案：對文別義，散則宿、信、次，皆舍止也。歸次、濯髮，連類比事，皆治髮也。朱駿聲離騷補注：「歸，讀爲饋。次，髲髢也。如周禮追師『爲副編次』之次。歸次，如今俗花髻盤有結髮髲子也。」朱説未塙。歸，借爲鬢。説文髟部：「鬢，屈髮也。从髟、貴聲。」方言卷四：「絡頭、帞頭也。紗績，鬠帶。自關而西、秦、晉之郊曰絡頭，南楚、江湘之間曰帞頭，自河以北、趙、魏之間曰幧頭。其偏者謂之鬠帶。」段注：「按：鬠者，髻短髮之偁。方言之鬠帶，謂帞頭帶於髻上也。帞頭之制，自項中而前交於額，却繞髻。」廣雅釋詁：「鬠，髻也。」髻，頭髻也。綰髻謂之鬠。次，借爲𩭝。髟部：「𩭝，用梳比也。从髟、次聲。」段注：「比者，今之篦字，古祇作比。用梳比謂之𩭝者，次第施之也。凡理髮先用梳，梳之言疏也。次用比，比之言密也。周禮追師『爲副編次』，注云：『次者，次第髮長短爲之。』疑次即𩭝。」於禮，纓髮挽髻曰鬠，象婦有所歸。禮記卷二曲禮上第一：「女子許嫁，纓。」鄭注：「女子許嫁系纓，有從人之端也。」又云：「女子許嫁，笄而字。」言繫纓、笄，即方言「鬠帶」、「帞頭」也。儀禮卷五士昏禮第二：「主人入，親説婦之纓。」未婚之時，女子綰髮繫纓及笄，「明其有繫屬」。及婚，夫親解其鬠帶，而後成夫婦，則謂之「歸次」。浙江鄉間婚禮，猶存解鬠遺俗。夕歸次於窮石，讔語，謂宓妃爲窮石后羿説纓，成其夫婦，斥其淫亂無禮。鬠次，類後之言情小説「梳弄」云爾。

淮南子言弱水出於窮石，入於流沙也。◎文選本無「子」字。尤袤本「言」作「曰」。六臣本、尤袤本「於」作「于」，「沙」下無「也」字。正德本、隆慶本、劉本、湖北本、朱本、馮本、俞本、莊本「入於」作「入于」。案：章句引淮南皆無「子」字。引見卷四墬形訓：「弱水出自窮石，至於合黎，餘波入於流沙。」補注：「郭璞注山海經云：『弱水出自窮石，窮石，今之西郡刪丹，蓋其別流之原。』

淮南子注云：『窮石，山名，在張掖也。』左傳曰：『后羿自鉏遷于窮石』。」山海經、淮南子所稱窮石，説文謂之矶山，即祁連山也，在隴西山丹縣，今謂六盤山。左傳之窮石，在霍邱。洪氏雜糅其文，則未之審。名義考卷四地部「弱水黑水」條引薛氏云：「弱水出吐谷渾界窮石山，至合黎與張掖河合。」史記卷二夏本紀「弱水至於合黎」，集解引鄭玄云：「地理志：弱水出張掖。」正義引括地志：「蘭門山，一名合黎，一名窮石山，在甘州删丹縣西南七十里。」則皆以窮石在隴西。段注説文：「左氏之窮石，杜不言其地所在，蓋非山海經、離騷、淮南子所云弱水所出之窮石也。」此窮石，與山海經、淮南子亦别。朱琦集釋云：「晉地志云：『河南有窮谷，蓋本有窮氏所遷。』此爲近之。鉏，則今滑縣東十五里有鉏城是已。」據此知羿國之窮石與弱水所出之窮石絶不相及，不容混合爲一。」其説韙矣。羿居東土，國稱有窮。有窮，即窮。有，類有虞、有夏之有。窮石，猶窮桑也。石、桑，陽、鐸平入對轉，審禪旁紐雙聲。桑，或名柘。柘，石聲。其相通之證。左傳昭公二十九年「遂濟窮桑」，杜注：「窮桑，地在魯北。」

朝濯髮乎洧盤。

洧盤，水名。禹大傳曰：「洧盤之水，出崦嵫之山。」言宓妃體好清潔，暮即歸舍窮石之室，朝沐洧盤之水，遁世隱居，而不肯仕也。

【疏證】

湑盤，水名。禹大傳曰：「湑盤之水，出崦嵫之山。」◎文選本「名」下有「也」字。唐寫本「崦嵫」作「奄兹」，「嵫」下無「之」字。正德本、隆慶本、劉本、湖北本、朱本、馮本、俞本、莊本、四庫章句本「名」下有「也」字，「崦嵫」下無「之」字。案：奄兹、崦嵫同。詳上「望崦嵫而勿迫」注。崦嵫，日所入也。章句引禹大傳見卷一尚書大傳，今本湑作涓，無「之」字。困學紀聞卷一〇地理以爲「即太史公所謂禹本紀者」，失之。章句以湑盤在西極，非也。湑，非水名。湑，有也。盤，水名，九河之一。有，詞也。王引之云：「一字不成詞，則加『有』字以配之，若虞、夏、殷、周皆國名，而曰有虞、有夏、有殷、有周是也。」（詳經傳釋詞卷三「有」條）水名亦加「有」字，左傳僖公二十一年有濟是也。以「有」爲「湑」，因盤爲水名羨水旁。有盤，或作鉤盤。爾雅釋水：「河有九河，其八曰鉤盤。」郭璞注：「水曲如鉤，流盤桓也。」鉤，句也，語助，類吳之稱句吳。盤，猶盤桓委曲也。單言曰盤，長言曰有盤、句盤。漢書卷二八地理志平原郡有般水。水經注卷五河水：「故瀆川派東入般縣爲般河，蓋亦九河之一道也。」後漢書卷七三公孫瓚傳「遂出軍屯槃河」，章懷太子注：「槃，即爾雅九河，鉤槃之河也。其枯河在今滄州樂陵縣東南。」卷七四上袁紹傳「還屯槃河」，章懷太子注：「爾雅有九河，鉤槃是其一也。故河道在今德州昌平縣界，入滄州樂陵縣，今名枯槃河。」有盤之水在東土。

言宓妃體好清潔，暮即歸舍窮石之室，朝沐洧盤之水，遁世隱居，而不肯仕也。◎文選唐寫本「世」作「俗」。尤袤本、六臣本「不肯仕」下無「也」字。六臣本「宓」作「虙」。案：作「俗」，避唐諱。陸善經引章句云：「蹇脩既通誠言於宓妃，而讒人復相與離合而毁之，令其意乖戾，暮則歸舍窮石之室，朝沐洧盤之水，而不肯相從。」則與諸本別。濯髮有盤，亦讔語。謂宓妃陰與后羿通於窮桑，陽爲河神之婦，亂於交匹。

保厥美以驕傲兮，日康娱以淫遊。

倨簡曰驕，侮慢曰傲。康，安也。言宓妃用志高遠，保守美德，驕傲侮慢，日自娱樂，以遊戲自恣，無有事君之意也。

【疏證】

倨簡曰驕，侮慢曰傲。◎文選唐寫本「倨」作「居」，「慢」作「慲」。隆慶本、馮本、四庫章句本、朱本、俞本、湖北本、劉本、莊本「傲」作「敖」。案：居、倨，傲、敖，古皆通用。慧琳音義卷一八「憍傲」條引王注楚詞：「倨傲曰憍。」亦作倨。驕、憍古今字。章句以對文别義。説文人部：「倨，不遜也。从人、居聲。」引申爲怠惰、自大。荀子卷一脩身篇第二「體倨固而心執詐」，楊倞注：「倨，傲也。」簡，疏略、狂傲也。論語卷六雍也「可也簡」，皇疏：「簡，謂疏大無細行也。」呂氏春秋卷二

○恃君覽第七驕恣「自驕則簡士」，高誘注：「簡，傲也。」驕之訓「倨簡」，於己疏略自大。侮，辱之也。心部：「慢，惰也。一曰：不畏也。」新序卷二雜事：「居上位而不恤其下，驕也。」傲之訓「侮慢」，於人侮之不敬。散則不別。

康，安也。◎案：詳參上「日康娛而自忘兮」注。

言宓妃用志高遠，保守美德，驕傲侮慢，日自娛樂，以遊戲自恣，無有事君之意也。◎文選本無「自恣」二字。胡本、正德本、隆慶本、莊本、朱本、馮本、劉本、俞本、四庫章句本「傲」作「敖」，無「自恣」二字。唐寫本「遊」作「游」，「慢」作「慯」，尤袤本、六臣本「事」上無「有」字。六臣本「宓」作「虙」。湖北本「傲」作「放」，「娛」作「康」，無「自恣」二字。案：敖、傲通。無「有」字，敚也。無「自恣」，則「以遊戲」三字屬上，亦通。慧琳音義卷一八「婬慾」條引王注楚詞云：「遊也。」章句遺義。淫遊，平列同義，謂戲娛也。

雖信美而無禮兮，來違棄而改求。

違，去也。改，更也。言宓妃雖信有美德，傲驕無禮，不可與共事君，來復棄去而更求賢也。

【疏證】

違，去也。◎案：騫公楚辭音殘卷：「詩曰『何斯違斯』，毛曰：『違，去也。』又曰：『中心有違。』毛曰：『違，離也。』廣雅：『違，偕也。』」一字三義，皆通也。汪瑗楚辭集解：「違者，去其地也。棄者，舍其人也。」對文別義。散則不別。

改，更也。◎案：詳參上「何不改此度」注。

言宓妃雖信有美德，傲驕無禮，不可與共事君，來復棄去而更求賢也。◎文選本無「信」字，「來復棄去」作「來去相棄」。胡本、明州本、建州本「棄」作「弃」。唐寫本「傲」作「敖」，「棄」作「弃」。六臣本「也」作「者」。尤袤本「棄」作「弃」。正德本、隆慶本、劉本、湖北本、朱本、馮本、俞本、四庫章句本「來復棄去而更求賢也」作「來違去相弃而更求賢良也」，莊本「來」上有「雖」字。案：信，誠也。無「信」者，敓也。又，作「求去相棄」，不辭。求，來之訛。據義，舊作「來去相弃而更求賢也」。陸善經引王逸注：「雖則信美，無有事君之意，故歸違棄之，而更求賢也。」其所據本別。信，非誠信也，蓋通作「身」。郭店楚墓竹簡六德：「䚱言尔言。」緇衣：「以成其䚱。」上博簡(二)從政：「夫是則獸(守)之㠯䚱。」清華簡(六)子產：「勉以利民，民以䚱之，不䚱不䚱。求䚱又(有)事，淺以䚱罙(深)，罙(深)以䚱淺。能䚱，上下乃周。」䚱，即信字，从言、身聲。信、身亦宜通也。此言宓妃雖身美而無禮儀也。章句「言宓妃雖信有美德」云云，非也。

覽相觀於四極兮，周流乎天余乃下。

言我乃復往觀視四極，周流求賢，然後乃來下也。

【疏證】

言我乃復往觀視四極，周流求賢，然後乃來下也。◎文選六臣本、尤袤本「來下」下無「也」字。案：章句「言我乃復往觀視四極」云云，以「覽」爲「復往」，則爲「周覽」；以「相觀」連屬，皆爲「觀視」者，非也。聞一多離騷解詁：「覽，俯視貌。」至塙。覽，非凡人所觀視，神靈之視。神居九天之上，下視人寰，則謂之覽。詳參上「皇覽揆余初度兮」注。屈子，帝高陽之裔，亦神也。上遊春宮，其視下也謂之覽。相觀，平列同義，散則不別。上博簡（八）有皇將起「周流」作「遊流」。

望瑶臺之偃蹇兮，

石次玉曰瑶，詩曰：「報之以瓊瑶。」偃蹇，高貌。

【疏證】

石次玉曰瑶，詩曰：「報之以瓊瑶。」◎文選本無注。正德本、隆慶本、劉本、湖北本、朱本、馮本、俞本、莊本、四庫章句本「玉」下有「名」字。案：瑶字始此，則舊有注，文選本删之也。引詩見衛風木瓜，一章曰：「投我以木瓜，報之以瓊琚。」二章曰：「投我以木桃，報之以瓊瑶。」三章曰：

「投我以木李，報之以瓊玖。」毛傳：「瓊，玉之美者。琚，佩玉名。瓊瑤，美石。瓊玖，玉名。」孔疏：「以言『瓊琚』，琚是玉名，則瓊非玉名，故云『瓊玉之美者』，言瓊是玉之美名，非玉名也。」聘義注云：『瑜，玉之美者。』亦謂玉中有美處謂之瑜。瑜，非玉名也。有女同車云：『佩玉瓊琚。』故知『琚，佩玉名』。此言『琚，佩玉名』，下傳云：『瓊瑤，美石。瓊玖，玉名。』三者互也。琚言佩玉名，瑤、玖亦佩玉名。瑤言美石，玖言玉名。明此三者皆玉石雜也。」說文玉部：「瑤，石之美者。」段注云：「各本石譌玉，今依詩音義正。衞風『報之以瓊瑤』，傳曰：『瑤，美石。』正義不誤。王肅、某氏注尚書，劉逵注吳都賦皆曰：『瑤、琨，皆美石也。』大雅曰『維玉及瑤』，云『及』，則瑤賤於玉。周禮『享先王，大宰贊王玉爵，内宰贊后瑤爵』，禮記『尸飲五，君洗玉爵獻卿；尸飲七，以瑤爵獻大夫』。是玉與瑤等差明證。九歌注云：『瑤，石之次玉者。』凡謂瑤爲玉者，非是。」其說是也。章句釋「瑤」引詩爲證，其因毛詩。散則瑤、玉不別。九章涉江「吾與重華遊兮瑤之圃」，章句：「瑤，玉也。」書禹貢「瑤琨篠簜」，孔傳：「瑤、琨，皆美玉。」瑤臺，臺之貴者，類傾宮、瓊室。文選卷三東京賦：「固不如夏癸之瑤臺，殷辛之瓊室也。」李善注引汲冢古文：「夏桀作傾宮、瑤臺，殫百姓之財。」卷五吳都賦：「思比屋於傾宮，畢結瑤而構瓊。」劉逵注：「汲郡地中古文冊書曰：『桀築傾宮，飾瑤臺。』」御覽卷八二皇王部七帝桀引紀年：「桀傾宮，飾瑤臺，作瓊室，立玉門。」又，上博簡（二）子羔篇瑤臺作央臺。說者謂瑤、央聲之轉，失之。央，瑛也，玉之光華。瑛臺，猶玉臺。或曰：瑶臺，猶圜土之臺，璇宫也。淮南子卷八本經訓「帝有桀、紂，爲璇室、瑶臺」，高注：「瑶，或作摇。言室施機關可轉旋也，臺可摇動，極土木之巧也。」此未開也。璇室、摇臺，皆外有垣。宜備爲一説。

偃蹇，高貌。◎文選唐寫本、正德本、隆慶本、劉本、湖北本、朱本、馮本、俞本、莊本、四庫章句本「高貌」下有「也」字。唐寫本、明州本「貌」作「皃」。尤袤本、秀州本「貌」作「意」。案：文選卷一西都賦「遂偃蹇而上躋」、卷五六陸佐公石闕銘「偉哉偃蹇」，李善注並引王逸曰：「偃蹇，高貌也。」則有「也」字。屈賦言「偃蹇」者凡四：或爲衆盛貌，下「何瓊佩之偃蹇」是也。或解舞貌，九歌東皇太一「靈偃蹇兮姣服」，章句：「偃蹇，舞貌。」或解連蜷貌，遠遊「服偃蹇以低昂」是也。瑶臺偃蹇，猶吕氏春秋卷六季夏紀第三音初「九成之臺」。偃蹇之爲高，猶夭驕、驕傲，皆聲之轉。左傳哀公六年杜注：「偃蹇，驕敖也。」文選卷一五思玄賦「偃蹇夭矯娩以連卷兮」，李善注：「偃蹇，驕傲之貌也。」驕傲，則非上「保厥美以驕傲」，「高」之緩言，有崇高、孤特義。卷八上林賦「偃蹇杪顛」，卷一一魯靈光殿賦「飛梁偃蹇以虹指」，卷一八琴賦「偃蹇雲覆」，漢書卷二二禮樂志「偃蹇驤」，皆孤特之貌。或作偃卻，荀子卷三非相篇第五「足以爲奇偉偃却之屬」，楊倞注：「偃却，猶偃仰，即偃蹇也。」亦傲大也。偃蹇之解連蜷者，「㫃」之緩言。説文㫃部：「㫃，旌旗之游㫃蹇之貌。」引申爲蜷曲。招隱士「偃蹇連蜷兮枝相繚」是也。舞以蜷曲爲美，則解舞貌。聲轉或爲窈糾，詩月出「舒窈糾兮」，毛傳：「窈糾，舒之姿也。」或爲蚴虬，惜誓「蒼龍蚴虬於左驂兮」是也。或爲蚴蟉，文選卷八上林賦「青龍蚴蟉於東廂」，李善注引郭璞曰：「蚴蟉，龍行貌也。」偃蹇之爲衆盛，與晻藹、蓊藹、幽藹、夭遏、窈藹爲語之轉。偃蹇一字，其義各有所因。王念孫廣雅疏證：「夭撟謂之偃蹇，故驕傲亦謂之偃蹇，崇高亦謂之偃蹇。」其溷爲一語。智者千慮，或有一失。

見有娀之佚女。

有娀，國名。佚，美也。謂帝嚳之妃，契母簡狄也。配聖帝，生賢子，以喻貞賢也。詩曰：「有娀方將，帝立子生商。」呂氏春秋曰：「有娀氏有美女，爲之高臺而飲食之。」言己望見瑶臺高峻，睹有娀氏美女，思得與共事君也。

【疏證】

有娀，國名。◎文選本「名」下有「也」字。案：有娀，有戎也。上博簡（二）子羔篇作有戎。禮記卷一五月令第六鄭注：「高辛氏之出，玄鳥遺卵，娀簡吞之而生契，後王以爲媒官嘉祥，而立其祠焉。」釋文：「娀簡，簡狄，有娀氏女。」則戎之與華雜居亦久，周有犬戎、姜戎、雒戎，秦有西戎，晉有纚戎，鄭、齊、燕有北戎，楚有羅戎，俱見於左傳。春秋經隱公二年「公會戎于潛」，杜注：「陳留濟陽縣東南有戎城。」簡狄之戎近商原，北戎也。水經注卷七濟水一：「濟瀆自濟陽縣故城南，東逕戎城北。」清一統志卷一四四曹州府「戎城」條謂菏澤縣西南有戎城，即古有娀國所在。淮南子卷四墬形訓：「有娀在不周之北。」高注：「有娀，國名也。娀，讀如『嵩高』之嵩。」不周，在楚方城之大復山，庶幾簡狄之舊國。詳參下「路不周以左轉」注。又，史記卷三殷本紀：「母曰簡狄，有娀氏之女。」正義：「記云『桀敗於有娀之墟』，有娀當在蒲州也。」則驪戎也，非簡狄有娀舊墟。

佚，美也。◎案：漢書卷八七上揚雄傳「更思瑤臺之逸女」。佚與逸同。洪引釋文作妷，亦作懿，皆通用字。聞一多離騷解詁：「佚，讀爲逸，奔逃也。佚女，即奔女。呂氏春秋音初篇曰：『有[娥](娀)氏有二佚女，爲之九成之[層](臺)，飲食必以鼓。』謂女有淫行，禁居之臺上，食時則鳴鼓以爲號，使來就食也。列女傳辯通篇齊威虞姬傳曰：『周破胡，惡虞姬嘗與北郭先生通，王疑之，乃閉虞姬於九層之臺，而使有司窮驗問。』虞姬以有淫行而閉諸臺上，事與有[娥](娀)氏同符。左傳僖十五年杜注曰：『古之宮閉者，皆居之臺而抗絶之。』然則佚女臺居，殆即女子宮刑之濫觴。」其說可參。

謂帝嚳之妃，契母簡狄也。配聖帝，生賢子，以諭貞賢也。詩曰：「有娀方將，帝立子生商。」呂氏春秋曰：「有娀氏有美女，爲之高臺而飲食之。」言己望見瑤臺高峻，睹有娀氏美女，思得與共事君也。◎文選本「配」上有「簡狄」二字。唐寫本、明州本、建州本「呂氏春秋曰」作「呂氏春秋言」，秀州本「言」作「云」。唐寫本「事君」下無「也」字。六臣本、尤袤本「望」下無「見」字。正德本、隆慶本、劉本、馮本、俞本、湖北本、朱本、四庫章句本「貞」作「真」，「爲之」作「爲建」。莊本亦作「爲建」。四庫章句本「聖」作「皇」。案：望、睹對舉，舊無「見」字。作「真賢」，非也。皇帝，「聖帝」之訛。補注：「李善引呂氏春秋曰：『有娀氏有二佚女，爲九成之臺。』」據此，章句所引呂氏春秋，因李善文選注竄亂之。引詩見商頌長發，序曰：「長發，大禘也。」鄭箋：「大禘，郊祭天地也。禮記曰：『王者禘其祖之所自出，以其祖配之。』是謂也。」詩：「有娀方將，帝立子生商。」毛傳：「有娀，契母也。將，大也。契，生商也。」鄭箋：「帝，黑帝也。禹敷下土之時，有娀氏之國亦始廣大，有女簡狄吞鳦卵而生契，堯封之於商。後湯王，因以爲天下號，故云『帝立子生商』。」孔疏：「商是水德，黑帝之精，故云黑帝。」黑帝，帝顓頊。商，亦高陽後。騫公楚辭音殘卷：「世本云：『帝嚳次妃有娀氏女曰簡狄，吞乙卵而生偰也。娀，國名也。』鄭玄云：『簡狄吞乙卵而生偰，爲堯司徒，有功，封於商。堯知其後將興，錫姓子氏。自偰至湯八遷，始居亳之殷地，湯王，因以爲天下號。』」又，上博簡（二）子羔篇：「离之母，又酉是（有戎氏）之女也，觀於伊而得之𡩋厽也，遊於央臺之上，又（有）鷃（燕）監（銜）卵而腊（錯）者（諸）丌前，取而軟（吞）之，𡩋欽，是离也。」离、契同。帝嚳，即帝辛，與山海經帝夋、帝舜爲一人之分化，皆居東土，類楚之亞祖。簡狄居於下丘之先。淮南子卷四墬形訓：「長女簡翟，少女建疵。」高注：「姊妹二人在瑤臺，帝嚳之妃也。天使玄鳥降卵，簡翟吞之以生契，是爲玄王，殷之祖。」翟、狄通。屈子求簡狄，猶反本先祖所居。章句「諭求賢」云云，誣也。

吾令鴆爲媒兮，

鴆，運日也，羽有毒可殺人，以喻讒佞賊害人也。

【疏證】

鴆，運日也，羽有毒可殺人，以喻讒佞賊害人也。◎文選唐寫本作「羽有毒煞人以喻讒賊也」。尤袤本、六臣本作「鴆惡鳥也明有毒殺人以喻讒賊」。正德本、隆慶本、劉本、湖北本、朱本、馮本、莊本、俞本、四庫章句本無「羽有」、「佞」、「害人」五字。案：慧琳音義卷八六「翔鶤」條引王逸注楚辭：「鶤狀如鶴而大。」即章句遺義。則舊作「鴆曰鶤狀如鶴而大羽有毒可殺人以喻讒賊也」。其所據本皆別。又，補注：「廣志云：『其鳥大如鴞，紫緑色，有毒，食蛇蝮。雄名運日，雌名陰諧，以其毛［歷］（瀝）飲卮，則殺人。』淮南言『暉日知晏，陰諧知雨』。」王引之云：「廣雅鴆鳥，其雄謂之運日，其雌謂之陰諧。此用淮南注也。淮南繆稱訓『暉日知晏，陰諧知雨』，高誘注云：『暉日，鴆鳥也。晏，無雲也。天將晏静，暉日先鳴也。陰諧，暉日雌也。天將陰雨則鳴。』暉與運同。案繆稱訓云：『鵲巢知風之所起，獺穴知水之高下；暉日知晏，陰諧知雨。』四句各舉一物，四物各爲一類，鵲與獺非牝、牡，暉日與陰諧非雌雄也。偏考諸書，言鴆鳥別名者多矣，皆言運日而不及陰諧，亦可知鴆鳥無陰諧之號，而繆稱訓注非確詁矣。」其説確乎不拔。説文鳥部有鴆，云：「毒鳥也。一名運日。」漢人有此説，非始於淮南高注。繆稱訓「鵲巢知風之所起獺穴知水之高下」云云，謂鵲巢築於木末，則知風所興；獺穴在水裔，則知水深淺。鵲巢、獺穴，皆説一事，非鳥名即獸名。陰諧、運日，亦説一事。暉猶翬也，鳥名。詩斯干「如翬斯飛」，鄭箋：「五色皆備成章曰翬。翬者，鳥之奇異者也。」爾雅釋鳥：「鷹隼醜，其飛也翬。」郭注：「鼓翅翬翬然疾，是疾飛之鳥也。」又云：「伊雒而南，素質五采皆備成章曰翬。」郭注：「亦雉屬，言其毛色光鮮。」文選卷九潘岳射雉賦：「聿采毛之英麗兮，有五色之名翬。」徐爰注：「翬，雉也。伊洛以南，素質五采皆備成章曰翬。」翬，或名翯，楚別名鴆。山海經卷五中山經：「琴鼓之山，其鳥多鴆。瑶碧之山有鳥焉，其狀如雉，恆食蜚，名曰鴆。」郭璞注：「此非食蛇之鴆。」即「五采成章」之翬。隹部：「雉有十四種：盧諸雉、鷮雉、卜雉、鷩雉、秩秩海雉、翟山雉、翰雉、卓雉，伊雒而南曰翬，江淮而南曰摇，南方曰翯，東方曰甾，北方曰稀，西方曰蹲。」段注：「釋鳥：『江淮而南，青質五彩皆備成章曰鷂。』」又云：「賈逵、杜預注左傳『翯作翟。』」按翯與翟韵部相近，但上文已有翟，則作『翯』爲得也，今爾雅作翯。」摇、鷂通用。翯，直由反，幽部，定紐。翟，徒歷反，藥部，定紐。鷂、翟爲宵、藥對轉；鷂、翯爲幽、宵旁轉，一鳥也。楚語幽、侵通轉，猶流之爲攬、導之爲覃、遊之爲淫。幽部之咼轉侵部則作鴆。是鳥亦鳳皇之儔，故屈子以翬爲引魂之使。又，説文鳥部：「鷂，知天將雨鳥也。」引禮記「知天文者冠鷂」，謂「鷂或從遹」。陰諧，鷂之喈喈然鳴則知天將雨。「翬日」所言之事，則未可考。叔師但知食蛇之鴆，未審有別名翬之鴆，以比附讒佞毒害賢良，則反本之志晦也。

鴆告余以不好。

言我使鴆鳥爲媒，以求簡狄，其性讒賊，不可信用，還詐告我，言不好也。

【疏證】

言我使鴆鳥爲媒，以求簡狄，其性讒賊，不可信用，還詐告我，言不好也。◎文選尤袤本、六臣本「不好」下無「也」字。明州本「詐」訛作「許」。朱本「其」下有「鴆」字。案：不好，非鴆鳥詐言「不好」，乃鴆鳥不受我遣，而設爲推諉之詞。告余以不好，猶九歌湘君「告余以不閒」。好，通作孔。爾雅釋器：「肉倍好謂之璧。」孫炎注：「肉，邊；好，孔。」左傳昭公十六年孔疏引爾雅李巡注：「好，孔也。」周禮卷四一冬官考工記第六玉人「璧羨度尺，好三寸以爲度」，鄭司農注：「好，璧孔也。」漢書卷二一律曆志上「令之肉倍好」，如淳云：「體爲肉，孔爲好。」又，釋詁：「孔，間也。」老子二十一章「孔德之容」，王弼注：「孔，空也。」後漢書卷二八下馮衍傳「履孔德之窈冥」，李賢注：「孔之爲言空也。」不好，猶不孔、不空。鴆之告我無閒暇，不欲行媒。

雄鳩之鳴逝兮，

逝，往也。

【疏證】

逝，往也。◎案：因爾雅釋詁。鳴逝，人格化喻詞。逝，讀作誓，古字通用。詩碩鼠「逝將去女」，公羊傳昭公十五年徐疏引詩作「誓將去汝」。日月「逝不古處」，言誓不古處。桑柔「逝不以濯」，言誓不以濯。鳴誓，猶信誓，言蒙鳩之信誓旦旦，多言不實，故云「惡其佻巧」。雄、鳺之别文，敦煌楚辭音殘卷本、文選唐寫本作「鳺」。郭店楚墓竹簡語叢（四）雄皆作「鳺」，古字。雄讀如瞢，通作蒙。蒙鳩，鷦鷯之屬。詳參拙著離騷校詁「雄鳩」條。

余猶惡其佻巧。

佻，輕也。巧，利也。言又使雄鳩銜命而往，其性輕佻巧利，多語言而無要實，復不可信用也。

【疏證】

佻，輕也。◎文選六臣本、尤袤本無注。案：五臣張銑有此注，竄亂之也。説文人部：「佻，愉也。从人，兆聲。」愉，薄樂，苟且也。佻，輕薄也。兆聲之字古有小義，馬三歲爲駣，蜃小者曰珧。物小者輕，行之輕薄者謂之佻，或借作窕，左傳成公十六年：「楚師輕窕。」引申爲虛假不實。韓非子卷一五難二篇第三七引李兑曰：「語言辨，聽之説，不度於義，謂之窕言。無山林澤谷之利而入多者，謂之窕貨。」方言卷一〇：「窕，淫也。沅、湘之間謂之窕。」廣雅釋詁：「窕，婬也。」婬、淫，古字通用。窕言，淫辭浮説也。言部：「誂，相呼誘也。从言，兆聲。」廣雅釋詁：「誂，誘也。誂，戲也。」誘呼之言皆不實，謂之誂；淫辭若戲，亦謂之誂。

巧，利也。◎文選六臣本、尤袤本無注。案：敓之也。巧之爲利，猶巧詐。説文言部：「諞，便巧言也。周書曰：『截截善諞言。』論語曰：『友諞佞。』」諞，今作騙，以虛假之言誘惑人也。佻巧，平列同義，詐僞也。晉書卷六二祖逖傳史論：「借箸馬倫之幕，當于是日，實佻巧之徒歟？」

言又使雄鳩銜命而往，其性輕佻巧利，多語言而無要實，復不可信用也。◎文選本無「多語言」之「言」字，無「用」字。唐寫本「雄」作「鳩」。案：語言、要實相對，則舊有「言」字。又，章句「多語言而無要實」云云，要實，實質也。東漢以後恆語。全晉文卷一六六闕名正誣論：「而誣者或附著生長，枉造僞説；或顛倒淆亂，不得要實。」裴駰史記集解序：「删其游辭，取其要實，或義在可疑，則數家兼列。」宋書卷八明帝紀：「雕華靡麗，奇器異技，並嚴加裁斷，務歸要實。」

心猶豫而狐疑兮，欲自適而不可。

適，往也。言己令鴆爲媒，其心讒賊，以善爲惡，又使雄鳩銜命而往，多言無實，故中心狐疑猶豫，意欲自往，禮又不可，女當須媒，士必待介也。

【疏證】

適，往也。◎案：因爾雅釋詁。邢昺疏引方言：「適，宋、魯語也。往，凡語也。」又，段注說文：「逝、徂、往，自發動言之，之、適，自所到言之。故變卦曰『之卦』，女子嫁曰『適人』。」其說得之。往者，自此之彼，無賓格。適，亦自此之彼，然有賓格。詩緇衣「適子之館兮」，叔于田「叔適野，巷無服馬」，碩鼠「適彼樂土」，株林「匪適株林」，甫田「今適南畝」，論語卷一三子路「子適衛」，左傳閔公二年「成季以僖公適邾」。引申爲嫁女之稱。儀禮卷二九喪服第一一「子嫁，反在父之室」，鄭注：「凡女行於大夫以上曰嫁，行於士庶人曰適人。」此對文別義。散則不別。文選卷一六寡婦賦「適人而所天又殞」，李善注：「適，謂往嫁也。」凡此皆不得言往也。

言己令鴆爲媒，其心讒賊，以善爲惡，又使雄鳩銜命而往，多言無實，故中心狐疑猶豫，意欲自往，禮又不可。女當須媒，士必待介也。◎文選本無「銜命而往」四字，無「女當須媒士必待介」

八字，「無實」作「少實」。唐寫本「雄」作「鴆」。案：文選本删之也。多、少相對爲文，則舊作「少實」。喻林卷一二人事門「畏讒」條引亦作「無實」。章句「女當須媒士必待介」云云，因禮義也。詩南山：「取妻如之何？匪媒不得。」鄭箋：「此言取妻必待媒乃得也。」禮記卷二曲禮上第一：「男女非有行媒，不相知名。」卷五一坊記第三〇：「故男女無媒不交，無幣不相見，恐男女之無别也。」管子卷一形勢篇第二：「自媒之女，醜而不信。」淮南子卷二〇泰族訓：「待媒而結言，聘納而取婦。」韓詩外傳卷二：「士不中道相見，女無媒而嫁者，君子不行也。」史記卷四六田敬仲完世家：「女不取媒因自嫁，非吾種也，汙吾世。」鹽鐵論卷一〇大論第五九：「故士因士，女因媒。」左傳哀公十五年：「子服景伯如齊，子贛爲介，見公孫成。」則「女當須媒士必待介」，以申說「意欲自往禮又不可」。則舊禮如是。

鳳皇既受詒兮，恐高辛之先我。

高辛，帝嚳有天下號也。帝繫曰：「高辛氏爲帝嚳，帝嚳次妃有娀氏女生契。」言己既得賢智之士若鳳皇，受禮遺將行，恐帝嚳已先我得娀簡狄也。

【疏證】

高辛，帝嚳有天下號也。◎文選本無「帝」字，唐寫本「號」作「号」。案：左傳文公十八年：

「高辛，帝嚳之號。」章句所因。帝嚳號高辛，猶顓頊號高陽，皆以國氏土地爲號。嚳、皞同，猶高陽之高。辛，地名。補注：「皇甫謐云：『高辛都亳。今河南偃師是。』張晏云：『高辛，所興之地名也。』」辛之地有三：洪引皇甫謐説，是其一。二在濮陽。史記卷一五帝本紀「帝嚳崩」，集解引皇覽：「帝嚳冢在東郡濮陽頓邱城南臺陰野中。」三在商丘。左傳襄公九年：「陶唐氏之火正閼伯居商丘」，杜注：「閼伯，高辛氏之子。商丘在宋地。」濮陽，高辛所興。商邱，閼伯始遷之居，偃師，亦其後所遷。羅泌路史後紀卷九上高辛：「帝嚳高辛氏姬姓，曰嚳，一曰逡。」據郭沫若卜辭通纂考辨，山海經自大荒東經以下，帝俊之名凡十五見。郭璞於首出之「帝俊生中容」下注云：「俊亦舜字，假借字音也。」而於大荒西經「帝俊生后稷」下則注云：「俊，宜爲嚳，嚳第二妃生后稷也。」其綜述王國維卜辭中所見殷先公先王考及續考。卜辭之「高祖」，王氏初釋爲夋，即帝嚳名帝夋之夋、山海經之帝俊。後又「以卜辭之爲夋，即帝嚳之名」。郭氏乃謂夒，讀納告反，與嚳同音告，是嚳本字；作夋與俊均形訛。「帝俊與帝嚳爲一人，則帝舜與帝嚳亦同是一人」。禮記祭法稱「殷人禘嚳而郊冥，祖契而宗湯」，而魯語云「殷人禘舜祖契」，此其明證。同是一字，或讀爲嚳，或讀爲夋，或讀爲舜，或讀爲俊，故夋爲嚳之名。後遂「誤以帝俊、帝嚳、帝舜爲三人也」（詳世系第二五九片）。其説至確。上博簡（二）子羔篇、容成氏舜字皆作夋。

帝繫曰：「高辛氏爲帝嚳，帝嚳次妃有娀氏女生契。」◎文選本「帝嚳」下無「帝嚳」二字。正德本、隆慶本、劉本、湖北本、朱本、馮本、俞本、莊本、四庫章句本「有娀氏」下有「之」字。案：據義，則文選本存其舊。章句引帝繫見大戴禮記卷七第六三篇，其原文曰：「帝嚳卜其四妃之子而皆有天下。次妃有娀氏之女也，曰簡狄氏，產契。」章句撮其要。卜辭云：「燎于兕。貞勿燎于兕。」（前一・五一・二）董作賓甲骨文斷代研究例謂兕即契。

言已既得賢智之士若鳳皇，受禮遺將行，恐帝嚳已先我得娀簡狄也。◎文選本「之士」作「之人」，無「娀」字。尤袤本、六臣本「將」下無「行」字。唐寫本「禮」作「礼」，「娀」作「娥」，無「狄」字。文淵四庫章句本「智」作「德」，文津本亦作「智」。案：作「娀簡狄」、「娀簡」，皆不辭，則舊作「有娀簡狄」。鶱公楚辭音殘卷：「詒，餘之反，遺也。」又云：「遺，餘季反。」鶱公所據本有「詒遺也」之注，後以其重複刪之。山海經卷一七大荒北經：「東北海之外，大荒之中，河水之間，附禺之山，帝顓頊與九嬪葬焉，爰有玄鳥，皆出衞於山。」卷一八海內經：「北海之內有山名曰幽都之山，黑水出焉，其上有玄鳥。」玄鳥，高辛氏之精靈。左傳昭公十七年：「秋，郯子來朝。公與之晏，昭子問焉，曰：『我高祖少皞摯之立也，鳳鳥適至，故紀於鳥，爲鳥師而鳥名。鳳鳥氏，歷正也。玄鳥氏，司分者也。伯趙氏，司至者也。青鳥氏，司啓者也。丹鳥氏，司閉者也。祝鳩氏，司徒也。鴡鳩氏，司馬也。鳲鳩氏，司空也。爽鳩氏，司寇也。鶻鳩氏，司事也。』」少皞氏帝摯，高辛次子（詳參史記卷一五帝本紀），以鳥爲官名，因其氏族崇鳥禮俗。屈子於高辛氏不無宗親之情愫。故其求簡狄，以鳳皇爲使。

欲遠集而無所止兮，聊浮遊以逍遥。

言己既求簡狄復後高辛，欲遠集它方，又無所之。故且遊戲觀望以忘憂，用以自適也。

【疏證】

言己既求簡狄復後高辛，欲遠集它方，又無所之。故且遊戲觀望以忘憂，用以自適也。◎文選本「它」作「他」，「憂」下有「也」字，無「用以自適也」五字。正德本、隆慶本、俞本、劉本、朱本「憂」下有「者也」二字，無「用以自適也」五字。馮本、四庫章句本「憂」下有「也」字，無「用以自適也」五字。莊本「憂」上有「其」字。案：有「用以自適也」，羨也。據唐本删之可也。惜誦「欲高飛而遠集兮」，遠集，屈賦恆語。又，章句「欲遠集它方又無所之」云云，則舊本正文「止」作「之」。悲回風「馳委蛇之焉止」之止，章句「不及」云云，則亦作「止」字。

及少康之未家兮，留有虞之二姚。

少康，夏后相之子也。有虞，國名，姚姓，舜後也。昔寒浞使澆殺夏后相，少康逃奔有虞，虞因妻以二女，而邑於綸，有田一成，有衆一旅，能布其德，以收夏衆，遂誅滅澆，復禹之舊績。屈原設至遠方之外，博求衆賢，索宓妃則不肯見，求簡狄又後高辛，幸若少康留止有虞，而得二妃，以成顯功，是不欲遠去之意也。

【疏證】

少康，夏后相之子也。◎案：史記卷二夏本紀：「帝相崩，子帝少康立。」竹書紀年謂夏相二十八年，「世子少康生」，原注：「丙寅年。」

有虞，國名，姚姓，舜後也。◎文選本「名」下有「也」字，「姚姓」作「姓姚氏」。案：説文女部：「姚，虞舜凥姚虛，因以爲姓。从女，兆聲。或爲姚，嬈也。」又云：「嬀，虞舜凥嬀汭，因以爲氏。从女，爲聲。」段注：「舜既姚姓，則嬀爲舜後之氏可知。按：依史記當云因以爲氏姓。尋姓氏之禮，姓統於上，氏別於下。鄭駁五經異義曰：『天子賜姓命氏，諸侯命族。』族者，氏之別名；姓者所以統繫百世不別也；氏者，所以別子孫之所出。故世本之篇言姓則在上，言氏則在下也。此由姓而氏之説也。既別爲氏，則謂之氏姓。」又云：「史記陳杞世家，舜爲庶人時，堯妻之二女，居於嬀汭，其後因爲氏姓，姓嬀氏。」姚，虞之姓，非氏，則唐本非。其後有別爲嬀氏。潛夫論卷九志氏姓第三五：「帝舜姓虞，又爲姚，居嬀。武王克殷而封嬀滿於陳，是爲胡公。」又別爲陳氏。左傳昭公八年「陳，顓頊之族也」，杜注：「陳祖舜，舜出顓頊。」史記卷一五帝本紀「虞舜者」，索隱：「虞，國名，在河東大陽縣。」正義：「括地志云：『故虞城在陝州河北縣東北五十里虞山之上。酈元注水經云幹橋東北有虞城，堯以女嬪于虞之地也。又宋州虞城大襄國所封之邑，杜預云舜後諸侯也。又越州餘姚縣，顧野王云舜後支庶所封之地。舜，姚姓，故支裔云餘姚。縣西七十里有漢上虞故縣。會稽舊記云：舜，上虞人，去虞三十里有姚丘，即舜所生也。周處風土記云：舜，東夷之人，生姚丘。』括地志又云：『姚墟在濮州雷澤縣東十三里。孝經援神契云：舜生於姚墟。』案：二所未詳也。」庚案：以余觀之，舜之所居姚墟，在濮州雷澤，與帝高陽、帝高辛所興之地近。河東之虞、會稽之餘姚，皆其支庶所遷。路史國名記卷丁「餘虞」條云：「即虞吳，今長興東北四十二里有餘虞浦，周處云：『諸漁浦，一名餘吳溪。舜虞時人化之徠居。故記每作餘漁，非也。』」亦虞舜之裔。今考史前遺址，浙東餘姚有河姆渡，上海有崧澤，嘉興有馬家浜，吳興有草鞋山，杭州有良渚。其俗崇鳥、崇日，說者以爲姚姓先民遺存，在四千年至七千年前，姚氏先民遷涉江南而居。

昔寒浞使澆殺夏后相，少康逃奔有虞，虞因妻以二女，而邑於綸，有田一成，有衆一旅，能布其德，以收夏衆，遂誅滅澆，復禹之舊績。◎文選本無「之」字。唐寫本「殺」作「煞」，「逃奔」下無「有虞虞因妻以」以下十六字，「能布」作「能以」。尤袤本「虞」上無「有」字。明州本、建州本、秀州本、尤袤本「綸」作「緍」。正德本、隆慶本、劉本、湖北本、朱本、馮本、俞本、莊本、四庫章句本「綸」下有「緍」字。案：緍、綸，古字通用。則「綸」下有「緍」者，羨也。騫公楚辭音殘卷：「緍，亡邨反。」則其所據本作「邑於緡」。章句因左傳哀公元年：「昔有過澆殺斟灌以伐斟鄩，滅夏后相。后緡方娠，逃出自竇，歸于有仍，生少康焉，爲仍牧正，惎澆能戒之。澆使椒求之，逃奔有虞，爲之庖正，以除其害。虞思於是妻之以二姚，而邑諸綸。有田一成，有衆一旅，能布其德，而兆其謀，以收夏衆，撫其官職，使女艾諜澆，使季杼誘豷，遂滅過、戈，復禹之績，祀夏配天，不失舊物。」則左傳作「綸」。無「有虞虞因妻以二女而邑於綸有田一成」者，爛敚之。二姚，姚姓二女，姊妹二人。姊妹共事一夫，類堯女娥皇、女英共事帝舜一人，屬亞血族羣婚制。二姚，帝舜之後，與楚同祖，亦下丘之先。然二姚適夏后氏少康，爲夏氏先妣，其求之不可得焉。

屈原設至遠方之外，博求衆賢，索宓妃則不肯見；求簡狄又後高辛；幸若少康留止有虞，而得二妃，以成顯功，是不欲遠去之意也。◎文選本「顯功」下有「也」字。唐寫本「宓」作「密」，「遠去」下無「之」字。「意」下無「也」字。尤袤本、明州本、建州本「之意也」作「貎」，秀州本作「意」。尤袤本、六臣本「設」作「放」。正德本、隆慶本、劉本、湖北本、朱本、馮本、俞本、莊本、四庫章句本「設」作「放」，「賢」下有「人」字。案：據義，則舊作「放至」爲允。作「貌」，訛也。章句「幸若少康留止有虞而得二妃」云云，若猶及也。則舊本正文作「及」字。錢杲之離騷集傳及作又，非也。郭店楚墓竹簡、上博簡、清華簡「及」皆作「𨑹」。章句謂求女是「博求衆賢」，非也。屈子求女，求下丘之先，無興寓君臣時世。其反本以索夏氏先妣二姚，誠非所當，此宜乎其求之不可遂也。

理弱而媒拙兮，恐導言之不固。

弱，劣也。拙，鈍也。言己欲效少康，留而不去，又恐媒人弱鈍，達言於君，不能堅固，復使回移也。

【疏證】

弱，劣也。◎文選本無注。案：刪之也。説文彡部：「弱，橈也。上象橈曲，彡象毛氂。橈，弱也。」段注：「橈者，曲木也。引伸爲凡曲之偁。直者多强，曲者多弱。易曰：『棟橈，本末弱也。』弱與橈叠韵。」柔曰弱，年少曰弱，仁者亦曰弱。力部：「劣，弱也。从力、少。」劣，少力也。鄙曰劣，德之下者亦曰劣。散則不別。

拙，鈍也。◎文選秀州本、明州本無注。唐寫本「鈍」作「頓」。案：騫公楚辭音殘卷：「頓，鈍音。」則其所據本作「頓」也。鈍、頓，古字通用。無注，敓之也。説文手部：「拙，不巧也。从手、出聲。」墨子卷一三魯問第四九：「利於人謂之巧，不利於人謂之拙。」或通作屈，釋名釋言語：「拙，屈也，使物否屈不爲用也。」或通作詘。莊子卷六知北遊第二二「問乎狂屈」，釋文：「屈，司馬、向、崔本作詘。」文選卷九揚雄長揚賦「迺展人之所詘」，李善注：「詘，古屈字也。」又，金部：「鈍，錭也。从金、屯聲。」又曰：「錭，鈍也。从金、周聲。」段注：「今俗挫抑人爲錭鈍。」史記卷五七絳侯周勃世家「其椎少文如此」，索隱引大顔：「俗謂愚爲鈍椎。」椎，亦聲轉字。短曲不巧曰拙，愚癡不疾曰鈍。對文別義。

言己欲效少康，留而不去，又恐媒人弱鈍，達言於君，不能堅固，復使回移也。◎文選唐寫本「效」作「効」，「鈍」作「頓」。六臣本、尤袤本「回移」下無「也」字。正德本、隆慶本、馮本、劉本、朱本、俞本、四庫章句本、莊本「效」作「効」，「弱鈍」下有「故」字。文淵四庫章句本「鈍」作「純」，文津本亦作「鈍」。湖北本、朱本「弱鈍」下有「故」字。案：效、効同。純，鈍之訛。又，不固，猶思美人「羌宿高而難當」之「難當」。章句「堅固」云云，非也。固，讀如嫴，古字通用。説文女部：「嫴，保任也。」不嫴，猶不堪當任。

世溷濁而嫉賢兮，好蔽美而稱惡。

稱，舉也。再言「世溷濁」者，懷、襄二世不明，故羣下好蔽忠正之士，而舉邪惡之人。

【疏證】

稱，舉也。◎文選本、正德本、隆慶本、劉本、湖北本、朱本、馮本、四庫章句本、俞本、莊本無注。案：敓也。稱之爲銓，無舉揚義，通作偁。騫公楚辭音殘卷：「偁，又稱同，尺仍反。」則其所據本有注，且作「偁」。説文人部：「偁，揚也。从人，爯聲。」段注：「揚者，飛揚也。釋言：『偁，舉也。』郭注引尚書『偁爾戈』，玉篇引左傳『禹偁善人』。凡古偁舉、偁謂字皆如此作。自序云『其偭易、孟氏，書、孔氏』，『子』篆下云『人以爲偭』。自稱行而偭廢矣。稱者，今之秤字。」

再言「世溷濁」者，懷、襄二世不明，故羣下好蔽忠正之士，而舉邪惡之人。◎文選本「世溷」作「時溷」。明州本、秀州本「二世」作「二葉」。正德本、隆慶本、劉本、湖北本、朱本、馮本、俞本、莊本、四庫章句本「人」下有「也」字。案：作「時」、「葉」，避唐諱。又，章句「再言世溷濁者」云云，以斥「懷、襄二世不明」，以離騷作於頃襄世。然非屈子求女本意。屈子三求女未成，謂其反歸下丘之未果，欲死亦未遂。又自彼岸冥界至此岸生界，再覩時世，猶復見其溷濁不分，則於苟生又不忍。屈子之精神，於去留生死之間而未之能決。下設求靈氛以決之，則其爲文，至此又一跌轉。

閨中既以邃遠兮，

小門謂之閨。邃，深也。

【疏證】

小門謂之閨。◎案：爾雅釋宮：「宮中之門謂之闈，其小者謂之閨，小閨謂之閤。」郭注：「大小異名。」説文門部：「閨，特立之户，上圜下方有似圭。从門、圭聲。」許云「特立」，謂獨立。獨立之户，即單扉。門之大者雙扉，小者單扉。左傳襄公十年「篳門閨竇之人」，杜注：「閨竇，小户；穿壁爲户。上鋭下方，狀如圭也。」從圭聲之字多爲半分義。荀子卷一勸學篇第一「故不積跬步無以至千里」，楊注：「半步曰跬。」田部：「畦，田五十畝曰畦。从田、圭聲。」五十畝，半百畝，亦半分義。半户謂之閨非象圭玉，取義於半分。

邃，深也。◎案：説文穴部：「邃，深遠也。从穴、遂聲。」禮記卷二九下藻第一三「前後邃延」，釋文：「邃，雖醉反，深也。」邃遠，謂下丘之女先所居，深且遠也。又，離騷「既……又……」句法，正文「既以邃」，當乙作「既邃以」。既邃以遠，謂既邃又遠也。

哲王又不寤。

哲，智也。寤，覺也。言君處宫殿之中，其閨深遠，忠言難通，指語不達。自明智之王尚不能覺悟善惡之情，高宗殺孝己是也。何況不智之君，而多闇蔽，固其宜也。

【疏證】

哲，智也。◎文選本「智」作「知」。案：知、智古今字。詳參上「夫維聖哲以茂行兮」注。清華簡（一）皇門「哲王」作「折王」。折、哲古字通用。

寤，覺也。◎案：戴震屈原賦注：「寤，猶悟也。」其説得之。爾雅釋言：「逜，寤也。」釋文：「逜，孫本吾作午。」左傳隱公元年「莊公寤生」，朱駿聲左傳補注：「寤生，遻生也。」皆其相通之證。逜，逆也。不解覺寤。哲王不逜，猶九章懷沙「重華不可遻」也。遻、逜亦通。

言君處宮殿之中，其閨深遠，忠言難通，指語不達。自明智之王尚不能覺悟善惡之情，高宗殺孝己是也。何況不智之君，而多闇蔽，固其宜也。◎文選本「深」作「邃」，「不能覺悟」作「不覺」，「多」作「以」。胡本、明州本、建州本「王」作「主」。馮本「難」作「雖」。文淵四庫章句本「情」下無「高」字，文津本有「高」字。案：無「高」，敓也。章句以「深」釋「邃」，則舊作「深遠」。以，古作㠯，與多字形似。多，㠯之訛。雖，難之訛也。補注：「『哲王又不寤』者，言不知忠臣之分。懷王不明而曰『哲王』者，以明望之也。太史公所謂『冀幸君之一悟，俗之一改』也。韓愈琴操云：『臣罪當誅兮，天王聖明。』亦此意。」其説頗傳屈子本心。然其解「寤」爲「醒悟」，因章句之訛。此乃總結之文，上句總結求帝、三求女之未果，謂欲死既不能；下句總結前半篇遭君斥棄，謂苟生又不忍。屈子可謂處乎生死兩難之際。下文承以令靈氛占卜，斷其去留生死。又，章句「高宗殺孝己」云云，莊子卷七外物第二六：「人親莫不欲其子之孝，而孝未必愛，故孝己憂而曾參悲。」成玄英注：「孝己，殷高宗之子，遭後母之難，憂苦而死。」史記卷五六陳丞相世家「今有尾生、孝己之行」，集解：「如淳曰：『孝己，高宗之子，有孝行。』」文選卷一八馬融長笛賦「哀姜、孝己」，李善注：「帝王世紀：『高宗有賢子孝己，其母早死。高宗惑後妻之言，放之而死，天下哀之。』尸子曰：『孝己事親，一夜而五起，視衣厚薄、枕之高下也。』（六臣本無以上引文）家語曰：『曾子遺妻，告其子曰：「高宗以後妻殺孝己，尹吉甫以後妻放伯奇，吾上不及高宗，中不及吉甫，庯知得免於非乎？」』」又，上博簡（五）競建内之：「昔高宗祭，有雉雊於彝前。詈祖己而問焉，曰：『是何也？』祖己答曰：『昔先君客（格）王：「天不見禹〈害〉，地不生孽，則斥諸鬼神曰：天地盟（明）棄我矣；從臣不許（諫），遠者不方，則修諸向（鄉）里。」』」祖己，即孝己也。

懷朕情而不發兮，余焉能忍與此終古？

言我懷忠信之情，不得發用，安能久與此闇亂之君終古而居乎？意欲復去也。

【疏證】

言我懷忠信之情，不得發用，安能久與此闇亂之君終古而居乎？意欲復去也。◎文選本無「而」字。案：無「而」，語氣不暢。騫公楚辭音殘卷：「焉，於連反。」顔氏家訓卷七音辭篇第一八：「案諸字書，焉者鳥名。或云語詞，皆音於愆反。自葛洪要用字苑分焉字音訓，若訓何訓安，當音於愆反。『於焉逍遥』、『於焉嘉客』、『焉用佞』、『焉得仁』之類是也。若送句及助詞，當音矣愆反。『故稱龍焉』、『故稱血焉』、『有民人焉』、『有社稷焉』、『託始焉爾』、『晉、鄭焉依』之類是也。江南至今行此分別，昭然易曉。」焉，安之借，猶何也，於愆反。「於愆」、「於連」音同。世説新語卷下排調第二五「勇邁終古」，劉孝標注：「終古，往古也。楚辭曰：『吾不能忍此終古。』」往古，永久也。漢書卷二九溝洫志「終古舃鹵兮生稻粱」，蘇林曰：「終古，猶言久古也。」莊子卷二大宗師第六曰：「維斗得之，終古不忒，日月得之，終古不息。」崔注：「終古，久也。」補注：「終古，猶永古也。考工記注曰：『齊人之言終古，猶言常也。』集韻：『古音估者，故也。』音故者，始也。」朱子集注：「終古者，古之所終，謂來日之無窮也。」又，辯證云：「或問終古之義。曰：開闢之初，今之所始也。宇宙之末，古之所終也。考工記曰：『輪已庳，則於馬終古登阤也。』注曰：『終古，常也。』正謂常如登阤，無有已時，猶釋氏之言盡未來際也。」常之言長也，亦永久也。二義皆通。呂氏春秋卷一六先識覽第一先識篇「夏太史令終古出其圖法」。言常出其圖法也。終古，古之恆語。屈賦「終古」凡三見，九歌禮魂「長無絕兮終古」，哀郢「去終古之所居」。終古，皆就屈子一生言，謂永久、終身也。

索藑茅以筳篿兮，

索，取也。藑茅，靈草也。筳，小折竹也。楚人名結草折竹以卜曰篿。

【疏證】

索，取也。◎騫公楚辭音殘卷「索」作「𥿂」。文選秀州本、明州本無注。案：刪之也。蓋其所據隋本作「𥿂」。聞一多視之爲「一字千金」。秦、漢簡帛文獻，索取字皆作「𥿂」。睡虎地秦簡廄苑律：「其乘服公馬牛亡馬者而死縣，縣診而雜買（賣）其肉，即入其筋、革、角，及索（索）入其賈（價）錢。」倉律：「禾、芻稾積索（索）出日，上贏不備縣廷。出之未索（索）而已備者，言縣廷，廷令長吏雜封其廥，與出之，輒上數廷。」又云：「令其故吏與新吏雜先索（索）出之。其故吏弗欲，勿强。其毋（無）故吏者，令有秩之吏、令史主，與倉□雜出之，索（索）而論不備。」□律：「甲、乙捕索（索）其室而得此錢，容（鎔），來詣之。」馬王堆漢帛書法經道法：「死而復生，以禍爲福，孰知其極？反索之無刑（形），故知禍福之所從生。」十六經稱：「行曾（憎）而索愛，父弗得子。行母（侮）而索敬，君弗得臣。」道原：「廣大弗務，及也。深微弗索，得也。」鶡冠所存古字。

藑茅，靈草也。◎文選本「藑」作「瓊」。文選秀州本、明州本無注。案：删之也。瓊、藑古今字。宋趙彦衛雲麓漫鈔卷一引王逸注作「瓊」。補注：「爾雅云：『葍，藑茅。』注云：『藑，葍一種。花有赤者爲藑。』」非是。黄生字詁「瓊」條：「自説文以瓊爲赤玉，故知字學者見書史中以瓊狀白色，便謂其誤。升菴不以爲然。特引雪賦『林挺瓊樹』以證之。余謂雪賦尚是六朝人語，自三百篇之後，莫古於楚辭。其中用『瓊』字不一而足。至『精瓊靡以爲粻』句，寓言以玉屑爲米，確知瓊是白玉。許氏之誤審矣。」黄承吉云：「凡言潔白，物之白者必潔，故楚詞多以玉爲比。若瓊果赤玉，恐不足爲況。」其説得之。藑茅，即白茅也。又，説文艸部：「藑茅，葍也。一名蕣。」又云：「蕣，艸也。楚謂之葍，秦謂之藑。」則所以稱藑者，未以華色，因地別名。藑，秦語。戰國之時，秦語楚用，彼此相通。屈子偶用秦語，亦未足怪。九歌湘夫人「辛夷楣兮葯房」，木部：「楣，秦名，屋櫋聯也。齊謂之檐，楚謂之梠。」亦用秦語。語言爲彼此交流之器，未以好惡爲則。楚曰葍，「包茅」之合音。包茅，幽部；葍，職部。之、職與幽、覺爲旁轉。周章，或作「戠章」。詳參阜陽漢簡蒼頡篇（載文物一九八三年第二期），周，幽韻；戠，識韻。左傳僖公四年：「爾貢包茅不入，王祭不共，無以縮酒，寡人是征。」杜注：「包，裹束也。茅，菁茅也。束茅而灌之以酒爲縮酒。」杜以包爲包裹義，非也。包山楚簡作保豪、琛豪。包與保、琛通用。豪，古亳字，通作茅。或謂之靈茅。漢書卷二五郊祀志上「江淮間一茅三脊」，張晏云：「謂靈茅也。」焦循毛詩草木鳥獸蟲魚釋卷二「白茅」條云：「管子輕重丁云：『江淮之間，一茅三脊曰菁茅。』鄭不言『三脊』者，蓋三脊茅異物，不常有，故宋書符瑞志云：『有三脊茅生石頭西岸。』唐書：『開元十三年，撫州三脊茅生。』均以爲瑞。」故亦謂之靈茅也。俞樾茶香室叢鈔卷一「菁茅」條曰：「水經湘水篇注引晉書地理志曰：縣有香茅，氣甚芬香。言貢之以縮酒也。按：縣謂泉陵縣。」菁，子盈反；藑，邪究反。同耕部，精邪旁紐雙聲。或作蕣，亦通用字。周家祭祀以爲縮酒，楚人以爲占卜。新蔡葛陵楚墓竝用「大央」，猶大英，即藑茅之類。

筳，小折竹也。楚人名結草折竹以卜曰篿。◎騫公楚辭音殘卷本「折」作「破」。文選本「折」亦作「破」。明州本、秀州本無「楚人名結草折竹以卜曰篿」十一字。龐元英文昌雜録卷二、輟耕録卷二〇納音引王逸注「小折」作「小破」，楚辭音「折竹」作「析竹」。玉燭寶典卷八引王逸注：「楚人折竹結草以卜謂爲蓴也。」漢書卷八七上揚雄傳「又勤索彼瓊茅」，顔師古注：「筳篿，析竹所用卜也。」後漢書卷八二上方術傳「日者、挺專、須臾、孤虚之術」，李賢注：「挺專，折竹卜也。楚辭曰：『索瓊茅以筳專。』注云：『筳，八段竹也。楚人名結草折竹曰專。』挺，音大寧反。」柳河東集卷一四天對童注：「楚辭云：『索瓊茅以莛篿』，注謂『折竹卜曰篿』。」御覽卷七二六方術部七竹卜引王逸注：「楚人折竹結草以卜謂爲篿也。」宋趙彦衛雲麓漫鈔卷一引王逸注：「筳，算也。」又云：「小破竹也。楚人結草折竹卜曰篿。」案：其所據本多別。湯炳正楚辭類稿云：「據説文云：『筳，繀絲筦也。』是離騷筳字當爲引申義而非本義。但王逸注所云：『筳，小折竹也。』以文義推之，似是而非，疑當爲『筳，小策也』之誤。『策』即楚辭卜居『乃端策拂龜』之『策』；亦即周易繫辭言筮法所謂『乾之策二百一十有六，坤之策百四十有四』之『策』，皆指筮卦之工具而言。近年出土之中山壺銘文，『策』作『⿱竹所』，下半『斦』即古『析』字。因『析』與『策』古音皆爲支部入聲字，故古書『策』多作『⿱竹析』。如今本老子二十七章『善數者無籌策』，近年馬王堆出土帛書老子甲本作『善數者不以檮⿱竹析』。『⿱竹析』即『策』字。因後人多見『策』字，少見『⿱竹析』字，故王逸注原作『小⿱竹析也』之『⿱竹析』被誤分爲『竹析』二字，而抄校者又以意乙轉『竹析』爲『析竹』，遂誤成今本『小析竹也』之句。從楚辭音作『小破竹也』，知隋、唐時尚作『析竹』，不作『折竹』，其誤猶未遠。而今作『折』

之本，乃一誤再誤之結果。至於王逸注下文云：『楚人名結草折（析）竹以卜曰篿。』其中『結草』即上承『茅』字而來，『析竹』即上承『筳』字而來。因『茅』、『筳』皆名詞，故解釋時加『結』、『析』以足其義。誤王注『小策也』爲『小析竹也』，除字形易混而外，或跟下文『結草』、『析竹』之文亦有關。但『筳』字之不能訓爲『析竹』，亦猶『茅』字之不能訓爲『結草』。其義甚明，無容置疑。」湯氏釋「筳」，甚得其旨。馬王堆漢墓帛書「⿱竹庍」又作「⿱竹斥」。九主篇「伊尹布圖陳⿱竹斥（策）」，「伊尹或（又）請陳⿱竹斥（策）」，「以⿱竹斥（策）於民」。⿱竹斥，⿱竹庍之省文也。廣韻下平聲第二仙韻「篿」字曰：「楚辭云『索瓊茅以筳篿』，王逸云：『折竹，小曰篿。』又音團。」雖非古本，意亦謂「小策」。淮南子卷一齊俗訓「柱不可以摘齒，［筐］（筳）不可以持屋」，高注：「筳，小簪也。」戴侗六書故「筳」字曰：「莊周曰：『舉筳與楹，厲與西施，言大小好醜之殊也。』按：筳，斷竹之小者。漢書曰：『以筳撞鐘。』」小簪、斷竹之小者，皆小簽，類「小策」。索藑茅、筳篿，儷偶並舉，索、筳對文，皆事也，非小策。筳，讀如後漢書「挺專」之挺，謂索取。章句「結草折竹」云云，索取草與竹也，非謂斷竹。藑茅，草也；篿，竹也。皆各一物。説文竹部：「篿，圜竹器也。」本不解策籌。篿，讀作專。寸部：「專，六寸簿也。」段注：「六寸簿，蓋笏也。釋名：『笏，或曰簿，可以簿疏物也。』徐廣車服儀制曰：『古者貴賤皆執笏，即今手版也。』杜注左傳：『珽，玉笏也。若今吏之持簿。』蜀志：『秦宓見廣漢太守，以簿擊頰。』裴松之曰：『簿，手版也。』」楚人策竹謂之專。包山楚簡竹制之卜具有「彤笿」、

「央䈇」，望山楚簡竹制卜具有「小籌」，皆類篿簙。北大漢簡荆決字作「筭」，即今「算」字也。篿、筭音同通用。又，御覽卷七二六方術部七竹卜引荆楚歲時記：「秋分以牲祠社，其供帳盛於仲春之月。社之餘胙悉貢饋鄉里，周於族。社餘之會，其在兹乎。此其會也，擲教於社神，以占來歲豐儉，或折竹以卜。」擲教，即擲爻。爻，竹制之卜具。新蔡葛陵楚墓：「黄佗以詨□□爲君。」詨亦交也。或通珓。集韻卷八去聲第三六效韻：「珓，杯珓，巫以占吉凶器者。」宋程大昌演繁露卷三卜教：「後世問卜於神，有器名盃珓者，以兩蚌殼投空擲地，觀其俯仰，以斷休咎。自有此制後，後人不專用蛤殼矣。或以竹，或以木，略斲削使如蛤形，而中分爲二，有仰有俯，故亦名珓盃。」

命靈氛爲余占之。

靈氛，古明占吉凶者。言己欲去則無所集，欲止又不見用，憂懣不知所從，乃取神草竹筳，結而折之，以卜去留，使明智靈氛占其吉凶也。

【疏證】

靈氛，古明占吉凶者。◎文選秀州本、尤袤本、正德本、隆慶本、劉本、湖北本、朱本、馮本、俞本、莊本、四庫章句本「吉凶者」下有「也」字。案：趙彦衛雲麓漫鈔卷一引王逸注：「靈氛，古之善卜者。」漢書卷八七上揚雄傳「違靈氛而不從兮」，晉灼云：「靈氛，古之善占者。」晉氏因章句。其所據本無害於義，然皆别也。山海經卷一六大荒西經：「大荒之中，有山名曰豐沮玉門，日月所入。有靈山，巫咸、巫即、巫朌、巫彭、巫姑、巫真、巫禮、巫抵、巫謝、巫羅十巫，從此陞降，百藥爰在。」袁珂注：「經言『十巫從此陞降』，即從此上下於天，宣神旨、達民情之意。」靈氛，即巫朌。廣雅釋詁：「靈，巫也。」王念孫云：「古者卜筮之事亦使巫掌之，故靈、筮二字竝從巫。楚辭離騷『命靈氛爲余占之』，靈氛，猶巫氛耳。」其説得之。氛、朌同分聲，例得通用。本字宜作氛。説文气部：「氛，祥氣也。从气，分聲。雰，氛或从雨。」段注：「謂吉凶先見之氣。左傳曰：『非祭祥也，喪氛也。』杜注：『氛，惡氣也。』晉語曰：『見翟柤之氛。』注：『氛，祲氛，凶象也。』凶曰氛，吉曰祥。』玉裁案：統言則祥、氛二字皆兼吉凶，析言則祥吉氛凶耳。許意是統言。左傳又曰：『楚氛甚惡。』杜注：『氛，氣也。』可見不容分别。」巫以「望氣」占兆之，則名靈氛。左傳昭公二十年：「梓慎望氛曰：『今兹宋有亂，國幾亡，三年而後弭。蔡有大喪。』」後漢書卷八二上方術傳：「乃望雲省氣，推處祥妖。」李賢注：「省氣者，觀城郭人畜氣以占之也。」望氛以占，屢見於殷商卜辭，是術行之亦久。殷虚書契後編上卷五之二云：「厶午，在惠，其用巫奔且戊，若？」楊遇夫云：「易巽云：『用史巫紛若。』與此辭用巫同，向皆以紛若二字連讀，以卜辭證之，疑紛爲史巫之名，若，一字爲句，貞神之順否，與此辭同例也。」然靈氛占用藑茅、竹篿，則非望氛氣者。

言己欲去則無所集，欲止又不見用，憂懣不知所從，乃取神草竹筳，結而折之，以卜去留，使明智靈氛占其吉凶也。◎文選秀州本、尤袤本「智」作「知」。六臣本「欲止」下有「則」字。明州本無「明」字，建州本無「明智」二字。明州本「筳」訛作「達」。六臣本、尤袤本「凶」下無「也」字。同治本「占」訛作「古」。正德本、隆慶本、馮本、朱本、劉本、四庫章句本、湖北本「吉凶」作「凶吉」。案：無「明智」，敚也。俞本、莊本亦作「吉凶」。屈子令靈氛斷其生死。章句「欲去」云云，謂死也。「欲止」云云，謂生也。生死兩難，故「憂懣不知所從」。

曰：兩美其必合兮，孰信脩而慕之？

靈氛言以忠臣而就明君，兩美必合，楚國誰能信明善惡，脩行忠直，欲相慕及者乎？己宜以時去也。

【疏證】

靈氛言以忠臣而就明君，兩美必合，楚國誰能信明善惡，脩行忠直，欲相慕及者乎？己宜以時去也。◎文選本「時去」下有「之」字。秀州本「脩」作「修」。正德本、隆慶本、劉本、湖北本、朱本、馮本、俞本、莊本、四庫章句本「就」作「事」，「脩」作「修」，「時去」下有「之」字。案：騫公楚辭音殘卷注下「曰」字云：「曰，靈氛之詞。」靈氛占辭之所以用兩「曰」字别而言之，古今多有歧説。

補注云：「再舉靈氛之言者，甚言其可去也。」汪瑗楚辭集解：「此又靈氛因占兆之吉，復推其說，以勸屈子之詞，而決其遠之志也。」王夫之楚辭通釋：「再言『曰』者，卜人申釋所占之義，謂原抱道懷才，求賢者自不能舍。」蔣驥山帶閣注楚辭：「再言『曰』者，叮嚀之辭。」魯筆楚辭達：「此『曰』字乃原問辭，下章『曰』字，是靈氛答語。」戴震屈原賦注謂上「曰」下四語，屈原問卜之辭，下「曰」下四語，「靈氛以吉占決之」。可謂衆說紛紜，皆未達旨。靈氛占語所以分用兩「曰」字者，以二貞問之。始用草以筮，後用竹以卜。二占之繇詞，用兩「曰」字以別之。此「曰」字以下「兩美其必合兮，孰信修而慕之；思九州之博大兮，豈唯是其有女」四句，用「藑茅」以筮之繇詞；下「曰」字以下「勉遠逝而無狐疑兮，孰求美而釋女；何所獨無芳草兮，爾何懷乎故宇」四句，用「筳篿」以卜之繇詞。筮、占皆合，則謂之吉。殷商卜辭，有「習二卜」法。詳參郭沫若卜辭通纂別録一何叙甫第十二片所釋。習之言襲也。習、襲通用。書大禹謨「卜不習吉」，左傳哀公十年作「卜不襲吉」。周禮卷一五地官第二胥「襲其不正者」，鄭注：「故書襲爲習。」老子五十二章「是謂習常」，傅奕本、景龍本「習」皆作「襲」。文選卷六〇齊竟陵文宣王行狀「龜謀襲吉」，李善注：「尚書曰：『謀及卜筮。』孔安國曰：『龜曰卜。』又曰：『乃卜三龜，一習吉。』襲與習通。」禮記卷三曲禮上第一「卜筮不過三」，鄭注：「求吉不過三。」孔疏：「『卜筮不過三』者，王肅云：禮以三爲成也。上旬、中旬、下旬，三卜筮不吉，則不舉也。鄭意『不過三』者，謂一卜不吉而凶，又卜，以至於三。三若不吉則止，若筮亦然也。故魯有四卜之譏。崔靈恩云：『謂不過三用，若大事龜、筮並用者，先用三王筮，次用三王龜，始是一也。三如是，乃爲三也。若初始之時，三筮、三龜皆凶，則止。或逆多從少，或從多逆少，如此者皆至於三也。單卜、單筮，其法惟一用而已。小吉則擇遠日，不至於三也。前以用三王之龜，筮者有逆有從，故至三也。此唯用一，故不至三也。』案：崔解亦有三王龜筮也。」則漢師説禮多有異義。楚簡習卜，筮、卜相承，各用一，若筮、卜皆吉或皆凶，則止也。若一吉一凶，則三以決之。筮、卜皆吉爲大吉，兩吉一凶者小吉，兩凶一吉者小凶，筮卜皆凶爲大凶，皆止也，故曰「卜筮不過三」。包山楚簡始則「鄦羕以少寶爲左尹邵㐌貞」，筮也；而後「屈宜習之以彤答爲左尹邵㐌貞」。答字從竹，用彤答，亦折竹卜。習，襲卜。蓋「一卜從二」也。望山楚簡謂「以黄靈習之」，又謂「習之以黄靈」，黄靈，靈龜也。先卜而後習以卜。靈氛先筮後卜，蓋「單筮單卜」也。或者三人同日貞卜而從二人者，包山楚簡醘吉、石被裳、酈會三人於畱层之月乙未之日同卜，皆吉；五生、醘吉、苛嘉於夏柰之月乙丑之日同貞卜，皆吉；𣅀吉、苛光、鄦羕於臭月乙酉之日同貞卜，皆吉。皆所謂「大吉」，然與靈氛始筮後卜者別。北大漢簡（五）荊決乃楚人占卜遺制。荊，楚也。決，訣也。荊決者，謂楚人占筮要訣也。首云：「鐫龜告筮，不如荊決。若陰若陽，若短若長。所卜毋方，所占毋良，必察以明。卅筭以卜其事，若吉若凶，唯筭所從。左手持書，右手操筭，必東面。用卅筭，分以爲三分，其上分衡，中分從，下分衡。四四而除之，不盈者勿除。」蓋其法，用筭（篿）三十枚，任意分爲上中下「三分」，每分若大於四，四分再四分，取其四除之餘爲占；若小於四，則留之視如四除之餘，以之爲占。其爻爲三，上爻横，中爻竪，下爻横。三爻成卦象，分别與干支相配，繫之以繇辭，末附吉凶占斷。唯以筭之劃卦未存，無由知其詳。然亦以「三」爲例，是「三卜從二」之義也。又，正文「慕之」與上文「占之」出韻。説者紛如，未知所從。金小春云：「『慕之』當是『莫之思』之脱誤。『曰兩美其必合兮，孰信修而莫之思』，思與上句『索藑茅以筳篿兮，命靈氛爲余占之』之『之』字協韻。」金氏又曰：「『曰兩美其必合兮，孰信修而莫之思？思九州之博大兮，豈唯是其有女？』『莫之思』之下復有一個『思』字，兩『思』字相重而常遺其一。合俞樾古書疑義舉例第八十二條『字以兩句相連而誤脱』之例。後人未審，又改『莫之』爲『慕之』也。」其説得之。章句「相慕及」云云，以慕釋思，其舊本作「莫之思」。而後敓一「思」字，因章句誤改「莫之」爲「慕之」。金氏謂誤自章句，誣也。方言卷一〇：「凡言相憐哀，江濱謂之思。」憐哀平列，猶憐愛也。方言卷一：「自關而西，秦、晉之間凡相敬愛謂之亟，陳、楚、江淮之間曰憐。」哀亦愛也。思，慕也，猶憐愛也。則亦楚語。

思九州之博大兮，豈唯是其有女？

言我思念天下博大，豈獨楚國有臣而可止乎？

【疏證】

言我思念天下博大，豈獨楚國有臣而可止乎？◎文選本「有」下有「君」字，「臣」下無「而」字。正德本、隆慶本、劉本、湖北本、朱本、馮本、俞本、莊本、四庫章句本「有」下有「君」字。案：據義，則舊作「有君臣」。又，正文「思」字，讀作「司」。釋名釋言語：「思，司也。凡有所司捕，必靜思忖亦然也。」周禮卷一四地官第二司市「上旌于思次以令市」，鄭注：「玄謂思當爲司字，聲之誤也。」司，察、視也。同卷地官第二師氏「居虎門之左司王朝」，鄭注：「司，猶察也。」或作覗。方言卷一〇：「伺，視也，自江而北或謂之覗。」江而北，屬東楚。覗，楚語。司、覗，古今字。

曰：勉遠逝而無狐疑兮，孰求美而釋女？何所獨無芳草兮，爾何懷乎故宇？

（爾，女也。）懷，思也。宇，居也。言何所獨無賢芳之君，何必思故居而不去也。此皆靈氛之詞。

【疏證】

爾，女也。◎補注本無注。案：敚也。據文選本、正德本、隆慶本、劉本、湖北本、朱本、馮本、四庫章句本、俞本補。文選秀州本、莊本「女」作「汝」，古今字。詩雄雉「百爾君子」，鄭箋：「爾，女也。」

懷，思也。◎案：因爾雅釋詁。懷思，猶思歸。詩板「懷德維寧」，孔疏：「懷之爲訓思也，來也，止也。」

宇，居也。◎案：宇無居義，即「宅」之訛。「宅」與下「下」字同協鐸韻。敦煌楚辭音殘卷本作宅。又謂「或作寓音」，寓，古宇字。其所據或本亦訛作宇。爾雅釋言：「宅，居也。」即章句所因。後漢書卷二八下馮衍傳「還吾反乎故宇」，拾摭於此，則東漢訛矣。宅，古作乇，與居字古文凥形似。宅猶陵也。包山楚簡字作垞，曰「愄王之垞」，楚威王之寢陵。曰「宣王垞」，楚宣王之寢陵。曰「肅王垞」，楚肅王之寢陵。曰「王士之垞」，王士之寢陵。儀禮卷三七士喪禮第一二「筮宅」，鄭注：「宅，葬居也。」孝經卷九喪親章「卜其宅兆，而安措之」，玄宗注：「宅，墓穴也。兆，塋域也。」禮記卷三三喪服小記第一五「祔葬者不筮宅」，鄭注：「宅，葬地也。」古之同氏族之人必擇一地以爲共葬之處，謂之宅塋。姓有大宅，氏有氏宅，族有族宅。先祖居中，子孫以昭穆之次葬之。楚之高丘，楚族大宅，帝高陽居中，楚人在其下者葬以昭穆之次。屈子出於帝高陽，死當歸高丘之宅。

言何所獨無賢芳之君，何必思故居而不去也。此皆靈氛之詞。◎正德本、隆慶本、劉本、湖北本、朱本、馮本、俞本、莊本、四庫章句本「之詞」下有「也」字。湖北本「詞」作「辭」。又，補注：「草，一作艸，舊作卉。」案：詞、辭，古字通用。又，章句末爲「曰勉遠逝而無狐疑兮孰求美而釋女」二句釋義，至下「勉陞降以上下兮」一句，始訓「勉」義。楚簡無「草」、「艸」字，凡「草木」之「草」，悉作「𦫳」。如楚帛書「𦫳木亡尚」、「𦫳木民」，上博簡（二）子羔：「五正從者（諸）𦫳茅之中。」（二）容成氏：「𦫳木晉（蓁）長。」又：「乃𦫳備（服）莘臣笠若（箬）冒（帽）。」（九）陳公治兵：「深𦫳霜露。」清華簡（六）管仲「𦫳木不辟（闢）。」皆其證。洪引「舊本作𦫳」，存其舊也。是知屈賦凡「草木」字皆宜作「𦫳」也。舊本以「曰勉遠逝而無狐疑兮」一句爲巫咸告語，而以下「曰勉陞降以上下兮」一句爲靈氛占詞。後所竄亂也。騫公楚辭音殘卷本于下「曰勉陞降以上下兮」注：「曰，靈氛之詞。」其所據隋本猶未亂。又，呂延濟注：「靈氛曰，但勤力遠去，誰有求忠臣而不擇取汝者也。」則文選五臣本「而釋女」作「不女擇」。失之。而、不古多相訛，五臣本始訛「而」爲「不」字，以其不詞，校「釋」爲「擇」，而作「不女擇」。又，騫公楚辭音殘卷注：「釋，置也。或作舍字，捨音。」則隋本未訛。

世幽昧以昡曜兮，孰云察余之善惡？

昡曜，惑亂貌。屈原答靈氛曰：當世之君皆闇昧惑亂，不分善惡，誰當察我之善情而用己乎？是難去之意也。

【疏證】

昡曜，惑亂貌。◎建州本「曜」作「曜」。案：曜，俗曜字。幽昧、昡曜，相對爲文，不明貌，即溷濁之聲轉。昡、溷爲真、文旁轉，曜、濁爲藥、屋旁轉。因聲以求，與困敦、混沌、驩兜、濁穢、浩蕩、胡塗等，皆語之轉，其根於不明義。訓惑亂者，則引申義。訓詁字作昡曜、昡曜，未能定一。或作眩燿，漢書卷六五東方朔傳：「童兒牧豎莫不眩燿。」淮南子卷一三氾論訓：「夫物之相類者，世主之所亂惑也；嫌疑肖象者，衆人之所眩燿。」潛夫論卷二潛歎第十：「及歡愛苟媚佞説巧辨之惑君也，猶炫燿君目，變奪君心。」後漢書卷八六西南夷傳：「畫山神海靈，奇禽異獸以眩燿之。」或作眩爚（見宋本玉篇卷四目部），漢書卷五七司馬相如傳省作玄燿，史記卷一一二孝武本紀作淵耀，廣韻入聲第十八藥韻作煜耀，梁武帝鳳臺曲作昱耀，文選卷一八潘岳笙賦作熠爚、煜熠，皆其別文。

屈原答靈氛曰，當世之君皆闇昧惑亂，不分善惡，誰當察我之善情而用己乎？是難去之意也。◎文選本「世」作「時」，「闇」作「暗」，「不分」作「不知」，「之意」下無「也」字。正德本、隆慶本、劉本、湖北本、朱本、俞本、莊本、四庫章句本「之君」作「人君」，「不分」作「不知」。馮本「人君」作「人居」。案：作「時」，避唐諱。闇、暗同。居，訛也。察，察知也。則舊作「不知」。又，正文「善惡」，猶中情也。論衡卷二率性篇第八：「人之善惡，共一元氣。」章句「善情」云云，則得之。又，

「是難去之意」云云，與屈子本意相反，後竄亂之。

民好惡其不同兮，惟此黨人其獨異。

黨，鄉黨，謂楚國也。言天下萬民之所好惡，其性不同，此楚國尤獨異也。

【疏證】

黨，鄉黨，謂楚國也。◎文選六臣本無「謂」字。正德本、隆慶本、劉本、湖北本、朱本、馮本、俞本、莊本、四庫章句本「鄉黨」下有「也」字。案：上文「惟夫黨人之偷樂兮」，章句以黨人爲朝廷朋黨。以此「黨」爲「鄉黨」，稱楚國。屈子侈大之詞，其於楚國無復有望，去意已絕。前後自是有別。叔師可謂知言者。

言天下萬民之所好惡，其性不同，此楚國尤獨異也。◎文選本「民」作「人」。秀州本「尤」作「無」。案：若作「無獨異」，則與屈子本旨相背。無，古作无，尤之訛。章句以「其獨異」爲「尤獨異」，以其爲尤，非也。其，或也，不定之詞。左傳成公三年「王送知罃曰：『子其怨我乎？』」言子或怨我乎？列女傳卷六辯通傳齊傷槐女：「嬰其有淫色乎？」言嬰或有淫色乎？又，書胤征：「其或不恭，邦有常刑。」左傳襄公二十一年：「賞而去之，其或難焉。」昭公三年：「彼其髮短而心甚長，其或寢處我矣。」論語卷二爲政：「其或繼周者，雖百世可知也。」其或，平列同義。其亦或也。其、或，同之部，羣匣旁紐雙聲，音近義通。人有好惡，出於天性。而所好所惡，誘乎物也。郭店楚墓竹簡性自命出：「好惡，眚（性）也。所好所惡，物也。」然謂楚國之人皆惡我所好，好我所惡，非天性使然，誘乎物也。説苑卷一九修文：「人之善惡，非性也，感於物而後動，是故先王慎所以感之。」其是之謂也。

户服艾以盈要兮，

艾，白蒿也。盈，滿也。或言：艾，非芳草也，一名冰臺。

【疏證】

艾，白蒿也。或言：艾，非芳草也，一名冰臺。◎文選本無「或言」以下十一字。正德本、隆慶本、劉本、俞本、莊本「或言」作「言或」，「芳草」下無「也」字。莊本「冰臺」下有「也」字。俞本「臺」下有「又蕭艾」三字。四庫章句本「芳草」下無「也」字。案：文選凡章句或説，悉删之不存。作「言或」，乙也。有「又蕭艾」，羨也。艾，惡草名。正文「户」，通用扈。類聚卷八二草部下「艾」條及唐類函卷一八六載、事類賦注卷二四引「户服」皆作「扈服」。則舊作「扈服」。户、扈古字通用。莊子卷二大宗師第六子桑户、九章涉江、風俗通義卷五十反皆作桑扈。書甘誓「有扈氏」，史記卷二夏本紀「有扈氏不服」，正義：「括地志云：『雍州南鄠縣本夏之扈國也。地理志云鄠縣，古扈國，有户亭。訓纂云：户、扈、鄠三字一也，古今字不同耳。』」扈，佩帶也，楚語。章句「楚國户服白蒿」云云，以户爲扈服。扈服艾，猶上「薋菉葹」，喻黨人穢行。艾，或名冰臺，因爾雅釋草。本草綱目卷一五草四「艾」條引埤雅：「博物志言：削冰令圜，舉而嚮日，以艾承其影則得火，故號冰臺。」吴仁傑離騷草木疏：「爾雅：『艾，一名冰臺。』郭璞注：『艾，即今艾蒿也。』逸以艾爲白蒿。按：艾蒿與白蒿不同。白蒿，詩所謂蘩也。詩有采蘩，有采艾，本草有『白蒿』條，又别出『艾葉』條。嘉祐圖經云：『艾初春布地生苗，莖類蒿，而葉背白。』又云：『白蒿葉上有白毛，從初生至枯，白於衆蒿，頗似細艾。』按：艾與白蒿相似耳，便以艾爲白蒿，則誤矣。」吴説得之。白蒿，類蕭，蒿屬似艾，是以説文艸部云：「蕭，艾蒿也。」艾似白蒿，而非蒿屬。郭璞注：「今艾蒿也。」艾蒿曰艾，蒿艾曰白蒿，則非一草。

盈，滿也。◎案：詩鵲巢「維鳩盈之」，毛傳：「盈，滿也。」周、秦曰盈，兩漢曰滿，所以通古今别語。

謂幽蘭其不可佩。

言楚國户服白蒿，滿其要帶，以爲芬芳，反謂幽蘭臭惡，爲不可佩也。以言君親愛讒佞，憎遠忠直，而不肯近也。

【疏證】

言楚國户服白蒿，滿其要帶，以爲芬芳，反謂幽蘭臭惡，爲不可佩也。以言君親愛讒佞，憎遠忠直，而不肯近也。◎文選本「國」作「人」，無「肯」字。明州本、建州本「反謂」作「反用」，秀州本作「反以」。秀州本「幽蘭臭惡」作「幽蘭爲臭惡」。正德本、隆慶本、劉本、湖北本、朱本、馮本、俞本、莊本、四庫章句本「忠直」下有「賢良」二字，「肯近」下有「之」字。案：上文「黨人」，章句以爲「楚國」。舊作「國」爲允。又，文選卷二西京賦「忘蟋蟀之謂何」，李善注引王逸曰：「謂，説也。」章句遺義，後以習常删之。鶩公楚辭音殘卷：「遠，于願反。近，巨蘄反。」皆讀去聲，以爲遠之、近之之義。然古無作「憎遠」。遠，讀作怨，音訛字。古有作「憎怨」。論衡卷一八自然篇第五四：「德薄多欲，君臣相憎怨也。」後漢書卷五〇孝明八王傳附陳敬王羨：「憎怨敬王夫人李儀等。」

覽察草木其猶未得兮，豈珵美之能當？

察，視也。珵，美玉也。相玉書言，珵大六寸，其耀自照。言時人無能知臧否，觀衆草尚不能别其香臭，豈當知玉之美惡乎？以爲草木易别於禽獸，禽獸易别於珠玉，珠玉易别於忠佞，知人最爲難也。

【疏證】

察，視也。◎正德本、隆慶本、朱本、馮本、湖北本、四庫章句本「視」下無「也」字。莊本無注。案：莊本刪之也。上文「悔相道之不察兮」，章句：「察，審也。」其義皆通。

珵，美玉也。相玉書言，珵大六寸，其耀自照。◎文選本、正德本、隆慶本、劉本、湖北本、朱本、馮本、俞本、四庫章句本「耀」作「曜」。明州本、秀州本「自照」作「自曜照」。建州本作「自衍照」。尤袤本作「自照」。案：耀、曜同。楚辭音引相玉書：「珵大六寸，明自照矣。」與唐本別。相玉書已佚。楚辭音又謂「郭本止作程，取同音」。郭説是也。若以珵爲玉名，謂玉之美不能當，設非增字則其義不可調遂。屈子玉曰瑶、曰琳琅、曰明月、曰寶璐、曰瑾瑜，而無作珵玉、珽圭。覽察、程，儷偶對舉；珵，非美玉。九章懷沙「驥焉程兮」，章句：「程，量也。」漢書卷六五東方朔傳「程其器能」，顏師古注：「程，謂量計之也。」程美，品評美惡也。幸楚辭音猶存郭注，晉人知其非。

言時人無能知臧否，觀衆草尚不能別其香臭，豈當知玉之美惡乎？以爲草木易別於禽獸，禽獸易別於珠玉，珠玉易別於忠佞，知人最爲難也。◎文選本「知」作「識」，「觀」下有「視」字，「最爲難也」作「最難」。胡本「當知」作「尚知」。袁校「知人」下補「之」字。案：騫公楚辭音殘卷引王逸注：「豈當知玉之美惡乎？」則隋本作「當知」。作「尚知」，非也。當，通作黨，知也。方言卷一：

「黨、曉、哲，知也。楚謂之黨。」今語「懂」，是其轉語也。章句「豈當知」云云，蓋亦以「當」爲「黨」也。章句「草木易別於禽獸，禽獸易別於珠玉，珠玉易別於忠佞，知人最爲難」云云，秦、漢習說。呂氏春秋卷一七審分覽第三任數篇：「孔子歎曰：『所信者目也，而目猶不可信；所恃者心也，而心猶不足恃。弟子記之，知人固不易矣。』故知非難也，孔子之所以知人難也。」淮南子卷一三氾論訓：「夫物之相類者，世主之所亂惑也；嫌疑肖象者，衆人之所眩耀。故狠者類知而非知，愚者類仁而非仁，戇者類勇而非勇。使人之相去也，若玉之與石，美之與惡，則論人易矣。夫亂人者，芎藭之與藁本也，蛇牀之與麋蕪也，此皆相似者。故劍工惑劍之似莫邪者，唯歐冶能名其種；玉工眩玉之似碧盧者，唯猗頓不失其情，闇主亂於姦臣、小人之疑君子者，唯聖人能見微以知明。」白居易放言五首：「試玉要燒三日滿，辨材須待七年期。」皆是之謂也。

蘇糞壤目充幃兮，謂申椒其不芳。

蘇，取也。充，猶滿也。壤，土也。幃謂之幐。幐，香囊也。言蘇糞土以滿香囊，佩而帶之，反謂申椒臭而不香，言近小人、遠君子也。

【疏證】

蘇，取也。◎案：廣雅釋草：「蘇、蘆，草也。」王念孫云：「方言云：『蘇、芥，草也。江淮、南楚之間曰蘇。』郭注云：『蘇猶蘆，語轉也。』素問移精變氣論云：『十日不已，治以草蘇。』草謂之蘇，因而取草亦謂之蘇。莊子天運篇『蘇者取而爨之』，李頤注云：『蘇，草也，取草者得以炊也。』」以蘇取義爲蘇草引申。非是。蘇，桂荏名（見廣雅釋草），非草之通名。通作穌。尚書仲虺之誥「後來其蘇」，釋文：「蘇，字亦作穌。」説文禾部：「穌，杷取禾若也。从禾、魚聲。」段注：「禾若散亂，杷而取之。」引申爲索取。廣雅釋詁：「穌，取也。」古借蘇字爲之。淮南子卷二俶真訓「以摸蘇牽連物之微妙」，高注：「摸蘇，猶摸索。」卷一九脩務訓「蘇援世事」，高注：「蘇，猶索。」章句以本義釋借字。

充，猶滿也。◎文選本無「猶」字。案：以章句「蘇，取也。壤，土也」例之，舊無「猶」字。説文儿部：「充，長也，高也。从儿、育省聲。」育，養也。肉部：「育，養子使作善也。」引申爲養育。易蒙象「君子以果行育德」，李鼎祚集解引虞翻注：「育，養也。」養之則長、高，書盤庚中「無遺育」，孔傳：「育，長也。」則充字育聲者兼義。引申爲充實、盈滿。章句散文。對文高、長不得兼言滿。

壤，土也。◎案：章句以「糞壤」爲「穢土」，與草木不類。糞壤，猶拜商也。説文土部：「坌，埽除也。从土、弁聲。讀若糞。」段注：「坌字，曲禮作糞，少儀作拚，又皆作擹。」坌、拚、擹古字通用。糞之言弁也。儿部作覍，「覍，冕也。周曰覍，殷曰吁，夏曰收。弁，或覍字。」或作卞，左傳成公十八年「弁糾御戎」，釋文：「弁，本亦作卞。」詩小弁，漢書卷六〇杜欽傳引弁作卞。卞、弁同元部，叁、攢並文部，文、元旁轉。包山楚簡遣策有「紫拜」、「紫發」，拜、發並紛字假借。拜，發，月部，元之入。紛，文部，大巾也，或作帉。又，古「夕伴」或作「夕攢」。伴，元部。元、月平入對轉，則或作拜。拜、抃，音近義通。壤，通作蔏。壤，別作墒。自部：「𡋯，𡋯墒，小块也。」𡋯墒，即𡋯壤。爾雅釋草：「拜蔏，藋。」郭璞注：「蔏藋亦似藜。」艸部：「藋，一曰拜蔏藋。」段注：「拜蔏藋，爲今之灰藋也。灰藋似藜，左傳斬之蓬蒿藜藋。」莊子卷六徐無鬼第二四謂之「藜藋」。

幃謂之幐。幐，香囊也。◎同治本「香囊」訛作「香之」。案：羅本玉篇殘卷糸部「緯」字：「楚辭以此之幃字。幃，香囊也。」其所據本幃作緯。幐，從巾、朕聲，蒸部。對轉之部作岱。說文巾部：「岱，囊也。从巾、代聲。」俗作袋字。朱季海楚辭解故：「幐、岱古今字。幐之爲岱，猶黱之爲黛矣。說文幐、黱並從朕聲，古音同在蒸部，對轉入之，故今字從代聲耳。」其說與余若桴鼓相應。敦煌殘卷本切韻卷二下平聲第二十四登韻「滕徒登切」下有「幐囊可帶香」，刊謬補缺切韻卷一平聲第五十登韻「騰徒登反十一」下有「幐囊可帶者」。幐、幐正俗字。朱季海謂幃、徽通假，引爾雅「婦人之徽謂之縭」，郭注：「即今香纓也。徽邪交絡帶繫之於體，因名爲徽也。」香纓，香纓也。縭，纚也。徽，三糾之繩。皆非香囊之名。幃之言圍也。廣雅釋詁：「圍，裹也。」呂氏春秋卷一孟春紀第二本生篇「無不裹也」，高注：「裹猶囊也。」以事爲名，則囊岱謂之幃。幃，囊之通稱，章句「香囊」云云，隨文而置，是「爲傳注」。又，幃之謂囊，唯見離騷、説文，蓋亦楚語。包山楚簡遣策有「絅縞之緯」，緯，幃也，綺縞之囊。又謂「一生完綧，一臬完綧，皆衛」。綧，縠也；衛，借爲幃，囊也。謂一生絲縠冠、一臬麻縠冠，皆以囊之。遣策凡囊幐字皆作幃，即楚語之證。

言蘇糞土以滿香囊，佩而帶之，反謂申椒臭而不香，言近小人、遠君子也。◎文選本「蘇」作「取」，「小人」下有「而」字。正德本、隆慶本、劉本、湖北本、朱本、馮本、俞本、莊本、四庫章句本無「言蘇糞土以滿香囊佩而帶之反」十三字，「近小人」下有「而」字。案：無「言蘇」以下十三字者，爛敚也。章句以「蘇」解「取」，則舊作「取」。汪瑗楚辭集解：「或曰『蘇糞壤』二句宜在『不可佩』下，當是錯簡耳。」其説是也。覽察草木其猶未得，爲幽蘭不可佩、申椒不芳之結語，宜在「謂申椒其不芳」下。由草木之不察而推及美人之不知，三百篇比興之義。

欲從靈氛之吉占兮，心猶豫而狐疑。

言己欲從靈氛勸去之吉占，則心中狐疑，念楚國也。

【疏證】

言己欲從靈氛勸去之吉占，則心中狐疑，念楚國也。◎文選本、正德本、隆慶本、劉本、湖北本、朱本、馮本、俞本、四庫章句本、莊本無「吉」字。文選本「心」下無「中」字。建州本「言」上有

「此」字。案：無「吉」、「中」者，皆敚之也。補注：「靈氛之占，於異姓則吉矣。」以疏章句「中心狐疑念楚國」之義，謂靈氛占詞吉凶與否，留楚者凶，去楚者吉。然非屈子本旨。靈氛貞卜，習用二占，始則以草筵，後折竹以卜，二占之詞皆因三求女不遂而發，勉屈子宜去離俗世，毋苟且戀生，則謂之「吉占」。若二占皆勸其滯留待時，棄其死直之志，則爲凶占。若一占勉其去，一占勸其留，則爲吉凶參半，待三以決之。占辭之吉凶與否，不以死生爲異同，因屈子死直之志爲斷。章句執拘於君臣大義，而置反本之不顧，根基已誤。死生亦大矣，故屈子猶復猶豫狐疑，不忍倉卒決之。則知其投水之舉，誠非出乎一時之忿。

巫咸將夕降兮，

巫咸，古神巫也，當殷中宗之世。降，下也。

【疏證】

巫咸，古神巫也，當殷中宗之世。◎正德本、隆慶本、劉本、湖北本、朱本、馮本、俞本、莊本、四庫章句本「世」作「時」。案：作「時」，因唐本也。文選尤袤本、六臣本亦作「世」。則其所據者别也。文選卷七甘泉賦「選巫咸兮叫帝閽」，李善注引王逸曰：「巫咸，古神巫也。」卷一五思玄賦李善注：「楚辭曰：『巫咸將夕降兮，懷椒糈而要之。』王逸曰：『巫咸，古神巫也，當殷中宗之時也。』」五百家注昌黎文集卷一殘形操曾子夢見一狸不見其首作「吉凶何爲兮覺坐而思巫咸」，韓引王逸注：「巫咸，古神巫也，當商中宗時。」則亦作「時」。山海經卷七海外西經有巫咸國，「羣巫所從上下」。羣巫，即卷一六大荒西經靈山十巫也，靈氛爲其一。巫咸居羣巫之首，是其長者。巫咸在靈氛之上，屈子卜氛未決，後乃要巫咸。巫咸降，則羣巫、百神皆下。淮南子卷四墬形訓「巫咸在其北方」，高誘注：「巫咸知天道、明吉凶。」世本作篇：「巫咸作筮。」則非唯望氛氣而已。後尊爲大神，秦詛楚文：「丕顯大神巫咸。」或謂巫咸在黄帝時。御覽卷七九皇王部四黄帝軒轅氏引歸藏：「昔黄帝與炎神爭鬭涿鹿之野，將戰，筮於巫咸，巫咸曰：『果哉，而有咎。』」或謂在神農氏時。羅泌路史後紀卷三炎帝神農氏：「命巫咸、巫陽主筮。」或謂在帝堯時。御覽卷七二一方術部二醫一引世本：「巫咸，堯臣也，以鴻術爲帝堯之醫。」章句謂巫咸「當殷中宗之世」，因書序「伊陟贊于巫咸作咸乂四篇」。孔傳：「巫咸，臣名。」馬融注：「巫，男巫也，名咸，殷之巫也。」書序巫咸，巫戊之訛，非此及山海經巫咸。王引之云：「白虎通曰：『殷以生日名子何？殷家質，故直以生日名子也。以尚書道殷家太甲、帝武丁也。於民臣亦得以生日名子何？亦不止也，以尚書道殷臣有巫咸、有祖己也。』據此則巫咸當作巫戊。巫戊、祖己皆以生日名也。白虎通用今文尚書，故與古文不同。後人但知古文之作咸，而不知今文之作戊，故改戊爲咸耳。不然，則咸非十日之名，何白虎通引以爲生日名子之證乎？漢書古今人表巫咸亦當作巫戊，漢書多用今文尚書也。今本作咸，亦後人所改。」（經義述聞卷四尚書下「巫咸乂王家」條）其説是也。果以巫咸在殷中宗世，則其告語及呂望鼓刀、甯戚謳歌，焉知其數百年以後事乎！巫咸，神巫通名，未必坐實。

降，下也。◎案：詳參上文「惟庚寅吾以降」注。以「夕降」爲「巫咸夕從天上來下」，自是不刊之説。補注：「言『夕降』者，神降多以夜，陳寶之類是也。」洪説亦塙。徵之以九歌無不合。雲中君：「靈連蜷兮既留，爛昭昭兮未央。」又云：「靈皇皇兮既降，猋遠舉兮雲中。」雲神夕降而有「昭昭」、「皇皇」之光。湘夫人：「帝子降兮北渚，目眇眇兮愁予。」又云：「登白薠兮騁望，與佳期兮夕張。」言帝子夕降，以與佳人期約也。少司命：「夕宿兮帝郊，君誰須兮雲之際。」言少司命於夜宿止帝郊而待降也。東君：「暾將出兮東方，照吾檻兮扶桑。撫余馬兮安驅，夜皎皎兮既明。」言東君降臨在夕夜、昧旦之時。河伯：「日將暮兮悵忘歸。」言河伯於夜戲遊而降。山鬼：「杳冥冥兮羌晝晦，東風飄兮神靈雨。」言山鬼降下亦於晝晦既夕之時。故巫師降神亦必在夜。史記卷一二孝武本紀載，齊人少翁以「方術蓋夜致王夫人及竈鬼之貌云」，五利「常夜祠其家，欲以下神」。全晉文卷一〇〇陸雲南征賦「爾乃命屏翳以夕降」，九愍□征「命屏翳以夕降」。皆以夕夜降神，因楚遺習。

懷椒糈而要之。

椒，香物，所以降神。糈，精米，所以享神。言巫咸將夕從天上來下，願懷椒糈要之，使占茲吉凶也。

【疏證】

椒，香物，所以降神。糈，精米，所以享神。◎正德本、隆慶本、劉本、湖北本、朱本、馮本、俞本、莊本、四庫章句本「所以降神」、「所以享神」下有「也」字。楚辭音殘卷「又枺又茉，同」。案：史記卷一二七日者列傳「不見奪糈」，集解：「離騷經曰『懷椒糈而要之』，王逸云：『糈，精米，所以享神。』」御覽卷七三五方術部一六巫下引王逸注：「椒，香物也，所以降神。（糈），精米，所以享神。」則「享神」下無「也」字。騫公楚辭音殘卷、賓退録卷七引有「也」字。湯炳正楚辭類稿：「郭璞山海經圖讚云：『椒之灌殖，實繁有倫。拂穎沾霜，朱實芬辛。服之洞見，可以通神。』據此可知古代巫覡自以爲欲『洞見』神靈，乃至『通』於神靈，必服椒。則王逸所謂『所以降神』，謂巫服椒以降神，非謂以椒爲祭品也。」其説可與章句相發。説文繫傳第一示部「稰」字注：「臣鍇按：楚辭曰：『懷桂稰而要之。』稰，祭神之精米也。故或從米，祭神，故從示。」亦以椒、糈分别爲所以降神、享神之物。補注：「糈音所，祭神米也。孟康曰，椒糈，以椒香米饊也。」洪氏以「椒糈」爲一物，謂椒者，取其芳香。非是。淮南子卷一六説山訓「巫之用糈藉」，高注：「『糈，米，所以享神。』」

山海經卷一南山經：「凡䧿山之首，糈用稌米。」郭璞注：「糈，祀神之米名。」淮南語楚，南山經多紀楚俗風物，皆章句所因也。清左暄三餘偶筆「握粟出卜」條云：「糈，祀神之米名。古者卜筮用精鑿之米以享神，謂之糈。而祀神用米，見於山海經者尤多。南山經曰『糈用稌米』，又曰『糈用稌』。西山經曰『鈐而不糈』，又曰『糈用稷米』，又曰『糈用稻米』。北山經曰『瘞而不糈』，又曰『投而不糈』，又曰『皆用稌糈米祠之』。東山經曰『其祠米用黍』。中山經曰『痤而不糈』，又曰『投而不糈』，又曰『糈用稌』，又曰『祈而不糈』，又曰『其祠用稌』，又曰『糈用五種之精』。郭璞注：『糈，祭神之米名，不糈，祀不以米也。』而史記云『卜而有不審，不見奪糈』，豈糈用以祀神，即持以與卜，故云然與。莊子人間世亦云『鼓筴播精，足以食十人』，猶可證也。詩『握粟出入，自何能穀』，亦貧困自傷之辭耳。」則糈米兼有享神、卜神之用。惠氏禮論則但主卜神説，云：「淮南子『巫用糈藉』，中山經曰『糈用五種之精』，離騷注『糈，精米』是也。云『以享神』，似非。古者卜以茅，或用糈，故靈氛占以茅，巫咸要以糈。詩曰『握粟出卜』，管子『守龜不兆，握粟而筮者屢中』。然則糈米古用以卜矣。莊子所謂『鼓筴播精』也，鼓筴揲蓍，播精卜卦，皆卜之之法。其法用六觚爲握，故曰『握粟』。日者傳云『卜有不審，不見奪糈』，此卜以糈之明文。」余目驗江南舊俗，巫擇精米以盛於盌，置諸神龕以祭之。所謂糈以祀神。祭畢，包裹以巾，倒持之嚮神龕摇之數匝，叩齒有詞。揭巾，視米朕兆以占吉凶，即所謂「糈以卜神」也。

言巫咸將夕從天上來下，願懷椒糈要之，使占茲吉凶也。◎文選本「來下」作「下來」，「使占茲吉凶也」作「使筮吉凶」。正德本、隆慶本、劉本、湖北本、朱本、馮本、俞本、莊本、四庫章句本作「使筮者占茲吉凶之事也」。案：章句但有「來下」，無作「下來」。上文「周流乎天余乃下」，章句：「周流求賢，然後乃來下也。」雲中君「靈皇皇兮既降」，章句：「言雲神來下，其貌皇皇而美，有光明也。」則舊作「來下」。

百神翳其備降兮，九疑繽其並迎。

翳，蔽也。繽，盛也。九疑，舜所葬也。言巫咸得己椒糈，則將百神蔽日來下，舜又使九疑之神，紛然來迎，知己之志也。

【疏證】

翳，蔽也。◎案：翳之言曀也。鳥飛翳蔽一鄉曰翳，蔽兵之器、脅楯之屬亦曰翳，目翳病曰瞖，羽葆幢曰翳，皆根於障壅。引申爲衆、盛也。翳、繽，相對爲文，翳，猶繽紛，衆盛之貌。

繽，盛也。◎文選本、正德本、隆慶本、劉本、朱本、俞本、馮本、莊本、四庫章句本「盛也」作「盛貌也」。景宋本無「也」字。案：據義，則舊作「盛貌」。促言之曰繽，緩言之曰繽紛。又，備降、並迎，對舉爲文，備猶並也。儀禮卷四五特牲饋食禮第一五「主人備答拜焉」，鄭注：「備，盡。」方言卷一二：「備，咸也。」郭璞注：「咸猶皆也。」詩有瞽「簫管備舉」，簫管齊舉也。

九疑，舜所葬也。◎正德本、隆慶本、劉本、湖北本、朱本、馮本、俞本、莊本、四庫章句本「疑」作「嶷」。案：疑、嶷古今字。山海經卷一八海内經「南方蒼梧之丘，蒼梧之淵，其中有九嶷山」，郭璞注：「山今在零陵營道縣南，其山九谿皆相似，故云九疑。古者總名其地爲蒼梧也。」水經注卷三八湘水注：「岫壑負阻，異嶺同勢，遊者疑焉，故曰九疑山。大舜窆其陽，商均葬其陰，山南有舜廟，前有石碑，文字缺落，不可復識。山之東北泠道縣界又有舜廟，縣南有舜碑，碑是零陵太守徐儉立。」御覽卷四一地部六九疑山引郡國志：「九疑山有九峰：一曰丹朱峰；二曰石城峰；三曰樓溪峰，形如樓；四曰娥皇峰，峰下有舜池，池傍春月百鳥生卵，人取之則迷路，致本處可得還；五曰舜源峰，此峰最高，上多紫蘭；六曰女英峰，舜墓於此峰下；七曰簫韶峰，峰下即象耕鳥耘之處；八曰紀峰，馬明生遇安期生授金液神丹之處；九曰紀林峰，周義山字秀通，開石函得李山經，讀之得仙也。有九水，七則流歸嶺北，二則翻注廣南。」上曰蒼梧，此曰九疑，皆是「舜所葬」，知其爲一山也。漢書卷六武帝紀「望祀虞舜于九嶷」，應劭云：「舜葬蒼梧。九疑，山名，今在零陵營道縣。」文穎曰：「九疑山半在蒼梧，半在零陵。」如淳曰：「舜葬九嶷，九嶷在蒼梧馮乘縣。故或云舜葬蒼梧也。」胡三省通鑑注據史記卷一五帝本紀「崩於蒼梧之野，葬於江南九疑，是爲零陵」云云，則以九嶷、蒼梧判別爲二地。誤之。九疑，猶狐疑、謙疑、夭橋之語轉，取於盤繞不解。山之紆曲盤繞，不可究極者名曰九疑。

言巫咸得己椒糈，則將百神蔽日來下，舜又使九疑之神，紛然來迎，知己之志也。◎文選本、正德本、隆慶本、劉本、朱本、湖北本、莊本、俞本、四庫章句本「疑」作「嶷」，「來迎」作「迎我」。尤袤本、秀州本「迎我」訛作「近我」。六臣本「之志」下無「也」字。案：來，後漢以還有皆義。來迎，猶並迎也。則舊作「來迎」也。文選卷五吳都賦「舜、禹游焉」，劉淵林注：「楚辭九歌曰『九疑繽兮並迎』，謂舜神在九疑山也。」漢世遺義也。章句「來下」云云，猶並下也。世説新語卷上賞譽第八：「又諳人物氏族，中來皆有證據。」言中皆有證據。來皆，平列同義。後漢書卷五七李雲傳：「臣聞皇后天下母，德配坤靈，得其人則五氏來備。」來備，皆備也，即同卷六一荀淑傳「吉符出地，五韙咸備」之「咸備」。全晉詩卷一九清商曲辭歌烈宗孝武皇帝「神鉦一震，九域來同」。一、來相對爲文，來亦一也。

皇剡剡其揚靈兮，告余以吉故。

皇，皇天也。剡剡，光貌。言皇天揚其光靈，使百神告我，當去就吉善也。

【疏證】

皇，皇天也。◎案：張詩屈子貫：「皇，猶煌也。」其説得之。皇非皇天，百神也，謂光也。詩皇皇者華「皇皇者華」，毛傳：「皇皇，猶煌煌也。」釋文皇音煌。白虎通義卷一號篇：「號之爲皇者，煌煌人莫違也。」皇、煌古今字。慧琳音義卷三一「銚鐄」條引蒼頡篇：「煌，光也。」

剡剡，光貌。◎案：説文刀部：「剡，鋭利也。从刀、炎聲。」剡無光義。炎部：「炎，火光上也。」段注：「洪範曰『火曰炎上』，其本義也。」許氏「火光上」云云，謂火光之末也。後漢書卷六〇下蔡邕傳「懼煙炎之毀熸」，李賢注：「煙炎，煙火之細微者。」又：「燄，火行微燄燄也。从炎、臽聲。」炎、燄同音以冉反，蓋一字。或作爓，火部：「爓，火爓也。」俗作火焰，謂火微末處。剡，借字。重言之爲剡剡。

言皇天揚其光靈，使百神告我，當去就吉善也。◎文選本「就」作「尤」。案：作「尤」，不辭，就之壞字。後漢書卷五九張衡傳「焱回回其揚靈」，李賢注：「楚辭曰：『皇剡剡其揚靈。』王逸注云：『揚其光靈也。』」文選卷一五思玄賦「焱冋冋其揚靈」，李善注：「楚辭曰『皇剡剡其揚靈』，王逸曰：『揚其光靈也。』」則「光靈」下有「也」字。章句以「揚靈」爲「揚其光靈」，猶「顯聖」云爾。古之神靈顯聖，出入陞降皆有光。光，象神之來至。山海經卷一南山經：「處於東海，望邱山，其光載出載入。」卷四東山經：「其狀如黄蛇，魚翼，出入有光。」又：「其狀如魚而鳥翼，出入有光。其音如鴛鴦，見則天下大旱。」卷五中山經：「吉神泰逢司之，其狀如人而虎尾，是好居於萯山之陽，出入有光。泰逢神動天地氣也。」又謂神鼉圍「恆遊於雎、漳之淵，出入有光」。又謂神耕父「常遊清泠之淵，出入有光」。又謂「神于兒居之，其狀人身而身操兩蛇，常遊於江淵，出入有光」。漢書卷二五郊祀志「其夜若有光」、「神光又興於房中如燭狀」。又謂「及陳寶祠，自秦文公至今七百餘歲矣，漢興世世常來，光色赤黃，長四五丈」。皆神降以光顯靈。湘君「橫大江兮揚靈」，漢郊祀歌之一五：「揚金光，橫泰河。」之一九：「靈殷殷，爛揚光。」後漢書卷一三公孫述傳：「會有龍出其府殿中，夜有光耀，述以爲符瑞，因刻其掌，文曰『公孫帝』。」又，古人舉事欲藉鬼神以懾衆者亦以火以光，史記卷四八陳涉世家謂陳涉：「又閒令吳廣之次所旁叢祠中，夜篝火。」

曰：勉陞降以上下兮，

勉，强也。上謂君，下謂臣。

【疏證】

勉，强也。◎文選建州本無注。案：敓之也。明州本「强」作「彊」。章句於上文「勉遠逝而狐疑」未爲「勉」作注，至此昉見，當是錯簡。騫公楚辭音殘卷：「于月反。曰，靈氛之詞。」以「勉陞降以上下」一句爲靈氛占詞，則騫公所據隋本猶未亂。易之靈氛勸言陞降上下以求女，巫咸承氛之意，勸之遠逝無狐疑。則前後文意，可得接榫。清華簡（五）殷高宗問於三壽「勉」作「孕」。説文力部：「勉，彊也。从力，免聲。」段注：「凡言勉者，皆相迫之意。自勉者，自迫也。勉人者，迫人也。」免，下也。從免聲字古多爲下義。日莫曰晚，前下後高之冠曰冕，汙又謂之浼，傾身引車曰輓，産子於下曰娩。以力相迫使下之謂之勉。又，方言卷一：「釗、薄，勉也。南楚之外曰薄努。」薄努，「迫」之緩音，楚人舒緩言之曰薄努。勉、迫、薄，皆聲之轉。又云：「自關而東，周、鄭之間曰勔釗。」勔，勉之別文。力部：「勖，勉也。」心部：「愐，勉也。」又云：「忞，强也。」宋本玉篇心部：「忞，自勉强也。」爾雅釋詁：「亹亹，勉也。」易繫辭上「成天下之亹亹者」，李鼎祚集解引虞注：「亹，勉也。」攴部：「敃，强也。」釋詁：「暋，强也。」又云：「昏，强也。」又云：「孟，勉也。」皆明母字，聲之轉也。緩言之曰閔免、黽勉、僶俛、蠠没、密勿等，則未可勝計。

上謂君，下謂臣。◎文選秀州本、尤袤本、胡本、正德本、隆慶本、劉本、湖北本、朱本、馮本、俞本、莊本、四庫章句本「臣」下有「也」字。案：補注：「升降上下，猶所謂經營四荒、周流六漠耳，不必指君臣。」其説得之。陞降、上下，文互相備，皆謂進退周流也。禮記卷三七樂記第一九「升降上下，周還裼襲，禮之文也。」

求榘矱之所同。

榘，法也。矱，度也。言當自勉强，上求明君，下索賢臣，與己合法度者，因與同志共爲治也。

【疏證】

榘，法也。矱，度也。◎文選本「榘」作「矩」。案：文選卷一八長笛賦「規摹彠矩」，李善注：「彠，亦矱字。王逸楚辭注曰：『矱，度也。矩，法也。』」二訓倒乙，且「榘」作「矩」。補注：「淮南子曰『知榘彠之所周』，注云：『榘，方也；彠，度法也。』」矩、榘，古今字，所以正方。説文萑部：「蒦，規蒦，商也。一曰：蒦，度也。彠，蒦或從尋，尋亦度也。楚辭曰『求矩彠之所同』。」漢本猶作矩。廣雅釋詁：「商，度也。」禮記卷五曲禮下第二「槀魚曰商祭」，鄭注：「商，猶量也。」許云：「蒦，規蒦，商也。」以蒦爲規蒦，所以度短長。而「一曰蒦度」，蓋引申義。蒦之言尺也。尺部：「尺，十寸也。人手郤十分，動脈爲寸口，十寸爲尺。尺，所以指尺規矩事也。」度短長曰工尺通作蒦。漢帛書十問：「君欲練色鮮白，則察觀尺汙。尺汙之食方，通於陰陽，食蒼則蒼，食黄則黄。」尺汙，即尺矱，平列同義。因矩字從矢，則蒦字亦從矢作矱。彠、矱同，或借作獲。管子卷四宙合篇第一一：「成功之術，必有巨獲。」王念孫讀書雜志管子第二「巨獲」條：「念孫案：巨獲，讀爲榘矱。榘，今省作矩。」矩、蒦，工器名，散則爲法度。章句拆爲二解，對文別義。

言當自勉强，上求明君，下索賢臣，與己合法度者，因與同志共爲治也。◎文選本「勉」下無「强」字，「治」作「化」。正德本、隆慶本、劉本、湖北本、朱本、馮本、俞本、莊本、四庫章句本「下索」作「下察」。同治本、馮本「共爲」作「其爲」。四庫章句本「因與」作「因俱」。案：求、索，相爲對文，則舊作「下索」爲允。「治」作「化」，避唐諱。其，共之訛。作「因俱」，不辭。又，正文「同」與「調」爲韻。同，東部；調，幽部。出韻。段氏六書音均表説以通韻，失之。補注引淮南子「知桀護之所周」，意謂淮南祖構離騷此語，以「同」爲「周」之訛。其説得之。同、周、和散則不別，對文別義。周，美詞。論語卷二爲政「君子周而不比」，集解引孔注：「忠信爲周，阿黨爲比。」章句「與己合法度者」云云，因上「雖不周於今之人兮」注「周合也」省，知其舊本作周。左傳昭公二十年：「今據不然。君所謂可，據亦曰可；君所謂否，據亦曰否。若以水濟水，誰能食之？若琴瑟之專壹，誰能聽之？同之不可也如是。」晏子春秋卷七景公謂梁丘據與己和晏子諫第五：「公曰：『維據與我和夫？』晏子對曰：『據亦同也，焉得爲和？』公曰：『和與同異乎？』對曰：『異。和如羹焉，水、火、醯、醢、鹽、梅，以烹魚肉，燀之以薪，宰夫和之；齊之以味，濟其不及；以洩其過，君子食之，以平其心。君臣亦然。君所謂可，而有否焉，臣獻其否，以成其可；君所謂否，而有可焉，臣獻其可，以去其否。是以政平而不干，民無争心。故詩曰：「亦有和羹，既戒且平；鬷嘏無言，時靡有争。」先王之濟五味、和五聲也，以平其心，成其政也。聲亦如味，一氣、二體、三類、四物、五聲、六律、七音、八風、九歌，以相成也。清濁、大小、短長、疾徐、哀樂、剛柔、遲速、高下、出入、周疏，以相濟也。君子聽之，以平其心，心平德和，故詩曰：「德音不瑕。」今據不然，君所謂可，據亦曰可；君所謂否，據亦曰否。若以水濟水，誰能食之？若琴瑟之專一，誰能聽之？同之不可也如是。』公曰：『善。』」後漢書卷八〇下文苑傳附劉梁：「得由和興，失由同起，故以可濟否謂之和，好惡不殊謂之同。春秋傳曰：『和如羹焉，酸苦以劑其味，君子食之以平其心。同如水焉，若以水濟水，誰能食之？琴瑟之專一，誰能聽之？』是以君子之行，周而不比，和而不同。」據此，同，一也，於政爲專制獨斷。和，周也，於政爲納諫衆理。君臣曰周、曰和，而不曰比、曰同。若作同，則失其旨。

湯禹嚴而求合兮，

嚴，敬也。合，匹也。

【疏證】

嚴，敬也。◎文選本、正德本、隆慶本、劉本、湖北本、朱本、馮本、俞本、莊本、四庫章句本「嚴」作「儼」，案：嚴、儼古今字。詳參上「湯禹儼而祗敬兮」注。

合，匹也。◎案：說文亼部：「合，合口也。从亼、从口。」徐鍇云：「亼口，合口也。會意。」合口，亼口也。桂馥說文解字義證：「合口也，言兩口對合也。漢書律曆志『合龠爲合』，謂兩龠之口相合爲一合。」亼，口之别文，俗作△，猶「員」作「貟」。亼，象上下兩唇，以兩爲度。亼口，兩口也。清饒炯說文解字部首訂云：「部屬合即亼之别義，轉注以口；謂其專以言合者猶詥，即合之本義，轉注以言；而佮以人言，則轉注以人；敆以會合，則轉注以攴；袷以神合，則轉注以示；匌以帀合，則轉注以勹。而『亼』義皆足以統言之是也。」故兩重衣謂之袷，兩殼對合謂之蛤，斂雙翼謂之翕，旁兩小門謂之閤，河水與潘水兩合相滙之地名曰郃縣，兩兩相耦、每生兩卵之鳥名曰鴿。引申爲匹耦，通稱男女。上文「兩美其必合」是也。或單稱夫君，天問「女歧無合」是也。或單稱婦，天問「閔妃匹合」是也。此以夫妻喻君臣，合，臣妾也。春秋繁露卷一二基義篇第五三：「臣者，君之合。」詩假樂「率由羣匹」，鄭箋：「循用羣臣之賢者，其行能匹耦己之心。」左傳成公八年載，魯季文子宴晉侯使韓穿，「私焉，曰：『信以行義，義以成命，小國所望而懷也。信不可知，義無所立，四方諸侯其誰不解體？詩曰：女也不爽，士貳其行。士也罔極，二三其德。』」氓以比晉侯，女以比小國諸侯。新序卷五雜事：「宋玉因其友以見於楚襄王，襄王待之無以異。宋玉讓其友。其友曰：『夫薑桂因地而生，不因地而辛；婦人因媒而嫁，不因媒而親。子之事王未耳，何怨於我？』」淮南子卷一六說山訓：「因媒而嫁，而不因媒而成。因人而交，不因人而親。行合趨同，千里相從，行不合，趨不同，對門不通。」亦以君比夫，臣比婦。君求賢以輔，説以男女婚配，古之通喻。

摯咎繇而能調。

摯，伊尹名，湯臣也。咎繇，禹臣也。調，和也。言湯禹至聖，猶敬承大道，求其匹合，得伊尹、咎繇，乃能調和陰陽，而安天下也。

【疏證】

摯，伊尹名，湯臣也。◎案：墨子卷二尚賢中第九：「伊摯，有莘氏女之私臣，親爲庖人。湯得之，舉以爲己相，與接天下之政，治天下之民。」尚賢下第一〇：「昔伊尹爲莘氏女師僕，使爲庖人，湯得而舉之，立爲三公。」伊摯未顯之時身至賤。呂氏春秋卷一五慎大覽第一慎大篇：「桀愈自賢，矜過善非，主道重塞。國人大崩。湯乃惕懼，憂天下之不寧。欲令伊尹往視曠夏，恐其不信，湯由親自射伊尹；伊尹奔夏。三年，反報于亳，曰：『桀迷惑於末嬉，好彼琬、琰，不恤其衆，衆志不堪。上下相疾，民心積怨，皆曰：「上天弗恤，夏命其卒。」』湯謂伊尹曰：『若告我曠夏盡如詩。』湯與伊尹盟，以示必滅夏。伊尹又復往視曠夏，聽於末嬉。末嬉言曰：『今昔天子夢西方有日，東方有日，兩日相與鬭，西方日勝，東方日不勝。』伊尹以告湯。商涸旱，湯猶發師，以信伊尹之盟，故令師從東方出於國西以進。未接刃而桀走，逐之，至大沙，身體離散，爲天下戮。」郭店楚墓竹簡緇衣篇引尹誥員（云）：「隹（惟）尹（伊）躬及湯，咸又（有）一德。」漢帛書五行篇：「君子知而舉之也者，猶堯之舉舜，□□（湯武）之舉伊尹也。」九主篇：「湯用伊尹，既放夏桀以君天下，伊尹爲三公，天下大（太）平。湯乃自（五）至（致）伊尹，乃是其能，吾（五）達伊尹。伊尹見之，

□□於湯曰：『者（諸）侯時有讎罪，過不在主。干主之不明，膚（御）下蔽上，□法亂常，以危主者，恆在臣。請明臣法，以繩適（謫）臣之罪。』湯曰：『非臣之罪也。主不失道，□從請明主法，以繩適（謫）主之罪。』乃許伊尹。伊尹受令（命）於湯，乃論海（海）内萬邦□□□□□□□□□圖，□智（知）存亡若會符者，得八主。八主適惡。剸（專）授之君一，半君一，寄主一，破邦之主二，滅社之主二，凡與法君爲九主。自古以來，存者亡者，□此九已。九主成圖，請效之湯。湯乃延三公，伊尹布圖陳策，以明法君法臣。」此所謂君臣之「能調」。

咎繇，禹臣也。◎俞本有「咎繇與皐陶同」六字。案：羨文也。咎繇爲堯大理卿（見説苑卷一君道），作五刑（見世本）。或作皐陶，蓋糾字緩音。左傳昭公六年「糾之以政」，杜注：「糾，舉也。」荀子卷六富國篇第一〇「則必有貪利糾譎之名」，楊注：「糾，察也。」周禮卷三天官冢宰第一宮正「掌王宮之戒令糾禁」，卷七天官冢宰第一寺人「相道其出入之事而糾之」，鄭注並云：「糾，猶割也，察也。」夫斷訟決獄，糾察曲直，大理卿所職，則寓名曰糾，緩言之曰咎繇、皐陶。其人馬喙（見淮南子卷一九脩務訓），瘖不能言（見卷九主術訓），顏如削皮之瓜，青綠色（見荀子卷三非相第五及楊倞注）。其罪或有不明而疑者，則令觟䚦觸之。論衡卷一七是應篇第五二：「觟䚦者，一角之羊也，性知有罪。皐陶治獄，其罪疑者，令羊觸之。有罪則觸，無罪則不觸。斯蓋天生一角聖獸，助獄爲驗。故皐陶敬羊，起坐事之。」或作解廌、獬豸，皐陶氏之精靈，所以神判也。上博簡(二)訟城是(容成氏)：「民有餘食，無求不得，民乃賽，驕態始作，乃立咎繇㠯爲理。咎繇既已受命，乃辨侌昜之氣，而聽亓訟獄，三年而天下之人亡訟獄者，天下大和均。」又云：「禹有子五人，不以亓子爲後，見咎繇之賢也，而欲㠯爲後。咎繇乃五壤(讓)㠯天下之賢者，遂偁疾不出而死。」此皆爲周、秦典籍所未載。又，郭店楚墓竹簡窮達以時：「咎繇衣胎蓋帽經冢巾，釋板築而左天子，遇武丁也。」夫「釋板築而遇武丁」，是傅説也。咎繇，傅説之訛。

調，和也。◎文選本「和」下無「也」字。案：調之爲和，謂和適也。朱季海楚辭解故：「調，當訓適，此楚語也。淮南説林訓『梨、橘、棗、栗不同味，而皆調於口』，注：『調，適。』今謂此調字與淮南書同，言湯、禹求匹，而摯、咎繇能適也。」素問卷一上古天真論「調於四時」，王冰注：「調，謂調適。」新書卷八道術篇：「合得密周謂之調，反調爲盭。」調適之語，非唯行於楚。湯處於湯丘曰：「能其事而得其食，是名曰昌。未得其事而得其食，是名曰喪。必思(使)事與食相當。」是所謂「能調」也。

言湯禹至聖，猶敬承天道，求其匹合，得伊尹、咎繇，乃能調和陰陽，而安天下也。◎文選本「乃」作「力」，「天下」下無「也」字。正德本、隆慶本、朱本、俞本、劉本、莊本、湖北本「其匹合」上皆無「求」字。案：力，乃之訛。無「求」，敓也。又，章句「能調和陰陽而安天下」云云，因韓詩外傳卷五「調和陰陽，順萬物之宜」爲説。

苟中情其好脩兮，又何必用夫行媒？

行媒，喻左右之臣也。言誠能中心常好善，則精感神明，賢君自舉用之，不必須左右薦達也。

【疏證】

行媒，喻左右之臣也。◎文選明州本、建州本、尤袤本、正德本、馮本、俞本「喻」作「諭」。案：喻、諭同。行，用、使也。周禮卷三〇夏官司馬第四司爟「掌行火之政令」鄭注：「行，猶用也。」國語卷一九吳語「無以行之」，韋注：「行，猶用也。」淮南子卷一六說林訓「及其於銅，則不行也」，高注：「行，猶使也。」行媒，謂用媒、遣媒。

言誠能中心常好善，則精感神明，賢君自舉用之，不必須左右薦達也。◎文選本「薦達也」作「薦達之」。尤袤本「誠」訛作「臣」。案：章句「中心常好善」云云，以「好脩」爲「好善」。脩猶善也。後漢書卷五九張衡傳「伊中情之信修兮」，李賢注：「修，謂自修爲善也。楚辭曰：『苟中情其好修兮。』」則以修爲修飾。非是。荀子卷一九大略篇第二七：「諸侯相見，卿爲介。」以此類推，卿大夫相見，士爲介。卿、士見君亦宜有介。無介而進，非禮也。衞鞅見秦孝公、范睢見秦昭王，皆藉介景監、張禄也。巫咸「吉故」，言君臣矩矱相合者，毋須用介、遣媒也。乃牽引湯與伊摯、禹與咎繇、説與武丁、呂尚與周文、甯戚與齊桓故事以勸勉之。然與求帝、求女之遣使媒理者異其趣旨，巫咸勉其不須死，留待明君也。

説操築於傅巖兮，武丁用而不疑。

説，傅説也。傅巖，地名。武丁，殷之高宗也。言傅説抱道懷德，而遭遇刑罰，操築作於傅巖，武丁思想賢者，夢得聖人，以其形像求之，因得傅説，登以爲公，道用大興，爲殷高宗也。書序曰：「高宗夢得説，使百工營求諸野，得諸傅巖，作説命。」是佚篇也。

【疏證】

説，傅説也。傅巖，地名。◎案：文選卷一五張衡思玄賦「嘉傅説之生殷」，舊注：「傅姓，説名也，武丁相也。」補注：「孟子曰：『傅説舉於版築之閒。』史記云：『説爲胥靡，築於傅險，見於武丁。武丁曰：是也。遂以傅險姓之，號曰傅説。』險與巖通。徐廣曰：『尸子云：傅巖在北海之洲。孔安國曰：傅氏之巖，在虞、虢之界，通道所經，有澗水壞道，常使胥靡刑人築護此道。説賢而隱，代胥靡築之，以供食也。』」傅説遺事，又別見荀子卷三非相篇第五、韓非子卷一一外儲説左上第三二、説苑卷一一善説、卷一七雜言、呂氏春秋卷二二慎行論第五求人篇、韓詩外傳卷七、漢書卷二五郊祀志、卷四八賈誼傳載鵩鳥賦、卷八七上揚雄傳載解嘲等，與章句及補注所引者略同，然皆語焉未詳。案傅説未顯時，蓋於名傅巖之地版築，服苦役，無姓無名，其居止鄉里，皆無從考知。其傅姓來由有二説。書卷一〇傅説上「得諸傅巖」，孔穎達云：「此巖以『傅』爲名，明巖傍有姓傅之民，故云傅氏之巖也。」以「傅」爲其本姓。司馬遷殷本紀載，「是時説爲胥靡，築於傅險，見於武丁。武丁曰：『是也。』得而與之語，果聖人，舉以爲相，殷國大治。故遂以傅險姓之，號曰傅說」。孔穎達正義引鄭云「得諸傅巖，高宗因以傅命說爲氏」。則「傅」之姓氏爲武丁所賜。後說較近事實。傅說姓傅，從其當日服役之地名傅巖，非其本姓也。其名曰說者，舊說無異。武丁得其人，因大喜悅，故名曰說，讀作悅。說命上孔穎達疏引皇甫謐云：「高宗夢天賜賢人，胥靡之衣蒙之而來，且云：『我徒也，姓傅名說，天下得我者，豈徒也哉？』武丁悟而推之曰：『傅者相也，說者歡悅也，天下當有傅我而說民者哉！』」漢書卷二五郊祀志上：「後十三世，帝武丁得傅說爲相。」顏師古注：「說，讀爲悅。」據出土文獻，傅說之名，別有一說。郭店楚墓竹簡窮達以時篇：「卲繇衣胎蓋帽經冢巾，釋板築而佐天子，遇武丁也。」其所載者，傅說故事，卲繇，即傅說，何以作卲繇？或傳寫之訛，或他名，不可考。「衣胎蓋帽經冢巾」云云，猶墨子卷二尚賢中「被褐帶索」，傅說著苦役者服飾。「釋板築而佐天子」，釋，脱也，釋脱於隸役，佐輔武丁，居相位也。說，讀如「解脱」之「脱」。古字通用。詩甘棠「召伯所說」，釋文：「說，又作脱。」荀子卷一六正名篇第二二：「說故喜怒哀樂愛惡欲以心異」，楊倞注：「說，讀爲脱，誤也。」脱釋於傅巖，因名「脱」，而以「說」字爲之。清華簡(三)說命三篇，與今本古文尚書說命多異，蓋說命三篇於戰國時有不同版本也，古文尚書非悉爲晉人僞造。「說」字皆作「敚」，脱、奪古文。傅說之名始於身顯之後，確切無疑矣。其未顯前，傅說是否有別名，已無從考知。叔師敘武丁得傅說因緣，始則武丁「夢得聖人」，與古文尚書「恭默思道，夢帝賚予良弼其代予言」及竹書紀年武丁三年「夢求傅説得之」同，清華簡敚命上篇亦謂「王原比厥夢」。據夢得人，實有其事。殷、周盛行占夢術。卜辭屢見占夢，云：「壬午卜，王曰貞，又夢。」（鐵藏二六三）曰：「丙戌卜，㱿貞，王出夢示，不口。」（遺珠五一三）云：「庚戌卜，㱿貞，王之夢，不佳因。」（遺珠五一四）云：「癸酉卜，㱿貞，旬止囚。王曰叀，王占曰俞！之求夢，五日丁丑，王嬪中丁，示降在客阜。十月。」（菁三）蓋殷、周時帝王夢必告，必令卜官占。漢書卷三〇藝文志：「衆占非一而夢爲大，故周有其官。」顔師古注：「謂大卜掌三夢之法，又占夢中士二人，皆宗伯之屬官。」周禮卷二五春官宗伯第三占夢：「掌其歲時，觀天地之會，辨陰陽之氣，以日月星辰占六夢之吉凶。」宋玉招魂有「掌夢」之巫，與巫陽同列。卜辭復有武丁師傅寢父，董作賓甲骨文斷代研究例謂傅説即父説，「寢父」，即夢傅，因夢得傅説。武丁夢得傅説，爲殷商貞卜所載，證據鑿鑿，非傳聞矣。叔師以傅説「遭遇刑罰」，蓋嘗遭受嚴懲囚犯，比凡民更賤。又「抱道懷德」云云，則其爲懷才不遇之士。墨子卷二尚賢下謂「傅説居北海之洲，圜土之上」。水中可居者曰洲，圜土者，猶洲也，四周環水，古時牢獄如此。周禮卷一一地官司徒第二閭胥「若無授無節，則圜土内之」，鄭注：「圜土，獄城也。」傅説既已淪爲「胥靡」，「築於傅險」，因於北海圜土。其有如此高尚道德，因何事而拘囚於圜土？傳世文獻無一語記載。清華簡敚命上篇，謂説本爲名失仲者服役，屬失仲部族賤奴。失仲置其於「北海之州，是惟圜土」，操築傅巖。

圜土爲失仲家族囚禁罪徒牢獄。然武丁命傅説伐失仲，大勝之，於是武丁舉以爲相。失仲者誰？敚命謂失仲敗後，淪爲赤俘之戎，則武丁時居於商國西北鄙之部族。武丁時期，卜辭所載征討者，多在西北諸方國，如土方、邛方、鬼方、亘方、羌方、龍方、御方、印方、黎方等。或亦以稱「戎」，如御方，西周時器不其毀曰：「白氏曰：不其，馭（御）方獫狁廣伐西俞，王令我追於西。」御方者，獫狁所屬之一。又曰：「女彶戎大敦搏。」則御方又稱「戎」。據陳夢家先生考證，御方等國多「似在今豫北之西，沁陽之北，或漢河東郡、上黨郡；易言之，此等方國皆在今山西南部，黄土高原的東邊緣（晉南部分）與華北平原西邊緣（豫北部分）的交接地帶」。失仲成「赤俘之戎」，是否屬於御方獫狁部族，有待於更深入研討。而其國及傅説服役於傅巖，當在其域之内，與傳世文獻所載「在虞、虢之界」，若合符鍥。竹書紀年武丁六年「命卿士傅説」。若因西周政治制度，王室卿士，屬同姓諸侯，而「周因於殷禮，損益可知也」。傅説官至公卿，蓋其與殷商同姓共族。清華簡（三）良臣篇，傅敚之「敚」作「䳄」，從兑、從鳥。傅説其人，蓋因於殷商部族崇鳥禮俗。殷商族先祖崇禮於鳥，如先王有名亥者，甲文字作「隻」（佚存八八八），或作「𩰫」（拾掇四五五），皆從隹，短尾鳥。「傅䳄」字從「鳥」，爲殷商族標誌，明其爲商族後裔矣。敚命上篇狀其身「鵑肩如惟」，整理者讀「鵑」作「腕」，讀「惟」作「椎」。形容其臂力大。不成其義。且「腕肩如椎」云云，不見其有臂力大之意。「鵑肩」，即北大漢簡妄稽之「鳶肩」。國語卷一四晉語「鳶肩而牛腹」，韋昭注：「鳶肩，肩並斗出。」其雙肩如鳥翅上拱狀，象孔武有力之貌。鵑、鳶，二字音異，古不通用。鵑字，未見於説文，出土古文字，於此始見，固非後之「杜鵑」也。「杜鵑」之名，始於南朝，離騷稱「鵜鴂」，字又作「鷤鴂」、「題鴂」等。古從「肙」與從「干」，或通用。鵑，宜讀如鳱。鳱，古寒反；鵑，古玄反。古同元部，見紐雙聲。鳱，類鴻鴈，大鳥也。鹽鐵論卷八結和「詩云：『雍雍鳴鳱，旭日始旦。』」今本詩匏有苦葉「鳱」字作「鴈」。又，周禮卷七天官冢宰第一司裘「設其鵠」，鄭玄注引淮南子曰：「鳱鵠知來。」孫詒讓正義曰：「釋文引劉宗昌：鳱音鴈。金鶚亦謂：鳱與鴈通，鵠與鶴通。鳱鵠，猶鴻鵠，非小鳥也。」鳱，鷂鷹，大鳥也。爾雅釋鳥：「鳶，鳥醜，其飛也翔。」郝懿行義疏：「鳶，鴟之類，鷂鷹也。」故「鳶肩」義同「鵑肩」。「鵑肩如惟」之「惟」，不當作榷，讀如隼，以其同「隹」聲故也。易解「射隼於高墉之上」，陸德明釋文引陸機毛詩草木鳥獸疏：「隼，鷂。」「鵑肩如隼」，謂傅説身如鳶鳥兩肩高拱，似鷹隼孔武有力，甚爲兇猛矣。又，荀子卷三非相第五狀傅説「身如植鰭」。王先謙集解云：「鰭在魚之背，立而上見，駝背人似之。然則傅説亦背僂歟？」非是。鰭，讀如翅。古字從「支」與從「耆」或通用。離騷「朝發軔於蒼梧兮」，王逸注：「軔，搘輪木也。」文選本「搘」作「支」，洪氏補注引「搘」一作「支」。詩小旻「是用不潰於成」，孔穎達正義引王逸注亦作「支輪木」。智騫楚辭音殘卷引王逸注：「軔，枝輪木也。」支、枝，古今字。搘，耆聲；枝、支，支聲。據例，鰭、翅通用。植翅，猶「鳶肩」，象鳥張兩翅直立，若鳶肩聳立也。據清華簡敚命、良臣，則出土文獻「鵑肩如惟」及傳世文獻「身如植鰭」，渙然冰釋，庶無遺藴矣。傳説蓋初淪爲北戎失仲之賤奴、囚徒，或是失仲戰俘，發配於傅巖之地服役，且囚禁於北海圜土之獄。武丁「惟弼人得敚於傅巖」，且滅失仲。其不啻戰功赫赫，且又爲宗親，故武丁舉以爲公卿也。

武丁，殷之高宗也。◎案：殷商卜辭武丁作父丁，小乙子，殷之第十一世王也（詳參王國維殷世數異同表）。

言傅説抱道懷德，而遭遇刑罰，操築作於傅巖，武丁思想賢者，夢得聖人，以其形像求之，因得傅説，登以爲公，道用大興，爲殷高宗也。書序曰：「高宗夢得説，使百工營求諸野，得諸傅巖，作説命。」是佚篇也。◎文選本「抱道懷德」作「抱懷道德」，無「遭」字，「形像」下有「使」字，無「因得傅説」之「傅」字，「高宗」下無「也」字，無引書序文二十六字。正德本、隆慶本、朱本、馮本、湖北本、俞本、莊本、劉本、四庫章句本「抱道懷德」作「抱懷道德」，「遭遇」下有「於」字（莊本亦無「於」字），「像」作「象」，「書序曰」作「書曰」，「説命」下無「佚篇」二字。湖北本「書序」下無「曰」字。案：今傳五十八篇本尚書有説命三篇者，乃古文尚書。然叔師所見者今文尚書則無此三篇，故曰「佚篇」。清華簡（三）亦有説命三篇，古文尚書，不皆爲僞書也。又，上博簡（五）競建内之：「昔高宗祭，有雉雊於彝前。詈祖己而問焉，曰：『是何也？』祖己答曰：『昔先君客（格）王：「天不見禹（害），地不生孽，則斥諸鬼神曰：天地盟（明）棄我矣；從臣不計（諫），遠者不方，則修諸向（鄉）里。」含（禽）此祭之，得福者也。青（請）量（穰）之以衰（疏）汲（趾），既祭之後，焉修先王之灋。』高宗命傅説量（穰）之以邦。」説之職，猶禮官也。

吕望之鼓刀兮，遭周文而得舉。

吕，太公之氏姓也。鼓，鳴也。或言吕望，太公，姜姓也。未遇之時鼓刀屠於朝歌也。言太公避紂，居東海之濱，聞文王作興，盍往歸之。至於朝歌，道窮困，自鼓刀而屠，遂西釣於渭濱。文王夢得聖人，於是出獵而遇之，遂載以歸，用以爲師，言「吾先公望子久矣」，因號爲太公望。或言周文王夢天帝立令狐之津，太公立其後。帝曰：「昌，賜汝名師。」文王再拜，太公亦再拜。太公夢亦如此。文王出田，見識所夢，載與俱歸，以爲太師也。

【疏證】

吕，太公之氏姓也。或言吕望，太公，姜姓也。未遇之時鼓刀屠於朝歌也。言太公避紂，居東海之濱，聞文王作興，盍往歸之。至於朝歌，道窮困，自鼓刀而屠，遂西釣於渭濱。文王夢得聖人，於是出獵而遇之，遂載以歸，用以爲師，言「吾先公望子久矣」，因號爲太公望。或言周文王夢天帝立令狐之津，太公立其後。帝曰：「昌，賜汝名師。」文王再拜，太公亦再拜，太公夢亦如此。文王出田，見識所夢，載與俱歸，以爲太師也。◎文選本、正德本、隆慶本、劉本、湖北本、朱本、馮本、俞本、莊本、四庫章句本無「或言呂望」以下二十字。文選本「用以爲師」作「用爲師」，無「或言周文王」以下五十七字。正德本、隆慶本、劉本、湖北本、朱本、馮本、俞本、莊本、四庫章句本「遇之」作「見之」，無「天帝」二字，「立其後」作「在後」，無「太公亦再拜」五字。朱本「或言」下無「周」字。景宋本「出田」訛作「也田」，「或言」訛作「武言」。四庫補注本「興」作「曰」。案：前者「或言」二十字，後所竄亂；後者「或言」五十七字，當叔師所存别説，後以繁複而删之。「興」作「曰」，因義改也。章句謂太公事，頗類小説家言。宋趙明誠金石録卷二〇晉太公碑引周志曰：「文王夢天帝服玄禳，以立於令狐之津。帝曰：『昌，賜汝望。』文王再拜稽首，太公於後亦再拜稽首。文王夢之之夜，太公夢之亦然。其後文王見太公，而計之曰：『而名爲望乎？』答曰：『惟。爲望。』文王曰：『吾如有所見於汝。』太公言其年、月與其日，且盡道其言：『臣此以得見也。』文王曰：『有之，有之。』遂與之歸，以爲卿士。」其所謂「周志者不知爲何書」。趙氏「王逸注楚詞亦載文王夢太公事，與碑所書略同。方逸爲注時，此書未出。逸必别有所據」云云。漢、晉遺説也。上博簡（九）文王訪之於上（尚）父舉治，極言舉賢才爲治國之要，「得上（尚）父，載我天下，子失上（尚）父，遂我周思」。「既言，而上（尚）父乃皆（階）至」，投於周。乃佐文王修道順天，「敬人而親」，立民興邦，周以大治。亦於舉賢授能立言，周、秦舊説也。補注：「史記云：『太公望呂尚者，東海上人，本姓姜氏，從其封姓，故曰呂尚。』戰國策云：『太公望，老婦之逐夫，朝歌之廢屠，文王用之而王。』注云：『呂尚爲老婦之所逐，賣肉於朝歌，肉上生臭不售，故曰廢屠。』淮南子云：『太公之鼓刀。』注云：『太公，河内汲人，有屠釣之困。』」史記卷三二齊太公世家：「周西伯獵，果遇太公於渭之陽，與語，大説，曰：『自吾先君太公曰：「當有聖人適周，周以興。」子真是邪？吾太公望子久矣。』故號之曰太公望。」則以望爲其號。「子真是邪」後誤作「子真是牙」，譙周古史考據「子真是牙」，謂牙亦太公名。司馬貞索隱謂太公名望，字牙。皆附會之説。姜，姓也，以羊爲其族之精。呂，其氏也，同山海經卷三北山經「縣雍之山，其獸多閭」之閭，郭璞注：「閭，即羭也。一名山驢。」亦羊屬也，呂氏精靈。又，「言太公望子久矣」，望，冀也。牙、望，皆非太公名字。尚之言上也。尚、上古字通用。文王舉太公爲師，武王尊稱師尚父。尚，太公於武王時之號，非名。春秋時齊器師望鼎銘稱「大師小子師望」，太師之子嗣其父位爲大師，自稱「小子師望」，亦以師望爲名。太公未顯時，賤同匹夫，其名其字皆未顯。及爲文王師，以其號行，其名字終湮没不傳。郭店楚墓竹簡窮達以時：「呂望爲牂來瀴，戰監門坙地，行年七十而屠牛於朝訶（歌），舉以爲天子師，遇周文也。」此子思氏遺説也。又，韓詩外傳卷八：「太公望少爲人壻，老而見去，屠牛朝歌，賃於棘津，釣於磻溪，文王舉而用之，封於齊。」説苑卷八尊賢：「太公望，故老婦之出夫也，朝歌之屠佐也，棘津迎客之舍人也，年七十而相周，九十而封齊。」卷一七雜言：「呂望行年五十賣食於棘津，行年七十屠牛朝歌，行年九十爲天子師，則其遇文王也。」尉繚子卷二武議第八：「太公望年七十屠牛朝歌，賣食盟津，過七年餘而主不聽，人人謂之狂夫也。及遇文王，則提三萬之衆，一戰而天下定。」淮南子卷一三氾論訓：「太公之鼓刀，甯戚之商歌，其美有存焉者矣。」卷一九脩務訓：「則伊尹負鼎而干湯，呂望喜刀而入周。」鹽鐵論卷四貧富篇第一七：「太公屠牛於朝歌，利不及妻子，及其見用，恩流八荒，德溢四海。」卷六訟賢篇第二二：「太公之窮困，負販於朝歌也，蓬頭相聚而笑之。」則漢人說太公事夥頤，不啻一家。

鼓，鳴也。◎案：慧琳音義卷九二「鉦鼓」條引王逸注楚辭：「鼓以鳴之。」其所據本別。說文攴部：「鼓，擊鼓也。从攴、壴，壴亦聲，讀若屬。」段注：「壴者鼓之省，攴者擊。壴，古音在四部，侯韻。鉉本無此『讀若屬』三字，非也。屬，之欲切，故鼓讀如豰，與擊雙聲。大徐以其形似鼓，讀公户切，删此三字，其誤蓋久矣。玉篇云：『之録切，擊也。』此顧氏原文。云又『公户切』，此孫强所增也。佩觿云：『鼓，之録、工五二切。』沿孫之繆。至廣韻乃姥韻有鼓，而燭韻無鼓；至集韻、類篇乃以朱欲、殊玉二切歸之從『豈』聲之『鼓』字，而不知二切皆本說文。鼓讀如屬，鼓安得有此二切也？皆由沿襲徐鉉，遂舛誤至此。至乎南宋毛晃又云『鼓舞』字從攴，與『鐘鼓』字不同，岳珂刊九經、三傳，凡鼓瑟，鼓琴，鼓鐘于宮，弗鼓弗考，鼓之舞之，皆分別作鼓。經典釋文、五經文字、九經字様、開成石經，皆無此例也。周禮小師『掌教鼓、鼗、柷、敔、塤、簫、管、弦、歌』，注云：『出音曰鼓。』按：鼓，郭也。故凡出其音皆曰鼓。若鼓訓擊也。鼗、柷、敔，可云鼓。塤、簫、管、弦、歌可云鼓乎？亦由鼓切公户，寖成異説，滅裂經字，以至於此。」段説定其疑讞。鼓刀，宜作鼓刀。鼓、鼓訛爲一字一音，由來亦久。王力同源字典謂鼓、鼓同源，則承其訛。

甯戚之謳歌兮，齊桓聞以該輔。

甯戚，衛人。該，備也。甯戚修德不用，退而商賈，宿齊東門外。桓公夜出，甯戚方飯牛，叩角而商歌，桓公聞之，知其賢，舉用爲客卿，備輔佐也。

【疏證】

甯戚，衛人。該，備也。甯戚修德不用，退而商賈，宿齊東門外。桓公夜出，甯戚方飯牛，叩角而商歌，桓公聞之，知其賢，舉用爲客卿，備輔佐也。◎文選本「角而」下無「商」字，「用爲」下無「客」字。尤袤本「飯」作「飲」。文淵四庫章句本「商歌」作「高歌」。案：文津本亦作「商歌」。高，商之訛。飲，飯之訛。甯戚，非齊桓宗室，不得稱正卿，無「客」字，爛敓之也。補注：「淮南子云：『甯戚欲干齊桓公，困窮無以自達。於是爲商旅，將任車以商於齊，暮宿於郭門之外，飯牛車下，望見桓公，乃擊牛角而商歌。桓公聞之，曰：「異哉，歌者非常人也。」命後車載之。』」淮南及章句此説，皆因呂氏春秋卷一九離俗覽第八舉難。然甯戚本非商賈之人，欲干桓公，權爲商賈。晏子春秋卷三景公問欲善齊國之政以干霸王晏子對以官未具第六：「田野不修，民氓不安，則甯戚曬侍。」又，卷四景公問桓公何以致霸晏子對以下賢以身第二：「異日，君過于康莊，聞甯戚歌，止車而聽之，則賢人之風矣，舉以爲大田。」張純一注：「大田，農官。」淮南子卷一〇繆稱訓：「甯戚擊牛角而歌，桓公舉以大政。」韓非子卷一二外儲說左下第三三：「墾草仞邑，辟地生粟，臣不如寧武，請以爲大田。」寧武，甯戚之訛。管子卷八小匡第二十載管仲語桓公，言「墾草入邑，辟土聚粟多衆，盡地之利，臣不如甯戚，請立爲大司田」。桓公因其材能，任以農正之職。小匡又謂甯戚與隰朋、王子城父、賓胥無、東郭牙爲桓公五大夫。太平寰宇記卷二〇謂萊州胶水縣西鳴角埠，甯戚所葬者。又，補注引三齊記載甯戚歌：「南山矸，白石爛，生不遭堯與舜禪，短布單衣適至骭，從昏飯牛薄夜半，長夜漫漫何時旦！」文選卷一八嘯賦「甯子檢手而歎息」，李善注引淮南子甯戚之歌：「出東門兮厲石班，上有松栢兮青且蘭。麤布衣兮緼縷，時不遇兮堯舜。牛兮努力食細草，大臣在爾側，吾當與爾適楚國。」則與洪氏所引者別。又，類聚卷四三樂部三「歌」條引甯戚歌：「滄浪之水白石粲，中有鯉魚長尺半。縠布單衣裁至骭，清朝飯牛至夜半。黃犢上坂且休息，吾將捨汝相齊國。」則又別於上所引者。惟史記卷八三鄒陽列傳裴駰集解引與應劭同。詳審其歌詞，皆不類春秋風謡，出漢季落拓書生之手，託之以甯戚以抒其傀儡。高誘注呂氏春秋：「戚所歌，乃詩碩鼠之詞。」（見通雅卷一古書參互説「甯戚飯牛歌凡三見」條注引）後漢書卷六〇馬融傳「聽甯戚於大車」，李賢注引説苑亦云：「甯戚飯牛於康衢，擊車輻而歌碩鼠。」碩鼠，魏風。

齊、魏毗壤之國，其風謡相謳，庶幾是也。詩序云：「碩鼠，刺重斂也。國人刺其君重斂，蠶食於民，不修其政，食而畏人，若大鼠也。」夫甯戚善於隴畝，闇知民瘼，乃藉碩鼠「無食我黍」、「無食我麥」、「無食我苗」，舒以商音，發其幽思。又，「叩角而商歌」云云，清商悲哀之音，未可附會爲商賈之歌。孟子卷一二告子下：「徵於色，發於聲，而後喻。」趙注：「徵驗見於顔色，若屈原憔悴，漁父見而怪之。發於聲而後喻，若甯戚商歌，桓公異之，是而已矣。」以商歌爲悲歌。

該，備也。◎案：説文言部：「該，軍中約也。从言、亥聲，讀若心中滿該。」徐鍇曰：「字書：又備也。」該，讀作戒。周禮卷二四春官宗伯第三鐘師「祴夏」，鄭注：「祴，讀爲陔鼓之陔。」卷三一夏官司馬第四大僕「戒鼓傳達于四方」，鄭注：「故書戒爲駭。」駭字之別作駴。該、陔、駭同亥聲，祴、駴同戒聲。該、戒古通用。戒，具備也。戒輔，猶備輔。戒備字古多借作該。

及年歲之未晏兮，時亦猶其未央。

晏，晚。央，盡也。言己所以汲汲欲輔佐君者，冀及年未晏晚，以成德化也。然年時亦尚未盡，冀若三賢之遭遇也。

【疏證】

晏，晚。◎文選本、俞本、莊本「晚」下有「也」字。案：説文日部：「晏，天清也。从日、安聲。」天清，天晴也。文選卷八揚雄羽獵賦「於是天清日晏」，李善注引許慎淮南子注曰：「晏，無雲之處也。」淮南子卷一〇繆稱訓「暉日知晏，陰諧知雨」，高注：「晏，無雲也。」晏、雨對文，晏猶晴也。則晏字本無晚暮義。晏，通作晚，同元部、影紐雙聲。楚辭用晏不用晚。山鬼「歲既晏兮孰華予」，九歎怨思「懼年歲之既晏」。淮南子亦用晏不用晚。洪音「晚」字之轉讀細音「晏」者，蓋楚語。章句徑以本義解之。「及年歲之未晏」亦見江淹哀千里賦（見江文通集卷一）。又，全後漢文卷九〇王粲閑邪賦「恨年歲之方暮」，全晉文卷一〇一陸雲九愍修身「悲年歲之晚暮」，謝惠連雪賦「怨年歲之易暮」。祖構於此，皆得參證之。

央，盡也。◎東雅堂昌黎集注卷一九送李願歸盤谷序「樂且無殃」注引王逸曰：「央，盡也，已也。」則有「已也」二字。案：慧琳音義卷二一、卷二八「無央數」條、卷二三「無央數劫」條、卷三四、卷三八條同引王逸注楚辭：「央，盡也。」卷四五「無央」條引王逸注楚辭：「央，未盡也。」則羡「未」字。詩庭燎「夜未央」，釋文、孔疏同引王逸注：「央，盡也。」亦無「已也」二字。補注：「說文：『央，久也。詩曰「夜未央」。』」全後漢文卷六九蔡邕述行賦「遡悠悠之未央」，言未有終極。雲中君「爛昭昭兮未央」，章句：「央，已也。」呂氏春秋卷二三貴直論第三知化「其後患無央」，畢沅注：「央，亦訓盡。」阜陽出土漢簡蒼頡篇「□業未央」。未央、無央，皆古恆語。說文八部：「央，中央也。一曰，久也。」央之訓久，猶終久、終已。央之訓中，中爲二義：一爲中央、中半義，一爲充滿義。漢書卷九二游俠傳附郭解「不中訾」，顏師古注：「中，充也。」卷五四李廣傳「諸將多中首虜率爲侯者」，如淳曰：「中，猶充也。」卷八宣帝紀「潁川太守黄霸以治行尤異秩中二千石」，顏師古注：「中者，滿也。」史記卷四九外戚世家「娙何秩比中二千石」，索隱引崔浩：「中，猶滿也。」引申爲止、終。小爾雅廣詁：「充，竟也。」吕氏春秋卷二六士容論第六審時「多粃而不滿」，高注：「滿，成也。」春秋繁露卷一六循天之道：「中者，天下之所終始也。」許氏「央中」之訓，兼賅二義。類爾雅之「二訓同條」。

言己所以汲汲欲輔佐君者，冀及年未晏晚，以成德化也。然年時亦尚未盡，冀若三賢之遭遇也。◎文選本「德化」下無「也」字，「亦」下無「尚」字。建州本「遭遇」下無「也」字。文淵四庫章句本「晏」作「時」，文津本亦作「晏」。案：作「時」，訛也。章句「冀若三賢之遭遇」云云，三賢，即上文伊尹、傅説、吕尚及甯戚。三，虚數，猶多也。

恐鵜鴂之先鳴兮，使夫百草爲之不芳。

鵜鴂，一名買鵤，常以春分鳴也。言我恐鵜鴂以先春分鳴，使百草華英摧落，芬芳不得成也。以喻讒言先至，使忠直之士蒙罪過也。

【疏證】

鵜鴂，一名買鶬，常以春分鳴也。◎文選本「鵜」作「鷤」。正德本、隆慶本、劉本、湖北本、朱本、馮本、俞本、莊本、文淵四庫章句本「春分」下有「日」字。案：事類賦注卷二四草部「懼鶗鴂之先鳴」注引章句「春分鳴」作「春秋分鳴」。其所據本別。鵜鴂，或作鶗鴂（廣韻入聲第十六屑韻）、鷤鴂、鷤搗（廣韻去聲第十二霽韻）、田鵑，類聚卷三歲時部上「春」條引臨海異物志：「鶗鴂，一名田鵑。」俗呼杜鵑、杜宇，皆聲之轉。或作鶗鴃（廣韻上平聲第十二齊韻）、鶗蛙（古文苑卷三枚乘梁王兔園賦）。倒文作巂周，文選卷一九高唐賦：「姊歸思婦，垂雞高巢。」李善注：「爾雅曰『巂周』，郭璞曰：『子巂鳥，出蜀中。』或曰即子規，一名姊歸也。思婦，亦鳥名也。」子巂、子規，皆其別文。或作子鳺（廣雅釋鳥）、子鵑（華陽國志卷三蜀志）等。章句「一名買鶬」云云，湯炳正云：「『買鶬』，當作名『典鶬』，亦即『鷤搗』、『鵜鴂』、『鷤巂』一聲之轉。因『典』、『單』二音皆爲古端紐寒部字，故『鷤搗』轉爲『典鶬』。」其説至塙。別名博勞、百勞、百鷯、伯鷯、伯趙，促言之名鵙。章句謂是鳥「常以春分鳴」。文選卷一五思玄賦「鶗鴂鳴而不芳」，舊注：「鶗鴂，鳥名也，以秋分鳴。」漢書卷八七上揚雄傳「徒恐鷤搗之將鳴兮」，顏師古注：「搗，鴂字也。鷤鴂鳥，一名買鶬，一名子規，一名杜鵑，常以立夏鳴，鳴則衆芳皆歇。鷤字或作鶗，亦音題。」其皆與章句別。詩七月「七月鳴鵙」，詩用周正，七月當夏正五月，亦以立夏鳴。朱子辯證：「子規以三月鳴，乃衆芳極盛之時；鵙以七月鳴，則陰氣至而衆芳歇矣。又，鴂、鵙音亦相近。」鴂、鵙音不相近。且以子規、鵙爲二鳥，而謂離騷鵙以「七月鳴」，未知所據。游國恩離騷纂義：「且騷詞恐其先鳴，則其當以秋分時鳴審矣。劉禹錫鶗鴂吟云：『鶗鴂催衆芳，畏聞先入耳。秋風白露晞，從是爾啼時。如何上春日，唧唧滿庭飛？』明確如此，堪爲此文注脚。」聞一多離騷解詁折中舊説，謂「百物多以春秋爲配偶期，故其鳴也亦常在春、秋二季。廣韻曰：『春分鳴則衆芳生，秋分鳴則衆芳歇。』此專指秋言。先鳴，謂先秋分而鳴也」。又，廣雅釋鳥：「鶗鴂，子鴂也。」清王引之云：「今案：離騷言此者，以爲小人得志則君子沈淪，野鳥羣鳴則芳草衰謝。此乃假設爲文，不必實有其事。亦如九章云『鳥獸鳴以號羣兮，草苴比而不芳』耳，豈謂鳥獸羣號之時實有不芳之草哉？若然，則子規爭鳴而衆芳歇絶，可無以春鳥爲疑矣。況鶗鴂、杜鵑一聲之轉，方俗所傳尤爲可據也。而顔師古漢書注乃牽就其説云：『鶗鴂常以立夏鳴，鳴則衆芳皆歇。』思元賦舊注則云：『鶗鴂以秋分鳴。』廣韻又云：『鶗鴂春分鳴則衆芳生，秋分鳴則衆芳歇。』此皆于王、服兩家不能決定，故爲游移兩可之説，而不知鶗鴂春月即鳴，不得遲至立夏，物候皆言其始，又不得兼言秋分也。」其亦未塙。思玄賦「恃己知而華予兮，鶗鴂鳴而不芳」，張衡祖構於此，以鶗鴂爲「鳴而不芳」之物候鳥。此二語與九章悲回風「鳥獸鳴以號羣兮，草苴比而不芳」未必盡同。章句以爲物修辭者未可輕易。案：恐，使相對爲文。使，通作「思」，楚簡通用。包山楚簡祝禱：「舉禱行宫一白犬，酉（酒）飤（食），思(使)攻叙於宮室。」又：「思(使)攻解於水上與溺人。」長沙子戰庫戰國楚帛書：「思(使)敔奠四極。」又：「思(使)有宵有朝，有晝有夕。」上博簡(二)訟城是(容成氏)：「(受)於是乎作爲九成之臺，視(實)盂炭其下，加圜木於其上，思(使)民道(蹈)之。」又：「禹然後始爲號旗，以辨其左右，思(使)民毋惑。」清華簡(一)楚居：「至酓(熊)繹與屈約(紃)思(使)若(鄀)嗌，卜徙於𡋘窀(屯)。」程寤：「思(使)卑柔和川(順)。」(六)子儀：「余隹(誰)思(使)于告之。」上博簡(四)成王爲城濮之行：「王囟(思)子蘧教子玉。」思，使也。清華簡(七)子犯子餘「思(使)還」。皆其證。

思，猶憂也，愁也。九章第四篇曰「抽思」。抽，引也；思，愁也。篇末「道思作頌」之「道思」，謂舒引憂愁也。首句曰：「心鬱鬱之憂思兮，獨永歎乎增傷。」憂思，平列同義，思亦憂也。悲回風：「糺思心以爲纕兮，編愁苦以爲膺。」思心、愁苦，對舉爲文，思，憂也。章句：「言動以憂愁自係结也。」以思爲愁。大招「思怨移只」，思怨，愁怨也。九辯「蓄怨兮積思」，怨、思對舉，思，怨也。徵之周、秦古籍，思訓憂夥頤。小雅正月「癙憂以癢」，雨無正作「鼠思泣血」，癙憂、鼠思同，思，謂憂也。是言恐鵜鴂之先鳴，而憂彼百草因之不芳也。何劍薰楚辭拾瀋：「王逸以鵜鴂爲春鳥，即秭歸，當不誤。史記曆書：『昔自在古曆建正於孟春。於時冰泮發蟄，百草奮興，秭鳺先嘷，物乃具生於東，次順四時，卒於東分。時鷄三號，卒明，撫十二(月)節卒於丑。』大戴記誥志篇亦有這樣一段，稱爲『虞史伯夷曰』，『百草奮興，秭鳺先嘷』二句作『百草權輿，瑞雉無澤』，則是誤字。這是一種古代的曆書，以秭鳺先鳴以占春候，宜其爲春鳥。但何以此鳥先鳴，草木因之不芳，此乃古人以鳥鳴占歲的一種習俗，這種風俗在川北、閬中尚還存在。以正月元日早晨聽何種鳥類開始鳴叫以占本歲豐歉，川北人叫做『開山』。如猫頭鷹開山，主豆類豐收；斑鳩開山，多疾病等等。或古代楚國也有這種風俗。草木不芳，當是旱災之徵兆。鵜鴂先鳴，始能産生這種現象，如不先鳴，即無此徵。這個『先』字最爲要緊。因此，此鳥不一定是凶鳥，也不一定爲吉鳥，主要的是看它是否先鳴，先鳴者凶，後鳴者吉，故屈子取此作爲『佞人先己』的一種比喻。」其説頗有啓思。吾鄉浦江呼鷤鴂爲鷦鷯，謂此鳥鳴於元月晨旦者，則歲必凶，故俗見此鳥必驅之使去，無令其鳴。鵜鴂，預報凶兆之鳥，聞其鳴聲則爲死之兆徵。或曰：鵜鴂，非鳥，猶蛥蚗之轉。方言卷一一：「蛥蚗，齊謂之螇螰，楚謂之蟪蛄，或謂之蛉蛄，秦謂之蛥蚗，自關而東謂之虭蟧，或謂之蝭蟧。西楚與秦通名也。」蛥蚗、蟪蛄，聲之轉。説文作伊蚗，謂「蛁蟟」也。俗呼知了，蟬之别名也。莊子卷一逍遥遊第一「蟪蛄不知春秋」，盧文弨曰：「司馬云，蟪蛄，寒蟬也。一名蝭蟧，春生夏死，夏生秋死。崔云，蛁蟧也，或曰山蟬。秋鳴者不及春，春鳴者不及秋。」蟬蛻化蛾始鳴，鳴則死也。春生者夏鳴，羣芳歇也；夏生者秋鳴，而百草盡衰；其鳴皆與百草芳華衰謝者相應。特備於是，以俟博學君子。

言我恐鵜鴂以先春分鳴，使百草華英摧落，芬芳不得成也。以喻讒言先至，使忠直之士蒙罪過也。◎文選本「鵜」作「鶗」，無「得」字，「成」下無「也」字，無「至」字，「蒙」作「被」。正德本、馮本、劉本、俞本、四庫章句本「喻」作「諭」。案：得、至，皆羨也。則文選本存其舊。喻、諭同。又，後漢書卷五九張衡傳「鶗鴂鳴而不芳」，李賢注引章句喻「蒙罪過」作「被罪」。則唐本作「蒙」。章句「以喻讒言先至」云云，以鵜鴂爲惡鳥，以喻讒佞。

何瓊佩之偃蹇兮，衆薆然而蔽之。

偃蹇，衆盛貌。言我佩瓊玉，懷美德，偃蹇而盛，衆人薆然而蔽之，傷不得施用也。

【疏證】

偃蹇，衆盛貌。◎案：黄侃文選平點：「偃蹇，猶蔚薈也。」偃蹇之爲衆盛，即晻藹、蓊鬱、隱藹、蔚薈之聲轉。詳參上文「望瑶臺之偃蹇兮」注。

言我佩瓊玉，懷美德，偃蹇而盛，衆人薆然而蔽之，傷不得施用也。◎文選本無「盛」字。文淵四庫章句本「傷」作「物」，文津本亦作「傷」。案：物，訛也。若無「盛」，則「衆」字屬上，亦通。又，薆，蔽也。張銑注：「薆，亦盛也。」補注：「方言云：『掩、翳，薆也。』注云：『謂薆蔽也。』」薆之爲蔽、爲盛，詳參上「時曖曖其將罷」注。薆之言隱也，草隱曰薆，竹隱曰篓，日不明曰曖，雲隱曰靉，皆其别文。

惟此黨人之不諒兮，恐嫉妬而折之。

諒，信。言楚國之人不尚忠信之行，共嫉妬我正直，必欲折挫而敗毀之也。

【疏證】

諒，信。◎文選本「諒」作「亮」，「信」下有「也」字。建州本「諒信」乙作「信亮」。俞本、莊本「信」下有「也」字。案：諒之爲信，因爾雅釋詁。然爾雅別作亮，古字通用。騫公楚辭音殘卷諒作亮，云：「亮，宜作諒。諒，信也。同力仗反。」諒、亮古字通。書説命上「亮陰」，釋文：「亮，本又作諒。」詩柏舟「不諒人只」，釋文作「亮」，云：「本或作諒。」慧琳音義卷六〇「諒屬」條：「諒音亮。」漢書卷二七五行志中「盡涼陰之哀」，顔師古注：「涼，信也，讀曰諒。」涼，亦通假字。上博簡(五)三德：「皇天弗京(諒)。」則借「京」爲「諒」。黄奭爾雅古義：「一切經音義第十七引漢注：『諒，知之信也。』」慧琳音義卷一七「諒順」條引考聲：「以信自効曰諒。」皆對文別義。散則不別。方言卷一：「諒，信也。衆信曰諒，周南、召南、衛之語也。」周南、召南，皆在汝南、陳蔡之間，春秋之時屬楚。諒，楚語也。

言楚國之人不尚忠信之行，共嫉妬我正直，必欲折挫而敗毀之也。◎文選本「共嫉妬我正直」作「恐妬我正直」，「必欲」作「欲必」，無「毀之」二字。同治本「妬」作「妒」。四庫章句本「妬」作「妒」。朱本、湖北本「共嫉」作「其嫉」。案：妒、妬同。妬，俗妬字。湯炳正楚辭類稿據注「共嫉妬我正直」云云，謂舊本正文「恐」當作「共」。無徵不信。據義，則舊本作「恐妬我正直」。

時繽紛其變易兮，又何可以淹留？

言時世溷濁，善惡變易，不可以久留，宜速去也。

【疏證】

言時世溷濁，善惡變易，不可以久留，宜速去也。◎文選本「世」作「俗」。案：避唐諱也。章句「不可以久留」云云，以「不可以」爲「何可以」，正文有「可」字，羨文，則舊本作「何以」。杜工部詩箋注卷二一有客「竟日淹留佳客坐」，注引作「何以」。章句以「繽紛」爲「溷濁」，而上「佩繽紛其繁飾」，以「繽紛」爲衆盛，隨文所施，則是「爲傳注」。文選卷一五張衡思玄賦「思繽紛而不理」，舊注：「繽紛，亂貌。」

蘭芷變而不芳兮，荃蕙化而爲茅。

（荃、蕙，皆香草也。）言蘭芷之草，變易其體而不復香，荃蕙化而爲菅茅，失其本性也，以言君子更爲小人，忠信更爲佞僞也。

【疏證】

荃、蕙，皆香草也。◎補注本無注。案：敚之也，宜補。建州本「草」下無「也」字。正德本、隆慶本、劉本、朱本、俞本、馮本、四庫章句本、莊本、湖北本作「皆美香草也」。書鈔卷三〇佞邪九「荃蕙化而爲茅」條注引作「皆美香草」。慧琳音義卷八四「落荃」條：「荃，香草也。離騷『荃蕙化爲茅』。」柳河東集卷一九弔屈原文「荃蕙蔽匿兮」，童注引王逸注：「蕙荃，香草。」則所據本別。荃，蓀也。詳參上「荃不察余之中情兮」注。蕙，薰也。詳上「雜申椒與菌桂兮」注。

言蘭芷之草，變易其體而不復香，荃蕙化而爲菅茅，失其本性也，以言君子更爲小人，忠信更爲佞僞也。◎文選本無「易」字、無「菅」字，「僞」下無「也」字。同治本「蘭芷」譌作「蘭已」。案：據義，則舊有「菅」字。劉良注：「茅，惡草，以喻讒臣也。」未審其爲何草。吳仁傑離騷草木疏：「説文：『茅，菅也。』爾雅：『藗，一名牡茅。』郭璞云：『白茅屬。』邢昺云：『茅之不實者也。』本艸『茅根』條云：『一名蘭根，一名茹根，一名地菅，一名地筋，一名兼杜。』陶隱居云：『此即今白茅。詩云「露彼菅茅」，其根如渣芹甜美。』嘉祐圖經云：『春生芽，布地如鍼，俗謂之茅鍼，亦可噉，夏生白華，茸茸然，至秋而枯。其根至潔白。』又有菅，亦茅類也。陸璣艸木疏云：『菅似茅而滑澤無毛，根下五寸，中有白粉者，柔韌宜爲索，漚之尤善。其未漚者名野菅，詩「白茅菅兮」是也。』」陸氏所説茅草，同禹貢「包匭菁茅」之菁茅、左傳僖公四年「苞茅不入無以縮酒」之苞茅，即靈氛所以占卜之靈茅，非惡草名。此荃蕙化茅，爲異類相生，與下「今直爲此蕭艾」相應，茅，類蕭艾，塙爲惡草。茅，莽也。儀禮卷七士相見禮第三「在野則曰草茅之臣」，孟子卷一〇萬章下作「在野曰草莽之臣」。左傳定公四年「越在草莽」，釋文：「草莽，舊作茅，亡交反；今本多作莽。」國語卷六齊語「首戴茅蒲」，韋昭注：「茅，或作萌。」萌，亦莽字。左傳哀公元年「暴骨如莽」，杜注：「草之生於廣野莽莽然，故曰草莽。」周禮卷三七秋官司寇第五翦氏「以莽草熏之」，鄭注：「莽草藥物，殺蟲者以熏之則死。」則莽草有毒，惡草。或名茅，非白茅，蓋因協幽部之韻而易之以通假字。上博簡李賦：「年（佞）前亓約儉，端後亓不長，如菓（蘭）之不芳。」亦此意也。

何昔日之芳草兮，今直爲此蕭艾也！

言往昔芬芳之草，今皆直爲蕭艾而已。以言往日明智之士，今皆佯愚，狂惑不顧。

【疏證】

言往昔芬芳之草，今皆直爲蕭艾而已。以言往日明智之士，今皆佯愚，狂惑不顧。◎文選本無「狂惑不顧」四字。正德本、隆慶本、劉本、湖北本、朱本、馮本、俞本、莊本、四庫章句本「不顧」下有「也」字。案：「狂惑不顧」四字，後所增益，當刪。喻林卷五八人事門「改節」條引章句「不顧」下有「也」字。洪氏補注引「草」一作「卉」。楚簡凡「草木」之「草」字，皆作「艸」。楚帛書「艸木亡尚」、「𡳿木民人」，上博簡（二）子羔「從者（諸）𡳿茅之中」，容成氏「𡳿木晉（蓁）長」，清華簡（七）越公其事「亡（無）又（有）閒𡳿」。𡳿，古「艸」字。後隸作「卉」，非也。洪引一本作「卉」，實作「𡳿」。是古本如此。又，章句以「皆直」釋「直」。非是。直，通作置。睡虎地秦墓竹簡法律答問：「或直廿錢，而被盜之，不盡一具，及盜不直（置）者，以律論。」又曰：「未置及不直（置）者不爲『具』，必已置乃爲『具』。」馬王堆帛書雜禁方：「夫妻相去，取其左麋（眉）直（置）酒中，飲之，必得之。」又曰：「取其左麋（眉）直（置）酒中，飲之，必得之。」雜療方：「□□益气：取白松脂、杜虞、□石脂等治，并合三指大最（撮），再直（置）蚤。」張家山漢墓竹簡算術書：「直（置）一關餘不税者而參（三）倍爲法，有（又）直（置）米一斗而三之。」又曰：「直（置）二、直（置）四、直（置）八、直（置）十六、直（置）卅二，并以爲法。」又曰：「直（置）禾三步、麥四步、荅五步，令禾乘麥爲荅實，荅乘禾爲麥實，麥乘荅爲禾實，務□直（置）之一石，各乘之禾、荅、麥爲實。」又曰：「直（置）一兩朱（銖）數以爲法。」又曰：「直（置）芻三稾二并之，以三馬乘之爲法，以二石乘所直（置）各自爲實。」又曰：「直（置）一、直（置）二、直（置）三而各以爲法。」又曰：「有（又）直（置）廿七、十升者各三之爲實。」又曰：「以二石扁（偏）乘所直（置）各自爲實。」又曰：「直（置）四畝步數爲實令如計畫內步數爲法。」又曰：「先直（置）廣。」又曰：「廣、縱各一里，即直（置）一因而三之。」皆其證。置者，猶斥也，棄也。謂昔日芳草，今斥棄爲蕭艾也。又，艾蒿曰蕭，蒿艾曰艾，自是二草。補注：「顏師古云：『齊書太祖云：「詩人采蕭」，蕭，即艾也。蕭，自是香蒿，古祭祀所用，合脂爇之以享神者。艾，即今之灸病者。名既不同，本非一物。詩云「彼采蕭兮」、「彼采艾兮」是也。』淮南曰：『膏夏紫芝，與蕭艾俱死』。蕭艾，賤草，以喻不肖。」其說得之。

豈其有他故兮，莫好脩之害也！

言士民所以變曲爲直者，以上不好用忠正之人，害其善志之故。

【疏證】

言士民所以變曲爲直者，以上不好用忠正之人，害其善志之故。◎文選本「民」作「人」，「變曲爲直」作「變直爲曲」，「志」作「士」。皇都本、正德本、隆慶本、朱本、劉本、俞本、馮本、莊本、四庫章句本、湖北本「變曲爲直」作「變直爲曲」，「忠正」作「忠信」，「故」下有「也」字。案：此斥世俗邪惡，則舊作「變直爲曲」。據義，舊作「善士」爲允。又，章句以「上不」解「莫」義，以指斥君上。則得之。此猶君臣相染而相效。墨子卷一所染第三：「染於蒼則蒼，染於黃則黃，所入者變，其色亦變。非獨染絲然也，國亦有染。舜染於許由、伯陽，禹染於皋陶、伯益，湯染於伊尹、仲虺，武王染於太公、周公。此四王者所染當，故王天下，立爲天子，功名蔽天地。舉天下之仁義顯人，必稱此四王者。夏桀染於干辛、推哆，殷紂染於崇侯、惡來，厲王染於厲公長父、榮夷終，幽王染於傳公夷、蔡公穀。此四王者，所染不當，故國殘身死，爲天下僇。舉天下不義辱人，必稱此四王者。齊桓公染於管仲、鮑叔，晉文染於舅犯、高偃，楚莊染於孫叔、沈尹，吳闔閭染於伍員、文義，越句踐染於范蠡、大夫種。此五君者所染當，故霸諸侯，功名傳於後世。范吉射染於長柳朔、王胜，中行寅染於籍秦、高彊，吳夫差染於王孫雒、太宰嚭，智伯摇染於智國、張武，中山尚染於魏義、偃長，宋康染於唐鞅、佃不禮。此六君者所染不當，故國家殘亡，身爲刑戮，宗廟破滅，絶無後類。君臣離散，民人流亡，舉天下之貪暴苛擾者，必稱此六君也。」皆以君爲染於臣。而臣亦染於君也。孔子云：「爲人君者，猶盂也；民，猶水也。盂方水方，盂圓水圓。」（見韓非子卷一一外儲説左上第三二）言下效於上也。楚靈王好士細要，則一國之臣皆以一飯爲節，脅息然後帶，扶牆然後起。比其年，朝有黧黑之色。「是其何故也？君説之，故臣能之也」（見墨子卷四兼愛中篇第一五）。睡虎地秦墓竹簡爲吏之道：「凡戾人，表以身，民將望表以戾真。表若不正，民心將移乃離親。」皆可爲注脚。楚之靈脩，不被屈子染，則爲黨人染，而一國之人又爲楚王所染。

余以蘭爲可恃兮，

蘭，懷王少弟，司馬子蘭也。恃，怙也。

【疏證】

蘭，懷王少弟，司馬子蘭也。◎案：文選卷六〇顏延年祭屈原文「貞蔑椒、蘭」，李善注：「楚詞曰：『余以蘭爲可恃兮，羌無實而容長。』王逸曰：『蘭，楚懷王之少弟，司馬子蘭也。』」東雅堂昌黎集注卷二陪杜侍御游湘西兩寺獨宿有題因獻楊常侍「椒、蘭争妒忌」，注引王逸云：「蘭，懷王弟，司馬子蘭也。」山谷外集詩注卷五次韻感春五首「椒、蘭工壅蔽」，史容注引章句：「蘭，懷王少弟，司馬子蘭也。」唐、宋皆持此説。補注：「史記：秦昭王欲與懷王會，屈平曰：『秦，虎狼之國，不可信，不如無行。』懷王稚子子蘭勸王行：『奈何絶秦歡？』懷王卒行。入武關，秦伏兵絶其後，因留懷王。子頃襄王立，以其弟子蘭爲令尹。然則子蘭乃懷王少子，頃襄之弟也。」據此，少弟，「少子」之訛。潛夫論卷二明闇篇第六：「屈原得君而椒、蘭構讒。」以蘭、椒爲子蘭、子椒者，漢説也。此文蘭、椒、樧、揭車、江離諸芳，承上「何昔日之芳草兮今直爲此蕭艾也」來，斥言衆芳蕪穢。蘭，非實指子蘭。若從章句，下江離、揭車、樧等，將比附何人？朱子斥其繆云：「此辭之例，以香草比君子，王逸之言是矣。然屈子以世亂俗衰，人多變節，故自前章蘭芷不芳之後，乃更歎其化爲惡物。至於此章，遂深責椒、蘭之不可恃以爲誅首，而揭車、江離亦以次而書罪焉，蓋其所感益以深矣。初非以爲實有是人，而以椒、蘭爲名字者也。而史遷作屈原傳，乃有令尹子蘭之説，班氏古今人表又有令尹子椒之名，既因此章之語而失之，使此詞首尾横斷，意思不活。王逸因之，又訛以爲司馬子蘭、大夫子椒，而不復記其香草臭物之論。流誤千載，遂無一人覺其非者，甚可歎也。使其果然，則又當有子車、子離、子椒之儔，蓋不知其幾人矣！」則擊中肯綮。離騷所稱同時人物，皆不顯其名，必不得已，則易之以化名或寓名，伯庸、正則、靈均者是也。若有子蘭、子椒其人，當不宜直呼之。錢鍾書管錐編謂蘭、椒爲雙關語，既謂芳草，又隱子蘭、子椒之名。其欲調停漢、宋之訟。椒、揭車、江離等，豈亦雙關語耶？其説似工實拙。

恃，怙也。◎案：九章惜誦「君可思而不可恃」，悲回風「聊逍遥以自恃」，九辯「諒城郭之不足恃」，章句恃皆訓怙，散文也。説文心部：「恃，賴也。从心，寺聲。」又：「怙，恃也。从心，古聲。」恃、怙散則皆爲依賴、依憑。對文別義。恃之言持也。恃、持古字通。莊子卷六徐無鬼第二四「恃源而往者也」，釋文：「恃，本亦作持。」左傳昭公十九年「以持其世而已」，釋文：「持，本或作恃怙之恃。」持，扶，輔也。文選卷三東京賦「西朝顛覆而莫持」，薛綜注：「持，扶也。」荀子卷一五解蔽篇第二一「故能持管仲而名利福禄與管仲齊」，楊倞注：「持，扶翼也。」漢書卷三六楚元王傳「及丞相御史所持」，顏師古注：「持，謂扶持，佐助也。」中心有憑以助謂之恃。怙，古文從心、故省聲。莊子卷一齊物論第二「何居乎」，釋文引司馬注：「居，猶故也。」居，居所，人之所以依憑者。怙之訓恃，別作据，或作據。説文手部：「據，杖持也。从手，豦聲。」段注：「謂倚杖而持之也。杖者，人所據，則凡所據皆曰杖。據，或作据。揚雄傳『三摹九据』，晉灼曰：『据，今據字也。』按：何氏公羊傳注據亦皆作据。」怙，謂有所憑居也。莊子卷八列禦寇第三二「河上有家貧恃緯蕭而食者」。恃緯簫，言有「緯簫」爲助，則不可易之以怙。又，堯典「怙終賊刑」，左傳僖公十五年「怙亂」，亦不可以恃字爲之。謂蘭之不可信賴，則爲扶助義。

羌無實而容長。

實，誠也。言我以司馬子蘭懷王之弟，應薦賢達能，可怙而進，不意内無誠信之實，但有長大之貌，浮華而已。

【疏證】

實，誠也。◎案：説文宀部：「實，富也。从宀、貫。貫爲貨物。」段注：「以貨物充於屋下是爲實。引申之爲艸木之實。」又引申爲誠實。實，猶質也。論語卷六雍也「質勝文則野」，皇侃疏：「質，實也。」九歎愍命「姿盛質而無愆」，質，一作實。以同義易之也。書冏命：「無以巧言令色」，孔傳：「無得用巧言無實、令色無質、便辟足恭、側媚諂諛之人。」實、質相儷，實猶質也。全後漢文卷九三阮瑀文質論：「文虛質實，遠疏近密。」質實，平列爲類。對文則實與名、言相對，質與文、采相對。漢書卷六〇杜周傳：「殷因於夏尚質，周因於殷尚文。」論衡卷一八感類篇第五五：「名實相副，猶文質相稱也。」卷二六知實篇第七九：「實異，質不得同。」春秋繁露卷七考功名第二一：「賞罰用於實，不用於名；賢愚在於質，不在於文。」卷一〇實性第三六：「且名者性之實，實者性之質也。」全後漢文卷五〇李尤東觀賦：「敷華實于雍堂，集幹質于東觀。」

言我以司馬子蘭懷王之弟，應薦賢達能，可怙而進，不意内無誠信之實，但有長大之貌，浮華而已。◎文選本無「司馬」二字、無「懷王之弟」四字，「應薦」作「能進」。案：據義，則文選本存其舊。子蘭，懷王之子，非少弟。章句「内無誠信之實，但有長大之貌，浮華而已」云云，容長，必爲「長容」，其義方得調遂。内無實質而外有章采，猶上「蘭芷變而不芳」也。容，讀爲用，古字通用。用，猶上「用此下土」之用，有也。長，讀爲章。説文木部：「棖，一曰：法也。从木，長聲。」方言卷三：「棖，法也。」皆讀如「章法」之章。又，周章，别作「舟張」；章皇，别作「張皇」。棖、張同長聲。長、章例得通用。章，同九章橘頌「文章爛兮」之章，謂文采。廣雅釋訓：「章章，采也。」文選卷一四顔延年赭白馬賦「鏤章霞布」，李善注：「章，采，文也。」俗作彰。用章，謂有文采。有章、無實，儷偶對舉。呂留良云：「蘭芷之可化而爲茅者，必非真蘭芷也。反而觀之，茅之化而蘭芷者，豈可信其爲真蘭芷乎？余之友有一二人者，矯矯自命，才氣絶人，及一登科而遂其所守，視前日不啻兩人。余常笑曰：『富貴不能淫，貧賤不能移，威武不能屈，古之大丈夫也。富貴而淫，貧賤而移，威武而屈，今之大丈夫也。』以余所見諸人，則直未富貴而淫，未貧賤而移，未威武而屈耳。世道人情，每降益下，良可慨歎。」蓋與屈子同歎。

委厥美以從俗兮，苟得列乎衆芳。

委，弃。言子蘭弃其美質正直之性，隨從諂佞，苟欲列於衆賢之位，無進賢之心也。

【疏證】

委，弃。◎文選六臣本「弃」作「棄」，「棄」下有「也」字。尤袤本亦作「弃」。俞本、莊本「弃」下有「也」字。案：弃、棄同。文選卷一〇西征賦「委曹、吳而成節」李善注、卷二四曹植贈丁儀「黍稷委疇隴」李善注、卷五五陸機演連珠「出於委灰」劉孝標注並引王逸曰：「委，弃也。」卷三〇鮑照翫月城西門廨中「歸華先委露」李善注引王逸曰：「委，棄也。」弃、棄錯出，皆有「也」字。說文女部：「委，委隨也。从女、从禾。」引申爲委棄。廣雅釋詁：「委，棄也。」

言子蘭弃其美質正直之性，隨從諂佞，苟欲列於衆賢之位，無進賢之心也。◎文選本「列於」作「引於」。秀州本「弃」作「棄」。正德本、隆慶本、劉本、湖北本、俞本、莊本、朱本、馮本、四庫章句本「從」作「俗」。湖北本「之位」下有「而」字。馮本、四庫章句本「弃」作「棄」。案：弃、棄同。列，列位也，無舉引義。引，列之訛。隨從、隨俗，章句皆有其例，其所據本別。

椒專佞以慢慆兮，

椒，楚大夫子椒也。慆，淫也。

【疏證】

椒，楚大夫子椒也。◎案：文選卷六〇顔延年祭屈原文「貞蔑椒、蘭」，李善注：「楚辭曰：『椒專佞以慢諂兮，〔極〕（榝）又欲充夫佩幃。』王逸曰：『椒，大夫子椒也。』」無「楚」字。東雅堂昌黎集注卷二陪杜侍御游湘西兩寺獨宿有題因獻楊常侍「椒、蘭爭妒忌」注、山谷詩外集詩注卷五次韻感春五首「椒、蘭工壅蔽」史容注並引章句：「椒，楚大夫子椒也。」亦皆有「楚」字。補注：「古今人表有令尹子椒。」漢書卷八七上揚雄傳「靈修既信椒、蘭之唼佞兮」，蘇林曰：「椒、蘭，令尹子椒、子蘭也。」則漢人皆以子椒爲令尹。子椒其人未見周、秦古書，古今人表語焉不備，蓋因離騷附會之。椒，類上文蘭、蕙等，喻變節易行小人，未必坐實。

慆，淫也。◎文選秀州本、明州本、尤袤本、胡本「慆」作「諂」。案：慆、諂同。補注：「書曰：『無即慆淫。』注云：『慆，慢也。』」以「慢慆」爲平列同義。説文心部：「慢，惰也。从心、曼聲。一曰，慢，不畏也。」二義皆通。惰慢者倨傲，易繫辭上：「上慢下暴。」禮記卷三八樂記第一九：「樂而不安，慢易以犯節。」又云：「惰慢邪僻之氣不設於身體。」卷四八祭義第二四：「而慢易之心入之矣。」卷五〇哀公問第二七：「荒怠敖慢。」或作僈。卷四三雜記第二一「時人倨僈」，釋文：「僈，本亦作慢。」或作嫚，漢書卷三七季布傳「單于嘗爲書嫚呂太后」，顔師古注：「嫚，謂辭語褻污也。讀與慢同。」釋名釋言語：「慢，漫也。漫漫心無所限忌也。」説文無漫字。漫之言曼也。文選卷九班彪北征賦「遵長城之漫漫」，李善注：「漫與曼古字通。」莊子卷三馬蹄篇第九「澶漫爲樂」，釋文：「漫，向、崔本作曼。」曼、漫古今字。上文云「路曼曼」，則存古字。又部：「曼，引也。从又、冒聲。」引申爲淫逸。水溢謂之漫，言語無實相欺謂之謾，怠慉謂之慢，侮易謂之嫚，繒之無文章謂之縵，草滋生謂之蔓。皆一義相仍。又，心部：「慆，説也。从心、舀聲。」段注：「説，今悦字。尚書大傳『師乃慆』，注曰：『慆，喜也。』可證許説。蟋蟀傳曰：『慆，過也。』東山傳曰：『慆慆，言久也。』皆引申之義也。古與滔互叚借。」以慆之爲淫、爲過，皆「慆悦」引申，未確。慆，讀作滔。騫公楚辭音殘卷：「宜作滔，同他牢反。書曰『象恭滔天』，孔曰：『滔，謾也。』詩云『日月其滔』，毛傳曰：『滔，過也。』」其説得之。水部：「滔，水漫漫大皃。从水、舀聲。」引申爲淫、濫、過。行無檢束、倨傲不敬謂之滔。詩蕩「天降滔德」，毛傳：「滔，慢也。」江漢鄭箋：「滔滔，武夫之貌。」懷沙「滔滔孟夏兮」，章句：「滔滔，盛陽貌也。」專佞以事上，慢滔以處下。謂椒於上諂諛，投君所好；於下慢滔不恭，倨傲無禮。

樧又欲充夫佩幃。

樧，茱萸也，似椒而非，以喻子椒似賢而非賢也。幃，盛香之囊，以喻親近。言子椒爲楚大夫，處蘭芷之位，而行淫慢佞諛之志，又欲援引面從不賢之類，使居親近，無有憂國之心。責之也。

【疏證】

樧，茱萸也，似椒而非，以喻子椒似賢而非賢也。◎正德本、隆慶本、朱本、湖北本、馮本、劉本、莊本、俞本、四庫章句本「似」作「佀」。案：佀，古似字。以「子椒似賢而非賢」例之，「似椒而非」下舊宜有「椒」字，敓之也。吳仁傑離騷草木疏卷四「樧」條引作「佀椒而非椒」，則存舊本。喻林卷一二人事門「考僞」條引章句亦作「佀椒而非」。椒專佞慢慆，以斥椒；樧又欲充夫佩幃，以斥樧。章句「子椒似賢而非賢」云云，非也。爾雅釋木「椒、樧，醜荥」，李巡注：「樧，茱萸也。」即章句所因。樧、茱萸非一物名。郭璞注：「樧似茱萸而小，赤色。」説文木部：「樧，似茱萸，出淮南。」本草：「蔓椒，一名永椒，一名豬椒，一名彘樧，一名狗椒。」本草綱目卷三二果四「蔓椒」條引陶弘景曰：「山野處處有之，俗呼爲樛子，似椒欓而小，不香。一名豬椒。」離騷草木疏：「茱萸一名樧子，蕪荑一名蔱藙，蔓茮一名豨樧，三者皆有樧名。集韻：『樧，草名，或從艸。』説文云：『似茱萸。』許叔重在王逸前，故郭璞用許説爲正。顏師古急就章注亦云『茱萸似樧而大』。然則樧但似茱萸耳，與茱萸非一物也。蔓茮既有豨、狗賤名，又小不香，爲此物無疑。」

幃，盛香之囊，以喻親近。◎文選本「囊」下有「也」字。案：騫公楚辭音殘卷：「幃又褘、又緯，同許偉反。」皆通用字。幃，幐也，帒也。詳參上「蘇糞壤㠯充幃兮」注。

言子椒爲楚大夫，處蘭芷之位，而行淫慢佞諛之志，又欲援引面從不賢之類，使居親近，無有憂國之心。責之也。◎文選本「位」作「間」，「佞」作「謟」。尤袤本「使」上有「皆」字，六臣本「皆」作「此」。馮本、文淵四庫章句本「淫」作「浮」，無「面從」二字。文津本亦作「淫」，有「面從」二字。案：據義，則舊作「間」字。此、浮，皆訛。又，章句但有「佞諛」，無作「謟諛」。九思遭厄「競佞諛兮讒鬩鬩」。七諫沈江：「離憂患而乃寤兮，若縱火於秋蓬。」章句：「言君信任佞諛，不慮艱難，卒遭憂患。」九歎惜賢「心隱惻而不置」，章句：「不能置中正而行佞諛也。」憂苦「雜班駁與闒茸」，章句：「言君不明智，斥逐忠良，而任用佞諛，委弃明珠，而貴魚眼。」愍命「征夫罔極誰可語兮」，章句：「言己放逐遠行，憂愁無極，衆皆佞諛，不可與語忠信也。」謟諛，「諂諛」之訛。下「固時俗之流從兮，又孰能無變化」，章句：「二子復以諂諛之行。」抽思「衆果以我爲患」，章句：「諂諛比己於劍戟也。」惜往日「聽讒人之虛辭」，章句：「諂諛毀訾，而加誣也。」諂諛，章句恆語，可據以本校。又，章句「面從」云云，指小人阿意曲從。書益稷：「汝無面從，退有後言。」後漢書卷四三朱暉傳：「俗吏苟合，阿意面從，進無謇謇之志，却無退思之念，患之甚久。」三國志卷四二蜀書郤正傳：「虞帝以面從爲戒，孔聖以悦己爲尤。」卷四四蔣琬傳：「人心不同，各如其面；面從後言，古人之所誡也。」則舊有「面從」。

既干進而務入兮，

干，求。

【疏證】

干，求。◎文選本、俞本、莊本「求」下有「也」字。案：因爾雅釋言，則舊有「也」字。文選卷一五張衡思玄賦「欲巧笑以干媚兮」，舊注：「干，求也。」亦有「也」字。干，上犯，無干求義。段君、朱駿聲、王筠並謂干求本字作迀。說文辵部：「迀，進也。从辵，干聲。讀若干。」迀，干犯之分別文，古但作干。然迀亦不解求。穀梁傳定公四年「挾弓持矢而干闔廬」，范寧注：「見不以禮曰干。」干之言匃也。干、匃，元、月平入對轉，同見紐雙聲。亡部：「匃，氣也。逯安說：亡人爲匃。」段注：「氣者，雲氣也。用其聲叚借爲乞求、气與字。」气、乞通。朱駿聲說文通訓定聲：「許以通借字爲正字，當訓求也。亡、人，會意。亡逃之人求食於他鄉也。」匃以求食，猶「見不以禮」也。慧琳音義卷九「乞匃」條引蒼頡篇：「匃，乞行請求也。」乞爲事，匃爲名。散則皆求，古借干字爲之。漢書卷九六西域傳「乞丐無所得」，顔師古曰：「丐，亦乞也。」丐、匃同。乞丐，平列同義。又，上博簡（二）從政（甲）：「從正（政）者所矛（務）三。」務省作矛。今三國文卷四四阮籍獮猴賦「性褊淺而干進兮，似韓非之囚秦」，晉書卷五〇庾峻傳「文士競智而務入」。干進、務入，皆古恆語。

又何芳之能祗？

祇，敬也。言子椒苟欲自進，求入於君，身得爵禄而已，復何能敬愛賢人，而舉用之也。

【疏證】

祇，敬也。◎案：祇之爲敬，詳參上「湯禹儼而祇敬兮」注。施於此則不辭。章句「敬愛賢人而舉用之」云云，增字以牽合之。清王引之謂祇爲振字假借（見王念孫讀書雜志餘説下）。於義亦未密。祇，讀爲帶，古字通用。老子德經五十九章「是謂深根固柢」，馬王堆漢帛書老子（甲、乙兩本）柢字作氐，或本作蔕。文選卷二西京賦「蔕倒茄於藻井」，李善注：「聲類曰：『蔕，果鼻也。』蔕音帝。」蔕，柢之假借。呂氏春秋卷五仲夏紀第五古樂篇：「昔陶唐氏之始，陰多滯伏而湛積。」滯伏，底伏也。後漢書卷六〇上馬融傳「疏越蘊慉，駭恫底伏」，李賢注：「底伏，猶滯伏也。」借滯爲底。蔕、滯從帶聲。老子五十九章「治人事天」，敦煌卷子本、唐景龍本「人」下有「帶」字，河上本作「蔕」。柢、底同氐聲。則祇、帶例得通用。帶，佩、服也。九歌山鬼「被薜荔兮帶女羅」、「被石蘭兮帶杜衡」。涉江「帶長鋏之陸離兮」。蓋協韓字微韻，而易帶爲祇。

言子椒苟欲自進，求入於君，身得爵禄而已，復何能敬愛賢人，而舉用之也。◎文選本、正德本、隆慶本、劉本、湖北本、朱本、馮本、俞本、莊本、四庫章句本「言」下有「子蘭」二字。文選本「自進求入」作「求進自入」，「賢人」作「賢者」，「舉」下無「用」字，「也」作「乎」。案：據下文「覽椒、蘭其若茲兮」，章句：「言觀子椒、子蘭變志若此，況朝廷衆臣，而不爲佞媚以容其身邪！」則舊有「子蘭」二字。又，正文「干進而務入」云云，則舊作「求進自入於君」。

固時俗之流從兮，又孰能無變化？

言時世俗人，隨從上化，若水之流，二子復以諂諛之行，衆人誰有不變節而從之者乎？疾之甚也。

【疏證】

言時世俗人，隨從上化，若水之流，二子復以諂諛之行，衆人誰有不變節而從之者乎？疾之甚也。◎文選六臣本「諂」作「謟」。秀州本「以」作「有」。案：謟，諂之訛，上文或作「謾謟」者可證。據義，舊作「有」字爲允。正文「固」，與下「覽椒蘭」之「覽」，對舉爲文，讀如顧，古字通用。戰國策卷一八趙策一「而小弱顧能得之强大乎」。顧能，即固能。史記卷六秦始皇本紀：「天子稱朕，固不聞聲。」固，借爲顧，但也。戰國策卷三〇燕策二：「生之物，固有不死者乎。」史記卷五六陳丞相世家：「人固有好美如陳平而長貧賤者乎。」固有，即豈有，皆借固爲顧。漢書卷五五衛青傳「今固且圖之」，固且，史記卷七〇張儀列傳作「顧且」。顧，念也。又，流從，當從補注引或本作「從流」。章句「隨從上化若水之流」云云，增字以解。從，合、隨也。戰國策卷六秦策四「從而伐齊」，高注：「從，合也。」禮記卷三七樂記第一九「率神而從天」，卷五一孔子閒居第二九「氣志既從」，鄭注並云：「從，順也。」流，流俗。卷六二射義第四六「耆耋好禮，不從流俗」，孟子卷一四盡心下「同乎流俗，合乎汙世」。流俗，平列同義，猶合俗、隨俗。

覽椒、蘭其若茲兮，又況揭車與江離？

言觀子椒、子蘭變志若此，況朝廷衆臣，而不爲佞媚以容其身邪！

【疏證】

言觀子椒、子蘭變志若此，況朝廷衆臣，而不爲佞媚以容其身邪！◎文選本「志」作「節」，「況」上有「豈」字。正德本、隆慶本、劉本、朱本、俞本、湖北本、馮本、莊本、四庫章句本「邪」作「耶」。案：變節、變志，章句皆有其例。此承上「又孰能無變化」，章句「衆人誰有不變節而從之者乎」云云，則亦作「變節」。邪、耶，古字通用。騫公楚辭音殘卷：「耶，羊嗟反。」其所據隋本作「耶」。又，章句以椒、蘭比附子蘭、子椒二人，失之。椒、蘭，總結上荃、蕙、樧諸物。舉椒而概樧，言蘭以兼荃、蕙也。屬「文具於前而略於後例」（詳參俞樾古書疑義舉例卷二第二三條）。

惟茲佩之可貴兮，委厥美而歷茲。

歷，逢也。（茲，此也。）言己內行忠直，外佩衆香，此誠可貴重，不意明君弃其至美，而逢此咎也。

【疏證】

歷，逢也。◎案：説文止部：「歷，過也。从止，厤聲。」引申爲逢遇。

茲，此也。◎補注本無注。案：敚也。據文選本、正德本、隆慶本、劉本、朱本、俞本、馮本、四庫章句本、湖北本、莊本補。茲之爲此，詳參上「喟憑心而歷茲」注。章句不避重複。

言己內行忠直，外佩衆香，此誠可貴重，不意明君弃其至美，而逢此咎也。◎文選本「直」作「正」，「香」作「芳」，「可貴」下有「重」字，「不意」作「不遭」。尤袤本「不意」上有「茲」字。秀州本、尤袤本「弃」作「棄」。景宋本、正德本、隆慶本、湖北本、朱本、馮本、俞本、劉本、莊本、四庫章句本「直」作「正」，四庫章句本「弃」作「棄」。同治本「美」訛作「关」。案：思美人：「遭玄鳥而致詒」，章句：「屈原亦得天地正氣而生，自傷不遭聖主而遇亂世也。」九歎思古：「還顧高丘泣如灑兮。」章句：「言己不遭明君無御用者，重自哀傷。」王逸哀時命序：「不遭明君，而遇暗世。」據此，則舊作「不遭」。又，茲佩，聘女信物。茲佩可貴，以開啓下西行求女。貴，非謂貴重，讀如饋，古字通用。莊子卷八天下篇第三三「道則無遺者矣」，釋文：「遺，本又作貴。」九懷陶壅「道莫貴兮歸真」，洪引釋文：「貴一作遺。」皆以貴爲饋。易家人六二「無攸遂，在中饋」，馬王堆漢帛書本饋作貴。

饋，詒也。章句「弆其至美」云云，弆，當作弆，字之訛。弆，藏也。公羊傳桓公十四年「粢盛委之所藏也」，何休注：「委，積也。」委爲懷藏。周禮卷一三地官第二遺人「掌邦之委積」，鄭注：「少曰委，多曰積。」對文別義。又，正文「歷茲」云云，茲字出韻。「委厥美而歷茲兮惟茲佩之可貴」二句之乙。貴、沬同協微韻。

芳菲菲而難虧兮，芬至今猶未沬。

虧，歇。沬，已也。言已所行純美，芬芳勃勃，誠難虧歇，久而彌盛，至今尚未已也。

【疏證】

虧，歇。◎文選本、俞本、莊本「歇」下有「也」字。正德本、隆慶本、朱本、馮本、劉本、俞本、莊本「虧」作「虧」。案：虧與虧同。詳參上「唯昭質其猶未虧」注。羅、黎二本玉篇殘卷于部「虧」字：「楚辭曰『芳菲菲而難虧』，王逸曰：『虧，歇也。』」慧琳音義卷四五「虧於」條引王注楚辭：「虧，歇也。」其所據唐本「歇」下皆有「也」字。

沬，已也。◎文選卷四三劉孝標重答劉秣陵沼書一首「余悲其音徽未沬」，李善注：「楚辭曰：『芳菲菲而難虧兮，芳至今猶未沬。』王逸曰：『沬，已也。』」案：六臣本音「亡蓋反」。則以「沬」爲「沬」。補注：「沬音昧，微晦也。易曰『日中見沬』，招魂曰『身服義而未沬』。」以沬已義爲

「微晦」引申。皆失之。王觀國學林卷九「沫沫」條：「易豐卦九三爻曰『豐其沛，日中見沫』，王弼注曰：『沫，微昧之明也。音莫貝切。』蓋屈平自謂我之芬芳未至於晦昧也。宋玉自謂身服義而未至於晦昧也。沫無已之義。五臣以沫爲已，誤矣。前漢王商傳引易曰「日中見昧，折其右肱。」蓋沫與昧義則同也，故通用之。玉篇水部曰：『沫，亡活、莫蓋二切。』觀國按：『亡活切』者，旁從本末之末，所謂浮沫，所謂避沫水之害是也。『莫蓋切』者，旁從午未之未，即易所謂『日中見沫』，詩所謂『爰采唐矣，沫之鄉矣』是也。二字偏旁不同，而玉篇同爲一字，而分二切以訓之，則誤矣。」章句解沫爲已，未可移易。易豐九三：「豐其沛，日中見沫。」沛、沫協韻，月部，易經作沫，沫之訛。日中見沫，謂日無精。沫，昧也。音近通用。「莫蓋」者，沫之音，非沫之音。王弼注易，沫音莫貝反，與「亡活」者音同。觀國固非審音之選。以韻斷之，貴，微韻，則此「未沫」不當作沫，宜作沫，音無沸切，微韻。鶩公楚辭音作沫，猶未訛也。「沫」無已義，通作歾。禮記卷八檀弓篇上第三「瓦不成味」，鄭注：「味，當作沫。」荀子卷一三禮論第一九「陶器不成物」，楊倞注：「禮記曰：『瓦不成味。』味，當作沫。」物、味、沫古皆通也。漢書卷五四李廣蘇建傳「前以降及物故」，顏師古曰：「物故謂死也，言其同於鬼物而故也。」宋祁云：「物，當從南本作歾，音沒。」沫、歾，古字通用。死亡謂之歾，引申爲終、已也。屈賦凡未已、不止皆謂未沫，蓋楚語，招魂「身服義而未沫」是也。惜往日：「吳信讒而弗味兮，子胥死而後憂。」弗味，即未沫，言信讒無已。

言己所行純美，芬芳勃勃，誠難虧歇，久而彌盛，至今尚未已也。◎騫公楚辭音殘「勃勃」作「浡浡」。文選本作：「言己所行芬芳，誠難虧歇，至今尚未已也。」湖北本、朱本、馮本、俞本、莊本、四庫章句本「虧」作「虧」。明州本「難」訛作「歎」。尤袤本「尚」作「猶」。案：勃、浡同，虧、虧同。「純美」、「久而彌盛」，皆羨也。文選本猶存其舊。

和調度以自娛兮，聊浮游而求女。

言我雖不見用，猶和調己之行度，執守忠貞，以自娛樂，且徐徐浮游，以求同志也。

【疏證】

言我雖不見用，猶和調己之行度，執守忠貞，以自娛樂，且徐徐浮游，以求同志也。◎文選本「徐徐」作「徐」，「同志」下無「也」字。案：章句以「和調度」爲「和調己之行度」，非增字則不可調遂。和調度、聊浮游，對舉爲文。和，非和合，讀如爰，猶聊、且也。漢書九〇酷吏傳附尹賞：「安所求子死，桓東少年場。」如淳曰：「陳、宋之俗桓聲近和。」爰、桓，古字通用。説文艸部蕙字重文作萱。詩伯兮「焉得諼草」，釋文：「萱，或作蕿。」文選卷二五謝惠連西陵遇風獻康樂「無萱將如何」，李善注引薛綜韓詩章句作「萱草」。戰國策卷一三齊策六「齊負郭之民有孤狐咺者」，呂氏春秋卷二三貴直論第一貴直篇作狐援，漢書卷二〇古今人表作狐爰。則和、爰亦通。爰之爲和，猶桓之爲和。和，亦楚語。調度，讀如跮踱。調從周聲，跮從至聲；從至聲與從周聲之字古通用。書泰誓中「雖有周親，不如仁人」，孔傳：「周，至也。」詩鹿鳴「示我周行」，毛傳：「周，至。」逸周書卷六謚法解第五四：「周，至也。」廣雅釋詁一：「周，至也。」漢書卷一〇〇叙傳「敻冥默而不周」，劉德注：「周，至也。」後漢書卷三章帝紀「以崇建周親」李賢注：「周，至也。」小雅六月之「如軒如輊」，儀禮卷四一既夕禮第一三作「軒輖」。踱、度古亦通用。史記卷一一七司馬相如列傳「跮踱輵轄」，集解引徐廣：「跮踱，乍前乍却也。」索隱引張揖：「跮踱，疾行前却也。」聲之轉或作滌蕩，文選卷一八嘰賦「心滌蕩而無累」是也。廣雅釋詁作滌濠，言暢放無累，與解疾忽者通。或作遥蕩，莊子卷二大宗師篇第六「汝將何以遊夫遥蕩恣睢轉徙之途」是也。詩宛丘序作遊蕩。或作婬蕩，方言卷一〇：「婬蕩，遊也。」或作佣儅，宋本玉篇卷三人部：「佣儅，不常也。」宋朱彧可談：「都下市井謂作事無據者曰没佣儅。」(見説郛卷三五下引)俗謂無正業者曰弔兒郎當，則其遺義。或作䞮趟，宋本玉篇卷一〇走部：「䞮趟，踉蹚也。」踉蹚，浪蕩也。廣韻去聲第四一漾韻：「踉蹡。行不迅也。」或作佚蕩，漢書卷八七上揚雄傳「爲人簡易佚蕩」，晉灼曰：「佚蕩，緩也。」方言卷六：「佚婸，舒緩貌。」或作倜儻、俶儻、跌蕩、跌宕、佚宕等，則未可勝計。才高志放曰跌宕、狂放跋扈亦曰跌宕，美惡同辭，而根於寬緩自如者皆通。章句以求女謂求同志，非也。此「求女」之女，同上「豈惟是其有女」之女，類宓妃、簡狄、二姚，謂楚之女先。靈氛勸其求女反本以畢志，巫咸告其待時以生。屈子反覆審度，而後決意求女，從靈氛之勸以遠逝求女，未從巫咸之告以待時。

及余飾之方壯兮，周流觀乎上下。

上謂君，下謂臣也。言我願及年德方盛壯之時，周流四方，觀君臣之賢，欲往就之也。

【疏證】

上謂君，下謂臣也。◎文選建州本「臣」下無「也」字。正德本、隆慶本、湖北本、朱本、馮本、俞本、莊本、四庫章句本「君」下有「也」字。案：上下，或上或下也，同上「勉陞降以上下兮」，非謂君臣。

言我願及年德方盛壯之時，周流四方，觀君臣之賢，欲往就之也。◎明州本、建州本以此注爲五臣張銑，秀州本以此注屬王逸，然「就之」下無「也」字。尤袤本亦無「也」字。正德本、隆慶本、劉本、朱本、莊本、湖北本、馮本、俞本、四庫章句本無「盛」字。朱本「周」下敚「流」字。案：以此注爲張銑者，則竄亂之也。無「盛」，敚也。補注：「『高余冠之岌岌兮，長余佩之陸離。』所謂『余飾之方壯』也。周流觀乎上下，猶言『周流乎天余乃下』也。」其説得之。余飾方壯，結上榮華未落、瓊佩偃蹇、繁飾菲菲也。壯，非盛壯之年，謂脩飾姱美。九辯「離芳藹之方壯」，章句「去已盛美之光容」云云，壯猶美也。又，方，章句「言我願及年德方盛壯之時」云云，猶正當也。莊子卷一養生主第三「方今之時」，呂氏春秋卷二一開春論第三期賢作「當今之時」。新書卷九修政語上「方是時也」，而孟子卷二梁惠王下作「當是時也」。

靈氛既告余以吉占兮，歷吉日乎吾將行。

言靈氛既告我以吉占，歷善日，吾將去君而遠行也。

【疏證】

言靈氛既告我以吉占，歷善日，吾將去君而遠行也。◎文選尤袤本、明州本、建州本「遠行」下無「也」字。案：漢書卷八七上揚雄傳：「歷吉日，協靈辰。」顏師古注：「歷選吉日而合善辰也。」歷，選、擇也。古之行事必擇日，睡虎地秦簡日書有吉日、忌日，吉日行事則吉，忌日行事則凶。日之吉凶，在乎人之所擇，未有定數。包山楚簡卜筮祭禱記録，卜筮禱詞有日者二十四例，乙未日者三、癸丑日者二、癸卯日者一、乙丑日者三、己酉日者三、乙卯日者九，丙辰日者二、己亥日者一。於甲乙，乙居多，凡十五見，其次己三見、癸三見、丙二見。邵㐌卜筮必擇吉日，則楚俗以乙、己、癸、丙爲日之吉者乎？以甲、丁等爲凶日，哀郢言甲日去離郢都，以甲爲凶日。九店楚簡日書：「凡春三月，甲乙丙丁，不吉；壬癸，吉。凡夏三月，丙丁庚辛，不吉，甲乙，吉。凡秋三月，庚辛壬癸，不吉；丙丁，吉。凡冬三月，壬癸甲乙，不吉；庚辛，吉。凡吉日，利以祭祀，禱祠。」日之吉凶，楚俗因四時別也。

折瓊枝以爲羞兮，

羞，脯。

【疏證】

羞，脯。◎文選本、俞本、莊本「脯」下有「也」字。案：初學記卷二六脯第十六「瓊枝金矢」、書鈔卷一四五酒食部脯一六「瓊枝爲羞」條、御覽卷八六二飲食部二〇脯同引王逸注：「羞，脯也。」舊有「也」字。補注：「羞、脩，二物也，見周禮。羞，致滋味；脩則脯也。王逸、五臣以羞爲脩，誤矣。」章句羞之爲脯，讀如脩，非以羞、脯爲一物名。羞、脩古字通用。書洪範「使羞其行」，潛夫論卷二思賢篇第八引羞作脩，禮記卷四七祭義第二四「羞肝肺」，孔子家語卷四哀公問政第十七羞作脩。則逸説未可移易。

精瓊靡以爲粻。

精，鑿也。靡，屑也。粻，糧也。詩云：「乃裹餱糧。」言我將行，乃折取瓊枝，以爲脯腊，精鑿玉屑，以爲儲糧，飲食香潔，冀以延年也。

【疏證】

精，鑿也。◎騫公楚辭音殘卷本「鑿」作「糳」。案：鑿、糳，古今字。編珠卷三服玩部「瓊靡瑶蕊」條引章句：「精，鑿也。」書鈔卷一四四酒食部飯篇二「精瓊靡以爲粻」條引王逸注：「精，鑿也。」亦皆作鑿。漢書卷八七上揚雄傳「精瓊靡與秋菊兮」，應劭云：「精，細。」廣雅釋詁：「精、糳，小也。」王念孫云：「精，糳，皆米之細者也。糳，通作鑿。」江陵張家山漢簡算數書程禾：「禾黍一石爲粟十六斗泰（大）半斗，舂之爲糲米一石，糲米一石爲糳米九斗，糳米九斗爲毇米八斗。」

𪎭，屑也。◎騫公楚辭音殘卷：「𪎭，又䊳同。」案：編珠卷三服玩部「瓊靡瑶蕊」條引章句：「靡，屑也。」書鈔卷一四四酒食部飯篇二「精瓊靡以爲粻」條引王逸注：「靡，屑也。」文選卷二西京賦「屑瓊蘂以朝飧」，李善注：「楚辭曰『屑瓊［蘂］（糜）以爲糧』，王逸曰：『糜，屑也。』」則以𪎭爲靡、糜，古字通用。「屑瓊蘂以爲［糧］（糇）」，見張衡思玄賦，非出楚辭。李善注引王逸注則見離騷經章句也。慧琳音義卷九五「糜損」條：「王注楚辭云：『糜，碎也。』」碎，屑同義，唐本或別。説文米部：「䊳，碎也。从米、靡聲。」𪎭，説文作爢，火部：「爢，爛也。从火、靡聲。」䊳本字，𪎭借字。段注：「石部云：『碎，䊳也。』二字互訓，凡粉碎之義當作䊳。」又，漢書卷八七上揚雄傳「精瓊靡與秋菊兮」，應劭云：「靡，屑也；瓊，玉之華也。」應氏因章句也。瓊𪎭，米白如玉。瓊以狀米色。詳上文「藑茅」注。

粻，糧也。詩云：「乃裹餱糧。」◎騫公楚辭音殘卷曰：「糇，胡鈎反。」則「餱」作「糇」。文選本「糧」作「粮」，删「詩云乃裹餱糧」六字。正德本、隆慶本、劉本、馮本、俞本、莊本、四庫章句本「餱」作「糇」。案：餱、糇同。編珠卷三服玩部「瓊靡瑶蕊」條引章句未見引詩，書鈔卷一四四酒食部飯篇二「精瓊靡以爲粻」條引王逸注：「粻，時良反，糧也。詩云：『乃裹糇糧。』」則唐本猶有未删詩者。章句引詩見大雅公劉，釋文：「餱，食也。字或作糇。糧，本亦作粮，糇也。」粮，俗糧字。説文有糧無粻，云：「糧，穀食也。从米，量聲。」段注：「周禮廩人：『凡邦有會同師役之事，則治其糧與食。』鄭云：『行道曰糧。』按：詩云『乃裹餱糧』，莊子云『適百里者宿舂糧，適千里者三月聚糧』，皆謂行道也。許云『穀食』，則兼居者、行者言，糧本是統名，故不爲分析也。」其説未精。對文糧爲行道之食，讀作粻。散則糧爲穀食通名。後以糧專爲穀食，别以粻爲乾糒。詩崧高「以峙其粻」，文選卷一五張衡思玄賦「餐沆瀣以爲粻」，論語卷一五衛靈公「在陳絶糧」。九店楚簡日書：「某敢以其妻妻女(汝)，聶幣芳糧以詳讀某於武夷之所。」芳糧，所以祭神，即「瓊爢」也。又，沈自南藝林彙考卷三粉饎類引丹鉛録謂「瓊爢」猶「今之米糊羹」。

言我將行，乃折取瓊枝，以爲脯腊，精鑿玉屑，以爲儲糧，飲食香潔，冀以延年也。◎文選本無「取」字。尤袤本、明州本、胡本、四庫李善注本「潔」作「絜」。六臣本「糧」作「粮」，尤袤本作

「粻」。正德本、隆慶本、劉本、朱本、馮本、四庫章句本「玉屑」下有「持」字，「儲糧」作「糧食」，「飲食」作「飯飲」，「年」下有「壽」字。正德本「儲糧」作「粻食」。俞本、莊本「玉屑」下有「持」字，「飲食」作「飯飲」，「儲糧」作「糧食」，「年」下有「益壽」二字。同治本「腊」訛作「脂」。案：絜、潔古今字。此爲「乾糒」，宜作「儲糧」，行道之食也。粻，俗糧字。書鈔卷一四四酒食部飯篇二「精瓊靡以爲粻」條引王逸注：「言我將行，精鑿玉屑，持以爲糧食，飯飲香潔，冀以延年益壽也。」則其所據唐本有「持」、「壽」字，且作「飯飲」、「糧食」。御覽卷八五〇飲食部八飯：「楚辭『精瓊靡以爲飯』，王逸注：『精鑿玉屑以爲飯也。』」以「飲」爲「飯」。其所據本亦別。正文作「飯」字，出韻。編珠卷三服玩部「瓊靡瑤蕊」條引章句：「言精鑿玉屑以爲糧也。」亦無「食」字。又，洪補：「周禮有食玉。注云：『玉，陽精之純者，食之以禦水氣。鄭司農云：「王齊當食玉屑。」』」洪引周禮見卷六天官冢宰第一大府，孔疏：「案：楚語云：『王孫圉與趙簡子言曰：「玉足以庇蔭嘉穀，使無水旱之災，則寶之。珠足以御火，則寶之。」』服氏云：『珠，水精，足以禁火。』如是則玉是火精可知。」屈子服食瓊玉，非以「延年益壽」，象喪禮之「含玉」。周禮卷二〇春官宗伯第三典瑞：「大喪，共飯玉、含玉、贈玉。」鄭注：「飯玉，碎玉以雜米也。含玉，柱左右顛及在口中者。」

爲余駕飛龍兮，雜瑤象以爲車。

象，象牙也。言我駕飛龍，乘明智之獸，象玉之車，文章雜錯，以言己德似龍玉，而世莫之識也。

【疏證】

象，象牙也。◎騫公楚辭音殘卷：「瑶，或作璠字。」案：古無作「璠象」，則舊作「瑶象」。爾雅釋地：「南方之美者有梁山之犀象焉。」郭璞注：「象，牙骨。」用象牙爲飾車，古之通習。文選卷八上林賦「乘鏤象」，郭璞引張揖曰：「鏤象，象路也。以象牙疏鏤其車輅。」周禮卷二七春官宗伯第三巾車五路，有玉路、象路，鄭注：「玉路，以玉飾諸末；象路，以象飾諸末。」賈疏：「凡車上之材，於末頭皆飾之，故云『諸末』也。」韓非子卷三十過第十謂「黄帝合鬼神於西泰山之上，駕象車而六蛟龍」。風俗通義卷六聲音「瑟」條：「昔黄帝駕象車交龍，畢方並轄。」三國志卷二魏書文帝紀注引獻帝傳：「河未出龍馬，山未出象車。」類聚卷三九禮部中「巡守」條引崔駰東巡頌：「駕太一之象車，升九龍之華旗。」雜瑶象以爲車，猶玉路、象路，飾玉與象牙諸末也。屈子反歸祖居所乘車，則類祥車。

言我駕飛龍，乘明智之獸，象玉之車，文章雜錯，以言己德似龍玉，而世莫之識也。◎文選本「智」作「知」，「象」上有「載」字，「世」下有「俗」字，「言」下無「己」字，「莫」下無「之」字。正德本、隆慶本、俞本、四庫章句本、馮本、朱本、湖北本、莊本「似」作「佀」。案：佀，古似字。乘、載對文，則舊有「載」字。又，據義，舊作「明智」爲允。補注：「易曰『飛龍在天』。許慎云『飛龍有翼。』」飛龍，又名應龍。天問「應龍何畫」，章句：「有翼曰應龍。」應、翼職、蒸平入對轉，並喻紐雙聲。呂氏春秋卷五仲夏紀第五古樂：「帝顓頊生若水，實處空桑，乃登爲帝，惟天之合，正風乃行，其音若熙熙淒淒鏘鏘。帝顓頊好其音，乃令飛龍作效八風之音，命之曰承雲，以祭上帝。」清陳元龍格致鏡源卷四五樂器類「鐘」條引世本：「顓頊命飛龍氏鑄洪鐘，聲振而遠。」卷八一鳥類五「異鳥」條引焦氏筆乘：「飛龍，鳥名，鳳頭龍尾，其文五色，以象五方，一名飛廉，一名龍雀，漢銅鑄其象，以彰瑞應。」龍之有翼，南、北文明融合之象徵。東夷、楚夷以鳳鳥爲其先祖之精，徙居南楚之越夷諸族，出於夏后氏，以龍爲其先祖之精。二族融合，故龍遂有翼。楚人尊鳳賤龍惡虎，不論何種地下實物遺存出土，以鳳鳥爲紋飾，中土日見其少，荆楚日見其多，且位居龍之上。湖北江陵馬山楚墓出土繡羅單衣，繡以一鳳敗一龍一虎之紋飾，鳳鳥舒張雙翼，居中心之位，其一翼擊於龍脊，龍作哀號狀，一翼擊於虎背，虎作張皇奔逃狀。包山楚左尹邵㐌墓内棺壁畫以四鳳四龍爲單元，鳳居於龍上。屈子所稱飛龍，雖龍猶鳳皇也，與中土所稱者别。

何離心之可同兮，吾將遠逝以自疏。

言賢愚異心，何可合同，知君與己殊志，故將遠去自疏而流遁於世也。

【疏證】

言賢愚異心，何可合同，知君與己殊志，故將遠去自疏而流遁於世也。◎文選本、正德本、隆慶本、劉本、湖北本、朱本、馮本、俞本、莊本、四庫章句本無「於世」二字。湖北本「流」作「深」。案：無「於世」，避唐諱删。深，流之譌。疏，非疏遠、流遁義，通作索。釋名釋言語：「疏，索也，獲索相遠也。」漢書卷六九趙充國傳「疏捕山間虜」，蘇林：「疏，搜索也。」陸游老學庵筆記卷一〇：「今人謂娶婦爲『索婦』，古語也。孫權欲爲子索關羽女，袁術欲爲子索呂布女，皆見三國志。」索之爲娶，則三國前已備。自，別、他也。漢書卷五九張安世傳：「上曰：『吾自爲掖庭令，非爲將軍也。』」自爲，謂別爲、他爲。自索，謂他求。

邅吾道夫崑崙兮，路脩遠以周流。

邅，轉也，楚人名轉曰邅。河圖括地象言：崑崙在西北，其高萬一千里，上有瓊玉之樹也。言己設去楚國遠行，乃轉至崑崙神明之山，其路遥遠，周流天下，以求同志也。

【疏證】

邅，轉也，楚人名轉曰邅。◎文選本「曰」作「爲」。案：慧琳音義卷六〇引楚辭云：「轉也。」卷八七「邅迴」條引王逸注楚辭：「邅，轉也。」皆無「楚人名轉曰邅」六字，唐本删之。邅、轉，元部；同知紐雙聲。邅，開口；轉，合口。楚人讀合口之轉爲開口之邅。屈、宋辭賦無「轉」，回轉字皆作「邅」。湘君「邅吾道兮洞庭」，九辯「邅翼翼而無終兮」。

河圖括地象言：崑崙在西北，其高萬一千里，上有瓊玉之樹也。◎文選本無注。景宋本「萬」下無「一」字。案：無「一」，敚也。河圖括地象已佚。明孫瑴古微書卷三二河圖括地象：「昔禹治水得括地象，此其傳之最古也。」然不類三代語。後漢書卷一三公孫述傳載延岑援引括地象説圖讖符命事，則其書蓋出新莽間。補注：「禹本紀言：『崑崙山高二千五百餘里，日月所相避隱爲光明也。其上有醴泉、華池。』河圖云：『崑崙，天中柱也，氣上通天。』水經云：『崑崙虚在西北，去嵩高五萬里，地之中也，其高萬一千里。河水出其東北陬。』爾雅曰：『西北之美者，有崑崙虚之璆琳琅玕焉。』又曰：『三成爲崑崙丘。』注云：『崑崙山三重，故以名云。』昔人引山海經『西海之南，流沙之濱，赤水之後，黑水之前有大山，名崑崙之丘，其下有弱水之淵環之。』又曰：『鍾山西六百里有崑崙山，所出五水。』今按山海經内，『崑崙虚在西北，帝之下都，方八百里，高萬仞。山有木禾，面有九井，以玉爲檻，面有五門，門有開明獸守之，百神之所在。』郭璞曰：『此自别有小崑崙也。』淮南子云：『崑崙虚中有增城九重，上有木禾。珠樹、玉樹、琁樹、不死樹在其西；沙棠、琅玕在其東；絳樹在其南；碧樹、瑶樹在其北。』東方朔十洲記：『崑陵即崑崙，中狹上廣，故曰崑崙山。有三角：其一角正東，名曰崑崙宫，其處有積金爲墉城，面方千里，城上安金臺五所，玉樓十二。』神異經云：『崑崙有銅柱焉，其高入天，所謂天柱也。圍三千里，圓周如削，下有回屋，仙人九府所治。』又一説云：大五嶽者，中嶽崑崙，在九海中，爲天地心，神仙所居，五帝所理。凡此諸説誕，實未聞也。」崑崙傳説蓋備於此。洪氏以崑崙必在西方者，則未審。山海經卷十七大荒北經：「共工臣名曰相繇，九首蛇身，自環，食于九土。其所歍所尼，即爲原澤，不辛乃苦，百獸莫能處。禹湮洪水，殺相繇，其血腥臭，不可生穀；其地多水，不可居也。」卷八海外北經：「禹殺相柳，其血腥，不可以樹五穀種。禹厥之，三仞三沮，乃以爲衆帝之臺。在崑崙之北。」郭璞注：「此崑崙山在海外者。」郝懿行注亦謂在海外，皆在地之北。則不論海内、海外，崑崙山在西北，不可與「帝之下都」西方崑崙相溷。且東南亦有崑崙。卷六海外南經：「崑崙墟在其東，墟四方。一曰在岐舌東，爲墟四方。」畢沅山海經新校正曰：「此東海方丈山也。爾雅云：『三成爲崑崙丘。』是昆侖者，高山皆得名之。此在東南方，當即方丈山也。水經注云：『東海方丈，亦有昆侖之稱。』」古之所傳崑崙，非唯一地一山。楚人所稱崑崙，宜以其版圖内大山名之。九章悲回風：「馮崑崙以瞰霧兮，隱岐山以清江。」崑崙、岐山，對舉爲文，楚之崑崙，猶巫山。巫山在楚之西，帝高陽顓頊居於此，遂以爲始祖之居，建高唐之觀以祭之。屈子每至萬念俱滅、萬般無可奈何之時，必以崑崙爲其精神歸宿。離騷三登崑崙，皆在嗟歎「世溷濁而嫉賢」之時，信出乎其南國宗親之情愫。高丘、下丘、咸池、扶桑、空桑之居皆在崑崙之墟，登陞崑崙，讕言反歸祖居。崑崙之名，若以民族心理之深層結構求之，蓋因於大而無極，訓詁字作崑崙。先民崇仰大山，雖南北亦同。十洲記作崑陵，漢書卷八七下揚雄傳作昆鄰，皆聲之轉。又，周禮卷一八春官第三大宗伯「以黄琮禮地」，鄭注：「禮地以夏至，謂神在崐崘者也。」釋文本作「混淪」，其字從水旁，曰：「混本又作崑，淪本又作崙。」倒乙作崙困，文選卷一一王延壽魯靈光殿賦「崘菌踡嵯」，李善注：「皆特起之貌。」或作輪困，禮記卷一〇檀弓下第四「美哉輪焉」，鄭注：「輪，輪困，言高大。」或作倫魁，文選卷七甘泉賦「冠倫魁能」，李善注引應劭曰：「倫魁，桀也。」或作恢豗，集韻平聲第十五灰韻：「恢豗，謂志大也。」物大無用曰瓠落（見莊子卷一逍遥遊第一）、廓落、穹隆（見爾雅釋詁郭璞注及邢昺疏），楚辭九辯作廖廓，素問卷二〇五常政大論作寥廓，皆空虚貌，亦宏大義。聲之宏大曰輘軻。文選卷一七王褒洞簫賦「則若雷霆輘軻」，李善注：「輘軻，大聲也。」山之峻高者或曰隆崛、兀嶁，皆先民膜拜山陵之意識猶存乎言語者。

言己設去楚國遠行，乃轉至崑崙神明之山，其路遥遠，周流天下，以求同志也。◎文選本「遥」作「長」，「同志」下無「也」字。秀州本「崑」作「崐」。建州本正文「崑崙」作「崐崘」，注亦作「崑崙」，「行」下無「乃」字。文淵四庫章句本「設」作「離」，文津本亦作「設」。正德本、隆慶本、湖北本、朱本、馮本、俞本、劉本、莊本、四庫章句本「遥」作「長」，「以求」下有「其」字。案：此假設遠行之詞，則舊作「設去」。遥遠、長遠，章句並見，其所據本别。屈子西行求女，寓其返歸宗國故居也。章句「求同志」云云，則失之。

揚雲霓之晻藹兮，

揚，披也。晻藹，猶蓊鬱，蔭貌也。

【疏證】

揚，披也。◎案：揚之爲披排，讀作盪，古字通用。盪，滌器，引申爲排盪、盪冒。或借作蕩，禮記卷二六郊特牲第一一「滌蕩其聲」，鄭注：「滌蕩，猶摇動也。」又，雲霓，雲也，連類及之。揚雲霓，言排雲破霧也。

晻藹，猶蓊鬱，蔭貌也。◎文選本無「猶」字，「蔭」作「陰」，無「也」字。六臣本「鬱」作「欝」。正德本、隆慶本、劉本、湖北本、朱本、馮本、俞本、莊本、四庫章句本「藹」作「靄」，無「也」字。案：藹、靄同。蔭、陰古字通。蓊鬱，漢世恆語。以「蓊鬱」釋「晻藹」，章句所以通古今別語。據其體例，則舊有「猶」字。晻藹、蓊鬱，聲之轉。其別文至繁，或作晻靄、幽藹、塕薆、黤黮、腌藹、晻曖、掩藹、暗藹、菴藹、暗薆、堙曖、煙靄、幽藹、翳薈、翳葳、翳蔚、埃壒、埃藹、偃蹇、夭遏、夭閼等，因聲以求，則未可勝計。解蔽隱、盛多，其義亦相仍。

鳴玉鸞之啾啾。

鸞，鸞鳥也，以玉爲之，著於衡；和，著於軾。啾啾，鳴聲也。言己從崑崙將遂陞天，披雲霓之翁鬱，排讒佞之黨羣，鳴玉鸞之啾啾，而有節度也。

【疏證】

鸞，鸞鳥也，以玉爲之，著於衡；和，著於軾。◎文選本「爲」作「作」。正德本、隆慶本、劉本、湖北本、朱本、馮本、俞本、莊本、四庫章句本「鸞鳥」下無「也」字。案：周拱辰離騷草木史：「揚旍旗而鳴玉鸞，則此鸞乃旗旍之鸞也。如詩庭燎之鸞，謂旗之鈴。」聞一多離騷解詁亦云：「鸞，鈴也，在旗竿者。」又云：「疑古初鸞旗之制本作鳥形立於竿首，兼藏鈴於中以象鳴聲也。」皆以鈴在旗，和在軾，而鸞在衡。詩載見「和鈴央央」，毛傳：「和在軾前，鈴在旂上。」荀子卷一二正論篇第一八：「和鸞之聲，步中武、象，騶中韶、護。」楊注：「和、鸞，皆車上鈴也。」周、聞之説皆因毛詩。又，史記卷二三禮書「和鸞之聲」，集解：「鄭玄曰：『和、鸞，皆鈴也，所以爲車行節也。』韓詩内傳曰：『鸞在衡，和在軾前，升車則馬動，馬動則鸞鳴，鸞鳴則和應。』」則章句因韓詩爲説。又，文選卷一五思玄賦「鳴玉鸞之嚶嚶」，舊注：「鸞，鸞鑣也。」詩蓼蕭「和鸞雝雝」，毛傳：「在軾曰和，在鑣曰鸞。」駟驖「輶車鸞鑣」，鄭箋：「置鸞於鑣，異於乘車也。」孔疏：「謂異於彼玉、金、象也。」則以乘車之鸞置於衡者。周禮卷三九冬官考工記第六叙官「乘車之輪六尺有六寸」，鄭注：

「乘車，玉路、金路、象路也。乘車駕國馬。」説文鑾作鑾，金部：「鑾，人君乘車，四馬，鑣八鑾鈴，象鸞鳥之聲，聲和則敬也。」段注：「鸞者，赤神之精，赤色五采，雞形，鳴中五音，頌聲作則至。爲鈴系于馬銜之兩邊，聲中五音似鸞鳥，故曰鑾。」鸞在衡，和在軾，謂常乘之車。田獵之車，則鸞在馬鑣。呂氏家塾讀詩記卷一八引董氏云：「韓詩云：『在軛曰鸞。』」漢書卷五七司馬相如傳「鳴玉鸞」，郭璞云：「在軓曰鸞，在軾曰和。」大車曰軛，小車曰衡。軛、衡皆一物。軓，軾前之木。衡在軾前，則以軓代之。則軛、軓、衡皆同。金文、簡文省作䜌。趞曹鼎：「易（賜）趞曹截巿、冋黄、䜌。」信陽楚簡遣策「一䜌刀」。鸞，赤離，鳳皇之儔。屈子登陞之車，車有鸞鳥之鳴，非唯和其節度，又以鸞鳥爲其引魂天使。乘車，即祥車。禮記卷三曲禮上第一「祥車曠左」，鄭注：「祥車，葬之乘車。」

啾啾，鳴聲也。◎文選本「聲」下無「也」字。案：文選卷一六潘岳閑居賦「管啾啾而並吹」，李善注引王逸曰：「啾啾，鳴聲也。」宋本玉篇卷五口部「啾」字：「楚辭云『鳴玉鑾之啾啾』，王逸云：『啾啾，鳴聲也。』」據此，則舊有「也」字。文選卷八羽獵賦「啾啾蹌蹌」，李善注引郭璞三蒼解詁：「啾啾，衆聲也。」上博簡（一）性情論：「詠，遊（猶）聖（聲）也。」詠，古啾字。

言己從崑崙將遂陞天，披雲霓之蓊鬱，排讒佞之黨羣，鳴玉鸞之啾啾，而有節度也。◎文選本「言」下無「己」字，「陞」作「升」，「讒」作「羣」。尤袤本「羣佞」作「群佞」。六臣本「鬱」作「欝」。

正德本、隆慶本、湖北本、朱本、劉本、馮本、俞本、莊本、四庫章句本「鬱」作「靄」，「啾啾」下無「而」字。案：陞、升古字通用。蓊鬱、蓊靄同。作「羣佞」，不辭。章句「披雲霓之蓊靄排讒佞之黨羣」云云，此附時世，因漢師解經，率多牽合之説。又，全後魏文卷七魏孝文帝弔殷比干墓文：「躍八龍之蜿蜿兮，振玉鸞之啾啾。」即祖構於此。

朝發軔於天津兮，夕余至乎西極。

天津，東極箕、斗之間，漢津也。言己朝發天之東津，萬物所生。夕至地之西極，萬物所成。動順陰陽之道，且亟疾也。

【疏證】

天津，東極箕、斗之間，漢津也。◎文選秀州本「漢津」乙作「津漢」。明州本、同治本「間」作「閒」。案：閒、間同。補注：「爾雅：『析木謂之津，箕、斗之閒，漢津也。』注云：『箕，龍尾，斗，南斗。天漢之津梁。』疏云：『天河在箕、斗二星之閒，隔河須津梁以渡，故謂此次爲析木之津。』天文大象賦云：『天津横漢以摛光』，注云：『天津，九星，在虚、危北，横河中，津梁所渡。』」洪氏以章句因爾雅，是也。郝氏義疏：「今按：河、漢分南北二道，北指危、室，南横箕、斗。爾雅獨言『箕、斗』者，以箕爲木宿，斗爲水宿，二宿相交於漢，有津梁之義，故曰漢津。然則不言析水、獨言析木者，天漢起自尾宿，於辰在寅爲木，故主起處而名爲析木也。左氏昭八年正義引孫炎曰：「析别水、木，以箕、斗之間，是天漢之津也。」左傳及周語竝云：「析木之津。」韋昭注：「津，天漢也。」析木，次名，從尾十度至南斗十一度爲析木，其間爲漢津，是則經典俱作析木之津。」蓋在天謂之漢，在地謂之河。河、漢爲歌、元對轉、同匣紐雙聲。本爲一語。章句「東極箕斗之間」云云，東極，箕也，不兼斗。斗，南斗，不在東極。漢津但以指析木之津，不兼水津。津，浮橋，引申爲渡口之偁。

言己朝發天之東津，萬物所生，夕至地之西極，萬物所成，動順陰陽之道，且亟疾也。◎案：補注：「上林賦云：『左蒼梧，右西極。』注引爾雅：『西至于豳國爲西極。』又淮南曰：『西方西極之山曰閶闔之門。』」邅道崑崙，至於西極，謂楚之西極，其先祖所垞也。不當指「地之西極」豳國。又，朱駿聲離騷補注：「西極，西皇、西海，疑皆喻秦時六國昏弱，惟秦爲强，游説之士多歸之。」謂屈子至於西極，比游説之士投西秦。清人趙南星離騷經訂注、徐焕龍屈辭洗髓、王邦采離騷彙訂謂西行求女以比楚頃襄王七年西迎秦婦之事。皆視屈子如朝秦暮楚之逋客，而詆毁其不刊名節，則不亦離騷之靳尚、子蘭耶？

鳳皇翼其承旂兮，

翼，敬也。旍，旗也。畫龍虎爲旍也。

【疏證】

翼，敬也。◎案：翼訓敬，非也。翼，盛貌。翼，讀作億。天問：「馮翼惟像，何以識之？」淮南子卷三天文訓：「天墬未形，馮馮翼翼，洞洞灟灟。」高誘注：「馮翼，無形之貌。」或作愊臆，氣滿貌。單言曰馮、曰臆。廣雅釋詁：「憑，臆，滿也。」説文心部：「意，滿也。」緩言之爲愊臆。方言卷一三：「臆，滿也。」郭璞注：「愊臆，氣滿之也。」或作愊億，漢書卷七〇陳湯傳「策慮愊億」，顔師古曰：「愊億，憤怒之貌也。」或作愊憶，後漢書卷二八下馮衍傳「心愊憶而紛紜」，李賢注：「愊憶，猶鬱結也。」或作憑噫，文選卷一六司馬相如長門賦「心憑噫而不舒兮」，李善注：「憑噫，氣滿貌。」或作服臆，史記卷一〇五扁鵲列傳：「噓唏服臆。」或作馮翊，韓詩外傳卷五：「關雎之事大矣哉，馮馮翊翊。」引申爲紛盛、衆多，古或借翼字爲之。廣雅釋訓：「翼翼，盛也。」漢書卷二二禮樂志「馮馮翼翼」，顔師古注：「翼翼，衆貌也。」文選卷三東京賦「京邑翼翼」，薛綜注：「翼翼，禮儀盛貌。」詩采芑「四騏翼翼」，鄭箋：「翼翼，壯健貌。」信南山「我稷翼翼」，鄭箋：「翼翼，蕃廡貌。」翼其，類上「紛其」、「繽其」，皆謂衆盛貌。

旍，旗也。畫龍虎爲旍也。◎文選本「虎」作「蛇」，「旍」下無「也」字。案：補注引周禮：「交龍爲旍。」見卷二七春官宗伯第三司常。呂氏春秋卷一孟春紀第一孟春篇「載青旍」，高注：「旍，旗名，交龍爲旂。」詩出車「旂旐央央」鄭箋、韓奕篇「淑旂綏章」毛傳並云：「交龍爲旂。」釋名釋兵：「交龍爲旂。旂，倚也。畫作兩龍相依倚，諸侯所建也。」皆未言畫虎。龍蛇，以同類相屬。則舊作「龍蛇」。說文㫃部：「旂，旗有衆鈴以令衆也。从㫃、斤聲。」續漢書輿服志「弧旌枉矢以象弧也」，劉昭注引盧植注禮記：「有鈴曰旂。」爾雅釋天「有鈴曰旂」，孫炎注：「鈴在旂上，旂者畫龍。」李巡注：「以鈴著旒端。」郭璞謂「縣鈴於竿頭」。蓋皆以旗之功用爲說。旗，所以期會也；旌，所以精選士卒也；旟，所以丹表士衆也；旟，所以與衆也；旂，所以令衆也。從斤聲字古爲招呼義。荀子卷一〇議兵篇第一五「若夫招近募選」，四字平列，近，斤聲，招也。左傳成公十六年「乃掀公以出於淖」，釋文：「掀，引也。」掀，欣聲，亦斤聲。爾雅釋言：「祈，叫也。」祈，斤聲。旂字諧聲兼義。周禮卷二七春官大宗伯第三司常「諸侯建旂，孤卿建旜，大夫、士建物」，鄭注：「諸侯畫交龍，一象其升朝，一象其下復也。孤卿不畫，言奉王之政教而已。大夫、士雜帛，言以先王正道佐職也。」說者據此以爲「交龍」象諸侯之建，屈子載旂，於禮若侈矣。然屈氏家世，父爲伯庸，楚之封君，則何侈之有？此言鳳皇承迎旗旂之徵召，紛然來至也。

高翺翔之翼翼。

翼翼，和貌。言己動順天道，則鳳皇來隨我車，敬承旂旗，高飛翺翔，翼翼而和，嘉忠正、懷有德也。

【疏證】

翼翼，和貌。◎文選本「和貌」下有「也」字。案：爾雅釋訓：「翼翼，恭也。」郭璞注：「皆恭敬。」章句訓「和」，亦恭敬也，蓋因爾雅。然非屈子本意。翼翼，鳥飛之貌。文選卷二三王粲贈蔡子篤詩「翼翼飛鸞」，李善注：「翼翼，飛貌也。楚辭曰『高翺翔之翼翼』。」後漢書卷五九張衡傳「紛翼翼以徐戾兮」，李賢注：「翼翼，飛皃。」或借作翊翊（詳漢書卷二二禮樂志）。說文羽部：「翊，飛貌。」則本字作翊。又，全晉文卷一〇一陸雲九愍□征「飛芝蓋之翼翼」，卷五一傅咸喜雨賦「飛廉扇谷風之翼翼」，因襲於此。翼翼，亦鳥飛貌，皆得參證。

言己動順天道，則鳳皇來隨我車，敬承旂旗，高飛翺翔，翼翼而和，嘉忠正、懷有德也。◎文選秀州本「則」作「故」。尤袤本正文「承旂」作「乘旂」。案：據義，舊作「故鳳皇」。乘，承之音訛。孔子家語卷四哀公問政第一七：「送往迎來，嘉善而矜不能，所以綏遠人也。朝聘以時，厚往而薄來，所以懷諸侯也。」其章句「嘉忠正懷有德」之謂也。

忽吾行此流沙兮，

流沙，沙流如水也。尚書曰：「餘波入于流沙。」

【疏證】

流沙，沙流如水也。尚書曰：「餘波入于流沙。」◎文選本「于」作「於」。案：于、於古今字。章句引尚書，見禹貢：「岷山之陽，至于衡山，過九江，至于敷淺原，導弱水，至于合黎，餘波入于流沙，導黑水，至于三危，入于南海。」孔傳：「弱水餘波，西溢入流沙。」則流沙在南方。補注：「山海經：『流沙出鍾山西行。』注云：『今西海居延澤，尚書所謂流沙者，形如月生五日。』張揖云：『流沙，沙與水流行也。』顏師古曰：『流沙，但有沙流，本無水也。』」與，如也。張氏言沙如水流行。未謂有水，實與顏通。又，呂氏春秋卷一四孝行覽第二本味篇「流沙之西」，高誘注：「流沙，沙自流行，故曰流沙，在燉煌西八百里。」沈括夢溪筆談卷三辯證一「流沙」條：「嘗過無定河，度活沙，人馬履之，百步之外皆動，澒澒然，如人行幕上。其下足處雖甚堅，若遇其一陷，則人馬駞車應時皆没，至有數百人平陷無孑遺者，或謂此即流沙也。」蔣驥山帶閣注楚辭：「流沙在今西海居延澤。」皆以流沙在西域。山海經卷一五大荒南經、卷一六大荒西經、卷一八海内經皆有流沙。流沙，非但西域一處，古所以汎稱西境之極遠者。流沙例同崑崙，在楚之西極。非在西海居延澤。

遵赤水而容與。

遵，循也。赤水出崑崙山。容與，游戲貌。言吾行忽然過此流沙，遂循赤水而游戲，雖行遠方，動以潔清，自洒飾也。

【疏證】

遵，循也。◎案：詳參上「既遵道而得路」注。

赤水出崑崙山。◎文選本無「山」字。案：補注：「博雅云：『崑崙虛，赤水出其東南陬，河水出其東北陬，洋水出其西北陬，弱水出其西南陬。河水入東海，三水入南海。』穆天子傳曰：『遂宿于崑崙之阿，赤水之陽。』莊子曰：『黃帝游乎赤水之北，登乎崑崙之丘。』」山海經卷一南山經：「南次二經之首曰柜山，西臨流黃，北望諸毗，東望長右，英水出焉，西南流注於赤水。」卷二西山經云：「盼水出焉，西流注於赤水。」又云：「鳥危之水出焉，西流注於赤水。」又云：「皇水出焉，西流注於赤水。」又云：「赤水出焉，而東南流注於氾天之水。」卷六海外南經：「三珠樹在厭火北，生赤水上。」又云：「三苗國在赤水東，其爲人相隨。一曰三毛國。」卷一一海內西經：「崑崙之墟在西北，赤水出東南隅，以行其東北，西南流注南海厭火東。」又云：「海內崑崙之墟，在西北，帝之下都。崑崙之墟，方八百里，高萬仞。上有木禾，長五尋，大五圍。面有九井，以玉爲檻。面有九門，門有開明獸守之，百神之所在。在八隅之巖，赤水之際，非仁羿莫能上岡之巖。」卷一五大荒南經：「有阿山者，南海之中有氾天之山，赤水窮焉。赤水之東有蒼梧之野，舜與叔均之所葬也。」則赤水，東西南北皆有之。不論海內、海外二經，凡言赤水，皆在崑崙之東。登崑崙，必先濟赤水。此赤水，當以蒼梧之西者。漢人或名丹水。惜誓「涉丹水而馳騁兮」，章句：「丹水，猶赤水也。」文選卷四蜀都賦「舒丹氣而爲霞」，李善注：「河圖：『崑崙山有五色水，赤水之氣，上蒸爲霞而赫然也。』」水以「赤」、「丹」爲名，因楚之崇日禮俗，猶甘淵、咸池之類。

容與，游戲貌。◎文選本、正德本、隆慶本、湖北本、劉本、朱本、馮本、俞本、莊本、四庫章句本「貌」下有「也」字。文選本「游」作「遊」。案：劉夢鵬屈子章句：「容與，徘徊貌。」容與，屈賦夥頤，惟九歌禮魂「姱女倡兮容與」，章句「進退容與」云云，猶低回不進，他者爲「游戲」。其義不別。臨文所施而爲之傳注。遵赤水而行，以未濟也。所以不濟者，以無梁津也。屈子乃望羊孫循，計莫之出。容與，猶徘徊也。或作猶豫、猶與、夷猶、閼與、儲與、容裔、遊豫、躊躇、踟躕、躑躅、趑趄、彳亍、跢跦、蹢躅等，清王念孫云（見王引之經義述聞通説上「猶豫」條）：「本因聲以見義，不求諸聲而求諸字，故宜其説之多鑿也。」

言吾行忽然過此流沙，遂循赤水而游戲，雖行遠方，動以潔清，自洒飾也。◎文選本「潔清」作「清潔」。正德本、隆慶本、劉本、湖北本、朱本、俞本、莊本作「洒」作「灑」。劉本「飾」下無「也」字。景宋本「洒」作「酒」。建州本「游」作「遊」。案：清潔、潔清，章句雜出，然作「潔清」凡三，「清潔」凡三十六。據義，則舊作「清潔」爲允。洒、灑古字通用。酒，訛也。章句「動以潔清自洒飾」

云云，猶自潔飾。上文「雜杜蘅與芳芷」，章句：「言己積累衆善以自潔飾也。」

麾蛟龍使梁津兮，

舉手曰麾。小曰蛟，大曰龍。或言以手教曰麾。津，西海也。蛟龍，水虫也。以蛟龍爲橋，乘之以渡，似周穆王之越海，比鼉黿以爲梁也。

【疏證】

舉手曰麾。或言以手教曰麾。◎文選本無「或言以手教曰麾」七字。案：有「或言」七字，後所增益，當刪。説文手部：「𢹿，旌旗，所以指𢹿也。从手、靡聲。」𢹿，古字，麾，隸省字，旌旗名也。禮記卷一二王制第五「天子殺則下大綏」，鄭注：「綏當爲緌。緌，有虞氏之旌旗也。」孔疏：「緌，旌旗無旒者，周謂之大麾。」左傳成公十六年：「楚人謂夫旌，子重之麾也。」墨子卷一五號令篇第七〇：「迹坐擊缶期，以戰備從麾所指。」雜守篇第七一：「見寇，舉牧表，城上以麾指之，斥步鼓、整旗，旗以備戰，從麾所指。」文選卷一五思玄賦「前祝融使舉麾兮」，舊注：「尚書曰：『右秉白旄以麾。』案執旄以指撝也。秦、漢以來，即以所執之旄名曰麾，謂麾幢曲蓋者也。」麾爲指撝，别以名事也。博物志卷七異聞：「武王伐紂，至盟津，渡河，大風波，武上操戈秉麾麾之，風波立霽。」引申爲指麾，非必有麾者。詩無羊「麾之以肱」是也。麾蛟龍，無旌旗之物，故章句謂「舉手」。或作撝。慧琳音義卷四六「手麾」條曰：「今作撝，同呼皮反。舉手曰麾，謂手之案以旌旗指麾衆，因以爲名也。」或作戲。漢書卷五二灌夫傳：「嬰去，戲夫。」顔師古注引晉灼曰：「戲，古麾字。」又云：「漢書多以戲爲麾字。」

小曰蛟，大曰龍。蛟龍，水虫也。◎文選本無「蛟龍水虫」四字。正德本、隆慶本、劉本、湖北本、朱本、馮本、俞本、莊本、四庫章句本「虫」下無「也」字。朱本、俞本、馮本、湖北本、莊本、四庫章句本「虫」作「蟲」。同治本「大」訛作「夫」。案：虫、蟲同。「蛟龍水虫」四字，在「津西海也」下者，後所增益。則文選本存其舊。王家臺秦墓竹簡歸藏肫（屯）：「昔者效（蛟）龍卜爲上天而支。」對文蛟、龍別以大小，散則皆稱水蟲。淮南子卷四墬形訓：「介鱗生蛟龍。」高注：「蛟龍，有鱗甲之龍也。」卷二〇泰族訓：「流源千里，淵深百仞，非爲蛟龍也。」又云：「夫蛟龍伏寢於淵。」高注：「蛟龍，鼉屬也。」補注：「廣雅曰：『有鱗曰蛟龍，有翼曰應龍，有角曰虬龍，無角曰螭龍。』郭璞曰：『蛟似蛇，四足，小頭細頸，卵生，子如三斛瓮，能吞人，龍屬也。』」此亦對文，其義別以形者。呂氏春秋卷一三有始覽第七諭大篇：「水大則有蛟龍。」高注：「魚二千斤爲蛟。」埤雅卷一「蛟」條：「蛟，龍屬也。其狀似蛇，而四足細頸，頸有白嬰，大者數圍。卵生，眉交，故謂之蛟。亦蛟能交首尾束物焉，故謂之蛟也。」墨客揮犀卷三：「蛟之狀如蛇，其首如虎，長者至數丈，多居溪潭石穴下，聲如牛鳴。岸行或溪谷者時遭其患。見人先以腥涎繞之，既墜水，即於腋下吮其血，血盡乃止。昔有舟人爲蛟所毒，但見於水上嘻笑而入，明日尸出，兩腋下有穴如杯焉。」據此，蛟之爲物，蓋類鰐魚。又，王念孫疏證：「案：蛟爲龍屬，不得即謂之龍。古書言蛟龍，皆爲二物，無稱蛟爲蛟龍者。且龍皆有鱗，而云『有鱗曰蛟龍』，非確訓也。」其説失旨。蛟龍，連類及之，猶蛟也。管子二〇形勢解第六四：「蛟龍，水蟲之神者也。乘於水則神立，失於水則神廢。」莊子卷四秋水篇第一七：「夫水行不避蛟龍者，漁夫之勇也。」荀子卷一勸學篇第一：「積水成淵，蛟龍生焉。」淮南子卷一原道訓：「蛟龍水居。」高誘注：「蛟，水蛟，其皮有珠，世人以爲刀劍之口是也。蛟，讀『人情性交易之』交，緩氣言乃得耳。」緩氣，洪音，古肴反；急氣，細音，讀如嬌。

津，西海也。◎文選本無注。案：有注，竄入之文。津，梁也，無西海義。章句「以橋西海」云云，亦不謂西海。

以蛟龍爲橋，乘之以渡，似周穆王之越海，比鼉黿以爲梁也。◎文選本無注。朱本「王」下無「之」字。正德本、隆慶本無「海」字。正德本、隆慶本、劉本、湖北本、馮本、朱本、俞本、莊本、四庫章句本「乘之以渡」作「乘以渡水」，「似」作「佀」，「鼉黿」作「黿鼉」。案：文選本存其舊。「以蛟龍爲橋，乘之以渡，似穆王之越海，比黿鼉以爲梁也」云云，後據竹書紀年「叱黿鼉以爲梁」以疏章句，因以竄亂之。類聚卷九水部下橋引紀年：「周穆王三十七年，伐楚，大起九師，至於九江，比黿鼉爲梁。」論衡卷二吉驗篇第九：「魚鱉浮爲橋，東明得渡。」蛟龍爲梁津，謂令黿鼉、魚鱉以爲梁橋。

詔西皇使涉予。

詔，告也。西皇，帝少皞也。涉，渡也。言我乃麾蛟龍，以橋西海，使少皞來渡我，動與神獸聖帝相接，言能渡萬民之厄也。

【疏證】

詔，告也。◎案：詔，與上「麾」字爲儷偶對舉，皆使役神靈語，古者上下通用。左傳成公二年：「欒伯見，公亦如之，對曰：『燮之詔也，士用命也，書何力之有焉！』」杜注：「詔，告也。」周禮卷二天官冢宰第一大宰「以八柄詔王」，鄭注：「詔，告也，助也。」禮記卷三六學記第一八「雖詔於天子」，言告於天子。皆下告上、卑告尊。以詔爲上告下、尊告卑者始於秦。史記卷六秦始皇本紀：「二十六年，秦併天下，丞相王綰、御史大夫馮劫、廷尉李斯等議命爲『制』、令爲『詔』。」集解引蔡邕獨斷：「三代無其文，秦、漢有之。」

西皇，帝少皞也。◎案：少皞，帝高辛也。詩鷄鳴陸氏釋文：「齊者，太師呂望所封之國也。其地少昊爽鳩氏之墟。」毛詩譜鄭箋：「魯者，少昊摯之墟也。」皞、昊同，亦作暤。左傳定公四年「命以伯禽而封於少皞之虛」，杜注：「少皞虛，曲阜也，在魯城内。」少皞氏之墟在東，本不稱西皇。儒者說以五行，以少昊爲金天氏，其神爲蓐收，配居西位而稱西皇。蛟龍、西皇，儷偶對舉，皆神獸名。西皇，猶先皇。西、先古字通。孟子卷八離婁下：「西子蒙不潔，則人皆掩鼻而過之。」趙注：「西子，古之好女西施也。」戰國策卷一一齊策四、文選卷一九神女賦李善注引慎子、卷三四枚乘七發皆作先施，李善注：「先施，即西施也。」漢書卷六九趙充國傳「先零豪言願時渡湟水北」之先零，水經注卷二河水二、晉書卷五二阮種傳、宋書卷九六鮮卑吐谷渾傳、魏書卷四四薛虎子傳作西零。又，國語卷七晉語一：「而玦之以金銑者，寒之甚矣。」韋昭注：「銑，猶洒也。洒洒，寒貌。」銑、先聲；洒，西聲。西、先例亦通用。顏師古刊謬正俗卷八「西」條：「西，今俗呼東西之西，音或爲先。」先皇，猶上先戒之鸞皇。鸞皇承旂，翼翼而飛，其導在先。

涉，渡也。◎建州本「渡」作「度」。案：度、渡古今字。說文「涉」作「𣶒」，沝部：「𣶒，徒行濿水也。从沝、步。」段注：「濿，或砅字也。砅本履石渡水之稱，引申爲凡渡水之稱。釋水曰：『繇膝以上爲涉。』許云『徒行』者，以别於以車及方之、舟之也。許意詩所言『揭』、『厲』，皆徒行也，皆涉也。」爾雅釋水：「濟有深涉，深則厲，淺則揭。揭者，揭衣也。以衣涉水爲厲，繇膝以下爲揭，膝以上爲涉，帶以上爲厲。」據此，水深在衣帶下、膝以上而渡謂之涉。散則凡渡水皆曰涉。此有車、有梁，則涉予者，非徒步而行。但謂引渡我也。

言我乃麾蛟龍，以橋西海，使少皞來渡我，動與神獸聖帝相接，言能濟萬民之厄也。◎文選本「皞」下無「來」字，「帝」作「王」，「民」作「人」。尤袤本、六臣本無「也」字。湖北本敚「海」字。案：據義，則舊無「來」字。屈子麾令神獸靈禽，與上求帝、求女者同，謂回歸反本，無所興寓。章句「動與神獸聖帝相接言能渡萬民之厄」云云，説甚牽合。

路脩遠以多艱兮，騰衆車使徑待。

艱，難也。騰，過也。（待，須也。）言崑崙之路，險阻艱難，非人所能由，故令衆車先過，使從邪徑以相待也。以言己所行高遠，莫能及也。

【疏證】

艱，難也。◎正德本、隆慶本、劉本、湖北本、朱本、馮本、四庫章句本「難」下無「也」字。案：詳參上「哀民生之多艱」注，則彼「難」下有「也」字。

騰，過也。◎案：朱季海楚辭解故：「此騰正當訓傳。騰衆車者，謂傳車相屬，如置郵矣。」其説得之。聞一多離騷解詁：「説文馬部：『騰，傳也。』傳謂傳言（儀禮士相見禮『妥而後傳言』）遠遊『騰告鸞鳥迎宓妃』，謂傳告鸞鳥使迎虙妃也。漢書郊祀志（庚案，當作禮樂志）曰：『騰雨師，洒路陂。』謂傳言於雨師使灑道也。後漢書隗囂傳曰：『因數騰書隴、蜀。』謂傳書也。成皋令任君碑曰：『君未到郡，先騰檄告。』謂傳檄告也。應瑒正情賦曰：『冀騰言以俯首，嗟激迅而難追。』謂傳言也。蔡邕弔屈原文曰：『託白水而騰文。』謂傳文也。魏文帝濟川賦曰：『騰羽觴以獻酬。』謂傳羽觴也。曹植洛神賦曰：『騰文魚以警乘。』謂傳文魚以警乘也。本篇『騰衆車使徑待』，騰亦傳（林仲懿説）。謂傳令衆車使徑行先往以待己也。」則聞説在朱氏前。九歌湘夫人篇「將騰駕兮偕逝」、大招「騰駕步遊」，皆謂傳遞、傳郵，楚辭恆語。

待，須也。◎諸本皆無注。案：慧琳音義卷二一「資待」條引王逸注楚辭：「待，須也。」章句遺義，宜補。史記卷二七天官書「不待告」，正義：「待，須也。」文選卷三東京賦「以須消啓明」，薛綜注：「須，俟也。」卷二四曹子建贈丁廙一首「榮枯立可須」，李善注：「孔安國尚書傳曰：『須，待也。』」待、俟、須，皆聲之轉。

言崑崙之路，險阻艱難，非人所能由，故令衆車先過，使從邪徑以相待也。以言己所行高遠，莫能及也。◎文選本「艱」作「多」，無「過」字，「高」作「車」，「及」下無「也」字。案：若作「車」，則「遠」字屬下，亦通。據雲南永寧納西人、湘西僮人、苗人喪俗，靈魂反歸先祖之居，巫覡誦以開路經，以導引死者之魂，詳述冥塗之驛站、河流、高山等，其内容爲其族遷移之經歷。屈子反本冥塗，登崑崙，涉流沙、渡赤水，期西海，終至顓頊水府，是楚族遷徙之歷史。帝高陽氏南徙荆楚以至楚懷王之世，其綿綿歷七百餘載，觀自「篳簬襤褸以啓山林」（左傳宣公十二年）之始，以至今日千里之疆，其不亦「脩遠以多艱」乎！

路不周以左轉兮，指西海以爲期。

不周，山名，在崑崙西北。轉，行也。指，語也。期，會也。言己使語衆車，我所行之道當過不周山而左行，俱會西海之上也。過不周者，言道不合於世也。左轉者，言君行左乖，不與己同志也。

【疏證】

不周，山名，在崑崙西北。◎文選本、正德本、隆慶本、劉本、湖北本、朱本、馮本、俞本、莊本、四庫章句本「崑崙」下有「山」字。秀州本「崑崙」作「崐崙」。案：文選卷一五思玄賦「縱余緤乎不周」，李善注：「楚辭曰：『路不周以左轉。』王逸曰：『不周，山名也，在崑崙西北。』」亦無「山」字。補注：「山海經：『西北海之外，大荒之隅，有山而不合，名曰不周。』注云：『此山形有缺，不周匝，因名之。西北不周風自此出也。』淮南子云：『西北方不周之山曰幽都之門。』又曰：『崑崙之山，北門開，以納不周之風。』大人賦曰：『回車朅來兮，絶道不周。』張揖曰：『不周山在崑崙東南二千三百里。』」楚辭言不周，其方位多與山海經不合。不周，當在楚之崑崙帝丘西北。九店楚簡日書：「敢告⿰糹僉之子武強：爾居復山之阯，不周之埜，帝謂爾無事，命爾司兵死者。」楚之不周之山，則在復山下。漢書卷二八上地理志「南陽郡」下有平氏，曰：「禹貢：桐柏大復山在東南，淮水所出，東南至淮[陵]（浦）入海。」説文水部：「淮水出南陽平氏桐柏大復山，東南入海。」徐少華氏謂西周銅器之復國、包山楚簡之復邑、西漢復陽侯之國均在此處，皆因大復山爲名。譚其驤氏中國歷史地圖集乃以大復山在今桐柏縣與平氏鎮間，戰國屬楚方城。淮南子卷四墬形訓「有娀在不周之北」云云，與此地望頗合。

轉，行也。◎案：轉，舊本作邅，楚人語轉爲邅，後易作轉。

指，語也。◎案：語，告語也。詳參上「指九天以爲正」注。

期，會也。◎案：說文月部：「期，會也。从月、其聲。𣅈，古文期，从日、丌。」段注：「會者，合也。期者，要約之意，所以會合也。从月，月猶時也。要約必言其時。从日，日猶時也。」包山楚簡皆作昪，亦古文。

言己使語衆車，我所行之道當過不周山而左行，俱會西海之上也。過不周者，言道不合於世也。◎文選本「世」作「俗」。案：避唐諱。章句「過不周者，言道不合於世也。左轉者，言君行左乖，不與己同志也」云云，舊宜在「轉行也」條下，錯簡也。

左轉者，言君行左乖，不與己同志也。◎案：補注引五臣注：「左轉者，君子尚左。」然斥之云：「以山海經、淮南子考之，不周當在崑崙西北，逸說是也。遠遊曰：『歷太皓以右轉。』太皓在東方，自左而之右，故下云『遇蓐收乎西皇』也。此云『路不周以左轉』，不周在西北海之外，自右而之左，故曰『指西海以爲期』也。」汪瑗楚辭集解謂不周爲北方通名，自不周之西海則右轉，左當右字形訛。諸說皆無據。九店楚簡：「敢告□繳之子武⿰豸坴：尔居復山之阯，不周之野。帝胃（謂）

尔無事，命尔司兵死者。」則楚境之内有不周之山也。左轉，轉而左行。衆車與我所行，始非一塗，則命衆車左行，與我期會於西海。楚人尚左、尚東。江陵雨臺山五百餘座楚墓，皆東嚮葬，象其歸宗反本，以楚先從東來也。左轉，有崇祖反本之深意在焉。西海，神靈所居，在崑崙之墟帝丘之海。涉西海，讔言反歸帝垳，與沈湘自殺爲一義。夫沈湘自殺，象魂歸西海，反歸於高陽舊垳。又，山海經卷一南山經：「其首曰招摇之山，臨於西海之上，多桂、多金玉。」卷一八海内經：「西海之内，流沙之中，有國名曰壑市。」又云：「西海之内，流沙之西，有國名曰氾葉。」西海，本不以東西爲限也。

屯余車其千乘兮，

屯，陳也。

【疏證】

屯，陳也。◎正德本、隆慶本、劉本、湖北本、朱本、馮本、四庫章句本「陳」下無「也」字。案：文選卷三張衡東京賦「屯神虎於秋方」、卷七揚雄甘泉賦「屯萬騎於中營兮」、卷一六江淹恨賦「車屯軌」李善注並引王逸注楚辭：「屯，陳也。」則唐本有「也」字。説文中部：「屯，難也。象艸木之初生屯然而難，从中貫一，屈曲之也。一，地也。」引申爲屯聚、屯積。馬王堆漢帛書十六經雌雄節：「皇后屯歷吉凶之常，以辨雌雄之節，乃分禍福之嚮。」屯歷，聚歷也。或借作敦，睡虎地秦簡法律問答：「已閱及敦（屯）車食若行到繇（徭）所乃亡，皆爲『乏繇（徭）』。」鄂君啓節：「屯三舟爲一舿。」言聚三舟爲一舿。屯車，例「屯舟」，亦楚語。

齊玉軑而並馳。

軑，錮也。一云車轄也。言乃屯陳我車，前後千乘，齊以玉爲車轄，並馳左右。言從己者衆，皆有玉德，宜輔千乘之君也，即道千乘之國也。

【疏證】

軑，錮也，一云車轄也。◎文選本「軑錮也一云車轄也」作「軑轄也」。明州本、尤袤本、同治本「軑」作「軚」。正德本、隆慶本、劉本、湖北本、朱本、馮本、俞本、四庫章句本無「一云」二字。莊本無「錮也一云」四字。俞本正文「並馳」之「並」作「竝」，注文亦作「並」。案：唐寫本文選卷五九謝玄暉始出尚書省一首「青精翼紫軑」，李善注引王逸曰：「軑，轄也。」則唐本作「軑轄也」。軑，後謂俗軑字。包山楚墓竹簡「袂」作「衭」。軑，亦古文，非俗字。漢書卷八七上揚雄傳「肆玉釱而下馳」，晉灼云：「釱，車錧也。」釱、軑同，或以金爲之，故字從金。軑之釋錮，未詳其義，然爲車錧、車輨，皆不辭。軑，借爲紲。軑，大聲；紲，世聲。大、世古字通用。春秋經桓公九年「曹伯使其世子射姑來朝」，孔疏：「諸經稱『世子』及『衛世叔申』，經作『世』字，傳皆作『大』字。然古者『世』之與『大』，字義通也。」左傳襄公二十九年「衛世叔儀」，襄公二十五年作「大叔儀」。公羊傳文公十三年「世室屋壞」，左傳、穀梁傳作「大室」。左傳昭公二十五年樂大心，公羊傳昭公二十一年作樂世心。禮記卷四曲禮下第二「不敢與世子同名」，鄭注：「世，或爲大。」晏子春秋卷七景公坐路寢曰誰將有此晏子諫第十「今公家驕汏」，荀子卷二榮辱篇第四「驕汏」作「驕泄」。汏，大聲；泄，世聲。軑，紲例得通用。廣雅釋詁：「紲，係也。」王念孫疏證：「説文：『紲，系也。』系與係同，亦作繫。紲之言曳也。」紲、緤一字。左傳僖公二十四年「行者爲羈緤之僕」，國語卷一〇晉語四作「羈紲」。釋名釋車：「紲，制也，牽制之也。」宋本玉篇卷二七糸部：「凡繫縲牛馬皆曰紲。」或作緤。上「登閬風而緤馬」是也。或作靾。儀禮卷四一既夕禮第一三「革靾」，鄭注：「靾，韁也。」左傳僖公二十四年「臣負羈絏」，杜注：「絏，馬韁。」孔疏引服虔云：「一曰：犬韁曰紲。」禮記卷三五少儀第一七：「犬則執緤，牛則執紖，馬則執靮。」鄭注：「緤、紖、靮皆所以繫制之者。」少儀對文別義，鄭注散則不別。論語卷五公冶長「雖在縲紲之中」，皇疏：「縲，黑索。紲，攣也。所以拘罪人。」蓋紲爲繫之通名。車紲謂之軑，猶舟舵謂之杕，其義皆通。淮南子卷一七説林訓：「心所説，毀舟爲杕。」高注：「杕，舟尾，讀若詩『有杕之杜』也。」杕，古舵字，俗作柁，亦作枻。卷一二道應訓「佽非謂枻船者」，高注：「枻，櫂也。」史記卷一一七司馬相如列傳「揚桂枻」，集解引徐廣：「枻，檝也。」櫂以制舟，故名杕、枻，音近義通。玉紲，以玉飾之。齊玉軑，猶東君「撰余轡」，謂整勒繮繩也。

言屯陾我車，前後千乘，齊以玉爲車轄，並馳左右。言從己者衆，皆有上德，宜輔千乘之君也，即道千乘之國也。◎文選本「陾」作「陳」，「右」下無「言」字。文選本、正德本、隆慶本、劉本、湖北本、朱本、馮本、俞本、莊本、四庫章句本無「即道千乘之國也」七字。建州本「齊」作「濟」。正德本、隆慶本、湖北本、劉本、朱本、馮本、俞本「乃屯陾」上無「言」字。莊本「言」下有「已」字。四庫章句本「陾」作「陳」。案：陾、陳古字通。作「濟」，訛也。「即道千乘之國也」七字，後所增益，宜删。千乘之君，諸侯之封。論語卷一學而「道千乘之國」，馬注：「道，謂爲之政教。司馬法：『六尺爲步，步百爲畮，畮百爲夫，夫三爲屋，屋三爲井，井十爲通，通十爲成，成出革車一乘。』然則千乘之賦，其地千成，居地方三百一十六里有畸，唯公侯之封乃容之。」屈子整勒玉紲，並馳西海，以奔赴冥塗，非謂「宜輔千乘之君」。

駕八龍之婉婉兮，

婉婉，龍貌。

【疏證】

婉婉，龍貌。◎文選秀州本「婉婉」作「蜿蜿」。正德本、隆慶本、劉本、湖北本、朱本、馮本、莊本、俞本、四庫章句本「龍貌」作「龍飛貌」。案：飛，羨也。遠遊「駕八龍之婉婉兮」，章句：「虬螭沛艾，屈偃蹇也。」婉婉，猶偃蹇低昂貌。補注引釋文作蜿蜿，訓詁字。廣雅釋訓：「蜿蜿，蝹蝹，動也。」王念孫疏證：「楚辭大招『虎豹蜿只』，王逸注云：『蜿，虎行貌也。』行與動同義。重言之則曰蜿蜿。宋玉高唐賦云：『振鱗奮翼，蜲蜲蜿蜿。』司馬相如封禪文云：『宛宛黄龍，興德而升。』竝字異而義同。張衡西京賦云『海鱗變而成龍，狀蜿蜿以蝹蝹』，皆動之貌也。」蜿蜿、蜲蜲、蝹蝹，皆聲之轉。蜲謂之婉，亦謂之蝹；猶慰謂之惋，亦謂之愠。女之柔順亦謂之婉婉，文選卷二一謝宣遠張子房詩「婉婉幙中畫」，李善注：「婉婉，和順貌也。」史記卷一一七司馬相如列傳「柔橈嬛嬛」，索隱引張揖：「嬛嬛，猶婉婉也。」嬛嬛、婉婉，古字通用。

載雲旗之委蛇。

（載，乘也。）言己乘八龍神智之獸，其狀婉婉，又載雲旗，委蛇而長也。駕八龍者，言己德如龍，可制御八方也。載雲旗者，言己德如雲，能潤施萬物也。

【疏證】

載，乘也。◎諸本皆闕此注。案：慧琳音義卷二三「令我載此乘」條引王逸注楚辭：「載，乘也。」章句遺義，據補。説文車部：「載，椉也。从車、𢦏聲。」段注：「乘者，覆也。上覆之則下載之，故其義相成，引申之謂所載之物曰載。」老子十章「載營魄抱一」，河上公注：「載，乘也。」文選卷二四嵇康贈秀才入軍五首「載我輕車」，呂延濟注：「載，乘也。」

言己乘八龍神智之獸，其狀婉婉，又載雲旗，委蛇而長也。駕八龍者，言己德如龍，可制御八方也。載雲旗者，言己德如雲，能潤施萬物也。◎文選本「乘」作「駕」，「委蛇」作「委移」，「如雲」下有「雨」字，無「萬物也」三字。秀州本「婉婉」作「蜿蜿」。正德本、隆慶本、劉本、湖北本、朱本、馮本、俞本、莊本、四庫章句本「婉婉」下有「委委」二字，「如雲」下有「雨」字，「施」下有「於」字。案：載，章句訓乘，則舊作「乘八龍」。據義，「如雲」下當補「雨」字。委蛇、委移並同。雲旗不宜言短長。委蛇，猶雲旗貌。洪邁容齋隨筆五筆卷九「委蛇字之變」條：「此二字凡十二變。一曰委蛇，本於詩羔羊：『退食自公，委蛇委蛇』，毛公注：『行可從迹也。』鄭箋：『委曲自得之貌。』二曰委佗，詩君子偕老『委委佗佗』，毛注：『委委者，行可委曲從迹也；佗者，德平易也。』三曰逶迤，韓詩；説文：『逶迤，斜去貌。』四曰倭遲，詩四牡；五曰逶夷，韓詩；六曰威夷，潘岳詩『峻阪路威夷』，孫綽天臺山賦『路威夷而修通』；七曰委移，離騷經『載雲旗之委蛇』，一本作逶迤，一本作委移。八曰逶移；九曰逶蛇，後漢費鳳碑『君有逶蛇之節』，十曰蜲蛇，西京賦『聲清暢而蜲蛇』；十一曰遏迆，漢逢盛碑『當爲遏迆』；十二曰威遲，劉夢得詩『威遲堤上行』。韓公南海廟碑『蜿蜿蛇蛇』，亦然也。」因聲以求，其別文不啻十二。或作踒跎，大牡之鼎「長尾踒跎」是也。或作阿那，文選卷一七洞簫賦「則莫不憚漫衍凱阿那腲腇者已」，李善注：「阿那、腲腇，舒遲貌。」腲腇，亦聲轉字。或作猗那，卷四八典引「亦猶於穆猗那」，李周翰曰：「於穆、猗那，皆美也。」或作猗儺，詩隰有萇楚「猗儺其枝」，毛傳：「柔順貌。」或作旖旎，九辯「紛旖旎乎都房」，章句：「盛貌。」倒乙曰端委，文選卷五吳都賦「蓋端委之所彰」，劉淵林注：「端委，禮衣委貌，謂冠袖長而裳齊委至地也。」或作娃婧，見方言郭璞注。或作委惰，見楚辭哀時命注。或作委隨，見文選卷三四七發。或作委維，見山海經卷一五大荒南經郭璞注。或作遺蛇，漢書卷六五東方朔傳「遺蛇其跡」，顏師古注：「遺蛇，猶逶迤也。」或作委蕤，見國語卷一周語上韋昭注。或作葳蕤，見文選卷四蜀都賦。或作威蕤，見御覽卷八七三休徵部二。或作儃回、襢回、低回、遲回、嬋媛、嘽咺等，則未可勝計。委蛇，因於委曲纏結。若必以訓詁字爲之，則作旖旎。漢書卷八七上揚雄傳「夫何旟旐郅偈之旖旎」，顏師古云「旖旎，旒縿之形也。」駕八龍、載雲旗，狀屈子反本儀容之盛，無所託寓。章句「己德如龍可制御八方」、「己德如雲能潤施」云云，皆牽合之說。古之神靈行遊所乘之車皆載旗。九歌大司命「乘回風兮載雲旗」，東君「載雲旗兮委蛇」，七諫自悲「載雌霓而爲旌」，九懷通路「載象兮上行」，株昭「載雲兮變化」，九歎遠遊「載赤霄而淩太清」。包山楚墓子母口奩器彩畫，所乘祥車皆載旗，其一青一黃，以象雲霓。

抑志而弭節兮，神高馳之邈邈。

邈邈，遠貌。言己雖乘雲龍，猶自抑案，弭節徐行，高抗志行，邈邈而遠，莫能追及。

【疏證】

邈邈，遠貌。◎文選本「貌」下有「也」字。案：慧琳音義卷五七「輕邈」條：「楚辭『高馳之邈邈』，王逸曰：『遠也。』」卷七七「邈逌」條、卷七八「邈然」條、卷九三「高邈」條王逸注楚辭：「邈，遠也。」卷八八「邈爾」條同引王逸注楚辭：「邈邈，遠也。」卷六〇「邈矣」條引楚辭云：「邈，遠也。」文選卷一一遊天台山賦「邈彼絕域」、卷二一何劭遊仙詩「眩然心縣邈」，李善注並引王逸注：「邈，遠也。」則無「貌」字。又，卷六魏都賦「藐藐標危」，李善注引王逸曰：「藐藐，遠也。」邈、藐同。無「貌」字。其所據本別。說文無邈字，新坿辵部：「邈，遠也。从辵，貌聲。」貌之言杪也。廣雅釋詁：「杪、眇、藐，小也。」王念孫疏證：「方言注云：『杪，言杪梢也。』說文：『杪，木標末也。』漢書敘傳『造計秒忽』，劉德注云：『秒，禾芒也。』秒與杪同義。下文眇、藐二字，義亦同也。」杪、藐同宵部，明紐，音近義通。引申爲遠，則以邈字爲之。古人制字先行假借，後以借字爲聲，益其形旁，則借聲之義遂泯也。重言之曰邈邈。或作眇眇，悲回風「路眇眇之默默」、「穆眇眇之無垠」是也。或作渺渺，管子卷一六内業篇第四九「渺渺乎如窮無極」，尹注：「渺渺，微遠貌。」或作穆穆，遠遊「形穆穆之浸遠」是也。戴震屈原賦注引爾雅：「邈邈，悶也。」謂「蓋神馳而無所終極，踰增煩愠」。非也。

言己雖乘雲龍，猶自抑案，弭節徐行，高抗志行，邈邈而遠，莫能追及。◎文選本、正德本、隆慶本、俞本、莊本「追」作「逮」。四庫章句本「及」作「擊」。案：言死志誠決，無反顧戀生之意，則舊作「逮及」。高馳，古者超越飛升之恆語，少司命「高馳兮冲天」，涉江「吾方高馳而不顧」。又，九歎遠遊「志陞降以高馳」，九思疾世「紛哉驅兮高馳」，全晉文卷七六摯虞思游賦「駔天馬而高馳」。皆同此意。

奏九歌而舞韶兮，聊假日以媮樂。

九歌，九德之歌，禹樂也。韶，九韶，舜樂也。尚書「簫韶九成」是也。言己德高智明，宜輔舜、禹，以致太平，奏九德之歌，九韶之舞，而不遇其時，故假日游戲媮樂而已。

【疏證】

九歌，九德之歌，禹樂也。◎案：詳參上「啓九辯與九歌兮」注。

韶，九韶，舜樂也。尚書「簫韶九成」是也。◎文選本「九韶」上無「韶」字，「書」下有「曰」字。建州本無「是也」二字。袁校「尚書」下補「曰」字。案：章句援引書但列原文，末後無繫以「是也」。補注：「周禮有『九德之歌、九磬之舞』，啓樂有九辯、九歌。又，山海經：夏后開始歌九招。開即啓也。竹書云：『夏后啓舞九韶。』」以此九韶爲夏啓樂，非也。韶，帝舜之樂。章句引書見益稷：「簫韶九成，鳳皇來儀。」孔傳：「韶，舜樂名，言簫，見細器之備。」簫，樂器名，舜所造。湘君「吹參差兮誰思」，補注引風俗通：「舜作簫，其形參差，象鳳翼參差不齊之貌。」帝舜，即帝俊、帝高辛，其精曰鳳，其樂器「象鳳之翼」而名簫。簫韶連文，類九（丩）歌、九（丩）辯，丩，蚪也，象龍之精；簫，象鳳鳥之精。詔，或作招。呂氏春秋卷五仲夏紀第五古樂篇：「帝舜乃令質修九招、六列、六英，以明帝德。」高注：「招、列、英，皆樂名也。」聞一多離騷解詁云：「韶字一作磬。周禮大司樂曰『九磬之舞』，九磬即九韶。說文鞀重文作鞉若鼗，籀文作磬。是韶與鞀、磬、鞉、鼗一字。鼗本鼓名。周禮小師『掌教鼓鼗』，注曰：『鼗如鼓而小，持其柄搖之，旁耳還自擊。』鼗有柄可持，故舞師或持之以導舞。尚書大傳曰『倡之以徵，舞之以鼓鼗，此迎夏之樂也』，與『倡之以角，舞之以羽，此迎春之樂也』、『倡之以商，舞之以干戚，此迎秋之樂也』、『倡之以羽，舞之以干戈，此迎冬之樂也』並舉，是鼗爲舞師所持之器明甚。釋名釋樂曰：『鞉，導也，所以導樂作也。』導樂，即所以導舞也。蓋樂舞以鼗爲導，因即以爲樂名，而字遂變爲韶。離騷之『舞韶』，實即大傳之『舞鼓䥫』也。奏九歌時，舞韶以爲節，故以歌言則曰九歌，以樂言則曰九韶，其實一而已矣。」蘢，本舜之所傳，今俗謂撥浪鼓。舜樂之韶，本不以「九」爲名，夏后氏因虞舜之政，韶易之爲夏樂，冠之以「九」(ㄐ)而爲九韶。奏舜樂，與上㗀詞重華，若桴鼓相應爾。

言己德高智明，宜輔舜、禹，以致太平，奏九德之歌，九韶之舞，而不遇其時，故假日游戲媮樂而已。◎文選明州本、建州本「德」下無「之」字。俞本、莊本、湖北本「假」作「暇」。正德本、隆慶本、湖北本、朱本、馮本、劉本、俞本、莊本、四庫章句本「而已」下有「也」字。案：無「之」，敓也。補注引顏師古說，謂假日「猶言借日度時」，「改假爲暇失其意矣」。其説得旨。若作暇日，則句中無述語，不辭。九歎遠遊「聊假日以須臾兮」，九懷危俊「聊假日兮相佯」，皆因襲於此，則漢本皆作「假日」。

陟陞皇之赫戲兮，

皇，皇天也。赫戲，光明貌。

【疏證】

皇，皇天也。◎案：皇，非皇天。何焯義門讀書記卷四八文選騷「陟陞，猶言升遐。此終言至死不能或忘楚國，反應前『焉能忍而與此終古』之辭也。」其説是也。然「陟陞」非升遐。五百家注昌黎文集卷三一黃陵廟碑引竹書紀年：「帝王之没皆曰陟。陟，昇也，謂昇天也。」趙翼陔餘叢考卷一亦曰：「凡帝王之殁皆曰陟。因謂陟者昇天也。」陟陞，平列同義，猶陞、登也。包山楚簡皆作陞，或省作阩。皇，讀如遑，古字通用。漢書卷二一律曆志上：「秦兼天下，未遑暇也。」遑暇，平列同義，遑亦暇也。卷八八儒林傳前言「亦未皇庠序之事也」，顏師古注：「皇，暇也。」卷一一哀帝紀「未皇寧息」，東漢文紀卷二七周憬功勳銘「僭寒慄兮不皇計」，呂氏春秋卷三季春紀第三先己篇「督聽則姦塞不皇」，高注：「皇，暇也。」詩殷其靁「莫敢或遑」，四牡「不遑啓居」，杕杜「征夫遑止」。皇、遑，皆暇之借。或作偟。爾雅釋言：「偟，暇也。」郝氏義疏：「偟者，經典通作遑，皆皇之或體也。皇與假俱訓大，又俱爲暇，其義實相足成。後人見經典皇暇之皇皆作遑，遂以遑爲正體。遑變作徨，又省作偟。」暇與皇、遑、徨爲陽、鐸平入對轉，曉匣旁紐雙聲。假、暇，古字通用。說文段注：「古多借假爲暇。周書多方『天惟須夏之子孫』，鄭云：『夏之言假。』大雅皇矣、周頌武二箋皆作『須假』，而孔本作暇。孫卿子『其爲人也多假日，其出入不遠也』，賈逵國語注：『假，閒也。』登樓賦『聊假日以銷憂』，李善云：『假，或爲暇』。」或作徦。漢書卷八七下揚雄傳「徦言周于天地」，顏師古注：「徦，至也。」彳部：「徦，至也。」又新坿：「遐，古作徦。」假通作徦、遐，猶偟作徨、遑、皇。陟陞皇，謂登遐。或作升遐、升假、登假，謂登几僊逝，死之諱語。或作登霞，遠遊「載營魄而登霞」是也。古之貴賤尊卑共之。竹書紀年黃帝軒轅氏一百年，「帝王之崩皆曰陟」。單稱之曰陟，複語爲陟假、陟陞皇。禮記卷四曲禮下第二：「天王崩，告喪，曰：『天王登假。』」鄭注：「登，上也。假，已也。上已，若僊去云耳。」呂氏春秋卷一四孝行覽第二本味篇：「常山之北，投淵之上，有百果焉，羣帝所食。」高注：「羣帝，衆帝先升遐者。」文選卷九西征賦「武皇忽其升遐」，晉書卷五五夏侯湛傳「且九齡而我王母薛妃登遐」，又曰「蔡姬登遐」。登遐，皆屬帝王、皇后、皇妃。又，墨子卷六節葬篇下第二五：「秦之西有儀渠之國者，其親戚死，聚柴薪而焚之，燻上，謂之登遐。」登遐，謂庶民之死。漢世以後專爲得道成僊之稱。淮南子卷一一齊俗訓：「其不能乘雲升假，亦明矣。」漢書卷二五郊祀志：「登遐倒景。」文選卷四八揚雄劇秦美新：「登假皇穹。」陟陞皇，謂靈魂歸反帝居。

赫戲，光明貌。◎文選本「明」下有「之」字。案：羅、黎二本玉篇殘卷兮部「羲」字：「楚辭『涉升皇之赫羲』，王逸注：『赫羲，光明貌也。』」慧琳音義卷九四「炎羲」條引王逸注楚辭：「羲，光明貌也。」亦無「之」字，「貌」下有「也」字。歌、元對轉作赫喧。禮記卷六〇大學第四二「赫兮喧兮」，詩淇奥作赫咺，韓詩作赫宣（見釋文引），說文心部引詩作赫愃，禮部增修韻略引詩作赫烜，易林易之巽作赫諠。文選卷一五思玄賦「羨上都之赫戲兮」，舊注：「赫戲，盛貌。」言盛大、盛美、光明，其義皆通。狀恚怒謂之赫戲。廣雅釋訓：「赫戲，怒也。」訓詁字作赫曦，素問卷二〇五常政大論「火曰赫曦」，注「盛明也」。又，文選卷二西京賦「叛赫戲以煇煌」，薛綜注：「赫戲，炎盛也。」李善注：「戲音羲。」省作赫羲（見曹植誥咎文）、乙曰諠赫（見後漢書卷七七酷吏傳）、輝赫（見顏氏家訓卷五省事篇第一二）、顯赫（見後漢書卷二三竇憲傳）、翕赫（見卷七甘泉賦）、翕艴（見卷一八嵇康琴賦）、熻艴（見全晉文卷九四潘尼瑇瑁椀賦）等，鐸、陽對轉作煒煌，文選卷五左思吳都賦「觳騎煒煌」是也。或作炫煌，淮南子卷二俶真訓「萑蒚炫煌」，高注：「萑蒚、炫煌，采色貌也。」或作羲和，而日神因以爲名。或爲惑亂義，訓詁字作眩惑、熒惑、緯繣等，則未可勝計。

忽臨睨夫舊鄉。

睨，視也。舊鄉，楚國也。言己雖升崑崙，過不周，渡西海，舞九韶，陞天庭，據光曜，不足以解憂，猶顧視楚國，愁且思也。

【疏證】

睨，視也。◎案：說文目部：「睨，衺視也。从目、兒聲。」衺、邪、斜古字通。莊子卷五山木篇第二〇「雖羿、逢蒙不能眄睨也」，釋文引李云：「睨，斜視也。」卷六庚桑楚第二三：「知者之所不知，猶睨也。」釋文：「睨，視也。」卷八天下篇第三三「日方中方睨」，郭慶藩云：「睨，側視也。」引申爲旁斜、下降。方睨，日方下降。史記卷八四賈生列傳「庚子日施」，集解：「徐廣曰：『施，亦作斜。』」索隱：「施猶西斜也。漢書作『斜』。」日斜，猶莊子之「日方睨」。睨爲旁斜、下降。斜視謂之睨，下視亦謂之睨。臨，下視。臨睨，平列同義，謂居高視下。

舊鄉，楚國也。◎案：章句「楚國」云云，謂郢都。哀郢：「去故鄉而就遠兮，遵江夏以流亡。出國門而軫懷兮，甲之鼂吾以行。」故鄉，同舊鄉，皆謂郢都。下亂曰「國無人」、「何懷乎故都」，承此「舊鄉」變言之。周禮卷一〇地官第二大司徒，方千里曰國畿，六鄉地在遠郊以内。五家爲比，五比爲閭，四閭爲族，五族爲黨，五黨爲州，五州爲鄉，鄉老二卿，則公一人。鄉大夫，每鄉卿一人。據包山楚簡，楚有里、州、縣，里有里公，州有州公，縣有縣公。縣公爲楚之封君，未見有鄉。鄉，蓋未行於楚。周之鄉類楚之縣。又，舊鄉，與上靈氛吉占「故宅」非一義。故宅，楚先塋垞，在崑崙西海。一虛一實，夢幻與現實交替相疊。

言己雖升崑崙，過不周，渡西海，舞九韶，陞天庭，據光曜，不足以解憂，猶顧視楚國，愁且思也。◎文選本「升」作「陟」，「渡」作「度」，「陞」作「升」，「顧視」作「復顧」。正德本、隆慶本、湖北本、朱本、馮本、俞本、莊本、四庫章句本「不周」下有「山」字，「顧」上有「復」字。馮本、四庫章句本「思」作「悲」。案：升，陟，以同義易之。陞、升古字通。度、渡古今字。章句「愁且思」云云，思亦愁也。天問序：「以渫憤懣，舒瀉愁思。」愁思，平列同義，思亦愁也。涉江「欸秋冬之緒風」，章句：「言己登鄂渚高岸，還望楚國，嚮秋冬北風愁而長歎，心中憂思也。」憂思，平列同義。思亦憂也。後未詳思憂義，遂易「思」爲「悲」。全梁文卷六四張纘南征賦「忽臨睨于故鄉」。因襲於此。

僕夫悲余馬懷兮，

僕，御也。懷，思也。

【疏證】

僕，御也。◎案：左傳昭公七年：「天有十日，人有十等，下所以事上，上所以共神也。故王臣公，公臣大夫，大夫臣士，士臣皁，皁臣輿，輿臣隸，隸臣僚，僚臣僕，僕臣臺。」僕，位列第九，賤且鄙者。孔疏：「僕，僕豎，主藏者也。」藏非收藏，左傳昭公十九年「以度而去之」，釋文引裴松之注魏志曰：「藏，古人謂藏爲去。」去，棄也。主藏，謂主司棄除，灑掃事也。包山楚簡作儯，從臣、僕，以僕爲臣隸屬。或省作「⿱菐臣」，或作⿱付臣，從臣、付聲。付，僕之借聲。楚音僕讀平聲，與付字同。說文解「給事者」，是其引申。又爲御僕之稱。詩出車「召彼僕夫」，毛傳：「僕夫，御夫也。」文選卷一五張衡思玄賦「僕夫儼其正策兮」，舊注：「御夫，謂御車人也。」

懷，思也。◎案：詳參上「爾何懷乎故宇」注。悲、懷，對舉爲文，懷亦悲也。遠遊：「僕夫懷余心悲兮，邊馬顧而不行。」懷、悲對文，懷，悲也。又，哀郢：「心嬋媛而傷懷兮，眇不知其所蹠。」傷懷，平列同義，懷亦傷也。章句：「言已顧視龍門不見，則心中牽引而痛。」以痛解「傷懷」，懷，傷痛也。詩卷耳「維不以永懷」，又曰「維不以永傷」。永懷、永傷，儷偶對舉，懷，傷也。終風篇「願言則懷」，毛傳：「懷，傷也。」懷沙「傷懷永哀兮」，哀郢「出國門而軫懷兮」，傷懷、軫懷，皆憂思義。説文心部：「懷，念思也。从心，褢聲。」段注：「念思者，不忘之思也。」思之不忘，則爲憂慼。思謂之懷，亦謂之憂；懷謂之思，亦謂之憂。其義皆通。

蜷局顧而不行。

蜷局，詰屈，不行貌。屈原設去世離俗，周天帀地，意不忘舊鄉，忽望見楚國，僕御悲感，我馬思歸，蜷局詰屈而不肯行，此終志不去，以詞自見，以義自明也。

【疏證】

蜷局，詰屈，不行貌。◎文選本「貌」下有「也」字。俞本、莊本、文淵四庫章句本「詰」作「結」，文津本亦作「詰」。案：蜷局、詰屈、結屈，皆聲之轉，謂屈曲不舒貌。九思憫上作踡跼，今作蜷曲。侯、魚旁轉作拮据，詩鴟鴞「予手拮据」，毛傳：「拮据，撠挶也。」或作詰曲（見唐舒元御史台新造中書院記）、結曲（見李羣玉詩）、郤曲（見莊子卷一人間世第四）、詰鞠（見劉歆與揚雄書）、踡屈（見素問卷一四刺禁論篇注）、詰屈（見文選卷一一魯靈光殿賦）、䠇𡯌（見易困上六）等，因聲以求，與訓「婉順柔曲」之偃蹇、夭驕爲語之轉。鳥之上下回旋曰頡頏，詩燕燕于飛「頡之頏之」，毛傳：「飛而上曰頡，飛而下曰頏。」

屈原設去世離俗，周天帀地，意不忘舊鄉，忽望見楚國，僕御悲感，我馬思歸，蜷局詰屈而不肯行，此終志不去，以詞自見，以義自明也。◎文選本「世」作「時」，「帀」作「匝」，「鄉」下無「忽」字，「去」作「失」，「詞」作「辭」。四庫章句本「詰」作「結」。案：無「忽」，敓也。帀、匝以同義易之。據義，舊作「不失」爲允。顧，還視，引申爲眷曲。文選卷三東京賦「神歆馨而顧德」，薛綜注：「顧，眷也。」行曰蹝，心曰眷，其義皆通。不行，讒言不忍猝死。又，章句「僕御悲感」云云，悲感，平列同義，感亦悲也。宋本玉篇卷八心部：「感，傷也。」三國志卷一一魏書邴原傳裴注引原別傳：「隣有書舍，原過其旁而泣。師問曰：『童子何悲？』原曰：『孤者易傷，貧者易感。』」傷、感對文。文選卷二八陸機悲哉行：「目感隨氣草，耳悲詠時禽。」感、悲對文。感，猶傷、悲也。

亂曰：

亂，理也。所以發理詞指，總撮其要也。屈原舒肆憤懣，極意敶詞，或大或留，文采紛華，然後結括一言，以明所趣之意也。

【疏證】

亂，理也。所以發理詞指，總撮其要也。屈原舒肆憤懣，極意敶詞，或去或留，文采紛華，然後結括一言，以明所趣之意也。◎文選本「總」作「揔」，「其要」作「行要」，「敶」作「陳」，無「之意也」三字。正德本、隆慶本、劉本、湖北本、俞本作「其行要」，朱本作「其大要」。四庫章句本、馮本

「趣」作「起」，「結括」作「總括」。景宋本「總」作「揔」。同治本「總」作「總」。案：揔，俗總字。作「行要」，不辭。史記卷八屈原列傳「亂曰」，索隱引王叔師曰：「亂者，理也。所以發理辭指，撮總其要，而重理前意也。」其所據唐本作「其要」。行要，「所要」之訛。文選卷七甘泉賦「亂曰」，李善注引王逸曰：「亂，理也。所以發理辭指，揔撮所要也。」其所據本作「所要」。起，趣之訛。補注：「國語云『其輯之亂』。輯，成也。凡作篇章既成，撮其大要以爲亂辭也。離騷有亂有重，亂者，總理一賦之終。重者，情志未申，更作賦也。」錢杲之集傳：「治亂曰亂，賦末有亂，所以總治一篇之義。」以亂爲總理。朱子集注：「亂者，樂節之名。史記曰：『關雎之亂，以爲風始。』禮曰：『既奏以文，又亂以武。』」吳仁傑兩漢刊誤補遺卷八「亂曰」條：「詩者，歌也，所以節舞者。曲終乃更變章亂節，故謂之亂。則事正相反。樂記言『大武之舞，復亂以飭歸』，正義曰：『亂，治也。復，謂武曲終，舞者復其行位而整治。』蓋舞者，其初紛綸赴節，不依行位。比曲終，則復整治焉，故謂之亂。今舞者尚如此。詩，樂所以節舞者也，故其詩辭之終，亦謂之亂，商頌『輯之亂』是已。樂曲之終，關雎之亂是已。離騷有亂辭，實本之詩樂。」黄生義府卷上「亂訊誶」條：「樂之卒章爲亂，即繁音促節之意，楚辭『亂曰』猶存古名。」蔣驥山帶閣注楚辭：「舊解亂爲總理一賦之終，今按離騷二十五篇，亂詞六見，惟懷沙總申前意，小具一篇結構，可以總理言，騷經、招魂則引歸本旨，未可一概論也。余意『亂』者，蓋樂之將終，衆音畢會，而詩歌之節，亦與相赴，繁音促節，交錯紛亂，故有是名耳。孔子曰『洋洋盈耳』，大旨可見。」桂馥札樸卷六「亂詞」：「騷賦篇末皆有亂詞。亂者，猶關雎之亂。樂記『武亂皆坐，周、召之治』也，鄭注：『亂，謂失行列也。』記又云：『行其綴兆，要其節奏，行列得正焉，進退得齊焉。』馥謂亂則行列不必正，進退不必齊。案騷賦之末，煩音促節，其句調韻脚，與前文各異，亦失行列進退之意。」則皆從朱説，以亂爲樂卒章名。二説皆通。言「發理詞指」，則釋「亂」義，而「發理詞指總撮其要」、「結括一言以明所趣」云云，皆在樂之卒章，故爲樂之卒章名。郭沫若屈原研究謂「亂」即「辭」之訛，金文「辭」作「𤔲」，通用「司」，司有治義。文末繫以「辭曰」，以作尾聲，與抽思之「少歌曰」、「倡曰」，義例正同，正楚辭之所以得名者。楚簡辭、詞作訂，皆不作𤔲。亂作𤔔，與𤔲不類。亂之訓「總理」，古有確證。清華簡（三）周公之琴舞每「絉」之末皆有「𤔔曰」，樂之終也。又，（五）厚父：「惟曰其助上帝𤔔（亂）下民。」亂下民，言治下民也。爾雅釋詁：「亂，治也。」説文乙部：「亂，治也。从乙，乙，治之也。从𤔔。」方言卷二：「苦，快也。」郭璞注：「苦而爲快者，猶以臭爲香、亂爲治、徂爲存，此訓義之反覆用之是也。」則訓理、亂，其義通也，訓詁家所謂「正反同辭」。

已矣哉！國無人莫我知兮，

已矣，絶望之詞。無人，謂無賢人也。易曰：「闃其户，闃其無人。」屈原言已矣，我獨懷德不見用者，以楚國無有賢人知我忠信之故。自傷之詞。

【疏證】

已矣，絶望之詞。◎文選本「詞」下有「也」字。正德本、隆慶本、劉本、湖北本、朱本、馮本、莊本、俞本、四庫章句本「已矣」下有「哉者」二字，「詞」下有「也」字。湖北本「詞」作「辭」。案：文選卷二八陸韓卿中山孺子妾歌「賤妾終已矣」、卷四一李陵答蘇武書「顧國家於我已矣」，李善注並曰：「楚辭曰：『已矣哉。』王逸曰：『已矣，絶望之辭也。』」詞、辭古字通。據此，則「之詞」下舊有「也」字。全晉文卷一一一陶淵明感士不遇賦：「故夷、皓有『安歸』之歎，三閭發『已矣』之哀。」其因於此，亦無「哉者」二字。

無人，謂無賢人也。易曰：「闚其户，閴其無人。」◎文選本無「易曰闚其户閴其無人」九字。案：删之也。閴，闃之訛。章句引易見豐上六，字正作「闃」。王弼注：「可以出而不出，自藏之謂也。非有爲而藏不出户庭，失時致凶，況自藏乎？凶其宜也。」易「無人」云云，指退隱之士，非謂「無賢人」。上曰：「世幽昧以昡曜兮，孰云察余之善惡？民好惡其不同兮，惟此黨人其獨異。户服艾以盈要兮，謂幽蘭其不可佩。覽察草木其猶未得兮，豈珵美之能當？蘇糞壤以充幃兮，謂申椒其不芳。」又曰：「時繽紛其變易兮，又何可以淹留？蘭芷變而不芳兮，荃蕙化而爲茅。何昔日之芳草兮，今直爲此蕭艾也！豈其有他故兮？莫好脩之害也。余以蘭爲可恃兮，羌無實而容長。委厥美以從俗兮，苟得列乎衆芳。椒專佞以慢慆兮，樧又欲充夫佩幃。既干進而務入兮，又何芳之能祗？固時俗之從流兮，又孰能無變化？覽椒蘭其若茲兮，又況揭車與江離？」其「國無人」以總理巫咸以下一段。

屈原言已矣，我獨懷德不見用者，以楚國無有賢人知我忠信之故，自傷之詞。◎文選本「已矣」下有「者」字，無「獨」字，「不見用」下無「者」字，「故」下、「詞」下有「也」字。秀州本「詞」作「辭」。正德本、隆慶本、莊本、湖北本、四庫章句本「已矣」下有「哉」字。案：有「者」字，暢於詞氣。辭、詞古字通。知，謂交也。墨子卷一〇經篇上第四〇：「知，接也。」莊子卷六庚桑楚第二三：「知者，接也。」與人交謂之知。左傳昭公二十八年，叔向一見鬷蔑，「遂如故知」。孔疏：「遂如故舊相知。」故知，謂故交、舊友。九歌少司命「樂莫樂兮新相知」，新相知，新相交也。後漢書卷二六宋弘傳「貧賤之交不可忘」，羣書治要引交作知。莫我知，謂莫與我爲友。

又何懷乎故都？

言衆人無有知己，己復何爲思故鄉、念楚國也。

【疏證】 言衆人無有知己，己復何爲思故鄉、念楚國也。◎案：章句以「懷」爲「思懷」，非也。懷，讀如歸，古字通用。詩匪風「懷之好音」，毛傳：「懷，歸也。」禮記卷五五緇衣第三三「私惠不歸德」，鄭注：「歸，或爲懷。」故都，同上「舊鄉」，郢都也。説文邑部：「有先君之舊宗廟曰都。从邑、者聲。」左傳莊公二十八年：「凡邑，有宗廟先君之主曰都，無曰邑。邑曰築，都曰城。」杜注：「宗廟所在，則雖邑曰都，尊之也。」慧琳音義卷四四「所都」條引字林：「有宗廟先君之主曰都。」孟子卷四公孫丑下「王之爲都者」，趙岐注：「邑有先君之宗廟曰都。」九章悲回風「惟佳人之永都兮」，章句：「邑有先君之廟曰都。」周禮卷一八春官第三大宗伯「乃頒祀于邦國都家鄉邑」，鄭注：「都家之鄉邑，謂王子弟及公卿大夫所食采地。」卷一三地官第二載師「以小都之田任縣地，以大都之田任畺地」，鄭注：「小都，卿之采地；大都，公之采地；王子弟所食邑也。」都，非專爲國都名，凡邑之有宗廟之主，且同姓所食采邑皆謂之都。是以一國有數都。左傳隱公元年：「都之城過百雉，國之害也。先王之制，大都不過參國之一；中，五之一；小，九之一。」都小於國，對文也，散則不別。郢爲楚都，先王宗廟在焉。郢之外更有楚宗廟，故別有鄢郢、藍郢等。屈子與楚共宗同姓，稱郢曰舊鄉、故都。史記卷四〇楚世家：「二十一年，秦將白起遂拔我郢，燒先王墓夷陵。」正義：「括地志云：『峽州夷陵縣是也，在荆州西。應劭云，夷山在西北。』」夷陵，即宜昌，在郢西，楚之高丘，楚族先塋、故垞所在也。

既莫足與爲美政兮，吾將從彭咸之所居。

言時世之君無道，不足與共行美德、施善政者，故我將自沈汨淵，從彭咸而居處也。

【疏證】

言時世之君無道，不足與共行美德、施善政者，故我將自沈汨淵，從彭咸而居處也。◎文選本「之君」作「人君」，無「施」字，無「者故」二字。建州本「沈」作「沉」。正德本、隆慶本、劉本、湖北本、朱本、莊本、俞本、馮本、四庫章句本「之」作「人」。四庫章句本「共」作「其」。案：其，共之訛。美政，讀爲美正，古字通用。正，猶匹、對也。墨子卷六節葬下第二五「存乎匹夫賤人死者」，舊本匹爲正。卷一一大取篇第四四：「貴爲天子，其利人不厚于正夫。」孫氏引顧云：「正，當作匹。」又，懷沙：「懷質抱情，獨無匹兮；伯樂既没，驥焉程兮。」匹、程出韻，匹，當作正，後未詳正有匹偶義妄改之。哀時命「願陳列而無正」，無正，謂無匹，言願陳訴而無其同志。美正，佳匹、同志。莫足與爲美正，呼應上「國無人」，總理「世幽昧以眩曜」以下一段。章句「美德施善政」云云，非也。又，章句「從彭咸而居處」云云，以「居」泛言「居處」，亦非。居，塚壙之稱。詩葛生「歸于其居」，鄭箋：「居，墳墓也。」後漢書卷六〇下蔡邕傳：「百歲之後，歸乎其居。」李賢注：「詩晉風也。毛萇注曰：『居，墳墓也。』」屈子從彭咸以水死者，與言登遐帝居，並行不悖。國語卷一六鄭語，祝融之後八姓有昆吾氏爲夏伯，大彭、豕韋氏爲商伯，而「彭祖、豕韋、諸、稽，則商滅之矣」。

韋注：「大彭，陸終第三子，曰籛，爲彭姓，封于大彭，謂之彭祖，彭城是也。豕韋，彭姓之别，封于豕韋者。殷衰，二國相繼爲商伯。其後世失道，殷興而滅之。」彭咸生於殷紂無道之世，與屈子之際遇同。彭氏與楚族同出帝顓頊，又皆陸終氏之裔，楚靈王以「昔我皇祖伯父昆吾舊許是宅」爲伐鄭之由。屈原從彭咸「諫其君不聽自投水而死」，以高陽文化爲基址。離騷自叙述出生世系，其血緣系統爲二元：一爲高陽氏所賦予之文化血緣，一爲伯庸夫婦所賦予之生理血緣。生理血緣予以生命之血液與體魄，文化血緣予以精神與靈魂。左傳昭公七年：「人生始化曰魄，既生魄，陽曰魂。」禮記卷二六郊特牲第一一：「魂氣歸于天，形魄歸于地。」人之靈魂所以永恒不滅者，形魄雖化而神魂猶存，終反歸於其先祖之居。楚人所宗帝高陽乃「絶天地通」之神，既爲水正玄冥，又爲火正祝融。此基址於楚人之宇宙爲太一、水二元之哲學觀。郭店楚墓竹簡太一生水：「太一生水，水反輔太一，是以成天；天反輔太一，是以成地。」又曰：「天地者，太一之所生也。是故太一藏于水，行于時。」太一、水，皆化生宇宙本源，「太一」生「水」而「藏于水」，太一，水之神魂，水，太一之形魄。帝高陽之火水雙重「民事」及其鳥、魚雙重之精靈，乃神格化之「太一」與「水」。帝高陽既在水中，又在天上。彭咸投水，祇爲「血緣認同」，猶魂歸帝高陽。屈原效其沉湘而死，當亦如是觀。招魂：「魂兮歸來，反故居些。」又曰：「歸來反故室，敬而無妨些。」故居、故室，指楚族之室、楚國之居。大招：「自恣荆楚，安以定只。」又曰：「魂乎歸來，定空桑只。」章句：「空桑，瑟名也。」周官云：『古者絃空桑而爲瑟。』言魂急徠歸，定意楚國，聽瑟之樂也。或曰，空桑，楚地名。」二説皆通。琴瑟之材出于空桑之居，因名其瑟爲空桑之瑟。然此空桑之地，宜在楚國，不在曲阜。大凡一個部落、氏族之遷移，必將其原有之宗教習俗，且在新居地内播布，以故舊先祖之地、宗廟等遷入新居之地，必擇其名山大川而立觀建廟而名之，以示不忘其所出。屈子「從彭咸之所居」在水中，何以發軔蒼梧、夕登縣圃、走「上征」飛行之路？非唯離騷，悲回風於「淩大波而流風兮，託彭咸之所居」二句之後，亦是一路「上征」，高攀飛行：「上高巖之峭岸兮，處雌蜺之標顛。據青冥而攄虹兮，遂儵忽而捫天。吸湛露之浮源兮，漱凝霜之雰雰。依風穴以自息兮，忽傾寤以嬋媛。馮崑崙以瞰霧兮，隱岷山以清江。」以楚人「太一牛水」、「太一藏于水」哲學觀釋之，則涣然冰釋。於楚人不論貴賤、善惡與否，死後皆「反本」、「復命」于先祖帝高陽之居。帝高陽以及老僮、祝融、吴回等楚人列宗之「故居」莫不在崑崙之上，其裔孫「反本」、「復命」則非登升「上征」不可得。論衡卷二二紀妖篇第六四：「上天，猶上山也。」地下之「幽都」在天上或者山上。山海經卷三北山經：「西望幽都之山，浴水出焉。」卷一八海内經：「北海之内，有山，名曰幽都之山，黑水出焉，其上有玄鳥、玄蛇、玄豹、玄虎、玄狐蓬尾。」淮南子卷四墬形訓謂之「幽都」者，登不周山之天門。「下幽都」，既涉水，又「上征」登山。一九四九年出土于長沙陳家大山戰國楚墓人物龍鳳帛畫，中畫一婦人，側立，高髻細腰，廣袖寬裾，合掌祈禱，足履殘仂半月形之舟，舟若在水上行馳狀。一九七三年出土于長沙子彈庫戰國楚墓人物御龍圖，中畫男子，側立，危冠束髮，博袍佩劍，手持繮繩，御一龍，龍似「乙」字形龍舟，人立在龍脊上，亦若在水上行。而以上帛畫皆爲「上征」飛陞之圖，象男、女墓主乘舟作水中飛升。涉水、登山在兩幅帛畫中得其和諧統一。此乃「太一生水」和「太一藏于水」哲學見解之形象説明。清劉獻廷離騷經講録：「西遊者，欲死也。」別具慧眼，可謂之知言君子。

敘曰：昔者孔子叡聖明喆，天生不羣，

正德本、隆慶本、劉本、湖北本、朱本、馮本、俞本、莊本、四庫章句本「羣」作「王」。補注引羣一作王。案：東漢文紀卷一四引離騷後叙亦作「王」。舊唐書卷九玄宗紀下：「甲申，制追贈孔宣父爲文宣王。」則孔子稱王自唐始。或本作「不王」者，後所改也。離騷、天問二篇皆有前、後二序。前序爲正論，後序爲駁論。

定經術，删詩書，

補注引一作「俾定經術乃删詩書」。正德本、隆慶本、劉本、湖北本、朱本、馮本、俞本、莊本、四庫章句本作「俾定經術乃删詩書」。案：東漢文紀卷一四引離騷後叙作「俾定經術乃删詩書」。孔安國尚書序：「先君孔子生於周末，覩史籍之煩文，懼覽之者不一，遂乃定禮樂，明舊章，删詩爲三百篇，約史記而修春秋，讚易道以黜八索，述職方以除九丘。」

正禮樂，制作春秋，以爲後王法。

正德本、隆慶本、劉本、湖北本、朱本、馮本、俞本、莊本、四庫章句本「王」下有「之」字。案：東漢文紀卷一四引離騷後叙「王法」作「王之法」。晉杜預春秋序：「仲尼因魯史策書成文，考其真僞，而志其典禮，上以遵周公之遺制，下以明將來之法。」

門人三千，罔不昭達。臨終之日，則大義乖而微言絶。

正德本「乖」作「垂」。案：垂，乖之訛。

其後周室衰微，戰國竝争，

正德本、湖北本、馮本、四庫章句本「竝」作「並」。案：竝，古並字。

道德陵遲，

湖北本「陵」作「凌」。景宋本「遲」作「遟」。案：陵、凌古字通，遟，遲同。

譎詐萌生。於是楊、墨、鄒、孟、孫、韓之徒各以所知，著造傳記，

案：漢書卷三〇藝文志：楊，楊朱也，倡爲我。墨，墨翟也，倡兼愛，有墨子七十一篇。鄒，鄒衍也，陰陽家，有鄒子四十九篇。孟，孟軻也，儒家，子思氏弟子，倡性善，有孟子十一篇。孫，荀况也，儒家，倡性惡，有孫卿子三十三篇。或曰：韓，韓非也，法家，説刑名之學，有韓子五十五篇。

或以述古，或以明世。

補注引八字一作「咸以名世」。案：明、名通用。舊蓋作「咸以名世」也。

而屈原履忠被譖，憂悲愁思，獨依詩人之義而作離騷。上以諷諫，下以自慰。遭時闇亂，

補注引「憂悲愁思」一作「憂愁思憤」。正德本、隆慶本、劉本、湖北本、朱本、馮本、俞本、莊本、四庫章句本「闇」作「暗」。案：東漢文紀卷一四引離騷後叙作「憂悲愁思」、「暗亂」。闇、暗，古字通用。

不見省納，不勝憤懣，遂復作九歌以下，凡二十五篇。

案：漢書卷三〇藝文志：屈原賦二十五篇，楚懷王大夫，有列傳。

楚人高其行義，瑋其文采，以相教傳，

馮本「教傳」作「傳教」。補注謂「或作傳教」。案：東漢文紀卷一四引離騷後叙亦作「教傳」。

至於孝武帝，恢廓道訓，使淮南王安作離騷經章句，

案：漢書卷四四淮南王傳：「使爲離騷傳，旦受詔，日食時上。」所謂傳，猶章句也。

則大義粲然。後世雄俊，莫不瞻慕，

正德本、隆慶本、劉本、湖北本、朱本、馮本、莊本、俞本、四庫章句本「慕」作「仰」。補注引一作

仰。案：東漢文紀卷一四引離騷後敘作「仰」。慕、仰義同。其所據本别。章句「大義」云云，謂「君聖臣忠」也。又，易家人彖：「男女正，天地之大義也。」禮記卷六二燕義第四七：「和寧，禮之用也，此君臣上下之大義也。」晏子春秋卷四叔向問君子之大義何若晏子對以尊賢不退不肖第二四：「君子之大義，和調而不緣，溪盎而不苛，莊敬而不狡，和柔而不銓，刻廉而不劌，行精而不以明汙，齊尚而不以遺罷，富貴不傲物，貧窮不易行，尊賢而退不肖，此君子之大義也。」春秋繁露卷一玉杯第二：「故屈民而伸君，屈君而伸天，春秋之大義也。」諸家各有側重。

舒肆妙慮，

正德本、隆慶本、劉本、湖北本、朱本、馮本、俞本、莊本、四庫章句本作「攄舒妙思」。補注引一作「攄舒妙思」。案：東漢文紀卷一四引離騷後敘作「攄舒妙思」。漢書卷五七上司馬相如傳「攄之無窮」，顏師古曰：「攄，布也，音丑居反。」卷八七上揚雄傳「奮六經以攄頌」，顏師古曰：「攄，散也。」

纘述其詞。

案：慧琳音義卷八五「乃纘」條引考聲：「纘，承也。」

逮至劉向，

補注曰：「顏師古讀如本字。」案：向「讀如本字」者，對向也。匡謬正俗卷八「享」條云：「又向對之向，古文典籍卒無『向』字。尋其旨趣，本因鄉字，始有向音。今之向字，若於六書，自是北牖耳。」

典校經書，分爲十六卷。孝章即位，深弘道藝，而班固、賈逵復以所見，改易前疑，各作離騷經章句。

案：班、賈之書，今皆放失。章句「或説」、「一云」，偶或引之。劉逵注三都賦，嘗引班固離騷注，其書在兩晉間猶存也。又，趙希弁讀書附志卷下楚辭類録離騷章句一卷，云：「左呂成公（呂祖謙）所分也。以離騷經一篇爲十六章。公謂王逸嘗言劉向典校，分離騷爲十六卷。班固、賈逵各爲離騷章句，惟一卷傳焉，餘十五卷闕而不録。今觀屈平所作凡二十有五，各有篇目，獨此一篇謂之離騷。竊意劉向所分此篇，猶一篇之中有數章焉。故嘗因逸之言，即離騷之一篇，反復求之，考其文之起伏、意之先後，固有十六章次第矣。因而分之爲十六章。」呂氏以向之十六卷爲離騷十六章。後世多未詳審，因逸之後叙，謂劉向「典校經書分爲十六卷」者，乃指楚辭章句十六卷，誣也。若果有楚辭十六卷，向必登之七略而見諸班志也。班、賈二書，今皆佚。章句「或説」，偶或見之。劉逵注三都賦，時引班固離騷注。其書在兩晉間猶存。

其餘十五卷，

補注引卷一作篇。案：舊當作「篇」。十五篇，指九辯、九歌以下十五篇也。

闕而不説。又以壯爲狀，

補注引「狀」一作「扶」。案：扶，狀之訛。蓋東漢以前，壯、狀通用不別。郭店楚墓竹簡窮達以時：「驥馰長山騹室於九口歨，非亡體壯（狀）也。」馬王堆漢墓帛書周易繫辭：「故知鬼神之精壯（狀），與天地相枝故不回。」河北定州漢墓竹書論語季氏：「其狀（壯）也〔血氣方剛〕。」皆其證。

義多乖異，事不要括，

正德本、隆慶本、劉本、湖北本、朱本、馮本、俞本、莊本、四庫章句本「括」作「撮」。補注引一作「撮」。案：括、撮以同義易之。東漢文紀卷一四引離騷後叙「括」作「撮」。文選卷一七陸機文賦「或妥帖而易施」，李善注引王逸楚辭序曰：「義多乖異，事不妥帖。」則與此別。妥帖，隋唐以後習語，東漢未見。匡謬正俗卷七「渴罩」條：「太原俗謂事不妥帖有可驚嗟爲渴罩。」撮要，兩漢習語。公羊傳桓五年：「天下之君，海内之主，當秉綱提要，而親自用兵。」則舊作「撮要」。

今臣復以所識所知，稽之舊章，合之經傳，

補注引一本「稽之舊章合之經傳」一作「稽之經傳」。案：稽、合對文，合亦稽也。東漢文紀卷一四引離騷後叙亦作「稽之舊章合之經傳」。

作十六卷章句。

案：王逸所作章句爲十六卷，承劉向分爲十六卷，亦指離騷章句十六章也，不指九辯、九歌至大招十五篇。逸稱屈原之作爲「二十五篇」，同漢書藝文志。

雖未能究其微妙，然大指之趣，略可見矣。且人臣之義，以忠正爲高，以伏節爲賢。故有危言以存國，殺身以成仁。是以伍子胥不恨於浮江；比干不悔於剖心。然後忠立而行成，

正德本、隆慶本、劉本、朱本、俞本、馮本、湖北本、莊本、四庫章句本「忠」作「德」。補注引「忠」一作「德」。案：東漢文紀卷一四引離騷後叙「忠」作「德」。比干、子胥皆以忠見稱，則舊作「忠」爲允。

榮顯而名著，

正德本、隆慶本、劉本、湖北本、朱本、馮本、俞本、莊本、四庫章句本「著」作「稱」。補注引「著」一作「稱」。案：東漢文紀卷一四引離騷後叙「著」作「稱」。稱著字本作偁。又，榮顯，亦作顯榮。九辯「太公九十乃顯榮兮」，又曰「處濁世而顯榮兮」。

若夫懷道以迷國，詳愚而不言，

正德本、隆慶本、劉本、湖北本、朱本、馮本、俞本、莊本、四庫章句本「詳」作「佯」。補注引詳一作佯，謂「詐也」。案：東漢文紀卷一四引離騷後叙「詳」作「佯」。詳、佯古今字。論語卷一七陽

貨：「懷其寶而迷其邦，可謂仁乎？」

顛則不能扶，危則不能安，婉娩以順上，

補注引「婉娩」一作「娩娩」，一作「僶俛」。正德本、隆慶本、劉本、湖北本、莊本、俞本作「婉婉」，馮本、四庫章句本作「婉娩」。案：東漢文紀卷一四引離騷後叙作「婉婉」。婉婉，言委曲貌。則舊作「婉婉」也。又，論語卷一六季氏：「危而不持，顛而不扶，則將焉用彼相矣！」

逡巡以避患，雖保黄耇，終壽百年，蓋志士之所耻，愚夫之所賤也。今若屈原，膺忠貞之質，體清潔之性，直若砥矢，言若丹青，進不隱其謀，退不顧其命，此誠絶世之行，俊彦之英也。

案：御覽卷九一皇王部一六穆宗孝和皇帝引東觀漢記：「朝無寵族，政如砥矢。」砥矢，後漢恆語。

而班固謂之「露才揚己，

補注引「班固」一作「班賈」。案：賈逵持論，蓋同班固。東漢文紀卷一四引離騷後叙亦作「班固」。

競於羣小之中，怨恨懷王，譏刺椒、蘭，苟欲求進，强非其人，不見容納，忿恚自沈」。是虧其高明，而損其清潔者也。昔伯夷、叔齊，讓國守分，正德本、隆慶本、劉本、湖北本、朱本、馮本、俞本、莊本、四庫章句本「分」作「志」。補注引分一作志。案：東漢文紀卷一四引離騷後叙「分」作「志」。六朝以還，分，謂有志節。兩漢則無是解。則舊作「守志」。班固評騭屈原，見洪氏補注所引離騷序，曰：「昔在孝武，博覽古文。淮南王安叙離騷傳，以『國風好色而不淫，小雅怨誹而不亂，若離騷者，可謂兼之。蟬蜕濁穢之中，浮游塵埃之外，皭然泥而不滓。推此志，雖與日月争光可也』。斯論似過其實。又説『五子以失家巷』，謂[五]（伍）子胥也。及至羿、澆、少康、貳姚、有娀佚女，皆各以所識有所增損。然猶未得其正也。故博采經書傳記本文以爲之解。且君子道窮，命矣。故潛龍不見，是而無悶。關雎哀周道而不傷，蘧瑗持可懷之智，寧武保如愚之性，咸以全命避害，不受世患。故大雅曰：『既明且哲，以保其身。』斯爲貴矣。今若屈原露才揚己，競於危國羣小之間，以離讒賊，然責數懷王，怨惡椒、蘭，愁神苦思，强非其人，忿懟不容，沈江而死，亦貶絜狂狷景行之士。多稱崑崙，冥婚宓妃，虚無之語，皆非法度之政，經義所載。謂之兼詩風、雅而與日月争光，過矣。然其文弘博麗雅，爲辭賦宗。後世莫不斟酌其英華，則象其從容。自宋玉、唐勒、景差之徒，漢興，枚乘、司馬相如、劉向、揚雄騁極文辭，好而悲之，自謂不能及也。雖非明智之器，可謂妙才者也。」叔師作此後序，有以正視聽。由此推其志，所以作章句者，蓋因班固離騷章句。又，宋晁補之離騷新序（下）曰：「抑固漢書稱『大儒孫卿，亦離讒作賦，與原皆有古詩惻隱之意』。而此序乃專攻原不類，疑此或賈逵語，故王逸言班、賈以爲『露才揚己』，不專指班，然亦不可辨也。」其有意爲班氏開脱，甚無謂也。又，傅占衡離騷書後：「屈原，辭賦鼻祖，然非文人才士所敢望也。揚子雲音節酷似，而指意大乖。至云『何必颺纍之蛾眉』，又云『何必湘淵與濤瀨』，平中不怒，直令景行高山，索然無味。此三閭勅寇鐲日月之光者，豈可續騷？予間問友生以古今扶植人紀，寧非聖賢若詩、書力邪？曰：然。予曰：否否。良以時有過情獨立之士，震耀耳目，始足起頽風，砥𣿅俗。若盡援大中至正之道，貪常嗜易，世必有人相食者。故忠至剖心沉江，孝至一慟而絶，節至抉目毁面，自經于樹，聖賢不爲而亦不能，詩、書雖不載以爲訓。然未敢詆訶之也。知此説者，汗恒浹背。屈子過忠之評，雖不適中之論，口不能道，況忍公然題一『反』字，如揚雄者爲乎？夏讀所録騷經，識此。」

不食周粟，遂餓而死。豈可復謂有求於世而怨望哉？

正德本、隆慶本、劉本、湖北本、朱本、馮本、俞本、莊本、四庫章句本「怨望」作「恨怨」。補注引一作「恨怨」。案：東漢文紀卷一四引離騷後叙「怨望」作「恨怨」。怨望，漢世恆語。則舊作「怨望」。

且詩人怨主刺上，

補注引「刺」一作「諫」。案：刺、諫義同。東漢文紀卷一四引離騷後叙「主」作「王」。

曰：「嗚呼小子，未知臧否，匪面命之，言提其耳。」風諫之語，於斯爲切。然仲尼論之，以爲大雅。引此比彼，屈原之詞，優游婉順，寧以其君不智之故，欲提攜其耳乎？

補注引「其君」下一有「爲」字。案：據義，則舊有「爲」字。章句引詩説離騷「風諫」之義，以經解騷也。「嗚呼小子」以下四語見詩抑，「未知臧否」下删「匪手携之言示之事」八字。鄭箋：「我非但對面語之，親提撕其耳。」後遂以「面命提撕」爲屢析細説。慧琳音義卷八二「提撕」條：「提撕，言一一分析善説之也。」

而論者以爲「露才揚己」，「怨刺其上」，「强非其人」，殆失厥中矣。夫離騷之文，依託五經以立義焉：「帝高陽之苗裔」，則「厥初生民，時惟姜嫄」也；

正德本、隆慶本、劉本、湖北本、朱本、馮本、俞本、莊本、四庫章句本「則」下有「詩」字。案：東漢文紀卷一四引離騷後叙「則」下有「詩」字。則舊有「詩」字。引詩見大雅生民。

「紉秋蘭以爲佩」，則「將翱將翔，佩玉瓊琚」也；「夕攬洲之宿莽」，則易「潛龍勿用」也；

案：「將翺九翔，佩玉瓊琚也」者，見鄭風有女同車。「潛龍勿用」者，見易乾初九。

「駟玉虬而乘鷖」，則「時乘六龍以御天」也；

正德本、隆慶本、劉本、湖北本、朱本、馮本、俞本、莊本、四庫章句本「則」下有「易」字。案：此承上文「易」字省，則舊不當有「易」字。東漢文紀卷一四引離騷後叙「則」下有「易」字。「時乘六龍以御天」，見易乾象。

「就重華而敶詞」，則尚書「咎繇之謀謨」也。

案：書虞書有皐陶謨。咎繇、皐陶同。

「登崑崙而涉流沙」，則禹貢之敷土也。故智彌盛者其言博，才益多者其識遠，

正德本、隆慶本、劉本、湖北本、朱本、馮本、俞本、莊本、四庫章句本「多」作「劭」。正德本「劭其」下有「者」字。案：者，羨文。東漢文紀卷一四引離騷後叙「多」作「劭」，「劭其」下羨「者」字。彌盛、益多，相對爲文，平列同義。則舊作「多」字。

屈原之詞誠博遠矣。自終没以來，

正德本、隆慶本、劉本、湖北本、朱本、馮本、俞本、莊本、四庫章句本「自」下有「孔丘」二字。莊氏云：「本無『孔丘』二字。」案：是也。東漢文紀卷一四引離騷後叙有「孔丘」二字。據義，謂自屈子終没以來，則「自」下不當有「孔丘」二字也。

名儒博達之士著造詞賦，莫不擬則其儀表，祖式其模範，取其要妙，竊其華藻，所謂金相玉質，百世無匹，名垂罔極，永不刊滅者矣。

正德本、隆慶本、劉本、湖北本、朱本、馮本、俞本、莊本、四庫章句本「世」作「歲」。案：東漢文紀卷一四引離騷後叙「矣」作「也」。詩棫樸「金玉其相」，毛傳：「相，質也。」孔疏：「其質如金

玉。」章句「金相玉質」云云，是因毛詩。全後漢文卷六七荀爽與郭叔都書：「陳季方才德秀出，超世逸羣，金相玉質，文章虎變。」蕭統文選序「辯士之端，冰釋泉涌，金相玉振。」歷代賦彙卷一〇六梁蕭子雲玄圃園講賦「賦金相，模玉式。」皆因章句。

楚辭章句疏證

黃靈庚 疏證

增訂本

【第二册】

上海古籍出版社

楚辭章句疏證卷二　九辯

九辯者，楚大夫宋玉之所作也。辯者，變也。

正德本、隆慶本、劉本、朱本、湖北本、俞本、莊本、馮本「辯」作「辨」。洪氏補注引「辯」一作「辨」，云：「辯，治也。辨，别也。」案：辯、辨，古字通用，皆「變」之假借。漢魏六朝百三家集卷二〇漢王逸集題詞、東漢文紀卷一四九辯序引並作「辨」，從單行本章句也。晉習鑿齒襄陽耆舊傳卷一：「宋玉者，楚之鄢人也，故宜城有宋玉冢。」水經注卷二八沔水中：「又南過宜城縣東，夷水出自房陵，東流注之。」注云：「城，故鄢郢之舊都。秦以爲縣，漢惠帝三年，改曰宜城。城南有宋玉宅。玉，邑人，雋才辯給，善屬文而識音也。」新序卷五雜事：「宋玉因其友以見於楚襄王，襄王待之無以異。宋玉讓其友。」又，據高唐、神女二賦，宋玉嘗爲楚頃襄王侍臣。

謂敶道德以變説君也。九者，陽之數，道之綱紀也。

文選本「敶」作「陳」，下有「説」字，「謂敶道德以變説君也」九字在「道之綱紀也」之下，「之數」

下有「也」字。案：若作「陳説道德」，與「變説君」複。「嗽」下有「説」，羨也。又，據義，文選本以「謂嗽道德以變説君也」九字在「道之綱紀也」下者，是其舊本。九辯，禹樂也。詳參離騷「啓九辯與九歌兮」注。

故天有九星，

文選本删自「故天有九星」至「可履而行也」八十二字。案：唐寫本文選卷七一任昉宣德皇后令「九星仰止」，李善注引楚辭序：「天有九星也。」則無「故」字，據其未删本也。漢魏六朝百三家集卷二〇漢王逸集題詞、東漢文紀卷一四九辯序、喻林卷一一一性理門形色引亦有「故」字。

以正機衡；

湖北本「機」作「璣」。案：機、璣，古字通用。東漢文紀卷一四九辯序、喻林卷一一一性理門形色引作「機」，漢魏六朝百三家集卷二〇漢王逸集題詞引作「璣」。

地有九州，以成萬邦；人有九竅，以通精明。

案：此段議論，後世多斥之以附會不經，蓋未深考也。商周甲、金文「九」字作「[illegible]」、「[illegible]」，古「丩」字，後作「虯」，象龍蟲屈曲之形，俗字作虬。後遂以「九」爲數字，九、丩别爲二義。離騷「駟玉虬以乘鷖兮」，章句：「有角曰龍，無角曰虬。」廣雅釋魚：「有鱗曰蛟龍，有翼曰應龍，有角曰[illegible]龍，無角曰[illegible]龍。」洪氏補注引説文：「虯，龍子有角者。」虬龍，夏后氏之圖騰之獸，夏人至上至美之精神象徵。禹字古文從禸、從九，九亦聲。禹是九(虬)龍之化身。引申之爲終極、至上。故與「九」字構成且帶有夏文化精神之語詞，如「九天」、「九州」、「九河」、「九鼎」、「九陽」、「九陰」、「九霄」、「九五」等，皆包涵盡善盡美、聲勢顯赫之意。漢世儒師將「九」字涵義浸透於宇宙、人事及社會倫理之中，爲囊括衆善、完美之名，其根柢因有夏氏神虬圖騰意識之遺義。

屈原懷忠貞之性而被讒邪，傷君闇蔽，國將危亡，乃援天地之數，列人形之要，而作九歌、九章之頌，以諷諫懷王。明己所言，與天地合度，可履而行也。宋玉者，屈原弟子也。

文選本無「者」字，無「也」字。案：文選卷一三風賦李善注引王逸楚辭序曰：「宋玉，屈原弟子。」亦無「者」、「也」字。東漢文紀卷一四引九辯序亦有「者」、「也」字。又，史記卷八四屈原列傳：「屈原既死之後，楚有宋玉、唐勒、景差之徒者，皆好辭而以賦見稱。」未言爲屈原弟子，未知其所據。

閔惜其師忠而放逐，故作九辯以述其志。

文選本「志」下有「也」字。正德本、隆慶本、劉本、馮本、俞本、朱本、莊本、湖北本「辯」作「辨」。案：漢魏六朝百三家集卷二〇漢王逸集題詞、東漢文紀卷一四九辯序引亦無「也」字。觀九辯之作，與其云「閔惜其師」，毋寧云「自閔」也。章句「以述其志」云云，述，循行也。

至於漢興，劉向、王褒之徒咸悲其文，依而作詞，故號爲楚詞。亦采其九以立義焉。

文選本删「至於漢興」以下三十一字。正德本、隆慶本、劉本、馮本、俞本、朱本、湖北本、莊本、四庫章句本「采」作「承」。補注引采一作承。案：采，承之訛也。章句「承其九」云云，猶向之作九歎、逸之作九思也。東漢文紀卷一四九辯序引「詞」作「辭」，漢魏六朝百三家集卷二〇漢王逸集題詞引作「詞」。又，九辯，舊次離騷之後、九歌之前者，非如湯炳正氏謂爲宋玉所編之「屈、宋合集」。九辯雖爲玉之所作，王逸乃因離騷「啓九辯與九歌」、天問「啓棘賓商，九辯九歌」，仍置九辯於九歌之前，爲第二卷。

悲哉，秋之爲氣也！

寒氣聊戾，歲將暮也。

【疏證】

寒氣聊戾，歲將暮也。◎文選卷一三潘岳秋興賦「秋之爲氣也」，李善注引王逸同。案：寒氣，謂陰氣也，始於夏曆十月。逸周書卷六月令解第五三：「是月也，霜始降則百工休，乃命有司曰：『寒氣總至，民力不堪，其皆入室。』」文選卷二西京賦「於是孟冬作陰，寒風肅殺」，薛綜注：「寒氣急殺於萬物，孟冬十月，陰氣始盛，萬物彫落。」卷一三風賦「故其風中人狀，直憯悽惏慄」，李善注引毛萇詩傳：「慄冽，寒氣也。」又，聊戾，猶聊慄、料冽、惏慄、凜厲、栗冽也，皆聲之轉，寒貌也。

蕭瑟兮

陰令促急，風疾暴也。

【疏證】

陰令促急，風疾暴也。◎文選胡本「令」作「氣」，同治本「令」作「冷」。案：作「陰令」，不辭。令、冷皆訛。陰冷，未見唐世以前古書，唐詩方見之。如雍陶和劉補闕秋園寓興六首：「水木夕陰冷。」陰冷，亦不得言「促急」。文選卷一三潘岳秋興賦「飀瑟兮」，李善注引王逸注曰：「陰氣促急，風暴疾也。」據此，唐本作「陰氣」。陰氣，寒風也，古書習見。禮記卷一六月令第六：「孟秋行冬令，則陰氣大勝。」史記卷四周本紀：「陰迫而不能蒸。」集解引韋昭：「陽氣在下，陰氣迫之，使不能升也。」卷二五律書：「庚者，言陰氣庚萬物，故曰庚。」易作「陰氣促急」，文從義順。

草木搖落

華葉隕零，肥潤去也。

【疏證】

華葉隕零，肥潤去也。◎案：文選卷一三潘岳秋興賦「草木摇落」，李善注引王逸曰：「花葉隕落，肥潤去也。」花，俗華字。舊當作華。散文零、落皆言墮也。古書言「隕零」之義，蓋不施於草木，三國志卷二魏書文帝紀注引曹植文帝誄「先黄髮而隕零」是也。施於草木者則言「隕落」，類聚卷二二人部六「質文」條引阮瑀文質論：「若乃陽春敷華，遇衝風而隕落；素葉變秋，既究物而定體。」則舊作「隕落」也。肥，葉盛貌。以「肥」字形况草木之盛茂者，蓋始見於此，盛行於唐、宋。儲光羲採菱詞：「濁水菱葉肥，清水菱葉鮮。」岑參過梁州奉贈張尚書大夫公：「芃芃麥苗長，藹藹桑葉肥。」高適自淇涉黄河途中作十三首：「孟夏桑葉肥，穠陰夾長津。」杜甫陪鄭廣文遊何將軍山林十首：「綠垂風折筍，紅綻雨肥梅。」韋處厚盛山十二詩茶嶺：「千叢因此始，含露紫英肥。」李清照如夢令：「知否？知否？應是綠肥紅瘦。」肥潤，或作肥澤。全後漢文卷四六崔寔政論（出通典一）：「置之茂草則肥澤繁息。」

而變衰，

形體易色，枝葉枯槁也。自傷不遇，將與草木俱衰老也。

【疏證】

形體易色，枝葉枯槁也。自傷不遇，將與草木俱衰老也。◎文選本無「葉」字。案：章句用七字句韻語，「葉」，羨也。有「葉」字，與上「華葉」複。文選卷一三潘岳秋興賦「而變衰」，李善注引王逸曰：「形體易色，枝枯槁也。」亦無「葉」字，是存其舊。章句以上暮、暴、去、槁、老協韻；暮、去，魚韻；暴，藥韻，宵之入；槁，宵韻；老，幽韻。魚、宵、幽合韻。

憭慄兮

思念暴戾，心自傷也。

【疏證】

思念暴戾，心自傷也。◎文選明州本、秀州本「暴」作「卷」。案：據義，舊作「卷」爲允。文選卷一三潘岳秋興賦「憀慄兮」，李善注引王逸曰：「息念卷戾，心自傷。」息，思之訛，其作「卷戾」未訛。卷，曲也。戾，亦曲也。詩卷阿「有卷者阿」，毛傳：「卷，曲也。」説文犬部：「戾，曲也。犬出户下爲戾，身曲戾也。」慧琳音義卷五九「戾身」條引字林：「戾，曲也。」卷戾，平列同義。此以形況思念鬱結，不得舒展也。言「暴戾」，不辭。

若在遠行，

遠客出去，之他方也。

【疏證】

遠客出去，之他方也。◎案：文選卷一三潘岳秋興賦「若在遠行」，李善注引王逸曰：「遠出之他方。」東漢無「出去」。去，當作居，音訛字。舊作「遠出客居之他方」。文選本引章句，爛敓「客居」二字。古有「客居」例。前漢紀卷三高祖皇帝紀：「客居其間，勢無所得食。」後漢紀卷二三孝靈皇帝紀：「客居太原，未有知名。」章句以上傷、方協陽韻。

登山臨水兮，

陞高遠望，視江河也。

【疏證】

陞高遠望，視江河也。◎文選本、正德本、隆慶本、馮本、俞本、朱本、湖北本、莊本、四庫章句本「陞」作「升」。案：陞、升，古字通用。文選卷一三潘岳秋興賦「登山臨水」，李善注引王逸曰：「升高遠望，視江河也。」臨水，謂俛視流水。抽思：「臨流水而太息。」章句「江河」云云，河字出韻，當乙作「河江」。

送將歸，

族親別逝，還故鄉也。

【疏證】

族親別逝，還故鄉也。◎文選秀州本、尤袤本、建州本無「也」字。案：敓也。送者，族親。族親登山臨水，望已逝去。歸者，謂送者歸反故鄉。文選卷一三潘岳秋興賦「送將歸」，李善注引王逸曰：「族親別，還故鄉。」雖非舊本，意尤暢達。古者送迎多登山或臨水，目客之逝遠而後還歸。詩氓既曰「送子涉淇，至于頓丘」，則是臨水。又曰「乘彼垝垣，以望復關」，則是登高。全三國文卷一三曹植幽思賦：「信有心而在遠，重登高㠯臨川。」感節賦：「登高墉㠯永望，冀銷日㠯忘憂。」臨觀賦：「登高墉兮望四澤，臨長流兮送遠客。」皆可爲注脚。章句以上江、傷、方、鄉協韻。江，東韻，東漢轉入陽韻。傷、方、鄉，陽韻。東、陽合韻。

泬寥兮

泬寥，曠蕩空虛也。或曰：泬寥猶蕭條。蕭條，無雲貌。

【疏證】

泬寥，曠蕩空虛也。或曰：泬寥猶蕭條。蕭條，無雲貌。◎文選本、正德本、隆慶本、劉本、馮本、俞本、朱本、湖北本、莊本、四庫章句本「曠蕩空虚」作「曠蕩而虚静」。文選六臣本「猶蕭條蕭條無雲貌」作「蕭蕭條條無雲貌也」，尤袤本作「泬寥猶蕭條無雲貌也」。正德本、隆慶本、馮本、劉本、俞本、朱本、莊本作「猶蕭條蕭條者無雲貌」。案：文選卷三一江淹雜體詩謝臨川靈運「丹井復寥泬」，李善注引王逸曰：「泬寥，曠蕩空虚静也。」空，羕也，則亦作「曠蕩虚静」。又，文選本蓋作「蕭〻條〻」，〻，重文符號，後訛作「蕭蕭條條」。淮南子卷一一齊俗訓：「故蕭條者形之君」，高注：「蕭條，深静也。」

天高而氣清，

秋天高朗，體清明也。言天高朗，照見無形。傷君昏亂，不聰明也。

【疏證】

秋天高朗，體清明也。言天高朗，照見無形。傷君昏亂，不聰明也。◎文選尤袤本、秀州本、明州本「聰」作「聦」，建州本作「聡」。案：聰、聦同。聡，俗聰字。補注：「清，疾正切。説文云：『無垢薉也。』古本作瀞。」古本是也。文選六臣本作「氣瀞明」。若作清，與下「水清」字爲重韻。瀞，謂明淨無塵垢也。章句「體清明」、「天高朗照見無形」云云，則舊作「氣瀞明」也。山谷内集詩注卷一次韻劉景文登鄴王臺見思五首「金氣與高明」，任注引章句「體清明」作「氣清明」。亦作

「清」字。古多以清凉字爲之。廣雅釋詁：「清，渌也。」文選卷三東京賦「宗室密清」，薛綜注：「清，絜也。」

宋廖兮

源潰順流，漠無聲也。

【疏證】

源潰順流，漠無聲也。◎馮本、四庫章句本「源」作「溝」。案：若作「溝潰」，與章句下「溝無溢濫」複也。宋廖，或作寂寥，九歎惜賢「聲噭噭以寂寥兮」，章句：「空無人民之貌。」或作寂漻，史記卷一一七司馬相如列傳：「寂漻無聲。」或作淑漻，文選卷三四七發：「淑漻薵蓼。」薵蓼，聲之轉。或作湫漻，淮南子卷一原道訓「湫漻寂寞」，高注：「湫漻，清静也。」吳玉搢别雅有「寂聊」，引見王褒四子講德論。

收潦而水清，

溝無溢濫，百川淨也。言川水夏濁而秋清，傷人君無有清明之時也。

【疏證】

溝無溢濫，百川淨也。言川水夏濁而秋清，傷人君無有清明之時也。◎文選本、胡本、正德本、隆慶本、劉本、馮本、俞本、朱本、湖北本、莊本、四庫章句本「濫」作「潦」，「淨」作「静」，「傷」下無「人」字，「時」下無「也」字。尤袤本、秀州本「傷」下無「人」字。案：淨、静，古字通用。據義，舊作「百川静」爲允。喻林卷四七人事門「昏暗」條引章句「時」下無「也」字。説文水部：「潦，雨水。从水，尞聲。」説文繫傳水部：「潦，雨水大貌。臣鍇按：楚詞曰『收潦雨清』，言百川至秋，則暴雨流潦之水盡而澄徹也。」是章句異文。引申之凡言行流之意。漢書卷五七上司馬相如傳「酆鎬潦潏」，應劭：「潦，流也。」溢潦，水溢流也。作「溢濫」，則非其義。章句以上明、聲、静協韻：明，陽韻，東漢之世已轉入耕，清韻。聲，静，耕韻。

憯悽增欷兮

愴痛感動，歎累息也。

【疏證】

愴痛感動，歎累息也。◎文選本無「累」字。案：章句以「歎累息」釋「增欷」者，並用七字句韻語。無累字，敚也。又，文選卷一三宋玉風賦「憯悽惏慄」，李善注：「鄭玄曰：『憯，憂也。』説文曰：『憯，痛也。』」愴悽，平列同義。章句「感動」之「動」，讀如慟，古字通用。周禮卷二五春官第三太祝「四曰振動」，鄭注：「杜子春云：『動，讀爲哀慟之慟。』」章句「愴痛感慟」云云，感慟，平列同義。宋本玉篇心部：「感，傷也。」

薄寒之中人！

傷我肌膚，變顏色也。

【疏證】

傷我肌膚，變顏色也。◎案：黎本玉篇殘卷水部「涼」字：「野王案：今謂薄寒爲涼。禮記『孟秋涼風至』，楚辭『秋之爲氣也，薄寒之中人』是也。」章句「傷我肌膚」云云，以「薄」爲「傷寒」者。中，猶傷也。讀去聲。淮南子卷一原道「故好事者未嘗不中」，高注：「中，傷也。」漢書卷八六何武傳：「欲以吏事中商。」顏注：「中，傷之也。」

愴怳懭悢兮，

中情悵惘，意不得也。

中情悵惘，意不得也。◎文選本「悵」作「愴」。案：慧琳音義卷八一「悢悢」條引王逸注楚辭：「悢，意不得也。」章句別文。悵惘、愴惘、愴怳，皆聲之轉，惆悵失志貌。或作「惝怳」，遠遊「怊惝怳而乖懷」，章句：「惆悵失望，志乖錯也。」或作惝罔，哀時命：「悵惝罔旨永思兮。」或作「敞罔」，九思守志：「悵敞罔兮自憐。」或作「慁罔」，逢尤：「走慁罔兮乍東西。」或作「敞惘」，後漢書卷五九張衡傳：「魂僘惝惘而無疇。」又，懭悢，虛空無所依傍貌。五臣訓「悲傷」，洪興祖訓「不得志」，其義相通。或作「㝩㝗」，説文宀部：「㝩，屋㝩㝗也。从宀、康聲。」繫傳云：「長門賦『委參差以㝩㝗』，康，屋虛大也。㝗與梁義同。」宋本玉篇宀部：「㝗，空虛也，屋㝩㝗也。」廣韻下平聲第十一唐韻「㝗」字：「㝩㝗，宮室空貌。」文選卷一六長門賦作「㯩梁」，李善注：「方言曰：『⿸广康，虛也。』⿸广康與㯩同。」廣韻下平聲第十一唐韻「㯩」字：「㯩梁，虛梁也。」或作「漮㝗」，方言卷一三：「康，空也。」郭璞注：「漮㝗，空貌。」康、⿸广康、㯩、漮皆同。或作「閌閬」，漢書卷八七上揚雄傳「閌閬閬其寥廓兮」，顏師古注：「閌，高門貌。閬閬，空虛也。」閌閬閬，即閌閬，虛空貌。睡虎地秦墓竹簡語書：「誈詩醜言麃斫以示險，阬閬强肮（伉）以示强，而上猶智之毆（也）。」阬閬，空曠高大貌。平入對轉字作「廓落」，爾雅釋詁郭注：「廓落、宇宙、穹隆、至極，亦爲大也。」穹隆，聲之轉。或作「瓠落」，莊子卷一逍遥遊第一「則瓠落無所容」，釋文引簡文注：「瓠落，猶廓落也。」

去故而就新，

初會鉏鋙，志未合也。

【疏證】

初會鉏鋙，志未合也。◎案：呂向注：「去故就新，別離也。」其説是也。故，故居也；新，新宅也。哀郢：「去故鄉而就遠兮，遵江夏以流亡。」章句以「就新」爲「初會」，失之。又，鉏鋙，不相值貌。下「吾固知其鉏鋙而難入」，補注：「鉏鋙，不相當也。」

坎廩兮，

數遭患禍，身困極也。

【疏證】

數遭患禍，身困極也。◎文選本「極」作「窮」。建州本「數」作「数」。案：極、窮義同。極爲協韻字，若作「窮」，出韻也。数，俗數字。黎本玉篇殘卷車部「轗」字：「『楚辭』『炊』（坎）轗兮貧士失職』，王逸曰：『數遭患禍，身困極也。』」亦作極。坎廩、坎轗同。又，唐寫本文選卷五六鮑明遠樂府八首結友少年場行「埳壈懷百憂」，李善注引王逸曰：「坎壈，不遇皃也。」

貧士失職

亡財遺物，逢寇賊也。

【疏證】

亡財遺物，逢寇賊也。◎文選本「亡財遺物」作「亡失財物」。案：清華簡（一）皇門「貧」通作「分」，音近通用也。古者稱貧士，多爲有職有位之人，但無資業耳。管子卷九問篇第二四：「君臣有位而未有田者幾何人，外人之來從而未有田宅者幾何家，國子弟之游於外者幾何人，貧士之受責於大夫者幾何人。」君臣有位、外人、國弟子、貧士皆對舉爲文。尹注：「貧士，無資而被大夫責者有幾人。」晉書卷四一劉寔傳：「嘗詣石崇家，如廁，見有絳紋帳，裀褥甚麗，兩婢持香囊。寔便退，笑謂崇曰：『誤入卿内。』崇曰：『是廁耳。』寔曰：『貧士未嘗得此。』乃更如他廁。」宋書卷八一劉秀之傳：「所攜賓僚並京邑貧士，出爲郡縣，皆以苟得自資。」全晉文卷一〇〇陸雲寒蟬賦：「且攀木寒鳴，貧士所歎，余昔僑處，竊有感焉。」又曰：「若夫歲聿云暮，上天其涼，感運悲聲，貧士含傷。」御覽卷二五時序部一〇秋下引應璩雜詩：「秋日苦促短，遥夜邈綿綿；貧士感此時，慷慨不能眠。」職，官職。禮記卷五曲禮下第二「是職方」，鄭注：「職，主也。」荀子卷六富國第一〇「職業無分」，楊注：「職業，謂官職及四人之業也。」文選卷五八蔡邕陳太丘碑文「每在衮職」，李善注：「衮職，謂三公也。」失職，謂遭黜失官位。章句「亡財遺物」云云，蓋以意申説之，非果「遭寇賊」而致困窮。李周翰注：「失職，亡其財物也。」則得其旨。

而志不平。

心常憤懣，意未服也。

【疏證】

心常憤懣，意未服也。◎文選本、隆慶本「服」作「明」。案：服，協韻字。若作明，則出韻。左傳僖公十二年「齊侯使管夷吾平戎於王」，杜注：「平，和也。」又，國語卷五魯語下：「夫服，心之文也。」韋注：「言心所好，身必服之。」亦謂「和順」。是以章句以「未服」釋「不平」。

廓落兮，

喪妃失耦，塊獨立也。

【疏證】

喪妃失耦，塊獨立也。◎文選本、正德本、隆慶本、劉本、馮本、俞本、朱本、湖北本、莊本、四庫章句本「妃」作「志」。正德本「塊」作「魄」。案：魄，訛也。廓落，呂延濟「空寂」云云，亦「孤獨」

也。章句「喪志」云云，猶失志也。左傳昭公元年「非鬼非食，惑以喪志」，杜注：「惑女色而失志。」國語卷一四晉語八：「是謂遠男而近女，惑以生蠱，非鬼非食，惑以喪志。」韋昭注：「疾非鬼神，亦非飲食，生於淫惑，以喪其志。」作「喪妃」，與言「失耦」複。又，章句「塊獨」云云，孤獨貌。下文「塊獨守此無澤兮」，章句：「不蒙恩施，獨枯槁也。」哀時命「塊獨守此曲隅兮」，章句：「言己獨處山野，塊然守此山曲。」七諫初放：「塊兮鞠。」章句：「塊，獨處貌。」漢書卷七〇陳湯傳「使湯塊然被冤拘囚」，顔師古注：「塊然，獨處之意，如土塊也。」

羇旅而無友生。

遠客寄居，孤單特也。

【疏證】

遠客寄居，孤單特也。◎案：友生，友也。見詩常棣「雖有兄弟，不如友生」及伐木「矧伊人矣，不求友生」。章句上文「塊獨」連文，此「孤單」連文，皆複語也。三國志卷六四吳書滕胤傳注引吳書：「胤年十二，而孤單煢立，能治身厲行。」晉書卷一二九載記沮渠蒙遜：「孤單飄一己，爲貴門所推，可見匃餘命。」新論卷六讜非篇：「故漢朝遂弱，孤單特立，是以王翁不興兵領士，而徑取天下。」

惘悵兮，

後黨失輩，惘愁毒也。

【疏證】後黨失輩，惘愁毒也。◎文選尤袤本、明州本「惘」作「惘」。袁校「惘」作「悵」。案：惘、悵皆爲失意義，勿須校改。惘，俗字。劉良注：「惘悵，悲哀也。」章句以意説之。後黨，後於黨。失輩，無友生。愁毒，愁苦也。九懷危俊「懼吾心兮懤懤」，章句：「惟我憂思，意愁毒也。」九歎怨思「惟鬱鬱之憂毒兮」，章句：「言己放逐，心中鬱鬱，憂而愁毒，雖坎壈不遇，志不離於忠信也。」章句以上息、色、得、合、極、賊、服、立、特、毒協韻。息、色、得、極、賊、服、特，職韻，之之入也；毒，屋韻，侯之入也。合、立，緝韻。職、屋、緝合韻。

而私自憐。

竊内念己，自憫傷也。

【疏證】竊内念己，自憫傷也。◎文選本「憫」作「閔」。案：閔、憫，古今字。私者，猶竊也，謙詞。類聚卷三四人部一八「哀傷」條引魏文帝寡婦詩：「徒引領兮入房，竊自憐兮孤栖。」宋書卷二一樂志三棄故鄉：「惆悵竊自憐。」竊自憐，即「私自憐」。下「私自憐兮何極」亦同。

燕翩翩其辭歸兮，

將入大海，飛回翔也。

【疏證】

將入大海，飛回翔也。◎文選秀州本「回」作「佪」。明州本、建州本、尤袤本、正德本、隆慶本、馮本、劉本、俞本、朱本、湖北本、莊本、四庫章句本、景宋本作「徊」。案：回、徊，古今字。佪，俗徊字。張銑注：「言秋深也。翩翩，飛貌。」燕，玄鳥。禮記卷一五月令第六，仲春之月，「玄鳥至」，鄭注：「玄鳥，燕也。燕以施生時來，巢人堂宇而孚乳，嫁娶之象也。」卷一六月令第六「仲秋之月」，「玄鳥歸」。鄭注：「歸，謂去蟄也。凡鳥隨陰陽者，不以中國爲居。」孔疏：「不以中國爲居，皇氏之説，即兼云玄鳥，以其稱歸故也。然玄鳥之蟄不遠，在四夷而云『不以中國爲居』者，他物之蟄近在本處，非中國之所常見，故云『不以中國爲居』也。」章句「大海」云云，南海也。秋深之時，燕乃辭歸，至南海蟄居。

蟬宋漠而無聲。

螗蜩斂翅，而伏藏也。

【疏證】

螗蜩斂翅，而伏藏也。◎文選尤袤本、秀州本、正德本、隆慶本「斂」作「歛」。案：斂、歛，正俗字。螗蜩，蟬屬。爾雅釋蟲：「蜩，蜋蜩，螗蜩。」郭注：「夏小正傳曰：『蜋蜩者，五彩具。』又曰：『螗蜩者，蝘。』俗呼爲胡蟬，江南謂之螗蛦。」邢疏：「螗蜩，俗呼胡蟬，似蟬而小，鳴聲清亮者也。」又，犍爲舍人注：「三輔以西爲蜩，梁、宋以東謂蜩爲蝘，楚謂之蟪蛄。楚辭云『蟪蛄鳴兮啾啾』是也。」郝氏義疏：「按：今螗蜩小於馬蜩，背青緑色，頭有花冠，喜鳴，其聲清圓，若言『烏友烏友』，與胡蛦之聲相轉。蛦、蝘，又聲相轉也。」尹桐陽義證：「今蚱蟬也。別録云：『蚱蟬生楊柳上，五月采，蒸乾之，勿令蠹。』陶宏景說：『蚱蟬，啞蟬，不能鳴。蟬類甚多，此云在柳上，乃詩云「鳴蜩嘒嘒」，形大而黑，五月便鳴。故詩又曰「五月鳴蜩」。』唐之爲言大也，狀其形及聲。說者又以唐爲黑色者，進化論則謂鳴蟬者唯雄，而雌者全無，言雄呼雌而鳴也。希臘古詩有曰：『嗚呼，幸哉蟬也，其妻無言。』是之謂雌雄淘汰。」郎瑛七修類稿卷三天地類：「蜩，蟬之大而黑色者，蜣螂脱殻而成，雄者能鳴，雌者無聲，今俗稱知了是也。按：蟬乃總名，鳴于夏者曰蜩，鳴于秋者曰寒蜩。」又，宋漠、寂寞同，張銑注：「無聲也。」或作寂嘆、寂默等。章句謂蟬「伏藏」，則亦「無聲」也。

鴈廱廱而南遊兮，

雄雌和樂，羣戲行也。

【疏證】

雄雌和樂，羣戲行也。◎正德本、隆慶本、劉本、朱本、文選明州本、尤袤本「羣」作「群」。案：羣、群同。玉承詩匏有苦葉「雝雝鳴鴈」，毛傳：「納采用鴈。」鄭箋：「鴈者隨陽而處，似婦人從夫，故昏禮用焉。」焦循毛詩草木鳥獸蟲魚釋卷三「鴈」條云：「士昏禮云：『下達，納采用鴈。』傳用此文也。白虎通嫁娶篇云：『贄用鴈者，取其隨時而南北，不失其節，明不奪女子之時也。又是隨陽之鳥，妻從夫之義。』箋之説所由來也。用鴈爲贄者，見于周禮大宗伯、儀禮士相見、聘禮記、禮記曲禮。凡屬大夫，其贄皆鴈。書舜典以『二生』爲羔、鴈，『一死』爲雉。昏禮贄不用死，故攝盛用鴈。」其説韙矣。叔師「雄雌和樂」云云，亦以寄寓臣隨君若候鴈之得時，得其禮義也。又，補注：「詩曰『嗈嗈鳴鴈』。鴈陰起則南，陽起則北，避寒就燠也。」詩匏有苦葉「雝雝鳴鴈」，毛傳：「雝雝，鴈聲和也。」鄭箋：「鴈者隨陽而處，似婦人從夫，故昬禮用焉。」蓋洪説所因。爾雅釋詁：「關關、噰噰，音聲和也。」郭注：「皆鳥鳴相和。」郝氏義疏：「按：卷阿鳳皇鳴亦曰雝雝，不獨鴈也。通作雍，詩『有來雝雝』，漢書劉向及韋玄成傳竝作『有來雍雍』。又通作噰，詩『和鸞雝雝』，容經篇作『和鸞噰噰』。又南都賦及歸田賦、笙賦注竝引噰噰作嚶嚶，疑因釋訓『丁丁嚶嚶』相涉而誤也。天台山賦注又引作嗈嗈，四子講德論注又作邕邕。釋訓云：『雝雝，和也。』樂記又作『雝雝，和也』。以上諸文竝皆假借，或從俗作嗈。說文雝本鳥名，借爲鳥聲。作雝爲正。」

鵾鷄啁哳而悲鳴。

奮翼鳴呼，而低昂也。夫燕蟬遇秋寒將入水穴處，而懷憂懼，候鴈鵾鷄喜樂而逸豫。言己無有候鴈鵾鷄之喜樂，而有蟬燕之憂懼也。

【疏證】

奮翼鳴呼，而低昂也。夫燕蟬遇秋寒將入水穴處，而懷憂懼，候鴈鵾鷄喜樂而逸豫。言己無有候鴈鵾鷄之喜樂，而有蟬燕之憂懼也。◎文選本無「鳴」字，無「入水」二字，上「憂懼」作「懼」，無「己」字，無「樂」字，下「憂懼」作「憂」。正德本、隆慶本、劉本、朱本、湖北本、莊本、四庫章句本、馮本、俞本無「水」字。案：章句以七字爲句，無「鳴」者，爛敓之也。水，羨也。他者皆以文選本爲近真。又，審四句分別以鳥、蟲爲對，上二句燕與蟬對，此二句鴈與鵾鷄對，鵾鷄，非鳥。鵾鷄之鳴，其聲哀戚。文選卷三四七發：「鵾鷄哀鳴，翔乎其下。」章句「鵾鷄喜樂而逸豫」云云，失之。

鶤鷄，謂莎鷄。爾雅釋蟲：「螒，天雞。」李巡注：「一名酸雞。」郭注：「小蟲，墨身赤頭，一名莎雞，又曰樗雞。」邢疏：「詩豳風七月云『六月莎雞振羽』，陸璣疏云：『莎雞如蝗而班色，毛翅數重，其翅正赤，或謂之天雞。六月中飛而振羽，索索作聲，幽州人謂之蒲錯。』」螒音汗，鶤音混，其聲之轉。今俗呼之爲紡織娘，其鳴也作嘲哳之聲，甚似悲戚者。嘲哳，或謂鳥鳴聲，歷代賦彙卷一二九鳥獸晉盧諶燕賦：「嘲哳間關。」或爲音樂聲，文選卷七潘岳藉田賦：「簫管嘲哳以啾嘈兮。」

獨申旦而不寐兮，

夜坐視瞻而達明也。

【疏證】

夜坐視瞻而達明也。◎俞本、莊本「視瞻」作「瞻視」。補注引「坐」一作「起」。案：起，猶因也。論衡卷六龍虛篇第二二：「雲雨感龍，龍亦起雲而升天。」言龍亦因雲升天也。卷九問孔篇第二八：「蓋起宰予晝寢，更知人之術也。」言因宰予晝寢而更改知人之術也。卷一二謝短篇第三六：「倉頡何感而作書？奚仲何起而作車？」言奚仲因何而作車也。坐，亦因也。見助詞辨略卷三。舊本蓋作「夜起」，後人未識「因起」之義而改作「坐」也。又，李周翰注：「申，至。」謂「申旦」爲「至旦」。章句以「達明」解「申旦」，達，至也。申，古爲「終極」之意。「獨申旦」，猶詩葛生「誰與獨旦」之「獨旦」。擊鼓「不我信兮」，孔疏：「信，即古伸字。申，即終極之義。」又，思美人「申旦以舒中情兮」，章句：「誠欲日日陳己心也。」惜往日「孰申旦而別之」，章句：「世無明智，惑賢愚也。」申旦，猶「終古」。與此義別。

哀蟋蟀之宵征。

見蠪蛩之夜行，自傷放棄，與昆蟲爲雙也。或曰：宵征，謂「七月在野，八月在宇，九月在户，十月蟋蟀入我牀下」。是其宵征。征，行也。

【疏證】

見蠪蛩之夜行，自傷放棄，與昆蟲爲雙也。或曰：宵征，謂「七月在野，八月在宇，九月在户，十月蟋蟀入我牀下」。是其宵征。◎秀州本「蛩」作「蛚」。文選本「蠪」作「蜻」，「是其宵征征行也」作「是其宵征行也」。馮本「宇」訛爲「牖」。文淵四庫章句本「是其」作「是謂」，文津本亦作「是其」。袁校「謂」下補「云」字。喻林卷五九人事門見棄引無「或曰」之説。案：蛩與蛚、蠪與蜻皆同。李周翰注：「宵，夜也。征，行也。」據此，章句無「征行也」三字。今本因尤袤本竄亂之。又，若從袁校，謂，詩字之訛。「或曰」引詩見豳風七月。爾雅釋蟲：「蟋蟀，蛬。」郭注：「今促織也。」

亦名青蛪。」邢疏：「詩唐風云：『蟋蟀在堂，歲聿其暮。』陸璣疏云：『蟋蟀似蝗而小，正黑有光澤如漆，有角翅，一名蛬，一名蜣蛪，楚人謂之王孫，幽州人謂之趨織。里語曰「趨織鳴，嬾婦驚」是也。』」或作悉蛗，亦其別文。而蜻蛪、青蛪、精列，皆蜻蛚別文。趨織、促織並同。

征，行也。　案：詳參離騷「溘埃風余上征」注。

時亹亹而過中兮，

時已過半，日進往也。亹亹，進貌。詩云：「亹亹文王。」

【疏證】

時已過半，日進往也。亹亹，進貌。詩云：「亹亹文王。」◎文選六臣本「進貌」下有「也」字，明州本、建州本「王」下有「也」字。正德本、隆慶本、馮本、劉本、俞本、朱本、湖北本、莊本、四庫章句本「時」作「年」，「貌」下有「也」字。案：慧琳音義卷八九「亹亹」條引楚辭云：「勉遏中也。」即章句別文。遏，「過」之訛。章句引詩見大雅文王。毛傳：「亹亹，勉也。」爾雅釋詁：「亹亹，勉也。」亹亹，或作斖斖，亦其別文；或作勉勉、娓娓、没没、勿勿、旼旼、邁邁、懋懋、慔慔、穆穆、明明、蠠没、黽勉、密勿、侔莫，皆明母之聲轉，言勤勉貌。章句「進貌」云云，亦勉力之意。文選卷五左思吳都賦「清流亹亹」，李善注引韓詩曰：「亹，水流進貌。」蓋隨文所施，各有其義。若必以訓詁字爲之，蓋作邁邁。邁，行進貌。又，呂延濟注：「過中，謂漸衰暮也。」

蹇淹留而無成。

雖久壽考，無成功也。

【疏證】

雖久壽考，無成功也。◎呂延濟注：「蹇，語辭也。念己將老，淹留草澤，無所成也。」袁校「成功」下補「名」字。案：蹇，章句釋「雖」，猶乃之詞也。章句以「久壽考」釋「淹留」者，淹留，平列同義。久壽考，謂虚延時日之意，未必在「草澤」。又，若補「名」字，則出韻。

悲憂窮戚兮，

脩德見過，愁懼惶也。

【疏證】

脩德見過，愁懼惶也。◎文選秀州本、馮本、俞本、莊本、湖北本「脩」作「修」。俞本「惶」訛作「湟」。案：脩、修古字通。章句以「見過」釋「窮戚」，蓋本作「窮蹙」。文選本作「窮蹙」，則存其舊。

蹙、戚，古字通用。公羊傳莊公三十年「蓋以操之爲已蹙矣」，周禮卷三九冬官考工記第六序鄭注、詩江漢孔氏正義引作「戚」。補注：「戚、慼、蹙，竝倉歷、子六二切，迫也，促也，憂也。」散文不別。對文憂曰戚，或作慼，迫促曰蹙。詩小明「政事愈蹙」，毛傳：「蹙，促也。」廣雅釋詁：「蹙，急也。」

獨處廓；

孤立特止，居一方也。

【疏證】孤立特止，居一方也。◎案：劉良注：「廓，空也。謂己窮蹙，處於空澤也。」廓，猶上「廓落」，孤立貌。

有美一人兮，

位尊服好，謂懷王也。

【疏證】位尊服好，謂懷王也。◎劉良注：「美人，謂君也。」案：皆非。此「有美一人」，同離騷「恐美人之遲暮」之美人，謂屈原。朱熹集注：「有美一人，謂屈原也。」其説得之。

心不繹。

常念弗解，内結藏也。

【疏證】

常念弗解，内結藏也。◎劉良注：「繹，解也。言思君之心常不解也。」補注：「繹，抽絲也，陳也，理也。」案：洪氏謂「抽絲」，繹字本義，見説文糸部。五臣訓「解」，蓋通作「釋」。張家山漢墓竹簡奏讞書：「庫捾掾獄，見罪人，不以法論之，而上書言獨財（裁）新黔首罪，是庫欲繹（釋）縱罪人也。何解？庫曰：聞等上論奪爵令戍，今新黔首實不安輯，上書以聞，欲陛下幸庫以撫定之。不敢繹（釋）縱罪人。毋它解。詰庫：等雖論奪爵或［戍］，而毋法令，人臣當謹奏法以治。今庫繹（釋）法而上書言獨財（裁）新黔首罪，是庫欲繹（釋）縱罪人明矣。」是其相通之證。

去鄉離家兮，

偝違邑里，之他邦也。

【疏證】

偝違邑里，之他邦也。◎文選本、正德本、隆慶本、湖北本、劉本、朱本、馮本、俞本、莊本、四庫章句本「偝」作「背」。六臣本「邦」作「鄉」。案：偝，俗「背」字。以韻言，舊宜作「鄉」。楚簡作「伓」，或省作「不」。去鄉離家，猶上「去故而就新」之意。袁校改「也」作「邑」，非是。

徠遠客；

去郢南征，濟沅、湘也。

【疏證】

去郢南征，濟沅、湘也。◎四庫章句本「沅」作「汾」。案：汾，訛也。張銑注：「遠客，謂放江南也。」遠，音于萬反，去聲，言去也，離也。論語卷一二顏淵「不仁者遠矣」，皇疏：「遠，去矣。」漢書卷三六楚元王傳「黜遠外戚」，顏師古注：「遠，謂疏而離之也。音于萬反。」客，客寓也。說文宀部：「客，寄也。」徠遠客，三字皆用動詞。章句以上傷、翔、藏、行、昂、明、雙、往、功、惶、方、藏、邦、湘協韻。傷、翔、藏、行、昂、明、往、惶、方、藏、湘，陽韻，功、邦、雙，東韻，東漢之世入陽韻。

超逍遥兮，

遠去浮遊，離州域也。

【疏證】

遠去浮遊，離州域也。◎文選本「去」作「出」，「浮遊」作「游逝」。案：章句「遠去」二十七例，「遠出」但二例。舊宜作「去」。章句以「超」謂「遠」，至塙。廣雅釋詁：「超，遠也。」方言卷八：「超，遠也。東齊曰超。」國殤「平原忽兮路超遠」，超遠，平列同義，超亦遠也。

今焉薄？

欲止無賢，皆讒賊也。

【疏證】

欲止無賢，皆讒賊也。◎案：張銑注：「焉，何也。薄，止也。」焉薄，言無所止。哀郢「忽翺翔之焉薄」，章句：「薄，止也。言己遂復乘大波而遊，忽然無所止薄也。」哀郢此句又見本篇下文，而「薄」字亦無注。章句古本次第，九辯在九章前。則章句此解不當出於彼，後以今本篇第而移易之。

專思君兮，

執心壹意，在胷臆也。

【疏證】執心壹意，在胷臆也。◎文選建州本、秀州本「壹」作「一」。同治本「胷」作「胸」。案：壹與一同。胸、胷亦同。專思君，猶惜誦「專惟君而無他兮」。又章句「在胸臆」云云，散文胸、臆不別，對文古曰臆，今曰胸。

不可化；

同姓親聯，恩義篤也。

【疏證】同姓親聯，恩義篤也。◎案：呂向注：「化，變也。」散文變、化不別。對文質改曰化，形改曰變。唐人「不可變」云云，未傳忠臣心事。章句「恩義篤」云云，可謂知言。

君不知兮，

聰明淺短，志迷惑也。

【疏證】聰明淺短，志迷惑也。◎文選本「聦」作「聰」，秀州本「惑」下無「也」字。景宋本「聦」作「聰」。案：據例，舊有「也」。聦、聰同。聰明者，聖人也，此指君也。易說卦「昔者聖人之作易也」，孔疏：「聰明叡知，謂之聖人。」

可柰何？

頑嚚難啓，長歎息也。

【疏證】頑嚚難啓，長歎息也。◎文選建州本「歎」作「難」，秀州本作「㗅」。案：皆訛也。九歎惜賢「丁時逢殃，可柰何兮。」左傳文公十八年「醜類惡物，頑嚚不友，是與比周」，釋文：「心不則德義之經爲頑，口不道忠信之言爲嚚。」章句以上域、賊、臆、篤、惑、息協韻。域、賊、臆、惑、息，職韻，之之入；篤，屋韻，侯之入。之、侯合韻。

蓄怨兮積思，

結恨在心，慮憤鬱也。

【疏證】

結恨在心，慮憤鬱也。◎文選秀州本、建州本「鬱」作「欝」。欝，俗字。文選卷二七石崇王明君詞「積思常憤盈」，李善注：「楚辭曰：『蓄怨乎積思。』王逸曰：『結恨在心，慮憤鬱。』」無「也」字。章句以「恨」解「怨」，散文不別。對文恚曰怨，憾曰恨。憤鬱，猶懣鬱。又，蓄怨、積思，相對爲文，思亦愁也。

心煩憒兮忘食事。

思君念主，忽不食也。

【疏證】

思君念主，忽不食也。◎文選秀州本「忽」作「忘」。案：忽、忘義同而互易之也。論語卷七述而「三月不知肉味」，何晏集解引周生烈曰：「故忽於肉味也」，皇侃疏：「忽，猶忘也。」廣雅釋詁：「忽，忘也。」章句「思君念主」云云，是釋「心煩憒」之義。李周翰注：「憒，憂也。言思君煩憂，忘其飲食。」補注駁之，云：「食事，謂食與事也。」其説是也。憺之訓安憺，無憂愁義。蓋通作惔。老子「恬惔爲上」，傅本惔作淡，釋文恬淡作恬澹，云：「簡文作恬惔。」説文心部：「惔，憂也。从心、炎聲。詩曰：『憂心如炎。』」憂心如炎，猶「憂心如焚」。惔，猶亂也。煩惔，謂煩亂也。

願一見兮道余意，

舒寫忠誠，自陳列也。

【疏證】

舒寫忠誠，自陳列也。◎案：陳列，猶陳詞也。論衡卷二九對作篇第八四：「上書奏記，陳列便宜，皆欲輔政。」此「列」與上「憤鬱」之「鬱」字交錯協韻。列，月韻；鬱，物韻。物、月合韻。

君之心兮與余異。

方圓殊性，猶白黑也。

【疏證】

方圓殊性，猶白黑也。◎文選秀州本、明州本「圓」作「國」。案：訛也。劉良注：「君心以是爲非，故與余異矣。」猶抽思「人之心不與吾心同」之意。

車既駕兮朅而歸，

回逝言邁，欲反國也。

【疏證】

回逝言邁，欲反國也。◎文選本正文無「既」字，尤袤本、明州本、秀州本「回」作「迴」，尤袤本「邁」作「還」。正德本、隆慶本、馮本、劉本、俞本、朱本、湖北本、莊本、四庫章句本「反」下有「故」字。案：回、迴，古今字。故，羡也。又，文選卷二一顏延年秋胡詩「朅來空復辭」，李善注引王逸曰：「朅，去也。」章句遺義。又，呂延濟注：「朅，去也。」蓋後世竄亂於五臣注。又，補注：「朅，丘傑切，去也。」其所見尤袤本文選，未見有此訓，舊注佚也。又，章句「言邁」云云，因詩泉水「還車言邁」，毛傳：「以還我行也。」言者，猶我也。

不得見兮心傷悲。

自傷流離，路隔塞也。

【疏證】

自傷流離，路隔塞也。◎文選本正文「心」下無「傷」字。案：說文繫傳卷三五「志」字引「心傷悲」作「我心悲」。章句「自傷」云云，則舊作「我心悲」。

倚結軨兮長太息，

伏車重軾，而涕泣也。

【疏證】

伏車重軾，而涕泣也。◎文選本正文無「長」字，明州本、秀州本作「伏車重軨而啼泣也」。尤袤本「軾」作「軨」。正德本、隆慶本、馮本、劉本、俞本、朱本、湖北本、莊本、四庫章句本「涕」作「號」。案：黎本玉篇殘卷車部「軨」字：「楚辭『倚結軨兮太息』，王逸曰：『伏車重較而啼也。』」則敚「泣」字，「重軾」作「重較」。後漢書志第二九輿服上「升龍飛軨」，李賢注：「楚辭云『倚結軨兮太息』，王逸注曰『重較也』。」亦作「重較」。李又引通俗文：「車箱曰較。」據義，則舊作「啼泣」。唐本正文無「長」字。啼泣，平列同義。涕，啼之訛。散文啼泣不別，對文無聲有涕曰泣，有聲有涕曰哭，有聲無涕曰號，哀之極曰啼也。又，說文車部：「軨，車轖間橫木。从車、令聲。」轖，軨，司馬相如説軨从霝。」漢書卷八七上揚雄傳「據軨軒而周流兮」，顏師古注：「軨者，軒間小木也，字與櫺同。」卷一九百官公卿表「車府路軨」，伏儼云：「軨，今之小馬車曲輿也。」禮記卷三曲禮上第一「僕展軨，效駕」，釋文：「軨，盧云：『車轄頭靼也。』舊云：『車闌也。』」又，周禮卷三九冬官考工記第六輿人「以其隧之半爲之較崇」，鄭注：「較，兩輢上出式者。」孔疏：「較，謂車輿兩相，今人謂之平鬲也。」軾，車前之横木，在較下。散文三名不別。古惟有「重較」，而無「重軨」、「重軾」。詩淇奧「倚重較兮」，毛傳：「重較，卿士之車。」釋文：「較，古岳反，車兩傍上出軾者。」釋名釋車：「重較，其較重，卿所乘也。」史記卷六四司馬穰苴列傳「車之左駙，馬之左驂」，索隱：「駙，當作輔，並音附，謂車循外立木，承重較之材。」正義：「劉伯莊云：『駙者，箱外之立木，承重校者。』」文選卷二西京賦「戴翠帽，倚金較」，薛綜注引古今注：「車耳，重較。文官青，武官赤。或曰：車藩上重起如牛角也。」薛氏引崔豹古今注，在第一輿服篇。舊本作「重較」。

涕淫溲兮下霑軾。

泣下交流，濡茵席也。

【疏證】泣下交流，濡茵席也。◎文選明州本、秀州本「席」下無「也」字。張銑注：「淫溲，涕流貌。

軾，車上所憑者。」案：湘君「横流涕兮潺湲」，章句：「潺湲，流貌。」則舊九辯在九歌前，潺湲，昉於此，則舊有注，不當厝置於後也。後人因今本篇次而移易之。又，霑軾，言涕流車軾，章句「濡茵席」云云，未允。席字出韻，蓋軾字音訛。茵軾，謂茵席、車軾二物。

忼慨絶兮不得，

中情恚恨，心剥切也。

【疏證】

中情恚恨，心剥切也。◎文選本正文「忼」作「慷」。案：忼、慷古字通。慧琳音義卷四九「忼慨」條，卷五五「慷慨」條同引王逸注楚辭：「中情恚恨，心切剥也。」古無「剥切」，但作「切剥」。九懷匡機「余深愍兮慘怛」，章句：「我内憤傷，心切剥也。」九思憫上「思怫鬱兮肝切剥」，隸釋卷八引漢無名氏金鄉長侯成碑「昆嗣切剥，哀慟感情」，卷一二漢無名氏李翊夫人碑「慟切剥兮年不榮」，全晉文卷一〇三陸雲與戴季甫書七首：「追慕切剥，不能自勝。」舊作「切剥」。作「剥切」，出韻。剥與上軾及下北、慼，爲職、屋合韻。

中瞀亂兮迷惑。

思念煩惑，忘南北也。

【疏證】思念煩惑，忘南北也。◎案：文選卷一六寡婦賦：「思纏緜以瞀亂兮，心摧傷以愴惻。」李善注：「楚辭曰：『［中］（心）悶瞀之屯屯。』王逸曰：『瞀，亂也。』」瞀亂，平列同義，亂貌。又，卷一五思玄賦「增煩毒以迷惑兮，羌孰可爲言已」，李善注引楚辭此句，蓋以「瞀亂」爲「煩毒」之意。瞀亂，古多以狀思緒之不可繹理。後漢書卷三一廉范傳：「范訶之曰：『君困戹瞀亂邪！』語遂絶。」晉書卷二九五行志下「牛禍」條：「而託付不以至公，思瞀亂之應也。」

私自憐兮何極，

哀禄命薄，常含慼也。

【疏證】哀禄命薄，常含慼也。◎文選明州本、尤袤本、秀州本「含慼」作「念戚」。案：念戚，不辭。念，含之訛。戚、慼，古字通用。私自憐，於此二見，謂自憫傷也。又，北齊書卷四五文苑傳顏之推：「遂留滯於漳濱，私自憐其何已。」文選卷一六寡婦賦：「仰皇穹兮歎息，私自憐兮何極。」吴邁遠陽春曲詩：「生平重愛惠，私自憐何極。」皆祖構此語。

心怦怦兮諒直。

志行中正，無所告也。

【疏證】

志行中正，無所告也。◎文選本「中」作「忠」。案：章句「中正」以解「諒直」，不當作「忠正」。又，哀時命「志怦怦而内直兮，履繩墨而不頗」。章句：「皆已解於離騷、九辯、七諫。」離騷、七諫皆無「心怦怦」之語，蓋指後一句言。怦怦，始見於此而無注。李周翰注：「然而心存諒直，終日不足也。怦怦，心不足貌。」補注：「怦，披繃切，心急。一曰：忠謹貌。」怦字説文未收。廣雅釋詁：「怦，急也。」宋本玉篇卷八心部：「怦，心急也。」是洪氏所因。「心急」云者，謂有所不足也。怦之訓「忠謹」，未審所據。章句以上域、賊、篤、臆、息、惑、食、事、黑、國、塞、泣、席、剥、北、感、告協韻，域、賊、臆、息、食、事、黑、國、惑、塞、軾、北，職部，之之入；篤、剥、慼，屋部，侯之入；告，幽部；泣，緝部。職、屋、幽、緝四部合韻。

皇天平分四時兮，

何直春生而秋殺也？

【疏證】

何直春生而秋殺也？◎文選明州本、秀州本「直」作「宜」。案：據義，舊作「何宜」。何宜，何當也。直，宜之訛。淮南子卷六覽冥訓：「背方州，抱圓天，和春，陽夏，殺秋，約冬。」長沙子彈庫戰國楚帛書甲篇：「共攻（工）夸步，十日四時。」十日，謂十干。四時，春夏秋冬也，分別爲青榦、朱四單、藋黄難、溾墨榦四神所司，又丙篇謂司四時之神，即秉司春，虘司夏，玄司秋，荼司冬也。共工，鮌也。蓋沅、湘之地若揚越、駱越之間舊聞，非楚説也。或者以共工爲祝融之子，則是楚、越文化融合之徵，非共工真爲祝融生也。郭店楚墓竹簡太一生水篇：「四時者，陰陽之所生也。」九店楚簡日書戠分四時，時凡三月。此存楚説。

竊獨悲此廩秋。

微霜淒愴，寒栗洌也。

【疏證】

微霜淒愴，寒栗洌也。◎文選本正文「廩」作「凜」，明州本、秀州本「栗洌」作「慄洌」，建州本、尤袤本作「慄烈」。皇都本、同治本「凄」作「淒」,「栗洌」作「慄列」。正德本、隆慶本、馮本、俞本、劉本、朱本、湖北本、四庫章句本、莊本「栗洌」作「慄列」。四庫章句本「凄」作「悽」。案:皆通用字。淮南子卷一〇繆稱訓:「春,女思;秋,士悲,而知物化矣。」高注:「春,女感陽則思;秋,士見陰而悲。」然則所以悲秋者何也?禮記卷一六月令第六曰,孟秋之月,「凉風至,白露降,寒蟬鳴」。卷一七曰,「季秋之月」,「霜始降,則百工休。乃命有司曰:『寒氣總至,民力不堪,其皆入室。』」又,卷四七祭義第二四:「霜露既降,君子履之必有悽愴之心,非其寒之謂也。」鄭注:「非其寒之謂,謂悽愴及怵惕,皆爲感時念親也。」孔疏:「言孝子於秋,霜露既降,有悽愴之心者,爲感時念親也。」宋玉以悲其師不遇也。呂延濟注:「秋氣凜然而萬物摇落,喻己爲讒邪所害,是以播遷,故竊悲此也。」其是之謂也。

白露既下百草兮,

萬物羣生,將被害也。

【疏證】

萬物羣生,將被害也。◎文選本正文「下」下有「降」字。尤袤本、明州本「羣」作「群」。案:章句「萬物羣生」云云,非惟草木而已。

奄離披此梧楸。

痛傷茂木，又芟刈也。

【疏證】

痛傷茂木，又芟刈也。◎文選明州本、秀州本正文「披」作「被」。六臣本「痛」作「病」。正德本、隆慶本、馮本、劉本、俞本、朱本、湖北本、四庫章句本「痛」作「病」，「又」作「人」。莊本「痛」作「病」。案：被、披古今字。據義，舊作「病傷」。劉良曰：「奄同離，羅也。既凋百草，而梧楸同罹此患。」案：奄之義同「離」，讀如掩。淮南子卷二俶真訓「其兄掩户」，高誘注：「掩，讀曰奄。」卷一五兵略訓「掩節而斷割」，高誘注：「掩，覆也。」離之訓覆，則作羅。五臣注以「奄離」爲「掩羅」，謂覆蓋之義，而不知「奄」字獨立，「離披」爲詞也。故洪氏補注曰：「奄，忽也，遽也。離披，分散貌。」其説是也。又，劉永濟屈賦音注詳解校字記序據説文謂梧楸作蔃蕭，草名，與上「百草」相接榫。艸部：「蔃，艸也。从艸，吾聲。楚詞有『梧楸』。」段注：「按：今楚詞無『蔃蕭』，惟宋玉九辯云：『白露既下百艸兮，奄離披此梧楸。』蓋許所見作『蔃蕭』，正百艸之二也。」段君已識之矣。朱季海楚辭解故謂：「章句以『茂木』爲義，是讀爲『梧楸』，昉自叔師也。」然叔師以「芟刈」爲説，艸部：「芟，刈艸也。」離騷「願竢時乎吾將刈」，章句：「草曰刈。」則舊作「蔃蕭」。「茂木」之木，蓋中字之訛。中，艸也。後復據其訛字則改「蔃蕭」作「梧楸」。集韻上平聲第一一模韻「蔃」字注云：

「説文『艸也』，引楚辭有菩蕭艸。」類篇卷一艸部亦謂「説文『艸也』，引楚辭有菩蕭艸」。其所據者皆未訛。玉篇卷一三艸部：「菩，五都切，草似艾。」又曰：「蕭，香蒿也。」

去白日之昭昭兮，

違離天明而湮没也。

【疏證】

違離天明而湮没也。◎文淵四庫章句本「湮」作「淹」，文津本亦作「湮」。案：爾雅釋詁：「湮，落也。」郭注：「湮，沈落也。」舊作「湮没」。湮没，漢世恆語。史記卷一一七司馬相如列傳「首惡湮没」，後漢書卷六〇蔡邕傳「湮没多不存」。張銑注：「白日喻君，言放逐去君。」又，全宋文卷三五謝莊孝武帝哀策文「辭重陽之昭昭」，全陳文卷一四沈炯武帝哀策文「去昭昭之遊日」，全隋文卷六隋煬帝隋秦孝王誄「棄永日之昭昭，襲長夜之悠悠」。皆蹈襲於此，昭昭，亦明也。

襲長夜之悠悠。

永處冥冥而覆蔽也。

【疏證】

永處冥冥而覆蔽也。◎案：張銑注：「襲長夜，謂因受覆蔽也。悠悠，無窮也。」重衣謂之襲，引申之爲覆蔽。史記卷八四賈生列傳「襲九淵之神龍兮」，集解：「鄧展曰：『襲，重也。』或曰：襲，覆也。」隋煬帝隋秦孝王誄有此句，蓋蹈襲於此。謝鎮之重與顧歡書「長夜兮悠悠」，王融自慶畢故止新篇頌「一經長夜每悠悠」，皆旁摭於此。悠悠，亦長也。章句以上殺、洌、害、刈、没、蔽協韻，殺、洌、害、刈，月韻；没、蔽，物韻。物、月合韻。

離芳藹之方壯兮，

去己盛美之光容也。

【疏證】

去己盛美之光容也。◎案：吕向注：「芳藹，盛貌。言離去芳盛之德，方壯之年。」短言曰藹，長言曰晻藹，盛貌。朱熹集注：「藹，繁茂也。」文選卷一九洛神賦「微幽蘭之芳藹兮」，李善注：「芳藹，芳香晻藹也。」方壯，詳參離騷「及余飾之方壯兮」注。卷六魏都賦「非醇粹之方壯」，蹈襲屈、宋也。

余萎約而悲愁。

身體疲病而憂貧也。

【疏證】身體疲病而憂貧也。◎文選本、正德本、隆慶本、劉本、馮本、俞本、朱本、湖北本、莊本、四庫章句本「貧」作「窮」。六臣本「窮」下無「也」字。案：章句以「憂貧」解「約」字義，則舊作「憂窮」。窮與上「容」字爲韻，若作「憂貧」，則出韻。約，猶窮厄也。哀時命「居處愁以隱約兮」，章句謂「隱身守約」，謂守窮之意。又，後漢書卷三九劉般傳附愷：「側身里巷，處約思純。」處約，謂處窮。卷五四楊震傳附賜：「常退居隱約，教授門徒，不答州郡禮命。」卷六一黄琬傳：「而貧約守志者以窮退見遺。」卷八三逸民傳矯慎傳：「勤處隱約，雖乘雲行泥，棲宿不同，每有西風，何嘗不歎。」

秋既先戒以白露兮，

君不弘德而嚴令也。

【疏證】君不弘德而嚴令也。◎文選秀州本「令」作「冷」。明州本、建州本無「也」字。案：戒，令也。古有

「嚴令」之詞。商君書第一四修權：「數加嚴令而不致其刑，則民傲死。」荀子卷一〇議兵篇第一五：「嚴令繁刑不足以爲威。」後漢書卷一九耿弇傳：「弇乃嚴令軍中，趣修攻具。」卷六七黨錮傳苑康：「奮威怒，施嚴令，莫有干犯者。」無言「嚴泠」。泠，當「令」之訛。然作「嚴令」，令字出韻，舊乙作「令嚴」。嚴與下注「深」字同協侵韻。令嚴，古之恆語。戰國策卷一八趙策一：「令嚴政行，不可與戰。」

冬又申之以嚴霜。

刑罰刻峻而重深也。

【疏證】

刑罰刻峻而重深也。◎正德本、劉本、馮本、俞本、莊本、四庫章句本「刻」作「劇」。案：據義，舊作「劇峻」。文選卷五五劉峻廣絶交論「論嚴苦則春叢零葉」，李善注引王逸曰：「嚴，壯也，風霜壯謂之嚴。」章句佚義。壯，大也。風霜盛大者謂之嚴霜。又，章句「重深」云云，深字出韻，當乙作「深重」。章句以上容、窮、令、重協韻。容、窮、重，東韻；令，耕韻；東、耕合韻，

收恢台之孟夏兮，

上無仁恩，以養民也。夫天制四時，春生夏長，人君則之，以養萬物。秋殺冬藏，亦順其宜，而行刑罰。故君賢臣忠，政合大中，則品庶安寧，萬物豐茂。上闇下僞，用法殘虐，則貞良被害，草木枯落。故宋玉援引天時，託譬草木。以茂美之樹，興於仁賢，早遇霜露，懷德君子，忠而被害也。

【疏證】

上無仁恩，以養民也。夫天制四時，春生夏長，人君則之，以養萬物。秋殺冬藏，亦順其宜，而行刑罰。故君賢臣忠，政合大中，則品庶安寧，萬物豐茂。上闇下僞，用法殘虐，則貞良被害，草木枯落。故宋玉援引天時，託譬草木。以茂美之樹，興於仁賢，早遇霜露，懷德君子，忠而被害也。◎文選本「養民」下無「也」字，無「茂美之樹」之「之」字。尤袤本正文「台」作「炱」。正德本、隆慶本、劉本、馮本、俞本、朱本、湖北本、莊本、四庫章句本「貞」作「忠」。毛祥麟楚辭校文曰：「文瀾閣本『仁』下有『義』。」案：文淵本、文津本亦無「義」字。又，貞良、忠良，章句皆有其例，其所據本別。恢台、恢炱同。呂延濟注：「恢台，長養也。」補注：「舞賦云：『舒恢炱之廣度。』注云：『恢炱，廣大貌。』炱與台，古字通。黃魯直云：『恢，大也。台，即胎也。言夏氣大而育物。』」皆失之。恢台，言廣大無際之貌。其聲之轉，別爲浩蕩、溷沌、鴻洞、洚洞、洪洞、虹洞、閎達、浩腸、圖傲、觰傲、陶傲、豁達、泓澄、灝翔、皓翔、浩洋、磺洋、洸洋、惝恍、埃皆、靉靆、曖曃、貸駭、懛猒、懛㥚、儓儗、怠疑、癡騃、糊塗、鶻突等，未可勝舉。詳參離騷「怨靈脩之浩蕩兮」注。其隨文所施，皆各具一義，而以訓詁字分別之。恢台孟夏，猶懷沙「滔滔孟夏」也。章句「宋玉援引天時託譬草木」云云，因詩義爲說。蒹葭：「蒹葭蒼蒼，白露爲霜。」鄭箋：「蒹葭在衆草之中蒼蒼然彊盛，至白露凝戾爲霜則成而黃。興者喻衆民之不從襄公政令者，得周禮以教之則服。」正月：「正月繁霜，我心憂傷。民之訛言，亦孔之將。」鄭箋：「純陽用事而霜多，急恒寒若之異，傷害萬物，故心爲之憂傷。人以僞言相陷入，使王行酷暴之刑，致此災異，故言亦甚大也。」其是之謂也。又，章句「養民」云云，民字出韻，未詳。

然欿傺而沈藏。

民無駐足，竄巖穴也。楚人謂住曰傺也。

【疏證】

民無駐足，竄巖穴也。楚人謂住曰傺也。◎文選本、正德本、隆慶本、劉本、馮本、俞本、朱本、湖北本、莊本、四庫章句本「駐」作「住」。文選本「穴」作「藪」，「傺」下無「也」字。案：駐、住古字通。藪，侯部，屋之平，與下黑、嶷等字爲之、侯合韻。穴，月部，則出韻。又，文選本正文「欿傺」作「坎傺」，呂延濟注：「坎傺，陷止也。言收斂長養之氣，使陷止沈藏，但以秋氣殺物矣。皆喻楚之君臣也。」補注：「欿，與坎同。」失之。說文繫傳第一六欠部「欿」字：「欲得也。從欠、臽聲。讀若貪。臣鍇按：楚辭曰『欿傺而沈藏』。」又曰：「歁，食不滿。從欠、甚聲。讀若坎。」欿與貪同，而歁與坎同。欿、坎非一字。欿傺，謂欲得住止。又，全宋文卷四六鮑照侍郎滿辭閣「鮪經沈藏」。沈藏之語，蹈襲於此。

葉菸邑而無色兮，

顏容變易而蒼黑也。

【疏證】

顏容變易而蒼黑也。◎文選秀州本正文「邑」作「萒」。案：劉良注：「菸邑，傷壞也。」補注：「菸，臭草也。萒，草傷壞也。」玉篇卷一三艸部「菸」字：「楚辭曰『葉菸邑而無色兮』，菸，鬱也。」菸邑，猶於邑、鬱邑、夭隱、抑鬱等，皆聲之轉，言傷瘁貌。以狀人，則言憂慼貌。以狀草木，則言枯萎貌。隨文所施，皆各具其義。章句「蒼黑」云云，言枯萎也。青兼黑者曰蒼，玄色者曰黑。

枝煩挐而交橫。

柯條紏錯而崱嶷也。

【疏證】

柯條紏錯而崱嶷也。◎文選本「紏」作「糺」，同治本「紏」作「糾」，正德本、隆慶本、朱本、劉本、馮本、俞本、莊本亦作「紏」。案：糺、紏，並俗糾字。劉良注：「煩拏，擾亂也。」補注：「拏，牽引也，煩也。」煩拏，平列複語，章句訓「糾錯」，至塙。又，文選卷一一王延壽魯靈光殿賦「崱繒綾而龍鱗」，張載注：「崱，崱嶷然，皆其形也。」慧琳音義卷四四「嶷然」條：「桂苑珠叢：『崱嶷，亦山峰貌也。』」卷二二、卷五三「嶷然」條：「字指云：『崱嶷，山高皃也。』」卷八八「嶷爾」條：「嶷，謂崱也。字指曰：『嶷崱，山峰。』」卷八二「嶷然」條：「韻英云：『崱嶷，山峻皃也。』」其別文有嶵嵬、嵯峨、嶕嶢、嵔嶊、巑岏、崔嵬、厜㕒、岩崿、蒼梧等。崱嶷，山勢錯牾貌，此以狀樹枝交橫。又，全後漢文卷九〇王粲閑邪賦「情紛拏以交橫」，蹈襲於此。章句以上藪、黑、嶷協韻。藪，侯韻；黑、嶷，之韻。之、侯合韻。

顔淫溢而將罷兮，

形貌羸瘦，無潤澤也。

【疏證】

形貌羸瘦，無潤澤也。◎文選明州本「貌」作「皃」。景宋本「羸」作「羸」。案：皃，古貌字。羸，羸之訛。張銑注：「顔，容也。淫溢，積漸也。罷，毁也。」補注：「罷，乏也。音疲。」淫溢，復見下：「皇天淫溢而秋霖兮，后土何時而得漧。」章句：「久雨連日，澤深厚也。」以「淫溢」爲「久雨」。此「淫」字别義。説文水部：「淫，浸淫隨理也。一曰：久雨爲淫。」爾雅釋天：「久雨謂之淫，淫謂之霖。」左傳莊公十一年：「天作淫雨。」禮記卷一五月令第六，季春之月，「淫雨蚤降」。引申之凡爲久、爲漸。文選卷二三王粲七哀詩「何爲久滯淫」，李善注引國語賈逵曰：「淫，久也。」積漸之溢，古作益，稍也，漸也。戰國策卷二一趙策四：「少益耆食，和於身也。」少益，猶稍益，漸也。後因淫字從水而增水旁則作溢字。又，章句「羸瘦」、「無潤澤」云云，舊本作「疲」。罷、疲，古字通用。

柯彷彿而萎黄。

肌肉空虚，皮乾腊也。

【疏證】

肌肉空虚，皮乾腊也。◎文選本「肌肉」作「腹内」。案：言「肌肉空虚」，不辭。舊本作「腹內」。萎，尤袤本作痿，張銑注：「柯，枝也。痿黃，葉凋。」補注：「痿，枯死也。」痿，俗萎字。章句以「皮乾腊」釋「柯萎黃」之義，萎，謂枝柯枯死。又，全三國文卷四魏文帝感離賦「緑草變兮萎黃」，全梁文卷五三陸倕思田賦「庭草颯以萎黃」，皆蹈襲於此。章句以上澤、腊同協鐸韻。

萷櫹槮之可哀兮，

華葉已落，莖獨立也。

【疏證】

華葉已落，莖獨立也。◎文選明州本「華」作「革」。補注：「萷、蔘，木枝竦也。萷，櫂木無枝柯，長而殺者。櫹槮，樹長貌。（文）選云：櫹爽、櫹槮是也。」案：革，訛字。説文繫傳卷一一木部「梢」字引萷作削，古字通。梢，木之梢。漢書卷二二禮樂志「飾玉梢以舞」，顏師古注：「梢，竿也，舞者所持。」文選卷一四赭白馬賦「垂梢植髮」，李善注：「梢，尾之垂者。」又，文選本槮音森。櫹槮，猶蕭森也，疏朗貌。吳玉搢別雅列其異體，復有「蕭蔘」、「箾蔘」、「櫹槮」、「掌參」、「蕭森」等。則未可求其字義訓詁。上博簡（八）李賦作「芸惻」，即槮惻，亦櫹槮之轉也。卷九射雉賦「蕭森繁茂，婉轉輕利」，徐爰注：「翳上加木枝，衣之以葉，上則蕭森，下則繁茂而實。」類聚卷七山部上「廬山」條引宋支曇廬山賦：「嗟四物之蕭森，爽獨秀於玄冬。」卷三六人部二〇「隱逸」條引張協詩：「溪壑無人迹，荒楚鬱蕭森。」又引晉孫綽聘士徐君墓頌：「松竹蕭森，薈叢蔚蔚。」卷三九禮部中「社稷」條引張華朽社賦：「朱夏當陽，蓊藹蕭森。」卷八八木部上「槐」條引晉庾儵大槐賦：「逸葉横被，流枝蕭森。」梢蕭森，謂枝條稀疏。章句「莖獨立」云云，是得其旨。又，玉篇卷一二木部「橚」字：「橚，木長貌。」則别一義。

形銷鑠而瘀傷。

瘀，病也。身體燋枯，被病久也。

【疏證】

瘀，病也。◎正德本、隆慶本、朱本、劉本「瘀病也」作「於去也」。案：俞本作「於去聲」。是也。也，聲之訛。此注音，非釋義。文選吕向注：「瘀，病也。」蓋因六臣本竄亂之，宜删。説文疒部：「瘀，積血也。从疒，於聲。」

身體燋枯，被病久也。◎正德本、隆慶本、劉本、馮本、俞本、朱本、湖北本、莊本、四庫章句本「燋」作「焦」，「被」作「疲」。案：焦，燋，古今字。又，據義，舊作「疲病」。病在内則血氣不暢，故章句謂之「疲病久」。説文金部：「銷，鑠金也。从金，肖聲。」又：「鑠，銷金也。从金，樂聲。」散文亦不别。銷，通作消。素問卷一五皮部論「熱多則筋弛骨消」，王冰注：「消，鑠也。」引申之凡言消散。文選卷一六江淹恨賦「銷落湮沈」，李善注：「銷，猶散也。」國語卷三周語下「衆口鑠金」，韋昭注：「鑠，銷也。衆口所毁，雖金石猶可銷也。」形銷鑠，謂形體消釋，不可支也。

惟其紛糅而將落兮，

蓬茸顛仆，根蠹朽也。

【疏證】

蓬茸顛仆，根蠹朽也。◎文選尤袤本、明州本「顛」作「傎」。李周翰注：「惟，思也。紛糅，衆雜也。言思奸邪衆雜，將或毁落。」案：顛、傎古字通。章句以「蓬茸」釋「紛糅」，蓋得其義。補注：「蓬，蒲孔；茸，仁勇切。」蓬茸，雜亂貌。文選卷二張衡西京賦：「蘙薈蓬茸，彌皐被岡。」或作丰茸，卷一六司馬相如長門賦「羅丰茸之遊樹兮」，李善注：「丰茸，衆飾貌。」或作莑茸，卷九射雉賦「蘙薈莑茸」，徐爰注：「蘙薈、莑茸，深概貌。」或作馮戎，古文苑卷四揚雄蜀都賦「五穀馮戎」，章樵注：「富盛也。」或作蒙戎，詩旄丘「狐裘蒙戎」，毛傳：「蒙戎，以言亂也。」或作蒙茸，史記卷三九晉世家「狐裘蒙茸」，集解：「服虔曰：『蒙茸，以言亂貌。』」又，章句以「顛仆」釋「落」，謂隕落意。木之紛糅隕墜，蓋以本根不固，故章句謂之「根蠹朽」。

恨其失時而無當。

不值聖王而年老也。

【疏證】不值聖王而年老也。◎文選本「王」作「主」。案：章句用語，但有「聖主」，無「聖主」。思美人「遭玄鳥而致詒」，章句：「屈原亦得天地正氣而生，自傷不遭聖主而遇亂世也。」九懷陶壅「悲九州兮靡君」，章句：「傷今天下無聖主也。」又，七諫怨世：「吾獨乖剌而無當兮。」旁摭其意，亦同。章句以上立、久、朽、老協韻；立，緝韻；久，之韻；朽、老，幽韻。緝、之、幽合韻。

擥騑轡而下節兮，

安步徐行而勿驅也。

【疏證】安步徐行而勿驅也。◎文選本「行」作「馬」，尤袤本正文「擥」作「覽」。案：覽，擥之訛。章句無「徐馬」，則舊作「徐行」。離騷「步余馬於蘭臯兮」，章句：「步，徐行也。」又，「望崦嵫而勿迫」，章句：「言我恐日暮年老，道德不施，欲令日御按節徐行，望日所入之山，且勿附近，冀及盛時遇賢君也。」又，呂延濟注：「下節，按節也。」

聊逍遥以相佯。

且徐徘徊以遊戲也。

【疏證】

且徐徘徊以遊戲也。◎文選尤袤本、秀州本「徘徊」作「低佪」，明州本、建州本作「徘徊」。正德本、隆慶本、馮本、四庫章句本、朱本、湖北本、俞本、劉本「遊戲」作「戲遊」。案：若作「遊戲」，戲字出韻。此句復見離騷，作「聊逍遥以相羊」，章句：「聊，且也。逍遥、相羊，皆遊也。」相佯，補注引一作「徜佯」，一作「相羊」，並一字。後漢書卷二八下馮衍傳李賢注：「相佯，猶逍遥也。」章句以上驅、戲協韻：驅，侯韻；遊，幽韻。侯、幽合韻。

歲忽忽而遒盡兮，

年歲逝往，若流水也。

【疏證】

年歲逝往，若流水也。◎文選本、正德本、隆慶本、劉本、馮本、俞本、朱本、湖北本、莊本、四庫章句本「若流水」作「之若流」。明州本、建州本無「也」字。案：作「若流」，遊、流協幽韻。劉良注：「忽忽，運行貌。」又，補注：「遒，迫也，盡也。」蓋其本義，訓見説文。招魂「遒相迫些」，章句：「遒，亦迫。」訓義反見於後。則補注「遒迫也」之注，蓋因章句竄亂之。戴侗六書故「遒」字：「説文訓『迫』，爲近之。『歲忽忽而遒盡』，亦此意也。」又爲終極。文選卷一三潘岳秋興賦「悟時歲之遒盡兮」、卷一六寡婦賦「時歲忽其遒盡」，李善注並曰：「毛萇詩傳曰：『遒，終也。』」又，全梁文卷五三陸倕感知己賦贈任昉「歲忽忽而遒盡」，全襲於此。全陳文卷一〇徐陵答李顒之書「且年光遒盡，觸面崩心」。遒盡，並祖構於玉。

恐余壽之弗將。

懼我性命之不長也。

【疏證】

懼我性命之不長也。◎劉良注：「將，長也。」補注：「將，有漸之詞。」案：哀時命：「白日晼晚其將入兮，哀余壽之弗將。」章句：「將，猶長也。言日月西流，晼晚而歿，天時不可留，哀我年命不得長久也。」將之訓長，則見哀時命注。不宜厝置於後，五臣之解蓋由章句竄亂之。將字無長久義，故洪氏易解「有漸之詞」。失之。將，讀如臧，古字通用。九懷尊嘉「辛夷兮擠臧」，洪氏引臧一作將。臧爲長久義。晉書卷二三樂志下「曹毗歌穆帝：『孝宗夙哲，休音久臧。』」久臧，久長也。

悼余生之不時兮，

傷己幼少，後三王也。

【疏證】

傷己幼少，後三王也。◎張銑注：「悼，傷也。不時，不遇明時。」案：悼字於此始見，舊宜有注。說文心部：「悼，懼也。陳、楚謂懼曰悼。从心、卓聲。」方言卷一：「悼，哀也。陳、楚之閒曰悼。」悼，楚語。又，章句「三王」云云，指夏禹、殷湯、周之文武。

逢此世之俇攘。

卒遇譖譏而遽惶也。

【疏證】

卒遇譖譏而遽惶也。◎張銑注：「俇攘，憂懼貌。」補注：「俇音匡。攘，而羊切，㹤也，遽也。」又引俇攘一作恇勷，一作𧺆躟。案：㹤，俗怯字。俇攘、恇勷、𧺆躟，並同，倉促急遽貌。則不可以訓詁字解之。廣雅釋訓：「俇躟，惶劇也。」或作狂躟，古文苑卷五馬融圍碁賦：「狂攘相救兮，先後並没。」或作枉攘，哀時命「概塵垢之枉攘兮」，章句：「枉攘，亂貌。」洪氏引一作狂攘。或作劻勷，廣韻下平聲第十陽韻「勷」字：「劻勷，迫皃。」陽、鐸平入對轉字作郭索。太玄經卷二鋭初一「蟹之郭索」，王涯注：「郭索，匡攘也。」吴注：「匡攘，躁動貌。」今語慌張，蓋其遺義。又，慧琳音義卷三四「恇攘」條引楚辭「遭此世之恇煩」，曰：「擾也。謂煩攘是也。」恇煩，「恇攘」之訛。

澹容與而獨倚兮，

煢煢獨立，無朋黨也。

【疏證】

煢煢獨立，無朋黨也。◎正德本、隆慶本、朱本、劉本、湖北本、馮本、俞本、朱本、四庫章句本

「茕茕」作「煢煢」。案：茕，俗煢字。呂向注：「澹容與，徐步也。倚，立也。」文選卷一六長門賦「澹偃蹇而待曙兮」，李善注引李奇曰：「澹，猶動也。」離騷「遵赤水而容與」，章句：「容與，遊戲貌。」倚，謂立也。詳參離騷「倚閶闔而望予」注。同志曰友，友之友曰朋，朋之朋曰黨。章句「無朋黨」云云，散文不别。又，哀時命「廓抱景而獨倚兮」，全三國文卷一三曹植慰子賦「入空室而獨倚」。則「獨倚」云云，本於玉也。

蟋蟀鳴此西堂。

自傷閔己，與蟲並也。

【疏證】

自傷閔己，與蟲並也。◎文選本「傷閔」作「閔傷」。同治本「並」作「竝」。案：閔傷、傷閔兩可，皆有其例。如：招隱士序：「小山之徒，閔傷屈原。」九歎憂苦「涕横集而成行」，章句：「自閔傷也。」招魂「君王親發兮憚青兕」，章句：「今乃放逐，歎而自傷閔也。」竝，古並字。全漢文卷一九公孫乘月賦「蟋蟀鳴于西堂」，襲用此語，其所據本「此」作「於」。書顧命：「一人冕，執劉，立于東堂；一人冕，執鉞，立于西堂。」正義：「鄭玄云：『序内半以前曰堂。』謂序内簷下，自室壁至於堂廉，中半以前揔名爲堂。此立於東堂、西堂者，當在東西廂近階而立，以備升階之人也。」西堂，通西廂之階塗。又，全三國文卷四四阮籍首陽山賦「蟋蟀鳴乎東房兮」，全晉文卷九〇潘岳秋興賦「蟋蟀鳴乎軒屏」，皆本於玉。

心怵惕而震盪兮，

思慮惕動，沸若湯也。

【疏證】

思慮惕動，沸若湯也。◎正德本、隆慶本、馮本、俞本、劉本、朱本、湖北本、莊本、四庫章句本「若」作「如」。案：以同義易之。李周翰注：「怵惕、震蕩，自驚動也。」廣雅釋訓：「怵惕，恐懼也。」國語卷一周語上「猶日怵惕，懼怨之來也」，韋注：「怵惕，恐懼也。」震盪，謂驚恐。三國志卷一魏書武帝紀注引魏書：「且聖上覽亡秦無輔之禍，懲曩日震蕩之艱。」文選卷二七謝朓京路夜發：「勑躬每踞蹐，瞻恩唯震蕩。」又，全晉文卷一三左九嬪離思賦「恆怵惕目憂懼」。蓋熔取玉意。章句以上、長、王、惶、黨、並、湯同協陽韻。

何所憂之多方！

內念君父及兄弟也。

【疏證】 內念君父及兄弟也。◎正德本、隆慶本、劉本、馮本、俞本、朱本、湖北本、莊本、四庫章句本「兄弟」作「弟兄」。案：作「兄弟」，弟字出韻。當乙作「弟兄」。招魂「食多方些」，章句：「方，道也。」多方，古之恆語。左傳昭公三十年：「亟肄以罷之，多方以誤之。」三國志卷二一魏書傅嘏傳：「然後盛衆厲兵以震之，參惠倍賞以招之，多方廣似以疑之。」類聚卷二二人部六「質文」條引阮瑀文質論：「故言多方者，中難處也。」卷三四人部一八「哀傷」條引鍾琰遐思賦：「露霑我衣，憂來多方。」隋釋智果愁賦：「若夫愁名不一，愁理多方。」

印明月而太息兮，

告上昊旻，愬神靈也。

【疏證】 告上昊旻，愬神靈也。◎文選本止文「印」作「仰」，注文「昊旻」作「昊天」。文選本、正德本、隆慶本、劉本、馮本、俞本、朱本、湖北本、莊本、四庫章句本「告上」作「上告」。案：上告，屈賦恆語。天問：「受賜兹醢，西伯上告。」補注：「卬，望也。」卬，古仰字。章句「昊旻」云云，散文不別，泛稱上天也。對文亦別。爾雅釋天：「夏爲昊天，秋爲旻天。」李巡注：「夏，萬物盛壯，其氣昊大，故曰昊天。秋，萬物成熟，皆有文章，故曰旻天。」

步列星而極明。

周覽九天，仰觀星宿，不能卧寐，乃至明也。

【疏證】

周覽九天，仰觀星宿，不能卧寐，乃至明也。◎案：呂延濟注：「極，至也。」類聚卷六〇軍器部「劍」條引吳越春秋：「薛燭瞿然望之曰：『沉沉如芙蓉始生於湖，觀其文如列星之行，觀其光如水之溢塘。』」步列星，猶「列星之行」。又，全三國文卷一三曹植慰子賦「仰列星㠯至晨」，全梁文卷三四江淹山中楚辭「上列星之所極」，並熔取於玉。章句以上兄、靈、明協韻；兄、明，陽韻；靈，耕韻。陽、耕合韻。

竊悲夫蕙華之曾敷兮，

蕙草芬芳，以興在位之貴臣也。

【疏證】

蕙草芬芳，以興在位之貴臣也。◎文選本「貴」作「賢」，建州本「臣」下無「也」字。馮本、俞本、莊本、劉本、四庫章句本「芬」作「紛」。案：據義，舊作「賢臣」爲允。又，芬芳，不作紛。劉良注：「曾，重。敷，布也。」蕙華曾敷，猶下「曾華之無實」，章句「以興在位之貴臣」云云，得玉本心。類聚卷七山部「總載山」條引江淹歷山詩：「竊悲杜蘅暮，攣涕即空山。」蓋同此意。

紛旖旎乎都房。

被服盛飾於宮殿也。旖旎，盛貌。詩云「旖旎其華」。

【疏證】

被服盛飾於宮殿也。旖旎，盛貌。詩云「旖旎其華」。◎文選本、正德本、隆慶本、劉本、湖北本、朱本、馮本、俞本、莊本、四庫章句本「盛貌」下有「也」字。明州本、尤袤本「貌」作「皃」。案：皃，古貌字。章句引詩，見檜風隰有萇楚，曰「猗儺其枝」、「猗儺其華」、「猗儺其實」，毛傳：「猗儺，柔順也。」旖旎、猗儺並一字。文選秀州本作猗柅，是其別文。訓盛、訓柔順，其義皆通。補注

「旌旗從風貌」云云，柔順之意。黄生字詁「婀娜」條：「婀娜，美貌，又舒遲貌。亦作阿那。衛恒論書『或縱肆阿那』，陸雲陸丞相誄『珍裘阿那』。一作猗儺，詩『猗儺其華』。又旖旎，旌旗從風貌。楚辭『紛旖旎乎都房』。亦作猗柅，相如賦『垂雲貌之猗柅』。韓愈元和聖德詩『旂常婀娜』。東方朔七諫『苦李旖旎』。余謂二字總輕婉柔弱之意，在人則爲婀娜，在旌旗則爲旖旎，故詩文中亦可互借爲用。」其説是也。文選卷一七王褒洞簫賦「形旖旎以順吹兮」，李善注引張揖曰：「旖旎，猶阿那也。」旖旎、阿那，亦聲之轉。九歎惜賢「結桂樹之旖旎兮」，全後漢文卷九〇王粲柳賦「紛旖旎以脩長」，旖旎，皆言柔順之意。又，都房，章句「宫殿」云云，至塙。劉良注：「都，大也。房，花房也。」失之。全齊文卷二三謝朓思歸賦「空旖旎於都房」，蹈襲於玉，則亦爲「宫殿」。

何曾華之無實兮，

外貌若忠而心佞也。

【疏證】

外貌若忠而心佞也。◎正德本、隆慶本、劉本、馮本、俞本、朱本、湖北本、莊本、四庫章句本「而」作「内」。文選六臣謂「逸本無華字。」明州本「貌」作「皃」。案：章句外、内相對爲文，而，當「内」之訛。無「華」字，則不辭。曾華無實，是因離騷「余以蘭爲可恃兮，羌無實而容長」也。

從風雨而飛颺。

隨君嗜欲而回傾也。夫風爲號令，雨爲德惠，故風動而草木摇，雨降而萬物殖。故以風雨喻君。言政令德惠所由出也。

【疏證】

隨君嗜欲而回傾也。夫風爲號令，雨爲德惠，故風動而草木摇，雨降而萬物殖。故以風雨喻君，言政令德惠所由出也。◎文選本「殖」作「植」，「言政令德惠所由出」作「德惠所由出之」。明州本、尤袤本「喻」作「諭」。案：植、殖古今字。此以喻佞臣投君所好，同離騷「委厥美以從俗」、「固時俗之流從」。郭店楚墓竹簡緇衣篇：「古（故）倀（長）者，章志以卲（昭）百眚（姓），則民至（致）行㠯（己）以敚（悦）上。」又云：「下之事上也，不從其所命，而從其所行。上好此勿（物）也，下必又（有）甚至安者矣。古（故）上之好亞（惡），不可不誓（慎）也。」其是之謂也。章句「夫風爲號令，雨爲德惠，故風動而草木摇，雨降而萬物殖」云云，上博簡（二）魯邦大旱：「夫山，石以爲膚，木以爲民，女（如）天不雨，石將焦，木將死，丌欲雨或甚於我，或（何）必寺（恃）乎名乎？夫川，水以爲膚，魚以爲民，女（如）天不雨，水將沽（涸），魚將死，丌欲雨，或甚於我，或（何）必寺（恃）乎名乎。」即此意也。又，後漢書卷二八馮衍傳下「隨風波而飛揚」，全三國文卷四魏文帝感離賦「隨風雨兮飛揚」，皆本於玉。颺、揚同。

以爲君獨服此蕙兮，

體受正氣而高明也。

【疏證】體受正氣而高明也。◎案：正文「以爲」二字，羨也。蕙，即「曾華無實」之蕙華，喻君不察其佞而獨用此蕙，受其迷惑。章句「體受正氣」云云，失之。

羌無以異於衆芳。

乃與佞臣之同情也。

【疏證】乃與佞臣之同情也。◎建州本「佞臣」下敚「之」字。正德本、隆慶本、劉本、馮本、俞本、朱本、湖北本、莊本及四庫章句本「之」作「而」。案：呂向注：「我謂君獨好美行，乃無異於衆人之心，而受其佞也。羌，歎聲也。」羌，乃也，無歎息意。訓「歎聲」，蓋「嗟」之訛。章句訓「乃」，舊本作「羌」字。章句以上臣、殿、佞、傾、明、情爲耕、真合韻。

閔奇思之不通兮，

傷己忠策，無由入也。

【疏證】傷己忠策，無由入也。◎呂向注：「閔，自傷也。奇思，謂忠信也。」案：奇思，古有二義：一曰忠策。魏書卷二三衞操傳：「造設權策，濟難奇思。」太平經卷八七長存符圖第一二八：「此兩者同相抱，其有奇思反爲咎。」二曰異端乖巧之思。類聚卷五四刑法部「刑法」條引曹羲肉刑論：「故在上者議茲本要，不營奇思，行之以簡，守之以静。」卷六〇軍器部「刀」條引蒲元傳：「君性多奇思，於斜谷爲諸葛亮鑄刀三千口。」此「奇思」，爲前一義。

將去君而高翔。

適彼樂土，之他域也。

【疏證】適彼樂土，之他域也。◎案：適彼樂土，見詩碩鼠，鄭箋：「樂土，有德之國。」此「高翔」，猶離騷上征求帝，非謂「之他域」意。

心閔憐之慘悽兮，

内自哀念，心隱惻也。

【疏證】

内自哀念，心隱惻也。◎文選本「隱惻」作「惻隱」。案：作「惻隱」，出韻。呂向注：「慘悽，憂貌。」下「霜露慘悽而交下兮」，全後漢文卷九〇王粲閑邪賦「意慘悽而增悲」。慘悽，古恆語。

願一見而有明。

分别貞正與僞惑也。

【疏證】

分别貞正與僞惑也。◎文選本「貞正」作「忠心」。案：湘君「將以遺兮下女」，章句：「言己願往芬芳絶異之洲，采取杜若，以與貞正之人，思與同志，終不變更也。」九懷思忠「枉車登兮慶雲」，章句：「以言貞正之人棄於山野，佞曲之臣陞於顯朝。」貞正，章句恆語，無作「忠心」。又，呂向注：「心之傷憂，願見君而自明。」朱熹集注：「有明，有以自明也。」

重無怨而生離兮，

身無罪過而放逐也。

【疏證】

身無罪過而放逐也。◎文選尤袤本「放逐」作「逐放」。劉良注：「重，念也。自念無怨咎於君而生離隔。」朱熹集注：「重，深念也。」案：重字無思念義，猶惜也。史記卷八九張耳陳餘列傳「豈以臣爲重去將哉」，索隱：「或云：重，惜也。」卷八六刺客傳「重自刑以絶從」，正義：「按：重，猶愛惜也。」此言痛惜無咎而見放也。孔子家語卷一五儀解第七「言必忠信而心不怨」，王肅注：「怨，咎。」生離，猶少司命「悲莫悲兮生別離」也。

中結軫而增傷。

肝膽破裂，心剖偪也。

【疏證】

肝膽破裂，心剖偪也。◎隆慶本、文淵四庫章句本「偪」作「副」，文津本亦作「偪」。案：偪，古副字。黎本玉篇殘卷本車部「軫」字：「楚辭『中結軫而增傷』，王逸曰：『紆，回也。軫，隱也。

心中隱𨋍而病也。』」𨋍，俗軫字。此惜誦「心鬱結而紆軫」之章句異文。彼注云：「紆，曲也。軫，隱也。」野王竄亂於此。軫之爲隱，謂憂傷。漢書卷六二司馬遷傳「夫詩、書隱約者」，顔師古注：「隱，憂也。」湘君「隱思君兮陫側」，補注：「隱，痛也。孟子曰：『惻隱之心。』」結軫，謂憂結不解。章句以「心剖愊」解「傷」，通作創。説文創、傷二字散文不别。對文創甚於傷。廣雅釋詁：「傷，創也。」王念孫曰：「傷者，月令『命理瞻傷察創』，鄭注云：『創之淺者曰傷。』此對文也。散文則創亦謂之傷。故説文云：『傷，創也。』僖二十二年左傳：『君子不重傷。』文十一年穀梁傳作『不重創』。其義一也。」

豈不鬱陶而思君兮，

憤念蓄積，盈胷臆也。

【疏證】

憤念蓄積，盈胷臆也。◎同治本「胷」作「胸」。案：胸、胷同。補注引書：「鬱陶乎予心。」鬱陶思君，見孟子卷九萬章上，曰：「象往入舜宫，舜在牀琴。象曰：『鬱陶，思君爾。』忸怩。」趙注：「象見舜生在牀鼓琴，愕然反辭曰：『我鬱陶思君，故來。』爾，辭也。忸怩而慙。是其情也。」未解「鬱陶」之義。清閻若璩尚書古文疏證：「爾雅釋詁：『鬱陶、繇，喜也。』郭璞注引孟子曰『鬱陶思君』。禮記曰：『人喜則斯陶。』邢昺疏引檀弓鄭注云：『陶，鬱陶也。』據此則象曰『鬱陶思君爾』，乃喜而思見之辭。故舜亦從而喜曰：『惟兹臣庶，汝其于予治。』孟子固已明象喜亦喜，蓋統括二段情事，其先言象憂亦憂，特引起下文，非真有象憂之事也。因悉徵諸書，以鬱陶爲憂思之誤。」又，詩君子陽陽「君子陶陶」，毛傳：「陶陶，和樂貌。」陳奂疏：「禮記檀弓：『人喜則斯陶。』鄭注云：『陶，鬱陶也。』文選枚乘七發注及後漢書杜篤傳注引薛君章句：『陶，暢也。』暢與傳云『和樂』同義。説文：『傜，喜也。』陶與傜、繇聲俱相近。」其説得之。郭店楚墓竹簡性自命出：「目之好色，耳之樂聲，腻舀之氣也，人不難爲之死。」腻舀，即鬱陶，喜悦之意，可爲此文旁證。鬱陶思君，謂喜而思君也。鬱陶，非哀傷意。

君之門以九重。

閨闔扃閉，道路塞也。

【疏證】

閨闔扃閉，道路塞也。◎文選本「閨闔」作「門闈」，補注引一作「閨闥」。正德本、隆慶本、劉本、俞本、朱本、湖北本、莊本作「閨闥」，馮本、四庫章句本作「闟闥」。案：古書有「閨闥」，而無「閨闔」、「門闈」、「闟闥」也。文選卷八上林賦「奔星更於閨闥」，卷一一景福殿賦「青瑣銀鋪，是爲闈闥」，卷二七樂府上傷歌行「微風吹閨闥」，卷四二應休璉與侍郎曹長思書「悲風起於閨闥」。闥，宫中内門，蓋足其「九重」之義。若作闌，不可調遂。君門九重，狀其幽深，謂門有九關。招魂「虎豹九關，啄害下人些」，章句：「言天門凡有九重，使神虎豹執其關閉，主啄齧天下欲上之人而殺之也。」言我喜而思君，而君門九重不得入。朱熹集注：「天子有九門，謂關門、遠郊門、近郊門、城門、皐門、庫門、雉門、應門、路門也。」此説附會。又，全梁文卷一五梁元帝對燭賦「恨九重兮夕掩」，全後魏文卷四八袁飜思歸賦「望復望兮望夫君，君之門兮九重門」，並蹈襲於玉。

猛犬狺狺而迎吠兮，

讒佞讙呼而在側也。

【疏證】

讒佞讙呼而在側也。◎正德本、隆慶本、劉本、馮本、俞本、朱本、湖北本、莊本、四庫章句本「讙」作「喧」。案：喧、讙，古書通用。吕向注：「狺狺，開口貌。迎吠，距賢人使不得進也。」補注：「狺音垠，犬争。一云吠聲。」猛犬，守君門者，喻君側讒佞。狺狺，犬吠聲，興讒言起。慧琳音義卷五四「狺狺」條：「狺狺，犬聲也。楚辭『猛犬狺狺而迎吠』是也。」説文作「犷」，曰：「犬吠聲。从犬，斤聲。」又，後漢書卷八〇下文苑傳趙壹載刺世疾邪賦：「九重既不可啓，又羣吠之狺狺。」杜甫大雲寺贊公房四首：「泱泱泥污人，狾狾國多狗。」李賀公無出門：「嗾犬狺狺相索索，舐掌偏宜佩蘭客。」白居易和答詩十首答箭鏃：「狺狺嗥不已，主人爲之驚。」皆以狺狺犬吠之聲喻讒嚚。

關梁閉而不通。

閽人承指，呵問急也。

【疏證】閽人承指，呵問急也。◎呂向注：「閉關，喻塞賢路也。」案：關梁，連類而及，猶關也。北大簡荊決：「奮翼將蜚，路毋關梁。」又曰：「唯（雖）欲行作，關梁之止。」史記卷六秦始皇帝本紀：「秦人阻險不守，關梁不闔。」卷一〇孝文皇帝本紀：「孝文皇帝臨天下，通關梁，不異遠方。」淮南子卷三天文訓：「廣莫風至，則閉關梁，決刑罰。」説苑卷二臣術：「言足法於世，不害於身，通於關梁，實於府庫。」全梁文卷三三江淹泣賦「眷徐、揚兮阻關梁」。章句「承指」云云，謂秉承主旨。章句以上入、域、惻、惑、逐、愊、臆、塞、側、急協韻；入、域、惻、惑、愊、臆、塞、側，職韻；急，緝韻；逐，屋韻。職、緝、屋合韻。

皇天淫溢而秋霖兮，

久雨連日，澤深厚也。

【疏證】

久雨連日，澤深厚也。◎案：皇天、后土，相對爲文。皇天，天也，喻君上。審此「淫溢」與上「顔淫溢」別。淫，久雨。溢，水氾濫。説文雨部：「霖，雨三日已往。从雨，林聲。」爾雅釋天：「久雨謂之淫，淫謂之霖。」霖雨、淫雨，蓋一語。秋霖，古之恆語。管子卷一八度地篇第五七：「則夏多暴雨，秋霖不止。」晉書卷九二文苑傳成公綏傳載嘯賦：「動商則秋霖春降。」北史卷三〇盧玄傳：「時屬秋霖，徒侶凍餒者，太半至於死。」陳書卷二太祖本紀下：「火運斯終，秋霖奄降。」

后土何時而得漧？

山皐濡澤，草木茂也。

【疏證】

山皐濡澤，草木茂也。◎文選本正文「漧」作「乾」。案：乾、漧古今字。呂向注：「后土，地也。」章句「草木茂」云云，未審其在秋季，非在春夏，不得反物理言之。蓋徑以比興之義説之。草木，喻讒臣。言於秋之時，天多霖雨，地則氾濫爲水患。以喻君不問賢否，濫施恩澤，讒佞皆得其惠，故云「草木茂」。

塊獨守此無澤兮，

不蒙恩施，獨枯槁也。

【疏證】

不蒙恩施，獨枯槁也。◎文選明州本「槁」下無「也」字。李周翰注：「塊，獨也。」案：其說是也。七諫初放：「塊兮鞠。」章句：「塊，獨處貌。」漢書卷七〇陳湯傳「使湯塊然被冤拘囚」，顏師古注：「塊然，獨處之意，如土塊也。」塊獨，平列同義。哀時命「塊獨守此曲隅兮」，章句：「言己獨處山野，塊然守此山曲。」又，全三國文卷四魏文帝離居賦「塊獨處于空牀」，文選卷一六潘岳寡婦賦「塊獨言兮聽響」。塊獨，古之恆語。無澤，言無雨水霑濡，故章句謂之「枯槁」。蔣禮鴻義府續貂易澤爲懌，謂無怡悅，滯也。言己未霑濡霖雨，獨無澤濡而枯萎，喻未受君恩而身窮困也。

仰浮雲而永歎。

怨天語神，我何咎也！

【疏證】

怨天語神，我何咎也！◎案：仰，望也。望浮雲，冀甘霖下降，喻幸君察己施惠也。章句「怨天語神」云云，以浮雲爲雲神。永歎，謂太息也。抽思「獨永歎乎增傷」，章句：「哀悲太息，損肺肝也。」哀時命「然欲切而永歎」，章句：「心爲切痛，長歎而已。」永歎，楚辭恆語。又，類聚卷三五人部一九「愁」條引曹植九愁賦「眷浮雲以太息」，可爲注脚。章句以上厚、茂、槁、咎協韻；厚，侯韻；茂、咎，幽韻；槁，宵韻。幽、宵、侯合韻。

何時俗之工巧兮，

世人辯慧，造詐僞也。

【疏證】

世人辯慧，造詐僞也。◎案：此句見離騷，玉蹈襲之。工巧，謂工匠。巧，非言「辯慧」也。

背繩墨而改錯。

違廢聖典，背仁義也。夫繩墨者，工之法度也。仁義者，民之正路也。繩墨用，則曲木截；仁義進，則讒佞滅。二者殊義，不可不察也。

【疏證】

違廢聖典，背仁義也。夫繩墨者，工之法度也。仁義者，民之正路也。繩墨用，則曲木截；仁義進，則讒佞滅。二者殊義，不可不察也。◎案：玉踏襲離騷「偭規矩而改錯」、「背繩墨以追曲」二句爲之。錯，作也。詳參離騷「偭規矩而改錯」注。又，禮記卷五〇經解第二六：「禮之於正國也，猶衡之於輕重也，繩墨之於曲直也，規矩之於方圓也。故衡誠縣，不可欺以輕重；繩墨誠陳，不可欺以曲直；規矩誠設，不可欺以方圜；君子審禮，不可誣以姦詐。」管子卷二七法篇第六：「尺寸也，繩墨也，規矩也，衡石也，斗斛也，角量也，謂之法。」荀子卷一勸學篇第一：「將原先王，本仁義，則禮正其經緯蹊徑也。」以繩墨爲喻法則，古之通喻。章句以上僞、義同協歌韻。

却騏驥而不乘兮，

斥逐子胥與比干也。

【疏證】

斥逐子胥與比干也。◎呂延濟注：「騏驥，良馬，喻賢才也。」案：却，斥棄也。子胥、比干，國之賢才。比干，詳參離騷「自前世而固然」注。子胥，姓伍氏，名員，楚人。父兄遭讒而被誅。子胥亡命奔吳，乃藉吳兵以覆楚，鞭楚平王之尸以報父讎。後數諫吳王夫差不用，太宰嚭讒之，夫差乃使使賜之以屬鏤之劍令自裁。子胥仰天而歎曰：「必樹吾墓上以梓，令可以爲器；而抉吾眼縣吳東門之上，以觀越寇之入滅吳也。」乃自剄死。吳人憐之，爲立祠於江上，因命曰胥山。子胥，忠於吳而叛於楚也。然楚人猶稱其賢之不置，以能報父讎也。郭店楚墓竹簡窮達以時篇：「子胥前多社（功）後翏（戮）死。」上博簡（五）鬼神之明：「及五（伍）子疋（胥）者，天下之聖人也。」

策駑駘而取路。

信任豎貂與椒蘭也。

【疏證】

信任豎貂與椒蘭也。◎文選本「信任」作「言任」，「貂」作「刀」。文選本、同治本「豎」作「竪」。

案：據義，則舊作「信任」也。豎、竪同。刀，或作刁、貂，古字通用。漢書卷四〇王陵傳「陛下不知其駑下」，顔師古注：「駑，凡馬之稱，非駿者也。」説文馬部：「駘，馬銜脱也。从馬，台聲。」段注：「銜者，馬勒口中者也。馬銜不在馬口中，則無以控制其馬，崔實政論曰『馬駘其銜』是也。

銜脱則行遲鈍。廣雅曰『駑，駘也』是也。」劉良注：「駑駘，喻不肖。」全漢文卷一四張良遺商山四皓書：「所謂絶景不御而駕服駑駘。」全後漢文卷七三蔡邕釋誨：「騁駑駘於修路。」不肖者以駑駘稱，古之通喻。又，章句「豎貂與椒蘭」云云，皆佞臣也。豎貂，齊桓公内臣。自宫以取悦於桓公。桓公死，易牙入，與豎貂殺羣吏，逐太子昭，立公子無詭爲君。椒，大夫子椒；蘭，令尹子蘭；皆楚懷王佞臣。此三人皆佞人，故以「駑駘」爲喻。

當世豈無騏驥兮，

家有稷、契與管、晏也。

【疏證】

家有稷、契與管、晏也。◎文選明州本無「也」字。案：章句以「家」釋「當世」，家猶當朝、當代。張詠夫差廟：「自古家家有容冶，何須亡國殢西施。」家家，猶朝朝、代代。稷，后稷；堯農師也。契，堯司徒也。管，管仲也，齊桓公相也。晏，晏平仲，齊景公相也。此四人者皆賢臣，故以騏驥爲喻。詳參離騷「乘騏驥以馳騁兮」注。章句以上干、蘭、晏同協元韻。

誠莫之能善御。

世無堯、舜及桓、文也。

【疏證】

世無堯、舜及桓、文也。◎同治本「及」作「與」。案：與、及同義。文選劉良注：「御，謂御馬者。」御，使馬也，非指「御馬者」。文，晉文公重耳。堯、舜及齊桓、晉文，皆古之善舉任賢能以爲輔，則以御馬喻舉任賢能。又，七諫謬諫「誠無王良之善馭」，是本於玉。

見執轡者非其人兮，

遭值桀、紂之亂昏也。

【疏證】

遭值桀、紂之亂昏也。◎案：「非其人」云者，非若造父、王良善御也，喻非善舉用賢良之君。桀、紂之失道亡國，以棄賢也。郭店楚墓竹簡尊德義篇：「堣（禹）以人道訂（治）其民，桀以人道亂其民，桀不易堣（禹）民而句（後）亂之，湯不易桀民而句（後）訂（治）之。聖人之訂（治）民也，民道也。堣（禹）之行水，水之道也。戚（造）父之馭馬，馬也之道也。句（后）稷（稷）之埶（藝）地，地之道也。莫不又(有)道安(焉),人道爲近。是以君子人道之取先。」章句「亂昏」云云,猶昏亂,倒乙趁韻。

故騁跳而遠去。

被髮爲奴,走横奔也。

【疏證】

被髮爲奴,走横奔也。◎補注引「騁跳」一作「駒跳」,一作「騁駣」。正德本、隆慶本、劉本、馮本、俞本、朱本、湖北本、莊本、四庫章句本、景宋本皆作「踽跳」,文選本作「駒跳」。吕向注:「駒,即騏驥也。跳,走貌。」案:吕説失之。騁跳、踽駣、駒跳,皆一語之别文,馬疾奔貌。狀音聲急促,其訓詁字作噭咷、噭誂、叫咷、激曜等。其義在乎聲,未可扼其訓詁字。章句「被髮爲奴」云云,謂箕子也。箕子諫紂不聽,佯狂爲奴。又,賈生弔屈原賦「夫固自引而遠去」,全三國文卷四四阮籍首陽山賦「飇遥逝而遠去兮」,並蹈襲於此,章句以上文、昏、奔同協文韻。

鳧鴈皆唼夫粱藻兮,

羣小在位，食重禄也。

【疏證】

羣小在位，食重禄也。◎文選明州本、正德本、隆慶本、朱本、皇都本「羣」作「群」。案：羣與群同。李周翰注：「唼，鳥食也。粱，米；藻，水草也。」鳧，野鴨也。禮記卷五曲禮下第二「庶人之摯匹」，孔疏：「野鴨曰鳧，家鴨曰鶩。」鴈則野鵝也。朱駿聲説文通訓定聲：「野鵝曰鴈，家鵝則曰舒鴈。」然與「鴻鴈」之「鴈」非一字，古多溷之。又，晏子春秋卷七景公見道殣自慙無德晏子諫篇第八：「景公賞賜及後宮，文繡被臺榭，菽粟食鳧鴈。」王引之云：「鳧，鴨也。鴈，鵝也。此云『菽粟食鳧鴈』，下云『君之鳧鴈食以菽粟』，則鳧鴈乃家畜，非野鳧也。爾雅：『舒鳧，鶩。』郭璞曰：『鴨也。』廣雅曰：『鳧、鶩，鴨也。』即此所謂鳧也。故對文則鳧與鶩異，散文則鶩亦謂之鳧。爾雅：『舒鳧鵝。』郭璞曰：『今江東呼䳘。』方言曰：『鴈，自關而東謂之䳘鵝，南楚之外謂之鵝。』説文曰：『鵝，鴈也。』『鴈，鵝也。』廣雅曰：『䳘鵝，鴈也。』即此所謂鴈也。故對文則鵝與鴈異，散文則鵝亦謂之鴈。莊子山木篇：『命豎子殺鴈而烹之。』謂殺鵝也。説苑臣術篇：『穆公悦百里奚之言，公孫支歸取鴈以賀。』漢書翟方進傳：『有狗從外入，齧其中庭羣鴈數十。』皆謂鵝爲鴈也。」其説是也。鳧鴈，喻讒佞之人。又，唼，古多作啑。慧琳音義卷三二「唯啑」條引埤蒼：「啑，鴨食也。」文選卷八上林賦「唼喋菁藻」，李善注：「通俗文曰：『水鳥食謂之啑。』與唼同。」緩言之曰唼喋，史記卷一一七司馬相如列傳「唼喋菁藻」，正義：「唼喋，鳥食之聲也。」

鳳愈飄翔而高舉。

賢者遯世，竄山谷也。

【疏證】

賢者遯世，竄山谷也。◎文選本、正德本、隆慶本、劉本、馮本、俞本、朱本、湖北本、莊本、四庫章句本「遯世」作「伏匿」。四庫章句本「賢者」作「賢也」。案：鳳以喻賢智。據章句詞例，遯世，謂遠去也。伏匿，謂隱身不仕也。分用至密。言「遯世」，離騷「朝濯髮乎洧盤」，章句：「遁世隱居不肯仕也。」悲回風「悲申徒之抗迹」，章句：「遇闇君遁世離俗，自擁石赴河。」遯、遁古字通。言「伏匿」，下「騏驥伏匿而不見兮」，章句：「仁賢幽處，而隱藏也。」悲回風「蛟龍隱其文章」，章句：「言俗人朋黨恣其口舌，則賢者亦伏匿而深藏也。」此「飄翔而高舉」，舊作「遯世」爲允。章句以上祿、谷同協屋韻。

圜鑿而方枘兮，

正直邪枉，行殊則也。

【疏證】

正直邪枉，行殊則也。◎文選明州本無「也」字。案：史記卷七四孟子列傳：「持方枘欲內圜鑿，其能入乎！」索隱：「方枘，是筍也；圜鑿，是孔也。謂工人斲木，以方筍而內之圜孔，不可入也。故楚詞云『以方枘而內圜鑿，吾固知其齟齬而不入』是也。謂戰國之時，仲尼、孟軻以仁義干世主，猶方枘圜鑿然。」可爲此文注脚。

吾固知其鉏鋙而難入。

所務不同，若粉墨也。

【疏證】

所務不同，若粉墨也。◎文選呂延濟注：「鉏鋙，相距貌。」案：鉏鋙，參差不相值也。訓詁字或作齟齬，齒不相值。山之不相值者謂之岝崿、崱嶷，皆其別文。又，粉，白也。粉墨，謂白與黑。後漢書卷六一黄瓊傳：「使朱紫共色，粉墨雜蹂。」章句以上則、墨同協職韻。

衆鳥皆有所登棲兮，

羣佞並進，處官爵也。

【疏證】羣佞並進，處官爵也。◎文選明州本「羣」作「群」。正德本、隆慶本、劉本、朱本「羣」作「群」。同治本「並」作「竝」。建州本「官爵」下敚「也」字。案：衆鳥，喻讒佞小人。七諫謬諫：「衆鳥皆有行列兮，鳳獨翔翔而無所薄。」

鳳獨遑遑而無所集。

孔子棲棲而困厄也。

【疏證】孔子棲棲而困厄也。◎馮本、四庫章句本「棲棲」作「栖栖」。尤袤本「棲」作「捿」。案：棲、栖同。捿，俗字。鳳以喻若孔子、墨子之賢者。劉良注：「遑遑，不得所貌。」補注引遑遑一作惶惶。遑、惶，古字通用。或作皇皇，孟子卷六滕文公篇下：「孔子三月無君，則皇皇如也。」焦循正義：「禮記檀弓上云：『既殯，瞿瞿如有求而弗得，皇皇如有望而弗至。』注云：『皆憂悼在心之貌也。』檀弓下云：『始死，皇皇焉如有求而弗得。』問喪篇云：『其往送也，望望然，汲汲然，如有追而弗及也。其反哭也，皇皇然，如有求而弗得也。』楚辭離世篇云：『征夫皇皇，其孰依兮。』注云：『皇皇，惶遽貌。』廣雅釋訓云：『惶惶，劇也。』惶惶即皇皇也。」又，章句「孔子棲棲」云云，論語卷一四憲問：「微生畝謂孔子曰：『丘何爲栖栖者與？』」邢疏：「栖栖，猶皇皇也。」文選卷四五班固答賓戲：「是以聖哲之治，棲棲遑遑。」李善注：「棲遑，不安居之意也。」論衡卷七語增篇第二五：「若孔子栖栖，周流應聘，身不得容，道不得行。」卷二七定賢篇第八〇：「是以孔子棲棲，墨子遑遑。」鹽鐵論卷七散不足篇第二九：「孔子栖栖，疾固也；墨子遑遑，閔世也。」章句以上爵、厄協韻。爵，覺韻；厄，錫韻。東漢之世，覺韻若轢、的、弔、慼、迪之字與錫部合韻矣。

願銜枚而無言兮，

意欲括囊而静默也。

【疏證】

意欲括囊而静默也。◎文選明州本無「也」字。張銑注：「銜枚，所以止言者也。」補注：「周禮有『銜枚氏』。枚狀如箸，橫銜之。」案：周禮卷二九夏官第四大司馬「徒銜枚而進」，鄭注：「枚如箸，銜之有繣結項中，軍法止語爲相疑惑也。」卷三七秋官司寇第五銜枚氏「掌司囂，國之大祭祀，令禁無囂，軍旅、田役，令銜枚」。鄭注：「爲其言語以相誤。」賈疏：「銜枚止言語也。」洪説蓋因鄭注。史記卷八三鄒陽列傳「淮陰枚生」，索隱：「名乘，字叔，其子皐，漢書並有傳。蓋以銜枚氏而得姓也。」又，章句「括囊」云云，易坤六四「括囊，無咎無譽」，李鼎祚集解引虞翻：「括，結也。」後漢書卷五二崔寔傳「括囊守禄」，卷五四楊賜傳「括囊避咎」。括囊，謂結舌不語，古之恆語。

嘗被君之渥洽。

前蒙寵遇，錫祉福也。

【疏證】

前蒙寵遇，錫祉福也。◎張銑注：「渥，厚也。洽，澤也。」案：説文水部：「渥，霑也。从水、屋聲。」又：「洽，霑也。从水、合聲。」詩簡兮「赫如渥赭」，毛傳：「渥，厚漬也。」渥洽，平列同義，後凡爲「寵遇」意。全梁文卷三六江淹蕭驃騎謝被侍中慰勞表：「彌抱渥洽，不任下情。」卷三七江淹蕭被尚書敦勸重讓表：「不謂過延渥洽，謬攀河漢。」七諫謬諫：「欲闔口而無言兮，嘗被君之厚德。」皆蹈襲玉。渥洽，猶厚德也。又，章句「錫祉福」云云，詩烈文「錫茲祉福」。毛傳：「祉，福也。」章句以上默、福同協職韻。

太公九十乃顯榮兮，

呂尚耆老，然後貴也。

【疏證】

呂尚耆老，然後貴也。◎文選明州本無「也」字。正德本、隆慶本、劉本、馮本、俞本、朱本、湖北本、莊本、四庫章句本「耆」作「耇」。案：説文老部：「耆，老也。」又：「耇，老人面凍黎若垢。」則舊作「耆」也。郭店楚墓竹簡窮達以時篇：「呂望爲牂來濿戰監門杢地，行年七十而屠牛於朝訶（歌），舉以爲天子師，遇周文也。」此思、孟遺説。則以七十遇文王而顯榮也。又，章句「耆老」云云，禮記卷一曲禮上第一：「六十曰耆。」釋文：「耆，渠夷反。賀瑒云：『至也，至老境也。』」而後漢書卷二六韋彪傳「君年在耆艾」，李賢注引禮記：「七十曰耆。」據此，則王逸舊本「九十」蓋作「七十」也。荀子卷八君道篇第一二謂太公「行年七十有二，齫然而齒墮矣，然而用之者」。尉繚子卷二武議第八：「太公望年七十，屠牛朝歌，賣食盟津，過七十餘而主不聽，人人謂之狂夫也，及遇文王則提三萬之衆，一戰而天下定。」後漢書卷卷八〇下文苑傳高彪傳：「呂尚七十，氣冠三軍。」桓譚新論卷三求輔：「昔殷之伊尹，周之太公，秦之百里奚，雖咸有大才，然皆年七十餘，乃升爲王霸師。」韓詩外傳卷四：「則太公年七十二，齳然而齒墜矣，然而用之者文王。」説苑卷八尊賢：「太公望，故老婦之出夫也，朝歌之屠佐也，棘津迎客之舍人也，年七十而相周，九十而封齊。」則爲調和之説。豈有九十衰翁任國政事者乎？諸葛亮陰符經序：「太公九十非不遇，蓋審其主焉。」其訛久矣。

誠未遇其匹合。

遭值文王，功冠世也。

【疏證】

遭值文王，功冠世也。◎案：匹合，謂婚姻也。天問「閔妃匹合厥身是繼」，章句：「言禹所以憂無匹者，欲爲身立繼嗣也。」玉以婚姻喻君臣相遇。離騷「湯禹嚴而求合兮」，章句：「言湯禹至聖，猶敬承天道，求其匹合。」又，全後魏文卷二二張淵觀象賦：「疇呂尚之宵夢，善登輔而翼聖。」注云：「昔太公未遇文王時，釣魚于磻溪，夜夢得北斗輔星，神告尚以伐紂之意。事見尚書中候篇也。」章句以上貴、世爲微、月合韻。

謂騏驥兮安歸？

躊躇吳坂，遇伯樂也。

【疏證】

躊躇吳坂，遇伯樂也。◎文選明州本無「也」字。案：章句因戰國策爲説。文選卷二五劉琨答盧諶詩並書：「昔騄驥倚輈於吳坂，長鳴於良、樂，知與不知也。」李善注引戰國策：「楚客謂春申君曰：『昔騏驥駕鹽車，上吳坂，遷延負轅，而不能進，遭伯樂，仰而鳴之，知伯樂知己也。今僕屈厄日久，君獨無意使僕爲君長鳴乎！』」又引古今地名：「寘零坂在吳城之北，今謂之吳坂。」史記卷一五帝本紀「舜耕歷山」，正義引括地志：「此山西起雷首山，東至吳坂。」後世以此爲知遇典故，遂成習藻。類聚卷五三政治部下「薦舉」條引曹植自試表：「昔騏驥之於吳坂，可謂困矣，及其伯樂相之，孫子御之，形體不勞，而坐取千里。」晉書卷四五劉毅傳：「昔孫陽取騏驥於吳坂，秦穆拔百里於商旅。」宋書卷二二樂志四君馬篇：「不怨吳坂峻，但恨伯樂稀。」又，郭店楚墓竹簡窮達以時篇：「驥駒張山騹空於卲坙，非亡體壯也。窮四海，至千里，遇告（造）古（故）也。遇不遇，天也。」與國策別也。

謂鳳皇兮安棲？

集棲梧桐，食竹實也。

【疏證】

集棲梧桐，食竹實也。◎文選尤袤本「棲」作「捿」。案：章句因詩與莊子爲説。大雅卷阿：「鳳皇鳴矣，于彼高崗；梧桐生矣，于彼朝陽。」鄭箋：「鳳皇之性，非梧桐不棲，非竹實不食。」莊子卷四秋水篇第一七：「南方有鳥，其名爲鵷雛，子知之乎？夫鵷鶵發於南海，而飛於北海，非梧桐不止，非練實不食。」注云：「鵷鶵，鸞鳳之屬。練實，竹實也。」文選卷五左思吴都賦「鵷鶵擾其間」，劉淵林注：「鵷鶵，周本紀曰：『鳳類也。非梧桐不棲，非竹實不食。』」今本史記無此文。又，章句「食竹實」云云，實字出韻。舊作「竹實食」，倒乙趁韻。

變古易俗兮世衰，

以賢爲愚，時闇惑也。

【疏證】

以賢爲愚，時闇惑也。◎案：變古易俗之是非，似未可一概而論。新書卷一〇立後義：「欲變古易常者，不死必亡，此聖人之所制也。」史記卷四三趙世家：「今王舍此而襲遠方之服，變古之教，易古之道，逆人之心，而佛學者，離中國，故臣願王圖之也。」卷八八蒙恬傳：「子嬰進諫曰：『臣聞故趙王遷殺其臣李牧而用顏聚，燕王喜陰用荆軻之謀而倍秦之約，齊王建殺其故世忠臣而用后勝之議。此三君者，皆各以變古者失其國而殃及其身。』」則皆以非之也。章句「以賢爲愚」云云，則同此意。又，淮南子卷一三氾論訓：「衣服器械，各便其用；法度制令，各因其宜；故變古未可非，而循俗未足多也。」禮記卷三六學記第一八：「夫然後足以化民易俗，近者説服，而遠者懷之。」史記卷二四樂書：「移風易俗，天下皆寧。」正義：「既皆由從止以行其義，故風移俗革，天下陰陽皆安寧。移是移徙之名，易是改易之稱也。文王之國自有文王之風，桀、紂之邦亦有桀紂之風。桀、紂之後，文王之風被於紂民，易前之惡俗，從今之善俗。上行謂之風，下習謂之俗。」

今之相者兮舉肥。

不量才能，視顏色也。

【疏證】

不量才能，視顏色也。◎案：朱熹集注：「相者，相馬者。古語云：『相馬失之瘦，相士失之貧。』即舉肥之意也。」其説是也。説文肉部：「肥，多肉也。从肉、卪。」引申之凡言色潤豐腴。天問：「平脅曼膚，何以肥之。」章句：「言紂爲無道，諸侯背畔，天下乖離，當懷憂癯瘦，而反形體曼澤，獨何以能平脅肥盛乎。」大招：「豐肉微骨，調以娛只。」章句：「言美人肥白潤澤，小骨厚肉，肌膚柔弱，心志和調，宜侍燕居，以自娛樂也。」章句「顏色」云云，即同此意。又，章句以上樂、食、惑、色協韻；樂，藥韻；食、惑、色，職韻。藥、職合韻。

騏驥伏匿而不見兮，

仁賢幽處，而隱藏也。

【疏證】

仁賢幽處，而隱藏也。◎正德本、隆慶本、劉本、馮本、俞本、朱本、湖北本、莊本、四庫章句本「仁賢」作「仁者」。案：以下「智者」例言之，舊作「仁者」。騏驥，喻賢士。伏匿，謂隱退不仕。天問「伏匿穴處爰何云」。伏匿，楚辭恆語。

鳳皇高飛而不下。

智者遠逝，之四方也。

【疏證】

智者遠逝，之四方也。◎案：鳳皇，喻賢士。朱熹集注：「言有德則異物可懷，無德則同類難致。」其説是也。張家山漢墓竹簡蓋廬：「凡用兵之謀，必得天時，王名可成，妖孽不來，鳳皇下之，毋有疾災。」惜誓：「已矣哉，獨不見夫鸞鳳之高翔兮，乃集大皇之壄。循四極而回周兮，見盛德而後下。」章句：「言鸞鳥、鳳皇乃高飛於大荒之野，循於四極，回旋而戲，見仁聖之王乃下來集，歸於有德也。以言賢者亦宜處山澤之中，周流觀望，見高明之君，乃當什也。」皆同此意。

鳥獸猶知懷德兮，

慕歸堯、舜之聖明也。

【疏證】

慕歸堯、舜之聖明也。◎文選本「聖明」作「明德」。案：作「明德」，則出韻。聖明，章句恆語，無言「明德」。七諫初放：「堯舜聖已没兮，孰爲忠直。」章句：「言堯、舜聖明，今已没矣，誰爲盡忠直也。」沈江：「堯、舜聖而慈仁兮，後世稱而弗忘。」章句：「言堯、舜所以有聖明之德者，以任賢能，慈愛百姓，故民至今稱之也。」又曰：「孤聖特而易傷」，章句：「雖有聖明之智，孤特無助，易傷害也。」

何云賢士之不處？

二老太公歸文王也。

【疏證】

二老太公歸文王也。◎文選明州本、秀州本「二老」作「上老」。建州本、正德本、隆慶本、劉本、馮本、俞本、朱本、湖北本、莊本、景宋本、四庫章句本作「大老」。尤袤本亦作「二老」。案：「二老」費解，舊作「上老」。太公年七十，則謂之「上老」。古文上字作丄，與「二」字形似相訛。或作「大老」，據義改也。又，處，謂審辨。王引之經義述聞卷三一通説「處」條：「大戴禮文王官人篇：『以其聲處其氣。』又曰：『聽其聲處其氣。』謂審其氣也。呂氏春秋有始覽：『察其情，處其形。』謂審其形也。淮南兵略篇：『相地形，處次舍。』謂審度次舍也。周語：『目以處義。』謂相度事宜也。魯語：『夫仁者講功，而知者處物。』謂辨物也。」可爲此「不處」旁證。此言鳥獸尚知懷德，何爲賢士而不審辨也。

驥不驟進而求服兮，

干木闔門而辭相也。

【疏證】

干木闔門而辭相也。◎案：驟者，數也。詳參湘夫人篇「時不可兮驟得」注。章句「干木闔門而辭相」云云，史記卷四四魏世家：「文侯受子夏經藝，客段干木，過其閭，未嘗不軾也。」正義：「文侯軾干木閭也。皇甫謐高士傳云：『木，晉人也，守道不仕。魏文侯欲見，造其門，干木踰牆避之。文侯以客禮待之，出過其閭而軾。其僕曰：「君何軾？」曰：「段干木賢者也，不趣勢利，懷君子之道，隱處窮巷，聲馳千里，吾安得勿軾？干木先乎德，寡人先乎勢；干木富乎義，寡人富乎財。勢不若德貴，財不若義高。」又請爲相，不肯。後卑己固請見，與語，文侯立倦不敢息。』淮南子云：『段干木，晉之大駔，而爲文侯師。』呂氏春秋云：『魏文侯見段干木，立倦而不敢息。及見翟璜，踞於堂而與之言。翟璜不悅。文侯曰：「段干木，官之則不肯，祿之則不受。今汝欲官則相至，欲祿則上卿至，既受吾賞，又責吾禮，無乃難乎？」』」正義引淮南子，見卷一三氾論訓。又，卷一九脩務訓：「段干木辭祿而處家，魏文侯過其閭而軾之。其僕曰：『君何爲軾？』文侯曰：『段干木在，是以軾。』其僕曰：『段干木，布衣之士，君軾其閭，不已甚乎？』文侯曰：『段干木不趍勢利，懷君子之道，隱處窮巷，聲施千里，寡人敢勿軾乎？段干木光於德，寡人光於勢；段干木富於義，寡人富於財。勢不若德尊，財不若義高，干木雖以己易寡人不爲，吾日悠悠慙于影，子何以輕之哉？』」則同呂覽。

鳳亦不貪餧而妄食。

顔闔鑿坏而逃亡也。

【疏證】

顔闔鑿坏而逃亡也。◎文選秀州本「坏」作「墻」，建州本作「坯」，明州本、尤袤本、正德本、隆慶本、劉本、馮本、朱本、湖北本作「培」，俞本作「坯」。馮本、四庫章句本、莊本「亡」作「主」。案：據義，舊作「鑿坏」。坏、坯同。培，借字。作「主」，出韻。説文土部：「坏，一曰：瓦未燒。从土，不聲。」慧琳音義卷五八「磚坯」條引字林：「瓦未燒者坯。」牆壁亦謂之坯。漢書卷八七下揚雄傳「或鑿坏以遁」，應劭曰：「坏，壁也。」章句「顔闔鑿坏而逃亡」云云，呂氏春秋卷二仲春紀第二貴生篇：「魯君聞顔闔得道之人也，使人以幣先焉。顔闔守閭，鹿布之衣而自飯牛。魯君之使者至，顔闔自對之。使者曰：『此顔闔之家邪？』顔闔對曰：『此闔之家也。』使者致幣。顔闔對曰：『恐聽繆而遺使者罪，不若審之。』使者還反，審之，復來求之，則不得已。」高誘注：「顔闔踰坏而逃之，故不得。」蓋章句所因，則舊作「鑿坏」。或本作「鑿牆」者，以同義易之也。又，羅本玉篇殘卷食部「餧」字：「野王案：餧，以物散與鳥獸食之，楚辭『鳳亦不貪餧而亡食』是也。」餧，今俗作喂。又，補注：「楊子曰：『食其不妄。』説者曰：『非義不妄食。』引此爲證。」

君弃遠而不察兮，

介推割股而自放也。

【疏證】

介推割股而自放也。◎案：介推，介子推也。惜往日：「介子忠而立枯兮，文君寤而追求。」章句：「介子，介子推也。文君，晉文公也。寤，覺也。昔文公被孋姬之譖，出奔齊、楚，介子推從行，道乏糧，割股肉以食文公。文公得國，賞諸從行者，失忘子推。子推遂逃介山隱。文公覺悟，追而求之。子推遂不肯出。文公因燒其山，子推抱樹燒而死，故言立枯也。」

雖願忠其焉得。

申生至孝而被謗也。

【疏證】

申生至孝而被謗也。◎案：惜誦：「晉申生之孝子兮，父信讒而不好。」章句：「申生，晉獻公太子也。體性慈孝，獻公娶後妻孋姬，生子奚齊。立爲太子。因誤申生使祭其母於曲沃，歸胙於獻公。孋姬於酒肉置鴆其中，因言曰：『胙從外來，不可信。』乃以酒賜小臣，以肉食犬，皆斃。

姬乃泣曰：『賊由太子。』於是申生遂自殺。故曰父信讒而不愛也。」章句以上藏、方、明、王、相、亡、放、謗同協陽韻。

欲寂漠而絶端兮，

甯武佯愚而不言也。

【疏證】

甯武佯愚而不言也。◎文選胡本「甯」作「寧」。案：作「甯」，避清道光諱。劉良注：「寂漠，止息貌。」寂漠，言無聲貌。上文「蟬宋漠而無聲」是也。宋漠、寂漠、寂嘆、寂寞，皆一字别文。劉永濟屈賦音注詳解謂端借作喘，言息也。其説得之。荀子卷一勸學篇第一「端而言，蝡而動。」楊注：「端，讀爲喘。」卷九臣道篇第一三正作「喘而言，臑而動」也。章句「寧武佯愚而不言」云云，論語卷五公冶長：「子曰：『寧武子，邦有道則知，邦無道則愚。其知可及也，其愚不可及也。』」孔注：「佯愚似實，故曰不可及也。」馬融注：「衛大夫寧俞，武，謚也。」邢疏：「案：春秋文四年：『衛侯使寧俞來聘。』左傳曰：『衛寧武子來聘，公與之燕，爲賦湛露及彤弓。不辭，又不答賦，使行人私焉，對曰：「臣以爲肄業及之也。」』杜元凱注云：『此其愚不可及也。』是寧武子，即寧俞也。」

竊不敢忘初之厚德。

嘗受禄惠，識舊德也。

【疏證】嘗受禄惠，識舊德也。◎文選本「德」作「恩」。明州本、建州本「嘗」作「常」。案：作「德」，出韻。舊作「恩」字。嘗、常古字通。此同上「嘗被君之渥洽」之意，舊本「宜」作「嘗」。又，班婕妤自悼賦：「猶被覆載之厚德兮，不廢捐於罪郵。」蹈襲於玉。章句以上言、恩協韻。言，元韻；恩，文韻。元、文合韻。

獨悲愁其傷人兮，

思念纏結，摧肝肺也。

【疏證】思念纏結，摧肝肺也。◎文選「肝肺」乙作「肺肝」。案：肺，與下歲字爲韻，舊作「肝肺」。作「肺肝」，則出韻。又，全齊文卷一四褚淵秋傷賦「獨悲愁而悽慘兮」，蹈襲於玉。

馮鬱鬱其何極!

憤懣盈胷,終年歲也。

【疏證】

憤懣盈胷,終年歲也。◎文選六臣本「馮」作「憑」,謂「逸本作馮」。同治本「胷」作「胸」。案:馮、憑古字通。胸、胷同。呂向注:「憑鬱鬱,愁心滿結也。極,窮也。」馮,滿也。楚人謂滿曰馮。詳參離騷「憑不猒乎求索」注。鬱鬱,愁思不展貌。文選卷二九張衡四愁詩四首並序「鬱鬱不得志」,李善注:「鄭玄考工記注云:『鬱,不舒散也。』」

霜露慘悽而交下兮,

君政嚴急,刑罰峻也。

【疏證】

君政嚴急,刑罰峻也。◎正德本、隆慶本、劉本、馮本、俞本、朱本、莊本、湖北本、四庫章句本「嚴急」下羨「而」字。案:上文「心閔憐之慘悽兮」,呂向注:「慘悽,憂貌。」此狀「霜雪」,故解「嚴急」。類聚卷九水部下「冰」條引晉庾儵冰井賦:「餘寒嚴悴,淒若霜雪。」卷四二樂部二「樂府」條引魏明帝燕歌行：「霜露慘悽塗階庭，秋草卷葉摧枝莖。」卷五九武部「戰伐」條引魏文帝詩：「霜露慘悽宵零，彼桑梓兮傷情。」卷八八木部上「松」條引劉公幹詩：「風霜正慘悽，終歲恆端坐。」章句「君政嚴急」云云，所喻之義。或作憯悽，文選卷一三宋玉風賦「故其風中人狀，直憯悽惏慄」是也。全宋文卷四〇卞伯玉薺賦「霜露交於杪秋」，蹈襲於玉。又，章句「刑罰峻」云云，峻字出韻，當乙作「峻刑罰」。

心尚㚔其弗濟。

冀過不成，得免脱也。

【疏證】

冀過不成，得免脱也。◎正德本、隆慶本、朱本、俞本、劉本無「過」字。案：敚也。補注：「幸，説文作㚔。當以幸爲正。」又引尚㚔，一云徜徉。㚔，古幸字，謂冀也。或本作徜徉者，當「尚幸」之訛。濟，成也。文選卷六〇陸機弔魏武帝文「厄奚險而弗濟」是也。

霰雪雰糅其增加兮，

威怒益盛，刑酷烈也。

【疏證】

威怒益盛，刑酷烈也。◎案：漢書卷二七五行志中：「盛陰雨雪，凝滯而冰寒，陽氣薄之不相入，則散而爲霰。」顏師古注：「霰，雨雪雜下。」九歎遠逝「雪雰雰而薄木兮」，章句：「雰雰，雪貌。」雰雰，隨文所施，各具其義。悲回風「漱凝霜之雰雰」，章句：「雰雰，霜貌也。」言霰雪盛貌也。或通作紛，涉江「霰雪紛其無垠兮」是也。糅，謂雜亂也。離騷「芳與澤其雜糅兮」，章句：「糅，雜也。」霰雪慘悽，蓋甚於霜露，是以章句以「威怒益盛」爲說。

乃知遭命之將至。

卒遇誅戮，身顛沛也。

【疏證】

卒遇誅戮，身顛沛也。◎皇都本「沛」作「浦」。案：訛也。遭命，因儒家「三命」説。論衡卷二命義篇第六「傳曰：『説命有三：一曰正命，二曰隨命，三曰遭命。』正命，謂本稟之，自得吉也。性然骨善，故不假操行以求福，而吉自至，故曰正命。隨命者，戮力操行而吉福至，縱情施欲而凶禍到，故曰隨命。遭命者，行善得惡，非所冀望，逢遭於外而得凶禍，故曰遭命。」文選卷一六潘岳寡婦賦：「何遭命之奇薄兮，遘天禍之未悔。」類聚卷二三人部七「鑒誡」條引吳楊泉贊善賦：「云顔、冉之遭命，怪禍福之參差。」卷五〇職官部六「太守」條引任昉爲齊竟陵王世子臨會稽郡教：「蘭艾同爐，玉石俱碎，哲人遭命，哀有餘慨。」皆同此意。章句「卒遇誅戮身顛沛」云云，是說「遭命」。章句以上肺、歲、罰、脱、烈、沛同協月韻。

願徼幸而有待兮，

冀蒙貰赦，宥罪法也。

【疏證】

冀蒙貰赦，宥罪法也。◎案：王鳴盛蛾術編卷二〇說字六曰：「『徼』字注『循也』。或云：徼，古堯反，音交。徼幸，覬非分也。徼，循也，邊塞也。東北曰塞，西南曰徼。老子『常有欲以觀其徼』，邏卒曰『游徼』，漢書『中尉掌徼循京師』。又伺察也，論語『惡徼以爲知者』。儌與徼音同義別，中庸『行險以儌幸』，宜從『儌』。但說文無『儌』字，有『徼』字，則『徼幸』當借音近之字用之。」其說甚韙。此「徼幸」亦借「儌幸」也。又，章句「宥罪法」云云，則「有待」之有，通作宥。書梓材「戕敗人宥」，論衡卷一三效力篇第三七引梓材作「强人有」，管子卷二一版法解第六六「宥」作

「有」。左傳莊公二十二年「幸若獲宥」，杜注：「宥，赦也。」又，章句「宥罪法」云云，法字出韻。法，去之訛。宥罪去，是「宥待」也。

泊莽莽與壄草同死。

將與百卉俱徂落也。

【疏證】將與百卉俱徂落也。◎文選卷五四劉峻辯命論「與麋鹿而同死」，李善注：「楚辭曰：『願徼幸而有待兮，宿莽與壄草同死。』王逸曰：『將與百草俱殂落也。』」案：卉、草同義。又，據義，泊莽莽，蓋「宿莽」之訛。宿莽，草之冬生不死者，喻賢能之士。壄草，喻小人。謂君政嚴急，無所逃隱，故賢智與小人皆無徼幸可免，俱遭摧折而死也。章句「俱徂落」云云，舊作「宿莽」。章句以上去、落同協魚韻。

願自往而徑遊兮，

不待左右之紹介也。

【疏證】 不待左右之紹介也。◎案：抽思「願徑逝而未得兮」，章句：「意欲直還，君不納也。」七諫怨思「願壹往而徑逝兮」，章句：「言己思壹見君，盡忠言，而遂徑去，障蔽於讒佞而不得至也。」皆同此意。

路壅絶而不通。

讒臣嫉妬，無由達也。

【疏證】 讒臣嫉妬，無由達也。◎同治本「妬」作「妒」。文淵四庫章句本「由」作「有」，文津本亦作「由」。案：妒、妬同。有，音訛字。無由，無因也。哀時命：「道壅塞而不通兮，江河廣而無梁。」旁摭於此。章句以上介、達同協月韻。

欲循道而平驅兮，

遵放衆人所履爲也。

【疏證】

遵放衆人所履爲也。◎正德本、隆慶本、劉本、馮本、俞本、朱本、湖北本、莊本、四庫章句本「履」作「長」。案：據義，舊作「所長爲」。廣雅釋詁：「放，效也。」國語卷一八楚語下「民無所放」，韋昭注：「放，依也。」章句「遵放」云云，猶循依也。又，詩伐木「終和且平」，鄭箋：「曰和、平，齊等也。」平驅，謂並驅齊駕。

又未知其所從。

不識趣舍，何所宜也。

【疏證】

不識趣舍，何所宜也。◎案：九章惜誦：「欲高飛而遠集兮，君罔謂汝何之。欲橫奔而失路兮，堅志而不忍。」蓋與此同。章句「趣舍」云云，猶趨舍也。趨，疾行也。趣、趨，古字通用。章句以上爲、宜同協歌韻。

然中路而迷惑兮，

舉足猶豫，心回疑也。

【疏證】

舉足猶豫，心回疑也。◎案：章句「心回疑」云云，疑字出韻。回疑，蓋「回移」之訛，疑惑也。離騷「理弱而媒拙兮，恐導言之不固」，章句：「己欲效少康，留而不去，又恐媒人弱鈍，達言於君，不能堅固，復使回移也。」七諫離世「直躬指而信志」，章句：「言己執履忠信，不能隨從俗人，傾易其行，直身而言，以信己之志終不回移也。」回移，章句恆語。

自壓桉而學誦。

弭情定志，吟詩、禮也。

【疏證】

弭情定志，吟詩、禮也。◎正德本、隆慶本、劉本、馮本、俞本、朱本、湖北本、莊本、四庫章句本「弭」作「彌」。案：弭、彌同。説文土部：「壓，壞也。一曰：塞補。从土、厭聲。」無弭止義。壓，借作擪。手部：「擪，一指按也。从手、厭聲。」戴侗六書故卷一四「擪」字：「乙涉、乙甲二切。古單作厭，亦作押。今人以簽署文書爲押。或作轄甲切，以爲檢柙者，非。檢柙从木。」荀子卷一五解蔽篇第二一「厭目而視者」，楊注：「厭，指桉也。」引申言按抑。廣雅釋詁：「壓，按也。」壓桉，平列同義。章句以「學誦」爲「吟詩、禮」，不辭。學誦，「交痛」之訛，屈賦恆語，惜誦「背膺胖以交痛」是也。

性愚陋以褊淺兮，

姿質鄙鈍，寡所知也。

【疏證】

姿質鄙鈍，寡所知也。◎正德本、隆慶本、劉本、馮本、俞本、朱本、湖北本、莊本、四庫章句本「姿」作「資」。案：章句有「姿質」而無「資質」。九歎惜賢「紉荃蕙與辛夷」，章句：「言己揚耳目之精，其明炫燿，姿質純美，猶復結桂枝，索蘭蕙，脩善益固，德行彌盛。」舊作「姿」字。荀子卷一脩身篇第二：「是是非非謂之知，非是是非謂之愚。多見曰閒，少見曰陋。」又，補注：「褊，畢善切，急也，狹也。」七諫初放「淺智褊能兮」，章句：「褊，狹也。」則義備於後。對文小曰褊，陋曰狹。荀子卷一脩身篇第二：「狹隘褊小，則廓之以廣大。」新書卷八道術篇：「包衆容易謂之裕，反裕爲褊。」呂氏春秋卷二四不苟論第四博志篇：「用智褊者無遂功，天之數也。」春秋繁露卷九對胶西王越大夫不得爲仁第三二：「仲舒知褊而學淺，不足以決之。」史記卷二三禮書：「化隆者閎博，治淺者褊狹。」褊淺，平列同義，玉代屈原自謙。

信未達乎從容。

君不照察其真僞也。

【疏證】

君不照察其真僞也。◎案：章句以「真僞」解「從容」，從容，舉動也。懷沙「孰知余之從容」，章句：「從容，舉動也。言聖辟重華不可逢遇，誰得知我舉動，欲行忠信也。」抽思「尚不知余之從容」，章句：「未照我志之所欲也。」所欲，舉動也。哀時命「孰知余之從容」，章句：「言楚國風俗嫉妬蔽賢，無有知我進退，執守忠信也。」進退，舉動也。又，章句「照察」云云，照，知也。章句以上移、僞、禮、知協韻；移、僞，歌韻；禮，脂韻；知，支韻。歌、脂、支合韻。

竊美申包胥之氣盛兮，

申包胥，楚大夫也。昔伍子胥得罪於楚，將適於吴，見申包胥，謂曰：「我必亡郢。」申包胥答曰：「子能亡之，我能存之。」遂出奔吴，爲吴王闔閭臣。興兵而伐楚，破郢。昭王出奔。於是申包胥乃之秦，請救兵，鶴立於秦庭，啼呼悲泣，七日七夜不絕聲，勺飲不入於口。秦伯哀之，爲發兵救楚。昭王復國，故言「氣盛」也。

【疏證】

申包胥，楚大夫也。昔伍子胥得罪於楚，將適於吳，見申包胥，謂曰：「我必亡郢。」申包胥答曰：「子能亡之，我能存之。」遂出奔吳，爲吳王闔閭臣。興兵而伐楚，破郢。昭王出奔。於是申包胥乃之秦，請救兵，鶴立於秦庭，啼呼悲泣，七日七夜不絕聲，勺飲不入於口。秦伯哀之，爲發兵救楚。昭王復國，故言「氣盛」也。◎文淵四庫章句本「鶴立」作「鵠立」，文津本亦作「鶴立」。同治本正德本、隆慶本、劉本、馮本、俞本、朱本、湖北本、莊本、四庫章句本「不絕」下有「於」字。同治本「大夫」作「太夫」。案：鵠、鶴同。「大夫」之「大」，不當作「太」。申包胥救楚見載左傳定公四年，曰：「初，伍員與申包胥友。其亡也，謂申包胥曰：『我必復楚國。』申包胥曰：『勉之。子能復之，我必能興之。』及昭王在隨，申包胥如秦乞師，曰：『吳爲封豕長蛇，以荐食上國。虐始於楚，寡君失守社稷，越在草莽，使下臣告急曰：夷德無厭，若鄰於君，疆場之患也。逮吳之未定，君其取分焉。若楚之遂亡，君之土也。若以君靈撫之，世以事君。』秦伯使辭焉，曰：『寡人聞命矣，子姑就館，將圖而告。』對曰：『寡君越在草莽，未獲所伏，下臣何敢即安。』立依於庭牆而哭，日夜不絕聲，勺飲不入口七日。秦哀公爲之賦無衣。九頓首而坐，秦師乃出。」又，史記卷五秦本紀：

「楚大夫申包胥來告急，七日不食，日夜哭泣。於是秦乃發五百乘救楚，敗吳師。」正義：「包胥，姓公孫，封於申，故號申包胥。」卷七九范雎傳：「昔者楚昭王時而申包胥爲楚卻吳軍，楚王封之以荆五千户，包胥辭不受，爲丘墓之寄於荆也。」又，氣盛，氣雄壯貌，美申包胥也。漢書卷七一貢禹傳：「氣盛怒至。」文選卷三五張協七命：「氣盛怒發。」此言申包胥立秦庭七日七夜不絶聲也。章句「昭王復國，故言氣盛」云云，失之。

恐時世之不固。

俗人執誓，多不堅也。

【疏證】

俗人執誓，多不堅也。◎案：離騷「恐導言之不固」，七諫謬諫曰「夫何執操之不固」。不固，楚辭恆語。章句「執誓」云云，猶守約也。禮記卷五曲禮下第二：「約信曰誓，涖牲曰盟。」孔疏：「若用言相約束以相見，則用誓禮，故曰誓也。」

何時俗之工巧兮，

静言諓諓，而無信也。

【疏證】

静言諓諓，而無信也。◎正德本、隆慶本、劉本、馮本、俞本、朱本、湖北本、莊本、四庫章句本「無」作「莫」。案：此句本篇二見。章句「静言」云云，因書堯典「静言庸違」。通作「竫」。潛夫論卷五救邊：「淺淺善竫。」劉向幽通賦作「竫潛」，顔注：「竫，古静字也。」莽詔曰「静言令色」，静言，巧言、讒言也。又，國語卷二一越語下「又安知是諓諓者乎」，韋注：「諓諓，巧辯之言。」

滅規榘而改鑿。

弃捐仁義，信讒佞也。

【疏證】

弃捐仁義，信讒佞也。◎案：鑿字出韻。離騷「偭規矩而改錯」，七諫謬諫「滅規榘而改錯」。正文「改鑿」，當作「改錯」，音訛也。記纂淵海卷三引此句作「背繩而改錯」，雖敚「墨」字，鑿猶作錯，未訛也。章句以上堅、信、佞同協真韻。

獨耿介而不隨兮，

執節守度，不枉傾也。

【疏證】

執節守度，不枉傾也。◎文選卷一三秋興賦「宵耿介而不寐兮」，李善注引王逸注：「耿介，執節守度。」案：章句以「執節守度」解「耿介」者，猶專一也。文選卷九射雉賦「厲耿介之專心兮」，徐爰注：「耿介，專一也。」章句以「不枉傾」解「不隨」，讀爲墮，古字通用。墮，壞也，毁也。

願慕先聖之遺教。

循行道德，遵典經也。

【疏證】

循行道德，遵典經也。◎案：章句以「循行」訓「慕」，説文心部：「慕，習也。从心，莫聲。」段注：「習其事者，必中心好之。」慕猶循行也。又，「典經」云者，猶經典也，倒乙趁韻。

處濁世而顯榮兮，

謂仕亂君爲公卿也。

【疏證】謂仕亂君爲公卿也。◎案：顯榮，本篇二見，上「太公九十乃顯榮兮」是也。又，思美人「入下吾不能」，章句：「隨俗顯榮，非所樂也。」與此同意。又，章句「爲公卿」云云，卿字，陽韻。在東漢歸耕、清部。章句以上傾、經、卿三字同協耕韻。

非余心之所樂。

彼雖富貴，我不願也。

【疏證】彼雖富貴，我不願也。◎案：此猶離騷「非余心之所急」也。又，後漢書卷二八馮衍傳「實吾心之所樂」。相反爲意，句法則同。

與其無義而有名兮，

宰嚭專吳，握君權也。

【疏證】

宰嚭專吳，握君權也。◎案：與其，謂如其也。章句「宰嚭」云云，宰，謂太宰也。周禮卷二天官冢宰第一敘官：「大宰之職，掌建邦之六典：一曰治典，二曰教典，三曰禮典，四曰政典，五曰刑典，六曰事典。」嚭，伯嚭，吳之佞臣。史記卷三一吳太伯世家，吳王闔廬元年，楚誅伯州犁，其孫伯嚭亡奔吳，吳以爲大夫。集解引徐廣：「伯嚭，州犁孫也。」吳王夫差元年，以大夫伯嚭爲太宰。吳敗越，越王乃使大夫種因太宰嚭而行成。子胥諫，吳王弗聽，聽太宰嚭。越王滅吳，誅太宰嚭，以爲不忠吳故也。

寧窮處而守高。

思從夷、齊於首陽也。

【疏證】

思從夷、齊於首陽也。◎補注：「高，一苦浩切，即枯槁之槁。」案：全後漢文卷七三蔡邕釋誨：「心恬澹于守高，意無爲于持盈。」蹈襲於玉，其所據本作「守高」。章句「夷、齊於首陽」云云，夷，伯夷；齊，叔齊也。首陽，山名。史記卷六一伯夷列傳「隱於首陽山」，集解：「馬融曰：『首陽山在河東蒲坂華山之北，河曲之中。』」正義：「曹大家注幽通賦云：『夷齊餓於首陽山，在隴西首。』又戴延之西征記云：『洛陽東北首陽山有夷齊祠。』今在偃師縣西北。又孟子云：『夷、齊避紂，居北海之濱。』首陽山，説文云：『首陽山在遼西。』史傳及諸書，夷、齊餓於首陽凡五所，各有案據，先後不詳。莊子云：『伯夷、叔齊西至岐陽，見周武王伐殷，曰：「吾聞古之士，遭治世不避其任，遇亂世不爲苟存。今天下闇，周德衰，其並乎周以塗吾身也，不若避之以絜吾行。」二子北至于首陽之山，遂飢餓而死。』又下詩『登彼西山』，是今清源縣首陽山，在岐陽西北，明即夷、齊餓死處也。」

食不媮而爲飽兮，

何必杭粱與芻豢也。

【疏證】

何必杭粱與芻豢也。◎案：章句「杭粱與芻豢」云云，杭、粱，並糧也。説文禾部：「杭，稻屬。从禾，亢聲。」爾雅陸德明釋文引聲類：「亦以杭爲不黏稻。」漢書卷二九溝洫志「更爲杭稻」，顔師古注：「杭，謂稻之不粘者也，音庚。」又，卷二四食貨志上「食必[粱]（粱）肉」，顔師古注：「[粱]（粱），好粟也，即今之[粱]（粱）米。」又，芻、豢，並牲畜所食艸。禮記卷一六月令第六「案芻豢」，鄭注：「養牛羊曰芻，犬豕曰豢。」孔疏引王肅：「食草曰芻，食穀曰豢。」此謂食不嫌精粗，但求飽可也。又，章句「芻豢」云云，豢字出韻。舊本蓋作「何必芻豢與秔粱」。章句以上陽、粱同協陽韻。

衣不苟而爲温。

非貴錦繡及綾紈也。

【疏證】

非貴錦繡及綾紈也。◎正德本、隆慶本、劉本、馮本、俞本、朱本、湖北本、莊本、四庫章句本「繡」作「綺」。案：散文錦、繡、紈、綾、綺五者，並稱衣之貴者。對文則別。詩終南「錦衣狐裘」，毛傳：「錦，衣采色也。」説文金部：「錦，襄色，織文。从帛、金聲。」又，糸部：「繡，五采備也。从糸、肅聲。」左傳昭公二十五年「五章以奉五色」，杜注：「五色備謂之繡。」又，漢書卷九元帝紀「齊三服官」，李奇曰：「紈素爲冬服。」顔師古注：「紈素，今之絹也。」釋名釋采帛：「紈，焕也。細澤有光焕焕然也。」又，説文糸部：「綾，東齊謂布帛之細曰綾。从糸、夌聲。」釋名釋采帛：「綾，凌也。其文望之如冰凌之理也。」漢書卷一高帝紀下「賈人毋得衣錦繡綺縠絺紵」，顔師古注：「綺，文繒也，即今之細綾也。」此謂著衣不求華貴，但温之可也。

竊慕詩人之遺風兮，

勤身修德，樂伐檀也。

【疏證】

勤身修德，樂伐檀也。◎案：伐檀見詩魏風，毛序：「伐檀，刺貪也。在位貪鄙，無功而受禄，君子不得進仕爾。」

願託志乎素餐。

不空食禄而曠官也。詩云：「彼君子兮，不素餐兮。」謂居位食禄，無有功德，名曰「素餐」。

【疏證】

不空食禄而曠官也。詩云：「彼君子兮，不素餐兮。」謂居位食禄，無有功德，名曰「素餐」。◎正德本、隆慶本、劉本、俞本、朱本「居」下有「其」字，句末有「也」字。莊本正文敚「乎」字。案：章句引詩，見魏風伐檀，毛傳：「素，空也。」文選卷二二顏延年車駕幸京口侍遊蒜山作「空食疲廊肆」，李善注：「空食，猶素餐也。王逸楚辭注：『不空食禄而曠官也。』」李善注以「空食」與「素餐」同。素餐、空食，同義互訓，今謂「食白食」。此「願託志」，非「空食禄」，亦非「空食」。湯炳正楚辭類稿因文選卷三七曹植求自試表李善注引韓詩：「何謂素餐？素者，質也。人但有質朴，而無治民之材，名曰素餐。」乃以玉之「素餐」同韓詩。其説是也。章句「曠官」云云，書皋陶謨「無曠庶官」，孔傳：「曠，空也。」謂廢官事。

蹇充倔而無端兮，

媒理斷絶，無因緣也。

【疏證】

媒理斷絶，無因緣也。◎補注：「儒行云：『不充詘於富貴。』充詘，喜失節貌。」案：洪引儒行見禮記卷五九第四一篇。鄭注：「充詘，歡喜，失節之貌。」孔疏亦云：「充詘，是歡喜失節之貌。」充詘，猶今云「過分喜歡」、「樂過了頭」。洪氏敚「歡」字，義不可通。卷四七祭義二四「敬以詘」，鄭注：「詘，充詘，形容喜貌也。」孔子家語卷一儒行解第五王肅注：「允詘，踴躍，參擾之貌。」充詘、充倔同。全三國文卷七一周昭新論論步騭嚴畯等：「心無失道之欲，事無充詘之求。」充詘、失道爲對文。或作充屈，嵇中散集卷四答向子期難養生論：「有至樂者，非充屈也。」蹇充倔，謂甚紛擾也。又，無端，謂無頭緒也。九歎遠逝「路曼曼其無端兮」是也。章句「無因緣」云云，以意説之。

泊莽莽而無垠。

幽處山野而無鄰也。

【疏證】

幽處山野而無鄰也。◎案：説文土部：「垠，地垠也。一曰：岸也。从土、艮聲。圻，或从斤。」引申之凡言涯際。文選卷四五班固答賓戲「漢良受書於邳垠」，李善注引晉灼曰：「垠，涯也。」又，莽莽，廣大貌。懷沙「草木莽莽」，史記卷八四屈原列傳裴駰集解引王逸注：「莽莽，盛茂貌。」慧琳音義卷八三「莽莽」條引王逸注楚辭：「莽莽，盛也。」莽莽，楚辭恆語。九懷危俊「泱莽莽兮究志」。章句「幽處山野而無鄰」云云，以意説之。

無衣裘以御冬兮，

言己飢寒，家困貧也。

【疏證】

言己飢寒，家困貧也。◎俞本、莊本「貧」作「窮」。文淵四庫章句本「飢」作「饑」，文津本亦作「飢」。案：飢，食不飽也。饑，穀不熟也。則舊作「飢寒」。又，作「窮」，出韻。補注：「詩曰：

『我有旨蓄，亦以御冬。』注云：『御，禦也。』」裘，御寒之服也。説文衣部：「求，皮衣也。从衣、求聲。一曰象形，與衰同意。求，古文，省衣。」公羊傳桓公八年：「則冬不裘，夏不葛。」何休注：「裘、葛者，禦寒暑之美服。」又，洪氏引詩，見谷風。御，謂馭馬也，御冬字作禦，古字通用。左傳莊公二十四年御孫，漢書卷二〇古今人表作禦孫。古多以御字爲之。淮南子卷五時則訓「天子乃儺，以御秋氣」，卷一三氾論訓「而民得以揜形御寒」，高注並云：「御，止也。」

恐溘死不得見乎陽春。

　　懼命奄忽，不踰年也。

【疏證】

　　懼命奄忽，不踰年也。◎案：詩七月「春日載陽」，鄭箋：「陽，温也。」文選卷三張衡東京賦「春日載陽」，薛綜注：「陽，暖也。」陽春，暖春也。類聚卷九水部下「泉」條引張衡温泉賦：「陽春之月，百草萋萋。」文選卷二七樂府上長歌行：「陽春布德澤，萬物生光暉。」又，哀時命：「願壹見陽春之白日兮，恐不終乎永年。」章句：「言己被疾憂懼，恐隨草木徂落，不能至陽春見白日，不終年命，遂委弃也。」可爲此文注脚。

靚杪秋之遥夜兮，

盛陰脩夜，何難曉也。

【疏證】

盛陰脩夜，何難曉也。◎正德本、隆慶本、朱本、劉本「脩」作「修」，文淵四庫章句本「何」作「曰」，文津本作「周」。案：脩、修通。據義，則舊作「曰」也。作「周」，訛也。補注：「靚音静，杪，末也。」文選卷七揚雄甘泉賦「稍暗暗而靚深」，李善注：「靚，即静字耳。」漢書卷四八賈誼傳「澹虖若深淵之靚」，顔師古注：「靚與静同。」説文木部：「杪，木標末也。从木，少聲。」漢書卷五七司馬相如傳「偃蹇杪顛」，顔師古注：「杪顛，枝上端也。」引申之凡末皆曰杪。杪秋，猶深秋、季秋。類聚卷八二草部下「薺」條引卞伯玉薺賦：「終風掃於暮節，霜露交於杪秋。」卷一五后妃部「后妃」條引顔延之元皇后哀策文：「杪秋即穸，霜夜流唱。」又，章句「盛陰脩夜」云云，以「遥夜」爲「脩夜」者，猶長夜也。全三國文卷四五阮籍達莊論「季秋遥夜之月」，全晉文卷一四〇湛方生七歡「若乃清秋遥夜」。遥夜，古之恆語。又，章句「何難曉」云云，曉字出韻。當乙作「何曉難」。章句以上願、權、拳、紈、檀、官、緣、年、鄰、貧、難協韻，願、權、拳、紈、檀、官、緣、難，元韻；年、鄰，真韻；貧，文韻；元、真、文合韻。

心繚悷而有哀。

思念糾戾，腸折摧也。

【疏證】思念糾戾，腸折摧也。◎俞本、莊本、同治本「糾」作「糺」，「腸」作「膓」。正德本、隆慶本、朱本、劉本、馮本、四庫章句本、寶翰本、皇都本、惜蔭本亦作「糺」、「膓」。案：糺，俗糾字。膓，俗腸字。補注：「繚，繚繞。」又引悷一作悧，云：「懍悷，悲吟。悧，音列，憂也。」章句以「糾戾」釋「繚悷」，愁思不解之貌。繚悷，猶上文「憭慄」，或作料洌、惏慄、凜厲、栗洌等，未可扼其訓詁字。

春秋逴逴而日高兮，

年齒已老，將晚暮也。

【疏證】年齒已老，將晚暮也。◎補注：「逴，遠也。」案：顔師古匡謬正俗卷六「逴」條：「逴者，謂超踰不依次第。」字或作趠，廣雅釋詁：「趠，絶也。」通作卓，哀時命「處卓卓而日遠兮」，章句：「卓卓，高貌。」又，日高，謂日遠。哀時命之「日遠」，洪氏引遠一作高。又，哀郢「哀故都之日遠」。日遠，楚辭恆語。又，章句「將晚暮」云云，暮字出韻，當作「昧」，蓋以同義易之。昧，冥也。

然惆悵而自悲。

功名不立，自矜哀也。

【疏證】

功名不立，自矜哀也。◎案：惆悵，本篇二見，上「惆悵兮而私自憐」是也，言失意貌。九懷通路「惆悵兮自怜」，章句：「悵然失志，嗟厥命也。」陶壅「余惆悵兮何歸」，章句：「罔然失志，無依附也。」又，九思怨上「惆悵兮自悲」，全後漢文卷九〇王粲傷夭賦「心惆悵而長慕」，柳賦「心惆悵呂增慮」，類聚卷三四人部一八「哀傷」引魏文帝寡婦賦「内惆悵兮自憐」，卷三五人部一九「愁」條引曹子建九愁賦「獨惆悵而長愁」。古儷府卷一二物類部鮑照舞鶴賦「心惆悵而哀離」。皆同此意。章句「自矜哀」云云，矜亦哀也。書泰誓上「天矜于民」，孔傳：「矜，憐也。」

四時遞來而卒歲兮，

冬夏更運，去若頹也。

【疏證】

冬夏更運，去若頽也。◎同治本「遆」作「遞」。慧琳音義卷一一「遞互」條：「楚辭曰『四時遞來而卒歲』，王逸曰：『更相代也。』」案：作「更相代」，代字出韻。頽、代相協，則唐、宋之、脂、微合韻之後，非其本之舊。遆，俗遞字。說文辵部：「遞，更易也。从辵，虒聲。」又，全三國文卷三七桓範爲君難「四時迭㠯成歲」，全晉文卷九六陸機感時賦「歷四時㠯迭感」，並同此意。迭、遞亦同。

陰陽不可與儷偕。

寒往暑來，難追逐也。

【疏證】

寒往暑來，難追逐也。◎補注：「儷，偶也。」案：說文人部，儷但訓「棽儷」。言儷偶者，則別一字。淮南子卷七精神訓「鳳凰不能與之儷」，高注：「儷，偕也。」儷偕，平列同義。又，章句「難追逐」云云，追逐，散文不別，對文隨謂之追，而不隨謂之逐；逐謂之追，而隨人之末後謂之追。追逐，逐字出韻，當乙作「逐追」。

白日晼晚其將入兮，

年時欲暮，才力衰也。

【疏證】

年時欲暮，才力衰也。◎景宋本「年時欲暮」作「得時將」。案：欲、將同義。或本爛敚「暮」字。補注：「晼，景昳也。」文選卷一六陸機歎逝賦「老晼晚其將及」，李善注：「晼晚，言日將暮也。」此語復見哀時命。又，班婕妤自悼賦「白日忽已移光兮」，文選卷一一王粲登樓賦「白日忽其將匿」，全後漢文卷九三繁欽愁思賦「潛白日于玄陰兮」，全晉文卷八五張協登北芒賦「歎白日之西頹兮」。並嗟歎時之不偶。蓋爲此文注脚。章句以上摧、昧、哀、頹、追、衰同協微韻。

明月銷鑠而減毁。

形容減少，顏貌虧也。

【疏證】

形容減少，顏貌虧也。◎正德本、隆慶本、劉本、馮本、俞本、朱本、湖北本、莊本、四庫章句本「貌」作「色」。案：據義，則舊作「顏色」也。銷鑠，詳參上「形銷鑠而瘀傷」注。慧琳音義卷四「銷雪」條引王注楚辭：「銷，滅也。」章句遺義。又，惜誦「故衆口其鑠金兮」，章句：「鑠，銷也。」銷鑠，平列同義。遠遊「質銷鑠以汋約兮」，文選卷三四枚乘七發：「雖有金石之堅，猶將銷鑠而挺解也。」銷鑠，古之恆語。

歲忽忽而遒盡兮，

時去晻晻，若鶩馳也。

【疏證】

時去晻晻，若鶩馳也。◎正德本、隆慶本、劉本、俞本、朱本、湖北本、四庫章句本「去」作「忽」。案：此句本篇二見。上文「歲忽忽而遒盡兮」，章句：「年歲逝往，若流水也。」時去晻晻，猶「年歲逝往」也。章句以「晻晻」解「忽忽」，蓋作「奄奄」，猶奄忽，言去疾貌。下文「年洋洋以日往兮」，章句：「歲月已盡，去奄忽也。」

老冉冉而愈弛。

年命逝往，促急危也。

【疏證】

年命逝往，促急危也。◎案：老冉冉，詳參離騷「老冉冉其將至兮」注。補注：「施與弛同。」史記卷八四賈生列傳「庚子日施兮」，索隱：「施，猶西斜也。」

心摇悦而日幸兮，

意中私喜，想用施也。

【疏證】

意中私喜，想用施也。◎案：章句以「意中私喜」釋「心摇悦」，摇，讀如嗂。說文口部：「嗂，喜也。从口，䍃聲。」古多借陶字爲之。禮記卷九檀弓下第四：「人喜則斯陶，陶斯詠。」鄭注：「陶，鬱陶也。」鬱陶，喜也。補注引摇一作愮，曰：「摇，動也。愮，憂也。無喜悦義。」或曰：摇，當作愮，言悦也。古摇、擔多相訛。擔，愮字之訛。詳參王念孫讀書雜志。則别爲一説。朱季海楚辭解故謂摇悦即眺説，「本謂美好，亦或以爲自好，語不殊耳」，非也。

然怊悵而無冀。

內無所恃，失本義也。

【疏證】

內無所恃，失本義也。◎補注：「怊音超。」案：怊悵，猶惆悵，失意貌。周秦、兩漢多曰怊悵，魏、晉以還多曰惆悵，古今別語。七諫謬諫「然怊悵而自悲」，九歎逢紛「心怊悵以永思兮」。又，冀，幸也，本字作覬。謬諫「蹇超搖而無冀」是也。章句以上虧、馳、施、義、危協韻；虧、馳、施、義，歌韻；危，支韻。歌、支合韻。

中憯惻之悽愴兮，

志願不得，心肝沸也。

【疏證】

志願不得，心肝沸也。◎補注引「心肝沸」一作「心傷慘」。案：作「心傷慘」，出韻。憯、惻，謂心痛。訓義俱見說文心部。悽愴，憂愁也。上文「竊獨悲此廩秋」，章句：「微霜悽愴，寒栗洌也。」以「悽愴」釋「悲」字。九懷昭世「魂悽愴兮感哀」，章句：「精神惆悵而思歸也。」悽愴，猶惆悵也。九思哀歲「余感時兮悽愴」，章句：「感時以悲思也。」以「悲思」釋「悽愴」。或作「心傷慘」，蓋據義改也。又，全後漢文卷九〇王粲寡婦賦「意悽愴兮摧傷」，鶯賦「心悽愴而慜之」，全三國文卷四四阮籍首陽山賦「慮悽愴而感心」。悽愴，亦憂傷也。

長太息而增欷。

憂懷感結，重歎悲也。

【疏證】

憂懷感結，重歎悲也。◎皇都本「結」訛作「結」。案：章句「感結」云云，言感傷抑鬱也。遠遊「心愁悽而增悲」，章句：「愴然感結，涕沾懷也。」與此同意。章句「憂懷感結」云云，憂、感對文，感亦憂也。感結，漢、晉恆語。竹莊詩話卷二徐淑答秦嘉詩：「思君兮感結，夢想兮容暉。」宋書卷二一志一一樂三甄皇后塘上行：「想見君顏色，感結傷心脾。」晉書卷六六陶侃傳：「伏枕感結，情不自勝。」

年洋洋以日往兮，

歲月已盡，去奄忽也。

【疏證】

歲月已盡，去奄忽也。◎案：洋洋，楚辭有二解：一曰無涯，大招「西方流沙漭洋洋只」，章句：「洋洋，無涯貌也。」二曰無所歸依，哀郢「焉洋洋而爲客」，章句：「洋洋，無所歸貌。」然皆與此文不合。洋洋，言水疾逝之意。洋，讀如湯，古通用字。呂氏春秋卷一四孝行覽第二本味篇「湯湯乎若流水」，列子卷五湯問、韓詩外傳卷九皆作「洋洋乎若江、河」。廣雅釋訓：「湯湯，流也。」引申之言奄忽疾逝。漢書卷二九溝洫志「河湯湯兮激潺湲」，顏師古注：「湯湯，疾貌也。」

老嵺廓而無處。

亡官失禄，去家室也。

【疏證】

亡官失禄，去家室也。◎補注引「嵺」一作「廖」，云：「玉篇云：『寥廓，空也。力幺切。』」案：九思疾世「居嵺廓兮尠疇」，章句：「嵺廓，空洞而無人也。」嵺廓、廖廓，並一字。或作廓落、懭悢等，失意貌，與解虛空者相通。此狀老而無處，落拓失據也。章句「亡官失禄去家室」云云，是得其旨。章句以上沸、忽、悲、室協韻；沸、忽，物韻，微之入；悲，微韻；室，質韻，脂之入。微、脂合韻。

事亹亹而覬進兮，

思想君命，幸復位也。

【疏證】

思想君命，幸復位也。◎皇都本「覬」作「現」。案：現，訛字。章句以「思想」釋「事」，事之言志也。章句以「思想」釋「事」者，事之爲言志也。易蠱上九「高尚其事」，孟子外書文説引「事」作「志」。新蔡葛陵楚墓甲三・十簡：「君將又（有）志成也。」言有事成也。零・一六四簡：「□咎，無志[占]□。」無志，言無事也。零・二二五簡：「□有志□□□。」有志，言有事。又，郭店楚墓竹簡緇衣：「毋以卑（嬖）士息（塞）大夫、卿事（士）。」馬王堆漢墓帛書五行解：「君子從而士（事）之也[者]，猶顔子、子路之士（事）孔子也。士（事）之者成（誠）士（事）之也。知而弗士（事），未可胃（謂）尊賢也。」老子乙種本：「君子從而士（事）之也者，猶顔子、子路之士（事）孔子也。士（事）之者，成（誠）士（事）之也。」荀子卷九致士：「士其刑賞而還與之。」楊倞注：「士，當爲事。」志，士聲；則「志」之通「事」，例猶「士」之通「事」。志，謂思也，想也。亹亹，行進貌。詳參上「時亹亹而過中兮」注。覬，冀幸本字。

蹇淹留而躊躇。

久處無成，卒放弃也。

【疏證】

久處無成，卒放弃也。◎正德本、隆慶本、朱本、劉本、馮本、俞本、莊本、四庫章句本「弃」作「棄」。案：弃與棄同。補注：「躊躇，進退貌。」淹留，言久留也。詳參離騷「日月忽其不淹兮」注。躊躇，行不進貌。或作跱躇、踟跦、峙躇、躑躅、躑躅、趻跦、踟蹰、跮踱等，則未可勝舉。漢書卷九七上外戚傳李夫人「哀裴回以躊躇」，哀時命「倚躊躇以淹留兮」，文選卷一六向秀思舊賦「心徘徊以躊躇」，皆同此意。章句以上位、棄同協緝韻。

何氾濫之浮雲兮，

浮雲晻翳，興讒佞也。

【疏證】

浮雲晻翳，興讒佞也。◎案：慧琳音義卷六二「汎漲」條、續音義卷一「汎漲」條同引王逸注楚辭：「氾，淹也。」章句遺義。九歎憂苦「折鋭摧矜，凝氾濫兮」，章句：「氾濫，猶沈浮也。」章句「浮雲晻翳興讒佞」云云，即「沈浮」意。又，章句「晻翳」云云，猶晻曖、蓊鬱也，言蔽闇貌。

猋壅蔽此明月。

妨遮忠良，害仁賢也。夫浮雲行則蔽月之光，讒佞進則忠良壅也。

【疏證】

妨遮忠良，害仁賢也。◎四庫章句本「妨遮」作「蔽遮」。正德本、隆慶本、劉本、馮本、俞本、朱本、湖北本、莊本、四庫章句本「害」下有「妬」字。案：章句用七字句韻語，有「妬」，羨也。章句「害仁賢」云云，害，妬也。詳參離騷序「妬害其能」注。後不曉害亦妬之義，增益爲「害妬」。

夫浮雲行則蔽月之光，讒佞進則忠良壅也。◎補注：「猋，犬走貌。」案：猋，或作飆，古字通用。文選卷九揚雄長楊賦「猋騰波流」，李善注：「猋與飆，古字通也。」卷一八馬融長笛賦「感迴飆而將頹」，李善注：「爾雅曰：『颰飆謂之猋。』猋與飆同。」又，明月，通體明潔，喻貞臣。浮雲蔽月，興讒佞害忠賢。下「卒壅蔽此浮雲兮」，章句：「終爲讒佞所覆冒也。」九懷陶壅「浮雲鬱兮晝昏」，章句：「楚國潰亂，氣未除也。」七諫沈江：「浮雲陳而蔽晦兮，使日月乎無光。」章句：「言讒佞陳列在側，則使君不聰明也。」皆以浮雲喻讒佞，蓋成習藻。離騷序亦謂「飄風雲霓，以爲小人」。後之詩家則多承之，李白登金陵鳳凰臺：「總爲浮雲能蔽日，長安不見使人愁。」

忠昭昭而願見兮，

思竭蹇蹇而陳誠也。

【疏證】

思竭蹇蹇而陳誠也。◎案：昭昭，詳參上「去白日之昭昭」注。雲中君「爛昭昭兮未央」，章句：「昭昭，明也。」章句「蹇蹇」云云，或作謇謇，忠貞貌。詳參離騷「余固知謇謇之爲患兮」注。

然露曀而莫達。

邪僞推排而隱蔽也。

【疏證】

邪僞推排而隱蔽也。◎補注：「露，雲覆日也。曀，陰風也。」案：露曀，猶晻曖，言蔽隱貌。未可據其訓詁字説之。又，章句「隱蔽」云云，蔽字出韻，當乙作「蔽隱」。

願皓日之顯行兮，

思望聖君之聘請也。日以喻君。詩云：「杲杲出日。」

【疏證】

思望聖君之聘請也。日以喻君。詩云：「杲杲出日。」◎俞本、莊本「出日」作「日出」。補注：「皓，光也，明也，日出貌也。」案：章句引詩見衛風伯兮，作「出日」。毛傳：「杲杲然日復出矣。」杲、皓，古字通用。又，漁父「安能以皓皓之白」，章句：「皓皓，猶皎皎也。」章句「日以喻君」云云，思美人「白日出之悠悠」，章句：「君政温仁，體光明也。」

雲蒙蒙而蔽之。

羣小專恣，掩君明也。

【疏證】

羣小專恣，掩君明也。◎案：雲霓以興讒佞者，離騷序既已説之。釋名釋天：「蒙，日光不明蒙蒙然也。」廣雅釋訓：「蒙蒙，暗也。」七諫自悲「微霜降之蒙蒙」，章句：「蒙蒙，盛貌。」訓「暗」、訓「盛」，其義亦通。

竊不自聊而願忠兮，

意欲竭死，不顧生也。

【疏證】

意欲竭死，不顧生也。◎案：不聊者，猶不賴也。戰國策卷六秦策四「百姓不聊生」，高注：「聊，賴。」惜往日「恬死亡而不聊」，七諫怨世「呂望窮困而不聊生兮」，九思哀歲「愁不聊兮遑生」。不聊者，楚辭恆語。章句「竭死」云云，猶竭盡死力也。

或黕點而汙之。

讒人誣謗，被以惡名也。

【疏證】

讒人誣謗，被以惡名也。◎案：章句用七字句韻語，以「羨文。補注：「黕，說文都感切，滓垢也。又，陟甚切，污也。」七諫怨世「唐、虞點灼而毀議」，章句：「點，汙也。」黕點，平列同義。汙、污一字。此作汙字，出韻。汙，蓋汗之訛。汗有汙垢意。釋名釋衣服：「汗衣，近身受汗垢之衣也。詩謂之澤，受汗澤也。」廣雅釋詁：「汗，濁也。」

堯、舜之抗行兮，

聖迹顯著，高無顛也。

【疏證】

聖迹顯著，高無顛也。◎文淵四庫章句本「顛」作「匹」，文津本作「韻」。案：若作「無匹」，匹字出韻。作「韻」，顛之訛也。抗，説文手部訓扞，無高顯義。讀作亢，古字通用。漢書卷三一陳勝傳「不亢於九國之師」，顔師古注：「亢，當也，讀與抗同。」列子卷二黃帝篇「而以道與世抗」，釋文：「抗，或作亢，音同。」亢，高也。

瞭冥冥而薄天。

茂德焕炳，配乾坤也。

【疏證】

茂德焕炳，配乾坤也。◎補注引「瞭」一作「杳」，云：「瞭音了，明也。一音杳。薄，附也。」案：九歌東君「杳冥冥兮以東行」，章句：「言日過太陰，不見其光，出杳杳，入冥冥，直東行而復出。」山鬼「杳冥冥兮羌晝晦」，章句：「雖白晝猶暝晦也。」涉江「深林杳以冥冥兮」，章句：「山林草木茂盛。」九歎怨思「經營原野杳冥冥兮」，章句：「言己放行山野之中，但見草木杳冥，無有人民也。」杳冥冥，楚辭恆語，無言「瞭冥冥」。漢書卷八七上揚雄傳「杳旭卉兮」，顔師古注：「杳，高遠也。」懷沙「眴兮杳杳」，章句：「杳杳，深冥貌也。」杳冥冥，高遠貌也。瞭、杳古音别。瞭，讀如遼，遠也。以杳爲遼（瞭），蓋據義改也。又，章句「焕炳」云云，文采貌。後漢書卷四八應劭傳「文章焕炳」是也。章句以上佞、賢、隱、顛、坤、誠、請、明、名協韻；佞、賢、顛、坤，真韻；隱，文韻；誠、請、名，耕韻；明，陽韻，東漢時入耕韻。真、耕合韻。

何險巇之嫉妬兮，

亂惑之主嫉其榮也。

【疏證】

亂惑之主嫉其榮也。◎案：險巇，或作險隘、險巇、險墟、嶮巇、赫戲等，皆聲之轉也。七諫怨世「然蕪穢而險戲」，章句：「險戲，猶言傾危也。」章句以「亂惑之主」解之，以事爲名也。

被以不慈之僞名。

言堯有不慈之過，以其不傳丹朱也；舜有卑父之謗，以其不立瞽瞍也。

言堯有不慈之過，以其不傳丹朱也；舜有卑父之謗，以其不立瞽瞍也。◎案：新書卷八道術篇：「親愛利子謂之慈，反慈爲嚚。」僞，虚不實也。上博簡（一）性情論：「凡人僞爲可亞（惡）也。僞斯吝矣，吝斯慮矣，慮斯莫與之結。」章句「不傳丹朱」云云，丹朱，堯子。史記卷一五帝本紀：「堯曰：『誰可順此事？』放齊曰：『嗣子丹朱開明。』堯曰：『吁！頑凶，不用。』」正義：「鄭玄云：『帝堯胤嗣之子，名曰丹朱，開明也。』案：開，解而達也。帝王紀云：『堯娶散宜氏女，曰女皇，生丹朱。』汲冢紀年云：『后稷放帝子丹朱。』范汪荆州記云：『丹水縣在丹川，堯子朱之所封也。』括地志云：『丹水故城在鄧州内鄉縣西南百三十里。丹水故爲縣。』」瞽瞍，舜父也。五帝本紀又曰：「舜父瞽叟盲，而舜母死，瞽叟更娶妻而生象，象傲。瞽叟愛後妻子，常欲殺舜，舜避逃；及有小過，則受罪。順事父及後母與弟，日以篤謹，匪有懈。」堯、舜之相舉，不以親故，而在推賢。上博簡（二）訟城是（容成氏）：「堯又（有）子九人，不以丌子爲後，見夋（舜）之賢也，而欲以爲後。堯爲善與賢，而卒立之。夋（舜）又（有）子七人，不以丌子爲後，見禹之賢也，而欲以爲後。禹乃五壤（讓）以天下之賢者，不得已，然句（後）敢受之。」郭店楚墓竹簡窮達以時篇：「舜耕於鬲（歷）山，陶拍於河固，立而爲天子，遇堯也。」唐虞之道篇：「堯、舜之王，利天下而弗利也。

徸而不遶（傳），聖之盛也。利天下而弗利也，仁之至也。」又曰：「堯、舜之行，悉（愛）親尊賢。悉（愛）親古（故）孝，尊賢古（故）徸。」又曰：「古者堯之與舜也；昏（聞）舜孝，智（知）能養天下之老也；昏（聞）舜弟，智（知）其能嗣天下之長也；昏（聞）慈乎弟□□□□□爲民宔（主）也。古（故）其爲巳寞子也，甚孝；秉（及）其爲堯臣也，甚忠。堯徸天下而受之，南面而王天下而甚君。古（故）堯之徸乎舜也，女（如）此也。」又，長沙馬王堆漢墓帛書五行篇：「君子知而舉之，胃（謂）之尊賢。君子知而舉之也者，猶堯之舉舜，□□（湯武）之舉伊尹也。舉之也者，成（誠）舉之也。知而弗舉，未可胃（謂）尊賢。」北大簡（五）周馴（訓）：「舜之所愛子曰商均，舜啓道之，欲其能賢，教之而不可，乃放逐之，弗使王民。於是爲篇曰：父之愛子也。豈惡貴之？念予之國，恐以祟。夫亡國之人，豈將徒亡國而已？必失其身。」又曰：「禹謂啓曰：丹朱、商均，行義弗好，寡德少禮，是以不得爲堯舜嗣。」皆可爲此文注脚。然後世視之，猶謂「不慈」、「不孝」。莊子卷八盜跖篇第二九：「堯不慈，舜不孝。」韓非子卷一七説疑篇第四四：「舜偪堯，禹偪舜，湯放桀，武王伐紂，此四王者，人臣弑其君者也。」卷二〇忠孝篇第五一：「瞽瞍爲舜父，而舜放之；象爲舜弟，而舜殺之。放父殺弟，不可謂仁；妻帝二女而取天下，不可謂義。」淮南子卷一三氾論訓：「然堯有不慈之名，舜有卑父之謗。」高注：「謂天下不以予子丹朱也，謂瞽瞍降在庶人也。」皆其時輿論。

彼日月之照明兮，

三光照察，鏡幽冥也。

【疏證】

三光照察，鏡幽冥也。◎正德本、隆慶本、劉本、馮本、俞本、朱本、湖北本、莊本、四庫章句本「冥」作「明」。案：作「幽明」，則亦協韻。章句「三光」云云，謂日、月、星也。九思亂曰「三光朗兮鏡萬方」，章句：「日月星辰昭，君明下理，賢愚得所也。」又，漢書卷三六楚元王傳「則幽冥而莫知其原」，顏師古注：「幽冥，猶暗昧也。」

尚黯黮而有瑕。

雲霓之氣，蔽其精也。

【疏證】

雲霓之氣，蔽其精也。◎慧琳音義卷五「黨黮」條：「楚辭云：『彼日月之照明，尚黤黮而有瑕。』王逸注云：『謂不明浄也。』」案：章句遺義，以黯黮爲不明浄。九歎思古「望舊邦之黯黮兮」，章句：「黯黮，不明貌也。」又，禮記卷六三聘義第四八「瑕不揜瑜，瑜不揜瑕」，鄭注：「瑕，玉之病也。」

何況一國之事兮，

衆職叢務，君異政也。

【疏證】衆職叢務，君異政也。◎案：文選卷四五卜夏毛詩序：「是以一國之事，繫一人之本，謂之風；言天下之事，形四方之風，謂之雅。」宋書卷四三徐羨之傳：「形風四方，實繫王德；一國之事，本之一人。」列子卷三周穆王篇：「居人民之上，總一國之事。」一國之事，古之恆語。

亦多端而膠加。

賢愚反戾，人異形也。

【疏證】賢愚反戾，人異形也。◎補注：「集韻：『膠加，戾也。膠音豪。加，丘加切。王逸說。』」案：今本集韻下平聲第六豪韻「膠」字：「膠，戾也。」無「王逸說」三字。洪氏所見集韻本引章句說，蓋以「膠加」訓戾字。戾，曲也。漢書卷八七上揚雄傳「其相膠葛兮」，顏師古注：「膠葛，猶言膠加也。」膠加、膠葛，聲之轉，糾纏結曲貌。遠遊「騎膠葛以雜亂兮」，章句：「參差駢錯，而縱橫也。」或作膠輵，漢書卷五七司馬相如傳「雜遝膠輵以方馳」，顏師古注：「膠輵，猶交加也。」或作膠轄，史記卷一一七司馬相如列傳「跮踱輵轄容以委麗兮」，索隱引張揖：「輵磍，前卻也。」膠轄、輵磍同。或作轇轕，九歎遠遊「潺湲轇轕，雷動電發，馺高舉兮」，章句：「縱橫轇轕，遂乘雷電而高舉也。」章句以上榮、冥、精、政、形同協耕韻。

被荷裯之晏晏兮，

荷，芙蕖也。裯，袛裯也，若襜褕矣。晏晏，盛貌也。

【疏證】

荷，芙蕖也。◎案：詳參離騷「製芰荷以爲衣兮」注。

裯，袛裯也，若襜褕矣。◎戴侗六書故「裯」字引王逸注無「若襜褕矣」四字。案：刪之也。補注：「說文：『袛裯，短衣。』方言：『汗襦，自關而西謂之袛裯。』」案：方言卷四：「汗襦，江淮、南楚謂之𧝓，自關而西謂之袛裯。自關而東謂之甲襦，陳、魏、宋、楚之間謂之襜襦，或謂之襌襦。」郭注：「亦呼爲掩汗也，今或呼衫爲襌襦。」說文衣部：「襦，短衣也。从衣、需聲。」段注：「顏注急就篇曰：『短衣曰襦，自膝以上。』按襦若今襖之短者，袍若今襖之長者。」則「汗襦」，近身短衣若襦者。襦之衣有單、複之別，單者無絮，複者有絮。若近身汗襦，則多是無絮單襦矣，或稱襜襦、襜褕，襦與褕同。亦稱襌襦，其實一物。清錢繹方言箋疏云：「祇裯之言氐惆也。下卷十云：『惃、愨、頓、愍，惽也。或謂之氐惆，南楚飲毒藥懣謂之氐惆，愁恚憒憒、毒而不發謂之氐惆。』注云：『氐惆，猶懊憹也。』是本爲形容之詞，無定字，亦無定名也。」究其語根，蓋與彳亍、躊躇、踟蹰、躑躅、趑趄、跢跦、蹢躅、猶豫、猶與、夷猶、闕與、儲與、容裔、遊豫等爲聲轉之字，狀纏緜糾結不可釋解之意。蓋心志之抑鬱不舒謂之氐惆，而衣之爲汗垢所污而不釋者名曰祇裯，其義相通。江陵馬山一號楚墓有祇裯之衣出土，藏之於笥，其書竹楬曰「縏以一⿰衤秋衣見於君」。⿰衤秋，即「裯」字也。短言之曰⿰衤秋、曰裯，長言之曰祇裯。又，湖北隨州擂鼓墩曾侯乙墓遣策有「一氐陶」，當讀「氐裯」，亦聲轉字也。又，幽與蒸、談通轉，則裯亦曰⿰衤曾、曰褋也。⿰衤秋衣長四十五點五厘米，袖較深衣短，長五十二厘米，寬十點七厘米。直領，對襟，後背領口下凹。形如掛衫，直裾，襜襜然寬大，故玉形況之曰「晏晏」而「潢洋不可帶」，而叔師云「若襜褕」矣。曾侯乙墓出土編鍾兩端承簴銅人，著短袖（半袖）上衣，即氐裯也。沈從文氏以爲是「『生者爲死者助喪所贈』之『浴衣』，古喪禮中有『浴衣於篋』記載，其說從出土情況看與史籍有相合處」。然據儀禮卷三五士喪禮一二：「浴衣於篋。」鄭注：「浴衣，已浴所衣之衣。」賈疏：「是既浴所著之衣，用之以晞身。」若名浴衣者已著於身，似不當別藏於篋之冥器矣。袱，即汗襦，近身内衣。方言又云：「裯謂之襤。」郭注：「祇裯敝衣，亦謂襤褸。」錢繹箋疏：「注亦呼爲掩汗者，猶馬軩謂之弇汗也。鹽鐵論散不足篇：『今富者黄金琅勒，罽繡弇汗。』亦謂之障汗。太平御覽引魏百官名云：『黄地金縷織成障汗一具。』亦名防汗。説文：『軩，防汗也。』廣雅：『防汗謂之軩。』御覽引東觀漢記云：『和帝賜桓郁馬二匹，并鞍勒防汗。』其義一也。」則後世汗衣之名夥頤。祇裯、襜褕，雖同内衣，終非一物，是以章句云「若襜褕」。

晏晏，盛貌也。◎補注引爾雅：「晏晏，柔也。」案：洪説非也。晏晏，猶藹藹、薆薆，言盛貌也。晏、藹，並影母字，元、月平入對轉。爾雅釋訓訓和柔，則别一字，未可相溷。

然潢洋而不可帶。

潢洋，猶浩蕩，不著人貌也。言人以荷葉爲衣，貌雖香好，然浩浩蕩蕩而不可帶，又易敗也。以喻懷王自以爲有賢明之德，猶以荷葉爲衣，必壞敗也。

【疏證】

潢洋，猶浩蕩，不著人貌也。◎慧琳音義卷一六「潢瀁」條引楚辭：「潢瀁，猶浩蕩也。」慧琳音義卷四二、卷四三「潢瀁」條同曰：「楚辭『潢瀁而不可帶』，王逸曰：『潢瀁，猶浩蕩也。』」卷三三「沆瀁」條：「楚辭『沆瀁而不可滯』，王逸注曰：『沆瀁，猶浩蕩，大波濤也。』」唐人所據本或作潢瀁、沆瀁。案：潢洋、潢瀁、沆瀁，並同。補注：「滉瀁，水貌。」亦其別文。或爲大水波名，九歎遠逝「赴陽侯之潢洋兮」，章句：「言己願乘盛波逐湘江之流，赴陽侯之大波。」隨文所施，未專於一義。

言人以荷葉爲衣，貌雖香好，然浩浩蕩蕩而不可帶，又易敗也。以喻懷王自以爲有賢明之德，猶以荷葉爲衣，必壞敗也。◎正德本、隆慶本、馮本、俞本、朱本、湖北本、莊本、四庫章句本無「人」字，無「貌」字。案：此斥懷王表裏不一也。新書卷六春秋篇：「楚懷王心矜好高人，無道而欲有伯王之號。」

既驕美而伐武兮，

懷王自謂有懿德，又勇猛也。

【疏證】

懷王自謂有懿德，又勇猛也。◎正德本、隆慶本、劉本、馮本、俞本、朱本、湖北本、莊本、四庫章句本「勇猛」下無「也」字。案：新序卷二雜事：「居上位而不恤其下，驕也。」驕、伐，相對爲文，伐亦驕也。論語卷五公冶長：「願無伐善。」皇疏：「有善而自稱曰伐。」

負左右之耿介。

恃怙衆士，被甲兵也。懷王内無文德，不納忠言；外好武備，而無名將；所以爲秦所誘，客死不還。

【疏證】

恃怙衆士，被甲兵也。懷王内無文德，不納忠言；外好武備，而無名將；所以爲秦所誘，客死不還。◎案：耿介，忠貞貌。言懷王背棄左右之忠貞也。章句「甲兵」云云，以「爲秦所誘，客死不還」説之，當失其旨。

憎愠惀之脩美兮，

惡孫叔敖與子文也。

【疏證】

惡孫叔敖與子文也。◎案：説文心部：「憎，惡也。从心、曾聲。」又曰：「愠，怨也。从心、𥁕聲。」又曰：「惀，欲知之皃。从心、侖聲。」憎愠惀，三字平列同義，皆惡也。猶離騷「覽相觀」之比，章句「孫叔敖與子文」云云，皆楚先賢。又，子文之文，出韻。舊蓋作「惡子文與孫叔敖也」。

敫與下「蹻」字協韻。

好夫人之慷慨。

愛重囊瓦與莊蹻也。

【疏證】

愛重囊瓦與莊蹻也。◎案：慷慨，氣不平貌。哀郢作忼慨，聲之轉。因聲求之，蓋與倫魁、律魁、瓠落、嵺廓、輘鞫、隆崛、穹隆、兀嶁等皆一語。又，九思怨上「雷霆兮硠磕」，章句：「（硠磕），雷聲。」狀雷聲，亦其別文。又，章句謂囊瓦、莊蹻，皆楚之無德之人。左傳昭公二十三年：「楚囊瓦爲令尹，城郢。」杜注：「囊瓦，子囊之孫子常也。」公羊傳定公四年：「蔡昭公朝乎楚，有美裘焉，囊瓦求之。昭公不與，爲是拘昭公於南郢，數年然後歸。」莊蹻，楚之將軍。韓非子卷七喻老第二一：「莊蹻爲盜於境内，而吏不側禁，此政之亂也。」呂氏春秋卷一二季冬紀第三介立篇「莊蹻之暴郢也」，高注：「莊蹻，楚成王之大盜。」論衡卷二命義篇第六：「行惡者禍隨而至，而盜跖、莊蹻橫行天下，聚黨數千，攻奪人物，斷斬人身，無道甚矣，宜遇其禍，乃以壽終。」史記卷二三禮書：「莊蹻起，楚分而爲四參。」並以莊蹻爲楚之賊。又，漢書卷九五西南夷傳：「始楚威王時，使將軍莊蹻將兵循江上，略巴、黔中以西。莊蹻者，楚莊王苗裔也。蹻至滇池，方三百里，旁平地肥饒數千里，以兵威定屬楚。欲歸報，會秦擊奪楚巴、黔中郡，道塞不通，因乃以其衆王滇，變服，從其俗，以長之。」後漢書卷八六西南夷傳莊蹻作莊豪。王滇之莊蹻，蓋别一人。章句以上敖、蹻同協宵韻。

衆踥蹀而日進兮，

無極之徒在帷幄也。

【疏證】

無極之徒在帷幄也。◎案：章句「無極」云云，謂費無極也。或作費無忌，楚之讒人。史記卷四〇楚世家：「平王二年，使費無忌如秦爲太子建取婦。婦好，來，未至，無忌先歸，說平王曰：『秦女好，可自娶，爲太子更求。』平王聽之，卒自娶秦女，生熊珍。更爲太子娶。是時伍奢爲太子太傅，無忌爲少傅。無忌無寵於太子，常讒惡太子建，平王召其傅伍奢責之。伍奢知無忌讒，乃曰：『王柰何以小臣疏骨肉？』無忌曰：『今不制，後悔也。』於是王遂囚伍奢。太子聞之，亡奔宋。無忌曰：『伍奢有二子，不殺者爲楚國患。盍以免其父召之，必至。』於是王使使謂奢：『能致二子則生，不能將死。』尚至，胥不至，亡奔吴。楚人遂殺伍奢及尚。昭王十年冬，吴王闔閭、伍子胥、伯嚭與唐、蔡俱伐楚，楚大敗，吴兵遂入郢，辱平王之墓，以伍子胥故也。」又，踥蹀，或作蹓蹀、啑諜，皆同，言忸怩作態貌。或作躡蹀，文選卷四張衡南都賦「羅襪躡蹀而容與」，李善注：「躡蹀，小步貌。」又，史記卷一一七司馬相如列傳「唼喋菁藻」，正義：「唼喋，鳥食之聲也。」是其別文。或作唼佞，漢書卷八七上揚雄傳「靈脩既信椒、蘭之唼佞兮」，顏師古注：「唼佞，譖言也。」

美超遠而逾邁。

接輿避世，辭金玉也。

【疏證】

接輿避世，辭金玉也。◎案：美者，謂賢能也。超遠，平列複語。邁者，謂遠行也。訓見説文。又，涉江「接輿髡首兮」，章句：「接輿，楚狂接輿也。」論語卷一八微子：「楚狂接輿歌而過孔子，曰：『鳳兮鳳兮，何德之衰。往者不可諫，來者猶可追。已而已而，今之從政者殆而。』孔子下，欲與之言，趨而避之，不得與之言。」孔安國注：「接輿，楚人，佯狂而來歌，欲以感切孔子。」邢疏引韓詩外傳：「楚狂接輿，躬耕以食，楚王使使者齎金百鎰，願請治河南。接輿笑而不應，乃與其妻偕隱，變易姓字，莫知所之。」是所謂「辭金玉」也。

農夫輟耕而容與兮，

愁苦賦歛之重數也。

【疏證】

愁苦賦歛之重數也。◎四庫章句本、同治本「歛」作「斂」。案：斂、歛，正俗字。清華簡（七）越公其事「農」皆作「蓐」，从艸、辱聲，與「農」爲屋、東平入對轉也。論語卷一八微子篇「耰而不輟」，集解引鄭玄注：「輟，止也。」輟耕，止耕也，古之恆語。史記卷四八陳涉世家「輟耕之壟上」是也。離騷「遵赤水而容與」，章句：「容與，游戲貌。」湘君「聊逍遥兮容與」，章句：「聊且逍遥而遊，容與而戲。」謂農夫棄耕以戲遊也。章句「愁苦賦斂之重數」云云，以意説之。

恐田野之蕪穢。

失不耨鋤，亡五穀也。

【疏證】

失不耨鋤，亡五穀也。◎正德本、隆慶本、劉本、馮本、俞本、朱本、湖北本、莊本「失不」作「生不」，四庫章句本作「夫不」。案：據義，則舊作「夫不」也。作「生不」，據義改也。章句「耨鋤」云云，耨，說文木部作槈，除草器也。又，御覽卷六二四治道部五治政三引淮南子：「治國者，若耨田去害苗而已，今沐者墮髮而猶爲之不已，以其所去者少，所利者多。」章句「亡五穀」云云，詩臣工「迄用康年」，鄭箋：「至今用之有樂歲，五穀豐熟。」孔疏：「五穀者，五行之穀。月令：『春食麥，夏食菽，季夏食稷，秋食麻，冬食黍。』天官疾醫『以五穀養其病』，注云：『五穀：麻、黍、稷、麥、豆是也。』鄭以五行之穀爲五穀也。」章句以上幄、玉、數、穀同協侯韻。

事緜緜而多私兮，

政由細微以亂國也。

【疏證】

政由細微以亂國也。◎案：緜緜，言細微貌。悲回風「縹綿綿之不可紆」，章句：「細微之思，難斷絕也。」又，詩緜「緜緜瓜瓞」，毛傳：「緜緜，不絕貌。」孔疏：「緜緜，微細之辭，故云不絕貌也。」或作綿綿，古通用字。孔子家語卷三觀周第一一「綿綿瓜瓞」，王肅注：「綿綿，細微也。」又，多私，隨文有義，古之恆語。國語卷四魯語上：「其君驕而多私，勝敵而歸，必立新家。」韋注：「多私，多嬖臣也。」左傳昭公二十年：「宋元公無信多私，而惡華、向。」荀子卷一八成相篇第二五：「國多私，比周還主黨與施。」

竊悼後之危敗。

子孫絶嗣，失社稷也。

【疏證】

子孫絶嗣，失社稷也。◎案：天問：「何肆犬體，而厥身不危敗？」三國志卷一一魏書涼茂傳：「曹公憂國家之危敗，愍百姓之苦毒，率義兵爲天下誅殘賊，功高而德廣，可謂無二矣。」全三國文卷四四阮籍首陽山賦：「投危敗而弗遲。」危敗，古之恆語。章句以上國、稷同協職韻。

世雷同而炫曜兮，

俗人羣黨，相稱舉也。

【疏證】

俗人羣黨，相稱舉也。◎補注：「曲禮云：『毋雷同。』注云：『雷之發聲，物無不同時應者。』」案：雷同，猶依違之意，古之恆語。新論第三求輔篇：「持孤特之論，干雷同之計。」三國志卷二二魏書陳羣傳：「夫臣下雷同，是非相蔽，國之大患也。」又，九歎惜賢「揚精華以眩燿兮」，章句：「炫燿，光貌。」或作眩曜，離騷「世幽昧以眩曜兮」，章句：「眩曜，惑亂貌。」章句以「相稱舉」

解「炫曜」，猶惑亂也。

何毀譽之昧昧。

論善與惡，不分析也。

【疏證】論善與惡，不分析也。◎正德本、隆慶本、劉本、朱本、馮本、俞本、湖北本、四庫章句本「析」作「析」，莊本作「折」。案：析，古析字。折，通假字。九章懷沙「日昧昧其將暮」，章句：「昧，冥也。」是非不分亦謂之昧。荀子卷一九大略篇第二七：「蔽公者謂之昧。」又，章句「分析」云云，析字出韻，蓋坼之譌。廣雅釋詁：「坼，分也。」章句以上舉、坼同協魚韻。

今脩飾而窺鏡兮，

言與行副，面不慙也。

【疏證】言與行副，面不慙也。◎案：窺，竊視也。戰國策卷八齊策一：「鄒忌脩八尺有餘，身體昳麗，朝服衣冠，窺鏡。」又曰：「窺鏡而自視，又弗如遠甚。」又，洪氏補注引「今」一作「余」。楚簡「今」通作「躬」。周易蹇六二：「王臣蹇蹇，匪躬之故。」上博簡(三)易作「王臣訐訐，非今之古」。躬，身也，我也。詩氓「躬自悼矣」，鄭箋：「躬，身也。」漢書卷二八刑法志「躬操文墨」，顏師古注：「躬，身也。」爾雅釋詁：「朕、余、躬，身也。」郭璞注：「今人亦自呼爲身。」後未審「今脩飾」爲「躬脩飾」，而改今作余。其義雖得之，然終非舊本。章句「身雖隱匿」云云，亦以「今」爲「躬」。又，章句「不慙」云云，慙字出韻。

後尚可以竄藏。

身雖隱匿，名顯彰也。

【疏證】

身雖隱匿，名顯彰也。◎案：莊子卷四駢拇篇第八「竄句遊心」，釋文：「竄，藏也。」左傳定公四年「而君又竄之」，杜注：「竄，匿也。」竄藏，古之恆語。論衡卷二〇佚文篇第六一：「五經之儒，抱經隱匿；伏生之徒，竄藏土中。」

願寄言夫流星兮，

欲託忠策於賢良也。

【疏證】

欲託忠策於賢良也。◎案：文選卷八司馬相如上林賦「奔星更於閨闥」，李善注：「奔，流星也。行疾，故曰奔。」古之視流星以辨災異之變，有種種詭譎虛妄之說。或以流星爲聖哲託生。史記卷二夏本紀「夏禹，名曰文命」，正義引帝王紀云：「父鯀妻脩己，見流星貫昴，夢接意感，又吞神珠薏苡，胷坼而生禹。」卷六三老子傳「老子者」，正義引玄妙內篇：「玄妙玉女夢流星入口而有娠，七十二年而生老子。」或以流星爲降神。卷二四樂書：「漢家常以正月上辛祠太一甘泉，以昏時夜祠，到明而終，常有流星經於祠壇上。」卷二八封禪書：「其神或歲不至，或歲數來，來也常以夜，光輝若流星，從東南來集于祠城。」或以流星爲凶徵兆象，後漢書卷七二董卓傳：「十一月，夜有流星如火，光長十餘丈，照章遂營中，驢馬盡鳴，賊以爲不祥。」三國志卷八魏書公孫淵傳：「大兵急擊之，當流星所墜處，斬淵父子。」或以流星爲天使，後漢書志卷一〇天文志：「流星爲貴使，星大者使大，星小者使小。」章句以「流星」爲「賢良」，蓋用天使說。章句以上彰、良同協陽韻。

羌儵忽而難當。

行疾去亟，路不值也。

【疏證】

行疾去亟，路不值也。◎正德本、隆慶本、劉本、馮本、俞本、朱本、湖北本、莊本、四庫章句本「值」作「阻」。案：據義，舊作「阻」。作「值」，出韻。儵，或作倏，並一字。招魂：「往來儵忽，吞人以益其心些。」章句：「儵忽，疾急貌也。」又，難當，謂不遇也。思美人：「因歸鳥而致辭兮，羌宿高而難當。」與此同意。

卒壅蔽此浮雲兮，

終爲讒佞所覆冒也。

【疏證】

終爲讒佞所覆冒也。◎補注引「卒」一作「上」。案：「卒」與下文「下」字，相對爲文，舊蓋作「上」。章句以「終爲」釋「卒」，則其本訛也。又章句「讒佞所覆冒」云云，以「浮雲」爲「讒佞」，上「何氾濫之浮雲兮」，章句：「浮雲晻翳，興讒佞也。」皆喻君政溷濁不明。

下暗漠而無光。

忠臣喪精，不識謀也。

【疏證】

忠臣喪精，不識謀也。◎正德本、隆慶本、劉本、馮本、俞本、朱本、湖北本、莊本、四庫章句本「識」作「議」。案：據義，舊作「議」爲允。暗漠，同幽昧，不明貌。或作闇昧、晻昧、扼昧、翳没，鬱没、堙没、幽蔽等。詳參離騷「路幽昧以險隘」注。又，七諫沈江：「浮雲陳而蔽晦兮，使日月乎無光。」章句：「言讒佞陳列在側，則使君不聰明也。」是同此意。

堯、舜皆有所舉任兮，

稷、契、禹、益與咎繇也。

【疏證】

稷、契、禹、益與咎繇也。◎補注引「舉」一作「專」。案：楚辭無「舉任」而有「專任」，七諫沈江「齊桓失於專任兮」是也。稷、契、禹、益，皆堯、舜之臣。咎繇者，堯大理卿也（見説苑卷一君道），作五刑（見世本）。郭店楚墓竹簡唐虞之道篇：「咎采（繇）内用五型（刑），出弋兵革，皋淫枯□□用威，夏用戈，正（征）不備（服）也。」又，離騷「摯咎繇而能調」，章句：「咎繇，禹臣也。」

故高枕而自適。

安卧垂拱，萬國治也。

【疏證】

安卧垂拱，萬國治也。◎案：高枕，無憂貌，古之恆語。戰國策卷一一齊策四：「今君有一窟，未得高枕而卧也。」又曰：「三窟已就，君姑高枕爲樂矣。」史記卷九呂后本紀：「足下高枕而王千里，此萬世之利也。」文選卷三七曹植求自試表：「使邊境未得稅甲，謀士未得高枕者。」李善注引賈誼曰：「陛下高枕垂統，無山東之憂。」慧琳音義卷二七「適其」條引三蒼：「適，悦也。」離騷「聊浮遊以逍遥」，章句：「故且遊戲觀望以忘憂，用以自適也。」自適，猶自娱也。章句「垂拱」云云，書武成「垂拱而天下治」，孔疏：「説文云：『拱，斂手也。』垂拱而天下治，謂所任得人，人皆稱職，手無所營，下垂其拱，故美其『垂拱而天下治』也。」又，禮記卷三〇玉藻第一三「垂拱，視下而聽上」，孔疏：「垂拱者，拱，沓手也。身俯則宜手沓而下垂也。」沓手，猶合手也。

諒無怨於天下兮，

己之行度，信無尤也。

【疏證】

己之行度，信無尤也。◎案：諒者，信也。詳參離騷「惟此黨人之不諒兮」注。章句以「無怨」解「無尤」，怨，尤也，罪也。上「重無怨而生離兮」，章句：「身無罪過而放逐也。」

心焉取此怵惕？

內省審己，無畏懼也。

【疏證】

內省審己，無畏懼也。◎案：怵惕，懼貌。詳參上「心怵惕而震盪兮」注。

窮騏驥之瀏瀏兮，

衆賢並進，職事脩也。

【疏證】

衆賢並進，職事脩也。◎同治本「並」作「竝」。案：竝，古並字。補注：「瀏，流、柳二音，水清也。」訓水者，瀏字本義，音柳。瀏瀏，疾行貌，音流。九歎逢紛「秋風瀏目蕭蕭」，章句：「瀏，風疾貌也。」是别一義。章句「職事脩」云云，周禮卷三三夏官司馬第四職方氏「攷乃職事」，鄭注：「職事，所當共具。」

駁安用夫强策。

百姓成化，刑不用也。

【疏證】

百姓成化，刑不用也。◎正德本、隆慶本、劉本、俞本、朱本、湖北本、莊本「成」作「乘」。案：乘，因也。據義，則舊作「乘」爲允。彊，古强字。詩蕩「曾是彊禦」，漢書卷一〇〇叙傳引作「曾是强圉」。彊，通用繮，或作韁。説文糸部：「繮，馬紲也。」策，馬箠也。彊、策所以馭馬，喻國之刑法也。

諒城郭之不足恃兮，

信哉險阻，何足恃也。

【疏證】

信哉險阻，何足恃也。◎案：左傳莊公二十八年：「邑曰築，都曰城。」郭，外城。公羊傳文公十五年「恢郭也」，何休注：「郭，城外大郭。」城郭，喻險阻也。馬王堆漢墓帛書十六經稱：「不用輔佐之助，不聽聖慧之慮，而侍（恃）其城郭之固，古（怙）其勇力之御。是胃（謂）身薄。」墨子卷一七患第五：「城郭溝池不可守，而治宫室，一患也。」又曰：「城郭不備全，不可以自守。」管子卷一立政篇第四：「國之所以安危者四，城郭險阻不足守也。」

雖重介之何益！

身被甲鎧，猶爲虜也。

【疏證】

身被甲鎧，猶爲虜也。◎案：淮南子卷二俶真訓「九鼎重味」，高注：「重，厚也。」禮記卷三曲禮上第一「介者不拜」，孔疏：「介，甲鎧也。」

邅翼翼而無終兮，

竭身恭敬，何有極也！

【疏證】

竭身恭敬，何有極也！◎補注：「邅，行不進。」案：邅，楚語，猶轉也。詳參離騷「邅吾道夫崑崙兮」注。又，離騷「鳳皇翼其承旂兮」，章句：「翼，敬也。」或借作異。上博簡（二）民之父母：「亡（無）體之豊（禮），䰟（威）我（儀）異異（翼翼）。」

忳惽惽而愁約。

憂心悶瞀，自約束也。

【疏證】

憂心悶瞀，自約束也。◎四庫章句本「自」作「身」。案：章句「憂心悶瞀」云云，以「惽惽」爲「悶瞀」。惽惽，猶漁父「汶汶」、史記「温蠖」也，惽憒貌。又，章句以「約」爲「約束」，非是。補注：「愁約，謂窮約而悲愁也。語曰：『不可以久處約。』」其説是也。約，窮厄也。三國志卷一魏書武帝紀注引獻帝傳：「自西徂東，辛苦卑約。」卷八魏書公孫瓚傳注引吳書：「後以疾歸家，常降身隱約。」卷一一田疇傳注引先賢行狀：「清静隱約，耕而後食。」卷二三和洽傳：「轉爲太常，清貧守約，至賣田宅以自給。」卷五五吳書蔣欽傳：「權歎其在貴守約，即敕御府爲母作錦被。」卷五七虞翻傳注引會稽典録：「固少喪父，獨與母居，家貧守約。」同卷陸瑁傳：「瑁割少分甘，與同豐約。」

生天地之若過兮，

忽若雲馳，駟過隙也。

【疏證】

忽若雲馳，駟過隙也。◎四庫章句本「駟」作「驅」。案：說文馬部：「駟，一乘也。」又：「驅，驅馬也。」據義，舊作「驅」字。此猶離騷「日月忽其不淹兮」，惜時之慨也。又，哀時命：「生天墜之若過兮，忽爛漫而無成。」亦與此同。章句以上謀、治、尤、恃、值、極、冒、朿、倏、懼、虜、用、隙協韻。謀、治、尤、恃，之韻；值、極、職韻，之之入也；冒、朿，屋韻，幽之入也；倏，幽韻；懼、虜，魚韻；用，東韻，侯之陽也；隙，藥韻，宵之入也；幽、宵、魚、侯合韻。

功不成而無効。

道德不施，志不遂也。

【疏證】道德不施，志不遂也。◎案：効，俗效字。効，徵驗也。懷沙「撫情効志兮」，章句：「効，猶覈也。」引申之言功效，荀子卷四儒效篇第八「儒效」，楊倞注：「效，功也。」章句「志不遂」云云，謂無功效也。

願沈滯而不見兮，

思欲潛匿，自屏弃也。

【疏證】思欲潛匿，自屏弃也。◎正德本、隆慶本、馮本、劉本、朱本、俞本、莊本、湖北本、四庫章句本「弃」作「棄」。案：國語卷三周語下「氣不沈滯，而亦不散越」，韋注：「沈，伏也；滯，積也。」章句「潛匿」云云，謂落拓不偶也。後漢書卷五二崔駰傳：「胡爲嘿嘿而久沈滯也。」卷七九儒林傳尹敏：「帝深非之，雖竟不罪，而亦以此沈滯。」卷八四列女傳曹世叔妻：「吾今疾在沈滯，性命無常，念汝曹如此，每用惆悵。」文選卷五七潘岳馬汧督誄「既縱礧而又升焉」，李善注引杜篤論都賦：「一卒舉礧，千夫沈滯。」沈滯，古之恆語。

尚欲布名乎天下。

敷名四海，垂號謚也。

【疏證】

敷名四海，垂號謚也。◎正德本、劉本「四」訛作「曰」。案：布名，謂揚名也。類聚卷四七職官部三「司空」條引楊脩司空荀爽述贊「是以在童齔而顯奇，漸一紀則布名」足也。布、敷，古字通用。儀禮卷一九聘禮第八「管人布幕于寢門外」，鄭注：「今文布作敷。」離騷「跪敷衽以陳辭兮」，章句：「敷，布也。」章句「敷名」云云，通古今別語。又，「號謚」云云，謚亦號也，死後所以紀功者也。莊子卷六徐無鬼篇第二四「死無謚」，注云：「謚，所以名功。」禮記卷四曲禮下第二「已孤暴貴不爲父作謚」，孔疏：「謚者，列平生德行而爲作美號。」

然潢洋而不遇兮，

俍倡後時，無所逮也。

【疏證】

俍倡後時，無所逮也。◎俞本、莊本、皇都本「逮」作「遇」。案：訛也。潢洋，言無所傍依貌。

詳參上「然潢洋而不可帶」注。又，章句以「佷倡」解「潢洋」。佷倡，梁昌也。九思疾世「遠梁昌兮幾迷」，章句：「梁昌，陷據失所也。」郝氏續後漢書卷七〇中諸葛誕傳：「而那後無繼，孤軍梁昌，進退失所。」或作郎當，疲弊不振貌。其聲轉或爲踉蹌、落度、落拓、潦倒、老倒、蘭殫、蘭單、拉塌、路亶、獨鹿等，未可勝舉。詳參離騷「貫薜荔之落蕊」注。

直怐愗而自苦。

守死忠信，以自畢也。

【疏證】

守死忠信，以自畢也。◎毛祥麟楚辭校文曰：「文瀾閣本『畢』作『異』。」案：文淵本、文津本亦作「畢」。補注引釋文「怐愗」一作「拘愗」，又引「苦」一作「若」，一作「善」。朱子集注：「怐愗，愚也。」怐，說文人部作「佝」，云：「佝瞀也。」又子部作「㝅瞀」。廣雅釋詁：「怐愗，愚也。」廣韻去聲五十候韻：「怐愗，愚皃。」荀子卷四儒效篇第八作「溝瞀」，楊注：「溝瞀，無知也。」漢書卷二七五行志中作「傋瞀」，卷二八地理志作「雊瞀」；或作穀瞀、瞉瞀、傋霿、區霿、拘愗等，皆其別文。又，章句以「自苦」爲「自畢」，舊作「自若」。苦，訛字。若，善也。或本作善，以同義易之。章句以上遂、謚、弃、逮、畢同協質韻。

莽洋洋而無極兮，

周行曠野，將何之也。

【疏證】

周行曠野，將何之也。◎文淵四庫章句本「野」作「埜」，文津本亦作「野」。案：埜，古野字。大招「西方流沙，漭洋洋只」，章句：「洋洋，無涯貌也。」莽洋洋，亦猶「漭洋洋」也。北大簡荊決：「今日何日，吉樂無極。」無極，無窮止也。

忽翱翔之焉薄？

浮遊四海，無所集也。

【疏證】

浮遊四海，無所集也。◎何劍薰楚辭拾瀋：「玄應一切經音義大菩薩藏經十四：『泊，止也。楚辭：「忽翱翔之焉泊。」今亦謂附舟于岸曰泊。』」案：慧琳音義卷一八「栖泊」條：「楚詞曰：『陵陽侯之汎濫，忽翱翔之栖泊。』王逸注云：『泊，猶止也。』水流停止曰泊也。」卷九三「止泊」：「王注楚辭曰：『泊，止也。』水中可居止曰泊。」可知慧琳音義所引楚辭，出自哀郢，非九辯異文。

何説非也。章句以上之、集協韻；之，之韻；集，輯韻；之、輯合韻。

國有驥而不知椉兮，

推遠周、邵與伊摯也。

【疏證】

推遠周、邵與伊摯也。◎文淵四庫章句本「邵」作「召」，文津本亦作「邵」。案：召與邵同。三國志卷一武帝紀注引魏武故事作「舍騏驥而弗乘」，而卷二三杜襲傳作「釋騏驥」，水經注卷二一七汚水上引「國有驥」作「釋騏驥」，「不」下亦無知字。弘明集卷一一高僧傳第六、十六國春秋卷六二姚興下書道恆道標引作「國有驥」，「不」下無「知」字。據義，舊無「知」字。郝氏續後漢書卷二九中曹植傳引有「知」字。推，謂斥去。墨子卷一一小取篇第四五：「推也者，以其所不取之，同於其所取者，予之也。」推字有取、與二義，正反同詞。詩雲漢「則不可推」，毛傳：「推，去也。」章句以驥比「周、邵與伊摯」。周，周公旦；召，召公奭。並佐武王以取殷。伊摯，伊尹也，商湯相也。七諫謬諫「當世豈無騏驥兮，誠無王良之善馭」，蹈襲於玉。

焉皇皇而更索？

不識賢愚，尚暗昧也。

【疏證】不識賢愚，尚暗昧也。◎四庫章句本「昧」作「眛」。案：眛，昧之訛也。補注謂「曹子建以此爲屈子語」。曹子建語見三國志卷一九魏書陳蕭王傳載植上文帝疏。蓋以九辯在離騷後。弘明集卷一一高僧傳第六引「皇皇」作「惶惶」，古字通用。又，九歎怨思「征夫皇皇，其孰依兮」，章句：「皇皇，惶遽貌。」或作遑遑，詳參上「鳳獨遑遑而無所集」注。

甯戚謳於車下兮，

飯牛而歌，廝賤役也。

【疏證】飯牛而歌，廝賤役也。◎案：章句「廝賤役」云云，史記卷六九蘇秦列傳「廝徒十萬」，索隱：「廝音斯，謂廝養之卒。斯，養馬之賤者，今起爲之卒。」廝賤，平列同義。

桓公聞而知之。

言合聖道，應經術也。

【疏證】言合聖道，應經術也。◎案：甯戚、桓公相合事，詳參離騷「甯戚之謳歌兮」注。又，章句「應經術」云云，應，當也，合也。合聖道、應經術，義互相備。

無伯樂之善相兮，

驥與駑鈍，幾不别也。

【疏證】驥與駑鈍，幾不别也。◎案：章句「駑鈍」云云，七諫謬諫「駑駿雜而不分兮」，章句：「駑，頓馬也。」鈍、頓，古字通用。又，章句「幾不别」云云，幾，辭也。周易屯卦六三：「君子幾不如舍。往吝。」孔疏：「幾爲語辭，不爲義也。知此幾不爲事之幾微，凡幾微者，乃從無向有，其事未見，乃爲幾也。今『即鹿無虞』，是已成之事。事已顯者，故不得爲『幾微』之義。」章句以上昧、役、術、别協韻；昧、役、術，物韻；别，月韻；物、月合韻。

今誰使乎譽之。

後世歎譽，稱其德也。

【疏證】

後世歎譽，稱其德也。◎補注引「譽」一作「訾」，曰：「訾音貲，思也。亦通。」案：訾、知，古同支部。若作「譽」，則出韻也。國語卷六齊語「訾相其質」，韋注：「訾，量也。」呂氏春秋卷一七審分覽第五知度篇「訾功丈而知人數矣」，高注：「訾，相也。」禮記卷三五少儀第一七「不訾重器」，鄭注：「訾，思也。」謂今使誰稱量之也。後因章句「歎譽」易訾爲譽。又，歎，贊美也。漢魏恆語。三國志卷五三吳書張紘傳引吳書：「後紘見陳琳作武庫賦、應機論，與琳書，深歎美之。」卷五七吳志虞翻傳引會稽典録：「且曾聞士人歎美貴邦，舊多英俊。」全後漢文卷八九仲長統昌言下：「好節之士，有遇君子而不食其食者矣，有妻子凍餒而不納善人之施者矣，有茅茨蒿屏而上漏下濕者矣，有窮居僻處求而不可得見者矣，莫不歎美昌爲高潔。」全三國文卷四九嵇康聲無哀樂論：「何必因聲昌知虞舜之德，然後歎美邪？」

罔流涕以聊慮兮，

愴然深思，而悲泣也。

【疏證】

愴然深思，而悲泣也。◎案：章句以「愴然」釋「罔」者，讀如惘，言惘悵也。悲回風「罔芒芒之無紀」，章句：「又欲罔然芒芒，與衆同志，則無以立紀綱，垂號謚也。」罔然，即惘然。又，章句以「悲泣」解「聊慮」，劉永濟屈賦音注詳解謂「疑當作漣洳」。無徵不信。聊慮，廖落之聲轉，或作料悷、牢落、狼悷等，憂戚貌。徐仁甫古詩別解謂「聊慮即憭栗，亦即繚悷，或作聊戾，皆見九辯」，其說與余同。又，章句「深思」云云，思，憂也。章句以上德、泣協韻；德，職韻；泣，緝韻；職、緝合韻。

惟著意而得之。

知天生賢，不虛出也。

【疏證】

知天生賢，不虛出也。◎正德本、隆慶本、劉本、馮本、俞本、朱本、湖北本、莊本「虛」作「空」。案：空、虛以同義易之。漢世曰虛，後曰空。著，思也。禮記卷四七祭義第二四：「致愛則存，致慤則著。」鄭注：「存、著，則謂其思念也。」小爾雅廣言：「著，思也。」淮南子卷九主術訓「皆著於明堂」，高注：「著，猶圖也。」圖者，亦思也。著意，平列同義。文選卷五〇宋書謝靈運傳論「高義薄雲天」，李善注引法言：「然原上援稽古，下引鳥獸，其著意，子雲、長卿亮不可及。」又，正文「得之」得字出韻。劉永濟屈賦音注詳解謂「得」當「將」之訛。何劍薰楚辭拾瀋謂得作防，言惕防。皆未可信。章句「不虛出」云云，釋正文「得」字。舊作「當」字，謂當值也。

紛純純之願忠兮，

思碎首腦而伏節也。

【疏證】

思碎首腦而伏節也。◎正德本、隆慶本、劉本、馮本、俞本、朱本、湖北本「腦」作「脛」。案：作「首脛」，不辭。首腦，平列同義。碎首，古之恆語。漢書卷八五谷永傳「碎首不恨」是也。古無言「碎脛」。紛，亂貌。補注引「純純」一作「忳忳」。忳，憂也。惜誦「中悶瞀之忳忳」，章句：「忳忳，憂貌。」章句「思碎首腦」云云，思亦憂也。舊蓋作「紛忳忳」。

妬被離而鄣之。

讒邪妬害而壅遏也。

【疏證】

讒邪妬害而壅遏也。◎同治本「妬」作「妒」。案：妬、妒同。此句復見哀郢。據章句，被離，妬害也。又，九歎遠遊「妬被離而折之」，章句：「言己懷忠信之行，故爲衆佞所妬，欲共被離摧折而弃之也。」言摧折毁弃也。補注疏之，引反離騷「亡春風之被離」爲證。被離，風散貌。北大簡荆決字作「卑離」。或作披麗，漢書卷八七上揚雄傳「紛被麗其亡鄂」，顔師古注：「被麗，又音披離。」文選卷七揚雄甘泉賦「紛被麗其亡鄂」，李善注：「被麗，分散貌也。」或作配藜，揚雄傳「配藜四施」，顔師古引張晏：「配藜，披離也。」或作靡麗，史記卷一一七司馬相如列傳「恐後世靡麗，遂往而不反」也。隨文釋義，則以訓詁字爲之。倒言曰離披，上「奄離披此梧楸」是也。歌、元對轉作爛漫，哀時命「忽爛漫而無成」，章句：「爛漫，猶消散也。」淮南子卷六覽冥訓「道瀾漫而不脩」，高注：「仁義道不復脩飾之，故曰瀾漫。」爛、瀾同，言消散之意。文選卷一五張衡思玄賦「爛漫麗靡」，李善注：「爛漫，分散貌。」草木榮華布放亦曰爛漫，卷一八長笛賦「紛葩爛漫」是也。走獸散亂亦曰爛漫，史記卷一一七司馬相如列傳「爛曼遠遷」，正義引郭璞注：「奔走崩騰狀也。」又引顔師古注：「言其聚散不常，雜亂移徙。」並一義相承。文選卷一一王延壽魯靈光殿賦「流離爛漫」，李善注：「爛漫，分散遠貌。」唐、宋謂縱情放逸亦曰爛漫。白居易憶舊遊「六七年前狂爛熳」是也。熳、漫同。引申之爲盡情、暢酣。杜甫彭衙行「衆雛爛熳睡」，白居易睡後茶興憶楊同州詩「爛熳移時睡」，春寢詩「爛熳不能休」，晚起詩「爛熳朝眠後」，伍喬寄落星史虚白處士詩「曾與提壺爛熳遊」，歐陽炯春光好詩「開宴錦江遊爛熳」，韓愈感春詩「爛熳長醉多文辭」。又爲解釋意。杜甫同豆盧峰知字韻詩「爛熳通經術」是也。又爲糾纏錯亂意。文選卷三五張載七命「瀾漫狼藉」，詩紀卷六二鮑照擬古詩「生事本爛漫」，李賀春歸昌谷詩「京國心爛漫」。粗略不精、無思慮者亦曰爛漫，與孟浪、莫絡等爲語之轉，今謂「天真爛漫」。又爲連緜意，韓愈南山詩「爛漫堆衆皺」是也。情愫纏綿亦曰爛漫，杜甫與鄂縣源大少府宴渼陂詩「主人情爛熳」是也。聲之轉，則五采布散曰流漫，淮南子卷八本經訓「流漫陸離」，高注：「流漫，采色相參和也。」或作毗劉、暴落，爾雅釋詁：「毗劉，暴樂也。」郭注：「謂樹木葉缺落蔭疏。」詩桑柔毛傳作「爆爍」，稀疏貌。狀草木枝葉濃密字作蒙蘢，月之不明曰朦朧。皆是一語。又，爾雅釋詁：「覭髳，茀離也。」郭璞注：「茀離，即彌離；彌離，猶蒙蘢耳。」俗作迷離，不精細貌，皆聲變字。或作冪歷，駢雅釋詁：「冪歷，芘覆也。」文選卷五左思吳都賦「冪歷江海之流」，劉逵注：「冪歷，分布覆被貌。」卷九射雉賦作「幎歷」，全晉文卷六八夏侯湛獵兔賦作「覓歷」。狀雲氣彌滿謂之冪歷，廣韻入聲第二三錫韻：「冪歷，煙狀。」狀雷電則作霹靂（見爾雅釋天郭璞注），論衡卷六雷虛篇第二三作敞裂，卷一四讁告篇第四二作嫳裂，並其異體字。狀風作勃覽，風神名曰飛廉。潦倒無憑曰落魄，史記卷九七酈食其列傳「家貧落魄」，集解：「應劭曰：『落魄，志行衰惡之貌也。』」漢書卷九九王莽傳如淳注字作「洛薄」，南史卷六七杜棱傳作落泊。並根於分散義。章句「讒邪妬害」云云，妬害，嫉妬也。詳參離騷序「妬害其能」注。又，章句以「壅遏」釋「鄣」，通作障。呂氏春秋卷二三貴直論第三貴直篇「是障其源而欲其水也」，高注：「障，塞也。」補注引鄣一作彰，失之。

願賜不肖之軀而別離兮，

乞丐骸骨而自退也。

【疏證】

乞丐骸骨而自退也。◎案：説文身部：「軀，體也。从身，區聲。」段注：「體者，十二屬之總名也，可區而別之，故曰軀。」章句以「乞丐骸骨」釋「願賜不肖之軀」，言冀保其全尸也。生曰離，死曰別。別離，連類及之，謂死別。章句以上出、節、遏、退協韻；出、退，物韻；節，質韻；遏，月韻。物、質、月合韻。

放遊志乎雲中。

上從豐隆而觀望也。

【疏證】

上從豐隆而觀望也。◎案：放遊志，猶離騷上征崑崙，讔言歸反太帝之居。雲中，九歌雲中君「猋遠舉兮雲中」，謂雲神豐隆所居也。詳參離騷「吾令豐隆椉雲兮」注。

椉精氣之摶摶兮，

託載日月之光耀也。楚人名圓曰摶也。

【疏證】

託載日月之光耀也。◎案：精氣，魂也。精氣聚則生，散則死。易繫辭上：「精氣爲物，遊魂爲變。」韓康伯注：「精氣烟煴，聚而成物，聚極則散，而遊魂爲變也。遊魂，言其遊散也。」孔疏：「精氣爲物者，謂陰陽精靈之氣，氤氲積聚，而爲萬物也。遊魂爲變者，物既積聚，極則分散，將散之時，浮遊精魂，去離物形，而爲改變，則生變爲死，成變爲敗。或未死之間，變爲異類也。」史記卷一五帝本紀「明鬼神而敬事之」，正義：「天神曰神，人神曰鬼。又云：聖人之精氣謂之神，賢人之精氣謂之鬼。」又，遠遊「精氣入而麤穢除」，章句：「納新吐故，垢濁清也。」招隱士「罔兮沕」，章句：「精氣失也。」九思疾世「吮玉液兮止渴」，章句：「玉液，瓊蘂之精氣。」老子五十五章：「未知牝牡之合而峻作，精之至也。」河上公注：「赤子未知男女之合會，而陰作怒者，由精氣多之所至也。」大戴禮記卷五曾子天圜第五八：「陽之精氣曰神，陰之精氣曰靈。」章句「日月之光耀」云云，謂天地陰陽之精氣。

楚人名圓曰摶也。◎正德本、隆慶本、劉本、馮本、俞本、朱本、湖北本「圓」作「員」。案：員、圓，古字通用。莊子卷一逍遥遊第一「摶扶摇而上者九萬里」，司馬彪注：「摶，飛而上也。」文選卷二六范彦龍古意贈王中書「摶飛出南皮」，李善注引司馬彪：「摶，圜也。」摶摶，回旋之貌。周禮卷四一冬官考工記第六梓人「摶身而鴻」，又廬人「刺兵摶」，卷四二冬官考工記第六弓人「紾而摶廉」，鄭注並曰：「摶，圜也。」摶之訓圜，通語也，未必專屬於楚。又，章句「光耀」云云，耀字出韻。當乙作「耀光」。章句以上望、光同協陽韻。

鶩諸神之湛湛。

追逐羣靈之遺風也。

【疏證】

追逐羣靈之遺風也。◎案：湛湛，盛衆貌。哀郢「忠湛湛而願進兮」，章句：「湛湛，重厚貌。」漢書卷五七下司馬相如傳「紛湛湛其差錯兮」，顏師古注：「湛湛，積厚之貌。」章句以「湛湛」爲「遺風」，未知所據。

驂白霓之習習兮，

驂駕素虹而東西也。言己雖去舊土，猶脩潔白以厲身也。

【疏證】

驂駕素虹而東西也。言己雖去舊土，猶脩潔白以厲身也。◎案：對文雄曰虹，雌曰霓。章句以「白霓」爲「素虹」，散文也。習習，和順貌。詩谷風「習習谷風」，毛傳：「習習，和舒貌。」九思傷時：「風習習兮龢煖。」文選卷三張衡東京賦「肅肅習習」，薛綜注：「習習，行貌。」章句「而東西」云云，西字出韻，當乙作「西東」。

歷羣靈之豐豐。

周過列宿，存六宗也。

【疏證】

周過列宿，存六宗也。◎正德本、隆慶本、劉本、馮本、俞本、朱本、湖北本、莊本、四庫章句本「存」作「在」。案：存，問也。漢書卷四文帝紀「不時使人存問長老」，顔師古曰：「存，省視也。」卷六四嚴助傳「處之中國，使重臣臨存」，顔師古注：「存，謂省問之。」則舊作「存」。豐，多也，盛也。方言卷一：「凡物之大貌曰豐。」豐豐，衆盛貌。波大謂之灃灃。九歎離世「波灃灃而揚澆兮」，章句：「灃灃，波聲也。」黎本玉篇殘卷水部「澆」字引楚辭作「波豐豐而揚澆」。豐、灃，古字通用。又，章句「六宗」云云，天神也。史記卷一五帝本紀「禋于六宗」，集解：「鄭玄曰：『六宗，星、辰、司中、司命、風師、雨師也。』」正義：「星，五緯星也；辰，日月所會十二次也；司中、司命，文昌第五、第四星也；風師，箕星也；雨師，畢星也。」禮記卷一七月令第六「天子乃祈來年于天宗」，鄭注：「天宗，謂日、月、星、辰也。」存六宗，勞問天神也。又，太元經卷一〇元告「神遊乎六宗」，注云：「不居天地四時者，名爲六宗。」漢儒説「六宗」，多有異義。此「羣靈」，指下朱雀、蒼龍、雷師、飛廉也，非天庭「六宗」。章句以上風、東、宗協韻；東，東韻；風、宗，冬韻。東、冬合韻。

左朱雀之茇茇兮，

朱雀奉送，飛翩翩也。

【疏證】

朱雀奉送，飛翩翩也。◎案：左，東方上位。楚人尚左、尚東。長沙陳家大山戰國楚墓人物龍鳳帛畫，畫鳳鳥居於龍之上，因楚人尊鳳崇祖禮俗。朱雀，朱鳥也，祝融之象。張家山漢墓竹簡蓋廬：「前赤鳥、後倍天鼓可以戰；左蒼龍、右白虎可以戰。」禮記卷三曲禮上第一：「行，前朱鳥而後玄武，左青龍而右白虎，招搖在上。」淮南子卷三天文訓：「南方，火也，其帝炎帝，其佐朱明，執衡而治夏，其神爲熒惑，其獸朱鳥，其音徵，其日丙丁。」高注：「朱明，舊説云，祝融。」朱鳥，朱雀也。」史記卷二七天官書：「南宮朱鳥，權、衡。」索隱引文耀鉤：「南宮赤帝，其精爲朱鳥。」文選卷一三禰衡鸚鵡賦「合火德之明煇」，李善注引蔡邕月令章句：「天官五獸，前有朱雀，鶉火之體也。」宋中興志引石氏：「南宮赤帝，其精朱鳥，爲七宿。井，首；鬼，目；柳，喙；星，頸；張，嗉；翼，翮；軫，尾。」並以朱雀居南方位，以五行五位相配説之，蓋非其旨。又，茇茇，飛疾貌。補注引釋文茇作芺，又引一作茷，一作拔，謂並有「旆音」。芺，茷諸字皆無疾義，通作沛。漢書卷二二禮樂志「神哉沛」，顏師古注：「沛，疾貌。」後漢書卷七五袁術傳「沛然俱起」，李賢注：「沛然，自恣縱貌也。」又，章句以「翩翩」解「茇茇」，翩翩，鳥疾飛貌。文選卷二張衡西京賦「梟鳥翩翻，羣獸駓騤」，薛綜注「皆鳥獸之形皃也。」又云：「伥僮程材，上下翩翻」，薛綜注：「翩翻，戲橦形也。」

右蒼龍之躍躍。

青虬負轂而扶轅也。

【疏證】

青虬負轂而扶轅也。◎湖北本「虬」作「蚪」。案：虬，俗蚪字。右，西方下位。五行相配之位，蒼龍，太皡之象，在東方。淮南子卷三天文訓：「東方，木也，其帝太皡，其佐句芒，執規而治春，其神爲歲星，其獸蒼龍，其音角，其日甲乙。」高注：「太皡，伏羲氏有天下號也，死託祀於東方之帝也。」史記卷二七天官書「東宫蒼龍，房、心。」索隱引文耀鉤：「東宫蒼帝，其精爲龍。」爾雅釋天：「大辰，房、心、尾也。」李巡注：「大辰，蒼龍宿之體最爲明，故曰房心尾也。」濮陽仰韶文化墓葬遺存，距今六千餘祀，有蚌塑右龍、左虎二象圖。説文足部：「躍，行皃。从足、瞿聲。」彳部：「䂂，行皃。从彳、瞿聲。」走部：「趯，大步也。从走、瞿聲。」或作躣，廣韻省作䂂。皆一字也。章句「負轂而扶轅」云云，轂，所以轉輪也。轅，所以駕馬也。章句以上翻、轅同協元韻。

屬雷師之闐闐兮，

整理車駕而鼓嚴也。

【疏證】

整理車駕而鼓嚴也。◎案：屬，奔屬。離騷「後飛廉使奔屬」是也。闐闐，雷聲。九懷通路「聞雷兮闐闐」，章句：「君好妄怒，威武盛也。」或作填填，九歌山鬼「靁填填兮雨冥冥」是也。鼓聲若雷，闐闐亦謂之鼓聲。又，章句「鼓嚴」云云，不辭。嚴字出韻。鼓嚴，蓋作鼓淵，雷聲也。詩采芑「伐鼓淵淵」，毛傳：「淵淵，鼓聲也。」鄭箋：「伐鼓淵淵，謂戰時進士衆也。至戰止將歸，又振旅伐鼓闐闐然。」孔疏：「以淵淵、闐闐俱是鼓聲。」淵，真韻字。

通飛廉之衙衙。

風伯次且而掃塵也。

【疏證】

風伯次且而掃塵也。◎正德本、隆慶本、朱本、劉本、俞本「次且」作「泆直」，湖北本「決」作「決」，四庫章句本作「吹」。案：諸本皆訛也。説文行部：「衙，行皃。从行、吾聲。」段注：「衙衜，是行列之意，後人因以所治爲衜。」衜衜，難行貌。又，章句「次且」云云，行不進貌。或作趑趄、躊躇、踟躕、跮踱等，未可勝舉。

前輊輬之鏘鏘兮，

軒車先導，聲轉轔也。

【疏證】

軒車先導，聲轉轔也。◎正德本、隆慶本、劉本、俞本、湖北本「先」作「無」，「轉轔」作「轔轔」。案：作「無導」，不辭。無，古作无，與先字形訛。又，據義，轉轔，舊作「轔轔」。又，補注引輊一作「輕」。輊字，説文未收。詩六月「戎車既安，如輊如軒」，毛傳：「輊，摯。」鄭箋：「戎車之安，從後視之如摯，從前視之如軒，然後適調也。」故章句以「軒車」釋「輊」。初學記卷二五引張揖埤蒼：「輕車，轅兩尾。」説文車部：「輬，卧車也。从車、京聲。」又：「軒，曲輈藩車也。从車、干聲。」段注：「謂曲輈而有藩蔽之車也。曲輈者，戴先生曰：『小車謂之輈，大車謂之轅。人所乘欲其安，故小車暢轂梁輈；大車任載而已，故短轂直轅。』於藩車上必云曲輈者，以輈穹曲而上，而後得言軒。凡軒舉之義，引申於此。曲輈，所謂軒轅也。杜注左傳於『軒』皆曰：『大夫車。』定九年曰：『犀軒，卿車。』」輊輬，猶輕車也。或本作輕車，蓋同義改也。又，鏘鏘，佩玉聲也。九歌東皇太一

「璆鏘鳴兮琳琅」，章句：「鏘，佩聲也。詩曰：『佩玉鏘鏘。』」車聲亦謂之鏘鏘。詩烝民「八鸞鏘鏘」，鄭箋：「鏘鏘，鳴聲。」左傳莊公二十二年「和鳴鏘鏘」，孔疏：「鏘鏘，鳴之聲。」

後輜乘之從從。

輜軿侍從，轡雷震也。

【疏證】

輜軿侍從，轡雷震也。◎補注：「説文云：輜軿，車前衣車後也。」案：洪説輜字本義。段本説文：「輜軿，衣車也。軿，車前衣也。車後爲輜。」此對文也。章句以「輜軿」連文，散文也。又，禮記卷六檀弓上第三「爾毋從從爾」，鄭注：「從從，謂大高。」釋文：「從從，高也。」蓋讀作竦，古字通用。左傳昭公十九年「駟氏聳」，杜注：「聳，懼也。」孔疏：「釋詁云：『竦，懼也。』竦與聳音義同。」聳，從聲，例得通用。竦，上也，高也。章句「轡雷震」云云，以從從爲聲之宏大。其義亦通。

載雲旗之委蛇兮，

旍旗盤紆，背雲霄也。

【疏證】

旍旗盤紆，背雲霄也。◎正德本、隆慶本、劉本、俞本、朱本、湖北本「背」作「皆」。案：背雲霄，謂背負青天。作「皆雲霄」，不辭。此句復見離騷。章句以「盤紆」釋「委蛇」，盤紆，委曲貌。九懷昭世「腸囘囘兮盤紆」，章句：「意中毒悶，心紆屈也。」又，章句「雲霄」云云，霄字出韻，當乙作「霄雲」。正德本、隆慶本、湖北本、朱本、馮本、俞本作「霄雲」，則存其舊。章句以上塵、轔、震、雲協韻，塵、震、雲，文韻；轔，真韻；真、文合韻。

扈屯騎之容容。

羣馬分布，列前後也。

【疏證】

羣馬分布，列前後也。◎案：扈，扈從也。屯，聚也。章句以「列前後」解「容容」，言忽前忽後也。容容，周旋不定貌。漢書卷八四翟方進傳「何持容容之計」，顏師古注：「容容，隨衆上下也。」卷二二禮樂志：「神之行，旌容容。」顏師古曰：「容容，飛揚之貌。」皆隨文爲義。九歌山鬼

「雲容容兮而在下」，言雲行無定所。悲回風「紛容容之無經兮」，章句：「言己欲隨衆容容，則無經緯於世人也。」七諫自悲「忽容容其安之兮」，章句：「不知所之也。」九歎遠逝「周容容而無識」，章句：「言己所行，山澤廣遠，道路悠長，周流容容而無知識也。」又，説苑卷二臣術：「容容乎與世沉浮上下，左右觀望。如此者具臣也。」新序卷一雜事：「諂諛之人，容容在旁，而君不悟。」史記卷九二淮陰侯列傳：「百姓罷極怨望，容容無所倚。」卷九六張丞相傳：「具治容容隨世俗浮沉，而見謂諂巧。」類聚卷七八靈異部上「仙道」條引後漢桓君山仙賦：「容容無爲，壽極乾坤。」容容，皆爲無所定止義。又，章句「列前後」云云，後字出韻。當乙作「後前」。

計專專之不可化兮，

我心匪石，不可轉也。

【疏證】

我心匪石，不可轉也。◎正德本、隆慶本、朱本、俞本、劉本「可」作「變」。案：章句「我心匪石，不可轉」云云，見詩柏舟，舊作「可」字。孔疏：「我心非如石，然石雖堅尚可轉，我心堅不可轉也。」其以「計專專」，蓋解「忠慤」也。漢書卷六四下賈捐之傳「顓顓獨居一海之中」，顏師古注：「顓與專同。專專，猶區區也。」區區，忠慤貌。或作斷斷，卷八一孔光傳「援納斷斷之介」，顏師古

注：「斷斷，專壹之貌。」廣雅釋訓：「斷斷，誠也。」吳玉搢別雅別有「摶摶」、「慱慱」，「團團」等，皆其異文。

願遂推而爲臧。

執履忠信，不離善也。

【疏證】

執履忠信，不離善也。◎案：淮南子卷九主術訓「夫推而不可爲之勢」，高注：「推，行。」章句「執履」云云，履亦行也。又，天問「安得夫良藥不能固臧」，「該秉季德，厥父是臧」，章句並曰：「臧，善也。」章句以上前、轉、善同協元韻。

賴皇天之厚德兮，

靈神覆祐，無疾病也。

【疏證】

靈神覆祐，無疾病也。◎案：賴，恃也。哀郢「皇天之不純命兮」，章句：「德美大稱皇天。」

又，厚德，本篇二見，上「竊不敢忘初之厚德」是也。又，章句「無疾病」云云，病，陽韻，後漢歸耕、清韻。

還及君之無恙。

願楚無憂，君康寧也。言己雖陞雲遠遊，隨從百神，志猶念君而不能忘也。

【疏證】

願楚無憂，君康寧也。言己雖陞雲遠遊，隨從百神，志猶念君而不能忘也。◎正德本、隆慶本、馮本、俞本、朱本、湖北本、莊本、四庫章句本「陞」作「升」，「忘」下有「者」字。劉本「忘」下有「者」字。案：陞降字本作陞。升，借字也。補注：「説文：『恙，憂也。』一曰：虫入腹，食人心，古者艸居多被此毒，故相問：無恙乎？蘇鶚演義引神異經云：『北方人荒中有獸食人，吩人則病，羅人則疾，名曰猺。猺者，恙也。黄帝上章奏天，從之。於是北方人得無憂無疾，謂之無恙。』」恙，憂也，患也，非關疾病。戰國策卷一一齊策四：「威后問使者曰：『歲亦無恙耶？民亦無恙耶？王亦無恙耶？』」史記卷四九外戚世家：「及高祖崩，呂氏夷戚氏，誅趙王，而高祖後宮唯獨無寵疏遠者得無恙。」索隱：「爾雅云：『恙，憂也。』一説：古者野居露宿，恙，噬人蟲也。故人相恤云：『得無恙乎？』」卷八六刺客傳「爲老母幸無恙」，索隱曰：「爾雅云：『恙，憂也。』楚詞云『還及君之無恙』。風俗通云：『恙，病也。凡人相見及通書，皆云無恙。』又易傳云：『上古之時，草居露宿，恙，齧蟲也。』善食人心，俗悉患之，故相勞云『無恙』。恙，非病也。」新書卷三親疏危亂篇：「令六七公〔諸〕（者）皆無恙，安其國而居，當是時陛下即天子之位，試能自安乎哉？」又，章句「已雖陞雲遠遊，隨從百神，志猶念君而不能忘」云云，蓋同離騷「陟陞皇之赫戲兮，忽臨睨夫舊鄉」，謂至死未忘君國。章句以上病、寧同協耕韻。

楚辭章句疏證卷三　九歌

東皇太一

補注引一本自東皇太一至國殤上皆有「祠」字。案：自東皇太一以下至國殤，皆所以祠祀之樂歌，宜舊有「祠」字。文選卷二八鮑照出自薊北門行「身死爲國殤」，李善注引楚辭祠國殤。其所據本有「祠」字。俞本、莊本删此十一篇標題。

雲中君

湘君

湘夫人

大司命

少司命

東君

河伯
山鬼
國殤
禮魂

九歌者，屈原之所作也。昔楚國南郢之邑，

文選本、正德本、隆慶本、劉本、朱本、俞本無「國」字。案：東漢文紀卷一四引王逸九歌序、漢魏六朝百三家集卷二〇漢王逸集題詞引無「國」字。

沅、湘之間，其俗信鬼而好祠，

文選本無「沅湘之間」四字。正德本、隆慶本、劉本、湖北本、朱本、俞本、莊本「祠」作「祀」。補注引祠一作祀。案：文選本删之也。東漢文紀卷一四、漢魏六朝百三家集卷二〇漢王逸集題詞引「祠」作「祀」。祠九歌諸神，所以求福報賽也。周禮卷二五春官宗伯第三小祝「將事侯禳禱祠之祝號」，賈疏：「求福謂之禱，報賽謂之祠。」則舊作「祠」字。山谷内集詩注卷三次韻韓川奉祠西太乙官四首「九歌不取沈湘」，任注引九歌序亦作「祠」，然敓「其俗」之「其」字。御覽卷五七二樂部一〇歌三引楚詞「間」訛作「澗」。又，九歌，猶龍歌，本夏人頌禹之歌。説詳離騷「啓九辯與九歌兮」注。

其祠必作歌樂鼓舞，

文選本、正德本、隆慶本、湖北本、劉本、俞本無「歌」字。補注引一無「歌」字。案：東漢文紀卷一四引王逸九歌序、漢魏六朝百三家集卷二〇漢王逸集題詞引無「歌」字。又，御覽卷五七二樂部一〇歌三引楚詞：「其俗敬鬼神，於夜必作樂鼓舞，以樂諸神。」亦無「歌」字。又，其祠，當從御覽作「於夜」。清華簡（一）楚居：「至酓𦊟（繹）與屈紃，思（使）若（鄀）嗌卜徙於𡋊宅，爲便室，便室既成，無以内之，乃竊若（鄀）人之𤘽（犝）以祭。愳（懼）亓（其）宔，夜而内𡰥（尸），氐（抵）今曰奈，奈必夜。」奈，爲「夜祭」名，楚月有「冬奈」、「屈奈」、「遠奈」、「夏奈」，而秦簡分別作「冬夕」、「屈夕」、「遠（援）夕」、「夏夕」。奈、夜，楚簡通用。新蔡葛陵楚墓甲三・六「坪夜君」，包山楚簡二・二〇三作「文坪奈君」。奈，新蔡葛陵楚墓或作「𥙯」，皆未爲説文所收録。楚族後世裔孫，念其先祖「辟在荆山，篳路藍縷，以處草莽，跋涉山林，以事天子」，創國之初艱難困窮若此，以至於竊鄀人犝牛以祭先祖者。後世子孫視之無不感慨，記其事以自勵，爲之記念，且定爲一族一國之禮制，非惟月名曰「𡰥」、曰「奈」，而先祖及鬼神祭祀亦定制於夜，成爲一族一國之禮俗。簡文「奈必夜」，則不惟證明王逸九歌序舊本「其祠」作「於夜」，且於研討先秦禮制發生、禮俗源流、形成等亦甚有價值也。漢世降神亦皆在夜。漢書卷二五郊祀志上：「上有所幸李夫人，夫人卒，少翁以方蓋夜致夫人及竈鬼之貌云，天子自帷中望見焉。乃拜少翁爲文成將軍，賞賜甚多，以客禮禮之。文成言：『上即欲與神通，宫室被服非象神，神物不至。』乃作畫雲氣車，及各以勝日駕車辟惡鬼。」又曰：「居室帷中，時晝言，然常以夜。」又云：「於是五利常夜祠其家，欲以下神。」卷二五下郊祀志：「天子爲塞河，興通天，若有光云。」顔師古注：「爲塞河及造通天臺而有神光之應。」又云：「西河築世宗廟，神光興於殿旁，有鳥如白鶴，前赤後青。神光又興於房中，如燭狀。廣川國世宗廟殿上有鐘音，門户大開，夜有光，殿上盡明。」是知漢承楚禮也。

以樂諸神。

文選本删「以樂諸神」至「其詞鄙陋」三十六字。案：據序所云，其時有二九歌：一是沅、湘所傳九歌；一是屈原九歌。山海經卷一六大荒西經：「西南海之外，赤水之南，流沙之西，有人珥兩青蛇，乘兩龍，名曰夏后開。開上三嬪于天，得九辯與九歌以下。」九歌，本是夏啓樂禹之歌。而沅、湘所傳九歌，是越人因夏后氏之九歌。在戰國，沅、湘所居者多爲百越諸族。元和郡縣志卷三六嶺南道「梧州」條：「古越地也。秦南取百越以爲桂林郡，秦末趙佗自立爲南越王，其地復屬焉。漢元鼎六年平呂嘉，又以其地爲蒼梧郡之廣信縣，領縣十。自漢至陳爲郡不改。」胡渭禹貢錐指卷六「淮海惟揚州」條：「古有百越之稱，一在禹貢揚州之域。史記秦始皇本紀：『二十五年王翦悉定荆、江南地，降百越之君，置會稽郡。』東越列傳『秦并天下，廢閩越王無諸及越東海王摇，以其地爲閩中郡』是也。一即南越，又名揚越，在五嶺之南，揚、荆、梁三州之徼外。秦始皇本紀『三十三年發諸嘗逋亡人，贅壻、賈人略取陸梁地爲桂林、象郡、南海，以適遣戍』是也。漢復立無諸爲閩越王，王閩中故地；都治，又立摇爲東海王，都東甌。此皆勾踐之後在揚域，地理志以會稽爲吴分者是也。戰國策蔡澤云：『吴起爲楚，南收揚越。』史記吴起列傳：『楚悼王時，相楚，南平百越。』南越列傳云：『秦已并天下，略定揚越，置桂林、南海、象郡。』又云：『漢立尉佗爲南越王，使和集百越。』此百越，即揚越，秦時號陸梁地，地理志以蒼梧、鬱林、合浦、交趾、九真、南海、日南爲越分者是也。揚越猶於越、閩越、駱越之類。」據此，沅、湘是百越所居。又，長沙二千四十八座戰國楚墓發掘報告，越文化因素隨處可見，如印紋硬陶罐、越式銅鼎、越式劍、矛等兵器，皆證明文獻所載長沙爲越人之所居。屈子涉江「哀南夷之莫吾知」，南夷，指百越人。史記卷四一越王勾踐世家：「越王勾踐，其先，禹之苗裔，而夏后帝少康之庶子也。」正義引吴越春秋：「禹周行天下，還歸大越，登茅山以朝四方羣臣，封有功，爵有德，崩而葬焉。至少康，恐禹跡宗廟祭祀之絶，乃封其庶子於越，號曰無餘。」卜辭稱武丁之世殷之諸侯有越國，在殷國之西，夏之餘民。則其時越人猶有在北土者。又，上博簡（二）訟城是（容成氏）：「傑（桀）乃逃之南菓（巢）是（氏）。湯或（又）從而攻之，述（遂）逃，迲（去）之桑虗（蒼梧）之埜（野）。」夏之遺民或移居於南楚，是南楚必有夏文化存在。則夏后氏頌其先祖夏禹之九歌，因夏桀之逃亡而流傳至于南楚。楚昭王言，「祭不越望」，楚不祭河明矣。九歌有河伯，河伯，夏后氏同姓諸侯。沅、湘之百越人祭河伯，因夏人九歌之禮。則其所傳所祀之歌，有雲中君、河伯、湘君、湘夫人、大司命、少司命、東君、山鬼、禮魂九篇。屈子所爲九歌，參以楚之風習，置楚之宗神東皇太一爲首祀之神，又益楚之殤鬼國殤於山鬼之後，凡十一篇。別置河伯一篇於東君後。詳參拙文九歌源流叢考。

屈原放逐，竄伏其域，懷憂苦毒，愁思沸鬱，

正德本、隆慶本、劉本、湖北本、朱本、馮本、俞本、莊本、四庫章句本「沸」作「怫」。案：東漢文紀卷一四引王逸九歌序、漢魏六朝百三家集卷二〇漢王逸集題詞引作「怫」。沸鬱，連語也，字無定體，若以訓詁字，則作「怫鬱」。

出見俗人祭祀之禮，歌舞之樂，其詞鄙陋，因爲作九歌之曲。上陳事神之敬，下見己之冤結，

文選本「諫」下有「也」字，删「上陳事神之敬下見己之冤結」十二字。正德本、隆慶本、劉本、湖北本、朱本、馮本、俞本、莊本、四庫章句本「下」下有「以」字。案：上陳、下見，相對爲文。以，羨也。東漢文紀卷一四引王逸九歌序、漢魏六朝百三家集卷二〇漢王逸集題詞引並羨「以」字。

託之以風諫，故其文意不同，章句雜錯而廣異義焉。

文選本删「故其文意不同章句雜錯而廣異義焉」十五字，「諫」下有「也」字。俞本、莊本「義」作

「意」。補注引一云「故其文詞意，周章雜錯」。案：意、義同義易之，然亦知莊氏依俞本繙刻也。東漢文紀卷一四引王逸九歌序、漢魏六朝百三家集卷二〇漢王逸集題詞引作「故其文意不同，章句雜錯」。

吉日兮辰良，

日謂甲乙，辰謂寅卯。

【疏證】日謂甲乙，辰謂寅卯。◎文選本「卯」下有「也」字。四庫章句本兩「謂」並作「爲」。案：甲乙者，十天干也。寅卯者，十二地支也。夏正建寅，辰從寅始。周禮卷三七秋官司寇第五哲蔟氏「以方書十日之號，十有二辰之號」，鄭玄注：「日，謂從甲至癸；辰，謂從子至亥。」史記卷一二八龜策列傳「日辰不全，故有孤虛」，集解：「甲乙謂之日，子丑謂之辰。」九店楚簡日書：「凡亡日多辰少日必得。」此「少日」之日，甲乙也。「多辰」之辰，寅卯也。又云：「凡春三月，甲、乙、丙、丁，不吉；壬、癸，吉；庚、辛，城(成)日。凡夏三月，丙、丁、庚、辛，不吉；甲、乙，吉；壬、癸，城(成)日。凡秋三月，庚、辛、壬、癸，不吉；丙、丁，吉；甲、乙，城(成)日。凡冬三月，壬、癸、甲、乙，不吉；庚、辛，吉；丙、丁，城(成)日。」楚俗擇日之吉凶，因四時別。又云：「凡吉日，利以祭祀，禱祠。」楚人祠祀東皇太一，當在春時，其吉日者必擇壬、癸之日。朱季海楚辭解故據湘中記「其俗八月上辛日把以祓神」，謂「稱吉日，其上辛與」？其説斷也。説文辰部：「辰，震也。三月昜氣動，靁電振，民農時也，物皆生。从乙、匕。匕，象芒達。厂聲。辰，房星，天時也。从二。二，古文上字。」甲、金文「辰」字象蛤蜊。古時以蜃爲鎒，農字从辰，以貴時也，則辰有四時義。晨字从辰。脣，象蜃形，从辰、口。女陰象蜃，婦人月事謂之月辰。辱字從辰、訓耻，因於婦人月辰。論衡卷二四譏日第七〇：「作車不求良辰，裁衣獨求吉日。」古之辰有吉凶。禮記第六月令「乃擇元辰」，鄭注：「元辰，蓋郊後吉辰也。」後漢書補逸卷二一「冬至」條：「冬至前後君子安身靜體，百官絶事不聽政，擇吉辰而後省事。」虎鈐經卷一一出軍日第一一五：「若有急難，擇時吉辰而動，不用此日可也。」關沮秦漢墓簡牘以「朝」、「莫食」、「日中」、「日昳」、「日夕」爲一日祭祀、行事之時辰吉凶，睡虎地秦簡日書（甲）則作「朝」、「晏」、「晝」、「日虒」、「夕」。九歌夜祭之禮，吉辰在「日夕」。又，吉日良辰，趁韻倒文，補注云：「沈括存中云：『吉日兮辰良』，蓋相錯成文，則語勢矯健。如杜子美詩云：『紅豆啄餘鸚鵡粒，碧梧棲老鳳凰枝。』韓退之云：『春與猿吟兮，秋鶴與飛。』皆用此體也。」

穆將愉兮上皇。

穆，敬也。愉，樂也。上皇，謂東皇太一也。言己將修祭祀，必擇吉良之日，齋戒恭敬，以宴樂天神也。

【疏證】

穆，敬也。◎案：因爾雅釋訓：「穆穆、肅肅，敬也。」郭璞注：「容儀謹敬。」邢疏：「皆禘祭之時容儀謹敬也。」又，大招「三公穆穆」，章句：「穆穆，和美貌。」九思守志「望太微兮穆穆」，章句：「穆穆，和順也。」穆之爲敬、爲美、爲和，其義皆通。

愉，樂也。◎案：愉，古作偷，薄樂也。詳參離騷「惟夫黨人之偷樂兮」注。穆將愉，敬且樂也。論衡卷二六知實篇第七八：「將者，且也。」廣雅釋言：「將，且也。」穆將愉，同詩有女同車「美且都」、魚麗「旨且多」、論語卷八泰伯「驕且吝」、「貧且賤」、梁元帝詩「仁慈穆且敦」之句法。國語卷六齊語「且有後命曰」，韋注：「且，猶復也。」

上皇，謂東皇太一也。◎文選建州本「太一」作「太乙」。案：一、乙，古字通用。郭店楚墓竹簡太一生水作太一。章句以「上皇」爲「東皇太一」。睡虎地秦簡日書（甲）：「毋以子卜筮，害於上皇。」又，聞一多九歌解詁謂猶莊子卷四天運篇第一四：「治成德備，監照下土。天下戴之，此謂上皇。」以上皇爲東皇太一，言敬且樂於上皇，則不辭。此篇所祭東皇太一神之尸，未嘗登場，通篇皆祭巫敬事太一神之詞。上皇，非東皇太一，猶章皇，祭祀貌。上、章，古字通用。包山楚簡二・一〇「鄭毆上連囂」之「毆上」，天星觀楚簡作「毆章」。説文示部：「鬃，門内祭先祖所旁皇也。从示，彭聲。」促言之曰彭；緩言之曰旁皇，行不定貌。狀祀事則曰鬃，或作祊。段注：「郊特牲曰，索祭祝於祊，不知神之所在。於彼乎，於此乎，或諸遠人乎？祭於祊。尚曰，求諸遠者與？此旁皇之説也。」或作彷徨、徘徊、盤桓等。章皇，亦旁皇。促言之曰蕩。文選卷八揚雄羽獵賦「章皇周流」，李善注：「章皇，猶彷徨也。」狀祭祀或言蕩，亦作章皇。聲之轉或作章回、低回、嬋媛等，皆盤屈舒緩。

言己將修祭祀，必擇吉良之日，齋戒恭敬，以宴樂天神也。◎文選本「吉良」作「吉辰」，「天神」下無「也」字。尤袤本、明州本、秀州本「齋戒」作「齊戒」。尤袤本、明州本、建州本「修」作「脩」。正德本、隆慶本、湖北本、劉本、莊本、俞本「天」作「大」。案：齊、齋古字通用。據義，則舊作「吉辰」。大，天之訛。

撫長劒兮玉珥，

撫，持也。玉珥，謂劒鐔也。劒者，所以威不軌，衞有德，故撫持之也。

【疏證】

撫，持也。◎案：補注：「撫，循也。以手循其珥也。」洪氏別以對文，章句則散文。説文手部：「撫，安也。从手，無聲。一曰：揗也。」段注：「揗，各本作循，今正。揗者，摩也。拊亦訓揗，故撫、拊或通用。」安，按也。撫之訓揗、訓安，皆通也。引申之爲執持。又，國語卷一四晉語八：「撫劍就之。」左傳襄公二十三年：「右撫劍，左援帶。」襄公二十六年：「撫劍從之。」孟子卷二梁惠王下：「夫撫劍疾視。」撫劍，古之恆語。

玉珥，謂劒鐔也。◎文選本無「玉」字。同治本「劒」作「劍」。正德本「鐔」誤作「鐔」。案：劍，劒之籀文。慧琳音義卷五五「射珥」條：「楚辭：『撫長劍兮玉珥。』王逸曰：『珥，劍鐔。』」御覽卷三四四兵部七五劍下引王逸注：「珥，劍鐔也。」舊無「玉」字。周禮卷四〇冬官考工記第六桃氏「以其臘廣爲之莖，圍，長倍之，中其莖，設其後」，鄭司農注：「莖謂劍夾，人所握，鐔以上也。」鄭注：「玄謂莖在夾中者，莖長五寸。」賈疏：「二鄭意劍夾是柄，莖又在夾中，即劍鐔是也。」司農「鐔以上」云云，莖非劍鐔。聞一多九歌解詁：「珥，俗稱劍格，在劍身與柄之間，作凹形，横看象人耳，故曰珥。」以劍珥之名，爲象於耳。説文玉部：「珥，瑱也。从玉、耳，耳亦聲。」又云：「瑱，以玉充耳也。从玉、真聲。詩曰『玉之瑱兮』。」徐鍇曰：「瑱之狀者，直而末鋭以塞耳。」許氏引詩見君子偕老，毛傳：「瑱，塞耳也。」釋文：「瑱，充耳也。」珥，非後之耳环垂，亦非象「凹」形之耳。紀南城一號戰國楚墓出土彩繪漆木俑，畫耳内塞玉之形。則信如徐氏所言者。詳參文物一九九九年第四期載湖北荊州紀南城一二號楚墓發掘簡報所繪木俑圖。又，長沙戰國楚墓多見玻璃劍珥，在劍鞘中部之稍上，有孔，以穿革帶，佩於要者也。又，王夫之楚辭通釋：「珥，劍柄垂組也。玉珥繫玉組間。」其説非周、秦遺制。周、秦出土之劍，未見「垂組」之飾。劍之有垂組，蓋始於漢也。

劒者，所以威不軌，衛有德，故撫持之也。◎同治本「劒」作「劍」。文選本「軌」作「服」。案：湘君「蹇誰留兮中洲」，章句：「以爲堯用二女妻舜，有苗不服，舜往征之。」九歎怨思「秉干將以割肉」，章句：「干將，亦利劍也。利劍宜以爲威，誅無狀以征不服。」據此，則舊作「不服」。九店楚簡第十三簡：「凡建日，大吉，利以取妻，祭祀，竺（築）室，立社稷，帶鐱、冠。」第三十六簡：「子吉，幽（幼）子者不吉。帶鐱、冠，吉。」鐱，古文。馬王堆漢墓帛書明君亦有鐱字。古之男子，貴者佩劍。戰國楚墓出土遺物，多見銅劍。其考古報告云：「銅劍是江陵楚墓中最重要的一種兵器，成年男性墓中幾乎都有一件銅劍隨葬，較大的貴族墓隨葬銅劍更多，如望山二號楚墓隨葬七件，天星觀一號墓隨葬三十二件。」此佩劍者，祠東皇太一之巫。其撫揗劍珥，所以禮敬之也。

璆鏘鳴兮琳琅。

璆、琳、琅，皆美玉名也。爾雅曰：「有璆、琳、琅玕焉。」鏘，佩聲也。詩曰：「佩玉鏘鏘。」言己供神有道，乃使靈巫常持好劍以辟邪，要垂衆佩，周旋而舞，動鳴五玉，鏘鏘而和，且有節度也。或曰：糾鏘鳴兮琳琅。糾，錯也。琳琅，聲也。謂帶劍佩衆多，糾錯而鳴，其聲琳琅也。

【疏證】

璆，美玉名也。爾雅曰：「有璆、琳、琅玕焉。」或曰：糾鏘鳴兮琳琅。糾，錯也。◎文選本無「爾雅曰」以下二十字。正德本、隆慶本、湖北本、馮本、俞本、莊本、四庫章句本「糾」作「糺」。案：文選本無「爾雅曰」以下二十字，删之也。糺，俗糾字。章句引爾雅見釋地：「西北之美者，有崑崙虛之璆、琳、琅玕焉。」又，釋器：「璆、琳，玉也。」釋文：「本或作球。」說文玉部：「球，玉也。从玉，求聲。璆，或从翏。」球、璆同。禮記卷三〇玉藻第一三：「笏，天子以球玉。」鄭注：「球，美玉也。」孔疏：「此之球字，則與璆同。」書禹貢「厥貢惟球、琳、琅玕」，孔傳：「球、琳皆玉名。琅玕，石而似玉。」淮南子卷四墬形訓「西北方之美者有昆侖之球、琳、琅玕焉」，高注：「球，美玉也。」論衡卷二率性篇第八：「禹貢曰『璆琳琅玕』者，此土地所生真玉珠也。」作「糾錯」，則不辭。

鏘，佩聲也。詩曰：「佩玉鏘鏘。」◎正德本、隆慶本、劉本、湖北本、朱本、馮本、俞本、莊本、四庫章句本「詩曰」作「詩云」。案：章句引詩，見衛風有女同車、秦風終南，毛詩作「佩玉將將」，傳：「將將鳴玉而後行。」釋文：「將將，玉佩聲。」將將、鏘鏘，古字通用。或作鎗。說文金部：「鎗，鎗鏓，鐘聲也。从金，倉聲。」段注：「引申爲他聲。詩采芑『八鸞鎗鎗』，毛曰：『聲也。』韓奕作『將將』，烈祖作『鶬鶬』，皆假借字。或作『鏘鏘』，乃俗字。」詩烝民亦作「八鸞鏘鏘」。禮記第一作鏘。」

三玉藻：「進則揖之，退則揚之，然後玉鏘鳴也。」鄭注：「鏘，聲貌。」釋文：「鎗，七羊反，本又

琳、琅，皆美玉名也。琳琅，聲也。謂帶劍佩衆多，糾錯而鳴，其聲琳琅也。◎文選本無「琳琅聲也」以下十九字。明州本「名」下無「也」字。正德本、隆慶本、劉本、馮本、俞本、莊本「皆」下無「美」字。案：文選本刪之也。慧琳音義卷八五「琳琅」條：「孔注尚書云：『琅玕，石似珠也。』（庚案：今本作「石而似玉」。）聲論作瑯，俗字。」李周翰注：「琳、琅，皆玉名，以之爲佩，鏘然而鳴。」補注引爾雅：「西北之美者，有崑崙虛之璆、琳、琅玕焉。」又謂「璆、琳，美玉名；琅玕，狀似珠也」。戴震屈原賦注：「琳，即禹貢球琳，美玉；琅，即琅玕，或謂之珠樹，或謂之碧樹，其赤者爲珊瑚，或謂之火樹。」皆同章句。又，王夫之楚辭通繹：「琳琅，皆玉聲。」胡文英屈騷指掌：「琳琅，鏘鳴之聲也。」湯炳正楚辭今注：「琳琅，本爲玉名，此形容佩聲清越。」聞一多楚辭校補：「琳琅，玉聲，猶釘鐺也。一曰玲瓏。漢書揚雄傳『和氏玲瓏』，注引孟康曰：『其聲玲瓏也。』琳琅轉爲釘鐺，猶玲瓏轉爲丁東。」則皆以琳琅爲玉聲。琳琅之爲美玉、爲玉聲，其義皆通。此文宜從「或曰」之説，玉聲也。言球玉之佩，鏘然相擊而鳴，其聲琳琅然。唯「或曰」以璆玉爲糾錯，亦非。

言己供神有道，乃使靈巫常持好劍以辟邪，要垂衆佩，周旋而舞，動鳴五玉，鏘鏘而和，且有節度也。◎文選本「常」作「佩」，「邪」下有「惡」字，無「要」字，「鏘鏘而和」作「鏘五音而和」，「節

度」下無「也」字。建州本「動鳴五玉」訛作「動鳴玉玉」。案：據義，則舊作「以辟邪惡要垂衆佩」，文選本敓「要」字。正德本、隆慶本、朱本、劉本、俞本、馮本、莊本、湖北本、四庫章句本、補注本無「惡」字。同治本「劍」作「劒」。五玉、五音，對舉爲文。書舜典：「修五禮，五玉，三帛，二生，一死，贄。」孔傳：「修吉凶賓軍嘉之禮，五等諸侯執其玉。」孔疏：「五玉，公侯伯子男所執之圭璧也。五玉之器，禮終乃復還之，其帛與生死，則不還也。」五玉，或稱五瑞、五器。史記卷一五帝本紀：「脩五禮，五玉。」集解引鄭玄：「五玉，即五瑞也。執之曰瑞，陳列曰玉。」又曰：「如五器，卒乃復。」集解引馬融：「五器，上五玉。五玉，禮終，則還之，三帛已下不還也。」五音，宮、商、角、徵、羽也。禮記卷三〇玉藻篇第一三：「古之君子必佩玉，右徵角，左宮羽。」鄭注：「玉聲所中也。徵、角在右，事也，民也；宮、羽在左，君也，物也，宜逸。」孔疏云：「『玉聲所中也』者，謂所佩之玉中此徵角宮羽之聲。按：樂記：『角爲民，徵爲事。』右廂是動作之方而佩徵角，事則須作而成，民則供上役使，故可勞而在右也。云『君也物也宜逸』者，按：樂記云：『宮爲君，羽爲物。』今宮、羽在左，是無事之方，君宜静而無爲，物宜積聚，故在於左，所以逸也。」則舊本作「鏘五音而和」。又，紀南城一號戰國楚墓出土彩繪漆佩玉木俑，胷前左右佩玉一朋，上繫於帶，垂及膝下，玉有珠、管、環、璜也。詳參湖北荊州紀南城一二號楚墓發掘簡報（文物一九九九年第四期）。包山楚墓祭禱鬼神之禮，有佩玉遺制，祭禱司命、大水等用一環、少環。則祭者佩玉以敬神，賽禱之禮也。周禮卷一八春官宗伯第三大宗伯「以蒼璧禮天」，卷二〇典瑞「四圭有邸以祀天，旅上帝」。是祭天皆薦玉。湯炳正楚辭類稿據御覽卷五二六（又見卷七三五）禮儀部五祭禮下引桓譚新論：「昔楚靈王驕逸輕下，簡賢務鬼，信巫祝之道，齋戒鮮潔，以祀上帝，禮羣神，躬執羽紱，起舞壇前。吳人來攻，其國人告急，而靈王鼓舞自若。顧應之曰：『寡人方祭上帝，樂明神，當蒙福祐焉，不敢赴救。』而吳兵遂至，俘獲其太子及后姬以下。甚可傷。」乃謂「此可知楚之國家祭典，主祭者爲國王」。其說可參。

瑤席兮玉瑱，

瑤，石之次玉者。詩云：「報之以瓊瑤。」

【疏證】

瑤，石之次玉者。詩云：「報之以瓊瑤。」◎文選本無注。正德本、隆慶本、劉本、湖北本、馮本、朱本、俞本「者」字下、「瓊瑤」下有「也」字。莊本「瓊瑤」下有「也」字。四庫章句本「者」字下有「也」字。案：瑤之義，詳參離騷「望瑤臺之偃蹇兮」注，後因其重複刪之。章句引詩見木瓜。楚簡「席」作「䇨」。如郭店楚墓竹簡成之聞之「籔䇨」，包山楚簡遺策「一縞䇨」、「一寢䇨」，上博簡（四）曹沫之陳「設䇨」，（五）君子爲豊「逾䇨」，（六）競（景）虐「退䇨」，（七）武王踐阼「銘於䇨」，蓋古文也。補注引「瑱」一作「鎮」，云：「瑱，壓也。音鎮。下文云『白玉兮爲鎮』是也。周禮：『玉鎮，大寶器。』故書作瑱。鄭司農云：『瑱，讀爲鎮。』」瑱，玉珥也。用作墊鎮者，是借假字。鎮以其玉爲之者，則易作「瑱」。楚簡文字作「⿰土鼎」。見曾侯乙墓（文物出版社一九八九年版）。

盍將把兮瓊芳。

盍，何不也。把，持也。瓊，玉枝也。言己修飾清潔，以瑶玉爲席，美玉爲瑱。靈巫何持乎？乃復把玉枝以爲香也。

【疏證】

盍，何不也。◎俞樾讀楚辭：「愚按：以盍爲何不，則既云盍，又云將，文義難通。此盍字只是語詞，莊子列御寇『闔胡嘗視其良，既爲秋柏之實矣』。釋文曰：『闔，語助也。』闔與盍通。此篇云『盍將把兮瓊芳』，與下篇云『蹇將憺兮壽宮』文法相似，王注云：『蹇，詞也。』然則盍亦詞也，可類推矣。」何不，豈也。緩言曰「何不」，促言曰「盍」。

把，持也。◎俞氏以「盍將把」類「蹇將憺」句法，以「盍將」連文，「把」字獨立。案：非也。將把，平列同義，拱持也。荀子卷一八成相篇第二五「吏謹將之無鈹滑」，楊倞注：「將，持也。」將、把、持，散則不別；對文扶助曰將。詩無將大車「無將大車」，鄭箋：「將，扶進也。」拱奉曰把。孟子卷一一告子上「拱把之桐梓」，趙注：「拱，合兩手也。把，以一手把之也。」自下上承之曰持。論語卷一六季氏：「危而不持，顛而不扶。」又，戴震屈原賦注：「把，秉也，語之轉。」把、秉對文亦別。秉之義較把字抽象，如「秉權」、「秉國政」，皆不得言把也。

瓊，玉枝也。◎案：瓊枝，已見於離騷「折瓊枝以繼佩」，求神信物也。朱子集注：「瓊芳，草枝可貴如玉，巫所持以舞者也。」周拱辰離騷草木史：「即『傳芭代舞』之類。」其説皆是也。

言己修飾清潔，以瑶玉爲席，美玉爲瑱，靈巫何持乎？乃復把玉枝以爲香也。◎文選本「何」下有「不」字，無「復」字，無「也」字。明州本、建州本、尤袤本、正德本、隆慶本、朱本、劉本、四庫章句本、湖北本、馮本「修」作「脩」。案：據義，則舊作「何不持乎」。無「不」，敚也。有「復」，羡也。修、脩同。喻林卷八一自脩引無「靈巫何持乎乃復把玉枝以爲香也」十四字。又，靈之把玉枝，非唯「以爲香」，乃所以通神也。

蕙肴蒸兮蘭藉，

蕙肴，以蕙草蒸肉也。藉，所以藉飯食也。易曰「藉用白茅」也。

【疏證】

蕙肴，以蕙草蒸肉也。◎俞本、莊本「以」作「用」，「蒸」下有「以」字。案：以、用古字通用。

李太白分類補注卷二九溧陽瀨水貞義女碑銘「而祠之蘭蒸椒漿」注引王逸江亦作「以」。補注：「肴，骨體也。蒸，進也。國語曰：『親戚宴饗，則有殽烝。』注云：『升體解節折之俎。』」章句未可移易。蕙肴，非國語之「殽烝」。洪説非也。朱季海楚辭解故：「此祭本以宴樂天神，雖祀上皇，猶同宴饗之禮，寧舍體薦，而用折俎也。」其説得之。章句「以蕙草蒸肉」云云，猶有膹義。説文肉部：「肴，啖也。从肉、爻聲。」段注：「折俎謂之肴，見左傳、國語；豆實謂之肴，見毛傳；凡非穀而食曰肴，見鄭箋。皆可啖者也。按：許當云『啖肉也』，謂熟饋可啖之肉。」或借殽字爲之。詩正月「又有嘉殽」釋文：「殽，本又作肴。」女曰雞鳴釋文：「音爻，本亦作肴。」園有桃釋文：「殽，本又作肴。」韓奕釋文：「肴，本作殽。」肴之言爻也。爻，象相交錯，易用爲占卜之具，折爻爲斷，若離騷之「筳篿」。折俎解牲亦謂之肴。又，艸部：「蒸，析麻中榦也。从艸，烝聲。」段注：「其皮爲麻，其中莖謂之蒸，亦謂之菆，今俗所謂麻骨棓也。潘岳西征賦李注云：『菆井，即渭城賣麻蒸市也。』毛詩傳曰：『粗曰薪，細曰蒸。』周禮甸師注云：『大曰薪，小曰蒸。』是凡薪蒸者，皆不必謂麻骨，古凡燭用蒸。弟子職云：『蒸間容蒸。』毛詩傳云『蒸盡，縮屋而繼之』是也。」蒸爲薪也，非蒸墊之物。包山楚簡遣策「⿱癶火豬一箕」云云，⿱癶火，即蒸字，下从火、登聲。薰，所以蒸也。蕙肴蒸，以蕙草爲薪，所以熟肉。又，錦繡萬花谷前集卷二一詩律以「蕙肴烝」與下「奠桂酒」相對，蕙肴烝，即「烝蕙肴」之乙，謂之「蹉對」。

藉，所以藉飯食也。易曰「藉用白茅」也。◎文選本、正德本、隆慶本、劉本、湖北本、朱本、馮本、俞本、莊本、四庫章句本「白茅」下無「也」字。案：章句引易見大過初六，象曰：「藉用白茅，柔在下也。」藉在下，言藉地鋪墊也。補注：「藉，薦也。」薦，襯墊也。說文藉作蒩，艸部：「蒩，茅藉也。从艸，租聲。禮曰：『封諸侯以土，蒩以白茅。』」徐鍇曰：「此亦包蒩字。」或通作葅。史記卷二八封禪書「埽地而祭，席用葅稭」，集解：「如淳曰：『葅，讀如租。』晉灼曰：『葅，藉也。』」古之稱藉皆用白茅，未見用蘭者。章句以「取芳潔」爲說，無徵不信。藉，通作炙。包山楚簡遣策有言「庶猪」、「庶鷄」者，庶，下从火，席省聲，即古炙字。席、藉，古字通用。儀禮卷四二士虞禮第一四「藉用葦席」，鄭注：「藉，猶薦也。古文藉爲席。」漢書卷六四下賈捐之傳「相枕席於道路」，如淳曰：「席音藉。」顔師古注：「席即藉也，不勞借音。」藉、炙亦通用。炙部：「炙，炮肉也。从肉在火上。」詩楚茨「或燔或炙」，毛傳：「炙，炙肉也。」大招「炙鴰烝鳧」，炙、蒸對舉爲文，同「蕙肴蒸兮蘭藉」句法。蘭藉，以蘭草炙炮肴肉也。蕙肴蒸、蘭藉，文互相備，以蕙、蘭之草蒸炙肴肉也。

奠桂酒兮椒漿。

桂酒，切桂置酒中也。椒漿，以椒置漿中也。言己供待彌敬，乃以蕙草蒸肴，芳蘭爲藉，進桂酒椒漿，以備五味也。

【疏證】

桂酒，切桂置酒中也。◎文選本「桂」下有「以」字。案：以下「以椒置漿中」例之，切，以之訛。初學記卷二六酒第一一「切桂」條引王逸注：「切桂於酒中。」其所據本亦訛。范成大桂海虞衡志志草木：「桂，南方奇木，上藥。出賓、宜州。花如海棠，淡而葩小，實如小橡子。取花未放者乾之，五年可剥。以桂枝、肉桂、桂心爲三等。桂枝質薄而味輕，肉桂質厚而味重。桂心則剥厚桂，以利竹卷曲，取貼木多液處，如經帶，味尤烈。凡木葉心皆一縱理，獨桂有兩紋，製字者意或出此。葉味辛甘，人喜咀嚼。」桂，楚産，其種類夥矣。而以桂浸酒者，或用枝葉、或用華，非一木。取枝葉者，即枝桂，或稱月桂；取華，即桂花。賈祖璋云：「月桂(laurel)的花片芳香，可以浸酒，那末，Laurelbrew 是『桂葉酒』，却不是桂花酒。我國的桂花英文名，Sweet Osmanthus，花香，可以浸酒，才叫做『桂花酒』。laurel 是樟科植物，Sweet Osmanthus 是木犀科植物，在植物分類上，兩者的類緣關係極遠，雖然都叫『月桂』，却不可混爲一談。」洪氏所稱者，是月桂；陳第屈宋古音義所稱者，是桂花，今或名木樨者。桂酒、椒漿，互言之，猶東君「援北斗兮酌桂漿」之桂漿。言桂、椒，但取芳潔。說文酉部：「酒，就也。所以就人性之善惡。从水、酉。酉亦聲。一曰：造也。吉凶所造起也。古者儀狄作酒醪，禹嘗之而美，遂疏儀狄。杜康作秫酒。」段注：「賓主百拜者，酒也；淫酗者，亦酒也。」即「就人性之善惡」之意。酒之訓就、訓造，所以推演其得名。甲、金文酒作西，包山楚簡亦作西。

椒漿，以椒置漿中也。◎書鈔卷一四四引注「中」作「内」。案：御覽卷八六一飲食部一九漿、李太白集分類補注卷二九溧陽瀨水貞義女碑銘「而祠之蘭蒸椒漿」注引王逸注亦作「漿中」。又，補注：「漢樂歌曰：『奠桂酒，勺椒漿。』周禮：『四飲之物，三曰漿。』」洪引漢樂歌「奠桂酒」，見郊祀歌練時日第一；「勺椒漿」，見郊祀歌赤蛟第一九。說文漿作醬，酉部：「醬，醢也。从肉、酉，酒以和醬也。爿聲。」醬之言藏也，藏之以成謂之醬，後作漿。包山楚簡遺策有「貞（鼎），二⿰爿酉白之觳」。⿰爿酉，古漿字。酒、漿散則不別，對文別義。洪氏引周禮，見卷五天官冢宰第一酒正「辨四飲之物，一曰清，二曰醫，三曰漿，四曰酏」，鄭注：「漿，今之酨漿也。」孫詒讓正義：「漿、酨同物，累言之則曰酨漿，蓋亦釀糟爲之，但味微酢耳。」古之祭祀用酒、漿。禮記卷二八内則第一二：「觀於祭祀，納酒漿、籩豆、菹醢，禮相助奠。」

言己供待彌敬，乃以蕙草蒸肴，芳蘭爲藉，進桂酒椒漿，以備五味也。◎文選本「乃」作「及」，無「草」字。案：及，訛也。章句「以備五味」云云，蓋調劑滋味事也。周禮卷五天官冢宰第一疾醫「以五味、五穀、五藥養其病」，鄭注：「五味，醯酒飴蜜薑鹽之屬。」賈疏：「醯則酸也，酒則苦也，飴蜜即甘也，薑即辛也，鹽即鹹也。此即五味酸苦辛鹹甘也。」

揚枹兮拊鼓，

揚，舉也。拊，擊也。

【疏證】

揚，舉也。◎文選本無注。案：刪之也。古有「援枹」，無「揚枹」。史記卷六四司馬穰苴列傳「援枹鼓之急則忘其身」，正義：「枹音孚，謂鼓梃也。」國殤「援玉枹兮擊鳴鼓」。揚，援之訛。淮南子卷一九脩務訓「援豐條」，高注：「援，持也。」禮記卷五二中庸第三一「不援上」，鄭注：「援，牽持之也。」又，説文木部：「枹，擊鼓柄也。从木，包聲。」桴、枹同。戰國策卷一三齊策六：「乃援枹鼓之，狄人乃下。」韓詩外傳卷六：「莊王援桴而鼓之，晉師大敗。」呂氏春秋卷一七審分覽第八執一篇：「援桴一鼓，使三軍之士樂死若生。」説苑卷四立節：「援桴鼓之，遂殺白公。」左傳成公二年「右援枹而鼓」，釋文：「枹音浮，鼓槌也。字林云：『擊鼓柄也。』本亦作桴。」

拊，擊也。◎文選秀州本「拊」作「枹」。案：枹，音訛字。説文手部：「拊，揗也。从手、付聲。」段注：「揗者，摩也。古作拊揗，今作撫循，古今字也。堯典曰『擊石拊石』，拊輕擊重，故分言之。」拊訓擊，散文不別。左傳襄公二十五年「公拊楹而歌」，釋文：「拊，芳甫反，拍也。」漢書卷三五吳王濞傳「因拊其背」，顔師古注：「拊，摩循之也。」對文輕循曰拊，重曰擊。

疏緩節兮安歌，

疏，希也。言肴膳酒醴既具，不敢寧處，親舉枹擊鼓，使靈巫緩節而舞，徐歌相和以樂神也。

【疏證】

疏，希也。◎案：此與下「陳竽瑟兮浩唱」，相對爲文。疏、陳對舉，緩節、竽瑟相對。疏，獨立成句，非希疏，陳也。湘夫人「疏石蘭兮爲芳」，章句：「疏，布陳也。」聞一多九歌解詁亦謂「『疏緩節兮安歌』，當讀爲『疏緩節之安歌』，疏謂疏歌。『疏歌』猶展詩、陳詩、賦詩也」。說文疋部：「疏，通也。从㐬、从疋，疋亦聲。」引申之言分疏、陳布。

言肴膳酒醴既具，不敢寧處，親舉枹擊鼓，使靈巫緩節而舞，徐歌相和以樂神也。◎文選本「言肴膳酒醴既具」作「言膳既具」。正德本、隆慶本、劉本、湖北本、朱本、馮本、俞本、莊本、四庫章句本「樂神」下有「意」字。案：文選本存其舊。說文肉部：「膳，具食也。从肉、善聲。」徐鍇曰：「具食者，言具備此食也。」段注：「具者，供置也，欲善其事也。」周禮卷一天官冢宰第一序官「膳夫」，鄭注：「今時美物曰珍膳。」禮記卷三〇玉藻第一三「膳於君」，鄭注：「膳，美食也。」美膳之稱，總括肴、酒、醴諸事。又，緩節，音節舒緩也。安歌，行歌安平，無剽疾促節也。歌樂之緩急，因土風然也。急者清，哀戚之音；緩者濁，歡娛之樂。楚風清激剽疾，其音哀且傷。然以一地言之，樂者舒緩，哀者促急，則又不較土風也。此「疏緩節」云云，爲雅、頌之樂，音節舒徐，安歌曼聲，以美東皇太一形容，且娛樂之。

陳竽瑟兮浩倡。

陳，列也。浩，大也。言己又陳列竽瑟，大倡作樂，以自竭盡也。

【疏證】

陳，列也。◎文選本、俞本、莊本無注。案：陳列字古作敶，詳參離騷「就重華而敶詞」。然彼無注而反出於後者，蓋後所增益。

浩，大也。◎案：書堯典「浩浩滔天」，孔傳：「浩浩盛大若漫天。」孔疏：「浩浩，是多大之義。」則章句以浩爲大，因孔傳也。浩倡、安歌，對舉爲文，浩，猶合會也。漢書卷二八下地理志「浩亹」，顏師古注：「蓋疾言之，浩爲閤耳。」晉書音義上帝紀卷三「浩亹」條：「漢書：金城郡浩亹縣，孟康曰：『浩亹，音合門。』顏云：『今俗呼此水爲閤門河。蓋疾言之耳。』浩音閤。」水經注卷二河水二：「閤門河又東，逕浩亹縣故城南，王莽改曰興武矣。闞駰曰：浩讀閤也，故亦曰閤門水。」閤、合，古字通用。浩倡，猶合倡、合歌也。儀禮卷九鄉飲酒第四「乃合樂」，鄭注：「合樂，謂歌樂與衆聲俱作。」又，禮記集說卷四〇月令第六引孔氏曰：「節奏齊同謂之合舞，此亦謂之大合樂。」少司命「臨風怳兮浩歌」，亦同此意。敢鐘銘文：「至諸長竽，會奏倉倉。」會奏，亦浩倡。

倡，唱古文作「昌」。說文古文作昌，原爲呼日，呼日有導歌，則謂之唱，若楚之「鷄鳴歌」。後製唱字以專之。呼日以歌導引，則有導歌義，則製倡字以專之。大招：「謳和揚阿，趙簫倡只。」章句：「先歌爲倡。」詳參離騷「倚閶闔而望予」注。

言己又陳列竽瑟，大倡作樂，以自竭盡也。◎文選本「言己」下無「又」字。案：補注：「竽，笙類，三十六簧；瑟，琴類，二十五弦。」戴震屈原賦注：「鄭仲師注周官笙師云：『竽，〔二〕（三）十六簧。』」竽，管樂；瑟，弦樂。說文竹部：「竽，管三十六簧也。从竹，亏聲。」段注：「凡竹爲者皆曰管樂。周禮笙師：『掌教龡竽。』大鄭曰：『竽，三十六簧。』按：據廣雅『竽，三十六管』，然則管皆有簧也。通卦驗、風俗通皆云：『長四尺二寸。』竽與笙之管皆列於匏，宋書樂志曰：『竽，今亡。』」說文比類連文，「竽」下爲「笙」字，曰：「笙，十三簧，象鳳之身也。笙，正月之音，物生故謂之笙。大者謂之巢，小者謂之和。」「笙」下有「簫」，曰：「簫，參差管樂，象鳳之翼。」竽，亦象鳳皇，唯管多寡、大小有別。周禮卷二四春官第三笙師「龡竽」，賈疏引通卦驗鄭注云：「竽，類管，用竹爲之，形參差象鳥翼。」湯炳正楚辭類稿：「古多以竽導奏，故韓非子解老云：『竽也者，五聲之長者也。故竽先則鍾瑟皆隨；竽唱則衆樂皆和。』」又，荀子卷一六正名篇第二二「聲音清濁、調竽奇聲，以耳異」，楊注：「調竽，謂調和笙竽之聲也。竽，笙類，所以導衆樂者也。或曰：竽，八音之首，故黄帝使泠倫取竹作管，是竹爲聲音之始。」皆以竽爲樂之始。包山楚簡遣策有竽字，然未見遺物。楚簡或以「竽笐（管）」連文，如上博簡（七）君人者何必安哉「竽笐（管）角矢（搠）於前」是也。蓋竽以管爲之，故連及之。長沙馬王堆一號漢墓出土完整之竽，二十六管，與禮經稱「三十六管」者别，管分前後兩排，皆插在有吹孔之木斗上。竽斗以匏爲之。最長之管爲七十六厘米，下入竽斗，有簧片，最短之管爲十四厘米，其第三短管上有口，所以出氣也。三號墓出土竽器已殘，然有二十三簧片，皆竹制，有四組折疊竹管，分四排，管有通氣口與按孔。此漢初之竽，然皆出土於荆楚腹地，與屈賦所稱者未遠。又，珡部：「瑟，庖犧所作弦樂也。从珡、必聲。」段注：「玩古文琴、瑟二字，似先造瑟字，而琴从之。」瑟音所櫛反，必音卑吉反。必非瑟字之諧聲，當曰从珡、必。廣雅釋詁：「必，敕也。」王念孫疏證：「必當爲毖，酒誥『厥誥毖庶邦庶士』、『汝劼毖殷獻臣』、『汝典聽朕毖』，皆戒敕之意也。」瑟之从必，猶从毖也。釋名釋樂器：「瑟，施弦張之瑟瑟然也。」以瑟之名因於瑟瑟之聲。白虎通義卷二禮樂：「瑟者，嗇也，閑也。所以懲忽宫商角。」瑟，質部；嗇，緝部。其音義皆隔，非其語根。瑟之言室也，以室欲正心之樂器稱之曰瑟。瑟、室，質部，心紐雙聲。信陽楚墓出土木瑟三件，其中一件爲彩繪錦瑟，有三段嶽山，每段七弦，凡二十一弦。惜其器殘。此即楚制，與二十五弦者别。馬王堆一號漢墓出土木瑟一具，凡二十五弦，分三組，中爲七粗弦，兩側爲各九細弦。則與洪氏所説者同。又，遣策有「鄭竽、瑟各一」、「楚竽、瑟各一」。

靈偃蹇兮姣服，

靈，謂巫也；偃蹇，舞貌。姣，好也。服，飾也。

【疏證】

靈，謂巫也。◎案：補注：「古者巫以降神。『靈偃蹇兮姣服』，言神降而託於巫也。下文亦曰『靈連蜷兮既留』。」王國維宋元戲劇考：「楚辭之靈，殆以巫而兼尸之用者也。其詞謂巫曰靈，謂神亦曰靈，蓋羣巫之中必有像神之衣服形貌動作者，而視爲神之所憑依，故謂之曰靈，或謂之靈保。」此篇乃郊祀東皇太一頌辭，備列禮樂之盛，未涉神靈歆饗事。靈，樂神女巫也。古之祭祀鬼神必薦女樂，爲禮目之所必備。食、色，性也；鬼神亦猶是已。山海經卷一六大荒西經「開上三嬪於天」，郭注：「嬪，婦也。言獻美女於天帝。」殷商卜辭「賓于帝」云云，賓，嬪也。祀神薦以嬪也。呂氏春秋卷九季秋紀第二順民篇：「昔者湯克夏而正天下，天大旱，五年不收，湯乃以身禱於桑林。」高注：「禱，求也。桑林，桑山之林，能興雲作雨也。」湯禱天帝於桑林，乃率九嬪行夫婦事以娛樂天帝者，故云「興雲作雨」。招魂之娛鬼，則曰「二八侍宿，射遞代些。九侯淑女，多迅衆些」；「容態好比，順彌代些」；「姱容修態，絙洞房些」。大招之悦神，則曰「姱修滂浩，麗以佳只；曾頰倚耳，曲眉規只；滂心綽態，姣麗施只；小腰秀頸，若鮮卑只」；「粉白黛黑，施芳澤只；長袂拂面，善留客只」。此皆招魂所獻之「嬪」。又，戰國楚墓出土繪彩女俑及棺飾人物彩晝，多若長袖寬袍作舞之巫，楚之祭鬼神所獻嬪也。其所獻之「嬪」，巫也，或謂之「靈」。本篇禱東皇太一神之詞，上言歆饗之豐，音樂之盛，自此以下言女色之美以樂神也。

偃蹇，舞貌。◎文選本、正德本、隆慶本、劉本、湖北本、朱本、俞本、莊本「舞貌」下有「也」字。案：偃蹇，㫃字緩讀。説文㫃部：「㫃，旌旗之游㫃蹇之貌。」引申之爲蜷曲。招隱士「偃蹇連蜷兮枝相繚」是也。舞姿以盤旋委曲爲美，故解舞貌。聲之轉或爲窈糾，詩月出「舒窈糾兮」，毛傳：「窈糾，舒之姿也。」詳參離騷「望瑶臺之偃蹇」注。

姣，好也。服，飾也。◎補注引姣一作妖。案：姣、妖，皆美好也，古字通用。文選卷二八樂府下日出東南隅行「高臺多妖麗」，李善注引王逸曰：「妖，好也。」其所據本作「妖」。洪氏云：「方言曰：『好，或謂之姣。』注云：『言姣潔也。』」姣，楚語，舊不作妖。審此句法，「偃蹇」爲「姣服」之疏狀詞，兮，其也，然也。若訓姣美服飾，則非勝語。姣服，當作交舞，音訛也。交、姣古同交聲，例得通用。史記卷三九晉世家「得爲東道交」，索隱：「交，猶好也。」名事相因，美好亦謂之交，通作姣。服、舞音近相訛。爾雅釋邱「邱背有邱爲負邱」，邵晉涵曰：「説文云：『娬，邱名。』武、負聲相近，娬邱即負邱也。」武與舞、負與服，皆通用。史記卷八六刺客列傳之秦舞陽，戰國策卷三一燕策三作武陽。周禮卷四二冬官考工記第六車人「牝服二柯有參分柯之二」，鄭注：「服，讀爲負。」交舞，猶交衣之舞，招魂「衽若交竿」，章句：「言舞者回旋，衣衽掉摇，回轉相鉤，狀若交竹竿。」即「偃蹇交舞」也。大招「二八接舞」，接舞，交舞，聯袂而舞。娛神交舞之原型，因於男女交合以祈雨求豐之俗，天問禹通嵞山氏於台桑，啓九歌與九辯以「嬪帝」是也。又，詩桑中「期我乎桑中，要我乎上宫」，毛傳：「桑中、上宫，所期之地。」郭沫若云：「桑中即桑林所在之地，上宫即桑林之祠，士女于此合歡。」墨子卷八明鬼篇下第三一：「燕之有祖，當齊之社稷，宋之有桑林，楚之有雲夢也，此男女之所屬而觀也。」觀，歡也。男女相屬歡娛也。類今白族「繞山林」，壯族「歌圩」，彝族「阿細跳月」，苗族「馬郎房」，撒尼族「公堂」，皆男女聯袂交舞以樂神之遺存。

芳菲菲兮滿堂。

菲菲，芳貌也。言乃使姣好之巫，被服盛飾，舉足奮袂，偃蹇而舞，芬芳菲菲，盈滿堂室也。

【疏證】

菲菲，芳貌也。◎正德本、隆慶本、朱本、劉本、湖北本、俞本、莊本「貌」下無「也」字。案：離騷「芳菲菲其彌章」注，章句：「菲菲，猶勃勃，芳香貌也。」據此，「芳」下宜補「香」字。

言乃使姣好之巫，被服盛飾，舉足奮袂，偃蹇而舞，芬芳菲菲，盈滿堂室也。◎案：九店楚簡日書、郭店楚墓竹簡凡盈滿字皆作「浧」，亦古盈字。楚人謂滿曰盈。老子九章「金玉滿堂」，楚簡本及馬王堆漢帛書甲、乙二本滿皆作盈。盈作滿，避漢惠帝諱。滿堂，當作「盈堂」。詳參下湘夫人篇「成堂」注。章句「盈滿堂室」云云，以滿釋盈，以室釋堂，則舊亦作「盈堂」。

五音紛兮繁會，

五音，宮、商、角、徵、羽也。紛，盛貌。繁，衆也。

【疏證】

五音，宮、商、角、徵、羽也。◎案：毛詩大序：「情发於聲，聲成文，謂之音。」孔疏：「此言『聲成文，謂之音』，則聲與音別。樂記注：『雜比曰音，單出曰聲。』記又云：『審聲以知音，審音以知樂。』則聲、音、樂三者不同矣。以聲變乃成音，音和乃成樂。故別爲三名。對文則別，散則可以通。」以音樂言之，聲爲樂階，音爲樂器。周禮卷二三春官宗伯第三大司樂：「以六律、六同、五聲、八音、六舞大合樂，以致鬼神示，以和邦國，以諧萬民，以安賓客，以説遠人，以作動物。」又卷二三大師曰：「皆文之以五聲，宮、商、角、徵、羽；皆播之以八音，金、石、土、革、絲、木、匏、竹。」禮經以「五聲」、「八音」分別言之。賈疏謂「若黄鐘爲宮，自與已下徵商羽角等爲均，其絲數五聲各異也」，則以「五聲」爲音階，「八音」未及言，指樂器，文互相備。説文音部：「聲生於心有節，於外謂之音。宮商角徵羽，聲也；絲竹金石匏土革木，音也。」樂階曰五，且「單出」者曰「五聲」，故樂記曰「聲成文謂之音」。樂器有八，各具其色，依階和奏，猶「雜比」者，故曰「八音」也。

章句以「五聲」説「五音」，散文不别。則非其義。爾雅釋樂：「宫謂之重，商謂之敏，角謂之經，徵謂之迭，羽謂之柳。」郭注：「皆五音之别名，其義未詳。」郭以「五音」稱之，亦散文。據周、秦所出土編鐘，五聲别名至爲複雜，宫則有巽，角則有喥、歸、推，徵則有終，羽則有壴、喜、鼓，唯商無别名。詳參饒宗頤隨縣曾侯乙墓鐘磬銘辭研究（見楚地出土文獻三種研究，中華書局一九九三年版）。姜亮夫屈原賦校注謂「五音錯雜，總上『揚枹』以下三句言之」，而「音調、音階，必依律而定，曰紛、曰繁，似於脩辭上爲紕繆，不切，且上文已言拊鼓、陳竽、陳瑟，又曰浩倡，正五音繁會之所由，則五音當以音色言之，不當以宫商等音階、音調言也。則叔師此注，顯未允當。九歌之五音，應指樂器言」。其説得之。清林雲銘楚辭燈：「『五音紛』總上『揚桴拊鼓』三句。」林氏以「五音」爲樂器，説在姜氏前。以九歌用樂之器考之，則祇有鐘、鼓、篪、竽、瑟五器，其「五音」之謂乎？

紛，盛貌。◎文選本「貌」下有「也」字。案：詳參離騷「紛吾既有此内美兮」注。又，文選李周翰注：「紛，盛貌。」若舊有注，唐人不宜重出，因五臣注竄亂之。

繁，衆也。◎案：詳參離騷「佩繽紛其繁飾兮」注。文選李周翰注：「繁會，錯雜也。」繁會，猶禮經所謂「以六律、六同、五聲、八音、六舞大合樂」也。孫詒讓周禮正義：「通論樂官總調衆樂，以備賓祭之用。月令季春云『擇吉日大合樂』，文王世子云『凡大合樂必遂養老』，是其事也。」會樂，總會音律、音調、樂器、歌舞諸事言之，猶楚辭之「亂」。孫氏又云：「蓋古樂大節凡五，先金奏，次升歌，次下管笙入，次閒歌，而終以合樂，合樂則興舞，此賓祭大樂之恆法也。」據此，凡祭祀，終必作合樂。繁會者，祠東皇太一大合樂也。禮經以合樂在舞前，驗之楚辭亦可調遂。東君始則交鼓、簫鐘、鳴篪、吹竽，諸樂齊作，而後「展詩兮會舞」。亦有不與禮經合者，招魂先「起鄭舞」，而後「竽瑟狂會，搷鳴鼓」。大招始則「鳴竽張」、「趙簫倡」，繼則「二八接舞」，而後「叩鐘調磬」，全無禮之次序。此篇「繁會」又在舞之後，亦不盡與禮經合。

君欣欣兮樂康。

欣欣，喜貌。康，安也。言己動作衆樂，合會五音，紛然盛美，神以歡欣，猒飽喜樂，則身蒙慶祐，家受多福也。屈原以爲神無形聲，難事易失，然人竭心盡禮，則歆其祀而惠以祉。自傷履行忠誠，以事於君，不見信用，而身放棄，遂以危殆也。

【疏證】

欣欣，喜貌。◎案：詩鳧鷖「旨酒欣欣」，毛傳：「欣欣然，樂也。」或作憲憲，民勞「無然憲憲」，毛傳：「憲憲，猶欣欣也。」孔疏：「喜樂貌也。」九思傷時「咸欣欣兮酣樂」，哀歲「黿鼉兮欣欣」，全後漢文卷六一延篤與李文德書「紛紛欣欣兮其獨樂也」。說文：「喜，不言而說也。」欠部：「欣，笑喜也。」段注：「言部『訢』下曰：『喜也。』義略同。按：萬石君傳『僮僕訢訢如也』，晉灼云：『訢，許慎曰古欣字。』晉所據説文似與今本不同。」從斤聲之字古有開啓、開明義。听之爲笑貌，開口露齒笑也；昕之訓旦明日將出，忻之爲愷者，例同欣；掀之爲舉出，祈之爲求福，求福則開口呼號。諸字皆聲兼義也。

康，安也。◎文選尤袤本「安」作「樂」。案：文選李周翰注：「康，安也。」章句作「安」，五臣不宜重出。離騷「日康娛以自忘兮」，章句：「康，安也。」又，「日康娛以淫遊」，章句：「康，安也。」則作「安」，因離騷注改。樂康，平列同義，同離騷「康娛」。楚簡「樂康」皆乙作「康樂」，如上博簡（六）用曰：「視之以康樂。」清華簡（一）耆夜：「毋以大康藥（樂），則終以康；康藥（樂）而毋荒，是惟良士之迈（方）。」蓋駢詞以平入爲次也。此作「樂康」以趁韻故也。

言己動作衆樂，合會五音，紛然盛美，神以歡欣，猒飽喜樂，則身蒙慶祐，家受多福也。屈原以爲神無形聲，難事易失，然人竭心盡禮，則歆其祀而惠以祉。自傷履行忠誠，以事於君，不見信用，而身放棄，遂以危殆也。◎文選本「動」作「重」，「而惠」下有「降」字，「信用」作「信任」，無「遂」字。秀州本「放棄」作「被放逐」，建州本、明州本、尤袤本作「放逐」。正德本、隆慶本、湖北本、劉本、朱本、馮本、俞本、莊本、四庫章句本「被棄」作「放逐」，無「遂」字。正德本、隆慶本、湖北本、朱本、四庫章句本、俞本、莊本「祉」作「福」。四庫補注本「事於」作「事其」。案：喻林卷三一人事門二九不遇引注同正德本、隆慶本。據義，秀州本蓋爲近真。蓋補注本「逐」訛「遂」，增「棄」字以足其義耳。重，再也，承上「肴膳既具」。無「降」字，則「惠以祉」，其意不周。有「遂」字，因「放逐」之逐而訛，後改「放」作「弃」。劉師培楚辭考異、姜亮夫屈原賦校注、金開誠屈原集校注三家並謂文選舞賦注引正文「君欣」之「君」誤作「吾」。今按：秀州本、明州本、建州本、尤袤本及四明林氏刻本李善注文選、乾隆四十六年據宋袁褧刊本卷一七傅毅舞賦「漫既醉其樂康」，李善注引楚辭作「君」未誤。唯清同治八年金陵書局刻印本及四庫本李善注文選訛「君」作「吾」，是爲劣本，即劉氏所據者，姜、金二氏皆係勦襲劉氏而未親檢之也。本篇皆祭者禮神之祠，東皇太一未及登降亮相。君，非謂東皇太一神，羣之假借。荀子卷五王制篇第九：「君者，善羣也。」逸周書卷一〇謚法解第六九：「從之成羣曰君。」白虎通義卷七三綱六紀：「君，羣也。下之所歸心。」韓詩外傳卷五：「君者何也，曰：羣也。」廣雅釋言：「君，羣也。」羣者，謂偃蹇交舞之衆巫。

東皇太一

呂延濟曰：「每篇之目，皆楚之神名。所以列於篇後者，亦猶毛詩題章之趣。」補注：「五臣云：太一，星名，天之尊神，祠在楚東，以配東帝，故云東皇。漢書郊祀志曰：『天神，貴者太一。太一佐曰五帝。古者天子以春秋祭太一東南郊。』天文志曰：『中宮天極星，其一明者，太一常居也。』淮南子曰：『太微者，太一之庭；紫宮者，太一之居。』說者曰，太一，天之尊神，曜魄寶也。天文大象賦注云：『天皇大帝一星在紫微宮內，勾陳口中。其神曰曜魄寶，主御羣靈，秉萬機神圖也。其星隱而不見。其占以見則爲災也。』又曰：『太一一星，次天一南。天帝之臣也。主使十六龍，知風雨、水旱、兵革、飢饉、疾疫。占不明反移爲災。』」案：章句於每篇神名下皆無説，九章、七諫、九懷、九歎亦然。説者或謂諸篇名皆叔師以後所爲，非也。其説解神名已見諸章句中，毋庸贅言。周、秦簡策，卷子本。篇名本在篇首，書成卷之，則篇名在卷中。唐、宋以後鈔本、刻本，列其篇名於後者，因卷子本之舊。楚人尚東，則謂天帝爲東皇。太一，初始之義，屬哲學概念，郭店楚墓竹簡「太一生水」是也。至高無上之神亦曰太一。包山楚墓竹簡、新蔡葛陵楚墓及望山楚簡所祭之神皆有[illegible]或[illegible]，且爲首祭之大神，位居諸神之上；次則后土、司命等，薦用佩玉一環，或各兩䍩，或一全豢，餘則佩玉、少環，一䍩等，足見祭禮之優裕。[illegible]，或[illegible]，即大或[illegible]字，謂太一神。東皇太一，楚之至上之天神，猶楚之始祖帝高陽。新蔡葛陵楚墓祀祭楚先老僮、祝融皆用玉璜，于禮亦爲優。古之上帝天神，多爲其族原始宗神之所演化。此篇非夏后氏、沅湘之百越人所傳者，屈原所增益也。

浴蘭湯兮沐芳，

蘭，香草也。

【疏證】

蘭，香草也。◎文選本、正德本、隆慶本、朱本、劉本、馮本、俞本、莊本、湖北本、四庫章句本無注。案：劉良注：「蘭、若，皆香草也。」若舊有注，唐人不宜重出。因五臣注竄亂之。蘭之爲香草，詳參離騷「紉秋蘭以爲佩」注。補注引本草：「白芷一名芳香。」今本草作「白芷，一名澤芬。」未審所據。章句「靈巫先浴蘭湯，沐香芷」云云，以芳爲香芷。蘭、芳，對舉爲文，各是一艸。易芷爲芳，以趁韻也。或者説浴身者用蘭，而沐髮者用芷，楚俗二物異用，非泛言也。周禮卷二六春官宗伯第三女巫「掌歲時祓除釁浴」，鄭注：「謂以香薰草藥沐浴。」賈疏：「若直言浴，則惟有湯。今兼言釁，明沐浴之物必和香草，故云以香薰草藥。」大戴禮記卷二夏小正第四七「五月蓄蘭，爲沐浴也。」則非獨行於楚。晉習鑿齒與褚常侍書稱荆楚習俗，五月五日有澡浴除垢之禮俗，多取蘭草以備澡浴（詳參御覽卷三一時序部一六五月五日）。吴仁傑離騷草木疏卷一「芷」條：「陶隱居云：『東間（澗）甚多，道家以此香浴。又用合香也。』集韻芷，渚市切，香艸也。同音茝字，艸名麋蕪也。今離騷茝多作芷，蓋茝有芷音，讀者亂之。茝音芷者，謂蘄茝也。」吴氏引集韻「渚市切」。今本未見。司馬光類篇云：「茝，掣睨切，艸名，似蘭。」渚市、掣睨音同。聞一多九歌解詁：「芳，謂芳澤。漬蘭於膏澤中，使發香，因以沐髮，謂之蘭澤。神女賦『沐蘭澤』是也。一曰芳澤，大招『粉白黛黑，施芳澤只』是也。沐浴皆用蘭，此變蘭言芳以避複也。」其説有思致，録以備考。又，周禮卷六天官冢宰第一宫人「共王之沐浴」，賈疏：「沐用潘，浴用湯，亦是自絜清之事。」西村時彦云：「是周禮『釁浴』之遺也。周禮春官司巫曰：『女巫掌歲時祓除釁浴。』鄭玄注云：『釁浴，謂以香薰草藥沐浴。』賈公彦疏云：『若直言浴，則有湯。今兼言釁，明沐浴之物，必和香草，故云「以香薰草藥」，兼言沐者。凡絜静者，沐浴相將，故知亦有沐也。』國語齊語云：『比至三釁三浴之。』韋昭注云：『以香塗身曰釁。』蓋以牲血塗器曰釁，故韋昭引申其義。然鄭注，則釁不特以香塗身，又濯髮也。説文：『沐，濯髮也。』汪照大戴禮記補注引陸佃曰：『蘭草爲蘭，蘭不祥也。』則知周禮『女巫祓除釁浴』，所用草藥謂蘭，而夏小正『五月蓄蘭』者爲此也。屈子遊于經，習于禮，故屈子亦云『浴蘭湯兮沐芳』。芳亦蓋蘭之屬也。」其説韙也，誠發千年之秘。

華采衣兮若英。

華采，五色采也。若，杜若也。言己將修饗祭，以事雲神，乃使靈巫先浴蘭湯，沐香芷，衣五采華衣，飾以杜若之英，以自潔清也。

【疏證】

華采，五色采也。◎文選本無「采」字。俞本、莊本無「色」字。案：采，羨也。或作「五色」，亦通。補注：「荀卿雲賦云：『五采備而成文。』衣華采之衣，以其類也。」華，光采也。五色，青、赤、白、黑、黄也。古者以五色爲正色。書益稷：「以五采彰施于五色，作服，汝明。」孫星衍疏：「五色，東方謂之青，南方謂之赤，西方謂之白，北方謂之黑，天謂之玄，地謂之黄。」或泛稱色彩，老子十二章：「五色令人目盲。」五色備則有光采，而謂之華。書顧命「華玉仍几」，孔傳：「華，彩色。」孔疏：「華是彩之別名。」采、彩古今字。華采，平列同義。華采衣，衣華采之衣。聞一多九歌解詁：「華，猶飾也。」其說無據。

若，杜若也。◎案：文選卷四張衡南都賦「其香草則有薜荔蕙若」，李善注引郭璞山海經注：「若，杜若也。」亦郭璞楚辭注遺義。又，離騷：「製芰荷以爲衣兮，集芙蓉以爲裳。」東君：「青雲衣兮白霓裳。」屈賦皆以衣裳連文。則上「華采衣」，是衣。此若英，是裳，謂衣若英之裳。裳，是承上衣省。補注：「本艸：『杜若，一名杜蘅，葉似薑而有文理，味辛香。今復別有杜蘅，不相似。』按：杜蘅，爾雅所謂『杜，土鹵』者也。杜若，廣雅所謂『楚蘅』者也。其類自別。古人多雜引用。」吴仁傑離騷草木疏：「本艸：『杜若一名杜衡，一名杜蓮，一名白蓮，一名白苓，一名若芝。』陶隱居云：『今處處有之，葉似薑而有文理，根似高良薑而細，味辛香。又絶似旋葍根，殆欲相亂，葉小異耳。』唐本注：『苗似廉薑，生陰地，根似高良薑，全少辛味。』陶所注『旋葍根』，即真杜若也。」洪、吴並非。杜若、杜衡非一草。詳參離騷「雜杜衡與芳芷」注。又，爾雅釋草：「木謂之華，草謂之榮，不榮而實者謂之秀，榮而不實者謂之英。」李巡注：「分別異名以曉人也。」散則英、華不別。文選卷一三謝莊月賦「嗣若英於西冥」，李善注：「若英，若木之英也。」與此「若英」別。聞一多九歌解詁據之乃云：「若木者，與東方之扶桑同類，實即日將入時霞氣之見於西方者。雲神以雲霞爲衣，故曰『華采衣兮若英』。」好奇之説。此爲祭神女巫之服，非雲神之飾。

言已將修饗祭，以事雲神，乃使靈巫先浴蘭湯，沐香芷，衣五采華衣，飾以杜若之英，以自潔清也。◎文選本「雲神」作「靈神」，「乃」下有「先」字，「潔清」作「絜飾」，下無「也」字。尤袤本、正德本、隆慶本、朱本、劉本、湖北本「修」作「脩」。案：靈神，雲神之訛。絜飾，不辭，則舊作「潔清」。修、脩古字通用。周禮卷一天官冢宰第一宮人「共王之沐浴」，鄭注：「沐浴，所以自潔清。」儀禮卷五士昏禮「姆授巾」，鄭注：「巾，所以自絜清。」又，章句「將脩饗祭」云云，卷一四士虞禮「既饗祭于苴」，惠士奇禮説卷七：「祭于苴者謂之饗。蓋祭必有饗，饗必有苴。」則禮雲神以饗祭也。

靈連蜷兮既留，

靈，巫也。楚人名巫爲靈子。連蜷，巫迎神導引貌也。既，已也。留，止也。

【疏證】

靈，巫也。楚人名巫爲靈子。◎案：靈子，迎神之巫。巫謂之靈子，或謂之靈。東皇太一「靈偃蹇兮姣服」是也。稱巫爲靈子，楚語也；單稱靈，雅言。或稱靈保。東君「思靈保兮賢姱」是也。靈保，即靈子。巫能通神，故神亦謂之靈，下「靈皇皇兮既降」是也。

連蜷，巫迎神導引貌也。◎文選本「導」作「道」。案：道、導古今字。連蜷，根於盤曲委婉，猶章皇、彷徨也，謂祭祀貌。因聲以求，或作連娟，史記卷一一七司馬相如列傳「長眉連娟」，言眉長曲貌。或作聯娟、連卷。或作連蹇，言行難貌。聲轉或爲輪囷。禮記第四檀弓下「美哉輪焉」，鄭注：「輪，輪囷也。」或釋盤曲高大，或釋交錯縱橫，其義皆通。前者有崙囷、囷崙、倫魁、律魁、嵬磊、穹隆、繚糾等，後者有闌干、浪汗等，未可勝舉。

既，已也。◎案：既，已止之詞。穀梁傳桓公三年：「既者，盡也，有繼之辭也。」范注：「盡而復生謂之既。」猶今云「已經」。然「既」字已見離騷「紛吾既有此内美兮」，其義並同，而彼無注，於此方注「既」者，蓋是後人所增益。

留，止也。◎案：留，詳參離騷「欲少留此靈瑣兮」與「留有虞之二姚」，章句並釋「留止」。此留字，非留止，宜讀作槱。周禮卷一八春官宗伯第三大宗伯：「以禋祀祀昊天上帝，以實柴祀日月星辰，以槱燎祀司中、司命、飌師、雨師。」鄭注：「槱，積也。詩曰：『芃芃棫樸，薪之槱之。』三祀皆積柴實牲體焉，或有玉帛，燔燎而升煙，所以報陽也。實柴，實牛柴上也。故書『實柴』或爲『賓柴』。」釋文：「槱，本亦作楢，音同。」説文木部：「槱，積木燎之也。詩曰：『薪之槱之。』周禮：『以槱燎祀司中、司命。』」風俗通義卷八祀典篇三引大宗伯「槱」作「栖」，訓詁字則作褶，通作留。雲神，類飄師、雨師，天神也。禮經雖無明文祀雲神者，然有祀雨之禮。鄭注「雨師名屏翳」，雲師亦名屏翳。祀雨，兼及雲也。卜辭：「尞于帝云。」（續編二・四・一一）「尞于云。」（珠四五一）「乎雀尞于云。」（乙編三一七）則殷禮固槱燎雲神也。又，卷一七月令第六「天子乃祈來年于天宗」，鄭注謂雲、雨屬「天宗」，祀以「槱燎」，下承言「爛昭昭兮未央」也。

爛昭昭兮未央。

爛，光貌也。昭昭，明也。央，已也。言巫執事肅敬，奉迎導引，顔貌矜莊，形體連蜷，神則歡喜，必留而止，見其光容爛然昭明，無極已也。

【疏證】

爛，光貌也。◎案：爛，言庭燎光明也。説文火部作爤：「火孰也。从火、蘭聲。」段注：「孰者，食飪也。飪者，大孰也。孰則火候到矣。引伸之凡淹久不堅皆曰爛。孰則可燦然陳列，故又引申爲粲爛。」又，物孰易散，爛有分散義。文選卷一五張衡思玄賦「爛漫麗靡」，李善注：「爛漫，分散貌。」闔者暗，分者明，故爛亦謂明。卷一班固西都賦「登降炤爛」，李善注：「爛，亦明也。」漢書卷六七梅福傳「爛然可覩矣」，顔師古注：「爛然，分明之貌也。」又，馬王堆漢墓帛書明君「此其請（情）美才（哉）闌（爛）乎」，則借闌爲爛也。

昭昭，明也。◎文選本「明」下有「貌」字。案：昭昭，形況字，舊有「貌」字。昭昭，狀熛燎之炎焰。說文日部：「昭，日明也。从日、召聲。」段注：「引申爲凡明之偁。廟有昭穆，昭取陽明，穆取陰幽。皆本無正字，假此二字爲之。」昭明字古多作照，火部：「照，明也。从火、昭聲。」或作炤，詩正月：「亦孔之炤。」从召聲之字古多有高遠、高大義。高謂之卲，遠謂之超，大鑊謂之鍣，勉力謂之劭，大鼠謂之貂。昭昭，大明也。

央，已也。◎文選本、正德本、隆慶本、劉本、湖北本、朱本、馮本、俞本、莊本、四庫章句本「央已也」作「未央未已也」。案：離騷「時亦猶其未央」，章句：「央，盡也。」亦無「未」字。央之爲盡、爲已，其義皆通。說文冂部：「央，中也。从大在冂之内。大，人也。」段注：「月令曰『中央土』，詩箋云『夜未渠央』，古樂府『調弦未詎央』，顔氏家訓作『未遽央』，皆即『未渠央』也。『渠央』者，中之謂也。詩言『未央』，謂未中也。」段說「未渠央」未精。未央之央解中，非謂中間，猶終也。中，終，古字通用。央兼中、終之義，例爾雅釋詁林、后之訓君，屬「二訓同條」。

言巫執事肅敬，奉迎導引，顔貌矜莊，形體連蜷，神則歡喜，必留而止，見其光容爛然昭明，無極已也。◎文選本無「言」字，「顏貌」上有「神」字，「必留而止」作「安留見止」，「無極」上有「長」字，「已」下無「也」字。建州本「體」作「躰」。正德本、隆慶本、劉本、湖北本、朱本、馮本、俞本、莊本、四庫章句本「無極」上有「長」字。案：據義，文選本存其舊。然作「安留見止」，不辭。見，當「而」之訛。躰，俗字。儀禮卷二七覲禮第一〇：「祭天，燔柴；祭山丘陵，升；祭川，沉；祭地，瘞。」槱燎，非惟「燎柴」，亦加犧牲。書舜典「至于岱宗，柴」，釋文引馬融：「柴祭時，積柴加牲其上而燔之。」周禮卷一八春官宗伯第三大宗伯「以槱燎祀司中、司命、飌師、雨師」，鄭玄注：「周人尚臭，煙氣之臭聞者。」燎柴燔牲，臭氣上升，所以報神也；神因煙享之。其所謂「燔牲」也。

蹇將憺兮壽宮，

蹇，詞也。憺，安也。壽宮，供神之處也。祠祀皆欲得壽，故名爲壽宮也。言雲神既至於壽宮，歆饗酒食，憺然安樂，無有去意也。

【疏證】

蹇，詞也。◎文選本無注。案：張銑注：「蹇，辭也。」有此注者，因五臣本竄入。蹇將憺，蹇，非語助詞，猶偃蹇之蹇，高也。文選卷二西京賦「既乃珍臺蹇產以極壯」，薛注：「蹇產，形貌也。」言高峻貌也。蹇將憺，同東皇太一「穆將愉」句法，謂既高且安也。劉永濟楚辭音注詳解：

「蹇將憺，高且安也。此祠神之宮，既高且安也。」其說得之。

憺，安也。◎文選明州本無注。案：敓之也。慧琳音義卷二三「自心憺泊」條、卷二八、卷三〇、卷三二、卷六六、卷六九、卷七四、卷七六「憺泊」條、卷七五「憺愉」條皆同引王逸注楚辭：「憺，安也。」其所據唐本皆有注。說文心部：「憺，安也。从心、詹聲。」

壽宮，供神之處也。祠祀皆欲得壽，故名爲壽宮也。◎案：文選卷二八陸機挽歌行「壽堂延螭魅」，李善注：「楚辭曰：『蹇將憺兮壽宮，與日月兮齊光。』王逸曰：『壽宮，供神之處也。』」壽宮、壽堂並同。又，卷五八謝玄暉齊敬皇后哀策文「壽宮寂遠」，李善注：「楚辭曰：『蹇將憺兮壽宮。』王逸曰：『壽宮，供神之處也。』」則無「祠祀皆欲得壽故名爲壽宮也」十二字。漢書卷二五上郊祀志「大赦，置壽宮神君」，臣瓚曰：「壽宮，奉神之宮。楚辭曰：『蹇將憺兮壽宮』也。」呂氏春秋卷一六先識覽第四知接篇謂桓公「蒙衣袂而絶乎壽宮」，高注：「壽宮，寢堂也。」湯炳正楚辭類稿云：「壽宮，乃神之寢堂或寢廟也。漢書禮樂志載房中祠樂，高祖唐山夫人所作。周有房中樂，至秦名曰壽人。房中樂者，寢廟所用，寢廟一曰壽宮，故秦名周房中樂、口壽人也。漢書藝文志有泰一雜甘泉壽宮歌十四篇，即房中、壽人之遺與？」其說得之。孫奕示兒編卷一一壽堂：「按：陸士衡挽歌云：『壽堂延螭魅。』注曰：『壽堂，祭祀處。言既死於祭祀之處，獨相處螭魅。』楚辭曰：『謇將澹兮壽堂。』王逸曰：『壽堂，供神之處。』林逋自作壽堂詩曰：『湖外青山對結廬，墳前修竹亦蕭踈。茂陵它日求遺藁，猶喜曾無封禪書。』又指邱冢爲壽堂也。」則宋人有此說。房中樂之作於壽宫，蓋「嬪帝」之遺禮。壽宫，猶清華簡（一）楚居之「便室」，祭神之處也。

言雲神既至於壽宫，歆饗酒食，憺然安樂，無有去意也。◎文選本「於壽宫」上有「在」字。

案：章句四字爲句，舊有「在」字，當屬下。

與日月兮齊光。

齊，同也。光，明也。言雲神豐隆爵位尊高，乃與日月同光明也。夫雲興而日月昏，雲藏而日月明，故言齊光也。

【疏證】

齊，同也。◎補注引「齊」一作「争」。案：作「争」，涉劉安離騷傳「雖與日月争光可也」易之。齊光，楚辭三見。涉江「與日月兮齊光」及招魂「爛齊光」是也。齊，整齊也，有平列、齊限、恭肅、疾急之義；争，競也。散則齊、争不別。同，猶一也，無分別之義。對文齊、同別也。馬王堆帛書十問：「神和内得，云（魂）柏（魄）皇□，五臧（藏）固白（薄），玉色重光，壽參日月，爲天地英。」參亦齊同也。

光，明也。◎案：説文光部：「光，明也。从火在儿上，光明意也。」詩南山有臺「邦家之光」，鄭箋：「光，明也。」

言雲神豐隆爵位尊高，乃與日月同光明也。夫雲興而日月昏，雲藏而日月明，故言齊光也。

◎文選本「昏」作「暗」。正德本、隆慶本、湖北本、朱本、馮本、俞本、劉本、莊本、四庫章句本「昏」作「闇」。景宋本「昏」作「闇」。案：昏、暗義同。暗、闇古字通用。闇、昏亦同。又，類聚卷一天部上「雲」條引晉楊乂雲賦：「擬神化於后土，與三曜兮齊光。」卷一四帝王部「齊明帝」條引謝朓明帝謚策文：「伏惟合信四時，齊光日月。」文選卷六左思魏都賦：「藹藹列侍，金蜩齊光。」卷三五張載七命「德與二儀比大」，李善引嚴君平老子指歸：「功與造化争流，德與天地齊光。」齊光，古恆語。又，荀子卷一八賦篇第二六雲頌雲之德，亦曰「大參天地，德厚堯禹」。

龍駕兮帝服，

龍駕，言雲神駕龍也。故易曰：「雲從龍。」帝，謂五方之帝也。（服，飾也。）言天尊雲神，使之乘龍，兼衣青黄五采之色，與五帝同服也。

【疏證】

龍駕，言雲神駕龍也。故易曰：「雲從龍。」 ◎文選本「龍」下無「也」字，删引「故易曰雲從龍」六字。正德本、隆慶本、湖北本、朱本、馮本、俞本、莊本、四庫章句本「從龍」下有「也」字。

案：章句引易見乾九五，孔疏：「龍是水畜，雲是水氣，故龍吟則景雲出，是『雲從龍』也。」章句據經義以說解之。

帝，謂五方之帝也。◎文選明州本、秀州本無「也」字。案：五方之帝，東方太皞，南方炎帝，西方少昊，北方顓頊，中央黃帝也。周禮卷二天官冢宰第一太宰「祀五帝，則掌百官之誓戒」，鄭注：「祀五帝，謂四郊及明堂。」賈疏：「五帝者：東方青帝靈威仰，南方赤帝赤熛怒，中央黃帝含樞紐，西方白帝白招拒，北方黑帝汁光紀。」此雜讖緯之學，當始於東漢。

服，飾也。◎補注本無注。案：爛敚之也。據文選本、正德本、隆慶本、湖北本、朱本、馮本、俞本、莊本、四庫章句本補。東皇太一「靈偃蹇兮姣服」，章句：「服，飾也。」章句不避重複。

言天尊雲神，使之乘龍，兼衣青黃五采之色，與五帝同服也。◎文選本「兼衣」下有「言」字，「五帝」作「五方帝」。秀州本「兼衣」下有「其」字。正德本、隆慶本、劉本、湖北本、朱本、馮本、莊本、四庫章句本「五帝」作「五方帝」。案：「兼衣」下有「言」，不辭。言，當作「其」。秀州本存其舊。又，上以「五帝」爲「五方帝」，則舊有「方」字。五帝之服，謂五采備也。太皞色青，炎帝色赤，少昊色白，顓頊色玄，黃帝色黃也。荀子卷一八賦篇第二六雲亦曰「五采備而成文」。

聊翺遊兮周章。

聊，且也。周章，猶周流也。言雲神居無常處，動則翱翔，周流往來，且遊戲也。

【疏證】

聊，且也。◎案：詳參離騷「聊逍遥以相羊」注。

周章，猶周流也。◎案：羅、黎二本玉篇殘卷音部「章」字：「楚辭『聊翱翔兮周章』，王逸注：『周章，流也。』」敚「猶周」二字。慧琳音義卷二七「周章」條：「楚辭：『聊翱翔兮周章。』王逸曰：『周流也。謂周流往來。』」無「猶」字。周章，周遊貌。文選卷五左思吴都賦「周章夷猶」，劉淵林注：「周章，謂章皇周流也。」論衡卷七道虚篇第二四：「周章遠方，終無所得。」言周行遠方。周章與須臾、相羊、常羊等爲語之轉。詳參離騷「聊逍遥以相羊」注。吕向注：「周章，往來迅疾貌。」以意逆之。雙古堆漢簡蒼頡篇字作「戠章」，之、幽旁轉。

言雲神居無常處，動則翱翔，周流往來，且遊戲也。◎文選本「且遊戲也」作「且游且翔也」。景宋本「翱翔」作「翔翔」。案：若作「且翔」，則與「動則翱翔」複也。作「翔翔」者亦非。

靈皇皇兮既降，

靈，謂雲神也。皇皇，美貌。降，下也。言雲神來下，其貌皇皇而美，有光明也。

【疏證】

靈，謂雲神也。◎文選五臣李周翰云：「靈，謂靈神也。」案：靈，神之通稱。此謂雲中君，則非泛稱作「靈神」。

皇皇，美貌。◎文選本、正德本、隆慶本、劉本、湖北本、朱本、馮本、莊本「貌」下有「也」字。案：皇之爲美，詳參離騷「朕皇考曰伯庸」注。皇皇，光明貌。章句「其貌皇皇而美，有光明」云云，是也。國語卷二一越語下「天道皇皇」，韋注：「皇皇，著明也。」荀子卷一九大略篇第二七「穆穆皇皇」，王先謙注：「皇皇，有光儀也。」雲神來降，皇皇然有光也。又，古之降神皆有光，離騷「巫咸之夕降」、「皇剡剡其揚靈」是也。

降，下也。◎案：降，謂自天來下也。神之來下曰降，示神格之崇高。詳參離騷「惟庚寅吾以降」注。

言雲神來下，其貌皇皇而美，有光明也。◎文選本無「雲」字、無「其貌」之「貌」字，「明」作「文」。正德本、隆慶本、劉本、湖北本、朱本、馮本、俞本、莊本、四庫章句本「明」作「文」。案：據義，則舊作「光文」。書舜典「曰重華」，孔傳：「華謂文德，言其光文重合於堯，俱聖明。」詩烈文「烈文辟公」，鄭箋：「光文百辟卿士及天下與諸侯者。」光文，漢世恆語。

猋遠舉兮雲中。

猋，去疾貌也。雲中，雲神所居也。言雲神往來急疾，飲食既飽，猋然遠舉，復還其處也。

【疏證】

猋，去疾貌也。◎文選本無「也」字。秀州本、明州本、朱本「猋」作「焱」。正德本、隆慶本、劉本、湖北本、朱本、馮本、俞本、莊本、四庫章句本「貌」下無「也」字。案：文選卷三四七啓「風厲焱舉」，李善注：「楚辭曰：『焱遠舉兮雲中。』王逸注云：『焱，去疾貌。』」則作焱字。補注：「大人賦曰『猋風涌而雲浮』。李善引此作焱，其字從火。非也。」洪説是也。慧琳音義卷一二「飈聚」條謂飈字從三犬、從風，非從火。章句「去疾貌也」云云，舊本作猋。焱音以冉反，非卑遥反。説文火部：「焱，火華也。从三火。」無去疾義。段注：「古書焱與猋二字多互譌，如曹植七啓『風厲猋舉』，當作焱舉。班固東都賦『焱焱炎炎』，當作猋猋炎炎。李善注幾不別二字。」猋，或作欻；欻，忽之別文，急疾貌，以同義易之。焱，欻之爛脱，李善所據者也。

雲中，雲神所居也。◎文選本「雲神所居」作「其所居」。俞本、莊本「居」下無「也」字。案：據義，則舊作「雲神所居」。九辯「放遊志乎雲中」，章句：「上從豐隆而觀望也。」以雲中爲豐隆，謂雲神。史記卷二八封禪書：「祠五帝、東君、雲中。」索隱：「王逸注楚辭：『雲中，雲也。』東君、雲中，亦見歸藏易也。」其引章句「雲」當作「雲神」，敚「神」字。

言雲神往來急疾，飲食既飽，猋然遠舉，復還其處也。◎文選本無「其處」下無「也」字。秀州本、明州本、朱本「猋」作「焱」。案：禮記第一一郊特牲「有虞氏之祭也」，孔疏引熊氏云：「凡大祭並有三始：祭天，以樂爲致神始，以煙爲歆神始，以血爲陳饌始。」章句雲神「飲食既飽」、「復還其處」云云，則樂、煙、血三事皆畢。

覽冀州兮有餘，

覽，望也。兩河之間曰冀州。餘，猶他也。言雲神所在高邈，乃望於冀州，尚復見他方也。

【疏證】

覽，望也。◎案：覽，謂自上下而望，顯示其神靈之格調。詳參離騷「皇覽揆余初度兮」注。兩河之間曰冀州。◎文選本無「之」字。案：爾雅釋地：「兩河間曰冀州。」章句所因，則舊無「之」字。荀子卷一脩身篇第二「行而供冀」，楊倞注引李巡爾雅注：「冀州曰冀。冀，近也。」郭注爾雅：「自東河至西河。」鄭樵云：「河，大河也。東河之西，西河之東，是其境。」爾雅集解：「九州之名，定於禹貢。以賦貢宜有統屬，故依水分界，亦爲阻固也。周公宅中，更爲九畿，而仍分九州，以立州伯，職方備矣。其作爾雅，則載殷制，亦依水以分界，則殷仍重九牧，同於夏，異於周也。州名由禹定之，而冀、豫諸名，蓋在堯前也。冀从異、丌，説文以爲從共、畀，謂分異之。從冄、冂，則尊異之也。地勢北上，故又加北。天子所在曰冀州。穀梁傳：『鄭在冀州。』冀即畿也。殷都河北，兩河，謂南河、西河。」爾雅義證：「南河，今河東道永濟縣界；西河，在壺口北，其名偁均見王制。」又，顧炎武日知録卷二一：「古之天子常居冀州，後人因之，遂以爲中國之號。路史云：『中國總謂之冀州。』穀梁傳曰：『鄭，同姓之國也，在乎冀州。』」皆夏后氏地望之内。冀州，夏后氏國，非楚望。

餘，猶他也。◎文選本、正德本、隆慶本、劉本、湖北本、朱本、馮本、俞本、莊本、四庫章句本「他」作「他方」。案：以章句「尚復見他方也」斷之，則舊作「他方」。然羅、黎二本玉篇殘卷食部「餘」字：「楚辭『冀州兮有餘』，王逸曰：『餘，他也。』」亦無「方」字，其所據本別。唐音癸籤卷二四詁箋九：「諸餘：王建詩：『朝回不向諸餘處，若教更解諸餘語。』諸餘，猶他也。」蓋唐人語。説文食部：「餘，饒也。」引申之爲他。郭店楚墓竹簡老子（乙）：「攸（修）之家，其悳（德）又（有）舍（餘）。」太一生水：「其上（下以弱，不足於上）者，有餘於下；不足於下者，有餘於上。」上博簡（八）顔淵問孔子：「禄不足，則情有余（餘）。」（二）訟城是（容成氏）：「有所有舍（餘）。」馬王堆漢帛書法經道法：「以不足爲有餘。」論：「不足者視（示）人有餘。」有餘，古恆語。

言雲神所在高邈，乃望於冀州，尚復見他方也。◎案：章句「雲神所在高邈」云云，高邈，高遠也，魏、晉恆語。類聚卷二六人部一〇言志引曹植與吳質書：「天路高邈，良由無緣。」望之高遠，則必居高也。荀子卷一勸學第一：「吾嘗跂而望矣，不如登高之博見也。登高而招，臂非加長也，而見者遠。」禮記卷一六月令第六：「可以居高明，可以望眺遠。」淮南子卷一六説山訓：「登高使人欲望，臨深使人欲窺，處使然也。」

橫四海兮焉窮？

窮，極也。言雲神出入奄忽，須臾之間，橫行四海，安有窮極也？

【疏證】

窮，極也。◎文選六臣本無注。案：㱿詁也。散文也，對文亦別。窮，道塞不通，引申爲困窘。窮厄、貧窮、振窮、處窮等，皆未得易言極。極，正中之梁棟，引申爲法則、終極、至已。中極、天極、太極等，皆不得易言窮。

言雲神出入奄忽，須臾之間，橫行四海，安有窮極也？◎文選本「窮極」下有「者」字。景宋本「雲神」作「雲補」。案：作「補」，非也。章句「橫行四海」云云，以狀雲神行止不定。橫行，猶騖馳周徧，道不由徑之意。周禮卷三六秋官司寇第五野廬氏「禁野之橫行徑踰者」，鄭注：「橫行，妄由田中。」又，荀子卷一八賦篇第二六雲：「往來惛憊，通于大神；出入甚極，莫知其門。」其「橫四海兮焉窮」之謂也。

思夫君兮太息，

君，謂雲神。

【疏證】

君，謂雲神。◎正德本、隆慶本、劉本、湖北本、朱本、馮本、俞本、莊本、四庫章句本「神」下有「也」字。又，文選劉良注：「夫君，謂雲神，以喻君也。」案：夫，詞也。不常與「君」字屬連。補注：「記曰：『夫夫也，爲習於禮者。』上夫音扶。」其説得之。湘君「望夫君兮未來」，章句：「君，謂湘君。」未以「夫君」屬連。離騷「終不察夫民心」，章句：「夫君不思慮，則忠臣被誅。」惜誦「吾誼先君而後身兮」，章句：「夫君安則己安，君危則己危也。」兩「夫君」之「夫」字，用法皆同。

極勞心兮𢥞𢥞。

𢥞𢥞，憂心貌。屈原見雲一動千里，周徧四海，想得隨從，觀望西方，以忘己憂，思而念之，終不可得，故太息而歎，心中煩勞而𢥞𢥞也。或曰：君，謂懷王也。屈原陳序雲神，文義略訖，愁思復至，哀念懷王暗昧不明，則太息增歎，心每𢥞𢥞而不能已也。

【疏證】

𢥞𢥞，憂心貌。◎文選本、正德本、隆慶本、劉本、湖北本、朱本、俞本、莊本「憂心貌」下有

「也」字。秀州本、明州本「⿰忄蟲⿰忄蟲」正文作「忡忡」，注文亦作「⿰忄蟲⿰忄蟲」。案：郭店楚墓竹簡五行篇「⿰忄蟲」作「⿰忄冬」，從心、冬聲。亦古文。宋本玉篇卷八心部「⿰忄蠱」字：「⿰忄蠱⿰忄蠱，憂也。」

屈原見雲一動千里，周偏四海，想得隨從，觀望西方，以忘己憂，思而念之，終不可得，故太息而歎，心中煩勞而⿰忄蟲⿰忄蟲也。或曰：君，謂懷王也。屈原陳序雲神，文義略訖，愁思復至，哀念懷王暗昧不明，則太息增歎，心每⿰忄蟲⿰忄蟲而不能已也。◎文選本「而⿰忄蟲⿰忄蟲」下無「也」字，無「或曰」以下四十三字，「西方」作「四方」。秀州本「一動千里」作「一舉千里」，「息而」下無「歎」字。明州本「心中」作「中心」。正德本、隆慶本、劉本、湖北本、朱本、馮本、俞本、莊本、四庫章句本「觀望西方」作「觀四方」，「增歎」作「嘆喟」。俞本、莊本、文淵四庫章句本「煩勞」作「極勞」，文津本亦作「煩勞」。案：據義，則舊作「四方」。又，章句「一舉千里」云云，古之恆語。惜誓：「黃鵠之一舉兮，知山川之紆曲。」韓詩外傳卷二：「夫黃鵠一舉千里。」卷六：「夫鴻鵠一舉千里，所恃者六翮爾。」新序卷二雜事：「麃搖高翔，一舉千里，自以爲無患，與民無爭也。」商君書第一八畫策篇：「黃鵠之飛，一舉千里。」三國志卷一九魏書陳思王植傳注引典略：「猶不能飛翰絕迹，一舉千里。」舊本作「一舉千里」。無「歎」，敓之。極，猶疲也。後漢書卷一一劉玄傳：「臣誠力極，請得先死。」卷八二下方術傳附華佗：「佗語普曰：『人體欲得勞動，但不當使極耳。』」極勞，同史記卷八四屈原列傳「勞苦倦極」之「倦極」。皆平列同義。則舊作「極勞」。北大簡（五）荆決：「勞心將死，人莫之知。」勞心，猶心疲極憔悴也。淮南子卷七精神訓「使人之心勞」，高注：「勞，病也。」又，章句「文義略訖」云云，略訖，已訖也。天問「薄暮雷電歸何憂，厥嚴不奉帝何求」，章句：「帝何求，言屈原書壁所問略訖，日暮欲去。」與此同意，章句恆語。

雲中君

劉良曰：「雲中君，雲師屏翳也。」補注：「雲神，豐隆也，一曰屏翳。已見騷經。漢書郊祀志有雲中君。」案：洪引見漢書卷二五郊祀志上「晉巫祠五帝、東君、雲中君。」顏師古注：「雲中君，謂雲神也。」史記作雲中，卷二八封禪書：「祠五帝、東君、雲中。」索隱：「王逸注楚辭：『雲中，雲也。』東君、雲中亦見歸藏易也。」歸藏易已佚，今出江陵王家臺秦簡。雲中君，祀在冀州，爲夏后氏、百越之九歌所當歌。晉、楚共祀雲神，因夏禮也。江陵天星觀一號楚墓竹簡祭祀有雲君，謂雲中君也。

君不行兮夷猶，

君，謂湘君也。夷猶，猶豫也。言湘君所在，左沅、湘，右大江，苞洞庭之波，方數百里，羣鳥所集，魚鼈所聚，土地肥饒，又有險阻，故其神常安，不肯遊蕩。既設祭祀，使巫請呼之，尚復猶豫也。

【疏證】

君，謂湘君也。◎案：湘君，湘水神也。包山楚簡卜筮祭禱所祭神有「大水」、「二天子」，而「大水瑞（佩）玉一環，二天子各一少環」。又，新蔡葛陵楚墓「昭告大川有汸」、「有祟見於大川有汸」。大水、大川，皆江之別名。墨子卷一三辯第七「湯放桀於大水」是也。湘，猶越之大水，非楚所祀。以下「吹參差兮誰思」斷之，祭用舜樂招湘君。湘君，即帝舜。章句以爲湘水神，非也。帝舜及娥皇、女英，南楚之越人所祭水神。

夷猶，猶豫也。◎案：文選卷五吳都賦「周章夷猶」，劉淵林注引王逸曰：「夷猶，猶豫也。」卷二〇謝玄暉新亭渚別范零陵詩「輟棹子夷猶」，李善注：「楚辭曰：『君不行兮夷猶。』王逸曰：『夷猶，猶豫也。』」五百家注昌黎文集卷一赴江陵途中寄贈王二十補闕李十一拾遺李二十六員外三學士「旅泊尚夷猶」，韓注：「楚詞『君不行兮夷猶』，注：『猶豫也。』」夷猶、猶豫，聲之轉，未決貌。或作夷由。全三國文卷四四阮籍清思賦「徘徊夷由兮猗靡廣衍」，全梁文卷六九無名氏七召「貊拉齒而夷由」。夷由，始於六朝，舊作夷猶。

言湘君所在，左沅、湘，右大江，苞洞庭之波，方數百里，羣鳥所集，魚鼈所聚，土地肥饒，又有險阻，故其神常安，不肯遊蕩。既設祭祀，使巫請呼之，尚復猶豫也。◎文選本無「左沅湘」以下二十三字，「險阻」作「嶮岨」，「遊」作「游」，「猶豫」下無「也」字。正德本、隆慶本、朱本、劉本、湖北本、馮本、俞本、莊本、四庫章句本「苞」作「包」，「故」下無「其」字。案：險阻、嶮岨同。遊、游同。包、苞古字通用。又，詳審「左沅湘」以下二十三字，古之所敷揚南楚形勝之習藻。後漢書卷八〇下文苑傳附邊讓：「楚靈王既遊雲夢之澤，息於荆臺之上，前方淮之水，左洞庭之波，右顧彭蠡之隩，南眺巫山之阿。延目廣望，騁觀終日。」韓詩外傳卷三：「當舜之時，有苗不服。其不服者，衡山在南，岐山在北，左洞庭之波，右彭澤之水，由此險也。」説苑卷一君道：「當舜之時，有苗氏不服。其所以不服者，大山（庚案：蓋本作文山）在其南，殿山在其北，左洞庭之波，右彭蠡之川，因此險也，所以不服。」卷九正諫：「楚昭王欲之荆臺游，司馬子綦進諫曰：『左洞庭之波，右彭蠡之水，南望獵山，下臨方淮，其樂使人遺老而忘死。』」戰國策卷一七楚策四：「南遊乎高陂，北陵乎巫山，飲茹谿流，食湘波之魚，左抱幼妾，右擁嬖女，與之馳騁乎高蔡之中。」卷二二魏策一：「昔者三苗之居，左彭蠡之波，右有洞庭之水，文山在其南，而衡山在其北，恃此險也，爲政不善，而禹放逐之。」皆可得參證之。則「左沅湘」以下二十三字，不當刪。又，章句「故其神常安」云云，常，甚也。此義始見東漢。文選卷二三劉公幹贈從弟：「豈不常勤苦？羞與黄雀羣。」言甚勤苦也。卷四二曹植與楊德祖書：「僕常好人之譏彈其文，有不善者應時改定。」言甚好他人譏彈其文也。皆其旁證。

蹇誰留兮中洲？

蹇，詞也。留，待也。中洲，洲中也。水中可居者曰洲。言湘君蹇然難行，誰留待於水中之洲乎？以爲堯用二女妻舜，有苗不服，舜往征之，二女從而不反，道死於沅、湘之中，因爲湘夫人也。所留，蓋謂此堯之二女也。

【疏證】

蹇，詞也。◎案：詳參離騷「謇吾法夫前脩兮」注。章句「蹇然難行」云云，以蹇爲難行。文選張銑注：「蹇，語辭也。」若舊有注，五臣不宜重複，蓋後因五臣注竄亂之。蹇，非「蹇難」，難之詞，言乃也，那也，奈何也。

留，待也。◎補注：「留，止也。」案：留之爲留待、留止，其義皆通。

中洲，洲中也。水中可居者曰洲。◎文選本、正德本、隆慶本、劉本、湖北本、朱本、馮本、俞本、莊本、四庫章句本「曰洲」作「爲洲」。案：章句「水中可居者曰洲」云云，詳參離騷「夕攬洲之宿莽」注。說苑卷一一善説載越人歌：「今夕何夕兮，搴舟中流；今日何日兮，得與王子同舟。」

言湘君蹇然難行，誰留待於水中之洲乎？以爲堯用二女妻舜，有苗不服，舜往征之，二女從而不反，道死於沅、湘之中，因爲湘夫人也。所留，蓋謂此堯之二女也。◎文選本「堯」下無「用」字，無「堯之」二字，「二女」下無「也」字。正德本、隆慶本、劉本、湖北本、朱本、馮本、俞本、莊本、四庫章句本「堯用」作「堯以」。景宋本「湘君」訛作「相君」。案：無「用」，效也。用、以，古字通用。補注：「逸以湘君爲湘水神，而謂留湘君於中洲者，二女也。」洪氏誤解章句。章句「所留蓋謂此堯之二女」云云，以「誰」爲湘夫人。誰留，言湘君待湘夫人之來，非二女留待湘君。章句「舜往征之，二女從而不反，道死於沅、湘之中」云云，列女傳卷一有虞二妃：「舜陟方死於蒼梧，號曰重華；二妃死於江、湘之間，俗謂之湘君。」

美要眇兮宜修，

要眇，好貌。修，飾也。言二女之貌要眇而好，又宜修飾也。

【疏證】

要眇，好貌。◎文選本「貌」下有「也」字。案：補注：「眇與妙同。前漢傳曰『幼眇之聲』。亦音要妙。」要、幼古字通用。上博簡（三）周易「幽谷」，長沙馬王堆漢墓帛書周易作「要浴」。而幼字，楚簡悉作「⿱幽子」，不煩舉也。要眇、幼眇，聲之轉，姣好貌。不必拘扼訓詁字。或作窈眇，文選卷五四劉峻辨命論：「覩窈眇之奇儛，聽雲和之琴瑟。」要妙，有深遠義，淮南子卷八本經訓：「崇臺榭之隆，侈苑囿之大，以窮要妙之望。」高注：「盡極要之觀望也。」二義相通。或作杳眇，文選卷八上林賦「頫杳眇而無見」，劉注：「杳眇，深遠也。」或作窅眇，卷四六王融三月三日曲水詩序「窅眇寂寥」，張注：「窅眇，深遠也。」或作杳渺，史記卷一一七司馬相如列傳「紅杳渺以眩湣兮」，集解：「紅杳渺、眩湣，闇冥無光也。」索隱：「晉灼曰：『杳眇，深遠。』」解「深遠」、「闇冥無光」，其義皆通。

修，飾也。◎正德本、隆慶本、劉本、朱本、馮本、四庫章句本、尤袤本、景宋本「修」作「脩」。案：修、脩古字通用。唐寫本文選卷六八曹植七啓李善曰：「楚辭曰『紉秋蘭以爲佩』，王逸注楚辭曰：『脩，飾也。』」離騷「紉秋蘭以爲佩」下無此注，誤以此注爲出離騷注也。「脩」之爲「飾」，雖始於此，然其義已具離騷「退將復脩吾初服」，章句：「恐重遇禍，故將復去，脩吾初始清潔之服也。」脩吾初服，飾我初服。

言二女之貌要眇而好，又宜修飾也。◎正德本、隆慶本、朱本、劉本、馮本、四庫章句本、尤袤本、景宋本、同治本「修」作「脩」。案：聞一多楚辭校補以「修」爲「笑」，謂聲誤字。宜脩，古之恆語。橘頌：「紛緼宜脩，姱而不醜兮。」管子卷九問篇第二四：「其宜脩而不脩者，故何視？」則易「脩」作「笑」，好奇之説。

沛吾乘兮桂舟。

沛，行貌。舟，船也。吾，屈原自謂也。言己雖在湖澤之中，猶乘桂木之船，沛然而行，常香淨也。

【疏證】

沛，行貌。◎文選本、正德本、隆慶本、朱本、劉本、湖北本、俞本、莊本「貌」下有「也」字。案：慧琳音義卷五三「沛施」條引王逸注楚辭：「沛，行兒也。」則舊有「也」字。補注：「孟子曰：『如水之就下，沛然誰能禦之。』」沛然，水疾流貌。慧琳音義卷三二「沛然」條引三蒼：「沛，水波流也。」引申爲疾行，重言之爲沛沛。文選卷五吳都賦「常沛沛以悠悠」，劉淵林注：「沛沛，行貌。」九辯作「茇茇」，或本作芺芺、茷茷、拔拔。

舟，舩也。◎文選本、同治本「舩」作「船」。案：舩，俗船字。文言卷九：「舟，自關而西謂之船。自關而東謂之舟，或謂之航。」錢繹箋疏：「説文：『舟，船也。』古人名舟，漢人名船。」兩周曰舟，兩漢曰船。章句所以通古今別語，非方言。清華簡（一）皇門：「卑（譬）女（如）湯（蕩）周（舟）。輔余於險。」馬王堆漢帛書春秋語事第七齊桓公與蔡夫人乘舟章：「齊亘（桓）公與蔡夫人乘周（舟），夫人湯（蕩）周（舟）。」此周、秦古義見存於漢世者。里耶秦簡：「卅年九月丙辰朔己巳，田官守敬敢言之廷曰：令居貲目取船，弗予，謾曰：亡。亡不定。」睡虎地秦簡日書盜者：「丁卯不可以船行。」又曰：「六壬不可以船行。」則秦已言船也。

吾，屈原自謂也。◎案：吾，屈原代祭巫自稱也。

言己雖在湖澤之中，猶乘桂木之舩，沛然而行，常香淨也。◎文選本無「常香淨也」四字。四庫章句本「湖」作「湘」。文選本、四庫章句本、同治本「舩」作「船」。書鈔卷一三七舟部「桂舟」條引章句「船」作「舟」，「常」作「嘗」。案：舩、舡，皆俗船字。章句以「船」釋「舟」，則舊作「船」字。桂舟，以桂爲之。爾雅釋木：「梫，木桂。」郭注：「今南人呼桂厚皮者爲木桂。桂樹葉似枇杷而大，白華，華而不著子，叢生巖嶺，枝葉冬夏常青，間無雜木。」本草稱之「牡桂」，多生嶺南。廣東新語卷二五木語「桂」條：「古多以桂爲舟。楚辭云『沛吾乘兮桂舟』。蓋古時番禺多桂，故曰番禺之桂，爰始爲舟。」言靈巫乘桂舟，沛然而行，以迎湘君也。則「常香淨」三字，後所增益，宜删。

令沅湘兮無波，

沅、湘，水名。

【疏證】沅、湘，水名。◎案：詳參離騷「濟沅、湘以南征兮」注。文選五臣李周翰注：「沅、湘，二水名。」蓋因五臣注竄亂之。

使江水兮安流。

言己乘舩，常恐危殆，願湘君令沅、湘無波涌，使江水順徑徐流，則得安也。

【疏證】

言己乘舩，常恐危殆，願湘君令沅、湘無波涌，使江水順徑徐流，則得安巾。◎文選本無「湘」字，無「水」字，「舩」作「船」，秀州本「舩」作「舡」。同治本、四庫章句本「舩」作「船」。案：上有「君，湘君也」云云，則毋庸重出，則舊無「湘」字。舡爲「舽舡」。廣雅釋詁：「胮肛，腫也。」王念孫疏證：「釋水篇云：『舽舡，舟也。』廣韻：『舽舡，船貌。』義與胮肛相近也。此「舡」，即「舩」之別文，淺人以「公」爲「工」，則別作「舡」。則與「舽舡」字溷。補注：「水經及荆州記云：江出岷山，其源若甕口，可以濫觴。潛行地底數里，至楚都遂廣十里，名爲南江。初在犍爲，與青衣水、汶水合。東北至巴郡，與涪水、漢水、白水合。至長沙，與澧水、沅水、湘水合。至江夏，與沔水合。至潯陽，分爲九道，東會於彭澤，經蕪湖，名爲中江。東北至南徐州，名爲北江，而入海也。」

望夫君兮未來，

君，謂湘君。

【疏證】

君，謂湘君。◎案：文選劉良注：「夫君，謂神也。」夫音扶，語助之詞，不與「君」屬連。又，正文「未來」，尤袤本、建州本作「歸來」，謂「五臣作未來」；明州本、秀州本作「未來」，謂「逸本作歸來」。所謂「逸本」者，蓋其時所見章句單刻本。章句「瞻望於君而未肯來」云云，則舊作「未來」。

吹參差兮誰思？

參差，洞簫也。言己供修祭祀，瞻望於君，而未肯來，則吹簫作樂，誠欲樂君，當復誰思念也。

【疏證】

參差，洞簫也。◎案：文選卷一七洞簫賦「吹參差而入道德兮」，李善注：「楚辭曰：『吹參差兮誰思。』王逸曰：『參差，洞簫。』」則無「也」字。玉海卷一一〇雜樂器「漢洞簫」條引章句無「也」字。又，説文繫傳竹部「簫」字注：「楚辭曰『吹參差兮誰思』，參差，簫也。」蓋因章句，亦無「洞」字。補注引參差一作篸箺，云：「風俗通云：『舜作簫，其形參差，象鳳翼。』參差，不齊之貌。此言因吹簫而思舜也。洞簫賦云：『吹參差而入道德。』洞簫，簫之無底者。篸箺，竹貌。」吳玉搢別雅又作槮差、柴池、傑池、柴虒。皆聲轉字也。書益稷「簫韶九成」，孔傳：「韶，舜樂名。言簫，見細器之備。」孔穎達疏：「簫，乃樂器，非樂名。簫是樂器之小者。『言簫，見細器之備』，謂作樂之時，小大之器皆備也。」劉向九歎憂苦「惡虞氏之簫韶兮，好遺風之激楚」，章句：「言世人愚惑，惡虞舜簫韶之樂，反好俗人淫泆激楚之好音也。」漢書卷二二禮樂志「簫勺羣慝」，晉灼：「簫，舜樂也。」說文竹部：「簫，參差樂管，象鳳之翼。」參差，今稱排簫，帝舜所造樂。近年在兩湖境内多有楚國樂器排簫出土，一九七八年於湖北江陵擂鼓墩曾侯乙墓出土樂器有彩繪漆竹排簫，凡十三管，一端整齊，而另一端參差不齊，最長與最短之管分别在最外側，中間十一管亦以長短相次，旁行斜下。三管横以綸之，下二管長等，上一管短三管之徑。其參差之狀，碻如鳳皇之翼。即戰國楚地所傳舜之簫也。以竹制之，且器名受義于參差不齊者，故訓詁字作篸䇲。古本文質，則作參差。巫以舜樂招舜，蓋得其宜。又，上博簡（二）訟城是（容成氏）：「夋（舜）乃欲會天地之氣，而聖（聽）甬（用）之，乃立竊（質）以爲樂正。質既受命，作爲六律六（呂）孝君，方爲三倍，尋聖（聲）之紀：東方爲三倍，西方爲三倍，南方爲三倍，北方爲三倍，以衞於溪浴（谷），凄（濟）於廣川。高山陞（登），蓁林内（入），焉以行正。於是於（乎）治爵而行禄，以壤（讓）於來亦迴，亦迴曰德速蓑（衰）……淵所曰聖人。丌生賜養也，丌死賜葬，迲（去）苛匿（慝），是以爲名。」以帝夋爲聲律之作俑者也。

言己供修祭祀，瞻望於君，而未肯來，則吹簫作樂，誠欲樂君，當復誰思念也。◎文選本無「供修祭祀」、「誠欲樂」七字，「思念」下無「也」字。正德本、隆慶本、朱本、劉本、景宋本「修」作「脩」，「思念」下無「也」字。湖北本、朱本、俞本、莊本「思念」下無「也」字。案：章句「瞻望於君」以釋「望夫君」；「誠欲樂」以釋「吹參差」，皆不當删。「誰思」云者，謂思湘君。則「樂君」之君，屬上不屬下。

駕飛龍兮北征，

征，行也。屈原思神略畢，意念楚國，願駕飛龍北行，亟還歸故居也。

【疏證】

征，行也。◎文選本無注。案：詳參離騷「濟沅、湘以南征兮」注。劉良注：「征，行。」則有注者，因五臣注竄入。

屈原思神略畢，意念楚國，願駕飛龍北行，亟還歸故居也。◎文選本「略畢」作「畧垂」，「國」下無「願」字，「亟還」作「還亟」。案：據義，則舊作「略畢」。少司命「悲莫悲兮生别離」，章句：「屈原思神略畢，憂愁復出。」又，古有「亟還」，無作「還亟」。漢書卷二〇段會宗傳：「願吾子因循舊貫，毋求奇功，終更亟還。」卷九四下匈奴傳：「不得受烏桓降者，亟還之。」顔師古曰：「亟，急也，音居力反。」晉書卷一〇二載紀劉聰：「天時人事，其應至矣，公其亟還。」則舊作「亟還」。又，飛龍，即龍舟，巫所以迎神、送神也。

邅吾道兮洞庭。

邅，轉也。洞庭，太湖也。言己欲乘龍而歸，不敢隨從大道，願轉江湖之側、委曲之徑，欲急至也。

【疏證】

邅，轉也。◎案：詳參離騷「邅吾道夫崑崙兮」注。劉良注：「邅，轉也。」此因五臣注竄亂之。

洞庭，太湖也。◎北大簡(四)反淫「洞」作「同」。補注：「原欲歸而轉道於洞庭者，以湘君在焉故也。山海經曰：『洞庭之山，帝之二女居之。是常游于江淵，澧、沅之風，交瀟、湘之淵，出入多飄風暴雨。』注云：『言二女遊戲江之淵府，則能鼓動三江，令風波之氣共相交通。』又曰：『湘水出帝舜葬東，入洞庭下。』注云：『洞庭地穴，在長沙巴陵也。』水經云：『四水同注洞庭，北會大江，名之五渚。戰國策「秦與荆戰，大破之，取洞庭五渚」是也。湖水廣員五百餘里，日月若出没於其中。湖中有君山，潛通吳之苞山。郭景純江賦云「苞山洞庭，巴陵地道，潛陸旁通，幽岫窈窕」者也。』按：吴中太湖，一名洞庭。而巴陵之洞庭，亦謂之太湖。逸云『太湖』，蓋指巴陵洞庭耳。」案：洪氏辨「洞庭、太湖」之同異，得其旨矣。文選卷五吴都賦「集洞庭而淹留」，劉淵林注：「班固曰：『洞庭，澤名。』王逸曰：『太湖在秣陵東，湖中有包山，山中有如石室，俗謂洞庭。』」此班固離騷章句及叔師章句佚文，然皆不可以解湘君之洞庭。漢書卷二八地理志及後漢書卷二二郡國志四秣陵並在丹陽郡，李賢注：「其地本名金陵，秦始皇改。」三國志卷四七吴書吴主傳：「（建安）十六年，權徙治秣陵。明年，城石頭，改秣陵爲建業。」卷五三張紘傳「紘建計宜出都秣陵，權從之」，注引江表傳：「紘謂權曰：『秣陵，楚武王所置，名爲金陵。地勢岡阜連石頭，訪問故老，云昔秦始皇東巡會稽經此縣，望氣者云金陵地形有王者都邑之氣，故掘斷連岡，改名秣陵。』」晉書卷一五地理志下：「建業本秣陵，孫氏改爲建業，武帝平吴，以爲秣陵。」據此，秣陵東太湖，在吴中，即今太湖，非巴陵洞庭也。章句「太湖」云云，大湖也。大、太古字通用。洞庭，南楚重鎮，秦時建郡，設守、尉、司馬，承楚制也。里耶秦簡曰「毋死戍洞庭郡」、「徐戍洞庭郡」、「鹽戍洞庭郡」、「越人戍洞庭郡」、「勝日戍洞庭郡」、「采戍越洞庭郡」，皆是也。又，書禹貢「彭蠡既瀦」，釋文：「張勃吴録云：『今名洞庭湖。』案：今在九江郡界。」是鄱陽湖也，亦名洞庭。

言己欲乘龍而歸，不敢隨從大道，願轉江湖之側，委曲之徑，欲急至也。◎文選本「之側」下有「安」字。案：文選本存其舊也。安，案也，據也。「安委曲之徑」，言據委曲徑道也。湘君所居在洞庭，巫者駕龍舟以迎之，非謂「不敢隨從大道，願轉江湖之側委曲之徑，欲急至」也。

薜荔柏兮蕙綢，

薜荔，香草。柏，榑壁也。綢，縛束也。詩曰「綢繆束楚」是也。

【疏證】

薜荔，香草。◎文選本、正德本、隆慶本、劉本、湖北本、朱本、馮本、俞本、莊本、四庫章句本「香草」下有「也」字。案：文選卷四南都賦「其香草則有薜荔蕙若」，李善注引王逸曰：「薜荔，香草也。」則有「也」字。類聚卷八一「蕙」條引王逸注：「薜荔，香草。」其所據本無「也」字。又，山谷別集詩注卷下怪石「山阿有人著薜荔」，史季温注引章句有「緣木而生」四字。離騷「貫薜荔之落蘂」，章句：「薜荔，香草也，緣木而生。」章句訓詁不避重複，亦宜有「緣木而生」四字。

柏，榑壁也。◎正德本、隆慶本、朱本、劉本、湖北本、俞本、馮本、莊本、四庫章句本「榑」作「搏」。補注引「柏」一作「拍」，「榑」一作「搏」。案：戴東原屈原賦注：「拍，王注云『搏壁也』」，劉成國釋名云『搏壁，以席搏著壁也』。此謂舟之閤閭搏壁。」其説是也。拍、搏，古字通用；柏、榑，並訛字。類聚卷八一「蕙」條引王逸注：「拍，榑壁也。」則亦作拍字。又，聞一多楚辭校補謂柏當作帕、帛，旌旗之屬，以薜荔爲旗帛。好奇之説。

綢，縛束也。詩曰「綢繆束楚」是也。◎文選本「束楚」下無「是也」二字。案：類聚卷八一「蕙」條引王逸注：「綢，縛束也。詩云『綢繆束楚』。」舊無「是也」二字。章句引詩見唐風綢繆，毛傳：「綢繆，纏綿也。」孔疏：「束薪之貌。」説文糸部：「綢，繆也。」廣雅釋詁：「綢，纏也。」綢繆，平列同義。又，朱季海楚辭解故：「綢，讀當爲幬。楚亦謂帳爲幬，與漢人語同耳。劉成國釋搏壁在釋牀帳中，帳與搏壁，物以類舉，故歌辭取以成文矣。招魂曰：『蒻阿拂壁，羅幬張些。』正其比也。」是別一解，録以備考。

蓀橈兮蘭旌。

蓀，香草也。橈，船小楫也。屈原言己居家，則以薜荔榑飾四壁，蕙草縛屋，乘船則以蓀爲楫櫂，蘭爲旌旗，動以香潔自修飾也。

【疏證】

蓀，香草也。◎文選本「蓀」作「荃」，且正文「荃」上有「采」字，謂「逸本作承」。胡克家李善注文選本作「蓀」，「蓀」上有「承」字；六臣謂「五臣作荃」。案：補注：「諸本或云『乘荃橈』。乘，一作承，或云『采荃橈兮蘭旗』。皆後人增改，或傳寫之誤耳。」洪説是也。後涉章句「乘船則以蓀爲楫櫂」而羨乘字，或本訛「乘」爲「承」，或訛「乘」爲「采」。蓀，本字；荃，借字。詳參離騷「荃不察余之中情兮」注。文選卷四南都賦「薇蕪蓀萇」，李善注引王逸曰：「蓀，香草也。」其所見本作「蓀」。又，卷三〇沈約和謝宣城「今守馥蘭蓀」，李善注引王逸注：「蓀，香草名也。」則有「名」字。

橈，舩小楫也。◎文選本無「舩」字。同治本、四庫章句本「舩」作「船」。案：文選卷二二謝惠連泛湖歸出樓中翫月「星羅游輕橈」，李善注：「楚辭曰：『荃橈兮蘭旌。』王逸曰：『橈，小楫也。』」據此，則舊無「舩」字。舩，俗船字。補注：「方言云：『楫，謂之橈，或謂之櫂。』」漢書卷九八元后傳「輯濯越歌」，顏師古注：「輯與楫同，濯與櫂同，皆所以行船也。楫爲櫂之短者也。今吳、越之人呼爲橈。」輯、楫古字通。或作檝。後漢書卷一八吳漢傳「裝露橈船」，李賢注：「橈，短檝也，音人遥反。」慧琳音義卷五六「持櫂」條：「江南櫂大於橈，而楫殊小。作橈者，面向船頭立撥之；作櫂者，面向船尾坐撥之。」楫之所以名橈，因橈曲也。戴侗六書故「橈」字：「女教切。木弱中曲也。」散則橈、楫、櫂亦不别。

屈原言己居家，則以薜荔榑飾四壁，蕙草縛屋，乘舩則以蓀爲楫櫂，蘭爲旌旗，動以香潔自修飾也。◎文選「榑」作「搏」，「乘」下有作「舟」字，「旗」作「旆」。明州本、尤袤本、秀州本「潔」作「絜」。同治本、四庫章句本「舩」作「船」。正德本、隆慶本、湖北本、馮本、俞本、莊本、劉本、四庫章句本「縛」下有「束」字。案：書鈔卷一二〇武功部八旌一九「蘭旌」條引王逸注「修飾」下有「之」字，卷一三八舟部楫一四「荃橈」條引王逸注無「之」字。榑，當作搏。絜、潔古今字。又，章句綢解縛束，舊本作「縛束屋」。喻林卷八一自脩引榑作搏，「縛屋」作「縛束屋」。左傳僖公二十八年「狐毛設二旆而退之」，杜注：「旆，大旗也。」説文㫃部：「旆，繼旐之旗也，沛然而垂。从㫃、市聲。」旆、旗同義互易之。楚辭未見旆字。補注：「周禮云：『析羽爲旌。』爾雅云：『注旄首曰旌。』旍與旌同。」

望涔陽兮極浦，

涔陽，江碕名，近附郢。極，遠也。浦，水涯也。

【疏證】

涔陽，江碕名，近附郢。◎文選本「涔陽」下有「者」，「碕」作「陭」，「名」下有「也」字。正德本、隆慶本、朱本、劉本、湖北本、馮本、俞本、莊本、四庫章句本「碕」作「陭」。案：毛祥麟楚辭校文：「廣韻：『碕，石橋。』類篇：『碕，曲岸。』集韻：『碕，聚石爲彴。』是從碕不誤。又按：方言：『隑，陭也。江南人呼梯爲磑。』類篇：『陭，隑也。隑，曲岸皃。』則碕通作陭，又通作隑耳。」補注：「涔音岑。碕音祈，曲岸也。今澧州有涔陽浦。水經云：『涔水出漢中南[鄭]縣東南旱山，北至沔陽縣南，入于沔。』涔水，即黄水也。集韻：『涔，郎丁切，水名。』其字从令。引楚辭『望涔陽兮極浦』。未詳。」洪引集韻今本作「涔」不作「涔」。訓「水名」之字爲「涔」，鋤針切，不讀「郎丁切」。

涔，訛字。漢書卷二八上地理志南鄭縣有旱山。黎本玉篇殘卷水部「涔」字：「涔陽浦在郢。野王案：今亦以爲潛字。」史記卷二夏本紀「沱、涔已道」，集解：「孔安國曰：『沱，江別名；涔，水名。』鄭玄曰：『水出江出爲沱，漢出爲涔。』」索隱：「涔，亦作潛。沱出蜀郡郫縣西，東入江。潛出漢中安陽縣（直）西（南），北入漢，故爾雅云：『水自江爲沱，漢爲潛。』」正義：「括地志：『繁江水受郫江。』禹貢曰：『岷山導江，東別爲沱。』源出益州新繁縣。潛水一名復水，今名龍門水，源出利州緜谷縣東龍門山大石穴下也。」又曰「沱、涔既道」，集解：「孔安國曰：『沱、潛發源此州，入荆州。』」涔陽在涔水之北近郢者，非在澧州。胡渭禹貢錐指：「南江自枝江縣南，又東逕公安縣西，又東南流爲涔水，九歌『望涔陽兮極浦』，即此水之北也。」

極，遠也。◎案：廣雅釋詁：「極，高也。」又云：「極，遠也。」皆窮極之義。

浦，水涯也。◎文選尤袤本、明州本、建州本「水涯」作「涯水」。案：乙訛也。北大簡（四）反淫「水浦」字借作「薄」。補注引風土記：「大水有小口別通曰浦。」是別一義。說文水部：「浦，水瀕也。从水，甫聲。」段注：「『瀕』下曰：『水厓，人所賓附也。』厓、涯古今字，瀕與濱同。詩常武「率彼淮浦」，毛傳：「浦，涯也。」楚辭無言涯，唯有浦字。蓋周、秦曰浦，兩漢曰涯，所以通古今異語也。又，朱季海楚辭解故：「浦，吳、楚間轉語或謂之步。任昉述異記卷下：『上虞縣有石駞步，水際謂之步。瓜步在吳中，吳人賣瓜於江畔，用以名焉。吳江中又有魚步。昉按：吳、楚間謂浦爲步，語之訛耳。』是也。」審任昉述異記又云：「吳、楚間謂浦爲步，語之訛爾。」步、浦，聲之轉，非訛字。柳河東集卷二八永州鐵蓋爐步志：「江之滸，凡舟可縻而上下者曰步，永州北郭有步曰鐵爐步。」韓注：「吳人呼水際曰步。」則可補朱説所未備。又，類聚卷三四人部一八「哀傷」條引庾信哀江南賦：「辭洞庭兮落木，去涔陽兮極浦。」因襲此語。

横大江兮揚靈。

靈，精誠也。屈原思念楚國，願乘輕舟，上望江之遠浦，下附郢之碕，以渫憂患，横度大江，揚己精誠，冀能感悟懷王，使還己也。

【疏證】

靈，精誠也。◎後漢書卷八〇上文苑傳附杜篤「東横乎大河」，李賢注：「横，絶流度也。」楚辭曰『横大江兮揚舲』也。」劉師培楚辭考異云：「未知據何本。」姜亮夫屈原賦校注云：「舲，本字；靈，借字也。」且引通釋云：「舲與艫同，揚靈，鼓枻而行如飛也。」案：姜説失之。章句「靈精誠」云云，則舊本作靈。若作艫字，必與船字連文。涉江「乘舲船余上沅」是也，無單用作「艫」。且作艫，與下「揚靈兮未極」，不相接榫。揚靈，屈賦恆語，猶顯靈也。詳參離騷「皇剡剡其揚靈」注。饒公宗頤近著文亦然余説，謂當以上下文定其義。文選卷二三王粲贈士孫文始「横此大江」，李善注：「楚辭曰：『橫大江兮揚靈。』王逸曰：『橫度大江，揚己精誠也。』」則唐本作靈。章句「精誠」云云，猶精魂、至意也。莊子卷八漁父篇第三一：「真者，精誠之至也。」淮南子卷二〇泰族訓：「故精誠感於內，形氣動於天。」

屈原思念楚國，願乘輕舟，上望江之遠浦，下附郢之陭，以渫憂患，橫度大江，揚己精誠，冀能感悟懷王，使還己也。◎文選本「望江」下有「海」字，無「下附」之「下」字，「渫」作「泄」，「患」作「念」，「悟」作「寤」。正德本、隆慶本、朱本、劉本、湖北本、馮本、俞本、莊本、四庫章句本「望江」下有「海」字，「患」作「思」，「還己」乙作「己還」，「渫」作「泄」。景宋本「冀」作「莫」。同治本「陭」作「碕」。案：據義，海，羨也。碕、陭古字通用。泄、渫，古字通用。悟、寤同。莫，訛也。憂思，平列同義，思亦憂也。「以渫憂思」，謂舒泄憂愁。哀郢「聊以舒吾憂心」，章句：「且展我情渫憂思也。」洪氏抽思小序云：「故反復其詞，以泄憂思也。」古無作「渫憂念」、「渫憂患」。謂湘君見巫橫江來求，乃顯其靈聖。章句「橫度大江」云云，橫亦度也。又，「揚己精誠，冀能感悟懷王，使還己」云云，附會君臣，牽合之說。

揚靈兮未極，

極，已也。

【疏證】

極，已也。◎文選秀州本敓「極」字。正德本、隆慶本、劉本、湖北本、朱本、馮本、俞本、四庫章句本「已」下無「也」字。案：極之爲已，猶終，止也。淮南子卷七精神訓「游無極之野」，高注：「極，盡也。」未極，謂湘君揚其精神之未至，非謂未已、未盡。詩南山「曷又極止」，毛傳：「極，至也。」易繫辭上「三極之道也」，釋文引陸云：「極，至也。」

女嬋媛兮爲余太息。

女，謂女嬃，屈原姊也。嬋媛，猶牽引也。言己遠揚精誠，雖欲自竭盡，終無從達，故女嬃牽引而責數之，爲己太息悲毒，欲使屈原改性易行，隨風俗也。

【疏證】

女，謂女嬃，屈原姊也。◎文選本「嬃」下有「也」字。正德本、隆慶本、劉本、湖北本、朱本、馮本、俞本、莊本「女嬃」下復有「嬃」字。案：朱子集注：「女嬋媛，指旁觀之人。蓋見慕望之切，亦爲之眷戀而嗟歎之也。」女，非原姊女嬃，即下之「下女」，由衆女巫任之。其一巫爲神尸以象湘君，一巫爲祭者，而衆巫爲其侍女也。

嬋媛，猶牽引也。◎案：詳參離騷「女嬃之嬋媛兮」注。嬋媛，歎息貌也。其訓詁字作嘽咺。言己遠揚精誠，雖欲自竭盡，終無從達，故女嬃牽引而責數之，爲己太息悲毒，欲使屈原改性易行，隨風俗也。◎文選本「引」下無「而」字，「數之」乙作「之數」。尤袤本「精誠」作「精神」。毛祥麟楚辭校文曰：「文瀾閣本『毒』作『傷』。」案：文津本、文淵本亦作「毒」。若「責數」屬連，數亦責也。若「責之數」，則數字屬下，言屢也。文選本存其舊。章句「悲毒」云云，平列同義，毒亦悲也。七諫謬諫「然怊悵而自悲」，章句：「然怊悵自恨，心悲毒也。」或作愁毒，九懷危俊「懼吾心兮懤懤」，章句：「惟我憂思，意愁毒也。」或作怨毒，涉江「哀南夷之莫吾知兮」，章句：「屈原怨毒楚俗嫉害忠良，乃曰：哀哉！南夷之人無知我賢也。」此言衆女見神揚其精靈而不來，爲之嘽咺太息。章句動輒比附君臣，宜其說之多鑿也。

橫流涕兮潺湲，

潺湲，流貌。屈原感女嬃之言，外欲變節而意不能改，內自悲傷，涕泣橫流也。

【疏證】

潺湲，流貌。◎文選本「貌」下有「也」字。案：慧琳音義卷四五「潺湲」條引王逸注楚辭：「潺潺，水流皃也。」其所見本別。潺湲，水流也。九歎遠遊「潺湲轇轕」，章句：「言蛟龍升天，其形潺湲，若水之流。」文選卷一七洞簫賦「或渾沌而潺湲兮」，李善注引雜字：「潺湲，水流貌。」卷二六謝靈運七里瀨「石淺水潺湲」、卷二七沈約新安江水至清淺深見底貽京邑遊好「願以潺湲水」，李善注並引雜「子」（字）：「潺湲，水流貌也。」卷一五思玄賦「亂弱水之潺湲兮」，李善引字林：「潺湲，流貌。」此狀悲傷之極，謂涕泣若水之潺湲也。

屈原感女嬃之言，外欲變節而意不能改，内自悲傷，涕泣横流也。◎文選本「外」作「亦」，「横流」下無「也」字。正德本、隆慶本、朱本、劉本、湖北本「外欲」作「求欲」，俞本、莊本作「欲求」。景宋本「改」作「故」。案：外、内，相對爲文，則舊作「外欲」。若「改」作「故」，則宜屬下。無「改」字，文義未備。故，改之訛。又，横，交錯縱横也。

隱思君兮陫側。

君，謂懷王也。陫，陋也。言己雖見放棄，隱伏山野，猶從側陋之中，思念君也。

【疏證】

君，謂懷王也。◎案：君，謂湘君也。章句處處託意君臣，鑿也。

陫，陋也。◎黎本玉篇殘卷厂部「厞」字引「陫」作「厞」。案：厞、陫同，皆未見兩漢字書。聞一多楚辭校補據李太白集注卷二三注引「陫側」作「悱惻」，愁也。徐英屈子札記同其說。皆是也。古今合璧事類備要外集卷五祭社稷「屈原歌湘君」條引作「悱惻」。文苑英華卷七四二引梁裴子野雕蟲論序：「若悱惻芳芬，楚騷爲之祖。」因襲於此，則其所據本作「悱惻」。章句「從側陋之中」云云，舊本作「陫側」也。

言已雖見放棄，隱伏山野，猶從側陋之中，思念君也。◎文選尤袤本「棄」作「弃」。案：棄、弃同。章句解隱爲「隱伏」，非是。補注：「隱，痛也。孟子曰：『惻隱之心。』」陫，符沸切，説文：『隱也。』」洪説是也。悲回風「孰能思而不隱兮」，章句：「誰有悲哀而不憂也。」以「憂」釋「隱」，與此義同。漢書卷六二司馬遷傳「夫詩、書隱約者」，顔師古注：「隱，憂也。」詩柏舟「如有隱憂」，毛傳：「隱，痛也。」晉書卷一一三苻堅傳上：「勤恤人隱，勸課農桑。」人隱，言人所憂也。「隱思」之思，亦憂也。九章第四篇曰「抽思」，抽，引也；思，愁也。篇末「道思作頌」之道思，皆謂舒憂也。首句曰：「心鬱鬱之憂思兮，獨永歎乎增傷。」憂思，平列同義，思亦憂也。悲回風：「糺思心以爲纕兮，編愁苦以爲膺。」思心、愁苦，對舉爲文，思，憂也。章句：「言動以憂愁自係結也。」以思爲愁。大招「思怨移只」，思怨，愁怨也。九辯「蓄怨兮積思」，怨、思對舉，思，怨也。徵之周、秦古籍，思訓憂亦夥頤。小雅正月「癙憂以癢」，雨無正作「鼠思泣血」，癙憂、鼠思同，思，憂也。

桂櫂兮蘭枻，

櫂，楫也。枻，船旁板也。

【疏證】

櫂，楫也。◎建州本無注。案：敚之也。慧琳音義卷五七「鞭榜」條王逸注楚辭：「櫂亦楫也。」九九「櫂柁」條引王逸注楚辭：「櫂，楫也。」則舊有注。對文櫂則大楫。初學記卷七地部第五冰「積雪」條及唐類函卷四、書鈔卷一八三及唐類函卷一七四（屈原賦校注引卷一七四訛作三二）、宋吴淑事類賦注卷二六引櫂皆作棹。干禄字書謂「櫂，正字；通作棹」。櫂、棹一字。説文本字作掉。掉，謂摇也。名事相因，所摇者謂之掉，别作棹或櫂。

枻，船旁板也。◎建州本敚此注。文選本、同治本、四庫章句本「舩」作「船」。尤袤本、秀州本「旁」作「傍」。案：櫂、枻，對舉爲文，非謂「舩旁板」。枻，補注引一作「栧」，文選本作「栧」，並一字。淮南子卷一二道應訓「佽非謂枻船者」，高注：「枻，櫂也。」荀子卷三非相篇第五「接人則用枻」，楊倞注：「枻，楫也。言如以楫櫂進舟船也。」史記卷一一七司馬相如列傳「揚桂枻」，集解引徐廣：「枻，檝也。」漢書卷五七司馬相如傳「揚旌枻」，張揖曰：「枻，柂也。」顔師古曰：「枻音曳。柂音大可反。」枻、柂，音義並同，實一字。然柂字未見周、秦、兩漢古書，始見六朝。後漢書卷八〇下文苑傳附趙壹「奚異涉海之失杝」，李賢注：「杝，可以正船也。」柂、杝亦一字。卷四九仲長統傳「微風爲柂」，李賢注：「柂，船尾也。」或作柁，今作舵。釋名釋船：「其尾曰柁。柁，拕也。在後見拕曳也，且弼正船使順流，不使他戾也。」

斲冰兮積雪。

斲，斫也。言己乘舩，遭天盛寒，舉其櫂楫，斲斫冰凍，紛然如積雪，言己勤苦也。

【疏證】

斲，斫也。◎案：說文斤部：「斲，斫也。」又云：「斫，擊也。」段注：「擊者，攴也。凡斫木、斫地、斫人，皆曰斫矣。」斲冰，猶鑿冰、破冰也。亦用斫字。散文不別。對文彫削、彫飾曰斲。莊子卷四天道篇第一三「輪扁斲輪於堂下」，成玄英疏：「斲，雕斫也。」禮記第三檀弓上「木不成斲」，孔疏：「斲，雕飾也。」邪斷曰斫。說文通訓定聲：「邪斬曰斫，正斬曰斱。」婺州謂以斧斤邪斬柴薪曰斫柴，則其遺義。

言己乘舩，遭天盛寒，舉其櫂楫，斲斫冰凍，紛然如積雪，言己勤苦也。◎文選本「舩」作「船」，敚「櫂楫」之「櫂」字，「勤苦」下無「也」字。同治本、文津本「舩」作「船」。正德本、隆慶本、朱本、劉本、四庫章句本、馮本、俞本、莊本、湖北本「紛然如積雪」作「紛然委積而似雪」。案：初學記卷七冰第五「積雪」條引王逸注：「遭天盛寒，斲斫冰凍，紛然如雪，言己勤苦。」則舊作「紛然如積雪言己勤苦」。古之以雪形況波濤之勢，始見於此。

采薜荔兮水中，搴芙蓉兮木末。

薜荔之草，緣木而生。搴，手取也。芙蓉，荷華也，生水中。屈原言己執忠信之行，以事於君，其志不合，猶入池涉水而求薜荔，登山緣木而采芙蓉，固不可得也。

【疏證】

薜荔之草，緣木而生。◎文選本無注。正德本、隆慶本、劉本、湖北本、朱本、馮本、俞本、莊本、四庫章句本「之草」作「香草」。案：文選本删之也。離騷「貫薜荔之落蘂」，章句：「薜荔，香草也，緣木而生。」章句不避重複，則舊作「香草」。

搴，手取也。◎景宋本「手」作「采」。案：手取、采取並通。文選卷二六謝靈運初去郡「攀林搴落英」，李善注引王逸曰：「搴，采取也。」則唐本或作「采取」。對文取木曰搴，取草曰攬。詳參離騷「朝搴阰之木蘭兮」注。散文不別。

芙蓉，荷華也，生水中。◎案：詳參離騷「雧芙蓉以爲裳」注。

屈原言己執忠信之行，以事於君，其志不合，猶入池涉水而求薜荔，登山緣木而采芙蓉，固不可得也。◎文選本「可得」下無「也」字。正德本、隆慶本、劉本、湖北本、朱本、馮本、四庫章句本「可得」下有「之」字。俞本、莊本有「之者」二字。袁校改「池」作「它」。案：袁校非也。此以反物理之性言之，薜荔在木上，而采之池水中；芙蓉在水中而采之木末，以喻勤苦之至，而求湘君之不來，彼此異性，則未可遂。皆未關乎君臣之意。

已也。

心不同兮媒勞，

言婚姻所好，心意不同，則媒人疲勞而無功已。屈原自喻行與君異，終不可合，亦疲勞而

【疏證】

言婚姻所好，心意不同，則媒人疲勞而無功已。屈原自喻行與君異，終不可合，亦疲勞而已也。◎文選本、正德本、隆慶本、劉本、湖北本、朱本、馮本、俞本、莊本、四庫章句本「無功已」作「無功也」。文選本「而已」下無「也」字。正德本、隆慶本、劉本、馮本「喻」作「諭」。案：喻、諭同。喻林卷五九人事門無益引「無功已」亦作「無功也」，「喻」作「諭」。心者，主也。清華簡（六）管仲：「從人之道，趾則心之本，手則心之枝，目、耳則心之末，口則心之窔（竅），趾不正則心逴，心不静則手躁，心無惪（圖）則目、耳豫（野），心惪無守則言不道。」心不同者，則言、行必無從也。婚姻亦不成也，君臣亦不遇也。又，祀神而託之以婚姻者，則古之祭神獻媚之禮。其於男女彼此間，不能無「褻漫荒淫之雜」也。章句「屈原自喻行與君異，終不可合」云云，牽合之説。

恩不甚兮輕絶。

言人交接初淺，恩不甚篤，則輕相與離絶。言己與君同姓共祖，無離絶之義也。

【疏證】

言人交接初淺，恩不甚篤，則輕相與離絶。言己與君同姓共祖，無離絶之義也。◎文選本、正德本、隆慶本、劉本、湖北本、朱本、馮本、俞本、莊本、四庫章句本「與離絶」下有「也」字。文選本「之義」下無「也」字。案：呂氏春秋卷九季秋紀第三知士篇「王之不説嬰者也甚」，高注：「甚，猶深也。」淮南子卷一九脩務訓「聖人之憂勞百姓甚矣」，高注：「甚，重也。」章句「甚篤」云云，猶深重也。又，輕，謂輕易。呂氏春秋卷一六先識覽第三知接篇「桓公非輕難而惡管子也」，高注：「輕，易。」

石瀨兮淺淺，

瀨，湍也。淺淺，流疾貌。

【疏證】

瀨，湍也。◎文選六臣本無注。案：删之也。文選卷六左思魏都賦「石瀨湯湯」，劉淵林

注：「石瀨，湍也。水激石間，則怒成湍。」漢師遺義。慧琳音義卷七二「槎瀨」條引王逸注楚辭：「瀨，亦湍瀨也。」其所據本別，然有注。呂延濟注：「瀨，湍水也。」瀨、湍，散文皆言急流，對文水疾急曰湍，石上淺水曰瀨；事曰湍而訓水急，名曰瀨而訓急水。説文水部：「瀨，水流沙上也。从水，賴聲。」謂水淺而見沙石爲瀨也。淮南子卷一原道訓「朞年而漁者争處湍瀨」，高注：「湍瀨，水淺流急少魚之處也。」卷二俶真訓「湍瀨旋淵」，高注：「湍瀨，急流。」卷六覽冥訓「飲砥柱之湍瀨」，高注：「湍，涆水至疾。瀨，清。皆激涆急流。」則以名事異用而別之。又，漢書卷六武帝紀「甲爲下瀨將軍」，臣瓚曰：「瀨，湍也。吳、越謂之瀨，中國謂之磧。伍子胥書有『下瀨船』。」瀨，越語。越絶書卷一越絶荊平王内傳第二「見一女子擊絮於瀨水之中」。清一統志卷九一鎮江府「溧水」條：「一名瀨水，又名永陽江，即漢志所謂中江也。戰國策：范睢曰：『伍子胥槖載而出昭關，夜行晝伏，至於溧水。』建康志：『一名瀨水，東流爲永陽江，江上有渚曰瀨渚，即子胥乞食投金處，故又名投金瀨。東流爲瀨溪，入長蕩湖。』」水經卷三八灕水注：「瀨水出縣西北、魯山之東，逕其縣西與濡水合。水出永豐縣西北濡山，東南逕其縣西，又東南流入荔浦縣，注於瀨溪，又注於灕水。」瀨、溧、灕，皆聲之轉，越人所以名水。此爲沅湘越人祀湘之歌之鐵證。

淺淺，流疾貌。◎文選六臣本無注。案：删之也。黎本玉篇殘卷石部「碊」字：「楚辭『石瀨兮碊碊』，王逸曰：『疾流貌也。』」碊、淺同。文選卷二七沈約早發定山「出浦水淺淺」，李善注：

「楚辭曰：『石瀨兮淺淺。』王逸曰：『淺淺，流疾貌也。』」據此，則舊有注，「流疾貌」下宜補「也」字。又，類聚卷九水部下「澗」條引宋徐爰華林北澗詩：「衝波激兮瀨淺淺。」淺淺，疾流也。

飛龍兮翩翩。

屈原憂愁，覜視川水，見石瀨淺淺疾流而下，將有所至，仰見飛龍翩翩而上，將有所登，自傷棄在草野，終無所登至也。

【疏證】

屈原憂愁，覜視川水，見石瀨淺淺疾流而下，將有所至，仰見飛龍翩翩而上，將有所登，自傷棄在草野，終無所登至也。◎文選本「覜」作「俯」。明州本、秀州本「棄」作「弃」。正德本、隆慶本、劉本、湖北本、朱本、馮本、俞本、莊本、四庫章句本「草」作「山」。案：洞庭之濱多草澤，則舊作「草野」。草，古作屮，因訛爲山也。說文見部：「諸侯三年大相聘曰覜。覜，視也。从見、兆聲。」段注：「所謂三年大聘，下於上、上於下皆得曰覜，故曰相。」引申之爲下、俛也。俯亦下也。「覜視」、「俯視」，並一義也。補注：「説文云：『翩，疾飛也。』」翩翩，謂疾飛貌。九辯「燕翩翩其辭歸兮」是也。北大簡（五）荆決：「翩翩飛鳥，間關浮雲。」又曰：「偏偏（翩翩）蜚（飛）鵠，不歙不食。」又，漢書卷一〇〇下叙傳「魏其翩翩」，顏師古注：「翩翩，自喜之貌。」後漢書卷六〇下蔡邕傳：「踔宇宙而遺俗兮，眇翩翩而獨征。」翩翩，往來自恣之貌。文選卷五吳都賦「締交翩翩」，李善注：「翩翩，往來貌。」皆「疾飛」之引申。又，類聚卷七山部上「總載山」條引吳均八公山賦：「駕飛龍兮翩翩，高馳翔兮冲天。」則因襲於此。

交不忠兮怨長，

交，友也。忠，厚也。言朋友相與不厚，則長相怨恨；言己執履忠信，雖獲罪過，不敢怨恨於衆人也。

【疏證】

交，友也。◎案：對文事曰交，名曰友。交，交接也，相知也。荀子卷二〇哀公篇第三一「止交不知所定」，楊倞注：「交，謂接待於物。」呂氏春秋卷九季秋紀第三知士篇「静郭君之交」，高誘注：「交，接也。」

忠，厚也。◎案：忠之爲厚，散文也，皆「篤信」也。對文則别。周禮卷一〇地官司徒第二大司徒：「一曰六德：知、仁、聖、義、忠、和。」鄭注：「忠，言以中心。」詩皇皇者華鄭箋「中和，謂忠信也」，孔疏：「中心爲忠，人言爲信。」厚，薄之反，引申之言多、重也。禮記第一曲禮上「以厚其别也」，鄭注：「厚，重慎也。」

言朋友相與不厚，則長相怨恨，言己執履忠信，雖獲罪過，不敢怨恨於衆人也。◎文選本「朋友」上無「言」字，「怨恨」下有「也」字，「信」作「貞」，「衆人」下無「也」字。正德本、隆慶本、湖北本、朱本、劉本、馮本、俞本、莊本、四庫章句本前一「怨恨」下有「也」字。案：章句多作「執履忠信」。九辯「願遂推而爲臧」，章句：「執履忠信，不離善也。」抽思「軫石歲嵬蹇吾願兮」，章句：「言雖放弃，執履忠信，志如方石，終不可轉。」九歎離世「直躬指而信志」，章句：「言己執履忠信，不能隨從俗人。」作「執履忠貞」但一見，即離騷序「屈原執履忠貞」是也。則舊作「忠信」。上博簡（一）性情論：「交眚（性）者，古（故）也。」又曰：「同方而交，以道者也。不同方而交，以古（故）者也。同悦而交，以惪者也。不同兑（悦）而交，以猷者也。」交不忠，猶「不同方」、「不同悦」也。言神靈相知不厚，則長相怨望也，不關君臣事。

期不信兮告余以不閒。

閒，暇也。言君嘗與己期，欲共爲治，後以讒言之故，更告我以不閒暇，遂以疏遠己也。

【疏證】

閒，暇也。◎文選秀州本正文作「閒」，注文亦作「閒」，尤袤本正文、注文皆作「間」。案：蓋正文、注文非同一底本也。左傳昭公五年「閒而以師討焉」，杜注：「閒，暇也。」釋文：「閒，音閑，注同。」不閒，同離騷「鴆告我以不好」之不好，言不空閒也。湘君託故推諉之詞。

言君嘗與己期，欲共爲治，後以讒言之故，更告我以不閒暇，遂以疏遠己也。◎文選本「嘗」作「常」，「疏遠」下無「己也」二字。案：嘗、常古字通用。古人相交，若一方反悔，必籍以「不閒」爲推諉之詞，左傳襄公三十一年「逢執事之不閒，而未得見，又不獲聞命」是也。章句字字關乎君臣，託之以諷諫，鑿也。

鼂騁騖兮江皋，

鼂，以喻盛明也。澤曲曰皋。言己願及鼂明己年盛時，任重馳驅，以行道德也。

【疏證】

鼂，以喻盛明也。◎文選本作「朝以喻己盛也」。正德本、隆慶本、湖北本、劉本、馮本、俞本、莊本「喻」作「諭」。毛祥麟楚辭校文曰：「文瀾閣本作『明盛』。」文津本亦作「盛明」。案：鼂，古朝夕字。喻、諭同。據義，文選本存其舊。屈賦鼂、夕對舉爲文，但以紀時，無所託喻。張銑注：「鼂喻盛也，夕喻衰也。」涉章句誤也。

澤曲曰皋。◎案：已見離騷「步余馬於蘭皋兮」注，章句不避重複。又，文選卷二二謝靈運從游京口北固應詔「白日麗江皋」，李善注：「楚辭曰：『朝騁騖兮江皋。』王逸曰：『澤曲爲皋。』」

爲、曰同。

言己願及鼂明己年盛時，任重馳驅，以行道德也。◎文選本「鼂」作「朝」，「驅」作「騁」，「道德」下無「也」字。湖北本「己年」作「也年」。案：鼂，古朝字。「己」作「也」，訛也。正文作「騁騖」，則舊作「騁」字。騁騖江臯，祭巫祀神之貌。章句「任重馳驅，以行道德」云云，失之。

夕弭節兮北渚。

弭，安也。渚，水涯也。夕以喻衰。言日夕將暮，己已衰老，弭情安意，終志草壄也。

【疏證】

弭，安也。◎案：離騷「吾令羲和弭節兮」，章句：「弭，按也。」安、按，古字通用，猶止也。文選卷一六陸機歎逝賦「然後弭節安懷」、卷二一顔延年秋胡詩「弭節停中阿」，李善注並曰：「楚辭曰：『吾令羲和弭節兮。』王逸曰：『弭，安也。』」則其所據本亦作「安」字。

渚，水涯也。◎案：慧琳音義卷七「洲渚」條引王逸注楚辭：「水涯曰渚。」其所據本别。爾雅釋水：「水中可居者曰洲，小洲曰渚，小渚曰沚。」詩江有汜「江有渚」，毛傳：「渚，小洲也。」顔師古匡謬正俗卷七「渚」條：「蓋水中之高處可居者耳。」散則渚、沚皆謂水涯。

夕以喻衰。◎案：文選卷二四張華答何劭二首「衰夕近辱殆」，李善注引王逸曰：「夕以喻衰。」朝夕以記時，無所託寓。章句鑿也。

言日夕將暮，已已衰老，弭情安意，終志草墊也。◎文選本「志」作「於」，「墊」作「野」，下無「也」字。建州本「已已」作「日日」。四庫章句本「墊」作「埜」。正德本、隆慶本、朱本、劉本、俞本「墊」作「壄」。毛祥麟楚辭校文曰：「文瀾閣本『已已』作『比已』。」案：日曰，已已之訛。墊、埜、野，古今字。壄，墊之訛。文淵本、文津本亦作「已已」。文選卷二四張華答何劭二首「衰夕近辱殆」，李善引王逸注：「言日夕將暮，已已衰老。」節約其説，則亦作「已已」。又，據義，舊作「終於」爲允。

鳥次兮屋上，

次，舍也。再宿曰信，過信曰次。

【疏證】

次，舍也。再宿曰信，過信曰次。◎文選本敚「再宿曰信」四字。正德本、隆慶本、劉本、湖北本、朱本、馮本、俞本、莊本、四庫章句本「曰次」作「爲次」，「爲次」下有「也」字。案：詳參離騷「夕歸次於窮石兮」注，章句解宿、信、次三字，對文別義。散則皆言宿止。

水周兮堂下。

周，旋也。言己所居在湖澤之中，衆鳥舍止我之屋上，流水周旋己之堂下，自傷與鳥獸魚鼈同爲伍也。

【疏證】

周，旋也。◎案：周旋、環繞之字本作匌。詳參離騷「雖不周於今之人兮」注。

言己所居在湖澤之中，衆鳥舍止我之屋上，流水周旋己之堂下，自傷與鳥獸魚鼈同爲伍也。◎文選本「爲伍」上無「同」字，「爲伍」下無「也」字。俞本「爲伍」上無「同」字。案：朱季海楚辭解故：「韓非子內儲說上：『齊人有謂齊王曰：「河伯，大神也。王何不試與之遇乎？臣請使王遇之。」乃爲壇場大水之上，而與王立之焉。有間，大魚動，因曰：「此河伯。」』今謂韓非此説，雖同寓言，而其寫迎神之狀，以九歌證之，則時俗實爾，善説者故能近取譬矣。河伯水神，乃爲壇場大水之上，湘君、湘夫人既湘水之神，禮亦宜之。是知九歌湘君之堂，湘夫人之室，河伯之堂屋、宮闕，亦水上壇場之比，蓋皆當時迎神之實景云爾。」其説得之。漢書卷二五郊祀志上：「河、湫、漢水，玉加各二，及諸祀皆廣壇場。」後漢書卷一一劉盆子傳：「二月辛巳，設壇場於淯水上沙中，陳兵大會。」漢世猶有遺制。堂下水周之祭壇，類詩之「辟廱」，見大雅文王有聲及魯頌泮水，鄭箋：「辟廱者，築土雝水之外圓如璧。」羅振玉殷契書例考釋卷中文字第五「曰雝」條：「𡿺，從巛、從口，古辟雍字如此。辟雍有環流，故從巛。口象圜土形，外爲環流，中斯爲圜土矣。金文或增『口』作『日』。」又，全梁文卷一五梁元帝秋風摇落「水周兮曲堂」，因襲於此。

捐余玦兮江中，

玦，玉佩也。先王所以命臣之瑞，故與環即還，與玦即去也。

【疏證】

玦，玉佩也。先王所以命臣之瑞，故與環即還，與玦即去也。◎文選六臣本「佩」作「珮」。文選本、正德本、隆慶本、劉本、湖北本、朱本、馮本、俞本、莊本、四庫章句本「之瑞」下有「也」字。案：佩、珮，古今字。穀梁傳宣公十八年「捐殯而奔其父之使者」，范注：「捐，棄也。」捐玦，棄玉玦於江中。補注：「玦，古穴切，如環而有缺。左傳曰：『佩以金玦，棄其衷也。』荀子曰：『絶人以玦。』皆取弃絶之義。莊子曰：『緩佩玦者，事至而斷。』史記曰：『舉佩玦以示之。』皆取決斷之義。」二義皆通。與環即還、與玦即去，見於周秦、兩漢，章句信不誣。國語卷七晉語一「而玦之以金銑者，寒之甚矣」，韋昭注：「玦，猶離也。」白虎通義卷四諫諍：「賜之環則反，賜之玦則去，明君子重恥也。」王度記曰：「反之以玦。其不待放者，亦與之物。明有介主無介民也。」穀梁傳宣公二年「出亡，至於郊」，范注：「禮：『三諫不聽，則去，待放於境三年，君賜之環則還，賜之玦則往。』」詩羔裘序「大夫以道去其君也」，鄭箋：「以道去其君者，三諫不從，待放於郊，得玦乃去。」荀子卷一九大略篇第二七：「聘人以珪，問士以璧，召人以瑗，絶人以玦，反絶以環。」楊倞注：「古者臣有罪，待放於境，三年不敢去，與之環則還，與之玦則絶，皆所以見意也。反絶，謂反其將絶者。此明諸侯以玉接人臣之禮也。」説者多以漢人因荀子，然左傳閔公二年「公與石祁子玦」，杜注：「玦，玉玦。玦，示以當決斷。」又，晉使太子申生伐東山臯落氏，衣以偏衣，佩以金玦，罕夷曰：「金玦不復。」則皆見諸左傳。此祭湘君捐以玦者，祭神以沈玉也。殷契前編卷一：「庚申，卜，賓貞：南庚，玉屮⿱凶巳。」以玉祭南庚。書金縢周公植璧秉珪以事太王、王季、文王之靈，左傳襄公十八年中行獻子以朱絲係玉二瑴禱於河，杜注：「雙玉曰瑴。」周禮卷一八春官宗伯第三大宗伯「以玉作六器，以禮天地四方」。皆可與捐玦、遺佩印證。包山楚簡卜筮祭禱：「大水備玉一環，二天子各一少環。」望山楚簡第五十四簡：「侯(后)土、司命各一少環。」天星觀卜筮祭禱簡：「司命、司禍、地主各一吉環。」新蔡葛陵楚墓甲一一簡：「忻(祈)福於北方，毄(舉)禱一備璧。」皆祭神用玉之證。少者，缺也。少環，即玦之別稱也。王静安云：「顧余讀春秋左氏傳，『宣子有環，其一在鄭商』。知環非一玉所成。歲在己未，見上虞羅氏所藏古玉一，共三片。每片上侈下斂，合三而成規。片之兩邊各有一孔，古蓋以物繫之。余謂此即古之環也。環者完也，對玦而言，闕其一則爲玦。玦者闕也。環缺其一故謂之缺矣。以此讀左氏，乃得其解。後世日趨簡易，環與玦皆以一玉爲之，遂失其制。而又知古環之非一玉，于是有連環。莊子天下篇『連環可解也』，齊策：『秦始皇遺君王后玉連環，曰：「齊多知，而解此環不？」君王后引椎椎破之，謝使者曰：「謹以解矣。」』不知古之環制如羅氏所藏者，固無不可解也。」然則此玦者，亦如羅氏所藏之玉制，但闕其一片者耶？

遺余佩兮醴浦。

遺，離也。佩，瓊琚之屬也。言己雖見放逐，常思念君，設欲遠去，猶捐玦佩，置於水涯，冀君求己，示有還意。

【疏證】

遺，離也。◎呂延濟注：「捐、遺，皆置也。玦、佩，朝服之飾，置於江、澧二水之涯者，冀君命己，猶可以用也。」補注：「捐玦遺佩，以詒湘君，與騷經『解佩纕以結言』同意，喻求賢也。」案：遺之爲離棄、爲置立，相反相因。於施事者，遺猶棄也，失也。於受事者，遺猶與也，詒也。章句訓「離」，於施事言之，則謂「棄捐」。五臣、洪氏皆以受事者爲說，謂詒、與也。

佩，瓊琚之屬也。◎文選六臣本「佩」作「珮」。案：瓊琚，見詩木瓜「投我以木瓜，報之以瓊琚」，毛傳：「瓊，玉之美者。琚，佩玉名。」瓊，琚之疏狀字，非玉名。佩、玦字，文互相備。

言己雖見放逐，常思念君，設欲遠去，猶捐玦佩，置於水涯，冀君求己，示有還意。◎文選六臣本「佩」作「珮」。柳河東集卷四二同劉二十八院長述舊言懷感時書事奉寄澧州張員外使君五十二韻之作因其韻增至八十通贈二君子孫注引王逸注「言己雖見放逐」作「屈原既放逐」。案：章句於「醴浦」，未有説解。補注：「方言注云：『澧水，今在長沙。』水經云：『澧水，出武陵充縣，注於洞庭。』按：禹貢曰：『又東至於澧。』史記作醴。孔安國、馬融、王肅皆以醴爲水名。鄭玄曰：『醴，陵名也。長沙有醴陵縣。』澧、醴，古書通用。今澧州有佩浦，因楚詞爲名也。」司馬貞史記索隱引此訛作「濯余佩兮醴浦」，曰：「虞喜志林以醴是江、沅之别流，而醴作澧也。」漢書卷二八上地理志：「武陵郡：歷山，澧水所出，東至下雋入沅。」文選卷四張衡南都賦「爾其川瀆則滍、澧」，李善注：「山海經曰：『澧水出雅山。』郭璞注：『今出南陽。』」此江北澧水，在卷五中山經，曰：「又東三十里，曰雅山。澧水出焉，東流注于視水。」雅山，當作雉山。水經卷二一汝水注：「汝水又東，得醴水口，水出南陽雉縣。」江南澧水，山海經卷一五大荒南經：「又有蒲山，澧水出焉。」蒲山，姚墟也。一名歷山、雷首山，本在蒲州河東縣，因虞舜傳説南遷於九疑，南楚亦有蒲山、歷山，水經注卷三七澧水謂之西歷山是也。元和志卷三〇謂山在慈利縣西二百四十里。浦，步也，謂泊舟埠頭。吳、越恆語。詳上「極浦」注。

采芳洲兮杜若，

芳洲，香草藂生水中之處。

【疏證】

芳洲，香草藂生水中之處。◎文選秀州本「藂」作「菆」，尤袤本、明州本、建州本作「叢」。

案：補注：「藂音叢。」藂、菆，皆叢字別文。劉良注：「芳洲，多生香草也。」又，杜若，詳參雲中君「華采衣兮若英」注。

將以遺兮下女。

遺，與也。女，陰也，以喻臣，謂己之儔匹。言己願往芬芳絶異之洲，采取杜若，以與貞正之人，思與同志，終不變更也。

【疏證】

遺，與也。◎案：章句於受事者説之，謂遺與也。

女，陰也，以喻臣，謂己之儔匹。◎文選本、正德本、隆慶本、劉本、湖北本、朱本、馮本、俞本、莊本、四庫章句本「儔匹」下有「也」字。案：馬王堆漢帛書十六經稱篇：「凡論必以陰陽□大義：天陽地陰。春陽秋陰。夏陽冬陰。晝陽夜陰。大國陽，小國陰。重國陽，輕國陰。有事陽而無事陰。信(伸)者陽屈者陰。主陽臣陰。上陽下陰，男陽女陰。父陽子陰。兄陽弟陰。長陽少陰。」

言己願往芬芳絶異之洲，采取杜若，以與貞正之人，思與同志，終不變更也。◎文選本「往」作「於」，「芬芳」作「芳芬」，「更」下無「也」字。尤袤本「貞」作「忠」，「變更」乙作「更變」。正德本、隆慶本、劉本、湖北本、朱本、馮本、俞本、莊本、四庫章句本「願往」下有「於」字。案：章句無乙作「芳芬」，但作「芬芳」。離騷「唯昭質其猶未虧」，章句：「言我外有芬芳之德，内有玉澤之質。」則舊作「芬芳」。下女，謂湘君侍女，無所託寓求賢也。補注比離騷「相下女之可詒」，非也。離騷下女，謂下丘之女虙妃、簡狄、二姚，並楚先也。與此稱「下女」别。又，古文苑卷九任昉别王中書融注：「楚詞：『采芳洲兮杜若，將以遺兮下女。』注：『采香草以遺其下之侍女。』」章氏用朱子集注説。是也。下女，湘君侍女也。

旹不可兮再得，

言日不再中，年不再盛也。

【疏證】

言日不再中，年不再盛也。◎案：說文冓部：「再，一舉而二也。从一、冓省。」廣雅釋詁：「再，二也。」求神之時，但有一會而無再得，非惜年命盛衰也。

聊逍遥兮容與。

逍遥，遊戲也。詩云：「狐裘逍遥。」言天時不再至，人年不再盛，己年既老矣，不遇於時，聊且逍遥而遊，容與而戲，以待天命之至也。

【疏證】

逍遥，遊戲也。詩云：「狐裘逍遥。」◎文選明州本、建州本、尤袤本「遊」作「游」，刪「詩云狐裘逍遥」六字。正德本、隆慶本、劉本、湖北本、朱本、馮本、四庫章句本「詩云」作「詩曰」。案：引詩見檜風羔裘：「羔裘逍遥，狐裘以朝。」毛傳：「羔裘以遊燕，狐裘以適朝。」則章句引作「狐裘」，是詩別本。

言天時不再至，人年不再盛，己年既老矣，不遇於時，聊且逍遥而遊，容與而戲，以待天命之至也。◎文選本「己」下無「年」字，「遊」作「游」。正德本、隆慶本、劉本、湖北本、俞本、莊本、朱本、馮本、四庫章句本「年既」乙作「既年」。案：上曰「人年」，下承「已老」，則舊無「年」字。離騷「聊逍遥以相羊」，章句：「逍遥、相羊，皆遊也。」與此同義。又，章句「逍遥而遊，容與而戲」云云，錯綜爲文，逍遥、容與，聲之轉。言求神不遇而生惆悵。毋須深解於君臣之意也。

湘君

補注：「劉向列女傳：『舜陟方死於蒼梧，二妃死於江、湘之間，俗謂之湘君。』禮記：『舜葬於蒼梧之野，蓋二妃未之從也。』注云：『離騷所歌湘夫人，舜妃也。』韓退之黄陵廟碑云：『湘旁有廟曰黄陵，自前古立以祠堯之二女、舜二妃者。秦博士對始皇帝云：「湘君者，堯之二女，舜妃者也。」劉向、鄭玄亦皆以二妃爲湘君，而離騷、九歌既有湘君，又有湘夫人。王逸以爲湘君者，自其水神。而謂湘夫人乃二妃也。從舜南征三苗，不及，道死沅、湘之間。山海經曰：「洞庭之山，帝之二女居之。」郭璞疑二女者，帝舜之后，不當降小水爲其夫人，因以二女爲天帝之女。以余考之，璞與王逸俱失也。堯之長女娥皇爲舜正妃，故曰君。其二女女英自宜降曰夫人也。故九歌詞謂娥皇爲君，謂女英帝子，各以其盛者推言之也。禮有小君，君母，明其正，自得稱君也。』」案：新刊校定集注杜詩卷三五湘夫人祠注引黄陵廟碑「舜二妃者」下有「庭有石碑，斷裂分散在地，其文剥缺。考圖記言漢荆州牧劉表兄景升立，題其額。虞之二妃之碑，非景升之立者」云云，「小水」爲「小君」，「明其正」作「名其正」。又，文選卷一五思玄賦「哀二妃之未從兮」，李善注：「禮記曰：『舜葬蒼梧之野。蓋二妃未之從也。』鄭玄曰：『離騷所謂歌湘夫人也。』」以湘君爲水神，以湘夫人爲二妃。漢師舊說，蓋因乎秦博士，非章句一家言也。又，思玄賦李善注引郭璞：「今長沙巴陵縣西入洞庭而通江水。離騷曰『邅吾道兮洞庭』，『洞庭風兮木葉下』，皆謂此也。天帝之女，而處江爲神，即列仙傳云江妃二女，離騷所謂湘夫人稱帝子者是也。」則郭氏以湘君爲江神，湘夫人爲江妃之二女，甚爲無理。篇中曰「吹參差兮誰思」，參差，舜之樂。以舜樂降神者，則湘君必爲帝舜也。舜陟方死於九疑，尊爲湘水神，類江陵包山及望山楚簡之「大水」。新蔡葛陵楚墓「昭告大川」、「有祟見於大川」云云，大川，大水。李善注又云：「河圖玉版曰：『聞之堯之二女，舜妻也，而喪此。』傳云：二妃死于江、湘之間，俗謂之湘君。鄭司農亦以舜妃爲湘君。說者皆以舜陟方而死，二妃從之，俱死于江、湘，遂號爲湘夫人也。」鄭司農亦未得之。當以「說者」爲是，湘君，舜也。湘夫人，舜之二妃娥皇、女英也。安大簡亦有「二配（妃）」、重華及蒼梧、沅、澧、湘之名，益證「說者」之云不可移易也。

帝子降兮北渚，

帝子，謂堯女也。降，下也。言堯二女娥皇、女英，隨舜不反，沒於湘水之渚，因爲湘夫人。

【疏證】

帝子，謂堯女也。◎初學記卷一〇帝戚部第六公主「降帝子之渚」條、御覽卷一五二皇親部一八公主上同引王逸注：「帝子，堯子也。」卷一三五皇親部一「舜二妃」條引王逸注：「帝子，謂堯女娥皇、女英。」案：其所據本皆別。李太白集分類補注卷一惜餘春賦「愁帝子于湘南」注引王逸注：「帝子，謂堯女也。」又，新刊校定集注杜詩卷一五追憶故高蜀州人日見寄「鼓瑟至今悲帝子」，趙注：「湘夫人篇『帝子降兮北渚』，帝子，謂堯女也。」是因章句，則亦作「堯女」。帝，帝堯也。文選卷二〇謝朓新亭渚別范零陵詩「瀟湘帝子遊」，李善注：「楚辭湘君曰：『帝子降兮北渚。』王逸曰：『帝，謂堯也。』」雖非舊本，訓義至白。古之男女皆稱子。詩大明「長子維行」，毛傳：「長子，長女也。」堯女、堯子並同。文選卷一五思玄賦「哀二妃之未從兮」，李善注：「禮記曰：『舜葬蒼梧之野，蓋二妃未之從也。』鄭玄曰：『離騷所謂歌湘夫人也。舜南巡狩，死於蒼梧，二妃留江、湘之間。』」李氏引禮記，見卷七檀弓上第三：「舜葬於蒼梧之野，蓋三妃未之從也。」鄭注：「舜征有苗而死因留葬焉。書説舜曰『陟方，乃死蒼梧』。於周南越之地，今爲郡。」則「二妃」當「三妃」之訛。漢儒皆爲是説，固以爲越人歌。或者謂包山楚簡二天子，猶帝子、堯之二女。附會之説。

降，下也。◎案：詳參離騷「惟庚寅吾以降」注。章句所以重複者，此「降」字謂神降也。

言堯二女娥皇、女英，隨舜不反，沒於湘水之渚，因爲湘夫人。◎文選本「舜」作「帝」，「沒」作「墮」。秀州本「反」作「及」。正德本、隆慶本、朱本、劉本、馮本、湖北本、莊本、俞本、四庫章句本「沒」作「墮」。案：據義，則舊作「墮」爲允。及，「反」之訛。文選卷二西京賦「懷湘娥」，李善注引王逸曰：「言堯二女娥皇、女英，隨舜不及，墮湘水中，因爲湘夫人。」亦訛作「及」。卷二〇謝朓新亭渚別范零陵詩「瀟湘帝子遊」，李善注引王逸注作「不反」。卷一二江賦「乃協靈爽於湘娥」，李善注引王逸曰：「堯二女墜湘水之中，因爲湘夫人也。」卷二八樂府下前緩聲歌「南要湘川娥」，李善注引王逸注：「堯二女娥皇、女英，墮湘水之中爲湘夫人也。」禮記第三檀弓上孔疏引王逸注：「娥皇、女英，墮湘水而溺焉。」御覽卷一三五皇親部一舜二妃引王逸注、李太白集分類補注卷一惜餘春賦「愁帝子于湘南」注引王逸注作「墮于湘水之渚」。其所據本有別，然皆作「墮」字。新刊校定集注杜詩卷一五追憶故高蜀州人日見寄「鼓瑟至今悲帝子」，趙注：「湘夫人篇『帝子降兮北渚』，堯二女娥皇、女英，隨舜不及，沒於湘水之渚，是爲湘靈。」其所據本作「沒」。又，文選卷二〇謝朓新亭渚別范零陵詩「瀟湘帝子遊」，李善注：「楚辭湘君曰：『帝子降兮北渚。』王逸曰：『娥皇、女英隨舜不反，死於湘水，因爲湘夫人。』」則作「死」，別於二本所據者。

目眇眇兮愁予。

眇眇，好貌。予，屈原自謂也。言堯二女儀德美好，眇然絶異，又配帝舜，而乃没命水中。屈原自傷不遭値堯舜，而遇闇君，亦將沈身湘流，故曰愁我也。

【疏證】

眇眇，好貌。◎文選本、正德本、隆慶本、劉本、湖北本、朱本、馮本、俞本、莊本、四庫章句本「貌」下有「也」字。案：李太白集分類補注卷一惜餘春賦「愁帝子于湘南」，楊齊賢注引王逸注無「也」字。補注：「眇眇，微貌。言神之降，望而不見，使我愁也。」洪説是也。文選卷一五思玄賦「風眇眇兮震余旟」，李善注：「眇眇，遠貌。」謂微茫意。其義皆通。眇眇之訓遠，楚辭恆語。悲回風「路眇眇之默默」，章句：「邈道遼遠，居僻陋也。」又曰「穆眇眇之無垠兮」，章句：「天與地合，無垠形也。」九懷蓄英「微霜兮眇眇」，章句：「霜凝微薄，寒深酷也。」七諫怨世「安眇眇而無所歸薄」，章句：「東西眇眇，無所歸附也。」哀命「日眇眇而既遠」，章句：「言雖行遠，不失清白之節也。」九歎思古「目眇眇而遺泣」，章句：「言己居於山林，心中愁思，目視眇眇而泣下墮也。」哀時命「冤眇眇而馳騁兮」，章句：「言己精冤眇眇獨馳。」九思逢尤「世既卓兮遠眇眇」，章句：「去前聖遠，然不可得也。」又，南史卷三九劉孝綽傳：「王嘗遊江濱，歎秋望之美，諒對曰：『今日可謂「帝子降於北渚」。』王有目疾，以爲刺己。應曰：『卿言「目眇眇以愁予」邪？』從此嫌之。」此非眇眇之解詁，然以「眇眇」以刺目疾，則惡語。章句訓美，因湘君「美要眇兮宜脩」比勘而臆度之，實無此義。要眇、眇眇，信非一語。

予，屈原自謂也。◎正德本、隆慶本、劉本、俞本、湖北本、朱本、馮本、莊本、四庫章句本「予」作「余」。案：屈賦賓格用「予」不用「余」。舊本作「予」字。章句以「予」爲「我予」，以「愁予」爲「將沈身湘流故曰愁我」云云，繳繞之説。考「目眇眇兮愁予」之文，與上湘君篇「君不行兮夷由」對應，愁予，猶「夷由」之義，言不決貌。愁，通作首，同幽部，穿、審旁紐雙聲。予，通作鼠。睡虎地秦簡秦律十八種金布律：「都官佐、史不盈十五者，七人以上鼠（予）車牛，僕，不盈七人者，三人以上鼠（予）養一人；小官毋（無）嗇夫者，以此鼠（予）僕、車牛。」軍爵律：「賜未受而死及法耐遷者，鼠（予）賜。」法律答問：「廷行事强質人者，鼠（予）者不論；和受質者，鼠（予）者□論。」爲吏之道：「贅壻後父，勿令爲户，勿鼠（予）田宇。」又曰：「享（烹）牛食士，賜之参飯而勿鼠（予）殽。」日書（甲）詰咎：「鬼嬰兒恒爲人號曰：『鼠（予）我食。』是哀乳之鬼。其骨有在外者，以黄土瀆之，則已矣。」又曰：「一室之中，卧者容席以陷，是地嶭（蠥）居之，注白湯，以黄土窒，不害矣。」人毋（無）故而鬼有鼠（予），是夭鬼，以水沃之，則已矣。」又曰：「人過於丘虚，女鼠（予）抱子逐人，張傘以鄉之，則已矣。」又曰：「鬼恒胃人：『鼠（予）我而女。』不可辭。是上神下取妻，毄（繫）以葦，則死矣。弗御，五來，女子死矣。」首鼠，即首施、躊躇，遲疑不進貌。漢書竇田灌韓傳：「蚡已罷朝，出止車門，召御史大夫安國載，怒曰：『與長孺共一禿翁，何爲首鼠兩端？』」顔師古注引服虔曰：「首鼠，一前一卻也。」謂湘夫人美目眇眇甚好，而躊躇未定也。又，天問「何試上自予，忠名彌章。」自予，猶自處，自愁也。言子文料知若敖氏之不長，而試上自憂，故其忠名顯彰於後也。章句「屈原言我何敢嘗試君上，自干忠直之名以顯彰後世」云云，則失之旨。

言堯二女儀德美好，眇然絶異，又配帝舜，而乃没命水中。屈原自傷不遭值堯舜，而遇闇君，亦將沈身湘流，故曰愁我也。◎文選無「言」字，「值堯」下無「舜」字，「闇」作「暗」。案：闇、暗，古字通用。據義，無「舜」字爲允。謂帝子降於北渚，我望之眇然遥遠，欲達不得，則令我生愁也。

嫋嫋兮秋風，

嫋嫋，秋風摇木貌。

【疏證】

嫋嫋，秋風摇木貌。◎正德本、隆慶本、劉本、湖北本、朱本、馮本、俞本、莊本、四庫章句本「貌」下有「也」字。案：文選卷三〇謝靈運石門新營所住四面高山迴溪石瀨脩竹茂林「嫋嫋秋風過」，李善注：「楚辭曰：『嫋嫋兮秋風。』王逸注曰：『嫋嫋，風摇木貌也。』」則無「秋」字，唐寫本卷五九謝靈運石門新營所住四面高山迴溪石瀨脩竹茂林李善注引王逸曰亦作「秋風」，且「貌」下有「也」字。無「秋」字，敓也。補注：「嫋，長弱貌。」洪氏説以本義。説文女部：「嫋，姌也。从女、弱聲。」又曰：「姌，弱長貌。」段注：「上林賦『嫵媚姌嫋』，郭璞注：『姌嫋，細弱也。』小顏云：『謂骨體。』按：毛詩曰：『荏染，柔意也。』荏染，即姌也。」古之女以柔弱爲美，嫋有美好之意。文選卷五吳都賦「嫋嫋素女」，李善注引埤蒼：「嫋嫋，美也。」此疏狀「秋風搖木」，則其引申。

洞庭波兮木葉下。

言秋風疾則草木搖，湘水波而樹葉落矣，以言君政急則衆民愁，而賢者傷矣。或曰：屈原見秋風起而木葉墮，悲歲徂盡，年衰老也。

【疏證】

言秋風疾則草木搖，湘水波而樹葉落矣，以言君政急則衆民愁，而賢者傷矣。或曰：屈原見秋風起而木葉墮，悲歲徂盡，年衰老也。◎文選本「民」作「人」，無「或曰」以下二十字。秀州本敚「政」字。案：作「人」，避唐諱。無「或曰」以下二十字，刪之也。御覽卷二五時序部一〇秋下引王逸注：「言秋風疾則草木搖，湖水波而樹葉落矣。」湖，訛也。此即興之語，無所託喻。章句「君政急則衆民愁」云云，鑿也。補注：「淮南云：『見一葉落而知歲之將暮。』又曰：『桑葉落而長年悲。』」屈子之所以興者，淮南子卷一〇繆稱訓：「春，女思；秋，士悲。」

白蘋兮騁望，

蘋，草，秋生，今南方湖澤皆有之。騁，平也。

【疏證】

蘋，草，秋生，今南方湖澤皆有之。◎文選本無「今南方湖澤皆有之」八字。案：章句說草木，皆極簡要，未言其所產地。則「今南方湖澤皆有之」八字，後所增益。文選本存其舊。歷代詩話卷一三「葴菥薛蘋」條引亦有「今南方湖澤皆有之」八字。補注：「蘋音煩。淮南子云：『路無莎蘋。』注云：『蘋狀如葴。』葴音針，見爾雅。又，說文云：『青蘋似莎者。』司馬相如賦注云：『似莎而大，生江、湖，鴈所食。』」吳仁傑離騷草木疏：「山海經：『陰山其艸多茆蕃。』郭璞注：『蕃音煩。青蕃似莎而大。』蓋蕃即蘋也。」洪氏引淮南子見卷六覽冥訓，高注：「莎蘋，讀『猿猴蹯蹂』之蹯，狀如葴。葴如葭也。」爾雅釋草：「葴，馬藍。」郭注：「今大葉冬藍也。」又，正德本、隆慶本、湖北本、朱本、馮本、俞本、劉本、莊本、四庫章句本「白蘋」上有「登」字，非也。此言於蘋草始生之時騁望。詳參拙著屈賦異文辯證。

騁，平也。◎案：騁，馳也，無蕩平義。騁，甹之訛。老子四十三章「馳騁天下之至堅」，馬王堆漢帛書甲本騁作甹。甹，普丁切。甹、平音同通用。章句以本字本義解之。騁望，不當訓平。騁，極也。詩節南山「蹙蹙靡所騁」，毛傳：「騁，極也。」騁望，極目遠眺也。全後漢文卷九〇王粲初征賦「野蕭條而騁望」，類聚卷三五人部一九「愁」條引曹子建九愁賦「野蕭條而極望」。騁望、極望，其義皆同。

與佳期兮夕張。

佳，謂湘夫人也，不敢指斥尊者，故言佳也。張，施也。言己願以始秋薠草初生平望之時，修設祭具，夕早灑掃，張施帷帳，與夫人期歆饗之也。

【疏證】

佳，謂湘夫人也，不敢指斥尊者，故言佳也。◎文選本「佳謂湘夫人」作「佳期謂湘夫人」。案：佳，名，謂湘夫人。期，事，期會也。則不當有「期」字。文選卷二六謝朓在郡卧病呈沈尚書「夙昔夢佳期」，李善注：「楚辭曰：『與佳期兮夕張。』王逸曰：『不敢斥尊者，故言佳也。』」爛敓「指」字。補注：「説文云：『佳，善也。』廣雅云：『佳，好也。』」二訓於屈賦皆有例。抽思「好姱佳麗兮」，章句：「容貌説美，有俊德也。」惜往日「妒佳冶之芬芳兮」，章句：「嫉害美善之婉容也。」大招「姱脩滂浩，麗以佳只」，章句：「佳，善也。」佳，同下「聞佳人兮召予」之佳人，言湘夫人。或以比楚王。悲回風「惟佳人之永都兮」，章句：「佳人，謂懷、襄王也。」

張，施也。◎案：補注：「張音帳，陳設也。周禮曰：『凡邦之張事。』漢書曰：『供張東都門外。』言夕張者，猶黄昏以爲期之意。」朱季海楚辭解故：「説文巾部：『帳，張也。』帳字晚出，太史公即以張爲之。史記袁盎列傳『刀決張』，漢書袁盎傳作帳。索隱以爲『軍幕』是也。書傳凡言張者，率謂張施帷帳。王説得之。」其説皆是也。招魂「蒻阿拂壁，羅幬張些」，章句：「張，施也。」四壁及與曲隅復施羅幬，輕且凉也。」亦以張爲施帷帳。蓋祀鬼神之禮，皆設帷帳於郊野，以代宮室，供鬼神棲居也。左傳成公十六年：「曰：『張幕矣。』曰：『虔卜於先君也。』」太平廣記卷二九七睦仁蒨（出冥報録）：「鬼不欲入人屋，可於外水邊張幕設席，陳酒食於上。」

言己願以始秋薠草初生平望之時，修設祭具，夕早灑掃，張施帷帳，與夫人期，歆饗之也。◎文選本「薠」作「蘋」，「平望」作「望平」，「灑」作「洒」。正德本、隆慶本、湖北本、劉本、朱本、俞本、莊本「平望」作「望平」，「己願」下有「行」字，「薠」作「蘋」，「帷」作「幃」。馮本、四庫章句本「平望」作「望平」，「薠」作「蘋」，「帷」作「幃」。案：據義，舊有「行」字爲允。望平，乙也。蘋，薠之訛。帷、幃古字通用。洒、灑古字通。齊、梁以後以「佳期」爲良辰美景之辭藻。文選卷一三謝莊月賦：「佳期可以還，微霜霑人衣。」卷二六謝朓在郡卧病呈沈尚書：「良辰竟何許？夙昔夢佳期。」卷二七晚登三山還望京邑：「佳期悵何許？淚下如流霰。」卷三〇謝靈運石門新營所住四面高山迴谿石瀨脩竹茂林：「美人遊不還，佳期何由敦。」又，唐張文成遊仙窟：「今留片子信，可以贈佳期。」佳期，皆典出於此。

鳥萃兮蘋中，

萃，集。

【疏證】

萃，集。◎文選本「集」下有「也」字。正德本、隆慶本、劉本、湖北本、朱本、馮本、俞本、莊本、四庫章句本「集」作「聚」。俞本、莊本「聚」下有「也」字。章句各本「萃」上有「何」字。洪引一本「萃」上有「何」字。案：章句：「夫鳥當集木巔而言草中，罾當在水中而言木上，以喻所願不得，失其所也」云云，舊本上句似無「何」字。文選各本、補注各本亦皆無「何」字。有「何」者，因下「何爲兮」而增益之也。非是。穆天子傳卷一「賜七萃之士戰」，郭注：「萃，集也。」漢世遺義，則舊有「也」字。集、聚同義。説文艸部：「萃，艸皃。从艸、卒聲。讀若瘁。」許氏當云「艸集貌」，引申之爲集聚。楚辭鳥集用萃，天問「何繁鳥萃棘」，章句：「婦人則引詩刺之曰：『墓門有棘，有鴞萃止。』故曰繁鳥萃棘也。」又曰「蒼鳥羣飛孰使萃之」，章句：「萃，集也。」九思守志「今其集兮惟鴞」，章句：「鴞，小鳥也。以言名山宜神鳥處之，猶朝廷宜賢者居位，而今惟小人，故云『鴞萃之』也。」人之萃則爲止。天問「北至回水萃何喜」，章句：「萃，止也。言女子驚而北走，至於回水之上，止而得鹿，遂有禧喜也。」

罾何爲兮木上？

罾，魚網也。夫鳥當集木巔而言草中，罾當在水中而言木上，以喻所願不得，失其所也。

【疏證】

罾，魚網也。◎案：説文网部：「罾，魚网也。从网，曾聲。」漢書卷三一陳勝傳「置人所罾魚腹中」，顏師古注：「罾，魚網也，形如仰繖蓋，四維而舉之。」仰繖蓋，猶舉繖以覆下也。罾，有高舉義，以其字之从曾聲。北地高樓無屋者謂之磳，矢繳高射謂之矰，聚薪而居其上謂之橧，而魚網置木上者謂之罾。皆聲兼義。

夫鳥當集木巔而言草中，罾當在水中而言木上，以喻所願不得，失其所也。◎案：二語同湘君「采薜荔兮水中，搴芙蓉兮木末」，皆反物理之性説之。以喻勤而無功，求神非所也。

沅有茝兮醴有蘭，

言沅水之中有盛茂之茝，澧水之内有芬芳之蘭，異於衆草，以興湘夫人美好，亦異於衆人也。

【疏證】

言沅水之中有盛茂之茝，澧水之内有芬芳之蘭，異於衆草，以興湘夫人美好，亦異於衆人也。

◎文選本、正德本、隆慶本、劉本、湖北本、朱本、馮本、俞本、莊本、四庫章句本「茝」作「芷」。文選本「之内」作「之外」，「衆人」下無「也」字。正德本、隆慶本、湖北本、朱本、馮本、莊本、四庫章句本「之内」作「之外」。案：茝、芷並同。齊曰茝，楚曰芷，因方俗語别。之中、之内，交錯爲文，則舊作「之内」。補注：「水經云：『澧水，又東南注於沅水，曰澧口。』蓋其枝瀆耳。引『沅有芷兮澧有蘭』。或曰：澧州有蘭江，因此爲名。」洪氏蘭江之説，未可信據。山海經卷五中山經，東南一百二十里曰洞庭之山，「其草多荔、蘪蕪、芍葯、芎藭。帝之二女居之，是常遊於江淵。澧、沅之風，交瀟、湘之淵，是在九江之間，出入必以飄風暴雨。」朱季海楚辭解故：「今謂『帝之二女』，故曰『帝子』，是常遊於江淵，故或降於北渚矣。歌言『嫋嫋秋風，洞庭波而木葉下』，則正以飄風爲神來之候爾。夫『澧、沅之風，交瀟、湘之淵』，故歌詞亦兼沅、澧矣。經云：『其草多荔、蘪蕪、芍葯、芎藭』，此皆芳草。荔與鄭風『秉蕑』字同，正謂蘭也。」其説是也。蘭、蕑、荔，皆一字。詳參離騷「紉秋蘭以爲佩」注。

思公子兮未敢言。

公子，謂湘夫人也。重以卑説尊，故變言公子也。言己想若舜之遇二女，二女雖死，猶思其神，所以不敢達言者，士當須介，女當須媒也。

【疏證】

公子，謂湘夫人也。重以卑説尊，故變言公子也。◎補注：「諸侯之子稱公子。謂子椒、子蘭也。思椒、蘭宜有蘭、茝之芬芳。未敢言者，恐逢彼之怒耳。此原陳己之志於湘夫人也。山鬼云：『思公子兮徒離憂。』」案：山鬼「怨公子兮悵忘歸」，章句：「公子，謂公子椒也。」蓋洪説所因。然九歌諸篇皆祭神之詞，不宜比附君臣。公子，古之男女共稱，始見於詩，麟之趾「麟之趾，振振公子」，鄭箋：「喻今公子亦信厚，與禮相應，有似於麟。」大東「佻佻公子，行彼周行」，毛傳：「佻佻，獨行貌。公子，譚公子也。」七月「女心傷悲，殆及公子同歸」，鄭箋：「春，女感陽氣而思男；秋，士感陰氣而思女。是其物化所以悲也。悲則始有與公子同歸之，志欲嫁焉。」此皆公子稱男。左傳桓公三年：「凡公女嫁于敵國，姊妹則上卿送之，以禮於先君；公子，則下卿送之。於大國，雖公子，亦上卿送之。」釋文：「公子，公女。」是諸侯之女亦稱公子。或稱「女公子」，莊公三十二年「女公子觀之」，杜注：「女公子，子般妹。」文選卷二西京賦「有憑虛公子者」，李善注引博物志曰：「王孫、公子，皆古人相推敬之辭。」上言「帝子」，此變言「公子」，親昵推敬之詞。

言己想若舜之遇二女，二女雖死，猶思其神，所以不敢達言者，士當須介，女當須媒也。◎案：章句「所以不敢達言者，士當須介，女當須媒也」云云，同離騷「欲自適而不可」也。章句：「意欲自往，禮又不可，女當須媒，士必待介也。」未敢言，謂羞於言。説苑卷一一善説載越人歌：

「山有木兮木有枝，心説君兮君不知。」與此有同工之妙，是九歌爲越人歌之明證。又，御覽卷五九一文部七御製上引漢武帝秋風辭：「蘭有秀兮菊有芳，攜佳人兮不能忘。」蹈襲於此。

荒忽兮遠望，觀流水兮潺湲。

言鬼神荒忽，往來無形，近而視之，彷彿若存，遠而望之，但見水流而潺湲也。

【疏證】

言鬼神荒忽，往來無形，近而視之，彷彿若存，遠而望之，但見水流而潺湲也。◎文選本「鬼神」作「神鬼」，「流」下無「而」字。秀州本「近而」作「近以」。正德本、隆慶本、湖北本、朱本、俞本、劉本、莊本、四庫章句本「荒忽」作「慌惚」，「水流」作「川水流」。案：章句有「鬼神」，無乙作「神鬼」。下文「建芳馨兮廡門」，章句：「意欲隨從鬼神，築室水中，與湘夫人比鄰而處。」九懷尊嘉「儵忽兮容裔」，章句：「往來亟疾，若鬼神也。」清華簡（六）子儀：「湋水可（兮）遠瞿（望），逆視達化。」蓋望之遠而荒忽不明也。補注：「荒忽，不分明之貌。」訓詁字作慌惚、恍忽。吳玉搢别雅復有「洸忽」、「茫惚」、「怳惚」等。漢書卷九九外戚傳上載，李夫人卒，「上思念李夫人不已，方士齊人少翁言能致其神。乃夜張燈燭，設帷帳，陳酒肉，而令上居他帳，遥望見好女如李夫人之貌，還幄坐而步。又不得就視，上愈益相思悲感，爲作詩曰：『是邪，非邪？立而望之，偏何姗姗其來遲！』」文選卷二三潘岳悼亡詩：「獨無李氏靈，髣髴覩爾容。」李善注引桓子新論：「武帝所幸李夫人死，方士李少君言能致其神，乃夜設燭張幄，令帝居他帳，遥見好女似夫人之狀，還帳坐也。」章句「近而視之，仿佛若存，遠而望之，但見水流而潺湲也」云云，即此類也。

麋何食兮庭中，

麋，獸名，似鹿也。

【疏證】

麋，獸名，似鹿也。◎文選本無「似鹿也」三字。案：刪之也。説文鹿部：「麋，鹿屬。从鹿，米聲。麋，冬至解角。」段注：「月令：『仲冬，日短至，麋角解。』夏小正：『十有一月，隕麋角。』」爾雅釋獸：「麋牡，麔；牝，麎。」郝氏義疏：「麋似鹿，青黑色，肉蹏，目下有兩孔，俗説謂能夜視。春秋莊十七年：『冬，多麋。』五行志云：『麋之言迷也。』白虎通云：『諸侯射麋，示達迷惑者也。』按：麋性淫迷，故司裘設麋侯，而爲卿大夫所射矣。」又，山海經卷五中山經，東北百里曰荆山，「其獸多閭麋」，郭注：「似鹿而大。」楚地多麋也。

蛟何爲兮水裔？

蛟，龍類也。麋當在山林而在庭中，蛟當在深淵而在水涯，以言小人宜在山野而陞朝庭，賢者當居尊官而爲僕隸也。

【疏證】

蛟，龍類也。◎案：蛟之爲「龍類」，散文也。對文亦别。離騷「麾蛟能使梁津兮」，章句：「小曰蛟，大曰龍。」

麋當在山林而在庭中，蛟當在深淵而在水涯，以言小人宜在山野而陞朝庭，賢者當居尊官而爲僕隸也。◎文選本「麋」上有「言」字，「宜在山野」作「當處野」，「陞」作「升」，「僕隸」下無「也」字。案：陞、升古字通用。「當處野」、「陞朝廷」對舉爲文，則舊作「當處野」。喻林卷四八人事門「倒置」條引有「也」字，然庭作廷。補注：「裔，邊也，末也。」蛟在水裔，猶所謂『神龍失水而陸居』也。」又，裔之訓末，詳參離騷「帝高陽之苗裔」注。此亦反物理之性爲説，以喻求神非所，勞而不遂也，無託寓「小人宜在山野而陞朝庭，賢者當居尊官而爲僕隸」也。

朝馳余馬兮江皋，夕濟兮西澨。

濟，渡也。澨，水涯也。自傷驅馳不出湘、潭之間。

【疏證】

濟，渡也。◎案：詳參離騷「濟沅、湘以南征兮」注。

澨，水涯也。◎文選本「水涯」下無「也」字。明州本、建州本以此注爲五臣呂延濟。案：竄入之也。左傳宣公四年「師于漳澨」，杜注：「漳澨，漳水邊。」以澨爲水涯。補注：「説文：『澨，埤增水邊土，人所居者。』」今本説文水部「所居」作「所止」，引夏書「過三澨」爲證。段注：「土部曰：『埤，增也。』『增，益也。』」酈善長曰：『左傳文十六年：「楚軍次於句澨。」定四年：「左司馬戌敗吳師於雍澨。」昭二十三年：「司馬薳越縊於薳澨。」服虔或謂之邑，又謂之地。京相璠、杜預亦云水際及邊地名也。今南陽、淯陽二縣之間，淯水之濱有南澨、北澨矣。』水經曰：『三澨地在南郡邔縣北沱。』酈注云：『地説曰，沔水東行過三澨，合流觸大別山阪，故馬融、鄭玄、王肅、孔安國等咸以爲三澨水名也。惟許慎説異。』按：水經釋爲地，與許合。水經者，或謂桑欽所作。然則許正用孔氏古文尚書説也。」清華簡（六）子儀「澨」作「[illegible]」，古文也。又，朱季海楚辭解故：「凡書傳諸言澨者，大抵楚地，以九歌證之，益知澨爲楚語。許君既親從賈侍中受古學，又兼通尚書、楚詞，故所説字義，最得其真。」

自傷驅馳不出湘、潭之間。◎文選本「湘潭之間」作「湖澤之域」。四庫章句本作「湘潭之涯」。正德本、隆慶本、朱本、劉本「驅」作「駈」。案：駈，俗驅字。章句或言「湖澤之中」，或言「湖澤之域」，無作「湘潭之間」。湘君「沛吾乘兮桂舟」，章句：「言己雖在湖澤之中，猶乘桂木之船，沛然而行，常香淨也。」涉江「齊吳榜以擊汰」，章句：「言己始去，乘艒舲之船，西上沅、湘之水，士卒齊舉大櫂而擊水波，自傷去朝堂之上而入湖澤之中也。」懷沙「脩路幽蔽，道遠忽兮」，章句：「言己雖在湖澤之中，幽深蔽闇，道路甚遠且久長也。」文選本存其舊。

聞佳人兮召予，

予，屈原自謂也。

【疏證】

予，屈原自謂也。◎案：予，屈原代祭者自稱。佳人，謂湘夫人也。謂忽聞湘夫人召我也。

將騰駕兮偕逝。

偕，俱也。逝，往也。屈原幽居草澤，思神念鬼，冀湘夫人有命召呼，則願命駕騰馳而往，不待侶偶也。

【疏證】偕，俱也。◎案：詩擊鼓「與子偕老」，毛傳：「偕，俱也。」説文人部：「偕，彊也。从人，皆聲。詩曰：『偕偕士子。』一曰：俱也。」偕之解彊，猶競也，並逐也。引申之爲俱。則二訓皆通。

逝，往也。◎案：詳參離騷「雄鳩之鳴逝兮」注。

屈原幽居草澤，思神念鬼，冀湘夫人有命召呼，則願命駕騰馳而往，不待侶偶也。◎文選本「召呼」作「呼己」，「命駕騰馳」作「騰駕」。秀州本作「乎己」。正德本、隆慶本、湖北本、朱本、劉本、馮本、俞本、莊本、四庫章句本「侶偶」下無「也」字。案：據義，作「乎己」爲允。騰，傳也。詳參離騷「騰衆車使徑待」注。騰駕，謂傳車。若作「命駕騰馳」，但一乘駕，則「偕逝」之義不得調遂。文選本作「願騰駕」，則存其舊。

築室兮水中，葺之兮荷蓋。

屈原困於世，願築室水中，託附神明而居處也。

【疏證】屈原困於世，願築室水中，託附神明而居處也。◎文選本「世」下有「上」字。案：「世上」、

「水中」爲對文，舊作「世上」。室，猶下之壇，謂祭神壇場。訓詁柳河東集卷九唐故朝散大夫永州刺史崔公墓誌「一日不⿱艹胥」，韓注：「⿱艹胥字當是葺字，傳寫作⿱艹胥耳。諸韻無此字，唯吳本楚辭中有如此書者。」韓氏所稱吳本楚辭，未可考。⿱艹胥，當出湘夫人篇。據干祿字書，⿱艹胥，俗葺字。章句無注，則下「芷葺兮荷屋」，章句：「葺，蓋屋也。」則不宜見諸後。葺，當作胥，訛字。戰國策卷二一趙策四「太后盛氣揖之」，馬王堆漢帛書縱横家書、史記卷四三趙世家「揖」作「胥」。胥，古鉨文作[illegible]。咠，俗體作[illegible]，形似相訛。胥，通作疏。戰國策卷二二魏策一「東有淮、潁、沂、黄、煮棗、海鹽、無踈」，史記卷六九蘇秦列傳「無踈」作「無胥」。下「疏石蘭兮爲芳」，章句：「疏，布陳也。」言疏布以荷蓋也。後未審「[illegible]」爲「疏」之借，誤「胥」作「葺」。文選卷五九王簡棲頭陀寺碑文「載懷興葺」，李善注：「楚辭曰：『葺之兮荷蓋。』王逸注曰：『葺，蓋屋也。』」此當出下「芷葺兮荷屋」注，李氏竄亂於此。

蓀壁兮紫壇，

以蓀草飾室壁，累紫貝爲室壇。

【疏證】

以蓀草飾室壁，累紫貝爲室壇。◎文選本「蓀」作「荃」，「壇」上無「室」字。案：室，羨也。補

注：「荀子曰：『東海則有紫紶魚鹽焉。』紫，紫貝也。相貝經曰：『赤電黑雲謂之紫貝。』郭璞曰：『今之紫貝，以紫爲質，黑爲文點。』陸機（璣）云：『紫貝，其白質如玉，紫點爲文。』本草云：『貝類極多，而紫貝尤爲世所貴重。』」又曰：「淮南子曰『腐鼠在壇』。注云：『楚人謂中庭爲壇。』七諫曰『雞鶩滿堂壇兮』，注云：『高殿敞陽爲堂，平場廣坦爲壇。』」洪氏說「紫壇」，頗爲詳審。壇之無室。文選本存其舊。然洪氏引文有闕。引荀子見卷五王制篇第九，楊注：「紫，紫貝也。」則「紫紫貝也」上當補「注云」二字。引陸璣說見毛詩魚蟲草木疏，云：「貝，水之介蟲，大者蚢，音下郎反。小者爲貝，其白質如玉，紫點爲文，皆成行列。當大者徑一尺，小者七八寸，今九真、交趾以爲杯盤實物也。」相貝經今佚，但見類聚及文選卷二西京賦「摭紫貝」李善注所引，洪氏亦轉引於此。又，其所引七諫注，「敞陽」，今本作「敞揚」。所據本別也。類聚卷八四寶玉部下「貝」條又引萬震南州異物志：「乃有大貝，奇姿難儔。素質紫飾，文若羅珠。不磨不瑩，采耀光流。」爾雅釋魚：「貝，大者魧，小者鰿。餘泉，白黃文。」郭注：「今細貝亦有紫色者，出日南。以白爲質，黃爲文點。今之紫貝，以紫爲質，黑爲文點。」紫貝，或稱紫石。鹽鐵論卷二錯幣篇第四：「周人以紫石。」又，漢書卷七三韋賢傳「壇墠則歲貢」，張晏曰：「去祧爲壇。墠，掃地而祭也。」顏師古注：「祧是遠祖也。築土爲壇，除地爲墠。」築土，猶壘土；除地，猶平地。

⿷匚釆芳椒兮成堂。

布香椒於堂上。

【疏證】

布香椒於堂上。◎景宋本「於」作「于」。文選本「⿷匚釆」作「播」。案：于、於古今字。⿷匚釆，古播字。御覽卷九五八木部七椒引王逸注：「布椒於堂上。」則無「香」字。類聚卷八九木部下「椒」條引王逸注：「布香椒於堂上。」亦有「香」字。⿷匚釆，古播字。郭店楚墓竹簡性自命出：「⿷匚釆型之由（迪）。」清華簡（一）尹至：「有夏⿷匚釆民内（入）于水曰戰。」亦皆作「⿷匚釆」。又上博簡（二）子羔篇「采（播）者（諸）畎畮之中」云云，清華簡（七）越公其事「余其與吳科（播）弃怨惡」云云，采、科，亦古字。補注引漢官儀：「椒房，以椒塗壁，取其温也。」初學記卷一〇中宮部第一皇后「椒房」條引漢官作「以椒塗宮室，亦取其温煖，辟惡氣」。類聚卷一五后妃部「后妃」引應劭漢官儀作「皇后稱椒房，取其實蔓延盈升，以椒塗室，取温煖，除惡氣也」。則「塗壁」當作「塗室」。漢書卷六六田千秋傳「轉至未央、椒房」，顏師古注：「椒房，殿名，皇后所居也。以椒和泥塗壁，取其温而芳也。」則作「塗壁」，蓋因顏注。聞一多楚辭校補謂成訓飾義，曰：「成猶飾也。儀禮士喪禮『獻素，獻成亦如之』。注：『飾治畢爲成。』成與素對舉，未飾者爲素，已飾者爲成。粉飾屋壁也稱成。考工記匠人『白盛』，注云：『盛之言成也。以蜃灰堊牆，所以飾成宮室。』周禮掌蜃『共白盛之蜃』，注：

『盛猶成也。謂飾牆使白之蜃也。』『播芳椒兮成堂』，是用椒末和泥來粉飾堂壁，即所稱椒房。」朱季海承用此說。姜亮夫以成爲盛，言盛滿也。皆非。成，就也，飾就謂之成，不謂飾謂之成。聞氏引古訓多易之强爲之説。且成之訓飾，與播布之義複也。楚辭無盈滿義用盛字者。成堂，舊作盈堂，滿堂也。楚人名滿曰盈。成，盈之借。九店楚簡日書：「乃浧（盈）其志。」又曰：「凥之不浧（盈）志。」郭店楚墓竹簡，凡盈滿字皆作浧。老子（甲種本）：「金玉浧（盈）室，莫能守也。」又曰：「恃而浧（盈）之，不若其已。」又曰：「長短之相型也，高下之相浧（盈）。」又曰：「保此道，者不谷（欲）尚浧（盈）。」（乙種本）曰：「大浧（盈）若中，其用不窮。」太一生水篇：「罷（一）缺罷（一）浧（盈），以紀爲萬物經。」語叢篇（四）：「金玉浧（盈）室不如謀。」上博簡（八）李賦：「浧（盈）訑邇而達聞于四方。」浧，从水、呈聲。呈，直貞切，定紐、耕部。盈，以成切，喻紐四等，古歸定紐，亦耕部。成，是征切，禪紐、耕部。定禪旁紐雙聲。浧（盈）、成音近通用。浧，説文未收，盈之古文。老子「金玉浧室」，今諸通行本皆作「金玉滿堂」。楚但爲「浧（盈）室」而罕作「滿堂」。離騷：「薋菉葹以盈室兮，判獨離而不服。」此以協韻，乃易爲「浧（盈）堂」。又，屈賦盈滿字多作盈，罕作滿。離騷「户服艾以盈要兮」，天問「而鮌疾修盈」，大招「盈北極只」，「室家盈庭」。盈，楚語也。九懷匡機：「美玉兮盈堂。」嵇中散集卷五聲無哀樂論：「夫會賓盈堂，酒酣奏琴。」御覽卷二四四職官部四二太子少傅引傅玄太子少傅箴：「正人在側，德義盈堂。」類聚卷五七雜文部三引崔琦七蠲：「紅顔溢坐，美目盈堂。」卷六六産業部下「錢」條引劉騊駼上書諫鑄錢事：「絳繡盈堂，文綺縵野。」全三國文卷七〇陸景典語：「窈窕盈堂，美女侍側。」廣弘明集卷二九釋真觀夢賦：「列燕姬而滿側，湊秦女而盈堂。」資治通鑑卷七一魏紀三：「於是蕃門車馬雲集，賓客盈堂。」盈堂，古之恆語。古無作「成堂」、「盛堂」。據此，東皇太一「芳菲菲兮滿堂」，當作「盈堂」；少司命篇「滿堂兮美人」，則宜爲「盈堂」。今作「滿堂」，漢人避惠帝諱改也。正德本、隆慶本、馮本、朱本、俞本、劉本、湖北本、莊本、四庫章句本作「盈堂」，皆存其舊。

桂棟兮蘭橑，

以桂木爲屋棟，以木蘭爲榱也。

【疏證】

以桂木爲屋棟，以木蘭爲榱也。◎文選本「榱」下無「也」字。案：宋本玉篇木部「橑」字：「楚辭曰『欄橑』，以木欄爲榱也。」蘭訛作欄，然有「也」字。慧琳音義卷九九「桂橑」條引王逸注楚辭：「橑，榱也。」章句遺義。補注：「爾雅曰：『棟謂之桴，桷謂之榱。』注：『屋檼也。』橑音老，説文：『椽也。』一曰：星橑，簷前木。」案：棟、橑、桴、榱，散文四名並同，對文亦別。郝氏義疏：「桴者，説文棟名，郭云『屋檼』者，今人名棟曰檼，或曰脊檼。釋名云：『檼，隱也。所以隱确也。』」

然則櫽之言隱，即知桴之言浮，浮高出在上之言也。桷者，説文云：『榱也。』椽方曰桷，引春秋莊廿四年傳曰：『刻桓宫之桷。』穀梁釋文：『方曰桷，圓曰椽。』釋名云：『桷，确也。其形細而疏桷也。或謂之椽，椽，傳也。相傳次而布列也。或謂之榱，在櫽旁下列衰衰然垂也。』」唯橑之義未及。橑之言霤也。孟子卷一四盡心篇下「榱題數尺」，趙注：「榱題，屋霤也。」霤、廇同。釋宫：「宗廇謂之梁。」郝氏義疏：「梁者，屋之大梁。宗者，説文云『棟也』，引爾雅文，又云：『廇，中庭也。』玉篇云：『屋廇也。』又作霤。釋名云：『中央曰中霤。古者覆穴，後室之霤，當今之棟下直室之中。』然則廇爲中央之名。宗本棟名，宗廇中央，斯謂之梁。」廇爲中央之名，棟爲居中之大梁，棟或名廇，而以橑爲之。橑之訓屋棟，未見他書，但存楚辭及淮南子卷八本經訓「橑檐榱題」，高注：「橑，椽橑也。」橑，蓋亦楚語。

辛夷楣兮葯房。

辛夷，香草，以作户楣。葯，白芷也。房，室也。

【疏證】

辛夷，香草，以作户楣。◎補注：「本草云：『辛夷，樹大連合抱，高數仞。』此花初發如筆，北人呼爲木筆。其花最早，南人呼爲迎春。」逸云香草。非也。楣音眉，説文云：『秦名屋㮼聯也。』

爾雅『楣謂之梁』，注云：『門户上横梁。』」案：　辛夷，香木，非香草。馬王堆漢墓帛書五十二病方作「薪雉」。或作新雉。漢書卷八七上揚雄傳「列新雉於林薄」，顔師古注：「新雉即辛夷耳，爲樹甚大，非香草也。其木枝葉皆芳，一名新矧。」詳參離騷「雜申椒與菌桂」注。又，朱季海楚辭解故：「説文木部：『楣，秦名屋櫋聯也。齊謂之檐，楚謂之梠。』是秦謂之楣者，楚自謂之梠。九歌語楚，此曰『楣』者，即爾雅之梁，王注以爲户楣。得之，非秦之楣也。洪氏兩引，轉以多歧亡羊矣。」其駁亦非。桂馥札樸卷一「楣」條云：「聘禮：『公當楣再拜。』注云：『楣謂之梁。』鄉飲酒禮：『主人阼階上當楣北面再拜。』注云：『楣，前梁也。』鄉射記：『序則物當棟，堂則物當楣。』注云：『是制五架之木也。正中曰棟，次曰楣，前曰庪。』書無逸：『乃或亮陰。』鄭本作『梁闇』，注云：『楣謂之梁。』葛洪喪服變除云：『作廬，先横一木長梁著地，因立細木於上，以草被之。既葬，則剪去此草之拍地，以短柱柱起。』此横梁之著地，謂之楣柱。」楣，一名梁。馥案：諸『楣』字並當作『楣』。釋宫：『楣謂之梁。』郭注：『門户上横梁。』釋文云：『楣，亡悲反，或作楣，亡報反。』埤蒼云『梁也』。呂伯雍云：『樞之横梁。』馥謂郭注乃『楣』義，寫者誤作『楣』。説文：『楣，門樞之横梁。』」然則此「辛夷楣」，叔師解作「户楣」，蓋亦「楣」字之訛矣。説文繫傳：「門楣，横木門上，樞鼻所附，或亦連兩鼻爲之，以冒門楣也。」則亦「楣」字之義也。

葯，白芷也。◎四庫章句本「葯」作「藥」。案：　非是。事類賦注卷二四草部木「有桂棟蘭橑之芳芬」條引王逸注：「葯，白槃。」槃，芷之訛。重修政和類證本草卷八引作「白芷」。補注：「本草：『白芷，楚人謂之葯。』博雅曰：『芷，其葉謂之葯。』」山海經卷二西山經：「號山，其草多葯虈。」郭注：「葯，白芷，别名虈，香草也。」淮南子卷一九脩務訓「身若秋葯被風」，高注：「葯，白芷，香草也。」蘇頌本草圖經：「白芷根長尺餘，粗細不等，白色，枝榦去地五寸以上，春生葉，相對婆娑，紫色，闊三指許。」（見本草綱目卷一草三「白芷」條引）

房，室也。◎文選李周翰注：「以馨香爲房之飾。」案：上既言「播芳馨兮盈堂」，而此「葯房」爲馨香房室，贅也。房，通作防。史記卷二八封禪書「有芝生殿房内中」，卷一二孝武本紀房作防；卷二九河渠書「宣房塞兮萬福來」，漢書卷二九溝洫志房作防；卷四八陳涉世家「陳王以朱房爲中正」，漢書卷三一陳勝傳「朱房」作「朱防」；卷八一廉頗藺相如傳「廉頗攻魏之防陵」，集解引徐廣：「防陵一作房子。」索隱：「案：防陵在楚之西，屬漢中郡。魏有房子，蓋陵字誤也。」防，屏風。爾雅釋宫：「容謂之防。」郭注：「形如今牀頭小曲屏風，唱射者所以自防隱，見周禮。」郝氏義疏：「荀子正論篇云：『居則設張容，負依而坐。』楊倞注引此文及郭注，而申之云：『言施此容於户牖間，負之而坐也。』是容與扆同。扆爲屏風，容唯小曲爲異。言古人坐處皆有容飾。故車有童容，所以障蔽其車；居設張容，所以防衛其室。」

罔薜荔兮爲帷，

罔，結也。言結薜荔爲帷帳。

【疏證】

罔，結也。言結薜荔爲帷帳。◎文選本無「言」字。案：御覽卷九九四百卉部一薜荔引王逸注無「言」字。補注：「罔，讀若網。在旁曰帷。」罔、網，古今字，説文作网，羅网總稱，引申之爲結。帷，帳幕也。周禮卷六天官冢宰第一幕人「掌帷幕幄帟綬之事」，鄭注：「在旁曰帷，在上曰幕，幕或地展陳于上。帷、幕，皆以布爲之。」禮記第二二喪大記「君龍帷」，鄭注：「在旁曰帷，在上曰荒，皆所以衣柳也。」釋名釋牀帳：「帷，圍也，所以自障圍也。」

擗蕙櫋兮既張。

擗，㭊也。以㭊蕙覆櫋屋。

【疏證】

擗，㭊也。以㭊蕙覆櫋屋。◎文選本、正德本、隆慶本、朱本、劉本、湖北本、馮本、四庫章句本「㭊」作「析」。秀州本、尤袤本、明州本、莊本、俞本作「折」。隆慶本無「以㭊」二字。正德本、俞本、莊本、湖北本、馮本無「也以㭊」三字。案：㭊，古析字。折，訛也。御覽卷九九四百卉部一薜荔引王逸注：「擗，[所]（析）也。以析蕙覆櫋屋上也。」析，訛作所，然亦有「以析」二字。罔薜荔、擗蕙，對舉爲文，擗亦罔也，不當解作「分㭊」。擗，讀作孟子卷六滕文公篇下「妻辟纑」之擘，劉熙注：「緝績其麻曰辟。」方言卷六：「擘，楚謂之紉。」擗與辟、擘皆同。擘之言絣也。惜誓：「并紉茅絲以爲索。」并紉，平列同義。訓詁專字作絣，後漢書卷四〇下班固傳「將絣萬嗣」，李賢注引廣雅：「絣，續也。」（辟、并錫、耕平入對轉，傍紐雙聲）絣，凡語也。楚人謂之擗。又，補注引櫋一作槾。說文木部：「櫋，屋櫋聯也。从木、邊省。」桂馥札樸卷四「櫋聯」條：「文選西京賦『鏤檻文㮰』，李善注引聲類：『㮰，屋連綿也。』馥謂連綿即櫋聯。廣韻『棉，屋聯棉』是也。淮南本經訓：『縣聯房植。』高注：『縣聯，聯受雀頭箸椼名。』釋名：『梠或謂之槾。槾，綿也。綿聯榱頭，使齊平也。上入曰爵頭，形似爵頭也。』通鑑：『陳起三閣，縣楣闌檻，皆以沈檀爲之。』胡注：『縣楣，横木，施於前後兩楹之間，下不裝構，今人謂之挂楣。』馥謂縣楣即縣聯也。」櫋、槾亦一字。朱季海楚辭解詁：「釋名釋宮室：『梠或謂之槾。槾，緜也，緜連榱頭，使齊平也。』字正作槾。然此槾，實當讀爲幔。說文巾部：『幔，幕也。』『幕，帷在上曰幕』是也。上言結帷，下云張幔，語本相承，今誤讀作櫋，則節族絶矣。王注『槾幄』，疑本當讀如『幔幄』。言『幔幄』，猶言『帷幄』矣。若爾，則叔師所讀，故不誤也。」其說是也。

白玉兮爲鎮，

以白玉鎮坐席也。

【疏證】

以白玉鎮坐席也。◎文選本、正德本、湖北本、朱本、劉本、隆慶本、俞本、莊本、四庫章句本無「白」字。文選本「席」下無「也」字。正德本、隆慶本、劉本、湖北本、俞本無「坐」字。案：無「坐」字，敓也。白玉爲鎮，同東皇太一「瑤席兮玉瑱」。鎮、瑱同，以鎮坐席。

疏石蘭兮爲芳。

石蘭，香草。疏，布陳也。

【疏證】

石蘭，香草。◎初學記卷二七寶器部第一一蘭「叙事」引王逸注：「石蘭，香草也。」有「也」字。案：御覽卷九九四百卉部一石蘭引楚辭作「疏中石蘭兮以爲芳」，復引王逸注：「石蘭，香草。」無「也」字。吴仁傑離騷草木疏：「石蘭，即山蘭也。蘭生水旁及水澤中，而此生山側。荀子所謂『幽蘭華生於深林』者，自應是一種。故離騷以石蘭别之。」

疏，布陳也。◎案：初學記卷二七寶器部第一一蘭「叙事」、御覽卷九九四百卉部一石蘭同引王逸注：「疏，布也。」據此，陳，羨也。言疏布石蘭以爲瑶席之芳。聞一多楚辭校補讀芳爲防，以爲屏風。姜亮夫屈原賦校注以芳爲方，讀作匡，釋牀。皆好奇之説。

芷葺兮荷屋，

葺，蓋屋也。

【疏證】

葺，蓋屋也。◎案：説文艸部：「葺，茨也。从艸，咠聲。」茨，比次覆蓋之義，引申爲覆蓋。芷葺、荷屋，互文對舉，葺、屋，並屋名也。周禮卷四二冬官考工記第六匠人「葺屋參分」，賈疏：「葺屋，謂草屋。」左傳襄公三十一年「繕完葺牆」，杜注：「葺，覆也。」正義：「葺牆，謂草覆牆也。」芷葺，以香芷覆之以爲屋蓋。又，屋，讀如幄，幕也。幄、幕，散文不别。昭公十三年「子産以幄幕九張行」，釋文：「四合象宫室曰幄，在上曰幕。」孔疏：「幕大而幄小，幄在幕下張之。」

繚之兮杜衡。

繚，縛束也。杜衡，香草。

【疏證】

繚，縛束也。◎羅本玉篇殘卷糸部「繚」字：「野王案：繚，猶繞也。楚辭『繚之以杜蘅』，王逸曰：『繚，縛束也。』」則作「縛束」。湘君「薜荔柏兮蕙綢」，章句：「綢，縛束也。」則舊本作「縛束」。繚之爲繞、爲縛束，皆通。補注：「繚音了，纏也。謂以荷爲屋，以芷覆之，又以杜衡繚之也。」纏亦繞也。

杜衡，香草。◎文選本、正德本、隆慶本、湖北本、劉本、朱本、俞本、莊本「香草」下有「也」字。俞本、莊本、六臣本「衡」作「蘅」。案：正文作「衡」，注文不作「蘅」。然六臣本、俞本、莊本正文皆作「蘅」也。杜衡，詳參離騷「雜杜衡與芳芷」注。

合百草兮實庭，

合百草之華以實庭中。

【疏證】

合百草之華以實庭中。◎文選本「中」作「也」。正德本、隆慶本、朱本、劉本、湖北本、馮本、俞本、莊本、四庫章句本「華」作「花」。案：花，俗華字。據義，則舊作「庭也」。實庭，「庭實」之乙。禮謂諸侯國間相互聘問，或謁見周天子、參與聘、覲等禮，陳六幣於中庭者則謂之庭實。左傳莊公二十二年：「庭實旅百，奉之以玉帛，天地之美具焉。」儀禮卷一九聘禮第八：「習享，士執庭實。」言合百草爲庭實之幣，以聘問湘夫人。

建芳馨兮廡門。

馨，香之遠聞者，積之以爲門廡也。屈原生遭濁世，憂愁困極，意欲隨從鬼神，築室水中，與湘夫人比鄰而處。然猶積聚衆芳以爲殿堂，修飾彌盛，行善彌高也。

【疏證】

馨，香之遠聞者，積之以爲門廡也。◎文選本「者」下有「也」字，胡本「遠聞」作「聞遠」。案：古有「遠聞」，無作「聞遠」。抽思「故遠聞而難虧」是也。詩鳧鷖「爾殽既馨」，毛傳：「馨，香之遠聞也。」章句因毛傳。國語卷一周語上「其德足以昭其馨香」，韋注：「馨香，芳馨之升聞者也。」散文不別。補注：「廡音武，說文曰：『堂下周屋也。』廡門，謂廡與門也。」散則廡、廊不別。文選卷二西京賦：「長廊廣廡。」對文長曰廊，廣曰廡。釋名釋宫室：「大屋曰廡。廡，幠也。幠，覆也。」漢書卷五七上司馬相如傳「高廊四注」，顏師古注：「廊，堂下四周屋也。」四周，言其長也。

屈原生遭濁世，憂愁困極，意欲隨從鬼神，築室水中，與湘夫人比鄰而處。然猶積聚衆芳以爲殿堂，修飾彌盛，行善彌高也。◎文選本敚「積聚」之「聚」字。秀州本「鄰」作「隣」。尤袤本、明州本、建州本「修」作「脩」。正德本、隆慶本、劉本、朱本、馮本、俞本、湖北本、四庫章句本「憂愁」作「憂思」，「鄰」作「隣」。湖北本「積」作「集」。俞本、莊本「愁」作「思」。案：積聚，章句恆語。招魂「蝮蛇蓁蓁」，章句：「蓁蓁，積聚之貌。」九思憫上「霜雪兮漼溰」，章句：「漼溰，積聚貌。」無作「集聚」。思，愁也。鄰、隣並一字。章句「困極」云云，平列同義，極，疲也，不解窮極。史記卷八四屈原列傳：「人窮則反本，故勞苦倦極，未嘗不呼天也。」困極，同倦極，皆複語。又，據章句，建之訓積，讀爲貫，累積也。建、貫同元部，見紐雙聲。禮記第一九樂記「名之曰建櫜」，鄭注：「建，讀爲鍵，字之誤也。」後漢書卷六〇上馬融傳「臣聞昔命師於鞬櫜」，李賢注：「禮記：孔子曰：『武王剋殷，倒載干戈，包以獸皮，名之曰建櫜。』鄭注云：『建讀爲鍵。』音其蹇反，謂藏閉之也。」又，淮南子卷九主術訓「五寸之鍵制開闔之門」，文子卷一一上義鍵作關。關，蓋作貫。儀禮卷一七大射第七「不貫不釋」，鄭注：「古文貫作關。」建、貫，例得通用。

九嶷繽兮並迎，靈之來兮如雲。

九嶷，山名，舜所葬也。言舜使九嶷之山神，繽然來迎二女，則百神侍送，衆多如雲也。

【疏證】

九嶷，山名，舜所葬也。◎文選六臣本、正德本、隆慶本、朱本、劉本、湖北本、俞本、莊本、四庫章句本「嶷」作「疑」。文選明州本、建州本以此注爲五臣呂延濟。案：竄亂之也。疑、嶷，古今字。古本文質，則舊作「疑」字。九疑爲舜所葬之山，詳參離騷「九疑繽其並迎」注。

言舜使九嶷之山神，繽然來迎二女，則百神侍送，衆多如雲也。◎文選本「雲」下無「也」字。文選六臣本、正德本、隆慶本、劉本、朱本、俞本、湖北本、莊本、四庫章句本「嶷」作「疑」。案：湘夫人降靈，非舜使山神迎女也。謂我築室水中既成，芳香俱備，湘夫人臨降而至。其之所來也，隨從衆多，九嶷諸神繽然相迎也。補注：「詩云：『有女如雲。』言衆多也。」洪氏引詩見鄭風出其東門，「言衆多也」，見毛傳。又，齊風敝笱：「齊子歸止，其從如雲。」毛傳：「如雲，言盛也。」大雅韓奕：「諸娣從之，祁祁如雲。」毛傳：「如雲，言衆多也。」如雲，古之恆語。

捐余袂兮江中，

袂，衣袖也。

【疏證】

袂，衣袖也。◎文選劉良注謂袂、褋，「皆事神所用也」。案：甚善。求湘君以玉，而求夫人以袂。袂、褋，皆婦人衣也，贈之以寄情於湘夫人。若爲「衣袖」，則割而遺之耶？斷無此理。袂、褋互言之，袂，非「衣袖」之袂，猶短襦也。朱駿聲説文通訓定聲第十三泰：「字亦作襼、作褹。」文選卷七潘岳藉田賦「揥裳連襼」，李善注：「方言曰：『複襦，江湘之間或謂之𥰭襼。』郭璞方言注曰：『襼即袂字也。』」今本方言「𥰭襼」作「筩褹」，戴震疏證謂「𥰭乃筩之訛」，郭注曰「今筩袖之襦也」。案：襼、褹同。褹，从衣、埶聲。玉篇卷二八衣部：「褹，牛勢切，袂也。」疑紐，月部。袂，从衣、夬聲。見紐、月部；見、疑旁紐雙聲，音近通用。集韻去聲十三祭：褹、袂同音「倪祭切」。日紐，月部。雖韻同而聲殊，蓋袓字也。袓音人質切，與音「倪祭」者近，指婦人貼身之衣，非複襦也。袂之爲「複襦」，則不讀「衣袖」之「彌弊」，亦不讀「婦人近身衣」之「倪祭」。是「袂」雖一字而三音三義，宜細詳審之。則筩，非顓以狀袖之詞。筩褹，短襦之形如筩者，猶直裾也，今俗稱「小綿襖」。錢繹方言箋疏云：「複襦，謂衣之有絮而短者矣。古辭孤兒行：『冬無複襦，夏無單衣。』」其無絮若襦者謂之襌襦，亦曰襜襦、襜褕。古者無論是單或複，襦亦可作近身汗衣。方言卷四：「汗襦，江淮南楚之間謂之𧜗，自關而西或謂之祇裯，自關而東謂之甲襦，陳楚之間謂之襜襦，或謂之襌襦」，郭注：「亦呼爲掩汗也，今或呼衫爲襌襦。」衫、襜古音通。是汗衣皆以「襦」名，而不復别其單或複矣。今或江陵馬山一號楚墓有短襦出土，惟見一件，已破殘不可復原。交領右衽，直裾。領緣用組，袖緣用大菱形紋錦，裾及下襬皆有繡緣。藉田賦「揥裳連襼」云云，下裳而上衣，襂即短襦。若謂衣袖，不辭。易歸妹六五：「帝乙歸妹。其君之袂，不如娣之袂良。」言君之襦，不如娣之襦良。而王弼注及孔氏正義皆云：「袂，衣袖，所以爲禮容者也。」禮容豈顯於衣袖？附會之説。又，朱季海楚辭解故以「捐玦」、「捐袂」爲爾雅釋天「祭川曰沈浮」，沈曰玦，浮曰袂。好奇之説。

遺余褋兮醴浦。

褋，襜襦也。屈原託與湘夫人，共鄰而處，舜復迎之而去，窮困無所依，故欲捐棄衣物，裸身而行，將適九夷也。

【疏證】

褋，襜襦也。◎四庫章句本「襦」下無「也」字。案：慧琳音義卷六四「褋衣」條引王逸注楚辭：「褋，襜褕也。」襦、褕，漢世魚、侯字通用，是故襜襦、襜褕互見。説文衣部：「南楚謂禪衣曰褋。」段注：「方言曰：『禪衣，江淮、南楚之間謂之褋，關之東西謂之禪衣。』按：屈原賦當用南楚語，王逸云『襜襦』，殆非也。」案褋之爲「禪衣」，無裏，亦作單衣，近身汗衣，同詩無衣「與子同澤」之「澤」，受汗澤也。褋字从衣、枼聲。考木部：「枼，楄也。枼，薄也。」段注：「凡本片之薄者謂之枼，故葉、牒、鍱、箑、偞等字，皆用以會意。」衣之單薄者曰褋，聲中有義。王注訓「襜褕」，非近身單衣通稱，蓋取義直統寬裕之意，單衣之襜然寬裕直裾若桶者謂之襜褕。漢書卷七一雋不疑傳「衣黃襜褕」，顏師古注：「襜褕，直裾襌衣。」而曲裾單衣之寬大者亦曰襜褕。卷七七何並傳「被其襜褕」，顏師古注：「襜褕，曲裾襌衣也。」又，史記卷一〇七灌夫列傳：「元朔三年，武安侯坐衣襜褕，入宫不敬。」正義：「爾雅云：『今蔽前謂之襜。』郭璞云：『蔽膝也。』説文、字林並謂之短衣。」索隱：「謂非正朝衣，若婦人服也。」蔽前、蔽膝者，若今肚兜、抹胸，其亦襜襜寬大然也，故亦以名「襜褕」。錢繹箋疏：「釋器云：『衣蔽前謂之襜。』釋名：『荆州謂襌衣曰布襡，亦曰襜褕，言其襜襜然容裕也。』又云：『跪襜，跪時襜襜然張也。』又，『牀前帷曰襜。』言襜襜而垂也。是凡言襜者，皆障蔽之名也。」而婦人所乘車之帷裳，亦謂之襜褕，以肖其形態相仿佛也。方言卷四：「襜褕，江淮、南楚謂之䄥褣，自關而西謂之襜褕。」錢繹箋疏：「廣雅：『䄥褣，襜褕也。』小爾雅：『襜褕謂之童容。』童容與䄥褣同。䄥褣之言從容也。王氏懷祖引任幼植深衣釋例云：『釋名：「襜褕，言其袀襜然宏裕。」方言或謂之童容。童容之名，即是襜襜宏裕之義。』詩『漸車帷裳』，箋云：『帷裳，童容也。』周禮巾車皆人容蓋，鄭司農注亦云：『容謂襜車，山東謂之裳帷，或曰䄥褣。』後漢書劉盆子傳：『乘軒車大馬，赤屏泥絳襜絡。』注云：『襜，帷也。帷謂襜，亦謂之童容。』直裾襌衣謂之襜褕，亦謂之童容，其義一也。」然童容專以名車帷裳，而不稱單衣。叔師以「襜褕」解汗衣之「褋」，蓋亦以肖其形態相仿佛也，謂褋「若襜褕」，而非謂褋即襜褕。九辯「被荷裯之晏晏兮」，王注：「裯，祗裯也，若襜褕矣。」其一「若」字可知，段君未審矣。又，方言卷四：「汗襦，江淮、南楚之間謂之襘。」褋、襘，亦聲之轉。又，馬王堆漢墓帛書遣策有「毋尊襌衣一」，尊，通作繜。急就篇卷二：「襌衣蔽膝布毋繜。」注：「繜，或作尊。」説文糸部：「繜，薉貉中女子無絝，以帛爲脛空，用絮補核，名曰繜衣，狀如襜褕。从糸、尊聲。」脛衣之襜襜然中空，則亦以襜褕形況之矣。

屈原託與湘夫人，共鄰而處，舜復迎之而去，窮困無所依，故欲捐棄衣物，裸身而行，將適九夷也。◎文選本「託」上有「設」字，無「而處」之「而」字。秀州本「鄰」作「隣」。正德本、隆慶本、劉本、湖北本、莊本、俞本「託」上有「設」字，「託」下無「與」字，「鄰」作「隣」。正德本、隆慶本、俞本、莊本「復迎」上無「舜」字。朱本「託」上有「設」字，下無「與」字，「鄰」作「隣」，無「迎之」之「之」字。四庫章句本、俞本、莊本「託」上有「設」字。四庫章句本「鄰」作「隣」。正德本、隆慶本、湖北本、劉本、朱本、俞本、四庫章句本「裸」作「褋」。案：據義，則舊作「設託」爲允。褋，裸之訛。鄰、隣同。蕭兵楚辭新解謂捐袂、遺褋，類詩野有死麕「無感（庚案：釋文：「感，又胡坎反。」蓋讀如撼，搖也。）我帨兮」。古之男女相説有互贈内衣之俗。蓋得情實。左傳宣公九年：「陳靈公與孔寧、儀行父通於夏姬，皆衷其衵服以戲於朝。」杜注：「衵服，近身衣。」釋文：「衵，婦人近身内衣也。」則衵亦猶褋。衷其衵服，蓋此捐袂、遺褋也，二者可得類比。章句「欲捐弃衣物，裸身而行，將適九夷」云云，失之。

又，補注引「醴」一作「澧」。方言卷四郭璞注引亦作「澧」。醴，澧之借字。聞一多楚辭校補誤郭注所引爲湘君「遺余佩兮醴浦」之異文。姜亮夫屈原賦校注剿其成説而不覆檢，良可惋歎。

搴汀洲兮杜若，將目遺兮遠者。

汀，平也。遠者，謂高賢隱士也。言己雖欲之九夷絶域之外，猶求高賢之士，平洲香草以遺之，與共修道德也。

【疏證】

汀，平也。◎慧琳音義卷八〇「濎濴」條以汀同濎，引王逸注楚辭：「汀，洲之平也。」案：汀、濎同。黎本玉篇殘卷水部「汀」字：「楚辭『搴汀洲兮杜若』，王逸曰：『汀，平也。』」亦無「洲之」二字。補注：「汀，水際平地。」説文水部：「汀，平也。」段注：「謂水之平也。水平謂之汀，因之洲渚之平謂之汀。李善引文字集略云：『水際平沙也。』乃引申之義耳。」汀洲，謂洲渚平沙。

遠者，謂高賢隱士也。◎案：非也。遠者，猶湘君之「下女」，湘夫人侍女，不當牽合於君臣。遠，讀如媛。後漢書卷四八應奉傳「劭字仲遠」，李賢注：「謝承書、應氏譜並云字仲遠，續漢書文士傳作仲援，漢官儀又作仲瑗。」比例遠、媛通用。説文女部：「媛，美女也，人所欲援也。从女、爰聲。詩曰：『邦之媛兮』。」毛傳：「美女曰媛。」此言遺以袂褋之猶未及，則復采汀洲杜若，以詒夫人之侍女。

言己雖欲之九夷絶域之外，猶求高賢之士，平洲香草以遺之，與共修道德也。◎文選本「平洲」上有「采」字，「與共」作「共與」，明州本、建州本、尤袤本「修」作「脩」。四庫章句本作「與其」。俞本、莊本「平洲」上有「采」字。景宋本「修」作「脩」。案：據章句辭例，但作「與共」，無作「共與」，其，共之訛。離騷「來違棄而改求」，章句：「不可與共事君，來復棄去，而更求賢也。」又曰「見有娀之佚女」，章句：「睹有娀氏美女，思得與共事君也。」又曰「吾將從彭咸之所居」，章句：「不足與共行美德施善政者，故我將自沈汨淵，從彭咸而居處也。」則文選本訛也。又，「平洲」上無「采」字，則不可調遂也。

時不可兮驟得，聊逍遥兮容與。

驟，數。言富貴有命，天時難值，不可數得，聊且遊戲，以盡年壽也。

【疏證】

驟，數。◎文選本、莊本「數」下有「也」字。明州本、建州本以此注爲五臣張銑。案：竄亂之也。數，疾也。非屢數之謂。言時不可疾得。九店楚簡日書：「宜人民，土田聚（驟）得。」驟得，古恆語。

言富貴有命，天時難值，不可數得，聊且遊戲，以盡年壽也。◎六臣本「游」作「遊」。俞本

「壽」作「歲」。案：補注引正文「與」一作「治」。姜亮夫屈原賦校注謂「與、治一聲之異，然古多作容與，無作容冶者」。史記卷一一七司馬相如列傳「彌節容與兮」，索隱：「容與，游戲貌也。」又，容冶，古有其詞，訓妖艷、輕薄者，不解遊戲。文選卷一九登徒子好色賦：「體美容冶，不待飾裝。」古文苑卷一宋玉諷賦：「玉爲人身體容冶，口多微詞。」卷三司馬相如美人賦：「然服色容冶妖麗，不忠。」類聚卷三五人部一九「愁」條引繁欽弭愁賦：「既容冶而多好，且妍惠之纖微。」則未可謂「無作容冶者」。此協魚韻，不宜作「容冶」。或作容冶，以冶與上得字協之部韻而妄改。此言我待夫人駕臨，時不可失也。章句「以盡年壽」云云，非也。

湘夫人

庚案：安大簡「二配（妃）」，即娥皇、女英，亦湘夫人也。

廣開兮天門，紛吾乘兮玄雲。

吾，謂大司命也。言天尊重司命，將出遊戲，則爲大開禁門，使乘玄雲而行。

【疏證】

吾，謂大司命也。◎案：吾，屈原代司命之辭。

言天尊重司命，將出遊戲，則爲大開禁門，使乘玄雲而行。◎後山詩注卷二送蘇公知杭州「今爲禁門鍵」，注引王逸注：「大開禁門。」案：節約其説。補注：「漢樂歌云：『天門開，詄蕩蕩。靈之車，結玄雲。』淮南子注云：『天門，上帝所居紫微宫門也。』」大司命，司人生死。天門，猶離騷「倚閶闔而望予」之「閶闔」。天門開，司命出，亡者遊魂可得歸焉。玄雲，黑雲也，是司命所居。然則此乃夏后氏所祭之司命也。禮記第二四祭義：「夏后氏祭其闇，殷人祭其陽，周人祭日，以朝及闇。」鄭注：「闇，昏時也。陽，謂日中時也。」孔疏：「以夏后氏尚黑，故祭在於昏時。殷人祭其陽者以尚白，故祭在日中時。」殷人、楚人崇尚光明、赤色，商人祭祀常用赤色雄雞爲犧牲品，用赤色陶罍作爲彝器。楚人亦然，不論服裝、漆器、内棺，大抵圖案繁縟，色彩斑讕，以赤色爲主調。楚人尚赤色，以赤色爲貴。江陵馬山一號楚墓，年代屬戰國中期，出土衣衾，圖案繁縟，色彩豔麗，皆以赤爲主色。各地楚墓所出土漆器，黑底朱彩，絕少例外。淮陽楚車馬坑，屬戰國晚期，從中發現多幅戰旗，皆爲赤色。夏人不然，其俗尚黑，故夏文化封口盉改用黑色，或者近於黑色之深灰色。司命乘駕玄黑雲車而出天門之景象，夏人「尚黑」遺風。又，淮南子卷四墬形訓：「玄泉之埃，上爲玄雲。」漢書卷四五息夫躬傳：「初，躬待詔，數危言高論，自恐遭害，著絕命辭曰：『玄雲泱鬱，將安歸兮。』」皆以玄雲爲冥界之象，漢世以後風習，非夏后氏古義。

令飄風兮先驅，

迴風爲飄。

【疏證】

迴風爲飄。◎案：詳參離騷「飄風屯其相離兮」注。神靈之出入，多興風雨。山海經卷二西山經：「神江疑居之。是山也，多怪雨，風雲之所出也。」卷五中山經：「神計蒙處之，其狀人身而龍首，恒遊于漳淵，出入必有飄風暴雨。」又云：「帝之二女居之，是常游于江淵。澧、沅之風，交瀟、湘之淵，是在九江之間，出入必以飄風暴雨。」又曰：「又東二十七里，曰堵山，神天愚居之，是多怪風雨。」卷一四大荒東經：「東海中有流波山，入海七千里。其上有獸，狀如牛，蒼身而無角，一足，出入水則必風雨。」

使涷雨兮灑塵。

暴雨爲涷雨。言司命爵位尊高，出則風伯、雨師先驅爲軾路也。

【疏證】

暴雨爲涷雨。◎皇都本「軾」作「拭」，非也。又正德本、隆慶本、劉本、朱本、馮本、俞本、湖北本、四庫章句本「涷」作「凍」。錦繡萬花谷前集卷一天部「涷雨流膠」條：「楚辭『涷雨兮灑塵』，注云：『江東呼夏日暴雨爲涷雨，非凝凍也。』」其所據本別。凍，俗涷字。章句「暴雨爲涷雨」云云，因爾雅釋天：「暴雨謂之涷。」郭璞注：「今江東呼夏月暴雨爲涷雨。涷音東西之東。」據此，「涷雨」之「雨」，羨也。文選卷一五思玄賦「涷雨沛其灑塗」，舊注：「涷雨，暴雨也。巴郡謂暴雨爲涷雨。」則「涷雨」之語非但行於江東。焦循易餘籥録卷四：「爾雅：『暴雨謂之涷。』說文：『暴，疾有所趨也。』爾雅釋言：『振，迅也。』廣雅：『奮，振也。』『奮，訊也。』訊即迅，與疾同義。涷之爲暴，猶振之爲迅，迅速則早，故晨爲早也。說文：『棟，極也。』爾雅：『北極謂之北辰。』魏都賦劉逵注：『棟，屋宇檼也。』棟亦名檼。棟之於辰，猶東之於震。說文：『洞，疾流也。』洞之爲疾，通於涷之爲暴。又，『駧，馳馬洞去也。』洞去，即疾去。然則從同之字，與從東相通。爾雅釋言：『恫，痛也。』釋名：『通，洞也，無所不貫洞也。』又，『辰，伸也，物伸舒而出也。』廣雅：『涌，出也。』『慂，動也。』說文：『涌，滕也。』極之義近於甚，漢書注：『痛，甚也。』論語馬氏注：『慟，哀過也。』皇侃疏云：『哀，甚也。』甚亦近於重，召南毛傳：『振振，信厚也。』振之爲厚，即重之爲厚。」焦氏之循聲繫聯，說涷、東、洞、痛及振、震、迅諸字，舉一反三，貫通其義，則涷雨之爲暴雨、疾雨、迅雨，已無餘蘊矣，訓故之事，不亦大哉！又，尚書大傳卷三大誥傳「天之無別風淮雨」，注云：「淮雨，暴雨之名也。」別風淮雨，一作「烈風淫雨」。

言司命爵位尊高，出則風伯、雨師先驅爲軾路也。◎正德本、隆慶本、湖北本、朱本、馮本、俞本、劉本、莊本、四庫章句本、皇都本「軾」作「拭」。案：軾，拭之借。姜亮夫屈原賦校注云：「灑本灑掃字，灑借訓滌，即今洗字也。依本句義定之，此處當以洒爲正字，灑爲借字也。」姜説非也。説文水部：「灑，汛也。从水，麗聲。」段注：「凡掃者先灑，引申爲凡散之義。」灑，支韻。又曰：「洒，滌也。从水，西聲。古文以爲灑掃字。」洒，脂韻。灑滌之引申與洒掃同義，古多互用，非通假字。灑、洒異部，絶不可通。洪氏引淮南子：「令雨師灑道，風伯掃塵。」灑、掃對文，非謂洒滌。據淮南，飄風，猶風伯；湅雨，猶雨師。章句以風伯、雨師説之，得屈子本心。漢書卷二二禮樂志：「先以雨，般裔裔。」顔師古曰：「先以雨，言神欲行，令雨先驅也。」即同此意。又，文選卷一五思玄賦「雲師䨴以交集兮」，祖構於此，易「飄風」爲「雲師」，則亦視以爲神。

君迴翔兮㠯下，

迴，運也。言司命行有節度，雖乘風雨，然徐迴運而來下也。

【疏證】

迴，運也。◎正德本、隆慶本、劉本、朱本、馮本、俞本、莊本「迴」作「回」。湖北本「迴」作「回」。案：回、迴，古今字，古本文質，則舊作「回翔」。回、回同。太玄經卷七玄攡第九「天地回行」，范望注：「回，猶運也。」回、運，聲之轉。

言司命行有節度，雖乘風雨，然徐迴運而來下也。◎補注：「迴翔，猶翺翔也。」案：說文羽部：「翔，回飛也。从羽，羊聲。」段注：「釋鳥：『鳶烏醜，其飛也翔。』郭云：『布翅翺翔。』高注淮南曰：『翼上下曰翺，直刺不動曰翔。』曲禮『室中不翔』，鄭曰：『行而張拱曰翔。』按：翺翔統言不別，析言則殊。高注析言之也。」飄風回旋而起，司命乘之，則其來至，似回運而下也。

踰空桑兮從女。

空桑，山名，司命所經。屈原修履忠貞之行，而身被棄，將愬神明，陳己之寃結，故欲踰空桑之山，而要司命也。

【疏證】

空桑，山名，司命所經。◎補注：「山海經云：『東曰空桑之山。』注云：『此山出琴瑟材。』周禮『空桑之琴瑟』是也。』淮南曰：『舜之時，共工振滔洪水以薄空桑。』注云：『空桑，地名，在魯也。』女，讀作汝。親之之辭。喻欲從君也。」案：章句以「踰」爲「踰越」之「踰」，謂祭者（屈原）「欲踰空桑之山而要司命」。非是。踰，或作「逾」，猶降也。新蔡葛陵楚墓竹簡：「賽禱於荆王以逾，訓至文王以逾。」（甲三：五）何琳儀新蔡竹簡選釋據老子三十二章「以降甘露」，郭店楚墓竹簡老子、馬王堆漢墓帛書老子「降」皆作「逾」，謂「二字義近之證」。其説是也。高亨古今通假會典謂「降」、「逾」二字通用。非也。逾之訓下降，未見漢、唐舊詁，然確乎存於戰國出土簡牘文獻。新蔡葛陵楚墓又曰：「睪（擇）日於八月腿祭競坪（平）王，昌（以）逾至吝（文）君。」占之：吉。既敘之。」（甲三：二〇一）「逾至文君」，謂降至文君。又：「□競坪（平）王，昌（以）逾至□。」（甲三：二八〇）又：「卲（荆）王、文王、昌（以）逾至文君□□□。」（零：三〇一、一五〇）「逾」字皆爲「降下」之義。又，上博簡（五）季庚子問孔子：「君子强則遺，愧（威）則民不道（導），俞（逾）則失衆，礧則亡（無）所新（親），好型（刑）則不羊（祥），好殺則复（作）亂。」威、逾相反對，威猶威嚴也，逾猶懦下也。逾亦降也。君子爲禮：「淵起，逾席曰：『敢韶（問）可（何）胃（謂）也？』」逾席，猶下席也。（七）武王踐阼：「武王祈三日，耑（端）備（服）冕，逾堂楣，南面而立。」逾堂楣，謂下堂楣也。清華簡（二）繫年：「楚師回（圍）之於鄭，盡逾鄭師與亓四將軍。」逾，猶下也，降也。此言司命回翔而下，降於空桑而余從之也，非謂余「踰空桑之山，而要司命也」。空桑，或作窮桑，帝高陽之丘，楚先之所在也。詳參離騷「哀高丘之無女」注。楚人之死，其魂魄皆反於此。人之生死本司命所繫，故曰「踰空桑兮從女」。朱季海楚辭解故：「九歎遠遊：曰：『遡高風以低佪兮，覽周流於朔方；就顓頊而陳詞兮，考玄冥於空桑。』注：『空桑，山名也。玄冥，太陰之神，主刑殺也。』九歌所稱即此。司命主禄命，於此山從之；玄冥主刑殺，於此山考之；大抵明神所以祐善誅惡，爲萬民平正者，胥出於是。然向稱朔方、顓頊、玄冥，是北方山也。洪説誤。洪氏所引，可以説大招，而不可以説九歌。蓋空桑之瑟，本因地得名，『或曰楚地名』者，主名雖異，地望實同。楚既滅魯，魯之舊壤，亦被楚名耳。今尋北山經：『又北二百里曰空桑之山。』郭注：『上已有此山，疑同名也。』郝氏箋疏：『懿行案：東經有此山，此經已上無之。檢此篇北次二經之首，自管涔之山至於敦題之山凡十七山。今才得十六山，疑經正脱此一山也。經内空桑有三：上文脱去之空桑，蓋在莘、虢間，呂氏春秋、古史考、俱言尹産空桑是也。此經空桑蓋在趙、代間，歸藏啓筮言蚩尤出自羊水，以伐空桑是也。兖地亦有空桑，見東山經。』季海謂此經所具，與司命所經，地望相應，真北方山也。九歌所稱，正謂是爾。郝氏此疏精矣。然遠引歸藏而不及楚辭，亦千慮一失也。」山海經之空桑，雖非一地，皆出自魯。魯之空桑，帝高陽本居。高陽氏之裔或徙北，或徙西，或徙南，地望相距何止千里？楚之空桑自魯來。朱氏乃謂「主名雖異，地望實同。楚既滅魯，魯之舊壤，亦被楚名」，顛倒本末，未之詳審。此言楚祀，則空桑宜在楚望。然則夏人所歸者，崇山，此屈子以楚易之爲空桑耳。

屈原修履忠貞之行，而身被棄，將愬神明，陳己之冤結，故欲踰空桑之山，而要司命也。◎景宋本「棄」作「弃」。案：弃、棄同。屈原之空桑之山，言命歸高陽也。章句「屈原修履忠貞之行而身被弃，將愬神明，陳己之冤結，故欲踰空桑之山而要司命」云云，牽合君臣之義，鑿也。

紛總總兮九州，

總總，衆貌。

【疏證】

總總，衆貌。◎正德本、隆慶本、劉本、馮本、朱本、四庫章句本、景宋本「總總」作「緫緫」。案：總、緫同。文選卷二六潘岳河陽縣作二首「摠摠都邑人」，李善注：「楚辭曰：『紛摠摠兮九州。』王逸曰：『摠，聚也。』」摠，俗緫字。離騷「紛總總其離合兮」，章句：「緫緫，猶僔僔，聚貌。」則「衆」、「聚」字之訛。漢書卷八七上揚雄傳「齊總總撙撙其相膠葛兮」，顏師古注：「總總撙撙，聚貌也。」亦作「聚貌」。

何壽夭兮在予？

予，謂司命。言普天之下，九州之民，誠甚衆多，其壽考夭折，皆自施行所致，天誅加之，不在於我也。

【疏證】

予，謂司命。◎正德本、隆慶本、湖北本、朱本、馮本、俞本、莊本、四庫章句本「司命」下有

「也」字。案：予，屈原代司命自稱也。

言普天之下，九州之民，誠甚衆多，其壽考夭折，皆自施行所致，天誅加之，不在於我也。◎景宋本「考」作「老」。案：老，考之訛也。壽者，大年也；夭者，小年也。壽、夭者，謂彭祖與惠蛄。九州民人，或大年至千歲，或小年而夭死，何以在予所與也？

高飛兮安翔，

言司命執持天政，不以人言易其則度，復徐飛高翔而行。

【疏證】

言司命執持天政，不以人言易其則度，復徐飛高翔而行。◎正德本、隆慶本、劉本、湖北本、俞本、莊本、朱本「則度」作「度則」。案：則度，平列同義，度猶則也。全後漢文卷七八蔡邕太尉楊賜碑：「特以其靜則真一審固，動則不違則度。」若作「度則」，則字屬下，亦通也。高飛，飛之遠也。九辯「鳳皇高飛而不下」是也。安翔，飛之徐也。史記卷一一七司馬相如列傳「然後灝溔潢漾，安翔徐徊」是也。

乘清氣兮御陰陽。

陰主殺，陽主生。言司命常乘天清明之氣，御持萬民死生之命也。

【疏證】

陰主殺，陽主生。◎案：漢帛書十六經稱篇：「春陽秋陰，夏陽冬陰，晝陽夜陰，取（娶）婦姓（生）子陽，有喪陰。」又，王翰林集注黄帝八十一難經卷二引丁注：「其言男子女人尺脉者，是陰陽之根本也。逆順者，爲陽抱陰生、陰抱陽生也。三陽始生於立春，建寅，故曰男生於寅，木，陽也。三陰生於立秋七月，建申，故言女生於申，金，陰也。男子之氣始於少陽，極於太陽，所以男子尺脉恒弱，而寸脉陽也。女子之氣始於太陰，極於厥陰，女子尺脉浮，而寸脉陰也。」

言司命常乘天清明之氣，御持萬民死生之命也。◎俞本、莊本「死生」作「生死」。案：死生，死與生也。羣書治要卷三一引太公六韜龍韜：「不可以治勝敗，不能制死生。」戰國策卷一三齊策六載魯仲連遺燕將書：「今死生榮辱，尊卑貴賤，此其一時也。」生死，死也。文選卷四一李陵答蘇武書：「生爲別世之人，死爲異域之鬼，長與足下生死辭矣。」列女傳卷四陳寡婦傳：「屬孝婦曰：『我生死未可知。幸有老母，無他兄弟，若吾不還，當肯養吾母乎？』」則舊本作「死生」。補注：「易云：『時乘六龍以御天。』莊子曰：『乘天地之正，御六氣之辨。』乘，猶乘車。御，猶御馬也。」乘、御對舉，控御也，非謂「乘車」、「御馬」。清氣，當從或本作「精氣」，謂魂神也。精氣聚者生，散者死。詳參九辯「聚精氣之摶摶兮」注。又，大戴禮記卷五曾子天圓第五八：「陽之精氣曰神，陰之精氣曰靈。」司命司民人之壽夭，其所控御者，陰靈之氣也。章句「天清明之氣」云云，非也。郭店楚墓竹簡太一生水篇：「天地復相補（輔）是以成神明，神明復相補（輔）也，是以成陰陽。」御陰陽，控御生死也。

吾與君兮齋速，

吾，屈原自謂也。齋，戒也；速，疾也。

【疏證】

吾，屈原自謂也。◎案：吾，屈子代祭巫自稱之詞。

齋，戒也；速，疾也。◎補注：「齋速者，齋戒以自敕也。」案：與，猶隨與也。淮南子卷四墜形訓「蛤蠏珠龜，與月盛衰」，高注：「與，猶隨也。」章句下文「己得依隨司命」云云，則亦隨與也。齋，讀作齊，古字通用。易旅九四「得其資斧」，釋文：「資斧，子夏傳及衆家並作齊斧，虞喜志林云：『齊，當作齋。齋戒入廟而受斧。』」詩采蘋「有齊季女」，釋文：「齊，本亦作齋。」齊速，平列同義，謂疾急。禮記卷三〇玉藻第一三「見所尊者齊遬」，鄭注：「齊遬，謙慤貌也。」孔疏：「齊，謂齊齊也，遬，謂蹙蹙。言自斂持迫促不敢自寬奢，故注云『謙慤貌』也。」王引之經義述聞：「齊亦遬也。遬，籀文速字，疾也。言君子平日之容舒遲不迫，見所尊者，則疾速以承之，唯恐或後也。

爾雅曰：『齊，疾也。』舒遲與齊遫，相對爲文。楚語：『敬不可久，民力不堪，故齊肅以承之。』齊肅，皆疾也。與此齊遫同義，非謙愨自斂持之謂也。」其說可爲「齋速」旁證。言吾之命爲司命所御，則隨司命疾行。吳玉搢別雅又作「齊宿」、「齊肅」，皆其别文。

導帝之兮九坑。

言己願修飾，急疾齋戒，侍從於君，導迎天帝出入九州之山，冀得陳己情也。

【疏證】

言己願修飾，急疾齋戒，侍從於君，導迎天帝出入九州之山，冀得陳己情也。◎正德本、隆慶本、湖北本「修」作「脩」，「導」作「道」。俞本、莊本、朱本、劉本「導」作「道」。補注引「坑」一作「阬」，又引文苑作「岡」，曰：「之，適也。坑，音岡，山脊也。周禮職方氏：『九州山鎮，曰會稽、衡山、華山、沂山、岱山、嶽山、醫無閭、霍山、恆山也。』淮南曰：『天地之間，九州八極，土有九山，山有九塞。何謂九山？會稽、泰山、王屋、首山、太華、岐山、太行、羊腸、孟門也。』」說文繫傳𨸏部：「楚詞曰『導帝之兮九阬』，九州也。」案：道、導，古今字。山海經卷一六大荒西經「風道北來」，郭注：「道，猶從也。」史記卷六秦始皇本紀「道上黨入」，索隱：「道，猶從也。」於夏后氏，帝猶鮌、禹也。於楚人，帝，楚先帝高陽。道帝，從帝高陽，謂反本也。又，儀禮卷四三士虞禮「中月而禫」，鄭注：「古文禫，或爲導。」是其證。禫，祭也。則亦通。洪氏「原言司命代天操生殺之柄，人君亦代天制一國之命，故欲與司命導帝適九州之山，以觀四方之風俗，天下之治亂」云云，率多附會。聞一多楚辭校補：「文苑作九岡，最是。九岡，山名。輿地紀勝，荆州松滋縣有九岡山，郢都之望也。左傳昭十一年『楚子滅蔡，用隱太子于岡山』，釋例曰：『土地名岡山，闕不知其處，經言「以歸用之」，必是楚地山也。』案岡山即九岡山，郢都之望，故楚人獻馘于此，祀神亦于此，杜氏未之深考耳。」其說得之。九岡之山，楚人獻馘慶功之處，太廟所在。空桑高丘，則是其地。下承言魂魄奔赴九岡冥塗。

靈衣兮被被，

被被，長貌。

【疏證】

被被，長貌。◎正德本、隆慶本、朱本、劉本、馮本、湖北本、俞本、莊本「被被」作「披披」。

案：御覽卷六九二服章部九珮：「楚辭曰『雲衣兮披披』，王逸注：『披披，長皃。』」被、披，古今字。又，靈衣，與下「玉佩」對舉，靈，宜從御覽所引作雲。東君「青雲衣兮白霓裳」，九歎遠逝「服雲衣之披披」。雲衣，猶儀禮卷三五士喪禮第一二「幠用斂衾」，鄭注：「斂衾，大斂所并用之衾。」

猶没者所服衣。

玉佩兮陸離。

言己得依隨司命，被服神衣，被被而長，玉佩衆多，陸離而美也。

【疏證】

言己得依隨司命，被服神衣，被被而長，玉佩衆多，陸離而美也。◎正德本、隆慶本、湖北本、劉本、朱本、馮本、俞本、莊本、四庫章句本「被被」作「拔拔」。案：被、拔古今字。御覽卷六九二服章部九珮引王逸注：「陸離，光彩皃。」章句遺義。陸離，訓參差，或訓長，或訓散亂，隨文所用，其義皆通。詳參離騷「長余佩之陸離」注。

壹陰兮壹陽，衆莫知兮余所爲。

陰，晦也；陽，明也。屈原言己得配神俱行，出陰入陽，一晦一明，衆人無緣知我所爲作也。

【疏證】

陰，晦也；陽，明也。◎正德本、隆慶本、劉本、湖北本、朱本、馮本、俞本、莊本、四庫章句本

「晦」作「曖」。案：晦、曖同義易之。據章句「一晦一明」，則舊作「晦」。

屈原言己得配神俱行，出陰入陽，一晦一明，衆人無緣知我所爲作也。◎案：一，或也。一、壹，古字通用，然訓「或」之一，古不作壹。左傳昭公元年「一彼一此，何常之有」？昭公五年「一臧一否，其誰能常之」。穀梁傳莊公十八年「一有一亡曰有」。此言冥塗中之事。衆，謂生人。余，屈子代祭巫自稱。言余隨司命以行，魂神飄忽，或陰或陽，生者莫之知也。章句「言己得配神」云云，説以男女祭神，是嬪禮也。

折疏麻兮瑤華，

疏麻，神麻也。瑤華，玉華也。

【疏證】

疏麻，神麻也。瑤華，玉華也。◎文選卷二二謝靈運從斤竹澗越嶺溪行「折麻心莫展」，李善注：「楚辭曰：『折踈麻兮瑤華，將以遺兮離居。』王逸曰：『踈麻，神麻也。』」踈，俗疏字，無「瑤華玉華」四字。又，御覽卷四七八人事部一一九贈遺引王逸注：「疏麻，神麻也。瑤，玉華。」案：其所據本別。補注：「謝靈運詩云：『折麻心莫展。』又云：『瑤華未敢折。』説者云：瑤華，麻花也。其色白，故比於瑤。此花香，服食可致長壽，故以爲美，將以贈遠。江淹雜擬詩云：『雜珮雖可贈，疏華竟無陳。』李善云：『疏華，瑶華也。』」洪説審也。此言折疏麻之華。瑶華，疏麻之華。御覽九六一木部一〇疏麻引南越志：「疏麻，大二圍，高數丈，四時結實無衰落。騷人所謂『折疏麻兮瑶華』。」其物未得目驗。朱季海楚辭解故：「太平寰宇記永州零陵縣有麻山：『在州西北一百一十五里，其山野麻周遍，與種植無異，人多採之，故曰麻山。』然沅、湘之間，故多麻矣。九歌之作，蓋興起於是。今云將遺離居，即物取興，則野麻近之。」其説似是而非。戴震屈原賦注：「麻謂之枲，古雅之通語也。禮以牡麻爲枲麻，蕡麻爲苴麻。」爾雅釋草「黂，枲實」，邢昺疏：「黂者，即麻子名也。」有子曰苴麻，亦曰蕡麻；無子曰枲麻。疏之言苴也。疏麻，苴麻。麻以祭祀。禮記卷一六月令第六，孟秋之月「以犬嘗麻，先薦寢廟」，鄭注：「麻始熟也。」又以贈别。洪氏引謝靈運詩「折麻心莫展」、「瑶華未敢折」，皆所以贈别。下云「離居」，「折麻」云云，兼祭、贈之用也。

將以遺兮離居。

離居，謂隱者也。言己雖出陰入陽，涉歷殊方，猶思離居隱士，將折神麻，采玉華，以遺與之，明己行度如玉，不以苦樂易其志也。

【疏證】

離居，謂隱者也。◎御覽卷四七八人事部一一九贈遺引王逸注：「離居，隱者也。」無「謂」

字。案：離居，謂去離時世，指亡歿之人。苴麻之華以贈歿者，導其魂神。章句「隱者」云云，非也。補注：「離居，猶遠者也。」若以冥塗事説之，庶幾也。而洪氏又謂「自此以下，屈原陳己志於司命」，以牽合於君臣，鑿也。

言己雖出陰入陽，涉歷殊方，猶思離居隱士，將折神麻，采玉華，以遺與之，明己行度如玉，不以苦樂易其志也。◎正德本、隆慶本、朱本、劉本、湖北本、俞本、莊本「涉」作「流」。案：流歷，謂水所過。水經注卷二河水：「又東北流歷研川，謂之研川水。」涉歷，謂人所過。通鑑卷九二晉紀中宗元皇帝下：「材器過人，涉歷艱難。」潛夫論卷二一勸將：「涉歷五代，以迄于今。」據此，則舊作「涉」。

老冉冉兮既極，

極，窮也。

【疏證】

極，窮也。◎正德本、隆慶本、劉本、湖北本、朱本、馮本、俞本、四庫章句本「窮」下無「也」字。

案：朱季海楚辭解故：「極當訓至，自楚語耳。離騷曰『老冉冉其將至兮』，今言既至，在離騷後。」朱君無聊。極之爲窮、至，其義皆通。窮，終也，盡也。既極，命已終也。補注引極一作終。

雖非舊本，終，命終絶也，則存古義。

遠也。

不濅近兮愈疏。

濅，稍也。疏，遠也。言履行忠信，從小至老，命將窮矣，而君猶疑之，不稍親近，而日以疏

【疏證】

濅，稍也。◎案：濅，浸之籀文。慧琳音義卷一八「濅遠」條引王逸注楚辭：「猶稍稍也。」其所據本別。稍稍，猶漸漸也。

疏，遠也。◎案：文選卷九長楊賦「於是後宫賤瑇瑁而疏珠璣」，李善注引字書：「疏，遠也。」濅近、愈疏，對舉爲文。疏，近之反也。

言履行忠信，從小至老，命將窮矣，而君猶疑之，不稍親近，而日以疏遠也。◎案：顔師古匡謬正俗卷八「愈」條：「詩云：『政事愈蹙。』楚辭云：『不侵（近）兮愈疏。』此愈，並言漸就耳。文史用之者，皆取此意。」其説得之。命之已終，不漸近於生世，且愈疏遠也。章句「君猶疑之，不稍親近，而日以疏遠」云云，牽附君臣，非也。

乘龍兮轔轔，

轔轔，車聲。詩云「有車轔轔」也。

【疏證】

轔轔，車聲。詩云「有車轔轔」也。◎正德本、隆慶本、劉本、湖北本、朱本、馮本、俞本、莊本、四庫章句本「車有轔轔」下無「也」字。補注引釋文轔作軨，引詩「車轔轔」，謂「今詩作鄰」。案：章句引詩見秦風車鄰，毛傳：「鄰鄰，衆車聲也。」鄭注：「韓詩作伶。」釋文：「本亦作隣。」轔、鄰、隣，古字通用。伶，俗軨字。姜亮夫屈原賦校注：「轔即蹸之别體，本訓轢也。轢則有聲，故訓爲車聲，軨則本小車名，與轔無涉，作軨者聲借字也。」軨，從令聲，耕部；轔、蹸，皆真部。軨，音訛字，非聲借字。

高駝兮沖天。

言己雖見疏遠，執志彌堅，想乘神龍，轔轔然而有節度，抗志高行，沖天而驅，不以貧困有枉橈也。

【疏證】

言己雖見疏遠，執志彌堅，想乘神龍，轔轔然而有節度，抗志高行，沖天而驅，不以貧困有枉橈也。◎正德本、隆慶本、劉本、湖北本、朱本、馮本、俞本、莊本「枉橈」作「挫撓」,「節度」下有「也」字。四庫章句本「節度」下有「也」字。案:毛祥麟楚辭校文曰:「按説文:『橈,曲也。』段玉裁注:『引伸爲凡曲之偁。見周易、考工記、月令、左傳。』古本無從手,撓,後人臆造之,以别於橈。非也。」則作「挫撓」,非也。補注:「史記云:『一飛沖天。』沖,持弓切,直上飛也。集韻作翀,與沖通。此言司命高馳而去,不復留也。」説文水部:「沖,涌繇也。从水、中聲。讀若動。」段注:「繇、搖古今字。涌,上涌也。搖,旁搖也。小雅曰:『攸革沖沖。』毛云:『沖沖,垂飾貌。』此涌搖之義。豳風傳曰:『沖沖,鑿冰之意。』義亦相近。召南傳曰:『忡忡,猶衝衝也。』忡與沖,聲義皆略同也。」則沖字兼上、下之義,毛云「垂飾」,謂自上下也。沖天,謂自下上也。呂氏春秋卷一八審應覽第二重言篇「飛將沖天」,高注:「沖,至也。」素問卷二四解精微論「惋則沖陰」,注云:「沖,猶升也。」並與此同。又,乘龍轔轔、高駝沖天,承上「愈疏」,殁者往行冥世,乘龍沖天,遠離人寰也。

結桂枝兮延竚,

延,長也。竚,立也。詩曰:「竚立以泣。」

【疏證】延，長也。竚，立也。詩曰：「竚立以泣。」◎案：詳參離騷「延佇乎吾將反」注。延佇，躊躇也。結桂枝延佇，同離騷「結幽蘭而延佇」，皆謂不忍棄世也。

羌愈思兮愁人。

言己乘龍沖天，非心所樂，猶結木爲誓，長立而望，想念楚國，愁且思也。

【疏證】言己乘龍沖天，非心所樂，猶結木爲誓，長立而望，想念楚國，愁且思也。◎正德本、隆慶本、劉本、馮本、俞本、朱本、莊本、四庫章句本「望」下有「想」字，「想」下有「愈」字。湖北本「想念」作「愈念」。案：「望」下有「想」字，則「念」屬下。亦通。據正文「愈思」，則舊有「愈」字。章句「愁且思」云云，思亦愁也。言命將隕落，愈使人憂愁也。其臨絶戀生之意，溢於言表。

愁人兮柰何，願若今兮無虧。

虧，歇也。言己愁思，安可柰何乎？願身行善，常若於今，無有歇也。

【疏證】

虧，歇也。◎案：詳參離騷「唯昭質其猶未虧」注。

言己愁思，安可柰何乎？願身行善，常若於今，無有歇也。◎案：章句「愁思」云云，平列複語。又「願身行善，常若於今，無有歇」云云，拘牽之説。此謂願若今人之命，永無虧歇而長壽也。又，顧炎武日知録卷三二「柰何」條：「楚辭九歌大司命：『愁人兮柰何。』九辯：『君不知兮可柰何。』此『柰何』二字之祖。」

固人命兮有當，孰離合兮可爲？

言人受命而生，有當貴賤、貧富者，是天禄也。己獨放逐離别，不復會合，不可爲思也。

【疏證】

言人受命而生，有當貴賤、貧富者，是天禄也。己獨放逐離别，不復會合，不可爲思也。◎正德本、隆慶本、劉本、俞本、朱本、莊本、湖北本「貴賤」下有「有當」二字，「貧富」作「富貧」，「會合」作「合會」。案：據義，則舊「貴賤」下有復「有當」二字。貴賤、富貧對舉，則舊作「富貧」。正文「當」，讀如常，古字通用。戰國策卷一八趙策一「祭祀時享非當於鬼神也」，史記卷四三趙世家當作常。淮南子卷六覽冥訓「羣臣準上意而懷當」，文子卷一二上禮當作常。言命之脩短固有常也，孰生離死別之可爲乎。總謂死生有命，未關司命也。其求司命不遂，蓋其宜也。又，章句「天禄」云云，爾雅釋詁：「禄，福也。」郝氏義疏：「若散文則禄即爲福，故詩『天被爾禄』，傳：『禄，福也。』若對文則禄、福義別，故詩『福禄如茨』，箋：『爵命爲福，賞賜爲禄。』」

大司命

補注：「周禮大宗伯『以槱燎祀司中、司命』，疏引星傳云：『三台：上台司命，爲太尉。又，文昌宮第四曰司命。』按：史記天官書：『文昌六星，四曰司命。』晉書天文志：『三台六星，兩兩而居，西近文昌二星曰上台，爲司命，主壽。』然則有兩司命也。祭法：『王立七祀，諸侯立五祀，皆有司命。』疏云：『司命，宫中小神。』而漢書郊祀志『荆巫有司命』。説者曰『文昌，第四星也』。五臣云：『司命，星名，主知生死，輔天行化，誅惡護善也。』大司命云：『乘清氣兮御陰陽。』少司命云：『登九天兮撫彗星。』其非宫中小神明矣。」案：大司命，謂死神也，司人之死歸。楚有祀司命之禮。包山楚簡卜筮祭禱天地之神即有司命，第二一三簡：「賽禱太備玉一環，侯（后）土、司命、司禍各一少環。」第二三七簡：「侯（后）土、司命各一牂。」第二四三簡：「侯（后）土、司命各一牂。」江陵天星觀一號墓、望山一號墓、二號墓於卜筮祭禱並云：「與禱太備玉一環，侯（后）土、司命各一少環。」又云：「侯（后）土、司命各一牂。」新蔡葛陵楚墓：「於司命一鹿。」又曰：「賽禱司命、司録。」司命之祀行於楚，然皆無大、小之别。齊侯壺：「折（誓）于大司命。」齊亦有祭大司命，有大小之别。然則此篇所祀司命之詞多存夏禮，是夏啓九歌遺禮猶存於沅、湘間者也。

秋蘭兮麋蕪，羅生兮堂下。

言己供神之室空閑清淨，衆香之草又環其堂下，羅列而生，誠司命君所宜幸集也。

【疏證】

言己供神之室空閑清淨，衆香之草又環其堂下，羅列而生，誠司命君所宜幸集也。◎文選本、正德本、隆慶本、劉本、湖北本、朱本、俞本、莊本無「空」字，「閑」下有「而」字。莊本「君」下有「之」字。四庫章句本「閑」下有「而」字。文選本「司命」下有「君」字。尤袤本、秀州本「淨」作「静」。案：據義，則舊作「閑而清静」。慧琳音義卷二一「珍草羅生悉分馥」條：「楚詞曰：『羅生乎堂下。』王逸注曰：『羅，謂列而生也。』」節約其説。蘪蕪，江離之别名。廣韻上平聲第五支韻：「江蘺，蘼蕪别名。」本草綱目卷一三草三「蘼蕪」條引别録曰：「蘼蕪，一名江蘺。」又，爾雅釋艸：「蘄茝，蘼蕪。」郭注：「香草，葉小如萎狀。」邢疏：「蘄茝，一名微蕪。芎藭苗也。」蘪、微同。

補注：「山海經云：『臭如蘪蕪。』本草云：『芎藭，其葉名蘼蕪，似蛇牀而香，騷人借以爲譬，其苗四、五月間生，葉作叢，而莖細，其葉倍香。或蒔於園庭，則芬香滿徑，七、八月開白花。』管子曰：『五沃之土生蘼蕪。』相如賦云：『穹窮昌蒲，江離蘪蕪。』師古云：『蘪蕪，即［穹窮］（芎藭）苗也。』」古之祭神，以馨香之氣感動神明，則於祭堂之上羅列衆芳之草，以徼神之來。詩楚茨「苾芬孝祀，神嗜飲食」，鄭箋：「苾苾芬芬有馨香矣，女之以孝敬享祀也，神乃歆嗜女之飲食。」

緑葉兮素枝，芳菲菲兮襲予。

襲，及也。予，我也。言芳草茂盛，吐葉垂華，芳香菲菲，上及我也。

【疏證】

襲，及也。◎案：文選呂向注亦云：「襲，及也。」二注重複。襲，始於此，舊當有注。五臣本因章句竄入。明州本無注，亦竄入五臣也。説文衣部：「襲，左衽袍。从衣、𩐁省聲。」段注：「小斂、大斂之前，衣死者謂之襲。凡衣死者，皆左衽結絞不紐，襲亦左衽不紐也。引申爲凡揜襲之用。」史記卷八四賈生列傳「襲九淵之神龍」，集解引鄧展：「襲，覆也。」章句訓及，亦「揜覆」也。

予，我也。◎案：予，屈子代祭巫自稱也。

言芳草茂盛，吐葉垂華，芳香菲菲，上及我也。◎案：章句「吐葉垂華」云云，交錯爲文，謂吐華垂葉之意。全梁文卷二三蕭子雲玄圃園講賦「昔七覺之吐華」，卷六九闕名七召「河柳垂葉」。吐華、垂葉，皆恆語。又，御覽卷二〇時序部五春下引徐子中論：「生物者，春也；吐華者，夏也；布葉者，秋也；收成者，冬也。」

夫人自有兮美子，

夫人，謂萬民也。

【疏證】

夫人，謂萬民也。◎正德本、隆慶本、劉本、馮本、朱本、湖北本、俞本、莊本、四庫章句本無「也」字。案：補注：「夫音扶。考工記曰：『夫人而能爲鏄也。』夫人，猶凡人也。」其說得之。左傳襄公八年「夫人愁痛」，杜注：「夫人，猶人人也。」淮南子卷八本經訓「夫人相樂，無所發貺」，高注：「夫人，衆人也。」則皆以「夫人」爲「凡人」。

蓀何以兮愁苦？

蓀，謂司命也。言天下萬民，人人自有子孫，司命何爲主握其年命而用思愁苦也。

【疏證】

蓀，謂司命也。◎案：蓀，婦悦夫之稱。詳參離騷「荃不察余之中情」注。求神而託以婚姻，獻嬪之禮也。

言天下萬民，人人自有子孫，司命何爲主握其年命而用思愁苦也。◎文選本、正德本、隆慶本、馮本、劉本、朱本、湖北本、俞本、莊本、四庫章句本「愁苦」下無「也」字。案：聞一多氏楚辭校補：「以，當從一本作爲。本篇兮字除山鬼、國殤外，皆兼具虚字作用。此兮字猶而也。『蓀何爲兮愁苦』，即『蓀何爲而愁苦』。今本爲作以，試以『而』代『兮』，讀全句爲『蓀何以而愁苦』，不辭甚矣。」其説失之。九歌兮字，除「兼具虚字作用」外，多作語氣停頓之用。東皇太一「吉日兮辰良，穆將愉兮上皇」、大司命「愁人兮奈何，願若今兮無虧」。蓀何以愁苦，言蓀何爲愁苦也。以、爲，古字通用。章句「司命何爲主握其年命而用思愁苦」云云，舊本亦作「爲」字。少司命之職，主司人命之生，猶高禖神。而「主握年命」者，大司命之職。

秋蘭兮青青，緑葉兮紫莖。

言己事神崇敬，重種芳草，莖葉五色，芳香益暢也。

【疏證】言己事神崇敬，重種芳草，莖葉五色，芳香益暢也。◎文選本「五色」下無「芳」字。案：補注：「詩云：『緑竹青青。』青青，茂盛也。」洪氏引詩，見衛風淇奧，毛傳：「青青，茂盛貌。」則其説因毛詩，當補「注云」二字。洪氏引古訓，多未詳所出。又，御覽卷九八三香部三「蘭香」條引盛弘之荆州記：「其中悉生蘭草，緑葉紫莖，芳滿藻谷。」祖構於此。又，招魂：「紫莖屏風，文緣波些。」文選卷八上林賦：「揚翠葉，扤紫莖。」全後漢文卷五一楊修節遊賦：「緑葉白蒂，紫柯朱莖。」緑葉、紫莖，皆古恆語。

滿堂兮美人，忽獨與余兮目成。

言萬民衆多，美人並會，盈滿於堂，而司命獨與我睨而相視，成爲親親也。

【疏證】言萬民衆多，美人並會，盈滿於堂，而司命獨與我睨而相視，成爲親親也。◎文選本「盈」作「盛」。明州本「爲親親」作「獨親」。正德本、隆慶本、劉本、馮本、朱本、湖北本、俞本、莊本、四庫章句本「視」作「望」。隆慶本、朱本「與」作「於」。案：據例，則舊作「盈滿」，不作「盛滿」。於，音訛字。楚簡「盈滿」字皆作「浧」。或作滿者，避漢惠帝諱改。郭店楚墓竹簡老子（甲）「金玉滿堂」作「金玉浧（盈）室」。又，文選卷二一顏延年秋胡詩「皃藻馳目成」，李善注：「楚辭曰：『滿堂兮美人，忽獨與予兮目成。』王逸曰：『獨與我睨而相親，成爲親也。』」以視爲親字，刪下一「親」字，不成其義。美人，求子衆女也。余，屈原代少司命自稱。章句以余爲代祭巫自稱，失之。目，眉目傳情也。成，成言也。新書卷八道德説：「是故物之始形也，分先而爲目，目成也形乃從。」文選卷一四赭白馬賦「雙瞳夾鏡」，李善注：「相馬經曰：『目成人者行千里。』注云：『成人者，視童子中，人頭足皆見，言目中清明如鏡。』」樂府詩集卷四八清商曲辭五唐張柬之大堤曲：「魂處自目成，色授開心許。」目成、心許爲對舉。目成，猶傳目送情。章句「睨而相視，成爲親親」云云，是得之。又，卷五五舞曲歌辭四梁張章白紵曲：「依絃度曲婉盈盈，揚蛾爲態誰目成。」卷五八琴曲歌辭二宋湯惠休楚明妃曲：「結蘭枝，送目成，當年爲君榮。」卷六五雜曲歌辭五宋鮑照堂上歌行：「滿堂皆美人，目成對湘娥。」卷九〇新樂府辭一唐杜易簡湘州新曲二首：「本欲凌波去，翻爲目成留。」目成，古恆語，皆言眉目定情。

入不言兮出不辭，

言神往來奄忽，入不語言，出不訣辭，其志難知。

【疏證】

言神往來奄忽，入不語言，出不訣辭，其志難知。◎文選本「難知」下有「也」字。正德本、隆慶本、劉本、朱本、俞本、馮本、莊本、四庫章句本「辭」作「詞」。補注引正文「辭」一作「詞」。案：用作言詞，辭、詞，古字通用。而推讓之義，用辭不用詞。章句「訣辭」云云，則舊作「辭」。言神行踪捉摸不定，難就其處也。世説新語卷中豪爽篇第一三：「王司州在謝公坐，詠『入不言兮出不辭，乘回風兮載雲旗』。語人云：『當爾時，覺一坐無人。』」可爲此意境之詮語。又，「出入」二字以分別言者，古之行文必先言「出」而後言「入」。莊子卷二大宗師篇第六：「其出不訢，其入不距。」卷四秋水篇第一七：「吾樂與！出跳梁乎井幹之上，入休乎缺甃之崖。」卷五至樂篇第一八：「萬物皆出於機，皆入於機。」卷六庚桑楚第二三：「有乎生，有乎死，有乎出，有乎入。」荀子卷一四樂論第二〇「樂者，出所以征誅也，入所以揖讓也。」抱朴子外篇卷六臣節篇：「出不辭勞，入不數功，歸勳引過，讓以先下。」此文先「入」而後「出」，以趁韻也。

乘回風兮載雲旗。

言司命之去，乘風載雲，其形貌不可得見。

【疏證】

言司命之去，乘風載雲，其形貌不可得見。◎正德本、隆慶本、俞本、馮本、朱本、劉本、湖北本、莊本、四庫章句本「乘風載雲」作「乘回風載雲旗」，「旗」下無「其」字。案：回風，謂飄風也。神之出入，疾若飄風浮雲，故云乘回風，載雲旗也。文選卷一五張衡思玄賦「乘焱忽兮馳虛無」，李善注引此作「乘迴風而遠遊」，乃出乎七諫自悲也。

悲莫悲兮生別離，

屈原思神略畢，憂愁復出，乃長歎曰：人居世間，悲哀莫痛與妻子生別離，傷己當之也。

【疏證】

屈原思神略畢，憂愁復出，乃長歎曰：人居世間，悲哀莫痛與妻子生別離，傷己當之也。◎文選本「世」下無「間」字，建州本「當之」下無「也」字。正德本、隆慶本「屈原」乙作「原屈」。湖北本「莫痛」下有「於」字。案：生別離，謂訣別，永無再見之日。其義在「別」，離，連類而及。此語之出，後遂爲言離別之祖，詩家多所襲用。全三國文卷一三曹植愍志賦：「哀莫哀于永絶，悲莫悲于生離。」全晉文卷一四〇何謹悲秋夜：「欣莫欣兮春日，悲莫悲兮秋夜。」全隋文卷六隋煬帝隋秦孝王誄：「悲莫悲兮長別，痛莫痛兮終絶。」又，補注：「樂府有生別離，出於此。」

樂莫樂兮新相知。

言天下之樂，莫大於男女始相知之時也。屈原言：己無新相知之樂，而有生別離之憂也。

【疏證】

言天下之樂，莫大於男女始相知之時也。屈原言：己無新相知之樂，而有生別離之憂也。

◎文選本「生」下無「別」字，「之憂」下無「也」字。明州本「天」上無「言」字。案：無「言」、「別」，敚也。北大簡（五）荆決：「美人將來，與我相知，中心愛之，不知其疵。」此差似此語之意。章句謂屈原「無新相知之樂，而有生別離之憂」，庶幾得其情實。此二語非以屈子自況，謂女巫與少司命神交合之事。友人林河（李鳴高）以沅、湘求子之俗爲説，謂此二語與僮、苗春秋歌會頗有相似之處，「在歌會是相識的情人，多是新相知，而歌會散後，各自東西，要想再見相逢又不知何年何月了。沅、湘間有種祭祀活動，到那天青年男女都從四面八方聚集到了祭祀場所去唱歌，交流感情，在其歌詞中就有這一類的歌：『太陽一出照白巖，照見阿姐好人才；今天與姐多恩愛，可惜明朝要分開。』不也與此同出一轍麽？特別是在古代有『郊禖』活動中，男女郊游於野，任意選擇，盡管十分恩愛，但『郊禖』期一過，則各自東西，再無相見之日。處於此時此地，此情此景，『悲莫悲兮生別離，樂莫樂兮新相知』，可算是千古絶唱。」其説有思致，録以備考。

荷衣兮蕙帶，儵而來兮忽而逝。

言司命被服香淨，往來奄忽，難當值也。

【疏證】

言司命被服香淨，往來奄忽，難當值也。◎文淵四庫章句本「當」作「常」，文津本亦作「當」。案：據義，舊作「當」。又，慧琳音義卷四八「儵歸」條謂「儵又倏、𨓜二形」。儵忽、倏忽同。此分二字爲用，猶老子十五章「豫焉若冬涉川，猶兮若畏四鄰」。儵而來，言儵忽而來；忽而逝，言儵忽而逝。文互相備。文選卷九射雉賦「倏來忽往」，李善注引六韜：「倏然而往，忽然而來。」與此亦同。又，戴侗六書故「儵」字：「直鳩切，又式竹切。説文曰：『青黑繒發白色也。』借爲儵忽之儵。楚辭曰『儵而來兮忽而逝』。謂攸闇感忽不可知也。」則求其訓詁字，泥也。

夕宿兮帝郊，

帝，謂天帝。

【疏證】

帝，謂天帝。◎案：古之天帝，多由其族始祖所演進。夏之天帝，鯀、禹也。楚之天帝，帝高陽也。禮記卷二六郊特牲第一一：「萬物本乎天，人本乎祖，此所以配上帝也。郊之祭也，大報本反始也。」報本反始，兼生死二事。生者自始祖出，死者歸始祖終。卷四六祭法第二三「王爲羣姓立七祀，曰司命、曰中霤、曰國門、曰國行、曰泰厲、曰户、曰竈」，鄭注：「十喪禮曰：『疾病禱於五祀，司命與厲，其時不著。』今時民家，或春秋祠司命、行神、山神，門竈在旁。是必春祠司命，秋祠厲也。」孔疏：「漢時既春秋俱祠司命與山神，則是周時，必應春祠司命，司命主長養，故祠在春。厲主殺害，故祠在秋。」據鄭意，厲猶大司命，主反始；司命，少司命，主報本。詩玄鳥「天命玄鳥」，毛傳：「湯之先祖有娀氏女簡狄配高辛氏帝，帝率與之祈於郊禖而生契。」禮記卷一五月令第六：「是月也，玄鳥至。至之日，以太牢祀於高禖，天子親往，后妃帥九嬪御，乃禮天子所御，帶以弓韣，授以弓矢於高禖之前。」帝郊，楚之郊禖，類大司命之空桑，「能興雲作雨」，皆男女交合行樂之處。

君誰須兮雲之際。與女遊兮九河，衝風至兮水揚波。

言司命之去，暮宿於天帝之郊，誰待於雲之際乎？幸其有意而顧己。

【疏證】

言司命之去，暮宿於天帝之郊，誰待於雲之際乎？幸其有意而顧己。◎文選秀州本「之去」作「之君」。湖北本「顧己」作「顧矣」，四庫章句本作「顧已」。案：作「君」，亦通。己，已之訛。已，通作「矣」。文選李周翰注：「須，待也。謂神宿於天帝之郊、青雲之際，將誰待乎？冀君待己而命之。」其説是非雜糅。君，少司命也。言我已至天帝郊禖之壇，而待神之至；神在雲之際遲遲未降，未審誰須與？「與女遊」二句，補注：「王逸無注，古本無此二句。此二句河伯章中語也。」朱子集注：「當删去。」聞一多氏楚辭校補：「考九歌舊次，河伯本與少司命銜接，此本河伯篇首二句，寫官不慎，誤入本篇末，後人以其文義不屬，又見上文適有『與女沐兮咸池，晞女髮兮陽之阿』二句，與此格調酷似，韻亦相叶，因即移附其後，即成今本也。」姜亮夫屈原賦校注：「此處上下皆冀望之詞，得有沐咸池二句，決不得有『衝風至兮水揚波』句，則此二句誤衍無疑，蓋河伯中語誤入此處者也。」黄侃文選平點亦謂「二句王逸無注，蓋復河伯章中語也」。案：河伯篇首二句作「與女遊兮九河，衝風起兮横波」。與此別。若由彼羼入，彼似不得有此二句。彼此兩存者，是古本之舊。九河，猶天河，虚構之語。章句無注，古本河伯一篇，蓋在二司命之前，承上而省也。蘇軾九歌書帖亦有此二句。文選尤袤本、六臣本有此二句，然「衝風」作「衝飆」，呂延濟注：「衝飆，暴風也。」女，少司命也。揚波，猶盪波，播盪也。波、播古字通用。書禹貢「滎波既豬」，釋文引馬、鄭、王三本作「滎播」；周禮卷三三夏官司馬第四職方氏「其浸波溠」，鄭注：「波，讀爲播。」男女遊川戲水，古之祭郊禖神之禮目，若簡狄浴川而吞鳦卵者。史記卷三殷本紀「簡狄取吞之，因孕生契」，索隱：「譙周云：『其母娀氏女，與宗婦三人浴于川，玄鳥遺卵，簡狄吞之。』」卷一三三代世表褚先生曰：「契母與姊妹浴於玄丘水，有燕銜卵墮之，契母得，故含之，誤吞之，即生契。」索隱：「有娀氏女曰簡狄，浴於玄丘水，出詩緯。」宋書卷二七符瑞上：「高辛氏之世妃曰簡狄，以春分玄鳥至之日，從帝祀郊禖，與其妹浴於玄丘之水。有玄鳥銜卵而墜之，五色甚好，二人競取，覆以玉筐。簡狄先得而吞之。遂孕。」文選卷五七謝希逸宋孝武宣貴妃誄「玄丘烟煴」，李善注引列女傳：「契母簡狄者，有娀氏之長女也。當堯之時，與其妹娣浴於玄丘之水。」類聚卷九二鳥部下「鷰」條引列仙傳：「簡狄，帝嚳次妃，有娀之女也。姊妹娣浴於玄丘之水，有玄鳥銜卵而墜。」論衡卷二九案書篇第八三：「作殷本紀，言契母簡狄浴於川，遇玄鳥墜卵，吞之，遂生契焉。」簡狄浴於玄丘之川而孕契，以男女戲水於郊禖也。

與女沐兮咸池，

咸池，星名，蓋天池也。

【疏證】

咸池，星名，蓋天池也。◎文選尤袤本、明州本、建州本「星名」下有「也」字，「天池」下無「也」字。案：咸池，詳參離騷「飲余馬於咸池兮」注。管城碩記卷一四楚辭集注一引石氏星紀：「咸池三星，在天潢西北。」史記卷二七天官書：「西宫咸池，曰天五潢。」正義：「咸池：三星，在五車中，天潢南，魚鳥之所託也。」晉書卷一一天文志上：「天潢南三星曰咸池，魚囿也。」天潢，即天池。補注引「咸池」一作「咸之池」。因下「陽之阿」而羨。池、沱之隸變，秦簡池作沱。

晞女髮兮陽之阿。

晞，乾也。詩曰：「匪陽不晞。」阿，曲隅，日所行也。言己願託司命俱沐咸池，乾髮陽阿，齋戒潔己，冀蒙天祐也。

【疏證】

晞，乾也。詩曰：「匪陽不晞。」◎文選本「詩曰」作「詩云」。案：章句引詩見小雅湛露，毛傳：「晞，乾也。露雖湛湛然，見陽則乾。」即章句所因。又，文選卷一五張衡思玄賦「晞余髮於朝陽」，舊注：「晞，乾也。」

阿，曲隅，日所行也。◎文選秀州本作「阿曲陽阿日所行也」，明州本、尤袤本、建州本、胡本作「阿曲阿日所行也」。案：章句下「俱沐咸池，乾髮陽阿」云云，則秀州本存其舊。又，補注：「淮南曰：『日出湯谷，浴於咸池，拂於扶桑，是謂晨明；登於扶桑，是謂朏明，至於曲阿，是謂旦明。』遠遊曰：『朝濯髮於湯谷兮，夕晞余身兮九陽。』」或本作「曲阿」，因淮南改也。

言己願託司命俱沐咸池，乾髮陽阿，齋戒潔己，冀蒙天祐也。◎文選尤袤本、秀州本、明州本、正德本「潔」作「絜」。毛祥麟楚辭校文曰：「文瀾閣本『司命』下有『之神』二字，『俱沐』作『沐於』。」案：絜、潔古今字。文津本、文淵本「司命」下無「之神」二字，亦作「俱沐」。言與少司命沐浴、晞髮，同離騷「夕歸次於窮石兮，朝濯髮乎洧盤」，皆男女婚姻之讔語，祀郊禖之禮目。

望美人兮未來，

美人，謂司命。

【疏證】

美人，謂司命。◎文選本、正德本、隆慶本、馮本、朱本、湖北本、俞本、莊本、四庫章句本「司命」下有「也」字。案：學林卷七「閑情賦」條引同，引王逸注：「美人謂湘神也，以喻望君之使也。」誤以爲湘君。美人，謂少司命神。祀神通以男女婚姻，故易稱曰美人。

臨風怳兮浩歌。

怳，失意貌。言己思望司命而未肯來，臨疾風而大歌，冀神聞之而來至也。

【疏證】

怳，失意貌。◎文選本、正德本、隆慶本、俞本、劉本、朱本、莊本「貌」下有「也」字。案：慧琳音義卷三八「怳忽」條引王逸注楚辭：「怳，失意皃也。」卷一〇〇「怳然」條：「楚辭云『臨風怳兮』，王逸曰：『怳，失意也。』」文選卷一西都賦「魂怳怳以失度」、卷二三潘岳悼亡詩三首「悵怳如或存」，李善注並引王逸曰：「怳，失意也。」卷一六長門賦「神怳怳而外淫」，李善注引王逸注：「怳，失意也。」又曰：「不安之意也。」卷三一江淹雜體詩潘黄門岳「怳然若有失」，李善引王逸楚詞注：「怳，失意也。」多無「貌」字，然皆有「也」字。補注：「怳，惝怳也。」緩言之曰怳忽，短言之曰怳、曰忽。訓詁字作慌惚，倒乙曰忽怳、怳惝，若有所失貌。

言己思望司命而未肯來，臨疾風而大歌，冀神聞之而來至也。◎文選六臣本「己」下無「思」字。案：浩歌，同東皇太一「陳竽瑟兮浩唱」之浩唱，謂合唱，大作樂以娱神也。類聚卷三〇人部一四「别下」條引梁劉孝標答郭峙書：「睨浮雲以搔首，臨清風而浩歌。」梁書卷一三沈約傳：「怳臨風以浩唱，折瓊茅而延佇。」皆因襲此。又，章句「臨疾風」云云，疾，猶大也。荀子卷一勸學篇第一「聲非加疾也」。謂聲非加大也。

孔蓋兮翠旍，

言司命以孔雀之翅爲車蓋，翡翠之羽爲旗旍，言殊飾也。

【疏證】

言司命以孔雀之翅爲車蓋，翡翠之羽爲旗旍，言殊飾也。◎文選本、正德本、隆慶本、馮本、劉本、朱本、湖北本、俞本、莊本、四庫章句本「旗旍」作「旌旗」。案：御覽卷七〇二服用部四蓋引王逸注：「言以孔雀翅爲車蓋，翠羽爲旍旗也。」亦作「旗旍」。又，卷九二四羽族部一一孔雀：「楚辭『孔雀蓋兮翠旌』，王注：『以孔雀之翅爲車蓋。』」又，山谷内集詩注卷四次韻答邢惇夫「照影若孔翠」，任注引章句「翅」作「羽」。旍、旌一字。古但有「旌旗」，無作「旗旌」。史記卷八高祖本紀「圍宛城三匝」，索隱引楚漢春秋：「上南攻宛，匿旌旗。」卷五八梁孝王世家：「得賜天子旌旗，出從千乘萬騎。」卷五九五宗世家：「以軍功賜天子旌旗。」韓非子卷八大體篇第二九：「旌旗不亂於大澤。」淮南子卷一五兵略訓：「乘將軍車，載旌旗斧鉞，累若不勝。」孫子第二作戰篇：「賞其先得者，而更其旌旗。」第七軍争篇：「視不相見，故爲旌旗。」又云：「大金鼓、旌旗者，所以一民之耳目也。」則舊本作「旍旗」。羽，當「翅」之爛敚。又，補注：「相如賦云：『宛雛孔鸞。』孔，孔雀也。顔師古曰：『鳥赤羽者曰翡，青羽者曰翠。』周禮曰：『蓋之圜也以象天。』漢樂歌曰：『庶旄翠旌。』」審漢書卷五七上司馬相如傳「其上則有宛雛孔鸞」，張揖云：「孔，孔雀。」洪氏「孔，孔雀」上當補「張揖云」。又，卷五一賈山傳「被以珠玉，飾以翡翠」，應劭曰：「雄曰翡，雌曰翠。」臣瓚曰：「異物志云：『翡色赤而大於翠。』」顏師古注：「鳥各別類，非雌雄異名也。」文選卷一西都賦「翡翠火齊」，李善注引張揖上林賦注：「翡翠大小如爵，雄赤曰翡，雌青曰翠。」則洪引顏說，是因張揖。爾雅釋鳥：「翠，鷸。」郭注：「似燕，紺色，生鬱林。」郝氏義疏：「說文：『翠，青羽雀也。出鬱林。』『翡，赤羽雀也。出鬱林。』王會篇云：『倉吾翡翠。』漢書『尉佗獻文帝翠鳥毛』是也。劉逵吳都賦注：『翡翠巢於樹顛，生子，夷人稍徙下其巢，子大未飛，便取之，出交趾鬱林郡。』」又，文選卷一九宋玉高唐賦：「蜺爲旌，翠爲蓋。」李善注：「翠，翡翠也，以羽飾蓋。」亦此類也。

登九天兮撫彗星。

九天，八方中央也。言司命乃陞九天之上，撫持彗星，欲掃除邪惡，輔仁賢也。

【疏證】

九天，八方中央也。◎案：九天，天有九重。詳參離騷「指九天以爲正兮」注。

言司命乃陞九天之上，撫持彗星，欲掃除邪惡，輔仁賢也。◎文選本「陞」作「昇」，正德本、隆慶本、俞本、朱本、湖北本、劉本、莊本作「升」。案：昇、陞通，升借字。史記卷二七天官書「晚，爲彗星」，集解：「張晏曰：『彗，所以除舊布新。』」

竦長劍兮擁幼艾，

竦，執也。幼，少也。艾，長也。言司命執持長劍，以誅絕凶惡，擁護萬民，長少使各得其命也。

【疏證】

竦，執也。◎案：說文竦字爲「敬立」。或作「慫」，訓驚。或作悚，訓「慫恿」。皆無「執持」義。朱駿聲說文通訓定聲第一豐部謂竦之爲執，字作捧。捧，敷容反；竦，息拱反。同部異紐，不得通用。竦立之引申，有高揚義。補注：「竦，立也。國語曰：『竦善抑惡。』」竦、抑對舉爲文，竦，猶舉、揚也。廣雅釋詁：「竦，上也。」字或作聳。慧琳音義卷二一「争聳擢」條引切韻：「聳，高也。」皆上揚之意。淮南子卷一二道應訓：「若士舉臂而竦身。」舉、竦相對爲文，竦亦舉也。竦長劍，舉長劍。漢書卷四文帝紀「有長星出于東方」，文穎注：「孛、彗、長三星，其占略同，然其形象小異。孛星光芒短，其光四出蓬蓬孛孛也。彗星光芒長，參參如埽彗。長星光芒有一直指，或竟天，或十丈，或三丈，或二丈，無常也。大法：孛、彗星多爲除舊布新，火災；長星多爲兵革事。」長劍，長星也。

幼，少也。艾，長也。◎元俞琰書齋夜話卷一引章句云：「艾，長也。猶言少長也。」案：則撮其要。補注：「孟子曰：『知好色，則慕少艾。』説者曰：艾，美好也。戰國策云：『今爲天下之工或非也，乃與幼艾。』又：『齊王有七孺子。』注云：『孺子，謂幼艾美女也。』或曰：麗姬，艾封人之子也，故美女謂之艾。猶姬貴姓，因謂美妾爲姬耳。」洪氏以「幼艾」爲美女之稱，不爲幼與老。章句訓「少長」，未可移易。禮記第一曲禮上「五十曰艾」，鄭注：「艾，老也。」左傳定公十四年「盍歸吾艾豭」，杜注：「艾，老也。」釋名釋長幼：「五十曰艾。艾，乂也。乂，治也。治事能斷割芟刈，無所疑也。」戰國策卷二〇趙策三：「今爲天下之工，或非也，社稷爲虚戾，先王不血食，而王不以予工，乃與幼艾。」幼艾，謂老與幼。上博簡（九）靈王遂申「小人學」。學，幼也，蓋楚地古文。孟子卷一梁惠王上：「老吾老，以及人之老；幼吾幼，以及人之幼；天下可運於掌。」敬老護幼，王者仁德，少司命所職也。

言司命執持長劍，以誅絶凶惡，擁護萬民，長少使各得其命也。◎文選「司命」下無「執」字，「民」作「人」，「命」下無「也」字。六臣本「凶」作「邪」，尤袤本無「凶」字。正德本、隆慶本、劉本、湖北本、朱本、馮本、俞本、莊本、四庫章句本「使各」作「各使」。案：無「執」，敓也。又，章句但作「邪惡」，無作「凶惡」。悲回風「隱峧山以清江」，章句：「言己雖遠遊戲，猶依神山而止，欲清澄邪惡者也。」九懷亂曰「株穢除兮」，章句：「邪惡已消，遠逃亡也。」哀時命「邪氣襲余之形體兮」，章句：「言己常恐邪惡之氣及我形體，疾病憯痛，横發而生，身僵仆也。」則舊作「邪惡」。

蓀獨宜兮爲民正。

言司命執心公方，無所阿私，善者佑之，惡者誅之，故宜爲萬民之平正也。

【疏證】

言司命執心公方，無所阿私，善者佑之，惡者誅之，故宜爲萬民之平正也。◎文選本「正」上無「平」字，「正」下無「也」字。莊本「正」作「生」。案：作「生」，訛也。章句「公方」云云，謂公正，漢世恆語。七諫怨世「何周道之平易兮」，章句：「言周家建立德化，其道平直公方，所履無失。」哀時命「終不以邪枉害方」，章句：「終不能邪枉其身以害公方之行也。」蓀，謂少司命。又，朱季海楚辭解故：「老子曰：『躁勝寒，靜勝熱，清靜爲天下正。』『爲天下正』，與『爲民正』，語故相若也。」非也。爲民正，同離騷「指九天以爲正」。正，謂平正之人。老子：「爲天下正。」墨子卷三尚同篇中第一二：「爲民正長。」皆言爲天下長。未可同日語。

少司命

庚案：少司命，司人之長養，執掌生育之神。少之言小也。死生亦大也，楚人重死而輕生，以死神爲大，故稱曰大司命。以生神爲小，則稱曰少司命。今則反之。隨州武家坡漢墓簡牘星官以婺女星爲掌生育之司命，與「文昌四星」之大司命别。周禮卷一八春官第三大宗伯：「以禋祀祀昊天上帝，以實柴祀日月星辰，以槱燎祀司中、司命、飌師、雨師。」黄生義府「司中」條：「周禮有司中、司命二神，始不解司中之義。偶讀老子『萬物負陰而抱陽，沖氣以爲和』。乃知中即指此沖氣而言。『沖氣以爲和』，謂陰陽兩相和合，不偏不雜，人得之以生，此所以爲萬物之靈。國語云：『左執鬼中，右執殤宫。』此中字正與司中之中合，蓋司中、司命二神，即今俗所謂『南斗注生，北斗注死』是也。司中主生，司命主死，故並祀之。左執、右執云者，猶言生殺在其柄。如司中、司命之神，凡大人小兒之命，皆得主之耳。」黄氏猶未達「中」義。中，身也。禮記卷一〇檀弓下第四「文子其中退然如不勝衣」，鄭注：「中，身也。」國語卷一七楚語上「余左執鬼中，右執殤宫。」韋昭注：「中，身也。」身，猶娠也。詩大明「大任有身」，毛傳：「身，重也。」鄭箋云：「重，謂懷孕也。」司中，猶司生育也。少司命，即周禮之司中。

暾將出兮東方，

謂日始出東方，其容暾暾而盛大也。

【疏證】

謂日始出東方，其容暾暾而盛大也。◎正德本、隆慶本、湖北本、劉本、俞本、莊本、朱本「盛大」作「盛貌」。案：慧琳音義卷九八「東暾」條：「楚辭云：『暾將出乎東方。』王逸注云：『謂日始出，其形暾暾而盛大也。』」文選卷三〇謝靈運石門新營所住四面高山迴溪石瀨脩竹茂林「晚見朝日暾」，李善注：「楚辭曰：『暾將出兮東方。』王逸注曰：『始出，其形暾暾而盛大也。』」雖「其容」作「其形」，然皆作「盛大」。唐寫本卷五九謝靈運石門新營所住四面高山迴溪石瀨脩竹茂林李善引王逸楚詞注、書鈔卷一四九天部日二「暾將出東方」條引王逸注皆作「其容」。又，暾，未見說文。朱季海楚辭解故：「暾，讀與焞同。說文火部：『焞，明也。』注云『盛』者，詩采芑傳：『焞焞，盛也。』又云『大』者，國語鄭語：『史伯曰：「以淳燿敦大天明地德。」』方言第一：『碩、沈、巨、濯、訏、敦、夏、于，大也。陳、鄭之間曰敦。』鄭語言『敦大』，正子雲所謂『陳、鄭之間曰敦』者，是敦亦大也。暾、焞、敦，其聲同耳。」因聲以求，淳、醇同訓厚，屯訓滿，偆訓富，惷訓盛怒，腯訓肥，潡訓滓重，殿訓大堂，皆爲敦大義，屬同根之語。暾，類篇作旽，从日、屯聲。屯、敦音同義通。說文：「屯，難也。象艸木之初生屯然而難。」暾有遲鈍、漸冉之意。文選卷九潘岳射雉賦「暾出苗以入場」，徐爰注：「暾，漸出貌也。」與訓「淳大」者相通。

照吾檻兮扶桑。

吾，謂日也。檻，楯也。言東方有扶桑之木，其高萬仞，日出，下浴於湯谷，上拂其扶桑，爰始而登，照曜四方。日以扶桑爲舍檻，故曰「照吾檻兮扶桑」也。

【疏證】

吾，謂日也。◎案：屈原代東君自稱之詞。楚辭領格語，皆用「余」，無作「吾」。離騷「步余馬於蘭皋兮」，又曰「飲余馬於咸池兮」，又曰「僕夫悲余馬懷兮」，湘夫人「朝馳余馬兮江皋」，涉江「步余馬兮山皋」，九懷危俊「步余馬兮飛柱」，九歎逢紛「步余馬兮洞庭」，九思遭厄「秣余馬兮河鼓」。照吾檻，吾，主格，言吾照檻也。同離騷「來吾道」句法。

檻，楯也。◎文選卷一西都賦「舍櫺檻而卻倚」，李善注引王逸曰：「檻，楯也，胡黯切。」案：章句未注音。胡黯切，後所增益。慧琳音義卷四、卷二二「欄楯」條、卷二三「階陛欄楯」條引王逸注楚辭：「縱曰欄，横曰楯。楯間子謂之櫺子也。」卷一一、卷二〇「欄楯」條引王逸注楚辭：「縱曰欄，横曰楯。楯間子曰櫺。」卷二三「階墀軒檻」條引王逸注楚辭：「縱曰欄，横曰楯。」史記卷一〇一袁盎列傳「百金之子不騎衡」，索隱：「案：纂要云『宮殿四面檻，縱者云檻，横者云楯』也。」散則不別。説文木部：「檻，櫳也。一曰：圈。」檻、櫳雙聲。宋本玉篇木部「檻」字：「闌也，櫳也。楚辭云：『檻，楯也。』」闌、欄同。文選卷二西京賦「鏤檻」，薛綜注：「檻，蘭也。」蘭，即欄字。

言東方有扶桑之木，其高萬仞，日出，下浴於湯谷，上拂其扶桑，爰始而登，照曜四方。日以扶桑爲舍檻，故曰「照吾檻兮扶桑」也。◎正德本、隆慶本、劉本、馮本、朱本、湖北本、俞本、莊本、四庫章句本無「出」字，「扶桑」下無「也」字。案：出，羕也。章句「日出，下浴於湯谷，上拂其扶桑，爰始而登，照曜四方」云云，則因淮南子卷三天文訓。又，「日以扶桑爲舍檻」云云，日神所居，類苗、僮民族所居之干欄（俗稱高腳樓）。屈子言「檻」，則因沅、湘之越俗。

撫余馬兮安驅，

余，謂日也。

【疏證】

余，謂日也。◎案：上曰「吾」，此曰「余」，變文避複。補注：「淮南曰：『日至悲泉，爰止其女，爰息其馬，是謂懸車。』車，日所乘也。馬，駕車者也。御之者，羲和也。女，即羲和。馬，即六龍。見騷經注。」山海經卷一五大荒南經：「東南海之外，甘水之間，有羲和之國，有女子名曰羲和，方日浴于甘淵。羲和者，帝俊之妻，生十日。」郭注：「羲和，蓋天地始生，主日月者也。故啓筮曰：『空桑之蒼蒼，八極之既張，乃有夫羲和，是主日月，職出入，以爲晦明。』又曰：『瞻彼上天，一明一晦，有夫羲和之子，出於暘谷。』」羲和，日神；御，控御也。睡虎地秦墓竹簡爲吏之道：「安驧而步，毋使民懼。」安驅，猶安驧也。

夜晈晈兮既明。

言日既陞天，運轉而西，將過太陰，徐撫其馬，安驅而行，雖幽昧之夜，猶晈晈而自明也。

【疏證】

言日既陞天，運轉而西，將過太陰，徐撫其馬，安驅而行，雖幽昧之夜，猶晈晈而自明也。◎正德本、隆慶本、劉本、馮本、湖北本、朱本、俞本、莊本、四庫章句本「晈晈」作「皎皎」。俞本、莊本「而西」下復有「行」字。案：補注：「晈字从日，與皎同。此言日之將出，羲和御之，安驅徐行，使幽昧之夜，晈晈而復明也。」廣雅釋訓：「晈晈，明也。」説文日部：「晈，月之白也。从日、交聲。詩曰：『月出晈兮。』」三家詩作「月出皦兮」，毛詩晈作皎。大車「有如皦日」，韓詩皦作晈。釋文：「本又作皎。」晈、皎與皦，古字皆通用。

駕龍輈兮乘雷，

輈，車轅也。

【疏證】

輈，車轅也。◎補注：「輈，張留切。方言曰：『轅，楚、韓之間謂之輈。』」案：洪氏以輈爲楚語。説文車部：「輈，轅也。」又曰：「轅，輈也。」散則不別。釋名釋車：「輈，句也。轅上句也。」又曰：「轅，援也。車之大援也。」公羊傳僖公元年「於是抗輈經而死」，何休注：「輈，小車轅。冀州人以此名之云爾。」稱輈，不獨行於楚、韓。對文大車曰轅，小車曰輈。戴先生方言疏證卷九：「考工記：『輈人爲輈。』鄭注云：『輈，車轅也。』詩秦風『五楘梁輈』，毛傳：『楘，歷録也。梁輈，輈上句衡也。一輈五束，束有歷録。』」洪氏又云：「淮南曰：『雷以爲車輪。』注云：『雷，轉氣也。』」雷，籀文作靁，下从三輪，象衆車。雷聲如衆車運轉，故字作靁。則車鳴聲亦謂之雷。古之神靈出遊，皆駕龍車。雲中君「龍駕兮帝服」，大司命「乘龍兮轔轔」。後之方士仙遊，多侈張如是。宋書卷二一樂志三駕六龍：「仙道多駕煙，乘雲駕龍。」

載雲旗兮委蛇。

言曰以龍爲車轅，乘雷而行，以雲爲旌旗，委蛇而長。

【疏證】

言曰以龍爲車轅，乘雷而行，以雲爲旌旗，委蛇而長。◎文選卷五九王簡棲頭陀寺碑「飛閣逶迤」，李善注：「楚辭曰：『載雲旗兮逶移。』王逸曰：『逶移而長。』移與迤音義同。」案：委蛇之別文，至爲繁雜，詳參離騷「載雲旗之委蛇」注。古本文質，則舊作「委蛇」。委之爲逶，後以訓詁字易之。

長太息兮將上，心低佪兮顧懷。

言日將去扶桑，上而升天，則俳佪太息，顧念其居也。

【疏證】

言日將去扶桑，上而升天，則俳佪太息，顧念其居也。◎正德本、隆慶本、劉本、湖北本、朱本、馮本、四庫章句本「俳佪」作「徘徊」，「居」作「君」。俞本、莊本「居」作「君」。案：君，居之訛。章句謂日神「俳佪太息，顧念其居」，頗傳屈子心事。補注引「低」一作「俳」，一作「儃」。姜亮夫屈原賦校注：「王逸注云『則俳佪太息』，則王本作俳矣。」非也。叔師注楚辭，多以解釋語易本詞。離騷「邅吾道夫崑崙兮」，章句：「邅，轉也，楚人名轉曰邅。言己設去楚國遠行，乃轉至崑崙神明之山。」以解釋語「轉」易「邅」。湘君「君不行兮夷猶」，章句：「夷猶，猶豫也。言湘君所在，左沅、湘，右大江，苞洞庭之波，方數百里，羣鳥所集，魚鼈所聚，土地肥饒，又有險阻，故其神常安，不肯游蕩，既設祭祀，使巫請呼之，尚復猶豫也。」以解釋語「猶豫」易「夷猶」。少司命「竦長劍兮擁幼艾」，章句：「竦，執也。言司命執持長劍，以誅絶凶惡。」以解釋語「執持」易「竦」。類此不勝舉。章句「俳佪」云云，是「低佪」之釋語，未可據此遂謂舊本作「俳佪」。又，慧琳音義卷二二「流轉遲迴苦趣中」條：「楚辭曰：『欲祇佪兮干際。』王逸注云：『祇佪，猶徘佪。』」章句遺義，其所據本作「祇佪」。俳佪，行不進貌。古無施於情感。若作俳佪，則不得解「太息」。低佪，嘽咺，聲之轉，太息貌。詳參離騷「女嬃之嬋媛兮」注。

羌聲色兮娛人，

娛，樂也。

【疏證】

娛，樂也。◎正德本、隆慶本、劉本、湖北本、朱本、馮本、俞本、四庫章句本「樂」下無「也」字。

案：文選卷二二謝靈運石壁精舍還湖中作「清暉能娛人」，李善注：「楚辭曰『羌聲色兮娛人』，王逸曰：『娛，樂也。』」據此，則舊有「也」字。娛之爲樂，詳參離騷「夏康娛以自縱」注。又，補注引正文「聲色」一作「色聲」。下文因此「聲色」二字分叙祀神之樂與靈保之色，先色而後聲，故後人易作「色聲」。非也。古但有「聲色」，無乙作「色聲」。書仲虺之誥：「惟王不邇聲色。」禮記卷一六月令第六：「毋躁，止聲色。」又曰：「身欲寧，去聲色。」鄭注：「聲，謂樂也。」莊子卷三天地篇第一二一：「且夫趣舍聲色以柴其内。」卷五達生篇第一九：「凡有貌象聲色者，皆物也。」荀子卷三非十二子第六：「酒食聲色之中，則瞞瞞然。」聲色，猶離騷「湯禹」，以平仄爲先後。卜辭云：「乙巳卜，王賓日。」又：「弗賓日。」（存佚八七二）又：「丙子卜，即貞王賓日。」（明續三三八）賓通嬪。嬪日，獻嬪於日神，即「聲色」也。

觀者憺兮忘歸。

憺，安也。言日色光明，且燿四方，人觀見之，莫不娛樂，憺然意安，而忘歸也。

【疏證】

憺，安也。◎文選卷二二謝靈運石壁精舍還湖中作「遊子憺忘歸」，李善注：「楚辭曰：『觀者憺兮忘歸。』王逸曰：『憺，安也。』」案：詳參雲中君「蹇將憺兮壽宮」注。

言日色光明，且燿四方，人觀見之，莫不娛樂，憺然意安，而忘歸也。◎正德本、隆慶本、劉本、湖北本、朱本、馮本、俞本、莊本「日色」下、「四方」下有「之」字，「且」作「照」。馮本、四庫章句本「四方」下有「之」字，「且」作「照」。案：若從隆慶諸本，則「照燿」屬上。章句以「觀者」爲「人觀見之」。其意甚善。觀者，觀祭神之人。古之祭神，遠近男女皆走觀之以爲娛樂，「憺然意安而忘歸」，類茁、僮之「趕會」、「趕圩」。詩固有之，鄭風溱洧：「溱與洧，方渙渙兮。士與女，方秉蕑兮。」

女曰觀乎，士曰既且。且往觀乎？洧之外，洵訏且樂。維士與女，伊其相謔，贈之以勺藥。」孔疏：「言溱水與洧水，春冰既泮，方欲涣涣然流盛兮，於此之時，有士與女，方適野田，執芳香之蘭草兮。既感春氣，託采香草，期於田野，共爲淫泆。士既與女相見，女謂士曰：『觀於寬閒之處乎！』意願與男俱行。士曰：『已觀乎。』止其欲觀之事，未從女言。女情急，又勸男云：『且復更往觀乎。我聞洧水之外，信寬大而且樂，可相與觀之。』士於是從之。維士與女，因即其相與戲謔，行夫婦之事。及其别也，士愛此女，贈送之以勺藥之草，結其恩情，以爲信約。」鄭於春三月，行禊祓之禮。觀者，觀禊於洧之士與女。全後漢文卷五五張衡七辯：「淮南清歌，燕餘材舞，列乎前堂，遞奏代叙。結鄭、衛之遺風，揚流哇而詠激楚。鼙鼓口吹，竽籟應律。金石合奏，妖冶邀會。觀者交目，衣解忘帶。於是樂中日晚，移即昏庭。」亦此類也。

緪瑟兮交鼓，簫鍾兮瑤簴。

緪，急張絃也。交鼓，對擊鼓也。

【疏證】

緪，急張絃也。◎羅、黎二本玉篇殘卷糸部「緪」字：「楚辭『緪瑟兮交鼓』，王逸曰：『緪，急張絃也。』」同治本「緪」訛作「下」。案：弦、絃同。慧琳音義卷七六「緪繩」條引王逸注楚辭：

「絙，忽張絃也。」忽，急之訛。文選卷一八長笛賦「若絚瑟促柱」，李善注：「楚辭曰：『絚瑟兮交鼓。』王逸曰：『絚，急張弦也。』」柳河東集卷四二初秋夜坐贈吳武陵孫注引王逸注：「絙，急張也。」爛敓「絃」字。據此，則舊有「也」字。又，補注：「絙，古登切。長笛賦曰：『絚瑟促柱。』」絙，緪之俗；或作絚，絙字省文。瑟之絃有大小，小者急，其聲高揚；大者緩，其聲低抑。韓非子卷一二外儲説左下第三三：「夫瑟以小絃爲大聲，以大絃爲小聲。」鼓瑟者欲令瑟之聲音宏大，必促柱令小絃急張，則謂之絙也。文選卷一八嵇康琴賦「張急故聲清」，呂延濟注：「張急，謂絃急也。」李善注引蔡邕月令章句曰：「凡絃之緩急爲清濁，琴緊其絃則清，縵則濁。」

交鼓，對擊鼓也。◎郭在貽楚辭解詁謂「交鼓」與「緪瑟」、「蕭（𢷾）鍾」、「瑶（摇）簴」爲對舉，交，攴之訛。攴，擊也。案：交，有相對、更互義。交鼓，謂對擊鼓。其義自通，毋須改字。類聚卷一一帝王部一「帝舜有虞氏」條引溫子升舜廟碑：「交鼓亙瑟，實髣髴於聞韶。」蓋襲於此，其亦作「交鼓」。補注引簫一作蕭，云：「儀禮有笙磬、笙鐘。周禮笙師『共其鐘笙之樂』，注云：『鐘笙，與鐘聲相應之笙。』然則簫鐘，與簫聲相應之鍾歟？」其説非是。戴震屈原賦注：「簫一作蕭，通。洪景盧云：『洪慶善注東君篇簫鐘，一蜀客過而見之曰，一本簫作櫹。廣韻訓爲擊也。蓋是擊鐘，正與「緪瑟」爲對耳。』」聞一多楚辭校補：「一本作蕭，蓋櫹之省，簫則蕭之誤。洪邁容齋續筆一五引蜀客所見本作櫹，又引蜀客説云『廣韻訓爲「擊也」，蓋是擊鐘，與「緪瑟」爲對耳』。是古本篇作櫹之證。」此説亦見王念孫讀書雜志餘編下「簫鐘」條。王氏又云：「瑶讀爲摇。摇，動也。招魂曰『鏗鐘摇簴』，王注曰：『鏗，撞也；摇，動也。』文選張銑注曰：『言擊鐘則摇動其簴也。』義與此同。作瑶者，借字耳。」又，聞一多謂瑶「疑摇之誤字。『櫹鐘』與『摇簴』對文，言擊鐘甚力，致其簴爲之動摇也。」王氏以瑶、摇通假爲允。聞説非也。淮南子卷八本經訓「帝有桀、紂，爲璇室瑶臺」，高注：「瑶，或作摇。」國語卷七晉語一荀瑶，墨子卷一所染篇第三作范伯摇。洪又云：「簴，其吕切。爾雅：『木謂之簴。』縣鐘磬之木也。」楚人祭祀鬼神若以擊鐘，則配太牢，於禮特隆。新蔡葛陵楚墓甲三・一三六：「目（以）罷禱大牢饋，脠鐘樂之。」甲三・一四五：「饋，脠鐘樂之。」甲三・二〇九：「□競坪（平）王大單（牢）饋，脠鐘樂之。」甲三・二六一：「□單（牢）饋，脠鐘樂之。」乙三・六三：「脠鐘樂之，□。」祭祀東君而櫹鐘，蓋亦有太牢之禮也。曾侯乙墓出土編鐘凡六十又四，鈕鐘十九，分三組懸於簴之上層；甬鐘四十又五，分五組懸於簴之中下層，簴之架作人形以承鐘。若作樂齊鳴，則聲振宫庭，極爲壯觀，令觀者心動而忘歸也。

鳴篪兮吹竽，

篪、竽，樂器名也。言己願供修香美，張施琴瑟，吹鳴篪竽，列備衆樂，以樂大神。

【疏證】

䶵、竽，樂器名也。◎同治本「䶵」訛作「日」。案：補注引「䶵」一作「篪」，云：「篪，與䶵同，並音池。爾雅注云：『篪以竹爲之，長尺四寸，圍三寸，一孔上出，一寸三分，名翹，横吹之。小者尺二寸。廣雅云：八孔。』竽，已見上。」説文龠部：「䶵，管樂也。」蔡邕月令章句：「六孔有距，横吹之。」隨州擂鼓墩一號楚墓出土䶵管有二，䶵之一端以天然之竹封底，另一端以物塞之，管有吹孔及出氣孔各一，别有指孔五，凡七孔。據仿製者研究，二䶵六階已備，若以叉口法奏之，則能出十二半音階。竽，已見東皇太一「陳竽瑟兮浩唱」注。

言己願供修香美，張施琴瑟，吹鳴䶵竽，列備衆樂，以樂大神。◎正德本、隆慶本、湖北本、朱本、馮本、劉本、俞本、莊本、四庫章句本「大神」下有「也」字。俞本、莊本「大」作「太」。景宋本「修」作「脩」。同治本「䶵」訛作「玉」。案：太，大之訛。章句「列備衆樂，以樂大神」云云，周禮卷二二春官宗伯第三下大司樂：「以六律、六同、五聲、八音、六舞大合樂，以致鬼神示。」鄭注：「大合樂者，謂徧作六代之樂。」楚器敢鐘：「其音贏少戠湯，龢于均煌，霝印若華，比諸𦖞聲，至諸長籥，會平倉倉。」是之謂「列備衆樂」也。

思靈保兮賢姱。

靈，謂巫也。姱，好貌。言己思得賢好之巫，使與日神相保樂也。

【疏證】

靈，謂巫也。◎補注：「古人云：詔靈保，召方相。說者曰，靈保，神巫也。」案：洪氏引「古人」，見後漢書卷六〇上馬融傳「詔靈保，召方相」，李賢注：「靈保，神巫也。楚辭九歌曰『思靈保兮賢姱』。」則洪「說者」云云，唐章懷也。靈保，猶靈子。甲、金古文、楚簡保字多作𠈃，从人、从子，象抱子。保有子義（李大明說）。書召誥：「王其疾敬德，相古先民有夏。天迪從子保，面稽天若，今時既墜厥命。今相有殷，天迪格保，面稽天若，今時既墜厥命。」二詁相對，上曰「子保」，下曰「保」。子保，平列同義，保亦子也。大戴禮記卷一主言第三九：「上之親下也如腹心，則下之親上也如保子之見慈母也。」腹心、保子，對舉爲文。保子，平列同義，保猶子也。楚人名巫曰靈子，亦曰靈保。

姱，好貌。◎案：詳參離騷「苟余情其信姱以練要兮」注。慧琳音義卷八八「姱節」條引王逸注楚辭：「姱，好也。」則無「貌」字。

言己思得賢好之巫，使與日神相保樂也。◎案：對文德美曰賢，貌好曰姱。散則賢、姱皆好也。

翾飛兮翠曾，

曾，舉也。言巫舞工巧，身體翾然若飛，似翠鳥之舉也。

【疏證】

曾，舉也。◎御覽卷九二四羽族部一一翡翠：「離騷曰『翾飛兮翠層』，王逸注：『層，舉也。』」案：層、曾古字通用。類聚卷四三樂部三「舞」條引王逸注：「曾，舞也。」舞，當「舉」之訛，亦作「曾」。曾侯乙墓楚簡、包山楚簡曾舉字皆作䎖，別作䎖，省作曾爾。

言巫舞工巧，身體翾然若飛，似翠鳥之舉也。◎同治本「體翾」訛作「日下」，「若飛」訛作「若一」。毛祥麟楚辭校文曰：「文瀾閣本『舉』上有『飃』字。」案：文津本、文淵本亦無「飃」字。類聚卷四三「舞」條引王逸注：「言舞工巧似翠鳥之舉。」御覽卷九二四羽族部一一翡翠引王逸注：「言巫舞工巧，翾然若翠舉。」皆非足文。亦無「飃」字。又，補注：「翾，小飛也。博雅：曰：『䎖、翥，飛也。』」今之標點本多以「翥飛」屬連。廣雅釋詁：「䎖、翥，舉也。」又云：「䎖、翥，飛也。」翥、飛，分別爲義。說文羽部：「翾，小飛也。从羽，瞏聲。」小飛，鳥飛初起，嬛然輕疾之貌。文選卷一八笙賦「翾翾岐岐」，李善注引字林：「翾翾，初起也。」荀子卷二不苟篇第三「喜則輕而翾」，楊注：「翾，小飛也。」皆輕疾也。

展詩兮會舞，應律兮合節，

展，舒。言乃復舒展詩曲，作爲雅頌之樂，合會六律，以應舞節。

【疏證】

展，舒。◎莊本「舒」下有「也」字。案：文選卷三一江淹雜體詩袁太尉淑「展歌殊未宣」，李善注引王逸曰：「展，舒也。言舒展詩曲，作爲雅樂者也。」又，卷四六顏延之三月三日曲水詩序「展詩發志」，李善注：「楚辭曰：『展詩兮會舞。』王逸曰：『展，舒也。』」據此，舊本「舒」下有「也」字。補注：「展詩，猶陳詩也。」展之訓舒、訓陳，其義皆通。文選卷三東京賦「禮事展」，薛綜注：「展，謂舒陳器物也。」

言乃復舒展詩曲，作爲雅頌之樂，合會六律，以應舞節。◎莊本無注。案：敚也。又，初學記卷一五樂部上第五舞「合節」條引王逸注：「乃復舒展詩曲，作爲雅樂，合會六律，以應舞節。」無「頌之」二字。上博簡（一）孔子詩論：「孔子曰：詩亡離志，樂亡離情，文亡離言。」則詩、樂、文對文別義，散則不別。左傳襄公十六年：「晉侯與諸侯宴于温，使諸大夫舞，曰：『歌詩必類。』」王紹蘭經説卷四：「古人舞必歌詩，故墨子公孟篇曰『舞詩三百』。」其「展詩會舞」之謂也。又，章句「合會六律」云云，是總括陰陽十二律。周禮卷二二春官宗伯第三大司樂「以六律、六同」，鄭注：「六律，合陽聲者也。六同，合陰聲者也。」賈疏：「先鄭云：『陽律以竹，陰律以銅。』」卷二三大師：「掌六律六同以合陰陽之聲。陽聲：黄鐘、太簇、姑洗、蕤賓、夷則、無射。陰聲：大呂、應鐘、南呂、函鐘、小呂、夾鐘。」又，漢書卷二二禮樂志：「展詩應律鋗玉鳴。」宋書卷二一樂志三別日：「展詩清歌聊自寬，樂往哀來摧心肝。」類聚卷四歲時部中「三月三日」條引宋顔延之三日曲水詩序：「展詩發志，則夫誦美有章，陳信無愧者歟？」晉書卷一六律曆志上：「作樂之時，諸音皆受鐘磬之均，即爲悉應律也。」後之「展詩」、「應節」之語，皆因於此。

靈之來兮蔽日。

言日神悦喜，於是來下，從其官屬，蔽日而至也。

【疏證】

言日神悦喜，於是來下，從其官屬，蔽日而至也。◎同治本「官屬」作「官不」，下敚「蔽」字。

案：訛也。靈之來，已見湘夫人篇。蔽日，謂靈之來衆多，狀日神降臨之象。漢書卷二二禮樂志郊祀歌：「靈之來，神哉沛。先以雨，般裔裔。」宋書卷二〇樂志二天地郊迎送神歌：「望帝閽，聳神蹕。靈之來，辰光溢。」卷八五謝莊傳：「聳朝蓋兮泛晨霞，靈之來兮雲漢華。」靈之來，皆因於此。

青雲衣兮白霓裳，

言日神來下，青雲爲上衣，白蜺爲下裳也。日出東方，入西方，故用其方色以爲飾也。

【疏證】言日神來下，青雲爲上衣，白蜺爲下裳也。日出東方，入西方，故用其方色以爲飾也。◎正德本、隆慶本、劉本、湖北本、朱本、馮本、俞本、莊本、四庫章句本「裳」下無「也」字。馮本「白蜺」作「白蝶」。案：蝶，訛字。上曰衣，下曰裳。詳參離騷「製芰荷以爲衣兮，集芙蓉以爲裳」注。又，雲、霓對舉爲文，其義並同。言青雲衣、白雲裳也。青，東方色；白，西方色也。章句「用其方色以爲飾」云云，則得屈子本心也。

舉長矢兮射天狼。

天狼，星名，以喻貪殘。日爲王者，王者受命，必誅貪殘，故曰舉長矢射天狼。言君當誅惡也。

【疏證】天狼，星名，以喻貪殘。日爲王者，王者受命，必誅貪殘，故曰舉長矢射天狼。言君當誅惡也。◎同治本「當誅」訛作「下末」。案：史記卷二七天官書：「其東有大星曰狼，狼角變色，多盜賊，下有四星曰弧，直狼。」正義：「狼，一星，參東南。弧，九星，在狼東南，天之弓也。」今鄉俗以日蝕爲天狗所吞食。天狗，狼之醜。射天狼，驅狼救日也，古之祭日之禮目。章句「日爲王者，王者受命，必誅貪殘」云云，戴震屈原賦注：「天官書：『秦之疆也，占于狼弧。』此章有報秦之心，故舉秦分野之星言之。」則爲附會也。

操余弧兮反淪降，

言日誅惡以後，復循道而退下，入太陰之中，不伐其功也。

【疏證】

言日誅惡以後，復循道而退下，入太陰之中，不伐其功也。◎正德本、隆慶本、劉本、馮本、朱本、湖北本、俞本、莊本、四庫章句本「以」作「已」，「以」下無「後」字。案：以、已通。無「後」字，爛敓也。弧之射狼，因天之星象。漢書卷八七上揚雄傳：「掉奔星之流旃，彏天狼之威弧。」晉灼曰：「有狼、弧之星也。」後漢書卷六〇上馬融傳：「棲招搖與玄弋，注枉矢於天狼。」李賢注：「招搖、玄弋、天狼，並星名也。」文選卷一五思玄賦：「彎威弧之拔刺兮，射嶓冢之封狼。」李善注：「漢書曰：『狼下有四星曰弧。』」則「舉長矢兮射天狼，操余弧兮反淪降」之語，直以天之星象爲賦，無深意可託。反淪降，言日與狼、弧俱下移而西没，星轉斗移之象。補注：「反淪降者，喻人君退託不自有其功。」附會之說。

援北斗兮酌桂漿。

斗，謂玉爵。言誅惡既畢，故引玉斗、酌酒漿，以爵命賢能、進有德也。

【疏證】

斗，謂玉爵。言誅惡既畢，故引玉斗、酌酒漿，以爵命賢能、進有德也。◎補注：「詩云：『酌以大斗。』斗，酒器也。又曰：『維北有斗，不可以挹酒漿。』此以北斗喻酒器者，大之也。斗舊音主。」案：洪氏引詩，前者在大雅行葦，毛傳：「大斗，長三尺也。」釋文：「斗字又作枓，都口反，徐又音主。三尺，謂大斗之柄也。」後者見小雅大東。斗，非玉爵，挹酒器。史記卷二七天官書「北斗七星」，索隱：「春秋運斗樞云：『斗，第一天樞，第二旋，第三璣，第四權，第五衡，第六開陽，第七搖光。第一至第四爲魁，第五至第七爲標，合而爲斗。』」天官書又云：「用昏建者杓，夜半建者衡。」集解：「孟康曰：『假令杓昏建寅，衡夜半亦建寅。』」正義：「衡，北斗衡也。言北斗夜半建用斗衡指寅。」援酌北斗，言夜半天衡建寅星象也。東君行至夜半，斗建在寅位，則復東行也。湖北擂鼓墩戰國早期曾侯乙墓出土漆箱一件，箱蓋上繪有二十八宿星象圖。在二十八宿之中有一斗字，象北斗居中。天官書又云：「斗爲帝車，運於中央，臨制四鄉。分陰陽，建四時，均五行，移節度，定諸紀，皆繫於斗。」與後之别置北斗於二十八宿外者别。上博簡（七）天子建州：「日月㝵亓甫（輔），䂓之㠯玉㪷（斗），戕（仇）戥（讎）戔（殘）亡。」又，淮南子卷三天文訓：「北斗所擊，不可與敵。」漢書卷三〇藝文志説兵陰陽家，「順時而發，推刑德，隨斗擊，因五勝，假鬼神而爲助者也」。援北斗，戰鬥之象也。又，董鷗洲王注楚辭翼云：「爵大夫以上與燕享，然後賜爵，以章有德，故因爲謂『命』。秩爲爵禄爵位。周禮夏官『司士掌羣臣之版，以治其政令』云云，『以德詔爵，以功詔禄，以能詔事，以久尊食』，注曰：『德，謂賢者。食，稍食也。賢者既爵，乃禄之。能者事成，乃食之。』王制曰：『司馬辨論官材，論進士之賢者，以告於王，而定其論。論定，然後官之。任官，然後爵之。位定，然後禄之。』」此所謂「以爵命賢能、進有德」也。

撰余轡兮高駝翔，杳冥冥兮以東行。

言日過太陰，不見其光，出杳杳，入冥冥，直東行而復出。或曰：日月五星，皆東行也。

【疏證】

言日過太陰，不見其光，出杳杳，入冥冥，直東行而復出。或曰：日月五星，皆東行也。◎補注：「撰，定也，持也。遠遊曰：『撰余轡而正策。』」引正文「駝」一作「馳」。聞一多楚辭校補：

「疑當作『高駝』，無翔字。大司命『高駝兮沖天』，離騷『神高駝之邈邈』，皆曰『高駝』，可資參證。此句本不入韻，今本有翔字，蓋受下句韵脚『行』字之暗示而誤加一韵也。」撰字始見此，而逸無注。天問「撰體協鹿，何以膺之」，章句：「言天撰十二神鹿，一身八足兩頭，獨何膺受此形體乎。」招魂「招具該備，永嘯呼些」，章句：「言撰設甘美，招寃之具，靡不畢備，故長嘯大呼，以招君也。」皆以「具」爲「撰」也。又曰「結撰至思，蘭芳假些」，章句：「撰，猶博也。言君能結撰博專至之心，以思賢人，賢人即自至也。」廣雅釋訓，錢大昭疏義謂撰爲博，「未詳」。博猶縛也，古字通用。縛，束也，結也。結撰，平列同義。撰余轡，即縛余轡。駝、馳之隸省。則舊作「駝」字。正德本、隆慶本、劉本、馮本、朱本、俞本、莊本、四庫章句本亦作「駝」。又，朱季海楚辭解故謂「它、也古音同在歌部，沱沼字古祇作沱，今別作池」，則未審其爲隸變。又，補注：「杳，深也。冥，幽也。日出東方，猶帝出乎震也。」又引正文一作「翔杳冥兮」。案：若作「翔杳冥」，不辭。翔，涉上羨也。後或律以六字句法，又改「杳冥冥」爲「杳冥」。章句「出杳杳，入冥冥」云云，則舊亦無「翔」字。九歎怨思「經營原野，杳冥冥兮」。杳冥冥，楚辭恆語。又，聞一多楚辭校補：「當從一本删以字。此句『兮』之作用同『而』，『杳冥冥兮東行』，猶『杳冥冥而東行』也。今本有以字，則全句讀爲『杳冥冥而以東行』，不辭甚矣。」姜亮夫屈原賦校注：「無以字是也。此句兮字作而字解，則不容有兩介詞矣。」九歌兮字，非必字字皆有虛詞之用，此不贅舉，詳參少司命「蓀何爲兮愁苦」注。兮，或作語氣停頓用，可與虛詞連用。山鬼「雲容容兮而在下」，「既含睇兮又宜笑」，「采三秀兮於山間」，國殤「誠既勇兮又以武」。不可謂兩介詞連用則不辭。以，猶而也，非介詞。姜說尤非。此承「援北斗兮酌玉漿」來，敘東君夜半以後行程，謂斗衡建寅，時至夜半，東君西行已止，則撰轡高馳，雖未盡杳冥冥之路，則復東行也。又，章句「或曰」之説，存漢世別解。

東君

補注：「博雅曰：『朱明、耀靈、東君，日也。』漢書郊祀志有東君。」案：東君之祀，見於典册，卜辭有云：「甲子卜，其賁雨于東方。」（鄴中片羽三三八・四）又云：「己酉卜，殼貞，燎于東母，九牛。」東母者，猶東君也。（續一・五三・二）又云：「出于東母，西母，若。」（後上二八・五）東母爲日，帝太皞也；西母亦爲日，帝少皞也。又云：「乙巳卜，王賓日，弗賓日。」（佚八七二）祭日蓋行嬪禮也。又云：「丁巳卜，又出日。丁巳卜，又入日。」（佚四〇七）並其例。周禮卷一八春官宗伯第三大宗伯：「以實柴祀日月星辰。」儀禮卷二七覲禮第一〇：「天子乘龍，載大旆，象日月，升龍降龍，出拜日於東門之外。」鄭注：「帥諸侯而朝日於東郊，所以教尊尊也。」禮記第一三玉藻：「天子玉藻十有二旒，前後邃延，龍卷以祭，玄端而朝日於東門外。」日出於東，稱其神爲東君，郊祀日神則亦在東。蓋此篇爲夏、越九歌所有，夏、越之人於日陽之神無宗教情愫，泛以自然之神而膜拜之，故厝置於二司命之後。楚人崇日甚熾，多有宗教情愫，稱其始祖帝高陽爲天神東皇太一。原之九歌所以存其舊而不删者，於日神猶重禮敬之。又，史記卷七項羽本紀「四面楚歌」，集解引應劭云：「楚歌者，謂鷄鳴歌也。漢已略得其地，故楚歌者多鷄鳴時歌也。」正義引顏師古注：「楚人之歌也，猶言『吳謳』、『越吟』。若鷄鳴爲歌之名，於理則可，不得云『鷄鳴時』也。高祖戚夫人楚舞，自爲楚歌，豈亦鷄鳴時乎？」應說是而顏説非。應氏是後漢民俗學家，其言必有所據。楚人鷄鳴時歌之者，楚之祭日禮俗存於漢初者。東君之歌，類楚歌也。

與女遊兮九河，

河爲四瀆長，其位視大夫，屈原亦楚大夫，欲以官相友，故言女也。九河：徒駭、太史、馬頰、覆鬴、胡蘇、簡、絜、鈎盤、鬲津也。

【疏證】

河爲四瀆長，其位視大夫，屈原亦楚大夫，欲以官相反，故言女也。九河：徒駭、太史、馬頰、覆鬴、胡蘇、簡、絜、鈎盤、鬲津也。◎景宋本「亦」作「仕」，「友」作「及」，無「太史」二字。案：據義，則舊作「仕楚」、「相及」。九河之名，見爾雅釋水。今本「覆鬴」作「覆釜」，「鈎盤」作「鉤盤」，皆其別文。李巡注：「徒駭者，禹疏九河以徒衆起，故云徒駭。太史，禹大使徒衆，故曰太史。馬頰，河勢上廣下狹，狀如馬頰也。覆釜，水中多渚，往往而有可居之處，狀如覆釜。胡蘇，其水下流，故曰胡蘇。胡，下也。蘇，流也。簡，大也。河水深而大也。絜，言河水多山石之苦絜。絜，苦也。鉤盤，云河水曲如鉤，屈折如盤。鬲津，河水狹小，可隔以爲津。」補注：「書曰：『九河既道。』注云：『河水分爲九道，在兖州界。』又曰：『又北播爲九河，同爲逆河，入於海。』注云：『分爲九河，以殺其溢。』漢許商上書云：『古記九河之名，有徒駭、胡蘇、鬲津，今見在成平東光鬲縣界中。自鬲津以北至徒駭，其間相去二百餘里。是知九河所在，徒駭最北，鬲津最南，蓋徒駭是河之本道，東出分爲八枝也。』」洪氏引注云「分爲九河」，據今本，「分」上當補「北」；「其溢」下當補「在兖州界」四字。又，章句謂屈原「以官相及，故言女」云云，附會之説。

衝風起兮横波。

衝，隧也。屈原設意與河伯爲友，俱遊九河之中，想蒙神祐，反遇隧風，大波涌起，所託無所也。

【疏證】

衝，隧也。◎隆慶本「隧」作「遂」。朱子集注本引「衝」一作「沂」。並曰：「五臣云：『衝風，暴風也。』詩曰：『大風有隧。』」案：文選本無河伯篇，洪氏所引五臣注，出少司命。六臣本「衝風」作「衝飆」，呂延濟注：「衝飆，暴風也。」沂，泝之訛。泝，通作朔。朔風，北風也。非溯回也。遂，亦訛字。章句：「衝，隧也。」是舊本作「衝」。文選卷五五陸機演連珠「臣聞衝波安流」，劉孝標注：「楚辭曰：『衝風起兮横波。』王逸曰：『衝，隧也。』」則亦作隧。説文衝字訓「通道」，宜讀如沖，少司命正作沖。沖，上涌也。則風自下上之謂沖風。隧，讀如隤，古字通用。𨸏部：「隤，下隊也。从𨸏，貴聲。」風自上下之隧風。散則不別。衝風，古之恆語。史記卷一〇八韓安國列傳：「衝風之末，力不能漂鴻毛。」全後漢文卷六八郭泰答友仕進者：「況可冒衝風而乘奔波乎？」卷九三阮瑀文質論：「遇衝風而隕落。」全三國文卷一四曹植白鶴賦：「懼衝風之難當。」卷七〇陸景曲語：「若衝風之摧枯枝。」

屈原設意與河伯爲友，俱遊九河之中，想蒙神祐，反遇隧風，大波涌起，所託無所也。◎文選卷五五陸機演連珠「臣聞衝波安流」，劉孝標注：「楚辭曰：『衝風起兮横波。』王逸曰：『言及遇隧風，大波涌起。』」案：反，「及」之訛。劉注所引，則存其舊。又，補注引一本「横」上有「水」字。横波，波横也，協韻倒乙。横，猶水旁決貌。文選卷一七洞簫賦「時横潰以陽遂」，李善注：「横潰，旁決貌。」波横、衝風起，儷偶對舉，則舊無「水」字。

乘水車兮荷蓋，駕兩龍兮驂螭。

（螭，若龍而無角，亦謂之蛫螻。）言河伯以水爲車，驂駕螭龍而戲遊也。

【疏證】

言河伯以水爲車，驂駕螭龍而戲遊也。◎案：章句以「以水爲車」解「水車」，非也。水車，行於水上之車，類舟，亦有輪也。類聚卷三二人部十六「閨情」條引劉孝先春遊詩：「欲以千金笑，迴君流水車。」卷五九武部「戰伐」條引吳筠征客詩：「玉樽浮雲蓋，朱輪流水車。」

螭，若龍而無角，亦謂之蛫螻。◎諸本皆無注。案：螭，始見於此，舊當有注。慧琳音義卷八六「憑螭」條曰：「楚辭『[雨]（兩）龍驂螭』，王逸注：『螭，若龍而無角，亦謂之蛫螻也。』」其所據本有注，當補。蛫螻，即地螻。遠遊「玄螭蟲象並出進兮」，章句：「螭，龍類。」又，涉江「駕青虬兮驂白螭」，章句：「虬、螭，神獸。」九懷思忠「駕玄螭兮北征」，章句：「將乘山神而奔走也。」以螭爲神獸或山神。漢書卷五七上司馬相如傳「於是蛟龍赤螭」，文穎曰：「龍子爲螭。」張揖曰：「赤螭，雌龍也。」如淳曰：「螭，山神也。獸形。」顔師古注：「許慎云：『离，山神也。』字則單作离。螭，形若龍，字乃從虫。此作螭，別是一物，既非山神，又非雌龍、龍子，三家之説皆失之。」龍、螭，相對爲文，螭，非山神，即龍類。

登崑崙兮四望，

崑崙山，河源所從出。

【疏證】

崑崙山，河源所從出。◎案：補注：「援神契云：『河者，水之伯，上應天河。』山海經云：『崑崙山有青河、白河、赤河、黑河，環其墟。其白水出其東北陬，屈向東南流，爲中國河。』爾雅曰：『河出崑崙虛，色白，所渠并千七百一川。色黃，百里一小曲，千里一曲（一）直。』淮南曰：『河出崑崙，貫渤海，入禹所導積石山也。』」洪氏引援神契，「上應天河」，當作「上應天漢」。引山海經，未見今本。卷一六大荒西經：「西海之南，流沙之濱，赤水之後，黑水之前，有大山名曰崑崙之丘，其下有弱水之淵環之。」洪氏因此節引之。水經注卷一河水一：「崑崙墟在西北，去嵩高五萬里，地之中也。其高萬一千里，河水出其東北陬，屈從其東南流，入於渤海。」

心飛揚兮浩蕩。

浩蕩，志放貌。言己設與河伯俱遊西北，登崑崙萬里之山，周望四方，心意飛揚，志欲陞天，思念浩蕩，而無所據也。

【疏證】

浩蕩，志放貌。◎志，原作「忠」，據同治本、皇都本改。正德本、隆慶本、劉本、馮本、朱本、俞本、湖北本、莊本、四庫章句本「貌」下有「也」字。案：忠，訛也。浩蕩，訓「志放」，又釋「無所據」，皆通也。離騷「怨靈脩之浩蕩兮」，章句訓「無思慮貌」。

言己設與河伯俱遊西北，登崑崙萬里之山，周望四方，心意飛揚，志欲陞天，思念浩蕩，而無所據也。◎案：古以登山爲陞天，論衡卷二二紀妖篇第六四：「夢見帝，是魂之上天也。上天，猶上山也。」登崑崙，謂飛陞上天也。

日將暮兮悵忘歸，

言崑崙之中多奇怪珠玉之樹，觀而視之，不知日暮。言己心樂志説，忽忘還歸也。

【疏證】

言崑崙之中多奇怪珠玉之樹，觀而視之，不知日暮。言己心樂志説，忽忘還歸也。◎正德本、隆慶本、湖北本、劉本、朱本、馮本、俞本、莊本、四庫章句本「崑崙」下有「山」字。文淵四庫章句本「觀」作「登」，文津本亦作「觀」。案：據義，則舊作「登」。又，聞一多楚辭校補：「劉永濟氏疑「悵」當爲「憺」。案：劉説是也。此涉山鬼『怨公子兮悵忘歸』而誤。知之者，王注曰『言己心樂志悅，忽忘還歸也』，『心樂志悅』與悵字義不合。東君『觀者憺兮忘歸』，注曰『憺然意安而忘歸』，山鬼『留靈修兮憺忘歸』，注曰『心中憺然而忘歸』。樂悅與安閑義近。此注以『心樂志悅』釋憺，猶彼注以『意安』釋憺也。且東君曰『心低佪兮顧懷』，兩篇皆曰『憺忘歸』、又曰『顧懷』，此其詞句本多相襲，亦可資互證。」悵，若作憺，爲安閑之義，與解悦樂者，終隔一層。悵，讀如暢。史記卷一二七日者列傳「悵然噤口不能言」，索隱：「悵音暢。」悵，從長聲；長、暢，古字通用。令毀：「令敢⿸厂長皇王宧。」⿸厂長，長聲，郭沫若、容庚並讀「揚」，揚，昜聲。則悵、暢例通用也。詩秦風小戎「文茵暢轂」，毛傳：「暢轂，長轂也。」廣雅釋詁：「暢，長也。」暢、悵亦通用。風俗通義卷六聲音「琴」條：「其道行和樂而作者，命其曲曰暢，暢者，言其道之美暢。」暢，猶暢快也。又，淮南子卷四墬形訓：「掘昆侖虛以下地，中有增城九重，上有木禾，其脩五尋。珠樹、玉樹、琁樹、不死樹在其西，沙棠、琅玕在其東，絳樹在其南，碧樹、瑤樹在其北。」章句「崑崙之中多奇怪珠玉之樹」云云，則因淮南。

惟極浦兮寤懷。

寤，覺也。懷，思也。言己復徐惟念河之極浦、江之遠碕，則中心覺寤而復愁思也。

【疏證】

寤，覺也。◎案：詳參離騷「哲王又不寤」注。聞一多楚辭校補：「『寤懷』無義，寤疑當爲顧，聲之誤也。東君曰『心低佪兮顧懷』，揚雄反騷曰『覽四荒而顧懷兮』，魏文帝燕歌行曰『留連顧懷不能存』。是顧懷爲古之恆語。顧，念也，懷亦念也。『惟極浦兮顧懷』，猶言惟遠浦之人是念耳。王注訓寤爲覺，是所見本已誤。」顧字通寤，無徵不信。章句訓寤覺，其義自通，毋須改字。全三國文卷四四阮籍東平賦：「是故居之則心昏，言之則志哀，悸罔徙易，靡所寤懷。」寤懷，亦古恆語。

懷，思也。◎案：詳參離騷「爾何懷乎故宇」注。

言己復徐惟念河之極浦、江之遠碕，則中心覺寤而復愁思也。◎正德本、隆慶本、湖北本、朱本、劉本、馮本、俞本、莊本、四庫章句本「己」下有「心」字。案：章句以「惟念」解「懷」，惟，思也，詳參離騷「惟草木之零落兮」注。惟念，猶思念也。又，「復愁思」云云，愁思，平列同義，思亦愁也。

魚鱗屋兮龍堂，紫貝闕兮朱宮，

言河伯所居以魚鱗蓋屋，堂畫蛟龍之文，紫貝作闕，朱丹其宮，形容異制，甚鮮好也。

【疏證】

言河伯所居以魚鱗蓋屋，堂畫蛟龍之文，紫貝作闕，朱丹其宮，形容異制，甚鮮好也。◎正德本、隆慶本、劉本、朱本、馮本、俞本、莊本、四庫章句本「堂」下有「朱」字。湖北本「朱」作「上」。

案：類聚卷八四寶玉部下「貝」條引王逸注：「河伯以魚鱗蓋屋，畫龍文，紫貝作闕，朱丹其宮。」御覽卷八〇七珍寶部六貝引王逸注：「河伯以魚鱗蓋（屋），畫龍文，紫貝作闕者，丹其宮之義也。」皆無「堂朱」或「堂上」。集注分類東坡先生詩卷二五予聞登州海市舊矣「豈有貝闕藏朱宮」，次公引王逸注作「堂朱畫」。又，初學記卷六河第三「泉室水府」條引王逸注：「貝作闕。」文選卷五六陸佐公石闕銘「河庭紫貝」，李善注：「楚辭曰：『魚鱗屋兮龍堂，紫貝闕兮珠宮。』王逸曰：『言河伯所居，以紫貝作闕也。』」據此，則舊無「所居」，「堂畫蛟龍之文」蓋作「畫龍文」。龍堂，龍宮也，河神所居。太平廣記卷四二〇龍三「齊澣」條（出廣異記）：「亳州真源縣丞崔延禕糾其縣徒，開數十步，中得龍堂。初開謂是古墓，然狀如新築淨潔，周視，北壁下有五色蟄龍長丈餘，頭邊鯉魚五六枚，各長尺餘。又有靈龜兩頭，長一尺二寸，毛九寸，如常龜。」是古之祀河神之龍堂爲唐人所發見者。唐之龍堂，乃祈雨之所，未必是河神所居。舊唐書卷一三德宗紀下：「夏四月壬戌，上幸興慶宮龍堂祈雨。」大唐新語卷二極諫第三：「後璆琳納賂事洩，因祭龍堂，託事撲殺之。」又，山海經卷五中山經：「宜蘇之山，滽滽之水出焉，而北流注於河，是多黃貝。」卷一五大荒南經：「赤水之東有蒼梧之野，舜與叔均之所葬也，爰有文貝。」郭注：「即紫貝也。」又，章句以「朱丹其宮」解「朱宮」，則舊本不作「珠宮」。文選卷三一江淹雜體詩三〇首陳思王贈友：「雙闕指馳道，朱宮羅第宅。」卷二〇謝靈運九日從宋公戲馬臺集送孔令詩：「鳴葭戾朱宮，蘭巵獻時哲。」李善注：「傅玄西都賦：『彤彤朱宫。』」朱宫，蓋祖構此，皆可資參證。

靈何爲兮水中？

言河伯之屋殊好如是，何爲居水中而沈没也。

【疏證】

言河伯之屋殊好如是，何爲居水中而沈没也。◎正德本、隆慶本、劉本、湖北本、朱本、馮本、俞本、莊本、四庫章句本「殊」作「偉」。案：靈，謂河伯。水中，水下也。河伯居處水下，求之難遂。山海經卷一二海内北經：「從極之淵，深三百仞，維冰夷恒都焉。」郭璞注：「冰夷，馮夷也，即河伯也。」

乘白黿兮逐文魚，

大鼈爲黿，魚屬也。逐，從也。言河伯遊戲，遠出乘龍，近出乘黿，又從鯉魚也。

【疏證】

大鼈爲黿，魚屬也。◎補注：「黿音元。紀年曰：『穆王三十七年，征伐起師，至九江，叱黿鼉以爲梁。』」案：史記卷四周本紀「漦化爲玄黿，以入王後宮」，索隱：「亦作蚖。玄蚖，蜇蜴也。」卷一一七司馬相如傳「其中則有神龜蛟鼉瑇瑁鼈黿」，集解：「郭注山海經云：『鼉，似蜥蜴而大，身有甲，可以冒鼓。』」則黿鼉同類。卷一三〇太史公自序「文身斷髮，黿鱓與處」，索隱：「蚖鱓，元鼉二音。」則以鼉爲鱓。文選卷四蜀都賦「黿龜水處」，劉逵注：「黿，大龜也。譙周異物志：『涪陵多大龜，其甲可以卜，其緣中又似瑇瑁，俗名曰靈元。』」

逐，從也。◎案：逐之爲從，散文也。對文別義。詳參離騷「背繩墨以追曲兮」注。

言河伯遊戲，遠出乘龍，近出乘黿，又從鯉魚也。◎案：章句以「鯉魚」解「文魚」，是也。長沙子彈庫戰國楚墓出土人物御龍圖龍舟前有鯉魚一尾，即文魚也。山海經卷五中山經：「中次八經荆山之首曰景山，睢水出焉，東南流注於江，多文魚。」郭璞注：「有斑彩也。」又，文選卷五吳都賦「文鰩夜飛而觸綸」，李善引西山經：「秦器之山，濩水出焉，是多鰩魚。狀如鯉，魚身而鳥翼，蒼文而白首，赤喙。常行西海而遊于東海，夜飛而行。」鰩魚，文魚之屬。類聚卷八水部上「江水」條引晉曹毗涉江賦：「采蜂於是汎波，文魚於是登岸。」卷三六人部二〇「隱逸上」條引陸機招隱詩：「清泉盪玉渚，文魚躍中波。」文選卷一九洛神賦「騰文魚以警乘」，李善注：「文魚有翅，能飛。」長沙馬王堆漢墓帛畫下部幽都之下畫二交體長喙神魚，亦文魚也。

與女遊兮河之渚，流澌紛兮將來下。

流澌，解冰也。言屈原願與河伯遊河之渚，而流澌紛然，相隨來下，水爲污濁，故欲去也。或曰，流澌，解散。屈原自比流澌者，欲與河伯離別也。

【疏證】

流澌，解冰也。或曰，流澌，解散。屈原自比流澌者，欲與河伯離別也。◎慧琳音義卷九九「寒澌」條引王逸注楚辭：「澌，解冰也。」案：敚「流」字。補注：「澌音斯。從仌者，流冰也。從水者，水盡也。此當從仌。」其說未確。冰解曰流澌，水涌亦曰流澌，未可扼其訓詁字。後漢書卷二〇王霸傳：「候吏還白河水流澌，無船，不可濟。」晉書卷一〇五載紀石勒下：「勒統步騎四萬赴金鏞，濟自大堨。先是，流澌風猛，軍至，冰泮清和，濟畢，流澌大至，勒以爲神靈之助也。」卷一二七載紀慕容德：「其夕，流澌凍合，是夜濟師。」宋書卷二七符瑞上引東觀漢記：「將南濟滹沱河，導吏還云：『河水流澌，無船可渡。』」流澌，皆水流也。文選卷六魏都賦「凍醴流澌」，李善注：「説文曰：『澌，流冰也。』」是謂冰解。聲之轉曰離遬，書多方「離遬爾土」是也。或作離遢，左傳襄公十四年「豈敢離遢」是也。或作流貤，漢書卷六武帝紀：「受爵賞而欲移賣者，無所流貤。」倒乙曰適歷，説文：「秝，稀疏適秝也。」適秝，即適歷。因聲以求，未可殫記，皆根於分解義。紛流澌，水流紛亂也。

言屈原願與河伯遊河之渚，而流澌紛然，相隨來下，水爲污濁，故欲去也。◎正德本、隆慶本、劉本、湖北本、朱本、馮本、俞本、莊本、四庫章句本「遊」上有「久」字。案：正文「女」音汝，謂河伯也。紛，猶紛然，亂貌。

子交手兮東行，

子，謂河伯也。言屈原與河伯別，子宜東行，還於九河之居，我亦欲歸也。

【疏證】

子，謂河伯也。◎案：易言子者，是愛之親之也。

言屈原與河伯別，子宜東行，還於九河之居，我亦欲歸也。◎案：朱子集注：「古人將別，則相執手，以見不忍相遠之意。」蔣驥山帶閣注楚辭：「交手，握手爲別也。」皆非。交手，拱手也。漢書卷六三武五子附燕王旦傳：「前高后時，僞立子弘爲皇帝，諸侯交手事之。」顏師古注：「交手，謂拱手也。」全後漢文卷二六班固竇將軍北征頌：「名王交手，稽顙請服。」六書故卷一四：「共，叉手也，从兩手交叉。古文交手，乃其正也。」

送美人兮南浦。

美人，屈原自謂也。願河伯送己，南至江之涯，歸楚國也。

【疏證】

美人，屈原自謂也。◎案：美人，河神所娶婦。祭河沈婦，類獻嬪禮。史記卷一二六滑稽列傳褚先生曰：「魏文侯時，西門豹爲鄴令。豹往到鄴，會長老，問之民所疾苦。長老曰：『苦爲河伯娶婦，以故貧。』豹問其故，對曰：『鄴三老、廷掾常歲賦斂百姓，收取其錢得數百萬，用其二三十萬爲河伯娶婦，與祝巫共分其餘錢持歸。當其時，巫行視小家女好者，云是當爲河伯婦，即娉取。洗沐之，爲治新繒綺縠衣，閒居齋戒，爲治齋宮河上，張緹絳帷，女居其中。爲具牛酒飯食，（行）十餘日。共粉飾之，如嫁女牀席，令女居其上，浮之河中。始浮，行數十里乃没。其人家有好女者，恐大巫祝爲河伯取之，以故多持女遠逃亡。以故城中益空無人，又困貧，所從來久遠矣。民人俗語曰「即不爲河伯娶婦，水來漂没，溺其人民」云。』」其「送美人南浦」之謂也。嬪河之祭，殷商卜辭已有之，曰：「丁巳卜，其燎于河，沈妾。」（後編二三·四）其風亦尚矣。又，九店楚簡第四四簡：「敢告繲之子武夷：『爾居復山之阯（基），不周之埜，帝胃（謂）爾無事，命爾司兵死者。含（今）日某將欲飤，某敢以其妻妻女（汝）。』」則祭武夷神行獻嬪禮。

願河伯送己，南至江之涯，歸楚國也。◎案：補注：「别賦云：『送君南浦，傷如之何？』蓋用此語。」又，全宋文卷六三釋慧琳龍光寺竺道生法師慶并序：「送别南浦，交手分路。」亦因於此。

波滔滔兮來迎，魚隣隣兮媵予。

媵，送也。言江神聞己將歸，亦使波流滔滔來迎，河伯遣魚隣隣侍從而送我也。

【疏證】

媵，送也。◎案：因爾雅釋言。天問「夫何惡之，媵有莘之婦」，章句：「媵，送也。」並散文不别。史記卷三九晉世家「以媵秦穆姬」，集解：「杜預曰：『送女曰媵。』」公羊傳莊公十九年：「媵者何？諸侯娶一國，則二國往媵之，以姪娣從。」對文亦别。又，清趙吉士寄園寄所寄卷七獺祭寄引升庵説：「古者一國嫁女，同姓二國媵之。儀禮有媵爵，謂先飲一爵，後二爵從之。楚詞『魚鱗鱗兮媵予』，江海間有魚游必三，如媵隨妻，先一後二，俗稱爲婢妾魚。」非必有其事，存之以廣異聞。

言江神聞己將歸，亦使波流滔滔來迎，河伯遣魚隣隣侍從而送我也。◎正德本、隆慶本、劉本、湖北本、朱本、馮本、俞本、莊本、四庫章句本「隣隣」作「鱗鱗」。案：隣、鱗古字通。文選卷一四幽通賦「東鄰虐而殲仁兮」，漢書卷一〇〇叙傳鄰作隣，顔師古注：「隣，古鄰字也。」馬王堆漢墓帛書六十四卦「隣隣」作「嬰嬰」。滔滔，水流貌。詩載驅「汶水滔滔」，毛傳：「滔滔，流貌。」文選卷一六陸機歎逝賦：「水滔滔而日度。」卷二三王粲贈文叔良：「瞻彼黑水，滔滔其流。」予，屈原代河伯自稱也。言河伯東行，波滔滔相迎，魚隣隣相送也。又，酈露赤雅卷三白妾魚：「白妾魚，出大荒山深澗中，一名婢妾。臉若芙蓉，膚如凝脂，有天然肉結，髀若垂雲，長四尺五寸。臍下有帶，白光映人。胡天星邀予作鱠，香脆甘美，水陸無有方者。諸君聞獲是魚，盛禮來賀。予瞷其所答，皆不多。其油止妒。其他伴禮者，熊掌、虎皮、麝香、鴆箭，紛如也。貴重如此。楚辭『魚鱗鱗兮媵予』，意者指此。」

河伯

補注：「山海經曰：『中極之淵，深三百仞，唯冰夷都焉。冰夷，人面而乘龍。』穆天子傳云：『天子西征，至於陽紆之山，河伯無夷之所都居。』冰夷、無夷，即馮夷也。淮南又作馮遲。抱朴子釋鬼篇曰：『馮夷以八月上庚日渡河溺死，天帝署爲河伯。』清泠傳曰：『馮夷，華陰潼鄉隄首人也，服八石，得水仙，是爲河伯。』博物志云：『昔夏禹觀河，見長人魚身出，曰：「吾，河精。」』豈河伯也？馮夷得道成仙，化爲河伯，道豈同哉？」案：文選卷一五思玄賦「號馮夷俾清津兮」，李善注引清泠傳作青令傳，李注又曰：「太公金匱曰：『河伯姓馮名脩。』裴氏新語謂爲馮夷。淮南子曰『馮夷服夷石而水仙』，注曰：『馮夷，河伯也。華陰潼鄉隄首人，服八石而水仙。』」則清泠傳因高誘注也。史記卷二八封禪書「水曰河，祠臨晉」，正義：「龍魚河圖云：『河伯，姓呂，名公子，夫人姓馮名夷。河伯，字也。華陰潼鄉隄首人，水死，化爲河伯。』應劭云：『夷，馮夷，乃水仙也。』」卷一一七司馬相如傳「使靈媧鼓瑟而舞馮夷」，集解：「漢書音義：『馮夷，河伯字也。』淮南子曰：『馮夷得道，以潛大川。』」此皆漢世河伯神話也，誠非九歌所祀者也。河伯爲夏時諸侯，天問「胡射夫河伯」是也。竹書紀年：「帝芬十六年，洛伯與河伯馮夷鬭。」又曰：「帝泄十六年，殷侯微以河伯之師伐有易，殺其君緜臣。」山海經卷一四大荒東經：「王亥託于有易河伯僕牛，有易殺王亥，取僕牛。河伯念有易，有易潛出，爲國於獸。」顧炎武日知録卷二五謂國君河上，而命之爲伯，如文王之西伯，馮夷其名。調停之説。爾雅釋天：「祭川曰浮沈。」沈，或沈玉，或沈嬖妾。殷商卜辭：「甲申卜，方貞，告龜于河伯。」（佚存五二五）又曰：「翌甲戌，河其令雨，翌甲戌，河不令雨。」（乙編三一二一）又曰：「丁巳卜，其尞于河牢，沈嬖。」（後編上二三·四）又曰：「丙子卜，賓貞，嬖珏西河。」（鐵雲一二七·二）九店楚簡四四簡：「今日某將飤，某敢以其妻妻女（汝）。」則祭武夷神行獻嬪禮也。初學記卷一三禮部上第一祭祀「禮地」條及書鈔卷八九禮儀部同引紀年云：「后荒即位元年，以玄珪賓于河。」尚書中候亦曰「堯沈璧于河」，「舜沈璧于河」，「周成王舉堯、舜之禮沈璧于河」等。及春秋、戰國之世，祀河之風猶盛，左傳昭公二十四年：「王子朝用成周之寶珪于河。」襄公十八年，中行獻子禱于河，「沈玉而濟」。

又，三十年，鄭游吉奔晉，駟帶追之，及酸棗，「與子上盟，用兩珪，質于河」。僖公二十四年：「子犯以璧授公子，請由此亡。公子曰：『所不與舅氏同心者，有如白水。』投其璧于河。」而沈妾者，即鄴人爲河伯娶婦也。又，哀公六年：「初，昭王有疾，卜曰：『河爲祟。』王弗祭。大夫請祭諸郊，王曰：『三代命祀，祭不越望。江、漢、睢、漳，楚之望也。禍福之至，不是過也。不穀雖不德，河非所獲罪也。』遂弗祭。孔子曰：『楚昭王知大道矣。其不失國也，宜哉。』」韓詩外傳卷三：「楚莊王寢疾，卜之，曰：『河爲祟。』大夫曰：『請用牲。』莊王曰：『止！古者聖王制祭不過望，濉、漳、江、漢，楚之望也。寡人雖不德，河非所獲罪也。』遂不祭。」楚人弗祀河伯。新蔡葛陵楚墓「及江、漢、浞（沮）、漳，延至於瀤（夒）」、「渚浞（沮）、漳，及江，上逾取菻（郴）」云云，亦皆未及河。九歌所以有河伯者，河伯本夏后氏同姓諸侯，越人，夏后氏之後，沅、湘之地爲百越人所居，則越人祭河伯，是存夏禮。又，郭店楚墓竹簡太一生水、水生天地、天地生神明、神明生陰陽之次序，河伯是夏之水神，在天地神明之前，則沅、湘百越人之九歌，河伯一篇宜厝於湘君之前。

若有人兮山之阿，

若有人，謂山鬼也。阿，曲隅也。

【疏證】

若有人，謂山鬼也。◎文選本、正德本、隆慶本、劉本、湖北本、朱本、馮本、俞本、莊本、四庫章句本無「若」字。案：據義，舊無「若」字。有「若」，涉正文羨也。若猶今也。宋書卷二一樂志三今有人若作今。章句以「仿佛」釋「若」，失之。古或「今若」屬連，平列同義。韓非子卷一存韓篇第二：「夫韓雖臣于秦，未嘗不爲秦病，今若有卒報之事，韓不可信也。」言今有卒報之事，韓不可信。卷二有度篇第六：「今若以譽進能則臣離上而下比周，若以黨舉官，則民務交而不求用於法。」今若、若，對舉爲文，其義同。墨子卷三尚同中第一二：「飄風苦雨，荐臻而至者，此天之降罰也，將以罰下人之不尚同乎天者也。」言今日飄風苦雨也。周禮卷一八春官宗伯第三大宗伯「掌建邦之天神、人鬼、地示之禮」，則以鬼稱爲人。

阿，曲隅也。◎案：詳參少司命「晞女髮兮陽之阿」注。

被薜荔兮帶女羅。

女羅，兔絲也。言山鬼仿佛若人，見於山之阿，被薜荔之衣，以兔絲爲帶也。薜荔、兔絲，皆無根，緣物而生，山鬼亦晻忽無形，故衣之以爲飾也。

【疏證】

女羅，兔絲也。◎文選本「羅」作「蘿」，「兔絲」作「菟絲」。正德本、隆慶本、劉本、馮本、朱本、湖北本、俞本、莊本、四庫章句本「羅」作「蘿」。案：羅、蘿，兔、菟，並古今字。補注：「爾雅云：『唐蒙，女蘿。女蘿，兔絲。』詩云：『蔦與女蘿，施于松上。』呂氏春秋云：『或謂菟絲，無根也。其根不屬地，茯苓是也。』抱朴子云：『菟絲之草，下有伏菟之根，無此菟則絲不生於上，然實不屬也。』」洪氏引詩見小雅頍弁，皇都本「蔦」作「葛」，非是。毛傳：「女蘿，菟絲，松蘿也。」釋文：「在草曰兔絲，在木曰松蘿。」本草：「菟絲一名菟蘆，一名菟縷，一名唐蒙，一名王女。」木部：「松蘿，一名女蘿。」則以女蘿、菟絲爲二草。洪引呂氏春秋見卷九季秋紀第五精通篇，今本「或謂」上有「人」字，無「無根也」之「也」字，下有「菟絲非無根也」六字。洪氏爛敓之。洪引抱朴子，今本未見，見御覽卷九九三藥部一〇菟絲所引，即佚文。爾雅郭舍人注：「唐蒙，一名女蘿，女蘿又名菟絲。」孫炎注：「別三名。」郭注：「別四名，詩云『爰采唐矣』。」爾雅補注：「淮南子注：『菟絲生茯苓上。』今皆不然。茯苓生山谷，菟絲生人間，清濁異趣，何由同居？按：今女蘿、菟絲別爲二種，女蘿青，細葉，紅花。菟絲即合藥所用，孔氏已據陸疏辨之矣。」焦循亦云：「菟絲子，本草經上品列之。陶隱居云：『田野墟落中甚多，皆浮生藍紵、麻蒿上。』是即今俗所稱黃藤者，纏麻豆上，無根，黃赤如金，無緣于松上者。松蘿別一物。以言菟絲緣松上而無根，此緣麻豆上亦無根，故同得『菟絲』之名。」

言山鬼仿佛若人，見於山之阿，被薜荔之衣，以兔絲爲帶也。薜荔、兔絲，皆無根，緣物而生，山鬼亦晻忽無形，故衣之以爲飾也。◎文選本「仿佛」作「彷佛」，「見」下無「於」字，「兔」作「菟」，「晻」作「奄」。正德本、隆慶本、劉本、馮本、朱本、湖北本、俞本、莊本、四庫章句本「仿佛」作「彷佛」。景宋本「被薜荔之衣」作「被女羅之衣」。案：仿佛、彷佛同。晻忽、奄忽同。爾雅翼卷三「薜荔國」條引作「奄忽」。又，正文「被薜荔」，則舊本作「被薜荔之衣」。毛詩類釋卷一四「女羅」條：「鄭樵曰：『寄生有二種：大曰蔦，小曰女蘿。』爾雅翼曰：『女蘿色青而細長，無雜蔓，故山鬼云「被薜荔兮帶女羅」，謂青長如帶也。』」則不作「被女羅之衣」。

既含睇兮又宜笑，

睇，微眄貌也。言山鬼之狀，體含妙容，美目盼然，又好口齒，而宜笑也。

【疏證】

睇，微眄貌也。◎文選本「眄」作「盻」，無「貌」字。案：盻，俗盼字。文選卷三四曹植七啓「睇眄流光」，李善注：「楚辭曰：『既含睇兮又宜笑。』王逸曰：『睇，微眄貌。』」唐寫本卷六八曹植七啓李善注引王逸曰：「睇，微眄皃也。」據此，則舊作「眄」，且有「貌」字。又，據義，睇，當作涕。含涕，謂悲泣也。

言山鬼之狀，體含妙容，美目盼然，又好口齒，而宜笑也。◎文選本「宜笑」下無「也」字。正德本、隆慶本、朱本、馮本「盼」作「盻」，俞本、莊本作「眄」。案：盻，俗盼字。劉師培楚辭考異、姜亮夫屈原賦校注同謂「六帖二十一引睇作皓，二十四引『含睇』作『宜睇』」。今覆白帖卷二四「宜笑」條注引楚辭：「既含睇兮，注：宜笑齒白也。」則其作「含睇」未訛，爛敓「又宜笑」三字。劉氏訛在前，姜氏蹈襲其後。又，上博簡（一）性情論：「笑，喜之薄澤也。樂，憙之深澤也。」笑、樂，所以別也。宜笑，嗎然好笑。既悲且笑，山鬼多情窈窕之狀。

子慕予兮善窈窕。

子，謂山鬼也。窈窕，好貌。詩曰：「窈窕淑女。」言山鬼之貌，既以姱麗，亦復慕我有善行好姿，故來見其容也。

【疏證】

子，謂山鬼也。◎案：正文及注文「子」，思之訛。「思慕」屬連，平列同義。禮記卷五六問喪篇第三五：「服勤三年，思慕之心，孝子之志也，人情之實也。」卷五八三年問篇第三八：「三年之喪，二十五月而畢，哀痛未盡，思慕未忘。」史記卷六七仲尼弟子列傳：「孔子既没，弟子思慕。」淮南子卷八本經訓：「聽樂不樂，食旨不甘，思慕之心，未能絕也。」予，屈原代祭者自稱。思慕予，言山鬼思慕予，非謂予思慕山鬼。

窈窕，好貌。詩曰：「窈窕淑女。」◎文選本「好貌」下有「也」字，「詩曰」作「詩云」。明州本、尤袤本「貌」作「皃」。案：皃，古貌字。章句引詩見關雎，毛傳：「窈窕，幽閒也。」鄭箋：「幽閒處深宮。」孔疏：「窈窕者，謂淑女所居之宮，形狀窈窕然，故箋言『幽閒深宮』是也。傳知然者，以其淑女已爲善稱，則窈窕宜爲居處，故云『幽閒』，言其幽深而閒静也。揚雄云：『善心爲窈，善容爲窕。』非也。」其説得之。窈窕，閒静貌。或解好貌，其義皆通，或作杳窱、妖窕、窈窱、窅窱，文選卷一西都賦「又杳窱而不見陽」是也。或作婥約、嫋窕，遥窕，要紹，文選卷二張衡西京賦「要紹修態」，薛綜注：「要紹，謂娟嬋作姿容也。」未可拘以訓詁字。補注據方言「美狀爲窕，美心爲窈」，則别爲二字，非也。

言山鬼之貌，既以姱麗，亦復慕我有善行好姿，故來見其容也。◎文選本「故來」上有「是」字。尤袤本「貌」作「皃」。正德本、隆慶本、劉本、馮本、朱本、湖北本、俞本、莊本、四庫章句本「故來」上有「是以」二字。案：據義，則舊作「是故來」。梅村家藏藁卷三五贈芩者王生序狀山鬼形貌，言「連蜷而偃蹇」，類此「姱麗」也。

乘赤豹兮從文狸，辛夷車兮結桂旗。

辛夷，香草也。言山鬼出入，乘赤豹，從文貍，結桂與辛夷，以爲車旗，言其香潔也。

【疏證】

辛夷，香草也。◎案：辛夷非香草，香木也。漢書卷八七上揚雄傳「列新雉於林薄」，顏師古注：「新雉即辛夷耳，爲樹甚大，非香草也。其木枝葉皆芳，一名新矧。」補注：「以辛夷香木爲車。」

言山鬼出入，乘赤豹，從文貍，結桂與辛夷，以爲車旗，言其香潔也。◎文選本「其」作「有」，「潔」作「絜」。尤袤本、秀州本「文」作「神」。正德本、隆慶本、馮本、俞本、朱本、劉本、莊本、湖北本、景宋本「貍」作「狸」。補注引「狸」一作「貍」。案：據義，則舊作「有」爲允。絜、潔古今字。貍、狸同。神，訛也。又，赤豹、文狸，始出於此，叔師不可無注。文選呂延濟注：「赤豹、文狸，皆奇獸也。將以乘騎侍從者，明異於衆也。」則「赤豹、文貍，皆奇獸也」之注，蓋本出章句，後竄亂於五臣也。又，補注：「從，隨行也。豹有數種，有赤豹，有玄豹，有白豹。詩曰：『赤豹黄羆。』陸機云：『毛赤而文黑，謂之赤豹。』貍有虎斑文者，有貓斑者。河伯云：『乘白黿兮逐文魚。』山鬼云：『乘赤豹兮從文貍。』各以其類也。」爾雅釋獸「貍子，隸」，郭注：「今或呼豾貍。」邢昺疏引説文：「貍，伏獸，似貙。」爾雅翼卷二一「貍」條：「貍者，狐之類。狐口鋭而尾大，貍口方而身文，黄黑彬彬，蓋次於豹。」楚簡狸作貍，從鼠，古文也。

被石蘭兮帶杜衡，

石蘭、杜衡，皆香草。

【疏證】

石蘭、杜衡，皆香草。◎文選本、正德本、隆慶本、劉本、湖北本、朱本、馮本、俞本、莊本、四庫章句本「香草」下有「也」字。案：文選卷二二謝靈運從斤竹澗越嶺溪行「握蘭勤徒結」，李善注：「楚辭曰：『被石蘭兮帶杜衡。』王逸曰：『石蘭，香草也。』」無「杜衡皆」三字。石蘭，謂山蘭，詳參湘夫人「疏石蘭兮爲芳」注。杜衡，謂芎藭，詳參離騷「雜杜衡與芳芷」注。

折芳馨兮遺所思。

所思，謂清潔之士若屈原者也。言山鬼修飾衆香，以崇其善，屈原履行清潔，以厲其身，神人同好，故折芳馨相遺，以同其志也。

【疏證】所思，謂清潔之士若屈原者也。言山鬼修飾衆香，以崇其善，屈原履行清潔，以厲其身，神人同好，故折芳馨相遺，以同其志也。◎文選尤袤本、明州本、建州本「修」作「脩」，「善」作「神」，「芳」作「香」。秀州本、明州本、尤袤本「潔」作「絜」。秀州本「善」作「神」，「芳」作「香」，亦作「修」。正德本、隆慶本、湖北本、朱本、馮本、俞本、莊本、劉本、四庫章句本「芳」作「香」。案：修、脩，絜、潔，古字皆通。崇其神、厲其身，對舉爲文，則舊作「崇其神」。喻林卷七人事門五好德引作「崇其善」。楚辭及章句但有「芳馨」，無作「香馨」。湘夫人：「建芳馨兮廡門。」則舊作「芳」。所思，謂山鬼。此爲祭者之詞，言祭巫被帶石蘭與杜衡，折芳馨以遺山神。芳馨，巫之要神信物。若屬山鬼之飾，則與上「被薜荔兮帶女羅」複也。

余處幽篁兮終不見天，

言山鬼所處，乃在幽篁之内，終不見天地，所以來出，歸有德也。或曰：幽篁，竹林也。

【疏證】言山鬼所處，乃在幽篁之内，終不見天地，所以來出，歸有德也。或曰：幽篁，竹林也。◎文選本「篁之」作「昧之」，「林」下無「也」字。建州本「竹林」作「竹深」。正德本、隆慶本、劉本、湖北本、朱本、馮本、俞本、莊本、四庫章句本「篁」作「昧」。莊本「天地」作「天也」。案：據義，則舊作「天也」。地，「也」之訛。作「深」，非也。呂向注：「幽，深也；篁，竹叢也。」補注：「漢書云：『篁竹之中。』注云：『竹田曰篁。』西都賦云：『篠簜敷衍，編町成篁。』注云：『篁，竹墟名也。』」史記卷八〇樂毅列傳「薊丘之植，植於汶篁」，集解引徐廣曰：「竹田曰篁。」文選卷一一何晏景福殿賦「篁棲鶤鷺」，李善注：「服虔漢書注：『篁，叢竹也。』」則「或曰」，漢世舊訓，章句録以廣異聞。章句「山鬼所處」云云，正文「處」當作「凥」。楚簡文字處多作処，與凥字形似相訛。凥，古居字。謂我居於幽篁也。又，史記卷三二齊太公世家「以漁釣奸周西伯」，正義引酈道元云：「磻磎中有泉，謂之兹泉，泉水潭積，自成淵渚，即太公釣處，今人謂之凡谷。石壁深高，幽篁邃密，林澤秀阻，人跡罕及。」全梁文卷三四江淹山中楚辭：「烟色閉兮喬木橈，嵐氣闇兮幽篁難。」後之「幽篁」，皆因於此。

路險難兮獨後來。

言所處既深，其路險阻又難，故來晚暮，後諸神也。

【疏證】

言所處既深，其路險阻又難，故來晚暮，後諸神也。◎文選本、正德本、隆慶本、俞本、劉本、莊本、朱本、湖北本、四庫章句本「險阻」作「阻險」。文選本「諸神」下無「也」字。明州本「晚暮」訛作「晚亂」。案：章句有「險阻」，無作「阻險」。離騷「路脩遠以多艱兮」，章句：「言崑崙之路，險阻艱難。」朱季海楚辭解故：「説文𨸏部：『險，阻難也。』『阻，險也。』是險難，猶險阻矣。故不煩字別爲義如王注也。」險難，古恆語。尹文子大道上：「以簡治煩惑，以易御險難，以萬事皆歸於一，百度皆准於法。」史記卷七一樗里子列傳：「道險難不通，乃鑄大鐘遺之，載以廣車。」後漢書卷二四馬援傳：「間關險難，觸冒萬死。」又，文選呂向注：「言己處江山竹叢之間，上不見天，道路險阻，欲與神遊，獨在諸神之後。」其説是也。此乃祭巫之詞，言我所處幽篁中，不見天地，路又險難，故其之來，則後於山神。日人石川三佐男以「天」字屬下，謂「天路險難兮獨後來」，則失之句法。

表獨立兮山之上，雲容容兮而在下。

表，特也。言山鬼後到，特立於山之上而自異也。

【疏證】

表，特也。言山鬼後到，特立於山之上而自異也。◎文選建州本「特立」作「獨立」。案：李周翰注：「表，明也。雖明然自異，立於山上，終被雲鄣蔽其下，使不通也。」非也。表，旌旗。左傳閔公二年「衣，身之章也；佩，衷之旗也」，杜注：「旗，表也。所以表明其中心。」昭公元年：「舉之表旗而著之制令。」表旗，平列同義，表亦旗也。王引之經義述聞卷二三春秋名字解詁下「齊弦章字子旗」條：「旗章所以立表，以示衆人，因而凡物之表，皆謂之章，亦謂之旗。」言旌旗獨立於山上。李周翰注：「容容，雲出貌。」容容，猶回旋不定貌，狀雲之飄浮無定。詳參九辯「扈屯騎之容容」注。

杳冥冥兮羌晝晦，

言山鬼所在至高邈，雲出其下，雖白晝猶暝晦也。

【疏證】

言山鬼所在至高邈，雲出其下，雖白晝猶暝晦也。◎文選本無「邈」字，「暝」作「冥」，「晦」下無「也」字。明州本無「言」字。案：冥、暝同。又，章句「雖白晝猶暝晦」云云，以「雖」釋「羌」，是也。羌，乃也。詳參離騷「羌内恕己以量人兮」注。

東風飄兮神靈雨。

飄，風貌。詩曰：「匪風飄兮。」言東風飄然而起，則神靈應之而雨，以言陰陽通感，風雨相和。屈原自傷獨無和也。

【疏證】

飄，風貌。詩曰：「匪風飄兮。」◎文選本「貌」下有「也」字，「詩曰」作「詩云」。尤袤本「貌」作「皃」。案：章句引詩見檜風匪風，毛傳：「迴風爲飄。」詳參離騷「飄風屯其相離兮」注。

言東風飄然而起，則神靈應之而雨，以言陰陽通感，風雨相和。屈原自傷獨無和也。◎文選本「則」下無「神」字，「通」作「相」。正德本、隆慶本、劉本、湖北本、朱本、馮本、俞本、莊本、四庫章句本「通」作「相」，「獨無」下有「與」字。案：楚辭及章句但作「相感」，無作「通感」。悲回風：「聲有隱而相感兮，物有純而不可爲。」七諫謬諫：「音聲之相和兮，言物類之相感也。」章句：「言鳥獸相呼，雲龍相感，無不應其類而從其耦也。」又，正文「神」，通作申。説文：「申，神也。」爾雅釋詁：「神，重也。」重，又也。申亦又也。離騷曰「又申之以攬茝」，漢書卷一〇〇上叙傳「又申之以炯戒」。禮記卷八檀弓上第三：「蓋先之以子夏，又申之以冉有，以斯知不欲速貧也。」左傳成公十六年：「姜又命公如初，公又申守而行。」全晉文卷三六庾亮讓中書監表：「既眷同國士，又申之婚姻。」晉書卷九九殷仲文傳：「既惠之以首領，又申之以縶維。」又申，平列同義。書堯典「申命羲叔」，後漢書卷四三朱暉傳「申納諸儒」。申，皆又、再之辭。靈，通作霝。説文霝部：「霝，雨零也。」申霝雨，又零雨也。言風雨交加，不關神靈降雨。

留靈脩兮憺忘歸，

靈脩，謂懷王也。

【疏證】

靈脩，謂懷王也。◎案：山鬼，謂山神。求神比之以婚姻，故山神亦謂之靈脩。留，同雲中君「靈連蜷兮既留」之留，讀如槱，積木燎之也。詳參雲中君「靈連蜷兮既留」注。祭山川以燔燎，儀禮卷二七覲禮第一〇：「祭天燔柴，祭山川丘陵升。」

歲既晏兮孰華予？

晏，晚也。孰，誰也。言己宿留懷王，冀其還己，心中憺然，安而忘歸，年歲晚暮，將欲罷老，誰復當令我榮華也。

晏，晚也。◎案：詳參離騷「及年歲之未晏兮」注。

孰，誰也。◎案：因爾雅釋詁。

【疏證】

言己宿留懷王，冀其還己，心中憺然，安而忘歸，年歲晚暮，將欲罷老，誰復當令我榮華也。

◎文選本「罷」作「疲」，「復當令」作「當復使」。俞本、莊本「罷」作「疲」。正德本、隆慶本、朱本、馮本、劉本、四庫章句本、湖北本、俞本、莊本「復當」作「當復」。景宋本「誰復」下無「當」字。案：疲，本字；罷，借字。據義，文選本近乎舊貌。古之禱神，在於祛病消災，以延年壽。墨子卷八明鬼篇下第三一：「於古曰：『吉日丁卯，周代祝社方，歲於社者考，以延年壽。』若無鬼神，彼豈有所延年壽哉！」荀子卷九致士篇第一四：「得衆動天，美意延年，誠信如神，夸誕逐魂。」祭禱山神曰「孰華予」。文選卷一五思玄賦「恃己知而華予兮」，即祖構於此。章句比附君臣，非也。

采三秀兮於山間，

三秀，謂芝草也。或曰：三秀，秀材之士，隱處者也。

【疏證】

三秀，謂芝草也。或曰：三秀，秀材之士，隱處者也。◎文選本「材」作「才」。案：才、材古字通。類聚卷九八祥瑞部上「木芝」條：「離騷曰：『采三秀兮於山澗。』三秀，芝也。」文選卷一五思玄賦「冀一年之三秀兮」，李善注：「楚辭曰：『采三秀於山間。』王逸曰：『三秀，謂芝草也。』」又，卷二三嵇康幽憤詩「煌煌靈芝，一年三秀」、卷二七沈約早發定山「眷言採三秀」，李善注並曰：「楚辭曰：『采三秀於山間。』王逸曰：『三秀，謂芝草也。』」後漢書卷二八下馮衍傳「採三秀之華英」，李賢注引王逸曰：「三秀，謂芝草也。」御覽卷九八六藥部三芝下引王逸注：「三秀，芝草。」則皆有「草」字。無「草」字，爛敚之也。文選卷三一江淹雜體詩謝法曹惠連「靈芝望三秀」，李善注：「楚詞曰：『采三秀於山間。』王逸云：『秀，謂芝草也。』」則爛敚「三」字。補注：「爾雅：『茵，芝。』注云：『一歲三華，瑞草也。』思玄賦云：『冀一年之三秀。』近時王令逢原作藏芝賦序云：『離騷、九歌，自詩人所紀之外，地所常産，目所同識之草盡矣，而芝復獨遺。說者遂以九歌之三秀爲芝，予以其不明。』又，其辭曰：『適山而采之。』芝非獨山草，蓋未足據信也。余按：本草引五芝經云：『皆以五色生於五岳。』又，淮南云：『紫芝生於山，而不能生於盤石之上。』則芝正生於山間耳。逢原之說，豈其然乎？」洪說亦偏狹。芝，碻有非生於山者。史記卷一二孝武皇帝本紀：「夏，有芝生殿防内中。乃下詔曰：『甘泉防生芝九莖。』」集解：「應劭曰：『芝，芝草也。其葉相連。』」索隱：「生芝九莖，於是作芝房歌。」此芝生於房也。卷六秦始皇帝本紀正義引道書福地記：「泰山多芝草，玉石。」此芝生於山也。章句「欲服芝草，以延年命」云云，蓋得其意。古者以食芝爲延年。論衡卷一九驗符篇第五九：「芝草延年，仙者所食，往世生出不過一二，今並前後凡十一本，多獲壽考之徵，生育松、喬之糧也。」卷七道虚篇第二四：「聞爲道者，服金玉之精，食紫芝之英。食精身輕，故能神仙。」則「三秀」之義，非謂「或曰秀材之士，隱處者」也。古有五芝，文選卷一一遊天台山賦「五芝含秀而晨敷」，李善注引神農本草經：「赤芝一名丹芝，黄芝一名金芝，白芝一名玉芝，黑芝一名玄芝，紫芝一名木芝。」三秀之芝，但出於此。文選卷二三嵇康幽憤詩：「煌煌靈芝，一年三秀。」卷二七沈約早發定山：「眷言採三秀，徘徊望九仙。」卷三一謝惠連贈別：「靈芝望三秀，孤筠情所託。」後漢書卷二八下馮衍傳：「採三秀之華英。」晉書卷七二郭璞傳：「三秀雖艷，糜於麗采。」謂三秀爲芝草，皆因襲於此。又，郭沫若謂於讀爲巫，於山即巫山（屈原賦今譯，一九五三年人民文學出版社版），「凡楚辭兮字每具有于字作用，如於山非巫山，則於字爲纍贅」。於、巫通假，羌無書證，人多疑之。姜亮夫屈原賦校注：「於字疑衍；兮字已作於字解，則此不得更言於也。」湯炳正楚辭類稿亦謂舊本作「采三秀兮山間」，于，係後所增益。此「兮」字無虚字作用，語頓之詞。九歌多有此例，未可謂「兮於」連用爲二虚詞纍疊。又，御覽卷八八六妖異部二魂魄引王肅喪服要記：「魂衣起苑荆，苑荆於山之下，道逢寒死，友人羊角哀，往迎其尸，魂神之寒，故作魂衣。」若必以爲山名，于山，猶於山，在苑荆。未可詳考。

石磊磊兮葛蔓蔓。

言已欲服芝草，以延年命，周旋山間，采而求之，終不能得，但見山石磊磊，葛草蔓蔓。或曰：言石、葛者，喻所在深也。

【疏證】

言已欲服芝草，以延年命，周旋山間，采而求之，終不能得，但見山石磊磊，葛草蔓蔓。或曰：言石、葛者，喻所在深也。◎文選明州本、尤袤本「間」作「閒」。正德本、隆慶本、湖北本、劉本、朱本、馮本、俞本、莊本、四庫章句本「年命」作「年壽」。案：年命、年壽，章句並見。章句有「延年壽」，無作「延年命」。離騷「揔余轡乎扶桑」，章句：「結我車轡於扶桑，以留日行，幸得不老，延年壽也。」大招「窮身永樂，年壽延只」，章句：「言居於楚國，窮身長樂，保延年壽，終無憂患也。」文選張銑注：「磊磊，石貌；蔓蔓，葛貌。」補注：「磊，衆石貌。詩曰：『葛之覃兮，施于中谷。』又曰：『南有樛木，葛藟纍之。』」黎本玉篇殘卷石部「磊」字：「楚辭『石磊磊兮葛蔓蔓』，説文：『衆名也。』倉頡篇：『磊，砢也。』」則「衆名」，「衆石」之訛。文選卷二九古詩十九首「磊磊磵中石」，李善注引字林：「磊磊，衆石也。」引申言重疊相次。南齊書卷四一張融傳：「嵬嵬磊磊，若相追而下及。」類聚卷一九人部三「言語」條引宋玉大言賦：「二三子之言，磊磊皆不小，何如此之爲精。」卷五六雜文部二「詩」條引古兩頭纖纖詩：「腷腷膊膊鷄初鳴，磊磊落落向曙星。」又引齊王融代兩頭纖纖詩：「腷腷膊膊鳥迷曛，磊磊落落玉石分。」聲之轉則別爲累累。漢書卷九三佞幸傳附石顯：「印何纍纍，綬若若耶？」顔師古注：「纍纍，重積也。」纍，古累字。又，洪氏引詩，前者見周南葛覃，後者見樛木。説文艸部：「葛，絺綌艸也。从艸、曷聲。」葛藤曼延而生，江南觸處皆有之。

怨公子兮悵忘歸，

公子，謂公子椒也。言己所以怨公子椒者，以其知己忠信而不肯達，故我悵然失志而忘歸也。

【疏證】

公子，謂公子椒也。◎文選明州本以此注爲五臣呂向。案：竄亂之也。公子，謂山鬼也。山鬼變言公子者，親之昵之也。章句「公子椒」云云，非也。

言己所以怨公子椒者，以其知己忠信而不肯達，故我悵然失志而忘歸也。◎文選本無「己」字。莊本「椒」作「叔」。案：叔，訛也。謂我來求神，而神不見，則生怨也。怨而惆悵失志，以至忘歸，其怨亦深已。

君思我兮不得間。

言懷王時思念我，顧不肯以閒暇之日召己謀議也。

【疏證】

言懷王時思念我，顧不肯以閒暇之日召己謀議也。◎文選本「議」下無「也」字。尤袤本、秀州本「閒」作「間」，建州本作「閑」。馮本、四庫章句本「召」作「居」。案：作「居」，訛字也。君，謂山鬼。我，屈原代祭巫以自稱。此乃設想猜度之，謂神之思我，亦無閒暇也。則不得閒，猶湘君「告余以不閒」。又，章句「顧不肯以閒暇之日」云云，顧，猶但也，直也。史記卷八六刺客列傳「顧計不知所出耳」。謂但計不知所出也。漢書卷七七孫寶傳「顧受將命」，王念孫讀書雜志第一二漢書「分當相值」條云：「顧，猶特也。」

山中人兮芳杜若，

山中人，屈原自謂也。

【疏證】

山中人，屈原自謂也。◎文選秀州本、明州本以此注爲李周翰。案：竄亂之也。山中人，猶篇首「若有人兮山之阿」，謂山鬼。其處山中，謂之「山中人」。芳杜若，以杜若爲芳香也。

飲石泉兮蔭松柏，

言己雖在山中無人之處，猶取杜若以爲芬芳，飲石泉之水，蔭松柏之木，飲食居處，動以香潔自修飾也。

【疏證】

言己雖在山中無人之處，猶取杜若以爲芬芳，飲石泉之水，蔭松柏之木，飲食居處，動以香潔自修飾也。◎文選本「脩飾」下無「也」字。尤袤本、建州本、明州本「修」作「脩」。秀州本、尤袤本「潔」作「絜」。正德本、隆慶本、湖北本、劉本、朱本、馮本、四庫章句本「己雖」下有「居」字，「修」作「脩」，「修飾」下無「也」字。俞本、莊本「己雖」下有「居」字，「修飾」下無「也」字。毛祥麟楚辭校文曰：「木，仿宋本、毛本、馮本、惜陰軒本同俞本，誤作『水』。」案：仿宋本即景宋本，毛本即毛校汲古閣本，皆作「木」不誤。惜陰軒本、俞本亦作「木」。言山鬼不食五穀，但飲石泉之水；不居宮室，而蔭松柏之木，與凡人異也。馬王堆帛書十問：「助以柏實盛良，飲走獸泉英，可以卻老復壯，曼澤有光。」飲泉、食松柏，皆養生久視之道。石泉，泉從山石出也。類聚卷七山部上「總載山」條引盛弘之荆州記：「巴東昆陽縣東南十里有柏枝山，有石泉，口方數丈，中有魚。」又，宋書卷二一樂志三魏文帝棄故鄉：「寢蒿草，蔭松柏，涕泣雨面霑枕席。」全梁文卷三三江淹泣賦：「坐景山，倚[桐](松)柏，對石泉，直視百里，處處秋烟。」卷三九江淹袁友人傳：「常念蔭松柏，詠詩、書，志氣跌蕩，不與俗人交。」隋書卷七七隱逸傳：「狎玩魚蟲，左右琴書，拾遺粒而織落毛，飲石泉而蔭松柏。」玩六朝人「石泉」、「蔭松柏」，皆爲寄寓隱居之意，實衣被於此。

君思我兮然疑作。

言懷王有思我時，然讒言妄作，故令狐疑也。

【疏證】

言懷王有思我時，然讒言妄作，故令狐疑也。◎文選本「疑」下有「者」字，秀州本亦無「者」字。案：補注：「然，不疑也。疑，未然也。」洪說是也。章句妄附懷王，鑿矣。君，謂山鬼。言山鬼思我而疑似交作也。祭巫設想之語。

靁填填兮雨冥冥，猨啾啾兮又夜鳴。風颯颯兮木蕭蕭，

言己在深山之中，遭雷電暴雨，猨狖號呼，風木摇動，以言恐懼，失其所也。或曰：雷爲諸侯，以興於君。雲雨冥昧，以興佞臣。猨猴善鳴，以興讒言。風以喻政，木以喻民。雷填填者，君妄怒也。雨冥冥者，羣佞聚也。猨啾啾者，讒夫弄口也。風颯颯者，政煩擾也。木蕭蕭者，民驚駭也。

【疏證】

言己在深山之中，遭雷電暴雨，猨狖號呼，風木摇動，以言恐懼，失其所也。或曰：雷爲諸侯，以興於君。雲雨冥昧，以興佞臣。猨猴善鳴，以興讒言。風以喻政，木以喻民。雷填填者，君妄怒也。雨冥冥者，羣佞聚也。猨啾啾者，讒夫弄口也。風颯颯者，政煩擾也。木蕭蕭者，民驚駭也。◎文選本「喻民」作「喻人」。六臣本「猨狖號呼」作「猨猴號呴」。尤袤本「猨狖號呼」作「猨號狖呴」，「猨猴善鳴」作「猨狖善鳴」。正德本、隆慶本、湖北本、朱本、劉本、馮本、俞本、莊本「呼」作「呴」，「讒言」作「讒人」。朱本「弄口」作「弄舌」。四庫章句本「讒言」作「讒人」。景宋本、皇都本「猨狖」作「猨猴」。案：呴，古吼字。章句以「興佞臣」、「興讒人」對舉爲文，則舊作「興讒人」。又，章句「猨猴號呼」云，則正文「又夜」之「又」，舊宜作狖。猨狖，恆語。羅本玉篇殘卷糸部「緣」字引淮南子「猨狖得茂木不去而跳」是也。補注引又一作狖，曰：「似猨，余救切。」類篇卷二七引字林：「貁，獸名，如猴，卬

鼻，長尾。」貁、狖同。靁，古雷字。填填，雷聲也；冥冥，雨貌也；啾啾，猨鳴聲也；颯颯，風鳴聲也；蕭蕭，落葉聲也。洪又引文苑蕭蕭作搜搜，曰：「搜與蕭同。」蕭蕭、搜搜，古字通用。言求神之際遇，卒遭暴風雷雨之變，求之難也。而「或曰」之義，皆屬附會，未足信據。

思公子兮徒離憂。

言己怨子椒不見達，故遂去而憂愁也。

【疏證】

言己怨子椒不見達，故遂去而憂愁也。◎文選本無「去而」二字，「憂愁」下無「也」字。六臣本「怨」作「恐」。案：正文「思」有憂恐義，無怨義，則作「怨」，訛也。公子，謂山鬼。離，別也。章句「遂去」云云，猶離別也，則不當删。離憂，猶「離騷」，別愁也。劉良注：「思子椒不能用賢，使國若此，但使我羅其憂也。離，罹也。」五臣「羅其憂」云云，羅猶罹也。然此「離憂」，非遭罹之意。因思慕山神而求之未遂，則徒生離別之憂也。章句、五臣無端比附子椒，非也。

山鬼

補注：「莊子曰：『山有夔。』淮南曰：『山出嘄陽。』楚人所祠，豈此類乎？」同治本「夔」訛作「二」。案：禮記卷四六祭法第二三：「山林、川谷、丘陵，能出雲爲風雨，見怪物，皆曰神。」古之祭祀山神，尚矣，見諸殷商甲骨卜辭者，曰：「丁丑，又于五山，在□□。」（北師大藏骨）史記卷一五帝本紀「望于山川，辯于羣神」，正義引孔文祥云：「宋末，會稽修禹廟，於廟庭山土中得五等圭璧百餘枚，形與周禮同，皆短小。此即禹會諸侯於會稽，執以禮山神而埋之。」又，卷一三〇太史公自序「探禹穴」，正義引吳越春秋：「禹乃東巡，登衡山，血白馬以祭。禹乃登山，仰天而笑，忽然而卧，夢見繡衣男子自稱玄夷倉水使者，卻倚覆釜之山，東顧謂禹曰：『欲得我山神書者，齊於黃帝之岳。』」是禹所祀山神也。古之山皆有神。又，卷一二孝武皇帝本紀：「其冬，公孫卿候神河南，見仙人跡緱氏城上，有物若雉，往來城上。天子親幸緱氏城視跡。問卿：『得毋效文成、五利乎？』卿曰：『仙者非有求人主，人主求之。其道非少寬假，神不來。言神事，事如迂誕，積以歲乃可致。』於是郡國各除道，繕治宮觀，名山神祠所，以望幸矣。」據此，漢世山神必夥矣。魏書卷一〇六地形志載，上黨郡襄陽有五音山神祠，東陵郡陽信有鹽山神祠，永安郡平寇有鷄頭山神祠，秀容郡秀容有石鼓山神、金山神，燕郡薊縣有狼山神，廣陽有大房山神，漁陽郡潞縣有欒山神，東彭城龍沮郡有伊萊山神。楚之山神亦必非爲一。山海經卷五中山經：「凡洞庭山之首，自篇遇之山至于榮余之山，凡十五山，二千八百里，其神狀皆鳥身而龍首，其祠毛用一雄鷄，一牝豚，刉，糈用稌。凡夫夫之山、即公之山、堯山、陽帝之山，皆冢也。洞庭、榮茶山神也。其祠：「皆肆瘞，祈酒太牢祠，嬰用圭璧十五，五采惠之。」則南楚洞庭之地，山神亦有十五。包山楚簡禱祀之神有曰峗山，與太、侯(后)土、司命、司禍、大水、二天子同祀。峗山，楚之山神。而此篇歌詞云：「余處幽篁兮終不見天，路險難兮獨後來。表獨立兮山之上，雲容容兮而在下。杳冥冥兮羌晝晦，東風飄兮神靈雨。」其所記者，與涉江入漵浦已後，「深林杳以冥冥兮，猨狖之所居。山峻高以蔽日兮，下幽晦以多雨。霰雪紛其無垠兮，雲霏霏而承宇」之景象同出一轍。戴震屈原賦注：「此歌與涉江篇相表裏。」誠爲卓識。則此山神，宜在沅、湘之南，爲越人所祀。又，文選卷二西京賦「螭魅魍魎」，薛綜注引説文曰：「螭，山神，獸形。」卷一一遊天台山賦「始經魑魅之塗」，李善注引杜預左氏傳注：「魑，山神。」螭、魑古通用。然則螭字從虫，龍屬也。魑字從鬼，山神本字。

操吳戈兮被犀甲，

戈，戟也。甲，鎧也。言國殤始從軍之時，手持吳戟，身被犀鎧而行也。或曰，操吾科；吾科，楯之名也。

【疏證】

戈，戟也。或曰，操吾科；吾科，楯之名也。◎正德本、隆慶本、劉本、湖北本兩「科」作「利」。

案：利，訛字也。章句「手持吳戟」云云，操之爲持，散文也。對文執之嫻熟曰操，庖丁解牛則謂之「操刀」。引申之爲操行、操守、節操，皆不可易之以持。扶持、支持等，亦不可易之以操。一九八二年出土於棗陽吳店曹門灣楚墓之戈，銘曰：「曾侯絴白秉戈。」秉戈，又見戰國楚公豪戈銘。則秉，拱持也。又，「或曰」者，章句録之所以存異。吾科是楯，言「擁」、「持」皆可，言「操」，不辭。舊本作「吳戈」。科，戈之音訛。戈、戟，散則不別，對文別義。説文戈部：「戈，平頭戟也。」又曰：「戟，有枝兵也。」有枝，戈之首有溝漕。楚器多見銅戈，其有銘文，屈叔沱戈、倗之戈、楚王酓章戈、鄴之寶戈、番仲作伯皇戈、許之戈、周陽戈、隴公戈等，極精美，皆非吳產。吳戈，仿吳之楚戈。

甲，鎧也。◎案：書説命中「惟甲胄起戎」，孔傳：「甲，鎧。」章句所因。説文金部：「鎧，甲也。从金、豈聲。」段注：「甲，本十干之首，从木，戴孚甲之象，因引申爲甲胄字。古曰甲，漢人曰鎧。故漢人以鎧釋甲。」徐在國以包山楚簡二六九、牘一「一和能虖」，釋爲「一和兕甲」。徐君釋「能」爲「羸」、爲「兕」，又謂「羸」加注「厶」聲。（談楚文字中的兕，見載中原文化研究二〇一七年第五期）審其字形，能之从能、厶，非从「羸」。能者，熊屬，猛獸，故以肖象犀形。或釋爲「龍」，亦非（見滕壬生楚系簡帛文字編）。厶音息脂反，脂部、心紐；兕音徐姊反，脂部、邪紐四等；犀音先稽反，脂部、亦心紐。能與犀音更近，與其釋「兕」，毋寧釋「犀」。曾侯乙墓一二三簡：「綒維犀堅軸。」楚簡固有「犀」字。能，蓋「犀」別文。又，楚簡固有「甲鎧」字，如曾侯乙墓一三八簡「一鼎吳甲」，一二二、一二五、一三五簡「鶩，鶩之彤甲」，一二四、一二七、一三七簡「鶩，鶩之畫甲」，一二五、一二八、一二九簡「一吳甲」，一二六、一三一、一三六簡「一楚甲」，一二八、一三一簡「二吳甲」，一三〇簡「鶩，鶩索甲」，一三一簡「一索楚甲」，一三七簡「備甲」，一二八簡「六馬畫甲」。清華簡（七）越公其事「皆好兵甲」。然包山楚簡八一簡「周賜訟鄢之兵虖」，二七〇簡、牘一「馭右二鼎𩎟虖」，天星觀簡「行服虖二鼎」、「兩馬虖」、「三鼎虖」、「三鼎行虖」，上博簡（二）容成氏「帶虖（甲）三千」等，虖，誠爲「甲」字，蓋亦或文。虖从虍、夰，會意。虍，虎文，象獸革之物。从夰者，説文夰部：「夰，所以驚人也。从大、羊。一曰：大聲。」鎧甲被於身，凶事也，人見則驚之，故字从夰也。羊，古屰字，干犯、冒犯，大肆干之，則無不驚也，是以夰有驚意。又，説文牛部：「犀，徼外牛。一角在鼻，一角在頂，似豕。从牛、尾聲。」段注：「爾雅、山海經郭注、劉欣期交州記皆云：『有三角，一在頂上，一在額上，一在鼻上。鼻上角短小。』按晉語『角犀豐盈』，孟子注『頟角犀厥地』，戰國策『眉目準頞權衡，犀角偃月』，此皆謂人自鼻至頂豐滿，如相書所云『伏犀貫頂也』。釋獸、劉欣期云：『其毛如豕，頭如馬。』郭璞云：『形似水牛，豬頭。』説各不同也。」爾雅釋獸：「犀似豕。」郭璞注：「形似水牛，豬頭，大腹，庳脚，脚有三蹏，黑色。三角：一在頂上，一在額上，一在鼻上。鼻上者，即食角也，小而不橢，好食棘。亦有一角者。」又：「兕如野牛，青色，其皮堅厚，可製鎧。象形，冡，與离禽頭同。兕，古文从儿。」段注：「釋獸曰『兕似牛』，許云『如野牛』者，其義一也。野牛，即今水牛，與黄牛别，古謂之野牛。爾雅云『似牛者』，似此也。郭注山海經曰：『犀似水牛，猪頭，庳脚。』兕亦似水牛，青色，一角，重三千斤。考工記：『函人爲甲，犀甲七屬，兕甲六屬，犀甲壽百年，兕甲壽二百年。』今字兕行而冡不行。漢隸作『光』，經典釋文云：『本又作光。』」案招魂「憚青兕」，洪氏引釋文亦一作「光」，蓋漢隸如此。犀、兕之形，是有别也。犀三角，頭似豕，體如野牛。而兕但一角，形似水牛，非豬頭。或云：兕爲雌犀。資治通鑑釋文卷七「虎兕」條：「兕如野牛而青，象形。一説：雌犀也。」未知所據，但附會之耳。犀、兕之皮，堅固而輕便，皆可製甲鎧。故古者「犀甲」、「兕甲」並出。國語卷六齊語引管子曰：「制重罪，贖以犀甲一戟。」韋注：「重罪，死刑也。犀，犀皮可用爲甲也。」管子卷八中匡一九内言二：「於是死罪不殺，刑罪不罰，使以甲兵贖：死罪以犀甲、一戟，刑罰以脅盾、一戟，過罰以金。」尹注：「有罪使出甲兵以贖之也。」詩吉日有曰「發彼小豝，殪此大兕」，毛、鄭、孔三家未言以「大兕」爲「兕甲」。惟國語卷一四晉語八：「唐叔射兕于徒林，殪，以爲大甲。」韋注：「兕似牛而青，善觸人。徒林，林名。一發而死曰殪。甲，鎧也。」雖有其事，然而「兕甲」之文，始出淮南書，卷一五兵略訓：「假之筋角之力、弓弩之勢，則貫兕甲而徑於革盾矣。」卷一六説山訓：「矢之於十步貫兕甲，於三百步不能入魯縞。」卷一七説林訓：「矢之於十步貫兕甲，及其極不能入魯縞。」卷一九脩務訓：「苗山之鋋、羊頭之銷，雖水斷龍舟，陸剸兕甲，莫之服帶。」周、秦未見。則楚簡之「贏𡴢」，以例言之，當釋「犀甲」矣。周禮卷四〇考工記：「函人爲甲：犀甲七屬，兕甲六屬，合甲五屬。犀甲壽百年，兕甲壽二百年，合甲壽三百年。」兕甲之壽長於犀甲，有以代之矣。

言國殤始從軍之時，手持吳戟，身被犀鎧而行也。◎案：補注：「考工記曰：『犀甲，壽百年。』荀子曰：『楚人鮫革犀兕以爲甲，鞈如金石。』鞈，堅貌。」洪引考工記見周禮卷四〇冬官第六函人；引荀子見卷一〇議兵篇第一五，「鞈，堅貌」，見楊倞注，當補「注云」。鞈之義多解鼓聲。説文訓「防扞」，廣雅釋器云：「防[汗]（扞）謂之鞈。」宋本玉篇革部：「鞈，𠦝也，防捍也。」類楯之兵器，兕甲最爲堅固。荀子鞈字屬上；據史記，「鞈」字下當補「堅」字，且屬下。又，清華簡（七）越公其事：「凡金革之攻，王日論省其事，以聞五兵之利。」「金革」，當亦概犀甲矣。越後歸楚，越産亦楚産。戰國策卷一六楚策三：「黄金、珠璣、犀象出於楚，寡人無求於晉國。」史記卷一二九貨殖列傳：「江南出枏、梓、薑、桂、金、錫、連、丹沙、犀、瑇瑁、珠璣、齒、革。」江南者，楚國，則犀爲楚産。故國殤曰「被犀甲」，在楚則言用楚材也。

車錯轂兮短兵接。

錯，交也。短兵，刀劍也。言戎車相迫，輪轂交錯，長兵不施，故用刀劍，以相接擊也。

【疏證】

錯，交也。◎案：散文也，對文亦別。補注：「詩傳云：『東西爲交，邪行爲錯。』」洪引見楚茨「獻酬交錯」，毛傳：「東西，猶縱横；邪行，淆亂無次也。」新書卷八道術篇：「動静攝次謂之比，反比爲錯。」比，交合。比合曰交，旁互曰錯。交比、齊合不得易之以錯；旁邪、錯亂、閒雜亦不得易之以交。

短兵，刀劍也。言戎車相迫，輪轂交錯，長兵不施，故用刀劍，以相接擊也。◎後漢書卷一上光武帝紀「短兵接」，李賢注：「短兵，謂刀劍也。」文選卷五吴都賦「長殺短兵」，劉逵注：「短兵，刀劍也。」案：劉、李之説，皆因章句。補注：「司馬法曰：『弓矢，圍；殳、矛，守；戈、戟，助。凡五兵，長以衛短，短以救長。』」洪氏引司馬法出第三定爵篇。短兵，所以守也。第二天子之義篇：「長兵以衛，短兵以守。」管子卷一〇參患篇第二八：「弩不可以及遠，與短兵同實；射而不能中，與無矢者同實；中而不能入，與無鏃者同實；將徒人，與俴者同實；短兵待遠矢，與坐而待死者同實。」尹注：「遠矢至，短兵不能應，則坐而受死也。」史記卷七項羽本紀：「乃令騎皆下馬步行，持短兵接戰。」卷一一〇匈奴傳：「其長兵則弓矢，短兵則刀鋋。」集解引韋昭：「鋋形似矛，鐵柄。」索隱引埤蒼：「鋋，小矛鐵矜。」漢書卷四九鼂錯傳：「此弓弩之地也，短兵百不當一。」卷六四吾丘壽王傳：「禁民不得挾弓弩，則盜賊執短兵，短兵接則衆者勝。」六韜犬韜戰步：「長兵彊弓居前，短兵弱弩居後。」若守不成，則持短兵以死戰。左傳杜林合注卷四○昭二十一年：「用少莫如齊致死，齊致死莫如去備。」杜注：「備，長兵也。」林注：「言以少擊衆，莫如齊致其死，齊致死力，莫如去長兵用短兵。」又，商君書第一九境内篇：「五百主，短兵五十人；二五百主，將之主，短兵百；千石之令，短兵百人；八百之令，短兵八十人；七百之令，短兵七十人；六百之令，短兵六十人；國封尉，短兵千人；將，短兵四千人。戰及死吏，而輕「剄」短兵，能一首則優。」短兵，將率及令之衞士也。

旌蔽日兮敵若雲，

言兵士竟路趣敵，旌旗蔽天，敵多人衆，來若雲也。

【疏證】

言兵士竟路趣敵，旌旗蔽天，敵多人衆，來若雲也。◎正德本、隆慶本、劉本、湖北本、朱本、馮本、俞本、莊本無「趣敵」二字。莊本「旌旗」乙作「旗旌」，「敵多人衆」作「敵人衆多」。毛祥麟楚辭校文曰：「文瀾閣本作『競相趨敵』。」案：文淵本亦作「竟路趣敵」，文津本無「趣敵」二字。竟路，競行也。竟、競，古字通用。史記卷一八高祖功臣侯者年表「甘泉侯王竟」，漢書卷一六高惠高后文功臣表竟作競。淮南子卷一八人間訓「散無竟」，文子卷七微明竟作競。若雲，言其多也。

大招：「接徑千里，出若雲只。」又，南齊書卷一一樂志三謝莊昭夏樂：「旌蔽日，車若雲。」文選卷二一虞子陽詠霍將軍北伐：「乘墉揮寶劍，蔽日引高旍。」全後漢文卷一〇三無名氏三公山碑：「遐邇攜負，來若雲兮。」其衣被詞人亦遠矣。又，章句「趣敵」云云，趣，讀如趨，奔赴也。

矢交墜兮士争先。

墜，墮也。言兩軍相射，流矢交墮，壯夫奮怒，争先在前也。

【疏證】

墜，墮也。◎莊本「墮」作「隨」。案：訛也。詳參離騷「朝飲木蘭之墜露兮」注。

言兩軍相射，流矢交墮，壯夫奮怒，争先在前也。◎莊本「墮」作「隨」。案：訛也。交，同東君「緪瑟兮交鼓」之交，交錯也。通鑑卷三九漢紀三一淮陽王：「聞莽在漸臺，衆共圍之數百重，臺上猶與相射，矢盡，短兵接。」據此，則「旌蔽日兮敵若雲，矢交墜兮士争先」二句倒叙，兩軍交戰之始，而未及短兵相接也。

凌余陣兮躐余行，

凌，犯也。躐，踐也。言敵家來，侵凌我屯陣，踐躐我行伍也。

【疏證】

凌，犯也。◎案：凌，通作夌。説文：「夌，越也。」段注：「凡夌越字當作此。今字或作凌，或作淩，而夌廢矣。檀弓：『喪事雖遽，不陵節。』鄭曰：『陵，躐也。』躐與搣義同。廣韻『陵』下云：『犯也，侮也，侵也。』皆夌義之引伸，今字概作陵矣。」

躐，踐也。◎文選卷九長楊賦「遂躐乎王庭」李善注、唐寫本卷八蜀都賦「涉躐寥廓」，李善注引王逸注：「躐，踐也。」案：引章句皆同。清華簡（七）越公其事「躐」作「[彳+巤]」。凌、躐對舉爲文，疾馳曰凌，踐踏曰躐。漢書卷二六天文志「陵歷鬥食」，孟康曰：「陵，相冒過也。」韋昭曰：「突掩爲陵。」荀子卷一〇議兵篇第一五「不獵稼禾」，楊注：「獵與躐同，踐也。」

言敵家來，侵凌我屯陣，踐躐我行伍也。◎正德本、隆慶本、劉本、湖北本、朱本、馮本、俞本、四庫章句本「陣」作「車」，莊本作「軍」。案：車，陣之爛敚；軍，訛字。凌余陣、躐余行，猶離騷「飲余馬」、「總余轡」句法，言余凌（敵）陣，余躐（敵）行。余，非領格，主格也。章句「凌我屯陣，踐躐我行伍」云云，非也。補注：「顏之推云：『六韜有天陳、地陳、人陳、雲鳥之陳。左傳有魚麗之陳。行陳之義，取於陳列耳。俗作阜旁車，非也。』」上博簡陳公治兵借作「申」。陳、陣，古今字。孫子兵法有八陳篇云：「孫子曰：用八陳戰者，因地之利，用八陳之宜。用陳三分，誨（每）陳有鋒，誨（每）鋒有後，皆待令而動。鬭一，守二。以一侵敵，以二收。敵弱以亂，先其選卒以乘之。敵强以治，先其下卒以誘之。車騎與戰者，分以爲三，一在於右，一在於左，一在於後。易則多其車，險則多其騎，厄則多其弩。險易必知生地、死地，居生擊死。」又，佚文勢備篇云：「黄帝作劍，以陳象之。羿作弓弩，以勢象之。禹作舟車，以變象之。湯、武作長兵，以權象之。凡此四者，兵之用也。何以知劍之爲陳也？旦暮服之，未必用也。故曰：陳而不戰，劍之爲陳也。劍無鋒，雖孟賁之勇不敢□□□。陳無鋒，非孟賁之勇也不敢將而進者，不知兵之至也。劍無首鋋，雖巧士不能進□□。陳無後，非巧士敢將而進者，不知兵之情者。故有鋒有後，相信不動，放人必走。」則有劍陳。孫臏兵法有十陳篇，云：「凡陳有十：有方陳，有圓陳，有疏陳，有數陳，有錐行之陳，有鴈行之陳，有鉤行之陳，有玄襄之陳，有火陳，有水陳。此皆有所利。方陳者，所以剸也。圓陳者，所以槫也。疏陳者，所以吠也。數陳者，爲不可掇。錐行之陳者，所以夬（決）也。鴈行之陳者，所以接射也。鉤行之陳者，所以變質易慮也。玄襄之陳者，所以疑衆難敵也。火陳者，所以拔也。水陳者，所以倀固也。」又威王問篇曰：「田忌問孫子曰：『錐行者何也？鴈行者何也？簒卒力士者何也？勁弩趨發者何也？飄風之陳者何也？衆卒者何也？』孫子曰：『錐行者，所以衝堅毀鋭也。鴈行者，所以觸側應□也。簒卒力士者，所以絶陳取將也。勁弩趨發者，所以甘戰持久也。飄風之陳者，所以回□□□也。衆卒者，所以分功有勝也。』」於十陳之外有飄風之陳。清華簡（六）鄭文公問太伯「戰於魚羅」，魚羅，即魚麗，陳名。古之陳法亦多也。又，天地八風五行客主五音之居（六）兵陳：「木陳直，土陳圜，水陳曲，金陳方，火陳鋭。」以陳形説五行。張家山漢墓竹簡蓋廬篇：「凡擊敵人，必以其始至，馬牛未食，卒毋行次，前壘未固，後人未舍，徒卒饑恐，我則疾噂，從而擊之，可盡其處。」兩軍始交，短兵相擊，乘其未備者勝。

左驂殪兮右刃傷。

殪，死也。言己所乘左驂馬死，右騑馬被刃創也。

【疏證】

殪，死也。◎案：因爾雅釋詁。死，氣澌消散也。對文矢死曰殪，氣絶曰死。詩吉日：「既張我弓，既挾我矢，發彼小豝，殪此大兕。」毛傳：「殪，壹發而死。」國語卷一四晉語八「殪，以爲大甲」，韋注：「一發而死曰殪。」漢書卷五七上司馬相如傳「弦矢分，藝殪仆」，文穎曰：「一發〔矢〕（死）爲殪。」散則殪亦死也。

言己所乘左驂馬死，右騑馬被刃創也。◎四庫章句本「創」作「瘡」。案：章句以傷爲創，散文也。廣雅釋詁：「傷，創也。」王念孫曰：「傷者，月令『命理瞻傷察創』，鄭注云：『創之淺者曰傷。』此對文也。散文則創亦謂之傷。故説文云：『傷，創也。』僖二十二左傳：『君子不重傷。』文十一年穀梁傳作『不重創』。其義一也。」別作「瘡」，訛也。此言國殤凌躐敵之行陳，而或左驂死，或右騑傷也，狀其勇猛。

霾兩輪兮縶四馬，

縶，絆也。詩曰：「縶之維之。」言己馬雖死傷，更霾車兩輪，絆四馬，終不反顧，示必死也。

【疏證】

縶，絆也。詩曰：「縶之維之。」◎案：章句引詩，見小雅白駒，則「縶，絆也」之解，因毛傳也。正義：「僖二十八年左傳曰：『韅靷鞅靽。』杜預云：『在後曰靽。』則縶之謂絆其足，維之謂繫靷也。」說文馬部作馽，曰：「絆馬足也。春秋傳曰：『韓厥執馽馬前。』讀若輒。縶，馽或从糸、執聲。」對文縶以絆前足，絆以縶後足。散則不別。莊子卷三馬蹄篇第九「連之以羈馽」，釋文：「馽，古邑反。崔云：絆前後足也。」

言己馬雖死傷，更霾車兩輪，絆四馬，終不反顧，示必死也。◎案：此說不移。縶馬霾輪，猶孫子兵法第一一九地篇之「是故方馬埋輪」，曹操注：「方，縛馬也。埋輪，示不動也。」明姚富青溪暇筆卷下：「『方馬』二字，諸家之注皆欠明白。富按：詩大明篇傳注：『天子造舟，諸侯比舟，大夫方舟，士特舟。』爾雅注：『方舟併兩船，特舟單船。』『方馬』之義，當與『方舟』同。蓋并縛其馬，使不得動之義耳。」縶馬霾輪，猶九地篇所謂「死地吾將示之以不活」。左傳文公三年：「秦伯伐晉，濟河焚舟。」杜注：「示必死也。」史記卷七項羽本紀：「項羽乃悉引兵渡河，皆沈船，破釜甑，燒廬舍，持三日糧，以示士卒必死，無一還心。」曹公謂「示不動」也。又，陳書卷一九虞荔傳附弟寄：「孰能被堅執鋭，長驅深入，繫馬埋輪，奮不顧命，以先士卒者乎？」類聚卷五七雜文部三「七」條引梁蕭子範七誘：「守邊鄙而擁角節，集兵旅而馳牙璋。或埋輪於絶域，或縶馬於遐疆。」皆因於此。然此霾輪縶馬以示決死者，帥車也，非衆車也。左傳成公二年，齊晉戰於鞌，晉郤克傷于矢，猶未絶鼓音，以「師之耳目，在吾旗鼓，進退從之」故也。其車一人殿之，而衆奮進不敢退，皆前仆後繼以集其事。然「埋輪」義，後漢以還又變，謂駐足不行也，非必示以決死也。後漢書卷五六張綱傳：「漢安元年，選遣八使徇行風俗，皆耆儒知名，多歷顯位，唯綱年少，官次最微。餘人受命之部，而綱獨埋其車輪於洛陽都亭，曰：『豺狼當路，安問狐狸。』」魏書卷八九羊祉傳：「太常少卿元端、博士劉台龍議謚曰：『祉志存埋輪，不避彊御。』」全宋文卷四六鮑照侍郎滿辭閣：「志逐運離，事與衰合，束馬埋輪，絶游息世。」全梁文卷二七沈約奏彈王源：「臣實儒品，謬掌天憲，雖埋輪之志，無屈權右。」全後周文卷一七庾信周大將軍上開府廣饒公鄭常墓志銘：「公露節東驅，風奔羣盜，埋輪當路，威振中原。」史通第一二言語：「若朱雲折檻以抗憤，張綱埋輪而獻直。」

援玉枹兮擊鳴鼓。

言己愈自厲怒，勢氣益盛。

【疏證】

言己愈自厲怒，勢氣益盛。◎案：補注：「左傳：『郤克傷於矢，左并轡，右援枹而鼓。』」洪氏因左傳以解之。確切不移。霾輪縶馬、左殪右傷者，楚之師尹所乘，師之耳目，皆在於此，與師進退從之。師尹之馬雖死傷，猶援枹擊鼓不已，以厲士卒以奮先也。

天時墜兮威靈怒，

墜，落也。言己戰鬬，適遭天時，命當墮落，雖身死亡，而威神怒健，不畏憚也。

【疏證】

墜，落也。◎案：因爾雅釋詁，與解墮者通。

言己戰鬬，適遭天時，命當墮落，雖身死亡，而威神怒健，不畏憚也。◎四庫章句本「墮」作「墜」，莊本作「隨」。案：隨，訛也。天時，猶天帝。郭店楚墓竹簡太一生水：「是古（故）大一贇（藏）於水，行於時，周而或□□□□萬勿（物）母。」謂太一之神唯行於時而見，時，猶太一也。又，張家山漢墓竹簡蓋廬篇：「天地爲方圜，水火爲陰陽，日月爲刑德，立爲四時，分爲五行，順者王，逆者亡，此天之時也。」又曰：「其時曰：黄麥可以戰，黄秋可以戰，白冬可以戰，德在土、木在金可以戰，晝倍日、夜倍月可以戰，是胃用天之時。左太歲、右五行可以戰，前赤鳥、後倍天鼓可以戰，左蒼龍、右白虎可以戰，招摇在上、大陳其後可以戰，壹左壹右、壹逆再倍可以戰，是胃順天之時。」馬王堆帛書經法四度：「因天時，伐天毁，胃（謂）之武。武刃（牣）而以文隨其後，則有成功矣。」十六經觀：「聖人正侍（待）天，静以須人。不達天刑，不襦不傳。當天時，與之皆斷。當斷不斷，反受其亂。」皆因四時、五行説之。補注引文苑墜作懟。天時墜、威靈怒，對舉爲文，則舊作「懟」。爾雅釋言：「懟，怨也。」邢昺疏：「謂怨恨。左傳曰『以死誰懟』。」後漢書卷五四楊震傳「深用怨懟」，李賢注：「懟，怨怒也。」墜，懟之訛。又，威，通作鬼。清華簡（七）越公其事：「寡人不忍君之武礪兵之鬼（威）也。」釋名釋言語：「威，畏也，可畏懼也。」新書卷六容經：「夫有威而可畏謂之威，有儀而可象謂之文。」莊子卷三天地篇第一二「門無鬼與赤張滿稽觀於武王之師」，釋文：「司馬本作无畏。」鬼靈，鬼神也。此言天帝鬼神皆爲之震怒。

嚴殺盡兮棄原壄。

嚴，壯也。殺，死也。言壯士盡其死命，則骸骨棄於原壄，而不土葬也。

【疏證】

嚴，壯也。◎慧琳音義卷二一「嚴麗」條引王逸注楚辭：「嚴，莊也。」案：壯、莊，古字通用。羅、黎二本玉篇殘卷吅部「嚴」字：「楚辭『嚴煞盡兮棄原野』，王逸曰：『嚴，壯也。』」文選卷五五劉峻廣絶交論「論嚴苦則春叢零葉」，李善注引王逸楚辭注：「嚴，壯也，風霜壯謂之嚴。」則皆作壯。散則壯、嚴皆威猛、莊肅。對文嚴謂凜然不犯而威敬。新書卷八道術篇：「臨制不犯謂之嚴，反嚴爲軟。」禮記第四二大學「其嚴乎」，鄭注：「嚴乎，言可威敬也。」壯，大也，盛也，彊也。則「壯士」不得易稱「嚴士」。章句以「嚴」解「壯士」者，非也。嚴，莊肅。言國殤被殺，命盡原野，嚴然可敬也。

殺，死也。◎案：死於刀刃者謂之殺。說文殳部：「殺，戮也。」廣雅釋詁：「殺，賊也。」釋名釋喪制：「罪人曰殺。殺，竄也。埋竄之使不復見也。」上博簡（六）天子建州「文德治，武德伐，文生武殺。」

言壯士盡其死命，則骸骨棄於原壄，而不土葬也。◎正德本、隆慶本、湖北本、朱本、馮本、俞本、莊本、劉本、四庫章句本「壄」作「壄」。案：壄，壄之訛。補注云：「壄，古野字。」包山楚簡野字作埜，省予聲。亦古文。西漢文紀卷四〇禹遷乞骸骨疏：「骸骨棄捐，孤魂不歸，不勝私願。」

出不入兮往不反，

言壯士出鬭，不復顧入，一往必死，不復還反也。

【疏證】

言壯士出鬭，不復顧入，一往必死，不復還反也。◎景宋本「出鬭」作「出閫」。案：據義，舊作「出閫」。史記卷一〇二張釋之馮唐列傳「曰閫以内者」，集解引韋昭：「門中橛曰閫。」正義：「閫，門限也。」出閫，謂出門。又，類聚卷三四人部一八哀傷引陸機大暮賦「歸無塗兮往不反」，是因於此。

平原忽兮路超遠。

言身棄平原山壄之中，去家道甚遠也。

【疏證】

言身棄平原山壄之中，去家道甚遠也。◎正德本、隆慶本、朱本、劉本、湖北本、俞本、莊本「壄」作「壄」。四庫章句本「壄」作「野」。案：壄，古野字。壄，壄之訛。聞一多楚辭校補：「方言六曰：『伆，邈，離也，楚謂之越，或謂之遠；吳、越曰伆。』忽、伆通。荀子賦篇曰『忽兮其遠之極也』，本書懷沙曰『道遠忽兮』，字並作忽。『平原忽』與『路超遠』衹是一義而變文重言之以足句，此與上文『出不入兮往不返』，詞例正同。一本以忽字倒在兮下，非是。」其説得之。超，讀如迢，遠也。迢遠，平列同義。

帶長劍兮挾秦弓，

言身雖死，猶帶劍持弓，示不舍武也。

【疏證】

言身雖死，猶帶劍持弓，示不舍武也。◎案：御覽卷三四七兵部七八弓引王逸注：「言身死帶劍弓，示不舍武也。」據別本也。又，戰國初曾侯乙墓遣策有秦弓十七事，皆作「鞂弓」。秦從邑作鞂。鞂弓，非必産自秦，楚人取式於秦，類上文「吴戈」。

首身離兮心不懲。

懲，忎也。言己雖死，頭足分離，而心終不懲忎。

【疏證】

懲，㣻也。◎正德本、隆慶本、四庫章句本、朱本、馮本、劉本、湖北本、俞本、莊本「㣻」作「忞」。案：忞，㣻之訛也。懲之爲㣻，詳參離騷「豈余心之可懲」注。然審離騷㣻作艾，古字通用。

言己雖死，頭足分離，而心終不懲㣻。◎正德本、隆慶本、湖北本、朱本、馮本、俞本、莊本、四庫章句本「㣻」作「忞」，「懲㣻」下有「也」字。案：聞一多楚辭校補：「戰國策秦策四曰『首身分離，暴骨草澤』，『首身分離』，自是古之恆語，一本身作雖，非是。」史記卷七八春申君列傳作「首身分離，暴骸骨於草澤」。後漢乙爲「身首」，以平仄爲次也。後漢書卷六六陳蕃傳：「如蒙采録，使身首分裂，異門而出，所不恨也。」卷八〇上文苑傳附崔琦：「甲子昧爽，身首分離，初爲天子，後爲人螭。」三國志卷二八魏書王淩傳注引魏略：「雖知命窮盡，遲於相見，身首分離，不以爲恨。」文選卷四三孫楚爲石仲容與孫皓書：「忽然一旦身首橫分，宗祀屠覆，取誡萬世，引領南望，良以寒心。」又，文選卷九班超北征賦「首身分而不寤兮」，卷一〇潘岳西征賦「分身首於鋒刃」，卷三七曹植求自試表「雖身分蜀境，首懸吳闕」。其衣被後人多矣。「首身」之語，至宋世義又變。宋朝實事卷一七削平：「詔到限一月，許於逐處首身，更不問罪。」首身，自首服罪也。

誠既勇兮又以武，終剛强兮不可凌。

言國殤之性，誠以勇猛，剛强之氣，不可凌犯也。

【疏證】

言國殤之性，誠以勇猛，剛强之氣，不可凌犯也。◎案：新書卷八道術篇：「持節不恐謂之勇，反勇爲怯。」又，張家山漢墓竹簡蓋廬篇：「毋擊堂堂之陳，毋擊逢逢之氣。」章句「剛强之氣」云云，猶逢逢之氣，性之所稟，視死如歸。荀子卷二不苟篇第三：「與時屈伸，柔從若蒲葦，非懾怯也；剛强猛毅，靡所不信，非驕暴也。以義變應，知當曲直故也。」論衡卷三初稟篇第一二：「卵殼孕而雌雄生，日月至而骨節强，强則雄，自率將雌，雄非生長之後，或教使爲雄，然後乃敢將雌，此氣性剛强自爲之矣。」卷二三言毒篇第六六：「木剛彊，故多力也。」說苑卷一〇敬慎：「人之生也柔弱，其死也剛强；萬物草木之生也柔脆，其死也枯槁。因此觀之，柔弱者，生之徒也；剛强者，死之徒也。」

身既死兮神以靈，子魂魄兮爲鬼雄。

言國殤既死之後，精神强壯，魂魄武毅，長爲百鬼之雄傑也。

【疏證】

言國殤既死之後，精神强壯，魂魄武毅，長爲百鬼之雄傑也。◎正德本、隆慶本、劉本、俞本、馮本、朱本、四庫章句本、莊本「魂魄」作「䰟䰠」。案：魂魄、䰟䰠同。清華簡（一）顧命「魂」字作「𧍷」，員亦聲也。補注：「左傳曰：『人生始化曰魄，既生魄，陽曰魂。用物精多，則魂魄强。』疏云：『人稟五常以生，感陰陽以靈。有身體之質，名之曰形。有噓吸之動，謂之爲氣。氣之靈者曰魄。既生魄矣，其內自有陽氣也，氣之神者曰魂。魂魄，神靈之名，本從形氣而有，附形之靈爲魄，附氣之神爲魂。附形之靈者，謂初生之時，耳目心識，手足運動，啼呼爲聲。此則魄之靈也。附氣之神者，謂精神性識，漸有所知。此則附氣之神也。魄在於前，魂在於後，魄識少而魂識多。人之生也，魄盛魂强，及其死也，形銷氣滅。聖人緣生以事死，改生之魂曰神，改生之魄曰鬼。合鬼與神，教之至也。魂附於氣，氣又附形，形强則氣强，形弱則氣弱，魂以氣强，魄以形强。』淮南子曰：『天氣爲魂，地氣爲魄。』注云：『魂，人陽神；魄，人陰神也。』」案：洪氏引左傳見昭公七年子產語，古之生命哲學觀所在，至爲重要，學者不可不察。洪氏引文多所刪節，非其原文。韓非子卷六解老篇第二〇：「凡所謂祟者，魂魄去而精神亂，精神亂則無德，鬼不祟人則魂魄不去，魂魄不去則精神不亂，精神不亂之謂有德。」淮南子卷七精神訓：「魂魄處其宅，而精神守其根，死生無變於己，故曰至神。」後漢書卷三九趙咨傳：「夫亡者，元氣去體，貞魂游散，反素復始，歸於無端。既已消仆，還合糞土。」李賢注：「元氣，天之氣也。貞，正也。復，旋也。端，際也。太素、太始，天地之初也。言人既死，正魂游散，反於太素，旋於太始，無復端際者也。」

國殤

補注：「謂死於國事者。小爾雅曰：『無主之鬼謂之殤。』」案：洪引小爾雅，見廣言。文選卷二八鮑照出自薊北門行「身死爲國殤」，李善注引楚辭國殤祠，曰：「國殤，爲國戰亡也。」説文歺部：「殤，不成人也。人年十九至十六死爲長殤，十五至十二死爲中殤，十一至八歲死爲下殤。从歺，傷省聲。」許氏本儀禮也。卷三一喪服第一一：「年十九至十六死爲長殤，十五至十二死爲中殤，十一至八歲死爲下殤，不滿八歲以下爲無服之殤。」禮記卷三三喪服小記第一五：「丈夫冠而不爲殤，婦人笄而不爲殤。」儀禮卷三一喪服第一一「子女子子之長殤中殤」，鄭注：「殤者，男女未冠笄而死可哀傷者。」逸周書卷六謚法解第五四：「短折不成曰殤，未家短折曰殤。」劉師培云：「殤，未成人喪也。」釋名釋喪制：「未二十而死曰殤。殤，傷也，可哀傷也。」祀殤古之有禮。穆天子傳卷六：「天子乃殯盛姬于轂丘之廟，□壬寅，天子命哭，啓爲主。」又曰：「天子□賓之命終喪禮，于是殤祀而哭。」郭璞注：「殤，未成喪。盛姬年小也。」包山楚簡有「新王父，殤」、「殤東陵連囂」。殤，殤鬼。孔子家語卷一〇曲禮子貢問第四二：「齊師侵魯，公叔務人遇人入保，負杖而息。務人泣曰：『使人雖病，任人雖重，君子弗能謀，士弗能死，不可也。我則既言之矣。敢不勉乎？』與其鄰嬖童汪錡親往奔敵，死焉，皆殯。魯人欲勿殤童汪錡，問于孔子。孔子曰：『能執戈以衛社稷，禮也。』」九店楚簡第四四簡：「敢告⿰糹僉之子武夷：『爾居復山之阤（基），不周之野，帝胃（謂）爾無事，命爾司兵死者。』」禮記卷五曲禮下第二：「死寇曰兵。」釋名釋喪制：「戰死曰兵，言死爲兵所傷也。」國殤，兵死之鬼也。

成禮兮會鼓，

言祠祀九神，皆先齋戒，成其禮敬，乃傳歌作樂，急疾擊鼓，以稱神意也。

【疏證】

言祠祀九神，皆先齋戒，成其禮敬，乃傳歌作樂，急疾擊皷，以稱神意也。◎正德本、隆慶本、湖北本、朱本、劉本、俞本、莊本「皷」作「鼓」。正德本、隆慶本、劉本、湖北本、朱本、俞本、莊本無「傳」字。四庫章句本「其」作「具」。案：說文攴部：「鼓，擊鼓也。从攴、壴，壴亦聲，讀若屬。」段注：「壴者鼓之省，攴者擊。壴，古音在四部，侯韻。鉉本無此『讀若屬』三字，非也。屬，之欲切，故鼓讀如豛，與擊雙聲。大徐以其形似鼓，讀公户切，删此三字，其誤蓋久矣。玉篇云『之録切，擊也』，此顧氏原文。云又『公户切』，此孫强所增也。佩觿云：『鼓，之録、上五二切。』沿孫之謬。至廣韻乃姥韻有鼓，而燭韻無鼓；至集韻、類篇乃以朱欲、珠玉二切歸之從『豈』聲之『鼓』字，而不知二切皆本說文。鼓讀如屬，鼓安得有此二切也？皆由沿襲徐鉉，遂舛誤至此。至乎南宋毛晁又云『鼓舞』字從攴，與『鐘鼓』字不同，岳珂刊九經、三傳，凡鼓瑟，鼓琴，喜鐘于宫，弗鼓弗考，鼓之舞之，皆分別作鼓。經典釋文、五經文字、九經字樣、開成石經，皆無此例也。周禮小師『掌教鼓、鼗、柷、敔、塤、簫、管、弦、歌』，注云：『出音曰鼓。』按：鼓，郭也。故凡出其音皆曰鼓。若鼓訓擊也。鼗、柷、敔，可云鼓。塤、簫、管、弦、歌可云鼓乎？亦由鼓切公户，寖成異説，滅裂經字，以至於此。」皷，鐘皷字，名也。鼓，擊椓字，事也。則未可溷。章句「擊皷」云云，則爲「鐘皷」字。具，其之訛。成，終也。成禮，畢禮。禮記卷一九曾子問第七：「不得成禮，廢者幾？」卷六一鄉飲酒義第四五：「祭薦，祭酒，敬禮也；嚌肺，嘗禮也；啐酒，成禮也。」左傳莊公二十二年：「酒以成禮，不繼以淫，義也；以君成禮，弗納於淫，仁也。」杜注：「夜飲爲淫樂。」若是，九歌乃夜祭之詞，信爲淫樂。淫樂亦當成禮。史記卷五七絳侯周勃世家：「使人稱謝：『皇帝敬勞將軍。』成禮而去。」卷六二管晏列傳：「方晏子伏莊公尸哭之，成禮然後去，豈所謂『見義不爲無勇』者邪！」又，章句以「成其禮敬」釋「成禮」，謂禮事盡畢而生敬意。儀禮卷二一聘禮第八「公壹拜，賓降也，公再拜」，鄭注：「公再拜者，事畢成禮也。」左傳閔公元年「不書即位，亂故也」，杜注：「國亂不得成禮。」

傳芭兮代舞，

芭，巫所持香草名也。代，更也。言祠祀作樂而歌，巫持芭而舞訖，以復傳與他人，更用之。

【疏證】

芭，巫所持香草名也。◎案：慧琳音義卷三一、卷四一、卷七六「芭蕉」條、續音義卷一、卷四「芭蕉」條同引王逸注楚辭：「芭蕉，香草名也。」皆無「巫所持」三字。柳河東集卷四二同劉二十八院長述舊言懷感時書事奉寄澧州張員外使君五十二韻之作因其韻增至八十通贈二君子「楚舞舊傳芭」，孫注引王逸注：「芭，巫者所持香草。」則「巫」下有「者」字。其所據本別。類聚卷八七果部下「芭蕉」條引廣志：「芭蕉，一名芭苴，或曰甘蕉，莖如荷芋，重皮相裹，大如盂斗，葉廣尺，長一丈，有角子，長六七寸、四五寸、二三寸，兩兩共對，若相抱形，剥其上皮，色黄白，味似蒲萄，甜而脆，亦飽人，其莖解散如絲，績以爲葛，謂之蕉葛。雖脆而好，色黄白，不如葛赤色也。出交趾建安。」又，戴震屈原賦注：「凡華之初秀曰芭。」則讀作葩。説文艸部：「葩，華也。从艸、皅聲。」通作芭。大戴禮記卷二夏小正第四七：「拂桐芭。拂也者，拂也，桐芭之時也。或曰：言桐芭始生貌，拂拂然也。」桐芭，桐木之華。傳芭，猶下春蘭秋菊。此説亦通，故兩存之。

代，更也。◎案：詳參離騷「春與秋其代序」注。

言祠祀作樂而歌，巫持芭而舞訖，以復傳與他人，更用之。◎正德本、隆慶本、劉本、湖北本、朱本、馮本、俞本、莊本、四庫章句本、景宋本「用之」下有「也」字。莊本「人」下無「更」字。同治本「而舞」作「丙舞」。案：莊本敚也。丙，訛也。淮南子卷一九脩務訓「今鼓舞者，繞身若環，曾撓摩地，扶旋猗那，動容轉曲，便媚擬神，身若秋葯被風，髮若結旌，騁馳若騖。木熙者，舉梧檟，據句枉，蝯自縱，好茂葉，龍夭矯，燕枝拘，援豐條，舞扶疏，龍從鳥集，搏援攫肆，蔑蒙踊躍。」高注：「持大條以木舞。扶疏，槃跚貌。」可爲「傳芭」、「會鼓」、「代舞」注脚。

姱女倡兮容與。

姱，好貌。謂使童稚好女先倡而舞，則進退容與，而有節度也。

【疏證】

姱，好貌。◎正德本、隆慶本、劉本、湖北本、朱本、馮本、俞本、莊本、四庫章句本「貌」下有「也」字。案：文選卷一四舞鶴賦「頓脩趾之洪姱」，李善注引王逸曰：「姱，好也。」亦無「貌」字。姱之爲好，謂姿色之美。詳參東皇太一「思靈保兮賢姱」注。

謂使童稚好女先倡而舞，則進退容與，而有節度也。◎案：補注引「與」一作「冶」。姜亮夫屈原賦校注云：「容與，雙聲連綿字，其字形雖不定，而無作容冶者。」古有「容冶」之語，好貌。詳參湘夫人篇「聊逍遥兮容與」注。若作「容冶」，則出韻。章句「進退容與，而有節度」云云，謂祭神貌，當是確詁。

春蘭兮秋菊，長無絶兮終古。

言春祠以蘭、秋祠以菊爲芬芳，長相繼承，無絶於終古之道也。

【疏證】

言春祠以蘭、秋祠以菊爲芬芳，長相繼承，無絶於終古之道也。◎補注：「古語云，春蘭秋菊，各一時之秀也。」案：據説文，鞠爲蹋鞠，菊爲蘧麥名，鞫爲治獄，皆非日精菊華名。本字作「蘜」，他皆借字也。終古，永古也。詳參離騷「余焉能忍與此終古」注。又，梁書卷五〇文學下附劉峻：「而秋菊春蘭，英華靡絶。」舊唐書卷一八八孝友傳附裴守真：「崇業曰：『譬如春蘭秋菊，俱不可廢也。』」劉子卷八殊好章第三九「春蘭秋蕙，衆鼻之所芳」。類聚卷二一人部一五「贈答」條引陸倕感知己賦贈任昉：「彼春蘭及秋菊，尚無絶於衆芳；矧重仁與襲義，信遼遼兮未央。」文苑英華卷九六三後魏驃騎將軍荆州刺史賀拔夫人元氏墓志銘：「春蘭秋菊，唯始唯終。」江淹愛遠山：「意春蘭與秋若，願不絶於江邊。」蓋並因於此。又，紺珠集卷五南部煙花記「春蘭秋菊」條：「後主問：『蕭妃何如此人？』帝曰：『春蘭秋菊，亦各一時之秀也。』」後遂以爲美女之代稱。

禮魂

補注、朱子集注引「禮」一作「祀」，云：「或曰：禮魂，謂以禮善終者。」案：禮，或作礼，與祀字相訛。然則「禮魂」、「祀魂」，皆未詳。惠士奇禮説卷九春官謂此篇「即女巫祓除之禮，不獨春三月也」。周官祓除之禮，但在春三月，鄭康成謂「三月上巳如水上」，賈疏謂「三月三日，水上戒浴」，皆其明證。「禮魂」之語，未見典籍所載。説者或以此篇爲前十篇之「亂曰」，其意是也。禮，或作礼；亂，或作乱，形近相訛。魂，舊或省作「云」，曰也。禮魂，「亂曰」也。

楚辭章句疏證卷四　天問

天問者，屈原之所作也。何不言問天？天尊不可問，故曰天問也。

古今事文類聚前集卷二引序「天問」下無「也」字。案：東漢文紀卷一四天問序、漢魏六朝百三家集卷二〇漢王逸集題詞、能改齋漫録卷一〇王逸天問劉禹錫問大鈞、高似孫緯略卷二天公牋引天問序亦有「也」字。又，類聚卷三五人部「愁」條引天問序無「何不言問天」以下十五字，卷三八禮部上「宗廟」條、御覽卷四六九人事部一一〇憂下、卷五三一禮儀部一〇宗廟、柳河東集卷一四天對引天問序無「何不言問天」以下十五字。皆删之也。又，周禮卷三四秋官司寇第五萍氏賈疏云：「天不可問，故以『天問』爲名。」因章句爲説。

屈原放逐，憂心愁悴，

補注引「悴」一作「瘁」。案：悴、瘁同。漢魏六朝百三家集卷二〇漢王逸集題詞、東漢文紀卷一四引天問序亦作「悴」。世綵堂本「屈」下無「原」字，敓也，御覽卷五三一禮儀部一〇宗廟引天問序無「憂心愁悴」四字，皆刪之也。

彷徨山澤，

補注引「山」一作「川」。案：山澤，與下「陵陸」爲相對爲文，則舊作「川」字。漢魏六朝百三家集卷二〇漢王逸集題詞、東漢文紀卷一四引天問序亦作「山澤」。御覽卷四六九人事部一一〇憂下引王逸序「彷」訛作「防」，卷五三一禮儀部一〇宗廟引天問序亦作「彷」。

經歷陵陸，嗟號昊旻，

正德本、隆慶本、俞本、朱本、劉本、馮本、湖北本、莊本、四庫章句本「昊旻」作「旻昊」。案：漢魏六朝百三家集卷二〇漢王逸集題詞、東漢文紀卷一四引天問序「昊旻」作「旻昊」。類聚卷三五人部「愁」條引楚辭「昊旻」作「日聞」。又，御覽卷四六九人事部一一〇憂下、卷五三一禮儀部一〇宗廟引天問序無「經歷陵陸嗟號昊旻」八字。天問天對注無「憂心愁悴彷徨山澤經歷陵陸嗟號昊旻」十六字。皆刪之也。

仰天歎息。

四庫章句本「歎」作「嘆」。案：歎、嘆同。東漢文紀卷一四引天問序歎作嘆。羣書考索卷二一〇文章門引天問序刪「仰天歎息」四字。

見楚有先王之廟及公卿祠堂，圖畫天地山川神靈、琦瑋僑佹，補注引「僪佹」一作「譎詭」。案：古字皆通用。漢魏六朝百三家集卷二〇漢王逸集題詞、東漢文紀卷一四引天問序亦作「僪佹」。類聚卷三五人部「愁」條引天問序「楚」上無「見」字，「琦瑋」作「奇偉」，無「僪佹」二字。卷三八禮部上「宗廟」條引天問序亦「楚」上無「見」字，無「琦瑋僪佹」四字。御覽卷四六九人事部一一〇憂下引天問序「楚」上無「見」字，而「圖畫」上有「見」字，無「僪佹」二字。卷五三一禮儀部一〇宗廟引王逸楚辭天問序無「見」字，「僪佹」作「譎詭」。天問天對注引天問序無「琦瑋僪佹」四字。高似孫緯略卷一楚辭引天問序「琦瑋」作「奇偉」。

及古賢聖怪物行事，周流罷倦，休息其下，仰見圖畫，因書其壁，何而問之。

正德本、隆慶本、朱本、劉本、湖北本、馮本、俞本、莊本、四庫章句本「何」作「呵」。正德本、隆慶本、朱本「怪」作「恠」。補注引「何」一作「呵」。類聚卷三五人部一九「愁」條、卷三八禮部上「宗廟」條、高似孫緯略卷一楚辭、漢魏六朝百三家集卷二〇漢王逸集題詞、東漢文紀卷一四引天問序「何」作「呵」。案：據義，則舊作「呵」。御覽卷四六九人事部一一〇憂下、羣書考索卷二〇文章門引天問序「怪」作「恠」，俗字也。又刪「周流罷倦休息其下仰見圖畫」十二字，卷五三一禮儀部一〇宗廟引天問序有此十二字。柳河東集卷一四天對引天問序刪此十二字。天問天對注引「及古賢聖怪物行事周流罷倦休息其下仰見圖畫因書其壁何而問之以渫憤懣舒瀉愁思楚人哀惜屈原因共論述故其文義不次序云爾」爲「及古賢楚人因論述之故其文義不次敘云」。節約其文。高似孫緯略卷一楚辭引天問序「周流」有「屈原」二字。高氏又曰：「全本于此圖畫鬼神之間，猶足以洩憤懣寫愁思，況其餘乎？今觀屈、宋騷辭，所以激切頓挫，有人所不可爲者，蓋皆發於天。」可謂知言。王逸以爲天問是屈子因楚先王廟之壁畫及公卿祠堂而發。今以出土楚帛畫、繒書及漆畫觀之，其説羌有實據。孔子家語卷三觀周第一一：「孔子觀乎明堂，覩四門墉有堯、舜之容，桀、紂之象，而各有善惡之狀、興廢之誡焉。又有周公相成王，抱之負斧扆南面以朝諸侯之圖焉。孔子徘徊而望之。」則宗廟圖畫於周已有之。丁晏天問箋云：「壁之有畫，漢世猶然。漢魯靈光殿石壁及文翁禮殿圖，皆有先賢畫像，武梁祠堂有伏羲、祝誦、夏桀諸人之像，漢書成帝紀甲觀畫堂畫九子母，霍光傳畫周公負成王圖，敘傳有紂醉踞妲己圖。後漢宋宏傳有屏風畫列女圖，王景傳有山海經、禹貢圖。古畫皆徵諸實事，故屈子之辭，指事設難，隨所見而出之，故其文不次也。」其説韙矣。據今人彭德考，楚之先王廟爲昭王十二年由郢遷鄀時所建，在今湖北宜城。天問篇末問吳光爭國事，是在春秋末年。其説得之。金文總集（九）楚王酓章鎛銘：「唯王五十又六祀，返自西陽。楚王酓章作曾侯乙宗彝，置之于西陽。」徙自西陽者，即昭王自鄀還郢之所居。漢書卷二八地理志西陽屬江夏郡，去鄀、去郢皆甚近，蓋非宜城莫屬也。其城舊有先王廟觀祠堂在，是以「寘之于西陽」也。清華簡（一）楚居：「至卲（昭）王自乾溪之上徙居㪔（媺）郢，㪔（媺）郢徙居鶚（鄂）郢，鶚（鄂）郢徙爲郢。盍（闔）虜（盧）内（入）郢，焉復徙居乾溪之上，乾溪之上復居㪔（媺）

郢。」散（𢿺）郢，蓋昭王始封之邑，故遭難乃退居于此。豈亦在西陽耶？天問之作，蓋屈子初放於漢北之時也。

以渫憤懣，舒瀉愁思。楚人哀惜屈原，因共論述，故其文義不次序云爾。

正德本、隆慶本、湖北本、劉本、朱本、馮本、俞本、莊本、四庫章句本「序」作「叙」。案：叙、序，古字通用。漢魏六朝百三家集卷二〇漢王逸集題詞、東漢文紀卷一四引天問序作「次叙」。類聚卷三五人部「愁」條引楚辭序、柳河東集卷一四天對引天問序皆無「楚人哀惜」以下十九字，又卷三八禮部上「宗廟」條引天問序「以渫憤懣舒瀉愁思」作「以泄憤寫愁思」。御覽卷四六九人事部一一〇憂下、高似孫緯略卷一楚辭並引天問序「渫」作「洩」，無「楚人哀惜」以下十九字。卷五三一禮儀部一〇宗廟引天問序無「以渫憤懣」以下二十七字。皆删之也。世綵堂本柳河東集作「假天問以稽疑而渫憤懣楚人因共論述故其文不次叙」。則但措其意。羣書考索卷二〇文章門引天問序作「以渫憤懣楚人哀而惜之因共論述故其文藝不次序云爾」。藝，義之訛也。

曰：遂古之初，誰傳道之？

遂，往也。初，始也。言往古太始之元，虚廓無形，神物未生，誰傳道此事也？

【疏證】

遂，往也。◎劉師培楚辭考異、姜亮夫屈原賦校注、金開誠屈原集校注、程嘉哲天問新注並謂御覽卷一引「遂」作「邃」。姜氏云：「作邃是也，遂則假借字。」程氏云：「邃，遂通。」案：上海涵芬樓影宋本、文淵閣四庫本御覽卷一天部一太始引楚辭天問亦皆作遂，不作邃。劉氏據御覽或本遂作邃，姜、金、程襲其校而未檢原書，故承其訛而不知爾。文選卷一一魯靈光殿賦「遂古之初」李善注、卷四〇任昉到大司馬記室箋「勳超遂古」李善注、卷四八班固典引「伊考自遂古」李善注、慧琳音義卷一「遂古」條、柳河東集（柳集他本與此本同者不出校語，若有異文，則別出校語）卷一四天對引及天問天對注引亦皆作「遂」。又，御覽卷一天部一太始引王逸無「遂往也」之注。刪之也。廣雅釋詁：「遂，往也。」因王逸章句，其所據本則有注。散則遂、邃不別，對文往曰遂、深曰邃。「遂古」之文，始於天問，漢以後因之，亦多作「遂古」。文選卷一一王延壽魯靈光殿賦：「上紀開闢，遂古之初。」全後漢文卷九二陳琳止欲賦：「乃遂古其寡儔，固當世之無鄰。」全晉文卷九三潘岳傷弱子辭：「伊遂古之遐冑，逮祖考之永延。」卷一〇一陸雲九愍□征：「痛世路之隘狹，詠遂古而長悲。」全宋文卷四〇徐爰食箴：「悠悠遂古，民之初生。」全梁文卷一六梁元帝謝東宮賜彈棊局啓：「子桓有錫，聞於遂古。」卷三四江淹遂古篇：「聞之遂古，大火然兮。」卷五九沈宏答釋法雲書難范縝神滅論：「粤今遂古，孰能識乎此焉！」同卷張翻答釋法雲書難范縝神滅論：「桀、跖移志，反澆風於遂古。」梁文紀卷九裴子野喻虜檄文：「肇自遂古，以迄皇王，經世字民，咸由此作。」據此，則舊本作「遂古」。又，淮南子卷二一要略訓：「攬掇遂事之蹤，追觀往古之跡。」遂事，遂古之事，則亦作遂。陳直楚辭拾遺：「遂古二字不見于他書，疑三皇以燧人爲最古，故有此稱。」其謂遂爲燧，好奇之説。

初，始也。◎御覽卷一天部一太始引王逸注同。案：因爾雅釋詁，邢昺疏：「初者，説文云：从衣从刀，裁衣之始也。」

言往古太始之元，虚廓無形，神物未生，誰傳道此事也？◎正德本、隆慶本、劉本、湖北本、朱本、俞本、莊本、馮本、四庫章句本「此」下無「事」字。案：御覽卷一天部一太始引王逸注：「太始之元，虚廓無形，神物未生，誰傳此道。」其乙作「傳此道」，亦無「事」字。遂古之初，猶郭店楚墓竹簡太一生水之「太一」。上博簡（三）有亙先一篇，亙先，猶「遂古之初」也。其曰：「亙先無有，質、静、虚。質，大質；静，大静；虚，大虚。」大質、大静、大虚，遂古亙先事也。章句「太始」云云，因易繫辭上：「乾道成男，坤道成女；乾知大始，坤作成物。」孔疏：「以乾是天陽之氣，萬物皆始在於氣，故云知其大始也。」大始即太始。太始之元，氣態未判。廣雅釋天：「太初，氣之始也，生於酉仲，清濁未分也。太始，形之始也，生於戌仲，清者爲精，濁者爲形也。太素，質之始也，生於亥仲，已有素朴而未散也。三氣相接，至於子仲，剖判分離，輕清者上爲天，重濁者下爲地，中和爲萬物。」列子卷一天瑞篇第一：「昔者聖人因陰陽以統天地，夫有形者生於無形，則天地安從生？故曰有太易，有太初，有太始，有太素。太易者，未見氣也；太初者，氣之始也；太始者，形之始也；太素者，質之始也。」太初、太始亦別。史記卷二四樂書：「樂著太始而禮居成物。」集解引王肅：「明太始，謂法天也。」索隱：「太始，天也。」正義：「天爲萬物之始，故曰太始。天蒼而氣化，樂亦氣化，故云處太始也。」天，自然之別稱，漢、魏以後謂之玄。全後漢文卷五五張衡玄圖：「玄者，無形之類，自然之根，作於太始，莫之與先。」又，補注：「周禮訓方氏『誦四方之傳道』。道，猶言也。傳道，世世所傳說往古之事也。」洪氏引見卷三三夏官第四訓方氏，鄭注：「傳道，世世所傳說往古之事也。」洪氏有剿掠鄭注之嫌。後漢書卷六〇上馬融傳載廣成頌：「自黃、炎之前，傳道罔記；三五以來，越可略聞。」其「傳道」云云，是同此意。

上下未形，何由考之？

言天地未分，溷沌無垠，誰考定而知之也？

【疏證】

言天地未分，溷沌無垠，誰考定而知之也？◎正德本、隆慶本、朱本、劉本、湖北本、馮本、俞本、莊本、四庫章句本「知之」下無「也」字。補注引「定」一作「述」。毛祥麟楚辭校文曰：「文瀾閣本『垠』作『形』。」案：文津本、文淵本亦作「垠」。御覽卷一天部一太始引王逸注：「言天地未分，混沌無根，誰考述而知也。」則「溷」作「混」，「垠」作「根」、「定」作「述」，無「之」字。其所據本別。溷、混字書通用。章句以上爲天，下爲地。未可移易。漢書卷六二司馬遷傳「白黑乃形」，顏師古注：「形，見也。」郭店楚墓竹簡太一生水曰：「太一生水，水反補（輔）太一，是以成天；天反補（輔）太一，是以成地。天地復相補（輔），是以成神明；神明復相補（輔）也，是以成陰陽；陰陽復相補（輔）也，是以成倉（滄）然（熱）；倉（滄）然（熱）復相補（輔）也，是以成濕澡（燥）；濕澡（燥）復相補（輔）也，成歲而止。」又曰：「下，土也，而謂之地；上，氣也，而謂之天。」則「上下未形」，在「太一生水」前，未判氣態之時，上博簡（三）亙先：「有或焉有氣，有氣焉有有，有有焉有始，有始焉有往者，未有天地，未有作行。」漢帛書十經行守：「無刑無名，先天地生，□吾以守一名。」一，太一，道也。道，可大可小，遠遊：「道可受兮，不可傳。其小無內兮，其大無垠。」其始則小，變而爲大，則爲水。水之爲物，茫茫渾渾，無東無西，無上無下，謂之「渾淪」。渾淪、溷沌同。水之分，輕揚上而爲氣，是以成天，重濁下而爲土，是以成地。此洪水創世神話之要義。原始九歌諸神爲夏后氏宇宙之神格化，究其篇次，始東皇太一，道之神。次雲中君、河伯、湘君、湘夫人，皆水神也。雲爲氣，水之屬。次大司命、少司命，皆「神明」。次東君，陰陽之神。而山鬼、國殤、禮魂三神，不在宇宙神內，越、楚淫祀。此「上下未形」，是「太一」藏於「水」時爲説。又，後漢書卷四〇下班固傳：「太極之原，兩儀始分，煙煙熅熅，有沈而奧，有浮而清，沈浮交錯，庶類混成。」列子卷一天瑞篇第一：「氣形質具而未相離，故曰渾淪。渾淪者，言萬物相渾淪而未相離也。視之不見，聽之不聞，循之不得，故曰易也。易無形埒，易變而爲一，一變而爲七，七變而爲九，九變者，究也。乃復變而爲一。一者，形變之始也。清輕者上爲天，濁重者下爲地，沖和氣者爲人。故天地含精，萬物化生。」其先後次序，皆與楚簡别。

冥昭瞢闇，誰能極之？

言日月晝夜，清濁晦明，誰能極知之？

【疏證】

言日月晝夜，清濁晦明，誰能極知之？◎劉盼遂天問校箋：「自『遂古之初』至『何本何化』，凡六韻，皆言溷沌未辟景象，惡有所謂清明者。此昭字自屬昒之誤字。昒，說文：『尚冥。』與昧古通用。冥昒瞢闇，四字平列。」案：其說好奇。舊作昭字未訛。冥昭，恆語。弘明集卷一三引晉王該日燭「三幡著而重冥昭」是也。或作冥照，類聚卷一一帝王部一「帝舜有虞氏」條引晉庾闡虞帝像贊：「雖冥照之鑒獨朗，天下惡乎注其耳目哉？」補注：「冥，幽也，所謂窈冥之門也。昭，明也，所謂大明之上也。瞢，目不明也。闇音暗，閉門也。此言幽明之理，瞢闇難知，誰能窮極其本原乎？」洪説是非雜陳。冥，月夜也；昭，日晝也。周禮卷二五春官宗伯第三眂祲：「掌十煇之灋，五曰闇，六曰瞢。」鄭注：「闇，日月食也。瞢，日月瞢瞢無光也。」晉書卷一二天文志中：「周禮眂昆氏掌十煇之法，五曰闇，謂日月蝕。六曰瞢，謂瞢瞢不光明也。」瞢闇，平列同義，不明貌。或聲轉作「昏」。上博簡（三）周易睽「非寇昏佝（媾）」，馬王堆漢墓帛書周易作「非寇闇厚」。闇，从門，瞢聲。是其證。上博簡（三）亙先：「出生虛静，爲一若寂，夢夢静同，而未或明、未或兹（滋）生。」漢帛書道原：「亙先之初，迵同大虛。虛同爲一，恆一而止。濕濕夢夢，未有晦明。」長沙子彈庫戰國楚帛書：「夢夢墨墨，亡章弻弻。」又，極，謂窮也，究也。文選卷二兩都賦序「故臣作兩都賦以極衆人之所眩曜，折以今之法度」是也。

馮翼惟像，何以識之？

言天地既分，陰陽運轉，馮馮翼翼，何以識知其形像乎？

【疏證】

言天地既分，陰陽運轉，馮馮翼翼，何以識知其形像乎？◎四庫章句本「像」作「象」。案：象、像古書通用。文選卷四七夏侯湛東方朔畫贊「見先生之遺像」，李善注引「惟像」作「遺像」，何劍薰楚辭拾瀋謂舊當作「遺像」。惟作遺，不辭。淮南子卷七精神訓：「古未有天地之時，惟像無形。」高注：「惟，思也。」謂思念其像而無其形也。淮南子祖構於此，劉安以惟爲思惟，亦未作遺字。又曰：「窈窈冥冥，芒芠漠閔，澒濛鴻洞，莫知其門。」高注：「皆未成形之氣也。」又，卷三天文訓：「天墬未形，馮馮翼翼，洞洞灟灟，故曰大昭。」高注：「馮翼、洞灟，無形之貌。」淮南「馮馮翼翼」，祖構於此，故章句復因淮南爲説解。馮翼，或作憑憶、愊臆等，氣充滿之貌。詳參離騷「時曖曖其將罷」注。上博簡（三）恆先：「氣是自生，恆莫生氣；氣是自生自作，恆，氣之生。」則馮翼之氣，亦恆先之源。又，章句「何以識知其形像」云云，以識爲知，散文也。周禮卷二六春官宗伯第三保章氏「以志星辰日月之變動」，鄭注：「志，古文識。識，記也。」識爲標記、徽記。公羊傳宣公六年「趙盾知之」，何休注：「由人曰知之，自己知曰覺焉。」對文識、知亦别。

明明闇闇，惟時何爲？

言純陰純陽，一晦一明，誰造爲之乎？

【疏證】

言純陰純陽，一晦一明，誰造爲之乎？◎案：明明，明者爲明而成陽；闇闇，闇者爲闇而成陰。太一生水：「天地復相補（輔），是以成神明，神明復相補（輔）也，是以成陰陽。」楚人以陰陽爲神明所爲，故屈子疑而問之。長沙子彈庫戰國楚帛書：「炎帝乃命祝融以四神降，奠三天；□

四保，奠四極。帝夋乃爲日月之行，共工夸步，十日四時。乃逆日月，日月以傳行□思，又宵又朝，又晝又夕。」神明，猶造陰陽日月之炎帝、祝融、帝夋、共工之屬。又，章句「純陰純陽」云云，天地之象也。純陽象天，純陰象地。明謝肇淛五雜組卷一天部：「天地之氣，有純陽必有純陰。大凡天地之氣，陽極生陰，陰極生陽。當純陰純陽用事之日，而陰陽之潛伏者已鬖鬖萌蘗矣。」上博簡（三）亙先：「生之生行，濁氣生地，清氣生天。」

陰陽三合，何本何化？

謂天地人三合成德，其本始何化所生乎？

【疏證】

謂天地人三合成德，其本始何化所生乎？◎補注：「天對云：『合焉者三，一以統同。吁炎吹冷，交錯而功。』引穀梁子云：『獨陰不生，獨陽不生，獨天不生，三合然後生。』逸以爲天地人。非也。穀梁注云：『古人稱萬物負陰而抱陽，沖氣以爲和。然則傳所謂天，蓋名其沖和之功，而神理所由也。會二氣之和，極發揮之美者，不可以柔剛滯其用，不得以陰陽分其名，故歸於冥極而謂之天。凡生類禀靈知於天，資形於二氣，故又曰獨天不生，必三合而形神生理具矣。』」案：穀梁注所謂「古人」，則老子也。老子四十二章：「道生一，一生二，二生三，三生萬物。」三，陰陽相沖和也。曰：「萬物負陰而抱陽，沖氣以爲和。」其「三合」之謂也。三，參也，古字通用。參，有沖和義。荀子卷五王制篇第九「天地之參也」，楊注：「參，謂與之相參，共成化育也。」陰陽二氣相參和，則生萬物。卷一三禮論篇第一九：「天地合而萬物生，陰陽接而變化起。」禮記卷二六郊特牲第一一：「天地合而後萬物興焉。」呂氏春秋卷一三有始覽第一有始篇：「天地合和，生之大經也。」論衡卷三物勢篇第一四：「夫天地合氣，人偶自生也，猶夫婦合氣，子則自生也。」卷一八自然篇第五四：「天地合氣，萬物自生，猶夫婦合氣，子自生矣。」淮南子卷三天文訓：「道曰規始於一，一而不生，故分而爲陰陽，陰陽合和而萬物生，故曰一生二，二生三，三生萬物。」卷六覽冥訓：「故至陰飂飂，至陽赫赫，兩者交接成和而萬物生焉。」卷二〇泰族訓：「神明接，陰陽和，而萬物生之。」皆「陰陽參合」之義。上博簡（七）凡物流型：「⿰鼠一（一）生兩，兩生厽（三），厽（三）生女，女城（成）結。是古（故）又（有）⿰鼠一（一），天下亡（無）不又（有）；亡（無）⿰鼠一（一），天下亦亡（無）⿰鼠一（一）又（有）。」「成結」者，猶「參合」也。又，列子卷一天瑞篇第一：「故有生者，有生生者；有形者，有形形者；有聲者，有聲聲者；有色者，有色色者；有味者，有味味者。生之所生者，死矣；而生生者未嘗終。形之所形者，實矣；而形形者未嘗有。聲之所聲者，聞矣；而聲聲者未嘗發。色之所色者，彰矣；而色色者未嘗顯。味之所味者，嘗矣；而味味者未嘗呈。皆無爲之職也。」以「本」者爲無爲之道，「化」者爲有爲之用。又云：「精神者，天之分；骨骸者，地之分。

屬天清而散，屬地濁而聚，精神離形，各歸其真，故謂之鬼。鬼，歸也，歸其真宅。」精神，陽氣，魂也。形骸，陰氣，魄也。魂魄參合謂之生，魂魄離散則死。漢帛書黃帝十六經觀曰：「黃帝曰：羣羣□□□□□□爲一囷，無晦無明，未有陰陽。陰陽未定，吾未有以名。今始判爲兩，分爲陰陽。離爲四時，□□□□□□□□□□因以爲常，其明者以爲法而微道是行。行法循□□牝牡，牝牡相求，會剛與柔。柔剛相成，牝牡若刑（形）。下會於地，上會於天。得天之微，時若□□□□□□□□□□□寺（待）地氣之發也，乃夢者夢而兹（滋）者兹（滋），天因而成之。」則「下會於地，上會於天」，亦「陰陽參合」也。

圜則九重，孰營度之？

言天圜而九重，誰營度而知之乎？

【疏證】

言天圜而九重，誰營度而知之乎？◎柳河東集卷一四天對引圜作圓，無「之」字。湖北本「言天而九重」訛作「圜天圜而九重」。又，初學記卷一天第一天「八柱」條引王逸注：「言天圓而九重，誰營度而知之。」無「乎」字。書鈔卷一四九天部天一「天圓九重」條引王逸注：「言天圍而重，誰營度而知之乎。」則「圜」作「圍」，「而」下敚「九」字。李太白集分類補注卷一二贈宣城宇文太守兼呈崔侍御引章句：「言天圜而九重，孰營度而知之乎。」則「誰」作「孰」。案：其所據本別。圜、圓古字通用。御覽卷二天部下天部引王逸注：「言天圓九重，誰度知之。」敚「營」字。又，後漢書卷七八宦者傳附呂强「然處在之高」，李賢注：「楚辭曰：『圓則九重，孰營度之？』圓，謂天也。」皆因章句。圜，渾圜，以象天。通作「圓」，省作「員」。漢帛書穀食氣：「員(圓)者天也，方者地也。」九重，謂九層。晉書卷一一天文志上，謂古者天有三説：一曰蓋天，二曰宣夜，三曰渾天。蓋天説以天有九重。楚人持「九重天」之蓋天説。詳參離騷「指九天以爲正兮」注。又，補注：「營，經營也。度，量度也。」

惟茲何功，孰初作之？

言此天有九重，誰功力始作之邪？

【疏證】

言此天有九重，誰功力始作之邪？◎正德本、隆慶本、朱本、劉本、馮本、俞本、湖北本、四庫章句本「邪」作「耶」，莊本作「乎」。案：古字通用。御覽卷二天部下天部引王逸注：「言此天九重，誰功始之？」所據別本。漢帛書十六經立□：「昔者黄宗質始好信，作爲自象，方四面，傅一心。四達自中，前參後參，左參右參，踐立(位)履參，是以能爲天下宗。吾受命於天，定立(位)於地，成名於人。唯余一人□乃肥（配）天。」觀：「□□（黃帝）令力黑浸行伏匿，周留（流）四國，以觀無恆善之法則。力黑視（示）象，見黑則黑，見白則白。地□□□□□□□□□亞（惡）人則視（示）競。人靜則靜，人作則作。力黑已布制建極□□□□□曰天地已成，而民生。」據此，設造九重者，黃帝、力黑（牧）之功。「天下宗」者，猶莊子「大宗師」。其皆中土所傳也。楚帛書謂「炎帝乃命祝融以四神降，奠三天；思保，奠四極，曰非（棐）九天」。所以「成九重」者，乃炎帝、祝融。此楚所習傳。於戰國類此傳說夥頤，屈子疑而問難之。

斡維焉繫？天極焉加？

斡，轉也。維，綱也。言天晝夜轉旋，寧有維綱繫綴，其際極安所加乎？

【疏證】

斡，轉也。◎御覽卷二天部下天部引王逸注「斡」作「筦」字。世綵堂本柳河東集卷一四天對引「轉」下無「也」字。慧琳音義卷八七「斡運」條引王逸注楚詞云：「斡，運也。」案：據義，舊作「轉軸」。筦，斡，古字通用。史記卷八四賈生列傳「斡棄周鼎兮寶康瓠」，集解：「如淳云：『斡，轉也。』應劭云：『斡音筦，筦，轉也。』」索隱：「斡，轉也，烏活反。晉灼云：『斡，古管字也。』」文選卷一四幽通賦「斡流遷其不濟兮」，李善注引項岱曰：「斡，轉也。」章句「轉旋」云云，則舊作

「轉」。補注：「説文云：『斡，轂端沓也。楊雄、杜林云：軺車輪，斡也。』顔師古匡謬正俗云：『聲類、字林並音管。賈誼鵩鳥賦云「斡流而遷」。張華勵志詩云「大儀斡運」。皆爲轉也。楚辭云「筦維焉繫」。此義與幹同字，即爲筦。故知斡、管二音不殊。近代流俗音烏活切。非也。』」今本説文斗部：「斡，蠡柄也。从斗、倝聲。揚雄、杜林説皆以爲軺車輪斡也。」與洪引説文「斡轂端沓也」者別。蠡柄，瓠柄也。段注：「判瓠爲瓢以爲勺，必執其柄而後可以挹揚，執其柄則運旋在我，故謂之斡。」據此，斡之訓轂端沓、訓軺車輪斡，皆其引申。筦，繀絲筦也，又謂之筳，因於旋轉，通作管字。筦、斡同根字。此以「蓋天」爲説，斡，猶傘蓋之柄。舊本作斡。筦、管，皆借字。音「烏活」者，月部，與元部「古案」者屬平入對轉，則無害於義。斡之古音爲「烏活」，六朝轉讀陽聲，則音「古案」。顔氏未之審爾。羅、黎二本玉篇糸部「維」字引楚辭皆作韓，斡之音訛。長沙子彈庫戰國楚墓出土人物御龍帛畫以夔龍舟上之華蓋象天之圜，馬王堆漢墓帛畫天門下、人間上之華蓋亦象蒼穹之圜。皆是「圜則九重」遺義也。

維，綱也。◎正德本、隆慶本、俞本、劉本、湖北本「綱」作「網」。世綵堂本柳河東集卷一四天對引注「綱」下無「也」字。羅、黎二本玉篇殘卷糸部「維」字：「楚辭『韓維焉繫』，王逸曰：『維，紘也。』」文選卷六魏都賦「漢綱絶維」，李善引王逸注：「維，紘也。」案：作「網」，訛也。其所據本別。御覽卷二天部下天部引王逸注亦作綱。説文糸部：「紘，冠卷維也。」禮記卷四三雜記第二一「管仲鏤簋而朱紘」，鄭注：「冠有笄者爲紘，紘，在纓處兩端，上屬下不結。」引申之言綱，淮南子卷一原道訓「紘宇宙而章三光」，高注：「紘，綱也，若小車蓋四維謂之紘繩之類也。」御覽卷二天部下引王逸注：「(維)，綱也。」亦作「綱」字。糸部：「維，車蓋維也。從糸，隹聲。」引申之言隅角，則不可易言綱。又云：「綱，維紘繩也。從糸，岡聲。」引申之言綱紀，亦不可易言維。散則不別。

言天晝夜轉旋，寧有維綱繫綴，其際極安所加乎？◎正德本、隆慶本、俞本、劉本、湖北本「綱」作「網」。御覽卷二天部下天部引王逸注無「晝」字，「旋」作「徙」，「繫」下無「綴」字，「乎」下有「也」字。案：作「網」，訛也。無「晝」、「綴」，皆爛敚之也。補注：「淮南曰：『帝張四維，運之以斗。東北爲報德之維，西南爲背陽之維，東南爲常羊之維，西北爲蹏通之維。』注云：『四角爲維也。』先儒説云：天是太虚，本無形體，但指諸星運轉以爲天耳。天如彈丸，圍圜三百六十五度四分度之一。旁行四表之中，冬南夏北，春西秋東，皆薄四表而止。張衡靈憲云：『八極之維，徑二億三萬二千三百里。』維謂四維，極謂八極也。一説云：北極，天之中也。天官書曰：『中宮天極星，其一明者，太一常居也。』太玄經曰：『天圜地方，極植中央。』」洪氏引淮南子見卷三天文訓，然皆非相屬之文，於「運之以斗」下則宜補「又曰」二字。又，洪氏所謂「太虚」者，史記卷二五律書「神生於無，形生於有」，正義：「無形爲太易氣，天地未形之時，言神本在太虚之中而無形也。」洪氏所謂「彈丸」者，全後漢文卷五五張衡渾天儀：「渾天如鷄子，天體圓如彈丸，地如鷄中黄，孤居於内。」全三國文卷七二王蕃渾天象説：「天體圓如彈丸，地處天之半，則陽城爲中，則日春秋冬夏，昏明晝夜，去陽城皆等，無盈縮矣。」洪氏所謂「圍圜三百六十五度四分度之一」者，史記卷一五帝本紀「歲三百六十六日，以閏月正四時」，索隱：「夫周天三百六十五度四分度之一，是天度數也。」後漢書志二律曆志中：「日行一度，積三百六十五度四分度一而周天一匝，名曰歲。」洪氏所謂「四表」者，文選卷一一魯靈光殿賦「三間四表，八維九隅」，李善注：「室每三間，則有四表，四角四方爲八維，并中爲九。」所謂「先儒説云」，節約舊説，非專主一家。史記卷二七天官書索隱引晉楊泉物理論：「北極，天之中，陽氣之北極也。極南爲太陽，極北爲太陰。日、月、五星行太陰則無光，行太陽則能照，故爲昏明寒暑之限極也。」天極，天之正中。又，全三國文卷六八陸績渾天儀説作「極樞中央」，則與洪氏所見者不同。淮南子卷三天文訓：「天圓地方，道在中央。」又，劉永濟屈賦音注詳解謂加作架，言架設之意。未審架爲後起分別字，舊本但作加。沈祖綿屈原賦證辨：「加疑作如，形似而訛。如、虧韻。」加、虧，歌部。若作如，則出韻。

八柱何當？東南何虧？

（虧，缺也。）言天有八山爲柱，皆何當值？東南不足，誰虧缺之也？

【疏證】

虧，缺也。◎羅、黎二本玉篇殘卷亏部「虧」字：「楚辭曰『八柱何當，東南何虧』，王逸注曰：『虧，缺也。』」案：虧缺之訓，諸本皆無，唐本有之。即章句遺義，宜補。王注離騷、九歌並云：「虧，歇也」。與解「缺」者通也。

言天有八山爲柱，皆何當值？東南不足，誰虧缺之也？◎正德本、隆慶本、朱本、劉本、馮本、俞本、湖北本、莊本、四庫章句本及柳河東集卷一四天對引「缺之」下無「也」字。類聚卷一天部「天」條、書鈔卷一四九天部天一「天有八柱」條同引王逸注：「言天有八山爲柱，皆何當值？東南不足，誰虧缺之。」亦無「也」字。然書鈔卷一四九天部天一「天有八柱」條同引王逸注「何」訛爲「和」。御覽卷二天部下天部引王逸注：「言天有八山爲柱，皆何直？東南不足，誰能缺也。」事類賦注卷一天部天「虧以東南」條引王逸注：「言天有八山爲柱，皆何值？東南不足，誰能缺也。」其所據本別。直、值古字通用。又，初學記卷一天第一天「八柱」條引王逸：「言天有八山爲柱也。」錦繡萬花谷後集卷一天門「八柱山」條引王逸注：「言天有八山爲柱也。」皆非足文。郭店楚墓竹簡太一生水：「(天不足)於西北，其下高以强；地不足於東南，其上(下以弱，不足於上)者，有餘於下；不足於下者，有餘於上。」隨州武家坡漢墓簡牘歲：「天不足西方，天柱乃折。地不足東方，地維乃絶。」天傾西北、地不滿東南，乃戰國通説。淮南子卷三天文訓：「昔者共工與顓頊争爲帝，怒而觸不周之山，天柱折，地維絶。天傾西北，故日月星辰移焉；地不滿東南，故水潦塵埃歸焉。」則以爲共工與顓頊争帝所致。太一生水所以推究之云：「天地名字並立，故過其方，不思相當。」方，正也。過其方，天地不相均平。水氣上揚者不足於西北，而足於東南，故地以土補之於西北；水氣重濁者足於西北，而不足於東南，故天以氣補之於東南。是以「不思相當」。氣，生成天之水也。此説古樸，先於淮南，與屈子本意帖近。又，補注：「淮南云：『天有九部八紀，地有九州八柱。』素問曰：『天不足西北，故西北方陰也，而人右耳目不如左明也。地不滿東南，故東南方陽也，而人左手足不如右强也。』又曰：『天不足西北，左寒而右涼；地不滿東南，右熱而左温。』注云：『中原地形，西北高，東南下。今百川滿湊東之滄海，則東西南北高下可知。』」今本淮南子無此文。類聚卷六州部、初學記卷五地理上第一總載地「叙事」條引淮南子、卷八州郡部第一總叙州郡「叙事」條、書鈔卷一五七地部一「地有八柱」條、海録碎事卷三地部上「八柱」條、天中記卷七地皆引河圖括地象云：「天有九部八紀，地有九州八柱。」唯御覽卷三六地部一地上、卷一九七州郡部三叙州同引作淮南子。御覽訛也。而洪氏因於御覽也。

九天之際，安放安屬？

九天：東方皞天，東南方陽天，南方赤天，西南方朱天，西方成天，西北方幽天，北方玄天，東北方變天，中央鈞天。其際會何分，安所繫屬乎？

【疏證】

九天：東方皞天，東南方陽天，南方赤天，西南方朱天，西方成天，西北方幽天，北方玄天，東北方變天，中央鈞天。◎案：九天，已見離騷、九歌，章句皆謂「八方中央」者，而未列九天之名。有「九天」具名者，則始於此。周、秦說九天者，未見其詳。此爲漢世習見。章句因淮南卷三天文訓，然「旻天」作「變天」，「皓天」作「顥天」，亦不盡同。史記卷二八封禪書「九大巫，祠九天」，索隱引淮南子：「中央曰鈞天，東方曰蒼天，東北旻天，北方玄天，西北幽天，西方皓天，西南朱天，南方炎天，東南陽天。」此說見呂氏春秋卷一三有始覽第一有始篇，索隱誤也。又，正義引太玄經云：「一中天，二羨天，三徒天，四罰更天，五晬天，六郭天，七咸天，八治天，九成天也。」與淮南別。在漢世說九天之名，則有多家。

其際會何分，安所繫屬乎？◎正德本、隆慶本、朱本、馮本、俞本、劉本、四庫章句本、莊本、湖北本「繫屬」作「屬繫」。案：下「日月安屬，列星安陳」，章句：「言日月衆星安所繫屬。」則舊作「繫屬」。放，謂依隨。論語卷四里仁「放於利而行」，集解引孔安國注：「放，依也。」言何所依屬也。

隅隈多有？誰知其數？

言天地廣大，隅隈衆多，寧有知其數乎？

【疏證】

言天地廣大，隅隈衆多，寧有知其數乎？◎注釋音辯唐柳先生集卷一四引「數」作「数」。案：数，俗「數」字。補注：「隅，角也。爾雅：『厓内爲隩，外爲隈。』淮南曰：『天有九野，九千九百九十九隅，去地五億萬里。』注云：『九野，九天之野。一野，千一百一十一隅。』」案：洪氏引淮南子見卷三天文訓。又，朱季海楚辭解故：「問言『隈隅』者，自是楚語，隈，猶隅也，以類舉耳。尋左僖二五年傳『秦人過析隈』，杜注：『析，楚邑，一名白羽，今南鄉析縣。隈，隱蔽之處。』此既楚地，而以隈名，足徵郢俗矣。又，爾雅釋丘：『隩，隈。』郭注：『今江東呼爲浦隩。』郝氏義疏：『文選詩注引作「今江東人呼浦爲隈」是也。』」然語「隈」者，古書多有，不限於楚。儀禮卷一八大射第七：「大射正執弓，以袂順左右隈。」鄭注：「隈，弓淵也。」莊子卷八徐無鬼篇第二四：「奎蹄曲隈，乳間股脚。」管子卷一形勢篇第二：「大山之隈，奚有于深？」卷一九問霸篇第六二：「雖有小隈，不以爲深。」儀禮等書，豈亦操楚語？朱君説楚語，不亦濫乎？

天何所沓？十二焉分？

沓，合也。言天與地合會何所？十二辰誰所分別乎？

【疏證】

沓，合也。◎案：因爾雅釋詁。説文曰部：「沓，語多沓沓也。从水、曰。」引申之爲重疊，顔氏家訓卷六書證篇第一七：「重沓是多饒積厚之意。」羅、黎二本玉篇殘卷曰部「沓」字：「楚辭『天何所沓，十二焉分』，王逸注：『沓，合也。』野王按：沓猶重疊也。」重沓者，猶疊合之意。天何所沓，問天與地之相重疊也。朱季海曰：「沓，本字作遝。楚人言沓音同耳。釋言：『逮，遝也。』郭注：『今荆楚人皆云遝，音沓。』斯足證楚讀矣。」釋言「逮及」爲「遝」，非「合沓」。

言天與地合會何所？十二辰誰所分別乎？◎正德本、隆慶本、劉本、朱本、馮本、俞本、莊本、湖北本、四庫章句本、柳河東集卷一四天對引「十二辰」上有「分」字。案：有「分」字，羨也。補注：「左傳曰：『日月所會是謂辰，故以配日。』注云：『一歲日月十二會，所會爲辰。十一月辰在星紀，十二月辰在元枵之類是也。若歲在鶉火，我周之分野，實沈之虚，晉人是居，則十二辰所次也。』」楚曆與六國別。九店楚簡第七八簡：「㽞层（夏正月）朔於營室，夏层（夏二月）恚（奎），享月（夏三月）胃，夏栾（夏四月）畢，八月（夏五月）東井，九月（夏六月）□，十月（夏七月）□，□□（夏八月）□，獻馬（夏九月）房，冬栾（夏十月）心。」簡文下殘，據包山楚簡，楚屈夕，當夏十一月；楚援夕，當夏十二月。朔者，日月所會之辰。又，長沙子彈庫戰國楚帛畫帛書四周每邊分三區，凡十二區，畫神怪十二，左爲春，上爲夏，右爲秋，下爲冬，皆見於文字。其次序自左下一區始，先逆書，至上復右轉，回環題著十二月之名。即此問十二辰之所以别也。

日月安屬？列星安陳？

言日月衆星，安所繫屬，誰陳列也？

【疏證】

言日月衆星，安所繫屬，誰陳列也？◎柳河東集卷一四天對引「衆星」作「星辰」。案：列星，古有二解：一曰衆星；一曰列宿，即二十八宿。莊子卷二大宗師篇第六：「傅説得之，以相武丁，奄有天下，乘東維，騎箕尾，而比於列星。」韓非子卷六解老篇第二〇：「日月得以恆其光，五常得之以常其位，列星得之以端其行。」荀子卷一一天論第一七：「列星隨旋，日月遞照，四時代御，陰陽大化。」卷一八賦篇第二六：「列星殞墜，旦暮晦盲。」論衡卷五感虚篇第一九：「地之有萬物，猶天之有列星。」列星，皆衆星。公羊傳莊公七年：「恆星者何？列星也。」何休注：「恆，常也，常以時列見。」徐疏：「恆，常也。天之常宿，故經謂之恆星矣；言以時列見于天，故傳謂之列星矣。」新書卷六容經篇：「蓋圓以象天，二十八橑以象列星。」史記卷二七天官書：「其與列星相犯，小戰；五星，大戰。」又曰：「列星，其宿地憂。」索隱：「謂月蝕列星二十八宿，當其分地有憂。」列星，皆二十八宿。此問日月衆星之繫屬陳列，列星，衆星也。則舊作「衆星」。若作「星辰」，則用後一説。顔氏家訓卷五歸心篇第一六：「乾象之大，列星之夥，何爲分野，止繫中國？」亦同此意。又，補注：「列子曰：『天，積氣耳。日月星宿，亦積氣中之有光曜者。』靈憲曰：『星也者，體生於地，精成於天，列居錯跱，各有攸屬。』」洪引列子見卷一天瑞篇第一，然非屈子所問者。金開誠屈原集校注引一説屬作燭，謂二字古通，「此句當從燭照取義」。屬、陳，對舉爲文，則不當言燭光。

出自湯谷，次于蒙汜。

次，舍也。汜，水涯也。言日出東方湯谷之中，暮入西極蒙水之涯也。

【疏證】

次，舍也。◎案：詳參離騷「夕歸次於窮石兮」注。

汜，水涯也。◎案：爾雅釋丘：「窮瀆，汜。」郭注：「水無所通者。」釋水：「決復入爲汜。」郭注：「水出去復還。」説文水部：「汜，水別復入水也。从水，已聲。一曰：汜，窮瀆也。」許蓋因爾雅亦列二説，其義相通。釋名釋水：「水決復入爲汜。汜，已也。如出有所爲畢已而還入也。」引申之爲水涯。

言日出東方湯谷之中，暮入西極蒙水之涯也。◎補注：「書云：『宅嵎夷，曰暘谷。』即湯谷也。爾雅云：『西至日所入爲太蒙。』即蒙汜也。説文云：『暘，日出也。』或作湯，通作陽。汜音似。淮南曰：『日出于暘谷，浴于咸池，拂于扶桑，是謂晨明。登于扶桑，爰始將行，是謂朏明。至于曲阿，是謂旦明。至于曾泉，是謂早食。至于桑野，是謂晏食。至于衡陽，是謂隅中。至于昆吾，是謂正中。至于鳥次，是謂小還。至于悲谷，是謂餔時。至于女紀，是謂大還。至于淵隅，是謂高舂。至于連石，是謂下舂。至于悲泉，爰止其女，爰息其馬，是謂懸車。薄于虞淵，是謂黄昏。淪于蒙谷，是謂定昏。日入于虞淵之汜，曙於蒙谷之浦，行九州七舍，有五億萬七千三百九里。』注云：『自暘谷至虞淵，凡十六所，爲九州七舍。』」案：洪氏引書見堯典，孔傳：「暘，明也。日出於谷而天下明，故稱暘谷。」洪引爾雅見釋地，郭璞注：「即蒙汜也。」掠郭注爲己説。文選卷一五思玄賦「朝吾行於湯谷兮」，舊注：「湯谷，日所出。」湯谷，同暘谷。湯，亦作昜，金文作「𣅀」，象戉，昜之古文。引申之言舉揚，旦日之出謂之昜。丁山云：「昜者，雲開而見日也。从日，一者，雲也。」（中國古代宗教與神話考）谷，猶道也。昜谷，日陽所行之道。九歎遠遊「横飛谷以南征」，章句：「飛谷，日所行道也。」山海經卷九海外東經：「湯谷上有扶桑，十日所浴。」郭璞注：「湯，讀暘，或作陽。」「十日所浴」之浴，即谷也。楚帛書「山川澫浴」，浴，亦谷字。馬王堆老子德經「浴得以一盈」、「上德如浴」，雙古堆漢簡詩「出自幼浴」，幼浴，即幽谷。大戴禮記卷二夏小正第四七「黑烏浴」，傳云：「浴也者，飛乍高乍下也。」湯谷，亦稱温源谷。山海經卷一四大荒東經「有谷曰温源谷」，郭璞注：「温源，即湯谷也。」又，洪氏引淮南子見卷三天文訓，然「淵隅」作「淵虞」。淮南記一日之内二十四時辰。又，關沮秦漢墓簡牘有紀二十四時辰之綫圖，北方位，屬水，則有夜半（虚）、夜過半（婺女）、雞未鳴（牽牛）、前鳴（斗）、雞後鳴（箕）、纔旦（尾）、平旦（心）。東方位，屬木，則有日出（房）、日出時（氐）、蚤食（亢）、食時（角）、晏食（軫）、廷食（翼）、日未中（張）。南方位，屬火，則有日中（七星）、日過中（柳）、日昳（輿鬼）、餔時（東井）、下餔（參）、夕時（觜觿）、日纔入（畢）。西方位，屬金，則有日入（昴）、黄昏（胃）、定昏（婁）、夕食（奎）、人鄭（東壁）、夜三分之一（營室）、夜未半（危）。則較淮南詳盡。

自明及晦，所行幾里？

言日平旦而出，至暮而止，所行凡幾何里乎？

【疏證】

言日平旦而出，至暮而止，所行凡幾何里乎？◎補注：「論衡云：『日晝行千里，夜行千里，行太陰則無光，行太陽則能照。』物理論云：『極南爲太陽，極北爲太陰。』」案：洪引論衡，見卷一一説日篇第三二。引物理論，晉楊泉作，宋時已佚，但見史記卷二七天官書索隱所轉引。屈子所問，是日之天度。言一晝一度，日所行幾度。前引淮南文及關沮秦漢墓簡牘有紀二十四時辰之綫圖所言是也。又，後漢書志二律曆志中：「日行一度，積三百六十五度四分度一而周天一匝，名曰歲。」則洪引二書所言，皆非屈子所問也。

夜光何德，死則又育？

夜光，月也。育，生也。言月何德於天，死而復生也？一云：言月何德居於天地，死而復生。

【疏證】

夜光，月也。◎補注：「博雅云：『夜光謂之月。』皇甫謐曰：『月以宵曜，名曰夜光。』」案：洪引皇甫謐説，出年曆，其書已佚，但見類聚卷一天部上「月」條所引，曰：「月，羣陰之宗，光内日影以宵曜，名曰夜光。」稱月爲夜光，始於屈子，他書皆未見。漢世遂行之。説苑卷一八辨物：「枉矢夜光，熒惑襲月。」論衡卷一一説日篇第三二：「夜中星不見，夜光明也。」又，新序卷三雜事：「中山人惡之於魏文侯，文侯投以夜光之璧。」史記卷八七李斯列傳：「則是夜光之璧不飾朝廷，犀象之器不爲玩好。」夜光之璧，明月之璧。文選卷一西都賦「夜光在焉」，李善注引許慎淮南子注：「夜光之珠，有似明月，故曰明月也。」夜光亦呼明月。

育，生也。◎案：爾雅釋詁：「育，長也。」説文：「育，養子使作善也。毓，或从每。」引申之言生育。

言月何德於天，死而復生也？一云：言月何德居於天地，死而復生。◎正德本、隆慶本、朱本、劉本、馮本、俞本、莊本、湖北本、四庫章句本「於天」作「居於天地」。案：此問天事，則有「地」字者，連類及之。屈子問月之晦朔，育之言朔也，謂月死而復蘇也。古以月之出没爲生死。兩周銅器銘文「既生霸（魄）」、「既死霸（魄）」，生霸（魄）、死霸（魄），以月之出没言也。上博簡（七）萬物流型：「氏（是）古（故）陳爲新，人死復爲人，水復於天，咸百勿（物）不死女（如）月。」馬王堆漢墓帛書經法論：「月信出信入，南北有極，度之稽也。月信生信死，進退有常，數之稽也。」山東銀雀山漢墓竹簡孫子兵法實虚篇：「日有短長，月有死生。」皆以「生」、「死」爲出没也。補注：「書有旁死魄，哉生明，既生魄。死魄，朔也。生魄，望也。先儒云：月光生於日所照，魄生於日所蔽。當日則光盈，就日則光盡。」旁死魄，哉生明，既生魄，見周書武成。又有「既望」，見周書召誥篇。魄，説文作霸，古字通用。兩周金文記時有初吉、既生霸、既望、既死霸。初一至七日爲初吉，八日至十四日爲既生霸，十五日至二十二日爲既望，二十三日至三十日爲既死霸。類聚卷一天部上「月」條引物理論：「京房説：月與星，至陰也。有形無光，日照之乃光，如以鏡照日，而有影見。」又引舊曆説：「日猶火也，月猶水也。火則施光，水則含影。故朏生於向日，魄生於背日；當日則光盈，近日則明滅。」洪氏所謂「先儒云」，因此也。又，章句「何德於天，死而復生」云云，或「月何德居於天地，死而復生」云云，未之能斷。德，得也，古字通用。問月何所得，死則復生邪？又，南齊書卷一二天文上史臣引王逸云：「月若掩日，當蝕日西，月行既疾，須臾應過西崖既，復次食東崖。今察日蝕，西崖缺而光已復，過東崖而獨不掩。」章句佚文，未可詳考。

厥利維何，而顧菟在腹？

言月中有菟，何所貪利，居月之腹而顧望乎？

【疏證】言月中有菟，何所貪利，居月之腹而顧望乎？◎俞本、莊本「菟」作「兔」。御覽卷四天部四月下引王逸注無「有」字，「菟」作「兔」，「利」下有「而」字，「腹」下無「而」字，「顧望乎」作「顧望也」。案：兔、菟一字。然正文作「菟」，注文不宜作「兔」。柳河東集卷四二楊尚書寄郴筆知是小生本樣令更商榷使盡其功輒獻長句韓注引王逸注無「何所貪利」四字。刪之也。補注：「靈憲曰：『月者，陰精之宗，積而成獸，象兔，陰之類，其數偶。』蘇鶚演義云：『兔十二屬，配卯位，處望日，月最圓，而出於卯上。卯，兔也。其形入於月中，遂有是形。』古今注云：『兔口有缺。』博物志云：『兔望月而孕，自吐其子。』故天對云：『玄陰多缺，爰感厥兔。不形之形，惟神是類。』」類聚卷一天部上「月」條引靈憲「象兔」作「象蜍兔」，與洪引者别。博物志卷四物性：「兔舐毫望月而孕，口中吐子。舊有此説，余目所未見也。」洪氏引博物志則敓「舐毫」二字，文多歧異。論衡卷三奇怪篇第一五：「天之生聖子，與復育同道乎？兔吮毫而懷子，及其子生，從口而出。」茂先所謂「舊有此説」，是因此也。漢時説月中有兔與蟾蜍，馬王堆漢墓帛畫月中畫有兔與蟾蜍。御覽卷四天部四月引春秋元命苞：「月之爲言闕也。兩設以蟾蠩與兔者，陰陽雙居，明陽之制陰，陰之倚陽。」論衡卷一一説日篇第三二：「儒者曰：『月中有兔、蟾蜍。』」卷一五順鼓篇：「月中之獸，兔、蟾蜍也。」類聚卷一天部上「月」條引五經通義：「月中有兔與蟾蜍何？月，陰也。蟾蜍，陽也。而與兔並明，陰繫陽也。」又引傅咸擬天問：「月中何有，白兔擣藥，興福降祉。」周、秦謂月中但有兔爾。兔，屬卯，見睡虎地秦簡日書（甲）盜者章，曰：「子，鼠也；丑，牛也；寅，虎也；卯，兔也；辰，（缺獸名）；巳，蟲也；午，鹿也；未，馬也；申，環（猨）也；酉，水也；戌，老羊也；亥，豕也。」是先秦舊説，非始於秦。隨州孔家坡漢墓簡牘盜日以卯爲鬼，未爲鹿，申爲玉石，戌爲老火。則又別也。又，淮南子卷一六説山訓：「孕婦見兔而子缺脣。」論衡卷二命義篇第六：「故姙婦食兔，子生缺脣。」月中有兔，是因兔缺。

女歧無合，夫焉取九子？

女歧，神女，無夫而生九子也。

【疏證】

女歧，神女，無夫而生九子也。◎同治本「歧」作「岐」。正德本、隆慶本、朱本、劉本、馮本、俞本、湖北本、四庫章句本、柳河東集卷一四天對、天問天對注引亦作「歧」。案：神女曰女岐，澆嫂曰女岐。則舊作「女岐」。無合，無夫也。正文「夫」字屬下。女岐無夫生九子之事，最不可曉。管城碩記卷一五楚辭集注二：「按海外西經，女子國在巫咸北，兩女子居水周之。郭璞圖贊曰：『簡狄有吞，姜嫄有履，女子之國，浴于黃水，乃娠乃字，生男則死。』又大荒東經有司幽之國，思士不妻，思女不夫。郭注曰：『言其人直思感而氣通，無配合而生子。』皆此類也。」又，全梁文卷三四江淹遂古篇：「女岐九子，爲氏先兮。」以女岐爲遂古生育萬民之母，猶女媧也。又，史記卷二七天官書：「尾爲九子。」索隱：「宋均云：『屬後宮場，故得兼子。子必九者，取尾有九星也。』元命包曰：『尾九星，箕四星，爲後宮之場也。』」正義：「尾九星爲後宮，亦爲九子星。近心第一星爲后，次三星，妃；次三星，嬪；末二星，妾。」尾爲九子，是女岐無夫生九子所託寓於天象者，而見諸宗廟壁畫。又，漢書卷一〇成帝紀「元帝在太子宮生甲觀畫堂」，應劭注：「甲觀在太子宮甲地，主用乳生也。畫堂畫九子母。」應氏嫺習上古禮俗，其「九子母」，類此問女岐事也。

伯强何處？惠氣安在？

伯强，大厲，疫鬼也，所至傷人。惠氣，和氣也。言陰陽調和，則惠氣行；不和調則厲鬼興，二者當何所在乎？

【疏證】

伯强，大厲，疫鬼也，所至傷人。◎天問天對注引無「大厲」二字。案：爛敓之也。御覽卷一五天部一五氣引王逸注：「伯强，是大疫鬼也，所至恣惡氣，傷和氣。」則其所據本別。朱季海楚辭解故：「洪适隸釋卷第十有童子逢盛碑：『在維州，靈帝光和四年立。』是碑當在今四川汶川縣附近，實立於公元一八一年也。碑云：『何瘖季世，顥天不惠，伯彊涇行，降此大戾。』伯彊，即伯强，正謂大厲疫鬼。大戾讀與大厲同。是楚人所信厲鬼，季漢蜀中，民間猶以爲口實也。」其説得之。詩瞻卬「降此大厲」，毛傳：「厲，惡也。」大厲，類伯强，惡鬼也。左傳昭公七年：「鄭子産聘于晉，晉侯疾。韓宣子逆客，私焉，曰：『寡君寢疾於今三月矣，並走羣望，有加而無瘳。今夢黄熊入于寢門，其何厲鬼也？』對曰：『以君之明，子爲大政，其何厲之有？昔堯殛鯀于羽山，其神化爲黄熊，以入于羽淵，實爲夏郊，三代祀之。晉爲盟主，其或者未之祀也乎？』韓子祀夏郊。」國語卷一四晉語八亦載此事，韋注：「厲鬼，惡鬼。」以伯强爲大厲疫鬼，即鯀所化也。史記卷二八封禪書：「磔狗邑四門。」索隱：「月令云：『大儺，旁磔。』注云：『磔，禳也。厲鬼爲蠱，將出害人。』」全後漢文卷三六應劭風俗通義：「夏至著五綵，辟兵，題曰游光厲鬼，知其名者無温疾。」則以厲鬼爲兵死者所化。又，管城碩記卷一五楚辭集注二：「按山海經曰：『東海渚中有神人曰禺虢，禺虢生禺京，禺京處北海。』郭璞曰：『禺京，即禺强也。禺强字玄冥，水神也。莊周曰：禺强立于北極。』龍魚河圖曰：『北海神名。』禺强非謂厲鬼以强暴傷人故爲之名字。」玄冥神，帝顓頊之精。以禺强爲顓頊也。別爲一説。

惠氣，和氣也。◎案：惠氣，薰風也。全後漢文卷二六班固竇將軍北征頌：「宣惠氣，蕩殘風。」全宋文卷五〇孫康團扇銘：「朗姿玉暢，惠氣蘭披。」類聚卷三一人部一五「贈答」條引梁裴子野東郊望春詶王建安俊晚遊詩：「芳菲滿郊甸，惠氣生蘭薄。」

言陰陽調和，則惠氣行；不和調則厲鬼興，二者當何所在乎？◎正德本、隆慶本、湖北本、朱本、劉本、馮本、俞本、莊本、四庫章句本「二者」上有「此」字，景宋本「當何所」作「常何所」。案：據義，則舊作「當何所」。又，聞一多楚辭校補：「本篇通例，凡表方位之疑問代名詞，皆用安或焉，無用何者。此文本作『伯强安處』，與下『惠氣安存』句同字。學者誤讀處爲名詞，因改安爲何以就之也。」其説得之。下「鬿堆焉處」，亦同此。

何闔而晦？何開而明？

言天何所闔閉而晦冥，何所開發而明曉乎？

【疏證】

言天何所闔閉而晦冥，何所開發而明曉乎？◎補注：「闔，閉户也。開，闢户也。陰闔而晦，陽開而明。」案：老子十章：「天門開闔，能無雌乎？」易繫辭上：「是故闔户謂之坤，闢户謂之乾。一闔一闢謂之變，往來不窮謂之通。」孔疏：「開閉相循，陰陽遞至，或陽變爲陰，或開是更閉，或陰變爲陽，或閉而還開，是謂之變也。」章句所因。然非屈子所問者。楊萬里天問天對注：「旦之明不得不明，非有所開而明；夕之幽不得不幽，非有所藏而幽。」其説得之。

角宿未旦，曜靈安藏？

角、亢，東方星。曜靈，日也。言東方未明旦之時，日安所藏其精光乎？

【疏證】

角、亢，東方星。◎類聚卷一天部上「日」條引王逸注：「角，東方星也。」五百家注昌黎文集卷七和李相公攝事南郊覽物興懷呈現一二知舊「燦燦辰角曙」，孫曰引王逸注：「角，東方宿名。」則皆無「亢」字。案：亢，羨也。二十八宿之名，已見曾侯乙墓漆匫天象圖。史記卷二七天官書「杓攜龍角」，集解：「孟康曰：『龍角，東方宿也。』」正義：「角星爲天闕，其間天門，其内天庭，黄道所經。」又，關沮秦漢墓簡牘：「角：　門有客，所言者急也。獄訟，不吉；約結，成；逐盜、追亡人，得；占病者，已；占行者，未發；占來者，未至；占市旅者，不吉；占物，黄、白；戰鬭，不合。亢：　門有客，所言者行事也，請謁事也，不成。占獄訟，不吉；占約結，不成；占逐盜、追亡人，得之；占病者，篤；占行者，不發；占來者，不至；占市旅，不吉；占物，青、赤；戰鬭，不合，不得。」睡虎地秦簡日書(甲)：「角：　利祠及行，吉。不可蓋屋。娶妻，妻妬。生子，子爲吏。」是皆古之星占。補注：「爾雅曰：『壽星，角、亢也。』注云：『數起角、亢，列宿之長。』國語曰：『辰角見而雨畢。』注云：『辰角，大辰蒼龍之角。見者朝見東方，建戌之初，寒露節也。』此言角宿未旦者，指東方蒼龍之位耳。」洪氏引爾雅，見釋天，郭注：「數起角亢，列宿之長，故曰壽。」當補「故曰壽」三字。其引國語，見卷二周語中。日書(甲)曰：「九月建戌，除亥，盈子，平丑，定寅，摯卯，柀辰，危巳，成午，收未，開申，閉酉。」秦用顓頊曆，九月，當夏曆六月，是時寒露未降。降寒露，非建戌之初。

曜靈，日也。◎案：　廣雅釋天：「朱明、曜靈、東君，日也。」因九歌、天問也。文選卷四蜀都賦「則埃壒曜靈」，李善注引廣雅「曜靈」作「耀靈」。古字通用也。後漢書卷五九張衡傳「耀靈忽其西藏」，李賢注：「耀靈，日也。楚辭曰：『耀靈安藏。』」亦作耀。御覽卷四天部四日下引皇甫謐季曆：「日者，衆陽之宗，陽精外發，故日以晝明，名曰曜靈。」

言東方未明旦之時，日安所藏其精光乎？◎皇都本「旦」作「且」。書鈔卷一四九天部二「日曜靈安藏」條、類聚卷一天部上「日」條同引王逸注無「日安所」三字，「精光」下無「乎」字。案：且，旦之訛。或本藏作臧，古今字。包山楚簡臧字省作臧，或作𡐓，皆古文。又，江陵張家山漢簡蓋廬：「蓋廬問申胥：『凡有天下，何毁何舉？何上何下？治民之道，何慎何守？使民之方，何短何長？循天之則，何去何服？行地之德，何范何極？用兵之極，何□何服？』」即天問體也。自篇首至此問天之事。

不任汩鴻，師何㠯尚之？

汩，治也。鴻，大水也。師，衆也。尚，舉也。言鮌才不任治鴻水，衆人何以舉之乎？

【疏證】

汩，治也。◎補注：「汩音骨。國語曰：『禹決汩九川。』汩，通也。」案：說文水部：「汩，治水也。从水，曰聲。」或作𣻆、淈、滑，詳參離騷「汩余若將不及兮」注。又，洪引國語見卷三周語下，其「汩通也」之訓，見韋昭注。洪氏掠之。

鴻，大水也。◎正德本、隆慶本、劉本、朱本、馮本、俞本、莊本、湖北本、四庫章句本、天問天對注引「大」作「鴻」。案：「大」以釋「鴻」，則舊作「大水」。補注：「荀子曰：『禹有功，抑下鴻。』

鴻，即洪水也。」鴻水字本作洪。說文水部：「洪，洚水也。从水、共聲。」古多以鴻字爲之。呂氏春秋卷二一開春論第五愛類篇：「河出孟門，大溢逆流，無有丘陵沃衍平原高阜，盡皆滅之，名曰鴻水。」史記卷二夏本紀「當帝堯之時，鴻水滔天」，索隱：「鴻一作洪。鴻，大也。以鳥大曰鴻，小曰鴈。故近代文字大義者皆作鴻也。」文選卷五一四子講德論「夫鴻均之世」，李善注：「鴻與洪古字通。」皆其證。又，洪氏引荀子見卷一八成相第二五，其「鴻即洪水也」之解，見楊倞注，洪氏掠之。

師，衆也。◎案：說文：「二千五百人爲師。从帀、从𠂤。𠂤，四帀衆意也。」孔昭說文疑疑：「𠂤，俗作堆，積聚也。聚則衆，散則寡，故自有衆意。帀俗作匝，周徧也。衆則周，寡則不周，故匝亦有衆意。衆必有長，以率之教之，故又爲師長字。狻麑爲百獸之長，故亦名師，俗作獅，非。」

尚，舉也。◎案：散則尚、舉爲薦拔賢能，對文則別。論衡卷二〇須頌第六〇篇引尚書或說：「尚者，上也。」書序疏引鄭氏：「尚者上也，尊而重之若天書然，故曰尚書。」尚有思慕、尊崇義，不得易言舉。舉者，起也，拔也。則舉事、舉行，不得易言尚。

言鮌才不任治鴻水，衆人何以舉之乎？◎文淵四庫章句本「鴻」作「洪」。文津本誤作「沌」。案：鴻、洪，古字通用。他本皆作「鴻」。又，柳河東集卷一四天對引則無「乎」字。又，章句「衆人」云云，謂四岳。詳參堯典。

僉曰：何憂？何不課而行之？

僉，衆也。課，試也。言衆人舉鮌治水，堯知其不能，衆人曰：何憂哉！何不先試之也？

【疏證】

僉，衆也。◎案：方言卷七：「僉，皆也。自山而東五國之郊曰僉。」卷一：「凡物盛多，齊、宋之郊，楚、魏之際曰夥，自關而西秦、晉之間凡人語而過或謂之僉。」僉之訓皆、訓夥、訓衆，其義皆通，非因方言別。僉曰，謂四岳也。

課，試也。◎文選卷七潘岳藉田賦「莫之課而自厲」、卷三七諸葛孔明出師表「陛下亦宜自課」李善注並引王逸曰：「課，試也。」案：散文課、試無別；對文考績謂之課，韓非子卷二八姦第九：「不課賢不肖。」任用謂之試，說文言部：「試，用也，从言、式聲。虞書曰：『明試以功。』」

言衆人舉鮌治水，堯知其不能，衆人曰：何憂哉！何不先試之也？◎五百家注柳先生集卷一四天對引王逸注「鮌」作「鯀」，敚「先」字。案：鮌、鯀古字通用。補注：「堯典曰：『湯湯洪水方割，蕩蕩懷山襄陵。下民其咨，有能俾乂。僉曰：「於，鮌哉。」帝曰：「吁，咈哉，方命圮族。」岳曰：「异哉，試可乃已。」帝曰：「往欽哉。」九載績用弗成。』异，舉也。」洪氏引堯典，「襄陵」下敚

「浩浩滔天」。孔傳：「异，已也，退也。言餘人盡已，唯鯀可試，無成乃退。」孔疏：「异聲近已，故爲已也。已訓爲止，是停住之意，故爲退也。」洪氏异之訓舉，未審所據。竹書紀年帝堯六十一年，「命崇伯鯀治河」。

鴟龜曳銜，鮌何聽焉？

言鮌治水，績用不成，堯乃放殺之羽山，飛鳥水蟲曳銜而食之，鮌何能復不聽乎？

【疏證】

言鮌治水，績用不成，堯乃放殺之羽山，飛鳥水蟲曳銜而食之，鮌何能復不聽乎？◎天問天對注引「飛鳥」下無「水」字，「食之」上有「鮌而」二字。同治本「曳」作「曳」。正德本、隆慶本、劉本、朱本、馮本、俞本、莊本、湖北本、四庫章句本「能復」作「復能」，「聽」下有「之」字。案：能復、復能，章句雖有其例，據義，則舊作「復能」爲允。曳，俗曳字。補注：「鴟，一名鳶也。曳，牽也，引也。聽，從也。此言鮌違帝命而不聽，何爲聽鴟龜之曳銜也。」鮌聽鴟龜相銜以治鴻，古書未載，其義難曉。近人孫作雲天問研究以圖騰説之，謂龜族與鳥族媾和，以聯袂治水。其多臆測之辭，未足信據。長沙馬王堆漢墓帛畫下部兩側各有一龜，背立一鳥，象「鴟龜曳銜」。又，長沙子彈庫戰國楚帛書：「爲禹爲萬，以司堵襄。」饒宗頤謂「萬即當冥。冥爲玄冥。山海經海外北經：

『北有禺彊，人面鳥身。』郭璞注：『字玄冥，水神也。』」江陵鳳凰山八號楚墓出土龜質漆畫，其神正是人首鳥足，説者以玄冥當之。」其説可參。國語卷四魯語上：「冥勤其官而水死」，韋昭注：「冥，契後六世孫，根國之子，爲夏水官，勤於其職而死於水也。」史記卷三殷本紀「曹圉卒，子冥立」，集解：「宋忠曰：『冥爲司空，勤其官事，死於水中，殷人郊之。』」索隱：「禮記曰：『冥勤其官而水死。』」玄冥，龜也。其神人首鳥足，冥亦鳥也。玄冥佐禹治水，亦佐鯀治水。鴟龜曳銜，玄冥之象。此問鯀治水，何聽從玄冥也。

順欲成功，帝何刑焉？

帝，謂堯也。言鯀設能順衆人之欲，而成其功，堯當何爲刑戮之乎？

【疏證】

帝，謂堯也。◎案：承堯命以殛鯀者，帝舜也。詳參離騷「終然殀乎羽之野」注。

言鯀設能順衆人之欲，而成其功，堯當何爲刑戮之乎？◎補注：「書云：『方命圮族。』國語云：『鯀違帝命。』則所謂『順欲』者，順帝之欲也。山海經云：『鯀竊帝之息壤以堙洪水，帝令祝融殺鯀于羽郊。』」案：其説牽合。言鯀既不順堯命，順欲，不訓爲「順帝之欲」。其增「帝之」二字以强解，終非屈子之旨。順欲，當作「川谷」。郭店楚墓竹簡凡言順者皆作川，欲字皆作谷。成之聞之篇：「君之治人倫以川（順）天惪（德）。」又曰：「言慎求之於己，而可以至川（順）天常矣。」又曰：「則民谷（欲）其智之述也。」又曰：「則民谷（欲）其福之大也。」尊德義篇：「善者民必衆，衆未必治，不治不川（順），不川（順）不平。」老子（甲本）：「不谷（欲）以兵强天下。」又曰：「聖人谷（欲）不谷（欲），不貴難得之貨。」清華簡（六）子産：「乃迹天地逆川强柔。」逆川，逆順也。不煩悉舉。管子第四七正世篇：「春秋冬夏，天之時也；山陵川谷，地之枝也。」平治山川，以治水爲要務。成功，事成功遂也。屈子以爲鯀之治水有功，與儒者所稱者別。又，姜亮夫屈原賦校注：「順欲二字，疑爲川谷二字之形訛。下文云『川谷何洿』，亦用川谷二字，『川谷成功，帝何刑焉』者，言鯀治水，已曾分別川谷，堯何以尚加之顯刑也？」其説與余不謀而合，惜其無書證爾。

永遏在羽山，夫何三年不施？

永，長也。遏，絶也。施，舍也。言堯長放鯀於羽山，絶在不毛之地，三年不舍其罪也。

【疏證】

永，長也。◎案：説文：「永，水長也。象水巠理之長永也。詩曰：『江之永矣。』」引申之言時日之久，詩白駒「以永今朝」，鄭箋：「永，久也。」

遏，絶也。◎補注：「遏，猶遏絶苗民之遏。」案：説文辵部：「遏，微止也。从辵，曷聲。」段

注：「微者，細密之意。」或通作閟，書舜典「遏密八音」，春秋繁露卷一二煖燠孰多篇第五二引作「閟密八音」。或作藹，隸釋第四周憬銘「隅陬壅藹」，洪适釋壅藹爲壅遏。遏、閟、藹，皆影母同根之字，有絶止、遮蔽之義。詳參離騷「時曖曖其將罷兮」注。鮌遏羽山，同離騷「夭乎羽之野」，囚拘於羽淵也。

施，舍也。◎補注：「施，舍也，通作弛，音豕。」案：説文謂施爲旌旗貌。又有施予義，國語卷二周語中「故聖人之施舍也」，韋注：「施，予也。舍，不予也。」訓「廢舍」之字作弛，古字多借作施。

言堯長放鮌於羽山，絶在不毛之地，三年不舍其罪也。◎繹史卷一一禹平水土引王逸注「罪」下無「也」。案：三年，言其久長也。堯典作「九載績用弗成」，「九載」、「三年」同，久長也。

伯禹愎鮌，夫何㠯變化？

禹，鮌子也。言鮌愚狠，愎而生禹，禹小見其所爲，何以能變化而有聖德也？

【疏證】

禹，鮌子也。◎案：詳參離騷「曰鮌婞直以亡身兮」注。國語卷四魯語上：「共工氏之伯九有也，其子曰后土，能平九土。」韋注：「其子，共工氏之裔子，句龍也。」共工，鮌也；緩曰共工，促曰鮌。國語卷三周語下：「其在有虞，有崇伯鮌，播其淫心，稱共工之過，堯用殛之於羽山。」曰共工、曰鮌，是一人。句龍，禹也，夏之社神。共工生句龍，猶「伯禹腹鮌」也。左傳昭公二十九年：「共工氏有子曰句龍，爲后土，后土爲社。」漢書卷二五上郊祀志：「自共工氏霸九州，其子曰句龍，能平水土，死爲社祠。」又云：「其後十三世，湯伐桀，欲遷夏社，不可，作夏社。」應劭注：「欲遷句龍，德莫能繼，故作夏社，説不可遷之義也。」

言鮌愚狠，愎而生禹，禹小見其所爲，何以能變化而有聖德也？◎同治本「狠」作「很」。正德本、隆慶本、湖北本、朱本、劉本、馮本、俞本、莊本、四庫章句本「愎」作「腹」，「小」作「少」，「有聖」作「成聖」。天問天對注引「言鮌」下無「愚」字。案：章句未注「愎」義，則舊作「腹」字。又，章句「愚狠」云云，因離騷「鮌婞直以亡身」説解之，非釋「愎」義。後或據章句改腹作愎爾。聞一多楚辭校補謂「王誤讀腹爲愎，後人遂援注以改正文耳」，則未之審。廣雅釋詁：「腹，生也。」王念孫疏證：「樂記云：『煦嫗覆育萬物。』覆與腹通。孳生謂之覆育，化生亦謂之覆育。論衡無形篇云『蠐螬化而爲復育，復育轉而爲蟬』是也。」伯禹腹鮌，伯禹腹生於鮌也。聞氏校此句爲「伯鮌腹禹」，疏於句法。

纂就前緒，遂成考功。

父死稱考。緒，業也。言禹能纂代鮌之遺業，而成考父之功也。

【疏證】

父死稱考。◎案：詳參離騷「朕皇考曰伯庸」注也。

緒，業也。◎案：因爾雅釋詁。補注：「緒音敘，絲耑也。」洪氏解「絲耑」，因說文，段注：「耑者，艸木初生之題也，因爲凡首之稱。抽絲者得緒而可引，引申之，凡事皆有緒可纘。」緒，餘業也。涉江「欸秋冬之緒風」，章句：「緒，餘也。」慧琳音義卷五六「由緒」條：「廣雅：『緒，餘也。』謂殘餘也。」漢書卷六七梅福傳「欲以承平之法治暴秦之緒」，顔師古曰：「緒，謂餘業也。」文選卷四一報任少卿書：「僕賴先人緒業」，李善注：「廣雅：『緒，末也。』司馬彪莊子注曰：『緒，餘也。』」說文業字解「大版」，「所以飾縣鐘鼓，捷業如鋸齒，以白畫之，象其鉏鋙相承也。」引申之爲事業。對文宗緒、緒次、緒末皆不得易之以業；牒業、捷業，亦不得易之以緒。

言禹能纂代鮌之遺業，而成考父之功也。◎案：補注：「記曰：『禹能修鮌之功。』」洪氏引記，見禮記卷四六祭法第二三：「鮌鄣鴻水而殛死，禹能修鮌之功。」又見論衡卷二五祭意篇第七七，然「障」字易作「勤」，王充未以鮌障水無功而殛死。又，纂字，始見於此，章句「纂代」云云，纂猶代也。說文糸部，纂爲「似組而赤」者，段注謂纂繼之纂，「即纘之叚借」。詩閟宮「纘禹之緒」，釋文：「纘，繼也。」又，禮記「禹能修鮌之功」，正文「纂就」，則舊作「纂修」。纂修，古恆語。國語卷一周語上：「纂修其緒。」卷一五晉語九：「亦能纂修其身以受先業。」漢書卷五八兒寬傳：「孝宣承統，纂修洪業。」

何續初繼業，而厥謀不同？

言禹何能繼續鯀業而謀慮不同也？

【疏證】

言禹何能繼續鯀業而謀慮不同也？◎案：周書洪範：「箕子乃言曰：『我聞在昔，鯀陻洪水，汩陳其五行。』」孔傳：「陻，塞；汩，亂也。治水失道，亂陳其五行。」孟子卷五滕文公上：「禹疏九河，瀹濟、漯而注諸海，決汝、漢，排淮、泗而注之江。」卷一二告子下：「禹之治水，水之道也，是故禹以四海爲壑。」説者據此，多以爲鯀治水以陻，禹治水以疏，則是「厥謀不同」。此乃儒者褒禹貶鯀説。慎子（佚篇）：「法非從天下，非從地出，發於人間，合乎人心而已。治水者，茨、防、決、塞，學之於水，不學之於禹也。」禹之治水亦有陻之法。莊子卷八天下篇第三三：「墨子稱道曰：『昔者禹之湮洪水，決江、河而通四夷九州也。』」墨者以禹之治水有湮有決，其非一塗。淮南子卷四墬形訓亦曰：「禹乃以息土填洪水以爲名山，掘昆侖虚以下地。」屈子問意，未以此爲説，其父子治水之謀皆同，而其際遇何以判若霄壤耶？史記卷二夏本紀：「禹傷先人父鯀功之不成受誅，乃勞身焦思，居外十三年，過家門不敢入。」列子卷七楊朱篇：「鯀治水土，績用不就，殛諸羽山。禹纂業事讎，惟荒土功，子産不字，過門不入，身體偏枯，手足胼胝。」又，上博簡（二）訟城是（容成氏）：「禹聖（聽）正（政）三年，不折（製）革，不釼（刃）金，不鉻（輅）矢，田無蔡，乇（宅）不工（空），關市無賦。禹乃因山陵坪（平）隰之可封邑者而緐（繁）實之。……禹然句（後）始行以儉：衣不鮮娧（美），食不童（重）昧（味），朝不車逆，穜（舂）不穀米，宰不折骨，裚（製）表蔌專。禹乃建鼓於廷，以爲民之有詓（訟）告者鼓焉。撞鼓，禹必速出，冬不敢以蒼辭，夏不敢以暑辭。」又曰：「叒（舜）聖（聽）正（政）三年，山陵不処（序），水潦不湝，乃立禹以爲司工（空）。禹親執耒耜，以波（陂）明者（都）之澤，決九河之阻。」上博簡（九）禹王天下：「禹王天下，備（服）深恆厚……五年而天下正。一曰：禹事堯，天下大水。堯乃就禹曰：『乞女亓往，疋（疏）汌（川）起浴（谷），以瀆天下。』禹疋（疏）江爲三，疋（疏）河爲九，百汌皆道，塞敷九十，決瀆三百。憂丩旨（致）身鯩鯌，禹使民盡力。百汌既道，天下能恆。二曰：禹奉舜重德，施于四或，誨以勞民，畿而盡力。禹奮中疾志，有欲而弗遣（違）。深陟固疋（疏），有功而弗廢。三曰：禹王天下，卲（昭）大志不私……弃身，生行勞民，死行不祭，前行建功，中行固同，冬（終）行不窮……五曰：怒而不寡，不忢（愛）其……」皆其情實，則禹之謀深而功之大、德之溥也。

洪泉極深，何以窴之？

言洪水淵泉極深大，禹何用窴塞而平之乎？

【疏證】

言洪水淵泉極深大，禹何用窴塞而平之乎？◎景宋本、天問天對注無「大」字。柳河東集卷一四天對引無「大」字，世綵堂本亦有「大」字。天問天對注引「平之」作「墳分」。案：作「墳分」，訛也。補注：「窴與填同。淮南曰：『凡鴻水淵藪自三百仞以上，二億三萬三千五百五十里，有九淵，禹乃以息土填洪水，以爲名山。』注云：『息土不耗減，掘之益多，故以填洪水也。』」洪氏所引見卷四墜形訓。朱季海楚辭解故：「據歸藏啓筮：『滔滔洪水，無所止極，伯鯀乃以息石息壤，以填洪水。』是禹窴洪淵，實因鯀業，故曰『纂就前緒，遂成考功』也。」其説得之。又，朱子集注：「泉，疑當作淵，唐本避諱而改之也。」楚辭淵字皆未改，惜往日「不畢辭而赴淵」，招魂「旋入雷淵」，九歎惜賢「申徒狄之赴淵」，愍命「情澹澹其若淵」。上博簡（七）武王踐阼字作「⿱宀水」，亦古文也。

地方九則，何以墳之？

墳，分也。謂九州之地，凡有九品，禹何以能分別之乎？

【疏證】

墳，分也。◎御覽卷三六地部一地上引王逸注同。案：禮記卷六檀弓上第三「古也墓而不墳」，鄭注：「土之高者曰墳。」方言卷一：「墳，地大也。青、幽之間凡土而高且大者謂之墳。」郭璞注：「即大陵也。」土之高大所能別，引申之言分也。

謂九州之地，凡有九品，禹何以能分別之乎？◎事類賦注卷六地部地「分之九則」條引王逸注無「乎」字。案：初學記卷五地理上第一總載地「九則」條引王逸注有「乎」字。御覽卷三六地部一地上引王逸注「凡」下無「有」字，「乎」字作「也」。又，章句「九州之地凡有九品」云云，因書禹貢「禹別九州，隨山濬川，任土作貢」。又，戰國楚帛書，雹戲（伏戲）娶女皇而「生子四，是襄天踐，是格參化，法逃（兆）爲禹當萬（冥），以司堵襄，咎天步□」。禹別分九土，與此問意同。

河海應龍，何盡何歷？

有鱗曰蛟龍，有翼曰應龍。歷，過也。言河海所出至遠，應龍過歷遊之，而無所不窮也。或曰：禹治洪水時，有神龍以尾畫地，導水所注當決者，因而治之也。

【疏證】

有鱗曰蛟龍，有翼曰應龍。◎補注：「山海經云：『應龍處南極，殺蚩尤與夸父，不得復上，故下數旱，旱而爲應龍之狀，乃得大雨。』山海經圖云：『犂丘山有應龍者，龍之有翼也。昔蚩尤禦黄帝，令應龍攻於冀州之野。女媧之時，乘雷車服駕應龍。夏禹治水，有應龍以尾畫地，即水泉流通。』」案：洪引山海經見卷一四大荒東經。淮南子卷四墬形訓：「羽嘉生飛龍，飛龍生鳳皇，鳳皇生鸞鳥，鸞鳥生庶鳥。凡羽者生於庶鳥。毛犢生應龍，應龍生建馬，建馬生麒麟，麒麟生庶獸。凡毛者生於庶獸。」以飛龍爲羽類，以應龍爲毛類。此皆非天問稱龍意。應龍，猶句龍，則禹之精。應龍佐禹治水，因夏后氏宗教。龍之有翼，融合東夷文化所致。又，路史後紀卷四蚩尤傳：「後代聖人著其像于尊彝以爲貪戒。」羅苹注：「蚩尤，天符之神，狀類不常，三代彝器多著蚩尤之像，爲貪虐者之戒，其狀率爲獸形，傳以肉翅，蓋始於黄帝。」三禮圖卷四引考古圖：「今畫本以飛獸有肉翅者謂之蚩尤。」則復以應龍爲蚩尤之精。

歷，過也。◎案：離騷「委厥美而歷兹」，章句：「歷，逢也。」歷之訓逢、訓過，其義皆通。對文逢歷不言失過，失過不言逢歷。

言河海所出至遠，應龍過歷遊之，而無所不窮也。或曰，禹治洪水時，有神龍以尾畫地，導水所注當決者，因而治之也。◎正德本、隆慶本、劉本、湖北本、朱本、馮本、俞本、莊本、四庫章句本

「遊」作「游」，「無所」上無「而」字，「尾畫」下無「地」字，「所注」作「徑所」，「治之」下無「也」字。柳河東集卷一四天對引「治之」下無「也」字，世綵堂本「無所」上無「而」字。案：遊、游同。據義，則舊作「導水徑所當決者」。章句備列二說，所見本或別，未之能斷。以韻定之，二句協錫韻，則舊當作「應龍何畫，河海何歷」也。盡，畫之訛。

鮌何所營？禹何所成？

言鮌治鴻水，何所營度，禹何所成就乎？

【疏證】

言鮌治鴻水，何所營度，禹何所成就乎？◎馮本、四庫章句本「鴻」作「洪」。案：古字通用。補注：「汩陳其五行，此鮌所營也。六府三事允治，此禹所成也。」洪氏據儒者爲說。營，造作居處也。文選卷五四陸機五等論「譬猶衆目營方」，李善注：「營，布居也。」又，御覽卷一九二居處部二〇城引淮南子：「鮌作九仞之城。」禮記卷四六祭法第二三孔疏：「世本云：『鮌作城郭。』是有功也。」玉篇土部：「鮌作城。」廣韻入聲第十九鐸韻：「鮌作郭。」蓋指築城堙堵鴻水事也。又，孫詒讓札迻云：「營，惑也，亂也。言鮌、禹同治水，何以鮌獨惑亂，禹何所成就乎？」案：以屈子言之，鮌之治水，亦未嘗惑亂也。

康回馮怒，墜何故以東南傾？

康回，共工名也。淮南子言：共工與顓頊争爲帝，不得，怒而觸不周之山，天維絶，地柱折，故東南傾也。

【疏證】

康回，共工名也。◎路史後紀卷二共工氏傳：「共工氏，羲氏之代侯者也，是曰康回。」羅苹注：「屈原云：『康回憑怒，地東南傾。』王逸曰：『康回，共工氏之名。』蓋康，其國姓；回，其名號。」事類賦注卷二地部地「分之九則」條注、御覽卷三六地部一地上引王逸注：「康回，共工也。」皆無「名」字。案：其所見本別。御覽卷三六地部一地上引王逸注回作迴。共工，堯之諸侯，鯀之別名。又，秦詛楚文：「今楚熊相康回無道，淫失甚亂。」康回，猶邪曲也，非人名。別一義也。

淮南子言：共工與顓頊争爲帝，不得，怒而觸不周之山，天維絶，地柱折，故東南傾也。◎正德本、隆慶本、朱本、劉本、湖北本、俞本、莊本「淮南」下無「子」字，「傾」下無「也」字。四庫章句本無「也」字。柳河東集卷一四天對引「淮南」下無「子」字，「傾」下無「也」字。御覽卷三六地部一地上引王逸注「淮南子言」作「昔」，無「不得」二字，「天維絶地柱折」作「天柱折地維絶」，無「東南」二字。初學記卷五地理上第一總載地「東傾右動」條引王逸注：「共工怒觸不周山，地柱折，故傾也。」案：其所據本非一。章句引淮南見卷四墜形訓，稱其書，皆省「子」字。作「天柱折地維絶」，非也。補注：「列子曰：『帝憑怒。』注云：『憑，大也。』春秋傳曰：『震電馮怒。』注云：『馮，盛也。』方言云：『憑，怒也。楚曰憑。』注云：『恚盛貌。』引『康回憑怒』。然則馮、憑一也。列子曰：『共工氏與顓頊争爲帝，怒而觸不周之山，折天柱，絶地維，故天傾西北，日月星辰就焉；地不滿東南，百川水潦歸焉。』注云：『共工氏興霸於伏羲、神農之間，其後苗裔恃其强，與顓頊争爲帝。』又，淮南言：『共工之力觸不周之山，使地東南傾。』注云：『非堯時共工。傾，猶下也。』」共工傳説，大略備矣。然其所據皆未出漢世之書。漢帛書黄帝十六經經法正亂篇：「其上帝未先而擅興兵，視之（蚩）尤、共工屈其脊，使甘其窬。」銀雀山漢簡孫臏兵法見威王篇：「昔者神戎（農）戰斧（補）遂，黄帝戰蜀禄（涿鹿），堯伐共工。」皆周、秦遺聞傳於漢世者。又，長沙子彈庫楚帛書：「共攻（工）夸步，十日四寺（時）。」據日書稱，夸步，禹也。楚謂之共工，禹父鮌也。康回、共工，皆聲之轉。又，據方言，憑、馮訓滿、訓盛，皆爲楚語。郭店楚墓竹簡太一生水篇：「下，土也，而謂之地；上，⿱既心（氣）也，而謂之天。道，亦其字也。青（請）昏（問）其名。以道從事者必託其名，古（故）事成而身長。聖人之從事也，亦託其名，古（故）⿰礻工（功）而身不傷。天地名字竝立，古（故）過其方，不思相□□□於西北，其下高以勥（强）；地不足於東南，其上□□□□□□者，又（有）舍（餘）於下；不足於下者，又（有）舍（餘）於上。」即共工與顓頊争帝神話之哲學基址。

九州安錯？川谷何洿？

錯，厠也。洿，深也。言九州錯厠，禹何所分別之？川谷於地，何以獨洿深乎？

【疏證】

錯，厠也。◎案：錯、厠，散則皆溷雜、雜亂。對文交錯、錯衡、錯置不曰厠；厠，溷厠於邊也。溷厠、厠牏，亦不曰錯。安錯，非雜亂交錯。補注：「錯，置也。」其說是也。錯，讀如措，古字通用。禮記卷三九樂記第一九「舉而錯之」，釋文：「錯，本又作措。」卷四八祭義第二四「舉而錯之」，釋文：「而措，本亦作錯。」公羊傳昭公十二年「令人妄億錯」，釋文：「錯，或作措。」説文手部：「措，置也。从手、昔聲。」太元經卷七元攡「攡措陰陽而發氣」，注云：「措，設也。」言九州何以設置也。

洿，深也。◎補注：「集韻：『洿音户。』水深謂之洿。舊音烏，無深義，亦不叶韻。」案：説文水部：「洿，濁水不流也。一曰：窊下也。从水、夸聲。」洿之解濁水，污之別文。禮記卷五四表記第三二「惟鵜在梁」，鄭注「鵜，鵜胡，污澤也」，釋文：「污，又作洿。」洿之解深，因「窊下」引申。廣雅釋詁：「窊，下也。」文選卷一八長笛賦「窊隆詭戾」，李善注：「窊隆，高下貌。」又，集韻去聲第一一暮韻洿音烏故切，引説文訓穢；訓小池爲汙，或訓涂，皆無「水深」義。汙、污同，亦通洿。上平聲第一〇虞韻「紆」之小韻下「污」字：「深也」，邕俱切。即洪氏所據。

言九州錯厠，禹何所分別之？川谷於地，何以獨洿深乎？◎柳河東集卷一四天對引王逸注「何所」作「何以」。案：上「何所」，下「何以」，變文避複。補注：「國語曰：『疏爲川谷，以導其氣。』蔡邕月令章句曰：『衆流注海曰川。』爾雅云：『水注川曰谿，注谿曰谷。』」又，上博簡（二）訟城是（容成氏）：「禹親執耒耜，以波（陂）明者（都）之澤，決九河之阻，於是虖（乎）夾州、徐州始可尻。禹迵（通）淮與沂，東豉（注）之海，於是虖（乎）競州、莒州始可尻也。禹乃迵（通）蔞與湯，東豉（注）之海，於是虖（乎）蓏州始可尻也。禹乃迵（通）三江、五沽（湖），東豉（注）之海，於是虖（乎）荆州、揚州始可尻也。禹乃迵（通）伊、洛，并瀍、干（澗），東豉（注）之河，於是虖（乎）豫州始可尻也。禹乃迵（通）經（涇）與渭，北豉（注）之河，於是虖（乎）虘州始可尻也。禹乃從灘（漢）以南爲名浴（谷）五百，從灘（漢）以北爲名浴（谷）五百。」即禹分別九州、疏導江、河之遺説。

東流不溢，孰知其故？

言百川東流，不知滿溢，誰有知其故也？

【疏證】

言百川東流，不知滿溢，誰有知其故也？◎正德本、隆慶本、劉本、朱本、馮本、俞本、莊本、湖北本、四庫章句本「知其」下有「何」字。案：據義，則舊有「何」爲允。柳河東集卷一四天對引王逸注有「何」字。上博簡（七）㕣物流型：「水之東流，奚將涅（盈）？」同此問難也。補注：「列子云：『渤海之東，不知幾億萬里，有大壑焉，實惟無底之谷，名曰歸墟，八紘九野之水，天漢之流，莫不注之，而無增無減焉。』莊子曰：『天下之水，莫大於海，萬川歸之，不知何時止而不盈；尾閭泄之，不知何時已而不虛。』」洪引列子見卷五湯問篇；引莊子見卷八天下篇第三三。未稱完備。古以百川皆歸之於大壑。遠遊：「上至列缺兮，降望大壑。下峥嶸而無地兮，上寥廓而無天。」山海經卷一四大荒東經：「東海之外大壑。」郭璞山海經圖贊下：「鴈益同穴，映昏龍燭；爰有大壑，號曰底谷。」莊子卷三天地篇第一二：「諄芒將東之大壑，適遇苑風於東海之濱，苑風曰：『子將奚之？』曰：『將之大壑。』曰：『奚爲焉？』曰：『夫大壑之爲物也，注焉而不滿，酌焉而不竭，吾將遊焉。』」類聚卷九水部下「壑」條引梁簡文帝大壑賦：「渤海之東，不知幾億？大壑在焉，其深無極。悠悠既湊，滔滔不息，觀其浸受。狀其吞匿，歷詳衆水，異導殊名。江出濯錦，漢吐珠瑛；海逢時而不涌，河遇聖而知清。嗟乎！使夫懷山之水積，天漢之流駛，彭、潛與渭、濕俱臻，四瀆與九河同至，余乃知巨壑之難滿，尾閭之爲異。」又，卷八水部上「海水」條引晉孫綽望海賦：「考萬川以周覽，亮天池之綜緯，彌綸八荒，亘帶九地，昏明注之而不溢，尾閭泄之而不匱。」文選卷五三嵇康養生論：「或益之以畎澮，而泄之以尾閭。」李善注：「司馬彪曰：『尾閭，水之從海水出者也。一名沃燋，在東大海之中。尾者，在百川之下，故稱尾。閭者，聚也。水聚族之處，故稱閭也。』在扶桑之東有一石，方圓四萬里，厚四萬里，海水注者，無不燋盡，故名沃燋。」顏氏家訓卷五歸心篇第一六：「江、河百谷，從何處生？東流到海，何爲不溢？歸塘尾閭，渫何所到？沃焦之石，何氣所然？潮汐去還，誰所節度？」亦問此事。

東西南北，其修孰多？

修，長也。言天地東西南北，誰爲長乎？

【疏證】

修，長也。言天地東西南北，誰爲長乎？◎正德本、隆慶本、馮本、朱本、劉本、俞本、湖北本、莊本、景宋本「修」作「脩」。案：修、脩同。修之爲長，詳參離騷「路曼曼其修遠兮」注。正文「其修孰多」，是長度之長，非長遠也。

南北順隋，其衍幾何？

衍，廣大也。言南北隋長，其廣差幾何乎？

【疏證】

衍，廣大也。◎案：說文水部：「衍，水朝宗于海皃。从水、行。」段注：「海潮之來，旁推曲暢，兩厓渚涘之間不辨牛馬，故曰衍。引伸爲凡有餘之義。」衍之訓廣大，是其引申。

言南北隤長，其廣差幾何乎？◎案：補注：「爾雅云：『蟦，小而橢。』橢音妥，又徒禾切，狹而長也。疏引『南北順橢，其循（蓋爾雅邢疏所據本「衍」作「脩」，訛爲「循」也。）幾何』。隤與橢同，通作隋。淮南子曰：『闔四海之內，東西二萬八千里，南北二萬六千里。』注云：『子午爲經，卯酉爲緯，言經短緯長也。』又曰：『禹乃使大章步自東極至於西極，二億三萬三千五百里七十五步，使豎亥步自北極至於南極，二億三萬三千五百里七十五步。』注云：『海內有長短，極內等也。』軒轅本紀云：『帝令豎亥步自東極至於西極，得五億十選九千八百八步，南北二億三萬一千三百里。豎亥左手把算，右手指青丘北，東盡泰遠，西窮邠國，東西得二萬八千里，南北得二萬六千里。』靈憲曰：『八極之維，徑二億三萬二千三百里，南北則短減千里，東西則廣增千里。自地至天，半於八極，則地之深亦如之。』博物志曰：『河圖：天地南北三億三萬五千五百里。東西二億三萬三千里。』其說不同，今並存之。」廣雅釋地：「夏禹所治四海内，地東西二萬八千里，南北二萬六千里。」王念孫疏證：「此中山經文也。管子地數篇、呂氏春秋有始覽、淮南子墬形訓並同。」又，山海經卷九海外東經：「帝命豎亥步自東極至於西極，五億十選九千八百步。豎亥右手把算，左手指青丘北。一曰禹令豎亥，一曰五億十萬九千八百步。」則洪引軒轅本紀，因海内東經。

崑崙縣圃，其尻安在？

崑崙，山名也，在西北，元氣所出，其巔曰縣圃，乃上通於天也。

【疏證】

崑崙，山名也，在西北，元氣所出，其巔曰縣圃，乃上通於天也。◎正德本、隆慶本、朱本、劉本、馮本、俞本、莊本、湖北本及柳河東集卷一四天對引「乃上」上復有「縣圃」二字。案：羨也。崑崙、縣圃，神靈所居。詳參離騷「夕余至乎縣圃」注。天地高低遠近，皆爲古人所不解，故有此問。上博簡（七）凡物流型：「䎽（問）：天管（孰）高，與（地）管（孰）遠与（與）？管（孰）爲天？管（孰）爲（地）？管（孰）爲靁（雷）神（電）？管（孰）爲霆？土系（奚）㝵（得）而坪（平）？水系（奚）㝵（得）而清？艸木系（奚）㝵（得）而生？夫雨之至，管（孰）雩□之？夫凡（風）之至，管（孰）颷飄而迸之？」即同此問也。居，古作尻。戴震屈原賦注據注釋音辯唐柳先生集卷一四「丘刀切」，校「尻」作「尻」，訓尾脊。陳本禮屈騷精義亦以居爲尻，謂「山之託根盡處」。皆非。其居，猶其處、其所。悲回風「折若椒以自處」，章句：「處，居也。」言崑崙、縣圃，其處究在何所耶？未問其山之尾脊。裘錫圭氏面告余，謂楚簡文字處多作処，與「尻」形似相亂。其尻，即其處。可備一說。古之稱崑崙之山，東西南北皆有，詳參離騷「邅吾道夫崑崙兮」注，是以屈子怪問之。又，章句「元氣所出」云云，論衡卷二無形篇第七：「人稟元氣於天，各受壽夭之命，以立長短之形。」卷二三四諱篇第六八：「元氣，天地之精微也。」

增城九重，其高幾里？

淮南言：崑崙之山九重，其高萬二千里也。

【疏證】

淮南言：崑崙之山九重，其高萬二千里也。◎正德本、隆慶本、劉本、朱本、俞本、馮本、四庫章句本、湖北本「二」作「一」。補注引「二」或作「五」。柳河東集卷一四天對引王逸注「二」作「一」，世綵堂本「二」作「五」。案：天對：「增城之高，萬有三千。」則二作三。洪又云：「淮南云：『崑崙虛，中有增城九重，其高萬一千里百一十四步二尺六寸。』注云：『增，重也。有五城十二樓。見括地象。』此蓋誕，實未聞也。」諸說皆別。章句引淮南見卷四墬形訓，曰：「禹乃以息土填洪水以爲名山，掘崑崙虛以下地，中有增城九重，其高萬一千里百一十四步二尺六寸。」審「中」字當屬下，中華書局二〇〇〇年版白化文等點校本楚辭補注「中」字屬上，非也。又，增之解重，讀如層，古字通用。增城，或作層城。文選卷一一遊天台山賦「亦何羨於層城」，李善注引墜形訓增城亦作層城；後漢書卷五九張衡傳「登閬風之曾城兮」，文選卷一五思玄賦「曾」作「層」。水經注卷一河水一：「上曰層城，一名天庭，是爲太帝之居。」增城「五城十二樓」，皆在縣圃上也。

四方之門，其誰從焉？

言天四方各有一門，其誰從之上下？

【疏證】

言天四方各有一門，其誰從之上下？◎正德本、隆慶本、朱本、馮本、劉本、俞本、莊本、湖北本、四庫章句本、柳河東集卷一四天對引「天」下有「地」字。世綵堂本無「地」字。正德本、隆慶本、朱本、馮本、俞本、莊本、湖北本、四庫章句本「上下」下有「也」字。案：據義，則舊有「地」字。補注：「淮南言：『崑崙虛旁有四百四十門，門間四里，里間九純，純丈五尺。』此云四方之門，蓋謂崑崙也。又云：『東北方方土之山曰蒼門，東方東極之山曰開明之門，東南方波母之山曰陽門，南方南極之山曰暑門，西南方編駒之山曰白門，西方西極之山曰閶闔之門，西北方不周之山曰幽都之門，北方北極之山曰寒門。凡八極之雲，是雨天下。八門之風，是節寒暑。』逸說蓋出於此。然與上下文不屬，恐非也。」古以崑崙出元氣，所以通天地。崑崙之門，天地之門。章句未誤。

西北辟啓，何氣通焉？

言天西北之門，每常開啓，豈元氣之所通？

【疏證】

言天西北之門，每常開啓，豈元氣之所通？◎正德本、隆慶本、劉本、朱本、馮本、俞本、莊本、湖北本、四庫章句本「每」作「獨」。案：據義，則舊作「獨常」爲允。補注：「淮南云：『崑崙虛，玉横維其西北隅，北門開以納不周之風。』按不周山在崑崙西北，不周風自此出也。」章句因淮南，洪氏復引淮南子以疏證其説。其引見卷四墬形訓。又云：「隅强，不周風之所生也。」高注：「隅强，天神也。」卷三天文訓：「不周風至，則修宫室，繕邊城。」史記卷二五律書：「不周風居西北，主殺生。」卷一一七司馬相如傳「回車朅來兮，絶道不周」，集解：「漢書音義曰：『不周山在崑崙東南。』」文選卷八羽獵賦「闡北垠受不周之制」，李善注：「孟康曰：『西北爲不周風，謂冬時也。』」則不周風，冬時風也。山海經卷二西山經：「又西北三百七十里，曰不周之山。」卷一六大荒西經：「西北海之外，大荒之隅，有山而不合，名曰不周負子，有兩黄獸守之。」不周，亦見楚簡。九店楚簡第四四簡：「敢告綸之子武夷：『爾居復山之𡋲（基），不周之野，帝胃（謂）爾無事，命爾司兵死者。』」復山，即山海經負子，在今桐柏縣與平氏鎮之大復山。詳參離騷「路不周以左轉」注。又，朱季海楚辭解故謂開字，楚語，「疑故書本云『開辟』，辟字形壞似啓，寫書者遂從王注『開啓』字回改，校人或見作『辟』之本，輒旁注作『辟』，漸合異文爲一，轉去開字，而成今本」。辟、闢古今字，古本文質，舊作辟。辟、開義同。或作開者，是後人因章句「言天西北之門每常開啓」易之。朱説非也。

日安不到，燭龍何照？

言天之西北有幽冥無日之國，有龍銜燭而照之也。

【疏證】

言天之西北有幽冥無日之國，有龍銜燭而照之也。◎正德本、隆慶本、劉本、朱本、俞本、湖北本「照之」上有「留」字，下無「也」字。馮本、莊本、四庫章句本、天問天對注、世綵堂本柳河東集卷一四天對引「照之」下無「也」字。高似孫緯略卷六燭龍引無「天之」之「之」字，無「幽冥」二字，「照之」下無「也」字。案：文選卷一三雪賦「若燭龍銜燿照崑山」，李善注：「楚辭曰：『日安不飛，燭龍何照。』王逸曰：『言天西北有幽冥無日之國，有龍銜燭而照之。』」飛，「到」之訛，然「照之」上無「留」字。又，卷五五陸機演連珠「不思銜燭之龍」，劉孝標注：「楚辭曰：『日安不到，燭龍何照。』王逸曰：『言天西北有幽冥無日之國，有龍銜燭而照之也。』」其「照之」上亦無「留」字，末有「也」字。初學記卷三〇鱗介部第九龍「捧鑪」條引王逸注：「大荒西北隅，有山而不合，因名之不周山，故有神龍銜燭而照之。」則其所據本無「留」字。緯略卷六引章句多所刪芟。又，補注：「山海經云：『鍾山之神，名曰燭陰，視爲晝，瞑爲夜，吹爲冬，呼爲夏，不飲不食，不喘不息，身長千里，人面蛇身，赤色。』注曰：『即燭龍也。』淮南云：『燭龍在鴈門北，蔽於委羽之山，不見日，其神人面龍身而無足。』雪賦云：『爛兮若燭龍銜曜照崑山。』李善引山海經云：『西北海之外，赤水之北，有章尾山，有神人面蛇身而赤，其瞑乃晦，其視乃明，是燭九陰，是謂燭龍。』詩含神霧曰：『天不足西北，無陰陽消息，故有龍銜火精，以照天門中者也。』」洪氏引文見卷一七大荒北經，李善引文見卷八海外北經，「蛇身而赤」下當補「直目正乘」，「其視乃明」下當補「不食不寢不息風雨是謁」。又，大招：「北有寒山，逴龍赩只」，章句：「逴龍，山名也。赩，赤色，無草木貌也。」逴龍，亦燭龍。逴、燭，聲之轉。馬王堆漢墓帛畫天部有一人首蛇身居中，或謂乃女媧。非是。此乃燭龍也。又，章句「幽冥」云云，漢書卷三六楚元王傳「則幽冥而莫知其原」，顏師古注：「幽冥，猶暗昧也。」

羲和之未揚，若華何光？

羲和，日御也。言日未出之時，若木何能有明赤之光華乎？

【疏證】

羲和，日御也。◎柳河東集卷一四天對引無注，世綵堂本有注。案：羅、黎二本玉篇殘卷兮部「羲」字：「楚辭曰『羲和未揚』，王逸注：『羲和，日御也。』」御覽九六一木部一〇若木引王逸注：「羲和，日［卿］（御）也。」皆有注也。詳參離騷「吾令羲和弭節兮」注。羲和，稱日陽，非日御也。

言日未出之時，若木何能有明赤之光華乎？◎正德本、隆慶本、朱本、馮本、俞本、莊本、湖北本、四庫章句本「日未」下有「揚」字。案：據義，舊有「揚」字爲允。又，御覽九六一木部一〇若木引王逸注：「言日未陽升之時，若木能有赤明之光華。」則「明赤」乙作「赤明」，「日未」有「陽」字。陽，揚古字通用。事類賦注卷二四草木部木「折若華而拂日」條注引王逸注「陽」在「日」字下。其所據本別。晉書卷一一天文志上：「亦太乙之坐，謂最赤明者也。」據此，則舊作「赤明」。揚，陞也。文選卷一五思玄賦「摭若華而躊躇」，舊注：「若華，樹名也。」若華，若木之華。若木，即桑木，謂扶桑。詳參離騷「折若木以拂日兮」注。

何所冬暖？何所夏寒？

暖，温也。言天地之氣，何所有冬温而夏寒者乎？

【疏證】

暖，温也。◎案：爾雅釋言：「燠，暖也。」邢疏：「暖，温也。」禮記卷一三王制第五「九十雖得人不暖矣」，鄭注：「暖，温。」

言天地之氣，何所有冬温而夏寒者乎？◎正德本、隆慶本、四庫章句本、朱本、劉本、馮本、俞本、莊本、湖北本無「天」字。案：冬暖夏寒，天文反常怪異事也，是以屈子問之。則有「天」字爲允。國語卷四魯語上：「是歲也，海多大風，冬暖。」淮南子卷三天文訓：「壬子干戊子，夏寒雨霜。」魏、晉以後，夏寒冬暖，則人所冀望。文選卷五九王巾頭陀寺碑文：「桂深冬燠，松踈夏寒。」全晉文卷三八庾闡狹室賦：「不冽泳而興夏寒。」卷一〇〇陸雲登臺賦：「遊陽堂而冬温兮，步陰房而夏涼。」卷一四〇卞範文靈秀山銘：「幽室冬暄，清蔭夏涼。」全梁文卷一五梁元帝玄覽賦：「温臺冬燠，秋窗夏涼。」全宋文卷三一謝靈運山居賦：「夏涼寒燠，隨時取適。」太平廣記卷二「彭祖」條（出神仙傳）：「夫冬温夏涼，不失四時之和。」古者填有冬暖夏寒之怪異事。又，補注：「素問：『天不足西北，左寒而右涼；地不滿東南，右熱而左温。其故何也？』岐伯曰：『陰陽之氣，高下之理，太少之異也。』」其所引文，皆非屈子所問難之意。

焉有石林？何獸能言？

言天下何所有石木之林，林中有獸能言語者乎？禮記曰：猩猩能言，不離禽獸也。

【疏證】

言天下何所有石木之林，林中有獸能言語者乎？禮記曰：猩猩能言，不離禽獸也。◎柳河東集卷一四天對引無禮記文，世綵堂本亦有禮記文。案：袁校猩猩作狌狌，異體字。章句引禮記見卷一曲禮上第一。孔疏：「爾雅云：『猩猩小而好啼。』郭注山海經云：『人面豕身，能言語，今交阯封谿縣出猩猩，狀如貛㹠，聲如小兒啼。』」文選卷五吳都賦「雖有石林之岝崿」，劉逵注：「楚辭天問篇曰『烏有石林』，此本南方楚圖畫而屈原難問之，於義則石林當在南也。」又，上博簡（五）融師有成氏：「融師有成氏，狀若生（狌），有耳不聞。」則狌者，猶人也。北大簡（四）反淫作「胜胜」。補注：「按：天問所言，不獨南方之物，但吳都賦以石林與雄虺同稱，則當在南方耳。」洪又云：「爾雅曰：『猩猩小而好啼。』山海經：『鵲山有獸，狀如禺捷，類獼猴，被髮垂地，名曰猩猩。』又曰：『猩猩知人名，其爲獸如豕而人面。』」洪氏引爾雅，見釋獸，引山海經，前者未見今本，但見禮記正義所引，蓋佚文也。後者見卷一〇海内南經。又，卷一南山經：「有獸焉，其狀如禺而白耳，伏行人走，其名曰狌狌，食之善走。」郭注：「禺似獼猴而大，赤目，長尾，今江南山中多有。」卷一八海内經：「有青獸人面，名曰猩猩。」郭注：「能言語也。」淮南子卷一三氾論訓：「猩猩知往而不知來。」又，吳都賦「猩猩啼而就禽」，劉淵林注：「異物志：『出交趾。』封溪有猩猩，夜聞其聲，如小兒啼也。」又，唐裴炎嘗著猩猩銘，録之以博異聞，曰：「酈元長水經注云：『武平封谿縣有獸曰猩猩，猨形人面，顔容學人語，若與交言，聞者無不欷歔，其肉食之，窮年無厭，可以辟穀。』淮南子曰：『猩猩知往而不知來。』謂知人家往事及祖父名位。阮汧云：『曾使封谿，見邑人云，猩猩在山谷行，常有數百爲羣，里人以酒並糟設於路側。又愛著屐，里人織草爲屐，更相連結。猩猩見酒及屐，知里人設張，則知張者祖先姓字，及呼名罵云：「奴欲張我，捨爾而去。」復自再三相謂曰：「試共嘗酒。」及飲其味，逮乎醉，因取屐而著之，乃爲人之所擒。皆獲輒無遺者，遂置檻中，隨其所欲而飲之。將烹，里人索其肥者。乃自推託，泣而遣之。』左太冲吳都賦曰：『猩猩啼而就烹。』里人以饗封谿令，曰：『何物？』曰：『猩猩，惟與酒兼之以屐，可以就擒爾。』西國胡人取其血染毳罽，色鮮不黯。或曰：或刺其血，問之：『爾與我幾許？』猩猩曰：『二升。』果足其數。若加之鞭捶，問之，則隨所加，而得至於一斗。弗如此，未肯頓輸。張薦孝廉，好古之士，於笥中出此圖相示賓客。客覽之，曰：『悲哉！此獸何其愚也！』有僧去塵在座，謂諸賓客曰：『彼獸，獸也，夫何足云。竊見人而似之，曾無悟矣。』四座引而問之，曰：『夫財色名利，溺人也。曷若猩猩好酒乎？爵賞禄位，羈人也。曷若猩猩愛屐乎？饕餮致禍，飾辭覬免者，曷若猩猩推肥乎？蘊利生孽，死而無悔者，曷若猩猩含血乎？子奚獨悲此？』諸賓客矍然改容，而歎曰：『大哉，高人之言也！豈趨世利、汩没名務者之所聞乎？』敬篆斯言以爲座右銘。其銘曰：爾形惟猨，爾面惟人。言不忝面，智不踰身。淮陰佐漢，李斯相秦，曷若箕山，以全吾真。」戴名世曰：「兩廣深山中，有狒狒，勇猛食人，甚于虎豹。其脣長尺許，則左右手各持人腕而笑，笑輒脣上掩其目，良久，乃食之。土人行山者，鋸竹爲筒，兩手各套其一，又綴一袋于項下，中藏鐵錘及鐵釘。遇狒狒來持其腕，則竹筒也，人從筒中抽手出，而急取鐵釘出，釘其脣于額上，雖流血被面，猶握筒不釋。久之不能忍，釋筒出釘，則人已走矣。」則亦食人獸也。又，睡虎地秦簡日書：「鳥獸能言，是夭（妖）也。不過三言。」屈子故怪而問之。

焉有虬龍，負熊以遊？

有角曰龍，無角曰虬。言寧有無角之龍負熊獸以遊戲者乎？

【疏證】

有角曰龍，無角曰虬。◎案：詳參離騷「駟玉虬以乘鷖兮」注。朱子集注：「虬或在龍字上，以韻叶之，非是。」聞一多楚辭校補：「遊字不入韻，疑此文上或下尚有二句，傳寫脱之。」上文言與寒協韻，是無錯簡。此虬、遊協幽韻。虬龍，「龍虬」之乙。虬，龍無角者。龍虬，連類及之，謂無角之龍，類「魚鮪」、「草芥」、「鳥烏」、「禽犢」、「舟楫」之例，「以大名冠小名」也（詳俞樾古書疑義舉例第三十一條)。又,章句「有角曰龍,無角曰虬」云云,其先釋龍,後釋虬,舊亦作「龍虬」。全晉文卷四五傅玄桃賦:「根龍虬而雲結兮,彌千里而屈盤。」龍虬,古恆語。又,吴任臣山海經廣注引章句作「非虬」。非,飛也。亦以虬、遊協韻。

言寧有無角之龍負熊獸以遊戲者乎?◎補注:「熊,形類大豕,而性輕捷,好攀緣上高木,見人則顛倒自投地而下。」案:爾雅釋獸:「熊,虎醜。其子狗。」管城碩記卷一五楚辭集注:「按五帝本紀曰:『黄帝者,少典之子。』徐廣曰:『黄帝號有熊。』索隱曰:『黄帝號有熊,以其本是有熊國君之子也。』帝王世紀曰:『黄帝受國於有熊,居軒轅之丘。』封禪書曰:『黄帝鑄鼎於荆山,鼎既成,有龍垂胡髯下迎黄帝,黄帝上騎,羣臣後宫從上者七十餘人。』龍乃上去,故問焉有龍虬負熊以遊也。」屈子未言黄帝事,存之以廣異聞爾。

雄虺九首,儵忽焉在?

虺,蛇别名也。儵忽,電光也。言有雄虺,一身九頭,速及電光,皆何所在乎?

【疏證】

虺,蛇别名也。◎天問天對注引「蛇别名也」作「蛟也」。案:非也。補注:「虺,許偉切。國語云:『爲虺弗摧,爲蛇將若何?』虺,小蛇也。然爾雅云:『蝮虺,博三寸,首大如擘。』則虺亦有大者，其類不一。」爾雅正義云：「舍人曰：『蝮，一名虺。江淮以南曰蝮，江淮以北曰虺。』孫炎曰：『江淮以南謂虺爲蝮，廣三寸，頭如拇指，有牙，最毒。』郭璞曰：『此自一種蛇，人自名爲蝮虺。今蛇細頸大頭，色如文綬。文間有毛，似豬鬣。鼻上有針，大者長七八寸，一名反鼻，如虺類，足以名此自一種蛇。』如郭意，此蛇，人自名蝮虺，非南北之異。蛇實是蟲，以有鱗，故在釋魚，且魚亦蟲之屬也。」

儵忽，電光也。◎慧琳音義卷八「儵忽」條：「楚辭曰：『往來儵忽。』王逸注又云：『儵忽，如電（光）。』」案：儵忽，非電光。據義，當有「如」字。又，卷二六「儵爾」條引王逸注楚辭：「儵忽，電光貌也。」卷一〇〇「倏尒」條引王逸注楚辭：「倏忽，如電（光）也。」補注：「招魂南方曰：『雄虺九首，往來儵忽。』儵忽，疾急貌。天對曰：『儵忽之居，帝南北海。』注云：『儵忽，在莊子甚明，王逸以爲電，非也。』按：莊子云：『南海之帝爲儵，北海之帝爲忽。』乃寓言爾，不當引以爲證。」章句訓儵忽爲電光，亦疾急之意，即「速及電光」云是也。又，「儵忽疾急貌」出招魂注，洪氏掠之爲己説。此釋「如電光」而彼謂「疾急」，義互相備。史記卷八六刺客列傳「荆卿好讀書擊劍」，集解：「呂氏劍技曰：『持短入長，倏忽從横。』」卷一一七司馬相如傳「少時好讀書學擊劍」，索隱：「呂氏春秋劍伎：『持短入長，倏忽縱横之術也。』」呂氏春秋無劍伎篇，是佚篇也。卷八仲秋紀第八決勝篇：「怯勇無常，儵忽往來，而莫知其方。」卷一七審分覽第五君守篇：「故至神逍遥倏忽，而不見其容。」淮南子卷一九脩務訓：「且夫精神滑淖纖微，倏忽變化，與物推移。」漢書卷八七上揚雄傳：「雷鬱律而巖突兮，電倏忽于牆藩。」卷一〇〇敍傳上：「盍孟晉以迨羣兮，辰倏忽其不再。」倏忽，皆急疾。倏、儵同。文選卷一班固東都賦：「指顧倏忽，獲車已實。」李善注：「倏忽，疾也。」

言有雄虺，一身九頭，速及電光，皆何所在乎？◎補注引「頭」下一無「速」字。案：若無「速」字，則不辭。雄虺九首，謂相柳也。山海經卷八海外北經：「共工之臣曰相柳氏，九首，以食於九山。相柳者，九首人面，蛇身而青。」卷一七大荒北經：「共工臣名相繇，九首蛇身，自環，食于九土。」郭璞注：「相繇，相柳也，語聲轉耳。食于九土，言貪殘也。」山海經圖贊：「共工之臣，號曰相柳，稟此奇表，蛇身九首。恃力桀暴，終禽夏后。」又，文選卷五吳都賦：「雖有雄虺之九首，將抗足而跐之。」皆本於此。

何所不死？長人何守？

括地象曰：「有不死之國。」長人，長狄。春秋云：「防風氏也。禹會諸侯，防風氏後至，於是使守封嵎之山也。」

【疏證】

括地象曰：「有不死之國。」◎案：章句引括地象，已佚也。補注：「山海經：『不死民在交脛國東，其人黑色，壽不死。』注云：『圓丘上有不死樹，食之乃壽；有赤水，飲之不老。』又：『大荒之山，日月所入，有人三面，一臂奇右，其人不死。』淮南曰：『西方之極，石城金室，飲氣之民，不死之野。』」洪氏引山海經，前者見卷六海外南經，後者見卷一六大荒西經，然今本無「一臂奇右」。又，古之傳言不死者夥頤，卷一五大荒南經曰：「有不死之國，阿姓，甘木是食。」郭璞注：「甘木，即不死樹，食之不老。」卷一一海內西經謂開明北有不死樹；又謂開明東有巫彭、巫抵、巫陽、巫履、巫凡等皆操不死之藥以距之。淮南子卷四墬形訓謂增城西有不死樹；又謂「昆侖之丘，或上倍之，是謂涼風之山，登之而不死」；又謂南方有不死之草；又謂海外三十五國有不死之民。故術士多以不死之術以干時世，而國君亦多陷之。韓非子卷七説林上：「有獻不死之藥於荊王者，謁者操之以入。」卷一一外儲説左上第三二：「客有教燕王爲不死之道者，王使人學之。」屈子問難之，非唯因壁畫，有所諷諭也。

長人，長狄。春秋云：「防風氏也。禹會諸侯，防風氏後至，於是使守封嵎之山也。」◎正德本、隆慶本、劉本、朱本、馮本、俞本、莊本、湖北本、四庫章句本「嵎」作「禺」。案：通用字。今本春秋無此語，但見國語卷五魯語下。則章句所謂春秋者，即國語也。又，補注：「仲尼曰：『昔禹致羣神於會稽之山，防風氏後至，禹殺而戮之，其骨節專車。』又曰：『山川之守，足以綱紀天下者，其守爲神。』客曰：『防風氏何守也？』仲尼曰：『汪芒氏之君，守封嵎之山者也。』注云：『十之三丈，則防風氏也。今湖州武康縣東有防風山，山東二百步有禹山，防風廟在封、禺二山之間。』穀梁文公十一年：『叔孫得臣敗狄于鹹，長狄也。射其目，身橫九畝。』洪氏引文未備，仲尼曰：「汪芒氏之君，守封嵎之山者也，爲漆姓。在虞、夏、商爲汪芒氏，于周爲長狄，今爲大人。」據此，則穀梁長狄，防風氏也。韋注：「漆，汪芒氏之氏姓也。」史記卷四七孔子世家作釐姓，索隱：「家語云姓漆。蓋誤。世本無漆姓。」其説是也。漆，當作淶，通作釐。左傳襄公二十一年：「郲婁庶其以漆、閭丘來奔。」釋文：「漆，本或作淶。」釐姓，東夷人，在齊。又，封嵎，附隅之音轉，帝少昊之墟。禹會諸侯於會稽者，在東夷會稽，非在江南也。招魂：「魂兮歸來，東方不可以託些，長人千仞，惟魂是索些。」長人，在東方。史記卷四七孔子世家：「孔子長九尺有六寸，人皆謂之長人而異之。」卷六秦始皇帝本紀「金人十二，重各千石」，索隱：「二十六年，有長人見臨洮，故銷兵器，鑄而象之。」論衡卷一六齊世篇：「王莽之時，長人生長一丈，名曰霸出。」傅玄傅子補遺：「長人數丈，身橫九畝，兩頭異頸，四臂共骨。」墨子卷一一大取第四四：「長人之異，短人之同，其貌同者也。」古之長人傳説，則非但長狄。今考古發現，在新疆阿拉爾有距今四千六百年古墓羣，稱「昆崗古墓」，屬古羌遺存，其遺骸兩米三十以上，不亦長人歟！又，朱子集注：「此以首叶守，以在叶死，作老非是。」朱氏非知音之選。上二句首、在屬之、幽合韻，則此二句當以老、守同協幽韻。死，脂部；在，之部。古音别異。死，當從一本作「老」。

靡蓱九衢，枲華安居？

九交道曰衢。言寧有蓱草，生於水上，無根乃蔓衍於九交之道。（枲，麻也。）又有枲麻垂草華榮，何所有此物乎？

【疏證】

九交道曰衢。言寧有蓱草，生於水上，無根乃蔓衍於九交之道。◎正德本、隆慶本、朱本、劉本、馮本、俞本、莊本、湖北本、四庫章句本「上」作「中」。天問天對注引作「蓱，水草，而生於九衢之路」。案：據義，舊作「水中」也。王注「無根乃蔓衍」云云，蓋以「靡」爲靡曼也。恐非。靡，小也。爾雅釋言：「靡，無也。」郝懿行義疏：「靡者，細也，小也，皆與無義通。」招魂「靡顔膩理」，王注：「靡，緻也。」亦細小之義。靡蓱者，細萍也。文選卷六左思魏都賦「孰愈尋靡蓱於中逵」，劉逵注引楚辭曰：「靡蓱九逵，枲華安居。」李善注引王逸曰：「寧有蓱草蔓衍於九逵之道？靡，蔓也。」皆以「九衢」爲「九逵」，以「九交之道」爲「九逵之道」，其所據本别。散則衢、逵並爲道路。對文亦别。爾雅釋宫：「四達謂之衢，九達謂之逵。」郭注：「衢，交通四出。逵，四道交出，復有旁通。」説文逵字作馗，曰：「九達道也。似龜背，故謂之馗。」言逵，其道多於衢。章句「九交道」云云，因爾雅，則舊作「逵」字。文選卷一五思玄賦「神逵昧其難覆兮」，舊注：「九交道曰逵。」亦同此意。今本作衢，後以衢、逵同義易之。補注：「爾雅『萍蓱』注云：『水中浮萍也。』山海經曰：『宣山上有桑焉，其枝四衢。』注云：『枝交互四出。』又：『少室之山有木名帝休，其枝五衢。』注云：『言樹枝交錯，相重五出，有象路衢。』天對云：『有蓱九歧，厥圖以詭。』注云：『衢，歧也。逸以爲生九衢中，恐謬。』魏都賦云：『尋靡蓱於中逵。』蓋用逸説也。」朱季海楚辭解故：「洪説是也。引宣山及少室之山文，俱見中山經。少室之山注『有象路衢』，今本作『有象衢路也』。此下明引離騷曰『靡萍九衢』。楚辭郭注久亡，斯其軼説之可考者，其義則柳、洪既竊取之矣。然尋海内經又云：『有木青葉、紫莖、玄華、黄實，名曰建木，百仞無枝，有九欘，下有九枸。』注：『根盤錯也。淮南子曰「大木則根欋」。音劬。』郝氏箋疏：『懿行案：見淮南説林訓篇，欋、枸音同。』今謂淮南書言欋，讀與『靡蓱九衢』同，此楚語之可知者。山海經字又作枸，則轉語之錯見者爾。郭注以爲根盤錯者，蓋就當句作釋，非有異義也。」其説甚詳，録以備考。余別有説：靡，蓋爲麻。呂氏春秋卷一七審分覽第三任數篇「西服壽靡」，高注：「靡，亦作麻。」山海經卷一六大荒西經壽麻作壽麻。蓱，洪氏引楚辭考異作荓，實爲并，即下「何由并投」之并，同也，皆也。麻榦以直稱，荀子卷一勸學篇第一：「蓬生麻中，不扶而直。」論衡卷二率性篇第八：「蓬生麻間，不扶而直。」俗謂麻榦曲者則無華。九，讀如糾。莊子卷八天下篇第三三「禹親自操橐耜以九雜天下之川」，楊注：「九讀糾，糾合錯雜，使川流貫穿於海也。」糾逵，猶糾枸，曲枸不直也。壁畫有畫麻榦曲枸不直者且復有華，則屬怪異事，故屈子有此問。言麻榦皆曲枸不直，則枲華何所居乎？皆問麻也。又，徐仁甫古詩別解據爾雅「靡，無也」之訓，乃謂「『無』有『何』義，則『靡』亦猶『何』也。司馬相如封禪文『厥涂靡從』，文穎曰：『其道何從乎？』此靡訓何之證」。無、靡之訓何，失之無徵。文穎以疑問語釋陳述語，則改靡爲何，非謂靡字爲何也。

枲，麻也。◎諸本無注。案：枲字始見，舊當有注。據天問天對注引章句補。補注：「爾雅有枲麻，麻有子曰枲。天對云：『浮山孰産，赤華伊麻。』引山海經浮山有草焉，其葉如麻。赤華，即枲華也。」爾雅釋艸：「黂，枲實。枲，麻。」與洪氏引者別。郭璞注：「別二名。」郝氏義疏：「説文：『枲，麻也。』周官有典枲，詩言績麻。麻、枲一耳。詩采蘋正義引孫炎曰『麻一名枲』是也。要術引崔寔以牡麻爲枲，蓋據喪服傳云：『牡麻者，枲麻也。』要其正稱，則枲麻，通名耳。今俗呼苧麻爲種麻，牡麻爲華麻，牡麻華而不實，苧麻實而不華。其華白，故九歌云『折疏麻兮瑶華』。」麻枲，即牡麻，華而無子者。上博簡（八）鶹鷅「枲」作「𦃃」，下作「朩」，非从林也。林者，麻也。秦、漢以後則爲麻之通名。呂氏春秋卷二六士容論第三上農篇：「是以春秋冬夏，皆有麻枲絲繭之功。」鹽鐵論卷三園池篇第一三：「匹婦之力盡於麻枲，田野辟，麻枲治，則上下俱衍，何困乏之有矣。」卷五相刺篇第二〇：「丈夫治其田疇，女子治其麻枲，無曠地，無遊人。」卷六散不足篇第二九：「古者庶人耋老而後衣絲，其餘則麻枲而已。」

又有枲麻垂草華榮，何所有此物乎？◎正德本、隆慶本、朱本、劉本、湖北本、俞本、莊本「垂」下無「草」字。案：草，羨也。章句「垂華榮」云云，垂猶結也。少司命：「緑葉兮素枝，芳菲菲兮襲予。」章句：「言芳草茂盛，吐葉垂華，芳香菲菲，上及我也。」類聚卷四一論樂曹植薤露行：「騁我徑寸翰，流藻垂華芬。」卷八一迷迭引應瑒迷迭賦：「朝敷條以誕節，夕結秀而垂華。」

一蛇吞象，厥大何如？

山海經云：「南方有靈蛇，吞象，三年然後出其骨。」

【疏證】

山海經云：「南方有靈蛇，吞象，三年然後出其骨。」◎補注：「山海經：『南海内有巴蛇，身長百尋，其色青黄赤黑，食象，三歲而出其骨，君子服之，無心腹疾，在犀牛西也。』注云：『今南方蚺蛇，亦吞鹿，消盡，乃自絞于樹，腹中骨皆穿鱗甲間出，亦此類也。』楊大年云：『逸注楚詞，多不原所出，或引淮南子，而劉安所引，亦本山海經。其注巴蛇事，文句頗謬戾，乃知逸憑它書，不親見山海經也。』吴都賦云：『屠巴蛇，出象骼。』」案：章句引山海經非止此條，離騷「駟玉虬以椉鷖兮」，章句：「山海經云：『鸑身有五彩而文如鳳凰類也。』」九歎遠遊「絶都廣以直指兮」，章句：「山海經曰：『都廣在西南，其城方三百里，蓋天地之中也。』」未可武斷「不親見山海經」。其時所見者别於今本。洪氏引文，見卷一〇海内南經，曰：「巴蛇食象，三歲而出其骨，君子服之，無心腹之疾。」類聚卷九六鱗介部上「蛇」條引山海經曰：「巴蛇吞象，三歲而出骨，君子服之，「已」心腹之疾。」皆無「身長百尋，其色青黄赤黑」、「在犀牛西也」，亦與今本别。郭璞注：「如説者云，長千尋。」疑「身長百尋其色青黄赤黑」，因郭注竄亂之。又，今本郭注：「亦吞鹿，鹿已爛。」與洪引亦别。樂府詩集卷九五元稹人道短：「巨蟒壽千歲，天遣食牛吞象充腹腸。」蓋稱此事。

黑水玄趾，三危安在？

玄趾、三危，皆山名也，在西方。黑水，出崑崙山也。

【疏證】

玄趾、三危，皆山名也，在西方。◎補注引趾一作沚。姜亮夫屈原賦校注：「古書趾、阯多混用，惟不見沚作玄趾用。」案：文選卷二張衡西京賦「黑水玄阯」，五臣本作玄沚，从水。李善注：「黑水、玄阯，謂昆明靈沼之水沚也，水色黑，故曰玄阯也。」據此，古本有沚字。黑水、玄阯，皆水名，非山名。趾，當作沚。阯、趾，皆沚之叚借。玄沚，玄水也。莊子六知北遊第二二：「知北遊於玄水之上。」注云：「玄，水名。」水經注卷一四濡水：「肥如城西十里有濡水，南流注逕孤竹城西，左合玄水也，謂之小濡水。」則玄水蓋在遼西，非西方也。又，書舜典「竄三苗于三危」，孔傳：「三危，西裔。」禹貢會箋：「三危山在敦煌縣南。」

黑水，出崑崙山也。◎正德本、隆慶本、朱本、馮本、俞本、莊本、湖北本、劉本、四庫章句本「山」下無「也」字。補注：「書曰：『道黑水至於三危，入于南海。』張揖云：『三危山在鳥鼠之西，黑水出其南。』」案：洪引見禹貢。孔傳：「黑水自北而南，經三危，過梁州，入南海。」正義：「案酈元水經，黑水出張掖鷄山，南流至燉煌，過三危山，南流入于南海。然張掖、燉煌並在河北，所以黑水得越河入南海者，河自積石以西，皆多伏流，故黑水得越而南也。」黑水、玄水、三危，地貌殊遠，壁畫合成一處，殊未可解，故屈子問難之。明李元陽著黑水辯，謂黑水即今之瀾滄江。其說可參。

延年不死，壽何所止？

言仙人禀命不死，其壽獨何所窮止也？

【疏證】

言仙人禀命不死，其壽獨何所窮止也？◎同治本「禀」作「稟」。案：稟、禀同。補注引素問云：「上古有真人，壽敝天地，無有終時。中古之時，有至人者，益其壽命而强者也，亦歸於真人。其次有聖人者，形體不敝，精神不散，亦可以百數。」當非屈子所問也。求延年不死，爲戰國風尚，墨子卷八明鬼下第三一「周代祝社方，歲於社者考，以延年壽」是也。古者求延年不死之術亦多也。雲笈七籤卷三一雜脩攝：「食芝者延年不死，食元氣者地不能埋，天不能殺。」普濟方二百六五服餌門「餌服五加方」：「魯定公單服五加酒以致不死，靈隱公佯託死，時人亦莫知晤耳。張子聲、楊建始、王叔才、于世彦等皆服此酒，而房事不絶，得壽三百歲，有子二十人，世世有服五加酒散，而獲延年者不可勝計。」皆此類也。又，何所，謂何時也。左傳昭公三十一年：「君子曰：『名之不可不慎也，如是，夫有所有名而不如其已。』」王引之經義述聞卷一九「有所有名而不如其已」條：「所，時也。言名者，人之所欲得也，然有時有名，而不如無名。文十三年公羊傳『往黨衛侯會公于沓』，何注曰：『黨，所也；所，猶時也。』大戴禮本命篇曰：『婦人在家，從父；適人，從夫；夫死，從子。無所敢自遂也。』言無時敢自遂也。襄二十七年左傳曰：『凡諸侯小國，晉、楚所以兵威之，畏而後上下慈和，慈和而後能安靖其國家。』言楚、晉時以兵威小國，而後得小國以安靖也。昭七年傳曰：『從政有所反之，以取媚也。』言有時反其道以取順于民也。三十年傳曰：『晉之喪事敝邑之閒，先君有所助執紼矣，若其不閒，雖士大夫有所不獲數矣。』墨子節用篇曰：『其欲早處家者，有所二十年處家。』此皆古人謂時爲所之證。」其説是也，可引爲「何所」爲

「何時」旁證。馬王堆帛書十問：「君若欲壽，則順察天地之道。天氣月盡月盈，故能長生。地氣歲有寒暑，險易相取，故地久而不腐。君必察天地之請（情）而行之以身。有徵可智（知），間雖聖人，非其所能，唯道者智（知）之。天地之至精，生於無徵，長於無刑（形），成於無體，得者壽長，失者夭死。故善治氣槫（摶）精者，以無徵爲積，精神泉益（溢），翕（吸）甘潞（露）以爲積，飲榣（瑤）泉靈尊以爲經，去惡好俗，神乃溜刑。」欲「延年不死」，必以順天地之道，可引爲此問之注脚。

鯪魚何所？鬿堆焉處？

鯪魚，鯉也。一云：鯪魚，鯪鯉也，有四足，出南方。鬿堆，奇獸也。

【疏證】

鯪魚，鯉也。一云：鯪魚，鯪鯉也，有四足，出南方。◎景宋本「鯪鯉」作「陵鯉」。天問天對注引作「鯪魚，鯪鯉也。四足，出南方」。案：鯪、陵古字通。文選卷五吴都賦「陵鯉若獸」，劉逵注：「楚辭曰『陵魚曷止』。王逸曰：『陵魚，陵鯉也。』」卷一二江賦「鯪鰩鯩鰱」，李善注：「楚辭曰：『鯪魚何所出。』王逸曰：『鯪魚，鯪鯉也。』」則舊作「鯪魚鯪鯉也」。章句列二説，未之能斷。呂氏春秋卷二〇恃君覽第一恃君篇：「非濱之東，夷穢之鄉，大解（蟹）、陵魚。」全晉文卷一二三郭璞山海經圖贊「列姑射山大蟹陵魚」條：「大蟹千里，亦有陵鱗。」則陵魚，大魚，見於海中。補

注：「鯪音陵。山海經：『西海中近列姑射山有陵魚，人面人手，魚身，見則風濤起。』天對云『鯪魚人貌，邇列姑射』是也。陶隱居云：『鯪鯉形似鼉而短小，又似鯉魚，有四足。』吴都賦云：『陵鯉若獸。』注引『陵魚曷止』，與逸説同。」洪氏引文，見卷一二海内北經，今本無「見則風濤起」五字。則皆用「一云」，非生海中。劉逵吴都賦注：「陵鯉有四足，狀如獺，鱗甲似鯉，居土穴中，性好食蟻。」則類穿山甲。魏書卷五七高祐傳：「高宗末，兖州東郡吏獲一異獸，獻之京師，時人咸無識者。詔以問祐，祐曰：『此是三吴所出，厥名鯪鯉，餘域率無。』」皆非鯉魚可比，又非海中大魚。朱季海楚辭解故：「山海經或謂之龍魚，海外西經第七次於『軒轅之國』有曰『龍魚陵居，在其北，狀如鯉』是也。經又云：『一曰鼈魚，在夭野北，其爲魚也如鯉。』文選思玄賦：『超軒轅於西海兮，跨汪氏之龍魚。』李善注引此文云：『在汪野北。』『如鯉』下又有『汪氏國在西海外，此國足龍魚也』云云，蓋此經漢以來已有異文，故其説參差若是。今謂龍魚陵居，故楚人謂之陵魚，其狀如鯉，故又謂之陵鯉。凡魚不陵居，此所以爲異，故問曰『陵魚何居』。或引作『曷止』者，意同耳。若山海經『陵魚』出西海中，近列姑射山而已，初無陵居之異，又不聞如鯉，是於屈平所問，王、劉所説，要不相涉，柳子厚始誤以爲即楚辭之陵魚，是未悟此二者故同名而異實也。」其説得之。又，聞一多楚辭校補：「疑當作『鯪魚焉居』。知之者本篇『何所』凡十二見。有位于述詞上者，如『鮌何所營』、『何所得焉』、『殷有惑婦何所譏』、『武發殺殷何所悒』、『載尸集戰何所急』、『何

所不死』、『壽何所止』、『其何所從』、『天何所沓』，有位于表詞上者，如『何所冬暖』、『何所夏寒』、凡此諸『所』字，或實用，或虛用，句中咸有所表述。惟此文則不然，其不合本篇語法明甚。若從一改『所』爲『居』，于語法差合矣。然篇中通例，凡表方位之疑問代名詞，但用『焉』或『安』，從無用『何』者。今以下文『鬿堆焉處，羿焉彃日，烏焉解羽』推之，疑此當作『鯪魚焉居』。意者今本『居』先誤爲『所』，『焉所』不詞，乃又改『焉』爲『何』爾。文選吴都賦劉注引作『陵魚曷止』，『曷止』二字雖非，然其詞性與『焉居』猶合，以視今本之作『何所』者，固遠勝之。」

鬿堆，奇獸也。◎補注：「鬿音祈；堆，多回切。山海經云：『北號山有鳥，狀如雞而白首，鼠足，名曰鬿雀，食人。』天對云：『鬿雀峙北號，惟人是食。』注云：『堆，當爲雀，王逸注誤。』按字書，鴭音堆，雀屬也。則鬿堆即鬿雀也。」案：洪氏引見卷四東山經，畢沅注：「鬿，即魁字異文。」二説皆非。王念孫致陳碩甫書云：「東山經鬿雀，天問之鬿堆，皆魁堆之訛。魁堆，叠韻也。凡地之高出者謂之魁堆，周語『魁陵糞土溝瀆』，史記正義引賈逵注曰：『小阜曰魁。』説文：『𠂤，小阜也。』𠂤與堆同。合言之則曰魁堆。楚辭九歎『陵魁堆以蔽視兮』，王注曰『魁堆，高貌』是也。鳥獸之奇，出於衆者亦謂之魁堆。東山經、天問所云是也。凡字从斗者，古或作斤，故魁字或作鬿，偏旁與斤相似，遂訛而爲鬿。漢楊君石門頌『奉魁承杓』，魁字作鬿爾。爾雅釋木『魁瘣』，釋文魁字亦作鬿。九歎之魁堆，一本作鬿堆。皆其證也。又，九歎『訊九鬿與六神』，一本鬿作魁。

亦當以魁字爲是。是王叔師以九魁爲北斗七星，即其證也。堆字或作崔，又作崔。見説文及漢書溝洫志。崔、崔二字並與雀字相似，故魁堆爲訛魆雀。」其説得之。曾侯乙墓有獸形磬簴，江陵戰國楚墓出土獸形木雕座屏，皆蛇首，鳥頸，獸足，肉翅，是魁堆也。

羿焉彃日？烏焉解羽？

淮南言：堯時十日並出，草木焦枯，堯命羿仰射十日，中其九日，日中九烏皆死，墮其羽翼，故留其一日也。

【疏證】

淮南言：堯時十日並出，草木焦枯，堯命羿仰射十日，中其九日，日中九烏皆死，墮其羽翼，故留其一日也。◎正德本、隆慶本、劉本、朱本、馮本、俞本、莊本、湖北本、四庫章句本「命」作「令」，無「故留其一日也」六字。柳河東集卷一四天對引亦無「故留其一日」六字。案：有「故留其一日也」六字，後所增益也。補注：「山海經：『黑齒之北曰湯谷，居水中，有扶木，九日居下枝，一日居上枝，皆戴烏。』注云：『羿射十日，中其九，離騷所謂「羿焉射日，烏焉解羽」』。傳曰：『天有十日。』日之數，十也。此言九日居下枝，一日居上枝者。大荒經曰：『一日方至，一日方出。』明天地雖有十日，自使以次迭出運照；而今俱見，爲天下妖，故羿稟天命，洞其靈誠，仰天控弦，而九日潛退也。歸藏易云：『羿彃十日。』説文曰：彃，射也。音畢。引『𢏚焉彃日』。𢏚與羿同，然則彃或作彈，蓋字之誤耳。淮南又云：『羿除天下之害，死而爲宗布。』注云：『羿，古之諸侯。此堯時羿，非有窮后羿。』又云：『日中有踆烏。』踆，猶蹲也。春秋元命苞云：『陽成於三，故日中有三足烏者，陽精也。』天對云：『大澤千里，羣烏是解。』注云：『烏當爲鳥，後人不知，因配上句改爲烏也。』山海經云：『大澤方千里，羣鳥之所生及所解。』又，穆天子傳曰：『[比]（北）至曠原之野，飛鳥之所解羽。』然以文意考之，烏當如字，宗元改從鳥，雖有所據，近乎鑿矣。」洪説羿射日，至爲詳審。杭世駿訂訛類編卷二「羿落九烏」條：「異識資諧云：烏最難射，羿一日射落九烏，言射之捷也。後世不得其説，乃言羿射日落九烏，遂以爲十日並出，羿射落其九。」誠未識十日之烏因於十干紀日者也。後漢書表一〇天文志上劉昭注引靈憲：「日者，陽精之宗，積而成烏，象烏而有三趾。」後漢石磚畫象及晉、唐諸墓壁畫，日中有三足之烏，馬王堆「T」形帛畫天部有十日，其一日在上有烏，與山海經合。日中有烏，因大汶口文化之「」。中從，象載日烏。又，説文繫傳卷二四引作「夫𢏚焉彃日」，句首衍夫字，然作彃而不作彈。或作斃者，音訛也。唐寫殘卷本文心雕龍辯騷引亦訛作斃。作蹕，形訛字。又，廣弘明集卷三江淹遂古篇：「羿乃斃日，事豈然兮。」亦因於此，其所據本作斃，則誤在南朝。左傳襄公四年孔疏引上句脱焉字，彃，誤作彈。又，竹書紀年帝廑八年，「天有妖孽，十日並出。」則是妖孽之象，章句「十日並出，草木焦枯」云云，亦同此意。以上問地，從治水始，後問神明志怪，頗合郭店楚墓竹簡太一生水之先水而後神明也。

禹之力獻功，降省下土四方。

言禹以勤力獻進其功，堯因使省迨下土四方也。

【疏證】

言禹以勤力獻進其功，堯因使省迨下土四方也。◎皇都本、正德本、隆慶本、朱本、劉本、馮本、俞本、莊本、湖北本、四庫章句本、柳河東集卷一四天對引「迨」作「治」。世綵堂本無注。案：迨者，及也。謂省及下土四方也。若作治，則不辭。又，劉永濟屈賦音注詳解、徐英屈子札記並校「禹之力」作「禹勞」，非也。左傳昭公元年：「以治民臨諸侯，禹之力也。」禹之力，古之成語。又，詩泮水「在泮獻功」，左傳宣公十四年，「朝而獻功」；襄公八年，「我先君文公獻功於衡、雍」；二十五年，「授手於我，用敢獻功」；國語卷五魯語下，「蒸而獻功」。獻功，亦古恆語。又，上博簡（二）訟城是（容成氏）：「禹聖（聽）正（政）三年，不折（製）革，不釼（刃）金，不鉻（䂮）矢，田無蔡，乇（宅）不工（空），關市無賦。禹乃因山陵坪（平）隰之可封邑者而緐（繁）實之，乃因邇以智（知）遠，迲（去）苛而行柬（簡），因民之欲，會天地之利夫，是以近者說治，而遠者自至，四海之内及四海之外皆青(請)貢。禹然句(後)始爲之號旗，以辨丌左右，思民毋惑。東方之旗以日，西方之旗以月，南方之旗以它(蛇)，中正之旗以熊，北方之旗以鳥。禹然句(後)始行以儉：衣不鮮娩(美)，食不童(重)味(味)，朝不車逆，穜(舂)不毇米，宰不折骨，裚(製)表皴專。禹乃建鼓於廷，以爲民之有詓(訟)告者鼓焉。撞鼓，禹必速出，冬不敢以蒼辭，夏不敢以暑辭。」皆獻功事也。以下問三代事，則自夏始。而問夏事，則問禹之婚姻也。有婚姻而後有家，有家而後有國也。

焉得彼嵞山女，而通之於台桑？

言禹治水，道娶塗山氏之女，而通夫婦之道於台桑之地。

【疏證】

言禹治水，道娶塗山氏之女，而通夫婦之道於台桑之地。◎正德本、隆慶本、劉本、朱本、馮本、俞本、莊本、湖北本、四庫章句本「禹」下有「引」字，「塗」作「嵞」。文淵四庫章句本「夫婦」作「夫妻」，文津本亦作「夫婦」。景宋本「塗」訛作「金」。柳河東集卷一四天對引無「塗山氏」之「氏」字。案：補注：「嵞音塗。說文云：『會稽山也。一曰九江當嵞也。』書曰：『娶於塗山，辛壬癸甲。』疏引左傳『禹會諸侯於塗山』，杜預云：『塗山，在壽春東北。』蘇鶚演義云：『塗山有四：一者會稽，二者渝州，三者濠州，四者文字音義云嵞山，古國名。夏禹娶之，今宣州當塗縣也。塗山氏女，即女嬌也。』史記曰：『辛壬娶塗山，癸甲生啓。』呂氏春秋曰：『禹娶塗山氏女，不以私害公，自辛至甲四日，復往治水，故江淮之俗，以辛壬癸甲爲嫁娶日也。』淮南曰：『禹治鴻水，通轘轅山，化爲熊，謂塗山氏曰：「欲餉，聞鼓聲乃來。」禹跳石，誤中鼓，塗山氏往，見禹方作熊，慚而去。至嵩高山下，化爲石，方生啓。禹曰：「歸我子。」石破北方而啓生。』」洪氏説禹娶嵞山氏，詳也。然猶有剩義。會稽之地有三：一在泰山。管子卷一六封禪篇第五〇：「管仲曰：『禹封泰山，禪會稽。』」淮南子卷一三氾論訓：「東至會稽浮石。」高注曰：「一説：會稽山在太山下，『封于太山，禪于會稽』是也。」二在遼西。氾論訓：「東至會稽浮石。」高注：「會稽，山名。浮石，隨水高下，言不沒。皆在遼西界。」三在紹興。三者當以泰山説爲古。則以嵞山爲會稽者，非九江當塗，亦非在渝州、濠州，在泰山也。穆天子傳卷五：「天子夢羿射于塗山。」羿，東夷有窮國后，塗山在東夷所望。史記卷二夏本紀：「禹曰：『予（辛壬）娶塗山，癸甲生啓，予不子，以故能成水土功。』」索隱：「杜預云：『塗山在壽春東北。』系本曰：『塗山氏女名女媧。』是禹娶塗山氏號女媧也。」壽春，在淮南，謂在其東北，近泰山。女媧，非伏羲氏女媧，古之婦之通稱。洪氏「女嬌」云云，出列女傳。焦循易餘籥録卷三云：「禹娶塗山，塗山在今懷遠縣。舜殛鯀於羽山，羽山在今海州。皆淮水旁之國，東西相去數百里耳。蓋鯀得罪，安置羽山，仍不失一小國之君，與塗山聯爲昏姻，當正在此時。娶於塗山，蓋禹是時自塗親迎至羽，時鯀之存亡未可知，三過其門，則禹之經營於淮、泗者，可謂勞矣。」懷遠縣，正在壽春東北，其説雖多揣測，揆之於理，庶幾是已。又，「媧」，通作「婐」，説文女部：「婐，㛂也。一曰：女侍曰婐。讀若騧，或若委。从女，果聲。」孟軻曰：「舜爲天子，二女婐。」今本孟子卷一四盡心下「婐」作「果」，趙注：「果，侍也。」是以女侍曰婐也。桂馥札樸卷三「婐㛂」條引韓詩：「婐㛂，謂美好。」或通作娃，猶過之通趌也。方言卷二：「娃，美也。吳楚衡淮之間曰娃。」廣雅釋詁：「娃，好也。」王念孫疏證：「娃猶佳也。」惜往日「妬佳冶」，洪引方言云云，亦以佳、娃通用也。嬌，嬌姿也，亦有美好之意，故女媧又名「女嬌」也。通，淫也。小爾雅廣義：「上淫曰烝，下淫曰報，旁淫曰通。」左傳襄公二十五年「莊公通焉」，服注：「凡淫曰通。」台桑，猶詩濮上、桑間也，古之男女行歌求偶之處。呂氏春秋卷六季夏第三音初篇：「禹行功，見塗山之女，禹未之遇，而巡省南土。塗山氏之女乃令其妾候禹于塗山之陽，女乃作歌，歌曰：『候人兮猗。』實始作爲南音。」類聚卷九九祥瑞部下「狐」條引呂氏春秋：「禹年三十未娶，行塗山，恐時莫失嗣，辭曰：『吾之娶，必有應也。』乃有白狐九尾而造於禹。禹曰：『白者，吾服也。九尾者，其證也。』於是塗山人歌曰：『綏綏白狐，九尾龐龐。成于家室，我都攸昌。』於是娶塗山女。」禹與塗山氏女野合淫通於塗山，是以行歌爲之介，類苗、僮男女對歌以求耦也。

閔妃匹合，厥身是繼。

閔，憂也。言禹所以憂無妃匹者，欲爲身立繼嗣也。

【疏證】

閔，憂也。言禹所以憂無妃匹者，欲爲身立繼嗣也。◎湯炳正楚辭今注謂「閔，婚之同音借字。古人凡從門得聲之字，多與從昏得聲之字相通。妃，『配』之本字」，婚配匹合爲「四同義單詞平列連用之聯叠修辭」。案：閔妃匹合，謂閔妃而後合。章句閔訓憂，未可輕易。説文門部：「閔，弔者在門也。从門，文聲。」引申之爲憂、傷。又，徐英屈子章句、于焕鑣屈賦校注並據俞樾説，校「閔妃匹合」爲「閔亡匹合」。非也。補注：「左傳云：『嘉偶曰妃。』爾雅云：『妃，匹也，對也。』」爾雅統言不別，見釋詁，云：「妃、匹，合也。」又云：「妃、合、會，對也。」洪氏誤爾。左傳對文別義，見桓公二年，曰：「嘉耦曰妃，怨耦曰仇。」詩大明「大任有身」，毛傳：「身，重也。」鄭箋：「重，謂懷孕也。」厥身，謂其所懷子。章句「身立繼嗣」云云，身猶娠也。

胡維嗜不同味，而快鼂飽？

言禹治水道娶者，憂無繼嗣耳。何特與衆人同嗜欲，苟欲飽快一朝之情乎？故以辛酉日娶，甲子日去，而有啓也。

【疏證】

言禹治水道娶者，憂無繼嗣耳。何特與衆人同嗜欲，苟欲飽快一朝之情乎？故以辛酉日娶，甲子日去，而有啓也。◎景宋本「特」作「持」。案：訛也。正文「飽」字出韻，戴先生屈原賦注謂「飽讀如閉，蓋方音」。姜亮夫屈原賦校注謂「飽與繼叶，疑有備音」。閉，脂部；備，之部；飽，幽部；三字異音，絶不協韻。飽，飢之訛，上博簡（二）魯邦大旱「飽」字作「飤」，與「飢」字形似。飢、繼同協脂部。詩經汝墳「惄如調飢」、衡門「可以樂飢」、候人「季女斯飢」，飢、飽，皆男女兩性廋讔之語，性欲不得滿足爲飢。朝飢，猶汝墳「調飢」。章句「何特與衆人同嗜欲，苟欲飽快一朝之情」云云，亦言男女情欲也。又，章句「以辛酉日娶，甲子日去，而有啓」云云，史記卷二夏本紀「禹曰：『予娶塗山，癸甲生啓，予不子。』」集解引孔安國云：「辛日娶妻，至於甲四日，復往治水。」章句因孔傳。正義云：「禹辛日娶，至甲四日，往理水。及生啓，不入門，我不得名子，以故能成水土之功。」又，睡虎地秦簡日書（第八九八簡反）：「癸丑、戊午、乙未，禹以取梌山之女日也。不棄，以必子死。」梌，即嵞。所記時日則與尚書、史記皆別。

啓代益作后，卒然離蠥。

益，禹賢臣也。作，爲也。后，君也。離，遭也。蠥，憂也。言禹以天下禪與益，益避啓於箕山之陽，天下皆去益而歸啓以爲君，益卒不得立，故曰遭憂也。

【疏證】

益，禹賢臣也。◎案：書舜典：「帝曰：『疇，若予上下草木鳥獸？』僉曰：『益哉。』帝曰：『俞，咨益。汝作朕虞。』」孔傳：「益，皋陶子也。虞，掌山澤之官。」史記卷一五帝本紀正義：「益，伯翳也，即秦、趙之祖。」益、翳，聲之轉。皋陶、伯益，皆東夷之先，佐禹有功，博識鳥獸魚蟲，爲禹虞官。墨子卷一所染篇第三：「禹染於皋陶、伯益。」論衡卷一逢遇篇第一：「禹王天下，伯益輔治，伯成子高委位而耕。」文選卷二西京賦「伯益不能名」，李善注引列子：「北海有魚名鯤，有鳥名鵬。大禹行而見之，伯益行而名之。」趙翼陔餘叢考卷五「伯益伯翳　人」條云：「惟史記之大費，不見於尚書，胡應麟據汲冢書有『費侯伯益』之語，則大費乃伯益之封國。史記既云『大費即柏翳』，而伯益實封於費，可見柏翳即伯益也。又按國語：『嬴，伯翳之後也。』韋昭注：『即伯益也。』漢書地理志又曰：『秦之先爲伯益，佐禹治水，爲舜虞官。』則伯翳、伯益之爲一人，尤明白可證。」其說是也。清華簡（二）系年第三章：「周武王既克殷，乃設三監于殷。武王陟，商邑興反，殺三監而立彔（禄）子耿。成王屎伐商邑，殺彔（禄）子耿，飛廉東逃于商盍（蓋）氏，成王伐商盍（蓋），殺飛廉，西遷商盍（蓋）之民于邾吾（朱圉），以御奴沮之戎，是秦先人。先人殜（世）作周仚。周室既卑，坪（平）王東遷，止于成周，秦中（仲）焉東，居周地，以守周之墳墓，秦以始大。」

作，爲也。◎案：因爾雅釋言。説文人部：「作，起也。从人、乍聲。」引申之言作爲。

后，君也。◎案：詳參離騷「昔三后之純粹兮」注。

離，遭也。◎案：離之爲遭，漢世多作罹，古今字也。文選卷一五思玄賦「循法度而離殃」，舊注：「離，遭也。」史記卷三五管蔡世家「無離曹禍」，索隱：「離，即罹，罹，被也。」

蠥，憂也。◎案：説文虫部：「蠥，衣服歌謡草木之怪謂之祅，禽獸蟲蝗之怪謂之蠥。」古多作孽，引申之言妖孽。詩十月之交「下民之孽」，鄭箋：「孽，妖孽，謂相爲菑害也。」荀子卷一〇議兵篇第一五「莫不毒孽」，楊注：「孽謂妖孽。」又引申言憂愁。清華簡（一）顧命「蠥」作「孹」，夸亦聲。包山楚簡第二三九簡、二四〇簡：「疾叓，又𤺺，遞䖈（瘥）。以其故敓之。」第二四七簡、二四八簡：「疾叓，疠又臢，以其古（故）敓之。」江陵望山沙冢楚墓第五〇簡：「憝，又（有）見祱（祟），宜禱。」六二簡：「又（有）𤺺，遟瘥，㠯亓故敓（祟）之。」六五簡：「瘥，又（有）𤺺。」新蔡葛陵楚墓甲二第三二簡：「將爲𤺺於後□。」甲三第五八簡：「午之日尚毋𤺺。占之：亙（恒）□。」甲三第一九二、一九九簡：「盬𤵸習之㠯黠霝。占之：吉，不𤺺。」甲三第二八四簡：「恒貞無咎，疾罷𤺺罷也。」乙二第四一簡：「𤺺。㠯亓故敓（説）。」乙三第三九簡：「無咎。疾遟瘥，又（有）𤺺。㠯亓故敓（説）。」乙三第六一簡：「𤺺。㠯亓故敓（説）之，賽禱北方。」零第一八四簡：「［占］之：吉，不𤺺。」簡文「𤺺」、「憝」或「臢」，皆同「蠥」，憂也。蓋楚語。

言禹以天下禪與益，益避啓於箕山之陽，天下皆去益而歸啓以爲君，益卒不得立，故曰遭憂也。◎毛祥麟楚辭校文曰：「『皆去』，俞本作『不歸』。」案：作「不歸」，則以意改。莊本因俞本，亦作「不歸」。柳河東集卷一四天對引無「禪與益」之「與」字。補注：「孟子曰：『禹薦益於天，益避禹之子於箕山之陰。朝覲訟獄者，不之益而之啓，曰：「吾君之子也。」謳歌者不謳歌益而謳歌啓，曰：「吾君之子也。」』」則章句因孟子爲説。洪又云：「書曰：『啓與有扈戰于甘之野。』説者曰：有扈氏與夏同姓，啓繼世以有天下，有扈不服，大戰于甘，故曰『卒然離蠥』也。汲冢書云：『益爲啓所殺。』非也。」則與儒者所説别。洪氏止主一家説，引汲冢書廣異聞爾。上博簡（二）訟城是（容成氏）：「禹又（有）子五人，不以亓子爲後，見㕣咎（咎繇）之賢也，而欲以爲後。㕣秀（咎繇）乃五壤（讓）以天下之賢者，述（遂）偁疾不出而死。禹於是虖（乎）壤（讓）益。啓於是虖（乎）攻益自取。」此亦周、秦通説。晉書卷五一束皙傳、册府元龜卷六八〇學校部刊校同引竹書紀年：「益干啓位，啓殺之。」史通卷一三疑古篇引汲冢書：「益爲啓所誅。」又卷一六雜説上引竹年紀年：「后啓殺益。」汲冢竹書與訟城是（容成氏）相證。屈子所問之意，是别乎孟子所稱。啓初爲益所制，未遂其志。離蠥，謂啓遭繫拘於獄。章句「益卒不得立，故曰遭憂也」云云，失之。

何啓惟憂，而能拘是達？

言天下所以去益就啓者，以其能憂思道德，而通其拘隔。拘隔者，謂有扈氏叛啓，啓率六師以伐之也。

【疏證】

言天下所以去益就啓者，以其能憂思道德，而通其拘隔。拘隔者，謂有扈氏叛啓，啓率六師以伐之也。◎正德本、隆慶本、劉本、朱本、俞本、湖北本及柳河東集「六師」作「六卿」。案：據甘誓，則舊作「六師」。金開誠屈原集校注：「惟，一說作罹。惟爲罹之借字。可從。」金氏引「一説」，見劉盼遂天問校箋。徐仁甫古詩别解、王焕鑣屈賦校注皆同此說。屈賦遭逢義皆用離，無作罹者。惟、罹音别，不可通也。詩小弁「維憂用老」，維、惟，古字通。又，漢無名氏敦煌長史武班碑「朝廷惟憂」，後漢書卷五孝安帝紀「夕惕惟憂」，卷二九郅惲傳「以萬人惟憂」，卷三五張純傳「私竊惟憂」，晉簡文帝優恤軍士詔「夕惕惟憂」，晉孝武帝除三吴租布詔「夙夜惟憂」。惟憂，古之恆語。又，章句「拘隔者，謂有扈氏叛啓，啓率六師以伐之」云云，因書甘誓爲說。然非屈子所問之意。史通卷一三疑古篇：「舜廢堯而立丹朱，禹黜舜而立商均，益手握機權，勢同舜、禹，而欲因循故事，坐膺天禄。其事不成，自貽伊咎。」蓋其情實。益秉政之日，啓遭拘囚於獄。而後啓能脱身是拘，誅益以自代，故屈子所以問也。朱季海楚辭解故：「達，猶出也。拘與達爲對文，義正相反矣。史記樂記『區萌達』，正義：『達猶出也。』是其義。」其說可參。

皆歸䠶鞫，而無害厥躬。

射，行也。鞫，竆也。言有扈氏所行皆歸於竆惡，故啓誅之，長無害於其身也。

【疏證】

射，行也。鞫，竆也。◎案：䠶，射之籀文。章句以射爲行，讀如謝。謝，去也。然以謝鞫爲行竆，不辭。射鞫，謂射宮也。鞫、竆冬、覺平入對轉。竆之言宮也。説文艸部：「营，司馬相如説作芎。」周禮卷三一夏官司馬第四諸子：「春合諸學，秋合諸射，以考其藝而進退之。」鄭注：「射，射宮也。」王制曰：『春秋教以禮樂，冬夏教以詩、書，王太子、王子、羣后之太子、卿大夫元士之適子、國之俊選皆造焉。』」禮記卷六二燕義第四七：「春合諸學，秋合諸射，以考其藝而進退之。」鄭注：「學，大學也。射，射宮也。」孔疏：「射宮，擇士習射之宮。」史記卷二四樂書：「散軍而郊射。」集解：「鄭注：『郊射，爲射宮於郊也。』王肅曰：『郊有學宮，可以習禮也。』」射宮，或謂璧廱，古之學宮。文選卷三東京賦「徐至于射宮」，薛綜注：「射宮，謂辟雍也。」辟雍、璧廱同，見詩大雅文王有聲及魯頌泮水，鄭箋：「辟廱者，築土雝水之外圓如璧。」古文牢獄，周曰環土，商曰羑里，夏曰均臺，皆宗子所以習武之所，亦射宮。詳參離騷「終然殀乎羽之野」注。陳直拾遺曰：「牛運震金石圖云：『嵩山啓母廟石闕銘，兩闕畫像凡四段，其一畫索毬（毬亦爲踘），而蹋踘者二人，坐而睨視者一人，跪者一人。不曉所謂。』予謂皆啓母及啓之事。天問射鞫與畫像之蹋踘，正相符合，其事已不可考。漢書藝文志『兵技巧』有蹵鞠二十五篇。荆楚歲時記：『蹋鞠，鞠形如球，以皮韋爲之，黄帝時戲。見劉向别録。』是蹋踘之制亦甚古也。合上文『何啓惟憂，而能拘是達』觀之，似爲益干啓位，啓殺益事。晉書束晳傳本有此説，今本竹書並無。此文意同觀射鞠，因有代啓之意，反爲啓所制，故云『無害厥躬』也。」揆之上下文義，以「射鞫」爲蹋踘之戲，且證之以啓母廟石闕銘，則蓋得成立也。

言有扈氏所行皆歸於窮惡，故啓誅之，長無害於其身也。◎正德本、隆慶本、劉本、朱本、馮本、俞本、莊本、四庫章句本「誅之」下有「並得」二字，「身」下有「者」字。湖北本「並」作「竝」。世綵堂本柳河東集卷一四天對引「其身也」作「身者也」。案：據義，則舊有「並得」二字。竝，古並字。夏啓及夏后氏諸子初爲益所拘因於均臺，則言「皆歸射宫」。而卒「能拘是達」，免其身禍，則言「無害厥躬」。章句「有扈氏所行皆歸於窮惡，故啓誅之，長無害於其身」云云，其説牽合。

何后益作革，而禹播降？

后，君也。革，更也。播，種也。降，下也。言啓所以能變更益而代益爲君者，以禹平治水土，百姓得下種百穀，故思歸啓也。

【疏證】

后，君也。◎案：詳參離騷「昔三后之純粹兮」注。

革，更也。◎案：詳參上「何后益作革」注。自更謂之改，他更謂之革。更者，庚也。統言則不别。詳參離騷「何不改此度也」注。

播，種也。◎案：湘夫人作冞，古播字。佩觿卷中「播播」條：「播，種也。」皆散文也。對文則下子曰播，藝栽曰種。

降，下也。◎案：詳參離騷「惟庚寅吾以降」注。

言啓所以能變更益而代益爲君者，以禹平治水土，百姓得下種百穀，故思歸啓也。◎正德本、隆慶本、劉本、湖北本、朱本、馮本、俞本、莊本、四庫章句本「能變」下皆有「化」字。案：章句「變更」連文，有「化」者，羡也。柳河東集卷一四天對引亦羡「化」字。又，劉盼遂天問校箋：「作，讀爲祚，聲相同也。」劉永濟屈賦音注詳解校「播降」爲「蕃隆」。其説是也。周禮卷二二春官宗伯第三大司樂：「播之以八音。」鄭注：「故書播爲藩。杜子春云：『藩當爲播。』」書微子之命「以蕃王室」，釋文：「蕃，本亦作藩。」又，書呂刑：「稷降播種。」墨子卷二尚賢中第九引「降」作「隆」。荀子卷一一天論第一七「隆禮尊賢而王」，韓詩外傳卷一「隆」作「降」。清華簡（一）文王遺訓：「翼翼不懈，用作三降（隆）之德。」睡虎地秦墓竹簡秦律雜抄：「匿敖童，及占瘩（癃）不審，典、老贖耐。」法律答問：「罷𤵸（癃）守官府，亡而得，得比公癃不得？得比焉。」爲吏之道：「徒隸攻丈，作務員程，老弱，𤵸（癃）病，衣食饑寒，稾靳瀆，漏屋塗墍。」日書室忌：「室忌，春三月庚辛，夏三月壬癸，秋三月甲乙，冬三月丙丁，勿築室，大主死、𤵸（癃），弗居。」張家山漢墓竹簡脈書：「熱中，𤵸（癃）。」二年律令户律：「寡夫、寡婦毋子及同居，若有子，子年未盈十四，及寡子年未盈十八，及夫妻皆𤵸（癃）病，及老年七十以上，毋異其子；今毋它子，欲令歸户入養，許之。」傅律：「當傅，高不盈六尺二寸以下，及天烏（亞）者，以爲𤵸（癃）病。」徭律：「獨與若父母居老如睆老，若其父母罷𤵸（癃）者，皆勿行。痍、有□病，皆以爲罷丰（癃），可事如睆老。」馬王堆漢墓帛書五十二病方：「𤵸（癃），痛於脬及衷，痛甚，弱（溺）□痛益甚。」陰陽十一脈灸經厥陰脈：「其所産病：熱中、降、隤、扁、山（疝）。」靈樞脈經篇肝足厥陰之脈「降」作「閉癃」。𤵸，降省聲；癃，隆聲。皆播降、蕃隆通用之證。此言何后益祚改，而禹之後嗣蕃隆不絶也。章句「百姓得下種百穀」云云，牽合之説。

啓棘賓商，九辯九歌。

棘，陳也。賓，列也。九辯、九歌，啓所作樂也。言啓能修明禹業，陳列宫商之音，備其禮樂也。

【疏證】

棘，陳也。◎案：廣雅釋詁：「棘，陳也。」張氏因章句。棘，爲荆棘之名，無陳列之意，未知所據。補注：「棘，急也。」朱子集注：「竊疑棘當作夢，商當作天，以篆文相似而誤也。」路史後紀卷一三上夏后紀下「爰棘賓商，九辯、九歌」，羅苹注：「予謂啓之所急，在以商均作賓。九辯即九韶，蓋商均以帝後得用備樂也。」皆非其旨。淮南子卷一一齊俗訓：「其樂大武，三象，棘下。」又曰：「無以異於彈一弦而會棘下。」棘、下，皆奏樂之意，棘，戛擊堂上樂也。下，堂下管鼗柷敔之屬。棘、下合樂，則曰「非一弦所會也」。説文「戛讀若棘」，棘、戛古通用。書益稷「戛擊鳴球」，鄭注：「戛擊鳴球，三者皆總下樂。」鄭以戛爲奏樂之意。

賓，列也。◎文選卷五六陸倕石闕銘「前賓四會」，李善注引王逸曰：「賓，列也。」案：賓，讀如嬪。周禮卷二天官冢宰第一大宰「二曰嬪貢」，鄭注：「嬪，故書作賓。」嬪，九嬪也。説文通訓定聲第一六壯部：「商，當爲帝之誤字。天問『啓棘賓商』，按當作帝，天也。」非也。銀雀山漢簡孫臏兵法見威王篇曰：「[帝]（商）奄反，故周公淺（踐）之。」即其證。卜辭云：「下乙賓于帝。」又云：「咸不賓于帝。」（乙編七一九七）云：「下乙不賓于帝。」又云：「大甲賓于帝。」（乙編七四三四）云：「大甲不賓于帝。」又云：「賓于帝。」（乙編七五四九）云：「大甲賓于咸。」（乙編七五一一）賓、嬪古字通用。嬪帝，獻嬪於帝。清華簡（一）楚居：「妣戲（湛）賓于大。」謂妣湛之死，猶嬪于天帝也。山海經卷一六大荒西經：「西南海之外，赤水之南，流沙之西，有人珥兩青蛇，乘兩龍，名曰夏后開。開上三嬪于天，得九辯與九歌以下。此大穆之野，高二千仞，開焉得始歌九招。」郭注：「嬪，婦也。言獻美女於天帝。」古之祀祭天帝鬼神，有行夫婦事者以爲禮目。禮記卷一五月令第六：「是月也，玄鳥至。至之日，以太牢祠于高禖，天子親往，后妃帥九嬪御，乃禮天子所御，帶以弓韣，授以弓矢，于高禖之前。」鄭注：「天子所御，謂今有娠者。於祠，大祝酌酒，飲於高禖之庭，以神惠顯之也。」呂氏春秋卷九季秋紀第二順民篇：「昔者湯克夏而正天下，天大旱，五年不收。湯乃以身禱於桑林。」高注：「禱，求也。桑林，桑山之林，能興雲作雨也。」桑林，男女幽合之處。湯於桑林行夫婦之事，取悦於天帝以求雨也。商，通作桑。同心紐陽韻，例可通假。桑，即上文「台桑」，禹通情盇山女之處，所以生啓者也。台桑，蓋夏社也。啓樂九辯、九歌，所以報祖廟，慶得國之功也。

九辯、九歌，啓所作樂也。◎案：九辯、九歌，並啓所作頌禹之樂，後遂爲夏后氏祭祖之樂歌。詳參離騷「啓九辯與九歌兮」注。

言啓能修明禹業，陳列宮商之音，備其禮樂也。◎正德本、隆慶本、劉本、朱本、馮本、俞本、湖北本、四庫章句本「能」下有「備」字。莊本「能」下有「既」字。正德本、隆慶本、朱本、劉本、景宋本「修」作「脩」。案：修、脩同。「能」下有「備」字、「既」字，羨也。柳河東集卷一四天對引羨「備」

字。繹史卷一二夏禹受禪引「能」下亦無「備」字。啓有天下，則告祭於宗廟，故備以禹樂九辯、九歌，成其禮敬也。

何勤子屠母，而死分竟地？

勤，勞也。屠，裂剥也。言禹愊剥母背而生，其母之身分散竟坤，何以能有聖德，憂勞天下乎？

【疏證】

勤，勞也。◎案：勤子屠母，其事難曉。章句「禹愊剥母背而生」云云，未見周秦典籍所載，故學者多疑之。上博簡（二）子羔篇「丌莫仁而畫（劃）於伓（倍、背）而生，生而能言，是禹也。」山海經卷一二海内北經：「淩門之山，河出其中。王子夜之尸，兩手，兩股，胸，首，齒，皆斷，異處。」清華簡（一）楚居，妣湛生麗季，巫以楚荆剖刻潰脅以出。則古確有「愊剥母背而生」傳說。然章句屬之以禹母生禹事，則與上下文意不符。此承上「啓棘嬪帝，九辯、九歌」言之，以離騷「啓九辯與九歌兮，夏康娱以自縱。不顧難以圖後兮，五子用失乎家巷」推之，勤子屠母，猶離騷之「五子用失乎家巷」。勤，讀作斤。音同通用。吕氏春秋卷七孟秋紀第三振亂篇「所以蘄有道、行有義者」，高注：「蘄，或作勤。」蘄，斤聲；勤，堇聲。勤、斤亦通用。斤，斧也，引申之言斫，其分别字作釿。一切經音義卷一四「釿斫」條引蒼頡篇：「釿，刳也。」釿子、屠母，對舉爲文。啓縱樂淫遊，則招致内亂家訌，其子遭戮，其母被屠，因而尸骨遍野也。

屠，裂剥也。◎文選卷五三陸機辨亡論「西屠庸、益之郊」，李善注引王逸曰：「屠，裂也。」則無「剥」字。案：説文尸部：「屠，刳也。从尸，者聲。」刳、裂同義。舊無「剥」字，作「裂剥」者，涉章句「𤗚剥」羨。揚雄宗正卿箴：「昔在夏時，太康不恭；有仍二女，五子家降。」母，有仍二女，啓之妻室。有仍氏，夏之世婚也，少康母亦爲有仍氏女。左傳昭二十八年：「昔有仍氏生女，鬒黑而甚美，光可以鑒，名曰玄妻。」杜注：「有仍，古諸侯也。」史記卷三一吳太伯世家「逃於有仍」，索隱：「春秋經桓五年『天王使仍叔之子來聘』，穀梁經、傳作『任叔』。仍、任聲相近，或是一地，猶甫呂、虢郭之類。案：地理志東平有任縣，蓋古仍國。」

言禹𤗚剥母背而生，其母之身分散竟地，何以能有聖德，憂勞天下乎？◎正德本、隆慶本、劉本、朱本、馮本、俞本、莊本、四庫章句本「𤗚」作「腷」，「地」作「墬」。湖北本「地」作「墜」。案：𤗚、腷同，墬、地，古今字。墜，訛也。上博簡（二）從政篇作埅，亦古字也。補注：「𤗚，判也。竟地，猶竟天也。唐段成式云：『迸分竟地。』蓋用此語。」𤗚、剥，語之轉。死，讀作屍，古字通用。韓非子卷九内儲説上七術篇第三〇：「夫戮死無名。」死即屍也。屍分竟地，謂竟地皆爲死骨。古之天葬與？又，蕭兵君以「屠母」爲古之祭地母、以求豐産之巫術。則怪誕不經者，莫過於是也。

帝降夷羿，革孽夏民。

帝，天帝也。夷羿，諸侯，殺夏后相者也。革，更也。孽，憂也。言羿弑夏家，居天子之位，荒淫田獵，變更夏道，爲萬民憂患。

【疏證】

帝，天帝也。◎案：后羿氏出東夷，與皐陶、后益同宗。帝，猶帝顓頊高陽氏也。帝降夷羿者，言后羿亦高陽氏裔也。

夷羿，諸侯，殺夏后相者也。◎案：夷，九夷也，在夏之東，史稱東夷，夏之諸侯。書五子之歌：「有窮后羿，因民弗忍，距于河。」孔傳：「有窮，國名。羿，諸侯名。」羿或稱帝，左傳襄公四年：「在帝夷羿。」帝猶宗也。淮南子卷一三氾論訓：「羿除天下之害，死而爲宗布。」又，后羿興亡事，詳參離騷「羿淫遊以佚畋兮」注。史記卷二夏本紀正義引帝王紀：「帝羿有窮氏，未聞其先何姓。帝嚳以上，世掌射正。至嚳，賜以彤弓素矢，封之于鉏，爲帝司射，歷虞、夏。羿學射於吉甫，其臂長，故以善射聞。及夏之衰，自鉏遷于窮石，因夏民以代夏政。」又引括地志云：「故鉏城在滑州韋城縣東十里。晉地記云：河南有窮谷，蓋本有窮所遷也。」窮谷，即窮石，在洛陽市西南。又，卷三殷本紀正義引括地志云：「宋州宋城縣，古闕伯之墟，即商丘也。又云羿所封之地。」

革，更也。◎正德本、隆慶本、莊本、俞本、劉本、朱本、湖北本「更」下無「也」字。案：詳參上「何后益作革」注。

孽，憂也。◎案：孽之爲憂，同上「卒然離蠥」之蠥。

言羿弑夏家，居天子之位，荒淫田獵，變更夏道，爲萬民憂患。◎柳河東集卷一四天對引「患」下有「也」字。毛祥麟楚辭校文曰：「文瀾閣本『萬』作『下』。」案：文津本、文淵本亦無「萬」字。帝降生夷羿以代夏政，其後嗣以報「啓代益作后」也。

胡鉃夫河伯，而妻彼雒嬪？

胡，何也。雒嬪，水神，謂宓妃也。傳曰：「河伯化爲白龍，遊于水旁，羿見，鉃之，眇其左目。河伯上訴天帝曰：『爲我殺羿。』天帝曰：『爾何故得見鉃？』河伯曰：『我時化爲白龍出遊。』天帝曰：『使汝深守神靈，羿何從得犯？汝今爲虫獸，當爲人所鉃，固其宜也。羿何罪歟？』」羿又夢與雒水神宓妃交接也。

【疏證】

胡，何也。◎案：書太甲下「弗慮胡獲，弗爲胡成」，孔傳：「胡，何也。」孔疏：「胡之與何，方言之異耳。」未審其爲何地何時方言。胡、何，聲之轉。

雒嬪，水神，謂宓妃也。◎案：宓妃，伏羲氏女，溺洛水死而爲神，詳參離騷「求宓妃之所在」注。

傳曰：「河伯化爲白龍，遊于水旁，羿見，躲之，眇其左目。河伯上訴天帝曰：『爲我殺羿。』天帝曰：『爾何故得見躲？』河伯曰：『我時化爲白龍出遊。』天帝曰：『使汝深守神靈，羿何從得犯？汝今爲虫獸，當爲人所躲，固其宜也。羿何罪歟？』」羿又夢與雒水神宓妃交接也。◎正德本、隆慶本、劉本、朱本、馮本、俞本、莊本、湖北本、四庫章句本「躲」作「射」，「虫」作「蟲」，「犯」下有「也」字。湖北本「河伯化」之「河伯」，譌作「河北」。柳河東集卷一四天對引無「爲我殺羿」四字，「今爲」上有「汝」字，世綵堂本「犯也」作「射也」。補注引「深守」一作「保守」。案：虫、蟲同。章句引傳，未見今書，不知其所出。此所問之事，三代以往古史。河伯、雒嬪，皆非水神，夏時諸侯也。章句以神話説之，則非其旨。竹書紀年帝芬十六年：「洛伯與河伯馮夷鬭。」又帝泄十六年云：「殷侯微以河伯之師伐有易，殺其君綿臣。」朱季海楚辭解故：「今謂河伯是有國之號，其地蓋在洛水之北，河之左右。羿雖射其君，未滅其國，故近百年間，復能以師助微，伐有易而滅之。」其説得之。然此説陳本禮屈騷精義既已發之，朱君豈之未見耶？河、雒皆國名。雒，西河有雒，猶周禮卷一五地官司徒第二掌節「澤國用龍節」之澤國。淮南子卷一三氾論訓：「羿除天下之害，死而爲宗布。」高注：「羿，古之諸侯。河伯溺殺人，羿射其左目。風伯壞人屋室，羿射中其膝。又誅九嬰、窫窳之屬，有功於天下，故死託祭於宗布。此堯時羿，非有窮后羿。」補注：「此言射河伯、妻洛嬪者，何人乎？乃堯時羿，非有窮羿也。革孽夏民，封豨是射，乃有窮羿耳。淮南云：『河伯溺殺人，羿射其左目。』注云：『堯時羿射十日，繳大風，殺窫窳，斬九嬰，射河伯。』」堯時羿、夏時有窮后羿，是一氏族事也。又，河伯化爲白龍，儀禮卷二七覲禮第一〇「象日月，升龍降龍」，鄭注：「馬八尺以上爲龍。」白龍，白馬也。山海經卷一八海內經：「駱明生白馬，白馬是爲鯀。」河伯，夏鯀後裔。則羿射河伯，是「革孽夏民」也。

馮珧利決，封豨是䠶。

馮，挾也。珧，弓名也。決，䠶韝也。封豨，神獸也。言羿不修道德，而挾弓䠶韝，獵捕神獸，以快其情也。

【疏證】

馮，挾也。◎案：說文馬部：「馮，馬行疾也。」無挾持義。馮，讀如凭，古通用字。漢書卷六四上嚴助傳「馮玉几」，顏師古注：「馮，讀曰凭。」几部：「凭，依几也。从几、从任。周書：『凭玉几。』讀若馮。」引申之爲挾持。下「何馮弓挾矢」，馮弓、挾矢，對舉爲文，馮亦挾也。又，儀禮卷三六士喪禮第一二「主人西面馮尸」，鄭注：「馮，伏膺之。」禮記卷四五喪服大記第二二「君、大夫馮父、母、妻、長子」，鄭注：「馮，謂扶持、服膺。」亦同此義。又，儀禮卷一一鄉射禮第五「兼挾乘矢」，鄭注：「方持弦矢曰挾。」賈疏：「若側持弓矢則名執。」馮、挾、執，對文亦别。

珧，弓名也。◎補注：「爾雅：『弓以蜃者謂之珧。』注云：『用蜃飾弓兩頭，因取其類以爲名。』又曰：『蜃小者珧。』注云：『玉珧，即小蚌也。』説文云：『珧，蜃甲也，所以飾物。』」案：章句因爾雅爲説。洪引爾雅，前者見釋器，釋文：「珧，蚌屬也，以蚌飾弓弭。」後者見釋魚，郭注：「珧，玉珧，即小蚌。」與洪氏所據者别也。

決，䠶鞲也。◎正德本、隆慶本、湖北本、俞本、莊本、馮本、朱本、劉本、四庫章句本「䠶」作「射」。案：䠶，古射字。補注：「儀禮有『決遂』，注云：『決，猶闓也。以象骨爲之，著右大擘指以鉤弦。闓，體也。遂，射鞲也，以韋爲之，所以遂弦也。』説文云：『鞲，射臂決也。』」洪引儀禮見卷一七大射第七。説文韋部：「鞲，臂衣也。从韋、冓聲。」段注：「各本作射臂決也。誤甚。決箸於右手大指，不箸於臂，今依文選答蘇武書注正。射鞲者，詩之拾，禮經之遂，内則之捍也。毛傳曰：『拾，遂也。』大射注：『遂，射鞲也。以朱韋爲之，箸左臂，所以遂弦也。』凡因射箸左臂謂之射鞲，非射而兩臂皆箸之以便於事謂之鞲，許不言射鞲者，言臂衣則射鞲在其中矣。東方朔傳曰：『緑幘傳青鞲。』韋昭曰：『鞲形如射鞲，以縛左右手，於事便也。』崔豹古今注曰：『攘衣廝役之服，取其便於用耳。乘輿進食者服攘衣。』按：攘衣即鞲也。以繩纕臂謂之綦，以衣斂袖之謂之韝。」章句以「決」爲「射韝」，與許解「韝」爲「射臂決」者，皆散文不別，段氏則説以對文。非誤也。決，通作玦。詩芄蘭「童子佩韘」，毛傳：「韘，玦也。」鄭箋：「所以彄沓手指。」釋文：「玦，本又作決。」

封豨，神獸也。◎案：補注：「封，大也。方言云：『豬，南楚謂之豨。』淮南云：『堯時封豨、長蛇，皆爲民害，堯使羿斷修蛇，禽封豨。』此言有窮羿亦封豨是射，而反爲民害也。左傳曰：『樂正后夔生伯封，實有豕心，貪惏無厭，忿纇無期，謂之封豕，有窮后羿滅之。』此則窮奇、饕餮之類，以惡得名者。」豨，楚語。周易姤「羸豕孚蹢躅」，大畜「哭豕之牙」，馬王堆漢墓帛書周易「豕」作「豨」，存楚語也。章句謂神獸，則非淮南、左傳所稱者。國語卷一六鄭語謂祝融氏八姓有大彭、豕韋，「爲商伯矣」，韋注：「大彭，陸終第三子，曰籛，爲彭姓，封於大彭，謂之彭祖，彭城是也。豕韋，彭姓之別，封於豕韋者也。」彭氏、豕韋氏，皆以豕爲其族之精靈，夏、商諸侯。射封豨，謂屠滅彭氏、豕韋氏，即「革孽夏民」也。射封豨以祭帝，蓋用人牲，猶「射牢」之禮。周禮卷三〇夏官司馬第四射人：「祭祀則贊射牲。」又，卷三一司弓矢：「凡祭祀，共射牲之弓矢。」國語卷一八楚語下：「觀射父曰：『天子禘郊之事，必自射其牲；諸侯宗廟之事，必自射牛，刲羊，擊豕。』」

言羿不修道德，而挾弓䠶韝，獵捕神獸，以快其情也。◎正德本、隆慶本、劉本、朱本、馮本、俞本、湖北本、莊本、四庫章句本「修」作「循」，「䠶」作「射」。景宋本「修」作「脩」。案：修、脩同。

循，脩之訛。羿因夏政，蓋以屠虐夏民爲樂。

何獻蒸肉之膏，而后帝不若？

蒸，祭也。后帝，天帝也。若，順也。言羿獵豣封豨，以其肉膏祭天帝，天帝猶不順羿之所爲也。

【疏證】

蒸，祭也。◎案：因爾雅釋詁，釋文：「蒸，冬祭名。」或作烝。公羊傳桓公八年：「烝者何？冬祭也。」何休注：「烝，衆也，氣盛貌。冬萬物畢成，所薦衆多，芬芳備具，故曰烝。」國語卷二周語中：「禘郊之事，則有全烝。」韋注：「全烝，全其牲體而升之。凡禘郊皆血腥。」后羿滅封豨氏，郊祭天帝，用全烝之禮。

后帝，天帝也。◎案：后帝，猶上「帝降夷羿」之帝，有窮后羿之先，亦帝高陽。

若，順也。◎案：詩閟宮「魯侯是若」，毛傳：「若，順也。」章句因毛詩。不若，解不順，或見卜辭。殷契前編七：「我其已方，乍帝降若；我勿已方，乍帝降不若？」郭沫若卜辭通纂：「若，順也；不若，不順也。」清華簡（五）厚父：「湳（沈）湎于非彝，天廼弗若。」弗若亦不順也。或釋作「赦」，非是。又，左傳宣公三年：「不逢不若。」昭公二十六年：「至于幽土，天不弔周，王昏不若。」又曰：「今王室亂，單旗、劉狄剥亂天下，壹行不若。」爾雅釋魚：「左倪不類，右倪不若。」荀子卷三非相篇第五：「鄉則不若。」不若，古習語。

言羿獵躲封豨，以其肉膏祭天帝，天帝猶不順羿之所爲也。◎正德本、隆慶本、劉本、朱本、俞本、馮本、莊本、湖北本、四庫章句本「躲」作「射」。案：躲，古「射」字。封豨氏，祝融八姓之後，與夷羿同出帝高陽，羿視爲敵國，射其精靈以郊祭之，是以帝不若也。

浞娶純狐，眩妻爰謀？

浞，羿相也。爰，於也。眩，惑也。言浞娶於純狐氏女，眩惑愛之，遂與浞謀殺羿也。

【疏證】

浞，羿相也。◎案：詳參離騷「浞又貪夫厥家」注。

爰，於也。◎案：爰，通作安，何也。莊子卷六徐無鬼篇第二四「自以爲安室」，釋文：「安室，一本作暖室。」暖，爰聲，爰、安音同，例得通用。安謀，何謀也。

眩，惑也。◎案：章句以「眩」爲「眩惑」，又釋「眩妻」爲「娶於純狐氏女，眩惑愛之」，不辭。眩，借作玄，古字通用。莊子卷五至樂篇第一八「烏乃眩視憂悲」，釋文：「眩，司馬本作玄。」荀子卷一二正論篇第一八「上周密則下疑玄矣」，楊倞注：「玄，或讀爲眩。」玄，黑也。左傳昭公二十八年：「昔有仍氏生女黰黑而甚美，光可以鑑，名曰玄妻。」杜注：「以髮黑故。」晉書卷一二四載紀慕容雲：「玄妻之姿，見奇于鬒髮。」純狐氏女以髮黰黑而美，因名玄妻。類聚卷五七雜文部三「連珠」條引梁劉孝儀探物作艷體連珠：「妾聞洛妃高髻，不姿於芳澤；玄妻長髮，無籍於金鈿。」

言浞娶於純狐氏女，眩惑愛之，遂與浞謀殺羿也。◎案：浞淫純狐氏之事，詳參離騷「浞又貪夫厥家」注。洛嬪、玄妻，對舉爲文，以純狐氏女玄妻爲洛嬪，是也。純，讀如黗，黑也。狐，氏姓也。左傳成公十一年有「狐氏」，史記卷三九晉世家曰：「重耳母，翟之狐氏女也。」翟，雉也，出羽山。書禹貢「羽畎夏翟」，孔傳：「夏翟，翟雉名，羽中旌旄。羽山之谷有之。」翟氏，出東夷，以翟鳥爲其精靈。伏羲氏女宓妃，則其後也。宓妃居洛，則洛因有稱翟之邑。左傳僖公二十九年：「盟於翟泉。」史記卷四周本紀「以封武王少弟爲衞康叔」，正義引括地志云：「洛陽故城在洛州洛陽縣東北二十六里，周公所築，即成周城也。輿地志云：『以周地在王城東，故曰東周。敬王避子朝亂，自洛邑東居此。以其迫阨不受王都，故壞翟泉而廣之。』」翟泉，禹封所在。卷二夏本紀「夏禹」，正義：「夏者，帝禹封國號也。帝王紀云：『禹受封爲夏伯，在豫州外方之南，今河南陽翟是也。』」正義又引括地志云：「故鄩城在洛州鞏縣西南五十里，蓋桀所居也。陽翟縣，又是禹所封，爲夏伯。」卷四周本紀正義引汲冢書：「太康居斟鄩，羿亦居之，桀又居之。」要以羿、洛嬪所居地望考之，純狐，即宓妃洛嬪，以其髮黑美而稱玄妻。

何羿之䠶革，而交吞揆之？

吞，滅也。揆，度也。言羿好䠶獵，不恤政事法度，浞交接國中，布恩施德而吞滅之也。

【疏證】

吞，滅也。◎案：説文口部：「吞，咽也。从口、天聲。」引申之言滅。戰國策卷二西周策「兼有吞周之意」，高注：「吞，滅也。」

揆，度也。◎案：詳參離騷「皇覽揆余初度兮」注。然施於此文，不辭。揆，讀如刲，莊子卷六徐無鬼篇第二四「奎蹏曲限」，釋文：「奎，本亦作睽。」奎、刲同圭聲，揆、睽同癸聲，奎通睽，揆、刲古字通。説文刀部：「刲，刺也。」廣雅釋詁：「刲，屠也。」引申之言取。戰國策卷一〇齊策三「刲衛之東野」，高注：「刲，取也。」言羿於射宫習射，力能貫革，因其不恤夏民，家衆相與交接，滅而取之。

言羿好䠶獵，不恤政事法度，浞交接國中，布恩施德而吞滅之也。◎正德本、隆慶本、俞本、朱本、劉本、馮本、湖北本、莊本、四庫章句本「䠶」作「射」。案：䠶，古射字。補注：「禮云：『貫革之射。』左傳云：『蹲甲而射之，徹七札焉。』言有力也。羿之射藝如此，唯不恤國事，故其衆交合而吞滅之，且揆度其必可取也。」强爲之説。洪氏引禮見卷三九樂記第一九：「散軍而郊射，左射貍首，右射騶虞，而貫革之射息也。」鄭注：「郊射，爲射宫於郊也。左，東學也；右，西學也。貍首、騶虞，所以歌爲節也。貫革，射穿甲革也。」又曰：「射、鄉、食、饗，所以正交接也。」鄭注：

「射、鄉，大射、鄉飲酒也。」又，周禮卷四二冬官考工記第六弓人：「往體寡，來體多，謂之王弓之屬，利射革與質。」鄭注：「革，謂干盾。質，木椹。」七諫謬諫、哀時命：「機蓬矢以射革。」射革，古習語。洪氏引一本無「革」字者，非也。

阻窮西征，巖何越焉？

阻，險也。窮，窘也。征，行也。越，度也。言堯放鮌羽山，西行度越岑巖之險，因墮死也。

【疏證】

阻，險也。◎案：説文𨸏部：「阻，險也。从𨸏，且聲。」又云：「險，阻難也。从𨸏，僉聲。」散文也，對文亦別。阻，恃也，保也。左傳隱公四年「阻兵而安忍」，宋本孔疏：「阻，訓恃也。」文選卷三張衡東京賦「邪阻城洫」，薛綜注：「阻，依也。」皆不可易之以險。險，危也，遠也。則未可易之以阻。

窮，窘也。◎案：散文窮、窘無別；對文窮極、極盡不得謂窘，急迫不得謂窮。此非言窮窘。窮，窮谷。史記卷二夏本紀張守節正義引晉地記云：「河南有窮谷，蓋本有窮氏所遷也。」

征，行也。◎正德本、隆慶本、朱本、馮本、俞本、莊本、湖北本、四庫章句本、柳河東集卷一四天對引無注。案：有注者，後所增益也。征之爲行，詳參離騷「濟沅湘以南征兮」注。

越，度也。◎案：禮記卷二曲禮上第一「戒勿越」孔疏：「越，踰也。」

言堯放鮌羽山，西行度越岑巖之險，因墮死也。◎補注：「羽山，東裔。此云『西征』者，自西徂東也。上文言『永遏在羽山，夫何三年不施』，則鮌非死於道路，此但言何以越巖險而至羽山耳。」案：洪說得之。又，毛氏奇齡以爲非「言鮌事」，以斥舊注之謬，而别爲之解云：「此羿事也。阻，當作鉏，地名。窮，即有窮國也。巖，險也。越，過也。羿自鉏遷窮，急于西征，其巖險何所過他國也。此特指遷窮一事。按左傳魏莊子曰：『昔有夏之衰也，后羿自鉏遷于窮石，因夏人而代夏政。』又，帝王世紀云：『帝羿有窮氏，其先世封于鉏。羿自鉏遷于窮石。逐帝相于商丘，依斟灌、斟鄩氏。』據地志，故鉏城在滑州衛城東，商丘在東郡濮陽。晉地記云：『河南有窮谷。』蓋本有窮氏所遷也。斟灌、斟鄩，皆在東極，古隅夷地。以商丘、二斟較之，有窮在西，故曰『西征』。蓋夏帝世居二斟，如竹書太康、仲康、帝相皆依二斟，而汲古文云：『太康居斟尋，羿亦居之。』是從帝所居以定向背。當以遷窮爲『西征』也。羿居窮後代夏政，然即爲浞滅，故曰其險何似。古險字即巖字，如傅巖，史作傅險可見。」湯炳正楚辭今注亦謂「阻當作鉏」，鉏、窮，皆地名。又云：「左傳襄公四年：『昔有夏之方衰也，后羿自鉏遷於窮石。』乃自東而西，故曰『西征』也。巖，險峰。山海經海内西經：『崑崙虛在西北，非仁羿莫能上岡之巖。』二句問后羿由鉏遷窮石，又西上崑崙其險巖是怎樣越過的？」其說可備爲一解。然揆下文「化爲黃熊」，當指鮌事爲允當。杜

注：「鉏，羿本國國名。」史記卷二夏本紀正義：「帝王紀云：『至嚳，賜以彤弓素矢，封之于鉏，爲帝司射，歷虞、夏。』括地志云：『故鉏城在滑州韋城縣東十里。』」謂鮌自鉏而東至窮石。章句「堯放鮌羽山，西行越度岑巖之險，因墮死」云云，非也。

化爲黄熊，巫何活焉？

活，生也。言鮌死後化爲黄熊，入於羽淵，豈巫醫所能復生活也？

【疏證】

活，生也。◎案：説文水部：「活，流聲也。从水、昏聲。」段注：「引伸爲凡不死之稱，邶風『不我活兮』，孟子『民非水火不生活』是也。」

言鮌死後化爲黄熊，入於羽淵，豈巫醫所能復生活也？◎正德本、隆慶本、劉本、朱本、馮本、俞本、莊本、湖北本、四庫章句本無「言」字。正德本、隆慶本、朱本、馮本、俞本、劉本、湖北本「羽」下有「山」字。柳河東集卷一四天對引「熊」作「能」，世綵堂本亦作「熊」。案：左傳昭公七年：「昔堯殛鮌於羽山，其神化爲黄熊，以入於羽淵，實爲夏郊，三代祀之。」章句所因。論衡卷二無形篇第七：「鮌殛羽山，化爲黄能。」熊字作能。卷二一死僞篇第六三：「黄熊，鮌之精神，晉侯不祀。」則亦作能字，皆以爲水中精怪。補注：「國語作黄能。按：熊，獸名。能，奴來切，三足鱉也。說者曰：『獸非入水之物，故是鱉也。』一云：既爲神，何妨是獸。說文云：『能，熊屬，足似鹿。』然則能既熊屬，又爲鱉類。東海人祭禹廟，不用熊肉及鱉爲膳，斯豈鮌化爲二物乎？抑亦左傳、國語不同，兼存之也。」蘇鶚演義：「任昉云：『堯使鮌治洪水，不能其任，遂誅鮌於塗山，化黄熊入於羽泉。鮌，禹之父，而後會稽人祭禹廟，不用熊，曰遊羽泉之化也。』洪説因此，然則抳也。黄熊、黄能，皆黄龍之音轉。夏后以龍爲其族之精靈，未見爲鱉爲熊者。鮌，魚也，類龍。淮南子卷七精神訓：「禹南省方，濟于江，黄龍負舟，舟中之人五色無主，禹乃熙笑而稱曰：『我受命于天，竭力而勞萬民。生，寄也；死，歸也。何足以滑和？』視龍猶蝘蜓，顔色不變。」蝘蜓，壁虎也，以龍名之。

咸播秬黍，莆雚是營。

咸，皆也。秬黍，黑黍也。雚，草名也。營，耕也。言禹平治水土，萬民皆得耕種黑黍於雚蒲之地，盡爲良田也。

【疏證】

咸，皆也。◎御覽卷一〇〇〇百卉部七雚草引王逸注同。案：章句因爾雅釋詁。書洛誥「咸格」，孔疏：「咸，皆也。」

秬黍，黑黍也。◎御覽卷一〇〇〇百卉部七藿草引王逸注：「秬，黑黍也。」無「秬黍」之「黍」字。案：爾雅釋草：「秬，黑黍。」又，詩生民「維秬維秠」、江漢「秬鬯一卣」，毛傳並云：「秬，黑黍也。」皆章句所因，則舊本無「黍」字。説文禾部：「黍，禾屬而黏。以大暑布種，故謂之黍。从禾、雨省聲。」焦循云：「爾雅翼：『楚人以菰葉包黍，炊而食之，謂之角黍。黏者爲秫，關東人謂之黄米酒，亦謂黍爲黄穤。皆謂爲黏也。』按詩緝云：『黍有二種：黏者爲秫，可以釀酒；不黏者黍，今關西總謂之糜子。黏者曰黏糜子，不黏者爲飯糜子。』謂只堪作飯也。孔子曰：『黍可以爲酒。』亦謂秫黍也。黍有丹黍、白黍、黑黍。黑黍，詩所謂『維秬』者也。有秠，爾雅注所謂黑黍中『一稃二米』者也。」

藿，草名也。◎正德本、隆慶本、朱本、劉本、馮本、俞本、莊本「藿」作「萑」。案：藿，訛也。御覽卷一〇〇〇百卉部七藿草引王逸注無「也」字。補注、朱子集注並云：「莆，疑即蒲字，蒲，水草，可以作席。」洪氏又云：「以莆爲黄，以藿爲萑，皆字之誤也。」皆非。聞一多楚辭校補：「莆藿當爲藿莆之倒，藿莆即莞莆。」其説得之。詩斯干孔疏引某氏云：「本草云：白蒲一名苻離，楚謂之莞蒲。」莞蒲，楚語也。章句「萬民皆得耕種黑黍於藿莆之地」云云，則舊作「藿莆」。北大簡反淫(四)倒乙作「莞蒲」，與「莆藿」同。

營，耕也。◎正德本、隆慶本、劉本、朱本、馮本、俞本、莊本、湖北本、四庫章句本「耕」作

「爲」。案：慧琳音義卷一八「營耨」條引王逸注楚辭、御覽卷一〇〇〇百卉部七藿草引王逸注：「營，耕也。」亦作「耕」。上「鮌何所營，禹何所成」，章句：「言鮌治鴻水，何所營度，禹何所成就乎。」營之訓營度，是會通義。訓耕，爲傳注。於此營爲耕作，離此文，則無此義。

言禹平治水土，萬民皆得耕種黑黍於藋蒲之地，盡爲良田也。◎正德本、隆慶本、朱本、馮本、俞本、湖北本、莊本、四庫章句本及世綵堂本柳河東集卷一四天對引「藋」作「雚」。案：訛也。御覽卷一〇〇〇百卉部七藿草引王逸注：「言禹平水土，萬民皆得布種黑黍於藋蒲之地，盡爲良田也。」則「禹平」下敚「治」字，「耕種」別作「布種」。其所據本別。張家山漢墓竹簡蓋廬：「治民之道，食爲大葆（寶），刑罰爲末，德政爲首。使民之方，安之則昌，危之則亡，利之則富，害之有殃。」其是之謂也。

何由并投，而鮌疾脩盈？

疾，惡也。脩，長也。盈，滿也。由，用也。言堯不惡鮌而戮殺之，則禹不得嗣興，民何得投種五穀乎？乃知鮌惡長滿天下也。

【疏證】

疾，惡也。◎正德本、隆慶本、湖北本、劉本、朱本、馮本、俞本、莊本、四庫章句本「惡」作

「病」。案：説文疒部：「疾，病也。从疒、矢聲。」引申之言疾惡。左傳昭公九年「謂之疾日」，杜注：「疾，惡也。」禮記卷三五少儀第一七「有亡而無疾」，鄭注：「疾，惡也。」毛祥麟楚辭校文曰：「尋繹後注，當從『惡』爲長。」其説是也。

脩，長也。◎馮本、四庫章句本、同治本「脩」作「修」。案：詳參離騷「路曼曼其脩遠兮」注。

盈，滿也。◎案：周、秦曰盈，兩漢曰滿。詳參離騷「户服艾以盈要兮」注。

由，用也。◎案：由之爲用，語詞之用。由、用，聲之轉。詩君子陽陽「右招我由房」，毛傳：「由，用也。」

言堯不惡鮌而戮殺之，則禹不得嗣興，民何得投種五穀乎？乃知鮌惡長滿天下也。◎案：補注：「并，並也。言禹平水土，民得並種五穀矣，何由鮌惡長滿天下乎？所謂蓋前人之愆。」洪説是也，章句失旨。然洪氏「民得並種五穀」云云，亦非其旨。孫詒讓札迻卷一二楚辭王逸注「何由并投」條云：「并當讀爲大學『迸諸四夷』之迸。投，讀爲詩巷伯『投畀有北』之投。迸投，猶言屏棄，即指極鮌羽山之事。」劉永濟屈賦音注詳解亦謂并作屏；屏投，言屏弃放逐也。其説皆勝洪氏。余謂投爲役字之訛。孟郊立德新居詩「虚食日相投」，注：「投一作役。」（全唐詩第六函第五册）役，勞也。言鮌、禹父子并作役勞，何鮌之惡特盈長也。

白蜺嬰茀，胡爲此堂？

蜺，雲之有色似龍者也。茀，白雲逶移若蛇者也。言此有蜺茀，氣逶移相嬰，何爲此堂乎？蓋屈原所見祠堂也。

【疏證】

蜺，雲之有色似龍者也。◎慧琳音義卷三一「如蜺」條、卷七六「虹蜺」條、卷八七「霓裳」條、卷九二「霓裳」條引王逸注卷八七「霓裳」條：「雲，霓之有色似龍者也。」類聚卷二天部下「虹」條引王逸注：「蜺，雲之有色似龍。」無「者也」二字。御覽卷一四天部一四虹蜺引王逸注無「也」字。散則蜺、虹皆雲氣所化，對文則別。爾雅釋天：「蜺爲挈貳。」郭注：「蜺，雌虹。挈貳，其別名，見尸子。」挈貳，猶貳匹。郭注：「俗名爲美人虹，江東呼雩。」陸氏音義：「虹雙出，色鮮盛者爲雄，雄曰虹。闇者爲雌，雌曰蜺。」散文亦不別，白蜺，猶白虹也。九歌東君「青雲衣兮白霓裳」，章句：「日出東方入西方，故用其方色以爲飾也。」九辯「驂白霓之習習兮」，章句：「驂駕素虹而東西也。」白蜺，唯見楚辭，楚語也。他書曰白虹。禮記卷六三聘義第四八：「氣如白虹，天也。」鄭注：「虹，天氣也。」史記卷八三鄒陽列傳：「昔者荆軻慕燕丹之義，白虹貫日，太子畏之。」索隱：「『戰國策又云：「聶政刺韓傀，亦曰白虹貫日」也。』」

茀，白雲逶移若蛇者也。言此有蜺茀，氣逶移相嬰，何爲此堂乎？蓋屈原所見祠堂也。◎景宋本、皇都本、同治本「比」作「此」。正德本、隆慶本、劉本、朱本、俞本、莊本「比」作「此」。馮本、四庫章句本「逶移」作「逶蛇」，「比」作「此」。類聚卷二天部下「虹」條引王逸注：「茀，白雲委蛇者也。」案：多所爛敚。比，此之訛。逶移、逶蛇同。御覽卷一四天部一四虹蜺引王逸注：「茀，白雲逶移若蚍者。言有此蜺茀，氣氣逶移相嬰，何爲於此堂乎？蓋屈原所見祠堂也。」蛇、虵同。「茀氣」下羨「氣」字，「何爲」下有「於」字。茀，孛星。文選卷四八揚雄劇秦美新「大茀經霣」，李善注：「茀，彗星也。穀梁傳曰：『星孛入北斗。』孛之爲言猶茀也。』」李氏汴引穀梁，見文公十四年，曰：「其曰入北斗，斗有環域也。」開元占經引石申星經：「凡彗星有四名，一名孛星，一名拂星，一名掃星，一名彗星。其狀不同。」馬王堆漢墓天文氣象雜占圖凡二十名，曰赤灌、白灌、天箾、毚、彗星、浦彗、蒲彗、秆彗、帚彗、厲彗、竹彗、蒿彗、苫彗、苫髮彗、甚星、瘖星、抐星、干彗、蚩尤彗、翟星，而於翟星之周，環以四綫，蓋茀也。「白蜺嬰茀」者，言蜺與彗星相嬰繞也。廣雅釋詁：「堂，明也。」史記卷三二齊世家：「三十二年，彗星見，景公坐柏寢，歎曰：『堂堂，誰有此乎？』羣臣皆泣，晏子笑。公怒，晏子曰：『臣笑羣臣諛甚。』景公曰：『彗星出東北，當齊分野，寡人以爲憂。』晏子曰：『君高臺深池，賦歛如弗得，刑罰恐弗勝，茀星將出，彗星何懼乎？』」堂堂，光明之貌。蜺見白晝雨後，茀見於夜中，蜺、茀不並時見，而屈原所見圖畫，崔文子所化白蜺，與彗星之光相嬰繞者，是以問難之。又，丁晏天問箋云：「『白蜺嬰茀』，此盛言嫦娥之裝飾也。蜺與霓同，猶月中霓裳羽衣。九歌東君『靈之來兮蔽日，青雲衣兮白霓裳。』九歎逢紛：『薜荔飾而陸離薦兮，魚鱗衣而白霓裳。』以騷辭本文證之，知其確矣。嬰茀，婦女首飾。荀子富國篇：『處女嬰寶珠。』揚倞注：『嬰，繫於頸也。』説文：『嬰，頸飾也。从女、賏。賏，其連也。』易既濟『婦喪其茀』，馬融云：『茀，首飾也。』見釋文。『胡爲』者，訝之之辭。言此豔裝濃飾，胡爲而畫於祠堂也。」其可備爲一解。郭沫若屈原研究亦謂「堂讀如裳」，指雲霓之裳，取丁氏説。徐仁甫古詩别解謂堂「爲『尚』字之形增」，「『胡爲此尚』，謂何爲崇尚此？因叶韻而倒爲『此尚』耳」。皆好奇也。

安得夫良藥，不能固臧？

臧，善也。言崔文子學仙於王子僑，子僑化爲白蜺而嬰茀，持藥與崔文子，崔文子驚怪，引戈擊蜺，中之，因墮其藥，俯而視之，王子僑之尸也。故言得藥不善也。

【疏證】

臧，善也。◎御覽卷一四天部一四虹蜺引王逸注同。案：章句因爾雅釋詁。九辯「願遂推而爲臧」，章句：「執履忠信，不離善也。」九辯亦以臧解善。又，王念孫讀書雜志餘編下「不能固臧」條云：「如王所述崔文子事，則臧子當讀爲藏，古無藏字，借臧爲之。崔文子引戈擊蜺而墮其藥，故云『得夫良藥，不能固藏』。若訓臧爲善，則義與固字不相屬矣。」其説得之。

言崔文子學仙於王子僑，子僑化爲白蜺而嬰茀，持藥與崔文子，崔文子驚怪，引戈擊蜺，中之，因墮其藥，俯而視之，王子僑之尸也。故言得藥不善也。◎正德本、隆慶本、朱本、劉本、湖北本、馮本「怪」作「恠」，文淵四庫章句本作「懼」，文津本作「惟」。案：恠，俗怪字。惟，訛字。御覽卷一四天部一四虹蜺引王逸注：「崔文子學仙於王子喬，子喬化爲白虹，而如嬰茀，持藥與崔文子，崔文子驚恠，引戈擊蜺，中之，因墮其藥，俯而視之，王子喬之履也。故言得藥不善也。」據此，「而」下舊有「如」字。履，尸之訛。或作「懼」，是據別本。補注引一本夫上有失字，曰：「崔文子事，見列仙傳。」列仙傳出劉向，章句所因。下文「鼇載山抃」，章句引列仙傳者可知。未審於此何以缺之，抑敚誤也。今本列仙傳無此文。此佚篇也。漢書卷二五上郊祀志「宋毋忌、正伯僑、元尚、羨門高、最後，皆燕人，爲方僊道，形解銷化」，應劭注：「列仙傳曰：『崔文子學仙於王子喬，王子喬化爲白蜺，文子驚，引戈擊之，俯而見，爲王子喬之尸也。須臾則爲人鳥，飛而去。』」則應氏所見本有此文。洪氏引之，宋時未佚。搜神記卷一「崔文子」條：「崔文子，泰山人也。學仙於王子喬，子喬化爲白蜺，而持藥與文子，文子驚怪，引戈擊蜺，中之，因墮其藥，俯而視之，王子喬之尸也。置之室中，覆以敝筐。須臾，化爲大鳥。開而視之，翻然而去。」御覽卷三五一兵部八戈引干寶搜神記而不言列仙傳。今考崔文子事，周、秦古書未載，後多疑之。將驥山帶閣注楚辭：「謂月神也。淮南子：『羿請不死之藥於西王母，姮娥竊以奔月，悵然無以續之。』靈憲：『嫦娥，羿妻也，竊藥將奔月，枚筮之於有黄，吉，遂託身於月爲蟾蜍。』」丁晏天問箋：「淮南子覽冥訓：『羿請不死之藥於西王母，姮娥竊以奔月。』文選月賦『集素娥於後庭』，李善注引歸藏曰：『昔嫦娥以不死之藥奔月。』文選郭景純遊仙詩『姮娥揚妙音』，李善注引淮南許慎注：『常娥，羿妻也，逃月中，蓋虚上夫人是也。』言何從得此良藥，致奔入月中不能自固以善其身也。」則以姮娥竊藥奔月事説之。下文承此言崔文子化爲大鳥事，則不當言姮娥。又，聞一多楚辭校補：「本篇疑問副詞『安』皆訓『于何處』。『安得夫良藥』，謂于何處得彼良藥也。一本『夫』上有『失』字，解『安得失乎良藥』爲何得失夫良藥，則既與本篇詞例不合，復與下文『不能固臧』之意相複，殆不可從。」其説得之。或本夫誤作失，以「安得失良藥不能固臧」不通，後於「失」下增「夫」字。

天式從横，陽離爰死？

式，法也。爰，於也。言天法有善陰陽從横之道，人失陽氣則死也。

【疏證】

式，法也。◎案：詩楚茨「如幾如式」，毛傳：「式，法也。」老子二十二章「是以聖人抱一爲天下式」，河上公注：「式，法也。」王弼注：「式，猶則之也。」郭店楚墓竹簡緇衣式作弋，古字通用。縱横，猶陰陽交錯也。戰國鬼谷先生爲縱横之術，亦謂之陰陽開闔之術。縱横，即陰陽交織之意。

爰，於也。◎案：爰，猶安也，問難之詞。章句釋於，失之。

言天法有善陰陽從横之道，人失陽氣則死也。◎四庫章句本「人失陽氣」作「人失陰陽」。案：據義，則舊作「人失陽氣」。陽氣，魂氣也；陰氣，魄氣也。魂、魄離散則謂之死。又，據義，「善」字下當補「惡」字，善惡、陰陽、縱横，皆驪詞，相反爲説。言天道陰陽從横，固未可分解，而魂氣離散，何以爲死乎？清華簡（六）子儀：「陰者思（使）昜，昜者思（使）陰，民恆不寘乃毁常。」此謂陰陽無常變易，命則毁也。又，上博簡（六）天子建州：「文侌武昜」、「文生武殺」。是所謂「陽離爰死」也。

大鳥何鳴？夫焉喪厥體？

言崔文子取王子僑之尸，置之室中，覆之以弊篚，須臾則化爲大鳥而鳴，開而視之，飜飛而去，文子焉能亡子僑之身乎？言仙人不可殺也。

【疏證】

言崔文子取王子僑之尸，置之室中，覆之以弊篚，須臾則化爲大鳥而鳴，開而視之，飜飛而去，文子焉能亡子僑之身乎？言仙人不可殺也。◎正德本、隆慶本、劉本、朱本、馮本、俞本、湖北本、莊本、四庫章句本「弊筐」作「幣筐」，「飜」作「翻」。柳河東集卷一四天對引敚「之室」二字，世綵堂本亦有「之室」二字。案：弊、幣古字通用，飜、翻同。散則筐、篚不別，對文飯器曰筐，幣帛之器曰篚。詩鹿鳴「承筐是將」，毛傳：「筐，篚屬。所以行幣帛也。」又，以形制言之，方曰筐，隋而長曰篚。左傳隱三年「筐筥錡釜之器」，杜注：「方曰筐，員曰筥。」漢書卷二四食貨志「賦入貢棐」，應劭曰：「棐，竹器也，所以盛。方曰筐，隋曰棐。」顏師古云：「棐，讀與匪同。隋，圜而長也。」匪與篚、匡與筐皆古今字。據此，舊蓋作篚也。喪，亡也，失也。荀子卷一三禮論第一九「貳之則喪也」，楊倞注：「喪，亡也。」清華簡（五）湯處於湯丘：「能其事而得其食，是名曰昌。未能其事而得其食，是名曰喪。」又，舊說以崔文子事。此問鳥鳴與生死也。上博簡（七）𠙴物流型：「𠙴勿（物）流型（形），奚㝵（得）而城（成）？流型（形）城（成）豊（體），奚㝵（得）而不死？既城（成）既生，奚寡而鳴？既本既槿（根），奚後之奚先？侌（陰）昜（陽）之⿰金酋（夷），奚㝵（得）而固？民人流型（形），奚㝵（得）而生？流型（形）城（成）豊（體），奚失而死？又（有）㝵（得）而城（成），未智（知）左右之請（情）？」「奚寡而鳴」云云，猶「大鳥何鳴」也。鳥鳴以求偶，有偶則有生也。「夫焉喪厥體」云云，猶「民人流型（形），奚㝵（得）而生？流型（形）城（成）豊（體），奚失而死？又（有）㝵（得）而城（成）未智（知）左右之請（情）」也。天水放馬灘秦簡志怪故事：「八年八月己巳，邽丞赤敢謁御史大梁人王里樊野曰：丹葬爲十年，丹矢傷人垣雍里中，因以自刺殹（也），棄之于市。三日葬之于垣雍南門外。三年，丹而復生。丹所以得復生者，吾犀武舍人尚命者，以丹未當死。因告司命史公孫强因令白狗穴屈出。丹立墓上三日，因與司命史公北出趙氏之北地相丘之上。盈四年，乃聞犬雞鳴而人食，其狀類益少麋墨，四支不用。丹言曰：死者不欲多衣。死人以白茅爲富，其鬼勝於它而富，丹言祠墓者毋敢殻，殻鬼去，敬走，已收腏而罄之，如此鬼終身不食殹（也）。丹曰：者□殹（也），辰者地殹（也），星者游變殹（也），□□者□，受武者富，得游變者其爲事成，三游變會□。丹言祠者必謹騷除，毋以淘海祠所，毋以羹沃腏上，鬼弗食殹（也）。」出土文獻亦證有「死而復生」之奇事也。

蓱號起雨，何以興之？

蓱，蓱翳，雨師名也。號，呼也。興，起也。言雨師號呼則雲起而雨下，獨何以興之乎？

【疏證】

蓱，蓱翳，雨師名也。號，呼也。◎劉師培楚辭考異：「周禮『萍氏』，先鄭注：『萍讀爲蓱，或作「蓱號起雨」之萍。』後鄭云：『天問「萍號」作萍。』」是漢有作萍之本。案：蓱、萍古字通用。陶淵明五月旦作和戴主簿詩「神萍寫時雨」，因禮經。文選卷一五思玄賦「雲師黮以交集兮」，舊注：「雲師，雨師也。」漢人以雲、雨一神共名。卷一九洛神賦「於是屏翳收風」，李善注引王逸曰：「屏翳，雨師名。」卷二九張協雜詩十首「豐隆迎號屏」，李善注：「楚辭曰：『屏號起雨，何以興之？』王逸曰：『屏，屏翳，雨師名也。號，呼也。』」唐寫本卷四八陸士衡贈尚書顧彥先詩李善注引王逸曰：「荓，荓翳，雨師也。」五百家注昌黎文集卷八遠遊聯句「即路涉獻歲」，樊引王逸注：「屏，屏翳，雨師也。」宋本玉篇卷一一艸部「荓」字注：「楚辭注云：『荓翳，雨師名。』」荓、屏雜見，亦通用。蓱號，猶蓱翳也。文選卷二四陸機贈尚書郎顧彥先二首「屏翳吐重陰」，李善注：「楚辭曰：『屏翳起雨。』王逸曰：『屏翳，雨師名也。』」其所據本作「屏翳」。號、翳，聲之轉。章句以號爲呼，別爲二義。非也。張景陽雜詩十首「飛廉應南箕，豐隆迎號屏」，號屏，蓱號倒文。搜神記卷四「風伯、雨師」條：「風伯、雨師，星也。風伯，箕星也；雨師，畢星也。雨師，一曰屏翳，一曰號屏，一曰玄冥。」初學記卷二天部下第一雨「叙事」條引纂要云「雨師曰屏翳，亦曰屏號」是也。周、秦、兩漢無單稱雨師爲名「蓱」者。

興，起也。◎案：說文舁部：「興，起也。从舁、同。同，同力也。」引申之言生，故生心謂之興心，不可易曰起心。詳參離騷「各興心而嫉妒」注。又，走部：「起，能立也。从走，己聲。」引申之言起立。起立不可易曰興立。對文別義，散則不別。興、起爲之、蒸陰陽對轉，同根字。

言雨師號呼則雲起而雨下，獨何以興之乎？◎正德本、隆慶本、朱本、劉本、馮本、俞本、湖北本「呼」下有「興」字。案：興，羨也。文選卷二九張協雜詩十首「豐隆迎號屏」，李善注：「楚辭曰：『屏號起雨，何以興之？』王逸曰：『言雨師呼則雲起而雨下也。』」則無「興」字。然無「獨何以興之乎」七字，删之也。

撰體協脅，鹿何膺之？

膺，受也。言天撰十二神鹿，一身八足兩頭，獨何膺受此形體乎？

【疏證】

膺，受也。◎案：説文肉部：「膺，匈也。从肉，雁聲。」名事相因，引申爲言受、當也。

言天撰十二神鹿，一身八足兩頭，獨何膺受此形體乎？◎案：撰，讀如巽。易巽正義「説卦云：『巽，入也。』蓋以巽是象風之卦。風行無所不入，故以入爲訓。」又，易説卦：「巽象風。」巽，風神別名。清華簡（七）子軛子餘：「若濡雨方奔之而鹿膺焉。」鹿，風神也，雨作而鹿膺受之，所謂風雨交作相呼應也。蓋古有是傳説焉。史記卷一二孝武本紀「於是上令長安則作蜚廉桂觀」，集解：「應劭曰：『飛廉，神禽，能致風氣。』晉灼曰：『身如鹿，頭如雀，有角而蛇尾，文如豹文也。』」卷一一七司馬相如傳「推蜚廉」，集解：「郭璞曰：『飛廉，龍雀也。鳥身鹿頭者。』」與晉灼説別。據天問，飛廉，鹿身也。説文劦部：「協，同心之龢也。从劦、心。」引申之言和合。國語卷三周語下「朕夢協朕卜」，韋注：「協，合也。」左傳僖公二十三年杜注「駢脅合幹」，孔疏：「脅，是腋下之名，其骨謂之肋。」散則軀體亦謂之脅。風伯其狀，合十二神鹿之體，故問言「鹿何膺之」也。

鼇戴山抃，何以安之？

鼇，大龜也。擊手曰抃。列仙傳曰：「有巨靈之鼇，背負蓬萊之山而抃舞，戲滄海之中。」獨何以安之乎？

【疏證】

鼇，大龜也。◎慧琳音義卷三四「大鼇」條、卷三九「鯨鼇」條、卷七七「斷鼇」引王逸注楚辭云：「鼇，大龜也。」又，卷五六「龜鼇」條：「字林曰：『海中大龜也。力負蓬、瀛、壺三山。』」案：鼇，説文未載，新坿：「鼇，海大龜也。」因字林。文選卷五吳都賦「巨鼇贔屓」，李善注引玄中記：「鼇，巨龜也。」即今海龜。

擊手曰抃。◎補注引「戴」一作「載」。案：載，載於車也，故字从車。戴，載於人首也，故字从異。異象人舉箕之形。孟子卷一梁惠王上「不負戴於道路」，在懷曰任，在背曰負，在首曰戴也。又，補注引釋文「抃」作「拚」，古字通用。文選卷五吳都賦「巨鼇贔屓」，卷一〇西征賦「臨撙坎而累抃」，李善注並引王逸曰：「擊手曰抃。」則亦作抃。慧琳音義卷六四「拚舞」條引王逸注楚辭：「交手曰拚。」卷八八「式抃」引王逸注：「交手曰抃。」則拚、抃雜見。淮南子卷六覽冥訓「斷鼇足以立四極」，高注「鼇，大龜。楚辭曰『鼇載山下，其何以安之』是也。」蓋其所據本「抃」作「卞」，訛作「下也。交手，猶對擊手，今云「拍手」。文選卷一五思玄賦「鼇雖抃而不傾」，舊注：「抃，手搏也。」諸本因其同義而互易之。說文段注：「抃，俗拚字。」郭店楚墓竹簡老子(甲)作叓，借作辯。

列仙傳曰：「有巨靈之鼇，背負蓬萊之山而抃舞，戲滄海之中。」獨何以安之乎？◎正德本、隆慶本、俞本、莊本、朱本、劉本「抃」下無「舞」字。案：慧琳音義卷七七「斷鼇」引列仙傳云：「有巨靈之龜，背負蓬萊大山而抃戲於蒼海之中也。」亦無「舞」字。神仙傳因列仙傳。又，補注：「列子云：『五山之根，無所連箸，帝命禺强使巨鼇十五，舉首而戴之，迭爲三番，六萬歲一交焉，五山始峙不動。』」五山，五嶽也。禺强，玄冥神也。馬王堆漢墓帛畫下部有一巨獸，形似鼇，首以載地，兩手託之。即此「鼇戴山抃」。文選卷一五思玄賦：「登蓬萊而容與兮，鼇雖抃而不傾。」祖構於此。又，淮南子卷六覽冥訓「斷鼇足以立四極」，高注：「鼇，大龜。楚辭曰『鼇載山下，其何以安之』是也。」爲天問異文，其所據本別也。

釋舟陵行，何以遷之？

釋，置也。舟，船也。遷，徙也。舟釋水而陵行，則何能遷徙也？言龜所以能負山若舟船者，以其在水中也。使鼇釋水而陵行，則何以能遷徙山乎？

【疏證】

釋，置也。◎文淵四庫章句本「置」作「直」。案：訛也。文津本亦作「置」。置有安置、廢棄之義，正反一語。審此釋字，言廢置也。書大禹謨「釋茲在茲」，孔傳：「釋，廢也。」

舟，船也。◎案：周、秦曰舟，漢世曰船。詳參湘君「沛吾乘兮桂舟」注。

遷，徙也。◎案：詳參離騷「忽緯繣其難遷」注。

舟釋水而陵行，則何能遷徙也。◎正德本、隆慶本、朱本、馮本、劉本、俞本、莊本、湖北本、四庫章句本無注。案：有注，當後所竄亂也。

言鼇所以能負山若舟船者，以其在水中也。使鼇釋水而陵行，則何以能遷徙山乎？◎正德本、隆慶本、朱本、馮本、俞本、莊本、湖北本、劉本、四庫章句本「何」下無「以」字。正德本、隆慶本、朱本、劉本、馮本「船」作「舩」。俞本、莊本後一「山」作「之」。案：舩，俗船字。補注：「列子云：『龍伯之國有大人，舉足不盈數步而曁五山之所，一釣而連六鼇，合負而趣歸其國，灼其骨以數焉。』此言鼇在海中，其負山若舟之負物，今釋水而陸，反爲人所負，何罪而見徙也？」此問是否列子所稱者，未之能斷，録之以廣異聞爾。朱季海楚辭解故：「陵謂陸也。楚人言陵，因其俗也。春秋傳『楚有陵師』，即陸軍矣。淮南説林訓：『褰衣涉水，至陵而不知下，未可以應變。』水、陵對舉，猶存舊楚遺言。」老子卷下德篇：「蓋聞善攝生者，陸行不避兕虎，入軍不避甲兵。」淮南子卷二〇泰族訓：「水潛陸行，各得其所寧焉。」皆言陸行。又，莊子卷四天運篇第一四：「夫水行莫如用舟，而陸行莫如用車。」卷四秋水篇第一七：「夫水行不避蛟龍者，漁父之勇也；陸行不避兕虎者，獵夫之勇也。」老子、劉安、莊生，皆楚人，其多語楚，皆言「陸行」。陵行、陸行，以其義同，非方俗語也。

惟澆在户，何求于嫂？

澆，古多力者也。論曰：「澆盪舟。」言澆無義，淫佚其嫂，往至其户，佯有所求，因與行淫亂也。

【疏證】

澆，古多力者也。論曰：「澆盪舟。」◎正德本、隆慶本、劉本、朱本、馮本、俞本、莊本、湖北本、四庫章句本「論」下有「語」字。案：章句引論語，無省作「論」者。則無「語」，爛敚也。澆，楚簡、楚帛書皆作「決」，亦古文。澆淫嫂之事，詳參離騷「澆身被服强圉兮」注。章句引論語見卷一四憲問，集解引孔安國注：「羿，有窮國之君，篡夏后相之位，其臣寒浞殺之，因其室而生奡。奡多力，能陸地行舟，爲夏后少康所殺。」然此「澆」與論語「盪舟」之奡非一人。詳參離騷「澆」注，集解已不能辨也。

言澆無義，淫佚其嫂，往至其户，佯有所求，因與行淫亂也。◎世綵堂本柳河東集卷一四天對引「淫亂」下無「也」字。案：左傳襄公四年「浞因羿室，生澆及殪」，則澆無兄，不應有嫂。嫂，婦人尊稱。儀禮卷三二喪服第一一「是嫂亦可謂母乎」，鄭注：「嫂，猶叟也，老人稱也。」又曰：「嫂者，尊嚴之稱。」左傳哀公元年：「使女艾諜澆。」嫂，女艾，即女歧也。

何少康逐犬，而顛隕厥首？

言夏少康因田獵放犬逐獸，遂襲殺澆而斷其頭。

【疏證】

言夏少康因田獵放犬逐獸，遂襲殺澆而斷其頭。◎正德本、隆慶本、劉本、朱本、馮本、俞本、莊本、湖北本、四庫章句本「夏」下有「后」字。案：無「后」，敚也。柳河東集卷一四天對引無「襲」字。路史後紀上卷一三寒浞傳：「澆恃多力，從欲不忍，惡虐以逞。」羅苹注：「天問：『何少康逐犬，而顛隕厥首』，注：『少康因田獵逐犬，襲殺澆，斷其首。』」則舊有「襲」字。然頭易作首。周、秦曰首，漢人曰頭，古今別語。則舊作「斷其頭」。類聚卷九四獸部中「狗」條引王逸注：「言少康因獵放犬逐獸，於是舍所宿也。」其所據本別。清華簡（六）鄭文公問太伯「逐」字作「迖」，蓋「逐犬」本字也。

女歧縫裳，而館同爰止？

女歧，澆嫂也。館，舍也。爰，於也。言女歧與澆淫佚，爲之縫裳，於是共舍而宿止也。

【疏證】

女歧，澆嫂也。◎路史後紀上卷一三寒浞傳：「朋淫不義，而通于丘嫂，日康娛以自忘，館同所止。」羅苹注：「天問『女歧縫裳而館同爰止』，注：『女歧，澆嫁也。』」案：嫁，是「嫂」字之訛。女歧，澆所共與淫者，即女艾也。澆無兄，則無嫂也。

館，舍也。◎柳河東集卷一四天對引無注。案：爛敚之也。詩緇衣：「適子之館兮」，毛傳：「館，舍也。」即章句所因。館舍之館，讀去聲，名也。舍止之館，上聲，事也。同，通也，旁淫之意。郭店楚墓竹簡通作迵，語叢（一）：「凡同者迵（通）。」

爰，於也。◎案：因爾雅釋詁。爰，讀如焉，問辭。

言女歧與澆淫佚，爲之縫裳，於是共舍而宿止也。◎案：同，讀如「通」，謂旁淫也。郭店楚墓竹簡「通」作「迵」，老子（甲本）：「和其光，迵（通）其塵。」六德：「參者迵（通），言行皆迵（通）。參者不迵（通），非言行也。參者皆迵（通），然句（後）是也。」語叢（一）：凡同者迵（通）。上博簡訟城是（容成氏）：「又（有）吳（無）迵（通）。」又：「禹迵（通）淮與忻（沂）。」縫裳，猶湘夫人篇「遺余褋兮醴浦」也，古之男女「共舍同宿」而媾合之讔語。縫，讀如夆，送也。説文夂部：「夆，牾也。讀若縫。」夆裳，遺裳也。章句「爲之縫裳」云云，非也。

何顛易厥首，而親以逢殆？

逢，遇也。殆，危也。言少康夜襲得女歧頭，以爲澆，因斷之，故言易首，遇危殆也。

【疏證】逢，遇也。◎案：因爾雅釋詁。對文承迎謂之逢，不期而會謂之遇。

殆，危也。◎案：因爾雅釋詁。説文歺部：「殆，危也。从歺，台聲。」段注：「危者，在高而懼也。引申之凡將然之詞皆曰殆、曰危。」

言少康夜襲得女歧頭，以爲澆，因斷之，故言易首，遇危殆也。◎正德本、隆慶本、朱本、劉本、馮本、俞本、莊本、湖北本、四庫章句本「易首」下有「爲」字。又，路史卷二三路史後紀上卷一三寒浞傳：「日康娛以自忘，館同所止。」羅苹注：「天問『顛易厥首』，注：『謂少康夜襲，得女歧而斷之。』」案：節約爲説。顛，顛隕也。易，更替也。顛易其首，言顛隕其頭而更易之。親，身也，古字通用。禮記卷四八祭義第二四「栽及於親」，釋文：「本亦作『栽及於身』。」周拱辰離騷草木史：「沈約竹書注：『少康使汝艾諜澆。』初，浞娶純狐氏，有子蚤死，有婦曰女歧，寡居；澆强圉，往至其户，佯有所求，女歧爲之縫裳，同舍止宿。汝艾夜使人襲斷其首，乃女歧也。澆既多力，又善害人，艾乃畋獵放犬逐獸，因嗾澆顛隕，乃斷澆以歸。兩段文氣倒而實相貫。」庶幾得其情實。

湯謀易旅，何以厚之？

湯，殷王也。旅，衆也。言殷湯欲變易夏衆，使之從己，獨何以厚待之乎？

【疏證】

湯，殷王也。◎朱子集注：「湯與上句過澆，下句斟尋事不相涉，疑本康字之誤，謂少康也。」聞一多楚辭校補謂「上下文皆言澆事，此不當忽及湯」，乃從清牟廷相説，謂湯爲澆訛字。案：湯與康、湯與澆古皆别異，古書無以致訛。馬其昶屈賦微謂湯字通陽，「言少康雖陽以田獵治軍以襲澆，而但有一旅，果何以厚集其勢。」其説得之。陽，亦作佯。大戴禮記第四八保傅篇「箕子被髮陽狂」，韓詩外傳卷七陽作佯，韓非子卷一〇内儲説下第三一「吾屬佯不見也」，御覽卷四九九人事部一四〇引韓非子佯作陽。

旅，衆也。◎案：因爾雅釋詁。説文㫃部：「旅，軍之五百人。从㫃、从从。从，俱也。」周禮卷二八夏官司馬第四：「五百人爲旅。」許氏是因周禮。引申之言師衆。

言殷湯欲變易夏衆，使之從己，獨何以厚待之乎？◎案：易，治也。左傳襄公三十一年「司空以時平易道路」，杜注：「易，治也。」文選卷九射雉賦「農不易壠」，徐爰注：「易，修也。」易旅，整治師衆也。謂少康陽爲治師衆，何以厚待之乎？

覆舟斟尋，何道取之？

覆，反也。舟，船也。斟尋，國名也。言少康滅斟尋氏，奄若覆舟，獨以何道取之乎？

【疏證】

覆，反也。◎案：詩雨無正「覆出爲惡」，桑柔「覆俾我悖」，毛傳：「覆，反也。」蓋章句所因。禮記卷一五月令第六：「命舟牧覆舟，五覆五反。」鄭注：「覆、反舟者，備傾側也。」淮南子卷五時則訓：「舟牧覆舟，五覆五反。」高注：「是月天子將乘舟而漁，故反覆而視之，恐有穿漏也。五覆五反，慎之至也。」對文也。反曰覆，覆而反之亦曰反。散則不別。

舟，船也。◎正德本、隆慶本、朱本、劉本、俞本、莊本、馮本「船」作「舩」。案：舩，俗船字。周、秦曰舟，漢世曰船，所以通古今別語。覆舟，古讔語，言亡家破國也。荀子卷五王制篇第九：「君者，舟也；庶人者，水也。水則載舟，水則覆舟。」

斟尋，國名也。言少康滅斟尋氏，奄若覆舟，獨以何道取之乎？◎皋都本「乎」訛作「平」。

案：補注：「左傳云：『有過澆殺斟灌，以伐斟尋，滅夏后相。』注云：『二斟，夏同姓諸侯，相失國，依於二斟，爲澆所滅。』然則取斟尋者，乃有過澆，非少康也。天對云：『康復舊物，尋焉保之？覆舟喻易，尚或艱之。』承逸之誤也。」洪説是也。清曹耀湘讀騷論世：「此云『湯謀易旅，何以厚之』者，謂少康所以能遠謀而治衆者，天何以篤厚於少康乎？『覆舟斟尋，何道取之』者，謂夏后相依斟尋以圖存，乃其亡也，奄若覆舟，然夏后相又何道以取覆滅乎？　興一亡，皆天也。」其説清通無礙。帝王世紀云：「帝相，一名相安。自太康以來，夏政凌遲，爲羿所偪，乃徙商丘，依同姓諸侯斟灌、斟鄩氏。」斟尋其地，古有二説。一曰斟鄩本在河南，後遷于齊。竹書紀年帝相二十七年，「澆伐斟鄩，大戰于濰，覆其舟，滅之。」顧炎武日知録卷七「奡蕩舟」條謂天問：「正謂此也。漢時竹書未出，故孔安國注爲『陸地行舟』，而後人因之。」則亦通。左傳襄四年杜注：「樂安壽光縣東南有灌亭，北海平壽縣東南有斟亭。」史記卷二夏本紀張守節正義：「括地志云：『商丘，今宋州也。斟灌故城在青州壽光縣東五十四里。斟尋故城，今青州北海縣是也。』臣瓚云，斟尋在河南，蓋後遷北海也。汲冢古文云，太康居斟尋，羿亦居之，桀又居之。尚書云：『太康失邦，兄弟五人須于洛汭。』此即太康居之，爲近洛也。又，吴起對魏武侯曰：『夏桀之居，左河、濟，右太華，伊闕在其南，羊腸在其北。』又，周書度邑篇云：『武王問太公，吾將因有夏之居。』即河南也。括地志云：『故鄩城在洛州鞏縣西南五十八里，蓋桀所居也。』」斟尋，夏同姓諸侯，當在夏墟，即在河、洛間，其後遷入青州壽光縣東。雷學淇竹書紀年義證謂在偃師縣東北十三里。斟灌，在青州壽光縣。二曰在衛。竹書紀年帝相二十八年云：「斟灌之墟，是爲帝丘。」帝丘在衛濮陽。史記卷二夏本紀「子帝少康立」，正義引帝王紀「帝相徙于商丘，依同姓諸侯斟尋」。水經卷二六巨洋水注：「余考瓚所據，今河南有尋地，衛國有觀土。國語曰，啓有五觀，謂之姦子。五觀蓋其名也。所處之邑，其名曰觀。皇甫謐曰，衛也。又云，夏相徙南丘，依同姓之諸侯于斟灌、斟尋氏。即汲塚書云，相居斟灌也。既依斟尋，明斟尋非一居矣。窮后既仗善射篡相，寒浞亦因逢蒙弒羿，即其居以生澆，因其室而有豷。故春秋襄公四年，魏絳曰：澆用師滅斟灌，及斟尋氏處澆于過，處豷于戈，是以伍員言于吳子曰：過澆殺斟灌以伐斟尋是也。有夏之遺臣曰：靡事羿，羿之死也，逃于鬲氏。今鬲縣也。收斟灌、斟尋二國之餘燼，殺寒浞而立，少康滅之，有窮遂亡也。是蓋寓其居而生其稱，宅其業而表其邑。縱遺文沿褫，亭郭有傳，未可以彼有灌目，謂此專此爲舍此尋名，而專彼爲是。」謂斟尋在衛，今河南清豐縣南。本出河、洛間，亦其後所遷。新蔡葛陵楚墓曰：「王徙於鄩郢之歲。」鄩郢，古斟鄩國。

桀伐蒙山，何所得焉？

桀，夏亡王也。蒙山，國名也。言夏桀征伐蒙山之國而得妹嬉也。

【疏證】

桀，夏亡王也。◎毛祥麟楚辭校文曰：「文瀾閣本『王』作『主』。」案：文津本、文淵本亦作「王」字。夏桀本事，詳參離騷「何桀紂之猖披兮」注。

蒙山，國名也。◎案：蒙山，在魯，東蒙國。論語卷一六季氏：「夫顓臾，昔者先王以爲東蒙主。」劉寶楠正義：「蒙山，即東蒙山，在魯東，故云。胡氏渭禹貢錐指：蒙山在今蒙陰縣南四十里，西南接費縣界。漢志：蒙陰縣有蒙山祠，顓臾國在山下。後魏志：新泰縣有蒙山。劉芳徐州記：蒙山高四十里，長六十九里，西北接新泰縣界。元和志：蒙山在新泰縣東八十八里，費縣西北八十里。東蒙山在費縣西北七十五里。是謂蒙與東蒙爲二山也。齊乘曰：龜山在今費縣西北七十里，蒙山在龜山東，二山連屬，長八十里。禹貢之蒙，論語之東蒙，正此蒙山也。後人惑於東蒙之説，遂誤以龜山當蒙山，蒙山爲東蒙，而隱没龜山之本名，故今定正之。」蒙山又曰東山。孟子卷一三盡心上：「孔子登東山而小魯，登泰山而小天下。」全宋文卷二一宗炳明佛論：「登蒙山而小魯，登太山而小天下，是其際矣。」

言夏桀征伐蒙山之國而得妹嬉也。◎案：王家臺秦簡歸藏易：「昔者桀筮伐唐而枚占熒惑，曰：不吉。不利出征，惟利安處。彼爲狸，我爲鼠。勿用作事，恐傷其父。」唐，湯也。伐蒙山，謂伐湯。東蒙國，九夷也。爾雅釋地：「九夷、八狄、七戎、六蠻，謂之四海。」郭璞注：「九夷在東。」墨子卷六節葬篇下第二五：「禹東教乎九夷，道死，葬會稽之山。」會稽山，在魯之泰山東。說苑卷一三謀權：「湯欲伐桀。伊尹曰：『請阻乏貢職，以觀夏動。』桀怒，起九夷之師以伐之。伊尹曰：『未可。彼尚猶能起九夷之師，是罪在我也。』湯乃謝罪請服，復入貢職。明年，又不供貢職。桀怒，起九夷之師。九夷之師不起。伊尹曰：『可矣。』湯乃興師。伐而殘之，遷桀南巢氏焉。」則桀伐蒙山，謂伐九夷。九夷助夏則夏存，背夏則夏亡。補注：「國語云：『昔桀伐有施，有施人以末嬉女焉。』注云：『有施，嬉姓之國。末嬉，其女也。』」洪氏引見卷七晉語一，有施氏，亦九夷也。又，上博簡（二）訟城是（容成氏）：桀「述（遂）迷，而不量亓力之不足，起師以伐昏（岷）山氏，取亓兩女琰、琬，妝北迲（去）其邦，□爲丹宮，築爲璿室，飾爲瑶臺，立爲玉門。丌喬（驕）大（泰）女（如）是狀」。清華簡（一）尹至：「龍（寵）二玉，弗虞其有衆，民咸曰：余及女皆亡。」二玉，即夏桀所寵琬、琰二人。御覽卷一三五皇親部一桀妃引紀年：「后桀伐岷山，岷山女于桀二人：曰琬、曰琰。桀受二女，無子，刻其名于苕華之玉，苕是琬，華是琰。而棄其元妃于洛，曰末喜氏。末喜氏以與伊尹交，遂以［聞］（間）夏。」此皆未見經傳，楚簡與汲冢書可得相與印證。末，當作未。管子卷二三輕重甲第八〇：「女華者，桀之所愛也，湯事之以千金；曲逆者，桀之所善也，湯事之以千金。內則有女華之陰，外則有曲逆之陽。陰陽之議合，而得成其天子。此湯之陰謀也。」女華即琰、曲逆即伊尹，皆寓名。則與此别。

妹嬉何肆？湯何殛焉？

言桀得妹嬉，肆其情意，故湯放之南巢也。

【疏證】

言桀得妹嬉，肆其情意，故湯放之南巢也。◎補注、朱子集注引「妹」一作「末」。姜亮夫屈原賦校注：「末，國名，本字也。作妹借字，以其爲女，增女旁也。」案：妹从未，物部；末，月部。末，未之訛。末，即史記卷二夏本紀索隱之弗氏，夏后氏同姓諸侯。古之姓氏从母，故从女。妹，古字；末，今字。史記卷二夏本紀正義引淮南子：「湯敗桀於歷山，與末喜同舟浮江，奔南巢之山而死。」因范蠡、西施之事附會之。今本淮南無此文。水經注卷二八中沔水：「沔水又東北出居巢縣南。」注云：「古巢國也。湯伐桀，桀奔南巢，即巢澤也。」竹書紀年帝癸十四年：「桀命扁伐山民，山民女于桀二人，曰琬、曰琰。后愛二人，女無子焉，斲其名於苕華之玉。苕是琬，華是琰。而棄其元妃於洛，曰妹喜，於傾宫飾瑶臺居之。」則妹喜，桀之棄婦。又，國語卷七晉語一：「妹喜有寵，於是乎與伊尹比而亡夏。」韋注：「伊尹欲亡夏，妹喜爲之作禍，其功同也。」妹喜，桀之寵妃。其説有别。又，朱季海楚辭解故：「廣雅釋詁：『肆，踞也。』王氏疏證引法言五百篇『夷俟倨肆』，漢書叙傳『何有踞肆於朝』是也。此肆正當訓踞。漢書叙傳云：『時乘輿幄坐張畫屏風，畫紂醉踞妲己，作長夜之樂。』漢畫不徒作，知古人垂戒著在圖畫者，蓋有其比矣。此云『妹嬉何肆』者，即因妹嬉踞肆之象而問之。列女傳云：『桀置末喜於膝上。』楚廟所圖，仿佛之矣。若以爲倒句，即桀踞妹嬉，漢武梁祠畫夏桀象，亦踞二婦人矣。桀、紂皆沈湎於酒，宜其醉荒亦同也。」其説有致，存以參之。自此以上問夏事。

舜閔在家，父何以鰥？

舜，帝舜也。閔，憂也。無妻曰鰥。言舜爲布衣，憂閔其家，其父頑母嚚，不爲娶婦，乃至于鰥也。

【疏證】

舜，帝舜也。◎案，以下問商事，則從舜始者，舜出東夷，蓋殷先也。國語卷四魯語上謂「商人禘舜而祖契，郊冥而宗湯」是也。韋注謂「舜當爲嚳，字之誤也」，非是。考卜辭殷之先王先公有「高祖夒」，王静安先生謂同山海經之「帝俊」，與後世稱夋之帝嚳，本爲一人（詳觀堂集林卷九卜辭中所見殷先公先王考及續考）。其説是也。

閔，憂也。◎案：詳參上「閔妃匹合」注。閔，謂舜唯父母是憂也。郭店楚墓竹簡唐虞之道：「古者吳（虞）舜篤事𡰥寞，乃弋其孝；忠事帝堯，乃弋其臣。愛親尊賢，吳（虞）舜其人也。」篤事𡰥寞，閔憂其父瞽叟也。又，聞一多楚辭校補謂閔當作敏，訓妻，登比氏；謂舜先娶登比，後娶二女，則二女未降以前已有妻室，則有「夫何以鱞」之問。又，蕭兵楚辭新探謂閔字讀如敏，通作母。謂舜母在家，其父何以爲鰥也，比之以母係婚制時之走婚制。皆好奇之説。

無妻曰鱞。◎補注：「鱞，經傳多作鰥。書曰：『有鰥在下曰虞舜。』」案：鱞與鰥同。釋名釋親屬：「無妻曰鰥。鰥，昆也。昆，明也。愁悒不寐，目恒鰥鰥然也。故其字从魚。魚目恒不閉也。」劉氏附會之説。鰥寡之字，古多作矜。史記卷一五帝本紀引書作「有矜在民間曰虞舜」，集解：「孔安國云：『無妻曰矜。』」正義：「矜，音古頑反。」詩烝民「不侮矜寡」，禮記卷二一禮運第九「矜寡孤獨廢疾者皆有所養」。

言舜爲布衣，憂閔其家，其父頑母嚚，不爲娶婦，乃至于鱞也。◎補注：「此言舜孝如此，父何以不爲娶乎？」案：洪説是也。章句「父頑母嚚」云云，因書堯典。孔傳：「舜父有目不能分別好惡，故時人謂之瞽，配字曰瞍，心不則德義之經爲頑。」審此「父何以鱞」，不辭。父，當作又。謂舜孝如是，又何以鰥也？作「父何以鰥」，後因章句改也。自舜以下殷世事，問從婚姻家室始。

堯不姚告，二女何親？

姚，舜姓也。言堯不告舜父母而妻之，如令告之，則不聽，堯女當何所親附乎？

【疏證】

姚，舜姓也。◎案：詳參離騷「留有虞之二姚」注。

言堯不告舜父母而妻之，如令告之，則不聽，堯女當何所親附乎？◎正德本、隆慶本、朱本、馮本、劉本、俞本、莊本、湖北本、四庫章句本「妻之」下有「也」字。案：姚告，言告舜父瞽瞍也。補注：「書云：『女于時觀厥刑于二女，釐降二女于嬀汭，嬪于虞。』二女，娥皇、女英也。孟子曰：『舜不告而娶，爲無後也。君子以爲猶告也。』又萬章曰：『舜之不告而娶，則吾既得聞命矣。帝之妻舜而不告何也？曰：帝亦知告焉，則不得妻也。』」章句因孟子爲解。上博簡（二）訟城是（容成氏）：「昔堯凥於丹府與藋陵之閒。堯戔（賤）施而旹旹賓（賞），不勸而民力，不型（刑）殺而無頪惻（盜賊），甚緩而民備（服）。於是虖（乎）方百里之中，率天下之人就，奉而立之，以爲天子。……堯是以視賢：履地戴天，竺（篤）義與信，會才（在）天地之間，而包才（在）四海之內，畢能亓事，而立爲天子。堯爲之教曰：自内（入）焉，余穴窺焉。」以求賢者而讓焉。堯以天下讓於賢者，天下之賢者莫之能受也。萬邦之君皆以亓邦讓於賢□□□賢者，而賢者莫之能受也。於是虖（乎）天下之人以□□□□聖（聽）不聰。堯又（有）子九人，不以亓子爲後，見夋（舜）之賢也，而欲以爲後。堯爲善與賢，而卒立之。」皆未遑言二女爲誰人，洪氏「娥皇、女英」云云，因劉向列女傳也。孔疏：「世本堯是黃帝玄孫，舜是黃帝八代之孫，堯女於舜之曾祖爲四從姊妹，以之爲妻，於義不可。世本之言，未可信據。或者古道質故也。」或説是也。二女共治一夫，猶媵也，爲古之羣婚遺俗。

厥萌在初，何所億焉？

言賢者預見施行萌芽之端，而知其存亡善惡所終，非虚億也。

【疏證】

言賢者預見施行萌芽之端，而知其存亡善惡所終，非虚億也。◎正德本、隆慶本、朱本、劉本、馮本、俞本、莊本、湖北本、四庫章句本「億」作「意」。柳河東集卷一四天對引「善惡」下有「之」字，「億」作「意」。案：意、億古今字。漢帛書六十四卦辰六二「意亡貝」，今本周易意作億，即其證。補注：「億，度也。論語曰：『億則屢中。』意與億音義同。」然章句謂殷紂「施行萌芽之端，而知其存亡善惡所終」云云，則非其旨。此承上言舜事。書舜典：「虞舜側微，堯聞之聰明，將使嗣位，歷試諸難。」其所謂「厥萌在初」也。又云：「慎徽五典，五典克從；納于百揆，百揆時叙；賓于四門，四門穆穆；納于大麓，烈風雷雨弗迷。」其所謂「何能億焉」也。上博簡（二）訟城是（容成氏）：「昔者叟（舜）静（耕）於鬲丘，匋（陶）於河賓（濱），魚（漁）於靁澤，孝羕（養）父母，以善亓新

(親),乃及邦子。堯䎽(聞)之,而敚(美)亓行。堯於是虗(乎)爲車十又(有)五乘,以三從叜(舜)於旬(畎)晦之中。叜(舜)於是虗(乎)始免刈斸耨鍤,謁而坐之。子堯南面,叜(舜)北面。叜(舜)受命,乃艸備(服)箁箬冒(帽),芙蓻□疋□□□□□叓(辨)爲五音,以定男女之聖(聲)。」則詳乎其事,補經傳所未備。

璜臺十成,誰所極焉?

璜,石次玉者也。言紂作象箸而箕子歎,預知象箸必有玉杯,玉杯必盛熊蹯豹胎,如此必崇廣宮室。紂果作玉臺十重,糟丘酒池,以至于亡也。

【疏證】

璜,石次玉者也。◎御覽卷八〇七珍寶部六璜引王逸注:「璜,石次玉。」無「者也」二字。案:高似孫緯略卷五璜引無「者」字。又曰:「然周分魯公以夏后氏之璜。杜預注曰:『璜,美玉名。』按:周官以璜禮北方。則璜之色玄矣。説文以璜爲半璧。吕尚父釣磻谿之涯得玉璜,當是古人服用之遺也。宋向魋出奔,衛公父文伯攻之,求夏后之璜,與之他玉而奔齊。則夏璜固在衛矣。文中子曰:『夏后之璜,不能無纇。』淮南子曰:『夏后氏之璜,不能無考。』」山海經卷七海外西經:「夏后啓珮玉璜。」郭注:「半璧曰璜。」玉璜,夏后氏之器。屢見戰國之楚墓,曾侯乙墓出土玉器有璜，而長豐縣楊公鄉戰國晚期楚墓出土雙鳳紋玉璜及雙龍紋玉璜，最具楚文化特徵。璜，又爲美玉之稱。左傳定公四年「夏后氏之璜」，杜注：「璜，美玉名。」然山無訓「石次玉者」。謂「石次玉者」，瑶也。詳參離騷「望瑶臺之偃蹇兮」注。則章句舊本「璜臺」作「瑶臺」。類聚卷五七雜文部三七引蕭子範七誘「麗前修之金屋，陋曩日之璜臺」，因襲於此。則其所據本作「璜臺」。

言紂作象箸而箕子歎，預知象箸必有玉杯，玉杯必盛熊蹯豹胎，如此必崇廣宮室。紂果作玉臺十重，糟丘酒池，以至于亡也。◎景宋本「熊」作「態」。案：訛也。承上問舜事，則不當屬紂。瑶臺，即帝臺，帝舜之臺。山海經卷一二海内北經：「帝堯臺、帝嚳臺、帝丹朱臺、帝舜臺，各二臺，臺四方，在昆侖東北。」極，造也，就也。言帝舜之瑶臺有十重，誰所造就乎？

登立爲帝，孰道尚之？

言伏羲始畫八卦，脩行道德，萬民登以爲帝，誰開導而尊尚之也？

【疏證】

言伏羲始畫八卦，脩行道德，萬民登以爲帝，誰開導而尊尚之也？◎正德本、隆慶本、劉本、朱本、馮本、俞本、莊本、湖北本、四庫章句本「畫」作「作」，「導」作「道」。案：道、導古今字。帝，帝舜，非伏羲也。尚，尊也，崇也。清華簡（一）保訓：「昔舜舊作小人，親耕於歷丘，恐求中，自稽厥志，不違於庶萬姓之多欲。厥有施於上下遠邇，迺易位設稽，測陰陽之物，咸順不擾。舜既得中，言不易實變名，身滋備惟允，翼翼不解，用作三降之德。帝堯嘉之，用受厥緒。」其道也，始曰「求中」，終曰「得中」，蓋登帝之道也。郭店楚墓竹簡窮達以時：「舜耕於鬲（歷）山，陶拍於河固，立而爲天子，遇堯也。」唐虞之道：「湯（唐）吳（虞）之道，禪而不連（傳）。堯舜之王，利天下而弗利也。禪而不連（傳），聖之盛也。利天下而弗利也，仁之至也。」又曰：「古者堯之與舜也：昏（聞）舜孝，智（知）能養天下之老也；昏（聞）舜弟，智（知）其能嗣天下之長也；昏（聞）慈乎弟□□□□□□爲民宔（主）也。古（故）其爲𡰥寞子也，甚孝；秉〈及〉其爲堯臣也，甚忠。堯禪天下而受之，南面而王天下而甚君。古（故）堯之禪乎舜也，女（如）此也。」則可爲「登立爲帝，孰道尚之」之注脚。問舜攝登帝位，以孰道而尊崇之乎？以子思氏言之，則忠、孝而已。

女媧有體，孰制匠之？

傳言：女媧人頭蛇身，一日七十化，其體如此，誰所制匠而圖之乎？

【疏證】

傳言：女媧人頭蛇身，一日七十化，其體如此，誰所制匠而圖之乎？◎路史後紀卷二女皇氏「神化七十」，羅苹注：「王逸楚辭注亦謂『一日七十化』，其體則特軀中之事爾。」案：淮南子卷一七説林訓：「黄帝生陰陽，上駢生耳目，桑林生臂手，此女媧所以七十化也。」高注：「女媧，王天下者神也，七十變造化。」章句所謂傳言「一日七十二化」之説，則因淮南。山海經卷一六大荒西經「有神十人名曰女媧之腸，化爲神，處栗廣之野」，郭注：「女媧之腸，或作『女媧之腹』。」女媧，古神女而帝者，人面蛇身，一日中七十變，其腹化爲神。」又，通作「婐」，説文女部：「婐，姽也。一曰：女侍曰婐。讀若騧，或若委。从女、果聲。孟軻曰：舜爲天子，二女婐。」今本孟子卷一四盡心下「婐」作「果」，趙注：「果，侍也。」是以女侍曰婐也。桂馥札樸卷三「婐姽」條引韓詩：「婐姽，謂美好。」或通作娃，猶過之通趌也。方言卷二：「娃，美也。吳楚衡淮之間曰娃。」廣雅釋詁：「娃，好也。」王念孫疏證：「娃猶佳也。」惜往日「妬佳冶」，洪引方言云云，亦以佳、娃通用也。嬌，嬌姿也，亦有美好之意，故女媧又名「女嬌」也。孔家坡漢簡日書「女過與天子以庚東不反」，女過，即女媧也。天子，蓋舜也。皆居于東，故曰「東不反」。其與西大母居西、鮌居北、禹居南相對。女媧，古之美女通稱，盍山氏亦名之曰女媧。後爲煉五色石以補天之女媧所專用。楚帛書又作女皇，聲之轉。又，徐英屈子札記謂有即貨之訛，貨者，化也。言一日七十化之意。郭沫若氏屈原研究讀有爲蛸，長蟲。蛸體，即蛇軀。皆以爲補蒼天之女媧，則從章句之訛。

舜服厥弟，終然爲害？

服，事也。（厥，其也。）言舜弟象施行無道，舜猶服而事之，然象終欲害舜也。

【疏證】

服，事也。◎案：因爾雅釋詁。章句「服而事之」云云，言順從之意。荀子卷五王制篇第九「賢良服」，楊倞注：「服，謂爲之任使也。」書武成「而萬姓悦服」，孔疏：「服，謂聽從。」

厥，其也。◎補注本無注。案：敓也。據正德本、隆慶本、朱本、馮本、俞本、劉本、莊本、湖北本、四庫章句本、柳河東集卷一四天對引補。厥之爲其，詳參離騷「浞又貪夫厥家」注。

言舜弟象施行無道，舜猶服而事之，然象終欲害舜也。◎案：史記卷一五帝本紀：「瞽叟尚復欲殺之，使舜上塗廩，瞽叟從下縱火焚廩。舜乃以兩笠自扞而下，去，得不死。後瞽叟又使舜穿井，舜穿井爲匿空旁出。舜既入深，瞽叟與象共下土實井，舜從匿空出，去。瞽叟、象喜，以舜爲已死。象曰：『本謀者象。』象與其父母分，於是曰：『舜妻堯二女，與琴，象取之。牛羊倉廩予父母。』象乃止舜宫居，鼓其琴。舜往見之。象鄂不懌。曰：『我思舜正鬱陶！』舜曰：『然，爾其庶矣。』舜復事瞽叟愛弟彌謹。」列女傳卷一母儀傳：「瞽叟與象謀殺舜，使塗廩，舜歸告二女，曰：『父母使我塗廩，我其往。』二女曰：『往哉！』舜至塗廩，乃捐階。瞽叟焚廩，舜往飛出。象往與父母謀，使舜浚井。舜乃告二女，二女曰：『俞，往哉！』舜往浚井，格其出入。從掩，舜潛出。時既不能殺舜，瞽叟又速舜飲酒，醉將殺之，舜告二女，二女乃與舜藥，浴汪，遂往，舜終日飲酒不醉。」皆言舜順事父母及象而屢遭加害。又，此爲問句，爲害，猶爲曷，何爲也。曷、害，楚簡通用。上博簡（五）競建内之：「日之飤也害（曷）爲？」又：「曷（害）將來，將又兵。」清華簡（一）尹誥：「今后害（曷）不監？」尹至：「害（曷）今東恙（祥）不章？」（七）子軋子餘：「割（曷）有僕若是而不果以國，民心信難成也哉？」言舜服其弟至篤，終焉何爲也？謂不得其善報也。後因史記「常欲殺舜」，則易曷爲害。

何肆犬體，而厥身不危敗？

言象無道，肆其犬豕之心，燒廩寘井，欲以殺舜，然終不能危敗舜身也。

【疏證】

言象無道，肆其犬豕之心，燒廩寘井，欲以殺舜，然終不能危敗舜身也。◎同治本「廩」作「廪」。補注引一云「何得肆其犬豕」，又引一云「何肆犬豕」。案：逸周書卷四世俘解第四〇：「用小牲羊犬豕於百神水土、於誓社。」列子第四仲尼篇：「受人養而不能自養，犬豕之類也。」論衡第二三雷虛篇：「犬豕食人腐臭，食之天不殺也。」第八〇定賢篇：「以魚食犬豕。」蔡邕月令問答：「犬豕而無角，虎屬也。」犬豕，古恆語，而古無作「犬體」。又，據章句「肆其犬豕之心」云云，則舊作「何肆犬豕」。或本作「何得肆其犬豕」，涉章句羨。聞一多楚辭校補又謂豕借爲矢，肆犬矢，謂浴狗屎（詳韓非子内儲説下）。睡虎地秦簡日書（甲）詰：「大神，其所不可過也，善害人，以犬矢爲完（丸），操以過之，見其神以投之，不害人矣。」又曰：「人毋（無）故而鬼祠（伺）其宮，不可去，是祖□遊，以犬矢投之，不來矣。」又曰：「鬼恆從人女，與居，曰：『上帝子下游。』欲去，自浴以犬矢，毄以葦，則死矣。」此可與聞説相發，然則終非屈子所問者。又，章句「然終不能危敗舜身」以釋「厥身不危敗」，非也。此言象無道，肆其犬豕之心，屢以害舜，而終以受封於有庳，身不危敗也。孟子卷九萬章上：「象至不仁，封之有庳。」有庳，或作有鼻。史記卷一五帝本紀：「舜之踐帝位，載天子旗，往朝父瞽叟，夔夔唯謹如子道。封弟象爲諸侯。」集解：「孟子曰：『封之有庳。』音鼻。」正義：「帝王紀云：『舜弟象封於有鼻。』括地志云：『鼻亭神在營道縣北六十里。故老傳云，舜葬九疑，象來至此，後人立祠，名爲鼻亭神。』輿地志云：零陵郡應陽縣東有山，山有象廟。王隱晉書云本泉陵縣，北部東五里有鼻墟，象所封也。」

吴獲迄古，南嶽是止。

獲，得也。迄，至也。古，謂古公亶父也。言吴國得賢君，至古公亶父之時而遇太伯，陰讓避王季，辭之南嶽之下採藥，於是遂止而不還也。

【疏證】

獲，得也。◎案：訓見小爾雅廣言。説文犬部：「獲，獵所獲也。从犬、蒦聲。」引申爲取、得也。

迄，至也。◎案：因爾雅釋詁。迄，不當訓至。迄，乙也。迄，乞聲。乞，乙古字通用。左傳僖公三十二年「西乞」，淮南子卷一八人間訓作「西乙」；左傳哀公十六年「石乞」，淮南子卷一二道應訓作「石乙」。詩玄鳥「天命玄鳥」，毛傳：「玄鳥，鳦也。」乙、鳦古今字。釋文：「玄鳥，燕也。一名鳦，音乙。」玄鳥，東夷有虞氏之精靈。

古，謂古公亶父也。言吳國得賢君，至古公亶父之時而遇太伯，陰讓避王季，辭之南嶽之下採藥，於是遂止而不還也。◎正德本、隆慶本、俞本、劉本、朱本「採」上有「求」字。同治本「採」作「采」。案：求，羨文。采、採古今字。仍問帝舜事，則不當竄入吳太伯。吳，讀如虞。詩絲衣「不吳不敖」，釋文吳作虞，云：「説文作吳。」公羊傳定公四年：「晉士鞅、衛孔圄帥師伐鮮虞。」釋文：「虞本或作吳。」虞，有虞也。古，居之壞字。乙居，東方九夷之居。書舜典：「歲二月，東巡守，至于岱宗，柴，望秩于山川，肆覲東后。」孔傳：「遂見東方之國君。」史記卷一五帝本紀云：「東長、鳥夷，四海之内，咸戴帝舜之功。」索隱：「『長』下少一『夷』字。長夷也，鳥夷也，其意宜然。今案：大戴禮亦云『長夷』，則長是夷號也。」虞獲乙居，謂舜東巡而得諸夷也。南嶽，九疑山。言舜南巡至九疑而止。曹耀湘讀騷論世：「書云：『舜陟方乃死。』傳、記皆云：舜南巡崩于蒼梧之野，葬南紀之市，歷代皆以九疑山爲舜陵。古者天子巡狩，諸侯各朝于方嶽，蒼梧九疑皆南嶽之邦域也。止，葬也。」其説得之。史記卷一五帝本紀：「踐帝位三十九年，南巡狩，崩於蒼梧之野。葬於江南九疑，是爲零陵。」集解曰：「皇覽曰：『舜冢在零陵營浦縣。其山九谿皆相似，故曰九疑。』傳曰：『舜葬蒼梧，象爲之耕。』禮記曰：『舜葬蒼梧，二妃不從。』山海經曰：『蒼梧山，帝舜葬于陽，丹朱葬于陰。』皇甫謐曰：『或曰二妃葬衡山。』」

孰期去斯，得兩男子？

期，會也。昔古公有少子曰王季，而生聖子文王，古公欲立王季，令天命及文王。長子太伯及弟仲雍去而之吳，吳立以爲君。誰與期會而得兩男子。兩男子，謂太伯、仲雍也。

【疏證】

期，會也。◎案：詳參離騷「指西海以爲期」注。

昔古公有少子曰王季，而生聖子文王，古公欲立王季，令天命及文王。長子太伯及弟仲雍去而之吳，吳立以爲君。誰與期會而得兩男子。兩男子，謂太伯、仲雍也。◎正德本、隆慶本、朱本、劉本、馮本、俞本、莊本、湖北本、四庫章句本「命及」作「命至」，「謂」上有「者」字，「謂太伯仲雍」下有「二人」二字。案：章句根柢誤矣，無復可觀。曹耀湘讀騷論世：「兩男子者，舜之二子也。蓋舜崩之後，禹乃封建舜二子於南嶽之下，奉守其山陵也。地志以今道州之鼻亭爲古有庳之國，竊意舜初封象，欲常常而見之，必不若是之僻遠，蓋亦因舜葬蒼梧，禹因徙封有庳之國於此耳。又按山海經海内南經云：『蒼梧之山，帝舜葬於陽，帝丹朱葬於陰。』郭注：『蒼梧即九疑也。』禮記亦曰：『舜葬蒼梧之野。』今丹陽復有丹朱冢也。又，大荒南經云：『赤水之東有蒼梧之野，舜與叔均之所葬也。』郭注：『叔均，商均也。舜巡狩死于蒼梧而葬之，叔均因留，死亦葬焉，墓在今九疑之中。』今按山海經所載，則兩男子即以丹朱、商均當之亦可。天子存二代之後，丹朱爲虞賓，夏禹既立，商均亦當爲夏賓矣。其謂之男子者何也？孟子云：『子男同一位。』五等班爵，男居于末，蓋小國也。蓋禹受禪後，徙封二帝之後于舜陵之近地，没則就葬焉，故稱兩男子也。」湯炳正楚辭今注：「兩男子，指有虞氏之舜和舜子商均。」皆以男子爲男人之稱，非爵號。其説得其情實。

緣鵠飾玉，后帝是饗。

后帝，謂殷湯也。言伊尹始仕，因緣烹鵠鳥之羹，脩玉鼎，以事於湯。湯賢之，遂以爲相也。

【疏證】

后帝，謂殷湯也。◎御覽卷八六一飲食部一九羹引王逸注：「后帝，殷湯也。」則無「謂」字。

案：類聚卷九〇鳥部中「鶴」條、姚寬西溪叢語卷下並引王逸注亦有「謂」字。卜辭稱殷湯爲「大乙」，又稱「唐」，通作湯。見王國維殷卜辭中所見先公先王考。

言伊尹始仕，因緣烹鵠鳥之羹，脩玉鼎，以事於湯。湯賢之，遂以爲相也。◎正德本、隆慶本、劉本、朱本、馮本、俞本、莊本、湖北本、四庫章句本及世綵堂本柳河東集卷一四天對引「脩」下有「飾」字。馮本、四庫章句本「脩」作「修」。案：類聚卷九〇鳥部中「鶴」條引王逸注：「言伊尹始仕，緣烹鵠鳥之羹，脩飾玉鼎，以事殷湯。湯賢之，遂以爲相也。」御覽卷八六一飲食部一九羹引王逸注：「言伊尹始［伏］（仕），緣因烹鵠鳥之羹，脩飾玉鼎，以事以放。湯賢之，遂相也。」據此，則舊有「飾」字。姚寬西溪叢語卷下引章句無「飾」字，則宋世或爛敓之。補注：「史記：『阿衡欲干湯而無由，乃爲有莘氏媵臣，負鼎俎，以滋味説湯，致於王道。』淮南云：『伊尹憂天下之不治，調和五味，負鼎俎而行。』注云：『負鼎俎，調五味，欲其調陰陽，行其道。』孟子云：『吾聞以堯、舜之道要湯，未聞割烹也。』伊尹負鼎干湯，猶太公屠釣之類，於傳有之。孟子不以爲然者，慮後世貪鄙之徒，託此以自進耳。若謂初無負鼎之説，則古書皆不可信乎？」洪引史記，見卷三殷本紀，又云：「伊尹，處士，湯使人聘迎之，五反然後肯往從湯，言素王及九主之事。」集解：「劉向別録曰：『九主者，有法君、專君、授君、勞君、等君、寄君、破君、國君、三歲社君，凡九品，圖畫其形。』」漢墓帛書有九主篇，未見他書所載，録之可知伊尹其人其事。曰：「湯用伊尹，既放夏桀以君天下，伊尹爲三公，天下大（太）平。湯乃自吾（五）至（致）伊尹，乃是其能，吾（五）達伊尹。伊尹見之，□□於湯曰：『者（諸）侯時有讎罪，過不在主。干主之不明，虐（御）下蔽上，□法亂常，以危主者，恆在臣。請明臣法，以繩適（謫）臣之罪。』湯曰：『非臣之罪也。主不失道，□從請明主法，以繩適（謫）主之罪。』乃許伊尹。伊尹受令（命）於湯，乃論海（海）內萬邦□□□□□□□□□圖，□智（知）存亡若會符者，得八主。八主適惡。剸（專）授之君一，半君一，寄主一，破邦之主二，滅社之主二，凡與法君爲九主。自古以來，存者亡者，□此九已。九主成圖，請效之湯。湯乃延三公，伊尹布圖陳策，以明法君法臣。法君者，法天地之則者。志曰天，曰地，曰四時，復（覆）生萬物，神聖是則，以肥（配）天地。禮數四則，曰天綸（倫），唯天不失乏（範），四綸（倫）曰則。古今四綸（倫），道數不代（忒），聖王是法，法則明分。后曰：『天乏（範）何也？』伊尹對曰：『天乏（範）無□，復（覆）生萬物，生物不物，莫不以名，不可爲二名。此天乏（範）也。』后曰：『大矣才（哉）！大矣才（哉）！不失乏（範）。法則明分，何也？』伊尹對曰：『主法天，佐法地，輔臣法四時，民法萬物，此胃（謂）法則。天復（覆）地載，生長收臧（藏），分四時。故曰：事分在職臣。是故受職□□［臣］分□□□□臣分也。有民，主分。以無職並聽有職，主分也。聽□□敬□□誘爵分者，此之胃（謂）明分。分名暨（既）定，法君之佐，佐主無聲。胃（謂）天之命四則，四則當□，天綸（倫）乃得。得道之君，邦出乎一道，制命在主，下不別黨，邦無私門，諍（争）李（理）皆塞。』（后）曰：『佐主無聲，何也？』伊尹對曰：『故法君爲官求人，弗自求也。爲官者不以忘（妄）予人，故知臣者不能誣能，爲主不忘（妄）予，以分聽名。臣不以忘（妄）進，自藷（强）以受也。自藷者先名，先名者自責。夫先名者，自藷之命已。名命者符節也，法君之所以藷也。法君執符以聽，故自藷之臣莫［敢］僞會以當其君。佐者無扁（徧）職，有分守也，謂宝之命，佐主之明，並列百官之職者也。是故法君執符以職，則僞會不可得主。僞會不可四主矣，則賤不事貴，袁（遠）不事近，皆反其職，信符在忌（己）心。是故□□□□不出其身，晝夕不離其職。故法君之邦若無人。非無人也，皆居其職也。賤不事［貴］，袁（遠）不事近，則法君之佐何道別主之臣以爲其黨，空主之廷朝之其門。所胃（謂）法君之佐，佐主無聲者，此之胃（謂）也。』后曰：『至矣才（哉）！至矣才（哉）！法君法臣。木直，繩弗能罪也。木其能侵繩乎？』伊尹或（又）請陳策以明八適（譎）變過之所道生。志曰：『唯天無勝（朕），凡物有勝（朕）。』后曰：『天無勝（朕），何也？』伊尹對曰：『勝（朕）者，物□所以備也，所以得也。天不見端，故不可得原，是無勝（朕）。』后曰：『極卜不見？』伊尹對曰：『□故聖王□天。故曰主不法則，乃反爲物。耑見必得，得有巨才（哉）！得主之才（哉）！得主者貴，貴能用主，邦有二道。二道之邦，長諍（争）之李（理），辨黨長争，□□□無，争道得主者薨（萌）起，大干天綸（倫），四則相侵，主輕臣重，邦多私門，挾主與□□□□□□□□則□□□失。虜詾可智，以命破滅。』伊尹暨（既）明八適（譎）之所道生。請命八適（謪）。曰：（法）君明分，法臣分定，以繩八適（謪），八適（謪）畢名。過在主者四，罪在臣者三，臣主同罪者二。（后曰）：『四主之罪，何也？』伊尹對曰：『剸（專）授，失道之君也，故得乎人，非得人者也。作人邦，非用者也，用乎人者也。是□□得擅主之前，用主之邦，故制主之臣。是故剸（專）授，失正之君也，過在主。雖然，酉（猶）（君也）。主吾（悟），則酉（猶）制其臣者也。』后曰：『於（嗚）乎（呼）危才（哉）！得主之才（哉）！』『勞君者剸（專）授之能吾（悟）者也。□吾（悟）於剸（專）授主者也。能吾（悟）不能反道，自爲其邦者，主勞臣失（佚）。爲人君任臣之□臣主。臣主□□知倚事於君，逆道也。凶歸於主，不君。臣主□□侵君也，未免於危亂，過在主。唯（雖）然，酉（猶）君也，自制其臣者也，非作人者。滅（社之主）□□□□□□能用威法其臣，其臣爲一，以聽其君，恐惧而不敢盡□□，是□□□昔撝奪，施刑伐若台（仇）讎，民知之無所告朔（愬）。是故同刑（形），共謀爲一，民自□此王君所明號令，討無道，處安其民。故兵不用而邦□畢。兩主異過同罪，滅社之主也。過在上矣。』后曰：『差（嗟）！夏桀氏已夫。三臣之罪何？』伊尹對曰：『剸（專）授之臣擅主之前，（虐）下蔽上。乘主之不吾（悟），以侵其君。是故擅主之臣罪亦大矣。半君者剸（專）授而（不悟）者也，（是）故擅主之臣，見主之不吾（悟），故用其主嚴殺僇，□臣恐懼，然後□□□利□主之臣，成黨於下，與主分權。是故臣獲邦乎之（半），主亦獲其半。則□□□□則危，臣主橫危，危之至。是故半君之臣罪無赦。』（后）口：『於乎（嗚呼），危才（哉）半君！』『寄主者，半君之不吾（悟）者。□□□□臣見主之［不］能□□□□□□□□□□□則主寄矣。是故或聞道而能吾（悟），吾（悟）正其横臣者□。□□□未聞寄主之能吾（悟）者也。』后曰：『哀才（哉）寄主！臣主同罪何也？』伊尹對曰：『破邦之主，剸（專）授之不［吾］（司）者也。臣主同術爲一以策於民，百姓絶望於上，分倚父兄大臣，此王君之所因以破邦也。兩主異過同罪，破邦之李（理）也，故曰臣主同罪。』法君明分，法臣分定，八適（讁）畢名。后曰：『□才（哉）！九主之圖，所胃（謂）守備擣具，外内無寇者，此之胃（謂）也。』后環擇吾見素，乃□三公，以爲葆守，藏之重屋。臣主始不相吾（忤）也。」此古佚篇，史公、劉向皆嘗見之，故存仿佛。又，呂氏春秋卷一四孝行覽第二本味篇謂「設朝而見之」，伊尹「説湯以至味」，則有猩猩之唇，貛貛之炙，雋觾之翠，旄象之約。而無「鵠鳥之羹」。招魂「鵠酸臇鳧，煎鴻鶬些」，章句：「言復以酸酢烹鵠爲羹，小臇臛鳧煎熬鴻鶬，令之肥美也。」鵠羹，楚物，楚人説伊尹則雜以楚事。又，墨子卷二尚賢中第九：「伊摯，有莘氏女之私臣，親爲庖人，湯得之，舉以爲己相，與接天下之政，治天下之民。」漢書卷六五東方朔傳：「故伊尹蒙恥辱、負鼎俎、和五味以干湯。」説苑卷一七雜言：「伊尹，有莘氏媵臣也，負鼎俎，調五味而佐天子，則其遇成湯也。」文選卷四七王褒聖主得賢臣頌「是故伊尹勤於鼎俎」，李善注：「魯連子曰：『伊尹負鼎佩刀以干湯，得意，故尊宰舍。』」皆此「緣鵠飾玉」、致湯滋味也。

何承謀夏桀，終以滅喪？

言湯遂承用伊尹之謀，而伐夏桀，終以滅亡也。

【疏證】

言湯遂承用伊尹之謀，而伐夏桀，終以滅亡也。◎案：補注：「此言伊尹承事湯以謀夏桀也。」周孟侯離騷草木史：「言伊尹烹鵠鳥之羹，盛玉鼎薦之而干湯，於是湯用尹爲心膂，尹始承湯密謀以事桀，而終以滅桀也。」竹書：十七年，商使伊尹來朝。呂氏春秋：湯欲伊尹往觀曠夏，恐其不信，乃自射伊尹。伊尹奔夏，三年，聽於妹喜之言以告湯。湯良車七千乘，必死六千人，以戊子戰於郕，遂禽桀。伊摯就桀，湯實命之。承謀者，承湯之命爲桀謀也。」其說皆得之。承，奉也，卑以事上。尊以受下謂之施，不得言承。章句「湯遂承用伊尹之謀」云云，非也。戰國策卷一七楚策四：「昔伊尹去夏入殷，殷王而夏亡。」卷三〇燕策二：「伊尹再逃湯而之桀，再逃桀而之湯，果與鳴條之戰，而以湯爲天子。」史記卷三殷本紀：「伊尹去湯適夏。既醜有夏，復歸于亳。入自北門，遇女鳩、女房，作女鳩、女房。」集解：「孔安國曰：『鳩、房二人，湯之賢臣也。二篇言所以醜夏而還之意也。』」皆言伊尹間夏，即「承謀夏桀」也。

帝乃降觀，下逢伊摯。

帝，謂湯也。摯，伊尹名也。言湯出觀風俗，乃憂下民，博選於衆，而逢伊尹，舉以爲相也。

【疏證】

帝，謂湯也。◎案：上言「后帝」，此言「帝」，變文避複。

摯，伊尹名也。◎案：詳參離騷「摯咎繇而能調」注。史記卷三殷本紀「伊尹名阿衡」，索隱：「孫子兵書：『伊尹名摯。』孔安國亦曰『伊摯』。然解者以阿衡爲官名。按：阿，倚也。衡，平也。言依倚而取平。書曰『惟嗣王弗惠于阿衡』，亦曰保衡，皆伊尹之官號，非名也。皇甫謐曰：『伊尹，力牧之後，生於空桑。』」御覽卷八三皇王部八帝太甲引杜預春秋後序：「紀年稱：殷仲壬即位，居亳，其卿士伊尹。」卜辭有「伊尹」、「伊」、「伊奭」、「黃尹」諸稱。郭沫若殷契粹編考釋：「黃尹，余謂即阿衡伊尹。或謂阿衡與伊尹爲二人，舉君奭以伊尹隸于成湯，以保衡隸于太甲爲證。然商頌長發：『允也天子，降予卿士，實維阿衡，實左右商王。』敘在成湯伐夏之次，則非伊尹莫屬。舊説爲一人，恐仍不能易。」黃尹，即寅尹，字之訛。王國維殷虛文字九・九云：「丙寅，Δ，即貞，Δ□寅尹。」又，古史考證云：「卜辭屢見寅尹，古讀寅音如伊，如陸法言切韵寅兼脂、真二韻，而廣韵以降仍之，疑亦謂伊尹也。」楊樹達卜辭瑣記：「寅、伊一聲之轉。寅尹，殆即伊尹也。」

言湯出觀風俗，乃憂下民，博選於衆，而逢伊尹，舉以爲相也。◎案：上博簡（二）訟城是（容成氏）：「湯是（氏）之有天下，厚施而薄斂，安身力以褮（勞）百眚（姓）。當是時，强弱不辭揚，衆寡不聖訟，天地四時之事不攸（修）。湯乃輔爲征籍，以征關市。民乃宜怨，虐疾始生，於是虖有喑、聾、跛、𤘳、瘻、宲、僂始起，湯乃謀戒求賢，乃立泗（伊）尹以爲佐。泗（伊）尹既已受命，乃執兵禁暴，羕（詳）得于民。」即所謂「出觀風俗」而「逢伊尹」。論衡卷二九對作篇第八四：「古有命使采爵，欲觀風俗知下情也。」漢書卷八宣帝紀：「遣太中大夫强等十二人循行天下，存問鰥寡，覽觀風俗。」卷三〇藝文志：「古有采詩之官，王者所以觀風俗，知得失，自考正也。」

何條放致罰，而黎服大説。

條，鳴條也。黎，衆也。説，喜也。言湯行天之罰以誅於桀，放之鳴條之野，天下衆民大喜悦也。

【疏證】

條，鳴條也。◎補注：「書曰：『伊尹相湯伐桀，遂與桀戰於鳴條之野。』又曰：『造攻自鳴條，朕載自亳。』注云：『鳴條，在安邑之西。』史記：『桀敗於有娀之虛，犇於鳴條。』此言條放者，自鳴條放之也；致罰者，湯誥所謂『致天之罰』也。」案：史記卷三殷本紀正義：「括地志云：『高涯原在蒲州安邑縣北三十里南阪口，即古鳴條陌也。鳴條戰地，在安邑西。』」

黎，衆也。◎案：因爾雅釋詁。上博簡（二）子羔篇「黎民」字作「莉」。聞一多楚辭校補引劉永濟云：「服當爲民字之誤也。服古祇作艮。篆書艮、民形近。民誤爲艮，轉寫作服。王注曰『天下衆民大喜悦也』，是王本正作『黎民大悦』。」朱季海楚辭解故謂服讀作⿱罒服。方言云：「⿱罒服，農夫之醜稱也。南楚凡罵庸賤或謂之⿱罒服。」其説徵以楚語，則勝劉、聞多也。黎⿱罒服，即黎民。甲骨文作「艮」，云：「丁亥卜，叀今庚寅，用艮。」（粹四四七）「□酉卜，侑於祖甲，用艮。」（拾一・一二）「庚寅卜，酒，血，三宰，册伐廿鬯，卅牢，卅艮。」（前八・一二・六）「來庚寅，酒，血，三宰於妣庚，册伐廿鬯，卅牢，卅艮。」（後上二一・一〇）宗周鐘銘：「南國艮子，敢陷虐我土。」又曰：「艮子迺遣閒來逆邵王。」（于省吾雙劍誃吉金文選卷一）艮，即楚民。楚爲子爵，故曰「艮子」。馬王堆漢帛書經法亡論：「大殺服民，僇（戮）降人，刑無罪，過（禍）皆反自及矣。」又曰：「三不辜：一曰妄殺賢。二曰殺服民。三曰刑無罪。此三不辜。」二「服民」，亦作「⿱罒服民」。古有此語，則不啻獨行於楚。又，正德本、隆慶本、朱本、馮本、俞本、莊本、湖北本、四庫章句本校改正文「黎服」作「黎伏」，四庫章句本「大」作「犬」，皆非。

説，喜也。◎案：因爾雅釋詁：「説，樂也」。章句「大喜悦」云云，今字也，古但作説。

言湯行天之罰以誅於桀，放之鳴條之野，天下衆民大喜悦也。◎正德本、隆慶本、朱本、馮本、劉本、俞本、莊本、湖北本、四庫章句本「之罰」上有「下」字。案：下，羨也。書湯誓：「遂與桀戰于鳴條之野，作湯誓。湯誓王曰：『格爾衆庶，悉聽朕言，重意，非台小子敢行稱亂，有夏多罪，天命殛之！今爾有衆汝，曰：我后不恤我衆，舍我穡事，而割正夏，予惟聞汝衆言，夏氏有罪，予畏上帝，不敢不正。』」即章句「湯行天之罰以誅於桀」之意也。又，上博簡（二）訟城是（容成氏）謂湯「陞（升）自戎述（遂），內（入）自北門，立於中□。傑（桀）乃逃之鬲山是（氏）。湯或（又）從而攻之，降自鳴攸（條）之述（遂），以伐高神之門。傑（桀）乃逃之南巢是（氏）。湯或（又）從而攻之，述（遂）逃，迲（去）之桑虗（蒼梧）之埜（野）。湯於是虗（乎）徵九州之師，以批四海之內，於是虗（乎）天下之兵大起，於是虗（乎）亡宗鹿（戮）族戔（殘）羣焉備（服）。」

簡狄在臺嚳何宜？玄鳥致貽女何喜？

簡狄，帝嚳之妃也。玄鳥，燕也。貽，遺也。言簡狄侍帝嚳於臺上，有飛燕墮遺其卵，喜而吞之，因生契也。

【疏證】

簡狄，帝嚳之妃也。◎案：簡狄，有娀佚女。詳參離騷「見有娀之佚女」注。

玄鳥，燕也。◎案：玄鳥，乙也。詳上「吳獲迄古」注。御覽卷五二九禮儀部八高禖引五經要義：「契母簡狄以玄鳥至之日，祀於高禖而生契。高禖者，蓋先王所以祈子孫之祀也。玄鳥感陽而至，集人棟宇，有孳乳之祥，故重其至日，因以用事。」又引五經異義：「鄭記曰：『玄鳥至之日，以太牢祀于高禖。』注曰：『高辛氏世娀簡狄呑鳦子而生契，後王以爲禖官嘉祥，其祀焉。』王權問曰：『以注言之，先商之時，未有高禖。生民詩曰「克禋克祀，以弗無子」，傳以爲古者必以郊禖焉。姜嫄禋祀上帝而生稷，是則郊禖之祀，非以生契之後立也。』譙喬答曰：『先商之時必有禖氏，祓除之祀位在南郊，蓋亦以玄鳥至之日。然其所禋，乃於上帝娀簡狄呑乙子之後，王以爲禖官嘉祥，祀之以配帝，謂之高禖。』」則郊禖之祀，非始於商，唯商以玄鳥爲嘉祥，與周別也。又，宜，非謂適宜，借爲儀，古字通用。易漸上九「鴻漸于陸，其羽可用爲儀」，馬王堆漢墓帛書儀作宜；詩角弓「如食宜饇」，釋文：「宜字本作儀。」儀，匹也。書文侯之命「父義和」，孔疏：「鄭玄讀義爲儀。儀，仇，皆訓匹也。故名仇字儀。」言簡狄在臺，帝嚳何以爲匹儀也。

貽，遺也。◎俞本無注。案：敚也。補注、朱子集注引「貽」一作「詒」。詒、貽，古今字。詳參離騷「見下女之可詒」注。

言簡狄侍帝嚳於臺上，有飛燕墮遺其卵，喜而呑之，因生契也。◎正德本、隆慶本、俞本、朱本、劉本「契」下有「者」字。補注、朱子集注引「喜」一作「嘉」。案：因章句「喜而呑之」而訛。聞一多楚辭校補：「嘉本訓生子。卜辭作放，云『□辰王卜，在兮，放毓放，王乩曰，吉，在三月』；『貞今五月好毓其放』；『乙亥卜，自貞，王曰，㞢有身，放，大曰放』。上曰毓，曰有身，下皆曰放，則放當即生子之謂。」其説確也。包山楚簡作「[illegible]」，从禾。禾象結子，則嘉有生子義。上博簡(二)子羔：「离之母，又迺是(有娀氏)之女也，觀於伊而得之寁厽也，遊於央臺之上，又(有)鴳(燕)監(銜)卵而階(錯)者(諸)丌前，取而軟(吞)之，寁欽，是离也。」寁厽，未見經傳所載。央臺，猶英臺，即瑶臺也。史記卷三殷本紀：「三人行浴，見玄鳥墮其卵，簡狄取吞之。」則與楚簡相證。

該秉季德，厥父是臧。

該，苞也。秉，持也。父，謂契也。季，末也。臧，善也。言湯能包持先人之末德，脩其祖父之善業，故天祐之，以爲民主也。

【疏證】

該，苞也。◎正德本、隆慶本、劉本、朱本、馮本、俞本、莊本、湖北本、四庫章句本「苞」作「包」。案：包、苞古字通用。朱子集注謂「該字乃啓字之訛」。舊説皆不通。王静安先生殷虚卜辭中所見先公先王考及續考曰：「卜辭多記祭王亥事，觀其祭日用辛亥，三十牛，四十牛，乃至三百牛，乃祭禮之最隆者，必爲商之先王先公無疑。案：史記殷本紀及三代世表，商先祖中無王亥，惟云冥卒子振立，振卒子微立。索隱：振，系本作核，漢書古今人表作垓。然則史記之振，當爲核或垓字之訛也。大荒東經曰：『有困民國，句姓而食，有人曰王亥，兩手操鳥，方食其頭。王亥託於有易河伯僕牛，有易殺王亥，取僕牛。』郭璞注引竹書曰：『殷王子亥，賓于有易而淫焉，有易之君緜臣殺而放之。是故殷主甲微假師於河伯以伐有易，克之，遂殺其君緜臣也。』今本竹書紀年：帝泄十二年，殷侯子亥賓于有易，有易殺而放之。十六年，殷侯微以河伯之師伐有易，殺其君緜臣。是山海經之王亥，古本紀年作殷王子亥，今本作殷侯子亥，正與山海經同。又祭王亥皆以亥日，則亥乃其正字，世本作核，古今人表作垓，皆其通假字。史記作振，則因與核或垓二字形近而訛。」又云：「王亥之名及其事蹟，非徒見於山海經、竹書，周、秦間人著書多能道之。呂覽勿躬篇『王冰作服牛』。案篆文冰作仌，與亥字相似，王仌亦王亥之訛。世本作篇『胲作服牛』，是其證也。」其說發前所未發，是王氏首倡「二重證據法」之特例，以地下出土文物與紙上材料相印證。然劉夢鵬屈子章句：「今以下文考之，該乃亥字之誤。」又云：「亥，契八世孫，上甲微之子也。」則是説也，清人揭櫫之。後皆所以歸美諸觀堂者，以其求得徵於卜辭故也。又，陳夢家殷虛卜辭綜述云：「左傳少皞四叔之該、吳越春秋和淮南子地形篇大禹命步南北之豎亥都是王亥。豎亥之豎，即天問所説王亥爲有易之牧豎。」

秉，持也。◎案：九歌東皇太一「盍將把兮瓊芳」，章句：「把，持也。」散則秉、把皆訓持。對文則别，秉持之持，承也。漢書卷六八霍光傳：「光自後元秉持萬機，及上即位，乃歸政。」三國志卷二魏書文帝紀注引魏書：「其欲秉持中道，以爲帝王儀表者如此。」全梁文卷七二釋僧祐薩婆多部記序：「皆秉持律儀，闡揚法化。」把持之持，執也。論衡卷八藝增篇第二七：「或操竹杖，皆謂不勁，莫謂手空無把持。」卷一三効力篇第三七：「諸有鋒刃之器，所以能斷斬割削者，手能把持之也，力能推引之也。」又謂操縱也。三國志卷五二吳書諸葛謹傳：「自古至今，安有四、五人把持刑柄，而不離刺轉相蹄齧者也。」風俗通義卷一五伯：「或曰：霸者，把也，駮也。言把持天子政令，糾率同盟也。」文選卷五六陸倕新刻漏銘「金字不傳，銀書未勒者哉」，李善注：「崔玄山瀨鄉記：老子母碑：『老子把持仙籙，玉簡金字，編以白銀，紀善綴惡。』」宋王栐燕翼詒謀録卷四：「而姦猾之民，以恐脅把持爲生。」司馬光涑水紀聞卷六「胡順之」條：「出是去官，家于洪州，專以無賴把持長短，憑陵細民。」該秉季德，謂亥能秉承季之德。則不可以「把持」易之。

父，謂契也。◎案：父，該之父，季也，非謂契也。

季，末也。◎同治本「末」作「未」。案：訛也。卜辭云：「辛酉卜，□貞，季□王？」（前五・四〇・五）又云：「貞㞢于季。」（後上九・六）王静安云：「卜辭人名中又有季，季亦殷之先公，即冥是也。」其説是也。唯冥所以稱季，則未白。抑屈子所傳聞者與世本異。國語卷四魯語：「冥勤其官而水死。」又云：「郊冥而宗湯。」韋注：「冥，契後六世孫，根國之子也。爲夏水官，勤於其職而死於水也。」史記卷三殷本紀謂振（亥字之訛）父冥，曹圉子；索隱曰：「系本作糧圉也。」則根圉、曹圉、糧圉，未知孰是。又，劉夢鵬屈子章句謂「亥，契八世孫，上甲微之子也」。未知所據。

臧，善也。◎案：因爾雅釋詁。

言湯能包持先人之末德，脩其祖父之善業，故天祐之，以爲民主也。◎景宋本「包」作「苞」。四庫章句本「主」作「生」。案：生，訛也。補注本單訓「該」爲「苞」，其釋文亦當作「苞」，毛氏本據別本校作「包」。景宋本存其舊。謂亥能秉承冥之德，其父冥善之也。

胡終弊于有扈，牧夫牛羊？

有扈，澆國名也。澆滅夏后相，相之遺腹子曰少康，後爲有仍牧正，典主牛羊，遂攻殺澆，滅有扈，復禹舊跡，祀夏配天也。

【疏證】

有扈，澆國名也。澆滅夏后相，相之遺腹子曰少康，後爲有仍牧正，典主牛羊，遂攻殺澆，滅有扈，復禹舊跡，祀夏配天也。◎案：章句以此屬少康事，非也。補注：「書序云：『啓與有扈戰于甘之野。』淮南云：『有扈氏爲義而亡。』注云：『有扈，夏啓之庶兄，以堯、舜與賢，啓獨與子，故伐啓；啓亡之。』左傳：『少康滅澆于過。』非有扈也。逸説非是。此言禹得天下以揖讓，而啓用兵以滅有扈氏，有扈遂爲牧豎也。」洪駁逸説是也，謂此問啓用兵滅有扈事，亦失之。此問殷先公事。劉夢鵬屈子章句：「有扈當作有易。有易、有扈並夏時諸侯，傳寫訛耳，下扈字並仿此。」弊，敗也。牧夫牛羊者，有易拘留子亥困辱之，使爲牧豎也。原言亥少時秉德，其父善之，何終敗於有易，見辱殊方乎？」其説得之，然猶有剩義。弊，讀爲斃，古字通用。左傳隱公元年「多行不義必自斃」，釋文：「斃，又作弊。」哀公二年「斃于車中」，釋文：「斃，本亦作弊。」斃，倒仆，引申之言敗。聞一多楚辭校補：「王國維云：『扈，當作易，後人多見有扈，少見有易，故改易爲扈。』案王氏謂扈爲易之誤，是也，其説易字所以致誤之由則非。易，卜辭作□，金文作□。右半與篆書户字相似，而有扈字本祇作户。此蓋本作□；缺其左半，讀者誤爲户字，又依地名加邑旁之例改作扈也。」劉夢鵬雖未見三代古文，然其説則先王氏也。王静安先生云：「有易之國當在大河之北，或在易水左右。蓋商之先，自冥治河，王亥遷殷，已由商丘越大河而北，故游牧於有易高爽之地，服牛之利，即發見於此。有易之人，乃殺王亥，取服牛，所謂『胡終弊於有扈，牧夫牛羊』者也。」據此，牧夫牛羊，猶服牛也。周禮卷三三夏官司馬第四職方氏「乃辨九服之邦國」，荀子卷一五解蔽篇第二一「此其所以喪九牧之地，而虚宗廟之國也」。九服、九牧並同。服、牧音義皆通。世本作篇：「胲作服牛。」亥爲以牛任載之作俑者。管子卷二四輕重戊第八四：「殷人之王，立皁牢，服馬牛，以爲民利，而天下化之。」即指其事。易繫辭下：「服牛乘馬，引重致遠，以利天下，蓋取諸隨。」王弼注：「服牛乘馬，隨物所之，各得其宜也。」孔疏：「服牛以引重，乘馬以致遠，是以人之所用，各得其宜，故取諸隨也。」鹽鐵論卷一本議篇第一：「故聖人作爲舟楫之用，以通川谷；服牛駕馬，以達陵陸。」則以亥爲「聖人」。淮南子卷一三氾論訓：「駕馬服牛，民以致遠而不勞。」晏子春秋卷二景公登路寢臺望國而歎晏子諫第十九：「服牛死，夫婦笑，非骨肉之親也，爲其利之大也。」漢書卷五六董仲舒傳：「服牛乘馬，圈豹檻虎，是其得天之靈，貴於物也。」服牛之利，猶行於周秦、兩漢以後也。

干協時舞，何以懷之？

干，求也。舞，務也。協，和也。懷，來也。言夏后相既失天下，少康幼小，復能求得時務，調和百姓，使之歸己，何以懷來之也？

【疏證】

干，求也。◎案：詳參離騷「既干進而務入兮」注。此干字非干求義。干，楯也。山海經卷五中山經「首山其祠干儛」，郭注：「干儛，萬儛。干，楯也。」周禮卷一七春官宗伯第三序官「司干」，鄭注：「干，舞者所持謂楯也。」

舞，務也。◎案：據章句釋詞次序，「干協時舞」一句，舊作「干舞協時」。干舞，即中山經「干儛」，萬舞也。又曰：「熊山其祠干儛。」郭注：「干儛，持楯，武儛也。」公羊傳宣公八年：「萬者何？干舞也。」何休注：「干謂楯也。能爲人扞難而不使害人，故聖王貴之，以爲武樂。」周禮卷二三春官宗伯第三樂師「有干舞」，鄭注：「干舞者，兵舞。」禮記卷二〇文王世子第八「春夏學干戈」，鄭注：「干戈，萬舞，象武也。」章句以舞爲務，非也。

協，和也。◎隆慶本、朱本「協和也」在「舞務也」前。案：以正文次序，「協和也」在「舞務也」前。因爾雅釋詁。又，時，此也，指有易國。協時，古習語。逸周書卷六謚法解第五四：「協時肇享曰孝。」晉書卷一八律曆志下：「是時也，天子不協時，司曆不協日。」卷二二樂志上：「協時正統，殊塗同致。」魏書卷一一一刑罰志：「庶于循變協時，永作通制。」徐英謂協即戚之訛。非也。

懷，來也。◎案：因爾雅釋言。詩時邁「懷柔百神」，毛傳：「懷，來也。」

言夏后相既失天下，少康幼小，復能求得時務，調和百姓，使之歸己，何以懷來之也？◎正德本、隆慶本、俞本、劉本、莊本、湖北本「之也」作「者也」。案：懷來之，謂使之來也。懷來者，謂來之人也。則舊作「懷來之」。原問殷先公王亥事，謂亥持干楯爲武舞，協合於有易，何以使有易氏女懷來之也。古者萬舞蓋以誘思春之女。左傳莊公二十八年：「楚令尹子元欲蠱文夫人，爲館於其宮側而振萬焉。」杜注：「蠱，惑以淫事。」詩簡兮：「方將萬舞。」又曰：「公庭萬舞。」又曰：「云誰之思，西方美人。」即此類也。章句以屬夏少康事，非也。

平脅曼膚，何以肥之？

言紂爲無道，諸侯背畔，天下乖離，當懷憂癯瘦，而反形體曼澤，獨何以能平脅肥盛乎？

【疏證】

言紂爲無道，諸侯背畔，天下乖離，當懷憂癯瘦，而反形體曼澤，獨何以能平脅肥盛乎？◎景宋本「乖」作「乘」，「乎」作「平」。案：訛也。章句以此二句問紂事，非也。此仍問殷先公亥事。平，從明黃文焕楚辭聽直讀如駢。左傳僖公二十三年：「曹共公聞其駢脅，欲觀其裸浴，薄而觀之。」杜預注：「駢脅，合幹。」孔疏：「説文：『骿，并幹也。』『脅，脅骨也。』廣雅云：『脅幹謂之脅。』孔晁云：『聞公子脅幹是一骨，故欲觀之。』通俗文曰：『腋下謂之脅。』如此諸説，則脅是腋下之名，其骨謂之脅，幹是脅之别名。駢訓比也。骨相比迫若一骨然。」古之駢脅者，多力也。史記卷六八商君列傳：「君之出也，後車十數，從車載甲，多力而駢脅者爲驂乘，持矛而操闟戟者旁車而趨。」文選卷五吳都賦「猿臂骿脅」，劉逵注：「骿脅，今駢幹也。」新唐書卷二一一王廷湊傳：「廷湊生駢脅，沈鷙少言。」金史卷六五惟鎔傳：「惟鎔本名没烈，駢脅多力，喜周急人。」元史卷一四七史天祥傳：「天祥幼有大志，長身駢脅，力絶人。」卷一五一王玉傳：「王玉，趙州寧晉人，長身駢脅，多力。」曼膚，言有易氏女體態豐腴而有光澤也。肥，借作配，古字通用。易豐初九「遇其配主」，馬王堆漢帛書本配作肥。又，九主：「覆生萬物，神聖是則，以肥（配）天地。」原問王亥持干楯爲萬舞，以懷有易氏女，有易氏女駢脅多力，肌膚曼澤甚殊麗也，何得與亥相配乎？

有扈牧豎，云何而逢？

言有扈氏本牧豎之人耳，因何逢遇而得爲諸侯乎？

【疏證】

言有扈氏本牧豎之人耳，因何逢遇而得爲諸侯乎？◎同治本「豎」作「豎」。案：豎、竪同。路史後紀卷一三上夏后紀下：「遂滅之，復昭夏功。」羅苹注：「王逸以謂扈本牧人，逢時爲諸侯，啓攻之牀，擊殺之。」羅氏節約其文。章句謂有扈氏事，非也。補注：「此言啓滅有扈之國，其後子孫遂爲民庶，牧夫牛羊，其初以何道而得爲諸侯也。豎，童僕之未冠者。」襲章句之誤。有扈，當作有易。劉夢鵬屈子章句：「子亥弊于有易，牧夫牛羊，故直謂之牧豎。逢，謂逢其害，言子亥先爲牧豎，猶是拘辱，云何又逢禍殃。蓋因上甲致討，而殺以泄忿耳。」自此以下言王亥所以被殺也。易大壯六五：「喪羊于易，無悔。」旅上九：「鳥焚其巢，旅人先笑後號咷。喪牛于易，凶。」易，有易也。旅人，王亥也。「喪羊」、「喪牛」，即「胡終弊于有易，牧夫牛羊」也。「旅人先笑後號咷」，即王亥「終弊」有易也。其所言事一也。

擊牀先出。其命何從？

言啓攻有扈之時，親於其牀上，擊而殺之。其先人失國之原，何所從出乎？

【疏證】

言啓攻有扈之時，親於其牀上，擊而殺之。其先人失國之原，何所從出乎？◎正德本、隆慶本、劉本、俞本、馮本、四庫章句本「人」作「入」。正德本、隆慶本、朱本、劉本、俞本、湖北本、莊本、及柳河東集卷一四天對引「出」下有「之」字，世綵堂本無「之」字。景宋本「原」作「命」。案：入、命，皆訛也。章句謂有扈氏失國事，非也。劉夢鵬屈子章句：「牀，安身之座；擊牀，怒而自擊其牀，若斫案推席之類。先出，猶云遽起，皆疾怒貌。命，徵師之命。從，從之討有易。上甲以父故興師，河伯本與有易友善，何以遂從殷命？亦兵出有名，不得不從耳。按竹書、山海經載，夏帝泄之十二歲，殷侯子亥賓於有易而淫焉。有易之君殺亥，取僕牛，上甲微徵師河伯，討有易。即其事也。」劉氏以言亥與有易事，是也。然屬以上甲微，亦失之。此言亥被害。牀，亥與有易氏女通淫之處。先，跣之敚文。說文足部：「跣，足親地也。从足，先聲。」猶赤足行也。淮南子卷一九脩務訓「於是乃贏糧跣走」，高注：「跣，走不及著履也。」亥與有易氏女淫於牀笫，遭逢有易君之攻擊，則慌不擇徑，跣足而出也。命，指亥之命。謂其命當何所從乎？其必死也。

恆秉季德，焉得夫朴牛？

恆，常也。季，末也。朴，大也。言湯常能秉持契之末德，脩而弘之，天嘉其志，出田獵得大牛之瑞也。

【疏證】

恆，常也。◎案：王靜安先生云：「卜辭人名於王亥外又有王亙，其文曰：『貞之于王亙。』又曰：『貞□之于王亙。』又作王𠄢，曰：『貞王𠄢，□。』案亙即恆字。亙、𠄢二字，确爲恆字。王恆之爲殷先祖，惟見於楚辭天問。天問自簡狄在臺嚳何宜以下二十韻，皆述商事。該秉季德以下至後嗣逢長，此十二韻以大荒東經及郭注所引竹書參證之，實紀王亥、王恆及上甲微三世之事。恆，蓋該弟，與該同秉季德，復得該所失服牛也。」其説得之。兄死弟及，是以弟恆繼之。

季，末也。◎案：季，冥也，亥、恆之父也。

朴，大也。◎案：山海經卷三北山經「敦薨之山，其獸多兕旄牛」，郭璞注：「或作扑牛，扑牛見離騷天問。」則郭氏所見本朴作扑。朴、扑、僕、樸，皆音同通用。

言湯常能秉持契之末德，脩而弘之，天嘉其志，出田獵得大牛之瑞也。◎案：此問殷先公王恆事。章句屬之以湯，非也。山海經卷一四大荒東經：「有困民國，勾姓而食。有人曰王亥，兩手操鳥，方食其頭。王亥託于有易、河伯僕牛。有易殺王亥，取僕牛。」郭璞注：「河伯、僕牛皆人姓名。竹書曰：『殷王子亥賓于有易而淫焉，有易之君緜臣殺而放之，是故殷主甲微假師於河伯以伐有易，滅之，遂殺其君緜臣也。』」竹書紀年：「帝泄十二年，殷侯子亥賓于有易，有易殺而放之。十六年，殷侯微以河伯之師伐有易，殺其君綿臣。」沈約竹書注亦同，因郭注也。又，劉夢鵬屈子章句：「樸、僕並蒲沃切，音相混，疑作僕。僕牛氏之女，亥之所淫，而爲緜臣之所取者。」其説亦因山海經及郭注，未聞有亥淫僕牛女之説，劉氏據郭注臆度之，未足信據。僕牛，當作服牛，非人姓名。王亥、王恆皆託身河伯而爲服牛也。

何往營班禄，不但還來？

營，得也。班，徧也。言湯往田獵，不但驅馳往來也。還輒以所獲得禽獸，徧施禄惠於百姓也。

【疏證】

營，得也。◎案：周書洛誥序：「召公既相宅，周公往營成周，使來告卜。」孔傳：「周公自後至，經營作之。」往，自此適彼之謂；營，經營也。

班，徧也。◎案：班禄，古習語，言班序爵禄。管子卷一權修第三：「故曰：察能授官，班禄賜予，使民之機也。」後漢書卷四九王充傳：「吏食日稟，班禄未定。」全後漢文卷二二鄭衆婚禮謁文贊：「嘉禾爲穀，班禄是宜。」卷四四崔駰司空箴：「昔在季葉，班禄遺賢。」全三國文卷七〇陸景典語：「制爵必俟有德，班禄必施有功。」

言湯往田獵，不但驅馳往來也。還輒以所獲得禽獸，偏施禄惠於百姓也。◎案：劉永濟屈賦音注詳解校但爲得之訛，謂不得還來。非也。不但，不憚也。但、憚古字通用。周禮卷四一考工記第六矢人「亦弗之能憚矣」，鄭注：「故書『憚』或作『但』。鄭司農云：『讀當爲「憚之以威」之憚。』」還來，亥來也。楚簡還、亥通用。新蔡葛陵楚墓甲三第二〇四簡：「癸嬛（亥）之日。」第三四二簡：「乙還（亥）之日。」乙四第六三簡、一四七簡：「丁嬛（亥）之日。」零第七七簡、一五四簡：「□嬛（亥）之日。」第一七〇簡：「乙嬛（亥）之日。」第二一四簡：「乙睘（亥）之日。」第二五七簡：「乙嬛（亥）之日。」第七一七簡：「丁睘（亥）□□。」屈子問恆繼亥之後，往營朴牛，何不憚兄王亥之來乎？章句以屬湯事，非也。

昏微遵迹，有狄不寧。

昏，闇也。遵，循也。迹，道也。言人有循闇微之道，爲婬泆夷狄之行者，不可以安其身也。謂晉大夫解居父也。

【疏證】

昏，闇也。◎案：王國維曰：「昏微，即上甲微。」其説固泰山不易。昏微在成湯前，兄弟並淫而「後嗣逢長」，屈子以爲不可解，故難之。其人固爲貞卜之辭所證驗，已無疑慮矣。卜辭大合祭，多自上甲始，見其受祀之重。如：「癸未王卜貞，自上甲至于多后，衣。」（前三·二七·七）「登自上甲大示□，隹牛，小示叀羊。」（前五·二·四）「丁酉，卜貞，王□止□自上甲至于武乙，衣。」（後上二〇·三）「辛亥□彡，自上甲，在大宗彝。」（明續五二三）至於上甲功德如何，則絶無一詞。清華簡（一）保訓，書之佚篇，以微與帝舜並稱，曰：「昔微叚（假）中于河，以復有易，有易不服其辠。微無害，迺追（歸）于中河。微志弗忘，傳貽子孫，至于成湯，祗服不解，用受大命。」與汲冢書「殷主甲微假師於河伯以伐有易滅之」同。則乃以微若周之古公亶父、王季之倫，爲肇造成湯帝王基業者，其與屈子所載，大異其趣矣。惟成湯之後，昏微之子孫其有在者耶？太史公曰：「契爲子姓，其後分封，以國爲姓，有殷氏、來氏、宋氏、空桐氏、稚氏、北殷氏、目夷氏。」索隱曰：「系本又有時氏、蕭氏、黎氏。」皆未見著録微氏。惟世本「殷」有「微氏」一條，曰：「殷有微子、微仲。微，國名爲氏，魯有微虎。」而微子以上，則無所考矣。西周時器史牆盤、瘐鐘等銘文（出土於一九七六年陝西扶鳳），爲破解成湯五世祖昏微與殷末微子間關係，提供堅實證據。史牆盤銘著者，自名史牆，又自稱微史，蓋微，其氏；史，其職；牆，其名。瘐，或稱微伯瘐（見微伯瘐匕），蓋與史牆同族。銘文後段，頌微氏高祖、烈祖、乙祖、亞祖、祖辛、文考乙公等六世功績，云：「青幽高祖，甲微霝處。雩武王既𢦏殷，微史剌（烈）祖迺來見武王，武王則令周公舍圖（宇）

周，卑（俾）處甬。叀（惟）乙且（祖）弜匹厥辟，遠猷腹心，子（兹）納薔明。亞且（祖）、且（祖）辛，𩕿毓子孫，繁福多釐，櫅（齊）角（禄）熾光，義（宜）其禋（禋）祀，胡屖（遲）文孝乙公遽（競）爽，得屯（純）無諫，農嗇（穡）戉（越）曆，唯辟孝友。史牆夙夜不㒸（墜），其日蔑曆，牆弗敢⿰且攵（沮），對揚天子不（丕）顯休令（命），用乍（作）寶尊彝，剌（烈）且（祖）文考，弋（式）貯受（授）牆爾（薾）禋福，褱（懷）福录（禄），黄耇彌生，堪事厥辟，其萬年永寶用。」案銘文首二句以微爲其氏族高祖。青，讀如大招「青色直眉」之青，黑也。悲回風「據青冥而攄虹兮」，王注：「上至玄冥，舒光耀也。」以「青」爲「玄」，亦黑也。招魂「青驪結駟兮」，王注：「純黑爲驪。」皆其證。「青幽」，平列同義，猶「昏微」之「昏」，頌美之詞。湯以下九世有稱「青庚」者（或誤釋「青」爲「南」），青庚，猶昏庚也。十世有稱「陽甲」者，陽，明也，義與言「昏」、「青」者相反。劉盼遂天問校箋曰：「殷人命名，多取十二辰或十日。然亦有取義於時者，自契以下若昭明、若冥，皆含朝暮晦明之義。上甲微殆亦取于晨光曦微，而又取於日入三商之昏以爲字歟？」其説韙矣。「高祖」者，謂昏微也。據世本，自上甲以下湯，凡五世，即報乙、報丙、報丁（此三世皆兄死弟及）、主壬、主癸至天乙湯，亦與卜辭合，故殷族人世繫稱上甲微爲「高祖」。曰昏幽高祖，乃顯神於微。微，地名，蓋高祖上甲之所興也。卜辭均以上甲稱微，未見以上甲微連名者。楊樹達以書契前編卷三（廿貳之肆）「貞御王自上甲湄」之「上甲湄」爲「上甲微」，僅此孤證，難以成立。周以後則以上甲微連名。國語卷四魯語：

「上甲微能帥契者也，商人報焉。」韋注：「上甲微，契後八世，湯之先也。」孔叢子卷一論書二引書曰：「維高宗報上甲微。」注云：「上甲微，契後八世，湯之先也。於高宗時已爲毁廟。報，謂祭也，以報其德。」嗣後，上甲之裔孫以微爲氏，故史牆追述其始祖大德，則曰「甲微霝處」，昭示其家族來歷非常。次頌「烈祖」，烈，光也，亦頌美之詞，爲史牆六世祖。稱武王伐殷而烈祖反戈乃奔周武王。則「烈祖」者，乃微子啓也。微，封國；子，其爵；啓，其名也。與其同時出土者有𤼈鐘，亦曰：「曰古文王，初盭（戾）龢（和）于政，上帝降懿德大甹，匍（敷）有（祐）四方，匌（會）受萬邦。雩武王既𢦏殷，微史剌（烈）且（祖）□來見武王。武王則令周公舍寓（宇）目（以）五十頌處。」其所載者，皆爲微子啓奔周事也。論語卷九微子篇一八：「微子去之，箕子爲之奴，比干諫而死。孔子曰：『殷有三仁焉。』」馬融注：「微、箕，二國名。子，爵也。微子見紂無道，早去之；箕子詳狂爲奴；比干以諫而見殺也。」管子卷四宙合一一外言一：「故微子不與於紂之難而封於宋，以爲殷主，先祖不滅，後世不絶。」則微子啓居微，殷所故封，本商人以報其先祖功德也。論語「去之」，即「不與於紂之難」而之周見武王也。詩振鷺序「二王之後來助祭也」，孔疏云：「樂記稱『武王伐紂，既下車，封夏后氏之後於杞，投殷之後於宋』。故知之也。史記杞世家云，武王克殷，求其殷後，則初封武庚於殷墟，後以叛而誅之，更命微子爲殷後。書序云：『成王既黜殷命，殺武庚，命微子啓作微子之命。』是宋爲殷後，成王始命之也。樂記『武王封先代之後』，已言投殷之後於宋者，以微子終爲殷後，作記者從後録之。其實武王之時始封於宋，未爲殷後也。樂記注云：『投者，舉徙之辭。』謂微子在殷先有國邑，今舉而徙之，别封宋國也。若然僖六年左傳曰：『許僖公見楚子於武城，許男面縛銜璧，大夫衰絰，士輿櫬。楚子問諸逢伯，對曰：「昔武王克殷，微子啓如是。武王親釋其縛，受其璧而祓之，焚其櫬，禮而命之，使復其所。」』史記宋世家亦云：『周武王克殷，微子乃持其祭器，造於軍門，肉袒面縛，左牽羊，右把茅，膝行而前以告。於是武王乃釋微子，復其位如故。』言復位以還爲微子。但微國，本在紂之畿内，既以武庚君於畿内，則微子不得復封於微也。但微子自囚以見武王，武王使復其位，正謂解釋其囚，使復臣位，不是復封微國也。以樂記之文，知武王初即封微子於宋矣，但未知爵之尊卑、國之大小耳。至成王既殺武庚，命爲殷後，當爵爲公，地方百里。至制禮之後，當受上公之地，更方五百里。史記以爲成王之時，始封微子於宋，與樂記文乖。其説非也。」微子啓之封宋，究爲武王時抑成王時，則無關宏旨。惟左氏及史記所載，皆爲論語「去之」及史牆銘「來見武王」翔實注脚，史牆、微伯痶所稱之「烈祖」，則非微子啓莫屬矣。微子啓不忠於紂，誠殷之貳臣矣，孔子及史牆皆諱之耳。其雖歸順武王，而武王猶「投之」，且「令周公舍圓（宇）周，卑（俾）處甬」。知其投周之始，並不見信任。銘文言使「處甬」，蓋舉族去其故封之微而遷徙之矣，痶鐘云「五十頌處」云云，甬、頌音近通用，當是一地名，然皆不可考，未詳其地。當近周之豐、鎬，故其明器見於扶風，亦不足怪也。杜預春秋釋例卷七僖公六年「微」條：「東平壽張縣西北有微鄉微子冢。」在今魯西南微山湖中微山，是在微子封宋之後。孔穎達正義「但微國，本在紂之畿内，既以武庚君於畿内，則微子不得復封於微也。但微子自囚以見武王，武王使復其位，正謂解釋其囚，使復臣位，不是復封微國也」云云，審矣。惟其新徙之地以微爲名者，示其不忘所本也。後以武庚之亂，周公平之，乃改封微子啓於宋。周何以不始封微子啓而亂後續殷之宗以改封於宋？杜預春秋釋例卷八「宋」條稱「紂兄帝乙之元子微子啓」。則以微子啓與紂爲同母兄弟。呂氏春秋第十一卷仲冬紀第十一當務云：「紂之同母三人，其長曰微子啓，其次曰中衍，其次曰受德。受德，乃紂也，甚少矣。紂母之生微子啓與中衍也，尚爲妾，已而爲妻而生紂。紂之父、紂之母欲置微子啓以爲太子，太史據法而争之曰：『有妻之子而不可置妾之子。』紂故爲後。」若從其説，微子啓、微中衍與殷紂皆爲同父母兄弟，豈殷紂與微子啓同姓氏，俱稱微紂者乎？此説斷不可信。或者以微子啓爲紂庶兄。論語卷九微子篇一八「微子去之」，馬融注：「微子，紂之庶兄。箕子、比干，紂之諸父也。」荀子卷一〇議兵一五：「微子開封於宋。」楊倞注：「紂之庶兄，名啓，歸周後封於宋。此云開者，蓋漢景帝諱，劉向改之也。」庶兄者，謂庶出衆兄弟也，但與殷紂同姓而已，猶屈子之與楚懷王者也。箕子、比干稱紂之「諸父」，非若親伯叔之類，但同姓而已。蓋是説近於事屬。周之所以始封武庚而不封微子啓者，以其庶出而非正嫡故也。孔子家語卷八辯樂解三五：「武王克殷而反商之政，未及下車，封殷之後於宋。」王肅注亦云：「武王伐殷，封其子禄父。武王崩，禄父叛，周公誅之，封微子於宋，以爲殷後。禄父不成殷後，故成言之。」又，觀屈子於微子啓未置一詞，而於箕子、比干褒譽有加，稱之曰「聖人」。天問：「何聖人之一德，卒其異方？梅伯受醢，箕子詳狂。」王注：「梅伯，紂諸侯也。言梅伯忠直，而數諫紂，紂怒，乃殺之，菹醢其身。箕子見之，則被髮詳狂也。」又曰：「比干何逆，而抑沈之？」王注：「比干，聖人，紂諸父也。諫紂，紂怒，乃殺之剖其心也。」涉江：「伍子逢殃兮，比干菹醢。」王注：「比干，紂之諸父也。紂惑妲己，作糟丘酒池，長夜之飲，斷斮朝涉，刳剔孕婦。比干正諫，紂怒曰：吾聞聖人心有七孔。於是乃殺比干，剖其心而觀之，故言菹醢也。」何者？以微子啓不忠於故國而投周故也。宋洪興祖論曰：「士見危致命，況同姓，兼恩與義，而可以不死乎！且比干之死，微子之去，皆是也。屈原其不可去乎？有比干以任責，微子去之可也。楚無人焉，原去則國從而亡。故雖身被放逐，猶徘徊而不忍去。生不得力争而强諫，死猶冀其感發而改行，使百世之下，聞其風者，雖流放廢斥，猶知愛其君，眷眷而不忘，臣子之義盡矣。」以微子之去爲「有比干之任責」，「去之」亦是；而屈子不可去以楚無若比干者任責，則惟有一死爾。其苦心詣意，雖百般回護，終不能掩微子之虧節害德。屈子於橘頌云：「行比伯夷，置以爲像兮。」叔師注：「伯夷，孤竹君之子也。父欲立伯夷，伯夷讓弟叔齊，叔齊不肯受，兄弟棄國，俱去之首陽山下。周武王伐紂，伯夷、叔齊扣馬諫之曰：『父死不葬，謀及干戈，可謂孝乎？以臣弑君，可謂忠乎？』左右欲殺之，太公曰：『不可。』引而去之。遂不食周粟而餓死。屈原亦自以脩飾潔白之行，不容於世，將餓餒而終。故曰：以伯夷爲法也。」屈子於殷末諸賢，其所以頌箕子、比干、伯夷而鄙薄微子者矣。又，孔子以微子啓居「三仁」首，蓋有以已。史記卷四一孔子世家稱孔子，「其先宋人也曰孔防叔」。索隱：「家語：孔子，宋微子之後。」以微子啓爲孔氏先祖，故其「來周」背祖虧節之行，一變而爲早識事機之智，而竭力美化之，反以箕子佯狂、比干菹醢爲不識機變者，而黜退其次。書微子篇「殷既錯天命，微子作誥父師、少師」。孔傳：「父師，太師，三公箕子也。少師，孤卿，比干。微子以紂拒諫，知其必亡，順其事而言之。」甚哉！儒者之論微子啓，固非公論矣。微子啓作宋公後，於周天子行朝覲禮。其過殷舊都，見已鞠爲茅草矣，不無陵谷變遷之思。尚書大傳卷二微子載：「微子將往朝周，過殷之故墟，見麥秀之蔪蔪，曰：『此父母之國，宗廟社稷之所立也。』志動心悲，欲哭，則爲朝周俯泣，則婦人推而廣之，作雅聲。歌曰：『麥秀蔪蔪兮，黍禾黽黽；彼狡童兮，不我好兮。』」微子啓既斥其君王爲「狡童」，以「不我好」之故而叛殷投周，且至死不悟其非，其果夙慧順變之聖賢乎？豈屈子所忍爲之者乎？又，銘文頌烈祖微子啓以下若乙祖、亞祖、祖辛、文考乙公等，歷成王、康王、昭王、穆王數世，或「弼匹厥辟」，或「竅毓子孫」，或「唯辟孝友」，思惟不墜家業而但作周家順民而已，無所作爲矣。故略論於此。

遵，循也。◎正德本、隆慶本、劉本、朱本、俞本、馮本、莊本、湖北本、四庫章句本並乙作「循遵也」。案：詳參離騷「既遵道而得路」注。

迹，道也。◎案：詩沔水「念彼不蹟」，毛傳：「不蹟，不循道也。」蹟、迹同，亦作跡。孝經序「至於跡相祖述」，孫疏：「跡，蹤跡也。」

言人有循闇微之道，爲婬妷夷狄之行者，不可以安其身也。謂晉大夫解居父也。◎正德本、隆慶本、朱本、馮本、劉本、莊本、湖北本、四庫章句本「妷」作「泆」，「之行」下無「者」字。俞本「婬妷」作「淫泆」。案：妷、泆，皆俗佚字。婬、淫同。章句「婬妷夷狄」云云，則舊本「有狄」訛作「佚狄」。章句以晉解居父事屬之，非也。王靜安先生云：「所云『昏微遵迹，有狄不寧』者，謂上甲微能率循其先人之跡，有易與之有殺父之讎，故爲之不寧也。」其説亦非。昏微遵迹者，言微遵其父叔亥、恒淫於有易之劣迹。有狄，有易也。王靜安先生云：「古狄、易二字同音，故相通假。説文解字辵部，逖之古文作逷。書牧誓『逖矣西土之人』，爾雅郭注引作『逷矣西土之人』。書多士『離逖爾土』，詩大雅『用逷蠻方』，魯頌『狄彼東南』，畢狄鐘『畢狄不龔』。此逖逷狄三字異文同義。史記殷本紀之簡狄，索隱曰：『舊本作易。』漢書古今人表作簡逷，白虎通禮樂篇：『狄者，易也。』是古狄、易二字通。」有狄即有易。又，清華簡（一）保訓亦作有易。又，爾雅釋詁：「寧，静也。」儀禮卷四三士虞禮第一四「夙興夜處不寧」，鄭注：「不寧，悲思不安。」謂有易氏女不堪昏微之誘，而懷思不寧也。保訓：「昔微叚中於河，以復有易。有易伓（服）厥罪。微無害，迺追（歸）中於河。」

微寺（志）弗忘，傳貽子孫，至於成康（湯）。」其所言者亦此問事也。

言解居父聘吳，過陳之墓門，見婦人負其子，欲與之淫泆，肆其情欲，婦人則引詩刺之曰：「墓門有棘，有鴞萃止。」故曰「繁鳥萃棘」也。言墓門有棘，雖無人，棘上猶有鴞，汝獨不愧也？

何繁鳥萃棘，負子肆情？

【疏證】

言解居父聘吳，過陳之墓門，見婦人負其子，欲與之淫泆，肆其情欲，婦人則引詩刺之曰：「墓門有棘，有鴞萃止。」故曰「繁鳥萃棘」也。言墓門有棘，雖無人，棘上猶有鴞，汝獨不愧也？◎正德本、隆慶本、劉本、俞本、朱本「墓門」上無「言」字，「淫」作「婬」。正德本、隆慶本、劉本、朱本、馮本、俞本、莊本、湖北本、四庫章句本、世綵堂本柳河東集卷一四天對引「聘」下有「乎」字。俞本、莊本無「婦人則」之「則」字。景宋本「欲與」下無「之」字。案：淫、婬古今字。章句謂解居父事，根柢誤矣，無所取義。王靜安先生云：「『繁鳥萃棘』以下，當亦記上甲事，書闕有間，不敢妄爲之說。」可謂詳審。繁，衆也。鳥，玄鳥之鳥；繁鳥，指亥、恆、微諸人，殷人以鳥爲其族之精，故甲文亥或從隹作「⿱隹亥」（詳參殷契佚存八八八），或作「⿱髟亥」（詳參殷契拾掇四五五）。隹，短尾鳥也。萃，集也。詩墓門「有鴞萃止」，毛傳：「萃，集也。」清華簡（一）程寤：「大姒夢見廷隹（唯）棘，迺小子發取周廷杼（梓）梪（樹）厥間，化爲松柏棫柞。」棘，商家社也。梓，周家社也。棘之化松柏棫柞，周代商之象，故後以棘爲凶險也。方言卷三：「凡草木刺人江、湘之間謂之棘。」棘，比凶險之地。易坎上六「係用徽纆，寘于叢棘，三歲不得。凶。」王弼注：「險陗之極，不可升也。嚴法峻整，難可犯也。宜其囚執，寘于思過之地，三歲，險道之夷也，險終乃反，故三歲不得；自脩三歲，乃可以求復，故曰『三歲不得，凶』也。」謂殷先公亥、恆、微皆淫于有易氏女，如置身于凶險之地也。負，通作婦。爾雅釋蟲：「蟠，鼠負。」釋文：「負又作婦。」説文虫部鼠負作鼠婦。漢書卷四〇周亞夫傳「亞夫爲河内守時，許負相之」，顔師古注：「許負，河内温人，老嫗也。」許負，即許婦。皆其證。婦，有易氏女，先與亥、恆通；後與其子微通。子，謂微也。父與子共淫一婦，故斥之「婦子肆情」。

眩弟竝淫，危害厥兄。

眩，惑也。厥，其也。言象爲舜弟，眩惑其父母，並爲淫泆之惡，欲共危害舜也。

【疏證】

眩，惑也。◎補注：「眩弟，猶惑婦也。言舜有惑亂之弟也。」案：眩之爲惑，詳參上「眩妻爰謀」注。眩弟，王恆也。恆遵亥之迹，淫於有易氏女，則謂兄弟「竝淫」。又，湯炳正楚辭今注謂

「眩疑爲『亥』之誤字，『亥』又寫作『胲』，與眩形近」。非也。

厥，其也。◎案：三代曰厥，春秋曰其，所以别古今語。

言象爲舜弟，眩惑其父母，並爲淫泆之惡，欲共危害舜也。◎正德本、隆慶本、俞本、莊本「並」作「竝」，「泆」作「佚」。馮本、四庫章句本「泆」作「佚」，「共」作「其」。案：佚、泆古今字。其，訛也。章句以象害舜之事屬之，非也。言亥、恆竝淫于有易氏女，恆則留止有易，得其班禄，兄亥卒見殺戮，是以謂「危害厥兄」。

何變化以作詐，後嗣而逢長？

言象欲殺舜，變化其態，内作姦詐，使舜治廩，從下焚之；又命穿井，從上窴之，終不能害舜。舜爲天子，封象於有庳，而後嗣子孫長爲諸侯也。

【疏證】

言象欲殺舜，變化其態，内作姦詐，使舜治廩，從下焚之；又命穿井，從上窴之，終不能害舜。舜爲天子，封象於有庳，而後嗣子孫長爲諸侯也。◎正德本、隆慶本、馮本、俞本、莊本、劉本、四庫章句本、柳河東集卷一四天對引「命」作「令」，「穿」作「浚」，「庳」作「鼻」。同治本「廩」作「廪」。四庫章句本「焚之」下無「又」字。景宋本「庳」作「鼻」。正德本、隆慶本、朱本、馮本、俞本、莊本、湖北本、四庫章句本「後嗣」下有「之」字，「諸侯」下無「也」字。案：庳、鼻古字通用。章句以此言舜象事，非也。言昏微假河伯師以伐有易，殺其君緜臣，反敗爲勝，是謂之「變化以作詐」。又，章句「長爲諸侯」云云，逢，讀爲豐，大也。國語卷一周語上：「道而得神，是謂逢福。」説苑卷一八辨物篇逢作豐。史記卷二七天官書「五穀逢昌」，淮南子卷四天文訓作「五穀豐昌」。後嗣，言亥子微及微之子。史記卷三殷本紀：「振（該）卒，子微立。微卒，子報丁立。報丁卒，子報乙立。報乙卒，子報丙立。」是謂「後嗣逢長」。又，劉夢鵬屈子章句：「按竹書載殷侯以河伯之師伐有易，殺其君緜臣。而山海經又稱河伯念有易，有易出，爲國於獸方。蓋河伯實與有易友善，殷侯假師以義，河伯不得不助，而哀念有易，故使潛化而出。據此，則潛出即緜臣之弟也。眩者，迷蔽於道之謂，眩弟與兄同惡相濟，何兄伏戮，而弟顧以詐得脱乎？」其説多臆。

成湯東巡，有莘爰極。

有莘，國名。爰，於也。極，至也。言湯東巡狩至有莘國，以爲婚姻也。

【疏證】

有莘，國名。◎正德本、隆慶本、劉本、朱本、馮本、俞本、莊本、湖北本、四庫章句本「名」下有「也」字。案：清華簡（五）湯處於湯丘作「又（有）郲」。孟子卷九萬章上「伊尹耕於有莘之野」，趙岐注：「有莘，國名。」焦循正義：「大戴記帝繫篇：『鯀娶於有莘氏之女，謂之女志氏。』漢書古今人表：『女志，鯀妃，有㜪氏女。』此唐、虞以前之有莘。」（庚案：其地在豫西、晉南之間。左傳莊三十二年「有神降于莘」），杜注：「莘，虢地。」元和郡縣圖志卷六陝州陝石縣：「莘野在縣西十五里，春秋時有神降于此。」）又，列女傳：『湯妃有㜪者，有㜪氏之女也。』又：『大姒者，武王之母，禹後有㜪姒氏之女。』於大姒別之曰『禹後姒氏』，而湯妃則曰『有㜪氏』。史記殷本紀云：『阿衡欲干湯而無由，乃爲有莘氏媵臣。』正義引括地志云：『古莘國，在汴州陳留縣東五里故莘城是也。』呂氏春秋本味篇：『有侁氏採桑得嬰兒於空桑，後居伊水，命曰伊尹。』元和郡縣志：『汴州陳留縣故莘城，在縣東北三十五里，古莘國地。湯伐桀，桀與韋顧之君拒湯於莘之墟。』此即湯妃所生之國，伊尹耕於是野者也。閻氏若璩釋地云：『汴州陳留縣，古莘國地。計其去湯都南亳不過四百里，所以湯使可三往聘。若大姒所産之莘國，則在今西安府郃陽縣南二十里，道遥遠矣。』焦氏考辨甚詳。有莘其國，雖同一名，其地爲二，且相去甚遥。學者不可不考。史記卷三殷本紀正義引陳留風俗傳云：「陳留外黄有莘昌亭，本宋地，莘氏邑也。」此伊尹所媵莘國也。卷四周本紀「閎夭之徒患之，乃求有莘氏美女」，正義引括地志：「古㜪國城在同州河西縣南二十里。世本云莘國，姒姓，夏禹之後，即散宜生等求有莘美女獻紂者。」此別一地。莘、侁、㜪通。

爰，於也。◎案：因爾雅釋詁。

極，至也。◎案：因爾雅釋詁。九辯「步列星而極明」，章句：「周覽九天，仰觀星宿，不能卧寐，乃至明也。」則極至義，備於前也。

言湯東巡狩至有莘國，以爲婚姻也。◎案：史記卷三殷本紀：「湯始居亳，從先王居。」集解：「孔安國曰：『契父帝嚳都亳，湯自商丘遷焉，故曰從先王居。』皇甫謐曰：『梁國穀熟爲南亳，即湯都也。』」正義：「亳，偃師城也。商丘，宋州也。湯即位，都南亳，後徙西亳也。括地志云：『亳邑故城在洛州偃師縣西十四里，本帝嚳之墟，商湯之都也。』又曰：『宋州穀熟縣西南三十五里南亳故城，即南亳，湯都也。宋州北五十里大蒙城爲景亳，湯所盟地，因景山爲名。河南偃師爲西亳，帝嚳及湯所都，盤庚亦徙都之。』」據戰國陶片及文物一九七七年第一期鄭州城址發掘簡報、一九七八第二期鄒衡鄭州商城即湯亳都説，以地下實物可證亳城在今鄭州，非宋州穀熟縣。此曰「東巡」，湯居西亳，在鄭州，非南亳也。又，春秋齊靈公器叔弓鎛銘成湯作成唐。湯、唐古字通用。卜辭亦多作唐。陳夢家殷虛卜辭綜述云：「大乙、成唐並是一人，即湯。大乙是廟號，而唐是私名，成則可能是生稱的美名。成唐猶云武唐。」

何乞彼小臣，而吉妃是得？

小臣，謂伊尹也。言湯東巡狩，從有莘氏乞匄伊尹，因得吉善之妃，以爲内輔也。

【疏證】

小臣，謂伊尹也。◎案：春秋齊靈公器叔弓鎛銘：「虩虩成唐，又敢在帝所，尃受天命，翦伐夏司，敗氒靈師，伊小臣隹輔，處禹之堵。」伊小臣，小臣伊尹也。呂氏春秋卷四孟夏紀第三尊師篇：「湯師小臣。」高注：「小臣，謂伊尹。」小臣，見卜辭，殷契佚存三七三：「王疾，夕告小臣。」墨子卷二尚賢中第九：「伊摯，有莘氏女之私臣，親爲庖人，湯得之，舉以爲己相。」國語卷八晉語二：「飲小臣酒，亦斃。」韋注：「小臣，官名，掌陰事陰命，閹士也。」說文人部：「倌，小臣也。从人，官聲。詩曰：『命彼倌人。』」段注：「小臣，蓋謂周禮小臣、上士四人。太僕之佐也。」周禮卷一天官冢宰第一序官：「內小臣，奄上士四人。」鄭注：「奄稱士者異其賢。」賈疏：「案詩巷伯奄，官也。注云：『巷伯，內小臣。小臣於宮中爲近，故謂之巷伯。必知巷伯與小臣爲一人者，以其俱名奄。』」清華簡（五）湯處湯丘：「湯處湯丘，取妻於又（有）⿰莘阝，又（有）⿰莘阝媵以少（小）臣。少（小）臣善爲飤，亯（烹）之和。又（有）⿰莘阝之女飤之，絶芳旨以粹，身體⿰身巽（痊）⿲扌升力（平），九竅發明，以道心嗌，悎快以恆。」小臣司掌食飲，是王所親近，太僕之屬。小臣分內、外，外者，王者之侍；內者，王后之侍。伊尹爲姞妃之媵，是內小臣。周禮卷三一夏官司馬第四小臣：「掌王之小命，詔相王之小灋儀，掌三公及孤卿之復逆，正王之燕服位。王之燕出入，則前驅。大祭祀，朝覲，沃王盥。小祭祀，賓客饗食賓射，掌事如大僕之灋。掌士大夫之弔勞，凡大事，佐大僕。」皆小臣所司職。

言湯東巡狩，從有莘氏乞匄伊尹，因得吉善之妃以爲内輔也。◎案：吉，非吉善義，讀爲姞，從女。世本：「密須，商時姞姓之國。」注云：「姓氏書辨證三十六引：『密須，商時姞姓國也。文王滅之，其後以國爲氏。』氏族略二有密須氏。」國語卷二周語中「密須由伯姞」，注云：「伯姞，密須之女也。傳曰：『密須之鼓，闕鞏之甲。』此則文王所滅，所獲鼓甲也。大雅云：『密人不恭，敢距大邦，不由嫁女而亡。』世本云：『密須，姞姓。』」上博簡（二）訟城是（容成氏）四六號簡有姞姓之密須。其國在河南開封市，屬衛，古有莘國也。有莘氏女，姞姓，故稱姞妃。又，新序卷一：「禹之興也以嵞山，桀之亡也以末嬉，湯之興也以有莘，紂之亡也以妲己。」

水濱之木，得彼小子。夫何惡之，媵有莘之婦？

小子，謂伊尹。媵，送也。言伊尹母姙身，夢神女告之曰：「臼竈生鼃，亟去，無顧。」居無幾何，臼竈中生鼃，母去，東走。顧視其邑，盡爲大水，母因溺死，化爲空桑之木。水乾之後，有小兒啼水涯，人取養之。既長大，有殊才。有莘惡伊尹從木中出，因以送女也。

【疏證】

小子，謂伊尹。◎案：小子，古恆語，有五義：一曰小兒。文選卷一九韋孟諷諫詩「在予小子，勤唉厥生」，李善引應劭云「小兒啼聲唉唉」是也。二爲王者謙稱。清華簡（一）程寤周武王自稱「小子發」。書説命下：「王曰：『來，汝説，台小子舊學于甘盤。』」三爲子弟。詩抑「庶民小子」，鄭箋云「下及庶民之子弟」是也。四爲主祭祀之小事者。周禮卷二八夏官司馬第四序官：「小子下士二人。」鄭注：「小子，主祭祀之小事。」五爲官屬君僚之稱。師望鼎「大師小子師望」，楊樹達云：「疑小子爲官屬群僚之稱，時雖爲此説，未能證之以經、傳也。日者以補證論語，習逸周書一通。芮良夫篇有云：『嗚呼！惟爾天子嗣文、武業，惟爾執政小子同先王之臣昏行罔顧，道王不若。』又云：『治亂信乎其行，惟王暨爾執政小子攸聞。』又云：『今爾執政小子惟以貪諛事王。』又云：『爾執政小子不圖大囏，偷生苟安。』文言『執政小子』者四，與此銘云『大師小子』及毛公鼎之『參有司小子』令鼎之『師氏小子』，文例並同，蓋謂執政群僚也。」此小子稱屬僚。謂得彼官屬伊尹也。

媵，送也。◎案：謂送女也。詳參河伯「魚隣隣兮媵予」注。

言伊尹母姙身，夢神女告之曰：「臼竈生鼃，亟去，無顧。」居無幾何，臼竈中生鼃，母去，東走。顧視其邑，盡爲大水，母因溺死，化爲空桑之木。水乾之後，有小兒啼水涯，人取養之。既長大，有殊才。有莘惡伊尹從木中出，因以送女也。◎汲古本「因」訛作「囙」，皇都本、同治本亦作「因」。柳河東集卷一四天對引「亟」作「急」，世綵堂本「亟去無顧」作「急去無反」。正德本、隆慶本、俞本、朱本、劉本、馮本、四庫章句本「無顧」作「無反」，「臼竈中」下有「有」字，「之木」作「之林」。湖北本「無顧」作「無反」，「臼竈中」下有「有」字。莊本「臼竈」下有「有」字，「之木」作「之林」。案：亟、急義同，顧，反也。則不當作反。惡，懼也。史記卷六七仲尼弟子列傳「且王必惡越」，索隱：「惡，猶畏惡也。」韓非子卷一四外儲説右下第三五：「趙王遊於圃中，左右以菟與虎而輟，盼然環其眼，王曰：『可惡哉，虎目也。』左右曰：『平陽君之目可惡過此。』」可惡，猶可怖也。伊尹生於空桑之木，類妖，故人懼之。章句言伊尹事，是因呂氏春秋，卷一四孝行覽第二本味篇：「有侁氏女子采桑，得嬰兒于空桑之中。獻之其君。其君令烰人養之，察其所以然。曰：『其母居伊水之上，孕，夢有神告之曰：『臼出水而東走，毋顧。』明日視臼出水，告其鄰，東走十里，而顧其邑盡爲水。身因化爲空桑，故命之曰伊尹。』此伊尹生空桑之故也。長而賢。湯聞伊尹，使人請之有侁氏。有侁氏不可。伊尹亦欲歸湯，湯於是請取婦爲婚。有侁氏喜，以伊尹媵女。」空桑，或作窮桑，少昊氏之社。「令烰人養之」云云，猶鳥烰卵生也，因乎東夷崇鳥禮俗。史記卷三殷本紀索隱引皇甫謐云：「伊尹，力牧之後。」清華簡（五）湯處於湯丘曰：「能其事而得其食，是名曰昌。未能其事而得其食，是名曰喪。必思（使）事與食相當。」伊尹以食于湯也。

湯出重泉，夫何辠尤？

重泉，地名也。言桀拘湯於重泉而復出之，夫何用罪法之不審也？

【疏證】

重泉，地名也。◎案：補注：「前漢志：『左馮翊有重泉。』」重泉，即夏臺。竹書紀年帝癸二十二年，「商侯履來朝，命囚履于夏臺。」史記卷二夏本紀：「迺召湯而囚之夏臺，已而釋之。」索隱：「夏臺，獄名。夏曰均臺。皇甫謐云『地在陽翟』是也。」重泉，則非地理志馮翊同州重泉城也。其所以名重泉者，以四方環水相重，故以爲牢獄之稱。淮南子卷一一齊俗訓：「川谷通原，積水重泉，黿鼉之所便也。」重泉，水環流相重也。又，竹書紀年帝啓元年「大饗諸侯于鈞臺」。鈞亦重也。鈞臺，即夏臺，類重泉，所以囚馘，又所以祭祖、饗諸侯。周謂之璧雝，古之明堂。管子卷二二山權數第七五：「武王立重泉之戍。」其形制同，其所用別。陳直拾遺云：「太公金匱云：『桀怒湯，以諛臣趙梁計，召而囚之鈞臺，置之重泉。』又，史記秦本紀云：『秦簡公以六年壍洛城重泉。』合肥龔氏藏大良商鞅量亦有『臨重泉』等字，列國時地名，疑因夏殷之舊。又案六國表云：『湯起於亳。』徐廣注：『京兆杜陵有亳亭。』杜陵與重泉，漢時皆屬三輔，則湯出重泉之説，益信而有徵矣。」其引徵文獻，不唯太公金匱、史記，又有古器大良商鞅量銘文，深得「二重證據法」之秘奥矣。

言桀拘湯於重泉而復出之，夫何用罪法之不審也？◎四庫章句本「言」作「夏」。柳河東集卷一四天對引「何用」下無「罪」字。案：原問以「辠尤」，則舊有「罪」字。史記卷二夏本紀：「夏桀不務德，而武傷百姓，百姓弗堪，迺召湯而囚之夏臺，已而釋之。」

不勝心伐帝，夫誰使挑之？

帝，謂桀也。言湯不勝衆人之心，而以伐桀，誰使桀先挑之也。

【疏證】

帝，謂桀也。◎案：史記卷二夏本紀：「帝桀之時，自孔甲以來而諸侯多畔夏。」是桀以帝稱。

言湯不勝衆人之心，而以伐桀，誰使桀先挑之也。◎案：蔣禮鴻義府續貂「不勝莫勝」條：「莊子外物篇：『大林丘山之善於人也，亦神者不勝。』其意蓋謂大林丘山能以其清曠令人暢適者，此大林丘山之神用也；然其神化則無迹可求。『神者不勝』，當讀爲『神諸不朕』，諸猶於也。朕，迹也。神諸不朕，謂神於無迹也。應帝王篇：『吾鄉示之以太沖莫勝。』太沖乃至虛，莫勝與不勝同義。勝字从朕聲，即得借勝爲朕。列子黄帝篇作『向我示之以太沖莫朕。』張湛注引向秀曰：『居太沖之極，皓然泊心，玄同萬物，莫見其迹。』向秀之言，即其莊子應帝王篇之注也。」其説可爲「不勝心」注脚。不勝心，猶心無伐帝之迹。勝通作朕，亦迹也。非謂「不勝衆人之心」。言湯無心迹以伐帝桀，誰使挑唆之乎？清華簡（七）越公其事「舀（挑）起怨惡」，借舀作挑。朱季海楚辭解故：「『挑之』可有二解：其一謂挑桀使怒，以觀其動也。説苑權謀篇：『湯欲伐桀。伊尹曰：「請阻乏貢職，以觀其動。」桀怒，起九夷之師以伐之。伊尹曰：「未可。彼尚猶能起九夷之師，是罪在我也。」湯乃謝罪請服，復入貢職。明年，又不供貢職。桀怒，起九夷之師。九夷之師不起。伊尹曰：「可矣。」湯乃興師。伐而殘之，遷桀南巢氏焉。』然伊尹實使挑之。其一則挑謂挑戰，古曰致師矣，國語晉語云：『令公韓簡挑戰。』史記項羽本紀集解引臣瓚云『挑戰，擿嬈敵求戰，古謂之致師』是也。要之，觀乎伊訓，則『夫誰使挑之』者，亦惟伊尹克當之矣。」其説得之。章句「誰使桀先挑之」云云，則非其旨。自此以上問殷商事。

會鼂争盟，何踐吾期？

言武王將伐紂，紂使膠鬲視武王師，膠鬲問曰：「欲以何日至殷？」武王曰：「以甲子日。」膠鬲還報紂。會天大雨，道難行，武王晝夜行。或諫曰：「雨甚，軍士苦之，請且休息。」武王曰：「吾許膠鬲以甲子日至殷，今報紂矣，吾甲子日不到，紂必殺之，吾故不敢休息，欲救賢者之死也。」遂以甲子日朝誅紂，不失期也。

【疏證】

言武王將伐紂，紂使膠鬲視武王師，膠鬲問曰：「欲以何日至殷？」武王曰：「以甲子日。」膠鬲還報紂。會天大雨，道難行，武王晝夜行。或諫曰：「雨甚，軍士苦之，請且休息。」武王曰：「吾許膠鬲以甲子日至殷，今報紂矣，吾甲子日不到，紂必殺之，吾故不敢休息，欲救賢者之死也。」遂以甲子日朝誅紂，不失期也。◎正德本、隆慶本、劉本、朱本、俞本、湖北本、柳河東集卷一四天對引「難」下無「行」字，「吾甲子日」之「吾」作「以」。莊本「吾甲」之「吾」作「以」。景宋本、柳河東集卷一四天對「今報」作「令報」。世綵堂本有「行」字，亦作「令報」。案：今，令之訛。呂氏春秋卷一五慎大覽第七貴因篇：「武王至鮪水，殷使膠鬲候周師，武王見之，膠鬲曰：『西伯將何之？無欺我也。』武王曰：『不子欺，將之殷也。』膠鬲曰：『朅至？』武王曰：『將以甲子至殷郊，子以是報矣。』膠鬲行。天雨，日夜不休，武王疾行不輟。軍師皆諫曰：『卒病，請休之。』武王曰：『吾已令膠鬲以甲子之期報其主矣，今甲子不至，是令膠鬲不信也。膠鬲不信也，其主必殺之。吾疾行，以救膠鬲之死也。』武王果以甲子至殷郊，殷已先陳之矣。至殷，因戰，大克之。」章句因呂氏春秋爲說。以甲子朝克商，見西周初時器利簋：「珷征商，隹甲子朝。歲鼎，克聞（昏）夙有商。」逸周書卷四世俘解第四〇：「惟一月丙辰旁生魄，若翼日丁巳，王乃步自于周，征伐商王紂。越若來二月既死魄，越五日甲子朝，至接于商。」據此，會朝，會合於甲子朝也。上博簡（二）訟城是（容成氏）：「武王於是虖（乎）作爲革車千乘，帶甲萬人，戊午之日，涉於孟津，至於共、緵之閒。」則謂在戊午，非甲子。清華簡（一）保訓：「戊子，自靧（沬）。己丑，昧爽……昔舜舊作小人，親耕於歷丘，恐求中，自稽厥志，不違於庶萬姓之多欲。厥有施於上下遠邇，迺易位邇稽，測陰陽之物，咸順不擾。舜既得中，言不易實變名，身滋備惟允，翼翼不懈，用作三降之德。帝堯嘉之，用受厥緒。」戊子、己丑，皆是文王遺世作遺訓之日也。又，王家臺秦簡一九四簡歸藏易：「昔者武王卜伐殷，而卜占老考，老考占之曰：吉。」老考者，蓋膠鬲也。又，詩大明：「肆伐大商，會朝清明。」毛傳：「會甲也。」未知所據。徐英屈子札記謂會朝即甲朝，會，甲之訛。會、甲形殊，無由致訛。鄭箋：「會，合也。以天期已至，兵甲之强，師率之武，故今伐殷，合兵以清明。書牧誓曰：『時甲子昧爽，武王朝至于商郊牧野，乃誓。』」其義詰鞫難通。詩之「清明」，別一說也，未必與天問合，故叔師不引詩。補注據詩强爲之說。聞一多楚辭校補：「爭，當從一本作請。請，猶盟也。今本天問請作爭者，黎本玉篇水部引韓詩作『瀞明』，疑天問古本亦作瀞，爭即瀞字之誤。惟王注不解『爭盟』事，或所據本猶未誤。」又謂天問「爭盟」之爭，由韓詩「瀞明」之「瀞」轉鈔而誤。聞說因孫詒讓札迻。孫氏謂爭盟即「清明」。瀞，清之借字。泥矣。

蒼鳥羣飛，孰使萃之？

蒼鳥，鷹也。萃，集也。言武王伐紂，將帥勇猛，如鷹鳥羣飛，誰使武王集聚之者乎？詩曰「惟師尚父，時惟鷹揚」也。

【疏證】

蒼鳥，鷹也。詩曰「惟師尚父，時惟鷹揚」也。◎正德本、隆慶本、劉本、馮本、俞本、朱本、莊本、湖北本、四庫章句本「詩曰」作「詩云」。四庫章句本「惟」作「維」。柳河東集卷一四天對引「鷹揚」下有「是」字。案：惟、維同。又，據例，則舊有「是」字。御覽卷九一四羽部一鳥引王逸注：「蒼鳥，蒼鷹。」删引詩。章句引詩見大雅大明，毛傳：「師，太師也。尚父，可尚可父。鷹揚，如鷹之飛揚也。」鄭箋：「尚父，呂望也，尊稱焉。鷹，摯鳥也。佐武王者爲之上將。」鷹，喻將率之雄武。潛夫論第三一明忠篇：「若鷹，野鳥也。然獵夫御之，猶使終日奮擊而不敢怠。」周書卷四一庾信傳：「飛狄泉之蒼鳥，起横江之困獸。」又，沈祖緜屈原賦證辨：「孫詒讓以爲齊世家之蒼兕，索隱本或作蒼雉爲證。疑蒼鳥原文係蒼雉。蒼雉，漢因呂后名雉，改雉爲鳥耳。」楚辭不避呂雉諱，下言「逢彼白雉」。

萃，集也。◎案：詳參九歌湘夫人「鳥萃兮蘋中」注。

言武王伐紂，將帥勇猛，如鷹鳥羣飛，誰使武王集聚之者乎？◎正德本、隆慶本、馮本、朱本、劉本「羣」作「群」。案：清華簡（六）管仲：「夫周武王甚元以智而武以良，好義秉德，有攼不解，爲民紀紈（綱），四國和同，邦以安寧，民乃保昌。凡亓民人，遇（畀）務不愈（偷），莫炁（愛）勞力於亓王。若武王者，可以爲君哉。」「元以智而武以良」，可謂人才濟濟，「蒼鳥羣飛」也。史記卷四周本紀：「武王曰：『嗟！我有國冢君，司徒、司馬、司空，亞旅、師氏、千夫長、百夫長及庸、蜀、羌、髳、微、纑、彭、濮人，稱爾戈，比爾干，立爾矛，予其誓。』」又云：「誓已，諸侯兵會者車四千乘，陳師牧野。」新序卷一〇善謀下：「武王伐紂，不期而會孟津上八百諸侯。」即「蒼鳥羣飛」也。銀雀山漢簡王兵：「動如雷神，起如飛鳥，往如風雨，莫當其前。」亦以飛鳥喻師捷急。

到擊紂躬，叔旦不嘉。

旦，周公名也。嘉，善也。言武王始至孟津，八百諸侯不期而到，皆曰：「紂可伐也。」白魚入于王舟，羣臣咸曰：「休哉。」周公曰：「雖休，勿休。」故曰「叔旦不嘉」也。

【疏證】

旦，周公名也。◎案：史記卷三三魯周公世家：「周公旦者，周武王弟也。自文王在時，旦爲子孝，篤仁，異於羣子。」集解引譙周云：「以太王所居周地爲其采邑，故謂周公。」索隱：「周，地名，在岐山之陽，本太王所居，後以爲周公之菜邑，故曰周公。即今之扶風雍東北故周城是也。」又，國語卷一周語上「是故周文公之頌曰」，韋昭注：「文公，周公旦之謚也。」

嘉，善也。◎正德本、隆慶本、馮本、劉本、俞本、朱本、莊本、四庫章句本、湖北本「善」作「美」。案：美、善同義以易之，章句因爾雅釋詁。則舊作「善」。嘉之爲善，詳參離騷「肇錫余以嘉名」注。

言武王始至孟津，八百諸侯不期而到，皆曰：「紂可伐也。」白魚入于王舟，羣臣咸曰：「休哉。」周公曰：「雖休，勿休。」故曰「叔旦不嘉」也。◎案：補注：「六韜云：『武王東伐，至於河上，雨甚雷疾。周公旦進曰：「天不祐周矣！意者，吾君德行未備，百姓疾怨邪？故天降吾災，請還師。」太公曰：「不可。」武王與周公旦望紂之陣，引軍止之。太公曰：「君何不馳也？」周公曰：「天時不順，龜燋不兆，占筮不吉，妖而不祥，星變又凶，固且待之，何可驅也？」』」銀雀山漢簡六韜：「之帀（師）以東伐受（紂），至於河上，雨□□疾，武王之乘黃振（震）死，旗折□□。」則與洪引別。皆非屈子所問意。到，讀作倒，古字通用。儀禮卷三六士喪禮第一二「祭服不倒」，唐石經倒字作到。戰國策卷一三齊策六「因罷兵到讀而去」，鮑本以到爲倒。倒擊，言殷之諸侯背紂，倒戈擊商也。書武成：「甲子昧爽，受率其旅若林，會于牧野，罔有敵于我師。前徒倒戈，攻于後以北，血流漂杵。」孔傳：「紂衆服周仁政，無有戰心，前徒倒戈，自攻于後，以北走。血流漂舂杵，甚之言。」銀雀山漢簡孫臏兵法見威王篇「武王伐紂，帝（商）奄反，故周公淺（踐）之。」史記卷四周本紀：「帝紂聞武王來，亦發兵七十萬人距武王。武王使師尚父與百夫致師，以大卒馳帝紂師。紂師雖衆，皆無戰之心，心欲武王亟入。紂師皆倒兵以戰，以聞武王。武王馳之，紂兵皆崩，畔紂。」三國志卷二八魏書鍾會傳：「牧野之師，商旅倒戈。」卷三三蜀志後主傳注引諸葛亮書：「牧野之師，商人倒戈。」卷六二吳志胡綜傳：「昔武王伐殷，殷民倒戈。」全晉文卷四八傅玄曲制：「此殷士所以倒戈于牧野。」蓋周公以倒戈之殷人不忠其君，故曰「不嘉」。王應麟困學紀聞卷二：「左氏傳云：『太伯不從。』楚辭天問云：『叔旦不嘉。』與夷齊之心一也。此武所以未盡善。」則別一解。又，聞一多楚辭校補以「到」爲「勁」之誤，訓力。朱季海楚辭解故謂「紂已先焚死，蓋倒挐其尸而擊之與？」孫作雲天問研究謂到作倒，言周人倒擊紂身。皆非其義。又，章句「白魚入于王舟」云云，因漢世讖緯之説。漢書卷五六董仲舒傳：「書曰：『白魚入于王舟，有火復于王屋，流爲烏。』此蓋受命之符也。」卷六四終軍傳：「昔武王中流未濟，白魚入于王舟，俯取以燎，羣公咸曰：『休哉！』」論衡卷三初稟篇第一二：「武王得白魚赤烏。」又曰：「白魚入于王舟，王陽曰：『遇適也。』」史記卷一一七司馬相如傳「蓋周躍魚隕杭」，索隱：「胡廣云：『武王渡河，白魚入于王舟。』」然未見周、秦古書所載。

何親揆發足，周之命以咨嗟？

揆，度也。言周公於孟津揆度天命，發足還師而歸，當此之時，周之命令已行天下，百姓咨嗟，嘆而美之也。

【疏證】

揆，度也。◎案：詳參離騷「皇覽揆余初度」注。

言周公於孟津揆度天命，發足還師而歸，當此之時，周之命令已行天下，百姓咨嗟，嘆而美之也。◎同治本「嘆」作「歎」。補注引正文一無「何」字，又引正文一作「周命咨嗟」。姜亮夫屈原賦校注：「依章句義則無何字；依文義則有何字是也。」案：歎、嘆同。章句解楚辭，多易問語爲述語。故據章句，未可定其「何」字之有無。又，據義，發足，舊作「發疋」。楚簡疋、足作[illegible]，是以相亂。疋，古疏字，布也。發疋，發布也。言周公佐武王親揆度發布政令也。夫周公之道，以仁爲本，因禮取義也。說苑卷一五指武：「武王將伐紂，召太公望而問之，曰：『吾欲不戰而知勝，不卜而知吉，使非其人，爲之有道乎？』太公對曰：『有道，王得衆人之心以圖不道，則不戰而知勝矣；以賢伐不肖，則不卜而知吉矣；彼害之，我利之，雖非吾民可得而使也。』武王曰：『善。』乃召周公而問焉，曰：『天下之圖事者，皆以殷爲天子，以周爲諸侯，以諸侯攻天子，勝之有道乎？』周公對曰：『殷信天子，周信諸侯，則無勝之道矣，何可攻乎？』武王忿然曰：『汝言有說乎？』周公對曰：『臣聞之：攻禮者爲賊，攻義者爲殘，失其民制爲匹夫。王攻其失民者也，何攻天下乎？』武王曰：『善。』」淮南子卷一一齊俗訓：「太公問周公曰：『何以治魯？』周公曰：『尊尊親親。』」其是之謂也。又，章句「嘆而美之」云云，嘆，贊美也。漢魏習語。三國志卷五三吳書張紘傳引吳書：「後紘見陳琳作武庫賦、應機論，與琳書，深歎美之。」卷五七吳志虞翻傳引會稽典錄：「且曾聞士人歎美貴邦，舊多英俊。」仲長統昌言下：「好節之士，有遇君子而不食其食者矣，有妻子凍餒而不納善人之施者矣，有茅茨蒿屏而上漏下濕者矣，有窮居僻處求而不可得見者矣，莫不歎美以爲高潔。」嵇康聲無哀樂論：「何必因聲以知虞舜之德，然後歎美邪？」

授殷天下，其位安施？

言天始授殷家以天下，其王位安所施用乎？善施若湯也。

【疏證】

言天始授殷家以天下，其王位安所施用乎？善施若湯也。◎正德本、隆慶本、劉本、俞本、朱本、馮本「王」下有「德」字。同治本「授」作「受」。湖北本「德」作「得」。補注引「位」一作「德」。劉永濟楚辭音注詳解謂「位，當從一本作『德』，下文曰『其罪伊何』，『其德』與『其罪』對文以見意。」聞一多楚辭校補：「王注曰『其王位安所施用乎』，王位亦當作王德。吉藩府翻宋本、朱燮元本、黄省曾本、大、小雅堂本并作『其王德位』，則合作德與作位二本而并存之。」案：其校是也。又，以下「罪若紂也」例之，舊無「者」字。受、授古今字。殷湯之興，以行德政也。郭店楚墓竹簡尊德義：「湯不易桀民而句（後）訂（治）之。聖人之訂（治）民也，民道也。」上博簡（二）訟城是（容成氏）：「湯是之有天下，厚施而薄斂，安身力以勞百姓。」湯炳正楚辭今注謂「施，當爲『移』之同音借字」。施，固有移義，則毋庸改字。徐文靖管城碩記卷一六楚辭集注三：「按竹書武王十二年，王帥西夷諸侯伐殷，敗之於坶野。王親禽受於南單之臺，遂分天之明，立紂子禄父，是爲武庚。夏四月，王歸於豐，饗於太廟，命監殷，遂狩於管。管蔡世家曰：『二人相紂子武庚，治殷遺民。』則是監殷者，饗於太廟而命之，以殷天下之遺民授之。而居是位者，將安所設施以報效邪？反啓武庚以作亂，叛於成王，其罪伊於何底邪？」則説以周封武庚事。朱季海楚辭解故：「其曰『授殷天下』者，蓋『武王既崩，成王少在强葆之中，周公恐天下聞武王崩而畔，周公乃踐阼，代成王攝行政當國』也。曰『其位安施』者，史記魯周公世家曰：『周公之代成王治，南面倍依以朝諸侯。』集解：『駰案：禮記曰：「周公朝諸侯于明堂之位，天子負斧依南向而立。」鄭玄曰：「周公攝王位，以明堂之禮儀朝諸侯也。不於宗廟，避王也。天子，周公也。負之言倍也。斧依，爲斧文屏風於户牖之間，周公於前立也。」』是其事也。」則謂周公攝政事。皆存之以廣異聞。

反成乃亡，其罪伊何？

言殷王位已成，反覆亡之，其罪惟何乎？罪若紂也。

【疏證】

言殷王位已成，反覆亡之，其罪惟何乎？罪若紂也。◎補注引正文「乃」一作「及」。劉師培楚辭考異：「據注似當作『及成反亡』。」聞一多楚辭校補：「劉說是也。王注曰『言殷王位已成，反覆亡之』，是王本作『及成乃亡』。今本作反，因及反形近，又蒙注中『反覆亡之』之文而誤。」案：聞氏但因劉校「反」作「及」之說，而未用乃爲反字之校。上博簡（九）文王訪之於尚父舉治：「大立民，天下之難事也，或以興，或以亡。」施德信民者，湯之道；倍德亡義者，紂之惡。屈子是以問也。又，朱季海楚辭解故：「『反成』，謂『還政成王』。史記魯周公世家『及七年後，還政成王，北面就臣位』。『乃亡』，謂周公出亡也。是有二說：一者謂管叔流言，周公避居於東。墨子耕柱篇謂『古者周公旦非關叔，辭三公，東處於商蓋』。雖汪中譏其失實，第由是可知管叔流言，周公出走之說，自先秦有之。馬、鄭避居東都之說，實興於是矣。若從此說，即『反成乃亡』，謂管叔流言之後，周公既還政成王，避居於東也。其一則謂『及成王用事，人或譖周公，周公奔楚』也。楚故所傳，於二者雖未知孰同孰異，然觀天問之文，知周公當流言之後、東征之前，固當有反政成王，出亡避嫌之舉。『其罪伊何』，言竟有何罪也。」則可備爲別說。又，章句「其罪惟何」云云，以「惟何」釋「伊何」。通古今別語。先秦曰「伊何」，漢以後曰「惟何」。

争遣伐器，何以行之？

伐器，攻伐之器也。言武王伐紂，發遣干戈攻伐之器，争先在前，獨何以行之乎？

【疏證】

伐器，攻伐之器也。◎案：攻者，治也。戰國趙兵器銘文，屢見「邦左伐器」、「邦右伐器」，伐器，猶治器也。器，兵器也。管子卷二七法第六爲兵之數「存乎制器，而器無敵」，尹注：「器，謂兵器。」孫作云天問研究讀遣爲遷，訓分遷；伐爲罰，罰器，罰殷之器，謂戰利品。言勝殷之國分戰利品。若如孫説，與下「竝驅擊翼」不可接榫。

言武王伐紂，發遣干戈攻伐之器，争先在前，獨何以行之乎？◎案：補注：「争遣伐器，謂羣后以師畢會也。」説苑卷一三權謀：「武王伐紂，晨舉脂燭，過隧斬岸，過水折舟，過谷發梁，過山焚萊，示民無反志也。」御覽卷四八二人事部一二三仇讎下引太公六韜：「武王伐殷，乘舟濟河，兵車出，壞舡於河中。太公曰：『太子爲父報仇，令死無生，所過津梁，皆悉燒之。』」所謂「行之」者，示必死之志也。

竝驅擊翼，何以將之？

言武王三軍，人人樂戰，竝載驅載馳，赴敵争先，前歌後舞，鳧藻讙呼，奮擊其翼，獨何以將率之也？

【疏證】

言武王三軍，人人樂戰，竝載驅載馳，赴敵争先，前歌後舞，鳧藻讙呼，奮擊其翼，獨何以將率之也？◎正德本、隆慶本、朱本、劉本、俞本、馮本、莊本、四庫章句本、景宋本「竝」作「並」。補注引「鳧藻讙呼」一作「如鳥噪呼」。寶翰本、皇都本、惜陰本、同治本「噪」作「喿」。柳河東集卷一四天對引「三軍」下無「人人」二字。案：竝，古並字。藻，通作噪。喿，古噪字。翼，陣之兩翼。銀雀山漢簡孫臏兵法官一：「□□陳臨用方翼，泛戰接厝用喙逢。」方翼，旁翼也，謂軍陳於兩側。又曰：「浮沮而翼，所以燧鬬也。」十問：「擊此者，必將三分我兵，練我死士，二者延陳張翼，一者材士練兵，期其中極。此殺將擊衡之道也。」又：「材士練兵，擊其兩翼，故彼先喜後□，三軍大北。此擊箕之道也。」六韜云：「翼其兩旁，疾擊其後。」

昭后成遊，南土爰底。

爰，於也。底，至也。言昭王背成王之制而出遊，南至於楚，楚人沈之，而遂不還也。

【疏證】

爰，於也。◎案：此解本篇三見。爰，猶安也，何也。

底，至也。◎案：爾雅釋詁：「底，止也。」至，亦止也。

言昭王背成王之制而出遊，南至於楚，楚人沈之，而遂不還也。◎劉師培楚辭考異云：「據注后疑作倍。」案：是也。周初時器牆盤銘褒美文王、武王、成王、康王、昭王、穆王功績，其於昭王，則曰：「弘魯昭王，廣批楚荊，唯守南行。」又，過伯簋：「過伯從王伐反荊。」⿰圭夫馭簋：「⿰圭夫馭從王南征，伐楚荊。」貞簋：「貞從王伐荊。」中方鼎：「王令中先省南或（國）貫行。」皆載言昭王南征伐荊楚事。南土，楚也。昭王南征伐楚，喪師漢水，古史有載。左傳僖公四年，齊侯伐楚，曰：「昭王南征而不復，寡人是問。」對曰：「昭王之不復，君其問諸水濱。」杜注：「昭王南巡狩涉漢，船壞而溺。」上博簡（七）吳命「楚人爲不道，不思亓先君之臣事先王，灋（廢）亓贖獻，不共承王事。我君蓋（闔）閭……」云云，即所謂「爾貢包茅不入，王祭不共，無以縮酒」也。史記卷四周本紀：「昭王之時，王道微缺。昭王南巡狩不返，卒于江上。」正義：「帝王世紀云：『昭王德衰，南征，濟于漢，船人惡之，以膠船進王，王御船至中流，膠液船解，王及祭公俱沒于水中而崩。其右辛游靡長臂且多力，游振得王，周人諱之。』」卷三二齊太公世家「昭王南征不復，是以來問」，集解：「服虔曰：『周昭王南巡狩，涉漢未濟，船解而溺昭王，王室諱之，不以赴。諸侯不知其故，故桓公以爲辭責問楚也。』」呂氏春秋卷六季夏紀第三音初篇：「周昭王親將征荆，辛餘靡長且多力，爲王右。還反涉漢，梁敗，王及蔡公抎於漢中。辛餘靡振王北濟，又反振蔡公。周公乃侯之于西翟，實爲長公。」御覽卷八七四咎徵部一天光引竹書紀年：「周昭王末年，夜有五色光貫紫微，其年，王南巡不退（復）。」初學記卷七地部下第二漢水「遇兕」條引竹書紀年：「周昭王十六年伐楚荆，涉漢，遇大兕。」又，「六師喪」條引紀年：「周昭王十九年，天大曀，雉兔皆震，喪六師于漢。」六師，金文作「六自」或「西六自」，徐中舒云：「西六自爲王之禁軍，大雅棫樸之詩云：『周王于邁，六師及之。』此六師即金文之西六自，西六師爲王禁衛，隨時皆在王之左右，所以王行而『六師及之』。」昭王所喪「六師」，皆禁衛。陳直拾遺云：「成遊，謂昭王作方城之遊也。左僖四年傳云：『楚國方城以爲城，漢水以爲池。』商朱中子方成鼎亦省『城』作『成』可證。屈子，楚人，故詳言其地理如此。」其證以商朱中子方成鼎銘文，以成爲方城者，庶幾是也。

厥利惟何，逢彼白雉？

厥，其也。逢，迎也。言昭王南遊，何以利于楚乎？以爲越裳氏獻白雉，昭王德不能致，欲親往逢迎之。

【疏證】

厥，其也。◎案：三代曰厥，春秋以後曰其。詳參離騷「浞又貪夫厥家」注。

逢，迎也。◎案：上「何顛易厥首而親以逢殆」，章句：「逢，遇也。」是用本義。此逢解逢迎，是引申義。方言卷一：「逢、逆，迎也。自關而東曰逆，自關而西或曰迎，或曰逢。」逆、迎，亦聲之轉。爾雅釋詁：「逢，遻也。」遻、逆一字。周秦曰逆、曰逢，兩漢曰迎，所以通古今別語。

言昭王南遊，何以利于楚乎？以爲越裳氏獻白雉，昭王德不能致，欲親往逢迎之。◎正德本、隆慶本、馮本、俞本、劉本、朱本、莊本、湖北本、四庫章句本「以爲」作「此爲」。文淵四庫章句本「迎」作「近」，文津本亦作「迎」。柳河東集卷一四天對及正德本、隆慶本、馮本、俞本、朱本、莊本、湖北本、四庫章句本「迎之」下有「乎」字。案：據義，則舊作「以爲」。又，「迎之」下舊當有「乎」字。又，據章句「言昭王南遊，何以利于楚乎」云云，正文「惟」本作「爲」。君子亦言「利」。清華簡（五）殷高宗問於三壽：「内基而外比，上下毋攘，左右毋比，强敕糾出，經緯順齊，土（妬）悁（怨）毋作，而天目毋眉（眯），是名曰利。」而昭王所求者，非君子所言「利」也。尚書大傳卷四金縢，周公居攝六年，「越裳以三象重譯而獻白雉。」即章句所因。又，韓詩外傳卷五：「比朞三年，果有越裳氏重九譯而至，獻白雉於周公。」説苑卷一八辨物：「成王時有三苗貫桑而生，同爲一秀，大幾盈車，民得而上之成王。成王問周公：『此何也？』周公曰：『三苗同秀爲一，意天下其和而爲一乎？』後三年，則越裳氏重譯而朝。」論衡卷八儒增篇第二六：「周時天下太平，越裳獻白雉。」漢書卷一二平帝紀：「元始元年春正月，越裳氏重譯獻白雉一，黑雉二。」顏師古注：「越裳，南方遠國也。譯謂傳言也。道路絶遠，風俗殊隔，故累譯而後乃通。」後漢書卷八六南蠻西南夷傳：「交阯之南有越裳國。周公居攝六年，制禮作樂，天下和平，越裳以三象重譯而獻白雉。」王家臺秦簡歸藏：「復曰：昔者陼（楚）王卜復白雉□。」謂楚王卜反白雉。白雉既爲周家之瑞，亦楚之祥徵也，豈得輕獻？越裳氏獻白雉，在周公居攝時，至昭王之世未至，故南征以迎之。又，日人西村時彦云：「竹書：『昭王十九年，祭公辛伯從。王伐楚，天大曀，雉兔皆震。』徐氏統箋引此二句及朱子集注『昭王南遊至楚』云云，白雉事無所見。今據竹書『昭王十九年伐楚，涉漢，天大曀，雉兔皆震』。當是『厥利維何逢彼兔雉』也。汲冢未出，世不知有雉兔事，遂訛爲白雉耳。」其説較漢師通融，可備一解。

穆王巧梅，夫何爲周流？

梅，貪也。言穆王巧於辭令，貪好攻伐，遠征犬戎，得四白狼、四白鹿，自是後，夷狄不至，諸侯不朝，穆王乃更巧詞，周流而往説之，欲以懷來也。

【疏證】

梅，貪也。◎補注引「梅」一作「珻」，又引方言作「挴」，曰：「其字從手。賈生云『品庶每生』是也。集韻云：『梅，母罪切，慙也。挴，母亥切，貪也。』諸本作梅，其字從木，傳寫誤耳。珻，玉名，亦非也。巧挴，言巧於貪求也。」案：洪説是也。列子卷三周穆王：「周穆王時，西極之國有化人來，入水火，貫金石，反山川，移城邑，乘虛不墜，觸實不硋，千變萬化，不可窮極。既已變物之形，又且易人之慮，穆王敬之若神，事之若君，推路寢以居之，引三牲以進之，選女樂以娛之。化人以爲王之宫室卑陋而不可處，王之廚饌腥螻而不可饗，王之嬪御膻惡而不可親。穆王乃爲之改築土木之功，赭堊之色，無遺巧焉。」其是之謂也。章句以巧爲巧於辭令者，非也。每、梅、挴，皆通用字，本無貪義。梅，讀如謀，引申之言貪。又，聞一多楚辭校補謂「梅、珻並當爲挴，字之誤也。巧讀爲考」，考挴，即考牧；「將以考校八駿之德力故曰考牧也」。孫作云天問研究亦謂梅作挴，通作牧，言巧牧。皆好奇也。

言穆王巧於辭令，貪好攻伐，遠征犬戎，得四白狼、四白鹿，自是後，夷狄不至，諸侯不朝，穆王乃更巧詞，周流而往説之，欲以懷來也。◎柳河東集卷一四天對引「詞」作「調」。正德本、隆慶本、馮本、俞本、朱本、劉本、四庫章句本「言穆王」下有「乃」字，「詞」作「調」。莊本、湖北本「言穆王」下有「乃」字。毛祥麟楚辭校文曰：「文瀾閣本『是』下有『以』字。」案：文津本、文淵本亦無

「以」字。據義，舊作「巧詞」。補注：「左傳云：『穆王欲肆其心，周行天下，將必有車轍馬迹焉。祭公謀父作祈招之詩，以止王心。王是以獲没於祇宫。』史記云：『周穆王得驥、温驪、驊騮、騄耳之駟，西巡狩，樂而忘歸。徐偃王作亂，造父爲穆王御，長驅歸周以救亂。』」國語卷一周語上：「王不聽，遂征之，得四白狼四白鹿以歸。自是荒服者不至。」韋注：「白狼、白鹿，犬戎所貢。」即章句所因。洪氏引左傳見昭公十二年，其載祈招之詩：「祈招之愔愔，式昭德音，思我王度，式如玉，式如金。形民之民，而無醉飽之心。」此未見三百篇者，佚詩也。

環理天下，夫何索求？

環，旋也。言王者當脩道德，以來四方，何爲乃周旋天下，而求索之也？

【疏證】

環，旋也。◎案：環之爲旋，讀如還，古字通用。儀禮卷三五士喪禮第一二「布巾環幅不鑿」，鄭注：「古文環作還。」左傳襄公十年「諸侯之師還鄭而南」，釋文：「還，本又作環。」還，旋也。穆天子傳卷四郭注引紀年：「穆王西征，還里天下，億有萬九里。」還里，同此「環理」。作里、理皆不辭，似作履，音訛字。履，行也。還履，周旋而行也。章句「周旋天下」云云，其舊本作「還履」。

言王者當脩道德，以來四方，何爲乃周旋天下，而求索之也？◎正德本、隆慶本、馮本、俞本、劉本、朱本、莊本、湖北本、四庫章句本皆無「以」字，「何爲」上有「穆王」二字。柳河東集「何爲」上有「穆王」二字。案：管子卷八小匡第二〇：「昔吾先王周昭王、穆王，世法文、武之遠迹，以成其名，合羣國，比校民之有道者，設象以爲民紀。」其言「合羣國」，則穆王不惟征西。竹書紀年穆王十七年：「穆王北征，行流沙千里，積羽千里。」穆天子傳卷一郭注引紀年：「大子北征于犬戎，取其五王以東。」北征也。類聚卷九一鳥部引紀年：「穆王十三年西征，至于青鳥之所憩。」穆天子傳卷三郭注引紀年：「穆王十七年，至昆侖丘，見西王母，其年來見，賓于昭宮。」西征也。廣韻卷一上平聲元韻「黿」字引紀年：「穆王十七年，起師，至九江，以黿爲梁。」類聚卷九水部「橋」條引紀年：「周穆王三十七年，伐楚，大起九師，至于九江，比黿鼉爲梁。」御覽卷七三地部三八橋引紀年：「周穆王七年，大起師，東至于九江，架黿鼉以爲梁。」卷三〇五兵部三六征伐下引紀年：「周穆王四十七年，伐紆，大起九師，東至于九江，比黿以爲梁。」書鈔卷一一四武功部「穆王伐大越」條引紀年：「周穆王伐大越，起九師，東至九江，架黿鼉以爲梁也。」白氏六帖卷九橋引紀年：「周穆王三十七年，伐荆，東至九江，比黿鼉爲梁而渡。」唐寫本修文殿御覽殘卷引紀年：「穆王南征，君子爲鶴，小人爲飛鴞。」御覽卷八五帝王部一〇穆王引抱朴子：「周穆王南征，一軍盡化，君子爲猨，爲鵠，小人爲蟲，爲沙。」東征、南征也。開元占經卷四引紀年：「穆王東征天下二億二千五百里，西征億有九萬里，南征億有七百三里，北征二億七里。」即所謂「還履天下」也。

爲妖怪，執而曳戮之於市也。

妖夫曳衒，何號于市？

妖，怪也。號，呼也。昔周幽王前世有童謡曰：「檿弧箕服，實亡周國。」後有夫婦賣是器，以爲妖怪，執而曳戮之於市也。

【疏證】

妖，怪也。◎正德本、隆慶本、朱本、劉本、馮本、湖北本「怪」作「恠」，四庫章句本作「臣」。案：恠，俗怪字。妖，謂女專權也。作「臣」，訛也。大戴禮記第六八千乘篇：「子女專曰妖。」引申之言怪異、妖孽。古多以「妖孽」駢舉。禮記卷二二禮運第九：「故無水旱昆蟲之災，民無凶飢妖孽之疾。」卷五三中庸第三一：「國家將興，必有禎祥；國家將亡，必有妖孽。」韓詩外傳卷三：「七日而穀亡，妖孽不見，國家昌。」新序卷七節士：「夫機祥妖孽，天之道也；恭嚴承命，人之行也。」春秋繁露卷一三同類相動第五七：「帝王之將興也，其美祥亦先見；其將亡也，妖孽亦先見。」説苑卷一〇敬慎：「妖孽者，天所以警天子諸侯也。」

號，呼也。◎案：詳參上「蓱號起雨何以興之」注。

昔周幽王前世有童謡曰：「檿弧箕服，實亡周國。」後有夫婦賣是器，以爲妖怪，執而曳戮之於市也。◎正德本、隆慶本、馮本、朱本、劉本、俞本、湖北本、莊本、四庫章句本、景宋本「實」作「寔」。正德本、隆慶本、朱本、馮本、劉本「怪」作「恠」。柳河東集卷一四天對引無此三十七字。世綵堂本則有此三十七字。案：實、寔同。恠，俗怪字。聞一多楚辭校補：「衒，疑當作銜，字之誤也。王注不釋衒義，但曰『執而曳戮之于市』。然衒無戮義，是王本不作衒明甚。上文曰『鴟龜曳銜』。此文『曳銜』之語，正與彼同。今本作曳衒者，銜衒形近，注中又有『大婦賣是器』之語，故銜誤爲衒也。『曳銜』者，曳、絏同，係也；銜，相銜接也。」其説得之。章句「周幽王前世」云云，在周宣王之時。宣王，幽王父。國語卷一六鄭語：「且宣王之時，有童謠曰：『檿弧箕服，實亡周國。』於是宣王聞之，有夫婦鬻是器者，王使執而戮之。」韋昭注：「山桑曰檿。弧，弓也。箕，木名。服，矢房。」史記卷四周本紀曰：「宣王之時，童女謠曰：『檿弧箕服，實亡周國。』於是宣王聞之，有夫婦賣是器者，宣王使執而戮之。」又，書鈔卷一二六、卷四一同引汲冢瑣語：「幽王娶褒姒，楚矢箕服，是喪王國。」則與國語別。

周幽誰誅，焉得夫褒姒？

褒姒，周幽王后也。昔夏后氏之衰也，有二神龍止於夏庭，而言曰：「余，褒之二君也。」夏后布幣糈而告之，龍亡而漦在，櫝而藏之。夏亡傳殷，殷亡傳周，比三代莫敢發也。至厲王之末，發而觀之，漦流于庭，化爲玄黿，入王後宮。後宮處妾遇之而孕，無夫而生子，懼而弃之。時被戮夫婦夜亡，道聞後宮處妾所弃女啼聲，哀而收之，遂奔褒。褒人後有罪，幽王欲誅之，褒人乃入此女以贖罪，是爲褒姒，立以爲后。惑而愛之，遂爲犬戎所殺也。

【疏證】

褒姒，周幽王后也。昔夏后氏之衰也，有二神龍止於夏庭，而言曰：「余，褒之二君也。」夏后布幣糈而告之，龍亡而漦在，櫝而藏之。夏亡傳殷，殷亡傳周，比三代莫敢發也。至厲王之末，發而觀之，漦流于庭，化爲玄黿，入王後宮。後宮處妾遇之而孕，無夫而生子，懼而弃之。時被戮夫婦夜亡，道聞後宮處妾所弃女啼聲，哀而收之，遂奔褒。褒人後有罪，幽王欲誅之，褒人乃入此女以贖罪，是爲褒姒，立以爲后。惑而愛之，遂爲犬戎所殺也。◎正德本、隆慶本、馮本、俞本、朱本、劉本、莊本、湖北本、四庫章句本「弃」作「棄」，「幣糈」作「弊請」，「立以爲」作「用以爲」。補注引「藏之」一作「弆之」，曰：「弆即藏也。」案：其説是也。史記作「去之」。去、弆，後之分別文。弃、棄，皆訛也。糈，請之訛。國語卷一六鄭語：「府之小妾生女，而非王子也。懼而棄之。此人也，收以奔褒，天之命此久矣，其又何可爲乎？訓語有之曰：『夏之衰也，褒人之神化爲二龍，以同於王庭。』而言曰：『余，褒之二君也。』夏后卜殺之，與去之，與止之。莫吉。卜請其漦而藏之。吉。乃布幣焉，而策告之。龍亡而漦在，櫝而藏之。傳郊之。歷殷、周，莫之發也。至厲王之末，發而觀之，漦流于庭，不可除也。王使婦人不幃而譟之，化爲玄黿，以入于王府。府之童妾，未既齔而遭之，既笄而孕，當宣王時而生，不夫而育，故懼而棄之。爲弧服者，方戮在路，夫婦哀其夜號也而取之以逸，逃于褒。褒人褒姁有獄，而以爲入於王。王遂置之，而嬖是女也。使至於爲后，而生伯服。」又，史記卷四周本紀：「周太史伯陽讀史記曰：『周亡矣。』昔自夏后氏之衰也，有二神龍止於夏帝庭，而言曰：『余，褒之二君。』夏帝卜殺之與去之與止之，莫吉。卜請其漦而藏之，乃吉。於是布幣而策告之，龍亡而漦在，櫝而去之。夏亡，傳此器殷；殷亡，又傳此器周，比三代，莫敢發之。至厲王之末，發而觀之，漦流于庭，不可除。厲王使婦人倮而譟之。漦化爲玄黿，以入王後宮。後宮之童妾既齔而遭之，既笄而孕，無夫而生子，懼而弃之。宣王之時，童女謠曰：『檿弧箕服，實亡周國。』於是宣王聞之，有夫婦賣是器者，宣王使執而戮之。逃於道，而見鄉者後宮童妾所弃妖子出於路者，聞其夜啼，哀而收之，夫婦遂亡，犇於褒。褒人有罪，請入童妾所弃女子者於王以贖罪。弃女子出於褒，是爲褒姒。當幽王三年，王之後宮見而愛之，生子伯服，竟廢申后及太子，以褒姒爲后，伯服爲太子。太史伯陽曰：『禍成矣，無可柰何！』」則比較舊注多與史記合，章句因史記。又，詩正月：「今兹之正，胡然厲矣。燎之方揚，寧或滅之。赫赫宗周，褒姒滅之。」後漢書卷八七西羌傳：「後十年，幽王命伯士伐六濟之戎，軍敗，伯士死焉。」伯士，即伯般。清華簡（二）繫年曰：「周幽王取妻于西申，生平王。王或取褒人之女，是褒姒，生伯盤。褒姒嬖于王，王與伯盤逐平王，平王走西申。幽王起師，圍平王于西申，申人弗畀，曾人乃降西戎，以攻幽王，幽王及伯盤乃滅，周乃亡。」則同竹書，亦作盤。其載幽王、伯盤事亦同竹書。誅幽王者，雖曰西戎，實始于褒姒之取也。御覽卷一四七皇親部一三太子二引竹書紀年：「幽王八年，立褒姒之子曰伯服，爲太子。」左傳昭公二十六年正義引汲冢竹書紀年：「平王犇西申，而立伯盤以爲太子，與幽王俱死于戲。先是，申侯、魯侯及許文公立平王于申，以本太子故稱天王。幽王既死，而虢公翰又立王子余臣于携，周二王並立。」伯盤，即伯服。盤，古作般，作服，訛也。

天命反側，何罰何佑？

言天道神明，降與人之命，反側無常，善者佑之，惡者罰之。

【疏證】言天道神明，降與人之命，反側無常，善者佑之，惡者罰之。◎聞一多楚辭校補：「劉盼遂氏云當作『何佑何罰』，罰與殺韻。案：劉説是也。王注曰『善者佑之，惡者罰之』。先言『佑』，後言『罰』，是王本尚未倒。」案：胡文英屈騷指掌謂當作「何佑何罰」，固先於劉氏。上博簡（八）志書乃言、清華簡（七）越公其事「反側」作「反昗」。昗，古昃字，謂日過中而下也。章句「反側無常」云云，以「無常」釋「反側」。是也。側，則也。古字通用。史記卷五二齊悼惠王世家「太子側立」，漢書卷三八高五王傳側作則。莊子卷八列禦寇第三二「醉之以酒而觀其側」，釋文：「或作則。」則，常也。易彖「後有則也」，「則困而反則也」，「不違則也」，「順以則也」，「失則也」，「乃見天則」。王引之經義述聞第二周易下：「爾雅曰：『則，常也。』故管子七法篇曰：『物皆均有焉而未嘗變也，謂之則。』震來虩虩，恐懼失常。後乃笑，言復其常度。故震彖傳曰：『笑言啞啞，後有則也。』有則，猶言有常。坤文言曰『後得主而有常』是也。同人九四：『知難而退，始雖困苦，終復其常。』故同人象傳曰：『其吉，則困而反則也。』反則，猶言反常。屯象傳『十年乃字，反常』是也。謙之卦：『德，以謙爲常。』六四：『撝謙，不改其舊。』故謙象傳曰：『無不利撝，謙不違則也。』違則，猶言變常。歸妹象傳曰『利幽人之貞，未變常也』是也。明夷六二：『用拯馬壯，應天合衆，處順安常。』故明夷象傳曰：『六二之吉順以則也。』順以則，猶言順而有常。坤彖傳曰『後順得常』是也。明照四方，乃日之常。入于地中，則失常道。故明夷象傳又曰：『後入於地，失則也。』失則，猶言失常。需象傳曰『利用恆無咎，未失常』是也。天之常道，既健且剛，乾元用九，乃得其常，故乾文言曰：『乾元用九，乃見天則。』天則，猶言天常。文十八年左傳『以亂天常』，哀六年左傳『帥彼天常』。皆謂天之常道也。解者多以則爲法則。夫『笑言啞啞』，何法則之？可傳弗克，攻吉。何法則之？可反明入地中，又何失法則之有乎？」其說可爲此「反則」旁證。清華簡（五）殷高宗問於三壽：「彶（急）利囂神莫恭而不㝅（顧）于後，神民並尤而仇怨所聚，天罰所加，以凶見詢。」是所謂罰也。佑，古作右。馬王堆帛書易大有上九「自天右之」，今本「右之」作「佑之」。善夫克鼎：「用匄康□屯右。」屯右，即純佑也。責詰天命、鬼神之公，皆屈子憤慨不平之語。上博簡（七）凡物流型：「鬼生於人，奚古（故）神明？骨肉之既林（靡），亓（其）智愈暲（障）。亓（其）夬井（系）帝（適），管（孰）智（知）亓（其）彊（彊）？」亦問鬼神不明也。又，（五）鬼神之明：「返（及）五（伍）子疋（胥）者，天下之聖人也，鴟夷而死。榮夷公者，天下之亂人也，長年而没。女目（以）此詰之，則善者或不賞，而暴者或不罰，古（故）吾因加鬼神不明，則必又（有）古（故）。」則天命、鬼神固有不明時矣。史記卷六一伯夷列傳：「『天道無親，常與善人』。若伯夷、叔齊，可謂善人者非邪？積仁絜行如此而餓死！且七十子之徒，仲尼獨薦顔淵爲好學。然回也屢空，糟糠不厭，而卒蚤夭。天之報施善人，其何如哉？盜蹠日殺不辜，肝人之肉，暴戾恣睢，聚黨數千人横行天下，竟以壽終。是遵何德哉？此其尤大彰明較著者也。若至近世，操行不軌，專犯忌諱，而終身逸樂，富厚累世不絶。或擇地而蹈之，時然後出言，行不由徑，非公正不發憤，而遇禍災者，不可勝數也。余甚惑焉，儻所謂天道，是邪非邪？」史公所以忼慨者，蓋類屈子之所問也。

齊桓九會，卒然身殺。

言齊桓公任管仲，九合諸侯，一匡天下，任豎刁、易牙，子孫相殺，虫流出户，一人之身，一善一惡，天命無常，罰佑之不恆也。

【疏證】

言齊桓公任管仲，九合諸侯，一匡天下，任豎刁、易牙，子孫相殺，虫流出户，一人之身，一善一惡，天命無常，罰佑之不恆也。◎正德本、隆慶本、劉本、馮本、俞本、朱本、莊本「虫」作「蟲」。同治本「豎」作「竪」。補注引「會」一作「合」。案：經、傳多作九合。左傳襄公十一年：「八年之中九合諸侯」；論語卷一四憲問「桓公九合諸侯」，荀子卷七王霸第一一「然九合諸侯，一匡天下」，韓非子卷三十過篇第一〇「昔者齊桓公九合諸侯，一匡天下。」是舊作「合」字。清華簡（二）繫年：「齊趄公會者（諸）侯以成（城）楚丘。」此「九會」之一也。補注：「國語曰：『兵車之屬六，乘車之會三。』孫明復尊王發微曰：『桓公之會十有五：十三年會北杏，十四、十五年會鄄，十六、二十七年會幽，僖元年會檉，二年會貫，三年會陽穀，五年會首止[丘]，七年會寗母，八年會洮，九年會葵丘，十三年會鹹，十五會牡丘，十六年會淮是也。孔子止言其九者，蓋十三年會北杏，桓始圖伯，其功未見。十四會鄄，又是伐宋諸侯。僖八年會洮，十三年會鹹，十五年會牡丘，十六年會淮，皆有兵車，故止言其會之盛者九焉。』」未見會楚丘者。桓公之會諸侯者，歷歷可考諸經傳者，凡五十有四，非止十五也。九，讀如勼。說文：「勼，聚也。」勼合，聚合也。卒然，終焉也。上博簡（五）競建内之：「或以豎刁與易牙爲相，二人也朋黨，羣獸遱（摟）堋（朋），取與厭公，告而僯。」

蓋在管仲後，繼爲相者，豎刁與易牙也。洪氏又云：「史記曰：『管仲病，桓公問曰：「易牙何如？」對曰：「殺子以適君，非人情，不可。」「開方何如？」曰：「倍親以適君，非人情，難近。」「豎刁何如？」曰：「自宫以適君，非人情，難親。」管仲死，桓公卒近用三子，三子專權。桓公卒，易牙與豎刁殺羣吏而立公子無詭爲君。桓公病，五公子各樹黨争立。及桓公卒，遂相攻，以故宫中莫敢棺。桓公尸在牀上六十七日，尸蟲出於户。無詭立，乃棺赴。』按小白之死，諸子相攻，身不得斂，與見殺無異。故曰『卒然身殺』，甚之也。」其説得之。又，漢書卷六五東方朔傳「是以豎貂爲淫而易牙作患」，顔師古曰：「豎貂、易牙皆齊桓公臣也。管仲有病，桓公往問之曰：『將何以教寡人？』管仲曰：『願君之遠易牙、豎貂。』公曰：『易牙亨其子以快寡人，尚可疑邪？』對曰：『人之情非不愛其子，其子之忍，又將何有於君？』公曰：『豎貂自宫以近寡人，猶可疑邪？』對曰：『人之情非不愛其身也，其身之忍，又將何有於君？』公曰：『諾。』管仲死，盡逐之，而公食不甘，宫不治。居三年，公曰：『仲父不亦過乎？』於是皆復召，即反之。明年，公有病，易牙、豎貂相與作亂，塞宫門，築高牆，不通人。有一婦人踰垣入，至公所。公曰：『我欲食。』婦人曰：『吾無所得。』又曰：『我欲飲。』婦人曰：『吾無所得。』公曰：『何故？』對曰：『易牙、豎貂相與作亂，塞宫門，築高牆，不通人，故無所得。』公慨然歎涕出，曰：『嗟乎！聖人所見豈不遠哉？若死者有知，我將何面目見仲父乎！』蒙衣袂而絶乎壽宫，虫流出於户，蓋以楊門之扉，三月不葬。」未知顔氏所據，其稱易牙、豎刁，則未見有開方。競建内之：「或𠃬（以）豎逜（刁）與𢧢（易）𦥑（牙）爲相。」亦祇稱二人。呂氏春秋卷一六先識覽第三知接篇謂作亂者爲易牙、豎刀、常之巫三人。則又别也。韓非子卷二二柄篇第七：「易牙蒸其子首而進之。」則易牙所殺之子，首子也。古有食首子之遺俗，故桓公未以爲怪。墨子卷六節葬篇下第二五：「昔者越之東，有輆沭之國者，其長子生，則解而食之，謂之宜弟。」卷一三魯問篇第四九：「楚之南有啖人之國者橋，其國之長子生，則鮮而食之，謂之宜弟。美則以遺其君，君喜則賞其父。」漢書卷九八元后傳：「羌胡尚殺首子，以盪腸正世。」顔師古注：「盪，洗滌也。言婦初來，所生之子或它姓。」後漢書卷八六南蠻傳：「交阯其西有噉人國，生首子輒解而食之，謂之宜弟。味旨則以遺其君，君喜而賞其父。」

彼王紂之躬，孰使亂惑？

惑妲己也。

【疏證】

惑妲己也。◎四庫章句本「妲己」作「如己」。案：如，訛也。上博簡（二）訟城是（容成氏）：「受不述亓先王之道，自爲芑爲於。亓政治而不賞，官而不爵，無萬（勵）於民，而治亂不崇（常）。是虖（乎）作爲九城（成）之臺，視（寘）盂炭亓下，加圜木於亓上，思民道（蹈）之，能述（遂）者述

（遂），不能述（遂）者内（入）而死，不從命者從而桎梏之。於是虖（乎）作爲金桎三千。既爲金桎，或（又）爲酒池，厚樂於酒。溥亦（夜）以爲槿（淫），不聖（聽）丌邦之正（政）。於是虖（乎）九邦畔之：豐、鎬、郍、𨛭、于、鹿、耆、宗（崇）、密須是（氏）。」荀子卷一五解蔽篇第二一：「紂蔽於妲己、飛廉，而不知微子啓，以惑其心而亂其行。」此其所謂「亂惑」。竹書紀年帝辛九年，「王師伐有蘇，獲妲己以歸。」國語卷七晉語一：「殷辛伐有蘇，有蘇氏以妲己女焉。妲己有寵，於是乎與膠鬲比而亡殷。」韋注：「膠鬲，殷賢臣也。自殷適周，佐武王以亡殷也。」則妲己猶末喜、西施之屬，蓋有功於周焉。呂氏春秋卷一六先識覽第一先識篇：「商王大亂，沈于酒德，辟遠箕子，爰近姑與息。妲己爲政，賞罰無方，不用法式，殺三不辜，民大不服。」新序卷一雜事：「紂之亡也，以妲己。」史記卷三殷本紀，帝紂「好酒淫樂，嬖于婦人，愛妲己，妲己之言是從」。集解：「皇甫謐曰：『有蘇氏美女。』」索隱：「國語有蘇氏女，妲字己姓也。」又曰：「周武王遂斬紂頭，縣之大白旗。殺妲己。」

何惡輔弼，讒諂是服？

服，事也。言紂憎輔弼，不用忠直之言，而事用諂讒之人也。

【疏證】

服，事也。◎案：詳參上「舜服厥弟終然爲害」注。

言紂憎輔弼，不用忠直之言，而事用諂讒之人也。◎正德本、隆慶本、劉本、馮本、俞本、朱本、莊本、湖北本、四庫章句本「憎」作「惡」。案：章句「憎惡」字或單用「憎」，或單用「惡」。單用「憎」，漢世語。離騷「謂幽蘭其不可佩」，章句：「以言君親愛讒佞，憎遠忠直，而不肯近也。」七諫謬諫「恐操行之不調」，章句：「恐不和於俗，而見憎於衆也。」九懷思忠「弗可久兮此方」，章句：「世憎忠信，愛諂諛也。」九歎愍命「甂甌蠹於筐簏」，章句：「言愛小人憎君子也。」則舊作「紂憎輔弼，比干、箕子、微子三仁也。論語卷一八微子：「微子去之，箕子爲之奴，比干諫而死。孔子曰：『殷有三仁焉。』」莊子卷八漁父篇第三一：「好言人之惡謂之讒。」又曰：「希意導言謂之諂。」荀子卷一脩身篇第二：「傷良曰讒。」卷九臣道篇第一三：「從命而不利君謂之諂。」鬼谷子第九權篇：「先意承欲者，諂也。」讒諂，謂飛廉、惡來也。

比干何逆，而抑沈之？

比干，聖人，紂諸父也。諫紂，紂怒，乃殺之，剖其心也。

【疏證】

比干，聖人，紂諸父也。諫紂，紂怒，乃殺之，剖其心也。◎徐仁甫古詩別解：「余疑『抑沈』當作『沈抑』，惜誦『情沉抑而不達』，正作『沉抑』。『賜封』當作『封賜』，聯合詞組顛倒其義不變。如此則『抑』與『賜』叶矣。而『金』字爲後人妄增，顯然無疑。」案：非也。沈與金字協韻，説詳參下。補注：「抑沈，猶九章云『情沈抑而不達』也。」其説極是。沈抑，古之習語。七諫謬諫「情沈抑而不揚」，九歎怨思「思沈抑而不揚」，哀時命「志沈抑而不揚」。乙作「抑沈」，以趁韻故也。又，何劍薰楚辭拾瀋據注「乃殺之剖其心」，謂「抑沈之」當作「剖之心」，心與下金字協韻。其率臆改字，益非。逆，順之反。新書卷八道術：「行歸而過謂之順，反順爲逆。」郭店楚墓竹簡成之聞之篇：「是古小人亂天常（常）以逆大道，君子治人侖（倫）以川（順）天悳（德）。」漢帛書經法道法：「逆順死生，物自爲名。」四度：「動静不時胃（謂）之逆，生殺不當胃（謂）之暴。」又曰：「逆順同道而異理，審知逆順，是胃（謂）道紀。」約論：「人事之理也，逆順是守。順則生，理則成，逆則死。」何逆，謂逆紂也。墨子卷一親士篇第一：「是故比干之殪，其抗也。」抗，逆也。竹書紀年帝辛五十一年，「王囚箕子，殺王子比干，微子出奔。」史記卷三八宋微子世家：「比干見箕子諫不聽而爲奴，則曰：『君有過而不以死争，則百姓何辜？』乃直言諫紂。紂怒曰：『吾聞聖人之心有七竅，信有諸乎？』乃遂殺王子比干，刳視其心。」卷三殷本紀正義引括地志云：「比干見微子去，箕子狂，乃歎曰：『主過不諫，非忠也；畏死不言，非勇也。過則諫，不用則死，忠之至也。』進諫不去者三日。紂問：『何以自持？』比干曰：『修善行仁，以義自持。』紂怒，曰：『吾聞聖人心有七竅，信諸？』遂殺比干，刳視其心也。」又，韓非子卷四説難篇第一二：「夫龍之爲蟲也，柔可狎而騎也。然其喉下有逆鱗徑尺，若人有嬰之者，則必殺人。人主亦有逆鱗，説者能無嬰人主之逆鱗，則幾矣。」比干所以剖心者，嬰紂逆鱗也。

雷開阿順，而賜封之？

雷開，佞人也。阿順於紂，乃賜之金玉而封之也。

【疏證】

雷開，佞人也。阿順於紂，乃賜之金玉而封之也。◎柳河東集卷一四天對、正德本、隆慶本「人」作「臣」。補注引一云「雷開何順而賜封金」。案：舊作「佞臣」。古今事文類聚别集卷一九性行部「古佞人」條引亦作「佞人」。又，正德本、隆慶本、朱本、馮本、俞本、莊本及書鈔卷三〇政術部佞邪九及唐類函卷六八、古今事文類聚别集卷一九性行部「古佞人」條引「之」下有「金」字，皆存古本之舊。金與上句沈字同協侵韻。或本脱之字，或以爲協兩之字韻而删金字。非也。章句「乃賜之金玉而封之也」云云，其舊本亦作金也。雷開其人，未見他書所載。章句「佞臣」云云，但以意逆之，而未有詳説。吉城楚辭甄微謂雷通作纍；開，微子啓也。以身殉國爲纍。「微子志存社祀，無愧於殷先王，不徒效忠於獨夫也。屈子稱之以纍，得春秋之義矣」。微子啓無賜金之事。其説無據。且微子奔周叛殷，屈子甚諱其事。又，姜亮夫屈原賦校注：「呂氏春秋『雷開進諛言，紂賜金玉而封之』是也。」呂覽無此文。山帶閣注楚辭卷三引大紀：「雷開進諛言，紂賜金玉而封之。」姜氏因此而訛。據史記，紂之佞臣有飛廉、惡來、崇侯虎、費仲等，雷開，蓋其別名。何順，當作阿順，古習語。史記卷六秦始皇本紀：「問左右，左右或默，或言馬，以阿順趙高。」漢書卷九四下匈奴傳下：「季布曰：『噲可斬也。妄阿順指。』」

何聖人之一德，卒其異方？

聖人，謂文王也。卒，終也。言文王仁聖，能純一其德，則天下異方，終皆歸之也。

【疏證】

聖人，謂文王也。◎案：據下文，聖人，梅伯、箕子也，非謂文王。補注：「文王順紂而不敢逆，武王逆紂而不肯順，故曰『異方』。或曰：下文云『梅伯受醢，箕子佯狂』。此異方也。」則當從「或説」。洪氏前説，因莊子卷四天運篇第一四：「文王順紂而不敢逆，武王逆紂而不肯順，故曰不同。」

卒，終也。◎案：因爾雅釋詁。詩日月「畜我不卒」，鄭箋：「卒，終也。」

言文王仁聖，能純一其德，則天下異方，終皆歸之也。◎聞一多楚辭校補：「游國恩氏云：『卒其異方』當作『卒異其方』，『其』斥梅伯箕子，言梅伯箕子各異其方也。案：游説是也。淮南子泰族訓曰『箕子比干，異趣而皆賢』，義可與此互參。王注曰『言文王仁聖，能純一其德，則天下方終皆歸之也』，是王本『異其』二字已倒。」案：聖人之稱，周、秦各家多有異同。莊子卷六徐無鬼篇第二四：「以德分人謂之聖，以財分人謂之賢。」列子卷六力命：「以德分人謂之聖人，以財分人謂之賢人。」卷八天下篇第三三：「以天爲宗，以德爲本，以道爲門，兆于變化，謂之聖人。」此道家説也。韓非子卷八説林下第二三：「崇侯、惡來知不適紂之誅也，而不見武王之滅之也。比干、子胥知其君之必亡也，而不知身之死也。故曰：崇侯、惡來知心而不知事，比干、子胥知事而不知心。聖人其備矣。」卷一七詭使篇第四五：「汎愛天下謂之聖。」此法家説也。荀子卷四儒效篇第八：「積善而全盡謂之聖人。」卷五王制篇第九：「一與一是爲人者謂之聖人。」卷一七君子篇第二四：「備而不矜，一自善也，謂之聖。」此儒家説也。管子卷一三心術上第三四：「物固有形，形固有名，名當，謂之聖人。」卷一六内業篇第四九：「凡物之精，此則爲生，下生五穀，上爲列星。流于天地之間謂之鬼神，藏于胸中謂之聖人。」又曰：「中無惑意，外無邪災，心全于中，形全于外，不逢天災，不遇人害，謂之聖人。」此名家説也。春秋繁露卷一七威德所生篇第七九：「行天德者謂之聖人。」漢儒今文家説也。以此論屈子，多所不合。清華簡（五）殷高宗問於三壽：「揆审（中）水奐（衡），不力，時刑罰赦，振若除慝，冒神之福，同民之力，慈名曰德。」蓋德之義溥也。屈子所稱聖人之德，但忠臣貞賢而已。

梅伯受醢，箕子詳狂。

梅伯，紂諸侯也。言梅伯忠直，而數諫紂，紂怒，乃殺之，葅醢其身。箕子見之，則被髮詳狂也。

【疏證】

梅伯，紂諸侯也。◎劉師培楚辭考異：「案：禮記王制疏引受作葅，是也。」案：其校得之。葅醢，屈賦習語。補注：「梅，紂諸侯號。淮南子曰：『醢鬼侯之女，葅梅伯之骸。』」洪引淮南，見卷二俶真訓，高誘注：「鬼侯、梅伯，紂時諸侯。梅伯説鬼侯之女美好，令紂妻之。女至紂，以爲不好，故醢鬼侯之女，葅梅伯之骸也。一曰紂爲無道，梅伯數諫，故葅其骸也。」則屈子用後説。哀時命「梅伯數諫而至醢兮」是也。詳參離騷「后辛之葅醢兮殷宗用而不長」注。

言梅伯忠直，而數諫紂，紂怒，乃殺之，葅醢其身。箕子見之，則被髮詳狂也。◎柳河東集卷一四天對引天問注、正德本、隆慶本、馮本、俞本、劉本、朱本、莊本、湖北本、四庫章句本「詳」作

「佯」。正德本、隆慶本「狂」下無「也」字。案：詳、佯，古今字。補注：「史記曰：『箕子，紂親戚也。紂爲淫泆，箕子諫，不聽。或曰：「可以去矣。」箕子曰：「爲人臣，諫不聽而去，是彰君之惡，而自説於民，吾不忍爲也。」乃被髮詳狂而爲奴。遂隱而鼓琴以自悲。故傳之曰箕子操。』詳，詐也，與佯同。」洪引史記見卷三八宋微子世家。然箕子所以佯狂，非因梅伯菹醢。今本「箕子」下有「者」字，「或曰」上有「人」字。索隱：「箕，國；子，爵也。司馬彪曰：『箕子名胥餘。』馬融、王肅以箕子爲紂之諸父。服虔、杜預以爲紂之庶兄。杜預云：『梁國蒙縣有箕子冢。』」風俗通義曰：『其道閉塞憂愁而作者，命其曲曰操。操者，言遇菑遭害，困厄窮迫，雖怨恨失意，猶守禮義，不懼不懾，樂道而不改其操也。』」詐僞之佯，或作陽，古字通用。禮記卷九檀弓下第四鄭注：「佯若善之。」孔疏：「凡外貌爲陽，内心爲陰，實無内心、但有外貌者謂之陽。此『陽』或言『佯』者，字相假借，義亦通也。」銀雀山漢簡聽有五患：「(紂)貴爲天子，富有天下，殺丁子比干，膠(戮)箕子胥餘。」則箕子亦爲殺戮也，所載不同如此。

稷維元子，帝何竺之？

元，大也。帝，謂天帝也。竺，厚也。言后稷之母姜嫄，出見大人之迹，怪而履之，遂有娠，而生后稷。后稷生而仁賢，天帝獨何以厚之乎？

【疏證】

元，大也。◎案：爾雅釋詁：「元，始也。」元子，首子、世子。詩閟宮「建爾元子」，毛傳：「元，首也。」書微子之命「王若曰：『猷，殷王元子惟稽古。』」孔傳：「微子，帝乙元子。」左傳哀公九年：「微子啓，帝乙之元子也。」又，召誥：「皇天上帝，改厥元子。」孔傳：「歎皇天改其大子。」又曰：「嗚呼，有王雖小，元子哉。」孔傳：「召公歎曰：有成王雖少，而大爲天所子。」

帝，謂天帝也。◎案：史記卷四周本紀：「周后稷，名弃。其母有邰氏女，曰姜原。姜原爲帝嚳元妃。」索隱：「譙周以爲『弃，帝嚳之胄，其父亦不著』。與此紀異也。」世本：「帝嚳卜其四妃之子，皆有天下。上妃有邰氏之女曰姜嫄，而生后稷。」詩生民「履帝武敏歆」，毛傳：「帝，高辛氏之帝也。」據此，帝，非泛稱天帝，是謂帝嚳。

竺，厚也。◎正德本、隆慶本、馮本、俞本、劉本、朱本、莊本、湖北本、四庫章句本「竺」作「篤」，案：竺、篤古字通用。古文苑卷五劉歆遂初賦「雄惕懼於竺寒」注引亦作竺，謂一作篤，曰：「篤寒，猶言隆寒也。」然皆未可調遂。蔣驥山帶閣注楚辭謂竺通作毒，即下「投之于冰上」。其説得之。毒與竺、篤，古字通用。書微子「天毒降災荒殷邦」，史記卷三八宋微子世家作「天篤下菑亡殷國」。漢書卷九六西域傳「北與捐毒，西與大月氏接」，顏師古注：「捐毒即身毒、天篤也。本皆一名，語有輕重耳。」又，史記卷一一六西南夷列傳「有身毒國」，集解：「徐廣曰：『毒字或作竺二。』」漢書卷九五西南夷兩粵朝鮮列傳「從東南身毒國」，顏師古注：「身毒即天竺也。」戰國策卷一八趙策一「而怨毒積惡」，漢帛書本作「怨竺」。廣雅釋詁：「毒，惡也。」

言后稷之母姜嫄，出見大人之迹，怪而履之，遂有娠，而生后稷。后稷生而仁賢，天帝獨何以厚之乎？◎正德本、隆慶本、劉本、馮本、俞本、朱本、莊本、四庫章句本、湖北本「怪」作「恠」。案：恠，俗怪字。詩生民：「厥初生民，時維姜嫄。生民如何？克禋克祀，以弗無子。履帝武敏歆。攸介攸止，載震載夙，載生載育，時維后稷。」史記卷四周本紀：「姜原出野，見巨人迹，心忻然說，欲踐之，踐之而身動如孕者，居期而生子。」皆是章句所因。上博簡（二）子羔篇：「句（后）稷之母，又（有）邰是（氏）之女也，遊於串咎之內，冬（終）見芺攼而薦之，乃見人武，履以祈禱，曰：帝之武尚吏，是句（后）稷之母也。」串咎，地名，未見經傳所載。又，章句「天帝獨何以厚之」云云，非也。帝以稷無父而生，以爲不祥，故弃之，因名曰弃也。屈子所問，謂帝何以惡之也。

投之於冰上，鳥何燠之？

投，弃也。燠，温也。言姜嫄以后稷無父而生，弃之於冰上，有鳥以翼覆薦温之，以爲神，乃取而養之。詩曰：「誕寘之寒冰，鳥覆翼之。」

【疏證】投，弃也。◎正德本、隆慶本、劉本、馮本、俞本、湖北本、莊本、四庫章句本「弃」作「棄」。案：説文手部：「投，擿也。从手、殳聲。」引申之爲棄。史記卷四周本紀：「初欲弃之，因名曰弃。」

燠，温也。◎案：説文火部：「燠，熱在中也。从火、奥聲。」引申之言煖。爾雅釋言：「燠，煖也。」

言姜嫄以后稷無父而生，弃之於冰上，有鳥以翼覆薦温之，以爲神，乃取而養之。詩曰：「誕寘之寒冰，鳥覆翼之。」◎正德本、隆慶本、劉本、馮本、俞本、朱本、莊本、四庫章句本、湖北本正文「弃」作「棄」，「於」作「于」。馮本、四庫章句本「詩曰」作「詩云」。案：章句引詩見生民：「誕寘之隘巷，牛羊腓字之。誕寘之平林，會伐平林。誕寘之寒冰，鳥覆翼之。鳥乃去矣，后稷呱矣。」毛傳：「大鳥來，一翼覆之，一翼藉之。人而收取之。又其理也，故置之於寒冰。」史記卷四周本紀：「弃之隘巷，馬牛過者皆辟不踐；徙置之林中，適會山林多人，遷之；而弃渠中冰上，飛鳥以其翼覆薦之。姜原以爲神，遂收養長之。」皆章句所因。周人創世神話，與殷人簡狄吞玄鳥卵而生契者，當屬同類。屈子所問，以其事爲虚誕不經也。

何馮弓挾矢，殊能將之？

馮，大也。挾，持也。言后稷長大，持大强弓，挾箭矢，桀然有殊異將相之才。

【疏證】

馮，大也。◎正德本、隆慶本、劉本、朱本、俞本、莊本、湖北本、柳河東集卷一四天對引「大」下無「也」字。案：文選卷三五張協七命「僨馮豕」，李善注引王逸曰：「馮，大也。」則舊有「也」字。馮之爲大，不辭。馮弓、挾矢，對舉爲文，馮，挾持也。補注：「馮，讀如『馮珧』之馮。」其説是也。大招曰：「執弓挾矢。」穀梁傳定公四年：「子胥父誅于楚也，挾弓持矢而干闔廬。」執弓挾矢、挾弓持矢，皆與此同。

挾，持也。◎案：挾之爲持，散文。對文亦別。儀禮卷一一鄉射禮第五「兼挾乘矢」，鄭注：「方持弦矢曰挾。」國語卷一九吳語「挾經秉枹」，韋昭注：「在腋曰挾。」

言后稷長大，持大强弓，挾箭矢，桀然有殊異將相之才。◎正德本、隆慶本、俞本「之才」作「之文才也」，湖北本作「之大才也」。馮本、莊本「才」下有「也」字。案：文、大，皆羨也。補注：「此與下文相屬。武王多才多藝，言馮弓挾矢，而將之以殊能者，武王也。」其説非也。此言后稷事，章句未可易也。殊能，異能。謂后稷有「馮弓挾矢」之異能，兼有文武材也。上博簡（一）孔子詩論：「后稷之見貴也，則以文、武之悳也。」孔子以后稷兼有文、武之才。章句「將相」云云，以文、武之材稱其德。然后稷「馮弓挾矢」之武材，人罕言之，漢以後幾不傳。稱后稷之德多在乎其藝種六穀也。詩生民：「克岐克嶷，以就口食；蓺之荏菽，荏菽斾斾。禾役穟穟，麻麥幪幪，瓜瓞唪唪。」史記卷四周本紀：「弃爲兒時，屹如巨人之志。其游戲，好種樹麻、菽，麻、菽美。及爲成人，遂好耕農，相地之宜，宜穀者稼穡焉，民皆法則之。帝堯聞之，舉弃爲農師，天下得其利，有功。帝舜曰：『弃，黎民始飢，爾后稷播時百穀。』封弃於郃，號曰后稷，別姓姬氏。后稷之興，在陶唐、虞、夏之際，皆有令德。」則「馮弓挾矢」，周、秦佚説，幸天問存之。又，天問「將之」，非「將相」之將。將，行也。詩燕燕「遠于將之」，毛傳：「將，行也。」言后稷施行殊能也。

既驚帝切激，何逢長之？

帝，謂紂也。言武王能奉承后稷之業，致天罰，加誅於紂，切激則數其過，何逢後世繼嗣之長也？

【疏證】

帝，謂紂也。◎案：非也。帝，謂帝堯。帝堯聞后稷異才，故驚歎之而舉以爲農師。

言武王能奉承后稷之業，致天罰，加誅於紂，切激則數其過，何逢後世繼嗣之長也？◎景宋本「加」作「如」，四庫章句本「天」作「大」，寶翰本作「夫」。案：皆訛也。補注、朱子集注引切一作功。據義，舊作「切」字。切激，「激切」之乙，古無「切激」，但作「激切」。蔡中郎集卷六太傅安樂侯胡公夫人靈表：「恆思心以激切，亦割肝以絶腸。」嵇中散集卷五聲無哀樂論：「夫內有悲痛之心，則激切哀言。」仲長統昌言下：「困苦難爲之約，無所復激切。」宋書卷一五禮志二：「誠佹然激切其心，非所以相解也。」晉書卷六六陶侃傳：「發言激切，不忠不孝，莫此之甚。」通鑑卷四六漢紀三八肅宗孝皇帝：「於是部吏望風旨爭，以激切爲事。」卷五〇漢紀四二孝安皇帝：「言事者必多激切，或致不能容。」卷五三漢紀四五孝質皇帝：「冀意氣凶凶，言辭激切。」又，章句「武王能奉承后稷之業，致天罰加誅於紂，切激而數其過」云云，非也。此承上言后稷事。帝堯聞后稷賢，切激而驚歎其美，則封之有邰，賜姓姬，使其子孫逢長也。逢，讀如豐。國語卷一周語上「道而得神，是謂逢福。」說苑卷一八辨物篇逢作豐。史記卷二七天官書「五穀逢昌」，淮南子卷四天文訓作「五穀豐昌」。豐，猶盛也，大也。

伯昌号衰，秉鞭作牧。

伯昌，謂文王也。秉，執也。鞭，以喻政。言紂號令既衰，文王執鞭持政，爲雍州之牧也。

【疏證】

伯昌，謂文王也。◎詩譜序正義、論語卷八泰伯並引王逸注無「昌」字。案：皆爛敓之也。

史記卷四周本紀：「古公有長子曰太伯，次曰虞仲。太姜生少子季歷，季歷娶太任，皆賢婦人，生昌，有聖瑞。古公曰：『我世當有興者，其在昌乎？』長子太伯、虞仲知古公欲立季歷以傳昌，乃二人亡如荆蠻，文身斷髮，以讓季歷。古公卒，季歷立，是爲公季。公季卒，子昌立，是爲西伯。西伯曰文王。」清華簡（五）湯處於湯丘：「能其事而得其食，是名曰昌。未能其事而得其食，是名曰喪。必思（使）事與食相當。」文王所以名昌者，蓋猶是已。又，章句「紂號令既衰」云云，非也。正德本、隆慶本、馮本、四庫章句本正文「号」作「號」，古字通用。號，哭也。有聲有淚曰哭，無聲有淚曰泣，有聲無淚曰號也。伯昌號衰，言西伯困厄於羑里。史記卷四周本紀：「崇侯虎譖西伯於殷紂曰：『西伯積善累德，諸侯皆嚮之，將不利於帝。』帝紂乃囚西伯於羑里。」又曰：「其囚羑里，蓋益易之八卦爲六十四卦。」新書卷七君道：「紂作梏數千，睨諸侯之不諂己者，杖而梏之。文王桎梏於羑里，七年而後得免。」呂氏春秋卷一四孝行覽第三首時篇：「王季歷困而死，文王苦之，有不忘羑里之醜，時未可也。」樂府詩集卷五七有周文王所作拘幽操，一曰文王哀羑里。哀，號哀也。衰，當作哀，字之訛。韓詩外傳卷七：「狄人至，攻懿公於熒澤，殺之，盡食其肉，獨舍其肝。弘演至，報使於肝，辭畢，呼天而號哀。」全晉文卷一〇四陸雲晉故豫章内史夏府君誄：「同生拊膺，號哀瘁身。」號哀，古恆詞。倒乙曰哀號。文選卷一六司馬相如長門賦：「白鶴嗷以哀號兮，孤雌跱於枯楊。」又，郭沫若屈原賦今譯以號爲荷，言擔荷；衰作蓑。荷蓑，謂身被蓑衣。好奇之說。

秉，執也。◎案：因爾雅釋詁。上「該秉季德」，章句：「秉，持也。」訓執、訓持皆散文不別。

鞭，以喻政。◎案：書舜典：「鞭作官刑，扑作教刑。」周禮卷三五秋官司寇第五朝士「帥其屬而以鞭呼趨且辟」，鄭注：「執鞭以威之。」

言紂號令既衰，文王執鞭持政，爲雍州之牧也。◎正德本、隆慶本「號」作「号」。詩譜序正義、論語卷八泰伯並引章句「之牧」下無「也」字。旱麓「福禄攸降」，孔疏引丁逸注：「文王爲雍州牧。」案：正文亦作「号」。牧，牧師。後漢書卷八七西羌傳李賢注引竹書紀年：「大丁四年，周人伐余無之戎，克之。周王季命爲殷牧師也。」上博簡（二）訟城是（容成氏）：「於是虘（乎）九邦畔之：豐、鎬、郍、䢵、于、鹿、耆、宗（崇）、密須是（氏）。文王䎽（聞）之，曰：『唯（雖）君亡道，臣敢勿事虘（乎）？唯（雖）父亡道，子敢勿事虘（乎）？孰天子而可反？』受䎽（聞）之，乃出文王於夏臺之下而䎽（問）焉，曰：『九邦者亓可逨虘（乎）？』文王曰：『可。』文王於是虘（乎）素耑（端）褰裳以行九邦，七邦逨備（服），豐、鎬不備（服）。文王乃起師以鄉豐、鎬，三鼓而進之，三鼓而退之，曰：『虛（吾）所智（知）多盡。一人爲亡道，百眚（姓）亓可（何）辠？』豐、鎬之民䎽（聞）之，乃降文王，文王時故時而教民時，高下肥毳（磽）之利盡智（知）之。智（知）天之道，智（知）地之利，思民不疾。昔者文王之差（佐）受也，女（如）是狀也。」秉鞭作牧，其是之謂也。史記卷四周本紀：「閎夭之徒患之，乃求有莘氏美女，驪戎之文馬，有熊九駟，他奇怪物，因殷嬖臣費仲而獻之紂。紂大說，曰：『此一物足以釋西伯，況其多乎！』乃赦西伯，賜之弓矢斧鉞使西伯得征伐。」呂氏春秋卷九季秋紀第二順民篇：「文王處岐事紂，冤侮雅遜，朝夕必時。上貢必適，祭祀必敬，紂喜，命文王稱西伯，賜之千里之地。」則小説家者言，當非信史。

何令徹彼岐社，命有殷國？

徹，壞也。社，土地之主也。言武王既誅紂，令壞邠岐之社，言己受天命而有殷國，因徙以爲天下之太社也。

【疏證】

徹，壞也。◎案：説文攴部：「徹，通也。从彳、从攴、从育。」無隳壞義。孫作雲天問研究謂徹通作撤，除去。其説是也。慧琳音義卷七八「往撤」條王逸注楚辭：「撤，壞也。」其所據唐本「徹」作「撤」。

社，土地之主也。◎案：補注：「詩曰：『迺立冢土，戎醜攸行。』冢土，大社，美太王之社，遂爲大社也。記曰：『王爲羣姓立社，曰大社。』岐在右扶風美陽中水鄉，因岐山以名，太王自豳徙焉。」洪氏引詩，見大雅緜。毛傳：「冢土，大社也。起大事，動大衆，必先有事乎社，而後出謂之宜。美太王之社，遂爲大社也。」洪因毛傳。洪引記，非其足文。禮記卷四六祭法第二三：「王爲羣姓立社曰大社，王自爲立社曰王社；諸侯爲百姓立社曰國社，諸侯自爲立社曰侯社；大夫以下成羣立社曰置社。」説文示部：「社，地主也。从示、土。春秋傳曰：『共工之子句龍爲社神。』周禮：『二十五家爲社，各樹其土所宜木。』」據禮，氏姓皆有社也。太王，古公亶父也。緜毛傳：「古公，豳公也。古言久也，亶父，字。或殷以名，言質也。」史記卷四周本紀：「古公亶父復脩后稷、公劉之業，積德行義，國人皆戴之。薰育、戎狄攻之，欲得財物，予之。已復攻，欲得地與民。民皆怒，欲戰。古公曰：『有民立君，將以利之。今戎狄所爲攻戰，以吾地與民。民之在我，與其在彼，何異？民欲以我故戰，殺人父子而君之，予不忍爲。』乃與私屬遂去豳，度漆、沮，踰梁山，止於岐下。」岐社者，蓋古公遷岐所立社神。集解：「徐廣曰：『山在扶風美陽西北，其南有周原。』駰案：皇甫謐云『邑於周地，故始改國曰周』。」

言武王既誅紂，令壞邠岐之社，言己受天命而有殷國，因徙以爲天下之太社也。◎正德本、隆慶本、馮本、劉本、俞本、朱本、莊本、湖北本、四庫章句本無「因」字，「太社」上無「之」字。案：邠與豳同。史記卷四周本紀：「其明日，除道，脩社及商紂宮。及期，百夫荷罕旗以先驅。武王弟叔振鐸奉陳常車，周公旦把大鉞，畢公把小鉞，以夾武王。散宜生、太顛、閎夭皆執劍以衛武王。既入，立于社南大卒之左，左右畢從。」即章句所因也。又，上博簡（五）鬼神之明：「受首於岐社。」謂周人以受首祀文王也。逸周書卷四世俘解第四十：「越若來二月既死魄，越五日甲子朝，至，接于商。則咸劉商王紂，執夫惡臣百人。太公望命禦方來；丁卯，望至，告以馘、俘。」又：「武王乃夾于南門用俘，皆施佩衣衣，先馘入。武王在祀，太師負商王紂懸首白旂，妻二首赤旆，乃以先馘入，燎于周廟。」

遷藏就岐何能依？

言太王始與百姓徙其寶藏，來就岐下，何能使其民依倚而隨之也。

【疏證】

言太王始與百姓徙其寶藏，來就岐下，何能使其民依倚而隨之也。◎正德本、隆慶本、俞本、莊本、劉本、湖北本、補注引「太」一作「文」。案：洪云：「按詩云：『度其鮮原，居岐之陽。』注云：『文王謀居善原廣平之地，亦在岐山之南。』說文云：『岐，周文王所封也。』然太王居邠，狄人侵之，始邑於岐山之下。則『遷藏就岐』，蓋指太王也。」其說是也。詩緜：「古公亶父，來朝走馬。率西水滸，至於岐下。」史記卷四周本紀：「豳人舉國扶老攜弱，盡復歸古公於岐下。及他旁國聞古公仁，亦多歸之。於是古公乃貶戎狄之俗，而營築城郭室屋，而邑別居之。作五官有司，民皆歌樂之，頌其德。」呂氏春秋卷二一開春論第四審爲篇：「太王亶父居邠，狄人攻之。事以皮帛而不受，事以珠玉而不肯，狄人之所求者，地也。太王亶父曰：『與人之兄居而殺其弟，與人之父處而殺其子，吾不忍爲也。皆勉處矣。爲吾臣與狄人臣，奚以異？且吾聞之，不以所以養害所養。』杖策而去，民相連而從之，遂成國於岐山之下。太王亶父可謂能尊生矣。」藏，讀如臧，古字通用。臧，臣也。左傳宣公十二年：「執事順成爲臧。」此問太王遷臣民就岐，臣民何以依從之也。章句「從其寶藏」云云，非也。

殷有惑婦何所譏？

惑婦，謂妲己也。譏，諫也。言妲己惑誤于紂，不可復譏諫也。

【疏證】

惑婦，謂妲己也。◎案：史記卷三殷本紀：「周武王遂斬紂頭，縣之大白旗，殺妲己。」又，卷四周本紀曰：「已而至紂之嬖妾二女，二女皆經自殺。」逸周書卷四克殷解第三六亦曰：「適二女之所，乃既縊。」孔鼂：「二女，妲己及嬖妾。」稱「惑婦」，非妲己一人。

譏，諫也。◎案：説文言部：「譏，誹也。从言，幾聲。」又曰：「誹，謗也。从言，非聲。」又曰：「謗，毀也。从言，旁聲。」段注：「譏之言微也。以微言相摩切也。誹之言非也，言非其實。謗之言旁也。旁，溥也。大言之過其實。」廣雅釋詁：「譏，諫也。」錢大昭疏義：「譏者與幾同，微之諫也。論語「事父母幾」。」章句訓諫者，是對文；說文散文未別。

言妲己惑誤于紂，不可復譏諫也。◎正德本、隆慶本、朱本、劉本、俞本、莊本、湖北本、四庫章句本「于」作「於」。案：于、於古今字。書牧誓：「王曰：『古人有言曰：「牝雞無晨。牝雞之晨，惟家之索。」今商王受，惟婦言是用。』」孔傳：「妲己惑紂，紂信用之。」孔疏：「列女傳云：『紂好酒淫樂，不離妲己。妲己所與言者貴之，妲己所憎者誅之。爲長夜飲，妲己好之，百姓怨望而諸侯有叛者。妲己曰：「罰輕誅薄，威不立耳。」紂乃重刑辟，爲炮烙之法。妲己乃笑。武王伐紂，斬妲己頭，縣之於小白旗上。以爲亡紂者，此女也。』」

受賜茲醢，西伯上告。

茲，此也。西伯，文王也。言紂醢梅伯以賜諸侯，文王受之，以祭，告語於上天也。

【疏證】

茲，此也。◎案：詳參離騷「喟憑心而歷茲」注。王夫之楚辭通繹：「受，紂名。」非也。受，字；辛，名。紂，謚號。史記卷三殷本紀集解引謚法：「殘義損善曰紂。」周書立政篇：「嗚呼，其在受德暋。」孔傳：「受德，紂字。帝乙愛焉，爲作善字而反大惡。」逸周書卷四克殷解第三六：「殷末孫受德，迷先成湯之明，侮滅神祇不祀。」孔鼂注：「紂字受德。」呂氏春秋卷一一仲冬紀第四當務篇：「其次曰受德。受德，乃紂也。」史記卷四周本紀「殷之末孫季紂」，正義：「周書作『末孫受德』。受德，紂字也。」

西伯，文王也。◎案：書西伯戡黎「西伯既戡黎」，孔疏引鄭玄曰：「西伯，周文王也。時國於岐，封爲雍州伯也。國在西，故曰西伯。」

言紂醢梅伯以賜諸侯，文王受之，以祭，告語於上天也。◎案：史記卷三殷本紀：「九侯女不憙淫，紂怒，殺之，而醢九侯。鄂侯爭之彊，辨之疾，并脯鄂侯。西伯昌聞之，竊歎。」正義引帝王世紀：「囚文王，文王之長子曰伯邑考質於殷，爲紂御，紂烹爲羹，賜文王，曰：『聖人當不食其子羹。』文王食之。紂曰：『誰謂西伯聖者，食其子羹尚不知也。』」則紂所賜醢，文王長子伯邑考。又，章句以「上告」爲「以祭告語於上天也」。是也。簠室帝繫九片云：「壬午，卜，告工方于田。」楊樹達卜辭求義：「説文示部云：『祰，告祭也。』此甲文告之後起字。經、傳通作造。周禮春官大祝：『記六祈，二曰造。』禮記王制、曾子問並云：『造乎禰。』皆告祭也。」其説爲「上告」旁證。

何親就上帝罰，殷之命以不救？

上帝，謂天也。言天帝親致紂之罪罰，故殷之命不可復救也。

【疏證】

上帝，謂天也。◎柳河東集卷一四天對引、正德本、隆慶本、劉本、俞本、朱本、莊本、湖北本、四庫章句本「天」下有「帝」字。案：據義，則舊作「天帝」。馮本「天」訛爲「大」。

言天帝親致紂之罪罰，故殷之命不可復救也。◎案：親，讀如身，楚簡多通用。言紂身就罰於上帝也。清華簡(二)繫年「救」作「栽」，古文也。周書立政：「嗚呼，其在受德暋，惟羞刑暴德之人同于厥邦，乃惟庶習逸德之人，同于厥政。帝欽罰之，乃伻我有夏，式商受命，奄甸萬姓。」孔傳：「天以紂惡，故敬罰之，乃使我周家王有華夏，得用商所受天命，同治萬姓。言皇天無親，佑有德。」史記卷四周本紀：「今予發維共行天罰。」又曰：「殷之末孫季紂，殄廢先王明德，侮蔑神祇不祀，昏暴商邑百姓，其章顯聞于天皇上帝。」其所謂「親就上帝罰」也。

師望在肆，昌何識？

師望，謂太公也。昌，文王名也。言太公在市肆而屠，文王何以識知之乎？

【疏證】

師望，謂太公也。◎御覽卷四六七人事部一〇八喜引無「師」字。案：卷三四六兵部七七刀下引亦有「師」字。太公事蹟，詳參離騷「呂望之鼓刀兮」注。西周銘器有師望鼎，曰「大師小子師望」。

昌，文王名也。◎御覽卷四六七人事部一〇八喜引無「名」字。案：卷三四六兵部七七刀下引亦有「名」字。文王事蹟，詳參上「伯昌號衰」注。

言太公在市肆而屠，文王何以識知之乎？◎正德本、隆慶本、劉本、馮本、俞本、朱本、莊本、湖北本、四庫章句本「識」作「志」。補注引識一作志，謂「識與志同」。案：志、識古今字。説文未收「志」，段注：「志所以不録者，周禮保章氏注云：『志，古文識。』蓋古文有志無識，小篆乃有識字。哀公問注：『志，讀爲識，識，知也。』今之識字，志韻與職韻，分二解，而古不分二音，則二解義亦相通。古文作志，則志者，記也，知也。」御覽卷三四六兵部七七刀下引「識知之」下無「乎」字。文王識呂尚，詳參離騷「呂望之鼓刀兮，遭周文而得舉」注。又，竹書紀年帝辛三十一年，「西伯治兵于畢，得呂尚以爲師」。則未謂在市肆也。

鼓刀揚聲后何喜？

后，謂文王也。言呂望鼓刀在列肆，文王親往問之，呂望對曰：「下屠屠牛，上屠屠國。」文王喜，載與俱歸也。

【疏證】

后，謂文王也。◎御覽卷四六七人事部一〇八喜引王逸注「謂」作「亦」字，「文王」下無「也」字。案：卷三四六兵部七七刀下引亦作「謂」字，然「文王」下無「也」字。

言呂望鼓刀在列肆，文王親往問之，呂望對曰：「下屠屠牛，上屠屠國。」文王喜，載與俱歸也。◎鹽鐵論卷六訟賢第二三張之象注引王逸注無「呂望對曰」之「呂」字，「俱歸」下無「也」字。稗編卷四七引天問王逸注「對曰」上無「呂望」二字。喻林卷四二大用引無「載與俱歸也」五字。案：章句説呂望事，類小説家言，未見他書所載。戰國策卷七秦策五：「太公望，齊之逐夫，朝歌之廢屠。」戰國舊説，則其説有所本。

武發殺殷何所悒？

（悒，憂也。）言武王發欲誅殷紂，何所悁悒而不能久忍也。

【疏證】

悒，憂也。◎諸本皆無此注。案：爛敚之也。據慧琳音義卷四五「悒慼」條、卷五七「悒遽」條同引王逸注楚辭補。則唐本未敚。補注：「悒音邑，憂也，不安也。」

言武王發欲誅殷紂，何所悁悒而不能久忍也。◎案：章句「武王發欲誅殷紂，何所悁悒而不能久忍」云云，非屈子所問。北大簡(三)周馴(訓)：「發謂誦曰：天監臨下，日臨九野，爾殺不當，司命在户，所處不遠，居以視汝。」又，淮南子卷一二道應訓：「武王問太公曰：『寡人伐紂天下，是臣殺其主而下伐其上也，吾恐後世之用兵不休，鬭争不已，爲之柰何？』」史記卷四周本紀：「武王徵九牧之君，登豳之阜以望商邑。武王至于周，自夜不寐。周公旦即王所，曰：『曷爲不寐？』王曰：『告女：維天不饗殷，自發未生於今六十年，麋鹿在牧，蜚鴻滿野。天不享殷，乃今有成。維天建殷，其登名民三百六十夫，不顯亦不賓滅，以至今。我未定天保，何暇寐！』」此猶後之所謂「打天下者易，守天下者難」，武王所以悁悒也。

載尸集戰何所急？

尸，主也。集，會也。言武王伐紂，載文王木主，稱太子發，急欲奉行天誅，爲民除害也。

【疏證】

尸，主也。◎補注：「記云：『祭祀之有尸也，宗之廟有主也，示民有事也。』主有虞主、練主。尸，神象也，以人爲之。然書序云：『康王既尸天子。』則尸亦主也。」案：洪氏引禮記見卷五一坊記第三十。「宗之廟有主也」本作「宗廟之主也」。而「虞主練主」云云，見公羊傳文公二年：「丁丑，作僖公主。作僖公主者何？爲僖公作主也。主者曷用？虞主用桑，練主用栗。用栗者，藏主也。」非禮記文。「尸神象也」，見禮記卷二六郊特牲第一一：「古者尸無事則立，有事而後坐也。尸，神象也。」鄭注：「尸，即至尊之坐。」謂「以人爲之」，要在諸孫之中擇一人以爲尸，與祭者獻酢飲食如生時者。又，洪氏引書序見康王之誥，孔傳：「尸，主也。」則「尸，亦主也」，本漢師舊說。淮南子卷一一齊俗訓：「武王伐紂，載尸而行。」高注：「尸，文王之木主也。」清華簡（七）越公其事「修柰応」，柰応，即社主、神位也。

集，會也。◎案：因爾雅釋言。

言武王伐紂，載文王木主，稱太子發，急欲奉行天誅，爲民除害也。◎正德本、隆慶本、馮本、劉本、俞本、朱本、莊本、湖北本、四庫章句本「武」下無「王」字。劉本「除害」下無「也」字。案：補注：「史記：『武王東觀兵至于盟津，爲文王木主，載以車，中軍。武王自稱太子發，言奉文王以伐，不敢自專。』」洪氏引史記見卷四周本紀。又，卷一二八龜策傳：「入於周地，得太公望。興卒聚兵，與紂相攻，文王病死，載尸以行。」鹽鐵論卷一復古篇第六：「蓋文王受命伐崇，作邑於豐；武王繼之，載尸以行，破商擒紂，遂成王業。」此問武王未克文王喪事，載文王之尸以集戰，何其急也。郭店楚墓竹簡六德篇：「爲父絶君，不爲君絶父。」武王申雪父讎，義也，是以刻不容緩。又，上博簡（二）訟城是（容成氏）：「文王堋（崩），武王即立（位）。武王於是虖（乎）作爲革車千乘，帶虖(甲)萬人，戊午之日，涉於孟津，至於共、緜之閒，三軍大範。武王乃出革車五百乘，帶虖(甲)三千，以少(小)會者(諸)侯之師於晦(牧)之埜(野)。受不智(知)亓未又(有)成正(政)，而得失行於民之唇(朕)也，或亦起師以逆之。武王於是虖(乎)素完(冠)冕，以告吝於天，曰：『受爲亡道，䎽(昏)諸百眚(姓)，制約諸侯，𢇁(絕)種悉(侮)眚(姓)，土玉水酉(酒)，天將戠(誅)焉，虛(吾)觳天畏(威)之。』武王素甲以陳於殷。」則未言「載尸」事也。此問武王未克文王喪事，載文王神尸以集戰，何其急也？武王申雪父讎，義也。是以不容怠惰，刻不容緩。上博簡(七)武王踐阼：「師上(尚)父奉箸，遖(傳)箸之言曰：『怠勳義則喪，義勳怠則長。』」其是之謂也。

伯林雉經，維其何故？

伯，長也；林，君也。謂晉太子申生爲後母驪姬所譖，遂雉經而自殺。

【疏證】

伯，長也；林，君也。謂晉太子申生爲後母驪姬所譖，遂雉經而自殺。◎四庫章句本「晉」作「言」。正德本、隆慶本、劉本、馮本、俞本、朱本、莊本、湖北本、四庫章句本「殺」下有「也」字。

案：章句根柢誤矣，無可觀者。伯，讀如薄。淮南子卷一原道訓「隱於榛薄之中」，高注：「聚木曰榛，深草曰薄。」涉江「露申辛夷，死林薄兮」，章句：「草木交錯曰薄。」漢書卷五七司馬相如傳上「奄薄水陼」，張揖曰：「草叢生曰薄。」郭璞曰：「薄，猶集也。」林，無君義，爾雅林訓君者，屬同條二訓。君，讀爲羣，衆也，多也。林之訓君、訓羣，皆不可通。薄林之林，當作埜，爛脱之訛。埜，古野字。雉經，殷紂之嬖妾二女。史記卷四周本紀：「已而至紂之嬖妾二女，二女皆經自殺。」紂登鹿臺自燔於火而死，其嬖妾二人在叢薄之野經死，未與紂同死，是以屈子所以問也。

何感天抑墜，夫誰畏懼？

言驪姬讒殺申生，其冤感天，又讒逐羣公子，當復誰畏懼也？

【疏證】

言驪姬讒殺申生，其冤感天，又讒逐羣公子，當復誰畏懼也？◎聞一多楚辭校補：「案校注此四字，各本皆在上文『伯林雉經』下。審彼文，何字斷不可省，而此文有何字反成贅肬。誤倒無疑。朱子集注本『一無何字』四字在本文下，不誤。」案：其説是也。章句謂驪姬讒殺申生事，誤也。此仍言殷紂事。淮南子卷六覽冥訓：「武王伐紂，渡于孟津，陽侯之波逆流而擊，疾風晦冥，人馬不相見。於是武王左操黄鉞，右秉白旄，瞋目而撝之，曰：『余任天下，誰敢害吾意者？』於是風濟而波罷。」卷一五兵略訓：「武王伐紂，東面而迎歲，至汜而水，至共頭而墜，彗星出而授殷人其柄。當戰之時，十日亂於上，風雨擊於中，然而前無蹈難之賞，而後無遁北之刑，白刃不畢拔，而天下得矣。」皆傳謂武王出師而感天抑地也。上博簡（七）武王踐阼：「[武]王問於帀（師）上（尚）父曰：『不智（知）黄帝、耑（顓）琂（頊）、堯、舜之道在乎？意幾（豈）喪不可得而覩乎？』帀（師）上（尚）父曰：『才（在）丹箸（書），王女（如）谷（欲）觀之，盍祈乎？將以書視（示）。』武王祈三日，耑（端）備（服）帽，逾堂楣，南面而立。帀（師）上（尚）父：『夫先王之箸（書），不與北面。』武王西面而行，曲折而南，東面而立。帀（師）上（尚）父奉箸（書），傳箸（書）之言曰：『怠勝義則喪，義勝怠則長。義勝欲則從，欲勝義則凶。仁㠯㝵之，仁㠯守之，亓（其）運百[世]；不仁㠯㝵之，仁㠯獸（守）之，亓（其）運十殜（世）；不仁㠯㝵之，不仁㠯獸（守）之，及於身。』武王聞之恐懼，爲名（銘）於席之四耑（端）曰：『安樂必戒。』右耑（端）曰：『毋行可悔。』席後左耑（端）曰：『民之反側，尔不可[不]志。』後右耑（端）曰：『□諫（殷鑑）不遠，視而所弋（代）。』爲机（几）曰：『皇皇惟謹口，口生敬，口生詬，愼之口。』檻（鑒）銘曰：『見亓（其）前，必慮亓（其）後。』盥銘曰：『與其溺於人，寧溺於宋（淵），溺於宋（淵）猶可遊，溺於人不可救。』桯銘唯[曰]：『毋曰何傷，禍將長。毋曰亞（惡）害，禍將大。毋曰何戔（殘），禍將言（然）。』枳銘誨曰：『惡危危於忿連（戾）。惡失道於嗜欲。惡相忘於貴富。』卣（牖）銘誨曰：『立（位）難㝵而易失，士難㝵而易外：無堇（謹）弗志，曰余知之。……』」據此，屈子所問，以感天抑地爲詭譎虛誕事，其所畏懼者，謂守成難也。

皇天集命，惟何戒之？

言皇天集祿命而與王者，王者何不常畏慎而戒懼也。

【疏證】

言皇天集祿命而與王者，王者何不常畏慎而戒懼也。◎正德本、隆慶本、劉本、朱本、俞本、湖北本「與王」上有「生」字。案：生，羨也。惟，當作爲，音訛也。爲何，言何爲、何以也。補注：「詩云：『天鑒在下，有命既集。』此言何所戒慎而致天命之集也。」洪氏引詩見大雅大明，毛傳：「集，就也。」馬王堆漢帛書五行篇：「『天監[在]下，有命既雜（集）』者也，天之監下也，雜（集）命焉耳。」郭店楚墓竹簡緇衣篇：「君奭員（云）：『昔才（在）上帝，割紳觀文王悳（德），其集大命於厥身。』」性自命出篇：「眚（性）自命出，命自天降。」虞書大禹謨：「皇天眷命，奄有四海爲天下君。」商書伊訓：「皇天降災，假手于我有命，造攻自鳴條，朕哉自亳。」周書泰誓上：「皇天震怒，命我文考，肅將天威，大勳未集。」新書卷七耳痺：「誅殺不當辜，殺一匹夫，其罪聞皇天。故曰：天之處高，其聽卑，其牧芒，其視察。故凡自行，不可不謹慎也。」論衡卷四變虛篇第一七：「皇天遷怒，使熒惑本景公身有惡而守心。」皆可與「皇天集命」參證。

受禮天下，又使至代之。

言王者既已修行禮義，受天命而有天下矣，又何爲至使異姓代之乎？

【疏證】

言王者既已修行禮義，受天命而有天下矣，又何爲至使異姓代之乎？◎景宋本「修」作「脩」。柳河東集卷一四天對引及正德本、隆慶本、馮本、劉本、俞本、朱本、莊本、湖北本、四庫章句本「修」作「循」，「受天」下有「之」字，「有天下」上有「王」字，「異」作「他」。莊本、俞本「已」作「以」。案：修、脩同。循，脩之訛。已、以古字通用。郭在貽楚辭解詁謂至通作周，言又使周代殷而有天下也。至，脂部；周，幽部；至、周音殊，古不通用。且周爲專名，古無作至。據義，至，猶下文「初湯臣摯」之「摯」，謂伊尹也，其與殷湯爲「異姓」。言伊尹代太甲攝行商政之事。馬其昶屈賦微：「此言伊尹放太甲事也。」其説是也。摯、至，古字通用。清華簡（一）尹至篇，尹至，即伊摯也。書西伯戡黎「大命不摯」，史記卷三殷本紀作「大命胡不至」。孟子卷九萬章上：「伊尹相湯以王於天下。湯崩，太丁未立，外丙二年，仲壬四年，太甲顛覆湯之典刑。伊尹放之於桐。三年，太甲悔過，自怨自艾，於桐處仁遷義。三年，以聽伊尹之訓己也，復歸于亳。」趙注：「太甲，太丁子也。伊尹以其顛覆典刑，放之於桐邑。治而改過，以聽伊尹之教訓己，故復得歸之於亳，反天子之位也。」史記卷三殷本紀：「帝太甲既立三年，不明，暴虐，不遵湯法，亂德，於是伊尹放之於桐宮。三年，伊尹攝行政當國，以朝諸侯。帝太甲居桐宮三年，悔過自責，反善，於是伊尹迺迎帝太甲而授之政。」此屈子所問事也。

初湯臣摯，後茲承輔。

言湯初舉伊尹以爲凡臣耳，後知其賢，乃以備輔翼承疑，用其謀也。

言湯初舉伊尹以爲凡臣耳，後知其賢，乃以備輔翼承疑，用其謀也。◎補注引「承」一作「丞」。姜亮夫屈原賦校注：「按王逸注『乃以備輔翼，承疑用其謀也』。則作承是也。」案：其説非也。章句「輔翼承疑」云云，四輔之職。尚書大傳卷二虞夏傳謂之「四鄰」，曰：「前曰疑，後曰丞，左曰輔，右曰弼。」屈子以車駕爲喻，前覆則疑（礙）止之，後傾則承持之，左傾則輔助之，右傾則弼蔽之也。「輔翼承疑」四字當連文，翼下不得斷以逗號。承、丞，古字通用。又，孝經卷七諫諍「前疑後丞」，釋文：「本亦作承。」史記卷一一八淮南衡山列傳：「不務遵蕃臣職以承輔天子，而專挾邪僻之計，謀爲畔逆。」清華簡（六）管仲：「賢質不枉，執節緣繩，可執（設）於承。賢質以亢（抗），吉凶侌（陰）昜（陽），遠邇上下，可以立補（輔）。」是亦承、輔之義也。承輔，古習語。漢書卷八五杜鄴傳「分職於陝，並爲弼疑」，顔師古注：「弼疑，謂左輔右弼前疑後承也。」又，茲通作使，簡文通用。（七）越公其事「茲（使）吾二邑之父兄得辠」。即其證。謂伊摯之後使居輔弼之位也。竹書紀年太戊元年，「命卿士伊陟、臣扈」。書咸有一德：「伊陟相大戊，亳有祥。」伊陟，伊摯後嗣也。

何卒官湯，尊食宗緒？

卒，終也。緒，業也。言伊尹佐湯命，終爲天子，尊其先祖，以王者禮樂祭祀，緒業流於子孫。

【疏證】

卒，終也。◎案：詳參上「卒其異方」注。

緒，業也。◎案：詳參上「纂就前緒」注。

言伊尹佐湯命，終爲天子，尊其先祖，以王者禮樂祭祀，緒業流於子孫。◎正德本、隆慶本、俞本、朱本、劉本、柳河東集卷一四天對引「孫」下有「者乎」二字。湖北本作「者也」。案：據義，舊有「者乎」二字。補注：「官湯，猶言相湯也。尊食，廟食也。」其説是也。食，謂饗祭也。管子卷三幼官篇第八：「修春秋冬夏之常祭，食天壤山川之故祀。」安井衡注：「食，饗也，謂祭之。」許維遹云：「下文『死士不食』，王引之亦云：『食猶祭也。』爾雅釋天：『春曰祭祠。』郭注：『祠之言食。』凡祭皆祠，不限於春。」祭鬼神謂之食，鬼神饗祭亦謂之食，其義相因。墨子卷七天志下第二八：「何以知兼愛天下之人也？以兼而食之也。何以知其兼而食之也？自古及今，無有遠靈孤夷之國皆犓豢其牛羊犬彘，絜爲粢盛酒醴，以敬祭祀上帝山川鬼神，以此知兼而食之也。」即其證。戬壽九頁之二云：「其射三牢叀伊。」後編卷上二二頁：「癸酉貞：大乙□伊其□。」又二二頁之一：「癸巳貞：又彳伐于伊，其又大乙三。」王静安云：「伊，即伊尹。」（集林九之十下）又，甲骨文合集二一五七四：「癸丑子卜：來丁□伊尹至。」三三三一八：「甲甲卜：又伊尹五示。」三三六九四：「乙亥貞：其又伊尹，二牛。」竹書紀年「沃丁八年，祠保衡」。初學記卷二天部下第六霧「三日五里」條引帝王世紀：「沃丁八年，伊尹卒，年百有餘歲，大霧三日。沃丁葬以天子之禮，祀以太牢，親自臨喪三年，以報大德焉。」伊尹之尸，配享大乙之廟，故曰「尊食宗緒」。

勳闔夢生，少離散亡。

勳，功也。闔，吴王闔廬也。夢，闔廬祖父壽夢也。壽夢卒，太子諸樊立。諸樊卒，傳弟餘祭。餘祭卒，傳弟夷未。夷未卒，太子王僚立。闔廬，諸樊之長子也，次不得爲王，少離散亡，放在外，乃使專設諸刺王僚，代爲吴王，子孫世盛。以伍子胥爲將，大有功勳也。

【疏證】

勳，功也。◎案：因爾雅釋詁。說文力部：「勳，能成王功也。从力，熏聲。」爾雅，散文；許書，對文。禮記卷三一明堂位第一四：「成王以周公爲有勳勞於天下。」鄭注：「王功曰勳。」勳闔，闔廬以成吳王功者也。

闔，吳王闔廬也。夢，闔廬祖父壽夢也。壽夢卒，太子諸樊立，諸樊卒，傳弟餘祭。餘祭卒，傳弟夷未。夷未卒，太子王僚立。闔廬，諸樊之長子也，次不得爲王，少離散亡，放在外，乃使專設諸刺王僚，代爲吳王，子孫世盛。以伍子胥爲將，大有功勳也。◎正德本、隆慶本、馮本、俞本、劉本、莊本、湖北本、四庫章句本「壽夢」下無「也」字，「次」作「恐」，「世盛」下有「也」字，「專」下無「設」字。正德本、隆慶本、俞本、劉本「世盛」下無「以」字。朱本「壽夢」下有「也」字，「次」作「恐」，「專」下無「設」字。案：設，羨也。又，據義，則舊作「恐不得」。廬、閭古字通用。清華簡（七）越公其事「闔廬」作「盍膚」，張家山漢墓竹簡作蓋廬。皆通用字。史記卷三一吳太伯世家：「壽夢有子四人：長曰諸樊，次曰餘祭，次曰餘昧，次曰季札。壽夢卒，諸樊立；諸樊卒，弟餘祭立；餘祭卒，弟餘昧立。餘昧卒，乃立餘昧之子僚爲王。王僚十三年，公子光弑僚代立爲王，是爲吳王闔廬。公子光者，王諸樊之子也。」夷末與餘昧同。則章句因史記爲説。而謂闔廬「少離散亡」，則未之聞。左傳哀公元年：「昔闔廬食不二味，居不重席，室不崇壇，器不彤鏤，宮室不觀，舟車不飾，衣服財用，擇不取費。在國，天有菑癘，親巡其孤寡，而共其乏困；在軍，熟食者分，而後敢食，其所嘗者，卒乘與焉。勤恤其民，而與之勞逸，是以民不罷勞，死不知曠。」其是之謂與？孫作雲天問研究謂離通作罹。然據章句「少離散亡放在外」云云，則舊作「離」。離散，屈賦習語，哀郢

「民離散而相亡」是也。又，戴震屈原賦注：「古人言子孫曰子姓。詩『公姓』即『公孫』也。生，當讀爲姓，如彝鼎文『惟』作『隹』，『祖』作『且』之類。」其説得之。王夫之楚辭通繹：「生與姓同，孫也。」蕫齋固有此説。又，章句「以伍子胥爲將，大有功勳」云云，張家山漢墓竹簡蓋盧篇，以蓋盧、申胥問對爲文，詳論用兵之法。其有言「其毋德者、自置爲君、自立爲王者攻之；暴而無親、貪而不仁者攻之」；「不孝父兄，不敬長叟者攻之；不慈穉弟、不入倫第者攻之」。則闔廬殺其兄王僚以自立爲王者，未在此列也。

何壯武厲，能流厥嚴？

壯，大也。言闔廬少小散亡，何能壯大厲其勇武，流其威嚴也？

【疏證】

壯，大也。◎案：因爾雅釋詁。禮記卷一曲禮上第一：「三十曰壯。」釋名釋長幼：「三十曰壯，言丁壯也。」壯，闔廬其壯年時也。又，章句「何能壯大厲其勇武」云云，舊本「武厲」作「厲武」。逸周書卷二大武解第八：「三武厲以勇。」卷三酆保解第二一：「三静兆厲武。」武厲、厲武，皆古習詞。

言闔廬少小散亡，何能壯大厲其勇武，流其威嚴也？◎正德本、隆慶本、朱本、俞本、劉本、湖北本「散」作「離」,「威」下無「嚴」字。朱本「散」作「離」。馮本、莊本「散」作「離」。案:散、離,因同義易之。流,讀如荀子卷一〇議兵篇第一五「刑罰省而威流」之「流」,楊注:「流,行也。」又,嚴字出韻,江有誥楚辭韻讀謂舊作莊,後改作嚴,避漢明帝諱。其説得旨。莊,雄武也,威嚴也。論語卷二爲政「臨之以莊則敬」,集解引包注:「莊,嚴也。」又,周書謚法:「兵甲亟作曰莊。」又曰:「叡圉克服曰莊。」蔡邕獨斷下:「好勇致力曰莊。」清華簡(三)良臣:「吴王光又(有)五(伍)之(子)疋(胥)。」補注引史記:「闔廬用伍子胥、孫武,破楚入郢。」左傳定公四年:「楚人爲食,吴人及之,奔食而从之,敗諸雍澨,五戰及郢。」吕氏春秋卷八仲秋紀第三簡選篇:「吴闔廬選多力者五百人,利趾者三千人,以爲前陳,與荆戰,五戰五勝,遂有郢。」説苑卷一五指武篇:「吴王闔廬與荆人戰於柏舉,大勝之,至于郢郊,五敗荆人。」論衡卷二率性篇第八:「且闔廬嘗試其士於五湖之側,皆加刃於肩,血流至地。」其所謂「能流厥莊」也。又,丁晏天問箋云:「嚴即莊字,避漢明帝諱改,謂楚莊王也。」昔楚莊任伍舉直諫而戰霸(見史記及吴越春秋),闔廬用伍員爲將而復讎。厲,惡也。言闔廬武有篡弒之惡行,何其流風似我先君莊也?蓋深慨楚國不能用賢,殺子胥之父兄,以致出亡報怨,爲吴所敗,援往事以警今日也。」亦其一家説也。又,上博簡(七)吴命:「……二邑,非疾堋安(焉)加之,而蔪𢇍(絶)我二邑之好?先人又(有)言曰:『馬將走,或童(撞)之,速羕(仰)。』竅(竈)速告曰:『……』寡君曰:『孤居保系綺之中,亦唯君是望。君而或言:若是,此則社稷（稷）……兩君之㞈（順）之，則君之志也。兩君之弗㞈（順），敢不喪？道㠯告吳，青（請）城（成）於楚。』昔上天不中（衷），降禍於我□□……壽逨（來）。孤吏（使）一介吏（使），親於桃逆勞其大夫，且青（請）丌（其）行。荆爲不道，胃（謂）余曰：『女（汝），周之菊（舊）是（氏）……或又（有）軒轅（冕）之賞，或又（有）釜（斧）戉（鉞）之愲（䁷）。㠯此前後之猷，不能㠯牧民而反志，下之相擠也，幾（豈）不右（祐）才（哉）！衍敢居我江完（干）！』曰：『余必攼喪爾社稷（稷），㠯廣東海之表。』『天不丌（其）中（衷），卑（俾）周先王佾□□賽（塞），才（在）敓（波）戳（濤）之閒，咎生之邦。聶（攝）周子孫，隹（唯）舍（余）一人所豊（禮）。寍（寧）心擾憂，亦隹（唯）吳白（伯）父。晉……古（故）甬（用）吏（使）丌（其）三臣，毋敢又（有）遲（遲）速之期，敢告視日。』答曰：『三大夫辱命於寡君之菐（僕）。寡君一人……逨（理），先王之福，天子之霝（靈）。』『孤也可（何）勞力之又（有）安（焉）！孤也敢至（致）先王之福，天子之霝（靈）。』吳人虐□□於周。寡君昏（問）左右：筥（孰）爲帀（師）徒，踐履陳地？㠯陳邦非它也，先王姑每（緐）大㚤（熙）之邑也……孤㠯賢多忌。隹（唯）三大夫丌（其）辱昏（問）之，今日隹（唯）不敏既莅矣。自望日㠯往，必五六日，皆敝邑之期也。」吳走陳，楚人爲不道，不思丌（其）先君之臣事先王。瀍（廢）丌（其）賹（賓）獻，不共承（承）王事。我先君蓋（闔）［閭］……』」則所謂「厥嚴」者，乃闔閭「踐履陳地」而爭霸中原事。史傳祗稱夫差逐鹿中原，闔閭已啓其端也。

彭鏗斟雉帝何饗？

彭鏗，彭祖也。好和滋味，善斟雉羹，能事帝堯，堯美而饗食之。

【疏證】

彭鏗，彭祖也。好和滋味，善斟雉羹，能事帝堯，堯美而饗食之。◎柳河東集卷一四天對引、正德本、隆慶本、馮本、俞本、朱本、劉本、莊本、湖北本、四庫章句本「堯美」上有「帝」字。案：初學記卷二六器物部第一五羹「斟雉」條引王逸注：「彭鏗，彭祖也。好和滋味，善斟雉羹事帝堯。」編珠卷三「烹猴斟雉」條、書鈔卷一四五酒食部羹四「彭鏗斟雉帝何饗」條同引王逸注：「彭鏗，彭祖也。好和滋味，善斟雉羹，能事帝堯，帝堯得羹而饗食之。」則皆有「得」字。御覽卷八六一飲食部一九羹引王逸注：「彭鏗，彭祖也。好和滋味，斟羹事堯，堯（美）而饗食之。」卷九一七羽族部四雉引王逸注：「鏗，彭祖也。好和滋味，斟白雉羹以事堯，堯美而饗食之。」其所據本別。補注：「斟，勺也。」清華簡（五）殷高宗問於三壽有「彭祖」，乃高宗武丁時人。神仙傳云：「彭祖姓籛名鏗，帝顓頊之玄孫，善養性，能調鼎，進雉羹於堯，堯封於彭城。歷夏經殷至周，年七百六十七歲而不衰。」清梁玉繩漢書人表考：「彭祖始見鄭語，帝繫、世本：彭姓，封于大彭（鄭語及注），名籛（帝繫，而史記卷四〇楚世家集解引吳虞翻云，名翦）字鏗（路史後紀八），故曰彭鏗（莊子逍遥遊郭象注、劉向列仙傳、葛洪神仙傳以爲姓籛名鏗。並非），葬彭城下（水經獲水注；而江水

一、續郡國志注謂犍爲郡武陽縣有彭祖冢。恐非）。案：彭祖乃彭姓之祖，與老彭爲二人。老者尊稱，蓋其後裔。故表列彭祖二等，老彭三等。彭祖綿壽永世，莊子釋文引晉崔譔、李頤注、荀子脩身注並云：『鏗，堯臣，七百歲。』神仙傳云：『七百六十七歲。』列子力命篇云：『壽八百。』楚辭注云：『事堯至八百歲。』水經注、莊子釋文引世本同。史記五帝紀叙堯、舜十臣，置彭祖于禹、益、皋、夔之間，而顓頊傳三百五十年，嚳傳四百年，加唐、虞百五十年，政得八百。彭祖當生高陽中世，則壽七百較實。高誘注呂子情欲、爲欲、執一諸篇，皆言七百歲。潛夫論贊學曰：『顓頊師老彭。』猶云顓頊氏耳。若彭祖是殷初人，表列成湯時。漢包咸論語注：『殷賢大夫。』大戴禮虞戴德稱商老彭。後漢書張衡傳稱殷彭。俱可取證。自莊子大宗師言彭祖上及有虞，下及五伯，鄭康成、晉王弼解老彭爲老聃、彭祖，于是誤合彭祖、老彭、老子三人作一人。神仙傳曰：『彭祖，顓頊玄孫，至殷末往流沙之西。』呂子注曰：『彭祖，殷賢臣。論語所謂老彭。』莊子釋文曰：『李云：鏗，堯臣，歷虞、夏、商。』世本云：『在商爲守藏史，在周爲柱下史。一云，即老子。』如其所說，何止壽益八百哉？」其説甚詳，未爲融通。大抵古之稱彭祖非其一人，乃其族氏。彭氏歷虞、夏、商至八百歲，彭國之年壽。然彭人多壽，後遂雜糅爲彭祖一人。史記卷四〇楚世家，陸終六子，三曰彭祖。竹書紀年：「夏啓十五年，彭伯壽帥師征西河。」則彭氏爲夏之諸侯。又曰：「武丁四十三，王師滅大彭。」國語卷一六鄭語，祝融之後八姓有昆吾氏爲夏伯，大彭、豕韋氏爲商伯，而「彭祖、豕韋、諸稽，則商滅之矣」。韋昭注：「大彭，陸終第三子，曰籛，爲彭姓，封于大彭，謂之彭祖，彭城是也。豕韋，彭姓別氏，封于豕韋者也。殷衰，二國相繼爲商伯。其後世失道，殷復興而滅之。」則彭國亡於至殷世。史記卷七〇張儀傳「與代王飲，陰告廚人曰：『即酒酣樂，進熱啜，反斗以擊之。』於是酒酣樂，進熱啜，廚人進斟，因反斗以擊代王，殺之。」索隱：「按，謂熱而啜之，是羹也。下云『廚人進斟』，斟謂羹斗，故名汁曰斟。公羊傳『羊羹不斟』是也。」斟雉，雉羹。易鼎九三「鼎耳革，其行塞，雉膏不食。」雉膏，亦雉羹。又曰疏趾。禮記卷五曲禮下第二：「凡祭宗廟之禮，雉曰『疏趾』。」孔疏：「趾，足也。雉肥則兩足開張，趾相去疏也。」卷二七内則第一二有「蝸醢而苽食雉羹」。雉，吉徵也。商書高宗肜（庚案：當作易）日序：「高宗祭成湯，有飛雉升鼎耳而雊。」新論卷六譴非篇：「武丁有雉升鼎之異，身享百年之壽。」雉膏，所以益壽。彭祖爲雉羹進帝堯以益壽也。後漢書卷八二方術傳下冷壽光「常屈頸鷮息」，章懷注引毛萇詩注：「鷮，雉也。」丁晏遂以斟雉爲導引之術也。又，馬王堆帛書十問：「王子巧（喬）父問彭祖曰：『人氣何是爲精虖（乎）？』彭祖合（答）曰：『人氣莫如竣（朘）精。竣（朘）氣宛（菀）閉，百脈生疾；竣（朘）氣不成，不能繁生，故壽盡在竣（朘）。竣（朘）之葆愛，兼予成佐，是故道者發明唾手循辟（臂），靡（摩）腹從陰從陽。必先吐陳，乃翕（吸）竣（朘）氣，與竣（朘）通息，與竣（朘）飲食，飲食完竣（朘），如養赤子。赤子驕悍數起，慎勿繇使。則可以久交，可以遠行，故能壽長。』」又曰：「出入以修奏浬

(理)，固白(薄)内成，何病之有？坡(彼)生有央(殃)，必亓(其)陰精漏泄，百脈宛(菀)廢，喜怒不時，不明大道，生氣去之。俗人芒生(性)，乃持(恃)巫醫，行年未半，刑(形)必夭狸(埋)，頌(容)事白(自)殺，亦傷悲哉。死生安在，徹士制之，實下閉精，氣不漏泄。心制死生，孰爲之敗？慎守勿失，長生累世。累世安樂長壽，長壽生於蓄積。坡(彼)生之多，尚(上)察於天，下播於地，能者必神，故能刑(形)解。明大道者，亓(其)行陵雲，上自羣榣(瑤)，水溜(流)能遠，龍登能高，疾不力倦，□□□□□□□巫(務)成昭□□不死。巫(務)成昭以四時爲輔，天地爲經，巫(務)成昭與陰陽皆生。陰陽不死，巫(務)成昭與相視，有道之士亦如此。」則彭祖之養生術，善固精養氣也。

受壽永多，夫何久長？

言彭祖進雉羹於堯，堯饗食之以壽考，彭祖至八百歲，猶自悔不壽，恨枕高而唾遠也。

【疏證】

言彭祖進雉羹於堯，堯饗食之以壽考，彭祖至八百歲，猶自悔不壽，恨枕高而唾遠也。◎四庫章句本「壽考」上有「爲」字。正德本、劉本、俞本「唾」作「眂」，朱本作「睡」，隆慶本、湖北本「唾」作「眠」，柳河東集作「睡」。御覽卷八六一飲食部一九羹引王逸注：「言彭祖進雉羹於堯，堯饗之以壽之也。」則「壽考」作「壽之」。案：眂遠、眠遠、睡遠，皆不辭。書鈔卷一四五酒食部羹四「彭鏗斟雉帝何饗」條引王逸注曰：「言彭祖進雉羹於堯，堯饗食之以壽考，彭祖至八百歲，猶自悔不壽，恨枕高而唾遠也。」亦作「唾遠」、「壽考」也。又，莊子卷一逍遥遊釋文「恨杖晚而唾遠也」，雖亦作「唾遠」，其「枕高」訛作「杖晚」。丹鉛録總録卷一〇人品類「彭祖」條引作「短晚」，天中記卷三九亦作「枕高」。全後漢文卷三七應劭風俗通（今本無，見御覽卷三八七人事部二八唾引）：「彭祖壽年八百歲，猶恨唾遠。」全三代上古文卷一六彭祖攝生養性論：「養生之法：不遠唾，不驟行，耳不極聽，目不久視，坐不至疲，卧不及極。」則「枕高」者，蓋偃卧至極之意。補注：「莊子曰：『彭祖得之，上及有虞，下及五伯。』又曰：『吹呴呼吸，吐故納新，熊經鳥伸，爲壽而已矣。此導引之士，養形之人，彭祖壽考者之所好也。』」則以導引術可以免「枕高」。則作「杖晚」者非也。雲笈七籤卷一一瓊室章第二一：「氣亡液漏非己形。」注云：「仙經云：『閉房練液，不多言，不遠唾。』反是也。」卷一二上部經第一：「玉池清水灌靈根。」注云：「口爲玉池太和宫，唾爲清水美且鮮。唾而咽之雷電鳴，舌爲靈根常滋榮。」卷三二養性延命録引黄庭經：「玉池清水灌靈根，審能修之可長存。名曰飲食自然。」注云：「自然者，則是華池。華池者，口中唾也。呼吸如法，咽之則不飢也。」又引老君尹氏内解：「唾者，漱爲醴泉，聚爲玉漿，流爲華池，散爲精汋，降爲甘露。故曰爲華池，中有醴泉，漱而咽之，溉藏潤身，流利百脈，化養萬神，肢節毛发宗之而生也。」又引仙人曰：「若欲延年少病者，誡勿施精，施精命夭殘。勿大温消骨髓，勿大寒傷肌肉，勿咳唾失肌汁，勿卒呼驚魂魄，勿久泣神悲蹙，勿恚怒，神不樂，勿念內志恍惚，能行此道，可以長生。」雜戒忌禳災祈善：「用精令人氣力乏，多睡令人目盲，多唾令人心煩，貪美食令人泄痢。」又曰：「凡唾不用遠，遠即成肺病，令人手重、背疼、咳嗽。」又引老君曰：「飲玉泉者，令人延年除百病。玉泉者，口中唾也。」卷三五禁忌篇引抱朴子曰：「是以養性之方，唾不至遠，行不疾步，耳不極聽，目不極視，坐不至疲，卧不至懻。」卷五六諸家氣法部元氣論引老子節解：「唾者，溢爲醴泉聚，流爲華池府，散爲津液，降爲甘露，漱而咽之，溉藏潤身，通宣百脈，化養萬神，支節毛髮，堅固長春，此所謂內金漿也，可以養神明，補元氣矣。」不「遠唾」，固津液也，則養形之人以「不唾遠」爲戒。又，上博簡(三)彭祖：「天地與人，若經與緯，若表與裏。」又曰：「戒之毋驕，慎終保勞。」張家山漢墓竹簡引書：「春産、夏長、秋收、冬臧，此彭祖之道也。春日蚤起之後，棄水，澡漱，洒齒，呴，被髮，遊堂下，逆露之清，受天之精，飲水一杯，所以益壽也。入宮從昏到夜大半止之，益之傷氣。夏日，數沐，希浴，毋莫起，多食菜。蚤起，棄水之後，用水澡漱，疏齒，被髮，步足堂下，有閒而飲水一杯。入宮從昏到夜半止，益之傷氣。秋日，數浴沐，飲食飢飽恣身所欲。入宮以身所利安，此利道也。冬日，數浴沐，手欲寒，足欲温，面欲寒，身欲温，卧欲莫起，卧信(伸)必有正也。入宮從昏到夜少半止之，益之傷氣。」是彭祖延年之術，要乎順應天地、自然、四時也。

中央共牧后何怒？

牧，草名也，有實。后，君也。言中央之州有歧首之蛇，爭共食牧草之實，自相啄嚙。以喻夷狄相與忿爭，君上何故當怒之乎？

【疏證】

牧，草名也，有實。◎正德本、隆慶本、馮本、俞本、劉本、朱本、莊本、湖北本、四庫章句本無「有實」二字。案：補注：「牧，唐本作牧，注同。一作枚。」牧、枚之訓草，未知所據。柳河東集卷一四天對注引楚辭贅説：「王逸注無所據，引不可信。原意謂中央者，中國也。共牧者，共九州之牧也。若使中國共牧無所戰爭，則君何怒而有討乎？」其説空泛。馬其昶屈賦微：「案史記，召公、周公二相行政，號曰共和。竹書紀年『共伯干王位』，沈約注云：『大旱既久，廬舍俱焚，卜於太陽。兆曰：厲王爲祟。周公、召公乃立太子靖，共和遂歸國。』魯連子亦云：『共伯名和，好行仁義。厲王奔彘，諸侯奉王子靖爲宣王，而共伯復歸于衛。』史記不言共伯和，特所記詳略有異，其爲諸侯共治則一也。故曰『中央共牧』。」陳直楚辭拾遺謂「牧」當作「攸」，即古「伯」字。竹書紀年周厲王十三年，王在彘，共伯攝行天子事。説皆可參，今並存之。余別有説：中央，中央之帝。莊子卷二應帝王篇第七：「南海之帝爲儵，北海之帝爲忽，中央之帝爲渾沌。儵與忽時相與遇於渾沌之地，渾沌待之甚善，儵與忽謀報渾沌之德，曰：『人皆有七竅，以視聽食息。此獨無有，嘗試鑿之。』日鑿一竅，七日而渾沌死。」蓋渾沌與儵、忽共處於中央，則謂之「中央共牧」也。后，君也。◎案：詳參離騷「昔三后之純粹兮」注。后，通作後。書洛誥「惟告周公其後」，杜佑通典卷五五禮一五引後作后。儀禮卷三士冠禮第一「古者五十而后爵」，禮記卷二六郊特牲第一一后作後。

言中央之州有歧首之蛇，争共食牧草之實，自相啄嚙。以喻夷狄相與忿争，君上何故當怒之乎？◎正德本、隆慶本、朱本、劉本、俞本、莊本、馮本「歧」作「岐」。毛祥麟楚辭校文曰：「文瀾閣本『州』作『洲』。」案：文津本、文淵閣本亦作「州」。岐，訛也。顔之推顔氏家訓卷三勉學云：「吾初讀莊子『螝二首』，韓非子曰：『蟲有螝者一身兩口，争食相齕，遂相殺也。』茫然不識此字何音，逢人輒問，了無解者。案爾雅諸書，蠶蛹名螝，又非二首兩口貪害之物。後見古今字詁，此亦古之虺字，積年凝滯，豁然霧解。」叔師曰「中央之州有歧首之蛇」，蓋指二首兩口之虺也。然與「后」字不協。言中央之帝先與南、北之帝初相共，後則相攻伐，故曰「後何怒」也。章句非也。

蠭蛾微命力何固？

言蠭蛾有蠚毒之蟲，受天命負力堅固。屈原以喻蠻夷自相毒蠚，固其常也。獨當憂秦、吳耳。

【疏證】

言蠡蛾有蠚毒之蟲，受天命負力堅固。屈原以喻蠻夷自相毒蠚，固其常也。獨當憂秦、吳耳。◎柳河東集卷一四天對引、正德本、隆慶本、劉本、馮本、俞本、朱本、莊本、湖北本、四庫章句本「蠡蛾」作「蠭蟻」。案：蠡與蠭同。補注：「傳曰：『蠡蠆有毒，而況國乎？』蛾，古蟻字。記曰『蛾子時術之』是也。」古者蛾有蠶蛾之蛾，又有螘蛾之蛾，往往通用不別，宜于具體語境詳審之。漢書卷九元帝紀：「建昭元年，秋八月，有白蛾羣飛蔽日，從東都門至枳道。」顏師古曰：「蛾成羣，若今之蠶蛾類也。音五何反。」顏説是也。螘蛾之雖有飛者，而無蔽日之理。又，後漢書卷七一皇甫嵩傳：「角等知事已露，晨夜馳敕，方一時俱起，皆著黃巾爲摽幟，時人謂之黃巾，亦名爲蛾賊。」李賢注：「蛾音魚綺反，即蟻字也。諭賊衆多，故以爲名。」李注是也。此「蠭蛾」連文，非蟻也。洪説非也。又，柳河東集卷一四天對注引楚辭贅説：「今蠭蟻微命而好争，其力甚固，蓋蠭有毒而蟻好鬭故也。以喻上失其政，九州無牧，諸侯戰争，不可禁止，以譏當時之事耳。或謂原因見楚之宗廟有歧首之蛇，如今古祠中多畫毒蛇怪物之類者，故因以諷焉，不可知也。」此所問事，未可曉知。蔣驥山帶閣注楚辭：「抱朴子：『蜂有兼弱之智，蟻有攻寡之計。』蜂蟻至微，猶有戰守之方，而人反不如乎？」曹耀湘讀騷論世：「今按舊説通，以意推之，則武王伐紂之事也。中央猶中權也，凡軍行大將居中央也。共與拱同，環向也。牧即牧野，商郊地名。尚書牧誓：『王至於商郊牧野，乃誓。』中央共牧者，謂武王親總軍旅，諸侯將士環拱聽誓也。怒如王赫斯怒，言恭行天罰也。后謂武王也。蠡蛾者，紂之人衆多，如蜂蛾之屯聚也。詩云：『殷商之旅，其會如林。』逸周書曰：『紂有億萬人。』微命者，蠡蛾之命輕微也。紂之時天命已訖，民命微如蠡蛾也。力何固者，紂恃其衆，固拒周師，不易克也。孟子云：『以至仁伐至不仁，何其血之流杵也？』蓋逸周書武成之文有之。武王伐罪弔民，誓師震怒，殷之臣民以力抗拒，武王不敢輕忽也。」此二説稍可調遂，録以備考。又，微命，古恆語，謂命之至輕微者。三國志卷一一魏書管寧傳「固辭不受」，裴氏注引傅子：「唯陛下聽野人山藪之原，使一老者得盡微命。」卷四六吳書孫策傳注引吳録：「臣初領兵，年未弱冠，雖駑懦不武，然思竭微命。」宋書卷五四羊玄保傳：「特乞與其微命，使異術不絕。」卷八四孔顗傳：「螳龜微命，擬雷霆之衝。」文選卷一三鸚鵡賦：「託輕鄙之微命，委陋賤之薄軀。」

驚女采薇鹿何祐？

祐，福也。言昔者有女子采薇菜，有所驚而走，因獲得鹿，其家遂昌熾，乃天祐之。

【疏證】祐，福也。◎案：説文示部：「祐，助也。从示、右聲。」引申之爲福。

言昔者有女子采薇菜，有所驚而走，因獲得鹿，其家遂昌熾，乃天祐之。◎正德本、隆慶本、馮本、劉本、朱本、湖北本、四庫章句本「采薇」下無「菜」字，「乃天祐」作「蒙天祐」，下有「也」字。俞本「蒙天祐」下無「之也」二字，莊本「乃六祐」作「蒙天之祐」。案：無「菜」，敓也。又，據義，舊作「蒙天祐」爲允。章句「驚女獲鹿」云云，未知其所指。其所問之事，今莫詳考。聞一多楚辭校補謂「『驚女』二字當互易。『女驚采薇』者，驚讀爲警，戒也，言女戒之令勿采薇也。『女警』與『鹿祐』對文見義。王注曰『有女子采薇菜，有所驚而走』，又曰『女子驚而北走』。所據本固尚作『女驚』不作『驚女』也。」亦是臆説，未有所徵。又，周拱辰離騷草木史：「驚女句指夷、齊事也。文選辨命論『夷、齊畢命於淑媛』，五臣注云：『夷、齊采薇首陽，一女子見而譏之曰：「子義不食周粟，此亦周之毛也。」』又：『夷、齊餓於首陽，白鹿乳之。』言采薇而驚來女婦之譏，遂棄薇而餓，白鹿又何以祐之，而薦之乳乎？」毛奇齡天問補注亦云：「此夷、齊事也。按譙周古史考云：『夷、齊采薇，有婦人難之。』劉峻辨命論云：『夷、叔斃淑媛之言』，注云：『夷、齊采薇，有女子謂之曰：「子義不食周粟，此亦周之草木也。」』因餓首陽，棄薇不食，白鹿乳之。」則以夷、齊事説之，與原所問頗相合。文選卷五四辨命論「夷、叔斃淑媛之言」，李善注引古史考，非五臣也，曰：「伯夷、叔齊者，殷之末世，孤竹君之二子也。隱于首陽山，采薇而食之。野有婦人謂之曰：『子義不食周粟，此亦周之草木也。』於是餓死。」引文與周氏多别。如「有女子」作「野有婦人」，無「棄薇不食，有白鹿乳之」之文。白鹿乳夷、齊，又見廣博物志，曰：「夷、齊逃，棄薇不食，有白鹿乳之。」又見蔣驥山帶閣注楚辭引列士傳，云：「夷齊隱首陽山，採薇而食，有王摩子入山難之曰：『君不食周粟，而食周之薇，柰何？』二人遂不食薇，經七日，天遣白鹿乳之。得數日，夷、齊私念此鹿肉，食之必美。鹿知其意，不復來，二子遂餓死。」周氏引文則誤矣。而毛君雖未言「五臣注」，而引文誤同周氏，是蹈襲之訛。伯夷、叔齊於楚簡亦有記述，上博簡（八）成王既邦：「伯尸（夷）、吾（叔）齊餓死於雎瀆，不辱丌（其）身。」然未言採薇。史記卷六一伯夷叔齊列傳「采薇而食之」，索隱：「薇，蕨也。爾雅云：『蕨，虌也。』」正義：「陸機毛詩草木疏云：『薇，山菜也。莖葉皆似小豆，蔓生，其味亦如小豆藿，可作羹，亦可生食也。』」又，卷一一七司馬相如傳「轊白鹿」，正義：「抱朴子云：『白鹿壽千歲，滿五百歲色純白也。』晉徵祥記云：『白鹿色若霜，不與他鹿爲羣。』」

北至回水萃何喜？

萃，止也。言女子驚而北走，至于回水之上，止而得鹿，遂有禧喜也。

【疏證】萃，止也。◎案：萃字於此三見，上爲「集」，此爲「止」。其義通也。孫作雲天問研究謂萃作卒。沈祖緜屈原賦證辨謂萃作誶，訓諫。皆非。

言女子驚而北走，至于回水之上，止而得鹿，遂有禧喜也。◎四庫章句本「止」作「立」。正德本、隆慶本、劉本、馮本、俞本、朱本、莊本、湖北本、四庫章句本「禧」作「福」。案：立，訛字。禧、福，散文不别。爾雅釋詁：「禧，福也。」對文取妻生子曰禧。或通作釐。史記卷一〇孝文本紀「今吾聞祠官祝釐」，索隱：「釐音禧，福也。」孫作雲天問研究喜作饎，字從食。沈祖緜屈原賦證辨喜作譆，從言，訓痛。皆非也。史記卷六一伯夷列傳「隱於首陽山」，正義引莊子：「伯夷、叔齊西至岐陽，見周武王伐殷，曰：『吾聞古之士，遭治世不避其任，遇亂世不爲苟存。今天下闇，周德衰，其並乎周以塗吾身也，不若避之以絜吾行。』二子北至于首陽之山，遂飢餓而死。」回水，在首陽山北。朱亦棟羣書札記：「考水經注：『雷首山一名獨頭山，夷、齊所隱也。山南有古冢，俗謂之夷齊墓。其水西南流，亦曰雷水。』則回水之即雷水明矣。」其説是也。回、雷，古字通用。楚之先祖吳回或作吳雷。夷齊北至首陽山雷水，止而得鹿所佑也。

兄有噬犬弟何欲？易之以百兩卒無禄？

兄，謂秦伯也。噬犬，齧犬也。弟，秦伯弟鍼也。言秦伯有齧犬，弟鍼欲請之。言秦伯不肯與弟鍼犬，鍼以百兩金易之，又不聽，因逐鍼而奪其爵禄也。

【疏證】

兄，謂秦伯也。噬犬，齧犬也。弟，秦伯弟鍼也。言秦伯有齧犬，弟鍼欲請之。言秦伯不肯與弟鍼犬，鍼以百兩金易之，又不聽，因逐鍼而奪其爵禄也。◎正德本、隆慶本、馮本、劉本、俞本、朱本、莊本、湖北本、四庫章句本「易之」下有「而」字。案：類聚卷九四獸部中「狗」條引王逸注：「兄，謂秦伯也。秦伯有犬，弟鍼欲請。」則非足文。據説文，脱去字作奪，而奪取字作敓，今互易之也。故「奪其爵禄」云云，亦本作「敓」。是東漢已不分。春秋經昭公元年：「夏，秦伯之弟鍼出奔晉。」左傳：「秦后子有寵於桓，如二君於景。其母曰：『弗去懼選。』癸卯，鍼適晉，其車千乘。書曰：『秦伯之弟鍼出奔晉。』罪秦伯也。后子享晉侯，造舟於河，十里舍車。自雍及絳，歸取酬幣，終事八反。司馬侯問焉，曰：『子之車盡於此而已乎？』對曰：『此之謂多矣。若能少此，吾何以得見？』女叔齊以告公，且曰：『秦公子必歸。臣聞君子能知其過，必有令圖。令圖，天所贊也。』后子見趙孟，趙孟曰：『吾子其曷歸？』對曰：『鍼懼選於寡君，是以在此。將待嗣君。』」杜注：「后子，秦桓公子，景公母弟鍼也。」則秦伯，秦景公也。章句因左傳爲説。史記卷五秦本紀：「景公母弟后子鍼有寵，景公母弟富，或譖之，恐誅，乃奔晉，車重千乘。晉平公曰：『后子富如此，何以自亡？』對曰：『秦公無道，畏誅，欲待其後世乃歸。』景公立四十年卒，子哀公立，后子復來歸秦。」集解引徐廣：「世本云：『景公名后伯車也。』」國語卷一四晉語八「秦景公使其弟鍼來求成」，韋注：「景公，秦穆公之玄孫，桓公之子。鍼，后子伯車也。」豈兄弟二人同名？蓋必有一誤。又，補注：「天對注云：『百兩，蓋謂車也。逸以爲百兩金，誤矣。』」左傳「歸取酬幣」云云，杜注：「備九獻之儀，始禮自齎其一，故續送其八酬酒幣。」正義：「僖二十二年鄭享楚子爲九獻，知此備九獻之儀也。每一獻酒必有幣車以隨之。后子從始自齎其一，以爲初獻，故續送其八也。飲酒之禮，主人初獻於賓，賓酢主人，主人受賓之酢禮，飲訖，又飲，乃酌以酬賓，如是乃成一獻。於酬之時，始有幣以勸飲，故以爲酬酒幣也。」章句「八兩金」云云，是「酬酒幣」，未必指車。

噬，齧，皆獸齧。周、秦曰噬，兩漢以還曰齧，所以通古今別語。左傳哀公十二年「國狗之瘈，無不噬也」，杜注：「噬，齧也。」文選卷二西京賦「韓盧噬於緤末」李善注、卷一〇西征賦「履虎尾而不噬」李善注並曰：「噬，齧也。」秦伯「噬犬」，則未之聞，喻武士也。隋書卷四七韋世康傳：「上謂太子曰：『古人有沽酒酸而不售者，爲噬犬耳。今何用世約，適累汝也。』世約遂除名。」秦景公有武士，弟鍼欲之，而易之以百兩金，景公欲害之，乃奔晉，則曰「卒無禄」也。章句「因逐鍼而奪其爵禄」云云，以「無禄」爲「奪其爵禄」，非是。無禄，凶喪之辭。爾雅釋詁：「無禄，死也。」詩正月：「憂心惸惸，念我無禄。」鄭箋：「無禄者，言不得天禄，自傷值今生也。」正月：「民今之無禄，天夭是椓。」毛傳：「君夭之，在位椓之。」鄭箋：「民於今而無禄者，天以薦瘥夭殺之。」左傳成公十三年：「無禄，獻公即世。」又曰：「無禄，文公即世，穆爲不弔。」昭公三年：「不腆先君之適，以備内官，焜燿寡人之望，則又無禄，早世隕命，寡人失望。」昭公七年：「今無禄早世，不獲久享君德。」昭公十年：「凡公子、公孫之無禄者，私分之邑。」又，曹耀湘讀騷論世：「以意推之，蓋周公與管、蔡之事也。管叔，兄也；周公，弟也。噬犬者，謂其流言于國，主讒害周公也。九章云：『邑犬羣吠兮，吠所怪也。』九辯云：『猛犬狺狺而迎吠兮。』古人以讒言比之于犬吠，蓋深惡之之詞。左傳云：『國狗之瘈，無不噬也。』管叔流言，等于噬犬也。弟何欲者，周公未嘗欲干王位也。易，當爲錫。百兩，謂車馬也。詩云『百兩御之』。周公使管叔監殷，先錫之以車乘也。卒無禄者，管蔡終獲罪戾也。」其説有思致，録以備考。然「周公使管叔監殷，先錫之以車乘也」云云，史載無徵，臆度之説。

薄暮雷電歸何憂？

言屈原書壁，所問略訖，日暮欲去，時，天大雨雷電，思念復至。自解曰：「歸何憂乎？」

【疏證】

言屈原書壁，所問略訖，日暮欲去，時，天大雨雷電，思念復至。自解曰：「歸何憂乎？」◎俞本無「歸」字。案：敚也。補注：「薄暮，日欲晚，喻年將老也。雷電，喻君暴怒也。歸何憂者，自寬之詞。」皆非也。歸，命終歸土也。歸何憂，死不足憂也。又，章句「屈原書壁所問略訖」云云，以天問一篇始書於宗廟壁畫下也。

厥嚴不奉帝何求？

言楚王惑信讒佞，其威嚴當日墮，不可復奉成，雖從天帝求福，神無如之何。

【疏證】

言楚王惑信讒佞，其威嚴當日墮，不可復奉成，雖從天帝求福，神無如之何。◎案：據章句，「奉成」，讀如「豐盛」，言不使「日墮」也。帝，非天帝，讀如禘，祭祖廟也。禘何求，其祇敬不豐，則祀祖之事將何所求乎？意謂徒勞無成。蔣驥山帶閣注楚辭：「此二句不知何指。按金縢：『周公居東二年，天大雷電以風，禾盡偃，大木斯拔，邦人大恐。』越絶書：『成王夜迎周公，涕泣而行。』似與此合。言感天變而夜迎周公以歸，果何所憂懼乎？使成王不奉天之明威，而不還周公，天又將何所誅責之乎？此引成王以動君，而悼己之不得歸也。」其説有思致，録以備考。

伏匿穴處爰何云？

爰，於也。（云，言也。）吾將退於江濱，伏匿穴處耳，當復何言乎？

【疏證】

爰，於也。◎案：爰之爲於，言乃也，於是也。

云，言也。◎補注本無注。案：據正德本、隆慶本、俞本、馮本、朱本、劉本、莊本、湖北本、四庫章句本補。詩何人斯「誰暴之云」，毛傳：「云，言也。」楚簡云、言字皆作「員」，義取於「一言九鼎」。

吾將退於江濱，伏匿穴處耳，當復何言乎？◎案：伏匿，遭斥棄也。淮南子卷九主術訓：「故人主誠正，則直士任事，而姦人伏匿。」韓詩外傳卷三：「無使賢伏匿，則痹不作。」新序卷二雜事：「賢者伏匿于山林，諂諛强進于左右。」卷五雜事第五：「聖人伏匿，愚者擅權，天下之不祥也。」又，穴處者，謂退隱也。韓詩外傳卷五：「雖巖居穴處，而王侯不能與争名。」論衡卷一四狀留篇第四〇：「賢儒處下，受馳走之使，至或巖居穴處，没身不見。」

荆勳作師夫何長？

荆，楚也。師，衆也。勳，功也。初，楚邊邑之處女與吳邊邑處女争采桑於境上，相傷，二家怒而相攻，於是楚爲此興師，攻滅吳之邊邑，而怒始有功。時屈原又諫，言我先爲不直，恐不可久長也。

【疏證】

荆，楚也。◎案：荆、楚，皆國名。清華簡（一）楚居：「穴酓遟（遲）遷（徙）於京宗，爰旻（得）妣殹，逆流哉（載）水，氒（厥）脜（狀）聑（聶）耳，乃妻之，生侸吊（叔）、麗季。麗不從行，渭（潰）自䯿（脅）出，妣殹賓于天，晉（巫）戕（并）賅（該）亓（其）䯿（脅）以楚，氏（抵）今曰楚人。至酓惶（狂）亦居京宗。」簡文「渭（潰）自䯿（脅）出」，謂巫剖脅妣殹以生熊麗者也。大戴禮記卷七帝繫：「鬼方氏之妹謂之女隤氏，産六子，孕而不粥，三年，啓其左脅，六人出焉。」世本作「啓其左脅，三人出焉；啓其右脅，三人出焉。」楚世家稱「陸終生子六人，坼剖而産焉」。上博簡（二）子羔：「亓（其）莫壩而畫（劃）於伓（倍、背）而生，生而能言，是墨（禹）也。」天問：「何勤子屠母，而死分竟地？」章句：「言禹愊剥母背而生，其母之身分散竟地，何以能有聖德，憂勞天下乎？」皆古世剖産生子之證。戕，古荆字，説文刀部作「刑」，云：「剄也。从刀，幵聲。」朱駿聲謂「按并省聲，與从『井』之荆罰字别」。賅，通作刻，同亥聲，例得通用。廣雅釋詁：「刻，分也。」又云：「刻，畫也。」楚，荆也。古文苑卷一四揚雄荆州牧箴「包楚與荆」，章樵注：「荆，牡荆也。楚，荆之翹者。」謂楚翹之鋒利似刃者也。以楚爲刀（即手術刀），剖劃妣殹之脅而生熊麗。「氏今曰楚人」者，楚之所以爲名「楚」，用楚棘剖劃妣殹之脅以産熊麗故也。楚族後世裔孫以先祖酓（熊）麗之出生爲神異之事，而視「楚荆」能産先人熊麗，更爲奇異之物，以示永久紀念，以勵後世子孫，傳之萬代，邦國以

「楚」爲名。天問：「荆勳作師夫何長？」章句：「荆，楚也。」顧頡剛討論古史答劉胡二先生謂楚人「是林中建國的，荆亦名楚，當以荆棘繁多之故」，故稱荆楚。張正明又謂「荆人、楚人之所以得名，是因爲他們居住的地方生長着許多被稱『荆』或者『楚』的灌木」。皆非達詁。楚人自稱楚或荆，無美惡之别。包山楚簡稱「楚王」爲「⿱刑田（荆）王」。詩商頌殷武「奮伐荆楚」，毛傳：「荆楚，荆州之楚國也。」以其封域言之，極言其小且弱也。春秋初多稱荆，後則稱楚，蓋前未以楚爲諸侯，後强盛，爲諸侯國。故西周器銘曰「荆楚」（過伯簋）、曰「楚荆」（墻盤），多含貶義。秦簡日書稱「荆」不稱「楚」，避秦莊襄王諱也。此荆勳，荆非稱楚。説詳下。

師，衆也。◎案：詳參上「師何以尚之」注。

勳，功也。◎案：正文「荆勳作師」云云，則此條注釋，宜在「師，衆也」上，倒乙也。勳之爲功，詳參上「勳闔夢生」注。然以「荆勳」爲荆楚功勳，不辭。荆勳，刑夷（⿱刑田⿸尸示）之訛，楚曆春正月名。楚帛書丙篇：「取，乙至，不可以□殺。」九店楚簡：「⿱刑田⿸尸示、夏⿸尸示、享月，春不可以東徙。」楚俗以正月殺伐、東徙興師，皆不利，是以不可久長也。據此，楚之興師伐吳，在正月之時。

初，楚邊邑之處女與吳邊邑處女争采桑於境上，相傷，二家怒而相攻，於是楚爲此興師，攻滅吳之邊邑，而怒始有功。時屈原又諫，言我先爲不直，恐不可久長也。◎正德本、隆慶本、馮本、劉本、俞本、朱本、莊本、湖北本、四庫章句本「邊邑」下無「之」字。正德本、隆慶本、俞本、朱本、馮本「恐不」作「怒不」。案：怒，恐之訛。聞一多楚辭校補謂「勳」「師」當互乙，作「荆師作勳」；長，通作常。失之。據章句，曰「始有功」、又曰「言我先爲不直」，則舊本作「大何先」。或本作「長先」，長字，涉其章句「恐不可久長」羨。先，與上文「云」字同協文韻。若作「夫何長」，出韻。清華簡（二）繫年：「霝王即世，競（景）平王即立（位）。少師亡䵣（極）譴（讒）連尹奢而殺之，亓子五（伍）員與五（伍）之雞逃歸吳。五（伍）雞逹（將）吳人以回（圍）州來，爲長壑而洍（汜）之，以敗楚師，是雞父之洍（汜）。競（景）平王即世，卲（昭）王即立（位），五（伍）員爲吳太宰，是教吳人反楚邦之者（諸）侯，以敗楚師于白（柏）舉，述（遂）入郢。」此所謂「荆勳作師」不可久長也。又，史記卷三一吳太伯世家：「初，楚邊邑卑梁氏之處女與吳邊邑之女爭桑，二女家怒相滅，兩國邊邑長聞之，怒而相攻，滅吳之邊邑。吳王怒，故遂伐楚，取兩都而去。」正義：「兩都即鍾離、居巢。」楚先勝而後敗也。索隱謂「左傳無其事」。章句因史記也。

悟過改更我又何言？

欲使楚王覺悟，引過自與，以謝於吳，不從其言，遂相攻伐。言禍起於細微也。

【疏證】欲使楚王覺悟，引過自與，以謝於吳，不從其言，遂相攻伐。言禍起於細微也。◎聞一多楚辭校補：「本篇呵壁之詞，所問皆自然現象與歷史陳迹，初未羼入作者個人成分，故知我字必系衍文。又案此句本當移上與『伏匿穴處』句相承。『伏匿穴處云何爰，悟過改更又何言』，語意相偶，句法亦一律也。」案：其說可從。章句「禍起於細微」云云，即因二女争桑而引爲兩國之戰。言，問也。王念孫讀書雜志漢書第九「言問其臣」條曰：「『臣聞聖主言問其臣，而不自造事。』師古曰：『欲發言則問其臣。』引之曰：『師古以言爲發言，非也。言，亦問也。連稱「言問」者，古人自有複語耳。爾雅曰：「訊，言也。」郭注曰：「相問訊。」廣雅曰：「言，問也。」聘禮：「若有言，則以束帛如享禮。」鄭注曰：「有言，有所告請。」若有所問也。曾子問：「召公言於周公。」正義曰：「言，猶問也。」哀公問：「寡人願有言，然冕而親迎，不亦重乎？」昭二十五年左傳曰：「叔孫氏之司馬鬷戾言於其衆曰：『若之何？』」此古人謂言爲問之證。』」其說可爲此「何言」旁證。舊蓋作「何問」，後不識言有問義，則因章句「不從其言」而易問作言。問與云、先亦相協。又，補注：「太史公曰：『屈平雖放流，睠顧楚國，繫心懷王，不忘欲反，冀幸君之一悟，俗之一改也。其存君興國而欲反覆之，一篇之中，三致志焉。』然終無可奈何，故不可以反，卒以此見懷王之終不悟也。」斯言頗傳屈平心事。

吴光争國，（何）久余是勝。

光，闔廬名也。言吳與楚相伐，至於闔廬之時，吳兵入郢都，昭王出奔，故曰「吳光爭國，久余是勝」。言大勝我也。

【疏證】

光，闔廬名也。◎案：詳參上「勳闔夢生」注。

言吳與楚相伐，至於闔廬之時，吳兵入郢都，昭王出奔，故曰「吳光爭國，久余是勝」。言大勝我也。◎正德本、隆慶本、劉本、俞本「大」作「天」。案：訛也。聞一多楚辭校補：「此句無問詞，與本篇文例不合。當于『久』上補『何』字。『吳光爭國何久余是勝』者，言初楚屢勝吳，何以公子光弒立後，吳乃屢勝楚也。」其說是也。北大簡（三）周馴（訓）：「昔吳攻郢，昭王垂泣以辭其民曰：『與人之兄處而殺其弟，吾弗忍也。與人之父居而殄其子，吾何以國爲？爲它人臣與爲吾臣，豈有以異？楚、吳何澤（擇）？皆勉侍矣，吾將去汝，往適遠方。』乃與其奴宵出。夜半，郢人求君弗得，師若失親，莫不瀾泣。於是乃挂幼扶老，抱負赤子，以從昭王。謂昭王曰：『以衆則楚不如吳，以勇則吳不如楚。民請還，爲致勇之寇。』乃反，至于干（邗）王之所，令吳闔廬一夜未嘗三徙臥。闔廬無聊，不俛楚得，恐失其身，乃復歸郢，若其始也。昭王有失郢之行，而無德於民，其乏祀必矣，豈又尚得爲君？此詩所謂『懷德維寧』者也。」則楚之敗於吳者，無德於民故也。而昭王之復國，亦以有德於民故也。補注：「楚昭王十年，吳王闔廬伐楚，楚大敗，吳兵遂入郢。懷王與秦戰，爲秦所敗，亡其六郡，入秦不返。故屈原徵荆動作師、吴光争國之事諷之。」洪氏似皆未達屈子心跡。清華簡（七）越公其事曰：「昔先王盍膚（闔廬）所以入郢邦，唯彼鷄父之遠荆，天賜忠于吴，右我先王。荆師走，吾先王逐之走，遠夫勇踐，吾先王用克郢。」以鷄父不在楚而忠于吴，因大勝楚。鷄父者，伍之鷄也。雖未見經傳所載，然清華簡（二）繫年固已言之。第十五章曰：「霝（靈）王即殜（世），競（景）坪（平）王即位。少師亡（無）𦔻（極）讄（讒）連尹奢而殺之。其子五（伍）員與五（伍）之鷄逃歸吴。五（伍）鷄將吴人以回（圍）州來，爲長壑而洍（汜）之，以敗楚師，是鷄父之洍（汜）。競（景）坪（平）王即殜（世），卲（昭）王即位。五（伍）員爲大宰，是教吴人反楚邦之者（諸）侯，以敗楚師于白（柏）舉，述（遂）入郢。」則伍之鷄，亦伍奢子、伍員昆弟歟？其當年潛逃于楚者，非伍員一人也。伍之鷄先敗楚師于州來，損楚元氣；伍員繼之，終敗楚師而入郢。伍氏兄弟復讎如此，歷平、昭二世，是所謂天問「久余是勝」也。陳直楚辭拾遺謂余即餘，言餘昧。以「光僚争國既久，餘昧之後終勝」爲説，以久字屬上，不辭。又，王顯謂「久余」即「奄余」，指公子吴光。豈不犯複乎？亦非也。

何環穿自閭社丘陵，是淫是蕩？

子文，楚令尹也。子文之母，鄖公之女，旋穿閭社，通於丘陵以淫，而生子文。弃之夢中，有虎乳之，以爲神異，乃取收養焉。楚人謂乳爲㝅，謂虎爲於菟，故名鬬㝅於菟，字子文，長而有賢仁之才也。

【疏證】

子文，楚令尹也。子文之母，鄖公之女，旋穿閭社，通於丘陵以淫，而生子文。弃之夢中，有虎乳之，以爲神異，乃取收養焉。楚人謂乳爲㝅，謂虎爲於菟，故名鬬㝅於菟，字子文，長而有賢仁之才也。◎正德本、隆慶本、馮本、劉本、俞本、朱本、莊本、湖北本、四庫章句本、景宋本「㝅」作「穀」。正德本、隆慶本、馮本、俞本、朱本、莊本、湖北本、四庫章句本「乳爲」下有「鬬」字，「仁」作「人」。正德本、隆慶本、俞本、劉本「故」作「改」。補注引正文一作「何環閭穿社以及丘陵是淫是蕩爰出子文」。案：㝅、穀古字通用。說文㱿部：「㝅，乳也。从子、从㱿。」㝅本字，穀借字。鬬，姓也。子文父曰鬬伯比。則「乳爲」下不宜有「鬬」字，因下「故名鬬㝅於菟」羨也。左傳宣公四年：「楚人謂乳穀，謂虎於菟，故命之曰鬬穀於菟。」則「乳爲」下亦無「鬬」字。章句因左傳也。上博簡(九)成王爲城濮之行字作「㝅𡦵余」。又，章句「子文，楚令尹也。子文之母，鄖公之女，旋穿閭社，通于丘陵以淫，而生子文」云云，則舊作「何環閭穿社以及丘陵是淫是蕩」也。後以其語猥褻，乃改爲「何環穿自閭社丘陵」爾。史記卷三一吳太伯世家「還而不淫」，集解引杜注：「淫，過蕩也。」方言卷六：「佚、婸，婬也。」蕩與婸、淫與婬，皆古今字。古或作「淫蕩」，平列同義。魏書卷五六鄭義傳「幼儒亡後，妻淫蕩凶悖，肆行無禮」是也。又，「爰出子文」四字當屬下。陵字與「勝」字同協蒸韻。王念孫古韻譜以云、先、言、勝、陵文五字協韻。非知音之選。清華簡（三）良臣：「楚成王又（有）命（令）尹子文。」洪氏又云：「左傳：『初，若敖娶於䢵，生鬬伯比。若敖卒，從其母畜於䢵，淫於䢵子之女，生子文焉。以其女妻伯比，實爲令尹子文。』天問注：『「爰出子文」，哀今無此人，但任子蘭也。』」郥，䢵字別文。上博簡（九）陳公治兵作「䢵」。洪氏引左傳見宣公四年。閭，猶里也。説文門部：「閭，侣也。二十五家相羣侣也。从門、呂聲。」詩將仲子「無踰我里」，毛傳：「里，居也。二十五家爲里。」閭、里散則不別。對文亦別。閭，里之門也。逸周書卷二武順解第三二：「左右一卒曰閭。」朱右曾集訓校釋：「左右一卒，如里之有門，故曰閭。」引申之門稱閭，而不得稱里。閭社，謂鄉里之社。新蔡葛陵楚墓「里人禱於其社」、「梠里人禱於其社」云云，楚之里皆有社。禮記卷二五郊特牲第一一「社祭土而主陰氣也」，孔疏：「案：祭法云：『大夫以下，成羣立社則置社。』注云：『大夫不得特立社，與民族居，百家以上則共立一社。今時里社是也。』如鄭此言，則周之政法，百家以上得立社。其秦、漢以來，雖非大夫，民二十五家以上則得立社，故云今之里社。」陳立白虎通疏證：「凡民間所私立之社，皆稱里社，不必泥二十五家之社始稱里社也。」

爰出子文，吾告堵敖以不長？

堵敖，楚賢人也。屈原放時，語堵敖曰：「楚國將衰，不復能久長也。」

【疏證】

堵敖，楚賢人也。◎案：非也。洪氏云：「左傳：『楚子滅息，以息姬歸，生堵敖及成王焉。』楚子，文王也。莊公十九年，杜敖生。二十三年，成王立。杜敖即堵敖也。天對注云：『楚人謂未成君而死曰敖。堵敖，楚文王兄也。今哀懷王將如堵敖不長而死，以此告之。逸注以堵敖爲楚賢人，大謬。』然宗元以堵敖爲文王兄，亦誤矣。」據左傳，楚文王滅息，在莊公十四年，但言「以息嬀歸，生堵敖及成王焉」，而未謂其生年。洪氏謂「莊公十九年，杜敖生」，未知所據。堵敖、杜敖同，史記卷四〇楚世家作莊敖，名囏。曰：「莊敖五年，欲殺其弟熊惲，惲奔隨，與隨襲殺莊敖代立，是爲成王。」堵、杜與莊，皆聲之轉。成王名惲，左傳作頵，貞松堂三代吉金文存有楚王頵鐘，蓋即其器。余以文義考之，堵敖，非文王長子囏也。堵敖，若敖也。堵，若之聲訛。若敖氏，子文親族也。左傳宣公四年：「初，楚司馬子良生子越椒，子文曰：『必殺之。是子也，熊虎之狀，而豺狼之聲。弗殺，必滅若敖氏矣。諺曰：「狼子野心。」是乃狼也。其可畜乎！』子良不可。子文以爲大慼。及將死，聚其族曰：『椒也知政，乃速行矣，無及於難。』且泣曰：『鬼猶求食，若敖氏之鬼，不其餒而！』及令尹子文卒，鬬般爲令尹，子越爲司馬，蔿賈爲工正，譖子揚而殺之，子越爲令尹，己爲司馬。子越又惡之，乃以若敖氏之族圄伯嬴於轑陽而殺之，遂處烝野。將攻王，王以三王之子爲質焉，弗受，師於漳澨。秋七月，戊戌，楚子與若敖氏戰于皋滸。伯棼射王，汏輈，及鼓跗，著於丁寧。又射，汏輈，以貫笠轂。師懼，退。王使巡師曰：『吾先君文王克息，獲三矢焉，伯棼竊其二，盡於是矣。』鼓而進之，遂滅若敖氏。」若敖氏因子文出而盛，而子文語告其親、其族人之必不長，其有先見之明也。

屈原放時，語堵敖曰：「楚國將衰，不復能久長也。」◎正德本、隆慶本、劉本、馮本、俞本、朱本、湖北本、莊本、四庫章句本「語」上有「告」字。補注引一本「以」下有「楚子」二字。案：此句舊蓋作「爰出子文語告堵敖以不長」。爰，通作焉，猶何也。同上「眩妻爰謀」、「陽離爰死」、「館同爰止」、「有莘爰極」、「南土爰底」之爰。故承曰「語告堵敖以不長」也。吾，聞一多楚辭校補讀如語。馬王堆漢帛書吾、悟多通用。九主：「雖然，酉（猶）［君也］主吾（悟）則酉（猶）制其臣者也。」後曰：「於（嗚）乎（呼）危才（哉）！得方之才（哉）！」又：「勞君者剸（專）授之能吾（悟）者也。□吾（悟）於剸（專）授主者也。能吾（悟）不能反道，自爲其邦者，主勞臣失（佚）。」又：「乘主之不吾（悟），以侵其君。是故擅主之臣罪亦大矣。半君者剸（專）授而［不悟］者也，［是］故擅主之臣，見主之不吾（悟），故用其主嚴殺僇，□臣恐懼，然後□□□利□主之臣，成黨於下，與主分權。是故□獲邦乎之［半］，主亦獲其半。則□□□□則危，臣主橫危，危之至。是故半君之臣罪無□。

[后]曰：於乎（嗚呼），危才（哉）半君！寄主者半君之不吾（悟）者。□□□□臣見主之「不」能□□□□□□□□□□□則主寄矣。是故或聞道而能吾（悟），吾（悟）正其橫臣者□。□□□未聞寄主之能吾（悟）者也。」皆其證。上問鄖女何以淫蕩如是？言既出子文，何以能預知堵敖氏不得久長？悟以告語成王，而其賢若是也？章句「屈原放時，語堵敖曰：楚國將衰，不復能久長」云云，則非其旨。

何試上自予，忠名彌彰？

屈原言：我何敢嘗試君上，自干忠直之名，以顯彰後世乎？誠以同姓之故，中心懇惻，義不能已也。

【疏證】

屈原言：我何敢嘗試君上，自干忠直之名，以顯彰後世乎？誠以同姓之故，中心懇惻，義不能已也。◎正德本、隆慶本、劉本、馮本、俞本、朱本、湖北本、莊本、四庫章句本「干」作「號」。

案：此問子文事。章句以爲屈原自說其事者，非也。自予者，自鼠也。予、鼠古通用，見九歌湘夫人「愁予」解。鼠，讀如詩節南山「癙憂以癢」之「癙」，毛傳：「癙、癢，皆病也。」陸德明音義：「癙音鼠。」亦通作處，言憂也。子文自憂若敖氏之不永也。左傳莊公三十年：「鬭穀於菟爲令尹，自毀其家以紓楚國之難。」論語卷五公冶長：「子張問曰：『令尹子文三仕爲令尹，無喜色，三已之，無慍色。舊令尹之政，必以告新令尹。何如？』子曰：『忠矣。』」說苑卷一四至公篇：「楚令尹子文之族有干法者，廷理拘之，聞其令尹之族也，而釋之。子文召廷理而責之曰：『凡立廷理者，將以司犯王令，而察觸國法也。夫直士持法，柔而不撓，剛而不折。今棄法而背令而釋犯法者，是爲理不端，懷心不公也。豈吾有營私之意也？何廷理之駁於法也！吾在上位，以率士民，士民或怨，而吾不能免之於法。今吾族犯法甚明，而使廷理因緣吾心而釋之，是吾不公之心，明著於國也。執一國之柄而以私聞，與吾生不以義，不若吾死也。』遂致其族人於廷理。曰：『不是刑也，吾將死。』廷理懼，遂刑其族人。成王聞之，不及履而至於子文之室，曰：『寡人幼少，置理失其人，以違夫子之意。』於是黜廷理而尊子文，使及內政。」令尹子文，楚之忠臣，其名彰聞於楚。

敘曰：昔屈原所作，凡二十五篇，世相教傳，而莫能說。天問以其文義不次，

正德本、隆慶本、湖北本、朱本、馮本、莊本、四庫章句本無「其」字。案：漢魏六朝百三家集卷二〇漢王逸集題詞、東漢文紀卷一四天問序引並無「其」字。又，天問始問天，次問地，次問三代事，次問楚事。焉得云「文義不次」？

又多奇怪之事，自太史公口論道之，多所不逮。至於劉向、揚雄，援引傳、記以解説之，

正德本、隆慶本、劉本、馮本、朱本、湖北本、莊本、四庫章句本「怪」作「恠」。補注引「傳記」一作「經傳」。案：據例，則舊作「經傳」也。下「今則稽之舊章合之經傳」云云，則亦作「經傳」。又，史記卷八四屈原賈生列傳：「余讀離騷、天問、招魂、哀郢，悲其志。」則知史公嘗有論道天問事也。

亦不能詳悉。所闕者衆，日無聞焉。

正德本、隆慶本、馮本、劉本、朱本、莊本、湖北本、四庫章句本「日」作「多」。案：據義，舊作「多」爲允。漢魏六朝百三家集卷二〇漢王逸集題詞、東漢文紀卷一四天問序引並作「多」。

既有解□□□詞，

補注引「有□□□詞」一作「有解□□□説」。景宋本謂「解」字或闕。毛祥麟楚辭校文曰：「文瀾閣本作『既有解詁之詞』。」案：文津本、文淵本亦作「既有解説」。案：據義，則舊作「有解説」。

乃復多連蹇其文，

洪補引一作「乃復支連其文」。景宋本「其文」下闕三字。案：據義，舊作「乃復多連蹇其文」也。又，據前序「故其文義不次序云爾」，則「其文」下敚「不次序」三字。連蹇，屈曲貌。漢書卷八七上揚雄傳「驢騾連蹇而齊足」，顔師古曰：「言使駿馬馳鶩於屈曲艱阻之中，則與驢騾齊足也。」

連音力展反。」

濛澒其說，

補注引「濛澒」一作「濛鴻」。案：澒、鴻，古字通用。倒文曰澒濛，淮南子卷七精神訓「澒濛鴻洞」，高注：「皆未成形之氣也。」

故厥義不昭，微指不晳。

案：晳，白也。漢書卷二七五行志「子姑憂子晳之欲背誕也」，顏師古曰：「子晳，鄭大夫公孫黑也。」公孫，姓也；黑，名也。晳，字也。黑、白相對，則晳，猶白也。

自游覽者，靡不苦之，而不能照也。今則稽之舊章，合之經、傳，以相發明，爲之符驗，章決句斷，事事可曉，俾後學者永無疑焉。

案：序「不能照」云云，九歎離世「指日月使延照兮」，章句：「照，知也。」

黃靈庚 疏證

楚辭章句疏證

增訂本

【第三册】

上海古籍出版社

楚辭章句疏證卷五　九章

惜誦
涉江
哀郢
抽思
懷沙
思美人
惜往日
橘頌
悲回風

補注引「惜誦」一作「惜論」。案：王逸章句：「惜，貪也。誦，論也。」舊作「惜誦」。或本作「惜論」，因章句易之。

九章者，屈原之所作也。屈原放於江南之壄，

文選本無「者」字、「於」字，「壄」作「野」，正德本作「壄」，四庫章句本作「埜」。正德本、隆慶本、俞本、莊本、朱本、劉本「原」下無「放」字。案：無「放」，敚也。壄，壄訛字，埜、壄，古野字。

思君念國，憂心罔極，

文選本删「思君念國憂心罔極故」九字。正德本、隆慶本、馮本、俞本、朱本、劉本、湖北本「心」作「思」。案：以同義易之也。

故復作九章。章者，著也，明也。

正德本、隆慶本、劉本、馮本、俞本、朱本、莊本、湖北本、四庫章句本「著也明也」皆作「著明也」。案：據章句釋詞體例，罕用複語，舊本作「著也明也」。漢魏六朝百三家集卷二〇漢王逸集題詞、東漢文紀卷一四九章序引作「章者著明也」。

言己所陳忠信之道，甚著明也。卒不見納，

補注引釋文「卒」作「猝」。案：猝，俗卒字。漢魏六朝百三家集卷二〇漢王逸集題詞、東漢文

紀卷一四九章序引亦作「卒」。

委命自沈。楚人惜而哀之，世論其詞以相傳焉。

文選本删「卒不見納委命自沈」以下二十二字。案：朱子集注曰：「屈原既放，思君念國，隨事感觸，輒形於聲。後人輯之，得其九章，合爲一卷，非必出於一時之言也。」其説是也。「九章」之名，始於劉向，非屈賦舊題。

惜誦以致愍兮，

惜，貪也。誦，論也。致，至也。愍，病也。言己貪忠信之道，可以安君，論之於心，誦之於口，至於身以疲病而不能忘。

【疏證】

惜，貪也。誦，論也。◎慧琳音義卷三「顧惜」條引楚辭注：「惜，貪也。」案：貪，猶愛也，美惡同詞。補注：「惜誦者，惜其君而誦之也。」以惜爲痛惜。惜之訓貪、訓愛、訓痛惜，其義相因，皆是爲傳注。誦，通作庸，實爲傛，短也，拙也。楚人語短拙爲傛。浙江婺州方言，存其遺義。方言卷七：「傛、傛，罵也。」郭注：「羸小可憎之名也。」又卷三：「臧、甬，賤稱也。自關而東，陳、魏、宋、楚之間，保庸謂之甬。」又曰：「庸，謂之傛，轉語也。」郭注：「傛，猶保傛也。」傛、甬、庸，皆聲之轉。懷沙「固庸態也」，章句：「庸，廝賤之人也。」惜誦，屈子自謙之語，謂惜己短拙不工以致愍。又，徐仁甫古詩別義謂惜「爲『昔』字之形增」，誦訓諫，「謂昔日諫君以致愍也」。非也。

致，至也。◎案：致、至，散則不別，古字通用。郭店楚墓竹簡緇衣篇：「古（故）倀（長）者，章志以昭百眚（姓），則民至（致）行㠱（己）以敚（悦）上。」唐虞之道：「七十而至（致）正（政）。」又，説文夊部：「致，送詣也。从夊、从至。」段注：「言部：『詣，候至也。』送詣者，送而必至其處也。引申爲召致之致。」古謂送至曰致，今謂招至曰致。

愍，病也。◎補注引「愍」一作「閔」。正德本、隆慶本、劉本、馮本、俞本、朱本、莊本、惜陰本、湖北本、四庫章句本、同治本「愍」作「愍」。案：愍，愍字闕筆，避唐諱。閔、愍，古字通用。説文心部：「愍，痛也。从心、敃聲。」痛，憂也。左傳昭公元年「吾代二子愍矣」，孔疏引服虔云：「愍，憂也。」説文置愍字在惜、慇間，引申之爲病。「致愍」云云，送禍也，遭殃也。思美人「獨歷年而離愍」。或作「離慜」，懷沙「離慜而長鞠」。

言己貪忠信之道，可以安君，論之於心，誦之於口，至於身以疲病而不能忘。◎正德本、隆慶本、劉本、湖北本、朱本、莊本、馮本、俞本、四庫章句本無「能」字。湖北本下「以」作「已」。案：已、以，古字通用。淮南子卷八本經訓：「留於口則其言當，集於心則其慮通。」其「論之於心誦之於口」之謂也。

發憤以杼情。

憤，懣也。杼，渫也。言己身雖疲病，猶發憤懣作此辭賦，陳列利害，渫己情思以風諫君也。

【疏證】

憤，懣也。◎慧琳音義卷一八「結憤」條、卷四七「悁自」條、卷五「悁嫉」條同引王逸注楚辭：
「悁憤，滿也。」案：滿，懣之借字。又，卷五七「懣懣」條引王逸注楚辭：「懣，憤。」乙也。文選卷
一一登樓賦「氣交憤於胸臆」，李善注引王逸曰：「憤，懣也。」卷二五盧諶贈劉琨并書「不勝猥
懣」，李善注引王逸曰：「懣，憤也。」則亦作懣。説文心部：「憤，懣也。从心，賁聲。」又云：「懣，
煩也。从心、从滿。」段注：「煩者，熱頭痛也。引申之凡心悶皆爲煩。問喪『悲哀志懣氣盛』。古
亦假滿字爲之。」憤、懣、煩，皆聲之轉。發憤，古之恆語，言舒攄憂懣也。論語卷七述而：「其爲
人也，發憤忘食，樂以忘憂，不知老之將至云爾。」史記卷六一伯夷列傳：「行不由徑，非公正不發
憤，而遇禍災者，不可勝數也。」卷一二一儒林列傳：「積怨而發憤於陳王也。」卷一三〇太史公自
序：「不得與從事，故發憤且卒。」又曰：「詩三百篇，大抵賢聖發憤之所爲作也。」淮南子卷一九
脩務訓：「且夫身正性善，發憤而成仁，「帽」（悁）憑而爲義。」新書卷四淮難：「昔者白公之爲亂
也，非欲取國代主也，爲發憤快志耳。」鹽鐵論卷一〇雜論第六〇：「推史魚之節，發憤懣，刺譏公
卿。」文選卷一班固東都賦：「赫然發憤，應若興雲。」卷一三鵩鳥賦李善注引漢書：「發憤嗟命，

不亦宜乎？」今以「發憤」爲「發怒」，説者謂「發憤以杼情」，類西人「憤怒出詩人」。失之。

杼，渫也。◎補注引「杼」一作「舒」，曰：「杼，渫水槽也。然文選云『抒情素』，又曰『抒下情而通諷諫』。其字竝从手。」朱子集注作「抒」，引一作「紓」，曰「亦通」。正德本、隆慶本、俞本、馮本、朱本、劉本、莊本、四庫章句本「杼」作「抒」。案：説文木部：「杼，機之持緯者。从木，予聲。」手部「抒，挹也。从手，予聲。」予部：「舒，伸也。从舍，从予，予亦聲。一曰：舒，緩也。」糸部：「紓，緩也。从糸，予聲。」杼、抒、舒、紓皆从予聲，並取挹引之意。遠遊「晨向風而舒情」，哀時命「焉發憤而抒情」，又曰「杼中情而屬詩」。楚辭杼、抒、舒雜見，通用不別。章句解渫，發泄也。泄與渫同。

言己身雖疲病，猶發憤懣，作此辭賦，陳列利害，渫己情思以風諫君也。◎正德本、隆慶本、俞本、馮本、湖北本、朱本、劉本、莊本、四庫章句本「情思」下無「以」字。案：劉子卷八貴速章第四三「故發憤而致死」。即同此意。

所作忠而言之兮，

言己所陳忠信之道，先慮於心，合於仁義，乃敢爲君言之也。

【疏證】 言己所陳忠信之道，先慮於心，合於仁義，乃敢爲君言之也。◎補注引作一作非，曰：「作，爲也。下文云：作忠以造怨。」朱子集注本「作」作「非」，引一作「作」，謂「所者，誓詞，猶所謂『所不與舅氏同心』、『所不與崔慶』者之類也」。案：所非，若非。所，非誓詞，假設之詞。所之言倘也。所、倘爲魚、陽對轉，心、穿旁紐雙聲。王引之經傳釋詞：「書牧誓：『爾所弗勖，其于爾躬有戮。』言爾若弗勖也。詩牆有茨曰：『所可道也，言之醜也。』言若可道也。」其說可爲此「所非」之證。又，章句「設君謂己作言非邪」云云，設，若也。舊本作「所非」。又，新書卷八道術篇：「愛利出中謂之忠，反忠爲倍。」

指蒼天以爲正。

春曰蒼天。正，平也。設君謂己作言非邪，願上指蒼天使平正之也。夫天明察，無所阿私，惟德是輔，惟惡是去，故指之以爲誓也。

【疏證】 春曰蒼天。◎案：因爾雅釋天也。又，淮南子卷三天文訓：「東方曰蒼天。」東方青帝，春神。蒼天，皇天。詩黍離「悠悠蒼天」，毛傳：「悠悠，遠意。蒼天，以體言之。尊而君之則稱皇天，元氣廣大則稱昊天，仁覆閔下則稱旻天，自上降鑒則稱上天，據遠視之蒼蒼然則稱蒼天。」章句「願上指蒼天使平正之」云云，猶「皇天」。以「春曰蒼天」爲解，與下「五帝」複。

正，平也。◎案：詳參離騷「名余曰正則兮」注。

設君謂己作言非邪，願上指蒼天使平正之也。夫天明察，無所阿私，惟德是輔，惟惡是去，故指之以爲誓也。◎正德本、隆慶本、俞本、湖北本、朱本、劉本「邪」作「耶」。案：邪、耶古字通用。然「邪曲」字，不作「耶」。章句「夫天明察，無所阿私，惟德是輔，惟惡是去」云云，因書蔡仲之命「皇天無親，惟德是輔」爲説。又，「指之以爲誓」云云，誓者，要約也。禮記卷五曲禮下第二：「約信曰誓，莅牲曰盟。」誓、盟對文別義。孔疏：「用言辭共相約束以爲信也，若用言相約束以相見，則用誓禮，故曰誓也。」又，章句「設君謂己」云云，設，猶若也，漢、魏恆語。三國志卷一魏書武帝紀裴注引魏武故事：「設使國家無有孤，不知當幾人稱帝，幾人稱王。」卷四三少帝紀裴注引習鑿齒漢晉春秋：「設令賊二萬人斷沔水，三萬人與沔南諸軍相持，萬人陸鈔柤中，君將何以救之？」卷二八魏書鍾會傳裴松之曰：「設使先不相識，但見五字而便知可大用。」

令五帝以枏中兮，

五帝，謂五方神也。東方爲太皞，南方爲炎帝，西方爲少昊，北方爲顓頊，中央爲黄帝。枬，猶分也。言己復命五方之帝，分明言是與非也。

【疏證】

五帝，謂五方神也。東方爲太皞，南方爲炎帝，西方爲少昊，北方爲顓頊，中央爲黄帝。◎文淵四庫章句本「東方爲」、「南方爲」、「西方爲」、「北方爲」、「中央爲」五「爲」字，皆作「謂」，「昊」作「皞」，文津本亦作「爲」。案：謂、爲，古字通用。昊、皞亦通用。五帝之分，始於五行，在戰國初期，楚已行之。楚帛書謂女皇生子四，「四神相代，乃步以爲歲，是隹（惟）四時：倀（長）曰青榦，二曰朱單，三曰黄（皇）難，四曰溾墨榦」。此四神，猶東（太皞）、南（祝融）、西（少昊）、北（顓頊）四帝。女皇，猶中央黄帝。又，漢帛書十經成法：「黄帝曰：『請問天下猷（猶）有一虖（乎）？』力黑曰：『然。昔者皇天使馮（鳳）下道一言而止。五帝用之，以榫天地，以揆四海，以壞（懷）下民。循名復一，民無亂紀。』」則黄帝不在五帝之内。周禮卷二天官冢宰第一太宰：「祀五帝，則掌百官之誓戒。」鄭注：「祀五帝，謂四郊及明堂。」賈疏：「五帝者：東方青帝靈威仰，南方赤帝赤熛怒，中央黄帝含樞紐，西方白帝白招拒，北方黑帝汁光紀。」史記卷一五帝本紀：「文祖者，堯大祖也。」索隱引尚書帝命驗：「五府，五帝之廟。蒼曰靈府，赤曰文祖，黄曰神斗，白曰顯紀，黑曰玄矩。」正義引尚書帝命驗注：「文祖者，赤帝熛怒之府，名曰文祖。火精光明，文章之祖，故謂之文祖。周曰明堂。神斗者，黄帝含樞紐之府，名曰神斗。斗，主也。土精澄静，四行之主，故謂之神斗。周曰太室。顯紀者，白帝招拒之府，名顯紀。紀，法也。金精斷割萬物，故謂之顯紀。周曰總章。玄矩者，黑帝汁光紀之府，名曰玄矩。矩，法也。水精玄昧，能權輕重，故謂之玄矩。周曰玄堂。靈府者，蒼帝靈威仰之府，名曰靈府。周曰青陽。」漢以後説五帝，多雜以讖緯也。

㭊，猶分也。◎正德本、隆慶本、馮本、劉本、俞本、朱本、湖北本、莊本、四庫章句本「㭊」作「折」。案：㭊，古析字。説文木部：「析，破木也。从木、从斤。」引申之爲凡分析。析，錫部；折者，斷也，質部。析、折以同義易之，非同音通用。史記卷四七孔子世家「中國言六藝者，折中於夫子，可謂至聖矣」，索隱：「離騷云『明五帝以折中』，王叔師云：『折中，正也。』宋均云：『折，斷也。中，當也。』按：言欲折斷其物而用之，與度相中當，故以言其折中也。」明，命也。命五帝以折中也。則其所據本別。

言己願復命五方之帝，分明言是與非也。◎案：「令五帝以㭊中」云云，同離騷「指九天以爲正」也。

戒六神與嚮服。

六神，謂六宗之神也。尚書：「禋於六宗」。嚮，對也。服，事也。言己願復令六宗之神對聽己言事可行與否也。

【疏證】

六神，謂六宗之神也。尚書：「禋於六宗」。◎正德本、隆慶本、劉本、馮本、朱本、湖北本、莊本、四庫章句本、景宋本「於」作「于」。案：于、於古今字。章句引尚書見舜典：「肆類于上帝，禋于六宗，望于山川，徧于羣神。」孔傳：「精意以享謂之禋。宗，尊也。所尊祭者，其祀有六：謂四時也，寒暑也，日也，月也，星也，水旱也。」孔疏：「漢世以來，說六宗者多矣，歐陽及大、小夏侯說尚書皆云：『所祭者六，上不謂天，下不謂地，旁不謂四方，在六者之間，助陰陽變化實一而名六宗矣。』孔光、劉歆以六宗謂乾坤六子：水、火、雷、風、山、澤也。賈逵以爲六宗者，天宗三，日、月、星也；地宗三，河、海、岱也。馬融云：『萬物非天不覆，非地不載，非春不生，非夏不長，非秋不收，非冬不藏，此其謂六也。』鄭玄以六宗言禋，與祭天同名，則六者皆是大之神祇，謂星、辰、司中、司命、風師、雨師。星謂五緯；辰謂日月所會十二次也；司中、司命，文昌第五、第四星也；風師，箕也；雨師，畢也。晉初幽州秀才張髦上表云：『臣謂禋于六宗，祀祖考所尊者六，三昭、三穆是也。』司馬彪又上表云：『歷難諸家，及自言己意，天宗者，日月星辰寒暑之屬也。地宗，社稷五祀之屬也；四方之宗，四時五帝之屬。惟王肅據家語，六宗與孔同，各言其志，未知孰是。』」郭店楚墓竹簡太一生水：「太一生水，水反輔太一，是以成天；天反輔太一，是以成地。天地復相輔也，是以成神明；神明復相輔也，是以成陰陽；陰陽復相輔也，是以成倉然（滄熱）；倉然（滄熱）復相輔也，是以成濕燥；濕燥復相輔也，成歲而止。」於楚之禮俗言六宗，蓋天、地、陰陽、倉然（滄熱）、濕燥、歲也。

嚮，對也。◎正德本、隆慶本、劉本、馮本、俞本、朱本、莊本、湖北本、四庫章句本「對」下無「也」字。補注引一云「以鄉服」。案：對，面對。說文無嚮字，向之別文。鄉，借字。宀部：「向，北出牖也。从宀、从口。」段注：「按士虞禮：『祝啓牖鄉。』注云：『鄉、牖一名。』明堂位『達鄉』，注云：『鄉，牖屬。』是渾言不別。毛公以冬日可塞，故定爲北出者。引伸爲向背字，經、傳皆假鄉爲之。」

服，事也。◎案：詳參天問「舜服厥弟終然爲害」注。

言己願復令六宗之神對聽己言事可行與否也。◎正德本、隆慶本、馮本、劉本、俞本、朱本、四庫章句本、莊本、湖北本「願」上無「己」字、無「復」字。案：章句下「言己願復令山川之神備列而處」云云，舊本有「己」字、「復」字。

俾山川以備御兮，

俾，使也。御，侍也。

【疏證】

俾，使也。◎案。因爾雅釋詁。説文人部：「俾，益也。从人、卑聲。一曰：俾，門侍人。」段注：「俾與埤、朇、裨音義皆同，今裨行而埤、朇、俾皆廢矣。經傳之俾皆訓使也，無異解，蓋即益義之引申。『門侍人』未聞。或曰如寢門之内豎，是閽寺之屬。近得陽湖莊氏述祖説，『門侍人』當是『門持人』之誤。『挾』下曰：『俾持也。』正用此義。按：此條得此校正，可謂涣然冰釋矣。」許列二義，實相貫通。

御，侍也。◎案：書五子之歌「御其母以從」，孔傳：「御，侍也。」章句所因。説文彳部：「御，使馬也。从彳、卸。馭，古文御，从又、馬。」引申之爲侍御。又，山川，謂山川神靈，猶九歌之湘君、湘夫人、河伯、山鬼之屬。備，同離騷「百神翳其備降兮」之備，皆也。

命咎繇使聽直。

咎繇，聖人也。言己願復令山川之神，備列而處，使御知己志，又使聖人咎繇聽我之言忠直與否也。夫神明照人心，聖人達人情，故屈原動以神聖，自證明也。

【疏證】

咎繇，聖人也。◎案：詳參離騷「摯咎繇而能調」注。

言己願復令山川之神，備列而處，使御知己志，又使聖人咎繇聽我之言忠直與否也。夫神明照人心，聖人達人情，故屈原動以神聖，自證明也。◎景宋本「照」作「昭」。案：九歎離世「指日月使延照兮」，章句：「照，知也。」漢世恆語。舊本作「照」。九歎遠逝：「合五嶽與八靈兮，訊九魁與六神。指列宿以白情兮，訴五帝㠯置詞。北斗爲我折中兮，太一爲余聽之。」離世：「立師曠俾端詞兮，命咎繇使竝聽。」皆因襲於此。聽，審察也。荀子卷七王霸篇第一一「要百事之聽」，楊倞注：「聽，治也。」周禮卷一一地官第二鄉師「各掌其所治鄉之教而聽其治」，鄭注：「聽，謂平察之。」又，章句「神明昭人心聖人達人情」云云，猶説苑卷七政理篇「聖人可與辨神明」也。春秋繁露卷一四郊語篇第六五：「天地神明之心與人事成敗之真，固莫之能見也，唯聖人能見之。聖人者，見人所不見者也。」亦同此意。又，補注：「舜舉咎繇，不仁者遠。惟茲臣庶，罔或干予正。故使之聽直。」洪氏「舜舉咎繇，不仁者遠」云云，因論語卷一二顏淵「舜有天下，選於衆，舉皐陶，不仁者遠矣」。又，「惟茲臣庶罔或干予正」云云，見大禹謨。其引古書，截頭斷尾，多非原文。

竭忠誠㠯事君兮，

竭，盡。

【疏證】

竭，盡。◎正德本、隆慶本、馮本、劉本、俞本、朱本、莊本、湖北本、四庫章句本無注。案：竭，始見於此，舊宜有注。袁校補之。説文立部：「竭，負舉也。從立，曷聲。」段注：「凡手不能舉者負而舉之。禮運：『五行之動，迭相竭也。』注：『竭，猶負戴也。』」引申之凡言竭盡。文選卷一五張衡思玄賦「願竭力以守誼兮」，舊注：「竭，盡也。」

反離羣而贅肬。

羣，衆也。贅肬，過也。言己竭盡忠信，以事于君，若人有贅肬之病，與衆别異，以得罪謫也。

【疏證】

羣，衆也。◎正德本、隆慶本、馮本、朱本、劉本、莊本、四庫章句本、湖北本「羣」作「群」。案：羣，黨也。銀雀山漢簡六韜：「朋之朋謂之黨，黨之黨謂之羣。」

贅肬，過也。◎案：御覽卷七四○疾病部三疣贅引釋名：「疣，丘也。出皮上，聚高如地之有丘也。贅，横生一肉著體。」莊子卷二大宗師篇第六：「彼以生爲附贅縣疣。」卷三駢拇篇第八：「附贅懸疣，出乎形哉。」疣與肬同。上博簡(二)訟城是(容成氏)，「蚕(疣)者不廢」，肬字作蚤，憂省聲。尤、憂，之、幽旁轉。馬王堆漢墓帛書五十二病方：「今日朔，靡又（尤）以葵戟。」則又通「又」也。章句解贅肬爲過，謂多餘之意，古之通喻。史記卷一二六滑稽列傳淳于髡：「淳于髡者，齊之贅壻也。」索隱：「女之夫也，比於子，如人之肬贅，是餘剩之物也。」又，法言卷四問道篇：「則吾以黄帝、堯、舜爲疣贅。」荀子卷二〇宥坐篇第二八：「今學曾未如肬贅。」楊倞注：「肬贅，結肉。」皆倒作「疣贅」。

言己竭盡忠信，以事于君，若人有贅肬之病，與衆别異，以得罪謫也。◎正德本、隆慶本、俞本、劉本「贅肬」乙作「肬贅」。又，正德本、隆慶本、馮本、劉本、俞本、朱本、莊本、湖北本、四庫章句本無「己」字，無「于」字。案：皆爛敓之也。

忘儇媚以背衆兮，

儇，佞也。媚，愛也。背，違也。言己修行正直，忘爲佞媚之行，違偝衆人，言見憎惡也。

【疏證】

儇，佞也。◎案：方言卷一：「虔、儇，慧也。秦謂之謾。自關而東，趙、魏之間謂之黠，或謂之鬼。」卷一二：「儇、虔，謾也。」郭注：「謂慧黠也。」説文人部：「儇，慧也。从人、睘聲。」言部：「譞，慧也。从言、圜省聲。」儇、譞一字，其「睘聲」或「圜省聲」者，睘之言旋也。旋之無耑，莫不巧疾，則爲佞巧、聰慧。美惡同辭。詩還「揖我謂我儇兮」，毛傳：「儇，利也。」鄭箋：「謂我儇，譽之也。」此用美義。荀子卷三非相篇第五「鄉曲之儇子」，楊倞注：「輕薄巧慧之子也。」韓非子卷二〇忠孝篇第五一：「今民儇詗智慧。」儇詗，即儇譎，謂譎詐。呂氏春秋卷二六士容論第六士容篇「其狀朖然不儇」，高注：「其狀貌朖然舒大，不儇給巧僞爲之，畏失其道也。」皆用惡義。此儇，惡語，謂巧佞、詐僞。

媚，愛也。◎案：詩思齊「思媚周姜」，毛傳：「媚，愛也。」章句所因。説文女部：「媚，説也。从女、眉聲。」婦人以容色説於人者謂之媚。清華簡（六）鄭武夫人規孺子「媚」字作「娓」，借字也。忘儇媚，以男女喻君臣。屈子言己以忠事君，忘爲巧詐諂諛之態也。

背，違也。◎案：葛陵楚墓竹簡、郭店楚墓竹簡違背字皆作伓，古倍字也。

言己修行正直，忘爲佞媚之行，違偝衆人，言見憎惡也。◎正德本、隆慶本、馮本、俞本、朱本、莊本、劉本、湖北本、四庫章句本「違偝衆人言見憎惡也」作「違衆而見憎惡也」，景宋本作「違偝衆人而見憎惡也」。案：招隱士「王孫遊兮不歸」，章句：「違偝舊土，棄室家也。」違偝，章句恒語，可據以本校。無「偝」字，爛敓之也。言見，當從景宋本作「而見」。

待明君其知之。

(待，須也。)須賢明之君則知己之忠也。書曰：「知人則哲。」秦繆公舉由余，齊桓任管仲，知人之君也。

【疏證】

(待，須也。)須賢明之君則知己之忠也。◎案：慧琳音義卷二二「資待」條引王逸注楚辭云：「待，須也。」章句遺義，宜補。諸本皆爛敓之。

書曰：「知人則哲。」◎案：章句引書見臯陶謨，孔疏：「人君行此道者，在於知人善惡，擇善而任之。」可爲「待明君其知之」注脚。

秦繆公舉由余，齊桓任管仲，知人之君也。◎案：秦繆公舉賢，見諸郭店楚墓竹簡，窮達以時：「白(百)里⿺辶旦(轉)遺(饋)五羊，爲[秦]敀(牧)羊，釋板桎而爲朝卿，遇秦穆。」由余之事，詳載韓非子卷三十過篇第一〇：「昔者戎王使由余聘於秦，穆公問之曰：『寡人嘗聞道而未得目見之也，願聞古之明主得國失國何常以？』由余對曰：『臣嘗得聞之矣，常以儉得之，以奢失之。』穆公曰：『寡人不辱而問道於子，子以儉對寡人，何也？』由余對曰：『臣聞昔者堯有天下，飯於土簋，飲於土鉶。其地南至交趾，北至幽都，東西至日月之所出入者，莫不賓服。堯禪天下，虞舜受之，作爲食器，斬山木而財之，削鋸脩其迹，流漆墨其上，輸之於宮，以爲食器。諸侯以爲益侈，國之不服者十三。舜禪天下而傳之於禹，禹作爲祭器，墨漆其外，而朱畫其內，縵帛爲茵，蔣席頗緣，觴酌有采，而樽俎有飾。此彌侈矣，而國之不服者三十三。夏后氏没，殷人受之，作爲大路，而建九旒，食器雕琢，觴酌刻鏤，四壁堊墀，茵席雕文。此彌侈矣，而國之不服者五十三。君子皆知文章矣，而欲服者彌少。臣故曰：儉其道也。』由余出，公乃召内史廖而告之，曰：『寡人聞鄰國有聖人，敵國之憂也。今由余，聖人也，寡人患之，吾將柰何？』内史廖曰：『臣聞戎王之居，僻陋而道遠，未聞中國之聲。君其遺之女樂，以亂其政，而後爲由余請期，以疏其諫。彼君臣有間而後可圖也。』君曰：『諾。』乃使内史廖以女樂二八遺戎王，因爲由余請期。戎王許諾，見女樂而説之。設酒張飲，日以聽樂。終歲不遷，牛馬半死。由余歸，因諫戎王，戎王弗聽，由余遂去，之秦。秦穆公迎而拜之上卿。問其兵勢與其地形，既以得之，舉兵而伐之，兼國十二，開地千里。」繆與穆同。桓公舉任管仲，見左傳莊公九年：「夏，公伐齊，納子糾。桓公自莒先入。秋，師及齊師，戰于乾時，我師敗績，公喪戎路，傳乘而歸。秦子、梁子以公旗辟于下道，是以皆止。鮑叔帥師來言曰：『子糾，親也，請君討之。管、召，讎也，請受而甘心焉。』乃殺子糾于生竇，召忽死之。管仲請囚，鮑叔受之，及堂阜而稅之。歸而以告曰：『管夷吾治于高傒，使相可也。』公從之。」

言與行其可迹兮，

出口爲言，所履爲迹。

【疏證】

出口爲言，所履爲迹。◎案：言、語相對。説文言部：「直言曰言，論難曰語。」直言，發口也。論難，論議釋解之也。段注：「鄭注大司樂曰：『發端曰言，答難曰語。』注雜記曰：『言，言己事；爲人説爲語。』」散文不別。言、迹相對，猶言、行相對，亦散文。又，辵部：「迹，步處也。蹟，或从足、責。」爾雅釋獸「其跡躔」，釋文：「跡又作蹟。」跡與蹟、迹同。莊子卷四天運篇第一四：「今子之所言，猶迹也。夫迹，履之所出。」即章句所因。又，上博簡（三）亙先：「音出於性，言出於音，名出於言，事出於名。」言與行（事），因果判然。又，上博簡（二）從政（甲）：「可言而不可行，君子不言；可行而不可言，君子不行。」又，（五）季庚子問於孔子：「君子玉丌言而屢（慎）其行。」弟子問：「言行相近，然後君子。」用曰：「言既出於口，則弗可悔，若矢之字（置）於弦。」清華簡（六）管仲：「言則行之首，行之首則事之本也。」睡虎地秦墓竹簡爲吏之道：「戒之戒之，言不可追。」又曰：「口，關也。舌，機也。一堵失言，四馬弗能追也。」皆爲「言與行其可迹」注脚。

情與貌其不變。

志願爲情，顔色爲貌。變，易也。言己吐口陳辭，言與行合，誠可循迹；情貌相副，内外若一，終不變易也。

【疏證】

志願爲情，顔色爲貌。◎景宋本「貌」作「皃」。案：皃，古貌字。志願，心所冀欲也。説文心部：「情，人之陰氣有欲者。从心、青聲。」徐鍇曰：「性者，人之陽氣也。情者，人之陰氣有欲者也。性猶火也，情猶煙也，火盛則煙微，性盛則情微，君子以性抑情。」荀子卷四儒效篇第八「所得乎情」，楊注：「情，謂喜怒愛惡，外物所感者也。」卷一六正名第二二：「性之好惡喜怒哀樂謂之情。」郭店楚墓竹簡性自命出：「凡至樂必悲，哭亦悲，皆至其情也。」又曰：「忠，信之方也。信，情之方也。情出於性。」又曰：「用情之至者，哀樂爲甚。」情本於性，即性之所外見者。又，顔色，容貌也。説文皃部：「皃，頌儀也。」頌儀，即容儀。郭店楚墓竹簡作「伀（容）佼（貌）」。性自命出篇：「行欲勇而必至，貌欲壯而毋柔。」引申之言形態、威儀。荀子卷一九大略篇第二七「文貌情用相爲内外表裏」，楊倞注：「貌，謂威儀。情，謂中誠。」

變，易也。◎案：陽曰變，陰曰化；形曰變，質曰化。詳參離騷「傷靈脩之數化」注。易，應機變化之謂。

言己吐口陳辭，言與行合，誠可循迹；情貌相副，内外若一，終不變易也。◎案：夫情之外泄者，則見於容貌，情有千端，則貌亦是焉。情貌不變，文質一致、外内一也。上博簡（五）鮑叔牙與隰朋之諫：「有夏氏觀其容，以使及其葬也，皆爲其容。殷人之所以代之，觀其容，聽其言，堋其所以葬，爲其容，爲其言。周人之所以代之，觀其容，聽言，劬劬者使堋其所以衰亡，忘其劬劬也。二三子免之，寡人將劬劬。」謂不當爲容、言所蔽，宜察其「劬劬」之行。又，（一）性情論：「道始於情，情生於性，始者近情，終者近義。」又曰：「至頌（容）窗（貌），所以取節也。君子媺丌情，貴丌義，善其節，好其頌（容），樂丌道，兑（説）丌教，是以敬焉。」所謂情貌其如一也。韓非子卷六解老篇第二〇：「禮爲情貌者也，文爲質飾者也。夫君子取情而去貌，好質而惡飾。夫恃貌而論情者，其情惡也。須飾而論質者，其質衰也。何以論之？和氏之璧不飾以五采，隋侯之珠不飾以銀黄，其質至美，物不足以飾之。夫物之待飾而後行者，其質不美也。」可爲「情與皃其不變」注脚。列子卷六力命篇：「亦不謂衆人之觀易其情貌，亦不以衆人之不觀不易其情貌。」此君子之容。鹽鐵論卷五利議篇第二七：「諸生闒茸無行，多言而不用，情貌不相副。」淮南子卷一一齊俗訓：「亂國則不然，言與行相悖，情與貌相反。」此小人之態。又，文選卷一七陸機文賦：「信情貌之不差，故每變而在顔。」全後魏文卷四四陽固演賾賦：「或形乖而意合兮，或身密而意離；情與貌而紛競兮，體與識而交馳。」皆祖構於此。

故相臣莫若君兮，

言相視臣下，忠之與佞，在君知之明也。

【疏證】

言相視臣下，忠之與佞，在君知之明也。◎正德本、隆慶本、劉本、馮本、俞本、朱本、莊本、湖北本、四庫章句本「相」下無「視」字。案：相視，章句習語。離騷「延佇乎吾將反」，章句：「言己自悔恨，相視事君之道不明審。」少司命：「忽獨與余兮目成」，章句：「而司命獨與我睨而相視，成爲親親也。」舊本有「視」字。補注：「傳曰：『知臣莫若君。』」洪氏引見左傳僖公七年，謂「古人有言」。是古諺語。昭公十一年亦云：「擇子莫如父，擇臣莫如君。」又，管子卷七大匡篇第一八：「知子莫若父，知臣莫若君。」國語卷一三晉語七：「人有言：擇臣莫若君，擇子莫若父。」戰國策卷一九趙策二：「選子莫若父，論臣莫若君。」韓非子卷三十過篇第一〇：「臣聞之，知臣莫若君，知子莫若父。」史記卷三二齊太公世家：「管仲曰：『知臣莫如君。』」卷一一二平津侯主父列傳：「夫知臣莫若君者，此其效也。」後漢書卷一〇上皇后紀明德馬皇后：「知臣莫若君，況親戚乎？」則此諺流布之廣，亦可知也。

所以證之不遠。

證，驗也。言君相臣動作應對，察言觀行，則知其善惡，所證驗之迹，近取諸身而不遠也。

【疏證】

證，驗也。◎羅、黎二本玉篇殘卷言部「證」字：「楚辭『所以證之不遠』，王逸注：『證，驗也。』」文選卷一八琴賦「宮徵相證」，李善注引王逸曰：「證，驗也。」案：論衡卷六龍虛篇第二二：「以山海經言之，以慎子、韓子證之，以俗世之畫驗之，以箕子之泣訂之，以蔡墨之對論之，知龍不能神，不能陞天，天不以雷電取龍，明矣。」散文證、驗、訂、論皆同。說文言部：「證，告也。从言，登聲。」論語卷一三子路：「吾黨有直躬者，其父攘羊，而子證之。」韓非子卷一九五蠹篇第四九作「其父竊羊而謁之吏」，呂氏春秋卷一一仲冬紀第四當務篇作「其父竊羊而謁之上」，高注：「謁，告也。」證，猶謁也，白也，與說文同。證驗字，讀如徵。逸周書卷七官人解第五八「務其小證」，大戴禮記第七二文王官人證作徵。禮記卷五三中庸第三一：「雖善無徵，無徵不信。」鄭注：「徵，或爲證。」說文壬部：「徵，召也。从壬、从微省。壬微爲徵，行於微而文達者即徵。」引申之爲驗。荀子卷六富國篇第一〇「觀國之强弱貧富有徵」，楊倞注：「徵，驗。言其驗先見也。」

言君相臣動作應對，察言觀行，則知其善惡，所證驗之迹，近取諸身而不遠也。◎案：章句「近取諸身而不遠」云云，因易繫辭下「近取諸身，遠取諸物」也。

吾誼先君而後身兮，

言我所以修執忠信仁義者，誠欲先安君父，然後乃及於身也。夫君安則己安，君危則己危也。

【疏證】

言我所以修執忠信仁義者，誠欲先安君父，然後乃及於身也。夫君安則己安，君危則己危也。◎正德本、隆慶本、馮本、劉本、俞本、朱本、莊本、湖北本、四庫章句本「修執」作「執修」。景宋本「修」作「脩」。案：遠遊序：「乃深惟元一，修執恬漠，思欲濟世。」舊作「修執」。又，補注：「誼與義同。人臣之義，當先君而後己。」説文言部：「誼，人所宜也。从言、宜，宜亦聲也。」段注：「誼、義古今字，周時作誼，漢時作義。皆今之仁義字也。其威儀字，則周時作義，漢時作儀。凡讀經、傳者，不可不知古今字。」仁義之字，郭店楚墓竹簡亦作義，非始於漢。又，章句「誠先安君父」云云，以誼爲誠宜之宜，用作語辭。晏子春秋卷六景公祿晏子平陰與稾邑晏子願行三言以辭第十六：「晏子曰：『晏聞爲人臣者，先君後身，安國而度家，宗君而處身。』」三國志卷五九吳志吳主五子傳孫奮：「所以承天理物，先國後身，蓋聖人立制，百代不易之道也。」先君後身，古之恆語。

羌衆人之所仇。

羌，然辭也。怨耦曰仇。言在位之臣營私爲家，己獨先君後身，其義相反，故爲衆人所仇怨。

【疏證】

羌，然辭也。◎案：羌之爲然，逆轉之詞，猶今語「竟然」。詳見王引之經傳釋詞卷七「然」條，又詳參離騷「羌内恕己以量人兮」注。

怨耦曰仇。◎案：左傳桓公二年：「初，晉穆侯之夫人姜氏以條之役生太子，命之曰仇，其弟以千畝之戰生，命之曰成師。師服曰：『異哉，君之名子也。夫名以制義，義以出禮，禮以體政，政以正民。是以政成而民聽，易則生亂。嘉耦曰妃，怨耦曰仇。古之命也。今君命太子曰仇，弟曰成師，始兆亂矣。』」章句所因。耦、偶同。散文則妃、仇皆謂之匹耦。仇，或作逑。詩關雎「君子好逑」，釋文：「逑音求，毛云『匹也』，本亦作仇，音同。」正義：「逑，匹，釋詁文。孫炎云：『相求之匹。』詩本作逑，爾雅多作仇，字異音義同也。」郭店楚墓竹簡作「𢦔」。

言在位之臣營私爲家，己獨先君後身，其義相反，故爲衆人所仇怨。◎案：章句「營私爲家」云云，言自私也。韓非子卷一九五蠹篇第四九：「蒼頡之作書也，自環者謂之厶，背厶謂之公。」自環，自營也。

專惟君而無他兮，又衆兆之所讎。

兆，衆也，百萬爲兆。父怨曰讎。言己專心思欲竭忠情以安於君，無有他志，不與衆同趨，故爲衆所怨讎，欲殺己也。

【疏證】

兆，衆也，百萬爲兆。◎案：書五子之歌「予臨兆民」，孔傳：「十萬曰億，十億曰兆。」十乘十，則爲百萬。章句所因。國語卷一八楚語下「官有十醜，爲億醜」，韋昭注：「以十醜承萬爲十萬，十萬曰億，古數也。今以萬萬爲億。」左傳成公二年：「太誓所謂商兆民離」，杜注：「萬億曰兆。」禮記卷二七内則第一二「降德于衆兆民」，鄭注：「萬億曰兆，天子曰兆民，諸侯曰萬民。」古今異義。衆兆，言其多，大數也。淮南子卷五時則訓「振鐸以令於兆民」，高注：「兆，大數。」文選卷一四班固幽通賦：「斯衆兆之所惑。」曹大家注：「衆，庶也。兆，人也。」

父怨曰讎。◎正德本、隆慶本、馮本、劉本、俞本、朱本、四庫章句本、莊本、湖北本「父」作「交」，「讎」作「讐」。同治本「父」作「交」。案：讎、讐同。交，父之訛。景宋本、寶翰本、惜陰本、皇都本、四庫補注本亦作「父」。慧琳音義卷九「怨讎」條引楚辭注云：「父怨曰讎。」其所據唐本作「父」字。説文言部：「讎，猶譍也。」引申言匹對、怨仇。慧琳音義卷五〇「怨讎」條引三蒼：「怨偶曰讎。」散文仇、讎不别，周禮卷二〇春官宗伯第三典瑞「穀圭以和難」，鄭注「難，仇讎之和者」，賈疏：「仇爲怨，讎爲報。」詩谷風「反以我爲讎」，孔疏：「讎者，至怨之構。」朱子集注：「讎，謂怨之當報者。」明林兆珂楚辭述注：「怨耦曰仇，讎，謂怨之當報者。但我專思竭忠於君，非有他志，何讎於衆，而視爲必報之讎乎！」皆妙達屈子心事。對文讎者甚於仇。怨之深者莫甚父怨。父怨必報，義也。淮南子卷一八人間訓：「魯人有爲父報讎於齊者，刳其腹而見其心，坐而正冠，起而更衣，徐行而出門，上車而步馬，顏色不變。其御欲驅，撫而止之曰：『今日爲父報讎，以出死，非爲生也。今事已成矣，又何去之！』追者曰：『此有節行之人，不可殺也。』解圍而去之。」新書卷四淮難：「白公勝所爲父報仇者，報大父與諸伯父、叔父也。」卷一四地官司徒第二調人：「凡和難，父之讎辟諸海外，兄弟之讎辟諸千里之外，從父兄弟之讎不同國。」申鑒第二時事篇：「或問復讎，古義也。曰：『縱復讎可乎？』曰：『不可。』曰：『然則如之何？』曰：『有縱有禁，有生有殺，制之以義，斷之以法，是謂義法並立。』曰：『何謂也？』『依古復讎之科，使父讎避諸異州千里；兄弟之讎，避諸異郡五百里；從父從兄弟之讎，避諸異縣百里。弗避而報者無罪，避而報之，殺。犯王禁者，罪也；復讎者，義也。以義報罪。從王制，順也；犯制，逆也。以逆順生殺之。凡以公命行止者，不爲弗避。』」漢書卷五二灌夫傳：「願取吴王若將軍頭以報父仇。」卷六一蘇武傳：「昆莫既健，自請單于報父怨，遂西攻破大月氏。」後漢書卷六七何顒傳：「友人虞偉高有父讎未報，而篤病將終，顒往候之，偉高泣而訴。顒感其義，爲復讎，以頭醊其墓。」列子卷五湯問篇：「魏黑卵以暱嫌殺丘邴章，丘邴章之子來丹謀報父讎。」郭店楚墓竹簡六德篇：「爲父絶君，不爲君絶父。」雖以説喪事，蓋以父讎甚於君。史記卷三一吳太伯世家：「子胥、伯嚭鞭平王之尸，以報父讎。」楚人譽之，未以爲非。清華簡（七）晉文公入於晉、越公其事、（三）芮良夫毖「讎」皆作「戢」，从戈，象武事也。上博簡（七）鄭子家喪通作「售」，以音同也。周、秦報讎多用讎，睡虎地秦簡日書（甲）稷辰：「利弋獵、報讎、攻軍、圍城，始殺。可取不可鼠（予）。」星：「此（觜）巂，百事凶，可以敫人、攻讎。」兩漢多用「仇」，馬王堆漢墓帛書明君：「三軍之士握鏦屠敵若報父母之咎（仇）者。」是其例。古今别語。

言己專心思欲竭忠情以安於君，無有他志，不與衆同趨，故爲衆所怨讎，欲殺己也。◎正德本、隆慶本、馮本、朱本、劉本、湖北本、莊本無「故」字、「衆」字，「殺」作「煞」，「讎」作「讐」。俞本、四庫章句本無「故」字，「讎」作「讐」。補注引「惟」一作「思」。案：煞，俗殺字。章句「言己專心思欲竭忠情以安於君」云云，以惟爲思，舊本作「思」。下「思君其莫我忠兮」，即其内證。九辯「專思君兮不可化」，又云「豈不鬱陶以思君兮」。亦皆作「思君」。又，九歎怨思：「念社稷之幾危兮，反爲讎而見怨。」全後魏文卷四四陽固演賾賦：「見衆兆之紛錯兮，覩變化之無方。」皆因襲於此。

壹心而不豫兮，

豫，猶豫也。

【疏證】

豫，猶豫也。◎正德本、隆慶本、馮本、俞本、劉本、朱本、莊本、湖北本、四庫章句本無注。案：爛敚也。袁校補之。清華簡（三）芮良夫毖「豫」通作「舍」。舍，棄也。亦通。又，孫詒讓札迻卷一二：「豫，猶言詐也。晏子春秋問上篇云：『公市不豫。』鹽鐵論力耕篇云：『古者商通物而不豫。』禁耕篇云：『教之以禮，則工商不相豫。』周禮司市鄭注：『定物賈，防誑豫。』皆即此『不豫』之義。王注竝失之。」其説是也。淮南子卷六覽冥訓：「道不拾遺，市不豫賈。」又，荀子卷四儒效篇第八：「魯之粥牛馬者不豫賈。」不豫賈，不誑賈也。然豫之訓猶豫、訓欺詐，其義相通。

羌不可保也。

保，知也。言己專壹忠信以事於君，雖爲衆人所惡，志不猶豫，顧君心不可保知，易傾移也。

【疏證】

保，知也。◎案：保之爲知，非識知之意，猶任也。國語卷二周語中：「若是而知晉國之政，楚、越必朝。」韋注：「知政，謂爲政也。」卷二〇越語上：「有能助寡人謀而退吳者，吾與之共知越國之政。」韋昭注：「爲政，謂爲卿。」知爲舉任，保亦任也。周禮卷一〇地官司徒第二大司徒「使之相保」，鄭注：「保，猶任也。」謂己壹心不詐豫，竟不得舉用也。

言己專壹忠信以事於君，雖爲衆人所惡，志不猶豫，顧君心不可保知，易傾移也。◎袁校「猶豫」下補「故」字。案：未知所據。章句「顧君心不可保知」云云，以顧釋羌字之義者，顧，但也，轉折之詞。禮記卷四九祭統第二五：「是故上有大澤，則惠必及下，顧上先下後耳。」孔疏：「但瞻顧之時，尊上者在先，卑下者處後耳。」以顧爲但，是也。然復「顧瞻」云云，非也。戰國策卷三一燕策三：「吾每念，常痛於骨髓，顧計不知所出耳。」言但計不知所出也。

疾親君而無他兮，

疾，惡。

【疏證】

疾，惡。◎隆慶本、朱本正文「親君」乙作「君親」。案：疾，謂勤力、直行。荀子卷三仲尼篇第七「疾力以申重之」，楊倞注：「疾力，勤力也。」禮記卷三〇玉藻第一三「疾趨則欲發，而手足毋移」，鄭注：「疾趨，謂直行也。」言己勤力親君，未遑顧及其他也。章句「言己疾惡讒佞欲親近君側」云云，非也。

有招禍之道也。

招，召也。言己疾惡讒佞，欲親近君側，衆人悉欲來害己，有招禍之道，將遇咎也。

【疏證】

招，召也。◎案：說文手部：「招，手呼也。从手、召聲。」口部：「召，嘑也。从口、刀聲。」對文手呼曰招，口呼曰召，散文不別。

言己疾惡讒佞，欲親近君側，衆人悉欲來害己，有招禍之道，將遇咎也。◎案：禍，楚簡通作「⿰示骨」。上博簡（六）平王問鄭壽：「⿰示骨（禍）敗因童於楚邦。」（五）三德：「凡若是者，不有大⿰示骨（禍）必大恥。」又曰：「爲善福乃逨（來），爲不善⿰示骨（禍）乃或（惑）之。」包山楚簡：「賽禱太備（佩）玉一環，侯土、司命、司⿰示骨（禍）各一少環，大水備（佩）玉一環，二天子各一少環。」又曰：「侯土、司命、司⿰示骨（禍）、大水、二天子、峗山既皆城。」新蔡葛陵楚墓乙一·一五：「陛（地）宔（主）各一青義（犧）；司命、司⿰示骨（禍）各一鹿，與禱曆之。」乙三·五：「[不]⿰爿睪（懌）之古（故），忻（祈）福於司⿰示骨（禍）、司褨、司⿰骨它各一痒（牂）。」零二六六：「折、公北、司命、司⿰示骨（禍）口。」聞一多楚辭校補謂「有當爲又」。今以上「吾誼先君而後身兮，羌衆人之所仇；專惟君而無他兮，又衆兆之所讎」之例驗之，其說是也。又，荀子卷一勸學篇第一：「故言有召禍也，行有招辱也，君子慎其所立乎！」論衡卷二三言毒篇第六六：「故美味腐腹，好色惑心，勇夫招禍，辯口致殃。四者，世之毒也。」全晉文卷五〇傅玄傅子：「潛龍以不見成德，言非其時，皆招禍之道也。」招禍，亦古恆語。

思君其莫我忠兮，

言衆人思君皆欲自利，無若己欲盡忠信之節。

【疏證】

言衆人思君皆欲自利，無若己欲盡忠信之節。◎補注、朱子集注引「忠」一作「知」，洪曰：「此言君不以我爲忠也。」案：若作「知」字，則君當爲羣，其義方得調遂。非也。此謂思君念國者，無人有我之忠誠也。

忽忘身之賤貧。

言己憂國念君，忽忘身之賤貧，猶願自竭。

【疏證】

言己憂國念君，忽忘身之賤貧，猶願自竭。◎案：賤，貴之反；貧，富之反。論語卷四里仁「貧與賤」，皇疏：「乏財曰貧，無位曰賤。」散文皆窮厄之意。上博簡（一）性情論：「戔（賤）而民貴之，又（有）悳者也。貧而民聚安（焉），又（有）道者也。」郭店楚墓竹簡緇衣篇：「輕絶貧賤，而厚絶富貴，則好仁不臤（堅），而亞（惡）亞（惡）不著也。」又，韓詩外傳卷一：「王子比干殺身以成其忠，柳下惠殺身以成其信，伯夷、叔齊殺身以成其廉。此三子者，皆天下之通士也，豈不愛其身哉？爲夫義之不立，名之不顯，則士耻之，故殺身以遂其行。由是觀之，卑賤貧窮，非士之耻也，天下舉忠而士不與焉，舉信而士不與焉，舉廉而士不與焉。三者存乎身，名傳於世，與日月並而息。天不能殺，地不能生。當桀、紂之世不之能污也。然則非惡生而樂死也，惡富貴好貧賤也；由其理，尊貴及己，而仕也不辭也。孔子曰：『富而可求，雖執鞭之士，吾亦爲之。』故阨窮而不憫，勞辱而不苟，然後能有致也。」屈子忘身賤貧者，以有道德也。九歎離世：「不顧身之卑賤兮，惜皇輿之不興。」與此同意。

事君而不貳兮，

貳，二也。

【疏證】

貳，二也。◎正德本、隆慶本、馮本、劉本、俞本、朱本、湖北本、四庫章句本「二」下無「也」字。

案：説文貝部：「貳，副益也。从貝、弍聲。」二，數之二，不可易之以貳。散文並言不專一也。文選卷一五思玄賦「恭夙夜而不貳兮」，舊注：「不貳，不差貳也。」

迷不知寵之門。

迷，惑也。言己事君，竭盡信誠，無有二心，而不見用，意中迷惑，不知得遇寵之門户，當何由之也。

【疏證】

迷，惑也。◎案：離騷「有行迷之未遠」，章句：「迷，誤也。」迷之爲惑、爲誤，其義相通。

言己事君，竭盡信誠，無有二心，而不見用，意中迷惑，不知得遇寵之門户，當何由之也。◎正德本、隆慶本、劉本、馮本、俞本、朱本、莊本、湖北本、四庫章句本「遇寵」乙作「寵遇」。案：九辯「嘗被君之渥洽」，章句：「前蒙寵遇，錫祉福也。」據此，舊作「寵遇」。説文宀部：「寵，尊居也。从宀、龍聲。」老子十三章：「寵辱若驚。」釋文引簡文注：「寵，得也。」又，補注：「老子云：『寵爲不寵，非君子之所貴也。』屈原惟不知出此，故以信見疑，以忠被謗。」

忠何罪以遇罰兮，

罰，刑。

【疏證】

罰，刑。◎文淵四庫章句本無注。案：文津本亦有注。天問：「何條放致罰，而黎服大説。」又曰：「天命反側，何罰何佑。」上兩「罰」字無注，反見於此者，當後世所增益。又，説文刀部：「罰，辠之小者。从刀、从詈。未以刀有所賊，但持刀罵詈則應罰。」引申之言辠、言刑、言責。

亦非余心之所志。

言己履行忠直，無有罪過而遇放逐，亦非我本心宿志所望於君也。

【疏證】

言己履行忠直，無有罪過而遇放逐，亦非我本心宿志所望於君也。◎正德本、隆慶本、馮本、劉本、俞本、朱本、莊本、湖北本、四庫章句本「亦」上復有「放逐」二字，景宋本「宿」下羨「營」字。案：復有「放逐」，羨也。又，章句「亦非我本心宿志所望於君」云云，以「所志」爲「所望」。左傳哀公十七年「過於其志」，杜預注：「志，望也。」論語卷七述而「志於道」，集解：「志，慕也。」文選卷三四曹植七啓：「竊慕古人之所志，仰老、莊之遺風。」卷三七曹植求自試表：「此徒圈牢之養物，非臣之所志也。」二文「所志」，與此同意。

行不羣以巔越兮，

巔，殞。越，墜。

【疏證】

巔，殞。◎莊本「殞」下有「也」字。案：離騷「厥首用夫顛隕」，章句：「自上下曰顛。隕，墜也。」顛與巔、隕與殞，並古今字。類聚卷一九人部三「笑」條引「巔越」作「顛越」。

越，墜。◎莊本「墜」下有「也」字。案：書盤庚中「顛越不恭」，孔傳：「顛，隕；越，墜也。」章句所因。又，史記卷三一吳太伯世家「有顛越勿遺」，集解引服虔：「顛，隕也。越，墜也。顛越無道，則割絶無遺也。」顛之爲隕，詳參離騷「厥首用夫顛隕」注。說文走部：「越，度也。从走，戉聲。」引申之言下墜，例同逾之訓降下也。顛越，平列同義，古之恆語。左傳哀公十一年：「其有顛越不共，則劓殄無遺育。」杜注：「顛越不共，從横不承命者也。」史記卷四〇楚世家：「且魏斷一臂，顛越矣。」淮南子卷九主術訓：「鴟夜撮蚤蚊，察分秋豪；晝則顛越，不能見邱山，形性詭也。」三國志卷一魏書武帝紀注引荀攸等勸進表：「往者天下崩亂，羣凶豪起，顛越跋扈之險，不可忍言。」全晉文卷五晉武帝答杜預征吳節度詔：「若各任所見，不相順從，必顛越不振，以疢大事。」全宋文卷一一江夏王義恭章太后毁廟議：「安可以貴等帝王，祭從士庶，緣情訪制，顛越滋甚。」

哈，笑也。楚人謂相嘲笑曰哈。言己行度不合於俗，身以巔墮，又爲人之所笑也。或曰：衆兆之所異。言己被放而巔越者，行與衆殊異也。

又衆兆之所咍。

【疏證】

咍，笑也。楚人謂相嘲笑曰咍。言己行度不合於俗，身以巔墮，又爲人之所笑也。或曰：衆兆之所異。言己被放而巔越者，行與衆殊異也。◎正德本、隆慶本、俞本、劉本、莊本、湖北本「巔墮」作「顛墮」。景宋本「者」作「昔」，且屬下。案：顛、巔古今字，墮、墮之訛也。昔，者之訛也。慧琳音義卷九九「咍雙玄」條引王逸注楚辭：「咍，笑也。楚人謂笑爲咍也。」文選卷五吳都賦「東吳王孫囅然而咍」，劉逵注：「楚人謂相笑爲咍。楚辭『衆兆所咍』。」劉氏因章句也。桂馥札樸卷三「咍」條：「廣韻：『咍，笑也。呼來切。』胡注通鑑云：『咍，呼來翻，楚人謂相嘲笑曰咍。』古無此字，蓋即『欪』之異文。」欪，昌之反。咍、欪同部異聲，非一詞。通鑑胡注亦因章句。嘲笑，俗作嘲笑。説文作「欪」，曰：「戲笑皃。从欠、之聲。」徐鍇曰：「今俗訛作咍字。」欪，許其反。是也。又，晏子春秋卷六楚王欲辱晏子指盜者爲齊人晏子對以橘第十：「王笑曰：『聖人非所與熙也，寡人反取病焉。』」熙，咍字假借，嗤笑也。「或曰」之説，其未審咍爲楚語。

紛逢尤以離謗兮，

紛，亂貌也。尤，過也。

【疏證】紛，亂貌也。◎案：離騷「紛吾既有此内美兮」，章句：「紛，盛貌。」紛之訓盛、訓亂，其義皆通，美惡同辭。

尤，過也。◎案：詳參離騷「忍尤而攘詬」注。又，離，遭也。離謗，遭毀也，楚辭恆語，七諫沈江「反離謗而見攘」是也。

謇不可釋。

謇，辭也。釋，解也。言己逢遇亂君而被罪過，終不可復解釋而説也。

【疏證】謇，辭也。◎案：謇，難詞，猶乃也。詳參離騷「謇吾法夫前修兮」注。

釋，解也。◎案：說文釆部：「釋，解也。从釆。釆，取其分別。从睪聲。」段注：「考工記以澤爲釋，史記以醳爲釋，皆同音假借也。」九辯「有美一人兮心不繹」，文選劉良注：「繹，解也。」繹、釋古字通用。

言己逢遇亂君而被罪過，終不可復解釋而說也。◎正德本、隆慶本、劉本、馮本、俞本、朱本、莊本、湖北本、四庫章句本「己」下無「逢」字。景宋本「遇」作「過」。案：過，訛字。離騷「繼之以日夜」，章句：「續以日夜，冀相逢遇也。」懷沙「孰知余之從容」，章句：「言聖辟重華不可逢遇，誰得知我舉動，欲行忠信也。」遠遊「遭沈濁而汙穢兮」，章句：「逢遇闇主，觸讒佞也。」招魂「封狐千里些」，章句：「又有大狐，健走，千里求食，不可逢遇也。」七諫怨世「然輡軻而留滯」，章句：「言己年已過五十，而輡軻沈滯，卒無所逢遇也。」九歎惜賢「丁時逢殃，可奈何兮」，章句：「言己之生當逢遇殃咎，安可奈何，自閔而已。」據此，舊有「逢」字。

情沈抑而不達兮，

沈，没也。抑，按也。

【疏證】

沈，没也。◎正德本、隆慶本、馮本、朱本、劉本、湖北本「沈」作「沉」。案：沈、沉同。說文水部：「沈，陵上滈水也。从水、冘聲。一曰：濁黕也。」不解沈没。又曰：「湛，没也。从水、甚聲。」段注：「古書沈浮字多作湛。湛、沈古今字；沉，又沈之俗也。」

抑，按也。◎案：離騷「屈心而抑志兮」，章句：「抑，案也。」按與案同。沈抑，楚辭恆語，七諫謬諫「情沈抑而不揚」，九歎怨思「思沈抑而不通」，哀時命「志沈抑而不揚」。又，思美人「志沈菀而莫達」。沈抑、沈菀，聲之轉。

又蔽而莫之白。

言己懷忠貞之情，沈没胷臆，不得白達，左右壅蔽，無肯白達己心也。

【疏證】

言己懷忠貞之情，沈没胷臆，不得白達，左右壅蔽，無肯白達己心也。◎俞本、莊本、同治本「胷」作「胸」。正德本、隆慶本、馮本、朱本、劉本、湖北本「沈」作「沉」。案：胸、胷同；沈、沉同。章句「白達」云云，白，告語也。漢世恆語，與解章明、明白義者別。三國志卷一魏書一太祖紀引世説：「唯功曹心知是太祖，以世方亂，不宜拘天下雄儁，因白令釋之。」又曰：「有頃，復白：『騎稍多，步兵不可勝數。』公曰：『勿復白。』乃令騎解鞍放馬。」章句以蔽爲「壅蔽」，非也。蔽，讀如敝，言終也。易歸妹象「君子以永終知敝」，知敝，謂知終也。禮記卷五五緇衣第三三「故言必慮其所終，而行必稽其所敝」。終、敝皆對文，敝亦終也。左傳襄公三十年：「國之禍難，誰知所敝？」王引之經義述聞釋敝爲終。至確。又，昭公四年「君子作法於涼，其敝猶貪，作法於貪，敝將若之何」。二「敝」字亦釋終義。墨子卷一所染篇第三：「此四王者所染當，故王天下，立爲天子，功名蔽天地。」呂氏春秋卷二仲春紀第四當染篇「功名蔽天地」，高誘注：「蔽，猶極也。」極亦終也。郭店楚墓竹簡六德篇：「參(三)者，君子所生與之立，死與之遰(敝)也。」言死與之終盡也。清華簡(七)子軋子餘：「不敝有善。」言不終有善也。銀雀山漢簡孫臏兵法奇正篇：「形勝之變，與天地相敝而不窮。」言與天地相盡而不窮也。涉江「與天地兮同壽，與日月兮同光」，章句：「言己年與天地相敝，名與日月同耀。」相敝，相終始也。敝而，終然也，卒然也。此謂又終焉莫之白也。

心鬱邑余侘傺兮，

鬱邑，愁貌也。侘，猶堂堂，立貌也。傺，住也。楚人謂失志悵然住立爲侘傺也。

【疏證】

鬱邑，愁貌也。◎文淵四庫章句本「邑」作「悒」，文津本亦作「邑」。補注引正文「心鬱邑」一作「忳鬱邑」。聞一多楚辭校補謂「心疑爲忳之壞字」，金開誠屈原集校注亦謂「『心』當作『忳』」。案：或作「鬱悒」，以訓詁字爲之。心鬱邑，其義通暢，毋須校改也。鬱邑之訓愁，詳參離騷「忳鬱邑余侘傺兮」注。

侘，猶堂堂，立貌也。傺，住也。楚人謂失志悵然住立爲侘傺也。◎案：詳參離騷「忳鬱邑余侘傺兮」注，蓋類此楚方言語詞之訓釋，章句不避重複。

又莫察余之中情。

言己懷忠不達，心中鬱邑，惆悵住立，失我本志，曾無有察我之中情也。

【疏證】

言己懷忠不達，心中鬱邑，惆悵住立，失我本志，曾無有察我之中情也。◎正德本、隆慶本、馮本、俞本、劉本、朱本、莊本、湖北本、四庫章句本「邑」作「悒」。朱熹集注：「中情以韻叶之，當作善惡，而惡字又當去聲讀。由騷經一句差互，故此亦因之耳。」聞一多楚辭校補疑此句上下或有脱簡。案：朱説得之，聞説無徵不信。中情，當作「善惡」。離騷云「孰云察余之善惡」。戰國楚簡文字，情字之心旁皆在青字之下，與惡字形似而訛，後復改「善情」爲「中情」。又，章句「曾無」云云，以「曾」釋「又」。曾，猶尚也，重也，復也。詩維天之命「曾孫篤之」，鄭箋：「曾，猶重也。」戰國策卷一一齊策四：「生王之頭，曾不若死士之壟也。」莊子卷二應帝王第七：「而曾二蟲之無知。」

固煩言不可結詒兮，

詒，遺也。詩曰「詒我德音」也。

【疏證】詒，遺也。詩曰「詒我德音」也。◎案：詳參離騷「相下女之可詒」注。章句引詩，未見毛詩三百篇，據别一家。泮水有「懷我好音」，鄭箋：「懷，歸也。」則「詒我德音」，或泮水異文。類聚卷三一人部一五「贈答」條引後漢蔡邕答對元式詩：「君子博文，貽我德音。」蓋襲泮水也。詒、貽古今字。思美人「言不可結而詒」，與此同意。結言，古之恆語。詳參離騷「解佩纕以結言兮」注。

願陳志而無路。

願，思也。路，道也。言己積思累日，其言煩多，不可結續以遺於君，欲見君陳己志，又無道路也。

【疏證】願，思也。◎案：因爾雅釋詁。希欲、希望之謂願。屈賦句法，願字置於句首者爲二解：一爲冀幸之義。離騷「願竢時乎吾將刈」，言幸待天時則刈之也。九歌大司命「願若今兮無虧」，言幸如今之無損也。九章抽思「願蓀美之可完」，言幸蓀美可完也。思美人「願及白日之未暮」，言幸及白日未爲晚暮也。二爲思欲、思慕義。離騷「願依彭咸之遺則」、此文「願陳志而無路」及下文「願側身而無所」、「願春日以爲糗芳」、抽思「願自申而不得」，思美人「願寄言於浮雲」，懷沙「願志之有像」。此冀、願，對舉爲文，願，冀幸也。説文頁部：「願，八頑也。从頁，原聲。」繫傳作「大頭」。説者多謂「八頑」不可解，而從繫傳「大頭」之説。然願字無解「大頭」。八部：「八，别也。」慧琳音義卷二五「頑嚚」條：「蒼頡篇：『頑，鈍也。』左傳云：『心不則德義之經曰頑。』」以「八頑」解「願」，所以别於鈍愚。「願望」之「願」本字作「忨」，詳離騷「願竢時」解。

路，道也。◎案：詳參離騷「來吾導夫先路」注。

言己積思累日，其言煩多，不可結續以遺於君，欲見君陳己志，又無道路也。◎正德本、隆慶本、馮本、俞本、劉本、朱本、湖北本、四庫章句本「志」下無「又」字。案：陳志，陳詞也。北史卷一五魏諸宗室傳謂：「乃詔丕等以移都之事，使各陳志。」九歎遠逝「舒情敶詩，冀以自免兮」。詩以言志，「敶詩」、「陳志」並同。

退静默而莫余知兮，進號呼又莫吾聞。

言己放棄，所在幽遠，衆無知己之情也。

【疏證】言己放棄，所在幽遠，衆無知己之情也。◎正德本、隆慶本、馮本、劉本、俞本、朱本、莊本、湖北本、四庫章句本「棄」作「弃」，「己」下無「之」字。案：棄、弃同。退，謂隱退也。進，謂入朝也。静默，無言也。管子卷四宙合篇第一一：「賢人之處亂世也，知道之不可行，則沈抑以辟罰，静默以侔免。」號呼，平列同義，大呼也。新序卷五雜事：「野人之用兵，鼓聲則似雷，號呼則動地。」卷七節士篇：「文公使人求之不得，爲之避寢三月，號呼期年。」莫余知、莫余聞，文互相備，言進退皆不得遂其志。詩桑柔：「人亦有言，進退維谷。」毛傳：「谷，窮也。」其是之謂也。

申侘傺之煩惑兮，

申，重也。言衆人無知己之情，思念惑亂，故重侘傺，悵然失意也。

【疏證】申，重也。◎案：詳參離騷「雜申椒與菌桂兮」注。

言衆人無知己之情，思念惑亂，故重侘傺，悵然失意也。◎正德本、隆慶本、馮本、俞本、朱本、劉本、莊本、湖北本、四庫章句本「念」下有「君」字，「失意」下無「也」字。案：君，羨也。漢帛書天下至道談：「爲之椯（喘）息中亂曰煩。」煩惑，言心亂也。則「思念」下不當有「君」字。煩，熱頭痛也，引申之言心悶、心亂。惑，亂也。九辯「中瞀亂兮迷惑」，章句：「思念煩惑，忘南北也。」七諫哀命「心悇憛而煩冤兮」，煩惑、迷惑、煩冤，皆聲之轉。

中悶瞀之忳忳。

悶，煩也。瞀，亂也。忳忳，憂貌也。言己憂心煩悶，忳忳然無所舒也。

【疏證】

悶，煩也。瞀，亂也。◎文選卷一六寡婦賦「思纏綿以瞀亂兮」，李善注：「楚辭又曰：『心悶瞀之屯屯。』王逸曰：『瞀，亂也。』」案：戴侗六書故「瞀」字：「莫豆切，眊眩易也。（歧）伯曰：『欬氣冒目也。』又亡遇切。莊周曰：『予適有瞀病。』亦通作貿，又作愗。」又，九辯「忳惛惛而愁約」，章句：「憂心悶瞀，自約束也。」七諫哀命「志瞀迷而不知路」，章句：「瞀，悶也。迷，惑也。言己遭遇亂世，心中煩惑，不知所行也。」悶瞀、瞀迷，皆平列同義。朱季海楚辭解故：「方言第十：『頓愍，惛也。』郭注：『謂迷昏也。』又曰：『江、湘之間謂之頓愍。』郭注：『頓愍，猶頓悶也。』持方言之文，以校惜誦，則愍之爲言猶悶也，頓之爲言猶忳也。憂心煩悶，小迷昏之意。」其復據說文歺部：「殙，瞀也。」乃謂「此悶瞀本字，正讀若悶。惜誦借悶字爲之」。其說拘泥。悶、瞀、愍、殙、迷、惛、昏、煩、憒等，皆脣母字，音近義通。又作夢或儚，爾雅釋訓：「夢夢、訰訰，亂也。」又曰：「儚儚、洄洄，惛也。」或作汶汶、閩閩、閔閔、蒙蒙、濛濛、邈邈等，未可勝記。若以楚音讀之，悶宜爲懣。詳參上「發憤以杼情」注。老子德經五十八章：「其政悶悶。」帛書乙本作「其政閺閺」。閺閺，即悶悶。銀雀山漢簡六韜：「今皮（彼）殷商，衆口相惑，訬訬謹謹。」訬訬、謹謹，聲之轉，惑亂貌。

忳忳，憂貌也。言己憂心煩悶，忳忳然無所舒也。◎案：忳忳爲憂，詳參離騷「忳鬱邑余侘傺兮」注。老子德經五十八章：「其民淳淳。」帛書乙本作「其民屯屯」。屯，屯難不舒也。中心憂思鬱結不暢字作忳，重言之爲忳忳。章句「忳忳然無所舒」云云，至確。其聲之轉，或作頓頓、訰訰、沌沌等。唐、宋之世復有騰騰之語，言酩酊貌，亦語之轉。解者宜因聲求之，未可拘其訓詁字。

昔余夢登天兮，魂中道而無杭。

杭，度也。詩曰：「一葦杭之。」

【疏證】

杭，度也。詩曰：「一葦杭之。」◎正德本、隆慶本、馮本、俞本、劉本、朱本、莊本、湖北本、四庫章句本「詩曰」作「詩云」。補注、朱熹集注引「杭」一作「航」。案：章句引詩見衛風河廣，毛傳：「杭，渡也。」度、渡古今字。章句因毛傳。航、杭古字通。方言卷九：「舟，自關而東或謂之航。」淮南子卷九主術訓「大者以爲舟航柱梁」，高注：「方兩小船竝與共濟爲航。」卷一三氾論訓「乃爲窬木方版以爲舟航」，高注：「舟相連爲航也。」又，卷一七人間訓「舟杭一日不能濟也」，航、杭實同。名事相因，渡水亦謂之杭。説文作斻，云「方舟也」。文選卷一五思玄賦「譬臨河而無航」，舊注：「航，舡也。」舡，俗船字。後漢書卷八〇上文苑傳杜篤：「造舟於渭，北斻涇流。」李賢注：「斻，舟度也，音胡郎反。方言：『關而東或謂舟爲航。』説文『斻』字在方部，今流俗不解，遂與『杭』字相亂者。誤也。」卷八二上方術傳李南：「向度宛陵浦里斻，馬蹶足。」李賢注：「斻，以舟濟水也。」然在漢世已不別也。錢繹方言箋疏：「晉書五行志：『海西公太和六年六月，京師大水，朱雀大航纜斷，三艘流入大江。』是航即今之浮橋，不止並兩船也。故水經漸江水注云：『江水又東南，逕剡縣，江水翼縣轉注，故有東度、南度、西度焉。西度通東陽，併二十五船爲橋航也。』又云：『東南二度通臨海，並汎單船爲浮航。』是車船亦名爲航也。」又，聞一多楚辭校補以無杭爲亡杭，謂「叠韻連語，即茫沆，魂氣浮動貌也」。好奇之説。徵以楚俗，古者言登天須籍舟杭。

若改茫沆，則其義滯矣。又，昔，通作夕，夜也。詩頍弁「樂酒今夕」，大招注引夕作昔。莊子卷四天運篇第一四「則通昔不寢矣」，馬總意林卷二莊子十卷引昔作夕。皆其證。夢者，魂之行也。御覽卷三九七人事部三八叙夢引夢書：「夢者，像也，精氣動也。魂魄離身，神來往也。陰陽感成，吉凶驗也。夢者，語其人預見過失。如其賢者，知之自改革也。夢者，告也，告其形也。目無所見，耳無所聞，鼻不喘嗅，口不言也。魂出遊，身獨在，心所思念忘身也。受天神戒，還告人也。受戒不精，忘神言也。名之爲寤，告符臻也。古有夢官，世相傳也。」王昭禹周禮詳解：「夢者，精神之運也。人之精神往來，常與陰陽流通，而禍福吉凶皆通於天地，應於物類，則由其夢以占之，固無所逃矣。」論衡卷二二紀妖篇第六四：「且人之夢也，占者謂之魂行。夢見帝，是魂之上天也。」登天，喻陞朝廷求君。

吾使厲神占之兮，

厲神，蓋殤鬼也。左傳曰：「晉侯夢大厲，搏膺而踊也。」

【疏證】

厲神，蓋殤鬼也。左傳曰：「晉侯夢大厲，搏膺而踊也。」◎案：章句引左傳見成公十年：「晉侯夢大厲，被髮及地，搏膺而踊，曰：『殺余孫，不義。余得請於帝矣！』壞大門及寢門而入。

公懼，入于室。又壞户。公覺，召桑田巫。巫言如夢。公曰：『何如？』曰：『不食新矣。』公疾病，求醫于秦。秦伯使醫緩爲之。未至，公夢疾爲二豎子，曰：『彼，良醫也。懼傷我焉，逃之。』其一曰：『居肓之上、膏之下，若我何？』醫至，曰：『疾不可爲也。在肓之上、膏之下，攻之不可，達之不及，藥不至焉，不可爲也。』公曰：『良醫也。』厚爲之禮而歸之。六月，丙午，晉侯欲麥，使甸人獻麥，饋人爲之。召桑田巫，示而殺之。將食，張，如厠，陷而卒。小臣有晨夢負公以登天，及日中，負晉侯出諸厠，遂以爲殉。」杜注：「厲，鬼也，趙氏之先祖也。」又，昭公七年：「鄭子産聘于晉。晉侯疾，韓宣子逆客，私焉，曰：『寡君寢疾，于今三月矣，並走羣望，有加而無瘳。今夢黄熊入于寢門，其何厲鬼也？』對曰：『以君之明，子爲大政，其何厲之有？昔堯殛鯀于羽山，其神化爲黄熊，以入于羽淵，實爲夏郊，三代祀之。晉爲盟主，其或者未之祀也乎？』韓子祀夏郊，晉侯有間，賜子産莒之二方鼎。」厲，鯀神所化。禮記卷四六祭法第二三：「王立七祀，五曰泰厲；諸侯立五祀，五曰公厲；大夫立三祀，一曰族厲。」鄭注：「厲，主殺罰。」古者凡死於非命者謂之厲，則主兵死者曰厲神。章句「殤鬼」云云，即兵死也，而非厲神。九店楚簡第四四簡：「敢告繳之子武夷：『爾居復山之阯（基），不周之野，帝胃（謂）爾無事，命爾司兵死者。』」包山楚簡二三九、二四一號：「陳乙以共命爲左尹佗貞：既腹心疾，思攻解於祖與兵死。」武夷，主司兵死者，猶厲神也。禮記卷五曲禮下第二：「死寇曰兵。」釋名釋喪制：「戰死曰兵，言死爲兵所傷也。」淮南子卷一七説林訓「戰兵死之鬼憎神巫」，高注：「兵死之鬼，善行病人。」

旁，輔也。言厲神爲屈原占之曰：人夢登天無以渡，猶欲事君而無其路也。但有勞極心志，終無輔佐。

曰：有志極而無旁。

【疏證】

旁，輔也。◎俞本、莊本、同治本「旁」作「㫄」。案：㫄，古旁字。旁、輔，聲之轉。朱季海楚辭解故：「夢云『無杭』，占曰『無旁』語本相應，並謂舟船爾。無旁，猶無杭。旁借爲舫，讀與榜同耳。説文舟部：『舫，船也。明堂月令曰舫人，習水者。』段氏注：『月令：「六月命漁師伐蛟」，鄭注：「今月令漁師爲榜人。」按：榜人，即舫人。舫正字，榜假借字。許所據即鄭所謂今月令也。子虛賦「榜人歌」，張揖注云：「榜，船也。月令『命榜人』，榜人，船長也。」張所據亦作榜人。』是其義。」其説可備一解。此謂身徒勞極而無人相輔，同湘君「心不同兮媒勞，恩不甚兮輕絶」之意。旁、榜，其義固通，毋須易字也。

言厲神爲屈原占之曰：人夢登天無以渡，猶欲事君而無其路也。但有勞極心志，終無輔佐。◎景宋本「志」作「忘」。案：忘，訛也。喻林卷三一人事門二九不遇引無「言厲神爲屈原占之曰」

九字，蓋删之也。曰，厲神占詞也。章句「勞極心志」云云，以極爲疲勞，未可移易。史記卷八四屈原列傳「勞苦倦極」。倦極，平列複語，極亦倦也。

終危獨以離異兮，

言己行忠直，身終危殆，與衆人異行之故也。

【疏證】

言己行忠直，身終危殆，與衆人異行之故也。◎正德本、隆慶本、馮本、俞本、朱本、劉本、莊本、湖北本、四庫章句本「異」下無「行」字。案：危獨，舊當乙作「獨危」。章句以身解獨，舊本作「終獨危」。異，謂災異。公羊傳定公元年：「異大乎災也。」漢書卷三六楚元王傳「往者衆臣見異」，顔師古注：「異，災異也。」章句「與衆人異行之故」云云，非也。此亦厲神占詞，言無舟以登天，則心志倦極，身終危殆而遭殃也。

曰：君可思而不可恃。

恃，怙也。言君誠可思念，爲竭忠謀，顧不可怙恃，能實任己與不也。

【疏證】

恃，怙也。◎案：詳參離騷「余以蘭爲可恃兮」注。

言君誠可思念，爲竭忠謀，顧不可怙恃，能實任己與不也。◎正德本、隆慶本、馮本、俞本、朱本、劉本、莊本、湖北本、四庫章句本無「怙」字。案：攷也。袁校補「怙」字。再言「曰」者，厲神習二占。詳參離騷靈氛兩「曰」字解。而，乃也，則也。訓義見王引之經傳釋詞卷七「而」條。章句「顧不可怙恃」云云，以顧釋而。顧亦則也。又，章句「能實任己與不」云云，與不，猶與否也。厲神二占之詞，並言登天求君不可遂也。則毋須習三卜決之。

故衆口其鑠金兮，

鑠，銷也。言衆口所論，萬人所言，金性堅剛，尚爲銷鑠。以喻讒言多，使君亂惑也。

【疏證】

鑠，銷也。◎案：説文金部：「鑠，銷金也。从金、樂聲。」又曰：「銷，鑠金也。从金、肖聲。」互訓散文不別。對文磨曰鑠，散曰銷。銷落不曰鑠落，鑠摩不曰銷摩。

言衆口所論，萬人所言，金性堅剛，尚爲銷鑠。以喻讒言多，使君亂惑也。◎景宋本「人」作

「又」。案：又，訛也。喻林卷一二人事門「畏讒」條引亦作「萬人」。史記卷七〇張儀列傳：「衆口鑠金，積毀銷骨。故願大王審定計議，且賜骸骨辟魏。」卷八三鄒陽傳：「衆口鑠金，積毀銷骨也。」索隱引賈逵云：「鑠，消也。衆口所惡，雖金亦爲之消亡。」銷本字，消借字。國語卷三周語下：「故諺曰：『衆心成城，衆口鑠金。』」韋注：「鑠，銷也。衆口所毀，雖金石猶可銷也。」則亦作銷。索隱又引風俗通云：「或説有美金於此，衆人或共詆訿，言其不純金。賣者欲其必售，因取鍛燒以見其真，是爲衆口鑠金也。」晏子春秋卷一景公病久不愈欲誅祝史以謝晏子諫第一二：「臣聞之，近臣嘿，遠臣瘖，衆口鑠金。」新序卷三雜事：「衆口鑠金，積毀銷骨。」七諫自悲：「悲虛言之無實兮，苦衆口之鑠金。」漢書卷五三景十三王傳：「衆口鑠金，積毀銷骨也。」顔師古曰：「美金見毀，衆共疑之，數被燒鍊，以至銷鑠。」三國志卷二四魏書孫禮傳：「竊聞衆口鑠金，浮石沈木，三人成市虎，慈母投其杼。」衆口鑠金，古者所以喻讒害之恆語。

初若是而逢殆。

殆，危也。言己志行忠信正直，性若金石，故爲讒人所危殆。

【疏證】

殆，危也。◎案：詳參天問「何顛易厥首而親以逢殆」注。

言己志行忠信正直，性若金石，故爲讒人所危殆。◎袁校「殆」作「怠」。案：怠，謾也。殆，危也。舊當作「危殆」。初若是，謂己志若金石也。逢殆，遭讒佞所毁鑠也。又，章句「性若金石」云云，褒美忠貞之恒語。類聚卷二〇人部四「忠」條引東觀漢記：「此家率下江諸將，輔翼漢室，心如金石，真忠臣也。」御覽卷六五九道部一道引太平經：「故師師相傳，迺堅如金石，不以師傳之名爲妄作。」

懲於羮者而吹整兮，

言人有歡羮而中熱，心中懲忞，見整則恐而吹之，言易改移也。獨己執守忠直，終不可移也。

【疏證】

言人有歡羮而中熱，心中懲忞，見整則恐而吹之，言易改移也。獨己執守忠直，終不可移也。◎正德本、隆慶本、俞本、朱本、劉本、湖北本「忞」作「念」。四庫章句本作「熱」。正德本、隆慶本、馮本、俞本、朱本、劉本、湖北本、四庫章句本「吹之」下無「言」字。莊本「移」下無「之」字。案：念，訛也。初學記卷二六服食部第一五羮「吹虀」條引王逸注：「言人於歡羮而熱，心中懲之，見虀則恐而吹之。」據此，舊作「懲之」。御覽卷八六一飲食部一九羮引王逸注：「言人有歡而熱中懲艾之，見整則吹之。」則作「懲艾之」。又，書鈔卷一四四酒食部羮四「懲羮吹整」條引王逸注：

「言人有歡羹而中熱，心中懲念，見韲則恐而吹之，易改移也。」則「忩」訛作「念」，「吹之」下無「言」字。其所據本皆亂。補注：「鄭康成云：『凡醯醬所和，細切爲韲。』一曰：擣薑蒜辛物爲之，故曰『韲[曰]（臼）受辛』也。」洪氏引鄭說，見周禮卷六天官冢宰第一醢人「以五齊」注。然韲作齊，鄭注：「齊，當作韲。凡醯醬所和，細切爲韲，全物若牒爲菹。」齊、韲，古字通用；韲、虀、齏，皆別文。其「一曰」者，未審所據。散文韲、菹一物，俗云醎菜也。對文和以醬者爲韲；全菜未切者爲菹。御覽卷八六一飲食部一九羹引爾雅「肉謂之羹。」郭璞注：「舊說，肉有汁曰羹。」其所以分別羹與肉者也。又，招魂「露雞臛蠵」，章句：「有菜曰羹，無菜曰臛。」其所以分別羹與臛者也。統言之羹、臛皆是肉。今俗謂菜湯爲羹，非其古義。羹者爲熱食，韲者爲冷食，則又別也。

何不變此志也！

何不改忠直之節，隨從吹韲之志也。

【疏證】

何不改忠直之節，隨從吹韲之志也。◎同治本「改」下有「此」字。案：書鈔卷一四五酒食部羹四「懲羹吹韲」條引王逸注亦有「此」字，「隨從」作「隨俗」。據義，舊作「隨俗」。蔣驥山帶閣注楚辭：「人有爲熱羹所灼者，其心懲忩，見冷韲而猶吹之，畏禍而變志之喻也。」其說通暢無礙。

欲釋階而登天兮，

釋，置也。登，上也。人欲上天而釋其階，知其無由登也。以言我欲事君而釋忠信，亦知終無以自通也。

【疏證】

釋，置也。◎案：詳參天問「釋舟陵行」注。

登，上也。◎案：說文癶部：「登，上車也。从癶、豆，象登車形。」引申之凡言上陞。

人欲上天而釋其階，知其無由登也。以言我欲事君而釋忠信，亦知終無以自通也。◎案：黎本玉篇殘卷阜部「階」字：「孟子『使舜完廩捐附階』，劉曰：『階，梯也。』野王案：禮記『虞人設階』，楚辭『欲釋階而登天』，蓋是。」方言卷一三：「隑，陭也。」郭注：「江南人呼梯爲隑，所以隑物爲登者也。」音義：「隑，音五剴切。」隑之訓陭，長邊也。史記卷一一七司馬相如列傳「臨曲江之隑州兮」，集解引漢書音義：「隑，長也。」索隱：「隑音祈，隑即碕，謂曲岸頭也。」則郭解隑謂梯者，即階字假借。補注：「易曰：『天險不可升。』語曰：『猶天之不可階而升。』欲釋階而登天，甚言其不可也。」洪氏引易見坎象；引論語，見卷一九子張。執此說未可以解屈賦。楚俗信有登天之事。一九四九年出土于長沙陳家大山戰國楚墓人物龍鳳帛畫，中畫一婦人，側立，高髻細腰，廣袖寬裾，合掌祈禱，足蹈一殘存半月形之舟船，若飛升之狀。一九七三年出土于長沙子彈庫戰國楚墓人物御龍圖，中畫一男子，側立，危冠束髮，博袍佩劍，手持繮繩，御一龍，而龍似「乙」字形之舟船狀，人立於龍脊之上，亦若飛升。論衡卷二二紀妖篇第六四：「夢見帝，是魂之上天也。上天猶上山也。夢上山，足登山，手引木，然後能升。升天無所緣，何能得上？」古之言登天，自崑崙上，遂視崑崙山爲天之階梯，是以離騷登天求帝，始發蒼梧，夕至縣圃也。

猶有曩之態也。

曩，鄉也。言欲使己變節而從俗，猶鄉者欲釋階登天之態也。言己所不能履行也。

【疏證】

曩，鄉也。◎案：曩、鄉，散文並謂昔時。鄉、向同，有今、昔相反之義。曩，但言久也。

言欲使己變節而從俗，猶鄉者欲釋階登天之態也。言己所不能履行也。◎正德本、隆慶本、馮本、俞本、劉本、莊本、朱本、湖北本、四庫章句本「行」下無「也」字。案：喻林卷三二人事門「持正」條引無「言己所不能履行也」八字，刪之也。又，補注：「謂懲羮吹整之態。」其說得旨。登天，喻陞朝廷；階，喻進朝廷之介。屈子以忠信爲陞朝廷之階梯，而不以趨附黨佞爲紹介。若釋忠信之行以陞朝廷，猶曩之懲羮吹整，爲隨俗之態也。

衆駭遽以離心兮，又何以爲此伴也！

伴，侶也。言己見衆人易移，意中驚駭，遂離己心，獨行忠直，身無伴侶，特立于世也。

【疏證】

伴，侶也。◎案：慧琳音義卷七「伴侶」條引王逸注楚辭：「伴，旅也。」侶、旅，古字通用。伴，大貌，本不解侶伴。據説文，侶伴之伴，當作扶。審此以下四句承登山言。補注：「言衆人見己如此，皆驚駭遑遽，離心而異志也。」其説得之。伴，讀如扳。古書从半與从反字多通用。詩皇矣「無然畔援」，宋本玉篇人部引作「伴援」。又，戰國策卷六秦策四「韓、魏反之」，新序卷九善謀反作畔。莊子卷四秋水篇第一七「是謂反衍」，釋文：「反衍，本亦作畔衍。」伴、扳，例得通用。廣雅釋詁：「扳，援也。」扳援，平列同義，牽引也。公羊傳隱公元年：「諸大夫扳隱而立之。」何休注：「扳，引也。」

言己見衆人易移，意中驚駭，遂離己心，獨行忠直，身無伴侶，特立于世也。◎正德本、隆慶本、馮本、俞本、劉本、莊本、朱本、湖北本、景宋本「于」作「於」。正德本、隆慶本、劉本、俞本「遂」作「逐」。案：于、於古今字。逐，訛也。言衆人見己，皆遑遽離心，又何以扳援牽引之也。

同極而異路兮，

路，道也。言衆人同欲極志事君，顧忠佞之行，異道而殊趨也。

【疏證】

路，道也。◎案：詳參離騷「來吾導夫先路」注。

言衆人同欲極志事君，顧忠佞之行，異道而殊趨也。◎正德本、隆慶本、馮本、俞本、朱本、莊本、劉本、湖北本、四庫章句本「道」下無「而」字。案：同極，同至一極也。謂同爲登天，共事一君。異道，言忠與姦不可並朝共行也。又，章句「顧忠佞之行」云云，顧猶但也。

又何以爲此援也！

援，引也。言忠佞之志不相援引而同也。

【疏證】

援，引也。◎案：説文手部：「援，引也。从手、爰聲。」援，與上扳字，文互相備，扳援也。

言忠佞之志不相援引而同也。◎案：言己與黨人同爲事君，而忠佞異略，不可扳援相引也。佞邪小人，蓋非己所登進朝廷之介也。

晉申生之孝子兮，父信讒而不好。

好，愛也。申生，晉獻公太子也。體性慈孝。獻公娶後妻孋姬，生子奚齊，立爲太子。因誤申生使祭其母於曲沃，歸胙于獻公。孋姬於酒肉置鴆其中，因言曰：「胙從外來，不可信。」乃以酒賜小臣，以肉食犬，皆斃。姬乃泣曰：「賊由太子。」於是申生遂自殺。故曰父信讒而不愛也。

【疏證】

好，愛也。◎案：詩彤弓「中心好之」，毛傳：「好，説也。」

申生，晉獻公太子也。體性慈孝，獻公娶後妻孋姬，生子奚齊，立爲太子。因誤申生使祭其母於曲沃，歸胙于獻公。孋姬於酒肉置鴆其中，因言曰：「胙從外來，不可信。」乃以酒賜小臣，以肉食犬，皆斃。姬乃泣曰：「賊由太子。」於是申生遂自殺。故曰父信讒而不愛也。◎正德本、隆慶本、朱本、劉本、湖北本、馮本、莊本、四庫章句本「太子」下無「也」字，「于」作「於」，「於酒肉」下有「内」字。俞本「太子」下無「也」字，「於酒肉」下有「内」字。景宋本「賊」訛作「城」。案：補注：「禮記曰：『晉獻公將殺其世子申生，公子重耳謂之曰：「子盍言子之志於公乎？」世子曰：「不可，君安驪姬，是我傷公之心也。」「然則盍行乎？」曰：「不可。君謂我欲弑君也，天下豈有無父之國哉！吾何行如之？」使人辭於狐突曰：「申生有罪，不念伯氏之言也，以至于死，申生不敢愛其死。雖然，吾君老矣，子少，國家多難。伯氏不出而圖吾君，伯氏苟出而圖吾君，申生受賜而死。」再拜稽首，乃卒。是以爲恭世子也。』」恭世子者，孝子也。清華簡（一）繫年：「晉獻公之婢妾曰驪姬，欲其子勬脊之爲君也，乃譛（讒）太子龏（共）君而殺之。」共，猶恭也。即恭太子也。洪氏引禮記，見卷六檀弓上第三。章句説申生事，因左傳，有所删節。僖公四年：「初，晉獻公欲以驪姬爲夫人，卜之，不吉；筮之，吉。公曰：『從筮。』卜人曰：『筮短龜長，不如從長。且其繇曰：「專之渝，攘公之羭，一薰一蕕，十年尚猶有臭。」必不可。』弗聽，立之。生奚齊，其娣生卓子。及將立奚齊，既與中大夫成謀。姬謂大子曰：『君夢齊姜，必速祭之。』大子祭于曲沃，歸胙于公。公田，姬寘諸宮。六日，公至，毒而獻之。公祭之地，地墳。與犬，犬斃。與小臣，小臣亦斃。姬泣曰：『賊由大子。』大子奔新城。公殺其傅杜原款。或謂大子：『子辭，君必辯焉。』大子曰：『君非姬氏，居不安，食不飽。我辭，姬必有罪。君老矣，吾又不樂。』曰：『子其行乎！』大子曰：『君實不察其罪，被此名也以出，人誰納我？』十二月戊申，縊于新城。姬遂譖二公子曰：『皆知之。』重耳奔蒲。夷吾奔屈。」又，章句「體性慈孝」云云，慈孝，平列複語，慈亦孝也。王引之經義述聞卷三一通説「慈孝」條：「賈子道術篇曰：『親愛利子謂之慈，子愛利親謂之孝。』孝與慈不同。而同取愛利之義，故孝於父母亦謂之孝慈。曲禮曰：『不勝喪，乃比於不慈不孝。』不慈，即不孝也。齊語曰：『慈孝於父母。』又曰：『不慈孝於父母，不長弟於鄉里。』墨子尚賢篇曰：『入則不慈孝父母，出則不長弟鄉里。』非命篇曰：『入則孝慈於親戚，出則弟長於鄉里。』管子山權數篇曰：『君不高慈孝，則民簡其親。』莊子漁父篇曰：『事親則孝慈，事君則忠貞。』史記楚世家：『伍奢曰：尚之爲人，慈孝而仁，聞召而免父，必至。』梁孝王世家曰：『孝王慈孝，每聞太后病，口不能食，居不安寢。』白虎通義曰：『孝慈父母，賜以秬鬯，使之祭祀。』皆是也。因而孝於祖考，通謂之孝慈。禮運曰：『禮行於祖廟而孝慈服焉。』孟子離婁篇曰：『名之曰幽、厲，雖孝子慈孫，百世不能改也。』孝子慈孫，即祭統所云『孝子孝孫』也。」其説可爲此「體性慈孝」旁證。

行婞直而不豫兮，

婞，很也。豫，厭也。

【疏證】

婞，很也。◎正德本、隆慶本、馮本、俞本、劉本、朱本、莊本、湖北本、四庫章句本「很」作「狠」。下同。案：很、狠同。詳參離騷「鮌婞直以亡身兮」注。

豫，厭也。◎案：厭足字本作猒，言止足也，則字通作「舍」。詳上「壹心而不豫兮」。

鮌功用而不就。

鮌，堯臣也。言鮌行婞很勁直，恣心自用，不知厭足，故殛之羽山，治水之功，以不成也。屈原履行忠直，終不回曲，猶鮌婞很，終獲罪罰。

【疏證】鮌，堯臣也。言鮌行婞很勁直，恣心自用，不知厭足，故殛之羽山，治水之功以不成也。屈原履行忠直，終不回曲，猶鮌婞很，終獲罪罰。◎正德本、隆慶本、馮本、俞本、劉本、朱本、莊本、湖北本、四庫章句本「很」作「狠」，「恣心」作「自恣」，「治水」下敚「之」字，「罪罰」下有「也」字。景宋本「厭」作「猒」。案：很、狠同。猒、厭，古字通用。鮌行婞直，詳參離騷「鮌婞直以亡身兮」注。又，正文「用而」，當作「用夫」，字之訛。用夫，猶因此也。謂鮌之功績因此不成也。

吾聞作忠以造怨兮，忽謂之過言。

始吾聞爲君建立忠策，必爲羣佞所怨，忽過之耳，以爲不然，今而後信。

【疏證】始吾聞爲君建立忠策，必爲羣佞所怨，忽過之耳，以爲不然，今而後信。◎四庫章句本「君」作「若」。正德本、隆慶本、馮本、俞本、朱本、劉本、莊本、湖北本、四庫章句本「策」作「筞」，「羣」作

「讒」，「後信」下有「也」字。案：筞，俗策字。作「爲若」，不辭。孟子卷八離婁下「君子之深造以道」，趙注：「造，致也。」怨，尤也。造怨，猶致尤、遭殃也。呂氏春秋卷四孟夏紀第四誣徒篇：「此師徒相與造怨尤也。」高注：「造，作。」怨尤，平列同義。管子卷一形勢篇第二：「人事之起，近親造怨。」漢書卷一〇〇上叙傳：「雍造怨而先賞兮，丁繇惠而被戮。」後漢書卷七〇孔融傳：「將軍若造怨此人，則四方之士引領而去矣。」造怨，恆語。怨，讀如勿。書盤庚中「咸造勿褻在王庭」，玄應衆經音義卷一五引勿作怨。謂作忠以招致禍尤，勿謂之過言也。章句「怨過之耳」云云，以怨爲怨遽之意。非也。又，上博簡（二）從政篇：「君子不以流言敡人。」流言，猶作忠造怨也。如此，屈子作忠亦不當以造怨也。

九折臂而成醫兮，吾至今而知其信然。

言人九折臂，更歷方藥，則成良醫，乃自知其病。吾被放棄，乃信知讒佞爲忠直之害也。

【疏證】

言人九折臂，更歷方藥，則成良醫，乃自知其病。吾被放棄，乃信知讒佞爲忠直之害也。

◎莊本「棄」作「弃」。文淵四庫章句本「吾」作「原」，文津本亦作「吾」。案：喻林卷一一一人事門「畏讒」條引亦作「吾被」。補注：「左氏云：『三折肱知爲良醫。』孔叢子云：『宰我問曰：「梁丘據遇虺毒，三旬而後瘳。大夫衆賓，復獻攻療之方，何也？」夫子曰：「三折肱爲良醫。梁丘子遇虺毒而獲療諸有與之同疾者，必問所以已之之方焉。衆人爲此，故各言其方，欲售之，以已人之疾也。」」洪氏引左傳，見定公十三年。「三折肱知爲良醫」，古諺也，故孔子引之。說苑卷十七雜言：「語不云乎？三折肱而成良醫。」折臂、折肱同，謂折枝也。孟子卷一梁惠王上：「爲長者折枝，語人曰：『我不能。』是不爲也，非不能也。」趙注：「折枝，案摩，折手節、解罷枝也。」毛奇齡四書賸言卷二曰：「趙岐注『折枝，案摩，折手節、解罷枝也』，此卑賤奉事尊長之節。內則『子婦事舅姑，問疾痛疴癢而抑搔之』，鄭注：『抑搔，即按摩，屈抑枝體。』與折枝義正同。以此皆卑役，非凡人屑爲，故曰『是不爲，非不能』。觀後漢張皓王龔論云：『豈同折枝於長者，以不爲爲難乎？』劉熙注：『按摩不爲，非難爲。』可驗。若劉峻廣絶交論：『折枝䑛痔。』盧思道北齊論：『韓高之徒，人皆折枝舐痔。』朝野僉載：『薛稷等舐痔折枝，阿附太平公主。』類皆朋作媕諂之具。」其說是也。折臂，亦卑賤之役，蓋人所不屑爲，以喻諂媚。九折臂而成醫，言佞人久爲諂諛則成忠臣。昔者余不信其事，而今以楚事驗之，故曰「吾至今而知其信然」也。章句「人九折臂，更歷方藥，則成良醫，乃自知其病。吾被放弃，乃信知讒佞爲忠直之害」云云，則上下文義不屬。類聚卷五四刑法部「刑法」條引曹植黃初五年令：「九折臂知爲良醫，吾知所以待下矣。」則亦以折臂爲斷臂也。

矰弋機而在上兮，

矰，繳射矢也。弋，亦射也。論語曰：「弋不射宿。」

【疏證】

矰，繳射矢也。◎正德本、隆慶本、劉本、湖北本、四庫章句本、朱本、馮本、俞本「繳射矢也」皆作「繳射也矢也」。四庫章句本「矢」作「夫」。案：夫，訛也。説文矢部：「矰，隿射矢也。从矢、曾聲。」段注：「周禮司弓矢云：『矰矢，茀矢，用諸弋射。』注云：『結繳於矢謂之矰。矰，高也。』」矰者，繳矢以射也。舊本作「繳射也矢也」。

弋，亦射也。論語曰：「弋不射宿。」◎案：章句引論語見卷七述而，集解引孔注：「弋，繳射也。」邢疏：「矰射謂以繩繫矢而射也。」矰、弋，統之不分，析之則別。史記卷五五留侯世家「雖有矰繳」，集解引韋昭：「繳，弋射也，其矢曰矰。」索隱：「馬融注周禮云：『矰者，繳繫短矢謂之矰。』一説云：矰，一弦，可以仰射高者，故云矰也。」矰以曾得名，有高上義。引申之爲矢名。淮南子卷一五兵略訓「腐荷之矰」，高注：「矰，猶矢也。」廣雅釋器：「矰，箭也。」又，弋，讀作隿，古字通用。隹部：「隿，繳射飛鳥也。从隹、弋聲。」詩女曰鷄鳴「弋鳧與鴈」，鄭箋：「弋，繳射也。」莊子卷三胠篋篇一〇「夫弓弩畢弋機變之知多」，釋文引李注：「繳射曰弋。」引申之言射獵。呂氏春秋卷二五似順論第五處方篇「韓昭釐侯出弋」，高注：「弋，獵也。」又，糸部：「繳，生絲縷也。

謂縷系矰矢而以隿射也。从糸、敫聲。」補注：「淮南云：『矰繳機而在上，罔罟張而在下，雖欲翺翔，其勢焉得？』注云：『矰弋，射鳥短矢也。機，發也。』」洪氏引見卷二俶真訓。又，說文木部：「主發謂之機。」機者，弓所以發矢也。卷三胠篋篇一○「夫弓弩畢弋機變之知多」，釋文引李注：「弩弓曰機。」又，七諫繆諫「機蓬矢以射革」，章句：「言張强弩之機，以蓬蒿之箭以射犀革之盾，必摧折而無所能入也。」與此同意。

罻羅張而在下。

罻、羅，捕鳥網也。言上有罥繳弋射之機，下有張施罻羅之網，飛鳥走獸，動而遇害。喻君法繁多，百姓動觸刑罰也。

【疏證】

罻、羅，捕鳥網也。◎正德本、隆慶本、馮本、俞本、劉本、朱本、莊本、湖北本、四庫章句本無「捕」字。案：敚也。說文网部：「罻，捕鳥网也。从网、尉聲。」又曰：「羅，以絲罟鳥也。从网、从維。古者芒氏作羅。」罻羅，散則並爲鳥網。對文罻爲小網。禮記卷一二王制第五「然後設罻羅」，鄭注：「罻，小網也。」羅，以網捕鳥，事也。爾雅釋器「鳥罟謂之羅」，李巡注：「羅，鳥飛張網以羅之。」引申之凡言遭。矰弋機、罻羅張，相對爲文，罻，网也。弋、羅並事，言羅之也。補注：

「記曰：『鳩化爲鷹，然後設罻羅。』」洪引亦見王制篇。設罻羅，言張設罻网以羅之也。與此「罻羅張」同。

言上有罥繳弋射之機，下有張施罻羅之網，飛鳥走獸，動而遇害。喻君法繁多，百姓動觸刑罰也。◎正德本、隆慶本、朱本、劉本、湖北本、俞本、馮本、莊本、四庫章句本「罰」作「罪」。案：章句無「刑罪」例，則舊作「刑罰」也。離騷：「説操築於傅巖兮，武丁用而不疑。」章句：「言傅説抱道懷德，而遭遇刑罰，操築作於傅巖。」抽思「覽民尤以自鎮」，章句：「言己覽觀衆民，多無過惡，而被刑罰，非獨己身，故自鎮止而慰己也。」遠遊「耀靈曄而西征」，章句：「西方少陰，其神蓐收，主刑罰。」清華簡（六）子儀：「鳥飛可（兮）憯永，余可（兮）蹭而就之。」亦此意也。

設張辟以娛君兮，

辟，法也。娛，樂也。

【疏證】

辟，法也。◎案：説文辟部：「辟，法也。从卩、从辛。節制其辠也。从口，用法者也。」王念孫讀書雜志餘編下：「此以『張辟』連讀，非以『設張』連讀。張，讀『弧張』之張。周官冥氏『掌設弧張』，鄭注曰：『弧張，罿罦之屬，所以扃絹禽獸。』辟，讀『機辟』之辟。墨子非儒篇曰：『大寇亂盜賊將作，若機辟將發也。』莊子逍遥遊篇曰：『中於機辟，死於罔罟。』司馬彪曰：『辟，罔也。』山木篇曰：『然且不免於罔羅機辟之患。』鹽鐵論刑德篇曰：『罻羅張而縣其谷，辟陷設而當其蹊。』楚辭哀時命曰：『外迫脅於機臂兮，上牽聯於矰隿。』機臂與機辟同。此承上文矰弋罻羅而言，則辟非法也。」其説得旨。

娱，樂也。◎案：詳參離騷「夏康娱以自縱」注。

願側身而無所。

言君法繁多，讒人復更設張峻法，以娱樂君，己欲側身竄首，無所藏匿也。

【疏證】

言君法繁多，讒人復更設張峻法，以娱樂君，己欲側身竄首，無所藏匿也。◎正德本、隆慶本、馮本、俞本、莊本、劉本、朱本、湖北本、四庫章句本「讒」作「佞」，無「己」字。案：章句以「側身」爲「側身竄首」，是也。側身，猶隱退也。七諫哀命「遂側身而既遠」，章句：「遂去而流遷也。」謬諫「經濁世而不得志兮，願側身巖穴而自託」，章句：「言己歷貪濁之世，終不得展其志意，但甘處巖穴之中而隱伏也。」後漢書卷三九劉愷傳：「頻歷二司，舉動得禮，以疾致仕，側身里巷，處約思純，進退有度，百僚景式，海内歸懷。」皆言隱退意。漢世又爲「降節」意。説苑卷一君道篇：

「武丁恐駭，側身修行，思先王之政。」鹽鐵論卷六救匱篇：「故公孫丞相、倪大夫側身行道，分祿以養賢。」風俗通義卷五十反篇：「既託帝王肺腑，過聞前訓，不能備光輝胥附之任，而當側身陪乘，執策握革，有死而已。」漢書卷七五京房傳：「明君恐懼修正，側身博問，轉禍爲福。」類聚卷二六人部一〇「言志」條引魏劉楨遂志賦：「仰攀高枝，側身遺陰。」

欲儃佪以干傺兮，

儃佪，猶低佪也。干，求也。傺，住也。言己意欲低佪留待於君，求其善意，恐終不用，悵然立住。

【疏證】

儃佪，猶低佪也。◎正德本、隆慶本、劉本、朱本、湖北本「低」作「佤」。案：佤，俗低字。慧琳音義卷二二「流轉遲迴苦趣中」條：「楚辭曰『欲低佪以干際』」，王注：『低佪，猶徘佪也。』」其所據本別也。儃佪、低佪，聲之轉。低佪，俗低佪字。詳參離騷「女嬃之嬋媛兮」注。舊本作「儃佪」。

干，求也。◎案：詳參離騷「既干進而務入兮」注。

傺，住也。◎案：詳參離騷「忳鬱邑余侘傺兮」注。

言己意欲低佪留待於君，求其善意，恐終不用，恨然立住。◎正德本、隆慶本、朱本、劉本「恨」作「悵」，「低」作「佤」。馮本、俞本、莊本、湖北本、四庫章句本、皇都本「恨」作「悵」。四庫章句本「住」作「性」。案：恨、悵同義易之。佤，俗字。性，訛也。章句無「恨然」，舊作「悵然」。離騷「吾獨窮困乎此時也」，章句：「悵然住立而失志者，以不能隨從世俗。」九歌山鬼「怨公子兮悵忘歸」，章句：「故我悵然失志而忘歸也。」本篇上「心鬱邑余侘傺兮」，章句：「傺，住也。楚人謂失志悵然住立爲侘傺也。」涉江「懷信侘傺，忽乎吾將行兮」，章句：「故悵然住立，忽忘居止，將遂遠行，之它方也。」

恐重患而離尤。

尤，過也。言己欲求君之善意，恐重得患禍，逢罪過也。

【疏證】

尤，過也。◎案：詳參離騷「忍尤而攘詬」注。

言己欲求君之善意，恐重得患禍，逢罪過也。◎案：馬王堆帛書經法四度：「内外皆逆，是胃（謂）重央（殃）。身危爲僇，國危破亡。」孫臏兵法官一：「重害，所以茭□也。」重殃、重害，與「重患」同。又，離尤，逢殃也。

欲高飛而遠集兮，君罔謂汝何之？

罔，無也。言己欲遠集它國，君又誣罔我，言：汝遠去何之乎？

【疏證】

罔，無也。◎案：罔、無，聲之轉。章句既以罔解無，又謂「君又誣罔我」，以罔爲誣。不宜前後歧紛。無也，則舊作「誣也」，後誤作「無也」。罔字有誣義。論語卷二爲政「學而不思則罔」，皇疏：「罔，誣罔也。」文選卷五一王褒四子講德論「今子執分寸而罔億度」，李善注引馬融論語注：「罔，誣也。」漢書卷八七下揚雄傳「不可姦罔」，蘇林曰：「罔，誣也。」此言君誣曰：「汝何之？」

言己欲遠集它國，君又誣罔我，言：汝遠去何之乎？◎正德本、隆慶本、湖北本、馮本、俞本、莊本、四庫章句本「遠集」作「遠去事」，無「我」字，「汝」下無「遠去」二字。案：既言「遠集它國」，則不得復云「遠去」。高飛遠集，蓋以避害也。莊子卷二應帝王篇第七：「且鳥高飛以避矰弋之害。」後漢書卷二五卓茂傳：「寧能高飛遠走，不在人間邪？」又，七諫怨世：「欲高飛而遠集兮，恐離網而滅敗。」三國志卷二魏書文帝紀注引曹植文帝誄：「欲高飛而遥憩兮，憚天網之遠經。」皆因襲於此。

欲横奔而失路兮，堅志而不忍。

言己意欲變節易操，横行失道而從佞僞，心堅於石，而不忍爲也。

【疏證】

言己意欲變節易操，横行失道而從佞僞，心堅於石，而不忍爲也。◎正德本、隆慶本、俞本、湖北本、馮本、朱本、劉本、莊本、四庫章句本「石」下無「而」字。案：横奔，猶横逝，言縱横行之不由徑路。後漢書卷二八下馮衍傳：「病没世之不稱兮，願横逝而無由。」李賢注：「又願縱横遠逝，而其路無由也。」三國志卷二魏書文帝紀注引曹植文帝誄：「思恩榮以横奔兮，閡闕塞之嶢崢。」失路，喻窮蹙不振。漢書卷八七下揚雄傳：「當塗者入青雲，失路者委溝渠。」淮南子卷一八人間訓：「智者離路而得路，愚者守道而失路。」堅志，志不渝也。上博簡（八）慎子曰恭儉：「堅强以立志。」又曰：「强以庚志。」漢黄憲天禄閣外史卷五見幾：「惠政不沾子民，斂術結綱於國，吾是以堅志而避世。」宋書卷五一宗室傳長沙景王道憐：「勸義欣委鎮還都，義欣堅志不動。」

背膺牉以交痛兮，

膺，胷也。牉，分也。

【疏證】

膺，胷也。◎同治本「胷」作「胸」。案：胸、胷同。散文膺、胷不别；對文前曰膺，内曰胷也。

禮記卷三五少儀第一七「執箕膺擖」，鄭注：「膺，親也。」釋文：「膺，於陵反，胷前也。」胷前是本義，引申之言當、言受、言親也。素問卷一一腹中論「胷滿腹脹」，王冰注：「膺，胸傍也。胷，膺間也。」胸傍，在胸外也。膺間，在膺内也。引申之言内。呂氏春秋卷三季春紀第三先己篇「謀失于胷」，高注：「胷，猶内。」

牉，分也。◎補注：「牉音判。傳曰：『夫妻，牉合也。』字林云：『牉，半也。』」案：洪氏引傳，見周禮卷一四地官司徒第二媒氏鄭玄注引喪儀傳，已佚。明唐順之稗編卷二九晉賀喬妻于氏上表言養兄子率爲後：「兄弟，四體也；夫妻，判合也。」牉與判同。半，中分也。離騷「判獨離而不服」，章句：「判，别也。」别，亦分也。朱季海楚辭解故：「敷牉，猶分裂。一本是也。近世學者或據馬融尚書注『敷，分也』，周禮小宰士師『傅别』之文，以證『敷』有分義，並是也。方言第七：『膊，暴也。燕之外郊、朝鮮、洌水之間，凡曰暴肉、發人之私、披牛羊之五藏謂之膊。』膊、敷同尃聲，亦一語耳。胷背分裂，與披五藏，情事相類，而楚以指人，燕郊、朝鮮以目牛羊。則古之遺言散在方國者。雖共出一柢，其間施用，亦隨俗小殊也。」其説得旨。

心鬱結而紆軫。

紆，曲也。軫，隱也。言己不忍變心易行，則憂思鬱結，胷背分裂，心中交引而隱痛也。

【疏證】

紆，曲也。◎案：説文糸部：「紆，詘也。从糸，于聲。」段注：「詘者，詰詘也。今人用屈曲字，古人用詰詘，亦單用詘字。易曰：『往者詘也，來者信也。』詘謂之紆。考工記：『連行紆行。』」

軫，隱也。◎案：補注：「軫，痛也。」軫之訓隱、訓痛，並通。隱亦痛也。湘君「隱思君兮陫側」，洪云：「隱，痛也。」又，悲回風「孰能思而不隱兮」，章句：「誰有悲哀而不憂也。」以「憂」釋「隱」，亦言痛也。漢書卷六二司馬遷傳「夫詩、書隱約者」，顏師古注：「隱，憂也。」詩柏舟「如有隱憂」，毛傳：「隱，痛也。」晉書卷一一三載紀苻堅傳下：「勤恤人隱，勸課農桑。」人隱，言人所憂也。本字蓋作「瘨」或「疹」，苦也，憂也。詳王引之經義述聞國語上「殄病」條。紆軫，猶交痛也。懷沙「鬱結紆軫兮」。哀時命「心紆軫而增傷」。類聚卷七山部上「總載山」條引潘岳登虎牢山賦「思紆軫以鬱陶」，文選卷一三謝莊月賦「情紆軫其何託」，卷二三潘岳悼亡詩「望墳思紆軫」。

言己不忍變心易行，則憂思鬱結，胷背分裂，心中交引而隱痛也。◎正德本、隆慶本、劉本、馮本、俞本、朱本、莊本、湖北本、四庫章句本無「己」字，「易」作「矯」。同治本「胷」作「胸」。案：胷、胸同。章句無「矯行」，但有「易行」。九歌湘君「女嬋媛兮爲余太息」，章句：「欲使屈原改性易行，隨風俗也。」七諫怨世「蓼虫不知徙乎葵菜」，章句：「以喻己修潔白，不能變志易行，以求禄位，亦將終身貧賤而困窮也。」則舊作「易行」。

檮木蘭以矯蕙兮，

矯，猶揉也。

【疏證】

矯，猶糅也。◎補注引「檮」一作「擣」，「矯」一作「撟」，曰：「檮音擣，斷木也。撟，舉手也。」案：檮本字，擣假字。説文作「檮」，曰：「檮柮，斷木也。」檮木蘭，折木蘭也。矯爲𢭏揉本字。詳參離騷「矯菌桂以紉蕙兮」注。糅，通作揉。揉之言紐也，謂紐結也。儀禮卷一八大射第七「公親揉之」，鄭注：「古文揉爲紐。」言折木蘭之枝以繫結蕙也。洪氏以矯爲撟，訓舉手。失之。

繫申椒以爲糧。

申，重也。言己雖被放逐，而棄居於山澤，猶重繫蘭蕙，和糅衆芳以爲糧，食飲有節，修善不倦也。

【疏證】

申，重也。◎案：詳參離騷「雜申椒與菌桂兮」注。

言己雖被放逐，而棄居於山澤，猶重糳蘭蕙，和糅衆芳以爲糧，食飲有節，修善不倦也。◎正德本、隆慶本、馮本、湖北本、俞本、朱本、劉本、莊本、四庫章句本「棄」作「弃」，並無「以」字。案：敓也。補注引糳一作鑿，曰：「左傳：『粢食不鑿。』鑿，精細米。說文曰：『糲米一斛舂九斗曰糳。』」糳本字，鑿借字。糲，穀始去糠皮。糳，精米也。離騷「精瓊爢以爲粻」，章句：「精，鑿也。」鑿亦糳也。段氏說文「糳」字注云：「此糲米亦兼粟米、稻米言也。詩生民、召旻音義、左傳桓公二年音義皆引字林：『糳，子洛反，精米也。糲米一斛舂爲八斗也。』與九章算術、毛詩、鄭箋皆合。然則許在張蒼之後、鄭、呂之前，斷無乖異。各本『八斗』譌爲『九斗』，繆誤顯然。」洪說不誤。睡虎地秦墓竹簡秦律十八種倉律曰：「粟一石六斗大半斗，舂之爲糲米一石；糲米一石爲糳米九斗；九斗爲毀（毇）米八斗。稻禾一石。有米委賜，稟禾稼公，盡九月，其人弗取之，勿鼠（予）。爲粟廿斗，舂爲米十斗；十斗粲，毀（毇）米六斗大半斗。麥十斗，爲䵂三斗。叔（菽）、荅、麻十五斗爲一石。稟毀（毇）粺者，以十斗爲石。」又，張家山漢墓竹簡算術書程禾曰：「程曰：『禾粟一石爲粟十六斗泰（大）半斗，舂之爲糲米一石，糲米一石爲糳米九斗，糳米九斗爲毀（毇）米八斗。』王程曰：『稻禾一石爲粟廿斗，舂之爲米十斗，爲毀（毇）粲米六斗泰（大）半斗。』程曰：『麥、菽、荅、麻十五斗一石，稟毀（毇）糳者，以十斗爲一石。』」二文悉同，秦之舊制，漢世因之，許氏猶存其遺義。據此，糲米一石舂爲八斗者，毇米；舂爲九斗者，糳米。且粟、稻出米之比率皆別，未可一概論。若段氏見此遺文，當亦不作此校。

播江離與滋菊兮，

播，種也。詩曰：「播厥百穀。」滋，蒔也。

【疏證】

播，種也。詩曰：「播厥百穀。」◎案：章句引詩見小雅大田。説文手部：「播，種也。从手、番聲。一曰：布也。𢿌，古文播。」播之訓種、訓布，其義相通。九歌湘夫人「𢱭芳椒兮成堂」，補注：「𢱭，古播字。」章句：「布香椒於堂上。」則用「一曰」之説。又，包山楚簡播作𢿌，即説文所存古文。上博簡作「采」，亦古文。

滋，蒔也。◎案：詳參離騷「余既滋蘭之九畹兮」注。

願春日以爲糗芳。

糗，糒也。言己乃種江離，蒔香菊，采之爲糧，以供春日之食也。

【疏證】

糗，糒也。◎正德本、隆慶本、朱本「糗」作「粮」。案：訛也。補注：「糗，去久切，乾飯屑也。孟子曰：『飯糗茹草。』江離與菊以爲糗糒，取其芳香也。」説文米部：「糗，熬米麥也。从米、臭聲。」又曰：「糒，乾飯也。从米、臭聲。」段注引釋名曰：「乾飯，飯而暴乾之也。」又曰：「周禮：『羞籩之實，糗餌粉餈。』鄭司農云：『糗，熬大豆與米也。粉，豆屑也。』玄謂『糗者，擣粉熬大豆爲餌，餈之黏著以坋之耳』。按：先鄭云『熬大豆及米』，後鄭但云『熬大豆』。注内則又云：『擣熬穀。』不同者。黍粱朩麥皆可爲糗，故或言大豆以包米，或言穀以包米豆，而許云『熬米麥』，又非不可包大豆也。熬者，乾煎也。乾煎者，鬻也。鬻米豆舂爲粉，以坋餌餈之上，故曰『糗餌粉餈』。鄭云『擣粉之』，許但云『熬』，不云『擣粉』者，鄭釋經，故釋『粉』字之義。許解字，則糗但爲『熬米麥』。必待臬之而後成粉也。」粊擔『峙乃糗糧』，某氏云：『糗糒之糧。』孟子曰：『舜之飯糗茹草。』趙云：『糗，飯乾糒也。』左傳：『爲稻醴粱糗。』廣韻曰：『糗，乾飯屑也。』此皆謂熬穀未粉者也。」據此，對文乾熬者曰糗，乾飯曰糒。包山楚簡第二五六簡遣策有「糗」字，曰：「青綿之□□糗。」用乾飯也。馬王堆漢墓帛書遣策有「棗頪（糗）一笥」、「蜜頪（糗）三笥」、「糖枎于頪（糗）一笥」、「白頪（糗）二笥」、「稻頪（糗）一笥」，則糗之物夥頤。字或作⿱臭米。如「稻蜜⿱臭米（糗）一笥」、「稻⿱臭米（糗）一笥」、「麥⿱臭米（糗）一笥」、「棗⿱臭米（糗）一笥」是也。

言己乃種江離，蒔香菊，采之爲糧，以供春日之食也。◎正德本、隆慶本、朱本、劉本「糧」作「粻」。案：粻，俗糧字。湖北本、俞本、莊本、馮本、四庫章句本亦作「糧」。以上以采擷衆芳爲遠行之糧，同離騷西遊「折瓊枝以爲羞兮精瓊爢以爲糧」也。

恐情質之不信兮，

情，志也。質，性也。

【疏證】

情，志也。質，性也。◎案：荀子卷一六正名篇第二二：「性之好惡喜怒哀樂謂之情。」春秋繁露卷一〇深察名號篇第三五：「如其生之自然之資謂之性。性者，質也。」申鑒卷五雜言下：「好惡者，性之取舍也，實見於外，故謂之情爾，必本乎性矣。」對文性發于外者曰情，守于內者曰質。

故重著以自明。

言我修善不懈，恐君不深照己之情，故復重深陳，飲食清潔，以自著明也。

【疏證】

言我修善不懈，恐君不深照己之情，故復重深陳，飲食清潔，以自著明也。◎文淵四庫章句本「潔」作「芳」，文津本作「上」。案：章句無言「飲食清芳」者，則舊作「飲食清潔」也。離騷「長顑頷亦何傷」，章句：「言己飲食清潔，誠欲使我行貌信而美好，中心簡練而合於道要。」七諫自悲「飲菌若之朝露兮，構桂木而爲室」，章句：「言飲食清潔，所處芬芳也。」作「上」，亦非。又，著，著陳也。管子卷一立政篇第四「鄉師以著于士師」，著，標著也。漢書卷五九張湯傳「受而著讞法廷尉挈令」，顏師古注：「著，謂明書之也。」重著，猶重陳而作是篇也。又，章句「深照」云云，照，知也。

矯茲媚以私處兮，

矯，舉也。茲，此也。

【疏證】

矯，舉也。◎文選卷七揚雄甘泉賦「仰撟首以高視兮」，李善注引王逸曰：「撟，舉也。」案：矯舉字本作撟；矯，借字也。文選卷二四陸機贈馮文羆遷斥丘令「矯志崇邈」、卷四五陶淵明歸去來兮辭「時矯首而遐觀」，李善注並引王逸曰：「矯，舉也。」慧琳音義卷九八「矯足」條引王逸注楚辭：「矯，舉也。」亦皆作矯。又，卷八揚雄羽獵賦「嶠高舉而大興」，李善注引王逸曰：「嶠，舉也。嶠音矯。」嶠，亦借字。

茲，此也。◎案：詳參離騷「喟憑心而歷茲」注。

願曾思而遠身。

曾，重也。言己舉此衆善，可以事君，則願私居遠處，唯重思而察之。

【疏證】

曾，重也。◎案：曾之訓重者，猶再也，復也。漢書卷八六師丹傳：「臣縱不能明陳大義，復曾不能牢讓爵位，相隨空受封侯，增益陛下之過。」復曾，平列複語，言再也。

言己舉此衆善，可以事君，則願私居遠處，唯重思而察之。◎正德本、隆慶本、馮本、俞本、朱本、莊本、劉本、湖北本、四庫章句本「察之」下有「也」字。案：聞一多楚辭校補謂此「二句當互易」，涉江「世溷濁而莫余知兮，余方高馳而不顧」二句，原在此二句下，處與顧爲韻。妄改。今以韻爲斷，上「恐情質之不信兮故重著以自明」二句倒乙，信、身同協真韻。或曰：身，當作行，蓋字之訛。明、行同協陽部。身、行同義，古書或互易之。褚少孫補史記卷一二八龜策列傳「行一良貞」，集解引徐廣：「行，一作身。」荀子卷三非相篇第五「行若將不勝其衣」，淮南子卷一三氾論訓「身若不勝衣」。句式悉同，行，亦易作身。又，章句「則願私居遠處」云云，以「私處」之「處」，爲「居處」，非也。處，思慮也，審辨也。王引之經義述聞卷三一通説「處」條：「大戴禮文王官人篇：『以其聲處其氣。』又曰：『聽其聲處其氣。』謂審其氣也。呂氏春秋有始覽：『察其情，處其形。』謂審其形也。淮南兵略篇：『相地形，處次舍。』謂審度次舍也。周語：『目以處義。』謂相度事宜也。魯語：『夫仁者講功，而知者處物。』謂辨物也。」可爲此「私處」旁證。屈子言舉其善行，私以思度，願重思而遠身避殃禍也。

惜誦

補注：「此章言己以忠信事君，可質於明神，而爲讒邪所蔽，進退不可，惟博采衆善以自處而已。」案：此篇之作，聊申情質、明己志，蓋約之「忠信」二字。屈子以「惜㣝」謙言之，謂己以短於心計而見絀，細味此等憤慨之語，當發渫於遭讒見斥時也。

余幼好此奇服兮，

奇，異也。或曰：奇服，好服也。

【疏證】

奇，異也。或曰：奇服，好服也。◎案：二義同係於一辭，以美惡同稱。奇服爲異服，惡語也。周禮卷七天官冢宰第一閽人「奇服怪民不入宮」，鄭注：「奇服，衣非常。春秋傳曰：『尨奇無常，怪民狂易。』」賈疏：「案：閔二年，晉使太子申生伐東山，皐落氏衣以偏衣，佩以金玦，罕夷曰：『尨奇無常，金玦不復。』先丹木曰『狂夫阻之』是也。」國語卷七晉語一「是故賜我奇服，而告我權」，韋昭注：「奇服，偏裻；權，金玦也。」史記卷四三趙世家：「且服奇者志淫，則是鄒、魯無奇行也。」皆以奇服爲惡者。新書卷一服疑篇：「奇服文章，以等上下而差貴賤。」文選卷一九曹植洛神賦「奇服曠世，骨像應圖」。皆以奇服爲好服。屈子同此義。又，淮南子卷一四詮言訓：「聖人無屈奇之服。」高注：「屈，短；奇，長也。」以奇服爲長大之服，則又不同。古者佩服冠帶必皆擇日。九店楚簡日書：「凡盍日，利以折（製）衣裳。」又曰：「凡建日，利以帶鐱（劍）、冠。」又曰：「丑、寅、卯、辰、巳、午、未、申、酉、戌、亥、子，是謂禾日，利以冠、車馬，折（製）衣裳，帶劍、冠，吉。」睡虎地秦簡日書（乙）：「贏陽之日，裚（製）冠帶。」又曰：「復秀之日，冠，帶劍，裚（製）衣常，皆可吉。」又，郭店楚墓竹簡緇衣篇：「子曰：倀（長）民者衣備（服）不改。」馬王堆漢帛書經法君正：「衣備（服）不相緰（逾），貴賤等也。」皆借備爲服。全晉文卷九六陸機應嘉賦：「襲三閭之奇服，詠南榮之清歌。」則因於此。

年既老而不衰。

衰，懈也。言己少好奇偉之服，履忠直之行，至老不懈。

【疏證】

衰，懈也。◎案：衰，猶竭也。左傳莊公十年「再而衰，三而竭」是也。

言己少好奇偉之服，履忠直之行，至老不懈。◎文選六臣本「偉」作「瑋」，無「言」字。案：偉、瑋古字通用。無「言」，敚也。宋本玉篇玉部：「瑋，埤蒼曰：『瑰瑋，珍琦。』或作偉。」舊本作瑋，美也。文選卷五吴都賦「瑋其區域」，劉逵注：「瑋，美也。」偉之訓人訓異，皆非其義。又，日書（甲）：「庚寅生子，女爲賈；男好衣佩而貴。」屈子生於庚寅之日，而曰「吾幼好此奇服兮年既老而不衰」，日者可謂言中也。

帶長鋏之陸離兮，

長鋏，劒名也。其所握長劒，楚人名曰長鋏也。

【疏證】

長鋏，劒名也。其所握長劒，楚人名曰長鋏也。◎惜陰本、同治本「劒」作「劍」。案：書鈔卷一二二武功部劍三四「長鋏陸離」條引王逸注作「劍」,「名」下無「也」字。文選秀州本呂向注:「長鋏,劒名。」(建州本無注)書鈔因此,而訛爲章句。文選卷二九張協雜詩十首「長鋏鳴鞘中」,李善注:「楚辭曰:『帶長鋏之陸離。』王逸曰:『長鋏,劍名也。』」亦有「也」字。卷五吳都賦「毛羣以齒角爲矛鋏」,劉逵注:「鋏,刀身劍鋒。有長鋏、短鋏。」明董説七國考卷八「長鋏」條:「王逸楚辭注云:『長鋏,劍名也。其所握長劍,楚人名曰長鋏也。』漢書注云:『楚長劍有長丈者。』」又,莊子卷八説劍篇第三〇:「王曰:『願聞三劍。』曰:『有天子劍,有諸侯劍,有庶人劍。』王曰:『天子之劍何如?』曰:『天子之劍,以燕谿、石城爲鋒,齊、岱爲鍔,晉、魏爲脊,周、宋爲鐔,韓、魏爲鋏,包以四夷,裹以四時,繞以渤海,帶以常山,制以五行,論以刑德。開以陰陽,持以春夏,行以秋冬。此劍直之無前,舉之無上,案之無下,運之無旁。上決浮雲,下絶地紀。此劍一用,匡諸侯,天下服矣。』」釋文:「司馬注:『鋏,把也。』一云:鐔從棱向背,鋏從棱向刃也。」楚人好佩劍。詳參九歌東皇太一「撫長劍兮玉珥」注。又,類聚卷六〇軍器部「鋏」條引張協長鋏銘:「長鋏陸離,弭凶防違。」蹈襲於此。

冠切雲之崔嵬。

崔嵬,高貌也。言己内修忠信之志,外帶長利之劒,戴崔嵬之冠,其高切青雲也。

【疏證】

崔嵬，高貌也。◎文選本「嵬」作「巍」。案：黎本玉篇殘卷山部「嵬」字：「楚辭『冠青雲之崔嵬』，王逸曰：『高貌也。』」文選卷一班固西都賦「增盤崔嵬」，李善注：「毛萇詩傳曰：『崔，高大也。』王逸楚辭注曰：『嵬，高也，才迴切。』」引章句敚「崔」字，據「才迴」之音，則亦有「崔」字。御覽卷三四四兵部七五劍下引王逸注：「崔巍，高皃。」其所據本別也。崔嵬、崔巍同。高謂之崔嵬，大亦謂之崔嵬。文選卷五吳都賦「崇臨海之崔嵬」，呂向：「崔嵬，高大也。」六書故卷五「崔」字：「崔嵬，高大貌。」或作嶉嵬（見抱朴子卷六微旨篇）、嶉隗（見漢書卷八七下揚雄傳）、陮隗（見廣韻上聲第一四賄韻「陮」字注）、嶉巍（見世說新語第二言語篇）、確嵬（見文選卷一八琴賦）、摧崣（見宋文同超然臺賦）、厜㕒（見爾雅釋山）、摧嶉（見漢書卷八七下揚雄傳）、嵳峩（見廣韻下平聲第七歌韻「嵳」字注）、嵯峨（見後漢書卷二八下馮衍傳）等等，其異體繁富，未可勝舉。

言己内修忠信之志，外帶長利之劒，戴崔嵬之冠，其高切青雲也。◎文選六臣本「脩」作「備」。景宋本「修」作「脩」。惜陰本、同治本「劒」作「劍」。案：内備、外帶，相爲對文，舊作「内備」。修與脩、劍與劒皆同。楚人切雲之冠，已見長沙子彈庫楚墓帛畫。

被明月兮珮寶璐。

在背曰被。寶璐，美玉也。言己背被明月之珠，要佩美玉，德寶兼備，行度清白也。

【疏證】

在背曰被。◎慧琳音義卷一八「披片」條引王逸注楚辭：「在背曰披。」卷三三「帔袈裟」條、卷六三「被帔」條同引王逸注楚辭：「在背曰帔也。」案：披、帔，皆被之分別字。被、珮，相對爲文，佩帶也。漢書卷三三韓王信傳「國被邊」，李奇注：「被音被馬之被。」顏師古注：「被，猶帶也。」紀城一號戰國楚墓出土彩繪漆佩玉木俑，胷前左右各佩玉一朋，上繫於帶，垂下至膝，所佩之物有珠、管、環、璜也。詳參湖北荆州紀城一、二號楚墓發掘簡報（文物一九九九年第四期）。古之佩珠玉不在背。章句「背被明月之珠」云云，非也。又，補注：「淮南曰：『明月之珠，不能無纇。』注云：『夜光之珠，有似月光，故曰明月。』」洪氏引見淮南卷一三氾論訓。卷一六説山訓：「明月之珠，出於蠬蜄。」史記卷一二八龜策列傳：「明月之珠出於江海，藏於蚌中，「蚗」（蛟）龍伏之。」明月之珠，謂珍珠也。新序卷三雜事：「明月之珠，夜光之璧，以闇投人於道路，衆無不按劍相眄者。」明月、夜光，相爲對文，是爲二物，明月，非夜光。文選卷一班固西都賦：「懸黎垂棘，夜光在焉。」李善注：「淮南子曰：『隨侯之珠，和氏之璧，得之而富，失之而貧。』高誘曰：『隨侯，漢中國姬姓諸侯也。隨侯見大蛇傷斷，以藥傅而塗之，後蛇於夜中銜大珠以報之，因曰隨侯之珠。蓋明月珠也。』李斯上書曰：『有隨、和之寶，垂明月之珠。』許慎淮南子注曰：『夜光之珠，有似明月，故曰明月也。』高誘以隨侯爲明月。許慎以明月爲夜光。班固上云『隨侯明月』，下云『懸黎垂棘，夜光在焉』。然班以夜光非隨珠、明月矣。以三者合爲一寶，經典不載夜光本末，故説者參差矣。西京賦曰：『流懸黎之夜光。』吳都賦曰：『隨侯於是鄙其夜光。』鄒陽云：『夜光之璧。』劉琨云：『夜光之珠。』尹文子曰：『田父得寶玉徑尺，置於廡上，其夜明照一室。』然則夜光爲通稱，不繫之於珠璧也。」

寶璐，美玉也。◎正德本、隆慶本、馮本、俞本、劉本、朱本、莊本、湖北本、四庫章句本「玉」下無「也」字。案：補注引説文：「璐，玉名。」今本説文玉部作「璐，玉也。」文選卷一三雪賦「於是臺如重璧，逵似連璐」，李善注引許慎淮南子注：「璐，美玉也。」

言己背被明月之珠，要佩美玉，德寶兼備，行度清白也。◎文選本「要」作「腰」，「清白」下無「也」字。尤袤本「腰」作「胃」。正德本、隆慶本、馮本、俞本、劉本、朱本、莊本、湖北本、四庫章句本無「己」字。案：無「己」、「也」，皆敓也。要、腰古今字。要者，腰帶也，玉佩皆繫于腰帶。江有誥楚辭韻讀：「此上疑脱一句。」湯炳正楚辭新探謂楚辭自有奇句韻，故不必疑此下有脱文。湯説得之。徵以楚俗，佩玉必擇吉日，九店楚簡日書「凡徵日，利以珮玉」是也。又，章句「德寶兼備」云云，寶，明月也。德，玉也，玉以象德。離騷「紉秋蘭以爲佩」，章句「德仁明者佩玉」云云，則得其旨。

世溷濁而莫余知兮，吾方高馳而不顧。

溷，亂也。濁，貪也。言時世貪亂，遭君蔽闇，無有知我之賢，然猶高行抗志，終不回曲也。

【疏證】

溷，亂也。濁，貪也。◎案：溷濁，亂而不分之貌，不當分析爲二字。詳參離騷「世溷濁而不分兮」注。

言時世貪亂，遭君蔽闇，無有知我之賢，然猶高行抗志，終不回曲也。◎文選秀州本「言時世」乙作「時言世」。案：高馳，下言與重華共遊崑崙之上。此一段與離騷求帝、求女、西行求女同，言棄世歸本。

駕青虬兮驂白螭，

虬、螭，神獸，宜於駕乘，以喻賢人清白，宜可信任也。

【疏證】

虬、螭，神獸，宜於駕乘，以喻賢人清白，宜可信任也。◎文選本「虬」上有「言」字。案：喻林卷六六君道門二九辨才引「虬螭」上無「言」字。慧琳音義卷八六「憑螭」條：「楚辭『［雨］（兩）龍驂螭』，王逸注云：『螭若龍而無角，亦謂之虵螻。』」虯、螭，皆龍之屬。虯，詳參離騷「駟玉虯以椉鷖兮」注；螭，詳參九歌河伯「駕兩龍兮驂螭」注。

吾與重華遊兮瑤之圃。

重華，舜名。瑤，玉也。圃，園也。言己想侍虞舜遊玉園，猶言遇聖帝升清朝也。一云：瑤，石次玉也。

【疏證】

重華，舜名。◎文選本、景宋本「名」下有「也」字。案：詳參離騷「就重華而敶詞」注。

瑤，玉也。一云：瑤，石次玉也。◎文選本但曰：「瑤，石次玉也。」正德本、隆慶本、馮本、俞本、劉本、朱本、莊本、湖北本、四庫章句本無「一云瑤石次玉也」七字。案：離騷「望瑤臺之偃蹇兮」，章句：「石次玉曰瑤。」其前後不宜齟齬，舊本作「石次玉也」。

圃，園也。◎案：對文菜曰圃，果曰園。論語卷一三子路「請學爲圃」，集解引馬融注：「樹菜蔬曰圃。」易賁六五「賁于丘園」，李鼎祚集解引虞翻：「木果曰園。」散文亦不別。

言己想侍虞舜遊玉園，猶言遇聖帝升清朝也。◎文選本「園」作「圃」。景宋本「己」下無「想」字。案：散文園、圃不別。對文菜曰圃，果曰園。此乃想象之詞，舊有「想」字。補注：「山海經云：『槐江之山，上多琅玕金玉，實惟帝之平圃。』」洪氏引見卷二西山經，郭璞注：「即玄圃也。穆天子傳曰：『乃爲銘迹於玄圃之上。』」然則此之「瑶圃」，非穆天子所經者，舜所葬九疑山也。聞一多離騷校詁謂「古所謂崑崙，初無定處，諸民族各以其境大山爲崑崙」。其説是也。崑崙之山，中國四方皆有之。蓋楚人以九疑山爲崑崙，故復以帝舜居崑崙縣圃也。

登崑崙兮食玉英，

猶言坐明堂，受爵位。

【疏證】

猶言坐明堂，受爵位。◎文選劉良注：「瑶圃、玉英，皆美言之。言願得及聖君游於平代，升清朝而食其禄也。」案：二説失之。與帝舜共遊崑崙瑶圃者，謂憤然棄世之志，猶離騷之反本以求帝、求女。文選卷七揚雄甘泉賦「璇題玉英」、卷一一魯靈光殿賦「齊玉璫與璧英」，李善注並引孝經援神契：「玉英，玉有英華之色。」遠遊「懷琬琰之華英」，章句：「咀嚼玉英以養神也。」九懷危俊「搴玉英兮自脩」，章句：「采取玉華，自脩飾也。」哀時命「采鍾山之玉英」，章句：「上崑崙山，遊於懸圃，采玉英咀而嚼之，以延壽也。」九思疾世「秉玉英兮結誓」，章句：「願與文王約信，以玉英爲贄幣也。」玉英，楚辭恆語，食之可以延年壽也。又，淮南子卷四墬形訓：「清水有黄金，龍淵有玉英。」高注：「玉英，轉化有精光也。」卷一七説林訓「銅英青，金英黄，玉英白。」穆天子傳卷二：「天子於是得玉榮枝斯之英。」郭璞注：「英，玉之精華也。尸子曰：『龍泉有玉英。』」山海經曰『黄帝乃取密山之玉榮而投之鍾山之陽』是也。」史記卷一〇孝文帝紀「欲出周鼎，當有玉英見」，集解引瑞應圖：「玉英，五常並修則見。」卷一一七司馬相如列傳「噍咀芝英兮嘰瓊華」，集解引韋昭：「瓊華，玉英。」文選卷一西都賦「藍田美玉」，李善注引范子計然：「玉英出藍田。」卷五吴都賦「翫其磧礫而不窺玉淵者」，劉逵注：「玉淵，水深之處，美玉所出也。尸子曰：『龍淵生玉英。』」則産玉英者，非唯崑崙山。

與天地兮同壽，與日月兮同光。

言己年與天地相敝，名與日月同耀。

【疏證】

言己年與天地相敝，名與日月同耀。◎文選本「敝」作「敝」，「耀」作「曜」。景宋本作「蔽」。案：耀、曜同。壽，謂終也。釋名釋喪制：「老死曰終壽。壽，久也。終，盡也。生已久遠，氣終盡也。」敝、蔽古字通用，謂終也。詳參惜誦「又蔽而莫之白」注。相敝，相終也。作「相敵」，當失其旨。後不識敝有終義，遂改敝爲敵。又，補注引「同壽」一作「比壽」，「同光」一作「齊光」。同、比二字同義，古但有「比壽」，無言「同壽」。三國志卷一三魏書王朗傳「而比壽於南山矣」，全三國文卷四八嵇康養生論「庶可與羨門比壽，王喬争年」，全晉文卷一三七戴逵山贊「惟兹比壽」。同光、齊光，古皆有其語。淮南子卷二俶真訓：「能遊冥冥者與日月同光。」高注：「光，明也。諭道德者能與日月同明也。」案：淮南多因襲楚辭，則其所據本作「同光」。又，九歎遠逝「光明齊於日月兮」，後漢書卷二八下馮衍傳：「功與日月齊光兮，名與三王争流。」亦皆蹈襲此，其所據本別作「齊光」。又，招魂「爛齊光些」。據此，則舊作「齊光」也。馬王堆帛書十問：「神和内得，云（魂）柏（魄）皇□，五臧（藏）固白（薄），玉色重光，壽參日月，爲天地英。」莊子卷三在宥篇第一一：「吾與日月參光，吾與天地爲常。」成玄英疏：「參，同也。與三景齊明，將二儀同久。」天地比壽，日月同光，語出老、莊。

哀南夷之莫吾知兮，

屈原怨毒楚欲嫉害忠貞，乃曰：哀哉！南夷之人無知我賢也。

【疏證】

屈原怨毒楚欲嫉害忠貞，乃曰：哀哉！南夷之人無知我賢也。◎文選本「哀」上有「可」字，「賢」下有「者」字。正德本、隆慶本、馮本、俞本、劉本、朱本、湖北本「嫉」作「疾」，無「之人」二字，

「賢」作「言」。莊本「嫉」作「疾」，無「之人」二字。四庫章句本無「之人」二字。景宋本「貞」作「良」，「南夷之人無知我賢」作「南夷之無人知我賢」。案：疾、嫉古今字。章句以「南夷」斥「楚俗」，補注引國語「楚爲荆蠻」，以疏章句。非也。中國稱楚爲荆蠻，韋注：「荆州之蠻。」楚自稱荆或楚，未以蠻稱之。卷一二晉語六：「夫南夷與楚來，而不與陣，二間也。」南夷、楚，相對爲文，非一也。淮南子卷三天文訓：「甲，齊；乙，東夷；丙，楚；丁，南夷。」墨子卷四兼愛中第一五：「南爲江、漢、淮、汝，東流之，注五湖之處，以利荆楚、干、越與南夷之民。」鹽鐵論卷四地廣篇第六：「横海征南夷，樓船戍東越，荆楚罷於甌駱。」韓詩外傳卷七：「昔者越王勾踐與吴戰，大敗之，兼有南夷。」以上南夷，皆非稱楚。史記卷三一吴太伯世家「太伯之犇荆蠻，自號句吴」，索隱：「荆者，楚之舊號，以州而言之曰荆州。蠻者，閩也，南夷之名。蠻亦稱越，地在楚、越之界，故曰荆蠻。」則稱南夷者，越蠻也。卷一一七司馬相如列傳：「今誠復通，爲置郡縣，愈於南夷。」索隱引晉灼：「南夷謂犍爲、牂柯也。西夷謂越嶲、益州。」文選卷五吴都賦「烏滸狼⿰月荒」，劉逵注引異物志：「烏滸，南夷別名也，其落在深山之中。」戰國策卷五秦策三：「楚苞九夷，又方千里。」沅、湘之間爲楊越、駱越及苗蠻所居，楚人稱之南夷。

旦余濟乎江、湘。

旦，明也。濟，渡也。言己放弃，以明旦之時始去，遂渡江、湘之水。言明旦者，紀時明，刺君不明也。

【疏證】

旦，明也。◎案：説文：「旦，明也。从日見一上。一，地也。」段注：「明當作朝。下文云：『朝者，旦也。』二字互訓。大雅板毛傳曰：『旦，明也。』此旦引申之義，非其本義。」

濟，渡也。◎尤袤本「渡」作「度」。案：詳參離騷「濟沅湘以南征兮」注。

言己放弃，以明旦之時始去，遂渡江、湘之水。言明旦者，紀時明，刺君不明也。◎文選「弃」作「棄」。尤袤本、明州本、建州本「明旦者」作「明旦之者」；尤袤本「己」下有「遭」字，秀州本「遭」作「被」字。明州本「言己」有「也」字。六臣本「始」下無「去」字。正德本、隆慶本、馮本、俞本、劉本、朱本、莊本、湖北本、四庫章句本「不明」下無「也」字。同治本「弃」作「棄」。案：章句多言「放弃」，罕言「遭放弃」或「被放弃」。抽思「軫石崴嵬蹇吾願兮」，章句：「言雖放弃，執履忠信。」懷沙「草木莽莽」，章句：「自傷不蒙君惠，而獨放弃，曾不若草木也。」又曰「亂曰浩浩沅、湘，分流汨兮」，章句：「傷己放弃，獨無所歸也。」悲回風「憐浮雲之相羊」，章句：「言己放弃若浮雲之氣，東西無所據依也。」九歎怨思「情素潔於紐帛」，章句：「言己放弃，雖無有思之者，然猶重行誠信，無有違離，情志潔淨，有如束帛也。」舊本作「言己放弃以明旦之時始去」。又，睡虎地秦簡日書（甲種）建除：「交日：行水，吉。」稷辰：「敫：可以穿井行水。」星：「心：可以行水。」古者渡水有禁忌之日，宜擇吉日良辰行之。屈子以旦朝之時，爲濟渡江湘之吉辰也。章句「言明旦者，紀時明，刺君不明也」云云，誣也。

乘鄂渚而反顧兮，

乘，登也。鄂渚，地名。

【疏證】

乘，登也。◎案：乘，上車也。左傳桓公十八年「使公子彭生乘公」，杜注：「上車曰乘。」引申之言登陞。

鄂渚，地名。◎文選本、正德本、隆慶本、馮本、俞本、劉本、朱本、莊本、湖北本、四庫章句本「名」下有「也」字。案：文選卷三〇謝朓和伏武昌登孫權故城「鄂渚同游衍」，李善注：「楚辭曰『乘鄂渚而反顧兮』，王逸注曰：『鄂渚，地名也。』」舊本有「也」字。補注：「楚子熊渠封中子紅於鄂。鄂州，武昌縣地是也。隋以鄂渚爲名。」鄂本在中國。卜辭作噩，稱噩方。西周時器有噩侯鼎，噩即鄂也。史記卷三殷本紀「以西伯昌、九侯、鄂侯爲三公」，集解引徐廣：「一作邘，音于。野王縣有邘城。」邘與鄂同。卷四周本紀：「明年伐邘。」集解引徐廣：「邘城在野王縣西北。」正義：「括地志云：『故邘城在懷州河内縣西北二十七里，古邘國城也。』左傳云：『邘、晉、應、韓，武王之穆也。』」左傳隱公六年：「逆晉侯于隨，納諸鄂，晉人謂之鄂侯。」杜注：「鄂，晉别邑。」此古邘國也。卷三九晉世家「晉唐叔虞者」，索隱：「且唐本堯後，封在夏墟，而都於鄂。鄂，今在大夏是也。及成王滅唐之後，乃分徙之於許、郢之間，故春秋有唐成公是也，即今之唐州也。」又曰：「於是遂封叔虞於唐。唐在河、汾之東，方百里，故曰唐叔虞。」集解：「世本曰：『居鄂』。宋忠曰：『鄂地今在大夏。』」正義：「括地志云：『故鄂城在慈州昌寧縣東二里。』按：與絳州夏縣相近。禹都安邑，故城在縣東北十五里，故云『在大夏』也。然封于河、汾二水之東，方百里，正合在晉州平陽縣，不合在鄂，未詳也。」後鄂人南遷，始至南陽北五十里崿山，爲淮夷、東夷之盟主。楚熊渠之世，再遷至江。卷四〇楚世家：「熊渠生子三人。當周夷王之時，王室微，諸侯或不朝，相伐。熊渠甚得江、漢間民和，乃興兵伐庸、楊粤，至于鄂。」正義：「劉伯莊云：『地名，在楚之西，後徙楚，今東鄂州是也。』括地志云：『鄧州向城縣南二十里西鄂故城是楚西鄂。』」又，説苑卷一一善説篇有鄂君子晳及一九六〇年出土于安徽壽縣鄂君啓節之鄂君，並紅之後裔。水經注卷三五江水三：「江之右岸，有鄂縣故城，舊樊楚地。九州記曰：『鄂，今武昌也。』」鄂居江中，下連吳、越，上通巴、蜀，北達中原，南經諸夷，楚之重鎮。屈子南徙經鄂，遠思三王分封之盛，焉得不久太息乎！

欸秋冬之緒風。

欸，歎也。緒，餘也。言己登鄂渚高岸，還望楚國，嚮秋冬北風，愁而長歎，心中憂思也。

【疏證】

欸，歎也。◎正德本、隆慶本、俞本、莊本、馮本、湖北本、劉本、四庫章句本「歎」作「嘆」。案：歎與嘆同。羅、黎二本玉篇殘卷欠部「欸」字：「楚辭『欸秋冬之緒風』，王逸曰：『欸，歎也。』」則亦作歎。方言卷一〇：「欸，然也。南楚凡言然者曰欸。」錢繹箋疏：「通作誒、唉。説文：『誒，可惡之辭。一曰：誒，然。』又云：『唉，應也。讀若塵埃。』莊子知北遊篇：『狂屈曰：唉。』釋文引李頤注云：『音熙，應聲也。』按：今俗欸、誒二字俱音愛，相應之聲曰欸，相惡之聲曰誒。嗔喜祇在輕重之間耳。」

緒，餘也。◎初學記卷一天部上第六風「叙事」條引王逸注：「緒，餘也。」羅、黎二本玉篇糸部「緒」字：「『欸秋冬之緒風』，王逸曰：『緒，餘也。』野王案，謂殘餘也。」慧琳音義卷五一「問緒」條引王逸注楚辭：「緒，餘也。」文選卷二二謝靈運登池上樓「初景革緒風」，李善注：「楚辭曰：『欸秋冬之緒風。』王逸曰：『緒，餘也。』」案：緒之訓餘，餘業之引申。詳參天問「纂就前緒」注。

言己登鄂渚高岸，還望楚國，嚮秋冬北風，愁而長歎，心中憂思也。◎文選尤袤本、明州本、建州本「心中」作「之中」，秀州本作「之言」。正德本、隆慶本、馮本、俞本、劉本、朱本、莊本、湖北本、四庫章句本無「己」字，「心中」作「中心」。馮本、俞本「愁」作「急」。案：作「之中」，不辭。作「之言」，則「之」字屬上。冬，讀如終，古字通用。楊遇夫卜辭求義：「通纂別二東大三片：『冬日雨。』郭沫若云：『冬日雨，讀爲終日雨。』福氏三二一片甲云：『貞不其冬夕雨？』商承祚云：『冬日雨，即終日雨也。』」郭店楚墓竹簡、上博簡凡終始字皆作「冬」。馬王堆漢帛書易既濟六四「冬日戒」，今本作「終日戒」。帛書本老子甲、乙卷前古佚書，曰「鮮能冬之」，冬即終。曰「毋從我冬始」，冬始，終始也。道經「剽風不冬朝」，冬朝，終朝也。秋終，秋末也。屈原登鄂渚，時值秋末，及過洞庭、入沅，經辰陽、溆浦，終至南夷所居之湘西，乃「幽獨處乎山中」，已至嚴冬，故有「霰雪」之寒。後人未審，乃改秋終爲秋冬。

步余馬兮山皋，邸余車兮方林。

邸，舍也。方林，地名。言我馬强壯，行於山皋，無所驅馳，我車堅牢，舍於方林，無所載任也。以言己才德方壯，誠可任用，弃在山野，亦無所施也。

【疏證】

邸，舍也。◎文選六臣本「邸」作「低」，胡本作「邸」。明州本、秀州本「舍」作「捨」。案：補注引「邸」一作「低」，謂「低無舍義」。廣雅釋詁：「低，舍也。」低亦有舍止義。招魂「軒輬既低」，章句：「低，屯也。」屯，舍止。舊本作低，後未審低止義，妄改低爲邸。低，下也，宜讀作氐。説文：「氐，至也。」漢帛書十六經三禁：「進不氐，立不讓。」言進不舍止也。或作底字。爾雅釋詁：「底，止也。」左傳昭公元年：「勿使有所壅閉湫底。」釋文引服虔：「底，止也。」或作「捨」，舍棄之義，非也。

方林，地名。◎案：章句以方林爲地名。未可詳考。山皐、方林，相對爲文，方林，泛稱也。方，讀如芳。太玄經卷二務次二：「珍潔精其芳。」司馬光集注：「王本芳作方。」芳林，古恆語。古文苑卷二宋玉笛賦：「芳林皓幹，有奇寶兮。」文選卷三東京賦：「濯龍芳林，九谷八谿。」卷三四曹植七啓：「背洞溪，對芳林。」言屈子税駕於芳華之林也。

言我馬强壯，行於山皐，無所驅馳，我車堅牢，舍於方林，無所載任也。以言己才德方壯，誠可任用，弃在山野，亦無所施也。◎文選秀州本、尤袤本、明州本、胡本「舍」作「捨」；文選本「强壯」作「壯强」，「弃」作「棄」，「行」下敚「於」字。正德本、隆慶本、馮本、俞本、劉本、朱本、莊本、湖北本、四庫章句本「在」作「於」，「山」作「草」。尤袤本、明州本、秀州本「弃」作「棄」。案：捨，舍之譌。弃、棄同。山，本作「屮」，草古字。章句但言「强壯」，無「壯强」。九歌國殤「子魂魄兮爲鬼雄」，章句：「言國殤既死之後，精神强壯，魂魄武毅，長爲百鬼之雄傑也。」又，喻林卷五九人事門見棄引「山皐」作「由皐」、「舍於」作「舍旅」，皆譌也。

乘舲船余上沅兮，

舲船，船有牕牖者。

【疏證】

舲船，船有牕牖者。◎文選本「牖者」下有「也」字。尤袤本、秀州本「牕」作「窻」，明州本作「窓」，建州本作「窗」。正德本、隆慶本、馮本、劉本、朱本「船」作「舩」，「牖」下無「者」字。景宋本「牕」作「牎」。案：舩，俗船字。牕、窻、牎皆同。窓、窗，俗字。黎本玉篇殘卷舟部「䑼」字：「楚辭『乘䑼船余上征』，王逸曰：『舩有窓牖者也。』」文選卷三一江淹雜體詩謝光禄莊「肅舲出郊際」，李善注：「楚詞曰：『乘舲舡余上沅兮，齊吴榜以擊汰。』王逸曰：『舲，船（有）窻牖也。』」慧琳音義卷五六「䑼舟」條引王逸注楚辭：「船有窻牖者也。」據此，當芟「舲船」之「船」字，「者」下宜補「也」字。牕與窻亦同；窓，俗窻字。又，補注：「舲音靈。淮南云：『越舲蜀艇。』注云：『舲，小船也。』釋文作柃。上，謂泝流而上也。」宋本玉篇舟部：「舲與䑼同。」柃、舲亦同，例航之爲杭。古從令或霝聲之字多有中空義。説文木部：「櫺，楯間子也。从木，霝聲。」車部：「軨，車轖間横木也。从車，令聲。」或作笭。釋名釋車：「笭，横在車前，織竹作之，孔笭笭也。」左傳定公九年：「載蔥靈。」孔疏引賈逵注：「蔥靈，衣車也，有蔥有靈。」蔥，謂窗；靈，謂櫺。言有窗有櫺。船有窗櫺者謂之舲。又，周、秦曰舟，兩漢曰船。清華簡（一）皇門：「卑（譬）女（如）宔（主）周（舟），輔余于險，臨余于淒（濟）。」漢帛書春秋語事第七齊桓公與蔡夫人乘舟章：「齊亘公與蔡夫人乘周（舟），夫人湯（盪）周（舟），禁之，不可，怒而歸之。」第一四吳伐越章：「吳伐越，復其民以歸，弗復□□刑之，使守布周（舟）。」孫臏兵法勢備：「禹作舟車，以變象之。」十陣：「水戰之法，便舟以爲旗，馳舟以爲使。」屈賦除此皆言舟，而無言船。舲船，當舲舟之訛。淮南子卷九主術訓：「湯武，聖主也，而不能與越人乘舲舟而浮於江、湖。」高注：「舲舟，小船也。」（今本「舲舟」訛作「幹舟」，類聚卷七一舟車部「舟」條引作「舲舟」。據以改之。）淮南因屈賦，則其所據本則作「舲舟」也。又，沅水自南北注洞庭，屈子乘舟自北南行，故謂之「上沅」。

齊吳榜以擊汰。

吳榜，船櫂也。汰，水波也。言己始去，乘艐舲之船，西上沅、湘之水，士卒齊舉大櫂而擊水波，自傷去朝堂之上，而入湖澤之中也。或曰：齊悲歌，言愁思也。

【疏證】

吳榜，船櫂也。◎正德本、隆慶本、朱本、劉本、湖北本、馮本「船」作「舩」。案：舩，俗船字。慧琳音義卷五七「鞭榜」條引王逸注楚辭：「榜，舩櫂也。」文選卷一二江賦「涉人於是檥榜」，李善注引王逸曰：「榜，船櫂也。」舊本無「吳」字。章句「士卒齊舉大櫂」云云，以「大」釋「吳」。若作

「吳榜」，其釋義當云：「大船櫂也。」又，補注：「字書：『艅，船也。』吳，疑借用。榜，進船也。」洪氏改吳爲艅。非是。又，文選卷七子虛賦「榜人歌」，張揖注：「榜，船也。月令曰：『命榜人。』榜人，船長也。」洪氏因張揖說。史記卷一一七司馬相如列傳「榜人歌」，集解引郭璞注：「唱櫂歌也。榜，船也。」榜之訓船，讀如舫，謂併二船。然非其義。榜之爲櫂，通作篣。後漢書卷四六陳寵傳「斷獄者急於篣格酷烈之痛」，李賢注：「篣即榜也。古字通用。聲類：『笞也。』」榜笞以拷掠罪人者，其形似舟櫂，楚人因之，櫂亦謂之榜。

汰，水波也。◎文選六臣本「水」下無「波」字，尤袤本「波」下無「也」字。案：爛敚也。慧琳音義卷八一「沙汰」條引王逸注：「汰，即波蕩也。」其所據本別。黎本玉篇殘卷水部「汰」字：「楚辭『齊吳榜以激汰』，王逸曰：『汰，水波也。』」文選卷四南都賦「汰瀺灂兮船容裔」，李善注引王逸曰：「汰，水波也。」亦作「水波」。爾雅釋詁：「汰，墜也。」郭璞注：「汰，水落貌。」郝氏義疏：「汰者，淅米之墜也。故說文云：『汰，淅簡也。』淅，汰米也。廣韻云：『汰濤，汰然則濤之。』汰之沙礫處下，故爾雅以爲墜落之義。」引申之爲盪波。

言己始去，乘䑸舲之船，西上沅、湘之水，士卒齊舉大櫂而擊水波，自傷去朝堂之上，而入湖澤之中也。或曰：齊悲歌，言愁思也。◎文選本「䑸舲之船」作「窻船」，秀州本「船」作「舡」。明州本、建州本「窻」作「窓」。正德本、隆慶本、朱本、劉本、四庫章句本、馮本「船」作「舩」。莊本無

「或曰齊悲歌言愁思也」九字。案：船，俗作舩，後人易从「公」作「工」作舡。文選卷二八樂府下短歌行「悲歌臨觴」，李善注引王逸注：「悲歌，言愁思也。」其引「或曰」，則敓「齊」字，然唐人所據本有此説。章句「或曰齊悲歌言愁思也」云云，楚人行舟齊歌之俗，淮南子卷一七説林訓「善舉事者，若乘舟而悲謌，一人唱而千人和」是也。

船容與而不進兮，淹回水而疑滯。

疑，惑也。滯，留也。言士衆雖同力引櫂，船猶不進，隨水回流，使己疑惑有還意也。

【疏證】

疑，惑也。◎正德本、隆慶本、馮本、俞本、劉本、朱本、莊本、湖北本、四庫章句本「疑」作「凝」。案：慧琳音義卷一八「疑滯」條引王逸注楚辭：「疑，惑也。」則作「疑」字。疑滯，言船不進貌，非心中疑惑猶豫之意。疑，止不行也。爾雅釋言：「疑，戾也。」郭璞注：「疑者，亦止。」疑、凝，古字通用。易坤文言「陰疑於陽必戰」，釋文：「疑，荀虞、姚信、蜀才本作凝。」詩桑柔「靡所止疑」，王氏詩考載詩説云：「疑，齊詩作凝。」補注：「江淹賦云：『舟凝滯於水濱。』杜子美詩云：『舊客舟凝滯。』皆用此語。其作疑者，傳寫之誤耳。」則未審也。

滯，留也。◎黎本玉篇殘卷水部「滯」字：「楚辭『淹洄水而疑滯』，王逸曰：『滯，留也。』」字書或爲墆字，在土部。」案：慧琳音義卷一八「疑滯」條引王逸注楚辭亦作「滯」。説文水部：「滯，凝也。从水，帶聲。」引申之凡言留止。疑滯、凝滯，平列同義，或謂困窘。漁父：「聖人不凝滯於物。」章句「不困辱其身」是也。又，淮南子卷二俶真訓：「其中地而凝滯，亦有以象於物者矣。」卷三天文訓：「清陽者薄靡而爲天，重濁者凝滯而爲地。」卷九主術訓：「無爲者，非謂其凝滯而不動也。」卷一三氾論訓：「凝滯而不化，是故敗事少而成事多。」疑滯、凝滯，皆古恆語。

言士衆雖同力引櫂，船猶不進，隨水回流，使已疑惑有還意也。◎文選本「隨水」下無「回」字，「有還意」作「有意還之者」，秀州本作「有意還之」。正德本、隆慶本、朱本、劉本、馮本「船」作「舩」。景宋本「士」作「上」。案：上，訛也。離騷「結幽蘭而延佇」，章句：「周行罷極，不遇賢士，故結芳草，長立有還意。」九歌湘君「遺余佩兮醴浦」，章句：「猶捐玦佩，置於水涯，冀君求己，示有還意。」哀郢「哀見君而不再得」，章句：「低佪容與，咸有還意，自傷卒去而不得再事於君也。」九歎離世「寃眷眷而獨逝」，章句：「則寃神眷眷，獨行無有還意也。」據此，舊作「有還意」。安徽阜陽雙古堆西漢夏侯灶墓出土楚辭殘簡，存涉江此「不進兮［奄］（淹）回水」六字，一字皆千金。又，文選卷四蜀都賦：「汰瀺灂兮船容裔。」容與、容裔同，行不進貌。

朝發枉陼兮，

枉渚，地名。或曰：枉，曲也；陼，沚也。

【疏證】

枉渚，地名。或曰：枉，曲也；陼，沚也。◎同治本「汪渚」作「枉陼」。正德本、隆慶本、馮本、朱本、劉本、湖北本無「或曰」二字。案：陼、渚同。正文作「陼」，則注亦宜作「陼」。然文選本正文、注文皆作「渚」，故「陼沚」之「陼」，亦作「渚」。或説以「枉渚」爲「曲渚」之泛稱，未必確指。則舊有「或曰」二字。陼，亦作渚。水經注卷三七沅水：「沅水又東，歷小灣，謂之枉渚。渚東里許，便得枉人山。」御覽卷六五地部三〇枉水引湘州記：「枉山在武陵郡東十七里，枉水出焉。山西溪，溪口有小灣，謂之枉渚。山上有楚祠存焉。」方輿勝覽卷三〇常德府「山川」條引元和郡縣志：「枉山一名善德山，在武陵縣東九里。此山本名枉山，開皇中，刺史樊子蓋以善卷嘗居此，名善德山。」又曰：「枉水出武陵縣南蒼山，名曰枉渚。善卷所居，時人號曰杜水。楚詞云：『朝發枉渚，夕宿辰陽。』亦謂此也。」枉渚因枉山名之，非因枉曲也。文選卷二〇謝靈運九日從宋公戲馬臺集送孔令詩：「弭棹薄枉渚，指景待樂闋。」李善注：「楚辭曰：『朝發枉渚。』王逸曰：『枉，曲也。』」李善蓋以枉渚爲曲渚泛稱，因或説也。水經注別有三枉渚：卷一一滱水：「枉渚回湍，率多曲復，亦謂之曲逆水也。」卷一六谷水：「或枉渚聲溜，潺潺不斷。」卷一八汧水中：「枉渚崩湍，水陸逕絕。」又，卷二五陸雲答張士然詩：「通波激枉渚，悲風薄丘榛。」宋書卷六七謝靈運傳：「淩皋泛波，水往步還；還回往匝，枉渚員巒。」類聚卷二七人部一一「行旅」條引謝靈運歸塗賦：「發青田之枉渚，逗白岸之空亭。」卷三一人部十五「贈答」條引吳筠詶聞人侍郎詩：「陵潮憩枉渚，泊暮遵江州。」卷八二草部下「芙蕖」條引梁元帝採蓮賦：「泛柏舟而容與，歌采蓮於枉渚。」全晉文卷九六陸機行思賦：「行魏陽之枉渚。」（見水經注卷二五泗水注引）全齊文卷二三謝元暉杜若賦奉隋王教於坐獻：「柳含色於遠岸，泉鏡流於枉渚。」全後魏文卷四一酈道元水經注序：「枉渚交奇，洄湍決澓。」則六朝人多以枉渚爲泛稱曲渚。以下「辰陽」推之，則此「枉陼」以前一説爲允。全梁文卷一五梁元帝玄覽賦：「登高唐，泛枉渚，望涔陽。」卷三五江淹建平王散五刑教：「況舊楚地曠，前郢氓殷，水帶枉渚，山帀魯陽。」皆以枉渚爲確指一地名。

夕宿辰陽。

辰陽，亦地名也。言己將從枉陼，宿辰陽，自傷去國日已遠也。或曰：辰，時也；陽，明也。言己將去枉曲之俗而趨時明之鄉也。

【疏證】

辰陽，亦地名也。言己將從枉陼，宿辰陽，自傷去國日已遠也。或曰：辰，時也；陽，明也。言己將去枉曲之俗而趨時明之鄉也。◎文選本「陼」作「渚」，「去」下無「國」字，「趨」作「處」，「鄉」

下無「也」字。正德本、隆慶本、馮本、劉本、朱本、湖北本「趨」作「趣」。文選本、正德本、隆慶本、馮本、俞本、劉本、朱本、莊本、湖北本、景宋本「將從」作「乃從」。正德本、隆慶本、馮本、俞本、莊本、四庫章句本「去枉曲」上無「言已將」三字。文選本、正德本、隆慶本、馮本、俞本、劉本、朱本、莊本、湖北本「日」下無「已」字，「遠」下無「也」字。四庫章句本「已」作「益」，「遠」下無「也」字。秀州本「亦」作「皆」。案：舊本作「趨」。趣、趨古字通用。處，訛也。將、乃同義易之。或説以辰陽爲時明者，因枉渚爲曲枉之渚爲説。非也。章句以辰陽爲地名者，非專指一地名，蓋泛稱辰北之地也。又，補注：「前漢『武陵郡有辰陽』，注云：『三山谷，辰水所出，南入沅七百五十里。』水經云：『沅水東逕辰陽縣東南，合辰水。舊治在辰水之陽，故取名焉。楚詞所謂「夕宿辰陽」也。』沅水又東，歷小灣，謂之枉渚。」洪氏引水經注，見卷三七沅水，「舊治在辰水之陽故取名焉」前，有「辰水又逕其縣北」一句，洪氏敚之。推之則新治在辰水之陰，與舊治之「在陽」者，非一地也。又，全晉文卷一〇一陸雲九愍賦涉江：「發辰陽而往彼，緣湘沅而來假。」詩紀卷七五江淹還故園詩：「漢臣泣長沙，楚客悲辰陽。」皆詠此事也。

苟余心其端直兮，

苟，誠也。

【疏證】

苟，誠也。◎案：詳參離騷「苟余情其信姱以練要兮」注。端直，正直也。韓非子卷六解老篇第二〇：「人有禍則心畏恐，心畏恐則行端直，行端直則思慮熟。」呂氏春秋卷二仲春紀第三情欲篇：「巧佞之近，端直之遠，國家大危。」商君書第一四修權篇：「君好法，則端直之士在前；君好言，則毀譽之臣在側。」史記卷六秦始皇本紀：「端直敦忠，事業有常。」端直，刑名家多稱之，蓋其恆語。

雖僻遠之何傷！

僻，左也。言我惟行正直之心，雖在遠僻之域，猶有善稱，無害疾也。故論語曰「子欲居九夷」也。

【疏證】

僻，左也。◎案：辟、僻古今字。辟，旁側也。淮南子卷一六説山訓「畏馬之辟也不敢騎」，高注：「辟，旁也。」古者以右爲上，以左爲下，章句以左釋僻也。然考楚俗尚左輕右。左傳桓公八年「楚人上左，君必左」，杜注：「君，楚君也。」楚官有左尹、右尹，左尹在右尹之上；復有左司馬、右司馬，左司馬在右司馬之上。

言我惟行正直之心，雖在遠僻之域，猶有善稱，無害疾也。故論語曰「子欲居九夷」也。◎正德本、隆慶本、劉本、湖北本、俞本「惟」作「推」。明州本、建州本「雖在」作「路在」，秀州本亦作「雖在」。六臣本「害疾」作「害病」。案：兩漢但言「害疾」，不曰「害病」。漢書卷八六何武傳「則衆庶不服，感動陰陽，其害疾自深」是也。又，章句引論語見卷九子罕篇。又，據例，舊作「惟行」。書酒誥：「亦罔非酒惟行。」周官：「凡我有官君子，欽乃攸司，慎乃出令，令出惟行，弗惟反。」推行，魏晉習語。三國志卷一八魏書閻温傳「郡人推行長史事」是也。

入溆浦余儃佪兮，

溆浦，水名。

【疏證】

溆浦，水名。◎文選本「溆」下無「浦」字，「名」下有「也」字。案：浦，羨也。水經注卷三七沅水云：「沅水又東，合溆水，水導源溆溪，北流注沅。」蔣驥山帶閣注楚辭卷四：「溆水出大溆山，西流入沅。」明張翰松窗夢語卷二西遊記：「自溆泛舟而東，沿江一路多魚。」溆水自西出，東入沅。蔣氏言「西流」，謂水自西流向東。浦，水涯。詳參湘君「望涔陽兮極浦」注。溆浦，溆水埠頭。陳書卷二六徐陵傳：「鐺鐺曉漏，的的宵烽，隔溆浦而相聞，臨高臺而可望。」類聚卷三〇人部一四「別下」條引江淹去故鄉賦：「出汀州而解冠，入溆浦而捐袂。」卷三六人部二〇「隱逸」條上引陸倕思田賦：「出郭門而東騖，入溆浦而南迴。」舊唐書卷四〇地理志三：「溆浦：漢義陵縣地，屬武陵郡。武德五年，分辰溪置此縣。」

迷不知吾所如。

迷，惑也。如，之也。言己思念楚國，雖循江水涯，意猶迷惑，不知所之也。

【疏證】

迷，惑也。◎案：詳參惜誦「迷不知寵之門」注。

如，之也。◎案：說文女部：「如，從隨也。从女从口。」徐鍇曰：「女子從夫之教從夫之命，故从口。」引申之凡言之也，往也。

言己思念楚國，雖循江水涯，意猶迷惑，不知所之也。◎文選本「循」下無「江」字，「所之」下無「也」字。案：言入溆浦，所經行者溆水也，舊不當有「江」字。

深林杳以冥冥兮，猨狖之所居。

山林草木茂盛，非賢士之道徑。

【疏證】

山林草木茂盛，非賢士之道徑。◎文選本、正德本、隆慶本、馮本、俞本、劉本、朱本、莊本、湖北本、四庫章句本無「山林」二字。案：若有「山林」二字，與「草木」複。杳以冥冥，猶杳冥冥也。九歎怨思「經營原野，杳冥冥兮」。九歌山鬼：「靁填填兮雨冥冥，猨啾啾兮又夜鳴。」與此同意境。又，江淹山中楚辭愛遠山「上猿狖之所羣」，蹈襲此語。

山峻高以蔽日兮，

言險阻危傾也。

【疏證】

言險阻危傾也。◎文選明州本、尤袤本、秀州本、胡本「險阻」作「嶮岨」。案：險與嶮、阻與岨並同。章句「危傾」云云，猶傾危，趁韻倒乙。九歎遠逝「山峻高以無垠兮」，蹈襲於此。

下幽晦㠯多雨。

言暑濕泥濘也。

【疏證】言暑濕泥濘也。◎同治本「濕」作「溼」。案：溼、濕同。幽晦，言不明貌。又，屈子至溆浦之日，正值隆冬，則此不當言「暑濕」。又，補注：「此言陰氣盛而多雨也。」其説得旨。章句以上盛、徑、傾、濘同協耕韻。

霰雪紛其無垠兮，

涉冰凍之盛寒。

【疏證】涉冰凍之盛寒。◎補注：「詩云：『如彼雨雪，先集維霰。』霰，霙也。一曰：雨雪雜。垠，畔岸也。」案：洪氏引詩，在小雅頍弁，毛傳：「霰，暴雪也。」鄭箋：「將大雨雪，始必微温，雪自上下，遇温氣而摶謂之霰。久而寒勝，則大雪矣。」漢書卷二七五行志中：「劉向以爲：盛陽雨水，温煖而湯熱，陰氣脅之不相入，則轉而爲雹；盛陰雨雪，凝滯而冰寒，陽氣薄之不相入，則散而爲霰。故沸湯之在閉器，而湛於寒泉，則爲冰，及雪之銷，亦冰解而散，此其驗也。故雹者陰脅陽也，霰者陽脅陰也。」顏師古注：「霰，雨雪雜下。」沈約宋書卷二九符瑞：「史臣按：詩云：『先集爲霰。』韓詩曰：『霰，英也。花葉謂之英。』離騷云：『秋菊之落英。』左思云『落英飄颻』是也。然則霰爲花雪矣，草木花多五出，花雪獨六出。」英、霙古今字。文選卷一三謝惠連雪賦：「霰淅瀝而先集，雪紛糅而遂多。」李善注：「韓詩：『先集惟霰。』薛君曰：『霰，霙也。』」洪氏因薛氏韓詩也。而「雨雪雜」云云，則因顏説。雜，非謂亂，猶集也，合也。詳參離騷「雜杜衡與芳芷」注。

雲霏霏而承宇。

室屋沈没與天連也。或曰：日以喻君，山以喻臣。霰雪以興殘賊，雲以象佞人。「山峻高以蔽日」者，謂臣蔽君明也。「下幽晦以多雨」者，羣下專擅施恩惠也。「霰雪紛其無垠者」，殘賊之政害仁賢也。「雲霏霏而承宇」者，佞人並進滿朝庭也。

【疏證】

室屋沈没與天連也。或曰：日以喻君，山以喻臣。霰雪以興殘賊，雲以象佞人。「山峻高以蔽日」者，謂臣蔽君明也。「下幽晦以多雨」者，羣下專擅施恩惠也。「霰雪紛其無垠」者，殘賊之政害仁賢也。「雲霏霏而承宇」者，佞人並進滿朝庭也。◎文選本「興」作「喻」，「蔽」作「掩」。明州本、秀州本「喻臣」上敚「以」字。正德本、隆慶本、馮本、俞本、劉本、朱本、莊本、湖北本、四庫章句本「沈」作「沉」，「施恩」下無「惠」字，「仁賢」作「賢人」。同治本「庭」作「廷」。毛祥麟楚辭校文曰：「文瀾閣本『政』作『攻』。」案：攻，訛也。文津本、文淵閣本亦作「政」。廷、庭古字通用。漢書卷八七上揚雄傳「雲霏霏而來迎」，顔師古注：「霏霏，雲起貌。」清華簡（六）子儀「霏霏」作「非非」。屋四垂者謂之宇，引申之爲天地四方之稱。史記卷一一七司馬相如列傳「出宇宙」，正義引張揖：「天地四方曰宇，往古來今曰宙。」又，章句「與天連」云云，猶天宇也。全後漢文卷七六蔡邕太傅胡廣碑：「亙地區，充天宇。」即其例。又，章句説此喻義，多所牽鑿。「深林杳以冥冥兮」以下六句，承上「迷不知吾之所如」來，過溆浦，則入林，入山，多雨，霰雪，極言其處境險惡、旅途困苦也，無庸深解。蔣驥山帶閣注楚辭卷四：「按辰州志：『溆浦在萬山中。』雲雨之氣，皆山嵐湮瘴所爲也。是時黔、粤未通中國，辰州於楚最爲西南，苗、傜之境，非人所居。」其説得其情實。九歎遠逝：「雪雰雰而薄木兮，雲霏霏而隕集。」蹈襲此語。章句以上寒、連同協元韻。

哀吾生之無樂兮，

遭遇讒佞，失官爵也。

【疏證】

遭遇讒佞，失官爵也。◎文選本「爵」作「禄」。案：章句無「官禄」，但有「官爵」。九辯「衆鳥皆有所登棲兮」，章句：「羣佞竝進，處官爵也。」抽思：「夫何極而不至兮」，章句：「盡心脩善，獲官爵也。」卜居「寧超然高舉」，章句：「讓官爵也。」大招「魂乎歸徠，居室定只」，章句：「言官爵既崇，宗族既盛，則居家之道大安定也。」舊宜作「官爵」。

幽獨處乎山中。

遠離親戚而斥逐也。

【疏證】

遠離親戚而斥逐也。◎案：正文「幽獨處」，舊當作「獨處幽」。處幽，楚辭恆語。懷沙「玄文處幽兮」，抽思「路遠處幽又無行媒兮」，思美人「命則處幽，吾將罷兮」，九懷株昭「修潔處幽兮」。又，章句「遠離親戚」云云，謂屈子有親有戚者，而未詳姓氏，蓋臆度之。

吾不能變心而從俗兮，

終不易志，隨枉曲也。

【疏證】

終不易志，隨枉曲也。◎文淵四庫章句本「枉」作「往」，文津本亦作「枉」。案：章句無「往曲」，但有「枉曲」。上「夕宿辰陽」，章句：「言己將去枉曲之俗而趨時明之鄉也。」抽思：「何靈魂之信直兮」，章句：「質性忠正，不枉曲也。」九歎離世「皇輿覆以幽辟」，章句：「言羣臣皆行枉曲，以蔽君之聰明，使楚國闇昧，將危覆也。」舊作「枉曲」。又，嵇中散集卷七難張遼叔自然好學論：「求安之士乃詭志以從俗。」其言「詭志以從俗」，蓋同此意。章句以上爵、逐、曲同協屋韻。

固將愁苦而終窮。

愁思無聊，身困窮也。

【疏證】

愁思無聊，身困窮也。◎文選本「窮」作「極」。案：據義，舊作「困極」。極，與下章句「不仕」之仕字協韻。若作「窮」，出韻。九歌少司命「蓀何以兮愁苦」，悲回風「編愁苦以爲膺」，招魂「長離殃而愁苦」。愁苦，屈賦恆語。曹子建出婦賦「乃愁苦以長窮」，長窮、終窮同意。又，「終窮」之窮，或作躬，古字通用。上博簡（六）孔子見季子趄子：「生民之賜不窮，君子流亓觀焉。」窮，即躳，身也。易蒙六三「不有躳，無攸利」，漢帛書本「躳」作「窮」。渙六三「渙其躳」，漢帛書本「躳」作「窮」。躳，身也。終躳，猶下「固將重昏而終身」之終身，謂愁苦終身也，則亦通。

接輿髡首兮，

接輿，楚狂接輿也。髡，鬄也。首，頭也。自刑身體，避世不仕也。

【疏證】

接輿，楚狂接輿也。◎文選秀州本、明州本以此注爲五臣劉良。案：竄亂之也。論語卷一八微子：「楚狂接輿歌而過孔子，曰：『鳳兮鳳兮，何德之衰？往者不可諫，來者猶可追。已而已而，今之從政者殆而！』孔子下，欲與之言，趨而避之，不得與之言。」孔注：「接輿，楚人，佯狂而來歌，欲以感切孔子。」莊子卷一人間世第四：「孔子適楚，楚狂接輿遊其門曰：『鳳兮鳳兮，何如德之衰也！來世不可待，往世不可追也。天下有道，聖人成焉；天下無道，聖人生焉。方今之時，僅免刑焉。福輕乎羽，莫之知載；禍重乎地，莫之知避，已乎已乎，臨人以德。殆乎殆乎，畫地而趨。迷陽迷陽，無傷吾行。吾行郤曲，無傷吾足。山木自寇也，膏火自煎也，桂可食，故伐之，漆可用，故割之，人皆知有用之用，而莫知無用之用也。』」是接輿所歌全文，論語則節引之。

韓詩外傳卷二：「楚狂接輿躬耕以食，其妻之市未返。楚王使使者齎金百鎰，造門，曰：『大王使臣奉金百鎰，願請先生治河南。』接輿笑而不應。使者遂不得辭而去。妻從市而來，曰：『先生少而爲義，豈將老而遺之哉？門外車軼，何其深也！』接輿曰：『今者王使使者齎金百鎰，欲使我治河南。』其妻曰：『豈許之乎？』曰：『未也。』妻曰：『君使不從，非忠也。從之，是遺義也。不如去之。』乃夫負釜甑，妻戴織器，變易姓字，莫知其所之。論語曰：『色斯舉矣，翔而後集。』接輿之妻是也。」接輿妻亦賢者也。全三國文卷五二嵇康聖賢高士傳狂接輿：「狂接輿，楚人也，耕而食。楚王聞其賢，使使者持金百鎰聘之，曰：『願先生治江南。』接輿笑而不應，使者去。其妻從市來，曰：『門外車馬迹何深也？』接輿具告之。妻曰：『許之乎？』接輿曰：『貴富，人之所欲，子何惡之？』妻曰：『吾聞聖人樂道，不㠯貧易操，不爲富改行。受人爵禄，何㠯待之？』接輿曰：『吾不許也。』妻曰：『誠然，不如去之。』夫負釜甑，妻戴紝器，變姓名，莫知所之。」其妻又賢於接輿也。又曰：「後更姓名陸通，養性，在蜀峨嵋山上，世世見之。」史記卷八三鄒陽列傳：「是以箕子詳狂，接輿辟世。」集解：「張晏曰：『楚賢人，詳狂避世也。』」索隱：「高士傳『楚人陸通，字接輿』是也。」

髡，剔也。◎案：說文髟部：「髡，鬄髮也。从髟、兀聲。」段注：「周禮：『髡者使守積。』注云：『此必王之同族不宫者。宫之爲翦其類，髡之而已。』而部曰：『罪不至髡，完其鬢曰耏。』」

髡，去其耏須，不云「去鬢髮」。章句訓剔，鬄之假借。詩皇矣「攘之剔之」，釋文：「剔，或作鬄。」莊子卷三馬蹄篇第九「燒之剔之」，釋文：「剔，向、崔本作鬄。」

首，頭也。◎案：周、秦曰首，兩漢曰頭，所以通古今別語。詳參離騷「厥首用夫顛隕」注。

髡首，鬄髮也。

自刑身體，避世不仕也。◎文選本無「身」字。正德本、隆慶本、馮本、俞本、劉本、朱本、莊本、湖北本、四庫章句本「不仕」作「佯狂」。案：無「身」字，敚也。若作「佯狂」，則出韻也。史記卷七九范雎蔡澤列傳：「箕子、接輿漆身爲厲，被髮爲狂。」法言卷一一淵騫篇：「昔者箕子之漆其身也，狂接輿之被其髮也，欲去而恐罹害者也。」皆言佯狂以被髮，而不謂髡首去耏，蓋傳聞異。

桑扈臝行。

桑扈，隱士也。去衣裸裎，効夷狄也。言屈原自傷不容於世，引此隱者以自慰也。

【疏證】

桑扈，隱士也。去衣裸裎，効夷狄也。言屈原自傷不容於世，引此隱者以自慰也。◎文選本「裸裎」作「臝袒」，無「自傷」二字，「慰」下無「也」字。尤袤本、建州本「自慰」作「自喻」。明州本、建州本「此」作「以」。案：裸、臝古字通用。此，訛也。說文衣部：「裎，袒也。从衣、呈聲。」儀禮卷三六士喪禮第一二「主人皆出」，鄭注：「象平生沐浴倮裎」，賈疏：「裎，猶袒也。」裎、袒同義而互易之。然古但有「裸裎」，而「裸袒」後出。孟子卷三公孫丑上：「爾爲爾，我爲我，雖袒裼裸裎於我側，爾焉能浼我哉？」後漢書卷六〇上馬融傳：「裸裎袒裼。」晉書卷三五裴秀傳附頠：「其甚者至於裸裎，言笑忘宜。」卷九一儒林傳附范宣：「逮晉之初，競以裸裎爲高。」則舊作「裸裎」也。莊子卷二大宗師篇第六：「莫然有間，而子桑户死，未葬。孔子聞之，使子貢往侍事焉。或編曲，或鼓琴，相和而歌曰：『嗟來桑户乎！嗟來桑户乎！而已反其真，而我猶爲人猗！』子貢趨而進曰：『敢問臨尸而歌，禮乎？』二人相視而笑曰：『是惡知禮意！』子貢反，以告孔子曰：『彼何人者邪？脩行無有，而外其形骸，臨尸而歌，顔色不變，無以命之。彼何人者邪？』孔子曰：『彼，遊方之外者也；而丘，遊方之内者也。外内不相及，而丘使女往弔之，丘則陋矣！彼方且與造物者爲人，而遊乎天地之一氣。彼以生爲附贅懸疣，以死爲決𤴯潰癰。夫若然者，又惡知死生之先後之所在？假於異物，託於同體；忘其肝膽，遺其耳目；反覆終始，不知端倪；芒然彷徨乎塵垢之外，逍遥乎無爲之業。彼又惡能憒憒然爲世俗之禮，以觀衆人之耳目哉！』」風俗通義卷五十反篇：「惠施從車以百乘，桑扈徒步而裸形。」桑扈其事，僅見於此。其人放浪形骸，不拘禮法者也。又，行字出韻。清劉夢鵬屈子章句：「當作『桑扈臝行兮接輿髡首』。」以、首叶韻。聞一多楚辭校補謂「行字不入韻，依例『接輿髡首』上當缺一句」。游國恩亦持此説。劉永濟屈賦音注詳解謂下二句「忠不必以」之以爲㠯字之訛，與行韻。沈祖緜屈原賦證辨：「考行與中、窮不韻，行當作躳。説文：躳，身也。羸躳，猶羸身也。漢書陳平傳羸身來。是其證。」何劍薰楚辭拾瀋謂行本作身，身即躳字。諸説皆失之。行字與下文以字相協，舊本作來。二字同義，古有異文可證。來、以同協之韻。羸來，裸行也。

忠不必用兮，賢不必㠯。

以，亦用也。

【疏證】

以，亦用也。◎文選明州本、秀州本以此注屬五臣呂延濟。案：竄亂之也。左傳僖公二十六年：「凡師，能左右之曰『以』。」杜注：「左右，謂進退在己。」則「以」爲「用」。漢帛書十問：「飲食弗以，謀慮弗使。」以、使對文，以亦用也。

伍子逢殃兮，

伍子，伍子胥也。爲吳王夫差臣，諫令伐越，夫差不聽，遂賜劒而自殺，後越竟滅吳，故言逢殃。

【疏證】

伍子，伍子胥也。爲吳王夫差臣，諫令伐越，夫差不聽，遂賜劒而自殺，後越竟滅吳，故言逢殃。◎文選建州本、明州本、尤袤本「故」下無「言」字，秀州本「言」作「云」。惜陰本、同治本「劒」作「劍」。正德本、隆慶本、馮本、俞本、劉本、朱本、湖北本、四庫章句本「伍子胥」上敚「伍子」二字。案：無「伍子」，承正文省。文選卷一五張衡思玄賦「循法度而離殃」，舊注：「殃，咎也。」逢殃者，謂子胥「賜劍而自殺」也。左傳哀公十一年：「吳將伐齊，越子率其衆以朝焉，王及列士，皆有饋賂。吳人皆喜，惟子胥懼，曰：『是豢吳也夫！』諫曰：『越在，我心腹之疾也。壤地同，而有欲於我。夫其柔服，求濟其欲也，不如早從事焉。得志於齊，猶獲石田也，無所用之。越不爲沼，吳其泯矣。使醫除疾，而曰「必遺類焉」者，未之有也。盤庚之誥曰：「其有顛越不共，則劓殄無遺育，無俾易種于茲邑。」是商所以興也。今君易之，將以求大，不亦難乎？』弗聽，使於齊，屬其子於鮑氏，爲王孫氏。反役，王聞之，使賜之屬鏤以死。將死，曰：『樹吾墓檟，檟可材也。吳其亡乎！三年，其始弱矣。盈必毀，天之道也。』」呂氏春秋卷二三貴直論第三知化篇：「吳王夫差將伐齊，子胥曰：『不可。夫齊之與吳也，習俗不同，言語不通，我得其地不能處，得其民不得使。夫吳之與越也，接土鄰境，壤交通屬，習俗同，言語通，我得其地能處之，得其民能使之，越於我亦然。夫吳、越之勢不兩立。越之於吳也，譬若心腹之疾也，雖無作，其傷深而在內也。夫齊之於吳也，疥癬之病也，不苦其已也，且其無傷也。今釋越而伐齊，譬之猶懼虎而刺猏，雖勝之，其後患無央。』太宰嚭曰：『不可。君王之令所以不行於上國者，齊、晉也。君王若伐齊而勝之，徙其兵以臨晉，晉必聽命矣。是君王一舉而服兩國也，君王之令必行於上國。』夫差以爲然，不聽子胥之言，而用太宰嚭之謀。子胥曰：『天將亡吳矣，則使君王戰而勝；天將不亡吳矣，則使君王戰而不勝。』夫差不聽。子胥兩袪高蹶而出於廷，曰：『嗟乎！吳朝必生荆棘矣！』夫差興師伐齊，戰於艾陵，大敗齊師，反而誅子胥。子胥將死，曰：『與吾安得一目以視越人之入吳也？』乃自殺。夫差乃取其身而流之江，抉其目，著之東門，曰：『女胡視越人之入我也？』居數年，越報吳，殘其國，絶其世，滅其社稷，夷其宗廟。夫差身爲擒。夫差將死，曰：『死者如有知也，吾何面以見子胥於地下？』乃爲幎以冒而死。」史記卷三一吳太伯世家：「越王句踐率其衆以朝吳，厚獻遺之，吳王喜。唯子胥懼，曰：『是棄吳也。』諫曰：『越在腹心，今得志於齊，猶石田，無所用。且盤庚之誥有顛越勿遺，商之以興。』吳王不聽，使子胥於齊，子胥屬其子於齊鮑氏，還報吳王。吳王聞之，大怒，賜子胥屬鏤之劍以死。將死，曰：『樹吾墓上以梓，令可爲器。抉吾眼置之吳東門，以觀越之滅吳也。』」索隱：「此國語文，彼以『抉』爲『辟』。又云『以手抉之。』王慍曰：「孤不使大夫得有見。」乃盛以鴟夷，投之江也』。」子胥忠以逢殃之事，誠如三書所載。古人每以比干、子胥連稱，哀其非辠死。卷八三鄒衍傳：「臣聞比干剖心，子胥鴟夷。」索隱：「韋昭云：『以皮作鴟鳥形，名曰鴟夷。鴟夷，皮榼也。』服虔曰：『用馬革作囊也。以裹尸，投之于江。』」莊子卷三胠篋篇第一〇：「昔者龍逢斬，比干剖，萇弘胣，子胥靡，故四子之賢而身不免乎戮。」卷八盜跖篇第二九：「子胥沈江，比干剖心，此二子者，世謂忠臣也。」又曰：「比干剖心，子胥抉眼，忠之禍也。」韓非子卷五飾邪篇第一九：「稱比干、子胥之忠而見殺。」卷八説林篇下第二三：「比干、子胥知其君之必亡也，而不知身之死也。」荀子卷九臣道篇第一三：「比干、子胥可謂争矣。」卷一九大略篇第二七：「比干、子胥忠而君不用。」論衡卷一〇刺孟篇第三〇：「比干剖，子胥烹。」又曰：「則比干、子胥行不順也。」鹽鐵論卷二非鞅篇第七：「是以比干死而殷人怨，子胥死而吴人恨。」則「逢殃」，不當屬言吴王夫差也。又，説者以子胥報父，率吴師破郢，鞭平王尸，楚之賊也。屈子不當視以爲忠臣。乃疑是篇非屈子所作。此蓋皮相之説。郭店楚墓竹簡窮達以時篇：「子疋（胥）前之功後戮死，非其智衰也。」上博簡（五）鬼神之明：「返（及）五（伍）子疋（胥）者，天下之聖人也，鴟夷而死。榮夷公者，天下之亂人也，長年而没。」楚人未忌子胥報讎之事，猶視以爲「聖人」、忠臣烈士也。郭店楚墓竹簡六德篇：「爲父絶君，不爲君絶父。」又云：「君義臣忠。」張家山漢墓竹簡蓋廬：「不孝父母，不敬長傻者，攻之；不慈穉弟，不入倫雉者，攻之。」戰國之世，視父讎不與共天，則視雪父母之讎爲天經地義之第一等之要事，縱使讎之在君國，且不避也。未可以秦、漢以後君臣倫理解之。

比干菹醢。

比干，紂之諸父也。紂惑妲己作糟丘酒池，長夜之飲；斷斮朝涉，刳剔孕婦。比干正諫，紂怒曰：「吾聞聖人心有七孔。」於是乃殺比干，剖其心而觀之。故言菹醢也。一云：比干，紂之庶兄。

【疏證】

比干，紂之諸父也。一云：比干，紂之庶兄。◎文選本、正德本、隆慶本、馮本、俞本、劉本、朱本、莊本、湖北本、四庫章句本無「一云比干紂之庶兄也」九字。案：「一云」以下九字，後所增益。天問：「比干何逆」，章句：「比干，聖人，紂諸父也。」亦未言爲紂庶兄。史記卷三八宋微子世家：「微子開者，殷帝乙之首子而帝紂之庶兄也。」索隱：「尚書亦云以爲殷王元子而是紂之兄。按：呂氏春秋云：『生微子時，母猶爲妾，及爲妃而生紂。』故微子爲紂同母庶兄。」又曰：「箕子者，紂親戚也。」索隱：「馬融、王肅以箕子爲紂之諸父，服虔、杜預以爲紂之庶兄。」謂比干爲紂庶兄，猶同姓兄弟，非同父母者也。

紂惑妲己作糟丘酒池，長夜之飲；斷斮朝涉，刳剔孕婦。比干正諫，紂怒曰：「吾聞聖人心有七孔。」於是乃殺比干，剖其心而觀之。故言菹醢也。◎文選本「惑」上有「淫」字，「斮」上無「斷」字，「刳剔」作「剖」，「怒」下有「妲己」二字，「曰」下無「吾聞」二字，「聖人」下有「之」字，「菹」作「葅」。正德本、隆慶本、馮本、俞本、劉本、朱本、莊本、湖北本、四庫章句本「於是」下無「乃」字。皇都本「妲」訛作「姐」。案：於是、乃同義，則舊無「乃」字。菹、葅同。書泰誓上：「焚炙忠良，刳剔孕婦。」泰誓下：「斫朝涉之脛，剖賢人之心。」孔傳：「比干忠諫，謂其心異於人，剖而觀之。」淮南子卷八本經訓：「刳諫者，剔孕婦，攘天下，虐百姓。」高注：「王子比干，紂之諸父也。數諫紂之無道，紂剖其心而觀之，故曰『剖諫者』。孕婦姙身，將就草之婦也，紂解剖觀其胞裹，故曰『剖孕婦』也。」卷九主術訓：「紂殺王子比干而骨肉怨，斮朝涉者之脛而萬民叛。」卷一二道應訓：「剖比干，剔孕婦，殺諫者。」卷二一要略訓：「刳諫者，剔孕婦，天下同心而苦之。」墨子卷六明鬼篇下第三一：「楚毒無罪，刳剔孕婦。」韓詩外傳卷一〇：「昔殷王紂殘賊百姓，絕逆天道，至斮朝涉，刳孕婦，脯鬼侯，醢梅伯。」呂氏春秋卷二三貴直論第四過理篇：「剖孕婦而知其化，殺比干而視其心。」春秋繁露卷四王道篇第六：「殺聖賢而剖其心，生燔人，聞其臭，剔孕婦，見其化，斮朝涉之足，察其拇，殺梅伯以爲醢，刑鬼侯之女，取其環。」據此，則舊本作「斮朝涉剖孕婦」。古雖有「刳剔孕婦」之説，而無言「斷斮」者。又，史記卷三八宋微子世家：「比干見箕子諫不聽而爲奴，則曰：『君有過而不以死爭，則百姓何辜？』乃直言諫紂。紂怒曰：『吾聞聖人之心有七竅，信有諸乎？』乃遂殺王子比干，刳視其心。」卷三殷本紀正義引括地志云：「比干見微子去，箕子狂，乃歎曰：『主過不諫，非忠也；畏死不言，非勇也。過則諫，不用則死，忠之至也。』進諫不去者三日。紂問：『何以自持？』比干曰：『修善行仁，以義自持。』紂怒，曰：『吾聞聖人心有七竅，信諸？』遂殺比干，刳視其心也。」則「吾聞聖人心有七孔」，乃紂之語，非妲己所言。故「紂怒」下無「妲己」二字。

與前世而皆然兮，

謂行忠直而遇患害，如比干、子胥者多也。

【疏證】

謂行忠直而遇患害，如比干、子胥者多也。◎文選六臣本「如比干子胥者多也」作「若比干子胥者」，尤袤本作「若比干子胥也」。案：有「多也」二字爲語贅，後所增益。又，與，通作舉，古字通用。周禮卷一四地官司徒第二師氏「王舉則從」，鄭注：「故書舉爲與。杜子春云：『當爲與。』」史記卷九呂后紀「自決中野兮蒼天舉直」，集解引徐廣曰：「舉，一作與。」漢書卷三八高五王劉友傳舉即作與。韓非子卷一四外儲説右下第三五：「慶賞賜與，民之所喜也。」韓詩外傳卷七與作舉。舉，皆也，全也。左傳宣公十七年：「舉言羣臣不信。」杜注：「舉，亦皆也。」荀子卷二不苟篇第三「舉積此者」，楊倞注：「舉，皆也。」七諫初放「舉世皆然兮」，晉書卷二〇禮志中「舉世皆然，莫之裁貶」。

吾又何怨乎今之人！

自古有迷亂之君若紂、夫差，不用忠信，滅國亡身，當何爲復怨今之君乎？

【疏證】

自古有迷亂之君若紂、夫差，不用忠信，滅國亡身，當何爲復怨今之君乎？◎文選本、正德本、隆慶本、馮本、俞本、劉本、朱本、莊本、湖北本、四庫章句本「自古」上有「言」字，俞本、莊本、尤袤本「亡」作「忘」。秀州本「忠信」作「忠臣」。案：據義，舊有「言」字。忘，亡之訛。比干、子胥皆以忠事君。則舊作「忠臣」。七諫謬諫：「自古而固然兮，吾又何怨乎今之人？」淮南子卷一〇繆稱訓：「操刃以擊，何怨乎人？」與此同意。

余將董道而不豫兮，

董，正也。豫，猶豫也。言己雖見先賢執忠被害，猶正身直行，不猶豫而狐疑也。

【疏證】

董，正也。◎案：因爾雅釋詁。郝氏義疏：「董者，方言云『固也』。董訓固，與正訓定義近。左氏文六年傳：『董逋逃。』七年傳引夏書：『董之用威。』昭十三年傳：『董之以武師。』杜注竝云：『董，督也。』督亦正也。董、督，又一聲之轉也。督者，説文云『察也』，察舉與正理義近，故方言云：『督，理也。』郭注：『言正理也。』周禮太祝注：『督，正也。』莊子養生篇『緣督以爲經』，司馬彪及李頤注竝云：『督，中也。』中，亦正也。通作篤。上文云：『篤，固也。』則與董同訓。廣雅云：『篤，理也。』又與督同訓。左氏昭廿二年傳司馬督，漢書古今人表作司馬篤。是篤、督通。聲轉爲端。説文云：『端，直也。』直亦正。故曲禮云：『振書，端書於君前。』祭義云：『以端其位。』端，俱訓正。」其説是也。對文執正者之謂董，郭注爾雅「董，謂御正」是也。校董、董事，鄉董，皆不得易之以正、督、篤、端，散文不别。

豫，猶豫也。◎案：詳參惜誦「壹心不豫兮」注。

言己雖見先賢執忠被害，猶正身直行，不猶豫而狐疑也。◎文選本「不猶豫」上有「志」字，「狐疑」上有「有」字。案：若無「志」字，文義不周。惜誦「壹心而不豫兮」，章句：「言己專壹忠信以事於君，雖爲衆人所惡，志不猶豫。」亦有「志」字。有，羡文。舊本作「志不猶豫而狐疑」。後漢書卷二八下馮衍傳：「行勁直以離尤兮，羌前人之所有。內自省而不慙兮，遂定志而弗改。」李賢

注：「言古人有爲勁直行而遭尤過者，有之矣，即屈原、賈誼之流也。」可謂知言也。

固將重昏而終身。

昏，亂也。言己不逢明君，思慮交錯，心將重亂，以終年命。

【疏證】

昏，亂也。◎正德本、隆慶本、馮本、俞本、莊本、湖北本、四庫章句本「昏」作「昬」。案：說文日部：「昏，日冥也。从日、氐省。氐者，下也。一曰：民聲。」古文从民聲。民，冥也。引申之言闇亂、煩亂。老子道經二十章「我獨若昏」，河上公注：「若昏，如闇昧也。」書益稷「下民昏墊」，孔傳：「昏，瞀也。」昏、瞀，聲之轉。字或爲悶、汶、殙、閔等，詳參惜誦「中悶瞀之忳忳」注。重昏，言心志再度煩亂。魏、晉以後，釋家以重昏喻俗界，是其引申也。類聚卷七六内典上「内典」條引梁簡文帝蒙豫懺悔詩：「皇情矜幻俗，聖德愍重昏。」全晉文卷一〇〇陸雲南征賦：「映皓月而望舒暗，照重昏而大夜郎。」全梁文卷一梁武帝淨業賦：「淤泥不能汙其體，重昏不能覆其真。」全宋文卷六四釋寶林破魔露布文：「是以如來越重昏而孤興，蔚勤功於曠劫。」

言己不逢明君，思慮交錯，心將重亂，以終年命。◎正德本、隆慶本、馮本、俞本、朱本、莊本、劉本、湖北本、四庫章句本「年命」下有「也」字。案：終身，恆語。郭店楚墓竹簡老子（甲）：「閟

（閉）其門，賽（塞）其逆（兑），終身不勤。啓其逆（兑），賽（塞）其事，終身不逨。」六德篇：「能與之齊，終身弗改之矣。是古（故）夫死又（有）宔（主），終身不變，胃（謂）之婦，以信從人多也。」睡虎地秦簡封診式遷子：「謁鋈親子同里士五（伍）丙足，䙴（遷）蜀邊縣，令終身毋得去䙴（遷）所，敢告。」日書（甲）衣良日衣媚人：「入十月十日乙酉，十一月丁酉，材（裁）衣，終身衣絲。」

亂曰：鸞鳥鳳皇，日以遠兮。

鸞、鳳，俊鳥也。有聖君則來，無德則去，以興賢臣難進易退也。

【疏證】

鸞、鳳，俊鳥也。有聖君則來，無德則去，以興賢臣難進易退也。◎正德本、隆慶本、馮本、俞本、劉本、朱本、莊本、湖北本、四庫章句本「有聖」下有「德」字。正德本、劉本「易」作「異」。案：據義，舊有「德」字。異，易字音訛。鸞、鳳爲俊鳥，詳參離騷「鸞皇爲余先戒兮」注。惜誓：「已矣哉，獨不見夫鸞鳳之高翔兮，乃集大皇之壄；循四極而回周兮，見盛德而後下；彼聖人之神德兮，遠濁世而自藏。」章句：「言鸞鳥、鳳皇乃高飛於大荒之野，循於四極，回旋而戲，見仁聖之王乃下來集，歸於有德也。以言賢者亦宜處山澤之中，周流觀望，見高明之君，乃當仕也。」與此同意。又，七諫謬諫：「鸞皇孔鳳，日以遠兮。」漢書卷九七上外戚傳李夫人：「勢路日以遠兮。」皆蹈襲於此。

燕雀烏鵲，巢堂壇兮。

（壇，猶堂也。）燕雀烏鵲，多口妄鳴，以喻讒佞。言楚王愚闇，不親仁賢，而近讒佞也。

【疏證】

壇，猶堂也。◎諸本無注。案：文選卷四蜀都賦「壇宇顯敞」，劉逵注引王逸九章注曰：「壇，猶堂也。」卷一一蕪城賦「壇羅虺蜮」，李善注引王逸曰：「壇，堂也。」卷三五張協七命「眷椒塗於瑶壇」，李善注引王逸曰：「壇，猶堂也。」章句遺義，宜補。壇者，所以祭神。漢書卷七三韋賢傳「壇墠則歲貢」，張晏曰：「去祧爲壇。墠，掃地而祭也。」顏師古注：「祧是遠祖也。築土爲壇，除地爲墠。」此對文也，散文不別。御覽卷五二六禮儀部五祭禮下、卷七三五方術部一六巫下並引桓譚新論（見今本第四言體篇）：「昔楚靈王驕逸輕下，簡賢務鬼，信巫祝之道，齋戒潔鮮，以祀上帝，禮羣神，躬執羽紱，起舞壇前。吴人來攻其國，人告急而靈王鼓舞自若。」靈王所舞神壇，築在乾谿。據新序卷一雜事所載，楚宣王時，令尹昭奚恤乃於南郢西門之内修築「爲東面之壇一，爲南面之壇四，爲西面之壇一」，所以與秦盟。壇之用者亦廣也。

燕雀烏鵲，多口妄鳴，以喻讒佞。言楚王愚闇，不親仁賢，而近讒佞也。◎正德本、隆慶本、馮本、俞本、劉本、朱本、莊本、四庫章句本「闇」作「闍」。案：古無「愚闍」，但有「愚闇」。九懷通路「誰可與兮寤語」，章句：「衆人愚闇，誰與謀也。」燕雀，小鳥。史記卷四八陳涉世家：「陳涉太息曰：『嗟乎！燕雀安知鴻鵠之志哉！』」索隱：「按：鴻鵠是一鳥，如鳳皇然，非説鴻鴈與黄鵠也。」燕雀、鴻鵠，相對爲文，鴻鵠，一鳥名，燕雀，亦一鳥名。鴻，大也；燕，小也。故稱小麥曰燕麥，爾雅釋草：「蘥，雀麥。」郭注：「即燕麥也。」淮南子卷四墬形訓：「故立冬燕雀入海，化爲蛤。」類聚卷九二鳥部下「雀」條引禮記：「季秋，雀入大水，化爲蛤。」又，爾雅釋鳥：「烏，鵲醜，其掌縮。」烏、鵲亦同類。九思守志「烏鵲驚兮啞啞」，章句：「神鳥至則衆鳥集從，今反鴞往處之，故驚而鳴也。」烏鵲，亦一鳥。

露申辛夷，死林薄兮。

露，暴也。申，重也。叢木曰林。草木交錯曰薄。言重積辛夷露而暴之，使死於林薄之中，猶言取賢明君子弃之山野，使之顛墜也。

【疏證】

露，暴也。申，重也。◎案：非也。以上「鸞鳥鳳皇」、「燕雀烏鵲」之例言之，露申、辛夷，分別爲二物名。露申，未審爲何物。補注、朱熹集注皆未有説。明周拱辰離騷草木史：「按：花木考：『露申即端香花，一名錦薰籠，一名錦被。』」未知所據。露申者，楚語也，促讀之曰「鄰」。爾雅釋草：「鄰，堅中。」郭璞注：「鄰，竹類也，其中實。」郝氏義疏：「吳都賦注：『篻竹，大如戟槿，實中勁强，交趾人鋭以爲矛，甚利。』初學記引廣志曰：『利竹，蔓生，實中堅韌。』中山經云：『雲山有桂竹。』郭注：『交趾有篥竹，實中勁强，有毒，鋭以刺虎，中之則死。』亦此類。又云：『龜山多扶竹。』郭注：『邛竹，高節實中，中杖也，名之扶老竹。』」此物生嶺南，楚産也。包山楚簡卜具有名「彤簬」，簬、鄰，聲之轉。

叢木曰林，草木交錯曰薄。◎案：文選卷一一蕪城賦「叢薄紛其相依」、卷二二江淹從冠軍建平王登廬山香鑪峰「絳氣下縈薄」、卷二六陸機赴洛詩二首「谷風拂脩薄」，李善注並引王逸注：「草木交曰薄。」卷一八長笛賦「隱處安林薄」，李善注：「楚辭曰：『露（申）新夷，死林薄。』王逸曰：『草木交曰薄。』」卷二〇范曄游樂應詔詩「原薄信林蔚」，李善注引王逸注：「草木交曰薄處。」皆無「錯」字，其所據本別。漢書卷五七上司馬相如傳「奄薄水陼」，張揖曰：「草叢生曰薄。」廣雅釋草：「草蘩生爲薄。」文選卷一九束晳補亡詩白華「被于幽薄」，李善注引纂要曰：「草叢生曰薄。」廣雅釋草：「草蘩生爲薄。」又，卷二西京賦「林麓之饒」，薛綜注：「木叢生曰林。」呂氏春秋卷一〇孟冬紀第三安死篇「其樹之若林」，高注：「木蘩生曰林也。」據此，章句舊本蓋作「叢木曰林，叢草曰薄」。古訓無「草木交錯曰薄」者。說文艸部：「薄，林薄也。」林薄，即叢薄。林有叢多義。文選卷五吳都賦「傾藪薄」，劉逵注：「薄，不入之叢。」謂草之繁密而不可入。段氏「林木相迫不可入曰薄」云云，非也。林薄，言草木叢生交錯。招隱士：「叢薄深林兮人上慄。」蓋與此同。

言重積辛夷露而暴之，使死於林薄之中，猶言取賢明君子弃之山野，使之顛墜也。◎正德本、隆慶本、馮本、俞本、劉本、朱本、莊本、湖北本、四庫章句本「使死」下無「於」字，「弃」作「棄」。案：辛夷，即新雉，謂香木也。漢書卷八七上揚雄傳「列新雉於林薄」，服虔曰：「新雉，香草也。雉、夷聲相近。」顔師古注：「新雉，即辛夷耳，爲樹甚大，非香草也。其木枝葉皆芳，一名新矧。」服非而顔注是。

腥臊並御，芳不得薄兮。

腥臊，臭惡也。御，用也。薄，附也。言不識味者並甘臭惡，不知人者信任讒佞，故忠信之士不得附近而放逐也。

【疏證】

腥臊，臭惡也。◎正德本、隆慶本、馮本、俞本、劉本、朱本、莊本、四庫章句本無「惡」字。案：敗也。散文腥、臊不別，國語卷一周語上：「其政腥臊，馨香不登。」韋注：「腥臊，臭惡也。」

對文亦別。慧琳音義卷四八「腥臊」引通俗文：「魚臭曰腥。猳臭曰臊。」腥臊與芬芳，古書多相反對爲文，是其通義也。荀子卷二榮辱篇第四：「口辨酸咸甘苦，鼻辨芬芳腥臊。」卷一六正名第二二：「香臭芬鬱，腥臊洒酸。」

御，用也。◎案：御之爲用者，其義至廣。借誦「俾山川以備御兮」，章句：「御，侍也。」周禮卷七天官冢宰第一九嬪「而以時御叙于王所」，鄭注：「御，猶進也，勸也。」文選卷一五思玄賦「斥西施而弗御兮」，舊注：「御，幸也。」亦御用意也。

薄，附也。◎案：文選卷二〇謝瞻九日從宋公戲馬臺集送孔令詩「迅商薄清穹」、卷二二陸機招隱詩「回芳薄秀木」，李善注並引王逸注：「薄，附也。」薄字之義爲草叢生，則本不爲附近。薄之言迫也。詳參離騷「望崦嵫而勿迫」注。

言不識味者並甘臭惡，不知人者信任讒佞，故忠信之士不得附近而放逐也。◎湖北本「臭」下無「惡」字。案：無「惡」字者，爛敓之也。喻林卷四七人事門「昏暗」條引章句刪「故忠信」以下十三字。章句「甘臭惡」云云，甘者，好也。詩伯兮「甘心首疾」，毛傳：「甘，厭也。」厭，亦好也，貪也。

陰陽易位，時不當兮。

陰，臣也。陽，君也。言楚王惑蔽羣佞，權臣將代君，與之易位，自傷不遇明時而當暗世。

【疏證】

陰，臣也。陽，君也。言楚王惑蔽羣佞，權臣將代君，與之易位，自傷不遇明時而當暗世。◎正德本、隆慶本、馮本、俞本、劉本、朱本、莊本、湖北本、四庫章句本無「羣佞」二字。案：無「羣佞」者，敓也。上博簡（六）用曰：「滏（陰）則或爲滏（陰），昜（陽）則或爲昜（陽）。」是陰陽有定分，不可移易也。古者説陰陽，蓋博也，不翅於君臣。漢帛書十六經稱篇：「凡論必以陰陽□大義。天陽地陰。春陽秋陰。夏陽冬陰。晝陽夜陰。大國陽，小國陰。重國陽，輕國陰。有事陽而無事陰。信（伸）者陽屈者陰。主陽臣陰。男陽女陰。父陽子陰。兄陽弟陰。長陽少陰。貴陽賤陰。達陽窮陰。取（娶）婦姓（生）子陽，有喪陰。制人者陽，制于人者陰。客陽主人陰。師陽役陰。言陽黑（默）陰。予陽受陰。諸陽者法天，天貴正，過正曰□□□□□祭乃反。諸陰者法地，地之德安徐正靜，柔節先定，善予不爭。此地之度而雌之節也。」則凡兩兩相對之事皆繫之以陰陽。又，經法四度篇：「君臣易立（位）胃（謂）之逆，賢不宵（肖）並立胃（謂）之亂，動靜不時胃（謂）之逆，生殺不當胃（謂）之暴。逆則失本，亂則失職，逆則失天，暴則失人。失本則□，失則則侵，失天則几（飢），失人則疾。周䙴（遷）動作，天爲之稽。天道不遠，入與處，出與反。臣君當立（位）胃（謂）之靜，賢不宵（肖）當立（位）胃（謂）之正，動靜參於天地胃（謂）之文，誅□時當胃（謂）

之武。静則安，正則治。文則明，武則强。安得本，治則得人，明則得天，强則威行。參於天地，闔（合）於民心。文武並立，命之曰上同。審知四度，可以定天下，可安一國。順治其内，逆用於外，功成而傷。逆治其内，順用其外，功成而亡。内外皆逆，是胃（謂）重央（殃），身危爲僇（戮），國危破亡。外内皆順，命曰天當，功成而不廢，後不奉（逢）央（殃）。聲華□□者用也。順者動也，正者事之根也。執道循理，必從本始，順爲經紀，禁伐當罪，必中天理。伓（倍）約則窘，達刑則傷。伓（倍）逆合當，爲若又（有）事，雖無成功，亦無天央（殃）。毋□□□□，毋御死以生，毋爲虚聲。聲洫（溢）於實，是胃（謂）滅名。極陽以殺，極陰以生，是胃（謂）逆陰陽之命。極陽殺於外，極陰生於内。已逆陰陽，有（又）逆其立（位）。大則國亡，小則身受其央（殃）。」蓋爲「陰陽易位」注脚。

懷信侘傺，忽乎吾將行兮。

言己懷忠信，不合於衆，故悵然住立，忽忘居止，將遂遠行，之它方也。

【疏證】

言己懷忠信，不合於衆，故悵然住立，忽忘居止，將遂遠行，之它方也。◎正德本、隆慶本、馮本、俞本、劉本、朱本、莊本、湖北本、四庫章句本「它」作「他」。案：它，他之隸變。「忽乎」者，忽然也，言疾逝貌。章句「將遂遠行之它方」云云，義猶有滯。此語總括全篇，「之它方」者，濟江湘、上沅水、入溆浦也。其所以行者，在乎「吾與重華遊兮瑤之圃」、魂歸於九疑也。

涉江

補注：「此章言己佩服殊異，抗志高遠，國無人知之者，徘徊江之上，歎小人在位，而君子遇害也。」案：此篇首以奇服異飾，長鋏高冠，標榜其高馳不顧之志，要在「吾與重華遊兮瑤之圃」也。例同離騷之上崑崙求帝，蓋死之讔語。故一路南征：旦濟江湘，遭道上沅，經枉渚，宿辰陽，入溆浦，乃至「獨處幽乎山中」，終在帝舜所葬九疑山中徘徊，欲畢志於此矣。

皇天之不純命兮，

德美大稱皇天，以興君也。

【疏證】

德美大稱皇天，以興君也。◎正德本、隆慶本、馮本、俞本、朱本、莊本、四庫章句本、湖北本「德美」上有「言」字，「興君」下無「也」字。案：離騷「皇天無私阿兮」，九辯「皇天平分四時兮」，又曰「皇天淫溢而秋霖兮」，又曰：「賴皇天之厚德兮」，天問「皇天集命惟何戒之」，七諫怨世「皇天既不純命兮」。皇天，與此凡七見，皆稱上帝。漢書卷七二鮑宣傳：「天下乃皇天之天下也，陛下上爲皇天子，下爲黎庶父母，爲天牧養元元。」則所以「興君」者。「皇天」已見上博簡（五）三德篇。又，純命，猶書大禹謨「皇天眷命」，孔傳云：「眷，視也。言堯有此德，故爲天所命，所以勉舜也。」史記卷一七漢興以來諸侯年表「非德不純」，索隱：「純，善也。」呂氏春秋卷二六士容論第一士容篇「純乎其若鐘山之玉」，高注：「純，美也。」純命，善美之命也。

何百姓之震愆！

震，動也。愆，過也。言皇天不純一其施，則萬物夭傷；人君不純一其政，則百姓震動以觸罪也。

【疏證】

震，動也。◎案：因爾雅釋詁。震之訓動，非摇動義，謂驚也。文選卷一九高唐賦「使人心動，無故自恐」，李善注：「動，驚也。」説文雨部：「震，劈歷振物者，从雨，辰聲。春秋傳曰：『震伯夷之廟。』」徐鍇曰：「鍇以爲霆，其急激也。震，所加物之稱也。」震爲靁震，引申之言震動、恐懼。荀子卷一二正論篇第一八「通達之屬莫不振動從服以化順之」，楊倞注：「振與震同，恐也。」

愆，過也。◎案：因爾雅釋言。愆，籀文作諐，言過失也。左傳哀公十六年：「禮失則昏，名失則愆；失志爲昏，失所爲愆。」震愆，謂百姓驚恐失其所也。

言皇天不純一其施，則萬物夭傷；人君不純一其政，則百姓震動以觸罪也。◎正德本、隆慶本、俞本、湖北本、四庫章句本「夭」作「大」，莊本、劉本亦作「天」。案：大、天，皆夭之訛。正文「百姓」，非泛稱，楚之百官。沇兒鐘銘：「龢會百姓，恝于威儀，惠于明祀。」丁省吾曰：「百姓，百官也。」後漢書卷二八下馮衍傳：「何天命之不純兮，信吾罪之所生。」蹈襲此語。

民離散而相失兮，方仲春而東遷。

仲春，二月也，刑德合會嫁娶之時。言懷王不明，信用讒言而放逐己，正以仲春陰陽會時，徙我東行，遂與室家相失也。

【疏證】

仲春，二月也，刑德合會嫁娶之時。◎案：仲春，紀屈子放逐時。章句「仲春，二月也，刑德合會嫁娶之時」云云，因禮經爲説。古以二月爲婚嫁時。周禮卷一四地官司徒第二媒氏：「中春之月，令會男女。於是時也，奔者不禁。」鄭注：「中春陰陽交以成昏禮，順天時也。」禮記卷一五月令第六，仲春之月，「玄鳥至。至之日，以大牢祠高禖，天子親往。」鄭注：「燕以施生時來，巢人堂宇而孚乳，嫁娶之象也。」詩野有死麕「有女懷春，吉士誘之」，鄭箋：「有貞女思仲春以禮與男會，吉士使媒人道成之。」又，睡虎地秦墓竹簡日書（甲）取妻：「取妻龍日，丁巳、癸丑、辛酉、辛亥、乙酉，及春之未戌；秋丑辰，冬戌亥。丁丑、己丑取妻，不吉。」關沮秦漢墓簡牘：「凡小徹日，取婦、嫁女，吉。」嫁娶之時，古不拘仲春二月。

言懷王不明，信用讒言而放逐己，正以仲春陰陽會時，徙我東行，遂與室家相失也。◎正德本、隆慶本、馮本、俞本、朱本、湖北本、四庫章句本無「以」字。莊本無「正」字。案：章句下文「始去正以甲日之旦而行」云云，舊作「正以」。王夫之楚辭通繹：「東遷，頃襄畏秦，棄故都而遷於陳。百姓或遷或否，兄弟婚姻，離散相失。仲春，紀時，且言方東作時。舊説謂東遷爲原遷逐者。謬。原遷沅、湘，乃西遷，何云東遷？且原以秋冬迫逐，南行涉江。明言之非仲春。」薑齋未言此篇作於何時。郭沫若屈原研究遂據此謂「東遷」即秦將白起破郢，襄王「東北保于陳城」事，此篇作於頃襄王二十一年。今人多從之未疑。是篇所紀，敘己放流行跡，與破郢而東走陳之事無涉。其説不足爲訓。東遷，屈子自郢而遷東也。戴震屈原賦注：「屈原東遷，疑即當頃襄元年。秦發兵出武關攻楚，大敗楚軍，取析十五城而去。時懷王辱於秦，兵敗地喪，民散相失，故有『皇天不純命』之語。」則謂「民離散」即因此。朱季海楚辭解故：「今尋賈誼春秋篇曰：『楚懷王心矜好高人，無道而欲有伯王之號，鑄金以象諸侯人君，令大國之王編而先馬，梁王御，宋王驂乘，周、召、畢、陳、滕、薛、衛、中山之君，皆象使隨而趨。諸侯聞之，以爲不宜，故興師而伐之。楚王見士民爲用之不勸也，乃征役萬人，且掘國人之墓。國人聞之振動，晝旅而夜亂。齊人襲之，楚師乃潰，懷王逃適秦，克尹殺之西河，爲天下笑。此好矜不讓之罪也，不亦羞乎？』其言懷王所以召諸侯之師及百姓震慫之故如此。國人振動，晝旅夜亂，蓋平所目擊，敗亡之禍，宜平所悼心，故再放雖在襄初，作賦造端於懷末也。」則又是一說。設若以此造論，則懷末襄初之間，宜令民相失事蓋亦夥頤。懷王十七年，楚與秦戰於丹陽，秦大敗楚師，斬甲士八萬，虜大將屈匄、裨將逢侯丑等七十餘人，遂取漢中之郡。懷王怒，乃悉發國中兵，戰于藍田，又大敗。韓、魏因楚之困，南襲楚，至於鄧。國人大恐。亦可致民相失而離亂。又，譚氏甫屈賦新編據荀子卷一〇議兵篇第一五「兵殆於垂沙，唐蔑死，莊蹻起，楚分而爲三、四」及韓非子卷七喻老篇第二一「莊蹻爲盜於境内而吏不能禁」，乃謂此篇之作，因莊蹻在懷王二十八年暴郢事。詳考莊蹻其人，多有歧異之説。呂氏春秋卷一二季冬紀第三介立篇「莊蹻之暴郢」，高注：「莊蹻，楚成王之大盜。」又卷一〇孟冬紀第五異用篇「跖與企足」，高注：「企足，莊蹻也，皆大盜人名。」則莊蹻，楚成王時人。史記卷一一六西南夷列傳「始楚威王時使將軍莊蹻將兵循江上」，莊蹻，楚威王時人。索隱：「楚莊王弟爲盜者。」韓非子謂莊蹻爲楚莊王時人。譚氏何以置於懷王之世？趙逵夫氏百方回護，乃謂懷沙上沅是屈子懷想莊蹻入滇之路而西行。其説之悠謬，毋須詳辯。

去故鄉而就遠兮，遵江夏以流亡。

遵，循也。江夏，水名也。言己東行，循江夏之水而遂流亡，無還鄉之期也。

【疏證】

遵，循也。◎案：詳參離騷「既遵道而得路」注。故鄉，謂郢都也。

江夏，水名也。◎案：漢書卷二八地理志上：「夏水首受江，東入沔，行五百里。」應劭云：「沔水自江別至南郡華容縣爲夏水，過郡入江，故曰江夏。」水經注卷三二夏水：「夏水出江津，於江陵縣東南。」注云：「江津豫章口東有中夏口，是夏水之首，江之汜也。屈原所謂『過夏首而西浮，顧龍門而不見』也。」又曰：「又東至江夏雲杜縣，入于沔。」酈注云：「應劭十三州記曰：『江別入沔爲夏水。』原夫夏之爲名，始於分江，冬竭夏流，故納厥稱。既有中夏之目，亦苞大夏之名矣。當其決入之所，謂之堵口焉（夏水入沔之口曰堵口）。鄭玄注尚書『滄浪之水』，言『今謂之夏水』。劉澄之著永初山川記云：『夏水，古文以爲滄浪，漁父所歌也。』因此言之，水應由沔。今按：夏水，是江流沔，非沔入夏。假使沔注夏，其勢西南，非尚書「又東」文。』余亦以爲非也。自堵口下沔水，通兼夏首，而會於江，謂之夏汭也。故春秋左傳：『吳伐楚，沈尹射奔命於夏汭也。』杜預曰：『漢水曲入江，即夏口矣。』」沔水不從江別，自江別者，夏水也。固與應氏十三州記「江別入沔爲夏水」者不悖。漢志注引應説「沔水」，實漢水也。漢世始以漢水未至江夏者爲沔水。

酈元以爲「自堵口下沔水，兼通夏首，而會於江，謂之夏汭」云云，亦有疏失處。夏汭，夏口，非夏首。地理志下又云：「東漢水受氐道水，一名沔，過江夏，謂之夏水。入江。」史記卷二夏本紀：「嶓冢道瀁，東流爲漢。」集解：「鄭玄曰：『地理志：瀁水出隴西氐道，至武都爲漢，至江夏謂之夏水。』」正義：「括地志云：『嶓冢山水始出山沮洳，故曰沮水。東南爲瀁水，又爲沔水。至漢中爲漢水，至均州爲滄浪水。始欲出大江爲夏口，又爲沔口。漢江一名沔江也。』」又曰：「又東爲滄浪之水。」索隱：「馬融、鄭玄皆以滄浪爲夏水，即漢河之別流也。漁父歌曰『滄浪之水清兮，可以濯吾纓』，是此水也。」正義：「括地志云：『均州武當縣有滄浪水。』庾仲雍漢水記云：『武當縣西四十里漢水中有洲，名滄浪洲也。』地記云：『水出荆山，東南流爲滄浪水。』」案：漢水至均州而未過江夏者，漢始稱沔水，或稱滄浪水，漁父所濯者也；沔與江夏合，則爲夏水。而夏水在未與沔水合稱江夏，合後爲夏水。夏自江別，所別者謂之夏首；東入沔，與沔合爲堵口；沔與江合，所合者爲夏口，又稱沔口。御覽卷五九地部二四水下引郭仲產云：「此水冬斷夏通，因名夏水。」夏水，冬竭夏流，所以泄鴻，類今之葛洲壩也。屈子仲春二月遵江夏而來東，則在仲春二月亦可以通杭也。

　　言己東行，循江夏之水而遂流亡，無還鄉之期也。◎正德本、隆慶本、朱本、湖北本、俞本「而遂」下無「流」字。正德本、隆慶本、俞本、朱本、湖北本、馮本、莊本、四庫章句本無「鄉之」二字。

正德本、隆慶本、俞本「言」作「信」。案：皆爛敚之。作「信」，訛也。湛方生懷歸謡：「況君子兮去故鄉」，因襲此語。

出國門而軫懷兮，

軫，痛也。懷，思也。

【疏證】

軫，痛也。◎案：黎本玉篇殘卷車部「輆」字：「楚辭『出國門而輆懷』，王逸曰：『輆，痛也。』」輆，俗軫字。軫之訓痛，詳參惜誦「心鬱結而紆軫」注。

懷，思也。◎案：此義雖見離騷「爾何懷乎故宇」注，然二者別。彼解「歸」，此解「思」。思，憂也。懷亦憂也。離騷「僕夫悲余馬懷」，悲、懷對文，懷，悲也。遠遊：「僕夫懷余心悲兮，邊馬顧而不行。」懷、悲亦對文同義。又，下「心嬋媛而傷懷兮，眇不知其所蹠」。傷懷，平列複語，懷，傷也。章句：「言己顧視龍門不見，則心中常牽引而痛也。」以「痛」釋「傷懷」，亦以懷爲傷也。懷沙「傷懷永哀兮」，四字平列同義。詩卷耳「維以不永懷」，又曰「維以不永傷」。永懷、永傷，儷偶相對，懷，傷也。終風篇「願言則懷」，毛傳：「懷，傷也。」説文心部：「懷，念思也。从心、褱聲。」段注：「念思者，不忘之思也。」思之不忘則生憂也。故思謂之懷，憂亦謂之懷，其義相通。國門，郢都東門也。九歎離世：「出國門而端指兮，冀一寤而錫還。」因襲於此。

君不聽明也。

甲之鼂吾以行。

甲，日也。鼂，旦也。屈原放出郢門，心痛而思，始去，正以甲日之旦而行，紀時日清明者，刺君不聽明也。

【疏證】

甲，日也。◎案：甲乙謂之日，寅卯謂之辰。詳參九歌東皇太一「吉日兮辰良」注。

鼂，旦也。◎景宋本、正德本、隆慶本、俞本、朱本、馮本、莊本、四庫章句本、湖北本「鼂」作「朝」。莊本「旦」訛作「日」。案：鼂，古朝字。正文作「鼂」，注文不宜作「朝」。朝、旦，同義互訓。詳參涉江「旦余濟乎江湘」注。

屈原放出郢門，心痛而思，始去，正以甲日之旦而行，紀時日清明者，刺君不聽明也。◎景宋本「聽」作「聰」。案：聰，俗聰字。九店楚簡日書：「凡春三月，甲、乙、丙、丁不吉，壬、癸吉。」又曰：「刑层、夏层、享月，春不可以東徙。」又曰：「夏层、八月、九月，不可以南徙。」楚月夏层，仲春二月。二月東徙、南徙，皆不可。據日者所言，仲春二月甲日以東徙，爲凶。章句「始去正以甲日之旦而行，紀時日清明者，刺君不聽明」云云，牽合之說。

發郢都而去閭兮，荒忽其焉極？

言己始發郢，去我閭里，愁思荒忽，安有窮極之時？

【疏證】

言己始發郢，去我閭里，愁思荒忽，安有窮極之時？◎正德本、隆慶本、馮本、俞本、朱本、莊本、湖北本、四庫章句本「郢」下有「都」字。案：正文「發郢都」云云，舊固有「都」字。補注：「前漢南郡江陵縣，故楚郢都。楚文王自丹陽徙此。後九世平王城之。後十世秦拔我郢，徙東郢。」清華簡（一）楚居：「至武王酓⿰⿱舌月奚（徹）自宵徙居免，焉始□□□□□福。衆不容於免，乃渭（潰）疆涅之波（陂）而宇人⿱⿰焉隹心（焉），氏（抵）今曰郢。」⿰⿱舌月奚，左旁從舌、從月，舌亦聲。⿰⿱舌月奚，即舌聲，蓋通作徹。舌音食列反，審紐，月部。徹，音丑列反，透紐，月部。透、審旁紐雙聲。酓⿰⿱舌月奚，即熊徹。徹，是其本名，楚世家作熊通，以避漢武帝名諱也。免，地名，沔之聲轉。漢書地理志：「華容：夏水首受江，東入沔，行五百里。」夏水自江別，所別者謂之夏首；東入沔，與沔合爲堵口，即沔陽也，今湖北省之仙桃是也。武王以免地之狹陋，不能容衆，是以營造陂障而疆涅，疆涅、免固非一地。疆，謂界也。周禮封人：「凡封國設其社稷之壝，封其四疆。」孫詒讓正義引夏官敘官注：「疆，界也。」武王爲涅作疆界，故曰疆涅。「氏（抵）今曰郢」者，疆涅所以爲郢者，即楚都江陵之紀郢。是始都郢者，非文王，乃武王也。世本居篇亦云：「楚鬻熊居丹陽，武王徙郢。」宋衷注：「今南郡江陵縣北有郢城。」楚世家以文王「始都郢」。蓋非其實也。郢之名因於疆浧之「浧」。説文未録「浧」字。廣韻郢、浧同音以整反。云：「浧，泥也。」集韻：「浧，通流也。」又云：「浧，塗泥也。」又云：「浧，泥滓。」皆非所以稱郢之義。楚簡「盈滿」字皆作「浧」。九店楚簡日書：「乃浧（盈）其志。」又云：「処之不浧（盈）志。」郭店楚墓竹簡老子（甲種本）：「金玉浧（盈）室，莫能守也。」又云：「恃而浧（盈）之，不若已。」又云：「長短之相型也，高下之相浧（盈）。」又云：「保此道者不谷（欲）尚浧（盈）。」（乙種本）云：「大浧（盈）若中，其用不窮。」太一生水：「，缺一浧（盈），以紀爲萬物經。」語叢篇（四）：「金玉浧（盈）室不如謀，衆强甚多不如時。」盈，謂圓滿無缺也。墨子經上：「盈，莫不有也。」禮記禮運「是以三五而盈」，孔穎達疏：「盈，謂月光圓滿。」足以容衆而圓滿無匱乏之地則謂之郢也。然武王都郢，未嘗築城，但爲之以疆界耳。始築城於郢者，乃子常囊瓦。左傳昭二十三年：「楚囊瓦爲令尹，城郢。」杜預注：「囊瓦，子囊之孫子常也，代陽匄。楚用子囊遺言已築郢城矣，今畏吳復增脩以自固。」孔穎達疏云：「楚自文王都郢，城郭未固，子囊心欲城之，其事未暇，將死而令城郢，故可謂之爲忠。今郢既固矣，足以爲治，而囊瓦畏吳侵偪，恐其入寇國都，更復增脩其城，又求自固，不能遠撫邊境，惟欲近守城郭，沈尹謂之必亡，爲其事異故也。」孔疏「楚自文王都郢，城郭未固」云云，臆度之詞，然子囊亦未築城，是以吳師一舉而下。杜説未足信。武王始爲之疆界，茲後至昭王之世，郢未嘗有城，平王十年，囊瓦始城郢也。説文邑部：「郢，故楚都，在南郡江陵北十里。」段注：「楚有二郢，所都曰郢，别邑曰郊郢。左傳：『鬬廉曰：君次於郊郢，以御四邑。』杜曰：『郊郢，楚地。』此必非郢都也。」郊郢固非一處。紀郢之名，始見三國志卷五六吴書朱然傳，周、秦無此稱。楚簡别有藍郢、鄩郢、朋郢、鄀郢等，楚居復有鄀郢、湫郢、爲郢、女(鄢)郢、鄀郢、㦰郢等二十六都，凡楚王駐蹕之處皆可稱郢也。御覽卷七七六車部五轂引桓譚新論(見今本卷六讀非篇)：「楚之郢都，車挂轂，民摩肩，市路相交，號爲『朝衣新而暮衣弊』。」可見其當日之繁華。其遺址至今尚存，在今江陵縣北五公里處，城垣周長約三十七公里，面積約十六平方公里，合周制爲九十三平方周里。城内有宫殿區，包括宫城、朝寢、宗廟等，有貴族府第區，有平民居住區，有市井，有手工作坊區，有墓葬區。城外有衛戍設施、聚落、手工作坊、祠廟、墓葬區。又，正德本、隆慶本、馮本、俞本、朱本、莊本、湖北本、四庫章句本、朱子集注本及洪氏引正文「荒」上一有「怊」字。據楚辭三狀字句法，則舊本宜有「怊」字。渚宫舊事卷三引亦有怊字。怊，怊悵也，後作惆悵。七諫自悲蹈襲此語，其作「超慌忽其焉如」；超亦怊也。哀時命作「怊茫茫而無歸兮」，「怊茫茫」與「怊荒忽」同，亦有怊字。

楫齊揚以容與兮，哀見君而不再得。

楫，船櫂也。齊，同也。揚，舉也。言己去乘船，士卒齊舉楫櫂，低佪容與，咸有還意，自傷卒去而不得再事於君也。

【疏證】

楫，船櫂也。◎正德本、隆慶本、馮本、湖北本「船」作「舩」，「櫂」下無「也」字。俞本、莊本、四庫章句本「櫂」下無「也」字。案：舩，俗船字。對文楫短於櫂，散文亦不別。漢書卷六六劉屈氂傳「又發輯濯士」，顏師古注：「輯濯士，主用輯及濯行船者也。短曰輯，長曰濯。輯音集，字本從木，其音同耳。濯字本亦作櫂，並音直孝反。」又，釋名釋船：「在旁撥水曰櫂，又謂之楫。楫，捷也，撥水使舟捷疾也。」楫、捷同根。楫，或作檝。

齊，同也。◎案：詳參涉江「與日月兮齊光」注。

揚，舉也。◎案：詳參九歌東皇太一「揚枹兮拊鼓」注。

言己去乘船，士卒齊舉楫櫂，低徊容與，咸有還意，自傷卒去而不得再事於君也。◎正德本、隆慶本、馮本、朱本、湖北本「船」作「舩」。正德本、隆慶本、景宋本「徊」作「佪」。案：舩，俗船字。徊、佪同。又，章句「自傷卒去」云云，卒，猝也，言自傷忽然弃去也。

望長楸而太息兮，

長楸，大梓。

【疏證】

長楸，大梓。◎案：蔣驥山帶閣注楚辭云：「長楸，所謂故國之喬木，令人顧望而不忍去。」其說得旨。詩小弁「維桑與梓」，毛傳：「父之所樹，已尚不敢不恭敬。」故後世以桑梓爲故鄉之通稱。三國志卷三六蜀書趙雲傳注引雲別傳「須天下都定，各反桑梓，歸耕本土」是也。吳仁傑離騷草木疏卷三「楸」條：「山海經：『虖勺之山，其上多梓。』又：『堇理之山多美梓。』郭璞注云：『山楸也。』又：『陽華之山多苦莘，其狀如櫹。』郭注：『櫹即楸字也。』爾雅：『小葉曰榎，大而皵，楸。』郭注：『楸，細葉者爲榎。』樊光云：『木老而皮麤皵者爲楸，木少而皮麤皵者爲榎。』又：『椅，梓。』注云：『即楸也。』又：『楰鼠梓。』注云：『楸屬也。』陸璣云：『其枝葉木理如楸。』山楸之異者，今謂之苦楸。本艸『梓白皮』條，蕭炳云：『木似桐而葉小，花紫。』日華子云：『梓皮有數種，惟楸梓佳。』圖經云：『鼠李，一名鼠梓。然鼠李華實都不相類，恐別一物而名同也。梓之入藥，當用有子者。楸梓，宮寺及人家園亭多植之。』賈思勰云：『楸、梓二木相類，白色有角生子者爲梓，或名子楸，或名角楸。黃色無子者爲椅楸，亦呼荆黃楸也。楸既無子，可於大樹四面掘坑取栽移之，兩步一根，兩畝一行也。』」祝德麟云：「按：說文：『椅，梓也。』『梓，楸也。』『楸，梓也。』『檟，楸也。』則是四者一物而異名。而詩定之方中章既言椅，又言梓，陸機云：『楸之疏理白色，而生子者爲梓。梓實桐皮曰椅。』陸德明爾雅音義：『椅與楸，惟子異。』則椅、梓俱有實，所別者皮。楸則無子，檟則楸之少者耳，實大同而小異，故楸、梓、椅、檟可得通稱。」又，類聚卷九三獸部上「馬」條引梁劉考儀謝豫章王賜馬啓：「循坂且厲，無復良、樂之鳴；長楸可走，不假幽、并之策。」長楸，謂道路，因章句「見其大道長樹」。又，補注引正文「太」一作「歎」。案：太、歎，聲之轉。歎息，漢以後恆語。屈賦言「太息」，而無作「歎息」。

涕淫淫其若霰。

淫淫，流貌也。言己顧望楚都，見其大道長樹，悲而太息，涕下淫淫如雨霰也。

【疏證】

淫淫，流貌也。◎案：說文水部：「淫，侵淫隨理也。」引申之凡言流佚，重言之曰淫淫。七諫離世「河水淫淫，情所願兮」，章句：「淫淫，流貌也。」文選卷一九高唐賦「洪波淫淫之溶滴」，李善注：「淫淫，去遠貌。」狀涕泣之下則亦曰淫淫也。

言己顧望楚都，見其大道長樹，悲而太息，涕下淫淫如雨霰也。◎案：章句「雨霰」云云，猶雨雪雜下也。詩頍弁「如彼雨雪，先集維霰」，毛傳：「霰，暴雪也。」鄭箋：「雪自上下，遇温氣而摶謂之霰。」霰，俗云「雪砂子」。九歎遠逝「涕淫淫其若屑」，蓋因於此。

過夏首而西浮兮，

夏首，夏水口也。船獨流爲浮也。

【疏證】

夏首，夏水口也。◎文選卷五六陸倕石闕銘「夏首憑固」、卷五九沈約齊故安陸昭王碑文「夏首藩要」，李善注並曰：「楚辭曰：『過夏首而西浮。』王逸注曰：『夏首，水口也。』」則「水口」上皆無「夏」字。案：敚也。荀子卷一五解蔽篇第二一：「夏首之南有人焉，曰涓蜀梁。」楊倞注：「夏首，夏水之首。楚詞云：『過夏首而西浮，顧龍門而不見。』王逸曰：『夏首，夏水口也。』」則亦有「夏」字。蔣驥山帶閣注楚辭：「水經云：『夏水出江，流於江陵縣東南。』是則夏首去郢絕近。」其説是也。史記卷六九蘇秦列傳：「西有黔中、巫郡，東有夏州、海陽。」集解：「徐廣曰：『楚考烈王元年，秦取夏州。』駰案：左傳『楚莊王伐陳，鄉取一人焉以歸，謂之夏州』。而注者不説夏州所在。車胤撰桓温集云：『夏口城上數里有洲，名夏州。』『東有夏州』，謂此也。」索隱：「裴駰據左氏及車胤説夏州，其文甚明，而劉伯莊以爲夏州侯之本國，亦未爲得也。」正義：「大江中州也。夏水口在荆州江陵縣東南二十五里。」在荆州東南二十五里者，夏首也。水經注卷三二夏水：「夏水出江津，於江陵縣東南。」注云：「江津豫章口東有中夏口，是夏水之首、江之汜也。屈原所謂『過夏首而西浮，顧龍門而不見』也。」此夏州之夏水口，非夏口；夏口，今漢口。左傳昭公四年：「楚沈尹射奔命於夏汭。」杜預注：「夏汭，漢水曲入江，今夏口也。」水經注卷二八沔水中：「又南至江夏沙羡縣北，南入於江。」注云：「庾仲雍曰：『夏口一曰沔口矣。』」章句「夏水口」云云，謂夏水始別江之口。夏口，夏水終入江之口。樂史太平寰宇記卷一四六山南東道五荆州「江陵縣」條以章句「夏水口」爲夏口，令此篇之地望幾不可董理。

船獨流爲浮也。◎正德本、隆慶本、馮本、朱本、湖北本「船」作「舩」。案：章句此解甚善。獨流，順水之勢漂流，下「將運舟而下浮兮」是也。悲回風：「浮江湘而入海兮，從子胥而自適。」浮、從，相對爲文，浮，言順水浮行。書禹貢「浮于濟、漯」，孔傳：「順流曰浮。」屈子去郢東行，而曰「西浮」，其義未曉。設若以西浮爲向西浮，則下不可承言「去終古之所居兮今逍遥而來東」也。郭在貽楚辭解詁謂西字通作迅，疾也。心知其謬，不得已而求之通假。章句「言己從西浮而東行，過夏水之口，望楚東門，蔽而不見，自傷日以遠」云云，則以「從西浮而東行」釋之，本不言西行。古之言「西浮」，既有向西浮行者，又有自西東行之意，與今語別。全梁文卷一一梁簡文帝答湘東王：「適憶途遵江夏，路出西浮，日月易來，已涉秋暮。」謂路遵江夏，從西東行也。梁書卷四五王僧辯傳載王哀祭王氏太夫人文：「背龍門而西顧，過夏首而東浮。」蹈襲哀郢此文，其易「西浮」爲「東浮」，亦「從西浮而東行」。類聚卷三一人部一五「贈答」條引梁張纘懷音賦：「顧龍門其不見，過夏首而西浮。」因襲此語。從夏首東歸湘、羅，西浮，東行也。古儷府卷四徐陵與王僧辯書：「於是乎夏首西浮，雲行電邁，彭波東滙，谷静山空，扼鵲尾而據王畿，登牛頭而埽天闕。」西浮，浮水東行，下承言「扼鵲尾而據王畿，登牛頭而埽天闕」，皆在夏首東也。

顧龍門而不見。

龍門，楚東門也。言己從西浮而東行，過夏水之口，望楚東門，蔽而不見，自傷日以遠也。

【疏證】

龍門，楚東門也。言己從西浮而東行，過夏水之口，望楚東門，蔽而不見，自傷日以遠也。◎案：補注：「水經云：『龍門，即郢城之東門。』又，伍端休江陵記云：『南關三門，其一名龍門，一名修門。』修門，見招魂。」洪氏引水經注，在卷三二夏水注，其引江陵記，今佚，但存太平寰宇記卷一四六山南東道五荆州引。據紀南城遺址考古報告，郢之城門有八：水門三、陸門五。東垣有二：一爲南門，陸門，單扉，一爲西門，水門，三扉。西垣有二：南門、北門，皆陸門。南垣有二：一爲東門，陸門，單扉；是龍門也。一爲西門，水門，是招魂脩門也。北垣有二：一爲西門，單扉，陸門；一爲西門，水門，與南垣西門同。又，類聚卷七二食物部「食」條吴筠食移「企龍門而不見」。全晉文卷一〇一陸雲九愍悲郢「望龍門而屢顧」。皆蹈襲於此。

心嬋媛而傷懷兮，

嬋媛，猶牽引也。

【疏證】

嬋媛，猶牽引也。◎案：文選卷二三謝朓同謝諮議銅爵臺詩「嬋媛空復情」，李善注：「楚辭云：『心嬋媛而傷懷兮。』王逸曰：『嬋媛，牽引也。』」無「猶」字。嬋媛，義根於纏縣不釋。隨文所用，則爲歎息、柔曲、婉轉，而各以訓詁字爲之，或作低佪、邅迴、儃佪、嬋娟等。詳參離騷「女嬃之嬋媛兮」注。又，傷懷，平列同義，言憂傷也。

眇不知其所蹠。

眇，猶遠也。蹠，踐也。言己顧視龍門不見，則心中牽引而痛，遠視眇然，足不知當所踐蹠也。

【疏證】

眇，猶遠也。◎正德本、隆慶本、馮本、俞本、朱本、莊本、湖北本、四庫章句本皆無「猶」字。案：慧琳音義卷六〇「眇目」條、卷八六「眇漭」條同引王逸注楚辭：「眇，遠視眇然也。」卷六四

「眇觀」條引王逸注楚辭：「眇，遠貌也。」其所據本别。說文目部：「眇，一目小也。从目、从少，少亦聲。」人之視遠必眇其目，引申之爲遠視。惜誦「迷不知寵之門」，涉江「迷不知吾所如」，句法皆與此同，眇，猶迷也。易履六三「眇能視」，釋文引字書：「眇，盲也。」盲、迷，皆謂惑亂。

蹠，践也。◎慧琳音義卷九〇「基蹠」條、卷九一「佛蹠」條同引王逸注楚辭：「蹠，踐也。」案：說文足部：「楚人謂跳躍曰蹠，从足、庶聲。」蹠，楚語。訓踐，即其引申。漢書卷四八賈誼傳「又苦蹠盭」，顏師古注：「足下曰蹠，今所呼脚掌是也。」說文足部：「跖，足下也。从足、石聲。」蹠、跖亦一字。楚簡字作「𨑳」，上博簡（八）陳公治兵：「王𨑳鄗之行。」邦人不稱：「將𨑳郢。」又：「遂𨑳郢。」清華簡（七）子犯子餘「重耳自楚𨑳秦。」皆其例。又，補注引文苑蹠作它，則出韻。它，宅之訛，居也，止也。則别本「蹠」一作「宅」。

言己顧視龍門不見，則心中牽引而痛，遠視眇然，足不知當所踐蹠也。◎皇都本、四庫章句本「當所」作「所當」。正德本、隆慶本、馮本、俞本、朱本、莊本、湖北本、四庫章句本無「蹠」字。案：據義，所當，即「當所」之乙。無「蹠」字，敚也。又，九歎遠逝「眇不覩其東西」，則因於此。

順風波以從流兮，焉洋洋而爲客。

洋洋，無所歸貌也。言己憂不知所踐，則聽船順風，遂洋洋遠客而無所歸也。

【疏證】

洋洋，無所歸貌也。◎正德本、隆慶本、湖北本、朱本、馮本、俞本、莊本、四庫章句本「歸」下無「貌」字。案：文選卷一班固西都賦「似無依而洋洋」李善注、後漢書卷四〇上班彪傳「似無依〔之〕(而)洋洋」李賢注並引王逸楚辭注云：「洋洋，無所歸貌。」舊有「貌」字。章句「聽船順風」云云，以洋洋爲無所羈之意。北大簡(五)荊決：「鳳鳥不處，羊羊(洋洋)四國。」又曰：「玄鳥朝蜚，羊羊(洋洋)翠羽。」亦無所羈絆之意。又，補注：「洋洋，水盛貌。」慧琳音義卷四六「洋銅」條：「三蒼：『洋，大水皃也。』」水大無所涯際，是爲無所歸依也。二説相通。朱季海楚辭解故讀洋爲恙，訓憂思。其失在求深。

言己憂不知所踐，則聽船順風，遂洋洋遠客而無所歸也。◎皇都本正文「而爲客」訛作「而爲容」。正德本、隆慶本、朱本、馮本「船」作「舩」。案：袁校「所踐」乙作「踐所」。又，正文「順風波以從流」云者，即上「過夏首而西浮」也。

淩陽侯之氾濫兮，

淩，乘也。陽侯，大波之神。

【疏證】

淩，乘也。◎案：淩乘字本作夌，借作淩。詳參九歌國殤「淩余陣兮躐余行」注。淩，俗淩字。漢書卷八七上揚雄傳「陵陽侯之素波兮」，應劭注：「陵，乘也。」陵、淩古字通用。

陽侯，大波之神。◎案：文選卷三四枚乘七發「侯波奮振」，李善注：「楚辭曰：『陵陽侯之氾濫兮。』王逸曰：『陽侯，大波也。』」無「之神」二字。御覽卷七一地部三六波引廣雅：「陽侯，濤大波也。」又引戰國策：「或謂公叔曰：『乘舟，漏而不塞，則舟沈矣，塞漏舟而輕陽侯之波，則舟覆矣。今公自以辯於薛公，是塞漏舟而輕陽侯之波也。』」亦皆無「之神」二字。又，下章句「復乘大波而遊」云云，是舊本無「之神」二字。御覽所引，見卷二七韓策二謂公叔曰乘舟章。又，淮南子卷六覽冥訓：「陽侯之波，逆流而擊。」高注：「陽侯，陵陽國侯也。其國近水，休水而死，其神能爲大波，有所傷害，因謂之陽侯之波。」卷一三氾論訓：「陽侯殺蓼侯，而竊其夫人。」高注：「陽侯，陽陵國侯也。蓼侯，皐陶之後，偃姓之國侯也。今在廬江。」繆、蓼通用字。禮記卷五一坊記第三〇：「陽侯猶殺繆侯，而竊其夫人。」鄭注：「同姓也。以貪夫人之色，至殺君而立。」陽侯、蓼侯皆偃姓，皐陶後也。陽侯死爲江波之神。武王所遇者河伯，亦以陽侯之波稱之。淮南子卷一二道應訓：「荆有佽非，得寶劍於干隊，還反度江，至於中流，陽侯之波，兩蛟俠繞其船。」漢書卷八七上揚雄傳「陵陽侯之素波兮」，應劭云：「陽侯，古之諸侯也，有罪自投江，其神爲大波。」古以

「陽侯之波」凡爲「大波」之别稱，而不言其爲神。説苑卷一七雜言篇：「今子持楫乘扁舟，處廣水之中，當陽侯之波，而臨淵流，適子所能耳。」又，古文苑卷五劉歆遂初賦「遭陽侯之豐沛兮」，因襲於此。

忽翱翔之焉薄？

薄，止也。言己遂復乘大波而遊，忽然無所止薄也。

【疏證】

薄，止也。◎案：薄之爲止，讀如迫。詳參涉江「芳不得薄兮」注。慧琳音義卷一八「栖泊」條：「楚辭『陵陽侯之汎濫兮，忽翱翔之栖泊』，王逸注：『泊，猶止也。』」卷一三「依泊」條、卷九三「止泊」條同引王逸注楚辭：「泊，止也。」文選卷二二謝靈運登池上樓「薄霄愧雲浮」、卷二五謝惠連西陵遇風獻康樂「曲汜薄停旅」、卷二六謝靈運富春渚「赤岸無淹薄」，李善引王逸注：「泊，止也。」皆又謂「泊與薄同，古字通」。新刊校定集注杜詩卷一五奉贈李八丈判官曛「所親問淹泊」，趙引王逸注：「泊，止也。」且亦謂「薄與泊同」。其所據本皆作「泊」字。

言己遂復乘大波而遊，忽然無所止薄也。◎正德本、隆慶本、馮本、俞本、朱本、莊本、劉本、湖北本、四庫章句本「止薄」下無「也」字。案：章句「忽然無所止薄」云云，忽，謂疾貌。無所，猶何所也。

絓，懸。

心絓結而不解兮，

【疏證】

絓，懸。◎莊本「懸」下有「也」字。案：羅本玉篇殘卷糸部「絓」字：「楚辭『心結絓而不解』，王逸曰：『絓，縣也。』」則舊有「也」字。縣、懸古今字。然引正文「絓結」乙作「結絓」。慧琳音義卷八二「絓是」條引王逸注楚辭亦作「懸」字。縣，猶繫也。悲回風亦有此句。絓結，屈賦恆語。又，補注：「絓，礙也。音畫。」絓之訓縣、訓礙，其義相通。

思蹇產而不釋。

蹇產，詰屈也。言己乘船蹈波，愁而恐懼，則心肝縣結，思念詰屈而不可解釋也。

【疏證】

蹇產，詰屈也。◎案：蹇產，言曲貌。促言之曰牽、曰蹇，緩言之曰蹇產。補注：「山曲曰𡾊巄。義與此同。」巃巄，訓詁字。聲轉又作纏綣（釋名釋宮室）、讙喘（方言卷一三）、踡巄（文選卷一一魯靈光殿賦），倒文爲壇卷（淮南子卷一二要略訓）。按其聲轉之跡，與低回、嘽咺、嬋媛等，皆爲一語。

言己乘船蹈波，愁而恐懼，則心肝縣結，思念詰屈而不可解釋也。◎正德本、隆慶本、朱本、馮本「船」作「舩」。正德本、隆慶本、馮本、俞本、莊本、朱本、四庫章句本「縣」作「懸」。寶翰本、惜陰本、皇都本「蹈」作「踏」。劉本無「釋也」二字。案：舩，俗船字。縣、懸古今字。蹈、踏二字義同，然非一字也。章句「心肝縣結，思念詰屈」云云，縣結、詰屈，相對爲文，縣結，猶詰屈不展。唐才子傳卷三孟郊：「郊拙於生事，一貧徹骨，裘褐縣結，未嘗俛眉爲可憐之色。」

將運舟而下浮兮，

運，回也。（舟，船也。）

【疏證】

運，回也。◎文選卷三四枚乘七發「兵車雷運」，李善注引王逸曰：「運，轉也。音旋。」案：章句不注音，「音旋」二字，後所增益。回、轉皆言回旋。運舟，行舟也。運，非回轉。淮南子卷一原道訓「是故能天運地滯」，高注：「運，行也。」爾雅釋詁：「運，徙也。」類聚卷二天部下「雨」條引晉成公綏陰霖賦：「百川汎濫，潢潦横流，沉黿生黽，中庭運舟。」卷四八職官部四「尚書令」條引後魏温子升爲魏南陽王允讓尚書令表：「臣聞立而託乘，乃成致遠之功，坐以運舟，遂有利涉之用。」卷五三政治部下「荐舉」條引北齊邢子才爲李衛軍疾以國子祭酒讓東平王表：「臣聞運舟歸於積水，致遠在於逸足。」韓詩外傳卷四：「桀爲酒池，可以運舟。」運舟，皆言行舟。

舟，船也。◎補注本無注。案：爛敓也。據正德本、隆慶本、湖北本、朱本、馮本、俞本、莊本、四庫章句本補。舟之爲船，詳參湘君「沛吾乘兮桂舟」注。

上洞庭而下江。

言己憂愁，身不能安處也。

【疏證】

言己憂愁，身不能安處也。◎正德本、隆慶本、湖北本、朱本、馮本、俞本、莊本、四庫章句本「愁」作「思」。案：思，亦愁也。其作「憂愁」，不知故訓而妄改。蔣驥山帶閣注楚辭：「上下謂左右。禮東向西向之席，俱以南方爲上。今自荆達岳，東向而行，洞庭在其南，故以洞庭爲上而江爲下也。」游國恩因此爲楚辭中沅湘洞庭諸水斷在江南證，以堅其説。張家山漢墓竹簡蓋廬：「東方爲左，西方爲右，南方爲表，北方爲裏，此胃（謂）順天之道。」楚以左、以東爲上，以右、以西爲下，異於中國。上，逆水行也。下，順水流也。洞庭之水，自南向北注於江，屈原由江入洞庭，則曰上。一九六〇年出土於安徽壽縣鄂君啓節，其舟節記水路自鄂往湘，以湘水在鄂之西南，舟行必先自西上江，而後南折洞庭，故曰「上江，内（入）湘」也。又曰：「上江，帝（適）木關，帝（適）郢。」木關、郢，皆在鄂州之西，舟行逆江而上。清華簡（一）楚居：「前出于喬山，乇（宅）尻（處）爰（洹）波（陂），逆上汌水，見盤庚之子尻（處）于方山。」謂逆洹水上行也。新蔡葛陵楚墓：「渚沮、漳，及江，上逾取菻。」菻，即郴也。在今湖南郴州。溯水趨郴，亦曰「上」。涉江「乘舲船余上沅」，七諫哀命「上沅、湘而分離」。由洞庭順流而東，則曰「下江」。屈子順江夏東行，由涌水入江，而後運舟上洞庭。無何，復下江，至鄂渚而止。

去終古之所居兮，

遠離先祖之宅舍也。

【疏證】

遠離先祖之宅舍也。◎景宋本「祖」作「相」。案：訛也。終古所居，郢都也。楚自武王建都以來，楚之宗族皆居於此。屈子與楚同姓，其先人亦當多居郢。紀郢遺址，城中有貴族第宅區。又，全晉文卷一〇一陸雲九愍悲郢「辭終古之舊墟」，則因於此。

今逍遥而來東。

遂行遊戲，涉江、湖也。

【疏證】

遂行遊戲，涉江、湖也。◎案：章句以「遊戲」釋「逍遥」者，是也。詳參離騷「聊逍遥以相羊」注。又，章句「涉江、湖」云云，江，大江；湖，洞庭湖也。「來東」云云，過洞庭而下江也，章句以「涉江、湖」説之。

羌靈魂之欲歸兮，

精神夢遊，還故居也。

【疏證】

精神夢遊，還故居也。◎案：羌，何爲也。人之靈魂出行謂之夢遊。論衡卷二二紀妖篇第六四：「且人之夢也，占者謂之魂行。」又云：「夢見帝，是魂之上天也。」靈魂欲歸，故云「夢遊」。漢書卷九七上外戚傳：「保靈魂之紛紛兮，哀裴回以躊躇。」九思遭厄：「意逍遥兮欲歸。」皆同此意。

何須臾而忘反！

倚柱顧望，常欲去也。

【疏證】

倚柱顧望，常欲去也。◎正德本、隆慶本、俞本、朱本、馮本、劉本、莊本「柱」作「住」。案：秦漢之世，但言「倚柱」，無有「倚住」。須臾，猶逍遥也，戲遊貌。詳參離騷「聊逍遥以相羊」注。章句「倚柱顧望」云云，言猶豫不決意，與解戲遊者通。汪瑗楚辭集解：「須臾，頃刻也。」非也。

背夏浦而西思兮，

背水嚮家，念親屬也。

【疏證】

背水嚮家，念親屬也。◎渚宮舊事卷三引夏作下。案：夏浦，地名，古無作下者。水經注卷三五江水三：「江水又東，左得二夏浦，俗謂之西江口。又東逕忌置山南，山東即隱口浦矣。江之右岸有城陵山，山有故城，東接微落山，亦曰暉落磯。江之南畔名黄金瀨，瀨東有黄金浦、良父口，夏浦也。」又云：「江水又東，涌水注之。水自夏水南通於江，謂之涌口，二水之間，春秋左氏傳所謂『閻敖游涌而逸』者也。」夏浦，涌口之浦。左傳莊公十八年「閻敖游涌而逸」杜注：「涌水在南郡華容縣。」屈子東行，至涌水，則自北嚮南浮行，上洞庭，復下江，過夏浦之口，而後至鄂。説者或謂此夏浦，夏口之浦，在漢口，非也。章句以上處、舍、湖、居、去、屬協韻，處、湖、居、去，魚部；舍，鐸部；屬，屋部。魚、鐸、屋三部合韻。侯、魚合分，於此見端倪。

哀故都之日遠。

遠離郢都，何遼遼也。

【疏證】

遠離郢都，何遼遼也。◎案：廣雅釋訓：「遼遼，遠也。」九歎憂苦「山脩遠其遼遼兮」，章句：「遼遼，遠貌。」又，後漢書卷二八下馮衍傳「悲六親之日遠」，因襲此語。

登大墳以遠望兮，

想見宮闕與廊廟也。水中高者爲墳，詩曰：「遵彼汝墳。」

【疏證】

想見宮闕與廊廟也。水中高者爲墳，詩曰：「遵彼汝墳。」◎正德本、隆慶本、馮本、俞本、朱本、莊本、湖北本、四庫章句本「詩曰」作「詩云」。案：章句引詩，在周南汝墳，毛傳：「墳，大防也。」李巡注爾雅釋丘：「墳，謂厓岸，狀如墳墓，名大防也。」周禮卷一〇地官司徒第二大司徒「辨其山林川澤丘陵墳衍原濕之名物」，鄭注：「水厓曰墳。」文選卷九潘岳射雉賦「或乃崇墳夷靡」，徐爰注：「墳，大防，今呼爲塘也。」塘，今謂堤也。據此，章句「水中高者」，當爲「水厓高者」，傳寫之訛。大墳，蓋水經注之落暉磯，在今岳陽市東北。又，九歎遠逝「登大墳而望夏首」。旁摭此語。章句以上遼、廟協韻。遼，宵韻；廟，幽韻。宵、幽合韻。

聊以舒吾憂心。

且展我情，渫憂思也。

【疏證】

且展我情，渫憂思也。◎案：史記卷八四屈原列傳「易曰：『井泄不食，爲我心惻，可以汲。』」集解引向秀曰：「泄者，浚治去泥濁也。」泄、渫古字通用。引申之言舒瀉。章句「憂思」云云，平列同義，思亦憂也。舒吾憂心，猶梁江淹江上之山賦「盪夫憂心」（全梁文卷三三）也。

哀州土之平樂兮，

閔惜鄉邑之饒富也。

【疏證】

閔惜鄉邑之饒富也。◎案：州，非泛稱水中地，地名。州土，即州陵也。嶽麓秦簡日書「□七年質日」：「十一月，庚戌，到州陵。」張家山漢簡二年律令亦有「州陵」。漢書卷二八地理志南郡有州陵，顏師古注：「莽曰江夏。」水經卷三五江水注：「又東北逕石子岡，岡上有故城，即州陵縣之故城也。莊辛所言『左州侯國』矣。又東逕州陵新治南，王莽之江夏也。」楊守敬疏云：「漢縣屬南郡，後漢因，吳省，晉武帝復置，仍屬南郡，惠帝改屬竟陵郡，懷帝割屬成都郡，愍帝還南郡，宋屬巴陵郡，齊因，梁爲州城郡治。方輿紀要謂在監利縣東三十里。據此注，則在沔陽州東南。證以隋志西魏省州陵，置建興縣。建興即今州治，其爲州陵地無疑。」蓋在今湖北仙桃市、洪湖市一帶。章句以哀爲「閔惜」者，是也。閔惜，猶吝惜、愛惜，謂不忍舍棄之意。詳參離騷「固前聖之所厚」注。

悲江介之遺風。

遠涉大川，民俗異也。

【疏證】

遠涉大川，民俗異也。◎介，地名，非泛稱江邊也。然未考其在何處。嶽麓秦簡日書「□七年質日」：「十月，丙戌，宿沮陽。丁亥，到介。」沮，水名，在今湖北省西北，源出保康縣西南。沮陽，在沮水之北，南朝劉宋置縣，在今保康縣南。自沮陽到介，歷丙戌至丁亥，凡四十又八日。以州陵地望推之，大略在今武昌附近也。王念孫讀書雜志餘編下：「悲江介之遺風，亦謂風雨之風，非風俗之風也。文選聖主得賢臣頌『追奔電，逐遺風』，李善曰：『遺風，風之疾者。』揚雄甘泉賦『輕先疾雷而馺遺風』。曹植雜詩：『江介多悲風。』義本於此。」案：非也。遺風，謂遺餘風俗。九歎憂苦「好遺風之激楚」，漢書卷八七下揚雄傳「樂往昔之遺風兮」。又，類聚卷一六儲宮部「儲宮」條引温嶠侍臣箴「思二雅之遺風」，卷二一人部五「友悌」條引梁蕭昺答從兄安成王書「憶采若之遺風」，御覽卷五三二禮儀部「社稷」條引殷仲堪合社文「思桑梓之遺風」，宋書卷六九范曄傳載孔熙先獄中上書「竊慕烈士之遺風」，江淹泣賦「眷徐、揚之遺風」，隋書卷三六后妃傳容華夫人載隋煬帝蕭皇后述志賦「慕周姒之遺風」，淮南子卷一原道訓「結激楚之遺風」。皆以遺風爲言遺餘之風習。屈子流放至江之介，見其風俗已非楚習，故悲之也。又，永樂大典卷一五〇七五「江介」

條引楚辭注：「江介，側畔也。」未審所據。非也。

當陵陽之焉至兮，

意欲騰馳，道安極也？

【疏證】

意欲騰馳，道安極也？◎補注引「陵」一作「淩」，曰：「前漢丹陽郡有陵陽，仙人陵陽子明所居也。大人賦云，『反太壹而從陵陽』。」據洪氏所考，謂古本作陵陽。蔣驥山帶閣注楚辭：「陵陽，在今寧國池州之界。」又餘論：「陵陽縣，兩漢屬丹陽郡，唐、宋爲宣州涇縣。水經注云：『陵陽山，竇子明昇仙之所也，縣取名焉。』志云：『今陵陽故城，在池州府青陽縣南六十里，陵陽山有三峰，二屬池州，一屬寧國府之太平，其地南據廬江，北拒大江。』且在郢之直東。竊思原遷江南，應在於此。」後人多從其說，謂屈子放逐遠至皖之廬江。非也。屈子此行，蓋至鄂渚止。章句「意欲騰馳」云云，章句舊本字作淩陽。淩，乘也。陽，陽侯之波也。淩陽，謂乘波也。今作陵者，後世因洪說而妄改也。若必以陵陽爲地名，非宣州陵陽山。陵，讀作臨。禮記卷一五月令第六「毋焚山林」，淮南子卷五時則訓「林」作「陵」。林，臨，古字通用。易臨初九「咸臨」，六三「甘林」，六四「至林」，六五「知臨」，上六「敦臨」，馬王堆漢墓帛書周易「臨」皆作「林」。左傳定公八年「林楚」，公羊傳「林」作「臨」。陵陽，即臨陽，地名，在南楚。包山楚簡第五三簡「臨昜之邑司馬□軻受期」是也。

淼南渡之焉如？

淼滉瀰望，無際極也。

【疏證】

淼滉瀰望，無際極也。◎補注引一作「淼瀁瀰望，無棲集也」。正德本、隆慶本、馮本、俞本、朱本、莊本、湖北本、四庫章句本「滉」作「瀁」，「瀰」作「顧」。案：古者無「淼滉」、「淼瀁」，蓋「滉瀁」之訛。淼，古作渺。説文新附：「淼，大水也。从三水，或作渺。」淼、渺並有曠遠無際意。章句以「滉瀁」解「渺」字之義，故曰「滉瀁瀰望」。切韻殘卷三六蕩韻：「滉，滉瀁。」又，三五養韻：「瀁，滉瀁。」宋本玉篇水部：「漾，浩漾滉瀁，水無際。」慧琳音義卷九四「滉瀁」條：「滉瀁，水貌。瀁，或作漾，音同也。」集韻去聲三六養韻「養」字下有「瀁、漾、潒」三字，曰：「滉瀁，水貌，或从羕，或从象。」類聚卷六三居處部三「館」條引潘尼東武館賦：「瀰望遠覽，滉瀁夷泰，表裏山河，出入襟帶。」滉瀁，亦古恆語，言水大無際涯之意。文選卷二張衡西京賦：「前開唐中，瀰望廣潒。」李善注引字林：「潒，水潒瀁也。」廣潒、滉瀁，聲之轉。或作潢洋（見新序卷九善謀）、汪洋（見南齊劉孝威詩)、汪庠(見東魏東岳嵩陽寺碑)等。中華書局二〇一五年版楚辭補注白化文等校點本作「淼,滉,彌望無際極也。一云:淼,瀇,彌望無棲集也」,則不成其辭。章句以上思、富、異、極協韻,思,之部;富、異、極,職部。平入合韻。集,緝部。若作「無棲集」,集字出韻。

曾不知夏之爲丘兮,

夏,大殿也。丘,墟也。詩云:「於我乎夏屋渠渠。」懷王信用讒佞,國將危亡,曾不知其所居宮殿當爲墟也。

【疏證】

夏,大殿也。丘,墟也。詩云:「於我乎夏屋渠渠。」◎案:章句引詩,在秦風權輿,毛傳:「夏,大也。」又,補注:「夏,大屋。楊子曰:『震風淩雨,然後知夏屋之爲帡幪也。』」洪氏引楊子,在法言卷二吾子篇。夏,今作廈。招魂「冬有突廈,夏室寒些」,章句:「廈,大屋也。」章句訓大殿,隨文設之,「爲傳注」也。文選卷二張衡西京賦「大廈耽耽」,薛綜注:「屋之四下者爲廈。」屋之中高而四下,復以爲殿堂之稱。

懷王信用讒佞,國將危亡,曾不知其所居宮殿當爲墟也。◎案:章句「曾不知其所居宮殿當爲墟」云云,逆知郢之將下、楚之將亡。周拱辰離騷草木史:「即夏浦之夏,謂古今遞閱,陵谷變遷，此江夏不知幾變爲丘陵，又何知兩東門之鞠爲茂草乎？」其説有致，當備爲一解。

孰兩東門之可蕪？

孰，誰也。蕪，逋也。言郢城兩東門非先王所作邪？何可使逋廢而無路？

【疏證】

孰，誰也。◎正德本、隆慶本、馮本、朱本、莊本、湖北本、四庫章句本無「也」字。案：詳參九歌山鬼篇「歲既晏兮孰華予」注。

蕪，逋也。◎案：蕪，荒蕪也。周禮卷二九夏官司馬第四大司馬「野荒民散則削之」，鄭注：「荒，蕪也。」逋字解逋亡，左傳僖公十五年「六年其逋」，杜注：「逋，亡也。」章句復以「逋廢」釋之，亦荒蕪也。

言郢城兩東門非先王所作邪？何可使逋廢而無路？◎劉本無注。正德本、隆慶本、馮本、俞本、朱本、莊本、四庫章句本「邪」作「耶」，無「可」字。湖北北無「可」字。案：邪與耶通。無注，敚也。徐仁甫古詩別義謂「兩，象也，猶言想像」；「『可蕪』謂多蕪，『可』有多義」。非也。「曾不知夏之爲丘兮，孰兩東門之可蕪」，下句述語承上句知字省，屈賦蓋有其例，詳參離騷「紛吾既有此内美兮，又重之以脩能」注。此謂孰知兩東門可蕪也。章句以上墟、路同協魚韻。

心不怡之長久兮，

怡，樂貌也。

【疏證】

怡，樂貌也。◎案：御覽四六九人事部一一〇憂引王逸注：「怡，樂。」則無「貌也」二字。怡之解樂，因爾雅釋詁。又，説文心部：「怡，和也。从心、台聲。」引申之凡言樂。全三國文卷四六阮籍大人先生傳「心不樂乎久留」，祖述此文，則易怡爲樂。久留、久長，其意並同。

憂與愁其相接。

接，續也。言己念楚國將墟，心常含戚，憂愁相續，無有解也。

【疏證】

接，續也。◎御覽四六九人事部一一〇憂引王逸注同。案：説文手部：「接，交也。从手，妾聲。」引申之凡言合、言續也。

言己念楚國將墟，心常含戚，憂愁相續，無有解也。◎朱子集注本正文「愁」作「憂」，引一作「愁」。案：章句「憂愁相續」云云，則舊作「憂與愁」也。全梁文卷三四江淹應謝主簿騷體「憂與憂兮不忘」，唐盧照鄰獄中學騷體「憂與憂兮相接」，並襲此語。則其所據亦蓋作「憂與憂」。類聚卷六四居處部四「道路」條、御覽四六九人事部一一〇憂引楚辭作「憂與憂其相接」。亦不同也。與，猶復也。史記卷七五孟嘗君列傳「貸錢者多不能與其息」，索隱：「與，猶還也。」還亦復也。憂與憂，猶憂復憂，謂憂不絕也。李白宣州謝朓樓餞別校書叔雲：「抽刀斷水水更流，舉杯銷愁愁更愁。」更亦復也。

惟郢路之遼遠兮，

楚道逶迤，山谷隘也。

【疏證】

楚道逶迤，山谷隘也。◎案：郢路，指返歸郢都之路。章句以「逶迤」釋「遼遠」者，逶迤，言路曲長貌。文選卷七甘泉賦「蹶不周之逶迤」，呂向注：「逶迤，長曲貌。」又，李善注：「逶迤，欲平貌也。」實亦相通。又，全梁文卷三四江淹愛遠山「非郢路之遼遠，實寸憂之相接」。反意爲文。以上解、隘二字同協錫韻。

江與夏之不可涉。

分隔兩水，無以渡也。

【疏證】分隔兩水，無以渡也。◎景宋本「隔」作「嗝」。案：訛也。文選卷五九沈約齊故安陸昭王碑文「涉夏踰漢」，李善注：「楚辭曰：『江與夏之不可涉。』夏，水名也。」章句遺義。涉，渡也。詳參離騷「詔西皇使涉予」注。又，章句「無以渡」者，渡字出韻，蓋舊作越。説文繫傳卷三走部：「越，淺渡也。从走、此聲。」引申之凡言渡水。章句以上隘、越同協錫韻。

忽若不信兮，

始從細微，遂見疑也。

【疏證】始從細微，遂見疑也。◎案：章句「始從細微」云云，忽，讀如末，細微也。詩節南山「勿罔君子」，鄭箋：「勿，當作末。」忽，勿聲。比例推之，忽、末亦得通用。呂氏春秋卷一八審應覽第三精諭篇「淺智者之所争則末矣」，高注：「末，小也。」末若，言細微貌。不信，不見信任也。

至今九年而不復。

放且九歲，君不覺也。

【疏證】

放且九歲，君不覺也。◎案：復，復歸於朝也。補注：「卜居言『屈原既放，三年不得復見』，此云『至今九年而不復』。按：楚世家、屈原傳、六國世表、劉向新序云：秦欲吞滅諸侯，屈原爲楚東使於齊，以結强黨。秦國患之，使張儀之楚，賂貴臣上官大夫、靳尚之屬，及令尹子蘭、司馬子椒，内賂夫人鄭袖，共譖屈原。屈原遂放於外，乃作離騷。當懷王之十八年，張儀相楚，十八年，楚囚張儀，復釋去之。是時屈平既疏，不復在位，懷王悔不用屈原之策，於是復用屈原。屈原諫懷王曰：『何不殺張儀？』懷王使人追之不及。三十年，秦昭王欲與懷王會，屈平曰：『不如無行。』懷王卒行。當頃襄王之三年，懷王卒於秦。頃襄聽讒，復放屈原。以此考之，屈平在懷王之世，被絀復用。至頃襄即位，遂放於江南耳。其云『既放三年』，謂被放之初。又云『九年而不復』，蓋作此時放已九年也。」汪瑗楚辭集解：「按秦拔郢，在頃襄王二十一年。今曰『九年不復』，則見廢當在頃襄十三年矣。但無所考其因何事而廢耳。」又曰：「此篇爲拔郢時所作。」又，郭沫若謂屈原之被放，自頃襄七年至二十一年，凡十五年。九，言極數也。九歎憂苦「辭九年而不復兮」，離世「九年之中不吾反兮」。皆因襲此語。則以九年爲實數。余謂此篇之作，與白起拔郢無涉。九年者，言放於江南已有九年。懷王卒後，頃襄王繼位，子蘭爲令尹，則屈子無立足之處，其放蓋在頃襄王二三年間。九年不復，蓋在頃襄王十三四年前後。惜無實據，姑存其説，猶待於出土新材料以證之。

慘鬱鬱而不通兮，

中心憂滿，慮閉塞也。

【疏證】

中心憂滿，慮閉塞也。◎正德本、隆慶本、馮本、俞本、朱本正文「不通」作「不開」，注文「閉」作「悶」。四庫章句本「滿」作「悶」。案：章句但有「閉塞」，而無「悶塞」者，七諫初放「若竹柏之異心」，章句：「言己性達道德，而君閉塞，其志不合，若竹柏之異心也。」憂滿，讀作憂懣，古字通用。説文心部：「懣，煩也。从心、从滿。」段注：「煩者，熱頭痛也。引申之凡心悶皆爲煩。古亦叚『滿』爲之。」懣、悶，聲之轉。爾雅釋詁：「慘，憂也。」章句「憂懣」云云，因爾雅。鬱鬱，愁思不解貌。九辯「馮鬱鬱其何極」，九歎怨思「惟鬱鬱之憂毒兮」。思古：「冥冥深林兮，樹木鬱鬱。」言樹木之盛多貌。二訓相通。鬱，影母字，有盛、蔽義。詳參離騷「時曖曖其將罷兮」注。又，嵇中散集卷四黄門郎向子期難養生論「情志鬱而不通」，與此同意。

蹇侘傺而含慼。

悵然佇立，内結毒也。

【疏證】

悵然佇立，内結毒也。◎案：蹇，猶乃也。侘傺，悵然失志佇立之貌。章句「内結毒」云云，含，内也。慼，憂也。毒，亦憂也。廣雅釋詁：「毒，痛也。」又曰：「毒，苦也。」左傳僖公二十四年「自詒伊慼」，杜注：「慼，憂也。」古多作戚，古今字也。章句以上疑、覺、塞、毒協韻。疑，之部；塞，職部；毒、覺，屋部。之、職、屋合韻。

外承歡之汋約兮，

汋約，好貌。

【疏證】

汋約，好貌。◎案：汋約，連語。聲之轉作綽約，柔弱貌，狀美女容色。莊子卷一逍遥遊篇第一「綽約若處子」，釋文：「李云：綽約，柔弱貌。司馬云：好貌。」文選卷八上林賦「靚糚刻飾，便嬛綽約」，郭璞注：「綽約，婉約也。」或作婥約（見玉篇女部「婥」字注）、繛約（見廣雅釋訓）、淖約（漢書卷八七上揚雄傳「閨中容競淖約兮」，顏師古注：「淖約，善容止也。」猶婉約之意）、淖溺（見淮南子卷一原道訓）、淖弱（見管子卷一四水地篇第三九）、綽異（見三國志卷六五吳書王蕃傳）等，未可勝記。此「汋約」，狀小人諂媚之態，美惡同辭。

諶荏弱而難持。

諶，誠也。言佞人承君歡顏，好其諂言，令之汋約然，小人誠難扶持之也。

【疏證】

諶，誠也。◎案：諶之爲誠，因爾雅釋詁。釋詁又云：「諶，信也。」二訓相通。廣韻下平聲第二一侵韻謂諶、愖、訦、忱四字同，皆訓信也。章句「小人誠難扶持之」云云，是詞之誠。古或以審字爲之。諶、審同侵部，審、禪旁紐雙聲。管子卷一一小稱篇第三二：「審行之身毋怠，雖夷貉之民，可化而使之愛；審去之身，雖兄弟父母，可化而使之惡。」論衡卷六雷虛篇第二三：「審如説雷之家，則圖雷之家非；審如説雷之家，則圖雷之家誤。」史記卷八九張耳列傳：「貫高喜曰：『吾王審出乎？』」皆語之誠。

言佞人承君歡顏，好其諂言，令之汋約然，小人誠難扶持之也。◎俞本「汋約」作「灼灼」。案：訑也。論語卷一七陽貨「色厲而內荏」，集解引孔注：「荏，柔也。」皇疏：「荏，柔佞也。」釋文：「荏，柔也。」荏弱，平列同義，諂佞貌。

忠湛湛而願進兮，

湛湛，重厚貌。

【疏證】

湛湛，重厚貌。◎劉本有「詩曰湛湛露斯」六字。正德本、隆慶本、湖北本、馮本、俞本、莊本、四庫章句本「貌」下有「也」字。案：「詩曰」六字，因補注竄入。湛湛，美惡同辭。九辯「薦諸神之湛湛」，狀神來衆多。招魂「湛湛江水兮上有楓」，章句：「湛湛，水貌。」言水深。皆美辭。又，漢書卷五七下司馬相如傳「紛湛湛其差錯兮」，顏師古注：「湛湛，積厚之貌。」七諫怨世「溷湛湛而日多」，章句：「溷湛湛，喻貪濁也。」皆惡辭。湛湛之訓厚重、厚多，其義相通。此「湛湛」，美辭。又，九辯：「紛純純之願忠兮，妒被離而鄣之。」湛湛易作純純，猶屯屯、醇醇、淳淳、沌沌，皆厚重意，其與「湛湛」音近義同。

妬被離而鄣之。

言己體性重厚，而欲願進，讒人妬害，加被離析，鄣而蔽之。

【疏證】

言己體性重厚，而欲願進，讒人妬害，加被離析，鄣而蔽之。◎正德本、隆慶本、湖北本、朱本、馮本、俞本「析」作「枂」。莊本「析」作「拆」。同治本「妬」作「妒」。四庫章句本「體」作「心」。案：枂，古析字；拆，訛字。又，章句無「心性」，但有「體性」。惜誦：「晉申生之孝子兮，父信讒而不好。」章句：「申生，晉獻公太子也。體性慈孝。」大招「雄雄赫赫，天德明只」，章句：「體性高明，宜爲盡節也。」被離，分散之貌。詳參九辯「妬被離而鄣之」注。又，九歎遠遊「妒被離而折之」，因襲於此。

堯舜之抗行兮，瞭杳杳而薄天。衆讒人之嫉妬兮，被以不慈之僞名。憎愠惀之脩美兮，好夫人之忼慨。衆踥蹀而日進兮，美超遠而逾邁。

（憎，惡。）此皆解於九辯之中。

【疏證】

憎，惡。◎補注本無注。案：爛敚之也。據正德本、隆慶本、湖北本、馮本、俞本、莊本補。

四庫章句本「惡」下有「也」字。國語卷二周語中「其叔父實應且憎，以非余一人」，韋注：「憎，惡也。」憎惡之惡，音烏路反。

此皆解於九辯之中。◎案：據章句，則舊本篇目次第，九辯在九章前。詳參九辯注。又，韓非子卷一二外儲説左下第三三：「梁車爲鄴令，其姊往看之。暮而後至，門閉，因踰郭而入。車遂刖其足。趙成侯以爲不慈，奪之璽而免之令。」不慈，非翅父愛也。

亂曰：曼余目以流觀兮，冀壹反之何時？

曼，猶曼曼，遠貌。言己放遠，日以曼曼，周流觀視，意欲一還，知當何時也。

【疏證】

曼，猶曼曼，遠貌。◎毛祥麟楚辭校文曰：「文瀾閣本『曼曼』作『漫漫』。」案：文津本、文淵本亦作「曼曼」。説文又部：「曼，引也。从又，冒聲。」引申之凡言長遠。此「曼余目」，猶離騷「來吾道」、「邅吾道」句法，言余曼目也。曼，延引也。漢書卷二二禮樂志「德施大，世曼壽」，顔師古注：「曼，延也。」屈子曰曼目，漢、晉曰延目，古今别語。後漢書卷八〇下邊讓傳：「延目廣望，騁觀終日。」陶淵明時運詩：「延目中流，悠想清沂。」庚子歲五月中從都還阻風於規林詩二首：「延目識南嶺，空歎將焉如。」章句「日以曼曼」云云，失之句法。

言己放遠，日以曼曼，周流觀視，意欲一還，知當何時也。◎正德本、隆慶本、馮本、俞本、朱本、劉本、莊本、湖北本、四庫章句本「欲」作「想」。皇都本「日以」作「目以」。案：訛也。章句但有「意欲」，而無作「意想」。離騷「欲自適而不可」，章句：「意欲自往，禮又不可。」又，「余焉能忍與此終古」，章句：「意欲復去也。」舊本作「意欲」。流觀，言周流覽觀也。陶淵明讀山海經詩：「汎覽周王傳，流觀山海圖。」

鳥飛反故鄉兮，

思故巢也。

【疏證】

思故巢也。◎案：文選卷二九王瓚雜詩一首：「人情懷舊鄉，客鳥思故林。」李善注引文子：「鳥飛反鄉，依其所生。」全晉文卷一四四鐘琰遐思賦「感飛鳥之反鄉」。古之恆語。

狐死必首丘。

念舊居也。

【疏證】

念舊居也。◎案：禮記卷七檀弓上第三：「樂，樂其所自生；禮，不忘其本。古之人有言曰：『狐死正丘首，仁也。』」鄭注：「正丘首，正首丘也。」淮南子卷一七説林訓：「鳥飛反鄉，兔走歸窟，狐死首邱，寒將翔水，各哀其所生。」七諫怨思：「狐死必首丘兮，夫人孰能不反其真情？」列女傳卷五節義晉圉懷嬴：「夫鳥飛反鄉，狐死首丘，我其首晉而死。」文選卷二三王粲七哀詩：「狐狸馳赴穴，飛鳥翔故林。」李善注：「皆言不忘本也。」晉書卷八六張寔傳：「肅曰：『狐死首丘，心不忘本。』」狐死首丘，古之通喻。又，卷九二文苑傳謂張翰著首丘賦（此賦今已佚），蓋因狐死首丘而託諭不忘本。章句以上巢、居協韻。巢，宵韻；居，魚韻。宵、魚合韻。

信非吾罪而棄逐兮，

我以忠信而獲過也。

【疏證】

我以忠信而獲過也。◎案：信非，猶誠非也，古之恆語。全梁文卷五梁武帝答皇太子請御講敕：「方今信非談日。」南史卷二二王規傳「俱往之傷，信非虛説」。楊衒之洛陽伽藍記卷三城南：「汝、潁之士利如錐，燕、趙之士鈍如錘，信非虛言也。」陳書卷六後主紀：「考之梁、陳及隋，信非虛論。」梁書卷二五徐勉傳載書誡子崧：「詳求此言，信非徒語。」

何日夜而忘之！

晝夜念君，不遠離也。

【疏證】

晝夜念君，不遠離也。◎案：章句「不遠離」云云，謂屈子身離郢都，而心繫楚國。又，後漢書卷二八下馮衍傳「並日夜而憂思兮」，因襲於此。章句以上過、離協韻。過，歌韻；離，支韻。支、歌合韻。

哀郢

補注：「此章言己雖被放，心在楚國，徘徊而不忍去，蔽於讒諂，思見君而不得。故太史公讀哀郢而悲其志也。」案：據篇中地理，言屈子行蹤，多有争議。余謂屈子仲春二月甲日之朝出郢東門，舟行，過夏首，循江夏而東，至涌水，運舟折南，上洞庭之湖，復折下江，終鄂渚而止也。

心鬱鬱之憂思兮，

哀憤結縎，慮煩冤也。

【疏證】

哀憤結縎，慮煩冤也。◎案：廣雅釋詁：「縎，結也。」王念孫疏證：「說文曰：『縎，結也。』釋訓云：『結縎，不解也。』漢書息夫躬傳『心結愲兮傷肝』，楚辭九思『心結愲兮折摧』，愲與縎通。莊子徐無鬼篇『頡滑有實』，向秀注：『頡滑，錯亂也。』頡滑與結縎義亦相近。」結縎、結愲、頡滑，皆鬱結不舒意。聲之轉，與蘊結、菀結、怨結、冤結、委結等亦相通。袁校易「縎」作「緝」，非也。又，憂思，平列同義，思亦憂也。清華簡（三）芮良夫毖：「民日不幸，尚（常）憂思。」憂思，亦古語。

獨永歎乎增傷。

哀悲太息，損肺肝也。

【疏證】

哀悲太息，損肺肝也。◎案：永歎，謂太息也。傷，猶創也，故章句以「損肝肺」說之。九辯「中結軫而增傷」，章句：「肝膽破裂，心剖愊也。」亦同此意。又，七諫自悲：「居愁懃其誰告兮，獨永思而憂悲。」哀時命：「悵惝罔目永思兮，心紆軫而增傷。」皆因襲於此。

思蹇產之不釋兮，

心中詰屈，如連環也。

【疏證】心中詰屈，如連環也。◎案：思，愁也。蹇產，鬱結不解之貌。詳參哀郢「思蹇產而不釋」注。章句「心中詰屈」云云，詰屈，猶偃蹇也，言不釋貌。章句以上寃、肝、環同協元韻。

曼遭夜之方長。

憂不能眠，時難曉也。

【疏證】憂不能眠，時難曉也。◎案：曼遭夜，猶遭曼夜，例同哀郢「曼余目」之句法。又，曉字出韻。舊宜作「憂時難曉不能眠」。章句以環、眠協韻。環，元韻；眠，真韻。真、元合韻。

悲秋風之動容兮，

風爲政令。動，摇也。言風起而草木之類摇動，君令下而百姓之化行也。

【疏證】

風爲政令。◎案：離騷「後飛廉使奔屬」，章句：「飛廉，風伯也，風爲號令，以喻君命。」九辯「從風雨而飛颺」，章句：「夫風爲號令，雨爲德惠，故風動而草木摇，雨降而萬物殖。故以風雨喻君。言政令德惠所由出也。」九歎遠遊「風邑邑而蔽之」，章句：「而政令微弱，適以自蔽者也。」皆以風爲政令之喻詞。荀子卷三非相篇第五：「起於上所以道於下，正令是也。」楊注：「正與政同。」風之起自上而下，二者相類，故以爲喻。又，文選卷一三宋玉風賦：「故其清涼雄風，則飄舉升降，乘凌高城，入于深宫，邸華葉而振氣，徘徊於桂椒之間，翱翔於激水之上，將擊芙蓉之精，獵蕙草，離秦衡，槩新夷，被荑楊，迴穴衝陵，蕭條衆芳，然後倘佯中庭，北上玉堂，躋于羅帷，經于洞房，迺得爲大王之風也。故其風中人狀，直憯悽惏慄，清涼增欷，清清泠泠，愈病析酲，發明耳目，寧體便人，此所謂大王之雄風也。」則以雄風隱喻王政之清明。出于相同之文化背景。

動，摇也。◎案：動之爲摇者，於義未協。動容，猶變容、改色。呂氏春秋卷九季秋紀第三知士篇「宣王太息，動於顔色」，高注：「動，變也。」古者言動容，義有多端：有謂合乎禮節者，論語卷八泰伯：「君子所貴乎道者三：動容貌，斯遠暴慢矣。」孟子卷一四盡心篇下：「動容周旋中禮者，盛德之至也。」或謂苟合取媚者，則多施於便嬖女色。莊子卷三天地篇第一二：「垂衣裳，設采色，動容貌，以媚一世，而不自謂道諛。」淮南子卷一九脩務訓：「今鼓舞者，繞身若環，曾撓摩地，扶旋猗那，動容轉曲，便媚擬神。」古文苑卷三班婕妤擣素賦：「若乃盼睞生姿，動容多致，弱態含羞，妖風靡麗。」或言憂戚之意。後漢書卷四二光武帝十王傳附楚王英「乃閔陰太后舊時器服，愴然動容」是也。此「動容」，言易色也。補注：「九辯曰：『悲哉秋之爲氣也，蕭瑟兮草木搖落而變衰。』意與此同。」得屈子本心。

言風起而草木之類搖動，君令下而百姓之化行也。◎案：袁校「化行」作「行化」。審下「則其化流行」，則舊作「化行」。

何囘極之浮浮！

囘，邪也。極，中也。浮浮，行貌。懷王爲囘邪之政，不合道中，則其化流行，羣下皆効也。

【疏證】

囘，邪也。◎正德本、馮本、湖北本、四庫章句本「囘」作「回」。案：囘與回同。説文：「回，轉也。从□，中象回轉形。」引申之凡言違背、邪曲。此「回極」，言運極也。回，猶運轉也。九歎遠遊「徵九神於回極兮」，章句：「回，旋也。」章句因以彼「回」爲「運」，而謂此爲「回邪之政」，前後相乖，何以若此耶？

極，中也。◎案：極，天極也。馬王堆漢帛書經法國次：「故唯聖人能盡天極，能用天當(常)。」論篇：「是以守天地之極，與天俱見，盡□于四極之中，執六枋(柄)以令天下。」十六經兵容：「茀茀陽陽，因民之力，逆天之極，有(又)重有功，其國家以危，社稷以匡，事無成功，慶且不鄉(饗)其功。此天之道也。」回極，謂天極運轉。文選卷九揚雄長楊賦「順斗極，運天關」，李善注引服虔：「隨天斗極運轉也。」古書多言運極。全三國文卷一九曹植王仲宣誄：「如何不濟，運極命衰。」全晉文卷五七袁宏三國名臣贊：「運極道消，碎此明月。」全梁文卷四六陶弘景水仙賦：「逮乎璇綱運極，九六數翻。」文選卷四七陸機漢高祖功臣贊「皇階授木」，李善注引春秋保乾圖：「黑帝治八百歲，運極而授木。」或倒作極運，九思匡機「極運兮不中」是也。

浮浮，行貌。◎案：浮浮，言飄行無定貌。謂天極運轉無常也。詩角弓「雨雪浮浮」，毛傳：「浮浮，猶瀌瀌也，流流而去也。」文選卷一三謝惠連雪賦：「其爲狀也，散漫交錯，氛氳蕭索，藹藹浮浮，瀌瀌弈弈。」即同此意。

懷王爲回邪之政，不合道中，則其化流行，羣下皆効也。◎正德本、隆慶本、馮本、俞本、朱本、劉本、莊本、湖北本、四庫章句本「懷王」上有「言」字。四庫章句本「中」作「也」。同治本「効」作「效」。案：據例，舊有「言」字。効、效同。李果風俗通義序：「上行下效謂之風。」通鑑卷一七漢紀九世宗孝武皇帝上建元元年：「天子大夫者，下民之所視效，遠方之所四面而內望也，近者視而放之，遠者望而效之。」蓋章句所謂「則其化流行羣下皆效」之意也。

數惟蓀之多怒兮，

數，紀也。蓀，香草也，以喻君。

【疏證】

數，紀也。◎案：國語卷一周語上：「若國亡，不過十年，數之紀也。夫天之所棄，不過其紀。」韋注：「數起於一，終於十，十則更，故曰紀也。」卷九晉語三：「數，言之紀也。」韋注：「謂言者紀其數也。」

蓀，香草也，以喻君。◎案：詳參離騷「荃不察余之中情兮」注。文選卷四南都賦「薇蕪蓀萇」，李善注引王逸曰：「蓀，香草也。」則無「以喻君」三字。又，正文「多怒」之多，當作朋，形訛字。朋，馮也，古字通用。戰國策卷四秦策二「而臣受公仲侈之怨也」，史記卷七一甘茂列傳同，集解引徐廣：「侈一作馮。」卷四六田敬仲完世家集解引徐廣作公仲朋。馮，怒也，楚人怒謂之馮。詳參天問「康回憑怒」注。章句「又多忿怒」云云，舊本已訛馮爲「多」字。北大簡（五）周馴（訓）：「爲人君者，喜怒不可以還（旋）發之於前。有所唯，未可以還（旋）唯之；有所非，未可以還（旋）非之。」

傷余心之慢慢。

慢，痛貌也。言己惟思君行，紀數其過，又多忿怒，無罪受罰，故我心慢慢而傷痛也。

【疏證】

慢，痛貌也。◎案：補注：「慢音憂，説文云：『愁也。』」今本説文無慢字，訓愁者，即憂字義。洪氏音憂，蓋説以假借。慢字見詩月出「舒慢受兮」，釋文：「慢，於久反，舒貌。」借慢爲優，亦非憂愁義。

言己惟思君行，紀數其過，又多忿怒，無罪受罰，故我心慢慢而傷痛也。◎正德本、隆慶本、馮本、俞本、劉本、朱本、莊本、湖北本、四庫章句本無「己」字，「罪」作「辠」。袁校「其過」作「其罪過」。案：辠，古罪字。章句「惟思」云云，平列同義，惟亦思也。詩生民「載謀載惟」，鄭箋：「惟，思也。」

願摇起而横奔兮，

言己見君妄怒，無辜而受罰，則欲搖動而奔走。

【疏證】言己見君妄怒，無辜而受罰，則欲搖動而奔走。◎案：搖，非搖動之義。王念孫讀書雜志餘編下：「搖起，疾起也。疾起與橫奔，文正相對。方言曰：『搖，疾也。燕之外鄙、朝鮮、洌水之間曰搖。』淮南原道篇曰：『疾而不搖。』漢書郊祀志曰：『遙興輕舉。』遙與搖通。彼言遙興，猶此言搖起矣。」其説得之。方言卷六：「汩、遥，疾行也。南楚之外曰汩，或曰遥。」搖、遥古字通用。搖疾，亦楚語。又，橫奔，言大奔也，屈賦恆語，惜誦「欲橫奔以失路」是也。橫，古有大義。漢帛書九主：「『臣主橫危，危之至。是故半君之臣罪無□。』〔后〕曰：『於乎（嗚呼），危才（哉）半君！』『是故或聞道而能吾（悟），吾（悟）正其橫臣者□。』」橫危，大危；橫臣，大臣。孫臏兵法禽龐涓：「橫卷四達環塗，□橫卷所□陣也。」橫卷，大卷也。五度九奪：「五度既明，兵乃橫行。」橫行，大行也。

覽民尤以自鎮。

尤，過也。鎮，止也。言己覽觀衆民多無過惡，而被刑罰，非獨己身，自鎮止而慰己也。

【疏證】尤，過也。◎案：詳參離騷「忍尤而攘詬」注。民尤，言民之禍患也。

鎮，止也。◎案：鎮，所以鎮壓也。詳參九歌東皇太一「瑤席兮玉瑱」注。引申之言靜止、安靜。周禮卷一八春官宗伯第三大宗伯「王執鎮圭」，鄭注：「鎮，安也。」

言己覽觀衆民多無過惡，而被刑罰，非獨己身，自鎮止而慰己也。◎正德本、隆慶本、馮本、俞本、朱本、莊本、湖北本、四庫章句本「被刑」下無「罰」字。「己身」下有「故」字。案：刑罰，章句恆語，皆可以本校。離騷「武丁用而不疑」，章句：「言傅說抱懷道德，而遭遇於刑罰，操築作於傅巖。」諸本皆爛敚之也。無「故」字，不辭也。

結微情以陳詞兮，

結續妙思，作辭賦也。

【疏證】結續妙思，作辭賦也。◎案：章句以「妙思」解「微情」，以微爲精妙之義。文選卷一九登徒子好色賦「口多微辭」，李善注：「微，妙也。」荀子卷一五解蔽篇第二一「未可謂微也」，楊倞注：

「微者，精妙之謂也。」漢帛書十經道原：「精微之所不至，稽極之所不能過。」又，章句以「作辭賦」解「陳詞」，詞猶詩也。孟子卷九萬章上：「故説詩者不以文害辭，不以辭害志。以意逆志，是爲得之，如以辭而已矣。」趙注：「辭，詩人所歌詠之辭。」詞、辭古字通。

矯以遺夫美人。

舉與懷王，使覽照也。

【疏證】舉與懷王，使覽照也。◎案：矯之爲舉，讀作撟，古字通用。詳參離騷「矯菌桂以紉蕙兮」注。遺，與也。美人，夫君也，託喻君王。又，章句「覽照」云云，照，知也，言觀知也。

昔君與我誠言兮，

始君與己謀政務也。

【疏證】始君與己謀政務也。◎補注引「誠」一作「成」。案：成言，古之恆語，用以交結。審此施於婚姻。詳參離騷「初既與余成言兮」注。舊本作「成言」。九店楚簡日書：「凡城日，内人，城（成）言。」借成作城。章句以上賦、照、務協韻。賦，魚韻；照，宵韻；務，幽韻。魚、宵、照合韻。

曰黄昏以爲期。

且待日没間静時也。

【疏證】

且待日没間静時也。◎隆慶本、馮本、朱本、同治本「間」作「閒」。案：間、閒同。補注：「淮南曰：『薄于虞淵，是謂黄昏。』黄昏，喻晚節也。戰國策云：『行百里者半於九十。』此言末路之難。」非也。戴震屈原賦注：「日加戌曰黄昏。此以女子之嫁者爲比，有成言，有昏期，至中路見棄，豈其有罪也。」其説得屈子本旨。此以夫婦託喻君臣，黄昏者，婚姻之期也。儀禮卷六士昏禮第二：「記：士昏禮，凡行事，必用昏昕，受諸禰廟。」鄭注：「用昕，使者，用昏，壻也。」賈疏：「『用昏壻也』者，謂親迎時也。」詩東門之楊：「昏以爲期。」鄭箋：「親迎之禮以昏時。」説文女部：「婚，婦家也。禮：娶婦以昏時。婦人，陰也。故曰婚从女、从昏，昏亦聲。」白虎通義卷九嫁娶：「婚者，昏時行禮，故謂之婚也。」釋名釋親屬：「婦之父曰婚，言壻親迎用昏，又恒以昏夜成禮也。」章句「日沒間静時」云云，即禮所謂「娶婦以昏時」也。

羌中道而回畔兮，

信用讒人，更狐疑也。

【疏證】

信用讒人，更狐疑也。◎案：中道，謂半路。回畔，章句釋「狐疑」，是「徘徊」倒文，言狐疑也。漢書卷六〇杜周傳附杜欽「宿夜徘徊，不忍遠去」是也。桓譚新論第三求輔篇：「既聽納，有所施行，而事未及成，讒人隨而惡之，即中道狐疑，或使言者還受其尤。」其是之謂也。章句以上時、疑同協之韻。

反既有此他志。

謂己不忠，遂外疏也。

【疏證】

謂己不忠，遂外疏也。◎正德本、隆慶本、馮本、俞本、莊本、朱本、劉本、四庫章句本「疏」作「踈」。案：疏與踈同。章句「外疏」云云，而不言「外放」。史記卷八四屈原列傳：「上官大夫與之同列，争寵而心害其能。懷王使屈原造爲憲令，屈平屬草藁未定。上官大夫見而欲奪之，屈平不與，因讒之曰：『王使屈平爲令，衆莫不知，每一令出，平伐其功，以爲「非我莫能爲」也。』王怒而疏屈平。」即其事也。「外疏」云者，去國都而遷於外。此篇所叙，原外疏於漢北。離騷作於頃襄之世，曰：「初既與余成言兮，後悔遁而有他。」乃追憶其「外疏」之事。此篇所作，在「外疏」漢北時也。又，上言秋風動容，曼夜方長，去郢而疏於漢北，是在夏曆九月間。

憍吾以其美好兮，

握持寶玩以侮余也。

【疏證】

握持寶玩以侮余也。◎正德本、隆慶本、劉本「侮」作「悔」。案：悔，訛也。章句以「侮」釋「憍」，則散文不別。憍，通作驕。離騷「保厥美以驕傲兮」，章句：「倨簡曰驕，侮慢曰傲。」補注：「此言懷王自矜伐也。憍，矜也。莊子曰：『虛憍而恃氣。』」矜，自伐也，猶「倨簡」也。章句「握持寶玩」云云，握持，複語不別。對文在手曰握，共奉曰持。章句以上疏、余同協魚韻。

覽余以其脩姱。

陳列好色以示我也。

【疏證】陳列好色以示我也。◎案：脩姱，平列同義，屈賦恒語，詳參離騷「余雖好脩姱以鞿羈兮」注。倒文曰姱脩，大招「姱脩滂浩麗以佳」是也。又，章句「以示我」云云，我字出韻。舊本作「予」也。後蓋因章句上「侮余」而妄改也。

與余言而不信兮，

外若親己，内懷詐也。

【疏證】外若親己，内懷詐也。◎案：章句妙肖屈子「外疏」於懷王時之情狀。「與余言」者，知與懷王交，猶未之斷，故謂「外若親己」；「而不信」云云，則其君臣之間，怨隙甚深，故謂「内懷詐」。補注引「余言」一作「途言」，非是。

蓋爲余而造怒。

責其非職，語横暴也。

【疏證】責其非職，語横暴也。◎莊本、俞本「其非」作「非其」。案：倒乙也。章句以「横暴」釋「造怒」，蓋以造爲驟。易乾用九象：「大人造也。」釋文：「造，劉歆父子作聚。」漢書卷三六楚元王傳引造作聚。聚、驟古通用字。説文馬部：「驟，馬疾步也。从馬，聚聲。」引申之凡言疾也。老子二十三章「驟雨不終」，河上公注：「驟雨，暴雨也。」驟怒，謂暴怒。章句以上詐、暴協韻。詐，鐸韻；暴，藥韻。藥、鐸合韻。

願承閒而自察兮，

思待清宴，自解説也。

【疏證】思待清宴，自解説也。◎案：説文手部：「承，奉也，受也。从手从卩从廾。」引申之凡言待止。詩閟宫「則莫我敢承」，毛傳：「承，止也。」正義：「承者，當待之義。」閒，暇也。章句「清晏」云云，得其旨也。又，章句以「自解説」釋「自察」，則舊本「察」作「説」。今本作察，説之音訛。説，解説也。易遯六二「莫之勝説」，釋文引王肅云：「説，解説也。」又，七諫謬諫「願承閒而效志兮」，九歎逢紛「願承閒而自恃兮」。皆因承於此，謂「效志」、謂「自恃」，皆解説意。亦得參證之。

心震悼而不敢。

志恐動悸，心中怛也。

【疏證】

志恐動悸，心中怛也。◎案：震，讀如哀郢「何百姓之震愆」之震，恐也。説文心部：「悼，懼也。陳、楚謂懼曰悼。从心，卓聲。」悼，楚語。震悼，平列同義。章句「動悸」云云，動，言驚也。動悸，平列同義，東漢恆語。御覽卷三九八人事部三九吉夢下引東觀漢記：「夢乘龍上天，覺悟，心中動悸。」傷寒論卷四：「傷寒，脈結代，心動悸。」

悲夷猶而冀進兮，

意懷猶豫，幸擢拔也。

【疏證】

意懷猶豫，幸擢拔也。◎正德本、隆慶本、馮本、俞本、劉本、朱本、莊本、湖北本、四庫章句本「擢拔」作「拔擢」。皇都本「幸」訛爲「莘」。案：若作「拔擢」，則出韻也。章句以「意懷」釋「悲」之義，其本正文「悲」，當作志，訛也。志，意也。禮記卷五一孔子閒居第二九「志之所至，詩亦至焉」，鄭注：「志，謂思意也。」夷猶，猶豫也。詳參九歌湘君「君不行兮夷猶」注。

心怛傷之憺憺。

肝膽剖破，血凝滯也。

【疏證】

肝膽剖破，血凝滯也。◎案：説文心部：「憺，安也。从心、詹聲。」引申之凡言定止。淮南子卷二俶真訓「蜂蠆螫指而神不能憺」，高注：「憺，定也。」章句「血凝滯」云云，猶定止也。古者以恐懼或悲傷之至，曰「血凝滯」，曰「氣哽塞」，若命將止，則謂之憺定。又，漢書卷五四李廣傳「威稜憺乎鄰國」，李奇曰：「憺，猶動也。」蘇林曰：「陳留人語恐言憺之。」憺，楚語。劉永濟屈賦音注詳解校憺憺爲惔惔，謂「憂來如焚也」，非也。煩憺之字讀如惔。

茲歷情以陳辭兮，

發此憤思，列謀謨也。

【疏證】發此憤思，列謀謨也。◎補注引正文「茲歷情」一作「歷茲情」。案：歷茲，屈賦恆語，離騷「喟憑心而歷茲」，又曰「委厥美而歷茲」，哀時命「懷隱憂而歷茲」。舊作「歷茲情」。又，章句「發此憤思」云云，其舊本亦作「歷茲情」。又，章句「發此憤思」云云，憤思者，猶憂憤也。

蓀詳聾而不聞。

君耳不聽，若風過也。

【疏證】君耳不聽，若風過也。◎案：章句以「不聞」爲「不聽」，散文也。對文則別。説文耳部：「聞，知聲也。从耳，从門。䎽，古文从昏。」段注：「往曰聽，來曰聞。大學：『心不在焉，聽而不聞。』」往，從也；來，受也。從之曰聽，聽有聆審、順從、平治意。受之曰聞，聞有聞知、通達、聲聞意。郭店楚墓竹簡老子（丙）曰：「聖（聽）之不足䎽（聞），而不可既也。」聞、聽，對文未可溷。周、秦之世耳聞曰聞，漢世以還則易曰聽，古今別語。章句以上説、怛、拔、滯、謨、過協韻，説、怛、拔、滯，並月韻，歌之入也；過，歌韻。謨，魚韻。歌、魚合韻。

固切人之不媚兮，

琢瑳羣佞，見憎惡也。

【疏證】

琢瑳羣佞，見憎惡也。◎景宋本「瑳」作「差」。正德本、隆慶本、馮本、俞本、朱本、湖北本、劉本、四庫章句本「見」作「具」。案：差、瑳，古字通用。史記卷八四屈原列傳「景差」，漢書卷二〇古今人表作「景瑳」。史記索隱：「今作差，是字省耳。」又，章句以「琢瑳」釋「切」義，因詩淇奧「如切如磋」，毛傳：「治骨曰切，象曰磋，玉曰琢，石曰磨。」散文不别，治人亦曰切人。魏、晉以還以切爲感切意。全晉文卷二六王羲之雜帖：「觸事切人，處此而能令哀惻不經於心，殆空語耳。」切人，猶感人。與此同詞異義。不媚，謂己不諂媚以取悦於人也。章句「見憎惡」云云，則非其義。

衆果以我爲患。

諂諛比己于劒戟也。

【疏證】

諂諛比己于劒戟也。◎四庫章句本「于劍戟」作「於勾戟」。正德本、隆慶本、馮本、劉本、湖北本「于」作「於」。惜陰本、同治本「劒」作「劍」。案：勾戟，或作「句戟」，但見賈誼過秦論，史記卷六秦始皇本紀：「非錟於句戟長鎩也。」周、秦、兩漢之書多作「劍戟」。荀子卷一二正論篇第一八：「則援劍戟而逐之。」論衡卷二幸偶篇第五：「等之金也，或爲劍戟，或爲鋒銛。」韓非子卷六解老篇第二〇：「譬之若劍戟，愚人行忿則禍生。」舊本作「劍戟」。果，即上博簡（六）莊王既城「吾既果無敵，㠯（以）共春秋之嘗」之「果」，謂能也。亟先：「甬（庸）又（有）果與不果。」又曰：「舉天下之乍（作）也，無不得丌亟而果述（遂）。」郭店楚墓竹簡緇衣：「不遂不果，不果不柬（簡）。」又曰：「辯植（直）而述（遂）之，遂也。遂而不畏强語（禦），果也。」尊德義：「教以豊（禮），則民果以巠。」以上「果」者，皆謂能也。孟子卷二梁惠王下：「君走，以不果來也。」趙岐注：「果，能也。」才能之虛化，則爲乃也。訓見王引之經傳釋詞。

初吾所陳之耿著兮，

論説政治，道明白也。

【疏證】

論說政治，道明白也。◎案：耿之爲明者，讀作炯。詩邶風柏舟「耿耿不寐」，遠遊章句引作「炯炯不寐」。說文火部：「炯，光也。」文選卷一四班固幽通賦「又申之以炯戒」，曹大家注：「炯，明也。」又，廣雅釋詁：「著，明也。」耿著，平列同義。

豈至今其庸亡？

文辭尚在，可求索也。

【疏證】

文辭尚在，可求索也。◎補注引一云「豈不至今其庸亡」，又引「亡」一作「止」。劉夢鵬屈子章句謂「亡，當作忘」。案：亡、忘，古字通用。亡，若作止，出韻。庸亡，言爲忘也。庸，通作用。書益稷「帝庸作歌」，史記卷二夏本紀引庸作用。用，以也，爲也。訓見王引之經傳釋詞卷一「以」字條。言豈至今其爲忘耶？謂文辭猶在。若作「豈不至今其庸亡」，謂文辭已亡不復在。當失其旨。

何毒藥之謇謇兮，

忠信不美，如毒藥也。

【疏證】

忠信不美，如毒藥也。◎補注引一云「何獨樂斯之謇謇兮」。案：若作「毒藥」，句中無述語，不辭也。舊作「獨樂」是也。章句「如毒藥也」云云，以釋「謇謇」。毒藥，非鴆毒殺人之藥，治病良藥。周禮卷五天官冢宰第一醫師「掌醫之政令，聚毒藥以共醫事」，鄭注：「毒藥，藥之辛苦者。藥之物恒多毒，孟子曰：『若藥不瞑眩，厥疾不瘳。』」賈疏：「案：孟子：滕文公爲世子將之楚，過宋，見孟子，而謂之云：『今滕國絶長補短，五十里可以爲善國乎！書曰：「藥不瞑眩，厥疾不瘳。」』注云：『逸書也。藥使人瞑眩悶亂，乃得瘳愈，猶人敦德惠乃治也。』引之者，證藥中有毒之意。」古之所謂「毒藥」，藥之辛苦雖使人悶亂而能愈疾者。淮南子卷一四詮言訓：「割痤疽，非不痛也；飲毒藥，非不苦也。然而爲之者，便於身也。」呂氏春秋卷三季春紀第二盡數篇：「故巫醫毒藥，逐除治之。」漢人多以毒藥喻忠言，以其性相通。史記卷五五留侯世家：「忠言逆耳利於行，毒藥苦口利於病。」卷一一八淮南王傳：「毒藥苦於口利於病，忠言逆於耳利於行。」而章句「忠信不美如毒藥」云云，亦同此意。

願蓀美之可完。

想君德化，可興復也。

【疏證】

想君德化，可興復也。◎案：完子出韻，補注引「完」一作「光」。完，光之訛。羅本玉篇殘卷糸部「綄」字作「絖」，俗書完如光。漢書卷二九溝洫志「今見在成平、東光、鬲界中」，顏師古曰：「胡蘇在東光」，定本誤作東筦。詩皇矣「載錫之光」，毛傳：「光，大也。」章句「可興復」云云，即用「光大」義，舊作「可光」。光，與上文亡同協陽韻。後世云「光復」，蓋此語遺義。章句以上惡、戟、白、索、藥、復協韻。惡、白、索，鐸韻；藥，藥韻；復，覺韻。鐸、藥、覺合韻。

望三五以爲像兮，

三王五伯，可修法也。

【疏證】

三王五伯，可修法也。◎案：三五，非三王、五伯，同離騷之三后。五，王字之訛。王、五二字，古書多有互訛。三王者，楚熊渠所封三子：長子伯庸爲句亶王，中子紅爲鄂王，少子執疵爲越章王也。楚之興，自三王始，爲楚人最可稱道者。詳參離騷「昔三后之純粹兮」注。又，九歎思古「背三五之典刑兮」，章句：「三皇五帝。」訛自劉向也。又，懷沙「願志之有像」，章句：「像，法也。」

指彭咸以爲儀。

先賢清白，我式之也。

【疏證】

先賢清白，我式之也。◎案：儀與上像字爲對文，並言法式。文選卷五五陸機演連珠「是以儀天步晷而修短可量」，劉孝標注：「儀，猶法象也。」儀像字作義。郭店楚墓竹簡緇衣：「寺（詩）員（云）：『𠱾人君子，其義（儀）不弋（忒）。』」又曰：「寺（詩）員（云）：『新（慎）爾出話，敬爾愄義（威儀）。』」清華簡（五）厚父：「民惟酒用敗畏（威）義（儀）。」說文：「義，己之威儀也。从我、羊。」羊之言象也，以賅其「威儀」。清華簡（七）越公其事「詳」字作「𧬈」。是其證。我，「己」也。對文己之象謂之義，他之象謂之像。散文不別。

夫何極而不至兮，

盡心修善，獲官爵也。

【疏證】

盡心修善，獲官爵也。◎景宋本「修」作「脩」。案：修、脩古字通。章句以「獲官爵」釋「何極而不至」，失之。此承上謂己效法三王、彭咸，無所不至。莊子卷八天下篇第三三：「常寬容於物，不削於人，可謂至極，關尹、老聃乎，古之博大真人哉！」淮南子卷一〇繆稱訓：「故聖人栗栗乎其内，而至乎至極矣。」其是之謂也。章句以上之、爵協韻。之，之韻；爵，藥韻。之、藥合韻。

故遠聞而難虧。

功名布流，長不滅也。

【疏證】

功名布流，長不滅也。◎案：聲之所以遠聞，莫貴乎玉；故君子之德以玉爲喻。郭店楚墓竹簡五行篇：「金聖（聲）而玉晨（振）之，又（有）悳（德）者也。金聖（聲），善也；玉音，聖也。善，人道也；悳（德），天□□（道也）。又（有）悳（德）者，肰（然）句（後）能金聖（聲）而玉晨（振）之。」荀子卷二〇法行篇第三〇：「子貢問於孔子曰：『君子之所以貴玉而賤瑉者，何也？爲夫玉之少而珉之多邪？』孔子曰：『惡！賜，是何言也！夫君子豈多而賤之，少而貴之哉！夫玉者，君子比德焉。温潤而澤，仁也；縝栗而理，知也；堅剛而不屈，義也；廉而不劌，行也；折而不撓，勇也；瑕適並見，情也；扣之，其聲清揚而遠聞，其止輟然，辭也。故雖有珉之雕雕，不若玉之章章。詩曰：「言念君子，温其如玉。」此之謂也。』」遠聞而難虧，玉之形容，所以象君子德。章句「功名」云云，則失其旨。

善不由外來兮，

才德仁義，從己出也。

【疏證】

才德仁義，從己出也。◎案：郭店楚墓竹簡五行篇：「四行和胃（謂）之善。善，人道也，悳（德），天道也。」人道，人自爲之。善不外來者，言善必由己所爲也。說苑卷一六談叢篇：「善不可以僞來，惡不可以辭去。」治要引新序（臧孫行猛政條）：「善不可以僞求，惡不可以亂去。」後漢書卷五四楊震傳：「夫善不妄來，災不空發。」古者勸人行善，無論大小，皆必自所爲。淮南子卷一〇繆稱訓：「君子不謂小善不足爲而舍之，小善積而爲大善；不謂小不善爲無傷而爲之，小不積善而爲大不善。」新書卷二審微篇「善不可謂小而無益，不善不可謂小而無傷，非以小善爲一足以利天下，小不善爲一足以亂國家也；當夫經始而傲微，則其流必至於大亂，是故子民者謹焉。」並同此意。又，楚簡五行篇稱，仁者，孝之方；義者，忠之方。皆是善行。才與德者，天道也，則天爲之，雖善，則非人所爲。章句以上滅、出協韻；滅，月韻；出，物韻。月、物合韻。

名不可以虛作。

愚欲强智，不能及也。

【疏證】

愚欲强智，不能及也。◎湖北北「强」作「彊」。案：彊，古强字。墨子卷一修身篇第二：「名不徒生而譽不自長，功成名遂，名譽不可虛假，反之身者也。」呂氏春秋卷　三有始覽第五謹聽篇：「名不徒立，功不自成，國不虛存，必有賢者。」春秋繁露卷一五郊語篇第六六：「聖人正名，名不虛生。」又，郭店楚墓竹簡緇衣：「此以生可敓（奪）志，死不可敓（奪）名。」漢帛書十六經道原：「授之以其名，而萬物自定。」名之事亦大焉。善與名蓋相爲表裏，名因善生，善因名揚也。列子卷八説符篇：「楊朱曰：『行善不以爲名而名從之，名不與利期而利歸之，利不與争期而争及之；故君子必慎爲善。』」其是之謂也。

孰無施而有報兮，

誰不自施德而蒙福？

【疏證】

誰不自施德而蒙福？◎案：章句用韻語者，並以七字爲句，自，羨文，舊本作「誰不施德而蒙福也」。論語卷一五衛靈公：「子曰：『其恕乎！己所不欲，勿施於人。』」若反意言之，己所欲也，必施於人。而施人當有報，禮也。禮記卷三八樂記第一九：「樂也者，施也。禮也者，報也。樂其所自生，而禮反其所自生。」鄭注：「言樂出而不往，而禮有往來也。」其是之謂也。施之與報，二者相彰益得，而禮在先也。左傳僖公十三年：「重施而報，君將何求？重施而不報，其民必攜，攜而討焉，無衆必敗。」僖公二十七年：「先軫曰：『報施救患，取威定霸，於是乎在矣。』」僖公二十八年：「令無入僖負羈之宮而免其族，報施也。」淮南子卷九主術訓：「爲惠者，尚布施也。」又曰：「君臣之施者，相報之勢也。是故臣盡力死節以與君，君計功垂爵以與臣。」卷一〇繆稱訓：「其施厚者其報美，其怨大者其禍深，薄施而厚望，畜怨而無患者，古今未之有也。」

孰不實而有穫？

空穗滿田，無所得也。以言上不施惠，則下不竭其力，君不履信誠，則臣下僞惑也。

【疏證】

空穗滿田，無所得也。以言上不施惠，則下不竭其力，君不履信誠，則臣下僞惑也。◎正德本、隆慶本、馮本、俞本、劉本、朱本、莊本、湖北本「施惠」作「惠施」。案：思美人「開春發歲兮」，章句：「承陽施惠，養百姓也。」舊本作「施惠」。又，「以言上」以下三句，似與章句七字韻語，其意有隔，後所增益。論語卷九子罕：「子曰：『苗而不秀者有矣夫，秀而不實者有矣夫。』」孔注：「言萬物有生而不育成者，喻人亦然。」不實，徒有其華，而內無實質，即「不育成」之意。此以稼穡爲喻。九辯：「農夫輟耕而容與兮，恐田野之蕪穢。」與此同意。馬其昶屈賦微云：「賈誼新書云：『楚懷王心矜好高，人無道而欲有霸王之號。』今觀屈原所諫語，乃切中其病。聽張儀欺獻商於地六百里。正此所謂不實而欲有獲也。」朱子集注改「實」爲「殖」，非也。章句以上及、福、惑協韻。及，緝韻；福、惑，職韻。職、緝合韻。

少歌曰：

小唫謳謠，以樂志也。

【疏證】

小唫謳謠，以樂志也。◎補注引「少」一作「小」，曰：「荀子曰：『其小歌也。』注云：『此下一章，即其反辭，總論前意，反覆説之也。』此章有少歌，有倡，有亂。少歌之不足，則又發其意而爲倡，獨倡而無與和也，則總理一賦之終，以爲亂辭云爾。」姜亮夫屈原賦校注：「小字是也，荀子『其小歌也』，小歌猶言短歌云爾。」洪氏引荀子，見卷一八賦篇第二六。案：少，始也，通作俶。爾雅釋親「父之晜弟先生爲世父，後生爲叔父」，王引之云：「叔、小雙聲，世、大疊韵，世父、叔父相對爲文，則叔爲小、世爲大也。」（叔、小爲宵、覺旁對轉，並心紐雙聲）少、叔通用，俶、少亦可通用。釋詁：「俶，始也。」少歌者，始歌也。又，章句「小唫謳謠」云云，散文不別，對文不同。漢書卷四五躬息夫傳「秋風爲我唫」，顏師古注：「唫，古吟字。」詩關雎序「吟詠情性，以風其上」，釋文：「動聲曰吟。」動聲，謂發聲。發聲曰吟，長吟曰詠，皆非歌。大招「謳和陽阿」，章句：「徒歌曰謳。」又，漢書卷一高帝紀上「皆歌謳思東歸」，顏師古注：「謳，齊歌也，謂齊聲而歌。」詩園有桃「我歌且謠」，毛傳：「曲合樂曰歌，徒歌曰謠。」徒歌，且行且歌，謠，搖擺也。類今扭秧歌也。謳、謠皆無樂弦，散文並言徒歌，對文齊聲曰謳，獨歌曰謠。

與美人抽怨兮，

爲君陳道，拔恨意也。

【疏證】

爲君陳道，拔恨意也。◎金開誠屈原集校注：「按王逸注云：『爲君陳道，拔恨意也。』『拔恨意』即『抽怨』之解，此可證王本正作『抽怨』。」案：金氏因陸侃如、游國恩之説，未明出處。陸、游二氏校謂「古本當作抽怨」，游氏又謂本篇「抽思」亦當作「抽怨」，非也。屈賦思字，多爲憂愁義。或校「思」作「怨」者，蓋不識「思」有「怨愁」義妄改。章句「拔恨意」云云，以抽爲拔引意，非也。顔師古匡謬正俗卷一「籒」條：「問曰：鄘詩墻有茨篇云：『中冓之言，不可讀也。』毛詩傳云：『讀，抽也。』抽是何義？答曰：『讀，止謂道讀之讀，更訓爲抽，翻成難曉。按：許説文解字曰：「籒，讀也。從竹、擂聲。」擂即古抽字。是以籒或作箍。蓋毛公以籒解讀，傳寫字省，故止爲抽。此當言讀籒也，不得爲抽引之義。又，左氏傳云，「其繇曰專之」，「渝其繇曰士刲羊」之類字，雖爲繇音，訓皆作籒，並未讀卜筮卦繇之辭也。』」其説是也。抽怨，即籒怨、讀怨，猶告憂、訴愁也。篇末「道思」云云，亦同此義。

并日夜而無正。

君性不端，晝夜謬也。

【疏證】 君性不端，晝夜謬也。◎案：補注：「并，並也。」并日夜，猶日以繼夜也。正者，止也。周禮卷三天官冢宰第一宰夫「歲終則令羣吏正歲會」，鄭注：「正，猶定也。」定，止也。無正，言無休止也。謂嗷訽於君，日以繼夜，無有休止。又，後漢書卷二八下馮衍傳：「并日夜而幽思兮，終悇憛而洞疑。」全後漢文卷六九蔡邕述行賦：「并日夜而遥思兮，宵不寐以極晨。」并日夜，並同此意。章句以「君性不端」釋「無正」，非也。

憍吾以其美好兮，

示我爵位及財賄也。

【疏證】 示我爵位及財賄也。◎案：此語已見於上，謂懷王好自矜伐。章句「示我爵位及財賄」云云，非也。又，財賄，平列同義，賄亦財也。詩氓「以我賄遷」，毛傳：「賄，財。」

敖朕辭而不聽。

慢我之言而不采聽也。

【疏證】慢我之言而不采聽也。◎案：章句韻語皆七字句。「聽」字出韻，羨文也。又以「不聽」釋爲「不采」，以其時口語解屈賦也。不采，言不理、不依從也。此義始見於此，人行於魏、晉。晉書卷八三顧和傳：「何緣采聽風聞，以察察爲政。」卷八九忠義王豹傳：「而聖旨高遠，未垂采察。」采聽、采察，皆平列同義，言察聽也。北齊書卷九后主穆后傳：「后既以陸爲母，提婆爲家，更不採輕霄。」謂更不理輕霄也。采、採通用。類聚卷七〇服飾部下「鏡」條引齊高爽詠鏡詩：「不照長相思，虛心會不采。」謂虛心會不理。禪林僧寶傳卷一撫州曹山本寂禪師青原六世：「樵客見之猶不采，郢人何事苦搜尋。」不采，不理。又，新書卷八道術篇：「弟敬愛兄謂之悌，反悌爲敖。」章句以上志、意、謬、賄、采協韻，志、意、賄、采，之韻，謬，宵韻。之、宵合韻。

倡曰：

起倡發聲，造新曲也。

【疏證】起倡發聲，造新曲也。◎案：補注：「倡與唱同。」倡、唱，並昌之分別字，古作昌。章句「起倡」云云，猶先歌、導歌也。詳參九歌東皇太一「陳竽瑟兮浩倡」注。

有鳥自南兮，

屈原自喻，生楚國也。

【疏證】

屈原自喻，生楚國也。◎補注：「孔子曰：『鳥則擇木，木豈能擇鳥？』子思曰：『君子猶鳥也，疑之則舉矣。』色斯舉矣，翔而後集。故古人以自喻。」案：洪氏蓋所以疏「鳥以自喻」。其引孔子語，在左傳哀公十一年。引子思語，在呂氏春秋卷一八審應覽第一審應篇，然彼子思作孔思，「疑之則舉」作「駭而舉」。皆非屈子以鳥自喻意。鳥，猶鸞鳳。楚人崇鳳，以鳳爲楚族之精靈。屈子以鳥自喻，示不忘其族所出也。說詳離騷「吾令鳳鳥飛騰兮」注。北大簡(五)荆決：「有鳥將來，文身翠翼。今夕何夕，吉樂獨極。」亦此意也。又，饒宗頤抽思疏釋：「予謂『有鳥』一語，非屈子自喻，乃指懷王也。姚姬傳謂：『此指懷王入秦，渡漢而北，故屈子託言有鳥，而悲傷其南望郢都而不得反。』」非是。

來集漢北。

雖易水土，志不革也。

【疏證】

雖易水土，志不革也。◎正德本、隆慶本、馮本、劉本、朱本、湖北本、四庫章句本「志不革」上有「而」字。案：而，羨也。補注：「禹貢：『嶓冢導漾，東流爲漢。』周禮：『荆州，其川江、漢。』漢，楚水也。水經及山海經注云：『漢水出隴西坻道縣嶓冢山，初名漾水，東流至武都沮縣，始爲漢水。東南至葭萌，與羌水合，至江夏安陸縣名沔水。故有漢沔之名。又東至竟陵，合滄浪之水，又東過三澨，水觸大別山，南入於江也。』」漢沔之名始於漢，周、秦但稱漢。又，王夫之楚辭通釋：「此追述懷王不用時事。時楚尚都郢，在漢南，原不用去國，退居漢北。」蔣驥山帶閣注楚辭：「漢北，今鄖、襄之地。原自郢都而遷於此，猶鳥自南而集北也。」又餘論：「抽思舊解多誤，惟林西仲頗爲有見。今節存其語云：屈子置身漢北，無可考據。新序云：『懷王放之於外。』司馬子長云：『雖放流，繫心懷王。』又曰：『屈原放逐，乃著離騷。』皆未明著其地。今讀此篇，言漢北不能南歸，則懷之放原，疑在於此。但未嘗羈其身如頃襄之遷江南耳。觀哀郢曰『棄逐』，而是篇不言可知，舊注泥九章皆作於江南，遂以懷王『黄昏爲期』之言，移諸頃襄，已屬不合。且篇中思郢之辭曰，『南指』而『魂逝』，『南行』而『心娱』，明以居郢之北而言。使作於江南，則字面不皆相背耶？」游國恩楚辭論文集：「自南來者，自郢而來也。」以此篇「爲屈子初放江南、漢北時所作」。其説皆得旨。屈子退居漢北，乃投閒置散意，猶有職分，而非放逐也。所居漢北，原父伯庸所居之庸。詳參離騷「朕皇考曰伯庸」注。

好姱佳麗兮，

容貌説美，有俊德也。

【疏證】容貌説美，有俊德也。◎案：好姱佳麗，四字平列，言絶美之人。此以夫婦喻君臣，屈子以美人自稱。饒宗頤抽思疏釋「美人即君王」云云，非也。

胖獨處此異域。

背離鄉黨，居他邑也。

【疏證】背離鄉黨，居他邑也。◎補注引「胖」一作「叛」，又引一作「柎」。案：叛、胖，古字通用。胖，言棄也，通作拌。方言卷一〇：「拌，棄也。楚凡揮棄物謂之拌。」錢繹箋疏：「廣雅：『拌，棄也。』王氏疏證云：『拌之言播棄也。吳語云「播棄黎老」是也。播與拌，古聲相近。』士虞禮『尸飯播餘于篚』，古文播爲半。半，古拌字。謂棄餘飯于篚也。」異域，指庸國也。後世則以爲死生別離之稱。類聚卷三〇人部一四「別下」條引李陵重報書：「生爲別世之人，死爲異域之鬼，長與足下生死辭矣。」若作柈，古析字，非也。

既惸獨而不羣兮，

行與衆異，身孤特也。

【疏證】行與衆異，身孤特也。◎案：周禮卷三四秋官司寇第五大司寇「凡遠近惸獨老幼之欲有復於上」，鄭注：「無兄弟曰惸，無子孫曰獨。」惸獨，居無親戚也。不羣，稟性不喜合羣也。章句「孤特」云云，單曰特。孤特，平列複語。

又無良媒在其側。

左右嫉妬，莫衒鬻也。

【疏證】

左右嫉妬，莫衒鬻也。◎同治本「妬」作「妒」。後山詩注卷六和黄預感秋「謗甚北山女」，任淵引王逸注：「左右嫉妬，莫行鬻也。」案：疾、嫉古今字。妒、妬同。媒，婚姻之介。詩伐柯「取妻如何？匪媒不得。」禮記卷二曲禮上第一：「男女非有行媒，不相知名。」卷五一坊記第三〇：「故男女無媒不交，無幣不相見，恐男女之無别也。」此以婚姻喻君臣。女嫁因媒介，士進以賢薦也。章句「衒鬻」云云，言行賣也，漢世以爲薦舉意。漢書卷六五東方朔傳：「四方士多上書言得失，自衒鬻者以千數。」顔師古曰：「衒，行賣也。鬻亦賣也。」三國志卷四〇蜀書彭羕傳「僕因法孝直自衒鬻，龐統斟酌其間，遂得詣公於葭萌。」自衒鬻，猶自薦舉也。作「行鬻」，非也。文選卷一九曹植洛神賦：「無良媒以接懽兮，託微波而通辭。」祖構於此。章句以上曲、國、革、德、邑、特、鬻協韻，曲、鬻，屋韻；國、革、德、邑、特，職韻；屋、職合韻。

道卓遠而日忘兮，願自申而不得。望北山而流涕兮，

瞻仰高景，愁悲泣也。

【疏證】

瞻仰高景，愁悲泣也。◎補注引「北山」一作「南山」。戴震屈原賦注山川地名：「郢，説文云：『故楚都，在南郡江陵北十里。』杜元凱注左氏春秋云『今南郡江陵縣北紀南城』是也。江陵，今屬湖北荆州府。故江陵城，即府治縣附郭也。水經注江水篇云：『楚船官地也，春秋之渚宮矣。』渚宮在今城内西隅，城北十里，便得紀山，故以紀南名城。又有紀郢之稱也。」乃謂作「南山」者是，作「北山」者非，遂校改作「望南山而流涕」。劉永濟屈賦通箋據戴説，謂「北山即紀山，以位郢城之北，故名北山。屈子在漢北望故都之山而流涕也。一本作南者，因説有鳥自南，來集漢北，爲屈子居漢北。紀郢位漢南，從漢北望之，則山在南，故改爲南山也。」又，王夫之楚辭通繹：「北山，襄、鄧西山，楚塞之山。」蔣驥山帶閣注楚辭：「北山，漢北之山。」饒宗頤楚辭地理考：「懷王入秦，故屈子舉以爲言。抽思之『北山』，大約亦指嶓冢一帶之山，漢水以北近秦之山也。按紀山又名北山，迄無實證。」案：皆非。據下「臨流水」，流水，泛稱，非確指一山名。北，當作丘。丘，古作「丠」，與「北」字形似相僞。周易頤六二：「顛頤，拂經於丘頤，征凶。」丘頤，上博簡（三）周易、長沙馬王堆漢帛書周易皆作「北頤」。是其例。丘山，平列同義，古之習語。漢帛書五行解：「辟（譬）丘之與山也，丘之所以不□名山者，不責（積）也。」荀子卷一修身第二：「則累土而不輟，丘山崇成。」戰國策卷八齊策一：「齊地方二千里，帶甲數十萬，粟如丘山。」卷一四楚策一：「虎賁之士百余萬，車千乘，騎萬疋，粟如丘山。」卷一七楚策四：「是以國權輕於鴻毛，而積禍重於丘山。」莊子卷六秋水第十七：「知天地之爲稊米也，知豪末之爲丘山也，則差數覩矣。」又云：「鴟鵂夜撮蚤，察豪末，晝出瞋目而不見丘山，言殊性也。」卷八則陽第二十五：「是故丘山積卑而爲高，江河合水而爲大。」韓非子卷七喻老第二十一：「中無主，則禍福雖如丘山，無從識之。」淮南子卷一四詮言訓：「至德道者若丘山，嵬然不動，行者以爲明也。」

臨流水而太息。

顧念舊故，思親戚也。

【疏證】

顧念舊故，思親戚也。◎補注引「流水」一作「深水」。案：深，流之形訛。文選卷二〇謝宣遠九日從宋公戲馬臺集送孔令詩「臨流怨莫從」，李善注：「楚辭曰：『臨流水而太息。』王逸曰：『念舊鄉也。』」易「故」爲「鄉」，其所據本别。又，章句「思親戚」云云，承上「惸獨而不羣」也。

望孟夏之短夜兮，

四月之末，陰盡極也。

【疏證】

四月之末，陰盡極也。◎案：左傳昭公十七年：「當夏四月，是謂孟夏。」禮記卷一五月令第六：「孟夏之月，日在畢，昏翼中，旦婺女中。」鄭注：「孟夏者，日月會於實沈而斗建巳之辰。」孟夏之後，陽盛陰藏，晝長夜短也。屈子疏於漢北，在孟夏四月初。漢北居郢之北。隨州孔家坡漢墓簡牘徙時：「四月，正北死亡。」此雖漢文，猶傳楚習也。楚謂四月不可徙北。懷沙：「滔滔孟夏兮，草木莽莽。」屈子其時自沉湘溯流北上，於日書爲「四月北徙」，則下「正北死亡」之凶兆也。

何晦明之若歲？

憂不能寐，常倚立也。

【疏證】

憂不能寐，常倚立也。◎案：夜曰晦，晝曰明。晦明，言自夕至旦，整一夜也。孟夏之時，晝長夜短，而謂夜若歲者，反物理言之。狀其憂心至深，度日如年也。

惟郢路之遼遠兮，

隔以江、湖，幽僻側也。

【疏證】

隔以江、湖，幽僻側也。◎案：此句見哀郢。郢路，言歸郢之路。然哀郢之郢路，自東而西；此郢路，自漢北南下。又，章句「幽僻側」云云，文選卷二〇應貞晉武帝華林園集詩「幽人肆險」，李善注引毛萇詩傳：「幽，遠也。」僻側，謂側陋無人知曉處也。書堯典「明明揚側陋」是也。

寃一夕而九逝。

精寃夜歸，幾滿十也。

【疏證】

精寃夜歸，幾滿十也。◎四庫章句本「寃」作「魂」。案：寃、魂同。精魂者，夢也。逝者，往也。言夢遊夜歸，一夕九往者，思之切也。九歎逢紛：「思南郢之舊俗兮，腸一夕而九運。」章句：「言己思念郢都邑里故俗，腸中愁悴，一夕九轉，欲還歸也。」與此同意。

曾不知路之曲直兮，

忽往忽來，行亟疾也。

【疏證】

忽往忽來，行亟疾也。◎正德本、隆慶本、馮本、俞本、劉本、朱本、莊本、湖北本、四庫章句本「亟」作「極」，景宋本「亟疾」作「亟急」。案：若作「亟疾」、「極疾」，皆出韻。舊本作「亟急」。詩北風「既亟只且」，毛傳：「亟，急也。」章句「忽往忽來」云云，言行迷貌。文選卷二〇沈休文別范安成詩：「夢中不識路，何以慰相思？」李善注引韓非子：「六國時，張敏與高惠二人爲友，每相思不能得見，敏便於夢中往尋，但行至半道，即迷不知路，遂如此者三。」蓋即此意。又，七諫哀命「魂迷惑而不知路」，又曰「志暓迷而不知路」，後漢書卷二八下馮衍傳「迷不知路之南北」，皆祖構於此，可得參證。

南指月與列星。

參差轉運，相遞代也。

【疏證】

參差轉運，相遞代也。◎案：非也。魂不識路，則指月與列星以南行。錢澄之屈詁：「郢在湖北，而南指月與列星，向南背北，而知郢之所在矣。此夢中之月星，亦夢中之南指也。」其説得屈子本心也。

願徑逝而未得兮，

意欲直還，君不納也。

【疏證】

意欲直還，君不納也。◎案：説文：「徑，步道也。从彳、巠聲。」曲爲遠，直爲近。步道以就近，徑，猶直也。徑逝，猶直往也。又，行步道惟就近而不擇正，引申之言邪曲、邪枉，離騷「夫唯捷徑以窘步」是也。其義相反相因。未得，言未得其徑路。章句「君不納」云云，納，物部，出韻也。舊本作「入」。入亦納也。書堯典「寅餞納日」，孔傳：「日出言導，日入言送。」孔疏：「納、入義同，故傳以入解納。」章句以上曲、國、革、德、邑、特、鬻、泣、戚、極、立、側、十、亟、急、代、入協韻，曲、鬻，屋韻；國、革、德、邑、特、極、側、亟，職韻；戚，覺韻；代，之韻；泣、立、十，葉韻。急、入，緝韻。之、職、屋、覺、緝、葉合韻。

冤識路之營營。

精靈主行，往來數也。或曰：識路，知道路也。

【疏證】

精靈主行，往來數也。或曰：識路，知道路也。◎案：補注：「詩注云：『營營，往來貌。』」洪氏引詩注，在青蠅毛傳。漢書卷八七下揚雄傳「羽騎營營」，顔師古注：「營營，周旋貌也。」若釋「識路」爲「知道路」，與周旋往來之義不相接榫。章句「主行」云云，識之爲主，讀作職。莊子卷四繕性篇第一六「心與心識」，釋文：「識，向本作職。」爾雅釋詁：「職，主也。」漢書卷三七季布傳「臣各爲其主用，職耳」，顔師古注：「職，主掌其事也。」又，聞一多氏楚辭校補謂識路當作織絡，字之誤。好奇之説。

何靈冤之信直兮，

質性忠正，不枉曲也。

【疏證】

質性忠正，不枉曲也。◎正德本、隆慶本、湖北本、朱本、劉本、俞本「性」作「又」。案：據義，似作「質又」。靈魂，始見屈賦，人之精靈。哀郢：「羌靈魂之欲歸兮，何須臾而忘反。」七諫哀命：「何山石之嶄巖兮，靈魂屈而偃蹇。」章句「質性」云云，非也。

人之心不與吾心同。

我志清白，衆泥濁也。

【疏證】我志清白，衆泥濁也。◎案：九辯曰：「君之心兮與余異。」漁父曰：「舉世皆濁我獨清，衆人皆醉我獨醒。」皆同此意。

理弱而媒不通兮，

知友劣弱，又鄙朴也。

【疏證】知友劣弱，又鄙朴也。◎正德本、隆慶本、朱本、劉本、湖北本、馮本、俞本、四庫章句本「友」作「反」。案：反，訛也。此以婚姻爲喻。媒，紹介之人，喻屈子之友。離騷：「理弱而媒拙兮，恐導言之不固。」思美人：「媒阻路絶兮，言不可結而詒。」又，章句「知友」云云，知，交也，友也。説詳九歌少司命「樂莫樂兮新相知」注。知友，平列複語。

尚不知余之從容。

未照我志之所欲也。

【疏證】

未照我志之所欲也。◎案：章句以「未照」解「尚不知」。尚，猶也。尚不，猶未也。未照，未知也。九歎離世「指日月使延照兮」，章句：「照，知也。」又，章句以「所欲」釋「從容」，即舉動之意。懷沙「孰知余之從容」，章句：「從容，舉動也。」

亂曰：長瀨湍流，泝江潭兮，

湍，亦瀨也。逆流而上曰泝。潭，淵也。楚人名淵曰潭。言己思得君命，緣湍瀨之流，上泝江淵而歸郢也。

【疏證】

湍，亦瀨也。◎案：説文水部：「湍，疾瀨也。从水、耑聲。」文選卷一八馬融長笛賦「争湍苹縈」，李善注引許慎淮南子注：「湍，水疾也。」對文疾急曰湍，石上淺水曰瀨；事曰湍而訓水急，名曰瀨而訓急水。詳參九歌湘君「石瀨兮淺淺」注。

逆流而上曰泝。◎案：説文水部：「泝，逆流而上曰泝洄。泝，向也。水欲下，違之而上也。从水、斥聲。遡，泝或从辵、朔。」段注：「秦風傳：『逆流而上曰遡洄，順流而涉曰遡游。』」此沿漢水自北南行，猶溯游意，非謂逆水而上也。章句「上泝江淵而歸郢」云云，非也。

潭，淵也。楚人名淵曰潭。言己思得君命，緣湍瀨之流，上泝江淵而歸郢也。◎正德本、隆慶本、俞本、劉本、湖北本前二「淵」字作「潣」。案：説文水部：「潣，水流浼浼貌。从水、閔聲。」作「潣」者非也。毛祥麟楚辭校文曰：「尋繹文義，『淵』似不誤。然曹刻韻略『潭』下釋：『潭，潣也。楚人名潣曰潭。』洪氏亮吉曉讀書襍録引此注亦作『潣』。或當時所見本異。」其校審也。文選卷一二郭璞江賦「若乃曾潭之府」，李善注引王逸曰：「楚人名淵曰潭府。」羡「府」字。慧琳音義卷三六「潭潭」條引王逸注楚辭：「潭，閑也。南楚之人謂深水曰潭。」慧琳曰：「潭，閑也，深也。亦形聲之字也。作灘者，非古文之字。」文選卷一九謝靈運述祖德詩「隨山疏浚潭」，李善注：「楚人謂深水爲潭。」以「潭」爲「深水」。其所據本別。潭之言覃也。覃，謂延也。淮南子卷一原道訓「以曲隈深潭相予」，高注：「深潭，回流饒魚之處。潭，讀葛覃之覃。」潭有深義。回流曰淵，水未必深。舊作「深水」爲允。又，閑，幽也。潭之爲閑，幽深之意。

狂顧南行，聊以娛心兮。

狂，猶遽也。娛，樂也。君不肯還己，則復遽走南行，幽藏山谷，以娛己之本志也。

【疏證】

狂，猶遽也。◎文選卷一一王粲登樓賦「獸狂顧以求羣兮」、卷四三嵇康與山巨源絶交書「則狂顧頓纓」，李善注並云：「楚辭曰『狂顧南行』，王逸曰：『狂，猶遽也。』」案：狂之訓遽，言縱放無拘貌。書洪範「曰狂恆雨若」，孔疏引鄭玄：「狂爲倨慢。」狂、遽，聲之轉。顧，反也，還也。史記卷一二孝武本紀「顧爲之臣」，索隱：「顧，猶反也。」漢書卷四八賈誼傳「首顧居下」，顏師古注：「顧，亦反也。」狂顧者，言遽反、遽還也。又，宋書卷二一樂志三魏文帝登山有遠望詩：「號羆當我道，狂顧動牙齒。」魏、晉之世，狂顧多以狀獸之凶猛。

娛，樂也。◎案：詳參離騷「夏康娛以自縱」注。

君不肯還己，則復遽走南行，幽藏山谷，以娛己之本志也。◎案：屈子未承君命之召，而急反南行以爲娛樂，言其歸心之切也。

軫石崴嵬，蹇吾願兮。

軫，方也，故曰：軫之方也以象地。崴嵬，崔巍，高貌也。言雖放弃，執履忠信，志如方石，終不可轉，行度益高，我常願之也。

【疏證】

軫，方也，故曰：軫之方也以象地。◎案：周禮卷四〇冬官考工記第六輈人：「軫之方也以象地也，蓋之圜也以象天也。輪輻三十以象日月也，蓋弓二十有八以象星也。」章句所因。賈疏：「『軫之方也以象地也』者，據輿方而言，不言輿而言軫者，軫是輿之本，故舉以言之。」新書卷六容經篇：「古之爲路輿也，蓋圓以象天，二十八橑以象列宿，軫方以象地，三十輻以象月。」説文車部：「軫，車後横木也。」段注：「戴先生曰：『輿下之材，合而成方，通名軫。故曰軫之方也以象地也。』」引申之爲方正。

崴嵬，崔巍，高貌也。◎四庫章句本「巍」作「嵬」。案：黎本玉篇殘卷山部「崴」字：「楚辭『軫石崴嵔』，王逸曰：『猶崔嵬也。』」又，山部「嵔」字：「野王案：崔嵬，今亦爲嵔字。」崴嵬、崔嵬同，並嵬之緩音。聲之轉爲巍、峨，言高峻貌。

言雖放弃，執履忠信，志如方石，終不可轉，行度益高，我常願之也。◎正德本、隆慶本、馮本、俞本、劉本、朱本、莊本、湖北本、四庫章句本「言」下有「己」字，「弃」作「棄」。案：弃、棄同。

據章句文例，舊本有「已」字。詩柏舟：「我心匪石，不可轉也。我心匪席，不可卷也。」毛傳：「石雖堅尚可轉，席雖平尚可卷。」章句「志如方石，終不可轉」云云，則因毛詩。

超回志度，行隱進兮。

超，越也。言己動履正直，超越回邪，志其法度，隱行忠信，日以進也。

【疏證】

超，越也。◎慧琳音義卷一二「超挺」條引王逸注楚辭：「超，越也。」案：非是。超回，遲回之訛。遲回，猶低佪，言行不進貌。

言己動履正直，超越回邪，志其法度，隱行忠信，日以進也。◎正德本、隆慶本、湖北本、劉本、朱本、馮本、俞本、莊本、四庫章句本「志」作「忘」。案：作「忘其法度」，不辭也。志度，郭在貽楚辭解詁讀作「跮踱」，言乍行乍却之貌。其説是也。詳參離騷「和調度以自娱兮」注。遲回、跮踱，皆徘徊不進貌。又，蔣禮鴻義府續貂云：「隱進當隱迟之誤。儀禮士相見禮：『退坐取屨，隱辟而後屨。』鄭注：『隱辟，俛而逡遁。』禮記玉藻：『退則坐取屨，隱辟而後屨。』鄭注：『隱辟，俛逡遁而退著屨也。』説文：『迟，曲行也。』然則隱迟謂逡遁曲行，義正與上下文相類。又，説文：『乚，匿也。象迟曲隱蔽形，讀若隱。』迟曲隱蔽，即隱迟矣。蓋迟字生僻，校者因上行字而意改爲進耳。」其説是也。郭店楚墓竹簡唐虞之道：「孝之方，㤅(愛)天下之民。徸(禪)之朝，世亡忆(隱)直(悳)。孝，𢗸(仁)之免(冕)也。徸(禪)，義之至也。」忆，亦古隱字也。又，湯炳正楚辭今注謂隱同穩，訓遲緩義。古有言「曲進」，而無「穩進」例。湯説非也。

低佪夷猶，宿北姑兮。

夷猶，猶豫也。北姑，地名。言己所以低佪猶豫、宿北姑者，冀君覺寤而還己也。

【疏證】

夷猶，猶豫也。◎案：詳參九歌湘君「君不行兮夷猶」注。

北姑，地名。◎案：北姑其地，今未可考。饒宗頤抽思疏釋：「北姑，即齊地之薄姑也。左昭九年傳：『蒲姑、商、奄，吾東土也。』服虔曰：『蒲姑、商、奄，濱東海者也。蒲姑，齊也。』又二十年傳：『晏子曰：「昔爽鳩氏始居其地，季萴因之，有逢、伯陵因之，蒲姑氏因之，而後太公因之。」』史記齊世家：『胡公徙都薄姑。』蒲姑即薄姑，古爲奄君之名。後人取以名其所居之地，後爲齊都。北、薄聲同，知北姑與薄姑、蒲姑本一名而異文。續漢郡國志：『樂安博昌縣北有薄姑城。』史記正義引括地志：『薄姑城在青州博昌縣東北六十里。』薄姑地在今山東博興縣東北也。知北姑爲薄姑，而抽思言宿於北姑，則抽思當作於使齊時。」饒説多所附會，未足信據。齊之薄姑、蒲姑，古無易言北姑。屈子自漢北之庸而南行，北姑，非齊薄姑。姑，讀作鄂，古字音近通用。北鄂，鄂山，在漢北南陽西。文選卷三東京賦「囚耕父於清泠」，薛綜注：「清泠，水名，在南陽西鄂山上。」史記卷四周本紀「四年，晉率諸侯入敬王于周，子朝爲臣」，集解：「春秋曰：『子朝奔楚。』皇覽：『子朝冢在南陽西鄂縣。今西鄂晁氏自謂子朝復也。』」西鄂，古鄂國也，楚熊渠所滅。史記卷四〇楚世家：「熊渠甚得江、漢間民和，乃興兵伐庸、楊粤，至于鄂。」正義：「鄂，五各反。劉伯莊云：『地名，在楚之西，後徙楚，今東鄂州是也。』括地志云：『鄧州向城縣南二十里西鄂故城是楚西鄂。』」西鄂近庸。後徙西鄂於江，爲鄂州。此稱爲北鄂，以在郢都北故也。

言己所以低佪猶豫、宿北姑者，冀君覺寤而還己也。◎正德本、隆慶本、俞本、朱本、莊本、湖北本、劉本、四庫章句本「言」下無「己」字。案：爛敓也。而馮本「言己」作「君」，亦譌也。

煩冤瞀容，實沛徂兮。

瞀，亂也。實，是也。徂，去也。言己憂愁，思念煩冤，容貌憒亂，誠欲隨水沛然而流去也。

【疏證】

瞀，亂也。◎案：詳參惜誦「中悶瞀之忳忳」注。

實，是也。◎案：因爾雅釋詁，郭注引公羊傳：「寔來者何？是來也。」實、寔同。郝氏義疏：「寔者，是聲之弇而下者也。」

徂，去也。◎案：因爾雅釋詁。又，方言卷一：「嫁、逝、徂、適，往也。自家而出謂之嫁，由女而出爲嫁也。逝，秦、晉語也。徂，齊語也。適，宋、魯語也。往，凡語也。」或通作且。詩溱洧「士曰既且」，釋文：「且音徂，往也。」

言己憂愁，思念煩冤，容貌憒亂，誠欲隨水沛然而流去也。◎案：沛，疾行貌。漢書卷二二禮樂志「神哉沛」，顏師古注：「沛，疾貌。」

愁歎苦神，

「愁歎苦神」者，思舊鄉而神勞也。

【疏證】

「愁歎苦神」者，思舊鄉而神勞也。◎案：神，讀如呻。神、呻同申聲，例得通用。愁歎、苦呻，相對爲文，神，非精神。説文口部：「呻，吟也。从口、申聲。」呂氏春秋卷五仲夏紀第二大樂篇：「民人呻吟，其以爲樂也，若之何哉。」

靈遥思兮。

「靈遥思」者，神遠思也。

【疏證】

「靈遥思」者，神遠思也。◎景宋本「遠思」作「遠憂」。案：章句「神遠思」云云，靈，神魂也。思，憂愁也。章句以「憂」釋「思」，舊本作「憂」。

路遠處幽，

「路遠處幽」者，道遠處僻也。

【疏證】

「路遠處幽」者，道遠處僻也。◎案：離騷「扈江離與辟芷」，章句：「辟，幽也。」辟、僻古今字。處幽，言疏居漢北也，屈賦恆語，詳參涉江「幽獨處乎山中」注。

又無行媒兮。

「無行媒」者，無紹介也。

【疏證】

「無行媒」者，無紹介也。◎案：行媒，薦賢之介也。喻朝廷之賢，以男女喻君臣。

道思作頌，聊以自救兮。

「道思」者，中道作頌，以舒怫鬱之念，救傷懷之思也。

【疏證】

「道思」者，中道作頌，以舒怫鬱之念，救傷懷之思也。◎正德本、隆慶本、馮本、俞本、朱本、劉本、莊本、湖北本、四庫章句本「之思」作「之心」。俞本、莊本「怫」作「拂」。案：章句「傷懷之思」云云，言傷懷之愁也。作「心」者，失之。拂，訛也。又，釋「道思」爲「中道作頌」者，非是。道，讀也，籀也。思，憂也。道思，義同「抽思」，舒愁也。又，王駕吾楚辭校録謂道當作追，金開誠屈原集校注：「道：一説『追』字之誤。謂『追』或作『𨑢』，與『𨑢』形近而誤」。皆非。頌，猶詩也，謂作此抽思之賦也。言舒泄憂思而作此賦也。上博簡（一）孔子詩論頌作訟。説文攴部：「救，止也。从攴、求聲。」詩溱洧序「莫之能救焉」，鄭箋：「救，猶止也。」章句「救傷懷之思」云云，言止傷懷之思也。

憂心不遂，斯言誰告兮。

「憂心不遂」，不達也。「誰告」者，無所告愬也。

【疏證】

「憂心不遂」，不達也。「誰告」者，無所告愬也。◎案：説文辵部：「遂，亡也。从辵、㒸聲。」引申之爲凡通達、亡失也。淮南子卷七精神訓「能知大貴，何往而不遂」，高注：「遂，通也。」禮記卷一四月令第六「慶賜遂行」，鄭注：「遂，猶達也。」

抽思

補注：「此章言己所以多憂者，以君信諛而自聖，眩於名實，昧於施報，己雖忠直，無所赴愬，故反復其詞，以泄憂思也。」案：此篇作於懷王世，蓋疏於漢北時也。反覆以男女喻君臣，託意良媒，冀其反歸於朝，猶史公所謂「繫心懷王，不忘欲反，冀幸君之一寤，俗之一改也。其存君興國而欲反覆之，一篇之中三致意焉」。

滔滔孟夏兮，

滔滔，盛陽貌也。（孟夏，四月也。）

【疏證】

滔滔，盛陽貌也。◎正德本、隆慶本、馮本、俞本、劉本、朱本、莊本、湖北本、四庫章句本「滔滔」作「陶陶」，引或云作「滔滔」。案：史記集解引王逸注：「陶陶，盛陽貌。」其所據本作「陶陶」，且「貌」下無「也」字。黄生字詁「陶」條：「陶，吾鄉謂長曰陶，如謂日長曰『好陶天』。此語亦有所本。楚辭：『陶陶孟夏。』」滔本字，陶借字。清華簡（六）子儀「渭可（兮）滔滔」，亦作「滔滔」。滔滔，古恆語，雖隨文有義，而根于盛大者一也。詩載驅「汶水滔滔」，毛傳：「滔滔，流貌。」四月「滔滔江、漢」，毛傳：「滔滔，大水貌。」江漢「武夫滔滔」，毛傳：「滔滔，廣大貌。」皆爲盛大意。論語卷一八微子「滔滔者天下皆是也」，孔安國注：「滔滔者，周流之貌。」七諫繆諫「年滔滔而日遠兮」，章句：「滔滔，行貌。」淮南子卷一〇繆稱訓「忽乎日滔滔以自新」。滔滔，亦漫行意。卷一五兵略訓「是故將軍之心滔滔如春，曠曠如夏」。滔滔，猶廣大貌。

孟夏，四月也。◎補注本無注。案：據正德本、隆慶本、馮本、俞本、劉本、朱本、莊本、湖北本、四庫章句本補。補注本因抽思「望孟夏之短夜兮」而删之。

草木莽莽。

（莽莽，盛茂貌。）言孟夏四月，純陽用事，煦成萬物，草木之類莫不莽莽盛茂，自傷不蒙君惠，而獨放弃，曾不若草木也。

【疏證】

莽莽，盛茂貌。◎補注本、正德本、隆慶本、馮本、俞本、朱本、莊本、湖北本皆無注。案：史記集解引王逸注：「莽莽，盛茂貌。」慧琳音義卷八三「莽莽」條引王逸注楚辭：「莽莽，盛也。」六朝、隋唐所據本有注。宜補。呂氏春秋卷一六先識覽第四知接篇「何以爲之莽莽也」，高注：「莽莽，長大貌也。」莽莽，古之恆語。九辯「泊莽莽與野草同死」，「泊莽莽而無垠」，九懷危俊「泱莽莽兮究志」。類聚卷三四人部六哀傷引潘岳傷弱子辭「草莽莽兮木森森」。

言孟夏四月，純陽用事，煦成萬物，草木之類莫不莽莽盛茂，自傷不蒙君惠，而獨放弃，曾不若草木也。◎正德本、隆慶本、馮本、俞本、朱本、四庫章句本、劉本、莊本、湖北本無「曾」字。案：曾，羌也，猶云竟然。若無「曾」字，傷於詞氣。諸本皆爛敓之。喻林卷二一人事門二九不遇引亦敓「曾」字。又，御覽卷二二時序部七夏中引王逸注：「滔滔孟夏四月，純陽用事，煦然蒸萬物，草木之類，莫不莽莽然盛茂。」據此，「孟夏四月」上宜補「滔滔」二字。又，煦成，當作「煦然蒸」。史記卷四周本紀「陰迫而不能蒸」，集解引韋昭：「蒸，升也。」蒸萬物，猶升萬物。成，蒸之訛。

傷懷永哀兮，

懷，思也。永，長也。

【疏證】

懷，思也。◎案：傷懷、永哀，相對爲文，傷，猶永也，讀作長。傷、長音同義通。懷之訓思，詳參離騷「思九州之博大兮」注。此「懷思」字，非謂思念，言傷憂。章句「長悲思」云云，悲思，亦悲愁。長懷，古恆語。文選卷八司馬相如上林賦「悠遠長懷」，卷一〇潘岳西征賦「超長懷以遐念」，卷一三禰衡鸚鵡賦「眷西路而長懷」，九歎遠逝「情慨慨而長懷兮」，惜賢「悲吸吸而長懷」，後漢書卷五七劉陶傳「是愚臣所爲咨嗟長懷歎息者也」，三國志卷一九魏書陳思王傳「長懷永慕」，全三國文卷七魏文帝曹蒼舒誄「永思長懷」，卷三八繆襲喜霽賦「悵侘傺以長懷」。皆得參證之。

永，長也。◎案：詳參天問「永遏在羽山，夫何三年而不施」注。

汩徂南土。

汩，行貌。徂，往也。言己見草木盛長，而己獨汩然放流，往居江南之土、僻遠之處，故心傷而長悲思也。

【疏證】

汩，行貌。◎史記集解、御覽卷二二時序部七夏中引王逸注皆同，史記索隱引王逸注「貌」下有「也」字。案：蓋其所據本有別。離騷「汩余若將不及兮」，章句：「汩，去貌，疾若流水也。」汩之訓去、訓行，皆「水疾流」之引申。

徂，往也。◎御覽卷二二時序部七夏中引王逸注同。案：詳參抽思「實沛徂」注。

言己見草木盛長，而己獨汩然放流，往居江南之土、僻遠之處，故心傷而長悲思也。◎正德本、隆慶本、馮本、俞本、朱本、劉本、莊本、湖北本「盛長」下無「而」字。案：袁校補「而」字。南土，楚國也。屢見卜辭。曰：「庚申卜貞，雀亡禍南土？」又曰：「辛酉卜貞，雀亡禍南土？」（甲編二一九〇二）南土，指沅、湘、九疑之地。類聚卷七山部上九嶷山引蔡邕九疑山碑：「芒芒南土。」後漢書卷三四梁竦傳：「既徂南土，歷江、湖，濟沅、湘，感悼子胥、屈原以非辜沈身，乃作悼騷賦，繫玄石而沈之。」

眴兮杳杳，

眴，視貌也。杳杳，深冥貌也。

【疏證】

眴，視貌也。◎案：慧琳音義卷四、卷七八「不眴」條同引王逸注楚辭：「眴，視也。」敚「貌」字。卷一、卷一九、卷八〇、卷一〇〇「不眴」條、卷三二「魯眴」條、卷四五「俱眴」條、卷四七「動眴」條、卷五三「眼眴」條、卷七六「眴頊」、卷九六「眴目」條同引王逸注楚辭有「皃」字。皃，古貌字。卷四五「俱眴」條引顧野王云：「如今人動目密相戒語也。」史記集解引徐廣云：「眴，眩也。」索隱：「眴音舜。徐氏云：『眴音眩。』」慧琳音義卷九：「瞚，列子作瞬，通俗文作眴。」又卷五二「眩惑」條云：「眩，古文迿、眴二形。」以眴、迿、瞚、瞬、眩爲一字。漢書卷三一項籍傳「梁眴籍曰」，顏師古注：「眴，動目也，音舜。動目而使之也。」説文目部：「旬，目摇也。从目，勻聲。或作眴。」又曰：「瞚，開闔目數摇也。」徐鉉云：「今俗别作瞬。」公羊傳文公七年：「眣晉大夫使與公盟也。」何休注：「以目通旨曰眣。」釋文：「眣音舜，本又作眣。」旬、眴、瞚、眣、瞬諸字，音義並通。

杳杳，深冥貌也。◎史記引「杳杳」作「窈窈」。案：杳、窈，音同義通。文選卷九北征賦「飛雲霧之杳杳」，李善注引王逸注：「杳杳，深冥貌也。」亦作杳杳。或作幽幽，詩斯干「幽幽南山」，毛傳：「幽幽，深遠也。」

孔靜幽默。

孔，甚也。詩曰：「亦孔之將。」默默，無聲也。言江南山高澤深，視之冥冥，野甚清淨，漠無人聲。

【疏證】

孔，甚也。詩曰：「亦孔之將。」◎正德本「亦孔」作「亦恐」。案：恐，音訛字。史記集解引王逸注：「孔，甚也。」則無引詩。章句引詩，在豳風破斧，毛傳：「將，大也。」鄭箋：「此言周公之哀我民人，其德亦甚大矣。」孔之解甚，因爾雅釋言。然二義通。

默默，無聲也。◎史記引正文「默」作「墨」，集解引王逸注：「墨，無聲也。」莊本「默默」作「默」。正德本、隆慶本、朱本、俞本、馮本、劉本、四庫章句本、湖北本亦作「默默」。案：默、墨古字通用。靜默字本作嘿，借作默，用墨者則鮮。據集解，舊本作：「默，無聲也。」羨一默字。莊本存其舊。其作「默默」者，因卜居「吁嗟默默」羨也。

言江南山高澤深，視之冥冥，野甚清淨，漠無人聲。◎正德本、隆慶本、馮本、俞本、朱本、劉本、莊本、湖北本、四庫章句本「漠」作「默」。史記正義：「言江南山高澤深，視之眴，野甚清淨，歎無人聲。」案：淨、淨，當作「靜」。歎，或作嘆，與嘆字相訛。「歎」，當作「嘆」，字之訛也。舊本作「嘆無人聲」。漠與嘆、默古字通用。幽默，古恒語。文選卷三〇陳琳擬古詩「急觴蕩幽默」、全晉文卷八〇張敏神女賦「既澹泊于幽默」。

鬱結紆軫兮，

紆，屈也。軫，痛也。

【疏證】

紆，屈也。◎馮本、四庫章句本「屈」作「曲」。案：屈、曲，以同義易之。史記引正文「鬱」作「冤」。集解引王逸注：「紆，屈也。」文選卷一三月賦「情紆軫其何託」，李善注：「楚辭曰：『鬱結紆軫兮，離慜而長鞠。』王逸曰：『紆，曲。』」卷一七洞簫賦「瞋顐胡以紆鬱」，李善注：「楚辭曰：『鬱結紆軫。』王逸曰：『紆，曲也。』」唐世所據本亦作「曲」。鬱結、冤結，聲之轉。九歎惜賢「心懭恨以冤結兮」，又曰「冤結未舒，長隱忿兮」。或作菀結。全後漢文卷九〇王粲寡婦賦「心菀結而增悲」是也。屈賦但作鬱結，後作冤結、菀結，古今別語。

軫，痛也。◎同治本「痛」作「居」。案：訛也。史記集解引王逸注：「軫，痛也。」文選卷一三月賦「情紆軫其何託」，李善注引王逸曰：「軫，痛也。」詳參惜誦「心鬱結而紆軫」注。後漢書卷二八下馮衍傳「路紆軫而多艱」，李賢注：「紆軫，猶盤曲也。」

離慜而長鞠。

慜，痛也。鞠，窮也。言己愁思，心中鬱結，紆屈而痛，身遭疾病，長窮困苦，恐不能自全也。

【疏證】

慜，痛也。◎史記引正文「慜」作「愍」，集解引王逸注：「愍，病也。」索隱作「離湣」，曰：「湣，病。」案：湣、愍，古字通用。慜，俗愍字。戴侗六書故「愍」字條謂又通作閔、慜、憫等。愍之解痛、解病，其義通也。惜誦「惜誦以致愍兮」，章句：「愍，病也。」章句「身遭疾病」云云，猶證其舊本作「病」。

鞠，窮也。◎案：史記集解、索隱同引王逸注：「鞠，窮。」則無「也」字。永樂大典卷五七七〇沙引「鞠」作「蘜」。鞠之訓窮，因爾雅釋言。説文：「鞠，窮理辠人也。从㚔、从人、从言，竹聲。」引申之凡言窮。鞠、窮，屋、東平入對轉。

言己愁思，心中鬱結，紆屈而痛，身遭疾病，長窮困苦，恐不能自全也。◎景宋本「苦」作「若」。正德本、隆慶本、劉本、馮本、俞本、朱本、莊本、湖北本「身遭疾病長窮困苦」作「身疾病長窮困」。案：若無「遭」字，正文「離」字遂無所係屬。疾病、困苦相對爲文，舊本當作「苦」。

撫情効志兮，

撫，循也。効，猶覈也。

【疏證】

撫，循也。◎案：説文手部：「撫，安也。从手、無聲。一曰：揗也。」段注：「揗，各本作循，今正。揗者，摩也。拊亦訓揗，故撫、拊或通用。」安者，按也。撫之訓循，訓按，其義通也。撫字從無聲，蓋讀如「天傾西北曰无」之无，猶傾也，屈也。无，古無字。手以傾揗之謂之撫。又，七諫謬諫「卒撫情以寂寞兮」。撫情，楚辭恆語。

効，猶覈也。◎正德本、隆慶本、劉本、朱本、俞本、湖北本「効猶覈也」在「撫揗也」之上。案：倒乙也。説文攴部：「效，象也。从攴、交聲。」段注：「彼行之而此效之，故俗云報效、云效力、云效驗。廣韻云：『俗字作効。』今俗分別效力作効，效法、效驗作效，尤爲俚鄙。」章句訓覈者，文選卷一八馬融長笛賦「精核術數」，李善注：「説文：『覈，考實事也。』核與覈古字通。」卷二西京賦「何以覈諸」，薛綜注：「覈，驗也。」

冤屈而自抑。

抑，按也。言己身多病長窮，恐遂巔沛，撫己情意，而考覈心志，無有過失，則屈志自抑，而不懼也。

【疏證】

抑，按也。◎案：詳參離騷「屈心而抑志兮」注。

言己身多病長窮，恐遂巔沛，撫己情意，而考覈心志，無有過失，則屈志自抑，而不懼也。◎正德本、隆慶本、馮本、俞本、劉本、朱本、莊本、湖北本、四庫章句本無「身」字，「撫己」上有「内」字，無「而考覈」之「而」字，「不懼」下無「也」字。同治本「巔」作「顛」。袁校補「而」字。案：顛、巔古今字。史記引正文「冤屈」作「俛詘」。金開誠屈原集校注謂「當從史記作『俛詘』，或從一本作『俛屈』。『屈』與『詘』通，『俛詘』指低首屈身，與『自抑』相應」。非也。俛與俯同，屈、詘古字通用。屈賦無「俯詘」例。俛，冤之訛也。冤屈，冤結、鬱結，聲之轉，抑鬱貌。冤屈，古之恆語。論衡卷一五變動篇第四三：「二子冤屈，太史公列記其狀。」

刓方以爲圜兮，

刓，削。

【疏證】

刓，削。◎案：慧琳音義卷三三「空刓」條：「楚辭『刓方以爲圓』，王逸注云：『刓，削也。』」

卷九五「刓剔」條引王逸注楚辭：「刓，削也。」則「削」下有「也」字。史記集解引王逸注：「刓，削。」亦無「也」字。説文刀部：「刓，剸也。从刀、元聲。」剸，摶圜也。莊子卷一齊物論第二「五者园而幾向方矣」，釋文引司馬注：「园，圓也。」圜與园同。刓，削之使圓，即索隱所謂「刻刓方木以爲圓」也。引申之言削刻。

常度未替。

度，法也。替，廢也。言人刓削方木，欲以爲圜，其常法度尚未廢也。以言讒人譖逐放己，欲使改行，亦終守正而不易也。

【疏證】

度，法也。◎史記集解引王逸注：「度，法。」則「法」下無「也」字。案：度之訓法，詳參離騷「競周容以爲度」注。

替，廢也。◎史記集解引王逸注同。案：因爾雅釋言，慧琳音義卷四六「自替」條引李巡注：「替，去之廢。」

言人刓削方木，欲以爲圜，其常法度尚未廢也。以言讒人譖逐放己，欲使改行，亦終守正而不易也。◎正德本、隆慶本、馮本、劉本、俞本、朱本、四庫章句本、莊本、湖北本「未廢」下無「也」

字。案：喻林卷三二人事門「持正」條引「未廢」下無「也」字。又，史記集解引王逸注：「言人刓削方木，欲以爲圓，其常法度尚未廢也。」亦有「也」字。圓、圜古字通用。

易初本迪兮，君子所鄙。

（本，常也。迪，道也。）鄙，恥也。言人遭世遇，變易初行，遠離常道，賢人君子之所恥，不忍爲也。

【疏證】

本，常也。迪，道也。◎正德本、隆慶本、劉本、湖北本、朱本、馮本、俞本、莊本有此注，補注本無注。案：史記集解引王逸注：「由，道也。」正義：「本，常也。言人遭世不道，變易初行，違離光道，君子所鄙。」張氏因章句。據此，舊有二注，宜補。然在劉宋之世，迪作由。補注本章句以「本迪」爲「遠離常道」。唐世所據本以「本由」爲「違離光道」。本，無言「常」或「遠離」、「違離」義。朱熹集注：「易初，變易初心也。本迪，未詳。」蓋「於其所不知則闕如」也。王夫之楚辭通繹：「易，變也。初本迪，始所立志，本所率由也。」以「易」字獨立成句，「初本迪」三字爲斷。戴震屈原賦注：「初之本迪，猶工有規畫繩墨矣。」然考諸屈賦，斷無此句法。湯炳正楚辭今注：「洪興祖楚辭考異、朱熹楚辭集注皆謂一本無初字，易本迪，猶言改變本來的道路。」審此爲四字句法，若無初字，不通之甚。蔣驥山帶閣注楚辭：「易初本迪，謂改變其初時本然之道也。」陳本禮屈辭精義：「本迪，本於先人之道。」錢澄之屈詁：「本迪，本然當行之道也。」以上諸説所增「先人」、「當行」諸字，非原文所有，並詰鞫不通。聞一多楚辭校補：「案本疑當作變。變、卞古通。此蓋本作『易初卞迪』，卞迪即變道。」姜亮夫屈原賦校注：「此句當作『易由初本兮』，後人因不審易由之義，變爲易初，而又誤作迪也。」姜又謂「易由，猶今言夷猶、夷由，謂行事不決也」。率意改字，非屈子舊本。劉永濟屈賦通箋謂「本由」作「不由」，謂不由，不道也。劉説有致。不、本古文形似，古亦多互訛。漢書卷五七下司馬相如傳「天下之壯觀，王者之卒業」，顔師古曰：「卒，終也。字或作本，或作丕，丕，大也。」此「本迪」不辭。本，「不」字之訛。然覆劉説猶有剩義。易初、不由，相對爲文，皆述賓結構，若作「不由」，言不道，則偏正結構。非也。郭店楚墓竹簡及馬王堆漢帛書，凡言「背畔」字皆作「伓」，倍字古文。緇衣篇：「信而結之，則民不伓(倍)。」五行篇：「忠人亡僞，信人不伓(倍)；君子如此，故不皇(誑)生，不伓(倍)死也。」又曰：「至忠亡僞，至信不伓(倍)，夫此之謂此。」老子(甲)：「絶智弃辯，民利百伓(倍)。」窮達以時篇：「善伓(倍)己也。」語叢篇(二)：「念生於欲，伓(倍)生於念。」上博簡(二)從政(乙)：「思則伓(倍)，恥則犯。」葛陵楚墓竹簡凡「背膺」之背，皆作「伓」。馬王堆漢帛書式法第三天地：「凡徙、(娶)婦，右天左地貧，左地右天吉，伓(倍)地逞天辱，伓(倍)天逞地死，並天地左右之大吉。凡戰，左天右地勝，伓(倍)天逆地勝而有□闕，伓（倍）地逆天大敗。」經法四度篇：「伓（倍）約則窘，達刑則傷。伓（倍）逆合當，爲若又（有）事，雖無成功，亦無天央（殃）。」懷沙「不由」，當「伓由」。清華簡（七）越公其事「謟民則不（背）」，「市賈乃亡敢反不（背）欺詒」。上博簡（九）文王訪之於尚父舉治：「天之所伓（不）若，拒之，勿有所[illegible]。」則不、伓亦通用也。由與迪通，楚簡亦有其例。上博簡（八）顏淵問孔子「或迪（由）而教」是也。迪，可以訓道，然章句「常道」云云，有增字解經之病。由，本也。郭店楚墓竹簡成之聞之篇：「苟不從其繇（由），不反其杳（本），未有可得也者。」又云：「苟不從其繇（由），不反其杳（本），雖强之弗内矣。」以上二語，由、本，相爲對文，伓由，猶背本，與「易初」同。易初伓（倍）由，言違初背本。章句釋爲「違離光道」，今作「遠離常道」者，遠，當違之訛。知漢時舊本，「本」作「伓」，未誤。唯解「由」爲「光道」或「常道」，則已訛由爲迪也。後人復據由、本同訓爲注，注語遂羼入正文，而作「伓本由」，又不知「伓」之義而删之，遂誤作今本「本由」、「本迪」。幸二千二百餘年前竹簡文字今得重見，千年未決之訟，亦可得決也。本、由同義，「伓（倍）由」亦可解「背本」。今本懷沙「本由」抑或「伓（倍）由」之訛，亦可通，何以非改「伓（倍）本」不可？夫古人屬詞綴文，必遵循其時語言習慣，屈原焉得例外？先秦、兩漢古籍，但見「倍本」，無「倍由」。逸周書卷三文儆解第二四：「嗚呼，敬之哉！倍本者槁。」全漢文卷三九劉向新序：「晉襄公之孫周爲晉國，休戚不倍本也。」史記卷四九外戚世家：「數讓武帝姊平陽公主曰：『帝非我不得立，已而弃捐吾女，壹何不自喜而倍本乎！』」卷一三○太史公自序：「民倍本多巧，姦軌弄法，善人不能化，唯一切嚴削爲能齊之。作酷吏列傳第六二。」或作「背本」，亦未見作「背由」。左傳成公九年：「言稱先職，不背本也；樂操土風，不忘舊也。」哀公七年：「景伯曰：『吳將亡矣，弃天而背本，不與，必弃疾於我。』乃與之。」國語卷三周語下：「爲晉休戚，不背本也。」呂氏春秋卷二六士容論第三上農篇：「是謂背本反則，失毀其國。」史記卷五六陳丞相世家：「上曰：『若子可謂不背本矣。』」漢書卷二二禮樂志：「夫奢泰則下不孫而國貧，文巧則趨末背本者衆。」卷二四食貨志上：「今背本而趨末，食者甚衆，是天下之大殘也。」卷六八金日磾傳：「前遭故定陶太后背本逆天，孝哀不獲厥福。」三國志卷二五魏書高堂隆重傳：「末俗背本，所由來久。」卷二七王袒傳：「人若不篤於至行，而背本逐末，以陷浮華焉，以成朋黨焉。」屈子作懷沙，必遵其時語言習慣，決勿生造「伓(倍)由」語，令後人費猜。

鄙，恥也。◎正德本、隆慶本、馮本、朱本、劉本、四庫章句本「恥」作「耻」。案：恥，俗耻字。慧琳音義卷九四「鄙俚」條引王逸注楚辭：「鄙，小也。」其所據本别。鄙之訓耻、訓小，其義相通。史記正義：「鄙，耻也。」舊本作「耻」字。所鄙，出論語卷六雍也：「子見南子，子路不說。夫子矢之曰：『予所否者，天厭之，天厭之。』」論衡卷九問孔篇第二八引作「予所鄙者」。否、鄙古字通用。書堯典「否德忝帝位」，史記卷一五帝紀「否德」作「鄙德」。莊子卷二大宗師篇第六「善妖善老，善始善終」，郭象注：「不善少而否老」，釋文：「否，本亦作鄙。」釋名釋言語：「否，鄙也。」釋州國：「鄙，否也。」君子所鄙，謂賢若孔子者所鄙也。宋書卷七三顏延之傳載荀赤松奏劾顏延之：「求田問舍，前賢所鄙。」類聚卷三一人部十五贈答引梁蕭綸贈言賦「相知勢利之間，實君子之所鄙」。江文通集卷三無爲論「雖江海以爲榮，實縉紳之所鄙」。所鄙，古恒語。

言人遭世遇，變易初行，遠離常道，賢人君子之所恥，不忍爲也。◎正德本、隆慶本、馮本、朱本、劉本、四庫章句本「恥」作「耻」。案：章句「人遭世遇」云云，不辭。史記正義作「人遭世不道」。章句無「不道」例。不道，當作「不遇」，章句恒語，可以本校。離騷序「哀其不遇」，離騷「結幽蘭而延佇」，章句：「周行罷極，不遇賢士。」涉江「陰陽易位，時不當兮」，章句：「自傷不遇明時，而當闇世。」其作「世遇」，敚「不」字。史記卷一一一衛將軍列傳「然而諸宿將常坐留落不遇」，索隱：「謂遲留零落，不偶合也。」不偶，漢世恒語。論衡卷二幸偶篇第五：「及觸賞罰，有偶有不偶。」又曰：「然而於韓有罪，於衛爲忠，驂乘偶，典冠不偶也。」命義篇第六：「行與主乖，退而遠，不偶也。」卷三〇自紀篇第八五：「今吾材不及孔子，不偶之厄，未與之等，偏可輕乎？」又，章句「遠離」云云，當作「違離」。

章畫志墨兮，

章，明也。志，念也。

【疏證】

章，明也。◎史記集解、索隱同引王逸注同。案：詳參離騷「芳菲菲其彌章」注。

志，念也。◎史記「志」作「職」，索隱引楚詞「職」作「志」，曰：「志，念也。餘如注解。」案：小司馬所據本作「志」。志之解念，其義有隔。當作職，猶守也。周禮卷三〇夏官司馬第四掌固「民皆有職焉」，鄭注：「職，謂守與任。」職墨，言守繩墨。又，王念孫云：「志亦章也。管子宙合篇：『明書章畫，道行有常。』」其説可參。

前圖未改。

圖，法也。改，易也。言工明於所畫，念其繩墨，修前人之法，不易其道，則曲木直而惡木好也。以言人遵先聖之法度，修其仁義，不易其行，則德譽興，而榮名立也。

【疏證】

圖，法也。◎史記圖作度，集解引王逸注：「度，法也。」案：圖、度古字通用。據屈賦詞例，圖，當作度。本篇上言「常度未替」，是其內證。説文口部：「圖，畫計難也。从口、从啚。啚，難意也。」引申之凡言圖畫、計謀、規度。對文圖字無法度之意。

改，易也。◎史記集解引無注。案：離騷改字三見，曰「何不改此度」、曰「偭規矩而改錯」、曰「來違棄而改求」，章句皆云：「改，更也。」唯此別解移易字，蓋後所竄亂。劉宋之世無此注，是其時猶未亂。

言工明於所畫，念其繩墨，修前人之法，不易其道，則曲木直，而惡木好也。以言人遵先聖之法度，修其仁義，不易其行，則德譽興，而榮名立也。◎案：史記集解引丁逸注：「言工明於所畫，念其繩墨，修前人之法，不易其道，則曲木直而惡木好。」則「惡木好」下無「也」字，無「以言」以下二十六字。「以言」以下數句，申說前意，不可删也。且「修其仁義」、「不易其行」、「榮名」等，皆章句恆語，可證其爲舊本所當有也。

内厚質正兮，大人所盛。

言人質性敦厚，心志正直，行無過失，則大人君子所盛美也。

【疏證】

言人質性敦厚，心志正直，行無過失，則大人君子所盛美也。◎俞本「直」作「高」。史記引正文「内厚質正」作「内直質重」。史記集解引王逸注同。案：高，訛也。章句「言人質性敦厚心志正直」云云，舊本作「厚」。又，戴侗六書故「晟」字曰：「承正切，又平聲。日精光充盛也。楚辭曰：『内厚質正兮，大人所晟。』又曰：『高辛之靈晟。』『申包胥之氣晟。』」皆以「盛」爲「晟」。蓋據別本。屈賦詞例，正、直，相對爲文。内直，古恆語。哀時命「心怦怦而内直兮」，全三國文卷三八王象薦楊俊「外寬内直」，韓詩外傳卷二「外寬而内直」，全齊文卷一一王儉太宰褚彥回碑文「端流平衡，外寬内直」。莊子卷一人世間篇第四：「然則我内直而外曲，成而上比。内直者，與天爲徒。」則舊作「内直」。又，重，非厚重之重，讀如董，古字通用。董，正也。詳參涉江「余將董道而不豫兮」注。後人未識重爲董字假借，遂妄改直爲厚也。又，所盛，言所厚、所重。盛，當作稱，音訛字。謂稱譽也。孟子卷一一告子上「在己者謂仁義廣譽也」，孫疏：「譽，美稱也。」史記卷八五呂不韋列傳「來往者皆稱譽之」，稱譽，平列同義，稱亦譽也。

巧倕不斲兮，

倕，堯巧工也。斲，斫也。

【疏證】

倕，堯巧工也。◎史記引正文「巧倕」作「巧匠」。案：據章句，舊作「巧倕」。巧，猶工也。巧倕，謂工倕。莊子卷五達生篇第一九「工倕旋而蓋規矩」是也。詳參離騷「固時世之工巧兮」注。

倕，垂亦同。書舜典：「帝曰：『疇若予工。』僉曰：『垂哉。』帝曰：『俞，咨垂，汝共工。』垂拜稽首，讓于殳斨暨伯與。」孔傳：「垂，臣名。」又，淮南子卷八本經訓：「故周鼎著倕，使銜其指，以明大巧之不可爲也。」卷一二道應訓：「故周鼎著倕，而使噛其指，先王以見大巧之不可也。」高注：「倕，堯之巧工也。」大巧，謂大工匠。七諫哀命：「棄彭咸之娛樂兮，滅巧倕之繩墨。」巧倕，工倕。

斲，斫也。◎正德本、隆慶本、馮本、朱本、劉本、四庫章句本「斲」作「斵」。莊本、俞本作「削」。案：斲、斵同。補注引「斲」一作「斷」，又引一作「劉」，曰：「説文：『斲，斫也。』『劉，殺也。』作斲者是。」洪説是也。據章句，舊本作「斲」。削，訛也。史記引亦作「斲」。斲之爲斫，楚語。詳參九歌湘君「斲冰兮積雪」注。

孰察其撥正？

察，知也。撥，治也。言倕不以斤斧斲斫，則曲木不治，誰知其工巧者乎？以言君子不居爵位，衆莫知其賢能也。

【疏證】

察，知也。◎案：説文宀部：「察，覆也。从宀、祭聲。」覆，詳審之也。引申之凡言知也。

撥，治也。◎史記引正文「撥」作「揆」，徐英謂當從史記作「揆正」。案：揆，撥之訛。慧琳音義卷四七「撥無」條、卷七六「指撥」條、卷八四「屏撥」條並引王逸注楚辭：「撥，弃也。」卷六九「止撥」條、卷六七「或撥」條引王逸注楚辭「弃」作「棄」。撥之訓治、訓棄，皆不辭。孫詒讓札迻：「撥謂曲枉，與正對文。管子宙合篇云：『夫繩扶撥以爲正。』淮南子本經訓篇云：『扶撥以爲正。』高注云：『撥，枉也。』修務訓云：『琴或撥刺枉橈。』注云：『撥刺，不正也。』荀子正論篇云：『不能以撥弓曲矢中。』戰國策西周策云：『弓撥矢鉤。』皆其證也。王釋爲治，失之。」其説得之。又，淮南子卷九主術訓「扶撥枉橈」。撥亦訓枉也。可與孫説相補。

言倕不以斤斧斲斫，則曲木不治，誰知其工巧者乎？以言君子不居爵位，衆莫知其賢能也。

◎正德本、隆慶本、馮本、俞本、莊本、劉本、朱本、莊本、湖北本、四庫章句本無「斧」字，無「斫」字，「莫知」上有「亦」字。正德本、隆慶本、馮本、俞本、劉本、朱本「斲」作「斵」。案：無「斧」者，爛敓之。斫，羡也。斲、斵同。章句「誰知其工巧」云云，工巧，謂工匠。詳參離騷「固時俗之工巧兮」注。

玄文處幽兮，

玄，墨也。幽，冥也。

【疏證】

玄，墨也。◎史記集解引王逸注同。案：玄之爲黑、爲墨，似無分別。然「玄」字，古書但訓黑而無訓墨者也。九歎遠逝「垂明月之玄珠」，章句：「黑光曰玄也。」七諫怨世「偏與乎玄英異色」，章句：「玄英，純黑也。」禮記卷六檀弓上第三「牲用玄」，鄭注：「玄，黑類也。」詩何草不黄「何草不玄」，鄭箋：「玄，赤黑色。」舊本作「玄黑也」。說文：「玄，幽遠也。黑而有赤色者爲玄象，幽而入覆之也。」引申之言黑、言遠也。

幽，冥也。◎史記引正文「處幽」作「幽處」。聞一多楚辭校補謂「當從史記作『幽處』。『玄文（冥）幽處』與下文『離婁微睇』文相偶，處、睇皆動詞，幽微皆副詞也」。案：其說失之。抽思「路遠處幽，又無行媒兮」，思美人「命則處幽，吾將罷兮」，漢書卷九七上外戚傳「隱處幽而懷傷」，九懷株昭「修潔處幽兮」，全晉文卷七六摯虞思游賦「芳處幽而彌馨兮」。處幽，古恆語。說文：「幽，隱也。」引申之言闇不明也。

矇瞍謂之不章。

矇，盲者也。詩云：「矇瞍奏工。」章，明也。言持玄墨之文，居於幽冥之處，則矇瞍之徒以爲不明也。言持賢知之士，居於山谷，則衆愚以爲不賢也。

【疏證】

矇，盲者也。詩云：「矇瞍奏工。」◎同治本「工」作「公」。正德本、隆慶本、馮本、俞本、劉本、朱本、莊本、湖北本、景宋本、寶翰本、皇都本、四庫章句本亦作「工」。案：毛祥麟楚辭校文曰：「『工』，非是。岳刻毛詩仍作『公』。」史記引正文無「瞍」字。集解引王逸注：「矇，盲者也。詩云：『矇瞍奏公。』」唐本亦作「奏公」。章句但曰：「矇，盲者也。」未釋「瞍」字義，舊無瞍字。且「矇」與下「瞽」字相對爲文。瞍，羨也。今本有「瞍」，涉引詩羨也。章句引詩見大雅靈臺，毛傳：「有眸子而無見曰矇，無眸子曰瞍。公，事也。」公之訓事，舊宜作工。周禮卷一七春官宗伯第三序官「瞽矇」，鄭司農注：「無目眹謂之瞽，有目眹而無見謂之矇，有目無眸子謂之瞍。」散文皆爲盲者之稱。

章，明也。◎史記集解引王逸注同。案：詳參離騷「芳菲菲其彌章」注。

言持玄墨之文，居於幽冥之處，則矇瞍之徒以爲不明也。言持賢知之士，居於山谷，則衆愚以爲不賢也。◎正德本、隆慶本、馮本、俞本、莊本、劉本、朱本、湖北本、四庫章句本無「之徒」二字。正德本、隆慶本「賢知」作「賢志」，湖北本作「賢者」。景宋本「持玄墨之文」作「孫玄墨之文」。案：志，音訛字。若作「孫玄墨之文」，不辭也。喻林卷五一人事門失所引無「之徒」二字。章句「持賢知之士」云云，持，守也。橘頌「橫而不流兮」，章句：「猶行忠直，橫立自持，不隨俗人也。」章句「居于幽冥之處」云云，漢書卷三六楚元王傳「則幽冥而莫知其原」，顔師古注：「幽冥，猶暗昧也。」

離婁微睇兮，

離婁，古明目者也。孟子曰：「離婁之明。」睇，眄之也。

【疏證】

離婁，古明目者也。孟子曰：「離婁之明。」◎案：史記集解引王逸注：「離婁，古明視者也。」無引孟子。章句引孟子，見卷七離婁上，趙注：「離婁，古之明目者也，蓋以爲黃帝之時人也。黃帝亡其玄珠，使離朱索之。離朱，即離婁也。能視於百步之外，見秋毫之末。」舊本作「古明目者」。莊子卷三天地篇第一二：「黃帝遊乎赤水之北，登乎崑崙之丘，而南望還歸，遺其玄珠，使知索之而不得，使離朱索之而不得。」卷三駢拇篇第八：「是故駢於明者，亂五色，淫文章，青黃黼黻之煌煌，非乎，而離朱是已。」釋文引司馬云：「黃帝時人，百步見秋豪之末。一云：見千里鍼鋒，孟子作離婁。」朱、婁，聲之轉。

睇，眄之也。◎史記正義：「睇，田帝反，眄也。」案：張氏因章句，其所據本「眄」下無「之」字。睇，復見九歌山鬼「既含睇兮又宜笑」，章句：「睇，微眄貌也。」彼睇字不解眄，讀如涕，與此別。文選卷一四班固幽通賦「養流睇而猨號兮」，曹大家注：「睇，眄也。」大戴禮記第四七夏小正「來降燕乃睇」，注云：「睇者，眄也。」此「眄之」云云，詩關雎「寤寐思服」，毛傳：「服，思之也。」野有死麕「白茅純束」，毛傳：「純束，猶包之也。」加「之」字以標其詞性。不可刪。說文目部：「睇，目小視也。从目、弟聲。南楚謂眄曰睇。」睇，楚語也。又，微睇，古恆語。文選卷八上林賦「微睇緜藐」，全後漢文卷九三徐幹七諭「揚蛾眉而微睇」。郭在貽謂微作矓。微、矓古今字，毋須校改。

瞽以爲無明。

瞽，盲者也。詩云：「有瞽有瞽。」言離婁明目無所不見，微有所眄，盲人輕之，以爲無明也。言賢遭困厄，俗人侮之，以爲癡也。

【疏證】

瞽，盲者也。詩云：「有瞽有瞽。」◎袁校「瞽盲者也」作「瞽者盲也」。案：據上「矇盲者也」例，非也。史記集解引王逸注：「瞽，盲也。」無「者」字。章句引詩見有瞽，釋文：「無目眹曰瞽，矇，有目眹而無見也。」周禮卷一七春官宗伯第三序官「瞽矇」，鄭司農注：「無目眹謂之瞽。」説文目部：「瞽，目但有眹也。从目、鼓聲。」對文有眹而無眸子曰瞍，有眹有眸曰矇，無眹者曰瞽。許云「但有眹」，謂眹如細綫，猶無眹也。段注：「有眹者，才有縫而已。」引申之凡無目之稱。莊子卷一逍遥遊第一「瞽者無以與乎文章之觀」，釋文：「瞽，盲者，無目如鼓皮也。」又，補注引説文：「瞽，目但有狀也。」狀，當眹之訛。

言離婁明目無所不見，微有所眄，盲人輕之，以爲無明也。言賢遭困厄，俗人侮之，以爲癡也。◎正德本、隆慶本、馮本、俞本、劉本、朱本、莊本、湖北本、四庫章句本「所眄」作「所睇」，「言賢」下有「者」字。案：章句以釋語代之，舊作「所眄」。

變白以爲黑兮，

世以濁爲清也。

【疏證】

世以濁爲清也。◎史記引正文「以爲」作「而爲」。正德本、隆慶本、朱本、俞本、莊本、馮本、四庫章句本正文「以爲」作「而爲」。案：章句「世以濁爲清」云云，舊本作「以爲」。以爲，以之爲也；以，介詞，非連詞。以爲黑，言以白爲黑也。作而，非也。三國志卷一魏書武帝紀「此皆以白爲黑，欺天罔君者也」，呂氏春秋卷一三有始覽第二應同篇「以白爲黑，臣不能聽」。古恆語。又，全後魏文卷一八元順蠅賦「變白爲黑」，因襲此語。

倒上以爲下。

俗人以愚爲賢也。

【疏證】俗人以愚爲賢也。◎案：史記索隱：「下音户。」楚音也。上曰賢，下曰愚。全後漢文卷四一應劭風俗通義：「國有大亂，賢愚倒植。」卷八八仲長統法誡篇：「顛倒賢愚，貿易選舉。」其是之謂也。

鳳皇在笯兮，

笯，籠落也。

【疏證】

笯，籠落也。◎史記集解：「徐廣曰：『笯一作郊。』駰案：王逸曰：『笯，籠落也。』」索隱曰：「籠落，謂藤蘿之相籠絡。」案：郊，笯字之訛。籠落、籠絡並同，皆平列複語，單曰笯、曰籠。補注引説文：「笯，籠也。南楚謂之笯。」今本説文無「南楚謂之笯」之説。方言卷一三：「籠，南楚、江、沔之閒或謂之笯。」郭璞注：「笯，亦呼籃。」籠、籃，聲之轉。今俗呼曰籮，則其遺語。又，史記正義引應瑞圖：「黄帝問天老曰：『鳳鳥何如？』天老曰：『鴻前而麟後，蛇頸而魚尾，龍文而龜身，燕頷而鷄喙，首戴德，頸揭義，背負仁，心入信，翼俟順，足履正，尾繫武，小音金，大音鼓，延頸奮翼，五色備舉。』」鳳皇，楚氏精靈，喻有德君子。

雞鶩翔舞。

言聖人困厄，小人得志也。

【疏證】

言聖人困厄，小人得志也。◎史記引正文「鶩」作「雉」，索隱：「楚詞『雉』作『鶩』。」案：屈賦有「雞鶩」，而無「雞雉」。卜居「將與雞鶩争食乎」，七諫亂曰「畜鳧駕鵝雞鶩滿堂壇兮」。索隱引楚詞雉作鶩。唐人所據本作鶩。方言卷八：「雞，陳、楚、宋、魏之閒謂之鸊鷉。」包山楚簡作「僻肔」。鶩，鴨也。野曰鳧，家曰鶩。詳參九辯「鳧鴈皆唼夫粱藻兮」注。雞鶩、鳳皇，相對爲文，比賢愚不共雜，亦古之通喻。全後漢文卷四六崔寔政論：「如使雞鶩蛇頸龜身，五色紛麗，亦可貴於鳳乎？」宋書卷六二王微傳：「巖穴人情所高，吾得當此，則雞鶩變作鳳皇，何爲干飾廉隅，秩秩見於面目，所惜者大耳。」

同糅玉石兮，

賢愚雜厠。

【疏證】賢愚雜厠。◎惜陰本、同治本「厠」作「廁」，景宋本作「錯」。案：廁與厠同。雜厠，猶溷雜也。錯，交錯也。謂玉石溷雜，舊本作「雜厠」。廁與下章句「不異」之異字同協職韻。若作「雜錯」，出韻也。又，雜厠，章句習見。遠遊「五色雜而炫燿」，章句：「衆采雜廁而明朗也。」招魂「鄭、衛妖玩，來雜陳些」，章句：「言鄭、衛二國復遣妖玩之好女，來雜厠俱坐而陳列也。」哀時命「隴廉與孟娵同宮」，章句：「言世人不識善惡，乃以甑窒之土雜厠圭玉，又使醜婦與好女同室也。」論衡卷一累害篇第二：「公侯已下，玉石雜糅。」是同此意。淮南子卷一三氾論訓：「使人之相去也，若玉之與石，美之與惡，則論人易矣。」卷一九脩務訓：「玉石之相類者，唯良工能識之。」則「同糅玉石」者，以無良工故也。

一槩而相量。

忠佞不異。

【疏證】忠佞不異。◎史記集解引王逸注同。案：補注：「槩，平斗斛木。」槩與概同。文選卷二五謝宣遠於安城答靈運「翻飛各異概」，李善注：「異概，謂異量也。凡概以平量，故言概而顯量焉。楚辭曰『一概而相量』也。」春秋繁露卷一〇深察名號篇第三五：「今萬民之性，有其質而未能覺，譬如瞑者待覺，教之然後善。當其未覺，可謂有質，而不可謂善，與目之瞑而覺，一概之比也。」

夫惟黨人鄙固兮，

楚俗狹陋。

【疏證】

楚俗狹陋。◎正德本、隆慶本、馮本、俞本、朱本、莊本、湖北本、四庫章句本無注。案：爛敚也。補注引「鄙」一作「交」；又引史記云「夫黨人之鄙妬兮」，固作妬。朱季海楚辭解故：「説文：『嫪，婟也。』又：『婟，嫪也。』廣雅釋詁：『嫪、嫭，妬也。』王念孫疏證：『婟與嫭同。』今謂鄙固字正讀如婟，史公作妬者，以通語代之爾。」其説有致，録以存參。然章句「狹陋」云云，舊作「鄙固」。徐仁甫古詩別義：「『夫惟』當作『惟夫』，史記屈原列傳有『夫』無『惟』，可見『夫黨人』三字連文，中間不當插一『惟』字。離騷『惟黨人之偷樂兮』，六臣本文選『惟』下有『夫』字，亦可證『夫黨人』當連文。」夫惟、惟夫，皆屈賦恆語，猶因此、是以也，不必據此以改彼。離騷「夫唯捷徑以窘步」是也。正文無「惟」者，爛敚之也。

羌不知余之所臧？

莫照我之善意也。

【疏證】

莫照我之善意也。◎史記引正文作「羌不知吾所臧」，以「余之」作「吾」。集解引王逸注：「莫昭我之善意。」索隱引王逸注：「羌，楚人語辭，言卿，何爲也。」案：照，知也。訓見九歎離世「指日月使延照兮」注。章句照知字皆作照。九辯「信未達乎從容」，章句：「君不照察其真僞也。」「惜往日「諒聰不明而蔽壅兮」，章句：「君知淺短，無所照也。」又曰「惜壅君之不識」，章句：「哀上愚蔽，心不照也。」九歎離世「就靈懷之皇祖兮」，章句：「願就懷王先祖告語其冤，使照己心也。」集解引作昭，借字也。索隱引章句，詳參離騷「羌内恕己以量人兮」注。「言卿」上當補「猶」字。楚語「羌」，猶漢世之「卿」，所以別古今異語。何爲，釋解羌字義。中華書局一九九五年版點校本史記以「言卿何爲也」爲一句，且在引號之外，以爲非逸注舊文，非也。

任重載盛兮，陷滯而不濟。

陷，没也。濟，成也。言己才力盛壯，可任重載，而身放弃，陷没沉滯，不得成其本志。

【疏證】

陷，没也。◎慧琳音義卷四六「眼陷」條引王逸注同。案：説文𨸏部：「陷，高下也。一曰：陊也。从𨸏、从臽，臽亦聲。」引申之言下陷、墮没。禮記卷一〇檀弓下第四「毋使其首陷焉」，鄭注：「陷謂没於土。」又，補注：「盛，多也。言所任者重，所載者多也。」重，盛，互文見義，毋庸區别。

濟，成也。◎案：九辯「心尚㚔其弗濟」，章句：「冀過不成得免脱也。」此義已備於前。濟，渡水，引申之言成、言就。

言己才力盛壯，可任重載，而身放弃，陷没沉滯，不得成其本志。◎俞本、莊本、同治本「沉」作「沈」。寶翰本、景宋本、皇都本、正德本、隆慶本、四庫章句本、劉本、馮本亦作「沉」。案：史記集解引王逸注：「言己才力盛壯，可任用重載，而身陷没沈滯，不得成其本志也。」其所據本蓋别。任用，章句恆語，可以本校。離騷「來吾導夫先路」，章句：「言己如得任用，將驅先行，願來隨我，遂爲君導入聖王之道也。」又曰「哀衆芳之蕪穢」，章句：「以言己脩行忠信，冀君任用，而遂斥弃，則使衆賢志士失其所也。」涉江「邸余車兮方林」，章句：「以言己才德方壯，誠可任用，弃在山野，亦無所施也。」九歎憂苦「雜班駮與闒茸」，章句：「言君不明智，斥逐忠良，而任用佞諛，委弃明珠。」「可任」下當補「用」字。「放弃」之意，非原文所備，羡文。裴氏集解所引存其舊也。

懷瑾握瑜兮，

在衣爲懷，在手爲握。瑾、瑜，美玉也。

【疏證】

在衣爲懷，在手爲握。◎文選卷二三阮籍詠懷詩「交甫懷環佩」、卷二〇古詩十九首「馨香盈懷袖」，李善注並引王逸曰：「在衣曰懷。」案：無「在手曰握」之注者，蓋删之也。對文懷、握別義，散文不別。全晉文卷一一一陶潛感士不遇賦：「雖懷瓊而握蘭，徒芳潔而誰亮。」顏氏家訓卷五省事第一二：「今世所覩，懷瑾瑜而握蘭桂者，悉耻爲之。」皆衣被此語。

瑾瑜，美玉也。◎馮本、莊本、四庫章句本「美玉」上有「皆」字。俞本「皆」作「喻」字。案：補注：「傳云：『鍾山之玉，瑾、瑜爲良。』」洪氏引傳，未審所出。説文玉部：「瑾，瑾瑜，美玉也。」又曰：「瑜，瑾瑜，美玉也。」段注：「凡合二字成文，如『瑾瑜』、『玫瑰』之類，其義既舉於上字，則下字例不復舉。」瑾瑜，一美玉之名，「美玉」上不當有「皆」字。山海經卷二西山經：「黄帝乃取密山之玉榮，而投之鍾山之陽，瑾瑜之玉爲良，堅栗精密，濁澤而有光。」郭璞注：「言最善也。」又曰：「其上多嬰短之玉，其陽多瑾瑜之玉。」左傳宣公十五年「瑾瑜匿瑕」，正義：「瑾瑜，玉之美名。」此雖分別言之，亦一玉名，喻己美德也。下文「懷質抱情獨無正兮」，即承此來。秦漢古書，瑾瑜分別兩用，蓋有別異。單用瑾者，但九歎愍命「捐赤瑾於中庭」一例，章句：「赤瑾，美玉也。」又，史記卷一一七司馬相如列傳「其石則赤玉玫瑰」，集解引郭璞：「赤玉，赤瑾也。見楚辭。」瑾，赤玉名也。單用瑜者，凡四見：山海經卷二西山經「瘞用百瑜」，郭注：「瑜，亦美玉名。」淮南子卷一〇繆稱訓：「爲無所用之，碧瑜，糞土也。」高注：「瑜，玉也。」禮記卷三〇玉藻第一三：「世子佩瑜玉而綦組綬。」卷六三聘義第四八：「瑕不揜瑜，瑜不揜瑕，忠也。」鄭注：「瑜，其中間美者。」釋文：「瑜，玉中美。」據鄭注，玉之美在内者謂之瑜。

窮不知所示。

示，語也。言己懷持美玉之德，遭世闇惑，不别善惡，抱寶窮困而無所語也。

【疏證】

示，語也。◎史記集解引王逸注同。案：説文：「示，天垂象，見吉凶，所以示人也。」引申之凡言告語。漢書卷六九趙充國傳「敕視諸羌」，顔師古注：「視，讀曰示。示，語之也。」

言己懷持美玉之德，遭世闇惑，不别善惡，抱寶窮困而無所語也。◎正德本、隆慶本、馮本、俞本、劉本、朱本、莊本、湖北本、四庫章句本「善」作「美」。史記引正文作「窮不得余所示」。案：喻林卷三一人事門二九不遇引作「美惡」。散文美、善不别，對文事佩曰善，德佩曰美。此爲德佩，舊作「美惡」。窮不知所示，言欲示而不知所示也；窮不得余所示，言欲示而無所示也。則舊作「不得」。

邑犬之羣吠兮，吠所怪也。

言邑里之犬，羣而吠者，怪非常之人而噪之也。以言俗人羣聚毁賢智者，亦以其行度異，故羣而謗之也。

【疏證】

言邑里之犬，羣而吠者，怪非常之人而噪之也。以言俗人羣聚毁賢智者，亦以其行度異，故羣而謗之也。◎正德本、隆慶本、俞本、莊本、劉本「怪」作「恠」，四庫章句本作「徑」。正德本、隆慶本、馮本、俞本、朱本、莊本、湖北本、劉本、四庫章句本無「邑里之」三字，「謗」下無「之」字。案：諸本皆爛敓之。徑，詘也。犬吠比小人讒言，蓋秦、漢通喻。戰國策卷一三齊策六：「跖之狗吠堯，非貴跖而賤堯也，狗固吠非其主也。」淮南子卷二〇泰族訓：「小人之可也，猶狗之晝吠，鴟之夜見，何益於善？」三國志卷二二魏書衛臻傳注引傅咸與司馬亮書：「東宫官屬，前患楊駿，親理塞路，今有伯輿，復越某作郎。一犬吠形，羣犬吠聲，懼於羣吠，遂至回聽。」又，後漢書卷八〇下文苑傳趙壹：「九重既不可啓，又羣吠之狺狺。」列子卷八説符篇：「楊朱之弟曰布，衣素衣而出。天雨，解素衣，衣緇衣而反。其狗不知，迎而吠之。楊布怒將扑之。楊朱曰：『子無扑矣！子亦猶是也。嚮者使汝狗白而往，黑而來，豈能無怪哉？』」又，論衡卷一累害篇第二：「屈平潔白，邑犬羣吠，吠所怪也，非俊疑傑，固庸能也。偉士坐以俊傑之才，招致羣吠之聲。夫如是，豈宜更勉奴下，循不肖哉？不肖奴下，非所勉也，豈宜更偶俗全身以弭謗哉？偶俗全身，則鄉原也。鄉原之人，行全無闕，非之無舉，刺之無刺也。」承此而敷演其文意。

非俊疑傑兮，

千人才爲俊，一國高爲傑也。

【疏證】

千人才爲俊，一國高爲傑也。◎馮本、四庫章句本「高」下有「者」字。案：史記引正文作「誹駿疑桀」，集解引王逸注：「千人才爲俊，一國高爲桀也。」索隱引尹文子：「千人爲俊，萬人爲桀。」慧琳音義卷四八「聰俊」條引王逸注楚辭：「千人才爲俊，一國高爲傑。」非與誹、桀與傑，並古今字。銀雀山漢簡孫子兵法王兵「論百工利器，收天下豪桀（傑），有天下俊雄」是也。又，對文蓋傑甚於俊，故以「千人」、「萬人」別之。然禮記卷一五月令第六「命太尉贊桀俊」，孔疏引蔡氏辨名記：「十人曰選，倍選曰俊，萬人曰傑。」俊翅二十人。文選卷一西都賦「與乎州郡之豪傑」，李善注引文子曰：「智過百人謂之傑，十人謂之豪。」則傑翅百人。又曰：「鄉曲豪舉」，李善注引文子曰：「智過十人謂之豪。」皆以豪在傑下。書皋陶謨「俊乂在官」，釋文引馬曰：「千人曰俊，百人曰乂。」則百人者乂。白虎通義卷六聖人引禮別名記：「五人曰茂，十人曰選，百人曰俊，千人曰英，倍英曰賢，萬人曰傑，萬傑曰聖。」類聚卷二〇人部四「聖」條引白虎通：「才稱萬人曰傑，倍傑曰聖。」荀子卷三非相篇第五「天下之傑也」，楊倞注：「倍萬人曰傑。」鶡冠子卷上能天：「德萬人者謂之俊，德千人者謂之豪，德百人者謂之英。」呂氏春秋卷二仲春紀第五功名篇「人主賢則豪傑歸之」，高注：「才過百人曰豪，千人曰傑。」章句「一國高」云，又在「倍萬人」、「過千人」上。又，春秋繁露卷八爵國篇第二八：「故萬人者曰英，千人者曰俊，百人者曰傑，十人者曰豪。」淮南子卷二〇泰族訓：「故智過萬人者謂之英，千人者謂之俊，百人者謂之豪，十人者謂之傑。」皆以傑劣於俊，與章句殊別。

固庸態也。

庸，厮賤之人也。言衆人所謗非傑異之士，斯庸夫惡態之人也。何者？德高者不合於衆，行異者不合於俗，故爲犬之所吠，衆人之所訕也。

【疏證】

庸，厮賤之人也。◎惜陰本、同治本「厮」作「廝」。黎本玉篇殘卷用部「庸」字：「楚辭『固庸態也』王逸曰：『庸，斯賤之人也。』野王案：庸人，謂常人愚短者也。」慧琳音義卷一「庸鄙」條引楚辭注：「斯賤之人。」案：廝、厮同。斯，厮之譌。史記集解引王逸注亦作厮。庸，讀如傭，楚語，謂短拙無能。詳參惜誦「惜誦以致愍兮」注。

言衆人所謗非傑異之士，斯庸夫惡態之人也。何者？德高者不合於衆，行異者不合於俗，故爲犬之所吠，衆人之所訕也。◎案：章句「德高者不合於衆行異者不合於俗」云云，漢師以中庸之説爲解，固不以至高、至潔爲上，與屈子所倡行者別。漢書卷六五東方朔傳「故曰：『水至清則無魚，人至察則無徒。冕而前旒，所以蔽明；黈纊充耳，所以塞聰。』明有所不見，聰有所不聞，舉大德，赦小過，無求備於一人之義也。枉而直之，使自得之；優而柔之，使自求之；揆而度之，使自索之。蓋聖人教化如此，欲自得之；自得之，則敏且廣矣。」後漢書卷六一黄瓊傳：「常聞語曰：『嶢嶢者易缺，皦皦者易汙。』陽春之曲，和者必寡；盛名之下，其實難副。」皆同章句此意，然非屈子本意。

文質疏内兮，衆不知余之異采。

采，文采也。言己能文能質，内以疏達，衆人不知我有異藝之文采也。

【疏證】

采，文采也。◎史記集解引王逸注同。案：采，謂采取，俗作採。采色者，借字也，俗字多作彩、綵。

言己能文能質，内以疏達，衆人不知我有異藝之文采也。◎馮本、四庫章句本、湖北本「藝」作「埶」。史記集解引徐廣曰：「異一作奥。」案：埶、藝古今字。疏，布也。訓見九歌湘夫人「疏石蘭兮爲芳」注。補注「疏通」云云，其義相通。而以内爲訥，謂木訥，非是。異采，古恆語。管子卷四宙合篇第一一「食飲不同味，衣服異采。」全宋文卷一一江夏王義恭請封禪表：「金玉顯瑞，異采騰於軫墟。」而無「奥采」之例。又，古者論文與質，謂二者相得益彰，不可偏頗。論語卷六雍也：「子曰：『質勝文則野，文勝質則史，文質彬彬，然後君子。』」集解：「包曰：『野如野人，言鄙略也。史者，文多而質少。彬彬，文質相半之貌。』」劉寶楠正義：「禮：『有質有文。質者，本也。』禮：『無本不立，無文不行。能立能行，斯謂之中。失其中則偏，偏則争，争則相勝。君子者，所以用中而達之天下者也。』」論衡卷一八感類篇第五五：「名實相副，猶文質相稱也。」卷二八書解篇第八二：「或曰：『士之論高，何必以文？』答曰：夫人有文質乃成。物有華而不實，有實而不華者。易曰：『聖人之情見乎辭。』出口爲言，集札爲文，文辭施設，實情敷烈。夫文德，世服也。空書爲文，實行爲德，著之於衣爲服。故曰：德彌盛者文彌縟，德彌彰者〔人〕（文）彌明。大人德擴其文炳，小人德熾其文斑。官尊而文繁，德高而文積。」説苑卷一九脩文篇：「詩曰：『雕琢其章，金玉其相。』言文質美也。」屈子「文質疏内」，文與質俱在，布於内而不外揚，宜乎衆人未知其異采。

材朴委積兮，莫知余之所有。

條直爲材，壯大爲朴。言材木委積，非魯班則不能別其好醜，國民衆多，非明君則不知我之能也。

【疏證】

條直爲材，壯大爲朴。◎正德本、隆慶本、馮本、劉本、朱本、莊本、四庫章句本、湖北本正文「朴」正文作「樸」，注作「朴」，「爲朴」下有「也」字。俞本「朴」作「材」。史記「朴」作「樸」。案：説文木部：「材，木梃也。从木，才聲。」梃，直也。木梃，條直之木。朴，古作攴，通作樸，後作扑，執箠以擊。名事相因，所擊之箠亦曰扑，別作朴字。文選卷五一賈誼過秦論「執敲朴以鞭笞天下」，李善注引臣瓚曰：「短曰敲，長曰朴。」樸素之樸，本亦作朴。説文木部：「朴，木皮也。从木、卜聲。」木之皮未除，是未治之木也，故爲木材之稱，通作「樸」，木部：「木素也。」論衡卷一二量知：「無刀斧之斷者謂之樸。」章句據「壯大」之解以別於「條直」之材，此詞義引申而彼此滲透。材朴，平列同義也。

言材木委積，非魯班則不能別其好醜，國民衆多，非明君則不知我之能也。◎正德本、隆慶本、馮本、俞本、劉本、朱本、莊本、湖北本、四庫章句本「我之」下有「有」字。俞本、莊本「班」作「般」。史記引正文「積」作「質」。案：般、班古字通用。喻林卷六六君道門一一九知人引「我之」下有「有」字。章句「材木委積」云云，舊本作「積」字。金陵書局本史記亦作「積」。周禮卷三天官冢宰第一宰夫「掌其牢禮、委積」，卷一〇地官司徒第二大司徒：「大賓客，令野修道，委積。」鄭注並云：「少曰委，多曰積。」委積，古恆語。荀子卷四儒效篇第八：「得委積足以揜其口，則揚揚如也。」孫子第七軍爭篇：「無糧食則亡，無委積則亡。」韓詩外傳卷四：「委積之臣不貪市井之利。」史記卷一一二主父偃列傳：「委積之守，遷徙鳥舉，難得而制也。」後漢書卷九孝獻帝紀：「人相食啖，白骨委積。」

重仁襲義兮，

重，累也。襲，及也。

【疏證】

重，累也。◎史記集解引王逸注同。案：湯炳正楚辭今注謂「重」作「緟」，「本指衣物絲絮層疊，此借作重積仁德」。重字有累積義，毋煩改字。詩無將大車「祇自重兮」，鄭箋：「重，累也。」儀禮卷四八少牢饋食禮第一六「以重設于敦南」，鄭注：「重，累之。」

襲，及也。◎正德本、隆慶本、馮本、劉本、俞本、朱本、莊本、湖北本、四庫章句本「及」作「仍」。案：及、仍義同。史記集解引王逸注亦作「及也」。襲之爲及，詳參九歌少司命「芳菲菲兮襲予」注。重、襲，互文見義。襲亦重也。左傳哀公十年「卜不襲吉」，杜注：「襲，重也。」爾雅釋山「山三襲陟」，郭注：「襲亦重。」淮南子卷一三氾論「此聖人所以重仁襲恩」，高注：「襲，亦重累。」及，無「重累」義。舊本作「仍」。仍，重也。爾雅釋親「晜孫之子曰仍孫」，郭注：「仍亦重也。」國語卷一〇晉語四「晉仍無道」，韋注：「仍，重也。」孔子說卦：「立人之道，曰仁曰義。」論語卷八泰伯：「仁以爲己任，不亦重乎？」清華簡（五）殷高宗問於三壽：「邇則文之化，鬲（麻）象天時，往宅毋徙，申禮勸規，輔民之化，民勸毋疲，是名曰義。衣服端而好信，孝孳而哀鰥，恤遠而謀親，喜神而憂人，是名曰仁。」又，據論語，仁者，恕也，即「己所勿欲，毋施於人」之謂也。義者，忠也，即「己欲立而立人，己欲達而達人」之謂也。上博簡（五）季庚子問於孔子：「夫義者，以謹君子之行也。」又，郭店楚墓竹簡六德篇：「仁，内也；宜（義），外也。禮樂，共也。内立父、子、夫也，外立君、臣、婦也。」屈子「重仁襲義」，於内則行孝愛親，於外則推賢讓能也。

謹厚以爲豐。

謹，善也。豐，大也。言衆人雖不知己，猶復重累仁德，及興禮義，修行謹善，以自廣大也。

【疏證】

謹，善也。◎案：荀子卷七王霸篇第一一「各謹其所聞」，楊倞注：「謹，謂守行無越思。」郭店楚墓竹簡緇衣：「則民愼於言，而謹於行。」睡虎地秦簡爲吏之道：「謹之謹之，謀不可貴；愼之愼之，言不可追。」對文行曰謹，言曰愼。散文不別。章句訓善，亦謹愼之意。列子卷八説符：「故君子必愼爲善。」愼，猶善也。周禮卷一〇地官司徒第二大司徒「則民愼德」，鄭注：「愼德，謂矜其善德，勸爲善也。」善亦愼也。章句「修行謹善」云云，厚亦愼也。禮記卷二曲禮上第一「以厚其別也」，鄭注：「厚，重愼也。」謹厚，平列同義。墨子卷六節用篇中第二一：「彼其愛民謹忠，利民謹厚。」漢書卷三九曹參傳：「擇郡國吏長大，訥於文辭，謹厚長者，即召除爲丞相史。」卷五九張湯傳：「車騎將安世事孝武皇帝三十餘年，忠信謹厚，勤勞政事，夙夜不怠。」卷六六車千秋傳：「千秋居丞相位，謹厚有重德。」卷七四丙吉傳：「吉擇謹厚女徒，令保養曾孫，置閒燥處。」卷八一張禹傳：「禹爲人謹厚，内殖貨財，家以田爲業。」後漢書卷一上光武帝紀：「皆驚曰：『謹厚者亦復爲之。』乃稍自安。」

豐，大也。◎案：説文豐部：「豐，豆之豐滿者也。从豆、象形。」引申之凡言多、言大。豐，上从二丰，丰亦聲。小爾雅廣言：「丰，豐也。」詩丰「子之丰兮」，毛傳：「丰，豐滿也。」豐之字从丰聲，亦兼義。

言衆人雖不知己，猶復重累仁德，及興禮義，修行謹善，以自廣大也。◎正德本、隆慶本、馮本、俞本、朱本、莊本、湖北本、四庫章句本「知」作「同」。案：據義，舊作「不知己」。

重華不可遻兮，

遻，逢。

【疏證】

遻，逢。◎莊本、湖北本「逢」下有「也」字。史記引正文「遻」作「悟」，集解、索隱同引王逸注：「悟，逢也。」舊蓋有「也」字。補注引遻一作遌，曰：「遻、遌，當作遻，音忤，與迕同，列子『遻物而不慴』是也。釋文：『遌，五各切。心不欲見而見曰遌。於義頗「迃」(迂)。』」案：遻、遌、遻、迕、悟，皆一字。遻、迎，聲之轉。又，「心不欲見而見曰遌」云云，因爾雅釋詁舊注，釋「遇」字義。不期而逢曰遇，而非「遌」字義。或訓驚者，穆天子傳卷六郭注：「遌，驚也。」愕之假借。

孰知余之從容。

從容，舉動也。言聖辟重華不可逢遇，誰得知我舉動，欲行忠信也。

【疏證】

從容，舉動也。◎案：王引之經義述聞卷三一通説「從容」條：「從容有二義：一訓爲舒緩，一訓爲舉動。其訓爲舉動者，字書、韻書皆不載其義，今略引諸書以證明之。」九章抽思篇曰：

『理弱而媒不通兮，尚不知余之從容。』哀時命曰：『世嫉妬而蔽賢兮，孰知余之從容。』此皆謂己之舉動，非世俗所能知，與懷沙同意。後漢書馮衍傳顯志賦曰：『惟吾志之所庶兮，固與俗其不同；既俶儻而高引兮，願觀其從容。』此亦謂舉動不同於俗。李賢注：『從容，猶在後也。』失之。又案：中庸曰：『誠者不勉而中，不思而得，從容中道，聖人也。』從容中道，謂一舉一動，莫不中道。猶云『動容周旋中禮也』。韓詩外傳曰：『動作中道，從容得禮。』漢書董仲舒傳曰：『動作應禮，從容中道。』王褒四子講德論曰：『動作有應，從容得度。』此皆從容、動作相對爲文。中庸正義曰：『從容閒暇，而自中乎道。』失之。緇衣曰：『長民者衣服不貳，從容有常。』引都人士之詩曰：『彼都人士，狐裘黄黄；其容不改，出言有章。』從容與衣服相對爲文，『狐裘黄黄』，衣服不貳也；『其容不改』，從容有常也。正義以從容爲舉動，得之。都人士序曰：『古者長民者衣服不貳，從容有常。』義與緇衣同。鄭箋以從容爲休燕，失之。大戴禮文王官人篇曰：『言行亟變，從容謬易，好惡無常，行身不類。』從容與言行相對爲文。從容謬易，謂舉動反覆也。盧辯注云：『安然反覆。』失之。墨子非樂篇：『食飲不美，面目顔色，不足視也；衣服不美，身體從容，不足觀也。』莊子田子方篇曰：『進退一成規，一成矩，從容一若龍，一若虎。』楚辭悲回風：『寤從容以周流兮。』傅毅舞賦曰：『形態和，神意協，從容得，志不劫。』漢書翟方進傳曰：『方進伺記陳慶之從容語言，以詆欺成罪。』此皆昔人謂舉動爲從容之證。』其説是也。

言聖辟重華不可逢遇，誰得知我舉動，欲行忠信也。◎案：章句「聖辟重華」云云，辟，同詩桑扈「百辟爲憲」之辟，鄭箋：「辟，君也。」

古固有不竝兮，

並，倶。

【疏證】

並，倶。◎俞本、朱本、湖北本、莊本、景宋本、四庫章句本「並」作「竝」。莊本「倶」下有「也」字。案：竝，古並字。正文作「竝」，注文亦宜作「竝」。儀禮卷二五公食大夫禮第六九「二以竝東北上」，鄭注：「竝，併也。今文曰併。」竝、併古今字。散文竝、倶不別；對文合曰竝，同曰倶。太玄經卷三密次五「竝天功也」，章句：「竝，匹也。」荀子卷五王制篇第九「所以親之者，以不并也；并之見則諸侯疏矣。」并與竝同。不竝，猶不合也。論衡卷三偶會篇第一〇：「時偶不竝，度轉乖也。」言時偶不合也。説文人部：「倶，皆也。从人、具聲。」呂氏春秋卷九季秋紀第三知士篇「與劑貌辨倶」，高注：「倶，偕也。」

豈知其何故？

言往古之世，忠佞之臣，不可俱並事君，必相剋害，故曰：豈知其何故。

【疏證】

言往古之世，忠佞之臣，不可俱並事君，必相剋害，故曰：豈知其何故。◎俞本、莊本「並」作「竝」。正德本、隆慶本、馮本、俞本、劉本、朱本、莊本、湖北本、四庫章句本「剋」作「尅」，「其何故」作「其故也」。案：剋、尅同。史記索隱引楚辭正文作「莫知其何故」。古人引書，常藉記憶，未必字字準確。據義，舊本作「豈知其何故」。章句「忠佞之臣不可俱並事君必相剋害」云云，非屈子本意。此謂己生不值聖王至治之世，猶離騷「哀朕時之不當」也。補注：「此言聖賢不有並時而生者，故重華不可遻，湯禹不可慕也。」其説是也。

湯禹久遠兮，邈而不可慕。

慕，思也。言殷湯、夏禹聖德之君，明於知人，然去久遠，不可思慕，而得事之也。

【疏證】

慕，思也。◎案：説文心部：「慕，習也。从心、莫聲。」段注：「習其事者，必中心好之。」習，近也。呂氏春秋卷一七審分覽第五任數篇「習者曰」，高注：「習，近習，所親臣也。」近之效之謂之慕。禮記卷七檀弓上第三「其往也如慕」，鄭注：「慕，謂小兒隨父母啼呼。」引申之言思慕。郭店楚墓竹簡成之聞之篇：「此以民皆又（有）眚（性）而聖人不可莫（慕）也。」則同此義。

言殷湯、夏禹聖德之君，明於知人，然去久遠，不可思慕，而得事之也。◎史記正文作「邈不可慕也」。案：邈，久遠貌。「邈」下有「而」字，暢於語氣。漢無名氏太尉陳球碑「遺迹邈而□□」，缺二字，然作「邈而」。申鑒第二時事篇：「仲尼邈而靡質。」後漢書卷五九張衡傳「允塵邈而難虧」，李賢注：「邈，遠也。」漢書卷六武帝紀：「觀於周室，邈而無祀。」顏師古曰：「邈，遠絶之意。」卷一〇〇叙傳「黄神邈而靡質兮」，類聚卷六二居處二「臺」條引晉陸雲登臺賦「長廊邈而蕭條」。皆作「邈而」。又，姜亮夫屈原賦校注謂「湯禹」爲「禹湯」之乙，非是。詳參離騷校詁「湯禹儼而祇敬兮」注。

懲連改忿兮，

懲，止也。忿，恨也。

【疏證】

懲，止也。◎案：離騷「豈余心之可懲」，章句：「懲，艾也。」艾亦止也。其義相通。懲、改，相對爲文，懲亦改也。史記引正文「連」作「違」，正德本、隆慶本、馮本、劉本、俞本、朱本、莊本、湖北本「連」作「違」。又，章句「則止己留連之心」云云，則其本作「連」，通作戀也。然連、忿相對爲文。連，當作違，通作恚，忿也。懲違（恚），古之恆語。後漢書卷七七黄吉傳「化導不能以懲違」，魏書卷三孝明帝紀「庶革止懲違」，舊唐書卷一六六白居易傳「既從重罰足以懲違」。或作懲忿。易損象「君子以懲忿窒欲」，左傳成公三年「各懲其忿以相宥也」，新書卷五傅職篇「不能懲忿忘欲」。忿、恚義同。

忿，恨也。◎案：説文心部：「忿，悁也。从心、分聲。」段注：「忿與憤義不同。憤以氣盈爲義，忿以狷急爲義。」今憤怒字，古作忿，逸周書卷四大匡解第三七「昭位非忿」，孔晁注：「忿，怒也。」對文怒發於外者曰忿，蘊於内者曰怨，心所憾者曰恨。散文不別。

抑心而自强。

抑，按也。言己知禹、湯不可得，則止己留連之心，改其忿恨，按慰己心，以自强勉也。

【疏證】

抑，按也。◎案：詳參離騷「屈心而抑志兮」注。

言己知禹、湯不可得，則止己留連之心，改其忿恨，按慰己心，以自强勉也。◎正德本「留連」

下衍「連」字。同治本「强勉」作「勉强」。景宋本、寶翰本、皇都本、惜蔭本亦作「强勉」。史記引正文「强」作「彊」。案：彊，古强字。又，九懷蓄英「亹亹兮自强」，文選卷一五張衡思玄賦「勔自强而不息兮」，皆祖構於此。

離慜而不遷兮，

慜，病也。遷，徙也。

【疏證】

慜，病也。◎史記引正文「慜」作「湣」，補注引「慜」一作「閔」。案：慜，俗愍字；湣，借字。愍與閔同。說詳上「離慜而長鞠」注。離愍者，謂放逐江南也。

遷，徙也。◎正德本、隆慶本、馮本、俞本、劉本、朱本、莊本、湖北本、四庫章句本「徙」上有「即」字。案：即，羡也。詳參離騷「忽緯繣其難遷」注。離愍不遷，言雖遭放而心不移也。

願志之有像。

像，法也。言己自勉修善，身雖遭病，心終不徙，願志行流於後世，爲人法也。

【疏證】

像，法也。◎案：史記引正文「像」作「象」，集解引王逸注：「象，法也。」案：象、像，古今字。馬王堆漢帛書十六經立命：「昔者黄宗質始好信，作爲自象（像），方四面，傅一心。四達自中，前參後參，左參右參，踐立（位）履參，是以能爲天下宗。」自象，自法也。又，抽思「望三五以爲像兮」，章句：「三王五伯，可脩法也。」像之爲法，義備於前。

言己自勉修善，身雖遭病，心終不徙，願志行流於後世，爲人法也。◎正德本、隆慶本、馮本、俞本、劉本、朱本、莊本、湖北本、四庫章句本「勉修」下無「善」字。四庫章句本「法也」上有「所」字。案：修善，章句恆語。則無「善」字者，爛敓之也。

進路北次兮，

路，道也。次，舍也。

【疏證】

路，道也。◎案：詳參離騷「夕歸次於窮石兮」注。審此路字，指運舟湘水，往行洞庭之路。

次，舍也。◎史記正義：「北次將就。」案：次之訓舍止，詳參離騷「夕歸次於窮石兮」注。此

「進路北次」，取道湘水，順流行舟，自南而北也。先是，屈子秋末自鄂渚出發，取道沅水，逆流而上，塗經辰陽、溆浦，而後轉入九疑舜葬之處。至次歲孟夏之月，復北行，至洞庭，終汨羅而止也。

日昧昧其將暮。

昧，冥也。言己思念楚國，願得君命，進道北行，以次舍止，冀遂還歸，日又將暮，不可（不）去也。

【疏證】

昧，冥也。◎案：説文日部：「昧爽，且明也。从日、未聲。一曰：闇也。」二訓相通。淮南子卷二俶真訓「而知乃始昧昧晽晽」，高注：「昧昧，欲明而未也。」引申之言冥、言闇也。九辯「何毁譽之昧昧」，昧昧，言不明貌。又，離騷「日忽忽其將暮」，後漢書卷二八下馮衍傳「日曀曀其將暮兮」，九歎惜賢「日陰曀其將暮」，九辯「白日晼晚其將入兮」。與此句法相同，昧昧、忽忽、曀曀、陰曀，其義並同。

言己思念楚國，願得君命，進道北行，以次舍止，冀遂還歸，日又將暮，不可（不）去也。◎袁校「不可去」作「不可不去」。案：據義，袁校是也。又，章句「冀遂還歸」云云，遂，往行也。禮記卷五五緇衣第三三「百姓以仁遂焉」，鄭注：「遂，猶達也。」

舒憂娭哀兮，

娭，樂。

【疏證】

娭，樂。◎莊本「樂」下有「也」字。案：史記引正文作「含憂虞哀」，集解引王逸注：「娭，樂也。」舊本有「也」字。娭之爲樂，詳參離騷「夏康娭以自縱」注。史記作虞，借字也。虞、娭，古字通用。詩出其東門「聊可與娭」，釋文：「娭，本亦作虞。」史記卷一二孝武本紀「不虞不驁」，索隱：「或者本文借此虞爲驩娭字也。」舒字作含，不辭也。毛祥麟楚辭校文曰：「王念孫曰：『含，當爲舍字之誤。舍即舒也。』」九歎憂苦「願假簧以舒憂兮」，全後漢文卷九〇王粲鸚鵡賦「嗷哀鳴而舒憂」，全齊文卷二三謝玄暉酬德賦「雖舒憂而可假」。舒憂，恆語。史記索隱引楚詞正文作「舒憂娭哀」。唐人所據本存其舊。

限之以大故。

限，度也。大故，死亡也。言己自知不遇，聊作詞賦以舒展憂思，樂己悲愁，自度以死亡而已，終無它志也。

【疏證】

限，度也。◎案：説文𨸏部：「限，阻也。从𨸏、艮聲。一曰：門榍也。」段注：「此別一義，而前義可包之。木部曰：『榍，門限也。』是爲轉注。」引申之言分界、要約。小爾雅廣詁：「限，界也。」易艮九三「艮其限」，釋文引馬注：「限，要也。」限之訓度，猶制約也，限制也。左傳桓公二年「昭其度也」，杜注：「尊卑各有制度。」正義：「度，謂限制。」又，荀子卷一〇議兵篇第一五「限之以鄧林」，郭沖條諸葛亮五事「限之以爵」，與此句法同。限字之義，皆得參證。章句「自度死亡」云云，以爲思度之義，非也。

大故，死亡也。◎史記集解引王逸注：「大故，謂死亡也。」案：舊有「謂」字。故者，事也。荀子卷七王霸篇第一一「不敬舊法而好詐故」，楊倞注：「故，事變也。」古者以兵争、天菑、疾病、死喪爲國之大事，故之訓事，兼言之也。禮記卷四曲禮下第二「君無故，玉不去身」，鄭注：「故，謂災患喪病。」周禮卷三天官冢宰第一宮正「國有故」，鄭司農注：「故，謂禍災。」鄭注：「玄謂故，凡非常也。」大故，非獨言死喪。卷一〇地官司徒第二大司徒「若國有大故，則致萬民於王門」，鄭注：「大故，謂王崩及寇兵也。」卷一一小司徒「凡國之大事，致民；大故，致餘子」，鄭注：「大事，謂戎事也。大故，謂災寇也。」卷一九春官宗伯第三肆師「若國有大故，則令國人祭」，鄭注：「大故，謂水旱凶荒。」卷二五大祝「國有大故」，鄭注：「大故，兵寇也。」禮記卷二曲禮上第一「非有大故，不入其門」，鄭注：「大故，宮中有災變，若疾病，乃後入也。」鄭氏隨文釋之，是大故兼包衆事也。兩漢以後以大故專爲死喪。釋名釋喪制：「漢以來謂死爲物故，言其諸物皆就朽故也。」説苑卷六復恩：「晉文公亡時，陶叔狐從，文公反國，行三賞而不及陶叔狐。陶叔狐見咎犯曰：『吾從君而亡十有三年，顏色黎黑，手足胼胝，今君反國行三賞而不及我也，意者君忘我與！我有大故與！子試爲我言之君。』」新論第八祛蔽：「故咨嗟憎惡，以死爲大故。」章句釋「死亡」，漢世習説。然審此「大故」，猶大惡也。漢書卷八〇宣元六王傳附東平思王宇：「昔周公戒伯禽曰：『故舊無大故，則不可棄也，毋求備於一人。』夫以故舊之恩，猶忍小惡，而況此乎。」顏師古注：「事見論語。言人有小惡，當思其善，不可責以備行而即棄之耳。」今本論語卷一八微子「大故」作「大過」，後人據義改也。此言舒憂娛哀，直渫其怨，限制抑案之，不至大惡也。

言己自知不遇，聊作詞賦以舒展憂思，樂己悲愁，自度以死亡而已，終無它志也。◎正德本、隆慶本、湖北本、劉本、朱本、馮本、俞本、莊本、四庫章句本「它」作「他」。案：它、他，隸省字。章句「以舒展憂思」云云，憂思，平列同義，思亦憂也。

亂曰：浩浩沅湘，分流汩兮。

浩浩，廣大貌也。汩，流也。言浩浩廣大乎沅、湘之水，分汩而流，將歸乎海，傷己放棄，獨無所歸也。

【疏證】

浩浩，廣大貌也。◎案：九歌東皇太一「陳竽瑟兮浩倡」，章句：「浩，大也。」重言之曰浩浩，言廣大也。書堯典「浩浩滔天」，孔傳：「浩浩，盛大若漫天。」淮南子卷二俶真訓「浩浩瀚瀚」，高注：「浩浩、瀚瀚，廣大貌也。」沅、湘，二水名，詳參離騷「濟沅、湘以南征兮」注。

汩，流也。◎史記集解引王逸注同。案：汩之訓流，言水疾流貌。詳參離騷「汩余若將不及兮」注。補注：「汩音骨者，水聲也。音鶻者，涌波也。莊子曰：『與汩俱出。』郭象云：『洄伏而涌出者，汩也。』」二訓相通，洪氏强生區別爾。

言浩浩廣大乎沅、湘之水，分汩而流，將歸乎海，傷己放棄，獨無所歸也。◎正德本、隆慶本、馮本、俞本、劉本、朱本、莊本、湖北本、景宋本補注「棄」作「弃」。景宋本「湘」訛作「相」。案：弃與棄同。史記索隱引王逸注：「亂者，理也。所以發理辭指，撮總其要，而重理前意也。」索隱所引，别見離騷「亂曰」章句，非出於此。聞一多楚辭校補謂分作汾，通作溢，言溢涌而流。好奇之説。湯炳正楚辭類稿：「此皆因對屈子當時由沅水流域而東北經資水走向湘水流域之過程未加考慮，致有此失。其實『沅湘分流』，乃總括行程而言，非一時一地而言。故『分流』乃指二水分頭並進，皆非指一水之分枝旁出。淮南子説山訓云：『江出岷山，河出崑崙，濟出王屋，潁出少室，漢出嶓冢，分流舛馳，注于東海。』此『分流』之義，與懷沙同，不必改讀。」其説可參。

脩路幽蔽，道遠忽兮。

修，長也。言己雖在湖澤之中，幽深蔽闇，道路甚遠，且久長也。

【疏證】

修，長也。◎案：詳參離騷「路曼曼其脩遠兮」注。

言己雖在湖澤之中，幽深蔽闇，道路甚遠，且久長也。◎正德本、隆慶本、馮本、俞本、朱本、劉本、莊本、湖北本、四庫章句本「言」下無「已」字也。案：皆敚之也。史記引正文「蔽」作「拂」，索隱引楚詞作「幽蔽」。幽蔽、幽拂，聲之轉，言不明貌。或作暗漠、闇昧、晻昧、扼昧、翳没、鬱没、湮没等，未可勝記。詳參離騷「路幽昧以險隘」注。忽，遠貌。方言卷六：「伆，邈，離也，楚謂之越，或謂之遠；吳、越曰伆。」伆、忽，古字通用。史記引楚辭正文「道遠忽兮」下有「曾唫恆悲兮永歎慨兮世既莫吾知兮人心不可謂兮」四句，而無此四句。下文「余何畏懼兮」下有「曾傷爰哀永歎喟兮世溷濁莫吾知人心不可謂兮」四句。據文義斷之，史記存其舊。

懷質抱情，獨無匹兮。

匹，雙也。言己懷敦篤之質，抱忠信之情，不與衆同。故孤煢獨行，無有雙匹也。

【疏證】

匹，雙也。◎補注謂匹「俗作疋」。案：湖北本「匹」作「疋」。朱子集注謂「匹，當作正，字之誤也。以韻審之，及以哀時命考之，則可見矣。」正字俗體，與疋字相似，故訛作「疋」。正，匹也，對也。詳參離騷「既莫足與爲美政兮」注。王念孫古韻譜以匹、程協韻。非知音之選。

言己懷敦篤之質，抱忠信之情，不與衆同。故孤煢獨行，無有雙匹也。◎湖北本、朱本「匹」作「疋」。正德本、隆慶本、馮本、俞本、劉本、朱本、莊本、湖北本、四庫章句本、景宋本「煢」作「惸」。史記引楚辭正文作「懷情抱質」。案：疋，俗「匹」字。煢，俗「惸」字。章句「懷敦篤之質抱忠信之情」云云，舊作「懷質抱情」。古者情、意相對，晉書卷九一儒林傳范弘之：「若懷情藏意，蘊而不言，此乃古人所以得罪於明君，明君所以致法於羣下者也。」或情、恨相對，全晉文卷一一五劉隗奏劾周莚劉胤李匡：「懷情抱恨，雖没不忘。」又，文、質相對，三國志卷二一魏書阮瑀傳：「而偉長獨懷文抱質，恬淡寡欲。」或質、真相對，新語卷一一琴道：「不若身材高妙，懷質抱真，逢讒罹謗，結怨而不得伸。」梁書卷一武帝紀：「懷質抱真者，選部未經朝謁，難於進用。」或質、素相對，全晉文卷八四牽秀老子頌：「抱質懷素，蘊寶藏輝。」或質、誠相對，淮南子卷九主術訓：「抱質效誠，感動天地，神諭方外。」或質、情相對，卷一〇繆稱訓：「懷情抱質，天弗能殺，地弗能蘊也。」或本作「懷情抱質」，蓋因淮南改。

伯樂既沒，驥焉程兮？

伯樂，善相馬也。程，量也。言騏驥不遇伯樂，則無所程量其才力也。以言賢臣不遇明君，則無所施其智能也。

【疏證】

伯樂，善相馬也。◎俞本、莊本「也」作「者」。案：伯樂，姓孫，名陽也。

程，量也。◎集解引王逸注：「程，量也。」案：說文禾部：「程，品也。十髮爲程，一程爲分，十分爲寸。从禾，呈聲。」史記卷一三〇太史公自序「張蒼爲章程」，集解引如淳：「程者，權衡丈尺斛斗之平法也。」引申之言計度。睡虎地秦簡徭律：「縣爲恆事及讞有爲也，吏程攻（功），贏員及減員自二日以上，爲不察。」程功，計功也。

言騏驥不遇伯樂，則無所程量其才力也。以言賢臣不遇明君，則無所施其智能也。◎史記引正文「沒」作「歿」，「焉」上有「將」字。馮本、四庫章句本「無所施」上有「亦」字。案：喻林卷三一人事門二九不遇引無「亦」字。沒、歿古今字。戰國策卷一七楚策四：「君亦聞驥乎？夫驥之齒至矣，服鹽車而上太行。蹄申膝折，尾湛胕潰，漉汁灑地，白汗交流，中阪遷延，負轅不能上。伯樂遭之，下車攀而哭之，解紵衣以冪之。驥於是俛而噴，仰而鳴，聲達於天，若出金石聲者，何也？彼見伯樂之知己也。」卷三〇燕策二：「人有賣駿馬者，比三旦立市，人莫之知。往見伯樂曰：『臣有駿馬，欲賣之，比三旦立於市，人莫與言，願子還而視之，去而顧之，臣請獻一朝之賈。』伯樂乃還而視之，去而顧之，一旦而馬價十倍。」文選卷二五劉琨答盧諶並書：「昔騄驥倚輈於吳坂，長鳴於良、樂，知與不知也。」李善注引戰國策：「楚客謂春申君曰：『昔騏驥駕鹽車，上吳坂，遷延負轅而不能進，遭伯樂，仰而鳴之，知伯樂知己也。今僕屈厄日久，君獨無意使僕爲君長鳴乎！』」又引古今地名曰：「寘零坂在吳城之北，今謂之吳坂。」史記卷一五帝本紀「舜耕歷山」，正義引括地志：「此山西起雷首山，東至吳坂。」後世以此爲知遇典故之恆語。類聚卷五三政治部下「薦舉」條引曹植自試表：「昔騏驥之於吳坂，可謂困矣，及其伯樂相之，孫子御之，形體不勞，而坐取千里。」晉書卷四五劉毅傳：「昔孫陽取騏驥於吳坂，秦穆拔百里於商旅。」宋書卷二二樂志四君馬篇：「不怨吳坂峻，但恨伯樂稀。」又，郭店楚墓竹簡窮達以時篇：「驥馰張山騹室於卲來，非亡體壯也。窮四海，至千里，遇告古（故）也。遇不遇，天也。」則與國策所稱者別也。

萬民之生，各有所錯兮。

錯，安也。言萬民禀受天命，生而各有所錯安，其志或安于忠信，或安于詐僞，其性不同也。

【疏證】

錯，安也。◎史記集解引王逸注同。案：離騷「覽民德焉錯輔」，章句：「錯，置也。」錯置、錯安之字，讀如措，古字通用。説文手部：「措，置也。从手，昔聲。」禮記卷二三禮器第一〇「措則正」，鄭注：「措，置也。」釋文：「錯，本又作措，又厝，音同。」卷三九樂記第一九「舉而錯之天下」，釋文：「錯，本作措。」慧琳音義卷八二「靡措」條引王逸注楚辭：「措，安也。」其所據本作「措」。

言萬民禀受天命，生而各有所錯安，其志或安于忠信，或安于詐僞，其性不同也。◎正德本、隆慶本、四庫章句本、馮本、劉本前「于」作「於」，後「于」作「其」。俞本、朱本、莊本「于」作「於」。毛祥麟楚辭校文曰：「『生而』誤倒。按：王氏念孫讀書雜志引此作『言萬民禀受天命而生』。」案：作「生而」，屬下，亦通也。中華書局二〇〇〇年版楚辭補注校點本以「生而各有所錯」爲斷，「安其志」屬下，失之。錯安，當連文不分。又，離騷曰「民生各有所樂兮」，又曰「民好惡其不同兮」，與此同意。生，性也。生、性，古字通用。周禮卷一〇地官司徒第二大司徒「辨五地之物生」，鄭注：「杜子春讀生爲性。」墨子卷一所染篇第三「行理性於染當」，吕氏春秋卷二仲春紀第四當染篇「性」作「生」。

定心廣志，余何畏懼兮！

言己既安於忠信，廣我志意，當復何懼乎？威不能動，法不能恐也。

【疏證】

言己既安於忠信，廣我志意，當復何懼乎？威不能動，法不能恐也。◎馮本、文淵四庫章句本「懼」作「愳」，文津本亦作「懼」。正德本、隆慶本、馮本、俞本、朱本、莊本、湖北本、四庫章句本「威」上有「謂」字。案：愳，古懼字。王駕吾楚辭校録謂正文「畏懼」當乙作「懼畏」，畏、喟協韻。其未審此文懼與上錯字協韻。設從其校，則上句「各有所錯」爲無韻之文。郭店楚墓竹簡語叢（一）：「詩所以會古今之志也。」又曰：「容色，目𢼚（視）也。聖（聲），耳𢼚也。臭，鼻𢼚也。未（味），口𢼚也。槩（氣），容𢼚也。志，心𢼚也。」性自命出：「凡人雖有性，心亡定志，待勿（物）而後作，待兑而後行，待習而後定。」定心，猶定志也，習而後志定也。又，清華簡（七）子軺子餘：「吾主好定而敬信。」好定，定心不亂也，心定則敬信也，故無所畏懼，皆可爲此文注脚。逸周書卷六月令解第五三：「和退耆欲，定心志，百官静，事無刑。」禮記卷一六月令第六作「定心氣」，鄭注：「微陰扶精，不可散也。」管子卷一六内業篇第四九：「定心在中，耳目聰明，四枝堅固，可以爲精舍。」定心，古者養身修性之道，猶閉息也。張家漢墓竹簡引書「閉息以利交筋」是也。引申言脩行。申鑒第五雜言下：「君子樂天知命故不憂，審物明辨故不惑，定心致公故不懼。」又，史記卷一〇五太倉公列傳：「所謂氣者，當調飲食，擇晏日，車步廣志，以適筋骨肉血脈，以瀉氣。」廣志，亦養生之術。謂抒廣志氣，猶「待物而後作，待兑而後行，待習而後定」也。屈子藉言脩行。章句「威不能動法不能恐」云云，猶孟子卷六滕文公上「威武不能屈此之謂大丈夫」也。

曾傷爰哀，永嘆喟兮。

爰，於也。喟，息也。言己所以心中重傷，於是歎息，自恨懷道不得施用也。

【疏證】

爰，於也。◎案：王引之云：「爰哀，謂哀而不止也。『爰哀』與『曾傷』，相對爲文。方言曰：『凡哀泣不止曰咺。』又曰：『爰、喛，哀也。』爰、喛、咺古同聲而通用。齊策狐咺，漢書古今人表作狐爰，是其證也。」（見王念孫讀書雜志餘編下「曾傷爰哀」條）其説是也。

喟，息也。◎史記集解引王逸注同。案：離騷「喟憑心而歷兹」，章句：「喟，歎也。」二訓並通。嘆喟，平列同義。或乙作「喟歎」，全三國文卷四四阮籍首陽山賦「喟歎息而微吟」，全晉文卷一〇一陸雲九愍感逝「思我芳林喟歎息兮」。

言己所以心中重傷，於是歎息，自恨懷道不得施用也。◎正德本、隆慶本、馮本、劉本、俞本、朱本、莊本、湖北本、四庫章句本「所以」下無「心中」二字。惜陰本、同治本改正文「嘆」作「歎」，以求與注文同也。案：朱子集注謂此四句，「若依史記移著上文『懷質抱情』之上，而以下章『死不可讓，願勿愛兮』，承『余何畏懼』之下，文意尤通貫，但史記於此又再出，恐是後人因校誤加也」。朱季海楚辭解故：「蓋懷沙之『亂』，起言道焉歸，承之以重傷無告，卒言知命不懼，承之以死義勿讓，語勢相生，無懈可擊，賦言『余何畏懼』，自有所指。王引之云：『言己不畏死。』既得之矣。若如今本，則起便顛蹷，如狼跋其胡，卒復卻頓，又載疐其尾也。」其説得之。楚辭或本將史記「曾唫」以下四句竄亂於「余何畏懼」下，且改「曾唫」爲「曾傷」，「歎喟」作「歎慨」，復據楚辭誤本，益此四句於史記，是相承而誤。

世溷濁莫吾知，人心不可謂兮。

謂，猶説也。言己遭遇亂世，衆人不知我賢，亦不可户告人説。

【疏證】

謂，猶説也。◎史記引正文作「世溷不吾知，心不可謂兮」，集解引王逸注同。案：詳參離騷「謠諑謂余以善淫」注。

言己遭遇亂世，衆人不知我賢，亦不可户告人説。◎四庫章句本、馮本「人説」下有「也」字。補注引正文一云「念不可謂兮」，又引一云「世溷莫知，不可謂兮」。案：溷濁，楚辭恆語，無單用

「溷」者。或作「念」，不可通也，誤合「人心」二字以作「念」也。左傳襄公三十一年：「子産曰：『人心之不同，如其面焉。吾豈敢謂子面如吾面乎！』」與此同意。

知死不可讓，願勿愛兮。

讓，辭也。言人知命將終，可以建忠伏節死義，願勿辭讓而自愛惜之也。

【疏證】

讓，辭也。◎案：説文言部：「讓，相責讓。从言、襄聲。」漢書卷八八儒林傳王式「式客罷，讓諸生」，顔師古注：「讓，責也。」引申之言辭讓，正反共一詞。新書卷八道術篇：「厚人自薄謂之讓，反讓爲冒。」散文辭、讓不別。儀禮卷八鄉飲酒禮第四：「主人坐奠爵于階前，辭。」鄭注：「事同曰讓，事異曰辭。」對文別義。

言人知命將終，可以建忠伏節死義，願勿辭讓而自愛惜之也。◎朱本、劉本、馮本、四庫章句本「伏」作「仗」。正德本、隆慶本、俞本、馮本、莊本、朱本、劉本、四庫章句本、湖北本「愛惜」下無「之」字。案：仗，訛也。伏節，章句恆語。離騷「延佇乎吾將反」，章句：「言己自悔恨，相視事君之道不明審，當若比干伏節死義。」又，「覽余初其猶未悔」，章句：「上觀初世伏節之賢士，我志所樂，終不悔恨也。」離騷後敍：「且人臣之義，以忠正爲高，以伏節爲賢。」九辯「紛純純之願忠兮」，章句：「思碎首腦，而伏節也。」七諫謬諫「焉知賢士之所死」，章句：「言國無傾危之難，則不知賢士之伏節死義。」章句以「愛惜」釋愛，猶吝嗇也。孟子卷一梁惠王上「百姓皆以王爲愛也」，趙注：「愛，嗇也。」國語卷四魯語上「人其以子爲愛，且不華國乎」，韋昭注：「愛，吝也。」通鑑卷二八八後漢紀三：「願公勿愛官物，以賜士卒。」勿愛，勿惜之也。

明告君子，吾將以爲類兮。

告，語也。類，法也。詩云：「永錫爾類。」言己將執忠死節，故以此明白告諸君子，宜以我爲法度。

【疏證】

告，語也。◎案：散文告、語不別，對文請謁曰告。故赴喪、休寧皆謂之告，而不曰語；相答曰語，故對應、論議皆謂之語，亦不曰告。儀禮卷一〇鄉飲酒禮第四「以告于先生、君子可也」，鄭注：「告，請也。」七諫初放「言語訥譅兮」，章句：「相答曰語。」

類，法也。詩云：「永錫爾類。」◎史記集解引王逸注：「類，法也。」不見引詩。正義：「按：類，例也。以爲忠臣不事亂君之例。」案：類之爲法、爲例，其義通也。說文犬部：「類，種類相似，唯犬爲甚。从犬、頪聲。」引申之言象、言等。章句引詩，在大雅既醉，毛傳：「類，善也。」左傳僖公二十四年「召穆公思周德之不類」，杜注：「類，善也。」亦其引申義。

言己將執忠死節，故以此明白告諸君子，宜以我爲法度。◎正德本、隆慶本、馮本、俞本、朱本、劉本、莊本、湖北本、四庫章句本「法度」下有「也」字。案：明，讀如孟，古字通用。書禹貢「被孟豬」，史記卷二夏本紀作「被明都」。爾雅釋詁：「孟，勉也。」史記卷一〇〇匈奴列傳「明告諸吏」，句法同此。明告，猶勉告也。君子，殷之三仁、彭咸、子胥之類也。禮記卷三曲禮上第一：「博聞強識而讓，敦善行而不怠，謂之君子。」莊子卷三駢拇篇第八：「彼其所殉仁義也，則俗謂之君子；其所殉貨財也，則俗謂之小人。」説苑卷一九修文篇：「文質修者謂之君子，有質無文謂之野。」荀子卷二〇哀公問篇第三一：「哀公曰：『善！敢問何如斯可謂之君子矣？』孔子對曰：『所謂君子者，言忠信而心不德，仁義在身而色不伐，思慮明通而辭不争，故猶然如將可及者，君子也。』」上述「君子」與此篇所稱者，亦無不合。屈子謂勉告君子，吾將以爾忠臣不事亂者爲善。章句「宜以我爲法度」云云，失之。

懷沙

補注：「此章言己雖放逐，不以窮困易其行，小人蔽賢，羣起而攻之。舉世之人無知我者，思古人而不得見，［仗］（伏）節死義而已。太史公曰：乃作懷沙之賦，遂自投汨羅以死。原所以死，見於此賦，故太史公獨載之。」案：史記卷八四屈原列傳：「乃作懷沙之賦。」索隱：「楚辭九懷『懷沙礫以自沈』，此其義也。」司馬貞引楚辭，見東方朔七諫沈江，非九懷也。九思哀歲有「寶彼兮沙礫，捐此兮夜光」語。懷沙自沈，猶屈原傳「懷石遂自沈汨羅而死」也。類聚卷四〇禮部下「弔」條引蔡邕弔屈原文：「卒壞覆而不振，顧抱石其何補。」漢世皆以屈原抱石投水死也。懷石投水，是死之一術，非始自屈子。韓詩外傳卷一：「申徒狄非其世，將自投於河。崔嘉聞而止之，曰：『吾聞聖人仁士之於天地之間也，民之父母也。今爲儒雅之故，不求溺人，可乎？』申徒狄曰：『不然。桀殺關龍逢，紂殺王子比干，而亡天下；吳殺子胥，陳殺泄治，而滅其國。故亡國殘家，非無聖智也，不用故也。』遂抱石而沉於河。」全三國文卷五二嵇康聖賢高士傳卞隨務光：「卞隨、務光者，不知何許人。湯將伐桀，因卞隨而謀，曰：『非吾事也。』湯遂伐桀，以天下讓隨。隨曰：『后之伐桀謀於我，必以我爲賊也；而又讓我，必以我爲貪也。吾不忍聞。』乃自投湘水。又讓務光。光曰：『廢上非義，殺民非仁；無道之世，不踐其土，况于尊我哉？』乃抱石而沈廬水。」近見説者或曰：楚簡「徙」字作「⿺辶⿸尸沙」，如清華簡（一）楚居凡「徙」字皆作「⿺辶⿸尸沙」，从辵、⿸尸沙聲。⿸尸沙，即楚簡「沙」字，如包山楚簡五九簡「長⿸尸沙」，即長沙也。七八簡作「⿰⿸尸沙阝」或「⿺辶⿸尸沙」。徙、沙古音同通用。懷，讀離騷「余馬懷」之懷，謂思也，悲也，傷也。懷沙者，即懷徙，言傷遷徙無定也。可備一解。此篇爲屈子絶命詞，篇末曰：「知死不可讓，願勿愛兮。」其死志誠決，故其情幽深，其語斷續，其音淒厲，其詞迫急。屈子以五月五日沈水汨羅。集解引應劭：「汨水在羅，故曰汨羅也。」索隱：「地理志長沙在羅縣，羅子之所徙。荆州記『羅縣北帶汨水』。」正義：「故羅縣城在岳州湘陰縣東北六十里。春秋時羅子國，秦置長沙郡而爲縣也。按：縣北有汨水及屈原廟。續齊諧記云：『屈原以五月五日投汨羅而死，楚人哀之，每於此日以竹筒貯米投水祭之。漢建武中，長沙區回白日忽見一人，自稱三閭大夫，謂回曰：「聞君常見祭，甚善。但常年所遺，並爲蛟龍所竊，今若有惠，可以楝樹葉塞上，以五色絲轉縛之。此物蛟龍所憚。」回依其言。世人五月五日作粽，并帶五色絲及楝葉，皆汨羅之遺風。』」此乃虚幻事，屈子生猶「顑頷」不飽，死何與蛟龍争食？又，水經注卷三八湘水注：「純水又右會汨水，汨水又西逕羅縣北，本羅子國也，故在襄陽宜城縣西，楚文王移之於此。秦立長沙郡，因以爲縣，謂之羅水。汨水又西，逕玉笥山。羅含湘中記云：『屈潭之左有玉笥山，道士遺言：此福地也。』一曰地脚山。汨水又西爲屈潭，即汨羅淵也。屈原懷沙自沈於此，故淵潭以屈爲名。昔賈誼、史遷皆嘗逕此，弭檝江波，投弔於淵。淵北有屈原廟，廟前有碑。又有漢南太守程堅碑，寄在原廟。汨水又西，逕汨羅戍南，西流注於湘，春秋之羅汭矣，世謂汨羅口。」又，蔣驥山帶閣注楚辭以「懷沙」之「沙」爲長沙。古無長沙省稱沙例，其説失之。戊辰之歲，端陽之日，余赴汨羅憑弔屈原，見其廟猶在玉笥山上，然爲清世再建，非漢時遺物。此山飛蹕北崖，俯臨汨水，浩浩北去，不勝愴然之情，乃賦一詩以寄其慨，曰：「江東餘子老黃郎，屈子祠前發羽商。恨逐汨羅悲逐客，魂飛南楚卜巫陽。靈均行吟滄浪水，漁父嘯歌醉醒鄉。落拓書生頻太息，離騷句句斷肝腸。」

思美人兮，

言己憂思，念懷王也。

【疏證】

言己憂思，念懷王也。◎案：章句「憂思」云云，思亦憂也。美人，同抽思「矯以遺夫美人」，並喻楚懷王也。

擥涕而竚眙。

竚立悲哀，涕交横也。

【疏證】

竚立悲哀，涕交横也。◎補注：「擥，猶拔也。竚，久立也。眙，直視也。文選注云：『佇眙，立視也。今市聚人謂之立眙。』」案：擥、攬同，然不訓拔。訓拔，搴字，詳參離騷「朝搴阰之木蘭兮」注。洪説非也。擥涕，流涕也。章句「交横」云云，以攬爲流溢。後漢書卷一五來歙傳：「帝聞大驚，省書覽涕。」卷三三虞延傳：「居有頃，宗果以侈從被誅，臨當伏刑，擥涕而歎曰：『恨不用功曹虞延之諫。』」南齊書卷四七謝朓傳：「攬涕告辭，悲來横集。」類聚卷七山部上「總載山」條引梁江淹歷山詩：「竊悲杜蘅暮，攬涕即空山。」卷三〇人部一四「别下」條引梁張纘離别賦：「及理棹江干，攬涕還望，采蕭之詠，不覺成篇。」卷三一人部一五「贈答」條引任昉答陸倕感知己賦：「矧相知其如此，獨攬涕而潺湲。」文選卷九班彪北征賦：「攬余涕以於邑兮，哀生民之多故。」卷二一曹植三良詩：「攬涕登君墓，臨穴仰天歎。」攬涕，皆流涕。擥、攬，或作擥，監聲。擥，讀如濫。哀郢「淩陽侯之氾濫兮」，洪氏引濫一作灠。爾雅釋水：「濫泉正出，正出，涌出也。」郝氏疏證：「説文云：『濫，濡上及下也。』引詩『畢沸濫泉』。今詩采菽、瞻卬俱借作檻，傳、箋並用爾雅，正義引李巡曰：『水泉從下上出曰涌泉。』水本卑下，今直上出，同於氾濫，故被斯名矣。」列子卷二黄帝篇「濫水之潘爲淵沃」，張注：「水泉從上溜下也。」又，洪引文選注，見卷五吴都賦「士女佇眙」劉逵注。説文目部：「眝，長眙也。从目，宁聲。」文選卷六〇陸機弔魏武帝文「眝美目其何望」，李善注：「字林：『眝，長眙也。』博雅曰：『眝，視也。』眝與貯同。」引申之爲久立。又，史記卷一二六滑稽列傳「握手無罰，目眙不禁」，集解：「徐廣曰：『眙，吐甑反，直視貌。』」索隱：「眙音與瞪同，謂直視也。丑甑反，又音丑二反。」眙音「吐甑」者，古音。「丑甑」者，類隔。「丑二」者，今音。後漢書卷四〇上班彪傳「猶愕眙而不敢階」，李賢注：「字林曰：『眙，驚貌也。』音丑吏反。」文選卷一一魯靈光殿賦「覩斯而眙」，張載注：「愕視曰眙。丑吏切。」丑吏、丑二音同。眙之訓直視、訓驚視，其義通也。卷一八馬融長笛賦「留眎瞸眙」，李善注：「字林曰：『瞸，直視貌。』蒼頡篇曰：『瞸，直下視貌。』字林曰：『眙，驚貌。』」呂延濟注：「瞸眙，直視貌。」瞸，今作瞠，說文目部作矘，曰：「目無精直視也。从目，黨聲。」又曰：「眙，直視也。从目，台聲。」段注：「方言：『眙，逗也。西秦謂之眙。』郭曰：『眙，謂住視也。』按：眙、瞪古今字。敕吏、丈證，古今音。廣韻七志作眙，四十七證作瞪，別爲二字矣。而『瞪』下云：『陸本作眙。』考玄應引通俗文云：『直視曰瞪。』是知眙之音，自一部轉入六部，因改書作瞪，陸法言固知是一字也。」段氏失之本末。眙，蒸部，非之部，後因眙字古音別作瞪，又因眙字从台讀「敕吏」。陸法言猶以眙在蒸部，廣韻以眙、瞪爲二字，已不能別。眝眙，平列同義，謂直視。此言悲傷之至，涕流不止，而雙目直視發獃也。章句以上王、横同協陽韻。

媒絶路阻兮，

良友隔絶，道壞崩也。

【疏證】

良友隔絶，道壞崩也。◎洪補引正文「媒絶路阻」一作「路絶而媒阻」。正德本、隆慶本、劉本、俞本、湖北本「良友」作「黨有」，馮本、朱本、四庫章句本、莊本作「黨友」。案：良友，美詞也。荀子卷一七性惡篇第二三：「得良友而友之，則所見者，忠、信、敬、讓之行也。」説苑卷三建本篇：「子年七歲以上，父爲之擇明師，選良友，勿使見惡。」卷一六談叢篇：「賢師良友在其側，詩書禮樂陳於前。」鹽鐵論卷六殊路第二一：「故内無其質而外學其文，雖有賢師良友，若畫脂鏤冰，費日損功。」黨友，朋黨也。但見漢書，惡詞。卷四五息夫躬傳：「黨友謀議相連下獄百餘人。」顔師古曰：「親黨及朋友。」卷六〇杜周傳附欽：「而方進復奏立黨友後將軍朱博、鉅鹿太守孫宏，故少府陳咸，皆免官。」卷七三韋賢傳：「坐與故平通侯楊惲厚善，惲誅，黨友皆免官。」卷八一孔光傳：「不結黨友，養游説，有求於人。」卷九三石顯傳：「顯與中書僕射牢梁、少府五鹿充宗結爲黨友，諸附倚者皆得寵位。」媒，比在位之賢能達意於君者，則不當稱「黨」或「黨友」。有，友之訛。又，章句「隔絶」云云，漢魏恆語。漢書卷七五京房傳：「己卯、庚辰之間必有欲隔絶臣，令不得乘傳奏事者。」卷九九王莽傳：「莽子宇，非莽隔絶衛氏，恐帝長大後見怨。」三國志卷一六魏書倉慈傳：「郡在西陲，以喪亂隔絶，曠無太守二十歲。」卷一八魏書閻温傳：「河右擾亂，隔絶不通。」

言不可結而詒。

秘密之語，難傳誦也。

【疏證】

秘密之語，難傳誦也。◎案：抽思：「結微情以陳詞兮，矯以遺夫美人。」與此意同，皆以夫婦喻君臣。結言而詒者，陽言娶妻、嫁子，陰託乎君臣相約。九店楚簡第二一簡（下）：「凡城日，利以結言、娶妻、嫁子。」章句以上崩、誦協韻，崩，蒸韻；誦，東韻。東、蒸合韻。

蹇蹇之煩冤兮，

忠謀盤紆，氣盈胷也。

【疏證】

忠謀盤紆，氣盈胷也。◎同治本「胷」作「胸」。案：章句以「忠謀」釋「蹇蹇」，甚得其旨。謇謇，言忠貞貌。詳參離騷「余固知謇謇之爲患兮」注。又，文選卷二九張衡四愁詩「何爲懷憂心煩惋」，煩冤、煩惋同，皆紛緼之聲轉，言蘊積貌。又，抽思「煩冤瞀容實沛徂兮」，哀時命「心煩冤之慉慉」，七諫謬諫「心悇憛而煩冤兮」，文選卷一三宋玉風賦「勃鬱煩冤」，全漢文卷一九鄒陽几賦

「高樹凌雲蟠紆煩冤」，全三國文卷一九曹植釋愁文「煩冤毒于酸嘶」，卷四七嵇康琴賦「怫愲煩冤，紆餘婆娑」。煩冤，古恆語。

陷滯而不發。

含辭鬱結，不得揚也。

【疏證】

含辭鬱結，不得揚也。◎正德本、隆慶本、馮本、劉本、俞本、朱本、湖北本、莊本、四庫章句本「含」作「言」。案：作「含辭」，不辭。又，陷，没也。詳參懷沙「陷滯而不濟」注。不發者，同離騷「懷朕情而不發兮」，言情不得舒渫也。章句「不得揚」云云，揚，讀如暢，言舒發也。禮記卷三八樂記第一九「感條暢之氣」，孔疏：「暢，舒也。」漢書卷五七上司馬相如傳「夸條直暢」，顔師古曰：「暢，通也。通謂上下相稱也。」章句以上胸、暢協韻，胸，東韻；暢，陽韻。東、陽合韻。

中旦以舒中情兮，

誠欲日日陳己心也。

【疏證】

誠欲日日陳己心也。◎案：申旦者，猶終古也。詳參九辯「獨申旦而不寐兮」注。章句謂「日日」者，是得其旨。又，惜往日「孰申旦而別之」，七諫謬諫「獨申旦而懷毒兮」。申旦，楚辭恆語。又，章句「陳己心」云云，心字，出韻。中情，衷情也。心，衷之訛。

志沈菀而莫達。

思念沈積，不得通也。

【疏證】

思念沈積，不得通也。◎正德本、隆慶本、劉本、馮本「沈」作「沉」。案：補注：「菀音鬱，積也。」菀、鬱，並喻母字，有委積之意。初學記卷二四居處部第一二苑囿「叙事」條引風俗通：「苑，蘊也。言薪蒸所蘊積也。」今本苑作菀。苑、蘊，亦皆影母字。又，九歎憂苦「菀彼青青」，章句：「菀，盛貌也。」菀之訓積、訓盛，音義皆通。沈菀，或作沈抑，詳參天問「而抑沈之」注。抑、菀，聲之轉。北大漢簡反淫「葉菀遳」，菀遳，猶萎約也。萎、菀亦聲轉字，義相通也。章句以上衷、通同協東韻。

願寄言於浮雲兮，

思託要謀於神靈也。

【疏證】

思託要謀於神靈也。◎正德本、隆慶本、四庫章句本、劉本、湖北本、馮本、俞本、朱本、莊本、四庫章句本「靈」作「雲」。俞本、莊本「要」作「其」。案：若作「神雲」，則出韻。又，九辯「願寄言夫流星兮」，九歎憂苦「願寄言於三鳥兮」，全後漢文卷九二陳琳止欲賦「欲語言於玄鳥，玄鳥逝以差池」。皆因於此。又，章句「要媒於神靈」云云，以浮雲爲雲師豐隆也。

遇豐隆而不將。

雲師徑遊，不我聽也。

【疏證】

雲師徑遊，不我聽也。◎正德本、隆慶本、馮本、劉本、俞本、朱本、湖北本、莊本、四庫章句本「遊」作「逝」。景宋本「徑」作「俓」。案：毛祥麟楚辭校文曰：「按：玉篇：『徑，小道也。』『俓，急也。』廣韻：『徑，直也。』是從『俓』爲允。又按：爾雅：『直波爲徑。』則『徑』亦訓直。二字古殆通用耳。」然「徑遊」者，見九辯「願自往而徑遊兮」。「徑逝」者，見抽思「願徑逝而未得兮」及七諫怨思「願壹往而徑逝兮」。皆古恆語，而未有作「侄」者。又，豐隆，雷神，非雲師。雲師曰荓翳。詳參離騷「吾令豐隆乘雲兮」注。「遇豐隆而不將」者，猶離騷「雷師告余以未具」也。將，從也。漢書卷二二禮樂志「九夷賓將」，顏師古注：「將，猶從也。」章句「不我聽」云云，聽亦從也。

因歸鳥而致辭兮，

思附鴻鴈，達中情也。

【疏證】

思附鴻鴈，達中情也。◎案：禮記卷一四月令第六，孟春之月，「東風解凍，蟄蟲始振，魚上冰，獺祭魚，鴻鴈來」，鄭注：「鴈自南方來，將北反其居，今月令鴻皆爲候。」鴻鴈，有信期之鳥。陶潛歸鳥詩：「翼翼歸鳥，晨去於林。遠之八表，近憩雲岑。和風不洽，翻翮求心。顧儔相鳴，景庇清陰。」其所詠者，亦鴻鴈也。

羌宿高而難當。

飛集山林，道徑異也。

【疏證】

飛集山林，道徑異也。◎補注引正文一云「羌迅高而難寓」。案：章句以「集」解「宿」，舊作「宿高」。類聚卷八八木部上「桐」條引沈約桐賦「宿高枝於鸞暮」，宿高枝，亦「宿高」意。或借「宿」作「速」，古字通用。速，疾也；或本復易「速」作「迅」也。聞一多楚辭校補校「宿」爲「夙」，謂形訛作迅。非也。又，若作寓字，出韻。當，值也。九辯「羌儵忽而難當」，章句「行疾去亟路不值」是也。又，章句「道徑異」云云，異字出韻。「道徑異」，當乙作「道異徑」。

高辛之靈盛兮，

帝嚳之德茂神靈也。

【疏證】

帝嚳之德茂神靈也。◎補注：「史記：『帝嚳高辛者，黄帝之曾孫，生而神靈，自言其名。』張晏曰：『高辛，所興之地名也。』」案：帝嚳高辛氏因玄鳥之媒，與簡狄合而生契，詳參離騷及天問。靈盛，猶伶仃，謂不偶也。廣韻下平聲十五青韻「仃」字注：「伶仃，獨也。」或作零丁，文選卷三七李密陳情表「零丁孤苦」，張銑注：「零丁，危弱皃。」言高辛氏孤特無偶，遭玄鳥致詒而得賢妃，自傷因歸鳥而無所得也。

遭玄鳥而致詒。

嚳妃吞燕卵以生契也。言殷契合神靈之祥知而生，於是性有仁賢，爲堯三公。屈原亦得天地正氣而生，自傷不遭聖主而遇亂世也。

【疏證】

嚳妃吞燕卵以生契也。言殷契合神靈之祥知而生，於是性有仁賢，爲堯三公。屈原亦得天地正氣而生，自傷不遭聖主而遇亂世也。◎正德本、隆慶本、湖北本、劉本、朱本、馮本、俞本、莊本、四庫章句本「而生」下有「契」字，「仁賢」作「賢仁」。案：據義，舊有「契」字爲允。又，章句「知而生」云云，知，交也，合也。墨子卷一〇經篇上第四〇：「知，接也。」莊子卷六庚桑楚篇第二三：「知者，接也。」謂與人交接亦謂之知。左傳昭公二十八年，叔向一見鬷蔑，「遂如故知」。故知，謂故交。九歌少司命「樂莫樂兮新相知」，新相知，言新相交也。後漢書卷二六宋弘傳「貧賤之交不可忘」，御覽卷九五人事部一三六諺上引「交」作「知」。殷契合神靈精氣交接而生。論衡卷二九案書篇第八三：「作殷本紀，言契母簡狄浴於川，遇玄鳥墜卵，吞之，遂生契焉。及周本紀，言后稷之母姜嫄野出，見大人跡，履之，則姙身，生后稷焉。夫觀世表，則契與后稷，黄帝之子孫也；讀殷、周本紀，則玄鳥，大人之精氣也。」又，章句「屈原亦得天地正氣而生」云云，正氣，亦精氣。章句爲七字句韻語，「燕卵」之「燕」，羨也。章句「以生契」云云，契字出韻，當乙作「以契生」。

欲變節以從俗兮，

念改忠直，隨讒佞也。

【疏證】

念改忠直，隨讒佞也。◎案：屈子假設之語。惜誦「欲高飛而遠集兮」，又曰「欲横奔而失路兮」，抽思「願摇起而横奔兮」。皆同此意。

媿易初而屈志。

慙耻本行，中回傾也。

【疏證】

慙耻本行，中回傾也。◎惜陰本、同治本「耻」作「恥」。案：耻、恥正俗字。補注：「媿與傀同。」説文女部：「媿，慙也。从女、鬼聲。愧，媿或从恥省。」人部：「傀，偉也。从人、鬼聲。周禮曰：『大傀異災。』」媿、傀非一字。屈者，斥也，棄也。淮南子卷一三氾論訓「小節伸而大略屈」，高注：「屈，廢也。」屈志，謂易志。又，章句「回傾」云云，傾亦屈也。媿易初而屈志，猶懷沙「易初伓本」。

獨歷年而離愍兮，

脩德累歲，身疲病也。

【疏證】

脩德累歲，身疲病也。◎正德本、隆慶本、馮本、俞本、劉本、朱本、湖北本、莊本、四庫章句本「脩」作「修」。案：歷年，言經歷年歲。遠遊「永歷年而無成」是也。愍，或作愍，避唐諱而闕筆。離愍，言遭遇殃禍。詳參惜誦「惜誦以致愍兮」注。

羌馮心猶未化。

憤懣守節，不易性也。

【疏證】

憤懣守節，不易性也。◎正德本、隆慶本、劉本、俞本「懣」作「滿」。案：滿，懣之假借。補注：「馮與憑同。」馮，俗馮字。馮，憑，並懣也。離騷「憑不猒乎求索」，章句：「憑，滿也。楚人名滿曰憑。」馮心，屈賦恆語，離騷「喟憑心而歷兹」是也。

寧隱閔而壽考兮，

懷智佯愚，終年命也。

【疏證】

懷智佯愚，終年命也。◎案：隱，憂也。說詳九歌湘君「隱思君兮陫側」注。閔亦憂也。隱閔，平列同義。或作隱憫，哀時命「然隱憫而不達」是也。或作隱愍，魏書卷六二李彪傳：「深垂隱愍，言發悽淚。」淮南子卷一原道訓「穆忞隱閔」，高注：「穆忞、隱閔，皆無形之類。」隱閔之爲幽蔽、憂痛，其義皆通。章句「懷智佯愚」云云，非也。

何變易之可爲？

心不改更，死忠正也。

【疏證】

心不改更，死忠正也。◎正德本、隆慶本、馮本、俞本、劉本、朱本、四庫章句本、湖北本、莊本「忠」作「中」。案：據例，舊作「中正」。補注引正文一云「何變初而可爲」。楚辭有「易初」，無「變初」例。章句「改更」云云，舊本作「變易」。又，離騷「時繽紛其變易兮」，九思疾世「路變易兮時乖」。變易，楚辭恆語。章句以上靈、聽、情、徑、靈、生、傾、病、性、命、正協韻。靈、聽、情、徑、靈、生、傾、性、命、正，耕韻；病，陽韻，東漢已歸耕、青韻。

知前轍之不遂兮，

比干、子胥，蒙禍患也。

【疏證】

比干、子胥，蒙禍患也。◎補注引「轍」一作「道」。案：此以車輿爲喻，舊本作「轍」。文選卷三五張載七命「駢武齊轍」，李善注引杜預左氏傳注云：「轍，車跡也。」前轍之語，蓋因此出，美惡兼之。晉書卷八九嵇紹傳：「臣聞改前轍者則車不傾，革往弊者則政不爽。」周書卷四九異域傳上：「事有變通，奈何欲遵前轍也。」漢書卷四八賈誼傳：「秦世之所以亟絶者，其轍迹可見也。」顔師古注：「車跡曰轍。」皆是惡語。又，文選卷六左思魏都賦：「揆既往之前跡，即將來之後轍。」卷四二曹植與吳季重之書：「且改轍易行，非良、樂之御。」類聚卷一一帝王部一「總載帝王」條引曹冏六代論：「覩前車之傾覆，而不改其轍跡。」全晉文卷二四王羲之雜帖：「荀、葛各一國佐命宗臣，觀其轍迹，實奇士也。」皆美辭。章句「比干子胥」云云，前轍，前賢行跡，美辭。

未改此度。

執心不回，志彌固也。

【疏證】

執心不回，志彌固也。◎正德本、隆慶本、馮本、劉本、俞本、朱本、四庫章句本、湖北本、莊本「彌固」作「不困」。案：此句亦見離騷。又，章句「志彌固」云云，固字出韻。作「不困」，亦出韻。固，當作堅。蓋以同義易之。彌堅，章句習用。九歌大司命「高駝兮沖天」，章句：「言己雖見疏遠，執志彌堅。」九思守志：「崇忠貞兮彌堅。」其或作「志不困」，雖合協韻，失之旨也。

車既覆而馬顛兮，

君國傾側，任小人也。車以喻君，馬以喻臣，言車覆者，君國危也。馬顛仆者，所任非人。

【疏證】

君國傾側，任小人也。車以喻君，馬以喻臣，言車覆者，君國危也。馬顛仆者，所任非人。◎正德本、隆慶本、馮本、俞本、劉本、朱本、湖北本、莊本、四庫章句本「君國危」作「國君危」。案：君國者，謂君與國。國君者，謂君王。離騷「恐皇輿之敗績」，章句：「但恐君國傾危，以敗先王之功。」又，「偭規矩而改錯」，章句：「以言佞臣巧於言語，背違先聖之法，以意妄造，必亂政治，危君國也。」九歎離世「遂不禦乎千里」，章句：「言君國之道路蕩蕩，空無賢人，以不待遇之，故遂行千里遠之他方也。」愍命「陳不占戰而赴圍」，章句：「以言君用臣顛倒失其人也。」又，七諫沈江「原咎雜而累重」，章句：「以言國君聽用羣小之言，則壞敗法度而自傾危也。」舊作「君國」。又，章句「車以喻君，馬以喻臣，言車覆者，君國危也。馬顛仆者，所任非人」云云，類聚卷五二治政部上「善政」條引韓非子：「勢者，君之馬也；威者，君之輪也；勢固則輿安，威定則策勁，臣從則馬良，民和則輪利。爲國者有失於此，覆輿奔馬，折策敗輪矣；輿覆馬奔，策折輪敗，載者安得不危？」即章句所因。

蹇獨懷此異路。

遭逢艱難，思忠臣也。

【疏證】

遭逢艱難，思忠臣也。◎案：蹇，詞之難，猶乃也，竟也。詳參離騷「謇吾法夫前脩兮」注。章句「艱難」云云，非也。異路，猶離騷「捷徑以窘步」、「路幽昧以險隘」。謂君國不思正路，乃獨懷此邪徑也。章句「思忠臣」云云，非也。

勒騏驥而更駕兮，

舉用才德，任俊賢也。

【疏證】

舉用才德，任俊賢也。◎案：説文革部：「勒，馬頭落銜也。从革、力聲。」段注：「落、絡古今字。馬絡頭者，轡所係也。」孔子家語卷六執轡篇第二五：「夫德法者，御民之具，猶御馬之有銜勒也。君者，人也；吏者，轡也，刑者，策也；夫人君之政，執其轡策而已。」引申之言控御。淮南子卷一三氾論訓：「夫法令者，網其姦邪，勒率隨其蹤跡。」高注：「勒，主問吏也。」韓詩外傳卷三：「乃修武勒兵於寧，更名邢丘曰懷，寧曰修武。」說苑卷一五指武篇：「壘陳之次，車騎之處，勒兵之勢，軍之法令，賞罰之數。」勒騏驥，猶離騷「乘騏驥」，喻舉任賢能。

造父爲我操之。

御民以道，須明君也。

【疏證】

御民以道，須明君也。◎案：造父，古善御者。郭店楚墓竹簡窮達以明省作造，父即甫，美稱。窮達以時：「驥厄張山，騏塞於邵來，非無體狀也，窮四海，致千里，遇造故也。」銀雀山漢簡唐勒賦作就父，造、就古字通用。穆天子傳卷一「天子之御造父」，郭注：「造父善御，穆王封之於趙城。餘未聞也。」史記卷五秦本紀：「皋狼生衡父，衡父生造父。造父以善御幸於周繆王，得驥、溫驪、驊駵、騄耳之駟，西巡狩，樂而忘歸。徐偃王作亂，造父爲繆王御，長驅歸周，一日千里以救亂。繆王以趙城封造父，造父族由此爲趙氏。」集解：「徐廣曰：『趙城在河東永安縣。』」正義：「括地志云：『趙城，今晉州趙城縣是。本彘縣地，後改曰永安，即造父之邑也。』」又，韓非子卷一四外儲説右下第三五：「造父爲齊王駙駕，渴馬服成，效駕圃中。」又曰：「造父爲齊王駙駕，以渴服馬，百日而服成。服成，請效駕齊王，王曰：『效駕於圃中。』造父驅車入圃，馬見圃池而走，造父不能禁。」戰國亦有造父。列子卷五湯問篇：「造父之師曰泰豆氏。造父之始從習御也，執禮甚卑，泰豆三年不告。造父執禮愈謹，乃告之曰：『古詩言：「良弓之子，必先爲箕；良冶之子，必先爲裘。」汝先觀吾趣。趣如吾，然後六轡可持，六馬可御。』造父曰：『唯命所從。』泰豆乃立木爲塗，僅可容足；計步而置，履之而行。趣走往還，無跌失也。造父學之，三日盡其巧。泰豆歎曰：『子何其敏也？得之捷乎！凡所御者，亦如此也。曩汝之行，得之於足，應之於心。推於御也，齊輯乎轡銜之際，而急緩乎脣吻之和，正度乎胷臆之中，而執節乎掌握之間。內得於中心，而外合於馬志，是故能進退履繩而旋曲中規矩，取道致遠而氣力有餘，誠得其術也。得之於銜，應之於轡；得之於轡，應之於手；得之於手，應之於心。則不以目視，不以策驅；心閑體正，六轡不亂，而二十四蹏所投無差；迴旋進退，莫不中節。然後輿輪之外可使無餘轍，馬蹏之外可使無餘地；未嘗覺山谷之險，原隰之夷，視之一也。吾術窮矣。汝其識之！』」造父學於泰豆氏也。造父者，古之善御之通名也。古者說造父御馬，多以喻聖王治世，周、秦、兩漢通喻也。淮南子卷九主術訓：「聖主之治也，其猶造父之御，齊輯之於轡銜之際，而急緩於脣吻之和；正度於胸臆之中，而執節於掌握之間；內得於心中，外合於馬志。」又，朱子集注：「執轡曰操。」對文習曰操，扶曰持。執，持之堅固，故曰「執戈」。操，持之嫻熟，故曰「操刀解牛」。引申之言志操。造父善御，臻乎心手合一，故謂之「操」。散文操、執、持皆不別。章句以上患、堅、人、臣、君協韻。

患，元韻；堅、人、臣，真韻；君，文韻。真、文、元合韻。

遷逡次而勿驅兮，

使臣以禮，得中和也。

【疏證】

使臣以禮，得中和也。◎案：補注：「遷逡，猶逡巡，行不進貌。再宿爲信，過信爲次。說文曰：『次，不前也。』」洪說得旨。遷逡、逡巡，聲之轉。史記卷六秦始皇本紀史論載過秦論「九國之師逡巡遁逃而不敢進」是也。或作逡循，漢書卷九七外戚傳趙皇后「逡循固讓」是也。或作遵巡，管子卷一六小問篇第五一「公遵遁，繆然遠二三子，遂徐行而進」是也。或作遜遁，後漢書卷七九上儒林傳楊倫「公車復徵，遜遁不行」是也。或作孫遁，穀梁傳莊公元年「孫之爲言猶孫也」，范注：「孫，孫遁而去。」或作遷延，文選卷二西京賦「遷延邪睨」，薛綜注：「遷延，退旋也。」卷一九高唐賦「遷延引身，不可親附」，李善注：「遷延，卻行去也。」或作斟愖，後漢書卷二八馮衍傳「意斟愖而不澹兮」，李賢注：「斟愖，猶遲疑也。」未可勝舉。次，辰次也。徐文靖碩記曰：「後漢書：『攝提遷次，青龍移辰，謂之歲。』孔氏詩疏曰：『在天爲次，在地爲辰。』賈公彥周禮疏曰：『次，十二次也。』左傳：『鄭裨竈曰：歲不及此次也已。』皆是類也。此承上『造父操駕』，遷移逡次而勿驅，蓋假日以須旹，非止『逡巡』之謂也。」徐氏以「遷逡次」爲「退次」而不前，是也。而以「遷」爲「遷移」，割「遷逡」爲二義，亦非也。又，蔣驥山帶閣注楚辭：「遷，進也。逡次，猶逡巡也。」遷，移也，徙也，改也，退也。無訓進者，蔣説失旨。

聊假日以須旹。

　　旹月考功，知德化也。

【疏證】

　　旹月考功，知德化也。◎案：補注：「假日，見騷經。須，待也。旹，古時字。」文選卷二四曹植贈丁廙「榮枯立可須」，李善注：「孔安國尚書傳曰：『須，待也。』」須時，待時，古恆語。韓詩外傳卷五「枉生者，不須時而滅亡矣」，漢書卷二七五行志下「須時移災復也」，淮南子卷一四詮言訓「而事不須時」。又，章句「旹月考功知德化」云云，附會之説。

指嶓冢之西隈兮，

　　澤流山野，被流沙也。嶓冢，山名。尚書：「嶓冢導漾。」

【疏證】

澤流山野，被流沙也。嶓冢，山名。尚書：「嶓冢導漾。」◎正德本、隆慶本、馮本、俞本、劉本、朱本、湖北本、莊本、四庫章句本「山名」下有「也」字；尚書下有「曰」字，「導漾」下有「也」字。案：章句引尚書，見禹貢：「導嶓冢，至于荆山。」又曰：「嶓冢導漾，東流爲漢。」孔傳：「漾水出嶓冢，在梁州，經荆山。」史記卷二夏本紀「汶、嶓既蓺」，又曰「嶓冢道瀁，東流爲漢」。集解引鄭玄：「嶓冢山在漢陽西。」索隱：「嶓冢山在隴西西縣，漢水所出也。」又曰：「水經云：『瀁水出隴西氐道縣嶓冢山，東至武都沮縣爲漢水。』地理志云：『至江夏爲夏水。』山海經亦以漢出嶓冢山，故孔安國云：『泉始出山爲瀁水，東南流爲沔水，至漢中，東流爲漢水。』」正義引括地志：「嶓冢山在梁州金牛縣東二十八里。」又引括地志：「嶓冢山，水始出山沮洳，故口沮水。東南爲瀁水，又爲沔水，至漢中爲漢水，至均州爲滄浪水。始欲出大江爲夏口，又爲沔口。」嶓冢，楚西極之山，類崑崙之山，未必確指在隴西。蓋楚西山高山皆可名之。山海經卷一三海内東經：「漢水出鮒魚之山，帝顓頊葬于陽，九嬪葬于陰。」嶓冢山，猶鮒魚之山，卷七海外北經作務隅之山。楚之始祖帝高陽葬於此，楚人精神之所在。隈，隅也。詳參天問「隅隈多有」注。指嶓冢之西隈，非屈子北行果至嶓冢西，謂其精神之遊，以寄寓其宗親之情愫。章句以上和、化、沙同協歌韻。

與纁黃以爲期。

待問静時，與賢謀也。纁黃，蓋黃昬時也。

【疏證】

待問静時，與賢謀也。纁黃，蓋黃昬時也。◎正德本、隆慶本、馮本、劉本、俞本、朱本、莊本、湖北本、四庫章句本「黃昬時也」作「昏時」。俞本、莊本、同治本「問」作「閒」。案：昬、昏同。慧琳音義卷四八「曛暮」條：「楚辭『與曛黃以爲期』，王逸注云：『黃昏也。』」卷六二「曛黃」條引王逸注楚辭：「曛黃，黃昬時也。」文選卷二二謝靈運晚出西射堂「夕曛嵐氣陰」，李善注：「楚辭曰：『與曛黃而爲期。』王逸曰：『黃昏時。』」卷二五謝靈運酬從弟惠連「朝忌曛日馳」，李善注引王逸曰：「曛，黃昏時也。」唐本作「黃昏時」。柳河東集卷二夢歸賦「類曛黃之黭漠兮」，韓曰引王逸注：「纁黃，蓋昏時。」宋本作「昏時」。纁、曛古字通用，並與熏同。戴侗六書故六書通釋：「熏，本爲煙火之熏。日之將入，其色亦然，故謂之熏黃。楚辭猶作纁黃，或加日焉。帛色之赤黑者亦然，故謂之熏，或加系與衣焉。飲酒者酒氣酣而上行，亦謂之熏，或加酉焉。」屈子「與纁黃以爲期」者，猶抽思「曰黃昏以爲期」，託以男女婚姻爾。上曰指嶓冢西隈，追躡楚之所以爲楚；此曰纁黃爲期，喻其至死不渝之志。又，漢書卷九七外戚傳「永終死以爲期」，全三國文卷一三曹子建喜霽賦「指北極以爲期」，全晉文卷一四二劉程之廬山精舍誓文「指太息以爲期」，全宋文卷三

○謝靈運逸民賦「指寰中以爲期」，全梁文卷三三江淹去故鄉賦「遵蘆葦以爲期」，卷七二釋僧佑齊太宰竟陵文宣王法集録序「指來際以爲期」。皆祖構於此。又，章句「待間静時與賢謀」云云，附會也。謀字，出韻；舊作「時與賢謀待間静也」。

開春發歲兮，

承陽施惠，養百姓也。

【疏證】

承陽施惠，養百姓也。◎莊本「承」作「泰」。案：訛也。御覽卷一七時序部二歲引章句亦作「承陽」。南齊書卷三武帝紀「可以開春發歲」，承襲此語。又，後漢書卷二八下馮衍傳載顯志賦「開歲發春兮」，歲、春二字倒乙，其所據本有別。李賢注：「開、發，皆始也。」屈子此賦作於見疏漢北之時，抽思曰「望孟夏之短夜」，此曰「開春發歲」。則此篇之作，宜在抽思前。

白日出之悠悠。

君政温仁，體光明也。

【疏證】君政温仁，體光明也。◎正德本、隆慶本、劉本、俞本、湖北本、莊本「政」作「致」。案：致，政之訛也。蔣驥山帶閣注楚辭：「此承『假日須時』而暢言之。白日悠悠，猶言『春日遲遲』也。」其説得旨。悠悠，遲回之貌。大招「螭龍並流上下悠悠只」，章句：「悠悠，螭龍行貌也。」詩黍苗「悠悠南行」，毛傳：「悠悠，行貌。」章句以上静、姓、明協韻。静、姓，耕韻；明，陽韻。後漢陽與耕、青合韻。

吾將蕩志而愉樂兮，

滌我憂愁，弘佚豫也。

【疏證】滌我憂愁，弘佚豫也。◎案：章句以「滌我憂愁」釋「蕩志」，以蕩爲盪，古字通用。漢書卷七四丙吉傳「不得令晨夜去皇孫敖盪」，顔師古注：「盪，讀與蕩同。」左傳昭公二十六年「玆不穀震盪播越」，釋文：「盪，本又作蕩。」説文皿部：「盪，滌器也。从皿、湯聲。」引申之凡言滌。九歎惜賢「盪渨涹之姦咎兮」，章句：「盪，滌也。」又，志，思也；思，憂也；志亦憂也。此詞義相遞引申。

愉樂，平列同義。詳參離騷「聊假日以愉樂」注。又，全三國文卷一三曹子建感婚賦：「澄清臺邑蕩志，狀高軒而遊情。」類聚卷二八人部一二「遊覽」條引宋顏延年東山望海詩：「開春獻初歲，白日出悠悠。蕩志將娛樂，瞰海庶忘憂。」卷六五產業部上「園」條引裴子野遊華林園賦：「伊假日而容與，時遨遊以蕩志。」蕩志，古恆語。

遵江、夏以娛憂。

循兩水涯，以娛志也。

【疏證】

循兩水涯，以娛志也。◎案：江夏，夏水也。對文入注於沔者謂之汀夏，與沔合者謂之夏水。說詳哀郢「遵江夏以流亡」注。章句「循兩水涯」云云，以爲江與夏二水名，非也。「娛憂」釋爲「娛志」，猶上之「蕩志」釋爲「滌憂」也。娛憂，本篇二見，復見懷沙，屈賦恆語。又，抽思：「狂顧南行，聊以娛心兮。」亦同此意。

擥大薄之芳茝兮，

欲援芳茝，以爲佩也。

【疏證】

欲援芳茝，以爲佩也。◎案：草叢生曰薄，木叢生曰林。大薄，與下「長洲」相對爲文，猶招魂「路貫廬江兮左長薄」之「長薄」。

搴長洲之宿莽。

采取香草，用飾己也。楚人名冬生草曰宿莽。

【疏證】

采取香草，用飾己也。楚人名冬生草曰宿莽。◎案：離騷「夕攬洲之宿莽」，章句：「草冬生不死者，楚人名曰宿莽。」「冬生」下當補「不死」二字。莽與下草字不協韻。二句倒乙，舊本作「搴長洲之宿莽兮擥大薄之芳茝」也。茝、草，爲之、幽合韻。又，對文木曰搴，草曰擥，章句「欲援芳茝」、「采取香草」云云，以援釋擥，以采釋搴，散文不別。章句以上豫、志、佩、己協韻，豫，魚韻；志、佩、己，之韻；之、魚合韻。

惜吾不及古人兮，

生後殷湯、周文王也。

【疏證】

生後殷湯、周文王也。◎案：懷沙：「重華不可遻兮，孰知余之從容。」又曰：「湯禹久遠兮，邈而不可慕。」哀時命：「哀時命之不及古人兮，夫何予生之不遘時。」皆同此意。

吾誰與玩此芳草？

誰與竭節，盡忠厚也。

【疏證】

誰與竭節，盡忠厚也。◎俞本、莊本「厚」作「孝」。案：清華簡（七）越公其事「草」作「菡」。因悟此「芳草」本作「芳幽」，實「幽芳」之乙也。芳與上莽叶陽韻。説文玉部：「玩，弄也。从玉、元聲。貦，玩或从貝。」引申之爲愛玩。漢書卷二七五行志中「主民玩歲而愒日」，顔師古注：「玩，愛也。」文選卷二四潘尼贈陸機出爲吴王郎中令「玩爾清藻」，李善注：「玩，猶愛也。」又，遠遊、哀時命皆曰「誰可與玩斯遺芳兮」，與此意同。又，章句「盡忠厚」云云，厚字出韻。若作「忠孝」，孝字出韻。舊蓋作「盡忠良」。章句以上王、良同協陽韻。

解萹薄與雜菜兮，

萹，萹畜也。雜菜，雜香之菜。

【疏證】

萹，萹畜也。雜菜，雜香之菜。◎案：據章句以雜菜爲香菜，則以萹薄、雜菜並香草名。補注非之，云：「萹音匾，爾雅曰：『竹萹蓄。』注云：『似小藜，赤莖節，好生道旁。』本草云：『亦呼爲萹竹。』萹薄，謂萹蓄之成叢者。按：萹蓄、雜菜，皆非芳草。此言解去萹菜而備芳茝、宿莽以爲交佩也。」其説是也。吳仁傑離騷草木疏亦以萹類惡草，且辯萹畜與菉竹非一草，曰：「郭璞注爾雅『菉，王芻』及『竹，萹蓄』，皆引詩『緑竹猗猗』爲證。蓋毛公以緑爲王芻，竹爲萹竹也。陸璣草木疏云：『緑竹一艸名，其莖葉似竹，青緑色，高數尺，今淇澳旁生此，人謂爲緑竹。』孔穎達云：『此説非也。詩有「終朝采緑」，則菉與竹別艸，故傳依爾雅，以王芻與萹竹異也。』按『終朝采緑』之緑，固可指爲王芻，集韻緑或作菉，云：『王芻也。』詩用緑字，古文從省耳。至竹字則有兩音，萹竹之竹，從勑六切；冬生草之竹，從張六切。字同音異，不可紊也。淮南云：『淇衛箘簵。』漢書：『下淇園之竹。』故蘇黄門解緑竹詩云：『今淇上多竹。』王荆公詩義亦云：『虛而節直而和。』皆不用毛氏故訓。惟離騷菉與萹則正爾用王芻、萹竹二物也。本艸「萹蓄」條陶隱居云：『布地生，節間白華，葉細緑。』蜀本圖經云：『葉如竹葉，莖細如釵股。』嘉祐圖經云：『苗似瞿麥，根如蒿根。』」案：説文艸部：「薄，水萹茿。从艸、从水，毒聲。」徐鍇繫傳：「郭璞注爾雅『竹萹蓄』：『似小藜，赤莖節，生道傍，可殺蟲。』此云『水萹茿』，蓋別名也。」韓詩外傳引詩作「菉薄猗猗」，「萹竹」作「篇築」，薄、茿、築、畜、蓄，字異音同，皆一草名。又，章句「解折萹蓄」云云，以「解」爲「折」，當作析，字之訛。解析，平列同義。

備以爲交佩。

交，合也。言己解折萹蓄，雜以香菜，合而佩之，言修飾彌盛也。

【疏證】

交，合也。◎案：廣雅釋詁：「交，合也。」禮記卷一七月令第六「虎始交」，鄭注：「交，猶合也。」

言己解折萹蓄，雜以香菜，合而佩之，言修飾彌盛也。◎毛祥麟楚辭校文曰：「按『言』字疑衍。爾雅翼『菉』字下注引無『言』字。」案：據章句例，首著「言」字以統下。舊有「言」字。又，章句未解釋「備」義。備，通作服，用也。郭店楚墓竹簡服用字皆作「備」，老子（乙）：「夫唯嗇，是以早，是以早備（服）。」緇衣：「子曰：倀（長）民者衣備（服）不改，叜頌（容）又（有）常，則民悳（德）一。」又曰：「寺（詩）員（云）：『備（服）之亡懌。』」唐虞之道：「夏用戈，正（征）不備（服）也。」成之聞之：「古（故）子之立民也，身備（服）善以先之。」又曰：「是古（故）畏備（服）型（刑）罰之婁（屢）行也，繇（由）上之弗身也。」尊德義：「非侖（倫）而民備（服），世此亂矣。」語叢（三）：「樂備（服）悳（德）者之所樂也。」

佩繽紛以繚轉兮，

德行純美，能絶異也。

【疏證】

德行純美，能絶異也。◎案：繽紛，盛美貌。詳參離騷「佩繽紛其繁飾兮」注。悲回風「氣繚轉而自締」，章句：「思念緊卷而成結也。」繚轉，緊紊不釋貌。又，九歎遠逝「腸紛紜㠯繚轉兮」，章句：「繚，繞也。」繚轉，盤紆委曲貌。音義皆通。聲之轉作遼巢、蘢茷，淮南子卷二俶真訓「譬若周雲之蘢茷、遼巢、彭濞而爲雨」，高注：「蘢茷，聚合也。遼巢，蘊積貌也。」訓詁字或作巃嵸、隆崇。漢書卷五七上司馬相如傳「巃嵸崔巍」，郭璞曰：「皆高峻貌也。巃音籠。嵸音才總反。」文選卷七子虛賦作「隆崇嵂崒」，李善注引郭璞曰：「隆崇，竦起也。」皆狀山竦矗回旋貌。因聲求之，蓋與落蕊、落度、路亶、落索等爲語之轉。詳參離騷「貫薜荔之落蕊」注。

遂萎絶而離異。

終以放斥而見疑也。

【疏證】終以放斥而見疑也。◎案：萎絶，平列同義，言棄斥。詳參離騷「雖萎絶其亦何傷兮」注。章句以「見疑」釋「離異」，離異，猶遭患。詳參惜誦「終危獨以離異兮」注。

吾且儃佪以娱憂兮，

聊且遊戲，樂所志也。

【疏證】聊且遊戲，樂所志也。◎正德本、隆慶本、馮本、俞本、劉本、朱本、湖北本、四庫章句本、莊本「且」作「以」。案：且，姑且也。訓見王引之經傳釋詞卷八「且」條。姑且，猶聊且也。章句但有「聊且」，而無「聊以」例。湘君「聊逍遥兮容與」，章句：「聊且逍遥而遊，容與而戲，以待天命之至也。」遠遊「聊仿佯而逍遥兮」，章句：「聊且戲蕩而觀聽也。」七諫自悲「聊愉娱以忘憂」，章句：「聊且愉樂以忘悲憂也。」儃佪，低佪，撣援，皆聲之轉。章句「遊戲」云云，言行不進之意。又，章句以「樂所志」釋「娱憂」。志，猶憂也。

觀南人之變態。

覽察楚俗，化改易也。

【疏證】

覽察楚俗，化改易也。◎馮本、四庫章句本「化改易」作「易改化」。案：易、化，皆出韻，舊蓋作「化易改」。改，協之韻。章句有「易改」，惜誦「懲於羹者而吹整兮」，章句：「言人有歡羹而中熱，心中懲忿，見整則恐而吹之，言易改移也。」聞一多楚辭校補謂「南人」當「南夷」之訛。南人，章句釋「楚俗」，不作「南夷」。文選卷二西京賦「盡變態乎其中」，薛綜注：「變，奇也。態，巧也。」卷七司馬相如子虚賦「殫覩衆物之變態」，李善注：「變態，姿貌也。」又，卷九潘岳射雉賦「睨驍媒之變態」，古文苑卷五劉歆遂初賦「考性命之變態」。變態，古恆語。

竊快在中心兮，

私懷僥倖，而欣喜也。

【疏證】

私懷僥倖，而欣喜也。◎案：章句以「私懷僥倖」釋「竊快在中心」之意。呂氏春秋卷九季秋紀第九知士篇「孟嘗君竊以諫静郭君」，高注：「竊，私也。」莊子卷三在宥篇第一一「此以人之國僥倖也，幾何僥倖而不喪人之國乎」，釋文：「僥倖，求利不止之貌。」又，快，喜也。方言卷三：「逞、曉、恔、苦，快也。自關而西曰快。」郭注：「今江東人呼快爲愃。」愃，猶歡也。歡、愃、快，皆聲之轉。

揚厥憑而不竢。

思舒憤懣，無所待也。

【疏證】

思舒憤懣，無所待也。◎案：章句以「思舒憤懣」釋「揚厥憑」，以揚爲暢也。揚、暢並昜聲，例得通用。禮記卷三八樂記第一九「感條暢之氣」，孔疏：「暢，舒也。」章句以上異、疑、志、改、喜、待同協之韻。

芳與澤其雜糅兮，

正直温仁，德茂盛也。

【疏證】

正直温仁，德茂盛也。◎案：芳，德之臭；澤，德之潤。故章句以「德茂盛」釋此語。詳參離騷「芳與澤其雜糅兮」注。又，章句「德茂盛」云云，盛字出韻。茂盛，蓋「盛茂」之乙。章句作「盛茂」。九歌湘夫人「沅有茝兮醴有蘭」，章句：「言沅水之中有盛茂之茝，澧水之内有芬芳之蘭。」懷沙「草木莽莽」，章句：「言孟夏四月，純陽用事，煦成萬物，草木之類莫不莽莽盛茂。」橘頌「紛其可喜兮」，章句：「言橘青葉白華，紛然盛茂，誠可喜也。」招魂「芙蓉始發，雜芰荷些」，章句：「言池水之中有芙蓉，始發其華，芰菱雜錯，羅列而生，俱盛茂也。」哀時命「悵遠望此曠野」，章句：「但見曠野草木盛茂也。」茂，與下「受」字同協幽韻。

羌芳華自中出。

生含天姿，不外受也。

【疏證】

生含天姿，不外受也。◎補注：「出，自中而外也。」案：出字，出韻。游國恩楚辭講録據以四句爲節之韻例，謂「當是脱二句無疑」。其説無憑。出，當作來，與上「誒」字同協之韻。章句「不外受」云云，言自來也，舊本蓋作「來」。沈祖綿屈原賦證辨謂出當「之」字之誤。之，古作㞢，與出字形似。然審「自中之」一句，不辭。章句以上茂、受同協幽韻。

紛郁郁其遠承兮，

法度文辭，行四海也。

【疏證】

法度文辭，行四海也。◎補注引注一作「行度文辭，流四海也」。案：行度，章句恆語，可以本校。離騷「和調度以自娱兮」，章句：「言我雖不見用，猶和調己之行度，執守忠貞，以自娱樂。」九辯「諒無怨於天下兮」，章句：「己之行度，信無尤也。」九歌大司命「將以遺兮離居」，章句：「明己行度如玉，不以苦樂易其志也。」惜誦「又衆兆之所咍」，章句：「言己行度不合於俗，身以巔墮，又爲人之所笑也。」涉江「被明月兮珮寶璐」，章句：「言己背被明月之珠，要佩美玉，德寶兼備，行度清白也。」抽思「軫石崴嵬蹇吾願兮」，章句：「行度益高，我常願之也。」懷沙「邑犬之羣吠兮吠所怪也」，章句：「以言俗人羣聚毁賢智者，亦以其行度異，故羣而謗之也。」惜往日「情冤見之日明兮」，章句：「行度清白皎如素也。」橘頌「獨立不遷豈不可喜兮」，章句：「屈原言己之行度，獨立堅固，不可遷徙，誠可喜也。」舊作「行度」。論語卷三八佾「郁郁乎文哉」，皇侃疏：「郁郁，文章貌。」紛郁郁，文采盛貌。又，章句以「流行」釋「承」義，讀作騰，音訛字。騰，傳行。淮南子卷一〇繆稱篇「子産騰辭」，高注：「騰，傳也。」

滿内而外揚。

修善於身，名譽起也。

【疏證】

修善於身，名譽起也。◎案：又，楚簡凡盈滿字皆作「浧」，無「滿」字。「滿内」，宜作「浧（盈）内」也。揚外、滿内，相對爲文。作「外揚」者，倒乙趁韻。郭店楚墓竹簡六德篇：「仁，内也。義，外也。」又曰：「君子言信言尔，言煬言尔，詃（辯）外内皆得也。」滿内，仁滿於内。揚外，義揚於外。又，全後漢文卷四三傅毅舞賦「幽情形而外揚」，全三國文卷四四阮籍清思賦「馨香發而外揚兮」，卷七四閔鴻羽扇賦「曜羽儀於外揚」，全梁文卷一九蕭統銅博香爐賦「熒熒内曜芬芬外揚」。外揚，賦家恆語。

情與質信可保兮，

言行相副，無表裏也。

【疏證】

言行相副，無表裏也。◎案：質者，性也。情者，禮也。郭店楚墓竹簡語叢（二）：「情生於眚（性），豊（禮）生於情。」情質一如無表裏。上博簡（一）性情論：「凡人情爲可兑（悦）也。句（苟）以丌情，唯（雖）過不亞（惡）；不以丌情，唯（雖）難不貴。未言而信，又（有）美情者也。」情出天性，無矯飾者，則可保也。保，讀如寶，古字通用。司寇良父壺：「其萬年子子孫孫永保（寶）用。」方壺：「其永保（寶）無疆。」史記卷四周本紀「展九鼎保玉」，集解引徐廣曰：「保，一作寶。」卷八四賈生列傳「不以生故自寶」，漢書卷四八賈誼傳「寶」作「保」。老子六十二章「不善人之所保」，尹文子大道上引「保」作「寶」。章句以上海、起、裏同協之韻。

羌居蔽而聞章。

雖在山澤，名宣布也。

【疏證】

雖在山澤，名宣布也。◎補注引「居」一作「重」；又引一云「居重蔽而聞章」。案：居蔽、聞章，相對爲文，不當作「重蔽」或「居重蔽」。又，章句「雖在山澤」云云，以「雖」釋「羌」，以「在」釋「居」，以「山澤」釋「蔽」。其舊本作「羌居蔽」。居蔽，猶「處幽」也。

令薜荔以爲理兮，

意欲升高，事貴戚也。

【疏證】

意欲升高，事貴戚也。◎案：薜荔，香草，緣木而生，以喻攀附高位，故章句釋之以「升高」。理，媒理，紹介人。訓見離騷「吾令蹇脩以爲理」注。

憚舉趾而緣木。

憚，難也。誠難抗足，屈蹉跼也。

【疏證】

憚，難也。◎案：詳參離騷「豈余身之憚殃兮」注。

誠難抗足，屈蹉跼也。◎同治本「蹉」作「蜷」。案：蜷跼、蹉跼同，其字固無定體。國語卷一一晉語五「舉而從之」，韋昭注：「舉，起也。」章句「抗足」云云，抗亦舉也。趾，猶足也。左傳昭公七年「今君若步玉趾」，杜注：「趾，足也。」又，緣木，攀緣高木，以上爲高。孟子卷一梁惠王上「猶緣木而求魚也」，趙注：「如緣喬木而求生魚也。」淮南子卷一八人間訓：「譬猶緣高木而望四方也，雖愉樂哉，然而疾風至，未嘗不恐也。」孔子家語卷五入官篇第二一：「爲上者，譬如緣木焉，務高而畏下滋甚。」屈子曰「憚」，知其不能，故章句以「屈踡跼」釋之。踡跼，同離騷「踡局」，詰屈不行貌。

因芙蓉而爲媒兮，

意欲下求，從風俗也。

【疏證】

意欲下求，從風俗也。◎案：芙蓉，蓮華，生水中。詳參離騷「集芙蓉以爲裳」注。以喻在下之賢，故章句以「下求」釋之。又，章句「從風俗」云云，風俗通義序：「上行下傚謂之風，衆心安定謂之俗。」

憚蹇裳而濡足。

又恐汙浞，被垢濁也。

【疏證】

又恐汙浞，被垢濁也。◎正德本、隆慶本、劉本、朱本、湖北本、馮本、四庫章句本「汙浞」作「汙泥」，莊本、俞本作「泥汙」。案：據例，舊作「汙泥」。九歎怨思「棄雞駭於筐簏」，章句：「言積漬衆芳於汙泥臭井之中，棄文犀之角，置於筐簏而不帶佩，蔽其美質，失其性也。」泥汙，乙也。補注：「莊子曰：『蹇裳躩步。』蹇，起虔切。蓋讀若褰，謂摳衣也。」洪引莊子，見卷五山木篇第二○，闕誤引張君房本蹇作褰，古字通用。詩褰裳「褰裳涉溱」，又曰「褰裳涉洧」，文選卷五三李康運命論「褰裳而涉汶陽之丘」，李善注引詩「褰」作「蹇」。呂氏春秋卷二二慎行論第五求人篇引詩作「褰裳涉洧」。禮記卷二曲禮上第一「暑毋褰裳」，鄭注：「褰，袪也。」詩匏有苦葉「濟盈不濡軌」，毛傳：「濡，漬也。」廣雅釋詁：「浞，漬也。」濡、浞二字義同。又，後漢書卷九孝獻帝紀「學之不講」，李賢注引劉艾獻帝紀：「裹衣褰裳，當還故鄉。」卷五二崔駰傳「與其有事，則褰裳濡足，冠挂不顧」，卷五三周燮傳「故其行也，則濡足蒙垢」，淮南子卷二○泰族訓「拯溺之人不得不濡足也」。褰衣濡足，古恆語。

登高吾不説兮，

事上得位，我不好也。

【疏證】

事上得位，我不好也。◎案：章句以「好」釋「説」者，好，去聲，喜也。承上「令薜荔以爲理兮憚舉趾而緣木」也。説，悦也，古今字。對文内曰説，外曰樂，説深而樂淺。散文不別。

入下吾不能。

隨俗顯榮，非所樂也。

【疏證】

隨俗顯榮，非所樂也。◎正德本、隆慶本、馮本、俞本、朱本、劉本、四庫章句本、湖北本、莊本「顯榮」作「榮顯」。案：九辯「太公九十乃顯榮兮」，又曰「處濁世而顯榮兮」。顯榮，楚辭恆語，而無作「榮顯」者。能，讀如耐，古字通用。且耐與下疑字同協之韻。若作能，出韻。不耐，不忍、不甘也。是承上「因芙蓉而爲媒兮憚蹇裳而濡足」也。

固朕形之不服兮，

我性婞直，不曲撓也。

【疏證】

我性婞直，不曲撓也。◎馮本、四庫章句本、莊本「曲」作「屈」。案：莊氏因馮本改也。章句以「朕形」言「我性」，則舊本「形」字作「性」。服，行也。謂登高求顯，隨俗變節，皆我稟性所不行。

然容與而狐疑。

徘徊進退，觀衆意也。

【疏證】

徘徊進退，觀衆意也。◎馮本、俞本、莊本、同治本「俳佪」作「徘徊」。案：俳佪、徘徊同。容與，猶豫也。狐疑，嫌疑也。皆聲之轉。詳參離騷「心猶豫而狐疑兮」注。謂所以猶豫狐疑者，稟性不好登高入下，無所適從。

廣遂前畫兮，

恢廓仁義，弘聖道也。

【疏證】

恢廓仁義，弘聖道也。◎案：廣遂，猶廣成也。毛伯彝銘「廣成乃工」是也。前畫，猶上「指嶓冢之西隈兮與纁黄以爲期」也。蔣驥山帶閣注楚辭：「『廣遂』以下四句，狐疑之寔也。畫與懷沙『章畫』之畫同。前畫，猶前轍也。」

未改此度也。

心終不變，内自守也。

【疏證】

心終不變，内自守也。◎案：此句本篇二見，其義皆同。二「度」字，皆謂「前轍」也。

（亂曰）：命則處幽吾將罷兮，願及白日之未暮。

受禄當窮，身勞苦也。

【疏證】

受禄當窮，身勞苦也。◎補注、劉夢鵬屈子章句並謂「罷讀作疲」。案：疲本字，罷借字。離騷「時曖曖其將罷兮」，九辯「顔淫溢而將罷兮」。皆借疲作罷。此再曰「處幽」者，同抽思「路遠處幽」，並謂退居漢北。又，此篇無亂，此以下四言爲亂曰，諸本皆爛敓之。

獨煢煢而南行兮，思彭咸之故也。

思得進用，先年老也。

【疏證】思得進用，先年老也。◎湖北本「先」作「未」，俞本、莊本「先年老」乙作「年先老」。案：據義，舊作「未年老」。先，未之訛。又，「獨煢煢而南行」一句，復見九歎憂苦，章句：「煢煢，獨貌也。」「南行」者，謂自漢北遵沔水而南下也。「思彭咸之故」者，謂死諫之志。章句以上布、戚、踼、俗、濁、好、樂、撓、意、道、守、苦、老協韻。布、苦，魚韻；戚、踼、俗、濁，屋韻，幽之入；好、道、守、老，幽韻；樂，藥韻，宵之入；撓，宵韻；意，職韻，之之入。之、幽、宵、魚合韻。

思美人

補注：「此章言己思念其君，不能自達，然反觀初志，不可變易，益自脩飭，死而後已也。」案：考此篇作於退居漢北之時，在抽思之前。此曰「開春發歲」，抽思曰「孟夏」，其所先後，亦可推知。其所叙行踪，大抵徘徊在漢、沔之間；抽思已至漢北也。

惜往日之曾信兮，

先時見任，身親近也。

【疏證】

先時見任，身親近也。◎案：史記卷八四屈原列傳：「爲楚懷王左徒。博聞彊志，明於治亂，嫻於辭令。入則與王圖議國事，以出號令；出則接遇賓客，應對諸侯。王甚任之。」「曾信」者，謂重信。惜誦「願曾思而遠身」，招魂「曾臺累榭」，章句並云：「曾，重也。」又，章句「身親近」云云，得屈子本心。上博簡（六）慎子曰忠信：「信以爲言。」信者，忠言不虚也。故字或作「訫」，謂親身所言也。郭店楚墓竹簡忠信之道：「忠積則可親也，信積則可信也。忠信積而民弗親信者，未之又（有）也。」其「曾信」之謂也。

受命詔以昭詩。

君告屈原，明典文也。

【疏證】

君告屈原，明典文也。◎補注引「詩」一作「時」，曰：「國語曰，莊王使士亹傅太子箴，問於申叔時，叔時曰：『教之詩，而爲之導廣顯德，以耀明其志。』」案：章句以「典文」解之，舊作「詩」。洪氏引國語，見卷一七楚語上。朱季海楚辭解故：「觀洪引國語，庶幾能言楚故矣。惜往日蓋作於襄王之世，『往日』、『先功』並指懷王時事。叔師一切以『祖業』當『先功』，殊失之泛，未能深得屈意。夫值盛楚之隆，懷王方有爲之際，襄王尚少，必妙選其人以傅太子，而教之詩，如楚先王莊王使士亹傅太子箴故事，則舍靈均而誰？觀平所言，故嘗受命以明詩矣。」多臆度之辭，非其情實。史載原未嘗爲太子師。郭店楚墓墓主爲懷王時東宮之師，然非屈原。其所出簡書有老子、太一生水二種道家之作，有儒家思、孟學派佚篇緇衣、五行、唐虞之道、忠信之道、尊德義、六德、性自命出、語叢等十四種。皆非詩也。此「昭詩」，猶昭詞也。禮記卷三八樂記第一九「詩言其志也」，孔疏：「詩，謂言詞也。志在内，以言詞言説其志也。」故章句以「典文」釋之。史記卷八四屈原列傳「王使屈平爲令」，其「昭詩」之謂也。

奉先功以照下兮，

承宣祖業，以示民也。

【疏證】

承宣祖業，以示民也。◎案：奉者，承也。易乾九四文言「後天而奉天時」，李鼎祚集解引虞翻：「奉，承行也。」又，章句以「祖業」釋「先功」，其義至博，有祝融火正之功，有熊繹建國之功，有武王拓疆之功，有莊王爭霸中原之功，有昭王中興之功，有懷王爲六國縱長之功，未可拘泥一端。左傳宣公十二年：「楚自克庸以來，其君無日不討國人而訓之于民生之不易，禍至之無日，戒懼之不可以怠。在軍，無日不討軍實而申儆之于勝之不可保，紂之百克，而卒無後。訓之以若敖、蚡冒，篳簬藍縷，以啓山林。」以「先功」儆戒下民，楚人風習。章句以上近、文、民協韻，近、文，文韻；民，真韻。真、文合韻。

明法度之嫌疑。

草創憲度，定衆難也。

【疏證】

草創憲度，定衆難也。◎袁校「定衆難」作「衆難定」。案：若作「衆難定」，出韻也。補注：「史記：『懷王使屈原造爲憲令，屬草藁未定，上官大夫見而欲奪之。』屈平不與，因讒之曰：『王使屈平爲令，衆莫不知，每一令出，平伐其功，曰：「非我莫能爲也。」』王怒而疏屈平。」洪引見屈原傳，謂此「明法度之嫌疑」，即屈原草創憲令之事。得屈子本心。此事亦古所習知，章句「草創憲度定衆難」云云，實亦及之。嫌疑，狐疑也，促言之曰惑，緩言之曰嫌疑、狐疑。又，法度，刑名家語，治國之柄。睡虎地秦簡語書「是以聖王作爲法度，以矯端民心，去其邪避（僻），除其惡俗。」馬王堆漢墓帛書經法君正：「法度者，正（政）之至也。而以法度治者，不可亂也。而生法度者，不可亂也。精公無私而賞罰信，所以治也。」管子卷二〇形勢解第六四：「法度者，萬民之儀表也。」卷二一明法解第六七：「法度者，主之所以制天下而禁姦邪也，所以牧領海內而奉宗廟也。」韓非子卷一八八説篇第四七：「息文學而明法度，塞私便而一功勞，此公利也。」八經篇第四八：「設法度以齊民，信賞罰以盡能。」卷一九顯學篇第五〇：「明吾法度，必吾賞罰者亦國之脂澤粉黛也。」史記卷八七李斯列傳：「明法度，定律令，皆以始皇起。」漢書卷九四匈奴傳：「故明法度以專衆心也。」論衡卷一〇非韓篇第二九：「養三軍之士，明賞罰之命，嚴刑峻法，富國强兵，此法度也。」

國富强而法立兮，

楚以熾盛，無盜姦也。

【疏證】

楚以熾盛，無盜姦也。◎案：「國富强」者，刑名家語。商君書卷一去疆篇第四：「以彊去彊者弱，以弱去彊者彊。國爲善，姦必多。國富而貧治曰重富，重富者彊。」管子卷一五治國篇第四八：「民事農則田墾，田墾則粟多，粟多則國富，國富者兵彊。」韓非子卷一七定法篇第四三：「公孫鞅之治秦也，設告相坐而責其實，連什伍而同其罪，賞厚而信，刑重而必，是以其民用力勞而不休，逐敵危而不却，故其國富而兵强。」卷一八六反篇第四六：「官治則國富，國富則兵强，而霸王之業成矣。」卷一九五蠹篇第四九：「是故無事則國富，有事則兵强，此之謂王資。」漢書卷四九鼂錯傳：「夫國富彊而鄰國亂者，帝王之資也。故秦能兼六國，立爲天子。」

屬貞臣則日娭。

委政忠良而遊息也。

【疏證】

委政忠良而遊息也。◎袁校「而遊」作「浮遊」。案：非也。補注：「屬，付也。」猶託付也。公羊傳桓公十六年「屬負兹舍」，何休注：「屬，託也。」史記卷一〇七魏其武安侯列傳「夫起舞屬丞相」，索隱：「屬，猶委也，付也。小顏云：『若今之舞訖相勸也。』」俗字作囑。貞臣，忠臣也。對文貞臣必廉，忠臣未必廉。新書卷八道術：「言行抱一謂之貞，反貞爲僞。」蔡邕獨斷下：「清白自守曰貞。」逸周書卷六謚法解第五四：「清白守節曰貞。」説苑卷二臣術篇：「五曰守文奉法，任官職事，辭禄讓賜，不受贈遺，衣服端齊，飲食節儉，如此者貞臣也。」貞臣必在國難時見，而忠臣但忠於君而已。史記卷四三趙世家：「且夫貞臣也難至而節見，忠臣也累至而行明。」文選卷一〇潘岳西征賦：「勁松彰於歲寒，貞臣見於國危。」李善注引老子：「國家昏亂有貞臣。」三國志卷一〇魏書荀彧傳注云：「彧豈不知魏武之志氣，非衰漢之貞臣哉？」又，説文女部：「娭，戲也。从女，矣聲。」古通作嬉。全梁文卷六四張纘南征賦：「圖富强㠯法立，屬貞臣而日嬉。」因襲此語，其所據本「娭」作「嬉」。方言卷一〇：「媱、愓，遊也。江、沅之間謂戲爲媱，或謂之愓，或謂之嬉。」媱，猶逍遥也。愓，蕩也。嬉，娭也。皆楚語。又，章句「遊息」云云，息字出韻，當作宴，字之訛。招魂「蘭膏明燭華容備些」，章句：「言日暮遊宴，燃香蘭之膏，張施明蠋。」大招「南房小壇，觀絶霤只」，章句：「樓觀特高，與大殿宇絶遠，宜遊宴也。」遊宴，章句恆語。

秘密事之載心兮，

天災地變，乃存念也。

【疏證】

天災地變，乃存念也。◎案：老子十章「載營魄抱一」，王弼注：「載，猶處也。」載心，在心也。章句「存念」云云，得其旨也。新書卷八勸學篇：「夫啓耳目，載心意，從立移徙，與我同性。」漢書卷八五谷永傳：「新德既章，纖介之邪不復載心。」載心，古恆語。秘密事在心，蓋爲懷王草創憲令也。又，史記卷六三韓非列傳：「夫事以密成，語以泄敗。未必其身泄之也，而語及其所匿之事。如是者身危。」

雖過失猶弗治。

臣有過差，赦貰寬也。

【疏證】

臣有過差，赦貰寬也。◎正德本、隆慶本、湖北本、劉本、朱本、四庫章句本、馮本、俞本、莊本「赦貰寬」作「猶赦寬」，景宋本作「放貰寬」。案：據義，舊作「猶貰寬」。作「赦貰寬」或「放貰寬」，正文「猶」義無所係屬也。漢書卷三六楚元王傳「遂貰寬」，顏師古注：「貰，謂緩恕其罪也。」貰寬，平列同義。古無作「赦貰寬」、「放貰寬」者。又，漢書卷二二禮樂志「如有過差」，顏師古注：

「過差，猶失錯也。」過差，漢世恆語。治，非治理之治，通作「笞」。睡虎地秦墓竹簡秦律十八種廄苑律：「其以牛田，牛減絜，治（笞）主者寸十。有（又）里課之，最者，賜田典日旬；典，治（笞）卅。」司空：「城旦舂毀折瓦器、鐵器、木器，爲大車折輮，輒治（笞）之。直一錢，治（笞）十；直廿錢以上，孰（熟）治（笞）之，出其器。弗輒治（笞），吏主者負其半。」秦律雜抄：「使其弟子贏律，及治（笞）之，貲一甲；決革，二甲。除弟子律。」又曰：「城旦爲工殿者，治（笞）人百。大車殿，貲司空嗇夫一盾，徒治（笞）五十。」法律答問：「工盜以出，臧（贓）不盈一錢，其曹人當治（笞）不當？不當治（笞）。」又曰：「人奴妾治（笞）子，子以貼（枯）死，黥顔頯，畀主。」張家山漢墓竹簡奏讞書：「新郪甲、丞乙、獄史丙治（笞）。」又曰：「史銚初訊謂講，講與毛盜牛，講謂不也，銚即磔治（笞）講北（背）可□餘。」又曰：「毛言而是，講和弗□。講恐復治（笞），即自誣曰：與毛謀盜牛，如毛言。其請（情）講不與毛謀盜牛。診講北（背），治（笞）紖（朋）大如指者十三所，小紖（朋）瘢相質五（伍）也。」又曰：「毛謂獨也，騰曰非請（情），即治（笞）毛北（背），可六伐。居八九日，謂毛：□不亡牛，安亡牛？毛改言請（情），曰：盜和牛。騰曰：誰與盜？毛謂獨也，騰曰：毛不能獨盜，即磔治（笞）毛北（背）殿（臀）股，不審伐數，血下汙池（地）。毛不能支治（笞）疾痛，即誣指講。講道咸陽來。史銚謂毛：毛盜牛時，講在咸陽，安道與毛盜牛？治（笞）毛北（背）不審伐數。不與講謀，它如故獄。」又曰：「覆者初訊毛，毛欲言請（情），恐不如前言，即復治（笞），此以不蚤言請(情)。」皆其證。此言我雖有失過而君不施刑罰。

心純庬而不泄兮,

素性敦厚,慎語言也。

【疏證】

素性敦厚,慎語言也。◎案:純庬,宜作敦庬。純、敦,古字通用。周禮卷七天官冢宰第一内宰「出其度量淳制」,鄭注:「故書淳爲敦,杜子春讀敦爲純。」史記卷一〇孝文本紀「純厚慈仁」,漢書卷四文帝紀「純」作「敦」。方言卷一:「敦,大也。陳、鄭之間曰敦。」左傳成公十六年:「民生敦厖」,杜注:「厖,大也。」後漢書卷四三朱穆傳「人不敦厖則道數不遠」,李賢注:「敦厖,厚大也。」論衡卷三〇自紀篇第八五:「没華虛之文,存敦厖之朴。」庬、厖同。敦庬,平列同義,庬,或通龐。國語卷一周語一「敦龐純固」,韋注:「敦,厚也。龐,大也。」淮南子卷二俶真訓:「通於無壄而復反於敦龐。」不泄,外語不及宫中事。泄漏宫中密事,姦者得之以亂國政,小至禍身,大至亡國。後漢書卷四六陳寵傳:「重察左右,得無石顯泄漏之姦。」三國志卷六〇吳書周魴傳:「魴建此計,任之於天,若其濟也,則有生全之福,邂逅泄漏,則受夷滅之禍。」其是之謂也。

遭讒人而嫉之。

遭遇靳尚及上官也。

【疏證】

遭遇靳尚及上官也。◎景宋本「遇」作「退」。案：退，訛也。離騷序：「同列大夫上官靳尚妒害其能。」史記正義遂以上官靳尚爲一人。上官大夫，官名也。詳參離騷序注。審此注以靳尚、上官爲二人。史記卷八四屈原列傳：「上官大夫與之同列，争寵而心害其能。」又曰：「卒使上官大夫短屈原於頃襄王。」鹽鐵論卷二非鞅篇第七：「是以上官大夫短屈原於頃襄。」風俗通義卷一六國：「懷王信佞臣上官、子蘭，斥遠忠臣，屈原作離騷之賦，自投汨羅水。」全三國文卷三七魏桓範世要論第二臣不易：「故上官毁屈平。」全晉文卷七九華譚對别駕陳總問：「故上官昵而屈原放。」皆以妒害屈原者，上官也。史記卷四〇楚世家：「張儀曰：『臣善其左右靳尚，靳尚又能得事於楚王幸姬鄭袖，袖所言無不從者。』」新序卷七節士：「貨楚貴臣上官大夫靳尚之屬，上及令尹子蘭，司馬子椒，内賂夫人鄭袖，共譖屈原。」全三國文卷四二杜恕體論第七聽察：「楚懷王拒屈原之計，納靳尚之策。」皆以靳尚爲上官大夫名也。全隋文卷一一江總攝山棲霞寺碑：「齊永明初，神詣法度道人受戒，自通曰靳尚，即楚大夫之靈也。」

君含怒而待臣兮，

上懷忿恚，欲刑殘也。

【疏證】

上懷忿恚，欲刑殘也。◎案：史記卷八四屈原列傳，楚懷王怒而疏屈原於漢北。頃襄王怒而斥屈原於江南也。

不清澈其然否。

内弗省察，其侵冤也。

【疏證】

内弗省察，其侵冤也。◎文淵四庫章句本「侵」作「受」，文津本亦作「侵」。案：章句有「侵冤」，無「受冤」。七諫初放「悠悠蒼天兮莫我振理」，章句：「言己懷忠正而君不知，羣下無有救理我之侵冤者。」舊本作「侵冤」。管子卷一七七臣七主篇第五二「侵主好惡」，尹注：「越法行事謂之侵。」又，清澈，當從别本作清澂，字之訛。清澂，或作清澄，遠遊「保神明之清澄」是也。清澄，古恆語。文選卷七揚雄甘泉賦「超紆譎之清澄」，後漢書卷四六陳忠傳「雖有發覺，不務清澄」，卷六一黄瓊傳「陛下不加清澂，審别真僞」，全後漢文卷九二陳琳應譏：「蕩滌朝姦，清澄守職也」。又，然否，騈詞，相反爲義。否，謂不然。荀子卷一五解蔽篇第二一：「吾慮不清，則未可定然否也。」史記卷六三老子列傳：「或曰儋即老子，或曰非也，世莫知其然否。」卷一二八龜策列傳：「其處吉凶，别然否，多於中人。」白虎通義卷上爵：「故傳曰：『古今辯然否，謂之士。』」然否，古恆語。

蔽晦君之聰明兮，

專擅威恩，握主權也。

【疏證】

專擅威恩，握主權也。◎案：蔽晦，謂壅蔽，平列同義。七諫沈江「浮雲陳而蔽晦兮」是也。謂君王受讒人蔽壅也。聰明，散文不别，對文别義。韓非子卷一三外儲説右上第三四：「申子曰：『獨視者謂明，獨聽者謂聰。』」法家説也。書洪範：「視曰明，聽曰聰。」孔傳：「明必清審，聰必微諦。」春秋繁露卷一四五行五事篇第六四：「視曰明，明者，知賢不肖者，分明黑白也。聽曰聰，聰者，能聞事而審其意也。」儒家説也。管子卷四宙合篇第一一：「耳司聽，聽必順聞，聞審謂之聰。目司視，視必順見，見察謂之明。」尹注：「耳之所聞既順且審，故謂之聰。目之順視曰明。」名家說也。莊子卷七外物篇第二六：「目徹爲明，耳徹爲聰。」道家說也。又，郭店楚墓竹簡五行篇：「未嘗聞君子道，胃（謂）之不聰。未嘗見賢人，胃（謂）之不明。」漢帛書五行解：「嘍（聰），聖之始也。明，知（智）之始也。故曰不嘍（聰）明而不聖知（智），聖知（智）必繇（由）嘍（聰）明。」子思氏說也。屈子於此用刑名家說。

虛惑誤又以欺。

欺罔戲弄，若轉丸也。

【疏證】

欺罔戲弄，若轉丸也。◎補注引正文一云「惑虛言又以欺」。正德本、隆慶本、湖北本、劉本、朱本、馮本、俞本、莊本、四庫章句本「欺」作「誣」。案：散文欺、誣不別。章句有「誣罔」而無「欺罔」。惜誦「君罔謂汝何之」，章句：「言己欲遠集它國，君又誣罔我，言汝遠去何之乎？」舊作「誣罔」也。說文言部：「誣，加也。从言、巫聲。」徐鍇曰：「以無爲有也。」加，虛言也。舊作「惑虛言」。荀子卷一七性惡篇第二三「則所聞者，欺誣詐僞也」，楊注：「欺，誑也。」新書卷八道術：「仁義脩立謂之任，反任爲欺。」欺，謂不實。對文欺甚於誣，故章句釋之以「若轉丸」。

弗參驗以考實兮，

不審窮覈其端原也。

【疏證】不審窮覈其端原也。◎管子卷二一明法篇第六七：「人主不參驗其罪過，以無實之言誅之。」韓非子卷四孤憤篇第一一：「今人主不合參驗而行誅。」姦劫弑臣篇第一四：「非參驗以審之也。」又曰：「因參驗而審言辭。」卷五亡徵篇第一五：「聽以爵不待參驗。」卷一一外儲說左上第三二：「考實按形，不能謾於一人。」卷一九顯學篇第五〇：「無參驗而必之者，愚也。」論衡卷四書虚篇第一六：「考實之，殆虚言也。」卷六龍虚篇第二二：「如考實之，虚妄言也。」卷二八正說篇第八一：「不暇留精用心，考實根核。」案：周、秦、兩漢諸子，言「參驗」、「考實」，但見於此，皆刑名家語。

遠遷臣而弗思。

放逐徙我，不肯還也。

【疏證】放逐徙我，不肯還也。◎案：遠遷臣，言遷於江南。錢澄之屈詁：「遠遷，是出之於外，不任國事。」又，蔣驥山帶閣注楚辭：「弗思，不復憶念也。」章句以上難、姦、宴、忘、寬、言、官、殘、冤、權、丸、原、還同協元韻。

信讒諛之溷濁兮，

聽用邪僞，自亂惑也。

【疏證】

聽用邪僞，自亂惑也。◎補注引「溷濁」一作「浮説」。案：七諫沈江：「聽姧臣之浮説兮」，承襲於此，東方朔所據本作「浮説」。史記卷六八商君列傳「跡其欲干孝公以帝王術挾持浮説」，索隱：「浮説，即虛説也。」又，周、秦之書，言「浮説」者，但見韓非子，卷一存韓篇第二：「所以然者，聽奸臣之浮説，不權事實，故雖殺戮奸臣，不能使韓復强。」卷一九五蠹篇第四九：「故破國亡主以聽談者之浮説。」浮説，刑名家語。又，讒、諛、諂、賊，對文各有義，散文不別。荀子卷一脩身篇第二：「以不善先人者謂之諂，以不善和人者謂之諛。」楊注：「諂之言陷也。謂以佞害陷之。諛與俞同義，故爲不善和人也。」又曰：「傷良曰讒，害良曰賊。」莊子卷八漁父篇第三一：「莫之顧而進之謂之佞，希意道言謂之諂，好言人之惡謂之讒，析交離親謂之賊。」申鑒卷四雜言上：「違上順道謂之忠臣，違道順上謂之諛臣。」説苑卷二臣術：「從命利君謂之順，從命病君謂之諛，逆命利君謂之忠，逆命病君謂之亂。」

盛氣志而過之。

呵罵遷怒，妄誅戮也。

【疏證】

呵罵遷怒，妄誅戮也。◎案：盛氣，謂怒氣。戰國策卷二一趙策四：「太后盛氣而［揖］（胥）之。」論衡卷二率性篇第八：「比獸之角可以爲城，舉尾以爲旌，奮心盛氣，阻戰爲彊。」志者，意也，謂有意、故意。禮記卷六檀弓上第三「子蓋言子之志於公乎」，鄭注：「志，意也。」過，責也。史記卷七項羽本紀「聞大王有意督過之」，戰國策卷一九趙策二「唯大王有意督過之也」。

何貞臣之無辠兮，

忠正之行，少愆忒也。

【疏證】

忠正之行，少愆忒也。◎案：貞臣，屈子自稱。謂我本清廉無辠。

被離謗而見尤。

虛蒙誹訕，獲過愆也。

【疏證】

虛蒙誹訕，獲過愆也。◎補注引「離」一作「讟」。案：國語卷一周語上「國人謗王」，韋注：「謗，誹也。」左傳昭公元年「民無謗讟」，杜注：「讟，誹也。」謗讟、讟謗，古之恆語。章句「虛蒙誹訕」云云，以「蒙」釋「被」，以「誹訕」釋「讟謗」，舊本作「讟謗」。若作「離謗」，言遭謗也。「被離」爲斷，「謗」字獨立成文。又，章句「獲過愆」云云，愆字出韻。愆，當作尤，字之訛。

慙光景之誠信兮，

質性謹厚，貌純慤也。

【疏證】

質性謹厚，貌純慤也。◎景宋本「貌」作「皃」。案：皃，古貌字。補注：「說文：『景，光也。』此言己誠信甚著，小人所慙也。」洪說繳繞不通。慙，讀作湛。慙，斬聲，湛，甚聲。古從甚聲與斬聲字多通用。晏子春秋卷五曾子將行晏子送之而贈以善言第二三「湛之麋醢」，荀子卷一九大略篇第二七作「漸於蜜醴」。詩賓之初筵「子孫其湛」，鄭箋：「湛，樂也。」景，古影字。顏氏家訓卷六書證篇第一七：「尚書曰：『惟影響。』周禮云：『土圭測影，影朝影夕。』孟子曰：『圖影失形。』莊子云：『罔兩問影。』如此等字，皆當爲光景之景。凡陰景者，因光而生，故即爲景。淮南子呼爲景柱，廣雅云：『晷柱挂景。』竝是也。至晉世葛洪字苑，傍始加彡，音於景反。而世間輒改，治尚書、周禮、莊、孟從葛洪字，甚爲失矣。」光景，即光影，謂形與影。形影相隨則謂之「誠信」。管子卷一五任法篇第四五：「臣之事主也，如影之從形也。」晏子春秋卷八仲尼之齊見景公而不見晏子子貢致問第四：「君子獨立不慚於影，獨寢不慚於魂。」莊子卷三在宥篇第一一：「大人之教，若形之於影，聲之於響。」卷六徐無鬼篇第二四：「故水之守土也審，影之守人也審，物之守物也審。」卷八漁父篇第三一：「人有畏影惡迹而去之走者，舉足愈數而迹愈多，走愈疾而影不離身，自以爲尚遲，疾走不休，絶力而死。」韓非子卷八功名篇第二八：「名實相持而成，形影相應而立。」淮南子卷一九脩務訓：「吾日悠悠慙於影，子何以輕之哉！」列子卷八説符篇：「列子顧而觀影：形枉則影曲，形直則影正，然則枉直隨形而不在影。」呂氏春秋卷一四孝行覽第三首時篇：「聖人之見時，若步之與影不可離。」謂我之樂事君，若形影相隨。

身幽隱而備之。

雖處草野，行彌篤也。

【疏證】 雖處草野，行彌篤也。◎案：章句以行釋備，讀如服，言服行也。備、服，古字通用。詳參思美人「備以爲交佩」注。

臨沅湘之玄淵兮，

觀視流水，心悲惻也。

【疏證】 觀視流水，心悲惻也。◎袁校「心悲」乙作「悲心」。案：章句但有「心悲」，無「悲心」。離騷「霑余襟之浪浪」，章句：「言己自傷放在草澤，心悲泣下，霑濡我衣。」悲回風「孤子唫而抆淚兮」，章句：「自哀煢獨，心悲愁也。」七諫謬諫「然怊悵而自悲」，章句：「然怊悵自恨，心悲毒也。」袁校失之。荀子卷一六正名篇第二二「名實玄紐」，楊倞注：「玄，深隱也。」書舜典「玄德升聞」，孔傳：「玄，謂幽潛。」玄淵，謂深潭。文選卷三東京賦「玄泉洌清」，薛綜注：「水黑色，故曰玄泉。」玄泉即玄淵。卷二〇顏延年皇太子釋奠會作詩：「澡身玄淵，宅心道祕。」

遂自忍而沈流。

遂赴深水，自害賊也。

【疏證】遂赴深水，自害賊也。◎案：章句以「自害賊」釋「自忍」，忍，猶殘害。説文心部：「忍，能也。从心，刃聲。」段注：「凡敢於行曰能，今俗所謂能榦也。敢於止亦曰能，今俗所謂能耐也。能、耐本一字，俗殊其音。忍之義亦兼行止，敢於殺人謂之忍，俗所謂忍害也；敢於不殺人亦謂之忍，俗所謂忍耐也。其爲『能』一也。仁義本無二事，『先王不忍人之心，不忍人之政矣』，皆必兼斯二者。」忍字相反爲義，美惡同辭。此用敢於殺人也。章句以上惑、戮、忒、尤、慜、篤、惻、賊協韻。尤，之韻，職之平也；惑、忒、惻、賊，職韻；戮，覺韻；慜、篤，屋韻。職、覺、屋合韻。

卒没身而絶名兮，

姓字斷絶，形體没也。

【疏證】姓字斷絶，形體没也。◎補注引一本及莊本、四庫章句本、馮本、湖北本作「名字斷絶，形朽腐也」，正德本、隆慶本、朱本、劉本、俞本作「名字斷絶，刑朽腐也」。案：若作「形體没」，没字出韻。舊作「名字斷絶形朽腐」。刑、形古字通用。

惜壅君之不昭。

懷王壅蔽，不覺悟也。

【疏證】懷王壅蔽，不覺悟也。◎補注：「古本壅，皆作廱。」案：廱、壅，古字通用。壅君，謂君受蔽壅也。又，沈祖緜屈原賦證辨謂昭當作皓。流、皓、幽、聊爲韻。此宵、幽合韻，毋煩改字。九思怨上「用志兮不昭」，天問後叙「故厥義不昭」。不昭，楚辭恆語。

君無度而弗察兮，

上無撿押，以知下也。

【疏證】上無撿押，以知下也。◎正德本、隆慶本、四庫章句本、劉本、湖北本、馮本、俞本、莊本、朱本

「撿」作「檢」。案：檢、撿正俗字。章句以「無檢押」釋「無度」，以「度」爲「法度」。牽合之說。度，猶思也。左傳昭公二十八年：「心能制義曰度。」杜注：「帝度其心。」孔疏：「心能制斷時事，使合於義，是爲善揆度也。」三國志卷五四吳書魯肅傳引吳書：「又善談論，能屬文辭，思度弘遠，有過人之明。」舊唐書卷一六穆宗紀：「據數收貫，朕再三思度，終所未安。」思度，平列同義，度亦思也。無度，猶無思慮貌，言浩蕩、糊塗。離騷：「怨靈修之浩蕩兮，終不察夫民心。」與此同意。

使芳草爲藪幽。

賢人放竄，弃草野也。

【疏證】

賢人放竄，弃草野也。◎正德本、隆慶本、朱本、劉本「人」作「仁」。案：周禮卷二天官冢宰第一大宰「四曰藪牧」，鄭注：「澤無水曰藪。」藪幽，猶幽藪，倒文趁韻，謂草野也，與朝廷反對。全漢文卷一四四晧答張良書：「竄蟄幽藪，深谷是室。」後漢書卷三六張楷傳：「操擬夷、齊，輕貴樂賤，竄跡幽藪。」三國志卷二三魏書杜襲傳：「吾所以與子俱來者，徒欲龍蟠幽藪，待時鳳翔。」全晉文卷九八陸機漢高祖功臣頌：「舞陽道迎，延帝幽藪。」

焉舒情而抽信兮，

安所展思，拔愁苦也。

【疏證】

安所展思，拔愁苦也。◎正德本、隆慶本、馮本、俞本、劉本、朱本、四庫章句本、湖北本、莊本「拔」作「披」。案：拔，引也。則舊作「拔」也。抽思「與美人抽怨兮」，章句：「爲君陳道，拔恨意也。」「拔愁苦」，即「拔恨意」。又，信者，誠也。章句以「拔愁苦」釋「抽信」者，信，心之訛。說文：「信，古文作訫。」舊作「抽心」，心字衍言旁而作「抽訫」，而後又訛作「抽信」。抽心，猶抽思。心，亦思也、憂也。

恬死亡而不聊。

忍不貪生而顧老也。

【疏證】

忍不貪生而顧老也。◎案：說文心部：「恬，安也。从心、甛省聲。」又，不聊，謂不賴、不苟也。戰國策卷六秦策四「百姓不聊生」，高注：「聊，賴也。」九辯「竊不自聊而願忠兮」，章句：「意欲竭死，不顧生也。」不顧生，謂不苟生也。七諫怨世「呂望窮困而不聊生兮」，九思哀歲「愁不聊兮遑生」。不聊，並與此同。又，章句「而顧老」云云，老字出韻。據義，「而顧老」，當作「老不顧」。而，不之訛，「老」字後又乙在「顧」下。謂忍不貪生而不顧己也。顧字與下「土」協魚韻。

獨鄣壅而蔽隱兮，

遠放隔塞，在畜土也。

【疏證】

遠放隔塞，在畜土也。◎案：說文邑部：「鄣，紀邑也。」無阻隔義。蓋讀爲障，古字通用。呂氏春秋卷二三貴直論第一貴直篇「是障其源而欲其水也」，高注：「障，塞也。」壅亦塞也。障壅，平列同義。蔽隱，平列同義。障壅蔽隱，謂放棄江南也。

使貞臣爲無由。

欲竭忠節，靡其道也。

【疏證】

欲竭忠節，靡其道也。◎案：章句「靡其道」云云，道字出韻。當作「靡其塗」，蓋以同義改也。章句以上腐、悟、下、野、苦、顧、土、塗同協魚韻。

聞百里之爲虜兮，伊尹烹於庖廚。呂望屠於朝歌兮，甯戚歌而飯牛。不逢湯武與桓繆兮，世孰云而知之？吳信讒而弗味兮，

宰嚭阿諛，甘如蜜也。

【疏證】

宰嚭阿諛，甘如蜜也。◎文淵四庫章句本「甘」作「自」，文津本作「口」。案：自、口，皆訛也。補注：「淮南云：『古人味而不貪，今人貪而不味。』此言貪嗜讒諛，不知忠直之味也。」徐復後讀書雜志校味爲昧，弗昧，「言微明亦不可得也」。非也。于省吾澤螺居楚辭新證、郭在貽楚辭解詁並謂味作沫，訓已；弗沫，謂不已也。其説至確。王念孫云：「而，能也。」能，猶乃也。洪又云：「晉獻公虜虞君與其大夫百里傒，以百里傒爲秦繆公夫人媵。百里傒亡秦走宛，楚鄙人執之。繆公聞百里賢，以五羖羊皮贖之，釋其囚，與語國事，繆公大説，授之國政，號曰『五羖大夫』。孟子曰：『百里奚自鬻於秦養牲者五羊之皮，食牛以要秦繆公。』莊子曰：『秦穆公以五羊之皮籠百里奚。』」沈祖緜屈原賦證辯：「百里奚無爲虜事，虜當作豎。」案：傒、奚同。郭店楚墓竹簡窮達以

時:「白(百)里𨑒(轉)逌(鬻)五羊,爲敀數(牧)牛,釋板柽而爲朝卿,遇秦穆。」夫「釋板柽而爲朝卿」云者,武丁相傳説,未聞百里奚有此事。

子胥死而後憂。

竟爲越國所誅滅也。

【疏證】

竟爲越國所誅滅也。◎案:鹽鐵論卷二非鞅篇第七:「是以比干死而殷人怨,子胥死而吳人恨。」章句蜜、滅協韻。蜜,質韻;滅,月韻;質、月合韻。

介子忠而立枯兮,文君寤而追求。

介子,介子推也。文君,晉文公也。寤,覺也。昔文公被孋姬之譖,出奔齊、楚,介子推從行,道乏糧,割股肉以食文公。文公得國,賞諸從行者,失忘子推。子推遂逃介山隱。文公覺悟,追而求之。子推遂不肯出。文公因燒其山,子推抱樹燒而死,故言立枯也。七諫中「推自割而飤君」,亦解此也。

【疏證】

介子，介子推也。◎案：全上古三代文卷四「介子推從者」條：「推從晉文公出亡，一作介之推，琴操作介子綏。列仙傳云：『姓王名定。』」

文君，晉文公也。◎四庫章句本「晉文公」上有「即」字。案：晉文公，獻公子，惠公兄，名重耳，以驪姬之難出亡十九年，秦納之。後歸晉得國，遂霸。在位九年，謚曰文公。

寤，覺也。◎案：詳參離騷「哲王又不寤」注。

昔文公被孋姬之譖，出奔齊、楚，介子推從行，道乏糧，割股肉以食文公。文公得國，賞諸從行者，失忘子推。子推遂逃介山隱。文公覺悟，追而求之。子推遂不肯出。文公因燒其山，子推抱樹燒而死，故言立枯也。七諫中「推自割而飤君」，亦解此也。◎正德本、隆慶本、湖北本、劉本、朱本、馮本、俞本、四庫章句本「以食」下無「文公」二字。正德本、隆慶本、俞本、劉本、莊本「糧」作「粮」。莊本「解此」下無「也」字。文淵四庫章句本「解此」作「謂此」，文津本亦作「解此」。案：玉燭寶典卷二二月仲春：「離騷九章云：『介子正而立枯，文君寤而追求。』王逸注云：『文公出奔，介子推從行，道乏糧，介子割髀以食文公。後文公得國，賞諸從行者，失忘子推。子推遂逃隱介山。文公覺悟，追而求之，遂不肯出。文公因燒其山，子推抱樹燒而死，故言立枯也。』」亦有「以食文公文公得國」八字。史記卷三九晉世家：「文公修政，施惠百姓。賞從亡者及功臣，大者封邑，小者尊爵。未盡行賞，周襄王以弟帶難出居鄭地，來告急晉。晉初定，欲發兵，恐他亂起，是以賞從亡未至隱者介子推。推亦不言祿，祿亦不及。推曰：『獻公子九人，唯君在矣。惠、懷無親，外内棄之；天未絶晉，必將有主，主晉祀者，非君而誰？天實開之，二三子以爲己力，不亦誣乎？竊人之財，猶曰是盜，況貪天之功以爲己力乎？下冒其罪，上賞其姦，上下相蒙，難與處矣！』其母曰：『盍亦求之，以死誰懟？』推曰：『尤而效之，罪有甚焉。且出怨言，不食其祿。』母曰：『亦使知之，若何？』對曰：『言，身之文也；身欲隱，安用文之？文之，是求顯也。』其母曰：『能如此乎！與女偕隱。』至死不復見。介子推從者憐之，乃懸書宮門曰：『龍欲上天，五蛇爲輔。龍已升雲，四蛇各入其宇，一蛇獨怨，終不見處所。』文公出，見其書，曰：『此介子推也。吾方憂王室，未圖其功。』使人召之，則亡。』

封介山而爲之禁兮，報大德之優遊。

言文公遂以介山之民封子推，使祭祀之，又禁民不得有言燒死，以報其德，優游其靈䰟也。

【疏證】

言文公遂以介山之民封子推，使祭祀之，又禁民不得有言燒死，以報其德，優游其靈䰟也。

◎景宋本「優」作「憂」。馮本、四庫章句本「優游」上羨有「使」字。隆慶本、朱本「䰟」作「魂」。朱本「優游」下無「其」字。案：憂、優古字通用。詩長發「敷政優優」，説文夊部引「優」作「憂」。玉燭寶典卷二二月仲春：「又曰：『封介山而爲之禁，報大德之優游。』注云：『文公遂以介山之民封子推，使祭祠之，又禁民不得有言燒死，以報其德，優游其魂靈，思子推親割其身，恩義尤篤，因爲變服而哭之。』七諫云：『推割肉而食君，德日忘而怨深。』」亦作「優游」。袁校「靈魂」作「魂靈」，是據寶典。史記卷三九晉世家：「遂求所在，則其入緜上山中，於是文公環緜上山中而封之，以爲介推田，號曰介山，『以記吾過，且旌善人』。」集解：「賈逵曰：『緜上，晉地。』」杜預曰：『西河介休縣南有地名緜上。』」錢穆云：「介山，今介休縣南四十里。山下地名緜上，亦曰緜山。」莊子卷八盜跖篇第二九：「介子推至忠也，自割其股以食文公，文公後背之，子推怒而去，抱木而燔死。」淮南子卷一六説山訓：「介子歌龍蛇，而文君垂泣。」新序卷七節士篇：「文公使人求之不得，爲之避寢三月，號呼朞年。詩曰：『逝將去汝，適彼樂郊；適彼樂郊，誰之永號。』此之謂也。文公待之不肯出，求之不能得，以謂焚其山宜出。及焚其山，遂不出而焚死。」又，章句「優游其靈魂」云云，以優游爲戲遊無拘束之意。優游，言閒暇安止貌。詩采菽「優哉游哉，亦是戾矣」，鄭箋：「諸侯有盛德者亦優游，自安止於是，言思不出其位。」謂文君報介子推，安止其靈魂也。文選卷一一何晏景福殿賦「莫不優游以自得」，李善注引鄭玄：「優游，自安止也。」又卷四五班固答賓戲「近者陸子優游」，李善注引鄭玄：「優游，不仕也。」與訓安止者相通。又，補注：「優游，大德之貌。」則讀作悠悠、陶陶、滔滔，言報介子滔滔大德也。亦通。

思久故之親身兮，因縞素而哭之。

言文公思子推親自割其身，恩義尤篤，因爲變服，悲而哭之也。

【疏證】

言文公思子推親自割其身，恩義尤篤，因爲變服，悲而哭之也。◎案：久故，言久也。荀子卷三非相篇第五：「五帝之外無傳人，非無賢人也，久故也；五帝之中無傳政，非無善政也，久故也；禹、湯有傳政而不若周之察也，非無善政也，久故也。」章句以「親自割其身」釋「親身」者，失之。補注：「親身，言不離左右也。」是指子推。又，縞素，喪服也。戰國策卷二五魏策四：「信陵君聞縮高死，素服縞素辟舍。」又：「若士必怒，伏屍二人，流血五步，天下縞素，今日是也。」史記卷八高祖本紀：「今項羽放殺義帝於江南，大逆無道，寡人親爲發喪，諸侯皆縞素。」然文君爲子推發喪縞素者，則未之聞也。

或忠信而死節兮，

仇牧、荀息與梅伯也。

【疏證】

仇牧、荀息與梅伯也。◎案：仇牧，宋大夫也。韓詩外傳卷八：「宋萬與莊公戰，獲乎莊公。莊公敗，舍諸宮中。數月，然後歸之。反爲大夫于宋。宋萬與閔公搏，婦人皆在側。萬曰：『甚矣！魯侯之淑，魯侯之美也。天下諸侯宜爲君者，惟魯侯耳。』閔公矜此。婦人妬其言，顧曰：『爾虜，焉知魯侯之美乎？』宋萬怒，搏閔公，絶脰。仇牧聞君弒，趨而至，遇之於門。手劍而叱之。萬臂摋仇牧，碎其首，齒著乎門闔。仇牧可謂不畏强禦矣！詩曰：『惟仲山甫，柔亦不茹，剛亦不吐。』」荀息，晉大夫也。史記卷三九晉世家：「晉獻公病，行後，未至，逢周之宰孔。宰孔曰：『齊桓公益驕，不務德而務遠略，諸侯弗平。君第毋會，毋如晉何。』獻公亦病，復還歸。病甚，乃謂荀息曰：『吾以奚齊爲後，年少，諸大臣不服，恐亂起，子能立之乎？』荀息曰：『能。』獻公曰：『何以爲驗？』對曰：『使死者復生，生者不慚，爲之驗。』於是遂屬奚齊於荀息。荀息爲相，主國政。秋九月，獻公卒。里克、邳鄭欲内重耳，以三公子之徒作亂，謂荀息曰：『三怨將起，秦、晉輔之，子將何如？』荀息曰：『吾不可負先君言。』十月，里克殺奚齊於喪次，獻公未葬也。荀息將死之，或曰不如立奚齊弟悼子而傅之，荀息立悼子而葬獻公。十一月，里克弒悼子於朝，荀息死之。君子曰：詩所謂『白珪之玷，猶可磨也，斯言之玷，不可爲也』，其荀息之謂乎！不負其言。」郭店楚墓竹簡忠信之道：「不僞不容，忠之至也；不惎（欺）弗智（知），信之至也。忠積則可親也，信積則可信也。忠信積而民弗親信者，未之又（有）也。至忠女（如）土，蝺（爲）勿（物）而不𤼲（發）；至信女（如）旹（時），北至而不結。忠人亡僞，信人不伓（背）。君子女（如）此，古（故）不皇（誑）生，不伓（背）死也。大舊而不俞（渝），忠之至也。匋而者尚，信之至也。至忠亡僞，至信不伓（背），夫此之胃（謂）此。大忠不兑（奪），大信不异（期）。不兑（奪）而足養者，地也；不异（期）而可要，天也。節天地也者，忠信之胃（謂）此。□鄉而實弗從，君子弗言爾。心□□□親，君子弗申爾。古（故）行而鯖兑民，君子弗采（由）也。三者，忠人弗乍（作），信人弗爲也。忠之爲道也，百工不古（楛），而人養君（皆）足。信之爲道也，群勿（物）君（皆）成，而百善君（皆）立。君子其他（施）也忠，古（故）□親専（傅）也；其言爾信，古（故）徂而可受也。忠，仁之實也；信，我（義）之异（期）也。氏（是）古（故）古之所以乎閔嘍者，女（如）此也。」其可爲「忠信」注脚。

或訑謾而不疑。

張儀詐欺，不能誅也。

【疏證】

張儀詐欺，不能誅也。◎補注引「訑」一作「詑」，曰：「訑、謾，皆欺也。」案：訑，言辭不正，自足自智，欺罔于人也。黎本玉篇殘卷言部「詑」字注：「楚辭『或詑謾而不疑』。野王案：説文：『兖州謂欺曰詑也。』」詑，訑之隸變字。漢簡作訑。張家山漢簡奏讞書：「諸以縣官事訑其上者，以白徒罪論之。」又曰：「以上功訑其上者，有白徒罪二。」或省作「它」，云：「信恐其告信，信即與蒼謀，令賊殺武，以此不窮治甲之它（詑）。」訑，俗字也。戴侗六書故「訑」字：「余支、商支二切。誕謾自大也。孟子曰：『訑訑之聲音顔色，拒人於千里之外。』」又「謾」字：「莫半切。言無實也。又平聲，欺罔也。與瞞通。」漢書卷七二龔勝傳：「疾言辯訟，婧謾亡狀。」顔師古曰：「婧，古惰字。謾，讀與慢同。」惰謾，詑謾，聲之轉，皆謂欺詐。

弗省察而按實兮，

君不參錯而思慮也。

【疏證】

君不參錯而思慮也。◎案：清華簡（七）越公其事「省」作「睛」，「察」作「戠」，古文如此。章句以「參錯」爲「省察」。參錯，紛亂也，當作參酌，蓋音訛字。參酌，謂參驗察審，即「省察」意。後漢書卷三五曹褒傳：「叔孫通頗采經禮，參酌秦法，雖適物觀時，有救崩敝，然先王之容典蓋多闕矣。」又，管子卷一八九守篇第五五：「修名而督實，按實而定名。」後漢書卷五一龐參傳：「良聞之，率吏卒入太尉府案實其事，乃上參罪，遂因災異策免。」

聽讒人之虚辭。

諂諛毁訾，而加誣也。

【疏證】

諂諛毁訾，而加誣也。◎案：章句以「加誣」釋「虚辭」。加亦誣也。説文力部：「語相譄加也。从力、口。」段注：「誣人曰譄，亦曰加，故加从力。論語曰：『我不欲人之加諸我也，吾亦欲無加諸人。』馬融曰：『加，陵也。』袁宏曰：『加，不得理之謂也。』劉知幾史通曰：『承其誣妄，重以加諸。』韓愈争臣論曰：『吾聞君子不欲加諸人而惡訐以爲直者。』皆得加字本義。」其説得旨。又，左傳隱公三年：「小加大，淫破義。」莊公十年：「犧牲玉帛，弗敢加也。」僖公十年：「欲加之罪，其無辭乎？」成公八年：「禮無加貨，事無二成。」荀子卷九致仕篇第一四「殘賊加累之譖」，楊注：「加累，以罪惡加累誣人也。」諸「加」字，皆謂加誣。

芳與澤其雜糅兮，

質性香潤，德之厚也。

【疏證】

質性香潤，德之厚也。◎袁校「德之厚」作「惠之厚」。案：德言高不言厚。然校作「惠之厚」，於義亦不合。此句已見離騷，章句：「芳，德之臭也。澤，質之潤也。」據此，厚，臭之訛。

孰申旦而别之？

世無明智，惑賢愚也。

【疏證】

世無明智，惑賢愚也。◎案：申旦，猶終古也。詳參九辯「獨申旦而不寐兮」注。禮記卷六一鄉飲酒義第四五「貴賤之義别矣」，鄭注：「别，猶明也。」章句以上伯、誅、慮、誣、厚、愚協韻，伯，鐸韻，魚之入也；誅，侯韻；厚，屋韻，侯之入也；慮、誣、愚，魚韻。侯、魚周、秦分用至密，東漢已合韻。

何芳草之早殀兮，

賢臣被讒，命不久也。

【疏證】賢臣被讒，命不久也。◎案：離騷「終然殀乎羽之野」，章句：「蚤死曰殀。」論衡卷六禍虚篇第二一：「顏淵早死，子路菹醢。早死、菹醢，（天下）極禍也。」又曰：「顏淵不當早夭，盜跖不當全活也。」

微霜降而下戒。

嚴刑卒至，死有時也。

【疏證】嚴刑卒至，死有時也。◎補注引正文「下」一作「不」。案：遠遊：「微霜降而下淪兮，悼芳草之先零。」淪，沈也。下戒、下淪同義。舊本作「下戒」。戒，讀如棘。詩素冠「棘人欒欒兮」，呂氏家塾讀詩記引董氏云：「崔注『棘人』作『悈人』。」天問「啓棘賓商」，章句：「棘，陳也。」下棘，猶下陳，言下墜也。秋霜降，古之恆語。史記卷八七李斯列傳：「秋霜降者草花落，水搖動者萬物作。」御覽卷一九時序部四春中引管子：「春風鼓，百草敷蔚，吾不知其爲茂；秋霜降，百草零落，吾不知其爲枯。」章句以上久、時同協之韻。

諒聰不明而蔽壅兮，

君知淺短，無所照也。

【疏證】

君知淺短，無所照也。◎俞本、莊本「短」作「陋」。又，補注引正文一云「不聰明」，曰：「易噬嗑、夬卦皆曰：『聰，不明也。』」謂舊作「聰不明」。聞一多氏楚辭校補因此謂聰訓聽，「聰不明」者，謂聽不明。又據洪氏所引，謂「聰不明」，古之恆語。案：非是。章句以「君知淺短」釋「不聰明」，舊本作「不聰明」。聰字古有二義：一曰聽也。一曰明也。若以前一義言之，則此同易夬象，作「聰不明」也。若以後一義言之，作「不聰明」也。此屬後一義。聰明，平列同義。上云「蔽晦君之聰明兮」，七諫沈江「願悉心之所聞兮，遭值君之不聰。」章句：「遭值懷王闇不聰明，而不見納也。」郭店楚墓竹簡五行篇：「不聰不明，不聖不智，不智不仁，不仁不安，不安不樂，不樂亡德。」又曰：「未嘗聞君子道謂之不聰，未嘗見賢人謂之不明。」不聰、不明，相對爲文，聰亦明也。皆是作「不聰明」之旁證。又，左傳昭公二十七年：「去朝吳，出蔡侯朱，喪太子建，殺連尹奢，屏王之耳目，使不聰明。」墨子卷六節葬下第二五：「耳目不聰明，手足不勁强，不可用也。」春秋繁露卷一七天地之行篇第七八：「若耳目不聰明，而手足爲傷也。」漢書卷七二貢禹傳：「臣禹犬馬之齒八十一，血氣衰竭，耳目不聰明，非復能有補益，所謂素餐尸祿洿朝之臣也。」不聰明，古恆語。對文亦別，聽者，耳明也。明者，心明也。上博簡（八）答顔淵問孔子：「德成則名至矣，名至必俾任，任治大則祿。」亦是心明之謂也。又，章句但有「淺短」，無「淺陋」。九辯「君不知兮」，章句：「聰明淺短志迷惑也。」俞本、莊本誤改也。章句「君知淺短，無所照」云云，知，通作智。照，知也，言無所知也。

使讒諛而日得。

佞人位高，家富饒也。

【疏證】

佞人位高，家富饒也。◎補注引「家」一作「蒙」。案：家，蒙之訛。蒙富饒，謂蒙受富貴。章句因趁韻易貴爲饒也。蒙富貴，章句恆語，可以本校。悲回風「曰吾怨往昔之所冀兮」，章句：「言己怨往古以邪事君，而幸蒙富貴也。」卜居序：「念讒佞之臣，承君順非而蒙富貴。」

自前世之嫉賢兮，

憎惡忠直，若仇怨也。

【疏證】

憎惡忠直，若仇怨也。◎案：王夫之楚辭通繹：「前世，謂懷王之世。」謂自懷王朝以來皆嫉妬賢良也。又，章句「若仇怨」云云，怨字出韻，即「怨仇」之乙。章句以上照、鐃、仇協韻，照、鐃，宵韻；仇，幽韻。宵、幽合韻。

謂蕙若其不可佩。

賤弃仁智，言難用也。

【疏證】

賤弃仁智，言難用也。◎案：同離騷之「謂幽蘭其不可佩」。蕙若、幽蘭，皆芳草也，以喻賢良。

妬佳冶之芬芳兮，

姱害美善之婉容也。

【疏證】

姱害美善之婉容也。◎補注引「佳」一作「娃」，曰：「吳、楚之閒，謂好曰娃。冶，妖冶，女態。易曰『冶容誨淫』。」案：洪氏謂「吳、楚之間謂好曰娃」，見説文女部「娃」字。方言卷二：「娃，美也。吳、楚、衡、淮之間曰娃，故吳有館娃之宫。」文選卷五吳都賦「幸乎館娃之宫」，劉逵注：「吳俗謂好女爲娃。揚雄方言曰：『吳有館娃宫。』」史記卷四三趙世家「因夫人而内其女娃嬴」，集解：「方言曰：『娃，美也。吳有館娃之宫。』」娃者，吳語也，非楚語。所謂「吳、楚、衡、淮之閒」者，皆在吳之方域。楚滅吳、越，屬東楚。屈賦言佳，無作娃者。佳冶，古恆語，無作娃冶，文選卷三九李斯上書諫逐客令「佳冶窈窕趙女不立於側」是也。又，章句「婉容」云云，禮記卷四七祭義第二四：「有愉色者必有婉容。」

嫫母姣而自好。

醜嫗自飾以粉黛也。

【疏證】

醜嫗自飾以粉黛也。◎補注：「説文曰：『嫫母，都醜也。』一曰黄帝妻，貌甚醜。姣，妖媚也。」案：説文女部：「嫫母，古帝妃都醜也。从女、莫聲。」洪氏引説文敚「古帝妃」三字。段注：「都，猶聚也。民所聚曰都，故凡數曰都，詣極亦曰都。漢書古今人表：『嫫母，黄帝妃，生蒼林。』荀卿詩、四子講德論皆作嫫姆。講德論曰：『嫫姆倭傀，善譽者不能揜其醜。』」呂氏春秋卷一四孝行覽第七遇合篇：「故嫫母執乎黄帝，黄帝曰：『厲女德而弗忘，與女正而弗衰，雖惡奚傷？』」高注：「惡，醜也。」七諫怨世「嫫母勃屑而日侍」，章句：「嫫母，醜女也。」戰國策卷一七楚策四：「閭姝子奢，莫知媒兮；嫫母求之，又甚喜兮。」蓋嫫母唯貌惡，其德猶好。而後以嫫母爲喻邪佞。又，史記卷一五帝本紀「嫘祖爲黄帝正妃」，索隱：「黄帝立四妃，象后妃四星。皇甫謐云：『元妃西陵氏女，曰嫘祖，生昌意。次妃方雷氏女，曰女節，生青陽。次妃彤魚氏女，生夷鼓，一名蒼林。次妃嫫母，班在三人之下。』」案：國語夷鼓、蒼林是二人。又案：漢書古今人表彤魚氏生夷鼓，嫫母生蒼林，不得如謐所説。太史公乃據大戴禮，以嫘祖生昌意及玄囂，玄囂即青陽也。皇甫謐以青陽爲少昊，乃方雷氏所生，是其所見異也。」或謂帝舜妻，北大簡妄稽「漠（嫫）母事舜」是也。章句以上用、容、黛協韻。用、容，東部；黛，蒸韻。東、蒸合韻。

雖有西施之美容兮，

世有好女之異貌也。

【疏證】

世有好女之異貌也。◎景宋本「貌」作「皃」。案：皃，古貌字。補注：「西施，越之美女。越絕書曰：『越王勾踐得採薪二女西施、鄭旦，以獻吳王。』」洪氏越絕書，見卷八外傳記地傳。又，吳越春秋第九勾踐陰謀外傳云：「（越王）乃使相工索國中，得苧羅山鬻薪之女，曰西施、鄭旦，飾以羅縠，教以容步，習於土城，臨於都巷。三年學服而獻於吳。」然皆後漢人所作，未可信據。國語卷二〇越語上：「願以金玉子女賂君之辱，請勾踐女女於王，大夫女女於大夫，士女女於士。」又云：「越人飾美女八人，納之太宰嚭，曰：『子苟赦越國之罪，又有美於此者將進之。』」史記卷四一越王勾踐世家「於是勾踐乃以美女寶器令種閒獻吳太宰嚭。」索隱引國語「美女八人」作「美女二人」。蓋傳聞者異，然未聞有美女西施者也。周、秦古書，西施但爲美女之稱。管子卷一一小稱篇第三二：「毛嬙、西施，天下之美人也，盛怨氣於面，不能以爲可好。」孟子卷八離婁下：「西子蒙不潔，則人皆掩鼻而過之。」趙岐注：「西子，古之好女西施也。」類聚卷一八人部二「美婦人」條引慎子：「毛嬙、西施，天下之至姣也。」戰國策卷一一齊策四：「后宮十妃，皆衣縞紵，食粱肉，豈有毛廧、西施哉？」又：「世無毛嬙、西施，王宮已充矣。」卷一六楚策三：「西施衣褐而天下稱美。」莊子卷四天運篇第一四：「故西施病心而矉其里，其里之醜人見之而美之，歸亦捧心而矉其里。」韓非子卷一九顯學篇第五〇：「故善毛嬙、西施之美，無益吾面。」皆不以越之好女、以姦於吳王者。楚辭西施，亦美女之稱，喻賢智之士，而非謂越女。越絶書出於東漢之世，東漢人蓋因國語而敷演其事，當非信史。宋張邦基墨莊漫録卷七西施考云：「予讀管子小稱篇，有云：『毛嬙、西施，天下之美人也，盛怨氣於面，不能以爲可好。』史記表：齊桓公小白之元年，丙申也。魯欲與齊公子糾入，後小白。齊距魯，生致管仲。是歲至越滅吳，計二百一十三年。而管仲之書，已有言毛嬙、西施。是二人者，皆前之古人矣。豈越之西施冒古之美人以爲名耶？」文選卷一五思玄賦「斥西施而弗御兮」，舊注：「西施，越之美女也。」以西施爲越女，以此注爲最早。

讒妬入以自代。

衆惡推遠，不附近也。

【疏證】

衆惡推遠，不附近也。◎案：章句「附近」云云，近字出韻，即「近附」之乙。又，史記卷四九外戚世家：「諺曰：『美女入室，惡女之仇。』」又云：「傳曰：『女無美惡，入室見妬；士無賢不肖，入朝見嫉。』」其是之謂也。

願陳情以白行兮，

列己忠心，所趨務也。

【疏證】

列己忠心，所趨務也。◎案：陳情，同惜誦「願陳志而無路」之「陳志」。韓詩外傳卷一：「不見道端，乃陳情欲，以歌道義。」又，周、秦之世，白字無告白義。白，自字之訛。自行，謂所行也。莊子卷五達生篇第一九：「子獨不聞夫至人之自行邪？忘其肝膽，遺其耳目，芒然彷徨乎塵垢之外，逍遥乎無事之業，是謂爲而不恃，長而不宰。」謂子獨不聞聖人之所行也。左傳成公十三年：「康公，我之自出。」謂康公我之所出也。襄公二十五年：「至於莊、宣，皆我之自立。夏氏之亂，成公播蕩，又我之自入。君所知也。」哀公二七年：「大夫陳子，陳之自出。」自立、自出，言所立、所出也。章句「所趨務」云云，其舊本作「自行」。

得罪過之不意。

讉怒横異，無宿戒也。

【疏證】

讉怒横異，無宿戒也。◎馮本、四庫章句本「異」作「意」。案：横異，當作「横意」，音訛字。

橫意，謂隨意、妄意，東漢以後恆語。宋書卷七三顏延之傳：「而橫意去就，謬生希幸，以爲未達至分。」章句「讟怒橫意」云云，謂妄意讟怒。又，蔣驥山帶閣注楚辭：「不意，出於意外也。」又，章句「無宿戒」云云，即「出於意外」之謂。

情冤見之日明兮，

行度清白，皎如素也。

【疏證】

行度清白，皎如素也。◎案：章句以「行度」釋「情冤」，冤，當爲志，字之訛。全後漢文卷七三蔡邕釋晦「情志泊兮心亭亭」，卷八四鄭玄六藝論「情志不通」，後漢書卷五九張衡傳「乃作思玄賦以宣寄情志」，全三國文卷三一高堂隆切諫增崇宮室疏「不納正士之直言，目遂其情志」，卷三二劉劭七華「傳情志之所極」，全晉文卷七二向秀難嵇叔夜養生論「情志鬱而不通」，文選卷一八嵇康琴賦「可以導養神氣宣和情志」。情志，古恆語。若作「情冤」，不辭也。

如列宿之錯置。

皇天羅宿，有度數也。

【疏證】

皇天羅宿，有度數也。◎案：列宿，謂二十八星宿也。九歎遠逝「指列宿昌白情兮」，章句：「言己願復指語二十八宿以列己清白之情。」淮南子卷三天文訓：「故十二歲而行二十八宿，日行十二分度之一，歲行三十度十六分度之七，十二歲而周。熒惑常以十月入太微，受制而出行列宿，司無道之國。」史記卷二七天官書：「天則有列宿，地則有州域。」漢書卷二七五行志下：「衆星，萬民之類也。列宿不見，象諸侯微也。」晉書卷一三天文志下：「按劉向説，天官列宿，在位之象，其衆小星無名者，衆庶之類。」全晉文卷五九成公綏故筆賦「書日月之所躔，别列宿之舍次」。列宿，皆謂二十八星宿。二十八宿之星名，最早見諸吕氏春秋卷一三有始覽第一有始篇。擂鼓墩曾侯乙墓出土漆箱之蓋，繪有二十八宿星名，曰：角、亢、氐、房、心、尾、箕、斗、牽牛、婺女、虚、危、西縈、東縈、圭、婁女、胃、矛、縪、此隹、参、東井、與鬼、酉、七星、張、翼、車（軫）。知列宿之名，戰國早期已行於楚。又，離騷「覽民德焉錯輔」，章句：「錯，置也。」錯置，平列同義。春秋繁露卷一六求雨篇第七四：「取五蝦蟇，錯置社之中。」三國志卷六魏書袁紹傳：「常侍、黄門聞之，皆詣進謝，唯所錯置。」又，全後漢文卷一〇二漢無名氏博陵太守孔彪碑「如列宿之錯置」，全三國文卷三五魏任嘏道論「如列宿之陳」，皆衣被此語。

乘騏驥而馳騁兮，

如駕駑馬而長驅也。

【疏證】

如駕駑馬而長驅也。◎補注：「騏驥，駿馬也。」朱子集注：「騏驥，按：王逸解爲駑馬。又詳下文，恐當作駑駘。」陸侃如謂「此蓋因離騷『乘騏驥以馳騁』句而誤，當改從朱説」。游國恩楚辭講録亦持此説。案：皆非也。此謂騏驥循道而無用轡銜也，若以「騏驥」爲「駑駘」，與下句「無轡銜而自載」不相接榫。章句「駑馬」，當作「駿馬」，字之訛。離騷「乘騏驥以馳騁兮」，章句：「騏驥，駿馬也。以喻賢智。言乘駿馬，一日可致千里，以言任賢智，則可成於治也。」洪氏所據本已訛，故以「駿馬」補釋之。

無轡銜而自載。

不能制御，乘車將仆。

【疏證】

不能制御，乘車將仆。◎案：補注引説文：「銜，馬勒口中，行馬者也。」據章句所釋，謂無轡銜而自危殆也。載，讀作栽，即災字，同之部、精紐雙聲。詩大田「俶載南畝」，鄭箋：「載，讀爲菑栗之菑。」菑與災同，災害也。書舜典「眚災肆赦」，孔傳：「災，害。」又，章句用七字句韻語，乘，羨也。

乘氾泭以下流兮，

乘舟氾船而涉渡也。編竹木曰泭，楚人曰柎，秦人曰撥也。

【疏證】

乘舟氾船而涉渡也。編竹木曰泭，楚人曰柎，秦人曰撥也。◎正德本、隆慶本、劉本、湖北本、朱本、莊本、馮本「船」作「舩」，「柎」作「拊」。景宋本「撥」作「襏」。案：船、舩，拊、柎，皆古今字，猶櫂之爲擢之類。襏，訛字。慧琳音義卷一八「舩襏」條引王逸注楚辭：「編竹木浮於水曰栰，楚人謂之椑。」其所據本別。方言卷九：「艇，長而薄者謂之艜，短而深者謂之艄。」郭注：「今江東呼艖艄者。」又云：「泭謂之篺，篺謂之筏。筏，秦、晉通語也。江淮家居篺中謂之薦。」錢繹箋疏：「說文：『泭，編木以渡也。』釋言：『舫，泭也。』孫炎注云：『方木置水中爲泭筏也。』釋文：『泭字或作䈏，又作桴。樊本作柎。』周南漢廣釋文引郭氏音義云：『木曰篺，竹曰筏，小筏曰泭。』釋水『庶人乘泭』，李巡注云：『併木以渡也。』齊語『方舟設泭』，『乘桴濟河』，韋曜注並云：

『編木曰泭，小泭曰桴。』吳志徐夫人傳云：『宜伐蘆葦以爲泭，佐船渡軍。』裴松之注：『泭音敷。』引郭氏方言注曰：『泭，水中簰也。』管子輕重甲篇：『冬不爲杠，夏不秉泭。』楚辭九章『乘氾泭以下流兮』，王逸注云：『編竹木曰泭，楚人曰泭，齊人（當秦人之譌）曰橃。』𥳑桴柎並與泭同。𥴩，衆經音義卷十四、卷十五、卷十九引方言並作『簰』。廣雅作𥴩，云：『筏也。』玉篇作箄，並與𥴩同。𥴩之言比次也。後漢書岑彭傳『乘枋箄下江關』，李賢注：『枋箄，以木竹爲之，浮於水上。』又，鄧訓傳『縫革爲船，置於箄上以渡河』，注云：『箄，竹筏也。』華嚴經音義云：『今編竹木以水運爲簰，秦人名筏，江東名簰。』又云：『北人名筏，南土名簰。義同。』又，北堂書鈔引東觀漢記云：『張堪爲蜀郡太守，公孫述擊之，三百人斬竹爲椑，渡水遂免。』簰、箄、椑並與𥴩同。衆經音義卷二云：『筏，扶月反。桴，編竹木也。大者曰筏，小者曰桴。音方于反。江南名簰，蒲佳反。經文从木作栰，非體也。玉篇：「筏，箄也。」筏、栰字異義同。』馬融注論語公冶長篇云：『編竹木大者曰筏，小者曰桴。』桴、筏，一聲之轉。投壺篇『若是者浮』，鄭注云：『浮，罰也。』晏子春秋雜篇：『景公飲酒，田桓子侍，望見晏子而復於公曰：「請浮。」晏子罰之。』轉爲浮，猶泭之轉爲筏矣。又案：說文：『橃，海中大船也。』徐鉉曰：『今俗別作筏。非是。』案：以橃爲古筏字是也。若云『橃即筏』，則筏爲編竹木，橃爲海中大船，義各別矣。」錢氏執其音轉之理，以疏理簰、箄、椑、𥴩、筏、栰、罰、橃、椑、桴、浮、泭、𥳑諸字義，觸類旁通，庶無遺義。然謂「筏爲編竹木，橃爲海中大船，義各別」者，泥也。艭爲海中大船，大筏亦曰艭，義本相通。栊，艭字之借。章句以上貌、附、務、戒、素、數、驅、仆、渡協韻，貌，覺韻，幽韻之入；附、素、數、渡，魚韻，驅，侯韻；仆，屋韻，幽韻之入；務，幽韻；戒，職韻，之之入。之、幽、侯、魚合韻。

無舟檝而自備。

身將沈没而危殆也。

【疏證】

身將沈没而危殆也。◎正德本、隆慶本、劉本、馮本「沈」作「沉」。案：章句以「危殆」釋「備」，讀如復。儀禮卷四六特牲饋食禮第一五「尸備答拜焉」，鄭注：「古文備爲復」。老子六十四章「復衆人之所過」，敦煌唐寫本、遂州龍興觀碑「復」作「備」。復，讀如覆，謂反覆。天問「覆舟斟尋」，章句：「覆，反也。」又，補注引説文：「檝，舟櫂也。」哀郢「檝齊揚以容與兮」，章句：「檝，船櫂也。」此義備於前。

背法度而心治兮，

背弃聖制，用愚意也。

【疏證】背弃聖制，用愚意也。◎案：循行法度不以心治者，法家語。韓非子卷五亡徵篇第一五：「釋法術而心治，」卷八用人篇第二七：「辭辯而不法，心智而無術，主多能而不以法度從事者，可亡也。」堯不能正一國；去規矩而妄意度，奚仲不能成一輪。」其是之謂也。又，管子卷一三心術篇下第三七：「聖人裁物，不爲物使。心安，是國安也；心治，是國治也。治也者心也，安也者心也。」卷一六内業篇第四九：「我心治，官乃治；我心安，官乃安；治之者心也，安之者心也。」淮南子卷一〇繆稱訓：「主者，國之心，心治則百節皆安，心擾則百節皆亂，故其心治者，支體相遺也。其國治者，君臣相忘也。」皆謂弘心治而蔑法度，與此異旨。章句以上殆、意同協職部。

辟與此其無異。

若乘船車，無轡櫂也。

【疏證】若乘船車，無轡櫂也。◎正德本、隆慶本、湖北本、俞本、馮本、劉本、朱本、莊本「船」作「舩」。

補注引「辟」一作「譬」，曰：「辟，喻也，與譬同。」案：辟、譬古今字。舩，俗船字。此承上「乘騏驥而馳騁兮，無轡銜而自載。乘氾泭以下流兮，無舟楫而自備」而總括之，故總謂之「譬若」。

寧溘死而流亡兮，

意欲淹没，隨水去也。

【疏證】意欲淹没，隨水去也。◎案：此句見離騷。又，章句「意欲淹没」云云，以「淹没」釋「溘」，讀如淹，没也。而離騷溘字謂奄忽。

恐禍殃之有再。

罪及父母與親屬也。

【疏證】罪及父母與親屬也。◎正德本、隆慶本、俞本、馮本、朱本、劉本、湖北本、莊本、四庫章句本「罪」作「辠」。案：辠，古罪字。屈子作此賦，父母皆已没。論其親屬，唯其姊女嬃一人，見諸離騷，他者皆未聞。朱子集注：「不死，則恐邦其淪喪，而辱爲臣僕，故曰『禍殃有再』，箕子之憂，蓋如此也。」顧炎武亦云（見日知録卷二七「楚辭注」條）：「蓋懷王以不聽屈原而召秦禍，今頃襄王復聽上官之譖而遷之江南。一身不足惜，其如社稷何？史記所云：『楚日以削，數十年，竟爲秦所滅。』即原所謂『禍殃之有再』者也。」

不畢辭以赴淵兮，

陳言未終，遂自投也。

【疏證】

陳言未終，遂自投也。◎案：爾雅釋詁：「畢，盡也。」不畢辭，謂未盡此篇之辭。此篇無亂曰，「不畢辭」之明證。

惜壅君之不識。

哀上愚蔽，心不照也。

【疏證】哀上愚蔽，心不知照也。◎案：識，知也。照，亦知也。九歎離世「指日月使延照兮」，章句：「照，知也。」章句「心不照」云云，謂心不知。照爲識知，漢世恆語。章句以上櫂、去、屬、投、照協韻；櫂，藥韻，宵之入；去，魚韻；屬、投，屋韻，侯之入；照，宵韻。宵、侯、魚合韻。

惜往日

補注：「此章言己初見信任，楚國幾於治矣。而懷王不知君子、小人之情狀，以忠爲邪，以僭爲信，卒見放逐，無以自明也。」案：蔣驥山帶閣注楚辭：「惜往日，其靈均絶筆歟！夫欲生悟其君不得，卒以死悟之。此世所謂孤注也。默默而死，不如其已，故大聲疾呼，直指讒賊蔽君之罪，深著背法敗亡之禍，危辭以撼之，庶幾無弗悟也。苟可以悟其主者，死輕於鴻毛，故略子推之死而詳文君之悟，不勝死後餘望焉。九章惟此篇詞最淺易，非徒垂死之言，不暇雕飾，亦欲庸君入目而易曉也。嗚呼，又知佯聾而不聞也哉！」九章此篇無亂辭，所謂「不畢辭」也，信是屈子絶筆。

后皇嘉樹，橘徠服兮。

后，后土也。皇，皇天也。服，習也。言皇天后土生美橘樹，異於衆木，來服習南土，便其風氣。屈原自喻才德如橘樹，亦異於衆也。

【疏證】

后，后土也。◎類聚卷八六菓部上「橘」條引王逸注：「后，后土也。」案：御覽九六六果部三橘引楚辭「后皇」乙作「皇后」，引王逸注：「后，土也。」事類賦注卷二七果部橘「緑葉素榮」條引王逸注：「后，土也。」無「后土」之「后」字，其所據本別。后，謂后土，社神也。左傳昭公二十九年「土正曰后土」，杜注：「土爲羣物主，故稱后也，其祀句龍焉。」周禮卷一八春官宗伯第三大宗伯「王大封則先告后土」，鄭注：「后土，土神也，黎所食者。」賈疏：「黎爲祝融，兼后土。」土地亦謂之后土。文選卷一七洞簫賦「託身軀於后土兮」，李善注：「后土，地也。」

皇，皇天也。◎案：類聚卷八六菓部上「橘」條、御覽九六六果部三橘、事類賦注卷二七果部橘「緑葉素榮」條並引王逸注：「皇，天也。」其所據本有別。詩文王「思皇多士」，毛傳：「皇，天也。」或者因毛詩刪之。離騷「皇剡剡其揚靈兮」，又曰「陟陞皇之赫戲兮」，章句並云：「皇，皇天也。」據此，舊作「皇天」。后皇，謂在天地間。

服，習也。◎正德本、隆慶本、劉本、俞本、湖北本「習」下無「也」字。案：類聚卷八六菓部上「橘」條、御覽九六六果部三橘引王逸有「也」字。禮記卷五一孔子閒居第二九「君子之服之也」，鄭注：「服，猶習也。」管子卷一七法篇第六「存乎服習」，尹注：「服，便也。」又，上博簡（一）性情論：「羕（養）眚（性）者，習也。習也者，又（有）以習丌眚（性）也。」

言皇天后土生美橘樹，異於衆木，來服習南土，便其風氣。屈原自喻才德如橘樹，亦異於衆也。◎正德本、隆慶本、湖北本、朱本、馮本、俞本、劉本、莊本、四庫章句本「其風氣」作「其性也」。補注引注一作「便其遂也」，一作「便其性也」。案：據義，舊作「便其性」。柳河東集卷四二柳州城西北隅種甘樹「方同楚客憐皇樹」，韓注引王逸注作「便其性」。御覽九六六果部三橘引王逸注：「言皇天后土生美橘樹異於衆。」節約其文。補注：「禹貢：『淮海惟揚州，厥包橘柚錫貢。』漢書：『江陵千樹橘與千户侯等。』異物志云：『橘爲樹，白華，赤實，皮既馨香，又有善味。』」吳仁傑離騷草木疏卷三「橘」條云：「山海經：『荆山多橘櫾。』櫾與柚同。尚書『厥包橘柚錫貢』，孔安國注：『小曰橘，大曰柚。』本草『橘柚』條唐本注云：『柚皮味甘，橘皮味辛而苦。柚肉如橘，有甘有酸。酸者壺甘，俗謂橙爲柚，非也。』呂氏春秋：『果之美者，有雲夢之柚。』郭璞云：『柚似橙而大於橘。』橘、柚皆甘也。陳藏器云：『橘，柚類，有朱柑、乳柑、黄柑、石柑、沙柑，朱橘、乳橘、榻橘、山橘、黄淡子，以乳柑爲上。』永嘉譜又有沙橘、緜橘、荔枝橘、穿心橘、油橘、金橘、自然橘、凍橘、狗橘、朱欒、香欒、包橘、蜜覃。鄭康成説書『厥包橘柚』，乃三物。包音普膠切，或云『蜜覃』是也。又黄橘、早黄橘、緑橘。嘉祐圖經云：『木高一二丈，葉與枳無辨，刺出於莖間，夏初生白花，六七月而成實，至冬而黃熟可啖。』」案：橘之種類亦夥頤，江南隨處有之。

受命不遷，生南國兮。

南國，謂江南也。遷，徙也。言橘受天命，生於江南，不可移徙，種於北地，則化而爲枳也。屈原自比志節如橘，亦不可移徙。

【疏證】

南國，謂江南也。◎文選卷二九曹植雜詩六首「南國有佳人」，李善注：「楚辭曰：『受命不遷生南國』，謂江南也。」柳河東集卷四三南中榮橘柚韓注引王逸曰：「南國，謂江南也。」案：南國，楚國也。西周時器宗周鐘：「南國服子，敢陷虐我土。」詩四月：「滔滔江漢，南國之紀。」南國，皆謂楚國。史記卷四周本紀「宣王既亡南國之師」，集解引韋昭曰：「南國，漢、江之間。」又引唐固曰：「南國，南陽也。」

遷，徙也。◎案：詳參離騷「忽緯繣其難遷」注。

言橘受天命生於江南，不可移徙，種於北地，則化而爲枳也。屈原自比志節如橘，亦不可移徙。◎正德本、隆慶本、馮本、俞本、劉本、朱本、湖北本、莊本、四庫章句本「橘受」下無「天」字，「命」下無「生」字，後「移徙」下有「也」字。案：柳河東集卷四三南中榮橘柚韓注引王逸注：「橘受命於江南，不可移徙，種於北地，則化爲枳。」刪「屈原自比」以下十三字，「命」上無「天」字，「命」下無「生」字，「化」下無「而」字。喻林卷三二人事門「持正」條、山谷内集詩注卷二次韻定國聞子由卧病績溪「后皇蒔嘉橘」任注、山谷外集詩注卷一一送徐隱父宰餘干答「江南橘柚閒生賢」史容注引章句無「天」、「生」二字，句末有「也」字。山谷外集詩注卷一一送徐隱父宰餘干答「江南橘柚閒生賢」，史容注引章句「化」作「變」。案：作「變」，非。章句「橘受天命生於江南不可移徙種於北地則化而爲枳」云云，周、秦舊説。周禮卷三九冬官考工記第六叙官：「橘踰淮而北爲枳，鸜鵒不踰濟，貉踰汶則死。此地氣然也。」晏子春秋卷六楚王欲辱晏子指盜者爲齊人晏子對以橘第十：「嬰聞之，橘生淮南則爲橘，生於淮北則爲枳，葉徒相似，其實味不同，所以然者何？水土異也。」列子卷五湯問篇：「吳、楚之國有大木焉，其名爲櫾，碧樹而冬生，實丹而味酸。食其皮汁，已憤厥之疾。齊州珍之，渡淮而北而化爲枳焉。地氣然也。」淮南子卷一原道訓：「故橘樹之江北，則化而爲枳，形性不可易，勢居不可移也。」蓋章句所習。又，全三國文卷一四曹植橘賦：「不遷徙于殊方。」全梁文卷三三江淹哀千里賦「雖河北之爽塏，猶橘柚之不遷」。皆祖構於此。

深固難徙，更壹志兮。

屈原見橘根深堅固，終不可徙，則專一己志，守忠信也。

【疏證】 屈原見橘根深堅固，終不可徙，則專一己志，守忠信也。◎案：深固，謂根本深遠堅固。魏、晉以喻宗族之盛。三國志卷二〇武文世王公傳史論注引魏氏春秋：「曠日若彼，用力若此，豈非深固根蒂不拔之道乎？」又曰：「久則深固其本根，茂盛其枝葉。」

緑葉素榮，紛其可喜兮。

緑，猶青也。素，白也。言橘青葉白華，紛然盛茂，誠可喜也。以言己行清白，可信任也。

【疏證】 緑，猶青也。◎案：羅本玉篇殘卷糸部「緑」字：「楚辭『緑葉兮素榮』，王逸曰：『緑，青也。』」無「猶」字。青、緑對文別，散文亦同。詩緑衣「緑兮衣兮」，毛傳：「緑，間色。」孔疏：「緑，蒼勝黄之間色。」又，書禹貢「厥土青黎」，孔疏引王肅：「青，黑色。」青在蒼、黑之間。草之鮮嫩者謂之緑草，緑草非青草也；天謂之青天，髮謂之青絲，而不言緑天、緑絲。

素，白也。◎案：説文糸部：「素，白緻繒也。」引申之凡言色白也。

言橘青葉白華，紛然盛茂，誠可喜也。以言己行清白，可信任也。◎四庫章句本「己行」作

「己之」，正德本、隆慶本、劉本、馮本、俞本、朱本、湖北本、莊本「任」下有「者」字。湖北本無「也」字。補注引「榮」一作「華」，曰：「爾雅曰：『草謂之榮，木謂之華。』此言素榮，則亦通稱也。曹植賦曰：『朱實不萌，焉得素榮。』李尤七歎曰：『白華緑葉，扶疎冬榮。金衣素裹，班理内充。』皆謂橘也。」案：其説是也。類聚卷八六菓部上「甘」條引徐陵詠柑詩：「緑葉萋以布，素榮芬且鬱。」因襲此語。又，紛，喜貌，楚語也。詳參離騷「紛吾既有此内美兮」注。文選卷二六潘岳在懷縣作二首：「春秋代遷逝，四運紛可喜。」紛亦喜也。章句「紛然盛茂」云云，非也。

曾枝剡棘，圓果摶兮。

剡，利也。棘，橘枝刺若棘也。摶，圜也。楚人名圜爲摶。言橘枝重累，又有利棘，以象武也。其實圓摶，又象文也。以喻己有文武，能方圓也。

【疏證】

剡，利也。◎案：因爾雅釋詁。説文刀部：「剡，鋭利也。从刀、炎聲。」刀刃之處最鋒利，引申之凡言利也。

棘，橘枝刺若棘也。◎案：方言卷三：「凡艸木刺人，江、湘之間謂之棘。」郭注：「楚辭曰：『曾枝剡棘。』亦通語耳。」刺人曰棘，所刺者亦曰棘，其義相通。焦循毛詩草木鳥獸蟲魚釋卷二

「白茅」條云：「鄭氏注朝士職云：『棘，赤心而外刺。』春秋元命包云：『樹棘聽訟其下者，赤心有刺。』（太平御覽九百九十五）陳留耆舊傳云：『夫棘中心赤，外有刺。』（藝文類聚八十九。隋書經籍志：『陳留耆舊傳一卷，魏散騎侍郎蘇林撰。』）凡物心赤者堅。堅，故知其難長也。」橘之言「剡棘」，亦赤心而木堅，則長之不易也。

摶，圜也。楚人名圜爲摶。◎正德本、隆慶本、馮本、劉本、朱本「摶」作「槫」。案：槫、摶古字通用。周禮卷四一冬官考工記第六梓人「摶身而鴻」，盧人「刺兵摶」，卷四二弓人「紾而摶廉」，鄭注並云：「摶，圜也。」莊子卷一逍遥遊第一「摶扶摇而上者九萬里」，司馬彪注云：「摶飛而上也。」文選卷三一江淹雜體詩張廷尉綽「思乘扶摇翰」，李善注引司馬彪：「摶，圜也。」摶之解圜，非唯行於楚，凡語也。

言橘枝重累，又有利棘，以象武也。其實圓摶，又象文也。以喻己有文武，能方圓也。◎正德本、隆慶本、湖北本、馮本、俞本、莊本、四庫章句本無「其」字，「方圓」下無「也」字，「象」作「像」。正德本、隆慶本、馮本、劉本、朱本「摶」作「槫」。案：象、像古今字。左傳僖公三十年：「國君，文足昭也，武可畏也。」書大禹謨：「帝德廣運，乃聖乃神，乃武乃文。」孔傳：「文經天地，武定禍亂。」章句「象武」、「象文」云云，因經傳爲説。

青黄雜糅，文章爛兮。

言橘葉青，其實黄，雜糅俱盛，爛然而明。以言己敏達道德，亦爛然有文章也。

【疏證】

言橘葉青，其實黄，雜糅俱盛，爛然而明。以言己敏達道德，亦爛然有文章也。◎正德本、隆慶本、馮本、俞本、劉本、朱本、湖北本、莊本、四庫章句本「言己」上無「以」字。案：補注：「橘實初青，既熟則黄。若以青爲葉，則上文已言緑葉矣。」若從洪説，未可言「雜糅」。上言「緑葉」，此言「青」者，變文避複。爛，猶明貌。詩女曰鷄鳴「明星有爛」，葛生「錦衾爛兮」，韓奕「爛其盈門」。節南山「憂心如惔」，鄭箋：「皆爲憂心如火灼爛之矣。」孔疏：「爛，火熟也。」引申爲光彩。文選卷一班固西都賦「登降炤爛」，李善注：「爛，亦明也。」文章爛，謂文采爛明也，古恆語。説苑卷一二奉使：「是以剪髮文身，爛然成章以像龍子者，將避水神也。」春秋繁露卷一三人副天數第五六：「物旁折取天之陰陽以生活耳，而人乃爛然有其文理。」史記卷六〇三王世家：「文辭爛然，甚可觀也。」全後漢文卷九九闕名議郎元賓碑：「時人莫能預，其思辨論□□文章爛□。」

精色内白，類可任兮。

精，明也。類，猶貌也。言橘實赤黄，其色精明，内懷潔白，以言賢者亦然，外有精明之貌，内有潔白之志，故可任以道而事用之也。

【疏證】

精，明也。◎案：史記卷二七天官書「天精而見景星」，集解引孟康：「精，明也。」又，雲笈七籤卷一一至道章第七：「眼神明上字英玄」，注云：「英玄，童子之精色。」卷六四王屋真人口授陰丹秘訣靈篇：「古仙經云：仙有十種，其一曰：堅固精色而不休息，翕精冏成，名之行仙者千萬歲。」精色，仙家所謂童顏。

類，猶貌也。◎案：説文頁部：「類，種類相似，唯犬爲甚。从犬、頪聲。」引申之凡言屬類。

言橘實赤黄，其色精明，内懷潔白，以言賢者亦然，外有精明之貌，内有潔白之志，故可任以道而事用之也。◎補注引一云「類任道兮」。案：正文若作「可任」，任字出韻。章句「故可任以道而事用之」云云，舊作「類任道」也。洪氏又云：「青黄雜糅，言其外之文章；精色内白，言其中之質也。」簡明無滯，頗傳屈平本心。又，袁校「事用」作「争用」，於意得之，未知其所據。

紛緼宜脩，姱而不醜兮。

紛緼，盛貌。醜，惡也。言橘類紛緼而盛，如人宜修飾，形容盡好，無有醜惡也。

【疏證】

紛緼，盛貌。◎正德本、隆慶本、馮本、俞本、劉本、朱本、湖北本、莊本、四庫章句本「貌」下有「也」字。案：文選卷一三雪賦「氛氳蕭索」，李善注引王逸曰：「氛氳，盛貌。」慧琳音義卷二一「妙香氛氳」條引王逸注楚辭：「氛氳，盛也，香氣盛也。」卷九八「葐蒀」條引王逸注楚辭：「葐蒀，盛皃也。」續音義卷二「氛氳」條引王逸注楚辭：「氛氳，盛也。」新刊校定集注杜詩卷一七天寶初南曹小司寇舅於我太夫人堂下累土爲山一簣尺以代彼朽木承諸焚香瓷甌亦甚安矣旁植慈竹蓋茲數峰嵚岑嬋娟宛有塵外格致不知興之所至而作是詩「佳氣日氛氳」，趙注引王逸曰：「氛氳，盛皃。」案：紛蘊、氛氳、葐蒀皆同。其所據本別。若因聲求之，紛緼之字與怫鬱、馮翼、煩冤等，皆爲語之轉。

醜，惡也。◎案：詩十月之交「亦孔之醜」，毛傳：「醜，惡也。」蓋章句所因。説文鬼部：「醜，可惡也。从鬼、酉聲。」段注：「鄭風『無我魗兮』，鄭云：『魗亦惡也。』是魗即醜字也。凡云『醜類也』者，皆謂醜即疇之借假字，疇者，今俗之儔類字也。从鬼，非真鬼也。以可惡，故从鬼。」又，醜惡字本作亞。亞部：「亞，醜也。象人局背之形。」段注：「此亞之本義。亞與惡音義皆同，故詛楚文『亞馳』，禮記作『惡池』。」王筠説例：「謂後若駝背，前如雞胸。醜是事而不可指，借『局背』之形以指之。非惟駝背，抑且雞胸，可云醜矣。」

言橘類紛緼而盛，如人宜修飾，形容盡好，無有醜惡也。◎正德本、隆慶本、馮本、俞本、劉本、朱本、湖北本、莊本、四庫章句本「宜」下有「有」字。正德本正文「脩」作「修」，注文亦作「脩」。案：據義，舊有「有」字。宜有、無有，相對爲文。

嗟爾幼志，有以異兮。

爾，汝也。幼，小也。言嗟乎衆臣，女少小之人，其志易徙，有異於橘也。

【疏證】

爾，汝也。◎案：詳參離騷「爾何懷乎故宇」注。爾，謂橘也。

幼，小也。◎案：楚簡「幼」作「𡥈」，上博簡（九）靈王遂申「小人𡥈」是也。詳參九歌少司命「竦長劍兮擁幼艾」注。幼志，童心也。左傳襄公三十一年「猶有童心」。儀禮卷一士冠禮第一：「棄爾幼志，順爾成德。」

言嗟乎衆臣，女少小之人，其志易徙，有異於橘也。◎正德本、隆慶本、朱本、馮本、劉本、俞本「乎」下無「衆」字。四庫章句本「女」作「汝」。案：衆，羡也。女、汝古今字。周孟侯離騷草木史：「篇中曰『嗟爾幼志』，曰『年歲雖少』，蓋稺橘也。而不遷之節，夙已成性，故頌之。頌橘，以自頌也。」其説是也。章句「嗟乎衆臣，女少小之人，其志易徙，有異於橘」云云，以屬衆人言。非也。

獨立不遷，豈不可喜兮！

屈原言己之行度，獨立堅固，不可遷徙，誠可喜也。

【疏證】

屈原言己之行度，獨立堅固，不可遷徙，誠可喜也。◎案：老子二十五章：「有物混成，先天地生，寂兮寥兮，獨立而不改，周行而不殆，可以爲天下母。」河上公曰：「獨立者，無匹雙。」王弼注：「無物可匹，故曰獨立也。」易大過象：「君子以獨立不懼，遯世無悶。」荀子卷四儒效篇第八：「通則一天下，窮則獨立貴名，天不能死，地不能埋。」漢帛書十六經道原：「獨立不偶，萬物莫之能令。」獨立，古恆語。

深固難徙，廓其無求兮。蘇世獨立，横而不流兮。

蘇，寤也。言屈原自知爲讒佞所害，心中覺寤，然不可變節，猶行忠直，横立自持，不隨俗人也。

【疏證】

蘇，寤也。◎文選卷六魏都賦「非蘇世而居正」，李善注引王逸曰：「蘇，寤之也。」案：其所據本別。爾雅釋草：「蘇，桂荏。」郝氏義疏：「蘇之爲言舒也。方言十云：『舒，蘇也，楚通語也。』然則舒有散義。蘇，氣香而性散。」引申之言舒緩、舒順。相反爲訓，背逆亦謂之蘇。荀子卷一〇議兵篇第一五：「以故順刃者生，蘇刃者死。」楊倞注：「蘇讀爲傃，傃，向也。」蘇、順相對爲文，蘇，逆也。楊氏說以假借字，蓋未審其義相反而相通也。商君書卷四賞刑篇第一七：「萬乘之國不敢蘇其兵於中原」，高亨注：「蘇，逆也。」清華簡（七）越公其事「穌」亦通作「遡」。又，陸時雍楚辭疏謂蘇字當作疏，謂疏遠意。湯炳正楚辭今注亦謂蘇即疏，疏世，謂「遠離世俗」。蘇、疏古字通用。易震六三「震蘇蘇」，漢帛書本「蘇蘇」作「踈踈」，踈與疏同。其說亦可通，録以備考。

言屈原自知爲讒佞所害，心中覺寤，然不可變節，猶行忠直，橫立自持，不隨俗人也。◎案：「廓其無求」者，爾雅釋詁：「廓，大也。」求，非求索字，猶逑也。詩關雎「君子好逑」，文選卷一西都賦六臣注引「逑」作「求」。爾雅釋訓「惟逑鞠也」，釋文：「逑，本亦作求。」逑，匹也。謂廓落無匹也。

閉心自慎，不終失過兮。

言己閉心捐欲，敕慎自守，終不敢有過失也。

【疏證】言己閉心捐欲，敕慎自守，終不敢有過失也。◎正德本、隆慶本、朱本、劉本、四庫章句本「敕」作「勑」，馮本作「勅」。案：敕與勑、勅同。又，補注引一云「終不過兮」，一云「終不失過兮」。據章句「終不敢有過失」云云，舊本作「終不失過」。惜往日「雖過失猶弗治」。此作「失過」，趁韻倒乙。困學紀聞卷一〇地理引王逸注：「閉心，捐欲也。」閉心，謂塞意，古恆語。論衡卷一逢遇篇第一：「有接具臣之才，而以御大臣之知，必有閉心塞意之變。」說苑卷七政理：「公儀休相魯，魯君死，左右請閉門，公儀休曰：『止，池淵吾不稅，蒙山吾不賦，苛令吾不布，吾已閉心矣，何閉於門哉。』」

秉德無私，參天地兮。

秉，執也。言己執履忠正，行無私阿，故參配天地，通之神明，使知之也。

【疏證】秉，執也。◎案：詳參天問「秉鞭作牧」注。上博簡（八）李賦：「不貽有折，蘭斯秉德。」秉德，猶謂持德、守德也。

言己執履忠正，行無私阿，故參配天地，通之神明，使知之也。◎案：參，合也。中庸曰：「能盡其性，與天地參。」荀子卷九臣道篇第一三：「功參天地，澤被生民。」卷一八賦篇第二六雲：「大參天地，德厚堯禹。」章句「參配」云云，配亦合也。漢帛書經法國次：「天地無私，四時不息。」君正：「精公無私而賞罰信，所以治也。」大分：「天下太平，正以明德，參之於天地，而兼復（覆）載而無私也，故王天下。」

願歲并謝，與長友兮。

謝，去也。言己願與橘同心并志，歲月雖去，年且衰老，長爲朋友，不相逵離也。

【疏證】

謝，去也。◎羅、黎二本玉篇殘卷言部「謝」字：「楚辭『願歲并謝與長友』，王逸注：『謝，去也。』」慧琳音義卷二三「則便謝」條、文選卷六魏都賦「高謝萬邦」、卷二六顏延年和謝監靈運「物謝時既晏」、卷五八王儉褚淵碑文「水運告謝」、卷五九沈約齊故安陸昭王碑文「芳猷永謝」，李善注並引王逸注楚辭：「謝，去也。」案：補注：「説文：『謝，辭去也。』此言己年雖與歲月俱逝，願長與橘爲友也。」又，徐仁甫古詩别義：「并與屏通，屏猶放去，與謝訓去爲同義詞。」徐説失之旨。此謂我願與歲同去。其義自通，毋須改字。

言己願與橘同心并志，歲月雖去，年且衰老，長爲朋友，不相遠離也。◎案：同志曰友，同門曰朋。散文友亦謂之朋。

淑離不淫，梗其有理兮。

淑，善也。梗，强也。言己雖設與橘離别，猶善持己行，梗然堅强，終不淫惑而失義也。

【疏證】

淑，善也。◎案：因爾雅釋詁。章句以「言己雖設與橘離别猶善持己行」釋「淑離」義，繳繞之説。蔣驥山帶閣注楚辭：「離，麗也。」離、麗古字通用。易離六五象「離王公也」，釋文：「離，鄭作麗。」招魂「麗而不奇些」，章句：「麗，美好也。」淑麗，平列同義。全後漢文卷五三張衡定情賦：「夫何妖女之淑麗，光華豔而秀容。」卷六九蔡邕檢逸賦：「余心悦于淑麗，愛獨結而未并。」青衣賦：「盼倩淑麗，皓齒蛾眉。」淑麗，古恒語。又，朱季海楚辭解故謂「淑離」當作「陸離」，言美好貌。淑之通陸，無徵不信。俞樾讀楚辭謂「淑離」即「寂歷」，謂「寂歷不淫」。好奇之説。

梗，强也。◎慧琳音義卷九「梗澀」、卷一四「梗槩」、卷八四「梗概」條、卷五〇「榛梗」條同引王逸注楚辭：「梗，强也。」案：爾雅釋詁：「梗，直也。」郭璞注：「正直也。」訓直、訓强，其義相通。聲之轉爲剛、爲强、爲耿、爲經、爲勁，皆言堅直意。此「梗其」爲「有理」之疏狀詞，解梗直義爲允。

言己雖設與橘離别，猶善持己行，梗然堅强，終不淫惑而失義也。◎案：荀子卷四儒效篇第八：「井井兮其有理也。」楊注：「理，有條理也。」此謂橘樹正直不曲，且有文理。

年歲雖少，可師長兮。

言己年雖幼少，言有法則，行有節度，誠可師用長老而事之。

【疏證】

言己年雖幼少，言有法則，行有節度，誠可師用長老而事之。◎正德本、隆慶本、俞本、劉本、湖北本「行」作「我」。案：言、行相對，我，訛也。周禮卷一四地官司徒第一師氏：「三曰順行，以事師長。」賈疏：「師長，受業之師及朋友之長也。」

行比伯夷，置以爲像兮。

像，法也。伯夷，孤竹君之子也。父欲立伯夷，伯夷讓弟叔齊。叔齊不肯受，兄弟弃國，俱去，之首陽山下。周武王伐紂，伯夷、叔齊扣馬諫之曰：「父死不葬，謀及干戈，可謂孝乎？以臣弑君，可謂忠乎？」左右欲殺之，太公曰：「不可。」引而去之，遂不食周粟而餓死。屈原亦自以脩飾潔白之行，不容於世，將餓餒而終，故曰：以伯夷爲法也。

【疏證】

像，法也。◎案，詳參懷沙「願志之有像」注。

伯夷，孤竹君之子也。父欲立伯夷，伯夷讓弟叔齊。叔齊不肯受，兄弟弃國，俱去，之首陽山下。周武王伐紂，伯夷、叔齊扣馬諫之曰：「父死不葬，謀及干戈，可謂孝乎？以臣弑君，可謂忠乎？」左右欲殺之，太公曰：「不可。」引而去之，遂不食周粟而餓死。屈原亦自以脩飾潔白之行，不容於世，將餓餒而終，故曰：以伯夷爲法也。◎正德本、隆慶本、湖北本、劉本、朱本、馮本、俞本、莊本「俱去」下無「之」字，無「扣馬」二字，「脩」作「修」。俞本無「引而去之」四字。文淵四庫章句本「謀」作「爰」，文津本亦作「謀」。案：「俱去」下無「之」者，不辭。無「引而去之」四字，删之也。伯夷、叔齊本事，詳參天問「驚女采薇鹿何祐」注。章句因史記卷六一伯夷列傳也。上博簡(八)成王既邦謂伯夷、叔齊「餓死於雝瀆」，蓋指首陽山之邕瀆也。漢書卷七二王吉傳「餓死首陽，不食其禄」，師古注：「馬融云：『首陽山在河東蒲阪，華山之北、河曲之中。』高誘則云『在洛陽東北』。阮籍詠懷詩亦以爲然。今此二山並有夷齊祠耳。而曹大家注幽通賦云『隴西首陽縣是也。今隴西亦有首陽山。許慎又云『首陽在遼西。』諸説不同，致有疑惑。而伯夷歌云『登彼西山』，則當隴西者近爲是也。」案：諸説首陽山，以河東蒲阪爲近是。遼西孤竹，乃夷、齊故國也，後裔以旌其志節，故孤竹亦有首陽之山。大抵地名變遷，因其族裔遷徙而致紛如耳。又，邵氏聞見後録卷一〇：「伯夷姓墨，名元，或作允，字公信；叔齊名智，字公達。兄弟也。孤竹君之子也，夷、齊，蓋謚云。」原注：「出論語疏，出春秋少陽篇。」

橘頌

補注：「美橘之有是德，故曰頌。管子篇名有國頌，説者云：頌，容也。陳爲國之形容。」案：洪氏「説者」云云，乃尹知章注也。國頌見管子卷一牧民篇第一。此篇爲屈子厲志之詩，藉詠橘以明志，通篇以「受命不遷生南國」爲旨意。其所作時，曰「閉心自慎，不終失過」，曰「行比伯夷置以爲像」，在放逐後也。

悲回風之摇蕙兮，

回風爲飄。飄風回邪，以興讒人。

【疏證】

回風爲飄。飄風回邪，以興讒人。◎正德本、隆慶本、馮本、俞本、劉本、朱本、湖北本、莊本、四庫章句本「爲飄」作「謂之飄風」。案：爲、謂之，訓詁術語，皆同。離騷「飄風屯其相離兮」，章句：「回風爲飄。」九思逢尤「飄風起兮揚塵埃」章句：「回風爲飄。」據此，舊本作「爲飄」。

心冤結而内傷。

言飄風動搖芳草，使不得安。以言讒人亦別離忠直，使得罪過也。故己見之，中心冤結而傷痛也。

【疏證】言飄風動搖芳草，使不得安。以言讒人亦別離忠直，使得罪過也。故己見之，中心冤結而傷痛也。◎正德本、隆慶本、馮本、俞本、劉本、朱本、湖北本、莊本、四庫章句本無「中心」之「中」字，「罪」作「辠」。俞本、莊本「傷痛」乙作「痛傷」。喻林卷一二人事門「畏讒」條引「罪」作「辠」。案：莊氏據俞本也。中心，章句恆語，舊有「中」字。辠，古罪字。冤結，猶鬱結。屈子觸景生愁，謂見蕙之搖於回風，而憂己之見傷於讒人也。又，七諫沈江「心佛鬱而内傷」，九懷匡機「永懷兮内傷」，思忠「心佛鬱兮内傷」。九歎遠逝「愁獨哀而冤結」，惜賢「心懭悢以冤結兮」，又曰「冤結未舒長隱忿兮」。皆衣被此語。

物有微而隕性兮，

隕，落也。言芳草爲物，其性微眇，易以隕落。以言賢者用志精微，亦易傷害也。

【疏證】

隕，落也。◎案：離騷「厥首用夫顛隕」，章句：「隕，墜也。」

言芳草爲物，其性微眇，易以隕落。以言賢者用志精微，亦易傷害也。◎正德本、隆慶本、馮本、俞本、劉本、朱本、湖北本、莊本「言賢者」上無「以」字。案：微，讀如危。周禮卷三九冬官考工記第六輪人「欲其微至也」，鄭注：「鄭司農云：『微至，書或作危至。』」隕性，謂改其本質。言物有危害則其性隕墜也。章句「芳草爲物其性微眇易以隕落」云云，詰鞫不通。上博簡（一）性情論：「凡人唯（雖）又（有）生（性），心亡正志，寺（待）勿（物）而句（後）作。」郭店楚墓竹簡性自命出：「好亞（惡），眚（性）也。所好所亞（惡），勿（物）也。」又云：「凡眚（性）或動之，或逄（逢）之，或交之，或萬（厲）之，或出之，或羕（養）之，或長之。凡動眚（性）者，勿（物）也；逄（逢）眚（性）者，兑（悦）也；交眚（性）者，古（故）也；萬（厲）眚（性）者，宜（義）也；出眚（性）者，埶（勢）也；羕（養）眚（性）者，習也；長眚（性）者，道也。」推而演之，性因物動，物微隕性。隕性，危也。又，莊子卷三駢拇篇第八：「夫小惑易方，大惑易性。」後漢書卷二八下馮衍傳：「知漸染之易性兮，怨造作之弗思。」皆同此意。

聲有隱而先倡。

倡，始也。言讒人之言，隱匿其聲，先倡導君，使亂惑也。

【疏證】

倡，始也。◎案：倡，亦先也。郭店楚墓竹簡緇衣：「王言女（如）絲，其出女（如）緍；王言女（如）索，其出女（如）紼。古（故）大人不昌（倡）流。」謂大人不先導流。成之聞之：「上苟昌之，則民鮮不從矣。」謂上苟先導之則民從。史記卷二三禮書「一倡而三歎」，集解：「鄭玄曰：『倡，發歌句者。』」卷四八陳涉世家「爲天下唱」，索隱：「漢書作『倡』。倡，謂先也。說文：『倡，首也。』」今本說文「首」訛作「樂」。

言讒人之言，隱匿其聲，先倡導君，使亂惑也。◎正德本、隆慶本、馮本、俞本、朱本、湖北本、劉本、莊本、四庫章句本無「人之」二字。案：上博簡（一）性情論：「金石之又（有）聖（聲）也，弗鈎（扣）不鳴。」又曰：「凡聖（聲），亓出於情也信。」又曰：「亓聖（聲）變，則心從之矣。亓心變，則亓聖（聲）亦然。」聲，情之表，因情生聲。情樂聲樂，情哀聲哀。隱，憂也。詳參湘君「隱思君兮陫側」注。謂情有憂痛之思則聲爲之先倡也。周拱辰草木史曰：「物有微而隕性，愁苦之來，最微渺而中人不覺，所謂憂能傷人也。秋不覺而聲倪之，亦復如是。」是所謂觸景生愁，因愁隕性也。章句「讒人之言隱匿其聲先倡導君使惑亂」云云，繳繞之說。

夫何彭咸之造思兮，暨志介而不忘。

暨，與也。尚書曰：「讓于稷、契暨臯陶。」介，節也。言己見讒人倡君爲惡，則思念古世彭咸，欲與齊志節而不能忘也。

【疏證】

暨，與也。尚書曰：「讓于稷、契暨臯陶。」◎正德本、隆慶本、馮本、俞本、劉本、朱本、湖北本、莊本、四庫章句本「陶」作「繇」。案：暨之爲與，因爾雅釋詁。引尚書見堯典。史記卷一五帝本紀引作「讓于稷、契與臯陶」。

介，節也。◎正德本、隆慶本、馮本、俞本、劉本、朱本、湖北本、莊本、四庫章句本無注。案：皆敓也。慧琳音義卷四七「耿价」條引王逸注楚辭：「价，節也。暨志价而不忘。」唐本有注。价，俗介字。説文八部：「介，畫也。从八、从人。人各有介。」引申言節操。孟子卷一三盡心上「不以三公易其介」，焦循正義引文選注引劉熙曰：「介，操也。」

言己見讒人倡君爲惡，則思念古世彭咸，欲與齊志節而不能忘也。◎正德本、隆慶本、馮本、俞本、劉本、朱本、湖北本、莊本、四庫章句本「思」作「志」，「志節」下無「而」字。案：章句但有「思念」而無「志念」。離騷「思九州之博大兮」，章句：「言我思念天下博大，豈獨楚國有臣而可止乎？」造，讀如遭。書大誥「弗造哲」，漢書卷八四翟方進傳「未遭其明悊」。書呂刑「兩造具備」，史記卷四周本紀引同，集解引徐廣曰：「造一作遭。」造思，謂遭逢憂患。言彭咸以忠而遭憂與其志節，皆不能忘也。章句「欲與齊志節而不能忘」云云，非也。

萬變其情豈可蓋兮，

蓋，覆也。言讒人長於巧詐，情意萬變，轉易其辭，前後反覆，如明君察之，則知其態也。

【疏證】

蓋，覆也。◎案：章句以「前後反覆」釋「覆蓋」者，非是。蓋之爲覆，言掩蓋也。釋名釋車：「蓋在上，覆蓋人也。」左傳昭公二十一年「其蓋失數美」，杜注：「蓋，掩也。」謂萬變其情，不可掩蓋也。

言讒人長於巧詐，情意萬變，轉易其辭，前後反覆，如明君察之，則知其態也。◎補注引一云「萬變情豈其可蓋兮」。案：作「情豈其」，不辭。文選卷一一何晏景福殿賦「固萬變之不窮」，李善注引楚辭：「萬變之情，豈其可盡」，是其別文。

孰虛僞之可長？

言讒人虛造人過，其行邪僞，不可久長，必遇禍也。

【疏證】

言讒人虛造人過，其行邪僞，不可久長，必遇禍也。◎正德本、隆慶本、湖北本、朱本、馮本、俞本、劉本、四庫章句本「人過」作「言」，「禍」作「害」。莊本「禍」作「害」。案：遇害、遇禍，章句皆有其例。又，虛僞，謂非真，與樸實相對。上博簡（一）性情論：「心又（有）爲（僞）也，弗得之矣。人之不能以僞也可智（知）也。」又曰：「凡人僞爲可亞（惡）也。僞斯吝矣，吝斯慮矣，慮斯莫與之結。」漢帛書經法四度：「美亞（惡）有名，逆順有刑（形），請（情）僞有實，王公執□（之）以爲天下正。」論：「察言觀色，逆順以同於霸王危亡之理，知虛實動静之所爲，達於名實□（相）應，盡知請（情）僞而不惑，然後審帝王之道成。」

鳥獸鳴以號群兮，

號，呼也。音豪。

【疏證】

號，呼也。音豪。◎正德本、隆慶本、馮本、俞本、劉本、朱本、湖北本、莊本、四庫章句本無

「音豪」二字，「呼」下無「也」字。景宋本無「音豪」二字。惜陰本、同治本正文「群」作「羣」。案：群、羣同。章句不注字音。「音豪」二字，後所竄亂。號之爲呼，詳參天問「蓱號起雨」注。

草苴比而不芳。

生曰草，枯曰苴。比，合也。言飛鳥走獸羣鳴相呼，則芳草合其莖葉，芬芳以不暢也。以言讒口衆多，盈君之耳，亦可令忠直之士失其本志也。

【疏證】

生曰草，枯曰苴。◎案：日本國僧空海篆隸萬象名義艸部：「蘆，采古反。草枯曰蘆。」廣雅釋草：「蘇、蘆，草也。」王念孫疏證：「蘆，草之轉聲也。字或作苴。管子地圖篇『苴草林木蒲葦之所茂』，靈樞經癰疽篇『草蘆不成，五穀不殖』。草謂之蘆，因而枯草亦謂之蘆。廣韻：『蘆，草死也。』衆經音義云：『蘆，枯草也。』今陝以西言草蔡，江南、山東言草蘆。」又曰：「方言云：『蘇、芥，草也。江淮、南楚之間曰蘇，自關而西或曰芥，南楚、江湘之間謂之莽。』郭注云：『蘇猶蘆，語轉也。』列子周穆王篇云：『其宮榭若累塊積蘇焉。』素問移精變氣論云：『十日不已，治以草蘇。』草謂之蘇，因而取草亦謂之蘇。莊子天運篇『蘇者取而爨之』李頤注云：『蘇，草也。取草者得以炊也。』」對文枯曰蘆或苴，未枯者曰蘇；草，凡語也。散文不別。

比，合也。◎案：説文比部：「比，密也。二人爲从，反从爲比。」徐鍇曰：「相與周密也。」引申之凡言合。荀子卷九臣道篇第一三「有能比知同力」，楊倞注：「比，合也。」郭店楚墓竹簡性自命出：「聖人比其類而侖（論）會之。」比其類，謂比合其類。比亦合也。

言飛鳥走獸羣鳴相呼，則芳草合其莖葉，芬芳以不暢也。以言讒口衆多，盈君之耳，亦可令忠直之士失其本志也。◎正德本、隆慶本、馮本、俞本、劉本、朱本、四庫章句本、湖北本、莊本「讒」下有「人」字。俞本「令」作「人」。案：喻林卷一二人事門「畏讒」條引有「人」字。又，「令」作「人」者，訛也。姜亮夫屈原賦校注：「六句與上下文義不相屬，而各句亦不白屬。王、朱以來，各家雖强爲之説，不能通其義如故。鳥獸、草苴、荼薺、蘭芷四句，尚得以類同相求，類異相斥一義以貫穿之；而魚鱗蛟龍，則無所容於其間矣。兹姑説之如次：『鳥獸』句，言鳥獸能言，故其同類之求，尚可以鳴聲得之也。『草苴』句，言草與苴，已生死榮枯異類矣，若比而合之，則芳華已不能見也。」其説頗達屈子本心。

魚葺鱗以自别兮，

葺，累也。

【疏證】

葺，累也。◎慧琳音義卷八三「與葺」條引王逸注楚辭：「葺，累也。」案：葺，以草蓋屋也。九歌湘夫人「芷葺兮荷屋」，章句：「葺，蓋屋也。」引申之言累襲。謂魚以葺鱗而別其類也。

蛟龍隱其文章。

言衆魚張其鬐尾，葺累其鱗，則蛟龍隱其文章而避之也。言俗人朋黨，恣其口舌，則賢者亦伏匿而深藏也。

【疏證】

言衆魚張其鬐尾，葺累其鱗，則蛟龍隱其文章而避之也。言俗人朋黨，恣其口舌，則賢者亦伏匿而深藏也。◎正德本、隆慶本、馮本、俞本、劉本、朱本、湖北本、四庫章句本、莊本「伏匿」下無「而」字。正德本「者」作「有」。案：有，者之訛也。喻林卷七八臣術門思退引無「而」字。天問「河海應龍」，章句：「有鱗曰蛟龍，有翼曰應龍。」淮南子卷四墜形訓：「介鱗生蛟龍。」高誘注：「蛟龍，有鱗甲之龍也。」廣雅釋魚：「有鱗曰蛟龍，有翼曰應龍，有角曰虬龍，無角曰螭龍。」謂蛟龍雖龍屬，若隱其鱗甲文章，不能別於魚也。章句「衆魚張其鬐尾葺累其鱗則蛟龍隱其文章而避之」云云，非也。

故荼薺不同畝兮，

二百四十步爲畝。言枯草荼薺不同畝而俱生，以言忠佞亦不同朝而俱用也。

【疏證】

二百四十步爲畝。◎正德本、隆慶本、俞本、莊本、馮本、劉本、四庫章句本「畝」作「晦」。朱本「畝」作「畞」。案：晦，古畝字。詳參離騷「又樹蕙之百畝」注。

言枯草荼薺不同畝而俱生，以言忠佞亦不同朝而俱用也。◎正德本、隆慶本、馮本、劉本、俞本、朱本、四庫章句本、湖北本、莊本「薺」作「苦」，「俱用」下有「之」字。四庫章句本「俱用」作「俱同立」。案：據例，舊有「之」字爲允。補注引「薺」一作「苦」，一作「若」，曰：「荼音徒，爾雅：『荼，苦菜。』疏引易緯云：『苦菜生於寒秋，經冬歷春，得夏乃成。月令「孟夏苦菜秀」是也。葉似苦苣而細，花黃似菊，堪食，但苦耳。』又，爾雅云：『蒫，薺實。』疏引本草云：『薺，味甘，人取其菜，作葅及羹。詩云：「誰謂荼苦，其甘如薺。」又曰：「菫（堇）荼如飴。」』此言荼苦而薺甘，不同畝而生也。」又，郝氏義疏云：「説文：『荼，苦菜也。』經典單言『荼』者，如『采荼薪樗』、『菫荼如飴』及『誰謂荼苦』，皆謂苦菜也。單言『苦』者，如詩『采苦采苦』，内則『濡魚包苦實蓼』及公食大夫禮『鍘芼羊苦』，亦皆謂苦菜也。」程瑶田釋荼云：「苦菜有二種：一種爲苦蕒，一種北方人呼爲苣蕒菜也。苦蕒，余見八九月生者。先生數葉，肆出貼地中。後漸生嫩葉，多至二十以外。葉皆從根出，不生莖也。斷之有白汁，其味初舐之微甘，旋轉苦，苦甚，著舌良久不解。聞之野人云：苦蕒春生者，至四月中，心乃抽莖作花，月令：孟冬之月，『苦菜秀』是也。花黃，色如菊。其鄂作苞，花英之本藏苞中。一英下一子，一花百餘英則百餘子也。子末生白毛如絲，多以百計，長半寸許，在苞中各含其英本。花開一二日復合。既而色變，數日英乃虆斂而落矣。又數日，苞枯而開，子末之白毛乃見，數以萬計，整齊不亂，形圓如球，所謂荼也。苣蕒菜，余見七月生者。有幹，其葉節節臺生，數葉後又生歧莖於是。枝本並出，皆作花，如野人所云。苦蕒花者，余見其苞開白毛如毬，始悟其所以名荼之故。八九花猶盛開，其子有形而不實。野人云：此花四月間開乃有實。實因風落，戴毛而飛如柳絮，著上又生。余案呂氏春秋任地篇：『孟夏之昔，殺三葉而穫大麥。日至，苦菜死而資生，而種麻（麋）與菽。此告民地寶盡死。』然則夏日至爲苦菜之秋，故秀于孟夏，實于仲夏而死秋花者，蓋子落土復生，所以不實生也。苣蕒與苦蕒二荼一類，故亦以四月秀爲正時。本草：『桐君藥録曰：「苦菜三月生，扶疏。六月花從葉出，莖直花黃。八月實黑，實落根復生，冬不枯。」寇宗奭曰：「在北道者則冬方凋，生南方冬夏常青。葉如苦苣而狹，綠色差淡。折之白乳汁出，味苦。花如野菊，春夏秋皆旋開。」』二君之説形惟肖矣，然皆未審知其秀之正時也。余折其葉，斷其根，皆有白汁。其葉末略似劍形。近本處有歧出者，厚而勁，不似苦蕒薄而軟也。詩邶風谷風篇：『誰謂荼苦？其甘如薺。』爾雅：『荼，苦菜。』並指二菜也。」案：此物盛産浙、贛間，春二月始殖，四月采其葉可食，六、七月間開花，其于舊莖上生新葉，翠緑尤嫩，味甚美，惜今農家鮮有種殖者矣。又，洪氏引「薺一作苦」，當作「荼一作苦」。若，苦字之訛。又，章句「枯草荼薺」云云，非也。爾雅釋草：「蒫，薺實。」郝氏云：「說文：『蘬，薺實也。』無蒫字。蓋即以蘬爲蒫，所見本異也。本草陶注：『薺類甚多，此是人所食者，其葉作菹及羹，亦佳。』今按：薺抽莖開小白華，子細薄，黄黑色，味甘，即蒫也。其根名蘆。說文云：『蘆，一曰薺根。』」

蘭茝幽而獨芳。

以言賢人雖居深山，不失其忠正之行。

【疏證】

以言賢人雖居深山，不失其忠正之行。◎正德本、隆慶本、馮本、俞本、劉本、朱本、湖北本、莊本、四庫章句本「行」下有「也」字。案：荀子卷二〇宥坐篇第二八：「且夫芷蘭生於深林，非以無人而不芳。」韓詩外傳卷七：「夫蘭茝生於茂林之中，深山之間，不爲人莫見之故不芬。」淮南子卷一六說山訓：「蘭生幽谷，不爲莫服而不芳。」說苑卷一七雜言：「芝蘭生深林，非爲無人而不香。」舊有此説。又，七諫沈江「蘭芷幽而有芳」，全晉文卷七六摯虞思游賦「芳處幽而彌馨」，文選卷五五劉孝標廣絶交論「且心同琴瑟，言鬱鬱於蘭茝」。皆祖構於此。

惟佳人之永都兮，

佳人，謂懷、襄王也。邑有先君之廟曰都也。

【疏證】

佳人，謂懷、襄王也。◎朱子集注：「佳人，原自謂也。」蔣驥山帶閣注楚辭：「佳人，指彭咸。」案：王夫之楚辭通繹：「佳人，猶言君子。」其説是也。

邑有先君之廟曰都也。◎案：左傳莊公二十八年：「凡邑有宗廟先君之主曰都，無曰邑。邑曰築，都曰城。」即章句所因。史記卷一一七司馬相如列傳「相如之臨邛，從車騎，雍容閒雅甚都」，集解：「韋昭曰：『閒，讀曰閑。甚得都邑之容也。』郭璞曰：『都，猶姣也。詩曰「洵美且都」。』」又曰「姣冶嫺都」，索隱：「郭璞云：『姣，好也。都，雅也。』」古之稱儀容無鄉俗態，妝著典雅而有都市之風度者則謂之閒都，訓詁字作嫺都。都，謂典雅美麗。章句「念懷王長居郢都」云云，非也。

更統世而自貺。

更，代也。貺，與也。言己念懷王長居郢都，世統其位，父子相舉，今不任賢，亦將危殆也。

【疏證】

更，代也。◎景宋本「代」作「伐」。案：訛也。更，經歷也。漢書卷七八蕭望之傳「所用皆更治民以考功」，顏師古注：「更，猶經歷也。」更統世，同離騷「來吾道」句法，謂統觀歷世。

貺，與也。◎案：自貺，謂所貺也。自，所也。詳參惜往日「願陳情以白行兮」注。又，詩彤弓「中心貺之」，毛傳：「貺，賜也。」鄭箋：「貺者，欲加恩惠也。」又，「統世」云者，猶總覽世代也。文選卷三七曹植求自試表「今陛下以聖明統世，將欲卒文、武之功，繼成、康之隆」，李善注引臣瓚漢書注：「統，總覽也。」佳人永都，乃覽觀歷世而所賜與也。

言己念懷王長居郢都，世統其位，父子相舉，今不任賢，亦將危殆也。◎案：章句「相舉」云云，謂相與也。舉、與，古字通用。周禮卷一四地官司徒第二師氏「王舉則從」，鄭注：「故書舉爲與，杜子春云：『當爲與。』」史記卷九呂后本紀「蒼天舉直」，集解引徐廣曰：「舉一作與。」與，謂從也。禮記卷八檀弓上第三「與人之葬聖人也」，鄭注：「與，及也。」淮南子卷四墬形訓「與月盛衰」，高注：「與，猶隨也。」父子相與，猶父子相繼也。七諫怨思「梟鴞進而俱鳴兮」，章句：「言小人相舉而論議，賢智隱而深藏也。」此謂小人相與論議。四庫章句本作「相繼」，未曉「相舉」義妄改。

眇遠志之所及兮，

言己常眇然高志，執行忠直，冀上及先賢也。

【疏證】言己常眇然高志，執行忠直，冀上及先賢也。◎正德本、隆慶本、馮本、俞本、劉本、朱本、湖北本、莊本、四庫章句本「直」作「正」。案：忠直、忠正，章句皆有其例。眇遠，謂高遠。眇遠志，同下「介眇志之所惑兮」之「眇志」。所及，猶上「佳人永都」。

憐浮雲之相羊。

相羊，無所據依之貌也。言己放弃若浮雲之氣，東西無所據依也。

【疏證】相羊，無所據依之貌也。◎正德本、隆慶本、馮本、俞本、朱本、四庫章句本、湖北本、莊本「羊」作「徉」。案：文選卷三〇陶淵明詠貧士詩「孤雲獨無依」，李善注：「楚辭曰：『憐浮雲之相徉。』王逸注曰：『相徉，無依據之貌也。』」無「所」字，「據依」乙作「依據」。相羊與相徉、相徉並同。古本文質，宜作相羊，謂戲遊貌，與訓「無所據依」者相通。詳參離騷「聊逍遥以相羊」注。據依、依據，章句並有其例。

言己放弃若浮雲之氣，東西無所據依也。◎正德本、隆慶本、馮本、俞本、朱本、劉本、湖北本、莊本、四庫章句本「依」下無「也」字。案：喻林卷五九人事門見棄引「據依」下亦無「也」字。憐，愛也。方言卷一：「自關而西秦、晉之閒凡相敬愛謂之亟，陳、楚、江、淮之閒曰憐。」謂我憐愛若浮雲戲遊相羊，無所塞隔，庶幾眇志可及。章句「己放弃若浮雲之氣東西無所據依」云云，附會之說。

介眇志之所惑兮，

介，節也。言己能守耿介之眇節，以自惑誤，不用於世也。

【疏證】

介，節也。◎案：詳參上「暨志介而不忘」注。此「介眇志」，與上「志介」別義。介，孤獨貌。文選卷一五思玄賦「孑不羣而介立」，舊注：「介，特也。」方言卷六：「介，特也。物無耦曰特，獸無耦曰介。」

言己能守耿介之眇節，以自惑誤，不用於世也。◎案：所惑，義不可通，當從朱子集注引一本作感。章句「守耿介之眇節以自惑誤」云云，其所據本訛。文選卷一一何晏景福殿賦「感物衆而思深」，李善注：「感，猶思也。」謂獨遠志所感思也。

窃賦詩之所明。

賦，鋪也。詩，志也。言己守高眇之節不用於世，則鋪陳其志以自證明也。

【疏證】

賦，鋪也。◎文選卷一八琴賦「賦新詩」，李善注：「楚辭曰：『窃賦詩之所明。』王逸曰：『賦，鋪也。』」案：是漢人説所以稱賦之義。周禮卷二三春官宗伯第三大師「曰賦」，鄭注：「賦之言鋪，直鋪陳今之政教善惡，比見今之失，不敢斥言，取比類以言之。」釋名釋典藝：「敷布其義謂之賦。」賦、鋪、布、敷，皆聲之轉。又，文選卷四五皇甫謐三都賦序：「古人稱不歌而頌謂之賦。」對文賦所以别於歌與頌。

詩，志也。◎案：詩國風毛序：「詩者，志之所之也。在心爲志，發言爲詩。」蓋章句所因。孔疏：「詩者，人志意之所之適也。雖有所適，猶未發口，藴藏在心謂之爲志；發見於言，乃名爲詩。言作詩者，所以舒心志憤懣而卒成於歌詠，故虞書謂之『詩言志』也。包管萬慮，其名曰心；

感物而動，乃呼爲志；志之所適，外物感焉，言悦豫之志則和樂興而頌聲作，憂愁之志則哀傷起而怨刺生。」上博簡（二）民之父母引孔子答子夏云：「五至虖（乎），勿（志）之所至者，志（詩）亦至安（焉）；志（詩）之所至者，豊（禮）亦至安（焉）；豊（禮）之所至者，樂亦至安（焉）；樂之所至者，哀亦至安（焉），哀樂相生。君子以正，此之胃（謂）『五至』。」謂屈子獨遠志所感，賦詩明之，猶「五志」也。九歎遠逝：「舒情陳詩，冀以自免兮。」亦同此意。

言己守高眇之節不用於世，則鋪陳其志以自證明也。◎正德本、隆慶本、馮本、俞本、朱本、湖北本、劉本、莊本、四庫章句本「其志」下無「以」字。案：皆敚也。章句「以自證明」云云，東觀漢記卷一二馬光：「光死後，憲他奴郭扈自出證明光、憲無惡。」漢書卷八八儒林傳施讎：「同門梁丘賀疏通證明之。」顔師古注：「證明，明其僞也。」王逸離騷序：「復作九章，援天引聖以自證明。」證明，東漢恆語。

惟佳人之獨懷兮，

懷，思。

【疏證】

懷，思。◎正德本、隆慶本、馮本、俞本、朱本、湖北本、莊本、劉本、四庫章句本「思」作「念」，下有「也」字。案：懷之爲思者，言悲也，詳參離騷「爾何懷乎故宇」注，而無訓「念」例。佳人，義同上「惟佳人之永都兮」，謂君子、賢人。章句「己獨念懷王」云云，非也。

折若椒以自處。

處，居也。言己獨念懷王，雖見放逐，猶折香草以自修飭行善，終不怠也。

【疏證】

處，居也。◎案：處爲居者，安也，止也。郭店楚墓竹簡成之聞之：「君哀經而處立，一宮之人不勑（勝）。」處立，止立也。又曰：「朝廷之立（位），讓而處戔（賤）；所厇（宅）不遠悮（矣）。」處賤，謂安於賤。性自命出：「蜀（獨）處而樂，又（有）内豔者也。」又曰：「蜀（獨）處則習父兄之所樂。」獨處，謂獨居。語叢（三）：「牙（與）爲悉（義）者遊，益。牙（與）莊者處，益。牙（與）詐者處，員（損）。牙（與）不好教者遊，員（損）。處而亡㐌習也，員（損）。」又曰：「悉（義），處之也，豊（禮），行之也。」處，皆爲安也、止也。

言己獨念懷王，雖見放逐，猶折香草以自修飭行善，終不怠也。◎正德本、隆慶本、馮本、俞本、劉本、朱本、湖北本、莊本、四庫章句本「放逐」下無「猶」字，「飭」作「飾」。莊本「逐」作「遂」。案：章句雖、猶二字相對，若無「猶」字，傷於詞氣。遂，訛也。飭，俗飾字。補注引正文「若」一作

「芳」。據屈賦例，若，當作芳，九歌湘夫人「罔芳椒兮成堂」是也。楚辭無作「若椒」。

曾歔欷之嗟嗟兮，

歔欷，啼貌。

【疏證】

歔欷，啼貌。◎羅、黎二本玉篇殘卷欠部「歔」字：「楚辭『曾歔欷之嗟嗟』，王逸曰：『歔欷，啼貌也。』」案：有「也」字。慧琳音義卷一五、卷九五「歔欷」條同引王逸注楚辭：「歔欷，啼皃也。」卷二四「歔欷」條引王逸注楚辭「皃」作「貌」、卷八一「歔欷」條引王逸注楚辭：「歔欷，猶悲啼皃也。」卷九〇「歔欷」條引王逸注楚辭：「歔欷，啼泣皃。」則紛錯雜出。皃、貌古今字。文選卷二五盧子諒贈劉琨一首「覩絲而後歔欷哉」、卷三四枚乘七發「噓欷煩酲」，李善注並引王逸注：「歔欷，啼貌。」亦無「也」字。又，卷一三鸚鵡賦「棄妻爲之歔欷」，李善注並引王逸注：「歔欷，啼聲。」據別本也。歔欷，詳參離騷「曾歔欷余鬱邑兮」注。又，嗟嗟，歎息貌。詩臣工「嗟嗟臣工」，毛傳：「嗟嗟，勑之也。」孔疏：「嗟而又嗟，重歎以呼之。嗟嗟，歎息聲。」九忠悼亂「嗟嗟兮悲夫」。與此意同。

獨隱伏而思慮。

言己思念懷王，悲啼歔欷，雖獨隱伏，猶思道德，欲輔助之也。

【疏證】

言己思念懷王，悲啼歔欷，雖獨隱伏，猶思道德，欲輔助之也。◎正德本、隆慶本、馮本、俞本、劉本、朱本、湖北本、莊本、四庫章句本「之」下無「也」字。朱本、俞本、莊本「助」作「佐」。案：莊氏據俞本也。補注引正文「隱伏」一作「隱居」。隱伏、隱居同意，隱伏，楚辭恆語，哀時命「且隱伏而遠身」是也，無作「隱居」。章句「雖獨隱伏」云云，舊本作「隱伏」也。又，思慮，平列同義，謂憂戚。思，憂也；慮，亦憂也。漢書卷二九溝洫志「浩浩洋洋，慮殫爲河」，顔師古注：「慮猶恐也。」後漢書卷四二光武十王傳東海恭王彊：「復爲皇太后、陛下憂慮，誠悲誠慙。」三國志卷四二蜀書杜微傳：「德薄任重，慘慘憂慮。」卷五八吳書陸抗傳：「則南山羣夷皆當擾動，則所憂慮，難可而言也。」晉書卷六元帝紀：「朕今幽塞窮城，憂慮萬端，恐一旦崩潰。」

涕泣交而淒淒兮，

淒淒，流貌。

【疏證】淒淒，流貌。◎補注：「淒，寒凉也。音妻。」案：説文水部：「淒，雲雨起也。从水，妻聲。詩曰：『有渰淒淒。』」引申之凡言淒寒，制淒字以別之。左傳昭公四年「春無淒風，秋無苦雨」，杜注：「淒，寒也。」淒、淒通。詩四月「秋日淒淒」，毛傳：「淒淒，凉風也。」風雨「風雨淒淒」，孔疏：「言雨氣寒也。」文選卷一六潘岳寡婦賦「霤泠泠以夜下兮」，李善注引丁儀妻寡婦賦「霜淒淒而夜降」。淒淒，猶泠泠也。又，寒凉起則情思悲，復引申爲悲戚涕泣意，訓詁字別作悽。廣雅釋訓：「悽悽，悲也。」又，由感慕而生忠款意。爾雅釋詁：「哀哀悽悽，懷報德也。」悽悽，忠款貌。

思不眠以至曙。

曙，明也。

【疏證】曙，明也。◎正德本、隆慶本、馮本、劉本、俞本、朱本、湖北本、四庫章句本「明」下無「也」字。案：文選卷一六長門賦「澹偃蹇而待曙兮」，李善注：「楚辭曰：『思不眠而極曙。』王逸曰：『曙，明也。』」舊本有「也」字。朱季海楚辭解故謂「至曙」當作「極曙」。遠遊「魂煢煢而至曙」，至曙，屈賦恆語。

終長夜之曼曼兮，

曼曼，長貌。

【疏證】

曼曼，長貌。◎正德本、隆慶本、馮本、俞本、劉本、朱本、湖北本、莊本、四庫章句本「長貌」下有「也」字。案：慧琳音義卷五一「流漫」條引王逸注楚辭：「漫漫，長也。」敓「貌」字，亦有「也」字。曼、漫古今字。曼曼之爲長、爲遠，其義相通。詳參哀郢「曼余目以流觀兮」注。

掩此哀而不去。

心常悲慕，□□也。

【疏證】

心常悲慕，□□也。◎案：掩，讀如淹，謂久留意。章句「心常」云云，亦謂久淹。掩、淹，古通用字。詳參離騷「長太息以掩涕兮」注。又，章句「悲慕」云云，平列同義，慕亦悲也。後漢以來恆語。慕爲「悲痛」、「哀怨」者，相反爲訓，始見於漢。史記卷一〇八韓安國傳：「梁王恐，日夜涕泣以思慕，不知所爲。」漢書卷九元帝紀：「人懷思慕之心，家有不安之意。」思，愁也。思慕，平列同義，慕亦謂愁。卷八一匡衡傳：「陛下秉至孝，哀傷思慕，不絕於心。」卷七三韋玄成傳：「皇帝思慕悼懼，未敢盡從。」卷九八元后傳：「先帝棄天下，根不悲哀思慕。」思慕，皆言悲愁。全後漢文卷七五蔡邕東留太守胡碩碑：「痛心絕望，切怛永慕。」永慕，謂永傷。卷七六蔡邕太傅胡廣碑：「故吏濟陰池喜感公之義，率慕黄鳥之哀。」謂率傷黄鳥之哀。卷七九蔡邕濟北相崔君夫人誄：「情兮長慕，涕兮無晞。」長慕，謂永悲。卷九三繁欽與魏太子書：「暨其清激悲吟，雜㠯怨慕。」怨慕，謂哀怨。卷一〇〇無名氏平輿令薛君碑：「身歿言存，是謂不朽，于我吏民，悲慕罔已。」全三國文卷一九曹植卞太后誄：「百姓歔欷，嬰兒號慕。」三國志卷五魏書后妃傳注引魏書：「逸薨，加號慕，内外益奇之。」卷五七注引翻别傳：「棄骸絕域，不勝悲慕，逸豫大慶，悦以忘罷。」古文苑卷一九邯鄲淳度尚曹娥碑：「時娥年十四，號慕思盱，哀吟澤畔。」宋書卷一五禮志二：「思慕煩毒，欲詣陵瞻侍，以盡哀憤。」又：「痛慕摧感，永無逮及。」又：「今者謁陵，以叙哀慕。」晉書卷三一左貴嬪傳：「中外俱臨，同哀並慕。」卷三七安獻平王孚傳：「奄忽殂隕，哀慕感切。」全晉文卷一九王劭書（出淳化閣帖三）：「劭白，明便夏節，哀慕崩摧，肝心抽絕，煩冤彌深，不自忍任，痛當奈何！」卷二三王羲之雜帖：「永惟崩慕，痛徹五内。」卷二五王羲之雜帖「兄靈柩垂至，永惟崩慕，痛貫心膂，痛當奈何！」又：「得長風書，靈柩幽隔卅年，心想平昔，痛慕崩絶，豈可居處。」卷八三謝安與某書：「每念君，一旦知窮，煩冤號慕，觸事崩踊，尋繹荼毒，豈可爲心？」又：「號慕崩痛，煩冤深酷，不可居處。」卷一一二陶潛士孝傳贊高柴樂正子春孔奮黄香：「九歲失母，思慕骨立，事父竭力㠯致養。」庶人孝傳贊江革廉範汝郁殷陶：「父母終，思慕致委，推財與兄弟，隱於草澤，君子㠯爲難。」卷一四六無名氏簡文帝哀策文：「攀龍輴㠯號慕，撫素膺㠯泣血。」梁書卷四七孝行傳滕曇恭：「每至忌日，思慕不自堪，晝夜哀慟。」或「號慕」，或「思慕」，或「怨慕」，或「痛慕」，皆平列同義，慕，謂哀痛也。又，章句「心常悲慕」四字，不足以當「掩此哀而不去」義，蓋有闕文。「悲慕」下，宜補「不欲去也」四字，以足其七字句文。

㾏從容以周流兮，

覺立徙倚而行步也。

【疏證】

覺立徙倚而行步也。◎案：㾏，章句釋覺㾏。非也。㾏與下文「聊」，相對爲文，其義亦同。㾏，讀如假，古字通用。詩小弁「假寐永歎」，淮南子卷一六説山訓「念慮者不得卧」高誘注、後漢書卷六和帝紀「㾏寐永歎」李賢注引引詩「假」皆作「㾏」。假，專詞，但也，特也。莊子卷二德充符篇第五：「奚假魯國，丘將引天下而與從之？」奚假，言何但也。字亦作暇，韓詩外傳卷一〇：「吾則死矣，何暇老哉？」謂何直老哉。又，章句以「徙倚」釋「容與」，言徘徊意。遠遊「步徙倚而遥思兮」，章句：「彷徨東西，意愁憤也。」以彷徨釋徙倚。其義同此。哀時命「獨徙倚而彷徉」，章句：「徙倚，猶低回也。」周流，周行也。詳參離騷「周流乎天余乃下」注。

聊逍遥以自恃。

且徐遊戲，内自娱也。

【疏證】

且徐遊戲，内自娱也。◎案：章句以娱釋恃，讀如怡，同之部，定、喻四旁紐雙聲。爾雅釋詁：「怡，樂也。」

傷太息之愍憐兮，

憂悴重歎，心辛苦也。

【疏證】

憂悴重歎，心辛苦也。◎正德本、隆慶本、馮本、劉本、俞本、朱本、湖北本、四庫章句本「重歎」作「心重」，「心」作「歎」。案：章句無「心重」，而有「重歎」。九辯「長太息而增欷」，章句：「憂懷感結，重歎悲也。」又，補注引正文「愍憐」一作「愍歎」。聞一多楚辭校補：「作『愍憐』者是也。九辯曰『心閔憐之慘悽兮』，愍憐即閔憐。慧琳一切經音義八九引此作憫憐，憫、閔同。」其說是也。作「歎辛苦」者，後人據或本「愍歎」易之。

氣於邑而不可止。

氣逆憤懣，結不下也。

【疏證】

氣逆憤懣，結不下也。◎案：漢書卷八七上揚雄傳「雖增欷以於邑兮」，顏師古注：「於邑，短氣也。」又，章句以上去、步、娛、苦、下同協魚韻。

糺思心以爲纕兮，

糺，戾也。纕，佩帶也。

【疏證】

糺，戾也。◎補注：「糺，繩三合也。」案：糺，俗糾字。説文糸部作「糾」，引申凡言纏結、曲戾。後漢書卷五九張衡傳「螣蛇蜿而自糾」，李賢注：「糾，纏結也。」又，犬部：「戾，曲也。从犬出户下戾者，身曲戾也。」引申之言卷曲。文選卷九射雉賦「戾翳旋把」，徐爰注：「戾，轉也。」又，思心、愁苦，相對爲文，並謂憂愁。

纕，佩帶也。◎案：詳參離騷「既替余以蕙纕兮」注。

編愁苦以爲膺。

編，結也。膺，胷也。結胷者，言動以憂愁自係結也。一注云：膺，絡胷者也。

【疏證】

編，結也。◎羅本玉篇殘卷糸部「編」字：「野王案：蒼頡篇：『編，織也。』楚辭『糺思心以爲纕，編愁苦以爲膺』是也。」案：其所據本別。説文糸部：「編，次簡也。从糸、扁聲。」段注：「以絲次第竹簡而排列之曰編。」引申之言編聯、編織。慧琳音義卷一一「瓊編」條、卷一五「編絡」條引蒼頡篇：「編，織也。」又引劉兆注公羊云：「編，比連也。」引聲類：「以繩編次物也。」古訓無以結字釋編者，結，舊當作「織」。顧氏所見者，是存其舊。

膺，胷也。結胷者，言動以憂愁自係結也。一注云：膺，絡胷者也。◎正德本、隆慶本、馮本、俞本、劉本、朱本、湖北本、莊本、四庫章句本無「一注云膺絡胷者也」八字，景宋本「絡」誤作「絡」。同治本「胷」作「胸」。案：膺之爲胷，詳參惜誦「背膺牉以交痛兮」注。膺、纕相對爲文，膺，胷前衣飾也。釋名釋衣服：「膺，心衣，抱腹而施鉤肩，鉤肩之間施一襠以奄心也。」王先謙云：「奄、掩同。案：此製，蓋即今俗之兜肚。」謂編織愁苦以爲膺心之衣。又，「一注云膺絡胸者也」八字，其義雖是，後所增補，非章句所存舊說。

折若木以蔽光兮，

光，謂日光。

【疏證】

光，謂日光。◎案：離騷「折若木以拂日兮」，章句：「拂，擊也。一云：蔽也。」此「蔽光」同離騷「拂日」，以言稽留時日也。

隨飄風之所仍。

仍，因也。言己願折若木以蔽日，使之稽留，因隨羣小而遊戲也。

【疏證】

仍，因也。◎案：因爾雅釋詁。因，就也，從也。詩常武「仍執醜虜」，毛傳：「仍，就。」言己願折若木以蔽日，使之稽留，因隨羣小而遊戲也。◎案：折若木以蔽光，謂稽留時日也。隨飄風所因，謂御風浮遊四方也。章句「因隨羣小」云云，以「飄風」爲羣小，猶離騷「飄風屯其相離兮」，皆非屈子本旨。

存髣髴而不見兮，

髣髴，謂形貌也。一云：不得見。

【疏證】

髣髴，謂形貌也。一云：不得見。◎正德本、隆慶本、馮本、俞本、劉本、朱本、湖北本、莊本、四庫章句本無「一云不得見」五字。案：存，與下「心踊躍其若湯」之心，相對爲文，謂察省也。爾雅釋詁：「存，察也。」周禮卷二〇春官宗伯第三司尊彝「大喪存奠彝」，鄭注：「存，省也。」章句

「存其形貌察其情志」云云，亦訓存爲察。髣髴，或作仿佛、彷彿，謂若是若非、若存若亡之貌。慧琳音義卷二五「髣髴」條：「謂相似也，見不審諦也。古文作眆髴，説文仿佛，並同用也。」卷七七「髣髴」條：「漢書云：『髣髴相似。』聲類：『見不審諦也。』」卷七八「髣髴」條：「韻英云：『亂也。』韻詮云：『時欲至之詞也。』」卷八二「髣髴」條：「漢書云：『髣髴相似，聞見不諦也。』」卷八四「髣髴」條：「考聲云：『髣髴，不分明貌也。』」文選卷二西京賦「曾髣髴其若夢」，李善注引説文：「彷彿，相似，視不諟也。」據此，章句「髣髴謂形貌也」云云，蓋傳鈔有誤。舊作「髣髴謂形似貌也」。此言審察形貌則不得見。

心踊躍其若湯。

言己設欲隨從羣小，存其形貌，察其情志，不可得知，故中心沸熱若湯也。

【疏證】

言己設欲隨從羣小，存其形貌，察其情志，不可得知，故中心沸熱若湯也。◎景宋本「羣」作「群」。正德本、隆慶本、馮本、俞本、劉本、朱本、湖北本、莊本、四庫章句本「言己」下無「設」字。案：群與羣同。補注引正文「踊躍」一作「沸熱」。章句「沸熱若湯」云云，舊本作「沸熱」。七諫自悲「心沸熱其若湯」，因襲此語，東方氏所據本作「沸熱」。

撫珮衽以案志兮，

整飭衣裳，自寬慰也。

【疏證】

整飭衣裳，自寬慰也。◎補注：「衽，衣裣也。音稔。案，抑也，與按同。」案：衽，謂掩裳際也。詳參離騷「跪敷衽以陳辭兮」注。撫，謂揗摩。詳參九歌東皇太一「撫長劍兮玉珥」注。珮，謂玉珮也。撫珮衽，言撫揗衣帶前玉珮也。案志，同離騷「屈心而抑志兮」之「抑志」，案、抑，聲之轉，言抑下也。

超惘惘而遂行。

失志偟遽，而直逝也。

【疏證】

失志偟遽，而直逝也。◎案：章句以「超惘惘」釋爲「失志偟遽」之意。超，讀作怊，字或作惆，謂悵恨也。超、怊同召聲，例得通用。哀郢「怊荒忽其焉極」，而七諫自悲因襲其文，作「超慌忽其焉如」。怊惘惘，蓋同哀時命「悵惝罔」。

歲曶曶其若頹兮，

年歲轉去，而流没也。

【疏證】

年歲轉去，而流没也。◎補注：「頹，徒回切，下墜也。」案：黎本玉篇殘卷阜部「隤」字：「隤，徒雷反。野王案：説文：『墜下也。』楚辭『歲忽忽其隤盡』是也。」又，説文禿部：「穨，禿皃。从禿、貴聲。」頹、穨同。當非其義。據此，舊本「頹」作「隤」。

旹亦冉冉而將至。

春秋更到，與老會也。

【疏證】

春秋更到，與老會也。◎案：章句「春秋更到」云云，謂春秋代謝也。時，四時也。朱子集注：「時，謂衰老之期也。」非也。將至，謂老之將至。論語卷七述而：「發憤忘食，樂以忘憂，不知老之將至云爾。」又，章句以上慰、逝、没、會協韻，慰、没，物韻；逝、會，月韻。物、月合韻。

薠蘅槁而節離兮，

喻己年衰，齒隨落也。

【疏證】

喻己年衰，齒隨落也。◎案：章句「齒隨落」云云，隨，讀如墮。戰國策卷二四魏策三「隨安陵氏而欲亡之」，漢帛書「隨」作「墮」。墮，落也。落字出韻，當乙作「落隨」。

芳以歇而不比。

志意已盡，知慮闕也。

【疏證】

志意已盡，知慮闕也。◎正德本、隆慶本、馮本、俞本、劉本、朱本、湖北本、莊本「已」作「以」。案：已、以，古字通用。羅本玉篇殘卷欠部「歇」字：「歇，臭味消散也，楚辭『芳以歇而不比』是也。」歇，謂臭味消散，顧氏所見楚辭舊説。左傳昭公三年「燕大夫比以殺公之外嬖」，杜注：「比，相親比。」不比，謂不相近、不服用。荀子卷一勸學篇第一：「蘭槐之根是爲芷，其漸之滫，君子不近，庶人不服。」其是之謂也。

憐思心之不可懲兮，

履信被害，志不忞也。

【疏證】履信被害，志不忞也。◎正德本、隆慶本、俞本、劉本、朱本、四庫章句本「忞」作「忘」。案：若作「志不忘」，出韻。又，憐，愛也。思心，與下「此言」相對。思，讀如斯。上博簡（四）曹沫之陳：「（重）賞泊（薄）埜（刑），思（斯）忘亓（其）死而見亓（其）生，思（斯）良車良士往取之餌（耳）。思（斯）亓（其）志起，𢦔（勇）者思（斯）喜，孳（慈）者思（斯）悔，肰（然）句（後）改始。」孝經卷五聖治章：「言思可道，行思可樂。」劉炫本「思」作「斯」。斯心，謂此志。言我愛憐此志不可改也。

證此言之不可聊。

明己之謀，不空設也。

【疏證】明己之謀，不空設也。◎正德本、隆慶本、馮本、俞本、劉本、朱本、湖北本、四庫章句本、莊本「謀」作「詞」。案：言，古有謀議義。舊本作「謀」。章句以「明」釋「證」者，説文言部：「證，告也。」無明、白之義。證，通作徵。逸周書卷七官人解第五八「務其小證」，大戴禮記卷一〇文王官人第七二「證」作「徵」。禮記卷五三中庸第三一「雖善無徵」，鄭注：「徵，或爲證。」徵，明也。古多以證字爲之。又，章句以「不空設」釋「不可聊」者，聊，苟且也。方言卷一二：「俚，聊也。」郭璞注：「俚、聊，謂苟且也。」

寧逝死而流亡兮，

意欲終命，心乃快也。

【疏證】

意欲終命，心乃快也。◎補注引「逝」一作「溘」。案：離騷：「寧溘死以流亡兮，余不忍爲此態也。」惜往日：「寧溘死而流亡兮，恐禍殃之有再。」舊本作「溘死」。或作「逝死」者，因其同義易之。章句以上隨、闕、忞、設、快協韻，隨，歌韻，月之入也；闕、忞、設，月韻；快，物韻。月、物合韻。

不忍爲此之常愁。

心情悁悁，常如愁也。

【疏證】心情悁悁，常如愁也。◎案：章句未及「不忍」之意，則「心情悁悁，常如愁也」，未足當「不忍爲此之常愁」句義。心情，蓋本作「不忍」也。舊作「不忍悁悁」，後「不忍」下羨「心情」二字，删「不忍」以趁七字句韻語。詩澤陂「中心悁悁」，毛傳：「悁悁，猶悒悒也。」

孤子唫而抆淚兮，

自哀煢獨，心悲愁也。

【疏證】自哀煢獨，心悲愁也。◎正德本、隆慶本、馮本、俞本、劉本、朱本、四庫章句本、湖北本、莊本「煢」作「惸」。案：煢，俗惸字。補注：「唫，古吟字，歎也。抆音吻，拭也。」説文口部：「唫，口急也。从口、金聲。」又曰：「吟，呻也。从口、今聲。」段注：「呻者，吟之舒；吟者，呻之急。渾言則不别也。」唫、吟非古今字。唫，吟之借字。上博簡（一）性情論：「諗，遊（猶）哀也。」諗，亦古吟字。又，文選卷一七王襃洞簫賦「擎涕抆淚」，李善注：「抆，亦拭也。」慧琳音義卷四「抆摩」條：

「廣雅：『扻，拭也。』楚辭曰『孤子吟而扻淚』是也。古今正字：『扻字从手，欠聲也。或作揞，見考聲。』」又，章句「心悲愁」云云，與上「常如愁」，韻字重複。悲愁，當作「悲憂」。北大簡（四）反淫：「孤子之鈎爲隱，寡女珥爲穀。」孤子、寡女聲悲，故漢世以爲哀音。愁、憂同協幽韻。

放子出而不還。

遠離父母，無依歸也。屈原傷己無安樂之志，而有孤放之悲也。

【疏證】

遠離父母，無依歸也。屈原傷己無安樂之志，而有孤放之悲也。◎正德本、隆慶本、馮本、劉本、俞本、朱本、湖北本、莊本、四庫章句本「悲」作「辠」。景宋本無「屈原傷己無安樂之志而有孤放之悲也」十六字。案：「屈原傷己」十七字，後所竄亂。文選卷一八馬融長笛賦：「於是放臣逐子，棄妻離友，彭胥、伯奇，哀姜、孝己。」李善注引琴操：「尹吉甫，周上卿人也，有子伯奇。伯奇母死，更娶後妻，生伯邦。乃譖伯奇於吉甫曰：『見妾有美色，然有邪心。』吉甫曰：『伯奇爲人慈仁，豈有此也？』妻曰：『試置空房中，君登樓而察之。』後妻知伯奇仁孝，乃取毒蜂綴衣領，伯奇前持之。於是吉甫大怒，放伯奇於野。宣王出遊，吉甫從。伯奇乃作歌，感之於宣王。宣王曰：『此放子辭。』吉甫乃求伯奇，射殺後妻。」後世多以放子、逐臣連類爲文。全後漢文卷四三傅毅七激（出文選卷二八陸機君子行李善注）：「闇君逐臣，頑父放子。」全梁文卷五一王僧孺慧印三昧及濟方等學二經序讚：「幸非放子逐臣，乃類尋仙招隱。」

孰能思而不隱兮，

誰有悲哀而不憂也。隱，憂也。詩曰：「如有隱憂。」

【疏證】

誰有悲哀而不憂也。◎案：章句以「有悲哀」釋「能思」，能，乃也。訓見王引之經傳釋詞卷六「能」條。乃，且也，又也。有，亦又也。思，悲哀也。

隱，憂也。詩曰：「如有隱憂。」◎正德本、隆慶本、朱本、劉本、湖北本、莊本、四庫章句本、馮本、俞本「詩曰」作「詩云」，「隱憂」下有「也」字。案：章句引詩見邶風柏舟，毛傳：「隱，痛也。」又，章句「不憂」云云，憂字出韻。舊本作「誰有悲憂而不哀」，憂、哀倒乙。歸、哀同協微韻。

照彭咸之所聞。

覩見先賢之法則也。

【疏證】

覩見先賢之法則也。◎補注引「照」一作「昭」；朱子集注本作「昭」，引一作「照」。正德本、隆慶本、朱本、俞本、馮本、劉本、四庫章句本、莊本「照」作「昭」。劉夢鵬屈子章句謂作照者非。案：照，知也，見也。呂氏春秋卷二四不苟論第四自知篇「知於顔色」，高注：「知，猶見也。」舊本作「照」。章句「覩見」云云，其本亦作「照」。

登石巒以遠望兮，

昇彼高山，瞰楚國也。

【疏證】

昇彼高山，瞰楚國也。◎補注：「山少而鋭曰巒。」案：七諫自悲「登巒山而遠望兮」，章句：「巒，小山也。」説文山部：「巒，山小而鋭。」爾雅釋山「巒山墮」，釋文引埤蒼：「巒，山小而鋭。」漢書卷八七上揚雄傳「鞔丘跳巒」，顔師古注：「山小而鋭曰巒。」洪氏「少」當作「小」。又，黎本玉篇殘卷阜部「隋」字注引郭璞注爾雅：「山形長狹者，荆州謂之巒。」今本爾雅「墮」當作隋，讀如橢，謂狹而長。山之長狹者亦小山，其義通也。章句「高山」云云，同離騷之椒丘，因「鋭上」爲言之。

黎本玉篇殘卷阜部「隋」字注引説文：「巒，山小而高也。」易「鋭」爲「高」，是其證。

路眇眇之默默。

郢道遼遠，居僻陋也。

【疏證】郢道遼遠，居僻陋也。◎補注：「眇眇，遠也。默默，寂無人聲也。」案：懷沙「孔静幽默」，章句：「默默，無聲也。」因懷沙省。

入景響之無應兮，

竄在山野，無人域也。

【疏證】竄在山野，無人域也。◎正德本、隆慶本、馮本、俞本、劉本、朱本、湖北本、四庫章句本、莊本「人」作「民」。案：景，古影字。景之從形，響之應聲，有形則景生，有聲則響應，此一定之理也。莊子卷三在宥篇第一一：「大人之教，若形之於影，聲之於響。」卷八天下篇第三三：「在己無居，形物自著，其動若水，其静如鏡，其應若響。」淮南子卷一原道訓：「是故響不肆應，而景不一設，叫呼仿佛，默然自得。」又曰：「迫則能應，感則能動，沕穆無窮，變無形像，優游委縱，如響之與景。」卷九主術訓：「塊然保真，抱德推誠，天下從之，如響之應聲，景之像形，其所脩者本也。」卷一五兵略訓：「夫景不爲曲物直，響不爲清音濁。」列子卷一天瑞篇：「形動不生形而生影，聲動不生聲而生響。」卷八説符篇：「言美則響美，言惡則響惡；身長則影長，身短則影短。名也者，響也；身也者，影也。」荀子卷一一彊國篇第一六：「且上者，下之師也。夫下之和上，譬之猶響之應聲，影之像形也。」新書卷九大政上：「士民學之其如響，曲折而君從其如景矣。」呂氏春秋卷二仲春紀第五功名篇：「由其道，功名之不可得逃，猶表之與影，若呼之與響。」説苑卷一君道：「故天之應人，如影之隨形，響之效聲者也。」若聲不生響、形不生影，以爲在極之正中。淮南子卷四墬形訓：「日中無景，呼而無響，蓋天地之中也。」屈子「入景響而無應」之居，非謂在天地之中，極言其心境之孤獨。

聞省想而不可得。

目視耳聽，歎寂默也。

【疏證】目視耳聽，歎寂默也。◎正德本、隆慶本、朱本、劉本、湖北本、俞本、馮本、莊本、四庫章句本「歎」作「嘆」。案：歎與嘆同。聲謂之聞，形謂之省，像謂之想，儒家所謂五行五事。春秋繁露卷一四五行五事篇第六四：「五事：一曰貌，二曰言，三曰視，四曰聽，五曰思，何謂也？夫五事者，人之所受命於天也，而王者所脩而治民也，故王者爲民，治則不可以不明，準繩不可以不正。王者貌曰恭，恭者，敬也；言曰從，從者，可從；視曰明，明者，知賢不肖者，分明黑白也；聽曰聰，聰者，能聞事而審其意也；思曰容，容者，言無不容。」屈子「聞省想而不可得」云云，極言其境孤寂。章句以上憂、則、國、陋、域、默協韻，憂，幽韻，屋之平；陋，屋韻；則、國、域，職韻。職、屋合韻。

愁鬱鬱之無快兮，

中心煩冤，常懷忿也。

【疏證】中心煩冤，常懷忿也。◎補注引「快」一作「決」。案：快，決之訛。章句「常懷忿」云云，謂不可解釋也，舊本作「決」，後誤作「快」。文選卷七甘泉賦「天閫決兮地垠開」，李善注：「決，亦開也。」七諫自悲「隱三年而無決兮」，與此同意，亦作「決」字。

居戚戚而不可解。

思念憔悴，相連接也。

【疏證】

思念憔悴，相連接也。◎劉師培楚辭考異謂古詩十九首注引「居」誤作「君」。案：今覆韓國秀州本、景宋本、尤袤本、袁袟本亦皆作居字，則未訛也。又，章句「思念憔悴」云云，居訓思念。聞一多楚辭校補因此謂居爲思之訛。居、思二字，音形並殊，無因致訛。徐復後讀書雜記謂居即平居，「猶言平日」。「居戚戚」與上「愁鬱鬱」相對爲文，居，猶愁也。何劍薰楚辭拾瀋讀居爲慮。居，見紐；慮，來紐。二字非雙聲，不得通用。段氏說文「居」字注云：「說文有『尻』有『居』，『尻，處也。从尸得几而止。凡今人『居處』字，古祇作『尻處』。居，蹲也。凡今人『蹲踞』字，古祇作『居』。」居，當作尻，楚簡作「処」。郭店楚墓竹簡「處」皆作「処」。成之聞之：「君衰絰而処立，一宮之人不勳（勝）。」又：「朝廷之立（位），讓而処戔（賤）。」性自命出：「蜀（獨）処而樂，又（有）内[illegible]者也。」又：「蜀（獨）処則習父兄之所樂。」語叢（三）：「牙（與）爲悉（義）者遊，益。牙（與）莊者処，益。」清華簡（七）子犯子餘「尻（處）焉三歲」。儀禮卷四〇既夕禮第一三「士處適寢」，鄭注：「今文處作居。」禮記卷七檀弓上第三「不晝夜居於内」，孔子家語卷一〇曲禮子貢問第四二居作處。「処戚戚」之処，讀如詩雨無正「鼠思泣血」之鼠，鄭箋：「鼠，憂也。」或作癙字，正月「癙憂以癢」，毛傳：「癙、癢，皆病也。」釋文：「癙音鼠。」爾雅釋詁：「癙，病也。」孫炎注：「癙，畏之病也。」処、鼠、癙三字音同通用。呂氏春秋卷八仲秋紀第五愛士篇「陽城胥渠處」，高注：「處，猶病也。」處亦癙也。戚戚，憂貌。論語卷七述而「小人長戚戚」，集解：「長戚戚，多憂懼。」又，章句「相連接」云云，接字出韻。連接，「接連」之乙。章句以上忿、連協韻，連，元韻；忿，文韻；文、元合韻。

心鞿羈而不形兮，

　肝膽係結，難解釋也。

【疏證】

　肝膽係結，難解釋也。◎補注引正文「形」一作「開」，云：「不形，謂中心係結，不見於外也。」案：形者，分也。周禮卷一五地官司徒第二遂人「以土地之圖經田野造縣鄙形體之灋」，鄭注：「經、形、體，皆謂制分界也。」賈疏：「形體二者，同實而異名，明俱爲分界處所也。」鄭以事說之，形猶分。賈以名說之，形猶所分之所。皆通也。莊子卷二德充符篇第五：「『何謂德不形？』

曰：『平者，水停之盛也。其可以爲法也，内保之而外不蕩也。德者，成和之修也。德不形者，物不能離也。』」不形、不離，相對爲文，形，謂離分。或本易形作開者，蓋未審其義妄改之。朱季海楚辭解故謂「形即开之壞字」。开，俗開字，其出至晚，未可據俗形以改正字。正德本、隆慶本、俞本、馮本、劉本、朱本、四庫章句本、莊本「形」並訛作「開」。又，章句「難解釋」云云，釋字出韻，當乙作「難釋解」。

氣繚轉而自締。

思念緊卷而成結也。

【疏證】

思念緊卷而成結也。◎正德本、隆慶本、馮本、俞本、四庫章句本、劉本、朱本、湖北本、莊本「緊卷」作「繾綣」。補注引「緊卷」一作「繾綣」，云：「締，文爾切，又音啼，結不解也。」案：緊卷、繾綣同義。九思疾世「心緊絭兮傷懷」，章句：「緊絭，糾繚也。」舊本作「緊卷」。卷、絭同。又，羅本玉篇殘卷糸部「締」字：「楚辭『氣繚轉而自締』，王逸曰：『締，結也。』」慧琳音義卷八〇「締構」條引王逸注楚辭：「締，猶結也。」卷八三、卷八五、卷九三「締構」條、卷八八「希締」條同引王逸注楚辭：「締，結也。」章句遺義。洪氏：「締，結不解也」，以疏章句，其所據本有「締結」之注。又，洪氏締音「文爾」，當「丁爾」之訛。繚轉，卷曲貌。詳參思美人「佩繽紛以繚轉兮」注。章句以上解、結協韻；解，支韻；結，質韻，脂之入；支、脂合韻。

穆眇眇之無垠兮，

天與地合，無垠形也。

【疏證】

天與地合，無垠形也。◎補注：「賈誼賦云：『沕穆無閒。』沕穆，深微貌。」案：洪引賈誼賦，見鵩鳥賦，史記卷八四賈生列傳「無間」作「無窮」，索隱：「沕穆，深微貌。以言其理深微，不可盡言也。」穆字古無深微義。穆之言邈也，穆、邈，聲之轉。方言卷六：「伆、邈，離也，楚謂之越，或謂之遠；吳、越曰伆。」眇眇，或作渺渺。管子卷一六内業篇第四九「渺渺乎如窮無極」，尹注：「渺渺，微遠貌。」邈眇眇，言遠貌也。又，賈生傳「坱軋無垠」，集解引應劭：「其氣坱軋，非有限齊也。」索隱：「無垠，謂無有際畔也。說文云：『垠，圻也。』」

莽芒芒之無儀。

草木彌望，容貌盛也。

【疏證】

草木彌望，容貌盛也。◎文選卷二九古詩十九首「四顧何茫茫」，李善注引王逸注：「茫茫，草木彌遠，容貌盛也。」案：彌遠，當「彌望」之訛。彌望，章句習見。哀郢「淼南渡之焉如」，章句：「淼淏彌望，無際極也。」補注：「芒芒，廣大貌。詩曰：『宅殷土芒芒。』」芒與茫同。鹽鐵論卷九西域篇第四六「茫茫乎若行九皋未知所止，皓皓乎若無網羅而漁江海」是也。又，儀，謂像也。詳參抽思「指彭咸以爲儀」注。無儀，形像不可分辨，故章句以「容貌盛」解之。洪氏引爾雅訓匹。非也。章句以上形、盛同協青韻。

聲有隱而相感兮，

鶴鳴九皋，聞於天也。

【疏證】

鶴鳴九皋，聞於天也。◎案：章句因詩鶴鳴「鶴鳴于九皋聲聞于天」，毛傳：「言身隱而名著也。」荀子卷四儒效篇第八：「君子隱而顯，微而明，辭讓而勝，詩曰：『鶴鳴于九皋，聲聞于天。』

此之謂也。」論衡卷八藝增篇第二七：「詩云：『鶴鳴九皋，聲聞于天。』言鶴鳴九折之澤，聲猶聞於天，以喻君子脩德窮僻，名猶達朝廷也。」又，呂氏春秋卷九季秋紀第五精通篇：「故父母之於子也，子之於父母也，一體而兩分，同氣而異息。若草莽之有華實也，若樹木之有根心也。雖異處而相通，隱志相及，痛疾相救，憂思相感，生則相歡，死則相哀，此之謂骨肉之親。神出於忠而應乎心，兩精相得，豈待言哉？」謂「聲隱相感」，蓋此意也。

物有純而不可爲。

松柏冬生，稟氣純也。

【疏證】

松柏冬生，稟氣純也。◎同治本「稟」作「禀」。案：禀、稟同。莊子卷四刻意篇第一五：「純也者，謂其不虧其神也。」正文「爲」，讀作「僞」。詩采苓「人之爲言」，釋文：「爲，本或作僞字。」白孔六帖卷九二引「爲」作「僞」。禮記卷一五月令第六「毋或作爲淫巧」，鄭注：「今月令『作爲』爲『詐僞』。」此謂物至純而不可僞也。章句「松柏冬生」云云，因論語卷九子罕「歲寒然後知松柏之後彫也」。又，莊子卷二德充符篇第五：「受命於地，唯松柏獨也在，冬夏青青。」卷八讓王篇第二八：「天寒既至，霜雪既降，吾是以知松柏之茂也。」荀子卷一九大略篇第二七：「歲不寒無以知松柏，事不難無以知君子，無日不在是。」皆謂松柏稟氣純正，於霜雪中見其天性也，是以松柏象君子之德。章句以上天、純協韻，天，真韻；純，文韻。真、文合韻。

藐蔓蔓之不可量兮，

八極道理，難筭計也。

【疏證】

八極道理，難筭計也。◎惜陰本、同治本「筭」作「算」。補注引「藐蔓蔓」一作「邈漫漫」。案：筭，俗算字。藐與邈同。漢書卷七三韋賢傳「既藐下臣」，應劭曰：「藐，遠也。」顏師古注：「藐與邈同。」後人涉「蔓」字从艸易作藐也。邈，遠也。蔓蔓、漫漫，皆曼曼分別文，言長遠貌。邈曼曼，三字狀語，章句釋「八極」，得之旨。量，謂計度。

縹綿綿之不可紆。

細微之思，難斷絕也。

【疏證】

細微之思，難斷絶也。◎惜陰本、同治本「綿綿」作「緜緜」。案：綿、緜同。文選卷二六陶淵明始作鎮軍參軍經曲阿作「緜緜歸思紆」，李善注：「楚辭曰：『縹緜緜之不可紆。』王逸曰：『緜緜，細微之思，難斷絶也。』」卷二一何敬祖游仙詩「眩然心緜邈」，卷二七樂府上飲馬長城窟行「緜緜思遠道」，李善注並引王逸注：「緜緜，細微之思也。」以「緜緜」釋細微不絶。説文系部：「縹，帛白青色也。从糸、票聲。」則稱絲帛名，借字也。文選卷一五張衡思玄賦「緜日月而不衰」，舊注：「緜，連也。」重言之曰綿綿，謂相聯不絶也。詩緜「緜緜瓜瓞」，毛傳：「緜緜，不絶貌。」葛藟「緜緜葛藟」，毛傳：「緜緜，長不絶之貌。」又，章句以「斷絶」釋「紆」字義。紆，曲也，訓見惜誦「心鬱結而紆軫」注。古無斷絶義。紆，讀如刳。周禮卷三三夏官司馬第四職方氏「其澤藪曰楊紆」，爾雅釋地邢昺疏謂「楊紆」即「楊陓」。刳、陓同夸聲，例得通用。説文刀部：「刳，判也。」引申之言斷、絶也。

愁悄悄之常悲兮，

憂心慘慘，常涕泣也。

【疏證】

憂心慘慘，常涕泣也。◎正德本、隆慶本、馮本、俞本、劉本、朱本、四庫章句本、湖北本、莊本「心」作「思」，「常」作「恆」。案：憂心，當作「憂思」，謂憂愁也。章句習語。詩柏舟「憂心悄悄」，毛傳：「悄悄，憂貌。」又，抑「我心慘慘」，毛傳：「慘慘，憂不樂也。」章句以「慘慘」釋「悄悄」者，蓋因毛詩。又，章句「常涕泣」云云，泣字出韻，當「泣涕」之乙。

翩冥冥之不可娛。

身處幽冥，心不樂也。

【疏證】

身處幽冥，心不樂也。◎補注：「翩，疾飛也。楊子曰：『鴻飛冥冥。』此言己欲疾飛而去，無可以解憂者也。」案：冥冥，猶蒼冥，謂天也。宋衷注揚雄法言卷五問明篇云：「鴻高飛冥冥，雖有弋人執矰繳，何所施巧而取焉。」（今本無此文）淮南子卷二俶真訓：「能游冥冥者與日月同光。」又，章句「心不樂」云云，樂字出韻，舊作「心不説」。説，樂也。後以同義易之。對文內曰説，外曰樂，説深而樂淺。周拱辰草木史曰：「愁緒微杳，故曰眇眇。愁緒吐不出，故曰嘿嘿。愁緒佶曲不申，故曰鬱鬱。愁緒危苦，故曰戚戚。愁緒桎鎖不開，故曰鞿羈。愁緒如軸轤，故曰繚轉。愁緒難貌，故曰芒芒。愁緒長，故曰曼曼。愁緒不可斷，故曰綿綿。愁緒削厲自凛，故曰悄悄。愁緒幽僻而難白，故曰冥冥。呼之不應，省之不得，聲者此聲，物者此物，不能不愁，而又不忍常愁之意，凄然言外。」其解此段，以「愁緒」爲鑰，則妙達屈子心事矣。

凌大波而流風兮，

意欲隨水而自退也。

【疏證】

意欲隨水而自退也。◎案：淩，乘也。淩波、流風，對舉爲文，流，順也，從也。揚雄太元經卷九玄掜篇「知陽者流」，司馬光注：「流，順也。」淩大波，啓下文託居彭咸。御流風，開下篇飛陞天庭，謂御風也。

託彭咸之所居。

從古賢俊，自沈没也。

【疏證】

從古賢俊，自沈没也。◎正德本、隆慶本、劉本、馮本「沈」作「沉」。案：沈、沉同。託彭咸所居，謂效法彭咸投水死。據心理家言，自殺者多不忍孤獨。夫屈子身處景響無應、聞省不得之所，其孤獨之至，信非常人所可思及。且鬱鬱無决，戚戚常愁，生猶如死，則不如一死了之。下承此寫乘波而上遊之塗，同離騷上征求帝，通冥界之路。章句以上計、絶、涕、没協韻，計、涕，脂韻；没，物韻，微之入；絶，月韻，歌之入。脂、微、歌合韻。

上高巖之峭岸兮，

升彼山石之峻峭也。

【疏證】

升彼山石之峻峭也。◎案：説文山部：「巖，岸也。从山，嚴聲。」引申之凡言山崖。書説命序「得諸傅巖」，孔疏：「巖是山崖之名。」慧琳音義卷四六「深峭」條、卷四九「峻峭」條同引通俗文：「峻阪曰峭，山陵險峻亦謂之峭。」彭咸之居，在水府，而上高巖以求之，則亦在天上。論衡卷二二紀妖篇第六四：「上天，猶上山也。」登天之路，則上高巖之峭岸。詳參離騷「溘埃風余上征」注。

處雌蜺之標顛。

託乘風氣，遊天際也。

【疏證】託乘風氣，遊天際也。◎案：古者以霓爲雲氣所化。説文雨部：「霓，屈虹，青赤或白色，陰氣也。从雨、兒聲。」漢書卷二七五行志下：「雲蜺，日旁氣也。」離騷「帥雲霓而來御」，章句：「雲霓，惡氣。」章句以「託乘風氣」釋「處雌蜺」者，以蜺爲雲氣也。又，説文木部：「標，木杪也。从木、票聲。」引申之言顛末。標顛，平列同義，謂高也。又，章句「遊天際」云云，際字出韻。天際，當作天穋，字之訛，謂天庭。山海經卷一六大荒西經：「西南海之外，赤水之南，流沙之西，有人珥兩青蛇，乘兩龍，名曰夏后開。開上三嬪于天，得九辯與九歌以下。此天穋之野，高二千仞，開焉得始歌九招。」

據青冥而攄虹兮，

上至玄冥，舒光耀也。

【疏證】

上至玄冥，舒光耀也。◎新刊校定集注杜詩卷一奉贈韋左丞丈二十二韻「青冥却垂翅」，趙引王逸注：「青冥，雲也。」案：未知其所據本。章句以「上」釋「據」，是也。後漢書卷四〇班固傳「據龍首」，李賢注：「在傍曰挾，在上曰據也。」又青冥，謂蒼天。九思悼亂「曾逝兮青冥」，章句：「青冥，太清。」太清，天庭。九歎遠遊「載赤霄而淩太清」，章句：「載赤霄，上淩太清，遊天庭也。」文選卷五吳都賦「迴曜靈於太清」，劉逵注：「太清，謂天也。」青冥，亦謂天。三國志卷二魏書文帝紀注引曹植文帝誄：「潛心無罔，亢志青冥。」全後漢文卷九三徐幹序征賦：「從青冥以極望，上連薄乎天維。」全三國文卷二五鍾會論程盛：「丹霄之鳳，青冥之龍。」青冥，皆謂天也。章句「上至玄冥」云云，玄冥亦青冥。下「漱凝霜之雰雰」，章句：「言己雖昇青冥，猶能食霜露之精，以自潔也。」則亦作「青冥」。又，廣雅釋詁：「攄，舒也。」王念孫疏證：「攄、舒聲相近。淮南子脩務訓注云：『攄，舒也。』史記司馬相如列傳『攄之無窮』，徐廣音義云：『攄一作臚。』爾雅云：『舒，叙也。』『臚，叙也。』義竝相通。」雄謂之虹，雌謂之蜺，故章句以「光耀」釋「虹」也。章句以上峭、穆、耀協韻；峭，宵韻；穆，覺韻，幽之入；耀，藥韻，宵之入。幽、宵合韻。

遂儵忽而捫天。

所至高眇，不可逮也。

【疏證】

所至高眇，不可逮也。◎案：倏忽，言疾貌。詳參天問「儵忽焉在」注。捫，摸也。素問卷八離合真邪論「必先捫而循之」，注云：「捫、循，謂手摸。」慧琳音義卷九「摩捫」條：「聲類：『捫，摸也。』字林：『捫，撫持也。』案：捫持，謂手把執物也。故諸經中有作『摩提日月』是也。」又，章句「高眇」云云，猶高遠也。

吸湛露之浮源兮，

湛，厚也。詩曰：「湛湛露斯。」

【疏證】

湛，厚也。詩曰：「湛湛露斯。」◎正德本、隆慶本、俞本、朱本、湖北本、馮本、劉本、四庫章句本、莊本「詩曰」作「詩云」。案：章句引詩見小雅湛露，毛傳：「湛湛，露茂盛貌。」又，姜亮夫屈原賦校注謂「浮源」當作「浮浮」。其説得旨。浮浮與下雰雰，相爲對文，雨露漂下之貌。抽思「何回極之浮浮」，章句：「浮浮，行貌。」詩角弓「雨雪浮浮」，毛傳：「浮浮，猶瀌瀌也，流流而去也。」文選卷一三謝惠連雪賦：「藹藹浮浮，瀌瀌弈弈。」

漱凝霜之雰雰。

雰雰，霜貌也。言己雖昇青冥，猶能食霜露之精，以自潔也。

【疏證】

雰雰，霜貌也。◎正德本、隆慶本、劉本、湖北本、俞本、朱本、馮本、莊本、四庫章句本「雰雰」作「雰」。案：敓也。九歎遠逝「雪雰雰而薄木兮」，章句：「雰雰，雪貌。」隨文所用，各有專義。雰雰，或作紛紛。

言己雖昇青冥，猶能食霜露之精，以自潔也。◎正德本、隆慶本、馮本、俞本、劉本、朱本、湖北本、莊本「自潔」下有「淨」字。四庫章句本作「淨」。俞本、莊本「青」作「清」。案：若有「浄」字，出韻也。作「清冥」，亦非。又，章句「猶能食霜露之精」云云，漱之訓食。說文水部：「漱，盪口也。从水，欶聲。」段注：「漱者，欶之大也。盪口者，吮刷其口中也。」又，王念孫云：「說文云：『欶，吮也。』欶與漱通。通俗文云：『含吸曰嗽。』所角反。嗽與漱通。張載注魏都賦引司馬相如梨賦云：『唰嗽其漿。』」吮唰、吮吸，其義亦通，皆有啜飲義。章句以上逮、潔協韻，逮，微韻；潔，脂韻。脂、微合韻。

依風穴以自息兮，

伏聽天命之緩急也。

【疏證】

伏聽天命之緩急也。◎文淵四庫章句本「伏聽天命」作「伏息視命」，文津本作「素志安命」。案：皆據義妄改。又，補注：「歸藏曰：『乾者，積石風穴之翏翏。』淮南曰：『鳳皇羽翼弱水，暮宿風穴。』注云：『風穴，北方寒風從地出也。』宋玉賦云：『空穴來風。』」洪氏引歸藏，見書鈔卷一五八所引，然「翏翏」訛作「琴」。洪引淮南，見卷六覽冥訓，許慎注：「風穴，風所從出。」據下「隱峧山以清江」，風穴，在峧山。水經注卷三七夷水「夷水出巴郡魚復縣」，注云：「夷水又東，逕佷山縣故城南，縣，即山名也。孟康曰：『音恒，出藥草。』恒山，今世以銀爲音也。舊武陵之屬縣。南一里，即清江東注也。南對長楊溪，溪水西南潛穴，穴在射堂東六七里，谷中有石穴，清泉濆流，三十許步復入穴，即長楊之源也。」又曰：「水源東北之風井山，迴曲有異勢，穴口大如盆。袁崧云：『夏則風出，冬則風入，春、秋分則靜。』余往觀之，其時四月中，去穴數丈，須臾寒慄。言至六月中，尤不可當。往人有冬過者，置笠穴中，風吸之，經日還涉楊溪，得其笠，則知潛通矣。」御覽卷九天部九風引盛宏之荆州記：「宜都佷山縣山有風穴，張口大數尺，名曰風井，夏則風出，冬則風入。」

忽傾寤以嬋媛。

心覺自傷，又痛惻也。

【疏證】

心覺自傷，又痛惻也。◎補注引「嬋媛」一作「撣援」，一作「擅徊」。案：嬋媛、撣援、擅徊，皆聲之轉。章句「痛惻」之意，訓詁字作「嘽咺」，言歎息貌。又，章句以「心覺」釋「傾寤」者，義不可通。朱季海楚辭解故謂「傾寤連文，傾亦寤也」。傾，通作頴。頴寤，「警覺」、「明寤」之意。朱説繳繞。傾，通作頃，讀爲驚。書禹貢「西傾，因桓是來」，漢書卷二八地理志上引「西傾」作「西頃」。左傳宣公八年「冬，葬敬嬴」，公羊傳作「頃熊」。天問「既驚帝切激」，驚，作敬。敬、驚、頃、傾，古字通用。傾寤，謂驚寤。全晉文卷一三左九嬪離思賦：「驚寤號咷，心不自聊。」卷九一潘岳寡婦賦：「怛驚寤兮無聞。」搜神記卷一六：「母忽然驚悟。」悟與寤同。驚寤，古恒語。章句以上急、惻協韻。急，緝韻；惻，職韻；緝、識合韻。

馮崑崙以瞰霧兮，

遂處神山，觀濁亂之氣也。

【疏證】

遂處神山，觀濁亂之氣也。◎正德本、隆慶本、朱本、劉本、俞本、莊本「崑崙」作「崐崘」。案：「崑崙」、「崐崘」同。補注：「馮，登也。」案：洪説是也。宋本玉篇馬部：「馮，乘也，登也。」荀子卷二〇宥坐篇第二八「百仞之山而豎子馮而游焉」，韓詩外傳卷三作「童子登遊焉」。或作憑，文選卷一〇潘岳西征賦「憑高望之陽隈」，李善注引廣雅：「憑，登也。」馮又爲依，登亦爲依，蓋詞義所以相互滲透也。左傳昭公十年「登軾而望之」，孔疏：「横施一木名之曰軾，得使人立於其後時依倚之。曹劌登軾，得臣云『君謂馮軾』，皆謂此也。」孔氏蓋亦以登爲憑也。崑崙，在楚，神山也，帝高陽在焉，而非謂西域崑崙。詳參離騷「哀高丘之無女」注。又，孟子卷六滕文公下「陽貨矙孔子之亡也」，趙注：「矙，視也。」音義：「矙，或作瞰，同。」漢書卷八七下揚雄傳「瞰烏弋」，顔師古注：「瞰，遠視也。」

隱岐山以清江。

隱，伏也。蚑山，江所出也。尚書曰：「蚑山導江。」言己雖遠遊戲，猶依神山而止，欲清澄邪惡者也。

【疏證】

隱，伏也。◎補注：「隱，依據也。」案：隱之訓伏、訓依，其義相通。莊子卷六徐無鬼篇第二四「隱几而坐」，釋文：「隱，馮也。」禮記卷一〇檀弓下第四「其高可隱也」，鄭注：「隱，據也。」

蚑山，江所出也。尚書曰：「蚑山導江。」言己雖遠遊戲，猶依神山而止，欲清澄邪惡者也。◎原本「清」作「凊」，據景宋本、惜陰本、皇都本、同治本改。又正德本、隆慶本、馮本、俞本、朱本、湖北本、四庫章句本、莊本「蚑」作「岷」。案：補注：「蚑、崏、汶，並與岷同。書曰：『岷山導江。』岷山，在蜀郡氐道縣，大江所出。史記作汶山。」章句引尚書，見禹貢。又，水經注卷三三江水一：「岷山在蜀郡氐道縣，大江所出，東南過其縣北。」注云：「岷山，即瀆山也，水曰瀆水矣，又謂之汶。阜山在徼外，江水所導也。」列子卷五湯問篇「踰汶則死矣」，張湛注引楚辭：「隱汶山之清江。」則清江在岷山下，即汶水也。今本正文「之清江」作「以清江」，因章句「欲清澄邪惡」易之。

憚涌湍之礚礚兮，

憚，難也。涌湍，危阻也。以興讒賊危害賢人也。

【疏證】

憚，難也。◎案：詳參離騷「豈余身之憚殃兮」注。

涌湍，危阻也。以興讒賊危害賢人也。◎正德本、隆慶本、馮本、四庫章句本、俞本、劉本、朱本、湖北本「賢」字下無「人」字，莊本「賢人」下無「也」字。案：論衡卷一四狀留篇第四〇：「泉暴出者曰涌。」湍，謂急流也。詳參抽思「長瀨湍流泝江潭兮」注。涌湍，古恆語。全晉文卷九〇潘岳秋興賦：「泉涌湍于石間兮，菊揚芳于崖澨。」卷一二〇郭璞江賦：「迅澓增澆，涌湍疊躍。」舊唐書卷一五一高崇文傳：「闢自投岷江，擒於湧湍之中。」又，黎本玉篇殘卷石部「礚」字：「楚辭『憚涌湍之礚礚，聽波聲之匈匈』，字指：『磬礚聲也。』」慧琳音義卷三七「轟礚」條引說文：「大石相礚聲也。从石、盍聲。」卷八三「訇礚」條：「考聲：『石相礚聲也。』字指云：『大聲也。』」礚、磕同。九懷尊嘉「東注兮礚礚」，章句：「濤波踊躍，多險難也。」全晉文卷一三五顧愷之雷電賦：「礚礚隆隆，閃閃夐夐。」卷一四四衛鑠筆陣圖：「如高峰墜石，礚礚然實如崩也。」文選卷五左思吳都賦：「濞焉洶洶，隱焉礚礚。」李善注：「洶洶、礚礚，皆水聲也。」卷一七王褒洞簫賦：「揚素波而揮連珠兮，聲礚礚而澍淵。」李善注引字指：「礚，大聲也。」涌湍礚礚，謂冥塗中多艱險惡。章句「以興讒賊危害賢人」云云，無根之說。

聽波聲之洶洶。

水得風而波，以喻俗人言也。己欲澄清邪惡，復爲讒人所危，俗人所謗訕也。

【疏證】

水得風而波，以喻俗人言也。己欲澄清邪惡，復爲讒人所危，俗人所謗訕也。◎俞本、莊本「人言」下無「也」字。正德本、隆慶本、馮本、劉本、朱本、湖北本無「己」字，「澄」作「懲」。四庫章句本作「懲」。案：澄清，恆語，無作「懲清」者。後漢書卷六六王允傳：「曾未期月，州境澄清。」卷六七范滂傳：「滂登車攬轡，慨然有澄清天下之志。」懲，澄之音訛。洶洶，謂水波聲。漢以還多以喻人聲。九歎逢紛「飄風來之洶洶」，章句：「洶洶，讙聲也。」漢書卷六五東方朔傳「君子不爲小人之匈匈而易其行」，顏師古注：「匈匈，讙議之聲。」張家山漢簡奏讞書：「操簦，簦鳴匈匈然，不聞聲，弗顧。」章句「以喻俗人言」云云，因漢時習說。

紛容容之無經兮，

言己欲隨衆容容，則無經緯於世人也。

【疏證】

言己欲隨衆容容，則無經緯於世人也。◎正德本、隆慶本、俞本、劉本、湖北本「衆」作「泉」，

「則無」下有「以」字。案：泉，訛也。容容，謂隨水回旋不定貌。詳參九辯「扈屯騎之容容」注。無經，謂無道路也。周禮卷四一冬官考工記第六匠人「國中九經九緯」，鄭注：「經、緯，謂涂也。」賈疏：「南北之道爲經，東西之道爲緯。」

罔芒芒之無紀。

又欲罔然芒芒，與衆同志，則無以立紀綱，垂號謚也。

【疏證】又欲罔然芒芒，與衆同志，則無以立紀綱，垂號謚也。◎同治本「芒芒」作「罔罔」。正德本、隆慶本、朱本、俞本、劉本、湖北本「又」作「人」。正德本、隆慶本、馮本、俞本、朱本、劉本「謚」作「謚」。俞本「紀綱」作「綱紀」，莊本作「綱紀」。案：人，訛也。謚，俗謚字。綱，綱之訛。「罔芒芒之無紀」者，同上「莽芒芒之無儀」，罔芒芒，猶莽芒芒也，謂廣大貌。説文糸部：「紀，別絲也。从糸、己聲。」段注：「別絲者，一絲必有其首，別之是爲紀；衆絲皆得其首，是爲統。統與紀義，互相足也。故許不析言之。禮器曰：『衆之紀也，紀散而衆亂。』注云：『紀者，絲縷之數有紀也。』」引申爲頭緒。方言卷一〇：「紀，緒也。南楚皆曰緤，或曰端，或曰紀，或曰末。皆楚轉語也。」無紀，謂無緒。章句「無以立紀綱垂號謚」云云，非也。

軋洋洋之無從兮，

言欲軋沕己心，仿佯立功，則其道無從至也。

【疏證】

言欲軋沕己心，仿佯立功，則其道無從至也。◎正德本、馮本「沕」作「愓」，俞本、劉本、莊本、四庫章句本作「愓」，隆慶本、朱本作「揚」。正德本、隆慶本、馮本、俞本、莊本、朱本、劉本、湖北本、四庫章句本「仿佯」作「彷徉」。補注引正文「軋」一作「乹」，又引注一云「乹愓己心」。云：「此言懷亂之勢，如水洋洋，雖欲軋絶之而無由也。沕，潛藏也。」案：揚，蓋作愓，愓之訛。乹，俗乾字，軋之訛。黎本玉篇殘卷車部「軋」字：「楚辭『軋洋洋之無從』，王逸曰：『言己欲軋勿己心，方湯立功，其道無從也。』」軋勿，軋沕之省；方湯，仿佯之聲轉。唐本作「軋沕」。方言卷一〇：「讜、極，吃也。楚語也。或謂之軋。」郭璞注：「鞅軋，氣不利也。」錢繹箋疏：「史記律書云：『乙者，言萬物生軋軋也。』通作乙。襄十九年春秋：『取邾田自漷水。』穀梁傳云：『軋，辭也。』范甯注：『委曲也。』疏云：『經言自漷水者，委曲之辭也。』義亦相近。」軋，謂委曲不舒之義。或作坱軋。史記卷八四賈生列傳「坱軋無垠」，索隱引王逸注楚辭云：「坱軋，雲霧氣昧也。」又，沕者，洪氏訓潛藏，蓋因史記卷八四屈原賈生列傳「沕深潛㠯自珍」，集解引徐廣：「沕，潛藏也。」非是。沕，猶九歌國殤「平原忽兮路超遠」之忽，通作伆，謂遠貌。或爲失而不見之義。招隱士「罔兮沕」，章句：「精氣失也。」漢書卷五七司馬相如傳「西望崑崙之軋沕荒忽兮」，張揖注：「軋沕荒忽，不分明之貌。」沕之訓藏、訓遠、訓失，其義亦通。章句以「軋沕」連文，平列同義。又，「軋沕己心」云云，非是。軋，狀水流回旋之貌，不謂己心也。洪說亦非。洋洋，謂水盛貌。詳參哀郢「焉洋洋而爲客」注。此謂水流回旋委曲，洋洋不定，則無所從也。

馳委移之焉止？

雖欲長驅，無所及也。

【疏證】

雖欲長驅，無所及也。◎案：委移，同委蛇，言盤紆委曲之貌。詳參離騷「載雲旗之委蛇」注。謂水流軋沕不定，隨水浮行，委移上下，未知其所止也。

漂翻翻其上下兮，

登山入水，周六合也。

【疏證】登山入水，周六合也。◎案：方言一〇：「僄，輕也。楚凡相輕薄謂之相仈，或謂之僄也。」或作翲字。廣雅釋訓：「翲翲，飛也。」史記卷一三〇太史公自序「閒不容翲忽」，索隱：「翲者，輕也。」翲翲，謂疾飛貌。文選卷二一謝宣遠張子房詩「飉飛指帝鄉」，李善注引薛君韓詩章句：「翲翲，飛貌。」翲與飉同。屈子謂隨水漂飉，或上或下也。章句「登山入水周六合」云云，失之旨。章句以上及、合同協緝韻。

翼遥遥其左右。

雖遠念君，在旁側也。

【疏證】雖遠念君，在旁側也。◎案：翼，言疾馳貌。文選卷一八嵇康琴賦「駢馳翼驅」，李善注：「翼，疾貌。」方言卷六：「遥，疾行也。南楚之外或曰遥。」遥遥，疾行貌，楚語。左右，謂忽左忽右，不定之意。章句「雖遠念君在旁側」云云，附會之説。

汜潏潏其前後兮，

思如流水，遊楚國也。

【疏證】思如流水，遊楚國也。◎補注：「汜，濫也，音泛。潏，涌出也，音決。」案：潏潏，猶礚礚也，水聲貌。詳參上「憚波涌之礚礚」注。前後，猶上之上下、左右。章句「思如流水遊楚國」云云，非也。

伴張弛之信期。

伴，俱也。弛，毁也。言己思君念國，而衆人俱共毁己，言内無誠信，不可與期也。

【疏證】伴，俱也。◎補注：「伴讀若『背畔』之畔。言己嘗以弛張之道期於君，而君背之也。」案：洪説是也。然牽合以君臣之義者，非也。伴，古通拌。方言卷一〇：「拌，棄也。楚凡揮棄物謂之拌。」郭璞音義曰：「拌音伴。」廣雅釋詁：「拌，棄也。」王念孫疏證：「拌之言播棄也。吳語云『播棄黎老』是也。播與拌古聲相近。士虞禮『尸飯播餘于篚』，古文播爲半，半，即古拌字。謂棄餘飯于筐也。」拌，亦楚語。

㢮，毀也。◎案：㢮與弛同。弛張，猶進退也。禮記卷四三雜記下第二一：「子曰：『張而不弛，文武弗能也。弛而不張，文武弗爲也。一張一弛，文武之道也。』」鄭注：「張、弛，以弓弩喻人也。」屈子以張弛喻潮水漲落。後漢書卷五二崔駰傳：「道無常稽，與時張馳。」謂水之進退，猶潮之漲落；水之漲落有信期，而見此江水磕磕洶洶，無有消退者，故曰「拌張馳之信期」也。

言己思君念國，而衆人俱共毀己，言内無誠信，不可與期也。◎正德本、隆慶本、馮本、俞本、朱本、劉本、湖北本、莊本、四庫章句本「思」作「悲」，「君」下無「念」字，「與期」下有「之」字。案：思、悲以同義易之也。章句以上側、國、期協韻。側、國，職韻；期，之韻。之、職平入合韻。

觀炎氣之相仍兮，窺煙液之所積。

炎氣，南方火也。火氣煙上天爲雲，雲出湊液而爲雨也。相仍者，相從也。煙液所積者，所聚也。

【疏證】

炎氣，南方火也。◎案：炎氣，謂暑氣也。全後漢文卷七三蔡邕釋誨：「連光芒于白日，屬炎氣于景雲。」卷九三繁欽暑賦：「暑景未徂，時維六月；林鍾紀度，祝融司節；大火飂光，炎氣酷烈。」全三國文卷一四曹植橘賦：「仰凱風㠯傾葉，冀炎氣之可懷。」後漢書卷二四馬援傳：「會暑甚，士卒多疫死，援亦中病，遂困，乃穿岸爲室，以避炎氣。」

火氣煙上天爲雲，雲出湊液而爲雨也。◎正德本、隆慶本、朱本、劉本、俞本、馮本、湖北本、四庫章句本「液」作「流」。案：煙，氣也。氣積爲雲，雲積爲雨。莊子卷四天運篇第一四：「雲者爲雨乎？雨者爲雲乎？孰隆施是？」成玄英疏：「夫氣騰而上所以爲雲，雲散而下，流潤成雨。」淮南子卷二俶真訓：「譬若周雲之蘢蓯遼巢彭濞而爲雨。」卷三天文訓：「天之偏氣，怒者爲風；地之含氣，和者爲雨。」論衡卷六雷虚篇第二三：「天施氣，氣渥爲雨，故雨潤萬物名曰澍。」卷八藝增篇第二七：「山氣爲雲，上不及天，下而爲雲雨。」全漢文卷二四董仲舒雨雹對：「氣上薄爲雨，不薄爲霧，風其噫也，雲其氣也，雷其相擊之聲也，電其相擊之光也。」又，章句「湊液」云云，謂聚液。

相仍者，相從也。◎正德本、隆慶本、馮本、朱本、劉本、俞本、湖北本、莊本無「相從」之「相」字。四庫章句本「相仍者相從也」作「是煙液從也」。案：敚也。上「隨飄風之所仍」，章句：「仍，因也。」廣雅釋詁：「仍，從也。」此注非章句舊説，後所增益。

煙液所積者，所聚也。◎正德本、劉本、馮本、四庫章句本「煙」作「烟」。案：烟，俗煙字。列子卷五湯問「聚柴積而焚之」，張注：「積，聚也。」又，此注以説雨之所以興，則與「雲出湊液而爲雨」者復重，後所增益。

悲霜雪之俱下兮，聽潮水之相擊。

言已上觀炎陽煙液之氣，下視霜雪江潮之流，憂思在心，而無所告也。

【疏證】

言已上觀炎陽煙液之氣，下視霜雪江潮之流，憂思在心，而無所告也。◎正德本、隆慶本、劉本、湖北本、俞本、湖北本「江潮之流」作「江之潮流」，「在心」下無「而」字。馮本、四庫章句本、莊本「在心」下無「而」字。朱本、劉本、莊本「煙」作「烟」。案：據義，舊作「江潮之流」。淮南子卷三天文訓：「陽氣勝則散而爲雨露，陰氣勝則凝而爲霜雪。」全晉文卷一一七葛洪抱朴子佚文：「麋氏云：『潮者據朝來也，汐者言夕至也。』」又曰：「濤水者潮，取物多者其力盛，來遠者其勢大。」文選卷四五班固答賓戲「雖馳辯如濤波」，李善注引如淳云：「潮水之激者爲濤波。」潮聲之相擊，亦波濤也。

借光景以往來兮，施黃棘之枉策。

黄棘，棘刺也。枉，曲也。言己願借神光電景，飛注往來，施黄棘之刺，以爲馬策，言其利用急疾也。

【疏證】黄棘，棘刺也。枉，曲也。◎正德本「刺」作「刻」，隆慶本、劉本作「刺」，俞本作「刾」。案：刻，訛字；刾、剌，俗刺字。補注：「言己所以假延日月，往來天地之間，無以自處者，以其君施黄棘之枉策故也。初，懷王二十五年，入與秦昭王盟約於黄棘，其後爲秦所欺，卒客死於秦。今頃襄信任姦回，將至亡國，是復施行黄棘之枉策也。黄棘，地名。」章句未可易，洪説鑿也。棘以黄爲稱者，光景也。日景似棘。屈子神遊，故援之以爲策箠。洪氏以黄棘爲地名，謂楚懷王與秦昭王會於黄棘事。則屬附會。又，枉之訓曲，詳參涉江「朝發枉陼兮」注。

言己願借神光電景，飛注往來，施黄棘之刺，以爲馬策，言其利用急疾也。◎原本、景宋本「注」訛作「汪」，據寶翰本、惜陰本、同治本、皇都本改。又，四庫章句本「來」訛作「求」。案：章句「飛注往來」云云，謂水勢傾瀉直下也。水經注卷四〇漸江水：「水懸百餘丈，瀨勢飛注，狀如瀑布。」

求介子之所存兮，

（介子），介子推也。

【疏證】

介子，介子推也。◎諸本無「介子」二字。案：因正文省也。詳參惜往日「介子忠而立枯兮，文君寤而追求」注。

見伯夷之放迹。

伯夷，叔齊兄也。放，遠也。迹，行也。一云：放，放逐也。

【疏證】

伯夷，叔齊兄也。◎案：伯夷，詳參天問「驚女采薇鹿何祐」注。

放，遠也。一云：放，放逐也。◎正德本、隆慶本、馮本、俞本、四庫章句本、朱本、湖北本、莊本「遠」作「放逐」，無「一云」以下六字。案：伯夷無放逐事。春秋宣公元年「晉放其大夫胥甲父于衛」，杜注：「放者，受罪黜免，宥之以遠。」章句以放爲遠，是用此義。後人不曉，遂易爲「放逐」。則「一云放逐」六字，非章句所存舊説。

迹，行也。◎案：迹，謂行蹤也。章句以迹爲行，音杭，謂道也。

心調度而弗去兮，刻著志之無適。

無適，言己思慕子推、伯夷清白之行，尅心遵樂，志無所復適也。

【疏證】

無適，言己思慕子推、伯夷清白之行，尅心遵樂，志無所復適也。◎正德本、隆慶本、劉本、朱本、馮本、俞本、湖北本、四庫章句本「遵」作「導」，「所復」作「復所」。莊本「所復」作「復所」。惜陰本、同治本「尅」作「剋」。案：據義，舊作「復所」爲允。調度，即跮踱，謂猶豫未決也。詳參離騷「和調度以自娱兮」注。又，章句以「刻著志」爲「尅心遵樂」或「尅心導樂」，義皆不通。後漢書卷四一第五倫傳「臣常刻著五臧」，李賢注：「刻著五臧，謂銘之於心也。」刻著志，猶「刻著五臧」。謂臨絶自決，心猶豫而不忍，於君國銘心刻骨，而莫之適從，則在生死兩難之際也，同離騷「陟陞皇之赫戲兮，忽臨睨夫舊鄉；僕夫悲余馬懷兮，蜷局顧而不行。」又，何劍薰楚辭拾瀋：「書微子『我舊云刻子』，僞孔傳：『刻，病也。』刻可訓病，亦可訓苦。刻、苦見母雙聲，可同用。今人猶刻苦連言，刻亦苦也。」刻之訓苦，乃削刻引申，見於魏、晉以還，未可執之以强解周、秦古義。

（亂）曰：吾怨往昔之所冀兮，

冀，幸也。言己怨往古以邪事君，而幸蒙富貴也。

【疏證】

冀，幸也。言己怨往古以邪事君，而幸蒙富貴也。◎馮本、四庫章句本「幸也」作「行也」。案：冀無行止義。行，幸之音訛。冀幸字本作覬，古字通用。説文見部：「覬，欿幸也。从見、豈聲。」禮記卷二〇文王世子第八鄭注「州里⿰馬豈於邑」，釋文：「⿰馬豈，皇音冀。冀，及也。本又作愷。」正文「往昔」與下「來者」對舉爲文，昔，當者之訛。又，「曰」上敚「亂」字。自此以下，皆此篇亂曰。

悼來者之悐悐。

悐悐，欲利貌也。言傷今世人見利悐悐然欲競之也。

【疏證】

悐悐，欲利貌也。言傷今世人見利悐悐然欲競之也。◎補注引「悐悐」一作「逖逖」。正德本、隆慶本、馮本、莊本、俞本、湖北本、朱本、劉本、四庫章句本「悐悐」作「逖逖」，無「欲競之也」四字。馮本、四庫章句本「傷」作「陽」。案：陽，訛也。逖，遠也。悐，驚也。漢書卷八二王商傳「卒無怵悐憂」，顏師古注：「悐，古惕字。」説文心部：「惕，敬也。从心、易聲。悐，或从狄。」敬，猶驚也。繫傳「敬」作「放」。非也。文選卷九潘岳射雉賦「邪眺旁剔」，李善注：「説文曰：『惕，驚也。』剔與惕古字通。」卷三張衡東京賦「猶怵惕於一夫」，李善注：「惕，驚也。」引申之凡言憂懼之意。國語卷一七楚語上「豈不使諸侯之心惕惕焉」，韋昭注：「惕惕，懼也。」此文互相備，謂我怨往者、來者之所覬望者，故惕惕然憂也。章句「慭慭欲利貌」之解，因爾雅釋訓「惕惕愛也」。愛，吝嗇也，是「欲利」之意。然此訓非此「慭慭」義。

浮江淮而入海兮，從子胥而自適。

適，之。

【疏證】

適，之。◎案：方言卷一：「適，往也。適，宋、魯語也。往，凡語也。」穀梁傳襄公十四年「故大其適也」，范注：「適，猶如也，之也。」此「自適」，謂自娛。漢書卷五一賈山傳「以適其欲也」，顏師古注：「適，快也。」正文「江淮」，「江湘」之訛。景宋本作「江湘」。江湘，連類而及，江也。涉江「旦余濟乎江湘」，謂渡江，而連類及之於湘。補注引越絶書：「子胥死，王使捐於大江，乃發憤馳騰，氣若奔馬，乃歸神大海。」此説始傳於東漢之世。論衡卷四書虛篇第一六：「傳書言：吳王夫差殺伍子胥，煮之於鑊，乃以鴟夷橐投之於江。子胥恨恚，驅水爲濤，以溺殺人。今時會稽、丹徒大江、錢唐浙江，皆立子胥之廟，蓋欲慰其恨心，止其猛濤也。夫言吳王殺子胥投之於江，實也；言其恚恨驅水爲濤者，虛也。」

望大河之洲渚兮，悲申徒之抗迹。

申徒，申徒狄也。遇闇君遁世離俗，自擁石赴河，故言抗迹也。

【疏證】 申徒，申徒狄也。遇闇君遁世離俗，自擁石赴河，故言抗迹也。◎正德本、隆慶本、劉本、湖北本、朱本、馮本、俞本、莊本、四庫章句本「遇」上有「遭」字。案：據義，舊作「遭遇闇君」。「申徒狄」上，宜補「申徒」二字，今本爛敚之。九歎惜賢「申徒狄之赴淵」，章句：「申徒狄，賢者，避世不仕，自沈赴河也。」未詳其爲何世。文選卷三九鄒陽於獄中上書自明一首「是以申徒狄蹈雍之河」，李善注引服虔：「殷之末世人。」莊子卷二大宗師篇第六：「若狐不偕、務光、伯夷、叔齊、箕子、胥餘、紀他、申徒狄，是役人之役，適人之適，而不自適其適者也。」釋文：「申徒狄，殷時人，負石自波於河。崔本作司徒狄。」卷七外物篇第二六：「堯與許由天下，許由逃之；湯與務光，務光怒之。紀他聞之，帥弟子而踆於窾水。諸侯弔之。三年，申徒狄因以踣河。」成玄英注：「狄聞斯事，慕其高名，遂赴長河自溺而死。」卷八盜跖篇第二九：「申徒狄諫而不聽，負石自投於河。」荀子卷二不苟篇第三：「故懷負石而赴河，是行之難爲者也，而申徒狄能之。」楊倞注：「申徒狄恨道不行，發憤而負石自沈於河。」御覽卷八〇二珍寶部一珠上引墨子：「周公見申徒狄曰：『賤人强氣則罰至。』申徒狄曰：『周之靈珪出於土，楚之明月出蚌蜃。』」皆以爲殷末、周初人。又，韓詩外傳卷一：「申徒狄非其世，將自投於河。崔嘉聞而止之，曰：『吾聞聖人仁士之於天地之間也，民之父母也。今爲儒雅之故，不救溺人，可乎？』申徒狄曰：『不然。桀殺關龍逢，紂殺王子比干，而亡天下；吴殺子胥，陳殺泄冶，而滅其國。故亡國殘家，非無聖智也，不用故也。』遂抱石而沉於河。」是申徒狄在子胥、泄冶之後，春秋、戰國時人。説苑卷一六談叢：「負石赴淵，行之難者也，然申屠狄爲之，君子不貴之也。」屠、徒古字通用。此謂心欲效法申徒狄，赴水自沈也。

驟諫君而不聽兮，

驟，數也。

【疏證】驟，數也。◎正德本、隆慶本、馮本、俞本、朱本、湖北本、劉本、四庫章句本「數」下無「也」字。補注引「君而」一作「而君」，金開誠屈原集校注謂此句當作「驟諫而君不聽」。案：驟之爲數，詳參九歌湘夫人「時不可兮驟得」注，然彼「數」下無「也」字，文選本「數」下則有「也」字。又，章句

「言己數諫君而不見聽」云云，其舊本亦作「驟諫君而不聽」也。

任，負也。百二十斤爲石。言己數諫君而不見聽，雖欲自任以重石，終無益於萬分也。

重任石之何益？

【疏證】

任，負也。◎案：管子卷六兵法篇第一七「鼓所以任也」，尹注：「任，猶載也，謂今之俶裝也。」任負，見懷沙「任重載盛」，而彼無注，出於此者，後所竄亂也。

百二十斤爲石。◎正德本、隆慶本、劉本、湖北本、莊本「二十」作「三十」，「石」作「重」。俞本、馮本「石」作「重」。文淵四庫章句本「石」作「重石」，文津本亦作「重」。案：若作「爲重」、「爲重石」，皆不辭也。補注引「重任石」一作「任重石」，又引石一作秙，曰：「秙，當作柘，音石，百二十斤也。稻一柘，爲粟二十升。禾黍一柘，爲粟十六升大升半。又，三十斤爲鈞，四鈞爲石。秙音庫，禾不實也。義與此異。」今據章句「雖欲自任以重石」，舊本作「任重石」。國語卷三周語下「重不過石」，韋注：「百二十斤爲石。」作「三十」，非也。説苑卷一八辨物：「三十斤爲一鈞，四鈞重一石。十升爲一斗，十斗爲一石。」小爾雅衡：「鈞四謂之石。」重石，石爲稱之最重者也。睡虎地秦簡倉律：「爲粟廿斗，舂爲米十斗；十斗粲，毀（毇）米六斗大半斗。麥十斗，爲䴭三斗。叔

(菽)、荅、麻十五斗爲一石。稟毀(毇)粺者，以十斗爲石。」張家山漢墓竹簡算數書程禾：「禾黍一石爲粟十六斗泰(大)半斗，稻禾一石爲粟廿斗。」又曰：「麥、菽、荅、麻，十五斗一石，稟毀(毇)糳者，以十斗爲一石。」據此，洪謂「稻一秳，爲粟二十升。禾黍一秳，爲粟十六升大升半」者，諸「升」字皆「斗」之訛。大升半，當作「大半斗」。

言己數諫君而不見聽，雖欲自任以重石，終無益於萬分也。◎文淵四庫章句本「言己」下無「數」字，文津本「言己數諫君」作「以己之忠言」。正德本、隆慶本、馮本、俞本、劉本、朱本、湖北本、莊本、四庫章句本「以重石」下有「憂」字。案：憂，羨也。補注：「文選江賦云：『悲靈均之任石。』注引『重任石之何益』，『懷沙礫而自沈』。懷沙，即任石也。與逸説不同。」洪氏引文選注，「懷沙，即任石也。與逸説不同」，是李善注，「懷沙」上當補「其謂」二字，否者，後人易誤爲洪説，或以洪氏剿剽前人。

心絓結而不解兮，思蹇産而不釋。

絓，懸。蹇産，猶詰屈也。言己乘水蹈波，乃愁而恐懼，則心懸結詰屈，而不可解。

【疏證】

絓，懸。◎莊本「懸」下有「也」字。案：詳參哀郢「心絓結而不解兮」注。

蹇産，猶詰屈也。◎正德本、俞本、莊本「詰」作「結」。正德本、隆慶本、馮本、俞本、劉本、朱本、湖北本、莊本、四庫章句本「屈」下無「也」字。案：結，詘也。蹇産，詳參哀郢「思蹇産而不釋」注，然彼注「詰屈」上無「猶」字，下則有「也」字。

言己乘水蹈波，乃愁而恐懼，則心懸結詰屈，而不可解。◎正德本、隆慶本、馮本、俞本、朱本、劉本、湖北本、莊本、四庫章句本「蹈」作「陷」，「不可」上無「而」字，「解」下有「也」字。案：陷，詘也。補注引一本正文無此二句。聞一多楚辭校補：「陸侃如云：二句本哀郢文，後人誤加於此。依章句例，凡已注者皆不再注。本篇若原有此二句，則注當云『皆已解於哀郢中』。今則逐字加注，且與哀郢注同，可證正文及注皆自哀郢移此。」其説是也。以韻言之，釋，鐸部，不與上錫部之益、迹協韻。

悲回風

補注：「此章言小人之盛，君子所憂，故託遊天地之閒，以泄憤懣，終沈汨羅，從子胥、申徒，以畢其志也。」案：此篇極狀愁苦之來而不可解釋，於百無聊賴之際，終焉「淩大波而流風兮，託彭咸之所居」，雖上征崑崙，猶委移江潮之中。故後半篇與離騷求帝、三求女等同一意境，但謂水死以反其本初之意。是篇之作，在放逐江南後，與懷沙、惜往日二篇，蓋一時之作。而懷沙是絶命詞，其在懷沙前。又，蔣驥山帶閣注楚辭：「此篇繼懷沙而作，於爲彭咸之志，反覆著明，幾已死矣。而卒不死，蓋恐死不足以悟君，徒死無益，而尚幸其未死而悟，則又不如不死之爲愈也。故原之於死詳矣。原死以五月五日，兹其隔年之秋也歟？」蔣氏以此篇作於懷沙之後，又謂「原死以五月五日，兹其隔年之秋」。若從其説，以此篇爲屈原絶命之詞，而非懷沙，屈原亦非死於五月五日者。非也。

黃靈庚 疏證

楚辭章句疏證

【第四冊】

增訂本

上海古籍出版社

楚辭章句疏證卷六　遠遊

遠遊者，屈原之所作也。屈原履方直之行，不容於世。上爲讒佞所譖毁，下爲俗人所困極，章皇山澤，

補注引「章皇山澤」一作「徫徨山野」。案：章皇、徫徨同，徘徊也。山澤、山野同，章句錯雜用之。漢魏六朝百三家集卷二〇漢王逸集題詞、東漢文紀卷一四遠遊序引亦作「章皇山澤」。又，樂府詩集卷六四雜曲歌辭曹植遠遊篇序引王逸遠遊序「上爲讒佞所譖毁下爲俗人所困極」作「困於讒佞」，以意删也。

無所告訴。乃深惟元一，修執恬漠，

景宋本「修」作「脩」。案：修、脩古字通。

思欲濟世，則意中憤然，文采鋪發，

補注引「鋪發」一作「繡發」，又引一作「秀發」。正德本、隆慶本、馮本、俞本、劉本、朱本、湖北本、莊本、四庫章句本「鋪」作「秀」。案：繡，俗作綉。秀，綉之壞字。漢魏六朝百三家集卷二〇漢王逸集題詞引作「秀」。東漢文紀卷一四遠遊序引作「季」，秀之訛也。

遂敍妙思，

文淵四庫章句本「妙」作「眇」，文津本亦作「妙」。案：眇、妙古字通用。東漢文紀卷一四遠遊序引作「妙」，漢魏六朝百三家集卷二〇漢王逸集題詞引「玅」。玅，俗眇字。

託配仙人，與俱遊戲，周歷天地，無所不到。然猶懷念楚國，思慕舊故，忠信之篤，仁義之厚也。是以君子珍重其志，而瑋其辭焉。

案：遠遊乃離騷「陟陞皇之赫戲兮」以下續篇，敘其尋祖歸根之種種經歷，固非後世遊仙者可比。此篇作時，蓋在離騷後。樂府詩集卷六四雜曲歌辭曹植遠遊篇序引王逸遠遊序「不到」作「不至」。

悲時俗之迫阨兮，

哀衆嫉妬，迫脅賢也。

【疏證】

哀衆嫉妬，迫脅賢也。◎同治本「妬」作「妒」。又，補注引「阨」一作「隘」，曰：「阨音厄，或讀作隘。」案：妒、妬同。阨、隘古字通用。慧琳音義卷一四「隘道」條：「鄭注禮記云：『陋也』，从阜、益聲也。或作阸，杜預曰：『地險不平也。』从阜、戹聲也。」卷一五「離阸」條：「考聲曰：『限也，礙也，隘也。』從阜。戹字從户、從乙，今俗從厂從巳作厄，誤也。錯已久矣。」阨，俗阸字。又，史記卷一一七司馬相如列傳阨作隘，又，文選卷一〇潘岳西征賦「倦狹路之迫隘」，因襲此語，亦作迫隘。

願輕舉而遠遊。

高翔避世，求道真也。

【疏證】

高翔避世，求道真也。◎正德本、隆慶本、馮本、俞本、劉本、朱本、湖北本、莊本、四庫章句本「高」作「翱」。案：據義，作「翱翔」爲允。又，輕舉，謂超拔世俗，求久視不死。北大簡（四）反淫「蹀虛輕舉」，亦此意也。又，淮南子卷七精神訓：「若此人者，抱素守精，蟬蜕蛇解，游於太清，輕舉獨往，忽然入冥。」全漢文卷二五東方朔與友人書：「脱去十洲三島，相期拾瑶草，吞日月之光華，共輕舉耳。」卷四六谷永説成帝距絶祭祀方術：「及言世有僊人，服食不終之藥，遥興輕舉，登遐倒景，覽觀縣圃，浮游蓬萊。」又，卷六一崔篆慰志賦「悠輕舉㠯遠遁兮」，全後漢文卷二三班彪覽海賦「勿輕舉㠯神浮」，卷九〇王粲游海賦「將輕舉而高厲」，全三國文卷四六阮籍大人先生傳「虚形體而輕舉兮」，全晉文卷七六摯虞思游賦「輕舉遠遊」、「願輕舉而高翔」，卷一〇一陸雲九愍□征「將輕舉㠯遠覽」，卷一四四鐘琰遐思賦「願輕舉之遐翔」。輕舉，皆祖構於此，成道家、神仙家語。

質菲薄而無因兮，

質性鄙陋，無所因也。

【疏證】

質性鄙陋，無所因也。◎案：方言卷一三：「菲，薄也。」郭璞注：「謂微薄也。」文選卷一〇潘岳西征賦「託菲薄之陋質兮」，李善注引馬融論語注：「菲，薄也。」菲薄，平列同義。屈子非習道之人，故曰欲輕舉遠遊，而質性菲薄無因也。

焉託乘而上浮。

將何引援而升雲也。

【疏證】

將何引援而升雲也。◎案：古者僊遊，亦有所憑也，即莊子卷一逍遥遊所謂「乘天地之正，而御六氣之辯」是也。章句以「升雲」釋「上浮」，得其旨也。史記卷一一七司馬相如列傳作「載雲氣而上浮」，託亦載也。全三國文卷四六阮籍大人先生傳「登倘徉而上浮」，全晉文卷九六陸機感丘賦「飄營魄而上浮」，文選卷一五張衡思玄賦「軼無形而上浮」。上浮，神仙家恒語。

遭沈濁而汙穢兮，

逢遇闇主，觸讒佞也。

【疏證】

逢遇闇主，觸讒佞也。◎案：章句「觸讒佞」云云，説文角部：「觸，牴也。从角，蜀聲。」東漢爲冒犯義。漢書卷八宣帝紀「今百姓多上書觸諱以犯罪者」，後漢書卷一六寇恂傳附榮「犯冒王怒，觸突帝禁」，卷三六鄭興傳「犯禁觸罪，不如守正而死」，卷四二光武十王列傳濟南安王康「又多起内第，觸犯防禁」。三國志卷二一魏書衛覬傳「誰能犯顔色，觸忌諱，建一言，開一説哉」。論衡卷一二程材篇第三四「直言一指，觸諱犯忌」。又，招魂「牽於俗而蕪穢」，汙穢、蕪穢亦同。

獨鬱結其誰語？

思慮煩冤，無告陳也。

【疏證】思慮煩冤，無告陳也。◎後漢書卷五二崔寔傳「智士鬱伊於下」，李賢注：「鬱伊，不申之貌。楚詞曰『獨鬱伊而誰語』也。」案：鬱結、鬱伊，聲之轉，言憂懣不舒貌。史記卷八四賈生列傳「獨堙鬱兮其誰語」。索隱：「漢書作『壹鬱』，亦通。」堙鬱、壹鬱，亦其别文。

夜耿耿而不寐兮，

憂以愁戚，目不眠也。耿耿，猶儆儆，不寐貌也。詩云：「耿耿不寐。」

【疏證】憂以愁戚，目不眠也。耿耿，猶儆儆，不寐貌也。詩云：「耿耿不寐。」◎正德本、馮本、俞本、朱本、湖北本、莊本「耿耿」作「炯炯」，隆慶本、朱本、劉本、四庫章句本作「烱烱」。案：章句引詩見邶風柏舟，毛傳：「耿耿，猶儆儆也。」章句所因。儆儆，猶戒備意。説文人部：「儆，戒也。从人，敬聲。春秋傳曰『儆宮』。」左傳昭公十八年「各儆其事」，杜預注：「儆，備火也。」引申凡言愁戚。炯本字，耿借字，古字通用。烱，炯之別文。火部：「炯，光也。从火，同聲。」引申之言嚴戒。全晉文卷一三左九嬪離思賦、文選卷一九曹子建洛神賦皆有此句，其所據本並作耿耿。又，全後漢文卷九〇王粲傷夭賦「夜炯炯而至明」。因襲此語，其所據本作炯炯。以上章句賢、真、因、雲、佞、陳、眠協韻，賢、真、因、佞、陳、眠，真韻；雲，文韻。真、文合韻。

魂煢煢而至曙。

精䰟怔忪不寐，故至曙也。

【疏證】

精䰟怔忪不寐，故至曙也。◎俞本、馮本、正德本、莊本、湖北本、四庫章句本「䰟」作「魂」。四庫章句本「怔忪」作「怔忡」。又，正德本、隆慶本、馮本、俞本、莊本、四庫章句本、湖北本、朱本「煢煢」作「營營」，同治本作「煢煢」，案：䰟、魂同。怔忪，言憂戚貌。方言卷一〇：「征伀，遑遽也。江、湘之間凡窘猝怖遽或謂之征伀。」征伀與怔忪同。慧琳音義卷七六：「埤蒼：『忪忪，惶懼也。』」卷一〇〇「忪忪」條：「古今正字：『怔忪，遑遽也。』从心、公聲。」宋本玉篇卷一一尸部「屏」字：「廣雅云：『屏營，怔忪也。』」全漢文卷一三孔臧諫格虎賦：「怖駭內懷，迷冒怔忪。」風俗通義卷九世間多有狗作變怪扑殺之以血塗門戶然衆得咎殃：「狗於竈前蓄火，家益怔忪。」怔忪，漢世恆語，無作「怔忡」例。又，章句用七字語，「精魂」二字，羨文，舊作「怔忪不寐故至曙也」。又，全梁文卷五三陸倕思田賦「魂煢煢以至曙」，九思逢尤「魂焭焭兮不遑寐」，皆因於此。營、煢與焭同。

惟天地之無窮兮，

乾坤體固，居常寧也。

【疏證】

乾坤體固，居常寧也。◎景宋本「乾」作「乹」。案：乹，俗乾字。天曰乾，地曰坤。又，章句「居常寧」云云，寧字出韻。當乙作「常寧居」。曙、居同協魚韻。文選卷一五張衡思玄賦有此句，因襲於此，舊注：「鄭玄曰：『惟，思也。』」

哀人生之長勤。

傷己命禄，多憂患也。

【疏證】

傷己命禄，多憂患也。◎正德本、隆慶本、馮本、俞本、劉本、朱本、湖北本、莊本、四庫章句本「憂」作「慮」。案：慮患，古有其詞，未見章句。章句但作「憂患」。天問「革孽夏民」，章句：「變更夏道，爲萬民憂患。」卜居「偷以全吾軀乎」，章句：「身免憂患。」又，章句以「長勤」爲「多憂患」之意。甚得其旨。勤，亦憂也。禮記卷五六問喪第三五「服勤三年」，鄭注：「勤，謂憂勞。」呂氏春秋卷一五慎大第六不廣篇：「勤天子之難。」高誘注：「勤，憂也。」穀梁傳僖公二年：「不雨者，勤雨也。」勤雨，即憂雨也。詩魚麗序：「始於憂勤，終於逸樂。」憂勤，平列同義，勤亦憂也。長勤，常憂也。北大漢簡（四）妄稽：「不勝堇（勤），何不逃？」亦同此義。長，猶常也，古字通用。説文二部：「恆，常也。」段注：「常當作長，古長久字衹作長，淺人稍稍分别，乃或借下帬之常爲之。故至集韻乃有『一曰久也』之訓，而篇、韻皆無之。此俗字之不可不正者也。」其説偏頗。長沙子彈庫戰國楚帛書「卉木亡常」，常即長字。郭店楚墓竹簡性自命出篇：「凡動性者，物也；逢（豊）性者，兑也；交性者，故也；萬（厲）性者，宜也；出性者，勢也；養性者，習也；長性者，道也。」長性，猶常性也。常，非俗字。晏子春秋卷七景公問治國之患晏子對以佞人讒夫在君側第十四「此國之長患」，羣書治要引作「此治國之常患」。又，史記卷八四屈原列傳「寧赴常流」，索隱：「常流，猶長流也。」全晉文卷一一一陶潛閒情賦「感人生之長勤」，因襲此語。長勤，亦常憂。又，後漢書卷二八下馮衍傳「念人生之不再兮」，「愍吾生之愁勤」，全三國文卷一三曹植節遊賦「念人生之不永」，感節賦「惟人生之忽過」，全晉文卷六九夏侯湛懷思賦「悼人生之短淺」，卷八五張協登北芒賦「悼人生之危淺」，卷九六陸機歎逝賦「嗟人生之短期」，感丘賦「伊人生之寄世」，卷一〇〇陸雲歲暮賦「悲人生之有終兮」，愁霖賦「何人生之倏忽」，全宋文卷四六鮑照遊思賦「悼人生之長役」。皆因襲此語，曰「不再」、曰「愁勤」、曰「短淺」、曰「有終」、曰「寄世」、曰「危淺」、曰「倏忽」等等，其義皆得與「長勤」參證。

往者余弗及兮，

三皇、五帝，不可逮也。

【疏證】

三皇、五帝，不可逮也。◎案：周禮卷二六春官宗伯第三外史：「掌三皇五帝之書。」鄭注：「楚靈王所謂三墳、五典。」三皇、五帝，古無定説。史記卷一五帝本紀第一正義：「太史公依世本、大戴禮，以黄帝、顓頊、帝嚳、唐堯、虞舜爲五帝，譙周、應劭、宋均皆同。而孔安國尚書序、皇甫謐帝王世紀、孫氏注世本，並以伏犧、神農、黃帝爲三皇，少昊、顓頊、高辛、唐、虞爲五帝。」呂氏春秋卷四孟夏紀第五用衆篇：「此三皇五帝之所以大立功名也。」高注：「三皇，伏羲、神農、女媧也。五帝，黃帝、帝嚳、顓頊、帝堯、帝舜也。」風俗通義卷一三皇、五帝亦同，此漢世習説。又，御覽卷七七皇王部二叙皇王下引董仲舒答問：「三皇，三才也。五帝，五常也。」三才，天、地、人；五常，五行也。以陰陽五行説之。隨州武家坡漢墓簡牘日書以五帝爲青帝、赤帝、黃帝、白帝、剡（炎）帝五人。此説甚古。此「往昔余弗及」者，蓋同懷沙，曰：「重華不可遌兮，孰知余之從容。」又曰：「湯禹久遠兮，邈而不可慕。」往者，泛説，未必確指三皇、五帝。七諫初放「往者不可及兮」，章句：「謂聖明之王堯、舜、禹、湯、文、武也。」往者，亦泛説。又，章句「不可逮」云云，逮，出韻。蓋舊作「不可諫」。諫，止也。論語卷一八微子篇「往者不可諫」，孔注：「已往所行，不可復諫止。」諫與患、見字同協元韻。

來者吾不聞。

後雖有聖，我身不見也。

【疏證】

後雖有聖，我身不見也。◎正德本、隆慶本、馮本、俞本、劉本、朱本、湖北本、四庫章句本、莊本「不見」下無「也」字。案：章句七字句韻語。「我身不見」當作「身不見」，身亦我也。後未曉身我之義妄增「我」字。又，銀雀山漢墓簡太公篇：「往者不可及，來者不可待（待），能明其世，胃（謂）之天子。」論語卷一八微子篇：「往者不可諫，來者猶可追。」莊忌哀時命及後漢書卷二八下馮衍傳皆曰：「往者不可攀援兮，來者不可與期。」七諫初放：「往者不可及兮，來者不可待。」全晉文卷七六摯虞思游賦：「往者倏忽而不逮兮，來者冥昧而未著。」古之恆語。

步徙倚而遥思兮，

彷偟東西，意愁憒也。

【疏證】

彷偟東西，意愁憒也。◎正德本、隆慶本、湖北本、劉本「彷偟」作「徬惶」，莊本、景宋本、俞本、四庫章句本作「仿偟」。馮本、朱本作「徬徨」，同治本作「彷徨」。案：彷徨、仿偟、徬徨、彷惶同。又，章句以「仿偟」釋「徙倚」，哀時命「獨徙倚而彷徉」，章句：「徙倚，猶低回也。」北大簡（四）反淫：「王孫徙倚」，亦低回也。又，全三國文卷四四阮籍首陽山賦有此句，因襲於此。章句以上患、諫、見、憒協韻，患、諫、見，元韻；憒，文韻。文、元合韻。

怊惝怳而乖懷。

惆悵失望，志乖錯也。

【疏證】

惆悵失望，志乖錯也。◎文選卷一五張衡思玄賦「魂惝惘而無儔」，李善注：「楚辭曰：『悵惝惘兮永思。』王逸曰：『惝惘，惆悵失望，志錯越也。』」案：李善注引楚辭「悵惝惘兮永思」，見哀時命。而引章句，則出於此。「乖錯」作「錯越」者，當是原本之舊。葛洪肘後備急方卷三治人心下虚悸方：「或激憤惆悵，致志氣錯越。」王燾外臺祕要方卷一六湯方：「感激惆悵，志氣錯越，不得安守。」章句因醫家恆語。若作「乖錯」，出韻。玉篇卷八心部「怊」字：「怊，悵恨也。」

意荒忽而流蕩兮，

情思罔兩，無據依也。

【疏證】

情思罔兩，無據依也。◎案：慧琳音義卷一〇〇「慌惚」條引王逸注：「失意皃也。」荒忽、慌惚同，亦作慌惚。章句佚義。又，章句「情思罔兩」云云，罔兩，猶莽浪、孟浪、莫落、略摹之聲轉，言迷惘不精細貌。詳參哀郢「姡被離而鄣之」注。又，全三國文卷四四阮籍清思賦「意流蕩而改慮兮」，意流蕩，取式於此，猶「意荒忽」也。

心愁悽而增悲。

愴然感結，涕沾懷也。

【疏證】

愴然感結，涕沾懷也。◎正德本、隆慶本、馮本、俞本、劉本、朱本、湖北本、莊本、四庫章句本「沾」作「霑」。案：沾與霑同。增，重也。全後漢文卷九〇王粲閑邪賦「意慘悽而增悲」，寡婦賦「心憯結兮增悲」。增悲，皆因於此，增亦重也。惜誦「願曾思而遠身」，招魂「層臺累榭」，章句並曰：「層、累，皆重也。」層、增、曾皆通。又，章句「愴然感結」云云，感結，猶感激也。法苑珠林卷三四見解篇第一七引證部：「心中感結馳向佛，視以至心，故忽得天眼重復。」玉臺新詠集卷一秦嘉妻徐淑答詩：「思君兮感結，夢想兮容輝。」卷二甄皇后樂府塘上行：「想見君顏色，感結傷心脾。」

神儵忽而不反兮，

神靈遠逝，遊四維也。

【疏證】

神靈遠逝，遊四維也。◎四庫章句本「神」作「魂」。惜陰本、同治本「遊」作「游」。案：神與魂同，游與遊同。又，章句以「神」爲「魂靈」，是也。儵忽，謂忽疾貌。詳參天問「儵忽焉在」注。自此以下，皆承此謂神魂遠遊事。章句「遊四維」云云，四維，謂四方。戰國策卷七秦策五「寧於太山四維」，高注：「四方之隅，不可移也。」黄帝内經素問卷二〇五常政大論「其眚四維」，林注：「東南、東北、西南、西北方也。維，隅也。」又，文選卷一六司馬相如長門賦「魂踰佚而不反兮」，三國志卷二魏書文帝紀注引曹植文帝誄「嗟一往之不反兮」，全晉文卷九一潘岳悼亡賦「神飃忽而不反」。皆祖構於此。

形枯槁而獨留。

身體寥廓，無識知也。

【疏證】

身體寥廓，無識知也。◎案：章句以「寥廓」釋「枯槁」，蓋以漢世語釋周、秦古語。寥廓，言高遠貌。下「上寥廓而無天」，章句：「空無形也。」東漢以後爲蕭條、殂敗義。新論卷六譴非篇：「道路皆蒿草，寥廓狼藉。」類聚卷一天部上「雲」條引陸機浮雲賦：「乍似寒門之寥廓。」卷三四人部一八「懷舊」條引陸機歎逝賦：「或冥邈而既盡，或寥廓而僅半。」魂離形而不反，形雖枯槁獨留，謂大命終絶。又，文選卷一六司馬相如長門賦「形枯槁而獨居」。祖構於引，李善注：「形體枯槁，悲悴之甚也。」

内惟省以端操兮，

捐棄我情，慮專一也。

【疏證】

捐棄我情，慮專一也。◎補注引「捐棄我情」一作「林素我情」。景宋本「棄」作「弃」。案：弃、棄同。作「林素」，不辭，當「朴素」之訛。莊子卷四馬蹄篇第九：「同乎無欲是謂樸素。」朴與樸同。「内惟省」者，猶魂神不爲己之性情所羈羈，一歸於朴素，正章句「捐棄我情」也。卷八讓王篇第二八：「故内省而不窮於道，臨難而不失於道。」荀子卷一脩身篇第二：「志意脩則驕富貴，道義重則輕王公，内省則外物輕矣。」又，端操，謂貞節專一也。全後漢文卷九六班昭女誡第一卑弱：「正色端操，旨事夫主。」文選卷九潘岳射雉賦：「樂而無節，端操或虧。」又，後漢書卷二八下馮衍傳「内自省而不慙兮」，皆因襲此語。「端操」、「自省」云云，皆同此意。

求正氣之所由。

悽神藏情，治心術也。

【疏證】

悽神藏情，治心術也。◎文淵四庫章句本「藏」作「持」，「心」作「身」，文津本「藏」作「養」。

案：呂氏春秋卷一五愼大覽第一愼大篇「持之其難者也」，高注：「持猶守。」舊本作「持情」，後不曉持守義，易持爲藏字。或作「身術」，非是。又，正氣，魂神所憑者，天地自然之精氣也，於人言之，猶性也，質也。反之爲邪氣，於人則欲也，情也。淮南子卷一四詮言訓：「君子行正氣，小人行邪氣。内便於性，外合於義，循理而動，不繫於物者，正氣也。重於滋味，淫於聲色，發於喜怒，不顧後患者，邪氣也。邪與正相傷，欲與性相害，不可兩立，一置一廢，故聖人損欲而從事於性。」其是之謂也。又，文選卷一六江淹別賦「襲青氣之烟煴」，李善注：「易通卦驗曰：『震，東方也，主春分。日出，青氣出震，此正氣也。』」卷五三嵇康養生論「喜怒悖其正氣」，李善注引文子：「循理而動者，正氣也。」靈樞經卷一小鍼解第三：「神者，正氣也。客者，邪氣也。」正氣，猶自然精氣。

漠虚静以恬愉兮，

恬然自守，内樂佚也。

【疏證】

恬然自守，内樂佚也。◎案：漠，虚静貌。爾雅釋言：「漠，清也。」樊光注：「漠然，清貌。」又，莊子卷四天道篇第一三：「夫虚静、恬淡、寂漠、無爲者，天地之平而道德之至，故帝王聖人休焉。休則虚，虚則實，實者倫矣。虚則静，静則動，動則得矣。静則無爲；無爲也則任事者責矣。無爲則俞俞，俞俞者憂患不能處，年壽長矣。夫虚静、恬愉、寂漠、無爲者，萬物之本也。」淮南子卷七精神訓：「氣志虚静恬愉而省嗜欲。」又曰：「恬愉虚静，以終其命。」虚静恬愉，内求正氣之道術也。

澹無爲而自得。

滌除嗜欲，獲道實也。

【疏證】

滌除嗜欲，獲道實也。◎案：澹，安静貌。文選卷一九宋玉神女賦「澹清静其愔嫕兮」，李善

注：「澹，静貌。」漢書卷八七下揚雄傳「澹泊爲德」，顏師古注：「澹泊，安静也。」或借作憺。淮南子卷八本經訓「憺然無欲」，憺然，即澹然。澹然無爲，亦内求正氣之術。白得，謂得正氣所由也。章句「獲道實」云云，道實，謂正氣也。

聞赤松之清塵兮，

想聽真人之徽美也。

【疏證】想聽真人之徽美也。◎補注：「列仙傳：『赤松子，神農時爲雨師，服水玉，教神農，能入火自燒。至崑山上，常止西王母石室，隨風雨上下。炎帝少女追之，亦得仙俱去。張良欲從赤松子游。』即此也。」案：雲笈七籤卷一〇八紀傳部傳六引列仙傳復曰：「至高辛時復爲雨師，今之雨師本是焉。」赤松，古之得道者。初學記卷二九獸部第三麟「駕六飛吐三卷」條引孝經古契：「姓爲赤松，字時橋，名受紀。」韓非子卷六解老篇第二〇：「赤松得之，與天地統（終）。」淮南子卷二〇泰族訓：「王喬、赤松，去塵埃之間，離羣慝之紛，吸陰陽之和，食天地之精，呼而出故，吸而入新，蹀虛輕舉，乘雲遊霧，可謂養性矣。」全後漢文卷一二桓譚仙賦：「余少時爲郎，從孝成帝出祠甘泉河東，見部先置華陰集靈宮。宮在華山下，武帝所造，欲㠯懷集仙者王喬、赤松子，故名殿爲存仙。端門南向山，署曰望仙門。余居此焉，竊有樂高眇之志，即書壁爲小賦，㠯頌美曰：夫王喬、赤松，呼則出故，翕則納新。夭矯經引，積氣關元。精神周洽，鬲塞流通。乘凌虛無，洞達幽明。諸物皆見，玉女在旁。仙道既成，神靈攸迎。乃驂駕青龍赤騰，爲歷躇玄厲之摧嵬，有似乎鸞鳳之翔飛，集于膠葛之宇，泰山之臺。吸玉液，食華芝，漱玉漿，飲金醪。出宇宙，與雲浮，灑輕霧，濟傾崖。觀滄川而升天門，馳白鹿而從麒麟。周覽八極，還崦華壇。氾氾乎，濫濫乎，隨天轉旋，容容無爲，壽極乾坤。」又，章句以「清塵」爲「徽美」，清塵，尊美之辭，非謂灑塵。文選卷二五盧子諒贈劉琨一首并書：「自奉清塵，于今五稔。」李善注：「楚辭曰：『聞赤松之清塵。』然行必塵起，不敢指斥尊者，故假塵以言之。言清，尊之也。」卷三九司馬相如上書諫獵「犯屬車之清塵」，李善注：「車塵言清，尊之意也。」全漢文卷二〇枚乘七發：「蒙清塵，被蘭澤。」全後漢文卷九六丁廙妻寡婦賦：「辭父母而言歸，奉君子之清塵。」全三國文卷一三曹植出婦賦「㠯才薄之陋質，奉君子之清塵。」全晉文卷三六庾儵大槐賦：「望輕霞而增舉，垂高暢之清塵。」卷四一羊祜雁賦：「眇眇兮瞥若入清塵，扶日拂翼粲光羅。」卷四五傅玄山鷄賦：「鑒中流以顧影，晞雲表之清塵。」卷五一傅咸感別賦：「退以文而會友，欽公子之清塵。」卷一四〇湛方生七歡「慕赤松之清塵，乃餐霞而絶穀。」晉書卷七四桓彝傳史論：「邁周、庾之清塵，遵許、郭之遐軌。」章句以上越、依、懷、維、知、一、術、佚、實、美協韻。越，月韻，歌之入也；依、懷、維、美，微韻；知，支韻；一、術、佚、實，質韻，脂之入也。歌、支、微、脂合韻。

願承風乎遺則。

思奉長生之法式也。

【疏證】思奉長生之法式也。◎案：承者，奉也。詳參思美人「願承閒而自察兮」注。風，謂遺風，指赤松之清塵也。又，廣弘明集卷一五佛德篇第三謝靈運佛影銘「承風遺則」，因襲此語。

貴真人之休德兮，

珍瑋道士，壽無窮極。

【疏證】珍瑋道士，壽無窮極。◎四庫章句本「士」作「大」。案：大，士之訛。四庫補注本亦作「道士」。真人，得道之人若赤松者也。莊子卷三大宗師篇第六：「何謂真人？古之真人不逆寡，不雄成，不謩士。若然者，過而弗悔，當而不自得也。若然者，登高不慄，入水不濡，入火不熱。是知之能登假於道也若此。古之真人，其寢不夢，其覺無憂，其食不甘，其息深深，真人之息以踵，衆人之息以喉。屈服者，其嗌言若哇。其耆欲深者，其天機淺。」又曰：「古之真人，不知説生，不知惡死。其出不訢，其入不距，翛然而往，翛然而來而已矣。不忘其所始，不求其所終；受而喜之，忘而復之，是之謂不以心捐道，不以人助天。是之謂真人。若然者，其心志，其容寂，其顙頯，淒然似秋，煖然似春，喜怒通四時，與物有宜而莫知其極。」又曰：「古之真人，其狀義而不朋，若不足而不承；與乎其觚而不堅也，張乎其虛而不華也；邴邴乎其似喜乎，崔乎其不得已乎；滀乎進我色也，與乎止我德也；厲乎其似世乎，謷乎其未可制也；連乎其似好閉也，悗乎忘其言也。」又曰：「故其好之也一，其弗好之也一。其一也一，其不一也一。其一與天爲徒，其不一與人爲徒。天與人不相勝也，是之謂真人。」卷八漁父篇第三一：「真者，精誠之至也。」又曰：「真者，所以受於天也，自然不可易也，故聖人法天貴真。」章句以道士釋真人。道士，方術之士，漢世恆語，所以通古今。春秋繁露卷一六遁天之道第七七：「古之道士有言曰：『將欲無陵，固守一德。』」荀悦前漢紀卷一三孝武皇帝紀：「而少君病死，道士以爲化去不死也。」又，章句文例，以七字爲句，「壽無窮極」舊作「壽無極」。窮，羨也。

美往世之登仙。

羨門子喬，古登真也。

【疏證】

羨門子喬，古登真也。◎正德本、隆慶本、馮本、俞本、劉本、朱本、湖北本、壯本、四庫章句本正文「美」作「羨」。補注引「喬」一作「高」。案：美，俗作羙，與「羨」形似相訛。若作「羨往世」，與下「羨韓衆」複也。涉章句「羨門」訛爾。羨門，羨門子高。喬、高，古字通用。史記卷六秦始皇帝本紀「使燕人盧生求羨門、高誓」，集解：「韋昭曰：『古仙人。』」正義：「高誓，亦古仙人。」卷一二孝武帝本紀「見安期、羨門之屬」，索隱：「韋昭云：『羨門，古仙人。』應劭云：『名子高。』」卷一一七司馬相如列傳「而役羨門兮」，正義：「張云：『羨門，碣石山上仙人羨門高也。』」鹽鐵論卷七散不足篇第二九：「及秦始皇覽怪迂，信禨祥，使盧生求羨門高。」又，章句「登真」云云，真字，出韻。

與化去而不見兮，

變易形容，遠藏匿也。

【疏證】

變易形容，遠藏匿也。◎正德本、隆慶本、馮本、俞本、劉本、朱本、湖北本、莊本、四庫章句本

「形」作「儀」。案：形容、儀容，章句雜出。變易形容，謂物化也。變易儀容，謂改容貌也。漁父序「儀容變易」是也。舊宜作「形容」也。又，登仙者，虛妄事，是與死亡無别。莊子卷四天道篇第一三：「知天樂者，其生也天行，其死也物化。」新論第一三辨惑：「聖人何不學仙而令死耶？聖人皆形解仙去，言死者，示民有終也。」史記卷二八封禪書「形解銷化」，集解：「服虔曰：『尸解也。』張晏曰：『人老而解去，故骨則變化。今山中有龍骨，世人謂之龍解骨化去也。』」論衡卷七道虛篇第二四：「世學道之人無少君之壽，年未至百，與衆俱死。愚夫無知之人，尚謂之尸解而去，其實不死。所謂『尸解』者，何等也？謂身死精神去乎？謂身不死得免去皮膚也？如謂身死精神去乎，是與死無異，人亦仙人也；如謂不死免去皮膚乎，諸學道死者骨肉具在，與恆死之尸無以異也。夫蟬之去復育，龜之解甲，蛇之脱皮，鹿之墮角，殼皮之物解殼皮，持骨肉去，可謂尸解矣。今學道而死者，尸與復育相似，尚未可謂之尸解。何則？案：蟬之去復育，無以神於復育，況不相似復育，謂之尸解，蓋復虛妄失其實矣。太史公與李少君同世並時，少君之死，臨尸者雖非太史公，足以見其實矣。如實不死，尸解而去，太史公宜紀其狀，不宜言死。其處座中年九十老父爲兒時者，少君老壽之效也。或少君年十四五，老父爲兒，隨其王父。少君年二百歲而死，何爲不識？武帝去桓公鑄銅器，且非少君所及見也。或時聞宮殿之内有舊銅器，或案其刻以告之者，故見而知之。今時好事之人，見舊劍古鉤，多能名之，可復謂目見其鑄作之時乎？」

名聲著而日延。

姓字彌章，流千億也。

【疏證】

姓字彌章，流千億也。◎案：著，章明也。謂形雖化去不存，而其名聲不滅。章句以上式、極、匿、億同協職韻。

奇傅説之託辰星兮，

賢聖雖終，精著天也。傅説，武丁之相。辰星，房星，東方之宿，蒼龍之體也。傅説死後，其精著於房尾也。

【疏證】

賢聖雖終，精著天也。傅説，武丁之相。辰星，房星，東方之宿，蒼龍之體也。傅説死後，其精著於房尾也。◎正德本、隆慶本、馮本、俞本、莊本、湖北本、朱本、劉本、四庫章句本「其精」作「其星」，「傅説武丁之相」六字在「蒼龍之體也」下。四庫章句本「死」作「歿」。案：傅説星，在箕尾，舊作「星」字。據義，「傅説武丁之相」六字宜在「蒼龍之體也」下。文選卷五八王儉褚淵碑文

「辰精感運」，李善注引王逸曰：「辰星，房星也。」其引章句有删節。奇，美也。詳參涉江「余幼好此奇服兮」注。補注：「大火謂之大辰。大辰，房、心、尾也。莊子曰：『傅説得之以相武丁，奄有天下。乘東維，騎箕、尾，而比於列星。』音義云：『傅説死，其精神乘東維，託龍尾。今尾上有傅説星。其生無父母，登假三年而形遯。』淮南云『傅説之所以騎辰、尾』是也。」洪引莊子，見卷二大宗師篇第六，成疏又云：「傅説，星精也。而傅説一星在箕尾上。」其引淮南，見卷六覽冥訓，高注：傅説「託精於辰尾星，一名天策」。又，全後魏文卷二二張淵觀象賦「傅説登天而乘尾」，注云：「傅説，一星，在尾後。傅説，殷時隱於巖中，殷王武丁夢得賢人，圖畫其象，求而得之，即立爲相。死，精上爲星，乘尾，在龍、駟之間。」

羡韓衆之得一。

喻古先聖，獲道純也。

【疏證】

喻古先聖，獲道純也。◎案：一者，楚簡或作「⿰鼠一」，從鼠、一。⿰鼠一者，猶「太一生水」之「太一」，謂道也。上博簡（七）凡（萬）物流型：「能守（執）⿰鼠一（一），則百勿（物）不失；女（如）不能守（執）⿰鼠一（一），則百勿（物）具失。女（如）欲守（執）⿰鼠一（一），卬（仰）而視之，任而伏之，母（毋）遠求

（求），厇（度）於身旨（稽）之。㝵（得）鼠（一）［而］恖（圖）之，女（如）并天下而抯之；㝵（得）鼠（一）而思之，若并天下而治之。□鼠（一）以爲天地旨。」又曰：「鼠（一）生兩，兩生厽（三），厽（三）生女，女城（成）結。是古（故）又（有）鼠（一），天下亡（無）不又（有）；亡（無）鼠（一），天下亦亡（無）鼠（一）又（有）。亡（？）是（？）古（故）鼠（一），咀之又（有）未（味），□（嗅）之又（有）□（臭），鼓之又（有）聖（聲），忻（近）之可見，操之可操，漳之則失，敗之則高（槁），測（賊）之則滅。守（執）此，言起於鼠（一）耑（端）。睧（聞）之曰：鼠（一）言而禾备（終）不鯰（窮），鼠（一）言而又（有）衆，鼠（一）言而萬民之利，鼠（一）言而爲天地旨。漳之不浧（盈）漳，専（敷）之亡（無）所谷（容）？大之目（以）智（知）天下，少（小）之目（以）治邦。」馬王堆漢墓帛書德聖：「道者、德者、一者、天者、君子者，其閉塞胃（謂）之德，其行胃（謂）之道。」十六經成法：「力黑曰：『一者，道其本也，胡爲而無長？□□所失，莫能守一。一之解，察於天地；一之理，施於四海。』」又，楚簡「太一」之神或作「太」，或作「祑」。包山楚簡卜筮祭禱記録：「與（舉）禱飤一全豢。」又云：「賽禱太，備（佩）玉一環。」韓衆，古之得道者，非專指齊方士。補注引列仙傳：「齊人韓終爲王採藥，王不肯服，終自服之，遂得仙也。」後據此以此篇爲非屈子所作。謬也。文選卷一五張衡思玄賦「想依韓以流亡」，舊注：「韓衆獲道輕舉，故思依之以流亡也。」全後漢文卷二三班彪覽海賦：「命韓衆與岐伯，講神篇而校靈章。」御覽卷六六九道部一一服餌上引仙經：「韓衆服菖蒲十三年，身生毛，日視書萬言，皆誦之。」則皆以得道者通名，與秦人韓衆非爲一人也。

形穆穆以浸遠兮，

卓絶鄉黨，無等倫也。

【疏證】卓絶鄉黨，無等倫也。◎案：章句以「卓絶鄉黨」釋「形穆穆」，穆穆，謂美大也。爾雅釋詁：「穆穆，美也。」禮記卷三五少儀第一七「穆穆皇皇」，孔疏：「穆穆皇皇，皆美大之狀。」此「穆穆」，「浸遠」之飾語，言遠貌。詳參離騷「神高馳之邈邈」注。又，章句「無等倫」云云，孔安國尚書序「雖設教不倫」，孔疏：「倫，類也。」

離人羣而遁逸。

遁去風俗，獨隱存也。

【疏證】遁去風俗，獨隱存也。◎案：遁，讀作遯，謂隱也。古多借遁字爲之。易遯「遯，亨」，釋文：

「遯，又作遁，同，隱退也，匿跡避時，奉身退隱之謂也。」淮南子卷一〇繆稱訓「不身遁，斯亦不遁人」，高注：「遁，隱也。」章句「遁去風俗」云云，李果風俗通義序：「上行下傚謂之風，衆心安定謂之俗。」章句以上天、純、倫、存協韻，天，真韻；純、倫、存，文韻。真、文合韻。

因氣變而遂曾舉兮，

乘風蹈霧，升皇庭也。

【疏證】

乘風蹈霧，升皇庭也。◎案：因，乘也。氣變，謂出生入死。莊子卷六知北遊篇第二二：「人之生，氣之聚也。聚則爲生，散則爲死。」卷五至樂篇第一八：「察其始而本無生，非徒無生也，而本無形；非徒無形也，而本無氣。離乎芒芴之間，變而有氣，氣變而有形，形變而有生，今又變而之死。是相與爲春秋冬夏四時行也。」全三國文卷四四阮籍清思賦：「若將言之未發兮，又氣變而飄浮。」氣變，道家恆語。曾舉，謂飛升。章句「升皇庭」云云，弘明集卷一四釋智靜檄魔文：「委命皇庭，逍遥玄境。」皇庭，謂仙府，東漢以後恆語。

忽神奔而鬼怪。

往來奄忽，出杳冥也。

【疏證】

往來奄忽，出杳冥也。◎案：神，魂靈也。魂靈之行，飄忽疾速，故曰「神奔」。論衡卷二二紀妖篇第六四：「使魂行若飃風乎，則其速不過一日之行，亦不能至天。人夢上天，一卧之頃也，其覺，或尚在天上，未終下也。若人夢行至雒陽，覺，因從雒陽悟矣。魂神蜚馳何疾也！」文選卷三五張景陽七命「星飛電駭」，李善注引李尤七歎曰：「神奔電驅，星流矢驚，則莫若益野騰駒也。」全梁文卷六四張纘南征賦：「至于殊庭之客，帝鄉之賢，神奔鬼化，吐吸雲煙。」又，正文「而鬼怪」，謂如鬼怪也。而，如也。訓見王引之經傳釋詞卷七「而」條。又，全梁文卷三四江淹丹砂可學賦：「遂乃氣穆肅而神奔，骨窈窈而鬼怪。」因襲此語，而鬼怪，亦言行如鬼怪疾速。可資參證。古謂鬼怪之行，疾速無常，淮南子卷六覽冥訓「電奔而鬼騰」是也。

時髣髴以遥見兮，

託貌雲飛，象其形也。

【疏證】

託貌雲飛，象其形也。◎正德本、隆慶本、馮本、湖北本、俞本、莊本、朱本、劉本、皇都本、四庫章句本「飛」作「氣」。景宋本、同治本「貌」作「皃」。案：皃，古貌字。章句無「雲飛」，有「雲氣」。下「遊驚霧之流波」，章句：「蹈履雲氣，游清波也。」舊本作「雲氣」也。髣髴，謂形似貌。詳參悲回風「存髣髴而不見兮」注。遥，疾也。詳參抽思「願摇起而横奔兮」注。又，全梁文卷六四張纘南征賦「時髣髴其遥見」，因襲此語。遥亦疾也。

精晈晈以往來。

神靈照曜，晈如星也。

【疏證】

神靈照曜，晈如星也。◎正德本、隆慶本、朱本、湖北本、馮本、俞本、莊本、劉本、四庫章句本「曜」作「耀」，正文「晈晈」作「皎皎」。補注引釋文作皦皦。案：晈與皎、皦，古字通用也。曜與耀同。精，謂精靈也，在地化爲人，在天布爲星。古之「星命説」謂人稟氣而生，星爲天氣所聚，人之命在天爲星。論衡卷二命義篇第六：「衆星推移，人有盛衰。」又曰：「性所稟之氣，得衆星之精。

衆星在天，天有其象。得富貴象則富貴，得貧賤象則貧賤，故曰在天。在天如何？天有百官，有衆星。天施氣而衆星布精。天所施氣，衆星之氣在其中矣。人稟氣而生，含氣而長，得貴則貴，得賤則賤；貴或秩在高下，富或貲有多少，皆星位尊卑大小之所授也。」漢書卷二七下天文志：「衆星，萬民之類也。列宿不見，象諸侯微也。」晉書卷一三天文志下：「按劉向説，天官列宿，在位之象，其衆小星無名者，衆庶之類。」又，全晉文卷九一潘岳笙賦「應吹噏以往來」。因此語來。

絶氛埃而淑尤兮，

超越垢穢，過先祖也。淑，善也。尤，過也。言行道修善，所以過先祖也。

【疏證】

超越垢穢，過先祖也。◎案：章句「過先祖」云云，祖字出韻，「祖先」之乙。

淑，善也。◎四庫章句本「善」作「美」。案：四庫補注本亦作「善」。淑之爲善，因爾雅釋詁。淑之爲美，荀子卷一八賦篇第二六知「涽涽淑淑」，楊注：「淑淑，未詳，或曰：美也。」但此一例。則舊作「善」。

尤，過也。言行道修善，所以過先祖也。◎案：尤之爲過，詳參離騷「忍尤而攘詬」注。章句以「行道修善，所以過先祖」釋「淑尤」，其説繳繞。補注云：「淑尤，言其善有以過物也。」亦晦澀不通。說文乙部：「尤，異也。从乙、又聲。」尤，謂殊異。尤、異音同義通。左傳襄公二六年「而視之尤」，杜注：「尤，甚也。」管子卷一二侈靡篇第三五「然有知强弱之所尤」，尹注：「尤，殊絶也。」淑尤，猶甚善也。言超絶氛埃，至於極善之處也。朱季海楚辭解故謂淑字讀作滌，言「滌除尤詬耳」。淑、滌通用，無徵不信。

終不反其故都。

去背舊都，遂登仙也。

【疏證】

去背舊都，遂登仙也。◎案：離騷曰：「何所獨無芳草兮，爾何懷乎故宅。」又曰：「國無人莫我知兮，又何懷乎故都？」即同此意。章句「遂登仙」云云，猶反歸祖居之冥府也。

免衆患而不懼兮，

得離羣小，脱艱難也。

【疏證】得離羣小，脱艱難也。◎案：衆患，塵世之患。章句以上先、仙、難協韻，先、仙，真韻；難，文韻。真、文合韻。

世莫知其所如。

奮翼高舉，昇天衢也。自此以上皆美仙人超世離俗，免脱患難，屈原想慕其道，以自慰緩，愁思復至，志意悵然，自傷放逐，恐命不延，顧念年時，因復吟歎也。

【疏證】奮翼高舉，昇天衢也。自此以上皆美仙人超世離俗，免脱患難，屈原想慕其道，以自慰緩，愁思復至，志意悵然，自傷放逐，恐命不延，顧念年時，因復吟歎也。◎正德本、隆慶本、馮本、俞本、莊本、朱本、劉本「昇」作「升」，正德本、隆慶本、湖北本、朱本、劉本、馮本、俞本、莊本、四庫章句本「年時」下無「因」字，「歎」作「嘆」。案：景宋本、四庫補注本亦有「因」字。涉江：「世溷濁莫余知兮，吾方高馳而不顧。」即同此意。又，全三國文卷四六阮籍大人先生傳「天下莫知其所如往也」。襲用此語。

恐天時之代序兮，

春秋迭更，年老暮也。

【疏證】

春秋迭更，年老暮也。◎案：代序，猶代謝也。詳參離騷「春與秋其代序」注。全齊文卷二一三謝元暉酬德賦「四時游之代序」，文選卷一五張衡思玄賦「時亹亹而代序兮」，襲用此語。代序，皆謂代謝。

耀靈曅而西征。

託乘雷電以馳騖也。靈曅，電貌。詩云：「曅曅震電。」西方少陰，其神蓐收，主刑罰。屈原欲急西行者，將命於神，務寬大也。

【疏證】

託乘雷電以馳騖也。靈曅，電貌。詩云：「曅曅震電。」西方少陰，其神蓐收，主刑罰。屈原欲急西行者，將命於神，務寬大也。◎同治本「曅」作「曄」，景宋本、寶翰本、皇都本、惜蔭本亦作「曅」。正德本、隆慶本、劉本、馮本、俞本、四庫章句本、朱本「馳騖」下無「也」字，「電貌」、「刑罰」

下有「也」字，「將命於神務寬大」作「將令行其神務寬大」。莊本、湖北本、四庫章句本「馳騖」下無「也」字，「刑罰」下有「也」字，「將命於神務寬大」作「將令其神務寬大」。四庫章句本「暈」作「煜」。案：曅與暈同。煜，避康熙諱。慧琳音義卷七九「煒曅」條引楚辭曰：「曅，熾也。」卷九〇「煒曅」條引王逸注：「煒曅，日赤光盛皃也。」皆章句佚義。章句引詩見十月之交，毛詩「曅曅」作「爗爗」。古字通用。傳：「爗爗，震電貌。」解此「靈曅」爲「電貌」。則其義晦。補注引博雅：「朱明、耀靈、東君，日也。」其説是也。此謂日將西落也。耀靈，即天問「曜靈安藏」之「曜靈」，章句：「曜靈，日也。」逸非不知，何以前後齟齬耶？注書之難，於此可見。文選卷一五張衡思玄賦「耀靈忽其西藏」，舊注：「耀靈，日也。」卷一六潘岳寡婦賦「曜靈曅而遄邁兮」，李善注：「廣雅曰：『曜靈，日也。』」皆襲用此語，並謂日也，可得參證之。章句以上衢、暮、騖協韻，衢、暮，魚韻；騖，幽韻。幽、魚合韻。

微霜降而下淪兮，

淪者，諭上用法之刻深也。

【疏證】

淪者，諭上用法之刻深也。◎正德本、隆慶本、馮本、俞本、劉本、朱本、湖北本、莊本、四庫章句本無「論上」二字。案：皆敓之也。章句謂霜之下淪，以諭用法深刻。九歎愍命「或沈淪其無所達兮」，章句：「淪，没。」「淪者」下當補「没」字，蓋爛敓之。下淪，下降也。類聚卷二天部下雹引晉顧愷之雷電賦：「若乃太陰下淪，少陽初升。」卷二七人部一一行旅引謝靈運歸塗賦：「雲上騰而鴈翔，霜下淪而草腓。」卷九七蟲豸部蟬引顏延之寒蟬賦：「折清飈而下淪，團高木以飄落。」全晉文卷九六陸機感丘賦：「翳形骸于下淪兮，飄營魄而上浮。」下淪，古恆語也。又，七諫沈江「微霜下而夜降」，類聚卷三四人部一八「哀傷」引魏文帝寡婦賦「微霜隕兮集庭」。皆因此語。

悼芳草之先零。

不誅邪僞，害仁賢也。

【疏證】

不誅邪僞，害仁賢也。◎正德本、劉本「僞」作「爲」。案：訛也。草曰零，木曰落。訓見離騷「惟草木之零落兮」注。惜往日：「何芳草之早殀兮，微霜降而下戒。」九辯：「白露既下百草兮，奄離披此梧楸。」並同此意。又，全晉文卷一〇一陸雲九愍感逝「悲芳草之中霜」，襲用此語，託意亦同。

聊仿佯而逍遥兮,

聊且戲蕩而觀聽也。

【疏證】

聊且戲蕩而觀聽也。◎案:仿佯,或作彷徉、方羊、旁羊、方陽、望洋、罔象、泂瀁等,言徘徊也。逍遥,謂戲遊也。詳參離騷「聊逍遥以相羊」注。章句「觀聽」云云,謂觀望遲疑也,兩漢恆語。潛夫論卷八德化篇第三三:「雖有憂君哀主之情、忠誠正直之節,猶且沈吟觀聽行己者也。」袁宏後漢紀卷二九孝獻皇帝:「今横殺無辜,則海内觀聽,誰不解體?」觀望,皆遲疑也。

永歷年而無成。

身以過老,無功名也。

【疏證】

身以過老,無功名也。◎案:歷,經也;歷年,謂蹉跎年命。又,無成,謂無所成立,楚辭恆語。九辯「蹇淹留而無成」,哀時命「忽爛漫而無成」。

誰可與玩斯遺芳兮，

世莫足與議忠貞也。

【疏證】

世莫足與議忠貞也。◎正德本、隆慶本、馮本、俞本、朱本、劉本、湖北本、莊本、四庫章句本「貞」作「質」。補注引正文「斯遺芳」一作「此芳草」。案：章句無「忠質」之例，謂「忠貞」夥頤，離騷「和調度以自娛兮」，章句：「執守忠貞，以自娛樂。」九辯序：「屈原懷忠貞之心而被讒邪。」作「忠質」，出韻。又，或本作「此芳草」，涉思美人「吾誰與玩此芳草」也。章句以上賢、聽、名、貞協韻，賢，真韻；聽、名、貞，耕韻。真、耕合韻。

晨向風而舒情。

想承君命，竭誠信也。

【疏證】

想承君命，竭誠信也。◎補注引「晨」一作「長」。案：晨，長之訛，遠也。呂氏春秋卷一一仲冬紀第五長見篇「以其長見與短見也」，高注：「長，遠也。」章句「想承」云云，猶遠承也。文選卷二九魏文帝雜詩二首：「向風長歎息，斷絶我中腸。」言我長向風歎息。祖構於此，其所據本作「長向風」。又，全梁文卷六四張纘南征賦：「獨向風以舒情，搴芳洲其誰翫。」

高陽邈以遠兮，

顓頊久矣，在其前也。

【疏證】

顓頊久矣，在其前也。◎案：高陽，楚之始祖。詳參離騷「帝高陽之苗裔兮」注。後漢書卷二八下馮衍傳：「高陽邈其超遠兮，世孰可與論兹。」襲用於此。

余將焉所程？

安取法度，修我身也？

【疏證】

安取法度，修我身也？◎景宋本、四庫章句本「修」作「脩」。補注引正文「焉」一作「安」。案：修、脩古字通。焉、安，古字通，然與所字連用，古多作安。章句「安取」云云，舊作「安」字。

章句「法度」云云，詩小旻「匪先民是程」，毛傳：「程，法。」懷沙「驥焉程兮」，與此同意，亦作焉字。章句以上信、前、身協韻，前，元韻；信、身，真韻。真、元合韻。

重曰：

憤懣未盡，復陳辭也。

【疏證】憤懣未盡，復陳辭也。◎蔣驥山帶閣注楚辭：「重，去聲，樂節之名。」洪氏曰：『情志未申，更作賦也。』」案：補注無此注。漢書卷九七下外戚傳班婕妤「重曰」，顏師古注：「重者，情志未申，更作賦也。」蔣氏誤顏注爲洪説。

春秋忽其不淹兮，

四時運轉，往若流也。

【疏證】四時運轉，往若流也。◎案：章句「四時運轉」云云，以「春秋」概「四時」。此與離騷「日月忽其不淹兮」同意。運，猶回也，旋也。

奚久留此故居？

何必舊鄉可浮遊也。

【疏證】

何必舊鄉可浮遊也。◎馮本、四庫章句本「舊」作「故」。案：館臣據馮本也。此同離騷「又何懷乎故都」，謂棄世之志誠決矣。章句「浮遊」云云，離騷「聊浮遊而求女」，浮遊，謂周遊。章句以上流、遊同協幽韻。

軒轅不可攀援兮，

黄帝以往，難引攀也。軒轅，黄帝號也。始作車服，天下號之爲軒轅氏也。

【疏證】

黄帝以往，難引攀也。軒轅，黄帝號也。始作車服，天下號之爲軒轅氏也。◎正德本、隆慶本、朱本、劉本、馮本「黄」作「皇」，「引攀」乙作「攀引」，「帝」下無「號」字。俞本、四庫章句本、朱本、莊本、湖北本「引攀」作「攀引」，「帝」下無「號」字。案：黃帝，古無作「皇帝」。皇，黃之訛。號、号同。上博簡（二）訟城是（容成氏）作軒緩氏，謂其世「不賞不罰，不型（刑）不殺，邦無飤人，道路無殤死者，上下貴戔（賤），各得丌碟（世），四海之外賓，四海之内貞（定），肣（禽）嘼朝，魚鼈獻，又（有）吳（無）迥（通），匡天下之正（政）十又（有）九年而王天下，卅又（有）七年而民（泯）冬（終）」。轅、緩古字通。史記卷一五帝本紀：「黃帝者，少典之子，姓公孫，名曰軒轅。」集解：「徐廣曰：『號有熊。』譙周曰：『有熊國君，少典之子也。』皇甫謐曰：『有熊，今河南新鄭是也。』」索隱：「案：有土德之瑞，土色黃，故稱黃帝，猶神農火德王而稱炎帝然也。注『號有熊』者，以其本是有熊國君之子故也。亦號軒轅氏。皇甫謐云：『居軒轅之丘，因以爲名，又以爲號。』又據左傳，亦號鴻氏也。少典者，諸侯國號，非人名也。」正義：「輿地志云：『涿鹿本名彭城，黃帝初都，遷有熊也。』案：黃帝有熊國君，乃少典國君之次子，號曰有熊氏，又曰縉雲氏，又曰帝鴻氏，亦曰帝軒氏。母曰附寶，之祁野，見大電繞北斗樞星，感而懷孕，二十四月而生黃帝於壽丘。壽丘在魯東門之北，今在兖州曲阜縣東北六里。生日角龍顏，有景雲之瑞，以土德王，故曰黃帝。封泰山，禪亭亭。亭亭在牟陰。」世本作篇：「黃帝作旃冕。」又曰：「黃帝見百物，始穿井。」又曰：「伯余作衣裳。」淮南子卷一三氾論訓「伯余之初作衣也」，高注：「伯余，黃帝臣。」廣韻下平聲第十八尤韻「牛」字：「黃帝臣胲作服牛。」又，銀雀山漢簡孫臏兵法勢備篇：「黃帝作劍，以陳象之。」又，孫子兵法佚篇漢殘簡黃帝伐赤帝謂黃帝南伐赤帝，至於菽遂；東伐青帝，至於襄平；西伐白帝，至於□□；北伐黑帝，至於武□；「已勝四帝，大有天下」。漢帛書十六經五正：「黃帝於是出其鏘鉞，奮其戎兵，身提鼓鞄（枹），以禺（遇）之（蚩）尤，因而禽之。」又，攀援，或作扳援，哀時命「往者不可扳援兮」是也。又，章句「引攀」、「攀引」，攀、引，皆出韻。「引攀」，蓋「引舉」之訛。舉，魚部字。

吾將從王喬而娛戲。

上從真人與戲娛也。

【疏證】

上從真人與戲娛也。◎補注引「娛」作「遊」。案：正文「戲」字出韻。娛戲，當「戲娛」之乙。章句「與戲娛」云云，舊本正文作「戲娛」。娛與居、霞同協魚部。洪氏引「娛一作遊」者，章句異文，蓋非屈賦正文異文。作「戲遊」，出韻。洪氏又曰：「列仙傳：『王子喬，周靈王太子晉也。好吹笙作鳳鳴，遊伊、洛間。道士浮丘公接上嵩高山。三十餘年後，來於山上，見桓良曰：「告我家，七月七日待我緱氏山頭。」果乘白鵠住山巔，望之不得到，舉手謝時人。數日去。』淮南云：『王喬、赤松去塵埃之間，離羣慝之紛，吸陰陽之和，食天地之精，呼而出故，吸而求新，蹀虛輕舉，乘雲遊霧，可謂養性矣。』」洪引淮南，見卷二〇泰族訓。又，卷一一齊俗訓：「今夫王喬、赤誦子吹嘔呼吸，吐故内新，遺形去智，抱素反真，以游玄眇，上通雲天。」高注：「王喬，蜀武陽人也。爲柏人令，得道而仙。赤誦子，上谷人也。病癘，入山導引輕舉。」是别一王喬，非王子喬。章句以上舉、娛同協魚韻。

飡六氣而飲沆瀣兮，

遠棄五穀，吸道滋也。陵陽子明經言：「春食朝霞。朝霞者，日始欲出赤黄氣也。秋食淪陰，淪陰者，日没以後赤黄氣也。冬飲沆瀣，沆瀣者，北方夜半氣也。夏食正陽，正陽者，南方日中氣也。并天地玄黄之氣，是爲六氣也。」

【疏證】

遠棄五穀，吸道滋也。陵陽子明經言：「春食朝霞。朝霞者，日始欲出赤黄氣也。秋食淪陰，淪陰者，日没以後赤黄氣也。冬飲沆瀣，沆瀣者，北方夜半氣也。夏食正陽，正陽者，南方日中氣也。并天地玄黄之氣，是爲六氣也。」◎惜陰本、同治本「飡」作「餐」，寶翰本、皇都本、景宋本亦作「飡」。景宋本「棄」作「弃」，「子明經」作「子孫明經」。正德本、隆慶本、朱本、劉本、湖北本、馮本、俞本、莊本、四庫章句本「棄」作「弃」，「陵」作「淩」，「日始」下無「欲」字，「黄氣」下無「也」字，

「南方日中氣也」作「南方日中之氣是也」，「六氣」作「六合氣」。正德本、隆慶本、朱本無「朝霞者」之「朝霞」二字。隆慶本敚「秋食」至「黃氣也」十五字。莊子卷一逍遥遊陸氏音義引王逸注無「日始」之「始」字，無「赤黃」之「赤」字，「以後」作「巳後」，「夏食正陽正陽者南方日中氣也」作「夏食正日中氣也」。則有爛敚。案：棄、弃同。陵、淩古字通。巳，已之訛也。已、以古字通用。慧琳音義卷一「撥煙霞」條引王逸注：「日始欲出赤黃氣也。」卷八八「沆瀣」條：「楚辭曰：『沆瀣，北方夜子時氣也。』」卷九四「沆瀣」條：「楚辭『飡六氣而飲沆瀣』，王逸注：『夏食沆瀣。沆瀣，北方夜子氣也。』」文選卷一二郭璞江賦「吸翠霞而夭矯」，李善注引陵陽子明經：「朝霞者，日始出之赤氣。」卷一五張衡思玄賦「飡沆瀣以爲粻」，李善注引陵陽子明經：「夏飡沆瀣，北方夜半氣。」後漢書卷五九張衡傳「餐沆瀣以爲糧」，李賢注：「楚辭曰：『餐六氣而飲沆瀣。』王逸注云：『沆瀣，夜半氣也。』」無「北方」二字。其所據本別。又，御覽卷一五天部第一五氣引章句：「飡吞日精，食元符也。陵陽子明經曰：『春食朝霞。朝霞者，日始出赤氣也。秋食淪漠。淪漠者，日没後赤黃氣也。冬日沆瀣。沆瀣者，北方夜半氣也。夏食正陽。正陽者，南方日中氣也。』」以「淪陰」爲「淪漠」。錦繡萬花谷前集卷三〇神仙「食六氣」條引章句：「陵陽子孫明經云：『春食朝霞者，日始出赤氣也。秋食淪漠者，日没後赤黃氣也。冬食沆瀣者，北方夜半氣也。夏食正陽者，南方日中氣也。』」「子明經」作「子孫明經」，「淪陰」亦作「淪漠」。漠，訛也。又，別集卷二一神仙「飡霞」

條引章句：「陵陽子孫明經云：『春食朝霞者，日始出赤氣也。』」據上所引，陵陽子明經原文宜作：「春食朝霞。朝霞者，日始出赤氣也。秋食淪陰，淪陰者，日没後赤氣也。冬飲沆瀣，沆瀣者，北方夜半氣也。夏食正陽，正陽者，南方日中氣也。并天地玄黄之氣，是爲六氣也。」以「陵陽子明」作「陵陽子孫明」，因張揖誤也。史記卷一一七司馬相如列傳「陽子驂乘」，索隱：「服虔云：『陽子，仙人陵陽子也。』張揖云：『陽子，伯樂也。孫陽字伯樂，秦繆公臣，善御者也。』」後人據此，合陵陽子明與伯樂孫陽爲一人，稱之曰「陵陽子孫明」。又，補注：「莊子云：『御六氣之辨。』李云：『平旦爲朝霞，日中爲正陽，日入爲飛泉，夜半爲沆瀣。天玄、地黄爲六也。』」以「六氣」爲一日氣。左傳昭公元年「天有六氣」，昭公二五年「因地之性生其六氣」，杜注並曰：「六氣，謂陰、陽、風、雨、晦、明也。」國語卷三周語下「天六地五」，又曰「所以宣養六氣」，韋昭注並云：「六氣：謂陰、陽、風、雨、晦、明也。」管子卷一〇戒篇第二六「御正六氣之變」，尹注：「六氣：好、惡、喜、怒、哀、樂。」皆别於此。北大簡（四）反淫字作「亢鍪」，音同。漢帛書却穀食氣：「霜霧者，□□□□□□□。濁陽者，黑四塞，天之亂氣也，及日出而霧也。湯風者，□風也，熱而中人者也，日□。凌陰者，入骨□□也，此五者不可食也。」淪陰，未可食。蓋與淪陰異。却穀食氣又云：「春食一去濁陽，和以銧光、朝暇（霞），昏清可。夏食一去湯風，和以朝暇（霞）、行（沆）暨（瀣），昏清可。秋食一去□霜。霧，和以輸陽、銧，昏清可。冬食一去凌陰，和以端陽、銧光，輸陰，昏清可。」則亦以「朝霞」、「沆瀣」之氣可食也。然淪陰作輪陰。淪，没也，輪，瀉也。蓋二字同義，故可通。「餐六氣而飲沆瀣」者，古之道引術。張家山漢墓竹簡引書：「偃卧吹呴，引陰，春日再呴，壹呼壹吹；夏日再呼，壹呴壹吹；冬日再吹，壹呴壹呼。人之所以善瘚，蚤衰於陰，以其不能節其氣也。能善節其氣而實其陰，則利其身矣。貴人之所以得病者，以其喜怒之不和也。喜則陽氣多，怒則陰氣多，是以道者喜則急呴、怒則劇吹以和之，吸天地之精氣，實其陰，故能毋病。」又，章句「遠棄五穀」云云，道士辟穀求久視之術。論衡卷七道虚篇第二四：「世或以辟穀不食爲道術之人，謂王子喬之輩以不食穀，與恆人殊食，故與恆人殊壽，踰百度世，遂爲仙人。」又，史記卷一一七司馬相如列傳「反太一而從陵陽」，集解：「漢書音義曰：『仙人陵陽子明也。』」雲笈七籤卷一〇八引列仙傳：「陵陽子明，銍鄉人。好釣魚，於旋溪獲得白龍。子明懼，解釣拜而放之。後得白魚，腹中有書，教子明服食之法。子明遂上黄山，采五石脂，沸水而服之。三年，龍來迎去，止陵陽山上百餘年。」又，七諫自悲「含沆瀣以長生」，惜誓「吸沆瀣以充虚」，文選卷一五張衡思玄賦「湌沆瀣以爲粻」，卷一八嵇康琴賦「餐沆瀣兮帶朝霞」，史記卷一一七司馬相如傳「呼吸沆瀣兮餐朝霞兮」。皆襲此語。章句以上遊、滋協韻。遊，幽韻；滋，之韻。之、幽合韻。

漱正陽而含朝霞。

湌吞日精，食元符也。

【疏證】

湌吞日精，食元符也。◎同治本「湌」作「餐」。正德本、隆慶本、馮本、俞本、莊本、朱本、湖北本、劉本、四庫章句本亦作「湌」，湖北本、景宋本「湌吞」作「湌食」。湌、餐古字通用。案：湌，俗飡字。離騷「夕餐秋菊之落英」，章句：「言己旦飲香木之墜露，吸正陽之津液，暮食芳菊之落華，吞正陰之精蘂，動以香潔，自潤澤也。」據此，舊作「湌吞」。作「湌食」，與下「食元符」複也。章句「食元符」云云，文選卷九揚雄長揚賦「方將俟元符」，李善注引晉灼：「元符，大瑞也。」或作玄符。卷四八劇秦美新「玄符靈契」，李善注：「玄符，天符也。」又，全後漢文卷五一楊修神女賦：「吸朝霞之芬液，澹浮遊乎太清。」祖構於此。

保神明之清澄兮，

常吞天地之英華也。

【疏證】

常吞天地之英華也。◎正德本、隆慶本、馮本、俞本、劉本、朱本、湖北本、莊本、四庫章句本

「吞」作「含」。案：保，安也，守也。左傳哀公二六年「乃先保南里」，杜注：「保，守也。」又，國語卷一八楚語下「土氣含收」，韋昭注：「含收，收縮萬物。含，藏也。」戰國策卷三秦策一「寡人忿然含怒日久」，高注：「含，懷也。」保、含義同。若作「吞」字，則非其旨也。又，神明者，謂道真也。郭店楚墓竹簡太一生水：「天地復相補（輔），是以成神明，神明復相補（輔）也，是以成陰陽。」漢帛書經法明理：「道者，神明之原也。神明者，處於度之内而見於度之外者也。處於度之内者，不言而信。見於度之外者，言而不可易也。處於度之内者，静而不可移也。見於度之外者，動而不可化也。動而静而不移，動而不化，故曰神。神明者，見知之稽也。」合陰陽：「當此之時，中極氣張，精神入臧（藏），乃生神明。」天下至道談：「神明之事，在於所閉。審操玉閉，神明將至。」

精氣入而麤穢除。

納新吐故，垢濁清也。

【疏證】

納新吐故，垢濁清也。◎案：北大簡（四）反淫：「吸呸（納）靈氣，食精自充。」靈氣即精氣也。精氣，正氣也，魂也。得之所以生，失之所以亡。麤，古粗字。麤氣，邪氣也，得之所以病也。易繫辭上：「精氣爲物，游魂爲變。」王弼注：「精氣烟熅，聚而成物，聚極則散，而游魂爲變也。」

游魂，言其游散也。」呂氏春秋卷三季春紀第二盡數篇：「大喜、大怒、大憂、大恐、大哀，五者接神則生害矣。大寒、大熱、大燥、大濕、大風、大霖、大霧，七者動精則生害矣。故凡養生，莫若知本，知本則疾無由至矣。精氣之集也，必有入也。集於羽鳥，與爲飛揚；集於走獸，與爲流行；集於珠玉，與爲精朗；集於樹木，與爲茂長；集於聖人，與爲夐明。精氣之來也，因輕而揚之，因走而行之，因美而良之，因長而養之，因智而明之。」又，第三先己篇：「精氣日新，邪氣盡去，及其天年。此之謂真人。」管子卷二〇形勢解篇第六四：「邪氣襲內，正色乃衰也。」淮南子卷七精神訓：「精氣爲人，是故精神，天之有也。而骨骸者，地之有也。精神入其門，而骨骸反其根，我尚何存。」論衡卷二〇論死篇第六二：「人之所以生者，精氣也。死而精氣滅。」卷二二紀妖篇第六四：「夫魂者，精氣也。」張家山漢墓竹簡引書：「人之所以得病者，必於暑濕風寒雨露，腠理啓闔，食飲不和，起居不能與寒暑相應，故得病焉。是以春夏秋冬之間，亂氣相薄遝也，而人不能自免其閒，故得病焉。是以必治八經之引，吹呴呼吸天地之精氣，伸腹折要，力伸手足，軵踵曲指，去起寬亶，偃治巨引，以與相求也，故能毋病。偃卧吹呴，引陰，春日再呴，壹呼壹吹；夏日再呼，壹呴壹吹；冬日再吹，壹呴壹呼。」馬王堆漢墓帛書十問：「必先吐陳，乃翕（吸）竣（朘）氣，與竣（朘）通息，與竣（朘）飲食，飲食完竣（朘），如養赤子。」吐故納新，因時與事而行，皆古人延年久視之道。又，章句「垢濁清」云云，清字出韻，蓋作「清垢濁」也。

順凱風以從遊兮，

乘風戲蕩，觀八區也。南風曰凱風。詩曰：「凱風自南。」

【疏證】

乘風戲蕩，觀八區也。南風曰凱風。詩曰：「凱風自南。」◎案：章句引詩見邶風凱風，毛傳：「南風謂之凱風。」章句因毛詩。文選卷一二木華海賦「颸凱風而南逝」，李善注引呂氏春秋云：「南風曰凱風。」山海經卷一南山經：「又東四百里，至于旄山之尾。其南有谷，曰育遺，多怪鳥，凱風自是出。」郭璞注：「凱風，南風。」又，順、從相對爲文，順亦從也。詩泮水「順彼長道」，鄭箋：「順，從。」又，全後漢文卷九四丁廙蔡伯喈女賦「向凱風而泣血」，卷一〇四漢無名氏梁相孔耽神祠碑「竭凱風以惆憀」，全三國文卷四魏文帝槐賦「凱風翔而迎時」，卷一四曹子建橘賦「仰凱風以傾葉」，全晉文卷五一傅咸扇賦「庶凱風之自南」，卷五九成公綏烏賦「懷凱風之至素」，卷七六摯虞思游賦「尋凱風之南暨兮」，卷九六陸機應嘉賦「泝凱風於卷阿」。皆襲此語，可得參證其義。

至南巢而壹息。

觀視朱雀之所居也。

【疏證】

觀視朱雀之所居也。◎補注：「山海經：『丹穴之山有鳥焉，五彩而文，曰鳳鳥。』南巢，豈南方鳳鳥之所巢乎？成湯放桀於南巢，乃廬江居巢，非此南巢也。」案：朱雀，南方祝融之精。章句「觀視朱雀之所居」云云，與洪氏引山海經同。洪引見南山經，凱風之所自出。於地望考之，南巢，廬江居巢。史記卷二五律書「成湯有南巢之伐，以殄夏亂」，正義：「南巢，今廬州巢縣是也。淮南子云：『湯伐桀，放之歷山，與末喜同舟浮江，奔南巢之山而死。』按：巢即山名，古巢伯之國。云南巢者，在中國之南也。」南巢在江北，若「與末喜同舟浮江」，則在蒼梧也。詳參九歌序。章句以上符、華、濁、區、居協韻，符、華、居，魚韻；濁，屋韻，侯之入也；區，侯韻。侯、魚合韻。

見王子而宿之兮，

屯車留止，遇子喬也。

【疏證】

屯車留止，遇子喬也。◎正德本、隆慶本、俞本、劉本「屯」作「毛」。正德本、隆慶本、劉本、俞本「遇」作「偶」。案：毛、偶，皆訛也。王子，王子喬。馬王堆帛書十問作王子巧。宿，迎也。論語卷一二顏淵篇「子路無宿諾」，皇疏：「宿，逆也。」章句「遇子喬」云云，亦爲逆送。又，七諫自悲「見韓衆而宿之兮」，全梁文卷四六陶宏景尋山誌「至赤城兮一憩，遇王子而宿之」。宿之，皆謂迎之。

審壹氣之和德。

究問元精之秘要也。

【疏證】究問元精之秘要也。◎景宋本、惜陰本、同治本「秘」作「祕」。案：秘，俗祕字。壹氣，謂元氣、精氣也。或曰一氣。管子卷一三心術篇下第三七：「一氣能變曰精。」尹注：「謂專一其氣能鬼神來教，謂之精。」莊子卷二大宗師篇第六：「彼方且與造物者爲人，而遊乎天地之一氣。」新書卷八道德說：「物有形，而道德之神專而爲一氣，明其潤益厚矣。」論衡卷一八齊世篇第五六：「萬物之生，俱得一氣，氣之薄渥，萬世若一。」卷一三超奇篇第三九：「天稟元氣，人受元精。」「壹氣之和德」者，猶張家山漢墓竹簡引書所謂「能善節其氣而實其陰，則利其身矣。是以道者喜則急呴、怒則擄吹以和之，吸天地之精氣，實其陰，故能毋病」也。章句以上喬、要同協宵韻。

曰：道可受兮，

言易者也。

【疏證】言易者也。◎俞本、莊本「者」作「著」。補注引「言易者」一作「云無言」。案：莊氏據俞本也。若作「言易者」，出韻。舊作「云無言」。著，亦訛也。曰者，王子喬之告詞。屈子逆子喬，子喬告以祕要也。

不可傳。

誠難論也。

【疏證】誠難論也。◎案：莊子卷二大宗師篇第六：「夫道有情有信，無爲無形，可傳而不可受，可得而不可見。」馬王堆漢帛書十問：「天地之至精，生於無徵，長於無刑（形），成於無體，得者壽長，失者夭死。」又，全晉文卷七六摯虞思游賦：「運可期兮不可思，道可知兮不可爲。」亦同此意。章句以上言、論協韻，言，元韻；論，文韻。文、元合韻。

其小無内兮，

　靡兆形也。

【疏證】靡兆形也。◎案：淮南子卷一五兵略訓：「夫圓者，天也；方者，地也。天圓而無端，故不可得而觀；地方而無垠，故莫能窺其門。天化育而無形象，地生長而無計量，渾渾沉沉，孰知其藏。凡物有朕，唯道無朕。所以無朕者，以其無常形勢也。輪轉而無窮，象日月之運行，若春秋有代謝，若日月有晝夜，終而復始，明而復晦，莫能得其紀。」即章句所謂「靡兆形」也。

其大無垠。

　覆天地也。

【疏證】覆天地也。◎補注引淮南云：「深閎廣大，不可爲外；析豪剖芒，不可爲内。」案：洪引見卷二俶真訓。又，莊子卷八天下篇第三三：「至大無外，謂之大一；至小無内，謂之小一。」漢帛書經法名理：「處於度之内者，不言而信。見於度之外者，言而不可易也。處於度之内者，静而不可移也。見於度之外者，動而不可化也。」亦同此意。又，章句「覆天地」云云，地字出韻，當「地天」之乙。

無滑而蒐兮，

亂爾精也。

【疏證】

亂爾精也。◎正德本、隆慶本、湖北本、馮本、俞本、莊本、朱本、劉本、四庫章句本正文「無滑」作「無淈滑」。補注引「滑」一作「淈」，又引一云「無淈滑而魂」，曰：「淈、滑並音骨。淈，濁也。滑，亂也。」案：說文水部：「淈，濁也。从水，屈聲。」段注：「今人汩亂字當作此。」又：「滑，利也。从水，骨聲。」段注：「古多借爲汩亂之汩。」淈、滑，皆汩字假借。汩，亂也。詳參離騷「汩余若將不及兮」注。而，謂汝也，王子告語屈原之詞。

彼將自然。

應氣臻也。

【疏證】

應氣臻也。◎案：彼者，魂也。將，謂奉也，迎也。儀禮卷一九聘禮第八「將命于朝」，鄭注：「將，猶奉也。」章句以「應」釋之，亦用「奉迎」義。老子道經二十五章：「人法地，地法天，天法道，道法自然。」王弼注：「自然者，無稱之言，窮極之辭也。」全梁文卷五七劉峻辨命論并序：「夫通生萬物，則謂之道；生而無主，謂之自然。自然者，物見其然，不知所以然。」

壹氣孔神兮，

專己心也。

【疏證】

專己心也。◎補注：「列子曰：『心合於氣，氣合於神。』壹，專也。孔，甚也。」案：其說皆失之。壹氣，同上「審壹氣之和德」之壹氣，謂精魂也。壹氣、孔神爲平列相對，孔神，谷神也。孔、谷，東、屋平入對轉，見溪旁紐雙聲。老子道經六章：「谷神不死，是謂元牝。」王弼注：「谷神，谷中央無谷也。無形無影，無逆無違，處卑不動，守靜不衰，谷之以成，而不見其形。」全後漢文卷六六高彪清戒：「智慮赫赫盡，谷神綿綿存。」谷神，猶元精也。又，章句「專己心」云云，心字出韻，舊作「己心專」。

於中夜存。

恆在身也。

【疏證】

恆在身也。◎案：章句「恆在身」云云，中，身也。禮記卷一〇檀弓下第四「文子其中退然如不勝衣」，鄭注：「中，身也。」國語卷一七楚語上「余左執鬼中，右執殤宮。」韋昭注：「中，身也。」夜，通作亦。夜，夕也。史記卷一八高祖功臣侯者年表「齊侯趙將夜」，索隱：「夜，漢表作夕。」卷三五管蔡世家「子莊公夕姑立」，漢書卷二〇古今人表作「亦姑」。章句以「恆」釋之，讀夜作亦。新蔡葛陵楚墓銘器「平夜君」皆作「平亦君」。清華簡（七）越公其事「夜」字作「𡖍」，亦聲。上博簡（二）容城氏：「既爲金桎，或（又）爲酒池，厚樂於酒。溥亦（夜）以爲槿（淫），不聖（聽）丌邦之正（政）。」新蔡葛陵楚墓竹簡「⿱亦示」字或作「祭」。亦、夜通用。銀雀山漢墓竹簡殘簡：「勝夜戰，不勝夜戰。」兩「夜」字，皆借作亦。銘器及簡帛文獻，亦、夜通用。書皐陶謨「亦行有九德」，蔡沈集傳：「亦，總也。」總猶常也。補注引孟子「梏之反覆，則其夜氣不足以存；夜氣不足以存，則其違禽獸不遠矣」説之，非也。全梁文卷三一沈約桐柏山金庭館碑：「湌正陽於停午，念孔神於中夜。」襲用此語，誤「中夜」爲夜半。章句以上形、天、精、臻、專、身協韻。形、精，耕韻；天、臻、身，真韻；專，元韻；真、元、耕合韻。

虛以待之兮，

執清静也。

【疏證】

執清静也。◎正德本、隆慶本、湖北本、朱本、劉本、俞本、莊本、四庫章句本「静」作「淨」。案：道家以清静爲貴，舊作「清静」。郭店楚墓竹簡老子（甲）：「至虛，亟（極）也；獸（守）中，篤也。」漢帛書十六經道原：「極先之初，迵同大虛。虛同爲一，極一而止。」莊子卷一人間世篇第四：「氣也者，虛而待物者也。」郭象注：「遺耳目，去心意，而符氣性之自得，此虛以待物者也。」即章句「執清静」意也。

無爲之先。

閑情欲也。

【疏證】

閑情欲也。◎案：閑者，止也，防也。説文繫傳木部：「閑，止也。」易乾「閑邪存其成」，李鼎祚集解引宋衷：「閑，防也。」郭店楚墓竹簡老子（丙）：「聖人無爲，古（故）無敗也。」莊子卷三在宥篇第一一：「至道之精，窈窈冥冥；至道之極，昏昏默默。無視無聽，抱神以靜，形將自正。必靜必清，無勞女形，無搖女精，乃可以長生。目無所見，耳無所聞，心無所知，女神將守形，形乃長生。慎女内，閉女外，多知爲敗。」卷二大宗師篇第六：「子祀、子輿、子犁、子來四人相與語曰：『孰能以無爲首，以生爲脊，以死爲尻，孰知生死存亡之一體者，吾與之友矣。』四人相視而笑，莫逆於心，遂相與爲友。」又，章句「閑情欲」云云，欲字出韻，當「欲情」之乙。章句以上靜、情同協耕韻。

庶類以成兮，

衆法陳也。

【疏證】

衆法陳也。◎案：章句「衆法」云云，以「類」爲「法」，蓋通作「律」。上博簡（二）容成氏：「天下大和均，夋（舜）乃欲會天地之氣，而聖（聽）甬（用）之，乃立數（質）以爲樂正，乍爲六頪六……」頪，古類字。六類，即六律，謂六法也。文選卷四四陳琳爲袁紹檄豫州「如律令」，李善注引風俗通：「律者，法也。」類，或通作「率」。史記卷一〇孝文本紀「皆以此令比率從事」，漢書卷四文帝紀「率」作「類」。率亦法也。孟子卷一三盡心上「變其彀率」，焦循正義引陸注：「率，法也。」文選卷四八班固典引：「沈浮交錯，庶類混成。」蔡邕注：「地體沈而氣昇，天道浮而氣降，昇降交錯，則衆類同矣。」李善注：「國語曰：『夏禹能平水土，以品處庶類者也。』」晉書卷九二文苑傳成公綏：「三才殊性，五行異位，千變萬化，繁育庶類，授之以形，稟之以氣。」庶類，皆謂萬物稟氣而成其形。

此德之門。

仙路徑也。

【疏證】

仙路徑也。◎案：老子道經一章：「玄之又玄，衆妙之門。」又六章：「玄牝之門，是謂天地根。」王弼注：「玄者，冥也，默然無有也。衆妙皆從同而出，故曰『衆妙之門』也。」王子告語至此止。章句以上陳、徑協韻；陳，真韻；徑，耕韻；真、耕合韻。

聞至貴而遂徂兮，

見彼王侯而奔驁也。

【疏證】見彼王侯而奔驁也。◎案：徂，往也。莊子卷三在宥篇第一一：「獨往獨來，是謂獨有；獨有之人，是之謂至貴。」至貴，猶得道之王子也。章句釋「王侯」者，亦指王子。非所以泛稱權貴者。又，章句「而奔驁」云云，驁字出韻；當「驁奔」之乙。

忽乎吾將行。

周視萬宇，涉四遠也。

【疏證】周視萬宇，涉四遠也。◎案：此復見涉江。又，文選卷一一孫綽遊天臺山賦「忽乎吾之將行」。即因襲楚辭。「忽乎」者，猶倏然也，言疾逝貌。

仍羽人於丹丘兮，

因就衆仙於明光也。丹丘，晝夜常明也。九懷曰：「夕宿乎明光。」明光即丹丘也。山海經言有羽人之國，不死之民。或曰：人得道，身生毛羽也。

【疏證】

因就衆仙於明光也。◎案：明光，出韻。蓋章句舊作「因就明光於衆仙也」。文選卷一一遊天台山賦「仍羽人於丹丘」，李善注：「楚辭曰：『仍羽人於丹丘兮，留不死之舊鄉。』王逸曰：『因就衆仙於明光也。丹丘，晝夜常明。』」在唐世已譌。

丹丘，晝夜常明也。九懷曰：「夕宿乎明光。」明光即丹丘也。山海經言有羽人之國，不死之民。或曰：人得道，身生毛羽也。◎正德本、隆慶本、俞本、朱本、劉本、莊本「即」作「則」。正德本、隆慶本、俞本、馮本、朱本、四庫章句本、湖北本、莊本、劉本「毛羽」作「羽毛」。案：柳河東集卷四二酬婁秀才寓居開元寺早秋夜月病中見寄「夢繞羽人丘」，韓注引王逸注：「山海經曰有羽人之國，不死之民。或曰：人得道，身生羽毛也。丹丘，晝夜常明也。」據此，舊作「羽毛」。章句引九懷，見通路。引山海經，今本未見，佚篇也。丹丘，即南山經之「丹穴之山」也，有鳥曰鳳皇，南巢在其處，古之神山也。呂氏春秋卷二二慎行論第五求人篇：「九陽之山，羽人裸民之處，不死之鄉。」高注：「羽人，鳥喙，背上有羽翼。」羽人，猶飛廉也，蓋東夷鳳鳥氏之精靈。古之登遐仙化，皆有羽人作導引者。長沙馬王堆漢墓帛畫中部之上，在左右兩龍之間有一羽人，振翅作飛行狀，以導引死者昇天。其上則爲天門也。旅順營城子東漢壁畫昇天圖左端畫一羽人，持三珠樹，乘雲氣，作迎死者登昇之狀。

留不死之舊鄉。

遂居蓬萊，處崑崙也。

【疏證】

遂居蓬萊，處崑崙也。◎案：不死舊鄉，猶崑崙帝丘也。非仙家所稱蓬萊也。蓬萊仙山，見於漢世。史記二八封禪書：「自威、宣、燕昭使人入海求蓬萊、方丈、瀛洲。此三神山者，其傳在勃海中。」山海經卷一五大荒南經：「有不死之國，阿姓，甘木是食。」又，文選卷一一孫綽遊天台山賦：「仍羽人於丹丘，尋不死之福庭。」祖構於此。

朝濯髮於湯谷兮，

朝沐浴於温泉。湯谷，在東方少陽之位。淮南言「日出湯谷，入虞淵」也。

【疏證】朝沐浴於温泉。湯谷，在東方少陽之位。淮南言「日出湯谷，入虞淵」也。◎案：據章句七字韻語文例，「朝沐浴」當作「朝沐我髮」，「温泉」下補「也」字。又，「虞淵」上當補「于」字。柳河東集卷一八招海賈文「沸入湯谷」，韓注引王逸曰：「湯谷，在東方少陽之位。淮南言『日出湯谷，入虞淵也。』」亦敓「于」字。章句引淮南，見卷三天文訓。湯谷，即暘谷，日之所出也。詳參天問「出自湯谷」注。

夕晞余身兮九陽。

晞我形體於天垠也。九陽，謂天地之涯。

【疏證】晞我形體於天垠也。九陽，謂天地之涯。◎正德本、隆慶本、俞本、莊本、馮本、劉本、湖北本、四庫章句本「我」下無「形」字，「之涯」下有「也」字。馮本、四庫章句本「垠」作「根」。補注引「垠」一作「根」，曰：「仲長統云：『沆瀣當餐，九陽代燭。』注云：『九陽，日也。陽谷上有扶木，九日居下枝，一日居上枝。』」案：無「形」，敓也。文選卷一八嵇康琴賦「旦晞幹於九陽」，李善注：

「楚辭曰：『夕晞余身乎九陽。』王逸曰：『九陽，謂九天之崖也。』」據此，「天地之涯」舊作「九天之崖」。垠，崖也。根，垠之訛。呂氏春秋卷二二愼行論第五求人篇：「九陽之山，羽人裸民之處，不死之鄉。」高注：「南方積陽，陽數極於九，故曰九陽之山也。」蓋以九陽爲極遠之地。日自湯谷而上，至中爲極高之所，猶淮南子卷三天文訓「至于昆吾，是謂正中」，因而謂之九陽也。日至九陽，而後復下也。九陽亦以稱日。此義但見魏、晉。類聚卷四歲時中元正引晉傅玄朝會賦：「仰而觀焉，若披丹霞而鑒九陽。」卷七八靈異部上仙道引陸機列仙賦：「爾乃呼翕九陽，抱一含元。」卷八一藥香草部上菊引晉盧諶菊花賦：「浸三泉而結根，晞九陽而擢莖。」卷八二草部下「芙蕖」條引曹植芙蕖賦：「其揚暉也，晃若九陽出暘谷。」此「九陽」，稱九天之崖垠，章句未可易。洪説失之。又，九歌少司命「晞女髮兮陽之阿」。濯髮、晞身於九陽之下，皆是古者叙仙家行迹之恆藻。

吸飛泉之微液兮，

含吮玄澤之肥潤也。

【疏證】含吮玄澤之肥潤也。◎補注：「六氣，日入爲飛泉。又，張揖云：『飛泉，飛谷也。在崑崙西南。』」案：洪氏二説，前者見上「餐六氣而飲沆瀣」注。後者見漢書卷五七下司馬相如傳「橫厲飛泉以正東」張揖注。九歎遠遊「橫飛谷以南征」，章句：「飛谷，日所行道也。」是張揖所因。二説不悖。古以日入之所在崑崙西極，而飛泉爲日入之氣，故謂飛泉亦在崑崙西。此以道引爲説。九懷通路「北飲兮飛泉」，章句：「吮嗽天液之浮源也。」全三國文卷八魏文帝論卻儉等事：「飢餐瓊蕊，渴飲飛泉，然死者本襲，丘壟相望。」並與此同。黎本玉篇殘卷水部「液」字注：「楚辭『吸飛泉之微液兮，懷琬琰之華英』。説文：『液，津也。』」文選卷一五張衡思玄賦「漱飛泉之瀝液兮」，李善注引字林：「液，汁也。」

懷琬琰之華英。

咀嚼玉英以養神也。

【疏證】

咀嚼玉英以養神也。◎補注：「琬音宛，琰音剡，皆玉名。」案：古多以琬琰連文，泛稱美玉。書顧命「弘璧琬琰在西序」，孔傳：「大璧琬琰之珪爲二重。」琬琰是圭。文選卷八司馬相如上林賦「晁采琬琰，和氏出焉」。淮南子卷一六説山訓「琬琰之玉」，高注：「琬琰，美玉。」皆未分別。對文別義。周禮卷二〇春官宗伯第三典瑞：「琬圭以治德，以結好；琰圭以易行，以除慝。」卷四一冬官考工記第六玉人「琬圭九寸而繅，以象德；琰圭九寸判規，以除慝。」鄭注：「琬，猶圜也。凡圭，琰上寸半；琰圭，琰半以上，又半爲瑑飾。」又，華英，謂瓊華也。陸時雍楚辭疏：「山海經云：『稷澤多白玉石，名玉膏，黄帝是饗是食。』所謂『懷琬琰之華英』，類此。」可備爲一説。七諫自悲「懷琬琰以爲心」，因襲此語。

玉色頩以脕顏兮，

面目光澤以鮮好也。

【疏證】

面目光澤以鮮好也。◎正德本、隆慶本、朱本、俞本、朱本、湖北本、劉本「以」作「已」。案：以、已古字通用。補注：「頩，美貌。一曰斂容。」頩之爲美，故訓未見。文選卷一九神女賦「頩薄怒以自持兮」，李善注：「廣雅：『頩，色也。』切韻（四部叢刊六臣本訛作音，今據秀州本校改）：『匹迥切，斂容也。』」張銑注：「頩，色。」今本廣雅無此解，蓋佚文。頩，説文作「艵」，訓「縹色」。引申爲「面色」。戴侗六書故「頩」字：「替經、補經二切。盛氣滿容也。」廣韻下平聲第十五青韻頩音普丁切，謂「面色」。訓「斂容」，「爲傳注」也，訓色，「會通」也。蔣驥山帶閣注楚辭：「頩，淺赤色。」朱駿聲説文通訓定聲第一七鼎部「艵」字，謂或作頩，「面色發青也」。未審其所據。色頩，平列同義，謂面色也。玉色頩，言面色如玉，狀其貌美。又，脕字，説文未收，未見周、秦古書。詩小雅采薇「薇亦柔止」，鄭箋：「柔，謂脆脕之時。」釋文：「脕音問。或作早晚字，非也。」洪氏引脕一作豔，又一作曼。脕、曼，聲之轉也。曼，同文選卷四一司馬遷報任少卿書「曼辭以自飾」之曼，李善注引如淳：「曼，美也。」招魂「豔陸離些」，章句：「豔，好貌也。左氏傳曰：『宋華督見孔父之妻，目逆而送之，曰：美而豔。』」皆與章句謂「鮮美」合。又，章句「以鮮好」云云，好字出韻，當「好鮮」之乙。

精醇粹而始壯。

我靈強健而茂盛也。

【疏證】

我靈強健而茂盛也。◎案：精，謂魂靈。離騷「昔三后之純粹兮」，章句：「至美曰純，齊同曰粹。」文選卷六左思魏都賦「非醇粹之方壯」，劉逵注引班固：「不變曰醇，不雜曰粹。」卷一五張衡思玄賦「何道真之淳粹兮」，舊注：「不澆曰淳，不雜曰粹。」醇粹、純粹、淳粹並同。韓詩外傳卷一〇：「吾乃始壯耳，何老之有？」又，章句「我靈強健」云云，強健，後漢恆語，謂無疾病也。王氏脈經卷八平痓濕脈證第二：「或如強健人欲得出行。」陸士龍文集卷九弔陳永長書：「永曜素自強鍵，了不知有此患。」

質銷鑠以汋約兮，

身體癯瘦，柔媚善也。

【疏證】 身體癯瘦，柔媚善也。◎案：九辯「形銷鑠而瘀傷」，章句：「身體燋枯，被病久也。」據此，銷鑠，謂銷解也。補注：「質銷鑠，謂凡質盡也。司馬相如曰：『列仙之儒，形容甚臞。』」蓋得其旨。汋約，言柔美貌。詳參哀郢「外承歡之汋約兮」注。

神要眇以淫放。

寃魄漂然而遠征也。

【疏證】 寃魄漂然而遠征也。◎正德本、隆慶本、馮本、俞本、朱本、劉本、莊本、湖北本「寃魄」作「寃鬼」。景宋本、惜蔭本、同治本作「魂魄」。補注引「漂」一作「飄」，曰：「要眇，精微貌。廣雅曰：

『淫，遊也。』」案：飄，回風。詳參離騷「飄風屯其相離兮」注。引申爲疾速義。九歌山鬼「東風飄兮神靈雨」，章句：「言東風飄然而起，則神靈應之而雨。」漂，浮也。章句「漂然」云云，當作飄字。又，章句以「而遠征」釋「淫放」，周禮卷三天官冢宰第一宫正「去其淫怠與其奇衺之民」，鄭注：「淫，放濫也。」禮記卷五〇哀公問第二七「淫德不倦」，鄭注：「淫，放也。」淫放，平列同義，猶縱佚遊蕩也。文選卷一六長門賦「神怳怳而外淫」，李善注引韓子：「神不淫放，則身全。」又，卷一五張衡思玄賦「卷淫放之遐心」。襲用此語。淫放，猶戲遊。自漢以還，淫放多言流移無定之意，惡語。禮記卷三九樂紀第一九「使其聲足樂而不流」，鄭注：「流，猶淫放也。」全三國文卷四六阮籍樂論：「好勇則犯上，淫放則棄親。」左傳襄公四年「因夏民以代夏政」，杜預注：「禹孫太康，淫放失國。」又，要眇，言深遠貌。詳參九歌湘君「美要眇兮宜修」注。

嘉南州之炎德兮，

奇美太陽，氣和正也。

【疏證】

奇美太陽，氣和正也。◎案：太平寰宇記卷一二二南州：「南州南州郡，今理南川縣。禹貢梁州之域，周省入雍。戰國時爲巴國之界，秦則巴陵之地。漢爲江州之境。唐武德二年割渝州之東界地置州，領隆陽、扶化、隆巫、丹溪、靈水、南川六縣。三年又改爲棘州，四年又改爲南州。」據此，古之南州，在今巴東、湘西、鄂西之間，非海南之南州。章句「奇美太陽」云云，奇美，平列同義，文選卷一一何晏景福殿賦「羌瓌瑋以壯麗」，呂延濟注：「言奇美壯麗，文章多難以分別。」章句「氣和正」云云，猶張家山漢墓竹簡引書所謂「能善節其氣而實其陰，則利其身矣，是以道者喜則急呴，怒則據吹以和之，吸天地之精氣，實其陰，故能毋病」也。又，類聚卷六地部「崗」條引宋謝靈運入華子岡麻源第三谷詩：「南州實炎德，桂樹淩寒山。」全梁文卷六四張纘南征賦：「嘉南洲之炎德，愛蘭蕙之秋榮。」全晉文卷七六摯虞鵁鶄賦「有南州之奇鳥，諒殊美而可嘉」。皆因襲於此。

麗桂樹之冬榮。

元氣温煖，不殞零也。

【疏證】

元氣温煖，不殞零也。◎正德本、隆慶本、馮本、俞本、朱本、劉本、湖北本、莊本、四庫章句本「殞」作「隕」。案：殞、隕同。文選卷一九宋玉登徒子好色賦「玉爲人體貌閒麗」，李善注：「麗，美也。」屈、宋辭賦，凡樹木皆作木，不作樹，此「桂樹」之稱不合其例，舊當作「桂木」。七諫自悲

「好桂樹之冬榮」，後因東方朔改也。又，文選卷二九曹植朔風詩：「秋蘭可喻，桂樹冬榮。」李善注：「蘭以秋馥，可以喻言；桂以冬榮，可以喻性。」

山蕭條而無獸兮，

溪谷寂寥，而少禽也。

【疏證】

溪谷寂寥，而少禽也。◎皇都本「寥」作「寥」。案：形訛也。九辯「泬寥兮」，章句：「泬寥，猶蕭條。」蕭條、寂寥，皆空虛無人貌。又，古文苑卷五劉歆遂初賦「野蕭條以寥廓兮」，全後漢文卷九〇王粲初征賦「野蕭條而騁望」，類聚卷三五人部一九「愁」條引曹子建愁思賦「原野蕭條兮煙無依」，又引九愁賦「野蕭條而極望」。皆祖構於此，其義可得參證。又，章句「而少禽」云云，禽，侵部，出韻。

野寂漠其無人。

林澤空虛，罕有民也。

【疏證】

林澤空虛，罕有民也。◎正德本、隆慶本、馮本、俞本、朱本、劉本、湖北本、莊本、四庫章句本「民」作「人」。補注引寂一作家（景宋本家譌作家），漠一作寞。案：寂寞、家漠同，無人聲貌也。詳參離騷「恐美人之遲暮」注。章句以上奔、遠、仙、崙、泉、垠、潤、神、鮮、盛、善、征、正、零、民協韻。奔、崙、垠，文韻；潤、神、零、民，真韻；遠、仙、泉、鮮、善，元韻；盛、征、正，耕韻；文、真、元、耕四部合韻。

載營魄而登霞兮，

抱我靈魂而上升也。霞，謂朝霞，赤黃氣也。

【疏證】

抱我靈魂而上升也。霞，謂朝霞，赤黃氣也。◎正德本、隆慶本、俞本、朱本、劉本、馮本、莊本「魂」作「䰟」。案：載營魄，出老子道經十章「載營魄抱一」。朱謙之老子校釋云：「魄，形體也，與魂不同。故禮運有『體魄』，郊特牲有『形魄』。又魂爲陽爲氣，魄爲陰爲形。高誘注淮南子説山訓曰：『魄，人陰神也。魂，人陽神也。』王逸注楚辭大招曰：『魂者，陽之精也；魄者，陰之形也。』此云營魄即陰魄。素問調精論『取血于營』，注：『營主血，陰氣也。』又淮南精神訓：『濁營指天。』知營者陰也。營訓爲陰，不訓爲靈。『載營魄抱一』，是以陰魄守陽魂也。抱如鷄抱卵。一者，氣也，魂也。抱一則以血肉之軀，守氣而不使散泄，如是則形與靈合，魄與魂合。」其説是也。仙人形與神俱登，而俗人魂魄離散，魂神無所之，形魄終歸於地。據此，「靈魂」舊作「靈魄」是也。又，登霞，謂登遐也。霞、遐古通用。墨子卷六節葬下第二五：「其親戚死，聚柴薪而焚之，燻上，謂之登遐。」太平廣記卷四八〇（出博物志）引「登遐」作「登煙霞」，劉子新論卷九風俗篇第四六引作「昇霞」。登遐，猶仙逝也。禮記卷四曲禮下第二「天王登假」，鄭注：「登，上也。假，已也。上已者，若僊去云耳。」朱子集注：「曲禮告喪之詞，乃又借以爲死之美稱也。」可謂卓識。章句「上升」云云，得旨。而「霞，謂朝霞，赤黄氣也」之説，信爲蛇足，後所竄亂之，非章句遺義。

掩浮雲而上征。

攀緣蹈氣，而飄騰也。

【疏證】

攀緣蹈氣，而飄騰也。◎皇都本「蹈」作「眧」。補注引「征」一作「升」。案：眧，訛也。離騷「溘埃風余上征」，上征，屈賦恆語，而無作「上升」。全梁文卷六〇劉孝綽司空安成康王碑：「排天闕而俯眂，掩浮雲而上征。」古文苑卷五劉歆遂初賦「蹠三台而上征兮」，九懷匡機「乘日月兮上征」，昭世「馳六蛟兮上征」，文選卷一一王延壽魯靈光殿賦「緣雲上征」，卷一五張衡思玄賦「浮蠛蠓而上征」，全三國文卷四〇毌丘儉承露盤賦「干雲霧而上征」。皆祖構於此。其所據本作「上征」。又，章句以「攀緣」釋「掩」字，掩，猶取也，引也。方言卷六：「掩，取也。自關而東曰掩。」攀緣同攀援，牽引也。章句以上升、騰同協蒸韻。

命天閽其開關兮，

告帝衛臣，啓禁門也。

【疏證】

告帝衛臣，啓禁門也。◎正德本、隆慶本、俞本、劉本「禁」作「楚」。案：楚，訛也。離騷曰「吾令帝閽開關兮」，與此同意。天閽，帝閽也。又，文選卷八揚雄羽獵賦「戲八鎮而開關」。祖構於此。又，章句「啓禁門」云云，門字出韻，闥之爛敚。史記卷九五樊噲列傳「噲乃排闥直入」，正義：「闥，宮中小門。」文選卷一班固西都賦「閨房周通，門闥洞開」，李善注引毛萇詩傳：「闥，門內也。」又曰「排飛闥而上出」，李善注：「闥，門闥也。」又，禁闥，漢世恆語。史記卷一二〇汲黯列傳：「出入禁闥，補過拾遺，臣之願也。」漢書卷六八霍光傳：「入侍左右，出入禁闥二十餘年。」

闔，月部，歌部之入。

排閶闔而望予。

立排天門而須我也。

【疏證】立排天門而須我也。◎補注引閶闔一作闔閶，曰：「排，推也。大人賦曰：『排閶闔而入帝宮。』」案：王注排爲排立，讀如棐，輔也，旁依也。排閶闔，同騷「倚閶闔」。洪説非是。文選卷七揚雄甘泉賦「馳閶闔而入凌兢」，李善注引王逸曰：「閶闔，天門也。」此義出離騷「倚閶闔而望予」注。閶闔，古無乙倒作「闔閶」者，又，章句「而須我」云云，須，待也。易歸妹六三「歸妹以須」，釋文：「須，待也。」望，亦待也。塗山讀周易卷二需象「雲上於天需」，注引伊川：「則澤將下流，天下之所徯望也。」徯望，平列同義。洪武正韻卷七薺：「徯，望待也。」望待，亦平列同義。章句以上闔、我爲歌、月合韻。

召豐隆使先導兮，

呼語雲師，使清路也。

【疏證】

呼語雲師，使清路也。◎正德本、隆慶本、劉本、湖北本「語」作「吾」，俞本、莊本作「召」。案：吾，語之爛敚。召，吾之訛。莊氏因俞本也。又，豐隆，雷師也，雲師口屏翳。詳參離騷「吾令豐隆椉雲兮」注。章句「雲師」云云，當後所改。又，漢書卷五七下司馬相如傳「使五帝先導兮」，即旁摭此語。

問大微之所居。

博訪天庭在何處也。

【疏證】

博訪天庭在何處也。◎補注：「大象賦：『矚太微之峥嶸，啓端門之赫奕；何宫庭之宏敞，類乾坤之翕闢。』注云：『太微宫垣十星，在翼、軫北，天子之宫庭，五帝之坐，十二諸侯府也。其外蕃九卿也。』」案：太微，天帝南宫。文選卷一班固西都賦「倣太紫之圓方」，李善注引春秋合誠圖：「太微，其星十二，四方。」史記卷二七天官書：「南宫朱鳥，權、衡。衡，太微，三光之廷。匡衛十二星，藩臣：西，將；東，相；南四星，執法；中，端門；門左右，掖門。門内六星，諸侯。其内五星，五帝坐。」索隱：「宋均曰：『太微，天帝南宫也。』十二星，蕃臣。春秋合誠圖曰：『太微主法式，陳星十二，以備武急也。』」正義：「太微宫垣十星，在翼、軫地，天子之宫庭，五帝之坐，十二諸侯之府也。其外藩，九卿也。南藩中二星閒爲端門。次東第一星爲左執法，廷尉之象；第二星爲上相；第三星爲次相；第四星爲次將；第五星爲上將。端門西第一星爲右執法，御史大夫之象也；第二星爲上將；第三星爲次將；第四星爲次相；第五星爲上相。其東垣北左執法、上相兩星閒名曰左掖門；上將兩星閒名曰東華門；上相、次相、上將、次將閒名曰太陽門。其西垣右執法、上將閒名曰右掖門；上將閒名曰西華門；次將、次相閒名曰中華門；次相兩星閒名曰太陰門。各依其名，是其職也。占與紫宫垣同也。」

集重陽入帝宫兮，

得升五帝之寺舍也。

【疏證】

得升五帝之寺舍也。◎案：集，止也。又，重陽，謂天也。後漢書卷六〇上馬融傳「出重陽，厲雲漢」，李賢注：「重陽，天也。」全後漢文卷九〇王粲大暑賦「重陽積而上升」，全晉文卷七六摯虞思游賦「且啓行于重陽兮」，全宋文卷三五謝莊宋孝武宣貴妃誄「集重陽而望椒風」。重陽，皆謂蒼穹上天。文選卷二張衡西京賦「集重陽之清澂」，薛綜注：「上爲清陽，又爲陽，故曰重陽。」又曰「仰福帝居，陽曜陰藏」，薛綜注：「帝居，謂太微宮，五帝所居。太微宮陽時則見，陰時則藏。」卷一三謝希逸月賦「集素娥於后庭」，李善注：「張泉觀象賦曰：『寥寥帝庭。』自注云：『帝庭謂太微宮也。』春秋元命苞曰：『太微爲天庭。』」史記卷二七天官書「其内五星，五帝坐」，索隱：「詩含神霧云『五精星坐，其東蒼帝坐，神名靈威仰，精爲青龍』之類是也。」正義：「黄帝坐一星，在太微宮中，含樞紐之神。四星夾黄帝坐：蒼帝東方靈威仰之神；赤帝南方赤熛怒之神；白帝西方白昭矩之神；黑帝北方叶光紀之神。五帝並設，神靈集謀者也。」又，漢書卷五七下司馬相如傳「排閶闔而入帝宮兮」，亦與此同。

造旬始而觀清都。

遂至天皇之所居也。旬始，皇天名也。一云：旬始，星名。春秋考異郵曰：「太白名旬始，如雄雞也。」

【疏證】

遂至天皇之所居也。旬始，皇天名也。一云：旬始，星名。春秋考異郵曰：「太白名旬始，如雄雞也。」◎正德本、隆慶本、馮本、劉本、俞本、朱本、湖北本、莊本、四庫章句本「所居」下無「也」字，無「一云旬始星名春秋考異郵曰太白名旬始如雄雞也」二十一字。俞本、莊本「皇天」作「天皇」。案：章句以「旬始」爲「皇天」，不宜別解爲星名。則此「一云旬始星名春秋考異郵曰太白名旬始如雄雞也」二十一字，後所竄亂之。史記卷二七天官書：「旬始，出於北斗旁，狀如雄鷄。其怒，青黑，象伏鼈。」集解：「徐廣曰：『蚩尤也。旬一作營。』」卷一一七司馬相如列傳「紅杳渺以眩湣兮」，集解：「漢書音義：『旬始，屈虹氣，色紅。杳渺、眩湣，闇冥無光也。』」（中華書局一九九六年版點校本史記誤作：「旬始，屈虹，氣色。紅杳渺，眩湣，闇冥無光也。」）御覽卷八七五咎徵部二旬始引司馬相如大人賦「垂旬始以爲慘」，孟康：「旬始，氣如雄雞，在北斗傍，懸於葆卜以爲十二旒。」又引廣雅：「旬始，妖氣也。」文選卷三張衡東京賦「欃槍旬始」，薛綜注：「旬始，妖氣也。」又，列子卷三周穆王「王實以爲清都、紫微」，張湛注：「清都、紫微，天帝之所居也。」又，全晉文卷七六摯虞思游賦「覲天帝於清都」，全宋文卷四四袁淑桐賦「棲清都之仙宮」。皆襲用此語。又，章句以上路、處、舍、居同協魚韻。

朝發軔於太儀兮，

旦早趨駕於天庭也。太儀，天帝之庭，習威儀之處也。

【疏證】

旦早趨駕於天庭也。太儀，天帝之庭，習威儀之處也。◎正德本、隆慶本、馮本、俞本、朱本、湖北本、劉本、莊本、四庫章句本「天庭」下無「也」字，「天帝之庭」作「大之帝庭」，「威儀之」下有「所」字。案：文選卷一九張華勵志詩「大儀斡運，天迴地游」，李善注：「人儀，大極也。以生天地謂之大，成形之始謂之儀。」太儀、大儀同，例同上重陽、清都，皆天庭別名。全後魏文卷七魏孝文帝弔殷比干墓文：「搴彗星以朗導兮，委升軔乎大儀。」卷二二張淵觀象賦：「大儀回運，萬象俱流。」章句「習威儀之處」云云，鑿矣。又，管子卷一五任法篇第四五：「聖君所以爲天下大儀也。」尹注：「君爲天下之儀表也。」是別一義。「習威儀之處」云云，後所竄亂之，遂與大庭、太儀溷也。

夕始臨乎於微閭。

暮至東方之玉山也。爾雅曰：「東方之美者有醫無閭之珣玗琪焉。」

【疏證】

暮至東方之玉山也。爾雅曰：「東方之美者有醫無閭之珣玗琪焉。」◎正德本、隆慶本、朱本、劉本「玗」作「珏」，同治本、俞本「玉」作「王」。景宋本「醫」作「於」。補注引「於微閭」一作「於母閭」，又引爾雅作醫無閭，曰：「周禮：『東北曰幽州，其山鎮曰醫無閭。』爾雅疏云：『地理志遼東郡無慮縣。應劭曰：慮音閭。顔師古曰：即所謂醫巫閭。是縣因山爲名。』」案：王，珏，皆訛也。章句引爾雅，見第九釋地，然於無閭作醫無閭，於與醫、微與無，皆聲之轉。郭璞注：「醫無閭，山名，在今遼東。」釋文：「醫，李本作毉，音同。」洪氏引周禮，見夏官第四職方氏，鄭注：「醫無閭，在遼東。」賈疏：「『醫無閭在遼東』者，目驗知之。漢光武十三年，以遼東屬青州，二十四年還屬幽州。」又，郝氏爾雅義疏：「墬形篇作醫毋閭，在今錦州府廣寧縣西十里。」又，章句以上庭、山協韻；庭，耕韻；山，元韻；耕、元合韻。

屯余車之萬乘兮，

百神侍從，無不有也。

【疏證】

百神侍從，無不有也。◎案：離騷「萬乘」作「千乘」。史記卷一一七司馬相如列傳載大人之賦亦有此句，同作「萬乘」。又，章句「無不有」云云，無不，猶莫不也。

紛溶與而並馳。

車騎籠茸，而競驅也。

【疏證】

車騎籠茸，而競驅也。◎馮本、俞本、朱本「籠」作「蘢」。正德本、隆慶本「茸」作「䇯」。正德本、隆慶本、劉本、馮本、俞本、朱本、莊本、湖北本「驅」作「駈」。湖北本「籠」作「龐」。四庫章句本「競驅」作「兢馳」。案：若作「競馳」，出韻。駈，俗驅字。龐，蘢之訛。蘢茸、籠䇯同。又，溶與，同容與、由與、由夷、猶豫等，皆聲之轉，戲遊貌也。章句「籠茸」云云，漢書卷五七下司馬相如傳「攢羅列聚叢以蘢茸兮」，顔師古注：「蘢茸，聚貌。」蘢茸、蘢葱，聲之轉，或作遼巢、落蕊、路亶等，委曲回旋貌。又曰「紛鴻溶而上厲」，蓋襲此語，溶與易作鴻溶，張揖云：「鴻溶，竦踊也。」竦踊，從容也，言舒徐也，與溶與同義。章句以上有、驅協韻；有，之韻；驅，侯韻。之、侯合韻。東漢之韻尤牛郵有，與侯韻相合。

駕八龍之婉婉兮，

虬螭沛艾，屈偃蹇也。

【疏證】

虯螭沛艾，屈偃蹇也。◎案：章句「虯螭沛艾」云云，漢書卷五七下司馬相如傳「沛艾赳螑仡以佁儗兮」，張揖曰：「沛艾，駊騀也。」宋本玉篇馬部：「駊騀，馬摇頭。」文選卷三張衡東京賦「齊騰驤而沛艾」，薛綜注：「沛艾，作姿容貌也。」猶摇頭欲振貌。聲之轉，與畔岸、畔渙等皆語之轉。

載雲旗之逶蛇。

旄旐竟天，皆霓霄也。此二句見騷經。

【疏證】

旄旐竟天，皆霓霄也。此二句見騷經。◎正德本、隆慶本、朱本、馮本、俞本、朱本、湖北本、莊本、四庫章句本「霓霄」作「電霓」，無「此二句見騷經」六字。馮本「旄」作「旂」，俞本、莊本、湖北本作「旗」。馮本「霓霄」作「電霓」，俞本、莊本作「霓雲」。案：「此二句見騷經」，抑由補注闌入之。離騷逶蛇作委蛇，實一字也。又，章句「霓霄」，或「電霓」，皆出韻。舊作「霓電」，後訛作「霓霄」，或乙作「電霓」。

建雄虹之采旄兮，

係綴蝃蝀，文紛錯也。

【疏證】

係綴蝃蝀，文紛錯也。◎正德本、隆慶本、馮本、俞本、劉本、朱本、湖北本、莊本、四庫章句本「文」下有「采」字。莊本「錯」作「緒」。書鈔卷一二〇武功部八旄引作「文采紛鋪」。案：章句用韻語，皆七字爲句，舊不當作「文采紛錯」。紛錯，出韻。舊作「文采紛」。錯，羡也。後因「文采紛錯」删作「文紛錯」。文選卷一五張衡思玄賦「意建始而思終」，舊注：「建，立也。」章句以「雄虹」爲「蝃蝀」，因爾雅釋天：「蝃蝀謂之雩。蝃蝀，虹也。」又，後漢書卷六〇上馬融傳「建雄虹之旄夏」，李賢注：「郭璞注爾雅云：『虹雙出色鮮盛者爲雄。』」漢書卷五七下司馬相如傳「總光耀之采旄」，張揖曰：「旄，葆也。」章句以上蹇、電、紛協韻。蹇，元韻；電，真韻；紛，文韻。真、文、元合韻。

五色雜而炫燿。

衆采雜厠而明朗也。

【疏證】 衆采雜厠而明朗也。◎劉本「明朗」作「朗朗」。同治本「厠」作「廁」。案：廁、厠同。朗朗，訛也。説文衣部：「雜，五采相合也。从衣、集聲。」正文「五色雜」云云，用雜字本義。章句「雜厠」云云，猶亂也。非是。九歎惜賢「揚精華以眩燿兮」，章句：「炫燿，光貌。」

服偃蹇以伭昂兮，

駟馬駊騀，而鳴驤也。

【疏證】 駟馬駊騀，而鳴驤也。◎同治本「伭」作「低」，景宋本、竇翰本、惜蔭本、皇都本亦作「伭」。案：伭，俗低字。章句以「偃蹇」釋作「駊騀」，漢書卷五七下司馬相如傳「沛艾赳螑仡以佁儗兮」，張揖云：「沛艾，駊騀也。」宋本玉篇馬部：「駊騀，馬摇頭。」又，司馬相如傳「低卬夭蟜」，與此「偃蹇低昂」同意。又，服，夾轅兩馬也。詳參下引補注。

驂連蜷以驕驁。

驂騑驕驁，怒顛狂也。

【疏證】

驂騑驕驁，怒顛狂也。◎正德本、隆慶本、劉本、馮本、俞本、朱本、湖北本「怒」下有「過」字。四庫章句本作「騑驕驁過顛狂」。案：皆訛也。漢書卷五七司馬相如傳「裾以驕驁兮」，又曰「蠼以連卷」，張揖云：「驕驁，縱恣也。連卷，句蹄也。」連卷、驕驁，並驂騑之馬縱恣奔馳之貌。驕驁，猶偃蹇也，言高舉貌。詳參離騷「望瑤臺之偃蹇兮」注。章句「怒顛狂」云云，怒，努也。顛狂，思慮不清之意也。獨異志卷中：「後漢明帝楊后有顛狂病，發則殺人。唯内傳孟召爲文哀怨，后每讀之，顛狂輒醒。時人語曰：『孟召文，差顛狂。』」顛狂，唐以前古書未見，非漢世恆語，唐代俗語。魏鄭公諫録卷三對齊文宣何如人：「太宗謂侍臣曰：『齊文宣何如人？』公對曰：『非常顛狂。然與人共爭道理，自知短屈，即能從之。』」資治通鑑卷一六六梁紀敬皇帝太平元年：「論此兒酣酗顛狂，不可教訓。」唐人多言輕薄意。杜甫絶句漫興九首「顛狂柳絮隨風去」，江畔獨步尋花七絶句「無處告訴只顛狂」，顧夐虞美人「顛狂年少輕離別」，姚合楊柳枝詞「動似顛狂静似愁」，孫魴柳枝詞「顛狂柳絮還堪恨」。二解與此文皆不合。舊本作「怒過狂」。與驕驁亦相合。唐世羨顛字而誤作「怒過顛狂」；又據此删「過」字，則作「怒顛狂」。又，補注：「説文云：『騑，驂，旁馬。』」（中華書局一九八三年第一版點校本楚辭補注作「騑，驂旁馬」。誤也。）則驂、騑一也。初駕馬者，以二馬夾轅，謂之服。又駕一馬，與兩服爲參，故謂之驂。又駕一馬，乃謂之駟。故說文云：『驂，駕三馬也。駟，一乘也。』兩服爲主，參之兩旁二馬，遂名爲驂；總舉一乘，則謂之駟。指其騑馬，則謂之驂。詩曰『兩驂如舞』，是二馬皆稱驂也。服馬夾轅，其頸負軛；兩驂在衡外，挽靷助之。服兩首齊，驂首差退也。（中華書局一九八三年第一版點校本楚辭補注作誤「服，兩首齊驂首差退也」。）」又，九懷陶壅「駕八龍兮連蜷」，文選卷七揚雄甘泉賦「蛟龍連蜷於東厓兮」，皆襲用此語。李善注：「連蜷，長曲貌也。」

騎膠葛以雜亂兮，

參差駢錯，而縱橫也。

【疏證】參差駢錯，而縱橫也。◎正德本「錯」訛作「鍇」。補注引正文「膠葛」一作「轇轕」，曰：「車馬喧雜貌。一云：猶交加也。一曰：長遠貌。一曰：驅馳貌。」案：屈賦二十五篇，乘馬無用「騎」，下「并轂」亦可證。騎，舊當作車。據章句意，狀車駕盛多，其舊本作車。文選卷三張衡東京賦「闟戟轇轕」，薛綜注：「轇轕，雜亂貌。」李善注引王逸曰：「轇轕，參差縱橫也。」章句佚文。又，卷一一魯靈光殿賦「洞轇轕乎其無垠也」，李善注：「上林賦『張樂乎膠葛之寓』，郭璞注：『言曠遠深邈貌。』」轇輵、轇轕、胶葛並同。宋本玉篇卷一八車部「轇」字：「轇轕，長遠。」漢書卷五七司馬相如傳「雜遝膠輵以方馳」，顏師古注：「膠輵，猶交加也。」史記卷一一七司馬相如列傳「雜遝膠葛」，索隱：「廣雅云：『膠葛，驅馳也。』」膠葛、轇輵同。洪氏所引「一云」，是因乎此。其訓交加、雜亂、參差、長遠、驅馳，義相貫通。與輵轄、夭驕、偃蹇等字皆爲語之轉。章句以上朗、驤、狂、橫同協陽韻。

斑漫衍而方行。

縝紛容裔以並升也。

【疏證】

縝紛容裔以並升也。◎正德本、隆慶本、朱本、俞本、莊本「並」作「竝」。案：竝，古並字。補注：「漫衍，無極貌。前漢書『漫衍之戲』。」洪引前漢書，非其原文。卷九六西域傳：「作巴俞都盧、海中碭極、漫衍魚龍、角抵之戲以觀視之。」又，卷五七司馬相如傳「衍曼流爛痑以陸離」，衍曼、漫衍同。又，封禪書「沕潏曼羨」，顏師古注：「盛大之意也。」史記卷一一七司馬相如列傳「曼羨」別作「漫衍」，並一字也。文選卷七揚雄甘泉賦「駢交錯而曼衍兮」，李善注：「曼衍，分布也。」卷一七王褒洞簫賦「或漫衍而駱驛兮」，李善注：「漫衍，流溢貌。」卷四蜀都賦「叛衍相傾」，李善注引司馬彪莊子注：「叛衍，猶漫衍也。」古文苑卷二宋玉笛賦「般衍爛漫終不老兮」，叛衍、般衍亦同。章句以「繽紛容裔」釋「班漫衍」，容裔，猶容與也，言周流分布也。又，章句以「並升」解「方行」，讀「方舟」之方，言併也。

撰余轡而正策兮，

我欲遠馳，路何從也。

【疏證】

我欲遠馳，路何從也。◎案：撰轡、正策，相對爲文，散文不別。文選卷一七傅毅舞賦「僕夫正策」，李善注：「策，轡也。」又，卷一五張衡思玄賦「僕夫儼其正策兮」，祖構於此。章句以上升、從協韻。升，蒸韻；從，東韻。蒸、東合韻。

吾將過乎句芒。

就少陽神於東方也。

【疏證】

就少陽神於東方也。◎正德本、隆慶本、馮本、俞本、劉本、朱本、湖北本、莊本正文「句」作「鉤」。補注引「句」一作「鉤」，曰：「山海經：『東方句芒，鳥身人面，乘兩龍。』注云：『木神也。昔秦穆公有明德，上帝使句芒賜書，壽九十年。』左傳曰：『木正爲句芒。』月令曰：『其帝太皞，其神句芒。』注云：『此木帝之君，木官之佐。自古以來著德立功者也。』太公金匱曰：『東海之神曰句芒。』墨子云：『鄭繆公晝日處廟，有神人面鳥身，素服，面狀正方。神曰：「帝厚汝明德，使錫汝壽十年，使若國昌。」公問神名，曰：「予爲句芒也。」』」案：洪氏引山海經，見卷九海外東經；引左傳，見昭公二十九年；引墨子，見卷八明鬼篇下第三一。多有爛敓字。句芒，東帝太皞氏之精。淮南子卷三天文訓：「何謂五星？東方，木也。其帝太皞，其佐句芒。」卷五時則訓：「五位：東方之極，自碣石山過朝鮮，貫大人之國，東至日出之次，榑木之地，青土樹木之野，太皞、句芒之所司者，萬二千里。」長沙戰國楚帛書「倀（長）曰青榦」，猶句芒也。句芒字古但作句。其神象亦見楚帛書「秉司春」：面正方，色青，方目無瞳子，鳥身短尾。漢書卷五七司馬相如傳「使句芒其將行兮」，顔注別作鉤，後起分別文也。

歷太皓以右轉兮，

遂過庖犧而諮訪也。東方甲乙，其帝太皓，其神句芒。太皓始結罔罟，以畋以漁，制立庖厨，天下號之爲庖犧氏。

【疏證】

遂過庖犧而諮訪也。東方甲乙，其帝太皓，其神句芒。太皓始結罔罟，以畋以漁，制立庖厨，天下號之爲庖犧氏。◎景宋本、四庫章句本「句」作「鈎」。正德本、隆慶本、馮本、俞本、劉本、朱本、湖北本、四庫章句本無「東方」二字，「罔」作「罡」，「號」作「号」，下無「之」字，「犧」下「氏」作「也」。景宋本、同治本「厨」作「廚」。案：太皓即太皞；庖犧，或作包犧、伏羲、宓羲，皆一字。易繫辭下：「古者包犧氏之王天下也，仰則觀象於天，俯則觀法於地，觀鳥獸之文與地之宜，近取諸身，遠取諸物，於是始作八卦，以通神明之德，以類萬物之情，作結繩而爲罔罟，以佃以漁，蓋取諸離。」章句所因。又，類聚卷一一帝王部一「太昊庖犧氏」條引禮含文嘉：「伏羲德洽上下，天應以鳥獸文章，地應以龜書，伏羲乃則象作易。」引帝王世紀：「太昊帝庖羲氏，風姓也，蛇身人首，有聖德，都陳，作瑟三十六絃。」又引魏曹植庖羲贊：「木德風姓，八卦創焉，龍瑞名官，法地象天，庖厨祭祀，罟網魚畋，瑟以像時，神德通玄。」又，漢書卷五七司馬相如傳「互折窈窕以右轉兮」，全宋文卷三五謝莊宋孝武宣貴嬪誄「經建春而右轉，循閶闔而逕度」。皆因襲於此。章句以上方、訪同協陽韻。

前飛廉以啓路。

風伯先導，以開徑也。

【疏證】

風伯先導，以開徑也。◎補注引正文「啓」一作「燭」。案：飛廉，風伯名，詳參離騷「後飛廉使奔屬」注。飛廉非火神，此不當言「燭路」。章句「以開徑」云云，舊作「啓路」也。又，漢書卷八七上揚雄傳載河東賦「敦衆神使式道兮」，旁摭此語。

陽杲杲其未光兮，

日耀旭曙，旦欲明也。

【疏證】

日耀旭曙，旦欲明也。◎皇都本「旦」訛作「且」。補注：「詩云：『杲杲出日。』」案：洪引詩，詳參九辯「願皓日之顯行兮」注。廣雅釋訓：「杲杲，白也。」杲，或作皓。漁父「安能以皓皓之白」，章句：「皓皓，猶皎皎也。」

淩天地以徑度。

超越乾坤之形體也。

【疏證】

超越乾坤之形體也。◎正德本、隆慶本、馮本、湖北本、朱本、劉本、俞本、四庫章句本「之」下無「形」字。案：敚之也。俞樾讀楚辭、聞一多楚辭校補並謂正文「天地」即「天池」之訛。其説得之。文選卷三張衡東京賦「然後淩天池，絶飛梁」。因襲此語，其所據本作「天池」也。又，哀時命「勢不能陵波以徑度兮」，文選卷一六潘岳閑居賦「浮梁黝以徑度」。皆因此以屬文，易「天地」作「波」、「梁黝」，其所據本亦作「天池」也。莊子卷一逍遥遊篇第一：「南冥者，天池也。」又，章句「之形體」云云，體字出韻。舊乙作「體形」也。章句以上徑、明、形協韻；徑、形，耕韻；明，陽韻。周、秦之世，陽、耕分用至密，後漢陽韻之明、英、更等字始與耕韻合用。

風伯爲余先驅兮，

飛廉奔馳而在前也。

【疏證】

飛廉奔馳而在前也。◎正德本、隆慶本、馮本、俞本、朱本、劉本、湖北本、莊本、四庫章句本

「奔」作「犇」。案：犇，古奔字。上曰飛廉啓路，此曰風伯先驅，變文以避複。離騷「前望舒使先驅兮」，與此同格調。

氛埃辟而清涼。

掃除霧霾與塵埃也。

【疏證】

掃除霧霾與塵埃也。◎正德本、隆慶本、馮本、俞本、劉本、朱本、湖北本、莊本、四庫章句本「塵埃」乙作「埃塵」。案：作「塵埃」，埃字出韻。章句以「霧霾」釋「氛」，散文也。對文亦別。國語卷一七楚語上「臺不過望氛祥」，韋昭注：「凶氣爲氛，吉氣爲祥。」埃，塵也。淮南子卷一原道訓：「令雨師灑道，使風伯掃塵，電以爲鞭策，雷以爲車輪。」

鳳皇翼其承旂兮，

俊鳥夾轂而扶輪也。

【疏證】

俊鳥夾轂而扶輪也。◎正德本、隆慶本、馮本、俞本、朱本、湖北本、莊本、四庫章句本「輪」作「轉」。案：訛也。此見離騷。章句以「扶輪」釋「承旂」，以承爲「承礙輔弼」之承，謂四輔職事，詳參離騷「忽奔走以先後兮」注。舊本作「扶輪」也。

遇蓐收乎西皇。

逞少陰神于海津也。西方庚辛，其帝少皓，其神蓐收。西皇即少昊也。離騷經曰：「召西皇使涉予。」知西皇所居，在於西海之津也。

【疏證】

逞少陰神于海津也。西方庚辛，其帝少皓，其神蓐收。西皇即少昊也。離騷經曰：「召西皇使涉予。」知西皇所居，在於西海之津也。◎正德本、隆慶本、馮本、俞本、劉本、朱本、湖北本、四庫章句本「逞」作「遇」，「在於西海之津也」作「於海津也」。莊本「逞」作「遇」，「在於西海之津也」作「在於海津也」。景宋本「津」作「神」。案：逞與遻同。詳參懷沙「重華不可逞兮」注。遇，音訛字。神，亦訛字。補注：「山海經：『西方神蓐收，左耳有蛇，乘兩龍，人面白色，有毛，虎爪，執鉞，金神也。』太公金匱曰：『西海之神曰蓐收。』國語云：『虢公夢在廟，有神，人面白毛虎爪，執鉞，立於西阿。召史嚚占之，對曰：如君之言，則蓐收也。』左傳云：『金正爲蓐收。』」洪氏引山海經，見卷七海外西經，無「人面白色有毛，虎爪，執鉞，金神也」之説，郭璞注：「金神也。人面虎爪白毛，執鉞。」因郭注竄亂之。又，卷二西山經：「又西二百里曰泑山，神蓐收居之。」郭注：「金神也，人面虎爪白尾，執鉞。」則「白毛」作「白尾」。洪引國語，見卷八晉語二，「則蓐收也」下有「天之刑神也天事官成」九字，不當删之。洪引左傳，見昭公二十九年。蓐收，西方帝少皞之精。禮記卷一六月令第六：「孟秋之月，其帝少皞，其神蓐收。」淮南子卷三天文訓：「西方，金也，其帝少昊，其佐蓐收，執矩而治秋。」卷五時則訓：「西方之極，自昆侖絶流沙、沈羽，西至三危之國，石城金室，飲氣之民，不死之野，少皞、蓐收之所司者，萬二千里。」文選卷一五張衡思玄賦「從蓐收而遂徂」，舊注：「蓐收，金正該也。」該，殷先公王亥。

擥彗星㠯爲旍兮，

引援孛光以翳身也。

【疏證】

引援孛光以翳身也。◎案：彗星，災星也。史記卷六秦始皇本紀「七年，彗星先出東方，見北方」，正義：「彗音似歲反。孝經內記云：『彗出北斗，兵大起。彗在三台，臣害君。彗在太微，君害臣。彗在天獄，諸侯作亂。所指其處大惡。彗在日旁，子欲殺父。』」卷二七天官書「三月生彗星」，正義：「天彗者，一名埽星，本類星，末類彗。小者數寸長，長或竟天，而體無光，假日之光，故夕見而則東指，晨見則西指。若日南北，皆隨日光而指。光芒所及爲災變，見則兵起；除舊布新，彗所指之處弱也。」章句以「孛光」釋「彗」，孛，亦彗星。析言別義。漢書卷四文帝紀「有長星出於東方」，文穎注：「孛、彗、長三星，其占略同，然其形象小異。孛星光芒短，其光四出蓬蓬孛孛也。彗星光芒長，參參如埽彗。長星光芒有一直指，或竟天，或十丈，或三丈，或二丈，無常也。大法：孛、彗星多爲除舊布新，火災；長星多爲兵革事。」漢帛書天文氣象占繪有彗星圖皆有本有末，本皆圖圓核形，末則多異形，凡二七：曰赤灌、白灌、天箭、鑱、彗星、浦彗、蒲彗、秆彗、埽彗、厲彗、竹彗、蒿彗、苫彗、苫髮彗、甚彗、瘖彗、抐彗、干彗、蚩尤旗、翟彗等。「擥彗星㠯爲旍」者，蚩尤旗也。天官書又曰：「蚩尤之旗，類彗而後曲，象旗。」目驗此圖，畫蚩尤旗如「」，信哉。又，漢書卷八七上揚雄傳「曳彗星之飛旗」，全三國文卷四六阮籍大人先生傳「建長星以爲旗兮」，「揚清風以爲旗兮」，全晉文卷一〇一陸雲九愍修身「佩日月以爲旗」。皆拾摭此語，而易「擥」字曰「曳」、曰「建」、曰「揚」、曰「佩」者，其義皆可得參證。

舉斗柄㠯爲麾。

握持招摇，東西指也。

【疏證】

握持招摇，東西指也。◎補注：「天文志：『北斗七星，杓攜龍角。』杓，斗柄也。」案：洪氏以「招摇」在七星外。史記卷二七天官書：「北斗七星，所謂『旋、璣、玉衡以齊七政』。杓攜龍角，衡殷南斗，魁枕參首。」索隱：「春秋運斗樞云：『斗，第一天樞，第二旋，第三璣，第四權，第五衡，第六開陽，第七摇光。第一至第四爲魁，第五至第七爲標，合而爲斗。』」而章句「握持招摇」云云，以「摇光」爲「招摇」，在七星内也。洪説失旨。漢書卷五七下司馬相如傳「部署衆神於摇光」，張揖曰：「摇光，北斗杓頭第一星。」舉斗柄以爲麾，因乎古之「斗建」也。關沮秦漢墓簡牘有「斗乘角」、「斗乘亢」、「斗乘氐」、「斗乘房」之類，因斗柄與二八宿相乘以占吉凶。章句以上前、塵、輪、津、身、指協韻。前，元韻；塵、輪，文韻；津、身，真韻；指，脂韻，真之陰也。真、文、元合韻。

叛陸離其上下兮，

繚隸叛散，以別分也。

【疏證】繚隸叛散，以別分也。◎正德本、隆慶本、馮本、俞本、劉本、朱本、湖北本、莊本、四庫章句本「繚」作「僚」。案：叛陸離，同離騷「班陸離其上下」之「班陸離」。章句「繚隸」云云，猶繚戾也，紛亂貌。九辯「心繚悷而有哀」，章句：「思念糾戾，腸折摧也。」聲之轉或作繚慄、料洌、惏慄、凜厲、栗冽等。後人未審，妄改爲「僚隸」。又，章句「以別分」云云，分字出韻，舊乙作「分別」。章句有「分別」無「別分」。

遊驚霧之流波。

蹈履雲氣，浮游清波也。

【疏證】蹈履雲氣，浮游清波也。◎正德本、隆慶本、馮本、俞本、朱本、劉本、湖北本、四庫章句本「浮游清波」作「浮微清」。補注引一作「浮微清」。莊本作「浮澂清」。案：作「浮微清」，不辭。章句用七字句韻語。作「浮游清波」，亦非舊本。莊本無所據依也。哀時命「不如下游乎清波」，章句：「清波，清潔之流，無人之處也。言蛟龍明於避害，知貪香餌必近於死，故下游於清波無人之處也。」據此，舊作「游清波」。漢書卷五七司馬相如傳「鶩遺霧而遠逝」。蹈襲此語，鶩霧，猶「鶩遺霧」也。張揖注：「馳疾而遺霧在後也。」章句以上別、波協韻，別，月韻；波，歌韻。歌、月平入合韻。

旹曖曃其曭莽兮，

日月晻黮，而無光也。

【疏證】

日月晻黮，而無光也。◎補注引「曖曃」一作「晻曀」，又引一作「黤黮」，曰：「曖音愛，曃音逮，暗也。晻，烏感切，日無光也。曀，於計切，陰而風爲曀。黤音晻，深黑色。黮，徒感切，黑也。」案：慧琳音義卷三八「靉靆」條引王逸注：「靉靆，日月晻默(而)無光也。」晻黮、晻默同。又，卷五三「靉靆」條引王逸注：「日月晻默而無光也。」卷九八「靉靆」條引王逸注：「日月晻默(而)無光也。」或作「晻默」者，以同義易之。舊本作「曖曃」。章句釋「晻黮」，皆聲之轉，言無光貌。晻默，同幽昧、暗昧等。晻曀，同晻藹、蓊鬱等。其義因聲而轉，字無定體，唐、宋人所見本多所異同。漢書卷五七司馬相如傳「時若曖曖將混濁兮」。蹈襲此語，易作「曖曖」。曭莽，或作懵懂、酩酊等，根於不明之義。詳參離騷「世溷濁而不分兮」注。又，章句「而無光」云云，光字出韻，蓋「輝」字爛敓。

召玄武而奔屬。

呼太陰神，使承衛也。

【疏證】

呼太陰神，使承衛也。◎承，原訛作「丞」，據景宋本、寶翰本、惜陰本、皇都本、同治本改。又補注：「禮記曰：『行前朱鳥，而後玄武。』二十八宿，北方爲玄武。説者曰：玄武，謂龜蛇。位在北方，故曰玄。身有鱗甲，故曰武。蔡邕曰：『北方玄武，介虫之長。』文選注云：『龜與蛇交曰玄武。』」案：洪氏引文選注，見卷一五思玄賦「玄武縮于殼中兮」舊注。玄武，四象之一，在北方，玄冥之精。戰國楚帛書有青榦、朱四單、黄(皇)難、溾墨榦四神，皆女媧所生，是四象之權輿。曾侯乙墓漆箱蓋於二八宿兩側，畫有青龍與白虎，青龍在東，白虎在西，未見有玄武與朱雀。朱雀見九辯，玄武始於此，則四象備也。史記卷二七天官書：「北宮玄武，虚、危。」索隱：「文耀鉤云：『北宮黑帝，其精玄武。』」正義：「南斗六星，牽牛六星，並北宮玄武之宿。」淮南子卷一五兵略訓：「所謂天數者，左青龍，右白虎，前朱雀，後玄武。」高注：「角亢爲青龍，參井爲白虎，星張爲朱雀，斗牛爲玄武。」論衡卷三物勢篇第一四：「東方，木也，其星蒼龍也。西方，金也，其星白虎也。南方，火也，其星朱鳥也。北方，水也，其星玄武也。天有四星之精，降生四獸之體。」據此，古者四象因乎五行。江陵張家山漢墓竹簡蓋廬篇：「蓋廬曰：『凡攻之道，何如而喜？何如而有咎？』申胥曰：『凡攻之道，德義是守。星辰日月，更勝爲右。四時五行，周而更始。太白，金也，秋金强，可以攻木；歲星，木也，春木强，可以攻土；填星，土也，六月土强，可以攻水；相星，水也，冬水强，可以攻火；營或（惑），火也，四月火强，可以攻金。此用五行之道也。秋生陽也，木死陰也，秋可以攻其左；春生陽也，金死陰也，春可以攻其右；冬生陽也，火死陰也，冬可以攻其表；夏生陽也，水死陰也，夏可以攻其裏。此用四時之道也。』」又曰：「皮（彼）興之以金，吾擊之以火；皮（彼）興之以火，吾擊之以水；皮（彼）興之以木，吾擊之以土；皮（彼）興之以土，吾擊之以木；皮（彼）興之以木，吾擊之以金。此用五行勝也。春擊其右，夏擊其左，秋擊其裏，冬擊其表。此謂背生擊死，此四時勝也。」申胥，伍子胥也，楚人，曉習五行。五行四象之說，在楚國固非一日。章句「使承衛」云云，承，猶尚書大傳「承礙輔弼」之承，詳參上「鳳皇翼其承旂兮」注。

後文昌使掌行兮，

顧命中宫，勑百官也。天有三宫，謂紫宫、太微、文昌也。故言中宫。

【疏證】

顧命中宫，勑百官也。天有三宫，謂紫宫、太微、文昌也。故言中宫。◎正德本、隆慶本、馮本、劉本、俞本、朱本、四庫章句本、湖北本、莊本「言中宫」下有「也」字。補注引「紫宫」一作「紫微」，曰：「大象賦云：『文昌制戴匡之位。』注云：『文昌，六星，如匡形，故史遷天官書云「斗魁戴匡六星曰文昌宫」，其中六星司録。此天之六府，計集所會也。』晉天文志：『文昌六星，在北斗魁前。一曰上將，二曰次將，三曰貴相，四曰司録，五曰司命，六曰司寇。』掌行，謂掌領從行者。」

案：史記卷二七天官書：「中宫天極星，其一明者，太一常居也；旁三星三公，或曰子屬。後句四星，末大星正妃，餘三星，後宫之屬也。環之匡衛十二星，藩臣。皆曰紫宫。」索隱：「元命包曰：『紫之言此也，宫之言中也，言天神運動，陰陽開閉，皆在此中也。』宋均又以爲十二軍，中外位各定，總謂之紫宫也。」紫微，太一也，北極也。索隱又引春秋合誠圖：「紫微，大帝室，太一之精也。」又曰：「天，謂北極，紫微宫也。」據此，紫宫，即中宫，統轄三宫；紫微，但三宫之一。舊本作「紫微」。國語卷一三晉語七「使掌公族大夫」，韋昭注：「掌，主也。」又，掌行，猶全晉文卷七六摯虞思游賦「文昌肅以司行」之「司行」。章句以上輝、衛、官協韻；輝、衛，微韻；官，元韻，歌之陽。微、歌合韻。

選署衆神以並轂。

召使群靈，皆侍從也。

【疏證】

召使群靈，皆侍從也。◎正德本、隆慶本、馮本、俞本、劉本、朱本、湖北本、莊本、四庫章句本「召使」作「悉召」，「群」作「羣」。惜陰本、同治本「群」作「羣」。案：作「悉召」，與「皆」字復。補注：「署，常恕切，置也。大人賦『悉徵靈圉而選之兮，部署衆神於摇光。』」據此，舊作「選召」。或作「悉召」，因大人之賦「悉徵」改也。群、羣同。

路曼曼其修遠兮，

天道蕩蕩，長無窮也。

【疏證】

天道蕩蕩，長無窮也。◎正德本、隆慶本、馮本、俞本、劉本、朱本、湖北本、莊本、四庫章句本正文「修」作「悠」。補注引「修」一作「悠」。景宋本「修」作「脩」。案：修、脩同。修遠，屈賦習辭，而不作「悠遠」。此見離騷，彼亦作「修遠」。章句「蕩蕩」云云，言平蕩無際涯貌。九歎離世「路蕩蕩其無人兮」，章句：「蕩蕩，平易貌也。尚書曰：『王道蕩蕩。』」

徐弭節而高厲。

按心抑意，徐從容也。

【疏證】

按心抑意，徐從容也。◎正德本、隆慶本、俞本、朱本、劉本「按」作「安」。案：安，按之爛敚。補注曰：「厲，渡也。」厲之爲渡，讀作濿，或作砅，言渡水也。非也。高厲，猶高邁也。厲、邁古同萬聲，例得通用。説文辵部：「邁，遠行也。从辵、萬聲。」又，漢書卷五七司馬相如傳：「僸祲潯而高縱兮，紛鴻溶而上厲。」高縱、上厲，相對爲文，並與「高厲」同。文選卷一五思玄賦「貫倒景而高厲」，卷一九高唐賦「沫潼潼而高厲」，九歎離世「神浮遊以高厲」，全後漢文卷九〇王粲游海賦「將輕舉而高厲」。高厲，古之恒語，謂遠行。又，章句以上從、窮、容協韻；從、容，東韻；窮，冬韻。東、冬合韻，蓋東漢不別也。

左雨師使徑待兮，

告使屏翳，備下虞也。

【疏證】

告使屏翳，備下虞也。◎正德本、隆慶本、馮本、俞本、朱本、劉本、湖北本、莊本、四庫章句本「下」作「不」。案：下虞，不辭，舊作「不虞」。詩抑「用戒不虞」，毛傳：「不虞，非度也。」又，國語卷三周語下：「故上下能相固，以待不虞，古之聖王唯此之慎。」卷一五晉語九：「敢即私利以煩司寇而亂舊法，其若不虞何？」卷一八楚語下：「龜珠齒角皮革羽毛所以備賦，以戒不虞也。」不虞，古之恆語，謂非度。史記卷一五帝本紀「禋于六宗」，正義：「雨師，畢星也。」

右雷公以爲衛。

進近猛將，任威武也。

【疏證】

進近猛將，任威武也。◎案：古之雷公，象雄武之士。論衡卷六雷虚篇第二三：「圖畫之工，圖雷之狀，纍纍如連鼓之形；又圖一人，若力士之容，謂之雷公，使之左手引連鼓，右手推椎，若擊之狀。其意以爲雷聲隆隆者，連鼓相扣擊之意也；其魄然若敝裂者，椎所擊之聲也；其殺人也，引連鼓相椎，並擊之矣。」

欲度世以忘歸兮，

遂濟于世，追先祖也。

【疏證】

遂濟于世，追先祖也。◎正德本「祖」作「阻」。案：訛也。補注：「度世，謂僊去也。」洪説是也。論衡卷二無形篇第七：「（傳）稱赤松、王喬好道爲仙，度世不死。」卷七道虚篇第二四：「淮南坐反，書言度世。」又曰：「世或以老子之道爲可以度世，恬淡無欲，養精愛氣。」章句以「度世」爲「濟于世」，非也。又，章句以「追先祖」釋「忘歸」，是也。屈子上征，以歸反其本，非謂汎濫青雲以求仙。兩漢以後言「忘歸」，多謂忘歸故居也。九歎離世「情慌忽以忘歸兮」，全後漢文卷九三繁欽愁思賦「式簡書以忘歸」，卷一〇三漢無名氏桂陽太守周憬功勳碑「忽隨泝兮殆忘歸」，皆與屈子此意反也。章句以上虞、武、祖同協魚韻。

意恣睢以担撟。

縱心肆志，所願高也。

【疏證】

縱心肆志，所願高也。◎唐寫本文選卷一一三潘岳汧馬督誄一首「鞏更恣睢」，李善注引楚辭「担撟」作「指撟」，引王逸注：「縱心肆志，所意願高也。」尤袤本、六臣本卷五七潘岳汧馬督誄一首李善注引楚辭作「指摘」，卷九潘岳射雉賦「眄箱籠以揭驕」，李善注引王逸曰：「縱心肆志，所意原高也。」意，羡也。原，願之爛敚。補注引大人賦「掉指橋以偃蹇」，以担矯作指橋，且引張揖曰「隨風指靡」也。案：指橋、担撟，言高舉也。洪引史記索隱曰：「指，居桀切」。洪又引釋文担，「音丘列切」。指、担，當作揭，皆訛字也。慧琳音義卷七六「揭鳥」條引王逸注：「揭，亦高也。」其所據本作「揭撟」。又洪氏補注引釋文「音丘列切」，則亦知作「揭」字也。文選卷九潘岳射雉賦「眄箱籠以揭驕」，徐爰注：「揭驕，志意肆也。楚辭揭驕字作拮矯。」李善注：「楚辭曰『意恣睢以拮矯。』」則徐爰、李善所據本作「拮矯」。拮矯與揭撟、揭矯同。或作夭矯、偃蹇，猶高貌也。史記卷八七李斯列傳「有天下而不恣睢」，索隱：「恣睢，猶放縱也。謂肆情縱恣也。」文選卷六左思魏都賦「雲撤叛換」，劉逵注：「叛換，猶恣睢也。」

内欣欣而自美兮，

忠心悦喜，德純深也。

【疏證】忠心悦喜，德純深也。◎補注引一云「德絶殊也」。案：作「純深」，出韻。舊蓋作「絶殊」。且據正文「自美」云云，猶不當作「德純深」。欣欣，謂喜貌。詳參九歌東皇太一「君欣欣兮樂康」注。

聊媮娱吕自樂。

且戲觀望，以忘憂也。

【疏證】且戲觀望，以忘憂也。◎案：章句以「且戲觀望」釋「聊媮娱」，觀望，猶戲遊也。呂氏春秋卷一孟春紀第三重己篇：「昔先聖王之爲苑囿園池也，足以觀望勞形而已矣」，高注：「可以遊觀娱志，故曰足以勞形而已。」又，賈生惜誓「澹然而自樂兮」，蹈襲此語。章句以上高、殊、憂協韻。高，宵韻；殊，侯韻；憂，幽韻。幽、宵、侯合韻。

涉青雲㠯汎濫游兮，

隨從豐隆而相佯也。

【疏證】

隨從豐隆而相佯也。◎案：涉，當作陟，謂登陟也。涉，訛也。陟青雲，猶離騷言「陟陞皇」，言登假也。章句「隨從豐隆」云云，非也。九歎憂苦「折鋭摧矜凝氾濫兮」，章句：「氾濫，猶沈浮也。」沈浮，猶徘徊、相佯也。

忽臨睨夫舊鄉。

觀見楚國之堂殿也。

【疏證】

觀見楚國之堂殿也。◎正德本、隆慶本、湖北本、俞本、馮本、朱本、劉本、莊本、四庫章句本「見」作「視」。案：見者，視之果然。禮記第四二大學「視而不見」是也。此句見離騷，與此同意。又，章句「堂殿」云云，殿字出韻，當乙作「殿堂」。殿堂者，章句恆語，九歌湘夫人「建芳馨兮廡門」，章句：「然猶積聚衆芳以爲殿堂，修飾彌盛，行善彌高也。」

僕夫懷余心悲兮，

思我祖宗，哀懷王也。

【疏證】

思我祖宗，哀懷王也。◎案：離騷作「僕夫悲余馬懷兮」，與此意同而文别。

邊馬顧而不行。

馳驂徘徊，睨故鄉也。

【疏證】

馳驂徘徊，睨故鄉也。◎正德本、隆慶本、馮本、俞本、朱本、劉本、湖北本、莊本、四庫章句本「馳」作「騑」。案：邊馬，謂騑驂也，舊本作「騑」。又，蔡文姬悲憤詩「胡笳動兮邊馬鳴」。邊馬，謂邊陲西域之馬。與此别義。

思舊故㠯想像兮，

戀慕朋友，念兄弟也。

【疏證】

戀慕朋友，念兄弟也。◎案：章句「念兄弟」云云，弟字出韻，當乙作「弟兄」。全後漢文卷九〇王粲傷天賦「淹徘徊以想像」，全晉文卷九三潘岳悲邢生「瞻轜容而想像」，全梁文卷一三梁簡文帝大同哀辭「忽徘徊而想象」。想像、想象同，皆蹈襲此語。

長太息而掩涕。

喟然增歎，泣沾裳也。屈原謂修身念道，得遇仙人，託與俱遊，周歷萬方，升天乘雲，役使百神，而非所樂，猶思楚國，念故舊，欲竭忠信以寧國家，精誠之至，德義之厚也。

【疏證】

喟然增歎，泣沾裳也。屈原謂修身念道，得遇仙人，託與俱遊，周歷萬方，升天乘雲，役使百神，而非所樂，猶思楚國，念故舊，欲竭忠信以寧國家，精誠之至，德義之厚也。◎正德本、隆慶本、馮本、朱本、俞本、劉本、莊本、湖北本、皇都本、同治本「役」作「役」。四庫章句本「得遇仙人託與俱遊」作「得使百神而非所樂」，「役使」作「後使」。正德本、隆慶本、俞本、劉本「周歷」下無「萬」字。案：役、役同。後，役之訛。掩涕，即淹涕，謂久涕也。章句「泣沾裳」云云，亦不爲拭涕，舊本作「淹涕」。詳參離騷「長太息以掩涕」注。章句以上佯、堂、鄉、兄、裳同協陽韻。

氾容與而遐舉兮，

進退俛仰，復欲去也。

【疏證】

進退俛仰，復欲去也。◎正德本「仰」作「抑」。四庫章句本「俛」作「俯」。案：俛與俯同。抑，仰之訛。氾容與，猶上「汎濫游」。遐舉，猶僊逝，死之讔語。文選卷四一李陵答蘇武書「彼二子之遐舉，誰不爲之痛心哉」是也。

聊抑志而自弭。

且自厭按，而踟躕也。

【疏證】

且自厭按，而踟躕也。◎景宋本「厭」作「抑」。案：厭按、抑按同義。鎮厭、抑厭字，古作壓。六書故卷一四手部：「壓，説文曰：『一指按也。』古單作厭，楚辭曰『自厭按而學誦』。亦作押。

今人以簽罟文書爲押。」此「聊抑志而自弭」者，謂不忍遐舉離世，猶離騷曰「踡局顧而不行」，蓋在生死之間未能決也。章句以上去、蹢協韻。去，魚韻；蹢，侯韻。魚、侯合韻。

指炎神而直馳兮，

將候祝融與諮謀也。南方丙丁，其帝炎帝，其神祝融。

【疏證】

將候祝融與諮謀也。南方丙丁，其帝炎帝，其神祝融。◎正德本、隆慶本、馮本、俞本、朱本、劉本、湖北本、莊本、四庫章句本「與」作「以」。案：與、以，古字通用。禮記卷一五月令第六：「孟夏之月，其日丙丁，其帝炎帝，其神祝融。」章句所因。屈子遐舉歸本以從先帝。炎神祝融，楚之先帝。山海經卷一六大荒西經：「顓頊生老童，老童生祝融。」左傳昭公二十九年：「火正曰祝融。」又曰：「顓頊氏有子曰犁，爲祝融。」新蔡葛陵楚簡甲三（第一一）、甲三（第二四）謂「昔我先出自⿰邑川道」。⿰邑川道，顓頊別文。長沙馬王堆漢墓刑德乙本九宮圖，在北方之水位，其神曰湍玉。饒氏宗頤謂「即顓頊之異寫」。又，包山楚簡與江陵望山沙塚楚墓，楚之先祖有老僮、祝蝺（融）、蛩酓、酓鹿、武王等，與周、秦典籍多所相合。兩漢以後，祝融爲南方炎德神。史記卷一一七司馬相如列傳「祝融驚而蹕御兮」，正義引張揖：「祝融，南方炎帝之佐也，獸身人面，乘兩龍，應火正也。」淮南子卷五時則訓：「南方之極，自北户孫之外，貫顓頊之國，南至委火炎風之野，赤帝祝融之所司者，萬二千里。」又，章句「將候祝融與諮謀」云云，候者，訪也。漢世恆語。漢書卷八一張禹傳：「又禹小子未有官，上臨候禹，禹數視其小子，上即禹牀下拜爲黄門郎、給事中。」謂上臨訪禹。陶淵明讀史述九章屈賈「候詹寫志」，謂訪問詹尹以寫志。

吾將往乎南疑。

過衡山而觀九疑也。

【疏證】

過衡山而觀九疑也。◎補注引正文「疑」一作「娭」。案：若作「南娭」者，不辭也。娭與嬉同。史記卷一一七司馬相如列傳「吾欲往乎南嬉」，漢書作「南娭」。洪引或本，因大人之賦改。祝融之神在南嶽衡山，故章句謂「過衡山」也。過，訪也，諮也。史記卷七七魏公子列傳：「不宜有所過，今公子故過之。」言以公子之貴，不宜訪我，而公子故意訪我也。章句以上謀、疑同協之部。

覽方外之荒忽兮，

遂究率土，窮海嵎也。

【疏證】

遂究率土，窮海嵎也。◎正德本、隆慶本、朱本、俞本、劉本「率」作「帥」。案：率、帥，古字通用。莊子卷二大宗師篇第六：「孔子曰：『彼，游方之外者也；而丘，游方之内者也。』」郭象注：「以言内爲桎梏，明所貴在方外，夫游外者依内。」司馬彪注：「方，常。言彼游心於常教之外也。」章句以「率土」釋「方外」，因詩北山「率土之濱」，毛傳：「率，循；濱，涯也。」鄭箋：「此言王之土地廣矣。」「荒忽」，言闇遠不明之貌，九歌湘夫人「荒忽兮遠望」是也。

沛罔象而自浮。

水與天合，物漂流也。

【疏證】

水與天合，物漂流也。◎正德本、隆慶本、劉本、俞本、文淵四庫章句本「水與天」作「外與天」。文津本亦作「水與天」。案：據義，舊作「水與天」。又，補注引釋文罔象作㳷瀁，曰：「沛，流貌。文選：『䬆汩飂淚，沛以罔象兮。』注云：『罔象，即仿像也。』又云：『罔象相求。』注云：

『虛無罔象然也。』」罔象、泂瀁、仿像並同。聲轉或作方羊、仿佯、彷徉、望洋、望陽等，言戲遊貌。九歌湘君「沛吾乘兮桂舟」，章句：「沛，行貌。」又，全後漢文卷六九蔡邕檢逸賦「情罔象而無主」，亦與此「沛罔象」同。何劍薰楚辭拾瀋謂當作「無象」。非是。

祝融戒而還衡兮，

南神止我，令北征也。

【疏證】

南神止我，令北征也。◎補注引正文「還衡」一作「蹕御」，又引一云「戒其趕禦」。案：章句以「北征」釋之，舊作「還衡」。御、禦古今字；蹕與趕同。史記卷一一七司馬相如列傳「祝融驚而蹕御」。洪氏所見或作「蹕禦」者，涉大人之賦改。祝融，炎神。詳上「指炎神而直馳兮」注。又，章句「令北征」云云，征字出韻。

騰告鸞鳥迎宓妃。

馳呼洛神，使侍予也。

【疏證】

馳呼洛神，使侍予也。◎正德本、隆慶本、馮本、俞本、朱本、湖北本、劉本、莊本、四庫章句本「予」作「余」。案：予與余同。楚辭領格用予，賓格用余。舊本作「侍予」。騰，傳也。宓妃，虙羲氏女，溺洛水死，遂爲洛神。詳參離騷「求宓妃之所在」注。又，章句「使侍予」云云，則「迎宓妃」，謂使宓妃迎也。迎，使動用法。劉師培楚辭考異：「案注云『乃使仁賢若鸞鳳之人』，似鳥字本作鳳。」鸞，鳳屬，故章句以「鸞鳳」釋之。劉說不足信據。鸞鳥，屈賦恆語，離騷「鸞鳥爲余先戒兮」是也。

張咸池奏承雲兮，

思樂黃帝與唐堯也。咸池，堯樂也。承雲，即雲門，黃帝樂也。屈原得祝融止己，即時還車，將即中土，乃使仁賢若鸞鳳之人，因迎貞女如洛水之神，使達己於聖君，德若黃帝、帝堯者，欲與建德成化，制禮樂，以安黎庶也。

【疏證】

思樂黃帝與唐堯也。咸池，堯樂也。承雲，即雲門，黃帝樂也。屈原得祝融止己，即時還車，將即中土，乃使仁賢若鸞鳳之人，因迎貞女如洛水之神，使達己於聖君，德若黃帝、帝堯者，欲與建德成化，制禮樂，以安黎庶也。◎正德本、隆慶本、馮本、俞本、朱本、劉本、湖北本、莊本、四庫章句本「唐堯」下、「堯樂」下無「也」字，「承雲」下無「即」字，「制禮」下有「作」字，「德若」之「德」作「得」。正德本、隆慶本、俞本、劉本三「黃帝」作「皇帝」。補注引正文一作「張樂咸池」。案：據例，舊作「黃帝」。莊本「德若」亦同。又，張咸池、奏承雲，相對爲文，舊無「樂」字。全梁文卷一三簡文帝大法頌「張咸池於洞庭」。蹈襲此語，亦無「樂」字。咸池，舞樂名，古亦於「咸池」前無加「樂」字者。制禮、作樂相對，舊有「作」字。禮記卷三八樂記第一九「大章，章之也；咸池，備也」，鄭注：「咸池，黃帝所作樂名也，堯增脩而用之。咸，皆也。池之言施也，言德之無不施也。周禮曰大咸。」孔疏：「今知咸池是黃帝所作樂名者。案：樂緯及禮樂志云：『黃帝曰咸池。』故知咸池是黃帝樂名。云『堯增脩而用之』者，此黃帝所作咸池之樂，至堯之時更增改修治而用之。周禮大司樂謂之大咸。咸池雖黃帝之樂，若堯既增修而用之者，則世本名咸池是也。故此文次在大章之下矣。又周禮云：『咸池以祭地，黃帝之樂。』堯不增修者則別立其名，則此大章是也。其咸池，雖黃帝之樂堯增修者，至周謂之大咸。」莊子卷四天運篇第一四：「帝張咸池之樂於洞庭之野。」帝，非黃帝，乃帝舜。淮南子卷一一齊俗訓：「有虞氏之祀其社用土，祀中霤，葬成畝，其樂咸池、承雲、九韶。」承雲、咸池，皆帝舜有虞氏之樂。高誘注：「舜兼用黃帝樂。」調停之説。又，竹書紀年：「顓頊二十一年作承雲之樂。」南國楚人之説，其與中國所傳有別。此咸池、承雲與二女、九韶連類及之，皆帝顓頊或帝舜之樂，亦與莊子、淮南合也。章句以上嵎、流、堯、予協韻。嵎，侯韻；流，幽韻；堯，宵韻；予，魚韻。幽、宵、侯、魚合韻。

二女御九韶歌。

美堯二女助成化也。韶，舜樂名也。九成，九奏也。屈原美舜遭值於堯，妻以二女，以治天下。内之大麓，任之以職，則百僚師師，百工惟時，於是遂禪以位，升爲天子，乃作韶樂，鐘鼓鏗鏘，九奏乃成。屈原自傷不值於堯，而遭濁世，見斥逐也。

【疏證】

美堯二女助成化也。韶，舜樂名也。九成，九奏也。屈原美舜遭值於堯，妻以二女，以治天下。内之大麓，任之以職，則百僚師師，百工惟時，於是遂禪以位，升爲天子，乃作韶樂，鐘鼓鏗鏘，九奏乃成。屈原自傷不值於堯，而遭濁世，見斥逐也。◎正德本、隆慶本、馮本、俞本、朱本、劉本、湖北本、四庫章句本「成化」下、「九奏」下無「也」字，「百僚」之「百」作「羣」，「百工惟時」作「百官維時」。莊本「百僚」作「羣僚」。四庫章句本「而遭」下有「此」字。案：「百僚師師」，出虞書，孔傳：「師師，相師法。」二女，舜之妃，娥皇、女英也。古之「度世」者多御女，蓋因女嬪禮俗。古時祭祀鬼神薦用女嬪，九歌、招魂二篇言之至爲詳悉。秦、漢以後遂敷演爲仙家、道士御用玉女之恆藻。史記卷五秦本紀「乃妻之姚姓之玉女」，集解引徐廣：「皇甫謐云：『賜之玄玉，妻以姚姓之女也。』」皇甫氏因帝舜娶二女事附會之，未之詳審。秦之先大費氏佐帝舜有功，賜之玉女，猶嬪祭大費之禮也。若以仙者論之，是所御玉女。又，卷一一七司馬相如列傳「載玉女而與之歸」，賈誼惜誓「載玉女於後車」，全後漢文卷一二桓譚仙賦「諸物皆見，玉女在旁」。九韶歌，九韶、九歌也。

使湘靈鼓瑟兮，

百川之神皆謡歌也。

【疏證】

百川之神皆謡歌也。◎案：若據湘君章句，以湘君爲湘水神，以湘夫人爲舜之二妃，湘靈者爲湘水神，而非汎稱「百川」。漢書卷五七下司馬相如傳「使靈媧鼓琴而舞馮夷」，蹈襲此語。集解引漢書音義曰：「靈媧，女媧也。」娥皇古或以女媧稱之。

令海若舞馮夷。

河、海之神咸相和也。海若，海神名也。馮夷，水仙人。淮南言：馮夷得道，以潛於大川也。

【疏證】

河、海之神咸相和也。海若，海神名也。馮夷，水仙人。淮南言：馮夷得道，以潛於大川也。

◎正德本、隆慶本、馮本、俞本、劉本、朱本、湖北本、莊本、四庫章句本「神名」上無「海」字，「仙人」下有「也」字。正德本、隆慶本、劉本「咸相」作「也相」。俞本、劉本「得」作「德」。案：也，咸之訛。德，得之音訛。文選卷二二顏延年車駕幸京口三月三日侍遊曲阿後湖作「水若警滄流」，李善注：「楚辭曰：『使湘靈鼓瑟兮令海若舞。』王逸曰：『海若，海神名。』」則脱「馮夷」二字。卷四〇任昉百辟勸進今上牋「故能使海若登祇」，李善注：「楚辭曰：『使湘靈鼓瑟兮令海若舞馮夷。』王逸曰：『海若，海神名也。』」亦有「馮夷」二字。章句引淮南，見卷一一齊俗訓，高注：「馮夷，河伯也。華陰潼鄉隄首里人，服八石，得水仙。」河伯，夏同姓諸侯。詳參九歌河伯注。又，補注：「海若，莊子所稱北海若也。」洪氏引莊子，見卷四秋水篇第一七，司馬彪注：「若，海神。」若，若木也，在東海。海神之名若，蓋因若木也。章句以上化、歌、和同協歌韻。

玄螭蟲象並出進兮，

鬼魅神獸，喜樂逸豫也。螭，龍類也。象，罔象也。皆水中神物。

【疏證】鬼魅神獸，喜樂逸豫也。螭，龍類也。象，罔象也。皆水中神物。◎正德本、隆慶本、馮本、俞本、劉本、朱本、湖北本、莊本、四庫章句本「逸豫」下、「龍類」下無「也」字。補注曰：「國語曰：『水之怪：龍、罔象。』」案：章句用七字句韻語，「喜樂逸豫」，舊作「樂逸豫」。喜，羨文。章句既以「鬼魅」釋「螭」，又「龍類」云云，前後乖牾。螭，單稱者爲山神之怪；若與龍連類爲文，爲龍屬。詳參九歌河伯「駕兩龍兮驂螭」注。據此，「螭，龍類也。象，罔象也。皆水中神物」，非章句舊説，後所增益。洪氏引國語，見卷五魯語下，「水之怪」下敚「曰」字。韋昭注：「罔象，食人，一名休腫。」莊子卷五達生篇第一九「水有罔象」，王先謙集解：「司馬本作『無傷』，云：『狀如小兒，赤黑色，赤爪，大耳，長臂。』一云：水神名。」無傷、罔象，聲之轉。又，九懷思忠「駕玄螭兮北征」。蹈襲此語。

形蟉虬則逶蛇。

形體蜿蟺，相銜受也。

【疏證】形體蜿蟺，相銜受也。◎補注：「蟉虬，上於九切，下巨九切，盤曲貌。」案：蟉虬與夭矯、偃蹇、窈糾、揭矯等，皆語之轉。章句以「蜿蟺」釋之，言鬱結屈曲之貌，與嬋媛、低佪等爲聲之轉。逶蛇，即委蛇、逶移也，言長曲貌。

雌蜺便娟吕增撓兮，

神女周旋，侍左右也。

【疏證】

神女周旋，侍左右也。◎案：爾雅釋天：「螮蝀，虹也，蜺爲挈貳。」郭璞注：「俗名美人虹，江東呼雩。」文選卷二張衡西京賦「虹旃蜺旄」，薛綜注：「雄曰虹，雌曰蜺。」章句以「神女」釋「雌蜺」，猶「美人虹」。類聚卷二天部下「虹」條引異苑：「古者有夫妻，荒年菜食而死，俱化爲青絳，故俗呼美人虹。」然古以虹蜺單稱美女者，始見於此，漢世有此説。説文雨部：「霓，屈虹，青赤，或白色，陰氣也。从雨、兒聲。」類聚卷二天部下「虹」條引蔡邕月令章句：「虹，螮蝀也，陰陽交接之氣，著於形色者也，雄曰虹，雌曰蜺。蜺常依陰雲而晝見於日衝，無雲不見，大陰亦不見，率以日西見於東方，故詩云：『螮蝀在於東。』蜺常在於旁，四時常有之，唯雄虹見藏有月。」又，補注：「便娟，輕麗貌。爾雅疏引『雌蜺㛹嬛』，嬛與娟同。」便娟、㛹嬛，聲之轉。章句釋爲「周旋」，猶柔弱貌。七諫初放「便娟之修竹兮」，章句：「便娟，好貌。」文選卷四張衡南都賦「便紹便娟」，李善

注：「便娟則嬋蜎也。」卷一一魯靈光殿賦「旋室㛹娟以窈窕」，張載注：「㛹娟，迴曲貌。」卷一三雪賦「初便娟於墀廡」，李善注：「便娟，雪迴委之貌。」皆隨文所施，於回曲之義而會通之。又，洪氏引集韻撓訓纏，讀如繞。文選卷一七傅毅舞賦「眉連娟以增繞兮」，李善注：「繞謂曲也。」增撓、增繞同。又，後漢書卷八〇下文苑傳邊讓「形便娟以嬋媛兮」。蹈襲此語。

鸞鳥軒翥而翔飛。

鵔䳟玄鶴，奮翼舞也。

【疏證】

鵔䳟玄鶴，奮翼舞也。◎正德本、隆慶本、俞本、馮本、朱本、劉本、莊本、四庫章句本、湖北本、同治本「䳟」作「鵬」。案：慧琳音義卷八三「翔翥」條引楚辭注：「飛，翔也。」章句遺義。鵔鵬，當作「鵔䳟」，字之訛。景宋本、寶翰本、惜陰本、皇都本亦作「鵔䳟」。又，九歎遠游「從玄鶴與鵔明」，章句：「鵔明，俊鳥也。」鵔䳟、鵔明同。鵔䳟、玄鶴，皆鳳皇儔也。補注引方言：「翥，舉也。楚謂之翥。」洪引見卷一〇，郭注：「謂軒翥也。」全後漢文卷四二應瑒馳射賦「竝軒翥而厲怒」，卷四三傅毅洛都賦「連軒翥之雙鶠」，卷五一楊修孔雀賦「徐軒翥以俛仰」，全三國文卷三〇卞蘭許昌宮賦「天鹿軒翥以揚怒」，卷三九何晏景福殿賦「飛櫩翼以軒翥」，文選卷九潘岳射雉賦

「鬱軒翥以餘怒」，卷四八班固典引「三足軒翥於茂樹」。軒翥，古恆語，鳥之奮舉也。

音樂博衍無終極兮，

五音安舒，靡有窮也。

【疏證】

五音安舒，靡有窮也。◎景宋本「五」作「正」。案：正音，謂雅音也。呂氏春秋卷五仲夏紀第五古樂篇「有止有淫」，高注：「正，雅也。」淮南子卷三天文訓：「姑洗生應鐘，比於止音，故爲和；應鐘生蕤賓，不比正音，故爲繆。」全上古三代文卷二周武王太誓：「乃斷棄其先祖之樂，乃爲淫聲，用變亂正音，以説婦人。」全晉文卷一三一顧臻請除雜伎樂表：「體五行之正音，協八風以陶氣。」據此，舊作「正音」。清華簡（五）殷高宗問於三壽：「惠民由壬（任），徇句遏淫，闇義和樂，非壞于湛，四方勸教，濫莁（媚）莫感，是名曰音。」此古之樂教也。又，博衍，謂廣引也。後漢書卷五孝安帝紀：「二千石長吏明以詔書，博衍幽隱，朕將親覽。」李賢注：「衍，猶引也。」全後漢文卷八〇蔡邕月令篇名：「文義所説，博衍深遠，宜周公之所著也。」章句「安舒」云云，猶「廣引」也。又，章句「靡有窮」云云，窮字出韻。舊蓋作「靡有極」，窮、極同義易之。

焉乃逝以徘徊。

遂往周流，究九野也。

【疏證】遂往周流，究九野也。◎案：「焉乃」連文，平列同義，猶於是也。招魂：「巫陽焉乃下招曰。」列子卷三周穆王篇：「焉迺觀日之所入。」章句「遂往」云云，遂，於是也。

舒并節以馳騖兮，

縱舍轡銜而長驅也。

【疏證】縱舍轡銜而長驅也。◎正德本、隆慶本、馮本、俞本、朱本、劉本、湖北本、莊本、四庫章句本「轡銜」作「銜轡」。案：古有「轡銜」而無「銜轡」。九章惜往日：「乘騏驥以馳騁兮，無轡銜而自載。」又，湯炳正楚辭今注謂并即駢字，「凡一車駕二馬或四馬，皆可稱駢」。舒駢，不辭。徐英楚辭札記：「舒并不可解，王不注并字。洪引淮南曰：『縱志舒節。』又引大人賦曰：『舒節出乎北垠。』並無并字。洪亦不注并字。疑『并』字衍文。」舒并，蓋「并舒」之乙也。文選卷九班彪北征賦

「遂舒節以遠逝兮」，李善注：「舒節，將行舒其志節也。」卷三五張協七命「蚪踊螭騰」，李善注引劉梁七舉：「攬轡舒節，淩雲先螭。」舒節，古恆語。

逴絶垠乎寒門。

經過后土，出北區也。寒門，北極之門也。

【疏證】

經過后土，出北區也。寒門，北極之門也。◎正德本、隆慶本、馮本、俞本、朱本、劉本、湖北本、四庫章句本「北區」下無「也」字；「之門」作「之内」，下無「也」字。案：内，門之訛。五百家注昌黎文集卷八納涼聯句「凄如羾寒門」，孫引王逸注：「寒門，北極之門。」亦作「寒門」。補注：「淮南曰：『出於無垠鄂之門。』注云：『垠鍔，端崖也。』李善曰：『絶垠，天邊之際也。』淮南曰：『北方北極之山曰寒門。』」淮南子卷一原道訓作「下出於無垠之門」，高注：「無垠，無形狀之貌。」與洪氏引者別，未知所據。洪氏引李善説，見文選卷一三張華鷦鷯賦「或託絶垠之外」注。洪引後一例淮南，見卷四地墜訓。則章句謂「寒門，北極之門」，因淮南也。又，漢書卷五七司馬相如傳「軼先驅於寒門」，全後漢文卷五七王逸荔枝賦「卓絶類而無儔」，全晉文卷一五七支遁釋迦文佛像讚「神奇卓絶於皇軒」，文選卷一五張衡思玄賦「望寒門之絶垠兮」，全宋文卷四四袁淑秋晴賦「轉絶垠之嚴雲」。絶垠，皆蹈襲於此，謂天涯也。

軼迅風於清源兮，

遂入八風之藏府也。

【疏證】

遂入八風之藏府也。◎正德本、隆慶本、劉本、朱本、俞本「遂」作「逐」。案：逐，訛也。補注：「軼音逸，三蒼曰：『從後出前也。』迅，疾也。思玄賦云：『且余沐於清原。』」黎本玉篇殘卷車部「軼」字：「蒼頡篇：『軼，從後出前也。』野王案：莊子『超軼絶塵』，楚辭『軼迅風於清涼』是也。」顧氏引「清源」作「清涼」，未爲地名。洪氏因玉篇也。又，後漢書卷六〇上馬融傳：「采清原，嘉岐陽。」李賢注：「清原，地在河東聞喜縣北。左傳曰：『晉蒐于清原，作五軍。』」史記卷六一伯夷列傳「隱於首陽山」，集解：「馬融曰：『首陽山在河東蒲坂華山之北，河曲之中。』」正義：「莊子：『二子北至于首陽之山，遂飢餓而死。』又下詩『登彼西山』，是今清源縣首陽山，在岐陽西北，明即夷、齊餓死處也。」清源、清原同。神居所以名清源者，因伯夷、叔齊事敷衍也。

從顓頊乎增冰。

過觀黑帝之邑宇也。

【疏證】

過觀黑帝之邑宇也。◎案：冰，蒸韻，以韻上文部之「門」。古無蒸、文合用之例。二句乙作「從顓頊乎增冰兮軼迅風於清源」。源、門爲文、元合韻。禮記卷一七月令第六：「孟冬之月，其帝顓頊，其神玄冥。」鄭注：「顓頊，高陽氏也。玄冥，少皞氏之子，曰脩、曰熙。」淮南子卷三天文訓：「北方，水也。其帝顓頊，其佐玄冥。」高注：「顓頊，黃帝之孫，以水德王天下，號曰高陽氏，死託於北方之帝。」卷五時則訓：「北方之極，自九澤窮夏晦之極，北至令正之谷，有凍寒積冰，雪雹霜霰，漂潤羣水之野，顓頊、玄冥之所司者，萬二千里。」從顓頊，爲遠遊終極之居，畢命於先祖也。又，全晉文卷七六摯虞思游賦「乘增冰而遂濟兮」，蹈襲此語，而其意迥別。章句以上豫、受、右、舞、極、野、驅、區、府、宇協韻。豫、舞、野、府、宇，魚韻；右，之韻；極，職韻，之之入；受，幽韻；驅、區、府，侯韻。之、幽、侯、魚合韻。之部之右牛謀尤郵等字，後漢入侯韻也。

歷玄冥㠯邪徑兮，

道絶幽都，路窮塞也。

【疏證】 道絶幽都，路窮塞也。◎案：玄冥，顓頊精靈。左傳昭公二十九年：「水正曰玄冥。」又曰：「少皞氏有四叔：曰重、曰該、曰脩、曰熙，實能金、木及水。使重爲句芒，該爲蓐收，脩及熙爲玄冥，世不失職，遂濟窮桑。」史記卷四二鄭世家「昔金天氏有裔子曰昧，爲玄冥師」，集解：「服虔曰：『金天，少皞也。玄冥，水官也。』」其神象見楚帛書「玄司秋」：似龜，兩首，四足，色黄，稱翟黄難者也。又，邪徑，謂捷徑。章句「路窮塞」云云，因離騷「夫唯捷徑以窘步」也。全晉文卷七六摯虞思游賦「殿玄冥以掩塵」，全三國文卷四六阮籍大人先生傳「驅玄冥以攝堅兮」。皆蹈襲此語，然二者託意殊别，此託之以反本，彼寄意於遊仙。

乘間維吕反顧。

攀持天紘，以休息也。

【疏證】 攀持天紘，以休息也。◎景宋本「休」作「化」。案：化息，釋家語，訛也。文選卷六魏都賦

「漢網絶維」，李善注引王逸曰：「維，紘也。」章句遺義。又，書鈔卷一四九天部「天有七衡」條引楚詞注：「圓天有七衡、六間，夫天有七衡、六間者，相去萬九千八百二十三分里之一，合十一萬九千里。」亦章句佚文。維之訓紘，詳參天問「斡維焉繫」注。補注：「孝經緯云：『天有七衡而六間，相去合十一萬九千里。』淮南云：『兩維之間九十一度。』注云：『自東北至東南爲兩維，帀四維，三百六十五度，一度二千九百三十二里。』」洪氏引淮南子，見卷三天文訓，文與注皆取整數，則有闕焉。當曰：「兩維之間九十一度十六分度之五而升。」高注：「自東北至東南爲兩維，帀四維，三百六十五度四分度之一，一度者二千九百三十二里千四百六十一分里之三百四十八。」周拱辰離騷草木史：「間維者，天有六間，地有四維也。淮南子：『東北爲報德之維，西南爲背陽之維，東南爲常羊之維，西北爲號通之維。』」周氏引淮南子亦見天文訓，「號通」即「蹏號」之訛。全三國文卷四四阮籍東平賦「遵間維而長驅兮」，清思賦「援間維以相示兮」。間維，皆謂天地六間、四維也。

召黔嬴而見之兮，

問造化之神以得失。

【疏證】問造化之神以得失。◎案：章句「神以得失」云云，失字出韻。又，章句用七字句韻語，舊本作「問造化神以失得也」。章句以「問神」釋「見之」，呂氏春秋卷一九離俗覽第五適威篇「顏闔入見」，高注：「見，謁也。」又，漢書卷五七下司馬相如傳「左玄冥而右黔雷兮」，顏師古引張揖曰：「黔雷，黔嬴也。天上造化神名也。楚辭曰：『召黔嬴而見之。』或曰：水神也。」史記卷一一七司馬相如列傳作含靁，亦聲之轉。全後魏文卷七孝文帝祭嵩高山文：「螭騰穹象，川九黔嬴。」蹈襲此語，其所據舊本作「黔嬴」也。

爲余先乎平路。

開軌導我，入道域也。

【疏證】開軌導我，入道域也。◎正德本、隆慶本、馮本、俞本、朱本、劉本、湖北本、莊本、四庫章句本「開」下無「軌」字。案：敓之也。補注引正文「先」下有「道」字。先道，即先導，古恒語。淮南子卷九主術訓「足能行而相者先導」，韓詩外傳卷七「必嚴居正言，以先導之」。洪氏引或本是也。

又，平路，謂正道也。全後漢文卷四六崔寔政論「從容平路」，文選卷四張衡南都賦「按平路兮來歸」，全三國文卷四魏文帝喜霽賦「惟平路之未晞」，全晉文卷一六五釋僧肇九折十演者「啓八正之平路」。皆祖述此語，可證「平路」爲言直道、正道。

經營四荒兮，

周遍八極。

【疏證】

周遍八極。◎案：經營，猶周流也。文選卷八司馬相如上林賦「經營乎其内」，李善注引郭璞曰：「經營其内，周旋苑中也。」卷一七傅毅舞賦「經營切儗」，李善注：「經營，往來之貌。」後漢書卷二八下馮衍傳「經營五山」，李賢曰：「經營，猶往來。」又，漢書卷五七下司馬相如傳「經營炎火而浮弱水兮」，卷八七下揚雄傳「聊浮游以經營」，文選卷一二郭璞江賦「經營炎景之外」，經營，皆謂周旋流行。黄生義府「經營」條：「書召誥：『厥既得卜，則經營。』徑直爲經，周迴爲營。」對文別義。章句以上塞、息、得、極同協職韻。

周流六漠。

旋天一帀。

【疏證】旋天一帀。◎補注引「天」一作「地」。案：六漠者，六合也。九思疾世「塵莫莫兮未晞」，章句：「漠漠，合也。」莫、漠古字通。六合，謂天也，宇宙也。淮南子卷一原道訓「舒之幎於六合」，高注：「六合，言滿天地間也。一曰：四方上下爲六合。」章句以「周流六漠」爲「旋天」，則不當作「旋地」。漢書卷五七下司馬相如傳「徧覽八紘而觀四海兮」，蹈襲此語。以「八紘」易「六漠」，亦以六漠爲天。帀，謂周徧。

上至列䴥兮，

窺天間隙。

【疏證】窺天間隙。◎案：文選卷一五張衡思玄賦「列缺曄其照夜」，舊注：「列缺，電也。」䴥與缺同。漢書卷五七下司馬相如傳「貫列缺之倒景兮」，服虔曰：「列缺，天閃也。」張揖曰：「陵陽子明經曰：『列缺氣去地二千四百里。』」卷八七上揚雄傳「辟歷列缺」，應劭曰：「列缺，天隙電照也。」類聚卷二天部「電」條引山海經：「列缺，電名。」列缺之聲轉或作連卷，猶長曲貌也。又章句「窺天間隙」云云，隙，鐸韻，出韻也。

降望大壑。

視海廣狹。

【疏證】

視海廣狹。◎案：大壑，在東海，無底之壑也。御覽卷六七地部三二壑引莊子：「夫壑之爲物，注焉而不滿，取焉而不竭。」又引山海經：「東海之水有大壑。」引列子：「渤海之東，不知幾億萬里，有大壑，實惟無底之谷，曰歸塘。」今本列子卷五湯問篇歸塘作歸墟。詳參天問「東流不溢孰知其故」注。又，七諫自悲「聽大壑之波聲」，章句：「大壑，海水也。」文選卷一二郭璞江賦「淙大壑與沃焦」，全梁文卷一三梁簡文帝大法頌「棄琴瑟乎大壑」，卷六四張纘南征賦「滐萬流之大壑」。皆蹈襲於此。章句以上帀、狹同協葉韻。

下峥嶸而無地兮，

淪幽虛也。

【疏證】

淪幽虛也。◎黎本玉篇殘卷山部「嶸」字：「楚辭『下峥嶸而無地』，王逸曰：『洸淪幽冥。』」案：章句自此以下皆三字句韻語例，則不當作「洸淪幽冥」四字。洸淪亦不辭。然章句「淪幽虛」云云，虛字出韻，舊本作「淪幽冥也」。又，黎本玉篇殘卷山部「崝」字：「方言：『崝，險高也。』郭璞曰：『崝嶸，高峻之皃也。』廣雅：『崝嶸，深冥也。』」宋本玉篇卷二二山部「崝」字：「崝嶒，高峻貌。崝同峥。」漢書卷五七下司馬相如傳有此句，顏師古曰：「峥嶸，深遠貌。」峥嶸之訓高、訓深，其義貫通。章句「幽冥」云云，是用深義。又，南朝劉宋以後，峥嶸又爲歲時消盡之義。文選卷一四鮑照舞鶴賦「歲峥嶸而愁暮」，謂歲時荏苒將盡也。李善注：「廣雅：『峥嶸，高貌。』歲之將盡，猶物之高。」

上寥廓而無天。

空無形也。

【疏證】空無形也。◎正德本、隆慶本、馮本、俞本、朱本、劉本、湖北本、莊本、四庫章句本「空」作「怳」。案：怳，失意貌，有空虛之義。黎本玉篇殘卷屵部「嵺」字：「楚辭『上嵺廓而无天』」，野王案：嵺廓，空虛也。」漢書卷五七下司馬相如傳作嵺廓，顏師古曰：「嵺廓，廣遠也。」又，淮南子卷一二道應訓：「此其下無地而上無天，聽焉無聞，視焉無矚。」祖式於此。

視儵忽而無見兮，

目瞑眩也。

【疏證】目瞑眩也。◎案：漢書卷五七下司馬相如傳有此句，惟儵忽作眩泯，顏師古注：「眩泯，目不安也。」史記卷一一七司馬相如列傳作「眩眠」。章句「目瞑眩」云云，因大人之賦也。作「瞑眩」，出韻，當「眩瞑」之乙。又，全三國文卷一四曹子建九詠「來無見兮進無聞」。蹈襲此語。

聽惝怳而無聞。

窈無聲也。

【疏證】窈無聲也。◎四庫章句本「窈」作「杳」。案：窈、杳古字通。漢書卷五七下司馬相如傳惝怳作敞怳，顏師古曰：「敞怳，耳不諦也。」史記卷一一七司馬相如列傳作惝恍，皆同。又，文選卷一六潘岳寡婦賦「怛驚悟兮無聞」。蹈襲此語。

超無爲㠯至清兮，

登天庭也。

【疏證】登天庭也。◎案：至清，猶太清，謂天也。淮南子卷七精神訓「有精而不使，有神而不行，契大渾之樸，而立至清之中。」老莊「無爲」，猶道也。老子上篇道經養身「是以聖人處無爲之事」，河上公注：「以道治也。」莊子卷一逍遥遊：「彷徨乎無爲其側，逍遥乎寢卧其下。」郭慶藩云：「無爲虛淡，可以逍遥適性，蔭庇蒼生也。」老莊言「無爲」者，蓋循道適性而已。而屈子「超無爲」者，甚於老莊之「無爲」也，蓋視聽皆滅，同於死寂也。老莊之「無爲」，乃順乎自然耳，視聽猶在也。

又，漢書卷五七下司馬相如傳：「乘虚無而上遐兮，超無友而獨存。」脱胎於此。

與泰初而爲鄰。

與道并也。

【疏證】

與道并也。◎案：廣雅釋天：「太初，氣之始也，生於酉仲，清濁未分也。太始，形之始也，生於戌仲，清者爲精，濁者爲形也。太素，質之始也，生於亥仲，已有素朴而未散也。三氣相接，至於子仲，剖判分離，輕清者上爲天，重濁者下爲地，中和爲萬物。」列子卷一天瑞篇第一：「昔者聖人因陰陽以統天地，夫有形者生於無形，則天地安從生？故曰：有太易，有太初，有太始，有太素。太易者，未見氣也；太初者，氣之始也；太始者，形之始也；太素者，質之始也。」泰初、太初同，類天問之「遂古之初」，楚簡之「恆先」也。泰初之於楚之世系，猶帝顓頊之居。屈子遠遊之旨，在乎回歸反本，則與泰初爲鄰，謂歸於帝顓頊之居。全梁文卷一梁武帝淨業賦「恆與道而爲鄰」，蹈襲此語。道亦泰初也。又，章句以上冥、形、瞑、聲、庭、并同協耕韻。

楚辭章句疏證卷七　卜居

卜居者，屈原之所作也。屈原體忠貞之性，

文選本删「屈原體忠之性」至「己執忠正」二十八字。補注引「體」一作「履」，又引「性」一作「節」。正德本、隆慶本、馮本、俞本、朱本、劉本、湖北本、莊本「體忠貞」作「履忠貞」。文淵四庫章句本作「履忠正」，文津本作「履忠貞」。案：體，行也。履，亦行也。皆同義可通。其所據本別。離騷序：「屈原執履忠貞，而被讒衺。」離騷「耿吾既得此中正」，章句：「中知龍逢、比干執履忠直，身以葅醢。」九歎離世「直躬指而信志」，章句：「言己執履忠信，不能隨從俗人。」章句凡言「履」者，多與「執」字連用。則舊作「體」字。又，章句凡言「忠正」，後多繫之以「土」或「行」字，九懷尊嘉「江離兮遺捐」，章句：「忠正之士弃山林也。」七諫怨世「棄捐葯芷與杜衡兮」，章句：「言棄捐芳草忠正之士，當奈世人不知賢何？」又曰「固非衆人之所識」，章句：「言己心載忠正之志，欲遠去以求賢人君子，固非衆人所能知也。」若言「忠貞」，後繫之以「性」、「情」、「質」等字，離騷後叙：

「今若屈原，膺忠貞之質，體清潔之性，直若砥矢，言若丹青，進不隱其謀，退不顧其命，此誠絶世之行，俊彦之英也。」九辯序：「屈原懷忠貞之性而被讒邪，傷君闇蔽。」惜誦「又蔽而莫之白」，章句：「言己懷忠貞之情，沈没胸臆，不得白達，左右壅蔽，無肯白達己心也。」據此，舊作「忠貞」。東漢文紀卷一四卜居序、漢魏六朝百三家集卷二〇漢王逸集題詞引作「履忠貞之性」。

而見嫉妬。念讒佞之臣，承君順非而蒙富貴，己執忠正而身放弃，

文選本「而身」作「原」，「弃」作「棄」。正德本、隆慶本、馮本、俞本、朱本、劉本、湖北本、莊本、四庫章句本「正」作「直」。同治本「妬」作「妒」。補注引「執」一作「獨」。案：妒、妬同。忠直、忠正皆通，所據本別。或作「獨忠正」，亦通。東漢文紀卷一四卜居序、漢魏六朝百三家集卷二〇漢王逸集題詞引作「執忠直」。

心迷意惑，不知所爲。乃往至太卜之家，稽問神明，決之蓍龜，卜己居世何所宜行，冀聞異策，以定嫌疑，故曰卜居也。

文選本删「心迷意惑不知所爲」八字，删「稽問神明決之蓍龜」八字，删「冀聞異策以定嫌疑故曰卜居也」十三字。「往」下無「至」字，「世」作「俗」。補注引聞一作審，又引異一作要。案：「世」作「俗」，避唐諱。又，北史卷八二儒林傳劉炫：「炫因擬屈原卜居爲筮塗以自寄。」袁校謂宋本闕此卷。正德本有此卷者，以補注本配入。然與汲古閣本、景宋本對勘，多所異同，蓋黄氏參酌諸

本以補之，不專主補注本。漢魏六朝百三家集卷二〇漢王逸集題詞、東漢文紀卷一四卜居序引並作「冀聞異策」。

屈原既放三年，

遠出郢都，處山林也。

【疏證】遠出郢都，處山林也。◎文選本「遠出」作「違去」。案：遠出，「違去」之訛。詳參九辯「超道遥兮」注。又，屈原放逐於頃襄王二、三年間，此謂「既放三年」，在頃襄王五年前後。

不得復見，

道路僻遠，所在險也。

【疏證】道路僻遠，所在險也。◎文選本「險」作「深」。案：據章句用韻，舊本作「深」。

竭知盡忠，

建立策謀，披心胷也。

【疏證】建立策謀，披心胷也。◎文選本「建立策謀披心胷」作「建造策謀披胷心」，正德本、隆慶本、湖北本、劉本、朱本、馮本、俞本、莊本、四庫章句本作「披心胷」。同治本「胷」作「胸」。案：胸與胷同。若作「披心胷」，胷字出韻。章句但有「建立」，無「建造」。惜誦「吾聞作忠以造怨兮，忽謂之過言」，章句：「始吾聞爲君建立忠策。」舊作「建立策謀披胷心」。章句以上林、深、心同協侵韻。

而蔽鄣於讒。

遇諂佞也。

【疏證】遇諂佞也。◎案：鄣，古邑名，讀如障。說文𨸏部：「障，隔也。从𨸏，章聲。」淮南子卷七精神訓「而障之以手也」，高注：「障，蔽也。」蔽障，平列同義。論衡卷二率性篇第八：「起屋築牆，以自蔽鄣。」

心煩慮亂，

慮憤悶也。

【疏證】

慮憤悶也。◎文選本「慮」作「意」。六臣本「憤」作「憒」。景宋本「悶」作「問」。案：問，訛字。章句無「憒悶」。憤悶，即憤懣。離騷「喟憑心而歷兹」，章句：「喟然舒憤懣之心，歷數前世成敗之道而爲此詞也。」九懷株昭「悲哉于嗟兮」，章句：「愁思憤懣，長歎息也。」九歎逢紛「腸憤悁而含怒兮，志遷蹇而左傾」，章句：「言己執忠誠而見貶黜，腸中憤懣，悁悒而怒，則志意遷移，左傾而去也。」據此，舊作「憤悶」。

不知所從。

迷所著也。

【疏證】

迷所著也。◎文選本作「迷瞀眩也」。補注引「迷所著」一作「迷瞀眩」。案：若作「迷所著」，著字出韻。舊作「迷瞀眩」。惜誦「中悶瞀之忳忳」，章句：「瞀，亂也。」大問「眩妻爰謀」，章句：

「眩，惑也。」章句以上佞、悶、眩協韻。佞、眩，真韻；悶，文韻；真、文合韻。

往見太卜

稽神明也。

【疏證】

稽神明也。◎案：神明者，謂神也。郭店楚墓竹簡太一生水：「天地復相輔也，是以成神明，神明復相輔也，是以成陰陽。」漢帛書經法：「道者，神明之原也。神明者，處於度之内而見於度之外者也。」又曰：「動而静而不移，動而不化，故曰神。神明者，見知之稽也。」史記卷一二八龜策列傳：「君子謂夫輕卜筮，無神明者，悖。」又，張家山漢墓竹簡二年律令史律：「史、卜子年十七歲學，史、卜、祝學童三歲，學佴將詣大史、大卜、大祝。」又曰：「卜學童能風誦書史書三千字，徵卜書三千字，卜九發中七以上，乃得爲卜，以爲官處。」又曰：「卜，太卜官之。」周禮卷一七春官宗伯第三叙官「大卜下大夫二人」，鄭注：「問龜曰卜。大卜，卜筮官之長。」太卜、大卜同。

鄭詹尹

工姓名也。

【疏證】

工姓名也。◎文選本以正文「鄭詹尹」三字屬上。章句不分而作「稽神明也。鄭詹尹，工師姓名也」。正德本、隆慶本、馮本、俞本、劉本、朱本、莊本、湖北本作「其姓名也」，四庫章句本作「其姓鄭也」。文淵本「姓」作「性」。案：性，訛也。鄭，姓。詹，名。尹，官也。楚官多稱尹，包山楚簡令尹、左尹、郊攻尹、大攱尹是也。

曰：「余有所疑，

意違惑也。

【疏證】

意違惑也。◎文選本「違惑」作「惑違」。案：若作「意違惑」，惑字出韻。舊宜作「意惑違」也。廣弘明集卷二七上剋責身心門六：「瞻彼進德，莫敢惑違。」惑違，古之習語。章句以上明、名、違協韻；明、違，陽韻；名，耕韻。陽、耕合韻。

願因先生決之。」

斷吉凶也。

【疏證】

斷吉凶也。◎正德本、隆慶本、馮本、劉本、朱本、湖北本、四庫章句本「吉凶」作「凶吉」。案：作「凶吉」，吉字出韻。文選本亦作「斷吉凶」。禮記卷二曲禮上第一「濡肉齒決」，鄭注：「決，猶斷也。」淮南子卷五時則訓「審決獄」，高注：「決，斷也。」

詹尹乃端策拂龜，

整容儀也。

【疏證】

整容儀也。◎文選本、正德本、隆慶本、馮本、俞本、朱本、劉本、湖北本、莊本、四庫章句本「容儀」乙作「儀容」。案：作「整容儀」，儀字出韻。舊作「整儀容」。劉良注：「策，蓍也。立蓍拂龜以展敬也。」端策，整策也。策，卜具，蓍策也。上博簡（九）靈王遂申「策」作「筞」，古文也。後漢書卷五九張衡傳「文君爲我端蓍兮」，李賢注：「端，正也。楚辭曰：『詹尹端策拂龜。』」又，全梁文卷六六庾肩吾書品論一：「詹尹端策，故以迷其變化。」全後魏文卷四四陽固演賾賦：「儼端坐于敝筵兮，始拂龜而整筴。」並蹈襲此語。淮南子卷一七說林訓：「卜者操龜，筮者端策，以問於數。」高注：「策，四十九策，可以占遠，可以問于數。數，可卜筮者也。」文選卷一〇潘岳西征賦：「爾乃端策拂茵，彈冠振衣。」李善注引許慎淮南注曰：「策，杖也。」端策謂正杖策，別一説也。章句「整儀容」云云，謂正杖策之意。篇終「釋策而謝」、「龜策誠不能知此事」，策爲卜具，非謂策杖。卜用龜，占用蓍。太卜鄭詹所用者，非蓍，乃龜也，故曰「拂龜」。章句以上凶、容同協東韻。

曰：「君將何以教之？」

願聞其要。

【疏證】

願聞其要。◎張銑注：「曰者，詹尹辭也。君謂原也。何以教者，問其要也。」案：章句「願聞其要」云云，要字出韻，且不合章句三字句韻語例，後所竄亂。

屈原曰：

吐詞情也。

【疏證】

吐詞情也。◎文選六臣本「情」作「請」，尤袤本、胡本作「情」。四庫章句本作「吐詞叩也」。案：國語卷一九吳語「乃令董褐請事」，韋昭注：「請，問也。」據義，舊作「詞請」。吐詞請，謂出詞問也。作「吐詞叩」，出韻。

「吾寧悃悃欵欵

志純一也。

【疏證】

志純一也。◎文選六臣本作「志純也」，尤袤本、胡本亦作「志純一也」。案：若作「純一」，出韻。作「志純」，不合注用三字句韻語之例，爛敚之，故後補「一」字以足其義。羅、黎二本玉篇殘卷欠部「款」字：「楚辭『吾寧悃悃款款朴以異忠乎』，王逸曰：『志純一也。』」慧琳音義卷八三「悃悃」條、卷八七「悃款」條、卷八九「悃愊」條同引王逸注：「悃悃，志純一也。」宋本玉篇心部：「悃，苦本切。志純一也。」後漢書卷二三竇融傳「悃悃安豐」，李賢注：「楚詞曰『悃悃款款』也。王逸注曰『志純一也。』亦猶實也。」通鑑卷二一六漢紀十八中宗孝宣皇帝「其謀陳見悃誠」，胡注：「王逸曰：悃愊，志純一也。」唐、宋已訛。據義，「志純」下當補「誠」字，舊作『志純誠』。純誠，習語。論衡卷二九對作篇第八四：「華僞之文滅，則純誠之化日以孳矣。」晉書卷一一二載紀苻生傳：「便是上違先公純誠雅志。」宋書卷八四鄧琬傳：「言念純誠，良有憫愴。」魏書卷一〇〇高句麗傳：「高麗繫天極，累葉純誠。」全齊文卷二六釋玄光畏鬼帶符妖法之極一：「此純誠感通，豈佩帶使然哉？」悃悃、欵欵，謂忠直貌。詳參離騷「余固知謇謇之爲患兮」注。漢書卷六二司馬遷傳「意氣勤勤懇懇」，顔師古注：「懇懇，至誠也。」勤勤、懇懇，聲之轉。呂向注：「悃款，勤苦貌。」失之。章句以上請，誠同協耕韻。

朴以忠乎？

竭誠信也。

【疏證】

竭誠信也。◎呂向注：「朴，質也。」案：質朴字讀如樸。説文木部：「樸，木素也。」徐鍇曰：「土曰坏，木曰樸。」引申之言樸質，古多借朴字爲之。淮南子卷七精神訓「契大渾之樸」，高注：「樸，猶質也。」「寧」字凡八，皆正説行芳潔之事。「將」字亦凡八，皆反對，言污穢之行也。

將送往勞來

追俗人也。

【疏證】

追俗人也。◎案：呂向注：「送往勞來，隨俗高下也。」章句「追俗人」云云，言追隨也。勞來，迎來也。迎來，嘉禮也；送往，凶禮也；皆應酬事。禮記卷四七祭義第二四：「樂以迎來，哀以送往。」鄭注：「迎來而樂，樂親之將來也。送去而哀，哀其享否之不可知也。」卷五二中庸第三一：「送往迎來，嘉善而矜不能，所以柔遠人也。」莊子卷五山木篇第二〇：「萃乎芒乎，其送往而迎來。」全漢文卷四七薛宣上疏言吏多苛政：「飲食周急之厚彌衰，送往勞來之禮不行。」全後漢文卷三八應劭風俗通義：「不知送往勞來，無宗廟之粢盛，賦斂薄也。」

斯無窮乎？

不困貧也。

【疏證】

不困貧也。◎案：補注「上句皆原所從也，下句皆原所去也。卜以決疑，不疑何卜？而以問詹尹何哉？時之人去其所當從，從其所當去，其所謂吉，乃吾所謂凶也。此卜居所以作也。」其可謂知言。又，章句以「窮」爲「困貧」，後漢「窮」始有「貧」義。周、秦「窮」爲路不通。

寧誅鋤草茅

刈蒿菅也。

【疏證】刈蒿菅也。◎案：補注「去穢助苗也。」章句以上信、人、困、菅協韻；信、人，真韻；困，文韻；菅，元韻。真、文、元合韻。

以力耕乎？

種稼穡也。

【疏證】種稼穡也。◎文選本「種」作「耕」。案：清華簡（七）越公其事「耕」字作「⿰井力」，古文也。詩伐檀「不稼不穡」，毛傳：「種之曰稼，斂之曰穡。」章句「種稼穡」云云，則三字平列。

將游大人

事貴戚也。

【疏證】

事貴戚也。◎案：孟子卷一三盡心上「孟子謂宋句踐曰：子好遊乎？吾語子遊。」趙岐注：「好以道德遊，欲行其道者。」遊，猶攀附、投奔也。李周翰注：「大人，謂君之貴幸者。」章句「貴戚」云云，指子蘭、子椒、上官、靳尚等權貴也。

以成名乎？

榮譽立也。

【疏證】

榮譽立也。◎案：成名，謂功成名立。史記卷四一越王勾踐世家：「故范蠡三徙，成名於天下，苟非去而已，所止必成名。」卷四七孔子世家：「達巷黨人童子曰：『大哉孔子，博學而無所成名。』」卷七九蔡澤列傳：「士固有殺身以成名，唯義之所在，雖死無所恨。」章句以上穡、戚、立協韻。穡，職韻；戚，覺韻；立，緝韻。職、覺、緝合韻。周、秦用韻，職、緝合韻，然無與覺韻合用例，後漢覺與緝、職合韻，則其音變矣。

寧正言不諱

諫君惡也。

【疏證】

諫君惡也。◎案：正言，直言也。廣雅釋詁：「諱，避也。」對文則別。周禮卷二六春官宗伯第三小史「則詔王之忌諱」，鄭司農注：「先王死日爲忌，名爲諱。」章句「諫君惡」云云，猶韓非子卷四說難篇第一二「嬰人主之逆鱗」也。

以危身乎？

被刑戮也。

【疏證】

被刑戮也。◎案：正言不諱以危身，猶離騷「余固知謇謇之爲患」也。全後周文卷一九王明廣上書宣帝請重興佛法：「夫諂諛苟免其身者，國之賊也；直言不避重誅者，國之福也。」

將從俗富貴

食重祿也。

【疏證】食重祿也。◎案：此猶卜居序所謂「承君順非而蒙富貴」也。詩瞻彼洛矣「福祿如茨」，鄭箋：「爵命爲福，賞賜爲祿。」富貴：富，謂爵命；貴，謂賞賜；非止「食重祿也」。

以媮生乎？

身安樂也。

【疏證】身安樂也。◎案：媮生，即偷生。離騷「惟夫黨人之偷樂」，章句：「偷，苟且也。」偷、媮古今字。

寧超然高舉

讓官爵也。

【疏證】

讓官爵也。◎四庫章句本作「計官爵也」。案：計，讓之訛。文選本亦作「讓官爵」。超然，遠貌也。詳參國殤「平原忽兮路超遠」注。

㠯保真乎？

守玄默也。

【疏證】

守玄默也。◎文選卷二九張協雜詩十首「養真尚無爲」，李善注引王逸曰：「守真玄默也。」案：真，羨也。卷二六陶淵明始作鎮軍參軍經曲阿作「真想初在衿」，李善注引王逸曰：「保真，守玄默也。」存其舊。保真，謂順自然也。淮南子卷六覽冥訓：「夫全性保真，不虧其身。」卷九主術訓：「塊然保真，抱德推誠，天下從之。」卷一三氾論訓：「全性保真，不以物累形，楊子之所立也，而孟子非之。」又，文選卷九揚雄長楊賦「且人君以玄默爲神」，李善注：「玄默，謂幽玄恬默也。」

將哫訾栗斯，

承顏色也。

【疏證】

承顏色也。◎文選本、正德本、隆慶本、馮本、俞本、朱本、湖北本、莊本、四庫章句本「栗」作「慄」。補注引「栗斯」一作「慄嘶」，又引一作「促訾粟斯」，曰：「慄音栗，謹敬也。粟，讀若慄，音栗，詭隨也。斯，讀若⿰忄斯，音斯，慄也。竝見集韻。」案：哫訾、栗斯並同。張銑注：「哫訾慄斯，承顏色貌。」謂取悦於人也。哫訾，或作足訾，類聚卷二六人部一〇「言志」條引梁簡文帝答徐摛書「足訾栗斯」，全梁文卷一一作「浞訾」。山海經卷三北山經：「又北二百里曰蔓聯之山，其上無草木，有獸焉，其狀如禺而有鬣，牛尾文臂馬蹏，見人則呼，名曰足訾。」是獸「見人則呼」，善媚悦人，則名之曰足訾。其義亦同。女之美者曰娵訾。皆聲之轉也。或作戚施。詩新臺「得此戚施」，毛傳：「戚施，不能仰者。」鄭箋：「戚施面柔，下人以色，故不能仰也。」或作戚咨，方言卷一〇：「忸怩，慙澀也。楚郢、江、湘之間謂之忸怩，或謂之戚咨。」錢繹箋疏：「倒言之曰資戚，太元親初一云：『其志齟齬。』次二云：『其志資戚。』資戚猶齟齬，謂志不伸也。」又，栗斯，與落蕊、路亶、蘢蓯、遼巢、藍攙等，蓋語之轉，言委柔貌。詳參離騷「貫薜荔之落蕊」注。或作粟、慄，皆形訛也。洪氏泥以字義訓詁，宜其說多鑿也。

喔咿儒兒

强笑噱也。

【疏證】

强笑噱也。◎文選本「儒兒」作「嚅唲」，補注同引「儒兒」一作「嚅唲」。洪氏曰：「喔音握，咿音伊，嚅音儒，唲音兒，皆强笑之貌。一云：喔咿，强顔貌；唲，曲從貌。」文選本作「嚅唲」。案：宋本玉篇口部「吚」字：「楚辭云『吾將喔吚嚅（唲）以事婦人乎』，喔吚嚅唲，謂强笑噱也。」唐本作「嚅唲」也。喔咿、喔唲同。韓詩外傳卷九：「夫鳳皇之初起也，翾翾丨步之雀，喔咿笑之。」全後漢文卷五八王延壽王孫賦「聲歷鹿而喔咿」。倒乙曰嗌喔，九思憫上「諓諓兮嗌喔」，章句：「容媚之聲。」其聲之轉，或作欝伊，全晉文卷六〇孫楚笑賦「呻吟欝伊」是也。或作嚘咿，潛夫論第五賢難篇「豕俛仰嚘咿」，汪繼培云：「後漢書文苑傳趙壹賦云：『伊優北堂上』，章懷注：『伊優，屈曲佞媚之貌。』嚘咿與伊優同。」又，儒兒、嚅唲，亦同，囁嚅之聲轉。七諫怨世「喜囁嚅而妄作」，章句：「囁嚅，小語私謀貌也。」

以事婦人乎？

詘蜷局也。

【疏證】

詘蜷局也。◎馮本、四庫章句本「婦」作「媍」。案：媍、婦通用字。詘與屈同。蜷曲、蜷局同，言屈曲不舒展貌。詳參離騷「蜷局顧而不行」注。婦人，舊多指懷王寵妃鄭袖也。非是。胡濬源楚辭新注求確曰：「事婦人，爲婦人之事也。妾婦之道，以順爲正，『呢呰』八字，皆柔弱婦人之貌，故云。」其説是也。

寧廉潔正直

志如玉也。

【疏證】

志如玉也。◎案：郭店楚墓竹簡五行篇：「聞君子道則玉音，玉音則型（形），型（形）則聖。」詩小戎：「言念君子，温其如玉。」又，廉潔，對文亦別。招魂「朕幼清以廉潔兮」，章句：「不求曰清，不受曰廉，不汙曰潔。」潔，古但作「絜」。睡虎地秦墓竹簡語書：「凡良吏明法律令，事無不能毆（也）；有（又）廉絜（潔）敦慤而好佐上。」又曰：「惡吏不明法律令，不智（知）事，不廉絜（潔），毋(無)以佐上。」黄生曰：「貪、廉二字亦有説。廉非對貪而言，乃對庸而言也。蓋山石之有稜角者謂之廉，故人之風采凝峻者以此爲目。孟子云『頑夫廉』。石之無稜角者謂之頑石，二字正是相反也。注云：『頑者無知覺，廉者有分辨。』」其説是也。睡虎地秦墓竹簡爲吏之道：「嚴剛毋暴，廉而毋刖，毋復期勝，毋以忿怒決。」又曰：「吏有五善：一曰中(忠)信敬上，二曰精(清)廉毋謗，三曰舉事審當，四曰喜爲善行，五曰龔(恭)敬多讓。五者畢至，必有大賞。」廉，皆有分辨義也。

以自清乎？

修潔白也。

【疏證】

修潔白也。◎文選秀州本、明州本、正德本、馮本、四庫章句本「潔」作「絜」。尤袤本、明州本、建州本「修」作「脩」。案：絜、潔古今字。修、脩古通用。淮南子卷一〇繆稱訓：「勿撓勿攖，萬物將自清。」高注：「言治天下各順其情。」自清，古之習語。管子卷一三白心篇上第三八：「人言善亦勿聽，人言惡亦勿聽，持而待之，空然勿兩之，淑然自清。」説苑卷一六談叢：「自[請](清)絶易，[請](清)人絶難。」

將突梯滑稽，

轉隨俗也。

【疏證】

轉隨俗也。◎案：文選卷四九班固公孫弘傳贊「滑稽則東方朔、枚皐」，李善注：「楚辭曰：『突梯滑稽，如脂如韋。』王逸曰：『轉兔隨俗也。』」尤袤本兔作免。訛也。柳河東集卷一八乞巧文「突梯卷臠」，孫注引王逸注：「突梯，隨俗貌。」未訛。呂向注：「突梯滑稽，委曲順俗貌。」史記卷一二六滑稽列傳「竊不遜讓，復作故事滑稽」，索隱：「楚詞云：『將突梯滑稽，如脂如韋。』崔浩云：『滑音骨。滑稽，流酒器也。轉注吐酒，終日不已。言出口成章，詞不窮竭，若滑稽之吐酒。故揚雄酒賦云「鴟夷滑稽，腹大如壺，盡日盛酒，人復藉沽」是也。』又姚察云：『滑稽，猶俳諧也。滑讀如字，稽音計也。言諧語滑利，其知計疾出，故云滑稽。』」漢書卷五八兒寬傳贊「滑稽則東方朔、枚乘」，顏師古曰：「滑稽，轉利之稱也。滑，亂也。稽，礙也。言其變亂無留礙也。一說，稽，考也。言可滑亂不可考校也。」後漢書卷五三周燮傳「斯固以滑泥揚波，同其流矣」，卷七四上袁紹傳「若使苟欲滑泥揚波」，李賢注並曰：「滑，混也。」又，南村輟耕録卷一〇輥吝論三卦：「淮南潘子素（純）嘗作輥卦，譏世之仕宦人以『突梯滑稽』而得顯爵者。雖曰資一時之謔浪調笑，不爲無補於名教。卦辭曰：『輥亨，可小事，亦可大事。』彖曰：『輥亨。天地輥而四時行，日月輥而盡夜明，上下輥而萬事成。輥之時義大矣哉。』象曰：『地上有木。輥，君子以容身固位。』初六：『輥出門，無咎。』象曰：『出門便輥，又何咎也。』六二：『傳于鐵轄。』象曰：『傳于鐵轄。天下可行也。』六三：『君子終日輥輥，厲無咎。』象曰：『終日輥輥，雖危無咎也。』九四：『模棱吉。』象曰：『模棱之吉，以隨時也。』六五：『神輥。』象曰：『六五神輥，老于事也。』上六：『或錫之高爵，天下揶揄之。』象曰：『以輥受爵，亦不足敬也。』此篇或者又謂自宋末即有，非潘所造，未審是否。」據此，一「輥」字，可賅「突梯滑稽」。

如脂如韋

柔弱曲也。

【疏證】

柔弱曲也。◎東雅堂昌黎集注卷四送區弘南歸「行行止直慎脂韋」，注引王逸曰：「脂韋，柔弱貌也。」案：文選卷五五劉峻廣絕交論「脂葦便辟導其誠」，李善注：「楚辭曰：『如脂如韋。』王逸曰：『柔弱曲也。』」亦作「柔弱曲」。呂向注：「如脂如韋，能滑柔也。」脂，膏脂也。韋，皮韋也。皆是滑利柔曲之物。

以潔楹乎？

順滑澤也。

【疏證】

順滑澤也。◎呂向注：「潔楹，謂同諂諛也。」案：是也。戴震屈原賦注：「絜楹，施繞之稱。凡度直曰度，圍曰絜；莊周書所謂『絜之百圍』，賈誼所謂『度長絜大』是也。楹，柱也。堂上有東西楹。」戴氏以絜爲計度，得之。絜之圍繞以度之，亦有阿順、曲奉意。以楹爲柱，杅格不合。楹，讀作逞。左傳昭公二十三年「胡子髡、沈子逞滅」，公羊傳逞作楹。逞，迎也。張家山漢墓竹簡式法：「天一曰困，逞之者死。」又曰：「凡徙、娶婦，右地左天吉，伓（倍）地逞天辱，伓（倍）天逞地死。」逞，皆訓迎也。絜逞，謂曲迎之意。章句以上惡、戮、禄、樂、爵、默、色、噱、玉、白、俗、曲、澤協韻。惡、白、澤，鐸韻，魚之入；噱，魚韻；戮、爵、樂，藥韻，宵之入；禄、玉、俗、曲，屋韻，侯之入；默、色，職韻，之之入。之、宵、侯、魚合韻。

寧昂昂

志行高也。

【疏證】

志行高也。◎李周翰注：「昂昂，馬行貌。」補注引「昂」一作「卬」。案：卬，古昂字。昂昂，言志高遠貌。詩卷阿「顒顒卬卬」，毛傳：「卬卬，盛貌。」爾雅邢疏引孫炎：「卬卬，志氣高遠也。」

若千里之駒乎？

才絶殊也。

【疏證】

才絶殊也。◎案：李周翰注：「千里，駒展才力也。」（中華書局二〇〇〇年版點校本楚辭補注標點作「千里駒，展才力也」。非也。）補注：「漢武帝謂『劉德爲千里駒』，顔師古云：『言若駿馬可致千里也。』」說文馬部：「馬二歲曰駒，三歲曰駣。从馬，句聲。」漢書卷三六楚元王傳劉德「武帝謂之千里駒」，顔師古注：「言若駿馬可致千里也。年齒幼少故謂之駒。」爾雅釋畜「回毛在膺，宜乘」，樊光注：「俗呼之官府馬。伯樂相馬法：『旋毛在腹下如乳者，千里馬。』」章句以上高、殊協韻；高，宵韻；殊，侯韻。宵、侯合韻。

將氾氾

普愛衆也。

【疏證】普愛衆也。◎案：李周翰注：「泛泛，鳥浮貌。」泛與氾、汎並同。史記卷一一七司馬相如列傳「汎淫泛濫」，索隱引廣雅：「汎汎、氾氾，浮也。」

若水中之鳧乎？

羣戲遊也。

【疏證】羣戲遊也。◎文選秀州本、建州本「遊」作「游」。明州本「羣」作「群」。案：補注：「鳧，野鴨也。」洪氏解以對文。禮記卷五曲禮下第二「庶人之摯匹」，鄭注：「説者以匹爲鶩。」釋文：「摯匹，依注作鶩，音木，鴨也。」孔疏：「野鴨曰鳧，家鴨曰鶩。」章句以上衆、遊協幽韻；衆，冬韻，幽之陽也。遊，幽韻。

與波上下，

隨衆卑高。

【疏證】

隨衆卑高。◎文選本「卑高」乙作「高卑」，景宋本作「埤高」。案：作「高卑」，卑字出韻。

偷以全吾軀乎？

身免憂患。

【疏證】

身免憂患。◎文選本「免」作「無」。正德本、隆慶本、馮本、俞本、朱本、湖北本、莊本、四庫章句本「憂患」乙作「患憂」。案：偷，苟且也，通作愉。又舊作「患憂」，倒文趁韻。作「憂患」，患字出韻。章句以上高、憂協韻。高，宵韻；憂，幽韻。宵、幽合韻。

寧與騏驥亢軛乎？

沖天區也。

【疏證】 沖天區也。◎四庫章句本「沖」作「中」。永樂大典卷一九六三六「鷄鶩」條引正文「亢」作「伉」。文選本「區」作「驅」。案：亢、伉古字通。據義，謂沖天驅馳。舊本作「驅」。呂延濟注：「騏驥亢軛，謂與賢才齊列也。軛，車軛也。」補注：「軛，車轅前也。」散文軛、衡不別。對文大車曰軛，小車曰衡。

將隨駑馬之跡乎？

安步徐也。

【疏證】 安步徐也。◎正德本、隆慶本、湖北本、朱本、劉本、馮本、俞本、莊本、四庫章句本「步徐」作「徐步」。案：安步徐，與上章句「沖天驅」，相對爲文，舊作「步徐」。呂延濟注：「駑馬，喻不才之臣。」

寧與黄鵠比翼乎？

飛雲嵎也。

【疏證】

飛雲嵎也。◎文選本「嵎」作「隅」。案：嵎與隅同。劉良注：「黄鵠，喻逸士也。比翼，猶比肩也。」黄鵠，大鳥也，一舉千里。惜誓：「黄鵠之一舉兮，知山川之紆曲。」韓詩外傳卷六：「夫鴻鵠一舉千里，所恃者六翮爾。」商君書卷四畫策篇第一八：「黄鵠之飛，一舉千里。」又，史記卷二八封禪書「西海致比翼之鳥」，集解：「韋昭曰：『各有一翼，不比不飛，其名曰鶼鶼。』」索隱：「案：山海經云：『崇吾之山有鳥，狀如鳧，一翼一目，相得乃飛，名云蠻。』郭璞注爾雅亦作『鶼鶼』。」

將與雞鶩争食乎？

啄糠糟也。

【疏證】

啄糠糟也。◎案：劉良注：「鷄鶩，喻讒夫；争食，争食禄也。」又，文選卷五二班彪王命論：「是故駑蹇之乘不騁千里之塗，燕雀之疇不奮六翮之用，楶棁之材不荷棟梁之任，斗筲之子不秉帝王之重。」與此同意。又，章句「啄糠糟」云云，爾雅釋器：「康謂之蠱，澱謂之垽。」郭注：「康，米皮。」釋文：「康，説文作穅，或省禾。」康，古字；糠，俗穅字。漕，酒滓。

此孰吉孰凶？

誰喜憂也。

【疏證】誰喜憂也。◎案：章句「誰喜憂」云云，謂喜誰憂誰也。鬼谷子第七揣篇：「觀天時之禍福，孰吉孰凶？」

何去何從？

安所由也？

【疏證】安所由也？◎案：屈子問詞終此。説郛卷七三上祛疑説辨身壬法：「一凶一吉，何去何從？」類聚卷四八官職部四「散騎常侍」條引潘岳散騎常侍夏侯湛誄：「誰毁誰譽，何去何從？」

章句以上驅、徐、嵎、糟、憂、由協韻，驅、嵎，侯韻；徐，魚韻；糟、憂、由，幽韻。幽、侯、魚合韻。

世溷濁而不清，

貨賂行也。

【疏證】貨賂行也。◎案：溷濁，亂不分貌。詳參離騷「世溷濁而不分」注。

蟬翼爲重，

近佞讒也。

【疏證】近佞讒也。◎文選本「佞讒」作「讒佞」。案：章句有「讒佞」，而無乙作「佞讒」。離騷「不撫壯而棄穢兮」，章句：「言願令君甫及年德盛壯之時修明政教，棄去讒佞，無令害賢。」九辯「猛犬狺狺而迎吠兮」，章句：「讒佞讙呼而在側也。」惜誦「有招禍之道也」，章句：「言己疾惡讒佞，欲親近君側，衆人悉欲來害己，有招禍之道，將遇咎也。」七諫沈江「彼離畔而朋黨兮」，章句：「言彼讒佞相與朋黨，並食重禄。」哀命「何君臣之相失兮」，章句：「言讒佞害己，使明君放逐忠臣。」作「佞讒」，出韻也。又，補注引李善云：「蟬翼，言薄也。」洪氏引李説，見文選卷三四曹植七啓「蟬翼之割」注。章句以上行、佞協韻。行，陽韻，後漢入耕、青韻。佞，真韻。耕、真合韻。

千鈞爲輕。

遠忠良也。

【疏證】

遠忠良也。◎呂向注：「隨俗顛倒，重小人，輕君子也。三十斤曰鈞。」案：説文金部：「鈞，三十斤也。」周禮卷三四秋官司寇第五大司寇「入鈞金三日」，鄭注：「三十斤曰鈞。」五臣因許書及鄭注也。管子卷八小匡篇第二〇「小罪入以金鈞」，尹知章注：「三十金曰鈞。」金，猶斤也。張家山漢墓竹簡算數書：「廿四朱（銖）一兩，三百八十四朱（銖）一斤，萬一千五百廿朱（銖）一鈞。」亦以三十斤爲鈞。後漢書卷二七趙典傳「今郭汜争睚眥之隙，以成千鈞之讎」，李賢注：「三十斤爲鈞。（千鈞），言其重。」文選卷二一左思詠史詩「賤者雖自賤，重之若千鈞」，李善注：「千鈞，喻重也。漢書曰：『十六兩爲一斤，三十斤爲一鈞。』」

黃鐘毀棄，

賢者匿也。

【疏證】

賢者匿也。◎文選本「賢者匿」作「賢隱藏」。正德本、隆慶本、馮本、俞本、朱本、劉本、湖北本、莊本、四庫章句本「賢者」作「賢智」。案：「毀棄」連文，毀亦棄也。文選卷二三悼亡詩「衾裳一毀撤」，張銑注：「毀，除也。」除亦棄也。左傳成公元年「毀車而爲行」，杜注：「毀其屬車，盡爲步陣。」亦遺棄之意，非毀壞之也。莊公三〇年：「鬬穀於菟爲令尹，自毀其家，以紓楚國之難。」謂自棄其家也。又作「賢者匿」，匿字出韻，舊作「賢隱藏」。李周翰注：「黃鐘，樂器，喻禮樂之士。」又，據饒宗頤氏考，楚以呂鐘爲黃鐘，其律名異於周律，自成系統。詳參楚地出土文獻三種研究隨縣曾侯乙墓鐘磬銘辭研究。

瓦釜雷鳴。

羣言獲進。

【疏證】

羣言獲進。◎文選本「羣言獲進」作「愚讙訟也」。補注引一作「愚讙訟也」。正德本、隆慶本、朱本、劉本作「群言進也」。馮本、俞本、湖北本、莊本、四庫章句本作「羣言進也」。案：章句用三字句韻語，則作「羣言獲進」者，非也。作「羣言進」，進字出韻。舊作「愚讙訟」。李周翰注：「瓦釜，喻庸下之人。雷鳴者，驚衆也。」九懷株昭：「瓦礫進寶兮，捐棄隨和。」與此同意。全宋文卷五六謝鎮之與顧歡書折夏夷論：「將非謬擊瓦釜，濫諧黄鐘邪？」蹈襲於此。

讒人高張，

居朝堂也。

【疏證】

居朝堂也。◎文選秀州本「朝」作「廟」。案：張銑注：「高張，居廟堂也。」廟堂、朝堂同。周禮卷四一冬官考工記第六匠人「内有九室」，鄭注：「九室，如今朝堂，諸曹治事處。」朝堂，漢世習語。詩韓奕「孔脩且張」，毛傳：「張，大。」高張，謂委以重任而居高位。章句以上良、藏、訟、堂協韻。良、藏、堂，陽韻；訟，東韻。東、陽合韻。

賢士無名。

身窮困也。

【疏證】身窮困也。◎案：論語卷一五衛靈公：「子曰：『君子疾没世而名不稱焉。』」賢士無名，猶離騷「美人之遲暮」、「脩名之不立」也。

吁嗟默默兮，

世莫論也。

【疏證】世莫論也。◎案：詩麟之趾「于嗟麟兮」，毛傳：「于嗟，歎辭。」于嗟與吁嗟同。馬王堆漢墓帛書五行解：「有天下美飲食於此，許肱（嗟）而予之，中心弗悉也。惡許（吁）差（嗟）而不受許（吁）差（嗟）。」又曰：「終（充）其不受許（吁）髟（嗟）之心，而義襄天下。」許髟（吁嗟），歎美之辭。單曰嗟。九主：「后曰：差（嗟）乎！夏桀氏已夫，三臣之罪何？」尹灣漢墓竹簡神烏賦：「嶋曰：佐（嗟）子佐（嗟）泣下，何戀亘（家）？」劉良注：「嘿嘿，不言貌。」嘿與默同。

誰知吾之廉貞！」

不别賢也。

【疏證】不别賢也。◎案：懷沙「羌不知余之所臧」也。章句以上困、論、賢協韻；困、論，文韻；賢，真韻。真、文合韻。

詹尹乃釋策而謝，

愚不能明也。

【疏證】愚不能明也。◎文選本「明」下無「也」字。正德本、隆慶本、馮本、朱本、劉本、莊本、湖北本、四庫章句本「不能明」下有「者」字。案：章句四字句韻語，舊「不能明」下無「者」字。章句「愚不能明」云云，愚，詹尹謙詞也。

曰：「夫尺有所短，

騏驥不驟中庭。

【疏證】

騏驥不驟中庭。◎正德本、隆慶本、馮本、俞本、朱本、劉本、湖北本、莊本、四庫章句本「中庭」下有「者也」二字。案：若有「者也」，非章句六字句韻語。中庭，堂下門内間也。

寸有所長，

雞鶴知時而鳴。

【疏證】

雞鶴知時而鳴。◎案：上博簡（七）凡物流型：「足將至千里，必從弁始。」鄭子家喪：「凶（使）子家利（梨）木三弁。」弁，即寸字，蓋古文也。雞，喻小人；鶴，俊鳥，喻君子。雞鶴，非類，不當連屬。蓋「雞雉」之訛。列子卷一天瑞篇第一：「然則天有所短，地有所長，聖有所否，物有所通。」張湛注：「夫體適於一方者，造餘塗則閡矣。」補注：「莊子云：『梁麗可以充城，而不可以窒穴，尺有所短也；騏驥、驊騮一日而馳千里，捕鼠不如貍狌，寸有所長也。』」洪引見卷四秋水篇第一七，文字多有舛誤。原本曰：「梁麗可以衝城，而不可以窒穴，言殊器也；騏驥、驊騮一日而馳千里，捕鼠不如貍狌，言殊技也。鴟鵂夜撮蚤，察毫末，晝出瞋目而不見丘山，言殊性也。」章句以上明、庭、鳴同協耕韻。明，陽韻，後漢入耕、青韻。

物有所不足，

地毀東南。

【疏證】

地毀東南。◎文選本「地毀東南」作「地虧東南角也。」秀州本「虧」作「虧」。案：地毀，當作「地虧」。淮南子卷三天文訓：「昔者共工與顓頊争爲帝，怒而觸不周之山，天柱折，地維絶。天傾西北，故日月星辰移焉；地不滿東南，故水潦塵埃歸焉。」作「東南」或「東南角」，皆出韻。舊作「地陷東南虧」。

智有所不明，

孔子厄於陳也。

【疏證】

孔子厄於陳也。◎文選本「於陳」作「於陳蔡」。案：據義，舊作「於陳蔡」。清華簡（五）殷高宗問於三壽：「昔勤不居，虖甾（祇）不易，共皇思倏（修），内（訥）諫受訾，神民莫責，是名曰智。」又，補注：「校人曰：『孰謂子産智！予既亨而食之。』智有所不明也。」孟子卷九萬章上：「昔者有饋生魚於鄭子産，子産使校人畜之池。校人烹之，反命曰：『始舍之，圉圉焉；少則洋洋焉，攸然而逝。』子産曰：『得其所哉！得其所哉！』校人出，曰：『孰謂子産智？予既烹而食之，曰：得其所哉，得其所哉。』」洪氏未明其出處，因孟子也。章句以上虧、蔡同協歌韻。

數有所不逮，

天不可計量也。

【疏證】

天不可計量也。◎補注：「史記曰：『人雖賢，不能左畫圓，右畫方。』」案：洪引見卷一二八龜策傳，其原本作「人雖賢，不能左畫方，右畫圓」，洪氏乙之。

神有所不通。

日不能夜光也。

【疏證】

日不能夜光也。◎文選本「光」作「照」。案：若作「夜照」，照字出韻。上博簡（五）鬼神之明：「今夫鬼神有所明有所不明，則以其賞善罰暴也。」又曰：「汝以此詰之，則善者或不賞，而暴者或不罰，古（故）吾因加（嘉）？鬼神不明，則必有古（故）。其力能至焉而弗爲乎？吾弗知也。意其力故不能至焉乎？吾或弗知也。此兩者歧，吾故曰：鬼神有所明有所不明。」又，補注：「神龜能見夢於元君，不能避余且之網。智有所困，神有所不及也。」莊子卷七外物篇第二六：「宋元君夜半而夢人被髮，闚阿門，曰：『予自宰路之淵，予爲清江使河泊之所，漁者余且得予。』元君覺，使人占之，曰：『此神龜也。』君曰：『漁者有余且乎？』左右曰：『有。』君曰：『令余且會朝。』明日，余且朝。君曰：『漁何得？』對曰：『且之網得白龜焉，其圓五尺。』君曰：『獻若之龜。』龜至，君再欲殺之，再欲活之。心疑，卜之，曰：『殺龜以卜吉。』乃刳龜，七十二鑽而無遺筴。仲尼曰：『神龜能見夢於元君，而不能避余且之網；知能七十二鑽而無遺筴，不能避刳腸之患。如是則知有所困，神有所不及也。』」洪氏因莊子。章句以上量、光同協陽韻。

用君之心，

所念慮也。

【疏證】所念慮也。◎案：用，以也。訓見王引之經傳釋詞卷一「用」字條。君，屈原也。謂以君之心行君之志也。

行君之意，

遂本操也。

【疏證】遂本操也。◎正德本、隆慶本、馮本、俞本、朱本、劉本、湖北本、莊本、四庫章句本「操」作「志」。案：操，操守也。本操、本志同。作「本志」，與章句下「君之志」複。

龜策誠不能知事。」

不能決君之志也。

【疏證】 不能決君之志也。◎文選本「志」下無「也」字。正德本、隆慶本、馮本、俞本、朱本、劉本、湖北本、莊本、四庫章句本作「不能決之也」。案：上博簡（九）堯王天下曰：「毋忘亓所不能。」亦此意也。章句以上慮、操、志協韻；慮，魚韻；操，幽韻；志，之韻。之、幽、魚合韻。文選卷六左思魏都賦「巖岡潭淵」，劉逵注引屈原卜居：「横江潭而漁。」卜居無此語，但見揚雄答客難，未審劉氏何以與屈賦相溷耶？

楚辭章句疏證卷八　漁父

漁父者，屈原之所作也。屈原放逐在江、湘之間，憂愁嘆吟，儀容變易。而漁父避世隱身，釣魚江濱，欣然自樂。時遇屈原川澤之域，怪而問之，遂相應答。楚人思念屈原，因叙其辭以相傳焉。

文選卷三三漁父篇王逸序：「漁父者，屈原之所作。漁父避俗，時遇屈原，怪而問之，遂相應答。」尤袤本、秀州本、明州本「怪」作「恠」、「答」作「荅」。案：李善引序非足文。「避世」作「避俗」，避唐諱。恠，俗怪字。荅，俗答字。文選卷二八陸機君子行「逐臣尚何有」，李善注引王逸楚辭序：「屈原放逐在沅、湘之間。」卷一五歸田賦「追漁父以同嬉」，李善注：「楚辭曰：『屈原既放，漁父見而問之曰：「子非三閭大夫歟？」漁父悠爾而笑，鼓枻而去。』王逸楚辭序曰：『漁父避世隱身，釣魚江湖，欣然而樂。』漁父歌曰：『滄浪之水清，可以濯吾纓；滄浪之水淥，可以濯吾足。』」

（六臣本無楚辭曰至「鼓枻而去」數句，且「水渌」作「水清」）李善所據舊序，有「屈原放逐在沅湘之間」、「漁父避世隱身釣魚江湖欣然而樂」云云，是未删本，未可武斷爲凡李善所删者，皆爲後所竄亂。今本「沅湘之間」作「江湘之間」，「江湖」作「江濱」。閒、間同。漢魏六朝百三家集卷二〇漢王逸集題詞、東漢文紀卷一四漁父序引亦作「江湘之間」、「釣魚江濱」也。類聚卷三五人部一九「愁」條引楚辭序：「漁父者，屈原所作也。屈原馳逐江、湘之間，憂愁吟歎，而漁父避世隱身，釣魚江濱，欣然自樂，時遇屈原川澤之域，怪而問之，遂相應答。」御覽卷四六九人事部一一〇憂下引王逸漁父序：「漁父者，原所作也。屈原放逐江、湖之間，憂愁歎吟曰，漁父避世隱身，鈎魚欣然樂，時過屈原川澤之域，怪而問之，遂相應答。楚人思念屈原，叙其辭以相傳焉。」引文多有舛異，其所據本別，録以備考。惜陰本「間」作「閒」。同治本「間」作「閒」，「嘆」作「歎」。正德本、劉本「答」作「荅」。俗字。四庫章句本、馮本「吟」作「唫」。又，序「楚人思念屈原，因叙其辭以相傳焉」云云，以是篇之作，在屈原自沈後。其説是也。漁父者，蓋屈原弟子所作。

屈原既放，

身斥逐也。

【疏證】

身斥逐也。◎案：卜居曰「既放三年」，此篇未言其時。原見漁父，在斥放之時，見鄭詹尹後。史記卷八四屈原列傳全襲漁父，而繫此事於「令尹子蘭聞之大怒，卒使上官大夫短屈原於頃襄王，頃襄王怒而遷之」後、作懷沙前。

游於江潭。

戲水側也。

【疏證】

戲水側也。◎史記卷八四屈原列傳「游於江潭」作「至於江濱」。正德本、隆慶本、俞本、朱本、劉本、湖北本「水側」下有「史云至於江濱被髮」八字。案：「史云」以下八字，後所增益。又，抽思「長瀨湍流泝江潭兮」，章句：「潭，淵也。楚人名淵曰潭。」作「江潭」，無側畔義。章句「水側」云云，舊本作「江濱」，謂江夏之濱。

行吟澤畔，

履荆棘也。

【疏證】履荆棘也。◎案：史記卷八四屈原列傳「行吟」上有「被髮」二字。史遷全襲漁父，其所據本有「被髮」二字。章句「履荆棘也」云云，其本已無「被髮」二字。又，皇甫謐高士傳卷中亦有「被髮」二字。又，鹽鐵論卷五相刺篇第二〇：「屈原行吟澤畔，曰：『安得皐陶而察之？』」未知所據。

顔色憔悴，

奸黴黑也。

【疏證】奸黴黑也。◎正德本、隆慶本、馮本、俞本、朱本、劉本、湖北本、莊本、四庫章句本「黴」作「黧」。文選本「奸黴黑也」下有音注，曰：「奸，古旱切；黴，力遲切。」案：章句無音注，後漢亦無反切注音。後所竄入。李善文選音注例，用反不用切。卷三東京賦「示民不偷」，薛綜注：「偷，以朱反。」卷四張衡南都賦「敷華蕊之蓑蓑」，李善注：「蓑，素回反。」卷六魏都賦「冀馬厩而駔駿」，李善注：「説文：『駔，壯馬也。』子助反。」文選本章句音注，亦後所竄入。補注：「奸，古旱切；黴，力遲切。」則同文選。或謂文選因洪氏而益。然刻於宋紹興元年秀州本，已有此音，則在補注前。清華簡（七）越公其事「顔」字作「⿸广色」，古文。又，九懷蓄英「菸蘊兮黴黧」，章句：「愁思蓄積，面垢黑也。」九歎逢紛「顔黴黧以沮敗兮」，章句：「黧，黑也。」黴、黧二字。説文黑部：「黴，中久雨青黑。从黑，微省聲。」徐鍇曰：「楚辭『黛黎以沮敗』。」黧、黎古字通。黴，俗作霉。又，宋本玉篇黑部：「黴，明飢切，面垢也。」又曰：「黧，力兮切，黑也。」廣韻上平聲第六脂韻：「黴，黧；垢腐貌。武悲切。」第一二齊韻：「黧，黑而黄也。郎奚切。」據此，唐、宋作「奸黧黑」，後因黧、黴同義易作「奸黴黑」。

形容枯槁。

癯瘦瘠也。

【疏證】

癯瘦瘠也。◎正德本、隆慶本、俞本、朱本、劉本、馮本「癯」作「癭」。案：説文疒部：「癭，頸瘤也。」非其義。癭，瘠之訛也。枯槁，散文不分，對文亦別。呂氏春秋卷一〇孟冬紀第五異用篇「文王賢矣，澤及髊骨」，高注：「骨有肉曰髊，無曰骼。」史記卷二三禮書「舉若振槁」，索隱：「槁，乾葉也。」又，章句「癯瘦瘠」云云，癯，俗臞字，爾雅釋言：「臞，瘦也。」説文肉部：「臞，少肉也。从肉、瞿聲。」又曰：「膌，瘦也。从肉、脊聲。」瘠與膌同。癯瘦瘠，三字平列同義。章句以上逐、側、棘、瘠協韻。逐，覺韻；幽之入。側、棘，職韻；之之入。瘠，錫韻；支之入。支、之、幽合韻。

漁父見而問之，

怪屈原也。

【疏證】

怪屈原也。◎尤袤本、明州本、正德本、隆慶本「怪」作「恠」。案：恠，俗字。莊子卷八漁父篇第三一：「有漁父者下船而來，鬚眉交白，被髮揄袂，行原以上，距陸而止。」郭疏：「漁父，越相范蠡也，輔佐越王勾踐平吳，事訖，乃乘扁舟游三江、五湖，變易姓名，號曰漁父，即屈原所逢者也。」案：范蠡相越平吳，在楚惠王十六年（公元前四七三年），其時屈子未生，焉有逢遇范蠡之事哉？其謬顯然。此漁父與莊子所稱者非一人，楚之賢士退隱於江夏間也。皇甫謐高士傳卷中漁父：「漁父者，楚人也。楚亂乃匿名隱釣於江濱。」庶得其實。又，孟子卷一二告子下「徵於色」，趙注：「徵驗見於顔色，若屈原憔悴，漁父見而怪之。」

曰：「子非三閭大夫與？

謂其故官。

【疏證】

謂其故官。◎正德本、隆慶本、馮本、俞本、朱本、劉本、湖北本、莊本、景宋本、四庫章句本皆作「本其故官」。文選本亦作「謂其故官」。案：本，推原也。屈子故官，左徒也。其見疏於懷王之後，降爲閒職三閭大夫。三閭者，三户也，句亶、鄂、越章三王之後。詳參離騷「昔三后之純粹兮」注。

何故至於斯？」

曷爲遭此患也？

【疏證】

曷爲遭此患也？◎正德本、隆慶本、朱本、劉本、馮本、俞本、湖北本、莊本作「曷爲遭放於斯也」。正德本、隆慶本、朱本、劉本下有「史云何故而至此」七字。景宋本作「曷爲遇放於斯也」。四庫章句本作「曷爲遭謗於此也」。案：若作「於斯」，斯字出韻。文選本亦作「曷爲遭此患也」。

則存其舊。章句以上原、官、患同協元韻。

屈原曰：「舉世皆濁

衆貪鄙也。

【疏證】衆貪鄙也。◎案：文選六臣本「舉世」作「世」，謂「逸本有『人』字。」尤袤本作「世人」。濁，貪也。詳參離騷「世溷濁而不分兮」注。

我獨清，

志潔己也。

【疏證】志潔己也。◎正德本、隆慶本、馮本、俞本、朱本、劉本、湖北本、莊本、四庫章句本作「己忠良也」。文選本作「忠絜己也」。景宋本作「忠潔己也」。案：絜，古潔字。若作「忠良」，出韻也。又，志潔者，謂情志清潔也。忠，志之訛也。九歎怨思「情素潔於紐帛」，章句：「情志潔淨，有如束帛也。」

衆人皆醉

惑財賄也。

【疏證】惑財賄也。◎補注引一作「巧佞曲也」。案：下「衆人皆醉」，章句：「巧佞曲也。」洪引一作「巧佞曲」者，蓋襲下誤。章句以「惑財賄」爲「醉」，猶昏瞶也。蔣驥山帶閣注楚辭：「昧於危亡曰醉。」章句以上鄙、己、賄同協之韻。

我獨醒，

廉自守也。

【疏證】廉自守也。◎案：章句「廉自守」云云，廉，猶史記本傳「其行廉」之廉。西村時彦楚辭纂說：「張廉卿：『廉，猶論語「古之矜也廉」之廉，故曰「其行廉」，故「死而不容自疏」。非謂「廉潔」

之廉也。』」案：其説韙也。邢昺論語疏云：「廉者，謂有廉隅自檢束也。」晏子春秋卷三景公問聖人不得意如何晏子對以不與世陷乎邪第二二：「故聖人伏匿隱處，不干長上，潔身守道，不與世陷乎邪。」即「獨醒」之意也。又，史記卷八四屈原列傳：「屈原曰：『舉世混濁而我獨清，衆人皆醉而我獨醒。』」説苑卷一六談叢：「世之溷濁而我獨清，衆人皆醉而我獨醒。」新序卷七節士篇：「屈原曰：『世皆醉，我獨醒；世皆濁，我獨清。』」皆多別異。

是以見放。」

弃草野也。

【疏證】

弃草野也。◎文選尤袤本、秀州本、明州本、正德本、隆慶本、馮本、朱本、劉本、四庫章句本、惜陰本、同治本「弃」作「棄」。明州本無「也」字。案：弃與棄同。章句「草野」云云，野字出韻，當「野草」之乙。章句以上守、草同協幽韻。

漁父曰：

隱士言也。

【疏證】

隱士言也。◎案：漁父序：「而漁父避世隱身，釣於江濱，欣然自樂。」又，史記卷六六伍子胥列傳：「伍胥遂與勝獨身步走，幾不得脱。追者在後。至江，江上有一漁父乘船，知伍胥之急，乃渡伍胥。伍胥既渡，解其劍曰：『此劍直百金，以與父。』父曰：『楚國之法，得伍胥者賜粟五萬石，爵執珪，豈徒百金劍邪！』不受。」屈子所遇者，蓋類此也。

聖人不凝滯於物，

不困辱其身也。

【疏證】

不困辱其身也。◎案：莊子卷六徐無鬼篇第二四：「知士無思慮之變則不樂，辯士無談説之序則不樂，察士無淩誶之事則不樂，皆囿於物者也。」淮南子卷一四詮言訓：「輕天下者，身不累於物，故能處之。」皆可與此「聖人不凝滯於物」參證。

而能與世推移，

隨俗方圓。

【疏證】

隨俗方圓。◎文選尤袤本、明州本「圓」作「圜」。案：圓、圜古字通。淮南子卷一九修務訓「與物推移」，高注：「推移，猶轉易也。」莊子卷四秋水篇第一七：「夫不爲頃久推移，不以多少進退者，此亦東海之大樂也。」成玄英疏：「推移，變改也。」又，淮南子卷一八人間訓：「得道之士，外化而内不化。外化，所以入人也；内不化，所以全身也。故内有一定之操，而外能詘伸、嬴縮、卷舒，與物推移，故萬舉而不陷。」其「與世推移」之謂也。章句以上言、身、圓協韻。言、圓，元韻；身，真韻。真、元合韻。

世人皆濁，

人貪婪也。

【疏證】

人貪婪也。◎底本及正德本、隆慶本、馮本、俞本、朱本、劉本、湖北本、莊本、景宋本、寶翰本、皇都本、四庫章句本無注。惜陰本、同治本有「人貪婪也」四字注。案：上「世皆濁」，章句：「衆貪鄙也。」則與此同。無此注者，因上删之。文選本有此注，據補。

何不淈其泥

同其風也。

【疏證】

同其風也。◎正德本、隆慶本、朱本、劉本「同其風也」下有「史云隨其流」五字。案：後所竄入也。史記卷八四屈原列傳「淈其泥」作「隨其流」，集解引楚詞作「滑其泥」。淈與滑同，並汩字之假借，謂亂也。詳參遠遊「無滑而魂兮」注。陶淵明飲酒詩（其九）清晨聞扣門「願君汩其泥」，易淈爲汩。又，章句「同其風」云云，以淈亂爲同，猶混同也。亂，有合同意。如水經注謂「合流」義多用「亂流」是也。卷一河水一：「北源自西南逕故城北，右入南水，亂流東北，注濝水。」卷二河水二：「湟水又東，左則承流，谷水南入，右會達扶東西 一溪水，參差北注，亂流東出，朔頓、鷄谷二水。」卷三河水三曰：「西南流，逕沃陽縣，左合中陵川，亂流西南，與 水合，北俗謂之樹頽水，水出東山下，西南流，右合誥升袁水，亂流西南注，分謂二水。」卷六汾水：「水出祀山，其水殊源共舍，注于嬰侯之水，亂流逕中都縣南，俗又謂之中都水。」又曰：「又西北流與勞水合，亂流西北，逕高梁城北，西流入于汾水。」洞過水：「蔣溪又西合塗水，亂流西北，入洞過澤也。」卷七濟水一：「濟水又東逕原城南，東合北水，亂流東南注。」濟水二：「盟津河別流十里，與清水合，亂流而東，經洛當城北，黑白異流，涇、渭殊別，而東南流注也。」卷九沁水：「而東會絶水，亂流東南，入高都縣，右入丹水。」卷一一滱水：「渚水東流，又合洛光水，水出洛光溝，東入長星水，亂流東逕恆山下廟北。」卷一二聖水：「水出平地，導源東南流，右注白祀水，亂流，東南逕常道城西。」卷一三漯河：「桑乾水又東南流，水南有故城，東北臨河，又東南，右合漯水，亂流，枝水南分。」招魂「士女雜坐亂而不分些」，言合而不分也。亂，合聚義。則淈，訓亂、訓同，其義通也。章句以上嫈、風協韻。嫈，侵韻；風，冬韻。侵、冬合韻。

而揚其波？

與沈浮也。

【疏證】

與沈浮也。◎文選尤袤本、六臣本、正德本、隆慶本、馮本、劉本、湖北本、四庫章句本「沈」作「沉」。案：沈、沉同。張銑注：「淈泥揚波，稍隨其流也。」全後漢文卷三〇袁紹上書自訟：「若使苟欲滑泥揚波，偷榮求利，則進可以享竊祿位，退無門戶之患。」可爲此文注脚。

衆人皆醉，

巧佞曲也。

【疏證】

巧佞曲也。◎正德本、隆慶本、馮本、俞本、朱本、劉本、湖北本、莊本、四庫章句本無注。景宋本作「惑財賄也」又引一云「巧佞曲也」。案：皆敚之。文選本亦有此注，當補。上文「衆人皆醉」下，補注引一云：「巧佞曲也」。無此注者，因補注删之。

何不餔其糟

從其俗也。

【疏證】

從其俗也。◎案：説文食部：「餔，申時食也。从食，甫聲。引申爲食。」羅本玉篇殘卷食部「餔」字：「野王案：廣雅：『餔，食也。』楚辭曰『餔其糟歠其釃』是也。」漢書卷一高帝紀「呂后與兩子居田中，有一老父過請飲，呂后因餔之」，顏師古注：「餔食之餔，屈原曰『餔其糟』是也。以食食人亦謂之餔。國語曰『國中童子無不餔也』，呂氏春秋曰『下壼飱以餔之』是也。父本請飲，后因食之，故言餔也。」又，張銑注：「糟，酒滓。」案：説文米部：「糟，酒滓也。从米、曹聲。醩，籀文从酉。」又，周禮卷五天官冢宰第一酒正「醫酏糟」，鄭注：「糟，醫酏不泲者。泲曰清，不泲曰糟。」糟，非酒滓，類今酒釀。

而歠其釃？

食其禄也。

【疏證】食其禄也。◎張銑注：「餔糟歠醨，微同其事也。歠，飲也。醨，酒滓。」案：説文欠部：「㱃，歠也。从欠、酓聲。隸作飲。」又曰：「歠，㱃也。」散文不別。對文汁曰歠，水曰飲。補注：「釃，力支切，以水釃糟也。醨，薄酒也。」蓋以釃爲醨字假借。後漢書卷七〇孔融傳「多侮慢之辭」，李賢注引融集與操書：「屈原不餔糟歠醨，取困於楚，由是觀之，酒何負於政哉？」反意説之。章句以上浮、曲、俗、禄協韻。浮，幽韻；曲、俗、禄，屋韻，侯之入。幽、侯合韻。

何故深思高舉，

獨行忠直。

【疏證】

獨行忠直。◎馮本、俞本、四庫章句本「直」作「道」。劉本「行」譌爲「衍」。正德本、隆慶本、俞本、朱本、劉本、莊本正文作「何故懷瑾握瑜」。案：道，直之譌。史記卷八四屈原列傳「深思高舉」作「懷瑾握瑜」，索隱引楚詞作「深思高舉」。五臣李周翰曰：「深思，謂憂君與民也。」于惺介文選集評云：「深思爲獨醒，高舉爲獨清。」以騷解騷，得其奧旨矣。瑾、瑜，並美玉名，喻忠直之行。詳參懷沙「懷瑾握瑜」注。若作「深思高舉」，無「忠直」義。舊作「懷瑾握瑜」。

自令放爲？」

遠在他域。

【疏證】

遠在他域。◎四庫章句本「遠」作「違」。案：違，遠之譌。文選本、正德本、隆慶本、朱本、劉本、馮本、俞本、莊本亦作「遠在他域」。他域者，指沅、湘以南，百越之所居。章句以上直、域同協職韻。

屈原曰：「吾聞之，

受聖人之制也。

【疏證】受聖人之制也。◎永樂大典卷一九六三六「新沐」條引正文無「之」字。文選本作「受聖制也」。案：無「之」字，敚也。章句用三字句韻語，舊作「受聖制也」。

新沐者必彈冠，

拂土坌也。

【疏證】拂土坌也。◎文選本作「拂土芥」。正德本、隆慶本、馮本、俞本、劉本、朱本、湖北本、莊本及四庫章句本「土」作「塵」，景宋本作「塵」。案：若作「土坌」、「塵坌」，皆出韻。舊作「拂土芥」。坌，芥之訛。土芥，習語。左傳哀公元年「以民爲土芥」，杜注：「芥，草也。」孟子卷八離婁下「君之視臣如土芥也」，趙注：「芥，草芥也。」宋龍衮江南野史卷四宋齊丘：「國用軍器宕然虛匱，淮甸疆境弃如土芥。」補注引荀子曰：「新浴者振其衣，新沐者彈其冠，人之情也。其誰能以己之僬僬，受人之掝掝者哉？」洪引見卷二不苟篇第三。又，韓詩外傳卷一：「故新沐者必彈冠，新浴者必振衣，莫能以己之皭皭，容人之混污然。」說苑卷一六談叢：「初沐者必拭冠，新浴者必振衣。」新序卷七節士：「吾聞之，新浴者必振衣，新沐者必彈冠，又惡能以其泠泠，更事汶汶者哉！」據此，「新沐者」二語，古諺也，故屈子謂「吾聞之」。

新浴者必振衣。

去塵穢也。

【疏證】

去塵穢也。◎正德本、隆慶本、俞本、馮本、朱本、劉本、湖北本、莊本、四庫章句本作「祛土穢也」，景宋本作「去土穢也」。案：作「土穢」，與上「土芥」者複，舊作「塵穢」。塵穢，古之習語。三國志卷二二魏書衛臻傳裴注引傅咸與司馬亮牋：「至於爲注，了無所發明，直爲塵穢紙墨。」類聚卷一天部上「雲」條引晉楊乂雲賦：「蕩滌塵穢，含吐嘉祥。」

安能以身之察察，

己清潔也。

【疏證】己清潔也。◎文選本「潔」作「絜」。正德本、隆慶本、馮本、俞本、朱本、劉本、湖北本作「察己清潔也」，正德本、隆慶本、朱本、劉本上有「史云人又誰能」六字。莊本「察己」作「獨己」。案：察，羨也。史記卷八四屈原列傳裴駰集解引王逸注：「己静絜。」静，清字假借。絜，古潔字。上博簡（三）亟先：「察察天地，焚焚（紛紛）而復其所欲。」察察，與此同義。吕向注：「察察，潔白也。」察察，同荀子潐潐，或本作僬僬，楊倞注：「潐潐，明察之貌。潐，盡；謂窮盡明於事。」亦同韓詩皭皭、新序泠泠也。章句以上制、芥、穢、潔同協月韻。

受物之汶汶者乎？

蒙垢塵也。

【疏證】蒙垢塵也。◎俞本、莊本「垢塵」作「塵垢」。案：倒乙也。史記卷八四屈原列傳裴駰集解引王逸注：「蒙垢污。」若作「垢污」，污字出韻。吕向注：「汶汶，塵垢也。」補注：「汶音門。汶、濛，沾辱也。荀子注引此作『惛惛』。惛惛，不明也。」汶、惛，聲之轉也。上博簡（一）性情論：「又(有)丌爲人之伭伭女(如)也，不又(有)夫柬柬之心則悉。」伭伭，即惛惛。或作泯泯，宋本玉篇卷一九水部「泯」字：「泯泯，亂也。」亦同荀子掝掝，楊倞注：「掝掝，惽也。」韓詩作混污，新序作嘿嘿也。

寧赴湘流，

自沈淵也。

【疏證】自沈淵也。◎文選本、正德本、隆慶本、馮本、劉本、湖北本、四庫章句本「沈」作「沉」。案：沈與沉同。又，史記卷八四屈原列傳「湘」作「常」。索隱：「常流，猶長流也。」謂常通作長。章句「自沈淵」云云，常，謂本自也。則舊作「常流」。上博簡（八）成王既邦：「四時長(常)事必至。」楚簡亦通也。

葬於江魚之腹中。

身消爛也。

【疏證】

身消爛也。◎正德本、隆慶本、湖北本、朱本、劉本「身消爛也」下有「史云而葬乎江魚腹中耳」十字。案：後所竄入也。消，讀如「銷鑠」之銷，古字通用。銷，謂釋解也。詳參九辯「形銷鑠而瘀傷」注。章句以上汶、淵、爛協韻。汶，文韻；淵，真韻；爛，元韻。真、文、元合韻。

安能以皓皓之白，

皓皓，猶皎皎也。

【疏證】

皓皓，猶皎皎也。◎正德本、隆慶本、馮本、俞本、朱本、劉本、湖北本、莊本、四庫章句本作「皎皎明也」，正德本、隆慶本、朱本、劉本上有「史云皓皓」四字。案：皓皓、皎皎，聲之轉。先秦曰皓皓，兩漢曰皎皎，所以通古今別語。「明也」，以釋其義。廣雅釋訓：「皎皎，明也。」據此，舊有「明也」二字。文選本無「明也」二字，唐本已爛敚之。李周翰注：「皓白，喻貞潔。」

而蒙世俗之塵埃乎？」

被點污也。

【疏證】

被點污也。◎文選本「點污」作「汙點」。正德本、隆慶本、朱本、劉本「點污也」下有「史云而蒙世之温蠖乎」九字。案：後所竄入。又，點污、汙點，並出韻，未可詳考。又，塵埃，史記卷八四屈原列傳作「温蠖」，索隱：「温蠖，猶惛憒。」引楚詞作「蒙世之塵埃哉」。「温蠖」義至晦。湯炳正氏屈賦新探據張家山漢簡引書「尺蠖」作「尺汙」，謂「温蠖」即「溷污」之假借。又謂舊本「塵埃」、「温蠖」皆作「埃塵」、「蠖温」，與上「汶」爲韻文部。其説可參。馬王堆漢墓帛書十問：「君欲練色鮮白，則察觀尺污（蠖）。尺污（蠖）之食方，通於陰陽。」蠖、污二字相通之證。李周翰注：「塵埃，喻點污也。」

漁父莞爾而笑，

笑離齗也。

【疏證】

笑離齗也。◎文選建州本作「笑離齗」，明州本、尤袤本、正德本、隆慶本、馮本、俞本、朱本、劉本、湖北本、四庫章句本作「笑難斷」。秀州本「斷」作「断」。案：文選卷一一魯靈光殿賦「玄熊舑舕以斷斷」，李善注引蒼頡篇：「斷，齒根也。」笑離斷，謂笑使齒與斷分離。難斷，「離斷」之訛。

鼓枻而去，

叩船舷也。

【疏證】

叩船舷也。◎正德本、隆慶本、馮本、俞本、朱本、劉本「船舷」作「船鳴」，文選本、四庫章句本、惜陰本、同治本「舩」作「船」。案：若作「船鳴」，鳴字出韻。舩，俗船字。東雅堂昌黎集注卷九湘中詩「空聞漁父叩舷歌」，注引王逸云：「鼓[泄]（枻），叩船舷也。」文選卷一二江賦「詠採菱以叩舷」，李善注：「楚辭曰『漁父鼓枻而去』王逸曰：『叩船舷也。』」卷二六陶淵明辛丑歲七月赴假還江陵夜行塗口作「叩枻新秋月」，李善注：「楚辭曰『漁父鼓枻而去』王逸曰：『叩船舷也。』」亦皆作「船舷」。卷四三孔珪璋北山移文「浪拽上京」，李善注：「楚辭曰：『漁父鼓拽而去。』王逸曰：『船舷也。』」敓「叩」字。柳河東集卷四三遊南亭夜還敘志七十韻「緬暮鼓枻翁」，孫注引王逸注：「鼓枻者，叩船鳴也。」則易舷爲鳴，蓋因誤本。補注：「舷，船邊也。」漢書卷五七上司馬相如傳「揚旌枻」，張揖注：「枻，柂也。」淮南子卷一二道應訓「佽非謂枻船者曰」，高注：「枻，櫂也。」

鼓枻，猶擊枻，謂舉枻擊船舷板也。章句以上斷、舷同協文韻。

歌曰：「滄浪之水清兮，

喻世昭明。

【疏證】

喻世昭明。◎案：據章句用三字句韻語例，則舊作「喻世明也」。昭，羡也。漢書卷二八上地理志：「又東爲滄浪之水，過三澨，至于大別，南入于江。」顏師古曰：「出荆山東南流爲滄浪之水，即漁父所歌者也。」史記卷二夏本紀「又東爲蒼浪之水」，集解：「孔安國曰：『江別流也。』在荆州。」蒼浪、滄浪同。索隱：「馬融、鄭玄皆以滄浪爲夏水，即漢河之別流也。漁父歌曰：『滄浪之水清兮，可以濯吾纓』，是此水也。」正義：「括地志云：『均州武當縣有滄浪水。』庾仲雍漢水記云：『武當縣西四十里漢水中有洲，名滄浪洲』也。地記云『水出荆山，東南流爲滄浪水』。」水經注卷三二夏水：「鄭玄注尚書：『滄浪之水，言今謂之夏水，來同，故世變名焉。』劉澄之著永初山川記云：『夏水，古文以爲滄浪，漁父所歌也，因此言之。水應由沔。』今按：夏水，是江流沔，非沔入夏。假使沔注夏，其勢西南，非尚書『又東』之文，余亦以爲非也。」滄浪水，沔水與江夏水交匯者也。沔水與江夏合，逕東流，未合前謂之滄浪水。酈元未之詳審。此歌見孟子卷七離婁上，焦循孟子正義曰：「歌出孺子，孔子所聞，遠在屈原之前。屈原取此假爲漁父之辭耳，非其本也。」其説是也。然此篇作於斥放沅湘之後，沈汨之前，不在江北夏、沔也。引漁父之歌，例同孟子，非必至滄浪而後作耳。

可以濯吾纓；

沐浴升朝廷也。

【疏證】

沐浴升朝廷也。◎文選本「升」作「陞」，無「廷也」二字。案：升、陞，古字通。若無「廷」字，出韻也。章句用三字句韻語，舊作「升朝廷也」。劉良注：「清喻明時，可以脩飾冠纓而仕也。」章句以上明、廷協耕韻。後漢明字由陽入耕。

滄浪之水濁兮，

喻世昏闇。

【疏證】

喻世昏闇。◎文選明州本無注。尤袤本、建州本「昏」作「昬」。案：闇字，出韻。據章句用三字句韻語例，舊作「喻世昏也」。闇，羨文。劉師培楚辭考異、姜亮夫重訂屈原賦注皆謂文選歸田賦李善注引正文「濁」作「渌」。今考文選注宋本皆作「濁」，未見作「渌」者也。

可以濯吾足。」

宜隱遁也。

【疏證】

宜隱遁也。◎案：張銑注：「濁喻亂世，可以抗足遠去。」漢書卷六七云敞傳「清則濯纓」，顔師古注：「楚辭：漁父之歌曰：『滄浪之水清兮，可以濯我纓；滄浪之水濁兮，可以濯我足。』遇治則仕，遇亂則隱，云敞謝病去職，近於此義也。」可爲此文注脚。又，全晉文卷一〇一陸雲九愍行吟：「朝彈冠以晞髮，夕振裳而濯足。」蹈襲此語。又，俞樾茶香室叢鈔卷一「吾我二字」條曰：「國朝楊復吉夢闌瑣筆云：元趙德四書箋義曰：吾、我二字，學者多以爲一義，殊不知就己而言則吾，因人而言則曰我。『吾有知乎哉』，就己而言也。『有鄙夫問於我』，因人之問而言也。按此條分别甚明。『二三子以我爲隱乎』，我對二三子而言。『吾無隱乎爾』，吾就己而言也。『我善養吾浩然之氣』，我對公孫丑而言，吾就己而言也。」據此，上文「濯吾纓」及正文「濯吾足」，皆漁父就己而言。而文選本兩「吾」字皆作「我」，則漁父對原言，蓋亦通也。漢書卷六七云敞傳「清則濯纓」，顔師古注引楚辭亦作「我」，蓋唐初古本如此也。

遂去，不復與言。

合道真也。

【疏證】

合道真也。◎案：合，會也。謂漁父遂去，以合會道真之人。道真，漢世習語。兩漢詔令卷一五漢章帝詔高才生受左氏穀梁春秋古文尚書毛詩：「正恐先師微言將遂廢絶，非所以重稽古、求道真也。」漢書卷三六楚元王傳劉向：「黨同門，妬道真，違明詔。」章句以上昏、遁、真協韻。昏、遁，文韻；真，真韻。真、文合韻。

楚辭章句疏證卷九　招隱士

招隱士者，淮南小山之所作也。昔淮南王安博雅好古，招懷天下俊偉之士。

文選本無「昔淮南王安」至「小雅大雅也」六十五字。案：删之也。補注：「漢書：『淮南王安好書，招致賓客數千人，作爲内、外書甚衆。』」洪氏引文見卷四四淮南王安傳，撮約其要。原曰：「淮南王安爲人好書，鼓琴，不喜弋獵狗馬馳騁，亦欲以行陰德拊循百姓，流名譽。招致賓客方術之士數千人，作爲内書二十一篇，外書甚衆，又有中篇八卷，言神仙黄白之術，亦二十餘萬言。時武帝方好藝文，以安屬爲諸父，辯博善爲文辭，甚尊重之。每爲報書及賜，常召司馬相如等視草迺遣。初，安入朝，獻所作内篇，新出，上愛秘之。使爲離騷傳，旦受詔，日食時上。又獻頌德及長安都國頌。每宴見，談説得失及方技賦頌，昏莫然後罷。」則安善爲文辭者也。

自八公之徒咸慕其德而歸其仁，各竭才智，

補注引「竭」一作「擅」，曰：「神仙傳曰：『八公詣門，王執弟子之禮，後八公與安俱仙去。』」

案：竭智，古之恒語，而無作「擅智」。則舊宜作「竭」。漢魏六朝百三家集卷二〇漢王逸集題詞、東漢文紀卷一四招隱士序引亦作「竭」。史記卷一一八淮南王列傳「陰結賓客」，索隱引淮南要略云：「安養士數千，高才者八人，蘇非、李尚、左吳、陳由、伍被、毛周、雷被、晉昌，號曰『八公』也。」今本要略篇無此文，佚篇也。高誘淮南序蘇非作蘇飛，陳由作田由，毛周作毛技，高似孫子略卷四毛周作毛被。又，論衡卷七道虚篇第二四：「安嗣爲王，恨父徙死，懷反逆之心，招會術人，欲爲大事。伍被之屬，充滿殿堂，作道術之書，發奇怪之文，合「景」（謀）亂首，八公之傳，欲示神奇，若得道之狀。」

著作篇章，分造辭賦，㠯類相從，故或稱小山，或稱大山。其義猶詩有小雅、大雅也。

正德本、隆慶本、朱本、馮本、劉本、四庫章句本「㠯」作「以」。案：㠯，古以字。山谷外集詩注卷一和答孫不愚見贈「詩比淮南似小山」，史容注引王逸序無「其義」二字。删之也。顧炎武日知録卷二五大小山條：「梁昭明太子十二月啓乃曰：『桂吐花於小山之上，梨翻葉於大谷之中。』庾肩吾詩：『梨紅大谷晚，桂白小山秋。』庾信枯樹賦：『小山則叢桂留人，扶風則長松繫馬。』是以山爲山谷之山。失其旨矣。」小山、大山者，蓋「八公之徒」之派別名，以其文風流派别也。小山一派所爲賦多怨誹，故比之于小雅；大山一派所爲文多頌容，故比之于大雅也。小山、大山，皆非一人名也，下云「小山之徒」，亦可知也。梁書卷五一何點傳：「胤雖貴顯，常懷止足。建武初，已築室郊外，號曰小山，恒與學徒遊處其内。初，胤二兄求、點並棲遁。求先卒，至是胤又隱，世號點爲大山，胤爲小山，亦曰東山。」明張岱陶庵夢憶卷六韻山：「常恨韻府羣玉、五車韻瑞寒儉可笑，意欲廣之。乃博采羣書，用淮南大、小山義，摘其事曰大山，摘其語曰小山。」非稱「小山」、「大山」本意。宋沈作喆寓簡卷四：「招隱士一章，奇險獨出，恨不知小山爲誰氏，深惜之。漢武愛離騷而淮南作傳，抑亦小山之文也。」臆説無據。又，高似孫緯略卷九大小山猶二雅：「樂府解題淮南書有大山、小山，猶詩有二雅。黄太史言『章子厚論楚辭，皆有所本』。予初不以爲然。因叩之子厚，曰：『離騷經，本之國風。九歌，本之大雅。九辨，本之小雅。』考之信然，常歎息斯人妙解文章之味，于翰墨之林，千載一人也。惜其以世故廢學耳。」皆附會之説。

小山之徒閔傷屈原，又怪其文昇天乘雲，役使百神，似若仙者，

文選本無「又怪其文」至「似若仙者」十六字。案：删之也。正德本、隆慶本、湖北本、朱本、馮本、俞本、莊本、四庫章句本「怪」作「恠」，「役」作「伇」。恠、伇，皆俗字。漢魏六朝百三家集卷二〇漢王逸集題詞、東漢文紀卷一四招隱士序引作「役」。

雖身沈没，名德顯聞，與隱處山澤無異，故作招隱士之賦，吕章其志也。

文選本、正德本、隆慶本、朱本、馮本、劉本、四庫章句本「吕」作「以」。案：吕，古以字。文選本「雖身」乙作「身雖」，「章」作「彰」。章、彰古今字。又，袁校謂宋本無此卷，黄氏據别本補也。

桂樹叢生兮

桂樹芬香，以興屈原之忠貞也。

【疏證】

桂樹芬香，以興屈原之忠貞也。◎文選唐寫本「芬」作「芳」，「貞」作「良」。尤袤本、明州本、秀州本「貞」作「良」。莊本「貞」下無「也」字。建州本「忠」下無「貞」字。明州本無「屈」字。案：作「忠貞」，出韻，舊作「忠良」。無「貞」，敓也。桂樹，南方嘉木也。爾雅釋木「梫，木桂」，郭璞注：「今江東呼桂厚皮者爲木桂，桂樹葉似枇杷而大，白華，華而不著子，叢生巖嶺，枝葉冬夏常青，閒無雜木。」郝氏義疏引南方草木狀：「桂生合浦、交趾，生必高山之巔，冬夏常青，其類自爲林，更無雜樹。有三種：皮赤者爲丹桂，葉如柿者爲菌桂，葉似枇杷者爲牡桂。」文選卷二九曹植朔風詩：「秋蘭可喻，桂樹冬榮。」李善注：「蘭以秋馥，可以喻言；桂以冬榮，可以喻性。」

山之幽，

遠去朝廷而隱藏也。

【疏證】

遠去朝廷而隱藏也。◎案：涉江「哀吾生之無樂兮，幽獨處乎山中」。與此同意。章句以上良、藏同協陽韻。

偃蹇連蜷兮

容貌美好，悳茂盛也。

【疏證】

容貌美好，悳茂盛也。◎文選本、正德本、隆慶本、馮本、俞本、朱本、莊本「悳」作「德」。唐寫本、尤袤本、明州本「貌」作「皃」。案：悳，古德字。皃，古貌字。偃蹇，高貌。詳參離騷「望瑶臺之偃蹇兮」注。連蜷，盤曲貌。文選卷四張衡南都賦「蛾眉連卷」，李善注：「連卷，曲貌。」連卷、連蜷同。卷七揚雄甘泉賦「蛟龍連蜷於東厓兮」，李善注：「連蜷，長曲貌也。」聲之轉爲列缺，電光之别名，同根於委曲義。

枝相繚。

仁義交錯，條理成也。以言才德高明，宜輔賢君爲貞榦也。

【疏證】

仁義交錯，條理成也。以言才德高明，宜輔賢君爲貞榦也。◎文選本「仁義交錯」作「信義枝結」，「君」下無「爲」字，「貞」作「楨」。案：信義枝結，言信義結於枝也。後人未審，遂妄改爲「仁義交錯」。若無「爲」字，不辭，爛敚之。又，章句「貞幹」云云，貞，讀作楨。爾雅釋詁：「楨，榦也。」郭舍人注：「楨，正也。築牆所立兩木也。」幹與榦同。楨榦，平列同義。揚雄法言卷八五百篇「經營然後知幹楨之克立也」，李軌注：「幹楨，築牆版之屬也。」古者喻國重臣。詩文王「王國克生，維周之楨」，毛傳：「楨，榦也。」鄭箋：「又願天多生賢人於此邦，此邦能生之，則是我周之幹事之臣。」又，呂延濟注：「皆桂樹之美貌，亦喻原之美行。」章句以上盛、成同協耕韻。

山氣巃嵸兮

岑崟嵾嵯，雲滃鬱也。

【疏證】

岑崟嵾嵯，雲滃鬱也。◎文選唐寫本「崟」作「崯」，「滃」作「翁」，「鬱」作「欝」。尤袤本、六臣本作「塕」。案：欝，俗鬱字。滃鬱、翁鬱、塕鬱皆同，猶晻藹也，言蔽蔭貌。詳參離騷「揚雲霓之晻藹兮」注。黎本玉篇殘卷山部「巃」字：「楚辭『山氣巃嵸兮(石)嵯峨』，王逸曰：『岑崟枲差雲滃鬱也。』」亦作滃鬱。枲差，當參差之訛。參差、嵾嵯同。又，巃嵸，鬱積貌。狀山則言山高。詳參思美人「佩繽紛以繚轉兮」注。禮記卷六檀弓上第三「南宮縚之妻之姑之喪」，孔疏：「楚辭招隱『山氣巃嵸兮石嵯峨』，則『嵸巃』是高也。」慧琳音義卷九八「巃嵸」條引王逸注楚辭：「崟岑參差，雲蓊鬱也。」崟岑，岑崟之乙。

石嵯峨。

嵯峨巀嶭，峻蔽日也。

【疏證】

嵯峨巀嶭，峻蔽日也。◎惜陰本、同治本「嶭」作「嶭」。文選秀州本「峨」作「峩」。◎案：峨、峩同。嶭、嶭通。中華書局二〇〇〇年版點校本楚辭補注斷作「嵯峨，巀嶭，峻蔽日也」。非也。章句爲七字句韻語。又，慧琳音義卷九六「嵯峨」條引王逸云：「山高峻蔽日也。」卷三三「嵯峨」條引楚辭注：「山截蘖峻蔽日爲嵯峨也。」黎本玉篇殘卷山部「嵯」字引楚辭「山氣巃石嵯峨」，王逸注：「嵯峨巀嶭峻蔽日也。」其所據本別。文選集注陸善經：「嵯峨，高峻貌也。」劉良注：「嵯峨，高貌。」文選卷九長楊賦「椓巀嶭而爲弋」，集注陸善經引顏師古曰：「巀嶭，即今謂嵯峨也。」嵯峨、巀嶭，聲之轉。截蘖、巀嶭亦同，別文或作嶵嵬、嵯峨、崝嶒、嵔嶉、巑岏、崔嵬、厜礒、岩崿、蒼梧、崀嶷等，未可勝舉。詳參九辯「枝煩挐而交横」注。

谿谷嶄巖兮

崎嶇閜窩，嶮阻傴也。

【疏證】

崎嶇閜窩，嶮阻傴也。◎文選本、正德本、隆慶本、湖北本、朱本、劉本、馮本、俞本、莊本、四庫章句本「嶮」作「險」。又，尤袤本、六臣本「嶮阻傴」下有音注：「閜，乎雅切；窩，于軌切；傴，苦滑切。」案：嶮，俗險字。慧琳音義卷八一「巉巖」條：「楚辭云：『溪谷巉巖水增波。』王逸注云：『巉巖山澗，崎嶇阻屈也。』」卷九四「巉巖」條引王逸注楚辭：「巉巖，險阻也。」其所據本別也。又，文選唐寫本於章句下亦有音注：「閜，呼雅反；窩，于軌反。」則知尤袤本、六臣本音注並唐人所爲也。宋人改反爲切。章句以「崎嶇閜窩」釋「谿谷」，崎嶇，言谿谷不平貌。閜窩，言山谷開豁貌。説文門部：「閜，大開也。从門，可聲。」窩讀作闖，門部：「闖，闢門也。从門，爲聲。」引申之凡言開。廣雅釋詁「闖，開也。」閜闖，平列同義。劉良注：「嶄巖，險峻貌。」(唐寫本引劉良注作「險貌」，無峻字。)漢書卷五七上司馬相如傳「嶄巖參差」，顔師古注：「嶄巖，尖鋭貌。」

水曾波。

踊躍灃沛，流迅疾也。

【疏證】

踊躍澧沛，流迅疾也。◎文選尤袤本、正德本、隆慶本、馮本、俞本、劉本、朱本、湖北本、莊本「踊」作「涌」，「澧」作「灃」。四庫章句本「踊」作「涌」，秀州本、明州本、建州本「踊」作「涌」。案：易「踊」爲「涌」，襲正文「水曾波」改。澧，灃之俗訛字。灃沛，亦作豐沛，文選卷一九宋玉高唐賦「猗狔豐沛」，劉良曰：「豐沛，言多也。」或作滂沛，史記卷一一七司馬相如列傳「涉豐隆之滂沛」是也。聲之轉或作澎湃、磅礴、滂薄等，皆言水勢盛大貌。又，章句以「涌躍灃沛」釋「水曾波」，曾讀作騰。騰波，涌波也，古之恆語。文選卷四左思蜀都賦：「騰波沸涌，珠貝氾浮。」卷一二木華海賦：「泱漭澹泞，騰波赴勢。」全晉文卷四二杜預七規：「騰波傳觴，託水班類。」卷四六傅玄走狗賦：「形疾騰波，勢如駭龍。」

猨狖羣嘯兮

禽獸所居，至樂佚也。

【疏證】

禽獸所居，至樂佚也。◎文選本、正德本、隆慶本、湖北本、劉本、朱本、馮本、俞本、莊本、四庫章句本「至」作「志」。案：據義，舊作「志樂佚」。至，志之音訛。

虎豹嘷，

猛獸争食，欲相嚙也。以言山谷之中，幽深險阻，非君子之所處，猨狖虎豹，非賢者之偶，使屈原急來也。

【疏證】

猛獸争食，欲相嚙也。以言山谷之中，幽深險阻，非君子之所處，猨狖虎豹，非賢者之偶，使屈原急來也。◎文選尤袤本、明州本、建州本、胡本、正德本、隆慶本、劉本、朱本、俞本、莊本、馮本、四庫章句本「嚙」作「齕」，「之偶」下皆有「也」字，無「使屈原急來也」六字。秀州本「險」作「嶮」。唐寫本「齕」作「齓」。案：喻林卷五一人事門失所引「之處」、「之偶」下有「也」字，無「使屈原急來也」六字，則舊本如此。有「使屈原急來也」六字，後所竄入。嚙，俗齧字。險、嶮同。説文齒部：「齧，噬也。」又曰：「齕，齧也。」因同義易之。釋名釋飲食：「獸曰齧。齧，齾也。所臨則禿齾也。」則舊作「齧」。章句以上鬱、日、儵、疾、佚、嚙協韻。鬱、日、疾、佚，質韻，脂之入；儵，物韻，微之入；嚙，月韻，歌之入。脂、微、歌合韻。

攀援桂枝兮

登山引木，遠望愁也。

【疏證】

登山引木，遠望愁也。◎文選本、隆慶本、湖北本、劉本、朱本、馮本、莊本「登山引木」作「登引山木」；補注引一云「引持美木喻美行也」。案：作「登引山木」，不辭。唐寫本亦作「登山引木」，猶存其舊。又，或本作「引持美木喻美行」。行字出韻。

聊淹留。

周旋中野，立踟躕也。

【疏證】

周旋中野，立踟躕也。◎文選本、正德本、隆慶本、劉本、朱本、馮本、莊本、俞本「周」作「便」。案：便旋，猶徘徊也，言來去不定貌。文選卷二西京賦「奎踽盤桓」，薛綜注：「盤桓，便旋也。」盤桓、便旋、徘徊，皆聲之轉。周旋，言周行、周流也。據此，舊作「便旋」。又，章句「立踟躕」云云，禮記卷五八三年問第三八：「今是大鳥獸，則失喪其羣匹，越月踰時焉，則必反巡，過其故鄉，翔回焉，鳴號焉，蹢躅焉，踟躕焉，然後乃能去之。」釋文：「蹢，本又作躑，直亦反。躅，直録反。蹢躅，不行也。踶，徐音馳，字或作踟。躕音廚。」躊躅、踟躕亦聲之轉，言不行貌。

王孫遊兮

隱士避世，在山隅也。

【疏證】

隱士避世，在山隅也。◎呂延濟注：「原與楚同姓，故云『王孫』。」補注：「樂府有王孫遊，出於此。」王夫之楚辭通繹：「王孫，隱士也。秦、漢以上，士皆王侯之裔，故稱王孫。」案：王孫，王子喬也。子喬，周王子，遠遊不反，稱其爲王孫。而後凡遠遊不返，山林隱士，皆借子喬稱之，故謂之王孫。章句以上愁、躕、隅協韻。愁，幽韻；躕、隅，侯韻。幽、侯合韻。

不歸，

違偕舊土，棄室家也。

【疏證】

違偕舊土，棄室家也。◎文選本、四庫章句本「偕」作「背」；正德本、隆慶本、湖北本、劉本、朱本、馮本、俞本、莊本、四庫章句本「室家」作「家室」。唐寫本無注。案：偕，俗背字。作「家室」，室字出韻。唐寫本爛敚之。

春草生兮

萬物蠢動，抽萌芽也。

【疏證】萬物蠢動，抽萌芽也。◎文選尤袤本、明州本「萬」作「万」。唐寫本「抽」作「柚」。景宋本「芽」作「牙」。案：作「柚」，訛也。大招「春氣奮發」，章句：「春，蠢也。」

萋萋。

垂條吐葉，紛華榮也。

【疏證】垂條吐葉，紛華榮也。◎正德本、隆慶本、朱本、劉本、馮本、俞本、莊本、四庫章句本「華榮」作「榮蕚」，文選本作「榮華」。案：蕚，古華字。作「華榮」，榮字出韻。呂延濟注：「萋萋，草色也。」章句以上家、芽、華同協魚韻。

歲暮兮

年齒已老，壽命衰也。

【疏證】

年齒已老，壽命衰也。◎文選唐寫本「齒」作「歲」，尤袤本、六臣本亦作「齒」。案：九辯「春秋逴逴而日高兮」，章句：「年齒已老，將晚暮也。」據此，舊本作「齒」。

不自聊，

中心煩亂，常含憂也。

【疏證】

中心煩亂，常含憂也。◎文選唐寫本「中」作「忠」，「亂」作「乱」。建州本、尤袤本「中心」作「心中」。案：作「忠」，訛也。乱，俗亂字。含憂，憂字出韻。舊本作「含哀」。九歎憂苦「内惻隱而含哀」是也。章句以上衰、哀同協微韻。

蟪蛄鳴兮

蜩蟬得夏，喜呼號也。

【疏證】蜩蟬得夏，喜呼號也。◎案：方言卷一一：「蛥蚗，齊謂之螇螰，楚謂之蟪蛄，或謂之蛉蛄，秦謂之蛥蚗，自關而東謂之虭蟧，或謂之蝭蟧。西楚與秦通名也。」蛥蚗，蟪蛄之聲轉。說文作伊蚗，謂「蛁尞」也。俗呼「知了」，蟬之別名。莊子卷一逍遥遊第一「蟪蛄不知春秋」，盧文弨注：「司馬云，蟪蛄，寒蟬也。一名蝭蟧，春生夏死，夏生秋死。崔云，蛁蟧也，或曰山蟬。秋鳴者不及春，春鳴者不及秋。」

啾啾。

秋節將至，悲嘹噍也。以言物盛則衰，樂極則哀，不宜久隱，失盛時也。

【疏證】秋節將至，悲嘹噍也。以言物盛則衰，樂極則哀，不宜久隱，失盛時也。◎四庫章句本「噍」作「鳴」。文選本、正德本、隆慶本、湖北本、朱本、劉本、馮本、四庫章句本「哀」作「憂」。案：鳴，出韻。禮記卷三七樂記第一九、史記卷二四樂書並曰：「樂極則憂，禮粗則偏矣」。章句所因。舊作「樂極則憂」。劉良注：「啾啾，聲也。」章句「悲嘹噍」云云，嘹，猶蛁尞也。爾雅釋蟲「螗蜩」，邢昺疏：「陸機云：『螗，一名蝘虭。』字林虭或作嘹也。」蜩與虭、蛁同。尞、嘹，皆蟟之借字。樂記「其聲噍以殺」，鄭注：「噍，踧也。」釋文：「噍，子遥反，踧也，謂急也。」章句以上號、噍同協宵韻。

坱兮軋，

霧氣昧也。

【疏證】

霧氣昧也。◎四庫章句本「也」作「時」。案：非也。史記卷八四賈誼列傳「坱軋無垠」，索隱引王逸注：「坱圠，雲霧氣昧也。」則羨「雲」字。四庫本史記亦無「雲」字。慧琳音義卷九九「坱鬱」條引王逸注楚辭：「坱，霧氣映昧也。」羨「映」字。又引考聲云：「吳、越謂塵起爲坱。」宋本玉篇卷一土部「坱」字：「楚辭曰『坱兮軋兮』，王逸云：『坱，霧昧貌。』」雖用章句意，終非其舊。方言卷一〇：「讓、極，吃也，楚語也，或謂之軋。」郭注：「鞅軋，氣不利也。」郭氏所據本作鞅。漢書卷八七上揚雄傳「忽軮軋而亡垠」，顔師古注：「軮軋，遠相映也。」補注引集韻：「軮軋，遠相映貌。」相映，非映照義，謂相蔽也，與謂昏昧者同義。唐、宋掩蔽多謂之映。鮑溶采蓮曲「荷葉映身摘蓮子」，王維早春行「羞人映花立」，杜甫蜀相「映階碧草自春色」。

山曲峅，

盤詰屈也。

【疏證】

盤詰屈也。◎文選唐寫本「詰」作「誥」。案：尤袤本、六臣本、胡本亦作「詰」。誥，詘字。張銑注：「峅，盤屈也。」説文山部字作岪，曰：「山脅道也。从山、弗聲。」段注：「脅者，兩膀也。山如人體，其兩曰脅。水經注曰：『江水又東，逕赤岬城。』引淮南子『徬徨於山岬之旁』，注云：『岬，山脅也。』」又，章句「盤詰屈」云云，詰屈同詰詘，山脅貌也。

心淹留兮

志望絶也。

【疏證】

志望絶也。◎案：淹留，久留也。詳參離騷「日月忽其不淹兮」注。章句「志望絶」云云，謂久留山中，無所歸期也。

惘慌忽。

亡妃匹也。

【疏證】亡妃匹也。◎文選本「惘慌忽」作「洞荒忽」。唐寫本「匹」字作「𨑒」，實即「疋」字俗草。案：據義，舊作「洞荒忽」。後漢書卷二八下馮衍傳「終悇憛而洞疑」，李賢注：「洞，亦不定也。史記『[盡](虛)愒洞疑』。」荒忽，言不分明貌。九歌湘夫人「荒忽兮遠望」是也。章句「亡妃匹」云云，猶不定之意也。又，説文心部：「惘，痛也。」則別一義。

罔兮沕，

精氣失也。

【疏證】精氣失也。◎呂延濟注：「失志貌。」補注：「沕，潛藏也。」案：罔沕，荒忽聲轉，言不明貌。馬王堆漢墓帛書老子(乙本)：「沕呵其若海，望(恍)呵若無所止。」又曰：「道之物，唯望(恍)唯沕。沕呵望(恍)呵，中又(有)象呵。望(恍)呵沕呵，中又(有)物呵。」沕，傳世本老子作「忽」。或作軋沕，漢書卷五七下司馬相如傳「西望崑崙之軋沕荒忽兮」，張揖注：「軋沕、荒忽，不分明之貌。」章句「精氣失」云云，與此同意。

憭兮栗，

心剥切也。

【疏證】

心剥切也。◎劉良注：「傷切貌。」文選集注陸善經：「恐懼貌。」案：二解實同。九辯「憭慄兮」，章句：「思念暴戾，心自傷也。」憭栗、憭慄同，聲之轉。或作聊慮、廖落、料悷、牢落、狼悷、繚悷、聊戾等，言憂懼貌。章句「心剥切」云云，剥切，當作「切剥」。詳參九辯「忼慨絶兮不得」注。此趁韻倒乙。

虎豹穴，

嵺穿峅也。

【疏證】

嵺穿峅也。◎文選唐寫本「穿」作「穿」。張銑注：「既危苦，又進虎豹之穴也。嵺，音料。」

案：窂，俗字。料有平、去二聲，此讀平聲，嵺則作寮。廣雅釋詁：「寮，空也。」說文穴部：「寮，穿也。」又，漢書卷九七下外戚傳丁姬「衒木投丁姬穿中」，顔師古注：「穿，謂壙中也。」寮穿屼，三字平列，謂洞穴也。章句以上昧、屈、絶、失、切、屼協韻。昧、屈、屼，物韻，微之入；絶，月韻，歌之入；失、切，質韻，脂之入。脂、微、歌合韻。

叢薄深林兮

攢刺棘也。

【疏證】

攢刺棘也。◎文選唐寫本「刺」作「朿」。正德本、俞本、湖北本、劉本、朱本、莊本、馮本、四庫章句本「刺」作「荆」，隆慶本作「荆」，文淵四庫章句本「棘」下無「也」字，文津本亦有「也」字。案：刺，俗刺字。荆，譌字。漁父「行吟澤畔」，章句：「履荆棘也。」七諫怨思「荆棘聚而成林」，章句：「荆棘多刺，以喻讒賊。」章句無「刺棘」例。則舊作「荆棘」。又，草叢生曰薄，木叢生曰林。詳參涉江「死林薄兮」注。

人上慄。

恐變色也。

【疏證】恐變色也。◎四庫章句本「恐」作「懼」。案：文選唐寫本引音決：「上音掌。」公孫羅蓋以「上」爲「長」也。長慄，謂久慄也。上、尚，古字通用。易乾上九「亢龍有悔」，漢帛書本「上九」作「尚九」；又，今本易經「上九」、「上六」，帛書本悉作「尚九」、「尚六」。尚、常古亦通用。史記卷一一七司馬相如列傳「余尚惡聞若説」，文選卷四四喻巴蜀檄尚作常。呂氏春秋卷一七審分覽第四勿躬篇「尚儀作占月」，世本作篇及山海經卷一六大荒西經尚儀作常義。上、常二字，例得通用。常，長也，久也。章句以上棘、色同協職韻。

嶔岑碕礒兮

山阜崱嵑。

【疏證】山阜崱嵑。◎文選本「嵑」下有「也」字。案：黎本玉篇殘卷山部「崟」字：「楚辭『嶔岑崎峨』，王逸曰：『山阜陬隈也。』」則舊有「也」字。山部「嶔」字：「野王案：山阜之勢也。楚辭『嶔岑崎峨』。」崟、岑古字通。又，石部「硪」字：「楚辭『嶔崖崎峨』，王逸曰：『山阜隅隈也。』」則「㟪嵎」作「隅隈」。㟪、陬同。作「陬嵎」，出韻。舊本作「隅隈」。隅、隈同義。爾雅釋丘：「厓内爲隩，外爲隈。」隩，隅亦聲之轉。又，慧琳音義卷九四「隋岸」條引王逸注楚辭：「崎，即山陵嶔岑貌。」崎峨、碕硪同，猶巍峨也，言高峻貌。補注：「碕礒，石貌。崎嶬，山形。」其強生區別，非也。

硱磳魂硊，

崔嵬嵯嵾。

【疏證】

崔嵬嵯嵾。◎文選本「嵬」作「巍」，「嵯嵾」作「嵯嵯」。正德本、隆慶本、朱本、劉本、馮本、俞本「嵯嵾」作「嵯嵯」。唐寫本亦作「嵯嵾」，「嵾」下有「也」字。正德本、隆慶本、朱本、劉本、馮本、俞本「嵬」作「巍」，「嵯嵾」作「嵯嵯」，下有「也」字。四庫章句本作「崖崖」，「崖」下有「也」字。案：慧琳音義卷九九「硱磳」條引王逸注楚辭：「硱磳，謂崔嵬㟪嵎也。」黎本玉篇殘卷石部「硊」字：「楚辭『硱磳魂硊硊嶔峨』，王逸曰：『崔嵬㟪嵎也。』」與上「山阜㟪嵎」複也。崔嵬、嵯嵾亦聲轉，高峻貌。元部轉歌，則作㕒礒。作「嵯嵯」、「崖崖」，皆不辭。然此作「嵯嵾」者，出韻。又，李周翰

注：「硱磳磈硊，山巇峻貌也。」陸善經注：「硱磳磈硊，皆巖石峻嶮之貌。」硱磳，崱嶷之聲轉；磈硊，猶巍峨也，並山高峻之貌。

樹輪相糾兮

交錯扶疎。

【疏證】

交錯扶疎。◎文選唐寫本「扶疎」作「狀疏」。正德本、隆慶本、湖北本、劉本、朱本、馮本、俞本、四庫章句本「疎」下有「也」字。秀州本、明州本以此注屬五臣呂延濟。非也。補注引「扶疎」一作「糾紛」。惜陰本、同治本「疎」作「疏」，景宋本作「踈」。案：疏、疎同。踈，俗字。狀，訛字。作「糾紛」，紛字出韻。呂延濟注：「輪，橫枝也。」陸善經注：「輪，曲也。」輪，讀如綸。易未濟九二「曳其輪」，釋文：「綸本作輪。」漢帛書本輪作綸。史記卷一一七司馬相如列傳「紛綸葳蕤」，漢書卷五七司馬相如傳綸作輪，張揖曰：「紛輪威蕤，亂貌。」文選卷一〇西征賦「徒觀其鼓枻迴輪」，李善注：「輪，或作綸。」易繫辭上「彌綸天地之道」，釋文引王肅：「綸，纏裹也。」又，章句「交錯扶疏」云云，扶疏，枝葉四布貌也。

林木茷骫。

枝條盤紆。

【疏證】

枝條盤紆。◎文選本「條」作「葉」。正德本、隆慶本、劉本、湖北本、朱本、馮本、俞本、莊本、四庫章句本「條」作「葉」，「盤紆」下有「也」字。案：據義，舊作「枝條」。補注引「茷」一作「芨」，一作「栊」，曰：「芨、栊、茷並音跋。茷，木枝葉盤紆貌，通作芨。骫音委，骫骳，屈曲也。」茷骫，猶盤曲貌。其字不定，聲之轉或作骫靡，九思憫上「骫靡兮成俗」，章句：「委靡，面柔也。」或作發骫，史記卷一一七司馬相如列傳「崔錯發骫」，集解：「骫，古委字。」骫、骫同。或作骩骳，漢書卷五一枚乘傳「其文骩骳，曲隨其事」，顔師古注：「骩骳，猶言屈曲也。」又，說文繫傳第八骨部「骩」字：「楚辭『林木茂骩』，謂木槃曲也。」茂骩，即茷骫之訛。

青莎雜樹兮

草木雜居。

【疏證】

草木雜居。◎文選本「雜」作「列」。正德本、隆慶本、劉本、湖北本、朱本、俞本、莊本「雜」作

「列」，「居」下有「也」字。馮本、四庫章句本、唐寫本「居」下有「也」字。案：章句以「列」解「雜」者，雜，猶合也，共也。非錯雜義。列，列序有次。小爾雅廣詁：「列，次也。」禮記卷五七服問第三六「上附下附，列也」，鄭注：「列，等比也。」則舊作「列居」。又，陸善經注：「莎雜生於薠間。」補注引本草：「莎，古人爲詩多用之。此草根名香附子，荆、襄人謂之莎草。」

薠草靃靡，

隨風披敷。

【疏證】

隨風披敷。◎正德本、隆慶本、湖北本、朱本、劉本、馮本、俞本、莊本、四庫章句本「披敷」下有「也」字。文選唐寫本「風」下羨「敷」字，「披敷」下有「也」字。補注引「靃」一作「蓶」，一作「藿」，曰：「靃靡，弱貌。藿，草木蓊敷貌。」案：慧琳音義卷一一「靃靡」引王逸注楚辭：「隨風披敷也。」卷八六「靃靡」條楚辭：「薠草靃靡也。」王逸注：「隨風披敷也。」引韵英：「靃靡，草弱貌。」卷二四「靃靡」條引王逸注楚辭：「靃靡者，草柔順隨風披敷也。」卷五「靃靡」條：「楚辭：『薠草靃靡也。』王逸注云：『隨風披敷也。』」引考聲：「靃靡，草偃貌也。」東雅堂昌黎集注卷八聯句「春游轢靃靡」，注引王逸曰：「草隨風貌。」文多歧異，其所據本別。劉良注：「靃靡，隨風貌。」靃靡，訓弱、訓隨風、訓草敷，其義實通，蓋未可泥其字義訓詁。章句以上疏、紆、居、敷同協魚韻。

白鹿麏麚兮

衆獸並遊。

【疏證】

衆獸並遊。◎景宋本「並」作「竝」。文選本、正德本、隆慶本、湖北本、朱本、劉本、馮本、莊本、俞本「獸」作「禽」。唐寫本「遊」下有「也」字。補注引「麏」一作「麕」，云：「麏音君，麞也。麚音加，牝鹿。」案：説文鹿部：「麚，牡鹿。从鹿，叚聲。以夏至解角。」洪補「牝鹿」，蓋訛誤也。爾雅釋獸亦云：「鹿牡，麚。」又，竝，古並字。説文内部：「禽，走獸總名。从内，象形，今聲。」禮記卷一七月令第六「命主祠祭禽于四方」，孔疏：「禽者，獸之通名也。」卷一曲禮上「不離禽獸」，孔疏：「今案：禽獸之名，經、記不同。爾雅云：『二足而羽謂之禽，四足而毛謂之獸。』今鸚鵡是羽曰禽，猩猩四足而毛，正可是獸。今並云『禽獸』者，凡語有通、别。别而言之，羽則曰禽，毛則曰獸。通而爲説，鳥不可曰獸，獸亦可曰禽，故鸚鵡不曰獸，而猩猩通曰禽也。故易云：『王用三驅，失前禽。』則驅走者亦曰禽也。又，周禮司馬職云：『大獸公之，小禽私之。』以此而言，則禽未必皆鳥也。又，康成注周禮云：『凡鳥獸未孕曰禽。』周禮又云：『以禽作六摯，卿羔，大夫鴈。』白虎通云：『禽者，鳥獸之總名。』以此諸經證禽名通獸者。以其小獸可擒，故得通名禽也。」後人但以禽爲飛禽，以獸爲走獸，則禽字古義遂泯也。章句「衆禽」云云，則其古義，亦存舊本。

或騰或倚。

走住異趨。

【疏證】

走住異趨。◎文選本、正德本、隆慶本、劉本、馮本、俞本、莊本、朱本、四庫章句本「異趨」作「殊異」。正德本、隆慶本、湖北本、劉本、朱本、馮本、俞本、莊本、四庫章句本「異」下有「也」字。唐寫本「殊異」下有「也」字。補注引一云「走跓殊也」。案：騰者，走也。倚者，住也。據此，舊作「走住殊異」。章句以上遊、異協韻。遊，幽韻；異，職韻，之之入；之、幽合韻。

狀皃崯崯兮峨峨，

頭角甚殊。

【疏證】

頭角甚殊。◎文選唐寫本、正德本、隆慶本、湖北本、朱本、劉本、馮本、俞本、莊本、四庫章句本「甚殊」下有「也」字。案：章句「頭角甚殊」云云，無「狀貌」之意。崟崟兮峨峨，與下「淒淒兮漇漇」，相對爲文。舊本無「狀貌」二字。徐仁甫古詩別解謂「狀貌」二字，「疑旁注誤入正文」。其説是也。呂向注：「崟崟峨峨，頭角高貌。」唐寫本呂向作張銑。陸善經注：「崟崟峨峨，頭角衆多貌也。」

淒淒兮漇漇。

衣毛若濡也。

【疏證】

衣毛若濡也。◎文選本、正德本、隆慶本、湖北本、朱本、劉本、馮本、俞本、莊本、四庫章句本「衣毛」作「毛衣」，「毛衣」上有「淒淒漇漇」四字。四庫章句本「濡」作「懦」。尤袤本、六臣本「毛衣」下無「也」字。案：懦，訛字。衣毛，謂以毛爲衣也。全晉文卷五九成公綏天地賦：「衣毛被羽，或介或鱗。」全後魏文卷四一楊椿上書諫内徒蠕蠕降户：「衣毛食肉，樂冬便寒。」毛衣，平列，謂衣也。全三國文卷一四曹植白鶴賦：「同毛衣之氣類兮，信休息而同行。」全隋文卷二〇魏澹鷹賦：「毛衣屢改，厥色無常。」據此，舊本作「毛衣」。唐寫本文選集注引音決：「漇，所綺反。」即俗灑字。廣韻上聲第四紙韻：「灑，所綺切。」其音亦同，猶躧字或作蹝之例。灑，謂洒水，則爲潤濡義。

獼猴兮熊羆，

百獸俱也。

【疏證】

百獸俱也。◎文選唐寫本「俱」上有「皆」字，六臣本、正德本、隆慶本、湖北本、劉本、馮本、四庫章句本「俱」作「皆具」。案：章句用四字句韻語，舊有「皆」字。俱，偕也。不作「具」。唐寫本存其舊也。于惺介文選集林引王逸注：「百獸皆俱也。」其所據本作「皆俱」。說文爪部：「爲，母猴也。其爲禽好爪。下腹爲母猴形。王育説，爪，象形也。」許氏以「母猴」爲雌猴。段氏注「猴」字下曰：「母猴，此乃獸名，非謂牝者。沐猴、獼猴，皆語之轉，字之訛也。」廣雅釋獸：「猱，獼猴也。」王念孫疏證：「獼，聲轉而爲母。説文：『爲，母猴也。其爲禽好爪，爪，母猴象也。下腹爲母猴形。』呂氏春秋察傳篇『玃似母猴，母猴似人』是也。又轉而爲沐。漢書項籍傳：『人謂楚人沐猴而冠。』張晏注云：『沐猴，獼猴也。』」母猴、獼猴、沐猴，即一名也。爾雅釋獸：「熊，虎醜，其子狗，絕有力，麙。」又曰：「羆如熊，黃白文。」郭璞注：「似熊，而長頭、高腳，猛憨多力，能拔樹木，關西呼曰貑羆。」

慕類兮以悲。

哀己不遇也。從此以上皆陳山林傾危，草木茂盛，麋鹿所居，虎兕所聚，不宜育道德，養情性，欲使屈原還歸郢也。

【疏證】

哀己不遇也。從此以上皆陳山林傾危，草木茂盛，麋鹿所居，虎兕所聚，不宜育道德，養情性，欲使屈原還歸郢也。◎文選本、正德本、隆慶本、湖北本、劉本、馮本、朱本、俞本、莊本「以上」作「已上」。景宋本「所聚」作「所行」。唐寫本「陳」作「陳」，「兕」作「兇」。尤袤本、六臣本、正德本、隆慶本、劉本、湖北本、朱本、馮本、四庫章句本「欲」下無「使」字。案：以、已古字通用。陳，陳本字。唐寫本亦作「欲使」，猶存其舊。作「所行」，亦通。兇，俗字。李周翰注：「言山中之獸，猶慕儔類，而悲哀放棄，獨處實難爲心也。」難爲心，六朝習語，猶不可忍之意。類聚卷五八雜文部四檄晉庾闡爲郄鑒檄青州文：「行者窮征役，居者困重賦，死生契闊，良難爲心。」章句以上殊、濡、俱、遇同協侯韻。

攀援桂枝兮

配託香木，誓同志也。

【疏證】

配託香木，誓同志也。◎文淵四庫章句本「託」作「記」，文津本亦作「託」。案：記，託字之訛。章句「誓同志」云云，誓者，結也，約也。説文言部：「誓，約束也。」九懷通路「紉蕙兮永辭」，章句：「結草爲誓，長訣行也。」謂結草爲約也。

聊淹留，

踟躕低佪，待明時也。

【疏證】

踟躕低佪，待明時也。◎補注引一云「倚立躑躅待明時也」。文選尤袤本、六臣本、正德本、隆慶本、湖北本、朱本、劉本、馮本、俞本、莊本、四庫章句本「低佪」作「徘徊」。案：低佪、徘徊義同，唐寫本作「低佪」。踟躕、躑躅同。章句以上志、時同協之韻。

虎豹鬬兮

殘賊之獸，忿争怒也。

【疏證】殘賊之獸，忿争怒也。◎文選唐寫本作「忽争怒」，尤袤本、明州本、秀州本作「忽急怒」，建州本敚「急」字。正德本、劉本、俞本作「忽忽怒」，隆慶本作「忽急怒」。案：據義，舊作「忿争怒」。天問「中央共牧后何怒」，章句：「以喻夷狄相與忿争，君上何故當怒之乎。」抽思「傷余心之懮懮」，章句：「言己惟思君行，紀數其過，又多忿怒，無罪受罰，故我心懮懮而傷痛也。」忿争、忿怒，皆章句習語。

熊羆咆，

貪殺之獸，跳梁吼也。

【疏證】貪殺之獸，跳梁吼也。◎文選唐寫本「殺」作「煞」。案：煞，俗殺字。章句「跳梁吼」云云，莊子卷一逍遥遊篇第一：「東西跳梁，不避高下。」成玄英疏：「跳梁，猶走躑也。」漢書卷七八蕭望之傳：「今羌虜一隅小夷，跳梁於山谷間。」跳梁，亦走躑也。

禽獸駭兮

雉兔之羣，驚奔走也。

【疏證】

雉兔之羣，驚奔走也。◎文選唐寫本「兔」作「菟」。正德本、隆慶本、劉本、馮本、俞本、莊本、朱本、湖北本、四庫章句本「奔」作「犇」。案：兔、菟同。犇，古奔字。雉，禽也。兔，獸也。

亡其曹。

違離黨輩，失群偶也。

【疏證】

違離黨輩，失群偶也。◎文選本、正德本、隆慶本、湖北本、朱本、劉本、馮本、俞本、莊本、四庫章句本「黨輩」作「鄉黨」，「群」作「羣」。惜陰本、同治本「群」作「羣」。案：章句無「黨輩」，有「鄉黨」。離騷「惟此黨人其獨異」，章句：「黨，鄉黨也，謂楚國也。」抽思「牉獨處此異域」，章句：「背離鄉黨，居他邑也。」遠遊「形穆穆以浸遠兮」，章句：「卓絕鄉黨，無等倫也。」舊本作「鄉黨」。劉良注：「曹，偶也。」違，遠之訛。

王孫兮歸來，

旋反舊邑，入故宇也。

【疏證】

旋反舊邑，入故宇也。◎案：章句「旋反」云云，龍龕手鑑卷一方部：「旋，還也。」漢書卷八七上揚雄傳「鬼魅不能自還兮」，顏師古注：「還，讀曰旋。」

山中兮不可以久留。

誠多患害，難隱處也。

【疏證】

誠多患害，難隱處也。◎案：文選陸善經注：「晉、魏已來爲招隱者，皆令入山。用有反招隱者，恐未達述作之意。」章句以上怒、吼、走、偶、宇、處協韻。怒、宇、處，魚韻；吼、走、偶，侯韻。侯、魚合韻。

楚辭章句疏證卷一〇　招䰟

招䰟者，宋玉之所作也。

文選本、馮本、湖北本、四庫章句本、惜陰本「䰟」作「魂」。補注引「䰟」一作「魂」。案：䰟、魂同。招魂爲宋玉所作，自叔師以下至唐、宋間，皆無異詞。迨至清林雲銘楚辭燈、蔣驥山帶閣注楚辭等，乃據史記卷八四屈原列傳「余讀離騷、天問、招魂、哀郢，悲其志」云云，謂招魂爲屈原所作，以招楚懷王魂。非也。史遷但謂讀招魂而「悲其志」，未嘗言招魂爲原所作也。夫讀原所作可以「悲其志」，讀宋玉所作亦可以「悲其志」。叔師以此篇爲宋玉所作，必有其據。若無堅實之證，未可輕薄舊説。

招者，召也。以手曰招，以言曰召。䰟者，身之精也。

馮本、湖北本、四庫章句本、惜陰本「䰟」作「魂」。文選本、類聚卷七九靈異部下「魂魄」條、御覽卷八八六妖異部二魂魄引楚辭序無「招者召也以手曰招以言曰召䰟者身之精也」十八字。删之也。詩匏有苦菜「招招舟子」，音義引王逸云：「以手曰招，以言曰召。」唐寫本文選卷四三招隱詩「招隱」，公孫羅文選鈔引王逸曰：「以手曰招。」據此，則唐本有此十八字。漢魏六朝百三家集卷二〇漢王逸集題詞、東漢文紀卷一四招魂序引有此十八字。章句釋義，對文也，散文招、召不別。

宋玉憐哀屈原，忠而斥棄，愁懣山澤，

文選本無「忠而斥棄愁懣山澤」八字。案：删之也。補注引「愁懣」一作「憂愁」。類聚卷七九靈異部下「魂魄」條、御覽卷八八六妖異部二魂魄、新刊校定集注杜詩卷三一冬深「難招楚客魂」趙注引楚辭序「愁懣」作「憂愁」。漢魏六朝百三家集卷二〇漢王逸集題詞、東漢文紀卷一四招魂序引亦作「愁懣」。又，御覽卷八八六妖異部二魂魄引楚辭序引無「宋」字，新刊校定集注杜詩卷三一冬深「難招楚客魂」趙注引楚辭序敚「憐」字，山谷内集詩注卷一七和文潛舟中所題「懷哉讙逐魂」任注引招魂序敚「哀」字。

䰟䰡放佚，厥命將落，故作招䰟。

文選本删「䰟䰡放佚」四字，「落」下無「故」字，「䰟」作「魂」。唐寫本亦有「故」字。惜陰本、湖北本、四庫章句本「䰟䰡」作「魂魄」。俞本、莊本「䰡」作「魄」。類聚卷七九靈異部下「魂魄」條引「佚」作「逸」。案：逸、佚古字通用。御覽卷八八六妖異部二魂魄引楚辭序、漢魏六朝百三家集卷二〇漢王逸集題詞、東漢文紀卷一四招魂序引作「放佚」。新刊校定集注杜詩卷三一冬深「難招楚客魂」，趙注：「魂魄飛散，其命將落，故作招魂。」則「放佚」別作「飛散」。

欲以復其精神，延其年壽，外陳四方之惡，內崇楚國之美，以諷諫懷王，冀其覺悟而還之也。

文選本「壽」下有「也」字，無「外陳四方」以下二十五字。唐寫本「壽」下無「也」字。案：删之也。補注杜詩卷三一冬深「難招楚客魂」，洙注引「懷王」作「君」。「復其精神」者，謂招魂以復魄也。儀禮卷三五士喪禮第一二：「死于適室，幠用斂衾，復者一人，以爵弁服，簪裳于衣，左何之，扱領于帶，升自前東榮，中屋，北面招以衣，曰：『皋！某復！』三，降衣于前。」鄭注：「復者，有司招魂復魄也。喪大記曰：『凡復，男子稱名，婦人稱字。』」孔子家語卷一問禮篇第六：「及其死也，升屋而號，告曰：『皋！某復！』然後飯腥苴孰。形體則降，魂氣則上，是謂天望而地藏也。故生者南鄉，死者北首，皆從其初也。」皆以爲氣將絶時之禮，是招死魂也。邵氏聞見後録卷一四：「宋玉招魂以東南西北四方之外，其惡俱不可以託，欲屈大夫近入脩門耳。時大夫尚無恙也。」以爲招生魂。非也。篇內「像設君室」，明是招死魂也。又，升菴集卷四七大招：「楚辭招魂一篇，宋玉所作。其辭豐蔚穠秀，先驅枚、馬而走僵班、揚，千古之希聲也。大招一篇，體製雖同，而寒儉促迫，力追而不及。昭明文選獨取招魂而遺大招，有見哉！」可謂知言者也。

朕幼清以廉潔兮，

朕，我也。不求曰清，不受曰廉，不汙曰潔。

【疏證】

朕，我也。◎文選明州本、秀州本無注，呂延濟有此注。案：唐寫本、建州本、尤袤本、胡本皆有注。朕之爲我，詳參離騷「朕皇考曰伯庸」注。明州本、秀州本竄入五臣也。

不求曰清，不受曰廉。◎黎本玉篇殘卷广部「廉」字注：「楚辭『咲（朕）多清以廉粱（絜）』，王逸曰：『不受曰廉。』野王案：廉，猶察視，審詳之也。」文選卷一七文賦「苟傷廉而愆義」，李善注引王逸曰：「不受曰廉。」案：散文清、廉不別，謂不貪婪也。章句對文別義。又，新書卷八道術篇：「行善決菀謂之清，反清爲濁；辭利刻謀謂之廉，反廉爲貪。」黄生義府「廉」條：「貪、廉二字亦有説。廉非對貪而言，乃對庸而言也。蓋山石之有稜角者謂之廉，故人之風采凝峻者以此爲目。孟子云『頑夫廉』。石之無稜角者謂之頑石，二字正是相反也。注云：『頑者無知覺，廉者有分辨。』是又牽察義爲訓矣。」廉之爲分辨、不貪，義亦通也。

不汙曰潔。◎文選本「潔」作「絜」，唐寫本亦作「潔」。正德本、隆慶本、馮本、俞本、朱本、湖北本、劉本、莊本、四庫章句本「汙」作「汚」。案：絜，古潔字。汙、汚通。又，新書卷八道術篇：「厚志隱行謂之潔，反潔爲汰。」潔與汰相對。論衡卷一累害篇第二：「身完全者謂之潔，被毁謗者謂之辱。」潔與辱相對。章句「不汙」云云，汙亦辱也。詩青蠅「營營青蠅，止于樊」，鄭箋：「蠅之爲蟲，汙白使黑，汙黑使白。」釋文：「汙，汙辱之汙。」

身服義而未沬。

沬，已也。言我少小修清潔之行，身服仁義，未曾有懈已之時也。

【疏證】

沬，已也。◎案：沬之爲已者，當作沬。詳參離騷「芬至今猶未沬」注。若作「沬」，則出韻也。

言我少小修清潔之行，身服仁義，未曾有懈已之時也。◎文選唐寫本、尤袤本、明州本、建州本「修」作「脩」。唐寫本「懈」作「解」。正德本、隆慶本、劉本「修」作「脩」。案：解、懈，古今字。修與脩古字通用。陳第屈宋古音義云：「此宋玉代爲屈原之詞，言其幼性清而廉潔，至今行義而未已。」

主此盛德兮，牽於俗而蕪穢。

牽，引也。不治曰蕪，多草曰穢。言己施行常以道德爲主，以忠事君，以信結交，而爲俗人所推引，德能蕪穢，無所用之也。

【疏證】

牽，引也。◎案：説文牛部：「牽，引前也。从牛，象引牛之縻也。玄聲。」引申爲係累。呂氏春秋卷一九離俗覽第一離俗篇「不牽於埶」，高注：「牽，拘也。」牽於俗者，謂爲俗所係累。章句以牽爲推引，亦謂「係累」。

不治曰蕪，多草曰穢。◎案：不治，謂荒蕪。國語卷三周語下「田疇荒蕪」，韋注：「荒，虛也；蕪，穢也。」呂氏春秋卷二六士容論第五辯土篇「弗除則蕪，除之則虛，則草竊之也」。「多草」云者，草多敗禾也，引申爲不潔、惡。文選卷一班固東都賦「於是百姓滌瑕盪穢」，李善注引字書：「穢，不絜清也。」離騷「不撫壯而棄穢兮」，章句：「穢，惡也。」散文不別。

言己施行常以道德爲主，以忠事君，以信結交，而爲俗人所推引，德能蕪穢，無所用之也。◎文選本、正德本、隆慶本、馮本、俞本、朱本、湖北本、劉本、莊本、四庫章句本「無所用」下無「之」字。尤袤本、明州本無「而」字。案：「主此盛德」之主，謂典領。文選卷七揚雄甘泉賦「伏鈎陳使當兵」，李善注：「鄭玄禮記注曰：『當，主也。』主，謂典領也。」清華簡（七）越公其事「大夫種」之「種」作「住」、「重」作「砫」。則主猶重也，謂愛重此盛德也。亦通。章句「爲俗人所推引」云云，推引，謂排斥、斥棄。漢、晉習語，相反爲義。焦竑俗書刊誤卷一一俗用雜字：「推引曰挏。」挏，斥棄也。

上無所考此盛德兮，

考，校。

【疏證】

考，校。◎文選本、俞本、莊本「校」下有「也」字。四庫章句本無注。案：爛敓之。文選卷六左思魏都賦「考之四隈」，李善注引王逸楚辭注：「考，校也。」唐本亦有注。詩文王有聲「考卜維王」，鄭箋：「考，猶稽也。」

長離殃而愁苦。

殃，禍也。言己履行忠信而遇暗主。上則無所考校己之盛德，長遭殃禍，愁苦而已也。

【疏證】

殃，禍也。◎案：離騷「豈余身之憚殃兮」，章句：「殃，咎也。」殃之訓咎、訓禍，其義貫通。文選卷一五張衡思玄賦「循法度而離殃」，舊注：「離，遭也。殃，咎也。離，罹也。」史記卷三五管蔡世家「無離曹禍」，索隱：「離，即罹；罹，被也。」

言己履行忠信而遇暗主。上則無所考校己之盛德，長遭殃禍，愁苦而已也。◎文選本「暗」作「闇」，「校己」下無「之」字，「而已」下無「也」字。唐寫本「忠」下有「言」字，「校己」下有「之」字，「愁苦」下無「而」字。案：闇、暗古字通。有「言」，「信」字屬下，亦通。章句「上則無所考校己之盛德」云云，所，猶意也。戰國策卷二一趙策四「恣君之所使之」。謂恣君之意使之。言君上無意考稽己之盛德也。

帝告巫陽，

帝，謂天帝也。女曰巫，陽其名也。

【疏證】

帝，謂天帝也。◎文選本「天」下無「帝」字。明州本無注。案：唐寫本亦有「帝」字。無注，敚之也。帝，楚之宗神，謂帝高陽。古者凡氏族皆有大宗神，轄其族裔孫之精魂。

女曰巫，陽其名也。◎案：公羊傳隱公四年「於鍾巫之祭焉」，何休注：「巫者，事鬼神禱解以治病請福者也。男曰覡，女曰巫。」巫陽，古之神巫。山海經卷一一海内西經：「開明東有巫彭、巫抵、巫陽、巫履、巫凡、巫相。」郭注：「皆神醫也。」又，包山楚簡爲左尹邵㐌貞問腹疾及終歲者，猶「事鬼神禱解以治病請福」也，有五生、醯吉、苛嘉、醯吉、苛光、鄢䖘諸人，蓋皆巫也。

曰：「有人在下，我欲輔之。

人，謂賢人，則屈原也。宋玉上設天意，祐助貞良，故曰：帝告巫陽有賢人屈原在於下方，我欲輔成其志，以厲黎民也。

【疏證】

人，謂賢人，則屈原也。宋玉上設天意，祐助貞良，故曰：帝告巫陽有賢人屈原在於下方，我欲輔成其志，以厲黎民也。◎文選尤袤本、六臣本「賢人」下有「也」字，唐寫本無「也」字，「成」作「盛」；秀州本無「屈」字。正德本、隆慶本、馮本、俞本、劉本、朱本、湖北本、莊本、四庫章句本「助」作「祚」。文淵四庫章句本「厲」作「利」，文津本亦作「厲」。案：離騷序：「率其賢良，以厲國士。」九歌山鬼「折芳馨兮遺所思」，章句：「屈原履行清潔，以厲其身。」據此，舊作「以厲」。作「盛」，訛也。

䰟魄離散，汝筮予之！」

䰟者，身之精也。䰡者，性之決也。所以經緯五藏，保守形體也。筮，卜問也。蓍曰筮。尚書曰：「決之蓍龜。」言天帝哀閔屈原䰟䰡離散，身將顛沛，故使巫陽筮問求索，得而與之，使反其身也。

【疏證】

䰟者，身之精也。䰡者，性之決也。所以經緯五藏，保守形體也。◎文選本、四庫章句本「䰟」作「魂」，「䰡」作「魄」，「精」下無「也」字。惜陰本作「魂魄」，唐寫本「決」作「决」。案：䰟䰡、魂魄同。決、决同。魂者，精也；魄者，形也。大招「魂魄歸徠」，章句：「魂者，陽之精也。魄者，陰之形也。」禮記卷一〇檀弓下第四：「骨肉歸復於土，命也；若魂氣則無不之也。」卷二六郊特牲第一一：「魂氣歸于天，形魄歸于地。」淮南子卷九主術訓：「天氣爲魂，地氣爲魄，反之玄房，各處其宅。」

筮，卜問也。蓍曰筮。尚書曰：「決之蓍龜。」◎文選本無「筮卜問也」四字。四庫章句本「曰筮」作「同筮」，「決之蓍龜」作「蓍龜協從」。案：同，曰之訛。今本尚書無「決之蓍龜」文，故四庫章句本易之以大禹謨「蓍龜協從」。文選唐寫本亦作「決之蓍龜」，蓋書佚篇。散則卜、筮不別，對文別義。國語卷七晉語一「愛疑決之以卜筮」，韋注：「龜曰卜，蓍曰筮。」據此，「筮卜問也」下當補「卜曰龜」三字。章句對文爲解。詩下泉「浸彼苞蓍」，毛傳：「蓍，草也。」易說卦釋文曰：「蓍音尸，説文云『蒿屬』。毛詩草木疏：『蓍似藾蕭，青色，科生。』」筮，蓋亦用策。淮南子卷一七説林訓：「卜者操龜，筮者端策，以問於數。」高注：「策，四十九策，可以占[遠]（吉凶），可以問于數。數，可卜筮者也。」又，説文繫傳第九「筮」字：「楚辭曰：『帝告巫陽：有人在下，我欲輔之；魂魄離散，汝筮與之。』巫，主筮也。」則因章句爲説也。

言天帝哀閔屈原䰟䰰離散，身將顛沛，故使巫陽筮問求索，得而與之，使反其身也。◎文選本、惜陰本、四庫章句本「䰟」作「魂」，「䰰」作「魄」。尤袤本、六臣本「顛沛」下無「故」字，「其身」下無「也」字。案：御覽卷八八六妖異部二魂魄引王逸注：「使筮其所宜，而與招其魂，使復其精神。」其所據本蓋别也。章句「身將顛沛」云云，顛沛，言躓仆也。論語卷四里仁「顛沛必於是」，集解引馬融注：「顛沛，偃仆。」邢昺疏：「偃是仰倒，仆是踣倒也。」又，馬王堆帛書十問：「云（魂）柏（魄）安刑（形），故能長生。」左傳昭公二十五年：「心之精爽，是謂魂魄，魂魄去之，何以能久？」莊子卷六知北遊篇第二二：「魂魄將往，乃身從之，乃大歸乎！」成玄英疏：「魂魄往天，骨肉歸土，神氣離散，紛宛任從，自有還無，乃大歸也。」皆可爲「魂魄離散」注脚。

巫陽對曰：「掌㝱。」

巫陽對天帝言，招䰟者，本掌㝱之官所主職也。

【疏證】巫陽對天帝言，招䰟者，本掌㝱之官所主職也。◎文選本、惜陰本、四庫章句本「䰟」作「魂」。唐寫本「職」作「軄」。秀州本、四庫章句本「㝱」作「夢」。正德本、隆慶本、馮本、俞本、朱本、劉本、湖北本、莊本、四庫章句本「天帝」下有「曰」字，「主職」作「職主」。案：軄，俗職字。㝱、夢同。職主、主職別義。職主者，言以職主之。後漢書卷五六種暠傳：「暠自以職主刺舉，志案姦違。」晉書卷四四華恒傳：「詔曰：『太常職主宗廟，烝嘗敬重。』」主職，言主司也。禮記卷五曲禮下第二「是職方」，鄭注：「職，主也。」晉書卷二五輿服志：「車後衣書主職步從。」據義，舊本作「主職」。又，周禮卷二四春官宗伯第三太卜「掌三夢之灋：一曰致夢，二曰觭夢，三曰咸陟。其經運十，其別九十。」掌夢者，謂太卜職事；招魂，亦太卜所主職。又，舊本若有「曰」字，則「言」字屬下。

上帝其難從。

言天帝難從掌㝱之官，欲使巫陽招之也。

【疏證】言天帝難從掌㝱之官，欲使巫陽招之也。◎文選本、正德本、隆慶本、馮本、俞本、朱本、劉本、湖北本、莊本、四庫章句本「陽」下無「招之」二字。文選本、四庫章句本「㝱」作「夢」。案：正文「上帝」下當補「曰」字，「其命難從」，乃上帝對巫陽之語。上帝謂：太卜掌夢之灋先卜而後招，未可從也。何故耶？下承以言之。「若必筮予之，恐後之謝，不能復用」，亦上帝答巫陽語也。章句「天帝難從掌寢之官欲使巫陽招之」云云，是失其旨。

若必筮予之，恐後之謝，不能復用。」

謝，去也。巫陽言如必欲先筮問求䰟䰰所在，然後與之，恐後世怠懈，必去卜筮之法，不能復修用，但招之可也。

【疏證】

謝，去也。◎文選卷六魏都賦「高謝萬邦」，李善注引王逸曰：「謝，去也。」案：説文言部「謝，辭去也。从言，射聲。」引申爲不受、隕墜也。

巫陽言如必欲先筮問求䰟䰰所在，然後與之，恐後世怠懈，必去卜筮之法，不能復修用，但招之可也。◎文選本、四庫章句本「䰟」作「魂」，「䰰」作「魄」，「修」作「脩」。惜陰本作「魂魄」。唐寫本「懈」作「解」。尤袤本無「去」字。秀州本亦作「修」。正德本、隆慶本、馮本、劉本「修」作「脩」。建州本「必」作「心」。景宋本「世」作「代」。袁校「恐後」上補「猶」字。案：解、懈古今字。心，必之訛。無「去」，敚之。王念孫讀書雜志餘論下以「不能復用」爲句，而「巫陽焉」三字屬下。其説得旨。章句「不能復用，但招之可也」云云，蓋以「不能復用」四字爲句。章句「巫陽言如必欲先筮問求䰟䰟所在」云云，以「若必筮予之，恐後之謝，不能復用」三句爲巫陽對上帝語。宜其説之多所牽合也。屈原命在旦夕，若必筮而後招，恐其命已謝落，則不能復其魂魄也。又，「復用」之復，猶招魂復魄。章句「不能復修用」云云，以復爲重複。失之。又，山谷内集詩注卷二寄黄幾復「寄鴈傳書謝不能」，任注引招魂「謝不能」，以「不能」二字屬上，謂「王逸注頗失其義」。任説非也。

巫陽焉乃下招曰：

巫陽受天帝之命，因下招屈原之䰟。

【疏證】

巫陽受天帝之命，因下招屈原之䰟。◎文選本、惜陰本、四庫章句本「䰟」作「魂」。文選本「䰟」下有「也」字。案：章句以「因」釋「焉乃」者，焉乃，平列同義，於是也。説參遠遊「焉乃逝以徘徊」注。曰者，巫陽下招之詞。

䰟兮歸來！

還歸屈原之身。

【疏證】

還歸屈原之身。◎文選唐寫本「身」下有「也」字。案：魂兮歸來，巫所以呼魂之語，今江南巫師招魂猶然。殷商甲骨卜辭：「乙亥卜永貞：令戊來歸？三月。」（全集四二一六八）又曰：「卯卜永貞：彶五月呼婦來歸？」（全集二一六五三）歸來、來歸皆同。

去君之恆幹，何爲四方些？

恆，常也。幹，體也。易曰：「貞者，事之幹。」言䰟靈當扶人養命，何爲去君之常體而遠之四方乎？夫人須䰟而生，䰟待人而榮。二者別離，命則霣零也。或曰：去君之恒閈。閈，里也。楚人名里曰閈也。

【疏證】

恆，常也。◎文選唐寫本「常」作「帝」，明州本、秀州本無注，案：帝，訛也。無注，敓也。注因爾雅釋詁。

幹，體也。易曰：「貞者，事之幹。」或曰：去君之恒閈。閈，里也。楚人名里曰閈也。◎文選本、正德本、隆慶本、馮本、俞本、朱本、劉本、湖北本、莊本、四庫章句本「事之幹」下有「也」字。文選明州本、秀州本敚「幹體也」三字。案：章句引易見乾文言，「事之幹」下有「也」字。慧琳音義卷六八「枝榦」條引王逸注楚辭：「榦，體也。」文選卷一七洞簫賦「原夫簫幹之所生兮」，李善引王逸注：「幹，體也。」皆未見引或説。廣雅釋詁：「幹，本也。」左傳成公十三年「身之幹也」，孔疏：「木以本根爲幹。」亦作榦，同。書費誓「峙乃楨榦」，孔傳：「題曰楨，旁曰榦。」孔疏：「題曰楨，謂當牆兩端者也。旁曰榦，謂在牆兩邊者也。」章句以幹之訓體，謂支體。對文身曰軀，體曰榦。若據或説：「閈，閭也。楚人名里曰閈。」幹，閈之借。「恆閈」者，故居也。下「舍君之樂處」，章句「舍君楚國饒樂之處而陸離走不善之鄉」云云，則用「恆閈」説。

言蒐靈當扶人養命，何爲去君之常體而遠之四方乎？夫人須蒐而生，蒐待人而榮。二者别離，命則霣零也。◎文選本、惜陰本、四庫章句本二「蒐」字皆作「魂」。唐寫本「體」作「軆」。正德本、隆慶本、馮本、俞本、朱本、劉本、湖北本、莊本、四庫章句本「霣」下無「零」字。補注引一注云「蒐待人而榮」。案：隕、霣同。軆，俗字。隕零，章句習語。九辯「草木搖落」，章句：「華葉隕零，肥潤去也。」九懷尊嘉「余悲兮蘭生」，章句：「哀彼香草，獨隕零也。」左傳昭公七年：「人生始化曰魄，既生魄，陽曰魂。用物精多，則魂魄强。」杜注：「魄，形也。陽，神氣也。」孔疏：「人之生也，始變化爲形，形之靈者名之曰魄也。既生魄矣，魄内自有陽氣。氣之神者名之曰魂也。魂魄，神靈之名，本從形氣，而有形氣既殊，魂魄亦異。附形之靈爲魄，附氣之神爲魂也。附形之靈者，謂初生之時，耳目心識，手足運動，啼呼爲聲。此則魄之靈也。附氣之神者，謂精神性識，漸有所知。此則附氣之神也。是魄在於前，而魂在於後，故云『既生魄，陽曰魂』。魂魄雖俱是性靈，但魄識少而魂識多。」又云：「人之生也，魄盛魂强。及其死也，形消氣滅。郊特牲曰：『魂氣歸于天，形魄歸于地。』以魂本附氣，氣必上浮，故言『魂氣歸于天』。魄本附形，形既入土，故言『形魄歸于地』。聖王緣生事死，制其祭祀；存亡既異，别爲作名。改生之魂曰神，改生之魄曰鬼。祭義曰：『氣也者神之盛也，魄也者鬼之盛也。』合鬼與神，教之至也。死必歸土，此之謂鬼。其氣發揚于上，神之著也。是故魂魄之名爲鬼神也。」據此，「魂待人則榮」或「魄待人則榮」云云，皆不辭。舊作「人待魄則榮」。又，劉良注：「些，辭也。」文選集注陸善經：「些，送句之辭也。」又，鄧廷楨雙齋筆記卷三：「今人於事物之細且少者，皆云『些小』、『些微』。考説文女部『姕』篆下云：『婦人小物也。从女、此聲。』則細微之『些』當作『姕』也。」黄侃文選平點：「些，即呰字變形，而嗟嗞之聲變也。」皆游根無憑。湯炳正氏以「些」爲「此此」，同大招之「只」。些字下從「二」，重文符號，後訛作「些」。其説是也。案：王闓運楚辭釋曰：「只，語已詞也。招魂言『些』。些者，此此二字重文，其聲清長，只聲蹙短也。」則在湯氏前矣。

舍君之樂處，而離彼不祥些。

舍，置也。祥，善也。言何爲舍君楚國饒樂之處，而陸離走不善之鄉，以犯觸衆惡也。

【疏證】

舍，置也。◎案：置，正反一詞，既言措置，又爲棄舍。舍，亦正反一詞，既言留止，又爲釋棄。章句舍解置，謂釋棄。禮記卷九檀弓下第四「有司以几筵舍奠於墓左」，孔疏：「舍，釋也。」

祥，善也。◎案：因爾雅釋詁。清華簡（五）殷高宗問於三壽：「聞天之常，黹（祇）神之明，上昭順穆而警民之行，餘亯（享）獻攻，括還蚕（妖）𧕚（恙），是名曰祥。」又，逸周書卷三武順解第三二：「天道曰祥，地道曰義，人道曰禮。」孔晁注：「言其相通。」蓋對文別義。散文祥、善不別。

言何爲舍君楚國饒樂之處，而陸離走不善之鄉，以犯觸衆惡也。◎文選本無「而」、「犯」字。唐寫本有「而」字。案：章句「何爲舍君楚國饒樂之處」云云，不辭。君，當作居，古多相訛。謂何爲舍居楚國饒樂之處也。又，「而陸離走不善之鄉」云云，陸離，猶流離，分散貌。史記卷一一七司馬相如列傳「牢落陸離」，正義：「郭璞曰：『奔走崩騰狀也。』顏云：『言其聚散不常，雜亂移徙。』」文選卷一一王延壽魯靈光殿賦「流離爛漫」，李善注：「流離，分散遠貌。」陸離、流離，聲之轉。

䰟兮歸來！東方不可㠯託些。

託，寄也。論語曰：「可以託六尺之孤。」言東方之俗，其人無義，不可託命而寄身也。

【疏證】

託，寄也。論語曰：「可以託六尺之孤。」◎案：方言卷二：「託，寄也。凡寄爲託，寄物爲媵。」章句引論語，見卷八泰伯篇，劉寶楠正義：「託，玉篇人部引作侂。說文侂、託並訓寄，而從人從言，各有一義。今經、傳皆通用託字。」則託猶宅也。

言東方之俗，其人無義，不可託命而寄身也。◎文選本「不可託命而寄身」作「不可以託寄身」，正德本、隆慶本、馮本、俞本、劉本、朱本、湖北本、莊本、四庫章句本無「而」字。案：據義，舊作「不可託寄身」。命，後所竄入。又，御覽卷三四時序部一九熱引王逸注：「些，語助。」今本章句皆無此注，未知其所據本。

長人千仞，惟䰟是索些。

七尺曰仞。索，求也。言東方有長人之國，其高千仞，主求人䰟而食之也。

【疏證】

七尺曰仞。◎文選六臣本無注。正德本「七」訛作「土」。案：無注，敓也。說文人部：「仞，伸臂一尋，八尺。从人、刃聲。」小爾雅廣義：「四尺謂之仞。」漢書卷二四上食貨志「有石城十仞」，應劭曰：「仞，五尺六寸也。」顏師古注：「此説非也。八尺曰仞，取人申臂之一尋也。」蓋因時而别。張家山漢墓竹簡算術書計長短有分、寸、尺、丈、步，而無仞字。

索，求也。◎文選六臣本無注。案：無注，敚也。離騷「索藑茅與筳篿兮」，章句：「索，取也。」於人曰求，於物曰取，其義貫通。

言東方有長人之國，其高千仞，主求人䰟而食之也。◎正德本、隆慶本、劉本、朱本、馮本、俞本、莊本、四庫章句本「食之」下無「也」字。文選本「長人」下無「之」字。文選本、惜陰本、四庫章句本「䰟」作「魂」。案：長人之國，汪芒氏，守封嵎山者，漆姓。在虞、夏、商爲汪芒氏，于周爲長狄。詳參天問「長人何守」注。

十日代出，流金鑠石些。

代，更。鑠，銷也。言東方有扶桑之木，十日竝在其上，以次更行，其熱酷烈，金石堅剛，皆爲銷釋也。

【疏證】

代，更。◎馮本、四庫章句本無注。文選本、俞本、莊本「更」下有「也」字。案：四庫依馮本、莊氏依俞本故也。正文「代出」，當作「並出」。聞一多楚辭校補：「古言天有十日，更替運照，則一時衹一日，此猶常態也。又言十日並出，則十日同時俱出，故其爲熱酷烈，異於常時。此曰『流金鑠石』，似『代』當爲『並』之訛。」其説得之。莊子卷一齊物論第二：「昔者十日並出，萬物皆照。」淮南子卷八本經訓：「逮至堯之時，十日竝出，焦禾稼，殺草木，而民無所食。」山海經卷九海外東經「十日所浴」，郭注引汲郡竹書：「胤甲即位，居西河，有妖孽，十日竝出。」章句「十日竝在其上」云云，舊本亦作「十日竝出」。後復因十日「以次更行」而誤易之。

鑠，銷也。◎文選唐寫本「銷」作「消」。案：訛也。御覽卷三四時序部一九熱引王逸注亦作「銷」。詳參惜誦「故衆口其鑠金兮」注。

言東方有扶桑之木，十日竝在其上，以次更行，其熱酷烈，金石堅剛，皆爲銷釋也。◎文選本「竝」作「並」。尤袤本、秀州本、明州本、正德本、隆慶本、馮本、俞本、朱本、劉本、湖北本、莊本、四庫章句本「熱」作「勢」。尤袤本、秀州本、明州本「銷釋」下無「也」字。惜陰本、正德本、馮本、劉本、四庫章句本「竝」作「並」。唐寫本作「其熱」，「銷釋」下亦有「也」字，「銷」下羨「精」字。御覽卷三四時序部一九熱引王逸注「銷釋」作「銷鑠」。案：銷鑠，古之習語，舊作「銷鑠」。其勢，「其熱」之訛。若作「其勢酷烈」，不辭。

彼皆習之，䰟往必釋些。

釋，解也。言彼十日之處，自習其熱，䰟行往到，身必解爛也。

【疏證】

釋，解也。◎案：御覽卷三四時序部一九熱引王逸注同。詳參惜誦「謇不可釋」注。

言彼十日之處，自習其熱，䰟行往到，身必解爛也。◎文選尤袤本、六臣本「䰟行往到」作「魂行到」，唐寫本「自」下有「其」字。文選本、惜陰本、四庫章句本「䰟」作「魂」。案：作「魂行到」者，爛敚「往」字。作「自其」，羨也。御覽卷三四時序部一九熱引王逸注：「魂往必解爛。」節約此注。又，習，猶便習。文選卷二六謝靈運富春渚「洊至宜便習」，李善注：「習，謂便習之也。」又，章句以「解爛」解「釋」字，説文火部：「爤，火孰也。从火，蘭聲。燗，或从閒。」爛、蘭同。物孰爲散也。「解爛」云云，猶解散也。

歸來兮！不可㠯託些。

言䰟䰟宜急來歸，此誠不可以託附而居之也。

【疏證】

言䰟䰟宜急來歸，此誠不可以託附而居之也。◎文選本「䰟」作「魂」，無「䰟」字，無「以」字。

六臣本、尤袤本「居」下無「之也」二字。唐寫本「居之也」作「居也」。六臣本無「之也」二字。隆慶本、馮本、俞本、朱本、劉本、湖北本、莊本、四庫章句本「託附」下有「留」字。惜陰本、四庫章句本「魂」作「魂」，「鬼」作「魄」。案：附、留，皆羨。章句「託附而居之」云云，託附，未見兩漢古書，蓋始於六朝。託，讀如宅。詳參離騷「爾何懷乎故宇」注。風俗通義卷四過譽「其妻孥隔宅而居之」。

魂兮歸來！南方不可以止些。

言南方之俗，其人甚無信，不可久留也。

【疏證】

言南方之俗，其人甚無信，不可久留也。◎文選本、正德本、隆慶本、馮本、俞本、朱本、劉本、湖北本、莊本、四庫章句本「其人」下無「甚」字。唐寫本「久留」下有「止」字。案：據章句上文「其人無義」云云，甚，羨也。

雕題黑齒，

雕，畫也。題，頟也。

【疏證】

雕，畫也。◎正德本、隆慶本、馮本、俞本、朱本、劉本、湖北本、四庫章句本無「也」字。案：後漢書卷八〇上文苑傳杜篤「瑣雕題」，李賢引王逸注：「雕，畫也。」亦有「也」字。雕之爲畫，説文作彫，曰：「琢文也。从彡，周聲。」古書多借雕字爲之。

題，額也。◎文選尤袤本、六臣本、同治本、朱本、俞本、莊本「額」作「額」。正德本、隆慶本、馮本、俞本、朱本、劉本、湖北本、四庫章句本無「也」字。案：額、額同。後漢書卷八〇上文苑傳杜篤「瑣雕題」，李賢引王逸注：「題，額也。」亦有「也」字。爾雅釋言：「頊，題也。」郭注：「題，額也。」引申之言前、言首。題、額對文亦別。説文頁部額作額，云：「顙也，从頁、各聲。」段注：「釋名曰：『額，鄂也，有垠鄂也。』引申之言凡有垠鄂之稱。」又，陸善經注：「雕謂刻其肥，以丹青捏之也。」肥，「肌」之訛。山海經卷一〇海内南經「伯慮國、離耳國、彫題國」，郭注：「點涅其面，畫體爲鱗采，即鮫人也。」管子卷八小匡篇第二〇「南至吳、越、巴、牂牱、𢹂、不庾、雕題、黑齒」，尹注：「皆南夷之國號也。」文選卷五左思吳都賦「雕題之士」，李善注引水經：「雕題國在鬱林水南。」卷五一王褒四子講德論「翦髮點首」，李善注：「點首，蓋雕題也。」禮記卷一二王制第五「雕題交趾」，鄭注：「雕，文。謂刻其肌，以丹青涅之。」史記卷三四趙世家「黑齒雕題」，集解：「劉逵曰：『以草染齒，用白作黑。』鄭玄曰：『雕，文。謂刻其肌，以青丹涅之。』」雕題國，屬百越夷蠻也。

得人肉以祀，以其骨爲醢些。

醢，醬也。言南極之人，雕畫其額，齒牙盡黑，常食蠃蜯，得人之肉，用祭祀先祖，復以其骨爲醢醬也。

【疏證】

醢，醬也。◎案：離騷「后辛之菹醢兮」，章句：「藏菜曰菹，肉醬曰醢。」據此，「醬」上當補「肉」字。

言南極之人，雕畫其額，齒牙盡黑，常食蠃蜯，得人之肉，用祭祀先祖，復以其骨爲醢醬也。◎文選本「祭」下無「祀」字。明州本、秀州本、建州本「蠃蜯」作「龜蚌」。唐寫本、尤袤本作「蠃蚌」。尤袤本、六臣本「醢醬」下無「也」字。唐寫本、正德本、隆慶本、劉本、馮本、俞本、莊本、朱本、四庫章句本「額」作「頟」，「復以」下無「其」字。俞本、莊本「常」作「嘗」。案：頟、額同。蚌、蜯同。蜯，訛也。國語卷一九吳語「其民必移就蒲蠃東海之濱」，韋注：「蠃，蚌蛤之屬。」淮南子卷二俶真訓「蠃瘉蝸睆」，高注：「蠃蠡，薄蠃。」蠃，或作螺。今俗云螺絲。說文虫部：「蚌，蜃屬。」蠃蚌，連類爲文，不宜作龜蚌。蠃蚌，漢之習語。鹽鐵論卷九論菑篇第五四：「蓋越人美蠃蚌而簡太牢。」全後漢文卷五六葛龔薦戴昱：「拾掇蠃蚌，以自賑給。」

蝮蛇蓁蓁，

蝮，大蛇也。蓁蓁，積聚之貌。

【疏證】

蝮，大蛇也。◎文選唐寫本、秀州本、明州本「蛇」作「虵」。尤袤本「蛇」下無「也」字。案：蛇、虵同。爾雅釋魚：「蝮，虺，博三寸，首大如擘。」郭舍人注：「蝮一名虺，江淮以南曰蝮，江淮以北曰虺。」史記卷九四田儋列傳「蝮螫手則斬手」，正義：「蝮，毒蛇，長二三丈，嶺南北有之。虺長一二尺，頭腹皆一遍。」又，山海經卷一南山經：「又東三百八十里曰猨翼之山，其中多怪獸，水多怪魚，多白玉，多蝮虫。」郭注：「蝮虫，色如綬文，鼻上有鍼，大者百餘斤，一名反鼻虫。」豈類猨猴之猩猩歟？則非虺之類。又，北山經「大咸之山，有長蛇，其毛似彘豪」，郭注引說者云，「長百尋」，則又似蟒蛇也。

蓁蓁，積聚之貌。◎文選唐寫本、明州本、尤袤本「貌」作「皃」。唐寫本「皃」下有「也」字。案：皃，古貌字。說文艸部：「蓁，艸盛貌。从艸，秦聲。」引申之凡言盛多。又，艸盛曰蓁，木聚曰榛，其義通也。漢書卷五七下司馬相如傳「覽竹林之榛榛」，顏師古注：「榛榛，盛貌。」卷八七上揚雄傳「枳棘之榛榛兮」，顏師古注：「榛榛，梗穢貌也。」亦謂積聚意。上博簡（二）訟城是（容成氏）「卉木晉（蓁）長」。借蓁作晉。

封狐千里些。

封狐，大狐也。言炎土之氣，多蝮虺惡蛇，積聚蓁蓁，爭欲齧人；又有大狐，健走，千里求食，不可逢遇也。

【疏證】

封狐，大狐也。◎案：詳參離騷「又好射夫封狐」注。呂向注：「封狐，大狐也。其長千里。」失之。

言炎土之氣，多蝮虺惡蛇，積聚蓁蓁，爭欲齧人；又有大狐，健走，千里求食，不可逢遇也。◎文選本「蝮虺」下無「惡蛇」二字，唐寫本「氣」作「气」。文淵四庫章句本「大狐」作「夭狐」。文津本亦作「大狐」。案：气，古氣字。夭，大之訛。宋本玉篇卷五齒部：「齧，噬也。」晉書卷六七郗隆傳：「封狐萬里，投軀而弗顧。」言封狐遠在萬里、千里之外，非謂其身有千里之長也。説者或謂「千里」乃「重」字之訛。本作「重重」，與上「蓁蓁」相對爲文。若是，則韞、重出韻也。非是。

雄虺九首，

首，頭也。

【疏證】

首，頭也。◎文選本無注。案：敓之。詳參離騷「厥首用夫顛隕」注。又，雄虺九首，見諸天問。又，虺，郭店楚墓竹簡借作蜪。又，柳河東集卷二閔生賦「雄虺蓋形於木杪」，韓注引王逸：「虺，(蛇)別名也。」蓋章句佚文。

往來儵忽，吞人以益其心些。

儵忽，疾急貌也。言復有雄虺，一身九頭，往來奄忽，常喜吞人黿鼂，以益其心，賊害之甚也。

【疏證】

儵忽，疾急貌也。◎文選「儵」作「倏」。唐寫本、明州本、尤袤本「貌」作「皃」。案：儵、倏同。倏，俗字。慧琳音義卷八「儵忽」條引王逸注楚辭：「儵忽，急貌。」又，卷八「儵忽」條：「楚辭曰：『往來儵忽』，王逸注：『急速皃也。』」卷四七「儵忽」條引王逸注：「儵忽，疾也。」卷六八「倏忽」條引楚辭注：「倏忽，急皃也。」卷八三「倏而」條引王逸注：「倏忽，急疾皃也。」卷九五「倏然」條引王逸注：「倏忽，疾皃也。」其所據本別。詳參天問「倏忽焉在」注。

言復有雄虺，一身九頭，往來奄忽，常喜吞人黿鼂，以益其心，賊害之甚也。◎同治本「益」作「盡」，不成其字也。文選本「以益其心賊害之甚也」作「以益其賊害之心也」。文選本、惜陰本、四庫章句本「䰟」作「魂」,「𩲸」作「魄」。案:文選本依文釋義,存章句之舊。

歸來兮!不可㠯久淫些。

淫,遊也。言其惡如此,不可久遊,必被害也。

【疏證】

淫,遊也。言其惡如此,不可久遊,必被害也。◎文選唐寫本「惡」作「悪」。慧琳音義卷一八「婬慾」條引王逸楚辭注:「婬,遊也。」案:淫、婬古今字。悪,俗字。章句以「久淫」解「久遊」者。管子卷一五明法篇第四六「不淫意於法之外」,尹注:「淫,遊也。」荀子卷一勸學篇第一:「昔者瓠巴鼓瑟而流魚出聽。」淮南子卷一六説林訓:「瓠巴鼓瑟而淫魚出聽。」流、淫,皆謂戲游。

䰟兮歸來!西方之害,流沙千里些。

流沙,沙流而行也。尚書曰:「餘波入於流沙。」言西方之地,厥土不毛,流沙滑滑,晝夜流行,從廣千里,又無舟航也。

【疏證】

流沙,沙流而行也。尚書曰:「餘波入於流沙。」◎正德本、隆慶本、馮本、俞本、朱本、劉本、湖北本、莊本、四庫章句本「於」作「于」。文選本無「尚書曰餘波入於流沙」九字。案：流沙，非地名，與尚書所稱者别。流沙之地，詳參離騷「忽吾行此流沙兮」注。後蓋因離騷附會尚書。于、於古今字。今本尚書作「于」。

言西方之地，厥土不毛，流沙滑滑，晝夜流行，從廣千里，又無舟航也。◎文選明州本、建州本、尤袤本「航」下有「者」字。唐寫本「航」作「杭」。正德本、隆慶本、馮本、俞本、朱本、劉本、湖北本、莊本、四庫章句本「從廣」作「縱橫」。補注引「從廣」一作「縱横」。案：從、縱古今字。廣與横，以義同易之。航、杭古通用。莊子卷五山木篇第二〇：「莊周遊于雕陵之樊，覩一異鵲自南方來者，翼廣七尺，目大運寸，感周之顙而集于栗林。」王念孫讀書雜志餘編上「目大運寸」條：「司馬彪曰：『運寸，可回一寸也。』念孫案：司馬以運爲運轉之運。非也。『運寸』與『廣七尺』相對爲文，廣爲横則運爲從也。」據此，從廣，即從横。章句「流沙滑滑」云云，滑滑，沙亂貌，通作汩汩。淮南子卷一原道訓「混混滑滑」，高注：「滑，讀曰骨也。」音骨之滑，即「汩」字。

旋入雷淵，

旋，轉也。淵，室也。

【疏證】

旋，轉也。◎文選唐寫本「轉」訛作「輔」。慧琳音義卷三〇「旋輪」條、卷三二「得旋」條、「旋夗」條、卷四三「旋環」條同引王逸注楚辭：「旋，轉也。」案：說文㫃部：「旋，周旋，旌旗之指麾也。从㫃、从疋。疋，足也。」徐鍇曰：「人足隨旌旗以周旋也。」引申爲回旋、旋轉。

淵，室也。◎文選本正文「淵」作「泉」，尤袤本注文亦作「淵」，唐寫本、六臣本皆作「泉」。案：避唐諱。玉燭寶典卷一一引王逸注：「雷公室也，乃在西方。」未知所據，蓋因章句謂「回入雷公之室」。雷淵，非「雷公之室」，謂流沙之回淵。雷，古文作靁，象衆車回轉也。引申之言回、言旋。史記卷四〇楚世家楚先吳回，楚公逆鎛銘文作吳靁。

靡散而不可止些。

靡，碎也。言欲涉流沙少止，則回入雷公之室，轉還而行，身雖靡碎，尚不得休息也。

【疏證】

靡，碎也。◎文選秀州本、明州本正文作「糜」，注文亦作「靡」。正德本、隆慶本「靡」作「靡」。馮本、俞本、莊本、朱本、劉本、湖北本「靡」作「糜」。案：糜、靡古字通用。慧琳音義卷九五「糜損」條引王逸注：「糜，碎也。」離騷「精瓊靡以爲粻」，章句：「靡，屑也。」靡之爲屑、爲碎，其義相通。

言欲涉流沙少止，則回入雷公之室，轉還而行，身雖糜碎，尚不得休息也。◎文選本「轉還」作「運轉」，「尚不」下有「可」字，「休息」作「休止」。唐寫本、六臣本、尤袤本無「少止」二字。正德本、隆慶本、馮本、俞本、劉本、朱本、湖北本、莊本、四庫章句本無「少止」二字，「尚不」下有「可」字。正德本、隆慶本「糜」作「靡」。馮本、俞本、莊本、朱本、劉本、湖北本「糜」作「縻」。案：糜、縻通用。章句無作「轉還」，但作「運轉」。九歎怨思「下江、湘㠯邅迴」，章句：「邅迴，運轉也。」遠逝「中木搖落時槁悴兮」，章句：「以言讒人亦運轉其言，埃塵忠直，使之被病而傷形也。」舊作「運轉而行」。章句但作「休息」，無作「休止」。天問序：「休息其下。」遠遊「乘間維㠯反顧」，章句：「攀持天紘以休息也。」則舊作「休息」。

㚔而得脫，其外曠宇些。

曠，大也。宇，野也。言從雷淵雖得免脫，其外復有曠遠之野，無人之土也。

【疏證】

曠，大也。◎案：老子十五章：「曠兮其若谷。」河上公注：「曠者，寬大。」或通作兄。漢帛書十六經立□：「吾愛民而民不亡，吾愛地而地不兄（曠）。」

宇，野也。◎案：漢帛書十六經順道：「不陰陽，不擅斷疑，不謀削人之野，不謀劫人之宇。」野、宇爲對文，宇亦野也。莊子卷六庚桑楚篇第二三：「有實而無乎處者，宇也。」釋文引三蒼：「四方上下爲宇，往古來今曰宙。」引申之宇爲四表荒遠之稱。文選卷四八班固典引「榮鏡宇宙」，李善注：「四表曰宇，往古來今曰宙。」

言從雷淵雖得免脱，其外復有曠遠之野，無人之土也。◎文選唐寫本、六臣本「淵」作「泉」。正德本、隆慶本、馮本、俞本、朱本、劉本、湖北本、莊本、四庫章句本「雖」下無「得」字，「人」作「民」。案：作「泉」，避唐諱也。無「得」者，爛敓也。吳越春秋卷五勾踐陰謀外傳第九：「妾生深林之中，長於無人之野。」

赤螘若象，

螘，蚍蜉也。小者爲螘，大者謂之蚍蜉也。

【疏證】

螘，蚍蜉也。小者爲螘，大者謂之蚍蜉也。◎文選本、莊本、四庫章句本「螘」作「蟻」。文選本無「小者爲螘大者謂之蚍蜉也」十一字。正德本、隆慶本、馮本、俞本、朱本、劉本、湖北本、莊本、四庫章句本「謂之」作「爲」。案：螘、蟻，古字通用。爾雅釋蟲：「蚍蜉，大螘；小者螘。」蓋章句所因。舊本有「小者爲螘大者謂之蚍蜉」十一字，文選本刪之也。釋文：「本亦作蛾，俗作蟻。」山海經卷一二海内北經：「大蠭其狀如螽，朱蛾其狀如蛾。」郭璞注：「蛾，蚍蜉也。楚詞曰『玄蜂如壺，赤蛾如象』，謂此也。」

玄蠭若壺些。

壺，乾瓠也。言曠野之中有赤蟻，其狀如象；又有飛蠭腹大如壺。皆有蠚毒，能殺人也。

【疏證】

壺，乾瓠也。◎文選唐寫本「乾」作「乹」。案：乹，俗字。爾雅釋木：「壺棗。」孫炎注：「棗形上小下大似瓠，故曰壺。」郭注：「今江東呼棗大而銳上者爲壺。壺猶瓠也。」

言曠野之中有赤蟻，其狀如象；又有飛蠭腹大如壺。皆有蠚毒，能殺人也。◎文選本、正德本、隆慶本、馮本、俞本、朱本、劉本、湖北本、莊本、四庫章句本「狀」作「大」。文選尤袤本、六臣本「又有」下有「大」字，「蠭」作「蜂」，「蠚毒」作「蠆毒」，「殺人」下無「也」字。唐寫本無「大」字，亦作「蠚毒」。案：此言赤蟻之形似象，未言其大，舊作「其狀」。說文虫部：「蠆，毒蟲也。从虫，萬聲。」又：「䖃，螫也。从虫，若聲。」䖃、蠚同。據此，舊本作「蠆毒」。蠭、蜂同。玄蠭若壺，謂壺蠭。方言卷一一：「蠭，其大而蜜者謂之壺蠭。」郭注：「今黑蠭穿竹木作孔，亦有蜜者，或呼笛師。」大鼇謂之壺鼇，猶大棗謂之壺棗，肖其形也。明謝肇淛五雜俎卷九物部：「江南山谷中有黑蜂大如蜣螂，能螫殺人。俗云：『七枚能殺一水牛。』即是也。」

五穀不生，蘘菅是食些。

柴棘爲蘘。菅，茅也。言西極之地，不生五穀，其人但食柴草，若羣牛也。

【疏證】

柴棘爲蘘。◎文選尤袤本、六臣本、正德本、隆慶本、馮本、俞本、朱本、劉本、湖北本、莊本、四庫章句本「蘘」作「叢」。案：蘘、叢同，聚也。聚木曰林，亦曰叢。淮南子卷二俶真訓「獸走叢薄之中」，高注：「聚木曰叢，深草曰薄。」章句「柴棘」云云，木也。散文聚草亦曰叢。此「蘘菅」云云，蓋聚草也。

菅，茅也。◎案：爾雅釋艸「白華野菅」，郭璞注：「菅，茅屬。」蓋以茅、菅爲二草。郝氏義疏：「說文菅、茅互訓，蓋一物二名，詩白華傳用爾雅，而又云『已漚爲菅』，明野菅是未漚者，已漚則成菅。毛傳甚明，乃詩東門之池。陸璣疏云：『菅似茅而滑澤無毛，根下五寸中有白粉者，柔韌宜爲索，漚乃尤善矣。』是以菅爲茅之別種。今驗茅葉有毛而澀，未見無毛滑澤。如陸所云者，恐別一物，或陸誤也。邢疏引舍人注云：『茅菅、白華一名野菅。』是亦以爲一物。」王闓運楚辭釋：「藆菅，青穱也。」未知所據。

言西極之地，不生五穀，其人但食柴草，若羣牛也。◎文選唐寫本「牛」下無「也」字。明州本「羣」作「群」。正德本、隆慶本、馮本、俞本、朱本、劉本、湖北本、莊本、四庫章句本「但食」上無「其人」二字。案：無「其人」，則與「若羣牛」之「若」義不相接續。古者謂食草木之人多力善走也。孔子家語卷六執轡篇第二五：「食水者善遊而耐寒，食土者無心而不息，食木者多力而不治，食草者善走而愚，食桑者有緒而蛾，食肉者勇毅而捍，食氣者神明而壽，食穀者智惠而巧，不食者不死而神。」搜神記卷一二：「故食穀者智慧而文，食草者多力而愚，食桑者有絲而蛾，食肉者勇敢而悍，食土者無心而不息，食氣者神明而長壽，不食者不死而神。」

其土爛人，求水無所得些。

言西方之土，温暑而熱，燋爛人肉，渴欲求水，無有源泉，不可得之也。

【疏證】

言西方之土，温暑而熱，燋爛人肉，渴欲求水，無有源泉，不可得之也。◎文選本、正德本、隆慶本、馮本、俞本、朱本、劉本、湖北本、莊本、四庫章句本「得」下無「之」字。唐寫本、胡本、建州本、秀州本、明州本「人」下有「身」字。唐寫本「肉」下有「内」字。隆慶本、朱本「温暑」作「溼暑」。

莊本「燋」作「焦」。案：焦、燋古今字。劉良注：「爛人言熱。」文選集注陸善經：「言土性熱毒，能爛人身。」史記卷一二三大宛列傳：「身毒在大夏東南可數千里，其俗土著，大與大夏同，而卑濕暑熱云。」漢書卷九六西域傳：「烏弋地暑熱莽平。」

彷徉無所倚，廣大無所極些。

倚，依也。言欲彷徉東西，無民可依，其野廣大，行不可極也。

【疏證】

倚，依也。◎文選明州本無注。案：竄入五臣張銑注也。倚之爲依者，散文不分。禮記卷二四禮器第一〇「有司跛倚以臨祭」，鄭注：「依物爲倚。」對文倚立、倚杖、倚門皆曰倚。依者，謂依於事也，故依慕曰依。

言欲彷徉東西，無民可依，其野廣大，行不可極也。◎文選本「民」作「人」。唐寫本、秀州本、明州本「彷徉」作「仿佯」。案：作「人」，避唐諱。彷徉、仿佯同。補注引一注云：「言西方之土廣大遥遠，無所臻極，雖欲彷徉，求所依止，不可得也。」蓋據別本。張銑注：「彷徉，遊行貌。」洪引廣雅：「彷徉，徙倚也。」徙倚，戲遊貌。

歸來兮！恐自遺賊些。

賊，害也。言䰟䰟欲往者，自予賊害也。

【疏證】

賊，害也。言䰟䰟欲往者，自予賊害也。◎文選本、惜陰本、四庫章句本「䰟」作「魂」，「䰟」作「魄」。文選本「賊害」下無「也」字。尤袤本、六臣本無「言」字。明州本、秀州本無「賊害也」之注。案：䰟䰟、魂魄同。無「賊害也」者，竄入五臣吕向也。又，楚辭賊字始出於此，舊當有注。荀子卷一脩身篇第二：「傷良曰讒，害良曰賊。」莊子卷八漁父篇第三一：「好言人之惡謂之讒，析交離親謂之賊。」説苑卷一五指武篇：「攻禮者爲賊，攻義者爲殘。」孔子家語卷九正論解第四一：「己惡而掠美爲昏，貪以貽官爲默，殺人不忌爲賊。」

䰟兮歸來！北方不可㠯止些。增冰峨峨，飛雪千里些。

言北方常寒，其冰重累，峨峨如山，涼風急時，疾雪隨之，飛行千里，乃至地也。

【疏證】

言北方常寒，其冰重累，峨峨如山，涼風急時，疾雪隨之，飛行千里，乃至地也。◎文選本

「急」下無「時」字。秀州本「峨峨」作「峩峩」。正德本、隆慶本、朱本、劉本、馮本、俞本、莊本、四庫章句本「飛行」下有「於」字。湖北本「於」作「于」。案：峨、峩同。慧琳音義卷八三「峨峨」條引王逸注楚辭：「峨峨，高皃也。」章句佚義。又，初學記卷三歲時部第四冬「飛雪千里」條引王逸注：「北極常寒。」其所據本「北方」作「北極」。補注：「神異經：『北方有曾冰萬里，厚百丈。』尸子曰：『朔方之寒，地凍厚六尺。北極左右有不釋之冰。』」又，山海經卷三北山經：「又北二百三十里曰小咸之山，無草木，冬夏有雪。」曰：「又北三百八十里曰狂山，無草木，是山也，冬夏有雪。」曰：「又北二百里曰空桑之山，無草木，冬夏有雪。」全齊書卷九王儉和竟陵王子良高松賦：「若乃朔窮於紀，歲亦暮止，隆冰峨峨，飛雪千里。」

歸來兮！不可以久些。

言其寒殺人，不可久留也。

【疏證】

言其寒殺人，不可久留也。◎文選唐寫本「殺」作「煞」，「留」下無「也」字。案：煞，俗殺字。又，六臣謂五臣正文作「不可以久止」，顧炎武答李子德書：「五臣文選本作『不可以久止』，而不知古讀久爲『几』，正與『止』爲韻也。」几，脂韻；久，之韻。久、几古音别。顧氏非知音之選。久，古音紀。

魂兮歸來！君無上天些。

天不可得上也。

【疏證】

天不可得上也。◎文選唐寫本無注。案：爛敚之。尤袤本、六臣本、胡本、正德本、隆慶本、馮本、俞本、劉本、朱本、湖北本、莊本、四庫章句本亦有注。上天，讔言死也。天上亦非樂土。

虎豹九關，啄害下人些。

啄，齧也。言天門凡有九重，使神虎豹執其關閉，主啄齧天下欲上之人而殺之也。

【疏證】

啄，齧也。◎湖北本「齧」作「嚙」。案：嚙，俗齧字。説文口部：「啄，鳥食也。从口，豕聲。」文選卷九班昭東征賦「諒不登樔而椓蠡兮」，李善注：「尸子曰：『卵生曰琢，胎生曰乳。』」椓、琢與啄通用。散文啄亦囓也。

言天門凡有九重，使神虎豹執其關閉，主啄鬣天下欲上之人而殺之也。◎文選本、正德本、隆慶本、馮本、俞本、朱本、劉本、湖北本、莊本、四庫章句本無「凡有」二字。文選本「關」作「開」，「主啄鬣天下欲上之人」作「言啄天下欲上之人」。尤袤本、六臣本、正德本、隆慶本、馮本、俞本、劉本、朱本、湖北本、莊本、四庫章句本「殺之」下無「也」字。湖北本「鬣」作「嚙」。案：書鈔卷一四九天部一天「天門九關」條引王逸注：「言天門九重，使神虎豹執其關閉，主喙鬣天下欲上之人而殺之。」柳河東集卷一八罵尸蟲文「以付九關貽虎豹食」，童注引王逸注：「言天門九重，使神虎豹執其關閉，主啄鬣天下欲上之人而殺之。」皆無「凡有」二字，作「關閉」、「使神虎豹」、「主啄鬣」。山谷内集詩注卷一七和文潛舟中所題「天遠欲無門」，任注引章句無「凡有」二字。經進東坡文集事略卷一屈原廟賦「歷九關而見帝兮」，注引王逸云：「天門九重，使神虎豹執其開閉。」「關閉」作「開閉」。又，錦繡萬花谷前集卷一天部「虎豹九關」條引王逸注：「言天門九重，虎豹守之。」非其足文。又，章句「執其關閉」云云，「九關」之九，讀作「𢦝」。郭店楚墓竹簡緇衣：「寺(詩)員：『皮(彼)求我則，女(如)不我得；執我𢦝𢦝，亦不我力。』」引詩見小雅正月，「𢦝𢦝」今作「仇仇」。𢦝，从戈、从考，考亦聲。說文未收。考，猶究也，求也。从戈，象武事也。武以求匹字作𢦝，猶取妻字从耳从又，皆係於武事。𢦝，古爲執禁之義。漢帛書本易鼎九二「我𢦨有疾」，今本𢦨作仇。𢦨，𢦝之別文，通作救。周禮卷九地官司徒第二叙官「司救」，鄭注：「救，猶禁也。以禮防禁人之過者也。」戟關，謂禁執門關也。馬王堆漢墓帛畫於天門左右兩側神豹各一，象「虎豹戟關」也。

一夫九首，拔木九千些。

言有丈夫一身九頭，强梁多力，從朝至暮，拔大木九千枚也。

【疏證】

言有丈夫一身九頭，强梁多力，從朝至暮，拔大木九千枚也。◎文選秀州本「頭」作「首」。明州本「言有丈夫」作「又有多力之夫」，無「强梁多力」四字，「枚」作「株」。文淵四庫章句本「强」作「彊」，文津本亦作「强」。案：彊，古强字。山海經卷四東山經：「又南五百里曰鳧麗之山有獸焉，其狀如狐而九尾、九首、虎爪，名曰蠪姪。其音如嬰兒，是食人。」卷八海外北經：「共工之臣曰相柳氏九首，以食于九山。」又曰：「柔利之東相柳者，九首人面，蛇身而青。」卷一一海內西經：「開明獸身大類虎而九首，皆人面，東嚮立昆侖上。」卷一七大荒北經：「有神九首人面鳥身，名曰九鳳。」又曰：「共工臣名相繇，九首蛇身，自環，食于九土。」全晉文卷一二三郭璞山海經圖贊共工臣相柳：「禀此奇表，蛇身九首。」力能拔木者，猶風雷之神。論衡卷一五順鼓篇第四六：「天[下](大)雷雨，偃禾拔木，爲害大矣。」卷一八感類篇第五五：「秋夏之際，陽氣尚盛，未嘗無雷雨也，顧其拔木偃禾，頗爲[狀](壯)耳。」

犲狼從目，往來侁侁些。

侁侁，往來聲也。詩曰：「侁侁征夫。」言天上有犲狼之獸，其目皆從，奔走往來，其聲侁侁，争欲啗人也。

【疏證】

侁侁，往來聲也。詩曰：「侁侁征夫。」◎文選本「往來聲」作「行聲」。正德本、隆慶本、馮本、俞本、朱本、劉本、湖北本、莊本、四庫章句本「往來聲」作「行聲」，「詩曰」作「詩云」。案：章句引詩見小雅皇皇者華，毛詩「侁侁」作「駪駪」，傳：「衆多之貌。」國語卷一〇晉語四引詩作「莘莘征夫」，韋注：「莘莘，衆多也。」文選卷一九宋玉高唐賦「縰縰莘莘」，李善注：「莘字或作駪，往來貌。」侁侁、莘莘、駪駪，皆古字通用。説文但作侁，人部：「侁，行貌。从人，先聲。」今據説文，舊作「行聲」。又，戴侗六書故「駪」字謂「按：駪駪，行欲先貌」。未知所據。

言天上有犲狼之獸，其目皆從，奔走往來，其聲侁侁，争欲啗人也。◎同治本「犲」作「豺」。文選本無「言天上」三字。尤袤本、六臣本「啗人」下無「也」字。唐寫本「之獸」作「之狩」。案：狩、獸，古字通用。犲、豺同。山海經卷一二海内北經：「［袜］(魅)，其爲物，人身黑首從目。」漢書卷二六天文志「傳行詔籌祠西王母」，又曰：「『從目人當來。』」

懸人㠯娭，投之深淵些[二]。

投，擿也。言豺狼得人，不即啗食，先懸其頭，用之娭戲，疲倦已後，乃擿於深淵之底，而棄之也。

【疏證】

投，擿也。◎文選唐寫本「擿」作「樀」。案：天問「投之于冰上」，章句：「投，棄也。」章句此訓「擿」。擿，即擲字。樀，俗字。詩北門「王事敦我」，鄭箋：「敦，猶投擲也。」釋文：「擲，呈釋反，本或作擿。」

言豺狼得人，不即啗食，先懸其頭，用之娭戲，疲倦已後，乃擿於深淵之底，而棄之也。◎文選唐寫本「懸」作「縣」，「擿」作「樀」，「棄之」作「弃」。建州本「而棄之」作「而弃」，秀州本訛作「棄也命」，明州本作「而棄也」。尤袤本、六臣本「娭」作「嬉」。正德本、隆慶本、馮本、俞本、劉本、朱本「娭」作「娱」，四庫章句本作「嬉」。尤袤本、正德本、隆慶本、馮本、俞本、朱本、湖北本、劉本、莊本「棄之」下無「也」字。案：縣、懸古今字。娱，娭之訛。娭、嬉同。詳參惜往日「屬貞臣而日娭」注。説文豸部：「豺，狼屬，狗聲。从豸、才聲。」埤雅卷三「豺」條：「豺似狗而長尾，白頰，高前廣後，其色黃。豺體細瘦，故謂之豺。」爾雅翼卷一九釋獸二：「豺似狗，牙如錐，足前矮後高而長尾，其色黃，瘦健，今人稱豺狗。」

致命於帝，然後得瞑些。

瞑，卧也。言投人已訖，上致命於天帝，然後乃得眠卧也。

【疏證】

瞑，卧也。◎文選唐寫本、秀州本、明州本「瞑」作「眠」。案：瞑、眠古今字通。文選卷二四陸機答張士然詩「薄暮不遑瞑」，李善注：「瞑，古眠字。」慧琳音義卷三「睡眠」條引王逸注楚辭：「眠，卧也。」卷五七「睡眠」條引王逸注楚辭：「眠，亦卧也。」其所見本作眠。

言投人已訖，上致命於天帝，然後乃得眠卧也。◎文選唐寫本「眠卧」下無「也」字。正德本、隆慶本、馮本、俞本、朱本、劉本、湖北本、四庫章句本「天帝」作「玉帝」。案：玉帝之稱未見漢世，蓋出於唐、宋間。御覽卷六六〇道部二真人上引太真科：「虚皇金闕，玉帝最貴最尊。」卷六七三道部一五仙經下引書有玉帝七聖玄紀，蓋唐時道士所著書。宋史卷一〇四禮七吉禮七：「後唐時，奉玉帝命，七月一日下降，總治下方，主趙氏之族，今已百年。」玉帝，「天帝」之訛。

歸來！往恐危身些。

往即逢害，身危殆也。

【疏證】

往即逢害，身危殆也。◎文選本「即」作「則」。案：據義，舊作「往則」。恐，謂大懼也。言往行甚恐危害其身也。

魂兮歸來！君無下此幽都些。

幽都，地下后土所治也。地下幽冥，故稱幽都。

【疏證】

幽都，地下后土所治也。地下幽冥，故稱幽都。◎文選本「稱」作「曰」。唐寫本作「稱」，「稱幽都」下有「也」字。案：幽都，猶後稱地宫。馬王堆漢帛畫下部所繪者，蓋古所傳幽都。幽都既在下，又在天上。山海經卷三北山經：「西望幽都之山，浴水出焉。」卷一八海内經：「北海之内有山，名曰幽都之山，黑水出焉。」淮南子卷四墬形訓：「西北方曰不周之山，曰幽都之門。」爾雅釋地：「北方之美者有幽都之筋角焉。」郭注：「幽都，山名。」書堯典「申命和叔，宅朔方，曰幽都」，孔傳：「北稱幽。」漢書卷五七司馬相如傳「會食幽都」，張揖曰：「幽都在北方。」如淳曰：「淮南云：八極西北曰幽都之門。」

土伯九約，其角觺觺些[三]。

土伯，后土之侯伯也。約，屈也。觺觺，猶狺狺，角利貌也。言地有土伯，執衛門户，其身九屈，有角觺觺，主觸害人也。

【疏證】

土伯，后土之侯伯也。◎案：戰國楚貴族墓有鎮墓獸，見諸信陽長臺關楚墓、江陵包山楚墓、望山楚墓、雨臺山楚墓、天星觀楚墓等，木質，形似饕餮，頭著鹿角，舌自口中出，委垂腹下。土伯者，即此物。馬王堆一號漢墓漆棺畫有神怪，頭有鹿角，觺觺甚長，作奔騰狀，爲無窮之態。亦土伯也。又，山海經卷二西山經：「昆侖之邱有獸焉，其狀如羊而四角，名曰土螻，是食人。」抑土伯也。

約，屈也。◎案：羅本玉篇殘卷糸部「約」字：「楚辭『土伯九約』王逸曰：『約，屈也。』野王案：謂屈節也。」説文繫傳卷九「節」字：「楚辭曰：『土伯九約。』謂身有九節也。」蓋因章句。觀楚之鎮墓獸，其尾誠作屈節狀。審「九約」與上「九關」，相對爲文。九，借作栽或㦸，言執禁也。約，通作鑰，謂關鑰也。詳參郭在貽楚辭解詁「九約」條（載文史第十四輯）。㦸鑰、㦸關，其義同也。

觺觺，猶狺狺，角利貌也。◎文選本無「猶狺狺」三字。唐寫本、明州本、尤袤本「貌」作「皃」。

唐寫本「觺觺」作「觺」。案：狺狺，犬吠聲，無角利義。詳參九辯「猛犬狺狺而迎吠兮」注。文選本存其舊，蓋宋人羼亂之。又，據章句用「猶」字例，所以通古今別語，以觺觺、狺狺爲聲變字。狺，文部；觺，蒸部，古音殊異，未得相通。

言地有土伯，執衛門户，其身九屈，有角觺觺，主觸害人也。◎文選唐寫本、六臣本無「言」字。唐寫本「主」作「至」，「人」下無「也」字。尤袤本、六臣本無「主」字。案：無「言」，敚也。據義，舊作「至觸害人」爲允。

敦脄血拇，逐人駓駓些[二]。

敦，厚也。脄，背也。拇，手母指也。駓駓，走貌也。言土伯之狀，廣肩厚背，逐人駓駓，其走捷疾，以手中血漫汚人也。

【疏證】

敦，厚也。◎明州本、秀州本無注。案：敚也。方言卷一：「敦，大也。陳、鄭之間曰敦。」

脄，背也。◎明州本、秀州本無注。案：敚也。説文肉部脄作脢，曰：「背肉也。从肉、每聲。易曰『咸其脢』。」陸善經引王逸曰：「脄，夾脊肉也。」廣韻上平聲第一五灰韻以脢與脄同字，謂「脊側之肉」。觀鎮墓獸之背肉，若出土於信陽長臺關楚墓者，誠爲敦厚也。

拇，手母指也。◎文選本、正德本、隆慶本、馮本、俞本、朱本、劉本、湖北本、莊本、四庫章句本「母」作「拇」。明州本、秀州本無注。永樂大典卷二一八〇七「逐人駓駓」條引楚辭「拇」作「㧅」。案：無注者，敓也。母，拇之假借。㧅，俗字。説文手部：「拇，將指也。从手、母聲。」將者，大也。漢書卷二四下食貨志四「夫鹽食肴之將」，顏師古注：「將，大也。」國語卷一七楚語上「至于手拇毛脈」，韋昭注：「拇，大指也。」

駓駓，走貌也。◎文選唐寫本、尤袤本、明州本「貌」作「皃」。案：柳宗元集卷三封建論「鹿豕駓駓」，注引王逸曰：「駓駓，走貌。」無「也」字。詩駉「以車伾伾」，毛傳：「伾伾，有力也。」釋文引字林：「駓，走也。」駓、伾同。訓有力、訓走，其義皆通。小雅吉日「儦儦俟俟」，後漢書卷六〇上馬融傳「鄙騃譟讙」，李賢注引韓詩作「駓駓俟俟」。儦、駓，聲之轉。文選卷二張衡西京賦「羣獸䮎騃」，薛綜注引薛君章句：「趨曰䮎，行曰騃。」駓、䮎亦同。

言士伯之狀，廣肩厚背，逐人駓駓，其走捷疾，以手中血漫污人也。◎文選尤袤本、六臣本「漫污人」下無「也」字。唐寫本「污」作「汙」。案：污、汙通。章句「漫污」云云，平列同義，漫亦污也。文選卷四三嵇康與山巨源絶交書「手薦鸞刀，漫之羶腥」，李善注引高誘呂氏春秋注：「漫，汙也。」汙與污同。

參目虎首，其身若牛些。

言土伯之頭，其貌如虎，而有三目，身又肥大，狀如牛也。

【疏證】

言土伯之頭，其貌如虎，而有三目，身又肥大，狀如牛也。◎文選本「也」作「矣」。唐寫本「而」下無「有」字。唐寫本、明州本、尤袤本「貌」作「皃」。案：易繫辭上「參伍以變」，孔疏：「參，三也。」山海經卷五中山經：「其陰有谷曰机谷，多馱鳥，其狀如梟而三目，有耳，其音如録，食之已墊。」卷七海外西經：「奇肱之國在其北，其人一臂三目。」皆未言「如虎」，蓋非其類。觀鎮墓獸之首，或狀如鹿，或狀如虎，而狀如虎者居多。目圓大，未見有三目者。身多肥大若牛，若出土於信陽長臺關楚墓者。而狀鹿者則瘦小，唯其目之圓大猶如虎。

此皆甘人，歸來！恐自遺災些。

甘，美也。災，害也。言此物食人以爲甘美，徑必自與害，不旋踵也。

【疏證】

甘，美也。◎羅、黎二本玉篇殘卷甘部「甘」字：「楚辭『此皆甘人』，王逸曰：『甘，美也。』」

案：説文甘部：「甘，美也。从口含一，一，道也。」一者，象口所含物也。甘、含亦同根字。釋名釋言語：「甘，含也，人所含也。」蓋味美而含之不舍也。又，莊子卷七外物篇第二六：「目徹爲明，耳徹爲聰，鼻徹爲顫，口徹爲甘，心徹爲知，知徹爲德。」

災，害也。◎文選唐寫本「災」作「灾」。案：灾，俗字。公羊傳襄公九年：「大者曰災，小者曰火。」何休注：「大者謂正寢、社稷、宗廟、朝廷也。下此則小也。」散文凡皆禍害之稱。

言此物食人以爲甘美，徑必自與害，不旋踵也。◎文選本無「言」字，「徑必自與害」作「往必自害」，「旋踵」下無「也」字。唐寫本有「言」字，作「往必自與灾害」，「旋踵」下有「也」字。正德本、隆慶本、馮本、俞本、朱本、湖北本、莊本、四庫章句本作「往必自害」。案：據義，舊作「往必自與害」。羅、黎二本玉篇殘卷甘部「甘」字引王逸注：「食人以爲甘美也。」非其足文。又，章句「徑必自與害」云云，以「與」爲「遺與」，舊本有「與」字。

魂兮歸來！入修門些。

修門，郢城門也。宋玉設呼屈原之魂歸楚都，入郢門，欲以感激懷王，使還之也。

【疏證】

修門，郢城門也。◎文選本、正德本、隆慶本、馮本、俞本、朱本、劉本、莊本、湖北本、四庫章句本「修」作「脩」。山谷内集詩注卷一四病起荆江亭即事十首「仁風義氣徹脩門」，任注引章句「郢城」上有「謂」字。案：御覽卷一八三居處部一一門下引王逸注亦無「謂」字。脩、修，古字通用。柳河東集卷四二汨羅遇風「重入修門自有期」注引作「修」，卷四三龜背戲「修門象碁不復貴」注、王荆公詩注卷二一聞望之解舟「修門歸有期」注引並作「脩」。修門，在郢城之南垣，水門也。詳參哀郢「顧龍門而不見」注。

宋玉設呼屈原之䰟歸楚都，入郢門，欲以感激懷王，使還之也。◎文選唐寫本「感」作「咸」。文選本、惜陰本、四庫章句本「䰟」作「魂」。案：咸，感之爛敚。是時屈原放在江南，宋玉招其魂，宜從南門來歸也。

工祝招君，背行先些。

工，巧也。男巫曰祝。背，倍也。言選擇名工巧辯之巫，使招呼君，倍道先行，導以在前，宜隨之也。

【疏證】

工，巧也。◎案：散文工、巧不别。工匠謂之工，巧技亦謂之工；巧技謂之巧，工匠亦謂之巧。詳參離騷「固時俗之工巧兮」注。

男巫曰祝。◎案：公羊傳隱公四年「於鍾巫之祭焉」，何休注：「巫者，事鬼神禱解以治病請福者也。男曰覡，女曰巫。」祝，巫事神也。莊子卷一逍遥遊篇第一「尸祝不越樽俎而代之矣」，釋文：「傳鬼神辭曰祝。」禮記卷一八曾子問第七「祫祭於祖，則祝迎四廟之主」，鄭注：「祝，接神者也。」祝之事兼男女。周禮卷一天官冢宰第一叙官「女祝」，鄭注：「女祝，女奴曉祝事者。」又，卷二六春官宗伯第三男巫：「掌望祀、望衍、授號，旁招以茅。」杜子春注：「旁招以茅，招四方之所望祭者。」招魂或以男巫，故章句謂「男巫曰祝」也。

背，倍也。◎案：背、倍，聲之轉，謂反背也。六書正譌卷五：「北，乖背也。从二人相背，會意，即古背字。別作背、偝、倍，竝非。」楚、漢簡牘背反字多作「伓」，即古倍字。倍，非俗字。

言選擇名工巧辯之巫，使招呼君，倍道先行，導以在前，宜隨之也。◎文選唐寫本「名」下有「也」字，「辯」作「辨」，尤袤本、六臣本「導以在前宜隨之」作「在前宜隨」。止德本、隆慶本、馮本、俞本、朱本、劉本、湖北本、莊本、四庫章句本「辯」作「辨」。案：辯與辨，古字通用。「名下」有「也」，羨訛也。作「在前宜隨」，是存其舊。謂巫祝招魂，在先背行。劉良注：「君謂原。言良巫背行在先，君宜隨後。」

秦篝齊縷，鄭緜絡些。

篝，絡。縷，綫也。綿，纏也。絡，縛也。言爲君覔作衣，乃使秦人職其篝絡，齊人作綵縷，鄭國之工纏而縛之，堅而且好也。

【疏證】

篝，絡。◎文選本、景宋本「絡」作「落也」。秀州本無注。正德本、隆慶本、馮本、俞本、朱本、劉本、湖北本、莊本、四庫章句本「篝」作「篝」。案：篝，俗篝字。絡、落，並「笿」之假借。章句以「笿」釋「篝」字義，「笿」下舊有「也」字。秀州本敚訛。北大簡(四)妄稽「桃枝象笿」，即篝笿也，張家山漢簡遣策字作「落」。方言卷五：「篝，陳、楚、宋、魏之閒謂之牆居。」郭璞注：「今薰籠也。」錢繹箋疏：「説文：『篝，笿也。可薰衣，宋、楚謂竹篝牆居也。』又云：『籃，大篝也。』廣雅：『篝，籠也。』又云：『薰篝謂之牆居。』今吳人謂之烘籃。史記陳涉世家云：『夜篝火。』龜策傳云：『以篝燭此地。』徐廣音義云：『然火而籠罩其上。』篝與篝同。然火以燭物與然火以薰衣同，皆取薰絡之義。故史記滑稽傳『甌窶滿篝』，音義云：『篝，籠也。』」秦笿，謂秦式笿，猶九歌國殤「吳戈」、「秦弓」之比，非必出自秦。馬其昶屈賦微云：「類篇：『上大下小而長謂之篝笭。』儀禮鄭注：『篚，竹器如笭者。』古之復者升屋而號曰：『臯，某復。』招以衣，受用篚，以衣尸。』鄭謂『衣尸』者覆之，若得魂反。此云『秦篝』，殆即篚類。齊縷鄭綿，皆謂衣也。」

縷，綫也。◎文選秀州本敚無注，明州本、尤袤本「綫」作「線」。案：綫、線同。羅、黎二本玉篇殘卷糸部「縷」字：「野王案：説文曰：『縷，綫也。』楚辭『秦構齊縷』是也。」齊之絲縷，蓋其時上乘，故以「齊縷」爲稱。

綿，纏也。◎唐寫本「綿」作「緜」，「纏」作「緾」。明州本「纏」下有「繫」字。案：羨也。綿、緜同。緾，俗字。羅、黎二本玉篇殘卷糸部「緜」字：「楚辭『秦篝齊（縷鄭）縷綿絡』，王逸曰：『綿，纏也。』」慧琳音義卷八一、卷九〇「緜亘」條引王逸注楚辭：「緜，纏也。」亦無「繫」字。史記卷九九劉敬列傳「爲緜蕞野外」，索隱引韋昭云：「引繩爲緜。」

絡，縛也。◎案：羅、黎二本玉篇殘卷糸部「絡」字：「楚辭『秦篝齊縷，鄭綿絡』，王逸曰：『絡，縛也。』」慧琳音義卷六三「絣絡」條、卷七八「絡腋」條引王逸注楚辭：「絡，縛也。」又，文選卷一西都賦「籠山絡野」，李善注引方言：「絡，繞也。」

言爲君寃作衣，乃使秦人職其篝絡，齊人作綵縷，鄭國之工纏而縛之，堅而且好也。◎文選本「寃」作「魂」，「篝」作「篝」，「絡」作「落」。惜陰本、正德本、隆慶本、馮本、俞本、朱本、劉本、湖北本、莊本「職」作「織」，「篝」作「篝」。唐寫本「纏」作「緾」。惜陰本、四庫章句本「寃」作「魂」。案：篝，俗篝字。絡、落古字通。作「職其篝絡」，不辭，舊作「織其」。章句「爲君寃作衣」云云，周禮卷二一春官宗伯第三司服「大喪，共其復衣服、斂衣服、奠衣服」，鄭注：「奠衣服，今坐上魂衣也。」賈疏：「至祭祀之時，則出而陳於坐上。」御覽卷八八六妖異部二魂魄引王肅喪服要記：「魂衣起苑荆，苑荆於山之下，道逢寒死，友人羊角哀往迎其尸，魂神之寒，故作魂衣。」海録碎事卷一二上天衣：「亡人座上作魂衣，謂之上天衣。」馬王堆漢墓「丁」形帛畫，蓋古魂衣也。後世謂之魂幡。魂衣所以爲篝筌，因楚人崇鳥禮俗。清陳元龍格致鏡原卷八一諸鳥引古今注（今本無此文）：「楚魂鳥，一曰亡魂；或云楚懷王與秦昭王會於武關，爲秦所執，因咸陽不得歸，卒死於秦，後於寒食月夜，入見於楚，化而爲鳥，名楚魂。」抽思：「有鳥自南兮，來集漢北。」屈原以鳥自喻，宋玉編籠篝爲招魂，供其魂鳥所栖息。

招具該備，永嘯呼些。

該，亦備也。言撰設甘美，招寬之具，靡不畢備，故長嘯大呼，以招君也。夫嘯者，陰也。呼者，陽也。陽主寬，陰主鬼。故必嘯呼以感之也。

【疏證】

該，亦備也。◎文選唐寫本「備」作「俻」。案：俻，俗備字。詳參離騷「齊桓聞以該輔」注。言撰設甘美，招寬之具，靡不畢備，故長嘯大呼，以招君也。夫嘯者，陰也。呼者，陽也。陽主寬，陰主鬼。故必嘯呼以感之也。◎文選唐寫本、明州本、建州本、尤袤本「陽主寬陰主鬼」作「陰主魂陽主魄」，秀州本作「陰主魄陽主魂」。惜陰本、四庫章句本「寬」作「魂」，「鬼」作「魄」。

案：作「陰主魂陽主魄」，乙也。詩江有汜「其嘯也歌」，鄭箋：「嘯，蹙口而出聲。」禮記卷二曲禮上第一「城上不呼」，釋文：「呼，號叫也。」對文蹙口曰嘯，侈口曰呼。章句以陰嘯而陽呼爲説，猶別以蹙口、侈口也。散文嘯、呼不別。後漢書卷八二下方術傳徐登：「炳乃張蓋坐其中，長嘯呼風，亂流而濟。」倒文曰呼嘯。孔仲平續世説卷一二讒險：「攘袂一呼嘯命同惡，必爲宗廟深憂。」

䰟兮歸來！反故居些。

反，還也。故，古也。言宜急來，歸還古昔之處也。

【疏證】

反，還也。◎案：離騷「延佇乎吾將反」，章句：「我故長立而望，將欲還反，終已之志也。」

故，古也。◎案：爾雅釋詁：「古，故也。」章句所因。又曰：「故，今也。」郭璞注：「肆既爲故，又爲今；今亦爲故，故亦爲今；此義相反而兼通者。」於没者言，故居猶今居。於存者言，爲古昔之居也。蓋其義雖相反而實旁通之也。

言宜急來，歸還古昔之處也。◎文選尤袤本、六臣本、正德本、隆慶本、馮本、俞本、朱本、劉本、湖北本、莊本、四庫章句本「處」下無「也」字。俞本、莊本「歸還」作「還歸」。案：莊氏依俞本也。章句「歸還古昔之處」云云，非一人一家之居，猶楚族所居，即帝高陽所居之高丘。詳參離騷

「求帝」説。

天地四方，多賊姦些。

賊，害也。姦，惡也。言天有虎豹，地有土伯，東有長人，西有赤蟻，南有雄虺，北有增冰，皆爲姦惡，以賊害人也。

【疏證】

賊，害也。◎文選本「害」下無「也」字，唐寫本「害也」作「告害也」。案：告，羡也。詳參上「歸來兮恐自遺賊些」注。

姦，惡也。◎文選唐寫本無「也」字。案：散文也。對文亦别。左傳文公十八年：「毁則爲賊，掩賊爲藏；竊賄爲盜，盜器爲姦。」成公十七年：「亂在外爲姦，在内爲[軌]（宄）。」慧琳音義卷七四「姦宄」條：「左傳：『在内曰姦，在外曰宄。』一云：『亂在内曰宄。』」書舜典「寇賊姦宄」，孔傳：「攻劫曰寇，殺人曰賊，在外曰姦，在内曰宄。」又，九歎惜賢「盪渨涹之姦咎兮」，章句：「亂在内爲姦。」以此篇考之，四方、天上、地下之害，皆自外來，蓋用「亂在外曰姦」。

言天有虎豹，地有土伯，東有長人，西有赤蟻，南有雄虺，北有增冰，皆爲姦惡，以賊害人也。◎文選唐寫本「增」作「曾」，尤袤本、六臣本「害」下無「人」字。正德本、隆慶本、馮本、俞本、朱本、劉本、湖北本、莊本、四庫章句本「害人」作「害己」。案：曾、增，古字通用。天地四方皆非靈魂所棲息，其魂必返歸先祖之居，而後方安也。

像設君室，靜間安此。

像，法也。無聲曰靜，空寬曰間。言乃爲君造設第室，法像舊廬，所在之處，清淨寬間而安樂也。

【疏證】

像，法也。◎文選秀州本、馮本、四庫章句本無注。正德本、隆慶本、朱本、劉本「法」下無「也」字。案：無注，敚之。像之爲法，詳參懷沙「願志之有像」注。像，屈原遺像，猶神尸也。禮記卷二六郊特牲第一一：「古者，尸無事則立，有事則后坐也。尸，神象也。」章句「法像舊廬」云云，非也。

無聲曰靜，空寬曰間。◎文選明州本、建州本、正德本、隆慶本、馮本、俞本、朱本、劉本、莊本、四庫章句本、湖北本、惜陰本、同治本「間」作「閒」。文選卷五三嵇康養生論「涉希靜之塗」，李善注引王逸曰：「無聲曰靜。」案：間、閒同。無引「空寬曰間」，删之也。章句説以對文。荀子卷一五解蔽篇第二一：「然而有所謂靜，不以夢劇亂知謂之靜。」楊注：「夢，想象也。言處心有常，蔽於想象囂煩而介於胸中以亂其知，斯爲靜也。」又，卷一脩身篇第二：「多見曰閑，少見曰陋。」楊注：「閒，習也。能習其事則不迫遽。」散文亦不别。靜閒字本作閑。説文門部：「閑，闌也。从門中有木。」引申之爲凡靜、爲定、爲止、爲防也。陶潜有閑情賦，亦謂靜情、定情意也。

言乃爲君造設第室，法像舊廬，所在之處，清淨寬閒而安樂也。◎文選唐寫本「第」作「茅」，「而安樂也」作「可安樂之也」；尤袤本、六臣本作「可安樂之」。文選明州本、建州本、正德本、隆慶本、馮本、俞本、朱本、劉本、莊本、四庫章句本、湖北本、惜陰本、同治本「間」作「閒」。正德本、隆慶本、馮本、俞本、朱本、劉本、湖北本、四庫章句本「廬」作「櫨」。皇都本「淨」作「淨」。文選本、同治本「淨」作「靜」。案：廬與櫨同。淨、靜古字通。新刊校定集注杜詩卷二一橋陵詩三十韻因呈縣内諸官「崇岡擁象設」，趙注引王逸云：「言爲君於此造設室宇，結像舊居，清淨寬閒，甚可安焉。」其所據本別。章句「爲君造設第室」云云，猶後世靈堂、影堂。

高堂邃宇，檻層軒些。

邃，深也。宇，屋也。檻，楯也。從曰檻，横曰楯。軒，樓版也。言所造之室，其堂高顯，屋甚深邃，下有檻楯，上有樓板，形容異制，且鮮明也。

【疏證】

邃，深也。◎文選秀州本、莊本無注。案：敓之。詳參離騷「閨中既以邃遠兮」注。

宇，屋也。◎文淵四庫章句本無注。案：敓之。文津本亦有注。對文屋之四垂曰宇，又稱屋霤；在上曰屋，謂屋頂也。散文不別。新書卷四匈奴篇：「必令此有高堂邃宇，善廚處，大囷京。」鹽鐵論卷六孝養篇第二五：「有賢子者當路於世者，高堂邃宇，安車大馬。」卷九取下篇第四一：「夫高堂邃宇，廣廈洞房者，不知專屋狹廬，上漏下濕之瘤也。」高堂邃宇，古之習語。

檻，楯也。從曰檻，横曰楯。◎文選唐寫本「曰」下敓「楯」字。文選卷一三禰衡鸚鵡賦「順籠檻以俯仰」李善注引王逸曰：「從曰檻，横曰楯。」又，慧琳音義卷四「楯欄」條、卷一一、卷二二「欄楯」條、卷二〇「檻楯」條、卷二三「階墀軒檻」條、古今事文類聚別集卷六古今事實「鉤欄」條及宋趙令畤侯鯖録卷七「欄楯」條引王逸注楚詞曰：「縱曰檻，横曰楯。楯子間謂之櫺。」卷二七「楯」條、卷三二「闌楯」條、續音義卷二「欄楯」二條同引王逸注楚辭：「檻，楯也。縱曰檻，横曰楯。」卷二四「軒檻」條引王逸注楚辭：「檻，楯也。」案：從、縱古今字。散文檻、楯皆謂柵欄。詳參九歌東君「照吾檻兮扶桑」注。漢書卷六七朱梅雲傳「檻折」，顔師古注：「檻，軒前欄也。」

軒，樓版也。◎文選本「版」作「板」，正德本、隆慶本、馮本、俞本、朱本、劉本、湖北本、莊本、四庫章句本無「樓」字。案：版、板同。無「樓」字，敓也。慧琳音義卷二四「軒檻」條引王逸注楚辭：「軒，猶樓板也。」卷三一「軒宇」條：「楚辭云：『高堂邃宇，檻層軒。』王注云：『軒，樓板也。』」文選卷一西都賦「重軒三階」，李善注引王逸曰：「軒，樓板也。」卷五九王簡栖頭陀寺碑文「層軒延袤」，李善注：「楚辭曰：『高堂邃宇檻層軒。』王逸曰：『軒，樓板也。』」後漢書卷四〇上班固傳「重軒三階」，李賢引王逸注：「軒，樓板也。」説文車部：「軒，曲輈藩車。从車、干聲。」繫傳：「載物則直輈。軒，大夫以上車也。藩，兩旁壁也。」左傳閔公二年：「鶴有乘軒者」，孔疏引服虔：「車有藩曰軒。」引申爲檻楯上下之板。慧琳音義卷二八「軒窻」條曰：「軒，樓上板，亦檻上板也。障風日者也。」文選卷二九曹植雜詩六首「監牖御櫺軒」，李善注引韋昭漢書注：「軒，檻上板也。」卷八司馬相如上林賦「宛虹拖於楯軒」，李善注引司馬彪：「軒，楯下版也。」漢書卷五七上司馬相如傳「宛虹拖於楯軒」，顔師古注：「楯軒，軒之闌板也。」卷八二史丹傳「天子自臨軒檻上」，顔師古注：「檻軒，闌版也。」

言所造之室，其堂高顯，屋甚深邃，下有檻楯，上有樓板，形容異制，且鮮明也。◎正德本、隆慶本、馮本、俞本、朱本、劉本、湖北本、莊本、四庫章句本「造之」下有「堂」字，「甚」作「宇」。馮本、四庫章句本「板」作「版」。文選本「甚」作「宇」。案：若作「堂室」，與下「其堂」字復。又，據義，屋甚，不辭，蓋「屋宇」之訛。北大簡（四）反淫：「高堂邃宇，連除相注。」因乎此也。

層臺累榭，臨高山些。

層，累，皆重也。無木謂之臺，有木謂之榭。言復作重層之臺，累石之榭，其顛眇眇，上乃臨於高山也。或曰：臨高山而作臺榭也。

【疏證】

層、累，皆重也。◎文選明州本、秀州本無注。案：竄入五臣劉良也。黎本玉篇殘卷厽部「絫」字：「楚辭『層〔壹〕（臺）絫榭』，王逸曰：『絫，重也。』」絫、累同。文選卷二二謝朓遊東田「尋雲陟累榭」，李善注：「楚辭曰：『層臺累榭，臨高山。』王逸曰：『層、累，皆重也。』」文選唐寫本卷六一鮑明遠代君子有所思一首「層閣肅天居」，李善注引王逸曰：「層，重也。」慧琳音義卷三二「矚累」條引王逸注楚辭：「累，重也。」層，通作曾。離騷「曾歔欷余鬱邑兮」，章句：「曾，累也。」對文加增曰層，綴得其理曰累。

無木謂之臺，有木謂之榭。◎文選本作「有木謂之臺，無木謂之榭。」案：爾雅釋宮：「闍謂之臺，有木者謂之榭。」蓋章句所因。文選本誤也。郭璞注：「臺，積土四方。榭，臺上起屋。」邢疏：「別臺、榭之制也。積土四方而高者名臺，即下云『四方而高』者也。一名闍。」郝氏義疏：「榭者，謂臺上架木爲屋名之爲榭。古無榭字，借謝爲之。」又，書泰誓上「惟宮室臺榭」，孔傳：「土高曰臺，有木曰榭。」孔疏引李巡爾雅注：「臺，積土爲之，所以觀望也。臺上有屋謂之榭。」據此，所謂「有木」、「無木」者，猶「有屋」、「無屋」之分別。

言復作重層之臺，累石之榭，其顛眇眇，上乃臨於高山也。或曰：臨高山而作臺榭也。◎文選本、正德本、隆慶本、馮本、俞本、朱本、劉本、湖北本、莊本、四庫章句本「重層」作「層重」。唐寫本「顛」作「顚」。正德本「上」作「土」。案：顚，俗字。古但有「重層」，無作「層重」。隋書卷一〇禮儀志五：「其下施重層以空青雕鏤爲龍鳳象。」水經注卷三六温水：「板上五重層閣。」舊作「重層之臺」。土，上之訛。

網户朱綴，刻方連些。

網户，綺文鏤也。朱，丹也。綴，緣也。刻，鏤也。横木關柱爲連。言門户之楣，皆刻鏤綺文，朱丹其緣，雕鏤連木，使之方好也。

【疏證】

網户，綺文鏤也。◎文選唐寫本「網」作「冈」。尤袤本、建州本「鏤」作「縷」。案：冈，俗網字。文選卷三〇謝朓直中書省「深沈映朱網」，李善注：「楚辭曰：『網户朱綴刻方連。』王逸注曰：『網，綺文縷也。』網與罔同而義異也。」以「鏤」爲「縷」。漢書卷二八下地理志「織作冰紈綺繡純麗之物」，顏師古注：「綺，文繒也，即今之所謂細綾也。」鏤，刻鏤也。「綺文鏤」者，謂刻鏤如綺文，故稱「網户」。作「絲縷」，不辭。朱子集注：「網户者，以木爲門扉，而刻爲方目，使如羅網之狀，而程泰之以爲今之『亮隔』。」其説宏通無礙。

朱，丹也。◎案：對文赤爲正色，赤黑謂之朱，赤黄謂之丹，赤白謂之紅。禮記卷一五月令第六「乘朱路」，孔疏：「色淺曰赤，色深曰朱。」左傳成公二年「左輪朱殷」，杜注：「朱，血色，血色久則殷。今人謂赤黑爲殷色。」散文朱之訓赤、訓丹不別。

綴，緣也。◎文選卷三〇謝玄暉直中書省「深沈映朱網」，李善注：「楚辭曰：『網户朱綴刻方連。』王逸注曰：『綴，緣也。』」案：綴，係連也。文選卷二西京賦「綴以二華」，李善引賈逵國語注：「綴，連也。」荀子卷一〇議兵篇第一五「緣之以方城」，楊倞注：「緣，繞也。」散文不別。朱綴，猶大戴禮記卷八盛德篇第六七「赤綴户也」，盧注：「綴，飾也。」魏書卷三二封懿傳附封軌：「赤綴白綴，爲之户牖。」全隋文卷二三宇文愷奏明堂議表：「赤綴户，白綴牖，堂高三尺。」朱綴，言以朱綴户也，承「網户」省也。

刻，鏤也。◎案：爾雅釋器：「木謂之刻，金謂之鏤。」散文皆爲治器。

横木關柱爲連。◎文選秀州本「關」作「開」。案：開，訛字。文選卷一一景福殿賦「又宏璉以豐敞」，李善注：「王逸楚辭注曰：『横木關柱爲連。』璉與連古字通。」陸善經注：「方連，楣也。連，柱之端。」補注：「連，集韻作槤，門持關。」今謂門栓。

言門户之楣，皆刻鏤綺文，朱丹其緣，雕鏤連木，使之方好也。◎文選六臣本、尤袤本「緣」作「椽」，「連」作「綺」，「使」下無「之」字。秀州本「雕」作「彫」。明州本、建州本、秀州本、正德本、隆慶本、馮本、俞本、劉本、朱本、湖北本、莊本、四庫章句本「緣」作「椽」。馮本「鏤」作「鏤」，正德本作「縷」。案：緣、椽古字通用。然此「綴」，章句既釋「緣」，舊作「其緣」。説文系部：「緣，沿其邊而飾之也。」門户以朱丹飾其邊框四周，故曰「朱綴」也。鏤，俗字。縷，訛字。雕、彫古字通用。

冬有突廈，夏室寒些。

突，複室也。廈，大屋也。詩云：「於我乎夏屋渠渠。」言隆冬凍寒，則有大屋，複突温室。盛夏暑熱，則有洞達陰堂，其内寒涼也。

【疏證】

突，複室也。◎史記卷一一七司馬相如列傳「巖突洞房」，索隱引釋名：「突，幽也。」又引楚辭「冬有突廈夏屋寒」，云：「王逸注以爲複室也。」御覽卷一七四居處部二室引王逸注：「奥，複室。」案：複與復同。吕向注：「突夏，重屋。冬月居之，使以温暖。」補注：「突，深也。隱暗處。爾雅：『東南隅謂之窔。』」洪氏引見釋宫：「西南隅謂之奥，西北隅謂之屋漏，東北隅謂之宧，東南隅謂之窔。」郭璞注：「禮曰『埽室聚窔』，窔，亦隱闇。」釋名釋宫室：「東南隅曰窔。窔，幽也，亦取幽冥也。」窔、突同，謂幽深之居也。又，春秋繁露卷一一天辨在人篇第四六：「是故陰陽之行，終各六月，遠近同度，而所在異处。陰之行，春居東方，秋居西方，夏居空右，冬居空左，夏居空下，冬居空上，此陰之常處也；陽之行，春居上，冬居下，此陽之常處也。」「空右」云者，謂西方無陰氣，夏則居東南突。「空左」云者，謂東方無陰氣，冬則居西南奧。

廈，大屋也。詩云：「於我乎夏屋渠渠。」◎文選本、正德本、隆慶本、馮本、俞本、朱本、湖北本、莊本、四庫章句本「廈」作「夏」。文選本「渠」下有「也」字，唐寫本亦無「也」字。案：文選卷五四劉峻辨命論「瑶臺夏屋」，李善注：「楚辭曰：『冬有大夏。』王逸曰：『夏，大屋也。』」御覽卷一七四居處部二室引王逸注：「夏，大室。」夏、廈古字通用。舊作「夏」字。哀郢「曾不知夏之爲丘兮」，章句：「夏，大殿也。詩云：『於我乎夏屋渠渠。』」則亦作夏。夏之爲大屋、爲大殿皆通。

言隆冬凍寒，則有大屋，複突温室。盛夏暑熱，則有洞達陰堂，其内寒涼也。◎文選建州本無「温室」二字。案：敚之也。秀州本、明州本亦有「温室」二字。莊本敚正文「夏室寒」一句，敚注文「言隆冬」至「寒涼也」。章句「則有洞達陰堂」云云，洞達，猶通暢貌。文選卷一西都賦「内則街衢洞達」是也。

川谷徑復，流潺湲些。

流源爲川，注谿爲谷。徑，過也。復，反也。言所居之舍，激導川水，徑過園庭，回通反復，其流急疾，又潔淨也。

【疏證】

流源爲川，注谿爲谷。◎文淵四庫章句本「谿」作「雞」，文津本亦作「谿」。案：雞，訛也。爾雅釋水：「水注川曰谿，注谿曰谷。」章句所因。李巡注：「水出於山，入於川爲谿，注谿曰谷，謂山谷中水注入澗谿也。」

徑，過也。◎案：徑之爲過，徑隨也。爾雅釋水：「大波爲瀾，小波爲淪，直波爲徑。」徑，謂水徑直流逝而不回也。

復，反也。◎文選明州本、秀州本無注。案：竄入五臣李周翰也。爾雅釋言：「狃，復也。」李巡注：「狃能屈申曰復。」徑復，謂水流時而直逝，時而回復。

言所居之舍，激導川水，徑過園庭，回通反復，其流急疾，又潔淨也。◎文選本「徑」作「經」，「復」作「覆」，「潔」作「絜」。唐寫本亦作「徑」、「復」、「潔」，「潔淨」下無「也」字。案：經，猶經營回旋。徑，直也。章句「所居之舍，激導川水，徑過園庭，回通反復」云云，猶環水璧雝也。舊作「經」爲允。復、覆，絜、潔，皆古字通用。

光風轉蕙，氾崇蘭些。

光風，謂雨已日出而風，草木有光也。轉，摇也。氾，猶汎汎，摇動貌也。崇，充也。言天雨霽日明，微風奮發，動摇草木，皆令有光，充實蘭蕙，使之芬芳而益暢茂也。

【疏證】

光風，謂雨已日出而風，草木有光也。◎文選本「光」下有「色」字，下無「也」字，唐寫本亦有「也」字。案：文選卷三〇謝朓和徐都曹「風光草際浮」，李善注：「楚辭曰：『光風轉蕙汎崇蘭。』王逸注曰：『光風，謂日出而風，草木有光色也。』」唐寫本文選卷五九謝元暉和徐都曹一首李善注引王逸曰：「光風，謂雨已日出而風，草木有光色也。」舊本「光」下有「色」字。又，全晉文卷三三石崇思歸歎「顧御光風兮忽歸徂」，全宋文卷五宋孝武帝華林清暑殿賦「光風明密」，全梁文卷一梁武帝淨業賦「光風動而生芬」，類聚卷二九人部一三「別上」條引干儉後園餞從兄豫章詩「光風轉蘭蕙」。光風，皆蹈襲於玉。

轉，摇也。◎案：轉，謂摇動也。素問卷八離合真邪論「吸則轉鍼」，王冰注：「轉，謂轉動也。」

氾，猶汎汎，摇動貌也。◎文選六臣本「氾」作「汎」。唐寫本、明州本、尤袤本「貌」作「皃」。案：氾、汎同。史記卷一一七司馬相如列傳「汎淫氾濫」，索隱引廣雅：「汎汎、氾氾，羣浮也。」

崇，充也。◎文選六臣本無注。案：竄入五臣呂延濟也。王念孫讀書雜志餘編下「氾崇蘭些」條：「崇蘭猶叢蘭耳。説文：『叢，聚也。』廣雅：『崇，聚也。』是崇與叢同義。」其説得旨。章句「充實蘭蕙」云云，繳繞之説。崇蘭、叢蘭，古書並見，信是一語。類聚卷三歲時上「秋」條引文子：「叢蘭欲修，秋風敗之。」文選卷五四劉峻辨命論：「顏回敗其叢蘭。」全梁文卷五二王僧孺從子永寧令謙誄：「崇蘭自芳，玨玉自光。」

言天雨霽日明，微風奮發，動摇草木，皆令有光，充實蘭蕙，使之芬芳而益暢茂也。◎文選唐寫本「天雨霽日明」作「天濟日明」，無「茂也」二字。尤袤本、六臣本作「天霽日明」，無「茂也」二字。唐寫本「霽」作「濟」，「暢」下有「也」字。同治本「益」作「盎」。案：濟，俗字。盎，益之訛。初學記卷一天部上風第六「春晴日出而風曰光風」條引王逸注：「天霽日明，微風動摇草木，皆令有光。」則「雨霽」之「雨」，羨也。濟，霽之音訛。又，離騷「雜杜衡與芳芷」，章句：「芬香益暢，德行彌盛也。」少司命「緑葉兮紫莖」，章句：「莖葉五色，芳香益暢也。」舊無「茂也」二字。

經堂入奧，朱塵筵些。

西南隅謂之奧。朱，丹也。塵，承塵也。筵，席也。詩云：「肆筵設机。」言升殿過堂，入房至室奧處，上則有朱畫承塵，下則有簟筵好席，可以休息也。或曰：朱塵筵，謂承塵搏壁，曼延相連接也。

【疏證】西南隅謂之奥。◎案：章句因爾雅釋宫。後漢書卷三四梁冀傳「堂寢皆有陰陽奥室」，李賢注：「奥，深室也。」散文不別。又，補注引經一作徑，謂「古本作陞」。舊本作「陞堂」，古之習語。論語卷一〇鄉黨篇：「攝齊升堂。」卷一一先進篇：「由也升堂。」升、陞同。全後漢文卷二八朱穆復奏記梁冀：「臣有正路，從之如升堂，違之如赴壑。」卷七四蔡邕陳留太守行縣頌：「濟濟羣吏，攝齊升堂。」卷八三孔融薦禰衡疏：「升堂覩奥。」卷九六班昭鍼縷賦：「咸勒石而升堂。」而古無「經堂」或「徑堂」。章句謂「升殿過堂」，其本作「陞堂」。後因其「過堂」而妄改之。

朱，丹也。◎案：詳參上「網户朱綴」注。

塵，承塵也。◎文選六臣本無注。案：竄入五臣劉良也。類聚卷六一居處部一「總載居處」條引王逸注：「塵，承塵。」無「也」字。文選卷一六別賦「鏡朱塵之照爛」，李善注：「楚辭曰：『經堂入奥，朱塵筵些。』王逸曰：『朱畫承塵也。』或曰：朱塵，紅塵。』」六臣本引王逸注但存「朱畫承塵也」五字。案：釋名釋帳牀：「承塵，施於上承塵土也。」文選卷四六王融三月三日曲水詩序「帟幕宵懸」，李善注引鄭玄云：「帟在幕，若幄中坐上承塵也。」承塵，今謂之天花板，所以承接塵埃也。

筵，席也。詩云：「肆筵設机。」◎文選唐寫本、六臣本引詩作「設筵設机」。四庫章句本「机」作「席」，文津本訛作「桃」。案：机，俗几字。章句引詩在大雅行葦篇，毛詩作「肆筵設席」，四庫章句本據毛詩改也。詩無「設机」例，篤公劉有「俾筵俾几」。「設筵設机」，抑此詩異文也。類聚卷六一居處部一「總載居處」條引王逸注：「筵，席也。」説文竹部：「筵，竹席也。从竹，延聲。周禮曰：『度堂以筵，筵一丈。』」釋名釋帳牀：「筵，衍也。舒而平之，衍衍然也。」禮記卷四九祭統第二五「鋪筵設同几」，孔疏：「設之曰筵，坐之曰席。」

言升殿過堂，入房至室奧處，上則有朱畫承塵，下則有簟筵好席，可以休息也。或曰：朱塵筵，謂承塵搏壁，曼延相連接也。◎文選本「至」下無「室」字，「簟筵」作「筵簟」，「搏」作「薄」。六臣本「則」下無「有」字。唐寫本亦作「簟筵」。補注引「搏」一作「薄」。四庫章句本「朱塵筵」下有「也」字。案：章句引或説「承塵搏壁」者，搏壁，謂帳也。詳參九歌湘君「薜荔柏兮蕙綢」注。筵之爲坐席，則不可爲「搏壁」。簟筵，以平入爲次，不當乙作「筵簟」。格致鏡原卷二〇宮室類二「承塵」條引王逸注亦作「簟筵」。

砥室翠翹，挂曲瓊些。

砥，石名也。詩曰：「其平如砥。」翠，鳥名也。翹，羽也。挂，懸也。曲瓊，玉鈎也。言内卧之室，以砥石爲壁，平而滑澤；以翠鳥之羽雕飾玉鉤，以懸衣物也。或曰：僤室，謂僤佪曲房也。

【疏證】

砥，石名也。詩曰：「其平如砥。」或曰：僤室，謂僤佪曲房也。◎文選本、正德本、隆慶本、馮本、俞本、朱本、劉本、湖北本、莊本、四庫章句本無「詩曰其平如砥」六字。六臣本「石名」下無「也」字。唐寫本「僤室」作「僤佪」。明州本「砥」訛爲「祇」。案：三百篇無「其平如砥」，故删之。蓋小雅大東「周道如砥」之訛。國語卷五魯語下「而砥其遠邇」，韋注：「砥，平也。」若從或説，砥讀如僤，猶「低佪」作「僤佪」之比。僤，猶僤佪，回曲貌。

翠，鳥名也。◎文選唐寫本無「也」字。案：九歌少司命「孔蓋兮翠旍」，章句：「翡翠之羽爲旗旍，言殊飾也。」此義備前矣。爾雅釋鳥：「翠，鷸。」郭注：「似燕，紺色，生鬱林。」郝氏義疏：「説文：『翠，青羽雀也。出鬱林。』『翡，赤羽雀也。出鬱林。』王會篇云：『倉吾翡翠。』漢書『尉佗獻文帝翠鳥毛』是也。劉逵吳都賦注：『翡翠巢於樹顛，生子，夷人稍徙下其巢，子大未飛，便取之，出交阯鬱林郡。』」

翹，羽也。◎案：文選卷一東都賦白雉詩「發皓羽兮奮翹英」、卷三四曹植七啓「揚翠羽之雙翹」，李善並引王逸注：「翹，羽名。」卷二八樂府下日出東南隅行「金雀垂藻翹」，李善注：「楚辭曰：『砥室翠翹。』王逸注曰：『翹，羽名也。』」據此，「羽」下宜補「名」字。説文羽部：「翹，尾長毛也。从羽、堯聲。」段注：「尾長毛必高舉，故凡高舉曰翹。」

挂，懸也。◎文選唐寫本「挂」作「桂」，「懸」作「縣」。尤袤本作「絓」。案：絓、挂通。哀郢「心絓結而不解兮」，章句：「絓，懸。」桂，訛也。縣、懸古今字。

曲瓊，玉鈎也。◎文選卷三〇鮑照翫月城西門解中「纖纖如玉鈎」李善注、御覽卷一七四居處部二室、李太白集分類補注卷一九答裴侍御先行至石頭驛以書見招期月滿泛洞庭注並引王逸注：「曲瓊，玉鈎也。」案：瓊，玉也。曲，曲鈎也。以曲瓊爲玉鈎，惟見於此。又，古樂苑卷三八梁簡文帝東飛伯勞歌：「網户珠綴曲瓊鈎，芳茵翠被香氣流。」劉禹錫三閣詞：「珠箔曲瓊鈎，子細見揚州。」皆蹈襲於玉。

言内卧之室，以砥石爲壁，平而滑澤；以翠鳥之羽雕飾玉鈎，以懸衣物也。◎文淵四庫章句本「鈎」作「鈞」。案：鈞，訛也。文津本亦作「鈎」。御覽卷一七四居處部一室引王逸注：「言卧内之室，以砥爲壁，「干」（平）而滑澤；以翠鳥之羽雕飾玉鈎，以經衣。」亦作「鈎」。然「砥」下無「石」字，「以懸衣物」作「以經衣」。經亦懸也。其所據本别。張銑注：「以砥石爲室，取其平也。」

翡翠珠被，爛齊光些。

雄曰翡，雌曰翠。被，衾也。齊，同也。言牀上之被，則飾以翡翠羽及珠璣，刻畫衆華，其文爛然，而同光明也。

【疏證】

雄曰翡，雌曰翠。◎案：文選卷一西都賦「翡翠火齊」，李善引張揖上林賦注：「翡翠，大小如爵；雄赤曰翡，雌青曰翠。」

被，衾也。◎御覽卷六九九服用部一幬引王逸注：「被，爛衾。」羨「爛」字，蓋因「爛齊光」竄入，無「也」字。案：詩小星「抱衾與裯」，毛傳：「衾，被也。」孔疏：「今名曰被，古者曰衾。論語謂之寢衣也。」

齊，同也。◎案：詳參九歌雲中君「與日月兮齊光」注。

言牀上之被，則飾以翡翠羽及珠璣，刻畫衆華，其文爛然，而同光明也。◎文選本、正德本、隆慶本、馮本、俞本、劉本、朱本、湖北本、莊本、四庫章句本「翡翠」下有「之」字，「羽及」下有「與」字。尤袤本、六臣本「光明」下無「也」字。案：左傳昭公十二年「翠被豹舄」，杜注：「以翠羽飾被。」章句「飾以翡翠羽及珠璣」云云，珠璣，散文不別，對文各有義。七諫謬諫「貫魚眼與珠璣」，章句：「圜澤爲珠，廉隅爲璣。」程瑶田字林考逸書後：「璣字从幾，幾微之義，小之説也。得字林，然後小珠之爲璣，其義見矣。」又，「其文爛然而同光明」云云，爛，光明貌。文選卷一西都賦「登降炤爛」，李善注：「爛亦明也。」

蒻阿拂壁，羅幬張些。

蒻，蒻席也。阿，曲隅也。拂，薄也。羅，綺屬也。張，施也。言房内則以蒻席薄牀、四壁及與曲隅，復施羅幬，輕且凉也。

【疏證】

蒻，蒻席也。◎正德本、隆慶本、湖北本、朱本、劉本、俞本、莊本、四庫章句本「蒻席」下無「也」字。案：説文艸部：「蒻，蒲子，可以爲平席，世謂蒲蒻。从艸、弱聲。」段注：「蒲子者，蒲之少者也。凡物之少小者謂之子，或謂之女。釋名：『蒲苹，以蒲作之，其體平也。』苹者，席安穩之偁，此用蒲之少者爲之，較蒲席爲細。蒻，即弱。蒻必媆，故蒲子謂之蒻。」

阿，曲隅也。◎案：詳參九歌少司命「晞女髮兮陽之阿」注。又，王念孫讀書雜志餘編下「蒻阿拂壁」條曰：「王以阿爲牀隅，則上與蒻字不相承，下與拂壁不相連屬矣。今案：蒻與弱同。阿，細繒也。言以弱阿拂牀之四壁也。弱阿，猶言弱緆。淮南齊俗篇曰『弱緆羅紈』是也。阿字或作絅。廣雅曰：『絅，練也。』史記李斯列傳曰：『阿縞之衣，錦繡之飾。』淮南脩務篇：『衣阿緆，曳齊紈。』高注：『阿，細縠；緆，細布。』漢書禮樂志：『曳阿錫，佩珠玉。』如淳曰：『阿，細繒；錫，細布。』」其説得旨。然謂蒻爲弱媆，亦非。蒻，蒻席。阿，細繒。二物並以拂壁，蓋席在下，再覆繒於席上。

拂，薄也。◎文選唐寫本「薄」下無「也」字。案：薄，「搏壁」之搏。説詳九歌湘君「薜荔柏兮蕙綢」注。廣雅釋詁：「拂，搏也。」埤雅卷九「戴勝」條引蔡邕月令章句：「拂，猶搏也。」拂爲蔽覆。詳參離騷「折若木以拂日兮」注。拂壁，謂蔽覆四壁。

羅，綺屬也。◎案：淮南子卷一一齊俗訓「弱緆羅紈」，高注：「羅，縠。」釋名釋采帛：「羅，文羅，疏也。」又曰：「綺，攲也。其文攲邪不順經緯之縱横也。」綺、羅之物，皆見出土於江陵馬山一號楚墓。

張，施也。◎案：詳參九歌湘夫人「與佳期兮夕張」注。

言房内則以蒻席薄牀、四壁及與曲隅，復施羅幬，輕且涼也。◎文選本無「復」字，唐寫本、尤袤本、秀州本、明州本「涼」作「凉」。毛祥麟楚辭校文曰：「文瀾閣本『與』作『於』。」案：文津本、文淵本亦作「與」。書鈔卷一三二儀飾部幬六「羅幬」條引王逸注：「言房内則以蒻席薄床、四壁及與曲隅，復施羅幬，輕且凉也。」亦作「與」。床，俗牀字。涼、凉同。中華書局二〇〇〇年版點校本楚辭補注作「言房内則以蒻席薄牀，四壁及與曲隅，復施羅幬，輕且涼也」。以「蒻席」但薄牀而已，「四壁及與曲隅」屬意於下。非也。補注：「幬，禪帳也。音儔。爾雅：『幬謂之帳。』」

纂組綺縞，結琦璜些。

纂，組，綬類也。璜，玉名也。言幬帳之細皆用綺縞，又以纂組結束玉璜，爲帷帳之飾也。

【疏證】

纂，組，綬類也。◎羅本玉篇殘卷糸部「纂」字：「楚辭『纂組綺縞』，王逸曰：『纂，組，綬類。』」案：則無「也」字。説文糸部：「纂，似組而赤。从糸，算聲。」漢書卷五景帝紀「錦繡纂組」，應劭曰：「纂，今五采屬綷是也，組者，今綬紛絛是也。」臣瓚曰：「許愼云『纂，赤組也』。」又，卷一高帝紀「秦王子嬰素車白馬，係頸以組」，應劭曰：「組者，天子韍也。」顔師古注：「此組謂綬也，所以帶璽也。」説文糸部：「組，綬屬，其小者以爲冕纓。从糸，且聲。」又，禮記卷三〇玉藻第一三「天子佩白玉而純組綬」，鄭注：「綬者，所以貫佩玉，相承受者也。」散文纂、組、綬互訓。包山楚簡遣策有「組纓」、「組緣」、「絭組」等，信陽楚簡遣策有「組帶」、「組績」等，實物則未見。馬山一號楚墓出土「組」有十件：皆雙層，作筒狀，爲帶飾或衣之領、衾帳之緣也。纂、綬，皆未見。綺，已見上。補注：「縞音杲，素也。一曰：細繒。」

璜，玉名也。◎案：説文玉部：「璜，半璧也。从玉、黄聲。」戰國楚墓所出土玉器，多見玉璜。信陽楚墓玉璜有十：皆拱形半規狀，半透明，碧緑色，正面、背面刻穀文。

言幬帳之細皆用綺縞，又以纂組結束玉璜，爲帷帳之飾也。◎文選唐寫本「細」作「紉」，「帷帳」下無「之飾」二字，六臣本「帷帳之飾」作「帳帷者」，尤袤本「之飾」下無「也」字。正德本、隆慶本、馮本、俞本、朱本、劉本、湖北本、莊本、四庫章句本「帷帳」下無「之」字。案：無「之飾」二字，不辭，爛敓之。紉，訛字。文選卷二四嵇康贈秀才入軍五首「組帳高褰」，李善注引王逸曰：「以幕（纂）組結束玉璜爲帷帳也。」亦敓「之飾」二字。琦，猶琦瑋，謂玩好。後漢書卷四九仲長統傳「琦賂寶貨」，李賢注：「琦，瑋也。」文選卷七司馬相如子虛賦「若乃俶儻瑰瑋」，李善注引廣雅：「瑰瑋，琦玩也。」

室中之觀，多珍怪些[三]。

金玉爲珍，詭異爲怪。言縱觀房室之中，四方珍奇玩好怪物，無不畢具也。

【疏證】

金玉爲珍，詭異爲怪。◎文選唐寫本、明州本、建州本、尤袤本「珍」作「珎」，「怪」作「恠」。正德本、隆慶本、朱本、劉本、俞本、莊本、湖北本「怪」作「恠」。景宋本正文「珍」又訛作「玲」。案：珎，俗珍字。恠，俗怪字。淮南子卷一二道應訓：「於是散宜生乃以千金求天下之珍怪，得騶虞、鷄斯之乘，玄玉百工、大貝百朋、玄豹、黄羆、青豻、白虎文皮千合以獻於紂。」據此，珍者，謂「玄玉百工、大貝百朋」之屬；怪者，謂「騶虞、鷄斯、玄豹、黄羆、青豻、白虎文皮」之類。

言縱觀房室之中，四方珍奇玩好怪物，無不畢具也。◎文選本「縱」作「從」。唐寫本、明州本、建州本、尤袤本、隆慶本「珍」作「珎」，「怪」作「恠」。正德本、朱本、劉本「怪」作「恠」。尤袤本、六臣本「畢具」下無「也」字。四庫章句本「言」作「然」。案：奇與琦、從與縱，皆古今字。然，言之訛。

蘭膏明燭，華容備些[三]。

蘭膏，以蘭香煉膏也。容，貌也。言日暮遊宴，燃香蘭之膏，張施明燭，觀其鐙錠，雕鏤百獸，華奇好備也。

【疏證】

蘭膏，以蘭香煉膏也。◎文選本無「蘭膏」二字，「煉」作「練」。案：文選卷二九張華雜詩「蘭膏坐自凝」，李善注：「楚辭曰：『蘭膏明燭，華容備。』王逸注曰：『以蘭香煉膏也。』」又，卷五五演連珠劉孝標引王逸注「煉」作「練」。練、煉，古字通用。對文治絲曰練、治金曰煉。散則不別。又，說文肉部：「膏，肥也。从肉、高聲。」肥者，肥脂也，可以然。火部：「燭，庭燎，大燭也。从火、蜀聲。」段注：「未爇曰燋，執之曰燭，在地曰燎。廣設之則曰大燭，曰庭燎。大燭與庭燎，非有二也。周禮絫言『墳燭庭燎』，故鄭注以門外門內別之。周禮故書作蕡燭，先鄭云：『蕡燭，麻燭也。』賈公彥曰：『古者未有麻燭，故鄭從墳訓大，古庭燎，依慕容所爲，以葦爲中心，以布纏之，飴蜜灌之，若今爉燭。』玉裁謂古燭蓋以薪蒸爲之，麻蒸亦其一端。麻蒸其易然者，必云古無麻燭。蓋非。」據此，「蘭膏明燭」云者，以蘭之榦爲心，灌以脂膏。章句「以蘭香煉膏」云云，未之聞也。

容，貌也。◎文選唐寫本「貌」作「皃」。案：容貌字本作頌，古多作容。説文頁部：「頌，皃也。从頁，公聲。」段注：「古作頌皃，今作容皃，古今字之異也。」張銑注：「華容，謂美人也。」

言日暮遊宴，燃香蘭之膏，張施明燭，觀其鐙錠，雕鏤百獸，華奇好備也。◎文選本「遊」作「游」，「燃」作「然」。六臣本無「言」字。尤袤本「觀」上有「以」字，秀州本「雕」作「彫」，明州本敚「雕」字。案：游、遊同。然、燃古今字。類聚卷八〇火部「燈」條引王逸注：「言燈錠盡銅，琢禽獸，有華英也。」撮約其要。又，章句「觀其鐙錠」云云，鐙錠，散文也。對文亦別。慧琳音義卷一〇「錠燭」條引聲類：「有足曰錠，無足曰鐙。」戰國楚墓時見鐙錠出土，如包山一號楚墓有豆形鐙，有座。又有銅人擎鐙，有人騎駱駝形與銅人捧鐙形兩種，唯未見有雕禽獸者。

二八侍宿，射遞代些。

二八，二列也。言大夫有二列之樂，故晉悼公賜魏絳女樂二八，歌鐘二肆也。射，猒也。詩云：「服之無射。」遞，更也。言使好女十六人侍君宴宿，意有厭倦，則使更相代也。或曰：夕遞代。夕，暮也。

【疏證】

二八，二列也。◎案：左傳襄公十一年：「鄭人賂晉侯以師悝、師觸、師蠲，廣車、軘車、淳十五乘，甲兵備，凡兵車百乘，歌鐘二肆及其鎛磬、女樂二八。晉侯以樂之半賜魏絳。」杜注：「二八，十六人。」

言大夫有二列之樂，故晉悼公賜魏絳女樂二八，歌鐘二肆也。◎文選六臣本「大夫有二列之樂」作「大夫二列之故」，故字屬上。尤袤本「故」作「左傳曰」。正德本、朱本、劉本、俞本「絳」作「降」。案：六臣本爛敚之。唐寫本作「大夫有二列之樂」，故字屬下。章句「晉悼公賜魏絳女樂二八，歌鍾二肆」云云，因左傳爲説。尤袤本據以改之。左傳亦作「絳」。

射，猒也。詩云：「服之無射。」或曰：夕遆代。夕，暮也。◎文選尤袤本、六臣本、胡本「夕遞代」作「遞代」，唐寫本作「夕遞代」，「代」下無「夕」字。秀州本「射」訛作「財」。同治本「射」作「斁」。案：章句引詩見周南葛覃，毛詩作「服之無斁」，傳：「斁，猒也。」孔疏：「斁厭，釋詁文。彼斁作射，音義同。」同治本因毛詩改也。章句因爾雅。説文「斁」字訓解，猶釋懈。或作射者，讀如謝。袁校射作謝。謝、斁音同義通。若從「或曰」，讀射作夕，古字亦通用。

遆，更也。◎文選本、惜陰本、同治本「遆」作「遞」。案：九辯「四時遆來而卒歲」，章句：「冬夏更運，去若頹也。」遞，俗遞字。遞更之義已備於前。

言使好女十六人侍君宴宿，意有厭倦，則使更相代也。◎文選本、正德本、隆慶本、馮本、莊本、劉本、四庫章句本「厭」作「猒」。文選本「六」下無「人」字。案：猒本字，厭借字。美女以容色事亡靈，頗類獻嬪禮也。山海經卷一七大荒西經「開上三嬪于天」，郭注：「嬪，婦也。言獻美人于天帝。」此篇亦此意也。

九侯淑女，多迅衆些。

淑，善。迅，疾也。言復有九國諸侯好善之女，多才長意，用心齊疾，勝於衆人也。

【疏證】

淑，善。◎莊本「淑」作「叔」。文選本「善」下有「也」字。四庫章句本爛敓此注。案：作「叔」，訛也。詳參橘頌「淑離不淫」注。

迅，疾也。◎案：因爾雅釋詁。章句以「用心齊疾，勝於衆人」解釋「迅衆」，説多牽合。迅衆，猶勝衆、出衆也。迅爲極至義。爾雅釋獸：「狼絶有力，迅。」絶有力，極有力也。古文苑卷二宋玉釣賦：「宋玉對曰：『昔堯、舜、湯、禹之釣也，以賢聖爲竿，道德爲綸，仁義爲鉤，利禄爲餌，四海爲池，萬民爲魚，釣道微矣，非聖人其孰能察之！』王曰：『迅哉説乎！其釣不可見也。』」迅哉，猶言善哉、美哉。後人憑臆妄改，或以迅爲超（高亭楚辭選）、或以迅爲迿（郭在貽楚辭解詁），皆未之審。

言復有九國諸侯好善之女，多才長意，用心齊疾，勝於衆人也。◎案：章句「長意」云云，謂多識也，多智也。章句「長意」之長，讀如世說新語第一德行「恭作人無長物」之長，言多也，餘也。

盛鬋不同制，實滿宮些。

鬋，鬢也。制，法也。宮，猶室也。爾雅曰：「宮謂之室。」言九侯之女工巧姸雅，裝飾兩結，垂鬢鬋下髮，形貌奇異，不與衆同，皆來實滿，充後宮也。

【疏證】

鬋，鬢也。◎明州本、秀州本無注。文淵四庫章句本「鬢」作「髩」，文津本亦作「鬢」。案：竄入五臣劉良也。説文髟部：「鬋，女鬢垂皃也。从髟、前聲。」段注：「鬋，主謂女鬋，不施於男子。」髩，鬢之别文。

制，法也。◎明州本、秀州本無注。案：竄入五臣劉良也。禮記卷一曲禮上第一「必告之以其制」，鄭注：「制，法度。」

宮，猶室也。爾雅曰：「宮謂之室。」◎案：章句引爾雅，見釋宮。散文宮室不别，對文有垣曰宮，無曰室。禮記卷一曲禮上第一「三十曰壯，有室」，孔疏：「别而言之，論其四面穹隆則(曰)宮，因其貯物充實則曰室。」

言九侯之女工巧妍雅，裝飾兩結，垂鬢鬌下髮，形貌奇異，不與衆同，皆來實滿，充後宮也。◎文選本「奇」作「詭」。唐寫本、尤袤本、胡本「鬢鬌下髮」作「鬢下鬋」，「貌」作「皃」。唐寫本「鬢」作「鬐」。六臣本作「垂髮下鬋」。建州本「侯」作「使」。正德本、隆慶本、馮本、俞本、朱本、湖北本、劉本、莊本作「髮鬢下鬋」，「實滿」下無「充」字。四庫章句本作「髮鬢下鬋」。補注引一云「垂髮鬢下鬋」，又引一云「垂鬌下髾」。案：據義，謂鬢髮下垂，各具其態。「侯」作「使」，不辭。鬌，俗鬘字，謂長髮。鬢鬌，鬢髮長貌。則舊作「垂鬢鬌下髮」。他者皆不得遂調。

容態好比，順彌代些。

態，姿也。比，親也。彌，久也。言美女衆多，其貌齊同，姿態好美，自相親比，承順上意，久則相代也。

【疏證】

態，姿也。◎慧琳音義卷一六「之態」條、卷五七「若干態」條同引王逸注楚辭：「態，姿也。」

案：態，古作能。詳參離騷「又重之以脩能」注。又，文選卷二張衡西京賦「要紹修態」，薛綜注：

「態，嬌媚意也。」

比，親也。◎案：説文：「比，密也。二人爲从，反从爲比。」引申凡言親合、親近也。

彌，久也。◎案：説文作「镾」，長部：「镾，久長也。从長、爾聲。」

言美女衆多，其貌齊同，姿態好美，自相親比，承順上意，久則相代也。◎文選唐寫本「貌」作「皃」，「姿」上羡「態」字，「美」作「善」。明州本「貌」作「皃」，「美」作「善」。六臣本、尤袤本「代」下無「也」字。正德本、隆慶本、俞本「好美」作「好善」。同治本「自相」作「自之」。案：章句「久則相代」云云，言久乃相代。則，乃也，纔也。

弱顔固植，謇其有意些。

固，堅也。植，志也。謇，正言貌也。言美女内多廉恥，弱顔易媿，心志堅固，不可侵犯，則謇然發言，中禮意也。

【疏證】

固，堅也。◎文選尤袤本、六臣本無「也」字。案：離騷「恐導言之不固」，章句：「達言於君，不能堅固，復使回移也。」其以「堅」解「固」，義備於前。

植，志也。◎文選秀州本「植」作「直」。案：訛也。文選卷一三鸚鵡賦「守植安停」、卷二六顏延年和謝監靈運」「弱植慕端操」，李善注並引王逸曰：「植，志也。」植無志義。晉書音義「弱植」條曰：「時勑反。楚詞『弱顏固植』，王逸云：『植，立志也。』」據此，當補「立」字。論語卷一八微子：「植其杖而芸」，孔曰：「植，倚也。」邢疏：「植，倚立也。」書金縢「植璧秉珪」，孔傳：「植，置也。」

謇，正言貌也。◎文選唐寫本「貌」作「皃」。正德本、隆慶本、馮本、俞本、朱本、劉本、湖北本、四庫章句本無「也」字。案：謇，猶謇謇，忠貞貌。詳參離騷「余固知謇謇之爲患兮」注。

言美女內多廉恥，弱顏易媿，心志堅固，不可侵犯，則謇然發言，中禮意也。◎文選尤袤本、隆慶本、四庫章句本「恥」作「耻」。文選本、正德本、隆慶本、俞本、馮本、四庫章句本、莊本、劉本、朱本「媿」作「愧」。建州本「發言中禮意」作「中禮意者」，明州本、秀州本作「言中禮意者」。案：恥，俗耻字。媿、愧同。詳參思美人「媿易初而屈志」注。有意，謂執志無貳也。言美女雖弱顏易媿，而執志堅固，謇然忠貞，專一不貳也。

姱容修態，絙洞房些。

姱，好貌。修，長也。絙，竟也。房，室也。言復有美好之女，其貌姱好，多意長智，羣聚羅列，竟識洞達，滿於房室也。

【疏證】

姱，好貌。◎文選本「貌」下有「也」字。唐寫本、尤袤本、明州本「貌」作「皃」。案：詳參九歌東君「思靈保兮賢姱」注。

修，長也。◎文選本、正德本、隆慶本、俞本、莊本、劉本、馮本、朱本、四庫章句本「修」作「脩」。案：古字通用。修之爲長，詳參離騷「路曼曼其脩遠兮」注。

絙，竟也。◎文選唐寫本、尤袤本「絙」作「絚」。同治本作「緪」。案：「絙竟」字本作「亙」。説文木部：「㮓，竟也。从木，恆聲。亙，古文㮓。」段注：「今字多用亙，不用㮓。舟在二之閒，絶流而竟，會意也。」楚簡但作亙。古多借作緪。緪、縆，別文也。絙、絚，並俗字。

房，室也。◎案：詳參九歌湘夫人「辛夷楣兮葯房」注。

言復有美好之女，其貌姱好，多意長智，羣聚羅列，竟識洞達，滿於房室也。◎文選本「滿」下無「於」字。文選本、正德本、隆慶本、俞本、朱本、劉本、湖北本、莊本「識」作「於」，馮本、湖北本「滿於」作「滿君」。四庫章句本「竟識」作「見識」，「滿於」作「滿君」。案：謂洞達於房室，非竟識洞達意。作「竟識」，不可當正文「絙洞房」。洞達，言通暢無礙也。文選卷一班固西都賦：「内則街衢洞達，閭閻且千。」東都賦：「平夷洞達，萬方輻湊。」卷六左思魏都賦「重闈洞出」，劉逵注：「洞，達也。南北外内，東西左右掖門，皆洞達相通。」竟於洞達者，猶「滿於房室」。章句：「多意長智」云云，謂博聞多智。

曼，澤也。睩視貌。騰，馳也。言美女之貌，蛾眉玉白，好目曼澤，時睩睩然視，精光騰馳，驚惑人心也。

蛾眉曼睩，目騰光些。

【疏證】

曼，澤也。◎文選唐寫本「澤」下無「也」字。案：文選卷二八日出東南隅行「美目揚玉澤」，李善注：「楚辭曰：『娥眉曼睩，目騰光。』王逸曰：『曼，澤也。』」卷三四枚乘七發「今太子膚色靡曼」，李善注引王逸曰：「曼，澤也。」皆有「也」字。天問「平脅曼膚何以肥之」，章句：「而反形體曼澤，獨何以能平脅肥盛乎？」曼澤義備於前。

睩，視貌。◎文選本「貌」下有「也」字，唐寫本、明州本「貌」作「皃」。案：文選卷二八日出東南隅行「美目揚玉澤」，李善注：「楚辭曰：『娥眉曼睩，目騰光。』王逸曰：『睩，視貌也。』睩音録。」有「也」字。説文目部：「睩，目睞謹也。从目，录聲。讀若鹿。」段注：「娽娽，謹皃也，故睩爲目睞之謹。言注視而又謹畏也。」

騰，馳也。◎文選唐寫本無「也」字。案：文選卷一三月賦「騰吹寒山」，李善注：「王逸離騷注曰：『騰，馳也。』」慧琳音義卷五「騰踊」條引王逸楚辭注：「騰，馳也。」皆有「也」字。騰之訓馳，騰傳引申。詳參離騷「騰衆車使徑待」注。騰光，以目光傳遞情意。章句謂「騰馳」者，失之。

言美女之貌，蛾眉玉白，好目曼澤，時睩睩然視，精光騰馳，驚惑人心也。◎文選本「白」作「貌」，「惑」作「感」。唐寫本、六臣本「感人」下無「心」字。唐寫本、明州本「貌」作「皃」。俞本、莊本「惑」作「感」。案：貌，古作皃。白，皃之訛。文選卷二八日出東南隅行「美目揚玉澤」，李善注：「楚辭曰：『娥眉曼睩，目騰光。』王逸曰：『言美女之貌，娥眉玉貌，好目曼澤。』」舊本作「玉貌」。古無「驚感」，但有「驚惑」，見諸後漢。論衡卷二四辨祟篇第七二：「驚惑愚暗，漁富偷貧，愈非古法度聖人之至意也。」後漢書卷四五袁安傳：「安乃劾景擅發邊兵，驚惑吏人。」

靡顏膩理，遺視矊些。

靡，緻也。膩，滑也。遺，竊視也。矊，脉也。言諸美女顏容脂細，身體夷滑，心中矊脈，時時竊視，安詳審諦，志不可動也。

【疏證】

靡，緻也。◎案：文選卷三四枚乘七發「今太子膚色靡曼」，李善注引王逸曰：「靡，細也。」緻作細。卷五四辯命論「夫靡顏膩理」，李善注：「楚辭曰：『靡顏膩理，遺視矊些。』王逸曰：

『靡，緻也。』」亦作緻。散文細、緻不別。對文密曰緻，輕小曰細。舊本作「細」。章句「美女容顔脂細」云云，猶未盡改之。唐寫本文選作「緻」，唐本已訛也。靡，言輕曼、細好之義。小爾雅廣言：「靡，細也。」文選卷一七王褒洞簫賦「被淋灑其靡靡兮」，李善注：「靡靡，聲之細好也。」方言卷二：「東齊言布帛之細者曰綾，秦、晉曰靡。」郭璞注：「靡靡，細好也。」漢書卷三四韓信傳「靡衣媮食」，顔師古注：「靡，輕麗也。」靡顔，謂顔色輕細昳麗也。

膩，滑也。◎慧琳音義卷八、卷八二「津膩」條、卷一二「耎膩」條、卷一七「及膩」條、卷二九「聒膩」條、卷三二「無膩」條、卷七二「若膩」條、卷七五「膩眉」條並引王逸注楚辭：「膩，滑也。」文選卷三四枚乘七發「今太子膚色靡曼」、卷五四辯命論「夫靡顔膩理」，李善注並引王逸楚辭注：「膩，滑也。」案：文選卷五吳都賦「林木爲之潤黷」，李善注：「潤，膩也。」膩，謂潤澤、細滑，非肥膩。全宋文卷三一謝靈運江妃賦：「靡膚膩理，姿非定容。」全梁文卷五七劉峻辨命論并序：「夫靡顔膩理，哆嗚顣頞。」杜甫麗人行：「肌理細膩骨肉勻。」細膩，皆同此義。

遺，竊視也。◎文選唐寫本、六臣本無「視」字，尤袤本、胡本「視」下無「也」字。案：遺無視義，視字因章句「時時竊視」而羨。遺，言致達。詩鴟鴞序「公乃爲詩以遺王」，孔疏：「遺者，流傳致達之稱。」章句訓「竊視」，謂私與也。

矊，脉也。◎文選唐寫本「脈」作「眽」。六臣本、正德本作「脉」。同治本「脉」作「脈」。案：

脉，俗脈字。脈，眽之訛。眿，俗眽字。䀎，亦俗字。方言卷二：「䁢瞳之子謂之䀎。」䀎、眽，聲之轉，含情注視貌。同大招「美目婳」之「婳」，章句：「美目竊眄，婳然黠慧。」補注：「婳音綿，美目貌。」眄，或作矏，爾雅釋言：「矏，密也。」郭璞注：「謂致密。」矏、䀎音義並通。又，説文目部：「眽，目財視也。从目，𠂢聲。」即「竊視」之意。

言諸美女顔容脂細，身體夷滑，心中䀎脉，時時竊視，安詳審諦，志不可動也。◎文選本無「諸」字，「細」作「緻」，「時時」作「時」。唐寫本「心中」作「心」，無「諦」字。六臣本、尤袤本「心中」作「中心」，無「審」字。正德本、隆慶本、湖北本、莊本、朱本、劉本、俞本「細」作「緻」，「夷」作「柔」。惜陰本、同治本「脉」作「脈」。案：據義，舊作「審志」。細、緻義同。夷滑，平滑；柔滑，柔軟。舊本作「夷滑」。

離榭修幕，侍君之閒些。

離，别也。修，長也。幕，大帳也。閒，静也。言願令美女於離宫别觀帳幕之中，侍君閒静而宴遊也。

【疏證】

離，别也。◎正德本、隆慶本、劉本、俞本、莊本「别」作「列」。案：章句「離宫别觀」云云，離、別對文，列，別之訛。離之爲別，詳參離騷序。明周嬰巵林卷六「離有十六義」條引「別」作「列」。

修，長也。◎文選本、正德本、隆慶本、馮本、俞本、朱本、劉本、莊本、湖北本「修」作「脩」。案：古字通用。詳參離騷「路曼曼其脩遠兮」注。

幕，大帳也。◎案：説文巾部：「帷在上曰幕，覆食案亦曰幕。从巾，莫聲。」周禮卷六天官冢宰第一幕人「掌帷、幕、幄、帟、綬之事」，鄭注：「在旁曰帷，在上曰幕。幕或在地，展陳於上。帷、幕，皆以布爲之。四合象宫室曰帷，王所居之帳也。」帳，通名也。

間，静也。◎六臣本、胡本、惜陰本、正德本、隆慶本、朱本、俞本、劉本、莊本、馮本、四庫章句本、同治本「間」作「閒」。案：閒、間同。御覽卷七〇〇服用部二幕引王逸注：「間，静。」則無「也」字。文選卷一一遊天台山賦「體静心閒」，李善注引王逸曰：「間，静也。」有「也」字。上「静間安」，章句：「無聲曰静，空寬曰間。」散則不別。

言願令美女於離宫別觀帳幕之中，侍君間静而宴遊也。◎文選本「遊」作「游」。唐寫本、六臣本「帳」作「長」。六臣本、尤袤本「游」下無「也」字。六臣本、胡本「間」作「閒」。正德本、隆慶本、朱本、俞本、劉本、莊本、馮本、四庫章句本、惜陰本、同治本「間」作「閒」。唐寫本「間」作「閑」。文淵四庫章句本「令」作「合」，文津本亦作「令」。案：合，令之訛。間、閒、閑古通用。章句以「長幕」解「修幕」者，舊作「長幕」。又，章句「別觀」云云，猶別館也。

翡帷翠帳，飾高堂些。

言復以翡翠之羽，雕飾幬帳，張之高堂，以樂君也。

【疏證】

言復以翡翠之羽，雕飾幬帳，張之高堂，以樂君也。◎文選秀州本「雕」作「彫」。惜陰本、同治本「飾」作「餝」。六臣本、尤袤本無「張」字。正德本、隆慶本、馮本、俞本、朱本、劉本、湖北本、莊本、四庫章句本「張」下無「之」字。案：彫、雕，古字通。餝，俗飾字。高堂，高殿也，類後之靈堂、影堂。

紅壁沙版，玄玉梁些。

紅，赤白色也。沙，丹沙也。玄，黑也。言堂上四壁皆堊色令之紅白，又以丹沙畫飾軒版，承以黑玉之梁，五采分別也。

【疏證】

紅，赤白色也。◎文選唐寫本「白色」作「白」，六臣本、尤袤本「白色」作「貌」。明州本「貌」作「皃」。正德本、隆慶本、馮本、俞本、朱本、劉本、湖北本、莊本、四庫章句本「赤白」下無「色」字。案：赤白曰紅，對文也。詳參上「網户朱綴」注。唐本存其舊。

沙，丹沙也。◎案：文選卷四蜀都賦「丹沙赩熾出其坂」，劉逵注：「涪陵、丹興二縣出丹砂。丹砂出山中，有穴。」卷五吳都賦「赬丹明璣」，劉逵注：「丹，丹砂也。出山中，有穴。」砂與沙同。卷七司馬相如子虛賦「其土則丹青赭堊」，李善注引張揖：「丹，丹沙也。」卷一二郭璞江賦「其下則金礦丹礫」，李善注：「丹礫，丹砂也。」范成大桂海虞衡志志金石：「本草以辰砂爲上，宜砂次之。今宜州人云：『出砂處與湖北犬牙，山北爲辰砂，南爲宜砂。地脈不殊，無甚分別，宜砂老者白色，有牆壁，如鏡，生白石牀上，可入鍊，勢敵辰砂。』本草圖經乃云：『宜砂出土石間，非石牀所生。』即是未識宜砂也。」則丹砂，楚産也。

玄，黑也。◎案：懷沙「玄文處幽兮」，章句：「玄，墨也。」史記集解引王逸注：「玄，黑也。」玄黑之義備於前。

言堂上四壁皆堊色，令之紅白，又以丹沙畫飾軒版，承以黑玉之梁，五采分別也。◎文選唐寫本「壁」作「辟」。唐寫本、胡本、秀州本、明州本「畫」作「盡」。補注引「黑玉之梁」一作「玄玉之梁」。案：辟，借字。盡，訛字。呂向注：「又黑玉飾于屋梁也。」文選集注陸善經：「染梁取象玄玉之色。」

仰觀刻桷，畫龍蛇些。

言仰觀視屋之榱橑，皆刻畫龍蛇而有文章也。

【疏證】

言仰觀視屋之榱橑，皆刻畫龍蛇而有文章也。◎文選本無「觀」字。唐寫本、秀州本、明州本「蛇」作「虵」。案：據義，舊作「仰視」爲允。觀，羡也。虵，蛇之隸變。補注：「左傳：『丹楹刻桷。』」左傳無此文。春秋莊公二十三年：「丹桓宫之楹。」杜注：「楹，柱也。」又，二十四年：「刻桓宫桷。」杜注：「桷，椽也。」釋文引字林：「齊、魯謂榱爲桷。」洪氏雜糅言之。章句「榱橑」云云，謂屋椽。説文木部：「橑，椽也。」

坐堂伏檻，臨曲池些。

檻，楯也。言坐於堂上，前伏檻楯，下臨曲水清池，可漁釣也。

【疏證】

檻，楯也。◎案：詳參九歌東君「照吾檻兮扶桑」及上「檻層軒些」注。

言坐於堂上，前伏檻楯，下臨曲水清池，可漁釣也。◎文選本無「檻」字。唐寫本「漁釣」作「漁鈎」。案：鈎，古釣字。又，無「檻」者，則「下」字屬上。曲池，曲折回環之水池也。水經注卷

一三 濕水：「長塘曲池，所在布濩，故不可得而論也。」謝宣城有曲池之水詩。

芙蓉始發，雜芰荷些。

芙蓉，蓮華也。芰，菱也，秦人謂之薢茩。言池水之中有芙蓉，始發其華，芰菱雜錯，羅列而生，俱盛茂也。或曰：倚荷，謂荷立生水中持倚之也。

【疏證】

芙蓉，蓮華也。◎文選唐寫本「芙蓉」作「扶容」。正德本、隆慶本、馮本、俞本、湖北本、莊本「華」作「花」。朱本「蓮華」作「木蓮花」，四庫章句本作「水蓮花」。案：扶容、芙蓉通。花，俗華字。文選卷二二謝靈運游南亭「芙蓉始發池」，李善注：「楚辭曰：『芙蓉始發雜芰荷。』王逸曰：『芙蓉，蓮華也。』」亦作「蓮華」。水，羡也。詳參離騷「龔芙蓉以爲裳」注。

芰，菱也，秦人謂之薢茩。◎文選唐寫本「菱」作「蔆」。案：離騷「製芰荷以爲衣兮」，章句：「芰，蔆也。秦人曰薢茩。」則義已備於前。

言池水之中有芙蓉，始發其華，芰菱雜錯，羅列而生，俱盛茂也。或曰：倚荷，謂荷立生水中持倚之也。◎文選本無「水之」二字。尤袤本、明州本、秀州本、胡本「發其」下無「華」字。建州本「始發」下無「其華」二字。尤袤本、六臣本「倚荷謂荷立生水中持倚之也」作「倚荷立生特倚也」。

唐寫本「芙蓉」作「扶容」，作「倚荷謂荷立生持倚也」。文淵四庫章句本「持」作「特」，文津本無「特」字。案：唐寫本有「其華」二字。無「其華」，敚之。又，「特倚」者，謂獨倚也。尤袤本、六臣本、文淵本皆存其舊。

紫莖屏風，文緣波些[二]。

屏風，水葵也。言復有水葵，生於池中，其莖紫色，風起水動，波緣其葉上，而生文也。或曰：紫莖，言荷莖紫色也。屏風，謂荷葉鄣風也。

【疏證】

屏風，水葵也。或曰：紫莖，言荷莖紫色也。屏風，謂荷葉鄣風也。◎文選尤袤本、六臣本無「荷」字，唐寫本亦有「荷」字。案：文選卷一一蕪城賦「澤葵依井」，李善注引王逸曰：「風萍，水葵，生於池中。」「屏風」乙作「風萍」。又，御覽卷九九九百卉部六芙蕖引王逸注：「屏風，水葵。或曰：紫莖，言荷莖紫色。屏風，爲荷葉如屏風。」亦作「屏風」，然「謂荷葉」作「爲荷葉」，「鄣風」作「如屏風」。蓋以屏風爲坐後屏扆。又，詩泮水「薄采其茆」，毛傳：「茆，鳧葵也。」陸璣草木疏云：「茆與荇菜相似，菜大如手，赤圓，有肥者著手中，滑不得停，莖大如匕柄。葉可以生食，又可鬻，滑美。江南人謂之蓴菜，或謂之水葵。諸陂澤水中皆有。」目驗其物，江南水池中多有之，而未聞水葵有「屏風」名。

言復有水葵，生於池中，其莖紫色，風起水動，波緣其葉上，而生文也。◎文選本「葉」下無「上」字。唐寫本「其莖」下羨「些」字。案：有「上」，不辭，羨也。御覽卷九九九百卉部六芙蕖引王逸注：「言復有水葵生於中也，莖紫色，風起動波，緣其葉上而生紋也。」亦羨「上」字。紋，俗「文」字。

文異豹飾，侍陂陁些。

豹，猶虎豹。陂陁，長陛也。言侍從之人皆衣虎豹之文、異采之飾，侍君堂隅，衞階陛也。或曰：侍陂池，謂侍從於君遊陂池之中，赫然光華也。

【疏證】

豹，猶虎豹。◎文選本「虎豹」下有「也」字。正德本、隆慶本、馮本、俞本、朱本、莊本、湖北本、四庫章句本無注。案：爛敚之。又，章句以豹爲虎豹，連類及之。易繫辭上「潤之以風雨」，説卦作「風以散之，雨以潤之」。「潤之以風雨」，猶潤之以雨而散之以風，言潤則兼散。論語卷一〇鄉黨篇：「沽酒市脯不食。」言食則兼飲。禮記卷二九玉藻第一三：「大夫不得造車馬。」言造則兼畜。並同其例。

陂陁，長陛也。或曰：侍陂池，謂侍從於君遊陂池之中，赫然光華也。◎文選本無「謂」字、「赫然光華」四字。劉本無「或曰」以下二十字。正德本、隆慶本、湖北本、朱本、馮本、俞本、莊本、四庫章句本「池」作「陁」，無「赫然光華」四字。案：池，陁之訛。「赫然光華」四字，後所增益。黎本玉篇殘卷阜部「陁」字：「楚辭『文異豹飾食侍陂陁』，王逸曰：『陂陁，長陛也。或曰：侍從君遊陂陁之中也。』」無「赫然光華」四字。顧氏又引字書：「陂陁，不平也。」若「陂陁」爲「長陛」，謂斜下貌。文選卷七司馬相如子虛賦「罷池陂陁」，郭璞注：「陂陁，言旁頹也。」卷八上林賦「陂池貏豸」，郭璞注：「陂池，旁頹貌也。」陁、池古字通。卷九班昭東征賦「遂陵遲而不興」，李善引王肅家語曰：「陵遲，猶陂陁也。」史記卷一一七司馬相如列傳：「登陂陁之長阪兮，坌入曾宮之嵯峨。」又，爾雅釋地：「陂者曰阪。」郭注：「陂陀不平。」郝氏義疏：「釋名云：『山旁曰陂，言陂陁也。』玉篇云：『陂陁，靡池也。』」章句「長陛」云云，猶下陳也，謂通達殿堂之塗。爾雅釋宮：「堂塗謂之陳。」郭注：「堂下至門徑也。」若從「或曰」，則「侍從於君遊陂池之中」云云，蓋字作陂池。書泰誓上「惟宮室臺榭陂池侈服」，孔傳：「澤障曰陂，停水曰池。」禮記卷一五月令第六「毋漉陂池」，鄭注：「畜水曰陂，穿地通水曰池。」風俗通義卷一〇陂：「謹按：傳曰：『陂者，繁也。言因下鍾水以繁利萬物也。』今陂皆以溉灌，今汝南富陂縣是也。」

言侍從之人皆衣虎豹之文、異采之飾，侍君堂隅，衞階陛也。◎文選六臣本無「之文」二字。

正德本、隆慶本、馮本、俞本、朱本、湖北本、莊本、四庫章句本「文」作「皮」。案：文、飾相對，則舊作「文」。章句美女「侍君堂隅」云云，猶戰國策卷一一齊策四「美人充下陳」也。

軒輬既低，步騎羅些。

軒、輬，皆輕車名也。低，屯也。一曰：低，俛也。徒行爲步，乘馬爲騎。羅，列也。言官屬之車既已屯止，步騎士衆，羅列而陳，竢須君命也。

【疏證】

軒、輬，皆輕車名也。◎案：説文車部：「軒，曲輈藩車。从車、干聲。」左傳定公九年「與之犀軒與直蓋」，杜注：「犀軒，卿車。」孔疏：「説文云：『軒，曲輈也。』謂軒車有蕃蔽也。」又，説文：「輬，卧車也。从車、京聲。」史記卷六秦始皇帝本紀「棺載轀涼車中」，漢書卷六八霍光傳：「載光尸柩以轀輬車」，文穎曰：「轀輬車，如今喪轜車也。」孟康曰：「如衣車有窗牖，閉之則温，開之則涼，故名之轀輬車也。」臣瓚曰：「秦始皇道崩，祕其事，載以轀輬車，百官奏事如故，此不得是轜車類也。案：杜延年奏，載霍光柩以輬車，駕大廄白虎駟，以轀車駕大廄白鹿駟爲倅。」顔師古注：「轀輬本安車也，可以卧息。後因載喪，飾以柳翣，故遂爲喪車耳。轀者密閉，輬者旁開窗牖，各别一乘，隨事爲名。後人既專以載喪，又去其一，總爲藩飾，而合二名呼之耳。」據此，對文臥車旁開窻牖者曰輬，無窻牖者曰輼。

低，屯也。一曰：低，俛也。◎文選本、正德本、隆慶本、馮本、俞本、朱本、劉本、湖北本、莊本、四庫章句本無「一曰低俛也」五字。案：文選録引章句，若是章句別説，必皆録之。則此「一曰」五字，後所增益。低、屯，脂、文旁轉，下、止也。低之訓俛，爲低下義。低下、低止本字作氐。漢帛書十六經三禁：「進不氐，立不讓。徑遂凌節，是胃（謂）大凶。」進不氐，言進不止也。爾雅釋天：「天根，氐也。」根氐亦在下也。

徒行爲步，乘馬爲騎。◎案：史記卷七項羽本紀「上馬騎」，正義：「凡單乘曰騎。」趙之胡服騎射，當屈子之時行於楚國也。

羅，列也。◎案：文選卷一一景福殿賦「羅疏柱之汨越」，李善注：「羅，列也。」羅、列爲歌、月對轉，音近義通。

言官屬之車既已屯止，步騎士衆，羅列而陳，竢須君命也。◎文選本「君」下無「命」字。尤袤本「而陳」作「之陳」，無「也」字。案：作「之陳」，不辭。無「命」字，敚之。此言官屬相從，或步行，或騎馬，羅列前後也。

蘭薄户樹，瓊木籬些。

薄，附也。樹，種也。柴落爲籬。言所造舍種樹蘭蕙，附於門户，外以玉木爲其籬落，守禦堅重，又芬香也。

【疏證】

薄，附也。◎案：詳參涉江「腥臊並御，芳不得薄兮」注。

樹，種也。◎案：詳參離騷「又樹蕙之百畝」注。

柴落爲籬。◎案：散文籬、藩不別。左傳哀公十二年「藩衛侯之舍」，杜注：「藩，籬。」對文柴落曰籬，草落曰藩。釋名釋宮室：「籬，離也。以柴竹作之，疏離離然也。」

言所造舍種樹蘭蕙，附於門户，外以玉木爲其籬落，守禦堅重，又芬香也。◎四庫章句本「蘭蕙」作「蕙蘭」。案：然楚辭但作「蘭蕙」，無作「蕙蘭」，以蘭平聲在前、蕙去聲在後也。大招：「茝蘭桂樹，鬱彌路只。」與此同也。

䰟兮歸來！何遠爲些？

遠爲四方而久不歸也。

【疏證】

遠爲四方而久不歸也。◎文選本、正德本、隆慶本、馮本、俞本、朱本、湖北本、莊本、四庫章句本「而」下無「久」字。案：正文無久長之意，則舊無「久」字。劉良注：「此足可安居，何用遠去爲也。」

室家遂宗，食多方些。

宗，衆也。方，道也。言君九族室家，遂以衆盛，人人曉味，故飲食之和，多方道也。

【疏證】

宗，衆也。◎文選秀州本、明州本無注。案：竄入五臣張銑也。宗之爲衆，讀如叢。莊子卷一齊物論第二：「昔者堯問於舜曰：『我欲伐宗、膾、胥敖。』」人間世第四：「昔者堯攻叢、枝、胥敖。」宗、叢通用。叢，衆也。此宗，猶尊崇，非謂衆多。陸善經注：「言室家遂得尊榮，飲食皆具品物。」

方，道也。◎案：方，道術也。左傳昭公二十九年「官脩其方」，杜注：「方，法術。」謂經營飲食之多術。

言君九族室家，遂以衆盛，人人曉味，故飲食之和，多方道也。◎文選尤袤本、六臣本、正德本、隆慶本、俞本、湖北本、莊本無「遂」字。案：敚也。唐寫本亦有「遂」字。章句「君九族室家」云云，九族有二説：書堯典「以親九族」，釋文：「九族，上自高祖，下至玄孫，凡九族。馬、鄭同。」

又，仲虺之誥「九族乃離」，孔疏：「案：禮戴及尚書緯、歐陽説九族，乃異姓有屬者，父族四，母族三，妻族二。」

稻粢穱麥，挐黃粱些。

稻，稌。粢，稷。穱，擇也，擇麥中先熟者也。挐，糅也。言飯則以秔稻糅稷，擇新麥糅以黃粱，和而柔嬬，且香滑也。

【疏證】

稻，稌。◎文選本「稌」下有「也」字。案：爾雅釋草：「稌，稻。」章句所據。稌、稻，古今別名。齊民要術卷一收種第二引楊泉物理論：「稻者，乃粳之總名也。」漢書卷六五東方朔傳「馳騖禾稼稻秔之地」，顏師古注：「稻，有芒之穀總稱也。」説文稻、稌散文不別。郭注：「今沛國呼稬。」郭以方俗語分別之。陸德明釋文引聲類：「秔，不粘稻也。」秔與稉同，今俗作粳。秔之爲言剛也，稉之爲言硬也。粘與不粘而別名秔與稬也。又，補注引顏師古注：「本草所謂稻米者，今之稬米耳。」以稻爲粘者之名。非也。稻、稌，皆大名，非粘稬專名。稻有水稻、旱稻之別。程瑤田九穀考「稻」條曰：「余嘗再至豐潤，問樹藝之法，言：種於水田者爲稻子，其非水田所種者，別之曰稉。稉早熟，稻晚熟；稉米硬，稻米軟。稻即稉類軟，非如稬之黏也。彼地稉亦旱田所種。

此以田之燥、濕分粳、稻之種，雖間有異施，而大致然矣。內則淳熬用陸稻，管子謂之『陵稻』，則不必水田種者亦稱稻。左太沖魏都賦：『水澍粳稌，陸蒔黍稷。』則不必陸地種者亦稱粳。蓋『稻』爲大名，而『粳』、『稻』二字散文則通。抑一隅之偏稱，又不可爲典要也。農桑輯要之言水、旱稻也，引齊民要術之説詳矣。水稻選地欲近上流，旱稻宜用下田。以上流水清則稻美，而於下田則極言其難治，著耕耙勞鋤鋒耩之法，然未言其所以宜旱稻之故。余則以謂旱稻不生水中而貴潤，下田滋潤，稻乃得其養，故苟水稻而殖於濁水之中。稻雖急水，亦忌爲水所傷。旱稻而殖於高原之上，是急水者而偏燥之，豈遂能其生哉？此之謂盡物之性矣。至其言水稻有生七八寸拔而更蒔者，有不更蒔者，言旱稻則但言更蒔，與余在豐潤所目驗者不同。豐潤水田更蒔，旱田直播種而生之。吾徽播種生秧，有水、旱二法，然皆必拔而更蒔。及其更蒔也，則皆在水田中。蓋土地所宜，每多殊致，固未可以一説概之者矣。」其説稻已盡其藴矣。又，長沙馬王堆漢墓竹簡遺策有「稻食六器，其二檢、四盛」。

粢，稷。◎文選本「稷」下有「也」字。唐寫本「稷」作「穱稷也」。正德本、隆慶本、馮本、俞本、朱本、湖北本、莊本「稷」下有「也」字。湖北本「粢」作「宷」。案：穱，羨也。宷，粢之訛。爾雅釋草：「粢，稷。」即章句所據。郭舍人注：「粢一名稷，稷，粟也。今江東人呼粟爲粢。」釋文引字林：「粢，黏稷也。今苗及穀似粟。」粢，粟也。對文，穀曰粟，米曰粢。叔師訓「稷」，稷，五穀大名。字林以「粢」爲「黏稷」者，猶秫也。程瑶田九穀考辨之曰：「説文：『稷，齋也，五穀之長。』『齋，稷也。』『秫，稷之黏者。』按：稷，齋大名也。黏者爲秫。北方謂高粱，或謂之紅粱，通謂之秫。秫又謂之蜀黍，蓋穄之類而高大如蘆。故元人吴瑞曰：『稷苗似蘆，粒亦大，南人呼爲蘆穄也。』月令：『孟春行冬令，首種不入。』鄭氏注：『舊説首種謂稷。』今以北方諸穀播種先後考之，高粱最先，粟次之，穈又次之，然則首種者，高粱也。』秦漢以來，諸書並冒粱爲稷，無稷、粱二穀，缺一不可。即以管子書『日至七十日，藝稷』之説言之，『日至七十日』，今之正月也。余足跡所至，旁行南北，氣候亦至不齊矣。所見五方之土，下至農末，輒相咨詢，曾未聞正月有藝粱粟者。至吾徽藝粟，遲至五六月，烏在其爲日至百日不藝也？而高粱早種于正月者，則南北並有之，故曰稷爲首種。首種者，高粱也。周官食醫職：『宜稌，宜黍，宜稷，宜粱，宜麥，宜苽。』見稷而不見秫。内則：『菽，麥，蕡，稻，黍，粱，秫。』見秫而不見稷。故鄭司農注九穀，稷、秫並見，後鄭不從，入粱去秫，以其闕粱而秫重稷也。良耜之詩，箋云：『豐年之時，雖賤者猶食黍。』疏云：『賤者食稷耳。』今北方富室食以粟爲主，賤者以高粱爲主，是賤者食稷，而不可以冒粟爲稷也。」程氏博古通今，其可解儒者「五穀不分」之惑矣。然叔師「擇新麥糅以黄粱」云云，亦以「粢」爲高粱也。長沙馬王堆漢墓竹簡遣策有白粢、黄粢各二石。又有「黄粢」、「白粢」各四器盛。

穱，擇也，擇麥中先熟者也。◎文選尤袤本、六臣本、正德本、隆慶本、馮本、俞本、朱本、湖北本、莊本、四庫章句本「熟者」下無「也」字。案：穱字未見説文，米部有「𥻸」字，曰：「早取穀也。从米、焦聲。」段注：「内則『穛稰』注云：『孰穫曰稰，生穫曰穛。』正義曰：『穛是斂縮之名。明以生穫，故其物縮斂也。』按：穛即𥻸字，亦作穱。古爵與焦同音通用也。大招、七發皆云『穱麥』，王逸云：『擇麥中先孰者也。』大招以爲飯，七發以飤馬。吳都賦云：『穱秀菰穗。』廣韻云：『穱者，稻處種麥。』皆與早取之義合。凡早取穀皆得名穱，不獨麥也。」又，説文麥部：「麥，芒穀，秋種厚薶，故謂之麥。麥，金也。金王而生，火王而死。从麥，有穗者也。从夊。」焦循曰：「『來牟』，『麥』之緩聲也。『麥』取義于『薶』，而聲即出于『薶』。漢書劉向封事引詩云：『貽我釐牟。』釐牟，麥也。師古云：『釐，讀爲來。』」或別以大小，謂小麥曰來，大麥曰麰，因聲緩而兩歧之也。程瑤田九穀考「麥」條曰：「王禎農書載雜陰陽書曰：『大麥生於杏，二百日秀，秀後五十日成。『小麥生於桃，二百十日秀，秀後六十日成。』農桑輯要載崔寔曰：『凡種大小麥，得白露節，可種薄田，秋分種中田，後十日種美田。』二書言大小麥，皆宿麥也。漢書武帝紀注，師古曰：『秋冬種之，經歲乃成，故云宿麥。』呂氏春秋：『孟夏之昔，殺三葉而穫大麥。』高誘注：『大麥，旋麥也。』余案：旋之言疾也。與宿麥對言，是謂大麥爲春麥。玉篇：『麰，春麥也。』蓋同之矣。余居北方，見種春麥者多矣，然皆小麥也。崔寔曰『正月可種春麥，盡二月止』，亦不分大小麥也。廣志『旋麥三月種，八月熟，出西方』，似亦言小麥，而非高氏注之『旋麥』矣。玉篇云：『麳，大麥也。』

余考崔寔言種大小麥，並以白露節爲始，惟穬麥早晚無常。是大小麥之外，復有穬麥。説者以穬爲大麥類，然則穬乃大麥之别種，非謂大麥盡名『穬』也。」然則早熟「穱麥」者，不知所確指，惟南方大麥先熟於小麥，豈而大麥亦非主食，多以釀酒。程氏又曰：「麥，簠簋實，熬之爲麷，則籩實也。黍、稷、稻、粱而外，麥與苽皆簠簋實。玉藻諸侯朔月四簋，疏云：『以此推天子，朔月太牢，當黍、稷、稻、粱、麥、苽各一簋。』食醫職：『凡會膳食之宜，牛宜稌，羊宜黍，豕宜稷，犬宜粱，鴈宜麥，魚宜苽。』故膳夫職『王之饋食用六穀』，鄭司農説以食醫之六物當之，是麥、苽爲簠簋實矣。麥末曰麪，一曰䴬。廣雅：『䴬謂之麪。』玉篇䴬、麩並訓麪也。又曰：『䴬，或作麩。』然則繫傳訓『䴬』訓『麩』者是，而鉉本訓『麩』，誤矣。水和麪作之如餈曰餅。餅，麪餈也。餈，籩實，則餅亦籩實。餅置湯鑊中烹熟之曰湯餅。湯餅，則實諸豆者也。束皙、庾闡皆嘗賦之。即今之索麪，西北人之扯麪。釋名之『索餅』，齊太祖所好之『水引餅』是。而釋名之『髓餅』，今之切麪，亦其類也。蘇詩過土山寨絶句：『湯餅一杯銀錢亂，蔞蒿如筋平簪横。』程氏大昌演繁露：『湯餅一名餺飥。』余以爲蓋餺飥之類，非即餺飥也。餺飥者，以水和麪而成餅，餺飥然也，故方言云『餅謂之飥』。而不託、餺飥，則字之轉寫異也。」其可謂達詁。然叔師「擇新麥糅以黃粱」云云，蓋用麥米，非麪末粉也。又，長沙馬王堆漢墓竹簡遺策有「麥食二器盛」。

挐，糅也。◎案：挐之爲糅，猶揉也，謂揉撓之使合并。莊子卷八漁父篇第三一「方將杖挐而引其船」，釋文引司馬彪注：「挐，撓也。」後漢書卷二八上馮衍傳「禍挐未解」，李賢注：「挐，謂相連引也。」黃粱，即黃茂也。程瑤田九穀考「粱」條辨之至悉，乃撮其要者，曰：「此一穀也，始生曰苗，成秀曰禾，禾實曰粟，粟實曰粱。氾勝之書以稻、米、黍、麻、秫、小麥、大麥、小豆、大豆爲九穀。所謂米者，指粟實也。米名曰粱，其大名則曰嘉穀，言其色則黃茂。生民詩：『種之黃茂。』毛傳：『黃，嘉穀也。』而禾、粟、米、粱之次第，載說文中，又如物之在貫焉。」又曰：「凡諸經傳云『粱』者，皆言其米也。」又曰：「楚辭大招：『五穀六仞，設菰粱只。』王逸注：『五穀：稻、稷、麥、豆、麻也。菰粱，蔣實，謂雕胡也。』大招於『五穀』之外，明言有『菰』有『粱』，而王逸則以『粱』爲菰米美稱。」且斥「俗呼黍曰黃粱，呼稷曰高粱，皆不可典要」。焦循毛詩草木鳥獸蟲魚釋卷五芑桑「粱」條亦云：「說文米部：『粱，米名也。』云『米名』者，周禮廩人注云：『九穀六米。』賈氏疏云：『九穀之中，黍、稷、稻、粱、苽、大豆皆有米，麻、小豆、小麥三者無米。』粱爲米屬，故曰『米名』，猶『木名』、『鳥名』也。」其說是也。

言飯則以秔稻糅稷，擇新麥糅以黃粱，和而柔嬬，且香滑也。◎文選唐寫本「飯」作「飲」，「嬬」作「偄」。六臣本、尤袤本無「秔」字，「嬬」作「濡」，「滑」下無「也」字。馮本、四庫章句本「稷」作「稻」。案：飲、稻，皆訛字。章句「和而柔嬬」云云，說文女部：「嬬，弱也。一曰：下妻也。从女、需聲。」段注：「嬬之言濡也。濡，柔也。下妻，猶小妻。」嬬，或作偄。詳參離騷「攬茹蕙以掩涕」注。柔嬬，平列同義。

大苦鹹酸，辛甘行些。

大苦，豉也。辛，謂椒、薑也。甘，謂飴蜜也。言取豉汁和以椒薑鹹酢，和以飴蜜，則辛甘之味，皆發而行也。

【疏證】

大苦，豉也。◎文選秀州本、明州本無注。案：竄入五臣李周翰也。御覽卷八五五飲食部一三豉引王逸注：「大苦，謂豉。」以下「辛謂椒薑也」例之，舊有「謂」字。周密齊東野語卷九配鹽幽菽引章句亦無「謂」字。說文尗部：「菽，配鹽幽尗也。从尗、支聲。豉，俗菽，从豆。」段注：「廣雅說飲食（當作釋器，段引誤也）曰：『寑、醓、鬱、廯，幽也。』幽與鬱同義，以豆鬱之，其味苦。釋名：曰：『豉，嗜也。五味調和，須之而成，乃可甘嗜，故齊人謂豉，聲如嗜也。』按：齊民要術說作豉，必室中温煖，所謂『幽尗』也。云食經作豉法，用鹽五升。所謂『配鹽』也。」左傳昭公二十年「醯醢鹽梅」，孔疏謂「招魂備論飲食而言不及豉，古人未有豉」，「秦、漢以來始爲之耳」。然馬王堆漢墓竹簡遣策有「菽（豉）一坑（瓨）」，張家山漢簡遣策有「豉一箭」。蓋其地固已有之。徐文靖碩記：「此云『苦甘鹹辛酸』者，概舉五味之和而言，不必專指一物也。又按釋名曰：『豉，嗜也。調和五味可甘嗜也。』不得以大苦名之。」但豉爲其一也，大名概小名耳。辛，謂椒、薑也。◎案：椒、薑，皆辛辣物。慧琳音義卷三「辛酸」條引考聲：「辛，辣也。」韻會舉要引聲類：「江南曰辣，中國曰辛。」長沙馬王堆漢墓竹簡遣策「辛」字作「莘」。張家山漢簡遣策「薑」作「䕬」。

甘，謂飴蜜也。◎案：易節九五「甘節」，孔疏：「甘者，不苦之名也。」章句「飴蜜」云云，謂甘物。説文食部：「飴，米櫱煎也。从食、台聲。」禮記卷二七内則第一二「棗栗飴蜜以甘之」，釋文：「飴，羊之反，餳也。」餳，俗作糖。

言取豉汁和以椒薑醎酢，和以飴蜜，則辛甘之味，皆發而行也。◎文選本「豉汁」下有「調」字。正德本、隆慶本、馮本、俞本、朱本、劉本、湖北本、莊本、四庫章句本「豉汁」下有「調」字，「酢」作「酸」。案：調、和，對舉爲文，則「汁」下「和」作「調」。後「調」下羼入「和」字，或復删「調」字，訛作「取豉汁和以椒薑醎酢和以飴蜜」。酢、酸以同義易之。御覽卷八五五飲食部一三豉引王逸注：「言取豉，調和以椒薑醎酢酪，則辛甘之味，皆發而行。」亦作「酢」，羨「和」字。又，周密齊東野語卷九配鹽幽菽引章句無下「和以」二字。據義删之也。

肥牛之腱，臑若芳些。

腱，筋頭也。臑若，熟爛也。言取肥牛之腱爛熟之，則肥濡臑美也。

【疏證】

腱，筋頭也。◎禮記卷二八內則第一六「去其餌」，音義：「腱，徐：其偃反。皇：紀偃反。一音其言反。王逸注楚詞云：『筋頭也。』」案：說文肉部：「笏，筋之本也。从筋、从夗省聲。腱，笏或从肉、建。」徐鍇曰：「筋之根結也。」今作腱字。呂延濟注：「腱，筋肉也。」補注：「腱，膂腱肉也。一曰：筋之大者。」戴侗六書故「腱」字：「肘之上肉，熟而切之，筋肉相間成文，俗謂之華肘腱。」章句「筋頭」云云，猶筋本也。長沙馬王堆漢墓竹簡遣策有「牛肩一器笥一」、「牛載（胾）一笥」、「牛脣（脤）脂蹏臑一器」。

臑若，熟爛也。◎文選唐寫本、秀州本、明州本「臑」作「胹」。補注引釋文「胹」作「⿱而灬」。案：胹、⿱而灬同。臑，借字。說文肉部：「胹，爛也。从肉、而聲。」段注：「爛，火部作爤，火孰也。左傳『宰夫胹熊蹯不孰』，謂火孰之而未孰也。方言：『胹，孰也。自關而西，秦、晉之郊曰胹。』」又：「臑，臂羊矢也。从肉、需聲。」北大簡（四）反淫「臑」借作「濡」，以同需聲也。章太炎小學問答：「股內廉近陰處曰羊矢。」醫家謂之「肩膊下內側對腋處高起軟白肉也」（見醫宗金鑒刺灸心法要訣周身名位骨度注）。則非其義。若者，然也。胹若，謂孰貌。詩甫田「總角丱兮」，鄭箋「突耳加冠爲成人也」，孔疏：「言若者，皆然、耳之義，古人語之異耳。」

言取肥牛之腱爛熟之，則肥濡臑美也。◎文選唐寫本「腱」上有「胹」字，「肥濡臑美」作「臑洏美」。六臣本、尤袤本無「爛」字，「肥濡臑美」作「臑美」。正德本、隆慶本、馮本、俞本、朱本、湖北本、莊本、四庫章句本「肥濡」下無「臑」字。劉本無注。案：章句以「臑若」爲「熟爛」，無「肥濡」義。有「肥」，後所羼亂。洏，俗胹字。胹、臑，通用字。

和酸若苦，陳吳羹些。

言吳人工作羹，和調甘酸，其味若苦而復甘也。

【疏證】

言吳人工作羹，和調甘酸，其味若苦而復甘也。◎文選六臣本、尤袤本「復」作「後」，「甘」下有「者」字。景宋本「吳人」作「美人」。案：後、美，皆訛也。御覽卷八六一飲食部一九羹引王逸注：「吳人攻作。」攻、工，古今字。又，補注：「若，猶及也。」羹音郎，臛也。淮南曰：『荆、吳芬馨以嚂其口。』又云：『煎熬焚炙調齊和之適，以窮荆、吳甘酸之變。』注云：『三國善醎酸之和。』」羹音更，讀如剛，陽韻字，與房、漿協韻。羹、郎雖同韻，其聲則別。又，洪氏引淮南子，前者在卷一一齊俗訓，後者在卷八本經訓。

腼鼈炮羔，有柘漿些。

羔，羊子也。柘，藷蔗也。言復以飴蜜腼鼈炮羔，令之爛熟，取藷蔗之汁爲漿飲也。或曰：[血](腼)鼈炮羔，和牛五藏爲羔臛，鶩爲羹者也。

【疏證】

羔，羊子也。◎案：詩羔羊「羔羊之皮」，毛傳：「小曰羔，大曰羊。」章句所因。

柘，藷蔗也。◎文選明州本、秀州本「柘」作「蔗」，謂「逸本作柘字」。六臣本「藷」作「謂」，唐寫本作「諸」。案：正文作「柘」，注文不當作「蔗」。謂，訛也。諸，省文。慧琳音義卷二〇「甘蔗」條引王逸注楚辭：「蔗，藷也。」其所據本「柘」作「蔗」。「藷蔗」之蔗，羨文。古作柘，今作蔗。北大簡(四)反淫「夜歓柘漿」，亦作「柘」。又，卷一六「干蔗」條：「經文或作干柘，亦同。」通俗文：『荆州干蔗或言甘柘，同一義也。』蔗一物也。」又，卷六三「藷薕」條引王逸注楚辭：「藷，甘蔗也。」卷六四「蕏蔗」條引王逸注楚辭：「蔗，美草名也。汁甘如蜜也。」御覽卷九七四果部一一甘蔗引王逸注：「柘，蔗也。」義雖不别而引文錯雜，其所據本别。

言復以飴蜜腼鼈炮羔，令之爛熟，取藷蔗之汁爲漿飲也。或曰：[血](腼)鼈炮羔，和牛五藏爲羔臛，鶩爲羹者也。◎文選唐寫本「蜜腼」作「蜜洏」，「藷」作「諸」，「炮」作「炰」，「血」作「洏」，「爲漿」上有「以」字，「爲羔」作「爲炰」。尤袤本、六臣本無「或曰」以下十八字。明州本、建州本、尤袤本「胹」作「濡」，秀州本作「儒」。尤袤本「爲漿」上有「以」字。補注引一注云：「胹鼈炮羔，和牛五藏臛爲羹者也。」正德本、隆慶本、馮本、俞本、朱本、湖北本、莊本、四庫章句本「臛」作「臑」，「爲羹」下無「者也」二字。正德本、隆慶本、朱本後一「炮羔」作「炰羔」。劉本刪「或曰」之解。案：洏，俗胹字。濡，借字。儒，訛也。炮、炰同。孫詒讓札迻卷一二云：「注『或曰』以下有訛，審校文義，或本正文『羔』蓋作『羹』，注當云，或曰：胹鼈炮羹，和牛五藏爲羹臛者也。今本『羹』誤涉正文作『羔』，又衍『鶩爲羹』三字，遂不可通。」其説是也。諸本「或曰」之「胹鼈」皆訛作「血鼈」者。御覽卷八六一飲食部一九臛引王逸注：「言以飴蜜臑鼈炮羔。或曰：臑鼈炮羔，和牛五臟羔臑也。」胹鼈、臑鼈同。則未訛。唐鈔本存其舊。

鵠酸臇鳧，煎鴻鶬些。

臇，小臛也。鴻，鴻鴈也。鶬，鶬鶴也。言復以酸酢烹鵠爲羹，小臇臛鳧，煎熬鴻鶬，令之肥美也。

【疏證】

臇，小臛也。◎御覽卷八六一飲食部一九臛引王逸注同。案：説文肉部：「𦞦，肉羹也。从肉，隺聲。」通作「臛」。文選卷二七曹植名都篇「膾鯉臇胎鰕」，李善注引蒼頡解詁：「臇，少汁臛也。」小、少，古字通用。

鴻，鴻鴈也。◎文選唐寫本、六臣本「鴈」作「鸕」。案：九思悼亂「鴻鸕兮振翅」，章句：「鴈之大者曰鴻。」據此，舊作「鴻鸕」。御覽卷八六一飲食部一九臛引王逸注：「鴻，鳴鵠，鶬鵠也。」訛也。又，鴻、鴈，皆水鳥名也。北大簡（四）反淫「鴻」作「鳿」。文選卷一八嘯賦「又似鴻鴈之將鶵」，李善注：「大曰鴻，小曰鴈。」

鶬，鶬鶴也。◎文選唐寫本「鶴」作「鸖」。御覽卷八六一飲食部「臛」條引王逸注「鶬」作「鵠」，「鵠」上無「鶬」字。案：鵠、鶴，古字通用。鸖，俗字。爾雅釋鳥：「鶬，麋鴰。」酉陽雜俎卷一六引爾雅注：「鶬，麋鴰，是九頭鳥也。」漢書卷五七上司馬相如傳「雙鶬下」，顏師古注：「鶬，鴰也。今關西呼爲鴰鹿，山東通謂之鶬，鄙俗名爲錯落。錯者，亦鶬聲之急耳。」史記卷一一七司馬相如列傳「雙鶬下」，正義引司馬彪云：「鶬似鴈而黑，亦呼爲鶬括。」

言復以酸酢烹鵠爲羹，小臑臛鳧，煎熬鴻鶬，令之肥美也。◎正德本、隆慶本、馮本、朱本、俞本、莊本、湖北本、四庫章句本「言復」上有「此」字。文選本、正德本、隆慶本、馮本、俞本、朱本、湖北本、莊本、四庫章句本「酸酢」作「酢醬」。唐寫本「令之」作「之令」。案：作「之令」，乙訛也。御覽卷八六一飲食部一九臛引王逸注：「言復以酸將烹鵠爲羹，小臑鳧，煎熬鴻鶬，令肥美羹也。」將，醬之爛敚。據此，亦作「酢醬」，蓋舊本也。長沙馬王堆漢墓竹簡遣策各有「熬鵠一笥」、「熬鳧一笥」，猶此「小膗臛鳧煎熬鴻鶬」也。

露雞臛蠵，厲而不爽些[三]。

露雞，露棲之雞也。有菜曰羹，無菜曰臛。蠵，大龜之屬也。厲，烈也。爽，敗也。楚人名羹敗曰爽。言乃復烹露棲之肥雞，臛蠵龜之肉，則其味清烈不敗也。

【疏證】

露雞，露棲之雞也。◎文選本「露棲之雞」作「露栖雞」。明州本「栖」作「棲」。案：御覽卷八六一飲食部一九臛引王逸注：「露雞，栖雞也。」敚「露」字。栖、棲同。露栖鷄，即承露鷄。類聚卷九一鳥部中「鷄」條引江表傳：「南郡獻長鳴承露鷄。」御覽卷九一八羽族部五雞引南越志：「雞冠四間如蓮花，鳴聲清澈也。」承露鷄者，但謂「長鳴」、「鳴聲清澈」者。其雞「清烈不敗」云云，未可詳考。包山楚簡遣策有「囂（熬）鷄」、「庶（炙）鷄」。露鷄之露，烙字假借。烙，灼也。今謂烤雞、燒雞。

有菜曰羹，無菜曰臛。◎顔師古匡謬正俗卷八「羹臛」條、慧琳音義卷一五、卷五八、卷六二、卷六六「羹臛」條、卷一七「得臛」條、卷二六「切以爲臛」條、卷六九「覆臛」條、宋趙令時侯鯖録卷四「羹臛」條引王逸注楚詞及御覽卷八六一飲食部一九臛、爾雅翼卷五「臛」條、説文繫傳卷八肉部同引王逸注楚辭：「有菜曰羹，無菜曰臛。」案：慧琳音義卷五三「羹臛」條引王逸注楚詞：「有菜曰羹。而濃，或肉或筍，細切爲之。」竄亂之文，非逸舊説。説文肉部：「脽，肉羹也。从肉、隺聲。」有菜無菜，蓋後所以别之，古無此分别。羹亦肉羹也。史記卷二三禮書「大羹玄酒」，集解引鄭玄：「大羹，肉湆不調以鹽菜也。」卷二四樂書「大羹不和」，正義：「大羹，肉汁也。祫祭有肉汁爲羹，無鹽菜之芼和也。」顏師古匡謬正俗卷八「羹臛」條曰：「禮云：『羹之有菜者用梜，其無菜者不用梜。』又，蘋、藻二物，即是鉶羹之芼，安在其無菜乎？羹之與臛，烹者以異，齊調和不同，非係於菜也。今之膳者，空菜不廢爲臛，純肉亦得名羹，皆取於舊名耳。」

蠵，大龜之屬也。◎文選本、正德本、隆慶本、馮本、俞本、朱本、湖北本、莊本、四庫章句本無「之屬」二字。案：御覽卷八六一飲食部一九臛引王逸注：「蠵，大龜也。」亦無「之屬」二字。存其舊也。爾雅釋魚：「二曰靈龜。」郭璞注：「涪陵郡出大龜，甲可以卜，緣中文似瑇瑁，俗呼爲靈龜。即今觜蠵龜，一名靈蠵，能鳴。」

厲，烈也。◎文選明州本、秀州本無注。正德本、隆慶本、俞本、莊本「烈」作「列」。案：無注，竄入五臣李周翰也。慧琳音義卷二〇「厲聲」條引王逸注楚辭：「厲，烈也。」黎本玉篇殘卷叕部「爽」字、厂部「厲」字：「楚辭『厲而不爽』王逸注：『厲，烈也。其味清烈也。』」文選卷二〇潘岳關中詩「棱威遐厲」，李善注引王逸曰：「厲，烈也。」卷二九蘇武古詩四首「絲竹厲清聲」，李善引王逸注：「厲，烈也。謂清烈也。」據此，舊作「烈」。厲、烈，聲之轉。猛謂之厲，亦謂之烈；清謂之烈，亦謂之厲。其義相通。列、烈，古字通用。清烈之字本作洌。廣雅釋詁：「洌，清也。」御覽卷八六一飲食部一九臛引王逸注亦借作「列」。

爽，敗也。楚人名羹敗曰爽。◎文選尤袤本、六臣本「羹」下無「敗」字。明州本、秀州本無「爽敗也」三字。案：二本敓也。御覽卷八六一飲食部一九臛引王逸注：「爽，敗也。楚人名敗曰爽。」黎本玉篇殘卷㸚部「爽」字：「楚辭『露雞臛蠵厲而不爽』，王逸曰：『楚人名美（羹）敗曰爽。』」據此，無「敗」、無「羹」字者，皆敓之。老子十二章「五味令人口爽」，王弼注：「爽，差失也。」老子語楚，爽敗，楚語也。

言乃復烹露棲之肥雞，臛蠵鼅之肉，則其味清烈不敗也。◎文選本「其味」上無「則」字，唐寫本「不敗」作「不知敗」。案：御覽卷八六一飲食部一九臛引王逸注：「言乃復烹露棲之肥雞，雞臛鼈肉，其味清列而不知敗也。」據此，舊作「不知敗」。

粔籹蜜餌，有餦餭些。

（粔籹，環餅也。）餦餭，餳也。言以蜜和米麪，熬煎作粔籹，擣黍作餌，又有美餳，衆味甘美也。

【疏證】

粔籹，環餅也。◎諸本皆敚此注。案：書鈔卷一四七酒食部粔籹五二「蜜作粔籹」條引王逸注：「粔籹，環餅也。吳謂之膏環，亦謂之寒。」章句佚義，據補。補注：「粔籹，蜜餌也。吳謂之膏環。餌，粉餅也。方言曰：『餌謂之餻。』」洪氏所見本無注。或章句竄亂於補注。新刊校定集注杜詩卷三二戲作俳諧體遣悶二首「粔籹作人情」，薛氏補遺曰：「按：宋玉招魂云：『粔籹蜜餌，有餦餭些。』注：『粔籹，以蜜和米煎作之。』」御覽卷八六〇飲食部一八粔籹引雜字解詁：「粔籹，膏環也。」長沙馬王堆漢墓竹簡遺策作「居女」，稱「右方居女、唐（糖）、僕⿰米足、卵⿰米弇三合」。皆楚地之物也。

餦餭，餳也。◎文選明州本、秀州本無注。案：竄入五臣呂延濟也。御覽卷八五二飲食部一〇餳：「楚辭『粔籹蜜餌有張皇』，王逸注：『張皇，餳也。』」書鈔卷一四七酒食部粔籹五二「蜜作粔籹」條引王逸注：「餦餭，餳也。」案：張皇、餦餭同。方言卷一三：「餳謂之餦餭，餳謂之餹。凡飴謂之餳，自關而東，陳、楚、宋、衛之間通語也。」郭璞注：「餦餭，即乾飴也，江東皆言餹。」宋本玉篇餳、餹同音徒當反，本一字。促言之謂之餳、餹，今作糖，緩言之謂之餦餭，或作章皇，言黏著貌。然非溶于水之蔗糖也。羅、黎二本玉篇殘卷食部「餭」字：「楚辭『粔籹蜜餌有餦餭』，王逸注：『餦，餳也。』」爛敚「餭」字。又，長沙馬王堆漢墓竹簡遺策省作「唐」。

言以蜜和米麪，熬煎作粔籹，擣黍作餌，又有美餳，衆味甘美也。◎文選本「美」作「具」。唐寫本「麪」作「麥」。明州本、秀州本「以蜜」上無「言」字，「餌」作「餳」。四庫章句本「擣」作「檮」。補注引「擣黍」一作「擣麥」，一作「揉米」。案：製作粔籹用米麪，不用米麥。舊作「米麪」。六書故卷二二米部：「粔籹，一曰寒具也，以蜜和米麪，煎之以油。」又，據義，舊作「甘美」。具，訛也。餌，亦訛。書鈔卷一四七酒食部粔籹五二「蜜作粔籹」條引王逸注作「米麪」、「甘美」，皆未訛。爾雅翼卷一釋草「黍」條引作「米麪」，然訛爲「甘具」。御覽卷八六〇飲食部一八粔籹引王逸注作「米麵」。麪、麵亦一字也。又，「熬煎」作「熬」。檮、擣古字通用。

瑶漿蜜勺，實羽觴些。

瑶，玉也。勺，沾也。實，滿也。羽，翠羽也。觴，觚也。言食已復有玉漿，以蜜沾之，滿于羽觴，以漱口也。

【疏證】

瑶，玉也。◎書鈔卷一四四酒食部漿七「瑶漿」條引王逸注：「瑶，玉也。」案：詳參涉江「吾與重華遊兮瑶之圃」注。瑶醬，甜酒也。張家山漢簡遣策有「醬一簡」。

勺，沾也。◎文選唐寫本、同治本「沾」作「沽」。御覽卷八五七飲食部一五蜜引王逸注：

「勺，沙也。」案：沾、沙，並沾之訛也。書鈔卷一四四酒食部漿七「瑶漿」條引王逸注：「勺，沾也。」亦作沾。廣雅釋詁：「沾，益也。」曹憲音：「世人水旁著忝，失之；又以此沾字爲霑，亦失之。」添，俗沾字，與霑濡非一字。書鈔卷一四七酒食部蜜四一「蜜勺」條引王逸注：「勺，挹酒器也。」其所據本別。

實，滿也。◎案：上「實滿宮些」，章句：「皆來實滿，充後宮也。」則訓義備於前也。

羽，翠羽也。觴，觚也。◎文選唐寫本「羽」下無「也」字，無「觴觚也」三字。案：敓之。漢書卷九七下外戚傳孝成班倢伃「酌羽觴兮銷憂」，孟康曰：「羽觴，爵也，作生爵形，有頭尾羽翼。」如淳云：「以瑇瑁覆翠羽於下，徹上見。」或稱羽巵。文選卷三〇沈約三月三日率爾成篇「金瓶汎羽巵」，李善注：「羽巵，即羽觴也。」

言食已復有玉漿，以蜜沾之，滿于羽觴，以漱口也。◎文選本無「于」字，尤袤本、六臣本「漱口」下無「也」字。正德本、隆慶本、馮本、俞本、莊本、朱本「于」作「於」。正德本、隆慶本、馮本、俞本、朱本、湖北本「蜜」作「蠠」，「漱」作「嗽」。文選本、四庫章句本「漱」作「潄」。莊本「蜜」作「蠠」。案：蠠，古蜜字。潄，俗漱字；漱、嗽同。于、於同。又，書鈔卷一四七酒食部蜜四一「蜜勺」條引王逸注：「蜜本作蠠，通作羃。以疏布蓋尊也。言舉羃用勺酌酒，而實爵也。」引文多所出入，其所據本別也。

挫糟凍飲，酎清涼些。

挫，捉也。凍，冰也。酎，醇酒也。言盛夏則爲覆蹙乾釀，提去其糟，但取清醇，居之冰上，然後飲之。酒寒涼，又長味好飲也。

【疏證】

挫，捉也。◎文選明州本、秀州本無注。案：竄入五臣張銑也。老子二十九章「或挫或隳」，釋文：「挫，搦也。」搦亦捉也。挫糟，謂搦去其糟也。又，張銑注：「糟，酒滓也，可以凍飲。」大招「清馨凍歈」，章句：「言醇醲之酒清而且香，宜於寒飲。」可與此「挫糟凍飲」相證。全梁文卷一二簡文帝莊嚴旻法師成實論義疏序：「是以餐蜜挫糟，俱珍異論。」蹈襲於此，挫糟，言棄去糟滓。

凍，冰也。◎文選卷六魏都賦「凍醴流澌」，劉逵注：「楚辭小招魂曰『挫糟凍飲酎清涼』王逸曰：『凍，冷也。』」案：冷，清冷也，周、秦、兩漢無寒冷之意。六朝以還，凍寒謂之冷。以冰爲冷者，六朝以後所改。

酎，醇酒也。◎文選卷六魏都賦「凍醴流澌」，劉逵注：「楚辭小招魂曰『挫糟凍飲酎清涼』王逸曰：『酎，三重釀，醇酒也。』」案：六朝時所見本有「三重釀」三字。說文酉部：「酎，三重醇酒也。从酉、肘省聲。」段注：「廣韻作『三重釀酒』，當從之。謂用酒爲水釀之，是再重之酒也。次又用再重之酒爲水釀之，是三重之酒也。醇者其義，釀者其事實。」

言盛夏則爲覆蹙乾釀，提去其糟，但取清醇，居之冰上，然後飲之。酒寒涼，又長味好飲也。◎文選本「提」作「捉」，「寒」下有「清」字。尤袤本「飲」下無「也」字。六臣本無「好飲也」三字。唐寫本「又長味好飲也」作「又又長味」。正德本、隆慶本、馮本、俞本、朱本、湖北本、莊本、四庫章句本「提」作「捉」。案：捉，提之訛。太玄經卷五晦次七「提明」，范注：「提，弃也。」又，據義，舊作「酒寒清涼又長味也」。「好飲也」三字，後所增益。章句「又長味」云云，長，謂冗也，餘也。

華酌既陳，有瓊漿些。

酌，酒斗也。言酒罇在前，華酌陳列，復有玉漿，恣意所用也。

【疏證】

酌，酒斗也。◎文選本「斗」作「升」。案：升，斗之訛。説文酉部：「酌，盛酒行觴也。从酉、勺聲。」段注：「盛酒於觶中以飲人曰行觴。投壺云：『命酌曰：請行觴。』觶實曰觴。詩曰『我姑酌彼金罍』，取行觴之意。曰『泂酌彼行潦』，取盛酒之意。」

言酒罇在前，華酌陳列，復有玉漿，恣意所用也。◎文選唐寫本、六臣本「罇」作「尊」。尤袤本、六臣本「用」下有「者」字。尤袤本作「罇」，「用」下有「者」字。四庫章句本作「鐏」。案：尊、古罇字。鐏、罇同。呂向注：「華酌，謂置華於酒中。」華酌，類俗之「花酒」。

歸來反故室，敬而無妨些。

妨，害也。言君魂急來歸，還反所居故室，子孫承事恭敬，長無禍害也。

【疏證】

妨，害也。◎案：老子十二章「令人行妨」，河上公注：「妨，傷也。」

言君魂急來歸，還反所居故室，子孫承事恭敬，長無禍害也。◎文選本、惜陰本、四庫章句本「魂」作「魄」。尤袤本「君」作「若」。建州本「敬」作「事」。案：若、事，皆訛。中華書局二〇〇〇年版點校本楚辭補注以「還」字屬上。非也。還反，章句習語。下文「魂兮歸來反故居些」，章句：「言君魂急來歸，還反楚國，居舊故之處，安樂無憂也。」

肴羞未通，女樂羅些。

魚肉爲肴。羞，進也。言肴膳已具，進舉在前，賓主之禮，殷勤未通，則女樂倡蕩，羅列在堂下也。

【疏證】

魚肉爲肴。◎案：文選卷四八班固典引「肴覈仁誼之林藪」，李善注：「肉曰肴，骨曰覈。」

又，九歌東皇太一「蕙肴蒸兮蘭藉」，章句：「蕙肴，以蕙草蒸肉也。」肴肉義備於前。

羞，進也。◎案：説文丑部：「羞，進獻也。从羊、丑。羊，所進也。」段注：「宗廟犬名羹獻，犬肥者獻之。犬羊一也，故从羊。引申之凡進皆曰羞。」包山楚簡卜筮祭禱凡賽行皆「一白犬，酉飤」，即「羹獻」禮也。周禮卷二天官冢宰第一太宰「四曰羞服之式」，鄭注：「羞，飲食之物也。」賈疏：「謂若膳夫飲用六清、食用六穀、醬用百有二十罋之類。」卷三宰夫「以式灋掌祭祀之戒具與其薦羞」，鄭注：「薦，脯醢也。羞，庶羞，内羞。」賈疏：「庶羞謂天子八豆、諸侯六豆之等。内羞，謂祭祀食後所加，言『内』者，少牢所謂『房中之羞』，糗餌粉餈是也。」羞，是熟食通稱。方言卷一二：「羞，孰也。」郭璞注：「熟食爲羞。」羞、熟，聲之轉。

言肴膳已具，進舉在前，賓主之禮，殷勤未通，則女樂倡蕩，羅列在堂下也。◎文選無「倡蕩」二字。唐寫本、秀州本、建州本「殷勤」作「慇懃」，明州本、儿衮本作「慇勤」。尤衮本、六臣本「堂下」下無「也」字。唐寫本、秀州本、明州本無「羅」字，「列」下無「在」字。案：殷勤、慇勤、慇懃同。據義，有「倡蕩」者，蓋後所增益。馬王堆漢墓竹簡遺策有「美人四人，其二人楚服，二人漢服」。又有「楚歌者四人」，「吹、鼓者二人」。即所謂「女樂羅」也。

敶鐘按鼓，造新歌些。

按，徐。言乃奏樂作音，而撞鐘徐鼓，造爲新曲之歌，與衆絶異也。

【疏證】

按，徐。◎文選明州本、尤袤本「按」作「桉」。尤袤本、六臣本、莊本「徐」下有「也」字。四庫章句本無注。案：桉，訛也。按之爲徐，始於此，則舊有注。無注，敚之。徐，謂徐行。按鼓，徐擊鼓，今云慢鼓。

言乃奏樂作音，而撞鐘徐鼓，造爲新曲之歌，與衆絶異也。◎文選唐寫本「鼓」作「皷」。正德本、隆慶本、四庫章句本、馮本、劉本「鐘」作「鍾」。案：鼓、皷同。鐘、鍾通用字。晉書卷二三樂志下載曹植鼙舞詩序：「堅年逾七十，中間廢而不爲，又古曲甚多謬誤，異代之文未必相襲，故依前曲作新歌五篇。」據此，蓋後人造作新歌，必依舊曲而爲之。

涉江采菱，發揚荷些。

楚人歌曲也。言己涉渡大江，南入湖池，采取菱芰，發揚荷葉。喻屈原背去朝堂，隱伏草澤，失其所也。

【疏證】

楚人歌曲也。言己涉渡大江，南入湖池，采取菱芰，發揚荷葉。喻屈原背去朝堂，隱伏草澤，失其所也。◎文選唐寫本「菱」作「蔆」，「揚」作「楊」，「荷」下羡「荷」字。明州本、胡本、尤袤本「渡」作「彼」，秀州本作「波」。尤袤本、明州本「揚」作「楊」。案：菱、蔆同。波，彼訛字。章句「楚人歌曲」云云，然則又以「涉江」爲「涉渡大江」，以「采菱」爲「采取菱芰」，以「揚荷」爲「發揚荷葉」，皆不爲歌曲名。補注：「揚荷，文選作陽荷。注云：荷當作阿。涉江、采菱、陽阿，皆楚歌名。」此説見張銑注。「楚人歌曲也」五字，蓋後所增益。文選唐寫本所引章句，亦有此説。又，文選卷二六謝靈運道路憶山中「采菱調易急」，李善注：「楚辭曰：『涉江採菱，發揚荷些。』王逸曰：『楚人歌曲也。』」其增益則在唐前。淮南子卷二俶真訓：「足蹀陽阿之舞，而手會緑水之趨。」高注：「陽阿，古之名倡也。」卷一六説山訓：「欲美和者，必先始於陽阿、采菱。」高注：「陽阿、采菱，樂曲之和聲。有陽阿，古之名俳，善和也。」卷一八人間訓：「夫歌采菱，發陽阿，鄙人聽之，不若此延路、陽局。」文選注因淮南。

美人既醉，朱顔酡些。

朱，赤也。酡，著也。言美女飲啗醉飽，則面著赤色而鮮好也。

【疏證】

朱，赤也。◎案：上「網户朱綴」，章句：「朱，丹也。」對文正色曰赤，赤黑曰朱，赤白曰丹。

酡，著也。◎文選本「酡」作「䤅」。補注引「酡」一作「䤅」，又引一本云：「當作袉，徒何切，著也。爲䤅者非。」案：著者，明也。文選卷一三雪賦「朱顏䤅兮」，李善注：「楚辭曰：『美人既醉朱顏䤅』。王逸曰：『䤅，著也。』徒何切。」酡、䤅同，說文作酏，酉部：「黍酒也。从酉、也聲。一曰甛也。賈侍中說，酏爲鬻清。」酏無著明義。或本作袉，衣部：「裾也。从衣、它聲。論語曰：『朝服袉紳。』」或作袘、䙾者，謂衣前襟，亦皆無著義。䤅，讀作施。二字也聲，例得通用。後人以涉「醉」，易「施」作「䤅」也。禮記卷四九祭統第二五「施于烝彝鼎」，鄭注：「施，猶著也。」又，楊衡白紵賦「香汗微漬朱顏酡」，李白前有樽酒行詩「美人欲醉朱顏酡」，武元衡晨興寄贈竇使君詩「酌酒朱顏酡」，孟郊勸酒詩「勿謂朱顏酡」，白居易小庭亦有月五首「願見朱顏酡」。皆蹈襲於此。酡、䤅同，亦著也。

言美女飲啗醉飽，則面著赤色而鮮好也。◎文選唐寫本「著」作「着」。正德本、隆慶本、馮本、俞本、朱本、湖北本「啗」作「唱」，四庫章句本作「咯」。案：着，俗著字。唱、咯，啗之訛。文選卷一三雪賦「朱顏䤅兮」，李善注引王逸曰：「面著赤色也。」節約章句。

娭光眇視，目曾波些。

娭，戲也。眇，眺也。波，華也。言美女酣樂，顧望娭戲，身有光文，眺視曲眄，目采盼然，白黑分明，若水波而重華也。

【疏證】

娭，戲也。◎案：惜往日「屬貞臣而日娭」，章句：「委政忠良而遊息也。」娭之訓戲，已備於前。

眇，眺也。◎案：眇，言遠視貌。詳參哀郢「眇不知其所蹠」注。

波，華也。◎案：波之爲華，猶光采。水波以狀美女之目有光澤，古之習藻。文選卷一九宋玉神女賦「若流波之將瀾」，李善注：「流波，目視貌。」卷一七舞賦「目流睇而橫波」，李善注：「橫波，言目邪視如水之橫流也。」全後漢文卷九〇王粲神女賦：「目若瀾波，美姿巧笑。」又曰：「揚蛾微眄，懸藐流離。」

言美女酣樂，顧望娭戲，身有光文，眺視曲眄，目采盼然，白黑分明，若水波而重華也。◎正德本、隆慶本、俞本、莊本、馮本、四庫章句本「娭」作「娛」。文選本、正德本、隆慶本、馮本、俞本、朱本、劉本、湖北本、莊本、四庫章句本作「盻然」，明州本、秀州本、尤袤本作「眇然」。文選本「美女」作「美人」，「分明」下有「精」字，尤袤本、六臣本、胡本「酣」作「醉」。案：章句但有「娭戲」，無作「娛戲」。上文「懸人目娭」，章句：「言豺狼得人，不即啗食，先懸其頭，用之娭戲。」娛，訛也。無「精」字，敚之。盻，俗盼字。詩碩人「美目盼兮」，毛傳：「盼，白黑分。」眇，訛也。山谷內集詩注卷一二馬上口號呈建始李令「風摇松竹是歡聲」，任注引章句作「眄」。亦俗字。其所據本作「盼」也。又，永樂大典卷一九六三六「目」條引正文「曾」作「增」。以本義改也。

被文服纖，麗而不奇些。

文，謂綺繡也。纖，謂羅縠也。麗，美好也。不奇，奇也。猶詩云「不顯文王」，不顯，顯也。言美女被服綺繡，曳羅縠，其容靡麗，誠足奇怪也。

【疏證】

文，謂綺繡也。◎文選明州本、秀州本無注。案：竄入五臣呂延濟也。綺，文繒也。五采備謂之繡。綺繡皆以文别，故謂之文。釋名釋采帛：「綺，攲也。其文攲邪不順經緯之縱横也。有杯文，形似杯也；有長命，其綵色相間，皆横終幅，此之謂也。言長命者，服之使人命長，本造者之意也。有棊文，方文如棊也。」又曰：「繡，修也。文修修然也。」詩終南「黻衣繡裳」，毛傳：「五色備謂之繡。」綺繡，屢見於戰國楚墓。如，江陵馬山一號楚墓有采條紋綺，蓋所謂「長命」綺也。信陽長臺關一號楚墓有杯紋綺、復合菱形紋綺。蓋所謂「杯文」綺也。又，江陵馬山一號楚墓復有對鳳對龍繡、蟠龍飛鳳紋繡與龍鳳相搏繡、龍鳳虎紋繡、鳳鳥花卉紋繡等，皆極精美。

纖，謂羅縠也。◎文選明州本、秀州本無注。案：竄入五臣呂延濟也。羅縠，綺屬，其輕薄如蟬翼，謂之纖。詳參上「羅幬張些」注。

麗，美好也。◎文選尤袤本、六臣本、胡本「美好」作「美貌」。明州本「貌」作「皃」。案：章句釋詞，不用複詞。則舊作「美貌」。唐寫本作「美好」。慧琳音義卷二二「莊嚴巨麗」條引王逸注楚辭：「麗，美好也。」則唐本已亂。思美人「好姱佳麗兮」，章句：「容貌説美，有俊德也。」美麗之義備於前。

不奇，奇也。猶詩云「不顯文王」，不顯，顯也。◎文選尤袤本、六臣本無「不顯文王」四字。案：删之也。章句引詩，毛詩未見，蓋據別家。大雅文王「有周不顯，帝命不時」，毛傳：「不顯，顯也。」不，語助。詳參王引之經傳釋詞卷一〇「不丕否」條。

言美女被服綺繡，曳羅縠，其容靡麗，誠足奇怪也。◎文選唐寫本「曳羅縠」上羨「中」字。文選本「足奇怪」作「獨怪奇」，唐寫本、明州本、尤袤本「怪」作「恠」。正德本、隆慶本、朱本、馮本、俞本、莊本、四庫章句本作「獨奇恠者也」。案：獨，猶何也。章句「誠獨怪奇」云云，言誠何怪奇也。若作「足」，傷其驚歎語氣。恠，俗怪字。

長髮曼鬋，豔陸離些。

曼，澤。豔，好貌也。左氏傳曰：「宋華督見孔父之妻，目逆而送之，曰：『美而豔。』」言美人長髮工結，鬋鬢滑澤，其狀豔美，儀貌陸離，而難具形也。

【疏證】

曼，澤。◎文選明州本、秀州本、四庫章句本無注。莊本「澤」下有「也」字。唐寫本、建州本、尤袤本、胡本「澤」下亦有「也」字。案：「曼澤」之義，見於上文「蛾眉曼睩」注。章句不避重複。無注者，則因上刪之。

豔，好貌也。左氏傳曰：「宋華督見孔父之妻，目逆而送之，曰：『美而豔。』」◎文選唐寫本「貌」作「皃」。案：章句引左傳見桓公元年。今本「華督」作「華父督」，「之妻」下有「於路」二字。杜注：「色美曰豔。」孔疏：「美者，言其形貌美；豔者，言其顏色好。故曰『美而豔』，爲二事之辭。色美曰豔，詩毛傳文也。」方言卷二：「豔，美也。宋、衛、晉、鄭之閒曰豔。」郭注：「言光豔也。」俗字作艷。

言美人長髮工結，鬋鬢滑澤，其狀豔美，儀貌陸離，而難具形也。◎文選本「鬋鬢」作「鬢鬋」，「難」下無「具」字。唐寫本無「美」字。唐寫本、明州本、尤袤本「貌」作「皃」。馮本「鬢」作「髩」。案：據義，舊作「難具形」。鬢、髩同義。陸離，言流光溢彩貌。

二八齊容，起鄭舞些。

齊，同。鄭舞，鄭國之舞也。言二八美女，其儀容齊一，被服同飾，奮袂俱起而鄭舞也。或曰：鄭舞，鄭重屈折而舞也。

【疏證】

齊，同。◎文選本、莊本「同」下有「也」字。案：詳參九歌雲中君「與日月兮齊光」注。

鄭舞，鄭國之舞也。言二八美女，其儀容齊一，被服同飾，奮袂俱起而鄭舞也。或曰：鄭舞，鄭重屈折而舞也。◎文選本「國」下無「之」字。唐寫本「二八」下「言」字乙在「二」字下，無「或曰鄭舞鄭重屈折而舞也」十一字。唐寫本、明州本、建州本、秀州本「而」下無「鄭」字。案：文選卷四南都賦「起鄭舞」，李善注引王逸曰：「鄭國儛也。」舞、儛古今字。卷一七舞賦「如其鄭何」，李善注：「楚辭曰：『二八齊容，起鄭舞。』王逸曰：『鄭國舞也。』」「國」下無「之」字。又，鄭重，殷勤也。後漢俗語。漢書卷九九王莽傳「然非皇天所以鄭重降符命之意」，顏師古注：「鄭重，猶言頻繁也。」廣韻去聲第四五勁韻「鄭」字：「鄭重，殷勤。」顏氏家訓卷三勉學第八：「此事徧于經史，吾亦不能鄭重，聊舉近世切要以啓寤汝耳。」不能鄭重，謂不能殷勤反覆也。周、秦無此義。「或曰」已下十一字，後所增益，非章句所存舊說。唐寫本存其舊。

衽若交竿，撫案下些。

竿，竹竿也。撫，抑也。言舞者迴旋，衣袵掉摇，回轉相鉤，狀若交竹竿，以手抑案而徐來下也。一云：撫，抵也。以手抵案而徐下行也。

【疏證】

竿，竹竿也。◎文選本、正德本、隆慶本、馮本、俞本、朱本、劉本、湖北本、莊本、四庫章句本無注。案：敚之。湯炳正楚辭類稿謂阜陽漢簡詩「干旌」作「竿旌」，荀子卷一五解蔽篇第二一：「詩曰：『鳳皇秋秋，其翼若干。其聲若簫，有鳳有凰，樂帝之心。』」楊倞注：「干，楯也。」乃謂「蓋盾之形爲橢圓，鳳舞而張其翼，正如兩盾對舉之狀」。招魂「交竿」，「舞者舉其兩襟，正如鳳翼雙展，故曰『交竿（干）』，即如兩盾對舉也」。其説可參。

撫，抑也。一云：撫，抵也。以手抵案而徐下行也。◎文選本「抑」作「抵」。正德本、隆慶本、馮本、俞本、朱本、劉本、湖北本、莊本、四庫章句本「抑」作「抵」，無「一云」二字。唐寫本「以手抑案而徐下行」作「以手抵案而徐行」。尤袤本、六臣本作「以抵案而徐行者」。案：撫者，安也。詳參九歌東皇太一「撫長劍兮玉珥」注。撫之爲抑、爲抵者，其義亦通。唐人用「一云」之説，與洪氏所見者别。洪氏兩存之，蓋未能决也。或者以洪氏引「一云」，爲叔師所存舊説者。非也。無「一云」以下十四字，删之也。

言舞者迴旋，衣袵掉摇，回轉相鉤，狀若交竹竿，以手抑案，而徐來下也。◎文選本「迴」作

「便」，「鈎」作「拘」。六臣本、尤袤本「以手抑案而徐來下」作「以抵案而徐行者」，唐寫本無「竽」字，作「以手抵案而徐行」。六臣本「若」作「如」。正德本、隆慶本、馮本、俞本、朱本、劉本、湖北本、莊本、四庫章句本「迴」作「便」，「來」作「行」。正德本、隆慶本、馮本、俞本、朱本、劉本、湖北本「便」前有「使」字。案：鈎、鉤同。拘，詘也。迴旋、便旋同，回還反復也。若謂行止進退，古用迴旋。吴越春秋卷二闔閭内傳第四：「而立告以軍法，隨鼓進退，左右迴旋，使知其禁。」舊本作「迴旋」。又，「衽若」之「衽」，指衣下之裳衽也。

竽瑟狂會，搷鳴鼓些。

狂，猶並也。搷，擊也。言衆樂並會，吹竽彈瑟，又搷擊鳴鼓，以進八音，爲之節也。

【疏證】

狂，猶並也。◎文選明州本、秀州本無注。案：竄入五臣李周翰也。同治本「並」作「竝」。案：竝，古並字。書鈔卷一一〇樂部竽一七「狂會」條引王逸注：「狂，猶並也。」亦有注。狂之訓竝，猶竝逐。離騷「衆皆競進以貪婪兮」，注云：「競，竝也。」狂會，謂競會。

搷，擊也。◎文選唐寫本「搷」作「槙」。秀州本、明州本無注。案：竄入五臣李周翰也。槙，俗字。方言卷一二：「搷，揚也。」郭注：「謂播揚也。」音義：「搷音填。」鼓聲充塞曰填，擊鼓曰搷，其義相通。

言衆樂並會，吹竽彈瑟，又搷擊鳴鼓，以進八音，爲之節也。◎文選六臣本、尤袤本無「鳴」字，唐寫本「鼓」作「皷」。同治本「並」作「竝」。胡本「爲」訛作「馬」。正德本、隆慶本、馮本、俞本、朱本、劉本「節」下無「也」字。案：書鈔卷一一〇樂部竽一七「狂會」條引王逸注無「也」字。又，章句「八音」云云，周禮卷二二春官宗伯第三大司樂：「以六律、六同、五聲、八音、六舞大合樂。」卷二三大師：「皆文之以五聲：宮、商、角、徵、羽；皆播之以八音：金、石、土、革、絲、木、匏、竹。」禮經以「五聲」、「八音」分别言之。賈疏「謂若黄鐘爲宮，自與已下徵商羽角等爲均，其絲數五聲各異也」，以「五聲」爲音階，「八音」未及言，蓋指樂器，文互相備也。説文音部：「聲也生於心，有節於外謂之音。宮商角徵羽，聲也；絲竹金石匏土革木，音也。」樂階曰五，且「單出」，故曰「五聲」。樂器曰八，各具其色，依階和奏，猶「雜比」者，故曰「八音」。

宮庭震驚，發激楚些。

震，動也。驚，駭也。激，清聲也。言吹竽擊鼓，衆樂並會，宮庭之内，莫不震動驚駭，復作激楚之清聲，以發其音也。

【疏證】

震，動也。驚，駭也。◎文選本無注。案：二訓分別見於哀郢「何百姓之震愆」注與天問「驚女采薇鹿何祐」注。此二注蓋出補注。後敓「補注」二字，遂竄亂於章句。唐寫本無注，其本未亂。

激，清聲也。◎案：文選卷一八嘯賦「收激楚之哀荒」，李善注：「楚辭曰：『宮庭震驚發激楚。』王逸曰：『激楚，清聲也。』」卷二一虞羲詠霍將軍北伐「未窮激楚樂」，李善注：「楚辭曰：『宮庭震驚發激楚。』王逸曰：『激楚，清聲也。言樂衆並會，復作激楚之聲也。』」卷三七孔融薦禰衡表「激楚、陽阿」，李善注：「楚辭曰：『宮庭震驚發激楚。』王逸曰：『激楚，清聲也。』」據此，「激」下舊有「楚」字。唐寫本無「楚」字，唐世已敓。北大簡（四）反淫：「揚鄭衛之浩樂，結敫（激）楚之遺風。」蓋本於此。激楚之音，清商之音。據黄翔鵬氏釋楚商所考，出土隨縣擂鼓墩曾侯乙墓編鐘之音域，高音爲宮，低音爲商。楚以商音爲主，類穆鐘之商，其音急疾悽苦，故謂之激楚。

言吹竽擊鼓，衆樂並會，宫庭之内，莫不震動驚駭，復作激楚之清聲，以發其音也。◎文選本無「吹竽擊鼓」四字，無「清」字。正德本、隆慶本、馮本、俞本、朱本、劉本、湖北本、莊本、四庫章句本「楚」下無「之」字。俞本「激楚」訛作「擊楚」。同治本「並」作「竝」。案：上「吹竽彈瑟又搷擊鳴鼓」，此不得復言「吹竽擊鼓」。「吹竽擊鼓」四字，羨也。又，宫庭，平列同義，皆享宴之所也。卜辭曰「庭」，金文曰「宮」，至戰國曰「宮庭」。

吳歈蔡謳，奏大呂些。

吳、蔡，國名也。歈、謳，皆歌也。大呂，六律名也。周官曰：「舞雲門，奏大呂。」言乃復使吳人歌謠，蔡人謳吟，進雅樂，奏大呂，五音六律，聲和調也。

【疏證】

吳、蔡，國名也。◎案：吳，吳太伯之封國。蔡，姬姓，周武王弟叔度之封國。戰國之世，皆已屬楚。

歈、謳，皆歌也。◎案：歈，未見說文。補注：「説文云：『歈，歌也。』徐鉉曰：『渝水之人善歌舞，漢高祖采其聲，後人因加此字。』按：楚詞已有此語，則歈蓋歌之別稱耳。徐説非是。」歈字爲徐鉉新附所增益，其語見於先秦，語言與文字不並生也。切韻上平聲第一〇虞韻：「巴歈，歌也。」又，徒歌謂之謳。徒歌者，且行且歌，類今扭秧歌也。詳參抽思「少歌曰」注。

大呂，六律名也。周官曰：「舞雲門，奏大呂。」言乃復使吳人歌謠，蔡人謳吟，進雅樂，奏大呂，五音六律，聲和調也。◎補注引文選「奏」作「秦」，唐寫本、六臣本亦作「奏」；唐寫本、秀州本、明州本、尤袤本「律名」上無「六」字。唐寫本亦無「也」字。四庫章句本「奏大呂」作「秦大呂」。

案：六，羨也。秦，訛字。章句引周官見卷二二春官第三大司樂，其作「乃奏黄鐘，歌大吕，舞雲門，以祀天神。」宫爲五音之首，大吕爲六律之首，據饒宗頤考，楚律以姑洗爲吕鐘，較之周律，爲低一階。

士女雜坐，亂而不分些。

言醉飽酣樂，合罇促席，男女雜坐，比肩齊膝，恣意調戲，亂而不分别也。

【疏證】

言醉飽酣樂，合罇促席，男女雜坐，比肩齊膝，恣意調戲，亂而不分别也。◎文選本「罇」作「尊」。四庫章句本、湖北本「罇」作「鐏」。湖北本「肩」作「眉」。案：尊，古罇字。罇、鐏同。眉，訛也。亂，謂合也。詳參漁父「何不淈其泥」注。亂而不分，言合聚不别。章句「男女雜坐比肩齊膝」云云，雜、齊相對爲文。雜，猶齊也，合也。詳參離騷「雜杜衡與芳芷」注。北大簡（四）反淫：「僚友男女，襍坐奄留。」蓋因乎此也。

放敶組纓，班其相紛些。

組，綬。紛，亂也。言男女共坐，除去威嚴，放其冠纓，舒敶印綬，班然相亂，不可整理也。

【疏證】

組，綬。◎文選本、莊本「綬」下有「也」字。四庫章句本無注。案：敚也。組之解綬，詳參上文「纂組綺縞」注。

紛，亂也。◎案：詳參惜誦「紛逢尤以離謗兮」注。

言男女共坐，除去威嚴，放其冠纓，舒敶印綬，班然相亂，不可整理也。◎文選尤袤本、六臣本「去」作「其」。文選本「敶」作「陳」。正德本、隆慶本、馮本、俞本、朱本、劉本、湖北本、莊本「整理」下無「也」字。文淵四庫章句本「相亂」作「想亂」，文津本亦作「相亂」。案：敶，古陳列字。據義，去，當作其。書鈔卷一二七衣冠部纓五「放敶組纓」條引王逸注「整理」下無「也」字。又，章句「班然」云云，班，通作斑，亂貌。

鄭衛妖玩，來雜陳些。

鄭、衛，國名也。妖玩，好女也。雜，厠也。陳，列也。言鄭、衛二國復遣妖玩之好女，來雜厠俱坐而陳列也。

【疏證】

鄭、衛，國名也。◎正德本、隆慶本、馮本、俞本、朱本、劉本、湖北本、莊本、四庫章句本無注。案：敚之。文選本有注。衛者，周公弟康叔始封國也。鄭者，周宣王母弟桓公友所封國也。鄭、衛二國皆出新聲，所謂濮上、桑間之樂也。

妖玩，好女也。◎正德本、隆慶本、馮本、俞本、朱本、劉本、湖北本、莊本、四庫章句本無注。案：敚之也。散文妖玩並言女樂。對文女色謂之妖，珍奇謂之玩也。漢帛書經法大分「玩好睘（嬛）好而不惑心。」玩好，珍奇也。嬛好，女色也。四度：「女樂玩好燔材，亂之基也。」女樂，妖女；玩好，珍奇也。陸善經注：「言美女善爲妖容而可愛玩。」非也。此「妖玩」，玩字連類及之，謂妖女也。

雜，厠也。◎同治本「厠」作「廁」。案：廁、厠同。遠遊「五色雜而炫燿」，章句：「衆采雜廁而明朗也。」雜廁之義已備於前。

陳，列也。◎案：陳列字本作敶，詳參九歌東皇太一「陳竽瑟兮浩倡」注。

言鄭、衛二國復遺妖玩之好女，來雜厠俱坐而陳列也。◎文選尤袤本、六臣本「玩」下無「之」字，「也」作「之」。正德本、隆慶本、馮本、俞本、朱本、劉本、湖北本「厠」作「側」。莊本作「厠」。馮本、四庫章句本「雜」作「襍」。惜陰本、同治本「厠」作「廁」。案：廁、側古字通用。襍、雜同。雜厠，章句習語。詳參懷沙「同糅玉石」注。

激楚之結，獨秀先些。

激，感也。結，頭髻也。秀，異也。言鄭、衛妖女，工於服飾，其結殊形，能感楚人，故異之，而使之先進也。

【疏證】

激，感也。結，頭髻也。◎文選唐寫本、明州本、秀州本無注。六臣本以二注爲劉良注。案：竄亂之也。結訓「頭髻」，結、髻古通用。方言卷四：「覆結謂之幘巾。」戴震疏證：「結、髻古通用。」漢書卷四十三陸賈傳「尉佗魋結箕踞見賈」，顏師古曰：「結，讀曰髻。」或作紒。儀禮卷二士冠禮「將冠者采衣紒」，鄭玄注：「紒，結髮，古文紒爲結。」文選集注陸善經：「激楚之曲，獨秀異而在先。」其説是也。激楚，清商之曲。詳參上「發激楚」注。激楚之結，妖女舞清商之曲而所繫髮結也，則不當釋言「其結殊形能感楚人」。後因五臣而益此二解。文選卷二一左思詠史詩八首「長嘯激清風」，李善注引王逸曰：「激，感也。」慧琳音義卷一八「水激」條、卷三六「搖激」條、卷五九「激發」條引王逸注楚辭：「激，感也。」唐本或已亂，幸唐寫本、秀州本猶存其舊。楚俗平居髮式有四：一則束結長髮垂於項後，江陵馬山一號楚墓木俑是也。二則結束長髮爲辮，垂於項後，包山二號楚墓木俑是也。三是挽髮爲髻，繫於頸後，長沙陳家大山楚墓人物龍鳳畫是也。四爲垂髻，長沙馬王堆一號漢墓木俑是也。又有偏髻，包山二號楚墓持燈木俑是也。舞清商激楚之曲，步趨疾急輕快，前四者髮式皆不宜。激楚之結，偏髻也。

秀，異也。◎案：爾雅釋草：「不榮而實者謂之秀。」引申之言傑出、秀異。秀先，謂超先於衆也。

言鄭、衛妖女，工於服飾，其結殊形，能感楚人，故異之，而使之先進也。◎文選唐寫本「故異之而使之先進也」作「故異或曰前而先進也」，秀州本作「故其或使前而先進也」，明州本、建州本、尤袤本、胡本作「故秀異獨前而先進也」。明州本「結」作「髻」。建州本「妖」下有「之」字。正德本、隆慶本、馮本、俞本、朱本、劉本、湖北本、莊本、四庫章句本「異之」下無「而」字。案：據義，舊作「故其或使前而先進也」。秀州本存其舊。

菎蔽象棊，有六簙些。

菎，玉也。蔽，簙箸，以玉飾之也。或言菎蕗，今之箭囊也。（簙，箸也。）投六箸，行六棊，故爲六簙也。言宴樂既畢，乃設六簙，以菎蔽作箸，象牙爲棊，麗而且好也。

【疏證】

菎，玉也。蔽，簙箸，以玉飾之也。或言菎蕗，今之箭囊也。◎文選本、正德本、隆慶本、馮本、俞本、朱本、湖北本、四庫章句本「玉」下無「也」字。唐寫本「菎」作「昆」，「簙」作「博」，「飾」作「餝」，「菎蕗」作「箟簬」，「箭囊」下無「也」字。莊本無「玉也」二字。案：無「玉也」，敚之。昆、菎、箟，博、簙，蕗、簬，古字皆通用。白帖卷三三博綦引王逸注：「菎，蔽，玉箸也，以象飾。」其所見本別。據注，昆，讀如琨，因蔽字从艸而易琨作菎。或以竹爲之，字作箟。琨，象箸形，或謂之博箸。蔽，非簙箸。方言卷四：「蔽厀，江、淮之間謂之褘，或謂之袚，魏、宋、南楚之間謂之大巾。」蔽、袚，聲之轉，皆褘之別名。褘，謂幐也，囊也，或作幃字。蔽厀謂之褘，亦謂之大巾；猶褘謂之蔽厀，亦謂之大巾。大巾，所以包裹物，與訓幐、囊者，義相貫通。琨蔽，謂囊琨之大巾。若從或説，菎蔽作菎蕗者，蕗讀作簬，竹製篝籠，所以囊琨也。因其形如弓衣，故又稱「箭囊」。

簙，箸也。投六箸，行六棊，故爲六簙也。◎諸本皆無「簙箸也」三字。案：敚之。文選明州本、秀州本「投」下敚「六」字，唐寫本「投」譌爲「白枚」。史記卷六九蘇秦列傳「六博蹋鞠者」，索隱：「王逸注楚詞云：『博，著也。行六棊，故曰六博。』」今據索隱補。荀子卷一九大略第二七「六貳之博」，楊注：「王逸注楚辭云：『投六箸，行六棊，故曰六博。』」程大昌演繁露卷六引王逸章句作「投六箸，行六棊，故云六博。」「爲」作「曰」或「云」，皆同。又，戰國策卷八齊策「六博蹹鞠者」，吳師道注引章句作「謂之」。箸、著古字通用。後漢書卷三四梁統傳「六博」李賢注、資治通鑑釋文卷二「六博」條同引王逸注：「投六著，行六棊，故云六博。」「博」下無「也」字。白帖卷三三博棊、朱文公校昌黎文集卷二送靈師「六博在一擲」注同引王逸注：「其投六箸，行六棊，故爲六簙也。」有「也」字。說文繫傳第一一木部「棊」字：「楚辭『菎蔽象棊，有六博』，王逸注謂『以菎玉作簙箸』也。」非章句足文。御覽卷七五四工藝部一一博引說文：「博，局戲，六箸十二碁也。」論語卷一七陽貨篇「不有博弈者乎」，皇疏：「博者，十二棊，對而擲采者也。」補注：「鮑宏博經云：『所擲頭謂之瓊。瓊有五采，刻爲一畫者謂之塞；刻爲兩畫者謂之白；刻爲三畫者謂之黑；一邊不刻者，五塞之間謂之五塞。』列子曰：『擊博樓上。』注云：『擊，打也。如今雙陸碁也。』古博經云：『博法：二人相對，坐向局，局分爲十二道，兩頭當中名爲水，用碁十二枚，六白六黑，又用魚二枚，置於水中，其擲采以瓊爲之，瓊畟方寸三分，長寸五分，鋭其頭，鑽刻瓊四面爲眼，亦名爲齒，二人互擲采行碁，碁行到處即豎之，名爲驍碁。即入水食魚，亦名牽魚。每牽一魚獲二籌，翻一魚獲三籌。』」鮑宏博經，見新唐書卷四九藝文志三，稱小博經。別有魏文皇帝博經一卷、大小博法二卷、大博經行碁戲法二卷、博塞經一卷、雜博戲五卷、隋煬帝二儀博經一卷。隋書卷二九經籍記三有雜博戲五卷、梁東宮撰太一博法一卷、雙博法一卷、皇博一卷、邵綱博塞經一卷。又，西京雜記卷四：「許博昌，安陵人也。善陸博，法用六箸，或謂之究（庚案：當作焭），以竹爲之，長六分。或用二箸。博昌又作大博經一篇，今世傳。」顏氏家訓卷七雜藝篇第一九：「古爲大博則六箸，小博則二煢，今無曉者。比世所行，一煢十二棊，數術淺短，不足可翫。」盧文弨注：「煢即瓊也。温庭筠詩用雙瓊，即二煢也。」煢、瓊古字通。劉賓客文集卷二〇有觀博篇，云：「客有以博戲自任者，速余觀焉。初，主人執握槊之器，置於廡下，曰：『主進者要約之。』既揖讓，即次有博齒二，異乎古之齒，其制用骨，觚稜四均，鏤以朱墨，耦而合數，取應期月，視其轉止，依以爭道。是制也，通行久矣，莫詳所祖。以其用必投擲，故以博投詔之。」六箸雖同，博法多異，未可推究。雲夢睡虎地秦墓出土「六簙棋一套」，棋盤長方形，木質，面刻六簙棋紋，同出算籌六枚，斷面爲弧形，有十二顆六簙子，骨質。（詳參文物一九七六年第六期）又，江陵紀城一號楚墓出土漆器有六博盤，面長方形，浮雕出邊框與「∟」、「—」形符號，盤之對角復有二圓形之穿孔，盤下有四蹄形足。（詳參文物一九九九年第四期，頁一三）昆箸之物則未見。北大簡（五）六博，不祗以娛樂，所以占卜吉凶之器也。

言宴樂既畢，乃設六簙，以菎蔽作箸，象牙爲棊，麗而且好也。◎文選本、正德本、隆慶本、馮本、俞本、朱本、劉本、湖北本、莊本、四庫章句本「麗」作「妙」。唐寫本、正德本、隆慶本、馮本、俞本、朱本、湖北本「菎蔽」作「箟簬」。唐寫本「簙」作「博」。六臣本作「菎蕗」，尤袤本作「菎路」。明州本、秀州本「妙」下無「而」字。劉本「蔽」作「落」。案：據義，舊作「妙」。文選本作「箟簬」，則用或說，謂箭囊。

分曹並進，遒相迫些[二]。

曹，偶。遒，亦迫。言分曹列偶，並進技巧，投箸行棊，轉相遒迫，使不得擇行也。或曰：分曹並進者，謂並用射禮進也。

【疏證】

曹，偶。◎文選本「偶」下有「也」字。四庫章句本無注。案：敚之。曹之爲偶，因小爾雅廣言。

遒，亦迫。◎文選本、正德本、隆慶本、馮本、俞本、劉本、朱本、湖北本、莊本、四庫章句本「迫」下有「也」字。案：遒之爲迫，迫捕也。文選卷八上林賦「遒孔鸞，促鵕鸃」，郭璞注：「遒、促，皆迫捕貌。」

言分曹列偶，並進技巧，投箸行棊，轉相遒迫，使不得擇行也。或曰：分曹並進者，謂並用射禮進也。◎文選唐寫本、明州本、秀州本「技」作「校」，尤袤本作「伎」。唐寫本「偶」作「⿰禾禺」，「並進」作「普進」，「進也」作「進之也」。明州本、尤袤本「偶」作「耦」。建州本、秀州本、明州本、尤袤本「進也」作「進之」。同治本「並」作「竝」。案：耦本字，偶借字，⿰禾禺，俗字。校，訛也。章句「射禮」云云，古射之禮有三：大射、賓射、燕射。大射者，將祭選士於射官；賓射者，謂諸侯來朝，與之射於朝；燕射者，因燕賓客，即與射於寢。審是蓋燕射也。北大簡（四）反淫：「六博投棧，相引爲曹。」亦因乎此也。

成梟而牟，呼五白些。

倍勝爲牟。五白，簙齒也。言己棊已梟，當成牟勝，射張食棊，下兆於屈，故呼五白以助投也。

【疏證】

倍勝爲牟。◎文選明州本、秀州本無注。案：竄入五臣呂向也。淮南子卷五時則訓「毋或侵牟」，高注：「牟，多。」卷一四詮言訓：「善博者不欲牟，不恐不勝，平心定意，捉得其齊。行由其理，雖不必勝，得籌必多。」高注：「博其棋不傷爲謀也。」牟之言謀也。若己不傷，則彼必傷，是爲多得也。

五白，簙齒也。◎文選唐寫本、秀州本「簙」作「博」。正德本、隆慶本、馮本、俞本、朱本、湖北本、莊本、劉本、四庫章句本「五白」下有「者」字。案：博、簙通。錦繡萬花谷別集卷二五樗蒲「五白」條引王逸注：「五白，五木也。」其所據本別。又，補注：「列子云：『樓上博者射，明瓊張中。』

説者曰：『凡戲争能取中，皆曰射。明瓊齒，五白也。』」洪引見卷八説符篇，張湛注：「凡戲争能取中皆曰射，亦曰投。明瓊齒，五白也。」洪所謂「説者」，因晉張湛。明瓊齒，即博齒，五白也。

言己棊已梟，當成牟勝，射張食棊，下兆於屈，故呼五白以助投也。◎文選本「兆於屈」作「逃於窟」。六臣本、尤袤本「投」下有「者」字。補注引文選「梟」作「梟」，又引「兆於屈」一作「逃於窟」。案：唐寫本作「梟」，未訛。據義，謂我勝彼敗，其棊逃於窟中不出，故呼之以五白，使出之也。舊作「逃於窟」也。史記卷七九蔡澤列傳：「君獨不觀夫博者乎？或欲大投，或欲分功。」集解：「投，投瓊也。」索隱：「言夫博弈，或欲大投其瓊以致勝；或欲分功者，謂觀其勢弱，則投地而分功，以救遠也。」即章句所謂「助投」。

晉制犀比，費白日些。

晉，國名也。制，作也。比，集也。費，光貌也。言晉國工作簙棊箸，比集犀角以爲雕飾，投之皜然如日光也。

【疏證】

晉，國名也。◎案：晉，周成王弟唐叔所封國也。

制，作也。◎案：孟子卷一梁惠王上「可使制梃」，趙注：「制，作也。」

比，集也。◎文選明州本、建州本、胡本、尤袤本「集」下有「者」字。秀州本「者」作「箸」。案：箸，訛字。禮記卷三九樂記第一九「比物以飾節」，釋文：「比，毗惑反，雜也。」雜亦集也。

費，光貌也。◎文選唐寫本、明州本、尤袤本「貌」作「皃」。案：補注：「費，耗也。昲，日光也。」據此，費，讀作昲。慧琳音義卷九八「麗昲」條引王逸注楚辭：「昲，光皃也。」其所見本作「昲」字。或曰：費白日，猶消費時日。則亦通也。

言晉國工作簙棊箸，比集犀角以爲雕飾，投之皜然如日光也。◎文選唐寫本、明州本、秀州本「簙」作「博」。秀州本、明州本、尤袤本「光」下無「也」字。案：簙、博通。章句「皜然」云云，猶皓然，謂光明貌。袁校「皜」作「皓」。

鏗鍾搖簴，揳梓瑟些。

鏗，撞也。搖，動也。揳，鼓也。言衆賓既集，共簙以相娛樂，堂下復鳴大鍾，左右歌吟，鼓瑟琴也。

【疏證】

鏗，撞也。◎補注引釋文「鏗」作「䤰」。案：䤰，俗鏗字。文選卷三張衡東京賦「鏗華鐘」，薛綜注：「鏗，猶擊也。」

搖，動也。◎案：悲回風「悲回風之搖蕙」，章句：「言飄風動搖芳草，使不得安。」搖動之義，已備於前。

揳，鼓也。◎文選唐寫本「鼓」作「皷」。案：張銑注：「揳，撫也。」文選集注陸善經：「揳，謂以竹擽也。」揳，俗楔字。楔，櫼也，所以固木，有填塞意。淮南子卷二一要略訓「櫼揳唲齵之郄」，高注：「揳，塞也。」皆無鼓琴、撫瑟意。揳，讀如挈。説文手部：「挈，縣持也。」廣雅釋詁：「挈，提也。」以手上提之，鼓琴瑟之指法也。

言衆賓既集，共簙以相娛樂，堂下復鳴大鍾，左右歌吟，鼓瑟琴也。◎文選本無「共」字。唐寫本「簙」作「博」，「鼓」作「皷」。六臣本「琴瑟」作「瑟琴」。秀州本、明州本、尤袤本無「娛」字，「琴」下無「也」字。明州本、尤袤本、俞本、馮本、莊本「鍾」作「鐘」。案：無「共」，敚之。瑟琴，乙訛也。謂古者行簙箸之戲，復有鐘鼓琴瑟以共相娛。

娛酒不廢，沈日夜些。

娛，樂。言雖以酒相娛樂，不廢政事，晝夜沈湎，以忘憂也。或曰：娛酒不發。發，旦也。詩云：「明發不寐。」言日夜娛樂。又曰：「和樂且湛。」言晝夜以酒相樂也。

【疏證】

娛，樂。◎文選本、俞本、莊本「樂」下有「也」字，案：詳參離騷「夏康娛以自縱」注。「樂」下亦有「也」字。

言雖以酒相娛樂，不廢政事，晝夜沈湎，以忘憂也。或曰：娛酒不發。發，旦也。詩云：「明發不寐。」言日夜娛樂。又曰：「和樂且湛。」言晝夜以酒相樂也。◎文選本「詩云」作「詩曰」。唐寫本「廢」作「癈」，「沈」作「沉」。唐寫本、建州本、尤袤本、胡本「且湛」作「且耽」，明州本「耽」作「躭」。明州本、秀州本無「發」字。秀州本、明州本、胡本、尤袤本「日夜娛樂」作「歡娛日夜湛樂」，唐寫本作「歡娛日夜媅樂」。正德本、隆慶本、馮本、俞本、朱本、劉本、湖北本、莊本、四庫章句本「日夜娛樂」作「娛樂日夜湛樂」。袁校作「歡娛樂日夜湛樂」。案：正德本、隆慶本等諸本及袁校皆不可通。無「發」，敓之。湛、媅古字通。明發不寐，出小雅小宛，毛傳：「明發，發夕至明。」和樂且湛，出小雅鹿鳴及常棣，毛傳：「湛，樂之久。」耽亦樂也。未有作「和樂且耽」。杭世駿訂訛類編卷二「娛酒不廢」條據蠖齋詩話訓「廢」爲「止」，「謂飲酒不止」。聞一多楚辭校補：「發、廢正借字。發，謂酒醒。晏子春秋諫上篇曰『景公飲酒，三日一發』。又曰『君夜發不可以朝發』。皆謂酒醒。賈子新書先醒篇『辟猶俱醉而獨先發也』，先發，即篇名之先醒也。王注訓發爲旦，引詩『明發不寐』爲證，不知詩『明發』亦本訓醒。則先儒汪中、馬瑞辰等已發其覆矣。」其說是也。

蘭膏明燭，華鐙錯些。

言鐙錠盡雕琢錯鏤，飾設以禽獸，有英華也。

【疏證】

言鐙錠盡雕琢錯鏤，飾設以禽獸，有英華也。◎文選尤袤本、六臣本「英華」下無「也」字，唐寫本敚「鏤」字，「錯」上有「琢」字。秀州本「雕」作「彫」。正德本、隆慶本、馮本、俞本、朱本、劉本、湖北本、莊本、四庫章句本「飾」下無「設」字。案：彫、雕，古字通。慧琳音義卷四五「錠𤩄」條引王注楚辭：「言鐙錠盡銅琢也。」則「雕」訛作「銅」。據義，有「設」字，羨也。

結撰至思，蘭芳假些。

撰，猶博也。假，至也。書曰：「假于上下。」蘭芳，以喻賢人也。言君能結撰博專至之心，以思賢人，賢人即自至也。

【疏證】

撰，猶博也。◎案：博，猶縛也，古字通用。説文糸部：「縛，束也。」

假，至也。書曰：「假于上下。」◎案：章句引書見堯典，今作「格于上下」，孔傳：「格，至也。」假、格，古字通用。假，讀如嘉。詩假樂「假樂君子」，禮記卷五二中庸第三一引作「嘉樂君子」。維天之命「假以溢我」、雝「假哉皇考」，毛傳並云：「假，嘉也。」爾雅釋詁：「嘉，美也。」蘭芳，以喻賢人也。言君能結撰博專至之心，以思賢人，賢人即自至也。◎文選本「賢人」下無「也」字，「專」作「思」，「至」下無「之」字，「即」下無「自」字。秀州本、明州本、尤袤本「君」上無「言」字。尤袤本「蘭」上有「言」字。唐寫本「思賢人」上無「以」字。案：章句以「至思」爲「專至之心思賢人」者，牽合之説。至思，猶善思也。周禮卷四二冬官考工記第六弓人「覆之而角至」，鄭注：「至，猶善也。」謂結束善思如嘉美之蘭芳也。

人有所極，同心賦些。

賦，誦也。言衆坐之人各欲盡情，與己同心者，獨誦忠信與道德也。

【疏證】

賦，誦也。◎案：賦之爲誦者，猶誦詩也。詳參悲回風「竊賦詩之所明」注。

言衆坐之人各欲盡情，與己同心者，獨誦忠信與道德也。◎文選本無「信」字。尤袤本、六臣本「坐」作「座」，「道德」下無「也」字。正德本、隆慶本、馮本、俞本、朱本、劉本、湖北本、莊本、四庫章句本「獨」作「猶」。景宋本「衆」作「樂」。案：無「信」，敚之。坐、座古今字。獨，當作「猶」，字

之訛。樂，亦訛字。極，敬也，愛也。詳參離騷「相觀民之計極」注。同心，同志也，友也。清華簡

（六）管仲：「前有道之君所以保邦，天子之明者，能得僕四人同心，而已五焉。諸侯之明者，能得僕三人同心，而已四焉。大夫之明者，能得僕二人同心，而已三焉。」謂人所敬愛者，同心賦詩而誦。

酎飲盡歡，樂先故些。

故，舊也。言飲酒作樂，盡己歡欣者，誠欲樂我先祖及與故舊人也。

【疏證】

故，舊也。◎案：孟子卷二梁惠王下「所謂故國者」，趙注：「故者，猶舊也。」言飲酒作樂，盡己歡欣者，誠欲樂我先祖及與故舊人也。◎文選尤袤本、六臣本「舊人」下無「也」字。案：君子以樂先祖者，孝道也。詩有瞽：「既備乃奏，簫管備舉。喤喤厥聲，先祖是聽。」所謂「樂先故」也。

魂兮歸來！反故居些。

言䰟神宜急來歸，還反楚國，居舊故之處，安樂無憂也。

【疏證】

言䰟神宜急來歸，還反楚國，居舊故之處，安樂無憂也。◎文選本、惜陰本、四庫章句本「䰟」作「魂」。唐寫本、正德本、隆慶本、馮本、俞本、朱本、劉本、湖北本、莊本「安」下無「樂」字。尤袤本、明州本、秀州本「還」下無「反」字，秀州本「居」作「君」。秀州本、明州本、尤袤本「無憂」下無「也」字。案：有「樂」，羨也。君，居之訛。正文「魂兮」二語亦復見於前。

亂曰：獻歲發春兮汩吾南征。

獻，進。征，行也。言歲始來進，春氣奮揚，萬物皆感氣而生，自傷放逐，獨南行也。

【疏證】

獻，進。◎文選本、馮本、四庫章句本、莊本「進」下有「也」字。明州本、秀州本無注。案：竄入五臣呂向也。書鈔卷一五三歲時部歲五「獻歲發春」條、御覽卷一七時序部二歲同引王逸注：「獻，進也。」則「進」下有「也」字。獻，進物於上也。周禮卷六天官冢宰第一玉府「凡王之獻金玉」，鄭注：「古者致物於人，尊之則曰獻，通行則曰饋。」引申之言進也。國語卷一九吳語「大夫種乃獻謀」，韋昭注：「獻，進也。」後漢書卷二八下馮衍傳「汩吾西征」，李賢注：「汩，行貌。音于筆反。」又，馮衍傳「開歲發春兮」，全宋文卷六三慧琳龍光寺竺道生法師誄「轉獻歲於此春」，全梁文卷一梁武帝孝思賦「至如獻歲發暉，春日載陽」。並蹈襲於玉。

征，行也。◎案：詳參離騷「濟沅湘以南征兮」注。

言歲始來進，春氣奮揚，萬物皆感氣而生，自傷放逐，獨南行也。◎文選唐寫本、六臣本「感」作「含」。唐寫本「歲」下無「始」字。四庫章句本「揚」作「發」。案：論衡卷二命義篇第六：「人稟氣而生，含氣而長，得貴則貴，得賤則賤。」舊作「含氣」。又，五百家注昌黎文集卷八遠遊聯句「即路涉獻歲」，韓曰引王逸注：「獻歲，歲始來進。」其所據本有「始」字。

菉蘋齊葉兮白芷生。

菉，王芻也。言屈原放時，菉蘋之草，其葉適齊，白芷萌芽，方始欲生，據時所見，自哀傷也。猶詩云「昔我往矣，楊柳依依」也。

【疏證】

菉，王芻也。◎文選本「芻」作「蒭」。尤袤本「王芻」上有「爾雅曰」三字。案：詳參離騷「薋菉葹以盈室兮」注。

言屈原放時，菉蘋之草，其葉適齊，白芷萌芽，方始欲生，據時所見，自哀傷也。猶詩云「昔我往矣，楊柳依依」也。◎文選本「芽」作「牙」，「哀傷」作「傷哀」。唐寫本「蘋」作「薠」，「依依」下無「也」字。秀州本、明州本、尤袤本「據時」作「懷」。秀州本「放」訛作「於」。景宋本「芽」作「牙」。正德本、隆慶本、馮本、俞本、朱本、莊本、劉本、湖北本、四庫章句本「哀傷」作「傷哀」。文淵四庫章句本「時」作「持」，文津本亦作「時」。案：據義，舊作「據時」。牙、芽古今字。又，蘋，水萍。菉，俗呼毯蓐草；薠，俗呼馬藺草，皆春生於道側溪澗。菉薠，草以類同。作蘋，非也。章句引詩見小雅采薇，依依，楊柳茂密之貌。孔疏謂「是爲二月之末三月之中事也」。

路貫廬江兮左長薄，

貫，出也。廬江、長薄，地名也。言屈原行先出廬江，過歷長薄。長薄在江北，時東行，故言「左」也。

【疏證】

貫，出也。◎案：貫之爲出者，謂穿通。淮南子卷五時則訓「貫大人之國」，高注：「貫，通也。」論語卷一五衛靈公篇「予一以貫之」，皇疏：「貫，穿也。」

廬江、長薄，地名也。◎案：補注：「前漢地理志：『廬江出陵陽東南，北入江。』」則爲在今蕪湖西之青弋江。非也。王夫之楚辭通釋：「襄、漢之間有中廬水，疑即此水。長薄，山林亘望皆叢薄也。」其説得之。今人譚其驤有詳考，曰：「亂所謂廬江，在今湖北宣城縣北，其地於漢志爲中廬縣。沔水經，『又東過中廬縣東，淮水自房陵縣維山東來注之』，注云：『縣即春秋廬戎之國也。縣故城南有水，出西山，名曰浴馬港，謂之馬穴山。侯山諸蠻北遏是水，南壅維川，以周田溉，下流入沔。』廬江之爲浴馬抑維川不可知，要之必居其中之一。蓋招魂所招懷王之魂，而亂所述一段行踪，乃作者追記曩年扈駕襄、沔至郢都之景象也。自襄、沔至郢，廬江實所必經矣。亂下文云：『倚沼畦瀛兮遥望博，青驪結駟兮齊千乘。』再下云：『與王趨夢兮課後先。』又云：『湛湛江水兮上有楓。』而終之以『魂兮歸來哀江南』，與鄂西北地形悉能吻合。漢水西岸，自宜城以南即入平原，故遥望博平，結駟至於千乘。平原盡入於夢中。漢志：『編有雲夢宫。』編縣故城約今荆門縣境。自夢而南乃臨乎江岸，達於郢都也。若以移之皖境，則無一語可合。」廬江之地，可以定讞矣。惟譚氏以招魂爲招懷王之魂，亦非也。長薄未聞。此曰「左」，蓋在廬江東。魏書卷一九安陽王傳英：「先是，馬仙琕雲騎將軍馬廣率衆拒屯於長薄，軍主胡文超別屯松峴。英至長薄，馬廣夜遁入於武陽，英進師攻之。」長薄，蓋在宜城武陽之北。

言屈原行先出廬江，過歷長薄。長薄在江北，時東行，故言「左」也。◎文選六臣本、尤袤本「長薄」下無「長薄」二字。明州本、尤袤本「言左」下有「者」字。馮本、四庫章句本「長薄」下無「長薄」二字。四庫章句本「時東行」作「時由東而行」。案：「長薄」下無「長薄」，則「在江北」屬上。

倚沼畦瀛兮遥望博。

沼，池也。畦，猶區也。瀛，池中也，楚人名池澤中曰瀛。遥，遠也。博，平也。言己循江而行，遂入池澤，其中區瀛，遠望平博，無人民也。

【疏證】

沼，池也。◎文選明州本、秀州本無注。案：竄入五臣劉良也。左傳隱公三年「澗谿沼沚之毛」，杜注：「沼，池也。」孔疏：「沼者，池之别名。」

畦，猶區也。◎文選明州本、秀州本無注。案：竄入五臣劉良也。史記卷一二九貨殖列傳「千里薑韭」，索隱：「韋昭云：『埒中畦猶隴也，謂五十畝也。』劉熙注孟子云：『今俗以二十五畝爲小畦，五十畝爲大畦。』王逸云：『畦，猶區也。』」慧琳音義卷六〇「田畦」二條引王逸注楚辭：「畦，區也。」無「猶」字。卷六一「田畦」條：「楚辭云：『畦猶區也。』」卷六八「畦壠」條、卷七一、卷七七、卷八三「畦稻」條、卷八一「禪畦」條同引王逸注楚辭：「畦猶區也。」皆有「猶」字。文選卷四蜀都賦「其沃瀛則有攢蔣叢蒲」，劉逵注引王逸曰：「班固以爲畦，埒名也。」畦爲田五十畝者，圭畦也。詳參離騷「畦留夷與揭車兮」注。訓「隴埒」，田畦。一隴爲一畦。二者未可溷。畦之爲區，所以通古今別語，與訓埒、隴者皆通。然此「倚沼畦瀛」，倚，通徛，度也。畦，通作跬，亦度也。謂越度沼澤也。畦，非畦隴也。

瀛，池中也，楚人名池澤中曰瀛。◎文選本「澤中」上無「池」字。案：散則池、澤不別。對文水草交錯曰澤，無草者曰池。風俗通義卷一〇藪：「詩云：『彼澤之陂，有蒲與荷。』傳曰：『水草交錯名之爲澤。澤者，言其潤澤萬物，以阜民用也。』」瀛者，水澤也。舊無「池」字也。文選卷四蜀都賦「其沃瀛則有攢蔣叢蒲」，劉逵注引王逸注：「瀛，澤中也。」魏、晉所見本如此。後於「人名」下羨「池」字，遂爲「池澤中」。又，卷二二謝惠連泛湖歸出樓中翫月「日落泛澄瀛」，李善注：「楚辭曰：『倚沼畦瀛兮遥望博。』王逸曰：『楚人名池澤中曰瀛。』」唐本已羨也。

遥，遠也。◎案：抽思「愁歎苦神，靈遥思兮」，章句：「靈遥思者，神遠憂也。」遥遠義已備於前。

博，平也。◎案：博之爲平，言廣平。論衡卷二六實知篇第七八：「樗里子之見天子宮挾其墓，亦見博平之墓也。」又，史記卷一一七司馬相如列傳「案衍壇曼」，索隱：「司馬彪云：『壇曼，平博也。』」梁書卷五四諸夷傳扶南國：「其國輪廣三千餘里，土地洿下而平博。」博平、平博，皆平列同義。

言己循江而行，遂入池澤，其中區瀛，遠望平博，無人民也。◎文選本「無人」下無「民」字。

尤袤本、六臣本「言」下無「己」字。案：避唐諱删之。無「己」，敚也。章句「遠望平博無人民」云云，正謂雲夢大澤。

青驪結駟兮齊千乘，

純黑爲驪。結，連也。四馬爲駟。齊，同也。言屈原嘗與君俱獵於此，官屬齊駕駟馬，或青或黑，連千乘，皆同服也。

【疏證】

純黑爲驪。◎案：説文馬部：「驪，馬深黑色。从馬，麗聲。」詩駉「有驪有黄」，毛傳：「純黑曰驪，黄騂曰黄。」

結，連也。◎文選卷五八顔延年宋文皇帝元皇后哀策文一首「容翟結驂」，李善注引王逸曰：「結，連也。」案：説文糸部：「結，締也。从糸，吉聲。」引申之言繫連。

四馬爲駟。◎文選六臣本、尤袤本「駟」下有「也」字。案：詩干旄「良馬五之」，毛傳：「驂馬五轡」，孔疏引王肅：「夏后氏駕兩謂之麗，殷益以一騑謂之驂，周人又益一騑謂之駟。」引申爲駕乘，離騷「駟玉虬以椉鷖兮」是也。

齊，同也。◎案：詳參涉江「與日月兮齊光」注。

言屈原嘗與君俱獵於此，官屬齊駕駟馬，或青或黑，連千乘，皆同服也。◎文選本「連」下有「車」字。六臣本、尤袤本無「齊」字。正德本、隆慶本、馮本、俞本、朱本、劉本、湖北本、莊本、四庫章句本「連」下有「車」字。四庫章句本「於」作「于」。案：據義，舊作「連車千乘」。補注：「自此以下，盛言畋獵之樂以招之也。」

懸火延起兮玄顔烝。

懸火，懸鐙也。玄，天也。言己時從君夜獵，懸鐙林木之中，其火延及，燒于野澤，煙上烝天，使黑色也。

【疏證】

懸火，懸鐙也。◎文選明州本、秀州本無注。唐寫本「懸」作「縣」。馮本、四庫章句本「懸鐙」作「火鐙」。案：無注，竄入五臣呂向也。縣、懸古今字。縣火，周、秦語。墨子卷一四備梯篇第五六：「縣火，四尺一鉤檝，五步一竈，竈門有鑪炭，令適人盡入，煇火燒門，縣火次之。」縣鐙，漢時語也。又，明楊慎丹鉛餘録卷九：「楚辭懸火，今之提燈也。」

玄，天也。◎案：説文玄部：「玄，幽遠也。象幽而入覆之也。黑而有赤色者爲玄。」天之正色爲蒼，故天亦稱玄。老子一章「同謂之玄」，河上公注：「玄，天也。」

言己時從君夜獵，懸鐙林木之中，其火延及，燒于野澤，煙上烝天，使黑色也。◎文選本「及」作「起」。唐寫本「懸」作「縣」。唐寫本、明州本、尤袤本「于」作「於」。尤袤本「烝天」作「蒸于天」，六臣本作「蒸天」。正德本、隆慶本、馮本、俞本、莊本、朱本、湖北本、劉本、四庫章句本「其火延」下無「及」字，「使」下有「之」字。隆慶本、朱本「于」作「於」。案：及，當作「起」，字之訛。無「起」字，敚之。烝、蒸通。玄顔烝，不辭之甚。章句「煙上烝天」云云，顔，煙字音訛。玄煙，謂黑煙。全晉文卷九四潘尼火賦：「玄煙四合，雲蒸霧萃。」

步及驟處兮誘騁先，

驟，走也。處，止也。誘，導也。騁，馳也。言獵時有步行者，有乘馬走驟者，有處止者，分以圍獸，己獨馳騁爲君先導也。

【疏證】

驟，走也。◎文選唐寫本「走」作「趣」。案：趣，謂促，非疾走義。舊作「走」。説文馬部：「驟，馬疾步也。从馬、聚聲。」引申凡言疾走，不專主馬。左傳成公十八年「驟朝于晉」，孔疏：「驟，是疾行之名。」

處，止也。◎案：詩江有汜「其後也處」，毛傳：「處，止也。」

誘，導也。◎文選唐寫本「導」作「道」。案：道、導古今字，導引也。詩野有死麕「吉士誘之」，毛傳：「誘，道也。」

騁，馳也。◎案：對文直馳曰騁，亂馳曰騖。詳參離騷「乘騏驥以馳騁兮」注。

言獵時有步行者，有乘馬走驟者，有處止者，分以圍獸，已獨馳騁爲君先導也。◎文選唐寫本「導」作「道」。正德本、隆慶本、馮本、俞本、朱本、劉本、湖北本、莊本、四庫章句本「圍獸」下有「者」字，「君」下有「之」字。案：據例，則「圍獸」下舊有「者」字。正文「步及驟處」云云，及，謂與也。北大簡（四）反淫：「乘靈（軨）獵車，駕誘騁之馬。」「誘騁」者，即「誘騁之馬」也。

抑騖若通兮引車右還。

抑，止也。騖，馳也。若，順也。還，轉也。言抑止馳騖者，順通共獲，引車右轉，以遮獸也。

【疏證】

抑，止也。◎文選明州本、秀州本無注。案：竄入五臣呂延濟也。離騷「屈心而抑志兮」，章句：「抑，案也。」史記卷二九河渠書「禹抑鴻水十三年」，索隱：「抑者，遏也。」

騖，馳也。◎案：散則騖、馳不別。對文直馳曰騁，亂馳曰騖。漢書卷六五東方朔傳「車騖南北」，顏師古注：「亂馳曰騖。」

若，順也。◎明州本、秀州本無注。案：竄入五臣呂延濟也。若訓順，詳參天問「而后帝不若」注。

還，轉也。◎文選唐寫本「還」作「運」。補注引「還」一作「運」。案：運、先，真、文合韻。則舊作「運」。文選卷三四枚乘七發「兵車雷運」，李善注：「王逸楚辭注云：『運，轉也。』音旋也。」李善所據本作「運」。運之爲轉，謂回旋。詳參哀郢「將運舟而下浮兮」注。右運，言由北嚮西右旋行也。

言抑止馳騖者，順通共獲，引車右轉，以遮獸也。◎文選明州本、建州本、尤袤本「獲」作「護」。四庫章句本「遮」作「引」。案：訛也。順通、共獲，相對爲文，順通，謂順得。莊子卷一齊物論第二：「通也者，得也。」

與王趨夢兮課後先。

夢，澤中也，楚人名澤中爲夢中。左氏傳曰：「楚大夫鬭伯比與邧公之女婬而生子，弃諸夢中。」言己與懷王俱獵于夢澤之中，課第羣臣，先至後至也。

【疏證】

夢，澤中也，楚人名澤中爲夢中。左氏傳曰：「楚大夫鬭伯比與邧公之女婬而生子，弃諸夢中。」◎文選本「邛」作「郥」，「娙」作「淫」。唐寫本「澤中」作「草中」。正德本、隆慶本、劉本、俞本、朱本、湖北本、莊本、四庫章句本「名澤」下無「中」字，「弃」作「棄」。案：補注引一注云：「夢，草中也。」與唐寫本同。夢，藪之别稱，非草。風俗通義卷一〇藪：「謹按爾雅：『藪者，澤也。藪之爲言厚也，草木魚鼈所以厚養人君與百姓也。魯有泰野，晉有泰陸，秦有陽紆，宋有孟諸，楚有雲夢。』今漢有九州之藪，揚州曰具區，在吴縣之西；荆州曰雲夢，在華容縣南，今有雲夢長掌之。」藪，水草交匯之處。澤則兼草也。據此，舊作「澤中」。邛、郥同。淫、娙古今字。章句引左傳見宣公四年，杜注：「夢，澤名。江夏安陸縣城東南有雲夢城。」洪氏又云：「楚謂草澤曰夢。爾雅曰：『楚有雲夢。』先儒云：左傳：楚子與鄭伯田于江南之夢。地理志：南郡華容縣南有雲夢澤。杜預云：南郡枝江縣西有雲夢城。江夏安陸縣亦有雲夢。或曰：南郡華容縣東南有巴丘湖。江南之夢，雲夢一澤，而每處有名者。司馬相如子虛賦云：『雲夢者方八九百里。』則此澤跨江南北，每處名存焉。左傳：楚昭王寢𥨐于雲中。則此澤亦得單稱雲，單稱夢也。沈存中云：『書曰：「雲土夢作乂。」孔安國注書云：「雲夢在江南。」不然也。據左傳，吴人入郢，楚子涉睢濟江，入於雲中。王寢，盜攻之，以戈擊王，王奔郥。楚子自郢西走涉睢，則當出於江南，其後涉江入於雲中，遂奔郥，郥則今之安州。涉江而後至雲，入雲然後至郥，則雲在江北也。左傳：鄭伯如楚，王以田江南之夢。曰江南之夢，則雲在江北明矣。江南則今之公安、石首、建寧等縣。江北則玉沙、監利、景陵等縣也。』」古無此分別，沈氏强生區別耳。楊伯峻春秋左傳注：「據今考察，古無跨江南北之雲夢，則傳所謂『雲』或『夢』者，僅不相連之沼澤耳。」

言己與懷王俱獵于夢澤之中，課第羣臣，先至後至也。◎文選唐寫本、明州本、尤袤本、秀州本「俱獵」下有「趍」字。唐寫本「澤」作「草」，「第」作「弟」，「後至」上復羨「後」字。案：據義，「俱獵」下舊有「趨」字。趍，俗趨字。章句「課第」云云，課，謂試也。詳參天問「何不課而行之」注。

君王親發兮憚青兕，

發，射。憚，驚也。言懷王是時親自射獸，驚青兕牛，而不能制也。以言嘗侍從君獵，今乃放逐，歎而自傷閔也。

【疏證】

發，射。◎文選明州本、秀州本無注。建州本、尤袤本、莊本「射」下有「也」字。案：無注，竄入五臣張銑也。御覽卷八九〇獸部二兕引王逸注亦有「也」字。禮記卷六二射義第四六「發彼有的」，鄭注：「發，猶射也。」

憚，驚也。◎御覽卷八九〇獸部二兕引王逸注同。補注：「莊子云：『憚赫千里。』音義云：『千里皆懼。』」案：憚之爲難、爲驚、爲懼，其義相通。詳參離騷「豈余身之憚殃兮」注。又，「憚青兕」出韻。聞一多楚辭校補、徐仁甫古詩別解並謂「青兕憚」之乙，憚讀爲殫，殪也。其説是也。

言懷王是時親自射獸，驚青兕牛，而不能制也。以言嘗侍從君獵，今乃放逐，歎而自傷閔也。◎文選本「言嘗」上無「以」字，「君」下有「田」字。馮本、四庫章句本「歎而」上有「因」字。案：御覽卷八九〇獸部二兕引王逸注：「言懷王是時親自射，以言嘗從君田獵，今狩驚有兕牛而不能制也。」則敚「侍」字。據此與唐本對勘，則舊作「嘗侍從君田獵」。狩、獸古字通用。

朱明承夜兮時不可以淹。

朱明，日也。承，續也。淹，久也。言歲月逝往，晝夜相續，年命將老，不可久處，當急來歸也。

【疏證】

朱明，日也。◎文選明州本、秀州本無注。案：竄入五臣呂向也。唐寫本、建州本有此注。尤袤本「日」上有「謂」字。爾雅釋天：「夏爲朱明。」郭注：「氣赤而光明。」廣雅釋天：「朱明，日也。」

承，續也。◎案：詩權輿「于嗟乎不承權輿」，毛傳：「承，繼也。」

淹，久也。◎文選六臣本、尤袤本「久」作「淹久」。案：淹，羨也。淹之爲久，詳參離騷「日月忽其不淹兮」注。

言歲月逝往，晝夜相續，年命將老，不可久處，當急來歸也。◎文淵四庫章句本「來歸」作「歸來」。案：倒乙也。文津本亦作「來歸」。來歸，章句習語。

皋蘭被徑兮斯路漸。

皋，澤也。被，覆也。徑，路也。漸，没也。言澤中香草茂盛，覆被徑路，人無采取者，水卒增溢，漸没其道，將至弃捐也。以言賢人久處山野，君不事用，亦將隕顛也。

【疏證】

皋，澤也。◎案：詳參離騷「步余馬於蘭皋兮」注。

被，覆也。◎案：上文「翡翠珠被」，章句：「被，衾也。」名曰衾，事曰覆，義亦相通。

徑，路也。◎文選卷一三月賦「迺清蘭路」，李善注：「楚辭曰：『皋蘭被徑。』王逸曰：『徑，路也。』」案：對文車曰路，步曰徑；正曰路，邪曰徑。詳參離騷「夫唯捷徑以窘步」注。

漸，没也。◎案：慧琳音義卷七五「瀸漏」條引王逸注楚辭：「瀸，没也。」案：章句異文。漸、瀸，古字通用。舊作「殲」。春秋莊公十七年「齊人殲于遂」，公羊傳「殲」作「瀸」。爾雅釋詁：「殲，盡也。」郭舍人注：「殲，衆之盡也。」書胤征「殲厥渠魁」，孔傳：「殲，滅也。」

言澤中香草茂盛，覆被徑路，人無采取者，水卒增溢，漸没其道，將至弃捐也。以言賢人久處山野，君不事用，亦將隕顛也。◎文選本「弃捐」上無「至」字。唐寫本「溢」作「益」，「野」上羡「處」字。尤袤本、秀州本、明州本「弃」作「棄」。秀州本「事用」作「用事」。正德本、隆慶本、俞本、劉本、朱本「溢」作「益」，「弃」作「棄」。馮本、莊本「弃」作「棄」。四庫章句本「盛」下無「覆」字，「弃」作「棄」。案：喻林卷三一人事門二九不遇引「漸没」作「斷没」。訛也。益、溢古今字。章句「君不事用」云云，事亦用也。後漢書卷七六循吏傳王景：「乃參紀衆家數術文書，冢宅禁忌，堪輿日相之屬，適於事用者，集爲大衍玄基云。」晉書卷一六律曆志上注引國語云：「議宜，謂便於事用從宜者也。」事用，平列同義。若作「用事」，爲述賓語。非也。

湛湛江水兮上有楓，

湛湛，水貌。楓，木名也。言湛湛江水，浸潤楓木，使之茂盛。傷己不蒙君惠，而身放弃，曾不若樹木得其所也。或曰：水旁林木中，鳥獸所聚，不可居之也。

【疏證】

湛湛，水貌。◎文選唐寫本「貌」作「皃也」，明州本「貌」作「皃」。案：湛湛，謂水深貌。哀郢「忠湛湛而願進兮」，章句：「湛湛，重厚貌。」漢書卷五七下司馬相如傳「紛湛湛其差錯兮」，顔師古注：「湛湛，積厚之貌。」厚，謂深也。文選卷一五張衡思玄賦「私湛憂而深懷兮」，舊注：「湛，深也。」

楓，木名也。◎案：爾雅釋木：「楓欇欇。」郭注：「楓樹似白楊，葉圓而岐，有脂而香，今之楓香是。」史記卷一一七司馬相如列傳「華氾檘櫨」，集解：「徐廣曰：『氾，一作楓。』」索隱：「古今字林云：『楓，木，厚葉弱支，善搖。』郭璞云：『似白楊，葉圓而岐，有脂而香。』犍爲舍人注：『楓爲樹，葉厚弱莖，大風則鳴，故曰楓。』」

言湛湛江水，浸潤楓木，使之茂盛。傷己不蒙君惠，而身放弃，曾不若樹木得其所也。或曰：水旁林木中，鳥獸所聚，不可居之也。◎文選本「不可居」下無「之」字。唐寫本、六臣本「林」下無「木」字。六臣本、尤袤本「若」作「如」。六臣本、尤袤本、正德本、隆慶本、俞本、劉本、莊本、湖北本「弃」作「棄」。案：此陳遊獵之樂，以招其魂之來歸，無託寓之意，「或説」得之旨。或者以章句不調遂，别爲之説。故「或曰」之説，後所益附。

目極千里兮傷春心。

言湖澤博平，春時草短，望見千里，令人愁思而傷心也。或曰：蕩春心。蕩，滌也。言春時澤平，望遠可以滌蕩愁思之心也。

【疏證】

言湖澤博平，春時草短，望見千里，令人愁思而傷心也。或曰：湯春心。蕩，滌也。言春時澤平，望遠可以滌蕩愁思之心也。◎文選六臣本、尤袤本「春時」下無「澤」字。正德本、隆慶本、劉本、俞本、莊本「蕩春心」作「傷春心」。皇都本「令」訛作「今」。案：無「澤」，則「平」字屬下。作「傷」，訛也。文選卷三四枚乘七發「蕩春心」，李善注：「楚詞曰：『目極千里傷春心。』王逸曰：『蕩春心。蕩，滌也。』」其所據本作「蕩春心」。左傳莊公四年「余心蕩」，杜注：「蕩，動散也。」禮記卷二六郊特牲第一一「滌蕩其聲」，鄭注：「滌蕩，猶搖動也。」思美人：「開歲發春兮，白日出之悠悠。吾將蕩志而愉樂兮，遵江夏以娛憂。」同此「蕩春心」。又，皎然長門怨詩：「搖蕩春心自夢魂。」毛文錫戀情深：「宴餘香殿會鴛衾，蕩春心。」皆蹈襲於玉，蓋用或說也。又，北大簡（四）反淫：「眺望直徑，目極千里。」唐玄宗春臺望：「目極千里際。」劉希夷春女行：「目極千餘里。」岑羲餞唐州高使君：「目極傷千里。」孟浩然宿揚子津寄潤州長山劉隱士：「目極楓樹林。」獨孤及雨後公超谷北原眺望寄高拾遺：「目極千里關山春。」柳宗元聞黃鶴：「目極千里無山河。」目極千里，皆蹈襲於玉也。

魂兮歸來哀江南！

言䰟𩲡當急來歸，江南土地僻遠，山林嶮阻，誠可哀傷，不足處也。

【疏證】

言䰟𩲡當急來歸，江南土地僻遠，山林嶮阻，誠可哀傷，不足處也。◎文選本「䰟𩲡」作「魂魄」，「急來」下有「以」字。唐寫本、正德本、隆慶本、馮本、俞本、朱本、劉本、湖北本、莊本、四庫章句本「嶮」作「險」。秀州本、明州本、尤袤本「阻」作「岨」。湖北本「處」下無「也」字。惜陰本、同治本、四庫章句本「䰟」作「魂」，「𩲡」作「魄」。案：䰟𩲡、魂魄同。嶮岨，俗「險阻」字。江，非長江專名。清華簡（七）越公其事：「吳王起師，軍於江北。越王起師，軍於江南。」江，淛江，非大江也。此篇「江南」，非屈子再放沅湘之江南，即上文之廬江也，廬江之南即雲夢大澤，在宜城西陽附近。西陽，有楚族公卿宗廟在，屈氏祠廟抑在兹乎？故曰「反故居」者，蓋反歸於此處也。而沅、湘之江南，非其故居，焉得曰「歸來」、曰「反」、曰「哀」？古今學者皆以爲沅、湘之江南，謬以千里之遥矣。補注：「庾信哀江南賦取此爲名。」其名雖同，其義則別。庾賦哀江南，言哀傷江南。屈子哀江南，謂愛江南。哀猶愛也。詳參離騷「固前聖之所厚」注。章句「哀傷」云云，則失之。西村時彦謂「哀江南」一句，「始露出汨羅之哀」。恐鑿矣。

楚辭章句疏證卷一一　九懷

匡機

補注引「匡」一作「主」。案：據此篇要旨，舊本作「匡」。

通路

危俊

補注引「危」一作「苞」。案：作「苞俊」不辭。或曰，苞讀作寶，言寶俊也。

昭世

尊嘉

蓄英

思忠

補注引「思」一作「申」，一作「由」，一云「遊思」。案：申、由，皆思字之訛。作「遊思」，不辭。

陶壅

補注引「壅」一作「廱」，音同。案：壅、廱，古字通用。

株昭

補注引「昭」一作「明」，一作「招」，一云「珠昭」，一云「林招」。案：洪氏又引一本此篇目在「亂曰」之後。

九懷者，諫議大夫王褒之所作也。

案：漢書卷六四王褒傳：「王褒，字子淵，蜀人也。宣帝時待詔。詔褒爲聖主得賢臣頌。」

懷者，思也。言屈原雖見放逐，

補注引「放逐」一作「流放」。案：放逐、流放同，章句「放逐」有三六見，「流放」但三見。全蜀藝文志卷四、漢魏六朝百三家集卷二〇漢王逸集題詞、東漢文紀卷一四九懷序引作「放逐」。

猶思念其君，憂國傾危而不能忘也。褒讀屈原之文，嘉其温雅，藻采敷衍，執握金玉，

案：散文執、握不別，對文持之堅固曰執，自上而下攫之曰握。

委之污瀆。遭世溷濁，

補注引溷一作泥。案：溷濁，楚辭恆語，無作「泥濁」者。全蜀藝文志卷四、漢魏六朝百三家集卷二〇漢王逸集題詞、東漢文紀卷一四九懷序引作「溷濁」。

莫之能識，追而愍之，

補注引之一作諸。案：之、諸，古字通用。全蜀藝文志卷四、漢魏六朝百三家集卷二〇漢王逸集題詞、東漢文紀卷一四九懷序引亦作「之」字。

故作九懷以裨其詞。

正德本、隆慶本、朱本、劉本、俞本、莊本、馮本、景宋本、四庫章句本「裨」作「禆」。案：禆，裨之訛。

史官録第，遂列于篇。

補注引篇一作編。案：編者，事也；篇者，名也。舊宜作「篇」字。全蜀藝文志卷四、漢魏六朝百三家集卷二〇漢王逸集題詞、東漢文紀卷一四引九懷序亦作「篇」。漢書卷三〇藝文志有王襃賦十六篇，今多亡佚。其文存於今者：文選卷一七有王襃洞簫賦，卷四七有王襃聖主得賢臣頌，卷五一有王襃四子講德論，卷五五劉峻廣絶交論「縱碧雞之雄辯」，李善注引有王襃碧雞頌殘句，類聚卷六二居處部「宮」條有王襃甘泉宮頌，卷三五人部一九「傭保」條有王襃僮約，初學記卷一九人部下第六奴婢「辭」有漢王襃責鬚髯奴辭，「約」有漢王襃僮約。又，袁校謂宋本無此卷。正德本參校明刻諸本補也。

極運兮不中，

周轉求君，道不合也。

【疏證】周轉求君，道不合也。◎案：章句以「運」爲「周轉」，極，天極。運，回旋。極運，猶運極也。或作回極。詳參抽思「何回極之浮浮」注。

來將屈兮困窮。

還就農桑，修播植也。

【疏證】還就農桑，修播植也。◎案：來，來歸也。將，且也。屈，廢斥也。困窮，坎坷也。離騷：「吾獨窮困乎此時也。」章句「還就農桑」云云，猶黜職爲民也。後漢書卷三三馮魴傳：「魴責讓以行軍法，皆叩頭曰：『今日受誅，死無所恨。』魴曰：『汝知悔過伏罪，今一切相赦，聽各反農桑，爲令作耳目。』皆稱萬歲。」

余深愍兮慘怛，

我内憤傷，心切剥也。

【疏證】我内憤傷，心切剥也。◎惜陰本、同治本「愍」作「慜」。案：作「愍」，避唐諱。章句解「慘怛」爲「切剥」，言悲痛貌。詳參九辯「忼慨絶兮不得」注。

願一列兮無從。

欲陳忠謀，道隔塞也。

【疏證】欲陳忠謀，道隔塞也。◎案：廣雅釋詁：「敶、列，布也。」敶，古陳字。又，章句「道隔塞」云云，無從，猶無所因就也。章句以上合、植、剥、塞協韻。合，葉韻，談之入；植、塞，職韻，之之入；剥，屋韻，侯之入。之、侯、葉合韻。

乘日月兮上征，

想託神明，陞天庭也。

【疏證】

想託神明，陞天庭也。◎案：乘日月，蹈襲離騷「吾令羲和弭節」、「前望舒使先驅」也。章句「神明」云云，謂神靈，即日、月之神也。郭店楚墓竹簡太一生水篇：「天地之復相輔也，是以生神明。」又曰：「神明者，天地之所生也。」

顧游心兮鄗酆。

回眄周京，念先聖也。文王都酆，武王都鄗，二聖有德，明於用賢，故顧其都，冀遭逢也。

【疏證】

回眄周京，念先聖也。文王都酆，武王都鄗，二聖有德，明於用賢，故顧其都，冀遭逢也。◎同治本「二」作「豎」，「賢」作「實」。案：訛也。詩文王有聲：「作邑于豐。」豐與酆同，文王所作都，在豐水西。又曰：「鎬京辟廱。」毛傳：「武王作邑於鎬京也。」鎬與鄗同。鄗，武王所作都，在豐水東。豐、鎬，皆在今西安市西南。

彌覽兮九隅，

歷觀九州，求英俊也。

【疏證】

歷觀九州，求英俊也。◎案：九歎思古「仳倠倚於彌楹」，章句：「彌，猶徧也。」又，章句「求英俊」云云，俊字出韻。當「俊英」之乙，英，東漢由陽韻入耕、青韻。

彷徨兮蘭宫。

遊戲道室，誦五經也。

【疏證】

遊戲道室，誦五經也。◎案：文選卷三五張載七命：「蘭宫祕宇，彫堂綺櫳。」五經，詩、書、禮、樂、春秋也。或曰：五經，禮也。禮記卷四九祭統第二五「禮有五經」，鄭注：「禮有五經，謂吉禮、凶禮、賓禮、軍禮、嘉禮也。」

芷閭兮葯房，

居仁履義，守忠貞也。

【疏證】

居仁履義，守忠貞也。◎案：葯房，因九歌湘夫人「辛夷楣兮葯房」，章句：「葯，白芷也。」

奮摇兮衆芳。

動作應禮，行馨香也。

【疏證】

動作應禮，行馨香也。◎案：章句「行馨香」云云，香字出韻，舊乙作「香馨」。

菌閣兮蕙樓，

節度彌高，德成就也。

【疏證】

節度彌高，德成就也。◎案：菌、蕙皆香草名。散文閣、樓不别，皆謂樓觀也。對文庋物者謂之閣，臺上重屋謂之樓。爾雅釋宮：「樴謂之杙，長者謂之閣。」又：「所以止扉謂之閣。」郭注云：「閣，門辟旁長橛也。」郝氏義疏：「庋物之閣與止扉之閣皆長木，故二者同名。」説文木部：「樓，重屋也。从木、婁聲。」爾雅釋宫：「四方而高曰臺，陜而脩曲曰樓。」邢疏：「凡臺上有屋陜長而屈曲者曰樓。」又，章句「德成就」云云，就字出韻。舊乙作「就成」。

觀道兮從横。

衆人瞻望，聞功名也。

【疏證】

衆人瞻望，聞功名也。◎案：章句以「衆人瞻望」釋「觀道」。觀亦樓也。爾雅釋宫：「觀謂之闕。」大招「觀絶霤只」，章句：「觀，猶樓也。」從横，言紛錯貌。漢書卷八七上揚雄傳「從横膠輵」，三國志卷二魏書文帝紀注引魏書「瞻氣正從横」。

寶金兮委積，

志意堅固，策謀明也。

【疏證】

志意堅固，策謀明也。◎案：寶金，金之好者。左傳昭公七年「好以大屈」，釋文：「賈云：

大屈，寶金，可以爲劍，出大屈也。」孔疏：「大屈，金所生地名。」公羊傳桓公十四年「粢盛委之所藏也」，何休注：「委，積也。」委積，平列同義，言德高才富也。章句「志意堅固策謀明」云云，失之。

美玉兮盈堂。

懿譽光明，滿朝廷也。

【疏證】懿譽光明，滿朝廷也。◎案：美玉，喻内有德也。馬王堆漢墓帛書五行篇：「金聲而玉振之，有德者也。金聲，善也；玉言，聖也。善，人道也；德，天道也。唯有德者然笱（後）能金聲而玉振之。」又，五行解：「雖（唯）有德者然笱（後）能金聲玉辰（振）之，金聲而玉辰（振）之者動□□□□井（形）善於外。」

桂水兮潺湲，

芳流衍溢，周四境也。

【疏證】

芳流衍溢，周四境也。◎案：章句「衍溢」云云，猶散流也。美惡不别。史記卷二九河渠書：「然河菑衍溢，害中國也尤甚。」卷一一七司馬相如列傳：「東注大湖，衍溢陂池。」皆惡辭也。又曰：「是以六合之内，八方之外，浸淫衍溢，懷生之物有不浸潤於澤者，賢君耻之。」春秋繁露卷五十指篇第十二：「德澤廣大，衍溢於四海。」皆美辭也。

揚流兮洋洋。

潔白之化，動百姓也。

【疏證】

潔白之化，動百姓也。◎案：洋洋，言廣無涯也。詳參哀郢「焉洋洋而爲客」注。章句「動百姓」云云，動，感也。對文天地曰動，鬼神曰感。詩大序：「動天地，感鬼神。」散文不别。

蓍蔡兮踴躍，

蓍龜喜樂，慕清高也。蓍，筮也。蔡，大龜也。論語曰：「臧文仲居蔡。」

【疏證】　蓍龜喜樂，慕清高也。◎案：章句「清高」云云，高字出韻。舊本作「高清」，倒乙趁韻。蓍，筮也。蔡，大龜也。論語曰：「臧文仲居蔡。」◎正德本、隆慶本、湖北本、朱本、劉本、俞本、莊本「居蔡」下有「也」字。案：文選卷二西京賦「搏耆龜」，李善注：「楚辭曰『耆蔡兮踴躍』，王逸曰：『蔡，龜也。』」無「大」字，爛敚之也。章句引論語，見卷五公冶長，集解引包注：「蔡，國君之守龜，出蔡地，因以爲名焉，長尺有二寸。」又，補注：「淮南云：『大蔡神龜。』注云：『大蔡，元龜所出地名，因名其龜爲大蔡。』家語云：『臧氏有守龜，其名曰蔡。』文選云：『搏耆龜。』注云：『耆，老也。龜之老者神。引「耆蔡兮踴躍」。』據此，則蓍，當作耆。然注以爲蓍龜之蓍。蓍，雖神草，安能踴躍乎？」其說是也。洪引家語，見卷二好生篇第一〇，「臧氏」下敚「家」字。其引淮南，見卷一六説山訓。

孔鶴兮回翔。

畏怖羅網，陞青雲也。

【疏證】　畏怖羅網，陞青雲也。◎案：孔，大也。孔鶴，猶鴻鵠。或者以孔爲孔雀者，非也。章句「畏怖」云云，怖，說文心部作悑：「惶也，从心、甫聲。」怖，後起俗字，今作怕。

撫檻兮遠望，

登樓伏楯，觀楚郢也。

【疏證】

登樓伏楯，觀楚郢也。◎案：儀禮卷三七士喪禮第一二「君坐撫」，鄭注：「撫，手案之。」撫檻，謂手案檻楯也。章句解「伏」，猶扶案之意。又，章句以楯解檻，散文不别。對文從曰檻，横曰楯。詳參招魂「檻層軒些」注。

念君兮不忘。

思慕懷王，結中情也。

【疏證】

思慕懷王，結中情也。◎案：章句「結中情」云云，謂結言於中情也。

佛鬱兮莫陳，

忠言蘊積，不列聽也。

【疏證】

忠言蘊積，不列聽也。◎案：文選卷一八長笛賦「震鬱怫以憑怒兮」，李善注：「楚辭曰：『怫鬱兮弗陳。』王逸曰：『蘊積也。』」怫鬱、鬱怫同，猶蘊積貌。

永懷兮内傷。

長思切切，中心痛也。

【疏證】

長思切切，中心痛也。◎案：章句「長思切切」云云，思，悲也。切切，悲貌。孔子家語卷四六本第一五：「與之琴，使之弦，切切而悲。」章句以上庭、聖、英、貞、馨、成、名、明、廷、境、姓、清、雲、郢、情、聽、痛協韻。庭、聖、貞、馨、成、名、廷、姓、清、郢、情、聽，耕韻；英、明、境，陽韻，東漢入耕、青韻。雲，文韻。痛，東韻。耕、文、東合韻。

匡機

天門兮墬户，

金闈玉闥，君之舍也。

【疏證】

金闈玉闥，君之舍也。◎案：天門墬户，猶天墬門户，文互相備。章句「金闈玉闥」云云，金玉，喻其尊貴。爾雅釋宫：「宫中之門謂之闈，其小者謂之闥。」

孰由兮賢者？

誰當涉履，英俊路也。

【疏證】

誰當涉履，英俊路也。◎案：章句「誰當涉履英俊路」云云，解「由」字爲涉履。禮記卷二曲禮上第一「由客之左」，鄭注：「由，從也。」涉履，亦從也。

無正兮溷廁，

邪佞雜亂，來並居也。

【疏證】邪佞雜亂，來並居也。◎同治本正文「厠」作「廁」，「並」作「竝」。黎本玉篇殘卷广部「廁」字：「楚辭『無□□（正兮）溷廁』，王逸曰：『耶佞雜亂也。』」案：厠，俗廁字。竝，古並字。耶，邪之假借。章句以上舍、路、居同協魚韻。舍、路，鐸韻，魚之入也；居，魚韻。

懷德兮何覗？

忠信之士，不見用也。

【疏證】忠信之士，不見用也。◎案：文選卷三東京賦「仰不睹炎帝」，薛綜注：「睹，見也。」覗、睹同。此謂懷抱道德之士無所見也。

假寐兮愍斯，

衣冠而寢，自憐傷也。不脱冠帶而卧曰假寐。詩云：「假寐永歎。」

【疏證】

衣冠而寢，自憐傷也。不脱冠帶而卧曰假寐。詩云：「假寐永歎。」◎馮本、四庫章句本「詩云」作「詩曰」。案：章句引詩見小雅小弁，鄭箋：「不脱冠衣而寐曰假寐。」孔疏：「宣二年左傳説『趙盾盛服將朝，尚早，坐而假寐』是也。」章句以上用、傷協韻。用，東韻；傷，陽韻。東、陽合韻。

誰可與兮寤語？

衆人愚闇，誰與謀也。

【疏證】

衆人愚闇，誰與謀也。◎案：寤，讀如晤。詩柏舟「寤辟有摽」，説文日部「晤」字引詩作「晤辟有摽」。東門之池「可與晤歌」，鄭箋：「晤，猶對也。」晤語，謂對語也，古之恒語。全晉文卷九六陸機應嘉賦：「抱玄景旨獨寐，含芳風而寤語。」全齊文卷二三謝脁遊後園賦：「藉宴私而遊衍，時寤語而逍遥。」梁書卷五六侯景傳：「繾綣衿期，綢繆寤語；義貫終始，情存歲寒。」寤語，皆謂對語。

痛鳳兮遠逝，

仁智之士，遁世去也。

【疏證】

仁智之士，遁世去也。◎文淵四庫章句本「去」作「士」，文津本亦作「去」。案：士，訛也。喻林卷四八人事門二九倒置引亦作「去」。鳳以喻賢智，猶九辯「鳳皇高飛而不下」也。

畜鴳兮近處。

畜養佞諛而親附也。

【疏證】

畜養佞諛而親附也。◎案：爾雅釋鳥：「鳸，鴳。」郭璞注：「今鴳雀。」釋文：「鳸，説文作雇，籀文也。左傳、詩並作扈，同音户。鴳音晏。」鴳，即鴳鶉，小鳥也，喻佞諛之人。

鯨鱏兮幽潛，

大賢隱匿，竄林藪也。鯨、鱏，大魚也。

【疏證】

大賢隱匿，竄林藪也。鯨、鱏，大魚也。◎正德本、隆慶本、馮本、莊本、湖北本、朱本、劉本、四庫章句本「鯨鱏大魚也」之訓在下句「在朝廷也」下。案：正文「鯨鱏」在前，則不當竄亂於後。今乙正。淮南子卷六覽冥訓「鯨魚死而慧星出」，高注：「鯨魚，大魚，長數里。」又，説文魚部：「鱓，魚名，皮可爲鼓。从魚、單聲。」字或作鼉。章句以上謀、去、附協韻。謀，之韻，東漢與侯、魚韻合用。去、附，魚韻。

從蝦兮遊陼。

小人並進在朝廷也。蝦，小魚也。

【疏證】

小人並進在朝廷也。◎同治本「並」作「竝」。案：竝，古並字。喻林卷四八人事門二九倒置引「在」作「於」。又，章句「在朝廷」云云，以「陼」解「朝廷」。陼，灄語。蓋陽以曰水陼，陰以諧音國都。

蝦，小魚也。◎案：説文虫部：「蝦，蝦蟆也。从虫、叚聲。」文選卷六〇賈誼弔屈原文「夫豈從蝦與蛭螾」，李善注引韋昭曰：「蝦，蝦蟇。」蝦蟆即蟾蜍，非小魚。小魚之蝦，讀如鰕，俗字作虾。

乘虬兮登陽，

意欲駕龍而陞雲也。

【疏證】意欲駕龍而陞雲也。◎案：淮南子卷三天文訓：「清陽者薄靡而爲天，重濁者凝滯而爲地。」故漢世稱陽爲天。登陽，猶升天也。此蹈襲離騷「駟玉虬以椉鷖兮，溘埃風余上征」也。

載象兮上行。

遂騎神獸，用登天也。神象白身赤頭，有翼能飛也。

【疏證】遂騎神獸，用登天也。神象白身赤頭，有翼能飛也。◎案：載象，蹈襲離騷「雜瑤象以爲車」也。章句「神象白身赤頭有翼能飛」云云，釋家之龍象，非王襃、叔師所稱。維摩詰所説經「譬如龍象蹴踏，非驢所堪」是也。據此，「神象白身赤頭有翼能飛也」十一字，後所增益。章句以上廷、雲、天協韻。廷，耕韻；雲，文韻；天，真韻。真、文、耕合韻。

朝發兮葱嶺，

旦發西極之高山也。

【疏證】

旦發西極之高山也。◎同治本正文「葱」作「葱」。皇都本「旦」訛作「且」。案：葱與葱同。補注：「後漢書云：『西至葱嶺。』注云：『葱嶺，山名，其山高大，生葱，故名。』」洪引後漢書，見卷八八西域傳。李賢注：「葱嶺，山名也。西河舊事云：『其山高大，生葱，故名。』」洪氏引文有爛敚也。此「葱嶺」云云，葱，讀如崇高之崇，猶高也。章句「高山」云云，讀葱爲崇也。

夕至兮明光。

暮宿東極之丹巒也。

【疏證】

暮宿東極之丹巒也。◎景宋本「丹」作「月」。案：月，訛也。丹巒，即丹山也。山海經卷一〇海内南經：「夏后啓之臣曰孟涂，是司神於巴，人請訟於孟涂之所，其衣有血者乃執之，是請生。居山上，在丹山西。」卷一七大荒北經：「有始州之國有丹山。」

北飲兮飛泉，

吮嗽天液之浮源也。

【疏證】吮嗽天液之浮源也。◎補注：「張揖云：『飛泉在崑崙西南。』」案：洪引張說文有爛敚。漢書卷五七司馬相如傳「横厲飛泉以正東」，張揖云：「飛泉，飛谷也，在崑崙山西南。」

南采兮芝英。

咀嚼靈草以延年也。

【疏證】咀嚼靈草以延年也。◎案：九歌山鬼「采三秀兮於山間」，章句：「三秀，謂芝草也。」又，九思疾世：「吮玉液兮止渴，齧芝華兮療飢。」與此同意。章句以上山、巒、源、年同協元韻。

宣遊兮列宿，

徧歷六合，視衆星也。

【疏證】偏歷六合，視衆星也。◎案：章句以「宣」爲「徧」，文選卷一五張衡思玄賦「將北度而宣遊」，舊注引爾雅：「宣，徧也。」

順極兮彷徉。

周繞北辰，觀天庭也。

【疏證】周繞北辰，觀天庭也。◎案：章句以「順」爲「周繞」者，讀如巡。順、巡並同川聲，例得通用。爾雅釋言：「宣、徇，徧也。」釋文：「郭音巡。張揖字詁：『徇，今巡。』」徇、巡古今字。徇，猶周徧也。順極，猶匡機「極運」也。

紅采兮騂衣，

婆娑五采，芬華英也。

【疏證】

婆娑五采，芬華英也。◎補注謂古本作「虹采兮霓衣」。案：紅，當作虹。九歎遠遊「建虹采以招指」，章句：「虹采，旗也。」説文馬部：「騂，馬赤色也。从馬，辛聲。」引申之凡言赤色也。禮記卷三一明堂位第一四「周騂剛」，鄭注：「騂剛，赤色。」孔疏：「騂，赤色也。」又，章句「婆娑五采」云云，言舞動五采也。詩東門之枌「婆娑其下」，毛傳：「婆娑，舞也。」

翠縹兮爲裳。

衣色瓌瑋，耀青葱也。

【疏證】

衣色瓌瑋，耀青葱也。◎同治本「葱」作「蔥」。案：蔥與葱同。羅本玉篇殘卷糸部「縹」字：「楚辭『翠縹兮爲裳』，王逸曰：『衣服耀青菍也。』」菍，俗葱字。慧琳音義卷四五「縹色」條引王逸注楚辭：「衣服炫燿青葱也。」羨「炫」字。卷五〇「縹色」條引王逸注楚辭：「衣服耀青葱也。」則「衣色」作「衣服」，敓「瓌瑋」二字。瓌瑋，猶瑰瑋。文選卷二西京賦「何工巧之瑰瑋」，薛綜注：「瑰瑋，奇好也。」卷七子虛賦「若乃俶儻瑰瑋」，李善引廣雅：「瑰瑋，琦玩也。」

舒佩兮綝纚，

緩帶徐步，五玉鳴也。

【疏證】

緩帶徐步，五玉鳴也。◎補注：「綝，林、森二音。」羅本玉篇殘卷糸部「纚」字：「楚辭『舒佩兮禁纚』，野王案：森纚，好貌也。」案：禁，森字之訛。野王所據本「綝纚」作「森纚」。文選卷一五思玄賦「珮綝纚以煇煌」，舊注：「綝纚，盛貌。」又，章句「五玉鳴」云云，綝纚，玉聲貌，猶如東皇太一「琳琅」也。

竦余劒兮干將。

握我寶劒，立延頸也。

【疏證】

握我寶劒，立延頸也。◎惜陰本、同治本「劒」作「劍」。案：劍，籀文；劒，今文。補注：「張揖云：『干將，韓王劍師也。』博物志：『干將陽龜文，莫耶陰漫理。此二劍吳王使干將作之。莫耶，干將妻也。夫婦善作劍。』」洪引張揖，見漢書卷五七上司馬相如傳「建干將之雄戟」注；引博物志，見卷六器名考，文多爛敓。「龜文」當作「龍文」、「干將妻」當作「干將妻作」、「善作劍」當作「甚喜作劍也」。又，史記卷六九蘇秦列傳「龍淵、太阿」，集解：「吳越春秋曰：『楚王召風胡子而告之曰：「寡人聞吳有干將，越有歐冶，寡人欲因子請此二人作劍，可乎？」風胡子曰：「可。」乃往見二人，作劍，一曰龍淵，二曰太阿。』」索隱：「按：吳越春秋：『楚王令風胡子請吳干將、越歐冶作劍二，其一曰龍泉，二曰太阿。』又太康地記曰『汝南西平有龍泉水，可淬刀劍，特堅利，故有龍泉之劍，楚之寶劍也。以特堅利，故有堅白之論云：「黃，所以爲堅也；白，所以爲利也。」齊辨之曰：「白，所以爲不堅；黃，所以爲不利也。」故天下之寶劍韓爲衆，一曰棠谿，二曰墨陽，三曰合伯，四曰鄧師，五曰宛馮，六曰龍泉，七曰太阿，八曰莫邪，九曰干將也。』然干將、莫邪，匠名也，其劍皆出西平縣，今有鐵官令一，別領户，是古鑄劍之地也。」卷八四賈生傳「莫邪爲頓兮」，集解：「應劭曰：『莫邪，吳大夫也，作寶劍，因以冠名。』瓚曰：『許慎曰：莫邪，大戟也。』」搜神記卷一一：「楚干將、莫邪爲楚王作劍，三年乃成。王怒，欲殺之。劍有雌雄，其妻重身當產，夫語妻曰：『吾爲王作劍，三年乃成。王怒，往必殺我。汝若生子是男，大，告之曰：「出户望南山，松生石上，劍在其背。」』於是即將雌劍，往見楚王。王大怒，使相之：『劍有二，一雄一雌。雌來，雄不來。』王怒，即殺之。莫邪子名赤比，後壯，乃問其母曰：『吾父所在？』母曰：『汝父爲楚王作劍，三年乃成。王怒，殺之。去時囑我：「語汝子：出户望南山，松生石上，劍在其背。」』於是子出户南望，不見有山，但覩堂前松柱下，石砌之上，即以斧破其背，得劍。日夜思欲報楚王。王夢見一兒，眉間廣尺，言：『欲報讎。』王即購之千金。兒聞之，亡去。入山行歌。客有逢者，謂：『子年少，何哭之甚悲耶？』曰：『吾干將、莫邪子也。楚王殺吾父，吾欲報之！』客曰：『聞王購子頭千金，將子頭與劍來，爲子報之。』兒曰：『幸甚！』即自刎，兩手捧頭及劍奉之，立僵。客曰：『不負子也。』於是屍乃仆。客持頭往見楚王，王大喜。客曰：『此乃勇士頭也。当於湯鑊煮之。』王如其言。煮頭三日三夕，不爛。頭踔出湯中，瞋目大怒。客曰：『此兒頭不爛，願王自往臨視之，是必爛也。』王即臨之。客以劍擬王，王頭隨墮湯中，客亦自擬己頭，頭復墮湯中。三首俱爛，不可識別。乃分其湯肉葬之，故通名三王墓，今在汝南北宜春縣界。」案：三王墓，楚熊渠三子伯庸、紅、戚疵三王墓也。此後人杜撰，未可信據。章句「握我寶劍」云云，以竦爲握，猶少司命「竦長劍」也。又，章句「立延頸」云云，謂竚立引頸而望也。莊子卷三胠篋篇第一〇「今遂至使民延頸舉踵」，淮南子卷九主術訓「延頸舉踵而望也」。章句以上星、庭、英、葱、鳴、頸協韻。星、庭、鳴、頸，耕韻；英，陽韻，東漢入耕、青韻；葱，東韻。耕、陽、東合韻。

騰蛇兮後從，

神虺侍從，慕仁賢也。

【疏證】神虺侍從，慕仁賢也。◎補注：「荀子云：『螣蛇無足而飛。』文子曰：『騰蛇無足而騰。』郭璞云：『螣，龍類，能興雲霧而游其中。』」案：洪引荀子見卷一勸學篇第一；引郭璞注見爾雅釋蟲注。又，以下「步旁」例之，正文「後從」當乙作「從後」。

飛駏兮步旁。

駏驉奮飛，承轂輪也。

【疏證】駏驉奮飛，承轂輪也。◎四庫章句本「驉」作「驍」。案：補注：「淮南云：『北方有獸，其名曰蹷，常爲蛩蛩駏驉取甘草，蹷有患，蛩蛩駏驉必負而走。』郭璞曰：『邛邛似馬而青。』穆天子傳：『邛邛距虛，日走五百里。』」據此，舊作「驉」字。洪氏引淮南子見卷一二道應訓。引郭注不詳。清莊逵吉云：「爾雅曰：『西方有比肩獸焉，與邛邛岠虛比，爲邛邛岠虛齧甘草，即有難，邛邛岠虛負而走，其名謂之蟨。』攷此獸，唯爾雅作西方，呂不韋書及説苑作北方，説文解字與爾雅同。郭璞注之曰：『今鴈門廣武縣夏屋山中有獸，形如兔而大，相負共行，土俗名之爲蟨鼠。』錢別駕云：『周書王會篇稱獨鹿邛邛，岠虛、獨鹿即涿鹿。史記五帝本紀注引徐廣曰：「或作濁鹿。」古字獨、濁、涿相通，故借用之。廣武涿濁，地居西北相近，故一稱北方，一稱西方也。説文解字蹶作蟨，从虫。駏驉作巨虚，邛作蛩字爲正。然則作邛者省，作岠者借，作蟨及駏驉者，别也。』」

微觀兮玄圃，

上睨帝圃，見天園也。

【疏證】

上睨帝圃，見天園也。◎正德本、隆慶本、湖北本、朱本、劉本、馮本、俞本、莊本、四庫章句本「圃」作「囿」。四庫章句本「玄」作「元」。案：玄圃，天帝園圃也，而非苑囿。舊作「帝圃」。對文樹果曰園，藝菜曰圃。章句以上賢、輪、園協韻。賢，真韻；輪，文韻；園，元韻。真、文、元合韻。

覽察兮瑶光。

觀視斗柄與玉衡也。

【疏證】

觀視斗柄與玉衡也。◎正德本、隆慶本、湖北本、朱本、劉本、馮本、俞本、莊本、四庫章句本

「柄」作「杓」。案：淮南子卷八本經訓：「瑤光者，資糧萬物者也。振困窮，補不足，則名生。」高注：「瑤光，謂北斗杓第七星也，居中而運，歷指十二辰，擿起陰陽，以殺生萬物也。」據此，舊本作「斗杓」。

啓匱兮探筴，

發匣引籌，考祿相也。

【疏證】發匣引籌，考祿相也。◎補注引「筴」釋文作「筞」。案：筞，古策字；筴，俗策字。策，卜具也。慧琳音義卷八三「金匱」條引王注楚辭：「匱，匣也。」章句佚義。又，章句「引籌」云云，儀禮卷一三鄉射禮第五「箭籌八十」，鄭注：「籌，筭也。」

悲命兮相當。

不獲富貴，值流放也。

【疏證】不獲富貴，值流放也。◎補注引正文「相」一作「所」。案：章句「值流放」云云，正文舊作

「相當」。

紉蕙兮永詞，

結草爲誓，長訣行也。

【疏證】

結草爲誓，長訣行也。◎惜陰本、同治本「詞」作「辭」。案：詞、辭古字通。章句「結草爲誓」云云，用魏顆典故。左傳宣公十五年：「及雒，魏顆敗秦師于輔氏，獲杜回，秦之力人也。初，魏武子有嬖妾，無子。武子疾，命顆曰：『必嫁是！』疾病，則曰：『必以爲殉！』及卒，顆嫁之，曰：『疾病則亂，吾從其治也。』及輔氏之役，顆見老人結草以亢杜回，杜回躓而顛，故獲之。夜夢之曰：『余，而所嫁婦人之父也，爾用先人之治命，余是以報。』」後遂以「死以結草」爲圖報恩德之典故。

將離兮所思。

背去九族，遠懷王也。

【疏證】

背去九族，遠懷王也。◎案：離，猶訣別也。所思，謂故居也。章句「背去九族」云云，書堯典「以親九族」，陸德明音義：「上自高祖，下至玄孫，凡九族。馬、鄭同。」孔疏：「夏侯、歐陽等以爲九族者，父族四，母族三，妻族二。」章句以上衡、相、放、行、王同協陽韻。

浮雲兮容與，

天氣滃溶，乍東西也。

【疏證】天氣滃溶，乍東西也。◎案：章句「滃溶」云云，猶蓊鬱也，言雲盛貌。招隱士「山氣巃嵸兮」，章句：「岑崟參嵯，雲滃鬱也。」又，章句「乍東西」云云，西字出韻，舊乙作「西東」。

道余兮何之？

來迎導我，難隨從也。

【疏證】來迎導我，難隨從也。◎案：此猶思美人「願寄言於浮雲兮，遇豐隆而不將」也。章句以上東、從同協東韻。

遠望兮仟眠，

遥視楚國，闇未明也。

【疏證】

遥視楚國，闇未明也。◎案：文選卷四南都賦「青冥盰瞑」，李善注引王逸曰：「芊眠，遥視闇未明也。」爛敓「楚國」二字。李善又謂「芊眠與盰瞑音義同」。别雅卷二：「阡眠、盰瞑，芊眠也。盰、阡與芊形聲相近，瞑與眠同。」芊眠、阡眠、盰瞑，皆「仟眠」之别文，蔽闇貌。全晉文卷一〇〇陸雲南征賦：「狂飆起而妄駭，行雲藹而芊眠。」全齊文卷二三謝朓高松賦奉竟陵王教作：「當月露而留影，既芊眠於廣隰。」

聞雷兮闐闐。

君好妄怒，威武盛也。

【疏證】

君好妄怒，威武盛也。◎皇都本「威」作「威」。案：威，俗字也。闐闐，言雷震貌，喻君怒也。詳參九歌山鬼「靁填填兮雨冥冥」注。

陰憂兮感余，

内愁鬱伊，害我性也。

【疏證】内愁鬱伊，害我性也。◎馮本、四庫章句本「愁」作「怒」。案：章句「内愁鬱伊」云云，陰猶内也。鬱伊，抑鬱之聲轉，言鬱積不舒貌。

惆悵兮自怜。

悵然失志，嗟厥命也。

【疏證】悵然失志，嗟厥命也。◎案：惆悵，言失志貌。章句以上明、盛、性、命協韻，明，陽韻，東漢入耕、青韻也。盛、性、命，耕韻。

通路

林不容兮鳴蜩，

國不養民，賢宜退也。

【疏證】國不養民，賢宜退也。◎案：章句「國不養民」云云，林之爲國，因爾雅釋詁「林，君也」。非也。爾雅林之爲君，讀作羣，謂衆也。屬「二訓同條」例。此言不爲衆所容也。又，朱駿聲説文通訓定聲、陸錦燧讀爾雅日記、黄侃爾雅音訓並讀林爲臨，謂君臨之意。臨字，古亦不稱國君也。

余何留兮中州？

我去諸夏，將遠逝也。

【疏證】我去諸夏，將遠逝也。◎案：章句「我去諸夏」云云，「中州」者，謂中國也，與九歌湘君「蹇誰留兮中洲」别義。

陶嘉月兮總駕，

嘉及吉時，驅乘駟也。

【疏證】嘉及吉時，驅乘駟也。◎黎本玉篇殘卷阜部「陶」字：「楚辭『陶喜曰兮惣駕』，王逸曰：『嘉及吉將時，駈乘駟也。』」案：駈，俗驅字。將，羡文。西溪叢語卷下引章句作「及吉時也」。撮其要也。又，徐仁甫古詩別解：「陶，除也，見廣雅釋詁三，引申有選擇之義。謂擇嘉月而總駕也。」陶之訓選擇，無徵不信。廣雅釋言：「陶，喜也，憂也。」正反一辭。陶字爲陶冶，無憂喜義，讀作繇，古字通用。虞書「皋陶」，離騷、書大傳、説文皆作「咎繇」。漢書卷二八上地理志：「中繇木條。」顏師古曰：「繇，悦茂也。」繇、憂古字通用。

搴玉英兮自脩。

采取瓊華，自脩飾也。

【疏證】采取瓊華，自脩飾也。◎隆慶本、馮本、劉本、四庫章句本「脩」作「修」。補注引「脩」一作「修」。案：脩、修古字通用。又，章句「自脩飾」云云，飾字出韻，蓋「節」之訛。

結縈茝兮逶逝，

束草陳信，遂奔邁也。

【疏證】

束草陳信，遂奔邁也。◎補注引正文「逶」一作「遠」。案：遠逝，楚辭習語，下思忠「畢休息兮遠逝」是也。章句「遂奔邁」云云，舊作「遠逝」。又，結縈茝，擿藻於離騷「及榮華之未落兮」、「解佩纕以結言兮」也。

將去烝兮遠遊。

違離於君，之四裔也。爾雅曰：「林、烝，君也。」或曰：烝，進也。言去日進而遠也。

【疏證】

違離於君，之四裔也。爾雅曰：「林、烝，君也。」或曰：烝，進也。言去日進而遠也。◎正德本、隆慶本、湖北本、朱本、劉本、馮本、俞本、莊本、四庫章句本無「爾雅曰林烝君也或曰烝進也言去日進而遠也」十九字。案：章句末引爾雅，有爾雅「林烝君也」以下十九字，後所增益。釋詁林、烝之爲君，非君王之君，猶羣也。前脩謂之「二訓同條」。言去衆而遠遊也。烝訓君，古書無徵。吳大徵説文古籀補、唐蘭西周青銅器銘文分代史徵並據大盂鼎「夙夕召我一人异四方」，謂异即烝字，以烝爲君之證。非也。又，從「或曰」，遠字出韻。

徑岱土兮魏闕，

行出北荒，山高桀也。

【疏證】

行出北荒，山高桀也。◎補注：「岱，泰山也。注云：『北荒』，疑『岱』本『代』字。春秋傳曰：『魏，大名也。』一曰：象魏，闕名。許慎云：『巍巍高大，故曰魏闕。』」案：洪説是也。史記卷三四燕召公世家「卿秦攻代」，正義：「今代州也。」漢書卷二八下地理志：「代郡，秦置。莽曰厭狄，有五原關、常山關，屬幽州。」又，洪引春秋傳，見左傳閔公元年。引「一曰」者，見周禮卷二天官冢宰第一大宰「乃縣治象之法于象魏」，鄭司農注：「象魏，闕也。」賈疏：「周公謂之象魏，雉門之外兩觀闕高魏魏然，孔子謂之觀。」洪氏所據本與今本別。説文嵬部：「巍，高也。从嵬、委聲。」

歷九曲兮牽牛。

過觀列宿，九天際也。

【疏證】過觀列宿，九天際也。◎案：爾雅釋天：「何鼓謂之牽牛。」郭璞注：「今荆楚人呼牽牛星爲檐鼓。檐者，荷也。」郝氏義疏：「今驗牽牛三星，牛六星。牟廷相曰：『牛宿其狀如牛，何鼓直牛頭上，則是牽牛人也。』」

聊假日兮相佯，

且徐遊戲，須年歲也。

【疏證】且徐遊戲，須年歲也。◎正德本、隆慶本、朱本、馮本、俞本、湖北本、莊本、四庫章句本須作須。案：須、須古今字，猶待也。相佯，言戲遊貌。此蹈襲離騷「聊假日以媮樂」。

遺光燿兮周流。

敷揚榮華，垂顯烈也。

【疏證】敷揚榮華，垂顯烈也。◎案：文選卷二張衡西京賦「遺光儵爚」，薛綜注：「遺，餘也。」卷七揚雄甘泉賦「據軨軒而周流」，李善注：「周流，流行周遍也。」章句「敷揚榮華」云云，遺光周流，謂餘光周徧也。

望太一兮淹息，

觀天貴將，止沈滯也。

【疏證】觀天貴將，止沈滯也。◎正德本、隆慶本、湖北本、劉本、馮本、莊本、俞本「止」作「上」。案：上，訛也。史記卷二七天官書：「中宮天極星，其一明者，太一常居也。旁三星三公，或曰子屬。」又曰：「斗魁戴匡六星曰文昌宮：一曰上將，二曰次將，三曰貴相。」章句「觀天貴將」云云，乃文昌宮三星，非太一中宮也。

紆余轡兮自休。

綏我馬勒，留寢寐也。

【疏證】

綏我馬勒，留寢寐也。◎正德本、隆慶本、朱本、劉本、俞本、莊本、馮本、四庫章句本、湖北本、惜陰本、同治本「綏」作「緩」。案：漢書卷八七下揚雄傳「紆青拕紫」，顔師古注：「紆，縈也。」縈猶繫結也。國語卷六齊語「綏謗言」，韋昭注：「綏，止也。」據此，舊作「綏」字。

晞白日兮皎皎，

天精光明，而照察也。

【疏證】

天精光明，而照察也。◎案：詩東方未明「東方未晞」，毛傳：「晞，明之始升。」皎皎，言日明貌。詳參九歌東君「夜皎皎兮既明」注。又，章句「照察」云云，平列同義，照，知也。

彌遠路兮悠悠。

周望八極，究地外也。

【疏證】周望八極，究地外也。◎案：文選卷一九宋玉高唐賦：「悠悠忽忽，怊悵自失。」李善注：「悠悠，遠貌。」又，章句「究地外」云云，易説卦「其究爲健爲蕃鮮」，孔疏：「究，極也。」

顧列孛兮縹縹，

邪視彗星，光瞥瞥也。

【疏證】邪視彗星，光瞥瞥也。◎慧琳音義卷九九「縹瞥」條引王逸注楚辭：「縹，謂視彗星光瞥瞥也。」羅本玉篇殘卷糸部「縹」字：「楚辭『顧列[字]（孛）兮縹』，王逸曰：『視彗光弊弊也。』」案：春秋文公十四年「有星孛入于北斗」，杜注：「孛，彗也。」漢書卷四八賈誼傳「鳳縹縹其高逝兮」，顔師古注：「縹縹，輕舉貌。」又，章句以「瞥瞥」釋「縹縹」，説文目部：「瞥，過目也。又，目翳也。从目，敝聲。一曰：財見也。」訓過目、訓財見，皆急疾之義。瞥瞥，猶光疾貌。章句「瞥瞥」云云，本字；野王引作「弊弊」，借字也。

觀幽雲兮陳浮。

山氣滃鬱，而羅列也。

【疏證】

山氣滃鬱，而羅列也。◎案：章句「山氣滃鬱」云云，山氣，雲也。滃鬱，雲蔽貌。

鉅寶遷兮砏磤，

太歲轉移，聲礚磑也。

【疏證】

太歲轉移，聲礚磑也。◎正德本、隆慶本、劉本、俞本、莊本、朱本「礚」作「磕」。案：黎本玉篇殘卷石部「砏」字引王逸注：「聲豊磕也。」豊，俗豐字；磕，俗礚字。其所據本別。廣雅釋詁：「砏、磤，聲也。」王念孫疏證：「砏者，張衡南都賦『砏汃輣軋』，李善注云：『波相激之聲也。』磤者，釋訓云：『轞轞，聲也。』衆經音義卷八引通俗文云：『雷聲曰磤。』召南云『殷其靁』，枚乘七發云『訇隱匈礚』，何晏景福殿賦云『聲訇磤其若震』，竝字異而義同。合言之則曰砏磤。衆經音義卷八引埤倉云：『砏磤，大聲也。』」又，章句「聲礚磑」云云，礚磑，猶礚礚，聲宏貌。悲回風「聽波聲之礚礚」是也。

雉咸雊兮相求。

飛鳥驚鳴，雌雄合也。

【疏證】

飛鳥驚鳴，雌雄合也。◎案：補注：「前漢郊祀志云：『秦文公獲若石，云于陳倉北阪城祠之。其神或歲不至，或歲數。來也常以夜，光輝若流星，從東方來，集於祠城，若雄雉，其聲殷殷云，野雞夜鳴。以一牢祠之，名曰陳寶。』又曰：『漢興，世世常來，光色赤黄，長四、五丈，直祠而息，音聲砰隱，野雞皆雊。此陽氣舊祠也。』注云：『陳寶若來而有聲，則野雞皆鳴以應之。』又，揚雄校獵賦云：『追天寶，出一方；應駍聲，擊流光。』注云：『天寶，陳寶也。陳寶神來下時，駍然有聲，又有光精也。下時窮極山川天地之閒，然後得其雌雄。雄在陳倉，雌在南陽。故云野盡山窮也。』」洪氏以陳寶之神爲説，得其旨也。又，章句「雌雄合」云云，合字出韻，當作會，以同義易之。

泱莽莽兮究志，

周望率土，遠廣大也。

【疏證】

周望率土，遠廣大也。◎案：説文水部：「泱，滃也。从水、央聲。」滃，言水氣蔽隱貌。莽莽，言廣遠貌。究，窮也，極也。章句以上退、逝、駟、節、邁、裔、桀、際、歲、烈、滯、寐、察、外、瞥、列、磑、會、大協韻。退、磑，微韻；瞥，物韻，微之入；駟，脂韻；節，質韻，脂之入；逝、邁、桀、際、歲、烈、滯、寐、察、外、列、會、大，月韻，歌之入；脂、微、歌合韻。

懼吾心兮懤懤。

惟我憂思，意愁毒也。

【疏證】

惟我憂思，意愁毒也。◎正德本、隆慶本、劉本正文「懼」作「惧」。案：惧，俗懼字。補注：「懤，憂也。音儔。」懤懤之訓「愁毒」，讀如惆。九辯「惆悵兮」，章句：「後黨失輩，惆愁毒也。」文選卷一六歎逝賦「心惆焉而自傷」，李善注引廣雅：「惆，痛也。」

步余馬兮飛柱，

徘徊神山，且休息也。

【疏證】

徘徊神山，且休息也。◎案：章句以「神山」解「飛柱」，天柱也。其在天上，故以神山稱之。水經注卷一河水一：「張華叙東方朔神異經曰：『崑崙有銅柱焉，其高入天，所謂天柱也。』」疏云：「守敬按：類聚七引龍魚河圖曰：『崑崙山，天中柱也。』」

覽可與兮匹儔。

歷觀羣英，求妃合也。二人爲匹，四人爲儔。

【疏證】

歷觀羣英，求妃合也。二人爲匹，四人爲儔。◎正德本、隆慶本、湖北本、朱本、劉本、馮本、俞本、莊本、四庫章句本無「二人爲匹四人爲儔」八字。案：匹儔，平列同義。而謂二人、四人者，對文別義。慧琳音義卷九「疇匹」條：「楚辭曰：『誰可與兮匹疇』，王逸曰：『二人爲匹，四人爲疇。』」疇亦類也。」宋趙令畤侯鯖録卷四「疇匹」條引王逸注楚詞亦有「二人爲匹四人爲儔」八字。

其所據本皆有注。疇、儔古字通。又，慧琳音義卷四八「朋儔」條引王逸注楚辭：「二人爲匹，四人爲儔。儔猶伴侶也。」卷一七、卷四五「疇匹」條、卷二八「之疇」條、卷七二「是疇」條、古今事文類聚別集卷六「疇匹」條同引王逸注楚辭：「二人爲疋，四人爲疇。」疋，俗匹字。又，卷一八「疇咨」條引王逸注楚辭：「二人爲疇。疇亦疋也。」其所據本別。又，補注曰：「二人爲匹，四人爲儔。」因章句竄亂之，後據補注本刪之。

卒莫有兮纖介，

衆皆邪佞，無忠直也。

【疏證】

衆皆邪佞，無忠直也。◎俞本正文「介」作「芥」。案：介、芥古字通用。然「纖介」不作「芥」。纖介，細微貌。史記卷六〇三王世家：「王犯纖介小罪過，即行法直斷耳。」論衡卷九問孔篇第二八：「春秋之義，采豪毛之善，貶纖介之惡。褒豪毛以巨大，以巨大貶纖介。」此言衆人卒無纖介之善。

永余思兮怞怞。

愁心長慮，憂無極也。

【疏證】

愁心長慮，憂無極也。◎案：怞怞，猶憂憂、懮懮、悠悠，言愁苦貌，音同義通。或作妯字。詩鼓鐘「憂心且妯」，毛傳：「妯，動也。」動猶慟也。鄭箋：「妯之言悼也。」妯、悼音同義通。又，集韻下平聲第十八尤韻：「說文：『怞，憂也。詩曰：憂心且妯。』」怞、妯古字通。章句以上毒、息、合、直、極協韻。毒，屋韻；合，緝韻；息、直、極，職韻。緝、職、屋合韻。

危俊

世溷兮冥昏，

時君闇蔽，臣貪佞也。

【疏證】

時君闇蔽，臣貪佞也。◎案：溷，貪也。冥昏，言不明貌。謂世貪亂而時不明也。

違君兮歸真。

將去懷王，就仁賢也。

【疏證】將去懷王，就仁賢也。◎案：歸真，謂僊去也。章句「就仁賢」云云，非也。

乘龍兮偃蹇，

驂駕神獸，挐紛紜也。

【疏證】驂駕神獸，挐紛紜也。◎正德本、隆慶本、湖北本、朱本、劉本、馮本、俞本、莊本、景宋本、四庫章句本「挐」作「拏」。案：挐、拏，古字通用。說文手部：「拏，牽引也。」桂馥義證：「拏，通作挐。拘捕有罪曰拏，今俗作拿。」據此，舊本作「拏」。偃蹇，言龍屈伸貌。章句以「挐紛紜」說之，得其旨。

高回翔兮上臻。

行戲遨遊，遂至天也。

【疏證】行戲遨遊，遂至天也。◎俞本、景宋本、惜陰本、四庫章句本正文「囘」作「回」。案：囘、回同。詩泉水「遄臻于衛」，毛傳：「臻，至。」此蹈襲九歌大司命「君迴翔兮以下」也。

襲英衣兮緹繒，

重我絳袍，采色鮮也。

【疏證】重我絳袍，采色鮮也。◎羅本玉篇殘卷糸部「繒」字：「楚辭『襲英衣兮緹繒』，王逸曰：『重我絳袍，服衣鮮也。』」案：「采色」作「服衣」，其所據本別。後漢書卷四八應劭傳「緹繒十重」，李賢注：「緹，赤色繒也。楚詞曰：『襲英衣兮緹繒。』謂鮮明之衣。」據此，舊作「服衣鮮」。章句「重我絳袍」云云，絳，朱也。儀禮卷一士冠禮第一「纁裳」，鄭注：「凡染絳，一入謂之縓，再入謂之赬，三入謂之纁，朱則四入與？」絳則通稱。

披華裳兮芳芬。

徐曳文衣，動馨香也。詩曰：「婆娑其下。」

【疏證】

徐曳文衣，動馨香也。詩曰：「婆娑其下。」◎莊本無「詩曰婆娑其下」六字。案：刪之也。章句引詩見陳風東門之枌，毛傳：「婆娑，舞也。」章句「徐曳文衣」云云，舞容也，故引詩以證之。又，章句「馨香」云云，香字出韻，舊蓋作「芬」字，後以同義易之。章句以上佞、賢、紜、天、鮮、芬協韻。佞、賢、天，真韻；鮮，元韻；紜、芬，文韻。真、文、元合韻。

登羊角兮扶輿，

陞彼高山，徐顧睨也。

【疏證】

陞彼高山，徐顧睨也。◎俞本「陞」作「陟」。文淵四庫章句本「睨」作「貌」，文津本亦作「睨」。案：陞、陟以同義易之。貌，訛字。補注：「莊子：『摶扶搖羊角而上者九萬里。』疏云：『旋風曲戾，猶如羊角。』音義云：『風曲上行曰羊角。』相如賦云：『扶輿猗靡。』史記注云：『郭璞曰：「淮南所謂『曾折摩地，扶輿猗委』也。」』按：今淮南子云：『曾撓摩地，扶於猗那。』」洪氏引莊子見卷一逍遥遊篇第一。章句「高山」云云，謂山之盤旋而上似羊角也。洪氏引相如賦見文選卷七子虛賦，郭注引張揖云：「扶[特](持)楚王車輿相隨也。」又引淮南子見卷一九脩務訓，然「扶輿」作「扶旋」，猶盤桓、旁皇，聲之轉，言回曲貌。洪引作「扶於」，譌也。

浮雲漠兮自娱。

乘雲歌吟而遊戲也。或曰：浮雲漢。漢，天河也。

【疏證】

乘雲歌吟而遊戲也。或曰：浮雲漢。漢，天河也。◎正德本、隆慶本、湖北本、朱本、劉本、馮本、俞本、莊本、四庫章句本無「或曰浮雲漢漢天河也」九字。案：正文「雲漠」，不辭，當從或本作「雲漢」。文選卷一五張衡思玄賦「浮雲漢之湯湯」，舊注：「雲漢，天河也。」

握神精兮雍容，

握持神明，動容儀也。

【疏證】

握持神明，動容儀也。◎案：神精，謂精魂。章句「神明」云云，魂神也。又，雍容，言從容安閒貌。史記卷一一七司馬相如列傳：「雍容閒雅甚都。」論衡卷一九恢國篇第五八：「項羽殺子嬰，高祖雍容入秦，不戮二屍。」文選卷一七舞賦「從容得」，李善注：「雍容閑雅，得其大體，不相迫劫也。」

與神人兮相胥。

留待松、喬，與伴儷也。

【疏證】

留待松、喬，與伴儷也。◎俞本「待」作「侍」。案：章句以「待」釋「胥」，舊作「待」字。胥，讀如須，古字通用。馬王堆漢帛書戰國縱横家書觸龍見趙太后章「太后盛氣而胥之」。胥之，即須之。須，待也。章句「伴儷」云云，儷亦伴也。禮記卷一四月令第六「宿離不貸」，鄭注：「離，讀如儷偶之儷。」釋文：「儷，偶也。」

流星墜兮成雨，

陰精竝降，如墮雨也。

【疏證】

陰精竝降，如墮雨也。◎四庫章句本「墮」作「墜」。惜陰本「竝」作「並」。案：章句以「墮」釋「墜」，舊本作「墮雨」。雨字出韻，舊乙作「雨墮」。史記卷二七天官書第五正義引張衡云：「日者，陽精之宗；月者，陰精之宗。五星，五行之精。衆星列布，體生於地，精成於天，列居錯峙，各有所屬，在野象物，在朝象官，在人象事。」未聞流星爲陰精也。又，補注：「春秋：『夜中，星隕如雨。』公羊曰：『如雨者，狀似雨。』」章句以上晲、戲、儀、儷、墮同協歌韻。

進矈盼兮上丘墟。

天旦欲明，至山溪也。

【疏證】

天旦欲明，至山溪也。◎案：矈盼，言光采貌。聲轉或作矈玢、璘斑、璘彬等。進矈盼而上丘墟，承上「流星墜」，言登臨流星璘玢之天也。章句「天旦欲明至山溪」云云，非也。

覽舊邦兮滃鬱，

下見楚國之亂危也。

【疏證】

下見楚國之亂危也。◎俞本「亂危」乙作「危亂」。案：亂，出韻，乙也。滃鬱，言蔽壅貌。「進瞵盼兮上丘墟覽舊邦兮滃鬱」二語，摛藻於離騷「陟陞皇之赫戲兮忽臨睨夫舊鄉」也。章句以上溪、危同協支韻。

余安能兮久居！

將背舊鄉，之九夷也。

【疏證】

將背舊鄉，之九夷也。◎案：章句「之九夷」云云，因論語。卷五公冶長：「子曰：『道不行，乘桴浮于海。』」邢疏：「言我之善道中國既不能行，即欲乘其桴栰浮渡於海而居九夷，庶幾能行己道也。」

志懷逝兮心懰慄，

心中欲去，内傷悲也。

【疏證】心中欲去，内傷悲也。◎案：懰慄，言悲傷貌。聲之轉或作聊戾、聊慄、料洌、惏慄、凜厲、栗洌等，則未可勝舉。詳參九辯「悲哉秋之爲氣也」注。

紆余轡兮躊躇。

緩我馬勒而低佪也。

【疏證】緩我馬勒而低佪也。◎正德本、隆慶本、朱本、俞本、莊本、馮本、四庫章句本、湖北本、惜陰本、同治本「緩」作「緩」。案：緩，當作綏，止也。詳參上危俊「紆余轡兮自休」注。躊躇，章句「低佪」云云，言行不進貌。

聞素女兮微歌，

神仙謳吟，聲依違也。

【疏證】

神仙謳吟，聲依違也。◎俞本「違」作「微」。案：依違，連語也，不當作「微」。唐寫本文選卷九吳都賦李善注引王逸曰：「神女謳吟也。」其所據本則作「神女」。文選卷一五張衡思玄賦「素女撫絃而餘音兮」，舊注引高誘淮南子注：「素女，黃帝時方術之女也。」風俗通義卷六聲音篇「瑟」條引黃帝書：「泰帝使素女鼓瑟而悲。」章句「依違」云云，猶計無定貌。後漢書卷四一第五倫傳：「倫奉公盡節，言事無所依違。」卷五七劉瑜傳：「執政者欲令瑜依違其辭，而更策以它事。」卷六〇下蔡邕傳：「宜披露失得，指陳政要，勿有依違，自生疑諱。」卷八五皇甫規傳：「又在位素餐，尚書怠職，有司依違，莫肯糾察，故使陛下專受諂諛之言，不聞戶牖之外。」

聽王后兮吹竽。

伏妃作樂，百虫至也。

【疏證】

伏妃作樂，百虫至也。◎正德本、隆慶本、湖北本、朱本、劉本、馮本、俞本、莊本、四庫章句本、惜陰本「虫」作「蟲」。案：虫、蟲同。世本作篇：「宓犧作瑟，八尺二寸，四十五弦。」又曰：「隨作竽。」宋衷曰：「隨，女媧氏之臣。」則未聞伏妃作竽。章句「伏妃作樂百蟲至」云云，因書舜典：「予擊石拊石，百獸率舞。」孔傳：「樂感百獸，使相率而舞，則神人和可知。」

魂悽愴兮感哀，

精神惆悵而思歸也。

【疏證】

精神惆悵而思歸也。◎四庫章句本「魂」作「䰟」。案：悽愴，章句解「惆悵」，哀愁也。詳參九辯「中憯惻之悽愴兮」注。

腸回回兮盤紆。

意中毒悶，心紆屈也。

【疏證】

意中毒悶，心紆屈也。◎案：盤紆，古之恒語，言屈曲回旋貌也。文選卷四南都賦「谿壑錯繆而盤紆」，卷七司馬相如子虛賦「其山則盤紆岪鬱」，卷一八嵇康琴賦「且其山川形勢則盤紆隱深」，卷一九宋玉高唐賦「水澹澹而盤紆兮」，全漢文卷四〇劉歆遂初賦「陵谷錯昌盤紆」，全後漢文卷九三阮瑀箏賦「卓礫盤紆」。

撫余佩兮繽紛，

持我玉帶，相糾結也。

【疏證】

持我玉帶，相糾結也。◎案：繽紛，言盛貌。詳參離騷「佩繽紛其繁飾兮」注。章句「相糾結」云云，言亂貌，與「盛衆」義相通。

高太息兮自憐。

長歎傷己，遠放弃也。

【疏證】

長歎傷己，遠放弃也。◎正德本、隆慶本、湖北本、朱本、劉本、馮本、俞本、莊本、四庫章句本、惜陰本「弃」作「棄」。案：弃與棄同。章句以「長歎傷」解「高太息」，高之爲長，猶長之爲高，詞義之相互滲透。章句以上夷、悲、佪、違、至、歸、屈、結、弃協韻。夷、至、結、弃，脂韻；悲、佪、違、歸，微韻。脂、微合韻。

使祝融兮先行，

俾南方神開軌轍也。

【疏證】俾南方神開軌轍也。◎案：惜誦「俾山川以備御兮」，章句：「俾，使也。」又，遠遊「指炎神而直馳兮」，章句：「南方丙丁，其帝炎帝，其神祝融。」

令昭明兮開門。

炎神前驅，闢梁發也。

【疏證】炎神前驅，闢梁發也。◎案：九思遭厄「適昭明兮所處」，章句：「昭明，日暉。」或曰：昭明，即鷦鵬，鸞鳥之屬，炎帝之精。遠遊「鸞鳥軒翥而翔飛」，章句：「鷦鵬玄鶴，奮翼舞也。」章句以上轍、發同協月韻。

馳六蛟兮上征，

乘龍直驅，陞閶闔也。

【疏證】

乘龍直驅，陞閶闔也。◎案：御覽卷三天部三日上引淮南子：「爰[上](止)羲和，爰息六螭，是謂懸車。」注曰：「日乘車駕以六龍，羲和御之，日至此而薄於虞泉，羲和至此而迴六螭，即六龍也。」又，章句「陞閶闔」云云，閶闔，天門也。

竦余駕兮入冥。

遂馳我車，上寥廓也。

【疏證】

遂馳我車，上寥廓也。◎案：竦，上征也。文選卷四南都賦「結根竦本」，李善注引廣雅：「竦，上也。」章句以上闔、廓二字協韻。闔，葉韻；廓，鐸韻。葉、鐸合韻，古無其例，至東漢音變。

歷九州兮索合，

周遍天下，求雙匹也。

【疏證】周遍天下，求雙匹也。◎案：九州索合，以男女喻君臣，是因離騷「思九州之博大兮，豈唯是其有女」也。

誰可與兮終生。

莫足與友，爲親密也。

【疏證】莫足與友，爲親密也。◎案：章句以「終生」爲「親密」，謂一生一世也。一生一世相與爲友，是謂之「親密」。章句以上匹、密同協質韻。

忽反顧兮西囿，

是彼隴、蜀，道阻阨也。

【疏證】

是彼隴、蜀，道阻阨也。◎案：漢書卷一上高帝紀「故秦苑囿園池」，顔師古注：「養鳥獸曰苑，苑有垣曰囿，所以種植謂之園。」西囿，猶崑崙、西海，不當實指隴上、西蜀。

覩軫丘而崎傾。

山陵嶔岑，難涉歷也。

【疏證】

山陵嶔岑，難涉歷也。◎案：黎本玉篇殘卷山部「崎」字：「楚辭『覩軨丘兮崎傾』，王逸曰：『山嶔崟，難涉歷也。』」敚「陵」字。嶔岑、嶔崟同，嵯峨貌。詳參招隱士「嶔岑碕礒兮」注。又，補注：「軫丘，猶九章言軫石也。」其説得旨。軫石，見抽思。章句以上阨、歷同協錫韻，支之入也。

横垂涕兮泫流，

悲思念國，泣雙下也。

【疏證】悲思念國，泣雙下也。◎案：章句「悲思」云云，言悲憂也。又，正文「泫流」，出韻。泫流，舊宜作「泫泫」。泫與傾、靈爲耕、真合韻。文選卷二二謝惠連泛湖歸出樓中翫月詩：「泫泫露盈條」，李善注：「泫泫，垂貌。」章句「泣雙下」云云，其本作「泫泫」也。

悲余后兮失靈。

哀惜我后，違天法也。

【疏證】哀惜我后，違天法也。◎案：失靈，猶失魂落魄也。我哀痛君王，以致失魂魄也。章句君王「違天法」云云，非也。章句以上下、法協韻。下，魚韻，讀去聲，鐸之長入；法，葉韻。鐸、葉合韻，古無其例，至東漢音變也。

昭世

季春兮陽陽，

三月温和，氣清明也。

【疏證】

三月温和，氣清明也。◎案：陽陽，言明麗無礙貌。詩君子陽陽「君子陽陽」，毛傳：「陽陽，無所用其心也。」淮南子卷五時則訓：「教教陽陽，唯德是行。」

列草兮成行。

百卉垂條，吐榮華也。

【疏證】

百卉垂條，吐榮華也。◎朱本、湖北本「吐」作「葉」。案：據義，舊作「吐」字。章句「吐榮華」云云，華字出韻。舊宜乙作「華榮」。

余悲兮蘭生，

哀彼香草，獨隕零也。

【疏證】哀彼香草，獨隕零也。◎案：章句以「隕零」解「蘭生」，當從補注引正文「生」一作「悴」。悴，憔悴也。洪氏又引一作「萃」者，因蘭字易從艸。又，聞一多楚辭校補易「生」作「芷」，亦可參。

委積兮從横。

枝條摧折，傷根莖也。

【疏證】枝條摧折，傷根莖也。◎案：從横，言交錯貌。章句以上明、榮、零、莖同協耕韻。明，在東漢入耕、青韻。

江離兮遺捐，

忠正之士，弃山林也。

【疏證】忠正之士，弃山林也。◎正德本、隆慶本、湖北本、朱本、劉本、馮本、俞本、莊本、四庫章句本、惜陰本「弃」作「棄」。案：弃與棄同。江離，香草也，喻貞良之士。見離騷「扈江離與辟芷兮」注。

辛夷兮擠臧。

仁智之士，抑沈没也。

【疏證】

仁智之士，抑沈没也。◎案：辛夷，即新雉，香木也，喻仁智之士。詳參九歌湘夫人「辛夷楣兮葯房」注。左傳昭公十三年「知擠于溝壑矣」，杜注：「擠，隊也。」臧，藏也。章句「抑沈没」云云，蓋得其義。没字出韻，當「没沈」之乙。章句以上林、沈同協侵韻。

伊思兮往古，

惟念前世諸賢俊也。

【疏證】

惟念前世諸賢俊也。◎案：爾雅釋詁：「伊，維也。」郭注：「伊，發語辭也。」章句解「惟」，古字通用。

亦多兮遭殃。

仁義遇罰，禍及身也。

【疏證】

仁義遇罰，禍及身也。◎案：遭殃，章句「仁義遇罰禍及身」云云，指下伍子胥、屈子也。

伍胥兮浮江，

吳王弃之於江濱也。

【疏證】

吳王弃之於江濱也。◎正德本、隆慶本、湖北本、朱本、劉本、馮本、俞本、莊本、四庫章句本、惜陰本「弃」作「棄」。案：伍胥，伍子胥也。詳參涉江「伍子逢殃兮」注。

屈子兮沈湘。

懷沙負石，赴汨淵也。

【疏證】懷沙負石，赴汨淵也。◎案：屈子懷石赴淵，詳參懷沙篇注。章句以上俊、身、濱、淵同協真韻。

運余兮念兹，

轉思念此，志煩冤也。

【疏證】轉思念此，志煩冤也。◎案：章句以「運余」爲「轉思」者，舊本正文蓋作「運思」。或本兮訛作余，後增「兮」字，後據文例誤删「思」也。

心内兮懷傷。

腸中惻痛，摧肝肺也。

【疏證】腸中惻痛，摧肝肺也。◎正德本、隆慶本、劉本、朱本、馮本、莊本、景宋本、四庫章句本「腸」作「膓」。案：腸、膓同。章句「肝肺」云云，肺字出韻。舊宜乙作「肺肝」。

望淮兮沛沛，

臨水恐慄，畏禍患也。

【疏證】臨水恐慄，畏禍患也。◎案：沛沛，水疾流貌也。文選卷五吳都賦「常沛沛以悠悠」，劉逵注：「沛沛，行貌。」章句以上冤、肝、患同協元韻。

濱流兮則逝。

意欲隨水而隱遁也。

【疏證】意欲隨水而隱遁也。◎案：章句以「隨水」解「濱流」者，濱，讀如賓。詩北山「率土之濱」，漢書卷九九中王莽傳引作「率土之賓」。賓，猶從也，隨也。又，章句「而隱遁」之遁，當作遯，謂逃也，隱也。

榜舫兮下流，

乘舟順水，游海濱也。

【疏證】

乘舟順水，游海濱也。◎正德本、隆慶本、湖北本、朱本、劉本、馮本、俞本、莊本、景宋本、四庫章句本「游」作「遊」。案：游、遊同。補注：「榜音謗，進船也。舫音方，併船也。」章句以上遁、濱協韻。遁，文韻；濱，真韻。真、文合韻。

東注兮磕磕。

濤波踊躍，多險難也。

【疏證】

濤波踊躍，多險難也。◎案：磕磕，水波聲。九章悲回風「憚涌湍之磕磕」是也。

蛟龍兮導引，

虬螭水禽，馳在前也。

【疏證】虬螭水禽，馳在前也。◎補注引一作「文蛇在前也」，文淵四庫章句本「虯螭」作「蛇螭」，文津本亦作「虬螭」。案：據義，舊作「虬螭」。涉江「駕青虬兮驂白螭」，章句：「虬、螭，神獸，宜於駕乘。」遠遊「駕八龍之婉婉兮」，章句：「虬螭沛艾，屈偃蹇也。」章句亦無「蛇螭」。又，作「文蛇在前也」，非章句七字句韻語例。

文魚兮上瀨。

巨鱗扶己，渡涌湍也。

【疏證】巨鱗扶己，渡涌湍也。◎補注引「文」一作「大」。案：章句以「巨鱗」釋之，舊本正文蓋作「大瀨」。

抽蒲兮陳坐，

拔草爲席，處薄單也。

【疏證】

拔草爲席，處薄單也。◎案：廣雅釋詁：「抽，拔也。」説文艸部：「蒲，水艸也，或㠯作席。从艸、浦聲。」類聚卷八二草部下「蒲」條引漢書：「元帝疾，時史丹以親密侍疾，唯上獨寢，直入卧内，頓首伏青蒲上。」注云：「青，緑；蒲，席也。又以蒲青爲席鋪地也。」卷八七菓部下「林檎」條引梁庾肩吾謝賚林檎啓：「下賤爰頒，遂入抽蒲之座。」章句以上難、前、湍、單同協元韻。

援芙蕖兮爲蓋。

引取荷華，以覆身也。

【疏證】

引取荷華，以覆身也。◎補注引一云「援英兮爲蓋」，又引一云「拔英」。聞一多楚辭校補謂當從一本作「援英」，英即蒲弱，承上「抽蒲兮陳坐」。案：類聚卷八二草部下「蒲」條引離騷：「抽蒲兮陳坐，援英兮爲蓋。」其所據本作「援英」。楚辭言「蓋」，或用荷華，無用「蒲英」。九歎逢紛

「芙蓉蓋而蔆華車兮」是也。英，謂芙蓉。

水躍兮余旌，

風波動我，搖旗旛也。

【疏證】風波動我，搖旗旛也。◎案：章句「風波動我」云云，言水波盪我舟也。

縱以兮微蔡。

績以草芥，入己舩也。

【疏證】績以草芥，入己舩也。◎同治本「舩」作「船」。案：舩，俗船字。文選卷六魏都賦「蔡莽螫刺」，李善注引王逸曰：「蔡，草莽也。」莽，芥之訛。説文艸部：「蔡，艸丰也。」章句以上身、旛、船協韻；身、船，真韻；旛，元韻。真、元合韻。

雲旗兮電鶩，

遂乘風電，驅橫奔也。

【疏證】

遂乘風電，驅橫奔也。◎案：漢書卷六五東方朔傳「車鶩南北」，顏師古注：「亂馳曰鶩。」章句「橫奔」云云，猶亂鶩也。

儵忽兮容裔。

往來亟疾，若鬼神也。

【疏證】

往來亟疾，若鬼神也。◎案：容裔，猶容與也，言行不進貌。聲轉或作猶豫、猶與、夷猶、閼與、儲與、遊豫也。章句「往來」云云，得其義也。章句以上奔、神協韻：奔，文韻；神，真韻。真、文合韻。

河伯兮開門，

水君竢望，開府寺也。

【疏證】

水君竢望，開府寺也。◎案：章句「開府寺」云云，寺字出韻。府寺，蓋「府官」之訛。管子卷三幼官篇第八：「定府官，明名分，而審責於羣臣有司。」又曰：「量委積之多寡，定府官之計數。」府官，古之恆語。

迎余兮歡欣。

喜笑迎己，愛我善也。

【疏證】

喜笑迎己，愛我善也。◎案：章句以上官、善同協元韻。

顧念兮舊都，

還視楚國，思郢城也。

【疏證】

還視楚國，思郢城也。◎案：顧念舊都，並提也，謂顧視舊都、思念舊都。章句「還視楚國思郢城」云云，則分別說之。

懷恨兮艱難。

抱念恚恨，常欲還也。

【疏證】

抱念恚恨，常欲還也。◎案：正文難與欣、根出韻。艱難，當乙作「難艱」。艱，文部字。又，章句「欲還」之還，讀如營。詩還「子之還兮」，漢書卷二八下地理志：「齊詩曰：『子之營兮。』」顏師古注：「毛詩作還，齊詩作營。」營，惑亂也。章句以上城、營同協耕韻。

竊哀兮浮萍，

自比如蘋，生水瀕也。

【疏證】自比如蘋，生水瀕也。◎文選卷三一江淹雜體詩王侍中粲「忽如水上萍」，李善注：「楚辭曰：『竊哀兮浮萍，汎濫兮無根。』王逸注曰：『自比蘋，隨水浮汎，乍東乍西。』」類聚卷八二「萍」條引王逸注：「自比如萍，隨水浮游。」案：蘋與萍同。二書引章句，皆非用七字句韻語例，蓋總撮章句下文爲之。又，章句「水瀕」云云，瀕字出韻。萍之爲物，非生於「水瀕」，而在水中。舊宜作「生於水」。

汎淫兮無根。

隨水浮游，乍東西也。

【疏證】隨水浮游，乍東西也。◎補注引「汎淫」一作「沉淫」，一作「汎搖」，洪又謂「搖當作淫，巴東有淫預石，通作灩，一讀作泛灩，一讀作馮淫，皆通。汎，一作沉；淫，一作搖；皆非是」。案：洪説是也。又，章句以上水、西同協脂韻。

尊嘉

秋風兮蕭蕭，

陰氣用事，天政急也。

【疏證】

陰氣用事，大政急也。◎案：文選卷二八雜歌荆軻歌「風蕭蕭兮易水寒」，李周翰注：「蕭蕭，風聲也。」

舒芳兮振條。

動摇百草，使芳熟也。

【疏證】

動摇百草，使芳熟也。◎案：章句以「舒芳」爲「動摇百草」，舒，讀作抒，古字通用，謂振引也。章句以上急、熟協韻；急，緝韻；熟，覺韻。緝、覺合韻。

微霜兮眇眇，

霜凝微薄，寒深酷也。

【疏證】霜凝微薄，寒深酷也。◎同治本「眇眇」作「眄眇」。非是。案：眄，俗盼字。「眄眇」，不辭。景宋本、文津四庫章句本「凝」作「疑」。案：疑、凝古字通用。文選卷一五思玄賦「風眇眇兮震余旟」，舊注：「眇眇，遠貌。」章句「寒深酷」云云，酷，甚也，漢、魏習語。

病殀兮鳴蜩。

飛蟬卷曲，而寂默也。

【疏證】飛蟬卷曲，而寂默也。◎案：爾雅釋蟲：「蜩，蜋蜩，螗蜩。」郭璞注：「夏小正傳曰：『蜋蜩者，五彩具。』又曰：『螗蜩者，蝘。』俗呼爲胡蟬，江南謂之螗蛦。」邢疏：「螗蜩，俗呼胡蟬，似蟬而小，鳴聲清亮者也。」又，寂默，言無聲也，或作寂嘆、寂默等。章句以上酷、默協韻。酷，宵韻；默，職韻，之之入，東漢入侯、屋韻也。

玄鳥兮辭歸，

燕將入海，化爲蛤也。

【疏證】

燕將入海，化爲蛤也。◎案：玄鳥，燕也。禮記卷一七月令第六：「季秋之月，爵入大水爲蛤。」鄭注：「大水，海也。」淮南子卷四墬形訓、孔子家語卷六執轡篇第二五並曰：「故立冬燕雀入海化爲蛤。」又，國語卷一五晉語九「趙簡子歎曰：『雀入于海爲蛤，雉入于淮爲蜃。』」韋昭注：「小曰蛤，大曰蜃，皆介物，蚌類也。」

飛翔兮靈丘。

悲鳴神山，奮羽翼也。

【疏證】

悲鳴神山，奮羽翼也。◎俞本、劉本「山」作「仙」。案：訛也。靈丘，猶高丘，類離騷之帝高陽之居。詳參離騷「哀高丘之無女」注。章句以上蛤、翼協韻。蛤，緝韻；翼，職韻。職、緝合韻。

望谿兮滃鬱，

川谷吐氣，雲闇昧也。

【疏證】

川谷吐氣，雲闇昧也。◎案：黎本玉篇殘卷水部「滃」字：「楚辭『望谿兮滃欝』，王逸曰：『川谷吐氣也。』說文：『雲氣起皃也。』」非其足文。滃鬱，雲氣鬱積貌。

熊羆兮呴嘷。

猛獸應秋，將害賊也。

【疏證】

猛獸應秋，將害賊也。◎補注：「呴音吼。」案：呴，古吼字。大戴禮記卷三夏小正第四七「雉震呴，呴也者，鼓其翼也。」王聘珍解詁：「呴，說文作雊，云：『雊，雌雄鳴也。雷始動，雉鳴而雊其頸。』」引申之凡禽獸、人物皆曰呴。新論卷四言體篇：「周亞夫嚴猛哮吼之用，可謂國之大將軍。」正文「呴嘷」，即「哮吼」。又，招隱士「熊羆咆」，章句：「貪殺之獸，跳梁吼也。」咆亦呴嘷。又，章句「害賊」云云，賊字出韻。舊宜乙作「賊害」。章句以上昧、害協韻，昧，物韻；害，月韻。月、物合韻。

唐虞兮不存，

堯、舜已過，難追逐也。

【疏證】

堯、舜已過，難追逐也。◎案：章句「已過」云云，猶己逝，即正文「不存」也。又，「追逐」云云，散文不别。對文走於尾後曰追，奔驅曰逐。

何故兮久留！

宜更求君，之他國也。

【疏證】

宜更求君，之他國也。◎案：蓋因遠遊「奚久留此故居」也。

臨淵兮汪洋，

瞻望大川，廣無極也。

【疏證】 瞻望大川，廣無極也。◎案：慧琳音義卷三一「汪池」條引楚辭、卷五五「汪洋」條、卷一〇〇「汪哉」條同引王逸注楚辭：「汪洋，大水廣無極也。」卷三四「汪洋」條：「楚辭：『臨[極也]（淵）[子]（兮）汪洋』，王逸曰：『大水廣皃。』」卷九三「汪濊」條引楚辭注：「大水深廣也。」其所據本「大川」作「大水」。章句以上逐、國、極協韻。國、極，職韻，之之入；逐，覺韻，幽之入。之、幽合韻。

顧林兮忽荒。

回視喬木，與山薄也。

【疏證】 回視喬木，與山薄也。◎景宋本、惜陰本、四庫章句本「回」作「回」。案：回、回同。忽荒，荒忽倒文，言不分明貌。章句「與山薄」云云，薄，迫附也。詳參涉江「芳不得薄兮」注。

修余兮袿衣，

整我袗裳，自結束也。

【疏證】

整我袗裳，自結束也。◎補注：「廣雅：『袿，長襦也。』釋名：『婦人上服曰袿，其下垂者上廣下狹如刀圭。』」案：畢沅釋名疏證：「上服，上等之服也。鄭注周禮内司服云：『今世有圭衣者，蓋三翟之遺俗。』案：三翟，王后六服之上也，故圭衣爲婦人之上服。今本圭字加衣旁，俗也。」王先謙補注：「刀，泉刀也。鋭上方下曰圭。言割繒飾袿，其下垂者或如泉刀形，或如圭形也。」又，章句「袗裳」云云，説文衣部：「袗，襌衣。一曰盛服。」段注：「孟子『被袗衣』，袗衣，亦當謂盛服。」盛服，謂上等服也。

騎霓兮南上。

託乘赤霄，登張翼也。

【疏證】

託乘赤霄，登張翼也。◎案：章句「登張翼」云云，張、翼二宿名，在南方朱雀之宫。

霿雲兮冋冋，

載氣溶溶，意中惡也。

【疏證】載氣溶溶，意中惡也。◎景宋本、惜陰本、四庫章句本「冋」作「回」。案：冋冋，言紆曲貌。上昭世「腸冋冋兮盤紆」，章句：「意中毒悶，心紆屈也。」章句「溶溶」云云，即容容，言雲冋旋貌。九歌山鬼「雲容容兮而在下」是也。

亹亹兮自強。

稍稍陞進，遂自力也。

【疏證】稍稍陞進，遂自力也。◎案：爾雅釋詁：「亹亹，勉也。」章句「稍稍陞進」云云，猶自勉强之意。

將息兮蘭皋，

且欲中休，止方澤也。

【疏證】

且欲中休，止方澤也。◎案：章句「中休」云云，中猶終也。書禹貢「終南惇物」，左傳昭公四年「終」作「中」。又，「方澤」云云，方，當作「芳」，爛敚之也。芳澤，謂蘭皋也。章句以上薄、束、翼、惡、力、澤協韻。薄、惡、澤，鐸韻，魚之入；翼、力，職韻，之之入；束，屋韻，侯之入。之、侯、魚合韻。

失志兮悠悠。

從高視下，目眩惑也。

【疏證】

從高視下，目眩惑也。◎補注引正文「悠悠」一作「調調」。案：作「調調」不辭。調，當作滔，音訛也。滔滔，猶悠悠，言廣遠貌。詳參懷沙「滔滔孟夏兮」注。

菀蘊兮黴黧，

愁思蓄積，面垢黑也。

【疏證】愁思蓄積，面垢黑也。◎案：菸蘊，言積鬱貌。九歎逢紛「顏黴黧以沮敗兮」，章句：「黧，黑也。」黴黧，散文不別。説文黑部：「黴，中久雨青黑也。从黑，微省聲。」宋本玉篇黑部：「黴，明飢切，面垢也。」廣韻上平聲第六脂韻：「黴，黧，垢腐貌。武悲切。」第十二齊韻：「黧，黑而黄也。郎奚切。」據此，黴，今俗霉字，物之霉則黑。黧，謂黑黄色。

思君兮無聊。

想念懷王，忘寢食也。

【疏證】想念懷王，忘寢食也。◎文淵四庫章句本「想」作「思」，文津本亦作「想」。案：無聊，言不可忍止。涉江「固將愁苦而終窮」，章句：「愁思無聊，身困窮也。」言愁思不可忍止也。

身去兮意存，

體遠情近，在胸臆也。

【疏證】

體遠情近，在胸臆也。◎案：章句以「遠近」解「去存」，其義隔也。身去，言身遭放逐也。意存，言心繫君國也，猶後所謂「處江湖之遠，猶憂其君」也。

愴恨兮懷愁。

心中憂恨，内悽惻也。

【疏證】

心中憂恨，内悽惻也。◎案：正文「愴恨」之恨，當作悢，訛字。愴悢，言憂傷貌。古亦無作「愴恨」。文選卷九班彪北征賦「心愴悢以傷懷」，李善注引廣雅：「愴愴、悢悢，悲也。」章句以上惑、黑、食、惻同協職韻。

蓄英

登九靈兮遊神，

想登九天，放精神也。

【疏證】想登九天，放精神也。◎案：章句以「放精神」釋「遊神」，是也。遊神，漢世習語。説苑卷三建本篇：「今人誠能砥礪其材，自誠其神明，覩物之應，通道之要，觀始卒之端，覽無外之境，逍遥乎無方之内，彷徉乎塵埃之外，卓然獨立，超然絶世，此上聖之所以遊神也。」漢書卷八七下揚雄傳：「爰清爰静，游神之廷；惟寂惟寞，守德之宅。」

静女歌兮微晨。

神女夜吟，聲激清也。

【疏證】神女夜吟，聲激清也。◎案：静女，靚女也。詩静女「静女其姝」是也。章句「神女」云云，猶漢世之玉女也。章句以上神、静協韻。神，真韻；静，耕韻。耕、真合韻。

悲皇丘兮積葛，衆體錯兮交紛。

皇，美。言己見美大之丘，葛草緣之而生，交錯茂盛，人不異而采取，則不成絺綌也。以言楚國士民衆多，君不異而舉用，則不知其有德也。

【疏證】

皇，美。◎正德本、隆慶本、湖北本、朱本、劉本、馮本、俞本、莊本、四庫章句本無注。案：皆爛敓之。詳參離騷「朕皇考曰伯庸」注。

言己見美大之丘，葛草緣之而生，交錯茂盛，人不異而采取，則不成絺綌也。以言楚國士民衆多，君不異而舉用，則不知其有德也。◎案：葛，謂葛麻也。詩葛覃：「葛之覃兮，施于中谷。維葉莫莫，是刈是濩。爲絺爲綌，服之無斁。」毛傳：「葛，所以爲絺綌。精曰絺，麤曰綌。」孔疏：「曲禮云：『爲天子削瓜，巾以絺，諸侯巾以綌。』玉藻云：『浴用二巾，上絺下綌。』皆貴絺而賤綌，是絺精而綌麤。」散文絺、綌皆通稱巾也。

貞枝抑兮枯槁，枉車登兮慶雲。

貞，正。慶雲，喻尊顯也。言葛有正直之枝，抑弃枯槁而不見采；杜壞忠者，滿車陞進，反見珍重，御尊顯也。以言貞正之人弃於山野，佞曲之臣陞於顯朝。

【疏證】

貞，正。◎莊本「貞」下有「也」字。案：詳參離騷「攝提貞于孟陬兮」注。

慶雲，喻尊顯也。◎案：文選卷一六潘岳寡婦賦「承慶雲之光覆兮」，李善注引王逸曰：「慶雲，喻尊顯。」無「也」字。卷三〇謝靈運擬魏太子鄴中集詩八首阮瑀「慶雲惠優渥」，李善注引王逸曰：「慶雲，喻尊顯也。」亦有「也」字。漢書卷二六天文志：「若煙非煙，若雲非雲，郁郁紛紛，蕭索輪囷，是謂慶雲。慶雲見，喜氣也。」晉書卷一二天文志中：「瑞氣：一曰慶雲，若煙非煙，若雲非雲，郁郁紛紛，蕭索輪囷，是謂慶雲，亦曰景雲。此喜氣也，太平之應。」或作「卿雲」，尚書大傳卷一虞傳「卿雲爛兮」是也。

言葛有正直之枝，抑弃枯槁而不見采；枉壞惡者，滿車陞進，反見珍重，御尊顯也。以言貞正之人弃於山野，佞曲之臣陞於顯朝。◎正德本、隆慶本、湖北本、朱本、劉本、馮本、俞本、莊本、四庫章句本「弃」作「棄」，「顯朝」下有「也」字。景宋本「壞」作「壞」。惜陰本「弃」作「棄」。案：壞，壞之訛。喻林卷四八人事門倒置引弃作棄，枉作朽，貞訛作真，「尊顯」下亦無「也」字。又，章句「陞於顯朝」云云，顯朝，猶聖朝也。全三國文卷一六曹植七啓：「顯朝惟清，王道遐均。」宋書卷八五王景文傳：「殊績顯朝，策勤王府。」

感余志兮慘慄，

動踊我心，如析割也。

【疏證】

動踊我心，如析割也。◎正德本、隆慶本、劉本、莊本「析割」作「柝割」，俞本作「折」。案：柝，俗拆字。據義，舊作「拆割」。折，訛也。慘，當從補注引一作憀。憀慄，言愁思不解貌。詳參九辯「心繚悷而有哀」注。又，章句「動踊」云云，猶從容、竦踊、慫慂也。王念孫云：「舉動謂之從容，跳躍謂之竦踊，聲義竝相近，故竦踊或作從容。新序雜事篇曰：『元蝯居桂林之中，峻葉之上，從容游戲，超騰往來。』從容即竦踊也。自動謂之從容，動人謂之慫慂，聲義亦相近，故慫慂或作從容。史記吳王濞傳：『鼂錯數從容言吳過可削。』從容即慫慂。」（見王引之經義述聞卷三一通說上「從容」條）

心愴愴兮自憐。

意中切傷，憂悲楚也。

【疏證】

意中切傷，憂悲楚也。◎案：廣雅釋訓：「愴愴，悲也。」

駕玄螭兮北征，

將乘山神而奔走也。

【疏證】將乘山神而奔走也。◎案：漢書卷五七上司馬相如傳「於是蛟龍赤螭」，如淳曰：「螭，山神也。獸形。」文穎曰：「龍子爲螭。」張揖曰：「赤螭，雌龍也。」顔師古曰：「許慎云：『離，山神也。』字則單作离，形若龍，字乃從虫。此作螭，别是一物，既非山神，又非雌龍、龍子，三家之説皆失之。」

曏吾路兮葱嶺。

欲踰高山，度阻險也。

【疏證】欲踰高山，度阻險也。◎同治本「葱」作「蔥」。案：葱嶺，高山。詳上通路「朝發兮蔥嶺」注。又，章句「阻險」云云，險字出韻，舊乙作「險阻」。章句以上楚、走、阻協韻；走，屋韻，侯之入；楚、阻，魚韻。侯、魚合韻。

連五宿兮建旄，

係續列星，爲旗旄也。

【疏證】係續列星，爲旗旄也。◎案：五宿，即五星，謂五行之精。漢書卷二六天文志：「歲星曰東方春木，於人五常仁也，五事貌也。熒惑曰南方夏火，禮也，視也。太白曰西方秋金，義也，言也。辰星曰北方冬水，知也，聽也。填星曰中央季夏土，信也，思心也。」

揚氛氣兮爲旌。

舉布霾霧，作旗表也。

【疏證】舉布霾霧，作旗表也。◎案：漢書卷五六董仲舒傳：「今陰陽錯繆，氛氣充塞。」顔師古注：「氛，惡氣也。」氛，或作雰，史記卷一一七司馬相如列傳「清雰氣而後行」，正義引張揖：「火正祝融警蹕清氛氣也。」又，章句「作旗表」云云，旗表，平列同義，表亦旗也。詳參山鬼「表獨立兮山之上」注。章句以上旄、表同協宵韻。

歷廣漠兮馳騖，

徑過長沙，馳騁馬也。

【疏證】

徑過長沙，馳騁馬也。◎案：廣漠，大漠也。承上「北征」。章句「長沙」云云，猶廣長之沙漠也，非南楚長沙郡。漢書卷六五東方朔傳「車騖南北」，顏師古注：「亂馳曰騖。」

覽中國兮冥冥。

顧視諸夏，尚昧晦也。

【疏證】

顧視諸夏，尚昧晦也。◎案：章句「昧晦」云云，晦字出韻。昧晦，蓋作「晦暮」。始羨「昧」字，後删「暮」字而訛作「昧晦」。

玄武步兮水母，

天黿水神，侍送余也。

【疏證】

天黿水神，侍送余也。◎案：玄武，水神，北宫黑帝之精。詳參遠遊「召玄武而奔屬」注。

與吾期兮南榮。

與己爲誓，會炎野也。南方冬温，草木常茂，故曰南榮。

【疏證】

與己爲誓，會炎野也。南方冬温，草木常茂，故曰南榮。◎文淵四庫章句本「茂」作「華」，文津本亦作「茂」。案：文選卷三一江淹雜體詩謝臨川靈運「南中氣候煖」，李善注引王逸曰：「南方冬温，草木常華。」唐人所據本作「常華」。又，卷八司馬相如上林賦「暴於南榮」，李善注引郭璞曰：「榮，屋南檐也。」類聚卷五歲時下「熱」條引梁孝元帝納凉詩：「珠綦趨北閣，玳席徙南榮。」卷七六内典「内典上」條引梁元帝和劉尚書侍講五明集詩：「綺錢敞西觀，緹幔卷南榮。」卷八五百穀部「黍」條引嵇含孤黍賦：「余慎終屋之南榮，有孤黍生焉。」南榮，皆言屋之南檐。又，卷三六人部二〇「隱逸」條引陸機應嘉賦：「襲三閭之奇服，詠南榮之清歌。」南榮，泛稱南方，蓋别一説。章句以上馬、暮、余、野同協魚韻。

登華蓋兮乘陽，

上攀北斗，躡房星也。

【疏證】上攀北斗，躡房星也。◎補注：「大象賦云：『華蓋於是乎臨映。』注云：『華蓋七星，其柢九星，合十六星，如蓋狀，在紫微宫中，臨勾陳，上以蔭帝坐。』」案：文選卷二西京賦「華蓋承辰」，薛綜注：「華蓋星覆北斗，王者法而作之。」史記卷一一七司馬相如列傳「設壇埸望幸」，索隱：「本或作『望華蓋』。華蓋，星名，在紫微太帝之上。」卷二七天官書：「東宫蒼龍，房，心。心爲明堂。」索隱：「春秋説題辭云：『房、心爲明堂，天王布政之宫。』尚書運期授曰：『房，四表之道。』」章句「躡房星」云云，猶登明堂也。

聊逍遥兮播光。

且徐遊戲，布文采也。

【疏證】且徐遊戲，布文采也。◎文淵四庫章句本「徐」作「隨」，文津本亦作「徐」。案：隨，訛也。湯炳正楚辭今注謂「播光，當爲『瑶光』之誤，指北斗第七星」。其説得之。章句「文采」云云，采字出韻。光謂榮華也。詩韓奕「不顯其光」，毛傳：「光，猶榮也。」舊本蓋作「華榮」。章句以上星、榮同協耕韻。

抽庫婁兮酌醴，

引持二星以斟酒也。

【疏證】

引持二星以斟酒也。◎補注：「大象賦注云：『庫樓十星，五柱十五星，衡四星，合二十九星，在角南。』晉天文志云：『庫樓十星，六大星爲庫，南四星爲樓。』按：庫樓形似酌酒之器，故云。王逸誤以天庫及二十八宿之婁以爲庫婁耳。」案：洪説是也。史記卷二七天官書：「軫南衆星曰天庫樓，庫有五車。」正義：「天庫一星，主太白，秦也，在五車中。」全後魏文卷二一觀象賦「庫樓炯炯以灼明」，注云：「庫樓十星，在大角南。」

援瓟瓜兮接糧。

啗食神果，志猒飽也。

【疏證】

啗食神果，志猒飽也。◎補注：「大象賦云：『瓟瓜薦果於震闈。』注云：『五星在離珠北，天子之果園，占大光潤則歲豐，不爾則瓜果之實不登。』洛神賦云：『歎匏瓜之無匹。』注引史記曰：『四星在危南，瓟瓜。』天官星占曰：『瓟瓜一名天鷄，在河鼓東。』」案：洪氏引洛神賦李善注，見文選卷一九。其引文有刪節。原注：「史記曰：『四星在危南。匏瓜、牽牛爲犧牲。其北織女。織女，天女孫也。』天官星占曰：『匏瓜，一名天鷄，在河鼓東。』」據此，若刪節爲文，則「危南」下不當有「匏瓜」二字。史記卷二七天官書：「杵、臼四星，在危南。匏瓜，有青黑星守之，魚鹽貴。」索隱：「案：荊州占云：『匏瓜，一名天雞，在河鼓東。』」正義：「匏瓜五星，在離珠北，天子果園。占：明大光潤，歲熟；不，則包果之實不登。」知李善注引史記亦有敚誤。章句以上酒、飽同協幽韻。

畢休息兮遠逝，

周偏留止而復去也。

【疏證】周偏留止而復去也。◎景宋本「止」作「上」。案：上，訛字。史記卷四周本紀「師畢渡盟津」，正義：「畢，盡也。」章句「周偏」云云，猶終盡意。

發玉軔兮西行。

引支車木，遂驅馳也。

【疏證】引支車木，遂驅馳也。◎正德本、隆慶本、湖北本、朱本、馮本、俞本、莊本、四庫章句本「驅馳」作「馳驅」。案：作「驅馳」，出韻。舊本作「馳驅」。軔之訓「支車木」，詳參離騷「朝發軔於蒼梧兮」注。

惟時俗兮疾正，弗可久兮此方。

世憎忠信，愛諂諛也。

【疏證】世憎忠信，愛諂諛也。◎案：正，忠直之人。章句以上去、驅、諛協韻。去，魚韻；驅、諛，侯韻。魚、侯合韻。

瘖辟摽兮永思，

心常長愁，拊心踊也。辟，拊心貌也。

【疏證】

心常長愁，拊心踊也。◎正德本、隆慶本、朱本、俞本、劉本「拊」作「掚」。四庫章句本「長」作「悵」。案：拊、掚同。章句「長愁」以釋正文「永思」者，舊本作「長愁」。

辟，拊心貌也。◎正德本、隆慶本、朱本、俞本、劉本「拊」作「掚」。案：補注：「詩云：『瘖辟有摽。』注云：『辟，拊心也。』摽，婢小切，擊也。張景陽七命云：『縈㝯爲之擗摽。』擗，避辟切；摽，避擢切。驚心也。」洪氏引詩，見邶風柏舟，毛傳：「辟，拊心也。摽，拊心貌。」孔疏：「謂拊心之時，其手摽然。」洪氏易訓摽爲擊，蓋因孔疏。

心怫鬱兮内傷。

憂思積結，肝腑爛也。

【疏證】

憂思積結，肝腑爛也。◎案：佛鬱，猶紛緼之聲轉，言鬱積貌。又，章句「肝腑爛」云云，爛字出韻。傷，痛也。舊本蓋作「肝腑痛」。章句以上踊、痛同協東韻。

思忠

覽杳杳兮世惟，

觀楚泥濁，俗愚蔽也。

【疏證】

觀楚泥濁，俗愚蔽也。◎補注引「惟」一作「維」，曰：「惟，謀也。」徐仁甫古詩別解：「九懷每章首句皆協韻。原文本是『覽世惟兮杳杳』，因惟與下歸、飛爲韻，遂倒爲『覽杳杳兮世惟』，知此，則『惟』不當訓謀，亦不當作維。」案：非也。惟，讀如摧。晏子春秋卷一莊公矜勇力不顧行義晏子諫第一「有推侈」，路史後紀卷二三下說「以羊莘侯哆爲相」，羅苹注引呂氏春秋作「惟多」。揚雄太玄經卷三衆次三「丈人摧孥」，司馬光集注：「王本摧作推。」惟、摧例得通用。九歎憂苦「折鋭摧矜凝氾濫兮」，章句：「摧，挫也。」又，章句「俗愚蔽」云云，蔽，毁也。舊本正文作「世摧」。

又，章句「愚蔽」云云，蔽字出韻，當乙「蔽俗愚」。

余惆悵兮何歸？

罔然失志，無依附也。

【疏證】

罔然失志，無依附也。◎案：章句以「罔然」解「余」，蓋余讀作悇。廣韻去聲第九御韻：「悇，愛也。」愛，哀也。章句以上愚、附協韻。愚，侯韻；附，魚韻。侯、魚合韻。

傷時俗兮溷亂，

哀愍當世，衆貪暴也。

【疏證】

哀愍當世，衆貪暴也。◎案：離騷「世溷濁而不分兮」，章句：「溷，亂也。」溷亂，平列同義。又「貪暴」云云，暴亦貪也。東漢習語。詩節南山「不敢戲談」，鄭箋：「疾其貪暴，脅下以刑辟也。」抑「回遹其德」，鄭箋：「王反爲無常，維邪其行爲貪暴，使民之財匱盡而大困急。」又，禮記第五王制「喪祭用不足曰暴」，鄭注：「暴猶耗也。」孔疏：「暴是殘暴，物被殘暴則虚耗，故曰『暴猶耗也』。」則暴亦貪也。

將奮翼兮高飛。

振翅翱翔，絶塵埃也。

【疏證】振翅翱翔，絶塵埃也。◎案：章句「絶塵埃」云云，埃字出韻。舊當作「塵囂」。陶淵明桃花源詩：「借問遊方士，焉測塵囂外？」類聚卷一九人部三「謳謡」條引陳沈炯獨酌謡：「寄語號呶侶，無乃大塵囂。」塵囂，古之習語。

駕八龍兮連蜷，

乘虬翱翔，見容貌也。

【疏證】乘虬翱翔，見容貌也。◎案：虬，俗虯字。連蜷，言龍行貌。章句「見容貌」云云，當作「從容貌」，字之訛。從容，言舉動也，與「連蜷」之意方得調遂。

建虹旍兮威夷。

樹蝃蝀旗，紛光耀也。

【疏證】樹蝃蝀旗，紛光耀也。◎案：章句以「虹」爲「蝃蝀」者，因爾雅釋天：「蝃蝀謂之雩。蝃蝀，虹也。」又，威夷，猶委蛇，言曲長貌。亦語之轉。

觀中宇兮浩浩，

大哉天下，難徧照也。

【疏證】大哉天下，難徧照也。◎案：中宇，中州也。九歎憂苦：「爨土鬵於中宇。」初學記卷一四禮部下第二親蠶「頌」條引魏韋誕皇后親蠶頌：「盛華禮於中宇，神化馳於八方。」晉書卷七九謝安傳贊：「克翦凶渠，幾清中寓。」浩浩，廣大貌。章句「難徧照」云云，照，知也。章句以上暴、囂、貌、耀、照協韻。暴、囂、貌，沃韻，宵之入；耀、照，宵韻。

紛翼翼兮上躋。

盛氣振迅，陞天衢也。

【疏證】

盛氣振迅，陞天衢也。◎案：章句「盛氣振迅」云云，翼翼，言盛貌。文選卷三東京賦「京邑翼翼」，薛綜注：「翼翼，儀禮盛貌。」爾雅釋詁：「躋，陞也。」郭注：「公羊傳曰：『躋者何？陞也。』」

浮溺水兮舒光，

遂渡沈流，揚精華也。

【疏證】

遂渡沈流，揚精華也。◎正德本、隆慶本、朱本、馮本、莊本、劉本、四庫章句本「沈」作「沉」。湖北本「遂」作「逐」。案：沈、沉同。逐，訛字。補注曰：「溺與弱同。」弱水，水名，古無作「溺水」。史記卷二夏本紀「弱水至於合黎」，集解引鄭玄：「地理志：弱水出張掖。」其作「溺水」，因章句「沈流」誤改。章句以上衢、華同協魚韻。

淹低佪兮京沶。

且留水側，息河洲也。水中可居爲洲，小洲爲渚，小渚爲沶。京沶，即高洲也。

【疏證】

且留水側，息河洲也。水中可居爲洲，小洲爲渚，小渚爲沶。京沶，即高洲也。◎補注引一注云：「小渚爲涛，小涛曰沶。」正德本、隆慶本、湖北本、朱本、劉本、馮本、俞本、莊本、四庫章句本「爲沶」作「爲沚」，「京沚」下有「者」字。皇都本「洲」作「州」，「沚」作「止」。案：渚與陼同。涛，俗沚字。沶，俗坻字。州、洲古今字。止，沚字之訛。爾雅釋水：「水中可居者曰洲，小洲曰陼，小陼曰沚，小沚曰坻。」即章句所因。釋文：「坻本亦作墀。」無「小沚曰坻」者，爛敚之也。

屯余車兮索友，

住我之駕，求松、喬也。

【疏證】

住我之駕，求松、喬也。◎案：松，赤松子；喬，王子喬也。

覩皇公兮問師。

遂見天帝，諮祕要也。

【疏證】

遂見天帝，諮祕要也。◎正德本、隆慶本、湖北本、朱本、劉本、馮本、俞本「諮」作「詔」。四庫章句本、惜陰本、同治本「祕」作「秘」。案：秘與祕同。作「詔」不辭。漢書卷三〇藝文志有皇公雜子星二二卷，屬推步天文家之書。皇公，古之通天文者，故以師爲稱。章句「天帝」云云，非也。章句以上洲、要、喬協韻。洲，幽韻；要、喬，宵韻。幽、宵合韻。

道莫貴兮歸真，

執守無爲，修朴素也。

【疏證】

執守無爲，修朴素也。◎案：宋林希逸莊子口義卷五天道第一三：「静則爲聖，動則爲王，即是『内聖外王』四字，無爲也。而尊尊，貴也。言天下之道莫貴於無爲也，樸素無文采也。」可爲此文注脚。

羡余術兮可夷。

念己道藝，可悦樂也。詩云：「既見君子，我心則夷。」夷，喜也。

【疏證】

念己道藝，可悦樂也。詩云：「既見君子，我心則夷。」夷，喜也。◎案：章句引詩見召南草蟲，毛詩作「亦既覯止，我心則夷」。傳：「夷，平也。」心平則喜，不平則憂。二説貫通。則章句因三家詩也。

吾乃逝兮南娭，

往之太陽，遊九野也。

【疏證】

往之太陽，遊九野也。◎案：娭，嬉也。詳參惜往日「屬貞臣而日娭」注。南娭，言南行戲遊也。章句「遊九野」云云，淮南子卷一原道訓「而知八紘九野之形埒者何也」，高注：「九野，八方中央也。」

道幽路兮九疑。

涉歷深山，過舜墓也。

【疏證】

涉歷深山，過舜墓也。◎正德本、隆慶本、朱本、劉本、俞本、湖北本、莊本「涉」作「陟」。案：據義，則舊作「陟」也。黎本玉篇殘卷山部「嶷」字：「楚辭『道幽跖（路）兮九嶷』。説文：『舜所葬在靈陵，葬營道縣。』」文選卷二二沈約鐘山詩應西陽王教「勢隨九疑高」，李善注引楚辭「道幽谷於九疑」。即此别文，則或本作「幽谷」。

越炎火兮萬里，

積熱彌天，不可處也。

【疏證】

積熱彌天，不可處也。◎補注引「處」一作「渡」。案：越，越渡也。舊本作「不可渡」。又，漢書卷五七下司馬相如傳「經營炎火而浮弱水兮」，應劭曰：「楚辭曰『越炎火之萬里』。」是此別文。章句以上素、樂、野、墓、渡協韻。樂，藥韻，宵之入；素、野、墓、渡，鐸韻，魚之入；宵、魚合韻。

過萬首兮嶷嶷。

見海中山，數萬頭也。海中山石嶷嶷嶽嶽，萬首交跱也。

【疏證】

見海中山，數萬頭也。海中山石嶷嶷嶽嶽，萬首交跱也。◎補注引一注云：「萬首，海中山名。」正德本、隆慶本、湖北本、劉本、俞本「石」作「名」，「萬首交跱」作「屬交趾」。馮本「石」作「名」。同治本「嶷」作「嶷」。案：嶷、嶷同。周、秦謂之首，兩漢謂之頭，所以通古今別語。嶷嶷，高貌。史記卷一五帝本紀「其德嶷嶷」，索隱：「嶷嶷，德高也。」若從或說，則「海中山名」上宜增「萬首」二字。然未聞交趾有萬首山。

濟江海兮蟬蛻，

遂渡大水，解形體也。

【疏證】

遂渡大水，解形體也。◎案：文選卷五左思吳都賦「赤須蟬蛻而附麗」，李善注引淮南子：「蟬飲而不食，三十日而蛻。」（庚案：今見卷一七説林訓，蛻作脱。）蟬蛻，喻形化。章句以上頭、體無韻。或疑「數萬頭」作「數萬枚」。枚，微韻；體，脂韻。脂、微合韻。

絶北梁兮永辭。

超過海津，長訣去也。

【疏證】

超過海津，長訣去也。◎補注：「江淹別賦用此語。」案：江淹別賦作「訣北梁兮永辭」。説文水部：「梁，水橋也。从木、水，刅聲。」

浮雲鬱兮晝昏，

楚國潰亂，氣未除也。

【疏證】楚國潰亂，氣未除也。◎案：章句「楚國潰亂」云云，鬱，猶鬱伊，氣壅貌。

霾土忽兮塺塺。

風俗塵濁，不可居也。

【疏證】風俗塵濁，不可居也。◎案：塺塺，言塵蔽貌。宋本玉篇土部「塺」字：「楚辝曰『愈氛霧其如塺』，王逸曰：『塺，塵也。』」顧氏引楚辭王逸注，見九歎惜賢。

息陽城兮廣夏，

遂止炎野，大屋廬也。

【疏證】遂止炎野，大屋廬也。◎同治本「野」作「上」。案：訛也。章句以「大屋廬」爲「廣夏」，夏，讀如廈，大屋也。章句以上去、除、居、廬同協魚韻。

衰色罔兮中怠。

志欲懈倦，身罷勞也。

【疏證】志欲懈倦，身罷勞也。◎補注引「色」一作「氣」。案：據例，「衰色罔」與上「息陽城」，相對爲文，舊本作「罔衰色」。罔，惘也。衰色，顔色憔悴也。作氣者，失之。又，章句以「身罷勞」解「中怠」，中，身也。詳參遠遊「於中夜存」注。

意曉陽兮燎寤，

心中燎明，内自覺也。

【疏證】心中燎明，内自覺也。◎案：聞一多楚辭校補讀陽爲暢，言通達。曉暢，通達也。其説得旨。燎，當從補注引楚辭釋文作憭，亦曉也。説文心部：「憭，慧也。」

乃自訮兮在兹。

徐自省視，至此處也。

【疏證】

徐自省視，至此處也。◎補注引「訮」一作「晰」，又引「自訮」一作「息軫」，云：「恐非。訮，視也。當作診。」案：訮，俗診字。説文言部：「診，視也。」徐鍇曰：「史記倉公傳曰『診脈』，言視脈也。」章句「徐自省視」云云，以徐釋乃，蓋且字之訛。且，乃也。章句以上勞、覺、處協韻。勞，宵韻；覺，藥韻，宵之入；處，魚韻。宵、魚合韻。

思堯舜兮襲興，

喜慕二聖，相繼代也。

【疏證】

喜慕二聖，相繼代也。◎案：章句以「繼代」爲「襲」，懷沙「重仁襲義兮」，章句：「襲，仍也。」

幸咎繇兮獲謀。

冀遇虞舜，與議道也。

【疏證】

冀遇虞舜，與議道也。◎案：咎繇，堯、舜卿士。章句「與議道」云云，釋「獲謀」也。詩皇矣「其政不獲」，鄭箋：「獲，得也。」章句以上代、道協韻。代，之韻；道，幽韻。之、幽合韻。

悲九州兮靡君，

傷今天下無聖主也。

【疏證】

傷今天下無聖主也。◎案：詩泉水「靡日不思」，鄭箋：「靡，無也。」

撫軾歎兮作詩。

伏車浩歎，作風、雅也。

【疏證】

伏車浩歎，作風、雅也。◎案：撫，言拍拊也。撫、拍，亦聲之轉。辛棄疾水龍吟登建康賞心亭：「欄干拍遍，無人會，登臨意。」與此同意。章句「伏車」云云，非也。章句以上主、雅協韻。主，侯韻；雅，魚韻。侯、魚合韻。

陶壅

悲哉于嗟兮，

愁思憤懣，長歎息也。

【疏證】

愁思憤懣，長歎息也。◎正德本、隆慶本、湖北本、莊本、劉本、俞本「懣」作「滿」。案：滿，懣之假借。史記卷六一伯夷列傳「于嗟徂兮」，索隱：「吁嗟，嗟歎之辭也。」于、吁古字通用。

心内切磋。

意中激感，腸痛惻也。

【疏證】

意中激感，腸痛惻也。◎莊本、惜陰本、同治本「膓」作「腸」，朱本作「長」。正德本、隆慶本、俞本、劉本、莊本「痛惻」作「病痛」，朱本作「痛側」。案：腸、膓同。作「病痛」，痛字出韻。側，惻之訛。詩淇奥：「如切如磋，如琢如磨。」毛傳：「治骨曰切，象曰磋；玉曰琢，石曰磨。」章句以上息、惻同協職韻。

款冬而生兮，

物叩盛陰，不滋育也。

【疏證】

物叩盛陰，不滋育也。◎景宋本「叩」作「郎」。案：訛也。羅、黎玉篇殘卷欠部「款」字：「楚辭『款冬而生』，王逸曰：『款，叩也。』」章句遺義。王念孫讀書雜志餘編下：「急就篇：『款東貝母薑狼牙。』顏師古曰：『款東即款冬，亦曰款凍，以其凌寒叩冰而生，故爲此名。』師古以款凍爲叩冰，義本於王注也。然反復九懷文義，實與王注殊指。其曰：『款冬而生兮凋彼葉柯，瓦礫進寶兮捐弃隨和，鉛刀厲御兮頓弃太阿。』總言小人道長，君子道消耳。款冬、瓦礫、鉛刀以喻小人，葉柯、隨和、太阿以喻君子。七諫云：『鉛刀進御兮遥棄太阿，拔搴元芝兮列樹芋荷。』彼言元芝，猶此言葉柯也。彼言芋荷，猶此言款冬也。鉛刀、太阿取譬正與此同。此言陰盛陽窮之時，款冬微物乃得滋榮，其有名材柯葉茂美者，反凋零也。款冬而生，指款冬之草，不得以爲物叩盛陰。

草之名款冬，其聲因顆涷而轉，更不得因文生訓。爾雅釋魚：『科斗，活東。』舍人本作顆東，科斗非冬生之物，而亦名顆東，則謂取『凌寒叩冰之意』者謬矣。傅咸款冬花賦云：『維茲奇卉，款冬而生。』亦仍王注之誤。」其說是也。

凋彼葉柯。

傷害根莖，枝卷曲也。

【疏證】

傷害根莖，枝卷曲也。◎同治本「凋」作「彫」。案：凋、彫古字通。廣雅釋詁：「凋，傷也。」文選卷一五張衡思玄賦「卉既凋而已育」，舊注：「凋，落也。」

瓦礫進寶兮，

佞僞愚贛，侍帷幄也。

【疏證】

佞僞愚贛，侍帷幄也。◎案：黎本玉篇殘卷石部「礫」字：「楚辭『「凡」（瓦）礫進寶「損」（捐）

弃隨和』，説文：『小石也。』」瓦礫進寶，猶卜居「瓦釜雷鳴」、「讒人高張」也。

捐弃隨和。

貞良君子，弃山澤也。

【疏證】貞良君子，弃山澤也。◎正德本、隆慶本、湖北本、朱本、劉本、馮本、俞本、莊本、四庫章句本、惜陰本「弃」作「棄」。案：弃、棄同。隨，隋侯之珠。和，和氏之璧。並喻貞良。淮南子卷六覽冥訓「譬如隋侯之珠」，高注：「隋侯，漢東之國，姬姓諸侯也。隋侯見大蛇傷斷，以藥傅之。後，蛇於江中銜大珠以報之，因曰隋侯之珠，蓋明月珠也。」又，和氏之璧，見懷沙「同糅玉石兮」注。

鉛刀厲御兮，

頑嚚之徒，任政職也。

【疏證】頑嚚之徒，任政職也。◎案：章句以「頑嚚」釋「鉛刀」者，喻義也。書堯典孔傳：「心不則德義之經爲頑，言不忠信爲嚚。」章句解「厲御」爲「任政職」，爾雅釋詁：「厲，作也。」方言卷六：「厲，爲也，吴曰厲。」涉江「腥臊並御」，章句：「御，用也。」

頓弃太阿。

明智忠賢，放斥逐也。

【疏證】

明智忠賢，放斥逐也。◎案：史記卷六九蘇秦列傳「龍淵太阿」，集解：「吴越春秋曰：『楚王召風胡子而告之曰：「寡人聞吴有干將，越有歐冶，寡人欲因子請此二人作劍，可乎？」風胡子曰：「可。」乃往見二人作劍，一曰龍淵，二曰太阿。』」索隱：「按：吴越春秋：『楚王令風胡子請吴干將、越歐冶作劍二，其一曰龍泉，二曰太阿。』」又，頓，皆也，都也。古作屯，通作純、鎮等。詳參朱德熙説屯鎮衠。

驥垂兩耳兮，

雄俊佯愚，閉口目也。

【疏證】

雄俊佯愚，閉口目也。◎景宋本「雄」作「誰」。案：誰，訛也。詩黄鳥「百夫之特」，鄭箋：「百夫之中最雄俊也。」淮南子卷一三氾論訓：「天下雄儁豪英，暴露於野澤。」高注：「才過千人爲儁，百人爲豪，萬人爲英。」儁、俊同。雄俊，漢世恆語。

中阪蹉跎。

衆無知己，不盡力也。

【疏證】

衆無知己，不盡力也。◎慧琳音義卷一六「蹉跌」條引王逸注楚辭：「蹉跌，不能盡力也。」案：「跎」作「跌」，其所據本别也。有「能」字，羨也。説文𨸏部：「坡者曰阪。从𨸏、反聲。一曰澤障也，一曰山脅也。」段注：「陂爲澤障，故阪亦同。山脅，山胛也。」吕覽「阪險原濕」，高注：「『阪險，傾危也。』」小雅阪田箋曰：「『崎嶇墝埆之處也。』」三解相通。文選卷二西京賦「鯨魚失流而蹉跎」，李善注引廣雅：「蹉跎，失足也。」又，章句「衆無知己」云云，衆，讀如終，古字通用。

蹇驢服駕兮，

駑鈍之徒，爲輔翼也。

【疏證】

駑鈍之徒，爲輔翼也。◎案：説文馬部：「驢，似馬，長耳。从馬，盧聲。」又，全後漢文卷四一應劭風俗通義：「凡人相罵曰死驢，醜惡之稱也。」蹇驢，謂跛驢，喻無才智之小人。

無用日多。

僮蒙並進，填滿國也。

【疏證】

僮蒙並進，填滿國也。◎俞本、同治本「並」作「竝」。案：竝，古並字。國語卷五魯語下「使僮子備官而未之聞耶」，韋注：「僮，僮蒙不達也。」僮蒙，言不解事貌。或作蒙僮、酩酊、曭莽、瞢騰、童矇、僮矇等，未可勝舉。詳參七諫沈江「冀幸君之發矇」注。

修潔處幽兮，

執履清白，居陋側也。

【疏證】執履清白，居陋側也。◎案：章句以「居陋側」爲「處幽」，因抽思「路遠處幽」、思美人「命則處幽」也。

貴寵沙劘。

權右大夫，佯不識也。

【疏證】權右大夫，佯不識也。◎案：沙劘，末殺之乙。漢書卷八五谷永傳「欲末殺災異」，顏師古注：「末殺，掃滅也。」或作抹摋。集韻入聲第一三末韻「抹」字引字林：「抹摋，滅也。」章句「佯不識」云云，以其意説之。聲轉或作撇屑、瀎屑、盤跚、婆娑等，未可勝舉。

鳳皇不翔兮，

賢智隱處，深藏匿也。

【疏證】賢智隱處，深藏匿也。◎案：旁蹠懷沙「鳳皇在笯兮雞鶩翔舞」也。

鶉鴳飛揚。

小人得志，作威福也。

【疏證】小人得志，作威福也。◎案：鶉、鴳，皆小鳥，喻讒佞小人。爾雅釋鳥：「鷯鶉：其雄鶛，牝庳。」郭注：「鶉，鴽屬。」郝氏義疏：「本草衍義云：『其卵初生謂之羅鶉，至初秋謂之早秋，中秋已後謂之白唐。』然則羅鶉即鷯鶉，聲相轉也。」又曰：「鳸，鴳。」郭注：「今鴳雀。」章句以上育、曲、喔、澤、職、目、力、翼、國、側、識、匿、福協韻。育，覺韻，幽之入；曲、喔、目，屋韻，侯之入；職、力、翼、國、側、識、匿、福，職韻，之之入；澤，鐸韻，魚之入。之、幽、侯、魚合韻。

乘虹驂蜺兮，

託駕神氣而遠征也。

【疏證】託駕神氣而遠征也。◎案：爾雅釋天：「蜺爲挈貳。」挈貳，謂貳匹。郭注：「霓，雌虹也。」蜺、霓同。虹、蜺散文不別，皆神氣之稱。

載雲變化。

陞高去俗，易形貌也。

【疏證】陞高去俗，易形貌也。◎案：章句「易形貌」云云，貌字出韻。舊乙作「貌形」，倒文趁韻。章句以上征、形同協耕韻。

鷦鵬開路兮，

仁士智鳥，導在前也。

【疏證】仁士智鳥，導在前也。◎案：廣雅釋鳥：「鷦明，鳳皇屬也。」或省作焦明。史記卷一一七司字作鵰。

馬相如列傳「掩焦明」，集解：「焦明似鳳。」索隱：「張揖曰：『焦明似鳳，西方鳥。』樂叶圖徵曰：『焦明狀似鳳皇。』宋衷曰：『水鳥。』」九歎遠遊「從玄鶴與鷦明」，章句：「鷦明，俊鳥也。」明，訓詁

後屬青蛇。

介虫之長，衛惡姦也。

【疏證】

介虫之長，衛惡姦也。◎正德本、隆慶本、湖北本、朱本、劉本、馮本、俞本、莊本、四庫章句本、惜陰本「虫」作「蟲」。案：虫、蟲同。青蛇，神蟲，巫咸、博父、夏后開所操者。山海經卷七海外西經：「巫咸國在女丑北，右手操青蛇，左手操赤蛇。」卷八海外北經：「博父國在聶耳東，其爲人大，右手操青蛇，左手操黄蛇。」又曰：「北方禺彊，人面鳥身，珥兩青蛇，踐兩青蛇。」卷九海外東經：「奢比之尸在其北，獸身，人面，大耳，珥兩青蛇。」又曰：「雨師妾在其北，其爲人黑，兩手各操一蛇，左耳有青蛇，右耳有赤蛇。」卷一四大荒東經：「大荒之中有神，人面，大耳，獸身，珥兩青蛇，名奢比尸。」卷一五大荒南經：「南海渚中，有神，人面，珥兩青蛇，踐兩赤蛇，曰不廷胡余。」卷一六大荒西經：「西海陼中，有神，人面鳥身，珥兩青蛇，踐兩赤蛇，名曰弇兹。」又曰：「西南海

之外，赤水之南，流沙之西，有人珥兩青蛇，乘兩龍，名曰夏后開。」卷一七大荒北經：「有大青蛇，黄頭，食麈。」又曰：「北海之渚中，有神，人面鳥身，珥兩青蛇，踐兩赤蛇，名曰禺彊。」

步驟桂林兮，

馳逐正道，德香芬也。

【疏證】

馳逐正道，德香芬也。◎案：對文行曰步，馳曰驟。招魂：「步及驟處兮誘騁先」，章句：「驟，走也。言獵時有步行者，有乘馬走驟者，分以圍獸。」

超驤卷阿。

騰越曲阜，過阨難也。

【疏證】

騰越曲阜，過阨難也。◎案：文選卷一五思玄賦「八乘騰而超驤」，卷三四曹植七啓「淩躍超驤」。超驤，言騰陞貌。古之恆語。又，章句以「曲阜」釋「卷阿」，詩卷阿「有卷者阿」，毛傳：「卷，曲也。」鄭箋：「大陵曰阿。有大陵卷然而曲。」全晉文卷八九杜育荈賦：「瞻彼卷阿，實曰夕陽。」卷九六陸機應嘉賦「泝凱風于卷阿」。卷阿，皆謂大曲阜也。

丘陵翔儛兮，

山丘踊躍，而歡喜也。

【疏證】山丘踊躍，而歡喜也。◎補注：「翔舞，亦丘陵之勢也。」案：其說是也。山陵本無靈性，而賦曰「翔舞」、曰「踊躍」，類今「擬人」修辭法。又，章句「而歡喜」云云，喜字出韻。舊本作「喜歡」，倒文趁韻。章句以上前、姦、芬、難、歡協韻。前、姦、難、歡，元韻；芬，文韻。文、元合韻。

谿谷悲歌。

川瀆作樂，進五音也。

【疏證】川瀆作樂，進五音也。◎補注：「悲歌，亦謂水聲。」案：谿谷悲歌，亦「擬人」修辭法也。

神章靈篇兮，

河圖、洛書，緯讖文也。

【疏證】河圖、洛書，緯讖文也。◎同治本「河圖」作「河曰」。案：據義，舊作「河圖」。章句「緯讖文」云云，文字出韻。舊本乙作「文緯讖」，倒文趁韻。

赴曲相和。

宮商並會，應琴瑟也。

【疏證】宮商並會，應琴瑟也。◎俞本、同治本「並」作「竝」。案：章句「宮商」云云，五音也。又，章句「應琴瑟」云云，瑟字出韻。舊本乙作「瑟琴」，倒文趁韻。

余私娱兹兮，

我誠樂此，發中心也。

【疏證】我誠樂此，發中心也。◎四庫章句本「此」作「世」。案：章句以「此」釋「茲」，世，當「此」之訛。

孰哉復加？

天下歡悦，莫如今也。

【疏證】天下歡悦，莫如今也。◎案：章句「如今」云云，猶若此、若是也。韓詩外傳卷二：「今何吾子之情也。」公羊傳宣公十五年作「是何子之情也」。又，章句以上音、識、琴、心、今協韻，同侵韻。

還顧世俗兮，

回視楚國及衆民也。

【疏證】回視楚國及衆民也。◎案：屈、宋辭賦回視曰反顧，漢賦曰還顧。九歎憂苦：「思念郢路兮，還顧睠睠。」思古：「還顧高丘，泣如灑兮。」

壞敗罔羅。

廢弃仁義，修諂諛也。

【疏證】廢弃仁義，修諂諛也。◎正德本、隆慶本、湖北本、朱本、劉本、馮本、俞本、莊本、四庫章句本、惜陰本「弃」作「棄」。案：罔羅，喻法度峻嚴。章句「脩諂諛」云云，諛字出韻。舊宜作「諂佞」也。離騷：「民生各有所樂兮，余獨好脩以爲常。」章句：「言萬民稟天命而生，各有所樂。或樂諂佞，或樂貪淫，我獨好脩正直以爲常行也。」又曰：「委厥美以從俗兮，苟得列乎衆芳。」章句：「言子蘭弃其美質正直之性，隨從諂佞，苟欲列於衆賢之位，無進賢之心也。」卜居「而蔽鄣於讒」，章句：「遇諂佞也。」諂佞，章句習語。章句以上民、佞同協真韻。

卷佩將逝兮，

祛衣束帶，將橫奔也。

【疏證】祛衣束帶，將橫奔也。◎案：章句以「祛衣」釋「卷佩」者，説文衣部：「祛，衣袂也。从衣、去聲。一曰：祛，褏也。褏者，袌也。」二訓因名事而別義，實則通也。

涕流滂沲。

思君念國，泣霑衿也。

【疏證】思君念國，泣霑衿也。◎案：此因詩澤陂「涕泗滂沱」也。毛傳：「自目曰涕，自鼻曰泗。」滂沱，言雨貌，涕下亦曰滂沱。章句以上奔、衿協韻。奔，文韻；衿，侵韻。文、侵合韻，僅見於此。

株昭

補注引一本篇目在「亂曰」後。案：「亂曰」乃上九篇之辭，非株昭之亂也。

亂曰：皇門開兮

王門啓闢，路四通也。

【疏證】

王門啓闢，路四通也。◎案：離騷「恐皇輿之敗績」，章句：「皇，君也。」皇門，謂君門。左傳宣公十二年：「入自皇門，至于逵路。」

照下土，

鏡覽幽冥，見萬方也。

【疏證】

鏡覽幽冥，見萬方也。◎案：下土，謂天下，非地下「幽冥」。離騷「苟得用此下土」，章句：「下土，謂天下也。」

株穢除兮

邪惡已消，遠逃亡也。

【疏證】邪惡已消，遠逃亡也。◎案：株穢、蘭芷，相對爲文，株，蓋濁字音訛。章句「邪惡已消」云云，舊本作「濁穢除」。

蘭芷覩。

俊乂英雄，在朝堂也。

【疏證】俊乂英雄，在朝堂也。◎案：章句以「在朝堂」釋「覩」字，廣雅釋詁：「覩，見也。」見猶在也。漢書卷九九下王莽傳「倉無見穀」，顔師古注：「見，謂見在也。」

四佞放兮

驩、共、苗、鮌，竄四荒也。

【疏證】驩、共、苗、鮌，竄四荒也。◎案：章句以四佞爲驩、共、苗、鮌。驩，驩兜；共，共工；苗，三苗；鮌，崇伯；四佞也。書舜典：「流共工于幽州，放驩兜于崇山，竄三苗于三危，殛鯀于羽山。四罪而天下咸服。」

後得禹，

乃獲文命，治江、河也。

【疏證】乃獲文命，治江、河也。◎案：書大禹謨：「曰若稽古大禹，曰文命敷於四海。」釋文：「文命，孔云：『文德教命也。』先儒云，文命，禹名。」又，章句「治江河」云云，河字出韻。舊宜乙作「河江」，倒文趁韻。

聖舜攝兮

重華秉政，執紀綱也。

【疏證】重華秉政，執紀綱也。◎案：禮記卷三一明堂位第一四「昔者周公朝諸侯于明堂之位」鄭

注：「周公攝王位。」孔疏：「攝，代也。」此謂舜代堯也。

昭堯緒，

著明唐業，致時雍也。

【疏證】著明唐業，致時雍也。◎案：章句「時雍」云云，因書堯典「黎民於變時雍」，孔傳：「時，是；雍，和也。」

孰能若兮

誰能知人如唐、虞也。

【疏證】誰能知人如唐、虞也。◎案：章句「如唐虞」云云，虞字出韻。舊本宜乙作「虞唐」，倒文趁韻。

願爲輔。

思竭忠信，備股肱也。

【疏證】

思竭忠信，備股肱也。◎案：章句「股肱」云云，因書益稷「臣作朕股肱耳目」，孔傳：「言大體若身。」孔疏：「君爲元首，臣爲股肱耳目，大體如一身也。足行、手取、耳聽、目視，身雖百體，四者爲大，故舉以爲言。鄭玄云：『動作視聽，皆由臣也。』」章句以上通、方、亡、堂、荒、江、綱、雍、唐、肱協韻。通、江，東韻；雍、肱，蒸韻；方、亡、堂、荒、綱、唐，陽韻；東、蒸、陽合韻。

楚辭章句疏證

黄靈庚 疏證

【第五册】

增訂本

上海古籍出版社

楚辭章句疏證卷一二　七諫

初放

沈江

怨世

補注引「世」一作「上」。案：篇内言「遇厲武之不察」、「愉近習而蔽遠」，皆「怨上」意，舊作「怨上」。

怨思

自悲

哀命

補注引一作「哀時命」。案：此篇首句曰：「哀時命之不合兮。」蓋用九章之惜頌、思美人、悲回風三篇題名例。舊本作「哀時命」。後因其題皆爲二字，故删作「時」字。

謬諫

補注引「謬」一作「繆」。案：古字通用。謬本字，繆借字。方言卷三：「膠、譎，詐也。涼州西南之間曰膠，自關而東西或謂曰譎，或曰膠。」謬、膠古字亦通用。又，説文言部：「譎，權詐也。益、梁曰謬，欺天下曰譎。」故「謬諫」，猶「譎諫」也。

七諫者，東方朔之所作也。

補注：「昔枚乘作七發，傅毅作七激，張衡作七辯，崔駰作七依，曹植作七啓，張協作七命，皆七諫之類。李善云：『七發者，説七事以起發太子也，猶楚辭七諫之流。』五臣云：『七者，少陽之數，欲發陽明於君也。』前漢：『東方朔，字曼倩，爲太中大夫，免爲庶人。後常爲郎，上書自訟不得大官，欲求試用。』」案：七體之文，始於枚乘，東方曼倩效其流也。七發、七啓、七命，並録於文選。而七激、七依、七辯並見類聚卷五七雜文部三七所引，復有後漢劉廣世之七興、桓麟之七説、李尤之七款、崔琦之七蠲、劉梁之七舉、魏王粲之七釋、徐幹之七喻、劉劭之七華、晉陸機之七徵、湛方生之七歡、宋顔延之之七繹、齊竟陵王賓僚之七要、梁蕭子範之七誘也。又引傅玄七謨序曰：「昔枚乘作七發，而屬文之士若傅毅、劉廣世、崔駰、李尤、桓麟、崔琦、劉梁之徒，承其流而作之者紛焉。七激、七興、七依、七疑、七説、七躅、七舉之篇，通儒大才，馬季長、張平子亦引其源而廣之，馬作七厲，張造七辯，非張氏至思，比之七激，未爲劣也，七釋僉曰妙焉，吾無間矣。若七激、七依之卓轢一技，七辯之纏緜精巧，七啓之奔逸壯麗，七釋之[情]（精）密閑理，亦近代之所希也。」傅子集古今七體而論品之，署曰七林。

諫者，正也，謂陳法度以諫正君也。

案：御覽卷四五七人事部九八諫諍七引王逸序：「七諫者，東方朔之所作也。諫，正也，陳法度以正君也。」撮其要也，然「陳」上無「謂」字，「正」上無「諫」字。周禮卷九地官司徒第二叙官「司諫」，鄭注：「諫，猶正也，以道正人行。」公羊傳莊公二十四年「三諫不從」，何休注：「諫有五：一曰諷諫，孔子曰：『家不藏甲，邑無百雉之城，季氏自墮之是也』。二曰順諫，曹羈是也。三曰直諫，子家駒是也。四曰争諫，子反請歸是也。五曰贛諫，百里子、蹇叔子是也。」凡諫者，諷諫爲上，贛諫爲下也。諷諫者，謂謬諫、譎諫也。

古者，人臣三諫不從，退而待放。

案：詩羔裘序「大夫以道去其君也」，鄭箋：「以道去其君者，三諫不從，待放於郊，得玦乃去。」孔疏：「曲禮下云：『爲人臣之禮不顯諫。三諫不聽，於禮得去也。』春秋宣元年，『晉放其大夫胥甲父于衛』。公羊傳曰：『近正也。其爲近正柰何？古者大夫已去，三年待放。君放之，非也。大夫待放，正也。』是三諫不從，有待放之禮。」

屈原與楚同姓，無相去之義，

文淵四庫章句本「無相去」作「無去」。文津本亦作「無相去」。案：無「相」者，爛敓之也。又，「屈原與楚同姓」云者，詳參離騷「帝高陽之苗裔兮」注。

故加爲七諫，慇懃之意，忠厚之節也。或曰：七諫者，法天子有争臣七人也。東方朔追憫屈原，故作此辭，以述其志，

補注引「志」一作「意」。案：據義，舊作「志」也。漢魏六朝百三家集卷二〇漢王逸集題詞、東漢文紀卷一四引七諫序亦作「志」。序或謂「法天子有争臣七人」，因孝經卷七諫諍第一五：「昔者天子有争臣七人，雖無道，不失其天下。」邢昺疏：「尚書大傳曰：『古者天子必有四鄰：前曰疑，後曰丞，左曰輔，右曰弼。天子有問無對，責之疑；可志而不志，責之丞；可正而不正，責之輔；可揚而不揚，責之弼。其爵視卿，其禄視次國之君。』大傳四鄰則見之四輔，兼三公，以充七人之數。」

所以昭忠信，矯曲朝也。

正德本、俞本、劉本無「所以」之「所」字。案：敓之也。漢書卷六七梅福傳「孝元皇帝擢之，以厲具臣而矯曲朝」。曲朝，漢世習語。袁校謂宋本無此卷。此卷則黃氏參校諸明本以補也。

平生於國兮，

平，屈原名也。

【疏證】

平，屈原名也。◎案：史記卷八四屈原列傳：「屈原者，名平，楚之同姓也。」

長於原壄。

高平曰原，坰外曰野。言屈原少生於楚國，與君同朝，長大見遠棄於山野，傷有始而無終也。

【疏證】

高平曰原，坰外曰野。◎四庫章句本「壄」作「埜」。案：壄、埜，古野字。爾雅釋地：「廣平曰原，高平曰陸。」散文高平、廣平亦不別。水經注卷五河水引地理風俗志：「原，博平也，故曰平原矣。」卷六汾水引春秋説題辭：「高平曰太原。原，端也，平而有度。」釋地又曰：「邑外謂之郊，郊外謂之牧，牧外謂之野，野外謂之林，林外謂之坰。」書牧誓「王朝至于商郊牧野」，孔疏引鄭玄云：「郊外曰野。」據此，坰外，當作「牧外」或「郊外」，字之訛也。

言屈原少生於楚國，與君同朝，長大見遠棄於山野，傷有始而無終也。◎四庫章句本「長大見遠」作「長而見遠」。案：而，大之訛。見，被也。「遠棄」連文。時人多以「遠棄」分屬上下二句，失其句法。

言語訥譅兮，又無彊輔。

出口爲言，相答曰語。訥者，鈍也。譅者，難也。言己質性忠信，不能巧利辭令，言語訥鈍，復無彊友黨輔，以保達己志也。

【疏證】

出口爲言，相答曰語。◎馮本、俞本、四庫章句本、景宋本「答」作「荅」。案：荅，俗答字。周禮卷二二春官宗伯第三大司樂「興、道、諷、誦、言、語」，鄭注：「發端曰言，答述曰語。」詩公劉：「于時言言，于時語語。」毛傳：「直言曰言，論難曰語。」孔疏：「直言曰言，謂一人自言；答難曰語，謂二人相對。對文故别耳，散則言語通也。」

訥者，鈍也。◎四庫補注本「鈍」作「純」。案：純，音訛字。新書卷八道術篇：「論物明辯謂之辯，反辯爲訥。」論語卷一三子路「剛毅木訥」，集解引王肅注：「訥，遲鈍也。」皇侃疏：「訥者，言語遲鈍也。」

譅者，難也。◎慧琳音義卷一三「不澀」條、卷五〇、卷六七「澀性」條、卷七二「滑澀」條同引王逸注楚辭：「澀，難也。」卷五四「䶩澀」條：「楚辭云：『言語訥澀也。』王逸注云：『澀，難也。』」案：並無「者」字。澀，古濇字。方言卷一〇：「謇、極，吃也，楚語也。或謂之澀。」郭璞注：「語澀難也。」錢氏箋疏：「難謂之澀，亦謂之謇；口吃謂之謇，亦謂之澀。」

言己質性忠信，不能巧利辭令，言語訥鈍，復無彊友黨輔，以保達己志也。◎案：章句「復無彊友黨輔」云云，黨輔，平列同義，黨亦輔也。論語卷一五衛靈公「羣而不黨」，集解引孔注：「黨，助也。」

淺智褊能兮，

褊，狹也。

【疏證】

褊，狹也。◎案：說文衣部：「褊，衣小也。从衣、扁聲。」引申之凡言狹小、淺陋也。

聞見又寡。

寡，少也。屈原多才有智，博聞遠見，而言淺狹者，是其謙也。

【疏證】

寡，少也。◎案：爾雅釋詁：「寡，罕也。」郭注：「罕亦希也。」謂稀少也。

屈原多才有智，博聞遠見，而言淺狹者，是其謙也。◎文淵四庫章句本「是」作「見」，文津本亦作「是」。案：據義，舊作「見其謙」。東方先生代屈子以自謙也。禮記卷六〇大學篇第四二：「所謂誠其意者，毋自欺也。如惡惡臭，如好好色，此之謂自謙。故君子必慎其獨也。」鄭注：「謙，讀爲慊，慊之言厭也。厭，讀爲黶。黶，閉藏貌也。」孔疏：「慊，不滿之貌，故又讀爲厭。厭，自安靜也。黶爲黑色，如爲閉藏貌也。」

數言便事兮，見怨門下。

門下，喻親近之人也。言己數進忠言，陳便宜之事以助治，而見怨恨於左右，欲害己也。

【疏證】

門下，喻親近之人也。◎案：門下，屬下之人，漢世習語。史記卷七項羽本紀：「項梁持守頭，佩其印綬，門下大驚，擾亂。」卷七〇張儀列傳：「嘗從楚相飲，已而楚相亡璧，門下意張儀，曰：『儀貧無行，必此盜相君之璧。』共執張儀。」戰國策卷七秦策五：「君之門下無不居高尊位，太子門下無貴者。」

言己數進忠言，陳便宜之事以助治，而見怨恨於左右，欲害己也。◎案：章句以「便事」釋「便宜之事」，便宜，漢世習語。荀悦前漢紀卷一一孝武皇帝紀：「事有不便，輒以便宜上書。」卷一七孝宣皇帝紀：「上書言便宜者，輒下望之問狀。」後漢紀卷四光武皇帝紀：「梁以便宜進兵，上大怒。」

王不察其長利兮，卒見棄乎原壄。

言懷王不察己忠謀可以安國利民，反信讒言，終棄我於原野而不還也。

【疏證】

言懷王不察己忠謀可以安國利民，反信讒言，終棄我於原野而不還也。◎正德本、俞本、劉本、四庫章句本、朱本「棄」作「弃」。案：長利，言久長之利。刑名家習語。韓非子卷五備内篇第一七：「苦民以富貴人，起勢以藉人臣，非天下長利也。」卷八安危篇第二五：「聞古扁鵲之治其病也，以刀刺骨；聖人之救危國也，以忠拂耳。刺骨，故小痛在體而長利在身；拂耳，故小逆在心而久福在國。」

伏念思過兮，無可改者。

言己伏自思念，行無過失可改易也。

【疏證】

言己伏自思念，行無過失可改易也。◎案：據章句云，舊本正文蓋作「伏念無過兮，無可改者」，思，涉章句羨也。後復據下句誤删「無」字。

羣衆成朋兮，上浸以惑。

上，謂君也。浸，稍也。言佞人相與群聚，朋黨成衆，君稍以惑亂而不自知也。

【疏證】

上，謂君也。◎案：詳參離騷「曰勉陞降以上下兮」注。然審離騷「上下」云云，猶陞降也，不當解「君臣」。考上字所以稱君，始於秦、漢之間。

浸，稍也。◎案：九歌大司命「不濅近兮愈疏」，章句：「濅，稍也。」濅、浸，古今字。

言佞人相與群聚，朋黨成衆，君稍以惑亂而不自知也。◎四庫章句本、惜陰本、同治本「群」作「羣」。案：群與羣同。又，徐仁甫古詩別解：「『以』，猶愈益也，副詞。言上浸愈惑也。」

呂覽觀表『魏日以削，秦日益大』。以、益互文，此以猶益之證。九歌大司命『不寖近兮愈疏』，注『不稍親近而日以疏遠也』。王逸用『日以』釋『愈』，亦可見以有愈義。」以，古無益愈之意。徐氏引呂覽觀表，見卷二〇恃君覽第八，以、益相對爲文，非愈也。益猶漸也，稍也。漢書卷五三廣川惠王傳：「後昭信謂去曰：『前畫工畫望卿舍，望卿袒裼傅粉其傍，又數出入南户窺郎吏，疑有姦。』去曰：『善司之。』以故益不愛望卿。」言以故漸不愛望卿也。以，已也，亦言漸也，稍也。史記卷二夏本紀：「迺召湯而囚之夏臺，已而釋之。」言漸而釋之也。卷七項羽本紀：「韓王成無軍功，項王不使之國，與俱至彭城，廢以爲侯，已又殺之。」言漸又殺之也。舊作「上浸已惑」。

巧佞在前兮，賢者滅息。

滅，消也。言佞臣巧好其言，順意承旨，旦夕在於君前，而使忠賢之士心懷恐懼，吞聲小語，消滅謇謇之氣以避禍患也。

【疏證】

滅，消也。◎案：慧琳音義卷一「摧滅」條引王逸注楚辭：「滅，消也。」滅息，平列同義，言消滅，始於漢。淮南子卷二俶真訓：「反之於虛，則消鑠滅息，此聖人之游也。」論衡卷一六商蟲篇第四九：「使加罰於蟲所象類之吏，則蟲滅息，不復見矣。」鹽鐵論卷二錯幣篇第四：「禮義弛崩，風俗滅息。」史記卷六秦始皇本紀：「遂興師旅，誅戮無道，爲逆滅息。」卷一二八龜策列傳：「日月並蝕，滅息無光。」漢書卷五六董仲舒傳：「邪辟之説滅息，然後統紀可一，而法度可明，民知所從矣。」

言佞臣巧好其言，順意承旨，旦夕在於君前，而使忠賢之士心懷恐懼，吞聲小語，消滅謇謇之氣以避禍患也。◎文淵四庫章句本「於」作「于」，文津本亦作「於」。案：于、於古今字。章句「吞聲小語」云云，吞聲，後漢習語。後漢書卷七八曹節傳：「羣公卿士杜口吞聲，莫敢有言。」三國志卷六一吳書陸凱傳：「是以獄無冤囚，死者吞聲。」

堯舜聖已没兮，孰爲忠直？

言堯、舜聖明，今已没矣，誰爲盡忠直也。

【疏證】

言堯、舜聖明，今已没矣，誰爲盡忠直也。◎案：章句「誰爲盡忠直」云云，孰爲、言爲誰也。補注：「爲，去聲。」此蹈襲懷沙「湯禹久遠兮邈而不可慕」也。

高山崔巍兮，

崔巍，高貌。

【疏證】崔巍，高貌。◎案：崔巍同崔嵬。詳參涉江「冠切雲之崔嵬」注。

水流湯湯。

湯湯，流貌。言己仰視高山，其形崔巍而不知頹弛，俛視水流湯焉流行而不知竭，自傷不如山川之性，身將顛沛也。

【疏證】

湯湯，流貌。◎案：書堯典「湯湯洪水方割」，孔傳：「湯湯，流貌。」孔疏：「湯湯，波動之狀，故爲『流貌』。」又，文選卷一五張衡思玄賦「浮雲漢之湯湯」，舊注：「湯湯，水流也。」

言己仰視高山，其形崔巍而不知頹弛，俛視水流湯焉流行而不知竭，自傷不如山川之性，身將顛沛也。◎正德本、隆慶本、湖北本、朱本、馮本、俞本、劉本、莊本、四庫章句本「湯焉」作「湯湯」，「川」作「水」。案：據義，舊作「湯湯」、「山川」。又，章句「身將顛沛」云云，顛沛，猶躓仆也。

論語卷四里仁「顛沛必於是」，馬融注：「顛沛，偃仆。」

死日將至兮，與麋鹿同坑。

陂池曰坑。言己年歲衰老，死日將至，不得處國朝輔政治，而與麋鹿同坑，鳥獸爲伍，將墜陷坑穽，不復久也。

【疏證】 陂池曰坑。◎補注：「坑，字書作坑，俗作坑。」案：說文作阬，𨸏部：「阬，閬也。从𨸏、亢聲。」段注：「閬者，門高大之皃也。引申之凡孔穴深大皆曰閬阬。」後漢書卷六〇上馬融傳「彌綸阬澤」，李賢注引蒼頡篇：「阬，壑也。」

言己年歲衰老，死日將至，不得處國朝輔政治，而與麋鹿同坑，鳥獸爲伍，將墜陷坑穽，不復久也。◎正德本、隆慶本、湖北本、朱本、劉本、馮本、俞本、莊本、四庫章句本「爲伍」作「同伍」。案：同坑、爲伍，相對爲文。作「同伍」，複也。又，九歌湘君「水周兮堂下」，章句：「自傷與鳥獸魚鼈同爲伍也。」九思怨上「蟲豸兮夾余」，章句：「與衆虫爲伍，心悲感也。」舊作「爲伍」。

塊兮鞠，

塊，獨處貌。匍匐爲鞠。

【疏證】

塊，獨處貌。◎慧琳音義卷四七「如塊」條引王逸注楚辭：「塊，獨處貌也。」「貌」下有「也」字。案：文選卷二一左思詠史詩八首「塊若枯池魚」，李善注引王逸注：「塊，獨處貌。」亦無「也」字。漢書卷七〇陳湯傳「使湯塊然被冤拘囚」，顏師古注：「塊然，獨處之意，如土塊也。」

匍匐爲鞠。◎補注引正文「塊兮鞠」一作「塊鞠兮」。案：鞠、宿協屋韻，則不當作「塊鞠兮」。爾雅釋言：「鞠、究，窮也。」郭注：「窮，盡也。」鞠、究、窮，聲之轉。章句「匍匐」云云，言力竭窮蹙也。詩谷風「匍匐救之」，鄭箋：「匍匐，言盡力也。」

當道宿。

夜止曰宿。言己孤獨無耦，塊然獨處，鞠然匍匐，當道而蹎卧，無所棲宿也。

【疏證】

夜止曰宿。◎案：詩有客：「有客宿宿，有客信信。」毛傳：「一宿曰宿，再宿曰信。」孔疏：

「釋訓：『有客宿宿，再宿也。有客信信，四宿也。』彼因文重而倍之，此傳分而各言之，其意同也。」離騷「夕歸次於窮石兮」，章句：「再宿爲信，過信爲次。」散文宿、信、次不別，皆舍止也。

言己孤獨無耦，塊然獨處，鞠然匍匐，當道而躓卧，無所棲宿也。◎案：章句「躓卧」云云，平列同義。文選卷一八馬融長笛賦「馳趣期而赴躓」，李善注：「躓謂顛仆也。」

舉世皆然兮，余將誰告？

舉，與也。言舉當世之人皆行佞僞，當何所告我忠信之情也。

【疏證】

舉，與也。◎案：舉、與，古字通用。舉，皆也，悉也。左傳宣公十七年：「舉言羣臣不信。」杜注：「舉，亦皆也。」荀子卷二不苟篇第三「舉積此者」，楊倞注：「舉，皆也。」

言舉當世之人皆行佞僞，當何所告我忠信之情也。◎正德本、隆慶本、湖北本、朱本、劉本、俞本、莊本、馮本、四庫章句本「情」下無「也」字。案：章句「當何所告我忠信之情」云云，何所，猶無所也。

斥逐鴻鵠兮，

（斥，逐也。）鴻鵠，大鳥。

【疏證】斥，逐也。◎諸本無注。案：皆爛敓之。慧琳音義卷一五「擯㡿」條工逸注楚辭：「斥，逐也。」卷六〇「擯㡿」條、卷三四「指㡿」條同引王逸注楚辭：「㡿，逐也。」即章句遺義，宜補。㡿，古斥字。黎本玉篇殘卷广部「厈」字：「楚辭『厈遂鴻鵠，近鴟梟』，野王案：厈，猶疏遠之也。」厈，俗㡿字。文選卷一五張衡思玄賦「斥西施而弗御兮」，舊注：「斥，却也。」

鴻鵠，大鳥。◎案：鴻，大也。鴻鵠，一鳥名。詳參涉江「燕雀烏鵲，巢堂壇兮」注。

近習鴟梟。

鴟梟，惡鳥。

【疏證】

鴟梟，惡鳥。◎補注引「梟」一作「鴞」，曰：「梟，不孝鳥。鴞，惡聲之鳥也。」案：鴻鵠、鴟梟，相對爲文，皆一鳥名，舊作「鴟鴞」。鴟鴞，小鳥也，類燕雀，與大鳥鴻鵠相反對。爾雅釋鳥：「鴟鴞，鸋鴂。」郝氏義疏：「文選注引韓詩傳曰：『鴟鴞、鸋鴂，鳥名也。鴟鴞所以愛養其子者，適以病之。愛憐養其子者，謂堅固其窠巢；病之者，謂不知託於大樹茂林，反敷之葦蕳，風至蕳折巢覆，有子則死，有卵則破。是其病也。』韓詩所説即是鷦鷯，故詩疏引陸璣疏云：『鴟鴞似黃雀而小，其喙尖如錐，取茅秀爲巢，以麻紩之，如刺襪然，縣著樹枝。或一房，或二房。幽州人謂之鸋鴂，或曰巧婦，或曰女匠。關東謂之工雀，或謂之過羸。關西謂之桑飛，或謂之襪雀，或曰巧女。』」章句「惡鳥」云云，蓋釋鳥之狂茅鴟、怪鴟、梟鴟之類。俗呼之曰老鴟，鴟鷹。非也。漢書卷二七五行志中「親近習，長同類」，顏師古注：「習，狎也。近狎者則親愛之。」後漢書卷六五皇甫規傳「威分近習」，李賢注：「近習，謂佞倖親近小人也。」禮記卷一曲禮上第一「賢者狎而敬之」，鄭注「狎，習也。月令曰：『雖有貴戚近習。』」孔疏：「近習，謂王之所親幸嬪御之屬。言近習者，王附而近之，習其色。」下怨世「愉近習而蔽遠兮」，韓非子卷二八姦篇第九「左右近習」，近習，亦秦、漢間習語。

斬伐橘柚兮，

橘、柚，美木。

【疏證】

橘、柚，美木。◎案：橘、柚，皆柑也。對文大曰柚，小曰橘。詳參橘頌「后皇嘉樹橘徠服兮」注。

列樹苦桃。

苦桃，惡木。言君親近貪賊姦惡之人，而遠仁賢之士也。

【疏證】

苦桃，惡木。◎案：補注：「桃自有苦者，如苦李之類。本草云：『羊桃味苦。』陶隱居云：『山野多有之，詩「隰有萇楚」是也。』」又，山海經卷五中山經：「又東四十里曰豐山，其上多封石，其木多桑，多羊桃，狀如桃而方莖，可以爲皮張。」郭璞注：「一名鬼桃。」豐山，在南陽西鄂縣。苦桃，楚產也。

言君親近貪賊姦惡之人，而遠仁賢之士也。◎正德本、隆慶本、湖北本、朱本、馮本、劉本、俞本、莊本「人」作「臣」，「士」作「臣」。四庫章句本「人」作「徒」，「士」作「臣」。案：人、士，交錯爲文。作「臣」，則複。北大簡（四）反淫：「列樹橘柚，襍以衆芳。」緣因於此也。

便娟之脩竹兮，寄生乎江潭。

便娟，好貌。屈原以竹自喻。言有便娟長好之竹生於江水之潭，被蒙潤澤而茂盛，自恨放流而獨不蒙君之惠也。

【疏證】

便娟，好貌。◎文選卷一三雪賦「初便娟於墀廡」，李善注：「楚辭曰：『嬋娟脩竹。』王逸曰：『嬋娟，好貌。』」案：便娟、嬋娟、嫙娟同。又卷二八謝靈運會吟行「路曜便娟子」，李善引王逸注：「便娟，好貌也。」慧琳音義卷五六「嫙娟」條引王逸注楚辭：「嫙娟，好貌也。」卷九八「便娟」條王逸注楚辭：「便娟，好皃也。」「貌」下皆有「也」字。皃，古貌字。或作便蜎，言輕麗貌。遠遊「雌蜺便娟㠯增撓」，洪氏引娟一作蜎。或作便嬛，文選卷八上林賦「便嬛綽約」，郭璞注：「便嬛，輕利也。」或作便旋，言小貌。方言卷一三：「㮁，短也。」郭璞注：「便旋，庳小皃也。」因聲求之，復有盤桓、徘徊、方皇等，皆根於柔曲義。

屈原以竹自喻。言有便娟長好之竹生於江水之潭，被蒙潤澤而茂盛，自恨放流而獨不蒙君之惠也。◎永樂大典卷一九八六五「竹」條引正文無「脩」字。案：敚也。屈原未見有以竹自喻者，固未以竹爲芳物，是漢人强加之也。

上葳蕤而防露兮，

葳蕤，盛貌。防，蔽也。

【疏證】

葳蕤，盛貌。◎文選卷二〇王粲公讌詩「百卉挺葳蕤」，李善注：「楚辭曰：『上葳蕤以防露。』王逸注曰：『葳蕤，草木初生貌。』」案：其所據本別。又，卷四張衡南都賦「望翠華兮葳蕤」，李善注：「葳蕤，翠華貌。」卷一七陸機文賦「紛葳蕤以馺遝」，李善注：「葳蕤，盛貌。」史記卷一一七司馬相如列傳「紛綸葳蕤」，索隱引張揖：「葳蕤，亂皃。」又引胡廣曰：「委頓也。」其義相通也。未見有解「草木初生」者。

防，蔽也。◎黎本玉篇殘卷阜部「防」字：「楚辭『上葳蕤而防露』，王逸注曰：『防，蔽也。』」案：爾雅釋山「如防者盛」，郭璞注：「防，隄。」又，釋宫：「容謂之防。」郭璞注：「形如今牀頭小曲屏風，唱射者所以自防隱。」引申之言防蔽也。

下泠泠而來風。

泠泠，清涼貌。言竹被潤澤，上則葳蕤而防蔽霧露，言能有所覆也。下則泠泠清涼可休庇也。以言己德上能覆蓋於君，下能庇廕於民。

【疏證】泠泠，清涼貌。◎景宋本「泠」作「冷」。案：慧琳音義卷一八「清泠」條引王逸注楚辭：「泠泠者，清涼風動皃。」卷八二「清泠」條引王逸注楚辭：「清，涼風貌。」卷二九「清泠」條引王逸注楚辭：「清泠，清涼皃也。」其所據本不一。説文仌部：「冷，寒也。从仌，令聲。」訓「清涼」者，則作泠字。冷，泠之訛。莊子卷一逍遥遊第一「泠然善也」，郭象注：「泠然，輕妙之貌。」文選卷三一江淹雜體詩許徵君詢「泠然空中賞」，李善注引司馬彪莊子注：「泠然，涼貌也。」

言竹被潤澤，上則葳蕤而防蔽霧露，言能有所覆也。下則泠泠清涼可休庇也。以言己德上能覆蓋於君，下能庇廕於民。◎正德本、隆慶本、湖北本、朱本、馮本、俞本、莊本「言能」作「言己德上能」。案：據義，舊作「言己德上能」爲允。

孰知其不合兮，若竹柏之異心。

竹心空，屈原自喻志通達也。柏心實，以喻君闇塞也。言己性達道德，而君閉塞，其志不合，若竹柏之異心也。

【疏證】竹心空，屈原自喻志通達也。柏心實，以喻君闇塞也。言己性達道德，而君閉塞，其志不合，若竹栢之異心也。◎正德本、隆慶本、朱本、俞本、劉本、莊本「闇」下有「閉」字。惜陰本、同治本「栢」作「柏」。案：栢，俗柏字。禮記卷二三禮器第一〇：「其在人也，如竹箭之有筠也，如松柏之有心也。二者居天下之大端矣，故貫四時而不改柯易葉。」蓋同此意。又，文選卷一五張衡思玄賦「彼無合而何傷兮」，舊注：「無合，猶不遇也。」又，正文「異心」，心字出韻，當乙作「心異」。異、待同協之韻。

往者不可及兮，

謂聖明之王堯、舜、禹、湯、文、武也。

【疏證】

謂聖明之王堯、舜、禹、湯、文、武也。◎同治本正文「往者」訛作「征者」。案：及，謂追及。國語卷八晉語二「往言不可及」，韋昭注：「及，追也。」遠遊「往者余弗及兮」，章句：「三皇五帝不可逮也。」往者，與此異義。

來者不可待。

欲須賢君，年齒已老，命不可待也。

【疏證】欲須賢君，年齒已老，命不可待也。◎案：論語卷一八微子：「往者不可諫，來者猶可追。」孟子卷一四盡心篇下：「往者不追，來者不拒。」漢書卷四九鼂錯傳：「往者不可及，來者猶可待。」顏師古曰：「言各當其時務立功也。」其意各別，句法則同。

悠悠蒼天兮，

悠悠，憂貌。言己憂愁思想，則呼蒼天。

【疏證】悠悠，憂貌。言己憂愁思想，則呼蒼天。◎案：爾雅釋訓：「悠悠、洋洋，思也。」郭璞注：「皆憂思。」思，謂憂愁。悠悠蒼天，因詩黍離或鴇羽。

莫我振理。

振，救也。言己懷忠正而君不知，羣下無有救理我之侵冤者。

【疏證】

振，救也。◎案：小爾雅廣言：「振，救也。」此一解舊本宜在「莫我振理」句下，而今本竄亂於「悠悠憂貌」條下。

言己懷忠正而君不知，羣下無有救理我之侵冤者。◎正德本、隆慶本、馮本、朱本、劉本、莊本「羣」作「群」。案：御覽卷二一五職官部一三吏部侍郎引唐書：「真銓綜流品之司，可謂振理風俗也。」宋書卷五文帝紀：「彫傷之民，宜時振理。」振理，救治也，古之習語。又，章句「侵冤」云云，漢世習語，謂蒙冤也。漢書卷五三景十三王傳中山靖王勝：「有司吹毛求疵，笞服其臣，使證其君，多自以侵冤。」卷七六韓安國傳：「衆庶皆以臣懷不正之心，侵冤延壽。」

竊怨君之不寤兮，吾獨死而後已。

言己私怨懷王用心闇惑，終不覺寤，令我獨抱忠信，死於山野之中而已。

【疏證】

言己私怨懷王用心闇惑，終不覺寤，令我獨抱忠信，死於山野之中而已。◎案：死而後已，古之習語。文選卷一五張衡思玄賦：「惡既死而後已。」李善注：「論語：『子曰：「死而後已，不亦遠乎！」』」漢書卷八四翟方進傳：「欲相攀援，死而後已。」顏師古注：「已，止也。」又，後漢書卷二〇祭遵傳：「任重道遠，死而後已。」全後漢文卷九六徐淑爲誓書與兄弟：「竊慕殺身成義，死而後已。」

初放

惟往古之得失兮，

言己思念古者人君得道則安，失道則危，禹、湯以王，桀、紂以亡。

【疏證】

言己思念古者人君得道則安，失道則危，禹、湯以王，桀、紂以亡。◎案：得失，謂吉凶。章句「人君得道則安，失道則危，禹、湯以王，桀、紂以亡」云云，荀子卷一一天論篇第一七：「天行有常，不爲堯存，不爲桀亡。應之以治則吉，應之以亂則凶。」

覽私微之所傷。

傷，害也。言己又觀人君私愛佞讒，受其微言，傷害賢臣者，國以危殆也。楚之無極，吳之宰嚭是也。

【疏證】

傷，害也。◎案：戰國策卷四秦策二「國恐傷矣」，高注：「傷，害也。」

言己又觀人君私愛佞讒，受其微言，傷害賢臣者，國以危殆也。楚之無極，吳之宰嚭是也。

◎朱本、俞本、莊本「嚭」作「噽」。案：嚭與噽同。章句「楚之無極」云云，楚大夫費無極，讒人也。左傳昭公二十七年：「沈尹戌言於子常曰：『夫無極，楚之讒人也，民莫不知。去朝吳，出蔡侯朱，喪太子建，殺連尹奢，屏王之耳目，使不聰明。不然，平王之温惠共儉，有過成、莊，無不及焉。所以不獲諸侯，邇無及也。今又殺三不辜，以興大謗，幾及子矣。子而不圖，將焉用之？夫鄢將師矯子之命，以滅三族，國之良也，而不愆位。吳新有君，疆埸日駭，楚國若有大事，子其危哉！知者除讒以自安也，今子愛讒以自危也，甚矣其惑也！』子常曰：『是瓦之罪，敢不良圖。』九月己未，子常殺費無極與鄢將師，盡滅其族，以説于國。謗言乃止。」史記卷四〇楚世家作費無忌，集解引服虔：「楚大夫。」極、忌古字通用。又，章句「吳之宰嚭」云云，詳參涉江「伍子逢殃」注。

堯舜聖而慈仁兮，後世稱而弗忘。

言堯、舜所以有聖明之德者，以任賢能，慈愛百姓，故民至今稱之也。

【疏證】言堯、舜所以有聖明之德者，以任賢能，慈愛百姓，故民至今稱之也。◎案：慈，愛也。郭店楚墓竹簡緇衣篇：「古（故）𢘓（慈）以悉（愛）之，則民又（有）新（親）；信以結之，則民不伓（倍）；共（恭）以位（莅）之，則民又（有）愻（遜）心。」睡虎地秦簡爲吏之道：「茲（慈）下勿陵，敬上勿犯，聽間（諫）勿塞。」馬王堆漢墓帛書十六經順道篇：「體正信以仁，茲（慈）惠以愛人。」

齊桓失於專任兮，夷吾忠而名彰。

夷吾，管仲名也。管仲將死，戒桓公曰：「豎刁自割，易牙烹子，此二臣者不愛其身，不慈其子，不可任也。」桓公不從，使專國政。桓公卒，二子各欲立其所傅公子。諸公子並争，國亂無主，而桓公尸不棺積六十日，虫流出户。故曰失於專任，夷吾忠而名著也。

【疏證】夷吾，管仲名也。管仲將死，戒桓公曰：「豎刁自割，易牙烹子，此二臣者不愛其身，不慈其子，不可任也。」桓公不從，使專國政。桓公卒，二子各欲立其所傅公子。諸公子並争，國亂無主，而桓公尸不棺積六十日，蟲流出户。故曰失於專任，夷吾忠而名著也。◎惜陰本、同治本「豎」作「竪」。隆慶本、馮本、莊本、湖北本、四庫章句本「虫」作「蟲」，正德本、俞本作「蟲」。正德本、俞本、莊本、景宋本「所傳」作「所傳」。案：竪與豎同。虫與蟲同。蟲，俗字。傳，傅之訛。齊桓失於專任事，詳參天問「齊桓九會卒然身殺」注。

晉獻惑於孋姬兮，申生孝而被殃。

已解於九章篇中。

【疏證】

已解於九章篇中。◎案：詳參惜誦「晉申生之孝子兮父信讒而不好」注。

偃王行其仁義兮，荆文寤而徐亡。

荆，楚也。徐，偃王國名也，周宣王之舅申伯所封也。詩曰：「申伯番番，既入于徐。」周衰，其後僭號稱王也。偃，謚也。言徐偃王修行仁義，諸侯朝之三十餘國，而無武備，楚文王見諸侯朝徐者衆，心中覺悟，恐爲所并，因興兵擊之而滅徐也。故司馬法曰：「國雖强大，忘戰必危。」蓋謂此也。

【疏證】

荆，楚也。◎案：詳參天問「荆勳作師夫何長」注。

徐，偃王國名也，周宣王之舅申伯所封也。詩曰：「申伯番番，既入于徐。」周衰，其後僭號稱王也。偃，謚也。言徐偃王修行仁義，諸侯朝之三十餘國，而無武備，楚文王見諸侯朝徐者衆，心中覺悟，恐爲所并，因興兵擊之而滅徐也。故司馬法曰：「國雖强大，忘戰必危。」蓋謂此也。◎俞本、惜陰本、同治本「謚」作「諡」。馮本、四庫章句本「申」作「東」。案：謚、諡同。東，申之訛。章句引詩見大雅崧高，毛詩「于徐」作「于謝」。徐、謝古字通用。引司馬兵法見第一仁本篇，曰：「故國雖大，好戰必亡；天下雖安，忘戰必危。」章句所引，非其足文。又，補注：「史記：『周穆王西巡狩，徐偃王作亂，造父爲穆王御，長驅歸周以救亂。』淮南子云：『徐偃王被服慈惠，身行仁義，然而身死國亡，子孫無類。』注云：『偃王於衰亂之世，脩行仁義，不設武備，楚文王滅之。徐國，今下邳徐僮是也。』又曰：『徐偃王好行仁義，陸地而朝者三十二國。王孫厲謂楚莊王曰：「王不伐徐，必反朝徐。」乃舉兵伐徐，遂滅之。』後漢書曰：『徐夷僭號，率九夷以伐宗周，西至河上，穆王畏其方熾，乃分東方諸侯，命徐偃王主之。偃王行仁義，陸地而朝者三十六國。穆王後得驥騄之乘，乃使造父御以告楚，令伐徐，一日而至。於是楚文王大舉兵而滅之。』博物志云：『偃王既治其國，仁義著聞，江淮諸侯服從者三十六國。穆王聞之，遣使乘駟，一日至楚，使伐之。偃王仁，不忍鬬其民，爲楚所敗。』元和姓纂云：『伯益之子，夏時受封於徐，至偃王爲楚所滅。』按：徐偃王當周穆王時，楚文王乃春秋時，相去甚遠，豈春秋時自有一徐偃王邪？然諸書稱偃王多云穆王時人，唯博物志、姓纂但云爲楚敗滅，不指文王。其説近之。後漢書乃以穆王與楚文王同時。大謬。」洪辯得之。史記卷五秦本紀「徐偃王作亂」，集解：「地理志曰：『臨淮有徐縣，云故徐國。』尸子曰：『徐偃王有筋而無骨。』駰謂號『偃』由此。」正義：「括地志云：『大徐城在泗州徐城縣北三十里，古徐國也。』括地志又云：『徐城在越州鄮縣東南入海二百里。』夏侯志云：『翁洲上有徐偃王城。傳云昔周穆王巡狩，諸侯共尊偃王，穆王聞之，令造父御，乘騕褭之馬，日行千里，自還討之。或云命楚王帥師伐之，偃王乃於此處立城以終。』古史考云：『徐偃王與楚文王同時，去周穆王遠矣。且王者行有周衞，豈得救亂而獨長驅日行千里乎？』並言此事非實。按：年表穆王元年去楚文王元年三百一十八年矣。」則唐人知其謬矣。又，洪氏引古書，多有舛誤。引淮南子，一見卷一三氾論訓，「被服慈惠」下敚「陸地之朝者三十二國」九字。其二見卷一八人間訓，「必反朝徐」下敚「王曰：『偃王，有道之君也，好行仁義，不可伐。』王孫厲曰：『臣聞之，大之與小，强之與弱也，猶石之投卵，虎之啗豚，又何疑焉？且夫爲文而不能達其德，爲武而不能任其力，亂莫大焉。』楚王曰：『善。』」數語，洪氏所引，非其足文。此「莊王」必「文王」之誤。引後漢書，見卷八五東夷傳，「行仁義」上敚「處潢池東，地方五百里」二句。引博物志，見卷七異聞篇，多有删節。其云：「徐偃王，志云：徐君宫人娠而生卵，以爲不祥，棄之水濱。獨孤母有犬，名鵠蒼，獵於水濱，得所棄卵，銜以東歸。獨孤母以爲異，覆煖之，遂蚺成兒。生時正偃，故以爲名。

徐君宫中聞之，乃更録取。長而仁智，襲君徐國。後鵠蒼臨死，生角而九尾，實黄龍也。偃王乃葬之徐界中，今見云狗壟。偃王既主其國，仁義著聞。欲舟行上國，乃通溝陳、蔡之間，得朱弓矢，以己得天瑞，遂因名爲弓，自稱徐偃王。江淮諸侯皆服從偃，從者三十六國。周王聞之，遣使乘驛，一日至楚，使伐之。偃王仁，不忍鬭害其民，爲楚所敗，逃走彭城武原縣東山下，百姓隨之者以萬數，後遂名其山爲徐山，山上立石室，有神靈，民人祈禱。今皆見存。」

紂暴虐以失位兮，周得佐乎吕望。

卒怒曰暴，賊善曰虐。言殷紂暴虐以失其位，周得吕望而有天下也。

【疏證】

卒怒曰暴，賊善曰虐。言殷紂暴虐以失其位，周得吕望而有天下也。◎案：暴、虐，散文不别，對文亦各有義。諸子所言，因其所操道術而多爲别説。論語卷二〇堯曰：「不教而殺謂之虐，不戒視成謂之暴，慢令致期謂之賊。」説苑卷一六談叢：「不教而誅謂之虐，不戒責成謂之暴也。」淮南子卷九主術訓：「爲暴者，妄誅也，無罪者而死亡，行直而被刑。」韓詩外傳卷三：「託法而治謂之暴，不戒致期謂之虐。」晏子春秋卷一景公欲誅駭鳥野人晏子諫第二四：「臣聞賞無功謂之亂，罪不知謂之虐。」卷二景公欲殺犯所愛之槐者晏子諫第二：「窮民財力以供嗜欲謂之暴，崇玩好，威嚴擬乎君謂之逆，刑殺不稱謂之賊。」新書卷八道術篇：「兄敬愛弟謂之友，反友爲虐。」孔子家語卷三辨政篇第一四：「緩令急誅是謂之暴，取善自與謂之盜。」

修往古以行恩兮，封比干之丘壟。

小曰丘，大曰壟。言武王修先古之法，敬愛賢能，克紂，封比干之墓，以彰其德，宣示四方也。

【疏證】

小曰丘，大曰壟。◎文選卷二三阮籍詠懷詩「丘墓蔽山岡」，李善注引王逸曰：「小曰丘。」四庫章句本「壟」作「隴」。案：隴與壟同，或作壠。散文丘、壟並冢墓之稱；對文則有小、大之别。

言武王修先古之法，敬愛賢能，克紂，封比干之墓，以彰其德，宣示四方也。◎正德本、隆慶本、劉本、莊本「修」作「脩」。案：荀子卷一九大略篇第二七：「武王始入殷，表商容之閭，釋箕子之囚，哭比干之墓，天下鄉善矣。」

賢俊慕而自附兮，日浸淫而合同。

才敵千人爲俊。浸淫，多貌也。言天下賢能英俊慕周之德，日來親附，浸淫盛多，四海並合，皆同志也。

【疏證】

才敵千人爲俊。◎案：詳參懷沙「非俊疑傑兮」注。

浸淫，多貌也。◎案：浸淫，言積漸貌。墨子卷一一大取篇第四四：「立辭而不明於其類，則必困矣，故浸淫之辭，其類在鼓栗。」浸淫之辭，謂漸多之辭。文選卷一七洞簫賦「浸淫叔子遠其類」，李善注：「浸淫，猶漸冉，相親附之意也。」漸冉，即聲之轉。史記卷一二孝武本紀「侵尋於泰山矣」，索隱：「侵尋即浸淫也，故晉灼云『遂往之意也』。小顏云：『浸淫，漸染之義。』蓋尋、淫聲相近，假借用耳。」侵尋、漸染，皆聲之轉。卷一一七司馬相如列傳「然後浸潭促節」，索隱：「浸潭猶漸苒也，漢書作『浸淫』。」又曰：「浸潯衍溢。」索隱：「浸潯，猶漸侵也。」浸潯、漸侵、浸潭、漸苒，皆聲轉字。

言天下賢能英俊慕周之德，日來親附，浸淫盛多，四海並合，皆同志也。◎正德本、隆慶本、馮本、朱本、劉本、湖北本、四庫章句本、俞本無「能」字，「之德」下有「也」字。莊本「之德」下有「也」字。四庫章句本敚「浸淫」之「浸」字。案：章句「日來親附」云云，舊本正文「自附」當作「日附」，蓋字之訛。

明法令而修理兮，蘭芷幽而有芳。

言周家選賢任士，官得其人，法令修理，故幽隱之士皆有嘉名也。

【疏證】

言周家選賢任士，官得其人，法令修理，故幽隱之士皆有嘉名也。◎案：「蘭芷幽而有芳」一句，因襲悲回風「蘭茝幽而獨芳」。韓詩外傳卷七：「夫蘭茝生於茂林之中，深山之間，不爲人莫見之故不芬。」

苦衆人之妬予兮，

言己患苦，楚國衆人妬我忠直，欲害己也。

【疏證】

言己患苦，楚國衆人妬我忠直，欲害己也。◎同治本「妬」作「妒」。案：妒與妬同，嫉妒也。對文害賢曰嫉，害色曰妒。單用爲「害賢」。楚辭「嫉妬」二字單用，用「嫉」而不用「妬」。舊本正文作「嫉予」。

箕子寤而佯狂。

箕子，紂之庶兄，見比干諫而被誅，則被髮佯狂，以脱其難也。

【疏證】

箕子，紂之庶兄，見比干諫而被誅，則被髮佯狂，以脱其難也。◎案：箕子佯狂，詳參天問「箕子詳狂」注。

不顧地以貪名兮，心怫鬱而内傷。

言己欲效箕子，佯狂而去，不顧楚國之地，貪忠直之名，念君闇昧，心爲傷痛，而怫鬱也。

【疏證】

言己欲效箕子，佯狂而去，不顧楚國之地，貪忠直之名，念君闇昧，心爲傷痛，而怫鬱也。◎正德本、隆慶本、湖北本、朱本、馮本、俞本、莊本、四庫章句本「而怫鬱也」作「怫鬱而傷病也」。皇都本「昧」訛作「味」。毛祥麟楚辭校文曰：「文瀾閣本『昧』作『蔽』。」案：文津本、文淵本亦作「蔽」。怫鬱，猶怫臆、憑臆也，言鬱結不舒貌。若作「心爲傷痛而怫鬱也」，不辭。舊作「心爲傷痛怫鬱而傷病也」。又，正文「不顧地」之地字，當作他，字之訛。不顧他以貪名，謂唯名是貪也。章句「不顧楚國之地」云云，其舊本訛也。

聯蕙芷以爲佩兮，過鮑肆而失香。

言仁人聯結蕙芷，服之於身，過鮑魚之肆，則失其性而不芬香也。以言己積絫忠信，爲讒人所毁，失其忠名也。

【疏證】

言仁人聯結蕙芷，服之於身，過鮑魚之肆，則失其性而不芬香也。以言己積絫忠信，爲讒人所毁，失其忠名也。◎正德本、隆慶本、湖北本、劉本、朱本、俞本、莊本、馮本、四庫章句本「蕙芷」下有「芬香之草」四字。案：據義，「蕙芷」下有「芬香之草」爲允。喻林卷一一人事門「畏讒」條引亦有「芬香之草」四字。補注：「古人云：與不善人居，如入鮑魚之肆。謂惡人之行，如鮑魚之臭也。」説苑卷一五指武：「回聞鮑魚蘭芷不同篋而藏。」卷一七雜言篇：「孔子曰：『不知其子，視其所友；不知其君，視其所使。』又曰：『與善人居，如入蘭芷之室，久而不聞其香，則與之化矣；與惡人居，如入鮑魚之肆，久而不聞其臭，亦與之化矣。故曰：丹之所藏者赤，烏之所藏者黑。君子慎所藏。』」洪氏「古人云」，蓋此謂也。周禮卷五天官冢宰第一籩人「鮑魚」，鄭注：「鮑者，於楅室中糗乾之，出於江、淮也。」後遂以「鮑魚」稱腥臭。

正臣端其操行兮，反離謗而見攘。

謗，訕也。攘，排也。言正直之臣，端其心志，欲以輔君，反爲讒人所謗訕，身見排逐而遠放也。

【疏證】

謗，訕也。◎案：惜往日「被離謗而見尤」，章句：「虚蒙誹訕，獲過愆也。」「謗訕」之義備於前。慧琳音義卷一九「謗訕」條引蒼頡篇：「訕，誹也。」論語卷一七陽貨「惡居下流而訕上者」，集解引孔曰：「訕，謗毁。」

攘，排也。◎慧琳音義卷三七「攘戭」條、卷五五「攘禍」條同引王逸注楚辭：「攘，排也。」案：離騷「忍尤而攘詬」，章句：「攘，除也。」攘之爲除、爲排，其義相通。

言正直之臣，端其心志，欲以輔君，反爲讒人所謗訕，身見排逐而遠放也。◎案：正文「正臣」舊作「貞臣」。正、貞，古字通用。惜往日「屬貞臣而日娭」是也。又，下「忠臣貞而欲諫」亦可證。

世俗更而變化兮，伯夷餓於首陽。

言當世俗人皆改其清潔，化爲貪邪，當若伯夷餓於首陽，而身垂功名也。

【疏證】

言當世俗人皆改其清潔，化爲貪邪，當若伯夷餓於首陽，而身垂功名也。◎案：首陽，山名。詳參九辯「寧窮處而守高」注。

獨廉潔而不容兮，叔齊久而逾明。

叔齊，伯夷弟也。言己獨行廉潔，不容於世，雖飢餓而死，幸若叔齊久而有榮名也。

【疏證】

叔齊，伯夷弟也。言己獨行廉潔，不容於世，雖飢餓而死，幸若叔齊久而有榮名也。◎正德本、四庫章句本無「飢」字。俞本、馮本、朱本、劉本「飢」作「饑」。案：無「飢」，敚也。飢餓字作飢。饑，穀不熟。伯夷、叔齊事，詳參天問「驚女采薇鹿何祐」注。

浮雲陳而蔽晦兮，使日月乎無光。

言讒佞陳列在側，則使君不聰明也。

【疏證】言讒佞陳列在側，則使君不聰明也。◎正德本、馮本、景宋本「聰」作「聦」。案：聦與聰同。以浮雲比讒佞，楚辭通喻。九辯：「何氾濫之浮雲兮，猋壅蔽此明月。」章句：「夫浮雲行則蔽月之光，讒佞進則忠良壅也。」

忠臣貞而欲諫兮，讒諛毁而在旁。

言忠臣正其心，欲諫其君，讒毁在旁而不敢言也。

【疏證】言忠臣正其心，欲諫其君，讒毁在旁而不敢言也。◎案：章句「正其心」云云，舊本「貞而欲諫」之貞，讀作「正」，古字通用。正，謂以正致諫。孝經集傳卷四諫諍章第一五引曾子曰：「君子之孝也，以正致諫；士之孝也，以德從命；庶人之孝也，以力惡食。」

秋草榮其將實兮，微霜下而夜降。

微霜殺物，以喻讒諛。言秋時百草將實，微霜夜下而殺之，使不得成熟也。以言讒人晨夜毁己，亦將害己身，使其忠名不得成也。

【疏證】

微霜殺物，以喻讒諛。◎案：遂其性也。真德秀西山讀書記卷三九日月星辰：「露之結爲霜也，然露滋物而霜殺物。」或以喻峻法，惜往日「微霜降而下戒」，章句：「嚴刑卒至，死有時也。」

言秋時百草將實，微霜夜下而殺之，使不得成熟也。以言讒人晨夜毁己，亦將害己身，使其忠名不得成也。◎案：據章句云，舊本正文「下而夜」作「夜而下」，下、夜二字，今本倒乙。又，榮，華也。爾雅釋草：「木謂之華，草謂之榮。」

商風肅而害生兮，

商風，西風。肅，急貌。

【疏證】

商風，西風。◎羅、黎二本玉篇殘卷㕯部「商」字：「楚辭『商風肅而害之』，王逸注：『商風，西風也。』」文選卷二〇謝宣遠九日從宋公戲馬臺集送孔令詩「迅商溥清穹」，李善注：「楚辭曰：『商風肅而害之，百草育而不長。』王逸曰：『商風，西風也。』」卷二三張載七哀詩二首「秋風吐商氣」，李善引王逸注：「商風，西風也。」正文「害生」作「害之」，「西風」下有「也」字。案：之，古作㞢，與「生」字形似相訛。禮記卷一六月令第六，孟秋之月，「其音商」。

肅，急貌。◎案：爾雅釋詁：「肅，疾也。」又曰：「肅，速也。」蓋章句所因。郭注：「速亦疾也。」

百草育而不長。

言秋氣起則西風急疾而害生物，使百華不得盛長。以言君令急促，剗傷百姓，使不得保其性命也。

【疏證】

言秋氣起則西風急疾而害生物，使百華不得盛長。以言君令急促，剗傷百姓，使不得保其性命也。◎正德本、隆慶本、湖北本、朱本、馮本、俞本、莊本、四庫章句本「華」作「草」。案：據義，則舊作「百草」也。又，文選卷二〇謝宣遠九日從宋公戲馬臺集送孔令詩「迅商薄清穹」，李善注引王逸注：「秋氣起則西風疾。」無「急」字；卷二三張載七哀詩二首「秋風吐商氣」，李善注引王逸曰：「秋氣起則西風急疾。」亦有「急」字。引章句皆非足文。又，章句「剗傷」云云，平列同義。慧琳音義卷三四「剗貪」條：「剗，又作剷，同。廣雅：『剗，削也。』聲類云：『剗，平者也。』」

衆竝諧以妬賢兮，孤聖特而易傷。

諧，同也。言衆佞相與並同以妬賢者，雖有聖明之智，孤特無助，易傷害也。

【疏證】

諧，同也。◎正德本、隆慶本、湖北本、朱本、劉本、馮本、俞本、莊本、四庫章句本無注。案：敚也。爾雅釋詁：「諧，和也。」漢書卷六五東方朔傳「即妄爲諧語曰」，顏師古注：「諧者，和韻之言也。」同，一也。和，合也。散文不別。詳參離騷「求榘矱之所同」注。

言衆佞相與並同以妬賢者，雖有聖明之智，孤特無助，易傷害也。◎同治本「妬」作「妒」。惜陰本、俞本、莊本、馮本、四庫章句本正文「竝」作「並」。案：正文作「竝」，注文亦宜作「竝」。妒與妬同。章句「孤特」云云，平列同義，特亦孤也。文選卷二九王粲雜詩「上有特栖鳥」，劉良注：「特，孤也。」

懷計謀而不見用兮，巖穴處而隱藏。

士曰隱，寶曰藏。言己懷忠信之計，不得列見，獨處巖穴之中隱藏而已。

【疏證】

士曰隱，寶曰藏。◎案：隱藏二字，因所操術之別而其説多異義。論語卷一六季氏：「言及之而不言謂之隱。」孔注：「隱匿不盡情實。」卷一五衛靈公：「可與言而不與之言，失人；不可與言而與之言，失言。」據此，對文失人謂之隱，失言謂之傲。荀子卷一勸學篇第一：「故未可與言而言謂之傲，可與言而不言謂之隱。」韓詩外傳卷四：「故未可與言而言謂之瞽，可與言而不與言謂之隱。」卷六：「夫不疏其指而弗知謂之隱。」藏、宄亦相對。國語卷四魯語上：「掩賊者爲藏，竊寶者爲宄。」散文亦不别。

言己懷忠信之計，不得列見，獨處巖穴之中隱藏而已。◎案：章句「不得列見」云云，以「列見」釋「見用」，廣雅釋詁：「列，陳也。」有舉用義。

成功隳而不卒兮，

隳，壞也。

【疏證】

隳，壞也。◎案：隳，俗墮字。春秋定公十二年「叔孫州仇帥師墮郈」，杜注：「墮，毁也。」穀梁傳隱公六年「輸者墮也」，釋文：「墮，許規反，壞毀之也。」

子胥死而不葬。

言子胥爲吴伐楚破郢，謀行功成，後用讒言，賜劒棄死，故言死而不葬也。

【疏證】

言子胥爲吴伐楚破郢，謀行功成，後用讒言，賜劒棄死，故言死而不葬也。◎惜陰本、同治本「劒」作「劍」。案：劍與劒同。補注：「吴王取子胥尸，盛以鴟夷革，浮之江中，故曰『死而不葬』也。」其説是也。非章句所謂「賜劒棄死故言死而不葬」之意。史記卷八三鄒陽列傳：「臣聞比干剖心，子胥鴟夷。」索隱：「韋昭云：『以皮作鴟鳥形，名曰鴟夷。鴟夷，皮榼也。』服虔曰：『用馬革作囊也。以裹尸，投之于江。』」

世從俗而變化兮，隨風靡而成行。

言當世之人見子胥被害，則變心從俗以承上意，若風靡草，群聚成行而羅列。

【疏證】

言當世之人見子胥被害，則變心從俗以承上意，若風靡草，群聚成行而羅列。◎俞本、四庫章句本、惜陰本、同治本「群」作「羣」。四庫章句本「靡草」作「靡靡」。案：靡言隨從貌。荀子卷二榮辱篇第四「靡之儇之」，楊注：「靡，順從也。」卷一七性惡篇第二三「靡使然也」，楊注：「靡，謂相順從也。」隨風靡，謂順隨風行也。「靡」下不當有「草」字。舊作「若風靡而羣聚成行而羅列」。

信直退而毀敗兮，虛僞進而得當。

言信直之臣，被蒙譖毀，而身敗弃；虛僞之人，進用在位，而當顯職也。

【疏證】

言信直之臣，被蒙譖毀，而身敗弃；虛僞之人，進用在位，而當顯職也。◎案：章句「當顯職」云云，國語卷一五晉語九「非德不當雝」，韋注：「當猶任也。」

追悔過之無及兮，豈盡忠而有功。

言君進用虛僞之臣，則國傾危，追而自悔，亦無所及也；己欲盡忠直之節，終不能成其功也。

【疏證】

言君進用虛僞之臣，則國傾危，追而自悔，亦無所及也；己欲盡忠直之節，終不能成其功也。

◎案：章句「己欲盡忠直之節」云云，豈，當從補注引一作覬。覬，幸也，欲也。正文舊本作「覬盡忠而有功」也。

廢制度而不用兮，務行私而去公。

言在位之臣廢先王之制度，務從私邪，背去公正，争欲求利也。

【疏證】言在位之臣廢先王之制度，務從私邪，背去公正，争欲求利也。◎案：韓非子卷一九五蠹篇第四九：「自環者謂之私，背私謂之公。」

終不變而死節兮，惜年齒之未央。

言己執守清白而死忠直，終不變節，惜年齒尚少，壽命未盡，而將夭逝也。

【疏證】言己執守清白而死忠直，終不變節，惜年齒尚少，壽命未盡，而將夭逝也。◎案：下自悲：「哀獨苦死之無樂兮，惜予年之未央。」蓋同此意。國語卷一九吳語「夫危事不齒」，韋昭注：「齒，年也。」年齒，平列同義，謂年歲。莊子卷六徐無鬼篇第二四：「舜舉乎童土之地，年齒長矣，聰明衰矣。」文選卷五二韋曜博弈論：「悼年齒之流邁，而懼名稱之不建也。」

將方舟而下流兮，冀幸君之發矇。

大夫方舟，士特舟。矇，僮矇也。言我將方舟，隨江而浮，冀幸懷王開其矇惑之心而還己也。

【疏證】大夫方舟，士特舟。◎景宋本「方舟」之「舟」，訛作「丹」。案：因爾雅釋詁。李巡注：「併兩船曰方舟，一舟曰特。」郭璞注：「方舟併兩船，特舟單船。」屈子，楚三閭大夫，可以「乘方舟」。矇，僮矇也。言我將方舟，隨江而浮，冀幸懷王開其矇惑之心而還己也。◎案：説文目部：「矇，童蒙也。从目，蒙聲。一曰：不明也。」論衡卷一二量知篇第三五：「人未學問曰矇。」章句「僮矇」云云，與童蒙同，倒文曰蒙懂、酩酊、曚莽、瞢騰等，言不解事貌。

痛忠言之逆耳兮，恨申子之沈江。

申子，伍子胥也。吳封之於申，故號爲申子也。哀痛忠直之言忤逆君耳，使之恚怒，若申胥諫，吴王殺而沈之江流也。

【疏證】

申子，伍子胥也。吴封之於申，故號爲申子也。哀痛忠直之言忤逆君耳，使之恚怒，若申胥諫，吴王殺而沈之江流也。◎案：國語卷一九吴語「夫申胥、華登簡服吴國之士於甲兵」，韋注：「申胥，楚大夫，伍奢之子子胥也，名員。魯昭二十年，奢誅于楚，員奔吴，吴與之申地，故曰申胥。」張家山漢簡蓋盧篇伍子胥稱申胥。

願悉心之所聞兮，遭值君之不聰。

悉，盡也。聽遠曰聰。言己欲盡忠，竭其所聞，陳列政事，遭值懷王闇不聰明而不見納也。

【疏證】

悉，盡也。◎案：因爾雅釋詁，邢疏：「悉者，說文：『詳盡也。』」

聽遠曰聰。言己欲盡忠，竭其所聞，陳列政事，遭值懷王闇不聰明而不見納也。◎惜陰本、同治本「聰」作「聦」。正德本、馮本、四庫章句本、皇都本、景宋本亦作「聦」。案：聦與聰同。章句「遠聽」云云，言聰甚於聽與聞。文選卷五〇班固漢書述高紀「聰明神武」，李善注引項岱云：

「聽於無聞曰聰，照臨四方曰明。」聰與明相對爲文。莊子卷七外物篇第二六：「目徹爲明，耳徹爲聰。」韓非子卷一三外儲説右上第三四：「申子曰：『獨視者謂明，獨聽者謂聰。』」書洪範：「視曰明，聽曰聰。」春秋繁露卷一四五行五事篇第六四：「視曰明，明者，知賢不肖，分明黑白也。聽曰聰，聰者，能聞事而審其意也。」管子卷四宙合篇第一一：「耳司聽，聽必順聞，聞審謂之聰。目司視，視必順見，見察謂之明。」尹注：「耳之所聞既順且審故謂之聰。」

不開寤而難道兮，不別横之與縱。

緯曰横，經曰縱。言君心常惑而不可開寤，語以政道，尚不別繒布經緯横縱，不能知賢愚亦明矣。

【疏證】

緯曰横，經曰縱。◎案：從、縱，古今字。淮南子卷六覽冥訓「從横閒之」，高注：「南與北合爲從，西與東合爲横。」又，儀禮卷一二鄉射禮第五「十純則縮而委之」，鄭注：「縮，從也。於數者東西爲從，古文縮皆爲蹙。」則别以南北爲横。

言君心常惑而不可開寤，語以政道，尚不别繒布經緯横縱，不能知賢愚亦明矣。◎案：章句「尚不别繒布經緯横縱」云云，以繒布爲複語。禮記卷二二禮運第九「瘞繒」，鄭注：「幣帛曰繒。」文選卷一三謝惠連雪賦「裸壤垂繒」，李善注引字林曰：「繒，帛揔名也。」

聽奸臣之浮説兮，絶國家之久長。

言君好聽邪説之臣虚言浮説，以自誤亂，將絶國家累世久長之禄也。

【疏證】

言君好聽邪説之臣虚言浮説，以自誤亂，將絶國家累世久長之禄也。◎案：史記卷六八商君列傳「挾持浮説」，索隱：「浮説，即虚説也。」又，韓非子卷一存韓篇第二：「聽姦臣之浮説，不權事實，故雖殺戮姦臣，不能使韓復强。」蓋東方先生所因也。又，章句「以自誤亂」云云，誤亂，未見其例，蓋「惑亂」之訛。

滅規榘而不用兮，背繩墨之正方。

言君爲政，滅先聖之法度而不施用，背棄忠直之臣以自傾危。

【疏證】

言君爲政，滅先聖之法度而不施用，背棄忠直之臣以自傾危。◎案：離騷：「固時俗之工巧兮，偭規矩而改錯。背繩墨以追曲兮，競周容以爲度。」即此文所襲。

離憂患而乃寤兮，若縱火於秋蓬。

蓬，蒿也，秋時枯槁。言君信任佞諛，不慮艱難，卒遭憂患，然後乃覺，若放火於秋蒿，不可救制也。

【疏證】

蓬，蒿也，秋時枯槁。◎案：爾雅釋艸：「齧彫，蓬；薦黍，蓬。」郭璞注：「別蓬種類。」郝氏義疏：「籀文省作莑。蓋莑之言莑茸，枝葉繁盛蓬蓬然，故謂之蓬。晏子春秋雜上篇云：『譬之猶秋蓬也，孤其根而美枝葉，秋風一至，根且拔矣。』今驗秋蓬，葉似松杉，秋枯根拔，風卷爲飛，所謂『孤蓬自振』，此即齧彫蓬矣。其『薦黍蓬』者，説文：『薦，獸之所食艸。』古者神人以薦遺黃帝，帝曰：『何食？』曰：『食薦。』即此薦矣。」程瑤田釋蓬云：「掃帚菜，一幹之上，枝條橫生以數十計，長者至二尺餘。枝上生稚枝，密排細葉。蓓蕾布生葉中，著稚枝上。稚枝上更有復生碎枝者，亦花葉相間如稚枝。其稚枝近幹處，必有一大葉承之。蓓蕾作花，緑瓣五出，中有五鬚，鬚末，黃蕊如貝形。其蕊開後一日便落，五出旋合，而作房結實，以五出冪之。五出之末，既内冪其實，其本復歧生五出如花，略似蓮蓬然。啓其冪，一子橫其中，似芝麻而小。初作葉時，葉狹而長，長約寸許。其後稚枝滋長，蓓蕾密布，不過半寸，最小者不及十分寸之二三。每以一葉承二花，面生稚枝，無多寡之差。初作稚葉時，農人以繩束而扶之，令得直上，否則蒙茸不可收拾。余以爲此即蓬也。蓮房謂之蓮蓬，以其形如之。『首如飛蓬』，謂髮亂如之。荀子云：『蓬生麻中，不扶而直。』以其生曠土，非扶之不能直也。藜亦多枝，然密茂之中，自有條理，不似此物之棼如亂絲，故莊子以謂『猶有蓬之心』。漢書司馬相如傳注，師古曰：『藜草似蓬。』余目驗此物實似藜，故知其信爲蓬也。」見其格物之精細。

言君信任佞諛，不慮艱難，卒遭憂患，然後乃覺，若放火於秋蒿，不可救制也。◎案：秋蓬遇火，其勢危急而莫可救，古之通喻。鹽鐵論卷一二申韓篇第五六：「今商鞅、吳起聖人之道，變亂秦俗，其後政耗亂而不能理，流失而不可復，愚人縱火於沛澤，不能復振。」全晉文卷一〇晉康帝討石虎檄文：「以此衆戰，其猶烈火之燔秋蓬，衝飆之埽落葉也。」卷四七傅玄傅子檢商賈：「不息欲于上而欲求下之安靜，此猶縱火焚林，而索原野之不彫廢，難矣。」北大簡（三）儒家説叢：「辟（譬）若秋蓬之美其支葉而惡其根荄也，見時風至而厥（蹷）矣。」則以「秋蓬」比小人順風委靡也。

業失之而不救兮，尚何論乎禍凶？

言君施行，業以失道，身將危殆，尚復論國之禍凶，豈不晚哉？

【疏證】

言君施行，業以失道，身將危殆，尚復論國之禍凶，豈不晚哉？◎案：業，言既也。史記卷五五留侯世家「良業爲取履」，索隱：「業，猶本先也。」卷一一七司馬相如列傳「業已建之」，索隱：「業者，本也。」章句「業以」云云，既已也。

彼離畔而朋黨兮，獨行之士其何望？

言彼讒佞相與朋黨，並食重禄，獨行忠直之士當復何望？宜窮困也。

【疏證】言彼讒佞相與朋黨，並食重禄，獨行忠直之士當復何望？宜窮困也。◎案：獨行，儒者獨立之行。孟子卷六滕文公篇下：「得志，與民由之；不得志，獨行其道；富貴不能淫，貧賤不能移，威武不能屈，此之謂大丈夫。」禮記卷五九儒行第四一：「儒有澡身而浴德，陳言而伏，静而正之，上弗知也，粗而翹之，又不急爲也；不臨深而爲高，不加少而爲多，世治不輕，世亂不沮；同弗與，異弗非也。其特立獨行有如此者。」漢書卷六武帝紀：「舉獨行之君子，徵詣行在所。」

日漸染而不自知兮，

稍積爲漸，汙變爲染。

【疏證】　稍積爲漸，汙變爲染。◎皇都本「汙」訛作「汗」。又補注「積」一作「漬」。案：據義，舊作「漬」。漸染，猶荏苒、漸冉也，漸行貌。皆語之轉，不必拘其字義訓詁。詳參上「日浸淫而合同」注。

秋毫微哉而變容。

銳毛爲毫，夏落秋生。言君用讒邪，日以漸染，隨之變化而不自知，若秋毫更生，其容微眇，而日長大也。

【疏證】　銳毛爲毫，夏落秋生。言君用讒邪，日以漸染，隨之變化而不自知，若秋毫更生，其容微眇，而日長大也。◎史記卷九二淮陰侯列傳「秋豪無所害」索隱、資治通鑑釋文卷一七「秋毫」條同引王逸注：「銳毛爲毫，夏落秋生也。」「秋生」下有「也」字。案：文選卷一七文賦「或含毫而邈然」，李善注引王逸曰：「銳毛爲毫也。」無「夏落秋生」四字。又，慧琳音義卷一七「毫氂」條引王逸注楚辭：「毫，長銳强毛也。」其所據本别。卷四五「毫氂」條引王注楚辭亦云：「銳毛爲毫。」莊子卷一齊物論第二「天下莫大於秋豪之末」，釋文：「司馬云：兔毫在秋而成，王逸注楚辭曰：銳毛也。」成玄英注：「秋時獸生毫毛，其末至微，故謂秋毫之末也。」又，章句「日以漸染」云云，墨子卷一所染篇第三：「染於蒼則蒼，染於黄則黄，所入者變，其色亦變。」又曰：「非獨染絲然也，國亦有染。范吉射染於長柳朔、王胜，中行寅染於籍秦、高彊，吴夫差染於王孫雒、太宰嚭，智伯摇染於智國、張武，中山尚染於魏義、偃長，宋康染於唐鞅、佃不禮。此六君者所染不當，故國家殘亡，身爲刑戮，宗廟破滅，絶無後類，君臣離散，民人流亡。舉天下之貪暴苛擾者，必稱此六君也。」

衆輕積而折軸兮，原咎雜而累重。

咎，過也。言車載衆輕之物，以折其軸而不可乘，其過咎由重衺雜載衆多之故也。以言國君聽用羣小之言，則壞敗法度而自傾危也。

【疏證】

咎，過也。◎案：詩北山「或慘慘畏咎」，鄭箋：「咎，猶罪過也。」

言車載衆輕之物，以折其軸而不可乘，其過咎由重衺雜載衆多之故也。以言國君聽用羣小之言，則壞敗法度而自傾危也。◎正德本、隆慶本、劉本、莊本、馮本「羣」作「群」。湖北本「自」作「身」。案：羣與群同。原，推本也。漢書卷三六楚元王傳「原秦、魯之所消以爲戒」，顔師古注：「原，謂思其本也。」補注引或本「原咎」作「厚咎」，失之。又，章句「車載衆輕之物，以折其軸而不可乘，其過咎由重絫雜載衆多之故」云云，猶淮南子卷一〇繆稱訓「積羽沈舟，羣輕折軸」也。

赴湘沅之流澌兮，恐逐波而復東。

言己心清潔，不能久居濁世，故赴湘、沅之水，與流澌俱浮，恐遂乘波而東入大海也。

【疏證】

言己心清潔，不能久居濁世，故赴湘、沅之水，與流澌俱浮，恐遂乘波而東入大海也。◎聞一多楚辭校補謂「湘沅」乙作「沅湘」。案：章句「故赴湘沅之水」云云，其本作「湘沅」。流澌，水流貌。詳參九歌河伯「紛流澌兮而來下」注。

懷沙礫而自沈兮，不忍見君之蔽壅。

礫，小石也。言己所以懷沙負石，甘樂死亡，自沈于水者，不忍久見懷王壅蔽於讒佞也。

【疏證】

礫，小石也。言己所以懷沙負石，甘樂死亡，自沈于水者，不忍久見懷王壅蔽於讒佞也。◎正德本、隆慶本、劉本、馮本、俞本、朱本、莊本、四庫章句本、景宋本「于水」作「於水」。案：釋名釋山：「小石曰礫。礫，料也。小石相枝柱，其閒料料然，出内氣也。」類聚卷四〇禮部下「弔」條引蔡邕弔屈原文：「卒壞覆而不振，顧抱石其何補。」蓋漢世以屈原抱石投水死也。懷石投水死之一術，固非始於屈子。韓詩外傳卷一：「申徒狄非其世，將自投於河。崔嘉聞而止之，申徒狄遂抱石而沉於河。」全三國文卷五二嵇康高士傳卜隨務光：「湯讓務光。光曰：『廢上非義，殺民非仁；無道之世，不踐其土，況於尊我哉？』乃抱石而沈廬水。」

沈江

世沈淖而難論兮，

沈，没也。淖，溺也。

【疏證】

沈，没也。◎案：詳參惜誦「情沈抑而不達兮」注。章句「沈没財利」云云，沈没，貪婪也，漢世習語。三國志卷二三魏書和洽傳裴注引汝南先賢傳：「劭宗人許栩，沉没榮利，致位司徒。」或作「乾没」，亦貪也。漢書卷五九張湯傳：「始爲小吏，乾没，與長安富賈田甲、魚翁叔之屬交私。」服虔注：「乾没，射成敗也。」如淳注：「得利爲乾，失利爲没。」乾，讀作干，字書通用。干有貪義。

没亦貪也。乾没，平列同義。或單作没、昧。三國志卷四七吴書吴主權裴注引吴書：「願得美酒滿五百斛船，以四時甘脆置兩頭，反覆没飲之，憊即住而啖肴膳。酒有斗升減，隨即益之，不亦快乎！」没飲，猶貪飲。重言之曰没没，言貪貌。南史卷二一王僧達傳：「僧達慨然曰：『大丈夫寧當玉碎，安可以没没求活？』」古多作昧，以「昧利」爲文。三國志卷二一魏書傅嘏傳注引傅子：「豐飾僞而多疑，矜小失而昧於權利，若處庸庸者可也，自任機事，遭明者必死。」卷二四高柔傳注引孫盛曰：「昧利忘親，縱懷慈孝之愛，或慮傾身之禍。」

淖，溺也。◎案：説文水部：「淖，泥也。从水，卓聲。」引申之言溺也。

俗岭峨而⿰山參嵯。

岭峨、嵾嵯，不齊貌。言時世之人沈没財利，用心淖溺，不論是非，不別忠佞，風俗毁譽，高下嵾嵯，賢愚合同，上不任賢，化使然也。

【疏證】

岭峨、嵾嵯，不齊貌。言時世之人沈没財利，用心淖溺，不論是非，不別忠佞，風俗毁譽，高下嵾嵯，賢愚合同，上不任賢，化使然也。◎正德本、隆慶本、湖北本、馮本、俞本、莊本、劉本、四庫章句本、景宋本、惜陰本「嵾」作「⿰山參」。案：⿰山參與嵾同。又，岭與岺同，岺峨，高峻貌。别文復有嶙嵬、嵯峨、崝嶆、嵔崔、巑岏、崔嵬、厓巇、岩崿、蒼梧等。詳參九辯「枝煩挐而交橫」注。岑峨嵾嵯，言世俗險惡。又，章句「沈没財利」云云，没者，即乾没，謂貪也。

清泠泠而殲滅兮，

清泠泠，以喻潔白。殲，盡也。滅，消也。

【疏證】

清泠泠，以喻潔白。◎案：清泠泠，與下「溷湛湛」相對。泠泠，言輕揚貌。莊子卷一逍遥篇第一「泠然善也」，注云：「泠然，輕妙之貌。」

殲，盡也。◎惜陰本、同治本「殲」作「殱」。案：殲，俗殱字。詩黄鳥「殲我良人」，毛傳：「殲，盡。」書胤征「殲厥渠魁」，毛傳：「殲，滅。」殲滅，平列同義，言消滅也。

滅，消也。◎案：詳參上「賢者滅息」注。

溷湛湛而日多。

溷湛湛，喻貪濁也。言泠泠清潔之士盡棄銷滅，不見論用，貪濁之人進在顯位，日以盛多。

【疏證】

溷湛湛，喻貪濁也。言泠泠清潔之士盡棄銷滅，不見論用，貪濁之人進在顯位，日以盛多。◎案：溷，溷濁也。湛湛，厚重貌。哀郢「忠湛湛而願進兮」，章句：「湛湛，重厚貌。」漢書卷五七下司馬相如傳「紛湛湛其差錯兮」，顏師古注：「湛湛，積厚之貌。」又，章句「不見論用」云云，論，選擇也。荀子卷七王霸篇第一一「若夫論一相以兼率之」，楊倞注：「論，謂討論選擇之也。」

梟鴞既以成羣兮，玄鶴弭翼而屏移。

言貪狼之人並進成羣，廉潔之士斂節而退也。

【疏證】

言貪狼之人並進成羣，廉潔之士斂節而退也。◎文淵四庫章句本「貪狼」作「貪狠」，文津本亦作「貪狠」。正德本、隆慶本、朱本、馮本、湖北本、劉本、俞本、莊本作「貪狠」，「斂」作「歛」。◎案：貪狼，「貪狠」之訛。貪狼，漢世習語。鹽鐵論卷一一世務篇第四七：「匈奴貪狼，因時而動。」卷一一論菑篇第五四：「羿、敖以功力不得其死，智伯以貪狼亡其身。」梟鴞，貪殘之鳥，爾雅釋鳥謂之狂茅鴟、怪鴟、梟鴟。今呼之老鵰，鵰鷹。又，補注：「山海經：『雷山有玄鶴，粹黑如漆，其壽滿三百六十歲，則色純黑。昔黃帝習樂于崑崙山，有玄鶴飛翔。』」洪氏引文，未見今本山海經，佚篇也。玄鶴，瑞鳥也。史記卷一一七司馬相如列傳「玄鶴加」，正義引相鶴經：「鶴壽二百六十歲則色純黑。」韓非子卷三十過篇第一〇：「師曠不得已，援琴而鼓。一奏之，有玄鶴二八，道南方來，集於郎門之垝；再奏之而列；三奏之，延頸而鳴，舒翼而舞，音中宮商之聲，聲聞于天。」又，章句以「退」解「屏移」者，書金縢「我乃屏璧與珪」，孔傳：「屏，藏也。」禮記卷二曲禮上第一「屏於側」，鄭注：「屏謂獨退也。」孟子卷六滕文公下「貧賤不能移」，趙注：「移，易其行也。」

蓬艾親入御於床笫兮，

第，牀簀也，以喻親密。

【疏證】

第，牀簀也，以喻親密。◎惜陰本、同治本正文「床」作「牀」。案：因注文改也。床、牀同。爾雅釋器：「簀謂之笫。」孫炎注：「笫，牀也。」又，方言卷五：「牀，齊、魯之間謂之簀，陳、楚之間或謂之笫。」郭璞注：「簀，牀版。」牀，大名，笫、簀，皆爲牀版，蓋因方俗語別名。錢繹箋疏：「笫之言齊也。編竹爲之均齊平正，故謂之笫，聲轉而爲簀。簀之言嫧也。凡言嫧者皆齊平之意。説文：『嫧，齊也。』」

馬蘭踸踔而日加。

馬蘭，惡草也。踸踔，暴長貌也。加，盛也。言蓬蒿蕭艾入御房中，則馬蘭之草踸踔暴長而茂盛也。以言佞諂見親近，則邪僞之徒踊躍而欣喜也。

【疏證】

馬蘭，惡草也。◎案：補注：「本草云：『馬蘭生澤旁，氣臭，花似菊而紫。楚詞以惡草，喻惡人。』」又，顔氏家訓卷六書證篇第一七：「月令云：『荔挺出。』鄭玄注云：『荔挺，馬薤也。』説文云：『荔，似蒲而小，根可爲刷。』廣雅云：『馬薤，荔也。』通俗文亦云馬蘭。易統通卦驗玄圖云：『荔挺不出，則國多火災。』蔡邕月令章句云：『荔似挺。』高誘注呂氏春秋云：『荔草挺出也。』然則月令注荔挺爲草名。誤矣。河北平澤率生之。江東頗有此物，人或種於階庭，但呼爲旱蒲，故不識馬薤。講禮者乃以爲馬莧；馬莧堪食，亦名豚耳，俗曰馬齒。」本草綱目卷一五草之四「蠡實」條引蘇頌本草圖經：「蠡實，馬蘭子。北人訛爲馬楝子。葉似薤而長厚，三月開紫碧花，五月結實作角子，如麻大，而赤色有棱，根細長，通黄色，人取以爲刷。」蠡、蘭、荔，皆聲之轉。又，文選卷七子虚賦「其高燥則生葴菥苞荔」，張揖曰：「荔，馬荔也。」馬荔，即馬蘭。

踸踔，暴長貌也。◎案：宋本玉篇足部：「踸踔，跛者行。」或作踸踔，廣雅釋訓：「踸踔，無常也。」王念孫疏證：「王逸注云：『踸踔，暴長貌也。』暴長，即無常之意。無常謂之踸踔，非常亦謂之踸踔。趙岐注孟子盡心篇云『子張之爲人，踸踔譎詭』是也。」或作趻卓。莊子卷四秋水篇第一七「吾以一足趻踔而行」，釋文引李注：「趻卓，行貌。」或作湛灤，文選卷一二木華海賦「踸踔湛灤」，李善注：「踸踔、湛灤，波前却之貌。」又，卷一七陸機文賦「故踸踔於短垣」，李善注：「廣雅曰：『踸踔，無常也。』今人以不定爲踸踔。不定亦無常也。」

加，盛也。◎案：言盛多也。禮記卷三五少儀第一七「其禽加於一雙」，鄭注：「加，猶多也。」

言蓬蒿蕭艾入御房中，則馬蘭之草踸踔暴長而茂盛也。以言佞諂見親近，則邪僞之徒踊躍而欣喜也。◎案：正文「日加」云云，章句「以言佞諂見親近」云云，「見」字上當補「日」字，蓋爛敚之也。

棄捐葯芷與杜衡兮，余奈世之不知芳何？

言棄捐芳草忠正之士，當奈世人不知賢何？

【疏證】

言棄捐芳草忠正之士，當奈世人不知賢何？◎惜陰本、同治本「奈」作「柰」。案：柰、奈同。葯、芷、杜衡，皆香草名。詳參離騷「雜杜衡與芳芷」及九歌湘夫人「辛夷楣兮葯房」注。

何周道之平易兮？然蕪穢而險戲。

險戲，猶言傾危也。言周家建立德化，其道平直公方所履無失，而言蕪穢傾危者，心惑意異也。以平直爲傾危，則以忠正爲邪枉也。詩曰：「周道如砥，其直如矢。」

【疏證】

險戲，猶言傾危也。◎案：黎本玉篇殘卷山部「巇」字：「楚辭『然蕪蕆而險巇』，王逸曰：『險巇，狺色也。』」狺，俗猶字。色，危之訛。慧琳音義卷九七「險巇」條引王逸注楚辭：「險巇，猶危也。」其所據本無「傾」字。又，卷一〇〇「險巇」條引王逸注楚辭：「險巇，猶顛危也。」文選卷一三鸚鵡賦「奚遭時之險巇」，李善注：「楚辭曰：『何周道之平易，然蕪穢而險巇。』王逸曰：『險巇，顛危也。』」卷五五劉峻廣絶交論「世路險巇」，李善注：「楚辭曰：『何周道之平易兮，然蕪穢而險巇。』王逸曰：『險巇，猶顛危也。』」唐人所據本「傾危」作「顛危」。險戲，言險隘也。離騷「路幽昧以險隘」，章句：「險隘，諭傾危也。」則亦作「傾危」。

言周家建立德化，其道平直公方所履無失，而言「蕪穢傾危」者，心惑意異也。以平直爲傾危，則以忠正爲邪枉也。詩曰：「周道如砥，其直如矢。」◎案：章句引詩見小雅大東，毛傳：「如砥，貢賦平均也。如矢，賞罰不偏也。」是其所因。又，章句「平直公方」云云，公方，公正也，漢世習語。漢書卷三六楚元王傳：「堪性公方，自見孤立，遂直道而不曲。」卷六〇杜周傳：「近諂諛之人而遠公方，信讒賊之臣以誅忠良。」顏師古注：「方，正也。」風俗通義卷四過譽：「天資忠貞，稟性公方。」章句「心惑意異」云云，異、惑對文，異亦言惑也。孟子卷一梁惠王上：「王無異於百姓之以王爲愛也。」趙注：「異，怪也。」怪猶疑惑也。

高陽無故而委塵兮，

高陽，帝顓頊也。委塵，坋塵也。言帝顓頊聖明克讓，然無故被塵翳，言與帝共工争天下也。淮南子曰：「顓頊與共工争爲帝。」

【疏證】

高陽，帝顓頊也。◎案：詳參離騷「帝高陽之苗裔兮」注。

委塵，坋塵也。◎案：慧琳音義卷九「來坋」條：「通俗文：『埻土曰坋。』説文：『坋，塵也。』」卷一九「塵坌」條：「考聲：『坌，塵猥至也。』」坋與坌同。用作名，坌，猶塵也。章句以「委塵」爲「坋塵」，用爲事，坌猶埻土。埻土，言蔽於塵土。

言帝顓頊聖明克讓，然無故被塵翳，言與帝共工争天下也。淮南子曰：「顓頊與共工争爲帝。」◎正德本、隆慶本、湖北本、朱本、劉本、馮本、俞本、莊本、四庫章句本無「淮南子曰顓頊與共工争爲帝」十二字。案：章句引淮南子，見卷三天文訓。天問「康回馮怒墜何故東南傾」，章句：

「淮南子言共工與顓頊争爲帝，不得，怒而觸不周之山，天維絶，地柱折，故東南傾。」其義備於前，此蓋據天問增益之。

唐虞點灼而毁議。

點，汙也。灼，灸也。猶身有病，人點灸之。言堯、舜至聖，道德擴被，尚點灸謗毁，言有不慈之過，卑父之累也。

【疏證】

點，汙也。◎文選卷一九束晳補亡詩六首「莫之點辱」，李善注引王逸曰：「點，汙也。」慧琳音義卷四「黶點」條引王注楚辭：「點，污也。」卷六三「點黶」條引王逸注楚辭：「點，汙也。」案：汙與污同。説文黑部：「點，小黑也。从黑、占聲。」段注：「今俗所謂『點涴』是也。」爾雅釋器：「滅謂之點。」郭璞注：「以筆滅字爲點。」引申之言汙辱。

灼，灸也。猶身有病，人點灸之。◎正德本、隆慶本、莊本「灸之」作「灸也」。案：喻林卷三人事門一毁謽引作「灸之」。素問卷二〇五常政大論第七〇「其用燔灼」，注云：「灼，燒也。」又，張家山漢墓竹簡脈書：「則視有過之脈，當環而久（灸）之，病甚而上於環二寸益爲一久（灸）。」又曰：「有農（膿）者不可久（灸）殹。」

言堯、舜至聖，道德擴被，尚點灸謗毁，言有不慈之過，卑父之累也。◎隆慶本、湖北本、莊本「擴」作「廣」。案：廣、擴，古字通用。又，堯不傳其子丹朱而傳舜，舜不傳其子商均而傳禹，後人訴之以「不慈」、「卑父」也。九辯：「堯舜之抗行兮，瞭冥冥而薄天；何險巇之嫉妒兮，被以不慈之僞名。」即此意也。

誰使正其真是兮，

言佞人妄論，以善爲惡，乃非訕聖王，當誰使正其真僞乎？己以忠被罪固其宜也。

【疏證】

言佞人妄論，以善爲惡，乃非訕聖王，當誰使正其真僞乎？己以忠被罪固其宜也。◎案：離騷「指九天以爲正兮」，章句：「正，平也。」又，章句「非訕」云云，猶誹訕也，平列同義。非、誹古字通用。論語卷一七陽貨「惡居下流而訕上者」，集解引孔曰：「訕，謗毁也。」

雖有八師而不可爲。

八師，謂禹、稷、卨、臯陶、伯夷、倕、益、夔也。言堯、舜有聖賢之臣八人以爲師傅，不能除去虛僞之謗。平疾讒之辭也。

【疏證】

八師，謂禹、稷、卨、臯陶、伯夷、倕、益、夔也。言堯、舜有聖賢之臣八人以爲師傅，不能除去虛僞之謗。平疾讒之辭也。◎平，同治本作「乎」。四庫章句本及永樂大典卷九二二二「八師不可爲」條引王逸注「卨」作「契」。寶翰本、惜陰本、皇都本、正德本、隆慶本、馮本、朱本、劉本、俞本、湖北本、莊本亦作「平」。案：乎，平訛字。卨，古契字。又，玉海卷一二四引章句倕作垂。古今字也。據虞書，禹爲司空，平水土；稷爲五穀長，播百穀；契爲司徒，敷五教；臯陶爲士，作五刑；垂爲工師，以共其工職；伯夷爲秩宗，典三禮；益爲虞正，馴鳥獸；夔爲典樂，教胄子。

皇天保其高兮，后土持其久。

言皇天保其高明之姿，不可踰越也；后土持其久長，不可掘發也；賢人守其志分，亦不可傾奪也。

【疏證】

言皇天保其高明之姿，不可踰越也；后土持其久長，不可掘發也；賢人守其志分，亦不可傾奪也。◎補注引「傾奪」一作「輕脱」。案：據義，舊作「傾脱」。脱與奪，古字通用。輕，傾之音訛。章句「后土持其久長」云云，持，謂守也。國語卷二一越語下「有持盈」，韋注：「持，守也。」又，章句「掘發」云云，後漢習語。三國志卷二一魏書崔琰傳：「時士卒横暴，掘發丘壠。」水經注卷二河水二：「掘發其下，有大鹽，方如巨枕。」

服清白以逍遥兮，偏與乎玄英異色。

玄英，純黑也，以喻貪濁。言己被服芬香，履修清白，偏與貪濁者異行，不可同趣也。

【疏證】

玄英，純黑也，以喻貪濁。◎案：爾雅釋天「冬爲玄英」，郭璞注：「氣黑而清英。」言己被服芬香，履修清白，偏與貪濁者異行，不可同趣也。◎案：離騷：「服清白以死直兮，固前聖之所厚。」蓋其所因。又，章句「同趣」云云，趣讀如趨，古字通用。

西施媞媞而不得見兮，

西施，美女也。媞媞，好貌也，詩曰「好人媞媞」也。

【疏證】

西施，美女也。◎案：西施，越之美女，以間吳者。詳參惜往日「雖有西施之美容兮」注。媞媞，好貌也，詩曰「好人媞媞」也。◎案：章句引詩見魏風葛屨，毛詩「媞媞」作「提提」，傳：「提提，安諦也。」孔疏：「釋訓：『提提，安也。』孫炎曰：『提提，行步之安也。』言『安諦』，謂行步安舒而審諦也。」女以安詳爲美，訓詁字作「媞媞」。今本爾雅作「媞媞」，郭璞注：「好人安詳之容。」張家山漢簡蓋廬：「毋要堤堤之期。」堤堤，舒緩也。與此亦同。

嫫母勃屑而日侍。

嫫母，醜女也。勃屑，猶媻姍，膝行貌。言西施媞媞，儀容姣好，屏不得見；嫫母醜惡，反得媻姍而侍左右也。以言親近小人，斥逐君子也。

【疏證】

嫫母，醜女也。◎案：文選卷四二吳季重答東阿王書「嫫母侍側」，李善注：「楚辭曰：『西施婉而不得見兮，嫫母勃屑而日侍。』王逸曰：『嫫母，醜女也。』」六臣本無引此注。李周翰注：「西施，美女也。嫫母，醜女也。」抑因章句闌入之。嫫母，黄帝妃，貌醜而德稱焉。詳參惜往日「嫫母姣而自好」注。

勃屑，猶媻姗，膝行貌。◎四庫章句本「貌」作「也」。莊本「貌」下有「也」字。案：勃屑、媻姗，聲之轉也。或作婆娑。詩東門之枌「婆娑其下」，毛傳：「婆娑，舞也。」或作末殺、撇屑、瀎屑等，則未可勝舉。

言西施媞媞，儀容姣好，屏不得見；蔓母醜惡，反得媻姗而侍左右也。以言親近小人，斥逐君子也。◎馮本、四庫章句本「左右」下無「也」字。案：章句「屏不得見」云云，屏，斥也。荀子卷一一彊國篇第一六「併己之私欲必以道」，楊倞注：「併讀爲屏，棄也。」

桂蠹不知所淹留兮，

桂蠹，以喻食禄之臣也。言桂蠹食芬香，居高顯，不知留止，妄欲移徙，則失甘美之木，亡其處也。以言衆臣食君之禄，不建忠信，妄行佞諂，亦將失其位，喪其所也。

【疏證】

桂蠹，以喻食禄之臣也。言桂蠹食芬香，居高顯，不知留止，妄欲移徙，則失甘美之木，亡其處也。以言衆臣食君之禄，不建忠信，妄行佞諂，亦將失其位，喪其所也。◎湖北本「不建」作「不見于」。案：非也。升菴集卷八〇「桂蠹蓼蟲」條引「之臣」下無「也」字。漢書卷九五西南夷兩粤朝鮮傳：「紫貝五百，桂蠹一器。」應劭曰：「桂樹中蝎蟲也。」蘇林曰：「漢舊儀常以獻陵廟，載以赤轂小車。」顔師古注：「此蟲食桂，故味辛，而漬之以蜜食之也。」屈大均廣東新語卷二四茘支龍眼二蟲：「又有桂蠹者，桂上蠹也，生于桂而還食桂。其大如指，色紫而香辛。色紫則桂之花所爲也，香辛則桂之葉所爲。蜜漬之，可爲珍味，去陰痰疾。其名因尉佗以五器獻文帝而傳。」

蓼蟲不知徙乎葵菜。

（蓼蟲，以喻放逐之士也。）言蓼虫處辛烈，食苦惡，不能知徙於葵菜，食甘美，終以困苦而癯瘦也。以喻己修潔白，不能變志易行，以求禄位，亦將終身貧賤而困窮也。

【疏證】

蓼蟲，以喻放逐之士也。◎諸本皆無注。案：皆爛敓之。據升菴集卷八〇「桂蠹蓼蟲」條引補。蓼蟲，居蓼之蟲。説文艸部：「蓼，辛菜，薔虞也。从艸，翏聲。」

言蓼虫處辛烈，食苦惡，不能知徙於葵菜，食甘美，終以困苦而癯瘦也。以喻己修潔白，不能變志易行，以求禄位，亦將終身貧賤而困窮也。◎正德本、隆慶本、劉本、俞本、朱本、馮本、莊本、四庫章句本、景宋本、惜陰本「虫」作「蟲」。案：虫與蟲同。文選卷六魏都賦「習蓼蟲之忘辛」，李善注：「楚辭曰『蓼蟲不知[從]（徙）乎葵藿』，王逸曰：『蓼蟲處辛刺，食苦惡，不從葵藿，食甘美。』」從，徙字之訛。卷二八鮑照放歌行「蓼蟲避葵堇」，李善注：「楚辭曰：『蓼蟲不徙乎葵藿。』」

王逸曰：『言蓼蟲處辛辣，食苦惡，不徙葵藿，食甘美者也。』」皆非章句足文，然其所據本別。唐寫本卷五六鮑照放歌行李善引王逸注「辛辣」作「辛刺」，「不徙」作「不徒」，皆訛。又，章句「苦惡」云云，苦，麤也，劣也。史記卷三〇平準書「鐵器苦惡」，索隱：「苦又音楛，言器苦窳不好。凡病之器云苦。」卷一一〇匈奴列傳「不備苦惡」，集解引韋昭云：「苦，麄也。音若『靡鹽』之『鹽』。」呂氏春秋卷四孟夏紀第四誣徒篇「從師苦而欲學之功也」，高注：「苦，讀如『鹽會』之『鹽』。苦，不精至也。」「苦惡，麤劣也。管子卷一八度地篇第五七：「取完堅，補弊久，去苦惡。」尹注：「有苦惡者除去之。」苦惡，麤惡也。鹽鐵論卷一本議篇第一：「郡國諸侯各以其物貢輸，往來煩雜，物多苦惡。」卷八水旱篇第三六：「今縣官作鐵器多苦惡，用費不省。」

處涽涽之濁世兮，今安所達乎吾志？

言己居濁溷之世，無有達我清白之志也。

【疏證】

言己居濁溷之世，無有達我清白之志也。◎案：章句以「溷濁」釋「涽涽」者，猶汶汶也，言溷濁貌。漁父「受物之汶汶者乎」，章句：「蒙垢塵也。」

意有所載而遠逝兮，固非衆人之所識。

識，知也。言己心載忠正之志，欲遠去以求賢人君子，固非衆人所能知也。

【疏證】

識，知也。◎案：説文言部：「識，常也。一曰：知也。」知識字古作志。禮記卷二一禮運第九「而有志焉」，鄭注：「志，謂識古文。」審此篇上曰「今安所達乎吾志」，此曰「固非衆人之所識」，志、識分别爲言。則在漢世，志、識，已别爲二字也。

言己心載忠正之志，欲遠去以求賢人君子，固非衆人所能知也。◎案：章句「言己心載忠正之志」云云，載，猶持也，守也。荀子卷六富國篇第一〇「以國載之則天下莫之能隱匿也」，王念孫曰：「載，持也。中庸曰：『辟如地之無不持載』是也。」

驥躊躇於弊輦兮，

躊躇，不行貌。

【疏證】

躊躇，不行貌。◎案：文選卷一五張衡思玄賦「攎若華而躊躇」，李善注：「韓詩曰：『搔首躊躇』，薛君曰：『躊躇，躑躅也。』廣雅曰：『躊躇，猶豫也。』」躊躇、躑躅、猶豫，皆聲之轉。或作彳亍、趑趄、蹢躅、跢跦、延佇等，言行不進貌。詳參離騷「延佇乎吾將反」注。又，補注：「輦，拘玉切，大車駕馬。」洪氏據説文。輂音力展切，當輂之訛。史記卷一一八淮南衡山列傳「以輂車四十乘」，集解：「徐廣曰：『大車駕馬曰輂。』音己足反。」

遇孫陽而得代。

孫陽，伯樂姓名也。言衆人不識騏驥，以駕敗車，則不肯進，遇伯樂知其才力，以車代之，則至千里，流名德也。以言俗人不識己志，亦將遇明君建道流化，垂功業也。

【疏證】

孫陽，伯樂姓名也。言衆人不識騏驥，以駕敗車，則不肯進，遇伯樂知其才力，以車代之，則至千里，流名德也。以言俗人不識己志，亦將遇明君建道流化，垂功業也。◎景宋本「化」訛作「仕」。案：文選卷四七袁宏三國名臣序贊「歎過孫陽」，李善注：「楚辭曰：『驥躊躇於弊輂兮，遇孫陽而得代。』王逸曰：『孫陽，伯樂姓名也。』」通鑑卷二六漢紀十八中宗孝宣皇帝「王良執靶」，胡注：「楚辭云：『驥躊躇於敝輂，遇孫陽而得代。』王逸云：『孫陽，伯樂姓名也。』」敝、弊古字通。漢書卷六四下王褒傳「王良執靶」，張晏曰：「王良，郵無恤，字伯樂。」顔師古注：「參驗左氏傳及國語、孟子，郵無恤、郵良、劉無止、王良，總一人也。楚辭云『驥躊躇於敝「輦」（輂），遇孫陽而得代』。王逸云，孫陽，伯樂姓名也。列子云：伯樂，秦穆公時人。考其年代不相當。張説云：良字伯樂。斯失之矣。」伯樂，古之善相馬者。詳參懷沙「伯樂既没驥焉程兮」注。

呂望窮困而不聊生兮，遭周文而舒志。甯戚飯牛而商歌兮，桓公聞而弗置。

皆解於離騷經。

【疏證】

皆解於離騷經。◎案：呂望、甯戚事。詳參離騷「呂望之鼓刀兮，遭周文而得舉；甯戚之飯牛兮，齊桓聞以該輔」注。

路室女之方桑兮，孔子過之以自侍。

路室，客舍也。言孔子出遊，過於客舍，其女方采桑，一心不視，喜其貞信，故以自侍。

【疏證】

路室，客舍也。◎案：御覽卷九五五木部四桑引王逸注：「路室，客室。」則「舍」作「室」，

「室」下無「也」字。類聚卷一九五居處部二三「逆旅」條、卷八八木部上「桑」條同引王逸注同亦作「舍」，且有「也」字。章句以「路室」爲「客舍」，非也。「路」字獨立，「室女」連文，謂處女。鹽鐵論卷一一刑德篇第五五：「室女童婦，咸知所避。」柳河東集卷五饒娥碑：「娥爲室女，淵懿靖專。」太平廣記卷一三〇「嚴武盜妾」條（出逸史）：「軍使有室女，容色艷絶。」卷三三三「長洲陸氏女」條（出廣異記）：「吾是室女，義難自嫁。」

言孔子出遊，過於客舍，其女方采桑，一心不視，喜其貞信，故以自待。◎類聚卷八八木部上「桑」條引王逸注：「以其貞信自待。」非其足文。御覽卷九五五木部四桑引王逸注：「言孔子出，過於客舍，其女方採桑，一心不視，若貞信，故以自待。」「出」下無「遊」字，「喜其」作「若」。明楊慎丹鉛餘録卷一〇引章注「喜」作「嘉」。案：其所據本有別。待、侍古字通。孔子路遇室女事，未見他書所載。列女傳卷五節義傳魯秋潔婦：「潔婦者，魯秋胡子妻也。既納之五日，去而官于陳，五年乃歸。未至家，見路傍婦人採桑，秋胡子悦之，下車謂曰：『若曝採桑，吾行道遠，願託桑蔭下餐，下賫休焉。』婦人採桑不輟。秋胡子謂曰：『力田不如逢豐年，力桑不如見國卿。吾有金，願以與夫人。』婦人曰：『嘻！夫採桑力作，紡績織紝，以供衣食，奉二親，養夫子。吾不願金，所願卿無有外意，妾亦無淫泆之志，收子之賫與笥金。』秋胡子遂去，至家，奉金遺母，使人喚婦至，乃嚮採桑者也，秋胡子慚。婦曰：『子束髮辭親往仕，五年乃還，當所居馳驟，揚塵疾至。今也乃悦路傍婦人，下子之糧，以金予之，是忘母也。忘母不孝。好色淫泆，是污行也。污行不義。夫事親不孝，則事君不忠。處家不義，則治官不理。孝義並亡，必不遂矣。妾不忍見，子改娶矣，妾亦不嫁。』遂去而東走，投河而死。」東方所詠者，抑秋胡子事，而誤爲孔子。

吾獨乖剌而無當兮，

乖，差也。剌，邪也。

【疏證】

乖，差也。◎案：新書卷八道術篇：「剛柔得道謂之和，反和爲乖。」

剌，邪也。◎隆慶本、朱本、俞本、惜陰本「剌」作「刺」。文選卷四南都賦「方今天地之睢剌」，李善注：「楚辭曰『獨乖剌而無當』，王逸曰：『剌，邪也。』」案：剌，刺之譌。乖剌，漢世習語，言不協，不當值。漢書卷六〇杜欽傳「外戚親屬無乖剌之心」，顏師古注：「剌，戾也。」

心悼怵而耄思。

耄，亂也。九十曰耄。言古賢俊皆有遭遇，我獨乖差，與時邪剌，故心中自傷怵惕，而思志爲耄亂。

【疏證】

耄，亂也。九十曰耄。◎案：章句同説文。然古稱「耄」不盡「年九十」。禮記卷一曲禮上第一：「八十、九十曰耄。」左傳昭公元年「諺所謂『老將知而耄及之』者」，杜注：「八十曰耄。耄，亂也。」釋名釋長幼：「七十曰耄，頭髮白耄耄然也。」鹽鐵論卷六孝養篇第二五：「八十曰耋，七十曰耄。」則七十、八十、九十皆不拘。或作眊字。漢書卷六武帝紀「哀夫老眊孤寡鰥獨」，顔師古注：「眊，古耄字，八十曰耄。耄，老稱也。一曰眊，不明之貌。」

言古賢俊皆有遭遇，我獨乖差，與時邪刺，故心中自傷怵惕，而思志爲耄亂。◎隆慶本、俞本、朱本、惜陰本「剌」訛作「刺」。皇都本「怵」訛作「怵」。案：章句「心中自傷怵惕」云云，廣雅釋訓：「怵惕，懼也。」國語卷一周語上「猶日怵惕」，韋注云：「怵惕，恐懼也。」書冏命「怵惕惟厲」，孔疏：「禮記祭義云：『春雨露既濡，君之履之，必有怵惕之心。』怵惕是心動之名，多憂懼之意也。」

思比干之怦怦兮，

怦怦，忠直之貌。

【疏證】

怦怦，忠直之貌。◎案：淮南子卷一一齊俗訓「而仁發怦以見容」，高注：「怦，色也。」怦，即艴字。説文色部：「艴，縹色也。从色、并聲。」縹色，謂青白色。人之發怒而顏色變青白色者謂之艴。或作頩。遠遊「玉色頩以脕顏兮」，補注：「頩，美貌。一曰斂容。」又，文選卷一九神女賦「頩薄怒以自持兮」，李善注：「方言曰：『頩，怒色青貌。』」比干諫紂，怦怦色青，言語甚爲激切，故章句以爲「忠直」。

哀子胥之慎事。

子胥臨死曰：「抉吾兩目，置吳東門，以觀越兵之入也。」死不忘國，故言「慎事」也。

【疏證】

子胥臨死曰：「抉吾兩目，置吳東門，以觀越兵之入也。」死不忘國，故言「慎事」也。◎案：補注：「子胥慎事吳王而見殺，故哀之。」其説得旨。子胥其事，詳參涉江「伍子逢殃」注。

悲楚人之和氏兮，獻寶玉以爲石。遇厲武之不察兮，羌兩足以畢斮。

厲，厲王。武，武王。斮，斷也。昔卞和得寶玉之璞而獻之楚厲王，或毀之以爲石，王怒，斷其左足。武王即位，和復獻之，武王不察視，又斷其右足。和乃抱寶泣於荆山之下，悲極血出，於是暨成王，乃使工人攻之，果得美玉，世所謂和氏之璧也。或曰：兩足畢索。索，盡也。以言玉石易別於忠佞，尚不能知，己之獲罪，是其常也。

【疏證】

厲，厲王。◎正德本、隆慶本、湖北本、朱本、馮本、劉本、俞本、莊本、四庫章句本皆無注。

案：史記卷四〇楚世家云，楚武王前爲蚡冒，無厲王其人。厲王，蚡冒之謚歟？淮南子卷六覽冥訓「和氏之璧」，高誘注變言武王、文王、成王，蓋因史記改也。

武，武王。◎正德本、隆慶本、湖北本、朱本、劉本、馮本、俞本、莊本、四庫章句本無注。案：武王，蚡冒弟熊徹（通）。

斱，斷也。◎案：爾雅釋器「魚曰斱之」，樊注：「斱，斫也。」

昔卞和得寶玉之璞而獻之楚厲王，或毀之以爲石，王怒，斷其左足。武王即位，和復獻之，武王不察視，又斷其右足。和乃抱寶泣於荆山之下，悲極血出，於是暨成王，乃使工人攻之，果得美玉，世所謂和氏之璧也。或曰：兩足畢索。索，盡也。以言玉石易別於忠佞，尚不能知，己之獲罪，是其常也。◎四庫章句本「工人」作「玉人」。案：韓非子卷四和氏篇第一三：「楚人和氏得玉璞楚山中，奉而獻之厲王。厲王使玉人相之。玉人曰：『石也。』王以和爲誑，而刖其左足。及厲王薨，武王即位。和又奉其璞而獻之武王。武王使玉人相之。又曰：『石也。』王又以和爲誑，而刖其右足。武王薨，文王即位。和乃抱其璞而哭於楚山之下，三日三夜，泣盡而繼之以血。王聞之，使人問其故，曰：『天下之刖者多矣，子奚哭之悲也？』和曰：『吾非悲刖也，悲夫寶玉而題之以石，貞士而名之以誑，此吾所以悲也。』王乃使玉人理其璞而得寶焉，遂命曰：『和氏之璧。』」章句蓋因韓非子。據此，工人，舊作「玉人」。

小人之居勢兮，視忠正之何若？

志狹智少爲小人也。言小人智少慮狹，苟欲承順求媚以居位勢，視忠正之人當何如乎？甚於草芥也。

【疏證】

志狹智少爲小人也。言小人智少慮狹，苟欲承順求媚以居位勢，視忠正之人當何如乎？甚於草芥也。◎案：小人，與君子相對，其内涵甚博，凡不合君子者皆稱小人，則非唯「志狹智少」也。荀子卷四儒效篇第八：「故人知謹注錯，慎習俗，大積靡，則爲君子矣；縱性情而不足問學，則爲小人矣。」卷一七性惡篇第二三：「今之人化師法、積文學、道禮義者爲君子，縱性情、安恣睢而違禮義者爲小人。」莊子卷三駢拇篇第八：「天下盡殉也：彼其所殉仁義也，則俗謂之君子；其所殉貨財也，則俗謂之小人。」淮南子卷二〇泰族訓：「聖人一以仁義爲之準繩，中之者謂之君子，弗中者謂之小人。」又曰：「先本後末謂之君子，以末害本謂之小人。」韓詩外傳卷六：「生則無仁義禮智順善之心謂之小人。」孔子家語卷三辨政篇第一四：「揚人之惡，斯爲小人。」

改前聖之法度兮，喜囁嚅而妄作。

囁嚅，小語謀私貌也。言小人在位，以其愚心改更先聖法度，背違仁義，相與耳語謀利，而妄造虛僞，以譖毁賢人也。

【疏證】

囁嚅，小語謀私貌也。言小人在位，以其愚心改更先聖法度，背違仁義，相與耳語謀利，而妄造虛僞，以譖毁賢人也。◎文淵四庫章句本「妄」作「忘」，文津本亦作「妄」。案：忘，訛也。宋本玉篇口部引埤蒼：「囁嚅，多言也。」囁嚅，猶蠕咒之聲轉，言曲附貌。詳參卜居「喔咿儒兒以事婦人」注。又，舊唐書卷一五五竇鞏傳：「鞏能五言詩，昆仲之間，與牟詩俱爲時所賞重。性温雅，多不能持論，士友言議之際，吻動而不發，白居易等目爲『囁嚅翁』。」

親讒諛而疏賢聖兮，訟謂閭娵爲醜惡。

讙譁爲訟。閻娵，好女也。言君親信讒諛之臣，斥逐忠正，背先聖法度，衆人讙譁之訟，以好爲惡，心惑意迷，而不自知也。

【疏證】

讙譁爲訟。◎案：易訟釋文：「訟，争也。言之於公也。」又引鄭注：「辯財曰訟。」周禮卷一○地官司徒第二大司徒「凡萬民之不服教而有獄訟者」，鄭注：「争罪曰獄，争財曰訟。」則對文也。散文但謂多言聒噪。禮記卷一曲禮上第一「分争辨訟」，孔疏：「散則通名，争罪亦曰訟。」淮南子卷二俶真訓「分徒而訟」，高注：「訟，争是非也。」

閻娵，好女也。言君親信讒諛之臣，斥逐忠正，背先聖法度，衆人讙譁之訟，以好爲惡，心惑意迷，而不自知也。◎慧琳音義卷八六「孟娵」條引王逸注楚辭：「娵閣，亦古之美女也。」閣，閻之訛。娵閻，乙也。卷九八「孟娵」條引王逸注楚辭：「娵，美也。」案：其所見本別。漢書卷八七上揚雄傳「資娵娃之珍髢兮」，孟康曰：「娵，閻娵也。」顔師古引韋昭云：「娵，當作嫛。梁王魏嬰之美人曰閻嫛。」娵、嫛，聲之轉。又，補注：「荀子曰：『閻姝子奢，莫知媒兮。』」洪氏引見卷一八賦篇第二六，然作「閻娵子奢莫之媒也」。戰國策卷一七楚策四：「閻姝子奢莫知媒兮。」洪氏訛國策爲荀子。閻娵、閻姝亦同。

偷近習而蔽遠兮，孰知察其黑白？

言君近諂諛，習而信之，蔽遠賢者，言不見用，誰當知己之清白、彼之貪濁也。

【疏證】言君近諂諛，習而信之，蔽遠賢者，言不見用，誰當知己之清白、彼之貪濁也。◎案：近習，王所親幸小臣也。詳參上初放「近習鴟梟」注。章句「君近諂諛習而信之」云云，非也。又，章句「蔽遠賢者」云云，蔽，謂終也，卒也。詳參惜誦「又蔽而莫之白」注。

卒不得效其心容兮，安眇眇而無所歸薄。

薄，附也。言己放流，不得内竭忠誠，外盡形體，東西眇眇，無所歸附也。

【疏證】薄，附也。◎案：詳參涉江「腥臊並御芳不得薄兮」注。言己放流，不得内竭忠誠，外盡形體，東西眇眇，無所歸附也。◎案：荀子卷一五解蔽篇第二一：「心容，其擇也，無禁必自見。」楊注：「容，受也。言心能容受萬物。」又，眇眇，荒遠貌。安，讀如焉，於是也。

專精爽以自明兮，晦冥冥而壅蔽。

言己專壹忠情，竭盡耳目之精明，欲以助君，而爲佞人之所壅蔽，不得進也。

【疏證】

言己專壹忠情，竭盡耳目之精明，欲以助君，而爲佞人之所壅蔽，不得進也。◎湖北本「情」作「清」。案：清，訛也。精爽，魂神也。左傳昭公七年：「用物精多，則魂魄强，是以有精爽，至於神明。」宣公十五年：「天奪之魄矣」，杜注：「心之精爽，是謂魂魄。」文選卷三四曹植七啓「可以和神」，李善注：「神，人之精爽也。」

年既已過太半兮，然埳軻而留滯。

輡軻，不遇也。言己年已過五十，而輡軻沈滯，卒無所逢遇也。

【疏證】

輡軻，不遇也。言己年已過五十，而輡軻沈滯，卒無所逢遇也。◎四庫章句本「逢」作「逄」。湖北本「遇」作「偶」。案：逢、逄同。偶，訛也。正文作「埳軻」，章句作「輡軻」者，埳、輡古字通用。慧琳音義卷三一「轗軻」條引楚辭云：「轗軻，言留滯也。」卷七五「輱軻」條：「楚辭『然埳軻而留滯』，王逸注：『埳軻，不遇也。』」卷七六「轗軻」條王逸注楚辭：「轗軻，不遇也。」後漢書卷二八下馮衍傳「非惜身之埳軻兮」，李賢引王逸注楚辭：「埳軻，不遇也。」類篇土部「埳」字注：「楚辭云『坎軻而留滯』，王逸曰：『埳軻，不遇也。』」分門集注杜工部詩卷一〇醉時歌「德尊一代常坎軻」，晏引王逸注：「坎軻，不遇也。」坎軻、埳軻、轁軻、轗軻、轗軻，皆聲之轉。通作坎坷，不得志貌。其語根於不足、不滿。詳參離騷「長顑頷亦何傷」注。

欲高飛而遠集兮，恐離罔而滅敗。

罔以喻法。言己欲高飛遠止他方，恐遭罪法以滅敗忠厚之志也。

【疏證】

罔以喻法。言己欲高飛遠止他方，恐遭罪法以滅敗忠厚之志也。◎案：易大壯九三「君子用罔」，孔疏：「罔，羅罔也。」惜誦：「矰弋機而在上兮，罻羅張而在下。」是其所因也。

獨冤抑而無極兮，傷精神而壽夭。

壽命夭也。

【疏證】

壽命夭也。◎案：正文「壽夭」之夭，出韻。舊當作𡿪，俗滅字。今作「壽夭」，因章句「壽命夭」改。又，補注引一本無此以下四句，後人未審夭爲滅字之訛而誤删也。

皇天既不純命兮，余生終無所依。

依，保也。

【疏證】

依，保也。◎案：詩那「依我磬聲」，毛傳：「依，倚也。」又，天保「天保定爾」，鄭箋：「保，安。」言安居也。可知依、保二字同義。

願自沈於江流兮，絶横流而徑逝。寧爲江海之泥塗兮，安能久見此濁世？

言己思委命於江流，沈爲泥塗，不忍久見貪濁之俗也。

【疏證】

言己思委命於江流，沈爲泥塗，不忍久見貪濁之俗也。◎俞本「貪」作「賢」。案：訛也。章句以「委命」釋「自沈」，委亦棄也。

怨世

案：怨世，當從一本作「怨上」，謂怨君上之不明。

賢士窮而隱處兮，廉方正而不容。

言時貪亂者衆，賢者隱蔽，廉正之士不能容於世也。

【疏證】

言時貪亂者衆，賢者隱蔽，廉正之士不能容於世也。◎俞本「能」作「得」。案：能、得以同義易之。隱，憂也，痛也。詳參九歌湘君「隱思君兮陫側」注。呂氏春秋卷八仲秋紀第五愛士篇「陽城胥渠處」，高注：「處，猶病也。」處之爲病，讀如詩雨無正「鼠思泣血」之鼠，鄭箋：「鼠，憂也。」爾雅釋詁：「癙，病也。」孫炎注：「癙者，畏之病也。」隱處二字平列，言憂傷。章句「隱蔽」云云，失之。章句「廉正之士」釋「廉方正」，非也。案：廉，説文广部訓「仄」，猶側陋也。引申之爲斥責、決絶。周禮卷三九考工記輪人「凡揉牙外不廉而内不挫」，鄭注：「廉，絶也。」賈誼新書卷八道術：「辭利刻謙謂之廉。」廉方正，猶謂斥絶方正之士也。

子胥諫而靡軀兮，比干忠而剖心。子推自割而飤君兮，德日忘而怨深。

已解於九章也。

【疏證】

已解於九章也。◎俞本「也」作「中」。四庫章句本「九章」下無「也」字。案：子胥、比干，見涉江「伍子逢殃兮比干菹醢」注。子推事，見惜往日「介子忠而立枯兮文君寤而追求」注。又，劉師培楚辭考異：「文選盧諶贈劉琨詩注引諫作忠，非。」覆文選卷二五盧諶贈劉琨詩「糜軀不悔」，李善注引楚辭作「子胥諫而糜軀兮比干忠而剖心」。作「諫」字未誤，劉氏所據本訛。靡、糜古字通。

行明白而曰黑兮，荊棘聚而成林。

荊棘多刺，以喻讒賊。言己修行清白，皎然日明，而讒人聚而蔽之，謂之暗，使不得進也。

【疏證】

荊棘多刺，以喻讒賊。言己修行清白，皎然日明，而讒人聚而蔽之，謂之暗，使不得進也。◎景宋本「修」作「脩」。正德本、隆慶本、湖北本、朱本、劉本、馮本、俞本、莊本、四庫章句本「暗」

下有「昧」字，「進」作「通」。同治本「暗」下有「昧」字。案：無「昧」字，脱也。書鈔卷三〇政術部九佞邪「明白不進荆棘成林」條引王逸注「明白不進」，蓋節約爲説，然亦作「進」。文選卷四七袁宏三國名臣序贊：「思樹芳蘭，剪除荆棘。」李善注：「芳蘭，以喻君子；荆棘，以喻小人。」因章句爲説。

江離棄於窮巷兮，蒺藜蔓乎東廂。

廧序之東爲東廂。以言賢者棄捐閭巷，小人親近左右也。

【疏證】

廧序之東爲東廂。以言賢者棄捐閭巷，小人親近左右也。◎文選卷二九傅玄雜詩「野鳥號東箱」，李善注引王逸曰：「牆序之東爲東箱也。」案：廧與牆同，箱、廂，古字通用。又，黎本玉篇殘卷广部「廂」字：「埤蒼：『廂，序也。』野王案：楚辭『蒺藜蔓[草]（乎）東廂』是也。」廂之訓序，散文不别。爾雅釋宫：「室有東西廂曰廟。」孫炎注：「廂，夾室前堂。」李巡注：「廂謂宗廟殿有東西小堂也。」儀禮卷二七覲禮第一〇「几俟于東箱」，鄭注：「東箱，東夾之前，相翔待事之處。」漢書卷四二周昌傳「吕后側耳於東箱聽」，顔師古注：「正寢之東西室皆曰箱，言似箱篋之形。」

賢者蔽而不見兮，讒諛進而相朋。梟鴞並進而俱鳴兮，鳳皇飛而高翔。

言小人相舉而論議，賢智隱而深藏也。

【疏證】

言小人相舉而論議，賢智隱而深藏也。◎補注引「相朋」一作「在位」，又引一作「相明」。案：聞一多楚辭校補以韻考之，謂舊當作「相明」，明與翔同協陽韻。其説得旨。若作「在位」或「相朋」，皆出韻也。

願壹往而徑逝兮，道壅絶而不通。

言己思壹見君，盡忠言而遂徑去，障蔽於讒佞而不得至也。

【疏證】

言己思壹見君，盡忠言而遂徑去，障蔽於讒佞而不得至也。◎案：抽思「願徑逝而未得兮」，章句：「意欲直還，君不納也。」蓋此文所因。

怨思

居愁懃其誰告兮，獨永思而憂悲。

言己放在山澤，心中愁苦，無所告愬，長憂悲而已。

【疏證】

言己放在山澤，心中愁苦，無所告愬，長憂悲而已。◎案：懃，讀如瘽。爾雅釋詁：「瘽，病也。」釋文：「瘽，亦作懃。」懃之訓病，勤勞之引申，與章句解「愁苦」者同也。補注引懃一作苦，蓋後未審「懃病」之義妄改。

內自省而不慙兮，操愈堅而不衰。

言己自念懷抱忠誠，履行清白，內不慙於身，外不媿於人，志愈堅固，不衰懈也。

【疏證】

言己自念懷抱忠誠，履行清白，內不慙於身，外不媿於人，志愈堅固，不衰懈也。◎案：內自省，儒者脩身之道。論語卷一學而篇：「曾子曰：『吾日三省吾身。爲人謀而不忠乎？與朋友交而不信乎？傳而不習乎？』」卷四里仁篇：「子曰：『見賢思齊焉，見不賢而內自省也。』」卷一二顏淵篇：「子曰：『內省不疚，夫何憂何懼？』」荀子卷一脩身篇第二：「見不善，愀然必以自省也。」卷七王霸篇第一一：「君臣上下，貴賤長幼，至於庶人，莫不以是爲隆正；然後皆内自省，以謹於分。」又，章句「志愈堅固」云云，操之解志，始於漢世。或者「志操」連文，平列同義。新書卷八道術：「志操精果謂之誠，反誠爲殆。」漢書卷七五李尋傳：「竊以日視陛下志操，衰於始初多矣。」後漢書卷一四趙孝王良傳：「汝與伯升志操不同。」

隱三年而無決兮，歲忽忽其若頹。

言己放在山野滿三年矣，歲月迫促，去若頹下，年且老也。古者人臣三諫不從，待放三年，君命還則復，無則遂行也。

【疏證】

言己放在山野滿三年矣，歲月迫促，去若頹下，年且老也。古者人臣三諫不從，待放三年，君命還則復，無則遂行也。◎景宋本「山野」作「山澤」。案：作「山澤」，亦通。原本及寶翰本、惜陰本「若」訛作「苦」，據景宋本、同治本、皇都本改。徐仁甫古詩別解：「王逸章句曰：『古者人臣三諫不從，待放三年，君命還則復，無則遂行也。』按：君賜臣環則還，君賜臣玦則絶，見湘君『捐余玦兮江中』王逸注。此云『隱三年而無決』者，即隱三年而未有賜玦也。既不命還，又不命絶，則爲時長矣，故下云『歲忽忽其若頹』。」徐説非也。隱者，憂也，非隱蔽之義。決，讀如快。無快，無樂也。涉江：「哀吾生之無樂兮，幽獨處乎山中。」蓋此意也。穨，通作隤。黎本玉篇殘卷𨸏部「隤」字：「野王案：說文：『隊下也。』楚辭『歲忽忽其隤盡』是也」。又，三諫不從則去之義，儒家所說。公羊傳莊公十四年：「戎將侵曹，曹羈諫曰：『戎衆以無義，君請勿自敵也。』曹伯曰：『不可。』三諫不從，遂去之。故君子以爲得君臣之義也。」禮記卷五曲禮下第二：「爲人臣之禮，不顯諫。三諫而不聽，則逃之。子之事親也，三諫而不聽，則號泣而隨之。」說苑卷九正諫篇：「夫輕君之危亡者，忠臣不忍爲也。三諫不用則去，不去則亡身。亡身者，仁人所不爲也。」

憐余身不足以卒意兮，冀一見而復歸。

言己自憐身老，不足以終志意，幸復一見君，陳忠言，還鄉邑也。

【疏證】

言己自憐身老，不足以終志意，幸復一見君，陳忠言，還鄉邑也。◎案：余身，平列同義，言余也。詳參離騷「豈余身之憚殃兮」注。章句「自憐身老」云云，以身爲身體者，非也。

哀人事之不幸兮，屬天命而委之咸池。

幸，愛。咸池，天神也。言己自哀不能修人事以見愛於君，屬禄命於天，委之神明而已。

【疏證】

幸，愛。◎正德本、隆慶本、四庫章句本、湖北本、朱本、劉本、馮本、俞本、莊本無注。案：皆敚也。呂氏春秋卷一一仲冬紀第二至忠篇「王必幸臣與臣之母」，高注：「幸，哀也。」哀亦愛也。

咸池，天神也。言己自哀不能修人事以見愛於君，屬禄命於天，委之神明而已。◎文選卷二四曹植贈白馬王彪「天命與我違」，李善注：「楚辭曰：『屬天命而委之咸池。』王逸曰：『咸池，天神也。』」案：咸池，日所浴也。章句「天神」云云，漢人之説也。隨州武家坡漢墓日書徙：「夏六月，咸池以辛酉徙西方。」史記卷二七天官書「西宮咸池」，正義：「咸池三星，在五車中，天潢南，魚鳥之所託也。」

身被疾而不閒兮，心沸熱其若湯。

閒，差也。言己修行仁義，身反被病，而不閒差，憂道不立，心中怛然，而氣熱若湯之沸。

【疏證】

閒，差也。言己修行仁義，身反被病，而不閒差，憂道不立，心中怛然，而氣熱若湯之沸。

◎正德本、隆慶本、四庫章句本、湖北本、朱本、劉本、馮本、俞本、莊本「沸」下有「也」字。俞本「閒」作「閆」。案：閆，訛也。論語卷九子罕篇「病閒」，集解引孔注：「少差曰閒。」方言卷三：「閒，愈也。南楚病愈者或謂之閒。」

冰炭不可以相並兮，吾固知乎命之不長。

並，併也。言冰見炭則消，炭得冰則滅，以喻忠佞不可並處，則相傷害，固知我命之不得長久，將消滅也。

【疏證】

並，併也。◎俞本「並」作「竝」。案：儀禮卷二五公食大夫禮第九「二以竝」，鄭注：「竝，併也。今文曰併。」竝，古並、併字。

言冰見炭則消，炭得冰則滅，以喻忠佞不可並處，則相傷害，固知我命之不得長久，將消滅也。◎俞本「並」作「竝」。案：章句「以喻忠佞不可並處則相傷害」云云，「不可」二字，羨文。舊作「以喻忠佞並處則相傷害」一句讀。或曰，「並處」下復有「並處」二字，重文也，後爛敚之。又，冰炭不並，古之通喻。韓非子卷八用人篇第二七：「則彊弱不觳力，冰炭不合形。」卷一九顯學篇第五〇：「夫冰炭不同器而久，寒暑不兼時而至。」淮南子卷一六説山訓：「天下莫相憎於膠漆，而莫相愛於冰炭；膠漆相賊，冰炭相息也。」鹽鐵論卷三刺復篇第一〇：「冰炭不同器，日月不並明。」

哀獨苦死之無樂兮，惜予年之未央。

自哀惜死，年尚少也。

【疏證】

自哀惜死，年尚少也。◎徐仁甫古詩別解：「死字當衍，『哀獨苦之無樂兮，惜予年之未央』，苦樂之間不應有死字。王逸章句：『自哀惜死，年尚少也。』正文死字蓋涉注文而衍。」案：其説得旨。獨苦者，同離騷之「忳鬱邑」、「獨窮困」、悲回風之「獨隱伏」、遠遊之「獨鬱結」、九辯之「獨悲愁」等句法，不當言「獨苦死」也。又，韓詩外傳卷三：「故豐膏不獨樂，磽确不獨苦。」漢書卷二七下五行志：「豐其屋，下獨苦。」獨苦，漢世習語。

悲不反余之所居兮，恨離予之故鄉。

不得歸郢，見故居也。

【疏證】

不得歸郢，見故居也。◎案：章句以上少、居協韻。少，宵韻；居，魚韻。宵、魚合韻。

鳥獸驚而失羣兮，

飛者爲鳥，走者爲獸。

【疏證】

飛者爲鳥，走者爲獸。◎案：説文鳥部：「鳥，長尾，禽總名也。」段注：「短尾名隹，長尾名鳥。析言則然，渾言則不別也。」又，嘼部：「獸，守備者也。一曰：兩足曰禽，四足曰獸。」厹部：「禽，走獸總名。」段注：「釋鳥曰：『二足而羽謂之禽，四足而毛謂之獸。』許不同者，其字从厹。厹爲獸迹。鳥迹不云『厹』也。然則倉頡造字之本意，謂四足而走者明矣，以名毛屬者名羽屬，此乃偁謂之轉移、假借。及其久也，遂爲羽屬之定名矣。爾雅自其轉移者言之，許指造字之本言之。凡經典禽字，有謂毛屬者，有謂羽屬者，有兼舉者，故白虎通曰：『禽者何？鳥獸之總名。』」

猶高飛而哀鳴。

言鳥獸失其羣偶，尚哀鳴相求，以刺同位之人曾無相念之意也。

【疏證】

言鳥獸失其羣偶，尚哀鳴相求，以刺同位之人曾無相念之意也。◎同治本「刺」作「則」。

案：訛也。補注引禮記：「今是大鳥獸，則失喪其羣匹，越月踰時焉，則必反巡，過其故鄉，翔回焉，鳴號焉，蹢躅焉，踟躕焉，然後乃能去之。」洪引見卷五八三年問第三八，今本「大鳥獸」下有「則」字。三年問又曰：「故有血氣之屬者，莫知於人，故人於其親也，至死不窮，將由夫邪淫之人與則彼朝死而夕忘之，然而從之，則是曾鳥獸之不若也。夫焉能相與羣居而不亂乎！」

狐死必首丘兮，夫人孰能不反其真情？

真情，本心也。言狐狸之死猶嚮丘穴，人年老將死，誰有不思故鄉乎？言己尤甚也。

【疏證】

真情，本心也。◎案：文選卷三〇陶淵明雜詩二首「此還有真意」，李善注：「楚辭曰：『狐死必首丘夫人孰能反其真情。』王逸注云：『真，本心也。』」敓「情」字。唐寫本文選卷五九陶淵明雜詩二首李善注：「楚辭曰：『狐死必首丘，夫人孰能反其真情。』王逸注云：『真情，本心也。』」則亦作「真情」。孟子卷一一告子上：「此之謂失其本心。」孫疏：「本心即義也。」春秋繁露卷一三同類相動篇第五七：「故獨明聖者，知其本心皆在此耳。」

言狐狸之死猶嚮丘穴，人年老將死，誰有不思故鄉乎？言己尤甚也。◎同治本「狸」作「貍」。湖北本「猶」作「尤」。案：貍、狸同。又，尤甚，言愈甚也。猶，尤之訛。

故人疏而日忘兮，新人近而俞好。

言舊故忠臣日以疏遠，讒諛新人日近而見親也。

【疏證】言舊故忠臣日以疏遠，讒諛新人日近而見親也。◎案：少司命「悲莫悲兮生别離，樂莫樂兮新相知」，是其所因者也。又故人、新人相對，始於漢世。玉臺新詠卷一古詩：「新人雖言好，未若故人姝。」又曰：「新人從門入，故人從閤去。」又，卷二六王僧孺一十七首：「新人含笑近，故人含淚隱。」皆本於此也。

莫能行於杳冥兮，孰能施於無報？

言衆人誰能有執心正行於杳冥之中，施於無報之人乎？言皆苟且而行以求利也。

【疏證】言衆人誰能有執心正行於杳冥之中，施於無報之人乎？言皆苟且而行以求利也。◎案：補注引傳：「行乎冥冥，施乎無報。」春秋三傳皆無此語，但見於荀子卷一脩身篇第二，洪氏謂傳，訛也。楊注：「行乎冥冥，謂行事不務求人之知。施乎無報，謂施不務報。」

苦衆人之皆然兮，乘回風而遠遊。

言己患苦衆人皆行苟且，故乘風而遠去也。

【疏證】

言己患苦衆人皆行苟且，故乘風而遠去也。◎莊本正文脱「回風」之「回」字。案：回風，飄風也。離騷「飄風屯其相離兮」，章句：「回風爲飄。」章句「患苦」云云，平列同義，苦猶患也。公羊傳僖公四年：「冬十有二月，公孫慈帥師，會齊人、宋人、衛人、鄭人、許人、曹人侵陳。」何休注：「月者，刺桓公不脩其師，因見患詿，不内自責，乃復加人以罪。」徐疏：「言因見患詿者，言因是不脩其師之故，而爲陳之所苦患，遂爲所調詿矣。」苦患亦複語。又，章句「苟且」云云，猶偷樂也。

凌恒山其若陋兮，聊愉娱以忘憂。

凌，乘也。恒山，北嶽也。陋，小也。言己乘騰高山以爲痺小，陟險猶易，聊且愉樂，以忘悲憂也。

【疏證】

凌，乘也。◎案：詳參哀郢「淩陽侯之氾濫兮」注。凌與淩同。

恒山，北嶽也。◎惜陰本、同治本「恒」作「恆」。案：恒，俗恆字。爾雅釋山：「恆山爲北嶽。」章句所因。郭璞注：「常山。」郝氏義疏：「恆山在上曲陽，屬常山郡，漢、晉志同。今在定州曲陽縣西北。」

陋，小也。◎慧琳音義卷五「醜陋」條，卷一五、卷三五「矬陋」同引王逸注楚辭：「陋，小也。」黎本玉篇殘卷阜部「陋」字：「楚辭『陵桓山其[無]（若）陋』，王逸曰：『陋，小也。』」案：陋，謂側陋，引申之爲辟、爲小、爲賤。文選卷三東京賦：「觀者狹而謂之陋。」薛綜注：「陋，小也。」

言己乘騰高山以爲痺小，陟險猶易，聊且愉樂，以忘悲憂也。◎正德本、隆慶本、湖北本、朱本、劉本、俞本、莊本、景宋本「痺」作「庳」。案：痺，庳之訛。孟子卷一三盡心上：「孔子登東山而小魯，登泰山而小天下。故觀於海者難爲水，遊於聖人之門者難爲言。」趙注：「所覽大者意大，觀小者志小也。」

悲虛言之無實兮，

讒言無誠，君不察也。

【疏證】

讒言無誠，君不察也。◎案：禮記卷五五緇衣第三三：「故君子寡言而行，以成其信，則民不得大其美而小其惡。」鄭注：「以行爲驗，虚言無益於善也。」

苦衆口之鑠金。

已解於九章中。

【疏證】

已解於九章中。◎案：衆口鑠金，詳惜誦「故衆口其鑠金兮」注。

過故鄉而一顧兮，泣歔欷而霑衿。

言己遠行，猶思楚國而悲泣也。

【疏證】

言己遠行，猶思楚國而悲泣也。◎文選卷二五盧諶贈劉琨并書「覩絲而後歔欷哉」，李善注：「楚辭曰：『泣歔欷而沾衿。』王逸曰：『歔欷，啼貌也。』」案：章句「歔欷」之訓，但見離騷。李善所據本有注，蓋後以其重複刪之。

厭白玉以爲面兮，

厭，著也。

【疏證】厭，著也。◎慧琳音義卷二四「厭蠱」條引王逸注楚辭：「厭，著也。」卷六〇「反厭」條引王逸注楚辭：「厭，令相著也。」案：其所據者非一本。厭，俗作壓，無著之義。讀如掩，覆也，則有著義。

懷琬琰以爲心。

言己施行清白，心面若玉，内外相副。

【疏證】言己施行清白，心面若玉，内外相副。◎案：琬琰，謂美玉也。詳參遠遊「懷琬琰之華英」注。

邪氣入而感内兮，施玉色而外淫。

淫，潤也。言讒邪之言雖自内感，己志而猶不變，玉色外潤而内愈明也。

【疏證】

浧，潤也。◎案：說文水部：「浧，浸浧隨理也。」引申之言潤澤。

言讒邪之言雖自內感，己志而猶不變，玉色外潤而內愈明也。◎案：聞一多楚辭校補：「『感內』二字當互易，『施』字當移居『玉色』下。『邪氣入而內感』，『玉色施而外浧』，文相偶儷。王注曰『言讒邪之言雖自內感』，可證王本『內感』二字猶未倒。」其說得旨。禮記卷三〇玉藻第一三「玉色」，鄭注：「色不變也。」

何青雲之流瀾兮，微霜降之蒙蒙。

蒙蒙，盛貌。詩云：「零雨其蒙。」言遭佞人羣聚，造作虛辭，君政用急，天旱下霜，則害草木，傷其貞節也。

【疏證】

蒙蒙，盛貌。詩云：「零雨其蒙。」◎案：章句引詩見豳風東山，毛詩「蒙」作「濛」，古今字也。傳：「濛，雨貌。」

言遭佞人羣聚，造作虛辭，君政用急，天旱下霜，則害草木，傷其貞節也。◎正德本、隆慶本、劉本、莊本、馮本「羣」作「群」。皇都本「木」訛作「水」。四庫章句本「貞」作「真」。案：貞節，古之習語，無作「真節」者。避清雍正諱。九歎逢紛「原生受命于貞節兮」是也。

徐風至而徘徊兮，疾風過之湯湯。

風爲號令。言君命寬則風舒，風舒則己徘徊，而有還志也。令急風疾，則己惶遽，欲急去也。

【疏證】

風爲號令。◎案：九辯「從風雨而飛颺」，章句：「夫風爲號令，雨爲德惠，故風動而草木摇，雨降而萬物殖。」

言君命寬則風舒，風舒則己徘徊，而有還志也。令急風疾，則己惶遽，欲急去也。◎案：湯湯，言水流貌。詩氓「淇水湯湯」，毛傳：「湯湯，水盛貌。」此狀風之盛大也。

聞南藩樂而欲往兮，至會稽而且止。

藩，蔽也。南國諸侯爲天子藩蔽，故稱藩也。會稽，山名也。言己聞南國饒樂，而欲往至會稽山且休息也。

【疏證】

藩，蔽也。南國諸侯爲天子藩蔽，故稱藩也。◎案：藩，即藩服，去京畿最遠者也。逸周書卷八職方解第六二：「乃辯九服之國，方千里曰王圻，其外方五百里爲侯服，又其外方五百里爲甸服，又其外方五百里曰男服，又其外方五百里爲采服，又其外方五百里爲衛服，又其外方五百里曰蠻服，又其外方五百里爲夷服，又其外方五百里爲鎮服，又其外方五百里爲藩服。」又，或本逸周書無「采服」、「夷服」二目。

會稽，山名也。言己聞南國饒樂，而欲往至會稽山且休息也。◎案：周、秦之世，言會稽者有三：一在泰山，二在遼西，三在紹興。詳參天問「焉得彼嵞山女而通之於台桑」注。章句以會稽稱「南國」，則在紹興也。然以下「見韓衆」推之，會稽，宜在泰山，漢人已亂之，蓋未能別。

見韓衆而宿之兮，問天道之所在。

韓衆，仙人也。天道，長生之道也。

【疏證】

韓衆，仙人也。◎案：抱朴子卷四金丹篇「韓終丹法」引王逸注：「韓衆，仙人也。」衆與終同。韓衆，得道之仙。詳參遠遊「羨韓衆之得一」注。

天道，長生之道也。◎案：莊子卷三在宥篇第一一：「何謂道？有天道，有人道。無爲而尊者，天道也；有爲而累者，人道也。主者，天道也；臣者，人道也。天道之與人道也，相去遠矣，不可不察也。」天道，謂自然也。

借浮雲以送予兮，載雌霓而爲旌。

旌，旗也。有鈴爲旌也。

【疏證】

旌，旗也。有鈴爲旌也。◎案：爾雅釋天：「注旄首曰旌，有鈴曰旂。」郭璞注：「旌者，載旄於竿頭如今之幢，亦有旒。旂者，縣鈴於竿頭，畫交龍於旒。」漢書卷二二禮樂志「庶旄翠旌」，文穎曰：「析羽爲旌，翠羽爲之也。」顏師古注：「庶旄翠旌，謂析五采羽，注翠旄之首而爲旌耳。」説文㫃部：「旂，旗有衆鈴以令衆也。從㫃、斤聲。」續漢書輿服志引禮記注：「有鈴曰旂。」有鈴者旂，以別於旌。

駕青龍以馳騖兮，班衍衍之冥冥。

言極疾也。

【疏證】

言極疾也。◎案：廣雅釋訓：「衍衍，行也。」錢大昭疏義：「衍衍者，疑與沇同。漢書郊祀歌：『沇沇四塞。』孟康曰：『沇音兖。』顔師古曰：『沇沇，流行也。』」

忽容容其安之兮，超慌忽其焉如？

不知所之也。

【疏證】

不知所之也。◎案：容容，言周旋不定貌。漢書卷八四翟方進傳「何持容容之計」，顔師古注：「容容，隨衆上下也。」

苦衆人之難信兮，願離羣而遠舉。

舉，去也。言苦見俗人多言無信，不可據任，故願離衆而遠去也。

【疏證】

舉，去也。◎案：周禮卷一四地官司徒第二師氏「王舉則從」，鄭注：「舉猶行也。」九歌雲中君「猋遠舉兮雲中」，章句：「言雲神往來急疾，飲食既飽，猋然遠舉，復還其處也。」舉之爲去、爲行，則義備於前。

言苦見俗人多言無信，不可據任，故願離衆而遠去也。◎案：章句未釋「苦」義。類篇卷三心部：「悇，苦憂也。」苦憂，平列同義，苦亦憂也。

登巒山而遠望兮，好桂樹之冬榮。

巒，小山也。南方有不死之草，北方有不釋之冰也。

【疏證】

巒，小山也。◎案：山小而鋭者曰巒。詳參悲回風「登石巒以遠望兮」注。

南方有不死之草，北方有不釋之冰也。◎案：桂樹冬榮，言其不死。章句「南方有不死之草」云云，謂宿莽也，非言桂。詳參離騷「夕攬洲之宿莽」注。

觀天火之炎煬兮，聽大壑之波聲。

大壑，海水也。言己仰觀天火，下覩海水，心愁思也。

【疏證】

大壑，海水也。◎案：大壑，謂東海無底之壑。詳參天問「東流不溢孰知其故」及遠遊「降望大壑」注。

言己仰觀天火，下覩海水，心愁思也。◎案：禮記卷一六月令第六「仲秋行春令」，鄭注：「心爲大火也。」大火即天火。又，悲回風「聽波聲之洶洶」。即此文所因。

引八維以自道兮，

天有八維以爲綱紀也。

【疏證】

天有八維以爲綱紀也。◎案：章句「天有八維」云云，詳參天問「斡維焉繫」注。

含沆瀣以長生。

言己乃擥持八維以自導引，含沆瀣之氣以不死也。

【疏證】

言己乃擥持八維以自導引，含沆瀣之氣以不死也。◎案：遠遊「湌六氣而飲沆瀣」，章句引陵陽子明經：「冬飲沆瀣，沆瀣者，北方夜半氣也。」瀣與瀣同。

居不樂以時思兮，食草木之秋實。

秋實，謂棗栗之屬也。

【疏證】

秋實，謂棗栗之屬也。◎案：棗、栗，皆秋熟之果。禮記卷二八内則第一二：「棗曰新之，栗曰撰之。」又，時思，當從補注引一作「思時」，謂憂時世也。

飲菌若之朝露兮，構桂木而爲室。

言飲食潔清，所處芬香也。

【疏證】

言飲食潔清，所處芬香也。◎御覽卷九六〇木部九辛夷引王逸注：「所飲食潔清，所處芬香。」案：據此，舊作「言所飲清潔所處芬香」，「言」下當補「所」字。又，離騷「朝飲木蘭之墜露兮」，蓋此文「飲菌若之朝露」所因。全漢文卷二八蘇武報李陵書「歃朝露以爲飲」，全三國文卷一四曹植神龜賦「飲不竭於朝露」，蟬賦「漱朝露之清流」，卷二一夏侯惠景福殿賦「挹朝露之華精」。此等餐露語以比清潔者，皆衣被於離騷也。

雜橘柚以爲囿兮，列新夷與椒楨。

雜聚衆善以自修飭也。

【疏證】

雜聚衆善以自修飭也。◎正德本、隆慶本、馮本、劉本、湖北本、莊本、景宋本「飭」作「飾」，俞本作「飾」。案：飭與飾同。餝，俗飾字。漢書卷八七上揚雄傳「列新雉於林薄」，服虔曰：「新雉，香草也。雉、夷聲相近。」顏師古注：「新雉即辛夷耳，爲樹甚大，非香草也。其木枝葉皆芳，一名新矧。」顏説得旨。又，章句「雜聚」云云，雜猶合也。詳參離騷「雜申椒與菌桂兮」注。

鵾鶴孤而夜號兮，哀居者之誠貞。

言鵾雞、鶬鶴大鳥猶知賢良，哀惜己之履行正直而不施用也。

【疏證】

言鵾雞、鶬鶴大鳥猶知賢良，哀惜己之履行正直而不施用也。◎案：鵾鷄，大鳥，非秋蟲，蓋與九辯「鵾鷄啁哳而悲鳴」者別也。爾雅釋畜：「雞三尺爲鶤。」釋文：「鶤或作鵾，同。」淮南子卷六覽冥訓「軼鶤雞於姑餘」，高注：「鶤鷄，鳳皇之別名。」穆天子傳卷二「鶤雞飛八百里」，郭璞

注：「鶤鷄，即鵾雞，鵠屬也。」文選卷五吳都賦「鳥則鵾鷄鸀瑪」，劉逵注：「鵾鷄，鳥也，好鳴。」卷二張衡西京賦「鳥則鷫鷞鴰鴇駕鵝鴻鶤」，李善注引張揖注上林賦：「鶤雞，黄白色，長頷，赤喙。」卷八上林賦「亂昆雞」，李善注引張揖：「昆雞似鶴，黄白色。」昆與鵾、鶤同。又，鶴，俊鳥也。小雅鶴鳴篇：「鶴鳴于九臯，聲聞于野。」毛傳：「言身隱而名著也。」

自悲

哀時命之不合兮，傷楚國之多憂。

言己自哀生時禄命，好行公正，不與君合，憐傷楚國無有忠臣，國家多憂也。

【疏證】

言己自哀生時禄命，好行公正，不與君合，憐傷楚國無有忠臣，國家多憂也。◎案：文選卷一五張衡思玄賦：「彼無合而何傷兮，患衆僞之冒真。」舊注：「無合，猶不遇也。」

内懷情之潔白兮，遭亂世而離尤。

言己懷潔白之志，以得罪過於衆人也。

【疏證】

言己懷潔白之志，以得罪過於衆人也。◎案：橘頌：「精色内白，類可任兮。」章句：「言橘實赤黄，其色精明，内懷潔白；以言賢者亦然，外有精明之貌，内有潔白之志，故可任以道而事用之也。」其「内懷情之潔白」之謂也。

惡耿介之直行兮，世溷濁而不知。

言衆人惡明正之直士，以君闇昧，不知用之故也。

【疏證】

言衆人惡明正之直士，以君闇昧，不知用之故也。◎案：耿介，言專一貌。詳參離騷「彼堯舜之耿介兮」注。

何君臣之相失兮，上沅湘而分離。

言讒佞害己，使明君放逐忠臣，上下分離，失其所也。

【疏證】言讒佞害己，使明君放逐忠臣，上下分離，失其所也。◎案：沅、湘二水自南北注洞庭之湖，屈子南遷，溯流而上，故曰「上沅湘」也。章句「上下分離」云云，非也。

測汨羅之湘水兮，知時固而不反。

汨水在長沙羅縣，下注湘水中。言己沈身汨水，終不還楚國也。

【疏證】汨水在長沙羅縣，下注湘水中。言己沈身汨水，終不還楚國也。◎案：汨羅，詳參懷沙題解。又，「時固」者，義不可曉。章句「終不」云云，蓋「終古」之訛。

傷離散之交亂兮，遂側身而既遠。

遂去而流遷也。

【疏證】遂去而流遷也。◎案：交亂，當作「紛亂」。紛字爛敓爲分，又訛作交。全後漢文卷一八馬融圍棋賦：「白黑紛亂兮，于約如葛。」

處玄舍之幽門兮，穴巖石而窟伏。

巖，穴也。言己修德不用，欲伏巖穴之中以自隱藏也。

【疏證】

巖，穴也。◎案：説文山部：「巖，岸也。从山、嚴聲。」引申之爲凡崖穴之稱。漢書卷二二禮樂志「壧處頃聽」，晉灼曰：「壧，穴也。」顏師古注：「壧與巖同。」書説命序「得諸傅巖」，孔疏：「巖是山崖之名。」

言己修德不用，欲伏巖穴之中以自隱藏也。◎文淵四庫章句本「隱藏」作「隱載」，文津本亦作「隱藏」。案：載，訛也。玄舍幽門，地下冥府，讔言死也。章句「自隱藏」云云，誤也。

從水蛟而爲徒兮，與神龍乎休息。

自喻德如蛟龍而潛匿也。

【疏證】

自喻德如蛟龍而潛匿也。◎案：言投水以死，與魚鼈爲伍也。莊子卷八盜跖篇第二九：

「申徒狄諫而不聽，負石自投於河，爲魚鼈所食。」即其義也。章句「自喻德如蛟龍」云云，誤也。

何山石之嶄巖兮，靈魂屈而偃蹇。

言山石高巖，非己所居，靈鬼偃蹇難止，欲去之也。

【疏證】

言山石高巖，非己所居，靈鬼偃蹇難止，欲去之也。◎正德本、隆慶本、馮本、劉本、俞本、莊本、四庫章句本「鬼」作「魂」，「止」作「上」。景宋本、惜陰本「鬼」作「魂」。案：鬼與魂同。又，據義，舊作「難上」爲允。嶄巖，言險峻貌。詳參招隱士「谿谷嶄巖兮」注。偃蹇，言蜷曲不舉貌。詳參離騷「望瑶臺之偃蹇兮」注。

含素水而蒙深兮，日眇眇而既遠。

素水，白水也。言雖遠行，不失清白之節也。

【疏證】

素水，白水也。言雖遠行，不失清白之節也。◎俞本「失」作「矢」。案：矢，訛也。含，藏匿也。國語卷一八楚語下「土氣含收」，韋昭注：「含收，收縮。萬物含藏。」含即藏也。戰國策卷三秦策一「含怒日久」，高注：「含，懷也。」又，管子卷一四水地篇第三九：「素也者，五色之質也。」尹注：「無色謂之素。」論語卷三八佾篇「素以爲絢兮」，皇侃疏：「素，白也。」藏身素水，讔言投水也。章句「不失清白之節」云云，誤也。

哀形體之離解兮，神罔兩而無舍。

罔兩，無所據依貌也。舍，止也。自哀身體陸離，遠行解倦，精神罔兩無所據依而舍止也。

【疏證】

罔兩，無所據依貌也。◎案：罔兩，猶孟浪，聲之轉，言不精細之意，與訓「無所依據」者相通。異文或作摹略、莫絡、勿慮、無慮、披離、爛漫等。詳參離騷「登閬風而緤馬」注。

舍，止也。◎案：詳參離騷「忍而不能舍也」注。

自哀身體陸離，遠行解倦，精神罔兩無所據依而舍止也。◎案：章句「形體陸離」云云，陸離，分散貌，謂形魄歸於土也。又，章句「神無所舍」云云，言魂無所止也。

惟椒蘭之不反兮，

椒，子椒也；蘭，子蘭也。

【疏證】

椒，子椒也；蘭，子蘭也。◎案：子椒，楚大夫也。子蘭，懷王少子、頃襄王弟，楚令尹也。皆漢人之說。詳參離騷「余以蘭爲可恃兮」及「椒專佞以慢慆兮」注。

魂迷惑而不知路。

言子椒、子蘭不肯反己，寃鬼迷惑，不知道路當如何也。

【疏證】

言子椒、子蘭不肯反己，寃鬼迷惑，不知道路當如何也。◎正德本、隆慶本、馮本、劉本、莊本、四庫章句本、景宋本、惜陰本「寃鬼」作「魂魄」。四庫章句本「如何」作「何如」。案：寃鬼、魂魄同。正文言「迷惑」，章句無「惑」字，爛敚也。離騷：「回朕車以復路兮，及行迷之未遠。」抽思：「曾不知路之曲直兮，南指月與列星；願徑逝而未得兮，魂識路之營營。」皆此文所因。又，後漢書卷二八下馮衍傳：「夫何九州之博大兮，迷不知路之南北。」蓋亦同此。

願無過之設行兮，雖滅没之自樂。

言願設陳己行，終無過惡，雖身没名滅，猶自樂不改易也。

【疏證】

言願設陳己行，終無過惡，雖身没名滅，猶自樂不改易也。◎案：設行，施行也，漢世習語。淮南子卷九主術訓：「凡將設行，立趣於天下，舍其易成者，而從事難而必敗者，愚惑之所致也。」史記卷四七孔子世家：「諸大夫所設行皆非仲尼之意。」

痛楚國之流亡兮，哀靈脩之過到。

言懷王之過，已至於惡，楚國將危亡，失賢之故也。

【疏證】

言懷王之過，已至於惡，楚國將危亡，失賢之故也。◎案：章句釋到爲至者，非也。到，讀作倒，倒，倒逆也。言哀懷王倒逆過甚也。

固時俗之溷濁兮，志瞀迷而不知路。

瞀，悶也。迷，惑也。言己遭遇亂世，心中煩惑，不知所行也。

【疏證】瞀，悶也。◎案：惜誦「中悶瞀之忳忳」，章句：「悶，煩也。瞀，亂也。」對文心亂曰瞀，煩曰悶，散文不別。

迷，惑也。言己遭遇亂世，心中煩惑，不知所行也。◎案：迷之爲惑，詳參惜誦「迷不知寵之門」注。

念私門之正匠兮，

匠，教也。

【疏證】匠，教也。◎案：説文匚部：「匠，木工也。从匚、斤。斤，所以作器也。」引申爲凡匠師之稱，未專於木。論衡卷一二量知篇第三五：「能斲削柱梁謂之木匠，能穿鑿穴埳謂之土匠，能彫琢文書謂之史匠。」若名事相因，則匠亦治也，教也。小爾雅廣詁：「匠，治也。」

遥涉江而遠去。

言己念衆臣皆營其私，相教以利，乃以其邪心欲正國家之事，故己遠去也。

【疏證】

言己念衆臣皆營其私，相教以利，乃以其邪心欲正國家之事，故己遠去也。◎文淵四庫章句本無「言己」二字，文津本亦有「言己」二字。景宋本「其」作「具」，「正」作「王」。案：具、王，訛也。遥，讀如摇，謂疾也。詳參抽思「願摇起而横奔兮」注。遠去，猶「處玄舍之幽門」之意，水死之讔語。

念女嬃之嬋媛兮，涕泣流乎於悒。

於悒，增歎貌也。已解於離騷經。

【疏證】

於悒，增歎貌也。已解於離騷經。◎四庫章句本「歎」作「歡」。案：歡，訛也。慧琳音義卷一七「悒悒」條引王注楚辭：「悒，又[憎]（增）歎息也。」卷五七「悒遽」條引王逸注楚辭：「悒，憂也，歎息也。」則皆作「歎」。又，於悒，言憂歎貌，不宜解以訓詁字。或作於邑。悲回風「氣於邑而不可止」，章句：「氣逆憤懣，結不下也。」漢書卷八七上揚雄傳「雖增欷以於邑兮」，顏師古注：「於邑，短氣也。」今作嗚咽。離騷「曾歔欷余鬱邑兮」，章句：「鬱邑，憂也。」鬱邑，亦其別文。又，女嬃，屈原姊也。嬋媛，言牽引貌。詳參離騷「女嬃之嬋媛兮」注。

我決死而不生兮，雖重追吾何及！

言亦無所復還也。

【疏證】

言亦無所復還也。◎毛祥麟楚辭校文曰：「文瀾閣本作『言難復還也』。」案：文津本、文淵本亦作「言亦無所復還也」。管子卷一七七臣七主篇第五二「馳車充國者追寇之馬也」，尹注：「追，猶召也。」重召我而不可及，言時已晚也。章句「無所復還」云云，無所，無意也。

戲疾瀨之素水兮，望高山之蹇產。

言己履清白，其志如水，雖遇棄放，猶志仰高遠而不懈也。

【疏證】

言己履清白，其志如水，雖遇棄放，猶志仰高遠而不懈也。◎正德本、馮本、劉本、四庫章句本「懈」作「解」。毛祥麟楚辭校文曰：「文瀾閣本『己』下有『行』字。」案：文津本、文淵本亦無「行」字。解、懈古今字。哀郢「思蹇産而不釋」，章句：「蹇産，詰屈也。」文選卷二西京賦「既乃珍臺蹇産以極壯」，薛綜注：「蹇産，形貌也。」卷八上林賦「蹇産溝瀆」，張揖曰：「蹇産，詰曲也。」

還也。

哀高丘之赤岸兮，遂没身而不反。

言己哀楚有高丘之山，其岸峻嶮，赤而有光明，傷無賢君，將以阽危，故沈身於湘流而不還也。

【疏證】

言己哀楚有高丘之山，其岸峻嶮，赤而有光明，傷無賢君，將以阽危，故沈身於湘流而不還也。◎四庫章句本「峻」作「竣」。案：非也。哀，愛也，慕也。高丘，帝高陽之丘，楚之先祖所在。詳參離騷「哀高丘之無女」注。高丘之有光明赤岸，言神以顯靈，猶離騷「皇剡剡其揚靈」也。

哀命

怨靈脩之浩蕩兮，

已解於離騷經。

【疏證】

已解於離騷經。◎案：浩蕩，猶鶻突也。今作「糊塗」，言愚惑貌。離騷「怨靈脩之浩蕩兮」，章句：「上政迷亂則下怨，父行悖惑則子恨。靈脩，謂懷王也，浩猶浩浩，蕩猶蕩蕩，無思慮貌也。」其「無思慮」云云，謂愚惑也。

夫何執操之不固？

操，志也。固，堅也。言己念懷王信用讒佞，志數變移而不堅固也。

【疏證】

操，志也。◎慧琳音義卷九〇「持操」條引王逸注楚辭：「操，至也。」案：至，志字音訛。卷二一「操行」條、卷八九「操異」條同引王逸注楚辭：「操，猶志也。」則皆未誤。操，持之嫺熟也。引申之言操行、志操。志操之義始於漢世。漢書卷五九張湯傳「有賢操」，顔師古注：「操，謂所執持之志行也。」

固，堅也。言己念懷王信用讒佞，志數變移而不堅固也。◎案：固之爲堅，詳參招魂「弱顔固植謇其有意此」注。

悲太山之爲隍兮，

隍，城下池也，易曰「城復于隍」也。

【疏證】

隍，城下池也，易曰「城復于隍」也。◎皇都本「于」訛作「干」。案：章句引易，見泰上六，李鼎祚集解引虞翻：「隍，城下溝。無水稱隍，有水稱池。」又，説文𨸏部：「隍，城池也。有水曰池，無水曰隍矣。从𨸏、皇聲。」隍、池，散則不别。

孰江河之可涸？

涸，塞也。言太山將頹爲池，以喻君且失其位，用心迷惑，過惡已成，若江、河之決，不可涸塞也。

【疏證】

涸，塞也。◎案：涸之爲塞，水竭之引申。爾雅釋詁：「涸，竭也。」文選卷一七陸機文賦「豁若涸流」，李善注：「涸，水盡也。」

言太山將頽爲池，以喻君且失其位，用心迷惑，過惡已成，若江、河之決，不可涸塞也。◎案：「孰」與上「悲」字，相對爲文。孰之言毒也。老子五十一章「亭之毒之」，河上本、嚴本作「成之孰之」。廣雅釋詁：「毒，痛也。」言哀泰山隤爲池，痛江、河乾涸無水也。史記卷四七孔子世家：「孔子因歎，歌曰：『太山壞乎！梁柱摧乎！哲人萎乎！』」

願承閒而效志兮，恐犯忌而干諱。

所畏爲忌，所隱爲諱。干，觸也。言己願承君閒暇之時，竭効忠言，恐犯上忌，觸衆人諱，而見刑誅也。

【疏證】所畏爲忌，所隱爲諱。◎案：忌、諱散文不別。老子五十七章「天下多忌諱」，河上公注：「忌諱者，防禁也。」周禮卷二六春官宗伯第三小史「則詔王之忌諱」，鄭司農注：「先王死日爲忌，名爲諱。」忌復有妬忌、怨惡之義，不可易言諱。諱復有避遯之義，則不可易言忌。

干，觸也。◎案：説文干部：「干，犯也。从一、从反入。」段注：「犯，侵也。反入者，上犯之意。」觸，猶牴挨，即干犯也。

言己願承君閒暇之時，竭効忠言，恐犯上忌，觸衆人諱，而見刑誅也。◎正德本、隆慶本、湖北本、朱本、劉本、俞本、莊本「時」上有「日」字。案：日，羡也。章句「竭効忠言」以釋「效志」，志猶忠也。大戴禮記卷四曾子立孝第五一：「著心於此，濟其志也。」王聘珍解詁：「明其孝養之心，以成其用忠用禮之志也。」

卒撫情以寂寞兮，然怊悵而自悲。

怊悵，恨貌也。言己終撫我情，寂寞不言，然怊悵自恨，心悲毒也。

【疏證】

怊悵，恨貌也。言己終撫我情，寂寞不言，然怊悵自恨，心悲毒也。◎景宋本「寂寞」作「寂漠」。正文作「寞」，注文亦宜作「寞」。案：寂漠、寂寞同。文選卷一九高唐賦「怊悵自失」，李善注：「楚辭曰：『怊悵而自悲。』王逸曰：『悵，恨貌。』」則敚「怊」字。六臣本未引正文，唯引王逸注曰：「怊悵，恨貌。」亦有「怊」字，然二本引章句「悵」下無「也」字。怊悵，同惆悵。周、秦、兩漢多曰怊悵，魏、晉以還多曰惆悵，古今別語也。

玉與石其同匱兮，貫魚眼與珠璣。

匱，匣也。圜澤爲珠，廉隅爲璣。以言君不知賢愚忠佞之士，猶同玉石雜，魚眼與珠璣同貫而不別也。

【疏證】

匱，匣也。◎案：莊子卷三胠篋第一〇「將爲胠篋探囊發匱之盜」，釋文：「匱，檻也。」後漢書卷四〇下班固傳「並開迹於一匱」，李賢注：「孔子曰：『譬如平地，雖覆一匱。』鄭玄注云：『匱，盛土籠也。』」

圜澤爲珠，廉隅爲璣。◎正德本、隆慶本、朱本、劉本、湖北本、馮本、俞本「廉隅」作「麤瑀」，莊本作「廉瑀」。補注引「廉隅爲璣」一作「麤嵎爲璣」。案：稜曰廉，角曰隅。廉隅，言珠之有稜角也。隅與嵎、瑀通用。麤，粗也，不精細也。古但有「廉隅」，無「麤隅」。晏子春秋卷三景公問欲善齊國之政以干霸王晏子對以官未具第六：「居處惰倦，廉隅不正。」孔子家語卷一儒行解篇第五：「砥厲廉隅，强毅以與人。」漢書卷六武帝紀「令郡國舉孝廉各一人」，顔師古曰：「廉謂清潔有廉隅者。」卷五一賈山傳「使皆務其方以高其節」，顔師古曰：「方，道也。一曰：方謂廉隅也。」卷八七上揚雄傳：「不修廉隅以徼名當世。」舊作「廉隅」。戰國策卷一六楚策三：「黃金、珠璣、犀象出於楚。」鮑注：「璣，珠之不圓者。」珠璣，亦楚產。

以言君不知賢愚忠佞之士，猶同玉石雜，魚眼與珠璣同貫而不別也。◎正德本、隆慶本、湖北本、朱本、劉本、馮本、俞本、莊本、四庫章句本「猶」下無「同玉石」三字。案：無「同玉石」，敓也。又，章句「同玉石雜」云云，不辭，蓋「玉石同雜」之乙。玉石同雜、魚眼與珠璣同貫，相對爲文。

駑駿雜而不分兮，

駑，頓馬也。良馬爲駿。

【疏證】

駑，頓馬也。◎正德本、隆慶本、劉本、湖北本、莊本、朱本、馮本、四庫章句本「頓」作「鈍」。案：鈍、頓古字通用。戰國策卷三秦策一「而爲之頓劍」，鮑注：「頓，下也。此以小言之。」頓駑猶馬之劣下者。漢書卷四〇王陵傳「陛下不知其駑下」，顏師古注：「駑，凡馬之稱，非駿者也。」

良馬爲駿。◎正德本、隆慶本、湖北本、朱本、劉本、俞本、馮本、莊本、四庫章句本「駿」下有「也」字。案：駿之言俊也。千人才曰俊，千里馬曰駿，音義並通。穆天子傳卷一「天子之駿」，郭璞注：「駿者，馬之美稱。」卷五「天子賜許男駿馬十六」，郭璞注：「稱駿者，名馬也。」離騷「乘騏驥以馳騁兮」，章句：「騏驥，駿馬也。」

服罷牛而驂驥。

在轅爲服，外騑爲驂。言君選士用人，雜用駑駿，不異賢愚，若駕罷牛，驂以騏驥，才力不同也。

【疏證】

在轅爲服，外騑爲驂。◎案：對文別義也。遠遊「驂連蜷以驕驁」，補注：「初駕馬者，以二馬夾轅，謂之服。又駕一馬，與兩服爲參，故謂之驂。又駕一馬，乃謂之駟。故説文云：『驂，駕三馬也。駟，一乘也。』兩服爲主，參之兩旁二馬，遂名爲驂；總舉一乘，則謂之駟。指其騑馬，則謂之驂。詩曰『兩驂如舞』，是二馬皆稱驂也。服馬夾轅，其頸負軛；兩驂在衡外，挽靷助之。服，兩首齊驂首差退也。」

言君選士用人，雜用駑駿，不異賢愚，若駕罷牛，驂以騏驥，才力不同也。◎正德本、隆慶本、湖北本、朱本、劉本、馮本、俞本、莊本、四庫章句本「不同」作「殊」。案：宋本玉篇歹部引蒼頡篇：「殊，異也。」

年滔滔而自遠兮，壽冉冉而愈衰。

滔滔，行貌。自傷不遇，年衰老也。

【疏證】

滔滔，行貌。◎案：滔滔，遠行貌。哀時命「處卓卓而日遠兮」，章句：「卓卓，高貌。」滔滔、卓卓，聲之轉。訓高、訓遠，其義相通。

自傷不遇，年衰老也。◎案：正文「自遠」舊作「日遠」，形訛也。正德本、隆慶本、湖北本、朱本、馮本、俞本、莊本、四庫章句本正文「自遠」皆作「日遠」，則存其舊。日遠，楚辭習語，而無作「自遠」，哀郢「哀故都之日遠」是也。

心悇憛而煩冤兮，

悇憛，憂愁貌也。

【疏證】

悇憛，憂愁貌也。◎文淵四庫章句本「愁」作「慼」，文津本作「恣」。案：恣，愁訛字。悇憛，漢世習語，言貪而恐不得之意。新書卷四匈奴篇：「一國聞之者、見之者，垂涎而相告，人悇憛其所自，以吾至亦將得此，將以此壞其口，一餌。」此謂人冀欲所從來。卷八勸學篇：「則雖王公大人，孰能無悇憛養心而巔一視之？」謂人皆冀欲見之。淮南子卷一九脩務訓作「憛悇」，高注：「憛悇，貪欲也。」悇憛，憛悇之聲轉。後漢書卷二八下馮衍傳「終悇憛而洞疑」，李賢注：「廣蒼云：『悇憛，禍福未定也。』悇音它乎反，憛音它紺反。本或作『恎憏』，恎音丑加反，憏音丑制反，未定也。」悇憛、恎憏，聲之轉。釋「未定」，故有憂戚之意。宋本玉篇卷八心部「憛」字：「悇憛，懷憂也。」

蹇超摇而無冀。

蹇，辭也。超摇，不安也。言己自念年老，心中悇憛，超摇不安，終無所冀望也。

【疏證】

蹇，辭也。◎案：蹇，難詞，與謇同。詳參離騷「謇吾法夫前修兮」注。

超摇，不安也。◎文淵四庫章句本「超」作「招」，文津本亦作「超」。案：超摇、招摇，聲之轉。古多作「招摇」。史記卷四七孔子世家「招摇市過之」，集解：「徐廣曰：『招摇，翱翔也。』」索隱：「家語作『遊過市』。」卷一一七司馬相如列傳「招摇乎襄羊」，索隱作「消摇乎襄羊」。消摇，亦其别文。文選卷七甘泉賦「徘徊招摇」，李善注：「招摇猶彷徨也。」或作逍遥，離騷「聊逍遥以相羊」，章句：「逍遥、相羊，皆遊也。」釋「不安」，與訓「彷徨不定」，其義相通。

言己自念年老，心中悇憛，超摇不安，終無所冀望也。◎案：章句「終無所冀望」云云，無所，謂無意。

固時俗之工巧兮，滅規榘而改錯。却騏驥而不乘兮，策駑駘而取路。當世豈無騏驥兮，誠無王良之善馭。見執轡者非其人兮，故駒跳而遠去。

皆已解在九辯。

【疏證】

皆已解在九辯。◎惜陰本、同治本「却」作「卻」。案：蹈襲九辯文也。九辯「固時俗」作「何時俗」，「滅規榘」作「背繩墨」，「誠無王良之善御」作「誠莫之能善御」，「駒跳」作「駶跳」。銀雀山漢簡唐革（勒）賦「王良」作「王粱」。補注：「許慎云：『王良，晉大夫，御無恤子良也，所謂御良也。』一名孫無政，爲趙簡子御，死而託精於天駟星。天文有王良星是也。」史記卷二七天官書：「漢中四星曰天駟，旁一星曰王良。」索隱引春秋合誠圖：「王良主天馬也。」又，漢書卷六四下王襃傳「王良執靶」，張晏：「王良，郵無恤，字伯樂。」顔師古注：「參驗左氏傳及國語、孟子，郵無恤、郵良、劉無止、王良，總一人也。」荀子卷七王霸篇第一一：「王良、造父者，善馭者也。」楊倞注：「王良，趙簡子之馭，韓子曰字伯樂。造父，周穆王之馭。皆善御者也。」蓋王良，善御之通名，未必爲一人名。馭、御古字通。

不量鑿而正枘兮，恐榘矱之不同。

已解於離騷經。

【疏證】已解於離騷經。◎正德本、隆慶本、湖北本、朱本、劉本、馮本、俞本、莊本「離騷經」下有「也」字。案：蹈襲離騷文也。然離騷後一句作「固前脩以菹醢」。騷又云：「勉陞降以上下兮，求榘矱之所同。」即是下句所因。

不論世而高舉兮，恐操行之不調。

調，和也。言人不論世之貪濁，而高舉清白之行，恐不和於俗而見憎於衆也。

【疏證】調，和也。◎案：詳參離騷「摯咎繇而能調」注。

言人不論世之貪濁，而高舉清白之行，恐不和於俗而見憎於衆也。◎正德本、隆慶本、劉本、朱本、俞本、湖北本「和」作「知」。俞本正文「不調」訛作「不同」。案：調既釋爲「和調」，舊作「和」。知，訛也。又，論，讀作淪，古字通用。呂氏春秋卷五仲夏紀第五古樂篇「伶淪」，説苑卷一九脩文篇作「泠論」。書微子「今殷其淪喪」，孔傳：「淪，没也。」不淪世，謂不沈没於世俗。

弧弓弛而不張兮，

弛，解。

【疏證】

弛，解。◎莊本「解」下有「也」字。案：説文弓部：「弛，弓解弦也。从弓、也聲。」徐鍇曰：「去弦也。」或作㢮字。引申之爲凡解釋之稱。後漢書卷一下光武帝紀「徒皆㢮解鉗」，李賢曰：「㢮，解脱也。」又曰：「弧，木弓也。从弓、瓜聲。一曰：往體寡、來體多曰弧弓。」段注：「易曰：『弦木爲弧。』考工記：『凡爲弓，冬析幹；凡幹，柘爲上，檍次之，檿桑次之，橘次之，木瓜次之，荆次之，竹爲下。』按：木弓，謂弓不傅以角者也。弓有專用木不傅角者，後世聖人初造弓矢之遺法也。」又曰：「弓人曰：『往體寡，來體多，謂之王弓之屬，利射革與質。』注云：『射深者用直。此又直焉，於射堅宜也。王弓合九而成規，弧弓亦然。』按：王弓之屬者，言王弓以包弧弓也。弧者，直而稍紆之謂。弧弓亦天子之弓，王弓亦直而稍紆，則王弓、弧弓得互稱也。」據此，弧弓即王弓。

孰云知其所至？

言弧弓雖强，弛而不張，誰知其力之所至乎？以言賢者不在職位，亦不知其才德也。

【疏證】

言弧弓雖强，弛而不張，誰知其力之所至乎？以言賢者不在職位，亦不知其才德也。◎馮本、四庫章句本「職」下無「位」字。案：館臣據觀妙齋本鈔也。孰云，謂孰又也。文選卷二四陸機贈賈長淵「公之云感」，李善注：「應劭漢書注曰：『云，有也。』」有，又也，古字通用。

無傾危之患難兮，焉知賢士之所死？

言國無傾危之難，則不知賢士之伏節死義。

【疏證】

言國無傾危之難，則不知賢士之伏節死義。◎正德本、隆慶本、湖北本、朱本、劉本、馮本、俞本、莊本、四庫章句本「死義」下有「也」字。案：補注引老子十八章：「國家昏亂有忠臣。」又，淮南子卷一二道應訓：「魏文侯觴諸大夫于曲陽，飲酒酣，文侯喟然歎曰：『吾獨無豫讓以爲臣乎？』蹇重舉白而進之，曰：『請浮君。』君曰：『何也？』對曰：『臣聞之，有命之父母，不知孝子；有道之君，不知忠臣。夫豫讓之君，亦何如哉？』文侯受觴而飲釂不獻，曰：『無管仲、鮑叔以爲臣，故有豫讓之功。故老子曰：國家昏亂有忠臣。』」皆可爲此文注脚。

俗推佞而進富兮，節行張而不著。賢良蔽而不羣兮，朋曹比而黨譽。邪說飾而多曲兮，正法弧而不公。

弧，戾也。言世俗之人推佞以爲賢，進富以爲能，故君之正法，膠戾不用，衆皆背公而曏私也。

【疏證】

弧，戾也。◎案：弧爲弓之名，引申之言曲戾。廣雅釋詁：「弧，盭也。」盭與戾古字通。

言世俗之人推佞以爲賢，進富以爲能，故君之正法，膠戾不用，衆皆背公而曏私也。◎正德本、隆慶本、湖北本、劉本、俞本「人」下無「推」字。莊本無「人」字，「曏」作「鄉」。朱本「故君」下無「之」字。案：推、進，相對爲文。舊有「推」字。曏、鄉古字通用。王念孫讀書雜志餘編下：「正法弧而不公，公與容同，謂己之正法戾於流俗而不見容，非謂君之正法膠戾不用，亦非謂衆皆背公而曏私也。容與公，古同聲而通用，故容貌之容本作頌，從頁、公聲。容受之容，古作宊，從宀、公聲。淮南子主術篇：『萬民之所容見也。』容與公同。齊俗篇：『望君而笑，是公也。』公與容同。」其說於義得之，而謂公、容二字通用，亦非審音之選。公、容同部異聲，不得通用。古書二字相亂，訛字也。

直士隱而避匿兮，讒諛登乎明堂。

明堂，布政之宮也。言忠直之士隱身避世，讒諛之人反登明堂而爲政也。

【疏證】

明堂，布政之宮也。◎案：補注：「左傳：『勇則害上，不登於明堂。』」洪引見文公二年，杜注：「明堂，祖廟也，所以策功序德。」明堂，重屋也。周禮卷四一冬官考工記第六匠人：「殷人重屋，堂脩七尋，堂崇三尺，四阿重屋。周人明堂，度九尺之筵，東西九筵，南北七筵，堂崇一筵，五室，凡室二筵。」鄭注：「重屋者，王宮正堂若大寢也。明堂者，明政教之堂。」孔疏：「以其於中聽朔，故以政教言之。明堂者，明諸侯之尊卑。孝經緯援神契云：『得陽氣明朗，謂之明堂。』以明堂義大，故所合理廣也。」重屋、明堂，殷、周所以別名，實則一也。皆王者所以祭祀、議政、習武、學文之宮，蓋其用至大也。推究原始，因於古之牢獄。詳參離騷「終焉殀乎羽之野」注。

言忠直之士隱身避世，讒諛之人反登明堂而爲政也。◎正德本、隆慶本、朱本、馮本、俞本、莊本、劉本、湖北本、四庫章句本「避世」作「辟匿」。案：章句「隱身避世」云云，身、世相對，則舊作「避世」。

棄彭咸之娛樂兮，

言棄彭咸清潔之行，娛樂風俗，則爲貪佞也。

【疏證】

言棄彭咸清潔之行，娱樂風俗，則爲貪佞也。◎正德本、隆慶本、劉本、馮本「娱樂」下有「之滅」二字。俞本、莊本有「之」字。案：「娱樂」當有「之」字，而有「之滅」者，涉「滅」字也。章句以「娱樂」謂「娱樂風俗則爲貪佞」者，割裂文義，不可調遂。娱樂與下「繩墨」，相對爲文，指彭咸所娱樂。補注：「彭咸以伏節死義爲樂，而時人棄之。」其説是也。

滅巧倕之繩墨。

言工滅巧倕之繩墨，則枉直失其制也。言君偝先王之法則，自亂惑也。

【疏證】

言工滅巧倕之繩墨，則枉直失其制也。言君偝先王之法則，自亂惑也。◎正德本、隆慶本、湖北本、朱本、馮本、俞本、莊本、劉本、四庫章句本「偝」作「背」。案：偝，俗背字。又，中華書局二〇〇〇年版點校本楚辭補注以「法則」之「則」字屬下。失之。法則，章句習用。離騷「名余曰正則兮」，章句：「言正平可法則者，莫過於天。」橘頌「年歲雖少可師長兮」，章句：「言己年雖幼小，言有法則，行有節度，誠可師用長老而事之。」大招「容則秀雅穉朱顏只」，章句：「言美女儀容閒雅，動有法則，秀異於人。」

菎蕗雜於黀蒸兮，

枲翮曰黀，煏竹曰蒸。言持菎蕗香直之草雜於黀蒸，燒而燃之，則不識於物也。以言取忠直棄之林野，亦不知賢也。

【疏證】

枲翮曰黀，煏竹曰蒸。◎案：對文別義也。説文麻部：「黀，麻藍也。从麻、取聲。」段注：「藍，即稭字之俗。『黀，麻藍』，即艸部之『菆，麻蒸』。」稭，木榦也。段注艸部「菆」字：「按：枲翮，枲莖也。」麻榦，炊所用薪也。或本別作菆、蘘、叢、藂，即一字。又，艸部：「蒸，析麻中榦也。从艸、烝聲。」段注：「謂朩（音匹刃切）其皮爲麻，其中莖謂之蒸，亦謂之菆，今俗所謂麻骨棓也。」毛詩傳曰：『粗曰薪，細曰蒸。』周禮甸師注云：『大曰薪，小曰蒸。』」黀蒸，平列同義，麻榦也。章句「煏竹曰蒸」云云，蒸通作烝。廣雅釋詁：「烝，炬也。」今爲火炬、火把。或本作箂者，因章句「煏竹」改也。又，艸部菎作蓖，曰：「蓖，艸也。」宋本玉篇艸部：「蓖，香艸也。」廣韻上平聲第二三魂韻：「菎，香艸也。」廣雅釋艸：「菌，薰也。其葉謂之蕙。」又：「薰艸，蕙艸也。」蕗之義未詳。書禹貢「惟箘簬楛三邦底貢」，孔傳：「箘簬，美竹。」孔疏：「箘簬，美竹，當時之名。猶然鄭云：『箘簬，簳風也。』竹有二名，或大小異也，箘簬是兩種竹也。」廣雅釋艸：「箘、簬，箭也。」王念孫疏證：「呂氏春秋直諫篇：『荆文王得茹黄之狗，宛路之矰。』説苑正諫篇宛路作箘簬。『茹黄』與

『箘簬』對言，茹黄是一狗之名，則箘簬亦是一竹之名。戴凱之竹譜從禹貢傳，以箘簬爲二竹，而亦不能分何者爲箘，何者爲簬，但云『是會稽箭類耳，皮特黑澀』而已。然淮南子本經訓云：『松柏箘露，宛而夏槁。』高注：『箘露，竹箭。』箘露與箘簬同。松柏、箘簬對文，則箘之與簬，猶松之與柏，一種之中，少有不同也。又，中山經云：『暴山，其木多竹箭䉋箘。』郭注云：『箘亦篠類，中箭。』單言箘，則別有簬可知也。」則箘簬非香艸，蓋別一義。

言持菎蕗香直之草雜於廱蒸，燒而燃之，則不識於物也。以言取忠直棄之林野，亦不知賢也。◎景宋本「持」作「待」。案：據義，舊作「持」爲允。寶翰本、惜陰本、皇都本亦作「持」。

機蓬矢以射革。

矢，箭也。言張强弩之機，以蓬蒿之箭以射犀革之盾，必摧折而無所能入也。言使愚巧任政，必致荒亂，無所能成。

【疏證】

矢，箭也。◎案：方言卷九：「箭，自關而東謂之矢。」別以方言也。九歌國殤「矢交墜兮士争先」，章句：「言兩軍相射，流矢交墮，壯夫奮怒，争先在前也。」矢箭之義已備前。蓬矢，禮器，不可以穿揚。禮記卷二八內則第一二「射人以桑弧蓬矢六」，鄭注：「桑弧、蓬矢，本太古也。」孔疏:「以桑與蓬皆質素之物,故知本太古也。」

言張强弩之機,以蓬蒿之箭以射犀革之盾,必摧折而無所能入也。言使愚巧任政,必致荒亂,無所能成。◎正德本、隆慶本、俞本、莊本、馮本、朱本、劉本、四庫章句本、同治本「能成」下有「也」字。案:喻林卷五九人事門無益引「能成」下亦有「也」字。

駕蹇驢而無策兮,又何路之能極?

蹇,跛也。策,箠也。極,竟也。言君任駑頓之臣,使在顯職,如駕跛蹇之驢,又無鞭箠,終不竟道,將傾覆也。

【疏證】

蹇,跛也。◎案:説文足部:「蹇,跛也。从足、寒省聲。」

策,箠也。◎案:説文竹部:「策,馬箠也。从竹、朿聲。」左傳文公十三年「繞朝贈之以策」,杜注:「策,馬檛。」釋文:「檛,馬杖也。」

極,竟也。◎案:離騷「相觀民之計極」,章句:「極,窮也。」極之爲窮、爲竟,其義相通。

言君任駑頓之臣,使在顯職,如駕跛蹇之驢,又無鞭箠,終不竟道,將傾覆也。◎莊本「頓」作「鈍」。案:頓、鈍古字通用。史記卷八四賈生列傳:「騰駕罷牛兮驂蹇驢。」

以直鍼而爲釣兮，又何魚之能得？

言君不能以禮敬聘請賢者，猶以直鍼釣魚，無所能得也。

【疏證】

言君不能以禮敬聘請賢者，猶以直鍼釣魚，無所能得也。◎正德本、隆慶本、湖北本、朱本、莊本「鍼」作「針」。案：鍼、針同。慧琳音義卷一九「銅鍼」條：「廣雅云：『針，刺也。』顧野王云：『鍼，所以綴也。』説文：『所以縫也。从金，咸聲。』或作箴，亦作針。」又，類聚卷六六産業部下釣、古今事文類聚前集卷三七民業部「釣者」條、能改齋漫録卷七「晝紙爲棊局敲針作釣鉤」條同引正文「又何」作「維何」，維亦又也。

伯牙之絶弦兮，

伯牙，工鼓琴也。

【疏證】

伯牙，工鼓琴也。◎四庫章句本「工」作「子」。案：子，訛也。荀子卷一勸學篇「伯牙鼓琴而六馬仰秣」，楊倞注：「伯牙，古之善鼓琴者，亦不知何代人也。」

識忠直者，亦宜鉗口而不語言也。

無鍾子期而聽之。

鍾子期，識音者也。言鍾子期死，伯牙破琴絶紘，不肯復鼓，以世無知音也。言己不遇明君識忠直者，亦宜鉗口而不語言也。

【疏證】

鍾子期，識音者也。言鍾子期死，伯牙破琴絶紘，不肯復鼓，以世無知音也。言己不遇明君識忠直者，亦宜鉗口而不語言也。◎正德本「紘」作「絃」，隆慶本、朱本、莊本「紘」作「弦」。案：弦、絃同，紘，訛也。列子卷五湯問篇：「伯牙善鼓琴，鍾子期善聽。伯牙鼓琴，志在登高山。鍾子期曰：『善哉！峨峨兮若泰山！』志在流水，鍾子期曰：『善哉！洋洋兮若江河！』伯牙所念，鍾子期必得之。伯牙遊于泰山之陰，卒逢暴雨，止於巖下，心悲，乃援琴而鼓之。初爲霖雨之操，更造崩山之音。曲每奏，鍾子期輒窮其趣。伯牙乃舍琴而歎曰：『善哉，善哉！子之聽夫志，想象猶吾心也。吾於何逃聲哉？』」又，呂氏春秋卷一四孝行覽第二本味篇：「凡賢人之德，有以知之也。伯牙鼓琴，鍾子期聽之。方鼓琴而志在太山，鍾子期曰：『善哉乎鼓琴！巍巍乎若太山。』少選之間，而志在流水，鍾子期又曰：『善哉乎鼓琴！湯湯乎若流水。』鍾子期死，伯牙破琴絶弦，終身不復鼓琴，以爲世無足復爲鼓琴者。非獨琴若此也，賢者亦然。」他者淮南子卷一六説山訓、卷一九脩務訓、韓詩外傳卷九、説苑卷八尊賢篇、風俗通義卷六聲音「琴」條亦皆載言之，然未若列子言之詳悉。

和抱璞而泣血兮，安得良工而剖之？

和，卞和也。剖，猶治也。已解於上篇也。

【疏證】

和，卞和也。剖，猶治也。已解於上篇也。◎景宋本「剖猶治也」作「訓猶活也」。馮本、俞本、四庫章句本「上篇」下無「也」字。補注引「剖」一作「刊」，一作「刑」。案：訓、活，皆訛也。剖，分也。古無治義。廣雅釋詁：「刑，治也。」則「剖猶治」之剖，刑之訛。刊，亦刑之訛。刑與上文聽字協耕韻，若作剖、刊，皆出韻。又，鹽鐵論卷五相刺篇第二〇：「屈原行吟澤畔，曰：『安得臯陶而察之？』」即七諫佚文。卞和事，詳見上怨世：「悲楚人之和氏兮，獻寶玉以爲石；遇厲武之不察兮，羌兩足以畢斮。」

同音者相和兮，

謂清濁也。

【疏證】謂清濁也。◎案：清濁，謂呂律宫商也。商清，宫濁。呂清，律濁。宫商相應，呂律相和以成樂，樂非一聲也。國語卷一六鄭語：「務和同也，聲一無聽。」謂樂唯一聲無應和者，不成其樂也。韓詩外傳卷一：「古者天子左五鐘。將出，則撞黄鐘，而右五鐘皆應之。馬鳴中律，駕者有文，御者有數，立則磬折，拱則抱鼓，行步中規，折旋中矩，然後太師奏升車之樂，告出也。入則撞蕤賓，以治容貌，容貌得則顔色齊，顔色齊則肌膚安，蕤賓有聲，鵠震馬鳴，及倮介之蟲，無不延頸以聽，在内者皆玉色，在外者皆金聲，然後少師奏升堂之樂，即席告入也。此言音樂相和，物類相感，同聲相應之義也。」蓋儒家樂教之義也。

同類者相似。

謂好惡也。以言君清明，則潔白之士進；君闇昧，則貪濁之人用。易曰：「方以類聚，物以羣分。」

【疏證】謂好惡也。◎案：言好者同好，惡者同惡。好惡，與章句上「清濁」協韻。濁，屋韻，侯之入；惡，鐸韻，魚之入。侯、魚合韻。

以言君清明，則潔白之士進；君闇昧，則貪濁之人用。易曰：「方以類聚，物以羣分。」◎案：章句引易，見繫辭上，王弼注：「方有類，物有羣，則有同有異，有聚有分也。」又，孟子卷一一告子上：「故凡同類者，舉相似也。」莊子卷八漁父篇第三一：「同類相從，同聲相應，固天之理也。」荀子卷一六正名篇第二二：「凡同類同情者，其天官之意物也同，故比方之疑似而通，是所以共其約名以相期也。」

飛鳥號其羣兮，鹿鳴求其友。

同志爲友。言飛鳥登高木，志意喜樂則和鳴，求其羣而呼其耦；鹿得美草，口甘其味，則求其友而號其侶也。以言在位之臣不思賢念舊，曾不若鳥獸也。詩曰：「嚶其鳴矣，求其友聲。」又曰：「呦呦鹿鳴，食野之苹。」

【疏證】

同志爲友。◎案：友，朋也。散文不別，對文各具其義。銀雀山漢簡六韜：「以祿取人胃（謂）之交，以義取人胃（謂）之友。友之友胃（謂）崩（朋），崩（朋）之崩（朋）胃（謂）之黨，黨之黨胃（謂）之羣。」公羊傳定公四年「朋友相衞而不相迿」，何休注：「同門曰朋，同志曰友。」又，新書卷八官人篇：「內相匡正、外相揚美謂之友。」道術篇：「兄敬愛弟謂之友，反友爲虐。」

言飛鳥登高木，志意喜樂則和鳴，求其羣而呼其耦；鹿得美草，口甘其味，則求其友而號其侶也。以言在位之臣不思賢念舊，曾不若鳥獸也。詩曰：「嚶其鳴矣，求其友聲。」又曰：「呦呦鹿鳴，食野之苹。」◎景宋本「嚶」作「嚶」。案：嚶，訛也。章句引詩，前者見小雅伐木，毛詩亦作嚶也。傳：「君子雖遷于高位，不可以忘其朋友。」後者見鹿鳴，毛傳：「苹，萍也。鹿得萍呦呦然鳴而相呼，懇誠發乎中，以興嘉樂賓客，當有懇誠相招呼以成禮也。」章句因毛詩爲説。

故叩宮而宮應兮，彈角而角動。

叩，擊也。彈，揳也。宮、角，五音也。言叩擊五音，各以其聲，感而相應也。以言君求仁則仁至，修正則下直也。

【疏證】

叩，擊也。◎案：叩或作扣。淮南子卷一七説林訓「疈者扣舟」，高注：「扣，擊也。」列子卷五湯問「扣石墾壤」，張湛注：「扣，擊也。」

彈，揳也。◎案：周禮卷四一冬官考工記第六廬人「句兵欲無彈」，鄭司農注：「彈，謂掉也。」掉，言左右摇撥也。揳借作挈，言上下提舉也。詳參招魂「揳梓瑟些」注。

宮、角，五音也。◎案：五音，宮、商、角、徵、羽也。章句舉宮、角二音以兼言之也。

言叩擊五音，各以其聲，感而相應也。以言君求仁則仁至，修正則下直也。◎案：莊子卷六徐無鬼篇第二四：「於是爲之調瑟，廢一於堂，廢一於室，鼓宮宮動，鼓角角動，音律同矣。」王先謙引宣注：「廢，置也。置一瑟於堂，置一瑟於室，相去異地，鼓之而宮商相應，而律無不同。」呂氏春秋卷一三有始覽第二名類篇：「類固相召，氣同則合，聲比則應。鼓宮而宮動，鼓角而角動。」高注：「鼓，擊也，擊大宮而小宮應；擊大角而小角和。言類相感也。」淮南子卷六覽冥訓：「今[失]（夫）調弦者，叩宮宮應，彈角角動，此同聲相和者也。」高注亦曰：「叩大宮則少宮應，彈大角則少角動，故曰同音相和。」又，補注引或本作「叩宮而商應彈角而徵動」者，非也。章句「修正則下直」云云，修，當作首，音訛字也。首，猶上也。

虎嘯而谷風至兮，

虎，陽物也。谷風，陽氣也。言虎悲嘯而吟，則谷風至而應其類也。以言君修德行正，則百姓隨而化也。

【疏證】

虎，陽物也。◎案：風俗通義卷八祀典「畫虎」條：「虎者，陽物，白獸之長也。能執搏挫鋭，噬食鬼魅。」文選卷五五劉峻廣絶交論「雕虎嘯而清風起」，李善注引許慎淮南子注：「虎，陰中陽獸，與風同類也。」乾陽坤陰，陰中陽獸者，謂地之陽物。淮南子卷三天文訓：「虎嘯而谷風至，龍舉而景雲屬。」高注：「虎，土物也。」又，卷五時則訓「虎始交」，高注：「虎，陽中之陰。」蓋「陰中之陽」之乙。又，睡虎地秦簡日書(甲)：「寅，虎也。」正月爲寅，寅者，首也。虎爲百獸之長，故以寅爲虎。

谷風，陽氣也。◎案：爾雅釋天：「東風謂之谷風。」詩谷風「習習谷風」，毛傳：「東風謂之谷風。陰陽和而谷風至。」孔疏：「孫炎曰：『谷之言穀，穀，生也。谷風者，生長之風也。』」谷，川谷通稱。谷風，謂條暢之風。論衡卷一四寒温篇第四一「虎嘯之時風從谷中起」是也。淮南子卷三天文訓：「虎嘯而谷風至，龍舉而景雲屬。」高注：「風，木風也。」東者爲木。則木風亦東風。

言虎悲嘯而吟，則谷風至而應其類也。以言君修德行正，則百姓隨而化也。◎俞本「正」作「政」。毛祥麟楚辭校文曰：「文瀾閣本『至』作『生』。」案：文津本、文淵本亦作「至」。政，訛也。文選卷四六任昉王文憲集序「臭味風雲」，李善注：「王逸曰：『言虎悲嘯而吟，則谷風至而應其類。』」「其類」下無「也」字。易乾九五：「雲從龍，風從虎。」孔疏：「虎是威猛之獸，風是震動之氣，此亦是同類相感，故虎嘯則谷風生，是『風從虎』也。」淮南子卷三天文訓：「虎嘯而谷風至，龍舉而景雲屬。」高注：「木生于土，故虎嘯而谷風至。」則説以五行也。

龍舉而景雲往。

龍，介虫，陰物也。景雲，大雲而有光者。雲，亦陰也。言神龍將舉陞天，則景雲覆而扶之，輔其類也。言君好賢士則英俊往而並集也。

【疏證】

龍，介虫，陰物也。◎正德本、隆慶本、朱本、劉本、俞本、馮本、湖北本、莊本、四庫章句本、景宋本、惜陰本「虫」作「蟲」。案：虫、蟲同。淮南子卷三天文訓：「虎嘯而谷風至，龍舉而景雲屬。」高注：「龍，水物也。」

景雲，大雲而有光者。雲，亦陰也。◎案：文選卷二〇應貞晉武帝華林園集詩「龍翔景雲」，李善注：「孝經援神契曰：『王者德至山陵，則景雲出。』孫柔之曰：『一名慶雲。』文子曰：『景雲光潤。』」或作「卿雲」，祥雲也。尚書大傳卷一虞傳：「卿雲爛兮，糺漫漫兮。」

言神龍將舉陞天，則景雲覆而扶之，輔其類也。言君好賢士則英俊往而並集也。◎俞本「並」作「竝」。竝，古並字。文選卷四六任昉王文憲集序「臭味風雲」，李善注：「楚辭曰：『虎嘯而谷風至，龍舉而景雲從。言物類之相感也。』王逸曰：『言神龍將舉升天，則景雲覆而扶之，輔其類。』」則「其類」下無「也」字。尤袤本有「也」字。喻林卷七一君道門致士引亦有「也」字。又，正文「雲往」與上「角動」協韻，往字出韻，當作從，東韻。李善注引作「雲從」。存其舊也。又，易乾九五：「雲從龍，風從虎。」孔疏：「龍是水畜，雲是水氣，故龍吟而景雲出，是『雲從龍』也。」又曰：「夫雲集而龍興，虎嘯而風起，物之相感有自然者。」淮南子卷三天文訓：「虎嘯而谷風至，龍舉而景雲屬。」高注：「雲生水，故龍舉而景雲屬。」孔安國古文孝經訓傳序：「虎嘯而風起，物之相感。」文選卷五一王褒四子講德論：「故虎嘯而風寥戾，龍起而致雲氣。」卷四七聖主得賢臣頌：「虎嘯而谷風冽，龍興而致雲氣。」論衡卷六龍虛篇第二二：「虎嘯谷風至，龍興景雲起。」卷一四寒温篇第四一：「虎嘯而谷風至，龍興而景雲起。」劉子卷九類感章第五〇：「龍舉一井而雲彌九天；虎嘯一谷而風扇萬里。」三國志卷二一魏書劉廙傳注引新序：「故虎嘯而谷風起，龍興而景雲見，擊庭鐘於外，而黄鐘應於內。夫物類之相感，精神之相應，若響之應聲，影之象形。」皆以言善類相感應之習藻。又，卷二九魏書方技傳管輅裴松之引管輅傳：「清河令徐季龍，字開明，有才機。與輅相見，共論龍動則景雲起，虎嘯則谷風至，以爲火星者龍，參星者虎，火出則雲應，參出則風到，此乃陰陽之感化，非龍虎之所致也。輅言：『夫論難當先審其本，然後求其理，理失則機謬，機謬則榮辱之主。若以參星爲虎，則谷風更爲寒霜之風，寒霜之風非東風之名。是以龍者陽精，以潛爲陰，幽靈上通，和氣感神，二物相扶，故能興雲。夫虎者，陰精而居於陽，依木長嘯，動於巽林，二氣相感，故能運風。若磁石之取鐵，不見其神而金自來，有徵應以相感也。況龍有潛飛之化，虎有文明之變，招雲召風，何足爲疑？』季龍言：『夫龍之在淵，不過一井之底，虎之悲嘯，不過百步之中，形氣淺弱，所通者近，何能瀏景雲而馳東風？』」軫言：『君不見陰陽燧在掌握之中，形不出手，乃上引太陽之火，下引太陰之水，噓吸之間，煙景以集。苟精氣相感，縣象應乎二燧；苟不相感，則二女同居，志不相得。自然之道，無有遠近。』」魏、晉道術家則附會以陰陽相生爲說。

音聲之相和兮，言物類之相感也。

言鳥獸相呼，雲龍相感，無不應其類而從其耦也。傷君獨無精誠之心以動賢也。

【疏證】

言鳥獸相呼，雲龍相感，無不應其類而從其耦也。傷君獨無精誠之心以動賢也。◎喻林卷七一君道門致士引「其耦」下無「也」字。案：二句無韻，文意與上重復。蓋章句原文，後以闌入於正文。文選卷四六任昉王文憲集序「臭味風雲」，李善注：「楚辭曰：『虎嘯而谷風至，龍舉而景雲從。』言物類之相感也。」唐人所據本雖已羼入「言物類之相感也」，而無「音聲之相和」一句。而後因竄亂之本，復益「音聲之相和兮」一句，以足其義。又，二句章句釋義，蓋後人因此增益之，則刪之可也。

夫方圜之異形兮，勢不可以相錯。

言君性所爲，不與己合，若方與圜不可錯雜，勢不相安也。

【疏證】

言君性所爲，不與己合，若方與圜不可錯雜，勢不相安也。◎案：章句以「相錯」爲「相安」，懷沙「各有所錯兮」，章句：「錯，安也。」

列子隱身而窮處兮，世莫可以寄託。

列子，古賢士也。言列子所以隱佚不仕而窮處者，以世多詐僞，無可以寄命託身也。

【疏證】

列子，古賢士也。◎案：莊子卷一逍遥遊第一「夫列子御風而行」，成玄英疏：「列禦寇，鄭人，與鄭繻公同時。」王先謙集解：「列子黄帝篇列子師老商氏，友伯高子，盡二子之道，乘風而歸。」又，卷二應帝王篇第七謂列子見壺子，卷五達生篇第一九謂列子見關尹。蓋與老子同其先後也。

言列子所以隱佚不仕而窮處者，以世多詐僞，無可以寄命託身也。◎案：莊子卷八讓王篇第二八：「子列子窮，容貌有飢色。客有言之于鄭子陽者，曰：『列御寇，蓋有道之士也，居君之國而窮，君無乃爲不好士乎！』鄭子陽即令官遺之粟。子列子見使者，再拜而辭。使者去，子列子入，其妻望之而拊心曰：『妾聞爲有道者之妻子，皆得佚樂。今有飢色，君過而遺先生食，先生不受，豈不命邪？』子列子笑謂之曰：『君非自知我也，以人之言而遺我粟；至其罪我也，又且以人之言。此吾所以不受也。』其卒，民果作難而殺子陽。」

衆鳥皆有行列兮，鳳獨翔翔而無所薄。

已解於九辯也。

【疏證】

已解於九辯也。◎四庫章句本「九辯」下無「也」字。案：九辯作「鳳獨遑遑而無所集」，劉良注：「遑遑，不得所貌。」翔翔，猶洋洋也，與遑遑同義。哀郢「焉洋洋而爲客」，章句：「洋洋，無所歸貌也。」

經濁世而不得志兮，願側身巖穴而自託。

言己歷貪濁之世，終不得展其志意，但甘處巖穴之中而隱伏也。

【疏證】

言己歷貪濁之世，終不得展其志意，但甘處巖穴之中而隱伏也。◎隆慶本、朱本、湖北本「之中」下有「卒」字。正德本「中而」復衍「中」字。皇都本「但」訛作「徂」。案：朱氏依隆慶本繙刻也，湖北本亦從隆慶本。文選卷二張衡西京賦「街衢相經」，薛綜注：「經，歷也。」周、秦曰歷，兩漢曰經，古今別語。又，章句「甘處巖穴之中而隱伏」云云，側身，猶退遜也，漢世習語。論衡卷五異虛篇第一八：「高宗恐駭，側身而行道，思索先王之政。」說苑卷一〇敬慎：「武丁恐駭，側身脩行，思昔先王之政。」鹽鐵論卷七救匱第三〇：「故公孫丞相、倪大夫側身行道，分祿以養賢。」漢書卷七五李尋傳：「明君恐懼脩正，側身博問，轉禍爲福。」

欲闔口而無言兮，嘗被君之厚德。

闔，閉也。言己欲閉口結舌，而不復言，以嘗被君之厚祿，故不能默也。

【疏證】

闔，閉也。◎案：說文門部：「闔，門扉也。从門、盍聲。一曰：閉也。」門扇所以開閉，引申之凡言閉合也。闔口，拑口，謂慎於言。闔、拑，葉、談平入對轉，見、匣旁紐雙聲。新書卷一過秦論下「闔口而不言」，史記卷六秦始皇本紀作「拑口而不言」。或作箝口，逸周書卷九芮良夫解第六三：「賢智箝口，小人鼓舌。」或作「唫口」，韓詩外傳卷三：「盜跖唫口，名聲若日月。」拑、箝、唫皆聲近義通。

言己欲閉口結舌，而不復言，以嘗被君之厚禄，故不能默也。◎案：章句「閉口結舌」云云，結舌，亦閉口，漢世習語。文選卷三七陸機謝平原内史表「鉗口結舌不敢上訴所天」，李善注引慎子：「臣下閉口，左右結舌。」孔叢子卷中對魏王第一四：「真僞相錯，則正士結舌。」漢書卷七五李尋傳「智者結舌」，顏師古注：「不敢出言也。」卷六〇杜欽傳：「自尚書近臣皆結舌杜口，骨肉親屬莫不股栗。」

獨便悁而懷毒兮，愁鬱鬱之焉極？

言憂愁之無窮。

【疏證】

言憂愁之無窮。◎正德本、隆慶本、湖北本、朱本、馮本、俞本、莊本、四庫章句本「無窮」下有「也」字。案：便悁、煩冤，聲之轉，言愁思不釋貌。文選卷一八嵇康琴賦「怫惆煩冤」，李善注：

「怫愲煩冤，聲蘊積不安貌。」怫愲，亦聲之轉。因聲求之，與憑臆、紛緼，皆聲之轉。

念三年之積思兮，願壹見而陳詞。

思一見君而陳忠言也。

【疏證】

思一見君而陳忠言也。◎補注：「麋信以爲屈原著辭，見放九年。今東方朔謬諫之章云，『三年積思願壹見』，愚謂此言朔自爲也。案：漢書朔傳亦鬱邑於不登用，故因名此章爲謬諫。若云謬語，因託屈原以諷漢主也。麋信，魏樂平太守也。一作庾信。予按：卜居云：『屈原既放，三年不得復見。』則三年積思，正謂屈原也。唯以謬諫名篇，當如麋信之説爾。」案：麋信其人未可詳考。隋書卷三二經籍志一有春秋説要十卷，謂「魏樂平太守麋信撰」。又，羅振玉敦煌石室影照本有麋信春秋穀梁傳解釋。據此，麋信蓋治春秋學以見聞於世，其時經師。

不及君而騁説兮，世孰可爲明之？

騁，馳也。言己不及賢君，而騁極忠説，則時世闇蔽，無可爲明真僞也。

【疏證】

騁，馳也。言己不及賢君，而騁極忠説，則時世闇蔽，無可爲明真僞也。◎案：騁，謂直馳也。詳參招魂「步及驟處兮誘騁先」注。騁説，東方先生狀屈子直陳忠言而不可遏止也。

身寢疾而日愁兮，情沉抑而不揚。

寢，卧也。言己身被疾病，卧而愁思，自傷忠誠沈抑，而不得揚達也。

【疏證】

寢，卧也。◎案：説文宀部：「寑，卧也。从宀，侵聲。」段注：「李善引論語鄭注：『寢，卧息也。』卧必於室，故其字从宀。引申爲宫室之偁。釋宫曰：『室有東西箱曰廟，無東西箱有室曰寢。』又引申之凡事止亦曰寢。」

言己身被疾病，卧而愁思，自傷忠誠沈抑，而不得揚達也。◎惜陰本、同治本正文「沉」作「沈」。案：因注文作「沈」改也。身，言我也，己也。詳參離騷「豈余身之憚殃兮」注。章句「己身」云云，誤也。

衆人莫可與論道兮，悲精神之不通。

言當世之人無可與議事君之道者，哀我精神所志而不得通於君也。

【疏證】

言當世之人無可與議事君之道者，哀我精神所志而不得通於君也。◎案：精神，魂魄。淮南子卷七精神訓：「夫精神者，所受於天也；而形體者，所稟於地也。」韓非子卷六解老篇第二〇：「凡所謂祟者，魂魄去而精神亂，精神亂則無德；鬼不祟人則魂魄不去，魂魄不去則精神不亂，精神不亂之謂有德。」

謬諫

補注：「鮑慎思云：『篇目當在「亂曰」之後。』按：古本釋文七諫之後『亂曰』別爲一篇，九懷、九思皆同。」案：其説是也。鮑慎思其人未可詳考。頗疑鮑慎思即鮑慎由之訛。鮑慎由，字欽止，龍泉人，宋哲宗元祐六年進士，著有夷白堂集二十卷，別集三卷。

亂曰：鸞皇孔鳳日以遠兮，畜鳧駕鵝。

孔，孔雀也。

【疏證】

孔，孔雀也。◎案：史記卷一一七司馬相如列傳「鵷雛孔鸞」，集解引郭璞：「孔，孔雀；鸞，鸞鳥也。」文選卷五吳都賦「孔雀綷羽以翱翔」，劉逵注：「孔雀，尾長六七尺，緑色，有華彩。朱崖、交趾皆有之，在山草中。」此蹈襲涉江「鸞鳥鳳皇」。補注：「博雅：『鳭鵝，鴈也。』郭璞云：『駕鵝，野鵝也。』」鳭、駕同。野曰鶩，家畜曰鳧；野曰鴈，家畜曰鶩。詳參九辯「鳧鴈皆唼夫粱藻兮」注。洪氏引郭説，見文選卷八上林賦注。卷二西京賦「駕鶩鴻鶤」，李善注引張揖上林賦注曰：「駕鶩，野鶩。」漢書卷八七上揚雄傳「豈駕鶩之能捷」，顔師古注：「駕鶩，鳥名也。似雁。」畜養者不稱駕，蓋野鶩。唯此「駕鵝雞鳧」連文，則非野鵝。

鶏鶩滿堂壇兮，

高殿敞揚爲堂，平場廣坦爲壇。

【疏證】

高殿敞揚爲堂，平場廣坦爲壇。◎案：王念孫校云：「今本『駕鵝』下有『雞鶩』二字，乃後人所加，與王注不合。」其説是也。畜鳧駕鵝，與上「鸞鳥鳳皇」，相對爲文，不當有「雞鶩」二字。又，壇，所以祭神。漢書卷七三韋賢傳「壇墠則歲貢」，張晏：「去祧爲壇。墠，掃地而祭也。」顔師古

注：「祧是遠祖也。築土爲壇，除地爲墠。」堂，殿也。禮記卷八檀弓上第三「吾見封之若堂者矣」，鄭注：「堂，形四方而高。」散文不别。

鼃黽游乎華池。

鼃，蝦蟇也。華池，芳華之池也。言君推遠孔鳳，斥逐賢智；畜養鵞鶩，親近小人，滿於堂庭。鼃黽，諭讒諛弄口得志也。

【疏證】

鼃，蝦蟇也。◎案：説文黽部：「鼃，蝦蟆屬。从黽、圭聲。」段注：「蝦蟆與詹諸小别，鼃則與蝦蟆大别，而其形相似，故言屬而别見。漢書武帝紀：『元鼎五年，鼃、蝦蟆鬭。』是可知其别矣。鼃者，周禮所謂蟈，今南人所謂水鷄，亦曰田鷄。鼃、蛤，皆其鳴聲也。故宋人詩多云吠蛤，亦云蛙聲閤閤。」鼃字俗作蛙，今謂青蛙。

華池，芳華之池也。◎御覽卷九四九虫豸部六蝦蟇引王逸注：「芳蘂之池。」案：蘂，當「華」之訛。文選卷一一孫綽遊天台山賦「嗽以華池之泉」，李善注引史記：「崑崙其上有華池。」

言君推遠孔鳳，斥逐賢智；畜養鵞鶩，親近小人，滿於堂庭。鼃黽，諭讒諛弄口得志也。◎正德本、隆慶本、湖北本、馮本、俞本、劉本、莊本、朱本、四庫章句本、景宋本「鵞」作「鵝」。案：

鵞、鵝同。又，「鼁黽」連用不別，皆蛙也。對文岸上者曰鼁，水中者曰黽。詳參段氏説文解字注。蛙性好鳴，故以諭讒諛弄口也。

要褭奔亡兮，騰駕橐駝。

要褭，駿馬。

【疏證】

要褭，駿馬。◎四庫章句本「要」作「騕」。案：要、騕古今字。補注引應劭云：「騕褭，古之駿馬，赤喙玄身，日行五千里。」應説見文選卷一五張衡思玄賦「縶騕褭以服箱」李善注引。卷八司馬相如上林賦「羂騕褭」，李善注引張揖曰：「騕褭馬，金喙赤色，一日行萬里者。」史記卷一一七司馬相如列傳「罥騕褭」，集解引郭璞注：「騕褭，神馬，日行萬里。」呂氏春秋卷一九離俗覽第一離俗篇：「飛兔要褭，古之駿馬也。」高注：「飛兔、要褭，皆馬名也。日行萬里。」淮南子卷一原道訓：「馳要褭，建翠蓋。」高注：「要褭，馬名，日行萬里。褭，『橈弱』之弱。」皆與應説「日行五千里」者別。又，橐駝，沙漠之獸。宋羅願爾雅翼卷二二「駞」條：「駞，外國之奇畜。背有兩封如鞍，其足三節，色蒼褐，負物至千斤，日行三百里。凡欲揞載，輒先屈足受之，所載未盡其量，終不起。古語謂之橐佗。橐，囊也。佗，負荷也。今云駱駞，盖橐音之轉。性能知水源，自燉煌往外國者多乘之。涉流沙，千餘里中無水，時有伏流處，駞獨知之，遇其處，輒停不進，以足踣地，掘之常得泉。又青海西北有流沙數百里，夏有熱風，傷斃行旅，風將至，老駞預知之，引項而鳴，聚立以鼻口埋沙中。人見則知之，以氊壅蔽口鼻，而避其患。穆天子傳曰：『天子飲于文山之下，文山之人獻牥牛二百以行流沙。』郭氏云：『駞也。』匈奴每歲龍祠，走馬鬭橐駞以爲樂事。蘇秦説楚威王稱燕、代橐駞良馬，必實外廄。是戰國時已入中國矣。其卧腹不帖地，屈足漏明者曰明駞，能行千里。古樂府云：『明駞千里足，送兒還故鄉。』多誤作『鳴』字。唐天寶間，嶺南貢荔枝，楊貴妃使明駞使馳，賜安禄山，明駞使日馳五百里，[取]（趨）若馳，足之捷云。明駞，亦或作鳴駞。凡駞糞爲煙，直若狼煙。鄴中記：『銅駞如馬，形長高一丈，足如牛，尾長二尺，脊如馬鞍，在中陽門外夾道相向。』漢書：『大月氏國出一封橐駞。』顔師古曰：『脊上有一封，封言隆高若封土，今俗呼爲封牛。』伊尹朝獻商書正北，以橐駞爲獻。漢有牧橐令丞，牧養橐佗。郭璞贊曰：駞爲奇畜，肉鞍是被。迅騖流沙，顯功絶地。潛識泉源，微乎其智。』漢舊儀云：『諸侯王黄金璽，橐佗鈕。』」

鈆刀進御兮，遥棄太阿。

太阿，利劍也。言君放遠要褱英俊之士而駕橐駝，任使罷駑頓朽之人而棄明智之士也。

【疏證】

太阿，利劍也。◎正德本、隆慶本、湖北本、朱本、劉本、馮本、莊本、四庫章句本、俞本「劍」作「劒」。案：御覽卷三四六兵部七七刀下引王逸注：「太阿，劍名。」其所據本別。太阿，歐冶子所作劍。說詳九懷株昭「頓弃太阿」注。

言君放遠要褭英俊之士而駕橐駝，任使罷駑頓朽之人而棄明智之士也。◎隆慶本、劉本、莊本「頓」作「鈍」，四庫章句本作「腐」。喻林卷四八人事門二九倒置引「明智」作「明賢」。案：頓與鈍同。作「腐朽」，妄意改也。章句但有「明智」，而無「明賢」。又，章句「橐駞」云云，即駱駝。

拔搴玄芝兮，列樹芋荷。

玄芝，神草也。

【疏證】

玄芝，神草也。◎案：玄芝，古者五芝之一。文選卷一一遊天台山賦「五芝含秀而晨敷」，李善注引神農本草經：「赤芝一名丹芝，黄芝一名金芝，白芝一名玉芝，黑芝一名玄芝，紫芝一名木芝。」芋荷，未詳其草。芋，芒芋也。爾雅謂之蕍蕮，本草謂之澤瀉，一名水澤，一名及瀉，一名芒芋，一名鵠瀉。陶隱居注：「葉狹長，叢生諸淺水中。」又，荷，扶渠也。或曰：芋荷，即距荷。芋，距字之音訛。埤雅卷十七釋草，謂荷之「出乎水上亭亭如纖者，是亦或謂之距荷」。然荷非賤物，頗爲不類。王泗原謂芋荷，即今之芋艿，「芋葉似荷，故名」。其説無據。

橘柚萎枯兮，苦李旖旎。

橘、柚，美木也。旖旎，盛貌也。言君乃拔去芝草，賤棄橘、柚，種殖芋荷，養育苦李，愛重小人，斥逐君子也。

【疏證】

橘、柚，美木也。◎案：橘、柚，並楚産，統名柑。對文大者曰柚，小者曰橘。詳參橘頌「后皇嘉樹橘徠服兮」注。

旖旎，盛貌也。◎案：詳參九辯「紛旖旎乎都房」注。

言君乃拔去芝草，賤棄橘、柚，種殖芋荷，養育苦李，愛重小人，斥逐君子也。◎俞本「殖」作「植」。案：殖，俗植字。喻林卷四八人事門二九倒置引亦作「植」。世説新語卷上雅量第六：「王戎七歲，嘗與諸小兒遊。看道邊李樹多子折枝，諸兒競走取之，唯戎不動。人問之，答曰：『樹在道邊而多子，此必苦李。』取之，信然。」

甂甌登於明堂兮，周鼎潛乎深淵。

甂、甌，瓦器名也。周鼎，夏禹所作鼎也。左氏傳曰：「昔夏禹之有德，遠方圖物，貢金九牧，鑄鼎象物。桀有昏德，鼎遷于商。商紂暴虐，鼎遷于周。是爲周鼎。」言甂甌之器登明堂，周鼎反藏於深淵之水。言小人任政，賢者隱匿也。

【疏證】

甂、甌，瓦器名也。◎莊本「名」下無「也」字。案：慧琳音義卷八五「甂甌」條引王逸注楚辭：「瓦器也。」無「名」字。說文瓦部：「甂，似小瓿，大口而卑，用食。从瓦、扁聲。」又曰：「甌，小盆也。从瓦、區聲。」方言卷五：「自關而西謂之甂，其大者謂之甌。」

周鼎，夏禹所作鼎也。左氏傳曰：「昔夏禹之有德，遠方圖物，貢金九牧，鑄鼎象物。桀有昏德，鼎遷于商。商紂暴虐，鼎遷于周。」是爲周鼎。◎案：章句引左傳見宣公三年，非足文。周鼎，國之至寶，權力之象徵，類秦、漢以後皇帝所用璽。

言甂甌之器登明堂，周鼎反藏於深淵之水。言小人任政，賢者隱匿也。◎喻林卷四八人事門二九倒置引「隱匿」作「隱思」。案：若作「隱思」，隱，痛也。思，憂也。則亦通。

自古而固然兮，吾又何怨乎今之人！

言往古嫉妬忠直，而不肯進用，我何爲獨怨今世之人乎？自慰之詞。

【疏證】

言往古嫉妬忠直，而不肯進用，我何爲獨怨今世之人乎？自慰之詞。◎同治本「妬」作「妒」。四庫章句本「進用」作「進周」。案：妒、妬同。周，用之訛。涉江：「與前世而皆然兮，吾又何怨乎今之人。」固然，謂皆然。固，讀如故，古字通用。惜誦「固煩言不可結詒兮」，補注引「固」一作「故」。故，皆也。史記卷四周本紀：「襃姒不好笑，幽王欲其笑，萬方，故不笑。」故不笑，言皆不笑也。淮南子卷一一齊俗訓：「今之裘與蓑，孰急？見雨則裘不用，升堂則蓑不御，此代爲帝者也。譬若舟車楯肆窮廬，故有所宜也。」故有所宜，言皆有所宜。

楚辭章句疏證卷一三　九歎

逢紛

離世

正德本、隆慶本、湖北本、朱本、劉本、馮本、俞本、莊本、四庫章句本「離世」作「靈懷」，補注引「離世」一作「靈懷」。洪曰：「與諸本異，又以『怨思』爲『離世』，『遠逝』爲『怨思』，移『遠遊』在第五。皆非是。」案：洪校是也。或本作「靈懷」，蓋涉此篇首句「靈懷曾不吾與兮」妄改。

怨思

正德本、隆慶本、湖北本、朱本、劉本、馮本、俞本、莊本、四庫章句本「怨思」作「離世」；補注「思」一作「世」。案：思，憂也，怨也。怨思，猶憂怨。是篇抒瀉其憂怨之情，非所以怨世。

遠逝

正德本、隆慶本、湖北本、朱本、劉本、馮本、俞本、莊本、四庫章句本「遠逝」作「怨思」；補注引「逝」一作「遊」。案：據此篇所叙，多因涉江、哀郢文，則舊作「遠逝」。

惜賢

憂苦

愍命

補注引「愍命」一作「閔念」。案：愍與閔同。愍命，楚辭習語。不當作「閔念」。

思古

遠遊

正德本、隆慶本、湖北本、朱本、劉本、馮本、俞本、莊本、四庫章句本「遠遊」作「遠逝」，且在第四篇「怨思」之下。補注引「遠遊」一作「遠逝」。案：據本篇所叙，多襲屈子遠遊文，與上篇遠逝别。舊當作「遠遊」。

九歎者，護左都水使者、光禄大夫劉向之所作也。向以博古敏達，典校經書，辯章舊文，

補注引「辯」一作「辨」。案：辯、辨古字通用。東漢文紀卷一四九歎序引作「辨」，漢魏六朝百

三家集卷二〇漢王逸集題詞引作「辯」。又，漢書卷三六楚元王傳，向，字子政，本名更生，楚元王交玄孫。地節中爲輦郎，神爵初擢諫大夫，後坐罪贖減死。拜郎中，給事黄門，遷散騎諫大夫給事中。元帝即位，擢爲宗正，以忤弘恭、石顯下獄，尋爲中郎，復下獄，免爲庶人。成帝即位，召拜中郎，領護三輔都水，遷光禄大夫中壘校尉。綏和中卒，年七十二。有尚書洪範五行傳論十一卷，五經通義九卷，五經要義五卷，世説二卷，七略别録二十卷。漢書卷三〇藝文志有劉向賦三十篇。今多亡佚。見於今者，除九歎九篇外，但古文苑卷二一請雨華山賦一篇。又，文選卷四蜀都賦李善注引有雅琴賦殘簡，卷五二韋曜博奕論李善注引有圍棋賦殘簡。

追念屈原忠信之節，故作九歎。

漢魏六朝百三家集卷二〇漢王逸集題詞、東漢文紀卷一四九歎序引「念」作「思」。案：思亦念也。

歎者，傷也，息也。

詩大序「言之不足故嗟歎之」，釋文：「歎，本亦作嘆，息也。」

言屈原放在山澤，猶傷念君，歎息無已，所謂讚賢以輔志，

補注引「讚」一作「贊」，「輔」一作「鋪」。案：皆通用字。漢魏六朝百三家集卷二〇漢王逸集題詞、東漢文紀卷一四九歎序引作「讚」、「輔」。

騁詞以曜德者也。

補注引「曜」一作「燿」。案：曜、燿古字通用。漢魏六朝百三家集卷二〇漢王逸集題詞、東漢文紀卷一四九歎序引並作「曜」。西村寺彦屈原賦説下：「向之作九歎，非『無病呻吟』，際遇有類屈子。向爲漢室宗正，猶屈子爲楚三閭大夫也。向爲弘恭、石顯等所構陷，猶屈子爲上官大夫、靳尚等所譖諑也。向之下獄，猶屈子見絀被放也。漢室之危，猶楚國之危也。向之忠愛，曷讓屈子？宜矣，向之眷眷于屈子也。」可謂知言。

伊伯庸之末胄兮，

胄，後也。左氏傳曰：「戎子駒支，四嶽之裔胄也。」

【疏證】

胄，後也。左氏傳曰：「戎子駒支，四嶽之裔胄也。」◎案：章句引左傳，見襄公十四年，今本作「謂我諸戎是四嶽之裔胄也」，杜注：「裔，遠也；胄，後也。」魏書卷三六李騫傳載釋情賦：「雖衣冠之末胄，而世禄之緒餘。」全三國文卷一九曹植王仲宣誄：「天開之祚，末胄稱王。」末胄，漢、魏間習語。

諒皇直之屈原。

諒，信也。論語曰：「君子貞而不諒。」言屈原承伯庸之後，信有忠直美德，甚於衆人也。

【疏證】

諒，信也。論語曰：「君子貞而不諒。」◎案：章句引見論語卷一五衛靈公，集解引孔注：「貞，正也。諒，信也。」諒之訓信，詳參離騷「惟此黨人之不諒兮」注。

言屈原承伯庸之後，信有忠直美德，甚於衆人也。◎正德本、隆慶本、湖北本、朱本、馮本、俞本、莊本「言屈」上有「以」字。案：以，羨也。章句「屈原承伯庸之後」云云，因離騷「朕皇考曰伯庸」。

云余肇祖于高陽兮，惟楚懷之嬋連。

嬋連，族親也。言屈原與懷王俱顓頊之孫，有嬋連之族親，恩深而義篤也。

【疏證】

嬋連，族親也。◎正德本、隆慶本、朱本、馮本、湖北本、俞本、莊本、劉本、四庫章句本「嬋」作「婵」。俞本正文亦作「嬋」。案：嬋與婵同。婵，猶婵媛。離騷「女嬃之婵媛兮」，章句：「婵媛，猶牽引也。」連，猶連延。文選卷三四枚乘七發「蒲伏連延」，李善注：「連延，相續貌。」婵連，平列同義。或作婢聯，全後魏文卷五八闕名魯孔子廟碑：「仰聖儀之煥爛，嘉鴻業之婢聯。」

言屈原與懷王俱顓頊之孫，有嬋連之族親，恩深而義篤也。◎正德本、隆慶本、朱本、馮本、俞本、劉本、湖北本、莊本、四庫章句本「原」下無「與」字，「嬋」作「婢」。袁校「屈原與」作「己與」。案：無「與」，敓也。章句「屈原與懷王俱顓頊之孫」云云，因離騷「帝高陽之苗裔」。

原生受命于貞節兮，鴻永路有嘉名。

鴻，大也。永，長也。路，道也。言屈原受陰陽之正氣，體合大道，故長有美善之名也。

【疏證】

鴻，大也。◎案：天問「不任汩鴻」，章句：「鴻，大水也。」

永，長也。◎馮本「永」譌作「求」。案：詳參天問「永遏在羽山」注。

路，道也。◎案：詳參離騷「來吾道夫先路」注。審此路字爲道統，非謂道路。

言屈原受陰陽之正氣，體合大道，故長有美善之名也。◎案：章句「屈原受陰陽之正氣」云云，因離騷「攝提貞于孟陬兮，惟庚寅吾以降」。

齊名字於天地兮，

謂名平字原也。

【疏證】

謂名平字原也。◎案：因離騷「名余曰正則兮字余曰靈均」，章句：「正，平也。則，法也。靈，神也。均，調也。言正平可法則者，莫過於天。養物均調者，莫神於地。高平曰原，故父伯庸名我爲平以法天，字我爲原以法地。」

並光明於列星。

謂心達道要，又文采光耀，若天有列星也。

【疏證】

謂心達道要，又文采光耀，若天有列星也。◎正德本、隆慶本、湖北本、朱本、劉本、馮本、俞本、莊本、四庫章句本「道要」下無「又」字，「采」作「章」。俞本、同治本正文「並」作「竝」。案：章句有「文采」，無「文章」。九懷思忠「聊逍遥兮播光」，章句：「且徐遊戲，布文采也。」下「魚鱗衣而白蜺裳」，章句：「言所居清潔，被服芬芳，德體如玉，文采曜明也。」又，涉江：「與天地兮同壽，與日月兮齊光。」章句：「言己年與天地相敝，名與日月同耀。」即此文所因。

吸精粹而吐氛濁兮，

氛，惡氣也。左氏傳曰：「楚氛甚惡。」言己吸天地清明之氣，而吐其塵濁，内潔浄也。

【疏證】

氛，惡氣也。左氏傳曰：「楚氛甚惡。」◎案：章句引左傳，見襄公二十七年，杜注：「氛，氣也。言楚有襲晉之氣。」

言己吸天地清明之氣，而吐其塵濁，内潔浄也。◎正德本、隆慶本、朱本、馮本、俞本、劉本、莊本、湖北本、四庫章句本「清」作「精」，「潔浄」下有「之氣」二字。案：據義，内猶納也。「潔浄」下舊有「之氣」二字。慧琳音義卷八三「譯粹」條、卷九五「沖粹」條同引王注楚辭：「粹，精也。」章句遺義。舊本作「精明」。遠遊「精氣入而麤穢除」，章句：「納新吐故，垢濁清也。」即此文所因。又，馬王堆漢帛書十問：「必先吐陳，乃翕（吸）竣（朘）氣，與竣（朘）通息，與竣（朘）飲食，飲食完竣（朘），如養赤子。」

横邪世而不取容。

言己體清潔之行，在横邪貪枉之世，而不能自容入于衆也。

【疏證】

言己體清潔之行，在横邪貪枉之世，而不能自容入於衆也。◎正德本、隆慶本、朱本、劉本、馮本、俞本、莊本、湖北本、四庫章句本「于」作「於」。案：于、於古今字。横，特立貌。橘頌：「蘇世獨立，横而不流兮。」章句：「然不可變節，猶行忠直，横立自持，不隨俗人也。」横立自持，言特立自守。宋書卷八五謝莊傳：「物情好猜，横立别解，本旨向意，終不外宣。」横立别解，言特立别解。横邪世，謂特立於邪世。章句「在横邪貪枉之世」云云，横言横邪。非也。

行叩誠而不阿兮，

叩，擊也。阿，曲也。

【疏證】

叩，擊也。◎案：詳參七諫謬諫「故叩宫而宫應兮」注。然審「叩誠」之叩，猶忠慤貌。重言之曰叩叩。廣雅釋訓：「叩叩，誠也。」類聚卷七〇服飾部下囊引繁欽定情詩：「何以致叩叩，香囊繫肘後。」叩誠，平列同義，或爲款誠。漢書卷九四匈奴傳：「今單于歸義，懷款誠之心。」卷九九上王莽傳：「非有款誠，豈可虛致。」三國志卷四魏書三少帝紀：「乃心款誠，形于辭旨。」詳參離騷「余固知謇謇之爲患兮」注。章句「以好叩擊人之過」云云，以爲「叩擊」之義。非也。阿，曲也。◎案：天問「雷開阿順」，章句：「雷開，佞人也，阿順於紂，乃賜之金玉而封之也。」阿順，曲順也。

遂見排而逢讒。

言己心不容非，以好叩擊人之過，故遂爲讒佞所排逐也。

【疏證】

言己心不容非，以好叩擊人之過，故遂爲讒佞所排逐也。◎文淵四庫章句本「以好」上有「惟」字，文津本亦無「惟」字。案：惟，羨也。正文「讒」字，與上「容」協韻。「逢讒」當乙作「讒逢」，逢與容同協東韻，倒文趁韻。

后聽虛而黜實兮，

黜，貶也。實，誠也。

【疏證】

黜，貶也。◎案：説文黑部：「黜，貶下也。从黑、出聲。」通作絀。荀子卷二不苟篇第三「不能則恭敬縛絀以畏事人」，楊倞注：「絀與黜同。」

實，誠也。◎案：詳參離騷「羌無實而容長」注。

不吾理而順情。

言君聽讒佞虚言，以貶忠誠之實，不理我言，而順邪僞之情，故見放流也。

【疏證】

言君聽讒佞虚言，以貶忠誠之實，不理我言，而順邪僞之情，故見放流也。◎案：章句以「順情」爲「順邪僞之情」，增字以解，非也。順讀爲殉，謂曲求。史記卷八四賈生列傳「貪夫殉財兮」，集解：「應劭曰：『殉，營也。』瓚曰：『以身從物曰殉。』」書伊訓「敢有殉于貨色」，孔傳：「殉，求也。」殉情，謂曲從私情。

腸憤悁而含怒兮，志遷蹇而左傾。

言己執忠誠而見貶黜，腸中憒懣，悁悒而怒，則志意遷移，左傾而去也。

【疏證】

言己執忠誠而見貶黜，腸中憒懣，悁悒而怒，則志意遷移，左傾而去也。◎補注引「志遷蹇而左傾」一作「志徙倚而左傾」。案：慧琳音義卷五五「悁嫉」條引王逸注楚辭：「悁，憤［滿］（懣）也。」卷一〇〇「悁悁」條引王逸注楚辭：「悁，悒也。」皆章句遺義。憒悁，便悁之聲轉，言鬱積紆曲貌，不必泥其字義訓詁。又，舊本正文當作「志徙倚」，徙倚，猶徘徊，楚辭習語，遠遊「步徙倚而遥思」是也。左傾，謂左遷。類聚卷一八人部二「美婦人」條引蔡邕檢逸賦「意徙倚而左傾」，因襲於此，其所據本作「志徙倚」。

心儻慌其不我與兮，

儻慌，無思慮貌。

【疏證】

儻慌，無思慮貌。◎案：儻慌，惝怳之聲轉。遠遊「怊惝怳而乖懷」，章句：「惆悵失望，志乖錯也。」或作敞罔，九思守志「悵敞罔兮自憐」。或作㒺罔，逢尤「走㒺罔兮乍東西」。或作惝罔，哀時命

「悵惝罔㠯永思兮」。或作浩蕩，離騷「怨靈脩之浩蕩兮」，章句：「浩猶浩浩，蕩猶蕩蕩，無思慮貌也。」言惆悵、言無思慮，其義貫通。吳玉搢別雅卷三復有「敞罔」、「敞怳」、「惝恍」等，皆其別文。

躬速速其不吾親。

速速，不親附貌也。言君心懭慌而無思慮，不肯與我謀議，用志速速，不與己相親附也。

【疏證】

速速，不親附貌也。言君心懭慌而無思慮，不肯與我謀議，用志速速，不與己相親附也。◎文淵四庫章句本「附貌」下無「也」字，文津本亦有「也」字。案：爾雅釋訓：「速速、蹙蹙，惟逑鞫也。」郭璞注：「陋人專祿國侵削，賢士永哀念窮迫。」郝氏義疏：「速者，玉藻注：『遬猶蹙蹙也。』詩正月傳：『蔌蔌，陋也。』蔌蓋遬之或體，遬，籀文速字也。然則速速與蹙蹙，皆爲褊急，故毛傳以蔌蔌爲陋。詩節南山箋：『蹙蹙，縮小之貌。』士相見禮注：『蹙猶促也。』郭注以『國侵削』爲蹙，於義亦通。」速速、蹙蹙，聲之轉。言「陋」、「褊急」，皆謂不親附。或作數數、促促。周禮卷四二冬官考工記第六弓人「則莫能以速中」，鄭注：「故書速或作數。」數數，猶促促，謂不親近意也。莊子卷一逍遥遊第一「未數數然也」，釋文引崔注：「數數，猶迫促意也。」易需上六：「入于穴，有不速之客。」馬王堆漢墓帛書周易作「有不楚之客」。楚，魚部，漢音蓋魚與幽、侯合也。

辭靈脩而隕志兮，

隕，墮也。易曰「有隕自天」也。

【疏證】

隕，墮也。易曰「有隕自天」也。◎案：章句引易，見姤九五，李鼎祚集解引虞翻：「隕，落也。」離騷「厥首用夫顛隕」，章句：「隕，墜也。」墮、墜散文皆謂隕落。

吟澤畔之江濱。

畔，界也。濱，涯也。言己與懷王辭訣，志意墮落，長吟江澤之涯而已。

【疏證】

畔，界也。◎案：説文田部：「畔，田界也。从田，半聲。」引申爲凡疆界之偁。或通作泮，詩氓「隰則有泮」，鄭箋：「泮，讀爲畔。畔，涯也。」

濱，涯也。◎案：文選卷一五張衡思玄賦「翩繽處彼湘濱」，李善注：「濱，水涯也。」詩北山「率土之濱」，毛傳：「濱，涯也。」

言己與懷王辭訣，志意墮落，長吟江澤之涯而已。◎案：漁父：「屈原既放，游於江潭，行吟澤畔。」即向所因。

椒桂羅㠯顛覆兮，有竭信而歸誠。

顛，頓也。覆，仆也。言己見先賢若椒桂之人以被禍，其身顛仆，然猶竭信歸誠，而志不懼也。

【疏證】

顛，頓也。◎案：離騷「厥首用夫顛隕」，章句：「自上下曰顛。」頓亦下也。

覆，仆也。◎案：天問「覆舟斟尋」，章句：「覆，反也。」引申之言傾側、躓踣。左傳昭公十三年「僨於豚上」，杜注：「僨，仆也。」孔疏：「前覆曰仆。」顛覆，平列同義。書胤征「顛覆厥德」，孔傳：「顛覆言反倒」。

言己見先賢若椒桂之人以被禍，其身顛仆，然猶竭信歸誠，而志不懼也。◎文選卷五九沈約齊故安陸昭王碑文「蘭桂有芬」，李善注：「楚辭曰：『椒桂罹以顛覆。』王逸注曰：『言己見先賢若椒桂之人。』」案：非其足文。章句「然猶竭信歸誠」云云，釋有爲猶。有，讀作又，古字通用。又謂猶也。

讒夫藹藹而漫著兮，

藹藹，盛多貌也。詩云：「藹藹王多吉士。」漫，污也。

【疏證】

藹藹，盛多貌也。詩云：「藹藹王多吉士。」◎正德本、隆慶本、朱本、劉本、馮本、俞本、莊本、湖北本、四庫章句本「貌」下無「也」字。案：章句引詩見大雅卷阿，毛傳：「藹藹猶濟濟也。」爾雅釋訓：「藹藹、濟濟，止也。」郭注：「皆賢士盛多之容止。」郝氏義疏：「釋木云『蕡藹』，郭注：『樹實繁茂菴藹。』是藹本衆多之義。」藹，影母字，有盛多、蔽隱之義。詳參離騷「時曖曖其將罷兮」注。詩以美吉士，此以斥讒夫，美惡一辭。

漫，污也。◎案：漫，加也，陵也。匠人抹泥曰塗漫，惡言加污人亦曰漫，其義相通。呂氏春秋卷一二季冬紀第四誠廉篇「以漫吾身也」，高注：「漫，汙。」汙、污同。又，章句「以自著明」云云，以著釋明。非也。著，讀如塗，音近通用。文選卷一班固西都賦「草木塗地」，李善注引廣雅：「塗，汙也。」漫塗，平列同義。

曷其不舒予情？

曷，何也。言讒人相聚，藹藹而盛，欲漫污人以自著明，君何不舒我忠情，以詰責之乎？

【疏證】

曷，何也。◎案：書盤庚上「汝曷弗告朕」，孔傳：「曷，何也。」孔疏：「曷、何同音，故曷爲何也。」

言讒人相聚，藹藹而盛，欲漫污人以自著明，君何不舒我忠情，以詰責之乎？◎正德本、隆慶本、朱本、劉本、馮本、俞本、湖北本、莊本、四庫章句本「君何」下有「其」字。案：章句「君何不舒我忠情」云云，言君何不使我舒忠情也。又，章句「以詰責之」云云，易恆九三王弼注「不可致詰」，孔疏：「詰，問也。」周禮卷二九夏官司馬第四大司馬「制軍詰禁以糾邦國」，鄭注：「詰，猶窮治也。」

始結言於廟堂兮，

結，猶聯也。廟者，先祖之所居也。言人君爲政舉事必告於宗廟，議之於明堂也。

【疏證】

結，猶聯也。◎案：招魂「青驪結駟兮齊千乘」，章句：「結，連也。」連、聯古字通用。

廟者，先祖之所居也。◎正德本、隆慶本、湖北本、朱本、劉本、馮本、俞本、莊本、四庫章句本「先祖」下無「之」字。案：詩清廟「於穆清廟」，鄭箋：「廟之言貌也。死者精神不可得而見，但以生時之居，立宮室象貌爲之耳。」公羊傳桓公二年「納于大廟」，何休注：「廟之爲言貌也。思想儀貌而事之，故曰齊之日，思其居處，思其笑語，思其志意，思其所樂，思其所嗜。祭之日，入室，僾然必有見乎其位；周旋出入，肅然必有聞乎其容聲；出户而聽，愾然必有聞乎其歎息之聲。孝子之至也。」

言人君爲政舉事必告於宗廟，議之於明堂也。◎正德本、隆慶本、朱本、劉本、馮本、俞本、莊本、湖北本、四庫章句本「堂」下無「也」字。案：戰國策卷三秦策「式於廊廟之内」，吴師道注：「劉向九歎王逸注：『人君爲政，舉事告宗廟，議於明堂。』」無「必」字、「也」字。困學紀聞卷二〇地理引王逸注「必告」下無「於」字。章句「人君爲政舉事必告於宗廟，議之於明堂」云云，釋「廟堂」爲宗廟、明堂，所以别古今異語。周秦曰宗廟、明堂。左傳桓公二年：「凡公行，告于宗廟。」孔疏：「凡公行者，或朝、或會、或盟、或伐，皆是也。孝子之事親也，出必告，反必面，事死如事生，故出必告廟，反必面至。」禮記卷一六月令第六：「天子居明堂太廟。」鄭注：「明堂太廟，南堂當太室也。」第三一明堂位：「大廟，天子明堂。」明堂、宗廟同。類聚卷三八禮部上明堂引孝經援神契：「明堂者，天子布政之宫，上圓下方，八牕四達，在國之陽。」兩漢曰廟堂。漢書卷六四徐樂傳：「脩之廟堂之上而銷未形之患也。」卷六七梅福傳：「廟堂之議，非草茅所當言也。」

信中塗而叛之。

塗，道也。叛，背也。言君始嘗與己結議連謀於明堂之上，今信用讒言，中道而更背我也。

【疏證】

塗，道也。◎案：塗之訓道，通作途。爾雅釋丘「當途梧邱」，郭注：「途，道。」

叛，背也。◎正德本、隆慶本、朱本、劉本、湖北本、莊本、俞本「背」作「倍」。案：背、倍，古字通用。叛，亂也，謂臣反叛君上也，與潰字相對。公羊傳僖公四年：「國曰潰，邑曰叛。」左傳襄公二十六年「入于戚以叛」，孔疏：「所言叛者，或據邑而距其君，或竊地他國，皆爲有地隨己，故稱爲叛。」散文君背棄信臣亦曰叛，或作畔，古字通用。

言君始嘗與己結議連謀於明堂之上，今信用讒言，中道而更背我也。◎馮本、四庫章句本「結」作「績」。毛祥麟楚辭校文曰：「文瀾閣本『背』下有『叛』字。」案：文津本、文淵本亦無「叛」字。績，結之訛。章句「今信用讒言」云云，以信爲信用。非也。「信中塗而叛之」，蹈襲抽思「羌中道而回畔」。信，誠也。羌，乃也。二字義同。劉向因信、羌同義易之。

懷蘭蕙與衡芷兮，行中壄而散之。

言己懷忠信之德，執芬香之志，遠行中野，散而弃之，傷不見用也。

【疏證】

言己懷忠信之德，執芬香之志，遠行中野，散而弃之，傷不見用也。◎案：壄，古野字。中野，與「廟堂」相對，謂荒郊。史記卷九呂后本紀：「自決中野兮蒼天舉直。」

聲哀哀而懷高丘兮，心愁愁而思舊邦。

言己放斥山野，發聲而唫，其音哀哀心愁思者，念高丘之山，想歸故國也。

【疏證】

言己放斥山野，發聲而唫，其音哀哀心愁思者，念高丘之山，想歸故國也。◎正德本、隆慶本、朱本、劉本、馮本、俞本、莊本、湖北本、四庫章句本「唫」作「吟」，「想」作「阻」。案：唫，古吟字。作「阻歸」，阻，讀作徂，行也。爾雅釋訓：「哀哀悽悽，懷報德也。」詩蓼莪「哀哀父母」，鄭箋：「哀哀者，恨不得終養父母，報其生長己之苦。」此「哀哀」，言恨不得報君國也。

願承閒而自恃兮，徑淫曀而道壅。

淫曀，闇昧也。詩云：「不日有曀。」言己思承君閒暇，心中自恃，冀得竭忠，而徑路闇昧，遂以壅塞。

【疏證】

淫曀，闇昧也。詩云：「不日有曀。」◎案：章句引詩見邶風終風，毛傳：「陰而風曰曀。」爾雅釋天：「久雨謂之淫。」

言己思承君閒暇，心中自恃，冀得竭忠，而徑路闇昧，遂以壅塞。◎正德本、隆慶本、朱本、馮本、俞本、湖北本、劉本、莊本、四庫章句本「壅塞」下有「也」字。俞本「壅」作「廱」。案：廱、壅同，正文作「廱」，注文亦當作「廱」。章句「承君閒暇心中自恃」云云，繳繞之説。恃，讀爲待，古字通用。戰國策卷一四楚策一「趙恃楚勁，必與魏戰」，史記卷七〇張儀列傳恃作待。卷二七韓策二「公恃秦而勁」，史記卷四五韓世家恃作待。此言願承君閒而自待也。

顔黴黧以沮敗兮，

黧，黑也。沮，壞也。

【疏證】

黧，黑也。◎案：説文黑部：「黴，中久雨青黑。从黑，微省聲。」今俗作霉。又，宋本玉篇黑部：「黴，明飢切，面垢也。」又曰：「黧，力兮切，黑也。」廣韻上平聲第六脂韻：「黴，黧，垢腐貌。武悲切。」第一二齊韻：「黧，黑而黄也。郎奚切。」散文黴、黧不別，謂色黑也。

沮，壞也。◎案：左傳莊公十一年「大崩曰敗績」，杜注：「若沮岸崩山。」釋文：「沮，壞也。岸崩謂之沮。」

精越裂而衰耄。

越，去也。裂，分也。耄，老也。言己欲進不得，中心憂愁，顔色黧黑，面目壞敗，精神越去，氣力衰老也。

【疏證】

越，去也。◎案：越之爲去，即消散也。淮南子卷二俶真訓「精神已越於外」，高注：「越，散也。」

裂，分也。◎案：莊子卷八天下篇第三三「道術將爲天下裂」，郭象注：「裂，分離也。」

耄，老也。◎案：耄、老散則不别，對文耄之甚於老。詳參七諫怨上「心悼怵而耄思」注。

言己欲進不得，中心憂愁，顔色黧黑，面目壞敗，精神越去，氣力衰老也。◎正德本、隆慶本、劉本、朱本、俞本、湖北本「目」作「狀」，「壞」作「⿸疒褱」。馮本、莊本、四庫章句本「目」作「狀」。案：⿸疒褱，古瘝字。書召誥「厥終智藏瘝在」，孔疏引鄭玄：「瘝，病也。」章句無「⿸疒褱敗」，但作「壞敗」。九辯「然潢洋而不帶」，章句：「猶以荷葉爲衣，必壞敗也。」七諫沈江「原咎雜而累重」，章句：「以言國君聽用羣小之言，則壞敗法度而自傾危也。」舊作「壞敗」。

裳襜襜而含風兮，

襜襜，摇貌。

【疏證】

襜襜，摇貌。◎文選卷一六長門賦「舉帷幄之襜襜」，李善注：「楚辭曰：『裳襜襜以含風。』王逸曰：『襜襜，摇貌。』」案：猶摇動也。又，宋本玉篇衣部「襜」字：「襜襜，摇動皃。」蓋因章句，其所據本作「摇動貌」。

衣納納而掩露。

納納，濡濕貌也。上曰衣，下曰裳。言己放行山野，下裳襜襜而含疾風，上衣濡濕而掩霜露，單行獨處，身苦寒也。

【疏證】

納納，濡濕貌也。◎同治本「濕」作「溼」。正德本、隆慶本、劉本、俞本「濡溼」作「漏漏」。案：溼、濕同。作「漏漏」，不辭。羅本玉篇殘卷糸部「納」字：「楚辭『衣納納而掩露』，王逸曰：『納納，薄濕貌也。』」則濡作薄。説文糸部：「納，絲溼納納也。从糸、内聲。」段注：「納納，溼意。」薄，入也，内也。易説卦「陰陽相薄」，李鼎祚集解引虞翻：「薄，入也。」薄溼，内溼也。則亦通。

上曰衣，下曰裳。◎案：散文衣裳二字不别，對文其義别於上、下。詳參離騷「製芙蓉以爲裳」注。

言己放行山野，下裳襜襜而含疾風，上衣濡濕而掩霜露，單行獨處，身苦寒也。◎同治本「濕」作「溼」。案：章句「身苦寒」云云，苦寒之語始於此。苦，甚也。苦寒，謂甚寒、極寒也。文選卷二七樂府有曹操苦寒行一首，李善注引歌録云：「苦寒行，古辭。」行者，歌樂名。

赴江湘之湍流兮，順波湊而下降。

湊，聚也。言己乘船赴江、湘之疾流，順聚波而下行，身危殆也。

【疏證】

湊，聚也。◎文選卷二八陸機挽歌行「周親咸奔湊」，李善注引王逸注曰：「湊，衆也。」案：衆，聚之訛，唐寫本卷五六陸機挽歌行李善引王逸注亦作「聚」。説文水部：「湊，水上人所會也。从水、奏聲。」引申之凡言會聚。淮南子卷九主術訓「而四海之雲湊」，高注：「湊，會也。」

言己乘船赴江、湘之疾流，順聚波而下行，身危殆也。◎湖北本、朱本、俞本「聚」作「驟」。案：黎本玉篇殘卷水部「湊」字：「楚辭『從波湊而下津』，王逸曰：『湊，聚也。』」正文「順」作

「從」。慧琳音義卷三九「湊會」條引王逸注楚辭：「湊，聚也。」文選卷六魏都賦「結湊冀道」、卷一一魯靈光殿賦「揭蘧蘧而騰湊」、卷一二江賦「川流之所歸湊」李善注並引王逸注：「湊，聚也。」皆作「聚波」也。作「驟波」，言急疾之波也。章句「疾流」云云，舊宜作「驟波」。

徐徘徊於山阿兮，

阿，曲隅也。

【疏證】

阿，曲隅也。◎案：詳參九歌山鬼「若有人兮山之阿」注。

飄風來之洶洶。

洶洶，讙聲也。言己至於山之隈曲，且徐徘徊，冀想君命，飄風卒至，復聞讒佞洶洶欲來害己也。

【疏證】

洶洶，讙聲也。◎案：洶洶，言風鼓水波聲也，喻讒言喧嘩。悲回風「聽波聲之洶洶」，章句：「水得風而波，以喻俗人言也。」

言己至於山之隈曲，且徐徘徊，冀想君命，飄風卒至，復聞讒佞洶洶欲來害己也。◎正德本「讒佞」上有「于」字，隆慶本、湖北本、劉本、俞本「讒佞」上有「乎」字，「洶洶」作「匈匈」。莊本「洶洶」作「匈匈」。案：洶與匈同。漢書卷一高帝紀下「天下匈匈」，顏師古注：「匈匈，喧擾之意。」卷六五東方朔傳「君子不爲小人之匈匈而易其行」，顏師古注：「匈匈，讙議之聲。」袁校「己至」作「己望」。未知所據。

馳余車兮玄石，

玄石，山名。

【疏證】

玄石，山名。◎案：玄石，未詳其地，章句蓋據下「洞庭」推演之。玄石，黑石，未必謂山名。後漢書卷三四梁統傳附竦：「既徂南土，歷江、湘，濟沅、湘，感悼子胥、屈原以非辜沈身，乃作悼騷賦，繫玄石而沈之。」類聚卷八山部下「會稽諸山」條引郭璞會稽山贊：「玉匱表夏，玄石勒秦。」卷九水部下「井」條引孫楚井賦「枕玄石以盥漱，喜遨怡以緩帶。」

步余馬兮洞庭。

洞庭，水名。

【疏證】

洞庭，水名。◎案：洞庭，湖名。詳參九歌湘君「邅吾道兮洞庭」注。

平明發兮蒼梧，夕投宿兮石城。

石城，山名也。言己動履大水，宿止名山，用志清潔且堅固也。

【疏證】

石城，山名也。言己動履大水，宿止名山，用志清潔且堅固也。◎正德本、隆慶本、朱本、馮本、俞本、劉本、湖北本、莊本、四庫章句本「山名」下無「也」字。案：史記卷四四魏世家「而攻冥阸之塞」，集解：「孫檢曰：『楚之險塞也。』徐廣曰：『或以爲今江夏鄳縣。』」正義：「括地志云：『石城山在申州鐘山縣東南二十一里，魏攻冥阸即此山（中華書局一九九五年版點校本史記以「山」字屬下。非也），上有故石城。注水經云：或言在鄳，指此山也。呂氏春秋云九塞，此其一也。』」水經注卷三〇淮水「故義陽郡治，分南陽置也。晉太始初，以封安平獻王孚長子望。本治在石城山上。」則石城在江北，不在江南。又，淮南子卷一八人間訓「及至乎下洞庭，鶩石城」，高注：「洞庭在長沙，石城在丹陽。」此石城在九疑，亦不在丹陽。御覽卷四一地部六九疑山引郡國志：「九疑山有九峰：一曰丹朱峰，二曰石城峰。」平明，漢世習語，旦始明時也。史記卷二六曆書：「時鷄三號，卒明。」集解：「徐廣曰：『卒，一作平。』」索隱：「言夜至鷄三鳴則天曉。」

芙蓉蓋而蔆華車兮，紫貝闕而玉堂。

紫貝，水蟲名。援神契曰「江水出大貝」也。

【疏證】

紫貝，水蟲名。援神契曰「江水出大貝」也。◎正德本、隆慶本、朱本、馮本、俞本、莊本、湖北本、劉本、四庫章句本「大貝」下無「也」字。案：袁校補「也」字。初學記卷六地部中第四江「紫貝闕」條引王逸注：「紫貝，水蟲也。援神契曰『洪水出大貝』。」無「名」字，下有「也」字。又，「江水」別作「洪水」。章句引援神契，即孝經援神契也。今佚。爾雅釋魚：「貝，大者魭，小者鰿。餘泉，白黄文。」郭璞注：「今細貝亦有紫色者，出日南。今之紫貝，以紫爲質，黑爲文點。」類聚卷九八祥瑞部上「祥瑞」條引白虎通：「河出龍圖，雒出龜書，江出大貝，海出名珠。」文選卷二四曹植贈丁廙詩「譬海出明珠」，李善注引禮斗威儀：「其君乘金而王，則江海出大貝明珠。」張華博物志卷一物產：「江出大貝，海出明珠。」

薜荔飾而陸離薦兮，

陸離，美玉也。薦，卧席也。

【疏證】

陸離，美玉也。◎案：陸離，參差美好貌。名事相因，玉之美者亦名陸離。聲之轉爲流離、琳琅。詳參九歌東皇太一「璆鏘鳴兮琳琅」注。又，徐仁甫古詩別解：「陸離當作夫離，謂莞蒲可以爲席者。」好奇之説。

薦，卧席也。◎案：説文艸部：「薦，獸之所食艸也。从薦、艸。古者神人以薦遺黄帝。帝曰：『何食何處？』曰：『食薦，夏處水澤，冬處松柏。』」徐鍇曰：「薦，草之深厚者。」引申之爲簟席。方言卷九：「江、淮家居簰中謂之薦。」釋名釋車：「薦，版在上如薦席也。」又，釋牀帳：「薦，所以自薦藉也。」王先謙疏證補引蘇輿曰：「薦，蓋草席之名。」

魚鱗衣而白蜺裳。

魚鱗衣，雜五綵爲衣如鱗文也。言所居清潔，被服芬芳，德體如玉，文綵燿明也。

【疏證】魚鱗衣，雜五綵爲衣如鱗文也。◎案：章句「雜五綵」云云，雜，猶説文「五綵相合」也，雜五綵，配合五綵，非謂雜亂。詳參離騷「豈維紉夫蕙茝」注。

言所居清潔，被服芬芳，德體如玉，文綵燿明也。◎正德本、隆慶本、朱本、馮本、俞本、劉本、莊本、湖北本、四庫章句本「燿」作「耀」，景宋本作「嬥」。案：燿與耀同。嬥，訛也。章句「德體如玉文綵燿明」云云，因禮記卷六三聘義第六三：「夫昔者君子比德於玉焉：温潤而澤，仁也。縝密以栗，知也。廉而不劌，義也。垂之如隊，禮也。叩之其聲清越以長，其終詘然，樂也。瑕不揜瑜，瑜不揜瑕，忠也。孚尹旁達，信也。」

登逢龍而下隕兮，違故都之漫漫。

逢龍，山名。言己登逢龍之山而遂下顧，去楚國之遼遠也。

【疏證】逢龍，山名。言己登逢龍之山而遂下顧，去楚國之遼遠也。◎案：文選卷五三陸機辨亡論

「蓬龍之戰」，李善注：「楚辭曰：『登蓬龍而下隕兮。』王逸曰：『蓬龍，山名也。』」則「逢龍」作「蓬龍」，「山名」下有「也」字。逢龍之山，未詳其處。逢龍，猶豐隆，其字無定體，言高峻貌。名事相因，則高峻之山亦名逢龍。三國志卷一八魏書臧霸傳：「當遣兵逆霸，霸與戰於逢龍，當復遣兵邀霸與夾石，與戰破之，還屯舒。」卷六〇吳志周魴傳：「前彭綺時，聞旌麾在逢龍，此郡民大小歡喜，並思立效。」逢龍山，在廬江郡吳塘陂也。

思南郢之舊俗兮，腸一夕而九運。

言己思念郢都邑里故俗，腸中愁悴，一夕九轉，欲還歸也。

【疏證】

言己思念郢都邑里故俗，腸中愁悴，一夕九轉，欲還歸也。◎案：文選卷三四枚乘七發「兵車雷運」，李善注：「王逸楚詞注曰：『運，轉也。』音旋。」其引章句出招魂「引車右還」注。運音旋者，招魂協音。記纂淵海卷七四人情部「懷昔」條引「運」作「迴」。迴、運，並與上「違故都之漫漫」不協。運，當作轉。轉、漫同協元韻。章句「一夕九轉」云云，其舊本作轉。

揚流波之潢潢兮，

潢潢，大貌。

【疏證】

潢潢，大貌。◎案：荀子卷六富國篇第一〇「潢然兼覆之」，楊倞注：「潢與滉同。潢然，水大至之貌也。」或作洸洸，卷二〇宥坐篇第二八「其洸洸乎不掘盡似道」，楊倞注：「洸讀爲滉，滉滉，水至之貌。」或作汪汪，廣雅釋訓：「汪汪，大也。」

體溶溶而東回。

溶溶，波貌也。言己隨流而行，水盛廣大，波高溶溶，將東入於海也。

【疏證】

溶溶，波貌也。◎正德本、隆慶本、朱本、劉本、馮本、俞本、莊本、湖北本、四庫章句本「波貌」下無「也」字。案：袁校補「也」字。説文水部：「溶，水盛也。从水、容聲。」疊言之曰溶溶，水大貌。下愍命「心溶溶其不可量兮」，章句：「溶溶，廣大貌。」

言己隨流而行，水盛廣大，波高溶溶，將東入於海也。◎案：章句「言己隨流而行」云云，以己釋體。爾雅釋畜「體長」，郭注：「長身者。」邢昺疏：「體，身也。」身亦己也。袁校「波高」作「波浪高」。未知所據。

心怊悵以永思兮，意晻晻而日頹。

言己將至於海，心中怊悵而長思，意晻晻而稍下，恐不復還也。

【疏證】

言己將至於海，心中怊悵而長思，意晻晻而稍下，恐不復還也。◎正德本、隆慶本、朱本、馮本、俞本、莊本、湖北本、四庫章句本「悵」作「悵」。案：古無「怊悵」。周秦、兩漢曰怊悵，魏晉以還曰惆悵。舊作「悵」字。廣雅釋訓：「晻晻，暗也。」又，章句「稍下」云云，稍，猶漸也，冉冉也。漢書卷二九溝洫志「令少府以爲稍入」，顏師古注：「稍，漸也。其入未多，故謂之稍也。」慧琳音義卷二「稍微」條引韻詮：「稍，漸漸也。」

白露紛吕塗塗兮，秋風瀏吕蕭蕭。

塗塗，厚貌。瀏，風疾貌也。言四時欲盡，白露已降，秋風急疾，年歲且老，愁憂思也。

【疏證】

塗塗，厚貌。◎文選卷二六謝朓酬王晉安「塗塗露晚稀」，李善注：「楚辭曰：『白露紛以塗塗。』王逸曰：『塗塗，厚貌也。』」案：「厚貌」下有「也」字。詩角弓「如塗塗附」，毛傳：「塗，泥也。」引申之爲厚、爲多。

瀏，風疾貌也。◎正德本、隆慶本、朱本、馮本、湖北本、劉本、俞本、莊本、四庫章句本「瀏風疾貌也」作「瀏瀏風疾貌」。案：文選卷一六寡婦賦「風瀏瀏而夙興」、卷二二謝惠連泛湖歸出樓中翫月詩「瀏瀏出谷飈」，李善注並引王逸曰：「瀏，風疾貌。」亦作「瀏」，且「貌」下無「也」字。袁校「疾貌」下補「也」字。説文水部：「瀏，流清貌。从水，劉聲。詩曰『瀏其清矣』。」引申之爲輕疾。又，廣雅釋訓：「瀏瀏，風也。」蓋因章句。

言四時欲盡，白露已降，秋風急疾，年歲且老，愁憂思也。◎案：章句「愁憂思」云云，三字平列，皆憂也。

身永流而不還兮，寃長逝而常愁。

言己身隨水長流，不復旋反，則寃鬼遂去，常愁念楚國也。

【疏證】

言己身隨水長流，不復旋反，則䰟䰰遂去，常愁念楚國也。◎正德本、隆慶本、朱本、莊本、湖北本、四庫章句本「䰟䰰」作「魂魄」。案：䰟䰰、魂魄同。長逝、常愁，相對爲文。常愁，猶長愁也。常、長，古字通用。

歎曰：譬彼流水，紛揚磕兮；波逢洶涌，濆滂沛兮。

水性清潔平正，順而不争，故以喻屈原也。言水逢風紛亂，揚波滂沛，失其本性。以言屈原志行清白，遭逢貪佞，被過放逐，亦失其本志也。

【疏證】

水性清潔平正，順而不争，故以喻屈原也。◎案：爾雅釋言：「坎、律，銓也。」邢昺疏：「樊光曰：『坎，水也。水性平，律亦平，銓亦平。』」

言水逢風紛亂，揚波滂沛，失其本性。以言屈原志行清白，遭逢貪佞，被過放逐，亦失其本志也。◎四庫章句本「本」作「水」。案：據義，舊作「本性」。喻林卷五一人事門失所引作「本性」。滂沛，猶豐沛，大水貌。文選卷一九宋玉高唐賦「猗狔豐沛」，劉良注：「豐霈，言多也。」霈、沛同。聲轉或作澎濞，卷一二木華海賦「澎濞欝磙」，李善注：「澎濞，水聲。」卷一七王褒洞簫賦「澎濞慷慨」，李善注：「澎濞，波浪相激之聲。」或作澎湃，卷一八嵇康琴賦「澌汩澎湃」，李善注：「澎湃，相戾之形也。」或作磅礴、滂薄，皆大水貌。

揄揚滌盪，漂流隕往，觸崟石兮。

崟，鋭也。言風揄揚，水流隕往，觸鋭利之石，使之危殆。以言讒人亦揚己過，使得罪罰也。

【疏證】

崟，鋭也。◎正德本、隆慶本、朱本、劉本、馮本、湖北本、俞本、莊本、四庫章句本「崟」作「岑」。案：説文山部：「崟，山之岑崟也。从山、金聲。」又曰：「岑，山小而高。从山、今聲。」若據説文，崟與岑同。廣韻下平聲第二一侵韻：「崟，嶔崟，音魚金切，又音巨錦切。」又：「岑，山小而高，音鋤針切。」崟、岑聲别，則二字。崟之訓鋭，則舊作「岑」。

言風揄揚，水流隕往，觸鋭利之石，使之危殆。以言讒人亦揚己過，使得罪罰也。◎正德本、隆慶本、劉本、馮本、俞本、湖北本、莊本、四庫章句本「罪」作「辠」。案：辠，古罪字。喻林卷一二人事門「畏讒」條引罪作辠。説文手部：「揄，引也。从手、俞聲。」揄揚，漢世習語。文選卷一兩都賦序：「雍容揄揚，著於後嗣。」

龍邛脟圈，繚戾宛轉，阻相薄兮。

言水得風則龍邛繚戾，與險阻相薄，不得順其流性也。以言忠臣逢讒人，亦恇攘惶遽而竄伏也。

【疏證】

言水得風則龍邛繚戾，與險阻相薄，不得順其流性也。以言忠臣逢讒人，亦恇攘惶遽而竄伏也。

◎喻林卷五一人事門失所引「流性」下無「也」字。案：龍邛，「穹隆」之倒文，水波弧圓貌。釋名釋兵：「弓，穹也，張之穹隆然也。」即「弧圓」之義。聲之轉與囫圇、崑崙、魁堥等爲一語。詳參離騷「邅吾道夫崑崙兮」注。脟，當從洪補注引一本作綸，實爲淪。呂氏春秋卷五仲夏紀第五古樂篇「伶淪」，漢書卷二一上律曆志作「泠綸」。詩伐檀「河水清且淪猗」，毛傳：「小風水成文轉如輪也。」釋文引韓詩：「順流而風曰淪。淪，文貌。」淪圈，猶旋渦也。又，章句「恇攘惶遽」云云，恇攘，猶九辯「逢此世之俇攘」之俇攘，文選張銑注：「俇攘，憂懼貌。」或作俇躟，廣雅釋訓：「俇躟，惶劇也。」或作狂攘，古文苑卷五馬融圍碁賦：「狂攘相救兮，先後並没。」或作枉攘，哀時命「摡塵垢之枉攘兮」，章句：「枉攘，亂貌。」或作方攘，漢書卷八七上揚雄傳「奮以方攘」，晉灼曰：「方攘，半散也。」或作劻勷，廣韻下平聲第一〇陽韻「勷」字：「劻勷，迫貌。」今語「慌張」，即其遺義。

遭紛逢凶，蹇離尤兮。

言己遭逢紛濁之世而遇百凶，以蹇蹇之故，遂以得過也。

【疏證】

言己遭逢紛濁之世而遇百凶，以蹇蹇之故，遂以得過也。◎正德本、隆慶本、朱本、劉本、馮本、俞本、莊本、湖北本、四庫章句本「之故」下有「而」字。案：蹇，難辭，乃也，遂也。章句「蹇蹇之故」云云，非也。

垂文揚采，遺將來兮。

言己雖不得施行道德，將垂典雅之文，揚美藻之采，以遺將來賢君，使知己志也。

【疏證】

言己雖不得施行道德，將垂典雅之文，揚美藻之采，以遺將來賢君，使知己志也。◎正德本、隆慶本、朱本、劉本、俞本、湖北本「使知」下有「見」字。案：將來，言後世。漢書卷八七下揚雄傳：「延光于將來，比榮乎往號。」卷九四下匈奴傳：「消往昔之恩，開將來之隙。」後漢書卷四五張酺傳：「非所以垂示國典，貽之將來。」

逢紛

靈懷其不吾知兮，靈懷其不吾聞。

言懷王闇惑，不知我之忠誠，不聞我之清白，反用讒言而放逐己也。

【疏證】

言懷王闇惑，不知我之忠誠，不聞我之清白，反用讒言而放逐己也。◎景宋本「逐己」下無「也」字。案：靈，靈脩也；懷，謂楚懷王也。

就靈懷之皇祖兮，愬靈懷之鬼神。

言己所言忠正而不見信，願就懷王先祖告語其冤，使照己心也。鬼神明察，故欲愬之以自證明也。

【疏證】

言己所言忠正而不見信，願就懷王先祖告語其冤，使照己心也。鬼神明察，故欲愬之以自證明也。◎案：羅本玉篇殘卷言部「訴」字：「訴者，所以告冤枉也。楚辭『訴靈懷之鬼神』是也。或爲愬字，在心部。」又，章句「使照己心」云云，照猶知也。

靈懷曾不吾與兮，即聽夫人之諛辭。

言懷王之心曾不與我合，又聽用讒諛之言，以過怒己也。

【疏證】

言懷王之心曾不與我合，又聽用讒諛之言，以過怒己也。◎正德本、隆慶本、朱本、馮本、俞本、劉本、莊本、湖北本、四庫章句本「之言」作「之辭言」，則「言」字屬下，「過怒己」作「過惡於己」。案：章句「又聽用讒諛之言」云云，舊本正文作「即聽夫讒人之諛辭」，「夫」下敚「讒」字。

余辭上參於天墬兮，旁引之於四時。

言己所言上參之於天，下合之於地，旁引四時之神，以爲符驗也。

【疏證】

言己所言上參之於天，下合之於地，旁引四時之神，以爲符驗也。◎正德本、隆慶本、劉本、俞本「所言」下有「輙」字，「以」作「㠯」。莊本、湖北本「輙」作「輒」，「以」作「㠯」。馮本、朱本作「輙」。四庫章句本「所言」下有「輒」字，「驗」作「騐」。案：輙，俗輒字。騐，俗驗字。㠯，古以字。墬，古地字。章句以「四時」爲「四時之神」，謂四象。春曰句芒，秋曰蓐收，冬曰玄冥，夏曰祝融。

指日月使延照兮，

延，長也。照，知也。

【疏證】

延，長也。◎案：詳參離騷「延佇乎吾將反」注。

照，知也。◎案：照之爲知，漢世習語。詳參懷沙「羌不知余之所臧」注。

撫招搖以質正。

招搖，北斗杓星也。斗主建天時。言己上指語日月，使長視己之志，撫北斗之杓柄，使質正我之志，動告神明，以自徵驗也。

【疏證】

招搖，北斗杓星也。斗主建天時。◎案：袁校「斗主」作「斗之主」。史記卷二七天官書：「北斗七星，所謂『旋、璣、玉衡以齊七政』。杓欘龍角，衡殷南斗，魁枕參首。」索隱：「春秋運斗樞云：『斗，第一天樞，第二旋，第三璣，第四權，第五衡，第六開陽，第七摇光。第一至第四爲魁，第五至第七爲標，合而爲斗。』」自上而下言之，招摇，第七星摇光，在斗杓之末。漢書卷五七下司馬相如傳「部署衆神於摇光」，張揖曰：「摇光，北斗杓頭第一星。」則自下而上言之。

言己上指語日月，使長視己之志，撫北斗之杓柄，使質正我之志，動告神明，以自徵驗也。◎正德本、隆慶本、湖北本、朱本、劉本、馮本、俞本、四庫章句本「視己」下無「之志」二字，「撫」下無「北」字，「杓柄」作「柄杓」，上無「之」字。莊本「視己」下無「之」字，「撫」下無「北」字，「杓柄」作「柄杓」，上無「之」字。案：古有「杓柄」，無「柄杓」。又，質正，漢世習語。下篇遠逝「信上皇而質正」，後漢書卷五二崔瑗傳「從侍中賈逵質正大義」，卷六六王允傳「性質正多謀」。

立師曠俾端詞兮，命咎繇使竝聽。

師曠，聖人也。字子壄，生無目，而善聽，當晉平公時。端，正也。言己之言，信而有徵，誠可據行，願立師曠使正其詞，令咎繇並而聽之。二聖聰明，長於人情，知真僞之心也。

【疏證】

師曠，聖人也。字子壄，生無目，而善聽，當晉平公時。◎正德本、隆慶本、湖北本、朱本、劉本、馮本、俞本、湖北本、四庫章句本「聖人」下無「也」字，「聽」下無「當」字。四庫章句本「平」作「乎」。案：據義，「而善聽」下宜補「音」字，「音」下補「當」字。乎，訛字。文選卷一八潘岳笙賦「晉野悚而投琴」，李善注：「子野，師曠字，晉人，故曰晉野。」晉之師曠善聽音以知政者。韓非子卷三十過篇第一〇：「昔者衛靈公將之晉，至濮水之上，税車而放馬，設舍以宿。夜分，而聞鼓新聲者而説之。使人問左右，盡報弗聞。乃召師涓而告之，曰：『有鼓新聲者，使人問左右，盡報弗聞。其狀似鬼神，子爲我聽而寫之。』師涓曰：『諾。』因静坐撫琴而寫之。師涓明日報曰：『臣得之矣，而未習也，請復一宿習之。』靈公曰：『諾。』因復留宿。明日而習之，遂去之晉。晉平公觴之於施夷之臺。酒酣，靈公起曰：『有新聲，願請以示。』平公曰：『善。』乃召師涓，令坐師曠之旁，援琴鼓之。未終，師曠撫止之，曰：『此亡國之聲，不可遂也。』平公曰：「此道奚出？」師曠曰：『此師延之所作，與紂爲靡靡之樂也。及武王伐紂，師延東走，至於濮水而自投。胡聞此聲者，必於濮水之上。先聞此聲者，其國必削，不可遂。』平公曰：『寡人所好者，音也，子其使遂之。』師涓鼓究之。平公問師曠曰：『此所謂何聲也？』師曠曰：『此所謂清商也。』公曰：『清商固最悲乎？』師曠曰：『不如清徵。』公曰：『清徵可得而聞乎？』師曠曰：『不可。古之聽清徵者，皆有德義之君也。今吾君德薄，不足以聽。』平公曰：『寡人之所好者，音也，願試聽之。』師曠不得已，援琴而鼓。一奏之，有玄鶴二八，道南方來，集於郎門之垝；再奏之而列。三奏之，延頸而鳴，舒翼而舞，音中宫商之聲，聲聞於天。平公大説，坐者皆喜。平公提觴而起，爲師曠壽，反坐而問曰：『音莫悲於清徵乎？』師曠曰：『不如清角。』平公曰：『清角可得而聞乎？』師曠曰：『不可。昔者黄帝合鬼神於西泰山之上，駕象車而六蛟龍，畢方竝鎋，蚩尤居前，風伯進掃，雨師灑道，虎狼在前，鬼神在後，騰蛇伏地，鳳皇覆上，大合鬼神，作爲清角。今主君德薄，不足聽之。聽之，將恐有敗。』平公曰：『寡人老矣，所好者音也，願遂聽之。』師曠不得已而鼓之。一奏而有玄雲從西北方起；再奏之，大風至，大雨隨之，裂帷幕，破俎豆，隳廊瓦。坐者散走，平公恐懼，伏於廊室之間。晉國大旱，赤地三年。平公之身遂癃病。故曰：不務聽治，而好五音不已，則窮身之事也。」又見載淮南子卷一九脩務訓，呂氏春秋卷一一仲冬紀第五長見篇，論衡卷五感虛篇第一九、卷二二紀妖篇第六四，説苑卷一君道篇，新序卷一雜事、卷四雜事，史記卷二四樂書等。

端，正也。◎案：禮記卷四曲禮下第二「振書，端書於君前有誅」，鄭注：「端，正也。」

言己之言，信而有徵，誠可據行，願立師曠使正其詞，令咎繇並而聽之。二聖聰明，長於人情，知真僞之心也。◎正德本、隆慶本、馮本、劉本、俞本、四庫章句本「聰」作「聦」。景宋本「聰」作「聦」。同治本「並」作「竝」。案：聦、聰同。正文「命咎繇使並聽」因惜誦「命咎繇使聽直」。又，章句「長於人情」云云，長，音丁丈反，猶愈也，勝也。

兆出名曰正則兮，卦發字曰靈均。

言己生有形兆，伯庸名我爲正則以法天；筮而卜之，卦得坤，字我曰靈均以法地也。

【疏證】

言己生有形兆，伯庸名我爲正則以法天。◎正德本、隆慶本、馮本、劉本、俞本、莊本、湖北本「以」作「目」。案：目，古以字。禮記卷一七月令第六「命太史釁龜筴占兆」，鄭注：「占兆，龜之繇文也。」引申言形兆。國語卷九晉語三「其魄兆於民矣」，韋注：「兆，見也。」筮而卜之，卦得坤，字我曰靈均以法地也。◎案：易乾孔穎達引易緯：「卦，挂也。言縣挂物象，以示於人，故謂之卦。」又，章句「筮而卜之」云云，蓍曰筮，龜曰卜。易累六爻爲卦，因卦生辭。蓍爲爻卦之本，爻卦爲蓍之末。

余幼既有此鴻節兮，長愈固而彌純。

言己幼少有大節度，以應天地，長大修行而彌純固也。

【疏證】

言己幼少有大節度，以應天地，長大修行而彌純固也。◎正德本、隆慶本、俞本、湖北本、馮本「修」作「脩」，「以」作「目」。景宋本、四庫章句本「修」作「脩」。劉本、莊本「以」作「目」。案：修、脩古字通用。目，古以字。洪大字古多作鴻。離騷「皇覽揆余初度兮」，又曰「紛吾既有此内美兮」。鴻節，屈子初度、内美也。

不從俗而詖行兮，直躬指而信志。

詖，猶傾也。言己執履忠信，不能隨從俗人，傾易其行，直身而言，以信己之志終不回移也。

【疏證】

詖，猶傾也。◎案：説文言部：「詖，辯論也。古文以爲頗字。从言、皮聲。」詖字始於漢。周、秦作頗，謂偏頗。引申之凡言邪惡。漢書卷二二禮樂志「貪饕險詖」，顏師古注：「言行險曰詖。」卷三六劉向傳「壞散險詖之聚」，顏師古注：「險言曰詖。」

言己執履忠信，不能隨從俗人，傾易其行，直身而言，以信己之志終不回移也。◎正德本「回」作「囬」，四庫章句本、景宋本、惜陰本作「回」。案：回、囘、囬同。章句以「直躬」解「直身而言」，因論語卷一三子路「吾黨有直躬者」。集解引孔注：「直躬，直身而行。」釋文引孔曰：「躬，身也。」

不枉繩以追曲兮，屈情素以從事。

言己心正直，不能枉性，以追曲俗，屈我素志，以從衆人，而承事之也。

【疏證】

言己心正直，不能枉性，以追曲俗，屈我素志，以從衆人，而承事之也。◎四庫章句本「衆人而」下無「承」字。案：敚也。淮南子卷一三氾論訓「小節伸而大略屈」，高注：「屈，廢也。」屈情素，謂廢己情也。

端余行其如玉兮，述皇輿之踵跡。

言思正我行，令之如玉，不匿瑕惡，以承述先王正治之法，繼續其業而大之也。

【疏證】

言思正我行，令之如玉，不匿瑕惡，以承述先王正治之法，繼續其業而人之也。◎案：說文辵部：「述，循也。从辵、朮聲。」徐鍇曰：「禮曰『父作之，子述之』是也。」漢書卷二二禮樂志「述者之謂明」，顏師古注：「述謂明辯其義而循行也。」章句「承述」云云，謂繼承、循行也。

羣阿容以晦光兮，

晦，冥也。光，明也。

【疏證】

晦，冥也。◎案：因爾雅釋言。公羊傳僖公十五年：「晦者何？冥也。」

光，明也。◎案：詳參涉江「與日月兮齊光」注。羣阿容以晦光，猶離騷「惟夫黨人之偷樂兮，路幽昧以險隘」。

皇輿覆以幽辟。

幽僻，闇昧也。言羣臣皆行枉曲，以蔽君之聰明，使楚國闇昧，將危覆也。

【疏證】

幽僻，闇昧也。◎同治本「僻」作「辟」。正德本、隆慶本、湖北本、朱本、劉本、馮本、俞本、莊本「闇」作「暗」。袁校暗作闇。案：闇與暗同。正文作「辟」，注文不宜作「僻」。幽辟，猶幽昧之聲轉，言不明貌。詳參離騷「路幽昧以險隘」注。

言羣臣皆行枉曲，以蔽君之聰明，使楚國闇昧，將危覆也。◎正德本、隆慶本、劉本、馮本「聰」作「聦」。案：聰、聦同。皇輿覆，即因離騷「恐皇輿之敗績」。章句「將危覆」云云，猶「敗績」也。

輿中塗以回畔兮，駟馬驚而横犇。

馬以喻賢臣也。言君爲無道，國人中道倍畔而去之，賢臣驚怖奔亡，爭欲遠也。

【疏證】

馬以喻賢臣也。◎案：韓非子卷一三外儲說右上第三四：「國者，君之車也。勢者，君之馬也。」蓋周、秦、兩漢之通喻。

言君爲無道，國人中道倍畔而去之，賢臣驚怖奔亡，爭欲遠也。◎正德本、隆慶本、湖北本、朱本、劉本、馮本、俞本、莊本、四庫章句本「而去」下無「之」字，「奔」作「犇」。袁校補「之」字。案：犇、奔古今字。橫奔，謂行不擇徑。惜誦「欲橫奔而失路兮」，章句：「言己意欲變節易操，橫行失道，而從佞僞。」抽思「願搖起而橫奔兮」，章句：「則欲搖動而奔走。」又，文選卷三四枚乘七發：「淩赤岸，篲扶桑，橫奔似雷行。」後漢書卷五二崔寔傳：「四牡橫奔，皇路險傾。」

執組者不能制兮，

執組，猶織組也。織組者，動之於此而成文於彼。善御者亦動之於手而盡馬力也。詩云：「執轡如組。」

【疏證】

執組，猶織組也。織組者，動之於此而成文於彼。善御者亦動之於手而盡馬力也。詩云：

「執轡如組。」◎案：章句引詩見邶風簡兮，毛傳：「組，織組也。御衆有文章，言能治衆，動於近，成於遠也。」章句「動之於此而成文於彼」云云，是因毛詩。組，綬也。詳參招魂「纂組綺縞」注。又，補注：「列女傳曰：『詩云：「執轡如組，兩驂如舞。」孔子曰：「信若是詩，則可以治天下也。」言執之於此，而成文於彼。』」覆今本列女傳無此文，佚篇抑誤記，未可詳考。洪氏引詩，見鄭風大叔于田，孔疏：「叔馬既良，叔之御人又善執持，馬轡如織組，織組者，揔紕於此，成文於彼；御者執轡於手，馬騁於道，如織組之爲。」

必折軛而摧輈。

言駟馬驚奔，雖有執轡之御，猶不能制，必摧車軛而折其輈也。以言賢臣奔亡，使國荒亂而傾危也。

【疏證】

言駟馬驚奔，雖有執轡之御，猶不能制，必摧車軛而折其輈也。以言賢臣奔亡，使國荒亂而傾危也。◎正德本、隆慶本、馮本、劉本、俞本、莊本、四庫章句本「驚奔」作「驚犇」。案：説文車部：「輈，輈也。从車、袁聲。」段注：「考工記輈人『爲輈』，車人『爲大車之轅』，是輈與轅别也。轅之言如攀援而上也。」對文大車曰轅，小車曰輈。又：「軶，轅前也。从車、戹聲。」段注：「曰

『轅前』者，謂衡也。自其横言之，謂之衡；自其扼制馬言之，謂之軶。隸省作軛。」又，章句「必摧車軛而折其轅」云云，正文舊作「必摧軛而折轅」，今乙作「折軛而摧轅」也。

斷鑣銜目馳騖兮，

鑣，勒也。銜，飾口鐵也。

【疏證】

鑣，勒也。◎案：説文金部：「鑣，馬銜也。从金、麃聲。」段注：「馬銜横毌口中，其兩端外出者系以鑾鈴。」對文在口内者曰銜，口外者曰鑣。爾雅釋器：「鑣謂之钀。」郭璞注：「馬勒旁鐵。」詩碩人「朱幩鑣鑣」，釋文：「鑣，馬銜外鐵也。一名扇汗，又曰排抹。」

銜，飾口鐵也。◎案：説文金部：「銜，馬勒口中也。从金、行。銜者，所以行馬者也。」段注：「革部曰：『勒，馬頭落銜也。』落謂絡其頭，銜謂關其口，統謂之勒也。其在口中者謂之銜。銜以鐵爲之，故其字从金。」

暮去次而敢止。

暮，夜也。次，舍也。止，制也。言車敗馬奔，鑣銜斷絶，猶自馳騖，至於暮夜乃舍，無有制止之者也。以言人臣一去，君亦不復得拘留也。

【疏證】

暮，夜也。◎案：文選卷一四鮑照舞鶴賦「遷延遲暮」，李善注：「楚詞曰：『恐美人之遲暮。』王逸曰：『暮，晚也。』」

次，舍也。◎案：詳參離騷「夕歸次於窮石兮」注。

止，制也。◎案：止、制，散文並言禁止。對文自制曰止，制於人曰制。荀子卷二不苟篇第三「見由則恭而止」，楊注：「止，謂不放縱也。」故容止謂之止，不得曰制。淮南子卷一三氾論訓「夫聖人作法而萬物制焉」，高注：「制，猶從也。」制服、制御謂之制，則不得曰止。

言車敗馬奔，鑣銜斷絶，猶自馳騖，至於暮夜乃舍，無有制止之者也。以言人臣一去，君亦不復得拘留也。◎正德本、隆慶本、湖北本、朱本、劉本、馮本、俞本、莊本、四庫章句本「奔」作「犇」。案：犇，古奔字。章句未解「敢」義。敢猶不敢也。儀禮卷二四聘禮第八：「辭曰：『非禮也，敢。』對曰：『非禮也，敢辭。』」鄭注：「二者皆卒曰敢，言不敢。」敢止，猶不敢舍止。章句「至於暮夜乃舍」云云，非也。

路蕩蕩其無人兮，

蕩蕩，平易貌也。尚書曰：「王道蕩蕩。」

【疏證】

蕩蕩，平易貌也。尚書曰：「王道蕩蕩。」◎案：章句引尚書，見洪範，孔傳：「言開闢。」孔疏：「王家所行之道蕩蕩然開闢矣。」與言平易無阻隔者亦同。又，詩南山「魯道有蕩」，毛傳：「蕩，平易也。」即章句所因。

遂不禦乎千里。

禦，禁也。言君國之道路蕩蕩，空無賢人，以不待遇之，故遂行千里，遠之他方也。

【疏證】

禦，禁也。◎案：御、禦古今字。荀子卷二榮辱篇第四「於是又節用御欲」，楊倞注：「御，制也，或作禦。禦，止也。」

言君國之道路蕩蕩，空無賢人，以不待遇之，故遂行千里，遠之他方也。◎案：梁書卷三八賀琛傳載梁武帝責琛書：「卿珥貂紆組，博問洽聞，不宜同於闒茸，止取名字，宣之行路。言『我能上事，明言得失，恨朝廷之不能用』。或誦離騷『蕩蕩其無人，遂不御乎千里』。或誦老子『知我者希，則我貴矣』。如是獻替，莫不能言，正旦獸樽，皆其人也。」其所用意，與章句所言同。然稱「離騷」者，蓋「騷體」之目於此立也。

身衡陷而下沈兮，

衡，横也。

【疏證】

衡，横也。◎案：衡、横，古字通用。禮記第三檀弓上「今也衡縫」，鄭注：「衡讀爲横。」横，猶虛枉也，漢世習語。漢書卷六六楊惲傳：「横被口語，身幽北闕。」言枉被口語也。後漢書卷一六鄧禹傳：「終不敢横受爵土，以增罪累。」言終不敢虛受爵土也。三國志卷八魏書公孫度傳注引魏書：「不虞一旦，横被殘酷。」言枉被殘酷也。宋書卷四四謝晦傳：「痛同懷之弱子，横遭罹之殃釁。」言枉遭殃禍也。晉書卷七三庾亮傳翼：「兄弟不幸，横陷此中，自不能拔脚於風塵之外。」言枉陷其中也。

不可獲而復登。

言己遠去千里，身必横陷沈没，長不可復得登引而用之也。

【疏證】

言己遠去千里，身必横陷沈没，長不可復得登引而用之也。◎袁校「復得」乙作「得復」。案：復得，章句有例。上文「暮去次而敢止」，章句：「以言人臣一去君，亦不復得拘留也。」下思古「復往軌於初古」，章句：「己復得乘車，周行楚國。」不必校改。又，章句「長不可復得登引而用之」云云，正文「不可獲」舊當作「久不獲」。後脱「久」字，據章句於「不」下增「可」字以足其文義。

不顧身之卑賤兮，惜皇輿之不興。

言己遠行千里，不敢顧念身之貧賤，欲慕高位也。惜君國失賢，道德不盛也。

【疏證】

言己遠行千里，不敢顧念身之貧賤，欲慕高位也。惜君國失賢，道德不盛也。◎正德本、隆慶本、湖北本、朱本、馮本、俞本、劉本、莊本、四庫章句本「德不」下有「得」字。案：得，羡也。皇輿，喻君國。離騷「恐皇輿之敗績」，章句：「皇，君也。輿，君之所乘，以喻國也。」

出國門而端指兮，冀壹寤而錫還。

言己放出國門，正心直指，執履誠信，幸君覺寤，賜己以還命也。

【疏證】

言己放出國門，正心直指，執履誠信，幸君覺寤，賜己以還命也。◎正德本、隆慶本、湖北本、朱本、馮本、俞本、劉本、莊本「言」下無「己」字。袁校「言己」作「昔己」。案：昔，訛也。錫、賜，古今字。錫還，猶賜環也。荀子卷一九大略篇第二七：「聘人以珪，問士以璧，召人以瑗，絶人以玦，反絶以環。」楊倞注：「古者臣有罪，待放於境，三年不敢去，與之環則還，與之玦則絶，皆所以見意也。反絶，謂反其將絶者。此明諸侯以玉接人臣之禮也。」

哀僕夫之坎毒兮，屢離憂而逢患。

坎，恨也。毒，恚也。屢，數也。言己不自念惜身之放逐，誠哀僕御之夫坎然恚恨，以數逢憂患，無已時也。

【疏證】

坎，恨也。◎案：説文土部：「坎，陷也。从土、欠聲。」無恚恨義。坎，讀如憾。坎坷，或作轗軻，坎、憾，古字通用。小爾雅廣言：「憾，恨也。」

毒，恚也。◎案：後漢書卷二八下馮衍傳「毒從横之敗俗」，李賢注：「毒，恨也。」憾毒，平列同義。

屢，數也。◎案：爾雅釋言：「屢，亟也。」郭注：「亟，亦數也。」

言己不自念惜身之放逐，誠哀僕御之夫坎然恚恨，以數逢憂患，無已時也。◎案：章句「己不自念惜身之放逐」云云，念惜，謂憐惜也。載孚廣異記王幺之：「任無行見薄，父母憐念，呼令歸。」隋書卷八一東夷傳靺鞨：「我憐念契丹與爾無異，宜各守土境。」太平廣記卷一〇〇屈突仲任（出紀聞）：「莊在温，唯有仲任一子，憐念其少，恣其所爲。」憐念，平列同義。念亦憐也。

九年之中不吾反兮，思彭咸之水遊。

言己放出九年，君不肯反我，中心愁思，欲自沈於水，與彭咸俱遊戲也。

【疏證】

言己放出九年，君不肯反我，中心愁思，欲自沈於水，與彭咸俱遊戲也。◎案：哀郢：「忽若不信兮，至今九年而不復。」離騷：「雖不周於今之人兮，願依彭咸之遺則。」皆此文所因。

惜師延之浮渚兮，赴汨羅之長流。

師延，殷紂之臣也。爲紂作新聲北里之樂。紂失天下，師延抱其樂器，自投濮水而死也。言己復貪慕師延自投於水，身浮渚涯，冀免於刑誅，故遂赴汨水，長流而去也。

【疏證】

師延，殷紂之臣也。爲紂作新聲北里之樂。紂失天下，師延抱其樂器，自投濮水而死也。◎案：韓非子卷三十過篇第一〇：「晉平公觴之於施夷之臺。酒酣，靈公起曰：『有新聲，願請以示。』平公曰：『善。』乃召師涓，令坐師曠之旁，援琴鼓之。未終，師曠撫止之，曰：『此亡國之聲，不可遂也。』平公曰：『此道奚出？』師曠曰：『此師延之所作與紂，爲靡靡之樂也。及武王伐紂，師延東走，至於濮水而自投。故聞此聲者，必於濮水之上。先聞此聲者，其國必削，不可遂。』」又，史記卷三殷本紀：「於是使師涓作新淫聲，北里之舞，靡靡之樂。」師涓，師延之訛。

言己復貪慕師延自投於水，身浮渚涯，冀免於刑誅，故遂赴汨水，長流而去也。◎正德本、隆慶本、湖北本、朱本、馮本、俞本、劉本、莊本、四庫章句本「誅」作「罰」。案：據義，舊作「刑誅」。七諫謬諫「恐犯忌而干諱」，章句：「觸衆人諱而見刑誅也。」刑誅，即章句習語。

遵江曲之逶移兮，觸石碕而衡遊。

逶移，長貌。言己願循江水逶移而行，反觸石碕而復横流，所爲無可也。

【疏證】

逶移，長貌。◎案：文選卷二八謝朓鼓吹曲「逶迆帶渌水」、卷二九古詩一十九首「逶迤自相屬」，李善注並引王逸曰：「逶迆，長貌也。」「貌」下有「也」字。又，逶移、逶迆、逶迤同，其異文甚夥，詳參離騷「載雲旗之委蛇」注。

言己願循江水逶移而行，反觸石碕而復横流，所爲無可也。◎毛祥麟楚辭校文曰：「文瀾閣本『可』下有『如何』二字。」案：文津本、文淵本無「如何」二字。黎本玉篇殘卷石部「碕」字：「楚辭『觸石碕而衡逝』，野王案：埤蒼：『曲岸頭也。』」正文「遊」作「逝」。出韻。又，章句「所爲無可」云云，猶無可無不可也。

波澧澧而揚澆兮，順長瀨之濁流。

澧澧，波聲也。回波爲澆也。言己横流而行，水波澧澧，回而揚澆，邪引己舩，則順長瀨之流以避其難也。

【疏證】

澧澧，波聲也。◎補注引唐本「澧澧」作「灃灃」。案：作「灃灃」，不辭，舊宜作「澧澧」。澧，俗豐字，言水而益水旁字作灃。黎本玉篇殘卷水部「澆」字引楚辭「波豐豐而揚澆」，其字作「豐豐」。豐，大也。方言卷一：「凡物之大貌曰豐。」重言之曰豐豐，九辯「歷羣神之豐豐」。狀水波之聲曰灃灃也。

回波爲澆也。◎黎本玉篇殘卷水部「澆」字引王逸注：「洄波爲澆。」文選卷四南都賦「陽侯澆兮掩梟鷺」，李善注並引王逸注：「回波爲澆。」卷一二江賦「迅澓增澆」，李善注並引王逸注亦作「洄波爲澆」。案：回、洄雜出。然「澆」下無「也」字。說文水部：「澆，沃也。从水、堯聲。」段注：「沃爲澆之大，澆爲沃之細，故不類厠。凡醲者，澆之則薄，故其引申之義爲薄。」無「回波」義。澆之猶言繞也。廣雅釋詁：「繞，纏也。」或作遶字，集韻上聲第三〇小韻「遶」字引字林：「遶，圍也。」狀水波之回旋，後以易从水旁作澆字。

言己橫流而行，水波灃灃，回而揚澆，邪引己舩，則順長瀨之流以避其難也。◎正德本、隆慶本、湖北本、朱本、馮本、俞本、劉本、四庫章句本「水」下有「長」字。惜陰本、同治本「舩」作「船」。案：舩，俗船字。若有「長」，「水」字屬上，則亦通也。章句「揚澆」云云，猶揚波也。

淩黃沱而下低兮，思還流而復反。

黃沱，江别名也。江别爲沱也。言己淩乘黃沱，低船而下，將入於海，心思還水之流，冀幸復旋反也。

【疏證】

黃沱，江別名也。江別爲沱也。◎案：詩江有汜「江有沱」，毛傳：「沱，江之别者。」鄭箋：「岷山道江，東別爲沱。」又，爾雅釋水「江爲沱」，郝氏義疏：「漢志蜀郡，郫。禹貢江沱在西，東入大江。説文云：『沱，江別流也。出嶓山，東別爲沱。』寰宇記引李巡云：『江溢出流爲沱。』禹貢正義引郭音義云：『沱水自蜀郡都安縣揃山與江別而更流。』又引鄭注云：『今南郡枝江縣有沱水，其尾入江耳，首不於江出也。華容有夏水，首出江，尾入沔。蓋此所謂沱也。』是鄭以夏水爲荆州之沱，郭以郫江爲梁州之沱。二説不同，兼之乃備。」

言已淩乘黃沱，低船而下，將入於海，心思還水之流，冀幸復旋反也。◎正德本、隆慶本、湖北本、朱本、馮本、劉本、俞本、莊本、四庫章句本「船」作「舩」，「旋」作「還」。案：旋、還，古字通用。章句「低船而下」云云，招魂「軒輬既低」，章句：「低，屯也。」屯亦下也。低舩，謂下舟船也。舩，俗船字。

玄輿馳而竝集兮，身容與而日遠。

玄者，水也。言己以水爲車，與舩竝馳而流，故身容與，日以遠也。

【疏證】玄者，水也。◎案：玄，北方之色。北方，水也。故以玄爲水名。莊子卷六知北遊第二二「知北遊於玄水之上」，釋文：「玄，水名。」玄輿，謂水車。

言己以水爲車，與舩竝馳而流，故身容與，日以遠也。◎正德本、隆慶本、莊本、朱本、馮本、劉本、四庫章句本「竝」作「並」。惜陰本、同治本「舩」作「船」。案：竝，古並字。容與，戲遊也。詳參離騷「遵赤水而容與」注。

櫂舟杭以横濿兮，

濿，渡也，由帶以上爲濿。

【疏證】濿，渡也，由帶以上爲濿。◎補注引一注云：「由膝以上爲厲。」正德本、隆慶本、湖北本、劉本、朱本、馮本、俞本、莊本作「由膝以上爲濿也」。正德本、俞本、四庫章句本、湖北本「濿」作「厲」。四庫章句本「膝」作「漆」。案：漆，膝之訛。黎本玉篇殘卷水部有「砅」字，曰：「楚辭『櫂舟杭以横砅』，王逸曰：『砅，渡也。』」文選卷二四嵇康贈秀才入軍五首「北厲清渠」，李善注引王逸曰：「厲，度也。」砅與濿同。厲，借字。説文水部：「砅，履石渡水也。从水、石。詩曰『深則砯』。厲，砯或从厲。」段注：「履石渡水，乃水之至淺，尚無待揭衣者。其與『深則厲』絶然二事明矣。汗簡云：『砯，古文礪。』厲者，石也。从水、厲，猶从水、石也。引伸之爲凡渡水之稱，如大人賦云『横厲飛泉以正東』是也。字多作厲。」爾雅釋水：「以衣涉水爲厲，繇厀以下爲揭，繇厀以上爲涉，繇帶以上爲厲。」郭注：「衣謂褌。」郝氏義疏：「左氏襄十四年正義引李巡曰：『濟，渡也。水深則厲，水淺則揭衣渡也，不解衣而渡水曰厲。』孫炎曰：『揭褰衣裳也，以衣涉水濡褌也。』釋文引韓詩云：『全心曰厲。』至心，即是『繇帶以上』，雖變其文，實用其意也，必以『繇厀』、『繇帶』言者，蓋爲空言淺深，恐無準限，故特舉此，爲言明過此以往則不可渡也。然亦略舉大概而言，實則繇帶以下亦通名厲。故論語鄭注及左傳服虔注竝云：『由厀以上爲厲。』明『繇厀以上』即『繇帶以下』，故約略其文耳。衣是大名，裳與褌皆衣類，以言揭，故知爲褰裳。以衣涉，故知衣謂褌也。」郝説勝於段君。然正文「櫂舟航」云云，濿，非專謂涉水之意。散則舟航亦曰濿。

溢湘流而南極。

溢，亦渡也。言己乃櫂舩横行，南渡湘水，極其源流也。

【疏證】

溢，亦渡也。言己乃櫂舩横行，南渡湘水，極其源流也。◎正德本、隆慶本、湖北本、馮本、俞本、莊本、四庫章句本「溘」作「濟」，朱本正文亦作「溘」。惜陰本、同治本「舩」作「船」。案：溘，古濟字。濟之訓渡，詳參離騷「濟沅湘以南征兮」注。又，章句「極其源流」云云，極，謂窮極也。

立江界而長吟兮，愁哀哀而累息。

言己還入大江之界，遠望長吟，心中悲歎而太息，哀不遇也。

【疏證】言己還入大江之界，遠望長吟，心中悲歎而太息，哀不遇也。◎正德本、隆慶本、馮本、朱本、劉本、俞本、莊本、四庫章句本「歎」作「嘆」。案：歎與嘆同。江界，同哀郢「悲江介之遺風」之江介。界、介，古字通用。介，地名，近武昌。章句「大江之界」云云，非也。

情慌忽以忘歸兮，神浮遊以高厲。

言己心愁，情志慌忽，思歸故鄉，則精神浮遊，高厲而遠行也。

【疏證】言己心愁，情志慌忽，思歸故鄉，則精神浮遊，高厲而遠行也。◎黎本玉篇殘卷厂部「厲」

字：「楚辭『神浮游以高厲』，王逸曰：『厲高曰厲而遠行也。』」則「高厲」乙作「厲高」。文選卷三四枚乘七發「通厲胥母之場」，李善注引王逸曰：「高厲，遠行也。」案：其所據本則别。據章句，厲，讀如邁。説文辵部：「邁，遠行也。从辵，萬聲。」遠行曰邁，高行亦曰邁。又，湯炳正楚辭類稿據章句「言己心愁，情志慌忽，思歸故鄉」云云，謂忘即思字之訛。其説得旨。下言「懷顧」、「顧瞻郢路」等，即承此來。

心蛩蛩而懷顧兮，

蛩蛩，懷憂貌。

【疏證】

蛩蛩，懷憂貌。◎正德本、隆慶本、湖北本、朱本、劉本、馮本、俞本、莊本、四庫章句本正文「心」作「志」，注文「憂貌」下有「也」字。案：心、魂對文，舊作「心」字。方言卷六：「蛩烘，戰慄也。荆、吴曰蛩烘。蛩、烘，又恐也。」蛩、烘、恐並東部字，皆聲之轉。

蒐眷眷而獨逝。

有還意也。

眷眷，顧貌。詩云：「眷眷懷顧。」言己心中蛩蛩，常懷大憂，內自顧哀，則寃神眷眷獨行，無有還意也。

【疏證】

眷眷，顧貌。詩云：「眷眷懷顧。」言己心中蛩蛩，常懷大憂，內自顧哀，則寃神眷眷獨行，無有還意也。◎正德本、隆慶本、朱本、莊本、四庫章句本、惜陰本「寃」作「魂」。案：章句引詩見小雅小明，毛詩「眷眷」作「睠睠」，鄭箋：「睠睠，有往仕之志也。」往仕，猶回反也。又，詩大東「睠言顧之」，毛傳：「睠，反顧也。」章句蓋因毛詩。

歎曰：余思舊邦，心依違兮；日暮黄昏，羌幽悲兮。

言我思念故國，心中依違，不能遠去，日暮黄昏，無所歸附，中心悲愁而憂思也。

【疏證】

言我思念故國，心中依違，不能遠去，日暮黄昏，無所歸附，中心悲愁而憂思也。◎湖北本「違」作「遠」。案：訛也。依違，不決貌，漢世習語。漢書卷二一律歷志上「依違以惟未能修明」，顏師古注：「依違，不決之意也。」卷三六楚元王傳「猶依違謙讓」，顏師古注：「依違，言不專決也。」後漢書卷四一第五倫傳：「倫奉公盡節，言事無所依違。」卷五七劉瑜傳：「勢政者欲令瑜依違其辭，而更策以它事。」卷六〇下蔡邕傳：「勿有依違，自生疑諱。」卷六五皇甫規傳：「有司依違，莫肯糾察。」三國志卷九魏書夏侯尚傳注引魏略：「曹爽專政，豐依違二公間，無有適莫。」卷一一田疇傳：「太祖重其事，依違者久之。」又，幽悲，當作憂悲，漢世習語。七諫自悲「獨永思而憂悲」，後漢書卷六六陳蕃傳「必生憂悲之感」。

去郢東遷，余誰慕兮；讒夫黨旅，其曰茲故兮。

旅，衆也。言己去郢東徙，我誰思慕而欲遠去乎？誠以讒夫朋黨衆多之故而見放棄也。

【疏證】

旅，衆也。◎案：詳參天問「湯謀易旅何以厚之」注。

言己去郢東徙，我誰思慕而欲遠去乎？誠以讒夫朋黨衆多之故而見放棄也。◎正德本、隆慶本、湖北本、劉本、朱本、馮本、俞本、莊本、景宋本「棄」作「弃」。案：弃、棄同。去郢東遷，因哀郢「方仲春而東遷」、「去故鄉而就遠」也。

河水淫淫，情所願兮；顧瞻郢路，終不返兮。

淫淫，流貌。言河水淫淫，流行日遠，誠我中心之所願慕也。觀視楚郢之道路，終不復還反，内自哀傷也。

【疏證】

淫淫，流貌。◎案：詳參哀郢「涕淫淫其若霰」注。

言河水淫淫，流行日遠，誠我中心之所願慕也。觀視楚郢之道路，終不復還反，内自哀傷也。◎案：據義，「情所願」云云，情，讀作誠，古書通用。吕氏春秋卷一八審應覽第八具備篇：「慈母之愛諭焉，誠也。」淮南子卷一〇謬稱訓誠作情。章句「誠我中心之所願慕」云云，亦作誠。又，章句「之所願慕」云云，當作「非所願慕」，承上「心依違」也。

離世

惟鬱鬱之憂毒兮，志坎壈而不違。

坎壈，不遇貌也。言己放逐，心中鬱鬱，憂而愁毒，雖坎壈不遇，志不離於忠信也。

【疏證】

坎壈，不遇貌也。◎文選卷二八鮑照結客少年場行「埳壈懷百憂」，李善注：「楚辭曰：『志坎壈而不違。』王逸曰：『坎壈，不遇貌也。』」唐寫本文選卷五六鮑照樂府八首東武吟李善引王逸注作「不遇皃也」』。案：埳、坎古字通。皃，古貌字。坎壈，猶懭悢、廓落之聲轉。詳參九辯「愴怳懭悢兮」注。

言己放逐，心中鬱鬱，憂而愁毒，雖坎壈不遇，志不離於忠信也。◎案：憂毒，猶憂苦也。廣雅釋詁：「毒，苦也。」

身憔悴而考旦兮，日黃昏而長悲。

憔悴，憂貌也。考，猶終也。旦，明也。言己心憂憔悴，從夜終明，不能寢寐，日入黃昏，復涕泣而長悲也。

【疏證】

憔悴，憂貌也。◎案：國語卷一九吳語「而日以憔悴」，韋昭注：「憔悴，瘦病也。」

考，猶終也。◎案：考無終義，讀如究。二字並幽韻，見、溪旁紐雙聲。爾雅釋詁：「究，窮也。」呂氏春秋卷二六士容論第四任地篇「此告民究也」，高注：「究，畢也。」

旦，明也。◎案：詳參涉江「旦余濟乎江湘」注。

言己心憂憔悴，從夜終明，不能寢寐，日入黄昏，復涕泣而長悲也。◎案：文選卷一六長門賦「日黄昏而望絶兮」，與此「日黄昏而長悲」同。

閔空宇之孤子兮，

宇，居也。無父曰孤。

【疏證】

宇，居也。◎案：宇之爲居，當宅字之訛。詳參離騷「爾何懷乎故宇」注。

無父曰孤。◎案：悲回風「孤子唫而抆淚兮」，章句：「自哀煢獨，心悲愁也。」煢，鰥也。章句以「煢獨」釋「孤」，散文不別。孟子卷二梁惠王下：「老而無妻曰鰥，老而無夫曰寡，老而無子曰獨，幼而無父曰孤。」對文則别。

哀枯楊之冤鶵。

冤，煩冤也。生哺曰鷇，生啄曰鶵。言己既放，傷念坐於空室之中，孤孑煢煢，東西無所依歸，又悲哀飛鳥生鷚，其身煩冤而不得出，在於枯楊之樹，居危殆也。言己有孤子之憂，冤鷚之危也。

【疏證】

冤，煩冤也。◎案：冤，藴之聲轉。左傳昭公十年「藴利生孽」，杜注：「藴，畜也。」晏子春秋卷六田無宇勝欒氏高氏欲分其家晏子使致之公第十四作「怨利生孽」。荀子卷二〇哀公篇第三一「富有天下而無怨財」，楊注：「怨，讀爲藴。」又，七諫謬諫「心悇憛而煩冤兮」，補注引冤一作怨。冤、藴古字通用。藴，謂畜積。畜養鷚鳥於枯楊也。章句「煩冤而不得出」云云，煩冤，猶紛藴，言屈曲貌。

生哺曰鷇，生啄曰鷚。◎案：爾雅釋鳥：「生哺，鷇；生噣，鷚。」章句所因。郭注：「生哺，鷇；鳥子須母食之。生噣，鷚；能自食。」噣與啄同。説文口部：「啄，鳥食也。」文選卷九班昭東征賦「諒不登樔而椓蠡兮」，李善注：「尸子曰：『卵生曰琢，胎生曰乳。』」椓，啄之假借。

言己既放，傷念坐於空室之中，孤孑㷀㷀，東西無所依歸，又悲哀飛鳥生鷚，其身煩冤而不得出，在於枯楊之樹，居危殆也。言己有孤子之憂，冤鷚之危也。◎正德本、隆慶本、劉本、朱本、馮本、俞本、湖北本、莊本、四庫章句本、景宋本「孑」作「子」，四庫章句本「㷀㷀」作「煢煢」，「孑」作「子」。案：子，當「孑」之訛。㷀、煢同。孑，猶孑然，孤獨貌。「孤孑」連用，平列同義。孑，亦孤也。又，章句「己有孤子之憂冤鷚之危」云云，蓋孤子、冤鷚以喻屈原。

孤雌吟於高墉兮，

墉，牆也。易曰：「射隼于高墉之上。」言寃鶵之生，早失其雄，其母孤居，吟於高牆之上，將復遇害也。言己亦失其所居，在於林澤，居非其處，恐顛仆也。

【疏證】

墉，牆也。易曰：「射隼于高墉之上。」◎案：爾雅釋宫：「牆謂之墉。」章句所因。邢疏引李巡注：「墉，謂城垣也。」章句引易，見解上六，「射隼」上原有「公用」二字，孔疏：「隼之爲鳥宜在山林，集於人家高墉，必爲人所繳射，以譬六三處高位，必當被人所誅討。」

言寃鶵之生，早失其雄，其母孤居，吟於高牆之上，將復遇害也。言己亦失其所居，在於林澤，居非其處，恐顛仆也。◎正德本、隆慶本、湖北本、朱本、劉本、馮本、俞本、莊本、四庫章句本「高牆」下有「墉」字。案：墉，羨也。喻林卷五一人事門失所引亦羨「墉」字，「遇害」下敚「也」字。又，章句「吟於高牆之上將復遇害」云云，因易經爲説。

鳴鳩棲於桑榆。

言鳩鳥輕佻巧利，乃棲於桑榆，居茂木之上，鼓翼而鳴，得其所也。以言讒佞弄口妄説，以居尊位，得志意也。

【疏證】

言鳩鳥輕佻巧利，乃棲於桑榆，居茂木之上，鼓翼而鳴，得其所也。以言讒佞弄口妄説，以居尊位，得志意也。◎正德本、隆慶本、劉本「鳩鳥」上有「鳴」字。正德本、隆慶本、湖北本、馮本、劉本、俞本、莊本「以言」作「此言」。景宋本「妄」作「妾」。案：鳴，羨也。妾，妄之訛。據例，舊作「以言」。喻林卷四八人事門四六倒置引亦羨「鳴」字。又，御覽卷九二一羽族部八鳩引王逸注：「言鳲鳩於桑榆之上，奮翼得其所。」雖非其足文，然以「鳩」爲「鳲鳩」，存其舊也。詩鳲鳩「鳲鳩在桑」，毛傳：「鳲鳩，秸鞠也。」陸璣毛詩草木蟲魚疏：「鳲鳩，鴶鵴；今梁、宋之間謂布穀爲鴶鵴，一名擊穀，一名桑鳩。」鳲鳩，小鳥，喻讒佞之人。

玄蝯失於潛林兮，獨偏弃而遠放。

言玄蝯材力捷敏，失於高深之林，則獨偏遇放弃，忘其能也。以言賢人弃在山澤，亦失其志也。

【疏證】

言玄蝯材力捷敏，失於高深之林，則獨偏遇放弃，忘其能也。以言賢人弃在山澤，亦失其志也。◎正德本、隆慶本、湖北本、劉本「玄蝯」下無「材力」二字，「遇」作「逐」。俞本、莊本、馮本、四庫章句本「玄蝯」下無「材力」二字。案：有「材力」，羨也。作「偏逐」，不辭。捷敏，古之習語。韓非子卷一難言篇第三：「捷敏辯給，繁於文采。」新序卷二雜事：「是以聰明捷敏，人之美材也。」漢書卷八八儒林傳瑕丘江公：「廣盡能傳其詩、春秋，高材捷敏。」魏、晉以還，但有「敏捷」，而無「捷敏」。又，正文「失」字，當作佚，爛敓也。孟子卷三公孫丑上「遺佚而不怨」，音義：「佚，音義與泆同，或作迭，或作失。」公羊傳隱公二年「佚，獲也。」釋文：「佚，一本作失。」佚，謂隱遁。章句「失於高深之林」云云，其舊本作隱佚字。

征夫勞於周行兮，處婦憤而長望。

行，道也。詩云：「苕苕公子，行波周道。」言征行之夫罷勞周道，行役過時而不得歸，則處婦憤懣，長望而思之也。以言已放在山澤之中，曾無思之也。

【疏證】

行，道也。詩云：「苕苕公子，行波周道。」◎毛祥麟楚辭校文曰：「文瀾閣本『苕苕』作『佻佻』。按：佻佻與毛詩合。」案：文淵本、文津本亦作「苕苕」。章句引詩見小雅大東，毛詩作「佻佻公子，行彼周行」。苕、佻，古字通用。周道，當作「周行」，字之訛。向之賦因詩，其正文作「周行」，是存其舊。章句「行，道也」云云，引詩爲證，其所據本作「周行」。

言征行之夫罷勞周道，行役過時而不得歸，則處婦憤懣，長望而思之也。以言己放在山澤之中，曾無思之也。◎正德本、隆慶本、湖北本、朱本、馮本、俞本、莊本「無思」下無「之」字。案：處婦，處女也。文苑英華卷六五〇何敬容梁報東魏移文：「征夫舍刁斗之勤，處婦無憤望之至。」

申誠信而罔違兮，情素潔於紐帛。

申，重也。罔，無也。紐，結束也。易曰：「束帛戔戔。」言己放弃，雖無有思之者，然猶重行誠信，無有違離，情志潔凈，有如束帛也。

【疏證】

申，重也。◎正德本、隆慶本、湖北本、朱本、馮本、俞本、莊本、四庫章句本「重」下無「也」字。袁校補「也」字。案：申之爲重，詳參離騷「雜申椒與菌桂兮」注。

罔，無也。◎案：詳參惜誦「君罔謂汝何之」注。

紐，結束也。易曰：「束帛戔戔。」◎正德本、隆慶本、湖北本、朱本、劉本、馮本、俞本、莊本、四庫章句本正文及注文「紐」作「紉」。案：紉，紐之訛。荀子卷一六正名篇第二二「異物名實玄紐」，楊倞注：「紐，結也。」廣雅釋詁：「紐，束也。」章句引易，見賁六五，孔疏：「若能施飾在於質素之處，不華侈費用，則所束之帛戔戔衆多也。」

言己放弃，雖無有思之者，然猶重行誠信，無有違離，情志潔浄，有如束帛也。◎正德本、隆慶本、湖北本、朱本、劉本、馮本、俞本、莊本、四庫章句本「束帛」下有「者」字。惜陰本、湖北本、四庫章句本「弃」作「棄」。案：章句「情志潔浄有如束帛」云云，束帛樸素無華彩，故以喻潔浄，即孔疏「施飾在於質素之處不華侈費用」也。

光明齊於日月兮，文采燿於玉石。

言己耳目聰明，如日月之光，無所不照，發文序詞，爛然成章，如玉石有文采也。

【疏證】

言己耳目聰明，如日月之光，無所不照，發文序詞，爛然成章，如玉石有文采也。◎正德本、隆慶本、馮本、劉本、俞本「聰」作「聦」。案：聰、聦同。文選卷二四陸機答賈長淵詩「如玉之闌」，李善注：「楚辭曰：『文采燿於玉石。』王逸曰：『言發文舒詞，爛然成章，如玉石之有文彩也。』」卷二六顏延年贈王太常「舒文廣國華」，李善注引王逸曰：「發文舒詞，爛然成章。」序、舒音同通用，唐人所據本作「舒詞」。唐寫本卷四八答賈長淵詩李善引王逸注「文彩」作「文采」。采、彩古今字。又，玉石者，非懷沙「同糅玉石」之玉石。謂石如玉，若瑶之屬。山海經卷二西山經：「又西二百里曰長留之山，是多文玉石。」穆天子傳卷二：「妻以玄女，詔以玉石之刑。」

傷壓次而不發兮，思沈抑而不揚。

壓，鎮壓也。次，失次也。言己懷文、武之質，自傷壓鎮失次，不得發揚其美德，思慮沈抑而不得揚見也。

【疏證】

壓，鎮壓也。◎正德本、隆慶本、朱本、俞本、莊本「壓」作「厭」。案：説文土部：「壓，壞也。一曰：塞補。从土、猒聲。」無鎮壓義，壓，借作擪。手部：「擪，一指按也。从手、猒聲。」引申之凡言鎮壓，古多以厭字爲之。荀子卷一一彊國篇第一六「如牆厭之」，楊注：「厭，讀爲壓。」廣雅釋詁：「厭，按也。」

次，失次也。言己懷文、武之質，自傷壓鎮失次，不得發揚其美德，思慮沈抑而不得揚見也。◎俞本、朱本「壓」作「厭」。案：次之爲「失次」，未審所據。章句以「壓次」爲「壓鎮失次」，繳繞不辭。壓次，與下「沈抑」相對爲文，次，當作坎，字之訛也。厭坎，猶坎埳之聲轉，言不遇也。謂哀已失志不遇也。

芳懿懿而終敗兮，

懿懿，芳貌。

【疏證】

懿懿，芳貌。◎案：漢書卷八七上揚雄傳「懿懿芬芬」，顔師古注：「言秬鬯之芬烈也。」説文壹部：「懿，嫥久而美也。从壹、从恣省聲。」段注：「專壹而後可久，可久而後美。」爾雅釋詁：「懿，美也。」重言之曰懿懿，芳美貌。

名靡散而不彰。

靡散，猶消滅也。言己有芬芳懿美之德，而放弃不用，身將終敗，名字消滅，不得彰明於後世也。

【疏證】

靡散，猶消滅也。◎案：靡散，猶末殺之聲轉。漢書卷八五谷永傳「欲末殺災異」，顔師古注：「末殺，掃滅也。」或作抹摋。集韻入聲第一三末韻「抹」字引字林：「抹摋，滅也。」倒乙作「沙劘」，九懷株昭「貴寵沙劘」是也。或作撇屑、瀎屑、盤跚、婆娑等，則未可勝舉。

言己有芬芳懿美之德，而放弃不用，身將終敗，名字消滅，不得彰明於後世也。◎正德本、隆慶本、湖北本、朱本、劉本、馮本、俞本、莊本、四庫章句本「明」作「名」。案：既云「名字消滅」，若又曰「不得彰名於後世」，其語複也。則舊作「彰明」。彰，明也。彰明，平列同義。

背玉門以犇鶩兮，

玉門，君門。

【疏證】

玉門，君門。◎案：淮南子卷一二道應訓：「文王歸，乃爲玉門。」高注：「玉門，以玉飾門爲柱樞也。」故以爲君居之門。晏子春秋卷二景公登路寢臺不終不説晏子諫第十八：「及夏之衰也，其王桀背棄德行，作爲璿室玉門。」新書卷五連語：「紂之官衞與紂之軀，棄之玉門之外。」閻振益注引竹書紀年：「帝辛九年作瓊室，立玉門。」文選卷三張衡東京賦「固不如夏癸之瑶臺，殷辛之瓊室也」，李善注引汲冢古文：「夏桀作傾宫、瑶臺，殫百姓之財；殷紂作瓊室，立玉門也。」

蹇離尤而干詬。

干，求也。言己背君門奔馳而去者，以己忠信之故，得過於衆，而自求辱也。

【疏證】

干，求也。◎案：干之爲求，詳參離騷「既干進而務入兮」注。此離尤、干詬，相對儷偶，干猶觸也，犯也，遭也。七諫謬諫「恐犯忌而干諱」，章句：「干，觸也。」謂觸犯詬辱。

言己背君門奔馳而去者，以己忠信之故，得過於衆，而自求辱也。◎正德本、隆慶本、湖北本、朱本、劉本、馮本、俞本、莊本、四庫章句本「奔」作「犇」。案：犇，古奔字。正文用「犇」，注文亦宜用「犇」。章句「得過於衆」云云，過，謂罪過。

若龍逄之沈首兮，王子比干之逢醢。

聖賢忠諫而見誅也。

【疏證】

聖賢忠諫而見誅也。◎案：莊子卷一人間世第四「且昔者桀殺關龍逄」，釋文：「關龍逄，夏桀之賢臣。」成玄英疏云：「姓關，字龍逄，夏桀之賢臣，一鼓盡誠而遭斬首。」逄與逢同。韓詩外傳卷四：「桀爲酒池，可以運舟。糟丘足以望十里。而牛飲者三千人。關龍逄進諫曰：『古之人君，身行禮義，愛民節財，故國安而身壽。今君用財若無窮，殺人若恐弗勝，君若弗革，天殃必降，而誅必至矣。君其革之。』立而不去朝，桀囚而殺之。君子聞之曰：『天之命矣。』詩曰：『昊天大憮，予慎無辜。』」又，正文「沈首」，不辭，蓋作「隕首」。隕，或作湏，與沈字形似相訛。隕者，楚辭習語。

念社稷之幾危兮，反爲讎而見怨。

言己念君信用讒佞，社稷幾危，以故正言極諫，反爲衆臣所讎而見怨惡也。

【疏證】

言己念君信用讒佞，社稷幾危，以故正言極諫，反爲衆臣所讎而見怨惡也。◎正德本、隆慶本、劉本、莊本「以」作「目」。四庫章句本「佞」作「夫」。案：讒佞、讒夫，章句皆有其例。然章句注屈、宋辭賦多用「讒佞」。離騷「不撫壯而棄穢兮」，章句：「百草爲稼穡之穢，讒佞亦爲忠直者害也。」九辯「猛犬狺狺而迎吠兮」，章句：「讒佞讙呼而在側也。」注漢世楚辭多作「讒夫」。上離世「讒夫黨旅其目茲故兮」，章句：「誠以讒夫朋黨衆多之故而見放弃也。」下愍命「斥讒夫與便嬖」，章句：「斥逐讒夫與便利嬖愛之臣而去之也。」則舊作「讒夫」。又，幾危，漢世習語。史記卷九呂后本紀：「呂氏以外家惡而幾危宗廟，亂功臣。」漢書卷八六何武傳：「外戚呂、霍、上官持權，幾危社稷。」卷九三佞幸傳董賢：「宏以附吳得興其惡心，因醫技進，幾危社稷。」卷九九上王莽傳：「自貴外家丁、傅，撓亂國家，幾危社稷。」

思國家之離沮兮，躬獲愆而結難。

言己思念國家綱紀，將以離壞，而竭忠言，身以得過，結爲患難也。

【疏證】

言已思念國家綱紀，將以離壞，而竭忠言，身以得過，結爲患難也。◎正德本、隆慶本、劉本、湖北本、莊本「以」作「目」。案：目，古以字。章句以離爲離散，以沮爲壞。非也。離沮、結難，相對爲文。沮，讀爲阻。戰國策卷八齊策一「故人非之，不爲沮」，呂氏春秋卷九季秋紀第三知士篇「沮」作「阻」。戰國策卷一八趙策一「壞沮乃復歸土」，鮑本「沮」作「阻」。爾雅釋丘：「水出其後，沮丘。」釋名釋丘作「阻丘」。皆其證。爾雅釋詁：「阻，難也。」離阻，謂遭遇患難。

若青蠅之僞質兮，晉驪姬之反情。

僞，猶變也。青蠅變白使黑，變黑成白，以喻讒佞。詩云：「營營青蠅。」言讒人若青蠅變轉其語，以善爲惡，若晉驪姬以申生之孝，反爲悖逆也。

【疏證】

僞，猶變也。◎案：淮南子卷八本經訓「其心愉而不僞」，高注：「僞，虚詐也。」

青蠅變白使黑，變黑成白，以喻讒佞。詩云：「營營青蠅。」◎正德本、俞本正文「蠅」訛作「繩」。正德本、隆慶本、莊本、劉本、湖北本「以」作「目」。案：俞氏依正德本，承其訛也。章句引詩見小雅青蠅，鄭箋：「蠅之爲蟲，汙白使黑，汙黑使白，喻佞人變亂善惡也。」章句因毛詩説之。

言讒人若青蠅變轉其語，以善爲惡，若晉驪姬以申生之孝，反爲悖逆也。◎正德本、隆慶本、劉本、莊本二「以」並作「目」。案：僞質、反情，相對儷偶。反情，變情也。呂氏春秋卷一六先識覽第六察微篇「舉兵反攻之」，高注：「反，更也。」列子卷四仲尼篇「夫回能仁而不能反」，張湛注：「反，變也。」章句「晉驪姬以申生之孝友爲悖逆」云云，非也。

恐登階之逢殆兮，故退伏於末庭。

末，遠也。言己思欲登君階陛，正言直諫，恐逢危殆，故復退身於遠庭，而竄伏也。

【疏證】

末，遠也。◎案：説文木部：「木上曰末。从木，一在其上。」引申之凡言遠末。

言己思欲登君階陛，正言直諫，恐逢危殆，故復退身於遠庭，而竄伏也。◎正德本、隆慶本、湖北本、朱本、劉本、馮本、俞本、莊本「竄伏」下有「者」字。俞本正文「登階」上脱「恐」字。案：末庭，猶下列，位之至微。荀子卷二〇哀公篇第三一：「君平明而聽朝，日昃而退，諸侯之子孫必有在君之末庭者。」

孽臣之號咷兮，本朝蕪而不治。

號咷，讙呼。言佞臣妖孽，委曲其聲，相聚讙譁，君以迷惑，國將傾危，朝用蕪薉而不治也。

【疏證】

號咷，讙呼。言佞臣妖孽，委曲其聲，相聚讙譁，君以迷惑，國將傾危，朝用蕪薉而不治也。◎案：易同人九五「同人先號咷而後笑」，李鼎祚集解引虞翻：「巽爲號咷，乾爲先，故先號咷。」巽者，風也，巽象：「隨風，巽。」章句「委曲其聲」云云，因易「隨風」義也。又，章句「相聚讙譁」云云，讙譁，俗作喧譁。

犯顏色而觸諫兮，反蒙辜而被疑。

言己以犯君之顏色，觸禁而諫，反蒙罪辜而被猜疑，不見信也。

【疏證】

言己以犯君之顏色，觸禁而諫，反蒙罪辜而被猜疑，不見信也。◎正德本、隆慶本、莊本、劉本、湖北本「以」作「㠯」，「罪」作「辠」。馮本、朱本、俞本、四庫章句本「罪」作「辠」。案：辠，古罪字。鹽鐵論卷五相刺篇第二〇：「故觸死亡以干主之過者，忠臣也；犯嚴顏以匡公卿之失者，直士也。」

菀蘼蕪與菌若兮，漸藁本於洿瀆。

菀，積。（漸，濕也。）汙瀆，小溝也。

【疏證】

菀，積。◎莊本「積」下有「也」字。案：素問卷一四氣調神大論篇第二：「則菀槀不榮」，王冰注：「菀，謂蘊積也。」菀、蘊，聲之轉。

漸，濕也。◎諸本無注。案：皆敚也。慧琳音義卷八〇「車漸」條引王注楚辭：「漸，濕也。」章句遺義，宜補。又，補注：「荀子云：『蘭茝槀本，漸於蜜醴，一佩易之。』漸，浸也。管子云：『五沃之土（中華書局二〇〇〇年版點校本楚辭補注誤作「五沃之上」），五臭疇生，蓮與蘪蕪，藁本白芷。』本草云：『藁本，莖葉根味與芎藭小別，以其根上苗下似禾藁，故名之。』」洪引荀子見卷一九大略篇第二七，「漸浸也」之訓，見楊倞注。引管子見卷一九地員篇第五八，删略甚多。淮南子卷一三氾論訓：「夫亂人者，芎藭之與藁本也，蛇牀之與麋蕪也，此皆相似者。」史記卷一一七司馬相如列傳：「穹窮昌蒲，江離麋蕪。」索隱：「司馬彪云：『芎藭似藁本。』郭璞云：『今歷陽呼爲江離。』案：今芎藭苗曰江離，緑葉白華，又不同。孟康云：『麋蕪，蘄茝也，似蛇牀而香。』樊光曰：『藁本一名麋蕪，根名蘄芷。』又藥對以爲麋蕪一名江離，芎藭苗也。則芎藭、藁本、江離、蘼蕪並相似，非是一物也。」

汙瀆，小溝也。◎惜陰本、同治本「汙」作「洿」。案：洿與汙，古書通用。正文作「洿」，注文不宜作「汙」。説文水部：「洿，濁水不流也。一曰：窳下也。从水、夸聲。」又曰：「汙，薉也。从水、亏聲。一曰：小池曰汙。一曰：塗也。」又，章句訓「小溝」，用「小池」義，則舊作「汙」。

淹芳芷於腐井兮，

淹，漬也。腐，臭也。

【疏證】

淹，漬也。◎俞本「漬」作「積」，下無「也」字。案：訛也。方言卷一三：「漫、淹，敗也。溼敝爲漫，水敝爲淹。」郭璞注：「漫、淹，皆謂水潦漫澇壞物也。」禮記卷五九儒行第四七「淹之以樂好」，鄭注：「淹，謂浸漬之。」

腐，臭也。◎案：初學記卷七地部下第六井「腐井」條引王逸注：「井腐臭也。」則羨「井」字。説文肉部：「腐，爛也。从肉、府聲。」呂氏春秋卷三季春紀第二盡數篇「流水不腐」，高注：「腐，臭敗也。」

弃雞駭於筐簏。

雞駭，文犀也。筐簏，竹器也。言積漬衆芳於汙泥臭井之中，弃文犀之角置於筐簏而不帶佩，蔽其美質，失其性也。以言弃賢智之士於山林之中，亦失其志也。

【疏證】

雞駭，文犀也。◎補注引「雞駭」一作「駭雞」。案：雞駭、駭雞古書雜出。戰國策卷一四楚策一：「乃遣使車百乘，獻鷄駭之犀、夜光之璧於秦王。」類聚卷九五獸部下「犀」條引戰國策「鷄駭」作「駭鷄」，引晉傳咸犀鉤序：「世稱鷄駭之犀，聞之父常侍曰：『犀之美者有光，鷄見影而驚，故曰駭鷄。』」引韓詩外傳：「太公使南宫适至義渠，得駭鷄犀，以獻紂。」後漢書卷八八西域傳，駭鷄犀出大秦國。又，文選卷五吴都賦「駭鷄之珍」，李善注：「孝經援神契曰：『神靈滋液，則犀駭鷄。』宋衷曰：『角有光，鷄見而駭驚也。』」抱朴子卷四登涉篇第一七：「又通天犀角，有一赤理如綖，自本徹末，以角盛米置羣鷄中，鷄欲啄之，未至數寸，即驚卻退。故南人或名通天犀爲駭鷄犀。」犀鷄駭，南國珍奇物。

筐簏，竹器也。◎案：慧琳音義卷五三「椷簏」條引王注楚辭：「簏，竹器也。」則敚「筐」字。筐、簏，散文不別，對文方曰筐，圓曰簏。下愍命「瓟蠡蠹於筐簏」，章句：「方爲筐，圓爲簏。」説文竹部：「簏，竹高篋也。从竹、鹿聲。菉，簏或从彔。」聲轉字爲籠。周禮卷三二夏官司馬第四司弓矢「充籠箙矢」，鄭注：「籠，竹箙也。」

言積漬衆芳於汙泥臭井之中，弃文犀之角置於筐簏而不帶佩，蔽其美質，失其性也。以言弃賢智之士於山林之中，亦失其志也。◎正德本、隆慶本、湖北本、劉本、莊本「以」作「㠯」。惜陰本、湖北本、四庫章句本兩「弃」作「棄」。案：弃與棄同。喻林卷五一人事門失所引作棄。此以「芳芷」、「雞駭」比賢能之士。

執棠谿㠯刜蓬兮，

棠谿，利劍也。刜，斫也。

【疏證】

棠谿，利劍也。◎正德本、隆慶本、劉本、馮本、俞本、朱本、莊本、四庫章句本、景宋本「劍」作「劒」。案：劍、劒同。又，御覽卷三四四兵部七五劍下引王逸注：「棠溪，劍名。」谿與溪同。以章句下謂「干將亦利劍也」推之，舊作「利劍」。論衡卷二率性篇第八：「世稱利劒有千金之價，棠谿、魚腸之屬，龍泉、太阿之輩，其本鋌，山中之恆鐵也，冶工鍛鍊，成爲銛器。」卷二三言毒篇第六六：「鑄多非一工，世稱楚棠谿。」鹽鐵論卷九論勇篇第五一：「世言强楚勁鄭，有犀兕之甲，棠谿之鋌也。」皆以棠谿爲楚之利器。棠谿，楚地名。水經注卷三一瀙水：「縣西北有棠谿城，故房子國。春秋定公五年，吴王闔閭弟夫概奔楚，封之於棠谿，故曰吴房也。」潛夫論第三五志氏姓：「堂谿，谿谷名也，在汝南西平。」棠與堂通。其地出利劍，劍因名棠谿。

剬，斫也。◎案：廣雅釋詁：「剬，斫也。」剬之言刎也。廣雅釋詁又曰：「刎，斷也。」

秉干將以割肉。

干將，亦利劍也。利劍宜以爲威誅無狀，以征不服，今乃用斫蓬蒿，割熟肉，非其宜也。以言使賢者爲僕隸之徒，非其宜也。論語曰：「割雞焉用牛刀？」

【疏證】

干將，亦利劍也。◎正德本、隆慶本、馮本、俞本、劉本、四庫章句本、景宋本「劍」作「劒」。案：劍，籀文。干將，詳參九懷通路「竦余劍兮干將」注。

利劍宜以爲威誅無狀，以征不服，今乃用斫蓬蒿，割熟肉，非其宜也。以言使賢者爲僕隸之徒，非其宜也。論語曰：「割雞焉用牛刀？」◎正德本、隆慶本、劉本「以」作「㠯」，「劍」作「劒」。莊本、湖北本「以」作「㠯」。馮本、俞本、四庫章句本「劍」作「劒」。案：章句引論語見卷一七陽貨，集解引孔安國注：「言治小何須用大道？」邢疏：「言鷄乃小牲，割之當用小刀，何用解牛之大刀？以喻治小何須用大道。」又，章句「威誅無狀」云云，無狀，無德行也，漢世習語。史記卷二夏本紀「行視鯀之治水無狀」，索隱：「言無功狀。」漢書卷三六楚元王德傳「居無狀」，顏師古注：「無狀，無善狀也。」

筐澤瀉㠯豹鞹兮，

筐，滿也。澤瀉，惡草也。鞹，革也。論語曰：「虎豹之鞹。」言取澤瀉惡草盛於革囊，滿而藏之，無益於用也。以言養育小人置之高堂，亦無益於政治也。

【疏證】

筐，滿也。◎案：筐爲竹器名，名事相因，引申之言盛滿、收藏也。

澤瀉，惡草也。◎案：補注：「本草：『澤瀉葉狹長，叢生淺水中，多食，病人眼。』」抱朴子卷一一仙藥篇第一一：「玄中蔓方，楚飛廉、澤瀉、地黄、黄連之屬，凡三百餘種，皆能延年，可單服也。」南村輟耕録卷一六藥譜澤瀉又名禹孫。

鞹，革也。論語曰：「虎豹之鞹。」言取澤瀉惡草盛於革囊，滿而藏之，無益於用也。以言養育小人置之高堂，亦無益於政治也。◎正德本、隆慶本、劉本、湖北本「以」作「㠯」。莊本無「以」字。案：無「以」者，敓也。喻林卷五九人事門無益引「以」作「㠯」。章句引論語見卷一二顏淵，「鞹」今本作「鞟」，集解引孔安國注：「皮去毛曰鞟。」説文革部作「鞹」。鞟，省文也。

破荆和吕繼築。

築，大杵也。言破和氏之璧，以繼築杵而舂，敗玉寶，失其好也。以言取賢人，刑傷使執斯役，亦害忠良，失其宜也。

【疏證】

築，大杵也。◎正德本、隆慶本、湖北本、朱本、劉本、馮本、俞本、莊本、四庫章句本「大」作「木」。案：築，非大杵之稱，舊作「木杵」。史記卷六秦始皇本紀「身自持築臿」，正義：「築，牆杵也。」名事相因，則爲摏、爲擣。説文木部：「築，所吕擣也。从木，筑聲。」廣雅釋詁：「築，刺也。」

言破和氏之璧，以繼築杵而舂，敗玉寶，失其好也。以言取賢人，刑傷使執斯役，亦害忠良，失其宜也。◎惜陰本、同治本「斯」作「廝」。正德本、隆慶本、湖北本、劉本、莊本「以」作「吕」。案：斯、廝同。吕，古以字。章句「繼築杵而舂」云云，舂即摏，擣也。左傳文公十一年「摏其喉」，杜注：「摏猶衝也。」衝，撞也。

時溷濁猶未清兮，世殽亂猶未察。

察，明也。言時世貪濁，善惡殽亂，尚未清明也。

【疏證】

察，明也。言時世貪濁，善惡殽亂，尚未清明也。◎案：未清、未察，相對爲文，察，謂清明。爾雅釋言：「察，清也。」郭注：「皆清明。」新書卷八道術篇：「纖微皆審謂之察。」

欲容與目竢時兮，懼年歲之既晏。

晏，晚也。言己欲遊戲以待明君，恐年歲已晚，身衰老也。

【疏證】

晏，晚也。◎案：詳參離騷「及年歲之未晏兮」注。

言己欲遊戲以待明君，恐年歲已晚，身衰老也。◎正德本、隆慶本、劉本、湖北本、莊本「以」作「目」。案：容與，戲遊也。竢時，猶易繫辭下「君子藏器於身，待時而動」也。

顧屈節以從流兮，心鞏鞏而不夷。

鞏鞏，拘攣貌也。夷，悦也。言思屈己忠直之節，隨俗流行，心中拘攣，仁義不舒而志不悦樂。

【疏證】

犖犖，拘攣貌也。◎案：犖犖，即蛩蛩，憂懼也。詳參上離世「心蛩蛩而懷顧兮」注。又，文選卷二二陸機招隱詩「明發心不夷」，李善注引楚辭「心蛩蛩而不夷」。其所據本作「蛩蛩」。章句「拘攣」云云，猶不舒也，亦憂懼之意。

夷，悦也。◎文選卷二二陸機招隱詩「明發心不夷」，李善注：「王逸曰：『夷，悦也。』」案：夷之爲悦，因爾雅釋言，平夷之引申。

言思屈己忠直之節，隨俗流行，心中拘攣，仁義不舒而志不悦樂。◎正德本、隆慶本、湖北本、朱本、劉本、馮本、俞本、四庫章句本「心中」下有「蛩蛩」二字。莊本「悦樂」下有「也」字。案：據義，舊有「蛩蛩」爲允。

寧浮沅而馳騁兮，下江湘以邅迴。

邅迴，運轉也。言己不能隨俗，寧浮身於沅水，馳騁而去，遂下湘、江，運轉而行也。

【疏證】

邅迴，運轉也。◎案：邅迴，猶低佪也，盤旋回曲貌。詳參離騷「女嬃之嬋媛兮」注。

言己不能隨俗，寧浮身於沅水，馳騁而去，遂下湘、江，運轉而行也。◎案：浮沅而馳騁，謂隨沅水流而去也。馳騁，謂乘水疾行也。

歎曰：山中檻檻，余傷懷兮。

檻檻，車聲也。詩云：「大車檻檻。」言己放去山中，車行檻檻，鳴有節度，自傷不遇，心愁思也。

【疏證】

檻檻，車聲也。詩云：「大車檻檻。」◎正德本、隆慶本、湖北本、劉本、俞本「車聲」下有「貌」字。案：章句引詩見王風大車，毛傳：「檻檻，車行聲也。」據此，章句「車聲」云云，舊當作「車行聲」。又，章句「車行檻檻」云云，舊本有「行」字。又，魏風伐檀「坎坎之伐檀兮」，毛傳：「坎坎，伐檀聲。」伐檀聲曰坎坎，車行聲曰檻檻，其義通也。

言己放去山中，車行檻檻，鳴有節度，自傷不遇，心愁思也。◎案：章句「心愁思」云云，思亦愁也。

征夫皇皇，其孰依兮！

皇皇，惶遽貌。言己惜征行之夫心常惶遽，一身獨處，無所依附也。

【疏證】

皇皇，惶遽貌。◎案：唐寫本文選卷一一六王儉褚淵碑文「羣后恇慟於下」，李善注引王逸注：「恇恇，惶遽之皃。」（案：今本無此注）唐本「皇皇」則作「恇恇」。皇皇、恇恇，聲之轉。禮記卷六檀弓上第二「皇皇如有望而弗至」，孔疏：「皇皇，猶栖栖也。」言無所定居，與訓「惶遽」同。或作遑遑，文選卷四五班固答賓戲：「是以聖哲之治，棲棲遑遑。」李善注：「棲遑，不安居之意也。」

言己惜征行之夫心常惶遽，一身獨處，無所依附也。◎正德本、隆慶本、湖北本、朱本、馮本、劉本、俞本、莊本、四庫章句本「依附」下有「者」字。案：章句「己惜征行之夫心常惶遽」云云，惜，謂痛也，哀也。

經營原野，杳冥冥兮。

南北爲經，東西爲營。言己放行山野之中，但見草木杳冥，無有人民也。

【疏證】

南北爲經，東西爲營。言己放行山野之中，但見草木杳冥，無有人民也。◎四庫章句本「草木」下無「杳」字。案：敀也。散文經營並言往來也。後漢書卷二八下馮衍傳「經營五山」，李賢注：「經營，猶往來。」對文則往來於南北曰經，於東西曰營。

乘騏驥，舒吾情兮。

言己願欲乘騏驥，馳騁以求賢君，舒肆忠節，展我之情也。

【疏證】言己願欲乘騏驥，馳騁以求賢君，舒肆忠節，展我之情也。◎正德本、隆慶本、湖北本、馮本、劉本、莊本「以」作「目」。湖北本、四庫章句本「君」作「者」。案：以章句「舒肆忠節」推之，則舊作「賢君」。又，正文「乘騏騁驥」，因離騷「乘騏驥以馳騁」。

歸骸舊邦，莫誰語兮？

言己思念故鄉，雖死欲歸骸骨於楚國，無所告語，達己之心也。

【疏證】言己思念故鄉，雖死欲歸骸骨於楚國，無所告語，達己之心也。◎正德本、隆慶本、湖北本、朱本、劉本、馮本、俞本、莊本、四庫章句本、景宋本「思」作「心」。正德本、隆慶本、湖北本、朱本、馮本、俞本、莊本、四庫章句本「所」作「誰」,「達」下有「於」字。案:章句無「心念」例,「思念」凡三七見,舊作「思念」。離騷:「思九州之博大兮,豈唯是其有女。」章句:「言我思念天下博大,豈獨楚國有臣而可止乎?」下思古「念余邦之横陷兮」,章句:「言我思念楚國,任用讒佞,將横陷危殆。」又,章句無「無誰」,舊作「無所」爲允。

長辭遠逝,乘湘去兮。

言己欲歸骸骨於楚國,而衆不知,故復長訣,乘水而欲遠去也。

【疏證】

言己欲歸骸骨於楚國,而衆不知,故復長訣,乘水而欲遠去也。◎正德本、隆慶本、湖北本、朱本、劉本、馮本、俞本、莊本、四庫章句本「訣」作「辭」。案:章句無「長辭」,但有「長訣」。九懷通路「紉蕙兮永辭」,章句:「結草爲誓,長訣行也。」下思古「因徙弛而長詞」,章句:「因徙弛却退而長訣也。」

怨思

志隱隱而鬱怫兮，

隱隱，憂也。詩云：「憂心殷殷。」

【疏證】

隱隱，憂也。詩云：「憂心殷殷。」◎案：章句引詩見邶風北門。又，正月作「憂心慇慇」，毛傳：「慇慇然痛也。」殷、慇古今字。爾雅釋訓：「殷殷，憂也。」隱、殷皆有憂義，古字通用。鬱怫，怫鬱之乙，冤結也。七諫沈江「心怫鬱而内傷」是也。

愁獨哀而冤結。

言己放流，心中隱隱而憂愁，思念怫鬱，獨自哀傷，執行忠信，而被讒邪，冤結曾無解已也。

【疏證】

言己放流，心中隱隱而憂愁，思念怫鬱，獨自哀傷，執行忠信，而被讒邪，冤結曾無解已也。◎案：愁獨哀、志隱隱，相對儷偶，下言「涕漸漸」、「情慨慨」，皆用疊語。蓋舊作「愁哀哀」也。獨，羨也。愁哀哀，見上離世。補注引一作「愁獨哀哀」，則羨「獨」字。後因章句「獨自哀傷」，乃删一「哀」字，訛作「愁獨哀」也。

腸紛紜以繚轉兮，

紛紜，亂貌也。繚，繞也。

【疏證】

紛紜，亂貌也。◎案：北大簡（四）反淫字作「芬雲」，音同。紛紜，猶紛緼。橘頌：「紛緼宜脩，姱而不醜兮。」章句：「紛緼，盛貌。」訓盛、訓亂，其義相通。或作紛藴、氛氲、棻蒀，與怫鬱、馮翼、煩冤等，皆語之轉。

繚，繞也。◎案：繚轉，言不解貌。詳參悲回風「氣繚轉而自締」注。不當以訓詁字義解之。

涕漸漸其若屑。

漸漸，泣流貌也。言己憂愁，腸中迴亂，繚繞而轉，涕泣交流，若磑屑之下無絶時也。

【疏證】

漸漸，泣流貌也。◎案：漸漸，猶淫淫也，聲之轉。哀郢「涕淫淫其若霰」，下「容與漢渚涕淫淫兮」。

言己憂愁，腸中迴亂，繚繞而轉，涕泣交流，若磑屑之下無絶時也。◎正德本、隆慶本、湖北本、朱本、劉本、馮本、俞本、四庫章句本「迴」作「運」，「磑」作「磨」，「之下」下有「而」字。莊本「迴」作「回」。惜陰本、同治本、俞本、莊本、四庫章句本「腸」作「膓」。案：説文石部：「磑，磨也。从石，豈聲。古者公輸班作磑。」磑、磨互訓不別，後人少見磑而改作「磨」。腸、膓同。

情慨慨而長懷兮，

慨慨，歎貌也。詩云：「慨我寤歎。」

【疏證】

慨慨，歎貌也。詩云：「慨我寤歎。」◎正德本、隆慶本、俞本、劉本「歎」作「難」。案：難，訛字。章句引詩見曹風下泉，毛詩「慨」作「愾」，鄭箋：「愾，爲歎息之意。」釋文：「慨音古愛反。愾，苦愛反，歎息也。説文云：『大息也。』火既反。」慨、愾二字同。

信上皇而質止。

上皇，上帝也。言己中情憤懣，慨然長歎，欲自信理於上帝，使天正其意也。

【疏證】

上皇，上帝也。◎案：上皇，因九歌東皇太一「穆將愉兮上皇」。莊子卷四天運篇第一四：

「九洛之事，治成德備，監照下土，天下戴之，此謂上皇。」

言己中情憤懣，慨然長歎，欲自信理於上帝，使天正其意也。◎正德本、隆慶本、湖北本、俞本、劉本、莊本「信理」作「理信」。案：信，伸也，引也。則舊作「信理」。文選卷二六謝靈運道路憶山中「憶山我憤懣」，李善注引王逸曰：「言己情憤懣也。」「己」下無「中」字。

合五嶽與八靈兮，

五嶽，五方之山也，王者巡狩，考課政化之處也。東爲泰山，西爲華山，南爲衡山，北爲恆山，中央爲嵩山。八靈，八方之神也。

【疏證】

五嶽，五方之山也，王者巡狩，考課政化之處也。東爲泰山，西爲華山，南爲衡山，北爲恆山，中央爲嵩山。◎正德本、隆慶本、朱本、劉本、馮本、俞本、湖北本、莊本、四庫章句本「課」作「校」。案：爾雅釋山：「泰山爲東嶽，華山爲西嶽，霍山爲南嶽，恆山爲北嶽，嵩高爲中嶽。」爾雅之霍山，即衡山，故又曰：「江南，衡」也。則章句因爾雅。郭璞易之以「天柱山」，霍山別名。章句「王者巡狩考課政化之處」云云，東漢經師說。白虎通義卷下巡狩：「王者所以巡狩者何？巡者，循也。狩，牧也，爲天下循行守牧民也。道德太平，恐遠近不同化，幽隱自不得所，考禮義，正法度，同律歷，計時月，皆爲民也。」又引尚書：「二月東巡狩，至于岱宗，柴。五月南巡狩，至于南嶽。八月西巡狩，至于西嶽。十有一月朔巡狩，至于北嶽。」

八靈，八方之神也。◎案：文選卷三東京賦「八靈爲之震慴」，李善注：「楚辭曰：『合五嶽與八靈。』王逸曰：『八靈，八方之神也。』」八方之神，猶中央八方也。説詳天問「九天之際安放安屬」注。又，合，與下句「訊」字，相對爲文，令字之訛。章句「願合五嶽與八方之神」云云，則舊訛作「合」。

訊九魁與六神。

訊，問也。詩云：「執訊獲醜。」九魁，謂北斗九星也。言己忠直而不見信用，願合五嶽與八方之神察己之志，上問九魁六宗之神以照明之也。

【疏證】

訊，問也。詩云：「執訊獲醜。」◎案：章句引詩見小雅出車，毛傳：「訊，辝也。」謂上問下之辭。鄭箋：「執其可言，問所獲之衆以歸者當獻之也。」訊，猶審問也。左傳文公十七年「執訊而與之書」，杜注：「執訊，通訊問之官。」文選卷二三嵇康幽憤詩「對答鄙訊」，李善注：「訊，問也。言己對答之辭鄙於見訊也。」漢書卷五九張湯傳「訊鞫論報」，顔師古注：「訊，考問也。」又，卷五一鄒陽傳「卒從吏訊」，顔師古注：「訊，謂鞫問也。」皆謂考問，非泛言問也。

九鬿，謂北斗九星也。言己忠直而不見信用，願合五嶽與八方之神察己之志，上問九鬿六宗之神以照明之也。◎正德本、隆慶本、馮本、俞本、莊本、朱本、劉本、四庫章句本、湖北本「鬿」作「魁」。四庫章句本「謂北斗」作「爲北斗」。正德本、隆慶本、文津本、馮本、湖北本、莊本「以」作「㠯」。案：鬿，當作魁，字之訛。詳參天問「鬿堆焉處」注。補注：「鬿音斤。」其本已訛。北斗七星，未聞九星。史記卷二七天官書「魁枕参首」，正義：「魁，斗第一星也。」又曰：「北斗七星。」索隱：「春秋運斗樞云『斗，第一天樞，第二旋，第三璣，第四權，第五衡，第六開陽，第七摇光。第一至第四爲魁，第五至第七爲標，合而爲斗』。」則「九魁」之九，北字之訛。荀子卷二〇宥坐篇第二八「還復瞻被九蓋皆繼」，楊倞注：「九，當爲北，傳寫誤耳。」北魁，即下「北斗」，變文以避複。

指列宿以白情兮，訴五帝㠯置詞。

言己願復指語二十八宿以列己清白之情，告訴五方之帝，令受我詞而聽之也。

【疏證】

言己願復指語二十八宿以列己清白之情，告訴五方之帝，令受我詞而聽之也。◎正德本、隆慶本、馮本、四庫章句本、劉本、湖北本、莊本「以」作「㠯」。案：章句以「列宿」爲二十八宿者，是也。詳參惜往日「如列宿之錯置」注。列宿，即天問列星。上言「八靈」，則五帝已在其内，亦變文避複。章句「聽之」云云，謂治之也。詳參惜誦「命咎繇使聽直」注。

北斗爲我折中兮，太一爲余聽之。

折，正也。言己乃復使北斗爲我正其中和，太一之神聽其善惡也。

【疏證】

折，正也。言己乃復使北斗爲我正其中和，太一之神聽其善惡也。◎正德本、隆慶本、湖北本、朱本、劉本、馮本、俞本、莊本、四庫章句本正文、章句「折」皆作「質」。案：折之爲正，無徵不信。折，質之音訛。據義，正文舊作「質中」。廣雅釋詁：「質，正也。」周、秦曰折中、節中，兩漢曰質中，古今别語。上離世「撫招摇曰質正」。

云服陰陽之正道兮，御后土之中和。

陽爲仁也，陰爲義也。土色黄，其味甘，故言中和也。言羣神勸我承天奉地，服循仁義，處中和之行，無有違離也。

【疏證】

陽爲仁也，陰爲義也。◎案：陰陽之義，博也，未必專於仁義。漢帛書十六經稱篇：「凡論必以陰陽□大義。天陽地陰。春陽秋陰。夏陽冬陰。晝陽夜陰。大國陽，小國陰。重國陽，輕國陰。有事陽而無事陰。信（伸）者陽屈者陰。主陽臣陰。男陽女陰。父陽子陰。兄陽弟陰。長陽少陰。貴陽賤陰。達陽窮陰。取（娶）婦姓（生）子陽，有喪陰。制人者陽，制于人者陰。客陽主人陰。師陽役陰。言陽黑（默）陰。予陽受陰。諸陽者法天，天貴正，過正曰□□□□祭乃反。諸陰者法地，地之德安徐正静，柔節先定，善予不争。此地之度而雌之節也。」

土色黄，其味甘，故言中和也。◎案：章句因五行説之。禮記卷一六月令第六：「中央土，其味甘，其臭香。」荀子卷五王制篇第九：「中和者，聽之繩也。」楊倞注：「中和，謂寬猛得中也。」周禮卷一四地官司徒第二師氏：「以三德教國子，一曰至德以爲道本。」鄭注：「至德，中和之德。」春秋繁露卷一六循天之道第七七：「詩云：『不剛不柔，布政優優。』此非中和之謂與！」

言羣神勸我承天奉地，服循仁義，處中和之行，無有違離也。◎正德本、隆慶本、劉本、俞本、莊本、湖北本「勸我」作「動作」。馮本、朱本、四庫章句本「勸我」下有「動作」二字。案：據義，舊作「勸我」。

佩蒼龍之蚴虬兮，

蚴虬，龍貌。

【疏證】

蚴虬，龍貌。◎案：蚴虬，猶窈糾，言舒緩貌。詩月出「舒窈糾兮」，毛傳：「窈糾，舒之姿也。」或爲蚴蟉，文選卷八上林賦「青龍蚴蟉於東葙」，李善注引郭璞曰：「蚴蟉，龍行貌也。」

帶隱虹之逶蛇。

隱，大也。逶蛇，長貌。

【疏證】

隱，大也。◎案：隱之爲大，讀作殷，古字通用。禮記卷四五喪大記第二二「主人具殷奠之禮」，鄭注：「殷，猶大也。」

逶虵，長貌。◎案：文選卷二八謝玄暉鼓吹曲「逶迆帶淥水」、卷二九古詩一十九首「逶迤自相屬」，李善注並引王逸曰：「逶迆，長貌也。」則「貌」下皆有「也」字。逶虵，以訓詁字爲之，即委蛇也。詳參離騷「載雲旗之委蛇」注。

曳彗星之晧旰兮，

曳，引也。晧旰，光也。

【疏證】

曳，引也。◎案：説文申部：「曳，臾曳也。从申，厂聲。」段注：「臾、曳，雙聲，猶牽引也。」晧旰，光也。◎正德本、隆慶本、劉本、朱本、俞本、馮本、四庫章句本、莊本、湖北本「晧」作「皓」。案：晧與皓、皜並同。爾雅釋詁：「晧，光也。」又，釋天郭注：「言氣晧旰。」邢疏：「旰，日光出之貌也。」晧旰，平列同義。

撫朱爵與鵕鸃。

朱爵、鵕鸃，皆神俊之鳥也。言己動以神物自喻，諸神勸我行當如蒼龍，能屈能申；志當如大虹，能揚文采；精當若彗星，能耀光明；舉當若鵕鸃，飛能沖天也。

【疏證】

朱爵、鵕鸃，皆神俊之鳥也。◎案：爵、雀同。朱雀，南方神鳥。淮南子卷三天文訓「其獸朱鳥」，高注：「朱鳥，朱雀也。」史記卷一一七司馬相如列傳「射鵕鸃」，集解：「漢書音義：『鵕鸃鳥，似鳳也。』」索隱：「司馬彪云：『鵕鸃，山鷄也。』許慎云：『鷩鳥也。』郭璞曰：『似鳳，有光彩。音浚宜。』李彤云：『鵕鸃，神鳥，飛光竟天也。』」

言己動以神物自喻，諸神勸我行當如蒼龍，能屈能申；志當如大虹，能揚文采；精當若彗星，能耀光明；舉當若鵕鸃，飛能沖天也。◎正德本、隆慶本、湖北本、劉本、馮本、莊本「以」作「目」。四庫章句本「沖」作「升」。案：據例，舊作「沖天」。章句「舉當如鵕鸃」云云，「當如」下宜補「朱雀」二字。

遊清靈之颯戾兮，

颯戾，清涼貌。

【疏證】

颯戾，清涼貌。◎案：颯戾，莅颯之倒文，言委長貌。漢書卷五七下司馬相如傳「莅颯卉歙，猋至電過兮」，張揖注：「莅颯，飛相及也。」猶委隨貌。章句訓「清涼」，誤也。字或作落蕊、落度、落拓、潦倒、老倒、蘭殫、蘭單、拉塌、路亶、獨鹿等。說詳離騷「貫薜荔之落蕊」注。又，清靈，謂天庭也。正德本、隆慶本、湖北本、朱本、劉本、馮本、俞本、莊本、四庫章句本作「清霧」。非是。

服雲衣之披披。

披披，長貌也。言積德不止，乃上遊清冥清涼之庭，被服雲氣而通神明也。

【疏證】

披披，長貌也。◎案：九歌大司命「靈衣兮被被」章句：「被被，長貌。」被、披古今通用。

言積德不止，乃上遊清冥清涼之庭，被服雲氣而通神明也。◎正德本、隆慶本、劉本、朱本、俞本「止」作「亡」，湖北本作「忘」。案：亡，止之訛也。亡、忘古字通用。章句「被服雲氣而通神明」云云，則以雲衣爲雲氣所化。

杖玉華與朱旗兮，垂明月之玄珠。

朱，赤也。黑光曰玄也。

【疏證】

朱，赤也。◎案：正色曰赤，赤黑曰朱。詳參招魂「朱顏酡些」注。又，補注正文引「玉華」一作「玉策」。聞一多楚辭校補：「華，疑當從一本作策。策可言杖，華則不然。朱燮元本、大、小雅堂本並作策，與一本合。」其説得旨。草書「華」與「策」二字形似相訛。淮南子卷一二道應訓「杖策而去」、「倒杖策」，卷一六説山訓「白公勝之倒杖策」。杖策，漢世習語。

黑光曰玄也。◎案：玄，純黑也。詳參懷沙「玄文處幽兮」注。

舉霓旌之墆翳兮，

墆翳，蔽隱貌。

【疏證】

墆翳，蔽隱貌。◎正德本、隆慶本、湖北本、朱本、劉本、馮本、俞本、莊本、四庫章句本「蔽隱」作「陰翳」。案：廣雅釋訓：「墆翳，障蔽也。」張氏因章句，舊本作「蔽隱」。墆翳，猶嫛䨳之聲轉。

建黄纁之總旄。

總，合也。黄纁，赤黄也。天氣玄黄，故曰黄纁也。言己修善彌固，手乃杖執美玉之華，帶明月之珠，揚赤霓以爲旌，雜五色以爲旗旄，志行清明，車服又殊也。

【疏證】

總，合也。◎俞本、四庫章句本「總」作「緫」。羅本玉篇殘卷糸部「緫」字：「楚辭『建黄昏之総旄』，王逸曰：『総，合也。』」文選卷一一景福殿賦「揔神靈之貺祐」，李善注引王逸曰：「揔，合也。」案：總、総同。総、揔，並俗總字。此正文作「總」，注文宜作「總」。總爲聚束，引申之凡言合。淮南子卷一原道訓「而大與宇宙之總」，高注：「總，合也。」

黃纁，赤黃也。天氣玄黃，故曰黃纁也。言己修善彌固，手乃杖執美玉之華，帶明月之珠，揚赤霓以爲旌，雜五色以爲旗旄，志行清明，車服又殊也。◎補注引一本、正德本、隆慶本、湖北本、朱本、劉本、馮本、俞本、莊本、四庫章句本「黃纁赤黃也天氣玄黃故曰黃纁也」作「黃昏時天氣玄黃故曰黃昏也」。正德本、隆慶本、湖北本、劉本、莊本「以」作「㠯」。案：據義，舊作「黃昏時天氣玄黃故曰黃昏」。黃纁、黃昏同。詳參思美人「與纁黃以爲期」注。黃昏之氣，淪陰也，或曰飛泉，日没後赤氣。詳參遠遊「餐六氣而飲沆瀣兮」注。

躬純粹而罔衍兮，承皇考之妙儀。

儀，法也。言己行度純粹而無過失，上以承美先父高妙之法，不敢解也。

【疏證】

儀，法也。◎案：儀，猶像也。對文於己曰儀，於人曰像。詳參抽思「指彭咸以爲儀」注。引申之言法度。淮南子卷七精神訓「可以爲天下儀」，高注：「儀，法也。」

言己行度純粹而無過失，上以承美先父高妙之法，不敢解也。◎正德本、隆慶本、劉本、湖北本、莊本「以」作「㠯」。補注「妙儀」一作「眇儀」，又引章句「高妙之法」一作「高遠之法」。案：據義，舊作「妙儀」。妙，若作眇，訓遠，則作「高遠之法」。其版本别爾。

惜往事之不合兮，横汨羅而下濿。

言己貪惜以忠事君而志不合，故欲横渡汨水以自沈没也。

【疏證】

言己貪惜以忠事君而志不合，故欲横渡汨水以自沈没也。◎正德本、隆慶本、湖北本、劉本、莊本、四庫章句本下一「以」作「㠯」。案：濿，渡水。詳參上離世「櫂舟杭以横濿兮」注。章句「沈没」云云，濿，讀作邁。詩黍離「行邁靡靡」，毛傳：「邁，行也。」下邁，下行，即「沈没」也。洪補引「濿」一作「厲」。正德本、隆慶本、馮本、俞本、朱本、劉本、湖北本、莊本正文「濿」作「厲」。史記卷一一七司馬相如列傳「紛鴻溶而上厲」，上厲，高邁也。厲通作邁。又，文選卷一五張衡思玄賦「彼無合而何傷兮」，舊注：「無合，猶不遇也。」

棄隆波而南渡兮，逐江湘之順流。

隆，盛也。

【疏證】隆，盛也。◎案：隆盛之義，古不施於水波。隆，讀作降。書呂刑：「稷降播種。」墨子卷二尚賢中第九引降作隆。荀子卷一一天論第一七「人君者隆禮尊賢而王」，韓詩外傳卷一隆作降。降猶洚也。說文木部：「栙，讀若鴻。」鴻波，洪波也。

赴陽侯之潢洋兮，下石瀨而登洲。

言己願乘盛波，逐湘江之流，赴陽侯之大波，過石瀨之湍，登水中之洲，身歷危殆，不遑安處也。

【疏證】言己願乘盛波，逐湘江之流，赴陽侯之大波，過石瀨之湍，登水中之洲，身歷危殆，不遑安處也。◎案：潢洋，言水無際貌。或作潢瀁、沆瀁、滉瀁，今作汪洋，詳參九辯「然潢洋而不可帶」注。又，哀郢「淩陽侯之氾濫兮」。即向所因也。

陵魁堆以蔽視兮，雲冥冥而闇前。

魁堆，高貌。

【疏證】

魁堆，高貌。◎慧琳音義卷六「堆阜」條、卷三二「堆阜」條、卷八三「堆堞」條同引王逸注楚辭：「堆，高也。」卷二四「堆阜」條引王逸注楚辭：「堆，高土也。」卷三七「土堆」條、卷七八「㙤堆」條、續音義卷六「土堆」條引王逸注楚辭：「堆，高皃也。」案：無「魁」者，其所據本別。又，卷二三「坑坎塠阜」條引王逸注楚辭：「塠，高土也。」堆與塠同。又，卷四七「雪堆」條、卷八一「大堆塔」條同引王逸注楚辭：「魁堆，高也。」亦有「魁」字。卷六四「擭堆」條引王逸注楚辭：「魁堆，貌也。」敓「高」字。魁堆，根於委曲義，或作魁摧、垌塠、腲腇、虺頹等。則因聲以求之，與委蛇、阿那等爲語之轉。其隨文所施，或訓委隨，或訓隤廢，或訓高險，義皆相通。

山峻高以無垠兮，遂曾閎而迫身。

垠，岸、涯也。曾，重也。閎，大也。言己所在之處，前有高陵，蔽不得視，後有峻大之山迫附於己，幽藏山野，心中愁思也。

【疏證】

垠，岸、涯也。◎案：說文土部：「垠，地垠也。一曰：岸也。从土、艮聲。圻，或从斤。」引申之凡言岸、言涯。文選卷四五班固答賓戲「漢良受書於邳垠」，李善注引晉灼曰：「垠，涯也。」又，「山峻高以無垠兮」，因涉江「山峻高以蔽日」也。

曾，重也。◎案：詳參惜誦「願曾思而遠身」注。

閎，大也。言己所在之處，前有高陵，蔽不得視，後有峻大之山迫附於己，幽藏山野，心中愁思也。◎同治本正文「迫」作「迨」。案：迨，訛也。說文門部：「閎，巷門也。从門、厷聲。」段注：「巷者，里中道也。然則閎猶閭也。」無高大義。曾閎，猶嶒竑，則不當以訓詁字爲之。文選卷一一魯靈光殿賦「鬱坱圠以嶒竑」，李善注：「嶒竑，深空貌。」或作登閎。卷八羽獵賦「涉三皇之登閎」，李善注引韋昭曰：「登，高也；閎，大也。」倒乙曰弘敞。漢書卷八七上揚雄傳「正瀏濫以弘惝兮」，顏師古注：「弘敞，高大也。」言「深空」、「高大」，其義相通。因聲以求，與崝嶒、崢嶸爲語之轉。

雪雰雰而薄木兮，

雰雰，雪貌。

【疏證】

雰雰，雪貌。◎正德本、隆慶本、湖北本、俞本、劉本、朱本「雪」下有「霜」字。景宋本「貌」作「皃」。案：皃，古貌字。雰雰同紛紛，言盛貌。狀言雨雪，故爲雨雪之貌，訓詁字作「雰雰」。詳參九辯「霰雪雰糅其增加兮」注。

雲霏霏而隕集。

隕，下也。集，會也。

【疏證】

隕，下也。◎案：離騷「厥首用夫顛隕」，章句：「隕，墜也。」悲回風「物有微而隕性兮」，章句：「隕，落也。」

集，會也。◎案：詳參天問「載尸集戰何所急」注。

阜隘狹而幽險兮，

大陵曰阜。狹，陋也。

【疏證】

大陵曰阜。◎莊本、馮本、四庫章句本「陵」作「陸」。案：陸、陵，聲之轉。章句因爾雅釋地。今本爾雅作「大陸」，李巡注：「土地高大名曰阜。阜最大名陵，陵之大者名阿。」又，詩天保「如山如阜」，毛傳：「高平曰陸，大陸曰阜，大阜曰陵。」國語卷六齊語「陸阜陵墐」，韋昭注：「高平曰陸，大陸曰阜，大阜曰陵。」韋氏因毛傳，則舊作「大陸」。

狹，陋也。◎正德本、隆慶本、馮本、俞本、朱本、四庫章句本「陋」作「漏」。案：漏，陋之假借。荀子卷四儒效篇第八「雖隱於窮閻漏屋」，韓詩外傳卷五「漏屋」作「陋屋」。狹，説文作陜，𨸏部：「陜，隘也。从𨸏、夾聲。」荀子卷一〇議兵篇第一五「其生民也陿阸」，楊倞注：「陿阸，謂秦地險固也。」陿與狹同。廣雅釋詁：「隘，陿也。」文選卷八司馬相如上林賦「赴隘陿之口」，郭璞注：「夾岸間爲陿。」隘狹，平列複語。

石嵾嵯以翳日。

翳，蔽也。言己居隘險之處，山石蔽日，霜雪並會，身既憂愁，又寒苦也。

【疏證】

翳，蔽也。◎案：詳參離騷「百神翳其備降兮」注。

言己居隘險之處，山石蔽日，霜雪並會，身既憂愁，又寒苦也。◎同治本「並」作「竝」。案：嵾嵯，山石不齊貌。又，章句「寒苦」云云，「苦寒」之乙。詳參上逢紛「衣納納而掩露」注。

悲故鄉而發忿兮，去余邦之彌久。

忿，恚也。言己不得還歸，中心發恚，自恨去我國邑之甚久也。

【疏證】

忿，恚也。◎案：忿之爲恚，猶憤怒也。古謂氣盈曰憤，怒曰忿，與今語別。説詳懷沙「懲連改忿兮」注。

言己不得還歸，中心發恚，自恨去我國邑之甚久也。◎正德本、隆慶本、湖北本、朱本、馮本、俞本、莊本、劉本、四庫章句本「發恚」下有「忿」字。景宋本「自恨」作「目恨」。案：忿，羨也。目，譌也。又，章句「我國邑之甚久」云云，國邑，謂國都。

背龍門而入河兮，

龍門，郢東門也。

【疏證】

龍門，郢東門也。◎案：龍門，在郢城之南垣，陸門也。詳參哀郢「顧龍門而不見」注。入河，猶謂入江也。

登大墳而望夏首。

言己虛被讒言，背郢城門而奔走，將入大河，登其高墳，以望夏水之口，泄思念也。

【疏證】

言己虛被讒言，背郢城門而奔走，將入大河，登其高墳，以望夏水之口，泄思念也。◎正德本、隆慶本、湖北本、劉本、馮本、莊本、四庫章句本「以」作「目」。案：夏首，夏水之口，夏水別江之處，非入沔之口。詳參哀郢「過夏首而西浮兮」注。

橫舟航而湓湘兮，耳聊啾而戃慌。

聊啾，耳鳴也。戃慌，憂愁也。言己願乘舟航，濟渡湘水，寂無人聲，耳中聊啾而白鳴，意中憂愁而戃慌，無所依歸也。

【疏證】

聊啾，耳鳴也。◎案：說文耳部：「聊，耳鳴也。从耳，卯聲。」又，口部：「啾，小兒聲也。从口，秋聲。」聊啾，耳鳴之聲。

懭慌，憂愁也。◎案：懭慌，猶惝怳之聲轉，言惆悵也。詳參上逢紛「心懭慌其不我與兮」注。

言己願乘舟航，濟渡湘水，寂無人聲，耳中聊啾而自鳴，意中憂愁而懭慌，無所依歸也。◎正德本、隆慶本、湖北本、朱本、劉本、馮本、俞本、莊本、四庫章句本「言」下無「己願乘」三字，「舟航」下無「濟」字。案：皆敚也。又，「耳中聊啾而自鳴意中憂愁而懭慌」云云，猶今心理學謂之「妄聽」。

波淫淫而周流兮，鴻溶溢而滔蕩。

滔蕩，廣大貌也。言己愁思懭慌，又見水中流波淫淫相隨，鴻溶廣大，悵然失志也。

【疏證】

滔蕩，廣大貌也。◎案：古無「滔蕩」。滔，當作浩，字之訛。浩蕩，廣大貌。楚辭習語，離騷「怨靈修之浩蕩兮」，九歌河伯「心飛揚兮浩蕩」，哀時命「志浩蕩而傷懷」。

言己愁思憹慌，又見水中流波淫淫相隨，鴻溶廣大，悵然失志也。◎正德本、隆慶本、湖北本、朱本、劉本、馮本、俞本、莊本、四庫章句本「水中」下無「流」字。案：敚之也。宋本玉篇水部「溶」字注：「溶，水皃。楚辭『須溶溢而滔蕩』。」章句遺義。「皃」上敚「廣大」二字。後漢書卷五九張衡傳「氛旄溶以天旋兮」，李賢注引王逸注楚辭曰：「溶，廣大貌也。」據此當補之。溶溢，猶溶滴之聲轉。文選卷一九宋玉高唐賦「洪波淫淫之溶滴」，李善注：「溶滴，猶蕩動也。」或作容裔，以狀水波，則以訓詁字爲之也。

路曼曼其無端兮，周容容而無識。

言己所行，山澤廣遠，道路悠長，周流容容而無知識也。

【疏證】

言己所行，山澤廣遠，道路悠長，周流容容而無知識也。◎案：孟子卷三公孫丑上「仁之端也」，趙注：「端者，首也。」無端，無頭緒也，故章句謂之「悠長」。

引日月以指極兮，

極，中也，謂北辰星也。

【疏證】

極，中也，謂北辰星也。◎案：極之訓中，謂天極也。詳參抽思「何回極之浮浮」注。爾雅釋天：「北極謂之北辰。」即章句所因。

少須臾而釋思。

釋，解也。言己施行正直，願引日月，使照我情，上指北辰，訴告於天，冀君覺寤，且解憂思須臾之間也。

【疏證】

釋，解也。◎案：詳參惜誦「謇不可釋」注。

言己施行正直，願引日月，使照我情，上指北辰，訴告於天，冀君覺寤，且解憂思須臾之間也。◎惜陰本、同治本「間」作「閒」。皇都本「訴」作「訢」。案：閒、間同。訢，訛字。少，猶少選也。呂氏春秋卷一四孝行覽第二本味篇「少選之間」，高注：「少選，須臾之間也。」少須臾，平列複語。又，章句以「思」爲「憂思」，思亦憂也。

水波遠以冥冥兮，眇不睹其東西，順風波以南北兮，霧宵晦以紛紛。

宵，夜也。詩云：「肅肅宵征。」言已渡廣水，心迷不知東西，霧氣晦冥，白晝若夜也。

【疏證】

宵，夜也。詩云：「肅肅宵征。」◎案：章句引詩見召南小星，毛傳：「宵，夜。」即章句所因。爾雅釋言郭舍人注：「宵，陽氣消也。」其推究所以名宵夜者。

言已渡廣水，心迷不知東西，霧氣晦冥，白晝若夜也。◎正德本、隆慶本、馮本、俞本、朱本、劉本、湖北本、莊本正文「紛紛」作「紛闇」。正德本「不知」作「不不知」。隆慶本、朱本、俞本、馮本「心迷」下有「亂」字，湖北本作「紛心迷」。正德本、隆慶本、俞本、莊本、四庫章句本、湖北本、馮本「冥」下有「而」字。俞本「晝」下有「闇」字。案：據義，舊有「亂」字、「而」字、「闇」字。作「不不知」者，羨一「不」字。又，西、紛出韻。紛紛即分分，本作介介，字之訛也。介介，通作藹藹，盛貌。詳下文「讒介介」疏義。西、藹於漢世爲脂、泰合韻也。

日杳杳以西頹兮，路長遠而窘迫。

言日已西頹，年歲卒盡，道路長遠，不得復還，憂心迫窘，無所舒志也。

【疏證】

言日已西頽，年歲卒盡，道路長遠，不得復還，憂心迫窘，無所舒志也。◎隆慶本、湖北本「已」作「以」。正德本、隆慶本、劉本、湖北本、俞本、馮本、朱本「迫窘」下有「下」字。案：文選卷三〇謝靈運南樓中望所遲客「漫漫長路迫」，李善注：「楚辭云：『日杳杳以西頽，路長遠而窘迫。』王逸注曰：『言道路長遠，不得復還，憂心迫窘，無所舒志也。』」則無「下」字也。又，唐寫本卷五九謝靈運南樓中望所遲客李善注引楚辭「西頽」作「西隤」，又引章句「舒志」下無「也」字。今據説文，墜下者本作隤。頽，借字。

欲酌醴以娛憂兮，

醴，醴酒也。詩云：「爲酒爲醴。」

【疏證】

醴，醴酒也。詩云：「爲酒爲醴。」◎案：章句引詩見周頌豐年。説文酉部：「醴，酒一宿孰也。从酉、豐聲。」段注：「周禮酒正注：『醴猶體也。成而汁滓相將，如今恬酒。』按：汁滓相將，蓋如今江東人家之白酒。滓，即糟也。滓多，故酌醴者用柶。醴甘，故曰如今恬酒。恬即甛也。許云『一宿孰』則此酒易成與？」又，釋名釋飲食：「醴，齊醴體也。釀之一宿而成，體有酒味而已。」醴酒，今謂酒釀也。

蹇騷騷而不釋。

蹇，難也。言己欲酌醴酒以自娛樂，心中愁思不可解釋也。

【疏證】

蹇，難也。◎案：蹇，難詞也，與謇字同。詳參離騷「謇吾法夫前修兮」注。

言己欲酌醴酒以自娛樂，心中愁思不可解釋也。◎案：騷騷，言憂愁貌。

歎曰：飄風蓬龍，埃坲坲兮。

蓬龍，猶蓬轉，風貌也。坲坲，塵埃貌。

【疏證】

蓬龍，猶蓬轉，風貌也。◎正德本、隆慶本、湖北本、朱本、劉本、馮本、俞本、莊本、四庫章句本「風貌」下無「也」字。案：章句「猶蓬轉」云云，義不暢。慧琳音義卷五三「塳𡋯」條引王逸注楚辭：「風塵起皃也。」又曰：「亦作漨浡，云：水霧氣皃也。」蓬轉，當作「蓬𡋯」，字之訛。文選卷一八笙賦「鬱蓬勃以氣出」，李善注：「蓬勃，泰出貌。」泰出，猶大出也。蓬孛與蓬勃同。則「蓬龍猶蓬勃」云者，言風起貌。蓬龍亦猶豐隆。風伯名豐隆，風起曰蓬龍，其義相通。

坲坲，塵埃貌。◎案：坲與浡同。爾雅釋詁：「浡，作也。」郭璞注：「浡然興作貌。」重言之曰坲坲、浡浡，塵起之貌。或作發發，漢書卷七二王吉傳「詩云：『匪風發兮，匪車揭兮。』」顏師古注：「發發，飄風貌。」隨文所施，言塵興、言風起，其義相通。

中木摇落，時槁悴兮。

槁，枯也。悴，病也。言飄風轉運，揚起塵埃，摇動中木，使之迎時枯槁，莖葉被病，不得盛長也。以言讒人亦運轉其言，埃塵忠直，使之被病而傷形也。

【疏證】

槁，枯也。◎案：説文木部：「槁，木枯也。从木、高聲。」

悴，病也。◎案：説文心部：「悴，憂也。从心，卒聲。」悴之爲病，讀如瘁。漢書卷一〇〇上叙傳「夕而焦瘁」，顏師古注：「瘁與悴同。」

言飄風轉運，揚起塵埃，摇動中木，使之迎時枯槁，莖葉被病，不得盛長也。以言讒人亦運轉其言，埃塵忠直，使之被病而傷形也。◎正德本、隆慶本、湖北本、朱本、劉本、馮本、俞本、莊本、四庫章句本「迎」作「即」。正德本、隆慶本「埃塵」作「紛塵」。正德本、隆慶本、俞本、莊本「形」作「刑」。案：迎時，猶應時、即時也，漢魏習語。古詩紀卷六三宋第九傅亮冬至詩：「柔荔迎時萋，芳芸應節馥。」迎時、應節，相對爲文。南史卷四二齊高帝諸子傳上豫章文獻王嶷：「躬營飲食，未嘗不迎時先辦。」言應時先辦也。後人未識，而妄改作「即時」。

遭傾遇禍，不可救兮；長吟永欷，涕究究兮。

究究，不止貌也。言己遭傾危之世而遇患禍，不可復救，故長歎歔欷而涕滂流，不可止也。

【疏證】

究究，不止貌也。◎正德本、隆慶本、湖北本、朱本、劉本、馮本、俞本、莊本、四庫章句本正文及注文「究究」作「煢煢」。案：若作煢煢，出韻，字之訛。據說文，究爲窮極、終止義，與訓「不止」義相對。究，讀如氿。爾雅釋水：「氿泉，穴出；穴出，仄出也。」郭璞注：「從旁出也。」說文作厬，云：「仄出泉也。」重言之曰氿氿，謂流不止貌。

言己遭傾危之世而遇患禍，不可復救，故長歎歔欷而涕滂流，不可止也。◎正德本、隆慶本、湖北本、馮本、朱本、劉本、莊本「涕」上有「啼」字，俞本「啼」作「泣」。案：長歎歔欷、啼涕滂流，相對爲文，則舊有「啼」字。對文悲極曰啼，有聲曰哭，無聲曰泣。章句「涕滂流不可止」云云，滂流，猶滂沱也，漢世習語。漢書卷八宣帝紀「醴泉滂流」是也。

舒情陳詩，冀以自免兮；頹流下隕，身日遠兮。

言己舒展中情，陳序志意，冀得脱免患禍，然身頹流日遠，不得還也。

【疏證】

言己舒展中情，陳序志意，冀得脱免患禍，然身頹流日遠，不得還也。◎案：自免，自勉也。免、勉，古字通用。戰國策卷六秦策四「免於國患大利也」，鮑本免作勉，校爲免。莊子卷一逍遥遊篇第一「此雖免乎行」，唐寫本「免」作「勉」。卷五達生篇第一九「夫欲免爲形者」，文選卷三一江淹雜體詩「處順故無累」，李善注引莊子免作勉。章句「脱免患禍」云云，非也。

遠逝

覽屈氏之離騷兮，心哀哀而怫鬱。

言己觀屈原所作離騷之經博達温雅，忠信懇惻而懷王不寤，心爲之悲而怫鬱也。

【疏證】言己觀屈原所作離騷之經博達温雅，忠信慇惻而懷王不寤，心爲之悲而怫鬱也。◎案：章句「慇惻」云云，言忠貞貌。詳參離騷「余固知謇謇之爲患兮」注。又，怫鬱，猶煩冤之聲轉，言愁思不釋貌。

聲嗷嗷以寂寥兮，

嗷嗷，呼聲也。寂寥，空無人民之貌也。

【疏證】嗷嗷，呼聲也。◎案：説文作嗸，與嗷同。口部：「嗸，衆口愁也。从口、敖聲。詩曰：『哀鳴嗸嗸。』」或作嗷嗷。漢書卷五六董仲舒傳「此民之所以嚻嚻苦不足」，顔師古注：「嚻讀與嗸同，音敖。嗸嗸，衆怨愁聲也。」卷二四上食貨志「天下謷謷然」，顔師古注：「謷謷，衆口愁聲也，音敖。」或作熬熬，卷七一陳湯傳「熬熬苦之」，顔師古「熬熬，衆愁聲。」皆同音通假。

寂寥，空無人民之貌也。◎案：寂寥，言無人聲貌。詳參九辯「宗廫兮」注。

顧僕夫之憔悴。

言己思爲屈原謚理冤結，噭噭而呼，山野寂寥，空無人民，顧視僕御，心皆燋悴而有憂色也。

【疏證】

言己思爲屈原謚理冤結，噭噭而呼，山野寂寥，空無人民，顧視僕御，心皆燋悴而有憂色也。◎案：章句「言己思爲屈原」云云，劉向代屈原之辭，言原賦離騷，噭噭而呼，空無反響也。「顧視僕夫憔悴」襲離騷「僕夫悲余馬懷」。憔悴，言憂貌。

撥諂諛而匡邪兮，

撥，治也。匡，正也。

【疏證】

撥，治也。◎案：詳參懷沙「孰察其撥正」注。又，慧琳音義卷六九「止撥」條引王逸云：「撥，棄也。」卷七六「指撥」條引王逸注楚辭：「撥，弃也。」弃、棄同。則唐人所據本別。撥之爲治、訓弃，其義相通。此「撥諂諛」云云，撥猶摒也，弃也。詩蕩「本實先撥」，鄭箋：「撥，猶絶也。」廣雅釋詁：「撥，除也。」

匡，正也。◎案：因爾雅釋言，邢昺疏：「匡，救諫之正。孝經云：『匡救其惡。』」

切淟涊之流俗。

切，猶槩也。淟涊，垢濁也。言己如得進用，則治讒諛之人，正其邪僞，槩貪濁之俗，使之清浄也。

【疏證】

切，猶槩也。◎案：槩與概同，言平正之也。史記卷六三老莊申韓列傳「則毋以其難概之」，索隱：「按，概，猶格也。」又，卷八七李斯傳「請一切逐客」，索隱：「一切，猶一例。言切者，譬若利刀之割，一運斤無不斷者。」

淟涊，垢濁也。◎後漢書卷五九張衡傳「瀲淟涊而爲清」，李賢注：「楚辭曰：『切淟涊之流俗。』王逸注曰：『淟涊，垢濁也。』」文選卷一七文賦「故淟涊而不鮮」，李善注曰：「楚辭曰：『切淟涊之流俗兮』，王逸曰：『淟涊，垢濁也。』」又，卷三四枚乘七發「輸寫淟濁」，李善注引王逸曰：「淟，垢濁也。」案：淟涊，連語，無單作「淟」，爛敚之也。張家山漢簡奏讞書「殿」作「殿」，「臀」作「腆」，皆典聲。廣雅釋訓及玉篇水部「淟」字並曰：「淟涊，垢濁也。」皆因章句。漢書卷八七上揚雄傳「紛纍以其淟涊兮」，應劭曰：「淟涊，穢濁也。」蕭該漢書音義引晉灼曰：「俗謂水漿不寒而温爲泆淈。」濁而不清謂之漿，即垢濁之意。玉篇水部「淈」字並曰：「泆淈，惡醉皃。」亦穢惡之意。或作䩄䴇。集韻上聲下第二七銑韻：「䩄䴇，少色。」言面無光澤，即垢濁也。銑韻又云：「䵷，䵷黱，劣貌。」䵷黱，亦其別文。

言己如得進用，則治讒諛之人，正其邪僞，槩貪濁之俗，使之清浄也。◎正德本、隆慶本、湖北本、劉本、朱本、俞本「正」作「止」。案：章句上云：「匡，正也。」則舊作「正其」爲允也。

盪渨涹之姦咎兮，

盪，滌也。渨涹，汙薉也。亂在内爲姦，咎，惡也。

【疏證】

盪，滌也。◎案：説文皿部：「盪，滌器也。从皿、湯聲。」引申之凡言滌洗。

渨涹，汙薉也。◎正德本、隆慶本、馮本、俞本、朱本、劉本、莊本、湖北本「薉」作「穢」。案：廣雅釋訓：「溾涹，穢也。」渨、溾同。

亂在内爲姦。◎案：姦、亂相對，在外曰亂，在内曰姦。姦、宄相對，在外曰姦，在内曰宄。左傳成公十七年：「臣聞亂在外爲姦，在内爲軌。」釋文：「軌本又作宄，音同。」又，文公十八年：「竊賄爲盜，盜器爲姦。」杜注：「器，國用也。」則又別也。

咎，惡也。◎案：説文口部：「咎，災也。」引申之凡言過惡。廣雅釋詁：「咎，惡也。」

夷蠢蠢之溷濁。

夷，滅也。蠢蠢，無禮義貌也。詩云：「蠢爾蠻荆。」言己欲盪滌讒佞汙穢之臣，以除姦惡，夷滅貪殘無禮義之人也。

【疏證】

夷，滅也。◎案：説文大部：「夷，平也。」引申之凡言誅滅。廣雅釋詁：「夷，滅也。」

蠢蠢，無禮義貌也。詩云：「蠢爾蠻荆。」言己欲盪滌讒佞汙穢之臣，以除姦惡，夷滅貪殘無禮義之人也。◎正德本、隆慶本「蠢蠢」上復有「蠢」字，「以」作「㠯」。馮本、劉本、四庫章句本、莊本「以」作「㠯」。莊本「蠻荆」乙作「荆蠻」。案：蠢，羨也。毛詩作「蠻荆」，莊本誤。章句引詩見小雅采芑，毛傳：「蠢，動也。」又，爾雅釋訓：「蠢，不遜也。」不遜，即「無禮義」也。章句因爾雅而不用毛詩。

懷芬香而挾蕙兮，佩江蘺之斐斐。

挾，持。

【疏證】

挾，持。◎莊本「持」下有「也」字。案：詳參天問「何馮弓挾矢」注。審此懷、挾，相對爲文，挾，言懷也。爾雅釋言：「挾，藏也。」郭注：「今江東通言挾。」邢疏：「謂隱藏物也。」斐斐，猶菲菲，芬香貌。離騷「芳菲菲其彌章」，章句：「菲菲，猶勃勃，芬香貌也。」漢書卷八七上揚雄傳「斐斐遲遲而周邁」，顔師古注：「斐斐，往來貌也。」則別一義。

握申椒與杜若兮，冠浮雲之峨峨。

峨峨，高貌也。言己獨懷持香草，執忠貞之行，志意高厲，冠切浮雲，不得而施用也。

【疏證】

峨峨，高貌也。◎劉本、俞本「峨峨」作「峩峩」。黎本玉篇殘卷山部「峨」字曰：「楚辭『冠浮雲之峩峩』，王逸曰：『高皃也。』」案：峨與峩同。正文作「峨峨」，則注不宜作「峩峩」。招魂「增冰峨峨」，章句：「言北方常寒，其冰重累，峨峨如山。」峨峨之爲高，則備招魂。

言己獨懷持香草，執忠貞之行，志意高厲，冠切浮雲，不得而施用也。◎案：冠浮雲，因涉江

「冠切雲之崔嵬」也。又，章句「志意高厲」云云，厲，借作邁。高邁，高遠也。

登長陵而四望兮，覽芷圃之蠡蠡。

圃，野樹也。詩云：「東有圃草。」蠡蠡，猶歷歷，行列貌也。言己登高大之陵，周而四望，觀香芷之圃，歷歷而有行列，傷人不采而佩帶也。言己亦修德行義，動有節度，而不見進用也。

【疏證】

圃，野樹也。詩云：「東有圃草。」◎正德本、隆慶本、湖北本、朱本、劉本、馮本、俞本、莊本、四庫章句本無「樹」字。毛祥麟楚辭校文曰：「文瀾閣本『圃』作『甫』。按：甫與毛詩合。」案：文津本、文淵本亦作「圃」。章句引詩見小雅車攻。毛詩「圃」作「甫」，傳：「甫，大也。」章句引詩，蓋據別本。釋文：「鄭音補，謂圃田，鄭藪也。」與章句同。文選卷五吳都賦「遭藪爲圃，值林爲苑」，劉逵注：「有木曰苑，有草曰圃。」苑者，園也。墨子卷五非攻上第一七「入人園圃」，孫氏閒詁：「説文云：『園所以樹果。』『種菜曰圃』。」散文言圃亦有草木，故稱「野」。章句「野樹」之樹字，羨文。又，論語卷一三子路「請學爲圃」，集解引馬融注：「樹五穀曰稼，樹菜蔬曰圃。」圃與稼相對。邢疏：「樹者，種殖之名。五穀者，黍稷麻麥豆也。周禮注云：『種穀曰稼，如嫁女以有所生也。』周禮大宰職云：『園圃，毓草木。』注云：『樹果蓏曰圃。園，其樊也。』然則園者，外畔藩籬之名。

其内之地，種樹菜果，則謂之圃。」則其說別。

蠡蠡，猶歷歷，行列貌也。言己登高大之陵，周而四望，觀香芷之圃，歷歷而有行列，傷人不采而佩帶也。言己亦修德行義，動有節度，而不見進用也。◎案：尚書考靈曜「取六項加三旁蠡順餘之」，鄭玄注云：「蠡猶羅也。」（見升庵集卷七四宋儒論天「旁羅」條引）蠡無羅列義，讀如離。淮南子卷一九脩務訓「脩彭蠡之防」，書鈔卷四帝王部第一二功業引蠡作離。章句「猶歷歷」云云，離、歷，聲之轉。又，文選卷二張衡西京賦「朱實離離」，薛綜注：「離離，實垂之貌。」

遊蘭皐與蕙林兮，睨玉石之嵾嵯。

顧視爲睨。玉石，以喻君門也。嵾嵯，不亝貌也。言己放流，猶喜居蘭皐蕙林芬芳之處，脩行清白，動不離身，上睨君門，賢愚並進，嵾嵯不亝也。

【疏證】

顧視爲睨。◎案：離騷「忽臨睨夫舊鄉」，章句：「睨，視也。猶復顧視楚國，愁且思也。」散文睨、視不別，對文顧視謂之睨。

玉石，以喻君門也。◎皇都本「玉」訛作「王」。正德本、隆慶本、湖北本、朱本、劉本、馮本、俞本、莊本、四庫章句本「君」下有「之」字。案：玉門，君門。詳參上怨思「背玉門以犇鶩兮」注。玉石，玉與石，喻賢與愚也。章句「君門」云云，謂君門所在之人賢愚並列不別。若「君」下有「之」字，非也。

嵾嵯，不亝貌也。言己放流，猶喜居蘭皋蕙林芬芳之處，脩行清白，動不離身，上睨君門，賢愚並進，嵾嵯不亝也。◎莊本「脩行」下復有「行」字。正德本、隆慶本、劉本、馮本、朱本、莊本、四庫章句本「嵾嵯」作「㠁嵯」，「不亝」下有「同」字，「脩」作「修」。同治本「並」作「竝」。景宋本「嵾」作「㠁」。案：嵾、㠁同。「脩行」下復有「行」字者，羨也。㠁嵯、參差同，狀玉石不齊，則字益山旁。上遠逝「石嵾嵯以翳日」是也。

揚精華以眩燿兮，

炫燿，光貌。

【疏證】

炫燿，光貌。◎俞本、馮本、湖北本、四庫章句本、莊本「炫」作「眩」。案：炫與眩同。正文作「眩」，注文不宜作「炫」。或作昡曜，離騷「世幽昧以昡曜兮」，章句：「昡曜，惑亂貌。」其解「光貌」與「惑亂」，義相貫通。

芳鬱渥而純美。

渥，厚。

【疏證】

渥，厚。◎莊本「厚」下有「也」字。案：九辯「嘗被君之渥洽」，張銑注：「渥，厚也。」説文水部：「渥，霑也。」詩簡兮「赫如渥赭」，毛傳：「渥，厚漬也。」

結桂樹之旖旎兮，紉荃蕙與辛夷。

旖旎，盛貌。詩云：「旖旎其華。」言己揚耳目之精，其明炫燿，姿質純美，猶復結桂枝，索蘭蕙，脩善益固，德行彌盛也。

【疏證】

旖旎，盛貌。詩云：「旖旎其華。」◎案：詳參九辯「紛旖旎乎都房」注。章句引詩見檜風隰有萇楚，然毛詩作「猗儺其華」，毛傳：「猗儺，柔順也。」蓋逸所據本别一家。旖旎、猗儺，聲之轉。

言己揚耳目之精，其明炫燿，姿質純美，猶復結桂枝，索蘭蕙，脩善益固，德行彌盛也。◎正德本、隆慶本、馮本、劉本、俞本、朱本、莊本、四庫章句本「脩」作「修」。案：章句「揚耳目之精，其明炫燿」云云，謂形魄也。朱子辯證引鄭氏注：「噓吸出入者，氣也，耳目之精明爲魄，氣則魂之謂也。」

芳若茲而不御兮，捐林薄而菀死。

菀，積也。言己修行衆善若此而不見用，將弃林澤，菀積而死，恨功不立而志不成也。

【疏證】

菀，積也。◎案：詳參上怨思「菀蘼蕪與菌若兮」注。

言己修行衆善若此而不見用，將弃林澤，菀積而死，恨功不立而志不成也。◎惜陰本、湖北本「弃」作「棄」。案：弃、棄同。離騷「恐美人之遲暮」，章句：「言天時運轉，春生秋殺，草木零落，歲復盡矣。而君不建立道德，舉賢用能，則年老耄晚暮，而功不成，事不遂也。」即此意也。

驅子僑之犇走兮，

驅，馳也。子僑，王子僑也。

【疏證】

驅，馳也。◎案：說文馬部：「驅，馬馳也。从馬、區聲。敺，古文驅，从攴。」驅，言執箠馳馬。

子僑，王子僑也。◎案：王子僑，古之仙人。詳參天問「安得夫良藥不能固臧」注。

申徒狄之赴淵。

申徒狄，賢者，避世不仕，自沈赴河也。言己修善不見進用，意欲驅馳，待王子僑，隨之奔走，以學道真；又見申徒狄避世赴河，意中紛亂，不知所行也。

【疏證】

申徒狄，賢者，避世不仕，自沈赴河也。◎正德本、隆慶本、湖北本、朱本、劉本、馮本、俞本、莊本、四庫章句本「沈」作「投」。案：韓詩外傳卷一：「申徒狄非其世，將自投於河。崔嘉聞而止之，曰：『吾聞聖人仁士之於天地之間也，民之父母也。今爲濡雅之故，不救溺人，可乎？』申徒狄曰：『不然。桀殺關龍逢，紂殺王子比干，而亡天下；吴殺子胥，陳殺泄冶，而滅其國。故亡國殘家，非無聖智也，不用故也。』遂抱石而沈於河。」

言己修善不見進用，意欲驅馳，待王子僑，隨之奔走，以學道真；又見申徒狄避世赴河，意中紛亂，不知所行也。◎正德本、隆慶本、湖北本、朱本、劉本、馮本、俞本、莊本、四庫章句本「奔」作「犇」。毛祥麟楚辭校文曰：「文瀾閣本無『真』字。」案：文淵本、文津本亦有「真」字。犇，古奔字。章句「待王子僑」云云，當作「侍王子僑」。待、侍，古字通用。侍，猶陪從也。孝經卷一開宗明義章「曾子侍」，釋文：「卑在尊之側者曰侍。」

若由夷之純美兮，介子推之隱山。

由，許由也；夷，伯夷也。言己又有清高之行如許由，堯讓以天下，辭而不肯受；伯夷、叔齊讓國而餓死，介子推逃晉文公之賞，隱身深山，無爵位而有顯名也。

【疏證】

由，許由也；夷，伯夷也。◎正德本、隆慶本、湖北本、朱本、劉本、馮本、俞本、莊本、四庫章句本「由許由也夷伯夷也」乙爲「夷伯夷也由許由也」。案：其乙者，蓋因或本正文「由夷」作「夷由」。

言己又有清高之行如許由，堯讓以天下，辭而不肯受；伯夷、叔齊讓國而餓死，介子推逃晉文公之賞，隱身深山，無爵位而有顯名也。◎正德本、隆慶本、湖北本、朱本、劉本、馮本、俞本、莊本、四庫章句本「讓國」下無「而」字，「無」作「忽」，「名」作「榮」。正德本、隆慶本、馮本、劉本、四庫章句本、莊本、湖北本「以」作「目」。案：袁校「讓國」下補「而」字。許由、伯夷，詳參悲回風「望大河之洲渚兮悲申徒之抗迹」注。介子推逃賞，詳參惜往日「介子忠而立枯兮」注。

晉申生之離殃兮，荆和氏之泣血。吳申胥之抉眼兮，王子比干之横廢。

皆已解於九章。

【疏證】

皆已解於九章。◎案：申生遭殃，見惜誦「晉申生之孝子兮」注。和氏泣血，見懷沙「同糅玉石兮」注。子胥抉眼，見涉江「伍子逢殃兮」注，比干横廢，見天問「比干何逆」注。

欲卑身而下體兮，心隱惻而不置。

言己欲卑身下體，以順風俗，心中惻然而痛，不能置中正，而行佞諛也。

【疏證】

言己欲卑身下體，以順風俗，心中惻然而痛，不能置中正，而行佞諛也。◎正德本、隆慶本、劉本、湖北本、莊本、四庫章句本「以」作「目」，「中正」下無「而」字。馮本、俞本「中正」下無「而」字。案：下體，宜作「下禮」。禮、體古字通用。詩谷風「無以下體」，韓詩外傳卷九引作「下禮」。易繫辭上「知崇禮卑」，釋文：「禮，蜀才作體。」周易集解本「禮」作「體」。又曰：「而行其典禮」。釋文：「典禮，姚作典體。」下禮，謂施禮。章句「心中惻然而痛」云云，隱，痛也。又，章句「置中正」云云，置，棄也。謂棄中正之道也。

方圜殊而不合兮，鈎繩用而異態。

言方與圜其性不同，鈎曲繩直，其態殊異而不可合也。以言忠佞異志猶鈎繩也。

【疏證】

言方與圜其性不同，鈎曲繩直，其態殊異而不可合也。以言忠佞異志猶鈎繩也。◎正德本、隆慶本、湖北本、劉本、莊本「以」作「㠯」。案：淮南子卷一原道訓：「故士有一定之論，女有不易之行，規矩不能方圓，鈎繩不能曲直。」卷一一齊俗訓：「若夫鈎繩規矩者，此巧之具也，而非所以巧也。」又曰：「夫重生者不以利害己，立節者見難不苟免，貪禄者見利不顧身，而好名者非義不苟得，此相爲論，譬猶冰炭鈎繩也。」方圓、鈎繩，皆漢世通喻。

欲竢時於須臾兮，日陰曀其將暮。

日以喻君。陰曀，闇昧也。言己欲待盛世明時，君又闇昧，年歲已暮，身將老也。

【疏證】

日以喻君。◎正德本、隆慶本、劉本、湖北本、馮本、莊本、四庫章句本「以」作「㠯」。案：詳參九辯「願皓日之顯行兮」注。日，不以喻君，謂歲時也。言己欲待時於須臾之間，日忽忽將暮，年命且老也。章句「君又闇昧年歲已暮身將老」云云，緻繞之說。

陰曀，闇昧也。言己欲待盛世明時，君又闇昧，年歲已暮，身將老也。◎案：闇曀，猶晻藹之聲轉，闇昧不明貌。詳參離騷「揚雲霓之晻藹兮」注。

時遲遲其日進兮，年忽忽而日度。

遲遲，行貌。詩云：「行道遲遲。」度，去也。言天時轉運日進，遲遲而行，己年忽去，日以衰老也。

【疏證】

遲遲，行貌。詩云：「行道遲遲。」◎案：章句引詩見邶風谷風，毛傳：「遲遲，舒行貌。」

度，去也。◎案：度之訓去，讀如渡。廣雅釋詁：「渡，去也。」

言天時轉運日進，遲遲而行，己年忽去，日以衰老也。◎正德本、隆慶本、劉本、湖北本、馮本、莊本、四庫章句本「以」作「㠯」。景宋本正文「進」作「追」。案：日追，即日退，謂日隤也。易繫辭下「夫坤隤然示人簡矣」，釋文：「隤，孟作退。」禮記卷一〇檀弓下第四「文子其中退然如不勝衣」，釋文：「追然音退，本亦作退。」追、退、隤古字通。隤與頹同。日頹，楚辭習語，上逢紛「意晻晻而日頹」是也。後人不曉「日追」爲「日隤」之假借，妄改作「日進」。

妄周容而入世兮，内距閉而不開。

言己欲妄行周比，苟容自入於君，心内距閉而意不開，敏於忠正，而愚於讒諛也。

【疏證】

言己欲妄行周比，苟容自入於君，心内距閉而意不開，敏於忠正，而愚於讒諛也。◎景宋本「愚」作「遇」。案：據義，敏、愚相對爲文，舊作「愚」。又，周容、入世，相對爲文，非謂「周比苟合」。周容，謂周合於俗。詳參離騷「競周容以爲度」注。又，章句「敏於忠正而愚於讒諛」云云，論語卷四里仁「訥於言而敏於行」。

竢時風之清激兮，

風以喻政。激，感也。

【疏證】

風以喻政。◎正德本、隆慶本、湖北本、劉本、莊本「以」作「目」。案：詳參九歌山鬼「風颯颯兮木蕭蕭」注。風所以喻政，象政令也。離騷「後飛廉使奔屬」，章句：「飛廉，風伯也，風爲號令，以喻君命。」

激，感也。◎案：正文「清激」當作「清瀓」，字之訛。清瀓，楚辭習語。惜往日「不清瀓其然否」。或作清澄，遠遊「保神明之清澄兮」。章句「激感也」云云，則其本已訛。

愈氛霧其如塺。

塺，塵也。言己欲待明君之政，清潔之化，以感激風俗，而君愈貪濁如氛霧之氣，來塵塺人也。

【疏證】

塺，塵也。◎案：慧琳音義卷七五「塵塺」條引通俗文：「熟土曰塺。塺亦塵也。」熟土，松散之土，塵土也。

言己欲待明君之政，清潔之化，以感激風俗，而君愈貪濁如氛霧之氣，來塵塺人也。◎正德本、隆慶本、劉本、湖北本、莊本「以」作「㠯」。案：喻林卷三一人事門二九不遇引亦作「以」字。章句「來塵塺人」云云，猶塵塺之。則名事相因。

進雄鳩之耿耿兮，

耿耿，小節貌。

【疏證】

耿耿，小節貌。◎御覽卷九二一羽族部八鳩引王逸注：「耿耿，小節貌。」案：耿耿，猶斤斤也。爾雅釋訓：「斤斤，察也。」舍人注：「斤斤，明察也。物精詳之察也。」孫炎注：「重慎之察也。」察之過詳、慎甚，則爲苛刻拘守，是「小節」之意也。俗語「斤斤計較」，蓋其遺義。又，雄鳩，即蒙鳩。詳參離騷「雄鳩之鳴逝兮」注。

讒介介而蔽之。

言己欲如雄鳩進其耿耿小節之誠信，讒人尚復介隔，蔽而障之，況有鸞鳳之志，當獲譖毁，固其宜也。

【疏證】

言己欲如雄鳩進其耿耿小節之誠信，讒人尚復介隔，蔽而障之，況有鸞鳳之志，當獲譖毁，固其宜也。◎正德本、隆慶本、湖北本、朱本、劉本、馮本、俞本、莊本、四庫章句本正文「介介」作「紛紛」，章句「介」作「分」。景宋本「誠信」作「誠言」。案：御覽卷九二三羽族部八鳩引楚辭「介介」作「分分」，又王逸注：「言欲如雄鳩進其耿耿小節之誠，讒人尚復分分，蔽而障之。」介，分之訛。分，通作紛。四庫補注本正文作「紛紛」。史記卷八四賈生列傳「般紛紛其離此尤兮」，集解：「紛紛，構讒意也。」索隱：「紛紛猶藉藉，構讒之意也。」御覽蓋存其舊。其作「介隔」者，後因「介介」之訛而强爲之説。若必爲「介介」，則通作「靄靄」。北大簡（五）荆決：「介介（靄靄）者雲，蔽天白日。」是其證。靄靄，盛貌也。又，誠信，舊本作「誠言」，「言」字屬下。御覽引敚「言」字。

默順風以偃仰兮，尚由由而進之。

默，寂。由由，猶豫也。言己欲寂默不語，以順風俗，隨衆俛仰，而不敢毁譽，然尚猶豫不肯進也。

【疏證】

默，寂。◎莊本「寂」下有「也」字。案：懷沙「孔静幽默」，章句：「默，無聲也。」老子二十五章「寂兮」，河上公注：「寂者，無音聲。」

由由，猶豫也。言己欲寂默不語，以順風俗，隨衆俛仰，而不敢毁譽，然尚猶豫不肯進也。◎正德本、隆慶本、劉本、湖北本、莊本「以」作「㠯」。案：由由，無猶豫意，當作「由夷」，字之訛。

倒乙爲夷由。後漢書卷六〇馬融傳「或夷由未殊」，李賢注：「夷由，不行也。」湘君作「夷猶」。又，章句以「不肯進」解「進之」，則舊正文「進之」作「退之」。今作「進之」者，後人據章句誤改。若作「進之」，進字亦出韻。

心憒悢以冤結兮，情舛錯以曼憂。

憒悢，失志貌也。言己欲隨從風俗，尚不肯進，意中憒悢，心爲冤結，情意舛錯而長憂苦也。

【疏證】

憒悢，失志貌也。言己欲隨從風俗，尚不肯進，意中憒悢，心爲冤結，情意舛錯而長憂苦也。◎正德本、隆慶本、湖北本、朱本、馮本、俞本、莊本、四庫章句本「憒」作「㥶」。案：憒悢、㥶悢同。宋本玉篇心部：「憒悢，不得志也。」其所據本亦作「憒悢」。九辯「愴怳憒悢兮」，章句：「中情悵惘，意不得也。」或作康㝗，説文宀部：「康，屋康㝗也。从宀、康聲。」徐鍇繫傳：「長門賦『委參差以槺梁』。㝗，屋虛大也。㝗與梁義同。」宋本玉篇宀部：「㝗，空虛也，屋康㝗也。」廣韻下平聲第一一唐韻「㝗」字注：「康㝗，宮室空貌。」今本文選卷一六長門賦作「槺梁」，廣韻下平聲第一一唐韻「槺」字注：「槺梁，虛梁也。」或作漮㝗，方言卷一三：「漮，空也。」郭璞注：「漮㝗，空貌。」或作閌閬，漢書卷八七下揚雄傳「閌閬閬其寥廓兮」，顏師古注：「閌，高門貌。閬閬，空虛也。」閌閬閬，即閌閬，虛空貌。平入對轉字作廓落，爾雅釋詁郭璞注：「廓落宇宙，穹隆至極，亦爲大也。」穹窿，聲之轉。或作瓠落，莊子卷一逍遥遊第一「則瓠落無所容」，釋文引簡文注：「瓠落，猶廓落也。」

搴薜荔於山野兮，采撚支於中洲。

撚支，香草也。言己雖憂愁，猶采取香草以自約束，修善不怠也。

【疏證】

撚支，香草也。言己雖憂愁，猶采取香草以自約束，修善不怠也。◎正德本、隆慶本、湖北本、朱本、劉本、馮本、俞本、莊本、四庫章句本「支」作「枝」。正德本、隆慶本、劉本、湖北本、莊本「以」作「目」。案：支、枝古今字。史記卷一一七司馬相如列傳「枇杷橪柹」，集解：「徐廣曰：『橪音而善反，果也。』」索隱：「張揖曰：『橪，橪支，香草也。』郭璞曰：『橪支，木也。橪音烟。』徐廣曰：『橪，棗也。』說文曰：『橪，酸小棗也。』淮南子云：『伐橪棗以爲矜。』」單言之曰橪，棗。復言之曰橪支，香草名。魏、晉已溷，遂謂橪支爲木。郭璞橪音烟，橪支，烟支。史記卷一二九貨殖列傳「地饒巵」，集解：「徐廣曰：『巵音支，烟支也，紫赤色也。』」卷一一〇匈奴列傳「後有所愛閼氏」，索隱引習鑿齒與燕王書：「山下有紅藍，足下先知不？北方人探取其花染緋黃，挼取其上英鮮者作烟肢，婦人將用爲顏色。吾少時再三過見烟肢，今日始視紅藍，後當爲足下致其種。匈奴名妻作『閼支』，言其可愛如烟肢也。閼音烟。想足下先亦不作此讀漢書也。」紅藍，橪支也。

望高丘而歎涕兮，悲吸吸而長懷。

言己遥望楚國而不得歸，心爲悲歎，涕出長思也。

【疏證】言己遥望楚國而不得歸，心爲悲歎，涕出長思也。◎案：吸吸，猶泣泣也。易中孚六三「或泣或歌」，漢帛書本作「或汲或歌」。屯上六「泣血漣如」，漢帛書本作「汲血漣如」。比例知之，吸、泣亦通用。泣，悲泣也。對文有聲曰哭，無聲曰泣。

孰契契而委棟兮，

契契，憂貌也。詩云：「契契寤歎。」

【疏證】契契，憂貌也。詩云：「契契寤歎。」◎湖北本「歎」作「寐」。案：非也。章句引詩見大東，毛傳：「契契，憂苦也。」契契，或作矻矻，漢書卷六四下王褒傳「終日矻矻」，應劭曰：「矻矻，勞極貌。」舊唐書卷一三四馬燧傳：「燧少時，嘗與諸兄讀書，乃輟卷歎曰：『天下將有事矣，丈夫當建功於代，以濟四海，安能矻矻爲一儒哉？』」太平廣記卷二八〇「劉景复」條（出纂異記）：「河湟咫尺不能收，挽粟推車徒矻矻。今朝聞奏涼州曲，使我心魂暗超忽。」或作搰搰、掘掘、窟窟等，未可勝記。又，何劍薰楚辭拾瀋：「委棟不成詞，疑當作委隋。棟與隋，雙聲定母，隋可借爲棟。」棟、隋韻部殊異，謂其通用，無徵不信。章句「欲委其棟梁之謀若己者」云云，其說自通，未可輕易。

日晻晻而下頹。

言誰有契契憂國念君，欲委其梁棟之謀若己者乎？然日頹暮，傷不得行也。

【疏證】

言誰有契契憂國念君，欲委其梁棟之謀若己者乎？然日頹暮，傷不得行也。◎莊本「日」下有「已」字，「暮」下有「自」字。案：皆妄意增益之。廣雅釋訓：「晻晻，暗也。」爾雅釋言：「陪，闇也。」釋文引字林：「陪，或作晻，烏感反。」荀子卷二不苟篇第三「是姦人將以盜名於晻世者也」，楊倞注：「晻與暗同。」

歎曰：江湘油油，長流汩兮。

油油，流貌也。詩云：「河水油油。」言己見江、湘之水油油長流，將歸於海，自傷放流，獨無所歸也。

【疏證】

油油，流貌也。詩云：「河水油油。」言己見江、湘之水油油長流，將歸於海，自傷放流，獨無所歸也。◎景宋本「貌」作「皃」。案：皃，古貌字。章句引詩，毛詩未見，蓋佚詩也。廣雅釋訓：「油油，流也。」張氏因章句。文選卷四八司馬相如封禪文「雲之油油」，李善注引漢書音義：「油油，雲行貌。」又，孟子卷三公孫丑上「故由由然與之偕」，趙注：「由由，浩浩之貌。」由與油通。衛風竹竿：「淇水滺滺，檜楫松舟。」毛傳：「滺滺，流貌。」釋文：「浟，本亦作滺。」浟、滺、油古字通用。

挑揄揚汰，盪迅疾兮。

言水尚得順其經脈，揚蕩其波，使之迅疾，自傷不得順其天性，揚其志意而常屈伏。

【疏證】

言水尚得順其經脈，揚蕩其波，使之迅疾，自傷不得順其天性，揚其志意而常屈伏。◎正德本、隆慶本、湖北本、朱本、劉本、馮本、俞本、莊本、四庫章句本「常屈」上無「而」字，「伏」下有「也」字。案：挑揄、揚汏，相對爲文，章句以「順其經脈」解「挑揄」者，則得其旨。廣雅釋詁：「挑，穿也。」後作搯，俗謂挖。與「順」近義。揄，讀如俞。靈樞經：「脈之所注云俞。」素問卷一三奇病論第四七「治之以膽募俞」，王冰注：「背脊曰俞。」俞有「經脈」義。

憂心展轉，愁怫鬱兮。

展轉，不寐貌。詩云：「展轉反側。」言己放弃，不得竭其忠誠，心中愁悶，展轉怫鬱，不能寐也。

【疏證】展轉，不寐貌。詩云：「展轉反側。」言己放弃，不得竭其忠誠，心中愁悶，展轉怫鬱，不能寐也。◎惜陰本、湖北本、四庫補注本「弃」作「棄」。湖北本「不能寐」之「寐」作「寤」。案：作「寤」，非也。章句引詩見周南關雎，毛詩「展轉」作「輾轉」，訓詁字也。傳：「卧而不周曰輾。」孔疏：「輾轉，猶婉轉，俱是迴動，大同小異。」則不必分爲二義。廣雅釋訓：「展轉，反側也。」王念孫疏證：「説文：『展，轉也。』合言之則曰展轉。周南關雎篇『輾轉反側』，釋文：『輾，本亦作展。』展轉即反側，重言以申意耳。故小雅何人斯篇『以極反側』，箋云：『反側，展轉也。』關雎正義云：

『反側，猶反覆也。』大雅民勞篇『以謹繾綣』，傳云：『繾綣，反覆也。』繾綣與展轉，聲近義同。」又，章句「不寤」云云，寤，謂寐之覺。不寤，謂寐也。則非其旨。不寤，當作「不寐」，字之訛。

冤結未舒，長隱忿兮。

言己抱守冤結，長隱山野，心中忿恨，無已時也。

【疏證】

言己抱守冤結，長隱山野，心中忿恨，無已時也。◎案：隱，痛也。詳參九歌湘君「隱思君兮陫側」注。長隱忿，言久憂忿也。章句「長隱山野，心中忿恨」云云，增字以解，當非其旨。

丁時逢殃，可奈何兮！

丁，當也。言己之生當逢遇殃咎，安可奈何，自閔而已。

【疏證】

丁，當也。◎案：因爾雅釋詁。又，詩雲漢「寧丁我躬」，毛傳：「丁，當也。」丁、當，聲之轉。

言己之生當逢遇殃咎，安可奈何，自閔而已。◎正德本、隆慶本、湖北本、朱本、馮本、俞本、劉本、莊本、四庫章句本「之生」下有「唯」字，「閔」作「悶」。惜陰本、同治本「奈」作「柰」。案：唯，羡也。柰、奈同。悶，訛也。又，章句「安可柰何」云云，猶無可柰何也。

勞心悁悁，涕滂沲兮。

言己欲竭節盡忠，終不見省，但勞我心，令我悁悒悲涕而横流也。

【疏證】言己欲竭節盡忠，終不見省，但勞我心，令我悁悒悲涕而横流也。◎正德本、隆慶本、湖北本、朱本、劉本、馮本、俞本、莊本、四庫章句本「令我悁悒悲涕而横流也」作「令我悁悁滂沲，悲涕而横流也」。案：正文有「滂沲」，而注無「滂沱」，敓之。滂沱，涕泣貌。詩澤陂：「寤寐無爲，涕泗滂佗。」

惜賢

悲余心之悁悁兮，哀故邦之逢殃。

言己所以悲哀、心中悁悒者，哀念楚國信用讒佞，將逢殃咎也。

【疏證】

言己所以悲哀、心中悁悒者，哀念楚國信用讒佞，將逢殃咎也。◎案：詩澤陂「中心悁悁」，毛傳：「悁悁，猶悒悒也。」章句「心中悁悒」云云，悁悒，猶鬱悒之聲轉。

辭九年而不復兮，獨煢煢而南行。

煢煢，獨貌也。言己與君辭訣而出，至今九年不肯反己，常獨煢煢南循江也。

【疏證】

煢煢，獨貌也。◎案：說文卂部：「煢，回疾也。从卂，營省聲。」段注：「回轉之疾飛也，引伸爲煢獨，取裵回無所依之意。」叠言之則爲孤獨貌。小爾雅廣義：「寡夫曰煢。」煢即鰥字。詩桃夭序「老而無妻曰鰥」，孔疏引孝經鄭注：「丈夫六十無妻曰鰥。」或通作睘，詩杕杜「獨行睘睘」，毛傳：「睘睘，無所依也。」釋文：「睘，本亦作煢，又作焭。求營反。」或作嬛，詩閔予小子「嬛嬛在疚」，釋文：「嬛，崔本作煢。」漢書卷八一匡衡傳引作「焭焭在疚」。焭、鰥、睘、嬛，皆聲近義同。

言己與君辭訣而出，至今九年不肯反己，常獨煢煢南循江也。◎正德本、隆慶本、湖北本、朱本、劉本、馮本、俞本、莊本、四庫章句本「循」作「行度」。案：據義，舊作「南行度江」。「辭九年而不復」，因哀郢「至今九年而不復」。

思余俗之流風兮，

風，化。

【疏證】風，化。◎莊本「化」下有「也」字。案：詩關雎序：「風，風也，教也。風以動之，教以化之。」又曰：「上以風化下，下以風刺上，主文而序諫，言之者無罪，聞之者足以戒，故曰風。」流風，謂風化。後以區別風化與風刺，則別制諷。又，章句「言己念我楚國風俗餘化」云云，正文「余俗」當作「餘俗」。

心紛錯而不受。

紛錯，憒亂也。言己念我楚國風俗餘化，好行讒佞，心爲憒亂，不能受其邪僞也。

【疏證】紛錯，憒亂也。◎案：招魂「班其相紛」，章句：「紛，亂也。」書微子序「殷既錯天命」，孔傳：

「錯，亂。」紛錯，平列同義。又，章句「心爲憒亂」云云，憒，當作憒，字之訛。憒亂，漢世習語。漢書卷二四下食貨志：「百姓憒亂，其貨不行。」卷二七五行志中：「言上號令不順民心，虛譁憒亂。」

言己念我楚國風俗餘化，好行讒佞，心爲憒亂，不能受其邪僞也。◎莊本「憒」作「憒」。案：章句「風俗餘化」云云，猶末俗也。何休公羊傳序「此世之餘事」，徐疏：「餘，末也。」方言卷一：「烈、枿，餘也。陳、鄭之間曰枿，晉、鄭之間曰烈，秦、晉之間曰肄，或曰烈。」枿即蘗，實孽字，末子也。或者「餘烈」連文，平列同義，言末後也。史記卷六秦始皇本紀「奮六世之餘烈」是也。

遵壄莽以呼風兮，

莽，草。

【疏證】

莽，草。◎莊本「草」下有「也」字。案：文選卷六魏都賦「蔡莽螫刺」，李善注引王逸楚辭注曰：「蔡，草莽也。」即章句異文。方言卷三：「蘇，草也。江淮、南楚之間曰蘇，自關而西或曰草，或曰芥。南楚、江湘之間謂之莽。」又，卷一〇：「莽，草也。南楚曰莽。」

步從容於山廋。

廋，隈也。言己循山野之中，以呼風俗之人，欲語以忠正之道，故徐步山隈，遊戲以須之也。

【疏證】

廋，隈也。◎正德本、隆慶本、湖北本、朱本、劉本、馮本、俞本、莊本、四庫章句本「廋」作「藪」。案：黎本玉篇殘卷广部「廋」字：「楚辭『步從容於山廋』，王逸曰：『廋，隈也。』」則其所據本作「廋」。廋，古廋字。論語卷二爲政「人焉廋哉」，集解引孔安國注：「廋，匿也。」蓋曲隈所以隱身，故隈亦謂之廋。藪，謂澤也，訓曲隈，是借字。廋、藪，古字通用。周禮卷二天官冢宰第一大宰「四曰藪牧」，釋文：「藪，速苟反，干云：『宜作叟。』」

言己循山野之中，以呼風俗之人，欲語以忠正之道，故徐步山隈，遊戲以須之也。◎正德本、隆慶本、湖北本、馮本、莊本「以」作「目」。文津本四庫章句本「以呼」作「目乎」。案：文淵本亦作「目呼」。章句「須之」云云，儀禮卷六士昏禮第二「某敢不敬須」，鄭注：「須，待。」

巡陸夷之曲衍兮，幽空虛以寂寞。

大阜曰陸。夷，平也。衍，澤也。言己巡行陵陸，經歷曲澤之中，空虛杳冥，寂寞無人聲也。

【疏證】

大皐曰陸。◎案：陸，陵也。楚人語陸曰陵，詳參天問「釋舟陵行」注。

夷，平也。◎案：說文大部：「夷，平也。」陸夷連文，不當以訓詁字釋之，猶陵夷之聲轉。或作陵遲，文選卷四四司馬相如難蜀父老「反衰世之陵夷」，李善注：「陵夷，即陵遲也。」卷四九范蔚宗後漢書皇后紀論「終於陵夷大運」，李善注曰：「史記作陵遲。」卷九曹大家東征賦「遂陵遲而不興」，李善注引王肅家語注：「陵遲，猶陂陀也。」陂陀，自上而下傾斜之，引申之言衰微、頽替也。審此「陸夷」，謂陂陀。

衍，澤也。◎案：小爾雅廣物：「澤之廣謂之衍。」釋名釋地：「下平曰衍，言漫衍也。」

言己巡行陵陸，經歷曲澤之中，空虛杳冥，寂寞無人聲也。◎正德本、隆慶本、湖北本、朱本、馮本、俞本、劉本、莊本、四庫章句本「無」下有「有」字。案：無有，章句恆語。離騷「憑不猒乎求索」，章句：「言在位之人無有清潔之志。」九辯「收潦而水清」，章句：「傷人君無有清明之時也。」則舊作「無有」。

倚石巖以流涕兮，憂憔悴而無樂。

言己依倚巖石之山，悲而涕流，中心憔悴，無歡樂之時也。

【疏證】

言己依倚巖石之山，悲而涕流，中心憔悴，無歡樂之時也。◎案：散文倚、依不別，對文依物曰倚，依事理曰依。詳參招魂「彷徉無所倚」注。憔悴，憂貌也。

登巑岏以長企兮，

巑岏，鋭山也。企，立貌。詩云：「企予望之。」

【疏證】

巑岏，鋭山也。◎案：黎本玉篇殘卷山部「巑」字：「楚辭『登巑岏以長岊』，王逸曰：『巑岏，鋭山。』」無「也」字。岊，俗企字。文選卷一九高唐賦「盤岸巑岏」，李善注引王逸曰：「巑岏，山鋭貌。」其本別也。巑岏，山峻貌。別文復有嶵嵬、嵯峨、崝嶸、嵔嶉、崔嵬、厜㕒、峞嵦、蒼梧等，宜因聲以求之。詳參九辯「枝煩挐而交橫」注。

企，立貌。詩云：「企予望之。」◎案：章句引詩見衛風河廣，毛詩：「企予」作「跂予」。企、跂，古字通用。爾雅釋鳥：「鳧，鴈醜，其踵企。」釋文：「企，或作跂。」老子二十四章言「企者不立」，四庫館臣校云：「企，河上公注本及各本俱作企。」企、立，散文不別也。說文人部：「企，舉踵也。从人、止聲。」漢書卷一上高帝紀「日夜企而望歸」，顏師古注：「企，謂舉足而竦身。」皆對文別義。

望南郢而闚之。

闚，視也。言己乃登高鋭之山，立而長望，顧視南郢楚邦，悲且思也。

【疏證】

闚，視也。◎案：方言卷一〇：「闚，視也。凡相竊視，南楚謂之闚。」文選卷一九宋玉登徒子好色賦「然此女登牆闚臣三年」，李善注：「字林：『闚，傾頭門内視也。』又，小視也。」小視，謂竊視，與「傾頭門内視」者通。章句闚解視，散文不別。

言己乃登高鋭之山，立而長望，顧視南郢楚邦，悲且思也。◎四庫章句本「視」作「見」。正德本、隆慶本、湖北本、朱本、劉本、馮本、俞本、莊本、四庫章句本「思」下有「之」字。莊本「且」作「旦」。案：之，羡也。作「旦」，訛也。章句「顧視南郢楚邦」云云，顧，猶特也，但也。又，「悲且思」云云，思亦悲也。

山脩遠其遼遼兮，

遼遼，遠貌。

【疏證】

遼遼，遠貌。◎案：廣雅釋訓：「遼遼，遠也。」

塗漫漫其無時。

塗，道也。言己遥視楚國，山林長遠，遼遼難見，道路漫漫，誠無時至也。

【疏證】

塗，道也。◎案：詳參上逢紛「信中塗而叛之」注。

言己遥視楚國，山林長遠，遼遼難見，道路漫漫，誠無時至也。◎案：路塗不當言「無時」。時，當作止，音訛字。詩抑「淑慎爾止」，毛傳：「止，至也。」章句「道路漫漫誠無時至」云云，則正文「無時」舊作「無止」。後涉章句「時至」云云，易「止」爲「時」。

聽玄鶴之晨鳴兮，于高岡之峨峨。

玄鶴，俊鳥也。君有德則來，無德則去，若鸞鳳矣。故師曠鼓琴，天下玄鶴皆銜明月之珠以舞也。言己聽玄鶴振音晨鳴，乃於高岡之上，峨峨之顛，見有德之君乃來下也。以言賢者亦宜自安處以須明君禮敬己，然後仕也。

【疏證】

玄鶴，俊鳥也。君有德則來，無德則去，若鸞鳳矣。故師曠鼓琴，天下玄鶴皆銜明月之珠以舞也。◎正德本、隆慶本、湖北本、劉本、馮本、莊本、四庫章句本「以」作「目」。案：玄鶴，瑞鳥。詳參七諫怨世「玄鶴弭翼而屏移」注。韓非子卷三十過篇第一○：「師曠不得已，援琴而鼓。一奏之，有玄鶴二八，道南方來，集於郎門之垝；再奏之而列。三奏之，延頸而鳴，舒翼而舞，音中宮商之聲，聲聞于天。平公大説，坐者皆喜。」章句「師曠鼓琴，天下玄鶴皆銜明月之珠以舞」云云，則因韓非爲説。

言己聽玄鶴振音晨鳴，乃於高岡之上，峨峨之顛，見有德之君乃來下也。以言賢者亦宜自安處以須明君禮敬己，然後仕也。◎正德本、隆慶本、劉本、湖北本、莊本「以須」之「以」作「目」。俞本無「振音」二字。莊本「岡」訛爲「罔」。案：俞本敓也。章句「賢者亦宜自安處以須明君禮敬己然後仕」云云，猶孟子卷八離婁下：「君之視臣如手足，則臣視君如腹心；君之視臣如犬馬，則臣視君如國人；君之視臣如土芥，則臣視君如寇讎。」趙注：「臣緣君恩，以爲差等，其心所執若是也。」

獨憤積而哀娱兮，翔江洲而安歌。

言己在山澤之中，思慮憤積，一哀一樂，故遊江水之中洲，安意歌吟，自寬慰也。

【疏證】

言己在山澤之中，思慮憤積，一哀一樂，故遊江水之中洲，安意歌吟，自寬慰也。◎文淵四庫章句本無「言己」二字。案：爛敚之也。文津本亦有「言己」二字。文選卷一八琴賦「拊絃安歌」，李善注：「楚辭曰：『翔江州而安歌。』王逸曰：『安意歌吟也。』」則撮其要。州、洲古今字。又，卷二三任昉出郡傳舍哭范僕射一首「寧知安歌日」，李善注：「楚辭曰：『猶憤積而哀娱兮，翔江州而安歌。』王逸曰：『安意歌今，自寬慰也。』」則引正文「獨」作「猶」；又，引章句「吟」作「今」。皆譌也。又，章句「一哀一樂」云云，言或哀或樂。一，猶或也。詳參九歌大司命「壹陰兮壹陽」注。

三鳥飛以自南兮，覽其志而欲北。

言己在於湖澤之中，見三鳥飛從南來，觀察其志，欲北渡江，縱恣自在也。自傷不得北歸，曾不若飛鳥也。

【疏證】

言己在於湖澤之中，見三鳥飛從南來，觀察其志，欲北渡江，縱恣自在也。自傷不得北歸，曾不若飛鳥也。◎案：三鳥，三神鳥，西王母之所使者。山海經卷二西山經：「又西二百二十里曰三危之山，三青鳥居之。」郭璞注：「三青鳥，主爲西王母取食者，別自棲息於此山也。竹書曰：『穆王西征，至于青鳥所解也。』」卷一六大荒西經，西有王母之山，「是謂沃之野，有三青鳥，赤首，黑目，一名曰大鵹，一名曰少鵹，一名曰青鳥」。郭璞注：「皆西王母所使也。」

願寄言於三鳥兮，去飄疾而不可得。

言己既不得北歸，願因三鳥寄善言以遺其君，去又急疾而不可得，心爲結恨也。

【疏證】

言己既不得北歸，願因三鳥寄善言以遺其君，去又急疾而不可得，心爲結恨也。◎正德本、隆慶本、湖北本、朱本、劉本、馮本、俞本、莊本、四庫章句本「因三鳥」下有「飛」字。案：飛，羨文。文選卷三一江淹雜體詩三〇首陸平原機：「願言寄三鳥，離思非徒然。」全梁文卷一九蕭統錦帶書十二月啟南呂八月：「聊因三鳥，略叙二難。」皆蹈襲於此。

欲遷志而改操兮，心紛結其未離。

言己欲徙意改操，隨俗佞僞，中心亂結，未能離於忠信也。

【疏證】

言己欲徙意改操，隨俗佞僞，中心亂結，未能離於忠信也。◎案：章句以「亂結」解「紛結」者，蓋得其旨。紛，亂也。紛結，猶錯雜貌。宋書卷四三徐羨之傳：「而於時大事甫爾，異同紛結，匡國之勳實著，莫大之罪未彰。」

外彷徨而遊覽兮，内惻隱而含哀。

言己外雖彷徨於山野之中以遊戲，然心常惻隱含悲而念君也。

【疏證】

言己外雖彷徨於山野之中以遊戲，然心常惻隱含悲而念君也。◎正德本、隆慶本、湖北本、朱本、劉本、馮本、俞本、莊本、四庫章句本「戲」下有「隨俗佞僞」四字，「然心」下有「中」字，「念君」下有「心亂結而憂哀者」七字。案：若「以遊戲」下有「隨俗佞僞」四字，則謂屈子業已變節。因上章句而竄亂之也。隱，憂也，痛也。惻隱，平列同義。

聊須臾以時忘兮，心漸漸其煩錯。

言己且欲須臾以忘憂思，中心漸漸錯亂，意不能已也。

【疏證】言己且欲須臾以忘憂思，中心漸漸錯亂，意不能已也。◎正德本、隆慶本、湖北本、劉本、馮本、莊本、四庫章句本「以」作「㠯」。案：章句以「忘憂思」解「時忘」義，則宜從補注引一本作「忘時」。時，是也，承上「内惻隱而含哀」之憂思。書湯誓「時日曷喪」，史記卷三殷本紀作「是日何時喪」。説命中「時謂弗欽」，禮記卷五五緇衣第三四引兑命作「是爲不敬」。

願假簧以舒憂兮，志紆鬱其難釋。

笙中有舌曰簧。詩云：「吹笙鼓簧。」紆，屈也。鬱，愁也。言己欲假笙簧，吹以舒憂，意中紆鬱，誠難解釋也。

【疏證】笙中有舌曰簧。詩云：「吹笙鼓簧。」◎案：章句引詩見秦風鹿鳴，毛傳：「簧，笙也。吹笙而鼓簧矣。」毛詩散文不別，章句對文別義。又，王風君子陽陽「左執簧」，正義：「簧者，笙管之中金尊鎛也。春官笙師注：『鄭司農云：「笙，十三簧。」笙必有簧，故以簧表笙。』」

紆，屈也。◎案：詳參懷沙「鬱結紆軫兮」注。

鬱，愁也。◎案：詩黄鳥「鬱彼北林」，毛傳：「鬱，積也。」文選卷二九張衡四愁詩四首并序「鬱鬱不得志」，李善注：「鄭玄考工記注曰：『鬱，不舒散也。』」鬱謂鬱結，是有憂愁之義。

言已欲假笙簧，吹以舒憂，意中紆鬱，誠難解釋也。◎景宋本「吹」作「吸」。案：吸，吹之訛。袁校删「吹」字。

歎離騷以揚意兮，猶未殫於九章。

殫，盡也。言已憂愁不解，乃歎唫離騷之經，以揚己志，尚未盡九章之篇，而愁思悲結也。

【疏證】

殫，盡也。◎案：説文歺部：「殫，極盡也。从歺、單聲。」或通作單。漢書卷六四下王褒傳「不單頃耳而聽已聰」，顔師古注：「單，盡極也。」唐人作殫，白居易琵琶行「幽咽泉流冰下灘」，灘，盡也。

言已憂愁不解，乃歎唫離騷之經，以揚己志，尚未盡九章之篇，而愁思悲結也。◎案：章句「愁思悲結」云云，思亦愁也。又，悲結，猶積鬱貌。東漢習語。後漢書志第九祭祀下宗廟社稷靈星先農迎春李賢注引東觀書：「今迫遺詔，誠不起寢廟，臣子悲結，僉以爲雖於更衣，猶宜有所宗之號，以克配功德。」搜神記卷一六引紫玉歌：「悲結生疾，没命黄壚。」

長噓吸以於悒兮，涕横集而成行。

噓吸、於悒，皆啼泣貌也。言己吟歎九章未盡，自知言不見省用，故長噓吸而啼，涕下交集，自閔傷也。

【疏證】

噓吸、於悒，皆啼泣貌也。◎案：文選卷三七曹植求自試表「是以於邑而竊自痛」，李善注：「楚辭曰：『長呼吸以於悒。』王逸曰：『於悒，啼貌。』」又，唐寫本卷七三曹植求自試表李善注：「楚辭曰：『長呼吸以於悒。』王逸曰：『於悒，啼皃也。』」則皆無「泣」字。唐人所據本别。噓吸，猶歔欷，哀泣聲也。於悒，猶鬱邑，嗚咽也。漢世已判爲二語，先秦則未别。歔吸、鬱邑，聲之轉。詳參離騷「忳鬱邑余侘傺兮」及「曾歔欷余鬱邑兮」注。

言己吟歎九章未盡，自知言不見省用，故長噓吸而啼，涕下交集，自閔傷也。◎正德本、隆慶本、湖北本、朱本、劉本、馮本、莊本、四庫章句本「吟」作「唫」，「噓」作「呼」。景宋本「吟歎」作「歎唫」。案：吟與唫、呼與噓，皆古字通用。上作「歎唫」，則此不宜乙作「唫歎」也。章句以「交集」

爲「横集」，横，猶交横。史記卷四九外戚世家：「於是竇后持之而泣，泣涕交横下。」三國志卷二魏書文帝紀注引相國歆、太尉賈詡、御史大夫王朗及九卿上勸進表：「微大魏，則臣等之白骨交横于曠野矣。」交横，平列同義，横亦交也。

傷明珠之赴泥兮，魚眼璣之堅藏。

言忠良弃捐，讒佞珍用也。

【疏證】

言忠良弃捐，讒佞珍用也。◎案：正文「魚眼璣」者，以魚眼爲珠璣也。七諫謬諫：「貫魚眼與珠璣。」漢世曰魚眼，魏、晉以下曰魚目，古今别語。文選卷二五盧諶贈劉琨一首並書「夜光報於魚目」，李善注引鄭玄曰：「魚目亂真珠。」周易參同契卷上「魚目豈爲珠」。

同駑贏與乘駔兮，

馬母驢父生子曰贏。乘駔，駿馬也。

【疏證】

馬母驢父生子曰贏。◎案：贏或作騾。文選卷八上林賦「駃騠驢騾。」郭璞注：「騾、贏同。」

或作羸。漢書卷五五霍去病傳「單于遂乘六羸」，顏師古注：「羸者，驢種馬子，堅忍。」

奘駔，駿馬也。◎正德本、隆慶本、湖北本、朱本、劉本、馮本、俞本、莊本、四庫章句本無「奘」字。案：奘，羨也。文選卷一四赭白馬賦「於時駔駿」，李善注引王逸曰：「駔，駿馬名也。」慧琳音義卷九三「慧騖」條謂「騖或作駔」，引王逸注楚辭曰：「駿馬也。」則無「奘」字。説文馬部：「駔，牡馬也。从馬、且聲。」駔之言壯也。補注：「駔音作朗切。」壯、駔，音同義通。史記卷九五酈商列傳「蘇駔軍於泥陽」，索隱：「駔者，龍馬也。」又，爾雅釋言：「奘，駔也。」郭璞注：「今江東呼大爲駔。駔猶麤也。」駔、麤，聲之轉，皆謂壯大。

雜班駮與闒茸。

班駮，雜色也。闒茸，駑頓也。言君不明智，斥逐忠良，而任用佞諛，委弃明珠，而貴魚眼，乘駑羸，雜駿馬，重班駁，喜闒茸，心迷意惑，終不悟也。

【疏證】

班駮，雜色也。◎文淵四庫章句本「班」作「斑」，文津本亦作「班」。案：班、斑，古字通用。禮記卷一三王制第五「班白者不提挈」，鄭注：「雜色曰班。」四庫本作「斑」。説文作辬，訓「駁文」。爾雅釋畜「駵白駁」，釋文引字林：「駁，馬色不純也。」斑駁，平列同義，言光采貌。此斑駁、闒茸，義相反對，斑駁，喻賢智。章句「重班駁喜闒茸」云云，以班駁、闒茸爲同類之惡，非也。闒茸，駑頓也。◎案：史記卷八四賈生列傳「闒茸尊顯兮」，索隱引字林：「闒茸，不肖之人也。」文選卷四一司馬遷報任少卿書「在闒茸之中」，李善注：「闒茸，猥賤也。茸，細毛也。張揖訓詁以爲闒，獰劣也。呂忱字林曰：『闒茸，不肖也。』」闒茸，漢世習語。

言君不明智，斥逐忠良，而任用佞諛，委棄明珠，而貴魚眼，乘駑贏，雜駿馬，重班駁，喜闒茸，心迷意惑，終不悟也。◎正德本、隆慶本、湖北本、朱本、劉本、馮本、俞本、莊本、四庫章句本「言」下有「己」字。案：己，羡也。章句「雜駿馬」云云，雜猶亂也。

葛藟虆於桂樹兮，

藟，葛荒也。虆，緣也。詩曰：「葛藟虆之。」

【疏證】

藟，葛荒也。虆，緣也。詩曰：「葛藟虆之。」◎補注引一注云：「藟，巨荒也。」案：類聚卷八九「桂」條引王逸注：「喻小人在位。」章句佚文。又，章句引詩見周南樛木，釋文：「藟，本亦作櫐，力軌反。似葛之草也。草木疏云：『一名巨[苽]（荒），似燕薁，亦連蔓，葉似艾，白色，其子赤，可食。』虆，纏繞也。」洪氏引一注云「藟巨荒也」，因陸疏增益之。陸氏詩疏廣要卷上「莫莫葛

「藟」條：「爾雅云：『諸慮，山櫐。』郭注云：『今江東呼櫐爲藤，似葛而麤大。』鄭注云：『諸慮，山藤也。』詩稱葛藟，本草千歲櫐。櫐皆謂藤。本草云：『千歲蘽，一名蘽蕪。』陶隱居云：『樹如葡萄，葉似鬼桃。』陳藏器云：『似葛蔓，葉小，白子，赤條中有白汁。』圖經云：『蘽生泰山川谷，作藤蔓延木上，葉如葡萄而小，四月摘其莖，汁白而甘。五月開花，七月結實，八月採子，青黑微赤，冬惟凋葉。此即詩云葛蘽者也。蘇恭謂是蘡薁藤。深爲謬妄。』左傳云，葛蘽猶能庇其木根。按：經中藟必與葛同詠，如『葛藟纍之』、『綿綿葛藟』諸什是也。疑是草屬。爾雅入釋木，後人復以木類解之。」又，章句以「蘽」爲「緣」者，讀如「繫纍」之纍，以狀言艸，則字作蘽。陸德明毛詩音義：「纍，本又作蘽，纏繞也。」或作絫。古書多省作累。文選卷九長楊賦「係累老弱」，李善注引杜預左傳注曰：「累，係也。」禮記卷五九儒行第四一：「不累長上，不閔有司，故曰儒。」鄭注：「累猶繫也。」

鴟鴞集於木蘭。

鴟鴞，鸋鴂，貪鳥也。言葛藟惡草，乃緣於桂樹，鴟鴞貪鳥，而集于木蘭，以言小人進在顯位，貪佞升爲公卿也。

【疏證】　鴟鴞，鸋鴂，貪鳥也。◎案：爾雅釋鳥：「鴟鴞，鸋鴂。」即章句所因也。鸋鴂，鴂鷞也，喻佞人。詳參七諫初放「近習鴟梟」注。

言葛藟惡草，乃緣於桂樹，鴟鴞貪鳥，而集于木蘭，以言小人進在顯位，貪佞升爲公卿也。◎正德本、隆慶本、湖北本、朱本、劉本、馮本、俞本、莊本、四庫章句本「于」作「於」，「公卿」下有「者」字。景宋本、惜陰本、四庫補注本「于」作「於」。案：于、於古今字。喻林卷四八人事門二九倒置引亦有「者」字。樛木序以「葛藟纍之」興后妃「能逮下而無嫉妬之心」；而章句謂「葛藟惡草，乃緣於桂樹」，「以言小人進在顯位」者，則別於詩序。

偓促談於廊廟兮，

偓促，拘愚之貌。

【疏證】　偓促，拘愚之貌。◎慧琳音義卷九七「偓齪」條引王逸注楚辭云：「偓促，拘愚之皃也。」案：偓促，或作喔躖。文選卷四四司馬相如難蜀父老「豈特委瑣喔𪘲」，李善注引應劭曰：「喔𪘲，急促之貌也。」漢書卷五七下司馬相如傳作「委瑣握躖」，顔師古注：「握躖，局陿也。」𪘲、躖與齪同。

文選卷二張衡西京賦「獨儉嗇以龌齪」，薛綜引漢書注：「龌齪，小節也。」卷五左思吴都賦「龌齪而算」，劉逵注：「龌齪，好苛局小之貌。」名事相因，則龌齪爲小人之稱。三國志卷一九魏書曹植傳「若夫龌齪近步」是也。

律魁放乎山間。

律，法也。魁，大也。言拘愚蔽闇之人反談論廊廟之中，明於大法、賢智之士弃在山間而不見用也。

【疏證】

律，法也。魁，大也。言拘愚蔽闇之人反談論廊廟之中，明於大法、賢智之士弃在山間而不見用也。◎同治本「間」作「閒」，俞本作「野」。案：閒、間同。慧琳音義卷四、卷一一「魁膾」條引王逸注楚辭：「魁，大也。」文選卷六魏都賦「物産之魁殊」，李善注引王逸曰：「魁，大也。」覆此「律魁」，與上「偓促」相對爲文。偓促，小人。律魁，君子。律魁，言大貌。律不當解法。倒文曰魁壘，漢書卷七二鮑宣傳「魁壘之士」，服虔曰：「魁壘，壯貌也。」

之説也。

惡虞氏之簫韶兮，好遺風之激楚。

言世人愚惑，惡虞舜簫韶之樂，反好俗人淫泆激楚之音也。猶言惡典謨中正之言，而好諂諛之説也。

【疏證】

言世人愚惑，惡虞舜簫韶之樂，反好俗人淫泆激楚之音也。猶言惡典謨中正之言，而好諂諛之説也。◎案：簫，舜所造樂器名。韶，舜所作樂名。詳參九歌湘君「吹參差兮誰思」注。又，招魂「發激楚些」，章句：「激，清聲也。」激楚之音，清商之樂也。黄翔鵬釋楚商，謂出土隨縣擂鼓墩曾侯乙墓編鐘之音域，高音爲宫，低音爲商，楚以商音爲主，類穆鐘之商，其音急疾悽苦，故曰激楚。

潛周鼎於江淮兮，爨土鬵於中宇。

爨，炊竈也。詩曰：「執爨踖踖。」鬵，釜也。詩云：「溉之釜鬵。」言乃藏九鼎於江、淮之中，反炊土釜於堂宇之上，猶言弃賢智，近愚頑者也。

【疏證】

爨，炊竈也。詩曰：「執爨踖踖。」◎案：章句引詩見小雅楚茨，毛傳：「爨，饔爨、廩爨也。」

孔疏：「以祭祀之禮，饔爨以煮肉，廩爨以炊米。此言臣各有所司，故兼二爨也。」散文皆曰炊竈。

鬵，釜也。詩云：「溉之釜鬵。」◎案：章句引詩見曹風匪風，毛傳：「鬵，釜屬。」釋文：「鬵音尋，又音岑。說文云：『大釜也。一曰：鼎大上小下若甑曰鬵。』」孔疏云：「釋器云：『䰝謂之鬵。鬵，鉹也。』孫炎曰：『關東謂甑爲鬵，涼州謂甑爲鉹。』郭璞引詩云：『溉之釜鬵。』然則鬵是甑，非釜類。」䰝與甑同。

言乃藏九鼎於江、淮之中，反炊土釜於堂宇之上，猶言弃賢智，近愚頑者也。◎案：初學記卷六地部中第五淮「沉魏璧」條引王逸注：「言藏九鼎于江、淮之中。」非其足文。史記卷八四賈生列傳：「斡弃周鼎兮寶康瓠。」與此同意。法言卷七寡見篇：「或曰：『周寶九鼎，寶乎？』曰：『器寶也。器寶，待人而後寶。』」

且人心之持舊兮，而不可保長。

言賢人君子，其心所志，自有舊故，執守信義，不可長保而行之也。

【疏證】

言賢人君子，其心所志，自有舊故，執守信義，不可長保而行之也。◎案：章句以「自有舊故」爲「持舊」，以意解之，非其字義訓詁也。後人未審，遂改正文「持舊」爲「有舊」者。誤也。持，守也。王引之經義述聞卷三一通説上「持」條：「持訓爲執，常訓也。又訓爲守、爲保。越語：『夫國家之有持，盈有定傾。』呂氏春秋慎大篇：『非其難者也，持之其難者也。』韋、高注竝曰：『持，守也。』周語『膺保明德』，韋注云：『保，持也。』保可訓爲持，持亦可訓爲保。昭十九年左傳：『楚不在諸侯矣，其僅自完矣，以持其世而已。』謂保守其世也。孟子公孫丑篇：『持其志，無暴其氣。』謂保守其志也。故保養謂之持養。荀子勸學篇：『除其害以持養之。』榮辱篇：『今以夫先王之道，仁義之統，以相羣居，以相持養。』楊注『持養，保養也。』議兵篇：『高爵豐禄以持養之。』墨子天志篇：『内有以食飢息勞，持養其萬民。』呂氏春秋長見篇：『申侯伯善持養吾意。』」其説至確。此文「持舊」，守舊也。

邅彼南道兮，征夫宵行。

言己放流，轉彼江南之道，晨夜而行，身勤苦也。

【疏證】

言己放流，轉彼江南之道，晨夜而行，身勤苦也。◎案：邅，轉也。楚人語轉曰邅。詩皇皇者華「駪駪征夫」，毛傳：「征夫，行人也。」又，豳風東山：「熠燿宵行。」孔疏：「秋日螢火夜飛之時也，故曰『宵行』。」上遠逝「霧宵晦以紛紛」，章句：「宵，夜也。」

思念郢路兮，還顧睠睠；涕流交集兮，泣下漣漣。

漣漣，流貌也。詩云：「泣涕漣漣。」言己思念楚郢之路，冀得復歸，還顧眄視，心中悲感，涕泣交會，漣漣而流也。

【疏證】

漣漣，流貌也。詩云：「泣涕漣漣。」◎正德本「詩云」上復羨一「詩」字。案：章句引詩見衛風氓，釋文：「漣音連，泣貌。」

言己思念楚郢之路，冀得復歸，還顧眄視，心中悲感，涕泣交會，漣漣而流也。◎正德本、隆慶本、湖北本、朱本、劉本、馮本、俞本、莊本「顧」下有「睠」字。案：若有「睠」字，則「還顧」之「還」字，當屬上讀。文選卷一一登樓賦「情眷眷而懷歸兮」，卷一五思玄賦「魂眷眷而屢顧兮」，卷一九洛神賦「執眷眷之款實兮」，李善注竝引韓詩：「眷眷懷顧。」眷眷，言眷戀貌。睠與眷同。

歎曰：登山長望，中心悲兮。

言己登於高山，長望楚國，則心中悲思而結毒也。

【疏證】

言己登於高山，長望楚國，則心中悲思而結毒也。◎案：章句「結毒」云云，猶結怨也。廣雅釋詁：「毒，痛也。」又曰：「毒，苦也。」又，哀郢「蹇侘傺而含慼」，章句：「悵然住立，內結毒也。」結毒，猶結愁也。章句恆語。

菀彼青青，泣如頽兮。

菀，盛貌也。詩云：「有菀者柳。」言己觀彼山澤，草木莫不茂盛，青青而生，己獨放弃，身將萎枯，故自傷悲，涕泣俱下也。

【疏證】

菀，盛貌也。詩云：「有菀者柳。」言己觀彼山澤，草木莫不茂盛，青青而生，己獨放弃，身將萎枯，故自傷悲，涕泣俱下也。◎案：章句引詩見小雅菀柳，毛傳：「菀，茂木也。」菀之言鬱也。詩正月「有菀其特」，釋文：「菀音鬱，茂也。」鬱，鬱積也，有盛多義。

留思北顧，涕漸漸兮。

言己所以留精思，常北顧而視郢都，想見鄉邑，思念君也。故涕漸漸而下流。

【疏證】

言己所以留精思，常北顧而視郢都，想見鄉邑，思念君也。故涕漸漸而下流。◎正德本、隆慶本、湖北本、朱本、劉本、馮本、莊本、四庫章句本「流」作「也」。案：留之言聊也。聊，姑且也。詳參離騷「聊逍遥以相羊」注。章句「所以留精思常北顧」云云，拘牽之説。

折鋭摧矜，凝氾濫兮。

摧，挫也。矜，嚴也。凝，止也。氾濫，猶沈浮也。言己欲折我精鋭之志，挫我矜嚴忠直之心，止與俗人更相沈浮而意不能也。

【疏證】

摧，挫也。◎案：挫，言挫折也。説文手部：「摧，擠也。从手、崔聲。一曰：挏也。一曰：折也。」三義相通。

矜，嚴也。◎案：矜之音有三：一在廣韻上平聲第一七真韻：「穫，矛柄也，又鉏耰也。古作矜，巨巾切。」二在上平聲第二一殷韻：「穫，矛柄，古作矜，巨斤切。」三在下平聲第一六蒸韻，與兢字同音「居陵切」，曰：「矜，本矛柄也。字樣借爲矜憐字。」居巾、巨斤二切古音實同，皆穫之古字，矛柄也。或借爲憐。矜讀「居陵切」者，蒸韻，訓「莊嚴」、「矜伐」之字。論語卷一五衛靈公「君子矜而不争」，集解引包咸注：「矜，矜莊也。」矜、嚴，聲之轉。

凝，止也。◎案：説文：「冰，水堅也。从仌、从水。凝，俗冰从疑。」以凝爲俗冰字。引申之凡言定、言止。荀子卷五王制篇第九「好假道人而無所凝止之」，楊倞注：「凝，定也。凝止，謂定止其不可也。」

汜濫，猶沈浮也。言己欲折我精鋭之志，挫我矜嚴忠直之心，止與俗人更相沈浮而意不能也。◎皇都本「沈」作「沉」。案：沈、沉古字通用。汜濫，隨水飄浮貌。文選卷一八長笛賦「汜濫溥漠」，李善注：「汜濫，任波摇蕩之貌。」

念我煢煢，寃誰求兮。

言己自念，煢煢東西，寃鬼惶遽，而求忠直之士，欲與事君，亦誰乎？此不能沈浮之道也。

【疏證】

言己自念，煢煢東西，寃鬼惶遽，而求忠直之士，欲與事君，亦誰乎？此不能沈浮之道也。◎正德本、隆慶本、劉本、俞本「而求」作「不求」。隆慶本、湖北本、朱本、莊本、四庫章句本「寃鬼」作「魂魄」。俞本「魄」亦作「鬼」。案：寃鬼、魂魄同。據義，舊作「不求」爲允。魂誰求，謂魂魄無所依歸。章句「而求忠直之士欲與事君亦誰」云云，不可調遂。

僕夫慌悴，散若流兮。

慌，亡也。言己欲求賢人而未遭遇，僕御之人，感懷愁悴，欲散亡而去，若水之流不可復還也。

【疏證】

慌，亡也。言己欲求賢人而未遭遇，僕御之人，感懷愁悴，欲散亡而去，若水之流不可復還也。◎案：慌悴，當作「慌惚」，字之訛。禮記卷四七祭義第二四「夫何慌惚之有乎」，鄭注：「慌惚，思念益深之時也。」或作慌忽，後漢書卷五九張衡傳「追慌忽於地底兮」李賢注：「慌忽，無形貌也。」或作怳忽，淮南子卷一原道訓「騖怳忽」，高注：「怳忽，無之象。」言僕夫神志慌惚，精魂消散若流水也。

憂苦

昔皇考之嘉志兮，喜登能而亮賢。

言昔我美父伯庸體有嘉善之德，喜升進賢能，信愛仁智以爲行也。

【疏證】

言昔我美父伯庸體有嘉善之德，喜升進賢能，信愛仁智以爲行也。◎案：離騷「惟此黨人之不諒兮」，章句：「諒，信。」詩柏舟「不諒人只」，毛傳：「諒，信也。」釋文「諒」作「亮」，云：「本亦作『諒』，力尚反。信也。」柳河東集卷一貞符：「登能庸賢，濯痍煦寒。」卷二懲咎賦：「登能抑枉兮，白黑濁清。」

情純潔而罔薉兮，姿盛質而無愆。

言己受先人美烈，情性純厚，志意潔白，身無瑕穢，姿質茂盛，行無過失也。

【疏證】

言己受先人美烈，情性純厚，志意潔白，身無瑕穢，姿質茂盛，行無過失也。◎正德本、隆慶本、馮本、劉本、莊本、湖北本、俞本「受」作「愛」。案：愛，訛也。慧琳音義卷三二「瑕薉」條引王注楚辭：「薉，惡也。」章句佚義。薉與穢同。章句解「罔薉」爲「身無瑕穢」，蓋得其旨。惜誦「君罔謂汝何之」，章句：「罔，無也。」又，章句「先人美烈」云云，烈，猶詩賓之初筵「烝衎烈祖」之烈，鄭箋：「烈，美。」

放佞人與諂諛兮，斥讒夫與便嬖。

便，利也。嬖，愛也。以言君如使己爲政，則放遠巧佞諂諛之人，斥逐讒夫與便利嬖愛之臣而去之也。

【疏證】

便，利也。◎案：便之爲利，謂巧利也。荀子卷一七性惡篇第二三「齊給便敏而無類」，楊倞注：「便，謂輕巧。」卷三非十二子篇第六「齊給便利而不順」，楊倞注：「便利，亦謂言辭敏捷也。」

嬖，愛也。以言君如使己爲政，則放遠巧佞諂諛之人，斥逐讒夫與便利嬖愛之臣而去之也。◎案：慧琳音義卷五七「佞嬖」條引王注楚辭：「嬖，猶愛也。」「愛」上有「猶」字。嬖、愛，散文不別。黄生義府卷上「便辟」條：「書冏命：『無以巧言令色，便辟側媚。』孔傳：『便辟，足恭。』蔡傳：『便者，順人之所欲。辟者，辟人之所惡。』今按：便者，順易之意，故有習義。但辟字頗難解。余謂辟當與『襞積』之襞音璧同，謂儀節過繁，如衣之襞積也。如此則曰『足恭』、曰『威儀』、曰『容止』。皆可通矣。足恭之人必爲人所喜，故轉爲嬖幸之嬖。古但作辟，通借用耳。」其説嬖義，繳繞不通。辟，邪辟也，非正也。辟、嬖古今字。左傳隱公三年「嬖人之子也」，釋文：「賤而得幸曰嬖。」國語卷一六鄭語「而嬖是女也」，韋昭注：「以邪辟取愛曰嬖。」後漢書卷六五皇甫規傳「一除内嬖」，李賢注：「無德而寵曰嬖。」便嬖，指君側小人。論語卷一六季氏「友便辟」，集解引馬融注：「便辟，巧辟人之所忌，以求容媚。」荀子卷四儒效篇第八「事其便辟」，楊倞注：「辟，讀爲嬖。便辟，謂左右小臣親信者也。」

親忠正之悃誠兮，招貞良與明智。

悃，厚也。言己如得秉執國政，則使君親任忠正之士，招致幽隱明智之人，令與衆職也。

【疏證】悃，厚也。◎案：悃誠，款誠也。悃、款，聲之轉，並忠愨貌。詳參離騷「余固知謇謇之爲患」注。

言己如得秉執國政，則使君親任忠正之士，招致幽隱明智之人，令與衆職也。◎正德本、隆慶本、湖北本、朱本、劉本、馮本、莊本、四庫章句本「與」作「典」。案：典，謂司職也。據義，舊作「令典」爲允。

心溶溶其不可量兮，

溶溶，廣大貌。

【疏證】

溶溶，廣大貌。◎案：溶溶，水盛貌，有「廣大」義。詳參上逢紛「體溶溶而東西」注。

情澹澹其若淵。

澹澹，不動貌也。言己之心，智謀溶溶，廣大如川，不可度量，情意深奥，澹澹若淵，不可妄動。

【疏證】

澹澹，不動貌也。言己之心，智謀溶溶，廣大如川，不可度量，情意深奥，澹澹若淵，不可妄動。◎案：儀禮卷四三士虞禮第一四「中月而禫」，鄭注：「禫之言澹澹然，平安意也。」澹，本訓摇動，讀如憺。文選卷七子虚賦「憺乎自持」，李善注：「憺與澹同。」九歌雲中君「蹇將憺兮壽宫」，章句：「憺，安也。」淮南子卷二俶真訓「蜂蠆螫指而神不能憺」，高注：「憺，定也。」重言之曰憺憺，爲安定不動貌。

回邪辟而不能入兮，誠願藏而不可遷。

言己執志清白淵静，回邪之言、淫辟之人不能自入於己，誠願執藏此行以承事君，心終不移也。

【疏證】

言己執志清白淵静，回邪之言、淫辟之人不能自入於己，誠願執藏此行以承事君，心終不移也。

◎正德本、隆慶本、湖北本、朱本、劉本、馮本、莊本、四庫章句本「執志」下無「清白」二字。案：據義，無「清白」爲允。回邪辟，三字平列，言邪惡也。章句「回邪之言，淫辟之人」云云，分别爲説。非也。

逐下袟於後堂兮，

下袟，謂妾御也。

【疏證】

下袟，謂妾御也。◎案：俞樾讀楚辭云：「袟即袠字，從衣，失聲，變而爲左形右聲。下袟，即下陳也。廣韻：陳，直珍切。袟，直一切。陳與直雙聲，袠與直亦雙聲，故陳得轉而爲袠。世人習見下陳，罕見下袠。王注之義，遂不可曉矣。」其説是也。下陳，「妾御」所列也。袟，讀如佚。離騷「見有娀之佚女」，章句：「佚，美也。」故以「下佚」爲「妾御」之稱。佚，或作妷。慧琳音義卷二六「姪佚」條：「今作妷，同與一反。蒼頡篇：『姪妷，蕩也。』」

迎宓妃於伊雒。

宓妃，神女，蓋伊、雒水之精也。言己願令君推逐妾御出之，勿令亂政，迎宓妃賢女於伊、雒之水，以配於君，則化行也。

【疏證】

宓妃，神女，蓋伊、雒水之精也。◎案：文選卷三東京賦「虙妃攸館」，李善注：「楚辭曰『迎虙妃於伊、洛』。王逸曰：『宓妃，神女，蓋伊、洛之水精。』」虙、宓同；雒、洛同。「水之」倒乙。唐人所據本是也。離騷「求宓妃之所在」，章句：「宓妃，神女。以喻隱士。」未言「伊洛之水精」。宓妃，伏犧氏女，溺雒水死而爲水神。

言己願令君推逐妾御出之，勿令亂政，迎宓妃賢女於伊、雒之水，以配於君，則化行也。◎景宋本「雒」作「咎」。案：咎，訛也。宓妃本事，詳參離騷「求宓妃之所在」注。

剕讒賊於中廇兮，

剕，去也。中廇，室中央也。

【疏證】

剕，去也。◎景宋本「剕」作「弗」。案：爛敚也。上怨思「執棠谿目剕蓬兮」，章句：「剕，斫也。」廣雅釋詁：「剬，斷也。」

中廇，室中央也。◎正德本、隆慶本、湖北本、朱本、劉本、馮本、俞本、莊本、四庫章句本「室」作「堂」，補注引一作「堂」。案：孟子卷一四盡心篇下「榱題數尺」趙注：「榱題，屋霤也。」霤與廇同。堂、室，散文不別。禮記卷四六祭法第二三「曰中霤」，鄭注：「中霤，主堂室居處。」合「堂室」言之，不別也。公羊傳哀公六年「而至於中霤」，何休注：「中央曰中霤。」范疏引庾蔚云：「古有複穴，是以名室爲霤云。庾蔚云：『複，地上累土；穴，穿地也。』複穴，皆開其上取明，故雨霤之，是以因名中室爲中霤也。」又，爾雅釋宮：「宗廇謂之梁。」郝氏義疏：「梁者，屋之大梁。宗者，說文云『棟也』，引爾雅文，又云：『廇，中庭也。』玉篇云：『屋廇也。』又作霤。釋名云：『中央曰中霤。古者復穴，後室之霤，當今之棟下直室之中。』然則廇爲中央之名。宗本棟名，宗廇中央，斯謂之梁。」

選呂管於榛薄。

呂，呂尚也。管，管仲也。言己欲爲君斫去讒賊之臣於堂廇之中，選進呂尚、管仲之徒，以爲輔佐，則邦國安寧也。

【疏證】

呂，呂尚也。◎案：呂尚，文王師。詳參離騷「呂望之鼓刀兮」注。

管，管仲也。◎案：管仲，齊桓公相。詳參天問「齊桓九會」注。

言己欲爲君斫去讒賊之臣於堂廇之中，選進呂尚、管仲之徒，以爲輔佐，則邦國安寧也。◎景宋本「堂廇」作「廟堂」。案：詩鳲鳩「其子在榛」，釋文引字林：「木叢生也。」淮南子卷一原道訓「隱于榛薄之中」，高注：「藂木曰榛，深草曰薄。」榛薄，同涉江「死林薄兮」之「林薄」。

叢林之下無怨士兮，江河之畔無隱夫。

畔，界也。言己欲舉士必先於叢林側陋之中，使無怨恨，令江、河之界無隱佚之夫，賢人盡升，道可興也。

【疏證】

畔，界也。◎案：詳參上逢紛「吟澤畔之江濱」注。

言己欲舉士必先於叢林側陋之中，使無怨恨，令江、河之界無隱佚之夫，賢人盡升，道可興也。◎景宋本「側」作「惻」。案：惻，訛也。怨士、隱夫，相對爲文，怨、隱一字義同。怨，不解「怨恨」。晏子春秋卷六田無宇勝欒氏高氏欲分其家晏子使致之公第十四「怨利生孽」，孫淵如音義：「左傳怨作蘊，杜預注：『蘊，畜也。孽，妖害也。』蘊與怨聲相近。然據此文，凡有血氣者，皆有争心，則怨字直是怨惡之怨，左氏取此書改其文，顯然可見。」王念孫斥其非，曰：「争利而相怨，可謂之怨人，不可謂之怨利。若以怨爲怨惡，則『怨利』二字，義不可通矣。左傳作『蘊利』，本字也。此作『怨利』，借字也。大戴禮記四代篇『委利生孽』，委亦蘊也。蘊、怨、委一聲之轉。前諫上篇：『外無怨治，内無亂行。』言君勤於政，則外無蘊積之治，内無昏亂之行也。是晏子書固以怨爲蘊矣。荀子哀公篇『富有天下而無怨財』，楊曰：『怨，讀爲蘊。言雖富有天下，而無蘊畜私財也。』彼言『怨財』，猶此言『怨利』。乃淵如皆不之省。」其説可爲此「怨士」旁證。怨士，即「隱夫」。

三苗之徒以放逐兮，

三苗，堯之佞臣也。尚書曰：「竄三苗於三危。」

【疏證】

三苗，堯之佞臣也。尚書曰：「竄三苗於三危。」◎案：章句引書見舜典。孔傳：「三苗，國名，縉雲氏之後，爲諸侯，號饕餮。三危，西裔。」

伊皋之倫以充廬。

伊，伊尹也。皋，皋陶也。充，滿也。言放逐佞諛之徒，若三苗者，置之四裔，進用伊尹、皋陶之徒，使滿國廬，則讒邪道塞也。

【疏證】

伊，伊尹也。皋，皋陶也。◎案：伊尹名摯，殷湯相。皋陶，禹大理卿。詳參離騷「摯咎繇而能調」注。

充，滿也。◎案：詳參離騷「蘇糞壤以充幃」注。

言放逐佞諛之徒，若三苗者，置之四裔，進用伊尹、皋陶之徒，使滿國廬，則讒邪道塞也。◎正德本、隆慶本、湖北本、朱本、劉本、馮本、俞本、莊本、四庫章句本「道塞」下有「者」字。案：散文廬泛稱屋舍。章句「國廬」云云，猶朝堂也。對文亦別。説文广部：「廬，寄也。秋冬去，春夏居。从广，盧聲。」漢書卷二四上食貨志：「在壄曰廬，在邑曰里。」顔師古注：「廬，各在其田中，而里聚居也。」

今反表以爲裏兮，顛裳旨爲衣。

顛，倒也。言今世之君，迷惑讒佞，反表以爲裏，倒裳以爲衣而不能知也。

【疏證】

顛，倒也。◎案：離騷「厥首用夫顛隕」，章句：「自上下曰顛。」彼以對文，此則散文。

言今世之君，迷惑讒佞，反表以爲裏，倒裳以爲衣而不能知也。◎景宋本「裏」作「襄」。案：喻林卷四七人事門「昏暗」條引章句亦作「爲裏」。襄，訛也。詩東方未明：「東方未明，顛倒衣裳。」孔疏：「以裳爲衣，今上者在下，是爲顛倒也。」

戚宋萬於兩楹兮，

宋萬，宋閔公之臣也。與閔公博，爭道，以手搏之，絕其脰。戚，親也。楹，柱也。兩楹之間，户牖之前，尊者所處也。

【疏證】

宋萬，宋閔公之臣也。與閔公博，爭道，以手搏之，絕其脰。◎案：左傳莊公十二年：「秋，宋萬弒閔公于蒙澤，遇仇牧于門，批而殺之。」韓詩外傳卷八：「宋萬與莊公戰，獲乎莊公。莊公散舍諸宮中。數月，然後歸之。反爲大夫于宋。宋萬與閔公博，婦人皆在側。萬曰：『甚矣！魯侯之淑，魯侯之美也。天下諸侯宜爲君者，惟魯侯耳。』閔公矜此婦人，妬其言，顧曰：『爾虜，焉知魯侯之美惡乎？』宋萬怒，搏閔公，絕脰。仇牧聞君弒，趨而至，遇之于門。手劍而叱之。萬臂掇仇牧，碎其首，齒著乎門闔。」

戚，親也。◎案：戚，古鏚字，謂鉞也，不解親。戚之言數也。文選卷四一司馬遷報任少卿書「無所比數」。比數，平列同義，言親比也。

楹，柱也。兩楹之間，户牖之前，尊者所處也。◎惜陰本、同治本「間」作「閒」。案：説文木部：「楹，柱也。从木，盈聲。春秋傳曰：『丹桓宫楹。』」段注：「釋名曰：『楹，亭也。亭亭然孤立，旁無所依也。』按：禮言東楹、西楹，非孤立也。自其一言之耳。」古凡言楹，必兼東西之兩楹。穀梁傳定公元年「正棺乎兩楹之間」，范寧注：「兩楹之間，南面之君聽治之處。」

廢周邵於遐夷。

不用曰廢。周，周公旦也。邵，邵公奭也。遐，遠也。言君反親爱篡逆之臣若宋萬者，置於兩楹之間，與謀政事，廢弃仁賢若周公、邵公者，放於遠夷之外而不近也。

【疏證】

不用曰廢。◎案：莊子卷八讓王篇第二八「左手攫之則右手廢」，釋文引李注：「廢，棄也。」

周，周公旦也。◎案：周公旦，武王弟，佐武王取天下、佐成王治天下者。詳參天問「叔旦不嘉」注。

邵，邵公奭也。◎案：邵與召同。史記卷三四燕召公世家：「召公奭與周同姓姬氏。周武王之滅紂，封召公於北燕。」集解：「譙周曰：『周之支族，食邑於召，謂之召公。』世本曰：『居北燕。』宋忠曰：『有南燕，故云北燕。』」索隱：「召者，畿内菜地。奭始食於召，故曰召公。或説者以爲文王受命，取岐周故墟周、召地分爵二公，故詩有周、召二南，言皆在岐山之陽，故言南也。後武王封之北燕，在今幽州薊縣故城是也。亦以元子就封。而次子留周室代爲召公。至宣王時，召穆公虎，其後也。」

遐，遠也。◎案：因爾雅釋詁，郭璞注：「遠，遐也，注遐亦遠也，轉相訓。」

言君反親愛篡逆之臣若宋萬者，置於兩楹之間，與謀政事，廢弃仁賢若周公、邵公者，放於遠夷之外而不近也。◎皇都本「若」訛作「苦」。惜陰本、同治本「間」作「閒」。案：史記卷三三魯周公世家：「及成王用事，人或譖周公，周公奔楚。」謂廢棄邵公，未之聞也。

却騏驥以轉運兮，

却，退也。轉，移也。

【疏證】

却，退也。◎惜陰本、同治本「却」作「卻」。案：却，俗卻字。廣雅釋詁：「卻，退也。」轉，移也。◎案：説文車部：「轉，運也。从車，專聲。」史記卷三〇平準書「轉漕甚遼遠」，索隱：「按：説文云：『漕，水轉穀也。』一云：車運曰轉，水運曰漕也。」引申之言遷移。左傳昭公十九年「勞罷死轉」，杜注：「轉，遷徙也。」

騰驢贏以馳逐。

騰，乘也。言退卻騏驥以轉徙重車，乘駑頓驢贏，反以奔走，馳逐急疾，失其性也。以言役使賢者，令之負擔，進用頑愚，以任政職，亦失其志也。

【疏證】

騰，乘也。◎案：騰字爲乘，即傳郵引申也。詩十月之交「百川沸騰」，毛傳：「騰，乘也。」則章句所因。

言退卻騏驥以轉徙重車，乘駑頓驢贏，反以奔走，馳逐急疾，失其性也。以言役使賢者，令之負擔，進用頑愚，以任政職，亦失其志也。◎正德本、隆慶本、湖北本、朱本、劉本、馮本、俞本、莊本、四庫章句本「以轉」下有「物」字。俞本、莊本、四庫章句本「檐」作「擔」。案：物，羨也。擔，俗檐字。喻林卷四八人事門四六倒置引羨「物」字。驢贏，詳參上憂苦「同駑贏與乘駔兮」注。

蔡女黜而出帷兮，

蔡女，蔡國賢女也。黜，貶也。

【疏證】

蔡女，蔡國賢女也。◎案：蔡，下蔡也。春秋之時，下蔡多美女。文選卷一九宋玉登徒子好色賦：「惑陽城，迷下蔡。」呂延濟注：「陽城、下蔡，楚之二郡名，蓋貴人所居，中多美人。」

黜，貶也。◎案：詳參上逢紛「后吸虛而黜實兮」注。

戎婦入而綵繡服。

戎，戎狄也。言蔡女美好，反見貶黜，而去離帷幄，戎狄醜婦，反入椒房，被五綵之繡，衣夫人之服也。

【疏證】

戎，戎狄也。◎案：春秋隱公二年「公會戎于潛」，杜注：「戎狄夷蠻，皆氐、羌之別種也。」散文不別。公羊傳隱公元年何休注：「東方曰夷，南方曰蠻，西方曰戎，北方曰狄。」對文也。禮記卷一二王制第五「西方曰戎」是也。戎女，非出華夏，故人以爲醜。

言蔡女美好，反見貶黜，而去離帷幄，戎狄醜婦，反入椒房，被五綵之繡，衣夫人之服也。

◎正德本、隆慶本、湖北本、朱本、劉本、馮本、莊本、四庫章句本「五綵」下無「之」字，則「衣」字屬上。喻林卷四八人事門四六倒置引無「之」字。章句「反入椒房」云云，漢書卷六六車千秋傳「轉至未央椒房」，顔師古注：「椒房，殿名，皇后所居也。以椒和泥塗壁，取其温而芳也。」

慶忌囚於阱室兮，

慶忌，吴之公子，勇而有力。阱，深陷也。

【疏證】

慶忌，吴之公子，勇而有力。◎案：呂氏春秋卷一一仲冬紀第三忠廉篇：「吴王欲殺王子慶忌而莫之能殺，吴王患之。要離曰：『臣能之。』吴王曰：『汝惡能乎？吾嘗以六馬逐之江上矣，而不能及；射之矢，左右滿把，而不能中。今汝拔劍則不能舉臂，上車則不能登軾，汝惡能？』要離曰：『士患不勇耳，奚患於不能？王誠能助臣，請必能。』吴王曰：『諾。』明旦，加要離罪焉，摯執妻子，焚之而揚其灰。要離走，往見王子慶忌於衛。王子慶忌喜曰：『吳王之無道也，子之所見也，諸侯之所知也。今子得免而去之，亦善矣。』要離與王子慶忌居有閒，謂王子慶忌曰：『吳之無道也愈甚，請與王子往奪之國。』王子慶忌曰：『善。』乃與要離俱涉於江。中江，拔劍以刺王子慶忌。王子慶忌捽之，投之於江，浮則又取而投之。如此者三。其卒曰：『汝，天下之國士也，幸汝以成而名。』要離得不死，歸於吳。」高注：「吳王闔廬篡庶父僚而即其位，慶忌者，僚之子也，故欲殺之。慶忌有力捷疾，而人皆畏之，無能殺之者。」

阱，深陷也。◎案：說文𨸏部：「阱，陷也。从𨸏、从井，井亦聲。穽，阱或从穴。」古多以穽字爲之。漢書卷二四下食貨志「使入陷阱」，顏師古注：「阱，穿地以陷獸也。」此「囚於阱室」，謂要離之計得逞也。

陳不占戰而赴圍。

陳不占，齊臣，有義而怯，聞其君戰，將赴之，飯則失匕，上車失軾，既至，聞鍾鼓之聲，因怖而死。言乃囚勇猛之士若吳慶忌於阱陷之中，使陳不占赴圍而戰，軍必敗也。以言君用臣顛倒失其人也。

【疏證】

陳不占，齊臣，有義而怯，聞其君戰，將赴之，飯則失匕，上車失軾，既至，聞鍾鼓之聲，因怖而死。言乃囚勇猛之士若吳慶忌於阱陷之中，使陳不占赴圍而戰，軍必敗也。以言君用臣顛倒失其人也。◎正德本、隆慶本、湖北本、朱本、劉本、馮本、俞本、莊本、四庫章句本「上車」作「輿則」。隆慶本、莊本「鍾」作「鐘」。莊本「匕」訛作「七」。案：飯則、輿則，相對爲文，舊作「輿則」。新序卷八義勇：「齊崔杼弒莊公也，有陳不占者，聞君難，將赴之。比去，餐則失匕，上車失軾。御者曰：『怯如是，去有益乎？』不占曰：『死君，義也；無勇，私也。不以私害公。』遂往，聞戰鬭之聲，恐駭而死。人曰：『不占可謂仁者之勇也。』」其作「上車」者，蓋因新序改也。又，正文「戰而赴圍」之戰，讀如顫，謂顫抖也。

破伯牙之號鍾兮，

號鍾，琴名。

【疏證】

號鍾，琴名。◎案：初學記卷一五樂部上第一雅樂「空桑之瑟」條引王逸注同。漢書卷六四下王褒傳「雖伯牙操遞鍾」，臣瓚曰：「楚辭云『奏伯牙之號鍾』，號鍾，琴名也。馬融笛賦曰『號鍾高調』。伯牙以善鼓琴，不聞説能擊鍾也。」顔師古注：「琴名是也。字既作遞，則與楚辭不同，不得即讀爲號。」全晉文卷四五傅玄琴賦：「神農氏造琴，所以協和天下人性，爲至和之主。齊桓公有鳴琴曰號鍾。」

挾人箏而彈緯。

挾，持也。箏，小瑟也。緯，張絃也。言乃破伯牙號鍾所鼓之鳴琴，反持凡人小箏，急張其弦而彈之也。以言世憎惡大賢之言，親信小人之語也。

【疏證】

挾，持也。◎案：詳參天問「何馮弓挾矢」注。

箏，小瑟也。◎正德本、隆慶本、湖北本、朱本、劉本、俞本、馮本、莊本、四庫章句本「瑟」作「琴」，補注引一本作「小琴」。案：説文竹部：「箏，五弦，筑身，樂也。从竹、争聲。」段注：「風俗通曰：『箏，謹按樂記，五弦，筑身也。今并、梁二州箏形如瑟，不知誰所改作也。或曰：秦蒙恬所造。』據此，知古箏五弦，恬乃改十二弦，變形如瑟耳。魏、晉以後，箏皆如瑟，十二弦，唐至今十三弦。筑似箏，細項。古筑與箏相似，不同瑟也。言筑身者，以見形如瑟者之非古也。言五弦筑身者，以見箏之弦少於築也。」審章句「小瑟」云云，非古箏也。又，正文「人箏」當作「个箏」，字之訛。个箏，猶介箏，小箏也。列子卷七楊朱篇「亡介焉之慮」，張湛注：「介，微也。」補注引一作「介箏」，是存其舊。

緯，張絃也。◎案：羅本玉篇殘卷糸部「徽」字：「楚辭『破伯牙之號鍾，挾人箏而張徽』。王逸曰：『徽，張弦也。』」引章句「緯」作「徽」。緯、徽，古字通用。徽本字，緯借字。文選卷一七陸機文賦「猶絃幺而徽急」，李善注：「淮南子曰：『鄒忌一徽琴，而威王終夕悲。』許慎注曰『鼓琴循絃謂之徽。』」漢書卷八七下揚雄傳「高張急徽」，顏師古注：「徽，琴徽也，所以表發撫抑之處也。」

言乃破伯牙號鍾所鼓之鳴琴，反持凡人小箏，急張其弦而彈之也。以言世憎惡大賢之言，親信小人之語也。◎文淵四庫章句本「彈之」下無「也」字。案：文津本亦有「也」字。喻林卷四八人事門二九倒置引無「也」字。章句既以號鍾爲琴名，謂「破伯牙號鍾所鼓之鳴琴」，當作「破伯牙所鼓之號鍾」，「鳴琴」二字，後所闌入。又，文選卷一八笙賦注、卷二四曹植贈丁廙詩注、卷二七曹植箜篌引注、卷三七七命注、卷四二吳質答東阿王書注引正文「人箏」皆作「秦箏」。又，劉師培楚辭考異：「人字，疑當作秦。」其說可參。

藏瑉石於金匱兮，

瑉，石次於玉者。匱，匣也。

【疏證】

瑉，石次於玉者。◎湖北北「瑉」作「珉」。案：瑉、珉同。説文玉部：「珉，石之美者。从玉，民聲。」荀子卷二〇法行篇第三〇「君子之所以貴玉而賤珉者何也」，楊倞注：「珉，石之似玉者。」匵，匣也。◎案：詳參七諫謬諫「玉與石其同匵兮」注。

捐赤瑾於中庭。

赤瑾，美玉也。言乃藏珉石置於金匵，反弃美玉於中庭，言不知别於善惡也。言人而不别玉石，則不知忠佞之分也。

【疏證】

赤瑾，美玉也。◎案：史記卷一一七司馬相如列傳「其石則赤玉玫瑰」，集解引郭璞注：「赤玉，赤瑾也。見楚辭。」

言乃藏珉石置於金匵，反弃美玉於中庭，言不知别於善惡也。言人而不别玉石，則不知忠佞之分也。◎正德本、隆慶本、湖北本、朱本、劉本、馮本、俞本、莊本「分」上有「明」字。案：若作「明分」，明，當作名。中庭，廟堂前階下，羣臣朝覲之處。

韓信蒙於介胄兮，行夫將而攻城。

韓信，漢名將也。介，鎧也。胄，兜鍪也。言使韓信猛將被鎧兜鍪，守於屯陣，藏其智謀，令行伍怯夫反爲將軍而攻城，必失利而無功也。

【疏證】

韓信，漢名將也。◎案：韓信，漢淮陰人，善將兵，佐高祖奪天下，有戰功，先後封齊王、楚王、淮陰侯，終爲呂后誅滅。史記卷九二、漢書卷三四皆有傳。

介，鎧也。◎案：禮記卷三曲禮上第一「介者不拜」，孔疏：「介，甲鎧也。」詩清人「駟介旁旁」，毛傳：「介，甲也。」介、鎧、甲，皆聲之轉。

胄，兜鍪也。◎案：甲胄字從「冃」，與「胄裔」字從「肉」者非一字。廣雅釋器：「兜鍪謂之胄。」或作軸，荀子卷一〇議兵篇第一五「冠軸帶劍」，楊倞注：「軸與胄同。漢書作『胄帶』，顔師古曰：『著兜鍪而又帶劍也。』」

言使韓信猛將被鎧兜鍪，守於屯陣，藏其智謀，令行伍怯夫反爲將軍而攻城，必失利而無功也。◎正德本、隆慶本、馮本、劉本、俞本、朱本、莊本、四庫章句本「言」下有「漢」，「令」下有「在」字。文淵四庫章句本「令」作「命」，「命」下有「在」字。文津本亦作「令」。案：據義，舊有「在」字爲允。又，韓信，漢初之叛臣，漢武以前諱言之，至漢元後，則盛稱其功，且哀其不遇。蓋無諱也。

莞芎棄於澤洲兮，

莞，夫離也。芎，芎藭也。皆香草也。

【疏證】

莞，夫離也。◎正德本、隆慶本、馮本、劉本、朱本、莊本、四庫章句本「夫離」作「符離」，俞本作「符離」。案：爾雅釋草：「莞，苻蘺，其上蒚。」夫、苻古字通。郭璞注：「今西方人呼蒲爲莞蒲；蒚，謂其頭臺首也。今江東謂之苻蘺，西方亦名蒲。中莖爲蒚，用之爲席。」邢疏引某氏：「本草云：『白蒲，一名苻蘺，楚謂之莞蒲。』」然則香草也。釋草又曰：「雚，芄蘭。」雚、莞，古字通用。郭璞注：「雚芄，蔓生，斷之有白汁，可啖。」郝氏義疏：「詩鄭箋云：『芄蘭柔弱，恆蔓延於地，有所依據則起。』陸璣疏云：『一名蘿藦，幽州人謂之雀瓢。』本草陶注：『蘿藦作藤生，摘之有白乳汁，人家多種之，葉厚而大，可生啖，亦蒸煮食之。』」蓋即是草。

芎，芎窮也。皆香草也。◎案：苗謂之江蘺，根謂之芎藭。詳參離騷「扈江離與辟芷兮」注。

瓟蠡蠹於筐簏。

瓟，匏也。蠡，瓢也。方爲筐，圓爲簏。言弃夫離芎藭于水澤之中，藏枯匏之瓢置於筐簏，令之腐蠹。言愛小人，憎君子也。或曰：蠹，囊也。

【疏證】

瓟，匏也。◎正德本、隆慶本、俞本、莊本、朱本、馮本、四庫章句本「匏」作「瓠」。案：詩匏有苦葉「匏有苦葉」，毛傳：「匏謂之瓠。」瓟與匏同。匏、瓠亦同。七月「八月斷壺」，毛傳：「壺，瓠也。」

蠡，瓢也。◎案：方言卷五：「蠡，陳、楚、宋、魏之閒或謂之瓢。」郭璞注：「蠡，瓠勺也。」音義：「蠡音麗。」則別以方言，散文不別。周禮卷一九春官宗伯第三鬯人「禜門用瓢齎」，鄭注：「瓢，謂瓠蠡也。」蠡，蠡字假借。

方爲筐，圓爲篚。◎案：筐篚，散文不別，皆竹器名。章句對文也。詳參上怨思「弃雞駭於筐篚」注。

言弃夫離芎藭于水澤之中，藏枯匏之瓢置於筐篚，令之腐蠹。言愛小人，憎君子也。或曰：蠹，囊也。◎正德本、隆慶本、馮本、劉本、朱本、四庫章句本、莊本「夫離」作「符離」，「水」作「草」，「于」作「於」。俞本「籬」作「離」，「水」作「草」，「于」作「於」。湖北北「弃」作「棄」，「籬」作「離」，「水」作「草」，「于」作「於」。景宋本「于」作「於」。案：據義，舊作「草澤」。又，「或曰」之說，補注所引，非章句所存舊說。然若從洪引或說，蠹，讀如橐，音同通用。廣雅釋詁：「橐，囊也。」戰國策卷三秦策一「負書擔橐」，高注：「橐，囊也。無底曰囊，有底曰橐。」

麒麟奔於九皋兮，

麒麟，仁獸也。君有德則至，無德則去也。

【疏證】

麒麟，仁獸也。君有德則至，無德則去也。◎景宋本「麒麟」作「騏驎」。案：正文作「麒麟」，注文不作「騏驎」也。孟子卷三公孫丑上：「麒麟之於走獸，鳳凰之於飛鳥，泰山之於丘垤，河海之於行潦，類也。聖人之於民，亦類也。」史記卷一一七司馬相如列傳「獸則麒麟」，索隱：「張揖曰：『雄曰麒，雌曰麟。其狀麇身，牛尾，狼蹄，一角。』郭璞云：『麒似麟而無角。』毛詩疏：『麟，黃色，角端有肉。』京房傳云：『有五綵，腹下黃色也。』」

熊羆羣而逸囿。

熊羆，猛獸，以喻貪殘也。囿，苑也。言麒麟奔竄於九皋之中，熊羆逸踊於君之苑也。以言斥遠仁德之士而養貪殘之人也。

【疏證】

熊羆，猛獸，以喻貪殘也。◎案：爾雅釋獸：「熊，虎醜，其子狗，絶有力，麙。」又曰：「羆如熊，黄白文。」郭璞注：「似熊，而長頭、高脚，猛憨多力，能拔樹木，關西呼曰貑羆。」

囿，苑也。◎案：戰國策卷二西周策「見梁囿而樂之也」，高注：「園有林池曰囿。」説文口部：「囿，苑有垣也。从口，有聲。一曰：禽獸曰囿。」徐鍇曰：「苑，其周垣名也。」漢書卷一上高帝紀「故秦苑囿園池」，顔師古注：「養鳥獸曰苑，苑有垣曰囿，所以種植謂之園。」淮南子卷八本經訓「侈苑囿之大」，高注：「有牆曰苑，無牆曰囿。」其説又别也。程瑶田字林考逸書後云：「有垣曰苑，無垣曰囿，字林之精義也。文王之囿七十里，齊宣之囿四十里，安得築垣以限之？而説文乃以囿爲苑之有垣者。玉篇舍字林而从説文，亦辨之不審矣。」其説審矣。

言麒麟奔竄於九皋之中，熊羆逸踊於君之苑也。以言斥遠仁德之士，而養貪殘之人也。◎正德本、隆慶本、湖北本、朱本、劉本、馮本、俞本、莊本、四庫章句本「奔」作「犇」。補注引一注云：「滿溢君之苑。」案：洪引「一注云滿溢君之苑」，非章句所存舊説。或本逸字一作溢，後因此增益之。

折芳枝與瓊華兮，樹枳棘與薪柴。

小棗爲棘。枯枝爲柴。

【疏證】

小棗爲棘。◎案：對文別義。説文朿部：「棘，小棗叢生者。从竝朿。」統散則棗、棘亦無別。詩園有桃「園有棘」，毛傳：「棘，棗也。」

枯枝爲柴。◎案：柴與薪爲對文。禮記卷一七月令第六「收秩薪柴」，鄭注：「大者可析謂之薪，小者合束謂之柴；薪施炊爨，柴以給燎。」薪與蒸亦相對。淮南子卷九主術訓「冬伐薪蒸」，高注：「大者曰薪，小者曰蒸。」柴、蒸之別，所以炊與燎也。散文不別。

掘荃蕙與射干兮，耘藜藋與蘘荷。

射干，香草。耘，耔也。詩云：「千耦其耘。」蘘荷，蓴菹也。藋，豆葉也。言折弃芳草及與玉華，列種柴棘，掘拔射干，而耨耘藜藋，失其所珍也。以言賤弃君子而育養小人也。

【疏證】

射干，香草。◎案：御覽卷九六〇木部九射干引孫卿子曰：「西方有木名射干，莖長四寸，生於高山之崖，臨百仞之淵，木非長也，所立高也。」今見卷一勸學篇第一，楊倞注：「本草藥名有射干，一名烏扇。陶弘景云：『花白，莖長，如射人之執竿。』又引阮公詩云：『射竿生層城。』是生於高處也。據本草，在草部中，又生南陽川谷。此云『西方有木』，未詳。或曰長四寸，即是草，云木，誤也。」史記卷一一七司馬相如列傳「槀本射干」，集解引郭璞：「射干，十月生，皆香草。」

耘，耔也。詩云：「千耦其耘。」◎正德本、隆慶本、湖北本、朱本、劉本、馮本、莊本、俞本「耔也」上有「耨」字。御覽卷九六〇木部九射干引楚辭「耘」作「芸」。案：耘、耔，農作也，耨，羨也。耘、芸古字通。章句引詩見周頌載芟，釋文：「芸音云，本又作耘，除草也。」又，耘之訓耔，散文不別。詩甫田「或耘或耔」，毛傳：「耘，除草也；耔，雝本也。」對文也。

蘘荷，蓴菹也。◎案：說文艸部：「蘘荷，一名葍蒩。」本草綱目卷一五草之四「蘘荷」條集解：「葉似甘蔗，根似薑芽而肥。」廣雅釋草：「蘘荷，蓴苴也。」葍、蓴，聲之轉。菹與蒩、苴古字皆通。王念孫疏證：「古今注云：『蘘荷，似藷苴而白。藷苴色紫，花生根中，花未散時可食，久置則消爛不爲實矣。』名醫別録云：『白蘘荷微温，主中蠱及瘧。』陶注云：『今人乃呼赤者爲蘘荷，白者爲覆葅，葉同一種爾。於人食之，赤者爲勝。藥用白者。』古今注以紫爲蓴苴，白爲蘘荷，別録注以赤爲蘘荷，白爲蓴苴，二說不同。廣韻則云：『蓴苴，大蘘荷名。』是又以大小分也。其實蘘荷、蓴苴皆大名，後世說者多岐耳。齊民要術云：『蘘荷，二月種之，宜在樹陰下。』閒居賦所謂「蘘荷依陰」者也。蘘荷葉似薑，故古人多與薑竝言。漢書司馬相如傳云「茈薑蘘荷」。』齊民要術引崔寔四民月令云：『九月藏茈薑蘘荷，其歲若温，皆待十月。』是則蘘荷又可爲御冬之菜。」又，長沙馬王堆漢墓竹簡遺策有「蘘荷苴（菹）一資」。

藿，豆葉也。◎案：廣雅釋草：「豆角謂之莢，其葉謂之藿。」又，説文艸部：「蘿，尗之少也。从艸，靃聲。」蘿與藿同。尗之少者，今俗云「豆芽菜」。

言折弃芳草及與玉華，列種柴棘，掘拔射干，而耨耘藜藿，失其所珍也。以言賤弃君子而育養小人也。◎湖北本「弃」作「棄」。案：弃、棄同。掘，穿也。易繫辭下：「斷木爲杵，掘地爲臼。」

惜今世其何殊兮，遠近思而不同。

言己哀惜今世之人，賢愚異性，其思慮或遠或近，智謀不同也。

【疏證】

言己哀惜今世之人，賢愚異性，其思慮或遠或近，智謀不同也。◎案：列子卷七楊朱篇：「萬物所異者生也，所同者死也。生則有賢愚、貴賤，是所異也；死則有臭腐、消滅，是所同也。」審子政所惜，其「何殊」、「不同」，謂生之所異也。

或沈淪其無所達兮，

淪，沒。

【疏證】

淪，沒。◎莊本「沒」下有「也」字。案：對文小波曰淪，散文皆言沈沒。書微子「今殷其淪喪」，孔傳：「淪，没也。」沈淪，平列同義，漢、魏習語。三國志卷六五吳書賀劭傳：「眩燿毀譽之實，沈淪近習之言。」後漢書卷一鄧寇傳附榮：「蹈陸土而有沈淪之憂，遠巖牆而有鎮壓之患。」

或清激其無所通。

清，明也。激，感也。言或有耳目，沈沒無所照見，或有欲感激，行於清明，亦復不能通達分別其臧否也。

【疏證】

清，明也。◎案：清，清澄。周禮卷四〇冬官考工記第六㡛氏「清其灰而盝之」，鄭注：「清，澄也。」

激，感也。言或有耳目，沈沒無所照見，或有欲感激，行於清明，亦復不能通達分別其臧否也。◎皇都本「達」訛作「遠」。正德本、隆慶本、湖北本、朱本、劉本、馮本、俞本、莊本、四庫章句本「臧否」下有「者」字。慧琳音義卷五九「激發」條：「楚辭：『〔我〕（或）清激而無所通。』王逸曰：『激，感也。』」案：清激，不辭也。激，當作澂，字之訛。清澂，平列同義，楚辭習見。詳參上惜賢「竢時風之清激兮」注。章句以激爲感，則其本訛。

哀余生之不當兮，獨蒙毒而逢尤。

言哀我之生不當昭明之世，舉賢之時，獨蒙苦毒而遇罪過也。

【疏證】

言哀我之生不當昭明之世、舉賢之時，獨蒙苦毒而遇罪過也。◎正德本、隆慶本、馮本、劉本、俞本、朱本、莊本、四庫章句本「罪」作「辠」。四庫章句本「昭」作「照」。案：對文日、月謂之照明，九辯「彼日月之照明兮」，章句：「三光照察，鏡幽冥也。」時世謂之昭明，漁父「歌曰滄浪之水清兮」，章句「喻世昭明」云云，是也。散文照、昭不別。

雖謇謇以申志兮，君乖差而屏之。

言己雖竭忠謇謇，以重達其志，君心乃乖差而不與我同，故遂屏弃而不見用也。

【疏證】

言己雖竭忠謇謇，以重達其志，君心乃乖差而不與我同，故遂屏弃而不見用也。◎案：謇謇，忠貞貌。詳參離騷「余固知謇謇之爲患兮」注。又，七諫怨世「心悼怵而耄思」，章句：「言古俊賢皆有遭遇，我獨乖差，與時邪刺。」宋書卷一二律曆中：「即用漢四分法，是以漸就乖差。」乖差，漢、魏以後恆語。

誠惜芳之菲菲兮，反以兹爲腐也。

腐，臭也。言己自惜被服芳香，菲菲而盛，君反以此爲腐臭不可用。

【疏證】

腐，臭也。◎案：詳參上怨思「淹芳芷於腐井兮」注。

言己自惜被服芳香，菲菲而盛，君反以此爲腐臭不可用。◎正德本、隆慶本、湖北本、朱本、劉本、馮本、俞本、莊本、四庫章句本「用」下有「也」字。案：菲菲，猶勃勃，言芳香貌。詳參離騷「芳菲菲其彌章」注。

懷椒聊之蔎蔎兮，乃逢紛以罹詬也。

在衣曰懷。椒聊，香草也。詩曰：「椒聊且。」蔎蔎，香貌。言己懷持椒聊，其香蔎蔎，身修行潔，動有節度，而逢亂世，遂爲讒佞所害，而見恥辱也。

【疏證】

在衣曰懷。◎正德本、隆慶本、湖北本、朱本、劉本、馮本、俞本、莊本、四庫章句本「衣」作「袖」，補注引一注云：「在袖曰懷。」案：懷藏字本作褱。説文衣部：「褱，袖也。一曰：藏也。从衣，鬼聲。」則作「在袖」者，蓋因説文改也。文選卷二三阮籍詠懷詩「交甫懷環珮」、卷二九古詩十九首「馨香盈懷袖」，李善注並引王逸曰：「在衣曰懷。」則其所據本亦作「在衣」。此「在衣曰懷」，已見懷沙「懷瑾握瑜」注。

椒聊，香草也。詩曰：「椒聊且。」◎正德本、隆慶本、湖北本、馮本、朱本、劉本、俞本、莊本「草」作「荳」。案：荳，即豆也。椒非豆。作「荳」者非也。中華書局一九八三年第一版點校本楚辭補注斷句作：「詩曰：『椒聊且蔎。』蔎，香貌。」誤。章句引詩見唐風椒聊，毛傳：「椒聊，椒也。」釋文：「椒聊，椒，木名；聊，辭也。」孔疏：「釋木云：『檓，大椒。』郭璞曰：『今椒樹叢生實大者名爲檓。』」陸璣毛詩草木鳥獸蟲魚疏卷上「椒聊之實」條：「椒聊：聊，語助也。椒樹似茱萸，有針刺，葉堅而滑澤，蜀人作茶，吳人作茗，皆合煮其葉以爲香。今成皋諸山間有椒，謂之竹葉椒。其樹亦如蜀椒，少毒，熱，不中合藥也，可著飲食中。又用烝雞豚，最佳香。東海諸島上亦有椒樹，枝葉皆相似，子長而不圓，甚香，其味似橘皮。島上獐鹿食此椒葉，其肉自然作椒橘香也。」焦循云：「傳以『椒聊』訓『椒』，是不以『聊』爲語助，陸疏非毛義也。爾雅釋木云：『朻者聊。』本草經云：『蔓椒，一名家椒，與蜀椒別。』陶隱居云：『俗呼爲樛，似椒欓，小，不香耳。』樛，即朻字。然則椒之爲樛，樛之爲聊，而聊非語助矣。」據此，不論椒聊或椒樛，皆香木，非草名也。未知孰是。

蔎蔎，香貌。◎補注引「蔎」一作「藹」，正德本、隆慶本、湖北本、朱本、劉本、馮本、俞本、莊本、四庫章句本正文及注文「蔎」作「藹」。案：藹藹，盛貌。蔎蔎，香貌。説文艸部：「蔎，香艸也。从艸，設聲。」廣雅釋訓：「蔎蔎，香也。」舊本作「蔎蔎」。

言己懷持椒聊，其香蔎蔎，身修行潔，動有節度，而逢亂世，遂爲讒佞所害，而見恥辱也。◎正德本、隆慶本、湖北本、朱本、劉本、馮本、俞本、莊本、四庫章句本「蔎蔎」作「藹藹」，「身修行潔」作「循行清潔」，「恥」作「耻」。案：循，脩之訛也。蔎蔎、藹藹以同義易之也。

歎曰：嘉皇既殁，終不返兮。

嘉，美也。皇，君也。以言懷王不用我謀，以殁於秦，遂死而不歸，終無遺命，使己得還也。

【疏證】

嘉，美也。◎案：因爾雅釋詁。罔極，猶未已也。

皇，君也。◎案：詳參離騷「恐皇輿之敗績」注。

以言懷王不用我謀，以歿於秦，遂死而不歸，終無遺命，使己得還也。◎案：離騷序：「秦昭王使張儀譎詐懷王，令絶齊交；又使誘楚，請與俱會武關，遂脅與俱歸，拘留不遣，卒客死於秦。其子襄王復用讒言，遷屈原於江南。」

山中幽險，郢路遠兮。

言己被放在此山澤深險之處，去我郢道甚遼遠也。

【疏證】

言己被放在此山澤深險之處，去我郢道甚遼遠也。◎正德本、隆慶本、湖北本、朱本、馮本、劉本、俞本、莊本、四庫章句本「澤」作「中」，「處」作「地」，「遼」下有「而」字。案：正文作「山中」，則舊亦作「山中」。袁校「處」作「地」。又，章句「去我郢道」云云，不辭。「我去」之乙，舊作「我去郢道」。

讒人諓諓，孰可愬兮？

諓諓，讒言貌也。尚書曰：「諓諓靖言。」言讒人諓諓，承順於君，不可告以忠直之意也。

【疏證】

諓諓，讒言貌也。尚書曰：「諓諓靖言。」言讒人諓諓，承順於君，不可告以忠直之意也。◎案：章句引尚書，今本未見。秦誓作「截截善諞言」，孔疏：「截截猶察察。」則非其義。公羊傳文公十二年「諓諓善竫言」，何休注：「諓諓，淺薄之貌。」說文言部：「諓，善言也。从言、戔聲。一曰：謔也。」戔聲字多有賤、小義。鹽鐵論卷七國疾篇第二八：「諓諓者，賤也。」諓，小言也，故有巧善、諂諛之義。國語卷二一越語下「又安知是諓諓者乎」，韋昭注：「諓諓，巧辨之言。」漢書卷七五李尋傳「昔秦穆公說諓諓之言」，顏師古注：「諓諓，小善也。」後漢書卷三一樊宏傳「習諓諓之辭」，李賢注：「諓諓，諂言也。音踐。」

征夫罔極，誰可語兮？

言己放逐遠行，憂愁無極，衆皆佞諛，不可與語忠信也。

【疏證】

言己放逐遠行，憂愁無極，衆皆佞諛，不可與語忠信也。◎案：詩皇皇者華「駪駪征夫」，毛傳：「征夫，行人也。」又，罔，無也。罔極，猶未已也。

行唫累欷，聲喟喟兮。

欷，歎貌。喟，歎聲也。

【疏證】

欷，歎貌。◎景宋本「歎貌」作「息也」。同治本「欷」作「補」。案：訛也。文選卷一六長門賦「舒息悒而增欷兮」，李善注引蒼頡篇：「欷，泣餘聲也。」史記卷一四十二諸侯表「紂爲象箸而箕子唏」，索隱：「唏，嗚歎聲。」則舊本作「歎貌」。欷、唏同。

喟，歎聲也。◎案：離騷「喟憑心而歷茲」，章句：「喟，歎也。」

懷憂含戚，何侘傺兮！

言己行常歌唫，增歎累息，懷憂含戚，悵然侘傺而失意也。

【疏證】

言己行常歌唫，增歎累息，懷憂含戚，悵然侘傺而失意也。◎正德本、隆慶本、湖北本、朱本、馮本、俞本、莊本、劉本、四庫章句本「言己」下無「行」字。案：據義，舊無「行」字。又，侘傺，楚辭習語，失志貌。

愍命

冥冥深林兮，樹木鬱鬱。山參差以嶃巖兮，阜杳杳以蔽日。

言己放在中野，處於深林冥冥之中，山阜高峻，樹木蔽日，望之無人，但見鳥獸也。

【疏證】

言己放在中野，處於深林冥冥之中，山阜高峻，樹木蔽日，望之無人，但見鳥獸也。◎正德本、隆慶本、湖北本、朱本、劉本、馮本、俞本、莊本、四庫章句本「中」作「草」。案：中，古草字。漢書卷五七上司馬相如傳「嶃巖參差」，顔師古注：「嶃巖，尖鋭貌。」

悲余心之悁悁兮，目眇眇而遺泣。

遺，墮也。言己居於山林，心中愁思，目視眇眇而泣下墮也。

【疏證】

遺，墮也。◎案：遺，讀如隤。詩雲漢「則不我遺」，宋本玉篇阜部引詩「遺」作「隤」。荀子卷三非相篇第五「莫肯下遺」，楊倞注：「遺讀曰隨。」隨猶墮也。説文𠂤部：「隤，下隊也。从𠂤、貴聲。」

言己居於山林，心中愁思，目視眇眇而泣下墮也。◎案：章句「心中愁思」云云，思亦愁也。又，「目視眇眇」云云，眇眇，言遠視不明貌。

風騷屑以摇木兮，

騷屑，風聲貌。

【疏證】

騷屑，風聲貌。◎四庫章句本「貌」作「也」。案：騷屑，猶蕭瑟之語轉。漢書卷五九張湯傳「北邊蕭然苦兵」，顔師古注：「蕭然，猶騷然，擾動之貌也。」九辯「蕭瑟兮草木摇落而變衰」，章句：「陰氣促急，風疾暴也。」李周翰注：「蕭瑟，秋風貌。」訓詁字作蕭颾，素問卷二〇五常政大論篇第七〇「其德霧露蕭颾」，王冰注：「蕭颾，風聲也。」或作箾蔘、蕭森，文選卷八上林賦「紛溶箾蔘」，李善注：「箾音蕭，蔘音森。」九辯作橚槮，其義皆同。

雲吸吸以湫戾。

吸吸，雲動貌也。湫戾，猶卷戾也。言己心既憂悲，又見疾風動摇草木，其聲騷屑，浮雲吸吸卷戾而相隨，重愁思也。

【疏證】

吸吸，雲動貌也。◎案：吸吸，猶習習也。詩谷風「習習谷風」，毛傳：「習習，和舒貌。」文選卷三張衡東京賦「肅肅習習」，薛綜注：「習習，行貌。」其隨文設解，實皆相通也。

湫戾，猶卷戾也。◎案：湫之猶言揫也。爾雅釋詁：「揫，聚也。」郭璞注：「秋之言揫，揫，斂也。」猶卷縮、聚集義。左傳昭公元年「勿使有所壅閉湫底」，杜注：「湫，集也。」孔疏引服虔：「湫，著也。」慧琳音義卷五九「戾身」條字林：「戾，曲也。」湫戾，平列同義，言雲卷舒貌。

言己心既憂悲，又見疾風動摇草木，其聲騷屑，浮雲吸吸卷戾而相隨，重愁思也。◎案：章句「重愁思」云云，重，去聲，又也，再也。思亦愁也。

悲余生之無歡兮，愁倥傯於山陸。

倥傯，猶困苦也。言悲念我之生，遭遇亂世，心無歡樂之時，身常困苦於山陸之中也。

【疏證】

倥偬，猶困苦也。◎同治本「偬」作「傯」，馮本誤作「偬」。文選卷二四司馬彪贈山濤「倥偬見迫束」、卷四三孔德璋北山移文「牒訴倥偬裝其懷」，李善注：「楚辭曰：『悲余生之無歡兮，愁倥偬於山陸。』王逸曰：『倥偬，困苦也。』」案：傯、偬同。皆無「猶」字。東雅堂昌黎集注卷六人日城南登高「誰使妄倥傯」，注引王逸曰：「倥偬，猶困苦也。」宋本玉篇卷三人部「倥」字：「倥偬，窮困也。」亦有「猶」字。倥偬，漢、晉習語，謂困蹙。後漢書卷二五卓茂傳史論「斯固倥傯不暇給之日」，李賢注引字書、卷五九張衡傳「必先倥偬之也」李賢注引埤蒼並云：「倥偬，窮困也。」

言悲念我之生，遭遇亂世，心無歡樂之時，身常困苦於山陸之中也。◎案：山陸，猶山陵也。陸、陵，聲之轉。

且徘徊於長阪兮，夕仿偟而獨宿。

言己且起徘徊，行於長阪之上，夕暮獨宿山谷之間，憂且懼也。

【疏證】

言己且起徘徊，行於長阪之上，夕暮獨宿山谷之間，憂且懼也。◎惜陰本、同治本「間」作「閒」。皇都本「旦」訛作「且」。案：楚辭文例，朝、夕二字相對爲文，而無言旦、夕者。旦，鼂之訛。鼂，古朝字。

髮披披以鬤鬤兮，

披披、鬤鬤，解亂貌也。

【疏證】披披、鬤鬤，解亂貌也。◎正德本、隆慶本、湖北本、朱本、劉本、馮本、俞本、莊本、四庫章句本「亂貌」下無「也」字。案：九歌大司命「靈衣兮被被」，章句：「被被，長貌。」被與披古字通。髮披披，髮長亂貌。大招「被髮鬤只」，章句：「鬤，亂貌也。」

躬劬勞而瘏悴。

劬，亦勞也。詩云：「劬勞於野。」瘏，病也。詩云：「我馬瘏矣。」言己履涉風露，頭髮解亂而身罷病也。

【疏證】劬，亦勞也。詩云：「劬勞於野。」◎正德本、隆慶本、朱本、俞本、劉本、莊本、馮本、四庫章句本、景宋本「於」作「于」。案：章句引詩見小雅鴻鴈，毛傳：「劬勞，病苦也。」

瘏，病也。詩云：「我馬瘏矣。」◎案：章句引詩見周南卷耳，毛傳：「瘏，病也。」又見爾雅釋詁，孫炎注：「瘏，馬疲不能進之病也。」

言己履涉風露，頭髮解亂而身罷病也。◎正德本、隆慶本、湖北本、朱本、馮本、俞本、莊本、劉本、四庫章句本「露」作「霜」。案：據義，舊作「風霜」。文選卷五五劉峻廣絕交論「論嚴苦則春叢零葉」，李善注：「王逸曰：『嚴，壯也。』風霜壯謂之嚴。」

冤彺彺而南行兮，

彺彺，惶遽之貌。

【疏證】

彺彺，惶遽之貌。◎案：唐寫本文選卷一一六王儉褚淵碑文「羣后恇慟於下」，李善注引王逸曰：「恇恇，惶遽之皃。」（今諸本皆無此引文）彺與恇同。文選卷一六長門賦「魂迋迋若有亡」，李善注：「楚辭曰：『魂迋迋而南行。』王逸曰：『迋迋，惶遽貌。』」迋、恇亦通。宋本玉篇卷三人部「彺」字：「楚辭曰：『魂彺彺而南征』，彺彺，遑遽貌。」彺、惶、遑皆通用字。

泣霑襟而濡袂。

袂，袖也。言己中心憂戚，用志不安，冤鬼侹侹，惶遽南行，悲感外發，涕泣交下，霑衣袖也。

【疏證】

袂，袖也。◎案：九歌湘夫人「捐余袂兮江中」，章句：「袂，衣袖也。」言己中心憂戚，用志不安，冤鬼侹侹，惶遽南行，悲感外發，涕泣交下，霑衣袖也。◎正德本、隆慶本、湖北本、朱本、劉本、馮本、俞本、莊本、四庫章句本「悲感外發」作「悲戚感發」，「袖」作「襟」。湖北本、四庫章句本「冤鬼」作「魂魄」。案：袁校「發」上補「外」字。無「外」字，爛敚也。離騷：「攬茹蕙以掩涕兮，霑余襟之浪浪。」蓋此文所因，舊作「衣襟」。

心嬋媛而無告兮，口噤閉而不言。

閉口爲噤也。言己愁思，心中牽引而痛，無所告語，閉我之口不知所言，衆皆佞僞無可與謀也。

【疏證】

閉口爲噤也。◎案：慧琳音義卷三一、卷一〇〇「噤戰」條同引王逸注楚辭：「閉口爲噤也。」卷五六「寒噤」條、卷五九「口噤」條、卷八九「噤戰」條：「楚辤：『口噤而不言。』王逸曰：『閉口爲禁也。』」卷八七「口噤」條引王逸注楚辭：「噤，閉口也。」卷三四「口噤」條引王逸注楚詞：「噤，閉也，閉口爲噤也。」卷四六「噤戰」條：「楚辤：『噤閉而不言。』王逸曰：『閉口不開爲噤。』」卷九四「呻噤」條：「楚辭云：『噤閉而不言。』王逸注：『閉口也。』」則其所據非一本。或作箝口，新書卷一過秦論下：「重足而立，箝口而不言。」或作拑口，史記卷六秦始皇帝本紀作「拑口而不言」。或作闔口，七諫謬諫：「欲闔口而無言兮。」或作「吟口」，韓詩外傳卷三：「盜跖吟口，名聲若日月。」噤、拑、箝、吟、闔，皆聲轉字。

言己愁思，心中牽引而痛，無所告語，閉我之口不知所言，衆皆佞僞無可與謀也。◎案：章句「心中牽引而痛」云云，離騷「女嬃之嬋媛兮」，章句：「嬋媛，猶牽引也。」訓詁字作嘽咺，歎息貌也。

違郢都之舊閭兮，回湘沅而遠遷。

閭，里。言己放逐，去我郢都故閭，回於湘、沅之水而遠移徙，失其所之也。

【疏證】

閭，里。◎莊本「里」下有「也」字。案：説文門部：「閭，里門也。从門、呂聲。」周禮：『五家爲比，五比爲閭。』閭，侶也。二十五家相羣侶也。」漢書卷四〇張良傳「表商容閭」，顔師古注：「里門曰閭。」散文閭爲里居。

言己放逐，去我郢都故閭，回於湘、沅之水而遠移徙，失其所之也。◎案：湘沅，漢世之語，復見七諫沈江：「赴湘沅之流澌兮，恐逐波而復東。」章句：「言己心清潔，不能久居濁世，故赴湘、沅之水，與流澌俱浮，恐遂乘波而東入大海也。」屈、宋辭賦作「沅湘」。又，方言卷一〇：「崽者，子也，沅湘之會，凡言是子者謂之崽。」「湘」平「沅」上，乙作「湘沅」，蓋因四聲之次也。

念余邦之横陷兮，宗鬼神之無次。

同姓爲宗。次，第也。言我思念楚國，任用讒佞，將横陷危殆，己之宗族，先祖鬼神，失其次第，而不見祀也。

【疏證】

同姓爲宗。◎案：左傳昭公三年「肸之宗十一族」，杜注：「同祖爲宗。」管子卷二四輕重己第八五：「宗者，族之始也。」

次，第也。◎案：呂氏春秋卷一二季冬紀第一季冬篇「乃命太史次諸侯之列」，高注：「次，列也。」國語卷九晉語三「失次犯令」，韋昭注：「次，行列也。」

言我思念楚國，任用讒佞，將横陷危殆，己之宗族，先祖鬼神，失其次第，而不見祀也。

◎案：章句「己之宗族，先祖鬼神，失其次第」云云，謂昭穆不列，父子無序也。周禮卷二一春官宗伯第三冢人：「冢人掌公墓之地，辨其兆域而爲之圖，先王之葬居中，以昭穆爲左右。」鄭注：「先王，造塋者，昭居左，穆居右，夾處東西。」

閔先嗣之中絶兮，心惶惑而自悲。

嗣，繼。言己傷念先祖，乃從屈瑕建立基功，子孫世世承而繼之，至於己身而當中絶，心爲惶惑，内自悲哀也。

【疏證】

嗣，繼。◎莊本「繼」下有「也」字。案：因爾雅釋詁也。

言己傷念先祖，乃從屈瑕建立基功，子孫世世承而繼之，至於己身而當中絶，心爲惶惑，内自悲哀也。◎案：離騷「帝高陽之苗裔兮」，章句：「其孫武王求尊爵於周，周不與，遂僭號稱王，始都於郢。是時生子瑕，受屈爲「客」卿，因以爲氏。」又，據清華簡（一）楚居，當熊繹之時，已有屈紃之人，則屈氏非始於屈瑕。

聊浮遊於山陿兮，

陿，山側也。

【疏證】

陿，山側也。◎文選卷二二顔延年車駕幸京口侍遊蒜山作「入河起陽峽」，李善引王逸注：「陿，山側。峽與陿通。」案：上遠逝「阜隘狹而幽險兮」，章句：「狹，陋也。」狹與陿亦通。説文作陜，𨸏部：「陜，隘也。从𨸏、夾聲。」文選卷八司馬相如上林賦「赴隘陿之口」，李善注引郭璞曰：「夾岸間爲陿。」引申爲山側之稱。

步周流於江畔。

畔，界。

【疏證】

畔，界。◎莊本「界」下有「也」字。案：詳參上逢紛「吟澤畔之江濱」注。周流，言周徧流行也。

臨深水而長嘯兮，且倘佯而氾觀。

（長嘯，激感也。）氾，博也。言己憂愁不能寧處，出升山側，遊戲博觀，臨水長嘯，思念楚國，而無解已也。

【疏證】

長嘯，激感也。◎諸本皆無注。案：敫之也。文選卷二一左思詠史詩八首「長嘯激清風」，李善注：「楚辭曰：『臨深水而長嘯。』王逸注：『激感也。』」章句佚義，據補。詩江有氾「其嘯也歌」，鄭箋：「嘯，蹙口而出聲。」

氾，博也。◎案：氾，或作汎，俗作泛。說文水部：「汎，浮貌。从水、凡聲。」引申之凡言徧、言博。廣雅釋詁：「氾，博也。」又，釋言：「氾，普也。」普與博通。

言己憂愁不能寧處，出升山側，遊戲博觀，臨水長嘯，思念楚國，而無解已也。◎案：章句「無解已」云云，解，謂釋也，後作懈。已，止也。

興離騷之微文兮，冀靈修之壹悟。還余車於南郢兮，復往軌於初古。

軌，車轍也。月令曰：「車同軌。」言己雖見放逐，猶興離騷之文以諷諫其君，冀其心一寤，有命還己。己復得乘車，周行楚國，脩古始之轍跡也。

【疏證】

軌，車轍也。月令曰：「車同軌。」◎正德本、隆慶本、湖北本、朱本、劉本、馮本、俞本、莊本、四庫章句本「月令」作「中庸」。案：補注：「『車同軌』，今中庸文也。」其説是也。叔師訛爲月令，後或據洪氏改。車轍，謂車跡也。文選卷一六潘岳懷舊賦「轍含冰以滅軌」，李善注引顔延年纂要解：「車跡曰軌。」戰國策卷八齊策一「車不得方軌」，高注：「車兩輪間爲軌。」

言己雖見放逐，猶興離騷之文以諷諫其君，冀其心一寤，有命還己。己復得乘車，周行楚國，脩古始之轍跡也。◎正德本、隆慶本、馮本、朱本、劉本、俞本、莊本、四庫章句本「脩」作「修」。朱本「寤」作「悟」。案：章句「脩古始之轍跡」云云，當作「循古始之轍跡」。脩，循之訛。

道脩遠其難遷兮，傷余心之不能已。

言己後或歸郢，其路長遠，誠難遷徙，然我心中想念於君，不能已也。

【疏證】

言己後或歸郢，其路長遠，誠難遷徙，然我心中想念於君，不能已也。◎正德本、隆慶本、朱本、劉本、俞本、莊本、馮本、四庫章句本、湖北本正文「脩遠」作「修遠」。案：道脩遠，承上「往軌於初古」。章句「後或歸郢，其路長遠」云云，非也。

背三五之典刑兮，

典，常。刑，法。

【疏證】

典，常。◎莊本「常」下有「也」字。案：因爾雅釋詁。説文丌部：「典，五帝之書也。从册在丌上，尊閣之也。莊都説：典，大册也。」引申之言常也。

刑，法。◎莊本「法」下有「也」字。案：因爾雅釋詁。慧琳音義卷七〇「典刑伐」條：「易曰：『刑，法也。井爲刑法也。』春秋元命苞曰：『刑字從刀從井。井以飲人，人入井争水，陷於泉，以刀守之，割其情欲，人有畏慎以全身命也。故字從刀從井。』」蓋附會之説。从井，井田之井。公羊傳宣公十五年：「什一者，天下之中正也。」何休注：「八家而九頃共爲一井，故曰井田。」井有「法度」義。从刀者，謂以法罪人也。

絶洪範之辟紀。

洪範，尚書篇名，箕子所爲武王陳五行之道也。言君施行，背三皇、五帝之常典，絶去洪範之法紀，任意妄爲，故失道也。

【疏證】

洪範，尚書篇名，箕子所爲武王陳五行之道也。言君施行，背三皇、五帝之常典，絶去洪範之法紀，任意妄爲，故失道也。◎同治本「洪」作「淇」。案：訛也。書洪範序云：「武王勝殷，殺受，立武庚，以箕子歸，作洪範。」孔傳：「洪，大；範，法也。言天地之大法。」

播規榘以背度兮，

播，弃。

【疏證】

播，弃。◎湖北本「弃」作「棄」。俞本、莊本「弃」下有「也」字。案：弃、棄同。説文手部：「播，種也。从手、番聲。一曰：布也。」播之種之者必布施之，故二訓相因。引申之凡言播揚、播弃也。則相反爲訓。

錯權衡而任意。

錯，置也。衡，稱也，所以銓物輕重也。言君弃先王之法度而不奉循，猶置衡稱不以量物，更任其意，而商輕重，必失道徑，違人情也。

【疏證】

錯，置也。◎案：錯，弃置也。詳參離騷「偭規矩而改錯」注。

衡，稱也，所以銓物輕重也。◎案：散文衡、稱不别，對文稱爲大名，衡爲稱榦。國語卷三周語下「律度量衡於是乎生」，韋昭注：「衡，有斤兩之數。」書舜典「同律度量衡」，釋文引鄭云：「衡，稱也。」孔疏：「權衡一物，衡，平也；權，重也。稱上謂之衡，稱鎚謂之權。」稱鎚，或作稱錘。莊子卷三胠篋篇第一〇「爲之權衡以稱之」，釋文引李注：「權，稱錘。」漢書卷二一律歷志：「權，重也。衡，所以任權而均物平輕重也。」

言君弃先王之法度而不奉循，猶置衡稱不以量物，更任其意，而商輕重，必失道徑，違人情也。◎正德本、隆慶本、湖北本、朱本、劉本、馮本、俞本、莊本、四庫章句本「必失道」下無「徑」字。湖北本「弃」作「棄」。同治本「任」作「仕」。案：道徑、人情相對爲文，舊有「徑」字爲允。弃、棄同。仕，任之訛。又，章句「商輕重」云云，廣雅釋詁：「商，度也。」

操繩墨而放弃兮，傾容幸而侍側。

側，旁也。言賢者執持法度而見放弃，傾頭容身讒諛之人，反得親近，侍於旁側也。

【疏證】

側，旁也。◎案：說文人部：「側，旁也。从人，則聲。」

言賢者執持法度而見放弃，傾頭容身讒諛之人，反得親近，侍於旁側也。◎案：操繩墨、傾容幸，相對爲文，傾，謂仄邪，猶阿順之義。容幸，繩墨之反，猶隨容取幸之意。論衡卷一二程材篇第三四：「阿意苟取容幸，將欲放失，低嘿不言者，率多文吏。」章句「傾頭容身讒諛之人」云云，非也。

甘棠枯於豐草兮，

甘棠，杜也。詩云：「蔽芾甘棠。」

【疏證】

甘棠，杜也。詩云：「蔽芾甘棠。」◎案：章句引詩見召南甘棠，毛傳：「甘棠，杜也。」爾雅釋木：「杜，甘棠。」郭璞注：「今之杜棃。」又曰：「白者棠。」郭璞注：「棠色異，異其名。」舍人注：「杜，赤色，名赤棠；白者亦名棠。」陸璣詩草木蟲魚疏卷上「蔽芾甘棠」條：「赤棠與白棠同耳。但子有赤白美惡，子白色爲白棠。甘棠也少酢滑美，赤棠子澀而酢，俗語云『澀如杜』是也。」

藜棘樹於中庭。

堂下謂之庭。言甘棠香美之木枯於草中而不見御，反種蒺藜棘刺之木，滿於中庭。以言遠仁賢，近讒賊也。

【疏證】

堂下謂之庭。◎案：堂下，猶堂前也。自門至堂前之閒謂之庭。荀子卷四儒效篇第八「是君子之所以騁志意於壇宇宮庭也」，楊倞注：「庭，門屏之内也。」左傳昭公五年「大庫之庭」，孔疏：「庭，是堂前地名。」

言甘棠香美之木枯於草中而不見御，反種蒺藜棘刺之木，滿於中庭。以言遠仁賢，近讒賊也。◎正德本、隆慶本、莊本「草」作「屮」，「蔾」作「藜」。朱本、俞本、馮本、四庫章句本「蔾」作「藜」。案：屮，古草字。喻林卷四八人事門四六倒置引亦作「草中」。

西施斥於北宮兮，仳倠倚於彌楹。

西施，美女也。仳倠，醜女也。彌，猶徧也。楹，柱也。言西施美好弃於後宮，不見進御；仳倠醜女反倚立徧兩楹之間，侍左右也。

【疏證】

西施，美女也。◎案：西施，越之美女，以間吳者。詳參惜往日「雖有西施之美容兮」注。

仳倠，醜女也。◎案：淮南子卷一九修務訓：「雖粉白黛黑，弗能爲美者，嫫母、仳倠也。」高注：「仳倠，古之醜女。仳，讀人得風病之靡；倠，讀近虺。仳倠，一說：讀曰莊維也。」

彌，猶偏也。◎案：九懷匡機「彌覽兮九隅」，章句：「歷觀九州，求英俊也。」彌之訓歷，猶周偏也。

楹，柱也。◎案：詳參愍命「戚宋萬於兩楹兮」注。

言西施美好弃於後宮，不見進御；仳倠醜女反倚立偏兩楹之間，侍左右也。◎惜陰本、同治本「間」作「閒」。喻林卷四八人事門四六倒置引偏作遍。案：間、閒同。偏、遍同。北宮，漢之偏室，爲廢后所居。史記卷四九外戚世家「獨置孝惠皇后居北宮」，索隱：「宮在未央北，故曰北宮。」正義：「括地志云：『北宮在雍州長安縣西北十三里，與桂宮相近，在長安故城中。』」漢書卷一二平帝紀：「貶皇太后趙氏爲孝成皇后，退居北宮。」又爲漢皇后私置便嬖之居。新論卷一三辨惑篇：「又白傅太后，太后不復利於金也，聞金成可以作延年藥，又甘心焉，乃除之爲郎，舍之北宮，中使者待遇。」

烏獲戚而驂乘兮，燕公操於馬圉。

烏獲，多力士也。燕公，邵公也，封於燕，故曰燕公也。養馬曰圉。言與多力烏獲同車驂乘，令仁賢邵公執役養馬，失其宜也。

【疏證】

烏獲，多力士也。◎案：孟子卷一二告子下「是亦爲烏獲而已矣」，趙注：「烏獲，古之有力人也，能移舉千鈞。」孫疏引皇甫士安帝王世説：「秦武王好多力之士，烏獲之徒並皆歸焉。秦王於洛陽舉周鼎，烏獲兩目血出，六國時人也。」史記卷一一七司馬相如列傳「故力稱烏獲」，索隱：「張揖曰：『秦武王力士，舉龍文鼎者也。』」

燕公，邵公也，封於燕，故曰燕公也。◎案：邵公奭，詳參上篇愍命「廢周邵於遐夷」注。

養馬曰圉。◎案：圉，牧也。左傳昭公七年：「馬有圉，牛有牧。」杜注：「養馬曰圉，養牛曰牧。」又，僖公十七年：「男爲人臣，女爲人妾，故名男曰圉，女曰妾。」杜注：「圉，養馬者，不聘爲妾。」則義别以男女也。

言與多力烏獲同車驂乘，令仁賢邵公執役養馬，失其宜也。◎正德本、隆慶本、湖北本、朱本、馮本、俞本、莊本、四庫章句本「其宜」下有「者」字。案：喻林卷四八人事門四六倒置引有「者」字。正文「戚」之訓親，讀如「比數」之數，謂比也，好也。詳參上愍命「戚宋萬於兩楹兮」注。

蒯聵登於清府兮，咎繇棄而在壄。

蒯聵，衛靈公太子也。不順其親，欲害其後母。清府，猶清廟也。言使蒯聵無義之人登於清廟，而執綱紀，放弃聖人咎繇於外野，政必亂，身危殆也。

【疏證】

蒯聵，衛靈公太子也。不順其親，欲害其後母。◎同治本「聵」作「瞶」。案：瞶、聵同。後母者，衛靈公之夫人南子。左傳定公十四年：「衛侯爲夫人南子召宋朝，會于洮。大子蒯聵獻盂于齊，過宋野，野人歌之曰：『既定爾婁豬，盍歸吾艾豭。』太子羞之，謂戲陽速曰：『從我朝少君，少君見我，我顧，乃殺之。』速曰：『諾。』乃朝夫人。夫人見大子，大子三顧，速不進。夫人見其色，啼而走，曰：『蒯聵將殺余。』公執其手以登臺，大子奔宋，盡逐其黨。」

清府，猶清廟也。言使蒯聵無義之人登於清廟，而執綱紀，放弃聖人咎繇於外野，政必亂，身危殆也。◎同治本「聵」作「瞶」。正德本、隆慶本、朱本、劉本、俞本、莊本、馮本、四庫章句本、湖北本正文「棄而在壄」作「棄於壄外」。案：章句「放弃聖人咎繇於外野」云云，後據以改作「棄於壄外」，出韻也。洪補引一作「棄於壄外」。漢謂之清府，周、秦謂之清廟，所以古今別語。詩清廟「於穆清廟」，鄭箋：「清廟者，祭有清明之德者之宮也，謂祭文王也。」

蓋見兹以永歎兮，欲登階而狐疑。

言己見君親愛惡人，斥逐忠良，誠欲進身登階竭盡謀慮，意中狐疑，恐遇患害也。

【疏證】

言己見君親愛惡人，斥逐忠良，誠欲進身登階竭盡謀慮，意中狐疑，恐遇患害也。◎案：登階，進朝也。三國志卷一五魏書張既傳注引魏略：「楚爲人短小而大聲，自爲吏，初不朝覲，被詔登階，不知儀式。」卷六四吳志諸葛恪傳注引恪別傳：「恪答曰：『登階躡履，臣不如胤；迴籌轉策，胤不如臣。』」

乘白水而高騖兮，因徙弛而長詞。

言己恐登階被害，欲乘白水，高馳而遠遊，遂清潔之志，因徙弛却退而長訣也。

【疏證】

言己恐登階被害，欲乘白水，高馳而遠遊，遂清潔之志，因徙弛却退而長訣也。◎惜陰本、同治本「却」作「卻」。正德本、隆慶本、湖北本同引「弛」一作「施」。案：正文及章句「徙弛」，當作「徙他」，言遷徙他方也。弛，他之訛。又，章句「長訣」云云，正文「長詞」之詞，讀如辭，訣别也。

又，章句「遂清潔之志」云云，遂，猶終也，成也。

歎曰：倘佯壚阪，沼水深兮。

倘佯，山名也。壚，黄黑色土也。沼，池也。詩云：「王在靈沼。」言倘佯之山，其阪土玄黄，其下有池，水深而且清，宜以避世而長隱身也。

【疏證】

倘佯，山名也。◎案：倘佯，猶相羊，言徘徊也，與下「容與」，相對爲文，不當解山名。後人因常羊之山而竄亂於此也。

壚，黄黑色土也。◎案：古從盧聲字多有黑義。王觀國學林卷五「盧」字條曰：「觀國按字書，鑪字從金爲鍛鑪，爐字從火爲火爐，甗從瓦爲酒甗。食貨志、相如傳所言盧，皆酒甗也。班固取省文，故用盧字。趙廣漢傳曰『椎破盧罌』之類是也。史記司馬相如傳曰：『令文君當鑪。』韋昭注曰：『酒肆也。以土爲墮，其高似鑪。』然則史記用鑪字，可通用也。漢書揚雄甘泉賦曰：『玉女欣視其青盧。』注曰：『盧，目童子也。』而文選甘泉賦作青矑。按字書，矑，目童子也。班固亦省文用盧字耳。古之人臣有征伐之功者，君賜之以彤弓，旅弓矢。[莽](旅)音盧，黑色也。而王莽傳九錫有盧弓矢，盧亦黑色也。故通用之。揚雄法言曰：『彤弓黸矢，不爲有矣。』黸者，黑之甚也，於義無傷焉。孟子有屋廬子，列子有長廬子，皆讀廬爲盧。蓋皆漢復姓也。盧者，字母也。加金則爲鑪，加火則爲爐，加瓦則爲甗，加目則爲矑，加黑則爲黸。凡省文者，省其所加之偏旁，但用字母，則衆義該矣。」謂黑土，則加土爲壚。

沼，池也。詩云：「王在靈沼。」◎案：章句引詩見大雅靈臺，毛傳：「沼，池也。」是其所因。沼訓之池，詳參招魂「倚沼畦瀛兮遥望博」注。

言倘佯之山，其阪土玄黄，其下有池，水深而且清，宜以避世而長隱身也。◎湖北本「身」作「者」。景宋本「池」作「也」。案：作「者」，不辭。也，當「池」字爛敚也。

容與漢渚，涕淫淫兮。

漢，水名也。尚書曰：「嶓冢導漾，東流爲漢。」言己將欲避世，遊戲漢水之岸，心中哀悲而不能去，涕流淫淫也。

【疏證】

漢，水名也。尚書曰：「嶓冢導漾，東流爲漢。」◎案：章句引書見禹貢。抽思「來集漢北」，補注：「水經注及山海經注云：『漢水出隴西氐道縣嶓冢山。初名漾水，東流至武都沮縣，始爲漢水。東南至葭萌與羌水合，至江夏安陸縣名沔水，故有漢沔之名。又東至竟陵，合滄浪之水，又東過三澨，水觸大別山，南入於江也。』」

言己將欲避世，遊戲漢水之岸，心中哀悲而不能去，涕流淫淫也。◎正德本、隆慶本、湖北本、朱本、馮本、俞本、莊本、四庫章句本「言己」上有「又」字，「悲」下無「而」字。案：章句「遊戲漢水之岸」云云，九歌湘君「聊逍遥兮容與」，章句：「逍遥，遊戲也。」

鍾牙已死，誰爲聲兮？

鍾，鍾子期；牙，伯牙也。言二子曉音，今皆已死，無知音者，誰爲作善聲也。以言君不曉忠信，亦不可竭謀盡誠也。

【疏證】

鍾，鍾子期；牙，伯牙也。言二子曉音，今皆已死，無知音者，誰爲作善聲也。以言君不曉忠信，亦不可竭謀盡誠也。◎正德本、隆慶本、朱本、劉本、莊本「伯牙」下無「也」字。案：列子卷五湯問篇：「伯牙善鼓琴，鍾子期善聽。伯牙鼓琴，志在登高山。鍾子期曰：『善哉！峩峩兮若泰山！』志在流水，鍾子期曰：『善哉！洋洋兮若江、河！』伯牙所念，鍾子期必得之。伯牙游於泰山之陰，卒逢暴雨，止於巖下；心悲，乃援琴而鼓之。初爲霖雨之操，更造崩山之音。曲每奏，鍾子期輒窮其趣。伯牙乃舍琴而歎曰：『善哉，善哉！子之聽夫志，想象猶吾心也。吾於何逃聲哉？』」

纖阿不御，焉舒情兮？

纖阿，古善御者。言纖阿不執轡而御，則馬不爲盡其力；言君不任賢者，賢者亦不盡其節。

【疏證】

纖阿，古善御者。◎案：史記卷一一七司馬相如列傳：「陽子驂乘，纖阿爲御。」集解：「漢書音義：『纖阿，月御也。』」索隱：「服虔云：『纖阿爲月御。或曰：美女姣好貌。』又，樂産曰：『纖阿，山名。有女子處其岩，月歷岩度，躍入月中，因名月御也。』」未聞以纖阿爲「古善御者」，蓋隨文施義爾。

言纖阿不執轡而御，則馬不爲盡其力；言君不任賢者，賢者亦不盡其節。◎喻林卷六六君道門六用賢引「盡其力」下無「言」字。案：韓非子卷一三外儲説右上第三四：「國者，君之車也。勢者，君之馬也。」御以喻君，馬以喻臣，戰國、兩漢之通喻。

曾哀悽欷，心離離兮。

離離，剥裂貌。

【疏證】

離離，剥裂貌。◎案：廣雅釋詁：「離，散也。」又，釋言：「離，副也。」重言之言分裂貌。荀子卷三非十二子篇第六「離離然」，楊倞注：「離離，不親事之貌。」猶分裂之意也。

還顧高丘，泣如灑兮。

言己不遭明君，無御用者，重自哀傷，悽愴累息，心爲剥裂，顧視楚國，悲慼泣下，如以水灑地也。

【疏證】

言己不遭明君，無御用者，重自哀傷，悽愴累息，心爲剥裂，顧視楚國，悲慼泣下，如以水灑地也。◎正德本、隆慶本、湖北本、劉本、朱本、馮本、俞本、莊本、四庫章句本「慼」作「感」。毛祥麟楚辭校文曰：「文瀾閣本『用』下有『之』字。」案：文津本、文淵本亦無「之」字。章句但有「悲慼」，無「悲感」。離騷「蜷局顧而不行」，章句「僕御悲感，我馬思歸，蜷局詰屈而不肯行。」上憂苦：「思念郢路兮，還顧睠睠。」章句：「還顧眄視，心中悲感。」則舊作「悲感」。慧琳音義卷四「灑地」條、卷一一「降灑」條同引王逸注楚辭：「如水之灑地。」卷三二「飄灑」條、卷八九「灑落」條同引王逸注楚辭云：「如水灑地也。」則其所據本别。

思古

悲余性之不可改兮，屢懲艾而不迻。

言己體受忠直之性，雖數爲讒人所懲艾，而心終不移易也。

【疏證】言己體受忠直之性，雖數爲讒人所懲艾，而心終不移易也。◎案：懲艾，平列同義，詳離騷「豈余心之可懲」注。説文辵部：「迻，遷徙也。从辵、多聲。」迻與移同。

服覺晧以殊俗兮，

覺，較也。詩云：「有覺德行。」晧，猶明也。

【疏證】覺，較也。詩云：「有覺德行。」◎案：章句引詩見大雅抑，毛傳：「覺，直也。」正義：「釋詁：『梏、較，直也。』與覺字異音同。」正文「服覺晧」，猶離騷「服清白」。覺、較、梏，並讀如皎，音近字通。廣雅釋詁：「皎，明也。」章句「較然盛明」云云，亦以較爲皎。

晧，猶明也。◎正德本、隆慶本、朱本、劉本、馮本、俞本、四庫章句本「晧」作「酷」，湖北本作「皓」。案：晧、皓同。酷，晧之訛。皎晧，平列同義。

貌揭揭曰巍巍。

揭揭，高貌也。巍巍，大貌也。言己被服衆芳，履行忠正，較然盛明，志願高大，與俗人異也。

【疏證】

揭揭，高貌也。◎案：慧琳音義卷七六「揭鳥」條引王逸注楚辭：「揭，亦高也。」説文手部：「揭，高舉也。从手，曷聲。」重言之爲高長貌。

巍巍，大貌也。◎案：文選卷一五張衡思玄賦「瞻崑崙之巍巍兮」，舊注：「巍巍，高貌。」論語卷八泰伯「巍巍乎，舜、禹之有天下也」，集解：「巍巍，高大之稱。」

言己被服衆芳，履行忠正，較然盛明，志願高大，與俗人異也。◎案：章句「志願高大」云云，志願，平列同義，始於東漢、魏晉。文選卷四三與山巨源絶交書：「濁酒一杯，彈琴一曲，志願畢矣。」易泰六四「不戒以孚」，王弼注：「莫不與己同其志願，故不待戒而自孚也。」

譬若王僑之乘雲兮，載赤霄而淩太清。

言己志意高大，上切於天，譬若仙人王僑乘浮雲，載赤霄，上淩太清，遊天庭也。

【疏證】

言己志意高大，上切於天，譬若仙人王僑乘浮雲，載赤霄，上淩太清，遊天庭也。◎案：王僑，仙人王子僑。詳參天問「安得夫良藥，不能固臧」注。載赤霄，猶離騷之「陟陞皇之赫戲」也。文選卷五吳都賦「迴曜靈於太清」，劉逵注：「太清，謂天也。」

欲與天地參壽兮，與日月而比榮。

言己修行衆善，冀若仙人王僑得道不死，遂與天地同其壽命，與日月比其光榮，流名於後世，不腐滅也。

【疏證】

言己修行衆善，冀若仙人王僑得道不死，遂與天地同其壽命，與日月比其光榮，流名於後世，不腐滅也。◎景宋本「修」作「脩」。案：參，猶合也。荀子卷一八賦篇第二六云「大參天地」，楊倞注：「參，謂天地相似。」相似，猶相合也。此因襲涉江「與天地兮同壽與日月兮同光」。

登崑崙而北首兮，

首，嚮。

【疏證】

首，嚮。◎案：首之爲嚮者，始於漢世。嚮、向古字通。漢書卷三四韓信傳「北首燕路」，顏師古注：「首，謂趣向也。」卷五四李陵傳「北首争死敵」，顏師古注：「北首，北嚮也。」

悉靈圉而來謁。

悉，盡也。靈圉，衆神也。言己設得道輕舉，登崑崙之上，北向天門，衆神盡來謁見，尊有德也。

【疏證】

悉，盡也。◎案：詳參七諫沈江「願悉心之所聞兮」注。

靈圉，衆神也。◎正德本、隆慶本、湖北本、朱本、劉本、馮本、俞本、莊本、四庫章句本「衆神」上有「崑崙」二字。案：史記卷一一七司馬相如列傳「靈圉燕於閒觀」，集解：「郭璞曰：『靈圉，淳圉，仙人名也。』」索隱：「張揖云：『衆仙號。』淮南子云：『騎飛龍，從淳圉。』許慎曰：『淳圉，仙人也。』」

言己設得道輕舉，登崑崙之上，北向天門，衆神盡來謁見，尊有德也。◎正德本、隆慶本、湖北本、朱本、馮本、俞本、莊本、四庫章句本「上」作「山」。案：上，「山」之訛。又，章句「言己設得道輕舉」云云，設，猶若也。戰國策卷一一齊策四「設爲不宦」。鮑彪注：「設者，假設之辭。」

選鬼神於太陰兮，登閶闔於玄闕。

言己乃選擇衆鬼神之中行忠正者，與俱登於天門，入玄闕，拜天皇，受勑誨也。

【疏證】

言己乃選擇衆鬼神之中行忠正者，與俱登於天門，入玄闕，拜天皇，受勑誨也。◎案：太陰，北方也。史記卷二七天官書「天極星」，索隱引晉楊泉物理論：「北極，天之中，陽氣之北極也。極南爲太陽，極北爲太陰。」

囘朕車俾西引兮，褰虹旗於玉門。

褰，袪也。玉門，山名也。言乃旋我之車而西行，褰舉虹旗，驅上玉門之山，以趣疾也。

【疏證】

褰，袪也。◎案：説文衣部：「褰，絝也。从衣、寒省聲。春秋傳曰：『徵褰與襦。』」又：「袪，衣袂也。从衣、去聲。一曰：袪，褏也。褏者，褎也。袪，尺二寸。春秋傳曰：『披斬其袪。』」褰、袪，則非一物。章句「褰舉」云云，褰，讀如騫。詩褰裳「褰裳涉溱」，釋文：「褰，本或作騫。」禮記卷二曲禮上第一「暑毋褰裳」，釋文「褰」作「騫」。大招「王虺騫只」，章句：「騫，舉頭貌也。」袪，非言衣袂。文選卷一七傅毅舞賦「黼帳袪而結組兮」，李善注：「袪，猶舉也。」褰之爲袪，謂揚舉也。

玉門，山名也。◎正德本、隆慶本、湖北本、朱本、劉本、馮本、俞本、莊本、四庫章句本「山名」下無「也」字。案：袁校補「也」字。山海經卷一六大荒西經：「大荒之中有山名曰豐沮玉門，日月所入。」

言乃旋我之車而西行，褰舉虹旗，驅上玉門之山，以趣疾也。◎四庫章句本「趣疾」作「趨疾」。案：對文促行曰趣，疾行曰趨。則舊作「趨疾」。

馳六龍於三危兮，

三危，西方山也。

【疏證】

三危，西方山也。◎案：詳參天問「三危安在」注。

朝西靈於九濱。

朝，召也。濱，水涯也。言乃馳騁六龍，過於三危之山，召西方之神，會於大海九曲之涯也。

【疏證】

朝，召也。◎案：禮記卷五曲禮下第二：「天子當宁而立，諸公東面，諸侯西面，曰朝。」鄭注：「諸侯春見曰朝。」是朝有召見之意。春秋繁露卷一〇諸侯篇第三七：「朝者，召而問之也。」

濱，水涯也。◎案：詳參上逢紛「吟澤畔之江濱」注。

言乃馳騁六龍，過於三危之山，召西方之神，會於大海九曲之涯也。◎補注引「西靈」一作「四靈」。正德本、隆慶本、湖北本、朱本、劉本、馮本、俞本、四庫章句本「西」作「四」，「涯」下有「者」字。莊本「涯」下有「者」字。案：禮記卷二二禮運第九：「何謂四靈？麟、鳳、龜、龍謂之四靈。」孔疏：「謂之靈者，謂神靈。以此四獸皆有神靈，異於他物，故謂之靈。」又曰：「鄭駁云：『古者聖賢言事亦有効，三者取象天地人，四者取象四時，五者取象五行。』今云『麟、鳳、龜、龍謂之四靈』，是則當四時明矣。」章句「西引」至玉門、三危之山，則非四時之靈，乃西方神也。

結余軫於西山兮，橫飛谷以南征。

結，旋也。飛谷，日所行道也。言乃旋我車軫，橫度飛泉之谷以南行也。

【疏證】

結，旋也。◎案：羅本玉篇殘卷糸部「結」字：「野王案：結，猶構也。楚辭『結余軨於西山』，王逸曰：『結，旋也。』」說文結訓「締」，引申之言盤曲、回旋。文選卷四四司馬相如難蜀父老「結軌還轅」，李善注：「楚辭曰：『結余軫于西山。』王逸曰：『結，旋也。』」于、於古今字。結軌、還轅爲對文，結軌，即回車。類聚卷四歲時部中三月三日引梁簡文帝三月三日曲水詩序：「結軫方衢，飛軒照日。」卷二八遊覽引謝玄暉和徐勉出新林渚詩：「結軫青郊路，迴瞰蒼江流。」結軫，皆回車也。

飛谷，日所行道也。言乃旋我車軫，橫度飛泉之谷以南行也。◎正德本、隆慶本、莊本、劉本、湖北本「以」作「目」。案：全晉文卷八二虞喜安天論：「古之遺語『日月行于飛谷』，謂在地中也，不聞列星復流于地。又，飛谷一道，何以容此？且谷有水體，日爲火精，水炭不共器，得無傷日之明乎？此蓋天所以爲臣難也。」飛谷之名，因於「蓋天說」。

絶都廣以直指兮，

都廣，野名也。山海經曰：「都廣在西南，其城方三百里，蓋天地之中也。」

【疏證】

都廣，野名也。山海經曰：「都廣在西南，其城方三百里，蓋天地之中也。」◎正德本、隆慶本、湖北本、朱本、劉本、馮本、俞本、莊本、四庫章句本「中」下無「也」字。四庫章句本「三」作「二」。景宋本「都」作「郄」。案：章句引山海經見卷一八海内經，亦作「三百里」。二，三之訛。郄，都之訛。淮南子卷四墬形訓：「建木在都廣，衆帝所自上下，日中無景，呼而無響，蓋天地之中也。」高注：「都廣，南方山名也。」又曰：「南方曰都廣，曰反户。」高注：「都廣，國名也。山在此國，因復曰都廣山。」

歷祝融於朱冥。

朱，赤色也。言己行乃横絶於都廣之野，過祝融之神於朱冥之野也。

【疏證】

朱，赤色也。◎案：詳參招魂「朱顔酡些」注。

言己行乃横絶於都廣之野，過祝融之神於朱冥之野也。◎景宋本「野」作「將」。案：將，訛也。文選卷三五張協七命「丹冥投烽」，李善注：「楚辭曰：『歷祝融於朱冥。』王逸曰：『朱冥之野也。』」又，章句「過祝融」云云，過，訪也，見也。戰國策卷四秦策二「臣不得復過矣」，高注：「過，見也。」史記卷七七魏公子列傳：「嬴乃夷門抱關者也，而公子親枉車騎，自迎嬴於衆人廣坐之中，不宜有所過，今公子故過之。」言不宜枉駕訪問，今公子故訪問之也。

枉玉衡於炎火兮，

枉，屈也。衡，車衡也。

【疏證】

枉，屈也。◎案：涉江「朝發枉陼兮」，章句：「或曰：枉，曲也。」訓屈、訓曲並通。覆審此文，枉，旋也。枉玉衡，謂旋車。九懷思忠「枉車登兮慶雲」，三國志卷三五蜀書諸葛亮傳「將軍宜枉駕顧之」。

衡，車衡也。◎案：文選卷二八樂府下前緩聲歌「玉衡吐鳴和」，李善注：「楚辭曰：『枉玉衡於炎火。』王逸曰：『衡，車衡也。』」釋名釋車：「衡，橫也，橫馬頸上也。」莊子卷三馬蹄篇第九「夫加之以衡扼」，釋文：「衡，轅前橫木縛軛者也。」

委兩館于咸唐。

委，曲也。館，舍也。咸唐，咸池也。言己從炎火，又曲意至於咸池，而再舍止宿也。

【疏證】

委，曲也。◎案：委猶委蛇也。詩君子偕老「委委佗佗」，毛傳：「委委者，行可委曲蹤迹也。」後漢書卷五四楊秉傳「然逶迤退食」，李賢注：「委蛇，委曲自得之貌也。」「委兩館」云云，委，猶止也。孔子家語卷九終紀解第四〇「喆人其萎」，王肅注：「委，頓。」委、萎古字通。頓亦止也。

館，舍也。◎案：詳參天問「而館同爰止」注。

咸唐，咸池也。言己從炎火，又曲意至於咸池，而再舍止宿也。◎正德本、隆慶本、馮本、朱本、俞本、劉本、湖北本、莊本、四庫章句本正文「于」作「於」。案：既云「兩館」，咸唐，謂咸與唐。咸曰咸池，唐曰昜谷。唐、昜，古字通用。咸池，日所入也。昜谷，日所出也。咸池初無東西之分，古人傅會日之陞降，而分咸池、昜谷爲二水。昜谷在東，而咸池在西。詳參離騷「飲余馬於咸池兮」及天問「出自湯谷」注。

貫澒濛以東朅兮，

澒濛，氣也。朅，去也。

【疏證】

澒濛，氣也。◎案：淮南子卷七精神訓「澒濛鴻洞」，高注：「皆未成形之氣也。」或作鴻濛，卷一二道應訓：「西窮窅冥之黨，東開鴻濛之先。」澒濛之氣蓋在東。卷二俶真訓「以鴻濛爲景柱」，高注：「鴻濛，東方之野，日所出者。」

朅，去也。◎案：説文去部：「朅，去也。从去、曷聲。」漢書卷五七下司馬相如傳「朅輕舉而遠遊」，顔師古注：「朅，去意也，音丘例反。」周、秦曰去，兩漢曰朅，所以通古今別語。

維六龍於扶桑。

言遂貫出澒濛之氣而東去，繫六龍於扶桑之木。

【疏證】

言遂貫出澒濛之氣而東去，繫六龍於扶桑之木。◎正德本、隆慶本、湖北本、朱本、馮本、俞本、劉本、莊本、四庫章句本「木」下有「也」字。案：文選卷二一郭璞遊仙詩「六龍安可頓」，李善注：「楚辭曰：『貫鴻濛以東朅兮，維六龍於扶桑。』王逸曰：『結我車轡於扶桑以留日，幸得延年壽也。』」審此所引章句，乃離騷「揔余轡乎扶桑」注文，未審唐人何以竄亂於此。又，卷五九沈約齊故安陸昭王碑文「六龍頓轡」李善注引章句亦復如是。則唐本別。

周流覽於四海兮，志升降以高馳。

言己既周行遍於四海之外，意欲上下高馳以求賢士也。

【疏證】

言己既周行遍於四海之外，意欲上下高馳以求賢士也。◎正德本、隆慶本、劉本、湖北本、莊本「以」作「㠯」。案：離騷：「覽相觀於四極兮，周流乎天余乃下。」又：「曰勉陞降以上下兮，求榘矱之所同。」皆向之所因。升與陞同。陞降，猶上下也。

徵九神於回極兮，

徵，召也。回，旋也。極，中也。謂會北辰之星於天之中也。

【疏證】

徵，召也。◎案：説文壬部：「徵，召也。从壬、从微省。壬、微爲徵。行於微而聞達者即徵也。」段注：「按：徵者，證也，驗也。有徵驗斯有感召，有感召而事以成。」淮南子卷一九脩務訓：「夫謌者，樂之徵也。」高注：「徵，應也。」

回，旋也。◎案：詳參離騷「回朕車以復路兮」注。

極，中也。◎案：詳參抽思「何回極之浮浮」注。

謂會北辰之星於天之中也。◎案：曾侯乙墓漆匳天象圖，北辰之星，果在二十八宿中也。

建虹采以招指。

虹采，旗也。招指，指麾也。旗所以招指語人也。言己乃召九天之神，使會北極之星，舉虹采以指麾四方也。

【疏證】

虹采，旗也。◎補注引「虹采」一作「采虹」。案：文選卷二七沈約早發定山「標峰綵虹外」，李善注引楚辭作「綵虹」。采與綵同。則唐本作「采虹」。又，章句「舉虹采以指麾四方」云云，則舊作「虹采」。

招指，指麾也。◎正德本、隆慶本、朱本、俞本無「指麾也」三字。案：敚之也。說文手部：「招，手呼也。从手、召聲。」又曰：「指，手指也。从手、旨聲。」引申爲告語。離騷「指九天以爲正兮」，章句：「指，語也。」對文呼之曰招，語之曰指。散文不別。

旗所以招指語人也。◎正德本、隆慶本、湖北本、劉本、馮本、莊本、四庫章句本「以」作「目」。案：目，古以字。說文㫃：「旗，熊旗五游，以象伐星，士卒以爲期。从㫃、其聲。」段注引釋名：

「熊虎爲旗，軍將所建，象其猛如虎，與衆期之於下也。」

言己乃召九天之神，使會北極之星，舉虹采以指麾四方也。◎正德本、隆慶本、湖北本、劉本、馮本、莊本、四庫章句本「以」作「目」。案：章句「指麾」云云，今俗作「指揮」。

駕鸞鳳以上遊兮，從玄鶴與鷦明。

鷦明，俊鳥也。

【疏證】

鷦明，俊鳥也。◎正德本、隆慶本、朱本、馮本、四庫章句本、俞本「明」作「朋」，「俊鳥」下無「也」字。案：朋，明之訛也。廣雅釋鳥：「鷦明，鳳皇屬也。」省作焦明。史記卷一一七司馬相如列傳「掩焦明」，集解：「焦明似鳳。」索隱：「張揖曰：『焦明似鳳，西方鳥。』樂叶圖徵曰：『焦明，狀似鳳皇。』宋衷曰：『水鳥。』」

孔鳥飛而送迎兮，騰羣鶴於瑶光。

鶴，靈鳥也，以喻潔白之士。言己乃駕乘鸞鳳明智之鳥，從鷦明羣鶴潔白之士，過於瑶光之星，質己修行之要也。

【疏證】

鶴，靈鳥也，以喻潔白之士。◎正德本、隆慶本、四庫章句本、湖北本、朱本、劉本、馮本、俞本、莊本「靈」作「白」。正德本、隆慶本、湖北本、莊本「以」作「㠯」。補注引「鶴」一作「鵠」，又引一注云：「鶴，白鳥也。」案：上曰「玄鶴」，此曰「羣鶴」，則文意複也。當從或本作鵠，鴻鵠也。七諫初放「斥逐鴻鵠兮」，章句：「鴻鵠，大鳥。」

言己乃駕乘鸞鳳明智之鳥，從鶴明羣鶴潔白之士，過於瑤光之星，質己修行之要也。◎補注引「送迎」一作「庭迎」。案：正文或作「庭迎」者，舊當作「逞迎」。逞、庭同諧壬聲，例得通用。逞，謂迎也。漢帛書式法：「天一曰困，逞（迎）之者死。」又曰：「伓（倍）地逞（迎）天辱，伓（倍）天逞（迎）地死。」逞迎，平列同義。後不曉「逞迎」之義而易作「送迎」也。

排帝宫與羅囿兮，

羅囿，天苑。

【疏證】

羅囿，天苑。◎莊本「苑」下有「也」字。案：羅之言籬也。釋名釋宫室：「籬，離也。以柴竹作之，疏離離然也。」說文口部：「囿，苑有垣也。从口、有聲。一曰：禽獸曰囿。」漢書卷一上高帝紀「故秦苑囿園池」，顔師古注：「苑有垣曰囿。」苑之牆垣以柴竹爲之，故曰羅囿。又，此「羅囿」在帝宫，故章句謂之「天苑」。

升縣圃以眩滅。

言遂排開天帝之宫，入其羅囿，出升縣圃之山而望，目爲炫燿，精明消滅，心愁思也。

【疏證】

言遂排開天帝之宫，入其羅囿，出升縣圃之山而望，目爲炫燿，精明消滅，心愁思也。◎案：楚辭遠遊之旨，蓋因離騷求帝、求女，謂反本歸宗。眩滅，猶隕滅，諱言死也。眩、隕，聲之轉。又，章句「目爲炫燿精明消滅」云云，非其旨也。

結瓊枝以雜佩兮，立長庚以繼日。

長庚，星名也。詩云：「西有長庚。」言己精明雖消滅，猶結玉枝申脩忠誠，立長庚之星以繼日光，晝夜長行，志意明也。

【疏證】

長庚，星名也。詩云：「西有長庚。」◎案：章句引詩見小雅大東，毛傳：「日旦出，謂明星爲啓明；日既入，謂明星爲長庚。庚，續也。」孔疏：「日既入之後有明星，言其長能續日之明，故謂明星爲長庚也。釋天云：『明星謂之啓明。』孫炎曰：『明星，太白也。出東方，高三舍，「今」（命）曰明星。昏出西方，高三舍，「今」（命）曰太白。』然則啓明是太白矣。長庚，不知是何星也。或一星，出東西而異名。或二者別星，未能審也。」史記卷二七天官書「察日行以處位太白」，索隱引韓詩云：「太白晨出東方爲啓明，昏見西方爲長庚。」蓋是孫炎所因。

言己精明雖消滅，猶結玉枝申脩忠誠，立長庚之星以繼日光，晝夜長行，志意明也。◎正德本、隆慶本、湖北本、朱本、劉本、馮本、俞本、莊本、四庫章句本、景宋本「長行」作「常行」。正德本、隆慶本、朱本、劉本、俞本、馮本、四庫章句本、湖北本「脩」作「修」。正德本、隆慶本、劉本、馮本、四庫章句本、湖北本「以」作「目」。案：長、常，古字通用。晏子春秋卷七景公問治國之患晏子對以佞人讒夫在君側第十四「此治國之常患也」，常，羣書治要引作「長」。史記卷八四屈原列傳「寧赴常流」，索隱：「常流，猶長流也。」據義，舊作「常行」。

淩驚靁以軼駭電兮，綴鬼谷於北辰。

綴，係也。北辰，北極星也。論語曰：「譬如北辰，居其所而衆星拱之。」言遂淩乘驚駭之雷，追逐奔軼之電，以至於天，使北辰係綴百鬼，勿令害賢者也。

【疏證】

綴，係也。◎案：係謂係連。文選卷二西京賦「綴以二華」，李善注：「賈逵國語注曰：『綴，連也。』」

北辰，北極星也。論語曰：「譬如北辰，居其所而衆星拱之。」◎案：章句引論語見卷二爲政，今本「拱之」作「共之」。共、拱，古今字。邢疏：「案：爾雅釋天云：『北極謂之北辰。』郭璞曰：『北極，天之中，以正四時。』然則極，中也；辰，時也。以其居天之中，故曰北極；以正四時，故曰北辰。漢書天文志曰：『中宮太極星。其一明者，泰一之常居也。旁三星，三公。環之匡衛十二星，藩臣。皆曰紫宮。北斗七星，所謂「璇璣玉衡，以齊七政」。斗爲帝車，運於中央，臨制四海。分陰陽，建四時，均五行，移節度，定諸紀，皆繫於斗。』是衆星共之也。」

言遂淩乘驚駭之雷，追逐奔軼之電，以至於天，使北辰係綴百鬼，勿令害賢者也。◎正德本、隆慶本、劉本、湖北本、馮本、莊本、四庫章句本「奔」作「犇」，「以」作「㠯」。朱本、俞本「奔」作「犇」。案：袁校作「奔」。莊本「係綴」乙作「綴係」。史記卷一一七司馬相如列傳「洞出鬼谷之窟礨嵬磈」，集解：「漢書音義曰：『鬼谷在北辰下，衆鬼之所聚也。』」章句「係綴百鬼」云云，謂鬼谷之衆鬼。後人未審，或據章句以易正文「鬼谷」爲「百鬼」。非也。

鞭風伯使先驅兮，因靈玄於虞淵。遡高風以低佪兮，覽周流於朔方。

靈玄，玄帝也。虞淵，日所入也。淮南言「日出湯谷，入于虞淵」。言乃鞭風伯，使之掃塵，因玄帝之神，使無陰冥，周徧流行於北方也。

【疏證】

靈玄，玄帝也。◎案：玄帝，北方帝顓頊。管子卷三幼官篇第八：「非玄帝之命，毋有一日之師役。」尹注：「玄帝，北方之帝。」

虞淵，日所入也。淮南言「日出湯谷，入于虞淵」。◎案：章句引淮南見卷三天文訓，曰：「日入于虞淵之汜，曙于蒙谷之浦。」

言乃鞭風伯，使之掃塵，因玄帝之神，使無陰冥，周徧流行於北方也。◎正德本、隆慶本、湖北本、朱本、劉本、馮本、俞本、莊本、四庫章句本「徧」作「遍」。景宋本「囙」作「因」。案：低佪，盤桓不前也。徧、遍同。囙，因之訛。

就顓頊而敶詞兮，考玄冥於空桑。

空桑，山名也。玄冥，太陰之神，主刑殺也。言乃就聖帝顓頊，敶列己詞，考問玄冥之神於空桑之山，何故害賢也。

【疏證】

空桑，山名也。◎案：空桑，或作窮桑，楚先所居。詳參九歌大司命「踰空桑兮從女」注。

玄冥，太陰之神，主刑殺也。◎案：玄冥，水正也，顓頊之精。詳參遠遊「歷玄冥以邪徑兮」注。

言乃就聖帝顓頊，敶列己詞，考問玄冥之神於空桑之山，何故害賢也。◎案：考，與上「就」字，相對爲文，非「考問」。考之言窮也。考、窮爲幽、冬陰陽對轉，溪、羣旁紐雙聲。窮，極也，至也。謂至於玄冥空桑之居也。

旋車逝於崇山兮，

崇山，驩兜所放山也。

【疏證】

崇山，驩兜所放山也。◎案：書舜典「放驩兜于崇山」，孔傳：「崇山，南裔。」孔疏：「禹貢無崇山，不知其處。蓋在衡、嶺之南也。」崇山本在中土，因夏桀流于蒼梧之野，則崇山亦因之徙於南裔也。詳參拙文九歌源流考。

奏虞舜於蒼梧。

言己從崇山見驩兜，以佞故因，至蒼梧告愬聖舜，己行忠直而遇斥弃，冀蒙異謀也。

【疏證】

言己從崇山見驩兜，以佞故因，至蒼梧告愬聖舜，己行忠直而遇斥弃，冀蒙異謀也。◎景宋本「因」作「因」。正德本、隆慶本、劉本、莊本、湖北本、四庫章句本「以」作「目」，「佞」下有「見」字，「故」作「放」，「因」作「因」。馮本、朱本、湖北本、俞本作「以佞見放」，無「因」字。案：據舜典，舊作「以佞見放因至蒼梧」。故，放之訛；爛敚「見」字。囚，因之訛。蒼梧，虞舜所葬。詳參離騷「朝發軔於蒼梧兮」注。

溘楊舟於會稽兮，

楊，木名也。詩云：「汎汎楊舟。」會稽，山名也。

【疏證】楊，木名也。詩云：「汎汎楊舟。」◎案：章句引詩見小雅菁菁者莪，毛傳：「楊木爲舟。」會稽，山名也。◎正德本、隆慶本、湖北本、朱本、劉本、馮本、俞本、莊本、四庫章句本「山名」下無「也」字。案：會稽之山，古書所載者四。此會稽，在江南紹興。詳參天問「焉得彼嵞山女而通之於台桑」注。

就申胥於五湖。

湖，大池也。言己復乘楊木之輕舟，就伍子胥於五湖之中，問志行之見者也。

【疏證】湖，大池也。◎案：説文水部：「湖，大陂也。从水、胡聲。揚州浸有五湖。浸，川澤所仰以溉灌者也。」陂亦池也。大陂、大池同。古説五湖，諸家多有異同。國語卷二一越語下「戰於五湖」，韋昭注：「五湖，今太湖也。」水經注卷二九沔水下：「五湖，謂長塘湖、太湖、射湖、貴湖、滆湖也。虞翻曰：『是湖有五道，故曰五湖。』」後漢書卷二八下馮衍傳「沈孫武於五湖兮」，李賢注：「虞翻云『太湖有五道，故謂之五湖。』滆湖、洮湖、射湖、貴湖及太湖爲五湖，並太湖之小支，俱連太湖，故太湖兼得五湖之名，在今湖州東也。」史記卷六〇三王世家「五湖之間」，索隱：「五湖者，具區、洮滆、彭蠡、青草、洞庭是也。或曰：太湖五百里，故曰五湖也。」又，卷二夏本紀「震澤致定」，正義：「五湖者，菱湖、游湖、莫湖、貢湖、胥湖，皆太湖東岸，五灣爲五湖，蓋古時應別，今並相連。菱湖在莫釐山東，周迴三十餘里，西口闊二里，其口南則莫釐山，北則徐侯山，西與莫湖連。莫湖在莫釐山西及北，北與胥湖連；胥湖在胥山西，南與莫湖連：各周迴五六十里，西連太湖。游湖在北二十里，在長山東，湖西口闊二里，其口東南岸樹里山，西北岸長山，湖周迴五六十里。貢湖在長山西，其口闊四五里，口東南長山，山南即山陽村，西北連常州無錫縣老岸，湖周迴一百九十里已上，湖身向東北，長七十餘里。兩湖西亦連太湖。河渠書云『於吳則通渠三江、五湖』，貨殖傳云『夫吳有三江、五湖之利』，又，太史公自叙傳云『登姑蘇，望五湖』是也。」比較諸說，以張說爲正。

言己復乘楊木之輕舟，就伍子胥於五湖之中，問志行之見者也。◎案：補注引章句伍子胥作申包胥，曰：「然上文有申子，注云：『子胥也。』」子胥有功於吳，封於申，故又名申胥。詳參七諫沈江「恨申子之沈江」注。江陵張家山漢墓竹簡蓋廬伍子胥以「申胥」爲稱。

見南郢之流風兮，殞余躬於沅湘。

言還見楚國風俗妬害賢良，故自沈於沅、湘而不悔也。

【疏證】言還見楚國風俗妬害賢良，故自沈於沅、湘而不悔也。◎同治本「妬」作「妒」。案：妒、妬同。流風，謂遺習。文選卷四四司馬相如難蜀父老「流風猶微」，李善注引孟子曰：「故家遺俗，流風善政，猶有存者。」

望舊邦之黯黮兮，時溷濁其猶未央。

黯黮，不明貌也。言己望見故國，君闇不明，羣下貪亂，其化未盡，心憂愁也。

【疏證】黯黮，不明貌也。◎慧琳音義卷六「黤黮」條、卷八四「烏黮」條引楚辭云：「黤黮，不明淨也。」案：此蓋楚辭佚注也。又，卷四五「黤黲」條引王注楚辭：「黤（黮），亦不明也。」又，卷五四「黤黑」條引王注楚辝：「黤黮，不明皃也。」黯黮、黤黲、黤黮並同。

言己望見故國，君闇不明，羣下貪亂，其化未盡，心憂愁也。◎四庫章句本「愁」作「思」。案：思亦愁也。後人不識，則妄改爲「憂愁」。

懷蘭茝之芬芳兮，妬被離而折之。

言己懷忠信之行，故爲衆佞所妬，欲共被離摧折而弃之也。

【疏證】

言己懷忠信之行，故爲衆佞所妬，欲共被離摧折而弃之也。◎同治本「妬」作「妒」。湖北本、四庫章句本「共」作「其」。案：其，共之訛。又，「妬被離而折之」者，則蹈襲哀郢「妬被離而鄣之」也。

張絳帷以襜襜兮，風邑邑而蔽之。

邑邑，微弱貌也。言君張朱帷，襜襜鮮明，宜與賢者共處其中，而政令微弱，適以自蔽者也。

【疏證】

邑邑，微弱貌也。◎案：邑邑，當作色色，字之訛也。漢書卷九〇酷吏傳贊曰「張湯以知阿邑人主」，蘇林曰：「邑音人相悒納之悒。」顏師古注：「如蘇氏之説，邑字音烏合反。然今之書本或作色字。此言阿諛觀人主顏色而上下也。其義兩通。」色色，猶索索、瑟瑟，皆聲之轉，風聲貌。言君張朱帷，襜襜鮮明，宜與賢者共處其中，而政令微弱，適以自蔽者也。◎朱本、湖北本、四庫章句本「宜」作「冥」。案：冥，訛也。又，章句「襘襘鮮明」云云，襘襘，猶搖動貌。上逢紛「裳襘襘而含風兮」，章句：「襘襘，搖貌。」

日暾暾其西舍兮，陽焱焱而復顧。

言日暾暾西下，將舍入太陰之中，其餘陽氣猶尚焱焱，而顧欲還也。以言己年亦老暮，亦思還返故鄉也。

【疏證】

言日暾暾西下，將舍入太陰之中，其餘陽氣猶尚焱焱，而顧欲還也。以言己年亦老暮，亦思還返故鄉也。◎正德本、隆慶本、湖北本、劉本、莊本、四庫章句本「下」作「行」，「焱焱」作「炎炎」，「以」作「㠯」。馮本、朱本、俞本「下」作「行」，「焱焱」作「炎炎」。案：焱與炎古字通。文選卷一東都賦「焱焱炎炎」，李善注引字林：「炎，火光也。」卷七甘泉賦「炎感黃龍兮」，李善引字林：「焱，火光也。」皆其相通之證。說文焱部：「焱，火華也。从三火。」

聊假日以須臾兮，何騷騷而自故！

言己思年命欲暮，願且假日遊戲須臾之間，然中心愁思如故，終不解也。

【疏證】

言己思年命欲暮，願且假日遊戲須臾之間，然中心愁思如故，終不解巾。◎惜陰本、皇都本、同治本「間」作「閒」。案：間、閒同。騷騷，猶慅慅，言憂貌。史記卷八四屈原列傳：「離騷者，猶離憂也。」

歎曰：譬彼蛟龍，乘雲浮兮。汎淫澒溶，紛若霧兮。

言己懷德不用，譬若蛟龍潛於川澤，忽然乘雲汎淫而遊，紛紜若霧，而乃見之也。

【疏證】

言己懷德不用，譬若蛟龍潛於川澤，忽然乘雲汎淫而遊，紛紜若霧，而乃見之也。◎案：汎淫，言浮遊不定貌。九懷尊嘉「汎淫兮無根」，章句：「隨水浮游，乍東西也。」又，澒溶，同鴻溶，漢書卷五七下司馬相如傳「紛鴻溶而上厲」，張揖曰：「鴻溶，竦踊也。」

潺湲轇轕，雷動電發，馺高舉兮。

言蛟龍升天，其形漻湲，若水之流，縱横轇轕，遂乘雷電而高舉也。以言己亦想遭明時，舉而進用。

【疏證】言蛟龍升天，其形漻湲，若水之流，縱横轇轕，遂乘雷電而高舉也。以言己亦想遭明時，舉而進用。◎正德本、隆慶本、湖北本、劉本、莊本、四庫章句本「若水」下無「之」字，「以」作「目」。朱本、俞本、馮本「若水」下無「之」字。案：無「之」者，敓也。漢書卷五七下司馬相如傳：「踁蹥輵螛，容以骫麗兮。」張揖曰：「輵螛，摇目吐舌也。」摇目吐舌，猶紛亂不安也。輵螛、轇轕同，或作轇輵、膠葛等，謂錯雜貌。詳參遠遊「騎膠葛以雜亂兮」注。章句「縱横」云云，猶錯雜也。

升虛淩冥，沛濁浮清，入帝宮兮。

言龍能登虛無，淩清冥，弃穢濁，入天帝之宮。言己亦想升賢君之朝，斥去貪佞之人也。

【疏證】言龍能登虛無，淩清冥，弃穢濁，入天帝之宮。言己亦想升賢君之朝，斥去貪佞之人也。◎毛祥麟楚辭校文曰：「文瀾閣本『貪』作『讒』。」案：文津本、文淵本亦作「貪」。冥者，猶清冥，天帝之宮，亦地下冥府。或云「清靈」。上遠逝「遊清靈之颯戾兮」，章句：「言積德不止，乃上遊清冥清涼之庭，被服雲氣而通神明也。」又，帝宮，猶離騷高丘，乃屈子遠遊終極之居。

摇翹奮羽，馳風騁雨，遊無窮兮。

言龍既升天，奮摇翹羽，馳使風雨。言己亦願奮竭智謀以輔事賢君，流恩百姓，長無窮極也。

【疏證】

言龍既升天，奮摇翹羽，馳使風雨。言己亦願奮竭智謀以輔事賢君，流恩百姓，長無窮極也。◎正德本、隆慶本、劉本、湖北本、莊本「以」作「目」。案：招魂「砥室翹翠」，章句：「翹，羽也。」對文長曰翹。說文羽部：「翹，尾長毛也。从羽、堯聲。」段注：「尾長毛必高舉，故凡高舉曰翹。」羽，統名。又，馳風，謂馳使風伯。騁雨，言騁役雨師。皆驅役神靈之詞。又，西村時彥改「馳使」爲「驅使」，亦非。

楚辭章句疏證卷一四　哀時命

哀時命者，嚴夫子之所作也。

類聚卷二一人部五「性命」條引楚辭序：「哀時命者，屈原之所作也。」案：以是篇爲屈原所作者，特見於此。未審其所據，蓋傳引訛。漢魏六朝百三家集卷二〇漢王逸集題詞、東漢文紀卷一四引哀時命序作「嚴夫子之所作」。

夫子名忌，

補注：「忌，會稽吳人，本姓莊。當時尊尚，號曰夫子。避漢明帝諱曰嚴。」洪又引一云：「名忌，字夫子。」案：史記卷一一七司馬相如列傳：「從游説之士齊人鄒陽、淮陰枚乘、吳莊忌夫子之徒，相如見而説之。」集解：「徐廣曰：『名忌，字夫子。』」索隱：「徐廣、郭璞皆云：『名忌，字夫子。』案：鄒陽傳云『枚先生、嚴夫子』，則此夫子是美稱，時人以爲號爾。漢書作嚴忌者，案：忌本姓莊，避明帝諱莊改姓嚴也。」以夫子爲美號者，始於唐。又，漢書卷六四上嚴助傳：「嚴助，會稽吳人，嚴夫子子也。或言族家子也。」張晏曰：「夫子，嚴忌也。」

與司馬相如俱好辭賦，客遊於梁，梁孝王甚奇重之。

漢書卷三〇藝文志謂「莊夫子賦二十四篇」，顏師古注：「名忌，吳人。」案：莊忌之作，今但存哀時命。

忌哀屈原受性忠貞，

補注引「受性忠貞」一作「受命而生」。案：離騷序：「屈原執履忠貞，而被讒衺。」卜居序：「屈原體忠貞之性，而見嫉妬。」九辯序：「屈原懷忠貞之性，而被讒邪。」據此，舊作「受性忠貞」。漢魏六朝百三家集卷二〇漢王逸集題詞、東漢文紀卷一四引哀時命序作「受性忠貞」。

不遭明君，而遇暗世，斐然作辭，歎而述之，故曰哀時命也。

補注引「歎而述之」一作「追以述之」。案：漢魏六朝百三家集卷二〇漢王逸集題詞、東漢文紀卷一四引哀時命序作「嘆而述之」。嘆與歎同。論語卷五公冶長「斐然成章」，邢昺疏：「斐然，文章貌。」又，袁校謂宋本無此卷。今有此卷，黄氏參校諸本補之。

哀時命之不及古人兮，夫何予生之不遘時？

遘，遇也。詩曰：「遘閔既多。」言己自哀生時年命，不及古賢聖之出遇清明之時，而當貪亂之世也。

【疏證】遘，遇也。詩曰：「遘閔既多。」◎正德本、隆慶本、馮本、俞本、朱本、劉本、湖北本、莊本「曰」作「云」。案：章句引詩見邶風柏舟，毛詩「遘」作「覯」，釋文：「遘，古豆反。本或作覯。」遘、覯，古字通用。遘之訓遇，因爾雅釋詁。遘、遇，聲之轉。

言己自哀生時年命，不及古賢聖之出遇清明之時，而當貪亂之世也。◎案：莊忌稱「予」，代屈子自稱之詞。章句「貪亂之世」云云，貪亂，猶溷濁也。離騷「世溷濁而不分兮」，章句：「溷，亂也。濁，貪也。」

往者不可扳援兮，徠者不可與期。

言往者聖帝不可扳引而及，後世明王亦不可須待與期，傷生不遇時，遭困戹也。

【疏證】言往者聖帝不可扳引而及，後世明王亦不可須待與期，傷生不遇時，遭困戹也。◎景宋本「王」作「主」。案：慧琳音義卷六八「攀攬」條引王逸注楚辭：「攀，引也。」章句遺義。又，遠遊

「軒轅不可攀援兮」，扳援、攀援並同。又，章句「須待與期」云云，須待，平列同義，須亦待也。文選卷二四曹植贈丁翼「榮枯立可須」，李善注：「孔安國尚書傳曰：『須，待也。』」

志憾恨而不逞兮，

憾，亦恨也。論語曰：「與朋友共，弊之而無憾。」逞，解也。

【疏證】

憾，亦恨也。論語曰：「與朋友共，弊之而無憾。」◎四庫章句本「弊」作「敝」。案：敝、弊，古字通用。弊，壞也。章句引論語見卷五公冶長，今本「弊」作「敝」，集解引孔安國注：「憾，恨也。」章句所因。散則憾、恨不別；對文惜曰憾，怨曰恨。

逞，解也。◎案：説文辵部：「逞，通也。从辵、呈聲。楚謂疾行爲逞。春秋傳曰：『何所不逞欲。』」引申之言快娛、言解釋。文選卷二張衡西京賦「爾乃逞志究欲」，薛綜注：「逞，娛也。」左傳隱公九年「乃可以逞」，杜注：「逞，解也。」

杼中情而屬詩。

屬，續也。言己上下無所遭遇，意中憾恨，憂而不解，則杼我中情，屬續詩文以陳己志也。

【疏證】

屬，續也。◎文選卷一七文賦「病昌言之難屬」，李善注引王逸曰：「屬，續也。」慧琳音義卷三「矚累」條引楚辭云：「屬，續也。」案：屬、續，聲之轉。

言己上下無所遭遇，意中憾恨，憂而不解，則杼我中情，屬續詩文以陳己志也。◎案：惜誦「發憤以杼情」，惜往日「受命詔以昭詩」，悲回風「竊賦詩之所明」。皆莊忌所因。

夜炯炯而不寐兮，懷隱憂而歷兹。

言己中心愁怛，目爲炯炯而不能眠，如遭大憂，常懷戚戚，經歷年歲以至於此也。

【疏證】

言己中心愁怛，目爲炯炯而不能眠，如遭大憂，常懷戚戚，經歷年歲以至於此也。◎補注引「炯」一作「焖」，引釋文作「烱」。案：炯與焖、烱並同，明也。遠遊「夜耿耿而不寐」，耿耿、炯炯同，不寐貌。又，補注引隱一作殷，曰：「注云『大憂』，疑作殷者是。」其説是也。殷、隱，古字通用。文選卷一六潘岳閑居賦「隱隱乎」，李善注：「隱隱，盛也。一作殷殷，音義同。」周禮卷一三地官司徒第二牛人「共其奠牛」，鄭注：「謂殷奠、遣奠也。」賈疏：「殷，大也。」

心鬱鬱而無告兮，衆孰可與深謀？

言己心中憂毒而無所告語，衆皆諂諛，無可與議忠信也。

【疏證】

言己心中憂毒而無所告語，衆皆諂諛，無可與議忠信也。◎案：鬱鬱，積憂貌。抽思「心鬱鬱之憂思兮」，章句：「哀憤結縎，慮煩冤也。」悲回風「愁鬱鬱之無快兮」，章句：「中心煩冤，常懷忿也。」九歎怨思「惟鬱鬱之憂毒兮」，章句：「言己放逐，心中鬱鬱，憂而愁毒。」又，深謀，謂遠慮。荀子卷二〇宥坐第二八：「君子博學深謀，不遇時者多矣。」新書卷一過秦論：「深謀遠慮，行軍用兵之道，非及曩時之士也。」又，章句「議忠信」云云，則爲遠慮也。

欿愁悴而委惰兮，老冉冉而逮之。

欿，愁貌也。委惰，懈倦也。言己欲行忠信，而不得進，欿然愁悴，意中懈倦，年復已過，爲老所及，而志不立也。

【疏證】

欿，愁貌也。◎補注：「欿，音坎，不自滿足意。」案：說文繫傳第一六欠部「欿」字：「欲得也。从欠、臽聲。讀若貪。臣鍇按：楚辭曰『乃欿傺而沈藏』。」又曰：「歁，食不滿也。从欠、甚聲。讀若坎。」欿與貪同，歁與坎同。欿、坎非一字。欿音貪，讀如憛。廣雅釋詁：「憛，思也。」思，愁也。宋本玉篇卷八心部：「憛，懷憂也。」或借作憺。漢書卷五四李廣傳「威稜憺乎鄰國」，蘇林云：「陳留人語恐言憺之。」顏師古注：「憺音徒濫反。」

委惰，懈倦也。言己欲行忠信，而不得進，欿然愁悴，意中懈倦，年復已過，爲老所及，而志不立也。◎案：委惰，猶委隋、委蛇，言委垂長貌。狀言精神懈怠不振，謂之疲倦，其訓詁字作「委惰」。

居處愁以隱約兮，志沈抑而不揚。

言己放於山澤，隱身守約，而志意沈抑，不得揚見於君而永憂恨也。

【疏證】

言己放於山澤，隱身守約，而志意沈抑，不得揚見於君而永憂恨也。◎毛祥麟楚辭校文曰：「文瀾閣本、仿宋本『居』作『尻』。」案：景宋本、文津本、文淵本亦作「居」。未審其所據。東雅堂昌黎集注卷一閔己賦「在隱約而平寬」，注引王逸云：「謂隱身守約也。」節約此文。蔣禮鴻義府續貂「處愁」條：「居與志相對，居則猶今言環境也，志則猶今言情緒也。處愁亦與沈抑相對，沈抑二字同義連文，處愁二字亦同義連文。」又云：「處愁即鼠愁、癙愁，亦即憂愁也。居處二字不得連讀。」其說得旨。章句以「隱約」爲「隱身守約」者，非也。隱約，謂窮困。史記卷一三〇太史公自序：「夫詩、書，隱約者欲遂其志之思也。」索隱：「謂其義隱微而言約也。」失之。莊子卷五山木篇第二〇：「雖飢渴隱約，猶旦胥疏於江湖之上而求食焉。」王先謙注：「隱約，潛藏也。」亦非。說苑卷一〇敬慎篇：「夫福生於隱約，而禍生於得意，齊頃公是也。」隱約、得志，相反爲說，隱約，猶窮蹙也。鹽鐵論卷九取下篇第四一：「故餘粱肉者難爲言隱約，處佚樂者難爲言勤苦。」

道壅塞而不通兮，江河廣而無梁。

言己欲竭忠謀，讒邪壅塞而不得達，若臨江、河無橋梁以濟也。

【疏證】

言己欲竭忠謀，讒邪壅塞而不得達，若臨江、河無橋梁以濟也。◎景宋本「濟」下無「也」字。案：喻林卷一二人事門「畏讒」條引亦有「也」字。此「江河廣而無梁」，言河廣不得度。與詩河廣「誰謂河廣，一葦杭之」，相反爲意。九辯「關梁閉而不通」，全後漢文卷九二陳琳止欲賦「河廣瀁而無梁」，全三國文卷四魏文帝永思賦「痛長河之無梁」，全晉文卷一四〇湛方生懷歸謡「欲越津兮無梁」，全梁文卷三三江淹去故鄉賦：「若濟河無梁兮，沈此心於千里。」皆同此意。

願至崑崙之懸圃兮，采鍾山之玉英。

鍾山在崑崙山西北。淮南言：鍾山之玉，燒之三日，其色不變。言己自知不用，願避世遠去，上崑崙山，遊於懸圃，采玉英咀而嚼之，以延壽也。

【疏證】

鍾山在崑崙山西北。淮南言：鍾山之玉，燒之三日，其色不變。言己自知不用，願避世遠去，上崑崙山，遊於懸圃，采玉英咀而嚼之，以延壽也。◎案：章句引淮南子見卷二俶真訓：「譬若鍾山之玉，炊以鑪炭，三日三夜，而色澤不變，則至德天地之精也。」高注：「鍾山，崑崙也。」文選卷一八嵇康琴賦「徽以鍾山之玉」，李善注引許慎淮南子注：「鍾山，北陸無日之地，出美玉。」山海經卷二西山經：「黃帝乃取峚山之玉榮，而投之鍾山之陽。」郭璞注：「玉榮，謂玉華也。」玉英、玉榮同。涉江：「登崑崙兮食玉英。」

攀瑶木之橝枝兮，望閬風之板桐。

板桐，山名也。在閬風之上。言己既登崑崙，復欲引玉樹之枝，上望閬風、板桐之山，遂陟天庭而遊戲也。

【疏證】

板桐，山名也，在閬風之上。言己既登崑崙，復欲引玉樹之枝，上望閬風、板桐之山，遂陟天庭而遊戲也。◎案：水經注卷一河水云：「三成爲崑崙丘。崑崙記曰：『崑崙之山三級：下曰樊桐，一名板桐；二曰玄圃，一名閬風；上曰層城，一名天庭，是謂太帝之居。』去嵩高五萬里，地之中也。」樊與板同。廣雅釋山：「崑崙虚有三山：閬風、板桐、玄圃，其高萬一千一百一十里一十四步二尺六寸。」淮南子卷四墬形訓：「傾宫、旋室、縣圃、涼風、樊桐，在昆侖閶闔之中。」又，橝之言覃也。爾雅釋言：「覃，延也。」郭注：「皆謂蔓延相被及。」詩生民「實覃實訏」，毛傳：「覃，長。」覃枝，謂長枝。施之於木，則益木旁字作「橝」。

弱水汩其爲難兮，路中斷而不通。

尚書曰「道弱水至於合黎」也。言己想得登神山，顧以娱憂，迫弱水不得涉渡，路絶不通，所爲無可也。

【疏證】

尚書曰「道弱水至於合黎」也。言己想得登神山，顧以娛憂，迫弱水不得涉渡，路絶不通，所爲無可也。◎毛祥麟楚辭校文曰：「文瀾閣本『可』下有『如何』二字。」案：文津本、文淵本亦無「如何」二字。章句引書見禹貢。又云：「弱水既西。」孔傳：「導之西流，至於合黎。」孔疏引鄭注：「衆水皆東，此水獨西，故記其西下也。」又云：「導弱水至於合黎，餘波入于流沙。」道、導古今字。

勢不能淩波以徑度兮，又無羽翼而高翔。

言己勢不能爲舩乘波渡水，又無羽翼可以飛翔，當亦窮困也。

【疏證】

言己勢不能爲舩乘波渡水，又無羽翼可以飛翔，當亦窮困也。◎馮本、俞本、四庫章句本、同治本「舩」作「船」。案：舩，俗船字。悲回風「淩大波而流風兮」，莊忌所因。漢書卷六一李廣利傳「士大夫徑度」，顔師古曰：「徑度，言無屯難也。」又，文選卷四二曹植與吳季重書「若夫觴酌凌波於前」，全三國文卷七四閔鴻芙蓉賦「竦脩榦㠯淩波」，全晉文卷六八夏侯湛江上泛歌「淩波兮顧濟」。凌、淩古字通。淩波，漢、晉恆語。

然隱憫而不達兮，獨徙倚而彷徉。

徙倚，猶低佪也。言己隱身山澤，内自憫傷，志不得達，獨徘徊彷徉而遊戲也。

【疏證】

徙倚，猶低佪也。◎案：徙倚、低佪，聲之轉。徙倚之語始於漢、晉。文選卷一六長門賦「閒徙倚於東廂兮」，卷一一王粲登樓賦「步棲遲以徙倚兮」，卷一九洛神賦「徙倚傍徨」，全後漢文卷五〇李尤東觀賦「步西蕃呂徙倚」，卷六九蔡邕檢逸賦「意徙倚而左傾」，青衣賦「徙倚庭階」，全三國文卷四四阮籍首陽山賦「步徙倚以遥思兮」。

言己隱身山澤，内自憫傷，志不得達，獨徘徊彷徉而遊戲也。◎四庫章句本「獨」作「猶」。案：猶，獨之訛。又，彷徉，戲遊貌。或作方洋，漢書卷三五吳王濞傳「方洋天下」，顏師古注：「方洋，猶翺翔也。」

悵惝罔吕永思兮，心紆軫而增傷。

言己含憂彷徉，意中悵然，惝罔長思，心屈纏痛，苦重傷也。

【疏證】

言己含憂彷徉，意中悵然，惝罔長思，心屈纏痛，苦重傷也。◎湖北本「苦重」下無「傷」字。

案：敚也。文選卷一五思玄賦「魂𢡆惘而無儔」，李善注：「楚辭曰：『悵𢡆惘兮永思。』王逸曰：『𢡆惘，惘悵失望，志錯越也。』」章句遺義。然六臣本李善汻無此引文。

倚躊躇以淹留兮，日飢饉而絶糧。

蔬不熟曰饉。言己欲躊躇久留，恐百姓飢餓，糧食絶乏也。

【疏證】

蔬不熟曰饉。◎案：饑、饉爲對文。爾雅釋天：「穀不熟爲饑。蔬不熟爲饉。」散文饑饉，皆謂凶年。

言己欲躊躇久留，恐百姓飢餓，糧食絶乏也。◎四庫章句本「飢」作「饑」。案：飢與餓爲對文。食之不足曰飢，絶食曰餓。詩衡門「可以樂飢」，鄭箋：「飢者，不足於食也。」淮南子卷一六説山訓：「寧一月飢，無一旬餓。」高注：「飢，食不足。餓，困乏也。」餓甚於飢。孟子卷一梁惠王上：「民有飢色，野有餓莩。」據此，正文「飢饉」舊當作「饑饉」。而章句作「飢餓」。

廓抱景而獨倚兮，超永思乎故鄉。

言己在於山澤廓然無耦，獨抱形景而立，長念楚國，心不能已，惝惘長思故鄉也。

【疏證】言己在於山澤廓然無耦，獨抱形景而立，長念楚國，心不能已，惝惘長思故鄉也。◎案：章句「長念楚國」、「惝惘長思故鄉」云云，超，謂遠也。廣雅釋詁「超，遠也。」方言卷七：「超，遠也。東齊曰超。」九歌國殤「平原忽兮路超遠」，超遠，平列同義。

廓落寂而無友兮，誰可與玩此遺芳？

玩，習也。言己居處廓落，又無知友，當誰與講習忠信之謀也。

【疏證】玩，習也。◎案：説文玉部：「玩，弄也。从玉、元聲。貦，玩或从貝。」引申之言愛習。漢書卷二七五行志中「主民玩歲而愒日」，顔師古注：「玩，愛也。」或作翫。左傳僖公五年「寇不可翫」，杜注：「翫，習也。」又，章句「講習」云云，别以爲學習者，是「爲傳注」。

言己居處廓落，又無知友，當誰與講習忠信之謀也。◎案：廓落，言虚空貌。爾雅釋詁郭璞注：「廓落宇宙，穹窿至極，亦爲大也。」穹窿，亦聲轉字。或作瓠落，莊子卷一逍遥遊第一「則瓠落無所容」，釋文引簡文：「瓠落，猶廓落也。」孤獨不耦亦謂之廓落。九辯「廓落兮羇旅無友生」是也。又，思美人「吾誰與玩此芳草」，即莊忌所因。

白日晼晚其將入兮，哀余壽之弗將。

將，猶長也。言日月西流，晼晚而歿，天時不可留，哀我年命不得長久也。

【疏證】

將，猶長也。◎案：將之訓長，讀如壯。禮記卷六二射義第四六「幼壯孝弟」，鄭注：「今禮：壯，或爲將。」詩北山「鮮我方將」，毛傳：「將，壯也。」廣雅釋詁：「將，長也。」爾雅釋詁：「壯，大也。」

言日月西流，晼晚而歿，天時不可留，哀我年命不得長久也。◎四庫章句本「天」作「夫」。案：夫，天之譌。九辯「恐余壽之弗將」，即莊忌所因。

車既弊而馬罷兮，蹇邅徊而不能行。

言己周行四方，車以弊敗，馬又罷極，蹇然邅徊，不能復前，而不遇賢君也。

【疏證】言己周行四方，車以弊敗，馬又罷極，蹇然邅徊，不能復前，而不遇賢君也。◎俞本「又」作「有」。案：有，訛也。罷，讀如疲，古字通用。章句「罷極」云云，罷即疲。詳參離騷「時曖曖其將罷兮」注。極亦疲也。

身既不容於濁世兮，不知進退之宜當。

言己執貞潔之行，不能自入貪濁之世，愁不知進止之宜當，何所行者也。

【疏證】言己執貞潔之行，不能自入貪濁之世，愁不知進止之宜當，何所行者也。◎案：正文「宜當」，平列同義，謂當值。呂氏春秋卷一七審分覽第八執一篇：「因性任物，而莫不宜當。」高注：「當，合。」中華書局二〇〇〇年版楚辭補注標點本「當」字屬下。非也。又，惜誦：「退靜默而莫余知兮，進號呼又莫余聞。」與此意同。

冠崔嵬而切雲兮，劒淋離而從橫。

淋離，長貌也。言己雖不見容，猶整飾衣服，冠則崔嵬，上摩於雲，劒則長好，文武並盛，與衆異也。

【疏證】 淋離，長貌也。言己雖不見容，猶整飾衣服，冠則崔嵬，上摩於雲，劒則長好，文武並盛，與衆異也。◎隆慶本、俞本、莊本、湖北本「並」作「竝」。惜陰本、同治本「劒」作「劍」。俞本「飾」作「飭」。案：劍，古劒字。飾、飭同。淋離之爲長，猶陸離之聲轉。清王念孫讀書雜志餘編下：「陸離有二義：一爲參差貌；一爲長貌。下文云：『紛總總其離合兮，斑陸離其上下。』司馬相如大人賦云：『攢羅列聚，叢以蘢茸兮；衍曼流爛，痑以陸離。』皆參差之貌也。此云：『高余冠之岌岌兮，長余佩之陸離。』岌岌爲高貌，則陸離爲長貌，非謂參差也。九章云：『帶長鋏之陸離兮，冠切雲之崔嵬。』義與此同。」

衣攝葉以儲與兮，

攝葉、儲與，不舒展貌。

【疏證】 攝葉、儲與，不舒展貌。◎案：御覽卷九五五木部四桑引王逸注：「攝葉、儲與，不舒展之貌。」有「之」字。宋本玉篇人部「僷」字：「楚辞云『衣攝僷以儲與兮』，攝僷，不舒展皃。」即因章句，亦無「之」字。攝葉、攝僷同，猶躡蹀之聲轉。文選卷四張衡南都賦「羅襪躡蹀而容與」，李善注：「躡蹀，小步貌。」謂不舒展意。或作懾慴，史記卷一一一衛將軍列傳「懾慴者弗取」，集解引文穎曰：「恐懼也。」索隱引文云：「失氣也。」與言「不舒展」者，其義相通。

左袪挂於榑桑。

袪，袖也。詩云：「羔裘豹袪。」言己衣服長大，攝葉儲與，不得舒展，德能弘廣，不得施用，東行則左袖挂於榑桑，無所不覆也。

【疏證】

袪，袖也。詩云：「羔裘豹袪。」言己衣服長大，攝葉儲與，不得舒展，德能弘廣，不得施用，東行則左袖挂於榑桑，無所不覆也。◎御覽卷九五五木部四桑引王逸注以「德」作「得」，「覆」作「伏」。案：皆古字通用。章句引詩見唐風羔裘，毛傳：「袪，袂也。」釋文：「袪，袂末也。」孔疏：「玉藻説深衣之制，云『袂可以回肘』，注云：『二尺二寸之節。』又曰『袂尺二寸』，注云：『袂口也。』然則袂與袪別。此以袪袂爲一者，袂是袖之大名，袪是袖頭之小稱。其通皆爲袂。」對文袖謂之袂，袂之末謂之袪。袪有舉揚義，而不可易言袂。袂爲衣衽之稱，不得易言袪。

右衽拂於不周兮，六合不足以肆行。

六合，謂天地四方也。言己西行則右衽拂於不周之山，以六合爲小，不足肆行。言道德盛大，無所不包也。

【疏證】

六合，謂天地四方也。言己西行則右衽拂於不周之山，以六合爲小，不足肆行。言道德盛大，無所不包也。◎案：呂氏春秋卷一七審分覽第一審分篇「神通乎六合」，高注：「六合，四方上下也。」淮南子卷一原道訓「舒之幎於六合」，高注：「四方上下爲六合。」又，衽，在下之裳衽也。詳參離騷「跪敷衽以陳辭兮」注。肆，恣也。詳參天問「妹嬉何肆」注。

上同鑿枘於伏戲兮，下合矩矱於虞唐。

言己德能純美，宜上輔伏戲，與同制量；下佐堯、舜，與合法度，而共治也。

【疏證】

言己德能純美，宜上輔伏戲，與同制量；下佐堯、舜，與合法度，而共治也。◎正德本、隆慶本、朱本、劉本、馮本、湖北本、俞本、莊本、四庫章句本「戲」作「羲」。案：戲、羲古字通用。然正文作「戲」，注文宜同。鑿枘、矩矱，並喻法度。鑿枘，因離騷「不量鑿以正枘兮」。矩矱，因離騷「求矩矱之所同」。又，虞唐，唐虞也，倒文以趁韻。

願尊節而式高兮，志猶卑夫禹湯。

言己雖不見用，猶尊高節度，意卑禹、湯不欲事也。

【疏證】言己雖不見用，猶尊高節度，意卑禹、湯不欲事也。◎案：尊節、式高，相對爲文，式亦尊也。儀禮卷三七士喪禮第一二「君式之」，鄭注：「式，謂小俛以禮主人也。」禮記卷一九曾子問第七「尸必式」，鄭注：「式，小俛禮之。」後漢書卷二明帝紀「過式其墓」，李賢注：「式，敬也。禮記曰：『行過墓必式。』」式高，謂敬式高遠之人。

雖知困其不改操兮，終不以邪枉害方。

言己雖自知貧賤困極，不能變志易操，終不能邪枉其身以害公方之行也。

【疏證】言己雖自知貧賤困極，不能變志易操，終不能邪枉其身以害公方之行也。◎案：邪枉，在論語卷二爲政「舉直錯諸枉」，集解引包注：「舉正直之人用之，廢置邪枉之人。」漢世「邪枉」與「正直」相反對。説苑卷八尊賢篇：「盛德君子，亂世所疏也；正直之行，邪枉所憎也。」又，章句「困極」云云，平列同義，極亦困也。

世並舉而好朋兮，壹斗斛而相量。

言今世之人皆好朋黨，竝相薦舉，持其貪佞之心以量清潔之士。

【疏證】

言今世之人皆好朋黨，竝相薦舉，持其貪佞之心以量清潔之士。◎惜陰本、馮本、四庫章句本「竝」作「並」。正德本、隆慶本、湖北本、朱本、劉本、馮本、俞本、莊本、四庫章句本「士」下有「也」字。案：竝，古並字。正文作「並」，注文不宜作「竝」。「世並舉而好朋」，語出離騷。「壹斗斛而相量」，因懷沙「一槩而相量」。斗、斛，所以量也。漢書卷二一上律歷志：「量者，龠、合、升、斗、斛也，所以量多少也。本起於黄鍾之龠，用度數審其容，以子穀秬黍中者千有二百實其龠，以井水準其槩。合龠爲合，十合爲升，十升爲斗，十斗爲斛，而五量嘉矣。」又曰：「其上爲斛，其下爲斗。」孟康曰：「其上謂仰斛也，其下謂覆斛之底，受一斗。」

衆比周以肩迫兮，賢者遠而隱藏。

比，親也。周，合也。言衆佞相與合同，並肩親比，故賢者遠逝而藏匿也。

【疏證】

比，親也。◎案：詳參招魂「容態好比」注。

周，合也。◎案：詳參離騷「雖不周於今之人兮」注。

言衆佞相與合同，並肩親比，故賢者遠逝而藏匿也。◎案：章句解周爲「親比」。比、周，散文並言親愛。對文亦別。論語卷二爲政：「君子周而不比，小人比而不周。」集解引孔注：「忠信爲周，阿黨爲比。」

爲鳳皇作鶉籠兮，雖翕翅其不容。

爲鳳皇作棲以鶉鴳之籠，雖翕其翅翼，猶不能容其形體也。以言賢者遭世亂，雖屈其身，亦不能自容入。

【疏證】

爲鳳皇作棲以鶉鴳之籠，雖翕其翅翼，猶不能容其形體也。以言賢者遭世亂，雖屈其身，亦不能自容入。◎朱本、莊本「鴳」作「鷃」。案：鴳、鷃同。類聚卷九〇鳥部上「鳳」條引王逸注：「言以鶉鴳之籠，不能容藏鳳之形體也。」「容」下有「藏」字。容藏，始見于唐。通典卷一四五樂五舞：「容藏於心，難以貌覩。」則「藏」字當後所竄亂。又，鶉鴳，小鳥也。爾雅釋鳥：「鷯鶉：其雄鵲，牝庳。」郭注：「鶉，鴽屬。」郝氏義疏：「本草衍義云：『其卵初生謂之羅鶉，至初秋謂之早秋，中秋已後謂之白唐。』然則羅鶉即鷯鶉，聲相轉也。」又，懷沙：「鳳皇在笯兮，雞鶩翔舞。」九懷株昭：「鳳皇不翔兮，鶉鴳飛揚。」並同此意。

靈皇其不寤知兮，焉陳詞而効忠？

言懷王闇蔽，心不覺寤，安所陳詞効己之忠信乎？

【疏證】

言懷王闇蔽，心不覺寤，安所陳詞効己之忠信乎？◎案：正文「不寤知」，猶不吾知也。寤，吾字音訛。離騷：「不吾知其亦已兮，苟余情其信芳。」九歎離世：「靈懷其不吾知兮，靈懷其不吾聞。」章句「心不覺寤」云云，其舊本訛。

俗嫉妬而蔽賢兮，孰知余之從容？

言楚國風俗嫉妬蔽賢，無有知我進退執守忠信也。

【疏證】

言楚國風俗嫉妬蔽賢，無有知我進退執守忠信也。◎同治本「妬」作「妒」。四庫章句本「嫉妬」作「妬嫉」。案：妒、妬同。楚辭及章句皆作「嫉妬」，無乙作「妬嫉」。又，章句以「進退執守忠信」解「從容」，言舉動也。詳參抽思「尚不知余之從容」注。

願舒志而抽馮兮，庸詎知其吉凶？

庸，用也。言己思舒志意，援引憤懣，盡極忠信，當何緣知其逢吉將被凶也。

【疏證】

庸，用也。◎案：非也。庸，猶豈也。管子卷七大匡篇第一八：「雖得賢，庸必能用之乎？」尹注：「庸，猶何也。」文選卷一三秋興賦「庸詎識其躁静」，李善注引司馬彪莊子注：「庸，猶何用也。」庸詎，平列同義，言豈也。莊子卷一齊物論第二「庸詎知吾所謂知之非不知邪」，釋文引李注：「庸詎，猶言何用也。」

言己思舒志意，援引憤懣，盡極忠信，當何緣知其逢吉將被凶也。◎案：抽馮，猶抽思，言舒憤也。馮與憑同。離騷「憑不厭乎求索」，章句：「憑，滿也。楚人名滿曰憑。」滿，懣也。又，章句「將被凶」云云，將，猶抑也。詳參王引之經傳釋詞卷八「將」條。此言當何緣知其逢吉抑或被凶也。

璋珪雜於甑窐兮，

璋、珪，玉名也。窐，甑土孔。

【疏證】

璋、珪，玉名也。◎案：説文玉部：「剡上爲圭，半圭爲璋。从玉、章聲。禮六幣：圭以馬，璋以皮，璧以帛，琮以錦，琥以繡，璜以黼。」段注：「聘禮記曰：『圭，剡上寸半。』雜記曰：『剡上左右各半寸。』」圭、珪古今字。

窐，甑土孔。◎莊本「孔」下有「也」字。文淵四庫章句本「甑土孔」作「甑下孔」，文津本亦作「甑土孔」。案：土，下字之訛。説文瓦部：「甑，甗也。从瓦、曾聲。」段注：「考工記：『陶人爲甑，實二鬴，厚半寸，脣寸，七穿。』按：甑所以炊烝米爲飯者，其底七穿，故必以箄蔽甑底，而加米於上，而餴之，而餾之。」又，穴部：「窐，空也。从穴、圭聲。」段注：「考工記『梟氏爲鍾』，注：『隧在鼓中，窒而生光。』高注淮南曰：『釐輔者，頰上窒也。』然則凡空穴皆謂之窒矣。」窒復爲下義。呂氏春秋卷二六士容論第四任地篇「子能以窒爲突乎」，高注云：「窒，容汙下也。」甑有上下二鬴，上鬴之底有七穿孔以通下鬴，下鬴中空者爲窒。章句「甑下孔」云云，孔，空也。中華書局二○○○年版點校本楚辭補注斷句作：「窒，甑，下孔。」誤也。

隴廉與孟娵同宮。

隴廉，醜婦也。孟娵，好女也。言世人不識善惡，乃以甑窒之土雜厠圭玉，又使醜婦與好女同室也。以言君闇惑不別賢愚也。

【疏證】

隴廉，醜婦也。◎案：白帖卷二一醜婦人「龐廉」條：「哀時命云：『古之醜婦人。』龐音龍。」蓋因章句。隴廉、龐廉，皆未詳。

孟娵，好女也。◎案：孟娵，娵訾氏女常娥。史記卷一五帝本紀「娶娵訾氏生摯」，正義引帝王世紀：「帝俈有四妃，四爲娵訾氏女曰常儀，生帝摯也。」常儀，常娥也。

言世人不識善惡，乃以甑窒之土雜厠圭玉，又使醜婦與好女同室也。以言君闇惑不別賢愚也。◎四庫章句本「土」作「王」，景宋本作「一」。四庫章句本「愚」作「遇」。案：皆訛也。又，章句解「同宮」爲「同室」，散文也。對文有垣曰宮，無曰室（見爾雅釋宮）。

舉世以爲恆俗兮，固將愁苦而終窮。

恆，常。言舉世不識賢愚以爲常俗，我固當終身窮苦而已。

【疏證】

恆，常。◎莊本「恆」下有「也」字。案：因爾雅釋詁。

言舉世不識賢愚以爲常俗，我固當終身窮苦而已。◎案：舉世，全世也。舉，皆也，全也。

又，「固將愁苦而終窮」，語出涉江。

幽獨轉而不寐兮，惟煩懣而盈匈。

懣，憤也。言己愁思展轉而不能卧，心中煩憤，氣結滿匈也。

【疏證】

懣，憤也。◎案：慧琳音義卷六六「憤懣」條引王逸注楚辭：「懣，憤也。」卷八七「憤懣」條、續音義卷一〇「憤懣」條引王逸注楚辭：「懣，亦憤也。」卷五七「懣懣」條引王逸注楚辭：「懣，憒。」惜誦「發憒以杼情」，章句：「憒，懣也。」周、秦曰憒，兩漢曰懣，所以通古今別語。

言己愁思展轉而不能卧，心中煩憒，氣結滿匈也。◎案：章句「言己愁思展轉」云云，以「愁思」釋「幽」，讀如憂。詳參九歎離世「日暮黄昏羌幽悲兮」注。

寃眇眇而馳騁兮，心煩寃之愮愮。

言己精寃眇眇獨馳，心中煩懣，愮愮而憂也。

【疏證】

言己精寃眇眇獨馳，心中煩懣，愮愮而憂也。◎四庫章句本「寃」作「魂」。案：寃、魂同。文選卷一五張衡思玄賦「風眇眇兮震余旟」，舊注：「眇眇，遠貌。」又，九歌雲中君「極勞心兮愮愮」，章句：「愮愮，憂心貌。」

志欿憾而不憺兮，

憺，安。

【疏證】

憺，安。◎莊本「安」下有「也」字。案：詳參九歌雲中君「蹇將憺兮壽宫」注。又，欿憾，坎坷之聲轉，言不得志貌。

路幽昧而甚難。

言己心中欲恨，意識不安，欲復遠去，以道路深冥，難數移也。

【疏證】

言己心中欲恨，意識不安，欲復遠去，以道路深冥，難數移也。◎案：離騷「路幽昧以險隘」，莊忌所因。幽昧，不明貌。又，章句「道路深冥難數移」云云，無「甚」字義。甚，當作堪，字之訛。堪、坎古字通。易坎象：「習坎，重險也。」坎難，猶險難。九歌山鬼「路險難兮獨後來」是也。

塊獨守此曲隅兮，然欿切而永歎。

言己獨處山野，塊然守此山曲，心爲切痛，長歎而已。

【疏證】

言己獨處山野，塊然守此山曲，心爲切痛，長歎而已。◎案：塊，獨貌。七諫初放：「塊兮鞠。」章句：「塊，獨處貌。」漢書卷七〇陳湯傳「使湯塊然被冤拘囚」，顔師古注：「塊然，獨處之意，如土塊也。」

愁脩夜而宛轉兮，氣涫鬻其若波。

言己心憂宛轉而不能卧，愁夜之長，氣爲涫鬻，若水之波也。

【疏證】

言己心憂宛轉而不能卧，愁夜之長，氣爲涫鬻，若水之波也。◎惜陰本、馮本、四庫章句本正文「脩」作「修」。湖北本「憂」作「欲」。案：欲，憂之音訛。黎本玉篇殘卷水部「涫」字：「史記『腸如涫湯』，徐廣曰：『涫，沸也。』野王案：楚辭『氣涫沸其如波』是也。」沸與鬻同。涫沸，今俗云滚沸也。又，宛轉，嬋媛之聲轉，牽引貌。詳參離騷「女嬃之嬋媛兮」注。

握剞劂而不用兮，操規榘而無所施。

剞劂，刻鏤刀也。言己懷德不用，若工握剞劂而無所刻鏤，持方圜而無所錯也。

【疏證】

剞劂，刻鏤刀也。◎文淵四庫章句本「剞劂」作「攲劂」，文津本亦作「剞劂」。案：攲，剞之訛。慧琳音義卷九八「剞劂」條引王逸注楚辭：「剞劂，鏤刀也。」無「刻」字。說文刀部：「剞剧，曲刀也。」段注：「高注俶真訓曰：『剞，巧工鈎刀。剧，規度剌墨邊箋，所以刻鏤之具。』應劭注甘泉賦曰：『剞，曲刀也。剧，曲鑿也。』二注皆謂剞剧有二。」劂與剧同。文選卷六魏都賦「剞劂罔掇」，劉逵引許慎淮南子注：「剞劂，曲刀也。」則別作劂。

言己懷德不用，若工握剞劂而無所刻鏤，持方圜而無所錯也。◎文淵四庫章句本「無所錯」作「方所錯」。文津本亦作「無」。案：方，亡之訛。亡所錯，即無所置措。

騁騏驥於中庭兮，焉能極夫遠道？

言騏驥壹馳千里，乃騁之中庭促狹之處，不得展足以極遠道也。以言使賢者執洒掃之役，亦不得展志意也。

【疏證】

言騏驥壹馳千里，乃騁之中庭促狹之處，不得展足以極遠道也。以言使賢者執洒掃之役，亦不得展志意也。◎喻林卷五一人事門失所引狹作俠。案：俠，狹之訛。中庭，門屏之內至堂前之所。說詳九歎思古「藜棘樹於中庭」注。又，章句「賢者執灑掃之役」云云，以賢者爲賤僕之人也。

置猨狖於櫺檻兮，夫何以責其捷巧？

（檻，櫝也。捷，慧也。）言猨狖當居高木茂林，見其才力，而置之櫺檻之中、迫局之處，責其捷巧，非其理也。以言君子當在廟堂爲政，而弃之山林，責其智能，亦非其宜也。

【疏證】

檻，櫝也。◎諸本無注。案：皆敚也。慧琳音義卷三二「籠檻」條引王逸注楚辭：「檻，櫝車也。」章句遺義，宜補。然羨「車」字。莊子卷三胠篋篇第一〇「將爲胠篋探囊發匱之盜」，釋文：「匱，檻也。」櫝與匱同。對文匣曰匱，楯曰檻。檻有櫺窻，故謂之「櫺檻」。

捷，慧也。◎諸本無注。案：皆敚也。慧琳音義卷一六「捷巧」條引王逸注楚辭：「捷，慧也。」章句遺義，宜補。廣雅釋詁：「捷，慧也。」或通作惠，列子卷五湯問「汝之不惠」，即不慧也。疾急謂之捷，敏慧亦謂之捷，其義相通。

言猨狖當居高木茂林，見其才力，而置之櫺檻之中、迫局之處，責其捷巧，非其理也。以言君子當在廟堂爲政，而弃之山林，責其智能，亦非其宜也。◎正德本、隆慶本、劉本、馮本、俞本、莊本、朱本、四庫章句本、惜陰本「弃」作「棄」。喻林卷五一人事門失所引「其捷」下無「巧」字。案：敚也。蝯與猨同，狖與貁同。漢書卷八七上揚雄傳「蝯貁擬而不敢下」，顏師古注：「蝯，善攀援。貁似猴，卬鼻而長尾。」此言反物理之性，類與湘君「采薜荔兮水中搴芙蓉兮木上」同。

駟跛鼈而上山兮，吾固知其不能陞。

言己念君信用衆愚，欲以致治，猶若駕跛鼈而欲上山，我固知其不能登也。

【疏證】

言己念君信用衆愚，欲以致治，猶若駕跛鼈而欲上山，我固知其不能登也。◎案：説文足部：「跛，行不正也。从足、皮聲。一曰：足排之。讀若彼。」足排之，俗云「足蹩之」。則二訓通。跛鼈，非不能行，若鍥而不舍，亦可致千里。荀子卷一脩身篇第二：「故蹞步而不休，跛鼈千里。」其行但不能速疾。此謂欲令跛鼈登陞上山，攀援峻巖，不能致其効也。

釋管晏而任臧獲兮，何權衡之能稱？

臧，爲人所賤繫也。獲，爲人所係得也。或曰：臧，守藏者也。獲，生禽者也。皆卑賤無知之人。言君欲爲政，反置管仲、晏嬰，任用敗軍賤辱係獲之士，何能稱權衡，興至治乎？

【疏證】

臧，爲人所賤繫也。獲，爲人所係得也。或曰：臧，守藏者也。獲，生禽者也。皆卑賤無知之人。◎正德本、隆慶本、朱本、馮本、俞本、莊本、劉本、湖北本、四庫章句本「生」作「主」。補注引「賤繫」一作「殘擊」。案：臧字从臣、从戈，爿聲。説文臣部：「臣，牽也，事君也。臣，象屈服之形。」徐鍇曰：「心常牽於君也。」戈，所以象笞擊臣奴也。據此，則舊作「殘擊」。引申之爲凡男奴之稱。方言卷三：「荆、淮、海岱、雜齊之間罵奴曰臧，燕之北鄙，凡民男而聓婢謂之臧，亡奴謂之臧。」臧之言藏也。守藏者，臧奴司職。黄生義府「臧」條曰：「臧字從戕從臣，臣即賊也，而在中掩之義也，故曰『掩賊爲臧』。」非也。臧者以順事人，引申之爲善也。又，説文犬部：「獲，獵所獲也。从犬，蒦聲。」引申之爲凡戰俘之稱。公羊傳昭公二十三年：「君死于位曰滅，生得曰獲。大夫生死皆曰獲。」禮記卷二曲禮上第一「毋固獲」，鄭注：「争取曰獲。」引申之爲凡女婢之稱。方言卷三：「荆、淮、海岱、雜齊之間，罵奴曰臧，罵婢曰獲，齊之北鄙，燕之北郊，凡民男而聟婢謂之臧，女而婦奴謂之獲，亡奴謂之臧，亡婢謂之獲。皆異方罵奴婢之醜稱也。」又，「主禽」云者，乃將帥所職也，非獲者所主。舊本作「生」。散文臧、獲皆爲隸僕之通稱。荀子卷七王霸篇第一一「如是，則雖臧獲不肯與天子易埶業」，楊倞注：「臧獲，奴婢也。」漢書卷六二司馬遷傳「且夫臧獲婢妾猶能引決」，晉灼曰：「臧獲，敗敵所被虜獲爲奴隸者。」章句「皆卑賤無知之人」云云，散文也。

言君欲爲政，反置管仲、晏嬰，任用敗軍賤辱係獲之士，何能稱權衡，興至治乎？◎景宋本「敗軍」作「賤軍」。案：據義，舊作「賤軍」。章句「反置管仲、晏嬰，任用敗軍賤辱係獲之士」云云，未審管仲亦是「敗軍賤辱係獲之士」也。又，置立謂之置，廢棄亦謂之置，正反共一詞。章句以「置」解「釋」，則爲廢置義。

箟簬雜於黀蒸兮，機蓬矢以䠷革。

已解於七諫也。箟，竹也。

【疏證】

已解於七諫也。◎馮本、四庫章句本「七諫」下無「也」字。案：詳參七諫謬諫「菎蕗雜於黀蒸兮」注。

箟，竹也。◎正德本、隆慶本、朱本、劉本、馮本、湖北本、俞本、莊本、四庫章句本無注。案：補注：「箟，竹也。」則有此注者，因補注竄亂之。箟或作菌，即箘字。箘簬，竹名。詳參七諫謬諫「菎蕗雜於黀蒸兮」注。

負檐荷以丈尺兮，欲伸要而不可得。

背曰負，荷曰檐。言己居於衰亂之世，常低頭俛視，若以背肩負檐，丈尺而步，不敢伸要仰首，以遠罪過也。

【疏證】

背曰負，荷曰檐。言己居於衰亂之世，常低頭俛視，若以背肩負檐，丈尺而步，不敢伸要仰首，以遠罪過也。◎莊本「檐」作「擔」。俞本「敢」作「能得」。案：非是。檐與擔同。說文作儋，人部：「儋，何也。从人，詹聲。」何、荷古字通。國語卷六齊語「負任擔荷」，韋昭注：「背曰負，肩曰擔。任，抱也。荷，揭也。」趙翼陔餘叢考卷四「負戴」條曰：「孟子『不負戴於道路』，注：『負任在背，戴任在首。』余童時甚疑之，蓋習見內地人以肩挑也。及至滇、黔，始知苗猓擔物，皆用小架負于背，架有兩皮革，而以兩臂挽之，架上又有形如半枷者附於頸，而以皮條從後縛于額，以固其所擔物，能負重行遠。若使之肩挑，則一步不能行矣。乃知負戴之實有其事也。然此乃苗猓所爲，孟子何以知之？意當時中國人擔物亦如此耶？」四字對文別義，散則皆謂載物。

外迫脅於機臂兮，上牽聯於矰隿。

迫脅，近附也。機臂，弩身也。言己居常怖懼，若附强弩機臂，畏其妄發，上恐牽聯於隿䠥，身被矰繳也。

【疏證】

迫脅，近附也。◎案：漢書七〇常惠傳「使使脅求公主」，顏師古注：「脅，謂以威迫之也。」

迫脅，平列同義。章句「近附」云云，猶迫而附之也。莊子卷五山木篇第二〇：「引援而飛，迫脅而棲，進不敢爲前，退不敢爲後。」荀子卷九臣道篇第一三：「迫脅於亂時，窮居於暴國，而無所避之。」新序卷一〇善謀篇第一〇：「夫横行則中絶，從行則迫脅。」春秋繁露卷四王道篇第六：「言圍成，甲午祠兵，以別迫脅之罪、誅意之法也。」史記卷九呂后本紀：「諸呂用事兮劉氏危，迫脅王侯兮彊授我妃。」迫脅，古恆語。魏、晉解畏懼，文選卷四四陳琳爲袁紹檄豫州：「時人迫脅，莫敢正言。」

機臂，弩身也。◎機，弩機也。墨子卷一四備高臨篇第五三：「連弩機郭同銅。」孫氏閒詁引釋名釋兵：「牙外曰郭，爲牙之規郭也。含括之口曰機，言如機之巧也。亦言爲門户之樞機，開闔有節也。」又，機臂，多作「機辟」。墨子卷九非儒篇下第三九：「若將有大寇亂，盜賊將作，若機辟將發也。」莊子卷一逍遥遊篇第一：「中於機辟，死於罔罟。」卷五山木篇第二〇：「然且不免於罔羅機辟之患。」司馬彪注：「辟，罔也。」鹽鐵論卷一一刑德篇第五五：「罻羅張而縣其谷，辟陷設而當其蹊。」辟，罔罟之屬。王念孫讀書雜志餘編下：「辟疑與繴同。爾雅：『繴謂之罿。罿，罬也。罬謂之罦。罦，覆車也。』郭璞曰：『今之翻車也。有兩轅，中施罥以捕鳥。』」繴，後起分別文。古本文質，但作辟字。機、辟二器，辟，非弩柄如臂。章句「弩身」云云，非也。

言己居常怖懼，若附强弩機臂，畏其妄發，上恐牽聯於隿䠶，身被矰繳也。◎四庫章句本

「繳」作「繳」。俞本「躲」作「射」。案：忘，訛也。躲，古射字。繳，亦訛字。又，雉與弋同，謂射也。詳參惜誦「矰弋機而在上兮」注。

肩傾側而不容兮，固陿腹而不得息。

言己欲傾側肩背，容頭自入，又不見納，故陿腹小息，畏懼患禍也。

【疏證】

言己欲傾側肩背，容頭自入，又不見納，故陿腹小息，畏懼患禍也。◎文選卷五七潘岳馬汧督誄「愜愜窮城」，李善注引王逸曰：「愜愜小息，畏懼患禍者也。」案：陿與狹同，隘也。文選卷一七文賦「愜心者貴當」，李善注：「愜，猶快也。」則「陿腹」作「愜腹」，非也。又，章句「故陿腹小息」云云，舊本正文「固」字宜作「故」。

務光自投於深淵兮，不獲世之塵垢。

務光，古清白之士也。言古有賢士務光，憎惡濁世，言不見從，自投深淵而死，不爲讒佞所塵汙，己慕其行也。

【疏證】

務光，古清白之士也。◎案：莊子卷二大宗師篇第六：「若狐不偕、務光、伯夷、叔齊、箕子、胥餘、紀他、申徒狄，是役人之役，適人之適，而不自適其適者也。」郭象注：「斯皆舍己殉人，殉彼傷我也。」卷七外物篇第二六：「堯與許由天下，許由逃之；湯與務光天下，務光怒之。」全三國文卷五二嵇康聖賢高士傳卞隨務光：「卞隨、務光者，不知何許人。湯將伐桀，因卞隨而謀，曰：『非吾事也。』湯遂伐桀，㠯天下讓隨。隨曰：『后之伐桀謀於我，必㠯我爲賊也；而又讓我，必㠯我爲貪也。吾不忍聞。』乃自投湘水。又讓務光。光曰：『廢上非義，殺民非仁；無道之世，不踐其土，況於尊我哉？』乃抱石而沈廬水。」

言古有賢士務光，憎惡濁世，言不見從，自投深淵而死，不爲讒佞所塵汙，己慕其行也。◎案：章句「不爲讒佞所塵汙」云云，以爲獲受意。非是。廣雅釋詁：「獲，猶辱也。」言不辱於世之塵汙也。

孰魁摧之可久兮，願退身而窮處。

言己爲諛佞所譖，被過魁摧，不可久止，願退我身，處於貧窮而已。

【疏證】

言己爲諛佞所譖，被過魁摧，不可久止，願退我身，處於貧窮而已。◎案：魁摧，猶坰塠之聲轉，言弊瘻貌。殷芸小説卷九晉江左人：「劉道真年十五六，在門前戲，鼻上垂涕至胸。洛下少年乘車從門前過，曰：『此少年甚坰塠。』劉隨車後，問：『此言爲善惡？』答以『爲善』。劉曰：『若佳言，令你翁坰塠，你母亦坰塠。』」或作腲腇。文選卷一七王褒洞簫賦「阿那腲腇者已」，李善注：「阿那、腲腇，舒遲貌。埤蒼曰：『腲腇，肥貌。』」言癰腫瘻疲之意。或作虺隤，病也。詳參九歎遠逝「陵魁堆以蔽視兮」注。或爲柔美義，字作萎蕤、逶迤等，美惡同辭。章句「被過魁摧」云云，以爲摧折之意。失之旨。

鑿山楹而爲室兮，

楹，柱。

【疏證】

楹，柱。◎莊本「柱」下有「也」字。案：詳參九歎愍命「戚宋萬於兩楹兮」注。

下被衣於水渚。

渚，水涯也。言己雖窮，猶鑿山石以爲室柱，下洗浴水涯，被己衣裳，不失清潔也。

【疏證】

渚，水涯也。◎案：詳參九歌湘夫人「夕弭節兮北渚」注。

言己雖窮，猶鑿山石以爲室柱，下洗浴水涯，被己衣裳，不失清潔也。◎案：被，服也。章句「被己衣裳」云云，不辭也。舊當乙作「己被衣裳」。

霧露濛濛其晨降兮，雲依斐而承宇。

言幽居山谷，霧露濛濛而晨來下，浮雲依斐，承我屋霤，晝夜闇冥也。

【疏證】

言幽居山谷，霧露濛濛而晨來下，浮雲依斐，承我屋霤，晝夜闇冥也。◎景宋本「晝」作「盡」。案：盡，譌也。涉江「雲霏霏而承宇」，即莊忌所因。依斐，猶霏霏，言雲浮貌。古文苑卷二一劉歆甘泉宮賦：「芳肸蠁之依斐。」或作依菲，類聚卷二八人部一二遊覽引梁蕭子範東亭極望詩「林野雜依菲」是也。

虹霓紛其朝霞兮，夕淫淫而淋雨。

言天雲雜色，虹霓揚光，紛然炫燿，日未明旦，復有朝霞，則夕淋雨，愁且思也。

【疏證】言天雲雜色，虹霓揚光，紛然炫燿，日未明旦，復有朝霞，則夕淋雨，愁且思也。◎案：哀郢「涕淫淫其若霰」，章句：「淫淫，流貌也。」狀淋雨，淫淫，猶雨不止貌。又，淋，讀如霖。莊子卷二大宗師篇第六「霖雨十日」，釋文：「本又作淋。」爾雅釋天：「淫謂之霖。」郭璞注：「雨自三日以上爲霖。」又，章句「愁且思」云云，思亦愁也。

怊茫茫而無歸兮，悵遠望此曠野。

言己幽居遇雨，愁思茫茫，無所依歸，但見曠野草木盛茂也。

【疏證】言己幽居遇雨，愁思茫茫，無所依歸，但見曠野草木盛茂也。◎俞本「依」下無「歸」字。案：敚也。文選卷六魏都賦「芒芒終古」，李善注：「芒芒，遠貌也。」芒與茫同。或作莽莽，九辯「泊莽莽與壄草同死」，又曰「泊莽莽而無垠」。狀言愁思，茫茫，猶無所依傍貌。

下垂釣於谿谷兮，上要求於僊者。

言己幽居無事，下則垂釣餌於谿谷，上則要結僊人，從之受道也。

【疏證】

言己幽居無事，下則垂釣餌於谿谷，上則要結僊人，從之受道也。◎正德本、隆慶本、朱本、馮本、俞本、湖北本、莊本、四庫章句本「僊」作「仙」。案：僊，古仙字。「下垂釣於谿谷」者，猶漁父也。僊者，謂下文赤松、王僑。

與赤松而結友兮，比王僑而爲耦。

言己執守清潔，遂與二子爲羣黨也。

【疏證】

言己執守清潔，遂與二子爲羣黨也。◎案：赤松，神農時雨師。詳參遠遊「聞赤松之清塵兮」注。王僑，王子僑。詳參天問「安得夫良藥不能固臧」注。章句「遂與二子爲羣黨」云云，以「羣黨」釋「耦」，謂匹也，對也。散則羣、黨亦不別，猶友朋也。

使梟楊先導兮，白虎爲之前後。

梟楊，山神名，即狒狒也。

【疏證】

梟楊，山神名，即狒狒也。◎正德本、隆慶本、湖北本、馮本、朱本、俞本、四庫章句本、莊本「名」下有「也」字。案：爾雅釋獸：「狒狒，如人，被髮，迅走，食人。」郭璞注：「梟羊也。山海經曰：『其狀如人，面長脣黑，身有毛，反踵，見人則笑。』交、廣及南康郡山中亦有此物，大者長丈許，俗呼之曰山都。」郝氏義疏：「狒，説文作⿵鬥禺，云：『周成王時，州靡國獻⿵鬥禺，人身反踵，自笑，笑則上脣弇其目，食人。北方謂之土螻。引爾雅曰：「⿵鬥禺⿵鬥禺如人，被髮。」讀若費。一名梟陽。』説文所稱，王會篇文也。但彼文作費費，今爾雅作狒狒。竝聲借字也。淮南氾論篇云：『山出嘄陽。』高誘注：『嘄陽，山精也。人形，長大而黑色，身有毛，若反踵，見人而笑。』吳都賦云『⿵鬥禺⿵鬥禺笑而被格』是也。郭引海内南經文，其注亦與此注略同。又云：『海内經謂之贛巨人也。』圖贊云：『狒狒怪獸，被髮操行，見人則笑，脣蔽其目，終亦號咷，反爲我戮。』」又，爾雅翼云「張衡玄圖：『梟羊喜獲，先笑後愁。』」又曰：「一名⿵鬥禺⿵鬥禺，亦作⿱費鳥，一名⿰犭軍⿰犭軍，一名梟羊、嘄陽，一名山⿰犭軍，俗謂之山都，北方謂之土螻。」梟楊與梟羊、梟陽、嘄陽同，蓋類野人。長沙馬王堆漢墓帛畫上部「天鐸」左右各有一騎鹿之怪獸：人面，被髮，長毛，手牽鐸繩，作導引之狀。説者或謂飛廉，或謂「司鐸」，皆不類。余謂此二獸，即梟羊也。又，白虎，西方少皞之精。論衡卷三物勢篇第一四：「西方，金也，其星白虎也。」

浮雲霧而入冥兮，騎白鹿而容與。

言己與仙人俱出，則山神先道，乘雲霧，騎白鹿而游戲也。

【疏證】

言己與仙人俱出，則山神先道，乘雲霧，騎白鹿而游戲也。◎湖北本「霧」作「霞」。案：據義，舊作「乘雲霧」。霞，訛也。又，鹿，瑞獸也，象長壽。史記卷一一七司馬相如列傳「轊白鹿」，正義：「抱朴子云：『白鹿壽千歲，滿五百歲色純白也。』晉徵祥記云：『白鹿色若霜，不與他鹿爲羣。』」文選卷一一魯靈光殿賦「白鹿孑蜺於欂櫨」，李善注引古王子喬辭：「王子喬，參駕白鹿雲中遨。」長沙馬王堆漢墓帛畫上部「天鐸」左右兩梟楊所騎之鹿，皆白質赤章，蓋類此白鹿也。

寃眐眐以寄獨兮，汩徂往而不歸。

眐眐，獨行貌也。言我寃神眐眐獨行，寄居而處，汩然遂往而不還也。

【疏證】

眐眐，獨行貌也。◎案：廣雅釋詁：「眐眐，行也。」是因章句。眐，字書未備，即征字別文。方言卷一〇：「征伀，遑遽也。江、湘之間凡窘猝怖遽或謂之征伀。」聲之轉爲征營。後漢書卷四一鍾離意傳「不勝愚贛征營」，李賢注：「征營，不自安也。」或作正營。漢書卷九九下王莽傳「人民正營」，顏師古注：「正營，惶恐不安之意也。正音征。」眐眐，唐世轉爲騰騰。王建謝田贊善見寄：「年少力生猶不敵，況加顛頷悶騰騰。」（全唐詩卷三四三）

言我寬神眐眐獨行，寄居而處，汩然遂往而不還也。◎惜陰本、劉本、湖北本「寬」作「魂」。

案：汩，疾行貌。詳參離騷「汩余若將不及」注。懷沙「汩徂南土」，章句：「徂，往也。」正文「徂往」，平列同義。

處卓卓而日遠兮，志浩蕩而傷懷。

卓卓，高貌。言己隨從仙人上游，所居卓卓，日以高遠，中心浩蕩，罔然愁思，念楚國也。

【疏證】

卓卓，高貌。◎案：論語卷一〇子罕篇「如有所立卓爾」，皇疏：「卓，高遠貌也。」釋文：「卓，陟角反。鄭云：『絶望也。』」亦遠也。卓卓，詁訓字作逴逴，九辯「春秋逴逴而日高」是也。

言己隨從仙人上游，所居卓卓，日以高遠，中心浩蕩，罔然愁思，念楚國也。◎四庫章句本「罔然」作「罔然」。案：罔，訛也。章句「中心浩蕩罔然愁思」云云，浩蕩，無思慮貌。詳參離騷「怨靈脩之浩蕩兮」注。

鸞鳳翔於蒼雲兮，故矰繳而不能加。蛟龍潛於旋淵兮，身不挂於罔羅。

言鸞鳳飛於千仞，蛟龍藏於旋淵，故矰繳不能逮，羅罔不能加也。以言賢者亦宜高舉隱藏，法令不能拘也。

【疏證】

言鸞鳳飛於千仞，蛟龍藏於旋淵，故矰繳不能逮，羅罔不能加也。以言賢者亦宜高舉隱藏，法令不能拘也。◎馮本、文淵四庫章句本「羅罔」作「罔羅」，文津本亦作「羅罔」。案：正文作「罔羅」，章句舊宜作「罔羅」。喻林卷六人事門四避害引作「罔羅」。罔羅，古之習語，罕作「羅罔」。莊子卷五山木篇第二〇：「然且不免於網羅機辟之患。」罔與網同。鹽鐵論卷九西域篇第四六：「茫茫乎若行九皐未知所止，皓皓乎若無網羅而漁江、海。」九懷株昭：「還顧世俗兮，壞敗罔羅。」又，旋，回旋也。旋淵，猶招魂之「雷淵」。

知貪餌而近死兮，不如下游乎清波。

清波，清潔之流，無人之處也。言蛟龍明於避害，知貪香餌必近於死，故下游於清波無人之處也。以言賢者亦不宜貪禄位，以危其身也。

【疏證】

清波，清潔之流，無人之處也。◎案：全後漢文卷六九蔡邕述行賦「浮清波以横厲」，卷九八闕名張公神碑「綦水湯湯揚清波」。清波，漢世恆語。

言蛟龍明於避害，知貪香餌必近於死，故下游於清波無人之處也。以言賢者亦不宜貪禄位，以危其身也。◎俞本「貪」下無「香」字。案：敚也。羅本玉篇殘卷食部「餌」字：「野王案：「凡」（魚）所食之物也。楚辭『如貪餌而近死』。」莊子卷三胠篋篇一〇「鈎餌罔罟罾笱之知」，釋文：「餌，魚餌也。」

寧幽隱以遠禍兮，孰侵辱之可爲？

言己亦寧隱身幽藏以遠患禍，不能久被侵辱，誠爲難也。

【疏證】

言己亦寧隱身幽藏以遠患禍，不能久被侵辱，誠爲難也。◎俞本「寧」作「能」。案：譌也。

廣雅釋言：「侵，凌也。」侵辱，謂凌辱，漢世恆語。史記卷五七絳侯周勃世家：「勃恐，不知置辭，吏稍侵辱之。」漢書卷九〇酷吏傳王温舒：「無勢，雖貴戚，必侵辱。」

子胥死而成義兮，屈原沈於汨羅。雖體解其不變兮，豈忠信之可化？志怦怦而内直兮，履繩墨而不頗。

皆已解於離騷、九辯、七諫。

【疏證】

皆已解於離騷、九辯、七諫。◎案：豈，通作「幾」，幸也。謂幸俗爲忠信可化也。上博簡（六）莊王既城：「口後之人幾（豈）可保之？」河北定州漢墓竹簡論語述而「則吾幾敢」、陽貨「吾幾」，今本「幾」皆作「豈」。馬王堆漢墓帛書戰國縱横家書蘇秦獻書趙王章：「臣竊以事觀之，秦豈幾憂趙而曾（憎）齊哉？」今本趙國策趙策作「秦豈得愛趙而憎韓哉」。虞卿謂春申君章：「若夫越趙、魏，關甲於燕，幾楚之任哉。」今本趙國策楚策作「則豈楚之任哉」。銀雀山漢墓竹簡晏子一二：「夫君人者幾以泠（陵）民，社稷是主也。」今傳世本作「君人者豈以陵民，社稷是主」。又簡書：「嬰幾婢子才（哉）。」今傳世本作「嬰豈其婢子也哉」。皆其證。此六句分别見解於離騷「雖體解其猶不變兮豈余心之可懲」注、九辯「私自憐兮何極心怦怦兮諒直」注及七諫沈江「滅規榘而不用兮背繩墨之正方」注。

執權衡而無私兮，稱輕重而不差。

差，過也。言己如得執持權衡，能無私阿，稱量賢愚，必不過差，各如其理也。

【疏證】差，過也。◎案：詳參離騷「周論道而莫差」注。

言己如得執持權衡，能無私阿，稱量賢愚，必不過差，各如其理也。◎案：章句「能無私阿」云云，以「能」解「而」。能、而、乃，聲轉字。詳參王引之經傳釋詞卷七「而」條。

摡塵垢之枉攘兮，

摡，滌也。枉攘，亂貌。

【疏證】摡，滌也。◎楚辭諸本皆作：「枉攘，亂貌。摡一作慨，一作狂攘，一作枉攘，摡，滌也。」中華書局二〇〇〇年版點校本楚辭補注據其本，而斷作：「枉攘，亂貌。摡一作慨，一作狂。攘，一作枉。攘，摡滌也。」湖北本「摡」作「溉」。案：摡，在「枉攘」之前，其釋義不應置於後。舊本當作：「摡，滌也。枉攘，亂貌。摡一作慨。枉攘一作狂攘。」故特移居於「杜攘，亂也」之前。說文手部：「摡，滌也。从手、既聲。詩曰：『摡之釜鬵。』」毛詩匪風作「溉之釜鬵」，傳：「溉，滌也。」釋文：「本又作摡。」許氏引詩據別本。溉，借字。古者洗滌、洗洒之字皆作摡，後以溉字代之，則摡滌之義遂泯。

枉攘，亂貌。◎補注引「枉攘」一作「狂攘」（今本乙作「狂攘」一作「枉攘」）。案：枉攘，猶佂攘也。九辯「逢此世之佂攘」，章句：「卒遇譖讒而遽惶也。」言遽惶、言亂，其義相通。或作恇勷、佂躟，急遽貌。廣雅釋訓：「佂躟，惶劇也。」或作狂攘，古文苑卷五馬融圍碁賦：「狂攘相救兮，先後並没。」或作劻勷，廣韻下平聲第一〇陽韻「勷」字：「劻勷，迫貌。」俗語「慌張」，即其遺義。

除穢累而反真。

言己又欲摡激濁亂之臣，使君除去穢累而反於清明之德。

【疏證】

言己又欲摡激濁亂之臣，使君除去穢累而反於清明之德。◎文淵四庫章句本「除去」下無「穢」字。案：敚也。文津本亦有「穢」字。反真，道家習語，謂出離塵世也。淮南子卷一一齊俗訓：「今夫王喬、赤誦子吹嘔呼吸，吐故内新，遺形去智，抱素反真，以游玄眇，上通雲天。」漢書卷六七楊王孫傳：「反真冥冥，亡形亡聲，乃合道情。」全三國文卷四五阮籍老子贊：「飄颻太素，歸虚反真。」

形體白而質素兮，中皎潔而淑清。

言己自念形體潔白，表裏如素，心中皎潔，内有善性清明之質也。

【疏證】

言己自念形體潔白，表裏如素，心中皎潔，内有善性清明之質也。◎正德本、隆慶本、朱本、俞本、湖北本、劉本、莊本、四庫章句本「皎」作「皎」。案：皎與皎同。正文作「皎」，注文不當作「皎」。形體白、中皎潔，相對爲文。中，猶身也。禮記卷一〇檀弓下第四「文子其中退然如不勝衣」，鄭注：「中，身也。」國語卷一七楚語上「余左執鬼中，右執殤宫。」韋昭注：「中，身也。」章句「心中皎潔」云云，非也。

時猒飫而不用兮，且隱伏而遠身。

言時君不好忠直之士，猒倦其言而不肯用，故且隱伏山澤，斥遠己身也。

【疏證】言時君不好忠直之士，猒倦其言而不肯用，故且隱伏山澤，斥遠己身也。◎案：猒，飽也，足也。荀子卷四儒效篇第八「猒猒兮其能長久也」，楊注：「猒，足也。」爾雅釋言：「飫，私也。」孫炎注：「飫，非公朝，私飲酒也。」猒飫，謂背公飽私也。章句「猒倦其言」云云，非也。

聊竄端而匿迹兮，嘆寂默而無聲。

言己竭忠而不見用，且逃頭匿足，竄伏自藏，執守寂寞，吞舌無聲也。

【疏證】言己竭忠而不見用，且逃頭匿足，竄伏自藏，執守寂寞，吞舌無聲也。◎案：荀子卷四儒效篇第八「惠施、鄧析不敢竄其察」，楊注：「竄，隱匿也。」禮記卷二三禮器第一〇「二者居天下之大端矣」，鄭注：「端，本也。」竄端、匿迹，謂藏匿本踪。嘆，無聲也。章句「逃頭竄足」云云，猶今云「藏頭匿尾」。又，章句「執守寂寞」云云，以寂默爲寂寞，聲之轉也，無聲貌。詳參九辯「蟬宋漠而無聲」注。

獨便悁而煩毒兮，焉發憤而抒情？

言己懷忠直之志，獨悁悒煩毒，無所發我憤懣，泄己忠心也。

【疏證】

言己懷忠直之志，獨悁悒煩毒，無所發我憤懣，泄己忠心也。◎文淵四庫章句本「懣」作「僡」，文津本亦作「懣」。景宋本「泄」作「世」。案：僡、世，皆譌字。便悁，煩冤也。詳參七諫謬諫「獨便悁而懷毒兮」注。又，「焉發憤而抒情」，因襲惜誦「發憤以杼情」。

時曖曖其將罷兮，遂閔歎而無名。

言己遭時不明，行善罷倦，心遂煩悶，傷無美名以流後世也。

【疏證】

言己遭時不明，行善罷倦，心遂煩悶，傷無美名以流後世也。◎四庫章句本「倦」作「惓」。

案：惓，俗倦字。又，歎，當從補注引一作嗼。嗼，譌作嘆，或作歎。悶嗼，猶悶瞀，惑亂貌。惜誦「中悶瞀之忳忳」是也。章句「心遂煩悶」云云，其舊本作「悶嗼」。

伯夷死於首陽兮，卒夭隱而不榮。

言伯夷餓於首陽，夭命而死，不饗其爵禄，得其榮寵也。

【疏證】

言伯夷餓於首陽，夭命而死，不饗其爵禄，得其榮寵也。◎案：夭隱，幽隱之聲轉，謂避世隱居，漢世習語。鹽鐵論卷七除狹篇第三二：「故士脩之鄉曲，陞諸朝廷；行之幽隱，明足顯著。」漢書卷一八外戚恩澤侯表：「會上亦興文學，進拔幽隱，公孫弘自海瀕而登宰相。」卷二二禮樂志：「河間獻王聘求幽隱，脩興雅樂以助化。」卷七五李尋傳：「宜急博求幽隱，拔擢天士，任以大職。」卷八〇宣元六王傳淮陽憲王欽：「北游燕、趙，欲循行郡國，求幽隱之士。」章句「夭命而死」云云，非也。

太公不遇文王兮，身至死而不得逞。

言太公不遇文王，至死不得解於厮賤。

【疏證】

言太公不遇文王，至死不得解於厮賤。◎正德本、隆慶本、朱本、劉本、馮本、俞本、四庫章句本、湖北本、莊本「㡿賤」下有「也」字。同治本「㡿」作「廝」。案：廝、㡿同。逞，迎也。長沙馬王堆漢墓帛書式法：「天一曰困，逞（迎）之者死。」又曰：「伓（倍）地逞（迎）天辱，伓（倍）天逞（迎）地死。」謂太公不遇文王，至死不得迎歸爲師。章句「至死不得解於㡿賤」云云，以逞爲釋解義，雖訓詁有據，則未若訓迎之愜當。

懷瑶象而佩瓊兮，願陳列而無正。

言己懷玉象，履忠信，願陳列己志，無有明正之君聽而受之也。

【疏證】

言己懷玉象，履忠信，願陳列己志，無有明正之君聽而受之也。◎案：懷沙「懷瑾握瑜兮」，惜誦「願陳志而無路」。皆莊忌此文所因。

生天墜之若過兮，忽爛漫而無成。

爛漫，猶消散也。言己生於天地之間，忽若風雨之過，晻然而消散，恨無成功也。

【疏證】

爛漫，猶消散也。◎案：爛漫，離散貌，非俗云不解事。聲之轉或作離披、被離、配黎、迷離、幕絡、孟浪等，未可勝舉也。詳參九辯「妒被離而鄣之」注。

言己生於天地之間，忽若風雨之過，晻然而消散，恨無成功也。◎同治本「間」作「閒」。案：閒、間同。章句「晻然而消散」云云，晻，讀作奄，猶奄忽，疾貌。

邪氣襲余之形體兮，疾憯怛而萌生。

襲，及也。言己常恐邪惡之氣及我形體，疾病憯痛，橫發而生，身僵仆也。

【疏證】

襲，及也。◎案：詳參九歌少司命「芳菲菲兮襲予」注。

言己常恐邪惡之氣及我形體，疾病憯痛，橫發而生，身僵仆也。◎案：廣雅釋詁：「憯，痛也。」憯與慘古字通。史記卷八四屈原列傳「疾痛慘怛」，正義：「慘，毒也。怛，痛也。」詩匪風「中心怛兮」，毛傳：「怛，傷也。」憯怛，平列同義。章句「橫發而生」云云，以「橫發」釋「萌」，蓋讀如妄。說文女部：「妄，亂也。从女、亡聲。」猶「橫發」也。

願壹見陽春之白日兮，恐不終乎永年。

言己被疾憂懼，恐草木徂落，不能至陽春見白日，不終年命，遂委弃也。

【疏證】

言己被疾憂懼，恐草木徂落，不能至陽春見白日，不終年命，遂委弃也。◎惜陰本、正德本、隆慶本、朱本、劉本、馮本、俞本、四庫章句本、湖北本、莊本「弃」作「棄」。案：弃、棄同。陽春，見詩七月「春日載陽」，鄭箋：「陽，温也。」文選卷三張衡東京賦「春日載陽」，薛綜注：「陽，暖也。」陽春，暖春也，恆語。類聚卷九水部下「泉」條引張衡温泉賦：「陽春之月，百草萋萋。」文選卷二七古辭長歌行：「陽春布德澤，萬物生光暉。」

楚辭章句疏證

黃靈庚　疏證

增訂本

【第六册】

楚辭章句疏證卷一五　惜誓

惜誓者，不知誰所作也。或曰賈誼，疑不能明也。

案：是篇之作，叔師既未能明。或曰賈誼，其時所傳聞，未有確證，故以存疑。楚辭釋文以其著者未明，故厠置於哀時命後。蓋其舊本如此，今置於大招之末爲第十一卷，甚無謂也。補注：「漢書：賈誼，洛陽人。文帝召爲博士，議以誼任公卿。絳、灌之屬毀誼，天子亦疏之，以誼爲長沙王太傅。意不自得，及度湘水，爲賦以弔屈原。賦云：『所貴聖之神德兮，遠濁世而自藏。使麒麟可係而羈兮，豈云異夫犬羊？』又曰：『鳳皇翔于千仞兮，覽德煇而下之。見細德之險「微」(徵)兮，遥增擊而去之。彼尋常之汙瀆兮，豈容吞舟之魚？橫江潭之鱣鯨兮，固將制於螻蟻。』與此語意頗同。」則「或曰」之説，因弔屈、鵩鳥二賦以蠡測之。今傳有賈誼新書十卷，文集四卷。又，古文苑卷三有賈誼旱雲賦，類聚卷四四樂部「筍簴」條引有賈誼簴賦。弔屈、鵩鳥二賦皆見史記卷八四賈生列傳。又，宋沈作喆寓簡卷四：「楚詞惜誓一章，超逸絶塵，氣象曠遠，真賈生所作無疑。」亦臆説也。又，俞本不録此序，改用朱子集注序。劉本因俞本，但改用補注本序。皆屬妄改。

惜者，哀也。

案：惜之爲哀，猶愛也，言愛惜也。詩烝民「愛莫助之」，鄭箋：「愛，惜也。」

誓者，信也，約也。言哀惜懷王與己信約而復背之也。

案：誓、誥相對。書甘誓序「啓與有扈戰於甘之野作甘誓」，釋文：「馬云：『軍旅曰誓，會同曰誥。』」散則並言要約。禮記卷五曲禮下第二：「約信曰誓，莅牲曰盟。」蓋此序所因。此篇無「哀惜懷王與己信約」之意。徐仁甫古詩别解：「誓，借爲逝，惜年華如逝水也。」其説得旨。篇首：「惜余年老而日衰兮，歲忽忽而不反。」正「惜逝」之意。誓、逝，古字通用。詩碩鼠「逝將去女」，公羊傳昭公十五年徐疏引詩作「誓將去女」。

古者君臣將共爲治，必以信誓相約，然後言乃從，

補注引「乃從」一作「乃從之」。四庫章句本「以」作「㠯」。案：有「之」字，暢於辭氣。㠯，古以字。漢魏六朝百三家集卷二〇漢王逸集題詞、東漢文紀卷一四惜誓序引無「之」字。

而身㠯親也。蓋刺懷王有始而無終也。

正德本、隆慶本、莊本、朱本「㠯」作「以」。正德本、隆慶本、莊本、馮本、朱本、湖北本、四庫章句本、劉本「始」下無「而」字。案：㠯，古以字。漢魏六朝百三家集卷二〇漢王逸集題詞、東漢文

紀卷一四惜誓序引作「以」。又，袁校謂宋本無此卷。則黃氏參酌諸本以補也。

惜余年老而日衰兮，歲忽忽而不反。

言哀己年歲已老，氣力衰微，歲月卒過，忽然不還而功不成，德不立也。

【疏證】

言哀己年歲已老，氣力衰微，歲月卒過，忽然不還而功不成，德不立也。◎隆慶本、湖北本、朱本、莊本「不還」下無「而」字。俞本「言哀己年歲已老氣力衰微」作「言己年老力衰」，「德」作「名」。案：余，代屈子自謂也。下皆同。日衰，言益少也。本篇二見，下又云：「壽冉冉而日衰。」秦、漢習語。呂氏春秋卷一二季冬紀第六序意篇：「智不公，則福日衰。」禮記卷一六月令第六：「陽氣日衰，水始涸。」史記卷三九晉世家：「悼公以後日衰。」春秋繁露卷三精華篇第五：「自是日衰，九國叛矣。」漢書卷九元帝紀：「暴猛之俗彌長，和睦之道日衰。」卷一一哀帝紀：「是故殘賊彌長，和睦日衰。」卷二七下五行志：「桓德日衰。」卷五五霍去病傳：「自是後青日衰而去病日益貴。」卷六五東方朔傳：「董君之寵由是日衰。」又，章句以「忽然」解「忽忽」，言疾終貌。爾雅釋詁：「忽，盡也。」郭璞注：「忽然，盡貌。」又，七諫自悲「歲忽忽其若頹」，後漢書卷二八下馮衍傳「歲忽忽而日邁兮」，九思哀歲「歲忽忽兮惟暮」，全梁文卷五三陸倕感知己賦贈任昉「歲忽忽而遒盡」。忽忽，皆傷歲時易逝。

登蒼天而高舉兮，歷衆山而日遠。

言己想得道真，上升蒼天，高抗志行，經歷衆山，去我鄉邑，日以遠也。

【疏證】

言己想得道真，上升蒼天，高抗志行，經歷衆山，去我鄉邑，日以遠也。◎案：章句以「經歷」解「歷」，經歷，平列同義，歷亦經也。漢世習語。文選卷三東京賦「歷世彌光」，薛綜注：「歷，經也。」又，卷七揚雄甘泉賦「歷倒景而絕飛梁兮」，卷一五張衡思玄賦「歷衆山以周流兮」，卷六〇弔屈原文「歷九州而相其君兮」，史記卷一一七司馬相如列傳「歷唐堯於崇山兮」，漢書卷八七上揚雄傳「登歷觀而遥望兮」，全三國文卷四六阮籍大人先生傳「歷寥廓而遐逌」。歷，皆經歷也。

觀江、河之紆曲兮，離四海之霑濡。

言己遂見江、河之紆曲，志爲盤結；遇四海之風波，衣爲濡溼。心愁身苦，憂悲且思也。

【疏證】

言己遂見江、河之紆曲，志爲盤結；遇四海之風波，衣爲濡溼。心愁身苦，憂悲且思也。◎

正德本、隆慶本、朱本、馮本、俞本、莊本、四庫章句本「遇」作「過」。補注引「遇四海」一作「過四海」。案：據義，謂經歷四海風波，舊作「過四海」爲允。離，經歷也。國語卷七晉語一「非天不離數」，韋昭注：「離，歷也。」儀禮卷一七大射儀第七「中離維綱」，鄭注：「離，猶過也。」紆曲，曲折不申貌。本篇二見，漢、魏習語。文選卷三四枚乘七發「黃池紆曲」，史記卷一一七司馬相如傳「低回陰山翔以紆曲兮」，全三國文卷一三曹植感節賦「内紆曲而潛結」，卷二一夏侯惇景福殿賦「嵚岑紆曲」，卷七五楊泉五湖賦「穹隆紆曲」，全晉文卷四五傅玄正都賦「委隨紆曲」。又，霑濡與沾濡同，謂浸潤也。漢、魏習語。全後漢文卷九三阮瑀紀征賦「遂霑濡而難量」，全三國文卷四四阮籍東平賦「被風雨之沾濡兮」，漢書卷五七下司馬相如傳「沾濡浸潤」，卷八七下揚雄傳「莫不沾濡」。又，章句「憂悲且思」云云，思亦憂也。

攀北極而一息兮，吸沆瀣㠯充虛。

言己周流行求道真，冀得上攀北極之星，且中休息，吸清和之氣，以充空虛，療飢渴也。

【疏證】

言己周流行求道真，冀得上攀北極之星，且中休息，吸清和之氣，以充空虛，療飢渴也。◎正德本、隆慶本、朱本、馮本、俞本、莊本、四庫章句本「且」下皆無「中」字。案：中，猶身也。無「中」字，爛敚之。遠遊「餐六氣而飲沆瀣兮」，章句引陵陽子明經：「冬飲沆瀣，沆瀣者，北方夜半氣也。」章句「清和之氣」云云，夜半之時，天氣清和。史記卷一三〇太史公自序「受命於穆清」，集解引如淳云：「受天命清和之氣。」又，全宋文卷四六鮑照傷逝賦「彼一息之短景」，全梁文卷二梁武帝北伐詔「指浮橋而一息」，卷一四梁簡文帝吳郡石像碑「望葑門而一息」，卷二五沈約麗人賦「中步檐而一息」，郊居賦「指咸池而一息」，卷四一任昉答陸倕感知己賦「過龍津而一息」。「一息」之語，皆承襲於此。

飛朱鳥使先驅兮，駕太一之象輿。

言己吸天元氣，得其道真。即朱雀神鳥爲我先導，遂乘太一神象之轝而遊戲也。

【疏證】

言己吸天元氣，得其道真。即朱雀神鳥爲我先導，遂乘太一神象之轝而遊戲也。◎正德本、隆慶本、朱本、馮本、俞本、莊本、四庫章句本「道真」上無「其」字。皇都本「太一」作「大一」，同治本「乘」作「乖」，「遊」作「游」。案：遊、游同。大、乖，皆非。朱鳥，朱雀也，南方祝融之象。禮記卷三曲禮上第一：「行，前朱鳥而後玄武，左青龍而右白虎，招搖在上，急繕其怒。」淮南子卷三天文訓：「南方，火也，其帝炎帝，其佐朱明，執衡而治夏，其神爲熒惑，其獸朱鳥，其音徵，其日丙、丁。」高注：「朱明，舊説云：祝融。朱鳥，朱雀也。」史記卷二七天官書「南宮朱鳥，權、衡。」索隱引文耀鉤：「南宮赤帝，其精爲朱鳥。」文選卷一三鸚鵡賦「惟西域之靈鳥兮」，李善注引蔡邕月令章句：「天官五獸，前有朱雀，鶉火之體也。」文獻通考卷二七九象緯考二二十八宿「南方」條：「中興天文志引石氏：『南宮赤帝，其精朱鳥，爲七宿。井，首；鬼，目；柳，喙；星，頸；張，嗉；翼，翮；軫，尾。』」張家山漢墓竹簡蓋廬：「前赤鳥、後倍（背）天鼓可以戰。」赤鳥，朱鳥也。天鼓，玄武也。又，象輿，以象牙飾輿，離騷「雜瑶象以爲車」是也。章句「乘太一神象之轝」云云，非也。文選卷八上林賦「象輿婉僤於西清」，卷一四赭白馬賦「故能代驂象輿」，論衡卷二二紀妖篇第六四「駕象輿，六玄（交）龍」。象輿，漢世恆語。

蒼龍蚴虬於左驂兮，白虎騁而爲右騑。

言己德合神明，則駕蒼龍，驂白虎，其狀蚴虬有威容也。

【疏證】

言己德合神明，則駕蒼龍，驂白虎，其狀蚴虬有威容也。◎案：白虎騁與蒼龍蚴虬，相對爲文，騁，當作馳騁，爛敚之也。楚辭無單言騁。又，騑與輿、車爲協韻字，騑字出韻。章句「則駕蒼龍，驂白虎」云云，以「駕」釋「騑」，舊本正文「騑」，蓋「馭」之訛。馭，駕馭也。蒼龍，青龍也，東方太皞之精。史記卷二七天官書：「其内五星，五帝坐。」索隱：「詩含神霧云『五精星坐，其東蒼帝坐，神名靈威仰，精爲青龍』之類也。」白虎，西方少皡之精。論衡卷三物勢篇第一四：「東方，木也，其星蒼龍也。西方，金也，其星白虎也。南方，火也，其星朱鳥也。北方，水也，其星玄武也。天有四星之精，降生四獸之體。」蒼龍在左、在東，白虎在右、在西，此一定之理。張家山漢墓竹簡蓋廬：「左青龍、右白虎可以戰。」又，蚴虬，龍行貌。詳參九歎遠逝「佩蒼龍之蚴虬兮」注。

建日月㠯爲蓋兮，載玉女於後車。

言己乃立日月之光以爲車蓋，載玉女於後車以侍棲宿也。

【疏證】

言己乃立日月之光以爲車蓋，載玉女於後車以侍棲宿也。◎正德本、隆慶本、朱本、馮本、俞本、莊本、四庫章句本「乃立」上無「己」字。案：漢以後言通神登僊，多致玉女來侍。史記卷一一七司馬相如列傳「載玉女而與之歸」，正義：「張揖云：『玉女，青要、乘弋等也。』」全漢文卷六三修羊公茅君九賜玉册文：「呼召六陰，玉女侍軒。」又曰：「給玉童玉女各四十人，以出入太微。」春秋繁露卷一七天地之行篇第七八：「無爲致太平，若神氣自通於淵也，致黃龍鳳凰，若神明之致玉女芝英也。」全後漢文卷一二桓譚仙賦：「諸物皆見，玉女在旁。」文選卷一五思玄賦：「載太華之玉女兮。」全三國文卷四六阮籍大人先生傳：「召大幽之玉女兮，接上王之美人。」全梁文卷六九梁無名氏七召：「侍玉女於仙車。」抱朴子卷一金丹第四：「朱鳥鳳凰翔覆其上，玉女至傍。」又曰：「服之三年，仙道乃成，必有玉女二人來侍之。」

馳騖於杳冥之中兮，休息虖崑崙之墟。

言己雖馳騖杳冥之中，脩善不倦，休息崑崙之山以遊觀也。

【疏證】

言己雖馳騖杳冥之中，脩善不倦，休息崑崙之山以遊觀也。◎正德本、隆慶本、馮本、朱本、俞本、莊本、劉本、四庫章句本「脩」作「修」。案：杳冥，天也。漢書卷六五東方朔傳「車騖南北」，顏師古注：「亂馳曰騖。」又，全三國文卷四六阮籍大人先生傳：「直馳騖乎太初之中，而休息乎無爲之宫。」蹈襲於此。

樂窮極而不厭兮，願從容虖神明。

言己周行觀望，樂無窮極，志猶不厭，願復與神明俱遊戲也。

【疏證】

言己周行觀望，樂無窮極，志猶不厭，願復與神明俱遊戲也。◎正德本、隆慶本、朱本、馮本、俞本、莊本、湖北本、四庫章句本「戲」作「行」。案：據義，舊作「遊戲」爲允。又章句「樂無窮極志猶不厭」云云，舊本正文作「樂無窮而不厭」。極，窮字注文，後竄入正文。晉郭元祖列仙傳贊琴高：「其樂無窮。」神明，謂神靈。莊子卷八列禦寇篇第三二：「澹然獨與神明居。」郭店楚墓竹簡太一生水：「天地復相輔也，是以成神明，神明復相輔也，是以成陰陽。」

涉丹水而駝騁兮，右大夏之遺風。

丹水，猶赤水也。淮南言「赤水出崑崙」也。大夏，外國名也，在西南。言己復渡丹水而馳騁，顧見大夏之俗，思念楚國也。

【疏證】

丹水，猶赤水也。淮南言「赤水出崑崙」也。◎案：章句引淮南子見卷四墬形訓。赤水在崑崙東南，詳參離騷「遵赤水而容與」注。周、秦曰赤水，兩漢曰丹水，古今別稱。

大夏，外國名也，在西南。◎案：山海經卷一三海内東經「國在流沙外者大夏」，郭璞注：「大夏國，城方二三百里，分爲數十國。」史記卷一一一衛將軍列傳：「張騫從大將軍以嘗使大夏。」正義：「大夏國在大宛之西。」卷一二三大宛列傳：「大宛在匈奴西南，在漢正西，去漢可萬里，多善馬，馬汗血，其先天馬子也。西則大月氏，西南則大夏。」又曰：「大夏在大宛西南二千餘里嫣水南，其俗土著，有城屋，與大宛同俗。」補注引淮南子：「九州之外有八殥，西北方曰大夏。」洪氏引見卷四墬形訓，曰：「西南方曰渚資，曰丹澤；西北方曰大夏，曰海澤。」此「大夏」似不在西域，蓋并州大夏也。史記卷六秦始皇本紀「北過大夏」，正義：「杜預云：『大夏，太原晉陽縣。』按：在今并州，『遷實沈於大夏，主參』。即此也。」

言己復渡丹水而馳騁，顧見大夏之俗，思念楚國也。◎案：章句「顧見大夏之俗」云者，以「遺風」爲遺餘風俗。非也。遺風，千里馬之别稱，與哀郢「悲江介之遺風」，文同義别。呂氏春秋卷一四孝行覽第二本味篇：「馬之美者，青龍之匹，遺風之乘。」高注：「匹、乘，皆馬名。」文選卷七子虚賦：「乘遺風，射遊騏。」李善注引張揖曰：「遺風，千里馬。」既大夏「與大宛同俗」，大夏出汗血千里馬。謂左駕大夏駿馬也。

黄鵠之一舉兮，知山川之紆曲；再舉兮，睹天地之圜方。

言黄鵠養其羽翼，一飛則見天川之屈曲，再舉則知天地之圜方。居身益高，所睹愈遠也。以言賢者亦宜高望遠慮，以知君之賢愚也。

【疏證】

言黄鵠養其羽翼，一飛則見天川之屈曲，再舉則知天地之圜方。居身益高，所睹愈遠也。以言賢者亦宜高望遠慮，以知君之賢愚也。◎正德本、隆慶本、朱本、馮本、俞本、莊本、湖北本、四庫章句本「黄」作「鴻」，「一飛」作「一舉」，「居身」作「身居」。案：章句以「鴻鵠」解「黄鵠」。鴻，大也。舊作「鴻鵠」。補注：「始元中，黄鵠下建章宫太液池中。師古云：『黄鵠，大鳥，一舉千里，非白鵠也。』」洪説見漢書卷七昭帝紀。新序卷五雜事：「黄鵠白鶴，一舉千里。」黄鵠、白鶴並舉，信非一鳥。黄鵠，喻得道之人。淮南子卷一二道應訓：「吾比夫子，猶黄鵠與蠰蟲也，終日行，不離咫尺，而自以爲遠，豈不悲哉？」章句「居身益高所睹愈遠」云云，荀子卷一勸學篇第一：「吾嘗跂而望矣，不如登高之博見也。登高而招，臂非加長也，而見者遠。」又，列子卷七楊朱篇：「鴻鵠高飛，不集汚池，何則？其極遠也。」

臨中國之衆人兮，託回飇乎尚羊。

尚羊，遊戲也。言己臨見楚國之中，衆人貪佞，故託回風，遠行遊戲也。

【疏證】

尚羊，遊戲也。言己臨見楚國之中，衆人貪佞，故託回風，遠行遊戲也。◎正德本、俞本「故」作「女」，隆慶本、湖北本、朱本作「遂」。惜陰本、同治本「飇」作「颷」。案：據義，則舊作「遂託」也。飇，俗飈字。尚羊，猶倘佯、常羊、相羊，言戲遊貌。詳參離騷「聊逍遥以相羊」注。

乃至少原之壄兮，赤松王喬皆在旁。

少原之壄，仙人所居。言遂至衆仙所居而見赤松子與王喬也。

【疏證】

少原之壄，仙人所居。言遂至衆仙所居而見赤松子與王喬也。◎四庫章句本「壄」作「埜」，正德本、隆慶本、劉本、俞本、馮本、朱本作「壄」。同治本「旁」作「𣃟」。案：壄，古野字。埜，亦古字。壄，壄訛字。少原，未詳。全後漢文卷一二桓譚仙賦：「余少時爲郎，從孝成帝出祠甘泉河東，見部先置華陰集靈宮。宮在華山下，武帝所造，欲以懷集仙者王喬、赤松子，故名殿爲存仙。端門南向山，署曰望仙門。」漢世以赤松之居，蓋在華山。又，類聚卷六地部「野」條引韓詩外傳：「孔子出遊少原之野，有婦人哭甚哀。」則在宋、魯之間。今本韓詩外傳卷九作「少源之野」。

二子擁瑟而調均兮，余因稱乎清商。

均，亦調也。清商，歌曲也。言赤松、王喬見己歡喜，持瑟調弦而歌，我因稱清商之曲最爲善也。

【疏證】

均，亦調也。◎案：文選卷一八嘯賦「音均不恆」，李善注：「均，古韻字也。」又引晉灼子虛賦注曰：「文章假借，可以協韻。均與韻同。」引申之爲調樂器名。信陽楚簡「乃教均」，均即調也。國語卷三周語下：「王將鑄無射，問律於伶州鳩。對曰：『律，所以立均出度也。』」韋昭注：「均者，均鍾，木長七尺，有弦繫之以均鍾者，度鍾大小清濁也。」均之訓調，詳參離騷「字余曰靈均」注。

清商，歌曲也。◎案：清商，紂樂工師延所作，亡國悲曲。韓非子卷三十過篇第一〇：「乃召師涓，令坐師曠之旁，援琴撫之。未終，師曠撫止之，曰：『此亡國之聲，不可遂也。』平公曰：『此道奚出？』師曠曰：『此師延之所作，與紂爲靡靡之樂也。及武王伐紂，師延東走，至於濮水而自投。故聞此聲者，必於濮水之上。先聞此聲者，其國必削，不可遂。』平公曰：『寡人所好者，音也，子其使遂之。』師涓鼓究之。平公問師曠曰：『此所謂何聲也？』師曠曰：『此所謂清商也。』」文選卷二張衡西京賦「嚼清商而却轉」，薛綜注：「清商，鄭音。」即鄭、衛之濮上、桑間之音。

言赤松、王喬見已歡喜，持瑟調弦而歌，我因稱清商之曲最爲善也。◎案：章句「我因稱清商之曲最爲善」云云，悲音感切人心，故漢世以清商爲妙曲之名。後漢書卷七九仲長統傳：「彈南風之雅操，發清商之妙曲。」

澹然而自樂兮，吸衆氣而翱翔。

衆氣，謂朝霞、正陽、淪陰、沆瀣之氣也。言己得與松、喬相對，心中澹然而自欣樂，俱吸衆氣而遊戲。

【疏證】衆氣，謂朝霞、正陽、淪陰、沆瀣之氣也。言己得與松、喬相對，心中澹然而自欣樂，俱吸衆氣而遊戲。◎正德本、隆慶本、朱本、馮本、俞本、莊本、湖北本、四庫章句本「俱」作「但」，「戲」下有「也」字。劉本删「言己」以下二十三字。案：俱，但之譌。朝霞、正陽、淪陰、沆瀣之氣，四時精氣也。詳參遠遊「餐六氣而飲沆瀣兮」注。

念我長生而久僊兮，不如反余之故鄉。

言屈原設去世離俗，遭遇真人，雖得長生久僊，意不甘樂，猶思楚國，念故鄉，忠信之至，恩義之篤也。

【疏證】言屈原設去世離俗，遭遇真人，雖得長生久僊，意不甘樂，猶思楚國，念故鄉，忠信之至，恩義之篤也。◎俞本、馮本、四庫章句本「僊」作「仙」。案：僊，古仙字。僊鄉，地下冥府。唐無名氏虞美人：「九泉歸去是仙鄉，恨茫茫。」謂所以不忍絶世離去者，念故鄉也。離騷：「陟陞皇之赫戲兮，忽臨睨夫舊鄉。僕夫悲余馬懷兮，蜷局顧而不行。」又，章句「言屈原設去世離俗」云云，設，猶若也。下皆同。戰國策卷一一齊策四「設爲不宦」，鮑彪注：「設者，虚假之辭。」虚假，假設也。

黄鵠後時而寄處兮，鴟梟羣而制之。

言黄鵠一飛千里，常集高山茂林之上，設後時而欲寄處，則鴟梟羣聚，禁而制之，不得止也。言賢者失時後輩，亦爲讒佞所排逐。

【疏證】

言黄鵠一飛千里，常集高山茂林之上，設後時而欲寄處，則鴟梟羣聚，禁而制之，不得止也。言賢者失時後輩，亦爲讒佞所排逐。◎馮本、莊本、四庫章句本「一飛」作「一舉」。正德本、隆慶本、俞本、莊本、湖北本、四庫章句本「排逐」下有「之」字。馮本、朱本「之」作「也」。劉本「止」訛作「上」，删「言賢」以下十四字。案：此賈生所以自哀也。黄鵠，自喻也；鴟梟，喻重臣絳、灌之屬。史記卷八四賈生列傳：「孝文帝初即位，謙讓未遑也。諸律令所更定及列侯悉就國，其説皆自賈生發之。於是天子議以爲賈生任公卿之位。絳、灌、東陽侯、馮敬之屬盡害之，乃短賈生曰：『雒陽之人，年少初學，專欲擅權，紛亂諸事。』於是天子後亦疏之，不用其議，乃以賈生爲長沙王太傅。」所謂「後時而寄處」，以其年少，入朝固在絳、灌後也。章句「賢者失時後輩亦爲讒佞所排逐」云云，是可謂知言。又，文選卷六〇弔屈原文：「鸞鳳伏竄兮，鴟梟翱翔。」其以弔屈，實爲自哀。梟鴟，貪殘之鳥，即爾雅釋鳥之狂茅鴟、怪鴟、梟鴟之類。今呼曰老鵰、鵰鷹也。

神龍失水而陸居兮，爲螻蟻之所裁。

螻，螻蛄也。蟻，蚍蜉也。裁，制也。言神龍常潛深水，設其失水，居於陵陸之地，則爲螻蟻、蚍蜉所裁制，而見啄齧也。以言賢者不居廟堂，則爲俗人所侵害也。

【疏證】

螻，螻蛄也。◎案：爾雅釋蟲「螜，一名天螻」，郭璞注：「螻蛄也。夏小正曰『螜則鳴』。」郝氏義疏：「廣雅以螻蜮爲螻蛄，此説得之。蜮蟈字同見於説文，蟈、蛄，聲之轉，故其字通。今按：螻蛄翅短不能遠飛，黄色四足，頭如狗頭，俗呼土狗，即杜狗也。尤喜夜鳴，聲如蚯蚓，喜就燈光。陶注本草云：『此物頗協鬼神，今人夜見多打殺之，言爲鬼所使也。』」

蟻，蚍蜉也。◎案：招魂「赤螘若象」，章句：「螘，蚍蜉也。小者爲螘，大者謂之蚍蜉也。」螘與蟻同。

裁，制也。◎劉本無注。案：敓也。説文衣部：「裁，制衣也。从衣、𢦏聲。」引申之言控制。

言神龍常潛深水，設其失水，居於陵陸之地，則爲螻蟻、蚍蜉所裁制，而見啄齧也。以言賢者不居廟堂，則爲俗人所侵害也。◎正德本、隆慶本、湖北本、俞本、莊本「侵」作「戕」。馮本、四庫章句本「堂」作「朝」。劉本删「以言」下十六字。案：侵害，周秦、兩漢習語。韓非子卷一六難三第三八：「必借人成勢而勿使侵害己。」戕害，魏、晉習語。文選卷六魏都賦：「人物以戕害爲藝。」舊作「侵害」。又，廟朝、廟堂，古皆有之。然言「廟堂」居多，「廟朝」罕見。呂氏春秋卷一六先識覽第八正名篇：「使若人於廟朝中深見侮而不鬬，王將以爲臣乎？」孔子家語卷三觀周第一一：「考明堂之則，察廟朝之度。」王肅注：「宗廟朝廷之法度也。」神龍，自喻；螻蛄，喻讒佞。又，文選卷六〇弔屈原文：「襲九淵之神龍兮，沕深潛以自珍。偭蟂獺以隱處兮，夫豈從蝦與蛭螾？」又曰：「横江湖之鱣鯨兮，固將制於螻蟻。」皆同此意，神龍而制於螻蛄，自哀爲小人制也。

夫黄鵠神龍猶如此兮，況賢者之逢亂世哉！

言黄鵠能飛翔，神龍能存能亡，奄然失所，爲鴟梟、螻蟻所制，其困如此，何況賢者身無爵禄，爲俗人所困侮，固其宜也。

【疏證】

言黄鵠能飛翔，神龍能存能亡，奄然失所，爲鴟梟、螻蟻所制，其困如此，何況賢者身無爵禄，爲俗人所困侮，固其宜也。◎案：徐仁甫古詩別解：「『哉』與上『裁』『之』韻，然楚辭全書，無奇韻例。疑此兩句爲注文誤入正文。」其説可參，録以存之。

壽冉冉而日衰兮，固儃回而不息。

儃回，運轉也。言己年壽，日以衰老，而楚國羣臣，承順君非，隨之運轉，常不止息也。

【疏證】

儃回，運轉也。◎案：儃回，猶低佪，行不進貌。

言己年壽，日以衰老，而楚國羣臣，承順君非，隨之運轉，常不止息也。◎案：謂己壽日衰，命將墮落，猶低佪於故鄉而不止息，冀得舉用也。章句「楚國羣臣承順君非，隨之運轉，常不止息」云云，則非其旨。

俗流從而不止兮，衆枉聚而矯直。

枉，邪也。矯，正也。言楚國俗人流從諂諛，不可禁止，衆邪羣聚，反欲正忠直之士，使隨之也。

【疏證】

枉，邪也。◎案：涉江「朝發枉陼兮」，章句：「枉，曲也。」

矯，正也。◎案：易説卦「爲矯輮」，李鼎祚集解引宋衷：「曲者更直爲矯，直者更曲爲輮。」漢書卷一四諸侯王表「可謂撟枉過其正矣」，顔師古注：「撟與矯同，枉曲也。正曲曰矯。」章句「反欲正忠直之士」云云，矯直，謂以曲正直，是爲揉也。

言楚國俗人流從諂諛，不可禁止，衆邪羣聚，反欲正忠直之士，使隨之也。◎劉本「羣」作「群」。案：流從，當乙作「從流」，謂同流合污。詳參離騷「固時俗之流從兮」注。

或偷合而苟進兮，或隱居而深藏。

言士有偷合於世，苟欲進取，以得爵位，或有修行德義，隱藏深山，而君不照知也。

【疏證】

言士有偷合於世，苟欲進取，以得爵位，或有修行德義，隱藏深山，而君不照知也。◎正德本、隆慶本、俞本、劉本、莊本、四庫章句本「修」作「脩」。四庫章句本、朱本「或有」作「或自」。同治本「言士」作「言七」。案：據義，舊作「或自」爲允。有，自字之訛。七，士之訛。章句「照知」云云，平列同義，照猶知也。荀子卷九臣道篇第一三：「不恤君之榮辱，不恤國之臧否，偷合苟容以持禄養交而已耳，謂之國賊。」又，「隐居深藏」云云，謂身處亂世，保真以自潔，若避世之士長沮、桀溺。

苦稱量之不審兮，同權槩而就衡。

稱，所以知輕重；量，所以別多少。槩，平也。權、衡，皆稱也。言患苦衆人，稱物量穀，不知審其多少，同其稱平，以失情實，則使衆人怨也。以言君不稱量士之賢愚而同用之，則使智者恨也。

【疏證】

稱，所以知輕重；量，所以別多少。◎案：章句對文以別義。所以「別多少」者，謂升斗斛之屬。説文重部：「量，稱輕重也。从重省，曏省聲。」段注：「稱者，銓也。漢志曰：『量者，所以量多少也。衡、權者，所以均物平輕重也。』此訓量爲稱輕重者，有多少斯有輕重，視其多少可辜搉其重輕也。其字之所以从重也。引申之凡料理曰量，凡所容受曰量。」

槩，平也。◎案：漢書卷二一上律歷志「以井水準其槩」，顔師古曰：「槩，所以槩平斗斛之上者也。」

權、衡，皆稱也。言患苦衆人，稱物量穀，不知審其多少，同其稱平，以失情實，則使衆人怨也。以言君不稱量士之賢愚而同用之，則使智者恨也。◎案：章句「權、衡，皆稱也」云云，散文不別。對文，稱，大名也。衡，稱杆刻度也。權，稱之錘。詳參九歎思古「錯權衡而任意」注。懷沙：「同糅玉石兮，一槩而相量。」即同此意。

或推迻而苟容兮，或直言之諤諤。

言臣承順君非，可推可迻，苟自容入，以得高位。有直言諤諤，諫正君非，而反放弃之也。

【疏證】

言臣承順君非，可推可迻，苟自容入，以得高位。有直言諤諤，諫正君非，而反放弃之也。◎正德本、隆慶本、劉本、馮本、俞本、莊本、四庫章句本「弃」作「棄」。案：迻與移同。羅、黎二本玉篇殘卷言部「諤」字：「楚辭『或直言之諤諤』，野王案：諤諤，正直之言也。」又，史記卷六八商君列傳：「千人之諾諾，不如一士之諤諤。」吴氏别雅卷五：「咢咢，諤諤也。漢書韋賢傳『咢咢黄髮』，師古曰：『咢咢，直言也。』咢同諤。」諤諤，漢世習語。

傷誠是之不察兮，并紉茅絲以爲索。

單爲紉，合爲索。言己誠傷念君待遇苟合之人與忠直之士，曾無別異，猶并紉絲與茅共爲索也。

【疏證】

單爲紉，合爲索。◎補注引一注云：「單爲繩，合爲索。」案：繩、索相對爲文。小爾雅廣器：「大者謂之索，小者謂之繩。」章句「單爲紉合爲索」云云，當作：「繩，索也。單曰繩，合曰索。」作「單爲紉」，非也。紉無單繩義。

言己誠傷念君待遇苟合之人與忠直之士，曾無別異，猶并紉絲與茅共爲索也。◎補注引正文一作「并繩絲以爲索」。莊本「并」訛作「拜」。案：羅、黎二本玉篇殘卷索部「索」字：「野王案：糾繩曰索。淮南『衣褐帶索』、楚辭『并細絲以爲索』，並是也。」則「并紉茅絲」作「并細絲」。慧琳音義卷七二「索拼」條引楚辭作「并細絲」，卷四〇「作索」條引楚辭訛作「紐絲」。劉師培楚辭考異引「紐」誤作「紉」。并之言絣也，絣，紉也。詳參離騷「紉秋蘭以爲佩」注。九思悼亂「茅絲兮同綜」，蹈襲於此，舊本正文作「并茅絲」，今作「并紉茅絲」，因章句「并紉絲與茅」而羨「紉」字。顧氏所據本作「并細絲」，非也。

方世俗之幽昏兮，眩白黑之美惡。

幽昏，不明也。眩，惑也。言方今之世，君臣不明，惑於貪濁，眩於白黑，不能知人善惡之情也。

【疏證】

幽昏，不明也。◎案：幽昏，猶幽昧也。昏、昧，聲之轉。離騷「路幽昧以險隘」，章句：「幽昧，不明也。」

眩，惑也。◎皇都本「眩」作「昡」。案：眩，目亂也。昡，日光也。然古字通用。詳參天問「眩妻爰謀」注。

言方今之世，君臣不明，惑於貪濁，眩於白黑，不能知人善惡之情也。◎馮本、四庫章句本「白黑」作「黑白」。皇都本「眩」作「昡」。案：正文作「白黑」，則章句舊本作「白黑」。眩白黑之美惡，同懷沙「變白以爲黑」。章句以「善惡」釋「美惡」，非也。「美惡」連文，與「好惡」、「善惡」者別，謂美醜也。惡，通作亞。馬王堆漢墓帛書老子乙本：「天下皆知美之爲美，亞已。」又云：「美與亞，其相去何若？」經法四度：「高下不敝（蔽）其刑（形），美亞不匿其請（情），地之稽也。」又曰：「美亞有名，順逆有刑（形）。」美亞，猶美與醜也。説文：「亞，醜也，象人局背之形。賈侍中説。」而古多作「惡」。史記卷三八宋微子世家：「五曰惡。」集解引孔安國曰：「惡，醜陋也。」呂氏春秋卷一四孝行覽第七遇合：「黃帝曰：『屬女德而弗忘，與女正而弗衰，雖惡奚傷？』」高誘注：

「惡，醜也。」

放山淵之龜玉兮，相與貴夫礫石。

龜，可以決吉凶，故人亦珤之。放，弃也。小石爲礫。言世人皆弃崑山之玉，大澤之龜，反相與貴重小石也。言闇君貴佞僞，賤忠直也。

【疏證】

龜，可以決吉凶，故人亦珤之。◎正德本、隆慶本、俞本、劉本「可以決」下有「言」字。朱本「決」下有「定」字。正德本、隆慶本、朱本、劉本、馮本、俞本、湖北本、莊本、四庫章句本「故人亦珤之」作「人亦寶之」，「寶之」下有「今放棄也」四字。案：「今放棄也」四字，蓋下文「放棄也」之注。今，羨也。珤，古寶字。莊子卷七外物篇第二六：「宋元君夜半而夢人被髮，闚阿門，曰：『予自宰路之淵，予爲清江使河伯之所，漁者余且得予。』元君覺，使人占之，曰：『此神龜也。』」釋文引李注：「宰路之淵，淵名，龜所居。」又，淮南子卷一六説山訓：「周之簡圭，生於垢石；大蔡神龜，出於溝壑。」

放，弃也。◎正德本、隆慶本、朱本、劉本、馮本、俞本、莊本、四庫章句本「弃」作「棄」。案：弃、棄同。説文攴部：「放，逐也。从攴、方聲。」引申之凡言斥弃。小爾雅廣言：「放，棄也。」

小石爲礫。◎案：詳參七諫沈江「懷沙礫而自沈兮」注。

言世人皆弃崑山之玉，大澤之龜，反相與貴重小石也。言闇君貴佞僞，賤忠直也。◎正德本、隆慶本、朱本、劉本、馮本、俞本、莊本、四庫章句本「弃」作「棄」。馮本、四庫章句本「相與」下無「貴重」二字，「忠直」下有「之士」二字。案：無「貴重」二字，則「相與」之與，猶許也。亦通。據正文「貴夫礫石」云云，章句舊有「貴重」二字。

梅伯數諫而至醢兮，

已解於離騷經。

【疏證】

已解於離騷經。◎正德本、隆慶本、朱本、劉本、馮本、湖北本、俞本、莊本、四庫章句本「離騷經」作「前也」。案：梅伯事，解於天問「梅伯受醢」，不在離騷經，舊本作「前也」。

來革順志而用國。

來革，紂佞臣也。言來革佞諛，從順紂意，故得顯用，持國權也。

【疏證】

來革，紂佞臣也。言來革佞諛，從順紂意，故得顯用，持國權也。◎正德本、隆慶本、朱本、劉本、馮本、俞本、莊本、湖北本、四庫章句本「諛」作「諂」。案：來革，即惡來革。顧氏日知録卷二三古人名止用一字謂「去『惡』字，此爲翦截名字之祖」。史記卷五秦本紀：「惡來革者，蜚廉子也，蚤死。」漢書卷六五東方朔傳：「而邪諂之人並進，（遂）及蜚廉、惡來［輩］（革）等。」蘇林曰：「二人皆紂時邪佞人也。」孟康曰：「蜚廉善走。」顏師古曰：「蜚，古飛字。」説苑卷一七雜言篇：「昔者費仲、惡來革，長鼻決耳。」

悲仁人之盡節兮，反爲小人之所賊。

言哀傷梅伯盡忠直之節，諫正於紂，反爲來革所譖而被賊害也。

【疏證】

言哀傷梅伯盡忠直之節，諫正於紂，反爲來革所譖而被賊害也。◎案：論語卷一五衛靈公：「子曰：『志士仁人，無求生以害仁，有殺身以成仁。』」集解引孔安國注：「無求生以害仁，死而後成仁，則志士仁人不愛其身也。」又，卷一八微子：「微子去之，箕子爲之奴，比干諫而死，孔子曰：『殷有三仁焉。』」仁人盡節，蓋殷之三仁，梅伯不在其内。

比干忠諫而剖心兮，箕子被髮而佯狂。

已解於九章。

【疏證】已解於九章。◎案：比干剖心，解於涉江「比干菹醢」。箕子佯狂，解於天問「箕子詳狂」。佯與詳同。

水背流而源竭兮，木去根而不長。

言水横流，背其源泉則枯竭，木去其根株則枝葉不長也。以言人背仁義，違忠信，亦將遇害也。

【疏證】言水横流，背其源泉則枯竭，木去其根株則枝葉不長也。以言人背仁義，違忠信，亦將遇害也。◎毛祥麟楚辭校文曰：「按：流、源二字互譌。朱子集注云：『當作「背源而流竭」。』王注云：『水背其原泉則枯竭。』似當時本未誤也。」案：其説是也。章句以「根」爲「根株」，散文不别。對文土上者曰株，土下者曰根、曰本。韓非子卷一九五蠹篇第四九：「兔走，觸株折頸而死。」株，土上之根。本、根相對亦別。根之榦曰本；本之枝曰根。本爲主幹。呂氏春秋卷二五似順論第五處方篇「本不審」，高注：「本，身。」禮記卷六一昏義第四四「本於昏」，鄭注：「本，猶幹也。」皆不得言根。又，史記卷八三魯仲連鄒陽列傳「蟠木根柢」，集解引張晏：「根柢，下本也。」下本，本之旁枝。

非重軀以慮難兮，惜傷身之無功。

言己非重愛我身，以慮難而不竭忠，誠傷生於世間，無功德於民也。

【疏證】

言己非重愛我身，以慮難而不竭忠，誠傷生於世間，無功德於民也。◎惜陰本、同治本「間」作「閒」。案：章句「誠傷生於世間」云云，釋惜爲誠，惜，讀作藉。惜、藉並同昔聲，例得相通。莊子卷七寓言篇第二七「藉外論之」，釋文：「郭云：藉，借也。李云：因也。」此謂因傷身而無功。

（亂曰）：已矣哉！獨不見夫鸞鳳之高翔兮，乃集大皇之壄。

大皇之壄，大荒之藪。

【疏證】

大皇之壄，大荒之藪。◎正德本、隆慶本、朱本、劉本、馮本、俞本、湖北本、莊本、四庫章句本「大」作「太」，「壄」作「壄」。案：大與太同。壄，古野字。壄，訛字。「已矣哉」以下，此篇亂辭。正文宜補「亂曰」二字。莊子卷四秋水篇第一七：「且彼方跐黄泉，而登大皇。」成玄英疏：「大皇，天也。」大皇之野，謂天之野。皇、荒，語之轉。山海經卷一六大荒西經：「大荒之中有山名曰大荒之山，日月所入。是謂大荒之野。」又曰：「大荒之中有山名曰日月山，天樞也。吴姖，天門，日月所入。」大荒之野，謂天之藪。補注引一注云：「皇，美也，大美之藪。」未知所據。

循四極而回周兮，見盛德而後下。

言鸞鳥、鳳皇乃高飛於大荒之野，循於四極，回旋而戲，見仁聖之王乃下來集，歸於有德也。以言賢者亦宜處山澤之中，周流觀望，見高明之君，乃當仕也。

【疏證】

言鸞鳥、鳳皇乃高飛於大荒之野，循於四極，回旋而戲，見仁聖之王乃下來集，歸於有德也。以言賢者亦宜處山澤之中，周流觀望，見高明之君，乃當仕也。◎正德本、隆慶本、湖北本、朱本、劉本、俞本「大荒」上有「天」字，「大」作「太」。正德本、隆慶本、湖北本、劉本、朱本、馮本、俞本、莊本「旋」作「周」。案：太荒之野，在天之上。有「天」是也。章句有「回旋」，無「回周」。說文彳部：「循，行順也。从彳、盾聲。」鳳皇見盛德乃下者，猶帝舜明德，簫韶九成，鳳皇來儀也。張家山漢墓竹簡蓋廬謂得天時者，則「妖孽不來，鳳凰下之」。文選卷六〇弔屈原文，「鳳凰翔於千仞兮，覽德輝而下之。見細德之險微兮，遥增擊而去之。」皆同此意。

彼聖人之神德兮，遠濁世而自藏。

言彼神智之鳥乃與聖人合德，見非其旹，則遠藏匿迹。言己亦宜効之也。

【疏證】

言彼神智之鳥乃與聖人合德，見非其旹，則遠藏匿迹。言己亦宜効之也。◎惜陰本、同治本「旹」作「時」。案：旹，古時字。藏，讀作臧，古字通用。文選卷六〇弔屈原文有此語，藏字作臧。自臧，自善也，猶離騷「退將復脩吾初服」。章句「遠藏匿迹」云云，則失之。

使麒麟可得羈而係兮，又何以異虖犬羊？

言麒麟仁智之獸，遠見避害，常藏隱不見，有聖德之君乃肯來出，如使可得羈係而畜之，則與犬羊無異，不足貴也。言賢者亦以不可枉屈爲高，如可趨走，亦不足稱也。

【疏證】

言麒麟仁智之獸，遠見避害，常藏隱不見，有聖德之君乃肯來出，如使可得羈係而畜之，則與犬羊無異，不足貴也。言賢者亦以不可枉屈爲高，如可趨走，亦不足稱也。◎案：史記卷一一七司馬相如列傳「獸則麒麟」，索隱：「張揖曰：『雄曰麒，雌曰麟。其狀麇身，牛尾，狼蹄，一角。』郭璞云：『麒似麟而無角。』毛詩疏：『麟，黄色，角端有肉。』京房傳云：『麟有五綵，腹下黄色也。』」麒麟，瑞獸，吉祥物也。説文鹿部：「麟，大牝鹿也。」「麒，仁獸也。麇身，牛尾，一角。」然經書但稱麟，不言麒。詩麟之趾毛傳：「麟信而應禮，以足至者也。麟角所以表其德也。」鄭箋云：「麟角之末有肉，示有武而不用。」陸氏音義：「麟，呂辛反，瑞獸也。草木疏云：『麕身，牛尾，馬足，黄色，員蹄，一角，角端有肉。音中鍾呂，行中規矩。王者至仁則出。』麕，音俱倫反。」孔氏正義：「傳解四靈多矣，獨以麟爲興，意以麟於五常屬信，爲瑞則應禮，故以喻公子信厚而與禮相應也。」春秋哀公十四年：「春，西狩獲麟。」左氏曰：「西狩于大野，獲麟，以爲不祥，以賜虞人。仲尼觀之，曰：『麟也。』然後取之。」杜注：「麟者仁獸，聖王之嘉瑞也。時無明王出而遇仲尼，傷周道之不興，感嘉瑞之無應，故因魯春秋而脩中興之教，絶筆於『獲麟』之一句，所感而作，固所以爲終也。」賈生以麒麟比賢智，蓋與夫子異趣。又，卷八四賈生列傳：「使騏驥可得係羈兮，豈云異夫犬羊。」以「麒麟」爲「騏驥」，正義：「使騏驥可得係縛羈絆，則與犬羊無異。騏，文如綦也。驥，千里馬。」漢書卷四八賈誼傳亦作「麒麟」，因此而改。又，章句「如可趨走」云云，散文也。對文趨、走別義。爾雅釋宮：「門外謂之趨，中庭謂之走。」邢疏：「鄭玄云：『行而張拱曰趨。』是庭曰走，走，疾趨也。」

楚辭章句疏證卷一六　大招

大招者，屈原之所作也。

補注：「屈原賦二十五篇，漁父以上是也。大招恐非屈原作。」案：其説是也。文選卷六吴都賦「凍醴流澌」，劉逵注：「楚辭小招魂曰：『挫糟凍飲，酎清凉些。』」則六朝人以此篇爲大招魂。劉本此卷首段蓋據補注本配補，故章句後或有「補曰」之注，其删之未盡者也。

或曰景差，

史記卷八四屈原列傳：「屈原既死之後，楚有宋玉、唐勒、景差之徒者，皆好辭而以賦見稱；然皆祖屈原之從容辭令，終莫敢直諫。」索隱：「揚子法言及漢書古今人表皆作『景瑳』，今作『差』，是字省耳。」漢魏六朝百三家集卷二〇漢王逸集題詞、東漢文紀卷一四大招序引作「差」。案：景差其人，今莫詳考。漢書卷二八下地理志：「始楚賢臣屈原被讒放流，作離騷諸賦以自傷悼。後有宋玉、唐勒之屬慕而述之，皆以顯名。」未見有景差，又，卷三〇藝文志未見著録景差賦，唯有唐勒賦四篇，注謂「楚人」。劉向輩未以是篇爲景差所作。山東銀雀山漢簡有唐革賦殘簡，唐革，即唐勒。史遷言景差以「以賦見稱」，當有所據。其所作賦，蓋在漢成帝以後已佚。疑不能明也。

案：楚辭釋文置是篇在惜誓後，以惜誓猶有弔屈可資旁證，而此篇無所取證故也。

屈原放流九年，憂恖煩亂，

正德本、隆慶本、馮本、湖北本、劉本、朱本、莊本、四庫章句本「恖」作「思」。案：恖，古思字。漢魏六朝百三家集卷二〇漢王逸集題詞、東漢文紀卷一四大招序引「恖」作「思」。

精神越散，與形離別，恐命將終，所行不遂，故憤然大招其魂。盛稱楚國之樂，崇懷、襄之德，以比三王，能任用賢，公卿明察，

補注引一無「明」字。案：序以四字爲文，無「明」字，爛敓之也。漢魏六朝百三家集卷二〇漢王逸集題詞、東漢文紀卷一四大招序引亦有「明」字。劉本「賢」下有「臣」字，亦非。又，蔣驥山帶閣注楚辭：「林西仲謂此篇乃原招懷王之辭。按：懷王三十年爲秦所留，子頃襄王立二年，自秦逃歸。秦覺之，遮楚道，乃走趙，趙不納，復走魏，爲秦所追，遂發病。襄王三年，卒於秦。秦歸其喪於楚。禮：『復與書銘，自天子達於士。』則臣之於君，固有招魂之理矣。」皮相之説，未可信據。朱季海楚辭解故謂篇內「三公九卿」、「粉白黛黑」，皆漢世遺義，遂定爲淮南大山之作，「其曰『大』者，望招隱士言

之」。今考此篇首韻協昭、遽、逃、遥。昭、逃，宵韻；遽，魚韻；遥，幽韻。幽、宵、侯、魚四部合韻者，始於後漢。此篇信非周、秦之作，後漢好事者所以招屈原之辭。若歸之大山，於韻未洽。

能薦舉人，宜輔佐之，以興至治，因以風諫，達己之志也。

案：俞本不録舊序，改用朱熹集注序，尤非其倫也。

青春受謝，白日昭只。

青，東方春位，其色青也。謝，去也。昭，明也。言歲始春，青帝用事，盛陰已去，少陽受之，則日色黄白，昭然光明，草木之類，皆含氣芽蘖而生。以言魂魄亦宜順陽氣而長養也。

【疏證】

青，東方春位，其色青也。◎文選卷一一何晏景福殿賦「敷華青春」，李善注：「楚辭曰『青春爰謝』，王逸曰：『青，東方爲春位，其色青。』」案：「東方」下有「爲」字，「其色青」下無「也」字。説文青部：「青，東方色也。木生火。从生、丹。丹青之信言必然。」周禮卷四〇冬官考工記第六畫繢：「東方謂之青。」爾雅釋天「春爲青陽」，郭注：「氣清而温陽。」釋地「齊曰營州」，釋文引太康地記：「青州，東方少陽，其色青，其氣清，歲之首，事之始，故以青爲名焉。」

謝，去也。◎御覽卷二〇時序部五春下引王逸注：「謝，去也。」文選卷九射雉賦「於時青陽告謝」、卷一〇西征賦「於時孟秋爰謝」、卷一六閑居賦「陰謝陽施」，李善注並曰：「楚辭曰『青春爰謝』。王逸曰：『謝，去也。』」卷二二謝靈運游赤石進帆海「終然謝夭伐」、卷二三潘岳悼亡詩「荏苒冬春謝」、卷二六顔延年和謝監靈運「物謝時既晏」，李善注並引王逸曰：「謝，去也。」皆作「謝」。案：謝，古謝字。「謝去」義，詳參橘頌「願歲并謝與長友兮」注。

昭，明也。◎御覽卷二〇時序部五春下引王逸注「昭」下有「者」字。案：昭之解明，詳參離騷「唯昭質其猶未虧」注。

言歲始春，青帝用事，盛陰已去，少陽受之，則日色黄白，昭然光明，草木之類，皆含氣芽蘖而生。以言魂魄亦宜順陽氣而長養也。◎隆慶本、俞本、莊本、馮本、朱本、四庫章句本「魂魄」作「寃鬼」。案：正文「青春受謝」，文選九射雉賦、卷一〇西征賦、卷一六閑居賦李善注引作「青春爰謝」。其所據本「受謝」作「爰謝」。受，當「爰」之訛。全齊文卷二三謝朓高松賦奉竟陵王教作「爾乃青春爰謝，雲物含明」，全梁文卷三九江淹自序傳「青春爰謝，則接武平皐」。皆祖構於此，其所據本亦作「爰謝」。

春氣奮發，萬物遽只。

春，蠢也。發，洩也。遽，猶競也。言春陽氣奮起，上帝發洩，和氣温燠，萬物蠢然，競起而生，各欲滋茂，以言精魂亦宜奮發精明，令已盛壯也。

【疏證】

春，蠢也。◎案：釋名釋天：「春，蠢也。萬物蠢然而生也。」禮記卷六一鄉飲酒義第四五：「春之爲言蠢也。」鄭注：「春，猶蠢也。蠢，動生之貌也。」即漢世遺義。

發，洩也。◎案：洩與泄同。詩民勞「俾民憂泄」，毛傳：「泄，去也。」鄭箋：「泄，猶出也，發也。」又，史記卷二七天官書：「[天]（夫）雷電、蝦虹、辟歷、夜明者，陽氣之動者也。春夏則發，秋冬則藏。」

遽，猶競也。◎文選卷三六王元長永明十一年策秀才五首「獯夷遽北歸之念」，李善注引王逸曰：「遽，競也。」無「猶」字。案：遽之爲競，謂疾趣也。遽、競，音近義通。呂氏春秋卷一二季冬紀第一四誠廉篇「而遽爲之正與治」，高注：「遽，疾也。」

言春陽氣奮起，上帝發洩，和氣温燠，萬物蠢然，競起而生，各欲滋茂，以言精魂亦宜奮發精明，令已盛壯也。◎隆慶本、俞本、莊本、馮本、四庫章句本、朱本「魂」作「䰟」。案：莊子卷六庚桑楚第二三：「大春氣發而百草生。」又，章句「精魂亦宜奮發精明」云云，精明，猶神明也。詩靈臺「經始靈臺」，毛傳：「神之精明者稱靈。」孔疏：「靈是神之别名，對則有精粗之異，故辨之云『神之精明者稱靈』。」

冥淩浹行，魂無逃只。

冥，玄冥，北方之神也。淩，猶馳也。浹，徧也。逃，竄也。言歲始春，陽氣上陞，陰氣下降，玄冥之神，徧行淩馳於天地之間，收其陰氣，閉而藏之，故魂不可以逃，將隨太陰下而沈没也。

【疏證】

冥，玄冥，北方之神也。◎案：玄冥，北方水正，顓頊之精，主刑殺者。詳參遠遊「歷玄冥以邪徑兮」注。「玄冥」古無省「冥」。蔣驥山帶閣注楚辭：「冥，幽冥也。」謂地下冥府。其説是也。

淩，猶馳也。◎馮本、四庫章句本「淩」作「凌」。案：淩馳之字本作夌。詳參九歌國殤「凌余陣兮躐余行」注。

浹，徧也。◎案：荀子卷四儒效篇第八「盡善挾治之謂神」，楊注：「挾，讀爲浹，浹，周洽也。」

逃，竄也。◎慧琳音義卷一三、卷六二「逃迸」條同引王逸注楚辭：「逃，竄也。」案：逃、潰相對。左傳文公三年：「凡民逃其上曰潰，在上曰逃。」杜注：「國君輕走，羣臣不知其謀，與匹夫逃竄無異，是以在衆曰潰，在上曰逃。」竄，謂匿也，藏也。逃亦匿也，藏也。荀子卷二榮辱篇「陶誕其盜」，楊倞注：「陶，當爲逃，隱匿其情也。」

言歲始春，陽氣上陞，陰氣下降，玄冥之神，徧行淩馳於天地之間，收其陰氣，閉而藏之，故魂不可以逃，將隨太陰下而沈没也。◎惜陰本、同治本「間」作「閒」。隆慶本、俞本、莊本、馮本、四庫章句本、朱本「魂」作「䰟」。案：間、閒同。章句多牽合之説。「冥淩浹行」者，謂偏行地府。「無逃」者，謂無事四方逃竄。

魂魄歸徠！無遠遥只。

遥，猶漂遥，放流貌也。魂者，陽之精也。魄者，陰之形也。言人體含陰陽之氣，失之則死，得之則生。屈原放在草野，憂心愁悴，精神散越，故自招其魂魄。言宜順陽氣始生而徠歸己，無遠漂遥，將遇害也。

【疏證】

遥，猶漂遥，放流貌也。◎案：漂遥，猶飄遥也。文選卷一五張衡思玄賦「飄遥神舉逞所欲」是也。聲之轉，字作扶摇、旁羊、仿佯也。重言之曰遥遥，卷四五陶潛歸去來兮辭「舟遥遥以輕颺」是也。

魂者，陽之精也。魄者，陰之形也。言人體含陰陽之氣，失之則死，得之則生。屈原放在草野，憂心愁悴，精神散越，故自招其魂魄。言宜順陽氣始生而徠歸己，無遠漂遥，將遇害也。◎正德本、隆慶本、馮本、莊本、湖北本、朱本、俞本、四庫章句本「魂」作「䰟」，「䰟」作「魄」。案：左傳昭公七年：「人生始化曰魄，既生魄，陽曰魂。」孔疏：「人之生也，始變化爲形，形之靈者名之曰魄也。既生魄矣，魄内自有陽氣。氣之神者名之曰魂也。魂魄，神靈之名，本從形氣，而形氣既殊，魂魄亦異。附形之靈爲魄，附氣之神爲魂也。附形之靈者，謂初生之時，耳目心識，手足運動，啼呼爲聲。此則魄之靈也。附氣之神者，謂精神性識，漸有所知。此則附氣之神也。是魄在於前，而魂在於後，故云『既生魄，陽曰魂』。魂魄雖俱是性靈，但魄識少而魂識多。」又云：「人之生也，魄盛魂强。及其死也，形銷氣滅。郊特牲曰：『魂氣歸于天，形魄歸于地。』以魂本附氣，氣必上浮，故言『魂氣歸于天』。魄本歸形，形既入土，故言『形魄歸于地』。聖王緣生事死，制其祭祀；存亡既異，别爲作名。改生之魂曰神，改生之魄曰鬼。祭義曰：『氣也者神之盛也，魄也者鬼之盛也。』合鬼與神，教之至也。死必歸土，此之謂鬼。其氣發揚于上，神之著也。是故魂魄之名爲鬼神也。」後漢書卷三九趙咨傳：「夫亡者，元氣去體，貞魂游散，反素復始，歸於無端。既已消仆，還合糞土。」李賢注：「言人既死，正魂游散，反於太素，旋於太始，無復端際者也。」

魂乎歸徠！無東無西、無南無北只。

言我精魂可徠歸矣，無散東西南北，四方異俗，多賊害也。

【疏證】

言我精魂可徠歸矣，無散東西南北，四方異俗，多賊害也。◎正德本、隆慶本、朱本、俞本、莊本、馮本「魂」作「䰟」。案：章句「無散」云云，猶毋亡也。國語卷六齊語「其畜散而無育」，韋注：「散，謂失亡也。」

東有大海，溺水浟浟只。

浟浟，流貌也。言東方有大海廣遠無涯，其水淖溺，沈没萬物，不可度越，其流浟浟，又迅疾也。

【疏證】

浟浟，流貌也。◎案：詩竹竿「淇水滺滺」，毛傳：「滺滺，流貌。」浟與滺同。或作油油，九歎惜賢「江湘油油」，章句「油油，流貌」是也。或作悠悠，文選卷五吳都賦「悠悠旆旌者」，劉逵注：「悠悠，流貌。」其作「浟浟」者，訓詁字也。

言東方有人海廣遠無涯，其水淖溺，沈没萬物，不可度越，其流浟浟，又迅疾也。◎劉本敚「浟浟」以下六字。柳河東集卷一八招海賈文「弱水蓄缩」，韓注引王逸曰：「東海，其水淖溺，沈没萬物也。」案：非其足文。又，朱子集注、林兆珂楚辭述注並謂「東有大海」句上當補「魂乎無東」四字。今據下「魂乎無南」、「魂乎無西」、「魂乎無北」例。其説得旨。

螭龍並流，上下悠悠只。

悠悠，螭龍行貌也。言海水之中，復有螭龍神獸，隨流上下，並行遊戲，其狀悠悠，可畏懼也。

【疏證】

悠悠，螭龍行貌也。◎案：文選卷五吴都賦「常沛沛以悠悠」，劉逵注：「悠悠，亦行貌。」施之以螭龍，故曰「螭龍行貌」。

言海水之中，復有螭龍神獸，隨流上下，並行遊戲，其狀悠悠，可畏懼也。◎惜陰本、正德本、隆慶本、朱本、馮本、莊本、四庫章句本正文「並」作「竝」。案：竝流，謂竝游也。荀子卷一勸學篇第一「昔者瓠巴鼓瑟而流魚出聽」，盧文弨曰：「流魚即游魚，古流、游通用。」章句「隨流上下並行遊戲」云云，亦以流爲游。又，全梁文卷三一沈約桐柏山金庭館碑「駕螭龍之蜿蜒」，蹈襲於此。

霧雨淫淫，白皓膠只。

地氣發泄，天氣不應曰霧。淫淫，流貌也。皓膠，水凍貌也。言大海之涯多霧惡氣，天常甚雨，如注壅水，冬則凝凍，皓然正白，回錯膠戾，與天相薄也。

【疏證】

地氣發泄，天氣不應曰霧。◎案：爾雅釋天：「地氣發，天不應曰霧。」章句所因。

淫淫，流貌也。◎案：詳參哀郢「涕淫淫其若霰」注。

皓膠，水凍貌也。◎俞本、皇都本「凍」作「涷」。案：凍，凝冰也。涷，暴雨也。然二字通用。爾雅釋詁：「皓，光也。」以言霧氣皓白。又曰：「膠，固也。」以言霧氣凝結不散。

言大海之涯多霧惡氣，天常甚雨，如注壅水，冬則凝凍，皓然正白，回錯膠戾，與天相薄也。◎皇都本、正德本「凝」作「疑」。案：古今字也。章句「天常甚雨」云云，甚雨，猶淫雨也。禮記卷二九玉藻第一三：「若有疾風、迅雷、甚雨，則必變。」左傳襄公十八年：「涉於魚齒之下，甚雨及之，楚師多凍，役徒幾盡。」莊子卷八天下篇第三三：「沐甚雨，櫛疾風。」郭慶藩注：「崔本甚作湛。」是也。湛與淫同。論衡明雩篇：『久雨爲湛。』湛即淫也。」又，「如注壅水」云云，左傳昭公元年「勿使有所壅閉湫底」，孔疏：「壅，謂障而不使行，若土壅水也。閉，謂塞而不得出，若閉門户也。壅閉，言其不得散出，故以湫底爲集滯，言其氣聚集而停滯也。」「注壅水」，謂決泄壅水。

魂乎無東，湯谷宋只。

言𪓰神不可東行，又有湯谷，日之所出，其地無人，視聽宋然，無所見聞。或曰：宋，水醮之貌。

【疏證】言𪓰神不可東行，又有湯谷，日之所出，其地無人，視聽宋然，無所見聞。或曰：宋，水醮之貌。◎案：朱季海楚辭解故：「或曰『水醮之貌』者，宋讀爲潐。説文：『潐，盡也。』是其義。云『水醮』者，爾雅釋水：『水醮曰厬。』醮、醮字同，皆潐之借字。尋玄中記曰：『天下之强者，東海之沃燋石焉，方三萬里，海水灌之隨盡，故水東流而不盈。』賦大招者之視湯谷，或當如著玄中記者之傳沃燋，故云『湯谷潐只』，亦謂『海水灌之隨盡』爾。」其説可參。

魂乎無南，南有炎火千里，蝮蛇蜒只。

炎，火盛貌也。尚書曰：「火曰炎上。」蜒，長貌也。言南方太陽有積火千里，又有惡蛇，蜿蜒而長，有蛓毒也。

【疏證】炎，火盛貌也。尚書曰：「火曰炎上。」◎案：章句引尚書，見洪範，孔傳：「言其自然之常性。」謂炎火之常性焚燒物。重言之曰炎炎。詩雲漢「赫赫炎炎」，毛傳：「炎炎，熱氣也。」爾雅釋訓：「炎炎，薰也。」郭注：「皆旱熱薰炙人。」

蜒，長貌也。◎案：蜒之言延也。爾雅釋詁：「延，長也。」施之於蝮蛇之長，則益「虫」旁作蜒。

言南方太陽有積火千里，又有惡蛇，蜿蜒而長，有蝫毒也。◎文淵四庫章句本「蛇」作「虵」，文津本亦作「蛇」。案：蛇與虵同。章句「有蝫毒」云云，蝫與蠚同。廣雅釋詁：「蠚，痛也。」爾雅翼卷二六音釋：「蠚音壑，亦作螫。」或作蠚。宋本玉篇虫部：「蠚，丑略切，又呼各切，螫也，痛也。亦作蠚。」

山林險隘，虎豹蜿只。

蜿，虎行貌也。言南方有高山深林，其路險阨，又多虎豹，匍匐蜿蜒，以候伺人也。

【疏證】

蜿，虎行貌也。◎案：離騷「駕八龍之婉婉兮」，章句：「婉婉，龍貌。」補注引釋文作蜿蜿，以訓詁字爲之也。凡動而屈曲委婉者皆謂之蜿蜿，非唯蟲蛇之行，女之柔順亦謂之婉婉。廣雅釋訓：「蜿蜿，蝹蝹，動也。」王念孫疏證：「楚辭大招『虎豹蜿只』，王逸注云：『蜿，虎行貌也。』行與動同義。重言之則曰蜿蜿。宋玉高唐賦云『振鱗奮翼，蜲蜲蜿蜿』。司馬相如封禪文云『宛宛黄龍，興德而升』。竝字異而義同。張衡西京賦云『海鱗變而成龍，狀蜿蜿以蝹蝹』，皆動之貌也。」蜿蜿，蝹蝹，聲之轉。蜲，亦聲轉字。蜲謂之婉，亦謂之蝹；猶慰謂之惋，亦謂之慍。

言南方有高山深林，其路險阸，又多虎豹，蝮蜪蜿蜒，以候伺人也。◎喻林卷六人事門一慮患引「蜿蜒」作「蛇蜒」。劉本「言」譌作「高」。正德本、隆慶本、馮本、俞本、朱本、莊本此解錯移於「鰅鱅短狐」句下。案：今乙正之。蛇，蜿之譌。章句「候伺」云云，猶偵伺也，漢世習語。史記卷八高祖本紀：「盧綰與數千騎居塞下候伺，幸上病愈，自入謝。」卷九一黥布列傳：「陰令人部聚兵，候伺旁郡警急。」卷一〇七魏其武安侯傳：「平明，令門下候伺。」後漢書卷一八臧宫傳：「越人候伺者聞車聲不絶，而門限斷。」

鰅鱅短狐，王虺騫只。

鰅鱅，短狐類也。短狐，鬼蜮也。王虺，大蛇也。爾雅曰：「蟒，王蛇也。」騫，舉頭貌也。言復有鰅鱅鬼蜮，射傷害人，大蛇群聚，舉頭而望，其狀騫然也。

【疏證】

鰅鱅，短狐類也。◎案：説文魚部：「鰅，魚名，皮有文，出樂浪東暆。神爵四年初，捕收輸。

考工記：『周成王時，揚州獻鰅。』从魚、禺聲。」又曰：「鱅，魚名。从魚、庸聲。」史記卷一一七司馬相如列傳「鰅鱅鰬魠」，集解引郭注：「鱅似鰱而黑。」鰅鱅之魚，善以水射獵，故比之「短狐類」。

短狐，鬼蜮也。◎案：短狐，射工也。說詳下「蜮傷躬」注。

王虺，大蛇也。爾雅曰：「蟒，王蛇也。」◎案：章句引爾雅，見釋魚，郭注：「蟒，蛇最大者，故曰王蛇。」郝氏義疏：「虺者，虫之叚借也。說文：『蝮，虫也。』又云：『虫，一名蝮，博三寸，首大如擘指。』是虺當作虫，借作虺。（庚案：虺、虫古不同音，不得通假。郝說失之。）郭注南山經云：『虫，古虺字。』非矣。其說蝮虫，南山經及北山經兩處並云：『色如綬文。』又云：『文間有毛，如豬鬐，大者百餘斤。』」

鶱，舉頭貌也。◎案：鶱，謂馬腹縶也，無舉頭義。鶱之爲舉頭者，讀如鶱。說文鳥部：「鶱，飛貌。从鳥、寒省聲。」引申爲凡言舉也。

言復有鰅鱅鬼蜮，射傷害人，大蛇群聚，舉頭而望，其狀鶱然也。◎惜陰本、同治本「群」作「羣」。案：章句「其狀鶱然」云云，鶱然，恆語。李太白集分類補注卷二九吉崔少府翰畫贊：「炳若秋月，鶱然雲鴻。」文苑英華卷四五一錢珝冊太原節度使守太師兼中書令晉王制：「鶱然飛將之風，增彼懦夫之氣。」卷三七一劉禹錫傷我馬詞：「顧其軀非鶱然而偉也，雖士得以乘之。」

魂乎無南，蜮傷躬只。

蜮，短狐也。詩云：「爲鬼爲蜮。」言魂乎無敢南行，水中多蜮鬼，必傷害於爾躬也。

【疏證】

蜮，短狐也。詩云：「爲鬼爲蜮。」◎案：章句引詩見何人斯，毛傳：「蜮，短狐也。」周、秦曰蜮，兩漢曰短狐，曰射工，古今別語。廣雅釋魚：「射工、短狐，蜮也。」王念孫疏證：「説文：『蜮，短狐也，似鼈，三足，以氣射害人。』小雅何人斯篇『爲鬼爲蜮，則不可得』，傳云：『蜮，短狐也。』箋云：『使女爲鬼爲蜮也，則女誠不可得見也。』御覽引韓詩傳云：『短狐，水神也。』毛詩義疏云：『短狐，一名射景，江、淮水中皆有之，人在岸上，景見水中，投人景則殺之，故曰射景。南人將入水，先將瓦石投水中，令水濁，然後入。或曰：含沙射人皮肌，其創如疥。』疏引或曰，服虔左傳注也。春秋莊公十八年：『秋，有蜮。』左氏傳云：『爲災也。』周禮叙官蟈氏疏引服虔注云：『短狐生南方，盛暑所生，其狀如鼈，古無今有，今沙射入人皮肉中，其創如疥，徧身中濩濩蜮蜮，故曰災。穀梁傳云：「一有一亡曰有。蜮，射人者也。」』蜮能射人，故謂之射景，又謂之射工矣。左傳正義引洪範五行傳云：『蜮如鼈，三足，生於南越。南越婦人多淫，故其地多蜮，淫女惑亂之氣所生也。』漢書五行志云：『劉向以爲蜮生南越，亂氣所生，故聖人名之曰蜮。蜮，猶惑也，在水旁能射人，射人有處，甚者至死，南方謂之短弧。近射妖，死亡之象也。劉歆以爲蜮，盛暑所生，非自越來也。』顏師古注云：『即射工也，亦呼水弩。』案：短弧之弧，諸書多從犬作狐，惟漢書五行志及杜預左傳注從弓作弧。玉篇云：『蜮似鼈，含沙射人，爲害如狐也。』則似當從犬作狐矣。然以射工水弩爲名取之，則從弓作弧，于義爲長耳。博物志云：『江南山谿水中，射工，蟲甲類也。長一、二寸，口中有弩形，氣射人景，隨所箸處，發創，不治則殺人。』抱朴子登涉篇云：『短狐，一名蜮，一名射工，一名射景。其實水蟲也。狀如鳴蜩，大狀三合盃，有翼能飛，無目而利耳。口中有横物，如聞人聲，緣口中物如角弩，以氣爲矢，則因水而射人。』」

言魂乎無敢南行，水中多蜮鬼，必傷害於爾躬也。◎正德本、隆慶本、俞本、朱本、莊本、四庫章句本、馮本「魂」作「䰟」。案：章句「無敢南行」云云，無敢者，謂不能、不可。詳參裴學海古書虛字集釋卷五「敢」條。

魂乎無西，西方流沙，漭洋洋只。

洋洋，無涯貌也。（漭，平也。）言西方有流沙，漭然平正視之，洋洋廣大無涯，不可過也。

【疏證】

洋洋，無涯貌也。◎案：哀郢「焉洋洋而爲客」，章句：「洋洋，無所歸貌也。」言「無所歸」、言「無涯」，義相貫通。

漭，平也。◎諸本皆無注。案：敓之也。慧琳音義卷一〇〇「渺漭」條引王注楚辭：「漭，平也。」即章句遺義，據補。漭之爲平，猶平展無涯也。漢書卷九六下西域傳「地莽平，多雨，寒」，顏師古注：「莽平，謂有草莽而平坦也。一曰：莽莽，平野之貌。」漭與莽同。

言西方有流沙，漭然平正視之，洋洋廣大無涯，不可過也。◎案：中華書局二〇〇〇年版點校本楚辭補注斷作：「言西方有流沙，漭然平正，視之洋洋，廣大無涯，不可過也。」非也。漭然、洋洋，對舉爲文，「視之」屬上，「洋洋」屬下。

豕首縱目，被髮鬤只。

豕，猪也。首，頭也。鬤，亂貌也。

【疏證】

豕，猪也。◎案：爾雅釋獸：「豕子，豬。」郭注：「今亦曰彘，江東呼豨，皆通名。」方言卷八：「豬，北燕、朝鮮之間謂之豭，關東、西或謂之彘，或謂之豕，南楚謂之豨。」

首，頭也。◎正德本「首」作「言」。案：言，訛也。首之爲頭，詳參離騷「厥首用夫顛隕」注。

鬤，亂貌也。◎四庫章句本「貌」作「髮」。案：柳河東集卷一八哀溺文「髮披鬤以舞瀾兮」，韓注：「鬤，如陽切，亂髮也。」蓋因韓注改。補注：「鬤，古作長，而羊切。」鬤、長，聲近通用。長，讀如倀。説文人部：「倀，狂也。从人、長聲。」徐鍇曰：「狂妄也。韓詩外傳曰：『老而不學者如無燭而夜行倀倀然也。』」以施於髮之亂，訓詁字作鬤。

長爪踞牙，誒笑狂只。

誒，猶强也。言西方有神，其狀猪頭從目，被髮鬤鬤，手足長爪，出齒倨牙，得人强笑憙而狂獝也。或曰：誒，笑樂也。謂得人憙樂也。此蓋蓐收神之狀也。

【疏證】

誒，猶强也。或曰：誒，笑樂也。謂得人憙樂也。此蓋蓐收神之狀也。◎正德本、隆慶本、湖北本、朱本、馮本、俞本、莊本、四庫章句本無「或曰誒笑樂也謂得人憙樂也此蓋蓐收神之狀也」二十字。案：有「或曰」以下二十字者，後所增益。説文言部：「誒，可惡之辭。从言、矣聲。一曰：誒，然。春秋傳曰『誒誒出出』。」誒之爲强，猶勉强也，謂冷笑可惡貌。誒之訓然，即唉字，歎聲也。誒之爲樂，讀如咍。惜誦「又衆兆之所咍」，章句：「咍，笑也。楚人謂相啁笑曰咍。」或作熙，作嘻，皆可惡意。山海經卷七海外西經「西方蓐收」，郭注：「金神也，人面虎爪白毛，執鉞。」

言西方有神，其狀猪頭從目，被髮鬤鬤，手足長爪，出齒倨牙，得人强笑憙而狂獝也。◎同治本「倨」作「踞」。莊本無「被」字。案：踞，謂蹲也。蹲牙，則非其旨。則舊當作「倨」也。正文「踞牙」亦宜改作「倨」。莊子卷四天運篇第一四「方將倨堂而應」，釋文：「倨，踑也。」倨，有翹出意。倨牙，謂牙在脣外，今云「齙牙」。

魂乎無西，多害傷只。

言西方金行，其神獸剛强，皆傷害人也。

【疏證】言西方金行，其神獸剛强，皆傷害人也。◎湖北本「强」作「彊」。案：彊，古强字。西方，五行屬金，主刑殺，故曰「皆傷害人也」。

魂乎無北，北有寒山，逴龍赩只。

逴龍，山名也。赩，赤色，無草木貌也。言北方有常寒之山，陰不見日，名曰逴龍。其土赤色，不生草木，不可過之，必凍殺人也。或曰：逴龍，色逴越也。赩，懼也。言起越寒山，赩然而懼，恐不得過也。

【疏證】逴龍，山名也。或曰：逴龍，色逴越也。◎正德本、隆慶本、湖北本、朱本、劉本、馮本、俞本、莊本、四庫章句本「山名」下無「也」字，又無「或曰逴龍色逴越也」八字。案：文選卷三一鮑照學劉公幹體「千里度龍山」，李善注：「楚辭曰：『北有寒山，逴龍絶然。』王逸曰：『逴龍，山名。』」無「也」字。逴龍，猶燭龍，聲之轉。淮南子卷四墬形訓：「燭龍在鴈門北，蔽於委羽之山，不見日，其神人面龍身而無足。」高注：「委羽，北方名山也。龍含燭以照太陰，蓋長千里，視爲晝，瞑爲夜，吹爲冬，呼爲夏。」又，「或曰」以下八字，若施於此文，於義未洽。且「逴越」云云，未見兩漢，蓋六朝人所增益。

赩，赤色，無草木貌也。言北方有常寒之山，陰不見日，名曰逴龍。其土赤色，不生草木，不可過之，必凍殺人也。或曰：赩，懼也。言起越寒山，赩然而懼，恐不得過也。◎正德本、隆慶本、湖北本、朱本、劉本、馮本、俞本、莊本、四庫章句本「草木貌」下無「也」字，無「或曰赩懼也言起越寒山赩然而懼恐不得過也」十九字。案：章句「或曰起越寒山」云云，起，猶因也。詳參九辯「獨申旦而不寐兮」注。赩字，說文未收。文選卷四蜀都賦「丹沙赩熾出其坂」，李善注引毛萇詩傳：「赩，赤貌也。」引申言赤空，故曰「無草木」也。章句「其土赤色不生草木」云云，兩歧之說。又，赩之訓懼，讀如赫。詩大明「赫赫在上」，釋文：「赫，恐也。」施於此義未洽。「或曰」以下十九字，後所增益。又，白孔六帖卷九五「銜燭捧鑪」條引王逸注：「大荒北隅有山不合，因名不周，故神龍銜燭照之。」未知其所據本。

代水不可涉，深不可測只。

言復有代水廣大，不可過度，其深無底，不可窮測，沈没人也。

【疏證】

言復有代水廣大，不可過度，其深無底，不可窮測，沈没人也。◎正德本、隆慶本、馮本、朱本、劉本、湖北本、俞本、莊本、四庫章句本「代」作「伐」。案：伐，訛也。代水，北方祁夷水也。水經注卷一三㶟水：「㶟水又東流，祁夷水注之，水出平舒縣，東逕平舒之故城南澤中。魏土地記曰：『代城西九十里，有平舒城，西南五里，代水所出，東北流。』」又引魏土地記：「城内有二泉，一源流出城西門，一源流出城北門，二源皆北注代水。」

天白顥顥，寒凝凝只。

顥顥，光貌。凝凝，水凍貌也。言北方冬夏積雪，其光顥顥，天地皆白，冰凍重累，其狀凝凝，其寒酷烈，傷肌骨也。

【疏證】

顥顥，光貌。◎正德本、隆慶本、湖北本、朱本、劉本、馮本、俞本、莊本、四庫章句本無注。

案：敚之也。説文頁部：「顥，白貌。从頁、从景。楚詞曰：『天白顥顥。』南山四顥，白首人也。」通作皓。文選卷二九李陵與蘇武詩「皓首以爲期」，李善注：「聲類：『顥，白首貌也。』皓與顥古字通。」

凝凝，水凍貌也。言北方冬夏積雪，其光顥顥，天地皆白，冰凍重累，其狀凝凝，其寒酷烈，傷肌骨也。◎正德本、隆慶本、湖北本、朱本、劉本、馮本、俞本、莊本、四庫章句本無「凝凝水凍貌也」六字。案：敚之也。凝，俗冰字。説文仌部：「冰，水堅也。从仌、从水。凝，俗冰从疑。」重言之爲凝凝，言寒貌也。俗云「寒冰冰」，是其遺義。

魂乎無往，盈北極只。

盈，滿也。北極，太陰之中，空虚之處也。言我魂歸乎北極，空虚不可盈滿，往必隕墜，不得出也。

【疏證】

盈，滿也。◎正德本、隆慶本、湖北本、朱本、劉本、馮本、俞本、莊本、四庫章句本無注。案：敚之也。詳參離騷「户服艾以盈要兮」注。然此訓盈滿，於義有隔。盈猶逞也。左傳襄公二十一年「故與欒盈爲公族大夫」，史記卷三九晉世家「欒盈」作「欒逞」。昭公四年「欲逞其心以厚其毒」，新序卷九善謀逞作盈。文選卷二張衡西京賦「逞志究欲」，薛綜注：「逞，娛也；娛，樂也。」

言魂無往行，娛樂於北極也。

北極，太陰之中，空虚之處也。言我魂歸乎北極，空虚不可盈满，往必隕墜，不得出也。◎正德本、隆慶本、湖北本、朱本、劉本、馮本、俞本、莊本、四庫章句本無「北極太陰之中空虚之處也」十一字。正德本、隆慶本、四庫章句本、朱本、馮本「魂」作「䰟」。案：無「北極」以下十一字，皆敚之也。山海經卷一七大荒北經：「大荒之中有山名曰北極天櫃。」淮南子卷四墬形訓：「北方曰北極之山曰寒門。」高注：「積寒所在，故曰寒門。」

魂魄歸徠！間以静只。

言己䰟䰟宜急徠還，歸我之身，隨己遊戲，心既閑樂，居清静也。

【疏證】

言己䰟䰟宜急徠還，歸我之身，隨己遊戲，心既閑樂，居清静也。◎正德本、隆慶本、馮本、俞本、劉本、莊本「静」作「浄」。惜陰本、朱本「閑」作「間」。案：招魂「侍君之閒些」，章句：「閒，静也。」韓非子卷一七詭使篇第四五：「閒静安居，謂之有思。」據此，舊作「清静」。

自恣荆楚，安以定只。

言四方多害，不可以遊，獨荆楚饒樂，可以恣意，居之安定，無危殆也。

【疏證】

言四方多害，不可以遊，獨荆楚饒樂，可以恣意，居之安定，無危殆也。◎正德本、隆慶本、湖北本、朱本、劉本、馮本、俞本、莊本、四庫章句本「居之」下無「安定」二字。案：正文言「安以定只」，舊有「安定」二字。又，章句「可以恣意」云云，以恣爲恣意，失之。恣，讀如次，宿也。戰國策卷二一趙策四「恣君之所使之」，漢帛書恣作次。史記卷一一七司馬相如列傳「恣羣臣奏得失」，文選卷八上林賦恣作次。

逞志究欲，心意安只。

逞，快也。究，窮也。欲，嗜欲也。言楚國珍奇所聚集，尤多姣女，可以快志意，窮情欲，心得安樂而無憂也。

【疏證】

逞，快也。◎正德本、隆慶本、湖北本、朱本、劉本、馮本、俞本、莊本、四庫章句本無注。案：

敓之也。敦煌文選殘簡西京賦「爾乃逞志究欲」，李善云：「逞，快也。」（今本皆作「娛也」）蓋因襲章句，則其所據本有注。又，方言卷三：「逞，快也。自關而東或曰逞，江淮、陳楚之間曰逞。」逞，楚語也。

究，窮也。◎正德本、隆慶本、湖北本、朱本、劉本、馮本、俞本、莊本、四庫章句本無注。案：皆敓之也。章句因爾雅釋言。

欲，嗜欲也。言楚國珍奇所聚集，尤多姣女，可以快志意，窮情欲，心得安樂而無憂也。◎正德本、隆慶本、湖北本、朱本、劉本、馮本、俞本、莊本、四庫章句本無「欲嗜欲也」四字，「姣女」作「妖女」，「心得」下有「意」字。案：無「欲嗜欲也」四字，敓之也。「究欲」者，開下敷陳飲食、聲色、居室、珍奇、爵禄等事，謂七情六欲也。又，舊本「心得」下當有「意」字，以「心得意安」爲句。呂氏春秋卷二仲春紀第二貴生篇「六欲者，皆得其宜也」，高注：「六欲，生死耳目口鼻也。」章句「尤多姣女可以快志意窮情欲」云云，但屬意「色欲」。失之。又，文選卷二西京賦「爾乃逞志究欲，窮身極娛」。蹈襲於此。

窮身永樂，年壽延只。

言居於楚國，窮身長樂，保延年壽，終無憂患也。

【疏證】

言居於楚國，窮身長樂，保延年壽，終無憂患也。◎正德本、隆慶本、湖北本、朱本、劉本、馮本、俞本、莊本、四庫章句本「於楚」下無「國」字，「保延年壽無憂患也」作「終無憂患而午復可延也」。案：章句以「終無憂患」釋正文「窮身長樂」。舊作「終無憂患而年復可延也」。

魂乎歸徠！樂不可言只。

言楚國饒樂，不可勝噉也。

【疏證】

言楚國饒樂，不可勝噉也。◎案：「樂不可言」者，謂不可言樂，失之旨。審章句「不可勝噉」云云，謂不可勝極。據此，舊本正文「樂不可言」蓋作「樂不勝言」。

五穀六仞，設菰粱只。

五穀，稻、稷、麥、豆、麻也。七尺曰仞。設，施也。菰粱，蔣實，謂雕胡也。言楚國土地肥美，堪用種植五穀，其穗長六仞。又有菰粱之飯，芬香且柔滑也。或曰：仞，因也。以五穀因菰粱厠爲飯也。

【疏證】

五穀，稻、稷、麥、豆、麻也。◎正德本、隆慶本、湖北本、朱本、劉本、馮本、俞本、莊本、四庫章句本無注。案：敓之也。「五穀」始於此，舊當有注。周禮卷五天官冢宰第一疾醫「以五味五穀五藥養其病」，鄭注：「五穀，麻、黍、稷、麥、豆也。」稻不在其內。孟子卷五滕文公上「樹藝五穀」，趙注：「五穀，謂稻、黍、稷、麥、菽也。」菽，即豆也。麻不在其內。皆與章句別，在漢世蓋未有定説。

七尺曰仞。或曰：仞，因也。以五穀因苽粱厠爲飯也。◎正德本、隆慶本、湖北本、朱本、馮本、劉本、俞本、莊本、四庫章句本無注。案：敓之也。七尺曰仞，詳參招魂「長人千仞」注。五穀、六仞，相對爲文，而章句「其穗長六仞」云云，非也。補注：「此言積穀之多爾，非謂穗長六仞也。」其説是也。

設，施也。◎案：章句不可移易。「設」之訓「施」，非「設置」、「布施」之義，乃與烹飪、飲食之事相涉。周一良云：「設字引申有招待飲食之意。南齊書三二何戢傳：『上好水引餅，戢令婦女躬自執事以設上焉。』（水引餅猶今之切面。傅玄七謨所謂「面忽遊水而清引」，束晳餅賦所謂「柔如春綿」，參見通雅三九飲食）陶弘景真誥一七握真輔收楊羲書，『許東興昨中後見顧，主人猶小設』。梁吳均續齊諧記，『欲爲君薄設，……具諸飾饌，珍羞方丈』。設字又引申爲飲食本身。吳康僧會六度集經五摩天羅王經，『彼設未辦，而日過中』。葛洪西京雜記下，『俎上蒸㹠一頭，橱中荔枝一柈，皆可爲設』。南齊書卷三二王僧虔傳，『又才性四本、聲無哀樂，皆言家口實，如客至之有設也。汝皆未經拂耳瞥目，豈有庖橱不修，而欲延大賓者哉』。南史卷三五刘湛傳載，廬陵王義真居武帝喪，使左右人買魚肉珍羞，於齋内別立橱帳。『會湛入，因命臑酒炙車螯。湛正色曰，公當今不宜有此設』。世説新語雅量篇『過江初拜官』條，『各來早者，並得佳設』。梁何遜聊作百一體詩，『值設乃糠糟』。設皆指飲食而言。孫啓治荀子大略篇有『寢不踰庙，設衣不逾祭服』，楊倞注：『設，宴也。』禮記王制作『燕衣不踰祭服』，燕與設同義。是設字如此用法先秦已有，王念孫讀書雜志以爲設乃讌之誤，非也。」周氏又云：「營辦飲食亦謂之施設。世説新語簡傲篇『王子猷嘗行過吳中』條，『主已知子猷當往，乃灑掃施設』。此指設酒食，非謂施設用具或其他。梁書卷三八賀琛傳載武帝敕云：『勤修産業，以營盤案，自己勞之，自己食之，何損於天下？無賴弟子惰營産業，致於貧寠，無可施設，此何益於天下？』南史卷七七阮佃夫傳，『就席便命施設，一時珍羞，莫不畢備』。意皆同。」其説甚确。又，北史卷三三李元忠傳：「值齊亡，遭時大儉，施粥糜於路。」説郛卷五二類説「施食」條：「陳元植好施食，陰騭禽蟲，悉蒙惠。」法苑珠林卷七「業因」條：「有辟支佛詣舍乞食，歡喜即施，食訖，空中飛去。」皆謂營辦飯食。此「設菰粱」，謂煮菰粱飯。

施，猶營辦食飯也。王逸「設」訓「施」，亦是此意。

苽粱，蔣實，謂雕葫也。◎隆慶本、馮本、朱本、莊本「苽粱」作「菰粱」。正德本、俞本、四庫章句本「粱」作「梁」。朱本「葫」作「胡」。案：苽與菰同。梁，訛字。廣雅釋草：「菰，蔣也。其米謂之（彫）胡。」彫胡、雕胡同。王念孫疏證曰：「説文云：『苽，雕苽，一名蔣。』苽、胡古聲相近。雕苽即彫胡也。周官膳夫『食用六穀』，鄭衆注云：『六穀：稌、黍、稷、粱、麥、苽。苽，雕胡也。』食醫『凡會膳食之宜，牛宜稌，羊宜黍，豕宜稷，犬宜粱，鴈宜麥，魚宜苽』，鄭衆注云：『苽，雕胡也。』内則『蝸醢而苽，食雉羹』，鄭注亦云：『苽，彫胡也。』菰是蔣草之米，後又以菰爲大名耳。高誘注淮南原道訓云：『菰者，蔣實也，其米曰雕胡。』注天文訓『苽封熯』云：『苽，蔣草也。』故西京雜記云：『菰之有米者，長安人謂之雕胡。』張氏注上林賦『蔣芧青薠』云：『蔣，菰也。』注子虛賦『東牆彫胡』云：『彫胡，菰米也。』皆以菰、蔣爲大名，彫胡爲米名也。菰草可飼畜，開寶本草引别本注云『菰，蔣草也，江南人呼爲茭草，秣馬甚肥，今江淮間亦以飼牛』是也。又可作席，齊民要術引廣志云『菰可食，以爲席，温於蒲，生南方』是也。菰之可食者，小曰菰菜，蘇頌本草圖經所云『茭白』是也。大曰菰首，爾雅所云『出隧蘧蔬』，西京雜記所云『緑節』是也。二者皆可爲蔬，而惟菰米可以作飯，故鄭司農以爲『六穀』之一。後鄭注大宰『九穀』亦云『有粱苽』也。宋玉諷賦云『爲臣炊雕胡之飯』，淮南詮言訓云『菰飯犓牛弗能甘也』。蓋古者以爲美饌焉。本草衍義云：『菰花如葦，結青子，細若青麻黄，長幾寸。』是其狀也。」又，長沙馬王堆漢墓竹簡遣策有「瓜苴一資」。瓜，亦苽也。北大簡(四)反淫「鶩水之苽」，謂産於婺之苽也。

言楚國土地肥美，堪用種植五穀，其穗長六仞。又有苽粱之飯，芬香且柔滑也。◎正德本、隆慶本、湖北本、朱本、劉本、馮本、俞本、莊本、四庫章句本「其穗」下無「長」字。案：據章句釋義，舊有「長」字，後因補注删之。

鼎臑盈望，和致芳只。

臑，熟也。致，致醎酸也。芳，謂椒、薑也。言乃以鼎鑊臑熟羹臛，調和醎酸，致其芬芳，望之满案，有行列也。

【疏證】

臑，熟也。◎正德本、隆慶本、湖北本、朱本、劉本、馮本、俞本、莊本、四庫章句本「熟」下無「也」字。案：招魂「臑若芳些」，章句：「臑若，熟爛也。」

致，致醎酸也。◎案：致，讀如挃，二字同至聲，例得通用。淮南子卷一五兵略訓「不若捲手之一挃」，高注：「挃，擣也。」和挃，謂擣調之也。

芳，謂椒、薑也。◎正德本、隆慶本、朱本、劉本、馮本、俞本、莊本、湖北本、四庫章句本「椒薑」上無「謂」字。案：芳，非椒、薑，故曰「謂」也。謂者，釋此「芳」字義也，不可刪。招魂「辛甘行些」，章句：「辛，謂椒、薑也。」舊有「謂」字也。椒、薑，並辛芳之物，所以去羶腥。詩載芟「有椒其馨」，毛傳：「椒，猶飶也。」釋文：「飶，芬芳也。說文云：『食之香也。』字又作苾。」齊民要術卷三種薑第二七注引字林云：「薑，御濕之菜。」

言乃以鼎鑊臑熟羹臛，調和鹹酸，致其芬芳，望之滿案，有行列也。◎正德本、隆慶本、劉本、朱本、馮本、俞本、湖北本、四庫章句本「乃以」下有「小」字，「致其」作「甚」。莊本「致」下無「其」字。俞本「致其」作「甚」。正德本、俞本「芬芳」作「芬芬」。案：據義，則舊作「致其芬芳」也。又，章句「望之滿案」云云，望，猶滿也。蔣禮鴻義府續貂「盈望」條：「月盈爲望，盈望一義，非望視也。莊子德充符篇：『無君人之位以濟乎人之死，無聚祿以望人之腹。』望人之腹，謂使人飽食，腹充滿也。」其說可爲此文旁證。

內鶬鴿鵠，味豺羹只。

鶬，鶬鶴也。鴿，似鳩而小，青白。鵠，黃鵠也。豺，似狗。言宰夫巧於調和，先定甘酸，乃內鶬鴿黃鵠，重以豺肉，故羹味尤美也。

【疏證】

鶬，鶬鶴也。◎正德本、隆慶本、湖北本、朱本、劉本、馮本、俞本、莊本、四庫章句本無注。案：敚之也。御覽卷八六一飲食部一九羹引王逸注：「鶬，鶬鶴。」其所據本有注。詳參招魂「煎鴻鶬些」注。

鴿，似鳩而小，青白。◎正德本、隆慶本、湖北本、朱本、劉本、馮本、俞本、莊本、四庫章句本無注。案：敚之也。慧琳音義卷五七「鷹逐鴿」條引王逸注楚辭：「鴿，鳩之類也。」御覽卷八六一飲食部一九羹引王逸注：「鴿，似鳩而青。」皆别於此，唐、宋人所據本有注。説文鳥部：「鴿，鳩屬。从鳥、合聲。」段注：「鳩之可畜於家者，狀全與勃姑同。」

鵠，黄鵠也。◎正德本、隆慶本、湖北本、朱本、馮本、俞本、莊本、劉本、四庫章句本無注。案：敚之也。御覽卷八六一飲食部一九羹引王逸注：「鵠，黄鵠也。」其所據本有注。漢書卷七昭帝紀「黄鵠下建章宮太液池中」，顏師古注：「黄鵠，大鳥也，一舉千里者，非白鵠也。」

豺，似狗。◎止德本、隆慶本、湖北本、朱本、劉本、馮本、俞本、莊本、四庫章句本無注。案：敚也。御覽卷八六一飲食部一九羹引王逸注：「豺[以](似)狗。」其所據本亦有注。爾雅釋獸：「豺，狗足。」釋文引字林：「豺，狼屬，狗足。」淮南子卷五時則訓「豺乃祭獸戮禽」，高注：「豺，似狗而長尾，其色黄。」慧琳音義卷九「豺狼」條引三蒼解詁：「豺似狗，白色，有爪牙，迅捷善搏噬也。」又，卷一二二「豺狼」條：「豺有二類，常羣遊山谷，大曰豺郎，小曰豺奴。每小者先行，共獵禽鹿，煞已，守之而不敢食，以待豺郎。豺郎後至，先食，飽已。然後豺奴啖其餘肉。」

言宰夫巧於調和，先定甘酸，乃内鶬鴿黄鵠，重以豺肉，故羹味尤美也。◎案：御覽卷八六一飲食部一九羹引王逸注：「言宰夫巧於調和，先甘酸鶬鵠肉，故羹美也。」節約章句也。又，章句「重以」云云，重，同離騷「又重之以脩能」之重，重以，猶謂復以也。

魂乎歸徠，恣所嘗只。

嘗，用也。言羹飯既美，魂宜急徠歸，恣意所用，快己之口也。

【疏證】

嘗，用也。◎正德本、隆慶本、湖北本、朱本、劉本、馮本、俞本、莊本、四庫章句本無注。案：皆敚也。説文旨部：「嘗，口味之也。从旨，尚聲。」章句訓用，亦謂口味之也。

言羹飯既美，魂宜急徠歸，恣意所用，快己之口也。◎正德本、隆慶本、湖北本、朱本、馮本、俞本、莊本、四庫章句本「快己」下無「之」字。正德本、隆慶本、馮本、朱本、劉本、俞本、莊本、四庫章句本「魂」作「䰟」。案：䰟、魂同。章句以「恣意所用」釋「恣所嘗」，所，猶意也。漢書卷三九曹參傳「窋既洗沐歸，時間自從其所諫參」，顔師古注：「自從其所，猶言自出其意也。」卷八三薛宣傳「自從其所，問宣不教戒惠吏職之意」，顔師古注：「若自出己意，不云惠使之言。」以「其所」爲「其意」。卷九三佞幸傳董賢「上有酒所，從容視賢笑」，顔師古曰：「言酒在體中。」非是。王先謙補注：「酒所，猶酒意。」其説是也。

鮮蠵甘鷄，和楚酪只。

生潔曰鮮。蠵，大龜也。酪，酢截也。言取鮮潔大龜，烹之作羹，調以飴蜜，復用肥鷄之肉，和以酢酪，其味清烈也。

【疏證】

生潔曰鮮。◎正德本、隆慶本、湖北本、朱本、劉本、馮本、俞本、莊本、四庫章句本無注。案：敚也。書益稷「益奏庶鮮食」，孔傳：「鳥獸新殺曰鮮。」章句「生潔」云云，謂新殺之也。

蠵，大龜也。◎正德本、隆慶本、湖北本、朱本、劉本、馮本、俞本、莊本、四庫章句本無注。惜陰本、同治本「蠵」作「蠵」。案：蠵、蠵同。無注，敚之也。招魂「露雞臛蠵」，章句：「蠵，大龜之屬也。」此義已備於前。

酪，酢截也。◎正德本、隆慶本、湖北本、朱本、劉本、馮本、俞本、莊本、四庫章句本無注。案：敚之也。御覽卷八六一飲食部一九羹引王逸注：「酪，昨截也。」昨，酢之譌。其所據本亦有注。禮記卷二一禮運第九「以爲醴酪」，卷四二雜記第二一「鹽、酪可也」，鄭注並云：「酪，酢截。」廣雅釋詁：「截，漿也。」酪，猶酢漿。釋名釋飲食：「酪，澤也，乳汁所作，使人肥澤也。」

言取鮮潔大龜，烹之作羹，調以飴蜜，復用肥鷄之肉，和以酢酪，其味清烈也。◎案：御覽卷八六一飲食部一九羹引王逸注：「言取生大鱉，烹之羹，調［賂］（飴）密，復有肥鷄肉，和以酢酪，其味清也。」引文多有敚訛，然其「復用」作「復有」，於義爲勝。又，章句「清烈」云云，猶清洌也。

醢豚苦狗，膾苴蓴只。

醢，肉醬也。苦，以膽和醬也，世所謂膽和者也。苴蓴，蘘荷也。言乃以肉醬啗烝豚，以膽和醬，啗狗肉，雜用膾炙，切蘘荷以爲香，備衆味也。

【疏證】

醢，肉醬也。◎正德本、隆慶本、湖北本、朱本、馮本、劉本、俞本、莊本、四庫章句本無注。案：敚之也。詳參離騷「后辛之菹醢兮」注。

苦，以膽和醬也，世所謂膽和者也。◎正德本、隆慶本、湖北本、朱本、劉本、馮本、俞本、莊本、四庫章句本無注。案：敚也。章句「以膽和醬」云云，今未聞。膽汁味苦，性寒，醫家或藥用之。抱朴子卷三黄白第一六：「當先取武都雄黄，丹色如鷄冠，而光明如無夾石者，多少任意，不可令減五斤也。擣之如粉，以牛膽和之，煮之令燥。」遼史卷六穆宗紀上：「初，女巫蕭古上延年藥方，當用男子膽和之。」或以磨勵志節。史記卷四一越王句踐世家：「吳既赦越，越王句踐反國，乃苦身焦思，置膽於坐，坐卧即仰膽，飲食亦嘗膽也。」宋錢易南部新書卷四：「柳子温家法，常命苦參、黃蓮、熊膽和爲丸，賜子弟永夜習學，含之以資勤苦。」膽不堪食飲，食譜未見用苦膽。章句未可信據。苦，大苦也。招魂「大苦鹹酸」，章句：「大苦，豉也。」苦狗，謂以苦豉啗狗肉也。長沙馬王堆漢墓竹簡遣策有「狗苦羹一鼎」，即是物也。

苴蓴，蘘荷也。◎正德本、隆慶本、湖北本、朱本、劉本、馮本、俞本、莊本、四庫章句本無注。案：敓之也。九歎愍命「耘藜藿與蘘荷」，章句：「蘘荷，苴蓴也。」楚辭釋文篇次，大招在九歎之後，則此義備於前。玉蠋寶典卷一一引王逸注：「苴蓴，蘘荷也。」唐人所據本有注。本草綱目卷一五「蘘荷」條引蘇頌曰：「蘘荷，荆、襄、江、湖間多種之，北地亦有，春初生葉似甘蔗，根似薑芽而肥。其葉冬枯，根堪爲葅。其性好陰，在木下生者尤美。」

言乃以肉醬啗烝豚，以膽和醬，啗狗肉，雜用膾炙，切蘘荷以爲香，備衆味也。◎正德本、俞本、劉本「言」上羡「肉」字，下無「乃」字。正德本、隆慶本、朱本、劉本、馮本、湖北本、俞本、莊本、四庫章句本「啗狗」下無「肉」字。案：書鈔卷一四二舟酒食部總篇一「醢豚苦狗」條引楚辭注：「乃以肉醬啗烝豚，以膽和醬，啗狗，雜用膾炙，切蘘荷以爲香，備衆味也。」「啗狗」下舊無「肉」字。

又，膾，謂細切肉也。禮記卷二八内則第一二：「肉腥細者爲膾，大者爲軒。」鄭注：「言大切、細切，異名也。膾者，必先軒之，所謂聶而切之也。」釋名釋飲食：「膾，會也。細切肉，令散分，其赤白異切之，已，乃會合和之也。」

吳酸蒿蔞，不沾薄只。

蒿，蘩草也。蔞，香草也。詩曰「言采其蔞」也。一作芼蔞，注云，芼，菜也。言吳人善爲羹，其菜若蔞，味無沾薄，言其調也。沾，多汁也。薄，無味也。言吳人工調鹹酸，爚蒿蔞以爲虀，其味不濃不薄，適甘美也。或曰：吳酸醔𨡕。醔𨡕，榆醬也。

【疏證】

蒿，蘩草也。◎正德本、隆慶本、湖北本、朱本、劉本、馮本、俞本、莊本、四庫章句本無注。案：敓之也。御覽卷八五五飲食部一三虀引王逸注：「蒿，蘩草也。」其所據本亦有注。蒿，青蒿；蘩，白蒿。爾雅釋草：「蘩，皤蒿；蒿，菣。」郭璞注：「皤蒿，白蒿。今人呼青蒿香中炙啖者爲菣。」蘩、皤通用。馬瑞辰毛詩傳箋通釋云：「蘩爲白色，讀若老人髮白曰皤。白蒿曰蘩，猶白鼠謂之𪖈，馬之白鬣謂之繁鬣也。」郝氏義疏：「詩鹿鳴正義引陸璣疏：『蒿，青蒿也。荆、豫之間、汝南、汝陰皆云菣也。』又引孫炎云：『荆楚之間謂蒿爲菣。』是菣即青蒿，青蒿即草蒿。本草：『草蒿，一名青蒿，一名方潰。』陶注：『處處有之，即今青蒿，人亦取雜香菜食之。』按：黄蒿氣臭，因名臭蒿；青蒿極香，故名香蒿。」義疏又曰：「左氏隱三年正義引陸璣疏云：『凡艾白色爲皤蒿，今白蒿也。春始生，及秋香美，可生食，又可蒸，一名游胡，北海人謂之旁勃。夏小正云：蘩母者，旁勃也。』邢疏引本草『白蒿』唐本注云：『此蒿葉麤於青蒿，從初生至枯，白於衆蒿，所在有之。』又云：『葉似艾，葉上有白毛，麤澀，俗呼蓬蒿，可以爲菹。』今按：白蒿，或説即蔞蒿。非也。蔞蒿初生雖白，而非白蒿。」

蔞，香草也。詩曰「言采其蔞」也。一作芼蔞，注云：「芼，菜也。」言吴人善爲羹，其菜若蔞，味無沾薄，言其調也。或曰：吴酸醔醟。醔醟，榆醬也。◎正德本、隆慶本、湖北本、朱本、劉本、馮本、俞本、莊本無注。案：敚之也。御覽卷八五五飲食部一三甕引王逸注：「芼，菜也。言吴人善爲致美，其菜若蔞，味無沾薄，言[有](其)調也。」用或本之説，其所據本亦有注。章句引詩見周南漢廣，毛詩「言采其蔞」作「言刈其蔞」。章句據別一家。傳：「蔞，草中之翹翹然。」釋文：「馬云：『蔞，蒿也。』郭云：『似艾。』」孔疏：「釋草云：『購，蔏蔞。』舍人曰：『購一名蔏蔞。』郭云：『蔏蔞，蔞蒿也。生下田，初生可啖，江東用羹魚也。』陸璣疏云：『其葉似艾，白色，長數寸，高丈餘，好生水邊及澤中，正月根芽生旁莖，正白，生食之，香而脆美，其葉又可蒸爲茹是也。』」又，朱季海楚辭解故：「今作『蒿蔞』者，蓋流俗誤探下注『爚蒿蔞』之言，改故舊耳。注云『芼菜也』者，儀禮特牲饋食禮、少牢饋食禮鄭注亦云。戴震毛鄭詩考正云：『芼，菜之烹於肉湆者也。禮：羹、芼、菹、醢凡四物。肉謂之羹，菜謂之芼，肉謂之醢，菜謂之菹。菹、醢生爲之，是爲豆實；芼則湆烹之，與羹相從，實諸鉶是也。』此言以蔞蒿芼肉羹耳。」又謂「『芼蔞』、『䤄醃』之異，蓋緣漢師兩讀，故王注以『或曰』明之」。然「蒿蔞」、「蒿芼」皆通，章句兩存之而未決矣。朱君執持一端，斷也。

沾，多汁也。◎正德本、隆慶本、湖北本、朱本、馮本、劉本、俞本、莊本、四庫章句本無注。案：敓也。御覽卷八五五飲食部一三韲引王逸注：「沾，多汁也。」其所據本亦有此注。廣雅釋詁：「沾，溢也。」禮記卷一七月令第六「則天時雨汁」，鄭注：「雨汁者，水雪雜下也。」沾、汁聲近義通。

薄，無味也。◎正德本、隆慶本、湖北本、朱本、劉本、馮本、俞本、莊本、四庫章句本無注。案：敓之也。御覽卷八五五飲食部一三韲引王逸注：「薄，無味也。」其所據本亦有注。薄之訓無味，用「厚薄」之薄。文選一九神女賦「頩薄怒以自持兮」，李善注引蒼頡篇：「薄，微也。」呂氏春秋卷一五慎大覽第四報更篇「雖得則薄矣」，高注：「薄，輕少也。」

言吳人工調醎酸，爚蒿蔞以爲韲，其味不濃不薄，適甘美也。◎正德本、隆慶本、朱本、馮本、莊本、劉本、四庫章句本、景宋本「濃」作「醲」，湖北本作「膿」。案：濃、醲同。膿，訛也。御覽卷八五五飲食部一三齏引王逸注：「言吳人工調醎酸，使爚蒿蔞以爲齏，味酸又不薄，適甘美人也。」引文多所異同。然其無「不濃」二字，與「適甘美」之「適」字，不相調遂。

魂兮歸徠，恣所擇只。

言衆味盛多，恣魂志意擇用之也。

【疏證】

言衆味盛多，恣魂志意擇用之也。◎正德本、隆慶本、馮本、劉本、俞本、四庫章句本、莊本、朱本「魂」作「䰟」，「擇用」下無「之」字。案：恣，謂縱恣欲也。呂氏春秋卷七孟秋紀第四禁塞篇「而無道者之恣行」，高注：「恣，放也。」又，章句以「恣所」爲「恣魂志意」者，所，言意也。詳參上「恣所嘗只」注。

炙鴰烝鳧，煔鶉敶只。

煔，爚也。言復炙鶬鴰，烝鳧鴈，煔爚鶉鷃，敶列衆味，無所不具也。

【疏證】

煔，爚也。◎案：説文炎部：「煔，火行也。从炎、占聲。」煔訓爚者，讀如燅。又曰：「燅，於湯中爚肉。从炎、从熱省。」煔音舒瞻切，燅音徐鹽切，古同談部，審、禪旁紐雙聲，例得通用。段注：「爚，當作鬵。玉篇、韻會作爚，則俗用字也。鬵者，内肉及菜，湯中薄出之。爚，漬也。禮有司徹，『乃燅尸俎』，鄭注：『燅，温也。古文燅皆作尋，記或作尋。春秋傳「若可尋也，亦可寒也」。』按：燅者正字，尋者同音叚借字。云『記或作尋』者，郊特牲『血腥爓祭』，注云『爓歎和尋』是也。爓亦假借字。所引春秋傳，哀公十二年左傳文。賈注云：『尋，温也。』」

言復炙鶬鴰，烝鳧鴈，煔爚鶉鷃，敶列衆味，無所不具也。◎案：書鈔卷一四二酒食部總篇一「炙鴰烝鳧」條引王逸注同。鴰，鶬也。爾雅釋鳥：「鶬，麋鴰。」酉陽雜俎卷一六引爾雅注：「鶬，麋鴰，是九頭鳥也。」漢書卷五七上司馬相如傳「雙鶬下」，顏師古注：「鶬，鴰也。今關西呼爲鴰鹿，山東通謂之鶬，鄙俗名爲錯落。錯者，亦鶬聲之急耳。又謂鴰捋。捋音來奪反。鴰鹿、鴰捋，皆象其鳴聲也。」史記卷一一七司馬相如列傳「雙鶬下」，正義引司馬彪云：「鶬似鴈而黑，亦呼爲鶬括。」括，鴰字假借。又，長沙馬王堆漢墓竹簡遣策有「熬鶬一笥」、「熬鶴一笥」、「熬鴈一笥」、「熬陰（鵪）鶉一笥」，皆可與參驗。

煎鰿臛雀，遽爽存只。

鰿，鮒。遽，趣也。爽，差也。存，前也。言乃復煎鮒魚，臛黄雀，敕趣宰人，差次衆味，持之而前也。

【疏證】

鰿，鮒。◎正德本、隆慶本、湖北本、朱本、馮本、劉本、俞本、莊本、四庫章句本無注。案：敓之也。廣雅釋魚：「鰿，鮒也。」王念孫疏證：「井九二『井谷射鮒』，劉逵吳都賦注引鄭注云：『所生無大魚，但多鮒魚耳，言微小也。』鰿之言茦也。方言云：『茦，小也。』爾雅云：『貝大者魧，小者鰿。』又云：『蟈大而險，蟦小而橢。』蟦、鰿同義。小貝謂之鰿，猶小魚謂之鰿也。今鰿魚形似小鯉，色黑而體促，腹大而脊高，所在有之。説文作⿰魚脊字。」鰿、⿰魚脊，即今鯽字。長沙馬王堆漢墓竹簡遣策有「鰿（鯽）白羹一鼎」、「鰿（鯽）禺肉巾羹一鼎」、「鰿（鯽）離蘥一貼」、「敖爵（雀）一笥」。

遽，趣也。◎文淵四庫章句本「趣」作「趨」，文津本亦作「趣」。案：趣，促也。趨，疾行也。則舊作「趣」也。説文辵部：「遽，傳也。从辵、豦聲。」引申之凡言趣促，文選卷二西京賦「百獸㥦遽」，薛綜注：「遽，促也。」

爽，差也。◎案：章句「差次衆味」云云，差次，謂等級次第也。爽，非爽敗也。

存，前也。◎案：存之爲前者，讀如荐，實爲薦。史記卷二六曆書「禍菑荐至」，索隱：「荐，集也。或作薦，假借用耳。」爾雅釋詁：「薦，進也。」淮南子卷一二道應訓「而夫子薦賢」，高注：「薦，先也。」

言乃復煎鮒魚，臛黃雀，勑趣宰人，差次衆味，持之而前也。◎俞本、四庫章句本「勑」作「敕」。案：勑、敕同。文選卷三五張協七命「霜鵽黃雀」，李善注：「楚辭曰：『煎鰿臛雀。』王逸曰：『臛黃雀也。』」御覽卷八六一飲食部一九臛引王逸注：「言煎鮒魚，臛黃雀也。」皆非足文。文選卷二西京賦「況青鳥與黃雀」，薛綜注：「青鳥、黃雀，皆小鳥。」包山楚簡有「魦醢一缶」。魦，即鵻字，鵻鶉也。爾雅釋鳥：「鴟鴞，鸋鴂。」郝氏義疏：「文選注引韓詩傳曰：『鴟鴞、鸋鴂，鳥名也。鴟鴞所以愛養其子者，適以病之。愛憐養其子者，謂堅固其窠巢；病之者，謂不知託於大樹茂林，反敷之葦蔄，風至蔄折巢覆，有子則死，有卵則破。是其病也。』韓詩所說即鵻鶉，故詩疏引陸璣疏云：『鴟鴞似黃雀而小，其喙尖如錐，取茅秀爲巢，以麻紩之，如刺襪然，縣著樹枝。或一房，或二房。幽州人謂之鸋鴂，或曰巧婦，或曰女匠。關東謂之工雀，或謂之過鸁。關西謂之桑飛，或謂之襪雀，或曰巧女。』」楚人以雀爲佳肴。又，章句「差次衆味」云云，謂以味之不同而擇次薦之，不以衆味並進也。又，「持之而前」云云，持，猶奉也，示恭敬也。史記卷七項羽本紀：「我持白璧一雙欲獻項王。」言我奉白璧一雙。

魂乎歸徠！麗以先只。

言先進靡麗美物，以快神心也。

【疏證】

言先進靡麗美物，以快神心也。◎正德本、劉本、俞本「快」作「使」，隆慶本、湖北本、馮本作「使」。案：據義，舊作「快」也。使，便訛字。又，章句「先進靡麗美物」云云，以麗爲靡麗美好之意。非也。麗，謂施設也。書多方「不克開于民之麗」，孔傳：「麗，施也。」

四酎并孰，不歰嗌只。

醇酒爲酎。并，俱也。嗌，䭇也。言乃醞釀醇酒，四器俱熟，其味甘美，飲之醲滑，入口消釋，不苦歰，令人不䭇滿也。

【疏證】

醇酒爲酎。◎案：三重醇釀謂之酎，詳參招魂「酎清涼些」注。

并，俱也。◎案：懷沙「古固有不竝兮」，章句：「竝，俱。」并、竝，古書通用。

嗌，䭇也。◎案：山海經卷三北山經「食之已嗌痛」，郭璞注：「嗌，咽也。今吳人呼咽爲嗌。」名事相因謂之哽饐。方言卷六：「嗌，噎也。秦、晉或曰嗌，或曰噎。」郭璞注：「皆謂咽痛也。」饐與噎同。又，嗌之爲䭇，説文食部：「䭇，猒也。从食，肙聲。」段注：「賈思勰齊民要術曰『食飽不䭇』。按：猒，飽也。䭇則有猒棄之意，皆猒中之義也。呂覽曰：『甘而不噮。』玉篇、集韻引同。啜即餶字。廣韻「啜，甘而猒也」是也。」嗌、噎、餶、啜，皆聲之轉。

言乃醖釀醇酒，四器俱熟，其味甘美，飲之醲滑，入口消釋不苦澀，令人不餶滿也。景宋本「熟」作「熱」。◎案：作「熟」或「熱」，皆通。章句以「四酎」爲「四器俱熟」者，謂盛酎之器有四。非是。周禮卷一一地官司徒第二鄉師「正歲，稽其鄉器，比共吉凶二服，閭共祭器，族共喪器，黨共射器，州共賓器，鄉共吉凶禮樂之器。」鄭注：「祭器者，簠簋鼎俎之屬，閭胥主集爲之。喪器者，夷槃、素俎、楬豆、輁軸之屬，族師主集爲之。此三者民所以相共也。射器者，弓矢楅中之屬，黨正主集爲之爲州長，或時射于此黨也。賓器者，尊俎、笙瑟之屬，州長主集爲之爲鄉大夫，或時賓賢能於此州也。吉器，若閭祭器者也。凶器，若族喪器者也。禮樂之器，若州黨賓射之器者。鄉大夫備集此四者，爲州黨族閭有故而不共也。」據此，祭、喪、吉、凶四器鄉大夫皆以行酒，故謂之「四酎」。

清馨凍歈，不歠役只。

馨，香之遠聞者也。凍，猶寒也。歠，飲也。役，賤也。言醇醲之酒清而且香，宜於寒飲，不可以飲役賤之人。即以飲役賤之人，即易醉顛仆，失禮敬。

【疏證】

馨，香之遠聞者也。◎案：詳參九歌湘夫人「建芳馨兮廡門」注。

凍，猶寒也。◎案：招魂「挫糟凍飲」，章句：「凍，冰也。」凍之爲冰、爲寒者，别乎名事也。

歠，飲也。◎案：説文欠部：「歠，歠也。从欠、酓聲。隸作飲。」又曰：「歠，歠也。」散文互訓不别。對文汁曰歠，水曰飲。禮記卷九檀弓下第四「歠主人、主婦、室老，爲其病也」，鄭注：「歠，歠粥也。」易需象「君子以飲食宴樂」，李鼎祚集解引虞翻：「水流入口爲飲。」

役，賤也。言醇醲之酒清而且香，宜於寒飲，不可以飲役賤之人。即以飲役賤之人，即易醉顛仆，失禮敬。◎湖北本「易醉」上無「即」字。莊本「醇醲」作「醇醸」。案：正德本、隆慶本、馮本、劉本、朱本、俞本、莊本、四庫章句本亦有「即」字。醇醲，言酒之厚也，不當作醸。役之爲「賤役」者，繳繞不通。「不歠役」與上「不澀嗌」，相對爲文。役，非賤役，猶勞也。荀子卷一脩身篇第二「程役而不録」，楊注：「役，勞役也。」不歠役，謂凍酒清涼，入口而下，若不勞歠飲也。

吳醴白糵，和楚瀝只。

再宿爲醴。糵，米麴也。瀝，清酒也。言使吳人醲醴，和以白米之麴，以作楚瀝，其清酒尤醲美也。

不齊之。」

【疏證】

再宿爲醴。◎案：醴，猶今云「酒釀」也。馬王堆漢墓遺策有「米酒二資」。米酒，醴也。漢書卷三六楚元王傳「元王每置酒，常爲穆生設醴」，顔師古注：「醴，甘酒也，少麴多米，一宿而熟，不齊之。」

糵，米麴也。◎馮本、四庫章句本「糵」作「糱」。案：糵，糱之訛。説文米部：「糱，牙米也。从米、辥聲。」段注：「牙同芽。芽米者，生芽之米也。芽米謂之糱，猶伐木餘謂之糱，庶子謂之孽也。月令『乃命大酋，秫稻必齊，麴糱必時』，注云：『古者獲稻而漬米麴，至春爲酒。』按：漬米、漬麴是二事。漬米，即大酋之糱也。此糱不必有芽。以凡穀漬之則有芽，故名漬米曰糱。」麴、麯同。山海經卷五中山經：「其祠用稌，黑犧，太牢之具，糱釀。」郭注：「以糱作醴也。」郝氏箋疏：「今以牙米釀酒，極甘，謂之『醣酒』。」馬王堆漢墓遺策有「𥻆(麴)一石」，即米麴也。

瀝，清酒也。◎皇都本「清」作「淸」。案：清，浄也。清，寒也。則「清酒」之訓「瀝」，不當作「清」。黎本玉篇殘卷水部「瀝」字云：「楚辭『吳醴白糵，和楚瀝』，王逸曰：『瀝瀝，清酒也。』」羨一「瀝」字，亦作「清」。説文水部：「瀝，浚也。从水、歷聲。一曰：水下滴瀝。」二訓相通。此用「水下滴瀝」義。後漢書卷五九張衡傳「漱飛泉之瀝液兮」，李賢注：「瀝液，微流也。」

言使吳人醲醴，和以白米之麴，以作楚瀝，其清酒尤醲美也。◎正德本、隆慶本、湖北本、朱本、馮本、俞本、莊本、劉本、四庫章句本「醲醴」作「釀醴」。案：據義，則舊作「釀醴」也。章句「清酒」云云，今濾酒也。

魂乎歸徠！不遽惕只。

言飲食醲美，安意遨遊，長無惶遽怵惕之憂也。

【疏證】言飲食醲美，安意遨遊，長無惶遽怵惕之憂也。◎正德本、隆慶本、馮本、劉本、俞本「遨」作「敖」。案：敖與遨同。蔣驥山帶閣注楚辭：「不遽惕，酒可忘憂，無惶遽怵惕之患也。」

代秦鄭衛，鳴竽張只。

言代、秦、鄭、衛之國，工作妙音，使吹鳴竽篪，作爲衆樂，以樂君也。

【疏證】言代、秦、鄭、衛之國，工作妙音，使吹鳴竽篪，作爲衆樂，以樂君也。◎案：代，古代國也。尹耕代國考：「考之代，自入漢以來，其國數易，大抵有三：曰山北也，山南也，山東也。山北之代，舊國也。始於商湯，歷代因之。是故齊桓之所服，趙襄之所并，代成、安陽之所封，公子嘉之所奔，趙歇、陳餘之所王，夏説之所守，劉喜之所棄，陳豨之所監，皆是也，所謂蔚之廢城也。山南之代，徙都也。始於高帝十一年，分山北爲郡，而稍割太原地益之，以自爲國。是故文帝之始封，中年之所徙，入繼之所自，臨幸之所復，以及子武子、參子所分，後武徙淮陽，子參之所合，皆是也，所謂晉陽中都也。山東之代，再徙也。始於武帝元鼎中，漢廣關以常山爲阻，徙代於清河。後王莽繼絶，改號廣宗。是故王義之所都，子年之所廢，如意之所復，皆是也，所謂清河也。語其都則始爲代，繼爲晉陽中都，終爲清河，前後三變也。語其號則始爲代，繼爲代太原，復爲代，終爲廣宗，前後四變也。故夫凡言代王、代相國，其在文帝以前者爲吾土，而以後者否。凡言代郡、代守尉，則上自趙、秦，下終兩漢，皆吾土也。執是以往，可無迎刃於古牒矣。」

伏戲駕辯，楚勞商只。

伏戲，古王者也，始作瑟。駕辯、勞商，皆曲名也。言伏戲氏作瑟，造駕辯之曲，楚人因之作勞商之歌。皆要妙之音，可樂聽也。或曰：伏戲、駕辯，皆要妙歌曲也。勞，絞也。以楚聲絞商音，爲之清激也。

【疏證】

伏戲，古王者也，始作瑟。◎案：世本作篇引書鈔樂部及御覽卷五七六樂部一四瑟：「庖犧氏作瑟。瑟，潔也。一使人精潔於心，淳一於行也。」引風俗通義：「宓犧作瑟，八尺二寸，四十五絃。」引爾雅釋樂邢疏、三禮圖、路史後紀等：「庖犧氏作五十弦，黄帝使素女鼓瑟，哀不自勝，乃破爲二十五絃，具二均聲。」又引山海經卷一八海内經注：「伏犧氏作琴瑟。」伏戲、庖犧、宓犧並同。

駕辯、勞商，皆曲名也。或曰：伏戲、駕辯，皆要妙歌曲也。勞，絞也。以楚聲絞商音，爲之清激也。◎案：駕之言嘉也。二字同加聲，例得通用。爾雅釋詁：「嘉，美也。」辯，九辯也。詳參離騷「啓九辯與九歌兮」注。文選卷五吳都賦「或超延露而駕辯」、全梁文卷五三陸倕授潯陽太守章「寧聞駕辯之音」。駕辯，皆祖述於此。又，勞之訓絞，讀如繆，漢書卷九七下外戚傳「即自繆死」，晉灼曰：「繆音繆縛之繆。」鄭氏曰：「自縊也。」顔師古注：「繆，絞也。」勞商者，謂清商之曲。饒宗頤隨縣曾侯乙墓鍾磬銘辭研究以絞商爲二重商音，最低組以商音爲始，最高組以商音爲終，「琴曲中凡與楚辭有關之曲，並以淒涼調出之，稱其調爲楚商，其故在此」，「勞商，乃以楚聲絞商音而成之調」也。

言伏戲氏作瑟，造駕辯之曲，楚人因之，作勞商之歌。皆要妙之音，可樂聽也。◎案：文選卷五吳都賦「或超延露而駕辯」，劉逵注：「楚辭曰『伏羲駕辯』，伏羲作琴，始造此曲。」非其足文。御覽卷五八一樂部一九竽引王逸注：「伏羲作琴，造駕辯之曲，楚人自作勞商之歌，皆妙曲也。」「戲」作「羲」，以「作瑟」作「作琴」。其所據本別。要妙，好貌。或作要眇。詳參九歌湘君「美要眇兮宜脩」注。

謳和揚阿，趙簫倡只。

徒歌曰謳。揚，舉也。阿，曲也。趙，國名也。簫，樂器也。先歌爲倡。言樂人將歌，徐且謳吟，揚舉善曲，乃俱相和，又使趙人吹簫先倡，五聲乃發也。或曰：謳和、揚阿，皆歌曲也。

【疏證】

徒歌曰謳。◎案：散文謳、歌不別，對文有樂曰歌，且行且歌曰謳。又，漢書卷一上高帝紀「皆歌謳思東歸」，顏師古注：「謳，齊歌也，謂齊聲而歌。」詩園有桃「我歌且謠」，毛傳：「曲合樂曰歌，徒歌曰謠。」散文謳、謠並言無合樂而且行且歌，對文齊聲曰謳，獨歌曰謠。

揚，舉也。◎案：詳參九歌東皇太一「揚枹兮拊鼓」注。

阿，曲也。或曰：謳和、揚阿，皆歌曲也。◎正德本、隆慶本、湖北本、朱本、劉本、馮本、俞本、莊本、四庫章句本無「或曰謳和揚阿皆歌曲也」十字。案：阿之爲曲，詳參九歎逢紛「行叩誠而不阿兮」注。曲阿，謂曲隅也，非樂曲之名。當從「或曰」之説。揚阿，歌曲名。或作揚荷。招魂「涉江采菱發揚荷些」，章句：「楚人歌曲也。」或作陽阿，淮南子卷二俶真訓「足蹀陽阿之舞」，高注：「陽阿，古名倡也。」謳和，非歌曲名，謂齊聲以和陽阿之歌也。

趙，國名也。◎案：趙，晉卿趙氏所建國。周定王二十三年，趙籍始建國，稱爲列侯。

簫，樂器也。◎案：簫，猶參差，舜所造樂也。詳參九歌湘君「吹參差兮誰思」注。

先歌爲倡。◎案：史記卷二三禮書「一倡而三歎」，集解：「鄭曰：『倡，發歌句者，三歎，三人從歎。』」卷四八陳涉世家「爲天下唱」，索隱：「漢書作『倡』，謂先也。説文：『倡，首也。』」今本説文「首也」訛作「樂也」。

言樂人將歌，徐且謳吟，揚舉善曲，乃俱相和，又使趙人吹簫先倡，五聲乃發也。◎四庫章句本「吟」作「唫」。案：唫，古吟字。章句「五聲乃發」云云，五聲，謂宫、商、角、徵、羽也。

魂乎歸徠！定空桑只。

空桑，瑟名也。周官云：「古者絃空桑而爲瑟。」言魂急徠歸，定意楚國，聽瑟之樂也。或曰：空桑，楚地名。

【疏證】

空桑，瑟名也。周官云：「古者絃空桑而爲瑟。」言魂急徠歸，定意楚國，聽瑟之樂也。或曰：空桑，楚地名。◎正德本、劉本、俞本「絃」作「言」。隆慶本「瑟名也」作「山名」，「古者絃空桑而爲瑟」作「空桑之琴瑟方丘奏之」。正德本、隆慶本、朱本、馮本、俞本、湖北本、劉本、莊本、四庫章句本無「或曰空桑楚地名」七字。正德本、隆慶本、馮本、莊本、朱本、四庫章句本「魂」作「寬」。

案：言，絃之音訛。章句引周官，見卷二二春官大宗伯第三大司樂：「孫竹之管，空桑之琴瑟，咸池之舞，夏日至，於澤中之方丘奏之。」未見有「古者絃空桑而爲瑟」者。鄭注：「空桑，山名。」隆慶本等因鄭玄改也。漢書卷二二禮樂志「空桑琴瑟結信成」，張晏曰：「傳曰『空桑爲瑟，一彈三歎』，祭天質故也。」顏師古注：「空桑，地名也。出善木，可爲琴瑟也。」二説相通。是山所出木可作琴瑟，復以爲琴瑟之名。楚有空桑者，因高陽氏南徙而自衛遷移之。空桑之居，帝高陽之丘，楚人歸反之居。詳參離騷「哀高丘之無女」注。詩日月「胡能有定」，毛傳：「定，止也。」「定空桑」者，謂居空桑。

二八接舞，投詩賦只。

接，聯也。投，合也。詩賦，雅樂也。古者以琴瑟歌詩賦爲雅樂，關雎、鹿鳴是也。言有美女十六人，聯接而舞，發聲舉足，與詩雅相合，且有節度也。

【疏證】

接，聯也。◎正德本、隆慶本、湖北本、朱本、劉本、馮本、俞本、莊本、四庫章句本無注。案：敓也。淮南子卷一原道訓「知與物接，而好憎生矣」，高注：「接，交也。」

投，合也。◎案：慧琳音義卷三「投趣」條引王逸注楚辭：「投，合也，掩也。」案：羨「掩也」二字。說文手部：「投，擿也。从手、从殳。」引申之凡言揮斥、言迎合，正反一辭。投合之義始於兩漢，周、秦無此義。文選卷四五班固答賓戲「夫啾發投曲」，李善注：「項岱曰：『投曲，投合歌曲也。』」據此，是篇之作在漢世。又，朱季海楚辭解故謂「投詩賦，猶云度曲」，謂「歌終更授其次」之意。未知所據。

詩賦，雅樂也。古者以琴瑟歌詩賦爲雅樂，關雎、鹿鳴是也。◎案：賦字出韻。賦，讀如傅，古書通用。論語卷五公冶長「可使治其賦也」，釋文：「賦，梁武云：『魯論作傅。』」江蘇東海縣伊灣漢簡神烏傅，即神烏賦也。傅，當作傳，形訛字。若劉安作離騷傳，或訛作離騷傅，終訛作離騷賦。傳字與下亂、變同協元韻。傳，傳遞也。投詩傳，謂二八舞女聯袂而舞，投合歌詩之節奏，相互傳遞之。九歌禮魂「成禮兮會鼓」，章句：「言祠祀九神，皆先齋戒，成其禮敬，乃傳歌作樂，急疾擊鼓，以稱神意也。」又，章句「古者以琴瑟歌詩賦爲雅樂，關雎、鹿鳴是也」云云，詩鼓鍾「以雅以南」，毛傳：「爲雅爲南也。南夷之樂曰南。」鄭箋：「雅，萬舞也。周樂尚武，故謂萬舞爲雅。雅，正也。」關雎，見周南，南國之樂。鹿鳴，見小雅，文王之雅樂。

言有美女十六人，聯接而舞，發聲舉足，與詩雅相合，且有節度也。◎案：左傳襄公十一年「女樂二八」，杜注：「十六人。」

叩鍾調磬，娱人亂只。

叩，擊也。金曰鍾，石曰磬也。娱，樂也。亂，理也。言美女起舞，叩鍾擊磬，得其節度，則諸樂人各得其理，有條序也。

【疏證】

叩，擊也。◎案：慧琳音義卷一八「扣擊」條引王逸注楚詞：「扣，擊也。」扣之爲擊，詳參七諫謬諫「故叩宫而宫應兮」注。

金曰鍾，石曰磬也。◎案：對文別義。風俗通義卷六聲音篇八音，亦謂「石曰磬，金曰鍾」。散文鍾、磬並樂器名。

娱，樂也。◎案：文選卷二一張協詠史詩「朝野多歡娱」、卷二二謝靈運石壁精舍還湖中作一首「清暉能娱人」，李善注並引王逸曰：「娱，樂也。」娱之爲樂，詳參離騷「夏康娱以自縱」注。

亂，理也。言美女起舞，叩鍾擊磬，得其節度，則諸樂人各得其理，有條序也。◎案：亂之爲理，詳參離騷「亂曰」注。「娱人亂」與下「極聲變」，相對爲文。亂，猶招魂「亂而不分」之亂，謂合也，同也。言叩鍾調磬，與娱人者同也。

四上競氣，極聲變只。

四上，謂上四國，代、秦、鄭、衛也。言四國競發善氣，窮極音聲，變易其曲，無終已也。

【疏證】

四上，謂上四國，代、秦、鄭、衛也。◎案：文選卷四六顔延年三月三日曲水詩序「奏四上之調」，李善注：「楚辭曰：『四上競氣，極聲變。』王逸曰：『四上，謂代、奏、鄭、衛也。』」奏，秦之訛。補注：「四上，謂聲之上者有四，謂代、秦、鄭、衛之鳴竽也，伏戲之駕辯也，楚之勞商也，趙之簫也。」洪説較章句通允。又，惠棟九曜齋筆記卷一「四上」條：「家君曰：『四上，猶今四、上、尺爲七調，猶古之七音也。』案：今民間六孔龥，放開四孔，低吹爲四，六孔全開，低吹爲上。」此説未必可信，存之以廣異聞。

言四國競發善氣，窮極音聲，變易其曲，無終已也。◎景宋本「音」作「昔」。案：訛也。章句「窮變音聲」云云，音，八音也，以鍾磬説之。聲，五聲也，以宫商變之。周禮卷二三春官大宗伯第三大師：「皆文之以五聲，宮、商、角、徵、羽；皆播之以八音，金、石、土、革、絲、木、匏、竹。」「極聲變」者，猶史記卷八六刺客列傳荆軻始「爲變徵之聲」，「復爲羽聲忼慨」也。類聚卷五七雜文部三七引劉劭七華「聆九韶之聲變」，卷四四樂部四箜篌引晉鈕滔母孫氏箜篌賦「於是數轉難測，聲變無方」。皆同此意。

魂乎歸徠！聽歌譔只。

譔，具也。言觀聽衆樂，無不具也。

【疏證】

譔，具也。言觀聽衆樂，無不具也。◎案：譔之爲具，讀如撰。漢書卷八七下揚雄傳「譔以爲十三卷」，顔師古注：「譔與撰同。」廣雅釋詁：「撰，具也。」

朱脣皓齒，嫭以姱只。

皓，白。嫭、姱，好貌也。言美人朱脣白齒，嫭眄美姿，儀狀姱好可近，而親侍左右也。

【疏證】

皓，白。◎莊本「白」下有「也」字。案：皓，或作晧。爾雅釋詁：「晧，光也。」皓有光潔、皎白義。或作顥。説文頁部：「顥，白皃。从頁、从景。楚詞曰：『天白顥顥。』南山四顥，白首人也。」又，文選卷二九李陵與蘇武詩「皓首以爲期」，李善注：「聲類：『顥，白首貌也。』皓與顥古字通。」又，皓齒，漢世習藻。卷八上林賦「皓齒粲爛，宜笑的皪」。全漢文卷二二司馬相如美人賦「有一女子，雲髮豐豔，蛾眉皓齒，顔盛色茂」。全三國文卷七曹丕答繁欽書「皓齒丹脣」，卷一三曹植洛神賦「丹脣外朗，皓齒内鮮」。則不勝舉。

嫭、姱，好貌也。◎案：宋本玉篇卷三女部「嫭」字：「嫭，好貌。楚辤曰『嫭目宜笑』。或作嫮。」文選卷一五思玄賦「咨姤嫮之難竝兮」，舊注：「嫮，好也。」卷一三雪賦「玉顔掩姱」，李善注：「嫮與嫭同，好貌。」漢書卷八七上揚雄傳「知衆嫭之嫉妒兮」，顔師古注：「嫭，美貌也。」嫮、嫭並出兩漢，漢世恒語。周、秦古書未見，屈賦作姱。證是篇之作，則在漢世。

言美人朱脣白齒，嫭眄美姿，儀狀姱好可近，而親侍左右也。◎正德本「美姿」誤作「姜姿」。案：正文「朱脣皓齒」當作「美人皓齒」。今作「朱脣皓齒」者，因章句「美人朱脣白齒」改。御覽卷三六八人事部九齒、文選卷八上林賦「皓齒粲爛」、卷一三雪賦「玉顔掩嫭」、卷一七舞賦「吐哇咬則發皓齒」、卷一八嘯賦「激哀音於皓齒」、卷二一顔延年秋胡詩「美人望昏至」、卷二五陸雲爲顧彦先贈婦詩「巧笑發皓齒」、卷二九曹植雜詩六首「誰爲發皓齒」、卷三〇謝惠連擣衣詩「美人戒裳服」李善注、史記卷一一七司馬相如列傳索隱引郭璞注並引楚詞皆作「美人」。是存其舊本也。

補注杜詩卷一六聽楊氏歌「獨立發皓齒」注、九家集注杜詩卷一三聽楊氏歌「獨立發皓齒」注、六書故「嫮」字、浩然齋雅談卷上、箋注平點李長吉歌詩卷四將進酒「皓齒歌」注、古今合璧事類備要前集卷三〇、韻補卷一「嫮」字、記纂淵海卷八一黶麗引作「朱脣」，其訛自宋世也。

比德好閒，習以都只。

言選擇美人，比其才德，容貌都閑，習於禮節，乃敢進也。

【疏證】

言選擇美人，比其才德，容貌都閑，習於禮節，乃敢進也。◎惜陰本「閑」作「閒」。案：比、好對文，比猶「比數」之比，言親也，好也。詳參上愍命「戚宋萬於兩楹兮」注。又，章句「容貌都閑」云云，都閑，謂典雅不俗也。閑，或作閒。史記卷一一七司馬相如列傳「雍容閒雅甚都」，集解：「韋昭曰：『閒，讀曰閑。甚得都邑之容也。』郭璞曰：『都，猶姣也。詩曰「洵美且都」。』」又曰「姣冶嫺都」，索隱：「郭璞云：『姣，好也。都，雅也。』」古謂儀容無鄉俗態，妝著典雅而有都市風度謂之閒都，訓詁字作嫺都。都有典雅姣好意。又，中華書局二〇〇〇年版點校本楚辭補注作：「言選擇美人，比其才德、容貌，都閑習於禮節，乃敢進也。」以「容貌都閑」分屬上下兩句。誤矣。

豐肉微骨，調以娛只。

豐，厚也。微，細也。言美人肥白潤澤，小骨厚肉，肌膚柔弱，心志和調，宜侍燕居，以自娛樂也。

【疏證】

豐，厚也。◎案：說文豐部：「豐，豆之豐滿也。从豆、象形。」引申凡言多、大。懷沙「謹厚以爲豐」，章句：「豐，大也。」方言卷一：「凡物之大貌曰豐。」

微，細也。◎案：荀子卷三非相篇第五「微小短瘠」，楊倞注：「微，細也。」

言美人肥白潤澤，小骨厚肉，肌膚柔弱，心志和調，宜侍燕居，以自娛樂也。◎案：漢世以女子「豐肉」、「肥白」之豐腴態者爲美也。而楚人以女子之細要者爲美，尹文子大道上：「楚莊愛細腰，一國皆有飢色。」荀子卷八君道篇第一二：「楚莊王好細要，故朝有餓人。」晏子春秋卷七景公臺成盆成适願合葬其母晏子諫而許第一一：「楚靈王好細腰，其朝多餓死人。」韓非子卷二柄篇第七：「楚靈王好細腰而國中多餓人。」則楚、漢別也。尤證此篇非周、秦之世楚人所作。全宋文卷三一謝靈運江妃賦：「小腰微骨，朱衣皓齒。緜視騰采，靡膚膩理；姿非定容，服無常度。」蹈襲於此。

魂乎歸徠！安以舒只。

言美女鮮好，可以安意，舒緩憂思也。

【疏證】

言美女鮮好，可以安意，舒緩憂思也。◎案：安舒，言心閒貌，漢世恆語。説苑卷一六談叢：「或行安舒，或爲飄疾。」漢書卷八一匡衡傳：「湛静安舒者戒於後時，廣心浩大者戒於遺忘。」全後漢文卷八九仲長統昌言下：「安舒沈重者，患在後時。」又，章句「舒緩憂思」云云，思亦憂也。

嫮目宜笑，娥眉曼只。

嫮，眄瞻貌。曼，澤也。言復有異女，工於嫮眄，好口宜笑，蛾眉曼澤，異於衆人也。

【疏證】

嫮，眄瞻貌。◎案：後漢書卷五九張衡傳「咨妒嫮之難並兮」，李賢注：「嫮，美也，音胡故反。楚辭曰：『嫮目宜笑。』」又，「增嫮眼而蛾眉」，李賢注：「嫮音胡故反，好貌也。楚辭曰『嫮目宜笑』。」漢書卷二二禮樂志「衆嫭竝」，如淳曰：「嫭，美目貌。」皆與此别。嫮與嫭同。章句「眄瞻」云云，言美目傳神也。

曼，澤也。◎案：詳參招魂「蛾眉曼睩」注。

言復有異女，工於嫭眄，好口宜笑，蛾眉曼澤，異於衆人也。◎毛祥麟楚辭校文曰：「文瀾閣本『異』作『美』。」案：文津本、文淵本亦作「異」。章句「復有異女」云云，涉江「余幼好此奇服兮」，章句：「奇，異也。」異女，謂奇女，好女。友劉永翔君發揮錢鍾書説，「笑之真且完者，必始于目而後延于口。現于目而不形于口，真矣而必有所礙；形于口而不現于目，僞也其必有所諼。惜乎王逸之不達斯理也。」體察之細密，令人絶倒！

容則秀雅，穉朱顔只。

則，法也。秀，異也。穉，幼也。朱，赤也。言美女儀容閒雅，動有法則，秀異於人，年又幼穉，顔色赤白，體香絜也。

【疏證】

則，法也。◎案：詳參離騷「名余曰正則兮」注。

秀，異也。◎案：詳參招魂「獨秀先些」注。「容則秀雅」者，謂容儀秀麗，法則嫺雅也。

穉，幼也。◎案：説文禾部：「穉，幼禾也。从禾、屖聲。」引申之凡言幼弱也。淮南子卷一九脩務訓「魏之稚質」，稚與穉同。高注：「稚質，亦少女也。」

朱，赤也。◎案：詳參招魂「朱顏酡些」注。朱顏，猶唐、宋詩詞之「紅臉」。全後漢文卷二八朱穆鬱金賦：「增妙容之美麗，發朱顏之熒熒。」卷九〇王粲神女賦：「朱顏熙曜，曄若春華。」

言美女儀容閒雅，動有法則，秀異於人，年又幼穉，顏色赤白，體香潔也。◎案：章句「顏色赤白」云云，赤白者，紅也，若桃華色也。

魂乎歸徠！靜以安只。

言美好之女可以靜居安精神也。

【疏證】

言美好之女可以靜居安精神也。◎案：淮南子卷一八人間訓：「深居以避辱，靜安以待時。」此言以女色繫游魂也。

姱脩滂浩，麗以佳只。

脩，長也。滂浩，廣大也。佳，善也。言美女身體脩長，用意廣大，多於所知，又性婉順，善心腸也。

【疏證】

脩，長也。◎案：詳參離騷「路曼曼其脩遠兮」注。

滂浩，廣大也。◎案：慧琳音義卷一五「滂流」條引王逸注楚辭：「滂，廣流也。」滂，廣也。浩，大也。「大」作「流」，訛。卷八四「浩汗」條：「孔注尚書曰：『浩汗，盛大也。』」滂浩，平列同義。北大簡（四）反淫：「挂浩滂之艾。」浩滂，亦謂大也。

佳，善也。言美女身體脩長，用意廣大，多於所知，又性婉順，善心腸也。◎案：朱季海楚辭解故：「王多以佳訓善，義不主於體貌。非也。楚人謂美好曰佳，山海經、方言、說文字又作娃。方言第二：『娃，美也。吳、楚、衡、淮之間曰娃。』說文女部：『或曰吳、楚之閒謂好曰娃。』」非也。麗以佳，猶佳麗也，趁韻倒文。戰國策卷三三中山策：「臣聞趙，天下善爲音，佳麗人之所出也。今者臣來至境，入都邑，觀人民謠俗，容貌顏色，殊無佳麗好美者。」高注：「佳，大也。麗，美也。佳麗，言大美也。」

曾頰倚耳，曲眉規只。

曾，重也。倚，辟也。規，圜也。言美女之面，丰容豐滿，頰肉若重，兩耳郭辟，曲眉正圜，貌絶殊也。

【疏證】曾，重也。◎案：曾之訓重者，讀如層。詳參惜誦「願曾思而遠身」注。漢人以「頰肉若重」爲美也。淮南子卷一九脩務訓：「曼頰皓齒，形夸骨佳，不待脂粉芳澤而性可説者，西施、陽文也。」高注：「曼頰，細理也。」層頰，謂頰理重疊靡細，猶曼頰也。

倚，辟也。◎案：倚之訓辟，謂幽辟也。頰肉重累，正面視其兩耳，若幽辟不見。

規，圜也。◎案：詳參離騷「偭規矩而改錯」注。圜與圓同。漢人蓋以曲眉若規者爲美。

言美女之面，丰容豐滿，頰肉若重，兩耳郭辟，曲眉正圜，貌絶殊也。◎同治本「肉」作「肉」。

案：肉，俗肉字。補注引「郭」一作「卻」。郭，卻之訛。卻辟，謂隱而不見。梁陶弘景真誥卷九協昌期第一：「制魂録魄，卻辟千魔。」雲笈七籤卷六五金丹部三太清金液神丹經：「雲華龍膏有八威，卻辟衆精與魑魅。」

滂心綽態，姣麗施只。

綽，猶多也。態，姿也。姣，好也。言美女心意廣大，寬能容衆，多姿綽態，調戲不窮，既好有智，無所不施也。

【疏證】

綽，猶多也。◎案：説文糸部：「繛，緩也。从素、卓聲。綽，繛或省。」引申之凡言寬餘，饒多。孟子卷四公孫丑下「豈不綽綽然有餘裕哉」，趙注：「綽、裕，皆寬也。」文選卷一九洛神賦「柔情綽態」，李善注：「綽，寬也。」促言之曰綽，緩言之曰綽約。綽約、淖約同。漢書卷八七上揚雄傳「閨中容競淖約兮」，顔師古注：「淖約，善容止也。」

態，姿也。◎案：詳參招魂「容態好比」注。

姣，好也。◎案：詳參九歌東皇太一「靈偃蹇兮姣服」注。

言美女心意廣大，寬能容衆，多姿綽態，調戲不窮，既好有智，無所不施也。◎案：慧琳音義卷一五「媒冶」條引楚辭云：「調態，媒麗也。」媒，俗妖字。調態，即綽態。調、綽聲之轉。又，章句「美女心意廣大寬能容衆」云云，女德古以寬容爲美。史記卷四九外戚世家：「諺曰：『美女入室，惡女之讎。』」是其反證。

小腰秀頸，若鮮卑只。

鮮卑，衮帶頭也。言好女之狀，腰支細少，頸鋭秀長，靖然而特異，若以鮮卑之帶，約而束之也。

【疏證】

鮮卑，衮帶頭也。◎案：衮帶，謂大帶也。廣雅釋詁：「衮，大也。」章句「衮帶頭」云云，大帶鉤也。鮮卑，或作胥紕。史記卷一一〇匈奴列傳「黄金胥紕一」，集解：「徐廣曰：『或作犀毗。』」索隱：「漢書見作『犀毗』，此作『胥』者，犀聲相近，或誤。張晏云：『鮮卑郭落帶，瑞獸名也，東胡好服之。』按：戰國策云：『趙武靈王賜周紹具帶黄金師比。』延篤云：『胡革帶鉤也。』則此帶鉤亦名『師比』，則『胥』、『犀』與『師』並相近，而説各異耳。班固與竇憲牋云『賜犀比金頭帶』是也。」漢書卷九四上匈奴傳「黄金犀毗一」，孟康曰：「要中大帶也。」張晏曰：「鮮卑郭洛帶，瑞獸名也，東胡好服之。」顔師古注：「犀毗，胡帶之鉤也。亦曰鮮卑，亦謂師比，總一物也，語有輕重耳。」顔説最爲達詁。周、秦古墓屢見出土帶鉤，多銅質，或玉質。其形制皆首大，身細，束如細要者。故逸以「鮮卑」喻好女「小腰」也。

言好女之狀，𦝫支細少，頸鋭秀長，靖然而特異，若以鮮卑之帶，約而束之也。◎正德本、隆慶本、朱本、劉本、馮本、俞本、湖北本、莊本、四庫章句本「少」作「小」。隆慶本、朱本、莊本、惜陰本、同治本「𦝫」作「腰」。案：小、少，古書通用。𦝫、腰同。據義，舊當作「細小」。又，「之帶」下當補「鉤」字。永樂大典卷二一八〇六「鮮卑國」條引王逸注云：「言腰細汪頸秀長，若以鮮卑帶約而束之。」節約其文。此言美女之要，若鮮卑之帶鉤。女以小腰爲美，楚遺習也。

魂乎歸徠！思怨移只。

移，去也。言美女可以忘憂，去怨思也。

【疏證】

移，去也。◎案：廣雅釋詁：「移，轉也。」

言美女可以忘憂，去怨思也。◎案：思，愁也。怨思，言怨愁。章句「去怨思」云者，舊本正文作「怨思移」。今本乙作「思怨移」。

易中利心，以動作只。

言復有美女，用志滑易，心意和利，動作合禮，能順人意，可以自侍也。

【疏證】

言復有美女，用志滑易，心意和利，動作合禮，能順人意，可以自侍也。◎四庫章句本「侍」作「待」。案：侍、待，古書通用。據義，作「自侍」爲允。又，章句訓易爲滑。不確。易中、利心爲對文。易，悦也。禮記卷二五郊特牲第一一「示易以敬」，鄭注：「易，和説也。」詩何人斯「我心易也」，毛傳：「易，説。」説、悦古今字。中，猶身也。詳參遠遊「於中夜存」注。易中，言説於身也。

粉白黛黑，施芳澤只。

言美女又工糚飾，傅著脂粉，面白如玉，黛畫眉鬟，黑而光净，又施芳澤，其芳香鬱渥也。

【疏證】

言美女又工糚飾，傅著脂粉，面白如玉，黛畫眉鬟，黑而光净，又施芳澤，其芳香鬱渥也。

◎惜陰本、同治本、四庫章句本「糚」作「妝」，莊本作「粧」。案：糚、粧，俗妝字。粉白黛黑，靚妝也，漢世習語。史記卷一一七司馬相如列傳「靚莊刻飭」，集解：「郭璞曰：『靚莊，粉白黛黑也。』」淮南子卷一九脩務訓：「雖粉白黛黑弗能爲美者，嫫母、仳倠也。」又曰：「嘗試使之施芳澤，正娥眉，設笄珥，衣阿錫，曳齊紈，粉白黛黑，佩玉環揄步。」又，戰國策卷一六楚策三：「張子曰：『彼鄭、周之女，粉白墨黑，立於衢閭，非知而見之者以爲神。』」文選卷一西都賦「俯仰如神」，李善注引戰國策「墨黑」作「黛黑」。朱季海楚辭解故以爲漢後改「墨黑」爲「黛黑」，證「黛黑」爲漢世之語，大招用晚出之「黛黑」。其説是也。又，章句「鬱渥」云云，鬱，猶盛也。文選一二木華海賦「鬱沏迭而隆頹」，李善注：「鬱，盛貌。」卷一班固西都賦「發五色之渥彩」，李善注：「毛詩曰『顔如渥丹』，鄭玄曰：『渥，厚漬也。』」史記卷六三韓非列傳「周澤未渥也」，正義：「渥，霑濡也。」

長袂拂面，善留客只。

袂，袖也。拂，拭也。言美女工舞，揄其長袖，周旋屈折，拂拭人面，芬香流衍，衆客喜樂，留不能去也。

【疏證】

袂，袖也。◎文淵四庫章句本「袖」上有「衣」字，文津本亦無「衣」字。案：九歌湘夫人「捐余袂兮江中」，章句：「袂，衣袖也。」據此，舊作「衣袖」。

拂，拭也。◎案：儀禮卷四士昏禮第二「主人拂几授校」，鄭注：「拂，拭也。」拂面，謂舞女揚舉長袖，飄然拂拭人面。章句「美女工舞，揄其長袖，周旋屈折，拂拭人面，芬香流衍」云云，得其旨也。近人于省吾楚辭新證、郭在詒楚辭解詁以拂爲敝，謂長袖遮面，以狀舞女嫵媚之態。非也。

言美女工舞，揄其長袖，周旋屈折，拂拭人面，芬香流衍，衆客喜樂，留不能去也。◎馮本、俞本、四庫章句本「屈」作「曲」。馮本、四庫章句本「言美女」下無「工」字。案：屈、曲以同義易之也。無「工」，爛敓之也。又，類聚卷四三樂部三「歌」條引冬白紵歌：「雙去雙還誓不移，長袖拂面爲君施。」李太白集分類補注卷四白辭歌：「長袖拂面爲君起，寒雲夜捲霜海空。」皆本於此。

魂乎歸徠！㠯娛昔只。

昔，夜也。詩云：「樂酒今昔。」言可以終夜自娱樂也。

【疏證】

昔，夜也。詩云：「樂酒今昔。」言可以終夜自娱樂也。◎案：章句引詩見小雅頍弁，毛詩「昔」字作「夕」。昔、夕，古字通用。莊子卷四天運篇第一四「則通昔不寐矣」，釋文：「昔，夜也。」借「昔」爲「夕」，即其證。

青色直眉，美目媔只。

媔，黠也。言復有美女，體色青白，顔眉平直，美目竊眄，媔然黠慧，知人之意也。

【疏證】

媔，黠也。◎案：爾雅釋言：「靦，姡也。」郭璞注：「面姡然。」媔與靦同。郝氏義疏：「靦訓姡者，釋文引孫、李云：『靦人姡然也。』方言云：『楚、鄭或謂狡獪爲姡，姡猶獪也。凡小兒多詐謂之姡。』」

言復有美女，體色青白，顔眉平直，美目竊眄，媔然黠慧，知人之意也。◎隆慶本、朱本、莊本「顔」作「額」。案：古無「額眉」，但有「顔眉」。鹽鐵論卷七利議篇第二七：「乃安得鼓口舌，申顔眉。」又，章句「顏眉平直」云云，周、秦以蛾眉爲好，漢以後以平直爲美，全陳文卷一二姚最續畫品謝赫「直眉曲鬢，與世争新」是也。

靨輔奇牙，宜笑嘕只。

嘕，笑貌也。言美女頰有靨輔，口有奇牙，嘕然而笑，尤媚好也。

【疏證】

嘕，笑貌也。◎文選卷一九登徒子好色賦「嫣然一笑」，李善注引王逸曰：「嫣，笑貌。」案：嫣與嘕同。廣雅釋訓：「嘕嘕，喜也。」緩言之曰嬋嫣，全梁文卷二〇蕭統七契：「約綽妍姿，嬋嫣宜笑。」

言美女頰有靨輔，口有奇牙，嘕然而笑，尤媚好也。◎毛祥麟楚辭校文曰：「文瀾閣本『媚』作『媢』。」案：文津本、文淵本亦作「媢」。媢，譌字。靨輔，北大簡（四）妄稽作「厭父」。文選卷一九洛神賦「靨輔承權」，李善注：「離騷曰：『靨輔奇牙宜笑嘕。』王逸曰：『美人頰有靨輔也。』」「美女」作「美人」。宋本玉篇面部「靨」字：「淮南：『靨輔在頰前則好。』楚辭曰『靨輔奇牙』。」今本淮南子無此語。卷一九脩務訓「口曾撓，奇牙出，靨酺搖，則雖王公人人有嚴志頡頏之行者，無不憚悇癢心而悦其色矣」，高注：「靨酺，頰邊文，婦人之媚也。」則「靨輔在頰前則好」者，淮南注文，竄亂於正文。詩碩人「巧笑倩兮」，毛傳：「倩，好口輔。」孔疏云：「左傳曰：『輔車相依。』服虔云：『輔，上頷車也，與牙相依。』則是牙外之皮膚，頰下之別名也。故易云：『咸其輔頰舌。』明輔近頰，而非頰也。笑之貌美，在於口輔，故連言之也。」毛傳「好口輔」云云，猶此「靨輔」。又，奇，猶好也。奇牙，謂美牙也。

豐肉微骨，體便娟只。

便娟，好貌也。已解於上。

【疏證】

便娟，好貌也。已解於上。◎馮本、四庫章句本「好貌」作「皆好貌也」。案：皆，羨也。章句「詳參上」云云，見七諫初放「便娟之修竹」注。據此，舊本篇次，大招在七諫之後。慧琳音義卷五六「㛹娟」條：「楚辭㛹娟之語，王逸曰：『㛹娟，好皃也。』」㛹娟、便娟同。

魂乎歸徠！恣所便只。

便，猶安也。言所選美女五人，儀貌各異，恣魂所安，以侍棲宿也。

【疏證】

便，猶安也。◎案：便之爲安，便習也。淮南子卷一原道訓「便之也」，高注：「便，習也。」禮記卷五四表記第三二「故自謂便人」，釋文：「便，便習也。」

言所選美女五人，儀貌各異，恣魂所安，以侍棲宿也。◎正德本、隆慶本、湖北本、朱本、劉本、馮本、俞本、莊本、四庫章句本「魂」作「䰟」。毛祥麟楚辭校文曰：「文瀾閣本『侍』作『便』。」案：文津本、文淵本亦作「侍」。便，詑也。章句「美女五人」云云，不可曉。上文「二八接舞」，招魂「二八侍宿」、「二八齊容」，皆十六人也。未聞有言「五人」者。五，當作「娱」，音訛字。

夏屋廣大，沙堂秀只。

沙，丹沙也。言乃爲魂造作高殿峻屋，其中廣大，又以丹沙朱畫其堂，其形秀異，宜居處也。

【疏證】

沙，丹沙也。◎案：詳參招魂「紅壁沙版」注。

言乃爲魂造作高殿峻屋，其中廣大，又以丹沙朱畫其堂，其形秀異，宜居處也。◎案：「夏屋廣大」者，猶招魂「高堂邃宇」。夏通作廈。「沙堂秀」者，猶招魂「紅壁沙版，玄玉梁」。今江南習俗，巧工編竹爲殿堂邃屋，置於靈堂前，以事招魂。蓋其遺俗也。

南房小壇，觀絶霤只。

房，室也。壇，猶堂也。觀，猶樓也。霤，屋宇也。言復有南房别室，閒静小堂，樓觀特高，與大殿宇絶遠，宜遊宴也。

【疏證】

房，室也。◎文淵四庫章句本「室」作「屋」，文津本亦作「室」。案：房之爲室，詳參九歌湘夫人「辛夷楣兮葯房」注，然古無訓「屋」。

壇，猶堂也。◎文選卷一一蕪城賦「壇羅虺蜮」，李善注引王逸曰：「壇，堂也。」案：無「猶」字。又，卷四蜀都賦「壇宇顯敞」，劉逵注引王逸九章注：「壇，猶堂也。」卷三五張協七命「眷椒塗於瑶壇」，李善注引王逸曰：「壇，猶堂也。」並有「猶」字。七諫謬諫「满堂壇兮」，章句：「高殿敞揚爲堂。」禮記卷八檀弓上第三「吾見封之若堂者矣」，鄭注：「堂，形四方而高。」堂爲殿堂、明堂、廟堂，以有屋宇也。壇，築土也，所以祭神，上無屋宇。又，漢書卷七三韋賢傳「壇墠則歲貢」，顔師古注：「築土爲壇，除地爲墠。」

觀，猶樓也。◎案：爾雅釋宫「觀謂之闕」，郭璞注：「宫門雙闕。」郝疏引孫炎注：「宫門雙闕，舊章懸焉，使民望之，因謂之觀。」樓在闕上者謂之觀，所以觀望也；而在臺上者謂之樓也。又，對文宫門爲觀，城門爲闕。

霤，屋宇也。◎案：文選卷一三雪賦「緣霤承隅」、卷二四陸機贈尚書郎顧彥先二首「豐注溢脩霤」，李善注並引王逸曰：「霤，屋宇也。」屋宇，今謂房脊、房頂。説文霤字謂「屋水流」。引申爲屋宇。霤，或通作廇，謂庭室也。詳參九歎愍命「剕讒賊於中廇兮」注。則亦通也。

言復有南房別室，閒静小堂，樓觀特高，與大殿宇絶遠，宜遊宴也。◎正德本、隆慶本、湖北本、朱本、劉本、馮本、俞本、莊本、四庫章句本「言」下無「復」字。案：皆爛敓之也。「復有」者，承上「夏屋」、「沙堂」，則不可省。又，「觀絶霤」，言觀之（南房小壇）高絶屋脊之上也。

曲屋步壛，宜擾畜只。

曲屋，周閣也。步壛，長砌也。擾，謹也。言南堂之外，復有曲屋，周旋閣道，步壛長砌，其路險狹，宜乘擾謹之馬，周旋屈折，行遊觀也。

【疏證】

曲屋，周閣也。◎案：曲，回旋也。曲屋，謂旋室。文選卷一一王延壽魯靈光殿賦「旋室㛹娟以窈窕」，李善注：「旋室，曲屋也。」

步壛，長砌也。◎案：壛，俗字也。或作櫩。淮南子卷九主術訓「脩者以爲櫩榱」，高注：「櫩，屋垂。」文選卷六魏都賦「方步櫩而有踰」，李善注：「步櫩，長廊也。」漢書卷五七司馬相如傳

「步櫩周流」，顔師古注：「步櫩，言其下可行步，即今之步廊也。」説文作檐，正字也。慧琳音義卷八六「峯檐」條：「古今正字檐從木詹聲，論作簷，俗字。」國語卷一九吳語「王背檐而立」，韋注：「説云：檐，屋外邊壇也。」此「步櫩」，與「曲屋」相對爲文，謂行道上有復屋也。章句「長砌」云云，砌，階甃也。蓋於步道言之。

擾，謹也。◎案：擾之爲謹，猶柔順也。左傳昭公二十九年「乃擾畜龍以服事帝舜」，杜注：「擾，順也。」漢書卷二八上地理志「畜宜六擾」，顔師古注：「謂之擾者，言人所馴養也。」北大簡(四)反淫「緩形擾中」，擾亦柔順之義。

言南堂之外，復有曲屋，周旋閣道，步壛長砌，其路險狹，宜乘擾謹之馬，周旋屈折，行遊觀也。◎文淵四庫章句本「閣」作「閤」。案：文津本亦作「閤」。又，章句「乘擾謹之馬」云云，猶乘款段馬也。後漢書卷二四馬援傳「御款段馬」，李賢注：「款，緩也。言形段遲緩也。」

騰駕步遊，獵春囿只。

騰，馳。春草始生，囿中平易也。言從曲閣之路，可駕馬騰馳，而臨平易，又可步行，遂往田獵於春囿之中，取禽獸也。

【疏證】

騰，馳。◎莊本「馳」下有「也」字。案：詳參招魂「目騰光些」注。

春草始生，囿中平易也。言從曲閣之路，可駕馬騰馳，而臨平易，又可步行，遂往田獵於春囿之中，取禽獸也。◎案：騰駕，謂乘車也。步遊，謂徒行也。獵春囿，猶招魂「獻歲發春」而獵於雲夢大澤。

瓊轂錯衡，英華假只。

金銀爲錯。假，大也。言所乘之車，以玉飾轂，以金錯衡，英華照燿，大有光明也。

【疏證】

金銀爲錯。◎案：錯、切相對爲文。文選卷一八長笛賦「石華晥切錯」，李善注引毛萇詩傳：「治骨曰切。」又引孔安國尚書傳：「治玉曰錯。」說文金部：「錯，金涂也。从金，昔聲。」引申之凡言治玉。詩采芑「約軝錯衡」，毛傳：「錯衡，文衡也。」史記卷二三禮書「爲之金輿錯衡以繁其飾」，集解：「周禮王之五路有金路，鄭玄曰：『以金飾諸末。』」索隱：「錯鏤衡軛爲文飾也。」

假，大也。◎案：因爾雅釋詁。假無大義，讀如嘏。詩烈祖「鬷假無言」，左傳昭公二十年引詩作「鬷嘏無言」。杜注：「嘏，大也。」說文古部：「嘏，大遠也。从古，叚聲。」引申之凡言大。

言所乘之車，以玉飾轂，以金錯衡，英華照燿，大有光明也。◎案：章句「所乘之車，以玉飾轂，以金錯衡」云云，瓊轂錯衡，文相備也。瓊轂，謂以瓊玉錯轂。

茝蘭桂樹，鬱彌路只。

言所行之道，皆羅桂樹，茝蘭香草，鬱鬱然滿路，動履芳潔，德義備也。

【疏證】言所行之道，皆羅桂樹，茝蘭香草，鬱鬱然滿路，動履芳潔，德義備也。◎毛祥麟楚辭校文曰：「文瀾閣本『義』作『儀』。」案：文津本、文淵本亦作「義」。儀，誆也。鬱，言香氣盛也。文選卷一二木華海賦「鬱沏迭而隆頹」，李善注：「鬱，盛貌。」爾雅釋言：「鬱，氣也。」李巡注：「鬱，盛氣也。」

魂乎歸徠！恣志慮只。

言魂乎徠歸，居有大殿，宴有小堂，遊有園囿，恣君所志而處之也。

【疏證】言魂乎徠歸，居有大殿，宴有小堂，遊有園囿，恣君所志而處之也。◎正德本、隆慶本、朱本、劉本、馮本、俞本、莊本、四庫章句本「魂」作「寃」。案：章句以「恣君所志而處之」爲「恣志慮」者，舊本正文「慮」當作「處」，訛字也。處者，憂也，思也。詳參悲回風「居戚戚而不可解」注。後人不明「處」有思慮、憂戚之義，而妄改作「慮」也。章句訓「處之」，亦非也。

孔雀盈園，畜鸞皇只。

畜，養也。言園中之禽則有孔雀群聚，盈滿其中，又養鸞鳥、鳳皇，皆神智之鳥，可珍重也。

【疏證】

畜，養也。言園中之禽則有孔雀群聚，盈滿其中，又養鸞鳥、鳳皇，皆神智之鳥，可珍重也。

◎正德本、隆慶本、馮本、俞本、朱本、劉本、莊本、四庫章句本、湖北本、同治本「群」作「羣」。案：散文畜、養無別，對文人曰養，獸曰畜。荀子卷一三禮論篇第一九「父能生之不能養之」，楊倞注：「養，謂哺乳之也。」漢書卷三二陳餘傳「有廝養卒」，蘇林曰：「養，養人者也。」左傳昭公二十五年「爲六畜五牲三犧」，孔疏：「家養謂之畜，野生謂之獸。」又曰：「始養之曰畜，將用之曰牲。」畜與獸、牲三字，對文亦別。

鵾鴻羣晨，雜鶖鶬只。

鵾，鵾雞。鴻，鴻鶴也。鶖鶬，鵚鶖也。詩曰：「有鶖在梁。」言鵾雞鴻鶴羣聚候時，鶴知夜半，鵾雞晨鳴，各知其職也。雜以鶖鶬之屬，鳴聲啾啾，各有節度也。

【疏證】

鵾，鵾雞。◎御覽卷九二五羽族部一二鶖引王逸注：「鵾，鵾鷄也。」案：「雞」下有「也」字。雞與鷄同。鵾鷄，或作鶤鷄，大鳥也。詳參七諫自悲「鵾鶴孤而夜號兮」注。

鴻，鴻鶴也。◎案：御覽卷九二五羽族部一二鶖引王逸注：「鴻，鴻吉也。」吉，即鴶字。鴶鵴，布穀也，小鳥。非也。鴻鶴，鴻鴈也，大鳥。詳參涉江「燕雀烏鵲巢堂壇兮」注。

鶖鶬，鵚鶖也。詩曰：「有鶖在梁。」言鵾雞鴻鶴羣聚候時，鶴知夜半，鵾雞晨鳴，各知其職也。雜以鶖鶬之屬，鳴聲啾啾，各有節度也。◎正德本、隆慶本、湖北本、朱本、劉本、馮本、俞本、莊本、四庫章句本「詩曰」作「詩云」。四庫章句本「鵚」作「鶬」。訛也。案：御覽卷九二五羽族部一二鶖引王逸注：「鶖，禿鶖。」鵚與禿同。章句引詩見小雅白華，毛傳：「鶖，禿鶖也。」章句因毛詩。鄭箋以禿鶖爲凶殘鳥。漢書卷二七五行志中「昭帝時有鵜鶘或曰禿鶖，集昌邑王殿下，王使人射殺之」，顏師古注：「鵜鶘，即汙澤也，一名淘河，腹下胡大如數升囊，好羣入澤中，抒水食魚，因名禿鶖，亦水鳥也。」三國志卷五三吳書張紘傳注引環氏吳紀：「又問：『鳥之大者惟鶴，小者惟雀乎？』尚對曰：『大者有秃鶖，小者有鶬鶊。』」慧琳音義卷三二「鶖鷺」條引顧野王：「鶖，大鳥，其羽鮮白，可以爲旄也。」秃鶖，蓋白鷺也，非惡鳥。李時珍本草綱目卷四七「秃鶖」條：「秃鶖，水鳥之大者也。其狀如鶴而大，青蒼色。」

鴻鵠代遊，曼鷫鷞只。

曼，曼衍也。鷫鷞，俊鳥也。言復有鴻鵠往來遊戲，與鷫鷞俱飛，翩翩曼衍，無絶已也。

【疏證】

曼，曼衍也。◎案：御覽卷九二八羽族部一五衆鳥引王逸注：「曼，曼行也。」行，衍之訛。說文又部：「曼，引也。从又、冒聲。」引申之凡言延衍。莊子卷一齊物論第二「因之以曼衍」，釋文：「司馬云：曼衍，無極也。」

鷫鷞，俊鳥也。言復有鴻鵠往來遊戲，與鷫鷞俱飛，翩翩曼衍，無絶已也。◎四庫章句本「有」作「行」。案：訛也。御覽卷九二八羽族部一五衆鳥引王逸注：「鷫鷞，俊鳥。」無「也」字。文選卷二張衡西京賦「鳥則鷫鷞鴰鴇」，李善引高誘淮南子注：「鷫鸘，長脛，緑色，其形似鴈。」鷞、鸘同。李氏引高注，見淮南子卷一原道訓「鈎射鷫鷞之爲樂乎」注，今本「緑色」作「緑身」。又，卷八本經訓「鴻鵠鷫鷞」，高注：「鷫鷞，鴈類，一曰：鳳之别類。」廣雅釋鳥：「鷫鷞，鳳皇屬也。」北大簡(四)反淫字亦作「肅相」,音同。

言所居園圃皆多俊大之鳥,咸有智謨,魂宜來歸,若鳳皇之翔歸有德,就同志也。或曰:鸞、皇以下皆大鳥,以喻仁智之士。言楚國多賢,魂宜來歸也。

魂乎歸徠!鳳皇翔只。

【疏證】

言所居園圃皆多俊大之鳥,咸有智謨,魂宜來歸,若鳳皇之翔歸有德,就同志也。或曰:鸞、皇以下皆大鳥,以喻仁智之士。言楚國多賢,魂宜來歸也。◎正德本、隆慶本、馮本、朱本、俞本、莊本、劉本、四庫章句本「魂」作「䰟」。案:章句「就同志」、或「喻仁智之士」云者,非也。鳳皇及上孔雀、鵁鶄等,皆楚魂鳥,以導引亡靈來歸也。詳參離騷「吾令鳳鳥飛騰兮」注。又,馬王堆漢墓帛畫在人首蛇身燭龍之左右兩側,有鶴五,左二右三,延頸長鳴。所謂「鶴鳴于九皋聲聞于天」也。又,在梟陽之上各有一鶴,翔舞於天鐸之上。鶴皆赤頸白身,所以導引亡魂升天也。

曼澤怡面,血氣盛只。

怡，懌貌也。言魂來歸己，則心志説樂，肌膚曼緻，面貌怡懌，血氣充盛，身體强壯也。

【疏證】

怡，懌貌也。◎正德本、隆慶本、湖北本、朱本、馮本、俞本、莊本、四庫章句本無注。補注引「怡」一作「台」，復引一注云：「台，澤貌也。」案：諸本皆敚也。台，怡，古字通用，言懌也。史記卷一三〇太史公自序「諸呂不台」，集解：「台，一曰怡，懌也，不爲百姓所説。」洪氏引或訓「澤」者，未知其所據。

言魂來歸己，則心志説樂，肌膚曼緻，面貌怡懌，血氣充盛，身體强壯也。◎正德本、隆慶本、馮本、劉本、朱本、俞本、莊本、四庫章句本「魂」作「䰟」。案：馬王堆帛書十問：「黄帝問於大成曰：『民何得而奏（腠）理靡曼，鮮白有光？』大成合（答）曰：『君欲練色鮮白，則察觀尺污（蠖）。尺污（蠖）之食方，通於陰陽，食蒼則蒼，食黄則黄。唯君所食，以變五色。君必食陰以爲當（常），助以柏實盛良，飲走獸泉英，可以卻老復壯，曼澤有光。』」蓋「曼澤怡面」，古者養生之極致。又，「血氣盛」者，言血氣方剛也。論語卷一六季氏：「孔子曰：『及其壯也，血氣方剛，戒之在鬭。』」邢疏：「壯，謂氣力方當剛强，喜於争鬭，故戒之。」淮南子卷七精神訓：「是故血氣者，人之華也。而五藏者，人之精也。」又曰：「夫孔竅者，精神之户牖也，而氣志者，五藏之使候也。耳目淫於聲色之樂，則五藏摇動而不定矣；五藏摇動而不定，則血氣滔蕩而不休矣；血氣滔蕩而不休，則精神馳騁於外而不守矣；精神馳騁於外而不守，則禍福之至，雖如丘山，無由識之矣。」據此，血氣定不外泄則魂神守，血氣泄越於外，則魂神亡。所謂「血氣盛」者，盛滿於内而不泄越也。又，章句「魂來歸己」云云，代巫者言也。己，謂巫也。中華書局二〇〇〇年版點校本楚辭補注以「歸己」之「己」字，屬下。誤矣。

永宜厥身，保壽命只。

言魂既還歸，則與己身相共俱生，長保壽命，終百年也。

【疏證】

言魂既還歸，則與己身相共俱生，長保壽命，終百年也。◎惜陰本、湖北本「魂」作「魂」。同治本「相共」作「相其」。案：訛也。説文宀部：「宜，所安也。」引申凡言安止、適宜。「永宜厥身」者，言其身永安也。北大簡（四）反淫：「身無苛疾，壽命無極。」是之謂也。

室家盈廷，爵禄盛只。

言己既保年壽，室家宗族盈滿朝廷，人有爵禄，豪强族盛也。

【疏證】

言己既保年壽，室家宗族盈滿朝廷，人有爵禄，豪强族盛也。◎案：詩桃夭：「之子于歸，宜其室家。」又曰：「之子于歸，宜其家室。」毛傳：「家室，猶室家也。」室家，平列同義，家也。又，章句「豪强族盛」云云，「豪」當作「家」，字之訛。鹽鐵論卷三刺權篇第九「家强而不制枝大而折榦」是也。

魂乎歸徠！居室定只。

言官爵既崇，宗族既盛，則居家之道大安定也。

【疏證】

言官爵既崇，宗族既盛，則居家之道大安定也。◎案：居室，言所居家室也。禮記卷四曲禮下第二：「君子將營宫室，宗廟爲先，廄庫爲次，居室爲後。」論語卷一三子路：「子謂衛公子荆，善居室。」邢疏：「善居室者，言居家理也。」

接徑千里，出若雲只。

言楚國境界，徑路交接，方千餘里，中有隱士，慕己徠出，集聚若雲也。

【疏證】

言楚國境界，徑路交接，方千餘里，中有隱士，慕己徠出，集聚若雲也。◎類聚卷八三寶玉部「珪」條引王逸注「徑」作「任」。案：任，訛字。淮南子卷八本經訓「接徑歷遠，直道夷險」，高注：「接，疾也。」卷二一要略訓「接徑直施，以推本樸」，接，亦疾也。據此，接徑，即捷徑，漢世習語。徐仁甫古詩別解：「據王逸云『中有隱士』，疑『出』爲『士』字之訛。士若雲，謂士之多也。古字『出』多訛爲『士』。左傳僖公二十五年『諜出』，呂覽爲欲訛作『謀士』；史記夏本紀稱『以出』，大戴禮記五帝德訛作『以上士』；淮南子繆稱『其出之誠也』，新序雜事『出』訛作『士』；説苑善説『智不知其出衆』，今本『出』亦訛作『士』。古出或作㞢，與士形近似，故易訛。此則『士』又訛作『出』耳。」其説可參。「士若雲」，言從官車騎之盛多矣。

三圭重侯，聽類神只。

三圭：謂公、侯、伯也。公執桓圭，侯執信圭，伯執躬圭，故言三圭也。重侯，謂子、男也。子、男共一爵，故言重侯也。言楚國所包，中有公、侯、伯、子、男，執玉圭之君，明於知人，聽愚賢之類，别其善惡，昭然若神，能薦達賢人也。

【疏證】

三圭：謂公、侯、伯也。公執桓圭，侯執信圭，伯執躬圭，故言三圭也。◎案：類聚卷八三寶玉部「珪」條引王逸注：「三圭：公、侯、伯。」「三圭」下無「謂」字，「伯」下無「也」字。章句「公執桓圭，侯執信圭，伯執躬圭」云云，因周禮卷二〇春官大宗伯第三典瑞也。明董説七國考卷一「三旌」條云：「莊子『楚昭王延屠羊説以三旌之位』，注：『三旌，三公位也。』司馬本作三珪。謂諸侯之三卿皆執珪者。』韓詩外傳作『昭王請屠羊説爲三公』，一官爾。或稱三公，或稱三旌，或稱三珪也。」三圭有「公、侯、伯」三公或「一官」名之二説。

重侯，謂子、男也。子、男共一爵，故言重侯也。言楚國所包，中有公、侯、伯、子、男，執玉圭之君，明於知人，聽愚賢之類，別其善惡，昭然若神，能薦達賢人也。◎正德本、隆慶本、湖北本、朱本、馮本、俞本、劉本、莊本、四庫章句本「故曰重侯也」下有「或曰公侯伯子男同謂之諸侯三圭比子男爲重非也」二十一字。案：有「或曰」以下二十一字者，因補注竄亂之。洪氏無「非也」二字。又，章句「愚賢」云云，「賢愚」之乙。「重侯」者，重累爲侯也。漢世習語。漢書卷八二傅喜傳贊：「自宣、元、成、哀外戚興者，許、史，三王、丁、傅之家，皆重侯累將，窮貴極富，見其位矣，未見其人也。」後漢書卷五二崔駰傳：「陽(侯)〔平〕之族，非不盛也，重侯累將，建天樞，執斗柄。」李賢注：「王氏九侯五大司馬。」

察篤夭隱，孤寡存只。

篤，病也。早死爲夭。隱，匿也。言三圭之君不但知賢愚之類，乃察知萬民之中，被篤疾病早殀死，及隱逸之士，存視孤寡而振贍之也。

【疏證】

篤，病也。◎湖北本「病」作「疾」。案：篤之爲病，失其旨也。篤，讀作督，古字通用。書微子之命「曰篤不忘」，左傳僖公十二年：「王曰：『謂督不忘。』」昭公二年司馬督，漢書卷二〇古今人表作司馬篤。史記卷八七李斯列傳「而行督責之術者也」，索隱：「督者，察也。」察篤，平列同義，謂詳審。漢書卷八三朱博傳：「督察郡國，吏民安寧。」卷八四翟方進傳：「以督察公卿以下爲職。」察督、督察同，皆未見周、秦古書，漢世習語。

早死爲夭。◎案：詳參離騷「終然殀乎羽之野」注，然彼「早死」作「蚤死」。蚤、早，古今字。夭、殀，古今字。章句「夭隱」連文，夭之言幽也，非謂夭死。詳參哀時命「卒夭隱而不榮」注。

隱，匿也。◎案：國語卷六齊語「則事可以隱」，韋注：「隱，匿也。」

言三圭之君不但知賢愚之類，乃察知萬民之中被篤疾病早殀死及隱逸之士，存視孤寡而振贍之也。◎俞本「振」作「賑」。案：振、賑，古今字。又，類聚卷八三寶玉部「珪」條引王逸注：「言三圭之君不但知賢愚之類，亦察知篤疾早夭孤寡，振贍乏。」引文雖多所敚訛，然振作賑。又，孟子卷二梁惠王下：「老而無夫曰寡，幼而無父曰孤。」又，章句「存視」云云，猶養活也。禮記卷一五月令第六「養幼少，存諸孤」，養、存，對舉爲文，存，猶養也。呂氏春秋卷一孟春紀第三重己「莫不欲長生久視」，高注：「視，活也。」淮南子卷五時則訓：「弔死問疾，存視長老。」存視，漢世習語。

魂兮歸徠！正始昆只。

昆，後也。言楚國公侯昭明，魂宜來歸，遂忠信之志，正終始之行，必顯用也。

【疏證】

昆，後也。◎案：昆之爲後，因爾雅釋言。郝氏義疏：「昆者，罤之假借也。按：罤爲兄，而字从弟、从罘，蓋取次叙連及之義。罘从隶省，隶者从後及之。然則罤字从罘从弟，二體俱有後義，故曰『昆後』矣。」

言楚國公侯昭明，魂宜來歸，遂忠信之志，正終始之行，必顯用也。◎正德本、隆慶本、朱本、俞本、馮本、莊本、劉本、四庫章句本「魂」作「冤」。案：章句「遂忠信之志」云云，遂猶成也。漢書卷五景帝紀「以遂羣生」，師古曰：「遂，成也，達也。」又，「正始昆」者，正氏族世繫先後之次也。章句「忠信之志必顯用」云云，非也。

田邑千畛，人阜昌只。

田，野也。畛，田上道也。邑，都邑也。詩云：「徂隰徂畛。」阜，盛也。昌，熾也。言楚國田野廣大，道路千數，都邑衆多，人民熾盛，所有肥饒，樂於他國也。

【疏證】

田，野也。◎案：國語卷六齊語「田疇均則民不憾」，韋昭注：「穀地曰田。」爾雅釋地：「牧外謂之野。」散文不别。

邑，都邑也。◎諸本皆以此注在「畛田上道」下。案：正文「田邑千畛」，「邑」在「畛」前，注文亦在前。諸本乙也。散文邑、都不别，對文有宗廟者曰都，無曰邑。詳參離騷「又何懷乎故都」注。

畛，田上道也。詩云：「徂隰徂畛。」◎慧琳音義卷一八「發軫」條：「楚辞『田邑千畛』，王逸注云：『畛，陌上各趣一途。』」案：其引文不成義，訛也。又，章句引詩見周頌載芟，鄭箋：「畛，謂舊田有徑路者。」説文田部：「畛，井田間陌也。从田，㐱聲。」莊子卷一齊物論第二「請言其畛」，釋文：「李云：畛音真，謂封域。畛，陌也。」程瑶田阡陌考曰：「當千畝之間，故謂之陌，其徑東西行，故曰『東西曰陌』也。」又，張家山漢墓竹簡田律：「田廣一步，袤二百四十步爲畛，畝二畛。」二畛在畝之東西兩端也。

皋，盛也。◎案：說文：「皋，大陸山無石也。」引申之言厚長、盛多。詩大叔于田「火烈具皋」，毛傳：「皋，盛也。」

昌，熾也。◎案：詩還「子之昌兮」，毛傳：「昌，盛也。」昌之爲盛、爲熾，其義相通。

言楚國田野廣大，道路千數，都邑衆多，人民熾盛，所有肥饒，樂於他國也。◎案：正文「皋昌」，平列同義，始於漢世。漢書卷二二禮樂志：「敷華就實，既皋既昌。」顔師古曰：「皋，大也。昌，盛也。」文選卷一四顔延之赭白馬賦：「聞王會之皋昌，知函夏之充牣。」李善注：「皋，盛也。」

美冒衆流，德澤章只。

冒，覆。章，明也。言楚國有美善之化，覆冒羣下，流於衆庶，德澤之惠甚著明也。

【疏證】

冒，覆。◎正德本、隆慶本、俞本、劉本、湖北本倒乙作「覆，冒」。莊本、四庫章句本「覆」下有「也」字。案：山海經卷二西山經「其下有石門，河水冒以西流」，郭注：「冒，猶覆也。」冒、覆，猶蒙也，皆聲之轉。

章，明也。◎正德本、隆慶本、湖北本、朱本、劉本、馮本、俞本「章明也」之訓在「言楚國」下。案：錯亂之也。章之爲明，詳參離騷「芳菲菲其彌章」注。

言楚國有美善之化，覆冒羣下，流於衆庶，德澤之惠甚著明也。◎案：章句「覆冒羣下」云云，覆冒，漢世習語。易繫辭上「冒天下之道」，王弼注：「冒，覆也。其道可以覆冒天下也。」漢書卷八五谷永傳：「黄濁四塞，覆冒京師。」

先威後文，善美明只。

威，武。言楚國爲政，先以威武嚴民，後以文德撫之，用法誠善美，而君明臣直，魂宜還歸也。

【疏證】

威，武。◎正德本、隆慶本、湖北本、朱本、劉本、馮本、俞本、莊本、四庫章句本無注。案：敚之也。威，謂有力也。左傳襄公三十一年：「有威而可畏謂之威，有儀而可象謂之儀。」吕氏春秋卷七孟秋紀第二蕩兵篇：「威也者，力也。」

言楚國爲政，先以威武嚴民，後以文德撫之，用法誠善美，而君明臣直，魂宜還歸也。◎正德本、隆慶本、馮本、劉本、朱本、俞本、莊本、四庫章句本「魂」作「䰟」。案：三國志卷一魏書魏武帝紀注引九州春秋：「用武則先威，用文則先德。」

魂乎歸徠！賞罰當只。

言君明臣正，賞善罰惡，各當其所也。

【疏證】言君明臣正，賞善罰惡，各當其所也。◎案：「賞罰當」者，刑名家語。韓非子卷一初見秦篇第一：「言賞則不與，言罰則不行，賞罰不信，故士民不死也。」卷七喻老篇第二一：「賞罰者，邦之利器也，在君則制臣，在臣則勝君。」蓋漢文、景之世，王霸雜用也。

名聲若日，照四海只。

言楚王方建道德，名聲光輝若日之明，照見四海，盡知賢愚。

【疏證】言楚王方建道德，名聲光輝若日之明，照見四海，盡知賢愚。◎正德本、隆慶本、湖北本、朱本、劉本、馮本、俞本、莊本、四庫章句本「賢愚」下有「也」字。案：荀子卷七王霸篇第一一：「名聲若日月，功績如天地，天下之人應之如景嚮，是又人情之所同欲也。」

德譽配天，萬民理只。

言楚王脩德於內，榮譽外發，功德配天，能理萬民之寃結也。

【疏證】

言楚王脩德於內，榮譽外發，功德配天，能理萬民之寃結也。◎案：「德譽配天」者，謂帝之德。詳參離騷「帝高陽之苗裔兮」注。此合漢人稱帝之説，益明是篇作於漢世。

北至幽陵，南交阯只。

幽陵，猶幽州也。交阯，地名。

【疏證】

幽陵，猶幽州也。◎案：史記卷一五帝本紀「北至于幽陵」，正義：「幽州也。」又曰「請流共工於幽陵」，集解引馬融：「幽陵，北裔也。」正義：「尚書及大戴禮皆作幽州。括地志云：『故龔城在檀州燕樂縣界，故老傳云舜流共工幽州，居此城。』」

交阯，地名。◎案：史記卷一五帝本紀「南至于交阯」，正義：「阯音趾，交州也。」阯、趾同。又，卷四三趙世家「甌越之民也」，正義引輿地志：「交阯，周時爲駱越，秦時曰西甌，文身斷髮避龍。」禮記卷一二王制第五：「南方曰蠻，雕題交趾，有不火食者矣。」鄭注：「交趾，足相鄉。然浴則同川，卧則僢（足）。」孔疏：「趾，足也。言蠻卧時，頭嚮外而足在內，而相交，故云『交趾』。」後漢書卷八六南蠻西南夷傳：「其俗男女同川而浴，故曰交阯。」郡國志五：「交州交阯郡，武帝置，即安南王國，雒陽南萬一千里，十二城。」

西薄羊腸，東窮海只。

羊腸，山名。言榮譽流行，周遍四極，無遠不聞也。

【疏證】

羊腸，山名。言榮譽流行，周遍四極，無遠不聞也。◎案：淮南子卷四墬形訓：「何謂九山？會稽、泰山、王屋、首山、太華、岐山、太行、羊腸、孟門。」高注：「羊腸，山名也。」説苑曰：「『桀之居，左河、泲，右太華，伊闕在其南，羊腸在其北。』今太原晉陽西北九十里通河西上郡關曰羊腸坂，是孟門、太行之限也。」又，吕氏春秋卷一三有始覽第一有始篇「羊腸孟門」，高注：「羊腸，其山盤紆如羊腸，在太原晉陽縣北。」水經注卷六汾水：「山有羊腸坂，在晉陽西北，石磴縈委若羊腸焉。」漢書卷二八上地理志上黨郡「壺關有羊腸阪」。阪，坂，古通用字。史記卷二夏本紀「太行常山至于碣石」，正義引括地志：「太行山在懷州河内縣北二十五里有羊腸坂。」又，卷四三趙世家「羊腸之西」，正義：「羊腸，太行坂道名，南屬懷州，北屬澤州。」

魂乎歸徠！尚賢士只。

言魂急歸徠，楚方尚進賢士，必見進用也。

【疏證】

言魂急歸徠，楚方尚進賢士，必見進用也。◎正德本、隆慶本、馮本、朱本、俞本、莊本、劉本、四庫章句本「魂」作「䰟」。案：墨子卷二尚賢上第八：「故古者聖王之爲政，列德而尚賢，雖在農與工肆之人，有能則舉之，高予之爵，重予之禄，任之以事，斷予之令。」又曰：「夫尚賢者，政之本也。」

發政獻行，禁苛暴只。

獻，進。言楚王發教施令，進用仁義之行，禁絶苛刻暴虐之人也。

【疏證】

獻，進。◎正德本、隆慶本、湖北本、朱本、劉本、馮本、俞本、莊本、四庫章句本無注。案：皆敚也。獻之爲進者，詳參招魂「獻歲發春兮」注。

言楚王發教施令，進用仁義之行，禁絶苛刻暴虐之人也。◎正德本、隆慶本、湖北本、劉本、朱本、馮本、俞本、莊本、四庫章句本「之行」下有「而」字。案：苛暴，「暴苛」之乙，苛與下「罷」字同協歌韻。又，王念孫古韻譜、聞氏一多楚辭校注並與余説同，其皆在余前。

舉傑壓陛，誅譏罷只。

一國之高爲傑。壓，抑也。陛，階次也。譏，非也。罷，駑也。言楚國選舉必先升用傑俊之士，壓抑無德不由階次之人，非惡罷駑，誅而去之。

【疏證】

一國之高爲傑。◎案：詳參懷沙「非俊疑傑兮」注。

壓，抑也。◎案：壓與厭同。史記卷八高祖本紀「因東游以厭之」，索隱引廣雅：「厭，鎮也。」鎮壓、抑按之字，古作擪。詳參九歎離世「傷壓次而不發兮」注。

陛，階次也。◎案：説文𨸏部：「陛，升高陛也。从𨸏，坒聲。」（庚案：汪憲説文解字繫傳考異：「今説文作『升高階』。」甚是。）蔡邕獨斷卷上：「陛，階也，所由升堂也。」釋名釋宮室：「陛，卑也，有高卑也。天子殿謂之納陛，言所以納人言之階陛也。」畢沅注：「漢書王莽傳注孟康云：

『納，內也。謂鑿殿基際爲陛，不使露也。』師古曰：『孟說是也。尊者不欲露而升陛，故內之於霤下也。』」

譏，非也。◎案：譏之爲非，謂譴責。公羊傳隱公二年「外逆女，不書；此何以書？譏。」何休注：「譏，猶譴也。」又，周禮卷二天官冢宰第一太宰「八曰誅」，鄭注：「誅，責讓也。」誅譏，平列同義。章句「非惡罷駑誅而去之」云云，非也。

罷，駑也。◎案：荀子卷七王霸篇第十一「無國而不有罷士」，楊倞引韋昭國語注：「無行曰罷。」

言楚國選舉必先升用傑俊之士，壓抑無德不由階次之人，非惡罷駑，誅而去之。◎案：章句「階次之人」云云，謂等級之別也。新書卷二階級：「故古者聖王制爲列等，內有公卿、大夫、士，外有公、侯、伯、子、男，然後有官師、小吏，施及庶人，等級分明，而天子加焉。」清華簡（六）管仲：「桓公又問於管仲曰：仲父，它（施）政之道奚若？管仲答：既埶（設）承，既立補（輔），歙之晶（叄），博之以五，亓（其）侌（陰）則晶（叄），亓（其）昜（陽）則五。是則事首，惟邦之寶。」即所謂「舉傑」及下文「豪傑執政」事也。

直嬴在位，近禹麾只。

嬴，餘。禹，聖王，明於知人。麾，舉手也。言忠直之人皆在顯位，復有嬴餘賢俊以爲儲副，誠近夏禹指麾取士，一國之人，悉進之也。

【疏證】

嬴，餘。◎正德本、隆慶本、湖北本、朱本、馮本、俞本、劉本、莊本、四庫章句本無注。同治本「嬴」作「贏」。案：敚之也。嬴、贏古通用。孫詒讓札迻謂「直贏」，即荀子卷一八成相篇第二五「得益、皋陶、横革、直成爲輔」之直成。麾，即戲字，指伏戲。臆説也。直贏，例同下「豪傑執政」之「豪傑」，泛指在位賢良也，不專指古之直成。章句「言忠直之人，皆在顯位，復有嬴餘賢俊以爲儲副」云云，其離析「直贏」爲二字。亦非。嬴，讀如盈。左傳僖公二十七年伯嬴，呂氏春秋卷二○恃君覽第三知分篇「孫叔敖三爲令尹而不喜」高注引作伯盈。盈，滿也。直盈，謂正直之士滿於朝廷。

禹，聖王，明於知人。◎案：禹之「明於知人」者，猶書謂薦舉皋陶、益、稷諸事也。

麾，舉手也。◎案：詳參離騷「麾蛟龍使梁津兮」注。

言忠直之人皆在顯位，復有嬴餘賢俊以爲儲副，誠近夏禹指麾取士，一國之人，悉進之也。◎莊本「顯」作「即」。文淵閣四庫章句本「復」作「後」。案：皆訛也。文津本亦作「後」。補注引「誠近夏禹指麾取士一國之人悉進之也」一作「誠近夏禹所稱舉賢人之意也」。據義，舊作「誠近夏禹所稱舉賢人之意也」。

豪傑執政，流澤施只。

千人才爲豪，萬人才爲傑。言豪傑賢士執持國政，惠澤流行，無不被其施也。

【疏證】

千人才爲豪，萬人才爲傑。◎正德本、隆慶本、湖北本、朱本、劉本、馮本、俞本、莊本、四庫章句本「爲」作「曰」。案：白虎通義卷六聖人引禮別名記：「千人曰英，萬人曰傑。」與此注同。又，文選卷一西都賦「與乎州郡之豪傑」，李善注引文子：「智過百人謂之傑，十人謂之豪。」春秋繁露卷八爵國篇第二八：「百人者曰傑，十人者曰豪。」淮南子卷二〇泰族訓：「故智過萬人者謂之英，千人者謂之俊，百人者謂之傑，十人者謂之豪。」呂氏春秋卷二仲春紀第五功名篇「人主賢則豪桀歸之」，高注：「才過百人曰豪，千人曰傑。」皆異於章句之説。

言豪傑賢士執持國政，惠澤流行，無不被其施也。◎毛祥麟楚辭校文曰：「文瀾閣本『賢』作『之』。」案：文津本、文淵本亦作「賢」。章句「執持國政」云云，持猶扶也。執持，猶輔弼也。漢書卷九七外戚傳：「諸侯拘迫漢制，牧相執持之也。」

魂乎歸徠！國家爲只。

言魂乎急徠歸，爲國家作輔佐也。

【疏證】

言魂乎急徠歸，爲國家作輔佐也。◎正德本、隆慶本、劉本、馮本、朱本、俞本、莊本、四庫章句本「魂」作「䰟」。案：章句以「爲國家作輔佐」解「國家爲」者，得其旨也。此倒文趁韻。施、爲古同協歌韻。

雄雄赫赫，天德明只。

雄雄赫赫，威勢盛也。言楚王有雄雄之威，赫赫之勇，德配天地，體性高明，宜爲盡節也。

【疏證】

雄雄赫赫，威勢盛也。◎文淵四庫章句本「威勢」上有「言」字，文津本亦無「言」字。案：漢書卷七二鮑宣傳「易長雄」，顏師古注：「雄，爲之雄豪也。」疊言之爲雄雄，言威猛貌也。全梁文卷一三簡文帝大法頌：「雄雄吐色，珠火非儔。」唐郊廟歌辭十二武舞作：「武德諒雄雄，由來掃寇戎。」並同此意。楚簡「赫」作「茖」。上博簡訟城是（容成氏）：「膚是（盧氏）、茖疋是（赫胥氏）。」馬王堆漢墓帛書作「壐壐」。五行篇：「明明，智；壐壐（赫赫），聖。『明明在下，壐壐（赫赫）在上』，此之胃（謂）也。」或作「赤赤」。又曰：「赤赤（赫赫），聖貌也，□□言□□□□□□□□□『〔明〕明在下，赤（赫）赤（赫）在嘗（上）』，此之胃（謂）也。明者始在下，赤（赫）者始在嘗（上），□□□□□胃（謂）聖知（智）也」。赫赫，見詩出車「赫赫南仲」，毛傳：「赫赫，盛貌也。」又節南山「赫赫師尹」，毛傳：「赫赫，顯盛貌。」

言楚王有雄雄之威，赫赫之勇，德配天地，體性高明，宜爲盡節也。◎案：章句「德配天地，體性高明」云云，因漢世帝德説也。

三公穆穆，登降堂只。

穆穆，和美貌。言楚有三公，其位尊高，穆穆而美，上下玉堂，與君議政，宜急徠歸，處履之也。

【疏證】

穆穆，和美貌。◎案：爾雅釋詁：「穆穆，美也。」是章句所因。又釋訓：「穆穆，敬也。」郭璞注：「容儀謹敬。」與爲「和美」者同也。

言楚有三公，其位尊高，穆穆而美，上下玉堂，與君議政，宜急徠歸，處履之也。◎四庫章句本「玉」作「王」，「急」作「悠」。案：皆訛字。三公，太師、太傅、太保也。書周官：「立太師、太傅、太保，兹惟三公，論道經邦，燮理陰陽。」孔傳：「師，天子所師法；傅，傅相天子；保，保安天子於德義者。此惟三公之任，佐王論道，以經緯國事，和理陰陽，言有德乃堪之。」又，章句「上下玉堂」云云，玉堂，始建於武帝之世，後以爲稱朝廷。史記卷一二孝武本紀「其南有玉堂」，索隱引漢武故事：「玉堂基與未央前殿等，去地十二丈。」漢書卷二七五行志中：「玉堂、金門，至尊之居。」

諸侯畢極，立九卿只。

言楚選置三公，先用諸侯盡極，乃立九卿以續之，用士有道，不失其次序也。

【疏證】

言楚選置三公，先用諸侯盡極，乃立九卿以續之，用士有道，不失其次序也。◎案：周官有六卿，曰：冢宰、司徒、宗伯、司馬、司寇、司空也。未聞有九卿。九卿，見禮記卷一一王制第五：「天子三公、九卿、二十七大夫、八十一元士。」鄭注：「此夏制也。」朱季海楚辭解故，謂王制出赧王後，孝文時博士爲之。三公九卿，純是漢學，乃漢官儀也。其説極確。是篇之作，信出乎漢世。

昭質既設，大侯張只。

昭質，謂明旦也。侯，謂所射布也。王者當制服諸侯，故名布爲侯而射之。古者，選士必於鄉射。心端忠正，射則能中，所以別賢不肖也。言楚王選士必於鄉射，明旦既設禮，張施大侯，使衆射之，中則舉進，不中退却，各以能陞，民無怨望也。

【疏證】

昭質，謂明旦也。◎案：非也。昭質，即招質，謂射的也。王念孫讀書雜志餘編下：「昭，讀爲招。招質，謂射埻的也。呂氏春秋本生篇曰：『萬人操弓，共射(其)一招。』高注云：『招，埻的也。』盡數篇曰：『射而不中，反循于招，何益于中？』別類篇曰：『射招者，欲其中小也。』小雅賓之初筵篇『發彼有的』，毛傳曰：『的，質也。』荀子勸學篇曰：『質的張而弓矢至焉。』是埻的謂之質，又謂之招。合言之則曰招質。魏策曰：『今我講難於秦，兵爲招質。』是其明證也。作昭者，假借字耳。設謂設昭質，非謂設禮，昭質在侯之中，故即繼之以大侯，猶詩言『大侯既抗』，而繼之以『發彼有的』也。若以昭質爲明旦，則義與下文不相屬。且明旦謂之質明，不謂之昭質也。」其説是也。

侯，謂所射布也。王者當制服諸侯，故名布爲侯而射之。古者選士必於鄉射。心端忠正，射則能中，所以別賢不肖也。◎正德本、隆慶本、俞本、莊本、馮本、四庫章句本、朱本、劉本、同治本

「忠」作「志」。案：作「志」是也。小爾雅廣器：「射有張布謂之侯。」儀禮卷一一鄉射禮第五「乃張侯」，鄭注：「侯，謂所射布也。」章句「古者選士必於鄉射」云云，因禮記爲說，卷六二射義第四六：「是故古者大子，以射選諸侯、卿大夫、士。射者，男子之事也。」鄭注：「選士者，先考德行，乃後決之於射。」又曰：「故天子之大射，謂之射侯；射侯者，射爲諸侯也。射中則得爲諸侯，射不中則不得爲諸侯。」鄭注：「得爲諸侯，謂有慶也。不得爲諸侯，謂有讓也。」

言楚王選士必於鄉射，明旦既設禮，張施大侯，使衆射之，中則舉進，不中退却，各以能陞，民無怨望也。◎四庫章句本無「却」字，惜陰本、同治本「却」作「卻」。案：却，俗卻字。章句「民無怨望」云云，望亦怨也，漢世習語。史記卷一〇一袁盎列傳「絳侯望袁盎」，正義：「望，怨也。」漢書卷四七梁孝王武傳「上由此怨望於梁王」，顏師古注：「望，謂責而怨之。」

執弓挾矢，揖辭讓只。

挾，持也。矢，箭也。上手爲揖。言衆士將射已，持弓箭，必先舉手，以相辭讓，進退有禮，不失威儀也。

【疏證】

挾，持也。◎正德本、隆慶本、湖北本、朱本、劉本、馮本、俞本、莊本、四庫章句本無注。案：

敚也。詳參天問「何馮弓挾矢」注。

矢，箭也。◎正德本、隆慶本、湖北本、朱本、劉本、馮本、俞本、莊本、四庫章句本無注。案：敚也。詳參七諫謬諫「機蓬矢以射革」注。

上手爲揖。◎案：説文手部：「揖，攘也。从手、咠聲。」段注：「鄭禮注云：『推手曰揖。』凡拱其手使前曰揖，凡推手小下之爲土揖，推手小舉之爲天揖，推手平之爲時揖也。」周禮卷三八秋官司寇第五司儀：「土揖庶姓，時揖異姓，天揖同姓。」鄭注：「天揖，推手小舉之。」文選卷三東京賦「天子乃三揖之禮禮之」，李善注：「鄭玄曰：『土揖，推手小下之也。時揖，平推手也。天揖，推手小舉之。』」章句「上手」云云，猶舉手，謂天揖。

言衆士將射已，持弓箭，必先舉手，以相辭讓，進退有禮，不失威儀也。◎案：君子於射，爭猶謙恭揖讓者，禮也。禮記卷六二射義第四六：「孔子曰：『君子無所爭，必也射乎！揖讓而升，下而飲，其爭也君子。』」

魂乎徠歸！尚三王只。

尚，上也。三王，禹、湯、文王也。言魂急徠歸，楚國舉士，上法夏、殷、周，衆賢並進，無有遺失也。

【疏證】

尚，上也。◎案：尚之爲上，謂崇尚也。禮記卷四曲禮下第二「操幣、圭璧，則尚左手」，鄭注：「尚左手，尊左也。」孟子卷一三盡心篇上「尚志」，趙注：「尚，貴也。」

三王，禹、湯、文王也。言魂急徠歸，楚國舉士，上法夏、殷、周，衆賢並進，無有遺失也。◎馮本、劉本「士」作「上」。正德本、隆慶本、朱本、莊本、四庫章句本「上法」上無「士」字，「魂」作「䰟」。正德本、隆慶本、湖北本、朱本、劉本、馮本、莊本、四庫章句本「賢」作「聖」，「遺失」下有「宜速還」三字。俞本「還」訛作「遠」。案：無「士」字亦通。據例，舊作「衆賢」爲允。又，若以楚事言之，三王者，猶離騷「昔三后之純粹兮」之三后，楚熊渠之世句亶王、鄂王、越章王也。或者指爲老僮、祝融、嫿酓三人。章句悉以夏、殷、周三王説之。則失其旨。

楚辭章句疏證卷一七　九思

逢尤

補注引「逢」一作「見」。案：逢尤、見尤同義。楚辭皆作「逢尤」，惜誦「紛逢尤以離謗兮」，九歎愍命「獨蒙毒而逢尤」。

怨上

疾世

補注引「世」一作「俗」。案：避唐諱改也。

憫上

補注引「憫」一作「閔」。案：閔、憫古今字。

遭厄

悼亂

補注引「悼亂」一作「隱思」，又引一作「散亂」。案：所以別者，未可詳考。

傷時

哀歲

守志

九思者，王逸之所作也。逸，南陽人，博雅多覽，讀楚辭而傷愍屈原，故爲之作解。又以自屈原終没之後，

正德本、隆慶本、湖北本、朱本、劉本、馮本、俞本、莊本、四庫章句本皆無「逸南陽人博雅多覽讀楚辭而傷悶屈原故爲之作解又以」二十三字。又，補注引「南陽」一作「南郡」。案：悶，當作愍，避唐諱改。漢魏六朝百三家集卷二〇漢王逸集題詞、東漢文紀卷一四九思序引亦皆無「逸南陽人博雅多覽讀楚辭而傷悶屈原故爲之作解又以」二十三字。有此二十三字者，後所增益。後漢書卷八〇上文苑傳王逸：「王逸字叔師，南郡宜城人也。元初中，舉上計吏，爲校書郎。順帝時，爲侍中。著楚辭章句行於世。其賦、誄、書、論及雜文凡二十一篇。又作漢詩（庚案：張政烺氏據六朝遺物「象牙書籤」有「作漢書一百二十三篇」云云，謂「漢詩」即「漢書」之訛。其説可信。）百二十三

篇。」唐寫本文選注引陸善經：「逸字叔師，南郡宜城人，後校書郎中，注楚詞，後爲豫章太守也。」則唐世舊本作南郡。其爲豫章太守，舊所未載。史記卷四〇楚世家「於是王乘舟將欲入鄢」，集解：「服虔曰：『鄢，楚別都也。』杜預曰：『襄陽宜城縣。』」水經注卷二八沔水：「沔水又南，過宜城縣東。」酈道元注：「城南有宋玉宅。」逸之所生，楚地，與宋玉同鄉共土。其生卒未詳，蓋在安帝、順帝、桓帝世，與馬融、班固同其後先。洪适釋隸卷二七有漢侍中王逸碑，謂「在宜城縣南三里」。未可考也。文心雕龍第四七才略稱「王逸博識有功，而絢采無力」。逸所著文辭，多亡佚。類聚卷六五產業部上「織」條引有王逸機賦，或名機婦賦；卷八七果部下「荔支」條引有王逸荔支賦。卷八二草部下「萍」條引王逸云：「自比如萍，隨水浮游。」卷八三寶玉部上「玉」條引王逸正部論云：「或問玉符，曰：『赤如鷄冠，黄如蒸栗，白如猪肪，黑如純漆。玉之符也。』」齊民要術卷二種瓜引王逸瓜賦。卷三種蒜引王逸云：「張騫周流絶域，始得大蒜、葡萄、苜蓿。」卷四種柿引王逸云：「苑中牛柿。」皆遺篇殘簡。又，新刊校定集注杜詩卷三二從驛次草堂復至東屯茅屋二首「山家蒸栗暖」，趙注：「蒸栗字，則王逸玉部論：『黄如蒸栗。』」玉部論，晉王逸少所作，當作正部論。隋書卷三四經籍志三：「梁有王逸正部論八卷，後漢侍中王逸撰。亡。」意林卷四引王逸正部論云：「明刑審法，憐民惠下，生者不怨，死者不恨。諺曰：『政如冰霜，姦宄消亡；威如雷霆，寇賊不生。』」卷三五經籍志四復有「王逸集二卷，録一卷」。又，隋書卷三三經籍志二有王逸撰齊典五卷。此王逸，南朝齊光禄大夫，非後漢王逸。

忠臣介士遊覽學者讀離騷、九章之文，莫不愴然，心爲悲感，高其節行，妙其麗雅。至劉向、王褒之徒咸嘉其義，

補注引「咸嘉其義」一作「咸嘉歎之」。案：漢魏六朝百三家集卷二〇漢王逸集題詞、東漢文紀卷一四九思序引作「咸嘉其義」。此序非叔師所作，語不類漢世。

作賦騁辭，㠯讚其志，則皆列於譜録，世世相傳。

正德本、隆慶本、朱本、四庫章句本、湖北本、馮本「㠯」作「以」。正德本、劉本「騁」訛作「聘」。案：㠯，古以字。漢魏六朝百三家集卷二〇漢王逸集題詞、東漢文紀卷一四九思序引作「以」。補注：「皮日休九諷敍云：『屈平既放作離騷經，正詭俗而爲九歌，辨窮愁而爲九章。是後詞人摭而爲之，若宋玉之九辯，王褒之九懷，劉向之九歎，王逸之九思，其爲清怨素豔，幽快古秀，皆得芝蘭之芬芳，鸞鳳之毛羽也。楊雄有廣騷，梁竦有悼騷，不知王逸奚罪其文，不以二家之述爲離騷之兩派也。』」皮氏此論未允。揚雄作反離騷，「往往摭離騷文而反之」，「以爲君子得時則大行，不得時則龍蛇，遇不遇，命也，何必湛身哉」。其所作廣騷、畔牢愁，皆此意也。叔師棄之不傳。當矣。梁竦悼騷曰：「惟賈傅其違指兮，何楊生之欺真！」與屈子同調，庶幾得騷之情實。然則叔師祇收前漢之作，故悼騷亦未録。如收後漢之作，則張衡之思玄、班固之幽通，皆得騷之餘，又豈但悼

騷哉！九思一篇附於末者，非叔師舊本，後所增益。又，譜録，未見兩漢以往古書，始出南北朝以後。魏書卷五七高祐傳附諒：「諒造親表譜録四十許卷，自五世已下，内外曲盡。」北齊書卷二〇宋顯傳：「又撰中朝多士傳十卷，姓纇譜録五十篇。」雲笈七籤卷六十二部：「譜録者，如生神所述三君，立本所陳五帝，其例是也。譜，緒也。録，紀也。緒紀聖人以爲教法，亦是緒其元起，使物録持也。」

逸與屈原同土共國，悼傷之情，與凡有異。竊慕向、襃之風，作頌一篇，號曰九思，以裨其辭。未有解説，

正德本、隆慶本、劉本、朱本、俞本「説」作「脱」。案：脱，説之訛。漢魏六朝百三家集卷二〇漢王逸集題詞引作「解脱」，東漢文紀卷一四九思序引亦作「解説」。

故聊敍訓誼焉。

正德本、隆慶本、劉本、馮本、俞本、莊本、朱本、四庫章句本、湖北本無「敍」字，補注引一無敍字。案：敍，羨也。漢魏六朝百三家集卷二〇漢王逸集題詞、東漢文紀卷一四九思序引無「敍」字。

辭曰：

俞本、劉本、莊本無「辭曰」二字。案：補注：「逸不應自爲注解，恐其子延壽之徒爲之爾。」四庫館臣曰：「其九思之注，洪興祖疑其子延壽所爲。然漢書地理志、藝文志即有自注，事在逸前。

謝靈運作山居賦亦自注之，安知非用逸例耶？舊説無文，未可遽疑爲延壽作也。」案：皆未詳考。觀是篇之注，與叔師舊注不啻霄壤。其子延壽文才博洽，若魯靈光殿賦可知也，不宜出如此鄙陋之詞。且延壽又死於逸前。孫詒讓札迻曰：「疑出魏、晉以後。」審矣。以序文及注文所用詞藻考之，若「嘉歎」、「譜録」、「訴論」、「要務」、「感傷」、「荒阻」、「發問」、「岡嶺」等，皆六朝習語，未見兩漢之世。是序文及章句，作於齊、梁間好事者。

悲兮愁，哀兮憂。

傷不遇也。

【疏證】

傷不遇也。◎案：悲、愁、哀、憂，平列同義，復語也。

天生我兮當闇時，

君不明也。

【疏證】

君不明也。◎案：王逸章句之例，若以三字爲句，則必協韻，如漁父、招隱士所注是也。此爲三字句而無韻，貌似神離，其非漢師舊説，則益可知。

被諑譖兮虚獲尤。

爲佞人所傷害也。諑，毁也。尤，過也。

【疏證】

爲佞人所傷害也。◎案：章句之例，先釋字義，後述句意。若用韻語，或例外。此則先述句意，後釋字義，又非韻語。其異乎王逸章句也。審其章句與字義訓詁或有牴牾之處，則於釋述句意之後之單字訓詁，所出又在後也。

諑，毁也。◎正德本、隆慶本、湖北本、朱本、劉本、馮本、俞本、莊本、四庫章句本「毁」下無「也」字。案：詳參離騷「謡諑謂余以善淫」注。

尤，過也。◎案：詳參離騷「忍尤而攘詬」注。虚，讀爲嘘，歎息貌。獲，同史記卷八四屈原列傳「不獲世之滋垢」之獲，廣雅釋詁：「濩，污也。」污亦辱也。獲、濩古字通。獲尤，平列同義。謂歎被諑譖而蒙詬辱，文互相備也。

心煩憒兮意無聊，

愁君迷蔽，忿姦興也。憒，亂也。聊，樂也。

【疏證】

愁君迷蔽，忿姦興也。憒，亂也。◎案：漢書卷四五息夫躬傳「憒眊不知所爲」，顔師古注：「憒，心亂也。」煩憒，猶煩惑、煩冤，聲之轉。又，章句「迷蔽」云云，未見兩漢以往古書，六朝習語。

聊，樂也。◎案：聊之爲樂，漢、魏習語。涉江「固將愁苦而終窮」，章句：「愁思無聊，身困窮也。」文選卷一五張衡思玄賦「斯與彼其何瘳」，舊注：「南至炎火，鬱邑無聊，北至積冰，含欷增愁，此與彼何以相愈乎。」無聊，猶無樂也。

嚴載駕兮出戲遊。

將以釋憂憒也。

【疏證】

將以釋憂憒也。◎案：文選卷二一顔延年秋胡詩「嚴駕越風寒」、卷二二鮑照行藥至城東橋詩「嚴車臨迥陌」、卷二九曹植雜詩六首「僕夫早嚴駕」、李善注引楚辭「載駕」作「車駕」。古無作

「載駕」，但有「車駕」。九辯「車既駕兮揭而歸」，漢書卷一下高帝紀「是日，車駕西都長安」，顔師古曰：「凡言『車駕』者，謂天子乘車而行，不敢指斥也。」卷六八霍光傳「車駕自臨問光病」。則舊本作「車駕」。又，此注與下注爲三字句韻語，「將以」二字，羡也，當删。

周八極兮歷九州，

求賢君也。

【疏證】

求賢君也。◎案：章句以上憒、君同協文韻。此篇注文爲協韻者，亦唯此一例。

求軒轅兮索重華。

覬遇如黄帝、堯、舜之聖明也。

【疏證】

覬遇如黄帝、堯、舜之聖明也。◎正德本、隆慶本、湖北本、朱本、劉本、馮本、俞本、莊本、四庫章句本「明」下有「者」字。案：審其詞氣，則有「者」字爲允。軒轅，黄帝號也。詳參遠遊「軒轅不可攀援兮」注。

世既卓兮遠眇眇，

去前聖遠然不可得也。卓，遠也。

【疏證】

去前聖遠然不可得也。卓，遠也。◎案：章句以「去前聖」解「世既卓」，卓，猶去離也。莊子卷二大宗師篇第六「而況其卓乎」，郭象注：「卓者，獨化之謂也。」謂去離消逝也。

握佩玖兮中路躇。

懷寶不舒，悵仿偟也。

【疏證】

懷寶不舒，悵仿偟也。◎案：章句以「悵仿偟」爲「中路躇」，無「中路」之意。中，謂身也。詳參遠遊「於中夜存」注。又，路躇，猶落度，聲之轉也，不得志貌。三國志卷四〇蜀志楊儀傳：「往者丞相亡没之際，吾若舉軍以就魏氏，處世寧當落度如此邪！」或作隴種、籠涷、羸垂、落籜、落拓、落託、郎當、潦倒、獨漉、藍搀、龍鍾、蘭單、蘭殫、拉搭、邋遢等，則未可勝舉。詳參離騷「貫薜荔之落蘂」注。

羨咎繇兮建典謨，

樂古賢臣遇明君也。

【疏證】

樂古賢臣遇明君也。◎案：謨，謂謀也。書大禹謨序：「皐陶矢厥謨，禹成厥功，帝舜申之，作大禹、皐陶謨、益稷。」孔疏：「皐陶爲帝舜陳其謀，禹爲帝舜陳已成所治水之功，帝舜因其所陳，從而重美之，史録其辭，作大禹、皐陶二篇之謨，又作益稷之篇，凡三篇也。」

懿風后兮受瑞圖。

懿，深也。屈原之喻也。風后，黄帝師，受天瑞者也。

【疏證】

懿，深也。◎案：説文壹部：「懿，嫥久而美也。从壹、从恣省聲。」段注：「嫥者，壹也。專壹而後可久，可久而後美。」爾雅釋詁：「懿，美也。」章句釋「深」，即「嫥壹」也。引申之爲淺深。詩七月「女執懿筐」，毛傳：「懿筐，深筐也。」

屈原之喻也。風后，黄帝師，受天瑞者也。◎正德本、隆慶本、劉本、湖北本、朱本、俞本「瑞」下無「者」字。案：章句「屈原之喻」云云，舊當乙在「受天瑞者也」下。此以風后喻屈原也。或曰，風后以下，因「補曰」竄亂之。史記卷一五帝本紀「舉風后、力牧、常先、大鴻以治民」，集解：「鄭玄曰：『風后，黄帝三公也。』」卷五五留侯世家「至如留侯所見老父予書」，索隱：「按詩緯云：『風后，黄帝師，又化爲老子，以書授張良。』」卷一二八龜策傳「日辰不全，故有孤虚」，集解：「劉歆七略有風后孤虚二十卷。」漢書卷三〇藝文志有風后十三篇。漢帛書黄帝四書黄帝師有力黑，即力牧也。未見有風后。

愍余命兮遭六極，委玉質兮於泥塗。

見放逐汙辱，若陷泥塗中也。

【疏證】

見放逐汙辱，若陷泥塗中也。◎正德本、隆慶本、劉本、朱本、馮本、湖北本、俞本、四庫章句本「見」作「且」。案：據義，則舊作「且放」爲允。六極，天威也。書洪範「威用六極」，孔傳：「言天所以威沮人用六極。」又曰：「六極：一曰凶短折，二曰疾，三曰憂，四曰貧，五曰惡，六曰弱。」孔傳：「凶短折，動不遇吉，短，未六十；折，未三十。疾，常抱疾苦。憂，多所憂。貧，困於財。惡，醜陋。弱，尪劣。」

遽傽遑兮驅林澤，步屏營兮行丘阿。

憂憒不知所爲，徒經營奔走也。

【疏證】

憂憒不知所爲，徒經營奔走也。◎莊本「憒」作「憤」。案：訛也傽遑，猶章皇也。文選卷八羽獵賦「章皇周流」，李善注：「章皇，猶彷徨也。」或作張皇、上皇、倉皇，商潢等，行不定貌。詳參九歌東皇太一「穆將愉兮上皇」注。屏營，彷徨也，聲之轉。宋本玉篇尸部「屏」字：「廣雅云：『屏營，怔忪也。』國語云：『屏營，猶彷徨也。』」後漢書卷五五章帝八王清河孝王慶傳「夙夜屏營，未知所立」，李賢注：「屏營，彷徨也。」又，章句「徒經營奔走」云云，經營，猶周流彷徨也。易繫辭上「鼓萬物而不與聖人同憂」，王弼注：「聖人雖體道以爲用，未能至無以爲體，故順通天下，則有經營之跡也。」文選卷一七傅毅舞賦「經營切儗」，李注：「經營，往來之貌。」

車軏折兮馬虺頹，

驅騁不能寧定，車弊而馬病也。

【疏證】

驅騁不能寧定，車弊而馬病也。◎案：論語卷二爲政「大車無輗，小車無軏，其何以行之哉」，集解引包咸注：「輗者，轅端横木以縛軛。軏者，轅端上曲鉤衡。」邢疏：「小車，駟馬車。軏者，轅端上曲鉤衡，以駕兩服馬領者也。」戴震釋車「所以持衡者謂之軏」，注云：「包説誤也。韓非子外儲説：『墨子曰：吾不如爲車輗者巧也，用咫尺之木，不費一朝之事，而引三十石之任。』説文：『軏，車轅耑持衡者。』『輗，大車轅耑持衡者。』按：大車鬲以駕牛，小車衡以駕馬。轅端持鬲，其關鍵名輗；輈端持衡，其關鍵名軏。輈轅所以引車，必施輗、軏然後行。信之在人，亦交接相持之關鍵，故以輗、軏喻信。輈身上曲，上曲非别一物。大車之鬲即横木，横木即軛。包氏以踰丈之輈、六尺之鬲，而當咫尺之輈、軏，疏矣。」又，馬虺頹，因詩卷耳，毛詩「頹」作「隤」，古字通用。傳：「虺隤，病也。」釋文引爾雅孫炎注：「虺隤，馬退不能升之病也。」聲之轉或作魁摧、堌塠、腲腇、虺頹、委蛇、阿那等，未可勝舉。隨文所用，或訓委隨、或訓隤廢、或訓高險，其義皆通。詳參九歎遠逝「陵魁堆以蔽視兮」注。又，章句「驅騁不能寧定」云云，驅騁，當作「馳騁」或「驅馳」，古無作「驅騁」者。漢書卷二七五行志上「若乃田獵馳騁不反宮室」，卷四〇周勃傳「軍中不得驅馳」。

惷悵立兮涕滂沲。

憂悴而涕流也。

【疏證】

憂悴而涕流也。◎案：惷悵，猶惆悵，憂貌。惷、惆音近通用。九辯「惆悵兮而私自憐」，文選劉良注：「惆悵，悲哀也。」滂沲，即滂沱，涕流貌，詩澤陂「涕泗滂沱」是也。

思丁文兮聖明哲，

丁，當也。文，文王也。心志不明，願遇文王時也。

【疏證】

丁，當也。文，文王也。◎案：「思丁文」與下「呂傅舉」，相爲對文，丁，殷高宗武丁也。章句以丁爲當。非也。

心志不明，願遇文王時也。◎案：章句「心志不明」云云，正文無此意，羨文也。

哀平差兮迷謬愚。

平，楚平王。差，吳王夫差也。平王殺忠臣伍奢，奢子員仕吳以破楚。夫差不用子胥而爲越所滅也。

【疏證】

平，楚平王。平王殺忠臣伍奢，奢子員仕吳以破楚。◎案：史記卷四○楚世家：「平王二年，使費無忌如秦爲太子建取婦。婦好，來，未至，無忌先歸，説平王曰：『秦女好，可自娶，爲太子更求。』平王聽之，卒自娶秦女。是時伍奢爲太子太傅，無忌爲少傅。無忌無寵於太子，常讒惡太子建。平王召其傅伍奢責之。伍奢知無忌讒，乃曰：『王柰何以小臣疏骨肉？』無忌曰：『今不制，後悔也。』於是王遂囚伍奢。太子聞之，亡奔宋。無忌曰：『伍奢有二子，不殺者爲楚國患。盍以免其父召之，必至。』於是王使使謂奢：『能致二子則生，不能將死。』尚至。胥不至，亡奔吳。楚人遂殺伍奢及尚。昭王十年冬，吳王闔閭、伍子胥、伯嚭與唐、蔡俱伐楚，楚大敗，吳兵遂入郢，辱平王之墓，以伍子胥故也。」

差，吳王夫差也。夫差不用子胥而爲越所滅也。◎案：詳參涉江「伍子逢殃兮」注。

呂傅舉兮殷周興，

呂，呂望。傅，傅説。兩賢舉用而二代以興盛也。

【疏證】

呂，呂望。傅，傅説。兩賢舉用而二代以興盛也。◎聞一多楚辭校補謂呂傅當傅呂之乙。鄭文楚辭淺説然其説。案：非也。兩名連用，或以四聲先後爲次。呂，上聲；傅，去聲。上聲呂字在先，而去聲傅字在後，其二名次序，未以時間爲先後。詳參離騷「湯禹儼而祗敬兮」注。

忌嚭專兮郢吳虛。

忌，楚大夫費無忌。嚭，吳大夫宰嚭。虛，空也。忌、嚭佞僞，惑其君而敗，二國空虛。郢，楚都也。

【疏證】

忌，楚大夫費無忌。◎史記卷四〇楚世家「使費無忌如秦爲太子建取婦」，集解：「服虔曰：『楚大夫。』」索隱：「左傳作無極，極、忌聲相近。」

嚭，吳大夫宰嚭。◎毛祥麟楚辭校文曰：「文瀾閣本作『吳太宰嚭』。」案：文津本、文淵本亦作「吳大夫宰嚭」。嚭，伯嚭也。吳之佞臣。史記卷三一吳太伯世家，吳王闔廬元年，楚誅伯州犂，「其孫伯嚭亡奔吳，吳以爲大夫」。集解引徐廣：「伯嚭，州犂孫也。」吳王夫差元年，以大夫伯嚭爲太宰。吳敗越，越王乃使大夫種因太宰嚭而行成。子胥諫，吳王弗聽，聽太宰嚭。越王滅吳，誅太宰嚭，以不忠於吳也。

虚，空也。◎案：因廣雅釋詁。

忌、嚭佞僞，惑其君而敗，二國空虚。郢，楚都也。◎案：章句下「郢，楚都也」之注，不合其例，即後所增益。又，章句「二國空虚」云云，空虚，謂朝無賢智也。

仰長歎兮氣𩜁結，

仰將訴天也。𩜁，結也。

【疏證】

仰將訴天也。𩜁，結也。◎正德本、隆慶本、湖北本、朱本、劉本、馮本、俞本、莊本、四庫章句本「訴天」下無「也」字。案：𩜁，俗饐字，𩜁結，鬱結之聲轉，氣薀貌。不可抳其字義訓詁。別文又作蘊結、菀結、怨結、冤結、委結等，詳參抽思「心鬱鬱之憂思兮」注。

悒殟絶兮咶復蘇。

憤忿晻絶，徐乃蘇也。

【疏證】

憤忿晻絶，徐乃蘇也。◎案：悒殟，猶鬱悒也，氣絶貌。九章惜誦「心鬱邑余侘傺兮」，章句：「鬱邑，愁貌也。」作悒者，以訓詁字爲之。其別文至夥，皆根於瘀積不暢。文選卷四一司馬遷報任少卿書「是以獨鬱悒而與誰語」，李善注：「鬱悒，不通也。」或作於邑、嗚咽，後漢書卷一〇下靈思何皇后紀「因泣下嗚咽」是也。或作嗚唈、哽噎、哽咽、噫嗚、意烏、喑噁、湮鬱、抑鬱、壹鬱、堙鬱、伊鬱、鬱閼、鬱殪等，未可勝計。詳參離騷「忳鬱邑余侘傺兮」注。又，廣雅釋詁：「咶，息也。」王念孫疏證：「晉語『余病喙矣』，韋昭注云『喙，短氣貌』是也。懼而短氣亦謂之喙。宋玉高唐賦云『虎豹豺兕，失氣恐喙』是也。咶與喙古亦同聲，廣韻：『咶，息聲也。』」晻，當作晻，通作奄，急疾貌。奄絶，忽絶也。

虎兕争兮於廷中，

廷，朝廷也。虎兕，惡獸，以喻姦臣。

【疏證】

廷，朝廷也。◎案：説文廴部：「廷，朝中也。」釋名釋宮室：「廷，停也。人所停集之處也。」畢沅曰：「葉德炯曰：『後漢書郭太傳注引風俗通云：「廷，正也。言縣廷郡廷朝廷，皆取平均正直也。」與此義異。』」

虎兕，惡獸，以喻姦臣。◎同治本「兕」作「如」，「臣」作「伏」。案：訛也。荀子卷一脩身篇第二：「心如虎狼，行如禽獸，而又惡人之賊己也。」兩漢以後，以虎兕等猛獸喻貪暴之人。漢書卷七六王尊傳：「張輔懷虎狼之心，貪汙不軌。」後漢書卷四三朱穆傳：「父兄子弟布在州郡，競爲虎狼，噬食小人。」

豺狼鬭兮我之隅。

隅，旁也。言衆佞辯爭，常在我傍也。

【疏證】

隅，旁也。言衆佞辯爭，常在我傍也。◎案：隅，角也。淮南子卷一原道訓「經營四隅」，高注：「隅，猶方也。」方亦旁也。漢、魏以後，隅言旁隅也。

雲霧會兮日冥晦，

衆僞蔽君，如雲霧之隱日，使不可得見也。

【疏證】

衆僞蔽君，如雲霧之隱日，使不可得見也。◎案：章句「雲霧之隱日」云云，以會爲隱，讀如薈。廣雅釋詁：「薈，翳也。」又曰：「薈，障也。」

飄風起兮揚塵埃。

回風爲飄。以喻小人造設姦僞，賊害仁賢。爲君垢穢，如回風之起塵埃也。

【疏證】

回風爲飄。以喻小人造設姦僞，賊害仁賢。爲君垢穢，如回風之起塵埃也。◎同治本正文「揚」作「回」，注文「飄」作「一」。案：皆譌也。離騷「飄風屯其相離兮」，章句：「回風爲飄。飄風，無常之風，以興邪惡之衆。」

走罜罔兮乍東西，

動觸諂毀，東西趣走。

【疏證】

動觸諂毀，東西趣走。◎補注引「𦊱罔」一作「𦊱党」，一作「暢党」。案：𦊱罔，猶敞罔、惝罔、愴怳也，皆聲之轉，失志貌。詳參九辯「愴怳懭悢兮」注。𦊱與党、暢通；党，俗党字。𦊱罔，或作党罔、暢罔，洪氏誤録也。章句「東西趣走」云云，趣，讀作趨。

欲竄伏兮其焉如？

無所逃難。

【疏證】

無所逃難。◎同治本「所」作「一」，「逃」作「下」，「難」作「大」。案：皆訛也。「焉如」之如，與上「埃」字協韻。如，魚韻；埃，之韻。之、魚周、秦分用至嚴，東漢始合韻也。又，章句「無所逃難」云云，難，音乃旦反，去聲。涉江：「入溆浦余儃佪兮，迷不知吾所如。」即叔師所因。

念靈閨兮隩重深，願竭節兮隔無由。

靈，謂懷王。閨，閤也。言欲訴論，輒爲羣邪所逆，不能得通達。

【疏證】

靈，謂懷王。◎案：靈，猶靈脩也。離騷「怨靈脩之浩蕩兮」，章句：「靈脩，謂懷王也。」閨，閤也。言欲訴論，輒爲羣邪所逆，不能得通達。◎同治本、隆慶本、湖北本、莊本、四庫章句本「輒」作「輙」。正德本、隆慶本、劉本、朱本、莊本、馮本「羣」作「群」。湖北本「閤」作「閣」。案：輙，俗輒字。羣、群同。作「閣」，非也。離騷「閨中既以邃遠兮」，章句：「小門謂之閨。」爾雅釋宮：「宮中之門謂之闈，其小者謂之閨。」書堯典「厥民隩」，孔傳：「隩，室也。」

望舊邦兮路逶隨，

逶隨，迂遠也。近而障隔，則與迂遠同也。

【疏證】

逶隨，迂遠也。近而障隔，則與迂遠同也。◎正德本、隆慶本、朱本、湖北本、馮本、劉本、俞本、莊本、四庫章句本「逶」作「委」。正德本、隆慶本、俞本「迂」作「于」，「則與」下無「迂」字。朱本「則與」下無「迂」字。案：逶隨、委隨同，皆委蛇之聲轉，曲長貌。詳參離騷「載雲旗之委蛇」注。

于，迂之爛敚。無「迂」，不辭也。

憂心悄兮志勤劬。

悄，猶慘也。劬，勞也。

【疏證】悄，猶慘也。◎案：詩柏舟「憂心悄悄」，毛傳：「悄悄，憂貌。」又，月出「勞心悄兮」，毛傳：「悄，憂也。」

劬，勞也。◎案：詳參九歎思古「躬劬勞而瘏悴」注。

魂煢煢兮不遑寐，目眽眽兮寤終朝。

眽眽，視貌也。終朝，自旦及夕。言通夜不能瞑也。

【疏證】眽眽，視貌也。◎正德本、隆慶本、朱本、馮本、劉本、俞本、莊本、四庫章句本「眽眽」正文、注文皆作「眩眩」，引一作「眽眽」。案：説文目部：「眽，目財視也。」段注：「財，當依廣韻作邪。

邪，當作衺。古詩十九首『脈脈不得語』，李引爾雅：『脈，相也。』郭璞曰：『脈脈，謂相視貌。』」作「眩眩」者，據別本也。

終朝，自旦及夕。言通夜不能瞑也。◎案：詩采緑「終朝采緑」，毛傳：「自旦及食時爲終朝。」則「自旦及夕」當作「自旦及食」。章句有敚誤，舊本作：「自旦及食爲終朝。自夕及旦，言通夜不能瞑也。」通夜，徹夜也。魏、晉習語，而未見兩漢。三國志卷二九魏書管輅傳注引輅別傳：「又從義博學仰觀，三十日中通夜不卧。」卷三八蜀書許靖傳注引魏略：「共道足下於通夜，拳拳飢渴，誠無已也。」南齊書卷四鬱林王紀：「齋閤通夜洞開，内外淆雜，無復分別。」證是篇之注，出乎六朝也。

逢尤

令尹兮謷謷，

令尹，楚官，掌政者也。謷謷，不聽話言而妄語也。

【疏證】

令尹，楚官，掌政者也。◎案：史記卷七項羽本紀「以其父吕青爲令尹」，集解：「應劭曰：

『天子曰師尹，諸侯曰令尹。』瓚曰：『諸侯之卿，唯楚稱令尹。』」

謷謷，不聽話言而妄語也。◎案：爾雅釋訓：「敖敖，傲也。」敖與傲、謷同。釋文引瓚注：「謷謷，衆口毁人之貌。」郭璞注：「傲慢賢者。」郝氏義疏：「又作囂，同五高反。按：楚有莫敖，淮南脩務訓作莫囂。詩『讒口囂囂』，釋文引韓詩作嗸嗸，潛夫論賢難篇作敖敖。說文云：『謷，不省人言也。』然則爾雅敖當作謷。」

羣司兮譨譨。

羣司，衆僚。譨譨，猶傯傯也，言皆競於佞也。

【疏證】

羣司，衆僚。◎案：廣雅釋詁：「司，官也。」詩板「及爾同寮」，毛傳：「寮，官也。」爾雅釋詁亦作「寮」，郭璞注：「同官曰寮。」寮、僚古字通用。

譨譨，猶傯傯也。言皆競於佞也。◎案：譨譨、傯傯，皆聲之轉，急遽貌。章句「言皆競於佞」云云，猶解「譨譨」爲傯遽之義。傯，即悤字，俗作怱。說文囱部：「悤，多遽悤悤也。从囱、心。囱亦聲。」叠言之爲急遽貌。

哀哉兮淈淈，

淈淈，一國並亂也。

【疏證】

淈淈，一國並亂也。◎同治本「並」作「竝」。案：竝，古並字。淈淈，亂貌。後漢書卷五九張衡傳「涉冬則淈泥而潛蟠，避害也」，李賢注：「賈逵注國語曰：『淈，亂也。』」或作汩。漢書卷二七上五行志「汩陳其五行」，顏師古注：「汩，亂也。」或作滑。國語卷三周語下「而滑夫二川之神」，韋昭注：「滑，亂也。」淈、汩、滑，既訓亂，又訓治，則正反同辭。

上下兮同流。

君臣俱愚，意無別也。

【疏證】

君臣俱愚，意無別也。◎案：離騷「周流觀乎上下」，章句：「上謂君，下謂臣也。」

菽藟兮蔓衍，

菽藟，小草也。蔓衍，廣延也。

【疏證】

菽藟，小草也。◎案：菽，大豆也。無小義。菽，讀作叔。詩生民「蓺之荏菽」，釋文：「叔，或作菽。」禮記卷五曲禮下第二「天子同姓謂之叔父」，孔疏：「此小者，同姓謂之叔父。」叔，小也。藟，草名，葛屬。詳參九歎憂苦「葛藟虆於桂樹兮」注。

蔓衍，廣延也。◎案：左傳隱公元年「無使滋蔓」，洪亮吉詁引服虔注：「蔓，延也。」蔓延，平列同義。

芳虈兮挫枯。

虈，香草名也。挫枯，弃不用也。

【疏證】

虈，香草名也。◎案：宋本玉篇艸部「虈」字注：「香草也。楚辭曰『芳虈兮挫枯』。」此篇之注，則在顧野王前。說文艸部：「虈，楚謂之蘺，晉謂之虈，齊謂之茝。从艸、嚻聲。」段注：「此一物而方俗異名也。」

挫枯，弃不用也。◎正德本、隆慶本、馮本、朱本、湖北本、劉本、俞本、莊本、四庫章句本「弃」作「棄」。案：弃、棄同。國語卷一九吳語「而未嘗有所挫也」，韋昭注：「挫，毀折也。」挫枯，平列同義，毀棄也。

朱紫兮雜亂，曾莫兮別諸。

君不識賢，使紫奪朱，世無別知之者。

【疏證】君不識賢，使紫奪朱，世無別知之者。◎案：文選卷二西京賦「木衣綈錦，土被朱紫」，李善注：「朱、紫，二色也。」後漢書卷三六陳元傳：「夫明者獨見，不惑於朱紫；聽者獨聞，不謬於清濁。」

倚此兮巖穴，

退遁逃也。

【疏證】退遁逃也。◎案：七諫謬諫：「經濁世而不得志兮，願側身巖穴而自託。」章句：「言己歷貪濁之世，終不得展其志意，但甘處巖穴之中而隱伏也。」即同此意。又，論語卷一五衞靈公：「君子哉，蘧伯玉。邦有道則仕，邦無道則可卷而懷之。」「卷而懷之」云云，謂退居巖穴也。

永思兮窈悠。

長守忠信，念無違而塗悠遠也。

【疏證】

長守忠信，念無違而塗悠遠也。◎案：永思，長愁也。九懷思忠「瘖辟摽兮永思」，章句：「心常長愁，拊心踊也。」七諫自悲：「獨永思而憂悲」，章句：「言己放在山澤，心中愁苦，無所告愬，長憂悲而已。」章句「長守忠信，念無違」云云，以思爲思念。非也。廣雅釋詁：「窈，深也。」窈悠，平列同義，深遠貌。

嗟懷兮眩惑，

懷，懷王也。爲衆佞所欺曜，目盡迷瞀。

【疏證】

懷，懷王也。爲衆佞所欺曜，目盡迷瞀。◎四庫章句本「曜」作「炫」。俞本「瞀」作「惑」。

案：古無作「欺曜」、「欺炫」，則宜舊作「炫曜」。離騷「世幽昧以昡曜兮」，章句：「昡曜，惑亂貌。」炫曜、昡曜同。迷瞀、迷惑同。

用志兮不昭。

【疏證】

獨行忠信，無明己者。

獨行忠信，無明己者。◎案：正文「昭」，當從補注引一本作「照」，知也。詳參九歎離世「指日月使延照兮」注。

將喪兮玉斗，遺失兮鈕樞。

鈕樞，所以校玉斗。玉斗既喪，將失其鈕樞。言放弃賢者逐去之。一注云：鈕樞、玉斗，皆所寶者。

【疏證】

鈕樞，所以校玉斗。玉斗既喪，將失其鈕樞。言放弃賢者逐去之。一注云：鈕樞、玉斗，皆所寶者。◎正德本、隆慶本、湖北本、朱本、劉本、馮本、俞本、莊本、四庫章句本、喻林卷五九人事門見棄引「放」下無「弃」字，「之」下有「也」字，無「一注云」等十一字。袁校「鈕」作「劔」。同治本「寶」作「大」。案：非也。補注引一注云：「鈕樞、玉斗，皆所寶者。」玉斗，北斗也。鈕樞，北斗第一星也。史記卷二七天官書：「北斗七星。」索隱：「春秋運斗樞云『斗，第一天樞，第二旋，第三璣，第四權，第五衡，第六開陽，第七搖光。第一至第四爲魁，第五至第七爲標，合而爲斗』。」又，卷七項羽本紀「玉斗一雙，再拜奉大將軍足下」。洪引或說，蓋因此也。

我心兮煎熬，惟是兮用憂。

熬，亦煎也。憂無已也。

【疏證】熬，亦煎也。憂無已也。◎案：章句散文也。方言卷七：「煎，火乾也。凡以火而乾五穀之類，自山而東、齊、楚以往謂之熬。秦、晉之間或謂之㷅，凡有汁而乾謂之煎。」對文乾汁曰煎；乾炒曰熬。禮記卷二八內則第一二「爲熬」，鄭注：「熬，於火上爲之也，今之火脯似矣。」熬，猶燒烤也。補注引「煎熬」一作「熬鬻」，引釋文「熬」作「煼」。㷅、鬻、煼，皆古「炒」字。

進惡兮九旬，

紂爲九旬之飲而不聽政。

【疏證】

紂爲九旬之飲而不聽政。◎正德本、隆慶本、湖北本、朱本、劉本、馮本、俞本、莊本「九旬」作「長夜」，四庫章句本作「長在」。案：章句不可通。補注引「惡」一作「思」，又引「九旬」一作「仇荀」。或本是也。思、顧對舉，則舊作「進思」。下句「復顧兮彭務」，與此「仇荀」對舉爲文，彭，彭咸；務，務光也。仇，仇牧，宋大夫；荀，荀息，晉大夫。皆忠臣。詳參惜往日「或忠信而死節兮」注。

復顧兮彭務。

彭，彭咸；務，務光。皆古介士，恥受汙辱，自投於水而死也。

【疏證】

彭，彭咸；務，務光。皆古介士，恥受汙辱，自投於水而死也。◎正德本、隆慶本、湖北本、朱本、馮本、莊本、四庫章句本「恥」作「耻」。四庫章句本「光」作「先」。案：恥、耻同。作「先」者，訛也。補注引復一作退。復顧、進思，對舉爲文。復，當作退。退，古文作復，與復字形似相訛。彭咸，詳參離騷「願依彭咸之遺則」注。全三國文卷五二嵇康聖賢高士傳卞隨務光：「又讓務光。光曰：『廢上非義，殺民非仁；無道之世，不踐其土，況于尊我哉？』乃抱石而沈廬水。」

擬斯兮二蹤，未知兮所投。

擬，則也。蹤，跡也。言願効此二賢之迹，亦當自沈。

【疏證】

擬，則也。◎案：謂効法也。漢書卷二七上五行志「聖人則之」，顔師古注：「則，效也。」卷八七上揚雄傳「常擬之以爲式」，顔師古注：「擬，謂比象也。」

蹤，跡也。言願効此二賢之迹，亦當自沈。◎同治本「効」作「效」。景宋本「亦」作「赤」。案：效、効同。赤，訛字。文選卷三〇謝惠連七月七日夜詠牛女「聳轡騖前蹤」，李善注引王逸曰：「蹤，軌也。」則其所據本别。散則跡、軌不别。釋名釋言語：「蹤，從也。人形從之也。」從之與蹤，以事爲名，其義通也。

謡吟兮中壄，

未得所死，且仿偟也。

【疏證】未得所死，且仿偟也。◎同治本「偟」作「徨」。惜陰本、正德本、隆慶本、朱本、馮本、湖北本、劉本、四庫章句本亦作「偟」。景宋本作「惶」。案：仿偟、仿偟同。惶，訛也。章句「所死」云云，當作「死所」，謂死處也。壄，古野字。

上察兮璇璣。

璇璣天中，故先察之。

【疏證】璇璣天中，故先察之。◎案：璇、璣，北斗第二、三星，在斗魁。史記卷二七天官書：「北斗七星。」索隱云：「春秋運斗樞云『斗，第一天樞，第二旋，第三璣。第一至第四爲魁，第五至第七爲標，合而爲斗』。」

大火兮西睨，攝提兮運低。

大火西流，攝提運下，夜分之候。愁思不寐，起視星辰，以解戚者也。

【疏證】

大火西流，攝提運下，夜分之候。愁思不寐，起視星辰，以解戚者也。◎補注引「流」一作「匿」。袁校「戚」作「慼」。案：未知所據。又，若解「西晲」爲「西匿」，讀如昵。説文日部字作暱，或作昵，謂「日近也」。引申之言近。又，詩七月「七月流火」，毛傳：「火，大火也。」孔疏：「昭三年左傳：『張趯曰，火星中而寒暑退。』服虔云：『火，大火，心也。季冬十二月平旦正中，在南方，大寒。季夏六月黄昏，火星中，大暑退。』是火爲寒暑之候事也。」攝提，歲星别名。詳參離騷「攝提貞于孟陬兮」注。補注據晉志以攝提六星，直斗杓之南之大角者。非也。

雷霆兮硠磕，

（硠磕），雷聲。

【疏證】

硠磕，雷聲。◎莊本「聲」下有「貌」字。案：説文石部：「硠，石聲。从石、良聲。」又：「磕，石聲也。从石、盍聲。」磕、礚同。章句「硠磕，雷聲」云云，漢書卷八七上揚雄傳「登長平兮雷鼓磕」，顔師古注：「磕，擊鼓聲也。」

雹霰兮霏霏。

霏霏，集貌。

【疏證】

霏霏，集貌。◎案：霏霏，猶菲菲，盛貌，施於雹霰，其訓詁字作霏霏而訓雹集貌也。若施於雲，爲雲集貌。漢書卷八七上揚雄傳「雲霏霏而來迎兮」，顔師古注：「霏，古霏字。霏霏，雲起貌。」隨文所施，其義有別，皆同根於盛義。

奔電兮光晃，涼風兮愴悽。

獨處愁思不寐，見雹電涼風之至，益憂多也。

【疏證】

獨處愁思不寐，見雹電涼風之至，益憂多也。◎案：奔電、光晃，對舉爲文，光晃，當乙作「晃光」。廣雅釋詁：「晃，明也。」或本正文「晃光」作「照光」，因晃、照同義改也。

鳥獸兮驚駭，相從兮宿棲。

言鳥獸驚惶，尚相從就，傷己單獨，心用悲也。

【疏證】

言鳥獸驚惶，尚相從就，傷己單獨，心用悲也。◎案：章句「從就」云云，未見兩漢以前古書，劉宋以後習語。後漢書卷八一獨行傳向栩：「賓客從就，輒伏而不視。」魏書卷六八甄琛傳：「或晨昏從就，或吉凶往來。」太平廣記卷一九七張華（出幽明録）：「匍匐從就，崎嶇反側。」佛説如幻三昧經卷上：「從就善知識，通達法器者。」

鴛鴦兮噰噰，

（噰噰），和鳴貌也。

【疏證】

噰噰，和鳴貌也。◎諸本皆無「噰噰」二字。案：因正文省也。爾雅釋詁：「噰噰，音聲和也。」即章句所因。郭璞注：「鳥鳴相和。」又，詩鴛鴦「鴛鴦于飛」，毛傳：「鴛鴦，匹鳥。」鄭箋：「匹鳥，言其止則相耦，飛則爲雙，性馴耦也。」

狐狸兮徵徵。

（徵徵），相隨貌。

【疏證】

徵徵，相隨貌。◎正德本、隆慶本、湖北本、劉本、馮本、俞本、四庫章句本「貌」下有「也」字，正文「徵徵」作「嶽嶽」，而注文諸本皆無「徵徵」二字。朱本正文作「徵徵」，「貌」下有「也」字。案：因正文省也。徵徵，猶亹亹，相從貌。聲之轉或作勉勉、娓娓、没没、勿勿等，詳參九辯「時亹亹而過中兮」注。則作「嶽嶽」，非也。

哀吾兮介特，

介特，獨也。

【疏證】

介特，獨也。◎四庫章句本「特」作「持」。案：持，特之譌。文選卷一五思玄賦「孑不羣而介立」，舊注：「介，特也。」介特，平列同義。左傳昭公十四年：「養老疾，收介特。」杜注：「介特，單身民也。」

獨處兮罔依。

罔，無也。

【疏證】

罔，無也。◎俞本正文「依」作「悲」。案：非是。罔之爲無，詳參惜誦「君罔謂汝何之」注。

螻蛄兮鳴東，蠽蠽兮號西。䖝緣兮我裳，蠋入兮我懷。蟲豸兮夾余，惆悵兮自悲。

言己獨處山野，與衆虫爲伍，心悲感也。

【疏證】

言己獨處山野，與衆虫爲伍，心悲感也。◎正德本、隆慶本、湖北本、朱本、劉本、馮本、俞本、莊本、四庫章句本、景宋本「虫」作「蟲」。案：虫、蟲同。螻蛄，寒蟬。詳參招隱士「蟪蛄鳴兮啾啾」注。又，爾雅釋蟲：「蠽，茅蜩。」郭璞注：「江東呼爲茅截，似蟬而小，青色。」蠽、截通。又曰：「有足謂之蟲，無足謂之豸。」又，章句「心悲感」云云，感，當作慼，訛字。又，馮時可雨航雜録卷下：「䖝者，螫人蟲也。身扁，緑色，似蠶而短，無足，有毛。楚辭以喻讒人。常在林間花葉背，不知者輒爲所刺。一名林䖝，蟲之最惡者也。老則吐汁自裹，久漸堅凝如巴豆大，就其中作蛹，謂之蛅蟖。」

佇立兮忉怛，心結緡兮折摧。

佇，停。

【疏證】

佇，停。◎莊本「停」下有「也」字。案：離騷「延佇乎吾將反」，章句：「佇，立貌。詩曰：『佇立以泣。』」佇之爲立、爲停，其義通也。停止，未見兩漢，始於魏、晉以下。全宋文卷四七鮑照謝上除啓：「今日榮願，直爾不少，冒乞停止上除。」卷六二曇無讖大涅槃經序：「天竺沙門曇摩讖者，中天竺人，婆羅門種，天懷秀拔，領鑒明邃，機辨清勝，内外兼綜，將乘運流化，先至燉煌，停止數載。」齊民要術卷九炙法餅炙：「衆物若是，先停止。」魏書卷一九下景穆十二王傳南安王：「停止經年，雙乃令從子昌送略潛遁江左。」卷三五崔浩傳：「世祖沿弱水西行，至涿邪山，諸大將果疑深入有伏兵，勸世祖停止不追。」可證是篇之注，非漢人所作。爾雅釋訓：「忉忉，憂也。」詩匪風「中心怛兮」，毛傳：「怛，傷也。」忉怛，平列同義。又，據此篇文例，皆以四字爲句。正文「心結緡」之「心」，羨文。結緡，猶詰詘也，不伸貌。

怨上

周徘徊兮漢渚，

言居山中愁憤，復之漢水之涯，庶欲以釋思念也。

【疏證】

言居山中愁憤，復之漢水之涯，庶欲以釋思念也。◎案：周徘徊，周流徘徊也。詳參遠遊「步徙倚而遥思兮」注。章句「愁憤」云云，猶愁悶也。又，章句「復之漢水之涯」云云，以渚爲涯，九歌湘君「夕弭節兮北渚」，章句：「渚，水涯也。」散文也。對文則别。爾雅釋水：「水中可居者曰洲，小洲曰陼，小陼曰沚。」

求水神兮靈女。

冀得水中神女以慰思念。

【疏證】

冀得水中神女以慰思念。◎案：水神靈女，謂漢上神女，詩漢廣「漢有游女」是也。

嗟此國兮無良，

此國，楚國也。言君臣無善，皆凶愚也。

【疏證】

此國，楚國也。言君臣無善，皆凶愚也。◎案：無良，言德無善也。詩白華：「之子無良，二三其德。」鄭箋：「良，善也。」

媒女詘兮謰謱。

謰謱，不正貌。

【疏證】

謰謱，不正貌。◎補注引一注云：「謰謱，語亂也。」案：方言卷一〇：「謰謱，拏也。南楚曰謰謱。」郭璞注：「言譇拏也。」錢繹箋疏：「亦作連遱，說文：『遱，連遱也。』集韻：『連遱，謂不絕貌。』亦作嗹嘍，玉篇：『嗹嘍，多言也。』廣韻：『嗹嘍，言語煩絮貌。』又作連嶁，淮南原道訓『終身運枯形于連嶁列埒之門』，高誘注云：『連嶁，猶離婁也，委曲之貌。』並與謰謱同。」謰謱，蓋根於不絕之義，與連卷、列缺等爲一語也。章句「不正」云云，不正，當作「語不止」。

鳹雀列兮譁讙，

鳹雀，小鳥，以喻小人列位也。言小人在位患失之，競爲佞諂，聲呶呶也。

【疏證】

鳹雀，小鳥，以喻小人列位也。言小人在位患失之，競爲佞諂，聲呶呶也。◎正德本、隆慶本、湖北本、朱本、劉本、馮本、俞本、莊本、四庫章句本「列位」下無「也」字。隆慶本、俞本、朱本「列位」作「在位」。同治本「佞」訛作「侫」。案：於此見俞氏、朱氏依隆慶本也，莊氏又依朱氏改也。爾雅釋鳥：「鳸，鳹。」郭璞注：「今鳹雀。」周、秦謂之鳸，兩漢謂之鳹，古今別語。鳸、扈通。呶呶，讙呼聲。說文口部：「呶，讙聲也。从口、奴聲。詩曰：『載號載呶。』」

鴝鵒鳴兮聒余。

鴝鵒，鳹雀類也。多聲亂耳爲聒。

【疏證】

鴝鵒，鳹雀類也。◎同治本正文「聒」訛作「聒」。案：鴝鵒，或作鸜鵒，惡鳥名。是鳥來巢，預示夷狄將入，國君將去。左傳昭公二十五年：「有鸜鵒來巢，書所無也。師己曰：『異哉，吾聞文、成之世，童謡有之曰：鸜之鵒之，公出辱之；鸜鵒之羽，公在外野，往饋之馬；鸜鵒跦跦，公在乾侯，徵褰與襦；鸜鵒之巢，遠哉遥遥；裯父喪勞，宋父以驕；鸜鵒鸜鵒，往歌來哭。童謡有是，今鸜鵒來巢，其將及乎！』」説文鳥部曰：「鵒，鴝鵒也。古者鴝鵒不踰泲。」段注：「公羊以爲鸜鵒，夷狄之鳥，穴居。今來至魯之中國，巢居。此權臣欲自下居上之象。」

多聲亂耳爲聒。◎案：左傳襄公二十六年「聒而與之語」，杜注：「聒，讙也。」孔疏：「聲亂耳謂之聒。」慧琳音義卷三三「聒耳」條引蒼頡篇：「聒，擾亂耳孔也。」

抱昭華兮寶璋，

昭華，玉名。（璋，玉名也。）

【疏證】

昭華，玉名。◎皇都本正文「昭華」作「佋華」。案：非也。淮南子卷二〇泰族訓：「乃屬以九子，贈以昭華之玉而傳天下焉。」高注：「昭華，玉名。」文選卷四六王融三月三日曲水詩序「昭華之珍既徙」，李善引尚書大傳：「堯得舜，推而尊之，贈之以昭華之玉。」

璋，玉名也。◎正德本、隆慶本、湖北本、朱本、劉本、馮本、俞本、莊本、四庫章句本「玉名」下無「也」字。案：諸本以此訓在「欲銜鬻兮莫取」注末，實釋正文「寶璋」。今特移措於此。説文玉部：「瑋，剡上爲圭，半圭爲璋。从玉、章聲。」

欲衒鬻兮莫取。

行賣曰衒。鬻，賣也。言己竭忠信以事君而不見用，猶抱此昭華寶瑋衒賣之。

【疏證】

行賣曰衒。◎案：衒、衒同。説文行部：「衒，行且賣也。从行、言。衒，衒或从玄。」段注：「周禮『飾行儥慝』，大鄭云：『儥，賣也。慝，惡也。謂行且賣姦僞惡物者。』後鄭云：『謂使人行賣惡物於市，巧飾之，令欺誑買者。』」

鬻，賣也。◎案：國語卷六齊語「市賤鬻貴」，韋昭注：「鬻，賣也。」淮南子卷一六説山訓「郢人鬻其母」，高注：「鬻，買也。」對文行且賣曰衒，凡買賣曰鬻。散文不別也。

言己竭忠信以事君而不見用，猶抱此昭華寶瑋衒賣之。◎案：喻林卷三一人事門一二九不遇引同此。又，章句「猶抱此昭華」云云，抱，謂懷也，藏也。

言旋邁兮北徂，

己不見用，欲遠去也。

【疏證】

己不見用，欲遠去也。◎案：詩葛覃「言告師氏」，毛傳：「言，我也。」章句「己不見用」云云，以言爲己。己亦我也。招魂「旋入雷淵」，章句：「旋，轉也。」説文辵部：「邁，遠行也。从辵、萬聲。」旋邁，謂回轉而遠行。

叫我友兮配耦。

叫，急叫也。言此國已無良人，庶北行遇賢友而以自耦也。

【疏證】

叫，急叫也。◎正德本、隆慶本、朱本、俞本、劉本、莊本、馮本「叫」作「呌」。案：呌，俗叫字。文選卷一五思玄賦「叫帝閽使闢扉兮」，舊注：「叫，呼也。」淮南子卷一七説林訓「至音不叫」，高注：「叫，譟呼也。」

言此國已無良人，庶北行遇賢友而以自耦也。◎正德本、隆慶本、湖北本、朱本、劉本、馮本、俞本「國」下無「已」字，「良人」作「良廉」，「北行」上無「庶」字。莊本、四庫章句本「國」下無「已」

字。案：若作「良廉」，則不辭。章句「以自耦」云云，謂求配匹也。耦，匹也。

日陰曀兮未光，

北方多陰。

【疏證】

北方多陰。◎案：陰曀，或作黯曀，猶晻藹也，言蔽不明貌。或作晻靄、幽藹、塕薆、黤黮、腌藹、晻曖、掩藹、暗藹、菴藹、暗薆、堙曖、煙靄、幽藹、翳薈、翳薉、翳蔚、埃壒、埃藹等，則未可勝舉。詳參離騷「揚雲霓之晻藹兮」注。

闃睄窕兮靡睹。

闃，窺也。睄窕，幽冥也。

【疏證】

闃，窺也。◎四庫章句本「闃」作「閴」。案：五經文字以闃、閴同，謂「上俗下正」。易豐上六：「闚其户，閴其无人。」音義：「李登云：閴，苦鶪反。徐：苦鶪反，一音苦馘反。馬、鄭云：

『无人皃。』字林云：『静也。』姚作口，孟作室，並通。」廣韻入聲二三錫韻：「闃，寂静也。」則無「窺」義。若訓窺，蓋通作闃。

睄窕，幽冥也。◎景宋本「睄」字從日，不從目。案：補注云：「睄與宵同。」又引一作䏴。睄、䏴字書皆未見，並見揚雄太玄經。卷五晦次七「䏴提明，或遵之行」。司馬光注：「二宋、陸『䏴』作『𥇑』，息井切，義與省同。或作『省』。小宋音『眇』，云：『一目盲也。』范云：『䏴，目不明也。』意與『眇』同。王本作睄，曰：『睄，古宵字。』王，即王經也，北宋人。洪氏謂「睄與宵同」者，則因此也。䏴、眇，皆睄之訛。爾雅釋言：「宵，夜也。」舍人曰：「宵，陽氣消也。」說文穴部：「窕，宎肆極也。从穴、兆聲。」睄窕，平列同義，幽冥貌也。

紛載驅兮高馳，

適北無所遇，故欲馳而去。

【疏證】

適北無所遇，故欲馳而去。◎龔頤正芥隱筆記「辨乖字音」條引正文作「紛載矩兮高將」。

案：訛也。載驅，同上逢尤「嚴載駕」，則舊作「車驅」也。

將諮詢兮皇羲。

皇羲，羲皇也。諮，問。詢，謀。所以安己也。一云：羲，伏羲。伏羲稱皇也。

【疏證】皇羲，羲皇也。◎補注引一注云：「羲，伏羲。伏羲稱皇也。」正德本、隆慶本、湖北本、朱本、馮本、俞本、劉本、莊本、四庫章句本並從「一注」作：「羲，伏羲，伏羲稱皇也。」案：羲皇乙作「皇羲」者，以趁韻故也。

諮，問。◎案：左傳襄公四年：「訪問於善爲咨。」咨與諮同。諮、問，散則不別。

詢，謀。所以安己也。◎案：詢之爲謀，因爾雅釋詁。又，左傳襄公四年：「咨親爲詢，咨難爲謀。」

遵河皋兮周流，路變易兮時乖。

（乖，睽也。）所志不遇，無所用其志也。

【疏證】所志不遇，無所用其志也。◎龔頤正芥隱筆記引正文作「何皋兮周流，路變易兮時乖」，注云：「乖，睽也。」案：則正文譌也。其所引注，章句遺義，宜補。又，章句「所志」云云，當作「所至」，譌也。所至，謂所至之處。若作「所志」，則未可調遂。

瀰滄海兮東遊，沐盥浴兮天池。

天池，則滄海也。

【疏證】天池，則滄海也。◎莊本、湖北本「池」譌作「地」。案：天池，咸池也。九歌少司命云「與女沐兮咸池，晞女髮兮陽之阿」，章句：「咸池，星名，蓋天池也。」章句「天池則滄海也」云云，當乙作「滄海則天池也」也。

訪太昊兮道要，

太昊，東方青帝也。將問天道之要務。

【疏證】太昊，東方青帝也。將問天道之要務。◎俞本「道」作「帝」。案：譌也。昊、皞同。太昊，五帝之一，主司東方。淮南子卷三天文訓：「東方，木也，其帝太皞，其佐句芒，執規而治春，其神爲歲星，其獸蒼龍，其音角，其日甲、乙。」

云靡貴兮仁義。

太昊答：惟仁義爲上。

【疏證】太昊答：惟仁義爲上。◎案：爾雅釋言：「靡，無也。」靡貴，莫貴也。

志欣樂兮反征，就周王兮郊岐。

聞惟仁義，故欣喜，復之西方，就文王也。郊、岐，周本國。

【疏證】聞惟仁義，故欣喜，復之西方，就文王也。郊、岐，周本國。◎案：上言訪東帝太昊，此謂就周王於郊、岐，則郊、岐在西，故言「反征」也。又，「郊、岐，周本國」之注，在章句後，後所增益。

秉玉英兮結誓，

願與文王約信，以玉英爲贄幣也。

【疏證】

願與文王約信，以玉英爲贄幣也。◎案：玉英，玉華也。以喻仁義。文選卷七揚雄甘泉賦「珍題玉英」、卷一一魯靈光殿賦「齊玉璫與璧英」、卷一二江賦「金精玉英瑱其裏」，李善注並引孝經援神契：「玉英，玉有英華之色。」章句「願與文王約信」云云，禮記卷五曲禮下第二：「約信曰誓。」又，離騷云「折瓊枝以繼佩」、「解佩纕以結言」，是其所因。

日欲暮兮心悲。

日暮而歲邁，年將老，悲不見進用也。

【疏證】

日暮而歲邁，年將老，悲不見進用也。◎案：章句「年將老」云云，以欲爲將。周、秦未見此訓，始於兩漢。史記卷二四樂書：「太史公曰：夫上古明王舉樂者，非以娛心自樂，快意恣欲，將欲爲治也。」卷四七孔子世家：「景公説，將欲以尼谿封孔子。」説苑卷一三權謀：「鄭桓公將欲襲郤，先問郤之辨智果敢之士。」將欲，平列同義，言且也。

惟天禄兮不再，

福不再至，年歲一過，則終訖也。

【疏證】

福不再至，年歲一過，則終訖也。◎案：詩既醉「天被爾禄」，毛傳：「禄，福也。」後漢書卷七桓帝紀「桓自宗支，越躋天禄」，李賢注：「天禄，天位也。」對文爵命曰福，賞賜曰禄。散則不別。

背我信兮自違。

若背忠信以趨時俗，則違本心，故不忍爲。

【疏證】

若背忠信以趨時俗，則違本心，故不忍爲。◎案：背我信，謂君背棄結誓之信也。自違，謂自避去也。左傳成公三年「其弗敢違」，杜注：「違，辟也。」章句「若背忠信以趨時俗，則違本心，故不忍爲」云云，非也。

踰隴堆兮渡漠，

隴堆，山名。漠，沙漠也。一云：漢，漢水也。

【疏證】

隴堆，山名。◎案：漢書卷五七司馬相如傳「激堆埼」，顔師古注：「堆，高阜也。」堆有山阜義。隴堆，隴右山阜，猶崆峒、雞頭也。史記卷一五帝本紀「西至于空桐，登雞頭」，集解：「應劭曰：『（空桐），山名。』韋昭曰：『在隴右。』」索隱：「（雞頭），山名也。後漢王孟塞雞頭道，在隴西。一曰：崆峒山之别名。」正義：「括地志云：『空桐山在肅州福禄縣東南六十里。抱朴子内篇云：「黄帝西見中黄子，受九品之方，過空桐，從廣成子受自然之經。」即此山。』括地志又云：『笄頭山一名崆峒山，在原州平高縣西百里。禹貢：涇水所出。輿地志云：或即雞頭山也。酈元云：蓋大隴山異名也。莊子云：廣成子學道崆峒山，黄帝問道於廣成子，蓋在此。』」空桐、崆峒同，即今六盤山。

漠，沙漠也。一云：漢，漢水也。◎正德本、隆慶本、湖北本、朱本、劉本、俞本作「一云：漢水也」。莊本無「一云漢漢水也」六字。案：「一云」者，補注所引。説文水部：「漠，北方流沙也。从水，莫聲。」崆峒山以西，皆爲沙漠。若作漢字，出韻。或本「漠」訛作「漢」，後因此增「漢，漢水也」。

過桂車兮合黎。

桂車、合黎，皆西方山之名。

【疏證】

桂車、合黎，皆西方山之名。◎案：桂車，未詳。或曰：桂車，當作桂山。山海經卷一六大荒西經「西北海之外，赤水之西有芒山，有桂山，有榣山」，郭璞注：「此山多桂及榣木，因云耳。」合黎，弱水所出之山。史記卷二夏本紀「弱水至於合黎」，集解引鄭玄：「地理志：弱水出張掖。」正義引括地志：「蘭門山，一名合黎，一名窮石山，在甘州删丹縣西南七十里。」

赴崑山兮馽騄，

崑山，崑崙也。言渡隴堆，適桂車、合黎，乃至崑崙，取駿馬而絆之。騄，駿馬名。

【疏證】

崑山，崑崙也。言渡隴堆，適桂車、合黎，乃至崑崙，取駿馬而絆之。騄，駿馬名。◎文淵四庫章句本「駿馬」下無「名」字，文津本亦有「名」字。案：崑崙，古之神山。詳參離騷「夕余至乎縣圃」注。馽，古羈字。離騷「余雖好脩姱以鞿羈兮」，章句：「韁在口曰鞿，革絡頭曰羈。」又，「騄，駿馬名」之注，在章句之後，即後所增益。騄字舊訓，祇見唐世。文選卷四張衡南都賦「騄驥齊鑣」，李善注：「騄、驥，駿馬之名也。」後漢書卷八靈帝紀「初置騄驥廄丞」，李賢注：「騄驥，善馬也。」其所益者，蓋在唐後也。

從邛遨兮棲遲。

邛，獸名。遨，遊也。畢騄從邛而棲遲顧望也。

【疏證】

邛，獸名。◎案：爾雅釋地：「西方有比肩獸焉，與邛邛岠虛比爲邛邛岠虛，齧甘草，即有難，邛邛岠虛負而走，其名謂之蟨。」郭璞注：「呂氏春秋曰：『北方有獸，其名爲蟨，鼠前而兔後，趨則頓，走則顛。』然則邛邛岠虛，亦宜鼠後而兔前，前高不得取甘草，故須蟨食之。今鴈門廣武縣夏屋山中有獸，形如兔而大，相負共行，土俗名之爲蟨鼠。」詳審此獸，類今澳洲之袋鼠也。抑漢魏六朝之世，北土有袋鼠之獸與？郝氏義疏以邛邛、岠虛爲二獸名，云：「邛當作蛩。說文云：『蛩蛩，獸也，蟨鼠也。一曰：西方有獸，前足短，與蛩蛩巨虛比，其名謂之蟨。』釋文引李巡云：『邛邛岠虛能走，蟨知美草，即若驚難者，邛邛岠虛便負蟨而走，故曰比肩獸。』孫炎云：『邛邛岠虛，狀如馬，前足鹿，後足兔，前高不得食而善走。蟨前足鼠，後足兔，善求食，走則倒，故齧甘草則仰食卬卬岠虛，卬卬岠虛負以走。』是皆以『卬卬岠虛』爲一獸。司馬相如子虛賦云『蹷蛩蛩，轔距虛』，又爲二獸。郭氏注以距虛即蛩蛩，變文互言。非也。邛、岠，本二獸，故王會篇云：『獨鹿邛邛，善走也。』孔晁注：『邛邛，獸似距虛，負蟨而走也。』又云：『孤竹距虛。』孔注：『距虛，野獸，驢騾之屬。』穆天子傳云：『卬卬距虛走百里。』郭注亦『馬屬』，又引尸子曰：『距虛不擇地而走。』則皆以爲二獸。子虛賦張揖注曰：『蛩蛩，青獸，狀如馬；距虛，似贏而小。』其說是矣。」又，補注引或本「從邛遨兮」作「從盧敖兮」。盧遨，秦之方士。淮南子卷一二道應訓「盧敖游乎北海」，高注：「盧敖，燕人，秦始皇召以爲博士，使求神仙，亡而不反也。」言從盧敖遊也，蓋亦可通。今並存之。

遨，遊也。畢騄從邛而棲遲顧望也。◎案：遨，古作敖。說文出部：「敖，游也。从出、从放。」徐鍇曰：「詩曰：『微我無酒，以敖以遊。』出放爲敖也。」

吮玉液兮止渴，齧芝華兮療飢。

玉液，瓊蘂之精氣。芝，神草也。渴啜玉精，飢食芝華，欲僊去也。

【疏證】

玉液，瓊蘂之精氣。◎案：文選卷一七洞簫賦「朝露清泠而隕其側兮，玉液浸潤而承其根」，李善注：「説文曰：『液，津也。』」卷三一郭璞遊仙詩「方士鍊玉液」，李善注引傅玄求仙篇：「玉液涌出華泉。」雲笈七籤卷一一誦黄庭經第三口爲章「口爲玉池太和官」，注云：「口中津液爲玉液，一名醴泉，亦名玉漿。」

芝，神草也。渴啜玉精，飢食芝華，欲僊去也。◎正德本、隆慶本、湖北本、朱本、莊本、四庫章句本「神草」下無「也」字，「飢」作「饑」。案：饑，飢之訛。馮本、俞本正文雖作「饑」，而注文亦作「飢」。劉本「神草」下無「也」字。芝，三秀，神草也。詳參九歌山鬼「采三秀兮於山間」注。

居嵺廓兮尠疇，

嵺廓，空洞而無人也。尠，少也。疇，匹也。言獨行而抱影也。

【疏證】

嵺廓，空洞而無人也。◎案：嵺廓，或作廖廓，倒文曰廓落，言空虚貌。詳參九辯「老嵺廓而無處」注。

尠，少也。◎案：尠，古鮮少字。詳參離騷「固亂流其鮮終兮」注。

疇，匹也。言獨行而抱影也。◎案：疇、匹對文别義。九懷危俊「覽可與兮匹儔」，章句：「二人爲匹，四人爲儔。」

遠梁昌兮幾迷。

梁昌，陷據失所也。迷惑欲還也。

【疏證】

梁昌，陷據失所也。迷惑欲還也。◎補注引「陷據」一作「蹈懅」。案：懷沙「陷滯而不濟」，章句：「陷，没也。」詳審此文，言「没據」、「陷據」者，皆不辭。説文：「蹈，踐也。」慧琳音義卷四「所蹈」條引廣雅：「蹈，行也。」蹈懅，或行或止也。則舊本作「蹈懅」。三國志卷二八魏書毌丘儉傳：「孤軍梁昌（中華書局一九九八版三國志於「梁昌」下劃書名綫，誤矣。）進退失所。」全梁文卷三八江淹被黜爲吴興令辭牋詣建平王：「淹迺梁昌，自投東極。」正法華經卷三信樂品第四：「梁昌求食，窮厄困極，今乃來歸。」或作佷倡。九辯「然潢洋而不遇兮」，章句：「佷倡後時，無所逮也。」因聲以求，與郎當、踉蹌、落度、落拓、潦倒、老倒、蘭殫、蘭單、拉塌、路亶、獨鹿等，皆語之轉。詳參離騷「貫薜荔之落蘂」注。

望江漢兮濩渃，

濩渃，大貌也。還見江、漢水大也。

【疏證】 濩渃，大貌也。還見江、漢水大也。◎案：濩渃，猶廓落，聲之轉。詳參九辯「愴怳懭悢兮」注。

心緊絭兮傷懷。

緊絭，糾繚也。望舊土而心感傷也。

【疏證】 緊絭，糾繚也。望舊土而心感傷也。◎案：說文臤部：「緊，纏絲急也。从臤、从絲省。」糸部：「絭，纕臂繩也。从糸、类聲。」緊、絭，皆爲卷曲。悲回風「氣繚轉而自締」，章句：「思念緊卷而成結也。」以「緊絭」釋「繚轉」，其義亦通。

時昢昢兮旦旦，

日月始出，光明未盛爲昢。

【疏證】日月始出，光明未盛爲昢。◎正德本、隆慶本、湖北本、朱本、劉本、馮本、俞本、莊本、四庫章句本「昢」作「朏」。補注：「昢，日將曙。朏，月未盛明。竝普突切。」案：集韻入聲一一没韻：「昢，日未明。普没切。」又：「朏，臀也。一曰膕朏，曲脚也。一曰眣出也。音當没切。」非也。朏之爲「月未盛明」，昢之俗文，後强生分别。昢，未見説文，日部云：「昧，昧爽，且明也。从日、未聲。」昢，昧之别文。

塵莫莫兮未晞。憂不暇兮寢食，吒增歎兮如雷。

莫莫，合也。晞，消也。朝陽未開，霧氣尚盛。

【疏證】莫莫，合也。◎正德本、隆慶本、湖北本、朱本、劉本、馮本、俞本、莊本、四庫章句本「莫莫」作「漠漠」。案：莫、漠，古書通用。文選卷八羽獵賦「莫莫紛紛」，李善注：「莫莫、紛紛，風塵之貌也。」章句訓合，猶塵土蔽天貌。

晞，消也。◎案：九歌少司命「晞女髮兮陽之阿」，章句：「晞，乾也。」晞之訓乾、訓消，其義皆通。

朝陽未開，霧氣尚盛。◎正德本、隆慶本、湖北本、朱本、劉本、馮本、俞本、莊本、四庫章句本「尚盛」下有「也」字。案：吒，即咤字，文選卷二一郭璞遊仙詩「撫心獨悲吒」，李善注：「吒，歎聲也。」

疾世

哀世兮睩睩，

睩睩，視貌。賢人不用，小人持勢也。

【疏證】睩睩，視貌。賢人不用，小人持勢也。◎俞本「持」作「恃」。案：持、恃古字通用。睩睩之訓視，非也。徐仁甫古詩別解：「睩睩，即史記平原君傳之『公等録録，所謂因人成事者也』，酷吏傳又作碌碌，莊子漁父篇作祿祿，廣雅釋詁作『逯逯，衆也』。説文作『娽娽，隨從也』。字皆從录得聲，義則凡庸皃」。其説得旨。又，吳玉搢别雅復作「陸陸」、「娽娽」、「鹿鹿」、「韀韀」、「琭琭」、「录录」、「圥圥」者，則不勝舉。

諓諓兮嗌喔。

諓諓，竊言。嗌喔，容媚之聲。

【疏證】諓諓，竊言。◎案：九歎愍命「讒人諓諓孰可愬兮」，章句：「諓諓，讒言貌也。」讒言不得公開張揚，與「竊言」同也。

嗌喔，容媚之聲。◎湖北本「媚」作「貌」。案：貌，訛也。嗌喔，即卜居之「喔咿」，聲之轉，强顔貌。

衆多兮阿媚，

阿，曲。

【疏證】阿，曲。◎莊本「曲」下有「也」字。案：詳參九歎逢紛「行叩誠而不阿兮」注。

骫靡兮成俗。

委靡，面柔也。

【疏證】委靡，面柔也。◎正德本、隆慶本、湖北本、朱本、劉本、馮本、俞本、莊本、景宋本、四庫章句本正文及注文「骫」作「骩」。案：骫、骩同。文選卷九揚雄長揚賦「骩屬而還」，李善注：「骩，古委字也。」全晉文卷一五九釋道慈中阿含經序：「若委靡順從，則懼失聖旨。」新唐書卷一九一忠義傳上：「彼委靡輭熟，偷生自私者，真畏人也哉？」皆面柔之意。或作骫骳，聲之轉。漢書卷五一枚臯傳：「其文骫骳，曲隨其事。」顏師古注：「骫，古委字也。骳音被。骫骳，猶言屈曲也。」

貪枉兮黨比，貞良兮煢獨。

詩云：「獨行煢煢。」

【疏證】

詩云：「獨行煢煢。」◎案：章句引詩見唐風杕杜，毛詩「煢煢」作「睘睘」，傳：「睘睘，無所依也。」釋文：「睘，本亦作煢，又作焭，求營反。」

鵠竄兮枳棘，鵜集兮帷幄。

木帳曰帷。言大人處卑賤，小人在尊位也。

【疏證】

木帳曰帷。言大人處卑賤，小人在尊位也。◎案：周禮卷六天官冢宰第一幕人「掌帷幕幄帟綬之事」，鄭注：「在旁曰帷，在上曰幕，帷、幕，皆以布爲之。」禮記卷四五喪大記第二二「君龍帷」，鄭注：「在旁曰帷，在上曰荒，皆所以衣柳也。」釋名釋牀帳：「帷，圍也。所以自障圍也。」文選卷一六潘岳寡婦賦「代羅幬以素帷」，李善注引纂要曰：「在上曰帳，在旁曰帷，單帳曰幬。」釋名釋牀帳：「帳，張也。張施於牀上也。」章句「木帳曰帷」云云，則未能詳，蓋有訛爾。

蘮蕠兮青䓗，

蘮蕠，草名。青䓗，見養有光色也。

【疏證】

蘮蕠，草名。◎案：爾雅釋草：「蘮蒘，竊衣。」蒘與蕠同。郭璞注：「似芹，可食，子大如麥，兩兩相合，有毛，著人衣。」齊民要術卷一〇「竊衣」條引孫炎云：「似芹，江河間食之。實如麥，兩兩相合，有毛，著人衣。其華著人衣，故曰竊衣。」則郭說因孫炎也。郝氏義疏云：「今按：此草高一、二尺，葉作椏，缺莖。頭攢蔟，狀如瞿麥，黃蘂，蓬茸，即其華，甹黏著人衣不能解也。郭注云『是其毛』，不如孫注言『華』，差爲近之。其實，是其華下芒刺耳。」

青䓗，見養有光色也。◎案：䓗，俗葱字，或作蔥。禮記卷三〇玉藻第一三「三命赤韍葱衡」，鄭注：「青謂之葱。」青葱，散文也。對文淺曰葱，深曰青。爾雅釋器「青謂之葱」，郭璞注：

「淺青。」宋本玉篇糸部：「緫，青白色也。」

槀本兮萎落。

槀本，香草也。喻賢愚易所。

【疏證】

槀本，香草也。喻賢愚易所。◎俞本「槀」作「稾」。案：「槀本」之「槀」不作「稾」。淮南子卷一三氾論訓：「夫亂人者，穹窮之與藁本也，蛇牀之與麋蕪也，此皆相似者。」史記卷一一七司馬相如列傳「芎藭昌蒲，江離麋蕪」，索隱：「司馬彪云：『芎藭似藁本。』郭璞云：『今歷陽呼爲江離。』案：今芎藭苗曰江離，綠葉白華，又不同。孟康云『麋蕪，蘄芷也，似蛇床而香』。樊光曰『藁本一名麋蕪，根名蘄芷』。又，藥對以爲麋蕪一名江離，芎藭苗也。則芎藭、藁本、江離、麋蕪並相似，非是一物也。」槀、藁同，麋、蘪通。

覩斯兮僞惑，心爲兮隔錯。

（惑，思。）隔錯，失其性也。

【疏證】

惑，思。◎補注本無注。案：敚也。據正德本、隆慶本、湖北本、朱本、劉本、馮本、俞本、莊本、四庫章句本補。莊本「思」下有「也」字。惑之訓思者，猶迷亂也。禮記卷一曲禮上第一「則志不懾」，鄭注：「懾，猶怯惑。」孔疏：「迷於事爲惑。」

隔錯，失其性也。◎案：隔，讀如鬲，實爲膈，肓也。説文肉部：「肓，心下鬲上也。」段注：「左傳：『疾不可爲也，在肓之上，膏之下。』賈逵、杜預皆曰：『肓，鬲也。心下爲膏。』按：鄭駁異義云：『肺也，心也，肝也，俱在鬲上。』賈侍中説『肓，鬲也』，統言之。許云『鬲上爲肓者』，析言之。鬲上肓，肓上膏，膏上心。」釋名曰：『膈，塞也。塞上下，使氣與穀不相亂也。』」朱肱素問注曰：「心之下有鬲膜與脊脅周回相著，遮蔽濁氣，所謂膻中也。」故鬲上爲清，鬲下爲濁，晉人謂酒之清醇者爲鬲上酒，濁薄者爲鬲下酒。則「鬲錯」，謂濁氣上逆，則害性命。

逡巡兮圃藪，

蘩林曰藪。

【疏證】

蘩林曰藪。◎正德本、俞本、劉本「蘩」作「聚」。案：聚、蘩古字通。藪、澤對舉。呂氏春秋卷一一仲冬紀第一一仲冬篇「山林藪澤」，高注：「無水曰藪，有水曰澤。」散文不別。左傳宣公十五年「山藪藏疾」，孔疏：「藪是草木積聚之處，近山近澤皆得稱藪。」章句「藂林曰藪」云云，與薄相對，聚草曰薄。

率彼兮畛陌。

田間道曰畛。陌，塍分界也。

【疏證】

田間道曰畛。陌，塍分界也。◎惜陰本、同治本「間」作「閒」。案：詳參大招「田邑千畛」注。散文畛、陌、阡，皆田間道名，對文亦別。四川青川秦墓竹簡爲田律：「田廣一步，袤八則爲畛。畝二畛，一百(陌)道。百畝爲頃，一千(阡)道，道廣三步。」據此，畛小於陌，陌小於阡。阡、陌相對，漢書卷一〇成帝紀「出入阡陌」，顔師古注：「阡陌，田間道也。南北曰阡，東西曰陌。」又，史記卷五秦本紀「開阡陌」，索隱引風俗通：「河東以東西爲阡，南北爲陌。」則又異義。又，說文土部：「塍，稻田中畦埒也。从土，朕聲。」文選卷四蜀都賦「峻岨塍埒長城」，劉逵注：「大曰隄，小曰塍。」

川谷兮淵淵，

（淵淵），深貌。

【疏證】淵淵，深貌。◎案：文選卷四八班固典引「與之斟酌道德之淵源」，蔡邕注：「水深曰淵，水本曰源。」廣雅釋訓：「淵淵，深也。」

山峊兮峉峉。

峉峉，長而多有貌也。

【疏證】峉峉，長而多有貌也。◎正德本、隆慶本、湖北本、朱本、劉本、馮本、俞本、莊本、四庫章句本「峉峉」作「硌硌」。案：峉、硌同，竝音落。山海經卷二西山經「上申之山，上無草木而多硌石」，郭璞注：「硌，磊硌，大石貌也。」老子三十九章「珞珞如石」，珞珞，即硌硌。集韻入聲第一九鐸韻：「硌，磊硌，石皃。音歷各切。」第二〇陌韻：「峉，山高大貌。楚辭：『山峊峉峉。』音鄂格切。」則以峉、硌爲二字。

叢林兮崯崯，

崯崯，衆饒貌。

【疏證】

崯崯，衆饒貌。◎案：崯與岑同，𥪧音才心反。崯崯，言高峻貌。招隱士「崯崯兮峨峨」是也。章句「衆饒」云云，或本「岑岑」，讀如森森。文選卷一五張衡思玄賦「百神森其備從兮」，舊注：「森，聚貌。」全晉文卷九三潘岳傷弱子辭「草莽莽兮木森森」。叢林森森，猶木森森。

株榛兮岳岳。

岳岳，衆木植也。

【疏證】

岳岳，衆木植也。◎案：植，立也。文選卷一一魯靈光殿賦「神仙岳岳於棟閒」，李善注：「岳岳，立貌。」

霜雪兮漼溰，

（澭澧），積聚貌。

【疏證】

澭澧，積聚貌。◎諸本無「澭澧」二字。案：因正文省。澭澧，猶崔嵬，高貌。施於霜雪，則訓詁字作澭澧也。補注引或本作澧澧。文選卷三四枚乘七發「浩浩澧澧」，李善注：「澧澧，高白之貌也。」

冰凍兮洛澤。

洛，竭也。寒而水澤竭成冰。

【疏證】

洛，竭也。寒而水澤竭成冰。◎案：集韻入聲第一九鐸韻：「洛，冰謂之洛澤。」蓋因章句。洛之爲竭，讀如「落索」之落。落之訓墜、訓死，則有竭盡義。水盡爲冰謂之洛澤。洛、洛通。洛澤，與上「澭澧」，對舉爲文，猶絡繹也，連綿不絶貌。文選卷一一魯靈光殿賦「縱横駱驛」，李善注：「駱驛，不絶。」卷一七傅毅舞賦「駱驛飛散」，李善注：「駱驛，不絶貌。」王褒洞簫賦「或漫衍而駱驛兮」，李善注：「駱驛，相連延貌。」言冰凍相延不絶。

東西兮南北，罔所兮歸薄。

言四方皆無所停止也。

【疏證】

言四方皆無所停止也。◎案：七諫怨世「安眇眇而無所歸薄」，章句：「薄，附也。」又，章句「停止」云云，未見兩漢、兩晉，南朝習語。後秦長阿含經卷一五：「唯願瞿曇且小停止。」全宋文卷四七鮑照謝上除啓：「今日榮願，直爾不少，冒乞停止。」卷六二曇無讖大涅槃經序：「先至燉煌，停止數載。」梁書卷二武帝紀中：「屬車之間，見譏前世，便可自今停止。」證是篇之注，蓋在劉宋後。

庇廕兮枯樹，匍匐兮巖石。

（巖石），穴可居者。

【疏證】

巖石，穴可居者。◎諸本無「巖石」二字。案：因正文省。説文山部：「巖，厓也。从山，嚴聲。」引申之爲凡崖穴之稱。七諫哀命「穴巖石而窟伏」，章句：「巖，穴也。」或作壧。漢書卷二二禮樂志「壧處頃聽」，晉灼注：「壧，穴也。」顔師古注：「壧與巖同。」

蹝蹋兮寒局數，獨處兮志不申，年齒盡兮命迫促。

蹝（蹋），傴僂也。

【疏證】

蹝（蹋），傴僂也。◎諸本皆作「蹝傴僂也」。案：蹝蹋，不當分析爲二字。慧琳音義卷二〇「蹝縮」條、卷四七「蹝蹋」條同引埤蒼：「蹝蹋，不伸也。」又，卷六三「蹝脚」條引顧野王云：「蹝蹋，不伸也。」據此當補「蹋」字。晉書音義卷下「傴」條：「傴，於武反，不伸也。」局數，猶局促也。文選卷一七舞賦「哀蟋蟀之局促」，李善注：「局促，小見之貌。」

魁壘擠摧兮常困辱，

魁壘，促迫也。擠摧，折屈也。

【疏證】

魁壘，促迫也。◎徐仁甫古詩別解：「『魁累』當作『魁壘』。漢書鮑宣傳『朝臣亡有大儒骨鯁白首耆艾魁壘之士』，服虔曰：『魁壘，壯皃。』」案：累、壘、垒，皆一字。魁壘之義，不在字形，在乎聲音，不必求諸本字。若因聲以求，則與廓落、慣悢等音轉也。詳參九歎惜賢「心慣悢以冤結兮」注。臨之以壯大，則生威迫之懼，故訓「促迫」、訓「壯大」，其義皆通。

擠摧，折屈也。◎案：說文手部：「擠，排也。从手、齊聲。」又：「摧，擠也。从手，崔聲。」擠摧，平列同義。訓排擠、折屈，其義皆通。

含憂强老兮愁不樂。

愁早老曰强也。

【疏證】

愁早老曰强也。◎案：無徵不信。小爾雅廣詁：「强，益也。」太玄經卷三彊次四「左右橿橿」，王注：「橿橿然，衆扶之貌也。」强老，猶促老、速老。則舊作「愁早老曰强老也」。「强」下當補「老」字。

鬢髮薴顇兮顠鬢白，

薴，亂也。顠，雜白也。

【疏證】

薴，亂也。◎正德本、隆慶本、湖北本、朱本、劉本、馮本、俞本、莊本、四庫章句本「薴」作

「蔓」。案：說文艸部：「薴，苧薴也。从艸、寧聲。」又：「苧，艸亂也。从艸、争聲。杜林說：苧薴，艸貌。」苧薴，猶崢嶸也，艸盛長之貌。黎本玉篇殘卷山部「崝」字：「方言：『崝，險高也。』郭璞曰：『崝嶸，高峻之皃也。』廣雅：『崝嶸，深冥也。』」宋本玉篇卷二二山部「崝」字：「崝嶸，高峻貌。崝同崢。」漢書卷五七下司馬相如傳載大人賦有此句，顔師古注：「崢嶸，深遠貌。」則訓高、深者，其義皆通。以施於鬢髮，則爲髮長亂貌。

䫌，雜白也。◎俞本作「雜白曰䫌」。案：補注：「䫌，疋沿切，髮亂貌。」集韻上聲第三〇小韻：「䫌，髮亂皃。音匹沼切。」洪氏因集韻也。疋，俗匹字。沿，沼之訛。廣韻上聲第三〇小韻：「䫌，髮白。音敷沼切。」

思靈澤兮一膏沐。

靈澤，天之膏潤也，蓋喻德政也。

【疏證】

靈澤，天之膏潤也，蓋喻德政也。◎案：晉書卷六二劉琨傳：「天網雖張，靈澤未及，唯臣孑然與寇爲伍。」卷七一庾亮傳附冰：「願陛下曲降靈澤，哀恕由中，申命有司，惠臣所乞，則愚臣之願於此畢矣。」

懷蘭英兮把瓊若，

英，華。瓊若，食也。

【疏證】

英，華。◎案：詳參離騷「夕餐秋菊之落英」注。

瓊若，食也。◎案：瓊若，猶瓊芳也。九歌東皇太一「盍將把兮瓊芳」，章句：「瓊，玉枝也。乃復把玉枝以爲香也。」瓊若，所以修飾，非食物。食，當作飾。則舊作「瓊若，飾也」。

待天明兮立躑躅。

言懷蘭把若，無所施之，欲待明君，未知其時，故屏營躑躅。

【疏證】

言懷蘭把若，無所施之，欲待明君，未知其時，故屏營躑躅。◎案：上博簡（三）周易姤初六「羸豕孚是蜀」，漢帛書本作「適屬」，今本作「蹢躅」。躑躅，或作蹢躅、踟蹰、躊躇、趑趄、彳亍、跢跦等，徘徊貌。章句「屏營」云云，猶徘徊也。後漢書卷五五章帝八王清河孝王慶傳「夙夜屏營」李賢注：「屏營，仿偟也。」

雲蒙蒙兮電儵爍，孤雌驚兮鳴呴呴。思怫鬱兮肝切剝，忿悁悒兮孰訴告？

儵爍，疾也，闇多而明少也。

【疏證】

儵爍，疾也，闇多而明少也。◎案：莊子卷二大宗師篇第六「翛然而往」，釋文引司馬彪注：「儵，疾貌。」翛、儵通，爍、鑠同。方言卷二：「黸瞳之子謂之𥈅，宋、衛、韓、鄭之間曰鑠。」郭璞注：「(鑠)，言光明也。」儵爍，猶閃爍，光不定貌。全梁文卷五二王僧孺中寺碑「日流閃爍，風度清鏘」是也。或作陝輸。後漢書卷八四列女傳曹世叔妻「視聽陝輸」，李賢注：「陝輸，不定貌也。」又，補注引或本「忿悁悒」作「於悒悒」。慧琳音義卷一七「悒悒」條引王逸注楚辭：「悒悒，又憎歎息也。」其所據本作「於悒悒」。所引章句，則佚文也。

憫上

悼屈子兮遭厄，

子，男子之通稱也。

【疏證】

子，男子之通稱也。◎案：論語卷一學而「子曰」，集解引馬融注：「子者，男子之通稱。」漢儒舊説。屈賦女子亦稱子，九歌湘夫人「帝子降兮北渚」，章句：「帝子，謂堯女也。」

沈玉躬兮湘汨。

賢者質美，故以比玉。湘、汨，皆水名。

【疏證】

賢者質美，故以比玉。◎原本「玉躬」作「王躬」，據皇都本、同治本改。案：秦風小戎「温其如玉」，鄭箋：「念君子之性温然如玉，玉有五德。」孔疏：「聘義云：『君子比德於玉焉，温潤而澤，仁也；縝密以栗，知也；廉而不劌，義也；垂之如墜，禮也；孚尹旁達，信也。』即引詩云『言念君子温其如玉，有五德也。』彼文又云：『叩之其聲清越以長，其終詘然，樂也；瑕不揜瑜，瑜不揜瑕，忠也；氣如白虹，天也；精神見于山川，地也；圭璋特達，德也。』凡十德。唯言五德者，以仁義禮智信五者，人之常。」是章句所因。又，文選卷三四七發「伏聞太子玉體不安」，李善注：「言玉，美之也。」玉躬，身之美者。

湘、汨，皆水名。◎案：湘水，詳參離騷「濟沅湘以南征兮」注。汨，汨羅，詳參懷沙題解。

何楚國兮難化?

言楚國君臣之亂不可曉喻也。

【疏證】言楚國君臣之亂不可曉喻也。◎案：離騷：「民好惡其不同兮，惟此黨人其獨異。」又：「既干進而務入兮，又何芳之能祗。」其是之謂也。

迄于今兮不易。

政教荒阻，不可變也。

【疏證】政教荒阻，不可變也。◎案：荒阻，晉世習語，稱夷蠻，此指楚國。文選卷六魏都賦「禓威八紘，荒阻率由」，劉逵注：「謂北羈單于于白屋，東懷孫權於吳會，西攝劉備於巴蜀也。」晉書卷五五潘尼傳：「席卷要蠻，蕩定荒阻；道濟羣生，化流率土。」周書卷二八權景宣傳附郭賢：「豳夏荒阻，千里無煙。」證是篇之注，則在兩晉後。

士莫志兮羔裘，

言政穢則士貪鄙，無有素絲之志，皎潔之行也。

【疏證】

言政穢則士貪鄙，無有素絲之志，皎潔之行也。◎案：詩羔裘序：「羔裘，刺朝也。言古之君子以風朝焉。」鄭箋：「鄭自莊公而賢者陵遲，朝無忠正之臣，故刺之。」鄭箋注「羔裘如濡，洵直且侯」云：「緇衣、羔裘，諸侯之朝服也。言古朝廷之臣皆忠直且君也。君者言正其衣冠，尊其瞻視儼然，人望而畏之。」章句「素絲之志，皎潔之行」云云，則因毛詩。

競佞諛兮讒鬩。

鬩，不相聽。

【疏證】

鬩，不相聽。◎正德本、隆慶本、湖北本、朱本、劉本、馮本、俞本、莊本、四庫章句本「讒鬩」下復有一「鬩」字。案：其所據本別。說文門部：「鬩，恆訟也。詩曰：『兄弟鬩于牆。』从門、兒。兒，善訟者也。」

指正義兮爲曲，訿玉璧兮爲石。殦鵰遊兮華屋，鵕鸃棲兮柴蔟。起奮迅兮奔走，違羣小兮謑訽。

謑（訽），耻辱垢陋之言也。

【疏證】

謑訽，耻辱垢陋之言也。◎惜陰本、同治本「耻」作「恥」。案：恥、耻同。袁校「垢陋」下補「呴」字。非是。説文言部：「詬，謑詬也。从言、后聲。訽，詬或从句。」又：「謑，謑詬，耻也。从言、奚聲。」謑詬，平列同義。諸本「謑訽」作「謑」者，皆爛敚之。故「謑」下當補「訽」字。或作奊詬。漢書卷四八賈誼傳「奊詬亡節」，顔師古注：「奊詬，謂無志分也。」或作謑髁，亦聲之轉。莊子卷八天下篇第三三「謑髁無任」，釋文：「謑髁，訛倪不正貌。」又，殦，未審爲何鳥。毛祥麟楚辭校文曰：「俞本作『鵃』。按：玉篇、廣韻、類篇俱無『殦』字，注：『殦一作鵃。』仿宋本作『鴉』，一作『鴟』。殦，疑是『鴉』之訛。西陽雜俎云：『鵃生三子，一爲鸋。』篇海、類篇：『鴉與鴟同。』是又或因鴉字形近而訛。則『一作鵃』之『鵃』，似不應從鴟也。又按：班馬字類引孔子世家『余佪回留之不能去』，云『丁奚反』，字從互，不從氐。是即鴉爲鴟之一證。」其説詳審。殦鵰，即鴟鵰，惡鳥也，喻小人。蔟，叢也，通作族。爾雅釋木：「木族生爲灌。」郭注：「族，叢。」言鵕鸃之鳥棲於柴叢。

載青雲兮上昇，適昭明兮所處。

終無所舒情，故欲乘雲升天，就日處矣。昭明，日暉。

【疏證】

終無所舒情，故欲乘雲升天，就日處矣。昭明，日暉。◎湖北本、四庫章句本「升」作「昇」。正德本、隆慶本、劉本、湖北本、俞本、馮本、莊本、四庫章句本「升」下無「天」字。案：升、昇古今字。無「天」，爛敓之。九懷昭世「令昭明兮開門」，章句：「炎神前驅，關梁發也。」昭明，炎神，鵾鵬也，鸞鳥之屬，炎帝之精。遠遊「鸞鳥軒翥而翔飛」，章句：「鵾鵬玄鶴，奮翼舞也。」又，「昭明，日暉」之注，綴在章句後，後所增益也。

躡天衢兮長驅，踵九陽兮戲蕩。

衢，路也。九陽，日出處也。

【疏證】

衢，路也。◎案：爾雅釋宮：「四達謂之衢。」郭璞注：「交道四出。」散則衢亦道路。九陽，日出處也。◎正德本、隆慶本、馮本、劉本、湖北本、俞本、朱本、莊本、四庫章句本「出處」下無「也」字。案：袁校補「也」字。呂氏春秋卷二二愼行論第五求人篇：「南至交阯，孫樸續樠之國，丹粟漆樹，沸水漂漂，九陽之山，羽人裸民之處，不死之鄉。」高注：「南方積陽，陽數極於九，故曰九陽之山也。」遠遊「夕晞余身兮九陽」，章句：「九陽，謂天地之涯。」九陽，兩漢但謂極遠之地，魏、晉以下謂日陽所出，古今別義。詳參遠遊「夕晞余身兮九陽」注。湯炳正楚辭今注謂「戲蕩，疑本作蕩戲，戲與處同古韻魚部爲韻」。徐仁甫古詩別解謂「『戲蕩』當作『蕩戲』，因『戲』與『處』、『鼓』爲韻也」。戲，歌部，非魚部。余謂此二句倒乙，舊作「踵九陽兮戲蕩，躡天衢兮長驅」。驅與處、鼓爲侯、魚合韻。

越雲漢兮南濟，秣余馬兮河鼓。

河鼓，牽牛別名。

【疏證】

河鼓，牽牛別名。◎案：爾雅釋天：「何鼓謂之牽牛。」河、何通。章句因爾雅。郭璞注：「今荆楚人呼牽牛星爲擔鼓。擔者，荷也。」郝氏義疏：「今驗牽牛三星，牛六星。天官書誤以牛星爲牽牛，故以何鼓、牽牛爲二星矣。牟廷相曰：『牛宿其狀如牛，何鼓直牛頭上，則是牽牛人也。詩云「睆彼牽牛」，睆，明星貌也。何鼓，中星最明，舉頭即見，而牛宿差不甚顯。詩人觸景攄情，不宜舍極明之何鼓，而取難見之牛宿。睆彼之詠，謂何鼓，不謂牛宿明矣。毛傳取爾雅爲釋，精當不移。』」又曰：「自史記誤以何鼓、牽牛爲二星，釋爾雅者因之而誤也。」又，補注引晉志：「河鼓三星，在牽牛北。」亦因史記訛也。

雲霓紛兮晻翳，參辰回兮顛倒。

參、辰，皆宿名。夜分而易次，故顛倒失路也。

【疏證】

參、辰，皆宿名。夜分而易次，故顛倒失路也。◎案：左傳昭公元年：「晉侯有疾，鄭伯使公孫僑如晉聘，且問疾。叔向問焉，曰：『寡君之疾病，卜人曰：「實沈、臺駘爲祟。」史莫之知，敢問此何神也？』子産曰：『昔高辛氏有二子，伯曰閼伯，季曰實沈，居于曠林，不相能也。日尋干戈，以相征討。后帝不臧，遷閼伯于商丘，主辰。商人是因，故辰爲商星。遷實沈于大夏，主參。唐人是因，以服事夏商。由是觀之，則實沈，參神也。』」杜注：「商丘，宋地，主祀辰星。辰，大火也。大夏，今晉陽縣。」參主晉陽之地。史記卷二七天官書「參爲白虎，三星直者，是爲衡石」，集解：「孟康曰：『參三星者，白虎宿中，東西直，似稱衡。』」正義：「觜三星，參三星，外四星爲實沈，於辰在申，魏之分野，爲白虎形也。」參、辰不並時見，若並見夜分，則亂其次，故云「顛倒失路」也。

逢流星兮問路，顧我指兮從左。

流星發所從也。

【疏證】

流星發所從也。◎案：章句未達其意。據義，則舊作「遇流星發所從也」，諸本爛敚「遇」字。發，謂問也。章句以發解問，魏、晉以下習語。宋書卷八一顧琛傳：「上問琛：『庫中仗猶有幾許？』琛詭答：『有十萬人仗。』舊武庫仗秘不言多少，上既發問，追悔失言，及琛詭對，上甚喜。」梁書卷五〇謝幾卿傳：「齊文惠太子自臨策試，謂祭酒王儉曰：『幾卿本長玄理，今可以經義訪之。』儉承旨發問，幾卿隨事辨對，辭無滯者，文惠大稱賞焉。」全梁文卷五三陸雲公御講般若經序：「未了經文，變小意以稱量，仰天尊而發問。」孝經序邢昺正義：「理有所極，方始發問，又非請業請答之事。」論語卷一一先進「子曰：『以吾一日長乎爾，毋吾以也。』」邢疏：「孔子將發問，先以此言誘掖之也。」以上「發問」，平列同義，發，亦問也。

俓娵觜兮直馳，御者迷兮失軌。遂踢達兮邪造，

流星雖甚，猶不得道。踢達，誤過也。

【疏證】

流星雖甚，猶不得道。踼達，誤過也。◎案：章句「流星雖甚」云云，不辭，舊作「流星甚疾」。九辯「願寄言夫流星兮，羌儵忽而難當」，章句：「行疾去亟，路不值也。」即此意也。又，「踼達，誤過也」之注，綴在章句下，則後所增益。補注：「踼音湯；達，他達切，一音跌。跌踼，行不正貌。林云：踼，徒郎、大浪二切。」踼音湯者，踼之訛。文選卷五左思吳都賦「魂褫氣懾而自踼跌者」，李善注引聲類：「踼，跌也。徒郎反。」亦踼之訛。踼達，猶磄突也，聲之轉。卷一八長笛賦「奔遯碭突」是也。或作唐突，跌蹱貌。卷二西京賦「駁瞿奔觸」，薛綜注：「奔觸，唐突也。」

與日月兮殊道。志闕絶兮安如？

志望已訖，不知所之。

【疏證】

志望已訖，不知所之。◎案：闕，讀如莊子卷一逍遥游篇第一「背負青天而莫之夭閼者」之閼，釋文：「閼，徐於葛反，一音謁。司馬云：『止也。』李云：『塞也。』」

哀所求兮不耦。攀天階兮下視，見鄢郢兮舊宇。

鄢郢，楚都也。言上天所求不得，意欲還下，視見舊居也。

【疏證】

鄢郢，楚都也。言上天所求不得，意欲還下，視見舊居也。◎案：楚居「鄢」作「女」。史記卷四〇楚世家「於是王乘舟將欲入鄢」，集解：「服虔曰：『鄢，楚別都也。』杜預曰：『襄陽宜城縣。』」正義：「音偃。括地志云：『故鄢城在襄州安養縣北三里，在襄州北五里，南去荆州二百五十里。』按：王自夏口從漢水上入鄢也。左傳云『王沿夏將欲入鄢』是也。括地志云：『鄢水源出襄州義清縣西界託仗山。水經云：蠻水即鄢水是也。』」

意逍遥兮欲歸，衆穢盛兮杳杳。

衆穢，諭佞人。言將復害己。

【疏證】

衆穢，諭佞人。言將復害己。◎湖北本、俞本「諭」作「喻」。案：諭、喻同。袁校「將復」下補「迷」字。未知所據。離騷「不撫壯而棄穢兮」，章句：「穢，行之惡也，以喻讒邪。」又，杳杳出韻，

「漠漠」之訛。漠與上如、偶、宇及下文雨，爲魚、侯合韻。

思哽饐兮詰詘，涕流瀾兮如雨。

還爲衆僞所害，故悲泣也。

【疏證】

還爲衆僞所害，故悲泣也。◎案：莊子卷七外物篇第二六「壅則哽」，釋文：「哽，塞也。」饐，讀作噎，古字通用。慧琳音義卷一三「悲噎」條：「字書：『氣塞胷喉，食不下也。衛宏作饐。』」亦作咽字。哽咽、哽噎，言低泣貌。三國志卷一五魏書張既傳注引魏略「遂流涕哽噎」，後漢書卷五八傅燮傳「哽咽不能復言」。章句「還爲」云云，又爲也，復爲也。還，猶又也，再也，復也。其語法化始魏、晉，兩漢則未見。

遭厄

嗟嗟兮悲夫，

傷時昏惑。

【疏證】傷時昏惑。◎正德本、隆慶本、劉本、朱本、俞本「昏」作「民」。馮本、莊本「昏」作「昬」。案：民，昬之爛敓。昏、昬同。太玄經卷六曹上九「時嗟嗟」，注云：「嗟嗟，長歎也。」

殽亂兮紛挐。

君任佞巧，競疾忠信，交亂紛挐也。

【疏證】君任佞巧，競疾忠信，交亂紛挐也。◎案：漢書卷五五霍去病傳「昏，漢、匈奴相紛挐」，顔師古注：「紛挐，亂相持搏也。」

茅絲兮同綜，

不別好惡。

【疏證】不別好惡。◎案：説文糸部：「綜，機縷也。从糸、宗聲。」慧琳音義卷一「綜括」條引桂苑珠篆：「綜，機上織具也。綜理絲縷，使不相亂者名綜。」列女傳卷一母儀魯季敬姜：「推而往、引而來者，綜也。」

冠屨兮共絇。

上下無別。

【疏證】

上下無別。◎案：上爲冠，下爲屨。絇爲屨飾，不當著冠，喻上下亂也。儀禮卷三六士喪禮第一二「綦結于跗，連絇」，鄭注：「絇，屨飾，如刀衣，鼻在屨頭上，以餘組連之者，以其綦既結，有餘組穿連兩屨之絇，使兩足不相恃離，故云止足坼也。」

督萬兮侍宴，

華督、宋萬，一人，宋大夫，皆弒其君者也。

【疏證】

華督、宋萬，一人，宋大夫，皆弒其君者也。◎案：左傳桓公元年：「宋華父督見孔父之妻于路，目逆而送之，曰：『美而豔。』」杜注：「華父督，宋戴公孫也。」桓公二年：「宋督攻孔氏，殺孔父而取其妻。公怒，督懼，遂殺殤公。君子以督爲有無君之心，而後動於惡。」宋萬，詳參九歎愍命「戚宋萬於兩楹兮」注。

周邵兮負蒭。

（周、邵），周公、邵公。言楚君使忠賢如周、邵者負芻，反以督、萬之人侍宴。

【疏證】

周、邵，周公、邵公。言楚君使忠賢如周、邵者負芻，反以督、萬之人侍宴。◎諸本無「周」、「邵」二字。四庫章句本「邵」作「召」。正德本、隆慶本、劉本、朱本、馮本、俞本、莊本「芻」作「蒭」。案：邵與召，芻與蒭，皆古今字。無「周」、「邵」，因正文省也。九歎愍命「廢周邵於遐夷」，章句：「周，周公旦也。邵，邵公奭也。」説文艸部：「芻，刈艸也。」段注：「謂可飤牛馬者。」

白龍兮見䠶，靈龜兮執拘。

白龍，川神。靈龜，天瑞。

【疏證】

白龍，川神。◎案：補注：「河伯化爲白龍，羿射之，眇其左目。」詳參天問「胡䠶夫河伯，而妻彼雒嬪」注。

靈龜，天瑞。◎案：莊子卷七外物篇第二六：「宋元君夜半而夢人被髮，窺阿門，曰：『予自宰路之淵，予爲清江使河伯之所，漁者余且得予。』元君覺，使人占之，曰：『此神龜也。』君曰：『漁者有余且乎？』左右曰：『有。』君曰：『令余且會朝。』明日，余且朝，君曰：『漁何得？』對曰：『且之網得白龜焉，其圓五尺。』君曰：『獻若之龜。』龜至，君再欲殺之，再欲活之。心疑，卜之，曰：『殺龜以卜吉。』乃刳龜，七十二鑽而無遺筴。」

仲尼兮困厄，

仲尼，聖人，而厄於陳、蔡也。

【疏證】

仲尼，聖人，而厄於陳、蔡也。◎案：史記卷四七孔子世家，孔子過宋，見脅於宋司馬桓魋；適鄭，與弟子相失，「纍纍若喪家之狗」；居陳三年，無所用；遷蔡，見圍於野，絶糧，「從者病，莫能興」。斯所謂「困厄」也。

鄒衍兮幽囚。

鄒衍，賢人，而爲佞邪所攝，齊遂執之。

【疏證】鄒衍，賢人，而爲佞邪所攝，齊遂執之。◎案：鄒衍，齊人，「明五德之傳」者（史記卷二六曆書）。燕昭王求賢，「鄒衍自齊往」（卷三四燕召公世家）。後忠事燕惠王被讒見拘。後漢書卷八七劉瑜傳「鄒衍匹夫」，李賢注引淮南子曰：「鄒衍事燕惠王盡忠，左右譖之王，繫之，仰天而哭，五月爲之下霜。」據此「齊遂執之」云云，齊，當作「燕」。又，章句「所攝」云云，猶所斥也，兩晉以後習語。魏書卷三五崔浩傳：「宦者趙倪進曰：『願陛下攝騎避之。』」攝騎，言棄乘騎也。北史卷四三邢邵傳：「定陶縣去州五十里，縣令妻日暮取人斗酒束脯，邵逼夜攝令，未明而去，責其取受。」攝令，言棄斥其令也。

伊余兮念茲，奔遁兮隱居。

伊，惟也。茲，此也。欲避世也。

【疏證】伊，惟也。◎四庫章句本「惟」作「維」，俞本作「推」。案：惟、維通。推，訛也。章句因爾雅釋詁，邢疏：「伊、維，皆發語辭。」

茲，此也。欲避世也。◎案：茲之爲此，詳參離騷「喟憑心而歷茲」注。又，章句「欲避世」云云，釋「奔遁隱居」也。

將升兮高山，上有兮猴猿。欲入兮深谷，下有兮虺蛇。左見兮鳴鵙，右睹兮呼梟。

鵙，伯勞也。山有猴猿，谷有虺蛇，左右衆鳥，闃無人民，所以愁懼也。

【疏證】

鵙，伯勞也。◎案：因爾雅釋鳥。鵙，鶪鴂也，又名伯勞。詳參離騷「恐鶪鴂之先鳴兮」注。山有猴猿，谷有虺蛇，左右衆鳥，闃無人民，所以愁懼也。◎正德本、隆慶本、馮本、劉本、俞本「闃」作「闐」，朱本、湖北本、四庫章句本作「閴」。莊本「猴」作「候」。案：闐、候，皆訛也。閴、闃同。正文「猿」字出韻。「猴猿」當乙作「猿猴」。又，蛇，出韻。「欲入兮深谷下有兮虺蛇」二句倒乙，舊本作「下有兮虺蛇，欲入兮深谷」。囚、居、侯、谷、梟爲幽、侯、魚、宵合韻。

惶悸兮失氣，

悸，懼也。失氣，晻然而將絶。

【疏證】

悸，懼也。◎案：説文心部：「悸，心動也。从心、季聲。」心動，心驚也。慧琳音義卷五七「驚悸」條引考聲：「悸，心驚也。」

失氣，晻然而將絶。◎湖北本「將」作「相」。案：非也。荀子卷一五解蔽篇第二一「比至其家，失氣而死」，楊倞注：「失氣，謂困甚氣絶也。」

踊躍兮距跳。

以泄憤懣也。

【疏證】

以泄憤懣也。◎案：晉書音義卷中「跳刀」條引字林：「跳，躍也。大幺反。」史記卷八高祖本紀「漢王跳」，索隱引通俗文：「超通爲跳。」距跳，猶距躍也。左傳僖公二十八年「距躍三百」，杜注：「距躍，超越也。」

便旋兮中原，仰天兮增歎。菅蒯兮壄莽，雚葦兮仟眠。鹿蹊兮躖躖，貒貉兮蟫蟫。

蟫蟫，相隨之貌。

【疏證】

蟫蟫，相隨之貌。◎案：後漢書卷六〇上馬融傳「蟆蟆蟫蟫」，李賢注：「蟫音似林反，亦動貌也。」蟫之猶言覃也。爾雅釋言：「覃，延也。」詩生民「實覃實訏」，毛傳：「覃，長。」蟲之引延而行謂之蟫。聲之轉，則作淫淫。漢書卷五七上司馬相如傳「纚乎淫淫，般乎裔裔」，顏師古注：「淫淫，羣行貌。」又，爾雅釋草：「雚、芄，蘭。」郭注：「雚、芄，蔓生，斷之有白汁，可啖。」郝氏義疏：「雚，説文作莞。」淮南子卷一九脩務訓「銜蘆而翔」，高注：「未秀曰蘆，已秀曰葦。」

鸍鶬兮軒軒，

軒軒，將止之貌。

【疏證】

軒軒，將止之貌。◎案：軒無止義。軒軒，將飛貌。文選卷一二木華海賦「翔霧連軒」，李善注：「軒，舉也。」卷二一顏延之五君詠向常侍「交呂既鴻軒」，李善注：「軒，飛貌。」章句「將止」云云，止，即「上」之訛。上，舉也。

鶉鴿兮甄甄。

甄甄，小鳥飛貌。

【疏證】甄甄，小鳥飛貌。◎案：甄，陶者旋轉之輪，無飛義。甄之言振也。詩有駜「振振鷺」，毛傳：「振振，羣飛貌。」

哀我兮寡獨，靡有兮齊倫。

齊偶。

【疏證】齊偶。◎莊本「偶」下有「也」字。案：偶，補注引或本作匹。九懷危俊「覽可與兮匹儔」，章句：「二人爲匹，四人爲儔。」

意欲兮沈吟，迫日兮黄昏。

意且欲遲，望又促暮，當棲宿也。

【疏證】意且欲遲，望又促暮，當棲宿也。◎案：章句以「遲」爲「沈吟」，不辭也。沈吟，遲疑也，逗留也。漢、魏恒語。文選卷二七曹操短歌行：「但爲君故，沈吟至今。」三國志卷三七蜀志龐統傳：「若沈吟不去，將致大困，不可久矣。」卷五二吳志顧譚傳：「休坐繫獄，權爲譚故，沈吟不決，欲令譚謝而釋之。」後漢書卷一七賈復傳：「帝召諸將議兵事，未有言，沈吟久之，乃以檄叩地。」卷三五曹褒傳：「慕叔孫通爲漢禮儀，晝夜研精，沈吟專思，寢則懷抱筆札，行則誦習文書。」魏書卷一五昭成子孫傳附窟咄：「太祖慮駭人心，沈吟未發。」據此，章句「欲遲」下宜補「疑」字。

玄鶴兮高飛，曾逝兮青冥。

青冥，太清。

【疏證】青冥，太清。◎莊本「清」下有「也」字。四庫章句本「太」作「大」。案：大、太，古字通用。青冥，天庭也。詳參悲回風「據青冥而攄虹兮」注。

鶬鶊兮喈喈，

鶬鶊，鸝黄也。喈喈，鳴之和。

【疏證】

鶬鶊，鸝黄也。◎案：鶬鶊、倉庚同。爾雅釋鳥：「倉庚，商庚。」郭璞注：「即鵹黄也。」方言卷八：「鸝黄，自關而東謂之鶬鶊，自關而西謂之鸝黄，或謂之黄鳥，或謂之楚雀。」鵹黄、鸝黄同。

喈喈，鳴之和。◎莊本「和」下有「也」字。案：説文口部：「喈，鳥鳴聲。从口、皆聲。一曰：鳳皇鳴聲喈喈。」詩風雨「雞鳴喈喈」，又「雞鳴膠膠」，毛傳：「膠膠，猶喈喈也。」

山鵲兮嚶嚶。

嚶嚶，鳴之清也。

【疏證】

嚶嚶，鳴之清也。◎案：説文鳥部：「嚶，鳥鳴也。从口、嬰聲。」詩伐木「鳥鳴嚶嚶」，毛傳：

「嚶嚶，驚懼也。」鄭箋：「嚶嚶，相切直也，兩鳥聲也。」鳥驚而兩兩相呼，毛、鄭並同。爾雅釋訓：「丁丁嚶嚶，相切直也。」郭璞注：「嚶嚶，兩鳥鳴，以喻朋友切磋相正。」據此，嚶嚶爲「鳴之清」也。

鴻鸕兮振翅，

鴈之大者曰鴻。鸕，鸕鷀也。振翅，將飛也。

【疏證】

鴈之大者曰鴻。◎案：對文也。詩鴻鴈「鴻鴈于飛」，毛傳：「大曰鴻，小曰鴈。」散則不別。

鸕，鸕鷀也。◎正德本、隆慶本、朱本、湖北本、俞本、莊本無「也」字。案：文選卷四張衡南都賦「鷫鷞鶂鸕」，李善注引蒼頡篇：「鸕鷀似鶂而黑。」慧琳音義卷七九「鸕鷀」條引韻英：「水鳥也。色黑如烏，入水底捕魚而食之也。」

振翅，將飛也。◎案：振，舉也。鳥之舉翅，則爲「將飛」。

歸鴈兮于征。吾志兮覺悟，懷我兮聖京。垂屣兮將起，跓竢兮碩明。

征，行也。言將去。

【疏證】

征，行也。言將去。◎案：征之爲行，詳參離騷「濟沅、湘以南征兮」注。或本正文「垂」作「函」，補注音「測夾切」，即古「插」字也。碩，大也。言待時於大明也。

悼亂

惟昊天兮昭靈，陽氣發兮清明。

昊天，夏天也。昭，明也。靈，神也。

【疏證】

昊天，夏天也。◎案：爾雅釋天：「夏爲昊天。」李巡注：「夏萬物盛壯，其氣昊大，故曰昊天。」

昭，明也。◎案：詳參離騷「唯昭質其猶未虧」注。

靈，神也。◎案：詳參離騷「字余曰靈均」注。

風習習兮龢煖，百草萌兮華榮。堇荼茂兮扶疏，堇，蒴也。茶，苦菜也。

【疏證】

堇，蒴也。◎正德本、隆慶本、馮本、朱本、劉本、湖北本、俞本、莊本「蒴」下無「也」字。四庫章句本「蒴」作「芨」，袁校作「蘇」。案：薊，山薊也。爾雅釋草：「朮，山薊。」郭璞注：「本草云：『朮一名山薊。』今朮似薊而生山中。」又云：「薢茩，芵茪。」即菱也。訓薊，非堇也。説文艸部：「芨，堇艸也。从艸，及聲。讀若急。」是其義也。補注引爾雅別爲説，曰：「齧苦，堇。」郭璞注：「今堇葵也。葉似柳，子如米，汋食之，滑。」郝氏義疏：「説文：『堇，艸也。根如薺，葉如細柳，蒸食之甘。』繫傳云：『詩所謂「堇茶如飴」。』然則此菜味苦也。夏小正『二月榮堇，堇，菜也』。牟應震曰：『野菜也。葉如車前，莖端作紫華，子房微棱。葉長者甘，葉圓者苦。』余按：生下溼者，葉厚而光，細於柳葉，高尺許，莖紫色，味苦，瀹之則甘。」

茶，苦菜也。◎案：詳參悲回風「故茶薺不同畝兮」注。又，淮南子卷一九脩務訓「舞扶疏」，高注：「扶疏，槃跚貌。」狀堇茶之繁茂，故曰「暴長」。

蘅芷彫兮瑩嫇。

蘅，杜蘅。芷，若芷。皆香草。

【疏證】

蘅，杜蘅。芷，若芷。皆香草。◎正德本、隆慶本、俞本、朱本脱「若芷」之「芷」字。案：詳參離騷「雜杜衡與芳芷」注。又，説文女部：「嫇，嬰嫇也。从女、冥聲。」段注：「廣韻『嫈』下作嫈嫇，玄應引字林：『嫈嫇，心態也。』即許書『嫈』下之『小心態也』。九思作瑩嫇。」瑩嫇與嬰嫇、嫈嫇並同，局促貌。

愍貞良兮遇害，將夭折兮碎糜。時混混兮澆饡，

饡，餐也。混混，濁也。言如澆饡之亂也。

【疏證】

饡，餐也。◎案：説文食部：「饡，㠯羹澆飯也。从食、贊聲。」段注：「此飯用引申之義，謂以羹澆飯而食之也。」類今云蓋澆飯。

混混，濁也。言如澆饡之亂也。◎案：混混，猶渾渾，未分貌。文選卷一二郭璞江賦「類肧渾之未凝」，李善注：「春秋命厤序曰：『冥莖無形，濛鴻萌兆，渾渾混混。』宋均曰：『渾渾混混，雖卵未分也。』」

哀當世兮莫知。覽往昔兮俊彥，亦詘辱兮係纍。管束縛兮桎梏，百賀易兮傅賣。遭桓繆兮識舉，

管，管仲。百，百里奚也。管仲爲魯所囚，齊桓釋而任之。百里奚，晉徒役，秦繆以五羖之皮贖之爲相也。

【疏證】

管，管仲。管仲爲魯所囚，齊桓釋而任之。◎案：詳參天問「齊桓九會，卒然身殺」注。

百，百里奚也。百里奚，晉徒役，秦繆以五羖之皮贖之爲相也。◎正德本、隆慶本、湖北本、朱本、劉本、馮本、俞本、莊本、四庫章句本「晉」上有「爲」字。案：據義，舊作「爲晉徒役」。百里奚，詳參惜往日「聞百里之爲虜兮」注。又，補注引「傅」或作「傳」，曰：「淮南云：『伯里奚轉鬻。』注云：『伯里奚知虞公不可諫，轉行自賣於秦，爲穆公相。』」其說是也。傅，傳之訛。又，正文「賀易」之賀，通作旋，謂運轉。

才德用兮列施。且從容兮自慰，玩琴書兮遊戲。

以古賢者皆然，緩己憂也。

【疏證】以古賢者皆然，緩己憂也。◎案：章句以「緩己憂」解「自慰」，緩，舒緩、寬慰也。漢、晉習語。離騷「耿吾既得此中正」，章句：「故設乘雲駕龍，周歷天下，以慰己情，緩幽思也。」大招「魂乎歸徠，安以舒只」，章句：「言美女鮮好，可以安意舒緩憂思也。」

迫中國兮迮陿，

無所用志，故云迮陿。

【疏證】無所用志，故云迮陿。◎正德本、隆慶本、馮本、劉本、朱本、湖北本、四庫章句本「迮陿」作「窄陋」，俞本、劉本、莊本作「窄陿」。案：迫中國，謂以中國爲迫也。迮陿、窄陋同義。

吾欲之兮九夷。

子欲居九夷，疾時之言也。

【疏證】

子欲居九夷，疾時之言也。◎案：論語卷九子罕「子欲居九夷」，集解：「馬曰：『九夷，東方之夷有九種。』」邢疏：「案：後漢東夷傳：『夷有九種，曰畎夷、于夷、方夷、黄夷、白夷、赤夷、玄夷、風夷、陽夷。』又，一玄菟，二樂浪，三高麗，四滿飾，五鳧更，六索家，七東屠，八倭人，九天鄙。」

超五嶺兮嵯峨，

超，越也。將之九夷，先歷五嶺之山，言艱難也。

【疏證】

超，越也。將之九夷，先歷五嶺之山，言艱難也。◎案：超之爲越，詳參抽思「超回志度」注。史記卷六秦始皇本紀「三十三年，發諸嘗逋亡人、贅壻、賈人略取陸梁地爲桂林、象郡、南海，以適遣戍」，集解：「徐廣曰：『五十萬人守五嶺。』」正義：「廣州記云：『五嶺者，大庾、始安、臨賀、揭陽、桂陽。』輿地志云：『一曰臺嶺，亦名塞上，今名大庾；二曰騎田；三曰都龐；四曰萌諸；五曰越嶺。』」

觀浮石兮崔嵬。

東海有浮石之山。崔嵬，山形也。

【疏證】東海有浮石之山。◎案：淮南子卷一三氾論訓「東至會稽浮石」，高注：「會稽，山名；浮石，隨水高下，言不没，皆在遼西界。一説：會稽山在太山下，『封於泰山，禪於會稽』是也。會稽，或作滄海。」此浮石在東海，則不當在遼西也。

崔嵬，山形也。◎案：崔嵬，高貌也。詳參涉江「冠切雲之崔嵬」注。此注綴於章句下，後所增益也。

陟丹山兮炎野，

復之南方。丹山、炎野，皆在南方也。

【疏證】復之南方。丹山、炎野，皆在南方也。◎正德本、隆慶本、湖北本、朱本、劉本、馮本、俞本、莊本、四庫章句本「南方」下無「也」字。案：史記卷一五帝本紀「東至于海，登丸山」，正義引括地志：「丸山即丹山，在青州臨朐縣界朱虚故縣西北二十里，丹水出焉。」丹山在東方，則南方别有丹山。

屯余車兮黄支。就祝融兮稽疑，

黄支，南極國名也。祝融，赤帝之神。稽，合。所以折（中），謀求安己之處也。

【疏證】

黄支，南極國名也。◎正德本、隆慶本、湖北本、朱本、劉本、馮本、俞本、莊本、四庫章句本「國」下無「名」字。案：漢書卷一二平帝紀「二年春，黄支國獻犀牛」，應劭注：「黄支在日南之南，去京師三萬里。」

祝融，赤帝之神。◎案：祝融，楚先也。左傳昭公二十九年：「火正曰祝融。」國語卷一六鄭語：「以淳燿敦大，天明地德，光照四海，故命之曰祝融。」

稽，合。所以折中，謀求安己之處也。◎案：禮記卷五九儒行第四一「古人與稽」，鄭注：「稽，猶合也。」然章句「折謀」云云，敗其謀也。三國志卷一二魏書徐奕傳：「汲黯在朝，淮南爲之折謀。」宋書卷五二袁豹傳：「荆邯折謀，伯約挫鋭。」卷六七謝靈運傳：「亦由鉅平奉策，荀、賈折謀，故能業崇當年，區宇一統。」是非其義。此「折謀」不當連言，「折」下宜補「中」字，「謀」字屬下。則舊作：「所以折中，謀求安己之處也。」

嘉己行兮無爲。

嘉，善也。言祝融善己之處。

【疏證】

嘉，善也。言祝融善己之處。◎案：嘉之爲善，因爾雅釋詁也。

乃回朅兮北逝，

復旋至北方也。

【疏證】

復旋至北方也。◎案：九歎遠遊「貫澒濛以東朅兮」，章句：「朅，去也。」

遇神孍兮宴娭。

孍，北方之神名也。言遇神宴而待之。

【疏證】

孍，北方之神名也。言遇神宴而待之。◎正德本、隆慶本、湖北本、朱本、劉本、馮本、俞本

「遇」作「面」，「宴」作「晏晏」，「待之」下有「也」字。補注引嫿一作嫷。案：正文作「宴娭」，則「晏晏」當作「宴」。「待之」以釋「娭」，則通用「俟」。嫿、嫷同，實爲蠵，北方神玄武也。漢書卷八七揚雄傳上「抾靈蠵」，應劭注：「蠵，大龜也。」遠遊「召玄武而奔屬」，補注：「禮記曰：『行前朱鳥，而後玄武。』二十八宿，北方爲玄武。説者曰：玄武，謂龜蛇。位在北方，故曰玄。身有鱗甲，故曰武。蔡邕曰：『北方玄武，介虫之長。』文選注云：『龜與蛇交曰玄武。』」

欲静居兮自娱，心愁慼兮不能。

言己遇神而宴樂，亦欲安居自娱也。

【疏證】

言己遇神而宴樂，亦欲安居自娱也。◎案：北大簡（四）反淫：「静居閒坐，觀動静之變，順風波之理。」不能，猶不耐也，不忍也。能、耐、忍，皆聲之轉，古字通用。言静居以自娱，心又不忍也。

放余轡兮策駟，忽飆騰兮浮雲。

復欲去也。

【疏證】

復欲去也。◎案：放，讀如方，謂縶縛。孫子兵法第一一九地篇「是故方馬埋輪」，方馬，縶馬也。補注引或本放作收。收，亦縶縛。則以同義改也。聞一多楚辭校補謂當從洪氏引「浮雲」一乙作「雲浮」。浮，與萊、臺等爲之、幽合韻。其説可參。

蹠飛杭兮越海，從安期兮蓬萊。

蓬萊，海中山名也。安期生，仙人名也。言欲往求仙也。

【疏證】

蓬萊，海中山名也。◎案：史記二八封禪書：「自威、宣、燕昭使人入海求蓬萊、方丈、瀛洲。此三神山者，其傳在勃海中。」列子卷五湯問篇：「渤海之東，不知幾億萬里，有大壑焉，實惟無底之谷，八紘九野之水，天漢之流，莫不注之，而無增無減焉，名曰歸墟。其中有五山焉：一曰岱輿，二曰員嶠，三曰方壺，四曰瀛洲，五曰蓬萊。」

安期生，仙人名也。言欲往求仙也。◎案：史記卷一二孝武本紀：「臣嘗游海上，見安期生。安期生僊者，通蓬萊中，合則見人，不合則隱。」索隱：「服虔曰：『（安期生）古之真人。』」正義引列仙傳：「安期生，琅邪阜鄉亭人也。賣藥海邊。秦始皇請語三夜，賜金數萬，出，於阜鄉亭，皆置去，留書，以赤玉舄一量爲報，曰：『後千歲求我於蓬萊山下。』

緣天梯兮北上，登太一兮玉臺。

太一，天帝所在，以玉爲臺也。

【疏證】

太一，天帝所在，以玉爲臺也。◎案：玉臺，紫微也，天帝之室。史記卷二七天官書：「中宮天極星，其一明者，太一常居也。」索隱引春秋合誠圖：「紫微，大帝室，太一之精也。」

使素女兮鼓簧，乘戈龢兮謳謠。

乘戈，仙人也。和素女而歌也。

【疏證】

乘戈，仙人也。和素女而歌也。◎案：乘戈，即乘弋，玉女也。戈，弋之訛。史記卷一一七司馬相如列傳「載玉女而與之歸」，正義引張晏：「玉女，青要、乘弋也。」

聲噭誂兮清和，

噭誂，清暢貌。

【疏證】

噭誂，清暢貌。◎案：噭誂，根於急疾。聲以疾激者爲清，故章句以噭誂爲清暢。詳參九辯「故騸跳而遠去」注。楚聲清暢，多悲戚之音。楚人語啼哭謂之噭誂，其義亦通。方言卷一：「平原謂啼極無聲謂之唴哴，楚謂之噭咷。」

音晏衍兮要嫋。

要嫋，舞容也。

【疏證】

要嫋，舞容也。◎嫋，原作「娙」，據景宋本改。案：補注曰：「説文：『嫋，曲肩行貌。』方言：『嫋，遊也。江、沅之間謂戲爲嫋。』」錢繹廣雅箋疏：「嫋之言逍遥也。」要嫋，猶要紹之聲轉。文選卷一三王延壽魯靈光殿賦「曲枅要紹而環句」，李善注：「要紹，曲貌也。」狀舞姿委婉曰要嫋。嫋之訓「曲肩行貌」，亦委曲之義。嫋之爲摇也，掉也，擺手扭腰以舞也，故訓詁字作「要嫋」。

媱與上文「謠」協宵韻。諸本作「要娙」，則出韻也。

咸欣欣兮酣樂，余眷眷兮獨悲。

言天神衆舞皆喜樂，獨己懷悲哀也。

【疏證】

言天神衆舞皆喜樂，獨己懷悲哀也。◎案：九歌東皇太一「君欣欣兮樂康」，章句：「欣欣，喜貌。」九歎離世「寃眷眷而獨逝」，章句：「眷眷，顧貌。」

顧章華兮太息，志戀戀兮依依。

章華，楚臺名也。太息，憂歎也。

【疏證】

章華，楚臺名也。◎案：左傳昭公七年「楚子成章華之臺」，杜注：「臺在今華容城内。」

太息，憂歎也。◎正德本、隆慶本、湖北本、朱本、劉本、馮本、俞本、莊本、四庫章句本「歎」作「意」。案：史記卷六九蘇秦列傳「按劍仰天太息」，索隱：「太息，謂久蓄氣而大吁也。」依依，與

傷時

詩采薇「楊柳依依」別，言睠戀之貌。陶淵明答龐參軍詩：「依依舊楚，邈邈西雲。」

旻天兮清涼，

秋天爲旻天。秋節至，故清且涼也。

【疏證】秋天爲旻天。秋節至，故清且涼也。◎莊本「旻」作「昊」。案：非也。爾雅釋天：「秋爲旻天。」郭璞注：「旻，猶愍也。愍萬物彫落。」

玄氣兮高朗。

秋冬陽氣升，故高朗也。

【疏證】秋冬陽氣升，故高朗也。◎案：九辯「天高而氣清」，章句：「秋天高朗，體清明也。」

北風兮潦洌，

寒節至也。

【疏證】

寒節至也。◎案：潦洌，或作廖洌、瀏洌，皆聲之轉，風寒貌。詳參九辯「悲哉秋之爲氣也」注。

草木兮蒼唐。

始凋也。

【疏證】

始凋也。◎湖北本「凋」作「彫」。案：凋、彫，古字通用。蒼唐，不成其辭。當從補注引或本作「蒼黃」，言蒼者變黃也。文選卷四三孔稚珪北山移文「豈期終始參差，蒼黃翻覆」，李善注：「淮南子曰：『楊子見歧路而哭之，爲其可以南，可以北。墨子見練絲而泣之，爲其可以黃，可以黑。』高誘曰：『閔其別與化也。』」

蛜蚗兮噍噍，

促寒將蟄，故噍噍鳴。

【疏證】促寒將蟄，故噍噍鳴。◎案：説文虫部：「蛥蚗，蟜蟟也。从虫、夬聲。」方言卷一一：「蛥蚗，齊謂之螇螰，楚謂之蟪蛄，或謂之蛉蛄，秦謂之蛥蚗，自關而東謂之虭蟧，或謂之蝭蟧。西楚與秦通名也。」蛥蚗、蛥蚗同。蟜蟟，俗呼知了，蟬之别名。蟪蛄，聲之轉。莊子卷一逍遥遊第一「蟪蛄不知春秋」，盧文弨曰：「司馬云，惠蛄，寒蟬也。一名蝭蟧，春生夏死，夏生秋死。崔云，蟜蟧也，或曰山蟬。秋鳴者不及春，春鳴者不及秋。」章句「促寒」云云，未知所出，「寒蟬」之訛。

蝍蛆兮穰穰。

（穰穰），將變貌。

【疏證】穰穰，將變貌。◎諸本無「穰穰」二字。案：因正文省。説文禾部：「穰，黍梨已治者。从禾、襄聲。」段注：「已治，謂已治去其箬皮也。謂之穰者，莖在皮中，如瓜瓤在瓜皮中也。」黍梨已治謂之穰，則非黍梨本物，故引申之穰有變易義。又，爾雅釋蟲「蒺蔾，蝍蛆」，郭璞注：「似蝗而大腹，長角，能食蛇腦。」

歲忽忽兮惟暮，余感時兮悽愴。

暮，末。感時以悲思也。

【疏證】

暮，末。感時以悲思也。◎莊本「末」下有「也」字。案：暮者，晚暮也，有「終末」義。章句「悲思」云云，思亦悲也。

傷俗兮泥濁，矇蔽兮不章。寶彼兮沙礫，捐此兮夜光。

夜光，明珠也。

【疏證】

夜光，明珠也。◎案：文選卷一西都賦「懸黎垂棘，夜光在焉」，李善注引許慎淮南子注：「夜光之珠有似明月，故曰明月也。」卷二西京賦「流懸黎之夜光」，薛綜注：「明月，大珠，夜則有光如燭也。」

椒瑛兮涅汙，葈耳兮充房。

葈耳，惡草名也。充房，侍近君也。

【疏證】

葈耳，惡草名也。◎案：葈耳、枲耳同，葹也。詳參離騷「資菉葹以盈室兮」注。

充房，侍近君也。◎案：離騷「蘇糞壤吕充幃兮」，章句：「充，猶滿也。」充房，謂盈滿房室也。

攝衣兮緩帶，操我兮墨陽。

墨陽，劍名。

【疏證】

墨陽，劍名。◎正德本、隆慶本、朱本、莊本、劉本、俞本、四庫章句本、馮本「劍」作「劎」。

案：墨陽，即鏌邪，聲之轉。史記卷六九蘇秦列傳「龍淵、太阿」，集解：「吴越春秋曰：『楚王召風胡子而告之曰：「寡人聞吴有干將，越有歐冶，寡人欲因子請此二人作劍，可乎？」風胡子曰：「可。」乃往見二人作劍，一曰龍淵，二曰太阿。』」索隱：「按：吴越春秋：『楚王令風胡子請吴干將、越歐冶作劍二，其一曰龍泉，二曰太阿。』又太康地記曰『汝南西平有龍泉水，可以淬刀劍，特堅利，故有龍泉之劍，楚之寶劍也。以特堅利，故有堅白之論。云：「黄，所以爲堅也；白，所以爲利也。」齊辨之曰：「白，所以爲不堅；黄，所以爲不利也。」故天下之寶劍韓爲衆，一曰棠谿，二曰墨陽，三曰合伯，四曰鄧師，五曰宛馮，六曰龍泉，七曰太阿，八曰莫邪，九曰干將也。』然干將、莫邪，匠名也，其劍皆出西平縣，今有鐵官令一，别領户，是古鑄劍之地也。」卷八四賈生傳「莫邪爲頓兮」，集解：「應劭曰：『莫邪，吴大夫也，作寶劍，因以冠名。』瓚曰：『許慎曰：莫邪，大戟也。』」索隱：「吴越春秋曰：『吴王使干將造劍二枚，一曰干將，二曰莫邪。』莫邪、干將，劍名也。」

昇車兮命僕，將馳兮四荒。

四裔謂之四荒。

【疏證】

四裔謂之四荒。◎案：爾雅釋地：「觚竹、北户、西王母、日下，謂之四荒。」郭注：「觚竹在北，北户在南，西王母在西，日下在東，皆四方昏荒之國。」

下堂兮見蠆，

蠆，土蠭也，喻佞人。欲害賢如蠆之有螫毒。

【疏證】

蠆，土蠭也，喻佞人。欲害賢如蠆之有螫毒。◎皇都本「蠭」作「䗬」。案：䗬，蠭之省文。蠆蟲有毒，然其之尾鍼有可愛處，詩人之美婦人，故以「喻佞人」。詩都人士「彼君子女，卷髮如蠆」，鄭箋：「蠆，螫蟲也。尾末揵然，似婦人髮末，曲上卷然。」左傳僖公二十二年「蠭蠆有毒」，正義引通俗文：「蠆，長尾謂之蠍；蠍毒傷人曰蛆。」

出門兮觸蠭。巷有兮蚰蜒，邑多兮螳螂。睹斯兮嫉賊，心爲兮切傷。俛念兮子胥，仰憐兮比干。投劍兮脫冕，龍屈兮蜿蟤。

蜿蟤，自迫促貌。

【疏證】

蜿蟤，自迫促貌。◎案：蜿蟤，龍屈貌。或作蜿蟬，下守志「乘六蛟兮蜿蟬」是也。俗語稱「彎轉」，則其遺義。

潛藏兮山澤，匍匐兮叢攢。

叢攢，羅布也。

【疏證】

叢攢，羅布也。◎案：廣雅釋詁：「叢，聚也。」文選卷二西京賦「攢珍寶之玩好」，薛綜注：「攢，聚也。」叢攢，平列同義，猶聚集也。章句「羅布」云云，猶鱗羅布列，即聚集意也。

窺見兮溪澗，流水兮沄沄。

沄沄，沸流。

【疏證】

沄沄，沸流。◎莊本「流」下有「皃」字。案：說文水部：「沄，轉流也。从水、云聲。讀若混。」「轉流」者，言水流回旋也。爾雅釋言：「沄，沆也。」沆，猶沆漑也。史記卷一一七司馬相如列傳「澎濞沆瀣」，索隱：「滂濞沆漑，漑，亦作『瀣』。司馬彪云：『沆漑，徐流。』郭璞云：『（沆漑），鼓怒鬱鯁之皃也。』」亦沸流也。

黿鼉兮欣欣，鱣鮎兮延延。羣行兮上下，駢羅兮列陳。自恨兮無友，特處兮煢煢。

（煢煢），獨行貌。

【疏證】

煢煢，獨行貌。◎諸本無「煢煢」二字。案：因正文省。離騷「夫何煢獨而不予聽」，章句：「煢，孤也。」方言卷六：「介，特也。楚曰儝，晉曰絓，秦曰揅。物無耦曰特，獸無耦曰介。」儝，即煢字。楚人語孤特曰儝。

冬夜兮陶陶，

（陶陶），長貌。

【疏證】

陶陶，長貌。◎諸本無「陶陶」二字。案：因正文省。陶陶，同懷沙「滔滔孟夏」之滔滔，盛長貌。言冬夜之永，則陶陶爲夜長也。

雨雪兮冥冥。神光兮熲熲，鬼火兮熒熒。

神光，山川之精，能爲光者也。熒熒，小火也。

【疏證】

神光，山川之精，能爲光者也。◎案：神光，猶離騷「皇剡剡其揚靈兮」，神靈升降出入，皆有光也。鬼火，燐火也。詩東山「熠燿宵行」，毛傳：「熠燿，燐也。燐，螢火也。」正義：「淮南子云：『久血爲燐。』許慎云：『謂兵死之血爲鬼火。』」陸游老學庵筆記卷四：「予年十餘歲時，見郊野間鬼火至多，麥苗稻穗之杪往往出火，色正青，俄復不見。蓋是時去兵亂未久，所謂人血爲燐者，信不妄也。」

熒熒，小火也。◎案：火，當作「光」，訛也。文選卷四五班固答賓戲「守窔奧之熒燭」，李善注：「熒，小光也。」

修德兮困控，

將誰困控，言無引己也。

【疏證】

將誰困控，言無引己也。◎案：徐仁甫古詩別解：「困，窮也，引申爲無。無控，言無人引己也。」困之爲無，無徵不信。控，當作窮，音訛也。困窮，楚辭習語。離騷「吾獨窮困乎此時也」，九懷匡機「來將屈兮困窮」。

愁不聊兮遑生。憂紆兮鬱鬱，惡所兮寫情！

遑，暇。

【疏證】

遑，暇。◎莊本「暇」下有「也」字。案：爾雅釋言：「偟、閒，暇也。」遑與偟同。

哀歲

陟玉巒兮逍遥，

玉巒，崑崙山也。山脊曰巒。逍遥，須臾也。

【疏證】

玉巒，崑崙山也。山脊曰巒。◎案：爾雅釋山「巒山墮」，郭璞注：「謂山形長狹者，荆州謂之巒。」釋文引字林：「隓，山之施隓。」以隓爲延施，有狹長之義。文選卷四左思蜀都賦「崗巒糺紛」，劉逵注：「巒，山長而狹也。一曰：山小而鋭也。」章句「山脊」云云，蓋「山墮」之譌。晉張華遊仙詩：「亹亹陟高陵，遂升玉巒陽。」玉巒，仙山也，未必指崑崙山。

逍遥，須臾也。◎案：逍遥、須臾，聲之轉，戲遊貌。詳參離騷「聊逍遥以相羊」注。

覽高岡兮嶢嶢。

山嶺曰岡。嶢嶢，特高也。

【疏證】

山嶺曰岡。◎案：爾雅釋山：「山脊，岡。」孫炎注：「岡，長山之脊也。」郭璞注：「謂山長脊。」釋名釋山：「山脊曰岡，岡，亢也，在上之言也。」又，廣雅釋丘：「岡、嶺，阪也。」岡、嶺之訓阪，猶山道、山嶺也。故以「山嶺」解之。此解始於魏、晉以後。後漢書卷一九耿弇傳：「即分三千人守巨里，自引精兵上岡阪，乘高合戰，大破之。」岡阪，即嶺道也。搜神記卷二：「丹綈絲履，從石子岡上，半岡而以手抑膝，長太息。」半岡，半嶺也。證是篇之注，非出漢世。

嶢嶢，特高也。◎案：廣雅釋訓：「嶢嶢，危也。」危者，言高且隕也。後漢書卷六一黄瓊傳：「常聞語曰：『嶢嶢者易缺，皦皦者易汙。』」章句「特高」云云，危高意也。

桂樹列兮紛敷，

崑崙山多桂樹，紛錯敷衍。

【疏證】

崑崙山多桂樹，紛錯敷衍。◎莊本「衍」下有「也」字。四庫章句本「山多」作「山名」，「衍」作「行」。案：皆訛也。離騷「紛吾既有此内美兮」，章句：「紛，盛貌。」又，「跪敷衽以陳辭兮」，章句：「敷，布也。」

吐紫華兮布條。

桂華紫色，布敷條枝。

【疏證】

桂華紫色，布敷條枝。◎案：詩汝墳「伐其條枚」，毛傳：「枝曰條，榦曰枚。」

實孔鸞兮所居，

孔鸞，大鳥。

【疏證】

孔鸞，大鳥。◎莊本「鳥」下有「也」字。案：老子二十一章「孔德之容」，河上公注：「孔，大也。」

今其集兮惟鴞。

鴞，小鳥也。以言名山宜神鳥處之，猶朝廷宜賢者居位，而今惟小人，故云鴞萃之也。

【疏證】

鴞，小鳥也。以言名山宜神鳥處之，猶朝廷宜賢者居位，而今惟小人，故云鴞萃之也。◎案：鴞，即鴟鴞也。詳參七諫初放「近習鴟梟」注。

烏鵲驚兮啞啞，

神鳥至則衆鳥集從，今反鴞往處之，故驚而鳴也。

【疏證】

神鳥至則衆鳥集從，今反鴞往處之，故驚而鳴也。◎案：烏鵲，喻賢者。文選卷二七曹操短歌行：「月明星稀，烏鵲南飛；繞樹三匝，何枝可依。」張銑注：「以喻大賢出而小人削，而忠信之士游行，當擇其棲託之便矣。若不得其所依，則患害之必至，亦如鳥鵲币樹，求其可託之枝。」可爲此文注脚。

余顧瞻兮怊怊。

怊怊，四遠貌。

【疏證】怊怊，四遠貌。◎案：怊無遠義，讀如迢，或作逴。迢、逴，皆遠也。

彼日月兮闇昧，

日月無光，雲霧之所蔽；人君昏亂，佞邪之所惑。

【疏證】日月無光，雲霧之所蔽；人君昏亂，佞邪之所惑。◎案：闇昧，不明貌。九歎離世：「羣阿容以晦光兮，皇輿覆以幽辟。」章句：「幽辟，闇昧也。」

障覆天兮祲氛。

祲，惡氣貌。

【疏證】

祲，惡氣貌。◎案：祲，言氣侵貌。釋名釋天：「祲，侵也。赤黑之氣相侵也。」説文气部：「氛，祥气也。从气、分聲。雰，氛或从雨。」段注：「謂吉凶先見之氣。左傳曰：『非祭祥也，喪氛也。』杜注：『氛，惡氣也。』晉語：『見翟相之氛。』注：『氛，祲氛，凶象也。凶曰氛，吉曰祥。』玉裁按：統言則祥、氛二字皆兼吉凶，析言則祥吉、氛凶耳。」

伊我后兮不聽，焉陳誠兮効忠？

后，君。

【疏證】

后，君。◎莊本「君」下有「也」字。案：詳參離騷「昔三后之純粹兮」注。又，忠字出韻。則舊作「焉効忠兮陳誠」，今訛作「焉陳誠兮効忠」。誠與氛、神等爲真、耕合韻。

攄羽翮兮超俗，

無所効其忠誠，故飜飛而去也。

【疏證】無所効其忠誠，故飜飛而去也。◎案：超，讀作九歌國殤「平原忽兮路超遠」之超，實爲迢字，遠也。迢俗，遠俗也。

遊陶遨兮養神。

陶遨，心無所繫。

【疏證】陶遨，心無所繫。◎案：陶遨，猶浩蕩也，聲之轉。離騷「怨靈脩之浩蕩兮」，章句：「浩蕩，無思慮貌也。」章句「心無所繫」云云，則亦無思慮也。

乘六蛟兮蜿蟬，

蜿蟬，群蛟之形也。龍無角曰蛟。

【疏證】

蜿蟬，群蛟之形也。◎惜陰本、同治本「群」作「羣」。案：蜿蟬，猶「撣援」倒乙，即聲之轉，言委曲貌。以狀龍蟲，故謂之「羣蛟之形」。

龍無角曰蛟。◎案：離騷「駟玉虬以椉鷖兮」，章句：「有角曰龍，無角曰虬。」天問「河海應龍」，章句：「有鱗曰蛟龍，有翼曰應龍。」淮南子卷四墬形訓：「介鱗生蛟龍。」高注：「蛟龍，有鱗甲之龍也。」廣雅釋魚：「有鱗曰蛟龍，有翼曰應龍，有角曰蘢龍，無角曰䖝龍。」其説皆別。

遂馳騁兮陞雲。揚彗光兮爲旗，秉電策兮爲鞭。

復欲升天求仙人也。

【疏證】

復欲升天求仙人也。◎案：章句以解「遂馳騁兮陞雲」一句，則注文舊在「陞雲」下也。又，「揚彗光兮爲旗」一句因遠遊「擥彗星曰爲旍」也。

朝晨發兮鄢郢，

郢，楚都也。

【疏證】郢，楚都也。◎案：上遭厄「見鄢郢兮舊宇」，章句：「鄢郢，楚都也。」據此，則舊本「郢」上有「鄢」字。

食時至兮增泉。

增泉，天漢也。

【疏證】增泉，天漢也。◎案：廣雅釋天：「天河謂之天漢。」

繞曲阿兮北次，

次，舍。

【疏證】次，舍。◎莊本「舍」下有「也」字。案：詳參離騷「夕歸次於窮石兮」注。

造我車兮南端。
復適南方也。

【疏證】
復適南方也。◎案：小爾雅廣詁：「造，適也。」

謁玄黄兮納贄，
玄黄，中央之帝也。

【疏證】
玄黄，中央之帝也。◎案：玄黄，猶渾沌也。莊子卷二應帝王篇第七：「南海之帝爲儵，北海之帝爲忽，中央之帝爲渾沌。儵與忽時相與遇於渾沌之地，渾沌待之甚善，儵與忽謀報渾沌之德，曰：『人皆有七竅，以視聽食息。此獨無有，嘗試鑿之。』日鑿一竅，七日而渾沌死。」

崇忠貞兮彌堅。
雖遥蕩天際之間，不失其忠誠也。

【疏證】

雖遥蕩天際之間，不失其忠誠也。◎惜陰本、同治本「間」作「閒」。案：閒、間同。崇，通作終。詩衛風河廣「曾不崇朝」，鄭箋：「崇，終也。」謂終行忠貞而志愈堅也。又，章句「遥蕩」云云，猶逍遥放蕩也。莊子卷二大宗師第六「汝將何以遊夫遥蕩恣睢轉徙之途乎」，集解：「何以遊乎逍遥放蕩縱任變化之境乎？」

歷九宫兮徧觀，睹祕藏兮寶珍。

九宫，天之宫也。

【疏證】

九宫，天之宫也。◎案：後漢書卷五九張衡傳「雜之以九宫」，李賢引鄭玄注：「太一者，北辰神名也。下行八卦之宫，每四乃還於中央。中央者，「地神」（北辰）之所居，故謂之九宫。」

就傅説兮騎龍，與織女兮合婚。

傅説，殷王武丁之賢相也，死補辰宿。

【疏證】傅説，殷王武丁之賢相也，死補辰宿。◎案：詳參離騷「説操築於傅巖兮」注。又，章句「死補辰宿」云云，辰宿直龍角，故曰「騎龍」也。

舉天罼兮掩邪，

罼，宿名也。畢有囚姦名，故欲以掩取邪佞之人也。

【疏證】罼，宿名也。畢有囚姦名，故欲以掩取邪佞之人也。◎案：史記卷二七天官書「畢曰罕車」，罼與畢同。索隱：「爾雅云：『濁謂之畢。』孫炎以爲掩兔之畢或呼爲濁，因名星云。」正義：「畢，八星，曰罕車，爲邊兵，主弋獵。」

彀天弧兮躲姦。

弧，亦星名也。弧矢弓弩，故欲以躲姦人也。

【疏證】弧，亦星名也。弧矢弓弩，故欲以躲姦人也。◎案：史記卷二七天官書「下有四星曰弧，直狼」，正義：「弧，九星，在狼東南，天之弓也。以伐叛懷遠，又主備賊盜、知姦邪者。」

隨真人兮翱翔，

真，仙人也。

【疏證】真，仙人也。◎案：說文匕部：「真，僊人變形而登天也。从匕、目、乚。」隱字也。八，所目乘載之。」素問卷一上古天真論「余聞上古有真人者」，王冰注：「真人，謂成道之人也。」

食元氣兮長存。

元氣，天氣。

【疏證】元氣，天氣。◎莊本「氣」下有「也」字。四庫章句本「天氣」作「天象」。案：論衡卷二無形篇第七：「人稟元氣於天，各受壽夭之命，以立長短之形。」卷二三四諱篇第六八：「元氣，天地之精微也。」則舊作「天氣」。

望太微兮穆穆，

太微，天之中宮。穆穆，和順也。

【疏證】太微，天之中宮。◎案：太微，太一之居，紫微宮也。淮南子卷三天文訓：「太微者，太一之庭也；紫宮者，太一之居也。」穆穆，和順也。◎案：詳參大招「三公穆穆」注。

睨三階兮炳分。

太微之階。

【疏證】太微之階。◎案：三階，三台也。史記卷二七天官書「魁下六星，兩兩相比者，名曰三能」，集解：「蘇林曰：『能音台。』」索隱：「案：漢書東方朔『願陳泰階六符』，孟康曰：『泰階，三台也，台星凡六星。六府，六星之符驗也。』應劭引黃帝泰階六符經曰：『泰階者，天子之三階：上階，上星爲男主，下星爲女主；中階，上星爲諸侯三公，下星爲卿大夫；下階，上星爲士，下星爲庶人。三階平，則陰陽和，風雨時。』」又，炳分、穆穆，對舉爲文，炳分，猶繽紛也，盛貌。

相輔政兮成化，建烈業兮垂勳。

當與衆仙共輔天帝，成化而建功也。

【疏證】當與衆仙共輔天帝，成化而建功也。◎俞本「功」下有「業」字。案：爾雅釋詁：「烈，業也。」烈業，平列同義，烈亦業也。

目瞥瞥兮西没，道遐迥兮阻歎。志稸積兮未通，悵敞罔兮自憐。

言陞仙之事迫而不通，故使志不展而自傷也。

【疏證】言陞仙之事迫而不通，故使志不展而自傷也。◎案：聞一多楚辭校補謂目當作日，歎當作艱，皆訛也。其説是也。阻艱，險阻艱難也。全三國文卷一九曹植王仲宣誄：「君乃羈旅，離此阻艱。」又，説文目部：「瞥，過目也。从目、敝聲。」引申之爲倏忽。日瞥瞥，猶日忽忽也。又，穡，俗畜字，因「積」字从禾而作「穡」也。又，敞罔，同本篇逢尤之「罔罔」，哀時命作「惝罔」，遠遊作「惝怳」，皆語之轉，失志貌。

守志

亂曰：天庭明兮雲霓藏，三光朗兮鏡萬方。

天清則雲霓除，日月星辰昭；君明下理，賢愚得所也。

【疏證】

天清則雲霓除，日月星辰昭；君明下理，賢愚得所也。◎案：淮南子卷一原道訓「紘宇宙而章三光」，高注：「三光，日、月、星。」袁校謂宋本自「亂曰」以下闕。今見袁氏正德本，據明本補之也。

斥蜥蜴兮進龜龍，策謀從兮翼機衡。

蜥蜴，喻小人。龜、龍，喻君子。璇璣玉衡，以喻君能任賢，斥去小人，以自輔翼也。

【疏證】

蜥蜴，喻小人。◎正德本、隆慶本、湖北本、馮本、俞本、莊本、劉本、四庫章句本「蜥」作「蜥」。案：蜥與蜥同。爾雅釋魚：「蠑螈，蜥蜴；蜥蜴，蝘蜓；蝘蜓，守宮也。」孫炎注：「別四名也。」方言卷八：「守宮，秦、晉、西夏謂之守宮，或謂之蜥易，其在澤中者謂之易蜴，南楚謂之蛇醫，或謂之蠑螈。」郭璞注：「南陽人又呼蝘蜓。」錢繹箋疏云：「説文云：『在壁曰蝘蜓，在艸曰蜥易。』按：今在壁者食蠍，即所謂食蠆也，故俗謂之蠍虎。顔師古注漢書東方傳云：『守宮，蟲名也。術家云：以器養之，食以丹砂，滿七斤，擣治萬杵，以貼女人體，終身不滅。若有房室之事則滅矣。言可以防閑淫逸，故謂之守宮也。』今俗呼爲辟宮。辟，亦禦扞之義耳。」

龜，龍，喻君子。◎案：龜，神物，可以決卜，與龍同類。上悼亂「靈龜兮執拘」，章句「靈龜，天瑞」是也。

璇璣玉衡，以喻君能任賢，斥去小人，以自輔翼也。◎案：史記卷二七天官書：「北斗七星。」索隱：「春秋運斗樞云『斗，第二旋，第三璣，第五衡。』」

配稷契兮恢唐功，

配，匹也。恢，大。唐，堯也。稷、契，堯佐也。言遇明君則當與稷、契恢夫堯、舜之善也。

【疏證】

配，匹也。◎案：配，古字通作妃。詩皇矣「天立厥配」，毛傳：「配，媲也。」釋文：「配，本亦作妃。」左傳桓公二年：「嘉耦曰妃，怨耦曰仇。」此對文也，散文不別。昭公九年「妃以五成」，杜注：「妃，合也。」

恢，大。◎案：説文心部：「恢，大也。从心、灰聲。」

唐，堯也。◎案：史記卷一五帝本紀「帝堯者」，正義：「徐廣云：『號陶唐。』帝王紀云：『堯都平陽，於詩爲唐國。』徐才宗國都城記云：『唐國，帝堯之裔子所封。其北，帝夏禹都，漢曰太原郡，在古冀州太行恒山之西。其南有晉水。』括地志云：『今晉州所理平陽故城是也。平陽河水一名晉水也。』」

稷、契，堯佐也。言遇明君則當與稷、契恢夫堯、舜之善也。◎正德本、隆慶本、馮本、湖北本、朱本、俞本、四庫章句本「夫」作「大」。案：恢之訓大，則舊作「恢大」。稷，周之先；契，商之先。皆堯佐。詳參七諫怨世「雖有八師而不可爲」注。

嗟英俊兮未爲雙。

雙，匹也。

【疏證】

雙，匹也。◎案：說文雔部：「雙，隹二枚也。从雔、又，持之。」隹部：「隻，鳥一枚也。从又持隹。持一隹曰隻，二隹曰雙。」對文別義。散則匹、二皆謂之雙。

楚辭章句序跋著録

目録

離騷傳　見史記卷八四屈原列傳。

漢　劉安撰

屈平疾王聽之不聰也，讒諂之蔽明也，邪曲之害公也，方正之不容也，故憂愁幽思而作離騷。離騷者，猶離憂也。夫天者，人之始也。父母者，人之本也。人窮則反本。故勞苦倦極，未嘗不呼天也；疾痛慘怛，未嘗不呼父母也。屈平正道直行，竭忠盡智，以事其君，讒人間之，可謂窮矣。信而見疑，忠而被謗，能無怨乎！屈平之作離騷，蓋自怨生也。國風好色而不淫，小雅怨誹而不亂，若離騷者可謂兼之矣。上稱帝嚳，下道齊桓，中述湯武，以刺世事，明道德之廣崇，治亂之條貫，靡不畢見。其文約，其辭微，其志潔，其行廉。其稱文小，而其指極大，舉類邇而見義遠。其志潔，故其稱物芳；其行廉，故死而不容。自疏濯淖汙泥之中，蟬蛻於濁穢，以浮游塵埃之外，不獲世之滋垢，皭然泥而不滓者也。推此志也，雖與日月爭光可也。

庚案：班固離騷序「淮南王安叙離騷傳，以『國風好色而不淫，小雅怨誹而不亂，若離騷者，可謂兼之。蟬蛻濁穢之中，浮遊塵埃之外，皭然泥而不滓。推此志，雖與日月爭光可也』」云云，則劉安離騷傳遺文，而太史公採之以入屈原列傳者也。

離騷贊序　見洪興祖楚辭補注

漢　班固撰

離騷者，屈原之所作也。屈原初事懷王，甚見信任。同列上官大夫妬害其寵，讒之王，王怒而疎屈原。屈原以忠信見疑，憂愁幽思而作離騷。離，猶遭也。騷，憂也。明己遭憂作辭也。是時周室已滅，七國竝爭。屈原痛君不明，信用羣小，國將危亡，忠誠之情，懷不能已，故作離騷。上陳堯、舜、禹、湯、文王之法，下言羿、澆、桀、紂之失，以風懷王。終不覺寤，信反間之説，西朝於秦。秦人拘之，客死不還。至于襄王，復用讒言，逐屈原，在野又作九章，賦以風諫。卒不見納，不忍濁世，自投汨羅。原死之後，秦果滅楚。其辭爲衆賢所悼悲，故傳於後。

離騷序　見洪興祖楚辭補注。

漢　班固撰

昔在孝武，博覽古文，淮南王安叙離騷傳，以「國風好色而不淫，小雅怨悱而不亂，若離騷者，可謂兼之。蟬蜕濁穢之中，浮游塵埃之外，皭然泥而不滓。推此志，雖與日月争光可也」。斯論似過其真。又説「五子以失家巷」，謂「五」（伍）子胥也。及至羿、澆、少康、貳姚、有娀佚女，皆各以所識有所增損。然猶未得其正也。故博采經書傳記本文，以爲之解。且君子道窮，命矣。故潛龍不見，是而無悶。關雎哀周道而不傷，蘧瑗持可懷之智，甯武保如愚之性，咸以全命避害，不受世患。故大雅曰：「既明且哲，以保其身。」斯爲貴矣。今若屈原露才揚己，競乎危國羣小之間，以離讒賊，然責數懷王，怨惡椒、蘭，愁神苦思，强非其人，忿懟不容，沈江而死，亦貶絜狂狷景行之士。多稱崑崙，冥婚宓妃，虚無之語，皆非法度之政，經義所載。謂之兼詩風、雅而與日月争光，過矣。然其文弘博麗雅，爲辭賦宗。後世莫不斟酌其英華，則象其從容。自宋玉、唐勒、景差之徒，漢興，枚乘、司馬相如、劉向、揚雄騁極文辭，好而悲之，自謂不能及也。雖非明智之器，可謂妙才者也。

辨騷　見洪興祖楚辭補注。

梁　劉勰　撰

自風、雅寢聲，莫或抽緒，奇文蔚起，其離騷哉！故以軒翥詩人之後，奮飛辭家之前，豈去聖之未遠，而楚人之多才乎！昔漢武愛騷，而淮南作傳，以爲「國風好色而不淫，小雅怨誹而不亂，若離騷者，可謂兼之。蟬蛻穢濁之中，浮游塵埃之外，皭一作皭。然涅而不緇，雖與日月爭光可也」。班固以爲「露才揚己，忿懟沈江。羿、澆、二姚與左氏不合，離騷用羿、澆等事，正與左氏合，孟堅所云，謂劉安說耳。崑崙、懸圃，非經義所載。然而文辭麗雅，爲詞賦之宗，雖非明哲，可謂妙才」。王逸以爲「詩人之提耳，屈原婉順。離騷之文，依經立義；駟虬乘鷖，則時乘六龍；崑崙、流沙，則禹貢敷土。名儒詞賦，莫不擬其儀表，所謂金相玉振，百世無匹者也」。及漢宣嗟歎，以爲皆合經術；揚雄諷味，亦言體同詩雅。四家舉以方經，而孟堅謂不合傳體，褒貶任聲，抑揚過實，可謂鑒而弗精，翫而未覈者也。將覈其論，必徵言焉。故其陳堯、舜之耿介，稱禹、湯之祗敬，典誥之體也。譏桀、紂之猖狂，傷羿、澆之顛隕，規諷之旨也。虬龍以諭君子，雲蜺以譬讒邪，比興之義也。每一顧而掩涕，歎君門之九重，忠怨之辭也。觀茲四事，同於風、雅者也。至於託雲龍，説迂怪，豐隆求宓妃，鴆鳥媒娀女，詭異之辭也。康回傾地，夷羿彃日，木夫九首，土伯三目，譎怪之談也。依彭咸之遺則，從子胥以自適，狷狹之志也。士女雜坐，亂而不分，指以爲樂；娛酒不廢，沈湎日夜，舉以爲歡，荒淫之意也。此皆宋玉之詞，非屈原意。自漢以來，靡麗之賦，勸百而諷一，其流至於齊、梁而極矣，皆自宋玉唱之。摘此四事，異乎經典者也。故論其典誥則以彼，語其夸誕則如此。固知楚辭者，體慢於三代，而風雅於戰國，乃雅頌之博徒，而詞賦之英傑也。此語施於宋玉可也。觀其骨鯁所樹，肌膚所附，雖取鎔經意，亦自鑄偉辭。故騷經、九章，朗麗以哀志；九歌、九辯，綺靡以傷情；遠遊、天問，瓌詭而惠巧，招魂、大招，耀豔而深華；卜居標放言之致，漁父寄獨任之才。一云「獨任」當作「獨往」。故能氣往轢古，辭來切今，驚采絶豔，難與並能矣。自九懷已下，遽躡其跡，而屈、宋逸步，莫之能追。故其叙情怨，則鬱伊而易感；述離居，則愴怏而難懷；論山水，則循聲而得貌；言節候，則披文而見時。枚、賈追風以入麗，馬、揚沿波而得奇。其衣被詞人，非一代也。故才高者苑其鴻裁，中巧者獵其豔辭，吟諷者銜其山川，童蒙者拾其香草。若能憑軾以倚雅頌，懸轡以馭楚篇，酌奇而不失其貞，玩華而不墜其實，則顧盻可以驅辭力，欬唾可以窮文致，亦不復乞靈於長卿，假寵於子淵矣。

讚曰：不有屈原，豈見離騷。驚才風逸，壯志煙高。煙，一作雲。山川無極，情理實勞。金相玉式，豔溢錙毫。

楚辭　見隋書卷三五經籍志。

唐　魏徵撰

楚辭者，屈原之所作也。自周室衰亂，詩人寢息，諂佞之道興，諷刺之辭廢。楚有賢臣屈原，被讒放逐，乃著離騷八篇。言己離别愁思，申杼其心，自明無罪，因以諷諫，冀君覺悟，卒不省察，遂赴汨羅死焉。弟子宋玉痛惜其師，傷而和之。其後賈誼、東方朔、劉向、揚雄嘉其文彩，擬之而作。蓋以原楚人也，謂之楚辭。然其氣質高麗，雅致清遠，後之文人咸不能逮。始，漢武帝命淮南王爲之章句，旦受詔，食時而奏之。其書今亡。後漢校書郎王逸集屈原已下，迄於劉向。逸又自爲一篇，并叙而注之。今行於世。隋時有釋道騫，善讀之，能爲楚聲，音韻清切。至今傳楚辭者，皆祖騫公之音。

書楚辭後　見龍雲集卷二九。

宋　劉弇撰

兹本傳自廣陵董天民主通之静海簿，自云得之林公次中家。次中得之子固。所謂秘閣本者，比模本十異四五。予從天民求之，十反不厭。然後得而視竄字之在模本者與模本莫有，而予注其旁者類不少。則乃歸，以其説爲信然。是則楚辭善本，視天下宜不多有矣。故余於此本尤繫志焉。元豐四年秋九月中滁琅山識，廬陵劉偉明。

離騷序

見雞肋集卷三六。

宋　晁補之撰

離騷新序（上）

先王之盛時，四詩各得其所。王道衰而變風、變雅作，猶曰達於事變，而懷其舊俗。舊俗之亡，惟其事變也。故詩人傷今而思古，情見乎辭，猶詩之風、雅而既變矣。孟子曰：「王者之迹熄而詩亡。」然則變風、變雅之時，王迹未熄，詩雖變而未亡。詩亡，而後離騷之辭作，非徒區區之楚事不足道，而去王迹逾遠矣。一人之作，奚取於此也！蓋詩之所嗟歎，極傷於人倫之廢，哀刑政之苛。而人倫之廢，刑政之苛，孰甚於屈原時邪？國無人，原以忠放，欲返，幸君之一悟，俗之一改也。一篇之中，三致意焉。與夫三宿而後出畫，於心猶以爲速者何異哉！世衰，天下皆不知止乎禮義，故君視臣如犬馬，則臣視君如國人。而原一人焉，被讒且死，而不忍去。其辭止乎禮義可知。則是詩雖亡，至原而不忘矣。使後之爲人臣，不得於君而熱中者，猶不懈乎愛君如此，是原有力於詩亡之後也。此離騷所以取於君子也。離騷，遭憂也。「終寠且貧，莫知我艱」。北門之志也。「何辜於天，我罪伊何」。小弁之情也。以附益六經之教，於詩最近，故太史公曰：「國風好色而不淫，小雅怨誹而不亂，若離騷者，可謂兼之矣。」其義然也。又班固敘遷之言曰：「大雅言王公大人，德逮黎庶。小雅譏小己之得失，其流及上。所言雖殊，其合德一也。」司馬相如雖多虛辭濫説，然要其歸，引之於節儉。此亦詩之風諫何異？揚雄以謂猶騁鄭、衛之音，曲終而奏雅，不已戲乎！固善推本知之。賦與詩同出，與遷意類也。然則相如始爲漢賦，與雄皆祖原之步驟，而獨雄以其靡麗悔之，至其不失雅，亦不能廢也。自風、雅變而爲離騷，至離騷變而爲賦，譬江有沱「乾肉爲脯」，謂義不出於此，時異然也。傳曰：「賦者，古詩之流也。」故懷沙言賦，橘頌言頌，九歌言歌，天問言問，皆詩也。離騷備之矣。蓋詩之流，至楚而爲離騷，至漢而爲賦，其後賦復變而爲詩，又變而爲雜言、長謠、問對、銘、贊、操、引，苟類出於楚人之辭而小變者，雖百世可知。

故參取之曰：楚辭十六卷，舊録也。曰：續楚辭二十卷，曰：變離騷二十卷，新録也。使夫緣其辭者存其義，乘其流者反其源。謂原有力於詩亡之後，豈虚也哉！若漢、唐以來，所作憂悲楚人之緒則不録。

離騷新序（中）

劉向離騷楚辭十六卷，王逸傳之。按：八卷皆屈原遭憂所作，故首篇曰離騷經，後篇皆曰離騷，餘皆曰楚辭。天聖中，有陳説之者，第其篇，然或不次序。今遷遠遊、九章次離騷經，在九歌上，以原自叙其意，近離騷經也。而九歌、天問，乃原既放，攬楚祠廟鬼神之事，以攄憤者，故遷於下。卜居、漁父，其自叙之餘意也，故又次之。大招古奥，疑原作，非景差辭。沈淵不返，不可如何也，故以終焉，爲楚辭上八卷。九辯、招魂，皆宋玉作。或曰：九辯原作，其聲浮矣。惜誓弘深，亦類原辭，或以爲賈誼作，蓋近之。東方朔、嚴忌，皆漢武帝廷臣。淮南小山之辭，不當先朔、忌。王褒，漢宣帝時人，皆後淮南小山。至劉向最後作，故其次序如此。此皆西漢以前文也，以爲楚辭下八卷，凡十六卷，因向之舊録云。然漢書志屈原賦二十五篇，今起離騷、遠遊、天問、卜居、漁父、大招而六，九章、九歌又十八，則原賦存者二十四篇耳。并國殤、禮魂在九歌之外爲十一，則溢而爲二十六篇。不知國殤、禮魂，何以繫九歌之後，又不可合十一以爲九。若溢而爲二十六，則又不知其一篇當損益者何等也？惜誓盡敘原意，末云：「鸞鳳之高翔兮，見盛德而後下。」與賈誼弔屈原文云：「鳳凰翔於千仞兮，覽德輝焉下之。」斷章趣同，將誼倣之也？抑固二十五篇之一，未可知也。然則司馬遷以誼傳附原，亦由其文義相近，後世必能辯之。王逸，東漢人，最愛楚辭。然九思視向以前所作，相闊矣。又十七卷，非舊録，特相傳久，不敢廢。故遷以附續楚辭上十卷之終。而其下十卷自唐韓愈始焉。離騷人不讀久，文舛闕難知。王逸云：「武帝使淮南王安作章句，至章帝時，班固、賈逵復以所見，改易前疑，亦作章句。其十五卷，闕而不説。今臣作十六卷章句。」然則安與固、逵訓釋，獨離騷經一篇，不知固、逵所改易者何事？今觀離騷經訓釋，大較與十五卷義同。或淺陋，非原本意，故頗删而存之。而録司馬遷史記屈原傳冠篇首，以當離騷序云。

離騷新序（下）

司馬遷作史記，堯、舜、三代本紀，孔子世家，所引尚書、論語事，頗變其文字訓詁。至左氏、國語，則遷所筆削惟意。遷欲自成一家言，故加檃括而不嫌也。雖然，遷追琢傳記之辭可也。而變尚書、論語文字，不可也。補之事先朝爲著作郎。上即位，備太史氏。古文國書，得損益之，況傳記乎！離騷經始漢淮南王安爲傳。按：隋志傳亡，舊有班固敘、贊二篇，王逸序一篇，梁劉勰序一篇。而王逸云：「班固、賈逵改易前疑。」則固此序，或當時作者也。然頗詆原狂狷，擿其不合者。逸高原義，每難固説。勰附逸論，然亦復失之。固序曰：「君子之道，窮達有命，固潛龍不見，是而無悶。關雎哀周道而不傷。」又曰：「如大雅『既明且哲，以保其身』。斯爲貴矣。」固説誠是也。雖然，「潛龍勿用」，聖人之事也，非所以期於原也。又自淮南、太史皆以謂兼風、雅之義，而固獨疑焉。夫國風不能無好色，然不至於淫；小雅不能無怨誹，然不至於亂。太史公謂原之辭兼此二者而已。乃周道大雅，豈原所得庶幾哉？雖遷亦不以是與原也。世衰，君臣道喪，去爲寇敵，而原且死憂君，斯已忠矣！唐柳宗元曰：「春秋枉許止，以懲不子之禍；進苟息，以甚苟免之惡。夫苟息阿獻公之邪心以死，其爲忠也汙矣。惟其死不緣利，故君子猶進之。而原乃以正諫不獲而捐軀，方息之汙，則原與日月爭光可也。」非過言也。固又以謂「原露才揚己，競於危國羣小之中」。是乃上官大夫靳尚之徒，所以誣原「伐其功，謂非我莫能爲」者也。固奈何亦信之！原惟不競，故及此。司馬遷悲之曰：「忠而被謗，能無怨乎！屈平之作離騷，蓋自怨生也。」而固方且非其怨刺懷、襄、椒、蘭。原誠不忘以義劘上，而固儒者，奈何亦如高叟之爲詩哉？又王逸稱詩曰：「匪面命之，言提其耳。」謂原風諫者，不如此之斥，逸論近之。劉勰亦援逸此論，稱固抑揚過實。君子之與人爲善，義當如此也。至言澆、羿、姚、娀，與經傳錯繆，則原之辭，甚者稱開天門，駕飛龍，驅雲役神，周流乎天而來下。其誕如此，正爾託譎詭以諭志，使世俗不得以其淺議已。如莊周寓言者，可以經責之哉！且固知相如虛辭濫説，如詩風諫，而於原誇大，獨可疑乎？固大較喜訾前人，如薄相如、子雲爲賦，而固亦爲賦也。劉勰文學，卑陋不足言，而亦以原迂怪爲病。彼原嫉世，既欲蟬蛻塵埃之外，惟恐不異，乃固與勰所論，必詩之正，如無離騷可也。嗚呼！不譏於同浴，而譏裸裎哉！又勰云：「士女雜坐，娛酒不廢，荒淫之意也。」是勰以招魂爲原作，誤矣。然大招亦説「粉白黛黑」、「清馨凍飲」。緦以此爲荒淫，則失原之意逾遠。原固曰：「世皆濁我獨清。」豈誠樂此濁哉！哀己之魂魄離散，而不可復也，故稱楚國之美，矯以其沈酣汙泥之樂若可樂者而招之。然卒不可復也，於是焉不失正以死而已矣。嗚呼！緦安知離騷哉！抑固漢書稱「大儒孫卿，亦離讒作賦，與原皆有古詩惻隱之意」。而此序乃專攻原不類，疑此或賈逵語，故王逸言班、賈以爲「露才揚己」，不專指班，然亦不可不辨也。

校定楚辭序

宋　黄伯思　撰

見黄伯思東觀餘論卷下。

漢書朱買臣傳云：「嚴助薦買臣，召見説春秋，言楚辭，帝甚説之。」王襃傳云：「宣帝修武帝故事，徵能爲楚辭者九江被公等。」楚辭雖肇於楚，而其目蓋始於漢世。然屈、宋之文與後世依放者，通有此目。而陳説之以爲惟屈原所著，則謂之離騷，後人効而繼之則曰楚辭。非也。自漢以還，文師詞宗，慕其軌躅，摛華競秀，而識其體要者亦寡。蓋屈、宋諸騷，皆書楚語，作楚聲，紀楚地，名楚物，故可謂之楚辭。若些、只、羌、誶、蹇、紛、侘傺者，楚語也。頓挫悲壯，或韻或否者，楚聲也。湘、沅、江、澧、脩門、夏首者，楚地也。蘭、茝、荃、葯、蕙、若、蘋、蘅者，楚物也。他皆率若此，故以楚名之。自漢以還，去古未遠，猶有先賢風概，而近世文士但賦其體，韻其語；言雜燕、粵，事兼夷、夏，而亦謂之楚辭。失其指矣。此書既古，簡冊迭傳，亥豕帝虎，舛午甚多。近世祕書晁監美叔獨好此書，乃以春明宋氏、趙、邵、蘇氏本參校失得，其子伯以叔予，又以廣平宋氏及唐本，與太史公記諸書是正，而伯思亦以先唐舊本及西都留監博士楊建勳及洛下諸人所藏及武林、吳郡槧本讐校，始得完善。文有殊同者，皆兩出之。案此書舊十有六篇，并王逸九思爲十七。而伯思所見舊本，乃有揚雄反騷一篇，在九歎之後。此文亦見雄本傳。與九思共十有八篇。而王逸諸序竝載于書末，猶古文尚書、漢本法言及史記自序、漢書叙傳之體，駢列於卷尾，不冠於篇首也。今放此録之。又，太史公屈原列傳、班固離騷傳序論次靈均之事爲詳，故編於王序右方。陳説之本以劉勰辨騷在王序之前，論世不倫，故緒而正之。而天問之章，辭嚴義密，最爲難誦。柳柳州于千祀後，獨能作天對以應之，深弘傑異，析理精博，而近世文家亦難遽曉。故分章辨事，以其所對別附于問，庶幾覽者瑩然，知子厚之文不苟爲艱深也。自屈原傳而下至陳説之序，又附以今序，別爲一卷附十通之末，而目以翼騷云。至於屈原行之忠狷，文之正變，事之當否，固昔賢之所詳，僕可得而略之也。政和初元七月初吉，武陽黃某長睿父序。

楚辭　見高似孫緯略卷一楚辭。

宋高似孫撰

楚辭注：「楚有先王之廟及公卿祠堂，圖畫天地山川神靈奇偉，及古賢聖怪物行事。屈原周流罷倦，休息其下，仰見圖畫，因書其壁，呵而問之，以洩憤懣，舒寫愁思。」讀此，則九歌之意全本于此圖畫。鬼神之間，猶足以洩憤懣、寫愁思，況其餘乎！今觀屈、宋騷辭，所以激切頓挫，有人所不可爲者，蓋皆發於天。如：羌、誶、蹇、紛、侘傺、些、只者，楚語也。沅、湘、江、澧、修門、夏首者，楚地也。蘭、茝、荃、葯、蕙、若、蘋、蘅者，楚物也。以其土風形於言辭，故風、雅、比、興，一出於國風、二雅之中，不可及已。嚴助薦買臣，召見言楚辭，帝甚説之。宣帝修武帝故事，徵能爲楚辭者九江被公等。自漢以還，文人詞客慕其（一作「摹擬」）軌躅，摛華競秀，而識其體要者亦寡爾。後（世）才士但襲其體，追其韻，言雜燕、粵，事兼夷、夏，亦謂之楚辭，失其旨矣。

雲韶堂楚辭後序　見雪山集卷五。

宋　王質　撰

陸氏埤雅，比物性，倍蓰增明。（案：陸佃先著物性門類，後著埤雅。見其子宰埤雅序中。此省文但稱物性。）初，神宗以對「時育物宅心」，陸氏推此類具言之。造根于物性，紀實于埤雅，上迪君師，下訓學士。余之本趣，資物態以陶己靈而已。會情于耳目者多，索妙于簡策者少，以熟故精，非以博故詳也。「『山梁雌雉，時哉時哉。』子路共之，三嗅而作。」「浴乎沂，風乎舞雩，詠而歸，吾與點也。」故曰：「智者樂水，仁者樂山。智者動，仁者靜。智者樂，仁者壽。」聖人之所事此，凡寓意于彼，適意于此，所以導人心，茂此種也。孟子曰：「夫仁亦在乎熟之而已矣。」「鳶飛戾天，魚躍于淵。」此雖無補于世，亦豈無益于己也！

讀天問　見浪語集卷二七。

宋　薛季宣　撰

走讀天問篇，而後知天之大與離騷之本旨。以爲楚辭之學，本諸天問，猶乾坤之爲易，周、召之爲詩，於傳則說卦、序詩，易、詩之道舉矣。夫高高在上，日月星辰之所燭，風雷雨露之所作，此天象之可得而見，兒童女子無不自已知之者。至天之所謂高高，日月星辰之所爲昭昭，風雷雨露之所爲升降沸騰，雖聖人有所不道，況又其遠者乎！仁如伯夷，未免首陽之餓；盜跖之暴，病死河東。質之常情，非其理之正。則離騷之作，端致意于斯云。蕩蕩乎民無能名焉。茲天之所以爲大，屈原爲是興問。柳宗元爲之天對，何哉？傳曰：「畫蛇而安其足。」宗元爲似之。

楚辭 見漢藝文志考證卷八。

宋　王應麟　撰

屈原賦二十五篇：離騷經、九歌、天問、九章、遠遊、卜居、漁父。王逸曰：「武帝使淮南王安作離騷經章句。」安傳云：「爲離騷傳。」隋志其書全亡。劉向分楚辭爲十六卷，屈原八卷，九辨亦謂原作，王逸云宋玉。隋志原著離騷八篇，班固叙、贊二篇。太史公曰：「作辭以諷諫，連類以争義，離騷有之。」地理志：「始楚賢臣屈原被讒放流，作離騷諸賦以自傷悼。後有宋玉、唐勒之屬，慕而述之。漢興，吴王濞招致娱游，子游、枚乘、鄒陽、嚴夫子之徒興於文、景之際。淮南王安招賓客著書。而吳有嚴助、朱買臣貴顯漢朝，文辭並發。故世傳楚辭。朱買臣召見言楚辭。宣帝徵能爲楚辭九江被公，朝見誦讀。」七略曰：「宣帝詔徵被公，見誦楚辭。被公年衰母老，每一誦，輒與粥。」平園周氏曰：「詩國風及秦不及楚，已而屈原離騷出焉。衍風、雅於詩亡之後，發乎情，主乎忠直，殆先王之遺澤也。謂之文章之祖，宜矣。」艾軒林氏曰：「江、漢在楚地，詩之萌牙，自楚人發之。詩一變爲楚辭，屈原爲之唱，是文章鼓吹，多出於楚也。」

重刊王逸注楚辭序 見明刻震澤集卷一四。

明王鏊撰

楚辭十七卷，漢劉向編次，校書郎王逸注。其書得之郡文學黃勉之，長洲尹西蜀高君公次見而奇之，曰：「此近世之所罕覯也。」相與校正，梓刻以傳。蓋六經之學，至朱子而大明，漢、唐注疏，爲之儘廢。朱子之於辭賦，有若未暇。然者憫屈原之忠困於讒以死也，顧少有釋焉。初，逸之注楚辭，訓詁而已。朱子始疏以詩之六義，章句析，義理備焉。真有得於之心者，復安以是爲哉？且逸之說，往往爲朱子所非，今復取之，其以爲是耶？非耶？君曰：吾亦安能定其是且非哉？姑以其近古也而存之。且朱子之注楚辭，豈盡朱子之説哉？無亦因王逸之注，會粹而折衷之。王逸之注，亦豈盡王逸哉？無亦因諸家之説，會粹而成之。蓋自淮南王安、班固、賈逵之屬，非一人所成也。朱子折衷諸家，參以獨見，而加粹焉爾。荀子曰：「青出之藍，青於藍。」青可尚也，藍亦預有功乎！然則注疏之學，亦豈可遽廢哉？若乃隨世所尚，猥以不誦絶之，此自拘儒曲學之所爲耳，非所望於好學古博雅君子也。郜鼎紀甗，非有資於世用，而世貴之，爲其古也。蓀編之舊，獨不可貴乎！其七諫、九懷、九歎、九思皆哀原之死，而擬其文，九思爲晁無咎所删，餘爲朱子所删，今備録焉。蓋西京之文，世不多見，雖稗官巷議，猶尚存之，況一時文士之尤乎！語云：「與其過而廢之也，寧過而存之。」其得失高下，則竢後者鑒焉。正德戊寅夏五月，光禄大夫柱國少傅太子太傅兼户部尚書武英殿大學士致仕王鏊序。

重刊王逸注楚辭序　見明正德高第黄省曾刻本。

明　王鏊撰

楚辭十七卷，漢中壘校尉劉向編集，校書郎王逸章句。其書本吴郡文學黄勉之所蓄，長洲尹左綿高君公次見而異之，相與校正，梓刻以傳。自考亭之注行，世不復知有是書矣。余問於文選，竊見一二，思覩其全，未得也。何幸一旦得而讀之！人或曰：六經之學，至朱子而大明，漢、唐注疏爲之盡廢，何以是編爲哉？余嘗即二書而參閱之，逸之注，訓詁爲詳，朱子始疏以詩之六義，援據博，義理精，誠有非逸所及者。然余之懵也，若天問、招魂，譎怪奇澀，讀之多未曉析。及得是編，恍然若有開於余心，則逸也豈可謂無一日之長哉。章决句斷，俾事可曉，亦逸之所自許也。余因思之，朱子之注楚詞，豈盡朱子説哉！無亦因逸之注，參訂而折衷之。逸之注，亦豈盡逸之説哉！無亦因諸家之説，會粹而成之。蓋自淮南王安、班固、賈逵之屬，轉相傳授，其來遠矣。然則注疏之學，可盡廢哉！若乃隨世所尚，猥以不誦絶之，此自拘儒曲學之所爲，非所望於博雅君子也。其七諫、九懷、九歎、九思，雖辭有高下，以其古也，存而不廢。雖然，古之廢於今，不獨是編也，有能追而存之者乎？高君好尚如是，則其亦爲政可知也已！正德戊寅夏五，光禄大夫柱國少傅太子太傅兼户部尚書武英殿大學士致仕王鏊序。

庚案：王鏊二序實則爲一，然頗多歧異，蓋前爲草稿，故文多疏漏不密處，後爲正稿也。今兩存之，庶幾有俾乎學術也。

漢校書郎中王逸楚辭章句序 見黄氏五嶽山人集卷二十五。

明 黄省曾撰

予讀班固藝文志詩賦家首叙屈原賦二十五篇。則劉向所定離騷、九歌、天問、九章、遠遊、卜居、漁父，蓋舊次也。其宋玉九辨、招魂，景差大招，賈誼惜誓，淮南小山招隱，東方朔七諫，莊忌哀時命，王褒九懷，皆傷屈原而作，故向悉類從而什伍之，而又附麗九歎。及王逸疏其旨蘊，而抒九思以終焉。傳歷詞林，莫之疵少。至宋晁補之乃短長向録，移置篇列。朱氏後出，大病晁書續、變二集，僅有擇取，亦薪芻見陵之證也。其論七諫、九懷、九歎、九思，則曰「雖爲騷體，然詞氣平緩，意不深切，如無所疾痛而强爲呻吟者」。嗚呼！四賢去原代遠，安能如躬遭者之疾痛邪！玉之於原已迴乎間矣，况其後者乎？特尚其懷忠慕良，緬思其人，而矩武其譔，斯亦靈脩之徒也。仲尼次詩風、雅與頌，惟以體萃，而詞意差錯不預焉。苟以詞意，則關雎、鹿鳴、文王、清廟之音，靡有倫繼者矣。四賢所譔，既曰「騷體」，則體同而類以繼之，又何疑乎！且離騷者，屈子一篇之名也。朱子輒以冠衆目之上，此則語之童嬰、學究，當皆以爲未安者。由是觀之，則其所排削銷燼之文，豈足服藝苑之心乎！猥予翹景往哲，寶誦向書久矣，暇與長洲邑君高公次品藻羣作，談及此編。尋頃假去，讀之洋洋，窺冀堂户。乃歸予讎校，授工梓之。柱國王公欣然爲序，予則悲其泯廢，幸其復傳，豈特通賢之快覽，雖質之屈子，必以舊録爲嘉也。

重刊王逸注楚辭序 見隆慶五年夫容館刻本及弇州四部稿卷六七。

明王世貞撰

梓楚辭十七卷，其前十五卷爲漢中壘校尉劉向編集。尊屈原離騷爲經，而以原别撰九歌等章及宋玉、景差、賈誼、淮南、東方、嚴忌、王褒諸子，凡有推佐原意，而循其調者爲傳。其十六卷，則中壘所撰九歎，以自見其意。前後皆王逸通故爲章句。最後卷，則逸所撰九思，以附於中壘者也。蓋太史公悲屈子之忠，而大其志，以爲「可與日月争光」。至取其「好色不淫，怨誹不亂」，足以兼國風、小雅。而班固氏乃疑其論之過，而謂

「原露才揚己，競乎危國羣小之間，以離讒賊。强非其人，忿懟不容，沈江而死」。自太史公與班固氏之論抑出，而後世中庸之士，垂裾拖紳，以談性命者，意不能盡滿於原。而志士仁人發於性而束於事，其感慨不平之衷無所之，則益悲原之值，而深乎其味。故其人而楚則楚之，或其人非楚而辭則楚，其辭非楚而旨則楚。如劉氏集而王氏故者，比比也。夫以班固之自異於太史公，大要欲求是其見。所謂屈信龍蛇而已，卒不敢低昂其文，而美之曰「弘博麗雅，爲詞賦宗」。然中庸之士相率而疑其所謂經者，蓋其言曰：孔子刪諸國風，比於雅、頌，析兩曜之精而五之，此何以稱哉！是不然也。孔子嘗欲放鄭聲矣！又曰：桑間、濮上之音，亡國之音也。至刪詩而不能盡黜鄭、衛。今學士大夫童習而頒白不敢廢。以爲孔子獨廢楚。夫孔子而廢楚，欲斥其僭王則可，然何至脂轄方城之内哉！夫亦以筳篿妖淫之俗，蟬緩其文，而侏鴃其音，爲不足被金石也。藉令屈原及孔子時，所謂離騷者，縱不敢方饗清廟，亦何遽出齊、秦二風下哉？孔子不云乎：「詩可以興，可以怨。邇之事父，遠之事君。多識乎鳥獸草木之名。」以此而等，屈氏何忝也。是故孔子而不遇屈氏則已，孔子而遇屈氏，則必採而列之楚風。夫庶幾屈氏者，宋玉也。蓋不佞之言曰：班固得屈氏之顯者也，而迷于隱，故輕詆；中壘、王逸得屈氏之隱者也，而略于顯，故輕擬。夫輕擬之與輕詆，其失等也。然則爲屈氏宗者，太史公而已矣。吾友豫章宗人用晦，得宋楚辭善本，梓而見屬序，豈亦有感於屈氏、中壘之意乎哉！明興，人主方篤親親右文之化。公卿大夫脩業而息之，無庸于深長思者。用晦即不能嘿嘿，亦推所謂雅、頌而廣之爾。是則不佞所謂叙意也。瑯琊王世貞撰。

補訂楚詞敍

見明隆慶五年楚辭章句原刻，天啓三年叢桂堂遞修本。

明陳玄藻撰

離騷之得稱經也，自劉子政始也。它祖原意者咸附之。惜誓之後以其詞皆楚也，總而命之曰楚詞云。淮南、孟堅、景伯各有章句。及隋、唐注釋五、六家，皆不傳。今所傳唯王叔師、朱仲晦二注。楚詞楚譯，世皆以王爲近古。豫章之有王氏注騷也，自用晦王孫始也。用晦好古，負詞賦聲。嘗得離騷宋本，板之以傳，琅琊先生業序而行矣。顧歲月綿邈，梨棗散落者殆十二三，璧斷圭殘，文士惜之。兹晦卿王孫好古不減用晦，因舊刻重爲修訂。凡槧之刓者、蝕者及諸散落弗完者，一日而頓還舊觀。家拾沅、湘香草，人闕天禄閟藏。不獨爲靈均之功臣，用晦有神，亦當鶩知己於千古矣。工既竣，而徵言於余。顧余方拮据，飛輓受俗吏限，安所索既焚之硯？抑余嘗握蘭建禮，又未能遽忘典司，因按詠是編而繫之以言。語不云乎：「文章關乎世運。」三閭於楚爲同姓，阽惻憂國，卒死於讒。至今讀其言，想見其人，猶足啼醒嘯鬼。國家治化郅隆二百餘載，諸王孫霑洽於行葦湛露之中，無憂時畏譏之慮，得以從頌作者之林。盛矣哉，其斌斌乎！夫三閭以悒邑侘傺之感，激而爲騷，以宣幽明。王孫以優游閒曠之思，汜而陳騷，以詠古騷。等耳。作者、述者，是可以觀世矣。賜進士第、亞中大夫、奉敕督理江西通省糧儲、布政使司右參政、前禮部祠祭清吏司郎中莆中陳玄藻頓首拜撰。

補刻楚詞引　見明隆慶五年楚辭章句原刻，天啓三年叢桂堂遞修本。

明朱謀垙撰

風、雅之言，三百篇而後，自漢魏六朝以及唐宋，代不乏人。余用晦伯何取於三閭大夫之楚辭而刻之也？客曰：「三百篇，吾江右益藩有善本矣。漢魏六朝，藩臬舊似刻行。唐十二家，宋之三蘇，郡藏亦有。大夫楚辭，實未之見刻者。或此意與？又曰：近見坊間書刻，不辨亥豕魯魚。舊本難得，若今楚辭傳自有宋，尤爲希世珍奇，名公賞鑒，自不肯磨滅。」余曰：「客之言是矣，恐未盡然。用晦伯負經天緯地之才，博古窮今之學，迺僅阨於制科，不得表見，即求自試通親親付之想象，豈不與大夫忠君愛國之誠、不得見用其君者同歟？大夫託楚辭而寫憂愁幽思之衷，用晦伯刻楚辭亦自申其鬱邑悲歌之志。王元美先生不云乎：『豈有感於屈氏、中壘之意乎哉？』鍥梓既久，流傳亦廣。久之蠹朽。無何，用晦伯逝矣，殘缺其半，海内歎息。余聞而悲之，復謀初本補訂，命工重梓。徵求參藩陳季琳先生之言以傳，使用晦伯之業不墜，此余之心也。若曰用晦伯託屈大夫以寄志，而余垗託用晦伯以寄志，則不敢也。」是爲引。天啓甲子歲五月望日，豫章朱謀垗晦卿甫撰。

重刊楚辭章句序

見明萬曆十四年馮紹祖刊刻本。

明 黄汝亨撰

儒家譚文辭，則莊、騷並稱云。間或以莊生浩蕩自恣，詭於大道，其言多洸洋幻眇，不可訓。屈騷所稱古連類，與經、傳不合，小疵風、雅。總之文生於情，莊生遊世之外，故清濁一流，醉醒同狀，寄幻於寰中，標旨於衆先。而屈子以其獨醒獨清之意，沈世之內，殷憂君上，憤懣混濁。六合之大，萬類之廣，耳目之所覽覩，上極蒼蒼，下極林林，摧心裂腸，無之非是。辟之深秋永夜，凄風苦雨，鬱結於氣，宣鬯於聲，皆化工毆，豈文人雕刻之末技，詞家模擬之艷辭哉！馬遷讀莊生書而歸之寓言，此可與言騷者也已矣！宋玉而下，有其才而非其情，賈誼有其情而非其才。誼之泣以死也，又其甚者也。亦猶晉人者之嫉物輕世也，莊之流也。相如因緣得意，媚於主上，所爲子虛、大人之篇，都麗廖廓，乏於深婉，其情可知已。道不同不相爲謀，嗚呼！此反騷之所旨作也。傳者探易之幽，而參於莊；諷詩之深，而參於騷。參於莊可以羣，參於騷可以怨，其庶幾乎！然莊多善本行世，而楚騷獨缺。俗士罕及之。繩武博物，能裁，蒐自劉、王，訖於近代，鬣間合文，要於神情，斯不亦符節騷人，而升之風雅之堂哉。萬曆柔兆閹茂之歲夏旦朔。

重刊楚辭章句後序

明馮紹祖撰

見明萬曆十四年馮紹祖刊刻本。

不佞非知騷者也，而譊譊慕騷。讀「傷靈脩」、「從彭咸」語，見謂庶幾谷風、白華之什，而哀怨過之。觀哀郢、懷沙，則忿懟濁世，湛没清流，以世無屈子忠也者而屈子遇，無屈子遇而屈子忠也者，心悲之！差、玉以下二三君子，法其從容，而祖其辭令。方且以柔情入景語，藻繢易深厚。至九辯諸篇，而迺始矩武其則，而功令奉之，彼猶然自好者也。蓋不佞居恆謂屈子生於怨者也，故聲帨不勝其呻吟。宋、景諸人，生於屈子者也，故呻吟不勝其聲帨。要以情文爲統紀，豈可過乎！是編也，不佞非以益騷，而聊以畢其所慕，緊起窮愁而揄伊鬱也。若曰或卬之而或抑之，則不佞烏敢開罪靈均，而爲叔師引咎哉。嗟乎！子雲反騷，至其論玄也，則謂千載之下有子雲。謂千載之下有子雲而知玄，毋乃謂千載之下有屈子者而知騷乎哉！萬曆丙戌月軌青陸朔，鹽官馮紹祖繩武父書於觀妙齋。

重梓楚詞敘　明　吴琯　撰

見明萬曆十四年俞初刻本。

古今之稱善故者，自十三經之外，吾得三家焉。若王逸之於楚辭、郭象之於莊子、劉峻之於世説是也。人言子休注子玄，孝標勝臨川，固當別論。而叔師則深得孟氏之旨矣。孟子之言曰：「不以文害辭，不以辭害意。以意逆志，是爲得之。」夫逆者，有待而無待之謂也，斯不亦善故乎？莊子以理，易之變也。世説以事，左史之變也。楚辭以情，夫非詩之變也歟哉！詩之爲教，寬厚温柔，言之者無罪，而聞之者易以入。楚辭則不，其言鴂舌，其聲蟬綿，其情蠖屈。所謂變也，非善故者，鮮不害矣。王氏一書，句爲之離，亦句爲之釋。粗而名象，精而幾微，各有攸當。乃若一章之内，上下相臨；數節之中，終初交應。彼豈不能操其凡而掇其要哉？毋亦曰：楚人之情多怨而隱，楚人之辭牢愁而綸，至孤憤而流離，知音者自尋，脩郄者難見。毋論當時待君心之一悟，即千載而下，有能解此者，旦暮遇之，幾迮湘流之黿而肉魚腹之骨矣。然則説騷者宜莫如説詩而得孟氏之旨者，孰如王氏乎？或曰：然則朱氏之説非歟？余謂不然。朱氏之説，由隱以之顯，其説易入，其入也淺。王氏之説，由顯以之隱，其説難入，其入也深。故讀騷者，先王氏而不入，則以朱氏證之，入則深矣。是書善本曾刻之豫章王孫，序之婁東王長公，今其本已漸漫漶。予友俞太初氏復校以入梓，亦良苦心。予因以數言弁之，大都稱説王氏。若屈氏之爲經、爲傳、爲宗、爲詆、爲擬，則長公已説之詳矣，予小子何敢贅焉。萬曆丙戌新都吴琯撰。

重刻楚辭序

見明萬曆十五年朱燮元朱一龍刻本。　明申時行撰

辭以楚名，何居？自屈平著離騷，而宋玉、景差之徒祖之，皆楚産也。淮南、東方、嚴忌而下，則何以稱焉？非楚産而楚音，則楚之音不盡楚，而以紹明統紀、疏決疑滯、翼其辭以傳，則皆楚之遺也。故合而名之曰楚辭也。昔仲尼删詩正樂，列國之風十有三，而楚不與焉。説者曰：僭王之裔，不陳於太師；蠻鴂之音，不登於朝會。故擯之云爾。乃太史公傳屈平，稱離騷，以爲兼國風、小雅而有之，其稱文小而其指極大，舉類邇而見義遠，浮游塵埃而争光日月。則何以推高之若是？竊嘗意之，仲尼非擯楚也，離騷晚出，適不當仲尼時也。仲尼嘗稱詩矣，曰：可以興、觀、羣、怨，可以事君父，而多識鳥獸草木之名。今夫離騷，抱節脩姱，厲志芳潔，引物連類，以寓其忠愛約結侘傺忳抑之思，發乎情而止乎義，即未必盡當乎優柔敦厚之指，顧豈在邶、鄘、曹、檜之後哉？蓋屈平處臣子之厄，而離騷極風、雅之變，上續詩統，而下開百代之詞賦者也。藉令屈平生於春秋，離騷傳於洙泗，仲尼且亟收之，詩之楚騷，庸詎知不爲書之秦誓乎？自漢以來，著述

之士擷其英華，注釋之家抉其微奧，代有作者。然班固、賈逵之書不復可考，而章句獨稱王逸。固自東京而已大行於世。迨考亭朱子校定其篇章，七諫、九懷而後並從删削，而逸注遂爲筌蹄。然博雅之士，卒以存而不廢也。是書梓於郡中，少傅文恪公爲之序。歲久漫漶，習者病之。郡守朱侯懋和、司理朱侯官虞，以聽政之暇，手自讎校，重付剞劂，以公諸同好者。乃屬王邑博道錫、王徵君百穀問序於余。余惟六經厄於秦火，一綫幾絶，漢初諸儒補葺斷爛，網羅放失，各以訓詁顓門名家，能折角解頤，膾炙當世。而濂、洛、關、閩之儒始得尋其源流，闡繹其統緒，令微言大意，焕然復明。蓋漢儒之功宏以遠矣。逸之於楚辭，猶漢儒之於六經，可遂廢乎！余謂説詩者，無以風、雅之變荑稗離騷；讀楚辭者，無以考亭之説，駢枝逸注。兩存而不遺可矣。故略陳其端，俟通經學古者擇焉。賜進士及第，特進光禄大夫，左柱國、少師、兼太子太師、吏部尚書、中極殿大學士、知制誥經筵、總裁國史會典、予告吴郡申時行撰，長洲諸生杜大綬書。

重刊楚辭序 見明萬曆四十七年劉廣刻本。

明劉廣撰

古今之以辭賦而申其志者，卒亦僅僅以辭賦而畢其用，而獨三閭家言不然。予嘗神覽九州，而艷楚之多材也，大都磊砢沈雄，博蹇而好脩。薦紳先生，精白一志，以媚天子。即其人非楚，而材則楚。一石畫一風議出，而海内想聞之，以爲是岷、湘間之南金翠翹也哉。甚矣，楚風之動人深長思也。既而遊楚，以一葉走江陵，銀浪拍天，嶒竑颸颸，不減秦皇帝合前後部鼓吹獻俘太廟時。予乃劃然長嘯，拂吳鈎而歎曰：壯哉觀乎！而且遥揖二嶽，岑崟參差，日月蔽虧，交錯糾紛，上干青雲。亡怪相如子虛之大言夸張，至擬於天子之上林也。殆扶輿之秀，獨萃於楚矣，然則人傑固由此地靈歟？又不然。蓋過江謁忠王祠，以瓣香清酒，效賈長沙之弔，而後知文士張楚功，卓犖不可誣也。靈脩之浩蕩，衆女之謡諑，而以紉蘭、扈芷之身，躑躅於其際。不平之竅，嘘而成響；侘傺鬱伊，如擣如訴。夫亦聊以自矜其蛾眉，曾何救衆醒衆裸？然作經之旨，不獲伸於懷王、子蘭，而獨伸於千古。君臣間之讀騷而殊其遇、廢騷而符其志者，何也？爲其可以怨也。不淫則風，不亂則雅，遠之事君，夫又奚難焉？今上神聖，國家鴻昌，茂龐之氣，流公卿間。宜爲春容大章，賡明良而贊喜起。其視當日之横廢牢愁，懟恚陫側，未可同年語也。而要以精神流行於三楚，丰彩照映，匪止沃文士之膏沐，而實劇貞臣之肺腑。宋玉、景差之徒，及後興之馬、揚、枚、賈，握三寸柔翰，蟬緩於左徒之門者，其得於騷淺；而行廉志潔、恥言屈信龍蛇、以藻脩偉豎，皎皎於垂裾拖紳間者，其得於騷深耳。信乎楚之多材，功在屈氏，奚地靈人傑之足云！即嚮所見嶒崚飀飀，江濤之怒，皆汨羅之怨也。時蓋低徊祠下者久之，慨慷唏嘘，神味若接。夜宿舟次，恍惚高冠長劍、岌岌陸離、挾行唫憔悴之容者，揖予而譚，謂：「沈湘以來，知我惟子。安在廓落兮，而無友生哉？」予聳然謝，覺而異之，濡筆紀其事。歸檢篋中，適得先侍御子威手校楚辭十七卷，爲洗遊槖，付諸剞劂。夫是故吾家中壘校尉所編次成帙者也。中壘繇宗室子列九卿，入贊尚書，備肺腑，不爲不遇。然慨然有幽憂之思，不得已而託之九歎以擬騷。可見辭屈氏者遭不必屈氏也，而材屈氏者辭併不必屈氏也。願以告楚材暨吾黨之艶楚材者，毋謂靈均衣被後人，廑廑一辭賦之宗而已也。萬曆己未夏六月，吴郡劉廣元博父撰。

楚辭補注跋

見汲古閣本楚辭補注。

清 毛表 撰

今世所行楚辭，率皆紫陽注本，而洪氏補注絶不復見。紫陽原本六義，比事屬辭，如堂觀庭，如掌見指，固已探古人之珠囊，爲來學之金鏡矣。然慶善少時即得諸家善本，參校異同，後乃補王叔師章句之未備者而成書。其援據該博，考證詳審，名物訓詁，條析無遺。雖紫陽病其未能盡善，而當時歐陽永叔、蘇子瞻、孫莘老諸君子之是正，慶善師承其説，必無刺謬。表方舞勺，先人手離騷一篇教表曰：「此楚大夫屈原所作，其言發於忠正，爲百代詞章之祖。昔人有言：『國風好色而不淫，小雅怨誹而不亂，若離騷者，可謂兼之。』我之從事鉛槧，自此書昉也。小子識之。」壬寅秋，從友人齋見宋刻洪本，黯然於先人之緒言，遂借歸付梓。其九思一篇，晁補之以爲不類前人諸作，改入續楚辭。而紫陽并謂七諫、九歎、九懷、九思平緩而不深切，盡删去之，特增賈長沙二賦。則非復舊觀矣。洪氏合新舊本爲篇第，一無去取，學者得紫陽而究其意指，更得洪氏而溯其源流，其於是書，庶無遺憾云。汲古後人毛表奏叔識。

遺香堂楚辭王注序

見清初溪香館刻本。

清盧之頤撰

余聞之師云，文章必本於性情之正而真者，斯可以千古。故詩詠鐘鼓瘖寐，以樂之真正而傳也。騷辨椒榝荃茅，以憂憤之真正而傳也。余遊嚴先生之門，自髫歲至今，殆三十年矣。受先生孝友忠信之教同於餐觀，余亦事先生如父，惟命是從。先生素静默無營。今因國變，不勝悲感，爲文多發憤之語。頃特簡離騷經，作序命予襄梓。其言曰：「汝知雪庵和尚之事乎？和尚名暨，不知其姓。靖難初，慟哭落髮爲僧。好楚辭，時時袖之。登小舟，急棹灘中流，朗誦一葉，輒投一葉於水。投已輒哭，哭已又讀，終卷乃已。此吾欲梓之意，汝宜申數言以彰此經。」余知先生蓋欲以忠憤教世之能文章者，苟性情弗正弗真，必爲邪爲逆，爲千古之罪人矣。余雖亦抱至性，每切傷時，而拙陋自明，何敢着糞附蠅，致能文者之譏憎。第覺先生序中缺此一段引證，故敢直爲補述云爾。錢唐盧之頤於月樞閣。

楚辭章句提要

四庫全書總目提要卷一四八集部一楚辭類。

清紀昀等撰

臣等謹案：楚辭章句十七卷兵部侍郎紀昀家藏本，漢王逸撰。逸字叔師，南郡宜城人。順帝時官至侍中，事蹟具後漢書文苑傳。舊本題校書郎中。蓋據其注，是書時所居官也。初，劉向裒集屈原離騷、九歌、天問、九章、遠遊、卜居、漁父，宋玉九辯、招魂，景差大招，而以賈誼惜誓、淮南小山招隱士、東方朔七諫、嚴忌哀時命、王褒九懷及向所作九歎，共爲楚辭十六篇。是爲總集之祖。逸又益以己作九思與班固二敘，爲十七卷，而各爲之注。其九思之注，洪興祖疑其子延壽所爲。然漢書地理志、藝文志即有自注，事在逸前。謝靈運作山居賦亦自注之，安知非用逸例耶？舊説無文，未可遽疑爲延壽作也。陳振孫書録解題載有古文楚辭釋文一卷，其篇第首離騷，次九辯、九歌、天問、九章、遠遊、卜居、漁父、招隱士、招魂、九懷、七諫、九歎、哀時命、惜誓、大招、九思，迴與今本不同，興祖據逸九章注中稱「皆解於九辨中」，知古本九辨在前，九章在後。振孫又引朱子之言，據天聖十年，陳説之序謂舊本篇第混併，乃考其人之先後，重定其篇第。知今本爲説之所改。則自宋以來，已非逸之舊本。又黄伯思東觀餘論謂逸注楚辭，序皆在後，如法言舊本之例。不知何人移於前。則不但篇第非舊，併其序亦非舊矣。然洪興祖考異於離騷經下注曰：「釋文第一無經字」，而逸註明云：「離，別也。騷，愁也。經，徑也。」則逸所注本確有「經」字，與釋文本不同。必謂釋文爲舊本，亦未可信。姑存其説可也。逸注雖不甚詳賅，而去古未遠，多傳先儒之訓詁。故李善注文選，全用其文。抽思以下諸篇，注中往往隔句用韻，如「哀憤結縎，慮煩冤也。哀悲太息，損肺肝也。心中結屈，如連環也」之類，不一而足。蓋仿周易象傳之體，亦足以考證漢人之韻。而吳棫以來，談古韻者皆未徵引。是尤宜表而出之矣。總纂官臣紀昀、臣陸錫熊、臣孫士毅，總校官臣陸費墀。

楚辭補注提要

四庫全書總目提要卷一四八集部一楚辭類。

清 紀昀等撰

臣等謹案：楚辭補注十七卷内府藏本，宋洪興祖撰。興祖字慶善，陸游渭南集有興祖手帖跋，稱爲洪成季慶善，未之詳也。丹陽人。政和中登上舍第。南渡後召試，授秘書省正字。歷官提點江東刑獄。知真州、饒州，後忤秦檜，編管昭州，卒。事蹟具宋史儒林傳。周麟之海陵集有興祖贈直敷文閣制，極褒其編纂之功。蓋檜死乃昭雪也。案：陳振孫書録解題列補注楚辭十七卷，考異一卷。稱「興祖少時，從柳展如得東坡手校十卷，凡諸本異同，皆兩出之。後又得洪玉父而下本十四五家，參校遂爲定本。始補王逸章句之未備者。成書又得姚廷輝本，作考異，附古本釋文之後。又得歐陽永叔、孫莘老、蘇子容本於關子東、葉少協校正以補考異之遺」云云。則舊本兼載釋文，而考異一卷附之，在補注十七卷之外。此本每卷之末，有「汲古後人毛表字奏叔依古本是正」印記，而考異已散入各句下，未知誰所竄亂也。又目録後有興祖附記，稱鮑欽止云「辨騷非楚辭本書，不當録。班固二序，舊在九歎之後，今附於第一通之末」云云。此本離騷之末有班固二序，與所記合。而劉勰辨騷一篇仍列序後，亦不詳其何故。豈但言其不當録，而未敢遽删歟？漢人注書，大抵簡質，又往往舉其訓詁，而不備列其考據。興祖是編，列逸注於前，而一一疏通、證明、補注於後，於逸注多所闡發。又皆以「補曰」二字别之，使與原文不亂，亦異乎明代諸人妄改古書，恣情損益。於楚辭諸注之中，特爲善本。故陳振孫稱其用力之勤，而朱子作集注亦多取其説云。總纂官臣紀昀、臣陸錫熊、臣孫士毅，總校官臣陸費墀。

文選注提要　四庫全書總目提要卷一八五集部三九楚辭類。

清　紀昀等撰

按：文選舊本三十卷内府藏本，梁昭明太子蕭統撰，唐文林郎、守太子右内率府録事參軍事、崇賢館直學士、江都李善爲之注。左思三都賦，善明稱劉逵注，蜀都、吴都張載注，魏都乃三篇俱題劉淵林字。又如楚辭用王逸注，子虛、上林賦用郭璞注，兩京賦用薛綜注，思玄賦用舊注，魯靈光殿賦用張載注，詠懷詩用顔延年、沈約注，射雉賦用徐爰注。皆題本名，而補注則别稱「善曰」。於薛綜條下發例甚明。乃於揚雄羽獵賦用顔師古注之類，則竟漏本名。於班固幽通賦，用曹大家注之類，則散標句下。

王逸楚辭章句跋　見明正德十三年黄省曾高第刊刻本。

清　袁廷檮撰

嘉慶十一年初秋，借黄蕘翁新得宋刊王逸注楚辭校此本。原缺七卷（第六、第十至十五），以補注本配入，亦宋刊也。别校於汲古閣翻雕本上。後有釋音一卷，廣騷一卷，則各本所無。手自影抄，附裝於後。廿七日壬申勘畢。袁廷檮記於五硯樓。

王逸楚辭章句跋

明隆慶五年豫章夫容館刻本，藏國家圖書館。

清傅承霖撰

書背秦遊草，紙字皆佳，古香可愛，務必保存，不可遺失。傅承霖先浦記。

東翁先浦先生，收藏大家也。余館斯，檢閲古今書籍，識先生靡不注意，爲之後者其勗之。平舒得青氏識。

王逸楚辭章句跋

見明隆慶五年楚辭章句刻本（卷五至卷六配清同治十一年蔣曰豫鈔本），藏南京金陵圖書館。

清 蔣曰豫 撰

四庫全書簡明目録謂劉向輯屈氏以下諸作及向自作，爲楚辭十六卷，逸又益以己作九思及班固之敍，勒成十七卷。爲宋人輾轉校刻，已多更其舊第。今按：此本編次，隆慶未知與逸原定次第若何？以年世敍之，擬更不誤。惟固敍止一，且敍前司馬氏之屈原列傳，敍後梁劉舍人之辨騷，係後人羼入。或並非宋本所有，明翻刻時以類集之，未可知也。

王逸楚辭章句跋

見明萬曆丙戌本，漢劉子政編集，王逸叔師章句，藏南京金陵圖書館。

清 丁丙 撰

前有漢太史令龍門司馬遷撰屈原傳。此本題明後學武林馮紹祖繩武校止，萬曆丙戌自序於觀妙齋，附録諸家楚辭書目、諸總評，又重校章句議例，并音義於上方。皕宋樓所藏同是。此槧尚有黄汝亨一序。

楚辭十七卷跋

清 丁丙撰

明翻宋本，校書郎臣王逸上，曲阿洪興祖補注，藏南京金陵圖書館。

目録前題漢護都水使者光禄大夫臣劉向集，一行。末有二序。後漢文苑傳：「逸，字叔師，南郡宜城人。元初中，舉上計吏，更爲校書郎。順帝時，爲侍中。著楚辭章句。」逸之注釋，採自淮南王安以下，著爲訓傳。安與班固、賈逵之書皆不傳，唯賴此以存焉。至宋洪興祖又以諸本異同，重加參校，補逸之未備。當時分行，今則合爲一編矣。興祖字慶善，丹陽人。政和中登上舍第，南渡後召試，授秘書省正字，知真州、饒州。忤秦檜，編管昭州，卒。宋史具儒林傳。此仿宋刊本，宋諱有闕筆，猶存舊時典型。

楚辭章句跋

明萬曆十四年馮紹祖觀妙齋刻本，清彭孫遹批校並跋，藏寧波天一閣。

清 彭孫遹 撰

右文之無傳者，如雲蒸霞蔚，石皺波紋，極平常，極變幻，卻自然天成，不可模仿。若可仿者，定非至文。賈生、小山得騷之意，而自出機杼者也。以後仿之愈似，去之愈遠。紫陽作楚辭集注，芟去諫、懷、歎、思四篇。

題楚辭王注校本

見莊允益楚辭章句本，藏日本大阪大學圖書館。

日本 服元喬 撰

莊子謙與二三子校楚辭王注，謂尚文哉！驚才創奇，原固可以辭家稱矣。論者乃以經義格之，蓋不必也。王叔師雖曰注家，頗亦斐然成章，是可甄爾，則區區訓詁名物合否，蓋不必也。余惟騷出乎詩。夫詩，比興之義，從人所取，即以爲典要則固矣。崑崙縣圃，詭異譎怪，騷豈可引繩墨以視哉？古之釋家，操觚所擬，或乃有因以鎔鑄，試己才思者，是可翫爾。原既可以文辭視，則叔師可取，亦乃稱是。子謙之識，可謂卓朗。其既愛駿逸矣，驪黃牝牡，固自可遺，況乃可使支附者柴柵乎其閒乎！是且難與俗子言哉！服元喬題。

楚辭章句序 見莊允益楚辭章句本，藏日本大阪大學圖書館。

日本 莊允益 撰

蓋屈原氏雅富贍於文辭乎，何於窮厄放斥間爲斯美辭邪？抑文思非自外鑠之，杼軸畜于中，而組織成於外，感物而動，觸事而發，英華灼然不可掩者也。士之懷志而立朝，養素而伏壄，皆其言湮滅不傳，蓋古今有焉。然其言閱數千載而獨存，歆尚於後之人者，非斯文而何邪！文以足言。「言之無文，行而不遠」，仲尼已云。屈原氏生危難之邦，行不與人周，言不爲君所聽，遂流竄以終其身。國無立功，何以稱於後世焉？豈非獨斯文存哉？後世論者顓揚其忠君愛國，志行廉潔。班固特引卷惟如愚，毁其狷介，且謂崑崙宓妃，非經義所載。以余觀之，蓋皆爲失論。縱同姓斯人，而一國與闇君之繾綣，悒鬱不已以懷沙，不亦怪乎！非獨楚君臣而含若性，滔滔者天下皆是也。屈原氏博聞彊識，窮通古今，猶不能反顧自廣，何邪？顧憤悶之情與文思相依，則其念君憂國，誹上疾世，稱古戒今，揚己矜誇，此其見而向背於此，以爲之鼓舞者，唯在成斯文已。不然，何以忠愛惻怛之情，而露君惡、揚己美，沾沾自喜爲，乃至其言「將從彭咸之所居」，亦其興之所不能已。安知不託言於此，以晦其迹？不亦若匹夫匹婦自經於溝瀆也？其荒唐變幻，極天地之表，假神靈，徵鬼物，役鳥蟲而佐其意也。即博洽之材，興趣所致於放言遺辭之間，何物不隨手而出焉？課虛無以責有，叩寂寥而求音，文人之常也。是非經義法度所可得而論焉。託思之奇，屬辭之麗，固亡於前詩後賦；擅美古今，實獨步千世。而自夫淮南而後，比詩證經，幾乎阿其所好矣。王逸所傳，前後十七篇古注，唯王逸存而傳其義。雖非無强附，亦與後世注家結構頗異，學者足據以玩焉。今兹與友人井勃門、柳大禮讀之，遂句焉梓於前川氏。寬延庚午之春，西豐莊允益。

楚辭王注考異序

見楚辭王注考異稿本，藏日本大阪大學圖書館。

日本西村時彦撰

王注楚辭十七卷，日本莊允益校刻。首有王世貞序，次有寬延庚午之春寬延三年，爲清乾隆十五年。西豐莊允益序。次凡例，六則。次目録。各篇序説低一格，離騷篇尾總敍、天問篇尾敍亦然。卷尾附載楚辭音。有崇文堂主人跋，云：「傚宋本別附，附之後末。」末著「崇文堂主人識」，蓋書賈所爲也。凡例云：「今所讎校華本四通，此方寫本一通。」「此方寫本」字樣體制，蓋宋本所傳。其及國諱也，缺其點畫，乃可次證焉。蓋世貞之所序乎？今多從之。按王序云：「吾友豫章宗人用晦得宋楚辭善本，梓而見屬爲序。」是蓋何義門所謂「豫章芙蓉館重雕宋本」者，莊氏以我邦所傳寫本爲豫章本，未知的否。其所校讎四本，亦未知何書。豫章本坊間罕覯，而海内著録家無録及此寫本者，則亦恐散逸日久也。我邦王逸楚辭章句單注本，惟有斯書。刻版尚存，最可珍重。而惜誤脱亦不尠，因取家藏諸本以考同異，庶幾有小補騷學也。

明黄勉之刻本楚辭章句跋　見觀堂别集。

王國維撰

明正德刻楚詞章句十七卷，行欵大雅，實出宋槧。書中不避宋諱，然目録自九章至九思有「傳」字，與洪興祖補注所引一本合。題名二行，舊云「漢護左都水使者光禄大夫臣劉向集」，「後漢校書郎王逸章句」。此本改爲「漢劉向子政編集，王逸叔師章句」，并爲一行，而第二行改刊「後學西蜀高第、吳郡黄省曾校正」十三字，其餘猶宋本舊式也。舊爲張船山藏書。丁巳春得於上海，是歲小除夕記。

丁巳除夕，以此本校楚詞補注，凡三卷。知此本全與洪氏考異所稱「一本」合，亦此本出於宋槧之證。戊午元旦記。

楚辭考異題詞　見劉申叔遺書，民國二十五年寧武南氏校印本。

劉師培撰

詩教淪冥，楚辭代興。漢人賡續有作，咸附隸焉。及叔師作章句，别附九思於編末。由漢迄宋，相傳各本，雖次第或殊，然均靡所損益。自紫陽注出，篇目損益，遂更舊觀。今所傳王本，明刊而外，惟日本莊益恭刊本較爲精善。然毛刊洪氏補注本，出自宋槧，尤爲近古。補注以前恆列異文，蓋屬宋人校記。於博考衆本外，恆引史記、文選異文，亦間及藝文類聚。宋代之書，斯爲昭實。惟是漢人所引，文已互乖；六朝而降，異本滋衆，故羣籍引稱，文多歧出。即書出一人之手，後先援引，迺復互殊。勘讎同異，昔鮮專書，致舊本之觀，靡克闚睹，學者憾焉。今以洪本爲主，凡古籍所引異文，按條分綴，序及章句文亦附校。篇各爲卷，名曰考異，以補宋人校記之缺。惜孟堅、景伯章句，自昔弗昭，景純所注，書亦墜失，殊文異字，勘審靡資，興念及此，猶叔師所云「愴然悲感」也。辛亥年正月劉師培題。

楚辭補注跋尾

漢王逸章句，宋洪興祖補注，清初毛氏汲古閣刻寶翰樓排印本，王大隆跋並録前人批點，藏復旦大學圖書館。

王大隆撰

乙亥四月借涵芬樓藏高郵王文簡公手評本，用硃筆照臨於常熟瞿氏滬上寄廬，欣夫王大隆記。

原本藏涵芬樓。據其書録，謂王文簡手評。然細案不合王氏家法，恐是後人僞託。或別出他手，而鑒之未確也。三十八年五月廿九日坐雨無聊，偶檢一過，欣夫并志。

案：湯金釗撰文簡墓志銘云：「道光十四年十一月二十四日卒於位。」安得十五年八月尚在秦郵校此書耶？亦可謂不善於作僞矣。有此鐵證，可糾涵芬樓燼餘書録之誤。余別有長跋。一九六〇年十月廿一日，欣夫又記。

楚辭章句版本著録

離騷傳漢劉安撰。

庚案：漢書卷四四淮南王安傳：「初，安入朝，獻所作内篇新出，上愛祕之。使爲離騷傳，旦受詔，日食時上。」師古曰：「傳，謂解説之，若毛詩傳。」則安作離騷傳者，爲最早之楚辭注也，故叔師後序「使淮南王安作離騷經章句」云云，亦以「章句」稱也。

漢書卷三〇藝文志漢班固撰。

屈原賦二十五篇楚懷王大夫，有列傳。庚案：楚辭章句十七卷存離騷、九歌、天問、九章、遠遊、卜居、漁父等。

唐勒賦四篇楚人。庚案：楚辭章句十七卷存大招一篇。

宋玉賦十六篇楚人，與唐勒並時，在屈原後也。庚案：楚辭章句十七卷存九辯、招魂二篇。

莊夫子賦二十四篇名忌，吳人。庚案：楚辭章句十七卷存哀時命一篇。

賈誼賦七篇庚案：楚辭章句十七卷存惜誓一篇。

淮南王賦八十二篇庚案：楚辭章句十七卷存招隱士一篇。

劉向賦三十三篇庚案：楚辭章句十七卷存九歎九篇。

王褒賦十六篇庚案：楚辭章句十七卷存九懷九篇。

天問解（佚）揚雄撰。

庚案：王逸天問後敍謂天問「自太史公口論道之，多所不逮。至於劉向、揚雄，援引傳、記以解説之」云云，則知揚雄有天問解也。

天問解（佚）劉向撰。

庚案：王逸天問後敍謂天問「自太史公口論道之，多所不逮。至於劉向、揚雄，援引傳、記以解説之」云云，則知劉向有天問解也。

離騷經章句（佚）賈逵撰。

庚案：王逸離騷後序「孝章即位，深弘道藝，而班固、賈逵復以所見，改易前疑，各作離騷經章句」云云，則知賈逵有離騷經章句也。

離騷經章句（佚）班固撰。

庚案：王逸離騷後序「孝章即位，深弘道藝，而班固、賈逵復以所見，改易前疑，各作離騷經章句」云云，則知班固有離騷經章句也。其所作離騷一敍見存於洪興祖楚辭補注。

離騷注（佚）馬融撰。

庚案：後漢書卷六〇上馬融傳「注孝經、論語、詩、易、三禮、尚書、列女傳、老子、淮南子、離騷」云云，則知馬融有離騷注也。

楚辭章句十六卷王逸撰。

後漢書卷一一〇文苑傳王逸：「王逸字叔師，南郡宜城人也。元初中舉上計吏，爲校書郎。順帝時爲侍中。著楚辭章句行於世。」庚案：其書今傳於世，都十七卷，末附逸所作九思一卷。前十六卷爲劉向所輯，逸爲章句者也。惟九思章句，非逸所作，後人所補也。

隋書卷三十五經籍志唐魏徵撰。

楚辭十二卷并目録，後漢校書郎王逸注。

梁有楚辭十一卷宋何偃删王逸注。亡。

文選集注唐鈔本未撰姓氏。

離騷經章句　招魂章句　招隱士章句見文選集注唐鈔本殘卷，上海古籍出版社二〇〇〇年版。

庚案：日本國金澤文庫藏唐寫本文選集注殘卷，二〇〇〇年七月由上海古籍出版社景印出版。卷六十三有王逸離騷經章句，起「帝高陽之苗裔兮」，止「恐導言之不固」。卷六十六有王逸招魂章句、招隱士章句，皆全帙。雖存三篇，於楚辭不及什一，其爲唐鈔，則彌足珍貴。對勘今本章句，多所異同。羅雪堂早年曾目覩此寶，影印此書十五卷，嘗有序紀其事，曰：「日本金澤文庫藏古寫本文選集注殘卷，無撰人姓名，亦不能得其總卷數。卷中所引，於李善及五臣注外，有陸善經注，有音決，有鈔，皆今是我國所無者也。於唐諸帝諱，或缺筆，或否。其寫自海東，抑出唐人手，不能知也。往在京師得一卷，珍如璆璧。宣統紀元，再遊扶桑，欲往披覽，匆匆未果。乃遣知好，往彼移寫，得殘卷十有五。其本歸武進董氏。予勸以授之梓，董君諾焉。予以與善本詳校，異同甚多，且知其析善注本一卷爲二。蓋昭明原本爲三十卷，善注析爲六十卷，此又析爲百二十卷。卷第固可知矣，而作者卒不可知也。此書久已星散。予念此零卷雖所存不及什二，然不謀印行，異日求此且不可得，而刊行之事，予當任之。乃假而付之影印。似此書原本外尚有謄寫別本，且與此本有異同，而未聞東邦學者言及之。附記於此，俟後日訪焉。宣統十年戊午六月上虞永豐人羅振玉序於海東寓居之雪堂。」

舊唐書卷四七經籍志下楚詞類一別集類二總集類三後晉劉昫撰。

楚詞十六卷王逸注。

新唐書卷六十藝文志四宋歐陽修撰。

楚辭十六卷王逸注。

崇文總目卷五總集類上宋王堯臣等編次，錢東垣等輯釋。

楚詞十七卷王逸注。

郡齋讀書志卷四七上楚辭類宋晁公武撰。

楚辭十七卷右後漢校書郎王逸叔師注。

楚屈原，名平。爲懷王左徒，博聞强志，嫺於辭令。後同列心害其能而譖之，王怒疏平。平自傷忠而被謗，乃作離騷經以諷，不見省納。及襄王立，又放之江南，復作九歌、天問、九章、遠遊、卜居、漁父、大招。自沉汨羅以死。其後楚宋玉作九辯、招魂，漢賈誼作惜誓，淮南王小山作招隱士，東方朔作七諫，嚴忌作哀時命，王褒作九懷，劉向作九歎，皆擬其文，而哀平之死於忠。至漢武時，淮南王安始作離騷傳。劉向典校經書，分爲十六卷。東京班固、賈逵各作離騷章句，餘十五卷闕而不說。至逸自以爲南陽人，與原同土，悼傷之，復作十六卷章句。又續爲九思，取班固二序附之，爲十七篇。按：漢書志：屈原賦二十五篇，今起離騷經至大招，凡六，九章、九歌又十八。則原賦存者二十四篇耳。并國殤、禮魂在九歌之外爲十一，則溢而爲二十六篇。不知國殤、禮魂何以係九歌之末。又不可合十一爲九。然則謂大招爲原辭，可疑也。夫以「招魂」爲義，恐非自作。或曰景差，蓋近之。其卷後有蔣之翰跋云。晁美叔家本也。

楚辭釋文卷一

右未詳撰人。其篇次不與世行本同。蓋以離騷經、九辯、九歌、天問、九章、遠遊、卜居、漁父、招隱士、招魂、九懷、七諫、九歎、哀時命、惜誓、大招、九思爲次。按今本九章第四、九辯第八，而王逸九章注云：「皆解於九辨中。」知釋文篇次蓋舊本也。後人始以作者先後次第之耳。或曰：天聖中陳説之所爲也。

補注楚辭十七卷考異一卷

未詳撰人。凡王逸章句有未盡者補之。自序云：「以歐陽永叔、蘇子瞻、晁文元、宋景文家本參校之，遂爲定本。又得姚廷輝本作考異，且言辨騷，非楚辭本書，不當録。」

重編楚辭十六卷

右族父吏部公重編。獨離騷經仍故爲首篇，其後以遠遊、九章、九歌、天問、卜居、漁父、大招、九辯、招魂、惜誓、七諫、哀時命、招隱士、九懷、九歎爲次，而去九思一篇。其説曰：按八卷，屈原遭憂所作。故首篇曰離騷經，後篇皆曰離騷，餘皆曰楚辭。今本所第篇或不次序，於是遷遠遊、九章次離騷經，在九歌上，以原自叙其意近於離騷經也。而九歌、天問，乃原既放之後攄憤所作者，故遷於下。卜居、漁父，自叙之餘意也，故又次之。大招古奥，疑原作，非景差詞。沈淵不返，故以終焉。爲楚辭上八卷。九辯、招魂，皆宋玉所作。或曰九辯原作，其聲浮矣。惜誓弘深，或以爲賈誼作，蓋近之。東方朔、嚴忌，皆漢武帝廷臣。淮南小山之詞，不當先朔、忌。王褒，漢宣帝時人，後淮南小山。至劉向，最後作。故其次序如此。皆西漢以前文也，爲楚辭下八卷。王逸，東漢人，九思，視向以前所作，相闊矣。又十七卷非舊録，故去之。又頗删逸離騷經訓釋淺陋者，而録司馬遷原傳，冠其首云。

庚案：晁氏是書今未傳。雖爲重編，要其注説，則猶爲王逸章句也。

直齋書録解題卷十五楚辭類 宋陳振孫撰。

楚辭十七卷 漢護都水使者光禄大夫劉向集，後漢校書郎南郡王逸叔師注，知饒州曲阿洪興祖慶善補注。

逸之注雖未能盡善，而自淮南王安以下爲訓傳者，今不復存。其目僅見於隋、唐志，獨逸注幸而尚傳，興祖從而補之，於是訓詁名物詳矣。

離騷釋文一卷 古本，無名氏。

洪氏得之吴郡林虙德祖，其篇次不與今本同。今本首騷經，次九歌、天問、九章、遠遊、卜居、漁父、九辨、招魂、大招、惜誓、招隱、七諫、哀時命、九懷、九歎、九思。釋文亦首騷經，次九辨，而後九歌、天問、九章、遠遊、卜居、漁父、招隱士、招魂、九懷、七諫、九歎、哀時命、惜誓、大招、九思。洪氏按：「王逸九章注云：『皆解於九辨中。』則釋文篇第，蓋舊本也。後人始以作者先後次序之耳。」朱侍講按：「天聖十年，陳説之序，以爲舊本篇第混并，乃考其人之先後，重定其篇第。然則今本説之所定也。」余按：楚辭劉向所集，王逸所注，而九歎、九思亦列其中，蓋後人所益也歟。

楚辭考異一卷洪興祖撰。

興祖少時從柳展如得東坡手校楚辭十卷，凡諸本異同，皆兩出之。後又得洪玉父而下本十四五家參校，遂爲定本。始補王逸章句之未備者。書成，又得姚廷輝本作考異，附古本釋文之後。其末又得歐陽永叔、孫莘老、蘇子容本於關子東、葉少協，校正以補考異之遺。洪於是書，用力亦以勤矣。案：文獻通攷作補注楚辭十七卷、考異一卷。晁公武曰：「凡王逸章句有未盡者補之。」自序云：「以歐陽永叔、晁文元諸家參考之爲定本。又得姚廷輝本作考異。」此所云亦二書，蓋因補注，已見前條，故不復載。然標題終爲脱落也。

文獻通考卷二三〇經籍考五十七元馬端臨撰。

楚辭十七卷

鼂氏曰：「後漢校書郎王逸叔師注。楚屈原，名平。爲懷王左徒，博聞强志，嫺於辭令。後同列心害其能而讒之，王怒疏平。平自傷忠而被謗，乃作離騷經以諷，不見省納。及襄王立，又放之江南，復作九歌、天問、九章、遠遊、卜居、漁父、大招。自沈汨羅以死。其後楚宋玉作九辯、招魂，漢賈誼作惜誓，淮南小山作招隱士，東方朔作七諫，嚴忌作哀時命，王褒作九懷，劉向作九歎，皆擬其文，而哀平之死於忠。至漢武時，淮南王安始作離騷傳。向典校經書，分爲十六卷。東京班固、賈逵各作離騷章句，餘十五卷闕而不説。至逸自以爲南陽人，與原同土，悼傷之，復作十六卷章句。又續爲九思，取班固二序附之，爲十七篇。按：漢書志：屈原賦二十五篇，今起離騷經至大招，凡六，九章、九歌又十八。則原賦存者二十四篇耳。并國殤、禮魂在九歌之外爲十一，則溢而爲二十六篇。不知國殤、禮魂何以繫九歌之末。又不可合十一爲九。然則謂大招爲原辭，可疑也。夫以「招魂」爲義，恐非自作。或曰景差，蓋近之。其卷後有蔣之翰跋云。晁美叔家本也。」

陳氏曰：「逸之注雖未能盡善，而自淮南王安以下爲訓傳者，今不復存。其目僅見於隋、唐志，獨逸注幸而尚傳，興祖又從而補之，於是訓詁名物詳矣。」

楚辭釋文一卷

鼂氏曰：「未詳撰人。其篇次不與世行本同。」陳氏曰：「古本無名氏。洪氏得之吳郡林虙德祖，其篇不與今本同。今本首騷經，次九歌、天問、九章、遠遊、卜居、漁父、九辯、招魂、大招、惜誓、招隱、七諫、哀時命、九懷、九歎、九思。釋文亦首騷經，次九辯，而後九歌、天問、九章、遠遊、卜居、漁父、招隱士、招魂、九懷、七諫、九歎、哀時命、惜誓、大招、九思。洪氏按：『王逸九章注云：「皆解於九辯中。」則釋文篇第，蓋舊本也。後人始以作者先後次序之耳。』朱侍講按：『天聖十年，陳説之序，以爲舊本篇第混并，乃考其人之先後，重定其篇第。然則今本説之所定也。』余按：『楚辭劉向所集，王逸所注，而九歎、九思亦列其中，蓋後人所益也歟。』」

補注楚辭十七卷考異一卷

鼂氏曰：「未詳撰人。凡王逸章句有未盡者補之。自序云：『以歐陽永叔、蘇子瞻、鼂文元、宋景文家參考之，遂爲定本。又得姚廷輝本作考異。且言辯騷非楚辭本書，不當録。』」

陳氏曰：「洪興祖撰。興祖少時從柳展如得東坡手校楚辭十卷，凡諸本異同，皆兩出之。後又得洪玉父而下本十四五家參校，遂爲定本。始補王逸章句之未備者。成書，又得姚廷輝本作考異，附古本釋文之後。其末又得歐陽永叔、孫莘老、蘇子容本於關子東、葉少協，校正以補考異之遺。洪於是書，用力亦勤矣。」

宋史卷二百八藝文志元脱脱撰。

楚辭十六卷楚屈原等撰。

楚辭十七卷後漢王逸章句。

補注楚辭十七卷考異一卷宋洪興祖撰。

文淵閣書目明楊士奇撰。

楚辭一部二册，完全。

楚辭一部六册，完全。

楚辭一部六册，殘缺。
楚辭一部六册，闕。
楚辭一部五册，殘缺。
楚辭一部五册，完全。塾本無此部。
楚辭一部三册，闕。
楚辭一部一册，闕。
楚辭注解一部五册，完全。
楚辭注解一部四册，闕。

菉竹堂書目卷三明葉盛撰。

楚辭六册。
楚辭注解五册。

求古居宋本書目一卷附考證清黄丕烈撰，見民國七年長沙葉氏觀古堂書目叢刻本。

楚辭十卷。

蕘圃藏書題識卷七集清黄丕烈撰。

楚辭殘本□卷校本。

此書於戊申歲從朱文游家得來，閲歲至今；壬子又從渠小阮秋崖處，假得惠半農評閲本，因傳録評語及圈點於是。惜佚十三卷未獲，傳録亦一恨事。蕘圃黄丕烈識。

海源閣書目集部楚辭類清楊紹和撰。

［元本］

校殘宋楚辭十七卷四册。

惠校汲古閣楚辭十七卷六册。曾案：此書宋存書室宋元秘本書目未著録。

［明本］

明本楚辭章句十七卷漢王逸撰。疑字直音補一卷明萬曆朱燮元、朱一龍刻本。十二册，魯圖。

明本楚辭章句十七卷漢王逸撰。附録一卷明萬曆十四年馮紹祖歡妙齋刻本。四册，鈐有「月波樓藏書」印，魯圖。

汲古閣本楚辭章句十七卷漢王逸撰。宋洪興祖補注清初毛氏汲古閣刻本，四册。

楚辭章句十七卷漢王逸撰。明正德十三年黄省曾、高第刻本，佚名批校。四册。鈐有「我取軒藏書」、「楊氏海源閣」、「瀛海仙班」、「紹和筠岩」、「彦合珍玩」、「宋佳書屋」、「沈志夔行二字紹九號稼夫」諸印。魯圖。

楚辭章句十七卷宋洪興祖撰，明劉鳳等評注。附録一卷明凌毓枬朱墨套印本本，四册。

海源閣宋元秘本書目卷四集部清楊保彝撰，見清光緒十四年江標刻本。

［宋本］

校殘宋本楚辭十七卷四册。

【補】此本隅録未收。王獻唐調查登録時尚存海源閣。王氏云：字迹類黄丕烈。散出後去向不明。

萬卷精華樓藏書記卷一〇三集部一楚辭類清靈石耿文光斗垣甫撰。

楚辭章句十七卷漢王逸撰。

明本，首史記屈原本傳，次班固序，次劉勰辨騷，目録附後楚辭疑字直音補一卷，不知何人所著。脱王逸序，今從屈氏新注本抄補。

王氏自序曰：「屈原作離騷，上以諷諫，下以自慰，遭時闇亂，不見省納，遂復作九歌，凡二十五篇。楚人高其行義，瑋其文采，以相教傳。至於孝武帝，使淮南王安作離騷經章句，大義粲然。逮至劉向分爲十六卷。孝章即位，班固、賈逵復以所見，改易前疑，各作離騷經章句。其餘十五卷闕而不説。又以『壯』爲『狀』，義多乖異，事不要括。今臣復以所識所知作十六卷章句，雖未能究其微妙，然大指之趣，略可見矣。」

晁氏曰：「原作離騷經、九歌、天問、九章、遠遊、卜居、漁父、大招。自沉汨羅以死。其後楚宋玉作九辨、招魂，賈誼作惜誓，淮南小山作招隱士，東方朔作七諫，嚴忌作哀時命，王褒作九懷，劉向作九歎，皆擬其文，而哀平之死於忠。至逸自以爲南陽人，與原同土，悼傷之，復作十六卷章句。又續爲九思，取班固二序附之，爲十七篇。」録於讀書志。

文光案：大招一篇或以爲原自作，或以爲景差作，晁氏亦疑之。朱子按其文詞，定爲差作，非有左證也。至其篇卷，以十七數之者，合其九者爲一卷數。屈子之著者，又分其九者爲九篇。歷代相傳屈子之文凡二十五篇。今按目數之，至漁父止得二十三篇。九歌後繫以國殤、禮魂二篇。或云九歌之『亂辭』，或云九歌十一篇。據晁志云：「不可合十一爲九。」是誠可疑矣。然晁志之外，亦無有辨及之者。姑存其疑，以足二十五篇之數可也。若增以大招，則溢爲二十六矣。李安溪注九歌，又去此二篇。益不足矣。宜存其舊也。其以十一篇稱「九」者，即詩之稱「什」，不必十篇與？然又有疑者。説者謂古人以篇爲卷，篇即卷也。楚辭六十四篇，何以爲十七卷？豈數楚辭者不與他書同，抑篇卷之説未盡然耶？是書之前後次第，屢有更易。今所傳王注，非其原本。惟十七卷，則不誤也。注曰章句，沿舊名也。陳氏謂王注未能盡善。伏讀四庫全書提要，「逸注多傳先儒之訓詁，故李善注文選，全用其文。抽思以下諸篇注中，往往隔句用韻，如『哀憤結縎，慮煩冤也』，『哀悲太息，損肺肝也』，『心中結屈，如連環也』之類，不一而足。蓋仿周易象傳之體，亦足以考證漢人之韻。而吴棫以來，談古韻者皆未徵引」云云。

然則讀是注者，可以知所取矣。洪氏欲去辨騷。可知爲古本所有，非後人附益之也。今洪注本仍存辨騷，豈欲删而未遽删歟？

楚辭補注十七卷宋洪興祖撰。

汲古閣本。是本每卷末有「汲古後人毛表字奏叔依古本是正」印記，目録後有附記，離騷經第一，後録班固二序，劉勰辨騷一篇。按：陳録洪氏有考異一卷，此本已散入各句下。其注先列逸注於前，所補者，以「補曰」二字別之。在諸注中，向稱善本。

晁氏曰：凡王逸章句有未盡者補之。自序云：「以歐陽永叔、蘇子瞻、鼂文元、宋景文家諸本參考之，遂爲定本。又得姚廷輝本作考異。且言辨騷，非楚辭本書，不當録。」録於讀書志。

文光案：陳録洪氏所據者凡十四五家，用力甚勤。朱子云：「詳於訓詁名物。」

藝風藏書續記卷六詩文第八清繆荃孫撰。

楚詞十七卷明繙宋本。

漢王逸章句，每半葉八行，行十七字，高六寸六分，廣四寸五分，白口，雙邊。目録後有『隆慶辛未歲豫章夫容館宋板重雕』一行，史傳，班固序騷，劉勰辨騷。次之楚辭疑字直音補附焉。卷一之末有「姑蘇錢世傑寫，章芝刻」，雙行。天一閣書目收入有王世貞序：「吾友豫章宗人用晦得宋楚詞以梓，而見屬爲序。」此本序已失去。

藝芸精舍宋元本書目集部楚辭類清汪士鐘撰，滂熹齋叢書第二函。

王逸注楚辭十七卷釋音一卷

上善堂宋元板精鈔舊鈔書目一卷景宋鈔本楚辭類清孫從添撰，民國瑞安陳氏刻湫漻齋叢書本。

景宋鈔王逸注楚辭十七卷汲古閣藏本。

鐵琴銅劍樓藏書目録卷十九楚辭類清瞿鏞編。

楚辭補注十七卷明刊本。

題校書郎王逸上，曲阿洪興祖補注。案：陳氏書録附考異一卷，本別爲一書。此迺散入各句下，非洪氏原本之舊。然猶是明繙宋刻本，宋諱字俱減筆。知此書在宋時已竄亂矣。

皕宋樓藏書志卷六十七集部離騷類清陸心源撰。

楚辭十七卷明刊本。

漢劉向子政編集，王逸叔師章句。

黄汝亨叙萬曆。

馮紹祖序萬曆丙戌。

楚辭十七卷明覆宋本。

漢護都水使者光禄大夫臣劉向集，後漢校書郎臣王逸章句，宋曲阿洪興祖補注。

善本書室藏書志卷二十三集部一 清錢塘丁丙松生甫輯。

楚辭十七卷明翻宋本，校書郎臣王逸上，曲阿洪興祖補注。

目録前題「漢護都水使者光禄大夫臣劉向集」一行，末有二序。後漢文苑傳：「逸字叔師，南郡宜城人，元初中，舉上計吏，爲校書郎。順帝時爲侍中，著楚辭章句。」逸之注釋，採自淮南王安以下，著爲訓傳，安與班固、賈逵之書皆不傳，唯賴此以存焉。至宋洪興祖又以諸本異同，重加參校，補逸之未備。當時分行，今則合爲一編矣。興祖字慶善，丹陽人。政和中登上舍第，南渡後召試，授祕書省正字，知真州、饒州。忤秦檜，編管昭州，卒。宋史具儒林傳。此仿宋刊本，宋諱有闕筆，猶存舊時典型。

楚辭十七卷明萬曆丙戌刊本，漢劉向子政編集、王逸叔師章句。

前有漢太史令龍門司馬遷撰屈原傳。此本題明後學武林馮紹祖繩武校正，萬曆丙戌自序於觀妙齋，附録諸家楚辭書目、諸總評，又重校章句議例，並列音義於上方，皕宋樓所藏同是。此槧尚有黄汝亨一序。

抱經樓藏書志卷五十一集部離騷類 清慈谿沈德壽藥庵編。

楚辭十七卷明隆慶刊本王端履舊藏

漢劉向編集王逸章句

史傳

序騷

辨騷

直音

案：目録後有「隆慶辛未歲豫章夫容館宋版重雕」一行，卷首有「老當益壯齋」，朱文腰圓印；「惟丙申吾㠯降」，朱文長印；「蕭山王端履年六十歲後所得書」，白文方印；「小穀」，朱文方印；「嘉慶甲戌進士官翰林院庶吉士」，朱文方印。

楚辭十七卷明覆宋刊本。

漢護都水使者光禄大夫臣劉向集，後漢校書郎臣王逸章句，宋曲阿洪興祖補注。

咸豐元年八月烟嶼樓訂本，卷中有「徐印時棟」，白文方印。「烟嶼樓」，朱文長印。

傳是樓宋元板書目清徐乾學撰，見清光緒十一年傳硯齋叢書本。

楚辭補注六册。

尊經閣藏書目録

仿汲古閣本楚辭一部，四本。

書林清話卷五清葉德輝撰。

楚辭章句十七卷豫章王氏夫容館隆慶辛未（五年）刻，見朱目、森志、楊志、繆續記。

楚辭章句十七卷武林馮紹祖繩武觀妙齋萬曆丙戌（十四年）刻，見丁志。

結一廬藏宋本書目清朱學勤撰，清光緒二十一年長沙葉氏觀古堂書目叢刻本。

楚辭章句十七卷明芙蓉館重刊宋本，六册。

楚辭補注十七卷宋洪興祖撰，汲古閣刊，二册。

書目答問卷四集部楚辭第一清張之洞撰。

楚辭補注十七卷漢王逸注，宋洪興祖補，汲古閣毛表校本。

楚辭章句十七卷大、小雅堂刻本，止王注。

書目答問補正卷四集部楚辭第一清張之洞撰。

楚辭補注十七卷漢王逸注，宋洪興祖補，汲古閣毛表校本。

楚辭章句十七卷大、小雅堂刻本，止王注。

【補】同治十一年江寧局翻毛校補注本

四部叢刊影印明翻宋補注本

道光間三原李錫麟刻補注本在惜陰軒叢書内。

儀徵劉師培楚辭考異十七卷

長沙易培基楚辭校補十七卷未刊。

日本訪書志卷十二清楊守敬撰。

楚辭章句十七卷明隆慶辛未刊本。

首王世貞序，次目録，次本傳，次班固序，次劉勰辨騷。目録後題「隆慶辛未歲豫章夫容館宋版重雕」。一卷後題「姑蘇錢世傑寫，章芝刻」。按：此本與明無名氏翻宋本體式相合，唯彼缺宋諱，此不缺諱。又四周雙邊，當爲重寫，並非影摹。然字體方正而清爽，猶與宋刻爲近。首行題「楚辭卷之一」，次行題「漢劉向編集」，三行題「王逸章句」。然則明刻別本題「校書郎王逸章句」者，特據隋志改題，未必舊本如此也。又按：晁公武讀書志稱王逸續爲九思，取班固二序附之，今此本班序不入卷中。又公武始以本傳冠首，則知此本編次出於公武之後。然楚辭莫古於是本。嘉慶間大雅堂雖重刻是本，而草率殊甚。近日武昌書局重刻洪氏補注及朱子集注，而此本傳世頗罕，亦缺事也。

兩浙古刊本考清王國維撰，見一九四〇年商務印書館海寧王靜安先生遺書本。

楚辭十七卷黄伯思新校楚辭序以武林吳郡槧本讎校。

中國善本書提要集部二楚辭類王重民撰。

楚辭十七卷四册，北圖。明凌氏朱墨印本，八行十八字(21.5×14)。

原題：「王逸敍次，陳深批點。」按「敍次」當謂用王逸本也。卷末題：「吴興凌毓枏殿卿父校」，下鈐「凌毓枏印」、「凌氏覺于」兩章，因知此爲凌氏印本。卷前有楚騷附録，爲司馬遷屈原賈生列傳一篇，末題「萬曆庚子九月既望王穉登書」，又劉勰辨騷一篇蓋均應訂於卷末。是書採諸家評語甚多，書題下雖標出陳深之名，而卷内實與諸家並列。蓋深爲凌氏鄉人，故特尊之耳。

王世貞跋。

楚辭十七卷附録一卷四册，國會。明朱墨印本，八行十八字(21.5×13.9)。

原題：「王逸敍次，陳深批點。」

王世貞跋。

楚辭十七卷附録一卷八册(四庫總目卷一百四十八)，北大。明萬曆間刻本，九行十八字(21.2×13.6)。

原題：「漢劉向子政編集，王逸叔師章句，明後學武林馮紹祖繩父校正。」卷一頁一下書口記：「杭州郁文瑞書。」餘葉亦有記刻工姓氏者。凡例題：「觀妙齋重校楚辭章句。」眉端載各家注解及音義，諸家評語則彙載每篇之後。卷内有「得天樓」、「雷鑾李氏家藏印」、「清舫李泰藏書」、「巴陵方氏碧琳瑯館藏書」等印記。

黄汝亨序萬曆十四年（一五八六）。

馮紹祖後序萬曆十四年（一五八六）。

楚辭章句十七卷四册，北圖，明正德間刻本，十行十八字（19.9×13.9）。

原題：「漢劉向子政集，王逸叔師章句，後學西蜀高第吳郡黄省曾校正。」王鏊序云：「其書本吳郡文學黄勉之所蓄，長洲尹左綿高君公次見而異之，相與校正，梓刻以傳。」卷内有「省齋藏書畫印」、「張問陶印」、「静安」、「王國維」、「雪堂」等印記。末有王氏題記兩則：

明正德刊楚辭章句十七卷，行款古雅，字畫精湛，實出宋槧。書中不避宋諱，然目録自九章至九思下均有「傳」字，與洪興祖補注所引一本合。題名二行，舊云「漢護左都水使者、光禄大夫臣劉向集，後漢校書郎中臣王逸章句」。此本改爲「漢劉向子政編集，王逸叔師章句」，并爲一行，而第二行改刊「後學西蜀高第吳郡黄省曾校正」十三字，其餘猶宋本舊式也。舊爲張船山藏書，丁巳春得於上海，是歲小除夕題記。國維。

丁巳除夕以此本校楚辭補注凡三卷，知此本全與洪氏考異所稱一本合，亦此本出於宋本之證。戊午元旦記。

王鏊序正德十三年（一五一八）。

劉勰辨騷在目録後。

楚辭章句十七卷六册，北圖，明隆慶間刻本，八行十七字(19.9×13.1)。

原題：「漢劉向編集。王逸章句。」目録後刻「隆慶辛未歲豫章夫容館宋板重雕」。王世貞序云：「吾友豫章宗人用晦，得宋楚辭善本，梓而見屬爲序。」按：用晦，朱多煃也。獻徵録卷一引藩獻志云：「奉國將軍多煃字用晦，瑞昌拱樹子也。始公族習爲豪侈貴倨，樹獨折節縉紳間，以儒素督率子弟，以故煃一意修詩、書，工苦特甚。與里人余曰德、李攀龍、王世貞遊爲詩，煃因延譽海内。」蓋與正德間高第、黄省曾校刻本同出一源，亦善本也。

王世貞序。

楚辭章句十七卷附疑字直音一卷六册，北大，明隆慶間刻本，八行十七字(19.9×13.1)。

原題：「漢劉向編集。王逸章句。」目録後題「隆慶辛未歲豫章夫容館宋板重雕」。卷一末記：「姑蘇錢世傑寫，章芝刻。」書首載史傳、班固序騷、劉勰辨騷，卷末附疑字直音一卷。天一閣書目集部頁一下著録此本，有王世貞序云：「吾友豫章宗人用晦，得宋楚辭善本以梓，而見屬爲序。」按：用晦名朱多煃，寧獻王六世孫，封奉國將軍，與世貞爲友，曾入七子之社，故世貞爲弁序文。

楚辭句解評林十七卷附録一卷二册，北大，明萬曆間刻本，十行二十三字(2.8+18×12.5)。

原題：「漢劉向子政編集，王逸叔師章句，明後學武林馮紹祖繩父校正。」按：此本爲坊間翻刻觀妙齋本。觀妙齋原本馮序末署萬曆丙戌，此本改爲丁亥，上書口或題爲「楚辭類纂評林」，或題爲「楚辭章句評林」，變換名目，亦坊賈慣技。但此本錯字甚多，翻刻殊爲草率。觀其翻刻年代，僅後於原本者一年，亦小書坊偷刻之常事也。卷内有「碧琳瑯館藏書」印記。

馮紹祖序萬曆十五年（一五八七）。［殘］

中國叢書總録上海圖書館編輯，上海古籍出版社一九八二年版。

【增定漢魏六朝别解】

楚辭章句十七卷漢王逸撰。

【摛藻堂四庫全書薈要】

楚辭補注十七卷宋洪興祖撰。

【惜陰軒叢書】

楚辭補注十七卷宋洪興祖撰。

【四部叢刊】

楚辭十七卷漢王逸章句，宋洪興祖補注。

【四部備要】

楚辭十七卷漢王逸章句，宋洪興祖補注。

【叢書集成初編】

楚辭章句十七卷漢王逸撰。

楚辭補注十七卷宋洪興祖撰。

【敬鄉樓叢書】

楚辭十七卷漢王逸章句。

【類編・楚辭四種】

楚辭十七卷漢王逸章句，宋洪興祖補注。民國國學整理社輯，民國二十五年(1936)上海世界書局排印本。

北京圖書館古籍善本書目集部楚辭類書目文獻出版社一九八七年版。

楚辭十七卷漢王逸章句。明正德十三年黄省曾、高第刻本，袁廷檮校並跋。三册。十行十八字白口左右雙邊。

楚辭十七卷漢王逸章句。明正德十三年黄省曾、高第刻本，四册。

楚辭十七卷漢王逸章句，明正德十三年黄省曾、高第刻本，六册。

楚辭十七卷漢王逸章句。疑字直音補一卷明隆慶五年豫章夫容館刻本，清傅承霖跋，六册，八行十七字，小字雙行同，白口，四周雙邊。

楚辭十七卷漢王逸章句。疑字直音補一卷明隆慶五年豫章夫容館刻本，六册。

楚辭十七卷漢王逸章句，附録一卷明萬曆十四年馮紹祖觀妙齋刻本，八册，九行十八字，小字雙行同，白口，左右雙邊。

楚辭十七卷漢王逸章句，附録一卷明萬曆十四年馮紹祖觀妙齋刻本，八册。

楚辭十七卷漢王逸章句，疑字直音補一卷明萬曆朱燮元、朱一龍刻本，六册。八行十七字，小字雙行同，白口，四周單邊。

楚辭十七卷漢王逸章句，疑字直音補一卷明萬曆朱燮元、朱一龍刻本，六册。

楚辭十七卷漢王逸章句，疑字直音補一卷明萬曆朱燮元、朱一龍刻本，四册。

楚辭十七卷漢王逸注，明萬曆十四年俞初刻本，四册，十行二十字，小字雙行同，白口，左右雙邊。

楚辭十七卷漢王逸注，明萬曆十四年俞初刻本，四册。

楚辭十七卷漢王逸注，明萬曆十四年俞初刻本，四册。

楚辭十七卷漢王逸章句，宋洪興祖補注，明刻本，十册。九行十五字，小字雙行二十字，白口，左右雙邊。

楚辭十七卷漢王逸章句，宋洪興祖補注，明刻本，六册。

楚辭十七卷漢王逸章句，宋洪興祖補注，明刻本，一册，九行十五至十七字，小字雙行二十至二十一字，白口，左右雙邊。存三卷，九至十一。

楚辭十七卷漢王逸章句，宋洪興祖補注，清初毛氏汲古閣刻本，王國維校，八册，九行十五字，小字雙行二十字，白口，左右雙邊。

楚辭十七卷漢王逸章句，宋洪興祖補注。清初毛氏汲古閣刻本，王念孫校注，六册，存五卷（一至五）。

楚辭十七卷宋洪興祖、明劉鳳等注評。附録一卷（明凌毓枬刻套印本，四册，八行十八字，白口，四周單邊。）

楚辭十七卷宋洪興祖、明劉鳳等注評。附録一卷明凌毓枬刻套印本，二册。

楚辭補注十七卷明刊本。

題：「校書郎王逸上，曲阿洪興祖補注。」案陳氏書録附考異一卷本，别爲一書。此乃散入各句下，非洪氏原本之舊，然猶是明繫番宋刻。宋諱字俱減筆，知此書在宋時已竄亂矣。

中國科學院圖書館藏中文古籍善本書目科學出版社一九九四年版。

楚辭十七卷漢王逸章句，宋洪興祖補注。附録一卷明三樂齋刻本，六册一函。

楚辭十七卷漢王逸章句，宋洪興祖補注，清康熙元年毛氏汲古閣刻本，四函一册。

楚辭十七卷疑字直音補一卷漢王逸章句，明朱燮元等刻本，二册一函。

楚辭十七卷漢王逸注，明陳深批點，明刻凌毓枬校朱墨套印本，四册一函。

中國古籍善本書目上海古籍出版社一九九六年版。

楚辭章句十七卷漢王逸撰，明正德十三年黄省曾、高第刻本。

楚辭章句十七卷漢王逸撰，明正德十三年黄省曾、高第刻本。清袁廷檮校並跋。

楚辭章句十七卷漢王逸撰。疑字直音補一卷明隆慶五年豫章夫容館刻本。

楚辭章句十七卷漢王逸撰。疑字直音補一卷明隆慶五年豫章夫容館刻本，清傅承霖跋。

楚辭章句十七卷漢王逸撰。疑字直音補一卷明隆慶五年豫章夫容館刻本（卷五至六配清同治十一年蔣曰豫抄本），清蔣曰豫跋。

楚辭章句十七卷漢王逸撰。疑字直音補一卷明隆慶五年豫章夫容館刻，天啓三年叢桂堂重修本。

楚辭章句十七卷漢王逸撰。附録一卷明萬曆十四年馮紹祖觀妙齋刻本。

楚辭章句十七卷漢王逸撰。附録一卷明萬曆十四年馮紹祖觀妙齋刻本，清彭孫遹批校並跋。

楚辭章句十七卷漢王逸撰。附録一卷明萬曆十四年馮紹祖觀妙齋刻本，清丁丙跋。

楚辭章句十七卷漢王逸撰。疑字直音補一卷明萬曆朱燮元、朱一龍刻本。

楚辭章句十七卷漢王逸撰。疑字直音補一卷明萬曆朱燮元、朱一龍刻本，清張符升批點並跋。

楚辭章句十七卷漢王逸撰，明刻本。

楚辭章句十七卷漢王逸撰。附録一卷明萬曆金陵益軒唐氏刻本。

楚辭章句十七卷漢王逸撰。附録一卷明金陵王少塘刻本。

楚辭章句十七卷漢王逸撰。明萬曆四十七年劉廣刻本。

楚辭章句十七卷漢王逸撰。疑字直音補一卷明崇禎十七年嚴敏刻本。

楚辭十卷漢王逸注，明萬曆十四年俞初刻本。

楚辭十卷漢王逸注，明萬曆十四年俞初刻本，清錢陸燦批。

楚辭八卷漢王逸章句，明萬曆二十五年郁文瑞尚友軒刻本。

楚辭章句十七卷漢王逸撰，宋洪興祖補注，明刻本。

楚辭章句十七卷漢王逸撰，宋洪興祖補注，明刻本，清丁丙跋。

楚辭十七卷漢王逸章句，宋洪興祖補注，明抄本。

楚辭十七卷漢王逸章句，宋洪興祖補注，清初毛氏汲古閣刻本，王國維校。

楚辭十七卷漢王逸章句，宋洪興祖補注，清初毛氏汲古閣刻本，清王念孫校注，存五卷（一至五）。

楚辭十七卷漢王逸章句，宋洪興祖補注，清初毛氏汲古閣刻本，清王筠批注，存九卷（二至十）。

楚辭十七卷漢王逸章句，宋洪興祖補注，清初毛氏汲古閣刻寶翰樓印本，清謝章鋌校並跋。

楚辭十七卷漢王逸章句，宋洪興祖補注，清初毛氏汲古閣刻寶翰樓印本，王大隆跋並録前人批點。

楚辭十七卷漢王逸章句，宋洪興祖補注，清同治十一年金陵書局刻本，清于鬯校。（庚案：此書原藏上圖，今不見，佚也。）

楚辭十七卷漢王逸章句，宋洪興祖補注，清同治十一年金陵書局刻本，清譚獻校並跋。

楚辭十七卷漢王逸章句，宋洪興祖補注，清末長沙聚德堂刻本，王闓運批注。

楚辭句解評林十七卷漢王逸章句，明馮紹祖輯評。附録一卷，明刻本。

引用書目

【楚辭文獻類】

主校本

後漢王逸楚辭章句：

敦煌舊鈔本隋僧智騫楚辭音殘卷，簡稱楚辭音殘卷；

明正德十三年高第、黄省曾繙宋楚辭章句本，簡稱正德本；

明隆慶五年朱多㸅夫容館繙宋楚辭章句本，簡稱隆慶本；

明萬曆十四年俞初校刻楚辭章句本，簡稱俞本；

明萬曆十四年馮紹祖觀妙齋校刻楚辭章句本，簡稱馮本；

明萬曆間朱燮元、朱一龍校刻楚辭章句本，簡稱朱本；

明萬曆四十七年劉廣校刻楚辭章句本，簡稱劉本；

清文淵閣、文津閣、文瀾閣所藏四庫全書楚辭章句鈔本，簡稱文淵本、文津本或文瀾本四庫章句，若三本無差，則統稱四庫章句本；

清光緒間湖北叢書繙刻楚辭章句本，簡稱湖北本；

日本國寬延三年莊允益校刻王注楚辭本，簡稱莊本；

上海古籍出版社二〇一七年版黄靈庚據正德本校點本。

宋洪興祖楚辭補注：

明繙宋本，即爲四部叢刊初編所輯者；

清乾隆間吴郡陳枚寳翰樓繙刻本，簡稱寳翰樓本；

清道光二十六年長沙惜陰軒叢書繙刻本，簡稱惜陰本；

清同治十一年金陵書局繙刻本，簡稱同治本；

日本國寬延二年皇都書林繙刻本，簡稱皇都本；

上海古籍出版社二〇一七年版黄靈庚校點本。

文選楚辭注：

日本國金澤文庫藏唐寫本文選集注殘卷，簡稱唐寫本；
韓國奎章閣藏繙刻宋秀州文選六臣注本，簡稱秀州本；
日本國藏宋紹興間明州州學繙刻文選六臣注本，簡稱明州本；
宋理宗間建陽繙刻贛州文選六臣注本，簡稱建州本；
宋淳熙尤袤校刻文選李善注本，簡稱尤袤本；
清胡克家覆刻宋尤袤文選李善注本，簡稱胡本；
敦煌吐魯番文選鈔本殘卷，簡稱吐魯番本。
清毛祥麟楚辭校文三卷末一卷。
上海圖書館藏稿本，簡稱毛校本。
清劉師培楚辭考異一七卷。
劉申叔遺書本，民國二四年寧武南氏校印本。
日本國西村時彥楚辭王注考異。
大阪大學圖書館藏稿本。

參校本

朱熹楚辭集注宋端平本，景元本。

錢杲之離騷集傳上海文瑞樓據南陵徐氏撫宋石印離騷三種本。

楊萬里天問天對解豫章叢書本。

吳仁傑離騷草木疏上海文瑞樓據南陵徐氏撫宋石印離騷三種本。

汪瑗楚辭集解明萬曆四十六年刻本。

趙南星離騷經訂注明萬曆四十一年刻本。

陳第屈宋古音義學津討源本。

陸時雍楚辭疏康熙乙酉有文堂刊本。

屠本畯離騷草木疏補明萬曆刻本。

楚辭協韻明隆慶六年刻本。

來欽之楚辭述注明崇禎刻本。

沈雲翔楚辭評林明崇禎十年吳郡八詠樓刻本。

林兆珂楚辭述注明崇禎戊寅本刊刻本。

黄文焕楚辭聽直明崇禎十六年刊本。
李陳玉楚辭箋注清康熙十一年壬子仲春魏學渠刻本。
周拱辰離騷草木史明末清初聖雨齋初刻本。
錢澄之屈詁清同治三年刻本。
朱冀離騷辯清康熙四十五年緑竹筠精刊本。
劉獻廷離騷經講録浙江圖書館藏鈔本。
劉夢鵬屈子章句清嘉慶五年庚申刊本。
王夫之楚辭通繹清同治四年曾氏刊本。
毛奇齡天問補注清康熙刻西河合集本。
蔣驥山帶閣注楚辭清雍正五年丁未原刊本。
劉永澄離騷經纂注清乾隆劉穎刻本。
祝德麟離騷草木疏辨證清乾隆刻本。
楊金聲楚辭箋注定本清順治三年刻本。
高月秋、曹同春楚辭約注清康熙二十八年刻本。

方苞離騷正義清康熙中刊抗希堂全書九種本。

李光地離騷經注清康熙五十八年清謹軒刻安溪李文貞公解義三種本。

林仲懿離騷中正清乾隆十年世錦堂刻本。

顧成天離騷經解楚辭九歌解清乾隆六年刻本。

林雲銘楚辭燈清康熙三十六年挹奎樓刻本。

夏大霖屈騷心印清乾隆三十九年一本堂刻本。

徐焕龍屈辭洗髓清康熙三十七年無悶堂刻本。

戴震屈原賦注廣雅書局本。

王念孫讀書雜志餘編下清同治九年金陵書局重刻本。

古韻譜二卷續修四庫本。

楚辭校稿本藏國家圖書館。

王邦采離騷經彙訂廣雅書局本。

屈復楚辭新注清乾隆三年戊午弱水草堂原刻本。

陳本禮屈辭精義民國十三年掃葉山房影印挹露軒本。

胡濬源　楚辭新注求確清嘉慶二十五年長沙務本堂刊本。
胡文英　屈騷指掌北京古籍出版社一九七九年影印本。
朱駿聲　離騷補注清光緒八年臨嘯閣刊朱氏叢書本。
丁晏　楚辭天問箋廣雅書局本。
江有誥　楚辭韻讀清嘉慶十四年音學十書本。
陳昌齊　楚辭辨韵嶺南遺書本。
李審言　楚辭翼注江蘇古籍出版社一九八八年版李審言文集本。
王闓運　楚辭釋清光緒二十七年刻本。
鄭知同　楚辭考辨手稿貴州人民出版社二〇〇四年版。
馬其昶　屈賦微清光緒二十五年刻本。
李翹　屈宋方言考民國四十四年芬薰館刊本。
孫詒讓　札迻卷一二楚辭王逸注中華書局一九八九年版。
黄侃　文選評點上海古籍出版社一九八四年版。
沈德鴻　楚辭注釋上海商務印書館一九二八年版新中國文庫本。

陳直屈楚辭拾遺天津古籍出版社一九八八年版。
沈祖緜屈原賦證辨中華書局一九六〇年版。
陸侃如陸侃如古典文學論文集上海古籍出版社一九八七年版。
徐英楚辭札記南京鐘山書局一九五三年版。
聞一多楚辭校補見聞一多全集第二册，北京三聯書店一九八二年版。
離騷解詁九歌解詁九章解詁天問疏證上海古籍出版社一九八五年版。
姜亮夫屈原賦校注人民文學出版社一九五八年版。
重訂屈原賦校注天津古籍出版社一九八七年版。
楚辭通故齊魯書社一九八五年版。
王焕鑣屈賦校注稿本見收藏于杭州大學中文系屈賦微二卷中華書局鉛印本眉批。
蔣天樞楚辭校釋上海古籍出版社一九八九年版。
逯欽立屈原離騷簡論遼寧人民出版社一九五七年版。
錢鍾書管錐編楚辭洪興祖補注十八則中華書局一九七九年版。
馬茂元楚辭注釋湖北人民出版社一九八五年版。

張汝舟二毋室論學雜著貴州人民出版社一九九〇年版。
張葉盧屈原賦辨惑錢塘詩社一九九八年内部刊印本。
劉永濟屈賦音注詳解上海古籍出版社一九八三年版。
屈賦通箋人民文學出版社一九六一年版。
徐仁甫楚辭別解見古詩別解,上海古籍出版社一九八四年版。
朱季海楚辭解故上海古籍出版社一九六三年版。
胡小石楚辭郭注義徵遠遊疏證見胡小石論文集,上海古籍出版社一九八二年版。
湯炳正楚辭今注上海古籍出版社一九九六年版。
楚辭類稿巴蜀書社一九八八年版。
胡韞玉離騷補釋國粹學報第七〇至七四期。
劉盼遂天問校箋一九二八年清華學校研究院國學論叢第二卷第一期。
于省吾澤螺居楚辭新證見澤螺居詩經新證,中華書局一九八二年版。
徐復後讀書雜志楚辭雜志上海古籍出版社一九九六年版。
衛瑜章離騷集釋商務印書館一九二五年版。

吉城楚辭甄微中華書局文史第一三輯。
鄭文楚辭淺論西北師範學院中文系一九八一年内部刊印。
金城叢稿齊魯書社二〇〇〇年版。
離騷檠詁中華書局文史第二八輯。
游國恩離騷纂義中華書局一九八〇年版。
天問纂義中華書局一九八二年版。
游國恩學術論文集中華書局一九八九年版。
文懷沙屈原招魂注釋中華書局文史第一輯。
屈原集正篇附篇人民文學出版社一九五三年版。
林庚詩人屈原及其作品研究上海古籍出版社一九八〇年版。
天問論箋人民文學出版社一九八三年版。
孫作雲天問研究中華書局一九八九年版。
陳子展楚辭直解江蘇古籍出版社一九八八年版。
程嘉哲天問新注四川人民出版社一九八四年版。

蕭兵 楚辭新探 天津古籍出版社一九八八年版。
魏炯若 離騷發微 四川人民出版社一九八〇年版。
廖序東 楚辭語法研究 語文出版社一九九五年版。
何劍薰 楚辭拾瀋 四川人民出版社一九八四年版。
王力 楚辭韻讀 上海古籍出版社一九八〇年版。
胡念貽 楚辭選注及考證 岳麓書社一九八四年版。
蘇雪林 楚騷新詁 臺北國立編譯館一九七八年版。
饒宗頤 楚辭地理考 商務印書館一九四六年版。
金開誠 屈原集校注 中華書局一九九六年版。
王泗原 楚辭校釋 人民教育出版社一九九〇年版。
郭在貽 楚辭解詁 見訓詁叢稿，上海古籍出版社一九八五年版。
詹安泰 離騷箋疏 湖北人民出版社一九八一年版。
聶石樵 楚辭新注 上海古籍出版社一九八〇年版。
董楚平 楚辭譯註 上海古籍出版社一九八六年版。

李大明　楚辭文獻學論考巴蜀書社一九九七年版。
趙逵夫屈原與他的時代人民文學出版社一九九六年版。
　屈騷探幽甘肅人民出版社一九九八年版。
石川三佐男　楚辭新研究日本汲古書院平成十四年版。
黃靈庚離騷校詁中州古籍出版社一九九六年版。
　楚辭異文辯證中州古籍出版社二〇〇〇年版。
　清華戰國竹簡楚居箋疏見上海古籍出版社中華文史論叢二〇一二年第一期。
　楚辭要籍叢刊二十五種上海古籍出版社二〇一七年版。
　楚辭集校上海古籍出版社二〇〇九年版。
　楚辭與簡帛文獻人民出版社二〇一一年版。
　楚辭文獻叢刊二百七種國家圖書館出版社二〇一四年版。
　楚辭文獻叢考國家圖書館出版社二〇一七年版。

【甲金簡帛文獻類】

甲骨文合集 中華書局一九八二年版。

殷墟甲骨刻辭類纂 中華書局一九八七年版。

西清古鑑四〇卷 清梁詩正等編，光緒十四年邁宋書館影印本。

攈古録金文三卷 清吴式芬撰，光緒二十一年家刻本。

窓齋集古録 清吴大澂輯，商務印書館民國七年石印本。

殷周金文集成 中華書局二〇〇〇年版。

陝西金文集成 張天恩主編，三秦出版社二〇一六年版。

殷虚書契考釋 羅振玉著，中華書局二〇〇六年版。

積古齋鐘鼎彝器款識 清阮元撰，光緒五年崇文書局本。

卜辭通纂 郭沫若著，科學出版社一九八二年版。

觀堂金文考釋 王國維著，一九二七年版遺書本。

甲骨文斷代研究 見董作賓學術論著，董作賓著，臺灣世界書局一九六二年版。

兩周金文辭大繫 郭沫若著，科學出版社一九八三年版。

石鼓文研究　詛楚文考釋郭沫若著，科學出版社一九八二年版。
殷虚卜辭綜述陳夢家著，中華書局一九八八年版。
積微居金文説楊樹達著，中華書局一九九七年版。
金文編容庚著，中華書局一九八五年版。
子彈庫帛書李零著，文物出版社二〇一七年版。
甲骨文字詁林于省吾編，中華書局一九九六年版。
甲骨文字釋林于省吾著，中華書局一九七九年版。
雙劍誃吉金文選于省吾著，中華書局一九九八年版。
吳越徐舒金文集釋董楚平著，浙江古籍出版社一九九二年版。
楚系青銅器研究劉彬徽著，湖北教育出版社一九九六年版。
淅川下寺春秋楚墓文物出版社一九八一年版。
戰國楚竹書（一）上海博物館藏，上海古籍出版社二〇〇一年版。
戰國楚竹書（二）上海博物館藏，上海古籍出版社二〇〇二年版。
戰國楚竹書（三）上海博物館藏，上海古籍出版社二〇〇三年版。

戰國楚竹書(四)上海博物館藏,上海古籍出版社二〇〇四年版。
戰國楚竹書(五)上海博物館藏,上海古籍出版社二〇〇五年版。
戰國楚竹書(六)上海博物館藏,上海古籍出版社二〇〇七年版。
戰國楚竹書(七)上海博物館藏,上海古籍出版社二〇〇八年版。
戰國楚竹書(八)上海博物館藏,上海古籍出版社二〇一一年版。
戰國楚竹書(九)上海博物館藏,上海古籍出版社二〇一二年版。
郭店楚墓竹簡文物出版社一九九八年版。
九店楚簡中華書局二〇〇〇年版。
信陽楚墓文物出版社一九八六年版。
江陵馬山一號楚墓文物出版社一九八五年版。
那羅延室稽古文字王獻唐著,齊魯書社一九八五年版。
江陵雨臺山楚墓文物出版社一九八四年版。
信陽楚墓考釋朱德熙、裘錫圭著,考古學報一九七三年第一期。
包山楚墓文物出版社一九九一年版。

江陵望山沙塚楚墓，文物出版社一九九六年版。
清華大學藏戰國竹書（一），中西書局二〇一〇年版。
清華大學藏戰國竹書（二），中西書局二〇一一年版。
清華大學藏戰國竹書（三），中西書局二〇一二年版。
清華大學藏戰國竹書（四），中西書局二〇一三年版。
清華大學藏戰國竹書（五），中西書局二〇一五年版。
清華大學藏戰國竹書（六），中西書局二〇一六年版。
清華大學藏戰國竹書（七），中西書局二〇一七年版。
長沙楚墓，文物出版社二〇〇〇年版。
新蔡葛陵楚墓，大象出版社二〇〇三年版。
江陵天星觀一號楚墓，考古學報一九八二年第二期。
楚簡釋要，陳直著，西北大學學報一九五七年第四期。
曾侯乙墓，文物出版社一九八九年版。
楚帛書，饒宗頤、曾憲通著，中華書局香港分局一九八五年版。

河南新蔡平夜君墓的發掘　文物二〇〇二年第八期。
雲夢睡虎地秦墓　文物出版社一九八一年版。
里耶秦簡　湖南省文物考古研究所，文物出版社二〇一二年版。
睡虎地秦墓竹簡　文物出版社一九七八年版。
龍崗秦簡　中華書局二〇〇一年版。
嶽麓書院藏秦簡（壹）　朱漢民、陳松長主編，上海辭書出版社二〇一〇年版。
嶽麓書院藏秦簡（貳）　朱漢民、陳松長主編，上海辭書出版社二〇一一年版。
隨州孔家坡漢墓簡牘　文物出版社二〇〇六年版。
釋青川秦簡木牘　于豪亮著，文物一九八二年第二期。
青川出土木牘文字簡考　李昭和著，文物一九八二年第一期。
馬王堆漢墓帛書（壹）　文物出版社一九八〇年版。
馬王堆漢墓帛書（貳）　文物出版社一九八三年版。
馬王堆漢墓帛書（肆）　文物出版社一九八五年版。
馬王堆漢墓帛書集成　中華書局二〇一四年版。

戰國縱橫家書 文物出版社一九七六年版。
銀雀山漢墓竹簡（壹） 文物出版社一九八五年版。
銀雀山漢簡釋文 吳九龍著，文物出版社一九八五年版。
孫臏兵法 文物出版社一九七五年版。
阜陽漢簡簡介 阜陽漢簡蒼頡篇 文物一九八三年第二期。
江陵張家山漢簡算術書釋文 文物二〇〇〇年第九期。
張家山漢墓竹簡 文物出版社二〇〇一年。
關沮秦漢墓簡牘 中華書局二〇〇一年版。
北京大學藏西漢竹書（一） 上海古籍出版社二〇一五年版。
北京大學藏西漢竹書（二） 上海古籍出版社二〇一二年版。
北京大學藏西漢竹書（三） 上海古籍出版社二〇一五年版。
北京大學藏西漢竹書（四） 上海古籍出版社二〇一五年版。
北京大學藏西漢竹書（五） 上海古籍出版社二〇一四年版。
馬王堆帛書刑德甲乙本的比較研究 文物二〇〇〇年第三期。

馬王堆帛書式法釋文摘要　文物二〇〇〇年第七期。
定縣四〇號漢墓出土竹簡簡介儒家者言　文物一九八一年第八期。
定州漢墓竹簡論語　文物出版社一九八〇年版。
竹簡帛書論文集　鄭良樹著，中華書局一九八二年版。
汗簡古文四聲韻　中華書局一九八三年版。
戰國楚簡文字編　郭若愚著，上海書畫社一九九四年版。
劉心源先生奇觚室甋餘集，湖北省劉心源研究會編，二〇〇一年内部印本。
楚系簡帛文字編（增訂本）　滕壬生著，湖北教育出版社二〇〇八年版。
荆楚歌舞樂　楊匡民等著，湖北教育出版社一九九六年版。
楚人的紡織與服飾　彭浩著，湖北教育出版社一九九六年版。
楚國的城市與建築　高介華等著，湖北教育出版社一九九六年版。
古文字通假字典　王輝編，中華書局二〇〇八年版。
戰國文字編　湯餘惠編，福建人民出版社二〇〇一年版。
楚文字編　李守奎編，華東師範大學出版社二〇〇三年版。

楚地出土文獻三種研究饒宗頤、曾憲通合著，中華書局一九九三年版。
夏商周考古學論文集鄒衡著，文物出版社一九八〇年版。
先秦兩漢考古學論集俞偉超著，文物出版社一九八五年版。
簡帛佚籍與學術史李學勤著，江西教育出版社二〇〇一年版。
楚史張正明著，湖北教育出版社一九九六年版。
張正明學術文集張正明著，湖北人民出版社二〇〇七年版。

【傳世文獻類】

周易正義一〇卷魏王弼、韓康伯注，唐孔穎達正義，十三經注疏本。
尚書正義二〇卷漢孔安國傳，唐孔穎達正義，十三經注疏本。
周易集解一七卷唐李鼎祚撰，北京中國書店一九八四年影印本。
尚書大傳漢伏勝著，四部叢刊本。
尚書今古文注疏清孫星衍撰，中華書局一九八六年版。
古微書明孫瑴著，四庫本。

毛詩正義七〇卷漢毛亨傳，鄭玄箋，唐孔穎達正義，十三經注疏本。
毛詩草木鳥獸蟲魚疏三國陸璣著，叢書集成初編本。
詩地理考六卷宋王應麟著，叢書集成初編本。
周禮注疏四二卷漢鄭玄注，唐賈公彦疏，十三經注疏本。
儀禮注疏五〇卷漢鄭玄注，唐賈公彦疏，十三經注疏本。
禮記正義六三卷漢鄭玄注，唐孔穎達正義，十三經注疏本。
大戴禮記一三卷漢戴德撰，四部叢刊初編本。
大戴禮記解詁王聘珍著，中華書局一九八三年版。
周禮正義八六卷清孫詒讓著，民國二〇年箌湖精舍補刻楚學社本。
春秋左傳正義六〇卷晉杜預注，唐孔穎達正義，十三經注疏本。
春秋左傳注楊伯峻編著，中華書局二〇〇〇年版。
春秋公羊傳注疏二八卷漢何休注，唐徐彦疏，十三經注疏本。
春秋穀梁傳注疏二〇卷晉范寧注，唐楊士勛疏。十三經注疏本。
論語注疏二〇卷魏何晏注，宋邢昺疏，十三經注疏本。

孝經注疏九卷唐玄宗注，宋邢昺疏，十三經注疏本。
爾雅注疏一〇卷晉郭璞注，宋邢昺疏，十三經注疏本。
孟子注疏一四卷漢趙岐注，宋孫奭疏，十三經注疏本。
論語正義清劉寶楠著，中華書局一九五四年版諸子集成本。
孟子正義清焦循著，中華書局一九五四年版諸子集成本。
荀子集解唐楊倞注，清王先謙集解，中華書局一九五四年版諸子集成本。
老子注魏王弼注，中華書局一九五四年版諸子集成本。
帛書老子校注高明撰，中華書局一九九六年版。
老子校釋朱謙之撰，中華書局一九八七年版。
莊子集解清王先謙著，中華書局一九五四年版諸子集成本。
莊子集釋晉郭象注，清郭慶藩集釋，中華書局一九五四年版諸子集成本。
列子注晉張湛注，中華書局一九五四年版諸子集成本。
墨子閒詁清孫詒讓注，中華書局一九五四年版諸子集成本。
晏子春秋民國張純一校注，中華書局一九五四年版諸子集成本。

文子疏義王利器著，中華書局二〇〇〇年版。

穆天子傳晉郭璞注，四部叢刊本。

素問宋王冰注，四部叢刊本。

靈樞經四部叢刊本。

新語漢陸賈著，中華書局一九五四年版諸子集成本。

新語校注王利器著，中華書局一九八六年版新編諸子集成本。

淮南子漢劉安著，漢高誘注，中華書局一九五四年版諸子集成本。

鹽鐵論漢桓寬著，中華書局一九五四年版諸子集成本。

鹽鐵論校注王利器校注，中華書局一九九二年版新編諸子集成本。

法言漢揚雄著，中華書局一九五四年版諸子集成本。

太玄經集注漢揚雄著，宋司馬光集注，中華書局一九九八年版新編諸子集成本。

論衡漢王充著，中華書局一九五四年版諸子集成本。

論衡校釋（附劉盼遂集解）黄暉撰，中華書局一九九〇年版。

孫子十家注魏曹操等注，中華書局一九五四年版諸子集成本。

吴子戰國吴起著，中華書局一九五四年版諸子集成本。
吕氏春秋秦吕不韋著，漢高誘注，中華書局一九五四年版諸子集成本。
尹文子周尹文著，中華書局一九五四年版諸子集成本。
韓非子集解清王先慎集解，中華書局一九五四年版諸子集成本。
管子春秋管仲著，唐尹知章注，中華書局一九五四年版諸子集成本。
商君書戰國商鞅著，中華書局一九五四年版諸子集成本。
慎子戰國慎到著，中華書局一九五四年版諸子集成本。
潛夫論漢王符著，中華書局一九五四年版諸子集成本。
中鑒漢荀悦著，中華書局一九五四年版諸子集成本。
孔叢子漢孔鮒著，漢魏叢書本。
説苑漢劉向著，四部叢刊本。
説苑校證向宗魯校證，中華書局一九八七年版。
孔子家語四部叢刊本。
韓詩外傳箋疏屈守元箋疏，巴蜀書社一九九六年版。

白虎通義漢班固著，四部叢刊本。
獨斷漢蔡邕著，百子全書本。
西京雜記晉葛洪著，四部叢刊本。
劉子集校林其錟等集校，上海古籍出版社一九八五年版。
劉子校釋傅亞庶著，中華書局一九九八年版新編諸子集成本。
抱朴子晉葛洪著，中華書局一九五四年版諸子集成本。
世説新語宋劉義慶著，梁劉孝標注，中華書局一九五四年版諸子集成本。
顔氏家訓北齊顔之推著，中華書局一九五四年版諸子集成本。
顔氏家訓集解王利器著，上海古籍出版社一九八〇年版。
齊民要術後魏賈思勰著，四部叢刊本。
經籍纂詁清阮元編，中華書局一九九五年版。
故訓匯纂宗福邦等編，商務印書館二〇〇三年版。
爾雅詁林湖北教育出版社一九九七年版。
小爾雅義疏清胡承珙著，四部備要本。

爾雅古義清黄奭輯，漢學堂叢書本。
爾雅新義宋羅佃撰，叢書集成本。
埤雅宋羅佃撰，叢書集成本。
爾雅翼宋羅願著，文淵四庫本。
駢雅明朱謀㙔撰，叢書集成本。
赤雅明鄺露撰，叢書集成本。
廣雅詁林江蘇古籍出版社一九九八年版。
通雅清方以智著，中國書店影印本。
别雅清吳玉搢著，文淵四庫本。
説文解字漢許慎著，四部叢刊本。
説文解字繫傳後周徐鍇撰，四部叢刊本。
説文解字注清段玉裁注，上海古籍出版社一九八一年影印本。
説文通訓定聲清朱駿聲著，武漢古籍出版社一九八三年影印本。
説文解字義證清桂馥著，上海古籍出版社一九八六年影印本。

六書故宋戴侗著，文淵四庫本。
方言疏證漢揚雄著，晉郭璞注，清戴震疏證，萬有文庫本。
方言箋疏漢揚雄著，晉郭璞注，清錢繹疏，上海古籍出版社一九八三年影印本。
釋名疏證補清畢沅注，王先謙補注，上海古籍出版社一九八三年影印本。
説文古籀補清吳大澂著，清光緒七年刊本。
玉篇殘卷清羅振玉據日本國藏唐寫本影印及清黎庶昌據日本國唐寫本轉鈔，中華書局一九八五年版。
大廣益會玉篇梁顧野王著，宋陳彭年等重修，四部叢刊本。
匡謬正俗唐顔師古著，萬有文庫本。
廣韻宋陳彭年等修，四部叢刊本。
集韻宋丁度著，揚州使院重刊本。
復古編宋張有著，四部叢刊本。
類篇宋司馬光著，中華書局一九八四年影印本。
班馬字類附補遺四部叢刊本。
羣書治要唐魏徵著，四部叢刊本。

音韻學講義曾運乾著，中華書局一九九六年版。
古字通假會典高亨著，齊魯書社一九八九年版。
世本宋衷注，萬有文庫本。
史記漢司馬遷著，劉宋裴駰集解、唐司馬貞索隱、張守節正義，中華書局一九五九年版三家注點校本。
史記會注考證瀧川資言著，北岳文藝出版社一九九八年版。
漢書漢班固著，唐顔師古注，中華書局一九六二年點校本。
漢書補注清王先謙著，中華書局一九八四年版。
後漢書宋范曄著，唐李賢注，中華書局一九六五年點校本。
後漢書集解清王先謙著，中華書局一九八四年版。
三國志晉陳壽著，宋裴松之注，中華書局一九五九年點校本。
晉書唐房玄齡等著，中華書局一九七四年版點校本。
宋書梁沈約著，中華書局一九七四年點校本。
南齊書梁蕭子顯著，中華書局一九七二年點校本。
梁書唐姚思廉著，中華書局一九七三年版點校本。

陳書唐姚思廉著，中華書局一九七二年版點校本。
魏書北齊魏收著，中華書局一九七四年版點校本。
北齊書唐李百藥著，中華書局一九七二年版點校本。
周書唐令狐德著，中華書局一九七一年版點校本。
隋書唐魏徵著，中華書局一九七三年版點校本。
南史唐李延壽著，中華書局一九七五年版點校本。
北史唐李延壽著，中華書局一九七四年版點校本。
舊唐書後晉劉昫著，中華書局一九七五年版點校本。
新唐書宋歐陽修著，中華書局一九七五年版點校本。
舊五代史宋薛居正著，中華書局一九七六年版點校本。
新五代史宋歐陽修著，中華書局一九七四年版點校本。
資治通鑑宋司馬光撰，中華書局一九五六年版點校本。
資治通鑑釋文四部叢刊本。
前漢紀漢荀悦著，四部叢刊本。

後漢紀晉袁宏撰，四部叢刊本。
逸周書彙校集注黄懷信等集注，上海古籍出版社一九九五年版。
戰國策漢高誘注，雅雨堂本。
校正竹書紀年清洪頤煊撰，平津館本。
古本竹書紀年輯證方詩銘等著，上海古籍出版社一九八一年版。
國語三國韋昭注，上海書店一九八七年版。
吴越春秋四部叢刊本。
列女傳漢劉向著，四部叢刊本。
帝王世紀晉皇甫謐撰，浮溪精舍本。
古史考三國譙周著，平津館本。
名義考明周祈撰，文淵四庫本。
晉書纂注清姚懷箴著，一九五五年上海私印本。
三國志文類宋無名氏撰，文淵四庫本。
荆楚歲時記梁宗懔著，説郛本。

渚宫舊事唐余知古著，四部叢刊本。
全上古三代秦漢三國六朝文清嚴可均輯，中華書局一九八一年版。
先秦漢魏晉南北朝詩逯欽立著，中華書局一九八二年版。
全漢賦費振剛等輯，北京大學出版社一九九三年版。
春秋戰國異辭清陳厚耀著，文淵四庫本。
漢魏六朝百三家集明張溥輯，四庫本。
東漢文紀明梅鼎祚輯，文淵四庫本。
羣書考索宋張如愚撰，文淵四庫本。
樂府詩集影宋刊本。
風俗通義校釋東漢應劭著，吴樹平點校，天津古籍出版社一九八〇年版。
魏文帝集見嚴可均輯全上古三代秦漢三國六朝文，中華書局一九八一年版。
曹子建文集四部叢刊本。
南方草木狀晉嵇含著，左氏百川學海本。
山海經晉郭璞注，四部叢刊本。

古今注晉崔豹著，百子全書本。
襄陽耆舊傳晉習鑿齒著，説郛本。
汝南先賢傳晉周斐著，説郛本。
搜神記晉干寶著，中華書局一九七九年汪紹楹校點本。
文心雕龍梁劉勰著，楊明照校注，上海古典文學出版社一九五八年版。
詩品梁鍾嶸著，文淵四庫本。
弘明集梁僧佑著，大正藏本。
廣弘明集唐道宣著，四部叢刊本。
法苑珠林唐道世玄惲撰，四部叢刊本。
山海經注晉郭璞著，四部叢刊本。
山海經新校正清畢沅著，上海古籍出版社一九八六年版二十二子本。
水經注後魏酈道元著，四部叢刊本。
水經注疏楊守敬、熊會貞疏，江蘇古籍出版社一九九九年版。
玉燭寶典隋杜臺卿著，古逸叢書本。

編珠　隋杜公瞻著，高氏刊本。
一切經音義　唐慧琳著，中華書局一九九三年出版中華大藏經本。簡稱慧琳音義。
古文苑　宋章樵注，四部叢刊本。
全唐詩　清彭定求、楊中訥等編，中華書局一九六〇年版。
全唐文　清董浩等編，上海古籍出版社一九九〇年版。
史通　唐劉知幾著，明王洙訓詁，中華書局一九六二年版。
北堂書鈔　唐虞世南著，南海孔氏刊印本。
藝文類聚　唐歐陽詢著，上海古籍出版社一九六五年版點校本，簡稱類聚。
初學記　唐徐堅著，中華書局一九六二年版校印本。
白孔六帖　唐白居易原本、宋孔傳續撰，四庫本。
太平御覽　宋李昉等著，上海涵芬樓影宋本，簡稱御覽。
蘇氏演義　唐蘇鶚著，萬有文庫本。
封氏聞見記　唐封演著，萬有文庫本。
兼明書　五代丘光庭著，萬有文庫本。

事類賦注　宋吳淑著，冀勤、王秀梅、馬蓉點校，中華書局一九八九年版。
東坡志林　宋蘇軾著，萬有文庫本。
野客叢書　宋王楙著，王文錦點校，中華書局一九八七年版。
墨客揮犀　宋彭乘著，萬有文庫本。
夢溪筆談　宋沈括著，文物出版社一九七三年據古迂陳氏家藏影印本。
文昌雜録　宋龐元英著，學津討源本。
太平廣記　宋李昉等著，中華書局一九八四年排印本。
海録碎事　宋葉廷珪著，文淵四庫本。
錦繡萬花谷　宋無名氏著，文淵四庫本。
書叙指南　宋任廣著，文淵四庫本。
古今事文類聚　宋祝穆著，文淵四庫本。
方輿勝覽　宋祝穆著，中華書局二〇〇三年排印本。
記纂淵海　宋潘自牧著，文淵四庫本。
全芳備祖　宋陳景沂著，文淵四庫本。

古今合璧事類備要宋謝維新著，文淵四庫本。
古今合璧事類備要别集外集宋虞載著，四庫本。
唐文粹宋姚鉉著，光緒庚寅秋九月杭州許氏榆園校刊本。
路史宋羅泌撰、羅苹注，四部備要本。
麈史宋王得臣著，上海涵芬樓重印明鈔本。
容齋隨筆宋洪邁著，四部叢刊本。
邵氏聞見録宋邵伯温著，萬有文庫本。
能改齋漫録 辨誤録宋吴曾著，萬有文庫本。
學林宋王觀國著，中華書局一九八八年出版，田瑞娟據明武英殿點校本。
西溪叢語宋姚寬著，萬有文庫本。
林下偶談宋吴子良著，唐宋叢書本。
嬾真子宋馬永卿著，稗海本。
通志草木略宋鄭樵著，商務印書館一九三五年版通志本。
項氏家説宋項安世著，聚珍版叢書本。

考古質疑宋葉大慶著，萬有文庫本。

雲麓漫鈔宋趙彦衛著，萬有文庫本。

重修政和證類本草四部叢刊本。

分門集注杜工部詩四部叢刊本。

九家集注杜詩宋郭知達注，文淵四庫本。

詁訓柳先生文集宋韓醇注，文淵四庫本。

注釋音辨唐柳先生集宋童宗説注、張敦頤潘緯編，四部叢刊本。

五百家注昌黎文集宋魏仲舉集注，文淵四庫本。

東雅堂昌黎集注宋廖瑩中集注，文淵四庫本。

李太白集分類補注宋楊齊賢集注，文淵四庫本。

山谷内集詩注宋任淵注，文淵四庫本。

山谷外集詩注宋史容注，文淵四庫本。

山谷别集詩注宋史季温注，文淵四庫本。

王荆公詩注宋李璧注，四部叢刊本。

太平寰宇記宋樂史等著，古逸叢書本。
輿地廣記宋歐陽忞著，文淵四庫本。
岳陽風土記宋范致明著，文淵四庫本。
浪語集宋薛季宣撰，文淵四庫本。
雞肋集宋晁補之撰，文淵四庫本。
雪山集宋王質撰，文淵四庫本。
龍雲集宋劉弇撰，文淵四庫本。
漢藝文志考證宋王應麟撰，文淵四庫本。
演繁露宋程大昌撰，文淵四庫本。
緯略宋高似孫撰，文淵四庫本。
呂祖謙全集宋呂祖謙撰，浙江古籍出版社二〇〇七年版。
困學紀聞宋王應麟纂，商務印書館一九五九年版。
書齋夜話宋俞琰撰，文淵四庫本。
示兒編宋孫奕撰，知不足齋叢書本。

齊東野語宋周密撰，文淵四庫本。
寓簡宋沈作喆撰，文淵四庫本。
永樂大典中華書局印影本。
雲笈七籤道藏本。
雨航雜録明馮時可撰，叢書集成本。
七修類稿明郎瑛撰，叢書集成本。
五雜組明謝肇淛撰，叢書集成本。
天中記明陳耀文編，四庫本。
本草綱目明李時珍撰，臺北文化公司一九九二年印影本。
焦氏筆乘，明焦竑撰，中華書局二〇〇八年版。
東漢文紀明梅鼎祚編，四庫本。
丹鉛雜録一〇卷續録八卷明楊慎著，叢書集成初編本。
歸有光全集明歸有光撰，上海人民出版社二〇一五年版。
弇山堂別集明王世貞撰，中華書局一九九五年版。

黄宗羲全集 清黄宗羲撰，浙江古籍出版社二〇一二年版。

黄生全集 清黄生撰，安徽大學出版社二〇〇九年版。

全祖望集彙校集注 清全祖望撰，朱鑄禹集注，上海古籍出版社二〇〇〇年版。

異辭録 清劉體智撰，中華書局一九八六年版。

揅經室集 清阮元撰，中華書局一九九三年版。

雙硯齋筆記 清鄧廷楨撰，中華書局一九八七年版。

問字堂集 岱南閣集 清孫星衍撰，中華書局一九九六年版。

遜志齊雜鈔 乙卯劄記 清吳翌鳳 章學誠撰，中華書局二〇〇六年版。

訂訛類編 清杭世駿撰，中華書局一九九七年版。

讀書偶識 清鄒漢勳撰，中華書局二〇〇八年版。

過庭録 清宋翔鳳撰，中華書局一九八六年版。

質疑删存 清張宗泰撰，中華書局二〇〇六年版。

讀書偶記 消暑録 清趙紹祖撰，中華書局一九九七年版。

明文海 清黄宗羲編，浙江圖書館藏鈔本。

日知録三二卷清顧炎武著，乾隆五十八年刻本。
顧炎武全集顧炎武撰，上海古籍出版社二〇一一年版。
易説清惠士奇著，文淵四庫本。
義門讀書記清何焯著，中華書局一九八七年版。
癸巳類稿清俞正燮著，光緒十九年刻本。
寄園寄所寄清趙吉士撰，叢書集成本。
九曜齋筆記清惠棟著，叢書集成本。
春秋戰國異辭清陳厚耀著，文淵四庫本。
陔餘叢考清趙翼撰，中華書局一九六三年版。
讀書雜志清王念孫著，四部備要本。
高郵王氏遺書上虞羅氏輯本，江蘇古籍出版社二〇〇〇年版。
經義述聞清王引之著，四部備要本。
經傳釋詞清王引之著，中華書局一九五八年版。
拜經日記清臧庸著，拜經堂叢書本。

錢大昕全集，清錢大昕著，江蘇古籍出版社一九九七年版。
文選集釋，清朱珔著，上海受古書店中一書局本。
文選旁證，清梁章鉅著，清光緒八年吳下重刊本。
札樸，清桂馥著，中華書局一九九二年版點校本。
焦循全集，清焦循著，廣陵書社二〇一六年版。
三餘偶筆，清左暄著，清嘉慶桂林書屋刊巾箱本。
古書疑義舉例五種，清俞樾等，中華書局一九五六年版。
讀書雜釋，清徐鼒著，咸豐十一年福寧初刻本。
越縵堂讀書記，清李慈銘撰，中華書局一九六三年版。
字詁義府合按，清黄生著，中華書局一九八四年版。
蛾術編，清王鳴盛著，上海書店二〇一二年版。
程瑶田全集，清程瑶田著，黄山書社二〇〇八年版。
春在堂全集，清俞樾著，鳳凰出版社二〇一〇年版。
國故論衡，章太炎著，章氏叢書本。

新方言章太炎著，章氏叢書本。
飲冰室合集梁啓超著，中華書局一九八八年版。
章太炎全集章太炎著，上海人民出版社二〇一四年版。
積微居小學金石論叢楊樹達著，中華書局一九八三年版。
積微居小學述林楊樹達著，中國科學出版社一九五四年版。
四庫提要辨證余嘉錫著，中華書局一九八〇年版。
目録學發微余嘉錫著，中華書局二〇〇七年版。
余嘉錫論學雜著余嘉錫著，中華書局一九六三年版。
義府續貂蔣禮鴻著，中華書局一九八一年版。
同源字典王力著，商務印書館一九八二年版。
呂思勉讀史札記呂思勉著，上海古籍出版社一九八二年版。
史記地名考錢穆著，商務印書館二〇〇一年版。
長水集譚其驤著，人民出版社一九八七年版。
魏晉南北朝史札記周一良著，中華書局一九八五年版。

蔣禮鴻集　蔣禮鴻著，浙江教育出版社二〇〇一年版。
郭在貽文集　郭在貽著，中華書局二〇〇二年版。
詩詞曲語辭匯釋　張相著，上海古籍出版社二〇〇九年版。
葑闇文存　沈文倬著，商務印書館二〇〇六年版。
魏晉南北朝史札記　周一良著，中華書局一九八五年版。
史記斠證　王叔岷著，中華書局二〇〇七年版。
中國古代服飾研究　沈從文著，商務印書館二〇一一年版。
中國古代輿服論叢　孫機著，上海古籍出版社二〇一三年版。

初版後記

研究楚辭必須以東漢王逸楚辭章句作爲文獻基礎的起點，是無法繞開去的。但是，今天能讀到的楚辭章句衹有明代以後的刻本，與收録在洪興祖楚辭補注、李善文選注中的楚辭章句相對勘，差異實在是大。即是同一種書，由於版本的差别，彼此歧異更是層出不窮，校不勝校。有鑒於此，學界一直在呼籲重新整理和出版王逸楚辭章句，爲學人提供一個比較真實可靠的本子。撰寫這部書稿的緣起，正是想通過自己的努力來彌補這個學術上的缺憾，爲後人留點真正有價值的東西。

這部著作的際遇不像屈原那樣倒霉，倒是很走運。二〇〇二年春天，此書内容被列入國家社會科學基金資助項目。同年九月，又被列入教育部文科基地首都師範大學中國詩歌研究中心的項目，一路大開「緑燈」。我便加快了撰寫進程。二〇〇三年十一月提前國家課題的結題，通過專家評審，列爲優秀成果。隨後送中華書局出版。

但是，對我來説，撰寫此書並不輕鬆，更非倉促可成。如果從收集資料那時起，積於今恐怕也有四十來個春秋了。對於一個渺小的個體生命來説，等於是耗費大半生的精力。其間經歷、甘苦，絶非是一篇短小的後記所能盡了。再説，所有種種遭遇曲折，原是自找的，没有人强迫，故不必像屈子那般傾訴怨思。現在，我衹想對我有過各種幫助的師友、學長説幾句感謝的話。没有他們的種種幫助、鼓勵，我很難完成此書的撰寫。

首先，我深切緬懷楚辭學前輩湯炳正先生。一九八八年五月，我出席汨羅市的屈原學術會議。在參觀玉笥山的屈子祠時，我與湯先生交談中便將整理楚辭章句的情況嚮老人家彙報。他聽後非常高興，勉勵有加。説這個事情「很有意義」，「早年也想做」，希望我好好做下去。事後給我寄來一個版本的書單和他的大著楚辭類稿。湯先生的囑咐一直是我從事此項工作的精神動力。後來，先生曾多次來信垂詢，示以關懷。湯先生謝世整整十年，昔日勉勵、提攜後學的情景恍如眼前，他的手澤仍然如新，令人感慨不已。此書的出版，總算對老人家有個交待。其次，我緬懷和痛惜學界剛走的兩位重要人物，即北京大學的褚斌傑先生和湖北社科院的張正明先生。他們生前審閲過此書的部分内容，都有寶貴的書面意見，再三關照出版後一定要贈送一套，説要「拜讀」。没想到二位先生去年十一月都駕鶴西歸，落下一筆永遠無法償還的人情。最後，我特别感謝安徽師範大學潘嘯龍先生。潘先生才氣横溢，性格豪爽，重義氣，是我平生少有的摯友之一。我也很敬重他，在學術上常有切磋之樂。潘先生在非常繁忙情况下，硬是擠出寶貴時間審閲離騷、九歌二卷，毫無保留地貢獻出他的真知灼見，令人感動。審過書稿的還有復旦大學章培恒先生、中華書局沈錫麟先生、浙江社會科學院董楚平先生、蘇州大學王繼如先生。爲我提供過資料的有香港大學李家樹先生、浙江大學崔富章先生、日本秋田大學石川三佐男先生、四川師範大學李大明先生。首都師範大學中國詩歌研究中心趙敏俐先生、尹小林先生爲我完成此書撰寫提供條件，給予大力支持。浙江省社會科學聯合會、浙江師範大學校長徐輝先生、梅新林先生在經費上給予重點資助。中華書局編輯部全力以赴，嚴格把關，爲此書出版作出很大努力。在此一一深表謝忱之情。

四十多年來，山荆叢樹卿女士照顧我的衣食起居，使我有充足精力和時間來完成此書的撰寫，其功不可没。參與核對此書引文的研究生有：李永明、馬駿鷹、孫宗曉、陳紅、曹海花、陳偉玲、曹亮、鮑宗偉、王亞鳳、陳豔麗、李建新、顧春蕾、孫舒穎、陳瀟、陳雪平、楊軍會、楊春華、邵美琳、林美伶、謝斐、陳趙贇、蕭春新、李封、黄建德、侯霈、唐淑麗、郝文静、閻岑、沈雲、潘德寶、張倩、王遥江、張曉歡、劉卉。我由衷感謝他們爲此書所付出的勞動，理當記下他們的名字。

丙辰十一月識於婺州寓所

增訂版後記

事隔十餘載，此書得以再版，特别感謝李聖華、李保民兩位朋友促成其事。參與校勘者有博士生李鳳立、王琨、徐子敬，碩士生胡玉萍、王雨婷、鄭佳穎，國學班姜澤彬、柳天嘯、劉一飛等，責任編輯祝伊湄女士也付出了巨大勞動，在此一併致以謝忱之意。

戊戌歲秋九月七十五翁黄靈庚補記

望山一號楚墓出土越王勾踐劍

信陽楚墓錦瑟巫師圖

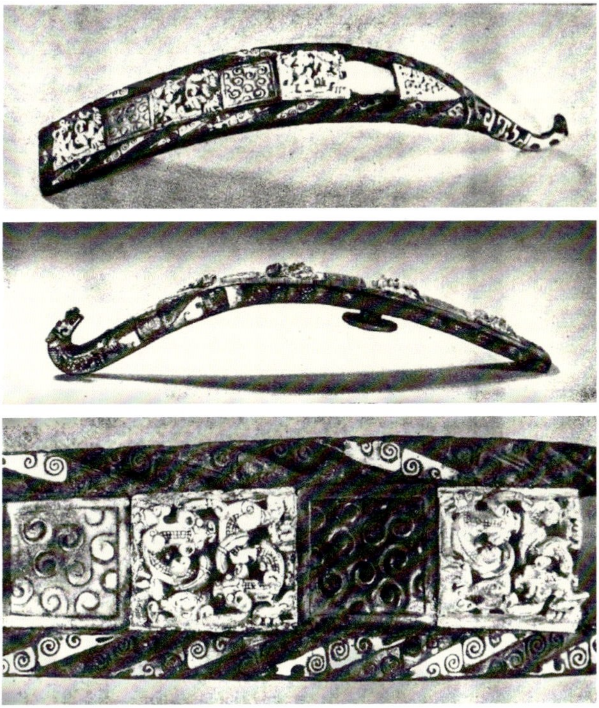

信阳楚墓出土帶鈎犀比圖

擂鼓墩曾侯乙墓出土竹篪

擂鼓墩曾侯乙墓出土編鐘

擂鼓墩曾侯乙墓出土排簫

鄂君啓金節

敦煌寫本《楚辭音》殘卷局部

信陽長臺關一號楚墓鎮墓獸

擂鼓墩曾侯乙墓漆箱蓋
二十八宿星象圖

清華簡《楚居》

信陽楚墓彩繪鳳虎鼓座

長沙馬王堆一號漢墓帛畫

江陵馬山一號楚墓出土
直裾禪衣正面和背面

長沙子彈庫一號楚墓出土
人物御龍帛畫

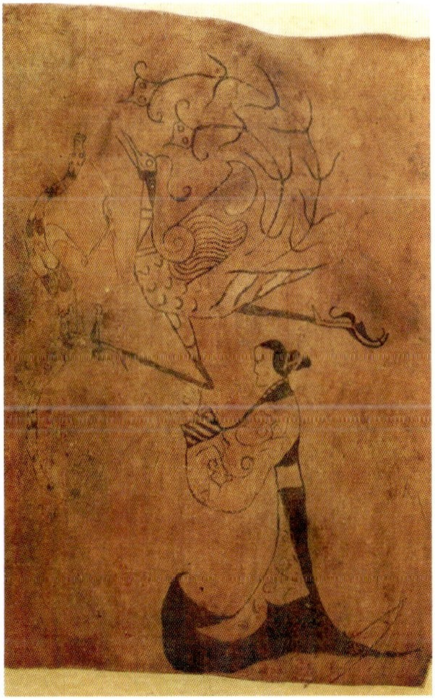

長沙陳家大山楚墓人物龍鳳帛畫

江陵馬山一號楚墓出土
錦帛鳳鬥龍虎圖

江陵馬山一號楚墓出土
對鳳對龍繡

馬山楚墓出土錦帛

包山楚墓出土棺蓋飾物五層、九層鳳皇圖

詞 目 索 引

説　明

一、本索引收録《楚辭章句》中所疏證之所有詞目。

二、詞目之後的數字，表示該詞目在本書中的頁數，例如：

九約　2219

即表示“九約”一詞的疏證在本書的第二二一九頁。

三、本索引以詞目拼音爲序，複詞則按其第二字、第三字的拼音順序排列。

B

C

D

E

F

G

H

J

K

M

N

O

P

Q

R

S

T

X

Z